遠流活用成語大辭典

陳鐵君 主編

遠流出版公司

國家圖書館出版品預行編目（CIP）資料

遠流活用成語大辭典 / 陳鐵君主編．—二版．
—臺北市：遠流， 2021.1
面； 公分

ISBN 978-957-32-8903-6（精裝）

1. 漢語詞典 2. 成語

802.35 109016782

遠流活用成語大辭典

主編——陳鐵君
編纂——陳鐵君 黎安懷 夏碧雲 陳蓉芝 陳 宜 陳文之
校閱——顏美姿 李茵茵 楊 菁 萬淑香 洪淑暖

封面設計——唐壽南

發行人——王榮文
出版發行——遠流出版事業股份有限公司
地址——104005 台北市中山北路一段 11 號 13 樓
電話——(02) 2571-0297 傳眞——(02) 2571-0197
劃撥帳號——0189456-1

著作權顧問——蕭雄淋律師

排版製版——天翼電腦排版印刷股份有限公司
2004 年 9 月 1 日 初版一刷
2021 年 6 月 1 日 二版二刷

售價——新台幣 1500 元
如有缺頁或破損，請寄回更換

ISBN 978-957-32-8903-6（精裝）

YLib 遠流博識網
http://www.ylib.com E-mail: ylib@ylib.com

遠流 活用成語大辭典

陳鐵君 主編

《遠流活用成語大辭典》出版前言

王榮文

多年前本公司出版了陳鐵君先生編纂的《遠流活用成語辭典》，以「條目齊全、切合實用、查檢方便、印刷精美」而深受讀者好評。

後應中、小學教師要求，印行「普及本」，全書千餘頁，特價不到三百元，立即獲得熱烈迴響，承海內、外各級學校團體訂購，指定爲學生課外補充教材，本公司深感榮幸！但因前書受限於篇幅，只篩選了常用成語五千二百餘詞條，實有遺珠之憾。故自該書出版後，即商請陳先生繼續篩選擴編，歷時七年餘終告脫稿，連同前書合計篩選了一萬零四百餘詞條，古今成語堪稱齊備。

本書在體例上，援用《遠流活用成語辭典》成例，每一詞條都按：㈠釋義、㈡出處、㈢用法、㈣例句、㈤義近、㈥義反六項要目編寫。前三項屬於成語的理解；後三項則是成語的活用。在詞條篩選方面，除四字成語外，兼收常用的俗語、俚諺等。所有成語詞條都標示國語注音，以方便閱讀，「釋義」及「例句」則採用通俗的語體文敍述，深入淺出，淺顯易懂。至於查檢方面，爲求方便迅捷，除傳統「部首索引」外，另列「條目索引」及「字首注音索引」；尤以「注音索引」爲本書之特色，可免除部首檢字數算筆畫的繁瑣。

成語，是定型而意義完整的詞組或短句，以四字居多。其語源，或爲一則故事所引申之名言佳句；或爲口語相傳之警世箴言，散見於歷代典籍中。它具有文化的傳承性，爲約定俗成之習慣用語，其組織結構不可任意更易，亦不得隨興杜撰，每句成語均蘊含著古人智慧的光芒，更可視爲先民生活的寫照。

我們在日常言談或作文時，偶爾引用幾句成語，不但可以美化文句，而且可以節省冗長的敍述，更可以增加表情達意的深度和廣度。因此，當別人使用成語時，你必須要能心領神會，而自己在使用成語時，更要用得恰切妥適，才不至貽笑大方。如何加強成語的理解能力、進而活用成語，是本辭典編纂的旨趣。

策劃編纂這部辭典的主編陳鐵君先生，本名國政，師大國文系畢業後，歷任南一中、建中等名校國文教師近三十年，課餘並編纂中學生補充讀物二十餘冊，無論教學與編纂之實務經驗均相當豐富。在他歷時十餘年，並結合海峽兩岸教授學者及中學教師的辛勤耕耘下，本書終告出版。

希望這部辭典能滿足中、小學教師、各級學校學生及一般社會人士的需要，本公司更希望能藉由這部辭典的出版，在文化推廣及社會教育方面略盡一分棉力。

編輯凡例

一、宗旨：本辭典之編纂，以條目齊全、切合實用及查檢方便爲宗旨。以供中、小學教師、各級學校學生及一般社會人士之需。

二、內容：本辭典共收錄成語一萬零四百零八詞條，全書約二百餘萬字。除了一般習用之四字成語外，兼收中、小學教科書及報章雜誌經常出現之俗語、俚諺。凡約定俗成、定型通用之詞組或短句均酌加收錄。

三、體例：本辭典每一成語條目均予國語注音。各成語則分列㈠釋義、㈡出處、㈢用法、㈣例句、㈤義近、㈥義反等六項要目。分別說明如下：

㈠釋義——先解釋生難字詞，再詮釋整句成語的義蘊。字詞若爲破音字，則針對詞性之變換，解釋其字義。

㈡出處——追溯語源，徵引原文以註明該成語之典故出處。唯部分成語或爲俗諺，不見經傳；或非該成語之原始出處，甚或一時無法查出語源者，類此均有待方家賜教，期再版時補正。

㈢用法——依成語性質，說明其適用範圍。先舉本義，再及於引申、比喻義。若原典的義蘊與今人用法不同，或同一成語有多層涵義及用法，均分別加以敘明。

㈣**例句**——爲說明成語之義蘊及用法，每則成語均造一例句，讓讀者了解其實際應用情形。若該成語之本義與今人用法有顯著不同時，則多造一例句，以資比較。

㈤**義近**——指意義相似或用法相近的成語而言。先列本義，後及引申、比喻義之相近者。彙列此項義近成語，旨在觸類旁通，於作文造句時，有更多選擇成語詞彙的機會，在行文中運用更爲靈活。

㈥**義反**——指意義相反或用法彼此懸殊者。亦先列本義，後列引申及比喻義之相反者。成語的同反義本無絕對性，在言談及作文應用時，當須考慮對象、範圍、場合。無論義近或義反成語，在文句中代換後，原句的語法、結構是否順當，更須多加揣摩。本辭典所彙舉同反義成語，聊備參考而已。

四、查法：本辭典爲方便查檢，採用「部首索引」、「條目索引」及「字首注音索引」等三項查檢方法。分別說明如下：

㈠**部首索引**——按一般辭典部首索引查檢，部首下有兩欄頁碼，上欄爲「條目索引」頁碼；下欄則爲內文之總頁碼。可先查「條目索引」，依其頁碼立可查出成語。

㈡**條目索引**——將本書所有成語條目，按部首順序排列，同一字首則按第二字筆畫數多寡爲序，筆畫少者排前，多者列後。

㈢**字首注音索引**——將成語條目第一個字的讀音，按照注音符號ㄅ、ㄆ、ㄇ、ㄈ……的順序排列，查到首字後，再按第二字筆畫多寡查檢。

五、本辭典疏漏未當之處，敬祈海內外先進惠予指正爲幸。

條目索引

【一部】

○一畫

三畫

【力部】

【囗部】

【土部】

【士部】

【女部】

〇 畫

二 畫

三 畫

四 畫

五 畫

六 畫

【戈部】

【戶部】

【手部】

六　畫

七　畫

八畫

九畫

十畫

四　畫

五　畫

六　畫

【欠部】

【玄部】

【玉部】

【示部】

【禸部】

【禾部】

【穴部】

【立部】

【邑部】

【酉部】

【龜部】

○畫

一部

一了百了

【釋義】主要的事情了結了，其他各種有關的事情也跟著了結。了：了結，解決。
【出處】傳習錄：「良知無前後，只知得見在的幾，便是一了百了。」
【用法】主要用來說明做事情要抓住關鍵，或採用一種最有效的方法。
【例句】許多人以爲自殺可以**一了百了**，解決所有問題，其實這是錯誤的想法。
【義近】一了百當／一通百通。
【義反】沒完沒了／層出不窮／紛至沓來。

一人之下，萬人之上

【釋義】通指對宰相的稱呼。一人：指皇帝。萬人：泛指百姓。
【出處】意林・太公六韜：「屈一人下，伸萬人上，惟聖人能行之。」
【用法】用以表示官位極高，僅次於皇帝而在百姓之上，即指宰相而言。
【例句】古代的「宰相」、當今的「行政院長」，都是位居**一人之下，萬人之上**的國家輔臣。
【義近】萬乘公相。

一人有慶，兆民賴之

【釋義】天子以善政治天下，則民受恩而得利益。一人：指天子。慶：善行。
【出處】尚書・呂刑：「一人有慶，兆民賴之，其寧唯永。」
【用法】比喻在上位的人能行善政，勤民事，導人民於善途而生活安定。
【例句】總統仁民愛物，社會安和樂利，即是「**一人有慶，兆民賴之**」的具體實例。

一人得道，雞犬升天

【釋義】一個人學道成功升天了，連他家的雞犬也能跟著升天。
【出處】王充・論衡・道虛：「淮南王……遂得道，舉家升天，畜產皆仙，犬吠於天上，雞鳴於雲中。」
【用法】比喻一人得官，親友亦隨之得勢。
【例句】自從他當上部長以後，子女都在公家機關擔任要職，眞所謂**一人得道，雞犬升天**。
【義近】一人發迹，百人得福。
【義反】樹倒猢猻散／一人獲罪，誅連九族。

一人傳虛，萬人傳實

【釋義】本無其事，傳言的人多了，就信以爲眞。
【出處】王符・潛夫論・賢難：「一犬吠形，百犬吠聲；一人傳虛，萬人傳實。」
【用法】用來勸喻人對傳聞要認眞求證，不要輕易相信。
【例句】曾參殺人的故事說明了**一人傳虛，萬人傳實**的道理，値得眾人警惕。
【義近】一里撓椎／曾參殺人／眾議成林／眾口鑠金／三人成虎／一犬吠形，百犬吠聲／以訛傳訛。
【義反】十目所視，十指所指。

一刀兩斷

【釋義】一刀斬爲兩半。
【出處】朱子語類四四：「觀此可見克己者，是從根源上一刀兩斷，便斬絕了。」
【用法】比喻決心斷絕關係。也用來形容爲人果斷。
【例句】我們的觀點既然如此不同，那麼從今以後你別再來見我，就此**一刀兩斷**好了。
【義近】快刀斬亂麻／劃清界限／斬釘截鐵／管寧割席。
【義反】藕斷絲連／優柔寡斷／舉棋不定／拖泥帶水。

一力承當

【釋義】獨自一人承擔責任。一力：全力。一：全，整個。
【出處】俞萬春・蕩寇志一七回：「你再去說，如果他肯歸降，倘有山高水低，我一力承當。」
【用法】比喻人肯負責任。
【例句】這件事你們只管大膽去做，無論做好做壞，我都**一力承當**。
【義近】一力擔當／一人獨當／責無旁貸／義不容辭。
【義反】畏首畏尾／瞻前顧後／敷衍塞責。

一寸丹心

【釋義】也作「一片丹心」，意爲一片赤誠。丹心：忠心。
【出處】杜甫・鄭駙馬池臺喜遇鄭廣文同飲：「白髮千莖雪，丹心一寸灰。」
【用法】形容一個人爲國爲民，忠心耿耿，克盡職守。
【例句】文天祥面對敵人的威逼利誘，始終不屈服，並以自己的**一寸丹心**，寫下了流傳千古的〈正氣歌〉。
【義近】忠貞不貳／瀝膽披肝／赤膽忠心／忠肝義膽／碧血丹心。
【義反】見風轉舵／卑躬屈節／苟合取容。

一寸光陰一寸金

【釋義】一寸光陰可抵過一寸黃金的代價。
【出處】全唐詩補逸十四・王貞白・白鹿洞詩之二：「讀書不覺春已深，一寸光陰一寸金。」
【用法】比喻珍惜時光應勝於珍惜黃金。
【例句】人生有限，青春尤爲可貴，我們應當牢記「**一寸光陰一寸金**」這句名言，及時努力。
【義近】寸金難買寸光陰／尺璧寸陰。
【義反】蹉跎歲月／韶光虛度。

一己之私

【釋義】一己：自己一人。私：私念或私事。
【出處】袁桷・謝閣學士啓：「古有斗米而作傳，近多千金以致詞，好惡成一己之私，褒貶失當時之實。」
【用法】形容人爲了自己的私念或私事，而做出不利他人的事情來。含貶義。
【例句】許多商家爲了**一己之私**，佔用巷道、騎樓營業，根本就不管這樣做會給別人帶來多少不方便。

【義近】自私自利。

【義反】大公無私／一秉大公／正直無私。

一己之見

【釋義】一個人的見解。見：私見。

【出處】宋・周輝・清波雜志卷八：「近時曾公端伯亦編皇宋百家詩選，去取任一己之見。」

【用法】用來強調只是個人見解，不一定正確。（含自謙）

【例句】我所論述的不過是**一己之見**，正確與否還需要各位補充修正。

【義近】一孔之見／個人管見／一家之言／一隅之得。

【義反】不刊之論／真知灼見／讜言正論。

一不做，二不休

【釋義】要麼不做，要做就要做到底，不要中途停下來。休：停止。

【出處】趙元一・奉天錄四：「……第一莫做，第二莫休。」元曲・王曄・桃花女：「……一不做，二不休，少不得弄出幾個人命來。」

【用法】常用來說明做了壞事不知悔改，頑固地繼續做下去。也用來表示下定決心，不顧一切地完成。

【例句】既然事情已發展到了無可挽回的地步，只好**一不做，二不休**，拚到底算了。

一之謂甚，其可再乎

【釋義】一次就已經過分，怎麼能再有第二次？謂：同「為」。其：同「豈」，反詰副詞。

【出處】左傳・僖公五年：「晉不可啓，寇不可翫，一之謂甚，其可再乎？」

【用法】用來說明不可以一錯再錯。

【例句】錯誤是難免的，但古人說得好：「**一之謂甚，其可再乎？**」我們應知過即改，不能一錯再錯。

【義近】前事不忘，後事之師。

【義反】明知故犯／重蹈覆轍／一錯再錯。

一五一十

【釋義】五個、十個地將數目點清。

【出處】吳敬梓・儒林外史一回：「翟買辦飛奔下鄉，到秦老家，邀王冕過來，一五一十，向他說了。」

【用法】形容從頭到尾，原原本本地把事情說出來。

【例句】嫌犯在警察局內將作案的經過**一五一十**地全盤供了出來，真相終於大白。

【義近】不折不扣／原原本本／全盤托出／鉅細靡遺。

【義反】掐頭去尾／吞吞吐吐／支吾其詞／左支右吾。

一仍舊貫

【釋義】一切照舊行事。仍：因襲，依照。舊貫：猶舊制、舊例。

【出處】論語・先進：「魯人為長府，閔子騫曰：『仍舊貫，如之何？何必改作。』」

【用法】用以說明不作變動，一切照舊，或少作變動，基本照舊。

【例句】革新如果反而引發社會的不安，倒不如**一仍舊貫**來得好，起碼可以維持原有的和諧。

【義近】一成不變／一如既往／蕭規曹隨／率由舊章／蹈常襲故／墨守成規／陳陳相因／因循守舊。

【義反】除舊更新／革故鼎新／推陳出新／改頭換面。

一介不取

【釋義】一根小草也不隨便拿取。介：同「芥」，小草，代指細微之物。

【出處】孟子・萬章上：「非其義也，非其道也，一介不以與人，一介不以取諸人。」

【用法】形容為人廉潔清白，於錢於物，毫不苟且。

【例句】為人處世最重要的是廉潔公正，於錢財應該做到像古人所說的那樣：「非我所有，**一介不取**。」

【義近】一文不苟／一毫莫取／臨財不苟／塵土不沾。

【義反】中飽私囊／貪求無饜。

一介書生

【釋義】一個微不足道的讀書人。介：微，纖。

【出處】王勃・滕王閣序：「勃三尺微命，一介書生。」

【用法】知識階層的人用以謙稱自己。

【例句】當今社會上人才濟濟，我有何德何能，不過**一介書生**而已，卻享受著如此優厚的待遇，實在令人慚愧。

【義近】小小一儒／一介布衣。

【義反】博學鴻儒／碩學通儒。

一元復始

【釋義】一元：宇宙天地。復：再。「一元復始，萬象更新」常常連用。

【出處】春秋繁露・玉英篇：「一元者，大始也。」

【用法】用於更換新年度時的慶賀語。

【例句】**一元復始**，萬象更新，一切若能及早計畫，新的一年將會過得既充實又愉快。

【義近】大地春回／爆竹一聲辭舊歲。

一夫拚命，萬夫難敵

【釋義】一人決心死戰，萬夫也難以為敵。敵：抵拒，對抗。

【出處】元・雜劇・昊天塔：「兵書有云：『一夫拚命，萬夫難敵。』」

【用法】比喻只要敢於拚搏，便能取勝。

【例句】你看關雲長那種過五關、斬六將的豪邁氣勢，即可知世上確有**一夫拚命，萬夫難敵**的壯舉。

【義近】一夫荷戟，千人莫當／一夫出死，千乘不輕／一夫捨死，萬夫莫當。

一夫當關，萬夫莫敵

【釋義】一人把守關口，千軍萬馬也攻不破。當：阻擋。「敵」本作「開」。

【出處】李白・蜀道難：「劍閣崢嶸而崔嵬，一夫當關，萬夫莫開。」

【用法】比喻地勢險要，易守難攻。

【例句】函谷關位居地勢險要之處，具有**一夫當關，萬夫莫敵**的雄偉氣勢，難怪自古以來皆為兵家必爭之地。

一孔之見

【釋義】從一個小孔裏所能看到的事物。孔：小洞。

【出處】桓寬・鹽鐵論・相刺：「通一孔，曉一理，而不知權衡，以所不覩不信。」

【用法】比喻見解狹窄，主觀片面。多用來批評、勸誡，也用作自謙之詞。

【例句】如何使我們的國家安定強盛，這是個大問題，需要大家發表高見，以便集思廣益，我剛剛所提的不過是個人的**一孔之見**。

【義近】井蛙之見／管中窺豹／甕天之見／窺豹一斑／管窺蠡測／一己之見。

【義反】廣見博識／高瞻遠矚／不刊之論／眞知灼見。

一心一意

【釋義】只有一個意念，沒有其他念頭。

【出處】駱賓王・代女道士王靈妃贈道士李榮詩：「一心一意無窮已，投漆投膠非足擬。」

【用法】形容一個人專心致力於某一事物。

【例句】梁教授只是**一心一意**地教書、做學問，從不分心去管別的事。

【義近】全心全意／專心致志／心無旁騖／心無二用。

【義反】三心二意／心猿意馬／心不在焉／二三其德。

一心一德

【釋義】大家一條心，為一個共同的目標而努力。

【出處】尚書・泰誓中：「乃一德一心，立定厥功，惟克永世。」

【用法】常用來鼓勵人們為完成一項事業，或達成一個既定目標而努力進取。

【例句】只要全國上下**一心一德**，步調一致，就一定能把我們的國家建設得更加繁榮昌盛。

【義近】同心同德／萬眾一心。

【義反】離心離德／一盤散沙。

一心無二

【釋義】只有一個心思，沒有另外的想法。

【出處】金・馬鈺・清心鏡・贈嚴先生：「斬釘截鐵，一心無二。」元・無名氏・醉中天・咏鞋：「既一心無二，偷功夫應付些兒。」

【用法】①形容人心志專一，忠貞不二；②形容一個人專心致力於某項工作。

【例句】①此人絕對可靠，對朋友向來**一心無二**。②她考上大學後，便**一心無二**地致力於課業，所以成績優異。

【義近】一心一意／心無二慮／一心一德／專心致志／一心一計。

【義反】三心二意／心猿意馬／一心二用／心騖神馳／鴻鵠將至。

一手一足

【釋義】一個人的手足。本意在於說明一個人難以為力。

【出處】禮記・表記：「后稷天下之為烈也，豈一手一足哉！」

【用法】今多作「一手一腳」，用以說明一個人的力量或一人所為。

【例句】這棟雅緻的小木屋是由他**一手一足**建造而成，未經任何人幫忙。

【義近】單槍匹馬／自力更生。

【義反】羣策羣力／眾志成城。

一手包攬

【釋義】包攬：把事情招攬過來，全部承擔。

【出處】李綠園・歧路燈四三回：「你一手包攬，我只賺我的頭錢。」

【用法】指一個人把持某事，根本不容許別人插手過問。

【例句】這樁訴訟案件，他既然硬要**一手包攬**，那我們也就不管了，落得輕鬆！

【義近】一手包辦／一手獨攬／包打天下。

【義反】同謀共為／羣策羣力／通力合作／同心協力。

一手遮天

【釋義】一隻手把天遮住。

【出處】曹鄴・讀李斯傳詩：「難將一人手，掩得天下目。」

【用法】比喻倚仗權勢，混淆是非，遮人耳目。貶義。

【例句】在民主社會中，當政者想要倚仗權勢，**一手遮天**，已經不可能了。

【義近】瞞天過海／欺上瞞下／掩人耳目／掩飾耳目。

【義反】不欺暗室／不愧不怍／行不由徑／衾影無慚／正大光明／光明磊落。

一文不名

【釋義】或作「一文莫名」、「一錢莫名」。文：量詞，古代的銅錢單位。一文：形容微少。名：說，引申「擁有、佔有」。

【出處】司馬遷・史記・佞幸列傳載：鄧通原是漢文帝寵臣，因得罪太子，文帝死後，鄧通便落得悽慘下場，最後竟不得名一錢，寄死人家。

【用法】形容人貧窮到一無所有的樣子。

【例句】別看這人**一文不名**的模樣，想當年他也是家財萬貫的富家子弟啊！

【義近】一文莫名／一錢莫名／一貧如洗／不名一錢。

【義反】腰纏萬貫／富埒王侯／豐衣足食／萬貫家財／金玉滿堂／堆金積玉。

一文如命

【釋義】把一文錢看得像性命一樣的貴重。

【出處】吳敬梓・儒林外史五二回：「此人有個毛病，嗇細非常，一文如命。」

【用法】極言人看重錢財，十分吝嗇。

【例句】這個**一文如命**的吝嗇鬼，怎會借錢給你做生意呢？

【義近】一錢如命／視錢如命／一毛不拔／愛財如命。

【義反】一擲千金／慷慨解囊／廣施博濟／揮金如土。

一日九遷

【釋義】一日之內升九次官。遷

：移升官職。

【出處】焦延壽・易林・履之節：「漢車千秋一日九遷其官。」

【用法】形容職位提升之快。

【例句】王先生最近官運亨通，在短短的一年內，竟由一個小小的科員**一日九遷**而成爲局處首長。

【義近】一歲三遷／平步青雲／青雲直上／一日三遷。

【義反】仕途多艱／懷才不遇。

一日三秋

【釋義】過一天就像過三年一樣。秋：秋季，在此代指爲一年。

【出處】詩經・王風・采葛：「一日不見，如三秋兮。」

【用法】形容思念殷切。特別著重指情人、朋友間的深刻思念。

【例句】我和他分別才幾天，就好像已經很久了，時刻都在盼望他回來，眞有**一日三秋**之感啊！

【義近】牽攣乖隔。

一日千里

【釋義】馬跑得極快，一日能致千里之遙。

【出處】荀子・修身：「夫驥一日而千里，駑馬十駕，則亦及之矣。」

【用法】形容進步神速，或說明事業發展得很快。

【例句】二十世紀科技發展**一日千里**，使人類生活亦隨之改變不少。

【義近】突飛猛進／日新月異／蒸蒸日上／日新月盛。

【義反】江河日下／每下愈況／一落千丈／日陵月替／日趨式微。

一日之長

【釋義】指才能比別人稍強一點。一日：少許的意思。長：長處。

【出處】世說新語・品藻載：顧邵問龐士元：「吾與足下孰愈？」龐曰：「……吾似有一日之長。」

【用法】用以表示比別人高明一些的謙虛之詞。

【例句】在文學領域裏，我可能比各位科學家們稍有**一日之長**，但於科技新知方面，我則遠不如各位了。

【義近】略高一籌／技高一籌／略擅勝場／略勝一籌。

【義反】略遜一籌。

一日之計在於晨

【釋義】一天的事情最好在早晨計畫好、安排好。

【出處】南朝・梁・蕭繹・纂要：「一年之計在於春，一日之計在於晨。」

【用法】比喻凡事最好早作計畫，也用以說明早晨時光的可貴。

【例句】時光是寶貴的，早晨的時光尤爲如此。所以古人有「**一日之計在於晨**」的訓誡，曾文正公更勉勵人「做人從早做起」。

【義近】一年之計在於春／早起的鳥兒有蟲吃。

一日之雅

【釋義】只有一天的交情。雅：交情、交誼。

【出處】漢書・谷永傳：「永奏書謝鳳曰：『永斗筲之才，質薄學朽，無一日之雅，左右之介。』」

【用法】說明交情甚淺，來往不多。

【例句】我與他雖有**一日之雅**，但畢竟不是深交，怎麼好去拜託他呢？

【義近】一面之交／一日之誼／點頭之交／泛泛之交／半面之識。

【義反】刎頸之交／莫逆之交／生死之交／患難之交／總角之交。

一日爲師，終身爲父

【釋義】對於曾教導過自己的老師，就應該一輩子像對待父兄一樣地尊敬他。一日：指短時間。

【出處】司馬遷・史記・仲尼弟子列傳：「孔子卒，子夏曰：『一日爲師，終身爲父。』乃心喪廬于墓側三年而後返。」

【用法】用以說明師道尊嚴，應該誠心敬重老師。

【例句】青出於藍是常有的事，但古有明訓：「**一日爲師，終身爲父**。」對老師的教誨，是終身不可或忘的。

一日萬幾

【釋義】萬：喻多。幾：即「機」，指機要之事。

【出處】尙書・皋陶謨：「兢兢業業，一日二日萬幾。」晉書・摯虞傳・答杜預書：「今帝者一日萬幾，太子監撫之重，以宜奪理，葬訖除服。」

【用法】指治國者政務繁忙，每天要處理許多事情。形容主政者的辛勞。

【例句】自從他當上部長後，**一日萬幾**，忙得連回家吃晚飯的時間都沒有了。

【義近】案牘勞形／宵衣旰食／枵腹從公／日理萬機。

【義反】尸位素餐／伴食中書／坐領乾薪。

一日縱敵，數世之患

【釋義】一旦放縱敵人，將爲以後留下無窮的禍患。

【出處】左傳・僖公三三年：「先軫曰：『……吾聞之：一日縱敵，數世之患也。』」

【用法】比喻決不可放縱敵人，否則便會後患無窮。

【例句】我們對敵人決不能心存憐憫，要知道「**一日縱敵，數世之患**」是千古不易的名言。

【義近】縱虎歸山。

一木難支

【釋義】也作「一柱難支」，意爲一根柱子難以支撐大屋。

【出處】世說新語・任誕：「元裒如北夏門，拉攞自欲壞，非一木所能支。」

【用法】比喻艱巨的工作，非一人所能勝任。

【例句】國家的安定和諧，須仰賴全體國民的共同努力，單憑政府的力量，猶如**一木難支**，畢竟成效有限。

【義近】孤掌難鳴／獨木難支／勢單力薄。

【義反】眾擎易舉／一柱擎天。

一毛不拔

【釋義】一根毫毛也不肯拔下。一毛：比喻極細微之物。

【出處】孟子・盡心上：「楊子取爲我，拔一毛而利天下，不爲也。」北堂書抄三三引燕丹子：「情有乖異，一毛不拔。」

【用法】譏諷人吝嗇到了極點。

【例句】老李視錢如命，是個**一毛不拔**的吝嗇鬼。

【義近】嗜財如命／一文不與／鐵公雞／守財奴。

【義反】慷慨好施／一擲千金／廣施博濟／輕財重施。

一片冰心

【釋義】一片純潔的心。冰：用以形容心地純正、潔淨。

【出處】王昌齡・芙蓉樓送辛漸詩：「洛陽親友如相問，一片冰心在玉壺。」

【用法】常用來形容心地純潔，不慕名利，品德高潔。

【例句】眞正的清官，無論是對上還是對下，都是**一片冰心**，從不計較個人得失，不慕榮華富貴。

【義近】嶔崎磊落／冰清玉潔／冰心玉壺／嶔崎淵渟／瑰瑋特達。

【義反】居心叵測／鬼計多端／老奸巨猾。

一片至誠

【釋義】片：這裏是用於心意的量詞。至誠：誠心誠意，非常忠誠。

【出處】文康・兒女英雄傳一回：「聖人望下一看，見他正是服官從政的年紀，臉上一團正氣，胸中自然是一片至誠。」

【用法】說明待人接物全是眞心誠意，沒有任何虛假做作。

【例句】王先生不僅工作認眞負責，從不懈怠，更難得的是他待人**一片至誠**。

【義近】眞心誠意／眞情眞意／推誠布公／開心見誠／摳心挖膽。

【義反】滿腹詭計／假心假意／虛情假意／佛口蛇心／笑裏藏刀／嘴甜心苦。

一犬吠形，百犬吠聲

【釋義】一隻狗看到怪東西就叫個不停，其他的狗不知其然，也跟著叫個不停。

【出處】王符・潛夫論・賢難：「諺曰：『一犬吠形，百犬吠聲』世之疾此固久矣哉。」

【用法】比喻人遇事不明察眞相，妄加附和，藉以諷刺人們愛盲從跟進。

【例句】對於事情的眞相要查明究竟，不要**一犬吠形，百犬吠聲**，人云亦云，毫無主見。

【義近】繪聲繪形／以訛傳訛／人云亦云。

【義反】信則傳言／無徵不信／實事求是／言之有據。

一世之雄

【釋義】一個時代的英雄人物。世：時，時代。

【出處】宋書・武帝紀上：「劉裕足爲一世之雄。」蘇軾・前赤壁賦：「固一世之雄也，而今安在哉！」

【用法】用以稱讚社會各界的傑出人才。

【例句】社會發展到今天，人才輩出，各個領域都有足爲**一世之雄**的人物。

【義近】一代豪傑／一代風流／一代棟梁。

【義反】凡夫俗子／販夫走卒／市井小民。

一丘之貉

【釋義】同一山裏的貉。丘：小土山。貉：似狐狸的獸。

【出處】漢書・楊惲傳：「古與今如一丘之貉。」

【用法】原比喻都是同類事物，並無差別。現用爲貶義，比喻結黨的小人。

【例句】管它秦國也好，楚國也好，在我看來都是**一丘之貉**，都得提防著些。

【義近】狐群狗黨／同類相聚／狼狽爲奸。

一以貫之

【釋義】即「以一貫之」，用一個原理貫穿萬事萬理。

【出處】論語・里仁：「子曰：『吾道一以貫之。』」朱子語類・性理三：「至微之理，至著之理，一以貫之。」

【用法】常用來說明眾多的事理或紛繁複雜的現象，終可歸結出一個根本的道理。

【例句】政府的施政理念，**一以貫之**，就是以造福人民爲目標。

【義近】總而言之／歸根結蒂。

一以當十

【釋義】即「以一當十」，一個人能抵得上十個人。當：抵得上，等於。

【出處】司馬遷・史記・項羽本紀：「及楚擊秦，諸將皆從壁上觀。楚戰士無不一以當十，楚兵呼聲動天，諸侯軍無不人人惴恐。」

【用法】形容人（多指戰士）英勇非凡，很難抵擋。

【例句】這場慘烈戰役，我軍在戰場上**一以當十**，殺得敵軍落花流水，終於贏得最後勝利。

【義近】一以當百／英勇無比／一往無前／勇往直前／無可阻擋／勇猛果敢。

【義反】十不抵一／懦弱不堪／貪生怕死／脅肩累足／望而卻步／畏縮不前。

一代文豪

【釋義】一個時代中傑出的文人。一代：一個時代，也指當代。

【出處】歐陽修・歸田錄：「楊大年作文，頃刻數千言，眞一代之文豪。」

【用法】用以贊譽卓有成就而又爲人們欽佩敬仰的文人。

【例句】梁實秋先生筆耕六十多年，寫了許多格調高雅、內蘊豐盈、文筆幽默、語言生動的優美散文，深受人們推崇，不愧爲**一代文豪**。

【義近】一代文宗／一代巨匠／當代巨擘。

【義反】鄙陋小儒／淺薄書生。

一代風流

【釋義】創立風尚，爲當代景仰的人物。風流：英俊傑出或有瀟灑的氣派。

【出處】杜甫・哭李常侍嶧：「一代風流盡，修文地下深；斯人不重見，將老失知音。」
【用法】用以稱譽備受推崇、品格才藝特出的風雅之士。
【例句】李白性格豪放，舉止瀟灑，詩情洋溢，堪稱**一代風流**。
【義近】一代名流／當代風雲／當代豪傑。
【義反】平庸士子／駑鈍之才。

一代楷模 ㄧˊ ㄉㄞˋ ㄎㄞˇ ㄇㄛˊ

【釋義】楷模：榜樣，模範。
【出處】舊唐書・李靖傳：「公能識達大體，深足可嘉。朕今非直成公雅志，欲以公為一代楷模。」
【用法】說明一個時代值得人們學習、效法並以之為榜樣的模範人物。
【例句】李公數十年來秉公執政，家無餘財，一身正氣，堪稱**一代楷模**。
【義近】一代典範／一代儒宗／一代名流／一代文宗。
【義反】一代巨猾／一代梟雄／碌碌庸才／凡夫俗子／衣架飯囊／朽木糞土。

一去不復返 ㄧˊ ㄑㄩˋ ㄅㄨˋ ㄈㄨˋ ㄈㄢˇ

【釋義】一去不再回。復：再。
【出處】戰國策・燕策：「風蕭蕭兮易水寒，壯士一去兮不復還。」崔顥・黃鶴樓：「黃鶴一去不復返，白雲千載空悠悠。」
【用法】形容事物一經過去便成陳跡，不可能再現；也形容人離開了以後就再也不回來了。
【例句】①時光**一去不復返**，我們得愛惜把握，趁自己年少時多學習，多充實。②她丈夫五年前離開家，說是不久即回，誰知竟是**一去不復返**，連個音訊都沒有。
【義近】杳如黃鶴／杳無信息／一別如雨／魚沉雁杳／鴻稀鱗絕。
【義反】來鴻去雁／雁足傳書／書疏往返／雁字魚書／傳書寄簡。

一古腦兒 ㄧˋ ㄍㄨˇ ㄋㄠˇ ㄦ

【釋義】方言詞語，意思是統統、全部。古：也作「股」。
【出處】曾樸・孽海花一六回：「心中不知道是鹽是醋是糖是薑，一古腦兒都倒翻了。」
【用法】指把心中的想法、事情、要說的話等和盤托出，沒有保留。
【例句】他剛到家，就興奮得把要講的話**一古腦兒**的講了出來。
【義近】和盤托出／傾盤倒出／暢所欲言／盡抒己見／言無不盡／知無不言。
【義反】緘口不言／絕口不道／隱忍不言／欲語還休／吞吞吐吐／欲言又止。

一失足成千古恨 ㄧˋ ㄕ ㄗㄨˊ ㄔㄥˊ ㄑㄧㄢ ㄍㄨˇ ㄏㄣˋ

【釋義】謂人生不可走錯路，一走錯路就會造成一輩子痛苦。失足：指犯錯誤。千古：謂永久。
【出處】楊儀・明良記載：唐解元寅既廢棄，詩云：「一失腳成千古恨，再回頭是百年人。」
【用法】常用來勉勵、勸誡人們行事要謹慎，不要犯錯，一旦犯錯，悔恨莫及。
【例句】年輕人血氣方剛，涉世未深，宜謹慎行事，以免**一失足成千古恨**。
【義近】一著不慎，滿盤皆輸。
【義反】浪子回頭金不換／放下屠刀，立地成佛。

一本正經 ㄧˋ ㄅㄣˇ ㄓㄥˋ ㄐㄧㄥ

【釋義】一副本來就很正派的樣子。正經：正當，正派。
【用法】形容為人規矩、鄭重，態度嚴肅、莊重。有時帶有諷刺意味。
【例句】那說書的說得眉飛色舞，有位老人**一本正經**地聽著，一會兒心領神會地微笑，一會兒點頭贊許。
【義近】道貌岸然／不苟言笑／正襟危坐。
【義反】嬉皮笑臉／油腔滑調。

一本萬利 ㄧˋ ㄅㄣˇ ㄨㄢˋ ㄌㄧˋ

【釋義】用極少的資本賺取巨大利潤。本：本錢。利：利潤。
【出處】徐復祚・一文錢劇：「一本萬利財源長，倉庫豐盈箱不空。」
【用法】用以說明做生意利潤的優厚。
【例句】做生意的人都希望能**一本萬利**，用最小的資本，追求最大的利潤，這樣才能發財。
【義近】本小利大。
【義反】蝕本生意／蠅頭微利／本多利微／本厚利薄。

一目了然 ㄧˊ ㄇㄨˋ ㄌㄧㄠˇ ㄖㄢˊ

【釋義】一眼就看得清清楚楚，或一看就能完全了解。
【出處】朱子語類一三七：「見得道理透後，從高視下，一目了然。」
【用法】常用以說明觀察人和事，能作清楚的了解。
【例句】欲借閱圖書館的藏書，只要查看目錄，便可**一目了然**。
【義近】瞭若指掌／一覽無遺／盡收眼底。
【義反】霧裏看花／若有若無／若隱若現／若晦若明。

一目十行 ㄧˊ ㄇㄨˋ ㄕˊ ㄏㄤˊ

【釋義】一次可同時閱讀十行文字。
【出處】劉克莊・雜記六言詩：「五更三點待漏，一目十行讀書。」
【用法】形容讀書敏捷，速度極快，記憶力強。
【例句】那位張姓學童，讀起書來**一目十行**，到口成誦，堪稱「神童」。
【義近】過目成誦／過目不忘／十行俱下／到口成誦。
【義反】尋行數墨／過目即忘。

一匡天下 ㄧˋ ㄎㄨㄤ ㄊㄧㄢ ㄒㄧㄚˋ

【釋義】使天下的一切都轉入正軌。匡：用作使動詞，把什麼匡正、扶正的意思。
【出處】論語・憲問：「管仲相桓公，霸諸侯，一匡天下，民到於今受其賜。」
【用法】本意是讚揚管仲的豐功偉績，後用以指稱結束分裂局面，統一天下。
【例句】諸葛亮有恢復漢室、**一匡天下**的決心，可惜出師未捷身先死，令人惋惜啊！

【義近】一統天下／囊括四海／并吞八荒／包舉宇內。
【義反】四分五裂／半壁江山／分而治之／殘山剩水／苟安一隅。

一如既往

【釋義】一切就像從前一樣。既往：以往，從前。
【用法】用以說明社會、人和事物等都沒有什麼變化。
【例句】隨著經濟的發展，農村生活也有了長足的改善，但純樸好客的民風，仍**一如既往**，沒有改變。
【義近】一成不變／蕭規曹隨／率由舊章／蹈常襲故／墨守成規／陳陳相因／因循守舊。
【義反】除舊更新／革故鼎新／推陳出新／日新月異。

一字一珠

【釋義】一個字就好像是一顆珍珠一樣珍貴。
【出處】才調集・薛能・贈歌者詩：「一字新聲一顆珠，轉喉疑是擊珊瑚。」吳敬梓・儒林外史三回：「這樣文字，連我看一兩遍也不能解，直到三遍之後，纔曉得是天地間之至文，眞乃一字一珠。」
【用法】喻文章寫得很好，或形容歌聲圓潤宛轉。
【例句】這篇文章眞是**一字一珠**，寫得理充詞沛，值得習文者多加揣摩。
【義近】一字千金／字字珠璣／金章玉句。
【義反】陳腔濫調／蛙鳴蟬噪／蠅鳴蚓唱／驢鳴犬吠。

一字一淚

【釋義】每個字裏面都浸透了眼淚。
【出處】明・李贄・焚書・與焦漪園：「寫至此，一字一淚，不知當向何人道，當與何人讀，想當照舊剃髮歸山去矣。」
【用法】形容文字寫得淒楚動人，感人肺腑。
【例句】革命烈士林覺民在參加廣州起義前夕寫給夫人陳意映的訣別書，眞是**一字一淚**，令人讀後無不深受感動。
【義近】字字血淚／語眞意切／哀感頑豔／感心動耳／眞情實感。
【義反】無病呻吟／言虛意假／生拉硬扯／矯揉造作／裝腔作勢。

一字千金

【釋義】一個字價值千金。
【出處】司馬遷・史記・呂不韋列傳：「呂不韋乃使其客人人著所聞……號曰呂氏春秋。布咸陽市門，懸千金其上，延諸侯游士賓客有能增損一字者予千金。」
【用法】用以稱詩文價值很高或文辭精妙。
【例句】這本書是他嘔心瀝血，耗盡一生歲月之作，文辭之高妙，任誰也找不出瑕疵，眞可謂是**一字千金**。
【義近】一字一珠／一字不易／字字珠璣／金章玉句／無下筆處。
【義反】驢鳴犬吠。

一字不易

【釋義】沒有一個字可以更改。
【出處】新唐書・文藝傳：「張九齡視其草，欲易一字，卒不能也。」
【用法】用以稱讚別人的文字精鍊到無可更改的地步。
【例句】歐陽修爲文極其嚴肅認眞，寫好後總要反覆潤色加工，所以他流傳下來的文章，大多是**一字不易**的佳作。
【義近】文字嚴謹／文不加點／無下筆處。
【義反】浮文贅字／冗詞贅句／疵蒙謬累／連篇累牘。

一字不苟

【釋義】一個字也不隨便落筆。不苟：不隨便，不馬虎。
【出處】宋・陳亮・題喻季直文編：「蓋將包羅眾體，而一字不苟，讀之亹亹而無厭也。」
【用法】說明寫作態度極其嚴肅認眞，每一個字都不含糊隨便。
【例句】任何一個有成就的作家，在創作中都是**一字不苟**，毫不含糊的。
【義近】字斟句酌／推敲再三／嘔心瀝血／惜墨如金／雕章鏤句／千錘百鍊。
【義反】東塗西抹／率爾操觚／舞文弄墨／無所用心／不費心血／悠哉游哉。

一字師

【釋義】爲人改正一個字的老師，稱之爲一字師。
【出處】五代史補・三載：齊己早梅詩有「前村深雪裏，昨夜數枝開」句，鄭谷改「數枝」爲「一枝」，時人稱鄭谷爲一字師。
【用法】用以稱許別人學識修養的豐富。
【例句】我曾經把論語的「論」讀錯了，有位同事糾正我的讀音，他眞是我的**一字師**！

一字褒貶

【釋義】在一字之中寓含褒貶之意。
【出處】杜預・春秋經傳集解序：「春秋雖以一字爲褒貶，然皆須數句以成言。」
【用法】今指記事論人用字措辭嚴格而有分寸，語意含蓄而深刻。
【例句】寫評論文章要抱著嚴肅認眞的態度，字斟句酌，以求收到**一字褒貶**的功效。
【義近】微言大義／春秋筆削。

一帆風順

【釋義】船隻揚起風帆，一路順風行駛。
【出處】施耐庵・水滸傳四一回：「三隻大船載了許多人馬頭領，卻投穆太公莊上來。一帆風順……。」
【用法】形容做事順利，毫無阻礙。
【例句】無論升學或就業，他總是那麼**一帆風順**，令人羨慕不已。
【義近】一路順風／無往不利／萬事如意／順風順水。
【義反】一波三折／困難重重／好事多磨／驚濤駭浪。

一年之計在於春

【釋義】一年的計畫要在春天安排好，才能求得好的開始。計：計畫，打算。

【出處】南朝・梁・蕭繹・纂要：「一年之計在於春，一日之計在於晨。」

【用法】在一年開始時就做好計畫，爲全年的工作打下一個良好的基礎。

【例句】種田的人最懂得**一年之計在於春**的道理，所以春節一過，就著手安排春耕。

【義近】一日之計在於晨／一生之計在於勤／早起的鳥兒有蟲吃。

一年半載

【釋義】一年或半年。載：年。

【出處】喻世明言卷一八：「娘子不須掛懷，三載夫妻，恩情不淺，此去也是萬不得已，一年半載，便得相逢也。」

【用法】泛指一段既不算長也不算短的時間。

【例句】我要儘量把公事和家事都安排好，這次去美國恐怕要**一年半載**才能回來。

【義近】三年兩載。

【義反】日久天長／千秋萬代／遙遙無期／千年萬載。

一成不變

【釋義】一經形成就不再改變。

【出處】禮記・王制：「刑者侀也，侀者成也，一成而不可變，故君子盡心焉。」

【用法】形容墨守成規，不知變通。

【例句】社會在進步，法規亦應隨大眾的需要而做調整，不能**一成不變**。

【義近】一如既往／蕭規曹隨／率由舊章／蹈常襲故／墨守成規／陳陳相因／因循守舊。

【義反】除舊更新／革故鼎新／推陳出新／日新月異。

一而再，再而三

【釋義】一次又一次。再：第二次，又一次。

【出處】兪萬春・蕩寇志一〇九回：「那廝必然再用此法，一而再，再而三，我其危矣。」

【用法】說明同樣的事情或現象反覆地出現。

【例句】我這人比較嚴謹，寫出來的東西總要**一而再，再而三**地修改，才會比較放心。

【義近】三番二次／再三再四／翻來覆去。

【義反】一之爲甚，豈可再乎／僅此一次，下不爲例。

一至於此

【釋義】竟然到了這樣的地步。一：助詞，用在「至」前有加強語氣的作用。

【出處】晉書・簡文三子傳：「運極數窮，一至於此。」朱子語類卷一三：「貪生畏死，一至於此。」

【用法】說明事情（多指不好的）的發展已到了不堪設想、回天乏術的地步。

【例句】近來社會上綁票搶劫的事件不斷，使人不免感歎：「台灣的社會治安怎麼會**一至於此**呢？」

【義近】竟至於此／不堪設想／不可救藥／回天乏術。

【義反】始料所及／意料之中。

一衣帶水

【釋義】像一條衣帶那麼寬的水流。

【出處】南史・陳後主紀：「隋文帝謂僕射高熲曰：『我爲百姓父母，豈可限一衣帶水不拯之乎？』」

【用法】泛指一水之隔，不足爲阻。或比喻兩地相隔之近。

【例句】我國與日本僅**一衣帶水**之隔，理應和睦相處，世代友好。

【義近】一水之隔／近在咫尺／一箭之地／步武之間。

【義反】山南海北／關山迢遞／天南地北／天涯海角。

一佛出世，二佛涅槃

【釋義】死去活來，暈過去又醒過來。出世：生。涅槃：死，佛家語。佛：「佛陀」的省稱，爲佛教徒對得道者的稱呼。

【出處】水滸傳五二回：「眾人只得拿翻李逵，打得一佛出世，二佛涅槃。」

【用法】形容非常痛苦。

【例句】她有滿肚子的冤屈無處訴說，所以一見到我，就一面哭，一面說，直哭得**一佛出世，二佛涅槃**。

【義近】一佛出世，二佛生天／七死八活／死去活來。

一別如雨

【釋義】一離別便難再相逢，如同雨落地面，不會再回到雲中。

【出處】王粲・贈蔡子篤：「風流雲散，一別如雨。」

【用法】用以形容一離別就難以相聚，音信全無。

【例句】自從他返鄉離去後，便**一別如雨**，沒有人知道他的下落。

【義近】一去無踪／杳如黃鶴／杳無音信／魚沉雁杳／雁逝魚沉／音信全無。

【義反】來鴻去雁／雁足傳書／雁字魚書／傳書寄簡／書疏往返。

一抔黃土

【釋義】一抔：一捧。抔：用手捧物，也寫作「掊」。

【出處】司馬遷・史記・張釋之馮唐列傳：「假令愚民取長陵一抔土，陛下何以加其法乎？」明・魯丘瑞・蔣山致奠：「痛傷情，一抔黃土，高冢臥麒麟。」

【用法】用以指稱墳墓。

【例句】①愛妻不幸病故，荒郊外**一抔黃土**，叫我如何不悲傷！②名也罷、利也罷，到頭來不過是**一抔黃土**，萬事皆空。

【義近】一座孤墳。

一技之長

【釋義】具備某種技術特長。

【出處】李汝珍・鏡花緣六四回：「如有一技之長者，前來進謁，莫不優禮以待。」

【用法】形容一個人在某一領域或某一方面具特殊的技能。

【例句】在現代社會中，只要有**一技之長**，就可以過著衣食無虞的生活。

【義近】一技之善／一日之長。

【義反】一無所長／一無所能。

一改故轍

【釋義】一：全。一改：全然改變。故轍：舊轍，比喻常規，老路。轍：車輪壓出的痕跡。

【出處】晉·陶潛·詠貧士詩之一：「量力守故轍，豈不寒與飢。」元史·陳祖仁傳：「不宜膠於一偏，狃於故轍。」

【用法】表示徹底改變走慣了的老路或運用成習的常規、常法，而堅決走上新路或採用新規、新法。

【例句】時代在改變，社會在進步，我們只有**一改故轍**，才有可能趕上世界的潮流，立於不敗之地。

【義近】棄舊圖新／改弦更張／翻然改圖／改弦易轍。

【義反】重蹈覆轍／固守成法／頑固不化／執而不化／故步自封／固執己見。

一步登天

【釋義】走一步就到達天堂的美好境地。

【出處】清稗類鈔：「巡檢作巡撫，一步登天；監生當監臨，斯文掃地。」

【用法】比喻一下子達到很高的境界、程度或地位。

【例句】做人做事要腳踏實地，妄想**一步登天**，這是永遠不可能成功的。

【義近】一夕致富／鳶飛戾天。

【義反】一落千丈／按部就班／步步為營。

一決雌雄

【釋義】比一比高低，決一勝敗。雌雄：喻勝負高下。

【出處】司馬遷·史記·項羽本紀：「願與漢王挑戰，決雌雄。」羅貫中·三國演義三一回：「汝等各回本州，誓與曹賊一決雌雄。」

【用法】比喻堅決定個輸贏、決個勝負。

【例句】抗戰時期那些愛國將領無不熱血沸騰，誓與日本軍閥**一決雌雄**。

【義近】決一死戰／一決生死。

【義反】偃旗息鼓／握手言和／言歸舊好。

一沐三握髮

【釋義】在一次洗髮的時間內，須三度握其已洗散的頭髮，出來接見賓客。

【出處】司馬遷·史記·魯周公世家：「然我一沐三握髮，一飯三吐哺，起以待士，猶恐失天下之賢人。」

【用法】比喻招攬人才，求賢納士的殷切。

【例句】要把國家治理好，為政者應有「**一沐三握髮**」的精神，以禮賢下士，招納人才。

【義近】一飯三吐哺／三顧茅廬／禮賢下士／求賢若渴／三薰三沐。

【義反】踐踏人才／傲賢慢士／唯我獨尊。

一男半女

【釋義】一、半：只是極言其少，並非實數。半，更是比喻很少。

【出處】京本通俗小說·志誠張主管：「員外何不取房娘子，生得一男半女，也不絕了香火。」

【用法】形容子女不多。

【例句】這對夫妻恩愛逾恆，人人稱羨，可惜沒有**一男半女**承歡膝下。

【義近】孤家寡人／膝下猶虛。

【義反】兒女成行／瓜瓞綿綿／百子千孫。

一見如故

【釋義】初次相見就情投意合，像老朋友一樣。故：意指老朋友。

【出處】張洎·賈氏譚錄：「李鄴侯為相日，吳人顧況西遊長安，鄴侯一見如故。」

【用法】形容初見時的熱情、融洽或談得十分投機。

【例句】他們倆雖是初次見面，卻**一見如故**，稍作寒暄，就熱烈地聊起來了。

【義近】傾蓋如故／相見恨晚／一面如舊。

【義反】白頭如新。

一見傾心

【釋義】傾心：嚮往，愛慕。

【出處】司馬光·資治通鑑·晉孝武帝太元九年：「主上與將軍風殊類別，一見傾心，親如宗戚。」

【用法】形容人一見面就有好感，而產生愛慕之情。通常用在兒女私情上。

【例句】在許多社交聯誼場合中，不少青年男女**一見傾心**，終成佳偶，誠為美事。

【義近】一見如故／傾蓋如故／一面如舊／一見鍾情／一見傾倒。

【義反】白頭如新／見而生厭。

一見鍾情

【釋義】一見面就產生愛情。鍾情：愛情專注。

【出處】劉義慶·世說新語·傷逝：「情之所鍾，正在我輩。」西湖佳話：「乃蒙郎君一見鍾情，故賤妾有感於心。」

【用法】主要用來形容男女之間初見一面，就萌發出很深的愛情。偶爾也用來指一見事物就產生感情。

【例句】那女子亭亭玉立，風姿綽約，怎能不叫青年男子**一見鍾情**！

【義近】一見傾心／一見傾倒。

一言九鼎

【釋義】一句話有九個鼎那麼重的分量。九鼎：古代傳國的寶器。

【出處】司馬遷·史記·平原君傳載：毛遂說服楚王出兵救趙，平原君贊揚他說：「毛先生一至楚而使趙重於九鼎大呂。毛先生以三寸之舌，強於百萬之師。」

【用法】用以比喻有決定作用的言論，或很有分量的話。

【例句】這個問題原本各界爭論不休，直到權威人士發表談話才解決了紛爭，真是**一言九鼎**啊！

【義近】一諾千金／一槌定音。

【義反】人微言輕。

一言以蔽之

【釋義】用一句話來概括它。蔽

：遮，引申爲概括。

【出處】論語・爲政：「詩三百，一言以蔽之，曰：『思無邪。』」

【用法】用來表示概括性的結論，或總結上文。

【例句】他這種諂媚逢迎的態度，**一言以蔽之**，其目的無非是想往上爬。

【義近】總而言之／概而言之。

【義反】一言難盡。

一言半語

【釋義】一句半句。言、語：在此均爲「句」的意思。

【出處】司馬遷・史記・魏公子列傳：「今吾且死，而侯生曾無一言半辭送我……。」

【用法】用來表示說話很少。

【例句】有些人行事特別謹慎，唯恐說錯話招惹禍端，即使非發表意見不可，也不過**一言半語**而已。

【義近】三言兩語／口不多言／時然後語。

【義反】喋喋不休／呶呶不止／絮絮叨叨。

一言既出，駟馬難追

【釋義】一句話既已出口，就是最快的馬車也無法追回。既：已經。駟馬：四匹馬拉的車，古代最快的交通工具。

【出處】論語・顏淵：「駟不及舌。」歐陽修・筆說：「俗云：『一言出口，駟馬難追。』」

【用法】形容話已出口，無法收回；表示說話要算數，決不反悔。

【例句】古人云：「**一言既出，駟馬難追**。」我們做人要說話算話，不可輕易反悔。

【義近】說一不二／言信行果／一言駟馬／一諾千金。

【義反】出爾反爾／言而無信／食言而肥／墨瀋未乾。

一言爲定

【釋義】話一說定，就不再反悔變更。

【出處】紀君祥・趙氏孤兒：「程嬰，我一言已定，你再不必多疑了。」

【用法】多用於強調自己或對方遵守信約。

【例句】我做生意最討厭拖泥帶水的，既然你我雙方都有誠意合作，咱們就**一言爲定**。

【義近】說一不二／言信行果／一言駟馬／一諾千金。

【義反】出爾反爾／言而無信／食言而肥／墨瀋未乾。

一言喪邦

【釋義】一句話失誤，可以使國家衰亡。喪：喪失、衰敗、淪亡。邦：國家。

【出處】論語・子路：「魯定公問孔子曰：『一言而喪邦，有諸？』」（諸：「之乎」的合音。）

【用法】說明作爲國家、政府的領導人，說話務必要嚴肅謹慎，否則便會給國家和人民帶來不幸。

【例句】現今兩岸的領導人除了要有高深的智慧外，更應以**一言喪邦**爲誡，否則將容易引起彼此的不安。

【義近】一言僨事／一言喪國／一言亡國。

【義反】一言興國／一言興邦／一言定乾坤。

一言興邦

【釋義】一句話便可以使國家興隆。

【出處】論語・子路：「一言而可以興邦，有諸？」

【用法】用以說明說話要多爲國家、事業著想，抱持認眞負責的態度，提出寶貴意見。

【例句】所謂**一言興邦**，知識分子應該勇於提出國是建言，以供爲政者參考。

【義近】一言定乾坤／一言興國／一言利國。

【義反】一言喪邦／一言失國。

一言難盡

【釋義】一句話難以將事情交代完全。

【出處】馬致遠・青衫淚：「苦死人也，教我一言難盡。」

【用法】形容事情曲折複雜，或有難言之苦。常帶有感歎語氣。

【例句】我花了五年的時間才完成這件作品，創作過程的艱辛眞是**一言難盡**。

【義近】言不盡意／說來話長。

【義反】一言以蔽之／一語破的／一針見血／暢所欲言。

一身是膽

【釋義】全身都是膽，極言其膽大不怕死。

【出處】陳壽・三國志・蜀書・趙雲傳・裴松之注：「先主明旦自來，至雲營圍視昨戰處，曰：『子龍一身都是膽也！』」

【用法】用以形容人極爲英勇，無畏挑戰。

【例句】老王年輕時是位抗日英雄，**一身是膽**，殲滅敵人無數。

【義近】渾身是膽／天不怕地不怕。

【義反】膽小如鼠／膽戰心驚／戰戰兢兢。

一事無成

【釋義】一件事也沒有做成。

【出處】白居易・除夜寄微之詩：「鬢毛不覺白毿毿，一事無成百不堪。」

【用法】歎息虛度光陰，毫無成就。

【例句】人生在世，一要有志向，二要有刻苦精神，三要有毅力，否則便會**一事無成**。

【義近】徒勞無功／一無所成／老大徒傷悲。

【義反】功成名就／碩果累累。

一刻千金

【釋義】一刻時光價值千金。一刻：指短暫的時間，古以一晝夜爲一百刻。

【出處】蘇軾・春夜詩：「春宵一刻值千金，花有清香月有陰。」

【用法】比喻時間寶貴。

【例句】古人說「**一刻千金**」，我們現在說「時間就是金錢」，意思都是要人們珍惜時光，努力完成自己的事業。

【義近】一寸光陰一寸金／尺璧寸陰。

【義反】虛擲光陰／虛度年華。

一呼百諾

【釋義】有錢有勢的人一聲呼喚，手下的人立刻答應。
【出處】元曲選・舉案齊眉：「堂上一呼，階下百諾。」
【用法】形容權勢顯赫，侍從和奉承者甚多。
【例句】賈母遊園賞花，丫鬟奴婢前呼後擁，**一呼百諾**，好不威風！
【義近】一呼百應／威風凜凜／權傾九卿／前呼後擁。
【義反】充耳不聞／不理不睬／形單影隻／孑然一身。

一呼百應

【釋義】一人召喚，四方就有眾多人跟著響應。百：形容眾多。
【出處】司馬遷・史記・淮陰侯列傳：「俊雄豪傑，連袂一呼，天下之士，雲合霧集。」
【用法】形容所作所為順應人心，深得民眾擁護，起而響應的人很多。
【例句】能以民之所欲，欲之，一切以民意為依歸的執政者，自能**一呼百應**，深獲民眾愛戴。
【義近】一呼四應／一呼百諾／一唱百和。
【義反】眾叛親離／分崩離析。

一命嗚呼

【釋義】嗚呼：表示歎息哀喪之詞，引申為「死亡」。
【出處】劉鶚・老殘遊記一五回：「誰知這個女婿，去年七月感了時氣，到了八月半邊，就一命嗚呼的死了。」
【用法】用以指稱死亡，但語含詼諧，不宜濫用。
【例句】隔壁張家的少年，經常深夜飆車逞英雄，前幾天車禍，未及送醫便**一命嗚呼**，真是可惜啊！
【義近】一命歸陰／一命歸西／命喪黃泉／撒手人寰／一瞑不視／嗚呼哀哉。
【義反】起死回生／化險為夷／安然無恙。

一夜夫妻百日恩

【釋義】一夜：言時間短。百日：言時間長。一、百：均非實數。
【出處】元・關漢卿・救風塵三折：「可不道一夜夫妻百日恩，你可便息怒停嗔。」
【用法】指一旦結為夫妻，儘管時間短，也應像時間長久那樣感情深厚，恩愛逾恆。
【例句】俗話說得好，**一夜夫妻百日恩**，你我結婚多年，怎麼能為一點小事就提出離婚呢？

一官半職

【釋義】身有一定的官職（多指較低微的）。一、半：低微的意思。
【出處】王實甫・西廂記第四本四折：「都只為一官半職，阻隔得千山萬水。」
【用法】今常用來說明所擔任的官職低微。
【例句】古人讀書為求中舉，好謀個**一官半職**，光宗耀祖。
【義近】芝麻小官／官職卑微／九品微官。
【義反】一方之任／位極人臣／達官顯宦／達官貴人。

一往情深

【釋義】對人對事始終寄以真摯深厚的感情。一往：全心嚮往或一直不變。
【出處】劉義慶・世說新語・任誕：「桓子野每聞清歌，輒喚奈何！謝公聞之曰：『子野可謂一往有深情。』」
【用法】形容人寄情深遠，十分嚮往依戀；或形容陷入感情的深淵而無法自拔。
【例句】俗話說：「癡心女子負心漢。」明知自己的男友已另有心上人，可是她卻無法忘懷與男友共度的美好時光，仍然對他**一往情深**。
【義近】情意綿綿／情深意切／情深似海。
【義反】寡情薄義／無情無義。

一往無前

【釋義】無所畏懼地向前進。一往：一直向前。無前：不怕前面的困難險阻。
【出處】孫傳庭・官兵共戰斬獲疏：「曹變蛟遵臣指畫，與北兵轉戰衝突，臣之步兵莫不一往無前。」
【用法】形容一個人毫無所懼，奮勇前進。
【例句】做任何事只要本著**一往無前**的精神，終有成功的一天。
【義近】勇往直前／義無反顧／再接再厲。
【義反】畏縮不前／逡巡遁逃／瞻前顧後。

一念之差

【釋義】一個念頭的錯誤。
【出處】楚辭後語・鴻鵠歌：「一念之差，甚怨造禍，以至於此，固無兩全之理矣。」
【用法】用以說明只因一個小小的錯誤，卻招來嚴重的惡果，或導致前功盡棄的結局。
【例句】周教授一向深得同事們的尊敬和學生們的愛戴，後來只因**一念之差**，做了錯事，結果落得身敗名裂。
【義近】一時疏忽／一著失棋。
【義反】深思熟慮／反覆推敲／思慮周詳。

一拍即合

【釋義】一打拍子就符合曲調的節奏。即：就。
【出處】李綠園・歧路燈一八回：「君子之交，定而後求；小人之交，一拍即合。」
【用法】比喻彼此觀點、意見或利益相同，能夠很快地相互熟識。多含貶義。
【例句】他們兩個都是「今朝有酒今朝醉」的人，所以初次相遇便能**一拍即合**。
【義近】同聲相應／臭味相投／氣味相投／一見如故。
【義反】羞與為伍／形同陌路／不相為謀／水火不容。

一枕黃粱

【釋義】黃米飯尚未蒸熟，而美夢已醒。
【出處】沈既濟・枕中記：盧生一覺醒來，見所炊煮的黃粱尚未熟，歎息說：「豈其夢寐耶？」袁枚・夢：「一枕黃粱醒即休。」
【用法】比喻癡心妄想或說明虛幻夢想的破滅。

【例句】袁世凱無時無刻不想當皇帝，而且處心積慮計畫了很久，其結果也只是**一枕黃粱**罷了。
【義近】鏡中之花／水中之月／南柯一夢／黃粱夢醒／人生若夢。
【義反】夢想成眞／如願以償／心想事成。

一板一眼 ㄧˋ ㄅㄢˇ ㄧˋ ㄧㄢˇ

【釋義】板、眼：民族音樂和戲曲中的節拍，每小節中最強的拍子叫板，其餘的拍子叫眼。
【出處】明．王驥德．曲律二：「蓋凡曲，句有長短，字有多寡，調有緊慢，一視板以爲節制，故謂之板眼。」
【用法】比喩說話行事有條有理，合規矩，不馬虎。也比喩做事死板，不能靈活變通。
【例句】①你不要看他外表一副圓滑的模樣，說起話來可是**一板一眼**的。②他是個死腦筋，辦起事來總是**一板一眼**的，稍微變通一下都不行。
【義近】一板三眼／有板有眼／井井有條／一絲不苟。
【義反】漫無條理／雜亂無章／漫無頭緒／得過且過／隨機應變。

一波三折 ㄧˋ ㄅㄛ ㄙㄢ ㄓㄜˊ

【釋義】指寫字筆劃曲折多姿。一波：一劃。三折：三折筆鋒。
【出處】王羲之．題衛夫人筆陣圖後：「每作一波，常三過折筆。」
【用法】現比喩事情的進行阻礙多、曲折多，很不順利。
【例句】做學問的確不容易，研究任何一個有深度的問題，都要經過**一波三折**。
【義近】困難重重／曲曲折折／躓踣者屢。
【義反】一帆風順／水到渠成／瓜熟蒂落／馬到成功。

一波未平，一波又起 ㄧˋ ㄅㄛ ㄨㄟˋ ㄆㄧㄥˊ ㄧˋ ㄅㄛ ㄧㄡˋ ㄑㄧˇ

【釋義】一層波還未平息，另一層波浪又興起。
【出處】劉禹錫．浪淘沙：「流水淘沙不暫停，前波未滅後波生。」
【用法】比喩事情挫折甚多，一事未了，另一事又發生。也用來形容文勢起伏不定的樣子。
【例句】小倆口的爭執還沒平息，好事者又來搬弄是非，眞是**一波未平，一波又起**。
【義近】一波三折／事故疊起。
【義反】清風徐來，水波不興／波平如鏡／風平浪靜／萬事如意。

一狐之腋 ㄧˋ ㄏㄨˊ ㄓ ㄧˋ

【釋義】腋：讀音ㄧˋ，語音ㄧㄝˋ，狐狸腋下的皮毛。
【出處】司馬遷．史記．趙世家：「簡子曰：『吾聞千羊之皮，不如一狐之腋。』」
【用法】用來比喩極珍貴、稀有的東西。
【例句】一顆小小的鑽石，就如**一狐之腋**，貴得驚人，因它得來不易。
【義近】物華天寶／珍逾拱璧／牛黃狗寶。
【義反】千斤羊皮／一草一木／牛溲馬勃／竹頭木屑／腹背之毛。

一知半解 ㄧˋ ㄓ ㄅㄢˋ ㄐㄧㄝˇ

【釋義】知道的很少，理解得不夠深透。
【出處】嚴羽．滄浪詩話．詩辨：「詩道亦在妙悟……有透徹之悟，有但得一知半解之悟。」
【用法】形容所知不多，理解膚淺。
【例句】做學問不能滿足於**一知半解**，要有「打破砂鍋問到底」的精神，深入探索，才能得到眞知。
【義近】淺嘗輒止／似是而非／不求甚解／囫圇吞棗。
【義反】融會貫通／廣見博識／深研博覽。

一表人才 ㄧˋ ㄅㄧㄠˇ ㄖㄣˊ ㄘㄞˊ

【釋義】表：指人的外表、儀容。人才：也作「人材」，這裏指端正的相貌。
【出處】明．湯顯祖．南柯記．粲誘：「想起駙馬一表人才，十分雄勢，俺好不愛他，好不重他！」
【用法】形容人面貌端正俊秀，外表軒昂出眾。
【例句】這位青年不僅學識豐富，精通三國語言，而且**一表人才**，風度翩翩。
【義近】一表非凡／儀表非凡／儀表堂堂／玉樹臨風／氣宇軒昂。
【義反】怪模怪樣／猥瑣不堪／聳肩縮背／尖嘴猴腮。

一表非凡 ㄧˋ ㄅㄧㄠˇ ㄈㄟ ㄈㄢˊ

【釋義】人的容貌儀表非尋常人可比。表：外貌，儀表。
【出處】吳承恩．西遊記五四回：「女王閃鳳目，簇蛾眉，仔細觀看，果然一表非凡。」
【用法】多用於形容男子的容貌儀表出眾。
【例句】影片中的男主角不僅演技高超，而且長得**一表非凡**，無怪乎吸引那麼多愛慕的眼光。
【義近】一表人才／相貌堂堂／丰神俊朗／器宇軒昂。
【義反】其貌不揚／獐頭鼠目／尖嘴猴腮。

一則以喜，一則以懼 ㄧˋ ㄗㄜˊ ㄧˇ ㄒㄧˇ ㄧˋ ㄗㄜˊ ㄧˇ ㄐㄩˋ

【釋義】一則：文言詞語，一方面的意思。懼：恐懼害怕。
【出處】論語．里仁：「子曰：『父母之年，不可不知也，一則以喜，一則以懼。』」
【用法】用以說明某些事情有其雙重性：一方面爲之感到高興，另方面卻又爲之而感到恐懼。
【例句】孩子慢慢長大了，做父母的不免**一則以喜，一則以懼**。長大了，是我們的心願；但又怕不聽話，到外面惹是生非鬧出事來。
【義近】憂喜參半／有憂有喜。

一客不煩二主 ㄧˋ ㄎㄜˋ ㄅㄨˋ ㄈㄢˊ ㄦˋ ㄓㄨˇ

【釋義】一件事不麻煩兩個人。一客：一人，一個人的事。
【出處】續傳燈錄．堂遠禪師：「一鶴不棲雙木，一客不煩兩家。」
【用法】用以說明自始至終都由一人成全其事，不再麻煩他人。

【例句】這件事就請你全力幫助，**一客不煩二主**，我就不再找其他的人了。

【義近】一客不煩兩家／一客不犯二主。

【義反】事煩千家。

一度著蛇咬，怕見斷井索

【釋義】被蛇咬過一次以後，看見井邊的斷井索也會懷疑是蛇而害怕。一度：一次。著：猶遭。

【出處】普濟．五燈會元．龍門遠禪師法嗣：「趙州道：『無意者如何？』師曰：『一度著蛇咬，怕見斷井索。』」

【用法】比喻在某件事上吃了苦頭，或吃虧上當了，以後只要一遇到類似的事情，就會感到驚恐害怕。

【例句】膽子放大一點，不要**一度著蛇咬，怕見斷井索**。我敢保證，這次的投資，絕不會像上次一樣無功而返。

【義近】一年被蛇咬，三年怕草索／一夜被蛇咬，十日怕麻繩／一朝被蛇咬，三年怕井繩。

【義反】吃一塹長一智／不經一事，不長一智／前人失腳，後人把滑／前事不忘，後事之師。

一柱擎天

【釋義】一根柱子支撐著天。擎：支撐。

【出處】唐大詔令集六四．賜陳敬瑄鐵券文：「卿五山鎮地，一柱擎天，氣壓乾坤，量含宇宙。」

【用法】比喻人能擔當天下的重任。

【例句】諸葛亮「受命於敗軍之際，奉命於危難之間」，但經過他苦心經營，劉備終於建立了蜀漢。像諸葛亮這樣的人，眞可算是**一柱擎天**的偉大人物。

【義近】頂天立地／頂梁大柱／擎天大柱／旋乾轉坤。

【義反】一木難支／難勝大任／無力回天。

一面之交

【釋義】見一次面的交情。

【出處】崔寔．本論：「且觀世人之相論也，徒以一面之交，定臧否之決。」

【用法】形容交情不深，了解不多。

【例句】我與他雖然只是**一面之交**，但我相信他的爲人正派，是不用懷疑的。

【義近】一面之雅／點頭之交／萍水相逢。

【義反】莫逆之交／刎頸之交／生死知己／情同手足。

一面之詞

【釋義】單方面說的話。

【出處】羅貫中．三國演義八七回：「孔明曰：『吾亦難憑一面之詞。』」

【用法】用以說明對於兩方的爭執，不能單聽取一方的話就作出判斷。

【例句】王先生雖然有些小缺點，但並不像他說的那麼壞，你要多作了解，不能單聽他的**一面之詞**。

【義近】片面之詞／一方之言。

【義反】衆口一詞／口徑一致／人言無異／異口同聲。

一面之緣

【釋義】有見過一面的緣分。

【出處】曹雪芹．紅樓夢一回：「那僧說：『若問此物（指通靈寶玉），倒有一面之緣。』說著取出遞與士隱。」

【用法】今指稱與某人僅有過晤面一次的機緣。

【例句】我與王小姐僅有**一面之緣**，現在就論及婚嫁，未免過於唐突。

【義近】一面之識／一面之交／點頭之交／一面之雅。

【義反】緣慳一面／素昧平生／素不相識／水米無交。

一飛衝天

【釋義】一飛就衝向青天。

【出處】司馬遷．史記．滑稽列傳：「此鳥不飛則已，一飛衝天；不鳴則已，一鳴驚人。」

【用法】比喻人平時沒沒無聞，看不出有何作爲，卻突然有驚人之舉，令人刮目相看。

【例句】美籍華裔朱棣文博士平日並不怎麼引人注目，卻獲得了一九九七年諾貝爾物理獎，眞是**一飛衝天**，令人讚賞不已。

【義近】一鳴驚人／直衝九霄／脫穎而出／一舉千里／直上青雲。

【義反】曠世不鳴／沒沒無聞／庸庸碌碌。

一食萬錢

【釋義】一頓飯或一日的飲食用掉上萬的錢財。

【出處】晉書．何曾傳：「曾字穎考，性奢豪，食日萬錢，猶曰無下箸處。」

【用法】形容飲食、生活極爲奢侈。

【例句】現在有許多人講究排場，奢侈成風，竟至**一食萬錢**的地步，以示闊氣。

【義近】揮金如土／炊金饌玉／食前方丈／雕蚶鏤蛤。

【義反】飢不擇食／食不果腹／殘杯冷炙／饘粥餬口／簞食瓢飲／朝齏暮鹽。

一個巴掌拍不響

【釋義】一個巴掌：比喻只有一方面。

【出處】曹雪芹．紅樓夢五八回：「『一個巴掌拍不響』，老的也太不公些，小的也太可惡些。」

【用法】比喻鬧事絕不可能是單方面的，一定要雙方對立才鬧得起事來。

【例句】你們兩個都不要再推卸責任了，所謂**一個巴掌拍不響**，雙方一定都有不對的地方。

【義近】孤掌難鳴。

一家之言

【釋義】能自成一家的學術著作。言：指著作。

【出處】司馬遷．報任少卿書：「亦欲以究天人之際，通古今之變，成一家之言。」

【用法】本指有獨特見解並能自成體系的學術論著，現也用來泛指某一派或某一人的見解和說法。

【例句】①古往今來的學者甚多，但能成**一家之言**者，實在寥若晨星。②王教授今天所作的學術報告，只能算**一家之言**，其見解鄙人實在不敢苟同。

【義近】一家之論／一家之學／自成一家／機杼一家。

【義反】不刊之論／讜言正論。

一席之地

【釋義】席子大的一塊地方。席：席子，用竹篾等編成的平片的東西，作鋪床、鋪地等用。

【出處】舊唐書．后妃傳上：「婦人智識不遠，有忤聖情，然貴妃久承恩顧，何惜宮中一席之地，使其就戮，安忍取辱於外哉！」

【用法】用來比喻極小的地方。

【例句】我初來台北謀生，要求不高，能吃飽穿暖，再有**一席之地**容身，也就心滿意足了。

【義近】立錐之地／立足之地／插針之地／咫尺之地。

【義反】沃野千里／一馬平川／一望無際／天寬地闊。

一座皆驚

【釋義】所有在座的人都感到吃驚。一：整個，全部。

【出處】宋．孔平仲．續世說．李光顏：「光顏乃大宴軍士，三軍咸集，命使者進妓。妓至，則容止端麗，殆非人間所有，一座皆驚。」

【用法】形容人言行奇特、才華橫溢或儀容出眾，致使在座的人無不為之驚歎。

【例句】這年輕人不僅一表人才，而且才華出眾，所談所論無不深邃透徹，以致令**一座皆驚**。

【義近】一座盡傾／滿座稱賞。

【義反】平淡無奇／嗤之以鼻。

一座盡傾

【釋義】座：座位。傾：傾倒、佩服。是說滿座的人都非常賞識、佩服。

【出處】司馬遷．史記．司馬相如列傳：臨邛縣令親自請司馬相如到卓王孫家飲宴，「相如不得已，強往，一座盡傾。」

【用法】形容人的才學或外貌非常優秀，使人心生愛慕。有讚美之意。

【例句】王小玉說書，方抬起頭，向台下一盼，滿園子便鴉雀無聲，**一座盡傾**，為之叫好。

【義近】一唱三歎／拍案叫絕／擊節讚賞。

【義反】不過爾爾／平淡無奇。

一息尚存

【釋義】還有一口氣。

【出處】論語．泰伯：「死而後已，不亦遠乎！」朱熹集注：「一息尚存，此志不容少懈，可謂遠矣。」

【用法】表示只要還有一口氣，就要為實現自己的理想、志願而奮鬥。

【例句】我還有許多創作未完成，只要我**一息尚存**，就要永不停止地筆耕下去。

【義近】雙目未瞑。

【義反】屍居餘氣／奄奄一息。

一旅中興

【釋義】旅：士卒五百人為一旅。中興：指由衰落而興盛。全句是說一個旅便可完成中興大業。

【出處】左傳．哀公元年：「少康有田一成，有眾一旅。」夏朝少康光復夏統，號稱「中興」。

【用法】用以比喻只要有決心，雖沒有大力量，亦可以完成使命。

【例句】夏朝少康**一旅中興**的故事告訴我們，事在人為，天下沒有無法完成的事。

【義近】三戶亡秦／以寡擊眾／一成一旅／毋忘在莒。

【義反】眾志成城。

一時之秀

【釋義】一時：某一時期或時代。秀：優秀，傑出。

【出處】周書．唐瑾傳：「時六尚書皆一時之秀，周文自謂得人，號為六俊。然瑾尤見器重。」

【用法】用以指一個時期或時代中出類拔萃的優異人物。

【例句】康有為、梁啓超不但力主改革專制政治，且在學術研究、文學創作等領域亦有獨特建樹，可謂**一時之秀**。

【義近】一時之選／一代風流／一時俊彥／一時名流。

【義反】凡夫俗子／繡花枕頭／斗方之士／庸碌之流。

一時名流

【釋義】一個時代的卓越人物。

【出處】劉義慶．世說新語．品藻：「孫興公、許玄度皆一時名流。」

【用法】常用以稱一個時代的著名人物。

【例句】胡適、張大千等人，都在他們各自的領域中締造了卓越的成就，不愧為**一時名流**。

【義近】一代奇才／一時之傑／一時俊彥。

【義反】無名之輩／斗方之士／庸碌之流。

一時緩急

【釋義】緩：減低。即「緩一時之急」的倒裝句。

【出處】司馬遷．史記．游俠列傳序：「且緩急，人之所時有也。」

【用法】形容臨時發生困難，急需別人的幫忙，以緩和困境。

【例句】我是不得已才開口向你借錢，只是**一時緩急**，不出一個月，一定連本帶利一併奉還的。

【義近】一旦緩急／一時之需。

一氣呵成

【釋義】一口氣做成。呵：張口呼氣。

【出處】李漁．閑情偶記：「北曲之介白者，每折不過數言。即抹去賓白而止讀填詞，亦皆一氣呵成，無有斷續。」

【用法】比喻文章氣勢流暢，首尾連貫；也比喻做事竭盡全力，迅速完成。

【例句】許多作家寫作，常常是把自己關在房間裏將文章**一氣呵成**的。

【義近】一揮而就／一舉成功。

【義反】拖拖沓沓／斷斷續續／雜湊成章。

一笑千金
【釋義】開口一笑，價值千金。
【出處】崔駰・七依：「迴顧百萬，一笑千金。」
【用法】用以形容美人一笑之難得。
【例句】賈寶玉為了搏得晴雯一笑，竟然撕掉了一把又一把的精美扇子，眞是**一笑千金**啊！
【義近】一笑傾城。

一笑置之
【釋義】笑一笑，把它放在一邊。置：擱置不管。
【出處】楊萬里・觀水嘆詩：「出處未可必，一笑姑置之。」
【用法】表示不值得理睬。
【例句】他自認行事端正，對於別人的惡意中傷，完全**一笑置之**。
【義近】付之一笑／一笑了之／置之度外／恝然置之。
【義反】刮目相看／視如珍寶。

一紙空文
【釋義】徒然寫在紙上而不能兌現的文字。空：徒然，白白地。
【出處】李寶嘉・官場現形記四六回：「近來又有了什麼外銷名目，說是籌了款項，只能辦理本省之事，只將來不過一紙空文咨部塞責。」
【用法】指條約、規定、計畫等，雖然明明白白寫在紙上，而實際上卻根本不能兌現。
【例句】他雖寫滿了一整張的行事曆，卻猶如**一紙空文**，至今仍未實行。
【義近】廢紙一張／空頭支票。
【義反】言出必行／說到做到。

一脈相承
【釋義】由同一個血統承授下來。一脈：一個血脈系統。
【出處】李綠園・歧路燈九二回：「如今這兩個侄兒，雖分鴻臚、宜賓兩派，畢竟一脈相承，所以一個模樣。」
【用法】比喻某種思想、學說、行為、作風等的繼承關係。
【例句】對《紅樓夢》的研究，胡適先生和俞平伯先生的觀點雖然有所不同，但大體上是**一脈相承**，聲氣相通的。
【義近】一脈相傳／一脈相通／同一衣缽／同宗共祖。
【義反】獨樹一幟／自創一格／一家之言。

一般見識
【釋義】一般：一樣，同樣。見識：見聞，知識。
【出處】元・關漢卿・魯齋郎一折：「若知是我，怎麼敢罵，我不和你一般見識。」
【用法】指不要跟比自己知識、修養差的人爭執，否則便顯得與對方同樣淺薄，同樣缺少修養。
【例句】你是公司的總經理，不必和這種無恥小人**一般見識**，讓他走算了。
【義近】比長論短／比權量力／一較長短。
【義反】追根究柢。

一針見血
【釋義】指醫務人員技術熟練，一下針就能見到血。
【出處】後漢書・郭玉傳：「一針即瘥。」
【用法】比喻說話或寫文章能抓住主旨，切中要害，見解透徹有力。
【例句】某報的社論不僅言簡意賅，而且往往能**一針見血**地指出社會弊端之所在。
【義近】一語破的／單刀直入。
【義反】無的放矢／百不中一／漫無邊際／隔靴搔癢。

一馬平川
【釋義】能夠縱馬疾馳的平地。平川：地勢平坦的地方。
【出處】端木蕻良・科爾沁旗草原：「一萬里一條駝絨地氈，沒有剪短一根毛絲，也沒落上一顆土星，一馬平川地舖向天邊去。」
【用法】形容地勢既平坦而又廣闊。
【例句】我國北方地區，因為**一馬平川**的草原甚多，所以牧民們世世代代在那裏逐水草而居，也因此養成了精於騎射、驍勇善戰的特性。
【義近】平川廣野／遼闊平原／一望無垠／天寬地闊。
【義反】層巒疊障／山巒疊起／崇山峻嶺。

一馬當先
【釋義】騎馬走在前面。
【出處】羅貫中・三國演義七一回：「黃忠一馬當先，馳下山來。」
【用法】形容遇事走在前面，有帶頭作用。
【例句】槍聲一響，三號跑道上的選手即**一馬當先**，超越其他選手。
【義近】開路先鋒／身先士卒／首開風氣／奮勇當先。
【義反】甘為人後／甘居下風／瞠呼其後／望塵莫及。

一乾二淨
【釋義】乾乾淨淨。
【出處】李汝珍・鏡花緣十回：「他是『一毛不拔』，我們是『無毛不拔』，把他拔的一乾二淨，看他如何！」
【用法】形容十分徹底、乾淨，一點也沒有剩下。
【例句】雖然歹徒將自己的罪行推得**一乾二淨**，但經由目擊證人的指證後，他也就無話可說了。
【義近】一掃而光／寸草不留。
【義反】拖泥帶水／不乾不淨。

一動不如一靜
【釋義】意即動不如靜。
【出處】張端義・貴耳集上載：宋孝宗遊靈隱寺，見飛來峯，問僧人道：「既是飛來，如何不飛去？」對曰：「一動不如一靜。」
【用法】用以表示多一事，不如少一事。
【例句】陳老師幾十年來，始終堅守教育崗位，有人高薪聘其改行，他卻抱著「**一動不如一靜**」的念頭予以拒絕。
【義近】以不變應萬變。

一唱一和
【釋義】一個人先唱，一個人隨聲應和。
【出處】陳叔方・潁川語小卷下：「呼應者一唱一和，律呂相應以成文也。」
【用法】比喻兩人互相配合，彼此呼應。多用於貶義，並含有諷刺意味。
【例句】他們兩人最喜歡在公司中挑撥是非，一旦開會討論問題，就**一唱一和**弄得大家不歡而散。
【義近】遙相呼應／一搭一唱。
【義反】自拉自唱／唱獨角戲。

一唱三歎

【釋義】一人唱歌，三人贊歎而應和之。唱：亦作「倡」。
【出處】荀子・禮論：「清廟之歌，一倡而三歎也。」蘇軾・和蔡景繁海州石室：「長篇小字遠相寄，一唱三歎神凄楚。」
【用法】也用於稱讚別人詩文婉轉而富於情味。
【例句】他的這篇文章寫得特別好，讀起來音韻鏗鏘，使人有**一唱三歎**之感。
【義近】餘音繞梁／韻味無窮／迴腸盪氣／擊節歎賞。
【義反】枯燥乏味／味同嚼蠟／蛙鳴蟬噪／驢鳴犬吠。

一唱百和

【釋義】又作「一倡百和」。一人首倡，百人附和。
【出處】桓寬・鹽鐵論：「人罷(疲)極而主不恤，國內潰而上不知，是以一夫倡而天下和。」
【用法】形容附和的人很多。
【例句】只要你的辦法確實能解決問題，並給大家帶來福祉，我保證會**一唱百和**。
【義近】一呼百應／應者如流。
【義反】無人應和／自唱自和。

一國三公

【釋義】一個國家有三個有權勢的公侯。公：公侯，國君。
【出處】左傳・僖公五年：「狐裘尨茸，一國三公，吾誰適從？」
【用法】比喻發號施令的人太多，使人難以適從。
【例句】一個團體的決策者太多，不僅於事無補，而且會令人有**一國三公**，無所適從的感歎。
【義近】政出多門／無所適從／官多難從／令出多人。
【義反】天無二日／政出一人／唯我獨尊。

一將功成萬骨枯

【釋義】將：將領。萬骨枯：形容死亡士兵之多。指一個將領的功業，是許多士兵死亡所換來的。
【出處】曹松・己亥歲詩：「澤國江山入戰圖，生民何計樂樵蘇，憑君莫問封侯事，一將功成萬骨枯。」
【用法】形容戰爭的殘酷悽慘。
【例句】戰爭是人類最愚蠢的行爲。要知道，**一將功成萬骨枯**，一場戰役廝殺之後，曠野間又要平添多少冤魂啊。

一張一弛

【釋義】有時緊迫，有時鬆弛。張：拉緊弓弦。弛：放鬆弓弦。
【出處】禮記・雜記下：「張而不弛，文武弗能也；弛而不張，文武弗爲也。一張一弛，文武之道也。」
【用法】比喻治國寬嚴相濟，理政有方；也可比喻將工作、休閒作合理的安排，以調適身心。
【例句】①爲政之道，當知**一張一弛**，寬嚴並濟，以收教化之功。②工作與休閒同等重要，**一張一弛**才能調適身心，增進工作效率。
【義近】寬嚴相濟／恩威並施／一嚴一寬／一鬆一緊。
【義反】張而不弛／弛而不張。

一得之愚

【釋義】一點淺薄的見解。愚：愚見，淺見，謙詞。
【出處】司馬遷・史記・淮陰侯列傳：「智者千慮，必有一失；愚者千慮，必有一得。」歸有光・論禦寇書：「一得之愚，敢不自竭。」
【用法】謙稱自己的見解粗淺。
【例句】我在本文中所論及的問題，不過是**一得之愚**，用以拋磚引玉，還請多指教！
【義近】一孔之見／芻蕘之言。
【義反】眞知灼見／遠見卓識。

一掃而空

【釋義】掃：掃除，清除。空：沒有什麼東西或沒有什麼內容。
【出處】明・沈德符・萬曆野獲編・紫柏評梅庵：「最後李卓吾出，又獨創特解，一掃而空之。」夏敬渠・野叟曝言一回：「將從來題詠，一掃而空。」
【用法】比喻把東西完全而徹底地清除乾淨了。
【例句】他辛辛苦苦收藏了多年的古玩書畫，沒想到昨天被一夥盜賊**一掃而空**，經警方多日的追查，卻連一點線索也沒有。
【義近】一掃而光／一掃無餘／一筆勾銷／一乾二淨／寸草不留。
【義反】應有盡有／不計其數／車載斗量／盈千累萬／拖泥帶水。

一敗塗地

【釋義】一旦失敗就肝腦塗地，極言其失敗之慘。塗地：敷染遍地。塗：抹、敷。
【出處】司馬遷・史記・高祖本紀：「天下方擾，諸侯並起，今置將不善，壹敗塗地。」索隱：「言一朝破敗，便肝腦塗地。」
【用法】形容徹底失敗，不可收拾。
【例句】他這次自信滿滿地出來競選，沒想到輸得**一敗塗地**，只拿到幾百票。
【義近】萬劫不復／土崩瓦解／全盤皆輸。
【義反】勢如破竹／所向無敵／所向披靡。

一望無垠

【釋義】一眼望去，看不到邊際。垠：邊際。
【出處】吳承恩・西遊記六四回：「行者道：『一望無際，似有千里之遙。』」
【用法】形容空間或地方遼闊。
【例句】火車奔馳在嘉南平原上，從窗口望出去，只見那**一望無垠**的田野，稻浪翻滾，一片金黃。
【義近】無邊無際／蒼蒼渺渺／

冥冥漠漠／橫無際涯。

一清二白

【釋義】清：清楚。白：明白。

【出處】李綠園・歧路燈四六回：「賈李魁道：『王紫泥、張繩祖他倆個，現在二門外看審官司哩，老爺只叫這二人到案，便一清二白。』」

【用法】形容事情非常清楚，沒有什麼含糊處。有時也形容為人清白而無污點。

【例句】①這錢是誰偷的已經**一清二白**了，人證物證俱在，還能抵賴嗎？②老校長，你應當相信我，我在這裏任教數年，向來**一清二白**，怎麼會去偷竊同事的錢財呢？

【義近】真相大白／水落石出／昭然若揭／潔身自愛／光明磊落。

【義反】真偽莫辨／魚目混珠／含糊不清／真假難分／撲朔迷離。

一清如水

【釋義】廉潔得就像水一樣純淨。清：此為「清官」的「清」，公正廉潔的意思。

【出處】凌濛初・初刻拍案驚奇卷二〇：「況且一清如水，俸資之外，毫不苟且，那有錢財贏餘。」

【用法】比喻為官廉潔，不貪錢財，只求任職期間有為國為民的政績。

【例句】在一黨專政的國家裏，政界貪污成風，要找到如包拯般**一清如水**的官員，實在太難了。

【義近】兩袖清風／一介不取／飲馬投錢／擺袖卻金／前庭懸魚／涓滴歸公。

【義反】貪贓枉法／中飽私囊／雁過拔毛／招權納賄／巧取豪奪。

一統天下

【釋義】統一全國。天下：指全國。

【出處】公羊傳・隱公元年：「何言乎王正月，大一統也。」

【用法】比喻把所有的地方收歸為一個政府管轄而不分裂。

【例句】秦始皇一即位，就有并吞八荒、**一統天下**的野心。

【義近】席卷天下／四海為一／包舉宇內／并吞八荒。

【義反】四分五裂／殘山剩水／半壁江山／苟安一隅。

一貧如洗

【釋義】貧窮得像遭水沖洗過。

【出處】關漢卿・竇娥冤：「小生一貧如洗，流落在這楚州居住。」

【用法】形容窮得什麼也沒有。

【例句】抗戰時期，全國一片蕭條景象，特別是農村中，許多人生活無著，**一貧如洗**。

【義近】家徒四壁／簞瓢屢空／甕牖繩樞／短褐穿結。

【義反】富可敵國／腰纏萬貫／富等三侯／富比封君。

一傅眾咻

【釋義】一個人教，眾人喧嘩搗亂。傅：教。咻：喧嘩。

【出處】孟子・滕文公下：「有楚大夫於此，欲其子之齊語也……一齊人傅之，眾楚人咻之，雖日撻而求其齊也，不可得矣。」

【用法】比喻環境對學習的影響深鉅。

【例句】學外語需要好環境，如果你在讀英語，眾人卻在旁邊朗誦中文，像這樣**一傅眾咻**，是學不好的。

【義近】一齊眾楚／一齊眾咻。

【義反】蓬生麻中／近朱者赤。

一勞永逸

【釋義】勞苦一次，永得安逸。逸：安逸，安樂。

【出處】班固・封燕然山銘：「茲可謂一勞而久逸，暫費而永寧也。」賈思勰・齊民要術・種苜蓿：「苜蓿長生，種者一勞永逸。」

【用法】形容辛勞的工作值得去做，勞苦一時可永享其利。

【例句】興修水利，開通河道，使農田旱澇保收，這才是**一勞永逸**的做法。

【義近】長計久安。

【義反】苟安一時／勞而無功。

一場春夢

【釋義】一場春宵好夢。

【出處】張泌・寄人詩：「倚柱尋思倍惆悵，一場春夢不分明。」趙令畤・侯鯖錄・七：「有老婦年七十，謂坡云：『內翰昔日富貴，一場春夢。』」

【用法】比喻轉眼成空，好景有如夢幻般地消失，使人感慨萬千。

【例句】這才曉得從前各事都是枉費心機，不過做了**一場春夢**。（李汝珍・鏡花緣）

【義近】南柯一夢／黃粱一夢／夢幻泡影／過眼雲煙。

【義反】美夢成真／如願以償／心想事成。

一寒如此

【釋義】貧寒潦倒得像這樣了。如此：表示到了令人驚訝的程度。

【出處】司馬遷・史記・范雎列傳：「魏使須賈於秦……曰：『范叔一寒如此哉！』乃取一綈袍以賜之。」

【用法】今多用以表示貧困到了極點，也用以表示潦倒。

【例句】我與小張分別近三十年，一直沒有他的消息，今日得知他淪落街頭乞食為生，真沒想到他會**一寒如此**啊！

一廂情願

【釋義】只是單方面的意願。一廂：也作「一相」，一邊，單方面。

【出處】王若虛・滹南遺老集：「晏殊以為柳勝韓，李淑又謂劉勝柳，所謂一相情願。」

【用法】用以說明不管對方的態度或客觀情況如何，只是考慮自己的意願。

【例句】她根本不愛你，你卻想娶她為妻，這種**一廂情願**的事，怎麼實現得了呢？

【義近】一意孤行／直情徑行。

【義反】兩相情願／情投意合。

一揮而就

【釋義】一動筆就完成了。揮：揮動。就：成功。一作「一揮而成」。

【出處】宋史・文天祥傳：「天祥以法天不息為對，其言萬餘，不為藁，一揮而成。」

【用法】形容文思敏捷，多用於寫字、作文章、繪畫等方面能很敏捷地完成。
【例句】林黛玉的才華在大觀園可算首屈一指，幾次詩會都是待別人寫好了，才提起筆來，**一揮而就**。
【義近】一氣呵成／運筆如飛／援筆立就。
【義反】江郎才盡／索盡枯腸／撚斷鬚髮。

一朝一夕

【釋義】一個早晨或一個晚上。
【出處】周易・坤・文言：「臣弒其君，子弒其父，非一朝一夕之故，其所由來者漸矣。」
【用法】多用於否定，表示短的時間。
【例句】一個人的學識是一點一滴積累起來的，需要長期努力，非**一朝一夕**可以取得。
【義近】一時半刻／俯仰之間／轉眼之間／旦夕之間。
【義反】長年累月／窮年累世。

一朝天子一朝臣

【釋義】意謂新天子不用舊天子的臣子，而用自己的臣子。朝：代。
【出處】湯顯祖・牡丹亭：「萬里江山萬里塵，一朝天子一朝臣。」
【用法】比喻首領更換，部下也隨之更換。
【例句】用人應該依據才德，**一朝天子一朝臣**的情況最好儘量避免。

一朝權在手，便把令來行

【釋義】一旦大權在握，便要別人都聽他的。
【出處】顧大典・青衫記：「一朝權在手，便把令來行，大小三軍，聽吾命令！」
【用法】常用來比喻小人一旦得志，便發號施令作威作福。
【例句】小王一向胡作非爲，最近攀龍附鳳，當上了公司經理。才一上任，就左一個指示，右一個命令，眞是「**一朝權在手，便把令來行**」。

一無可取

【釋義】沒有一點可以取法之處。一：一概，完全。
【出處】馮夢龍・醒世恆言・盧太學詩酒傲王侯：「原來這俗物，一無可取。」
【用法】用以說明毫無長處、優點、價值，或沒有一點正確的地方。
【例句】我的那篇稿件寄出去很久了，直到今天還不見刊出，到底是我的文章**一無可取**呢，還是編輯先生沒有欣賞的眼力？
【義近】一無是處／一無長處／平淡無奇。
【義反】完美無缺／碧玉無瑕／盡善盡美／可圈可點。

一無所成

【釋義】一無：全無。所成：所取得的成就。
【出處】近人黃樽楷・人境廬詩草・跋：「讀先兄病篤之書，謂平生懷抱，一無所成，惟近古體詩能自立也。」
【用法】指人沒有什麼成就。
【例句】我已年過花甲，然在事業上卻**一無所成**，想來不禁汗顏，既有愧於父母，更有愧於列祖列宗。
【義近】馬齒徒長／一事無成。
【義反】功成名就／齒德俱尊。

一無所有

【釋義】什麼都沒有。
【出處】敦煌變文集・廬山遠公話：「如水中之月，空裏之風，萬法皆無，一無所有，此即名爲無形。」
【用法】形容人很窮，一點財物也沒有。
【例句】巧婦難爲無米之炊，現在家中**一無所有**，你叫我拿什麼東西做給你吃！
【義近】空空如也／室如懸罄／一貧如洗。
【義反】應有盡有／無所不有／一應俱全。

一無所知

【釋義】什麼也不知道。
【出處】北史・隋宗室諸王傳：「逆臣賊子，專弄威柄，陛下唯守虛器，一無所知。」
【用法】多用於形容一個人對具體事情或情況一點也不知道；也用以形容失去了知覺。
【例句】①你說的這些情況，我眞的是**一無所知**，並非推卸責任。②林黛玉已經是只有出的氣，沒有進的氣了，對室內所發生的一切，自然是**一無所知**。
【義近】一問三不知／茫然無知／人事不醒。
【義反】無所不知／無所不曉／萬事通／瞭如指掌。

一無所長

【釋義】沒有什麼專長。
【出處】馮夢龍・東周列國志九九回：「今先生處勝門下三年，勝未有所聞，是先生於文武一無所長也。」
【用法】比喻一個人沒有一點做事謀生的專長，乃謙詞或有貶義。
【例句】儘管他在社會上混得不錯，卻是全靠吹牛、拍馬屁得來的，論才學，他實在是**一無所長**。
【義近】一無所能／酒囊飯袋／技能全無。
【義反】一技之長／多才多藝／身懷絕技／無所不能。

一無所能

【釋義】所能：指人的才能、專長、技能等。
【出處】戰國策・齊策四：「孟嘗君曰：『客何好？』曰：『客無好也。』曰：『客何能？』曰：『客無能也。』」
【用法】形容人一點能耐、專長也沒有。
【例句】你不要看我兒子現在**一無所能**，但他爲人本分，近來又特別勤奮好學，將來還是會有出息的。
【義近】一無所長／碌碌無能／碌碌無爲／一無可取。
【義反】一技之長／一專多能／多才多藝／才藝雙全。

一無所得

【釋義】什麼東西都沒有得到。
【出處】王定保・唐摭言卷八：「因命搜壽兒懷袖，一無所得。」

【用法】形容毫無收穫，常用在預期得到而結果卻沒有得到之時。

【例句】我需要幾本參考書，便去圖書館找，誰知辛苦了兩天，竟**一無所得**，不免令人大失所望。

【義近】一無所獲／寶山空回。

【義反】滿載而歸／收穫空前。

一無長物

【釋義】一無：完全沒有。長物：多餘的東西。

【出處】曾樸・孽海花二〇回：「吾倒替筱亭做了一句『綠毛龜伏瑪瑙泉』。倒是自己一無長物怎好？」

【用法】沒有一點多餘或像樣的東西。通常形容人窮困，有時也用來形容人儉樸。

【例句】我家除了日常生活必須的用品外，眞可說是**一無長物**，你叫我現在如何去找那麼大的一筆錢給你呢！

【義近】家無餘財／別無長物／身無長物／室如懸罄／一貧如洗。

【義反】一應俱全／應有盡有／珠圍翠繞／象箸玉杯／無所不有。

一無是處

【釋義】沒有一點對的地方。是：對，正確。

【出處】歐陽修・與王懿敏公：「事與心違，無一是處，未知何日始得釋然。」

【用法】用以表示毫無正確之處或好的方面，含貶義。

【例句】與人相處，要多看別人的優點和長處，不要老認爲別人**一無是處**。

【義近】一無可取／全盤否定。

【義反】盡善盡美／十全十美。

一發不可收拾

【釋義】一經發生便不能收拾。發：產生，發生。

【出處】王夫之・讀通鑑論・隋文帝：「上下相率以僞，君子之所甚賤，亂敗之極，一發而不可收也。」

【用法】形容無法控制所發生的情況。

【例句】由於那是一棟木造建築物，因此火勢**一發不可收拾**，造成多人傷亡。

【義反】引而不發／戛然而止。

一筆勾銷

【釋義】一筆抹去。銷：又作「消」，除掉。

【出處】朱熹・宋名臣言行錄・參政范文正公：「公取班簿，視不才監司，每見一人姓名，一筆勾之。」

【用法】常用以表示對往事不再提及，全部了結消除。

【例句】人與人之間應該和睦相處，對過去所發生的不愉快事件，最好**一筆勾銷**，不要再計較了。

【義近】一筆抹煞／一笑了之／盡釋前嫌／陳事不說／往事不提。

【義反】刻骨銘心／沒齒難忘／懷恨在心／耿耿於懷。

一筆抹煞

【釋義】一筆塗抹掉。抹煞：又作「抹殺」，塗抹掉。

【出處】沈德符・萬曆野獲編・嘉靖大獄張本：「世宗獨斷……遂將前後爰書，一筆抹殺。」

【用法】一般用以說明輕率地將作用、優點、成績、貢獻等全部否定。

【例句】四十年來，政府對建設臺灣所做的貢獻，是任何人也無法**一筆抹煞**的。

【義近】一筆勾銷／全盤否定。

【義反】永垂青史／永世不忘。

一絲一毫

【釋義】極微小的計量單位。十絲爲一毫米，十毫米爲一釐米。

【出處】宋史・司馬康傳：「凡爲國者，一絲一毫皆愛惜，唯於濟民則不宜吝。」

【用法】用來形容微小的事物。

【例句】特技演員在演出時須要全神貫注，不能有**一絲一毫**的鬆懈。

【義近】一星半點／秋毫之末。

【義反】千鈞之重／車載斗量／多如牛毛。

一絲不苟

【釋義】一點也不馬虎。苟：隨便，馬虎。

【出處】吳敬梓・儒林外史四回：「上司訪知，見世叔一絲不苟，陞遷就在指日。」

【用法】形容辦事認眞、仔細。

【例句】王教授上課十分認眞，**一絲不苟**，教學內容豐富，深受學生歡迎。

【義近】一板一眼／毫不含糊／正經八百。

【義反】粗枝大葉／馬馬虎虎／敷衍了事／得過且過。

一絲不掛

【釋義】渾身上下無一根紗。

【出處】黃庭堅・僧景宗相訪寄法王航禪師詩：「一絲不掛魚脫淵，萬古同歸蟻旋磨。」

【用法】佛教常用來比喻不被塵俗牽累，世俗比喻人之不爲情累。現多泛指裸體。

【例句】①香港有位名演員出家當和尙去了，有記者問他：「這是爲什麼？」他說：「我要做到**一絲不掛**。」②那羣**一絲不掛**的孩子們正在海邊嬉戲，好不悠游自在。

【義近】無牽無掛／了無牽絆／寸絲不掛／渾身赤裸／袒裼裸裎／不著一絲。

【義反】牽腸掛肚／魂牽夢縈／衣冠楚楚。

一絲不線，單木不林

【釋義】一股絲不能成爲一根線，一株樹不能成爲森林。單木：單獨一株樹。

【出處】李綠園・歧路燈八回：「這福兒一絲不線，單木不林，也覺讀的慢懈。」

【用法】比喻一個人的力量很有限，終究辦不成大事。

【例句】所謂**一絲不線，單木不林**，這樣大的一筆生意，你一個人是做不成的，還是我們三人合夥吧！

【義近】三拳不敵四手／孤掌難鳴／獨木不成林／單絲不成線／一盤散沙。

【義反】眾人拾柴火燄高／三個臭皮匠，賽過諸葛亮／眾志成城／眾人同心，其利斷金。

一腔熱血

【釋義】一腔：滿腔。熱血：此指熱情。

【出處】明·吾丘瑞·運甓記·問卜決疑：「胡騎猖狂，中原無主，一腔熱血，無以自效。」

【用法】形容人爲了眞理正義或保家衛國，而激發出慷慨激昂的熱情。

【例句】對日抗戰期間，多少青年滿懷著**一腔熱血**而投效軍旅，即使爲國捐軀，也在所不惜。

【義近】碧血丹心／熱血沸騰。

【義反】無動於衷／冷眼旁觀。

一著不愼，滿盤皆輸

【釋義】意謂一步棋走錯了，全盤棋都會輸掉。一著：指關鍵性的一步棋。不愼：不謹愼而走錯。

【出處】元·李文蔚·蔣神靈應二折：「只因一著錯，輸了半盤棋。」古今小說二卷：「正是：『只因一著錯，滿盤都是空。』」

【用法】比喻人在處理重大的、有決定性的問題時，務必要通觀全局，謹愼從事，否則便會導致整個失敗。

【例句】精於下棋的人都深知**一著不愼，滿盤皆輸**的道理。我們做生意的人也應該明白同樣的道理，若在某一重要環節上處理不當，就會大敗而虧損。

【義近】一言不愼，滿門遭殃／尺蚓穿堤，能漂一邑／謹小愼微／如臨深淵／如履薄冰。

【義反】暴虎馮河／任性而爲／放蕩不羈／恣意妄爲／魯莽滅裂／輕舉妄動。

一視同仁

【釋義】一樣看待，同施仁愛。

【出處】韓愈·原人：「是故聖人一視而同仁，篤近而舉遠。」

【用法】今多用來表示對人不分親疏、厚薄，同等對待。

【例句】我國是由多種民族組成的國家，因此對各個民族都應**一視同仁**，絕不能施行種族歧視政策。

【義近】不分彼此／貴賤無二／等量齊觀／遐邇一體。

【義反】厚此薄彼／擇佛燒香／親近疏遠。

一陽來復

【釋義】復：又。陽：指天地間的陽氣。

【出處】宋史·律曆志：「冬至一陽爻生。」艮齋詩集·春前一日詩：「歲月催人不易禁，一陽來復又成臨。」

【用法】用以形容冬至，一年的盡頭。

【例句】冬至到了，**一陽來復**，春天就快要來臨了。

【義近】歲云暮矣／臘尾春頭／臘盡冬殘／臘鼓頻催。

一隅三反

【釋義】由一個角而推知三個角。隅：角，角落。反：類推。一作「舉一反三」。

【出處】論語·述而：「舉一隅不以三隅反，則不復也。」

【用法】比喻求學或做事善於類推，觸類旁通。

【例句】王先生的兒子十五歲就考取了大學，這與他在學習時善於**一隅三反**，迅速吸收知識，有著密切的關係。

【義近】聞一知十／舉一反三／觸類旁通／融會貫通。

【義反】告一知一／百遍不解／不叩不響。

一隅之地

【釋義】一隅：一個角落。

【出處】楊家將演義二四回：「八王奏曰：『陛下一統中原，幽州一隅之地，取之何難。』」

【用法】泛指狹小的地方。

【例句】釣魚臺雖然只是**一隅之地**，但畢竟也是我國固有的領土，豈容日本侵佔！

【義近】立錐之地／容身之地。

【義反】萬里河山／一馬平川。

一隅之見

【釋義】片面的見解或主張。隅：角落，喻部分、片面。

【出處】王守仁·語錄一：「人但各以其一隅之見，認定以爲道止如此。」

【用法】常用以謙稱自己的見解有限，或斥責別人的見解不夠全面。

【例句】我的學識淺薄，以上所言，只不過是我個人的**一隅之見**。

【義近】一孔之見／門戶之見／一得之愚。

【義反】眞知灼見／遠見卓識／讜言正論。

一飯千金

【釋義】一飯之恩，酬謝千金。

【出處】司馬遷·史記·淮陰侯列傳載：韓信少年家貧，曾得一漂絮老婦給飯充飢；後來韓信當了楚王，賜千金以爲報答。

【用法】比喻報恩酬謝之厚；也用來形容飲食奢華。

【例句】韓信「**一飯千金**」以報恩，傳爲千古美談，今人常過河拆橋，眞可謂世風日下，人心不古！

【義近】知恩必報／小恩重報／投桃報李／日食萬錢／食前方丈。

【義反】忘恩負義／過河拆橋／恩將仇報／殘羹冷炙。

一飲一啄，莫非前定

【釋義】即使微小得如一飲水一啄米，無不是命中注定。

【出處】太平廣記·貧婦：「諺云：一飲一啄，繫之於分。」吳承恩·西遊記三九四：「一飲一啄，莫非前定。今得汝等來此，成了功績。」

【用法】比喻事有定數，不可強求；也比喻安分守己，不作非分之想。

【例句】生死由命，富貴在天。所謂「**一飲一啄，莫非前定**

」，苟非吾之所有，雖一毫而莫取。

一傳十，十傳百

【釋義】一個人傳給十個人，十個人傳給一百個人。
【出處】宋・陶穀・清異錄・喪葬義族：「一傳十，十傳百，展轉無窮，故號義疾。」
【用法】今用以形容傳聞或消息傳播得十分快。
【例句】這件事本屬於機密，不知是誰走漏了消息，竟然**一傳十，十傳百**，沸沸揚揚，鬧得滿城風雨。
【義近】十傳百，百傳千／一傳兩，兩傳三／口耳相傳。
【義反】守口如瓶／一字不露／秘而不宣。

一塌糊塗

【釋義】塌：又作「榻」，崩垮。糊塗：亂成一團的樣子。
【用法】形容混亂，糟糕到不可收拾、整理或挽回的程度。
【例句】園遊會結束後，會場亂得**一塌糊塗**，幸賴清潔隊員們不辭辛勞地整理，才得以恢復舊觀。
【義近】亂七八糟／紊亂不堪。
【義反】有條不紊／井然有序／井井有條。

一意孤行

【釋義】謝絕請託，完全按個人意思行事。
【出處】司馬遷・史記・酷吏列傳：「（趙）禹爲人廉倨。……務在絕知友賓客之請，孤立行一意而已。」
【用法】形容人固執己見，獨斷獨行。
【例句】你這樣不聽任何人的勸告，**一意孤行**，等事情發展到無法挽回之時，必然後悔莫及。
【義近】固執己見／獨斷專行／師心自用／自以爲是。
【義反】集思廣益／擇善而從／廣徵博洽／從善如流。

一概而論

【釋義】用一個標準看待所有的問題。一概：一律，指同一標準。概：一種平斗斛的量器。
【出處】劉知幾・史通卷六：「而作者安可以今方古，一概而論得失？」
【用法】說明對問題不做主觀判斷，而籠統地一例看待。
【例句】外國影片的水準也是有好有壞，不可**一概而論**。
【義近】一例看待／相提並論／混爲一談／以偏概全。
【義反】客觀中肯／大處著眼。

一歲三遷

【釋義】三：言次數多，非實數。遷：升遷官職。
【出處】南史・劉撝傳：「上又數游撝家，懷其舊德，至是一歲三遷。」
【用法】極言升官迅速。
【例句】王先生在教育部任職不過一年多，卻由一個普通科員而晉升爲司長，眞可謂是**一歲三遷**啊！
【義近】一日三遷／一歲九遷／日轉千階／不次之遷／扶搖直上／一步登天。
【義反】有才無命／仕途坎坷／江河日下／一落千丈／逆水行舟／下喬木入幽谷。

一溜煙

【釋義】像煙霧似地，一會兒就消失了。
【出處】孤本元明雜劇・閥閱舞射柳蕤丸記：「聽的廝殺，拽起衣服，往帳房裏則一溜煙。」
【用法】形容事情發生的迅速或跑得很快的樣子。
【例句】這孩子太貪玩了，剛剛喊回家來，吃完飯，**一溜煙**又跑了。
【義近】一轉眼／一溜風。

一落千丈

【釋義】原指琴聲陡然由高到低，有如一下子往下跌落了千丈。
【出處】韓愈・聽穎師彈琴：「躋攀分寸不可上，失勢一落千丈強。」
【用法】比喻聲譽、地位、勢力、成績等急劇下降，或形容境況突然變壞。
【例句】第一次世界大戰後，英國一向保持的海軍優勢便**一落千丈**了。
【義近】江河日下／跌入深淵／直落谷底。
【義反】直衝雲霄／扶搖直上。

一葉知秋

【釋義】看見一片落葉，便知秋季來臨。
【出處】淮南子・說山訓：「以小明大，見一落葉，而知歲之將暮；睹瓶中之冰，而知天下之寒。」
【用法】比喻由小見大，從部分現象推知事物的本質、全體和發展趨勢。
【例句】智者有明睿的觀察力，故能**一葉知秋**，洞燭機先。
【義近】見微知著／見一知百／因小見大／即近知遠。
【義反】不知所以。

一葉蔽目，不見泰山

【釋義】一片樹葉遮蔽了眼睛。
【出處】鶡冠子・天則：「夫耳之主聽，目之主明，一葉蔽目，不見太山；兩豆塞耳，不聞雷霆。」
【用法】比喻被細小的事物所迷惑，看不到全局和整體。
【例句】抗戰後期，日軍在某些地區仍然很有勢力，有的人就拿一時一地的強弱現象來判斷，認爲日本人垮不了，這眞是典型的「**一葉蔽目，不見泰山**」。
【義近】兩豆塞耳，不聞雷霆／只見秋毫，未見輿薪／見樹不見林。
【義反】智者千慮／洞燭幽微。

一路福星

【釋義】福星：即歲星，謂其所在有福，故名福星。舊時術士認爲，福星照臨能降福於人。
【出處】李綠園・歧路燈五四回：「眾人也說了『一路福星，愷悌樂只』的話頭。」
【用法】用以祝福出門人旅途平安。
【例句】你這次去旅遊，凡事要多注意，我在家等著你，祝你**一路福星**，有個美好的假期。

【義近】一路平安／福星高照／一路順風／布帆無恙／一帆風順。

【義反】一路坎坷／禍患疊出／車殆馬煩／山高路險／一差二錯／山高水低。

一鼓而下

【釋義】一打鼓就攻下。古代作戰時擊鼓以進軍。

【出處】明・沈采・千金記・定謀：「昨日令人明修棧道，暗度陳倉，逕截趙魏，掩其不備，一鼓而下。」

【用法】指趁形勢有利或士氣高漲時，立即向敵人進攻，打垮敵人，佔領地盤。

【例句】作戰就是要把握有利時機，指揮部隊**一鼓而下**，若猶豫不決，便會坐失良機。

【義近】一鼓殲滅／一鼓而擒／一鼓作氣／機不可失。

【義反】拖延時機／坐失良機／稍縱即逝／失之交臂。

一鼓作氣

【釋義】第一次擊鼓，士氣最旺盛。

【出處】左傳・莊公十年：「夫戰，勇氣也。一鼓作氣，再而衰，三而竭。」

【用法】比喻趁銳氣旺盛的時候，一舉成事。

【例句】做事就是要有**一鼓作氣**的精神，絕不可半途而止，導致前功盡棄。

【義近】打鐵趁熱／乘勝追擊／一舉成功／奮力一擊。

【義反】師老兵疲／再衰三竭／一暴十寒。

一團和氣

【釋義】態度和藹可親。

【出處】謝良佐・上蔡語錄：「明道終日坐，如泥塑人，然接人渾是一團和氣。」

【用法】現多指不講原則的團結，也指為人態度和藹。

【例句】為了保持**一團和氣**，即使有錯誤也不敢指出，這樣的團體怎麼會進步？

【義近】和顏悅色／笑臉相待／和和氣氣。

【義反】盛氣凌人／橫眉豎眼。

一塵不染

【釋義】佛教稱色、聲、香、味、觸、法為六塵，教徒不為六塵玷污叫「一塵不染」。

【出處】佛・禪宗六祖慧能偈云：「本來無一物，何處惹塵埃？」宋・張耒・柯三集・臘初小雪後圃梅開：「一塵不染香到骨，姑射仙人風露身。」

【用法】形容非常純淨或絲毫不受壞習氣影響；也用以指環境非常潔淨。

【例句】①此人為官清廉，從政多年，依然兩袖清風，可真是**一塵不染**。②女主人賢淑能幹，居屋不僅佈置得玲瓏雅致，更整理得**一塵不染**。

【義近】六根清靜／玉潔冰清／菩提非樹／明鏡非台／纖塵不染。

【義反】滿身銅臭／骯髒污濁。

一窩蜂

【釋義】一窩蜜蜂一起擁出。本為宋代大盜張遇的綽號。

【出處】吳承恩・西遊記二八回：「那些小妖，就是一窩蜂，齊齊擁上。」

【用法】形容人多聲雜如羣蜂一擁而來；比喻世俗追逐新奇，形成一種風氣。

【例句】①馬路上一出車禍，行人就**一窩蜂**地擁上前去看熱鬧。②股市看漲，投機者便**一窩蜂**地加入炒作行列。

【義近】傾巢而出／蜂擁而至／趨之若鶩。

一網打盡

【釋義】撒一網，就將池子裡的魚撈光。

【出處】魏泰・東軒筆錄卷四：「劉見宰相曰：『聊為相公一網打盡。』」

【用法】比喻全部捉住或徹底肅清。

【例句】警方得知這一帶有販毒集團活動，正佈線埋伏，準備將歹徒**一網打盡**。

【義近】一舉殲滅／掃地以盡／誅殛滅絕。

【義反】網開一面／吞舟是漏。

一語中的

【釋義】一句話就說中了事物的關鍵所在。中的：擊中靶心。的：箭靶的中心，比喻要害、關鍵。

【出處】洪咨夔・平齋文集・吏部韋公墓誌銘：「釣邃摘幽，神接心領，出語輒破的。」

【用法】比喻說話能擊中要害。

【例句】他針對這個事件所發表的評論，真是**一語中的**，精闢透徹。

【義近】一語道破／一針見血／鞭辟入裏。

【義反】隔靴搔癢／膝癢搔背。

一語道破

【釋義】一句話就把用意說穿了。道：說。破：穿。

【出處】文康・兒女英雄傳：「這位姑娘，可不是一句話了事的人，此刻要一語道破，必無弄到滿盤皆空。」

【用法】形容說話精當，能掌握重心，解開疑點，或說破某人的心事。

【例句】《西遊記》寫了那麼多神魔故事，作者的用意究竟何在，誰也無法**一語道破**。

【義近】一語破的／一針見血。

【義反】不著邊際／不知所云／游談無根。

一誤再誤

【釋義】前事已誤，不以為戒，後事又誤。

【出處】宋史・魏王廷美傳：「太宗嘗以傳國之意訪之趙普。普曰：『太祖已誤，陛下豈容再誤耶？』」

【用法】形容屢被耽誤，或屢犯錯誤。

【例句】你這人做事就是欠考慮，這次可要記取教訓，謹慎小心，千萬不要**一誤再誤**。

【義近】重蹈覆轍／一錯再錯。

【義反】前車之鑑／吃一塹長一智／上一次當，學一次乖。

一鳴驚人

【釋義】一叫就使人震驚。鳴：鳥叫。

【出處】司馬遷・史記・滑稽列傳：「此鳥不飛則已，一飛沖天；不鳴則已，一鳴驚人。」

【用法】比喻平時沒沒無聞，突然做出驚人之舉；多指在學問事業上獲得驚人的成就。

【例句】你父親當年才華蓋世，名噪四海，如今你又在文學創作上**一鳴驚人**，備受矚目，眞是虎父無犬子。

【義近】一飛沖天／一舉成名／飛軒絕跡。

【義反】沒沒無聞／庸庸碌碌。

一鼻子灰

【釋義】弄得滿鼻子都是灰塵。一：滿，整個。

【出處】曹雪芹・紅樓夢五五回：「幸而平姐姐在這裏，沒得臊一鼻子灰，趁早知會他們去。」

【用法】比喻在人面前碰壁或被人斥責。

【例句】我看這件事張經理是不會同意的，王小姐昨天就去說過了，結果卻是碰了**一鼻子灰**。

【義近】自討沒趣／丟人現眼／焦頭爛額／出乖露醜／撞頭磕腦。

【義反】滿面春風／得意洋洋／順順利利／萬事如意／稱心如意。

一鼻孔出氣

【釋義】同一個鼻孔呼出來的氣息。

【出處】李寶嘉・官場現形記四十回：「你們一個鼻子管裏出氣，做的好事情，當我不知道。」

【用法】指利害相同的人，彼此之間互相維護，其言行等都一致。

【例句】他們早就串通好，**一鼻孔出氣**，要想從他們那裏問明眞相，根本是不可能的。

【義近】狼狽爲奸／朋比爲奸／狽因狼突。

一彈指

【釋義】手指一彈、一揮，爲佛家語。

【出處】翻譯名義集二：「壯士一彈指頃六十五剎那。」

【用法】形容極短的時間。

【例句】時光過得眞快，一年有如**一彈指**，轉眼就過去了。

【義近】一剎那／一瞬間／倏忽之間／揮手之間。

【義反】經年累月。

一暴十寒

【釋義】曬一天，凍十天。暴：同「曝」，曬。

【出處】孟子・告子上：「雖有天下易生之物也，一日暴之，十日寒之，未有能生者也。」

【用法】比喻做事一日勤，十日怠，沒有恆心。

【例句】無論做什麼，要想成功，關鍵在於堅持不懈，切忌**一暴十寒**。

【義近】三天打魚兩天曬網／淺嘗輒止／鍥而舍之／功虧一簣／掘井九仞／半途而廢。

【義反】鐵杵磨成針／鍥而不舍／滴水穿石。

一模一樣

【釋義】都是一個模樣。

【出處】明・凌濛初・初刻拍案驚奇：「蓋因各父母所生，千支萬派，哪能夠一模一樣的。」

【用法】形容完全相同。

【例句】乍看之下，雙胞胎好像長得**一模一樣**，其實只要多看幾遍，就會發現並不完全相同。

【義近】一般無二／毫無兩樣／如出一轍。

【義反】千差萬別／截然不同／天差地遠／大相逕庭。

一潭死水

【釋義】一池子死水。潭：深水池。死水：不能向他處流動的水。

【出處】蒲韌・二千年間・八：「假如把中國封建社會比喻做一潭死水的話，那麼異族的侵入，就像突然投入一塊大石頭。」

【用法】比喻死氣沉沉、停滯不前的局面。

【例句】他們倆由於對這個問題的看法不同，以至於彼此的關係有如**一潭死水**，毫無進展。

【義近】死氣沉沉／萬馬齊瘖／毫無生氣／氣息奄奄。

【義反】生機勃勃／萬馬奔騰／生龍活虎／朝氣蓬勃。

一盤散沙

【釋義】一盤不能凝聚成塊的細沙。

【出處】范成大詩：「大似蒸沙不作團。」

【用法】形容人心渙散，不能團結。

【例句】外國人罵我們中國人是**一盤散沙**，我們應該深自警惕。

【義近】烏合之眾／自私自利／各自爲政／自掃門前雪。

【義反】同心同德／精誠團結／同心協力。

一箭之地

【釋義】一箭射程的距離。

【出處】法華經・嘉祥疏：「一箭道者，二里也。」曹雪芹・紅樓夢三回：「走了一箭之遠。」

【用法】形容距離很近。

【例句】王家與我家的距離不過**一箭之地**，來往很方便。

【義近】一箭之隔／近在咫尺／近在眼前／百步行程／步武之間。

【義反】遠隔重洋／天南地北／遠在天邊／遙不可及／千山萬里。

一箭雙鵰

【釋義】一箭射得兩隻鵰，指射技高超。鵰：一種凶猛的大鳥。

【出處】隋書・長孫晟傳：「嘗有二鵰，飛而爭肉，因以兩箭與晟曰：『請射取之。』晟乃彎弓馳往，遇鵰相攫，遂一發而雙貫焉。」

【用法】比喻做一件事達到兩個目的，或得到兩種好處。

【例句】只要依照這個計畫進行，保證可以**一箭雙鵰**，名利雙收。

【義近】一舉兩得／一石二鳥／一舉雙擒。

【義反】賠了夫人又折兵／一舉兩失／魚死網破／兩頭落空／顧此失彼／雞飛蛋打。

一髮千鈞

【釋義】一根頭髮吊著千斤重的東西。鈞：古代重量單位，三十斤為一鈞。
【出處】漢書・枚乘傳：「夫以一縷之任繫千鈞之重，上懸無極之高，下垂不測之淵，雖甚愚之人，猶知哀其將絕也。」
【用法】比喻情況萬分危急。
【例句】眼見那個溺水的幼童即將滅頂，在**一髮千鈞**之際，幸好有位年輕人奮不顧身地跳下水去，將他救了起來。
【義近】危如累卵／危在旦夕／火燒眉毛／間不容髮。
【義反】安如泰山／萬無一失／固若磐石。

一擁而入

【釋義】大家推擠著擁進某個地方。
【出處】馮夢龍・醒世恆言・赫大卿遺恨鴛鴦縧：「眾人一擁而入，迎頭就把了緣拿住，押進裏面搜捉，不曾走了一個。」
【用法】形容眾多的人一下子擠了進來。
【例句】得知自己崇拜的巨星已進入會場，等候多時的影迷立刻**一擁而入**，將會場擠得水洩不通。
【義近】一擁而上／蜂擁而至。
【義反】一哄而散／風流雲散。

一樹百穫

【釋義】一次栽培就有百倍的收穫。樹：栽培。
【出處】管子・權修：「一樹一穫者，穀也；一樹十穫者，木也；一樹百穫者，人也。」
【用法】比喻培養人才，獲益長遠。
【例句】有些人目光短淺，根本不懂**一樹百穫**的道理，忽視教育，這對於社會的未來發展極為不利。
【義近】百年樹人／千秋大業／萬年大計。
【義反】十年樹木／短視近利。

一諾千金

【釋義】一經允諾，價值千金。諾：許諾。
【出處】司馬遷・史記・季布列傳：「楚人諺曰：『得黃金百斤，不如得季布一諾』。」
【用法】形容諾言之信實可貴。
【例句】張經理為人最講誠信，他說話算話，**一諾千金**，既然他答應了，你儘管放手去做吧！
【義近】一言九鼎／季布一諾。
【義反】言而無信／輕諾寡信／出爾反爾／食言而肥。

一錢不值

【釋義】一個銅錢都不值。值：價值。又作「直」，義同。
【出處】司馬遷・史記・魏其武安侯列傳：「生平毀程不識不直一錢。」
【用法】極言毫無價值，一點用處也沒有。
【例句】他特別偏愛菊花，因此把其他的花卉說得**一錢不值**，實在有欠公允。
【義近】一文不值／分文不值。
【義反】價值連城／無價之寶／價值千金。

一錢如命

【釋義】把一文錢看得像生命般貴重。
【出處】李汝珍・鏡花緣二三回：「誰知這些窮酸，一錢如命，總要貪圖便宜，不肯十分出錢。」
【用法】用以譏諷吝嗇鬼。
【例句】他就是那個樣子，**一錢如命**，要他拿出錢來救濟窮人，簡直比登天還難！
【義近】視錢如命／一毛不拔／唯錢是視。
【義反】慷慨大方／一擲千金／慷慨好施／廣施博濟。

一鬨而散

【釋義】哄然一聲，各自散去。鬨：同「哄」，鬧。也作「一轟而散」。
【出處】凌濛初・拍案驚奇一回：「看的人見沒得買了，一哄而散。」
【用法】形容無組織無原則的人羣聚在一起，隨時都有可能散開。
【例句】這只是一羣烏合之眾，臨時聚在一起鬧事，一旦達不到目的，就會**一鬨而散**。
【義近】作鳥獸散／呼嘯而去／風流雲散。
【義反】望影相從／蜂擁而至／一擁而上／接踵而來。

一龍九種

【釋義】意謂一條龍生下了九條不同性情的小龍。
【出處】曹雪芹・紅樓夢九回：「俗語說的好：『一龍九種，種種各別』，未免人多了就有龍蛇混雜，下流人物在內。」
【用法】用以說明人的品質、性情、愛好等都各不相同，即或是一娘所生也是如此。
【例句】這幾個兄弟儘管是同父同母所生，但各方面的差異實在太大了，不僅儀表，就是人品也大相逕庭，可謂**一龍九種**啊！
【義近】一娘九子／一龍一豬／龍生九子／截然不同／大相逕庭。
【義反】如出一轍／一模一樣／千人一面／毫無二致。

一應俱全

【釋義】應該有的全都有了。一應：所有應該有的。俱：都，會。
【出處】文康・兒女英雄傳九回：「那案子上調和作料，一應俱全。」
【用法】比喻應有盡有。
【例句】《紅樓夢》中寫的賈府，簡直是個小王國、小社會，生活所需，**一應俱全**。
【義近】無所不有／無一不備／應有盡有／樣樣齊全。
【義反】一無所有／空空如也／十項九缺。

一臂之力

【釋義】一隻胳膊的力量。臂：胳膊。
【出處】李壽卿・伍員吹簫：「若得此人助我一臂之力，愁甚怨仇不報？」
【用法】比喻用一點點力量，或

形容微小的力量。

【例句】這項任務十分艱鉅，希望你能助他**一臂之力**，以期早日達成。

【義近】綿薄之力。

【義反】九牛二虎之力／扛鼎之力／撼山之力。

一舉千里

【釋義】一飛就是千里。舉：飛舉。

【出處】司馬遷・史記・留侯世家：「鴻鵠高飛，一舉千里。」

【用法】比喻人有大志，前程遠大。

【例句】王君志向遠大，日夜孜孜，從不懈怠，將來定能**一舉千里**，實現宏願。

【義近】一舉沖天／鴻鵠之志／鵬程萬里。

【義反】胸無大志／燕雀繞梁／蜩鳩之志。

一舉成名

【釋義】一旦科舉及第，便天下聞名。舉：此指科舉考中。

【出處】韓愈・唐故國子司業竇公墓誌銘：「公一舉成名而東，遇其黨必曰：『非我之長。』」

【用法】形容一舉成事就名聲大振。

【例句】農學院的馬教授原本沒沒無聞，後來培育出水稻新品種，經報上刊載後便**一舉成名**了。

【義近】一鳴驚人／脫穎而出。

【義反】沒沒無聞／無聲無息／十年寒窗／名不見經傳。

一舉兩得

【釋義】做一件事，同時收到兩方面的利益。一舉：一次舉動，做一件事。

【出處】東觀漢記・耿弇傳：「吾得臨淄，即西安孤，必復亡矣，所謂一舉而兩得者也。」

【用法】常用以說明在有關聯的事物上，做一樣可得到兩種效果。

【例句】參加這次研習會不僅得到新的資訊，又認識許多新朋友，眞是**一舉兩得**。

【義近】一石二鳥／一舉雙擒。

【義反】賠了夫人又折兵／一舉兩失／魚死網破／兩頭落空／顧此失彼／雞飛蛋打。

一擲千金

【釋義】投下很大的賭注。擲：投下。千金：狀其多。

【出處】吳象之・少年行：「一擲千金渾是膽，家無四壁不知貧。」

【用法】形容花錢無度，任意揮霍；有時也形容人用錢豪爽，毫不在乎的瀟灑樣。

【例句】他出手大方，總是**一擲千金**，所以不消幾年，便把家產花得精光。

【義近】一擲百萬／揮金如土／揮霍無度。

【義反】省吃儉用／精打細算／愛財如命／一文不苟／一毛不拔。

一瀉千里

【釋義】江河水勢奔騰直下。瀉：奔流。千里：狀其奔流的氣勢。

【出處】李白・贈從弟宣州長史昭：「長川豁中流，千里瀉吳會。」

【用法】形容江河奔流，直達千里；又比喻文筆流暢，氣勢奔放。

【例句】①長江是我國著名的河流，江水**一瀉千里**，雄偉壯觀。②他的文筆向來流暢奔放，所寫文章無不予人**一瀉千里**之感。

【義近】一瀉百里／飛奔而下／滾滾奔流／萬馬奔騰／汪洋宏肆／氣勢澎湃。

【義反】緩緩而流／紆迴不前／涓涓細流／文思蔽塞。

一竅不通

【釋義】所有的「竅」都不通氣。一：全。竅：孔；眼、耳、口、鼻七孔叫「七竅」。

【出處】呂氏春秋・過理：「紂殺比干而視其心，不適也。孔子聞之曰：『其竅通，則比干不死矣。』」高誘注：「聖人心達性通，紂性不仁，心不通，安於爲惡，殺比干。故孔子言其一竅通，則比干不見殺也。」

【用法】比喻閉塞、愚鈍無知，或不懂某方面的知識；也形容不通情理，固執己見。

【例句】①我是學文學的，有關自然科學方面的知識可說是**一竅不通**。②明明是他的錯，但他就是不聽別人的勸，固執到**一竅不通**的程度。

【義近】一無所知／大惑不解／愚不可及。

【義反】無所不知／樣樣精通／融會貫通／觸類旁通。

一薰一蕕

【釋義】一香一臭，兩者混在一起，只聞其臭，不聞其香。薰：香草。蕕：臭草。

【出處】左傳・僖公四年：「一薰一蕕，十年尚猶有臭。」

【用法】比喻善常爲惡所掩蓋。

【例句】有些不法分子私釀假酒在市面上出售，結果正如古人所說的**一薰一蕕**，眞的酒也被人看作假的了。

【義近】好壞相雜／牛驥同皁／蘭艾同生／薰蕕同器／玉石同匱。

【義反】善惡分明／涇渭分明。

一觴一詠

【釋義】觴：酒杯，此指飲酒。詠：指吟詩。飲酒一杯，詠詩一首。

【出處】王羲之・蘭亭集序：「雖無絲竹管絃之盛，一觴一詠，亦足以暢敘幽情。」

【用法】形容文人聚會時，飲酒作詩的雅事。

【例句】喝酒應該要有閒適的心情，若能**一觴一詠**，又是何等愜意。

【義近】一杯一曲／羽觴隨波／流觴曲水／觴酌流行／觥籌交錯。

一雙璧人

【釋義】璧：美玉，形容人的才貌如美玉一般。

【出處】婚宴囍事題辭。

【用法】用以形容夫婦兩人都很美好，十分相配。

【例句】沈復和芸娘堪稱是世間少有的**一雙璧人**，夫唱婦隨，羨煞天底下的怨偶。
【義近】鸞鳳和鳴／郎才女貌／一雙兩好／天作之合。
【義反】琴瑟不調／鮮花插牛糞／曠夫怨女。

一瓣心香

【釋義】一瓣：猶言一束，一炷，「瓣」在此作為量詞。心香：佛教用語，意謂只要心裏虔誠，就跟燒香一樣。
【出處】韓偓・仙山詩：「一炷心香洞府開，偃松皺澀半莓臺。」
【用法】比喻心意十分真誠，多用於祝願或表示希望。
【例句】現在好的兒童讀物實在太少了，我謹掬**一瓣心香**，懇請作家們多為兒童著想，替他們寫些有意義的讀物。
【義近】一片虔誠／衷心祝願。
【義反】肆意詛咒／假心假意／虛情假意。

一蹶不振

【釋義】一跌倒就爬不起來。蹶：跌倒。
【出處】劉向・說苑・叢談：「一噎之故，絕穀不食；一蹶之故，卻足不行。」王夫之・讀通鑑論：「一蹶不振，數十年兵連禍結而不可解。」
【用法】比喻一旦失敗或受到挫折，就振作不起來。
【例句】無論做什麼，都有可能遭受挫折甚或失敗，我們務必要有堅韌不拔的精神，決不能**一蹶不振**，半途而廢。
【義近】打退堂鼓／灰心喪志／蛇咬畏繩。
【義反】重振旗鼓／屢仆屢起／東山再起／再接再厲。

一蹴而就

【釋義】一抬腳、一踏步，便可成功。蹴：舉足，踏步。就：成功。
【出處】蘇洵・上田樞密書：「天下之學者，孰不欲一蹴而造聖人之域。」
【用法】形容輕而易舉，一下子就能完成。常用於否定。
【例句】任何一項成功的改革，都曾經過艱辛的歷程，決不是**一蹴而就**的。
【義近】一揮而就／一舉成功／一蹴可幾／手到擒來／摧枯拉朽／反掌折枝。
【義反】屯蹶否塞／艱難險阻／萬重險阻／滯塞迍邅。

一蹴而幾

【釋義】蹴：通「蹙」，用腳踢。幾：通「近」，接近。意為只踢一腳就將近成功。
【出處】南史・劉瑀傳：「一蹙自造青雲。」蔡元培・怎樣才配稱做現代學生：「體力的增進，並非一蹴而幾。」
【用法】用以說明很容易做到。
【例句】成功的事業並非**一蹴而幾**的，除了董事長的英明領導外，更需要員工日積月累的付出心血和勞力。
【義近】一蹴可及／拱手可得／唾手可得／指顧可致。
【義反】大海撈針／水中捉月／竹籃打水。

一辭莫贊

【釋義】贊：補充。一句話也不能再加上。
【出處】司馬遷・史記・孔子世家：「至於為春秋，筆則筆，削則削，子夏之徒不能贊一辭。」
【用法】用以稱讚文章或事情，好到不能再好的地步。
【例句】他的文章精簡凝鍊，根本挑不出毛病，真是**一辭莫贊**。
【義近】一字不易／一字千金／無下筆處。
【義反】三紙無驢／連篇累牘／疵蒙謬累。

一籌莫展

【釋義】一點計策也施展不出來。籌：計算的籌碼，引申為計策。莫：不。展：施展。
【出處】孔尚任・桃花扇・誓師：「下官史可法，日日經略中原，究竟一籌莫展。」
【用法】形容束手無策，什麼辦法也沒有。
【例句】他平日總愛吹噓自己很有辦法，可是到了關鍵時刻，卻又**一籌莫展**。
【義近】束手無策／無計可施／半籌莫展。
【義反】勝券在握／胸有成竹。

一觸即發

【釋義】扣在弦上的箭，一碰就射出去。觸：碰。即：就。
【出處】李開先・原性堂記：「予方有意，觸而即發，不知客何所見，適投其機乎？」
【用法】形容事態已發展到極為緊張的階段，隨時都有可能發生衝突或戰爭。
【例句】印度和巴基斯坦在邊界問題上各不相讓，致使戰爭有**一觸即發**之勢。
【義近】劍拔弩張／箭在弦上。
【義反】引而不發／相安無事／安然不動。

一饋十起

【釋義】吃一頓飯也要多次起立。饋：食、吃。
【出處】淮南子・氾論訓：「禹之時以五音聽治，……當此之時，一饋而十起，一沐而三握髮，以勞天下之民。」
【用法】形容事務繁忙至極。
【例句】他身居要職，又事必躬親，以致忙到**一饋十起**的地步。
【義近】一沐三握髮／一飯三吐哺／夜以繼日／夙夜憂勤／宵衣旰食／夙興夜寐。
【義反】悠哉游哉／悠閒自在／怠忽荒政／無所事事。

一覽無遺

【釋義】一看就全看在眼裏。覽：看。遺：剩餘。也作「一覽無餘」。
【出處】朱子語類：「遂閉門靜坐，不讀書百餘日，以收放心。卻去讀書，遂一覽無遺。」
【用法】形容一眼就能全部看到，多用於俯瞰、遠眺等場合；也常用以形容事物簡單或平淡無奇。
【例句】站在鐵塔上放眼望去，遠近十里方圓的種種景物，便可**一覽無遺**。
【義近】盡收眼底／一覽而盡。
【義反】井中視星／坐井觀天／以管窺天／盲人摸象。

一顧傾城

【釋義】一顧：回頭一盼。傾城：全城的人都爲之傾倒。
【出處】漢書．孝武李夫人傳：「北方有佳人，絕世而獨立。一顧傾人城，再顧傾人國。」
【用法】形容女子容貌美麗無比，令人神魂顛倒。
【例句】陳小姐不僅學識淵博，且有**一顧傾城**之貌，能得到中國小姐第一名，乃實至名歸。
【義近】仙姿玉貌／傾國傾城／沉魚落雁／花容月貌／如花似玉／我見猶憐。
【義反】奇醜無比／其貌不揚／貌如臼頭深目／尖嘴猴腮／貌如無鹽／獐頭鼠目。

一顯身手

【釋義】身手：本指武藝，在此泛指才能、本領。
【用法】形容有本領或特殊才能的人，展露其才華。
【例句】有這麼好的機會可以**一顯身手**，你怎麼可以輕易放過呢？
【義近】大顯身手／一展本領。
【義反】懷才不遇／滄海遺珠／匏瓜空繫／井渫不食。

一鱗半爪

【釋義】飛龍在雲霧中，東露一片鱗，西顯一隻爪。也作「一鱗一爪」。
【出處】趙執信．談龍錄：「神龍者屈伸變化，固無定體，恍惚望見者，第指其一鱗一爪，而龍之首尾完好，故宛然在也。」
【用法】比喻零碎片段的事物。
【例句】現在的年輕人，未必全都知道我國的歷史，即使知道**一鱗半爪**，印象也不怎麼深刻。
【義近】東鱗西爪／豹之一斑／蛛絲馬迹。
【義反】徹頭徹尾／全體全貌。

一顰一笑

【釋義】一皺眉，一笑顏。顰：皺眉。
【出處】韓非子．內儲說上：「吾聞明主之愛，一嚬一笑，嚬有爲嚬，而笑有爲笑。」嚬：同「顰」字，也作矉。
【用法】形容臉上微細動作所顯露出喜怒哀樂的表情變化。
【例句】《紅樓夢》對於人物的刻畫、情節的安排都別具匠心。那林黛玉的言行謦欬、**一顰一笑**，更鮮明地在讀者眼前顯現，令人著迷。
【義近】一舉一動／一言一行／舉手投足／言行謦欬。

一畫

丁一確二

【釋義】意謂的的確確，實實在在，一就是一，二就是二。丁：釘。
【出處】朱子語類卷六九：「修辭便是立誠，如今人持擇言語，丁一確二，一字是一字，一句是一句，便是立誠。」
【用法】形容確鑿不移，沒有什麼可懷疑的。
【例句】若是不信，他說的話卻是那樣**丁一確二**；若是相信，又還沒有確鑿的證據。這事暫且放下，以後再說。
【義近】丁一卯二／千眞萬確／確鑿不移／不容置疑。
【義反】魚目混珠／揑造事實／子虛烏有／弄虛作假。

丁是丁卯是卯

【釋義】丁爲天干之一，卯爲地支之一，有錯就會影響農曆推算。又丁爲物之凸出者，即榫頭；卯爲物之凹入者，即卯眼，二者若錯就會安裝不上。
【出處】曹雪芹．紅樓夢四三回：「鳳姐笑道：『我看你利害，明兒有了事，我也丁是丁卯是卯的，你也別抱怨。』」
【用法】表示做事認眞、不馬虎，含有不肯通融之意。
【例句】他辦事既然這麼認眞，毫不含糊，我也會**丁是丁卯是卯**，全力與他配合，決不馬虎。
【義近】一是一二是二／說一不二／毫不含糊。
【義反】拖泥帶水／馬馬虎虎／得過且過／草率行事。

七上八下

【釋義】心跳得很快，一會兒上，一會兒下。
【出處】朱子語類一二一：「聖賢眞可到，言語不誤人。今被引得七上八下，殊可笑。」
【用法】形容緊張、驚慌或擔憂而心神不定。
【例句】胡先生的小女兒走失了，他心裏像十五個吊桶打水，**七上八下**，不知該如何是好。
【義近】忐忑不安／惴惴不安／六神無主／如坐針氈／坐立不安。
【義反】泰然處之／若無其事／行若無事／泰然自若。

七子八婿

【釋義】七個兒子，八個女婿。形容子女衆多。
【出處】傳說唐朝名將郭子儀有七子八婿。
【用法】舊社會裏的吉祥話。用以稱頌子孫繁盛。
【例句】老太太眞有福氣，不僅有老伴相陪，更有**七子八婿**的大家庭，而且子孫們都很孝順，眞是令人羨慕。
【義近】多子多孫／瓜瓞綿綿／百子千孫／祚胤繁昌／孫曾繞膝／螽斯衍慶。
【義反】一男半女／伯道無兒／伯道之憂／膝下猶虛。

七手八腳

【釋義】有七隻手八隻腳一起工作，動作不一。
【出處】釋普濟．五燈會元．德光禪師：「上堂七手八腳，三頭兩面，耳聽不聞，眼覷不見，苦樂逆順，打成一片。」
【用法】比喻做事人多，手忙腳亂，動作緊張。
【例句】李家突然發生大火，只見鄰居們**七手八腳**地幫忙救火，卻不見有人打電話向消防隊求援。
【義近】手忙腳亂／慌作一團。
【義反】不慌不忙／有條不紊。

七死八活

【釋義】死七次活八次。

【出處】王實甫．西廂記．張君瑞害相思：「你把這個餓鬼弄的他七死八活。」

【用法】形容人病重，也比喻受害甚苦或思念深切。

【例句】在傳統社會中，做媳婦的，常常被婆婆折磨得**七死八活**。

【義近】死去活來／求生不得欲死不能。

【義反】精神抖擻／生氣勃勃。

七老八十

【釋義】意謂七、八十歲。

【出處】凌濛初．初刻拍案驚奇卷一〇：「趕得那七老八十的，都起身嫁人去了。」

【用法】形容人年紀大，已進入高齡。

【例句】你又不是**七老八十**的人，爲什麼樣樣都要依靠他人來幫你做呢？眞是太不長進了！

【義近】年逾古稀／古稀之年／耄耋之年／百歲老人／七老八老／老態龍鍾。

【義反】荳蔻年華／破瓜之年／綺紈之歲／春秋鼎盛／桃李年華／二八年華。

七步之才

【釋義】走七步就能做一首詩的才能。又作「七步成詩」。

【出處】劉義慶．世說新語．文學載：曹丕令曹植七步作詩，不成者行大法。植應聲爲詩曰：「……本是同根生，相煎何太急！」

【用法】形容才思敏捷。

【例句】眞個**七步之才**也不過如此，待我再試他一試。（凌濛初．初刻拍案驚奇）

【義近】出口成章／斗酒百篇／一揮而就／落筆成文／下筆成章／下筆千言／援筆立就／倚馬成文。

【義反】胸無點墨／碌碌庸才。

七拼八湊

【釋義】意謂把一些零碎的東西拼湊起來。七……八……爲一種固定格式，嵌用名、動詞，表示多或多而雜。

【出處】吳沃堯．二十年目睹之怪現狀九二回：「他也打了半天的算盤，說七拼八湊，還勉強湊得上來，三天之內，一定交到。」

【用法】形容只能勉強湊合，比較爲難或不太理想。

【例句】現在生意不景氣，所以商品銷售不出去，連這個月員工的薪水都是**七拼八湊**才籌到的。

【義近】拼拼湊湊／東拼西湊／挪東補西／移東就西。

【義反】綽綽有餘／綽有餘裕／寬寬鬆鬆。

七病八痛

【釋義】病、痛：泛指疾病。

【出處】李綠園．歧路燈六四回：「你看那老頭子是尋認女兒尋得急了，七病八痛的，咱不必替老九頂缸。」

【用法】指大大小小、各種各樣的疾病。

【例句】現在的人只要有點**七病八痛**的便往醫院跑，難怪醫院會人滿爲患，一床難求。

【義近】五癆七傷／疑難雜症／頭痛腦熱／二豎爲虐／霜露之疾／採薪之憂。

【義反】安然無恙／身強體壯／銅筋鐵骨／健壯如牛／豹頭虎背。

七情六欲

【釋義】指人的七種感情和六種欲望。

【出處】禮記．禮運：「何謂人情？喜怒哀懼愛惡欲，七者弗學而能。」智度論：「六欲，爲色欲，形貌欲，威儀姿態欲，言語聲音欲，細滑欲，人想欲。」又有以「眼耳鼻舌身意」之欲爲「六欲」。

【用法】指常人的情緒和欲望。

【例句】出家人遠離紅塵，斷絕**七情六欲**，一意靜修，實在是需要勇氣和智慧的超脫。

【義近】人之常情。

七零八落

【釋義】零、落：零散，散亂。

【出處】釋普濟．五燈會元四二：「無味之談，七零八落。」

【用法】形容零散殘缺、不完整，或無秩序。

【例句】這次飛機失事實在太慘了，一百多名乘客的屍體，**七零八落**地散佈在山谷中。

【義近】亂七八糟／殘缺不全／紊亂不堪。

【義反】完完整整／完好無缺／井然有序／有條有理／櫛比鱗次。

七嘴八舌

【釋義】七張嘴巴，八個舌頭。

【出處】明．無名氏．好逑傳五回：「眾人正跑得有興頭，忽被鐵公子攔住，便七嘴八舌的亂嚷。」

【用法】形容人多嘴雜，議論紛紛。

【例句】老師才剛剛宣佈這次班際球賽的消息，同學們便開始**七嘴八舌**地討論起來。

【義近】七言八語／人言籍籍／人多嘴雜／言人人殊／聚訟紛紜／莫衷一是。

【義反】眾口一詞／異口同聲／意見一致。

七擒七縱

【釋義】擒：捉住。縱：放走。也作「七縱七擒」。

【出處】諸葛亮曾把南蠻酋長孟獲抓到七次，放走七次，終使他心服。事見三國志．蜀書．諸葛亮傳．裴松之注引漢晉春秋。

【用法】比喻要以寬闊的心胸和卓越的膽識，運用行之有效的策略，使對方口服心服。

【例句】對那些作惡多端的歹徒，應採用重刑，絕不能運用**七擒七縱**的策略，否則只會使社會更加的不安定。

【義近】欲擒故縱／心服口服。

【義反】縱虎歸山。

七竅生煙

【釋義】氣憤得好像耳目口鼻都冒出火來。七竅：口和兩眼、兩耳、兩鼻孔。煙：指腹中怒火。

【出處】黃小配．二十載繁華夢：「把鄧氏氣得七竅生煙，覺得腦中一湧……旋吐出鮮血來。」

【用法】形容氣憤已到極點。

【例句】黃先生今天一番話說得太惡毒了，把他太太氣得**七竅生煙**，火冒三丈，憤而離家出走。

【義近】怒髮衝冠／火冒三丈／怒眼橫睜／怒不可遏。

【義反】欣喜若狂／喜氣洋洋／笑容滿面。

七顛八倒（ㄑㄧ ㄉㄧㄢ ㄅㄚ ㄉㄠˇ）

【釋義】說話、做事沒有條理，紊亂的樣子。

【出處】道原・景德傳燈錄卷二一：「問：『如何是佛法大意？』師曰：『七顛八倒。』」

【用法】形容混亂而無條理，紛亂而無秩序，也形容心神迷亂、顛倒。

【例句】家下人等見鳳姐不在，也有偷閑歇力的，亂亂吵吵，已鬧得**七顛八倒**，不成事體了。（曹雪芹・紅樓夢三○回）

【義近】顛三倒四／紊亂不堪。

【義反】條理井然／有條有理／有條不紊／井然有序。

二畫

三人成虎（ㄙㄢ ㄖㄣˊ ㄔㄥˊ ㄏㄨˇ）

【釋義】幾個人傳說市上有老虎，大家就信以爲眞了。三：虛數，並非確指。

【出處】戰國策・魏策：「龐葱曰：『夫市之無虎明矣，然三人言而成虎。』」

【用法】比喻謊言經多人傳播，足以惑亂視聽，以假爲眞。

【例句】對任何事情都不能過於道聽塗說，要作實際的了解，否則便會產生**三人成虎**的錯誤，把假的當成眞的。

【義近】一人傳虛，萬人傳實／以訛傳訛／無中生有／以假爲眞。

【義反】眼見爲實。

三人行必有我師（ㄙㄢ ㄖㄣˊ ㄒㄧㄥˊ ㄅㄧˋ ㄧㄡˇ ㄨㄛˇ ㄕ）

【釋義】幾個人在一起走路，其中一定有值得我師法的人。

【出處】論語・述而：「三人行，必有我師焉，擇其善者而從之，其不善者而改之。」

【用法】比喻隨時隨地都有可師法的人，應虛心向一切有長處的人學習、求教。

【例句】我們應時刻牢記孔子「**三人行必有我師**」的諄諄教誨，虛心向周圍的人學習。

【義近】能者爲師／人人皆有師法處。

三十六計，走爲上計（ㄙㄢ ㄕˊ ㄌㄧㄡˋ ㄐㄧˋ，ㄗㄡˇ ㄨㄟˊ ㄕㄤˋ ㄐㄧˋ）

【釋義】既無力抵抗，則以逃走爲上策，其他任何計策均不可取。

【出處】南齊書・王敬則傳：「有告敬則者，敬則曰：『檀公三十六策，走爲上計，汝父子唯應急走耳。』」

【用法】指事情已發展到不可挽回的地步，別無辦法，只好一走了事。

【例句】小劉遭受冤枉，一時難以洗雪，在這裏呆不下去了，便採取「**三十六計，走爲上計**」的策略，收拾行李，一走了之。

【義近】逃之夭夭／遠走高飛。

【義反】頑強固守。

三十而立（ㄙㄢ ㄕˊ ㄦˊ ㄌㄧˋ）

【釋義】三十：指年齡。立：指立身於社會。

【出處】論語・學而：「吾十有五而志於學，三十而立，四十而不惑。」

【用法】指人已到成熟年齡，在事業上應有所成就，能自立於社會。

【例句】古人說：**三十而立**，你已經快三十了，還這樣東蕩西晃的，不知努力，眞是太令人失望了。

【義近】三十有成／四十不惑／功成名遂／功隨日增。

【義反】老大無成／一事無成／馬齒徒增／白首空歸。

三三兩兩（ㄙㄢ ㄙㄢ ㄌㄧㄤˇ ㄌㄧㄤˇ）

【釋義】三個兩個地在一起。

【出處】樂府詩集・佚名・嬌女：「行不獨自去，三三兩兩俱。」陸游・夜興：「夜闌扶策繞中庭，雲罅三三兩兩星。」

【用法】形容零零落落，爲數不多。

【例句】小明年紀輕輕地就得了不治之症，班上同學都難以置信，**三三兩兩**地聚在一起議論歎息。

【義近】三五成羣／零零散散／三三五五。

【義反】成羣結隊／成千上萬／成千上百。

三寸不爛之舌（ㄙㄢ ㄘㄨㄣˋ ㄅㄨˋ ㄌㄢˋ ㄓ ㄕㄜˊ）

【釋義】一作「三寸之舌」。三寸：言其不長，並非確指。

【出處】司馬遷・史記・平原君虞卿列傳：「毛先生以三寸之舌，強於百萬之師。」

【用法】形容人口才很好，能言善辯。

【例句】這件事包在我身上，憑我這**三寸不爛之舌**，他一定肯來你公司爲你效勞。

【義近】能言善辯／善于雄辯／滔滔陳辭／侃侃而談／舌燦蓮花。

【義反】笨口拙舌／笨口鈍辭。

三五成羣（ㄙㄢ ㄨˇ ㄔㄥˊ ㄑㄩㄣˊ）

【釋義】三個一伙，五個一羣。

【出處】余繼登・典故紀聞卷十二：「三五成羣，高談嬉笑。」

【用法】形容少量人羣。

【例句】春天到了，河邊常看見野鴨，**三五成羣**地戲水，好不悠閒。

【義近】三三兩兩／三三五五。

【義反】人山人海／萬頭鑽動／成千上萬／成羣結隊。

三元及第（ㄙㄢ ㄩㄢˊ ㄐㄧˊ ㄉㄧˋ）

【釋義】三元：指解元、會元、狀元。意謂連續在鄉試、會試、殿試中考第一名。

【出處】李東陽・壽少保商先生七十詩：「本朝科甲重三元。」

【用法】比喻參加考試都能獲得第一名。

【例句】李家公子**三元及第**，名媛淑女競相示好，盼能得到李公子青睞，得一狀元夫人的頭銜。

【義近】朱衣點頭／長安登科／金榜題名／蟾宮折桂。
【義反】名落孫山／暴腮龍門／龍門點額。

三分鼎足

【釋義】三分：一分爲三。如鼎一般有三個足對立而站。
【出處】司馬遷・史記・淮陰侯列傳：「莫若兩利而俱存之，三分天下，鼎足而居。」
【用法】形容能力相當的三方，同時並存，互相抗衡。
【例句】三國時代，魏、吳、蜀三國**三分鼎足**，寫下許多動人精采的歷史故事。
【義近】三分天下／勢均力敵／旗鼓相當。
【義反】一統天下／中央集權／萬里同風／奄有四海。

三分像人，七分像鬼

【釋義】意謂像人的成分少，像鬼的成分多。
【出處】宋・無名氏・張協狀元・大公資助張協：「我嫁你！看牛骨自不中，三分像人，七分像鬼。」
【用法】多形容人的長相非常醜陋。有時也用來形容人在遭受疾病或其他折磨後不成人形的樣子。
【例句】這傢伙太無自知之明，明明長得**三分像人，七分像鬼**，卻要去追求那如花似玉的小姐，眞是癩蛤蟆想吃天鵝肉。
【義近】人不像人，鬼不像鬼／相書上不像相，怪書上打頭仗／神頭鬼面／其貌不揚／蛇頭鼠眼／獐頭鼠目。
【義反】儀表堂堂／一表人才／一表非凡／平頭正臉／丰神俊朗／器宇軒昂。

三天打魚，兩天曬網

【釋義】打魚曬網本應是漁家每日的例行工作，三天打魚，兩天曬網，表示一個人做事沒有恆心。
【出處】曹雪芹・紅樓夢九回：「因此也假說來上學，不過是三日打魚，兩日曬網，白送些束脩與賈代儒，卻不曾有一點兒進益。」
【用法】比喻無恆心，時作時止，不能堅持到底。
【例句】學習貴在持之以恆，日積月累，自然會取得像樣的成績，若**三天打魚，兩天曬網**，能學到什麼？
【義近】一暴十寒／有始無終／虎頭蛇尾。
【義反】持之以恆／堅持不懈／鍥而不舍。

三天兩頭

【釋義】頭：次。在三天裏便有兩次。
【用法】比喻經常如此。
【例句】爲了說服地主賣地，建設公司的人**三天兩頭**便派人來遊說，眞是煩不勝煩。
【義近】三頭兩日／三番五次／三回五次／三不五時。
【義反】一年一度／三年五載／窮年累世。

三心二意

【釋義】想這樣又想那樣。一作「三心兩意」。
【出處】王充・論衡・調時：「非有三心兩意，前後相反也。」
【用法】形容拿不定主意、想法不專一或意志不堅定。
【例句】無論做什麼事都應該意志堅定，**三心二意**是絕對不能成功的。
【義近】二三其德／心猿意馬／三翻四覆／反覆無常／翻來覆去。
【義反】一心一意／全心全意／專心致志／堅定不移。

三戶亡秦

【釋義】幾戶人家也能滅亡秦國。三戶：幾戶，形容其少。
【出處】司馬遷・史記・項羽本紀：「故楚南公曰：『楚雖三戶，亡秦必楚也。』」
【用法】形容正義而暫時弱小的力量，具有消滅暴力的必勝信心。多用作鼓勵語。
【例句】弱者只要有**三戶亡秦**的氣概與信心，奮發圖強，就會像歷史上句踐滅吳那樣，戰勝強者。
【義近】弱能敗強／小能勝大／眾志成城。
【義反】強必勝弱／大必滅小。

三世因果

【釋義】三世：指前世、今世、來世。因：原因。果：後果、結果。
【出處】涅槃經・憍陳如品：「善惡之報，如影隨形；三世因果，循環不失。」
【用法】用以勸人須謹言慎行，去惡從善。或用以安慰受苦的人。
【例句】做人還是要淸淸白白，光明磊落才好。所謂**三世因果**，人在做，天在看，不要心存僥倖。
【義近】淸濁自取／自作自受／濯纓濯足。

三令五申

【釋義】反覆說明。三、五：表多數，非確指。申：陳述、說明。
【出處】司馬遷・史記・孫子吳起列傳：「約束既布，乃設鈇鉞，即三令五申之。」
【用法】用以說明再三叮囑，屢次告誡。
【例句】有些不法分子，無論警政當局怎樣**三令五申**，照樣爲非作歹，唯一的辦法只有加強治安管理，小心防範，並給予嚴重的打擊。
【義近】反覆申述／耳提面命／諄諄告誡／再三教導／告誡再三／三復斯言。
【義反】不言之教。

三生有幸

【釋義】三世都走運。三生：佛教指前生、今生和來生；轉世投胎爲一生。幸：幸運。
【出處】元曲選・碧桃花：「此一會小官三生有幸也。」
【用法】形容人的運氣很好。
【例句】我能得到學術界巨擘錢老先生的教誨指正，眞是**三生有幸**。
【義近】福星高照／吉星高照。
【義反】命乖運蹇／生不逢辰／命途多舛。

三年不窺園（ㄙㄢ ㄋㄧㄢˊ ㄅㄨˋ ㄎㄨㄟ ㄩㄢˊ）

【釋義】三年不曾探視外界景色。窺：此為觀望、探視的意思。園：指花園或田園。

【出處】漢書．董仲舒傳：「少治春秋，孝景時為博士。下帷講誦，弟子傳以久次相授業，或莫見其面。蓋三年不窺園，其精如此。」

【用法】形容人勤奮攻讀、專心苦學的精神。

【例句】陳景潤之所以能在數學上取得那樣高深的成就，固然與他的天資聰穎有關，但更重要的是他那種**三年不窺園**的苦學精神。

【義近】目不窺園／足不出戶／懸梁刺股／孜孜不倦／穿壁引光／焚膏繼晷。

【義反】鴻鵠將至／心猿意馬／心不在焉／蹉跎歲月／飽食終日／無所事事。

三年五載（ㄙㄢ ㄋㄧㄢˊ ㄨˇ ㄗㄞˇ）

【釋義】載：年。三、五年。

【出處】曹雪芹．紅樓夢二六回：「不過三年五載，各人幹各人的去了，那時誰還管誰呢？」

【用法】指一段比較長的時間。

【例句】這部工具書，初步估計大約有二百五十萬字，沒有**三年五載**是編寫不出來的。

【義近】一年半載／三年兩載／十年八年／成年累月／日復一日。

【義反】一時半刻／眨眼之間／彈指之間／日不移晷／一朝一夕。

三年有成（ㄙㄢ ㄋㄧㄢˊ ㄧㄡˇ ㄔㄥˊ）

【釋義】三年便會很有成績。

【出處】論語．子路：「子曰：『苟有用我者，朞月而已可也，三年有成。』」

【用法】鼓勵或祝賀人在一定時期內，當可取得可觀的報酬或成就。

【例句】古人說**三年有成**，各位在大學四年，只要勤奮努力，必可在知識的寶庫中獲益良多。

【義近】卓有成效。

【義反】一事無成／毫無長進。

三年蓄艾（ㄙㄢ ㄋㄧㄢˊ ㄒㄩˋ ㄞˋ）

【釋義】艾：草名，曬乾後可作針灸之用。

【出處】孟子．離婁上：「今之欲王者，猶七年之病，求三年之艾也。」趙注：「艾可以灸人病，乾久益善，故以為喻。」

【用法】喻凡事應預先儲備好，才能發揮其功能。

【例句】聰明人總是會**三年蓄艾**，做好萬全的準備，以防不時之需。

【義近】未雨綢繆／居安思危／防患未然／曲突徙薪／九耕三餘／積穀防饑。

【義反】見兔顧犬／臨渴掘井／臨時抱佛腳。

三折肱而成良醫（ㄙㄢ ㄓㄜˊ ㄍㄨㄥ ㄦˊ ㄔㄥˊ ㄌㄧㄤˊ ㄧ）

【釋義】有多次折斷手臂的經驗，可以成為良醫。肱：手臂從肘到腕的部分，指手臂。

【出處】左傳．定公十三年：「三折肱，知為良醫。」

【用法】常用以比喻對某事閱歷多，富有經驗，自能造詣精深。

【例句】遭受的挫折多，並不一定都是壞事，正如古人所說的**三折肱而成良醫**，挫折的磨練往往可以使人變得更聰明。

【義近】久病成良醫。

三更半夜（ㄙㄢ ㄐㄧㄥ ㄅㄢˋ ㄧㄝˋ）

【釋義】三更：夜半。古時將一夜分作五個更次，一更約兩小時。

【出處】元曲選．生金閣：「三更半夜，只是婁青一個人自去，怕人設設的。」

【用法】用以指深夜。

【例句】周教授病得很厲害，但為了完成自己的著述，給後人留下一點參考資料，還是每天筆耕到**三更半夜**。

【義近】夜闌更深／漏盡更深／深更半夜。

【義反】旭日東升／日上三竿／烈日當空。

三言兩語（ㄙㄢ ㄧㄢˊ ㄌㄧㄤˇ ㄩˇ）

【釋義】兩三句話。

【出處】施耐庵．水滸傳六一回：「小乙可惜夜來不在家裏，若在家時，三言兩語，盤倒那先生。」

【用法】形容言語簡潔，說話乾脆、不囉嗦。

【例句】他真是辯才無礙，**三言兩語**就說得對方啞口無言，俯首稱臣。

【義近】言簡意明／言少意深／言簡意賅／要言不煩。

【義反】洋洋萬言／長篇大論／連篇累牘／廢話連篇。

三豕涉河（ㄙㄢ ㄕˇ ㄕㄜˋ ㄏㄜˊ）

【釋義】三豕是「己亥」的誤寫。一作「三豕己亥」。

【出處】呂氏春秋．察傳：「子夏之晉過衛，有讀史記者曰：『晉師三豕涉河。』子夏曰：『非也，是己亥也。』夫己與三相近，豕與亥相似，至於晉而問之，則曰：晉師己亥涉河也。」

【用法】形容文字因形體相近而誤傳或脫誤。

【例句】文字工作是一件不容易的事，故**三豕涉河**之誤，實乃無心之過。

【義近】烏焉成馬／魯魚亥豕／郭公夏五／別風淮雨／魯魚帝虎。

三足鼎立（ㄙㄢ ㄗㄨˊ ㄉㄧㄥˇ ㄌㄧˋ）

【釋義】像鼎的三腳分立一樣。鼎：古時三腳兩耳的鍋。

【出處】司馬遷．史記．淮陰侯列傳：「三分天下，鼎足而居。」劉禹錫．蜀先主廟：「勢分三足鼎，業復五銖錢。」

【用法】比喻三方面分立相持的局面。

【例句】東漢末年，地方勢力崛起，經過十來年的你爭我戰，終於形成了魏、蜀、吳**三足鼎立**的局面。

【義近】三分天下／三分鼎峙／鼎足而立／鼎足之勢／勢成鼎足。

【義反】一統天下。

三姑六婆（ㄙㄢ ㄍㄨ ㄌㄧㄡˋ ㄆㄛˊ）

【釋義】三姑：尼姑、道姑、卦姑。六婆：牙婆、媒婆、師婆、虔婆、藥婆、穩婆。舊時認爲他們是作壞事的人。

【出處】曹雪芹・紅樓夢一一二回：「我說那三姑六婆是再要不得的！我們甄府裏從來是一概不許上門的。」

【用法】多用來形容各式各樣不務正業的婦女。

【例句】自古以來，**三姑六婆**最愛搬弄是非，對這些人最好是敬而遠之，千萬不要與她們打交道。

【義近】罵街潑婦／敗俗淫婦。

【義反】三貞之女／九烈之婦。

三長兩短（ㄙㄢ ㄔㄤˊ ㄌㄧㄤˇ ㄉㄨㄢˇ）

【釋義】有長有短，參差不齊的樣子。

【出處】范文若・鴛鴦棒：「我還怕薄情郎折倒我的女兒，須一路尋上去，萬一有三長兩短，定要討個明白。」

【用法】指意外的事故、災禍或死亡。

【例句】趙老師的身體一天比一天瘦弱，病情也在一天天地加重，要是他眞有個**三長兩短**，他一家七口人眞不知如何是好。

【義近】一差二錯／山高水低。

【義反】安然無恙。

三思而行（ㄙㄢ ㄙ ㄦˊ ㄒㄧㄥˊ）

【釋義】反覆思考好了，然後再去做。三：表多數，再三。思：考慮。

【出處】論語・公冶長：「季文子三思而後行。」

【用法】形容人謹愼穩重，遇事考慮多次之後才付諸行動。

【例句】婚姻是終身大事，可不是鬧著玩的，務必要**三思而行**，以免後悔。

【義近】思之再三／千思百慮／再三斟酌／反覆推敲。

【義反】輕舉妄動／魯莽從事。

三軍可奪帥，匹夫不可奪志（ㄙㄢ ㄐㄩㄣ ㄎㄜˇ ㄉㄨㄛˊ ㄕㄨㄞˋ，ㄆㄧˇ ㄈㄨ ㄅㄨˋ ㄎㄜˇ ㄉㄨㄛˊ ㄓˋ）

【釋義】全國軍隊可以使它喪失主帥，普通百姓不可使他放棄主張。三軍：泛指軍隊。匹夫：百姓。奪：改變。

【出處】論語・子罕：「子曰：『三軍可奪帥也，匹夫不可奪志也。』」

【用法】用以說明立志的重要。

【例句】人各有志，要想用暴力去改變別人的志向，使他服從自己，這是很難甚至是根本做不到的，所以古人說：「**三軍可奪帥，匹夫不可奪志**。」

【義近】人窮志堅／富貴不能淫／貧賤不能移／威武不能屈／堅定不移。

【義反】隨風轉舵。

三紙無驢（ㄙㄢ ㄓˇ ㄨˊ ㄌㄩˊ）

【釋義】用三張紙寫買驢之事，但竟沒有寫到一個驢字。

【出處】顏氏家訓・勉學：「問一言輒酬數百，責其指歸，或無要會。鄴下諺云：『博士買驢，書卷三紙，未有驢字。』」

【用法】形容文章中廢話太多，不得要領。

【例句】此文寫得洋洋灑灑數千字，卻是**三紙無驢**，不知所言何事。

【義近】廢話連篇／空疏寡實／博士買驢／連篇累牘。

【義反】探驪得珠／微言大義／精心結撰／龍含鳳吐。

三從四德（ㄙㄢ ㄘㄨㄥˊ ㄙˋ ㄉㄜˊ）

【釋義】三從：在家從父，出嫁從夫，夫死從子。四德：婦德、婦言、婦容、婦功。

【出處】儀禮・喪服：「婦人有三從之義，……未嫁從父、既嫁從夫、夫死從子。」周禮・天官：「婦德、婦言、婦容、婦功。」

【用法】用以說明舊禮教中婦女的道德規範。

【例句】在男女不平等的時代裏，婦女深受**三從四德**的道德規範所束縛，很難有自由發展的空間。

【義近】三貞九烈。

三教九流（ㄙㄢ ㄐㄧㄠˋ ㄐㄧㄡˇ ㄌㄧㄡˊ）

【釋義】三教：儒教、道教、佛教。九流：指先秦至漢初的九個學術流派。流：思想學說相同的派別。

【出處】宋・趙彥衛・雲麓漫鈔六：「帝問三教九流及漢朝舊事，了如目前。」

【用法】泛指宗教或各種學術流派，也指各行各業的人。有時還用來形容人的學問博而雜。

【例句】①那個人交遊廣闊，朋友是**三教九流**混雜。②何先生的學問相當淵博，可說是**三教九流**，無所不知，無所不通。

【義近】各行各業／龍蛇雜處。

三媒六證（ㄙㄢ ㄇㄟˊ ㄌㄧㄡˋ ㄓㄥˋ）

【釋義】媒：指媒人。證：傳言作證。三、六：形容多次。

【出處】武漢臣・生金閣：「我大茶小禮，三媒六證，親自娶了個夫人。」

【用法】古時的婚姻除了由父母決定外，還要有媒人在中傳話做證，以示其對婚姻的重視。

【例句】古人結婚是件大事，**三媒六證**是免不了的習俗，也許正因爲如此，他們才更重視婚姻。

【義近】明媒正娶／正頭夫妻／花燭夫妻／結髮夫妻。

【義反】野鴛鴦／露水夫妻。

三朝元老（ㄙㄢ ㄔㄠˊ ㄩㄢˊ ㄌㄠˇ）

【釋義】受三世皇帝重用的大臣。元老：年老而有聲望的大臣。

【出處】後漢書・章帝紀：「行太尉事節鄉侯熹三世在位，爲國元老。」

【用法】用以指在一個部門任職久、資格老的人。

【例句】萬先生在我們公司任職已有二十年了，經歷過好幾個負責人，可算是這裏的**三朝元老**，大家有什麼問題可以多多請教他。

【義近】開國元勳／當代元老。

【義反】初出茅廬／初露頭角。

三番五次（ㄙㄢ ㄈㄢ ㄨˇ ㄘˋ）

【釋義】番：次。三、五：比喻多的意思。

【出處】吳敬梓・儒林外史三八回：「三番五次，纏得老和尚急了，說道：『你是何處光棍，敢來鬧我們？』」

【用法】形容次數很多，一次又一次地。

【例句】那個女人**三番五次**尋死尋活，弄得附近鄰居見著她就躲，也沒人要搭理她了。

【義近】三番兩次／三回五次。

【義反】屈指可數／寥寥無幾／區區之數。

三番四復（ㄙㄢ ㄈㄢ ㄙˋ ㄈㄨˋ）

【釋義】反反覆覆。三、四：均非確數。番：回，次。復：反復，轉過來轉過去。

【出處】清・敖英・彩雪亭雜言・鄺子元：「或事到眼前，可以順應，卻乃畏首畏尾，三番四復，猶豫不決。」

【用法】表示做事沒有主見，多次反覆，一次一次的變更。

【例句】你這人無論做什麼，總要**三番四復**的變來變去，誰願意與你配合？

【義近】三番五次／翻來覆去／變化無常／幾次三番／優柔寡斷／猶豫不決。

【義反】一錘定音／斬釘截鐵／當機立斷／快刀斬亂麻／僅此一次／毅然決然。

三番兩次（ㄙㄢ ㄈㄢ ㄌㄧㄤˇ ㄘˋ）

【釋義】多遍多次。番：遍數。三、兩：言其多，非實數。

【出處】鄭德輝・王粲登樓：「你將書呈三番兩次調發小生到此，蕭條旅館，個月期程，不蒙放參。」

【用法】用以強調不止一次。

【例句】我曾經**三番兩次**勸他及早去看醫生，他卻不聽勸告，拖成現在這個樣子，眞是太令人遺憾了。

【義近】三番五次／幾次三番。

【義反】僅此一次／下不爲例。

三腳貓（ㄙㄢ ㄐㄧㄠˇ ㄇㄠ）

【釋義】只有三隻腳的貓，行走極爲不便。

【出處】宋・無名氏・百寶總珍集十：「物不中謂之三腳貓。」郎瑛・七修類稿：「嘉靖間……有三腳貓一頭，極善捕鼠，而走不成步。」

【用法】形容虛有其表，不中用，只知皮毛的人；或形容不按規矩行事、不腳踏實地而到處亂竄的人。

【例句】①那人是**三腳貓**，根本不可能擔負起重任。②那人是**三腳貓**，成天連影子也不見，叫我到哪裏去找他？

【義近】銀樣鑞槍頭／虛有其表／名不副實。

【義反】腳踏實地／名實相副。

三過家門而不入（ㄙㄢ ㄍㄨㄛˋ ㄐㄧㄚ ㄇㄣˊ ㄦˊ ㄅㄨˋ ㄖㄨˋ）

【釋義】夏禹治洪水時，三次經過自家門口而不進去。

【出處】孟子・離婁下：「禹、稷當平世，三過其門而不入。」

【用法】形容兢兢業業，勤於職守。

【例句】身爲公僕，就要有夏禹那種**三過家門而不入**的精神，克盡職守，這樣才能獲得民眾的信任與支持。

【義近】過門不入／克盡厥職／盡職盡責。

【義反】擅離職守／怠忽職守。

三墳五典（ㄙㄢ ㄈㄣˊ ㄨˇ ㄉㄧㄢˇ）

【釋義】三墳：指伏羲、神農、黃帝之書。五典：指少昊、顓頊、高辛、堯、舜之書。

【出處】左傳・昭公十二年：「是能讀三墳、五典、八索、九丘。」

【用法】皆上古的書，早就不存在，或根本無此書。

【例句】有些古書是只見其名不見其書，如**三墳五典**，是否確有其書，就不得而知了。

【義近】八索九丘／晉乘楚杌。

三緘其口（ㄙㄢ ㄐㄧㄢ ㄑㄧˊ ㄎㄡˇ）

【釋義】嘴巴上好像打了三道封條似的。緘：封閉。

【出處】漢・劉向・說苑・敬慎：「孔子之周，觀於太廟右陛之前，有金人焉，三緘其口而銘其背曰……。」

【用法】形容人說話極爲謹慎，不輕易開口。

【例句】即使警察對那位搶匪施以威脅利誘，但他仍**三緘其口**，不肯透露同伴的下落。

【義近】緘口結舌／緘默不語／杜口吞聲／沉默不言／隱忍不言／絕口不道。

【義反】滔滔不絕／放言不休／喋喋不休／高談闊論／津津樂道／多嘴多舌。

三戰三北（ㄙㄢ ㄓㄢˋ ㄙㄢ ㄅㄟˇ）

【釋義】作戰幾次就失敗幾次。三：非確數。北：敗逃；北即「背」字，敗逃時背敵而走，故叫北。

【出處】國語・吳語：「吳師大北……三戰三北，乃至於吳。」韓非子・五蠹：「魯人從君戰，三戰三北。」

【用法】形容屢戰屢敗。

【例句】我最近一連打了幾場籃球，沒有一場不輸，眞可謂**三戰三北**，成了常敗將軍。

【義近】常敗將軍／屢戰屢敗／百戰百敗／無戰不敗。

【義反】百戰百勝／戰無不勝／攻無不克／無堅不摧／屢戰屢勝。

三頭六臂（ㄙㄢ ㄊㄡˊ ㄌㄧㄡˋ ㄅㄧˋ）

【釋義】原指佛的法相有三個頭，六條臂。

【出處】道原・景德傳燈錄一三：「三頭六臂擎天地，忿怒那吒撲帝鐘。」

【用法】比喻神通廣大，本領高強。

【例句】我又沒有**三頭六臂**，怎能在這樣短暫的時間裏，完成如此繁重的任務呢？

【義近】神通廣大／手眼通天／呼風喚雨／遮天蓋地。

【義反】黔驢之技／鼯鼠技窮／束手無策／無計可施／一籌莫展。

三顧茅廬（ㄙㄢ ㄍㄨˋ ㄇㄠˊ ㄌㄨˊ）

【釋義】指劉備三次去隆中訪聘諸葛亮。顧：拜訪。茅廬：茅屋。一作「三顧草廬」。

【出處】諸葛亮・出師表：「先帝不以臣卑鄙，猥自枉屈，三顧臣於草廬之中。」

【用法】比喻一再誠心誠意地邀請別人，或比喻敬重人才。

【例句】我們學校之所以能在教

學、研究兩方面都取得良好成效，其中一個重要原因就是三任校長都能以**三顧茅廬**的誠心與決心，到各地訪聘人才。
【義近】禮賢下士／求賢若渴／一飯三吐哺／一沐三握髮。
【義反】輕賢賤士。

下不爲例（ㄒㄧㄚˋ ㄅㄨˋ ㄨㄟˊ ㄌㄧˋ）
【釋義】這一次決不能作爲下一次的依據。下：下次。
【出處】張春帆・宦海・一八回：「既然如此，只此一次，下不爲例如何？」
【用法】表示只有這一次，下次決不通融。
【例句】既然你態度如此誠懇，我就勉爲其難地答應你的要求，不過僅此一次，**下不爲例**。
【義近】一之爲甚，豈可再乎。
【義反】一而再，再而三。

下回分解（ㄒㄧㄚˋ ㄏㄨㄟˊ ㄈㄣ ㄐㄧㄝˇ）
【釋義】要知情況如何，且看下一回。下回：後面一回。我國古代長篇小說爲章回形式，故有「下回」。
【出處】施耐庵・水滸傳・一回：「畢竟龍虎山眞人說出甚麼言語來，且聽下回分解。」
【用法】說明等待事情發展的消息、結果。
【例句】這件事，我今天只能向大家介紹到這裏，至於未來怎樣發展，結局如何，只有等待**下回分解**了。
【義近】下文分解／且看下文。
【義反】立見分曉。

下坂走丸（ㄒㄧㄚˋ ㄅㄢˇ ㄗㄡˇ ㄨㄢˊ）
【釋義】在斜坡上往下滾彈丸。坂：斜坡。走：跑，迅速滾動。
【出處】荀悅・前漢記：「此由（猶）以下坂而走丸也。」
【用法】比喻說話行文敏捷而無停滯。
【例句】王先生行文有如**下坂走丸**，筆墨酣暢，一天竟可寫上好幾千字。
【義近】行雲流水／洋洋灑灑／文筆流暢。
【義反】言滯語澀／行文遲鈍。

下車伊始（ㄒㄧㄚˋ ㄔㄜ ㄧ ㄕˇ）
【釋義】剛下車。伊：文言助詞。始：開始，剛剛。
【出處】隋書・劉行本傳：「然臣下車之始，與其如約。此吏故違，請加徒一年。」淮陰百一居士・壺天錄：「寧波宗太守湘文，當下車伊始，即自撰一聯，懸於門首。」
【用法】比喻新官初到任，也比喻新到一個地方或單位。
【例句】新主管**下車伊始**，就這也批評，那也指責，弄得大家很不愉快。
【義近】新來乍到／新官上任。

下里巴人（ㄒㄧㄚˋ ㄌㄧˇ ㄅㄚ ㄖㄣˊ）
【釋義】下里、巴人：古楚國流行的兩支通俗歌曲名。
【出處】文選・宋玉・對楚王問：「客有歌於郢中者，其始曰下里巴人，國中屬而和者數千人。」
【用法】比喻通俗的文藝作品。
【例句】這首歌雖被專業人士譏爲**下里巴人**之作，卻在社會上廣受歡迎，人人都能琅琅上口。
【義近】婦孺能明／老嫗能解／擊轅之歌。
【義反】曲高和寡／知者寥寥／典雅高深。

下馬威（ㄒㄧㄚˋ ㄇㄚˇ ㄨㄟ）
【釋義】古時新官到任，故意用嚴法處分屬吏，以示威嚴，稱下馬威。
【出處】班固・漢書・敘傳：「畏其下車作威，吏民竦息。」凌濛初・二刻拍案驚奇二一回：「先把李旺打一個下馬威。」
【用法】今泛指一開始就給對方打擊或威嚇，以顯示自己的厲害。
【例句】聽說這個學生很不聽話，我要先給他一個**下馬威**，狠狠訓斥他一頓，然後再慢慢疏導他。
【義近】先聲奪人。
【義反】先禮後兵。

下堂求去（ㄒㄧㄚˋ ㄊㄤˊ ㄑㄧㄡˊ ㄑㄩˋ）
【釋義】下堂：離棄。
【出處】後漢書・宋弘傳：「貧賤之交不可忘，糟糠之妻不下堂。」
【用法】形容妻子要求和丈夫離婚。
【例句】眼看挽不回丈夫的心，她只好**下堂求去**，給自己一個重新出發的機會。
【義近】水盡鵝飛／永斷葛藤／分釵破鏡。
【義反】破鏡重圓／月缺重圓。

下帷苦讀（ㄒㄧㄚˋ ㄨㄟˊ ㄎㄨˇ ㄉㄨˊ）
【釋義】下：掛上。帷：帳子。掛上帳子在帳內苦讀。
【出處】漢書・董仲舒傳：「董仲舒下帷讀書，弟子以次相授，或不見其面。」
【用法】形容勤學苦讀的人。
【例句】歷史上的大文學家莫不有過**下帷苦讀**的工夫，其辛苦也不是一般人能夠忍受得了的。
【義近】牛角掛書／引錐刺骨／鑿壁偷光／韋編三絕／螢窗雪案。
【義反】玩歲愒日／醉生夢死／得過且過／曠廢隳惰。

下情上達（ㄒㄧㄚˋ ㄑㄧㄥˊ ㄕㄤˋ ㄉㄚˊ）
【釋義】下情：通常指基層或民眾的情況。上達：往上傳達。上：通常指當政要人或上級機關。
【出處】宋書・索虜傳：「雖盡節奉命，未能令上化下佈，而下情上達也。」
【用法】說明要把下面的眞實情況傳達到上面去，以便執政者能照實處理問題或制訂出符合實情的方針。
【例句】當政者如能實行民主制度，廣開言路，使**下情上達**，然後博採眾議，國家怎會不強盛呢？
【義近】從諫如流／廣聽博納／察納雅言／廣開言路。
【義反】閉目塞聽／拒諫飾非／師心自用／剛愎自用。

下逐客令（ㄒㄧㄚˋ ㄓㄨˊ ㄎㄜˋ ㄌㄧㄥˋ）
【釋義】下達驅逐客卿的命令。
【出處】司馬遷・史記・李斯列傳：「秦宗室大臣皆言秦王曰：『諸侯人來事秦者，大抵爲其主游間於秦耳，請一切逐客。』」
【用法】今泛指主人趕走不受歡迎的客人。
【例句】你們幾個來我辦公室胡攪蠻纏了半天，再不走，我就只有**下逐客令**了。
【義近】下驅逐令。
【義反】下榻留賓。

下筆千言

【釋義】一下筆就寫出上千萬字的文章。言：字。
【出處】張岱・雁字詩小序：「余少而學詩……三十以前，下筆千言，疾如風雨。」
【用法】形容文思敏捷，揮筆成篇。
【例句】熊先生十多歲時，就能**下筆千言**，故在當時有神童之稱。
【義近】一揮而就／文不加點／意到筆隨／援筆立就／七步成詩／運筆如飛／落紙如飛／倚馬成文。
【義反】才竭智疲／文思遲鈍／執筆搔頭／江郎才盡／絞盡腦汁。

下筆如有神

【釋義】一落筆就像有神奇的力量。下筆：落筆。
【出處】杜甫・奉贈韋左丞文二十二韻：「讀書破萬卷，下筆如有神。」
【用法】形容才思敏捷，爲詩爲文能一揮而就。
【例句】他文思敏捷，**下筆如有神**，因此年紀輕輕便已著作等身，令人佩服。
【義近】一揮而就／文不加點／意到筆隨／援筆立就／七步成詩／運筆如飛／落紙如飛／倚馬成文。
【義反】才竭智疲／文思遲鈍／執筆搔頭／江郎才盡／絞盡腦汁。

下筆成章

【釋義】一動筆就能迅速地寫成文章。
【出處】陳壽・三國志・魏書・文帝紀：「文帝天資文藻，下筆成章。」
【用法】形容文思敏捷。
【例句】他不僅講起話來滔滔不絕，文字表達能力也很強，往往能**下筆成章**。
【義近】一揮而就／文不加點／意到筆隨／援筆立就／七步成詩／運筆如飛／落紙如飛／倚馬成文。
【義反】才竭智疲／文思遲鈍／執筆搔頭／江郎才盡／絞盡腦汁。

下榻留賓

【釋義】下榻：接待賓客。
【出處】後漢書・徐穉傳記載：東漢陳蕃做豫章太守時，不接待賓客，只爲郡中名士徐穉特設一榻，等徐穉一去，則掛榻，故「下榻」爲接待賓客之意。沈約・和謝宣城詩：「賓至塵榻。」
【用法】用以形容迎賓待客的熱切之意。
【例句】主人既有**下榻留賓**之情，你又怎好拒人於千里之外，留下來過一夜吧！
【義近】掃榻以待／倒屣出迎／卻行爲導。
【義反】醴酒不設。

下學上達

【釋義】下學：研習人事。上達：通達天理。
【出處】論語・憲問：「子曰：『不怨天，不尤人，下學而上達；知我者，其天乎！』」
【用法】形容人的學問淵博，下知人事，上通天理。
【例句】讀書到最高境界，應是**下學上達**，可惜能達此境界的人太少了。
【義近】登峰造極／爐火純青。
【義反】德薄能鮮／蟬不知雪／口耳之學／大惑不解。

上下一心

【釋義】上下一條心。
【出處】淮南子・詮言訓：「上下一心，君臣同志。」
【用法】說明只要上下同心合力，團結一致，就會無往而不勝。
【例句】只要全國**上下一心**，就沒有克服不了的困難，沒有達不到的目標。
【義近】上下同心／上下齊心／上下和合／上下一致／上下相親。
【義反】上下不和／上下交征。

上下交困

【釋義】上面和下面都處於困境。交：一齊，同時，都。
【出處】清史稿・食貨志一：「賠償兵費至四百餘兆，以中國所有財產抵借外債，積數十年不能清償。攤派加捐，上下交困。」
【用法】形容一個國家、一個地區或一個單位已處於十分困難的境地，有崩潰瓦解的危險。
【例句】非洲一些國家因內戰不息，人心離散，**上下交困**，社會動盪不安，已處於崩潰的邊緣。
【義近】上下交慮／上下渙散／內外交困／內憂外患。
【義反】上下相安／上下同心／上下和睦／民康物阜。

上下交征利

【釋義】交：相互。征：獲取。
【出處】孟子・梁惠王：「上下交征利，而國危矣。」
【用法】原意是居上位者與下位者從相互關係中得到利益。亦可形容團體中的每一分子爲一己之利而彼此利用。
【例句】一個國家若行政人員和人民**上下交征利**，這個國家就危險了。
【義近】唯利是圖／先利後義／官商勾結。
【義反】公而忘私／先義後利。

上下其手

【釋義】一手指著上面，以示尊貴；一手指著下面，以示低賤。
【出處】左傳・襄公二六年：「伯州犁上其手曰：『夫子爲王子圍，寡君之貴介弟也。』下其手曰：『此子爲穿封戌，方城外之縣尹也，誰獲子？』」
【用法】比喻玩弄手法，貪贓舞弊。含有貶損之意。
【例句】公共工程最擔心主事者串通承包商**上下其手**，導致施工品質低劣，造成大眾的損失。

【義近】高下其手／串通謀私／徇私舞弊。

【義反】遵紀守法／廉潔奉公／奉公守法／兩袖清風。

上下相安（ㄕㄤˋ ㄒㄧㄚˋ ㄒㄧㄤ ㄢ）

【釋義】上面和下面相安無事。

【出處】晉書・束皙傳：「今大晉熙隆，六合寧靜，……主無驕肆之志，臣無簪纓之請。上下相安，率禮從道。」

【用法】形容寧靜無事，上上下下能和睦相處。

【例句】這個四代同堂的大家庭，老少大小有好幾十人，居然能和和睦睦，**上下相安**，真是難得。

【義近】上下寧靜／上下和合／上下相親／千里同風。

【義反】上下交爭／雞犬不寧／上下不和／分崩離析。

上天入地（ㄕㄤˋ ㄊㄧㄢ ㄖㄨˋ ㄉㄧˋ）

【釋義】天：天堂。地：地獄。上天堂，下地獄，泛指不論到哪兒，都勇往直前。

【出處】羣音類選・雙忠記・烹妾激軍：「君既為王家死義，妾身敢故推？要我上天入地，只索投去。」

【用法】形容不畏艱險，尋遍各地；也表示無所畏懼，決心去做自己想要做的事。

【例句】①我這次即使**上天入地**，也要把女兒找著；若尋不著，我也不回來了。②我一定要實現我的計畫，就是**上天入地**，也絕不畏縮後退。

【義近】上刀山，下火海／天不怕，地不怕／赴湯蹈火／上窮碧落下黃泉。

【義反】躊躇不前／逡巡不前／前怕龍，後怕虎。

上天無路，入地無門（ㄕㄤˋ ㄊㄧㄢ ㄨˊ ㄌㄨˋ ㄖㄨˋ ㄉㄧˋ ㄨˊ ㄇㄣˊ）

【釋義】意謂上也上不得，下也下不得。

【出處】普濟・五燈會元・棲賢湜禪師法嗣：「進前即觸途成滯，退後即噎氣填胸，直得上天無路，入地無門，如今已不奈何也。」

【用法】形容處境極其窘迫，已經到了無路可走的地步。

【例句】「九二一地震」時，簡先生家塌了，妻兒也死了，只剩他一人孤零零的活著，躺在病床上，感到**上天無路**，**入地無門**，三番兩次想一死求得解脫。

【義近】走投無路／山窮水盡／日暮途窮／束手無策。

【義反】柳暗花明／絕處逢生／枯木逢春／蛟龍得水。

上有天堂，下有蘇杭（ㄕㄤˋ ㄧㄡˇ ㄊㄧㄢ ㄊㄤˊ ㄒㄧㄚˋ ㄧㄡˇ ㄙㄨ ㄏㄤˊ）

【釋義】天上有天堂，人間有蘇州、杭州的人間天堂。

【出處】楊朝英・樂府新編・陽春白雪前集二・奧敦周卿蟾宮曲：「春暖花香，歲稔時康，真乃上有天堂，下有蘇杭。」

【用法】形容蘇州、杭州二地的繁榮富庶。

【例句】自古以來，歌詠蘇杭兩地的文人墨客頗多。俗語說：**上有天堂，下有蘇杭**，由此可以想像這兩地是如何的美麗。

上有好者，下必甚焉（ㄕㄤˋ ㄧㄡˇ ㄏㄠˋ ㄓㄜˇ ㄒㄧㄚˋ ㄅㄧˋ ㄕㄣˋ ㄧㄢ）

【釋義】好：喜愛。甚：更加。在上位者的喜愛之物，在下位者一定更加喜愛。

【出處】孟子・滕文公上：「上有好者，下必有甚焉者矣。」

【用法】比喻領導者的一言一行，往往是人們所喜愛追求和模仿的。

【例句】所謂**上有好者，下必甚焉**，引導流行的人必定深深了解這個道理，故能造成一波又一波的新潮流。

【義近】上行下效／風行草偃／草偃風從。

上行下效（ㄕㄤˋ ㄒㄧㄥˊ ㄒㄧㄚˋ ㄒㄧㄠˋ）

【釋義】行：做。效：仿效，跟著學。

【出處】班固・白虎通・三教：「教者效也，上為之，下效之。」杜牧・上淮南李相公狀：「上行下效，家至戶到。」

【用法】上面的人怎麼做，下面的人就跟著效法、模仿。

【例句】自從政府提倡重視專業、重視人才的作法以來，**上行下效**，社會上已形成一股尊重專業和人才的風氣。

【義近】上有所為，下必好之／風行草偃／草偃風從／上好下甚。

【義反】作亂犯上。

上梁不正下梁歪（ㄕㄤˋ ㄌㄧㄤˊ ㄅㄨˋ ㄓㄥˋ ㄒㄧㄚˋ ㄌㄧㄤˊ ㄨㄞ）

【釋義】梁：屋梁，棟梁。

【出處】笑笑生・金瓶梅七八回：「看官聽說：自古上梁不正下梁歪。」

【用法】比喻居上位者行為不端正，下面的人也會跟著學壞，以此強調在上者的表率作用。

【例句】俗語說：**上梁不正下梁歪**，為人父母者應該深自警惕。

【義近】源濁流濁／上慢下暴。

【義反】以身作則／源清流清／主賢臣良／上廉下潔。

上無片瓦，下無立錐之地（ㄕㄤˋ ㄨˊ ㄆㄧㄢˋ ㄨㄚˇ ㄒㄧㄚˋ ㄨˊ ㄌㄧˋ ㄓㄨㄟ ㄓ ㄉㄧˋ）

【釋義】片瓦：猶言一塊瓦。瓦：舊時蓋屋頂的材料。立錐之地：插錐子的地方，極言地面之小。

【出處】張南莊・何典九回：「把活鬼的古老宅基也賣來餵了指頭，弄得上無片瓦遮身，下無立錐之地，只得仍縮在娘身邊。」

【用法】形容什麼也沒有，貧困到了極點。

【例句】他以為美國遍地是黃金，貿然將房屋、土地賣掉，移民異域闖天下，結果卻落得個**上無片瓦，下無立錐之地**的下場。

【義近】上無片瓦，下無寸土／無一瓦之覆，一壟之植／家徒四壁／室如懸磬。

【義反】良田千頃／瓊樓玉宇／富埒王侯／雕梁畫棟。

上當學乖（ㄕㄤˋ ㄉㄤˋ ㄒㄩㄝˊ ㄍㄨㄞ）

【釋義】上當：指吃虧受騙。

【出處】涇諺彙錄：「上當學乖，言吃虧處，即是長見識處也。」

【用法】指人從吃虧中得到教訓，而避免再犯同樣的錯。
【例句】**上當學乖**，她被金光黨騙過一次之後，再也不敢貪小便宜了。
【義近】得一次教訓，學一次乖／前車可鑑／殷鑑不遠。
【義反】重蹈覆轍／一錯再錯。

上漏下濕 ㄕㄤˋ ㄌㄡˋ ㄒㄧㄚˋ ㄕ

【釋義】上漏：指屋頂漏雨。下濕：指屋內地面潮濕。
【出處】莊子・讓王：「原憲居魯，環堵之室，茨以生草；蓬戶不完，桑以爲樞；……上漏下濕，匡坐而弦。」
【用法】形容家境貧寒，所住房屋破爛得無法遮風避雨。
【例句】在中國的部分地區仍有一些沒有脫離貧窮的農家，不僅衣食無著，所住房屋也是**上漏下濕**，根本不能遮蔽風雨，誰見了都會心酸。
【義近】四壁通風／上雨旁風／屋如七星／蓬門篳戶／甕牖繩樞／土階茅舍。
【義反】高樓大廈／深宅大院／瓊樓玉宇／雕梁畫棟。

上駟之才 ㄕㄤˋ ㄙˋ ㄓ ㄘㄞˊ

【釋義】駟：指拉馬車的四匹馬。上：最好的。
【出處】司馬遷・史記・孫子吳起列傳：「孫子曰：『今以君之下駟與彼上駟，取君上駟與彼中駟，取君中駟與彼下駟。』」
【用法】用以形容可以造就的人才。有讚美之意。
【例句】就算是**上駟之才**，若沒有伯樂的賞識和提拔，也難以嶄露頭角。
【義近】一時之雋／蓋世之才／一時之選／命世之才／世出之材。
【義反】木雕泥塑／朽木糞土／朽木糞牆／樗櫟庸才／冢中枯骨。

上樹拔梯 ㄕㄤˋ ㄕㄨˋ ㄅㄚˊ ㄊㄧ

【釋義】三十六計之一。比喻讓人爬到了樹上，然後把梯子搬掉。
【出處】宋・釋曉瑩・羅湖野錄卷一：「此事黃龍興化亦當作助道之緣，共出一臂，莫送人上樹拔卻梯也。」
【用法】用以比喻慫恿人上前做某事，然後斷其退路，使之不能後退。
【例句】我可以冒險爬上屋頂撿羽毛球，但你們千萬不能**上樹拔梯**啊！務必要在下面扶好梯子，讓我慢慢下來。
【義近】上樓抽梯／後退無門／過河拆橋／因風縱火／落井下石／乘人之危。
【義反】沿階而下／能進能退／可上可下／可行可藏／能伸能縮。

三畫

不一而足 ㄅㄨˋ ㄧ ㄦˊ ㄗㄨˊ

【釋義】原指不是一事一物可以滿足，今指不只一種。
【出處】公羊傳・文公九年：「許夷狄者不一而足也。」
【用法】表示同類事物多次出現，不可盡舉。
【例句】這個家庭服務公司的服務項目很多，諸如訂報送奶、補衣修鞋、打掃清潔、裝修房間等等，眞可說是**不一而足**。
【義近】不勝枚舉／恆河沙數／盈千累萬／整千整百／琳瑯滿目／指不勝屈／不知凡幾／不計其數。
【義反】絕無僅有／獨一無二／天下無雙／寡二少雙。

不了了之 ㄅㄨˋ ㄌㄧㄠˇ ㄌㄧㄠˇ ㄓ

【釋義】沒有了結的事，不去管它，就算了結。了：了結，結束。
【出處】葉夢得・避暑錄語卷上：「唐人言冬烘是不了了之語，故有『主司頭腦太冬烘，錯誤顏標是魯公』之言。」
【用法】用以說明不曾把該辦的事辦完，就放置一邊，而算是了事。
【例句】這件事還沒有查清楚，你就不管了，難道就這樣**不了了之**嗎？
【義近】半途而廢／得過且過／馬馬虎虎。
【義反】水落石出／有始有終。

不二法門 ㄅㄨˋ ㄦˋ ㄈㄚˇ ㄇㄣˊ

【釋義】佛家用語，意謂直接入道、不可言傳的法門。法門：修行入道的門徑。
【出處】維摩詰經・入不二法門品：「如我意者，於一切法無言無說，無示無識，離諸問答，是爲入不二法門。」
【用法】喻唯一的門徑或方法。
【例句】成功的**不二法門**就是不斷地努力，堅持到底。
【義近】唯一途徑／唯一門路／唯一方法／唯一竅門。
【義反】門路甚廣／條條大路通羅馬。

不入虎穴，焉得虎子 ㄅㄨˋ ㄖㄨˋ ㄏㄨˇ ㄒㄩㄝˋ，ㄧㄢ ㄉㄜˊ ㄏㄨˇ ㄗˇ

【釋義】不進老虎窩，怎麼能捉到小老虎。焉：何，怎麼。
【出處】後漢書・班超傳：「不入虎穴，不得虎子。」
【用法】比喻不冒風險就不能獲得成功；有時也比喻不經過實踐就無法獲得眞知。
【例句】要想在事業上有所成就，就得要有冒險拚搏的精神，所以中國有句老話，叫做「**不入虎穴，焉得虎子**」。
【義近】捨得一身剮，敢把閻王抓。

不三不四 ㄅㄨˋ ㄙㄢ ㄅㄨˋ ㄙˋ

【釋義】不正派，來歷不明。
【出處】水滸傳七回：「智深見了，心裏早疑忌道：『這夥人不三不四，又不肯近前來，莫不要攧洒家？』」
【用法】指不像樣子、不正經或不成道理。
【例句】這裡都是一些**不三不四**的人，你千萬不要和他們混在一起。
【義近】不倫不類／非驢非馬。
【義反】堂堂正正／人模人樣。

不分皂白 ㄅㄨˋ ㄈㄣ ㄗㄠˋ ㄅㄞˊ

【釋義】不分黑白。皂：黑色。
【出處】詩經・大雅・桑柔：「匪言不能，胡斯畏忌。」鄭玄・箋：「賢者見此事之是非，不能分辨皂白言之於王也。」
【用法】指不辨是非曲直。
【例句】他這種**不分皂白**，隨便就罵人的脾氣，實在令人受不了。
【義近】涇渭不分／清濁不辨／

顛倒是非／混淆是非。

【義反】黑白分明／涇渭分明／明辨是非／一清二楚。

不文不武 ㄅㄨˋ ㄨㄣˊ ㄅㄨˋ ㄨˇ

【釋義】既不能文，又不能武。

【出處】韓愈・瀧吏詩：「不知官在朝，有益國家不？得無虱其間，不武亦不文。」

【用法】用以譏人無能。

【例句】你看他那**不文不武**的樣子，能夠做什麼？還不是在這裏白吃飯！

【義近】一無長才／一無所取／酒囊飯袋／一無是處。

【義反】文武雙全。

不毛之地 ㄅㄨˋ ㄇㄠˊ ㄓ ㄉㄧˋ

【釋義】不長草和五穀的土地。

【出處】公羊傳・宣公一二年：「君如矜此喪人，錫（賜）之不毛之地。」

【用法】形容土地荒涼、貧瘠。

【例句】那裏原是一片**不毛之地**，經過村人的辛勤墾植，現在已成良田沃土。

【義近】寸草不生／無用之地／蠻荒之地／磽瘠之地。

【義反】沃野千里／良田美土／魚米之鄉／富饒之地／膏腴之地。

不世之功 ㄅㄨˋ ㄕˋ ㄓ ㄍㄨㄥ

【釋義】不是每代都有的功勞。世：代。

【出處】後漢書・隗囂傳：「足下將建伊、呂之業，弘不世之功。」

【用法】形容功勞極大，世所罕有。

【例句】大丈夫生於亂世，當帶三尺劍立**不世之功**。（羅貫中・三國演義）

【義近】安邦之功／挽狂瀾於既倒／撥亂反正／匡扶社稷。

【義反】禍國殃民／荼毒百姓／殘害忠良／賣國求榮／罪魁禍首。

不主故常 ㄅㄨˋ ㄓㄨˇ ㄍㄨˋ ㄔㄤˊ

【釋義】不主：不主張，不堅持。故常：舊的規矩、規則或傳統習慣。

【出處】莊子・天運：「其聲能短能長，能柔能剛，變化齊一，不主故常。」

【用法】指不拘守常規俗套、陳規陋習，能根據具體情況隨機應變。

【例句】陳老先生的舊體詩作，能**不主故常**，隨著內容的需要在形式上創新。

【義近】棄舊圖新／除舊布新／吐故納新／革故鼎新／推陳出新／因時制宜。

【義反】墨守成規／固執己見／故步自封／陳陳相因／抱殘守缺／膠柱鼓瑟。

不乏其人 ㄅㄨˋ ㄈㄚˊ ㄑㄧˊ ㄖㄣˊ

【釋義】不缺乏這樣的人。

【出處】秋瑾・致秋王林書：「而男子之死於謀光復者，則自唐摚以後，若沈藎……諸君子，不乏其人。」

【用法】指某一類人不少。

【例句】對此一問題持反對意見的，並不僅僅是在座的諸位，各界都**不乏其人**。

【義近】大有人在。

【義反】寥寥無幾／屈指可數。

不乏其例 ㄅㄨˋ ㄈㄚˊ ㄑㄧˊ ㄌㄧˋ

【釋義】不缺乏這樣的例證。

【用法】說明某人某事或某些人某類事，是曾經有過的，並不乏先例。

【例句】話說天下大勢，合久必分，分久必合，這在中國歷史上是**不乏其例**的道理。

【義近】不乏先例。

【義反】史無前例／絕無僅有／亙古未有／空前絕後。

不以爲恥 ㄅㄨˋ ㄧˇ ㄨㄟˊ ㄔˇ

【釋義】不認爲是可恥的。

【出處】鄧析子・轉辭：「今墨劓不以爲恥，斯民所以亂多治少也。」

【用法】用以說明不知羞恥，常與「反以爲榮」連用。

【例句】小人壞事做盡，卻能**不以爲恥**，反以爲榮，眞是無可救藥了。

【義近】厚顏無恥／恬不知恥／若無其事／寡廉鮮恥。

【義反】自尊自愛／羞與爲伍／恥與同列。

不以爲然 ㄅㄨˋ ㄧˇ ㄨㄟˊ ㄖㄢˊ

【釋義】不認爲是對的。然：是、對，正確。

【出處】王明清・揮麈後錄卷四：「宣和初，徽宗有意征遼，蔡元長、鄭達夫不以爲然。」

【用法】表示不同意、不贊成，或不把它當回事。

【例句】他總認爲自己的意見是對的，所以無論別人怎麼說，他都**不以爲然**。

【義近】嗤之以鼻／不值一哂／付之一笑。

【義反】奉爲圭臬／言聽計從／首肯心服。

不出所料 ㄅㄨˋ ㄔㄨ ㄙㄨㄛˇ ㄌㄧㄠˋ

【釋義】沒有超出自己的預料。

【出處】羅貫中・三國演義三一回：「豐在獄中聞主公兵敗，撫掌大笑曰：『固不出吾之所料。』」

【用法】表示事情的變化，早就預料到了。

【例句】我早就說他倆的性格差異太大，生活在一起不會長久，果然**不出所料**，結婚不到一年就離婚了。

【義近】意料之中／未出所料／早已料及／始料所及。

【義反】始料不及／出人意料／出乎意表。

不刊之論 ㄅㄨˋ ㄎㄢ ㄓ ㄌㄨㄣˋ

【釋義】刊：削掉刻錯了的字。論：言論，議論。

【出處】揚雄・答劉歆書：「是縣（懸）諸日月，不刊之書也。」

【用法】形容不能改動或不可磨滅的言論、道理。

【例句】你剛剛所列舉的這些名言警句，都是公認的**不刊之論**。

【義近】精辟之言／永恆之理／不易之論／不刊之典／名句警言。

【義反】陳詞濫調／泛泛之言／不經之談／迂腐之論／誇誕之言／故事陳言。

不可一日無此君

【釋義】君：泛指一切的事物。
【出處】晉書・王羲之傳記載：王羲之的兒子王徽之愛竹，曾指竹道：「何可一日無此君邪。」
【用法】指人嗜愛某物，到了一天都不能沒有它的地步。
【例句】老先生抽煙二十多年，是個標準癮君子，嗜煙如命，**不可一日無此君**。
【義近】形影不離。
【義反】滿不在乎／毫不在乎。

不可一世

【釋義】以為這個世上誰也比不上自己。一世：並世，與之同時。
【出處】羅大經・鶴林玉露：「王荊公（安石）少年，不可一世士。」
【用法】形容人狂妄自大，目空一切。
【例句】他只要有一點成績，就自以為了不得，盛氣凌人，**不可一世**。
【義近】妄自尊大／目中無人／目空一切／夜郎自大／居功自傲／趾高氣昂／目無餘子／旁若無人。
【義反】功大不驕／功成不居／謙卑為懷／謙沖自牧／虛懷若谷。

不可企及

【釋義】不可能趕上。企及：希望趕上。
【出處】柳冕・答衢州鄭使君：「不可企而及之者，性也。」
【用法】形容永遠也無法趕上。
【例句】他的智商很高，十六歲就大學畢業並考取了研究所，這是一般青少年**不可企及**的。
【義近】望塵莫及／高不可攀／無與倫比。
【義反】迎頭趕上／望其項背。

不可同日而語

【釋義】不能放在同一時間談論。一作「不可同日而言」。
【出處】戰國策・趙策二：「夫破人之與破於人也，臣人之與臣於人也，豈可同日而言之哉？」
【用法】形容兩方差異極大，不可相提並論。
【例句】拿人們在抗戰時期的悲慘遭遇和現在的幸福生活相比，真是**不可同日而語**。
【義近】不可同年而語／不可同時而論／此一時彼一時。
【義反】相提並論／一概而論／等量齊觀／一言以蔽之。

不可名狀

【釋義】無法用言詞來形容。名：用言語說出。狀：描繪，形容。
【出處】葛洪・神仙傳・王遠：「衣有文采，又非錦綺，光彩耀目，不可名狀。」
【用法】形容事情的美妙無法用言語來表達。
【例句】夫妻分散近四十年，今日相見，那份悲喜交集之情，實**不可名狀**。
【義近】不可言狀／不可言傳／不可言喻／筆墨難以形容。
【義反】一語道破／一語破的／不言而喻。

不可多得

【釋義】意即很少或很難找到、見到。
【出處】孔融・薦禰衡表：「帝室皇居，心畜非常之寶。若衡等輩，不可多得。」
【用法】形容稀少、難得。
【例句】他確實是個**不可多得**的人才。
【義近】屈指可數／寥若晨星／世所罕有。
【義反】多如牛毛／多如繁星／俯拾即是。

不可收拾

【釋義】不能收集、整理。收拾：收束，整頓。
【出處】韓愈・送高閑上人序：「泊與淡相遭？頹墮委靡，潰敗不可收拾。」
【用法】形容事物敗壞到無法整頓、不可救藥的地步。
【例句】我看你不把事情弄到**不可收拾**的地步，是決不會承認錯誤的。
【義近】不可救藥／回天乏術。

不可言喻

【釋義】不能用言語說明白。喻：明白。
【出處】沈括・夢溪筆談：「其術可以心得，不可以言喻。」
【用法】用以說明有些事理只可意會不可言傳；或形容人固執得不能用言語勸說明白。
【例句】①他那幅畫精彩在什麼地方，實在**不可言喻**，只有你親自看了才會明白。②他就這麼死腦筋，是個**不可言喻**的人。
【義近】不可名狀／只可意會，不可言傳。
【義反】不言而喻／一語道破。

不可思議

【釋義】原為佛家語，指思維不能到達的境界。
【出處】楊衒之・洛陽伽藍記・永寧寺：「佛事精妙，不可思議。」
【用法】指事理極其奧妙神祕，想也想不到，說也說不清。
【例句】她這樣年輕漂亮，又很有錢，卻和一個窮老頭結婚，真是**不可思議**。
【義近】難以置信／匪夷所思。
【義反】可想而知／合情合理／入情入理／理所當然。

不可救藥

【釋義】病重到無法用藥救治。藥：醫治。
【出處】詩經・大雅・板：「多將熇熇，不可救藥。」
【用法】比喻人或事壞到無法挽救的地步。
【例句】他雖多次犯錯，但還沒有到**不可救藥**的地步，我們仍應儘量幫助他。
【義近】無可救藥／病入膏肓／朽木不可雕。
【義反】不藥而癒／藥到病除／醫到病癒／孺子可教／改過從善／浪子回頭。

不可理喻（ㄅㄨˋ ㄎㄜˇ ㄌㄧˇ ㄩˋ）
【釋義】不能用道理使其明白。喻：明白，開導。
【出處】吳沃堯・痛史一一回：「知道這等人，猶如豬狗一般的，不可以理喻。」
【用法】形容態度固執，不通情理；也形容人蠻橫不講理。
【例句】他這人牛脾氣一來，就什麼都不顧，什麼人的話都不聽，簡直**不可理喻**。
【義近】蠻橫無理／蠻不講理。
【義反】通情達理／知書達理。

不可終日（ㄅㄨˋ ㄎㄜˇ ㄓㄨㄥ ㄖˋ）
【釋義】一天都過不下去。終日：一整天。
【出處】禮記・表記：「君子不以一日使其躬儳焉，如不終日。」
【用法】形容心中極度不安，終日惶惶。
【例句】她先生只要半天不回來，她就以為出了什麼事，在家裏惶惶**不可終日**。
【義近】度日如年／如坐針氈。
【義反】安然度日／無憂無慮。

不可勝言（ㄅㄨˋ ㄎㄜˇ ㄕㄥ ㄧㄢˊ）
【釋義】不是能用言語一一說盡的。勝：盡。
【出處】唐・韋嗣立・論刑法多濫疏：「小乃身誅，大則滅族，相緣共坐者，不可勝言。」
【用法】形容非言語所能說盡。
【例句】這夥匪徒，殺人放火，奸淫擄掠，無惡不作，眞可謂罪大惡極，**不可勝言**。
【義近】不可盡言／一言難盡／說來話長／言不盡意／不可名狀／不可言喻。
【義反】一言可盡／無庸贅述／一語破的／不言而喻。

不可勝數（ㄅㄨˋ ㄎㄜˇ ㄕㄥ ㄕㄨˇ）
【釋義】怎麼數也數不清楚、完盡。勝：盡。
【出處】墨子・非攻中：「百姓之道疾病而死者，不可勝數。」
【用法】形容數量很多，無法計算。
【例句】我國歷史上的愛國志士，實在多得**不可勝數**。
【義近】不可勝計／數不勝數／不計其數／不勝枚舉。
【義反】屈指可數／寥寥無幾／寥若晨星。

不可開交（ㄅㄨˋ ㄎㄜˇ ㄎㄞ ㄐㄧㄠ）
【釋義】不可能解開。開交：解開。
【出處】李寶嘉・官場現形記二回：「吳贊善聽到這裏，便氣得不可開交了。」
【用法】形容糾結在一起，無法解脫。
【例句】這兩口子不知為了什麼事，從早晨到現在，吵得**不可開交**。
【義近】難解難分。
【義反】快刀斬亂麻／一刀兩斷／一了百了。

不可逾越（ㄅㄨˋ ㄎㄜˇ ㄩˊ ㄩㄝˋ）
【釋義】逾越：越過，超過。逾：越。
【出處】左傳・襄公三一年：「門不容車，而不可逾越。」
【用法】用以說明不可超過。
【例句】他倆各自的愛好不同、興趣不同，彼此之間逐漸形成了一條**不可逾越**的鴻溝。

不可磨滅（ㄅㄨˋ ㄎㄜˇ ㄇㄛˊ ㄇㄧㄝˋ）
【釋義】永遠存在，不會消失。磨滅：消失。
【出處】唐順之・答茅鹿門知縣：「索其所謂眞精神與千古不可磨滅之見，絕無有也。」
【用法】多用以指印象、痕跡、事實、理論、功績等，不因時間久遠而消失。
【例句】國父崇高的品格，誠摯的態度，卓越的才華，給每一個和他交談過的人，都留下了**不可磨滅**的印象。
【義近】永不磨滅／與時同存／與世同在／流芳百世／流傳千古／永垂不朽。
【義反】曇花一現／稍縱即逝／稍過即忘／消失殆盡。

不平則鳴（ㄅㄨˋ ㄆㄧㄥˊ ㄗㄜˊ ㄇㄧㄥˊ）
【釋義】遇到不公平的事，就要發出不滿的聲音。
【出處】韓愈・送孟東野序：「大凡物不得其平則鳴。」
【用法】常用以說明申訴枉屈，或發洩不滿的情緒。
【例句】他那樣認眞負責地工作，你卻只給他這樣一點報酬，所謂「**不平則鳴**」，人家怎麼不會有意見呢？
【義近】水激則鳴。
【義反】敢怒而不敢言／忍氣吞聲。

不打自招（ㄅㄨˋ ㄉㄚˇ ㄗˋ ㄓㄠ）
【釋義】沒有用刑，自己就招認了。打：施加肉刑。
【出處】馮夢龍・警世通言・三現身包龍圖斷冤：「押司和押司娘不打自招，雙雙地問成死罪，償了大孫押司之命。」
【用法】用以比喻自行暴露其不好的想法或罪過。有貶意。
【例句】沒有人逼他，他卻**不打自招**地供出自己的罪行，想必是遭受到良心的譴責。
【義近】此地無銀三百兩／司馬昭之心路人皆知。
【義反】屈打成招／不打不招。

不甘示弱（ㄅㄨˋ ㄍㄢ ㄕˋ ㄖㄨㄛˋ）
【釋義】不甘：不甘心，不願意。示弱：顯示懦弱怕人的一面。
【出處】左傳・僖公八年：「期年狄必至，示之弱矣。」魯迅・且介亭雜文末編・我的第一個師父：「台下有人罵了起來，師父不甘示弱，也給他們一個回罵。」
【用法】不甘心落在別人後面，或顯示比別人差。
【例句】我兒子的智力雖然比別人差，但他有一股**不甘示弱**的決心，特別勤奮好學，所以成績一直是名列前茅。
【義近】不甘後人／不甘雌伏／老驥伏櫪／虎瘦雄心在／自強不息／壯心未已。
【義反】甘居下游／甘拜下風／不求有功，只求無過／首肯心折／心悅誠服。

不甘寂寞（ㄅㄨˋ ㄍㄢ ㄐㄧˊ ㄇㄛˋ）
【釋義】不甘：不甘心，不願意。寂寞：孤單冷清。
【出處】章太炎・王夫之從祀與

楊度參機要：「餘姚（指王守仁）少時，本東林、復社浮競之徒，知爲政之賴法治，而又不甘寂寞……。」

【用法】指人不甘心被冷落或置身事外，而要表現自己的存在或爭取參加某項活動。

【例句】她是一個**不甘寂寞**的女人，你們在這裏吃喝玩樂，她豈有不來之理！

【義近】不甘獨處／不甘冷落。

不由分說（ㄅㄨˋ ㄧㄡˊ ㄈㄣ ㄕㄨㄛ）

【釋義】不讓人分辨解釋。

【出處】武漢臣・生金閣三折：「怎麼不由分說，便將我飛拳走踢只是打。」

【用法】比喻人以強凌弱，蠻不講理；或說明其人罪有應得，不許他再狡辯。

【例句】他們一進門，就**不由分說**，將我家砸得一塌糊塗，然後揚長而去。

【義近】不容置喙／不容分說。

【義反】任人申辯／暢所欲言／言無不盡／由人申說。

不由自主（ㄅㄨˋ ㄧㄡˊ ㄗˋ ㄓㄨˇ）

【釋義】由不得自己作主。

【出處】曹雪芹・紅樓夢八一回：「但覺自己身子不由自主，倒像有什麼人拉拉扯扯，要我殺人才好。」

【用法】多用以形容自己不能控制住自己。

【例句】看到這種動人的場面，我**不由自主**地掉下了眼淚。

【義近】身不由己／情不自禁。

不白之冤（ㄅㄨˋ ㄅㄞˊ ㄓ ㄩㄢ）

【釋義】不能或得不到辯白的冤情。

【出處】馮夢龍・東周列國志四二回：「喧之逃，非貪生怕死，實欲太叔伸不白之冤耳。」

【用法】多指不容辯訴，得不到昭雪的冤屈。

【例句】在那些極端專制黑暗的國家裏，有多少人蒙受**不白之冤**啊！

【義近】冤沈海底／六月飛霜。

【義反】明鏡高懸／一一昭雪。

不亦樂乎（ㄅㄨˋ ㄧˋ ㄌㄜˋ ㄏㄨ）

【釋義】不是很快樂嗎？「不亦……乎」爲古漢語中的固定句式。

【出處】論語・學而：「有朋自遠方來，不亦樂乎？」

【用法】表示事情已達到極至或淋漓盡致的意思，並含有詼諧的意味。

【例句】在此花好月圓之日，若能與親友共聚一堂，可眞是**不亦樂乎**。

【義近】樂不可支／其樂無窮。

【義反】嗚呼哀哉／哀痛逾恆。

不共戴天（ㄅㄨˋ ㄍㄨㄥˋ ㄉㄞˋ ㄊㄧㄢ）

【釋義】不與仇敵共存於人世間。戴：頂著。

【出處】禮記・曲禮上：「父之讎，弗與共戴天。」

【用法】形容彼此有著深仇大恨，勢不兩立。

【例句】他們之間有著**不共戴天**的深仇大恨，你何必要把他們調到同一個學校任教呢？

【義近】勢不兩立／水火不容／勢如冰炭／勢同水火。

【義反】相敬如賓／禮尚往來／你來我往。

不同凡響（ㄅㄨˋ ㄊㄨㄥˊ ㄈㄢˊ ㄒㄧㄤˇ）

【釋義】不同於一般的聲響。凡響：平凡的音樂。

【用法】比喻人或事物不平凡，超過了常人常事。

【例句】王先生善於深入思考問題，每次開會所發表的見解都**不同凡響**。

【義近】非同一般／與眾不同／不同流俗／鶴立雞羣／卓越突出。

【義反】平淡無奇／大同小異。

不名一錢（ㄅㄨˋ ㄇㄧㄥˊ ㄧˋ ㄑㄧㄢˊ）

【釋義】一文錢也沒有。名：佔有。

【出處】司馬遷・史記・佞幸列傳載：鄧通「竟不得名一錢，寄死人家。」

【用法】形容人貧窮得一無所有。強調清貧。

【例句】你不要看他西裝革履，其實他根本**不名一錢**，全靠朋友接濟。

【義近】身無分文／囊空如洗／一貧如洗／阮囊羞澀／囊篋蕭然。

【義反】腰纏萬貫／庖有肥肉，廄有肥馬／富等王侯／金玉滿堂／富比封君。

不合時宜（ㄅㄨˋ ㄏㄜˊ ㄕˊ ㄧˊ）

【釋義】合：符合。時宜：當時的需要和潮流。

【出處】漢書・哀帝紀：「皆違經背古，不合時宜。」

【用法】指不合當時的形勢和潮流。

【例句】這位老先生也太**不合時宜**了，到現在還穿著長袍馬褂，活像個老古董。

【義近】多烘先生／冬扇夏爐。

【義反】應時適俗。

不因人熱（ㄅㄨˋ ㄧㄣ ㄖㄣˊ ㄖㄜˋ）

【釋義】不依靠別人的餘火燒飯。因：趁，靠。

【出處】東觀漢記・梁鴻傳：「比舍先炊已，呼鴻及熱釜炊，鴻曰：『童子鴻不因人熱者也。』滅竈更燃火。」

【用法】比喻人有獨立性，不仰仗別人做事。

【例句】他無論做什麼事，都是自行奮鬥，獨往獨來，**不因人熱**。

【義近】自學成材／自力更生。

【義反】因人成事／仰人鼻息／搭順風車／借力使力。

不在其位，不謀其政（ㄅㄨˋ ㄗㄞˋ ㄑㄧˊ ㄨㄟˋ，ㄅㄨˋ ㄇㄡˊ ㄑㄧˊ ㄓㄥˋ）

【釋義】其：指示代詞，這個或那個。位：職位，職務。謀：出主意，想辦法。

【出處】論語・泰伯：「子曰：『不在其位，不謀其政。』」

【用法】說明不在那個職位，就不要去管那個職務範圍以內的事情。

【例句】孔子說得好：**不在其位，不謀其政**。你又不是局長，何必要去管整個局的事情呢？

【義近】不居其官，不理其事／不在其廟，不燒其香。

【義反】既在其位，必謀其政／

在其位而不謀其政。

不在話下（ㄅㄨˋ ㄗㄞˋ ㄏㄨㄚˋ ㄒㄧㄚˋ）

【釋義】原意爲不必多說，或不須再往下說。

【出處】秦簡夫・趙禮讓肥四折：「以下各隨次第加官賜賞，這且不在話下。」

【用法】今多用以指事情容易對付，不成問題；或者事屬當然，不值一提。

【例句】她是一位秀外慧中的好女人，不僅琴棋書畫樣樣精通，其烹飪技術更是**不在話下**。

【義近】不成問題。

不如意事常八九（ㄅㄨˋ ㄖㄨˊ ㄧˋ ㄕˋ ㄔㄤˊ ㄅㄚ ㄐㄧㄡˇ）

【釋義】八九：喻多數。不如人意的事情經常發生。

【出處】晉書・羊祜傳：「羊祜常嘆天下不如意事，恆十居八九。」

【用法】用以形容人不順遂的心情。

【例句】**不如意事常八九**，倒不如退一步海闊天空，凡事往好處想，日子會過得比較快樂一些。

【義近】天有不測風雲，人有旦夕禍福／禍不單行，福無雙至／禍至無日。

【義反】一路福星／一帆風順／左右逢源／心想事成／得心應手。

不如歸去（ㄅㄨˋ ㄖㄨˊ ㄍㄨㄟ ㄑㄩˋ）

【釋義】指杜鵑的啼聲，和「不如歸去」很像，似在催人歸回故里。

【出處】師曠・經禽：「春夏有鳥，若云不如歸去，乃子規也。」蜀王・本紀：「蜀望帝淫其臣鼈靈之妻，乃禪位而逃，時此鳥適鳴，故蜀人以杜鵑鳴爲悲望帝，其鳴爲不如歸去云。」

【用法】形容人想念家鄉或催人回家。

【例句】離家多年的他常有**不如歸去**的感慨，可是名利事業的牽絆又使得他遲遲不能如願。

【義近】歸去來兮／倦鳥知返。

【義反】樂不思蜀。

不安其位（ㄅㄨˋ ㄢ ㄑㄧˊ ㄨㄟˋ）

【釋義】不安心他現在的職位。

【出處】左傳・成公六年：「鄭伯其死乎！自棄也已。視流而行速，不安其位，宜不能久。」

【用法】指人不安心於職守，想離職他去。

【例句】王先生在公司任職多年，但近來不知何故，總**不安其位**，莫非是升遷太慢了？

【義近】不安於位／不安其事／不安其職。

【義反】忠於職守／以身殉職／盡忠職守。

不成體統（ㄅㄨˋ ㄔㄥˊ ㄊㄧˇ ㄊㄨㄥˇ）

【釋義】達不成規矩。體統：規矩。

【出處】羅貫中・三國演義一三回：「刻印不及，以錐畫之，全不成體統。」

【用法】說明言行沒有規矩，不成樣子。

【例句】他太**不成體統**了，說起話來沒大沒小，對老人家一點禮貌也沒有。

【義近】有失體統／不成規矩。

【義反】循規蹈矩／言行檢點／有禮有節。

不自量力（ㄅㄨˋ ㄗˋ ㄌㄧㄤˋ ㄌㄧˋ）

【釋義】不能正確估量自己的力量。

【出處】左傳・隱公一一年：「不度德，不量力。」馮夢龍・醒世恆言・杜子春三入長安：「子春不自量力。」

【用法】形容過分高估自己的能力。

【例句】他總是**不自量力**，老說自己這也能做、那也能做，但等到眞的做起來，卻一樣也不會。

【義近】無自知之明／蚍蜉撼樹／螳臂當車／蛇欲吞象。

【義反】力所能及／量力而爲。

不即不離（ㄅㄨˋ ㄐㄧˊ ㄅㄨˋ ㄌㄧˊ）

【釋義】原爲佛家用語，指既不親近，也不疏遠。即：接近，靠攏。離：離開，疏遠。

【出處】圓覺經上：「不即不離，無縛無脫。」

【用法】今多用以指對人的關係似親非親，似疏非疏。

【例句】她對待男友老是如此**不即不離**的模樣，眞不知她是有心還是無意。

【義近】若即若離／不親不疏／不好不壞／不冷不熱。

【義反】形影不離／寸步不離／親密無間／打得火熱。

不孝有三，無後爲大（ㄅㄨˋ ㄒㄧㄠˋ ㄧㄡˇ ㄙㄢ ㄨˊ ㄏㄡˋ ㄨㄟˊ ㄉㄚˋ）

【釋義】不孝順的事有三種，其中以不娶妻生子爲最不孝。

【出處】孟子・離婁：「不孝有三，無後爲大。」趙岐注三不孝爲：阿意曲從，陷親於不義；家貧親老，不爲祿仕；不娶無子，絕先祖祀。

【用法】今多用以指未生男孩，斷了祭祀祖宗的香火。

【例句】有些重男輕女的人，總認爲**不孝有三，無後爲大**，其實這是落伍的觀念。

【義近】香火斷絕／後繼無人／絕代無嗣／斷子絕孫。

【義反】傳宗接代／代代相傳／香火不斷。

不忮不求（ㄅㄨˋ ㄓˋ ㄅㄨˋ ㄑㄧㄡˊ）

【釋義】忮：嫉害。不因嫉妒而害人，也不因物質缺乏而向他人求取。

【出處】詩經・邶風・雄雉：「不忮不求，何用不臧。」蕭統・陶淵明集序：「不忮不求者，賢達之用心。」

【用法】形容人的道德修養很好，沒有嫉妒心和貪得心。

【例句】君子**不忮不求**，行事坦蕩，故能不憂不懼。

【義近】知止不殆／知足不辱／不妒不貪。

【義反】貪得無饜／貪求無度。

不折不扣（ㄅㄨˋ ㄓㄜˊ ㄅㄨˋ ㄎㄡˋ）

【釋義】按定價出售，不予減價。折、扣：按定價減去的成數。

【用法】今多用以表示把事情實實在在做好，決不弄虛作假或草率馬虎了事。

【例句】聽說他是個**不折不扣**的鐵公雞，今天總算讓我見識到了。

【義近】原原本本／不打折扣／

說一是一／道道地地。
【義反】七折八扣／討價還價／偷工減料／弄虛作假。

不攻自破 ㄅㄨˋ ㄍㄨㄥ ㄗˋ ㄆㄛˋ

【釋義】不用攻擊，自己就會破滅、垮臺。破：破滅。
【出處】孔穎達・周易正義：「其言夏禹及文王重卦者……以此論之，不攻自破。」舊唐書・禮儀志：「師出無名，不攻而自破矣。」
【用法】今多指言論站不住腳，不堪一駁；也形容無力防禦，不堪一擊。
【例句】在鐵的事實面前，謊言當然**不攻自破**。
【義近】理屈詞窮／漏洞百出。
【義反】無懈可擊／頭頭是道。

不求甚解 ㄅㄨˋ ㄑㄧㄡˊ ㄕㄣˋ ㄐㄧㄝˇ

【釋義】原指讀書只求理解精神，不刻意於一字一句的解釋。甚：很。
【出處】陶淵明・五柳先生傳：「好讀書，不求甚解，每有會意，便欣然忘食。」
【用法】今多指讀書不認眞，略知大意，而不求深入理解。
【例句】古代陶淵明是好讀書**不求甚解**，現在有的人卻是不讀書而好求甚解。
【義近】一知半解／囫圇吞棗。
【義反】精益求精／尋根究底／拔樹尋根／窮源竟委。

不求聞達 ㄅㄨˋ ㄑㄧㄡˊ ㄨㄣˊ ㄉㄚˊ

【釋義】聞：有聲名。達：在高位。
【出處】諸葛亮・前出師表：「臣本布衣，躬耕於南陽，苟全性命於亂世，不求聞達於諸侯。」
【用法】形容無意於功名富貴，只求淡泊自處以終身。
【例句】他向來**不求聞達**，無意仕進，只願在這山青水秀的地方教教書，過著淡泊適意的生活。
【義近】無意功名／淡泊名利。
【義反】追名逐利／苟合求榮／熱中功名。

不肖子孫 ㄅㄨˋ ㄒㄧㄠˋ ㄗˇ ㄙㄨㄣ

【釋義】不似父、祖的子孫後代。不肖：子不似父，後代不似其先。
【出處】孟子・萬章上：「丹朱之不肖，舜之子亦不肖。」莊子・天地：「則世俗謂之不肖子。」
【用法】多指沒有出息不能繼承先輩事業、遺志的後輩，也指不孝子孫。
【例句】他的祖父和父親都是戰功顯赫的將軍，而他卻只知吃喝嫖賭，未曾做過一樁正經事，眞是個道道地地的**不肖子孫**。
【義近】逆子孽孫／不孝子孫／敗家之子。
【義反】孝子賢孫／繩其祖武。

不見天日 ㄅㄨˋ ㄐㄧㄢˋ ㄊㄧㄢ ㄖˋ

【釋義】不能看到青天和太陽。
【出處】宋・魏泰・東軒筆錄卷八：「福州之人，以爲終世不見天日，豈料端公賜問，然某尤爲絳所苦者也。」
【用法】比喻社會黑暗至極。有時也用以形容行爲不軌。
【例句】①在那專制封建的社會裏，民眾處於**不見天日**的環境中，有苦無處訴，有冤無處伸呀！②媽，妳放心，我即使窮到沒飯吃，走到了山窮水盡的地步，也絕不去做那**不見天日**的勾當！
【義近】覆盆之下／暗無天日／水深火熱／喪盡天良／貪贓枉法／循私枉法。
【義反】陽光普照／堯天舜日／國泰民安／奉公守法／克己奉公／公事公辦。

不見圭角 ㄅㄨˋ ㄐㄧㄢˋ ㄍㄨㄟ ㄐㄧㄠˇ

【釋義】圭角：圭玉的稜角。
【出處】禮記・儒行・鄭玄注：「去己之大圭角，下與眾人小合也。」歐陽修・張子野墓誌銘：「遇人渾渾，不見圭角。」
【用法】比喻不露鋒芒或才幹不外露。
【例句】他雖然才華出眾，但爲人處事卻謙虛謹慎，**不見圭角**。
【義近】不露鋒芒／含而不露／深藏若虛／滿罐不晃／大盈若沖。
【義反】鋒芒畢露／露才揚己／半罐亂晃。

不見棺材不下淚 ㄅㄨˋ ㄐㄧㄢˋ ㄍㄨㄢ ㄘㄞˊ ㄅㄨˋ ㄒㄧㄚˋ ㄌㄟˋ

【釋義】下淚：掉淚，落淚。今多作「落淚」或「掉淚」。
【出處】金瓶梅詞話九八回：「常言說得好，恨小非君子，無毒不丈夫。咱如今將理和他說，不見棺材不下淚。」
【用法】比喻不到徹底失敗或不看到最後結果（不好的），絕不善罷甘休。
【例句】你爲了玩股票，連房屋都賣了，莫非要把妻子兒女也玩掉才甘心？眞是**不見棺材不下淚**！
【義近】不到黃河不死心／執迷不悟／頑固不化。
【義反】未見棺材先掉淚／迷途知返／聞過而改。

不見經傳 ㄅㄨˋ ㄐㄧㄢˋ ㄐㄧㄥ ㄓㄨㄢˋ

【釋義】不見經傳上有記載。經：經典。傳：解釋經典者曰「傳」。
【出處】羅大經・鶴林玉露卷六：「（方寸地）三字雖不見經傳，卻亦甚雅。」
【用法】比喻沒有來歷，沒有根據；也指人或事沒有名氣。
【例句】自古以來，許多名**不見經傳**的人士默默地奉獻自己，成就偉大的事業。
【義近】湮沒無聞／無人知曉／沒沒無聞。
【義反】史不絕書／名垂青史／引經據典／有根有據／揚名四海。

不言之化 ㄅㄨˋ ㄧㄢˊ ㄓ ㄏㄨㄚˋ

【釋義】不用言語就可收到教化的功效。
【出處】論語・陽貨：「天何言哉！四時行焉，百物生焉，天何言哉！」莊子・知北遊：「夫知者不言，言者不知。故聖人行不言之教。」晉書・劉寔傳：「人無所用其心，任眾人之議，而天下自化矣。不言之化行，巍巍之美，於此著矣。」
【用法】比喻無爲而天下治的理想政治制度。

【例句】只有古聖先王才可以做到無爲而治，**不言之化**的境界。
【義近】不言而化／政通人和／無爲而治／垂拱之化／垂裳而治。
【義反】三令五申／三綱五令／政出多門／嚴刑峻法／民不堪命。

不言而喻 ㄅㄨˋ ㄧㄢˊ ㄦˊ ㄩˋ

【釋義】不用說就可明白。喻：明白，了解。
【出處】孟子．盡心上：「君子所性，仁義禮智根於心，……施於四體，四體不言而喻。」
【用法】指事情、道理明顯，不待解釋，自然明白。
【例句】他終於娶到了日夜所思的女子，其快樂的心情，自是**不言而喻**了。
【義近】顯而易見／清清楚楚。
【義反】霧裏看花／不可言喻。

不足介意 ㄅㄨˋ ㄗㄨˊ ㄐㄧㄝˋ ㄧˋ

【釋義】不足：不值得。介意：放在心上。
【出處】後漢書．度尚傳：「所亡少少，何足介意！」三國志．蜀書．先主傳：「冢中枯骨，何足介意！」
【用法】說明小是小非根本用不著放在心上，心胸應該寬闊一些。
【例句】丟錢的這種區區小事，實在是**不足介意**，何必一直悶悶不樂呢？
【義近】不足掛懷／不以爲意／滿不在乎／豁達大度／無介於懷／置之度外。
【義反】耿耿於懷／斤斤計較／小肚雞腸／斗筲之器／念念不忘／牽腸掛肚。

不足爲外人道 ㄅㄨˋ ㄗㄨˊ ㄨㄟˊ ㄨㄞˋ ㄖㄣˊ ㄉㄠˋ

【釋義】不值得向外面的人說。足：值得。道：說。
【出處】陶淵明．桃花源記：「此中人語，不足爲外人道也。」
【用法】今多用於要求別人爲之保密；有時也用以表示某一事理非別人所能理解，無須多說。
【例句】①此事**不足爲外人道**，我倆知道就行了。②此事只有在座的各位能理解，**不足爲外人道**。
【義近】不值一提。
【義反】大書特書／大講特講。

不足爲奇 ㄅㄨˋ ㄗㄨˊ ㄨㄟˊ ㄑㄧˊ

【釋義】不值得奇怪。
【出處】張岱．唐琦石：「若止斫我，不足爲奇。」
【用法】用以說明事情很平常，沒有什麼值得奇怪的。
【例句】這種陳腔濫調已**不足爲奇**，看他說得口沫橫飛，眞是可笑。
【義近】不足爲怪／司空見慣／屢見不鮮／習以爲常。
【義反】少見多怪／無一不奇。

不足爲訓 ㄅㄨˋ ㄗㄨˊ ㄨㄟˊ ㄒㄩㄣˋ

【釋義】訓：法則，準則。
【出處】曾樸．孽海花四回：「孝琪的行爲，雖然不足爲訓，然聽他的議論思想，也有獨到之處。」
【用法】用以說明不值得作爲效法的準則或榜樣。
【例句】許多人辭掉工作去炒股票，期待大撈一筆，實在是**不足爲訓**的作法。
【義近】不足爲法／事不可取。
【義反】奉爲楷模／奉爲圭臬／事可師法。

不足爲慮 ㄅㄨˋ ㄗㄨˊ ㄨㄟˊ ㄌㄩˋ

【釋義】不足：不值得。慮：憂慮，擔心。
【出處】三國志．魏書．衛臻傳：「且合肥城固，不足爲慮。」
【用法】形容事情並不怎樣嚴重，用不著擔心害怕。
【例句】最近香港的股票雖然下跌幅度較大，但從長遠來看，仍**不足爲慮**，不會影響大局。
【義近】不足爲患／無足輕重／無傷大雅。
【義反】非同小可／不容忽視／舉足輕重。

不足爲憑 ㄅㄨˋ ㄗㄨˊ ㄨㄟˊ ㄆㄧㄥˊ

【釋義】足：能夠。憑：憑據，根據。
【出處】淩濛初．二刻拍案驚奇：「雖然傳言送語不足爲憑，只得當面相見親口許了，方無翻悔。」
【用法】說明不能當作憑證或根據。
【例句】要證明東西是他偷的，單是口說**不足爲憑**，還得要有事實根據。
【義近】不足爲據／不足爲證／不足爲信。
【義反】足以爲據／足以爲證／可以爲信。

不足掛齒 ㄅㄨˋ ㄗㄨˊ ㄍㄨㄚˋ ㄔˇ

【釋義】不值一提，不值一說。不足：不值得。掛齒：掛在嘴上：說到，提起。
【出處】司馬遷．史記．叔孫通列傳：「此皆羣盜，鼠盜狗竊耳，何足置之齒牙間。」施耐庵．水滸傳八七回：「宋江答道：『無能小將，不足掛齒。』」
【用法】用以表示對人與事的輕蔑，也用以謙稱自己所做之事不值得一提。
【例句】您就不用謝我了，只是區區小事，實在**不足掛齒**。
【義近】何足掛齒／微不足道／未足稱道。
【義反】大書特書／沒齒難忘。

不到黃河不死心 ㄅㄨˋ ㄉㄠˋ ㄏㄨㄤˊ ㄏㄜˊ ㄅㄨˋ ㄙˇ ㄒㄧㄣ

【釋義】一作「不到黃河心不死」。
【出處】李寶嘉．官場現形記一七回：「這種人不到黃河心不死。」
【用法】比喻不到絕望的境地決不善罷甘休；也比喻不達目的決不停止。
【例句】①抗戰期間，日本軍閥**不到黃河不死心**，硬是要徹底失敗，才肯投降。②他這人無論做什麼事，都有一股**不到黃河不死心**的勁頭，非做到底不可。
【義近】不到船翻不跳河／不到烏江不肯休／不見棺材不掉淚。
【義反】善罷甘休／適可而止／善識時務。

不卑不亢

【釋義】既不自卑，也不高傲。卑：低下。亢：一作「抗」，高傲。

【出處】曹雪芹・紅樓夢五六回：「他這樣遠愁近慮，不抗不卑……」

【用法】形容待人接物的態度恰到好處。

【例句】你看他待人的態度**不卑不亢**，就可知其絕非等閒之輩。

【義近】有禮有節／不逞強不示弱／長揖不跪。

【義反】卑躬屈膝／低聲下氣／妄自尊大／夜郎自大。

不咎既往

【釋義】咎：責備，責怪。既往：已經過去了的。也作「既往不咎」。

【出處】清・薛福成・咸豐季年三奸伏誅：「以後惟有以寬大爲懷，不咎既往。爾諸臣亦毋須再以查辦奸黨等事，紛紛陳情，致啓訐告誣陷之風。」

【用法】指對過去的錯誤不再責備或抓住不放，儘量寬恕。

【例句】領導人如能了解人非聖賢，孰能無過，並本著**不咎既往**的精神，賢才自然會爲國家竭盡所能的奉獻。

【義近】陳事不說／遂事不諫／過往不咎／寬大爲懷。

【義反】置人死地／秋後算帳／嚴懲不貸／窮追不捨。

不屈不撓

【釋義】不屈服、不低頭。屈、撓：彎曲。

【出處】漢書・敘傳下：「樂昌篤實，不橈不詘。」橈，通「撓」；詘，通「屈」。

【用法】比喻在困境或惡勢力面前決不屈服，而表現得十分頑強。

【例句】凡做事能夠**不屈不撓**，堅持到底的人，較容易達成目標。

【義近】百折不撓／寧死不屈／堅貞不屈／堅韌不拔。

【義反】貪生怕死／卑躬屈膝／奴顏媚骨／屈節辱命／叛主背親。

不怕官只怕管

【釋義】官再大管不到自己，故不怕；官雖小卻是管自己的頂頭上司，故怕。

【出處】施耐庵・水滸傳二回：「自古道：『不怕官，只怕管』，俺如何與他爭得？」

【用法】用以說明在人管轄之下，只得聽命於人。

【例句】這件事顯然處理得很不公平，但他是我的上司，俗話說：「**不怕官只怕管**」，我只好忍下這口氣，以後再說。

【義近】人在屋簷下，怎敢不低頭／仰人鼻息／俯首聽命／食君之祿，忠君之事。

不念舊惡

【釋義】不計較過去的嫌隙恩怨。念：想到，考慮。

【出處】論語・公冶長：「伯夷、叔齊不念舊惡，怨是用希。」

【用法】說明不計較往日是非曲直，而著眼現在和將來；也指人對改過爲善者的正確態度。

【例句】①這兩個冤家對頭，能夠**不念舊惡**重歸於好，確實令人高興。②浪子回頭金不換，你現在改過遷善，我們保證**不念舊惡**，不計前嫌。

【義近】前嫌盡釋／一筆勾銷。

【義反】睚眦必報／耿耿於懷／此仇不報非君子。

不拘一格

【釋義】拘：拘泥，拘限。一格：一種模式或格局。

【出處】龔自珍・己亥雜詩之一二五首：「我勸天公重抖擻，不拘一格降人材。」

【用法】用以說明不拘限於一種模樣或一個格局。

【例句】文藝創作、藝術表演，都應勇於創新，**不拘一格**，這樣才會顯得生氣勃勃。

【義近】不落俗套／自出機杼／另闢蹊徑／別具風格／別出心裁／別有新意。

【義反】老調重彈／如法炮製／依樣畫葫蘆／拾人牙慧。

不拘小節

【釋義】小節：無關原則的生活瑣事。

【出處】後漢書・馮衍傳：「性敦樸，不拘小節。」隋書・楊素傳：「素少落拓，有大志，不拘小節。」

【用法】多指不拘泥於生活小事，豪放而率真。

【例句】他這個人就是喜歡隨興而行，**不拘小節**。

【義近】不修邊幅／落拓不羈／玩世不恭／直情徑行／放浪形骸。

【義反】正經八百／道貌岸然／恭本正傳／正言厲色／不苟言笑。

不拘於時

【釋義】時：指當時士大夫恥於相師的習氣。

【出處】韓愈・師說：「李氏子蟠，年十七，好古文，六藝經傳，皆通習之。不拘於時，請學於余，余嘉其能行古道，作師說以貽之。」

【用法】形容不受時俗的拘束。

【例句】別人都在追求時髦流行的髮型和穿著，只有他**不拘於時**，依然堅持自己的穿衣哲學和品味。

【義近】不隨俗靡／不顧流俗／不趨時尚。

【義反】隨波逐流／委蛇隨衆／與世偃仰／滑泥揚波。

不易之論

【釋義】不可改變的言論。易：改變，變換。

【出處】明・沈德符・萬曆野獲編・弦索入曲：「若南九宮無定則可依。且笛管稍長短其聲，使可就板。……此說眞不易之論。」

【用法】形容人的言論、判斷、意見、主張等完全正確，不可改變。

【例句】《論語》所記載孔子及其弟子的言論，經過兩千多年的驗證，全是**不易之論**，值得認眞思考學習。

【義近】不刊之論／不朽之論／永恆之理／名句警言。

【義反】鑿空之論／齒牙餘論／陳詞濫調／泛泛之言／不經

之談／誇誕之言。

不明不白

【釋義】意謂糊里糊塗、含含糊糊。
【出處】元・無名氏・連環計四折：「怎麼不明不白，著他父子每胡廝鬧了一夜。」
【用法】形容模模糊糊、糊里糊塗，或見不得人、不正派。
【例句】老太太常常**不明不白**地給金光黨騙去大筆財富。
【義近】含含糊糊／糊里糊塗。
【義反】眞相大白／正大光明／堂堂正正。

不服水土

【釋義】不服：不習慣，不適應。水土：泛指自然環境和氣候等。
【出處】曹雪芹・紅樓夢六六回：「方知薛蟠不慣風霜，不服水土，一進京時，便病倒在家，請醫調治。」
【用法】指人初到某地，不適應那一地區的氣候、環境、飲食等。
【例句】去年王先生到美國遊玩，誰知竟**不服水土**，才三天就病了，只好在病床上度過他剩餘的行程。
【義近】水土不服／習慣殊異。
【義反】隨遇而安／水土一致。

不知天高地厚

【釋義】不知道天有多高，地有多厚。天高地厚：常用來比喻事物的複雜性。
【出處】文康・兒女英雄傳三四回：「如今年過知非，想起幼年這些不知天高地厚的話來，眞覺愧悔。」
【用法】形容人狂妄無知，或形容人把事情看得太簡單，不明瞭其複雜性。
【例句】他才剛從學校畢業不久，便想應徵經理的工作，眞是太**不知天高地厚**了。
【義近】不知輕重／不知高低／無自知之明／不自量力／螳臂當車／蛇欲吞象。
【義反】知輕知重／知高識低／力所能及／量力而爲。

不知甘苦

【釋義】原意爲不知道甜和苦。甘：甜。
【出處】墨子・非攻上：「少嘗苦曰苦，多嘗苦曰甘，則必以此人爲不知甘苦之辯（辨）矣。」
【用法】今多指不知道事情的經過困難險阻、艱辛曲折。
【例句】他還年輕，涉世未深，所以有好多事情他都**不知甘苦**，一意孤行。
【義近】不辨香臭／不明黑白／不知深淺／不明底細。
【義反】艱辛備嚐／含辛茹苦／飽經風霜／歷盡滄桑。

不知好歹

【釋義】不知道好壞。歹：壞，不好的事物。
【出處】曹雪芹・紅樓夢三七回：「我憑怎麼胡塗，連個好歹也不知，還是個人嗎？」
【用法】用以說明不明事理或不能領會他人的好意。
【例句】①人家對你這樣關心，你卻**不知好歹**，還說人家的不是。②他存心要整你，你卻**不知好歹**，常常幫他說話，爲他做事。
【義近】不明事理／恩將仇報／善惡莫辨。
【義反】是非分明／恩怨分明／毫不含糊。

不知所云

【釋義】不知道說的是些什麼。云：說。
【出處】諸葛亮・前出師表：「臨表涕泣，不知所云。」
【用法】多指語言、文章等思路不清，說理不明，使人抓不住要旨。有時也用以自謙。
【例句】這篇文章文筆太劣，又缺乏邏輯，看了兩三次，仍是**不知所云**。
【義近】語無倫次／頭緒紊亂／漫無條理。
【義反】條清理晰／通暢明達／層次清楚／有條不紊。

不知所以

【釋義】所以：這裏指實在的情由。
【出處】太平廣記卷二〇八引唐・張彥遠・法書要錄・購蘭亭序：「遽見追呼，不知所以。」
【用法】指不知道事情發生的原因。
【例句】王小姐一見到我就劈頭痛罵了一頓，令我當場呆若木雞，茫然**不知所以**。
【義近】不明就裏／不知其由／不明究竟／含含糊糊／不明不白。
【義反】眞相大白／昭然若揭／昭昭在目。

不知所措

【釋義】不知道該怎麼辦。措：安排，處理。
【出處】論語・子路：「則民無所措手足。」陳壽・三國志・吳書・諸葛恪傳：「哀喜交并，不知所措。」
【用法】多指對突然而來的事情驚慌失措，無法應付。
【例句】面對這前所未有的情況，他顯得有些**不知所措**，窘態百出。
【義近】手忙腳亂／手足無措／形色倉皇／心慌意亂／張皇失措／聞雷失箸。
【義反】胸有成竹／了然於心／成竹在胸／老神在在／處變不驚。

不知所終

【釋義】不知道最後的情況。終：最後，結局。
【出處】左丘明・國語・越語下：「（范蠡）遂乘扁舟，以浮於五湖，莫知其所終極。」後漢書・逸民傳：「俱遊五嶽名山，竟不知所終。」
【用法】用以說明不知結局和下落。
【例句】他一人去登山，後來便**不知所終**，恐怕是凶多吉少了。
【義近】杳無音訊／下落不明／無影無蹤。
【義反】有始有終。

不知進退

【釋義】進退：前進和後退。這裏指言語行動要恰如其分。
【出處】漢・荀悅・漢紀・哀帝紀下：「昔褒神蚖變化爲人，實生褒姒亂周國，恐陛下有過失之譏，賢有小人不知進退之禍。」
【用法】形容人言語行動不恰當，沒有分寸。
【例句】他正在氣頭上，你卻**不知進退**地跟他開玩笑，自然要自討沒趣了。
【義近】言行失措／輕舉妄動／不知深淺。
【義反】恰如其分／循規蹈矩／謹言慎行。

不舍晝夜
【釋義】原指河水晝夜不停地奔流。舍：放棄，放過。
【出處】論語・子罕：「子在川上曰：『逝者如斯夫，不舍晝夜。』」
【用法】今多用以形容辛勤勞苦，夜以繼日地工作或學習。
【例句】吳教授雖已年過古稀，卻仍**不舍晝夜**地辛勤研究，實在令人敬佩。
【義近】夜以繼日／日夜孜孜／焚膏繼晷。

不近人情
【釋義】近：接近，親近。人情：人之常情。
【出處】莊子・逍遙遊：「大有逕庭，不近人情焉。」
【用法】多指一個人的所作所爲違背人之常情、事之常理。
【例句】恕我直言，你有時說話做事都太**不近人情**了。
【義近】不通人情／離經叛道／言行乖張／不明事理／不曉世故／不近情理。
【義反】合情合理／通情達理。

不怨天，不尤人
【釋義】怨：怨恨。尤：責怪。
【出處】中庸：「上不怨天，下不尤人。」論語・憲問：「子曰：『不怨天，不尤人，下學而上達；知我者，其天乎！』」
【用法】形容一個人在遭遇困難時，不怨恨責怪他人，只檢討自己。
【例句】人生不如意事常八九，重要的是能從挫折中學習，**不怨天，不尤人**，那麼成功的大門還是會爲你而開。
【義近】反求諸己／反躬自省／切己觀省／無怨無悔。
【義反】怨天尤人／訶壁問天／詬天而呼／牽連怪罪。

不急之務
【釋義】不急於要辦的事情。急：急迫，要緊。務：事情。
【出處】陳壽・三國志・吳書・孫和傳：「誠能絕無益之欲，……棄不急之務，以修功業之基，其於名行，豈不善哉！」
【用法】用以說明無關緊要的事，不必急於去做。
【例句】在人力物力都有限的情況下，那些**不急之務**，就暫時不要去理會吧！
【義近】可緩之事／芝麻小事／雞毛蒜皮。
【義反】當務之急／燃眉之急／興國大事。

不是東風壓了西風，就是西風壓了東風
【釋義】壓了：壓倒，勝過。
【出處】曹雪芹・紅樓夢八二回：「但凡家庭之事，不是東風壓了西風，就是西風壓了東風。」
【用法】比喻矛盾雙方，不是這方壓倒那方，就是那方壓倒這方。
【例句】**不是東風壓了西風，就是西風壓了東風**，美國的總統競選，終有一黨獲勝，一黨失敗。
【義近】非此即彼，非彼即此／勢不兩立。

不是冤家不聚頭
【釋義】冤家：一作「怨家」，仇敵；一爲情人的愛稱。聚頭：相聚在一起。
【出處】曹雪芹・紅樓夢二九回：「這個真是俗語兒說的不是冤家不聚頭了！」
【用法】說明兩位不投合之人或有仇怨者偏偏聚在一起，或經常碰見。
【例句】①這對年輕夫妻有時吵得不可開交，有時又好得如膠似漆，這大概就是俗話說的**不是冤家不聚頭**吧！②他倆結怨很深，卻又偏偏常碰頭，真是**不是冤家不聚頭**。
【義近】冤家路窄／狹路相逢。
【義反】鵲橋難成／梁祝遺恨。

不爲已甚
【釋義】不做太過分的事。已甚：太過分。已：太。
【出處】孟子・離婁下：「仲尼不爲已甚者。」
【用法】表示一個人待人處事要有分寸，絕對不要過分。
【例句】一個人說話行事都要以慈愛寬厚爲本，若能本著**不爲已甚**的精神，便可獲得人們的信賴和擁護。
【義近】恰如其分／恰到好處／適可而止。
【義近】逼上梁山／置人死地／斬草除根／趕盡殺絕。

不爲五斗米折腰
【釋義】五斗米：指微薄俸祿。折腰：彎腰。
【出處】晉書・陶潛傳：「潛歎曰：『吾不能爲五斗米折腰，拳拳事鄉里小人。』解印去職，乃賦歸去來辭。」
【用法】今用以形容不願居處下位，受他人頤指氣使，而憤然去職。
【例句】陶淵明**不爲五斗米折腰**，作〈歸去來辭〉以明志。
【義近】不食嗟來食。
【義反】人在屋簷下，怎敢不低頭／仰人鼻息／俯首聽命／逆來順受。

不甚了了
【釋義】不甚：不很，不太。了了：明白，懂得。
【出處】宋・洪邁・夷堅丁志・黃州野人：「見如人而毛者，搏之則逝，追之不及，百計羅絡，因結繩置壠間而獲焉。初不甚了了，養之數日，始能言，乃實人也。」
【用法】形容人對某件事沒有弄清楚，心裏不太明白。
【例句】有關劉小姐赴美留學的事，我跟她母親說了半天，她還是**不甚了了**，老是半信半疑的望著我。
【義近】不明不白／不清不楚／不甚了然／不知所以／糊里糊塗。
【義反】明白無誤／一清二楚／

瞭如指掌／明若觀火／眞相大白。

不省人事 ㄅㄨˋ ㄒㄧㄥˇ ㄖㄣˊ ㄕˋ

【釋義】省：知覺。人事：人世上的各種事情。

【出處】羅貫中・三國演義八三回：「言訖，不省人事，是夜殞於禦營。」

【用法】形容昏迷過去，失去知覺；也比喻昏聵糊塗，不明事理。

【例句】①他突然昏迷過去，**不省人事**。②他這番莫名其妙的話，我只能看作是**不省人事**的奇談怪論。

【義近】昏迷不醒／人事不知／不明事理。

【義反】神志清楚／通情達理／通曉世故。

不相上下 ㄅㄨˋ ㄒㄧㄤ ㄕㄤˋ ㄒㄧㄚˋ

【釋義】分不出高低、好壞。

【出處】陸龜蒙・蠹化：「橘之蠹……翳葉仰嚙，如飢蠶之速，不相上下。」

【用法】形容水準、程度相當，多用於人、事、物各方面。

【例句】他倆的學識和資歷都很豐富，**不相上下**，令人難以抉擇。

【義近】旗鼓相當／一時瑜亮／棋逢對手／勢均力敵／伯仲之間／無分軒輊。

【義反】天壤之別／天淵之別／天差地遠／判若雲泥。

不相爲謀 ㄅㄨˋ ㄒㄧㄤ ㄨㄟˊ ㄇㄡˊ

【釋義】不必互相商議。謀：商議，商量。

【出處】論語・衛靈公：「子曰：『道不同，不相爲謀。』」

【用法】指人的立場觀點、思想主張不同，相互之間沒有必要也沒有辦法在一起商量。

【例句】國民黨與民進黨常在一起開會，但由於彼此在許多問題上的見解不合，以致形成**不相爲謀**的局面，眞是令人深感遺憾啊！

【義近】不相與謀／不相切磋／不可與語。

【義反】相與共謀／相互切磋／相互斟酌。

不看僧面看佛面 ㄅㄨˋ ㄎㄢˋ ㄙㄥ ㄇㄧㄢˋ ㄎㄢˋ ㄈㄛˊ ㄇㄧㄢˋ

【釋義】不看僧人的面也得看佛神的面。僧：修道的人。佛：敬奉的神。

【出處】吳承恩・西遊記三一回：「哥啊！古人云：『不看僧面看佛面。』兄長既是到此，萬望救他一救！」

【用法】說明看在尊者、長者等的情面上，可應允所請求的事。

【例句】俗話說：「**不看僧面看佛面**」，這件事你就看在他父親的面子上，答應他吧！

【義近】打狗看主人／罵小孩看大人。

【義反】不講情面。

不矜細行 ㄅㄨˋ ㄐㄧㄣ ㄒㄧˋ ㄒㄧㄥˊ

【釋義】矜：愼重、拘謹。細行：小事小節。

【出處】尙書・旅獒：「不矜細行，終累大德。」

【用法】指不注意生活小節。

【例句】黃將軍驍勇善戰，在戰場上屢立奇功，使敵軍聞風喪膽，但就是**不矜細行**，所以他的住所總是亂七八糟。

【義近】不矜小節／不拘細行／不衫不履／隨隨便便／不修邊幅／大而化之。

【義反】遇事不苟／規行矩步／謹言愼行／言行不苟／繁文縟節／循規蹈矩。

不約而同 ㄅㄨˋ ㄩㄝ ㄦˊ ㄊㄨㄥˊ

【釋義】沒有約定而彼此一致。

【出處】司馬遷・史記・平津侯主父列傳：「應時而皆動，不謀而俱起，不約而同會。」

【用法】形容事先並未約定，而彼此的看法或行動相同。

【例句】每逢陽明山花季，遊客們都**不約而同**地上山賞花，造成交通阻塞。

【義近】不謀而合。

不苟言笑 ㄅㄨˋ ㄍㄡˇ ㄧㄢˊ ㄒㄧㄠˋ

【釋義】形容不隨便說笑。苟：隨便。

【出處】禮記・曲禮上：「不苟笑。」夏敬渠・野叟曝言六四回：「木四姐端莊貞靜，不苟言笑，你怎說此話。」

【用法】形容人態度莊重嚴肅，絕不隨便說話、發笑。

【例句】我們這位老闆十分精明能幹，心地也好，就是**不苟言笑**，因此大家便給他取了個綽號，叫「冷面孔」。

【義近】正言厲色／一本正經／聲色俱厲／正襟危坐／道貌岸然。

【義反】有說有笑／嘻嘻哈哈／油腔滑調／嘻皮笑臉／油嘴滑舌／和藹可親。

不衫不履 ㄅㄨˋ ㄕㄢ ㄅㄨˋ ㄌㄩˇ

【釋義】意謂衣著不整齊。衫：本指單上衣，這裏泛指衣服。履：鞋子。

【出處】太平廣記卷一九三引虬髯客・虬髯傳：「既而太宗至，不衫不履，裼裘而來，神氣揚揚，貌與常異。」

【用法】形容人性情灑脫，衣著隨便，不拘小節。

【例句】黃先生平常雖**不衫不履**，隨興而行，但面對事情時，卻能以最嚴謹的方式處理，令人佩服。

【義近】衣冠不整／瀟灑度日／不拘小節／沒籠頭的馬／不拘形跡／不修邊幅／大而化之。

【義反】西裝革履／言行不苟／一本正經／循規蹈矩／席不正不坐。

不計其數 ㄅㄨˋ ㄐㄧˋ ㄑㄧˊ ㄕㄨˋ

【釋義】無法計算數目。

【出處】周密・武林舊事・西湖遊賞：「其餘則不計其數。」

【用法】說明數目極大，數量極多。

【例句】每有戰爭，死傷便**不計其數**，但聰明的人類卻一再重蹈覆轍。

【義近】不可勝計／不可勝數／數以萬計／恆河沙數／數不勝數。

【義反】屈指可數／寥寥可數／寥若晨星。

不郎不秀 ㄅㄨˋ ㄌㄤˊ ㄅㄨˋ ㄒㄧㄡˋ

【釋義】原意爲不高不低，不倫不類。

【出處】田藝蘅・留靑日札摘抄四：「元時稱人以郎、官、秀爲等第，至今人之鄙人曰不郎不秀，是言不高不下也。」

【用法】今用以比喻不成材或沒有出息。

【例句】像他那樣**不郎不秀**的，還妄想找個才貌雙全的小姐為妻，也未免太沒有自知之明了。

【義近】不稂不莠／不倫不類／庸庸碌碌。

【義反】才華出眾／少年有成／無與倫比／出類拔萃。

不食人間煙火

【釋義】煙火：指熟食。

【出處】王直方詩話：「（張）文潛先與李公擇輩來余家作長句，後再同東坡來。東坡讀其詩，歎息云：『此不是喫菸火食人間底言語。』」

【用法】形容人有出世的想法，或讚人詩文言語高超，不同凡俗。今多用來形容人的氣質脫塵超俗。

【例句】愛情小說中**不食人間煙火**的女主角會如此令人著迷，可能是因為現實生活中根本找不到。

【義近】不喫煙火食。

不值一哂

【釋義】不值得一笑。哂：微笑譏笑。也作「不值一笑」。

【出處】孫中山・駁保皇報：「強不知以為知，夜郎自大，目中無人，真不值識者一笑。」

【用法】形容所作所為幼稚輕浮或毫無意義。常含輕視的意思。

【例句】自從他在報刊上發表幾篇文章後，就到處吹噓，自封為名作家，此種言行真**不值一哂**！

【義近】不值一提／不值一談／嗤之以鼻／付之一笑／不屑一顧。

【義反】難能可貴／刮目相待／另眼相看／青眼視之。

不修邊幅

【釋義】修：修剪。邊幅：布帛的邊緣，比喻人的衣著、儀容。

【出處】顏之推・顏氏家訓：「肆欲輕言，不修邊幅。」

【用法】用來形容不注意衣著、儀表的整潔，也指不拘生活小節。

【例句】你別看他衣著很隨便，**不修邊幅**，但工作起來卻一絲不苟。

【義近】蓬首垢面／邋里邋遢／首如飛蓬。

【義反】衣冠楚楚／西裝革履。

不倫不類

【釋義】既不像這一類，也不像那一類。不倫：不同類。倫：類。

【出處】吳炳・療妒羹傳奇上：「眼中人不倫不類，穽中人不伶不俐。」

【用法】形容不成樣子、不正派或不合時宜；有時也指把不能相比的事物相提並論。

【例句】穿西裝打領帶卻拖著一雙拖鞋，還口出穢言，實在是**不倫不類**。

【義近】不三不四／非驢非馬。

【義反】丁是丁卯是卯／一是一二是二。

不容置喙

【釋義】不容許插嘴。置喙：插嘴。喙：鳥獸的嘴，借指人的嘴。一作「無容置喙」。

【出處】尹會一・答陳榕門書之二：「及通盤籌劃，以棄為取，固已洞鑑無疑，無容置喙。」

【用法】不容許別人講話或提意見，也指不容人在一旁插嘴，即別人沒有開口的餘地。

【例句】夫妻吵架是常事，外人是**不容置喙**的。

【義近】不由分說／不容置辯。

【義反】暢所欲言／各抒己見。

不容置疑

【釋義】不容許有什麼懷疑。置疑：懷疑。

【用法】表示真實正確，絕對可靠，用不著有任何懷疑。

【例句】他辦事的能力和經驗是**不容置疑**的，你們就相信他吧！

【義近】毋庸置疑／確鑿不移／有案可稽。

【義反】荒誕不經／捕風捉影。

不屑一顧

【釋義】不值得一看。不屑：不值得。

【出處】曾樸・孽海花二八回：「我的眼光是一直線，只看前面的，兩旁和後方，都悍然不屑一顧了。」

【用法】表示很輕視的樣子。

【例句】他對我總是一副**不屑一顧**的態度，實在令我無法容忍。

【義近】嗤之以鼻／投以白眼／付之一笑。

【義反】投以青眼／另眼相看／視為上賓。

不差毫髮

【釋義】毫髮：毫毛和頭髮。

【出處】唐・張說・進渾儀表：「令儀半在地上，半在地下，晦朔弦望，不差毫髮。」

【用法】形容做事非常準確，一點差錯也沒有。

【例句】知道批來的貨物在數量和質量上都**不差毫髮**時，我們才鬆了一口氣。

【義近】不差毫釐／不差累黍／纖毫不爽／毫釐不爽／不失毫釐／相去無幾／相差甚微／不相上下。

【義反】天差地遠／差之千里／大相逕庭／泰山鴻毛／天冠地屨／天壤之別／雲泥殊途／截然不同。

不恥下問

【釋義】不以向學識、地位不如自己的人請教為恥。不恥：不以為恥。

【出處】論語・公冶長：「敏而好學，不恥下問，是以謂之文也。」

【用法】形容虛心向別人學習、請教。

【例句】一個人如果能真正做到**不恥下問**，就一定能在事業上有所成就，並獲得人們的尊敬。

【義近】詢於芻蕘／聖人無常師／能者為師／三人行必有我師。

【義反】恥於從師。

不時之需（ㄅㄨˋ ㄕˊ ㄓ ㄒㄩ）

【釋義】不時：臨時，隨時。需：需要。
【出處】蘇軾．後赤壁賦：「我有斗酒，藏之久矣，以待子不時之須。」須，同「需」。
【用法】用以表示隨時都會出現的需要。
【例句】我們平日應該養成儲蓄的好習慣，以備**不時之需**。
【義近】即時之需／一時之需。
【義反】束之高閣。

不留餘地（ㄅㄨˋ ㄌㄧㄡˊ ㄩˊ ㄉㄧˋ）

【釋義】不保留一些以資緩衝的空間。
【出處】莊子．養生主：「恢恢乎其於遊刃必有餘地矣。」補注：「今謂逼人太甚，不使其有自處之方，曰不留餘地。」
【用法】用以表示逼人太甚或做事太絕，後果不堪設想。
【例句】他罵起人來常**不留餘地**，現在看來似乎痛快乾脆，將來定會後患無窮的。
【義近】逼上梁山／置人死地／斬草除根／趕盡殺絕。

不疾不徐（ㄅㄨˋ ㄐㄧˊ ㄅㄨˋ ㄒㄩˊ）

【釋義】不快也不慢。疾：快速。徐：緩慢。
【出處】宋．黃庭堅．王純中墓誌銘：「君調用財力，不疾不徐，勞民勸功，公私以濟。」
【用法】指說話行事能掌握適度的節奏，有恰到好處之妙。
【例句】徐老師講課活潑生動，且速度**不疾不徐**，很有節奏，我們既能聽懂，又感到饒富風味。
【義近】不快不慢／快慢適中。
【義反】言疾語快／慢聲慢氣。

不能自已（ㄅㄨˋ ㄋㄥˊ ㄗˋ ㄧˇ）

【釋義】意謂不能控制自己。已：止，停下來。
【出處】唐．盧照鄰．寄裴舍人書：「慨然而詠『富貴他人合，貧賤親戚離』，因泣下交頤，不能自已。」
【用法】形容人因某事而激動、悲傷或憤怒，而不能控制自己(多指自己的感情)。
【例句】她得知母親去世的噩耗，頓時號啕大哭，呼天搶地，悲傷之情**不能自已**。
【義近】情不自禁／口沸目赤／捶胸頓足／欲罷不能。
【義反】鎮靜自若／漠然置之／無動於衷。

不能自拔（ㄅㄨˋ ㄋㄥˊ ㄗˋ ㄅㄚˊ）

【釋義】不能自行擺脫。拔：拔除，擺脫。
【出處】沈約．宋書．武三王傳：「世祖前鋒至新亭，劭挾義恭出戰，恆錄在左右，故不能自拔。」
【用法】比喻不能主動地從痛苦、錯誤或罪惡中解脫出來。
【例句】他嗜賭如命，**不能自拔**，遲早會傾家蕩產的。
【義近】不可救藥／不能自省。
【義反】幡然悔悟／自我振作。

不假思索（ㄅㄨˋ ㄐㄧㄚˇ ㄙ ㄙㄨㄛˇ）

【釋義】不用思考就做出反應。假：憑借，依靠。
【出處】黃榦．復黃會卿：「戒懼謹獨，不待勉強，不假思索，只是一念之間，此意便在。」
【用法】形容說話做事敏捷，應答迅速；也指不認真，草率從事。
【例句】他是個天生的詩人，常**不假思索**便能寫出令人讚歎的優美詩句。
【義近】一揮而就／率爾而答。
【義反】深思熟慮／三思而行／殫精竭慮。

不偏不倚（ㄅㄨˋ ㄆㄧㄢ ㄅㄨˋ ㄧˇ）

【釋義】指儒家的中庸之道，不偏向任何一方。倚：偏頗。
【出處】朱熹．中庸集注：「中者，不偏不倚，無過不及之名。」
【用法】常用以指不偏袒某一方，表示中立或公正；也形容正中目標。
【例句】①他處理事情很公正，向來都是**不偏不倚**的。②他這一箭**不偏不倚**正中紅心。
【義近】直道而行／無偏無黨／中立不倚／中庸之道／無偏無頗。
【義反】偏袒一方／厚此薄彼／重此輕彼／居心不正。

不務正業（ㄅㄨˋ ㄨˋ ㄓㄥˋ ㄧㄝˋ）

【釋義】務：從事，致力於。正業：正當的職業。
【出處】金瓶梅詞話一回：「這人不甚讀書，終日閒遊浪蕩，一自父母亡後，分外不務正業。」
【用法】不做正當的事業。現多指不做好本職工作，花時間與精力去做其他事情。
【例句】①他兒子一向**不務正業**，成天游手好閒，家裏人也拿他沒辦法。②現在有不少年輕人，因工資低，所以往往**不務正業**，上班時隨便應付，一下班就急忙做別的事情去了。
【義近】不安於位／玩忽職守／馬虎應付。
【義反】盡忠職守／兢兢業業／忠於職守／負責盡職。

不動聲色（ㄅㄨˋ ㄉㄨㄥˋ ㄕㄥ ㄙㄜˋ）

【釋義】言語、神態跟平時一樣，沒有變化。動：變動，變化。聲色：說話的聲音和臉色。
【出處】歐陽修．相州晝錦堂記：「至於臨大事，決大議，垂紳正笏，不動聲色，而措天下於泰山之安。」
【用法】形容非常鎮靜、沉著。
【例句】一個真正能做事的人，行事**不動聲色**，其迅速俐落更出人意料。
【義近】不露聲色／不見辭色／不露形色／面不改色／喜怒不露。
【義反】喜形於色／怒形於色／形於辭色。

不得而知（ㄅㄨˋ ㄉㄜˊ ㄦˊ ㄓ）

【釋義】即無從知道的意思。
【出處】韓愈．爭臣論：「故雖諫且議，使人不得而知焉。」
【用法】說明對某人或某事無法知道真相。

【例句】他去世得太突然，到底還有什麼尚未了結的心願，我們就**不得而知**了。
【義近】無從得知／一無所知／無法推知。
【義反】眞相大白／瞭若指掌。

不得要領　ㄅㄨˋ ㄉㄜˊ ㄧㄠ ㄌㄧㄥˇ

【釋義】要領：衣服的腰和領，比喻要點，關鍵。要：「腰」的本字。
【出處】司馬遷・史記・大宛列傳：「騫從月氏至大夏，竟不能得月氏要領。」
【用法】比喻沒有掌握到事物的重點或關鍵。
【例句】讀書若是**不得要領**，就會事倍功半，成效難收。
【義近】不明究竟／不知就裏／隔靴搔癢。
【義反】一針見血／一語破的／搔著癢處。

不情之請　ㄅㄨˋ ㄑㄧㄥˊ ㄓ ㄑㄧㄥˇ

【釋義】不合情理的請求。
【出處】惲代英・致柳亞子（一九二五・二）：「此事關係黨國甚重，故敢以不情之請相冒瀆也。」
【用法】常用作請人幫忙時的客套話。
【例句】我現在生活無著，找工作又到處碰壁，所以有個**不情之請**，希望你能周轉一二，助我渡過難關。
【義近】冒瀆之求。

不教而誅　ㄅㄨˋ ㄐㄧㄠˋ ㄦˊ ㄓㄨ

【釋義】誅：殺；譴責處罰。也作「不教而殺」。
【出處】論語・堯曰：「不教而殺謂之虐。」漢書・五行志中之下：「不教而誅謂之虐，其霜反在草下。」
【用法】指事先不給予教導，說明是非曲直，等人一犯錯就予以嚴懲的錯誤做法。
【例句】明太祖在歷史上有兩面的評價：他是個愛民如子的好皇帝，但對臣子**不教而誅**的例子卻屢見不鮮。
【義近】不教而殺／妄加鞭笞。
【義反】明恥教戰。

不敗之地　ㄅㄨˋ ㄅㄞˋ ㄓ ㄉㄧˋ

【釋義】處於必勝不敗的有利地位。
【出處】孫子・軍形：「善戰者，立於不敗之地，而不失敵之敗也。」
【用法】今用以表示打好穩固的根基，則不怕敵人侵犯。
【例句】無論做什麼事，都要有周密的思考和周全的安排，以立於**不敗之地**。
【義近】可攻可守／崤函之固／居高臨下／險要關隘。
【義反】一敗塗地。

不清不白　ㄅㄨˋ ㄑㄧㄥ ㄅㄨˋ ㄅㄞˊ

【釋義】不清楚，不明白。
【用法】形容眞相不明，難以認清；也形容不正派，見不得人。
【例句】這句話交代得**不清不白**，沒人能猜得透它眞正的意義。
【義近】不明不白／不清不楚／糊里糊塗。
【義反】眞相大白／光明磊落／堂堂正正。

不祥之兆　ㄅㄨˋ ㄒㄧㄤˊ ㄓ ㄓㄠˋ

【釋義】祥：吉祥，吉利。兆：兆頭，預兆。
【出處】清・袁于令・西樓記・邸聚：「小弟初會時，以玉簪贈我，投下跌成兩段，原是不祥之兆。」
【用法】指迷信的人，認爲某一事物的發生是一種不吉祥的預兆，將會有災禍或不利之事。
【例句】孫小姐在出門前鞋帶突然斷了，她覺得這是**不祥之兆**，便取消了當天所有的行程。
【義近】太歲凶日／帚星當頭。
【義反】吉祥之兆／鳳凰來儀／紫氣東來／吉星高照／吉日良辰／黃道吉日。

不祧之祖　ㄅㄨˋ ㄊㄧㄠ ㄓ ㄗㄨˇ

【釋義】永遠不遷離祠廟的始祖。不祧：古代宗法立廟祭祖，因世數過遠而遷稱作「祧」，始祖廟永遠不遷稱作「不祧」。
【出處】宋史・禮制九：「今太祖受命開基，太宗纘成大寶，則百世不祧之廟矣。」
【用法】比喻創立某種事業而又受到尊崇的人。有時也用以比喻永遠不可廢除的事物。
【例句】在北宋後期的詩壇上，由於黃庭堅的影響而逐漸形成了江西詩派，他本人則成爲這個詩派的**不祧之祖**。
【義近】不易之祖。

不脛而走　ㄅㄨˋ ㄐㄧㄥˋ ㄦˊ ㄗㄡˇ

【釋義】沒有腿卻能跑。脛：小腿。走：跑。
【出處】孔融・論盛孝章書：「珠玉無脛而自至者，以人好之也。」趙吉士・寄園寄所寄・引耳誤：「無翼而飛，不脛而走。」
【用法】比喻沒有聲張、推行，卻流行傳播得很快。
【例句】他倆在國外祕密結婚的消息**不脛而走**，一時之間，大家還不太敢相信。
【義近】不脛而行／無脛而行。
【義反】秘而不宣。

不速之客　ㄅㄨˋ ㄙㄨˋ ㄓ ㄎㄜˋ

【釋義】速：邀請。
【出處】周易・需：「有不速之客三人來。」
【用法】指不請自來的客人。
【例句】今天家裏來了一位久未謀面的**不速之客**，令大家又驚又喜。
【義近】不請自來／不召自來／不召而至。
【義反】座上客。

不逞之徒　ㄅㄨˋ ㄔㄥˇ ㄓ ㄊㄨˊ

【釋義】心懷不滿的人。不逞：不滿意，不得志。徒：人。
【出處】左傳・襄公十年：「故五族聚羣不逞之人，因公子之徒以作亂。」後漢書・史弼傳：「外聚剽輕不逞之徒。」
【用法】指因失意而爲非作歹的人。
【例句】那些**不逞之徒**，正在大街上搗亂鬧事。
【義近】亡命之徒／不法之徒。
【義反】正人君子／守法良民／安分公民。

不勞而獲

【釋義】不勞動卻有收穫。一作「不勞而得」。

【出處】孔子家語・入官：「所求於邇，故不勞而得也。」

【用法】指無須勞苦就可得到，或自己不努力而得到別人的努力成果。

【例句】天底下沒有**不勞而獲**的成果，這是不爭的事實。

【義近】坐享其成／坐收漁利。

【義反】自食其力／自力更生／不勞不得。

不勝其煩

【釋義】不能忍受其煩瑣。勝：禁得起。煩：煩瑣。

【出處】陸游・老學庵筆記：「每發一書，則書百幅，擇十之一用之。於是不勝其煩，人情厭惡。」

【用法】表示煩瑣得教人難以忍受。

【例句】他總是喋喋不休地說個沒完，令人**不勝其煩**。

【義近】不堪其擾。

【義反】不厭其煩。

不勝枚舉

【釋義】不能一一列舉出來。勝：盡。枚：個。一作「不可枚舉」。

【出處】袁宏道・去吳七牘乞歸稿：「職之罪狀殆不可枚舉。」清朝野史大觀卷二：「諸如此類，不勝枚舉。」

【用法】形容數量很多。

【例句】我國的成語典故多得**不勝枚舉**，任何一部工具書都無法收盡。

【義近】不可勝數／舉不勝舉／數不勝數／不可殫舉。

【義反】屈指可數／寥寥無幾／寥若晨星。

不堪一擊

【釋義】經不起打擊。不堪：承受不住。

【用法】形容力量極為微弱，根本受不住一擊。

【例句】她從小便在呵護中長大，感情上**不堪一擊**，事業上更是全無能力可言。

【義近】摧枯拉朽／一觸即潰／弱不禁風。

【義反】堅不可摧／牢不可破／穩如泰山。

不堪入目

【釋義】不堪：不能，常用於不好或不愉快的方面。入目：中看。

【出處】李汝珍・鏡花緣二三回：「此數肴也，以先生視之，固不堪入目矣，然以敝地論之，雖王公之尊，其所享者亦不過如斯數樣耳。」

【用法】指人的形象、物的外表等十分粗俗鄙陋，令人看不下去。

【例句】現在有些電視的綜藝節目越來越低級庸俗，已經到了**不堪入目**的地步。

【義近】不屑一顧／不敢諦視／難以目睹／投以白眼。

【義反】耐人尋味／百看不厭／一睹為快／投以青眼。

不堪入耳

【釋義】入耳：中聽。

【出處】李寶嘉・文明小史一六回：「姚老夫子見他們所說的都是一派污穢之言，不堪入耳。」

【用法】指所說的話十分粗魯、下流，令人聽不下去。

【例句】這幾個流氓在一起，盡說些女人的事，你一句，我一句，都是一些**不堪入耳**的下流話。

【義近】難以卒聽／污耳濁言。

【義反】入耳動聽／韻味無窮。

不堪回首

【釋義】不忍回想以前的事。不堪：不忍。回首：回頭，引申為回顧、回憶。

【出處】李煜・虞美人：「小樓昨夜又東風，故國不堪回首月明中。」

【用法】指對過去的事情回想起來就會感到痛苦，因而不忍回憶。多用為感慨語。

【例句】往事**不堪回首**，想起過去那些貧病交加的日子，真不知是怎麼熬過來的！

【義近】不忍回顧。

不堪設想

【釋義】不能想像。不堪：不能。設想：對未來情況的推測與想像。

【出處】曾樸・孽海花：「中國的大局，正不堪設想哩！」

【用法】指預料事情會發展到很壞的地步。

【例句】這棟危樓聳立在人潮洶湧的鬧區中，一旦崩塌，其後果真**不堪設想**。

【義近】不敢想像／無法預料／不敢推測。

【義反】可想而知／始料所及／不出所料／意料之中。

不堪造就

【釋義】不堪：不可。堪：可，能。造就：培養使有成就。

【用法】形容沒辦法栽培，或前途沒有多大希望。

【例句】即使是放牛班的孩子，也不是**不堪造就**的，我們不應輕言放棄任何一個孩子。

【義近】朽木不可雕／孺子不可教。

【義反】孺子可教／可望成龍／璞玉可雕／前途無量。

不寒而慄

【釋義】天氣不冷而身體發抖。慄：一作「栗」，發抖。

【出處】司馬遷・史記・酷吏列傳：「是日皆報殺四百餘人，其後郡中不寒而栗。」

【用法】形容恐懼到了極點。

【例句】想起那些腥風血雨的日子，真令人**不寒而慄**。

【義近】膽戰心驚／心驚肉跳／毛骨悚然／魂飛天外。

【義反】無動於衷／心定神安／臨危不懼。

不揣冒昧

【釋義】揣：估計，估量。冒昧：指人在言行方面不顧及地位、能力、場合是否適宜。

【出處】李寶嘉・文明小史五八回：「所以不揣冒昧，請小翁在制軍的公子面上吹噓一二。」

【用法】向人表示沒有好好地估量一下自己的言行是否適宜時所用的謙詞。

【例句】近來因一些小事得罪了

經理，現在我**不揣冒昧**，請你在經理面前替我多美言幾句。
【義近】冒昧以請／不揣淺陋。

不敢後人

【釋義】意謂不敢長久居於人後。一作「不為後人」。
【出處】司馬遷・史記・李將軍列傳：「而（李）廣不為後人，然無尺寸之功得以封邑者，何也？」
【用法】用以讚揚不甘落後，奮發上進的人。
【例句】雖然他資質不甚佳，但一直秉持著**不敢後人**的心態持續努力，其成就也是很可觀的。
【義近】不甘示弱／力爭上游／奮起直追／再接再厲。
【義反】甘居下游／自甘落後／打退堂鼓。

不敢越雷池一步

【釋義】越：超過。雷池：湖名，在今安徽望江縣南。原意是教溫嶠不要領兵越過雷池到京城去。
【出處】庾亮・報溫嶠書：「吾憂西陲，過於歷陽，足下無過雷池一步也。」
【用法】比喻做事不敢超越某一界線或範圍。
【例句】這座城堡不僅堅固，而且防守嚴密，使得敵人**不敢越雷池一步**。
【義反】如入無人之境。

不期而遇

【釋義】期：約定時日。遇：相會。
【出處】穀梁傳・隱公八年：「不期而會曰遇，遇者，志相得也。」凌濛初・初刻拍案驚奇：「今日不期而遇，天使然也。」
【用法】指沒有約定而意外地遇見。
【例句】我與他闊別四十多年，沒想到竟會在香港**不期而遇**，實令人欣喜不已。
【義近】不期而會／意外相逢。
【義反】燕約鶯期／鵲橋會期。

不期然而然

【釋義】期：希望。然：這樣。
【出處】朱子全書・學五：「則閨門之內，倫理益正，恩義益篤，將有不期然而然者矣。」
【用法】用以說明並沒有料想到會這樣，結果卻是這樣。
【例句】由於一個偶然的機緣，我**不期然而然**地見到了我最崇拜的偶像明星。
【義近】不期而然／出乎意料／始料不及。
【義反】意料之中／始料所及／料想如此。

不欺暗室

【釋義】不欺：不做欺騙人或見不得人的事。暗室：指有遮光設備的房間，這裏指別人見不到的地方。
【出處】唐・駱賓王・螢火賦：「類君子之有道，入暗室而不欺。」夏敬渠・野叟曝言一八回：「即賤卑下人，亦知以禮相待，不欺暗室。」
【用法】形容為人光明磊落，即使在別人見不到的地方，也絕不做不合倫理道德的事。
【例句】夏先生是個**不欺暗室**的人，你放心去美國辦事好了，他替你管理公司絕不會做中飽私囊的事。
【義近】表裏一致／內外一致／人前人後一個樣／光明磊落／不愧屋漏／言行一致／秀外慧中／正人君子。
【義反】表裏不一／內外不一／人前人後兩個樣／移花接木／偷天換日／言行不一／行濁言清／人面獸心。

不測之禍

【釋義】測：推測，預料。
【出處】資治通鑑・秦始皇帝九年：「妾賴天而有男，則是君之子為王也，楚國盡可得，孰與身臨不測之禍哉！」
【用法】指不可預料或意外的災禍（多指死亡）。
【例句】所謂人有**不測之禍**，你太太坐的飛機出了事，你自然是悲痛萬分，但望節哀順變。
【義近】旦夕禍福／飛來橫禍／無妄之災／飛災橫禍／禍從天降。
【義反】福事雙至／雙喜臨門／洪福突至／飛來鴻福／福至心靈。

不無小補

【釋義】意謂多少有些補益。
【出處】宋・朱熹・尚書一・綱領：「諸家雖或淺近，要亦不無小補，但在詳擇之耳。」
【用法】形容某事某物雖說不能起大的作用，但還是有所補益。
【例句】我太太出去找了一份工作，雖然不能解決大的問題，但對家用來說還是**不無小補**的。
【義近】不無作用／小有補益／一臂之力／聊勝於無。
【義反】無濟於事／杯水車薪／於事無補／杯水輿薪。

不痛不癢

【釋義】既不是痛也不是癢，原用以形容一種說不出的難受。一作「不癢不痛」。
【出處】施耐庵・水滸傳七回：「不癢不痛，渾身上下或寒或熱，沒撩沒亂，滿腹中又飽又飢。」
【用法】比喻不觸及實質，不切中要害，或不能徹底解決問題。
【例句】這孩子實在越來越不像話，你這樣**不痛不癢**地說他幾句，能解決問題嗎？
【義近】無關痛癢／隔靴搔癢。
【義反】切中要害／一針見血／一語破的／一語道破。

不登大雅之堂

【釋義】不能進入高雅的廳堂。登：走上，拿上去。大雅之堂：文雅高貴的地方。
【出處】文康・兒女英雄傳一回：「這部評話，原是不登大雅之堂的。」
【用法】形容人或事物庸俗，也指文藝作品粗劣。
【例句】恕我坦率地說，他這篇小說實在是**不登大雅之堂**的作品。
【義近】不登大雅／粗俗低劣。
【義反】高貴典雅／文質彬彬／

雅俗共賞／風格高雅。

不稂不莠

【釋義】指禾苗中沒有野草。稂：狼尾草。莠：狗尾草。

【出處】詩經・小雅・大田：「既方既阜，既堅既好，不稂不莠，去其螟螣。」

【用法】比喻不倫不類，不成材，沒出息。

【例句】第一要他自己學好才好，不然，**不稂不莠**的，反倒耽誤了人家的女孩兒，豈不可惜。

【義近】不郎不秀／不倫不類。

【義反】孺子可教／少年有成／前途無量。

不絕如縷

【釋義】像線一樣，將斷卻又還連接著。縷：細線。

【出處】公羊傳・僖公四年：「南夷與北狄交，中國不絕若線。」蘇軾・前赤壁賦：「餘音嫋嫋，不絕如縷。」

【用法】形容聲音將絕未絕，細微悠長；也比喻形勢危急，或事物的連續不斷。

【例句】遠方傳來陣陣**不絕如縷**的琴聲，使人陷入往事回憶中。

【義近】悠悠不絕／綿綿不斷。

【義反】戛然而止。

不腆之敬

【釋義】腆：豐厚。不豐厚的敬意。

【出處】左傳・僖公三十三年：「不腆敝邑，爲從者之淹。」儀禮・燕禮：「寡君有不腆之酒。」

【用法】謙稱之詞，形容自己的贈禮不夠豐富。

【例句】在您的大壽之日，呈上我的一點**不腆之敬**，祝您福如東海，壽比南山。

不著邊際

【釋義】挨不著邊兒。著：附，挨。邊際：邊界，邊緣。

【出處】施耐庵・水滸傳一九回：「在此不著邊際，怎生奈何？我須用自去走一遭。」

【用法】形容說話、爲文、做事不切實際或離題太遠。

【例句】他今天的演講很實在，沒有一句**不著邊際**的話。

【義近】漫無邊際／不切實際。

【義反】切合題旨／切中要害／腳踏實地。

不費吹灰之力

【釋義】連吹掉灰塵的力氣也用不著花費。

【出處】夏敬渠・野叟曝言四五回：「依小道愚意，等他到了遼東，有了收管，去擺佈他，眞不費吹灰之力。」

【用法】形容做某事非常容易，簡直可以不費任何氣力。

【例句】對一位眞正有能力的人而言，這種事情**不費吹灰之力**就可以完成。

【義近】摧枯拉朽／舉手之勞／甕中捉鱉／如拾地芥／探囊取物／手到擒來／唾手可得／反掌折枝。

【義反】挾山超海／鐵棒磨針／登天攬月／高不可登／蚍蜉撼樹／移山塡海／難於上青天。

不塞不流，不止不行

【釋義】原指對佛教、道教如不加阻塞，儒教就不能得到推行。塞、止：堵塞禁止。流、行：流傳通行。

【出處】韓愈・原道：「然則如之何而可也？曰：不塞不流，不止不行。」

【用法】借以說明不破除舊的、錯誤的東西，新的、正確的東西就建立不起來。

【例句】滿清末年，革命黨人本著**不塞不流，不止不行**的原則，一方面打破舊思想、舊制度，另一方面宣導新的主義和新的觀念。

【義近】除舊更新／破舊立新。

不慌不忙

【釋義】不慌張，不忙亂。

【出處】高文秀・襄陽會三折：「掄起刀來望我脖子砍，不慌不忙縮了頭。」

【用法】形容鎮定自如，從容不迫。

【例句】他爲人行事總是一副**不慌不忙**的樣子，著實令人欽敬他的修養到家。

【義近】從容不迫／鎮定自如／指揮若定／胸有成竹。

【義反】驚慌失措／手足無措／手忙腳亂／惶恐不安。

不愧不怍

【釋義】意謂不感到慚愧。怍：與「愧」同義，慚愧。

【出處】孟子・盡心上：「父母俱存，兄弟無故，一樂也；仰不愧於天，俯不怍於人，二樂也。」

【用法】指人光明正大，從不做違背良心的事，無論何時何地都問心無愧。

【例句】一個人只要爲人眞誠，光明磊落，不損人利己，自然**不愧不怍**，心安理得。

【義近】問心無愧／行不由徑／不欺暗室／仰不愧天／俯仰無愧／內省不疚／行比伯夷。

【義反】問心有愧／瞞心昧己／愧天作人／無地自容／汗顏無地／羞慚滿面。

不經一事，不長一智

【釋義】不經歷一件事情，就不能增長一點見識。智：智慧，見識。

【出處】釋悟明・聯燈會要一八：「老趙州十八以上便解破家散宅，徒爲戲論，雖然如是，不因一事，不長一智。」曹雪芹・紅樓夢六十回：「俗話說：『不經一事，不長一智。』我如今知道了，你又該來支問著我了。」

【用法】說明智慧隨著閱歷而增加。

【例句】俗話說：「**不經一事，不長一智**」，你只要讓他受受挫折，多磨練磨練，就會成熟起來的。

【義近】不因一事，不長一智／吃一塹長一智／吃得苦中苦，方爲人上人／百煉成鋼／吃一次虧，學一次乖。

【義反】重蹈覆轍／執迷不悟。

不經之談

【釋義】不合道理的談論。不經：不正常，荒唐。

【出處】羊祜・戒子書：「毋傳不經之談，毋聽毀譽之語。」

【用法】指荒誕不經而沒有根據

的話。

【例句】這種說法，眞是**不經之談**，令人難以信服。

【義近】無稽之談／無根之言／無據之事／不根之論。

【義反】不刊之論／不易之論。

不置可否 ㄅㄨˋ ㄓˋ ㄎㄜˇ ㄈㄡˇ

【釋義】不說可以，也不說不可以。置：放，立。否：不可、不好。

【出處】司馬遷・史記・周勃世家：「又不置箸，亞夫心不平。」揚雄・法言・淵騫：「不夷不惠，可否之間。」

【用法】指不明確表示態度，不下決斷。

【例句】對於他爲人處世的態度，我**不置可否**，反正合則來不合則去，說多了也無濟於事。

【義近】含糊其詞／不置褒貶／不加可否／模稜兩可。

【義反】旗幟鮮明／毫不含糊。

不義之財 ㄅㄨˋ ㄧˋ ㄓ ㄘㄞˊ

【釋義】用不正當的手段所獲得的錢財。

【出處】漢・劉向・列女傳・齊田稷母傳：「不義之財，非吾有也，不孝之子，非吾子也。」

【用法】指不仁不義得來的錢財。有時也指自己不應該得到的錢財。

【例句】孩子！媽再苦再累再窮，也不能要你偷來的**不義之財**，我勸你還是趕快退還給人家！

【義近】非份之財。

【義反】勞動所得／祖傳遺業。

不落窠臼 ㄅㄨˋ ㄌㄨㄛˋ ㄎㄜ ㄐㄧㄡˋ

【釋義】不落於舊套。窠臼：舊格式，老套子。

【出處】曹雪芹・紅樓夢七六回：「這凸凹二字，歷來用的人最少，如今直用作軒館之名，更覺新鮮，不落窠臼。」

【用法】比喻有獨創風格，不落俗套。

【例句】這篇小說不僅有內容，且其寫法**不落窠臼**，勇於創新，是難得的好作品。

【義近】不落俗套／自出機杼／另闢蹊徑／別具風格／別出心裁／別有新意。

【義反】老調重彈／如法炮製／依樣畫葫蘆／拾人牙慧。

不虞之譽 ㄅㄨˋ ㄩˊ ㄓ ㄩˋ

【釋義】虞：料想，意料。譽：稱讚，讚揚。

【出處】孟子・離婁上：「孟子曰：『有不虞之譽，有求全之毀。』」

【用法】指意料不到的讚揚。

【例句】我在這學校教了十幾年的書，從未受到任何讚揚，今天校長竟在大會上稱讚我是個盡職盡責的好教師，這**不虞之譽**實令我惶恐。

【義近】不期之譽。

【義反】不虞之毀。

不虞匱乏 ㄅㄨˋ ㄩˊ ㄎㄨㄟˋ ㄈㄚˊ

【釋義】虞：憂慮。匱乏：指欠缺。不憂慮所需物品缺乏。

【用法】用以形容不必擔心缺乏物資使用。

【例句】執政者治國，最首要的事是要使人民**不虞匱乏**，衣食無憂，才能再談到其他。

【義近】不虞缺乏。

【義反】供不應求。

不違農時 ㄅㄨˋ ㄨㄟˊ ㄋㄨㄥˊ ㄕˊ

【釋義】不耽誤農業耕作的季節。違：違背。

【出處】孟子・梁惠王上：「不違農時，穀不可勝食也。」

【用法】表示重視農業生產，關心農民疾苦。

【例句】爲政之道，首重**不違農時**，因爲這是經濟的大本。

【義近】依時耕耘／春耕夏耘／秋收冬藏。

【義反】當播不播／旱澇不顧。

不過爾爾 ㄅㄨˋ ㄍㄨㄛˋ ㄦˇ ㄦˇ

【釋義】不過這樣罷了。不過：僅僅。爾爾：同「爾耳」，如此，這樣。

【出處】宋史・沈遼傳：「玩其林泉，喜曰：『使我自擇，不過爾耳！』即築室於齊山之上，名曰雲巢。」

【用法】用來說明人和事並沒有什麼了不得，不過如此而已。

【例句】你所介紹的幾部小說，我都認眞閱讀過了。恕我直言，我覺得也**不過爾爾**，哪裏有你說的那麼優美生動。

【義近】不過如此／無奇特處／無驚人處／平淡無奇／不足爲奇／屢見不鮮／習以爲常／司空見慣。

【義反】優美出眾／奇特無比／擊節讚賞／不同凡響／異乎尋常／無一不奇。

不厭其煩 ㄅㄨˋ ㄧㄢˋ ㄑㄧˊ ㄈㄢˊ

【釋義】不嫌麻煩。厭：嫌。

【用法】表示待人處事認眞、有耐心。

【例句】陳老師是位負責盡職的老師，對於學生的各種問題，她都能**不厭其煩**地一一回答，所以很受學生喜愛。

【義近】不厭其詳。

【義反】不勝其煩／敷衍了事。

不厭其詳 ㄅㄨˋ ㄧㄢˋ ㄑㄧˊ ㄒㄧㄤˊ

【釋義】不嫌詳細。厭：討厭，嫌惡。

【出處】茹志鵑・在果樹園裏：「我那時確實從心底裏關心這個孤苦的小女孩，就不厭其詳的問黎鳳關於小英的事。」

【用法】指對某些人和事，說或寫得很詳細。

【例句】李大媽十分關心她在美國的兒子，知道我剛從美國回來，便不停的問她兒子的近況，我只好**不厭其詳**地一一回答。

【義近】不厭其煩。

【義反】敷衍了事。

不管三七二十一 ㄅㄨˋ ㄍㄨㄢˇ ㄙㄢ ㄑㄧ ㄦˋ ㄕˊ ㄧ

【釋義】意謂不管黑白、是非，什麼都不顧。

【出處】平山堂話本・藍橋記：「不管三七二十一，我一頓拳頭打得你滿地爬。」

【用法】用以形容不顧一切。

【例句】我當時實在餓昏了，所以一見到飯菜，就**不管三七二十一**，狼吞虎嚥地吃了起來。

【義近】不分是非／不論短長／不管黑白／不分青紅皂白／不論高低／不顧成敗。

【義反】思前想後／瞻前顧後／顧此慮彼／辨別曲直／衡量輕重。

不聞不問 ㄅㄨˋ ㄨㄣˊ ㄅㄨˋ ㄨㄣˋ

【釋義】不聽人家說的，也不主動去問。聞：聽。

【出處】曹雪芹・紅樓夢四回：「這李紈雖青春喪偶……竟如槁木死灰一般，一概不聞不問。」

【用法】形容對事情漠不關心。

【例句】他是個自私冷漠的人，對周遭的人事物永遠是一副**不聞不問**的態度，很難讓人喜歡他。

【義近】置若罔聞／充耳不聞／漠不關心／作壁上觀／冷眼旁觀。

【義反】噓寒問暖／關懷備至／體貼入微／細心呵護。

不遠千里 ㄅㄨˋ ㄩㄢˇ ㄑㄧㄢ ㄌㄧˇ

【釋義】不以千里爲遠。遠：在此用作意動詞。

【出處】孟子・梁惠王上：「叟，不遠千里而來，亦將有以利吾國乎？」

【用法】形容不怕路途遙遠。

【例句】爲了這場音樂會，我們**不遠千里**趕來，演出者也該爲我們的誠心所感動吧！

不憂不懼 ㄅㄨˋ ㄧㄡ ㄅㄨˊ ㄐㄩˋ

【釋義】意謂不憂愁，不恐懼。

【出處】論語・顏淵：「司馬牛問君子。子曰：『君子不憂不懼。』曰：『不憂不懼，斯謂之君子矣乎？』子曰：『內省不疚，夫何憂何懼？』」

【用法】形容人心地、行事光明，無愧於心。

【例句】君子**不憂不懼**，因爲他行事光明磊落，俯仰無愧。

【義近】不愧不怍／不愧屋漏／不欺暗室／衾影無慚／俯仰無愧／內省不疚。

【義反】偷雞摸狗／鼠竊狗偷。

不稼不穡 ㄅㄨˊ ㄐㄧㄚˋ ㄅㄨˊ ㄙㄜˋ

【釋義】稼：種植莊稼。穡：收穫莊稼。

【出處】詩經・魏風・伐檀：「不稼不穡，胡取禾三百廛兮？不狩不獵，胡瞻爾庭有縣貆兮？」

【用法】指不從事農業生產，也泛指不參加勞動。

【例句】大陸在文化大革命期間，廣大知識分子被視爲**不稼不穡**的廢物，而遭紅衛兵任意踐踏。

【義近】不狩不獵／飽食終日／飯來張口，茶來伸手／不勞而獲／坐享其成。

【義反】精耕細作／起早貪黑／日出而作，日入而息／勞苦奔波／揮汗成雨。

不蔓不枝 ㄅㄨˊ ㄇㄢˋ ㄅㄨˋ ㄓ

【釋義】指蓮梗光直而無分枝。蔓、枝：植物向外延伸的枝莖。

【出處】周敦頤・愛蓮說：「中通外直，不蔓不枝。」

【用法】主要用以比喻說話或寫文章簡潔而不拖泥帶水。

【例句】初學寫作的人，特別要注意緊扣中心主旨，**不蔓不枝**，盡可能把文章寫得簡潔一些。

【義近】簡明扼要／言簡意賅／簡潔精要。

【義反】長篇大論／繁蕪之累／節外生枝。

不學無術 ㄅㄨˋ ㄒㄩㄝˊ ㄨˊ ㄕㄨˋ

【釋義】沒有學問，沒有本領。術：本指道術，今指技術、技藝。

【出處】漢書・霍光傳贊：「然光不學亡術，闇於大理。」亡，通「無」。

【用法】用以泛稱人沒有學問、才能、修養。

【例句】有些**不學無術**的人，工作不好好做，卻愛在街頭遊行鬧事，眞令人擔憂。

【義近】不學無知／胸無點墨／不識之無／不識蕇蓳。

【義反】學富五車／眞才實學／滿腹經綸／博今通古／博學多才。

不擇手段 ㄅㄨˋ ㄗㄜˊ ㄕㄡˇ ㄉㄨㄢˋ

【釋義】不擇：不選擇，不挑選。手段：爲達到目的而採取的方法。

【出處】梁啓超・袁世凱之解剖：「爲目的而不擇手段，雖目的甚正，猶且不可。」

【用法】形容爲人很卑鄙，只要能達到目的，什麼手段都使得出來。

【例句】那個人是個小人，向來不講交情，爲達到自己的目的而**不擇手段**，你怎麼能和他交朋友呢？

【義近】無所不用其極／不顧一切。

【義反】瞻前顧後／舉棋不定／猶豫不決。

不謀而合 ㄅㄨˋ ㄇㄡˊ ㄦˊ ㄏㄜˊ

【釋義】謀：商量。合：相同，相符。

【出處】蘇軾・居士集敍：「士無賢不肖，不謀而同曰：『歐陽子，今之韓愈也。』」

【用法】形容事前沒有商量，彼此意見或行動竟相同。

【例句】對於當代文學藝術的看法，大家可說是**不謀而合**，所以會議進行得很順利。

【義近】不謀而同／不約而同／英雄所見略同。

【義反】齟齬不合。

不辨菽麥 ㄅㄨˊ ㄅㄧㄢˋ ㄕㄨˊ ㄇㄞˋ

【釋義】分不清哪是豆子，哪是麥子。菽：豆類。

【出處】左傳・成公一八年：「周子有兄而無慧，不能辨菽麥，故不可立。」

【用法】形容愚昧無知，連起碼的事物也分辨不清。

【例句】虧他受過高等教育，卻如此**不辨菽麥**，是非不分，眞不知書讀到哪兒去了。

【義近】五穀不分／不辨黑白／不辨甘苦／昏瞶愚魯。

【義反】絕頂聰明／知識淵博。

不遺餘力 ㄅㄨˋ ㄧˊ ㄩˊ ㄌㄧˋ

【釋義】把所有的力量都用出來。遺：留。餘力：剩下的力量。

【出處】戰國策・趙策三：「秦之攻我也，不遺餘力矣。」

【用法】形容竭盡全力，無一點保留。

【例句】你交代的事，我會**不遺餘力**地完成它，請放心吧！

【義近】盡心竭力／竭盡全力／全力以赴／鞠躬盡瘁。
【義反】好逸惡勞／敷衍塞責／敷衍了事。

不尷不尬（ㄅㄨˋ ㄍㄢ ㄅㄨˋ ㄍㄚˋ）

【釋義】意即尷尬，指處境困窘，不好處理。
【出處】明・徐復祚・紅梨記・憶主：「撇得我一身不尷不尬，那達子也狠得緊，把皇帝太子宮妃采女盡興擄去了。」
【用法】形容人處境窘迫，左右為難，感到很難處理。
【例句】這樁不幸的婚姻，弄得我**不尷不尬**，要離婚又有了兒女，如果不離又不願和這母老虎再生活下去。
【義近】羝羊觸藩／進退維谷／騎虎難下／進退失據／跋前躓後／左右兩難。
【義反】悠遊自如／可進可退／如魚得水／悠哉游哉／左右逢源／進退有據。

不翼而飛（ㄅㄨˋ ㄧˋ ㄦˊ ㄈㄟ）

【釋義】沒有翅膀卻能飛行。翼：翅膀。不翼：一作「無翼」、「毋翼」。
【出處】管子・戒：「無翼而飛者，聲也。」戰國策・秦策三：「眾口所移，毋翼而飛。」
【用法】比喻自然傳播或形容東西無故丟失。
【例句】眞是奇怪，我那十幾萬債券放在家裏，竟**不翼而飛**了。
【義近】無脛而行／不脛而走／下落不明。

不聲不響（ㄅㄨˋ ㄕㄥ ㄅㄨˋ ㄒㄧㄤˇ）

【釋義】意謂不發出一點聲音，不吭氣。
【用法】用以說明不說話，不驚動人，不表示態度。
【例句】下班回家後，他就這樣**不聲不響**地吃飯、看電視，想必是在公司受了委屈。
【義近】一聲不響／毫無聲響／不動聲色。
【義反】大聲疾呼／滔滔不絕／喋喋不休／叨叨絮絮。

不癡不聾（ㄅㄨˋ ㄔ ㄅㄨˋ ㄌㄨㄥˊ）

【釋義】意謂雖然不癡也不聾，卻要裝癡裝聾。
【出處】隋書・長孫平傳：「鄙諺曰：『不癡不聾，未堪作大家翁。』此言雖小，可以喻大。」
【用法】指人對某些小事要睜一隻眼閉一隻眼，故意裝癡裝聾，採取不聞不問的態度。
【例句】我們要想成就一番大事業，對周圍一些無關緊要的小事就要採取**不癡不聾**的態度，全力往目標前進。
【義近】不喑不聾／裝聾作啞／睜隻眼閉隻眼／裝瘋賣傻。
【義反】又喑又聾／眞癡實聾／心知肚明。

不藥而癒（ㄅㄨˋ ㄧㄠˋ ㄦˊ ㄩˋ）

【釋義】不吃藥病也會好。癒：病好，痊癒。
【出處】夏敬渠・野叟曝言三七回：「老伯不必多慮，世妹之病，大約可以不藥而癒。」
【用法】指病情輕，用不著吃藥，自己會好的。
【例句】這兩天著了涼，感到有些不舒服，但睡了一覺後已經**不藥而癒**了。
【義近】毋庸醫治／早占勿藥／頭疼腦熱／霜露之病／癬疥之恙。
【義反】奄奄一息／病入膏肓／不治之症／無可救藥／命在旦夕／羣醫束手。

不識大體（ㄅㄨˋ ㄕˋ ㄉㄚˋ ㄊㄧˇ）

【釋義】不識：不懂得。大體：大局或重要的道理。
【出處】沈約・宋書・武三王傳：「嘗獻世祖酒，先自酌飲，封送所餘，其不識大體如此。」
【用法】說明不懂得從大處考慮，顧及全局。
【例句】請放心，我一定能克制自己，決不會**不識大體**，做出令您失望的事。
【義近】不明大體／不知輕重。
【義反】顧全大局／大處著眼／通盤考慮。

不識之無（ㄅㄨˋ ㄕˋ ㄓ ㄨˊ）

【釋義】不認識「之」、「無」二字。此二字為古代最簡單的字，「無」俗作「无」。
【出處】唐書・白居易傳：「其始生七月能展書，拇指之無兩字，雖試百數次不差。」
【用法】形容不認識字，也用以譏諷學識低下的人。
【例句】他根本就**不識之無**，卻在這裏班門弄斧，大談如何做學問，眞是關公面前耍大刀，猴戲一場。
【義近】目不識丁／不識一丁。
【義反】學問淵博／學問深廣／滿腹經綸／腹笥便便。

不識抬舉（ㄅㄨˋ ㄕˋ ㄊㄞˊ ㄐㄩˇ）

【釋義】識：懂得，理解。抬舉：稱讚，重用。
【出處】吳承恩・西遊記六四回：「這和尚好不識抬舉，我這姐姐，哪些兒不好？」
【用法】不接受或不珍惜別人對自己的好意。多用於對拒絕者的指責。
【例句】你不要**不識抬舉**，這個職位不知有多少人想得到，而你卻一口回絕。
【義近】不識好歹／不知好惡。
【義反】通曉人情／知情識趣／知高識低。

不識時務（ㄅㄨˋ ㄕˋ ㄕˊ ㄨˋ）

【釋義】不認識時勢。時務：當前重大的事情或形勢。
【出處】後漢書・張霸傳：「當朝貴盛，聞霸名行，欲與為交，霸逡巡不答，眾人笑其不識時務。」
【用法】指沒認清當前的形勢和時代的潮流，有時也指不知趣。
【例句】在那種悲傷的場合，你竟然提出分財產的要求，也未免太**不識時務**了。
【義近】不識時變／了不知趣／不知進退／不知好歹。
【義反】識時達務／識時務者為俊傑／知情識趣。

不識廬山眞面目（ㄅㄨˋ ㄕˋ ㄌㄨˊ ㄕㄢ ㄓㄣ ㄇㄧㄢˋ ㄇㄨˋ）

【釋義】廬山：江西省九江市南，為一著名避暑勝地。不知道廬山整座山的面貌為何。
【出處】蘇軾・題西林寺壁：「橫看成嶺側成峰，遠近高低總不同；不識廬山眞面目，只緣身在此山中。」

【用法】比喻不知道或看不清事物的眞相。

【例句】廬山多霧，故遊客雖多，卻人人皆嘆**不識廬山眞面目**，因爲每次來看它時，它總是呈現不同的景緻。

【義近】霧裏看花／不明就裏。

【義反】歷歷可見／歷歷在目／一目了然。

不關痛癢（ㄅㄨˋ ㄍㄨㄢ ㄊㄨㄥˋ ㄧㄤˇ）

【釋義】痛癢：比喻疾苦、要緊的事情、利害等。

【出處】曹雪芹・紅樓夢八回：「這裏雖還有兩三個老婆子，都是不關痛癢的，見李媽走了，也都悄悄的自尋方便去了。」

【用法】比喻與自己沒有什麼關係，或沒有什麼利害衝突。

【例句】許先生是出了名的不負責任，不管你扣他多少薪水，他一定都覺得**不關痛癢**。

【義近】無關利害／生死莫顧／事不關己／毫不相關／了不相涉／漠不相關。

【義反】利害攸關／休戚相關／同甘共苦／息息相關／脣齒相依／禍福與共。

不露圭角（ㄅㄨˋ ㄌㄨˋ ㄍㄨㄟ ㄐㄧㄠˇ）

【釋義】露：顯露，外露。圭角：圭的稜角，比喻鋒芒。圭，一種上圓（或尖）下方的玉器。

【出處】朱子語類卷二九：「如寧武子，雖冒昧向前，不露圭角。」

【用法】形容人不顯露自己的鋒芒或不外露自己的才幹、技能等。

【例句】人家章教授那麼有學問，卻謙恭自讓，**不露圭角**，哪像你這半瓶水，一有機會就晃蕩晃蕩的。

【義近】不露鋒芒／深藏不露／不飛不鳴。

【義反】鋒芒畢露／嶄露頭角／小試鋒芒／大顯身手。

不露神色（ㄅㄨˋ ㄌㄨˋ ㄕㄣˊ ㄙㄜˋ）

【釋義】露：顯露，流露。神色：神情，臉色。

【出處】老舍・老張的哲學一六：「南飛生不露神色，只是兩手微顫，龍樹古坦然的和別的會員說閒話……。」

【用法】形容人遇事非常鎮靜、沉著，不輕易流露出感情。

【例句】眼看這盤棋就要輸了，他仍**不露神色**地考慮著，好像勝券在握一般。

【義近】神色自如／深藏不露／不動聲色／面不改色／從容不迫／鎮定自如。

【義反】神色畢露／神色慌張／喜形於色／手足無措／手忙腳亂／驚慌失措。

不顧死活（ㄅㄨˋ ㄍㄨˋ ㄙˇ ㄏㄨㄛˊ）

【釋義】意謂是死是活都不考慮了。不顧：不考慮。

【出處】吳承恩・西遊記六三回：「這呆子不顧死活，闖上宮殿，一路鈀，築破門扇，打破桌椅……盡皆打碎。」

【用法】形容人拚起命來，連是死是活都拋開不理會了。

【例句】你病才剛好，千萬要愛惜身體，再也不能像從前那樣地**不顧死活**的賺錢了。

【義近】捨生忘死／置生死於度外／奮不顧身／挺身而出。

【義反】貪生怕死／惜身愛命／畏縮不前／臨陣脫逃。

不歡而散（ㄅㄨˋ ㄏㄨㄢ ㄦˊ ㄙㄢˋ）

【釋義】歡：愉快。散：分開。

【出處】馮夢龍・醒世恆言載：黃秀才徼靈玉馬墜：「眾客咸不歡而散。」

【用法】很不愉快地分手。

【例句】討論了半天，大家都各執己見，互不相讓，最後只好**不歡而散**。

【義近】忿然離去／絕裾而去。

【義反】依依不捨／戀戀不捨／一步三回顧／盡歡而散。

不羈之材（ㄅㄨˋ ㄐㄧ ㄓ ㄘㄞˊ）

【釋義】不羈：豪放，不甘受約束。材：人才。

【出處】司馬遷・報任少卿書：「僕少負不羈之材，長無鄉曲之譽。」

【用法】形容有非凡的才氣，而不受羈繫的人才。

【例句】李白是位曠世的**不羈之材**，其詩常飄灑奔放，其人更是輕財重施，擊劍任俠。

【義近】不羈之士／逸材之人。

【義反】碌碌士子／平庸之輩／凡夫俗子。

四　畫

世上無難事，只怕有心人（ㄕˋ ㄕㄤˋ ㄨˊ ㄋㄢˊ ㄕˋ ㄓˇ ㄆㄚˋ ㄧㄡˇ ㄒㄧㄣ ㄖㄣˊ）

【釋義】一作「世間無難事，只怕有心人」。有心人：有某種志願，能下決心，肯動腦筋的人。

【出處】馬佶人・荷花蕩傳奇：「正是世間無難事，只怕有心人。」吳承恩・西遊記二回：「世上無難事，只怕有心人。」

【用法】說明只要肯下定決心去做，世界上沒有不可克服的困難。

【例句】俗話說：「**世上無難事，只怕有心人**。」任何事情只要下定決心，沒有不成功的道理。

【義近】天下無難事，只怕有心人／愚公移山／精衛填海／有志者事竟成。

世代書香（ㄕˋ ㄉㄞˋ ㄕㄨ ㄒㄧㄤ）

【釋義】書香：古人以芸香草藏書避蠹，後用「書香」美稱讀書風氣或指讀書的家風。

【出處】曹雪芹・紅樓夢五七回：「林家雖貧到沒飯吃，也是世代書香人家，斷不肯將他家的人丟給親戚，落的恥笑。」

【用法】指世世代代都是讀書的人家。

【例句】這位小姐出身於**世代書香**之家，知書達禮，且容貌出眾，與令公子相配，可說是天生一對。

【義近】書香人家／書香門第／文人之家／家學淵源／祖傳家學／翰墨世家。

【義反】世代務農／農家子弟／班門子弟／商販家門／自學成材。

世外桃源

【釋義】與世隔絕的理想境界或幻想中的美好世界。
【出處】陶淵明・桃花源記：「自云：『先世避秦時亂，率妻子邑人來此絕境，不復出焉，遂與外人間隔。問今是何世？乃不知有漢，無論魏晉。』」後把虛構的逃避現實的境界稱爲世外桃源。
【用法】比喻生活安定，沒有戰禍的地方；也比喻環境幽靜、生活舒適之地。
【例句】這地方風景優美、環境幽靜，民風古樸，眞可算是**世外桃源**了。
【義近】烏托邦／安樂之鄉／君子之國／人間仙境／洞天福地。
【義反】人間地獄。

世風澆薄

【釋義】澆薄：輕浮冷淡。
【出處】後漢書・朱穆傳：「常感時澆薄，慕尚敦厚，乃作崇厚論。」
【用法】形容社會風氣衰微，人心輕薄冷淡。
【例句】在**世風澆薄**的社會中，能見到不計酬勞，服務他人的志工辛勤工作，眞令人感動。
【義近】世風日下／世衰道微／人情澆薄／人心不古／世態炎涼。
【義反】疾風勁草／松柏後凋／時窮節現／雞鳴風雨／板蕩識忠貞。

世路崎嶇

【釋義】崎嶇：不平的樣子。
【用法】形容生存於社會或人世間的不容易。
【例句】雖說**世路崎嶇**，走來不易，可是只要我們堅持毅力，努力奮鬥，終能爲自己開創一個平坦的康莊大道。
【義近】命途多舛／命運多蹇。
【義反】康莊大道／一帆風順／平步青雲。

世態人情

【釋義】世態：指社會上人對人的態度。人情：此指人與人之間的來往應酬禮節等。
【出處】元・關漢卿・四塊玉・閒適曲：「南畝耕，東山臥，世態人情經歷多。」
【用法】指社會的風俗習尚，以及爲人處世之道。
【例句】你光要兒子讀書是不夠的，還要他多參加一些社會活動，多了解**世態人情**！
【義近】世道人情／人情世故／爲人處事。

世態炎涼

【釋義】世態：社會上人們的態度。炎涼：熱和冷，喻態度的親熱和冷淡。
【出處】元・無名氏・凍蘇秦四折：「也索把世態炎涼心中暗忖。」
【用法】形容得勢時人們就巴結，失勢時人們就冷淡。
【例句】昔日他官高勢大，門庭若市，但一退休，便門可羅雀，**世態炎涼**由此可見。
【義近】世情冷暖／世態人情／世風澆薄／人情冷暖。
【義反】患難與共／風俗敦厚。

世變日亟

【釋義】亟：急迫。世界的變化，一天比一天快速。
【用法】喻世事變化快速無常。
【例句】在這**世變日亟**的科技社會中生存，跟不上時代的腳步是會被淘汰的。

五　畫

丟人現眼

【釋義】丟人：丟臉。現眼：出醜，丟臉。
【用法】此爲俗語，指在人面前的言行有失體統，令人笑話或看不起。
【例句】你倆在那麼多人面前擁抱親嘴，惹得大家像看猴戲似的，眞是太**丟人現眼**了。
【義近】出乖露醜／出盡洋相／說嘴打嘴／下不了臺。
【義反】謹言愼行／謙謙君子／彬彬有禮／落落大方／溫文爾雅。

丟三忘四

【釋義】丟了這，忘了那。三、四：在此泛指物件。也作「丟三落四」。
【出處】曹雪芹・紅樓夢七二回：「我如今竟糊塗了，丟三忘四，惹人抱怨，竟大不像先了。」
【用法】比喻健忘。
【例句】歲月不饒人，無論你有多強的記憶力，一上了年紀，就不免**丟三忘四**，錯二落三的。
【義反】過目不忘／見面不忘。

丟盔卸甲

【釋義】盔、甲：古代打仗時將士穿戴的護頭帽和護身衣。卸：解除。
【出處】孔文卿・東窗事犯一折：「諕得禁軍八百萬丟盔卸甲。」
【用法】形容吃了敗仗狼狽逃跑的情形。
【例句】在我義勇軍的猛烈攻擊之下，日軍**丟盔卸甲**，狼狽潰逃。
【義近】落花流水／一敗塗地／抱頭鼠竄／棄甲曳兵。
【義反】旗開得勝／凱旋而歸／大獲全勝／得勝回朝。

七　畫

並日而食

【釋義】兩天吃一天的糧。並日：把兩天合在一起。
【出處】禮記・儒行：「儒有一畝之宮，環堵之室，篳門圭窬，蓬戶甕牖，易衣而出，幷日而食。」幷，通「並」。
【用法】比喻生活很貧困，無法吃飽。或形容公務繁忙，無暇飲食。
【例句】①在大饑荒的年代，人們竟日工作，**並日而食**者比比皆是。②愛國愛民的政治家，每每枵腹從公，**並日而食**，全心全力爲民謀福祉。
【義近】饔飧不繼／寅吃卯糧／啜菽飲水／宵衣旰食／枵腹從公／廢寢忘食／一心爲公／公而忘私。
【義反】日食萬錢／飽食暖衣／寬裕自如／游手好閒／飽食終日／養尊處優。

並世無雙（ㄅㄧㄥˋ ㄕˋ ㄨˊ ㄕㄨㄤ）

【釋義】並世：同一個時代。在同一時代中沒有第二個。
【出處】列子・力命：「北宮子謂西門子曰：『朕與子並世也，而人子達。』」
【用法】形容一個人非常傑出，天下第一或少有過之。
【例句】曹植七步成詩之才**並世無雙**，可惜他的仕途並不順遂，抑鬱以終。
【義近】絕無僅有／天下無雙／獨一無二／首屈一指／無出其右。
【義反】恆河沙數／不勝枚舉／不計其數／多如牛毛／比比皆是。

並行不悖（ㄅㄧㄥˋ ㄒㄧㄥˊ ㄅㄨˋ ㄅㄟˋ）

【釋義】悖：違背，相牴觸。
【出處】禮記・中庸：「萬物並育而不相害，道並行而不相悖。」
【用法】形容兩件事同時進行，互不相礙。
【例句】發展火力發電和水力發電是**並行不悖**的事，何必厚此薄彼呢！
【義近】並容不悖／並育不害／並行不背。
【義反】背道而馳／勢不兩立。

並駕齊驅（ㄅㄧㄥˋ ㄐㄧㄚˋ ㄑㄧˊ ㄑㄩ）

【釋義】兩馬或幾匹馬共駕一車，齊頭並進。驅：快跑。
【出處】劉勰・文心雕龍・附會：「是以駟牡異力，而六轡如琴；並駕齊驅，而一轂統輻。」
【用法】比喻齊頭並進，不分先後，不相上下。
【例句】他倆才華相當，年齡相仿，可說是**並駕齊驅**，難分高低。
【義近】勢均力敵／不相上下／旗鼓相當。
【義反】南轅北轍／大相逕庭／天淵之別／天差地遠／雲泥殊途。

並頭蓮（ㄅㄧㄥˋ ㄊㄡˊ ㄌㄧㄢˊ）

【釋義】一根荷莖上長兩朵荷花。亦稱並蒂蓮。
【出處】杜甫・進艇：「俱飛蛺蝶元相逐，並蒂芙蓉本自雙。」王實甫・西廂記四本三折：「你與俺崔相國做女婿，妻榮夫貴，但得一個並頭蓮，強似狀元及第。」
【用法】常用爲男女好合、相親相愛的象徵。
【例句】這對夫妻有如**並頭蓮**，同進同出，形影不離，眞令人羨慕。
【義近】並蒂芙蓉／鴛鴦雙棲／連理枝／花開並蒂。
【義反】形單影隻／鰥夫寡婦／曠夫怨女。

丨部

三畫

中人之姿（ㄓㄨㄥ ㄖㄣˊ ㄓ ㄗ）

【釋義】中人：平常人。姿：姿色。
【用法】形容女子的相貌普通，不是極美，但也不算醜。
【例句】由於她的氣質脫俗，故雖**中人之姿**，亦不乏追求者。
【義反】天生尤物／人面桃花／天生麗質／沉魚落雁／傾國傾城／閉月羞花。

中人以上（ㄓㄨㄥ ㄖㄣˊ ㄧˇ ㄕㄤˋ）

【釋義】在平常人之上。
【出處】論語・雍也：「中人以上，可以語上也。」
【用法】形容人的能力或資質較常人略高。
【例句】雖說你的智商是在**中人以上**，但若不好好努力，也無法將自己的能力發揮到極致。
【義近】高人一等。
【義反】吳下阿蒙／酒囊飯袋／凡夫俗子。

中立不倚（ㄓㄨㄥ ㄌㄧˋ ㄅㄨˋ ㄧˇ）

【釋義】中正獨立而不偏向一方。倚：偏頗，偏。
【出處】禮記・中庸：「中立而不倚，強哉矯。」疏：「中正獨立，而不偏倚。」
【用法】形容在對立的雙方之間，不偏袒任何一方。
【例句】人常常會被私欲所蒙蔽，故要做到**中立不倚**實非易事。
【義近】不偏不倚／秉心公正／不偏不黨／無偏無頗。
【義反】秉心不正／黨同伐異。

中西合璧（ㄓㄨㄥ ㄒㄧ ㄏㄜˊ ㄅㄧˋ）

【釋義】中西：泛指中國和外國。合璧：把兩個半圓的玉合成一個圓形。璧：古玉器。
【出處】李寶嘉・官場現形記五二回：「咱們今天是中西合璧，……這邊底下是主位；密司忒薩坐在右首，他同這劉先生坐在左首。」
【用法】比喻某事物兼有中國的特點和外國特點，或比喻某處既有中國的事物，也有外國的事物。
【例句】①這座宮殿式的建築吸取了中國古代和歐洲古代的風格，眞可算是**中西合璧**。②那個大商場的貨物，有來自歐美的，也有大陸出產的，而台灣自產的更多，是個**中西合璧**的商場。

【義近】中外合一／土洋結合。

中流砥柱 ㄓㄨㄥ ㄌㄧㄡˊ ㄉㄧˇ ㄓㄨˋ

【釋義】中流：流水之中。砥柱：山名，在今河南三門峽黃河中，因屹立於急流中，形似柱，故名。一作「中流底柱」。

【出處】晏子春秋・內篇諫下：「吾黨從君濟河，黿銜左驂，以入砥柱之中流。」朱熹・與陳侍郎書：「而二公在朝，天下望之，屹立若中流底柱，有所恃而不恐。」

【用法】比喻能頂住危局的堅強力量，以及能擔當大任的重要人物。

【例句】青年是國家的**中流砥柱**，每一位青年都有責任背負復興民族的大業。

【義近】一柱擎天／頂梁大柱／棟梁之材。

【義反】隨波逐流／水上浮萍。

中流擊楫 ㄓㄨㄥ ㄌㄧㄡˊ ㄐㄧˊ ㄐㄧˊ

【釋義】中流：流水之中。擊楫：敲打船槳。楫：船槳。

【出處】晉書・祖逖傳：「帝以逖為奮威將軍、豫州刺史，……渡江，中流擊楫而誓曰：『祖逖不能清中原而復濟者，有如大江。』」

【用法】比喻決心收復失地的壯烈氣概。

【例句】抗戰時期，政府遷至陪都重慶時，軍政人員無不**中流擊楫**，矢志收復失地，重回南京。

【義近】擊案而誓／擊楫渡江。

【義反】擊甕以和／苟安一隅。

中原板蕩 ㄓㄨㄥ ㄩㄢˊ ㄅㄢˇ ㄉㄤˋ

【釋義】中原：指黃河中下游地區，常用來泛指天下（全國）。板、蕩：詩經・大雅二篇名，內容寫周厲王昏淫無道。

【出處】宋・岳飛・五嶽祠盟題記：「自中原板蕩，夷狄交侵。」

【用法】比喻中國國內的時局動亂不安。

【例句】抗戰時期，**中原板蕩**，愛國青年無不以滿腔熱忱，奔赴前線，與敵人浴血奮戰。

【義近】四海動蕩／分崩離析／四分五裂／瓜剖豆分／山河破碎／中州阢隉／烽火連天／兵馬倥傯／干戈不息。

【義反】天下太平／國泰民安／一統天下／金甌無缺／江山多嬌／太平盛世／路不拾遺／安居樂業。

中庸之道 ㄓㄨㄥ ㄩㄥ ㄓ ㄉㄠˋ

【釋義】儒家的最高道德標準。不偏叫中，不變曰庸。

【出處】論語・雍也：「中庸之為德也，其至矣乎。」歸有光・亡友方思曾墓表：「是以不克安居徐行，以遽入於中庸之道。」

【用法】指無過之也無不及、不偏不倚的折衷態度與處世原則。

【例句】為人處事還是**中庸之道**好，既不要操之過急，也不要拖拖沓沓。

【義近】不偏不倚／執兩用中／允執厥中。

中道而廢 ㄓㄨㄥ ㄉㄠˋ ㄦˊ ㄈㄟˋ

【釋義】中道：中途，半途。

【出處】論語・雍也：「冉求曰：『非不說（悅）子之道，力不足也。』子曰：『力不足者，中道而廢。今女畫。』」

【用法】形容人沒有恆心，做事不能貫徹始終，中途停了下來。

【例句】一個成功的人，做事絕不會**中道而廢**，必定會堅持到最後一秒，因為他深知如果放棄了，一切努力將付諸流水。

【義近】半途而廢／中道而止／有始無終／有頭無尾／虎頭蛇尾／一暴十寒／淺嘗輒止／掘井九仞。

【義反】有始有終／有頭有尾／自始至終／善始善終／貫徹始終／鍥而不舍。

中飽私囊 ㄓㄨㄥ ㄅㄠˇ ㄙ ㄋㄤˊ

【釋義】中飽：經手錢財時，從中貪污。私囊：私人口袋。

【出處】韓非子・外儲右下：「薄疑謂趙簡主曰：『君之國中飽。』……『府庫空虛於上，百姓貧餓於下，然而姦吏富矣。』」

【用法】指人經手錢財時，以欺騙手段從中取利自肥。

【例句】如果官員都喜歡**中飽私囊**，不懂得為人民謀福利，這樣的國家怎麼會進步呢？

【義近】貪贓枉法／貪污自肥／損公利己／貪墨不法／受賕枉法／貪贓敗度。

【義反】分文不苟／廉潔奉公／涓滴歸公／一介不取／清廉自守／洗手奉職。

中饋乏人 ㄓㄨㄥ ㄎㄨㄟˋ ㄈㄚˊ ㄖㄣˊ

【釋義】中饋：指婦女在家主管飲食等事，後引申為妻子。

【出處】金瓶梅詞話一七回：「不瞞娘子說，小人內為失助，中饋乏人，鰥居已久，子息全無。」

【用法】指男子尚未娶妻或妻子去世，無人主持家務。

【例句】說來慚愧，年屆不惑，至今**中饋乏人**，實在愧對父母。

【義近】中饋猶虛。

【義反】使君有婦／家有賢妻。

中饋猶虛 ㄓㄨㄥ ㄎㄨㄟˋ ㄧㄡˊ ㄒㄩ

【釋義】家中還沒有負責廚事的婦人。

【出處】易經・家人・疏：「婦人之道，……其所職主在於家中饋食供祭而已。」

【用法】用以自稱尚未娶妻。

【例句】他年屆四十，雖事業有成，而**中饋猶虛**，實是美中不足。

【義近】中饋乏人／中饋失助。

【義反】興家立業／家有妻小／使君有婦。

六畫

串通一氣 ㄔㄨㄢˋ ㄊㄨㄥ ㄧ ㄑㄧˋ

【釋義】串通：暗中勾結，相互聯繫。一氣：意謂一鼻孔出氣。

【出處】李寶嘉・文明小史四二回：「只因時常聽人家說起，說維新黨同哥老會是串通一氣的。」

【用法】指彼此在暗中勾結起來，在言語行動上互相配合。含貶義。
【例句】他和那夥小偷是**串通一氣**的，你怎麼能相信他？
【義近】狼狽為奸／沆瀣一氣／朋比為奸／狽因狼突／朋黨比周。
【義反】友好合作／相親相助／君子相交／同善相濟／志同道合／同心向善。

丿部

二畫

久仰大名 ㄐㄧㄡˇ ㄧㄤˇ ㄉㄚˋ ㄇㄧㄥˊ

【釋義】仰：仰慕，敬佩。
【出處】桃花扇・題畫：「原來是藍田老，一向久仰。」施耐庵・水滸傳一七回：「久聞大名，無緣不曾拜識。」
【用法】與人初次見面時，所使用的客套話。
【例句】啊！陳先生，**久仰大名**，今日得以一睹盧山真面目，榮幸之至。
【義近】久聞大名／如雷貫耳。

久而久之 ㄐㄧㄡˇ ㄦˊ ㄐㄧㄡˇ ㄓ

【釋義】久：長久。之：為語助詞。
【出處】吳沃堯・二十年目睹之怪現狀一回：「久而久之，凡在上海來往的人，開口便講應酬，閉口也講應酬。」
【用法】用以指過了相當長的時間之後。
【例句】看電視不保持適當的距離，**久而久之**將嚴重損害視力。
【義近】曠日持久／長此以往。
【義反】一朝一夕／一時半刻／剎那之間／倏忽之間。

久別重逢 ㄐㄧㄡˇ ㄅㄧㄝˊ ㄔㄨㄥˊ ㄈㄥˊ

【釋義】分別很久，忽然重逢會面。
【出處】曾樸・孽海花三回：「好多年不見了，說了幾句久別重逢的話，招呼大家坐下，書僮送上茶來。」
【用法】指親朋好友長久離別之後又見面，含有幸運、喜悅等心情。
【例句】我與他**久別重逢**，真有說不盡的喜悅。
【義反】彼此參商／天各一方。

久旱逢甘雨 ㄐㄧㄡˇ ㄏㄢˋ ㄈㄥˊ ㄍㄢ ㄩˇ

【釋義】乾旱了很久的土地，突然遇到一場好雨。甘：甜。
【出處】洪邁・容齋四筆：「久旱逢甘雨，他鄉遇故知，洞房花燭夜，金榜題名時。」
【用法】形容盼望已久，終於如願的得意心情。
【例句】他是我少年時的同窗好友，多年不見，不期在此相遇，興奮之情正如俗話說的：「**久旱逢甘雨**，他鄉遇故知。」
【義近】久旱見雲霓／如願以償／天降甘霖。
【義反】事與願違／好夢難圓／屋漏偏逢連夜雨／雪上加霜／天不從人願。

久長之策 ㄐㄧㄡˇ ㄔㄤˊ ㄓ ㄘㄜˋ

【釋義】長遠的策略，久遠的計謀。
【出處】漢書・元帝紀：「是以東垂被虛耗之害，關中有無聊之民，非久長之策也。」
【用法】表示對未來做周密細緻的考慮，而定出一個長遠的計畫。
【例句】你這樣頭痛醫頭，腳痛醫腳，並不能從根本上解決問題，還是要想個**久長之策**才好。
【義近】長久之計／百年大計／治本之方。
【義反】一時之計／治標之策。

久病成良醫 ㄐㄧㄡˇ ㄅㄧㄥˋ ㄔㄥˊ ㄌㄧㄤˊ ㄧ

【釋義】病生久了，就能懂得病理藥性和治療方法，而成為好醫生。
【出處】左傳・定公一三年：「三折肱，知為良醫。」屈原・九章・惜誦：「九折臂而成醫兮，吾至今而知其信然。」
【用法】常用以比喻多次受挫折而認識到事物的某些規律，學會解決問題的某些方法。
【例句】俗話說：「**久病成良醫**」，一個人在經過多次的挫折與失敗後，就會有比較豐富的經驗和解決實際問題的能力。
【義近】吃一塹長一智／失敗為成功之母／實踐出真知／三折肱而成良醫。

久違雅教 ㄐㄧㄡˇ ㄨㄟˊ ㄧㄚˇ ㄐㄧㄠˋ

【釋義】違：隔離，分別。雅教：高雅正直的教言。
【出處】劉長卿・送皇甫曾赴上都詩：「東遊久與故人違。」
【用法】指分別已久，未能領受教言。通常用在書信中的敬語。
【例句】陳老師道：**久違雅教**，思慕良深。
【義近】久違顏範。

久夢初醒 ㄐㄧㄡˇ ㄇㄥˋ ㄔㄨ ㄒㄧㄥˇ

【釋義】做了很久的夢剛剛醒來。初：剛開始。
【出處】李綠園・歧路燈八六回：「王氏久夢初醒之人，極口贊成。」
【用法】比喻從長期不明事理的懵懂狀態中，開始明白過來了。
【例句】我和她交往已三年多了，直到今天才真正認識到她是個什麼樣的女人，真是**久夢初醒**啊！

【義近】恍然大悟／如夢初醒／大夢初醒／如醉方醒／翻然悔悟／大徹大悟。
【義反】執迷不悟／久夢不醒／至死不悟／執而不化／冥頑不靈／不見棺材不掉淚。

三畫

之乎者也

【釋義】四個字都是古漢語的語助詞，比喻某些人常用以賣弄斯文。
【出處】敦煌零拾・歎五更：「之乎者也都不識，如今嗟歎始悲吟。」文瑩・湘山野錄：「太祖笑曰：『之乎者也，助得甚事？』」
【用法】常用以諷刺人喜歡咬文嚼字，說話或寫文章半文不白。
【例句】他這人書沒讀多少，但講起話來總是**之乎者也**，眞是教人啼笑皆非啊！
【義近】詩云子曰／咬文嚼字。

之死靡它

【釋義】至死沒有他心。之：至。靡：沒有。它：別的。
【出處】詩經・鄘風・柏舟：「髧彼兩髦，實維我儀。之死矢（誓）靡它。母也天只，不諒人只。」
【用法】形容愛情專一或志趣專一，至死不變。
【例句】對於自己的理想，只要有一股執著的精神，**之死靡它**，終有達成的一日。
【義近】忠貞不渝／沒齒不二／一心一意／矢志堅貞／心如止水／從一而終。
【義反】始亂終棄／三心二意／朝秦暮楚／心懷異志／水性楊花／見異思遷。

四畫

乍暖還寒

【釋義】天氣剛開始（或忽然）暖和又很快變冷。乍：剛開始；忽然。意與旋同，立即。
【出處】李清照・聲聲慢：「尋尋覓覓，冷冷清清，悽悽慘慘戚戚。乍暖還寒時候，最難將息。」
【用法】形容天氣多變，忽然回暖，一會兒又冷了起來。
【例句】在這**乍暖還寒**的初春季節中，要注意增減衣服，以免著涼。
【義近】乍冷乍熱／乍溫乍涼／冷熱無常／欲雨還晴。
【義反】寒暖有度／不冷不熱／冷熱適時。

乏善可陳

【釋義】缺乏好的事情或好的方面可以陳述。陳：述說，敍說。
【用法】常用於親朋好友的書信中，告知對方沒有什麼好事值得一提。有時也用以表示某事無優點可說。
【例句】①來書收讀，我近來一切如常，**乏善可陳**。②今年的教育檢討會與往年相似，看不出什麼特色，大家都有**乏善可陳**之感。
【義近】無善可述／平淡無奇／一無是處。
【義反】完美無缺／碧玉無瑕。

九畫

乘人之危

【釋義】乘：趁著。危：危險，困難。又作「趁人之危」。
【出處】後漢書・蓋勛傳：「謀事殺良，非忠也；乘人之危，非仁也。」
【用法】指趁人家有危難時去威脅、打擊、損害別人。
【例句】朋友有難，不僅不拔刀相助，反而**乘人之危**，落井下石，這種人眞不配爲人。
【義近】趁火打劫／落井下石／因風縱火。
【義反】拔刀相助／捨命相救／捨己爲人。

乘車戴笠

【釋義】乘車：坐著馬車；比喻富貴。戴笠：頭戴斗笠；比喻貧賤。
【出處】初學記・晉・周處・風土記：「卿雖乘車我戴笠，後日相逢下車揖。我步行，卿乘馬，後日相逢卿當下。」
【用法】本指兩人雖貴賤懸殊，相見時貴者仍下車相揖。後用以比喻友誼深厚，不因貴賤而改變。
【例句】好友現在發跡了，卻一如既往地和平凡的我們共處，一點架子也沒有，像這樣**乘車戴笠**的深厚友誼，格外令人感動。
【義近】車笠之交／生死之交／生死與共／金蘭之友／杵臼之交／金石之交／莫逆之交／刎頸之交。
【義反】富則易交／狐朋狗友／酒肉朋友／羞與爲伍／冤家對頭。

乘肥衣輕

【釋義】乘肥：騎著肥壯的馬。衣：用作動詞，讀ㄧˋ，穿著。輕：輕暖的裘衣，這裏泛指貴重的衣服。
【出處】三國志・魏書・王粲傳・裴松之注引魏氏春秋：「（鍾）會，名公子，以才能貴幸，乘肥衣輕，賓從如雲。」
【用法】形容生活奢侈豪華。
【例句】富家公子如果整天只知**乘肥衣輕**，花天酒地，再多的財產也會有坐吃山空的一天。
【義近】乘堅策肥／衣著華麗／肥馬輕裘／侯服玉食／鐘鳴鼎食／揮霍無度／寶馬香車／鮮衣怒馬。
【義反】乘破車策蹇驢／衣不蔽體／鹿裘不完／敝車羸馬／粗茶淡飯／皂衣駑馬／駑馬柴車。

乘風破浪

【釋義】乘著長風破浪前進。
【出處】宋書・宗愨傳：「愨年少時，炳問其志，愨曰：『願乘長風破萬里浪。』」愨，音ㄑㄩㄝˋ。
【用法】比喻志向遠大，不怕困難，奮勇前進。
【例句】①你現在還很年輕，應把握時機，**乘風破浪**地做一番事業，然後再考慮婚姻大事。②大海裏有一艘小艇，正**乘風破浪**向東駛去。
【義近】乘風鼓浪／長風破浪。
【義反】胸無大志／裹足不前。

乘軒食祿

【釋義】使鶴乘車來決定祿制。乘軒：喻官吏。
【出處】左傳・閔公二年：「衛

懿公好鶴，鶴有乘軒者。將戰，國人受甲者皆曰：『使鶴，鶴實有祿位，余焉能戰？』……及狄人戰於熒澤，衛師敗績，遂滅衛。」

【用法】諷刺居官位而無貢獻的人。

【例句】在朝廷中，若大部分的官員皆**乘軒食祿**，那麼這個國家的前途堪慮。

【義近】尸位素餐／伴食中書／伴食宰相／三旨宰相／徒取充位／竊位素餐。

【義反】不尸其位／力疾從公／枵腹從公／日昃旰食／日旰忘餐／宵衣旰食／案牘勞形／國爾忘家。

乘堅策肥（ㄔㄥˊ ㄐㄧㄢ ㄘㄜˋ ㄈㄟˊ）

【釋義】乘好車，騎好馬。堅、肥：均為形容詞當名詞用，指堅固的車、肥壯的馬。

【出處】鼂錯・論貴粟疏：「乘堅策肥，履絲曳縞。」

【用法】形容生活奢侈豪華。

【例句】那些闊少爺每天**乘堅策肥**，追歡買笑，在聲色場所中消磨時光，又豈能健康長壽？

【義近】乘堅驅良／乘輕驅肥／朱輪華轂／結駟連騎／駟馬高車／鮮車怒馬。

【義反】徒步當車／勤儉度日／敝車羸馬／駑馬柴車／柴車幅巾。

乘桴浮海（ㄔㄥˊ ㄈㄨˊ ㄈㄨˊ ㄏㄞˇ）

【釋義】桴：以竹木編成的小舟。浮：泛。乘坐小木筏，泛海至遠處。

【出處】論語・公冶長：「道不行，乘桴浮於海。」

【用法】比喻人志行高潔，有遺世獨立、高蹈遠引之意。

【例句】自從那次選舉失敗後，他即不再迷戀權勢，有**乘桴浮海**的念頭。

【義近】韜光養晦／急流引退／高蹈遠引。

乘勝逐北（ㄔㄥˊ ㄕㄥˋ ㄓㄨˊ ㄅㄟˇ）

【釋義】逐：追逐。北：打敗仗，此指打了敗仗而逃跑的敵人。

【出處】戰國策・中山策：「魏軍既敗，韓軍自潰，乘勝逐北，以是之故能立功。」

【用法】指趁著勝利追擊潰敗的敵兵。

【例句】在戰場上，絕不能像宋襄公那樣講什麼仁義，能殲滅者儘量殲滅之，**乘勝逐北**，乃理所當然。

【義近】追亡逐北／乘勝追擊／窮追猛打／打落水狗。

【義反】窮寇勿追／網開一面／手下留情。

乘虛而入（ㄔㄥˊ ㄒㄩ ㄦˊ ㄖㄨˋ）

【釋義】趁人家空虛無備時進入。虛：空虛沒有防備。

【出處】陳壽・三國志・魏書・袁紹傳：「將軍簡其精銳，分為奇兵，乘虛迭出，以擾河南。」

【用法】表示趁對方空虛無備時侵入。具體上可指一個人的行動，抽象方面可表示思想或觀念的侵入。

【例句】①這一帶的治安情形不太好，時常有小偷**乘虛而入**，鄰居應發揮守望相助的精神來共同防範。②正當中國傳統思想遭受破壞，人人無所適從之際，共產主義便**乘虛而入**，迷惑了不少人。

【義近】有機可乘／乘隙而入。

乘軺建節（ㄔㄥˊ ㄧㄠˊ ㄐㄧㄢˋ ㄐㄧㄝˊ）

【釋義】乘著輕便的馬車，擁著旄節，專制一州的軍事。

【出處】丘遲・與陳伯之書：「乘軺建節，奉疆埸之任。並刑馬作誓，傳之子孫。」

【用法】用以形容官場的得意。

【例句】大江東去浪淘盡千古風流人物，任憑再顯赫的**乘軺建節**，官場得意者也都敵不過歲月的逼逝。

【義近】封疆大吏／高牙大纛／在位通人／衣冠中人／位極人臣。

【義反】高臥東山／山棲谷飲／枕流漱石／委身草莽／巖居水飲。

乘興而來（ㄔㄥˊ ㄒㄧㄥˋ ㄦˊ ㄌㄞˊ）

【釋義】趁著一時高興就來了。

【出處】晉書・王羲之傳：「徽之曰：『本乘興而來，興盡而返，何必見安道耶？』」

【用法】形容一次訪友或旅遊，一時高興地前往。

【例句】一羣老同學相約到我家來，大家相談甚歡，個個都是**乘興而來**，興盡而返。

【義近】盍興乎來。

【義反】敗興而去。

乘龍快婿（ㄔㄥˊ ㄌㄨㄥˊ ㄎㄨㄞˋ ㄒㄩˋ）

【釋義】乘龍：騎乘著龍。快婿：稱心合意的女婿。

【出處】徐堅・初學記：「時人謂桓叔元兩女俱乘龍，言得婿如龍也。」

【用法】用以美稱別人的女婿。

【例句】他是總經理的**乘龍快婿**，你可千萬不要得罪他喲！

【義近】乘心美婿／如意佳婿／東牀快婿。

乙部

一畫

九牛一毛（ㄐㄧㄡˇ ㄋㄧㄡˊ ㄧˋ ㄇㄠˊ）

【釋義】許多牛身上的一根毛。九：虛數，極言甚多。

【出處】司馬遷・報任少卿書：「假令僕伏法受誅，若九牛亡一毛，與螻蟻何以異？」

【用法】比喻極大數量中微不足道的數目。

【例句】我所讀的書實在太少了，在人類的知識寶庫中，不過是**九牛一毛**。

【義近】滄海一粟／微乎其微／微不足道／少之又少。

【義反】盈千累萬／多如牛毛／不可勝數／恆河沙數／指不勝屈。

九牛二虎之力（ㄐㄧㄡˇ ㄋㄧㄡˊ ㄦˋ ㄏㄨˇ ㄓ ㄌㄧˋ）

【釋義】謂九牛二虎的全力。

【出處】詩經・邶風・簡兮：「有力如虎，執轡如組。」列子・仲尼：「吾之力者，能裂犀兕之革，曳九牛之尾。」

【用法】形容氣力非常大，或形容使盡了全力。

【例句】這位貴客眞不好請，我費了**九牛二虎之力**，才把他請來。
【義近】千鈞之力／扛鼎之力。
【義反】縛雞之力／舉手之勞／反掌之易。

九世之仇 ㄐㄧㄡˇ ㄕˋ ㄓ ㄔㄡˊ

【釋義】九代的仇恨。世：代。
【出處】公羊傳・莊公四年載：齊哀公因紀侯進讒言，爲周王處死，後齊襄公滅紀國，爲齊哀公報了仇（哀公至襄公共九代）。
【用法】用以指結怨久遠而未解的仇恨。
【例句】這兩戶人家有**九世之仇**，但在他們的後代結婚後，便一筆勾銷，不再計較。
【義近】不共戴天／深仇大恨／血海深仇／誓不兩立／舊仇宿怨／深仇重怨／水火不容／有我無你。
【義反】恩同再造／再造之恩／再生父母／恩重如山／生死肉骨／深情厚誼／恩深似海／大恩大德。

九死一生 ㄐㄧㄡˇ ㄙˇ ㄧ ㄕㄥ

【釋義】九分是死，一分是活。
【出處】屈原・離騷：「亦余心之所善兮，雖九死其猶未悔。」劉良注：「雖九死無一生，未足悔恨。」
【用法】形容處於生死關頭，情況十分危急。
【例句】那孩子被捲入洶湧的浪濤中，幸好有位青年冒著**九死一生**的危險，奮不顧身跳入水中，把孩子救上岸來。
【義近】十生九死／萬死一生／出生入死。
【義反】安然無恙／安如泰山。

九死不悔 ㄐㄧㄡˇ ㄙˇ ㄅㄨˋ ㄏㄨㄟˇ

【釋義】即使多次死掉也不後悔。九：非實數。
【出處】宋・黃庭堅・徐氏二子祝詞：「躬此盛德，其在有功，遭世險傾，九死不悔。」
【用法】形容人意志堅強，無論遇到多大的困難，經歷多少次危險，都絕不動搖退縮。
【例句】想攀登世界第一高峰聖母峰，除了要有過人的體力，更要有**九死不悔**的決心。
【義近】至死不變／臨難不懼／百折不撓／堅韌不拔／不屈不撓／再接再厲／奮戰不息／鬥志昂揚。
【義反】打退堂鼓／知難而退／畏縮不前／望而卻步／悔之晚矣／半途而廢／一蹶不振／喪志沉淪。

九泉之下 ㄐㄧㄡˇ ㄑㄩㄢˊ ㄓ ㄒㄧㄚˋ

【釋義】死後埋葬於地下。九泉：也稱「黃泉」，地下。
【出處】關漢卿・竇娥冤：「我便九泉之下，可也瞑目。」
【用法】表示人死之後，或指人死後所在的地方。
【例句】我生平並沒有多高的要求，只希望把孩子撫養成人，個個都能自謀生活，也就心滿意足了；否則，即使到了**九泉之下**，也不會甘心。
【義近】陰曹地府。
【義反】陽世人間／安樂之天／人間俗世／天上人間。

九流百家 ㄐㄧㄡˇ ㄌㄧㄡˊ ㄅㄞˇ ㄐㄧㄚ

【釋義】九、百：只是極言其多，非實數。
【出處】韓愈・毛穎傳：「陰陽、卜筮、占相、醫方、族氏、山經、地志、字書、圖畫、九流百家天人之書……皆所詳悉。」
【用法】用以泛指各種不同的學術流派。
【例句】錢鍾書先生是位大學問家，只要看一看他的《管錐篇》，就知道他對**九流百家**無不知曉精通。
【義近】九流十家／諸子百家。
【義反】獨家獨派／儒墨二家／獨樹一幟／自成一家。

九霄雲外 ㄐㄧㄡˇ ㄒㄧㄠ ㄩㄣˊ ㄨㄞˋ

【釋義】九重天的外面。九霄：九天雲霄，指天的極高處。舊說天有九重。
【出處】吳敬梓・儒林外史二十回：「那魂靈都飄到九霄雲外去了。」
【用法】形容極高極遠或無影無蹤。
【例句】這件事我早已把它拋往**九霄雲外**，哪裏還會放在心上！
【義近】萬里高空／九重雲霄。
【義反】咫尺之間／眉睫之間。

九儒十丐 ㄐㄧㄡˇ ㄖㄨˊ ㄕˊ ㄍㄞˋ

【釋義】儒：儒者。丐：乞丐。
【出處】宋・謝枋得・疊山集：「今世俗人有十等：一官二吏，先之者貴之也；……七匠八娼，九儒十丐，後之者賤之也。」
【用法】諷刺讀書人社會地位低落，僅比乞丐高一等。
【例句】讀書人若沒有高尚志節，不能束身自好，將遭致**九儒十丐**之譏。
【義近】斯文掃地／士爲四民之末。
【義反】萬般皆下品，唯有讀書高。

七畫

乳臭未乾 ㄖㄨˇ ㄒㄧㄡˋ ㄨㄟˋ ㄍㄢ

【釋義】身上的奶臭氣還沒有退盡。臭：氣味。乾：盡。
【出處】漢書・高帝紀上：「漢王問：『魏大將誰也？』對曰：『柏直。』王曰：『是口尚乳臭，不能當韓信。』」
【用法】常用以諷刺年輕人幼稚無知。
【例句】想不到這幾個**乳臭未乾**的青年人，竟然鑼鼓喧天地合夥做起大買賣來了。
【義近】口尚乳臭／乳臭小兒／少不更事／羽毛未豐／嘴上無毛。
【義反】少年老成／年輕有爲／老成持重／後生可畏。

十畫

乾坤再造 ㄑㄧㄢˊ ㄎㄨㄣ ㄗㄞˋ ㄗㄠˋ

【釋義】乾：八卦之一，代表天。坤：也是八卦之一，代表地。再造：意謂重新給予生命或注入活力。
【出處】馮夢龍・東周列國志一〇六回：「然後連合楚魏，共立韓趙之後，並力破秦，此乾坤再造之時也。」
【用法】指把動亂局勢扭轉過來，使國家復興。或指在經動亂之後，整頓局勢，重建江山。
【例句】蘇聯和東歐各國的專制政權垮台後，葉爾欽等人重振社會，建立民主，確有**乾坤再造**的功勞。

【義近】扭轉乾坤／重振乾坤／撥亂反正／力挽狂瀾／濟危扶傾／扶危定傾。
【義反】掃蕩天下／顛覆神州／簸弄乾坤／回天乏術。

乾柴烈火

【釋義】乾燥的柴一遇到猛烈的火便會熊熊燃燒。也作「烈火乾柴」。
【出處】曹雪芹・紅樓夢六九回：「眞是一對烈火乾柴，如膠投漆，燕爾新婚，連日那裏拆得開？」
【用法】比喻年輕男女或情慾旺盛的男女，一旦接近便如膠似漆的難分難捨。
【例句】這對男女認識不到幾天，便有如**乾柴烈火**般地難分難捨，乾脆租屋同居在一起了。
【義近】巫山雲雨／尤雲殢雨。
【義反】坐懷不亂／貞夫節婦。

十二畫

亂七八糟

【釋義】雜亂而不整齊的意思。
【出處】文康・兒女英雄傳三八回：「把山東的土產，揀用得著的，亂七八糟都給帶了來了。」
【用法】用以形容毫無秩序、條理，非常雜亂。
【例句】你看你把這房子弄得**亂七八糟**的，趕快收拾整理好，等會兒有客人要來。
【義近】烏七八糟／漫無條理／雜亂無章／七顛八倒。
【義反】有條有理／井井有條／井然有序。

亂世英雄

【釋義】亂世：指動盪不安的時代。
【出處】後漢書・許劭傳：「君清平之奸賊，亂世之英雄。」
【用法】指趁社會動亂之機，靠武力起家的傑出人物。
【例句】漢代末年，社會進入大混亂時期，於是便出現了一批**亂世英雄**。
【義近】草莽英雄。

亂臣賊子

【釋義】古代常用來指不忠不孝的人。亂臣：叛亂之臣。賊子：忤逆不孝之子。
【出處】孟子・滕文公下：「孔子成春秋，而亂臣賊子懼。」
【用法】今用以指心懷異志的壞人。
【例句】這幫**亂臣賊子**，總想伺機奪取國家政權，你可務必要警惕防範啊！
【義近】逆臣賊子／逆子賊臣／逆子貳臣。
【義反】忠臣孝子／忠臣義士／忠義之士。

亂首垢面

【釋義】亂首：指頭髮蓬亂。垢面：面部骯髒。垢：污穢，骯髒。
【出處】漢書・王莽傳上：「莽侍疾，親嘗藥，亂首垢面，不解衣帶連月。」
【用法】形容人頭髮不梳理，臉也不洗，一副骯髒模樣。含有貶斥之意。
【例句】蔡先生爲人眞的很好，就是太不注重外表了，經常**亂首垢面**的令人看了噁心。
【義近】蓬頭垢面／首如飛蓬／不修邊幅／亂髮粗服。
【義反】冠冕堂皇／西裝革履／儀表堂堂／衣冠楚楚。

亂箭攢心

【釋義】亂箭射在心窩裏。攢：積聚在一起。
【出處】馮夢龍・醒世恆言卷二〇：「見父親倒在一個壁角邊亂草之上……淹淹止存一息，猶如亂箭攢心，放聲號哭。」
【用法】形容人內心痛苦到了極點。
【例句】她一聽說兒子搭的飛機失事了，頓時有如**亂箭攢心**，還沒哭出聲來，就倒在地上不省人事了。
【義近】萬箭攢心／撕肝裂肺／椎心泣血／肝腸寸斷／心如刀割／痛不欲生。
【義反】甘露潤心／拍手稱快／喜不自勝／樂不可支／欣喜若狂／心花怒放。

亂點鴛鴦

【釋義】鴛鴦：鳥名；體小於鴨，雌雄偶居不離，故以之比喻夫婦。又作「亂點鴛鴦譜」。
【出處】馮夢龍・醒世恆言卷八：「今日聽在下說一椿意外姻緣的故事，喚做『喬太守亂點鴛鴦譜』。」
【用法】指爲人說合婚姻，置雙方條件、是否相愛於不顧，而胡亂錯配姻緣。
【例句】你這人太缺德了，爲了多得一點錢財，竟**亂點鴛鴦**，把一個如花似玉、聰明伶俐的女子，配給一個又矮又醜的老頭子！
【義近】拄郎配／一朵鮮花插在牛糞上。
【義反】郎才女貌／才子佳人／天生一對／天作之合。

亅部

一畫

了無生趣

【釋義】了：完全。生趣：生活的樂趣。
【出處】許思湄・秋水軒尺牘・與袁精之王敬之：「春去堂堂，今年花事盡矣，客中了無佳趣。」
【用法】用以形容生活非常枯燥乏味，沒有情趣可言。
【例句】自從我的愛貓被人偷走以後，沒有牠的日子眞是**了無生趣**。
【義近】索然無味／百無聊賴。
【義反】趣味橫生。

三畫

予取予求

【釋義】從我這裏索取，從我這裏求得。予：我。
【出處】左傳・僖公七年：「唯我知女，女專利而不厭，予取予求，不女疵瑕也。」
【用法】指隨心所欲地求取，毫無限制，不知滿足。
【例句】專制統治下的官吏，在人民面前如狼似虎，**予取予求**，百姓只能把苦往肚子裏否，誰也不敢吭聲反抗。

【義近】誅求無厭／任取任求／誅求無已／誅求無時／誅求無度／貪求無厭。

【義反】博施濟眾／求取有制／節用裕民／一無所取／一介不取／塵土不沾。

予智自雄（ㄩˊ ㄓˋ ㄗˋ ㄒㄩㄥˊ）

【釋義】自認為智慧傑出過人。予：我。雄：傑出。

【出處】禮記・中庸：「人皆曰予知。」注：「予，我也，言凡人自謂有知。」知，同智。

【用法】指人妄自誇大，自以為聰明。通常含有貶斥之意。

【例句】他平日的態度狂妄自大，**予智自雄**，大家都對他不存好感。

【義近】自命不凡／不可一世。

【義反】謙沖自牧／虛懷若谷。

七畫

事不宜遲（ㄕˋ ㄅㄨˋ ㄧˊ ㄔˊ）

【釋義】事情不應該再拖延。宜：應該。遲：遲緩，拖延。

【出處】施耐庵・水滸傳三十回：「說的是，事不宜遲，及早決定。」

【用法】說明當辦的事情應該把握時間，立即行動，不要拖延。

【例句】**事不宜遲**，他既然答應了這樁婚事，就趕快辦理，以免夜長夢多。

【義近】刻不容緩／急於星火／不容緩圖。

【義反】一拖再拖／三思而行／從長計議。

事出不意（ㄕˋ ㄔㄨ ㄅㄨˋ ㄧˋ）

【釋義】出：發生。不意：沒料想到。

【出處】宋・周輝・清波雜志卷二：「京以攸被詔同至，乃置酒留貫，攸亦預焉，京以事出不意，一時失措。」

【用法】指某事的發生出乎人們的意料。

【例句】本來以為替兒子娶個媳婦，可以早抱孫子，誰知命乖運蹇，**事出不意**，媳婦竟患有不孕症。

【義近】事出意外／出乎意料／出人意表／突如其來／不可揆度／事難逆料。

【義反】不出所料／料事如神／始料所及／斷事如神／未卜先知／言事若神。

事出有因（ㄕˋ ㄔㄨ ㄧㄡˇ ㄧㄣ）

【釋義】事情的發生自有其原因。出：產生，發生。

【出處】李寶嘉・官場現形記四回：「郭道臺就替他洗刷清楚，說了些事出有因，查無實據的話頭……」

【用法】說明處理事情要認真仔細地找出原因，以免判斷錯誤。

【例句】他為人一向謹慎，這次如此魯莽，必然**事出有因**，待了解清楚後，再作決斷。

【義近】其來有自／無風不起浪／實事求是。

【義反】無自而有。

事半功倍（ㄕˋ ㄅㄢˋ ㄍㄨㄥ ㄅㄟˋ）

【釋義】用一半的氣力，取得成倍的功效。事：從事，做。

【出處】孟子・公孫丑上：「故事半古之人，功必倍之。」六韜・龍韜：「夫必勝者，先見弱於敵而後戰者也，故事半而功倍。」

【用法】形容做事得法，費力小，收效大。

【例句】自從引進日本的先進設備後，這個工廠的產量迅速上升，達到了**事半功倍**的效果。

【義近】一舉數得。

【義反】事倍功半。

事必躬親（ㄕˋ ㄅㄧˋ ㄍㄨㄥ ㄑㄧㄣ）

【釋義】不管什麼事，一定要親自去做。躬親：親自。

【出處】禮記・月令：「以教導之，必躬親之。」

【用法】形容辦事認真，一絲不苟；有時也指不放心讓別人做，一定要自己動手。

【例句】徐先生辦事非常認真負責，**事必躬親**，該自己做的事絕對不讓別人代勞。

【義近】事事躬親／井臼親操。

事在人為（ㄕˋ ㄗㄞˋ ㄖㄣˊ ㄨㄟˊ）

【釋義】事情的成敗在於自己做不做。為：做。

【出處】馮夢龍・東周列國志六九回：「事在人為耳，彼朽骨者何知。」

【用法】說明在一定客觀條件下，事情的成功與否，在於人的主觀努力。多用以勉勵人知難而進。

【例句】你想成為一名歌星確實有不少困難，但你嗓音圓潤，又懂些樂理，我想**事在人為**，你應該努力爭取。

【義近】人定勝天／有志者事竟成。

【義反】聽天由命。

事在必行（ㄕˋ ㄗㄞˋ ㄅㄧˋ ㄒㄧㄥˊ）

【釋義】必行：一定要做，一定要辦理。

【出處】蘇軾・東坡志林・養生說：「如孫武令，事在必行，有犯無恕。」

【用法】說明某事已經到了非做不可的地步，絕不能再拖。

【例句】綜觀近來的新聞報導，不外乎搶劫、綁票，看來徹底整頓台灣的社會治安，已經是**事在必行**了。

【義近】十萬火急／間不容髮／刻不容緩／急如星火／迫在眉睫／燃眉之急。

【義反】不急之務／可緩則緩／綽有餘裕／尚可容緩／不慌不忙／慢條斯理。

事事如意（ㄕˋ ㄕˋ ㄖㄨˊ ㄧˋ）

【釋義】事事：各種事情。如意：滿意。

【出處】尚書・說命中：「惟事事乃其有備，有備無患。」曹雪芹・紅樓夢二九回：「或有事事如意，或有歲歲平安。」

【用法】說明樣樣事情都很順利，令人滿意。

【例句】你不要一遇到挫折就灰心喪志，人生道路上出現逆境是難免的，哪能老是**事事如意**呢？

【義近】萬事如意／稱心如意／一帆風順／心想事成。

【義反】事與願違／無一稱心／事事不順。

事倍功半（ㄕˋ ㄅㄟˋ ㄍㄨㄥ ㄅㄢˋ）

【釋義】花了成倍的氣力，只能收到一半的功效。事：從事，做。

【出處】李寶嘉．官場現形記三四回：「要做善事，靠著善書教化人，終究事倍功半。」

【用法】用以說明費力大，收效小。

【例句】做任何事都要講究方法，方法不對，抓不住要領，則會**事倍功半**，浪費時間。

【義反】事半功倍。

事敗垂成（ㄕˋ ㄅㄞˋ ㄔㄨㄟˊ ㄔㄥˊ）

【釋義】垂成：快要成功。垂：接近，將近。

【出處】明．梁辰魚．浣紗記．乞降：「囚逆不日就誅滅了，九仞爲山，功虧一簣，料想不勞而集，事敗垂成！」

【用法】指事情在快要成功時，卻由於某種原因而失敗了。常用來勸人在事情將完成時要特別謹慎，戒驕戒躁。

【例句】這項水利工程舉世矚目，進展也很順利，但務必要更加羣策羣力，以免**事敗垂成**。

【義近】功敗垂成／功虧一簣／前功盡棄。

【義反】大功告成／功德圓滿／水到渠成。

事無不可對人言（ㄕˋ ㄨˊ ㄅㄨˋ ㄎㄜˇ ㄉㄨㄟˋ ㄖㄣˊ ㄧㄢˊ）

【釋義】做事光明磊落，沒有不能告知他人的。

【出處】宋史．司馬光傳：「司馬光曾自言：『吾無過人者，但平生所爲，未嘗有不可對人言者耳。』」

【用法】形容人胸襟坦蕩開闊。

【例句】王鄉長爲人處世光明磊落，秉持**事無不可對人言**的坦蕩心胸處理公務，深獲鄉民的愛戴和擁護。

【義近】光明磊落／俯仰無愧／不愧不怍／清清白白。

【義反】闇然媚世／躲躲閃閃／遮遮掩掩。

事過境遷（ㄕˋ ㄍㄨㄛˋ ㄐㄧㄥˋ ㄑㄧㄢ）

【釋義】境：環境，情況。遷：變動，改變。

【出處】王羲之．蘭亭序：「情隨事遷，感慨係之矣。」頤瑣．黃繡球三回：「黃繡與黃通理事過境遷，已不在心上。」

【用法】說明事情已經過去，情況也有了改變，人們在逐漸淡忘。

【例句】清末時，淡水是商賈雲集的港口，**事過境遷**，現在誰還記得當年的繁華盛況。

【義近】時移勢遷／情隨事遷／時過境遷／物換星移。

【義反】依然如故／一成不變。

事實勝於雄辯（ㄕˋ ㄕˊ ㄕㄥˋ ㄩˊ ㄒㄩㄥˊ ㄅㄧㄢˋ）

【釋義】勝：勝過，強過。雄辯：強有力的辯論。

【用法】用以說明事實的真相比強有力的辯論更具說服力。

【例句】你滔滔陳辭，說人不是你殺的，但**事實勝於雄辯**，當時在場的三人都指認是你，有位先生還拍下了你拿刀刺殺的照片，你能抵賴得了嗎？

【義近】罪證確鑿／事實俱在／鐵證如山。

【義反】無憑無據／無根無據／憑空捏造／巧言詭辯。

事與願違（ㄕˋ ㄩˇ ㄩㄢˋ ㄨㄟˊ）

【釋義】事實與願望相反。違：違背，相反。

【出處】嵇康．幽憤詩：「事與願違，遘茲淹留。」

【用法】用以說明事實與想像中的相反，原來打算做的事沒能做到。

【例句】他以爲有一天能飛黃騰達，誰知**事與願違**，幾十年過去了，他仍是一名沒沒無聞的小職員。

【義近】事與心違／天違人願／欲益反損／大失所望。

【義反】如願以償／稱心如意／事事如意。

二部

二人同心，其利斷金（ㄦˋ ㄖㄣˊ ㄊㄨㄥˊ ㄒㄧㄣ，ㄑㄧˊ ㄌㄧˋ ㄉㄨㄢˋ ㄐㄧㄣ）

【釋義】兩人一條心，就能像利刃般地切斷金屬。

【出處】易經．繫辭上：「二人同心，其利斷金；同心之言，其臭如蘭。」

【用法】形容人多心齊，辦事定可成功；或比喻團結一心，可克服一切困難。

【例句】古人說：「**二人同心，其利斷金**。」可見團結的力量有多大。

【義近】同心協力／眾志成城／三個臭皮匠勝過諸葛亮。

【義反】人各一心／各懷鬼胎。

二八佳人（ㄦˋ ㄅㄚ ㄐㄧㄚ ㄖㄣˊ）

【釋義】年輕美麗的女子。二八：十六歲，此泛指年輕。佳人：美女。

【出處】蘇軾．李鈐轄座上分題戴花：「二八佳人細馬馱，十千美酒渭城歌。」

【用法】形容青春美麗的少女。

【例句】那位少女長得亭亭玉立，美如西施，又正當妙齡，怪不得男士們喊她做「**二八佳人**」了。

【義近】二八年華／豆蔻年華／妙齡少女。
【義反】人老珠黃。

二三其德

【釋義】二三：時而二，時而三，沒有一個準則。德：操行，心志。
【出處】詩經・衛風・氓：「女也不爽，士貳其行。士也罔極，二三其德。」
【用法】形容三心二意，意志不堅定。
【例句】他無論是讀書還是工作，總是**二三其德**，所以至今仍一無所成。
【義近】三心二意／心猿意馬／見風轉舵／一心兩屬／朝三暮四／朝秦暮楚。
【義反】一心一意／全心全意／之死靡它／專心致志／忠貞不貳。

二姓之好

【釋義】二姓：指男女兩家，因不同姓，故稱「二姓」。好：友好，友愛。
【出處】禮記・昏義：「昏禮者，將合二姓之好，上以事宗廟，而下以繼後世也，故君子重之。」
【用法】指兩家結成姻親，相互和睦友愛。
【例句】這對青年男女交往已有四年多了，今天終於結為**二姓之好**，眞是可喜可賀。
【義近】朱陳之好／秦晉之好／兒女親家／聯姻結親。
【義反】冤家對頭／九世之仇。

二者必居其一

【釋義】必定處於兩種情況中的一種。居：處。
【出處】孟子・公孫丑下：「前日之不受是，則今日之受非也；今日之受是，則前日之不受非也。夫子必居一於此矣。」
【用法】用以說明非此即彼，兩種情況必有一種。
【例句】或者是克服困難去爭取成功，或者是被困難擊倒而自甘失敗，**二者必居其一**。
【義近】非此即彼。
【義反】兼而有之／一身二任／一物兩用／一箭雙鵰／一舉兩得。

二者得兼

【釋義】同一時間，獲得二種好處。
【出處】孟子・告子上：「魚，我所欲也，熊掌，亦我所欲也；二者不可得兼，舍魚而取熊掌也。」
【用法】形容同時有二種收穫。
【例句】陳先生最近不僅升官發財，還當了爸爸，眞可謂**二者得兼**，春風得意。
【義近】一石二鳥／一舉兩全／一舉兩獲／一箭雙鵰。
【義反】兩頭落空。

一畫

于思于思

【釋義】于：語助詞。思：讀作ㄙㄞ，為「腮」的諧音字。于思：鬍鬚很多的樣子。
【出處】左傳・宣公二年：「宋城，華元為植，巡功。城者謳曰：『睅其目，皤其腹，棄甲而復。于思于思，棄甲復來。』」
【用法】形容鬍鬚很多的樣子。
【例句】天啊！一個**于思于思**的醜老頭，竟娶了那樣如花似玉的姑娘，眞令人感到不可思議。
【義近】絡腮鬍鬚。
【義反】白面書生。

于飛之樂

【釋義】比翼而飛的快樂。
【出處】詩經・大雅・卷阿：「鳳凰于飛。」許仲琳・封神演義二回：「不知彼可能將女進貢深宮，以遂朕于飛之樂？」
【用法】比喻夫婦恩恩愛愛，相處十分和諧。
【例句】文先生與劉小姐自結婚以來，形影不離，如膠似漆，連旁人都可感受到他們的**于飛之樂**。
【義近】鳳凰于飛／燕燕于飛／交頸鴛鴦。
【義反】歡喜冤家／同牀異夢／勞燕分飛。

于歸之喜

【釋義】女子出嫁，歸往夫家。于：往。歸：嫁。
【出處】詩經・周南・桃夭：「之子于歸，宜其室家。」
【用法】專指女子出嫁的喜事。
【例句】今天是王小姐**于歸之喜**的良辰吉日，各方親朋好友都來祝賀。
【義近】女子出閣。
【義反】小姑獨處／女蘿無託／遇人仳離。

二畫

井中觀星

【釋義】意謂在井底觀看天空的星象。
【出處】尸子・廣澤：「因井中視星，所見不過數星。」
【用法】比喻眼光狹窄，見識短淺。或比喻私心太重，所見既狹且小。
【例句】鄉下住久了，自以為見多識廣，誰知一到台北住上幾天，接觸到一些有學問的人，才知自己原來不過是**井中觀星**。
【義近】坐井觀天／井蛙之見／管中窺豹／牖中窺日／以管窺天／一孔之見。
【義反】放眼四海／遠見卓識／見多識廣／高瞻遠矚／博古通今。

井井有條

【釋義】井井：整齊有秩序。有條：很有條理。一作「井井有理」。
【出處】荀子・儒效：「井井兮其有理也。」吳敬梓・儒林外史一三回：「魯小姐上事孀姑，下理家政，亦皆井井有條。」
【用法】形容條理分明。
【例句】我太太把家事料理得**井井有條**，使我得以安心地從事教學和科研的工作。
【義近】井然有序／有條不紊／有條有理。
【義反】雜亂無章／亂七八糟／條理混亂／顚三倒四。

井水不犯河水

【釋義】犯：侵犯，觸犯。
【出處】曹雪芹・紅樓夢六九回：「我和他井水不犯河水，

怎麼就沖了他？」

【用法】比喻兩不相涉，互不侵犯。

【例句】雖然從前我們曾經合作過，但自從拆夥後，便**井水不犯河水**，不會再有任何瓜葛了。

【義近】大路朝天，各走半邊／你走你的陽關道，我過我的獨木橋。

【義反】同飲一江水／同走一條路／同穿一條褲。

井臼親操

【釋義】井臼：汲水舂米。也作「親操井臼」。

【出處】劉向．列女傳．周南妻傳：「家貧親老，不擇官而仕，親操井臼。」

【用法】比喻親自操持家務。

【例句】身爲教師的王太太，平日教學工作已經夠繁忙了，回家仍需**井臼親操**，實在難得。

【義近】躬治庖廚／操持家事。

【義反】使婢喚奴／養尊處優。

井底之蛙

【釋義】生活在井底的青蛙。

【出處】莊子．秋水：「井鼃不可以語於海者，拘於虛也。」後漢書．馬援傳：「子陽，井底蛙耳。」鼃，與蛙字音義同。

【用法】比喻閱歷狹窄、見識短淺的人。

【例句】一個人若不懂得抬頭看看自己頭上以外的天空，那就眞如**井底之蛙**，不會有大作爲了。

【義近】坎井之蛙／井中之魚／坐井觀天／拘墟之見／鄉曲之識／以管窺天／以蠡測海／一孔之見／牖中窺日。

【義反】見多識廣／博聞強誌／博古通今／高瞻遠矚。

井渫不食

【釋義】意指井水濬清，卻無法被飲用。渫：濬清。

【出處】易經．井卦：「九三，井渫不食，爲我心惻，可用汲，王明，並受其福。」

【用法】喻人修己全潔，卻不見任用。

【例句】在這紛紜的社會裏，雖然頗重視人才的招攬，但**井渫不食**，懷才不遇者大有人在。

【義近】懷才不遇。

井然有序

【釋義】整齊而有秩序的樣子。

【出處】金史．志禮一：「凡事物名數，支分派引，珠貫棋布，井然有序，燦然如丹。」

【用法】形容條理分明而有秩序的樣子。

【例句】她是一個**井然有序**，條理分明的女孩，故深得長輩的疼愛。

【義近】有條有理／有條不紊／井井有條。

【義反】顛來倒去／漫無條理／紛紜雜亂／混亂不堪／亂七八糟。

五十步笑百步

【釋義】作戰時敗退五十步的人譏笑敗退一百步的人。

【出處】孟子．梁惠王上：「兵刃既接，棄甲曳兵而走，或百步而後止，或五十步而後止。以五十步笑百步則何如？」

【用法】比喻自己有同樣的毛病、錯誤，只是程度輕一些，卻毫無自知之明地去嘲笑別人。

【例句】只因爲你比他遲到早退的次數少一些，你就笑他，眞是**五十步笑百步**。

【義近】不相上下／相去無幾／相差分毫。

【義反】差若天壤／相去甚遠／天壤之別。

五內如焚

【釋義】五內：即五臟，指心、肝、脾、肺、腎五種器官。如焚：像火焚燒。

【出處】李汝珍．鏡花緣五七回：「而且年來多病，日見衰頹；每念主上，不覺五內如焚。」

【用法】形容憂愁或焦急不安已經到了極點。

【例句】張先生把所有積蓄都拿去買股票，所以一聽到近來股市行情大跌，便急得**五內如焚**。

【義近】憂心如焚／烈火中燒／焦慮萬分／心急如焚／寢食不安。

【義反】心安神定／處之泰然／若無其事／泰然自若／面不改色。

五方雜處

【釋義】五方：東、西、南、北、中。雜處：混雜而居。

【出處】李汝珍．鏡花緣二七回：「此國人爲何生一張豬嘴？而且語音不同，倒像五方錯處一般，是何緣故？」

【用法】指一個地方聚居著各個地方的人。

【例句】香港眞是一個**五方雜處**的城市，不僅有全國各地的遊客，也有世界許多國家的商人到那兒作生意。

【義近】五方雜居／五湖四海。

【義反】本鄉本土／邑人同處／一鄉一村。

五日京兆

【釋義】京兆：即京兆尹，官名。古代國都所在地的行政長官。

【出處】漢代京兆尹張敞，因故將免官，令一下屬辦事，其人不辦，說：「吾爲是公盡力多矣，今五日京兆耳，安能復案事？」

【用法】用以稱任職時間很短或即將去職。

【例句】前不久我頂撞了局長，即使我還留在局裏，恐怕這科長的職位也已是**五日京兆**了。

五月飛霜

【釋義】五月的時候，突然降下霜雪來。

【出處】李白．古風詩：「燕臣昔慟哭，五月飛秋霜。」太平御覽．天部：「淮南子曰：『鄒衍事燕惠王，盡忠。左右譖之王，王繫之獄。仰天哭，夏五月，天爲之下霜。』」

【用法】喻冤枉判刑的人，心有不服。

【例句】元曲竇娥遭貪官判決死罪，臨刑詛咒上蒼**五月飛霜**，六月飛雪，以證明她的清白。

【義近】六月飛雪／沉冤莫白。

【義反】冤情得雪／水落石出／眞相大白。

五世其昌

【釋義】五世：五代。世：代。其昌：將會繁衍昌盛。其：時間副詞，將要。

【出處】左傳．莊公二二年：「鳳凰于飛，和鳴鏘鏘；有嬀之後，將育於姜。五世其昌，並於正卿。」

【用法】常用作新婚賀辭，祝其子孫後代繁衍昌盛。

【例句】王先生和李小姐結婚，同事們送他倆一塊**五世其昌**的紅緞布。

【義近】枝繁葉茂／繁衍昌盛／瓜瓞綿綿／子孫滿堂。

【義反】單枝獨葉／一脈單傳／斷子絕孫／形影相弔。

五光十色

【釋義】各式各樣的鮮艷色彩。五、十：形容其多，並非實數。

【出處】江淹．麗色賦：「其少進也，如綵雲出崖，五光徘徊，十色陸離。」

【用法】形容色彩鮮艷複雜，光彩奪目。

【例句】身處**五光十色**的大都會裏，很容易讓人迷失自己。

【義近】色彩繽紛／五顏六色／五色繽紛。

【義反】色彩單一／清一色。

五色亂目

【釋義】五色：青、黃、赤、白、黑共五色，爲從前主要之色。亦可泛指所有的顏色。全句是說：顏色眾多，讓人眼花撩亂，難以辨別。

【出處】莊子．天地：「五色亂目，使目不明。」老子第十二章：「五色令人目盲，五音令人耳聾，五味令人口爽。」

【用法】①顏色過於繁雜，令人眼花撩亂。②引申所見所思太過繁亂，令人不知所從。

【例句】①台北西門町霓虹燈閃爍不停，令人**五色亂目**，熱鬧非凡。②年行已長大，百事不順遂，搞得我**五色亂目**，不知何去何從。

【義近】五味雜陳／眼花撩亂／五光十色／百感交集。

五里霧中

【釋義】五里：非實數。霧：雲，煙霧。

【出處】後漢書．張霸傳附張楷：「（楷）性好道術，能作五里霧。」李商隱．鏡檻：「五里無因霧，三秋只見河。」

【用法】比喻遇事迷離恍惚，不能確切明瞭眞相。

【例句】儘管老師將解題技巧解說了好幾遍，但我聽了半天，依然猶墜**五里霧中**。

【義近】大惑不解／撲朔迷離／百思不解／莫名所以。

【義反】恍然大悟／豁然開朗／如夢初醒／茅塞頓開。

五花八門

【釋義】五花：五行陣。八門：八門陣。二者均爲古代兵法中變化莫測的陣名。

【出處】吳敬梓．儒林外史四二回：「那小戲子……跑上場來，串了一個五花八門。」

【用法】比喻事物花樣繁多，變化莫測。

【例句】這次的商品展覽種類繁多，**五花八門**，不勝枚舉。

【義近】變幻莫測／形形色色／花樣百出／變化多端。

【義反】單調刻板／枯燥乏味。

五花大綁

【釋義】一種綑綁人的方式，先用繩索套住頸脖，然後繞到背後反剪兩臂。

【用法】多指對重刑犯人或對犯人執行死刑時所用的綁綑方式，意在預防脫逃。

【例句】這個綁架殺害人質的綁匪，自以爲能僥倖逃脫，沒想到法網恢恢，還是被**五花大綁**押赴刑場槍斃了。

【義近】緊綑牢綁／腳鐐手銬。

五馬分屍

【釋義】爲古代的一種酷刑，將人的頭和四肢分別拴在五匹馬身上，然後驅馬前進而將人體撕裂。

【出處】羣音類選．北腔類．王昭君和番：「天不蓋你虧心漢，今日把你分屍五馬，遠配千年。」

【用法】①用以指古代極端殘酷的刑法。②引申爲把完整的東西分割得零零碎碎。

【例句】①這種殺人不眨眼的惡棍，不把他**五馬分屍**，難解人們的心頭之恨。②好好的一塊蛋糕，被這幾個小孩**五馬分屍**得不像樣了。

【義近】車裂之刑／千刀萬剮／碎屍萬段。

【義反】小懲大誡／以觀後效／蒲鞭之罰。

五鬼搬運

【釋義】五鬼：指同時狼狽爲奸，爲非作歹的五人。搬運：把公款或公物搬走，據爲己有。

【出處】五代南唐李璟，重用馮延巳、馮延魯、陳覺、魏岑、查文徽等五人，把持朝政，時稱「五鬼」。見新五代史．南唐世家。另宋史．王欽若傳亦稱王欽若等五人狼狽爲奸，時人稱「五鬼」。

【用法】通常用在官商勾結，侵吞公款的不法勾當。

【例句】那家股票上市公司，爲謀取不法利益，利用子公司實施**五鬼搬運**的手法，掏空了公司資產，使投資人損失慘重。

【義近】移花接木／旋乾轉坤／一手遮天。

五彩繽紛

【釋義】五彩：各種色彩。繽紛：形容色彩繁多交錯。一作「五色繽紛」。

【出處】吳沃堯．二十年目睹之怪現狀四三回：「鋪設得五色繽紛，當中掛了姊姊畫的那一堂壽屏。」

【用法】形容各種色彩交錯，顯得十分艷麗好看。

【例句】元宵佳節，**五彩繽紛**的煙火令人讚嘆不絕。

【義近】十彩繽紛／色彩繽紛。

五陵少年

【釋義】亦作「五陵年少」。陵：墳墓。後來詩文將五陵比作豪門貴族聚居之地。

【出處】李白・少年行：「五陵年少金市東，銀鞍白馬度春風。」杜甫・秋興之三：「同學少年多不賤，五陵良馬自輕肥。」白居易・琵琶行：「五陵年少爭纏頭，一曲紅綃不知數。」

【用法】形容花費闊綽，年輕英俊的富貴人家子弟。

【例句】現在的小孩，幾乎都過著**五陵少年**的生活，整天只知揮霍，縱情逸樂，真是悲哀啊！

【義近】紈袴子弟／千金之子／王孫貴胄。

【義反】清寒子弟。

五湖四海

【釋義】五湖：一般指洞庭湖、鄱陽湖、太湖、巢湖、洪澤湖。四海：古時認為中國的東南西北都是海。

【出處】呂巖・絕句：「斗笠為帆扇作舟，五湖四海任遨遊。」

【用法】用以泛指全國或世界各地。

【例句】杜甫在當時那樣的交通條件下，就提倡「行萬里路」，我們今天更應遍遊**五湖四海**，才算不枉此生。

【義近】五洲四海。

【義反】一村一鄉／一縣一地／一街一巷。

五黃六月

【釋義】五黃：指五月，此時麥子黃熟，故稱。

【出處】吳承恩・西遊記二七回：「只為五黃六月，無人使喚，父母又年老，所以親身來送。」

【用法】用以泛指夏季大熱天。

【例句】在**五黃六月**的大熱天裏，農夫照樣要頂著烈日耕田，真是辛苦。

【義近】二四八月。

五穀不分

【釋義】五穀：古書中通常指稻、黍、稷、麥、菽。也用以泛指糧食作物。

【出處】論語・微子：「丈人曰：『四體不勤，五穀不分。孰為夫子？』……」

【用法】常用以諷刺讀書人一味埋首書堆，不顧實際。

【例句】這位老兄，整日埋首書堆，對周遭的事物不聞不問，是個四體不勤、**五穀不分**的書呆子。

【義近】不辨菽麥／不食人間煙火。

【義反】見多識廣／八面玲瓏。

五穀豐登

【釋義】五穀：黍、稷、菽、麥、稻五種穀物。豐登：豐收上場。登：登場，指成熟。

【出處】六韜・龍韜・立將：「是故風雨時節，五穀豐登，社稷安寧。」

【用法】用以表示豐收，年歲好。書面詞。

【例句】近幾年來，社會穩定，**五穀豐登**，萬民樂業，處處一片繁榮昌盛的景象。

【義近】年豐時稔／年豐人瑞／麥穗兩歧／糧食滿倉。

【義反】五穀不登／五穀不升／五穀不豐／年穀不登／歲不豐稔。

五癆七傷

【釋義】五、七：均為泛指，非實數。癆：指肺癆、腸癆、乾血癆等癆病。

【出處】老舍・二馬：「兩位馬先生都沒有臟病，也沒有五癆七傷，於是又平安的過了一關。」

【用法】指人常患的各式各樣的疾病。

【例句】人哪有不生病的，特別是上了年紀，**五癆七傷**，在所難免，所以平時要多運動，才能減少生病的機會。

【義近】七病八痛／頭疼腦熱／病魔纏身／霜露之疾／採薪之憂。

【義反】身強體壯／銅筋鐵骨／健壯如牛／豹頭虎背。

五顏六色

【釋義】各式各樣的顏色。五、六：均為虛數。

【出處】李汝珍・鏡花緣一四回：「惟各人所登之雲，五顏六色，其形不一。」

【用法】形容顏色多，什麼顏色都有。

【例句】將**五顏六色**融入自己的心情，表現在畫布上，乃是藝術家一生追求的夢想。

【義近】五光十色／萬紫千紅。

【義反】顏色單一／灰不溜秋／清一色。

五臟六腑

【釋義】五臟：心、肝、脾、肺、腎。六腑：胃、大腸、小腸、三焦、膀胱、膽。

【出處】雲笈七籤三三：「常以生氣時，咽液二七過，按體所痛處，每座常閉目內視，存見五臟六腑，久久自得，分明了了。」

【用法】①總稱人體內部的各個器官。②比喻事物的內部情況。

【例句】①你這只是肌膚之傷，又不是**五臟六腑**的毛病，沒什麼好擔憂的。②他那公司別說外部情況，連那**五臟六腑**我也瞭如指掌。

五臟俱全

【釋義】五臟：心、肝、肺、腎、脾。俱：都。

【出處】管子・水地：「五味者何？曰五藏（臟）。酸主脾，鹹主肺，辛主腎，苦主肝，甘主心。」

【用法】常與「麻雀雖小」連用，說明事物雖小或人數雖少，但樣樣都具備。

【例句】俗話說：「麻雀雖小，**五臟俱全**。」你可別小看這支小小的手機，它的功能可是樣樣具備呢！

【義近】一應俱全／應有盡有。

【義反】殘缺不全／空空如也。

五體投地

【釋義】五體：頭與四肢。投地：兩手、兩膝和頭著地叩頭，為佛教最隆重的禮節。

【出處】楞嚴經卷一：「阿難聞已，重復悲淚，五體投地，長跪合掌，而白佛言。」

【用法】用以比喻對人崇拜、敬佩到了極點。
【例句】我一向仰慕他的為人，今日相見長談後，更令我佩服得**五體投地**。
【義近】膜頂禮拜／心悅誠服／首肯心折。
【義反】不甘示弱／不屑一顧／不以為然／嗤之以鼻。

互切互磋 ㄏㄨˋ ㄑㄧㄝ ㄏㄨˋ ㄘㄨㄛ

【釋義】切：剖開。磋：磨光。切磋：治骨角的方法。
【出處】詩經・衛風・淇奧：「如切如磋，如琢如磨。」
【用法】互相研究、磨練。用來比喻進德修業的方法。
【例句】學生們在校求學，應該**互切互磋**，學業才會日益精進。
【義近】切磋琢磨／如切如磋／精益求精。
【義反】故步自封／得過且過。

互異其趣 ㄏㄨˋ ㄧˋ ㄑㄧˊ ㄑㄩˋ

【釋義】志向興趣不同。異：不同。趣：志向或趣味。
【用法】形容兩人的意志和趣味完全不相同；或形容兩件事物所包含的趣味不相同。
【例句】①張家兩兄弟志向不同，可說是**互異其趣**。②作學問所得的快樂和吃喝玩樂所得的歡樂是**互異其趣**的。
【義近】大相逕庭／天淵之別／判若雲泥。
【義反】不謀而合／如出一轍。

互通聲氣 ㄏㄨˋ ㄊㄨㄥ ㄕㄥ ㄑㄧˋ

【釋義】聲氣：比喻作消息。
【出處】易經・乾卦：「同聲相應，同氣相求。」
【用法】形容朋友之間仍有互通消息；或形容兩人對某事物的看法一致，心靈相契合。
【例句】①他們雖然分別多年，但彼此之間仍然有書信往來，**互通聲氣**。②他們兩人都主張革新，而且看法一致，可說是**互通聲氣**。
【義近】書疏往返／雁字魚書／志同道合。
【義反】魚沉雁杳／杳如黃鶴／格格不入／扞格不入。

互道契闊 ㄏㄨˋ ㄉㄠˋ ㄑㄧˋ ㄎㄨㄛˋ

【釋義】互述別後重逢的思念之情。契闊：即離散。
【出處】後漢書・范冉傳：「行路急卒，非陳契闊之所。」
【用法】形容久未相見之人，彼此寒暄話舊。
【例句】他們倆見面後，**互道契闊**，聊起彼此的際遇，不勝唏噓。

四畫

亙古未有 ㄍㄣˋ ㄍㄨˇ ㄨㄟˋ ㄧㄡˇ

【釋義】亙古：整個古代，從古以來。
【出處】清・平步青・霞外捃屑四：「太青晚作嘉蓮詩，七言今體至四百餘首，亙古未有。」
【用法】指從古到今，從沒有過的人和事。
【例句】人類登陸月球，用太空梭遨遊太空，這些都是**亙古未有**的事。
【義近】前所未有／見所未見／聞所未聞／史無前例／破天荒。
【義反】司空見慣／比比皆是／屢見不鮮／史有記載／不乏其例。

亠部

一畫

亡羊之歎 ㄨㄤˊ ㄧㄤˊ ㄓ ㄊㄢˋ

【釋義】丟失羊後所產生的感歎。亡：丟失。一作「歧路亡羊」。
【出處】列子・說符載：楊子之鄰人亡羊，因歧路太多，追而不獲，於是曰：「大道以多歧亡羊，學者以多方喪生。」
【用法】比喻世事多歧，若方向不明或不小心謹慎，容易誤入歧途。
【例句】他為人忠厚老實，常常受騙上當，以致損失不小，所以一遇上老朋友就要作**亡羊之歎**。

亡羊得牛 ㄨㄤˊ ㄧㄤˊ ㄉㄜˊ ㄋㄧㄡˊ

【釋義】丟失了羊卻得到了牛。亡：丟失。
【出處】淮南子・說山訓：「亡羊而得牛，則莫不利失也；斷指而免頭，則莫不利為也。」
【用法】比喻損失小而收益大。
【例句】你這次在大陸投資雖虧了些本，但卻娶了個如花似玉、知書達理的老婆，也算是**亡羊得牛**了。
【義近】塞翁失馬／亡戟得矛／亡漿得酒／因禍得福／轉禍為福／否極泰來。
【義反】愛鶴失眾／因小失大／得不償失／福過災生／樂極生悲。

亡羊補牢 ㄨㄤˊ ㄧㄤˊ ㄅㄨˇ ㄌㄠˊ

【釋義】丟失了羊才去修補羊圈。亡：丟失。牢：養牲口的圈。
【出處】戰國策・楚策四：「臣聞鄙語曰：『見兔而顧犬，未為晚也；亡羊而補牢，未為遲也。』」
【用法】比喻出了差錯趕緊想辦法補救，以免再受損失。
【例句】我們球隊這次雖然輸了，但只要能**亡羊補牢**力求改進，下次比賽還是有希望獲勝的。
【義近】見兔顧犬／知過能改，善莫大焉／江心補漏／賊去關門。
【義反】一錯再錯／知錯不改。

亡命之徒 ㄨㄤˊ ㄇㄧㄥˋ ㄓ ㄊㄨˊ

【釋義】逃亡在外的人。亡命：沒有名籍，改名換姓。命：名。徒：人。
【出處】司馬遷・史記・張耳列

傳：「張耳嘗亡命游外黃。」令德狐・北周書郭彥傳：「亡命之徒，咸從賦役。」
【用法】常用以形容不顧生死從事危險犯法或作惡作亂的人。
【例句】有幾個**亡命之徒**為躲避警方的追緝而逃到山裏去，使附近村落的居民都提心弔膽。
【義近】不法之徒／市井無賴。
【義反】善良百姓／守法公民／狷介之士。

亡國之音

【釋義】使國家敗亡的音樂。
【出處】禮記・樂記：「亡國之音哀以思，其民困。」又「桑間濮上之音，亡國之音也。其政散，其民流。」
【用法】常用來比喻哀思的曲調或頹靡的歌曲。
【例句】流行音樂雖然琅琅上口，通俗平易，但有些衛道人士認為此乃靡靡之樂，**亡國之音**，而大加撻伐。
【義近】靡靡之音／鄭衛之音／桑濮之音。
【義反】正音雅樂／陽春白雪／引商刻羽／高山流水／鈞天廣樂。

亡魂失魄

【釋義】丟掉了魂魄。亡、失：二字同義，丟失。
【出處】凌濛初・初刻拍案驚奇卷一八：「這裏富翁見丹客留下了美妾……時時亡魂失魄，只思量下手。」
【用法】形容人驚慌失措或心神不定。
【例句】這位老太太得知自己獨子車禍喪生的消息，頓時**亡魂失魄**，昏倒在地。
【義近】六神無主／魂不守舍／失魂落魄／手足無措。
【義反】氣定神閒／心安神定／悠遊自在。

亡魂喪膽

【釋義】丟失了魂，喪失了膽。
【出處】元・汪元亨・沉醉東風・歸田曲：「薄利虛名再莫貪，贏得來亡魂喪膽。」
【用法】形容人恐懼不安，驚慌失措到了極點。
【例句】我軍佈下天羅地網，敵軍**亡魂喪膽**，到處亂竄逃命。
【義近】心膽俱裂／心驚膽戰／魂飛魄散／驚慌失措。
【義反】神色自若／心安神定／泰然自若／從容不迫。

四畫

交口稱譽

【釋義】交口：眾口一辭，異口同聲。
【出處】韓愈・柳子厚墓誌銘：「諸公要人，爭欲令出我門下，交口薦譽之。」
【用法】同以表示異口同聲地稱讚。
【例句】他為人厚道，又熱心助人，是我們這裏**交口稱譽**的大好人。
【義近】有口皆碑／交口讚譽／讚不絕口／人人稱頌。
【義反】千夫所指／眾矢之的／羣起而攻之。

交淡如水

【釋義】交情淡薄如清水。又作「交淡若水」。原指道義之交。
【出處】莊子・山木：「且君子之交淡若水，小人之交甘若醴。君子淡以親，小人甘以絕。」
【用法】今除用以形容道義之交外，亦用以說明交情淡薄。
【例句】他是位胸無崖岸，**交淡如水**的人，但在你最危急的時候，他卻會伸出援手，使你銘感五內，終身難忘。
【義近】秀才人情／交情淺薄。
【義反】交甘若醴／莫逆之交／管鮑之交。

交淺言深

【釋義】交淺：交情不深。言深：話說得很深切。
【出處】戰國策・趙策四：「服子曰：『……交淺而言深，是亂也。』客曰：『不然。……交淺而言深，是忠也。』」後漢書・崔駰傳：「駰聞交淺而言深者，愚也。」
【用法】用以說明交情雖淺，言談卻很深切。
【例句】我與他雖是初次相識，卻一見如故，無話不談，可算是**交淺言深**。
【義近】交疏吐誠／相知恨晚／傾蓋如故。
【義反】話不投機／白頭如新。

交頭接耳

【釋義】交頭：頭挨著頭。接耳：嘴接近耳朵。
【出處】施耐庵・水滸傳十回：「他那三四個交頭接耳說話，正不聽得說甚麼。」
【用法】形容兩個人湊近低聲密語。
【例句】公司營運困難的消息一傳開，職員們紛紛**交頭接耳**地談論此事，使得辦公室內人心浮動，上下亂成一團。
【義近】竊竊私語／竊竊私議／咬耳交談／低聲細語。
【義反】高談闊論／公開議論。

亦步亦趨

【釋義】別人慢走我也慢走，別人快走我也快走。步：徐行。趨：快走。原指學生向老師學習。
【出處】莊子・田子方：「顏淵問於仲尼曰：『夫子步亦步，夫子趨亦趨，夫子馳亦馳。』」
【用法】比喻由於缺乏主見，或為了討好而一意模仿、追隨別人。
【例句】有些人自己不動腦筋，只知跟在別人後面**亦步亦趨**，人云亦云。
【義近】依樣畫葫蘆／人云亦云／鸚鵡學舌。
【義反】標新立異／別出心裁／另闢蹊徑／別開生面。

七畫

亭亭玉立

【釋義】亭亭：高聳直立的樣子。玉：美麗。
【出處】沈復・浮生六記：「有女名憊園……亭亭玉立，真『一弘秋水照人寒』者也。」
【用法】形容女子身材修長、姿態秀美；也用以形容花木姿態挺拔秀麗。
【例句】①幾年不見，張小姐便出落得**亭亭玉立**，成了個標緻的美人兒。②睡蓮的花型小，比起**亭亭玉立**的荷花來，遜色多了。

【義近】亭亭倩影／苗條挺拔／亭亭物表／皎皎霞外。

【義反】癡肥臃腫。

人　部

人一己百（ㄖㄣˊ ㄧ ㄐㄧˇ ㄅㄞˇ）

【釋義】別人用一倍力，自己則用百倍力。

【出處】禮記・中庸：「人一能之，己百之；人十能之，己千之。果能行此道矣，雖愚必明，雖柔必強。」

【用法】形容自強不落人後，決心加倍努力趕上別人。

【例句】只要秉持**人一己百**的精神，雖然資質平庸，也有成功的一天。

【義近】人十己千／百倍其功／駑馬十駕／跬步千里／勤能補拙。

【義反】畫地自限／自暴自棄／妄自菲薄／甘居人後／自甘墮落。

人人自危（ㄖㄣˊ ㄖㄣˊ ㄗˋ ㄨㄟˊ）

【釋義】人人都恐怖不安，覺得自己有危險。

【出處】司馬遷・史記・李斯列傳：「法令誅罰，日益深刻，羣臣人人自危，欲畔（叛）者眾。」

【用法】形容氣氛恐怖，人人都懷戒懼之心。

【例句】抗戰時期日本軍閥在佔領區，實行殺光、燒光、搶光的「三光」政策，使可憐的老百姓**人人自危**。

【義近】人心惶惶／惶惶不安／提心吊膽。

【義反】高枕無憂／高枕而臥／安如泰山。

人亡物在（ㄖㄣˊ ㄨㄤˊ ㄨˋ ㄗㄞˋ）

【釋義】人死了他的遺物還在。亡：死亡。

【出處】唐・張說・撥川郡王神道碑奉敕撰：「武節方壯，朝露不待，……時來世去，人亡物在，銘勳諡忠，以告四海。」

【用法】指看到死者生前用過的東西而引起哀思或感慨。

【例句】我丈夫雖死了好幾年，但**人亡物在**，好像他仍與我生活在一起似的。

【義近】睹物思人／音容宛在／見鞍思馬／典型猶在。

人亡政息（ㄖㄣˊ ㄨㄤˊ ㄓㄥˋ ㄒㄧˊ）

【釋義】政：指方針政策。息：停止。

【出處】禮記・中庸：「其人存，則其政舉；其人亡，則其政息。」梁啓超・外交歟內政歟：「結果還會落得個『人亡政息』。」

【用法】指某人生前所訂的方針政策，隨著他的死亡而停止推行。

【例句】古今中外，多少「人治」的國家，都存在著人存政舉，**人亡政息**的弊病，所以唯有崇尚「法治」，才能長治久安。

【義反】人存政舉。

人山人海（ㄖㄣˊ ㄕㄢ ㄖㄣˊ ㄏㄞˇ）

【釋義】聚集在一起的人多如山，廣如海。

【出處】施耐庵・水滸傳五一回：「或是戲舞，或是吹彈，或是歌唱，賺得那人山人海價看。」

【用法】形容聚集在一起的人很多。

【例句】圍繞足球場的觀眾**人山人海**，喝采、加油之聲此起彼落。

【義近】項背相望／摩肩接踵／揮汗如雨／張袂成蔭。

【義反】三三兩兩／寥寥無幾／屈指可數／稀稀落落。

人才輩出（ㄖㄣˊ ㄘㄞˊ ㄅㄟˋ ㄔㄨ）

【釋義】有才能的人成批湧現。輩出：一批一批地出現。

【出處】後漢書・蔡邕傳：「名臣輩出。」元史・崔彧傳：「貴族子弟用即顯官，幼不講學，何以從政！得如左丞許衡教國子學，則人才輩出矣！」

【用法】形容有才能的人不斷地大量湧現。

【例句】由於民生安定，教育普及，使各行業**人才輩出**，社會欣欣向榮。

【義近】人才濟濟／羣星燦爛／龍騰虎躍／鳳凰翔集。

【義反】後繼無人／青黃不接。

人才濟濟（ㄖㄣˊ ㄘㄞˊ ㄐㄧˇ ㄐㄧˇ）

【釋義】有才能的人很多。濟濟：眾多的樣子。

【出處】尚書・大禹謨：「濟濟有眾。」李汝珍・鏡花緣六二回：「閨臣見人才濟濟，十分歡悅。」

【用法】形容有才能的人很多，或有才能的人聚集在一起。

【例句】無論是自然科學領域，還是社會科學領域，無不**人才濟濟**，顯示出我們國家的繁榮進步。

【義近】人才輩出／人才薈集。

【義反】芳草寥寥／眾芳萎絕。

人不可貌相，海水不可斗量（ㄖㄣˊ ㄅㄨˋ ㄎㄜˇ ㄇㄠˋ ㄒㄧㄤˋ，ㄏㄞˇ ㄕㄨㄟˇ ㄅㄨˋ ㄎㄜˇ ㄉㄡˇ ㄌㄧㄤˊ）

【釋義】人不可單憑外貌定其才德，就像海水不可用升斗去量一樣。
【出處】元人雜劇・小尉遲：「凡人不可貌相，海水不可斗量，休輕覷了也。」
【用法】說明不可以貌取人，否則便會失掉人才。
【例句】他長得又醜又矮，但很有才華，品德也高尚，所以古人說的「**人不可貌相，海水不可斗量**」，確實一點也不假。
【義近】以貌取人，失之子羽。
【義反】以表爲裏。

人不犯我，我不犯人

【釋義】別人不侵犯我，我也不去侵犯別人。
【用法】形容人與人、國與國、團體與團體之間相處所應持有的態度。
【例句】我對待人的原則是：**人不犯我，我不犯人**，人若犯我，我必犯人。
【義近】河水不犯井水／和平相處／彼此相安。
【義反】人若犯我我必犯人／針鋒相對／寸步不讓。

人不知鬼不覺

【釋義】無人知曉發覺。
【出處】墨子・耕柱：「巫馬子謂子，墨子曰：『子之爲義也，人不見而耶，鬼不見而富，而子爲之。有狂疾！』」
元・無名氏・爭報恩：「您做事可甚人不知鬼不覺。」
【用法】形容事情做得很秘密或行動神祕，不曾被人發覺。
【例句】歹徒手法高明，在**人不知鬼不覺**中，竊走銀行數百萬現款。
【義近】不知不覺／偷偷摸摸／不聲不響／瞞天過海／無人知曉。
【義反】人人皆知／無人不知／眾目睽睽。

人中騏驥

【釋義】騏驥：駿馬，良馬。
【出處】南史・徐勉傳：「勉幼孤貧，早勵清節……及長好學，宗人孝嗣見之嘆曰：『此所謂人中之騏驥，必能致千里。』」
【用法】比喻聰穎出眾，才能過人的少年。
【例句】安校長的大公子聰明絕頂，讀書連連跳級，十五歲畢業於台灣大學，十九歲就在美國哈佛大學獲得博士學位，眞是**人中騏驥**。
【義近】人中龍鳳／超羣絕倫／出類拔萃。
【義反】繡花枕頭／紈袴子弟／庸碌之才。

人之將死，其言也善

【釋義】善：精當，眞實。
【出處】論語・泰伯：「曾子言曰：『鳥之將死，其鳴也哀；人之將死，其言也善。』」
【用法】說明人在危亡時，所言往往眞實而有價值。
【例句】他一生無惡不做，臨終時卻深表懺悔，大概是「**人之將死，其言也善**」吧！
【義近】臨死吐眞言／鳥之將死其鳴也哀。
【義反】至死不悟。

人之常情

【釋義】人們通常的情理。
【出處】江淹・雜體詩三十八首序：「貴遠賤近，人之常情。重耳輕目，俗之恆弊。」
【用法】說明事理如此，應順其自然，不可違反。
【例句】想發財，這是**人之常情**。但我們應該透過辛勤的工作和正當的手段去獲取財富，決不可胡作非爲。
【義近】理所當然／合情合理。
【義反】刁鑽古怪／詭譎怪誕／有違情理。

人云亦云

【釋義】人家說什麼，自己也跟著說什麼。云：說。
【出處】蔡松年・槽聲同彥高賦詩：「槽床過竹春泉句，他日人云吾亦云。」
【用法】比喻人沒有定見，隨聲附和。
【例句】現在一些文章毫無新見解，只是**人云亦云**的東西，徒然浪費紙墨而已。
【義近】鸚鵡學舌／隨聲附和／應如回聲／從如形影／一犬吠形百犬吠聲／拾人牙慧／拾人涕唾。
【義反】自有肺腑／獨樹一幟／獨抒己見／自有定見／推陳出新。

人心大快

【釋義】或作「大快人心」。大快：非常快樂。
【出處】明・沈德符・萬曆野獲編・立枷：「當時人心大快，佐以此得縉紳聞聲，然亦不云立枷。」
【用法】形容某事很好或很得人心，使人心中痛快不已。
【例句】這起綁架案的綁匪全都已經自裁或槍斃，實在是**人心大快**。
【義近】大快人心／一室生春／拍手稱快／人人稱慶／額手稱慶／撫掌稱快。
【義反】人心惶惶／人人自危／心有餘悸／心神不安／怨聲載道／民怨沸騰／嗟嘆不已／憤慨不已。

人心不古

【釋義】古：指古人古樸淳厚之風。
【出處】李汝珍・鏡花緣五五回：「奈近來人心不古，都尚奢華。」
【用法】感歎今人尚虛僞，崇狡詐，不及古人淳樸眞誠。
【例句】現在社會中有些人一心想發財，販毒、走私無所不爲，令人感歎**人心不古**啊！
【義近】世衰道微／世風日下。
【義反】古貌古心／古樸純厚／忠厚老實／老少無欺／民風淳樸／風俗淳厚。

人心不同，各如其面

【釋義】人心不同，如人的面孔，各不相同。
【出處】左傳・襄公三十一年：「子產曰：『人心之不同，如其面焉，吾豈敢謂子面如吾面乎？』」
【用法】形容人心各有不同，不必強求一律，也不必用己心去推測別人。
【例句】**人心不同，各如其面**，所以你不要以爲每個人的想法都跟你一樣。
【義近】一粒米養百樣人／人心

各異／一娘九種／方圓殊趣。

【義反】心心相印。

人心不足蛇吞象

【釋義】人心貪多不知足，就好像蛇想吞掉大象。

【出處】羅洪先詩：「人心不足蛇吞象。」

【用法】形容人貪心不足。

【例句】他總想把一切佔爲己有，眞是**人心不足蛇吞象**。

【義近】巴蛇吞象／得隴望蜀／得寸進尺／封豕長蛇／雁過拔毛／貪得無厭。

【義反】適可而止／量力而爲／知止知足。

人心叵測

【釋義】叵測：不可推測，貶義。叵：「不可」的合音。

【出處】京本通俗小說·錯斬崔寧：「只因世路窄狹，人心叵測，大道既遠，人情萬端，熙熙攘攘，都爲利來。」

【用法】指人心險惡，不可推測其眞相意圖。

【例句】我和王先生相交多年，沒想到他竟設計坑了我好幾百萬，眞是**人心叵測**啊！

【義近】人心莫測／知人知面不知心／人心隔肚皮。

【義反】人心古樸／古道熱腸／心口如一。

人心向背

【釋義】人心的歸向和背離。

【出處】宋史·魏了翁傳：「入奏，極言事變倚伏，人心向背，疆埸安危，鄰寇動靜。」

【用法】用以說明人們心裏所擁護的或反對的，或形容人們的動向。

【例句】國家的團結和諧，關鍵在於人民是否有共同的認知，所以爲政者要特別注意**人心向背**。

【義近】人心所向／眾望所歸／公才公望。

人心所向

【釋義】一作「人心所歸」。向：歸向。

【出處】晉書·熊遠傳：「人心所歸，惟道與義。」康有爲·大同書：「自爾以後，大勢所趨，人心所向。」

【用法】形容大眾擁護或嚮往。

【例句】東歐集權主義的崩潰瓦解已是**人心所向**，大勢所趨，誰也阻擋不了。

【義近】眾望所歸／全民嚮往／時勢所趨。

【義反】眾口所指／眾矢之的。

人心惟危

【釋義】人心險惡。惟：是。危：危險，險惡。

【出處】尚書·大禹謨：「人心惟危，道心惟微。」

【用法】形容壞人心地險惡，不可揣測。

【例句】一些不法之徒，罔顧道德良心，硬將無知少女推入火坑，造成許多不可彌補的缺憾，眞是**人心惟危**，天理不彰。

【義近】居心叵測／人心叵測／心懷鬼胎／存心不良。

【義反】心地坦白／光明正大／毫無惡意／心地善良。

人心惶惶

【釋義】人心驚恐不安。惶惶：一作「皇皇」，驚恐不安的樣子。

【出處】馮夢龍·東周列國志四回：「今人心皇皇，見太叔勢大力強，盡懷觀望。」

【用法】形容心神驚惶不安。

【例句】清初的文字獄特別厲害，捕風捉影之事時常發生，使得文士**人心惶惶**，不知哪天會禍事臨頭。

【義近】惶惶不可終日／惶恐不已／人人自危。

【義反】高枕無憂／安樂度日／無憂無慮／太平無事。

人心渙散

【釋義】渙散：指精神、紀律等散漫鬆懈。

【出處】清史稿·越南傳：「越國人心渙散，能否自立，尚未可知。」

【用法】形容人心不齊，無法團結起來。

【例句】無論是一個國家還是一個團體，最怕的是**人心渙散**，所以領導者要特別加強每一位成員的向心力。

【義近】一盤散沙／離心離德／貌合神離／同床異夢／各行其是／各自爲政。

【義反】齊心協力／團結一致／同心同德／志同道合／風雨同舟／同心合力／同舟共濟／精誠團結。

人以羣分

【釋義】不同類型的人各分成一羣。

【出處】周易·繫辭上：「方以類聚，物以羣分，吉凶生矣。」

【用法】形容好人與好人爲伍，壞人與壞人結夥；也用以說明觀點相同、情趣一致的人常在一起。

【例句】社會上有許多人因共同的興趣而結合成一個團體，這就是所謂的「物以類聚，**人以羣分**」吧！

【義近】物以類聚／草木依類而生／禽獸分羣而居／類聚羣合。

人去樓空

【釋義】人已離去，僅留下一處空樓。

【出處】崔顥·黃鶴樓：「昔人已乘黃鶴去，此地空餘黃鶴樓。黃鶴一去不復返，白雲千載空悠悠。」

【用法】多用來表示舊地重遊，觸景生情，感慨良多。

【例句】想當年，此地笙歌達旦，熱鬧非凡；到如今，荒煙蔓草，**人去樓空**，徒增低徊傷感。

【義近】碎瓦頹垣／物換星移／人事全非。

【義反】歌樓舞館／景物依舊。

人生七十古來稀

【釋義】稀：罕，鮮少。古時候很少有人能活到七十高齡。

【出處】杜甫·曲江二首：「酒債尋常行處有，人生七十古來稀。」

【用法】稱頌老人家長壽有福氣的意思。

【例句】古人說：「**人生七十古**

來稀。」您老人家年屆古稀，仍然耳聰目明，眞是好福氣呀！

人生如白駒過隙（ㄖㄣˊ ㄕㄥ ㄖㄨˊ ㄅㄞˊ ㄐㄩ ㄍㄨㄛˋ ㄒㄧˋ）

【釋義】人生短暫得就像日光透過縫隙一樣。白駒：白色的少壯駿馬，比喻日光。
【出處】莊子．知北遊：「人生天地之間，若白駒過隙。」
【用法】比喻人生短暫。
【例句】人生確實太短暫了，幾十年的光陰一晃而過，眞是「**人生如白駒過隙**」啊！
【義近】人生如寄／人生如夢／人生如朝露／人之短生，猶如石火。
【義反】漫長人生路／度日如年／漫漫長夜。

人生如寄（ㄖㄣˊ ㄕㄥ ㄖㄨˊ ㄐㄧˋ）

【釋義】人的生命短暫，猶如暫時寄居世間。
【出處】魏文帝．善哉行：「人生如寄，多憂何爲？」古詩十九首：「人生忽如寄，壽無金石固。」
【用法】嗟歎人生短暫。
【例句】人生雖然有限，但幾十年的光陰也可以大有作爲，所以我們應珍惜光陰，留下生命軌跡，不該空作**人生如寄**的歎息。
【義近】人生幾何／人生如寓／浮生若夢／人生如朝露。

人生如朝露（ㄖㄣˊ ㄕㄥ ㄖㄨˊ ㄓㄠ ㄌㄨˋ）

【釋義】朝露：早晨的露水，太陽出來後即消失。比喻存在時間非常短暫的人和事。也作「人生若朝露」。
【出處】漢書．蘇武傳：「人生如朝露，何久自苦如此。」晉．潘岳．內顧詩：「獨悲安所慕，人生若朝露。」
【用法】比喻人的生命極短暫。
【例句】**人生如朝露**，何苦爲了追求名利不擇手段，卻落個遺臭萬年呢？
【義近】浮生若夢／人生如寄／黃粱一夢／蜉蝣天地。
【義反】長生不老／生生不息／抱明月而長生。

人生如夢（ㄖㄣˊ ㄕㄥ ㄖㄨˊ ㄇㄥˋ）

【釋義】意謂人的一生就好像一場夢。
【出處】蘇軾．念奴嬌．赤壁懷古：「故國神遊，多情應笑我，早生華髮。人生如夢，一樽還酹江月。」
【用法】指世事無定，而人生又短促，一切顯得虛幻飄渺。
【例句】那些追名逐利的人，自以爲前程無量，繁華永存，殊不知**人生如夢**，兩眼一閉，萬事皆空。
【義近】浮生若夢／人生如寄／黃粱一夢／蜉蝣天地。
【義反】長生不老／生生不息／抱明月而長生。

人生自古誰無死（ㄖㄣˊ ㄕㄥ ㄗˋ ㄍㄨˇ ㄕㄟˊ ㄨˊ ㄙˇ）

【釋義】自古至今，誰都難免一死。
【出處】文天祥．過零丁洋詩：「人生自古誰無死，留取丹心照汗青。」汗青，意即史冊。
【用法】形容忠臣烈士，死得其所，萬古流芳。
【例句】文天祥說：「**人生自古誰無死**。」死有重於泰山，輕於鴻毛，死得其所，生命才有價值。

人生識字憂患始（ㄖㄣˊ ㄕㄥ ㄕˋ ㄗˋ ㄧㄡ ㄏㄨㄢˋ ㄕˇ）

【釋義】人生的愁苦從識字開始。憂患：憂愁患難。
【出處】蘇軾．石蒼舒醉夢堂詩：「人生識字憂患始，姓名粗記可以休。」
【用法】說明讀書明理後，往往會深究事理，於國於民有憂患感。
【例句】知識分子以天下爲己任，憂國憂民之心終其一生不得釋然，無怪乎古人云：「**人生識字憂患始**」。
【義近】人生識字患難多。
【義反】讀書長才幹／讀書增見解／讀萬卷書，行萬里路。

人仰馬翻（ㄖㄣˊ ㄧㄤˇ ㄇㄚˇ ㄈㄢ）

【釋義】人馬被打得仰翻在地。
【出處】兪萬春．蕩寇志八九回：「嘴邊咬著一顆人頭，殺得賊兵人仰馬翻。」
【用法】用以比喻吵鬧或忙亂到了極點。也形容被打得慘敗的樣子。
【例句】①我們走吧！昨晚老王跟老婆吵得**人仰馬翻**，八成起不來了，再等時間就來不及了。②我們的緝私船用猛烈的火力，把那羣私梟打得**人仰馬翻**，立即俯首就擒。
【義近】雞犬不寧／雞飛狗跳／丟盔卸甲／抱頭鼠竄。
【義反】風平浪靜／雨過天晴／所向披靡。

人同此心，心同此理（ㄖㄣˊ ㄊㄨㄥˊ ㄘˇ ㄒㄧㄣ，ㄒㄧㄣ ㄊㄨㄥˊ ㄘˇ ㄌㄧˇ）

【釋義】別人同樣有這個心思，心裏同樣有這個道理。
【出處】易經：「人同此心，心同此理。」
【用法】用以說明合乎情理的事情，人們的想法大致相同。
【例句】你想健康長壽，別人也想延年益壽，**人同此心，心同此理**，你怎麼能做出損害別人健康的事呢？

人各有志（ㄖㄣˊ ㄍㄜˋ ㄧㄡˇ ㄓˋ）

【釋義】人人都有自己的志向。
【出處】王粲．詠史詩：「人生各有志。」三國志．魏書．邴原傳裴松之注引原別傳：「人各有志，所規不同，故乃有登山而採玉者，有入海而採珠者。」
【用法】說明每個人都有各自不同的志向，不可勉強，更不能強求一致。
【例句】**人各有志**，既然我們意見分歧，不能再合作共事，那就分手各走各的路吧！
【義近】鐘鼎山林，各有天性。
【義反】志同道合／有志一同。

人地生疏（ㄖㄣˊ ㄉㄧˋ ㄕㄥ ㄕㄨ）

【釋義】意即人生地不熟。生疏：沒有接觸過或很少接觸，不熟悉。
【出處】清．吳趼人．情變六回：「這裏人地生疏，樣樣不慣。」
【用法】指初到某地，對當地的人和事、風俗習慣和地理環境等諸多情況都感到陌生。
【例句】我初到高雄，**人地生疏**，請諸位多多指點、關照。
【義近】人生路不熟／新來乍到／他鄉異縣／下車伊始／人

生地疏。
【義反】人熟路熟／本鄉本土／舊地重遊／久居之地。

人多嘴雜

【釋義】嘴雜：指說話的人多，七嘴八舌的。
【出處】曹雪芹・紅樓夢五七回：「他們這裏人多嘴雜，說好話的人少，說歹話的人多。」
【用法】形容人多意見多，眾說紛紜，很難取得共識。
【例句】像這樣**人多嘴雜**的情況，怎可能討論出決策方案？
【義近】眾說紛紜／七嘴八舌／言人人殊。
【義反】眾口一詞／異口同聲／所見略同。

人死留名

【釋義】人死之後要留下美名於後世。
【出處】新五代史・王彥章傳：「彥章武人不知書，常爲俚語謂人曰：『豹死留皮，人死留名。』」
【用法】說明人不可湮沒無聞而死，應有所建樹，留下美名、聲譽。
【例句】人生在世，應有造福人羣的責任感，即有「豹死留皮，**人死留名**」的惕勵。
【義近】流芳百世／垂名千古／豹死留皮／萬古流芳。
【義反】遺臭萬年／泯滅無聞／人死化泥／同泥腐朽。

人老珠黃

【釋義】人老：這裏指婦女年老。珠黃：珠子變黃了。
【出處】金瓶梅詞話二回：「娘子正在青年，翻身的日子很有呢？不像俺是人老珠黃不值錢呢。」
【用法】通常用來比喻婦女年老了，不能討得男人歡心，就像珠子因年代久遠變黃了而不值錢一樣。
【例句】你當初是怎麼指天發誓說永遠愛我的！現在我已**人老珠黃**了，你就變心，要另尋新歡了！
【義近】年老色衰／妖韶女老／窈窕女老／鶴髮雞皮。
【義反】年輕貌美／如花似玉／花容月貌／豔如桃李／出水芙蓉／仙姿玉貌／閉月羞花／沉魚落雁。

人而無信，不知其可

【釋義】爲人不守信用，不知他還能做什麼。
【出處】論語・爲政：「人而無信，不知其可也。」
【用法】用以說明做人不能不講信用。
【例句】石猴端坐上面道：「列位呵，**人而無信，不知其可**，你們方說有本事進得來，出得去，不傷身體者，就拜他爲王。」（吳承恩・西遊記一回）

人自爲戰

【釋義】每個人都爲自己而戰。
【出處】司馬遷・史記・淮陰侯列傳：「此所謂驅市人而戰之，其勢非置之死地，使人人自爲戰。」
【用法】用以說明人人主動爲自己而奮戰。
【例句】優勝劣敗，適者生存，爲了在社會上生存下去，**人自爲戰**的情況在所難免。
【義近】自發自動／各職其事／各負其責。
【義反】共同奮鬥／齊心協力。

人困馬乏

【釋義】人困頓，馬疲乏。
【出處】黃元吉・流星馬：「俺兩口兒三日不曾吃飲食，人困馬乏。」
【用法】形容因作戰、行路等而疲勞不堪。
【例句】十字軍東征因爲長途跋涉而使得**人困馬乏**，難以致勝。
【義近】疲勞不堪／筋疲力盡／體力不支。
【義反】精神抖擻／精力旺盛／體力正盛。

人言可畏

【釋義】人們背後的議論或誣蔑的話很可怕。人言：別人的評論，流言。畏：怕。
【出處】詩經・鄭風・將仲子：「人之多言，亦可畏也。」
【用法】用以說明流言蜚語足以使人惶恐不安，甚或置人於死地。
【例句】電影明星阮玲玉因流言所擾，深感**人言可畏**，一口氣吞下三瓶安眠藥，與世長辭了。
【義近】曾參殺人／一人傳虛萬人傳實／積毀銷骨／三人成虎／一里撓椎／積非成是／眾口鑠金。
【義反】言之鑿鑿。

人言籍籍

【釋義】籍籍：本形容雜亂，這裏用以形容議論紛紛。
【出處】京本通俗小說・拗相公：「妾亦聞外面人言籍籍，歸怨相公。」
【用法】指人們對某些人、事、物七嘴八舌地談論的情形。
【例句】這樁懸案，久未偵破，致使**人言籍籍**，現今總統下令偵辦到底，務求水落石出。
【義近】議論紛紛／謗議紛紛／人言嘖嘖。
【義反】絕口不談／異口同聲／緘言不談。

人命危淺

【釋義】人命：人的生命。危淺：垂危。危：危險。淺：這裏指時間短。
【出處】晉・李密・陳情表：「但以劉日薄西山，氣息奄奄，人命危淺，朝不慮夕。」
【用法】指人在世的時間已經很短了。
【例句】鄰居老祖母，年行已九十，近日纏綿病榻，氣息奄奄，**人命危淺**，兒孫均從遠地兼程趕回照顧。
【義近】命在旦夕／迴光返照／氣息奄奄／尸居餘氣。
【義反】起死回生／枯木回春／老當益壯。

人命關天

【釋義】關天：比喻關係重大。
【出處】關漢卿・竇娥冤：「方知人命關天關地，如何看作壁上灰塵。」
【用法】用以說明事關重大，人命之事更是如此。
【例句】**人命關天**，他殺了人，

難道就讓他逍遙法外！

【義近】茲事體大／事關人命／非同小可／非同兒戲／不可小覷。

【義反】無關緊要／無傷大雅。

人定勝天

【釋義】人力可以戰勝自然。天：大自然，有時也指命運。

【出處】劉過・襄陽歌：「人定兮勝天，半壁久無胡日月。」

【用法】說明人的智慧和力量能夠戰勝大自然，或鼓勵人不要屈服命運，勇於抗爭。

【例句】雖然這條公路要穿越崇山峻嶺，只要大家團結合作，鍥而不舍，相信**人定勝天**，終有完成的一日。

【義近】人眾勝天／事在人爲／有志者事竟成／不甘示弱／誓不低頭。

【義反】聽天由命／安分守己／不求爭勝／知雄守雌。

人非土木

【釋義】人不是泥土木頭，意謂人是有知覺感情的。

【出處】宋・無名氏・張協狀元：「謝何公公！張協人非土木，必有報謝之期。」

【用法】用以強調人有感情。

【例句】乍聞好友痛失愛子之噩耗，**人非土木**，孰能不爲之一掬同情淚？

【義近】人非木石／人非草木／人非禽獸。

【義反】鐵石心腸／鐵石肺肝／冷酷無情。

人非木石，孰能無情

【釋義】孰：誰。指人都有感情，不能超脫，不能去除。

【出處】司馬遷・報任少卿書：「身非木石，獨與法吏爲伍，深幽囹圄之中，誰可告愬者？」囹圄，音ㄌㄧㄥˊㄩˇ，監獄。告愬，即告訴。

【用法】形容人都有同情心，對於不幸的事，都會觸動憐憫傷痛之心。

【例句】**人非木石，孰能無情**，看到九二一受災戶們的困境，不由得令人爲之一掬同情之淚。

人急智生

【釋義】人在危急之時會突然產生機智。

【出處】施耐庵・水滸傳六回：「智深見了，人急智生，便把禪杖倚了，就灶邊拾把柴，把春臺揩抹了灰塵。」

【用法】指人在緊急時刻，機智竟應時而出，突然想出解決困難的好辦法。

【例句】等她一覺醒來，大火已在家中熊熊燃燒，她嚇慌了，突然**人急智生**，趕緊抱起孩子，用棉被緊緊裹著身子，衝出門外，然後在地面上連連打滾，才倖免於難。

【義近】急中生智／情急智生／靈機一動。

【義反】無計可施／倉皇失措／一籌莫展／束手無策。

人要衣裝，佛要金裝

【釋義】裝：裝飾打扮。人需靠衣飾打扮，如同佛的莊嚴要靠黃金裝飾。

【出處】沈自晉・望湖亭傳奇：「雖然如此，佛是金妝，人是衣妝，打扮也是極要緊的。」

【用法】用來強調人需要打扮，才更能顯現出模樣的好看。

【例句】俗語說：「**人要衣裝，佛要金裝**。」妳這身打扮，更散發出美麗與自信。

【義近】人是衣裳，馬是鞍韉／三分人才，七分打扮。

人面獸心

【釋義】外貌像人，內心狠毒有如惡獸，爲古代鄙視匈奴之詞。

【出處】漢書・匈奴傳贊：「被髮左衽，人面獸心。」

【用法】指人的行爲萬分惡劣，心腸極其狠毒。

【例句】靠販賣人口發財的人，都是一些**人面獸心**的惡棍。

【義近】衣冠禽獸／衣冠梟獍／梟獍其心／狼心狗肺。

【義反】面惡心善。

人浮於食

【釋義】人的才能高於所得俸祿。浮：超過。今發展爲「人浮於事」，指人員過多或人多事少。

【出處】禮記・坊記：「故君子與其使食浮於人也，寧使人浮於食。」

【用法】形容人多超過所需，多指機關的冗員太多。

【例句】公司要精簡人事，消除**人浮於食**的現象，才可以減輕財務負擔。

【義近】人多事少／僧多粥少／一缺十求。

【義反】人少事多／兵精糧足。

人財兩空

【釋義】人和財物都沒有了。空：這裏是沒有的意思。

【出處】曹雪芹・紅樓夢一六回：「可憐張、李二家沒趣，眞是『人財兩空。』」

【用法】通常用在上當受騙，弄得人、財兩者盡失。

【例句】這位女騙子專找上了年紀的鰥夫詐財，以跟對方結婚爲餌，然後捲款潛逃，讓人受騙，落得**人財兩空**。

【義近】人財兩失／血本無歸。

【義反】人財兩得／一箭雙鵰。

人強馬壯

【釋義】意即人馬強壯。

【出處】敦煌變文集：「睹我聖天可汗大回鶻國，莫不地寬萬里，境廣千山，國大兵多，人強馬壯。」

【用法】形容軍隊的戰鬥力很強或軍容很盛。

【例句】元軍**人強馬壯**，因此宋軍雖極力抵抗，終究不敵。

【義近】兵馬強壯／銳不可擋。

【義反】勢窮力竭／人困馬乏／棄甲曳兵／羅掘俱窮／羅雀掘鼠／創殘餓羸。

人情世故

【釋義】人情：人際關係。世故：處事經驗。

【出處】湯顯祖・邯鄲記・合仙：「把人情世故都高談盡。」楊基・聞蟬詩：「人情世故看爛熟，皎不如汚恭勝傲。」

【用法】用以說明爲人處事的道理和經驗。

【例句】年輕人不懂**人情世故**，往往憑自己的主觀意願行事，結果到處碰壁。

【義近】爲人處事。

人情冷暖

【釋義】某些人對人態度的變化，有如天氣一般，時寒時暖。常與「世態炎涼」連用。

【出處】白居易・迂叟詩：「冷暖俗情諳世路，是非閒論任交親。」

【用法】形容某些人在別人得勢時就親熱，失勢時就冷淡。

【例句】王局長一下任就遭遇門可羅雀的情境，眞是**人情冷暖**，世態炎涼啊！

【義近】世態炎涼／世情如紙／世情看冷暖，人面逐高低／窮居鬧市無人問／富居深山有遠親。

【義反】始終如一／窮達不移。

人欲橫流

【釋義】人欲：此指人的種種不好的欲望或嗜好。橫流：到處亂流，即氾濫的意思。

【出處】宋・陸九淵・語錄上：「後世人主不知學，人欲橫流，安知天位非人君所可得而私？」

【用法】形容社會風氣敗壞，各種不良習氣遍行各地。

【例句】在**人欲橫流**的社會，能潔身自好、抗拒誘惑的人，自然受到人們的尊敬。

【義近】慾深谿壑／世風日下／世衰道微／人心不古。

【義反】民風淳樸／五倫俱全。

人莫知其子之惡

【釋義】溺愛子女，不知他的缺點。惡：缺點，毛病。

【出處】大學：「故諺有之曰：『人莫知其子之惡，莫知其苗之碩。』」碩，大。

【用法】指人很容易溺愛子女，往往只看到子女好的一面，而忽略其缺點。

【例句】這位母親一再袒護兒子的過錯，所謂**人莫知其子之惡**，還眞有道理啊！

人傑地靈

【釋義】人物傑出，地域靈秀。靈：美好。

【出處】王勃・滕王閣序：「物華天寶，龍光射牛斗之墟；人傑地靈，徐孺下陳蕃之榻。」

【用法】今多用以指傑出人物生於靈秀之地，或謂山水靈秀之地會產生俊傑。

【例句】四川的樂山一帶，不只山水形勝值得讚美，而且古往今來出了不少優秀人才，所以人們稱讚那裏是個**人傑地靈**之所。

【義近】鍾靈毓秀。

人無千日好，花無百日紅

【釋義】人與人之間不可能長期相好，花不可能永遠盛開。

【出處】施耐庵・水滸傳四三回：「石秀是個精細的人，看在肚裏，……思忖道：『常言人無千日好，花無百日紅。』」

【用法】主要用來說明感情、友誼或結交不可能長久不變，有時也用來比喻世事無法永遠美好。

【例句】常言道：「**人無千日好，花無百日紅**」，青春可別留白，有花堪折直須折，莫待無花空歎息。

【義近】天下無不散的筵席／人有悲歡離合，月有陰晴圓缺／好景不常／彩雲易散，皓月難圓。

人無遠慮，必有近憂

【釋義】遠慮：長遠的考慮。近憂：眼前的憂患。

【出處】論語・衛靈公：「子曰：『人無遠慮，必有近憂。』」

【用法】勉勵人凡事要有長遠打算，若只貪圖眼前舒適，則憂患隨時可至。

【例句】有的人根本不懂「**人無遠慮，必有近憂**」的道理，成天吃喝玩樂，從不考慮未來，這是很危險的。

人爲刀俎，我爲魚肉

【釋義】別人是切割魚肉的刀俎，我是被切割的魚肉。俎：切肉用的砧板。

【出處】司馬遷・史記・項羽本紀：「如今人方爲刀俎，我爲魚肉。」

【用法】用以說明處於任人宰割的不利地位。

【例句】當今世局變化無常，我們務必要做好各方面的工作，力爭主動；否則，到了**人爲刀俎，我爲魚肉**的地步，那就不堪設想了。

【義近】任人宰割／聽人擺佈／生死由人／俯仰由人。

【義反】隨意屈伸／主宰沉浮／命運在己。

人琴俱亡

【釋義】人死了，琴聲也聽不到了。俱：都。亡：死亡，消失。

【出處】劉義慶・世說新語・傷逝：「王子猷、子敬俱病篤，而子敬先亡。子猷……取子敬琴彈，弦既不調，擲地云：『子敬，子敬，人琴俱亡！』」

【用法】形容看到遺物，懷念死者的傷悼心情。通常用來輓中年男喪之辭。

【例句】李教授於月前與世長辭，而其苦心探索數十年的研究成果又在昨夜被大火焚毀，眞是**人琴俱亡**，令人傷悼啊！

【義近】物在人亡／睹物思人／見鞍思馬／典型猶在。

人給家足

【釋義】人人飽暖，家家富足。給：豐足。

【出處】司馬遷・史記・太史公自序：「彊本節用，則人給家足之道也。」

【用法】形容家家戶戶生活富裕豐足。

【例句】經過幾十年努力的建設，不論城市或鄉村都已達到**人給家足**的境地了。

【義近】豐衣足食／人安家富。

【義反】飢寒交迫／啼飢號寒／哀鴻遍野／民不聊生。

人間地獄

【釋義】人間：人類社會。地獄：是某些宗教指人死後靈魂受苦的地方，與「天堂」相對。

【出處】傳抱石・鄭板橋集：「他親眼看見掙扎在水深火熱人間地獄裏的勞動人民，焉得不一掬同情之淚。」
【用法】通常用以比喻社會黑暗，人民處於極悲慘的境地。有時也比喻某地區或某個人生活條件極差極苦。
【例句】①抗戰時期，日軍到處實行「三光」政策，使淪陷區的人民彷彿生活在**人間地獄**之中。②大陸西南偏遠山區，生活條件之差，真有如**人間地獄**。
【義近】水深火熱／不見天日／暗無天日。
【義反】人間天堂／天上人間／人間樂土。

人間何世 ㄖㄣˊ ㄐㄧㄢ ㄏㄜˊ ㄕˋ

【釋義】猶如：「這是什麼世界啊！」
【出處】庾信・哀江南賦：「日暮途遠，人間何世！」
【用法】常用的感嘆語。感嘆萬物消長迅速，人生在世，終將幻滅。
【例句】眺望海面，波濤洶湧，瞬息萬變，不禁興起**人間何世**之歎！

人微言輕 ㄖㄣˊ ㄨㄟ ㄧㄢˊ ㄑㄧㄥ

【釋義】地位低微，說的話也不被人重視。微：低下。輕：輕視，不被重視。
【出處】蘇軾・上執政乞度牒賑濟及因修廨宇書：「某已三奏其事，至今未報。蓋人微言輕，理自當爾。」
【用法】比喻職位低微，其言論、主張不被人重視。
【例句】他的提議雖然很好，但因職位不高，未受到主管的採用，真是所謂**人微言輕**。
【義近】身輕言微／人微權輕。
【義反】一言九鼎／一語定乾坤／位高權重。

人微權輕 ㄖㄣˊ ㄨㄟ ㄑㄩㄢˊ ㄑㄧㄥ

【釋義】微：此指地位低、資歷淺。權：權勢地位。
【出處】司馬遷・史記・司馬穰苴列傳：「臣素卑賤……士卒未附，百姓不信，人微權輕。」
【用法】說明人資歷淺、地位低，威望不足以服眾，難起作用。
【例句】我在公司裏只是一個普通職員，雖說有心幫助你，但**人微權輕**，實在愛莫能助啊！
【義近】人微言輕／官微權輕。
【義反】官大權大／官高權重。

人煙稠密 ㄖㄣˊ ㄧㄢ ㄔㄡˊ ㄇㄧˋ

【釋義】人煙：指住戶人家。煙：炊煙。稠密：多而密。
【出處】宋・吳自牧・夢粱錄・肉鋪：「蓋人煙稠密，食之者眾故也。」
【用法】指聚居在一起的人很多，十分熱鬧繁榮。
【例句】臺北、上海等都是**人煙稠密**的大都市，人來人往，好不熱鬧。
【義近】川流不息／車水馬龍／熙來攘往。
【義反】人煙稀少／人跡罕至／荒無人煙。

人稠物穰 ㄖㄣˊ ㄔㄡˊ ㄨˋ ㄖㄤˊ

【釋義】人口稠密，物產富饒。穰：豐盛。
【出處】元・胡用和・粉蝶兒・題金陵景：「人稠物穰景非常，真乃是魚龍變化之鄉。」
【用法】形容城市一派繁榮昌盛的美好景象。
【例句】只要在香港多走幾個地方，你就會感覺到這裏的確是個**人稠物穰**的大都市。
【義近】天府之國／人稠物阜。
【義反】赤地千里／窮鄉僻壤。

人跡罕至 ㄖㄣˊ ㄐㄧ ㄏㄢˇ ㄓˋ

【釋義】人跡：人的足跡。罕至：很少到。
【出處】漢・荀悅・漢紀・孝武紀二：「而夷狄殊俗之國，遼絕異黨之地，舟車不通，人跡罕至。」
【用法】指很少有人去的荒涼偏僻之處。
【例句】這座原始林，毒蛇猛獸橫行其間，是個**人跡罕至**的地方。
【義近】荒無人煙／窮山惡水／罕有人煙。
【義反】人煙稠密／人來人往／雞鳴犬吠。

人壽年豐 ㄖㄣˊ ㄕㄡˋ ㄋㄧㄢˊ ㄈㄥ

【釋義】人壽：指人健康長壽。年豐：年成好，豐收年。
【出處】老舍・老張的哲學：「『大地回春，人壽年豐，福自天來……。』紅紙墨字這樣貼在門上。」
【用法】形容人民生活幸福、興旺發達的美好景象。
【例句】今年農村的收成特別好，到處都是一片**人壽年豐**的興旺景象，令人十分歡欣鼓舞。
【義近】時和年豐／五穀豐登／民康物阜／家給人足／年豐時稔／年豐人瑞。
【義反】哀鴻遍野／民不聊生／生靈塗炭／五穀不登／歲不豐稔／五穀不豐。

人盡可夫 ㄖㄣˊ ㄐㄧㄣˋ ㄎㄜˇ ㄈㄨ

【釋義】夫：丈夫。此處作動詞用。
【出處】左傳・桓公十五年：「人盡夫也，父一而已。」
【用法】用以形容妓女或不守貞節的婦女，可隨意和任何男人發生親密關係。
【例句】**人盡可夫**是辱罵女人的惡毒詞句，稍有修養的人絕不會用它來罵人，以免毀人名節。
【義近】水性楊花／殘花敗柳。
【義反】三貞九烈／三從四德／從一而終。

人盡其才 ㄖㄣˊ ㄐㄧㄣˋ ㄑㄧˊ ㄘㄞˊ

【釋義】盡：竭盡。其才：他們的才能，或自己的才能。
【出處】淮南子・兵略訓：「若乃人盡其才，悉用其力。」
【用法】形容每個人都能充分發揮自己的聰明才智。
【例句】一個進步的社會，應該真正做到**人盡其才**，讓每個人都能發揮一己長才。
【義近】野無遺賢／野無遺才／適才適所／陳力就列。

【義反】投閒置散／扼殺人才。

人窮志不窮（ㄖㄣˊ ㄑㄩㄥˊ ㄓˋ ㄅㄨˋ ㄑㄩㄥˊ）

【釋義】形容人雖然貧窮，志向操守卻不變。

【用法】常用以誇讚人處於困厄之中，卻能有骨氣，不向環境低頭。

【例句】他雖然過著三餐不繼的日子，卻**人窮志不窮**，絕不向任何人訴苦乞憐。

【義近】君子固窮／風骨凜然。

【義反】人在屋簷下，怎敢不低頭／人窮志短。

人窮志短（ㄖㄣˊ ㄑㄩㄥˊ ㄓˋ ㄉㄨㄢˇ）

【釋義】一作「人貧志短」。窮：困厄。短：短淺。

【出處】明・無名氏・石點頭：「嘗言人貧志短，盧南村……到今貧窘，漸漸做出窮相形狀。」

【用法】形容人處在困難的境地，迫不得已，志向也隨之而短淺。

【例句】爲了負擔家計，他放棄了自己的理想，終日爲賺錢而奔波，因此他常自我解嘲地說：「沒辦法，**人窮志短**嘛！」

【義近】人在屋簷下，怎敢不低頭／英雄落難沒本色／虎豹入檻少威風。

【義反】人窮志不窮／人窮志不移／窮當益堅。

人窮智短（ㄖㄣˊ ㄑㄩㄥˊ ㄓˋ ㄉㄨㄢˇ）

【釋義】窮：窮困，處境不利。智短：缺少智謀。一作「人貧智短」。

【出處】普濟・五燈會元：「人貧智短，馬瘦毛長。」

【用法】形容人處困境，缺少辦法，或不認眞想辦法，甘居困境。

【例句】小李失業賦閒在家，坐吃山空，可是他卻不願設法另謀生路，只知整日怨天尤人，一副**人窮智短**的樣子。

【義近】人窮計短／人窮計拙／自甘窮窘。

【義反】急中智生／窮則思變。

人聲鼎沸（ㄖㄣˊ ㄕㄥ ㄉㄧㄥˇ ㄈㄟˋ）

【釋義】鼎沸：鍋裏的水在沸騰。鼎：古代煮食器。

【出處】馮夢龍・醒世恆言卷十：「一日午後，劉方在店中收拾，只聽得人聲鼎沸。」

【用法】形容人聲喧鬧、嘈雜。

【例句】市場上，人羣熙來攘往，**人聲鼎沸**，好一派熱鬧景象。

【義近】沸沸揚揚／沸反盈天／人聲嘈雜／蜩螗鼎沸。

【義反】鴉雀無聲／靜寂無聲／萬籟無聲／庭階寂寂。

人贓俱獲（ㄖㄣˊ ㄗㄤ ㄐㄩˋ ㄏㄨㄛˋ）

【釋義】作案的人及其贓物同時被逮到。贓：贓物，偷盜或貪賄所得之物。俱：一起。獲：逮獲。

【出處】凌濛初・拍案驚奇卷三六：「按名捕捉，人贓俱獲。」

【用法】常用以表示證據確鑿，無可抵賴。

【例句】歹徒正在運送毒品時，被臨檢的警察逮個正著，**人贓俱獲**。

【義近】證據確鑿。

【義反】證據不足／查無實據。

二畫

仁人君子（ㄖㄣˊ ㄖㄣˊ ㄐㄩㄣ ㄗˇ）

【釋義】有仁愛之心和有道德的人。

【出處】晉書・刑法志：「戮過其罪，死不可生，縱虐於此，歲以巨計，此乃仁人君子所不忍聞……。」

【用法】用以稱好心的正派人。

【例句】昨天她的孩子走失了，幸好有位**仁人君子**將孩子送回，否則後果就嚴重了。

【義近】正人君子／高尚之士／正經男女／德義之民／仁愛長者。

【義反】流氓地痞／土匪強盜／賭徒惡棍／枉法之民。

仁心仁術（ㄖㄣˊ ㄒㄧㄣ ㄖㄣˊ ㄕㄨˋ）

【釋義】仁心：仁愛慈善之心。仁術：實行仁愛慈善的方法。術：策略，方法。

【出處】孟子・離婁：「今有仁心仁聞，而民不被其澤。」孟子・梁惠王：「無傷也，是乃仁術也。」

【用法】原指以仁心仁術治國，今多用來稱頌醫師的德術兼備。

【例句】謝醫師開設了診所，左鄰右舍送了塊**仁心仁術**的匾額祝賀他。

【義近】術德兼修／濟世救人／博愛濟眾／華佗再世。

仁民愛物（ㄖㄣˊ ㄇㄧㄣˊ ㄞˋ ㄨˋ）

【釋義】以仁德之心對人，謂之仁民；以博愛之心對物，就是愛物。

【出處】孟子・盡心上：「孟子曰：『君子之於物也，愛之而弗仁；於民也，仁之而弗親。親親而仁民，仁民而愛物。』」

【用法】形容施政者的仁德。

【例句】政府官員應有**仁民愛物**的情操，人民才能夠蒙受福祉。

【義近】民胞物與／悲天憫人／已饑已溺。

【義反】殘民以逞／視民草芥。

仁至義盡（ㄖㄣˊ ㄓˋ ㄧˋ ㄐㄧㄣˋ）

【釋義】原指年終祭神極其虔誠，竭盡仁義之道。至：極。盡：全部用出。

【出處】禮記・郊特牲：「蜡之祭也……仁之至，義之盡也。」陸游・秋思詩：「仁至義盡餘何憂。」

【用法】形容爲人做事或關心幫助人，已盡了最大努力。

【例句】他對你可說是**仁至義盡**了，你還如此損他，實在是不應該。

【義近】情至意盡／知心著意／盡心盡意。

【義反】以怨報德／無動於衷／不聞不問。

仁者無敵（ㄖㄣˊ ㄓㄜˇ ㄨˊ ㄉㄧˊ）

【釋義】原意謂施行仁政的人，天下無人可以抗拒。敵：抵拒，對抗。

【出處】孟子・梁惠王上：「王往而征之，夫誰與王敵？故曰：仁者無敵，王請勿疑。」

【用法】用以表示爲人寬厚，廣施愛心，便可獲得大眾擁戴，而無人可與之相比。

【例句】**仁者無敵**，一位有心向

善的人是永遠受人推崇的。
【義近】得道多助／以德服人。
【義反】失道寡助／以力服人。

仁義道德
【釋義】仁義：仁愛，正義，爲儒家所推崇的道德標準。
【出處】韓愈·原道：「噫！後之人，其欲聞仁義道德之說，孰從而聽之。」
【用法】今用以泛指舊的道德規範，且多含諷刺貶義。
【例句】這些尸位素餐的人，滿口**仁義道德**，私底下卻做盡貪污賣國的下流勾當，令人不齒。
【義近】禮義廉恥／綱紀人倫／三綱五常／三從四德／三貞九烈。
【義反】不知廉恥／男盜女娼／吃喝嫖賭。

仇人相見，分外眼明
【釋義】分外：特別。眼明：眼睛明亮，指看得清楚認真，並含有憤怒意。
【出處】吳沃堯·二十年目睹之怪現狀十回：「眞是仇人相見，分外眼明。正要想法尋他的事，恰好他在那裏大聲叫車。」
【用法】說明仇人相遇格外警惕，怒目而視。
【例句】他倆是死對頭，今天又碰在一起，眞是**仇人相見分外眼明**，兩人臉色都不對。
【義近】仇人相見分外眼紅／仇人相見怒眼圓睜。

今非昔比
【釋義】現在不是過去所能比得上的。昔：過去。
【出處】關漢卿·謝天香四折：「小官今非昔比，官守所拘，功名在念，豈敢飲酒。」
【用法】多指形勢、自然面貌等發生了巨大的變化。
【例句】回到故鄉常令人有**今非昔比**之慨，人物和景觀均有了巨大的變化。
【義近】今昔懸隔／今天昔地。
【義反】今昔如一。

今是昨非
【釋義】現在是對的，過去錯了。是：對，正確。昨：指過去。
【出處】晉·陶淵明·歸去來辭：「實迷途其未遠，覺今是而昨非。」
【用法】多指覺悟過來，認識或悔恨過去的錯誤。
【例句】經歷了家破人亡的慘痛教訓後，他有了**今是昨非**的覺悟，下定決心重新做人。
【義近】昨死今生／昔不如今。
【義反】昨是今非／昔非今比。

今宵有酒今宵醉
【釋義】意謂今晚有酒今晚就喝個夠。宵：夜晚。
【出處】權審·絕句詩：「得即高歌失即休，多愁多恨謾悠悠。今宵有酒今日醉，明日愁來明日愁。」
【用法】形容爲人灑脫，得樂且樂，不顧明日之事。
【例句】他的人生觀是**今宵有酒今宵醉**，說穿了便是一位不負責任的人，讓妻兒承擔生活的重大壓力。
【義近】今朝有酒今朝醉／今夕不爲明旦計／圖得眼前樂，死後亦快活。
【義反】今朝有酒明日喝／今夕要爲明日計／今生且爲來生謀。

今愁古恨
【釋義】現在的愁，以往的恨。
【出處】白居易·題靈巖寺詩：「今愁古恨入絲竹，一曲涼州無限情。」
【用法】極言感慨之多。
【例句】讀古人之詩詞，頗有**今愁古恨**襲上心頭的感懷。
【義近】新愁舊恨。
【義反】無憂無慮／樂字當頭／樂不可支。

三畫

以一警百
【釋義】警：警戒，又作「儆」。百：泛言多，非實數。
【出處】漢書·尹翁歸傳：「時其有所取也，以一警百，吏民皆服，恐懼改行自新。」
【用法】指用懲罰一人的辦法來警戒眾人。
【例句】警察最近抓了一批飆車的少年，立即移送法辦，目的在**以一警百**，希望遏止飆車的歪風。
【義近】殺一儆百／殺雞儆猴。
【義反】格殺毋論／嚴懲不貸。

以人廢言
【釋義】意即因人而廢言。以：因爲。廢：廢棄不用。言：此指善言，好話。
【出處】論語·衛靈公：「子曰：『君子不以言舉人，不以人廢言。』」
【用法】用以說明不要因爲輕視一個人，連他的好話也予以鄙棄。
【例句】人歸人，言歸言，我們不能**以人廢言**，凡是良善的話，我們都要聽從。
【義近】因噎廢食／以言取人／以貌取人。
【義反】以言舉人／以人擇官／量才錄用。

以力服人
【釋義】以強制的手段使人屈服。力：權勢，武力。服：制服，使服從。
【出處】孟子·公孫丑下：「以力服人者，非心服也，力不贍也。」
【用法】說明用威力強迫別人服從之不足取。
【例句】歷史告訴我們，**以力服人**者終將遭到滅亡的命運。
【義近】以勢壓人／威勢逼迫。
【義反】以理服人／口服心服／心悅誠服／以德服人。

以子之矛，攻子之盾
【釋義】用你的矛刺你的盾。子：你。矛：長矛，進攻武器。盾：盾牌，護身武器。
【出處】韓非子·難一載：有人先譽其盾無比堅固，接著又譽其矛無比鋒利，旁邊人說：「以子之矛，陷子之盾，何如？」
【用法】比喻用對方的觀點、言論來駁斥對方，也比喻自己說話做事前後牴觸、矛盾。
【例句】他經常運用**以子之矛，攻子之盾**的辦法，把別人駁得啞口無言。
【義近】以其人之道還諸其人之

身／自相矛盾。

【義反】相輔相成／相得益彰／前後一致。

以小人之心，度君子之腹

【釋義】小人：泛指行爲道德不好的人。度：揣測。君子：泛指品德高尚的人。

【出處】左傳·昭公二八年：「願以小人之腹，爲君子之心。」馮夢龍·醒世恆言·錢秀才錯佔鳳凰儔：「誰知顏俊以小人之心，度君子之腹。」

【用法】比喻用卑劣的想法去推測正派人的心思。

【例句】我對你一片眞誠，你卻說我有貳心，眞是**以小人之心，度君子之腹**，枉費我的心意。

【義近】以己度人／以升量石／以小測大。

【義反】以德報怨／推己及人／以直報怨。

以己度人

【釋義】度：猜測。

【出處】韓嬰·韓詩外傳·卷三：「然則聖人何以不可欺也？曰：『聖人以己度人者也。』」

【用法】表示以自己的想法去猜度別人。多用於貶義。

【例句】他絕對不是你所說的那種人，你不應該這樣**以己度人**。

【義近】以心度心／以情度情／以類度人／以小人之心度君子之腹。

【義反】易地而處／設身處地／推己及人／將心比心。

以文害辭

【釋義】文：文字。辭：詞句。

【出處】孟子·萬章上：「故說詩者，不以文害辭，不以辭害志。以意逆志，是爲得之。」

【用法】指拘泥於文字的解釋而誤解詞句。

【例句】讀古書千萬不可**以文害辭**，每字每句都要仔細推敲琢磨，方能得其眞義。

【義近】望文生義／郢書燕說／牽強附會。

【義反】融會貫通／推敲琢磨／探本索源。

以火救火

【釋義】用火來撲滅火災。

【出處】莊子·人間世：「是以火救火，以水救水，名之曰益多，順始無窮。」

【用法】比喻處理事情不講求正確方法，不但無益，反而使事態更爲嚴重。

【例句】政府一方面提倡禁煙，另方面又開放外國香煙進口，豈非**以火救火**，怎可能禁絕人們抽煙呢？

【義近】揚湯止沸／火上澆油／負薪救火。

【義反】以湯沃雪／釜底抽薪／正本清源。

以古方今

【釋義】方：比擬。指用古代的人和事，與今天的人和事進行比較。

【出處】北史·長孫嵩傳：「昔叔孫辭沃壤之地，蕭何就窮僻之鄉，以古方今，無慚曩哲。」

【用法】比喻守舊而不知變通。

【例句】時代在變，科技發展神速，身爲現代人，若老是**以古方今**，終究要在時代的潮流中被淹沒。

【義近】不達時變／因循守舊／刻舟求劍。

【義反】順時變化／因時制宜／隨機應變。

以古非今

【釋義】古：古代的人和事。非：非議，攻擊。今：指現在的人和事。

【出處】司馬遷·史記·秦始皇本紀：「有敢偶語詩書者棄市，以古非今者族。」

【用法】指用古人古事來非難攻擊今人今事或時政。

【例句】他讀古書已讀得有些走火入魔了，常愛**以古非今**，動不動就說人心不古，這種論調實在是太偏激了。

【義近】厚古非今／借古諷今。

【義反】厚今薄古／以今量古。

以白爲黑

【釋義】把白的看成或說成是黑的。

【出處】陳壽·三國志·魏書·武帝紀：「昔直不疑無兄，世人謂之盜嫂……此皆以白爲黑、欺天罔君者也。」

【用法】比喻顚倒眞僞，混淆是非。

【例句】國際上**以白爲黑**，顚倒是非的事情屢見不鮮，所謂的眞理正義早就不存在了。

【義近】指鹿爲馬／以善爲惡／倒是爲非／顚倒黑白。

【義反】黑白分明／是非分明。

以夷制夷

【釋義】利用對方的矛盾衝突，使之削弱。夷：舊指外族或外國。制：牽制，制服。

【出處】後漢書·鄧訓傳：「議者咸以羌胡相攻，縣官之利，以夷伐夷，不宜禁護。」

【用法】指利用此一外族、國家去抵制、削弱另一外族、國家，也指以外力牽制外力。

【例句】抗戰時期，國民政府採取**以夷制夷**的辦法，利用日、德、義三國的矛盾，設法讓德、義兩國削弱日本帝國主義的力量。

【義近】以洋制洋／以敵制敵。

【義反】和衷共濟／友好相處。

以耳爲目

【釋義】把耳朵當作眼睛。

【出處】文康·兒女英雄傳一七回：「據我那小東人說來，十三妹姑娘怎的個孝義，怎的個英雄，我那老東人以耳爲目，便輕信了這話。」

【用法】形容人用不確實的方式所得到的資訊，往往也是不值得採信的。

【例句】道聽塗說、**以耳爲目**的謠言不可輕信，除非親眼目睹，否則不必理會。

【義近】街談巷議／道聽塗說／口耳相傳。

【義反】眼見爲憑／親眼目睹／事證俱在。

以肉餧虎

【釋義】拿肉餵老虎。餧：同「

餵」，給動物東西吃。
【出處】漢・荀悅・漢紀・文帝紀下：「今赴秦軍，如以肉餧虎，當何益也。」
【用法】比喻所辦之事不但無益，反而有損。
【例句】對侵略者一味遷就妥協，割地賠款，那不過是**以肉餧虎**，解決不了任何問題。
【義近】以骨投狼／以狸餌鼠。
【義反】以色誘人。

以血洗血（ㄧˇ ㄒㄧㄝˇ ㄒㄧˇ ㄒㄧㄝˇ）

【釋義】用仇敵的血來償還血債。洗：洗雪，引申為償還之意。
【出處】舊唐書・源休傳：「可汗使謂休曰：『……汝國已殺突董等，吾又殺汝，猶以血洗血，污益甚爾。』」
【用法】指殺敵報仇，以殺戮報以殺戮。
【例句】所謂「冤冤相報何時了」，對於仇家，如果都抱著**以血洗血**的心態，最後受害的還是自己。
【義近】以牙還牙／以暴易暴／血債血還。
【義反】以直報怨／以德報怨／不計前仇。

以卵投石（ㄧˇ ㄌㄨㄢˇ ㄊㄡˊ ㄕˊ）

【釋義】用雞蛋去擲石頭，一觸就破。一作「以卵擊石」。
【出處】荀子・議兵：「以桀詐堯，譬之若以卵投石，以指撓沸。」
【用法】比喻自不量力，去做毫無意義的冒險，結果必然失敗。
【例句】他官大勢強，我們還是不要**以卵投石**，與他正面衝突較好。
【義近】以卵擊石／螳臂當車／自不量力／蚍蜉撼樹。
【義反】量力而行／以水滅火／自知之明。

以攻為守（ㄧˇ ㄍㄨㄥ ㄨㄟˊ ㄕㄡˇ）

【釋義】以進攻來達到防守的目的。
【出處】陳亮・酌古論・先主：「以攻為守，以守為攻，此兵之變也。」
【用法】說明採用主動進攻作為積極防禦的手段，以免處於被動地位。
【例句】諸葛亮採取**以攻為守**的策略，六出祁山，使魏國窮於防禦而無暇進攻蜀國。
【義近】制敵機先／主動出擊。
【義反】以逸待勞／以守為攻／以退為進／以屈為伸。

以言取人（ㄧˇ ㄧㄢˊ ㄑㄩˇ ㄖㄣˊ）

【釋義】憑人的言談來取捨人。
【出處】司馬遷・史記・仲尼弟子列傳：「吾以言取人，失之宰予；以貌取人，失之子羽。」
【用法】依據人是否擅長說話，來判斷其好壞或有無才能。
【例句】你只憑他那張能言善道的嘴就要重用他，這是**以言取人**，而非以才取人，如此，公司怎麼會進步呢？
【義近】以貌取人／良莠不分。
【義反】以才取人／唯才是舉。

以身作則（ㄧˇ ㄕㄣ ㄗㄨㄛˋ ㄗㄜˊ）

【釋義】身：親身，自己。則：準則，榜樣。
【出處】論語・子路：「其身正，不令而行；其身不正，雖令不從。」
【用法】說明用自己的實際行動做榜樣，給人正面示範。
【例句】領導者應該凡事**以身作則**，才能獲得屬下的敬佩和愛戴。
【義近】言傳身教／身先士卒／井臼親操。
【義反】己不正焉能正人／上樑不正下樑歪。

以身殉國（ㄧˇ ㄕㄣ ㄒㄩㄣˋ ㄍㄨㄛˊ）

【釋義】為國犧牲。殉：為某種目的而犧牲生命。
【出處】諸葛亮・將苑・將志：「見利不貪，見美不淫，以身殉國，壹意而已。」
【用法】用以讚揚為國犧牲生命的人。
【例句】黃花崗烈士不計個人生死，**以身殉國**，其愛國精神將永遠流傳在中國人心中。
【義近】為國捐軀／以身報國／以身許國／視死如歸。
【義反】賣國求榮／投敵為奸／苟且偷生／苟全性命。

以身殉職（ㄧˇ ㄕㄣ ㄒㄩㄣˋ ㄓˊ）

【釋義】殉職：在職的人為公務而犧牲生命。
【出處】郭沫若・把有限的個體生命融化進無限的民族生命裏去：「凡是忠於職守能夠以身殉職、為國捐軀的人……一定是謙和的人。」
【用法】指因忠於本職工作而獻出自己的生命。
【例句】王先生去年派往大陸負責工廠的生產線，不幸在一次車禍中**以身殉職**，留下孤兒老母，公司因而給予優厚的撫恤。
【義近】因公殉職。

以身試法（ㄧˇ ㄕㄣ ㄕˋ ㄈㄚˇ）

【釋義】親身去做觸犯法令的事。身：親身，親自。試：嘗試。
【出處】班固・漢書・王尊傳：「太守以今日至府，願諸君卿勉力正身以率下。……明慎所職，毋以身試法。」
【用法】常用以勸戒或警告人不要犯法，也用以說明知法犯法、明知故犯。
【例句】**以身試法**的人絕無好下場，最後終必要受到法律的制裁。
【義近】知法犯法／明知故犯／目無王法。
【義反】奉公守法／遵紀守法／依法行事／嚴守法紀。

以其人之道，還治其人之身（ㄧˇ ㄑㄧˊ ㄖㄣˊ ㄓ ㄉㄠˋ，ㄏㄨㄢˊ ㄓˋ ㄑㄧˊ ㄖㄣˊ ㄓ ㄕㄣ）

【釋義】道：法術，方法。治：治理，後演變成「對付」之意。身：自身。
【出處】朱熹・中庸集注：「故君子之治人也，即以其人之道，還治其人之身。」
【用法】用以說明採用那個人對付別人的辦法，來對付他自己。
【例句】對付這種自私的人，要**以其人之道，還治其人之身**，讓他嘗嘗受冷落的感受。
【義近】以眼還眼，以牙還牙／以血還血。
【義反】以德報怨／以直報怨。

以其昏昏，使人昭昭

【釋義】以自己的糊塗講解去使別人明白。昏昏：模糊，糊塗。昭昭：明白，明智。
【出處】孟子・盡心下：「賢者以其昭昭，使人昭昭；今以其昏昏，使人昭昭。」
【用法】指自己還沒有弄清楚事理，卻要去教別人明白事理，根本是不可能的事情。
【例句】做老師的有責任鑽研學問後再教導學生，千萬不可**以其昏昏，使人昭昭**，而誤人子弟。
【義近】枉己正人。
【義反】以其昭昭，使人昭昭。

以屈求伸

【釋義】以彎曲來求得向前伸展。屈：彎曲。伸：伸展，伸直。
【出處】周易・繫辭下：「尺蠖之屈，以求信（伸）也。」
【用法】比喻以退爲進的策略。
【例句】解決事情的方法並不一定要一味地硬拚下去，有時**以屈求伸**，靜待時機或許又能開出另一條路來。
【義近】以退爲進／以隱求顯／以小求大／以守爲攻。
【義反】以進爲退／以攻爲守。

以往鑑來

【釋義】往：過去的。鑑：古代的銅鏡，引申爲借鑑。來：未來的。
【出處】三國志・魏書・楊阜傳：「願陛下動則三思，慮而後行，重慎出入，以往鑑來。」
【用法】指用過去的經驗和教訓，作爲今後的借鑑。
【例句】從哪裏跌倒就從哪裏爬起來，知道**以往鑑來**的道理，才是成功之道。
【義近】以古鑑今／鑑往知來／懲前毖後。
【義反】重蹈覆轍／一錯再錯。

以直報怨

【釋義】直：公平，正直。怨：怨恨。
【出處】論語・憲問：「或曰：『以德報怨，何如？』子曰：『何以報德？以直報怨，以德報德。』」
【用法】指別人於我有怨，我應拿公平正直來回答，不應爲了報怨而置公道於不顧。
【例句】「老爺你平日常講的，以德報德，**以直報怨**，怎的此時自己又以德報怨起來。」（文康・兒女英雄傳三九回）
【義近】以德報怨／以德報德／知恩報恩。
【義反】以怨報德／以怨報怨／恩將仇報。

以怨報德

【釋義】用怨恨來報答別人的恩德。報：報答，回報。
【出處】左丘明・國語・周語：「以怨報德，不仁。」禮記・表記：「以德報怨，則寬身之仁也；以怨報德，則刑戮之民也。」
【用法】用以說明忘恩負義。
【例句】他窮困潦倒時，我待他如上賓，現在他當上了大官，竟然把我視爲眼中釘，這樣**以怨報德**，天理何在！
【義近】恩將仇報／以血洗血／忘恩負義。
【義反】以德報德／以直報怨。

以柔制剛

【釋義】用柔軟溫和去制服堅硬剛強。
【出處】諸葛亮・將苑・將剛：「善將者，其剛不可折，其柔不可捲，故以弱制強，以柔制剛。」
【用法】比喻遇到剛強，不可硬拚，應避開其鋒芒，用迂迴柔和的方式，來達到取勝的目的。
【例句】對付一個性情剛烈的丈夫，妻子最好用**以柔制剛**的辦法來馴服他。
【義近】以柔克剛／以弱制強。
【義反】以剛克剛／以暴制暴。

以毒攻毒

【釋義】用毒藥來解毒治病。攻：治。
【出處】羅泌・路史：「而劫痼攻積，巴菽殂葛，猶不得而後之，以毒攻毒，有至仁焉。」
【用法】比喻用對方毒辣的一手來對付對方，也比喻利用壞人來制服壞人。
【例句】對付這種心眼小、嘴巴惡毒的人，唯一的辦法就是**以毒攻毒**，罵回去。
【義近】以眼還眼／以牙還牙／以其人之道還諸其人之身。
【義反】以德報怨／以直報怨。

以珠彈雀

【釋義】用珍珠來彈麻雀。
【出處】莊子・讓王：「今有人於此，以隨侯之珠，彈千仞之雀，世必笑之；是何也？則其所用者重，而所要者輕也。」
【用法】比喻行事不能權衡輕重，因而得不償失。
【例句】爲了區區小錢，與菜販打得頭破血流，眞所謂**以珠彈雀**，得不償失。
【義近】得不償失／本末倒置／買櫝還珠。

以售其伎

【釋義】售：兜售，推銷。伎：伎倆，如奸詐、陰謀詭計。
【出處】柳宗元・送婁圖南秀才遊淮南將入道序：「偷一旦之容以售其伎，吾無有也。」
【用法】指設法推行自己的陰謀詭計。
【例句】那些拐騙良家婦女爲娼的人口販子，竟打著爲人介紹婚姻的招牌**以售其伎**，眞是太可惡了。
【義近】以售其奸／以逞其伎／以求一逞。
【義反】詭計難施／陰謀未逞。

以淚洗面

【釋義】用淚水來洗臉，意即淚流滿面。
【出處】南唐書：「此中日月，惟終日以淚洗面耳。」
【用法】形容一個人極爲悲傷，常常哭泣。
【例句】自從她先生過世後，她天天**以淚洗面**，令周圍親友爲之鼻酸。
【義近】終日哭泣／淚流滿面／淚眼度日。

【義反】日夜歡娛／人逢喜事精神爽／笑逐顏開。

以眼還眼，以牙還牙

【釋義】用瞪眼回擊瞪眼，用牙齒咬人對付牙齒咬人。
【出處】舊約全書・出埃及記廿二章：「要以命償命，以眼還眼，以牙還牙，以手還手，以腳還腳。」
【用法】比喻用對方使用的手段來回擊對方。
【例句】他上回耍了我一次，這回我非**以眼還眼，以牙還牙**，報一次仇不可。
【義近】以其人之道還諸其人之身／以血洗血／以毒攻毒／以暴易暴。
【義反】以德報怨／寬宏大量。

以訛傳訛

【釋義】把本來荒謬、錯誤的東西妄加傳播。訛：謬誤，錯誤。
【出處】曹雪芹・紅樓夢五一回：「這兩件事雖無考，古往今來，以訛傳訛，好事者竟故意的弄出這些古蹟來以愚人。」
【用法】說明把不正確的話用錯誤的方式傳開來，越傳越錯。
【例句】上次她親口告訴我她要出國讀書，結果**以訛傳訛**，居然有人說她要出國嫁人。
【義近】訛誤相傳／道聽塗說。
【義反】言之有據／言之鑿鑿。

以湯沃雪

【釋義】用開水澆灌雪，雪迅速融化。湯：熱水，開水。沃：灌，澆。
【出處】淮南子・兵略：「若以水滅火，若以湯沃雪，何往而不遂，何之而不用。」
【用法】比喻輕而易舉。
【例句】這件事太簡單了，辦起來有如**以湯沃雪**，就交給我去辦吧！
【義近】以水滅火／以石擊蛋／以眾敵寡／反掌折枝／甕中捉鼈。
【義反】以卵投石／以火救火／以水救水／抱薪救火。

以逸待勞

【釋義】以安閑之我等待疲勞之敵。逸：安閑。待：對待，等待。勞：勞累，疲勞。
【出處】孫子・軍爭：「以近待遠，以佚（逸）待勞，以飽待饑，此治力者也。」
【用法】多指作戰時養精蓄銳，待敵人疲乏後，相機出擊。也用以表示以己方之安閑對待對方之勞苦。
【例句】敵軍長途跋涉，力量已削減一半，我軍**以逸待勞**，佔盡最大的優勢。
【義近】靜以待敵／養精蓄銳／以整待亂。
【義反】疲於奔命。

以管窺天

【釋義】從管子裏去看天。窺：從小孔或縫隙裏去看。
【出處】莊子・秋水：「是直用管窺天……。」東方朔・答客難：「以管窺天，以蠡測海，以筳撞鐘。豈能通其條貫，考其文理，發其聲音哉！」
【用法】比喻見識狹隘，所知有限；也比喻看問題只看片面，不能通觀全局。
【例句】①這年輕人才發表兩篇讀《紅樓夢》感想的文章，就以紅學家自居，眞是**以管窺天**，不知天高地厚。②有人認爲我們公司今年出了點問題，有倒閉的危險，其實那不過是**以管窺天**罷了！
【義近】坐井觀天／以蠡測海／管窺蠡測／井蛙之見／牖中窺日／管中窺豹。
【義反】廣見博識／通觀全局／見木見林／登高望遠／放眼天下／高瞻遠矚。

以貌取人

【釋義】單憑外貌來判斷人。
【出處】司馬遷・史記・仲尼弟子列傳：「孔子聞之曰：『吾……以貌取人，失之子羽。』」子羽外貌醜陋，但才學不錯，故云。
【用法】說明以外貌作爲品評人才的標準，則必然有所失。
【例句】不要**以貌取人**，別看他其貌不揚，可是某大企業的董事長。
【義近】人不可貌相，海水不可斗量／駿馬不在肥瘦。
【義反】以文舉人。

以儆效尤

【釋義】儆：告誡，警誡。效：仿效，效法。尤：過失，罪過。
【出處】李綠園・歧路燈九三回：「況這些槍手們……也成了斯文的蟊賊，自宜按律究辦，以儆效尤。」
【用法】指嚴懲不法分子或壞人壞事，以警告那些想做或學做壞事的人。
【例句】此風不可長，一定要嚴懲那幾個帶頭鬧事的人，**以儆效尤**。
【義近】懲一儆百／殺一儆百／殺雞警猴。
【義反】尤而效之／上行下效／氾濫成災。

以德服人

【釋義】德：道德，德行。服人：使人信服，口服心服。
【出處】范仲淹・奏上時務書：「臣聞以德服人，天下欣戴，以力服人，天下怨望。」
【用法】說明在上位者應當用德感化人，使人心悅誠服，不要動不動訴諸武力或用權勢壓人。
【例句】執政的人，若能堅守民主、法治與自由，**以德服人**，必能獲得民眾的擁護與愛戴。
【義近】以德化民／順應民心。
【義反】以力服人／暴虐無道。

以德報怨

【釋義】拿恩惠來報答仇恨，即人有仇怨於我，我反以恩德待他。
【出處】老子・六三章：「大小多少，報怨以德。」論語・憲問：「或曰：『以德報怨，何如？』」
【用法】形容心胸寬闊，不記前仇。
【例句】對待敵人若能**以德報怨**，不計前嫌，就可消弭一些不必要的紛爭。

【義近】報怨以德／以直報怨／不計前仇／既往不究。
【義反】以怨報德／恩將仇報／忘恩負義／以血洗血。

以暴易暴

【釋義】暴：凶暴，暴政。易：代替。
【出處】司馬遷・史記・伯夷列傳載：伯夷叔齊認爲周武王討伐殷紂王是以暴易暴，遂逃至首陽山，作歌曰：「以暴易暴兮，不知其非矣！」
【用法】泛指用暴力消除暴力。
【例句】軍政府拿槍桿子對付暴民，結果兩敗俱傷，這不是**以暴易暴**嗎？
【義近】以其人之道還諸其人之身／以血洗血／以毒攻毒／以牙還牙，以眼還眼。
【義反】以德報怨／寬宏大量。

以鄰爲壑

【釋義】把鄰境當作排泄洪水的溝壑。壑：深溝，大水坑。
【出處】孟子・告子下：「禹之治水，水之道也，是故禹以四海爲壑，今吾子以鄰國爲壑。」
【用法】比喻只圖己利，把困難災禍轉嫁給別人。
【例句】有的人自私自利，**以鄰爲壑**，全不爲別人著想，這樣的人最終是要吃大虧的。
【義近】嫁禍於人／諉過於人／與鄰爲敵／移禍江東。
【義反】助人爲樂／千金買鄰／遠親不如近鄰／鄰里相助。

以戰去戰

【釋義】去：除去，制止。
【出處】商君書・畫策：「故以戰去戰，雖戰可也；以殺去殺，雖殺可也；以刑去刑，雖重刑可也。」
【用法】說明對於戰爭，只有用戰爭來制止。
【例句】敵人如果膽敢對我國發動戰爭，那我們只有本著**以戰去戰**的策略，用武力還以猛烈的打擊。
【義近】以戰逼和／以暴制暴／以牙還牙。
【義反】以和爲貴／以柔克剛。

以禮相待

【釋義】相待：對待別人，「相」在此非互相之意，而是指代作用，可視爲人稱副詞。
【出處】施耐庵・水滸傳九七回：「宋江以禮相待，用好言撫慰。」
【用法】指用禮貌對待別人。
【例句】對任何朋友都應該要**以禮相待**，以維繫良好的人際關係。
【義近】一來一往／和顏悅色／彬彬有禮／溫良謙讓／衣冠相見。
【義反】來而不往／怒目而視／穢言相加／亢龍高臥／袒裼裸裎。

以辭害意

【釋義】辭：通「詞」，詞句，詞藻。意：文章的思想和內容。
【出處】孟子・萬章上：「故說詩者，不以文害辭，不以辭害志。」朱子語類・中庸：「讀中庸者，不以辭害意耳。」
【用法】指爲追求華美的詞句而妨害正確思想的表達。
【例句】寫文章當然要講究修辭，但決不能矯揉造作，更不能**以辭害意**。
【義近】辭不達意／因文解義，三世佛冤。
【義反】文辭並茂／情溢乎辭。

以蠡測海

【釋義】用瓢來量海水。蠡：盛水或其他漿液的瓢。意同「以管窺天」。
【出處】東方朔・答客難：「以管窺天，以蠡測海，以筳撞鐘。豈能通其條貫，考其文理，發其聲音哉。」
【用法】比喻見識淺陋，或形容用短淺的眼光去觀察深奧的事理。
【例句】這小子眞狂妄，大學剛畢業能有多少學問，竟然對胡適、梁實秋等前輩學者妄加貶斥，眞是**以蠡測海**，自不量力。
【義近】管窺蠡測／坐井觀天／牖中窺日／井中觀星。
【義反】高瞻遠矚／博聞廣見／見多識廣。

以觀後效

【釋義】觀察他以後的效果。效：效果，表現。
【出處】後漢書・安帝紀：「秋季既立，鷙鳥將用。且復重審，以觀後效。」
【用法】指對有罪或犯錯誤的人予以寬大處理，觀察他以後悔改的表現。
【例句】初次犯錯的人，法官通常會從輕量刑，**以觀後效**，給他們一個自新的機會。

付之一炬

【釋義】將它一把火燒光。付：交給。之：它。一炬：一把火。又作「付與一炬」。
【出處】杜牧・阿房宮賦：「楚人一炬，可憐焦土。」蘇軾僕爨於長安……作詩謝之：「付與一炬隨飛煙。」
【用法】多用以說明物品、成果被火全部燒毀。
【例句】抗戰期間，他費了半生心血搜集來的古畫古字，不幸均**付之一炬**。
【義近】付之丙丁／付諸東流／化爲烏有／付之祝融。
【義反】完好無損／完整無缺／原封未動。

付之一笑

【釋義】給予一笑以回答，或給予一笑以了之。付：給予。
【出處】陶宗儀・輟耕錄卷一九：「參政付之一笑而罷。」
【用法】形容不值得重視、理會。毫不在乎的樣子。
【例句】對那些流言蜚語、惡意中傷，我們可以採取**付之一笑**的態度。
【義近】一笑了之／一笑置之／不以爲意／不理不睬。
【義反】斤斤計較／爭一高低／決一雌雄／追問到底／追根究柢。

付諸東流

【釋義】把它交付給東流水。諸：之於的合音。東流：東流的水。我國江河大多自西向東流。
【出處】高適・封丘作：「生事

應須南畝田，世情付與東流水。」

【用法】比喻希望落空，成果喪失，就好像隨著流水沖走了一樣。

【例句】因爲你這樣和人家無理取鬧，昔日所建立的情誼也就**付諸東流**了！

【義近】前功盡棄／毀於一旦／功虧一簣／春夢一場。

【義反】功德圓滿／大功告成／無損大局。

他山之石，可以攻玉

【釋義】別的山上的石頭，可用來磨治玉器。攻：琢，磨。

【出處】詩經・小雅・鶴鳴：「他山之石，可以爲錯。」「他山之石，可以攻玉。」

【用法】比喻別國的人才可以爲我所用，也比喻借外力改正錯誤或彌補不足。

【例句】**他山之石，可以攻玉**，我們應從國外引進先進科學技術，來加強我們的國防工業和科學事業，決不能故步自封。

【義近】殷鑑不遠／鏡水見面容，鏡人知吉凶。

【義反】故步自封／閉關自守／自以爲是。

仗勢欺人

【釋義】仗：依仗，憑藉。勢：權勢。

【出處】王實甫・西廂記五本三折：「他憑師友君子務本，你倚父兄仗勢欺人。」

【用法】指依仗權勢欺壓別人。

【例句】這幾個傢伙自以爲父親當大官，便可**仗勢欺人**，到處作威作福，其實根本沒有人看得起他們。

【義近】狗仗人勢／倚勢欺人／狐假虎威。

【義反】鋤強扶弱／抑強扶弱／除暴安良／鋤奸除害。

仗義執言

【釋義】爲了正義說公道話。仗：依仗，引申爲主持。執：執著，引申爲堅持。

【出處】京本通俗小說・馮玉梅團圓：「此人姓范名汝爲，仗義執言，救民水火。」

【用法】指能伸張正義，做事公正無畏。

【義近】他爲人公正無私，敢於**仗義執言**，因而深受人們的尊敬。

【義近】秉公直言／大公無私／公平正直／公正無畏。

【義反】趨炎附勢／依草附木／夤緣權勢。

仗義疏財

【釋義】仗義：主持正義。疏財：分散錢財。

【出處】元・無名氏・九世同居二折：「此人平昔仗義疏財，父親在時，與他有一面之交。」

【用法】指講義氣，拿錢幫助別人。

【例句】先生平日**仗義疏財**，慷慨解囊，今年被選爲好人好事的代表，眞是實至名歸。

【義近】輕財仗義／疏財尙氣／輕財好施／解衣推食。

【義反】唯利是圖／見利忘義／謀財害命／見財起意。

代人說項

【釋義】項：人名。指唐代人項斯，字子遷，江東人。其人本沒沒無聞，後經楊敬之逢人加以稱揚，終顯達。

【出處】宋・計有功・唐詩紀事・項斯：「幾度見詩詩盡好，及觀標格過於詩，平生不解藏人善，到處逢人說項斯。」

【用法】用以指爲人說好話或受人囑託辦事。

【例句】這件事我只是**代人說項**罷了，成與不成就看他的造化了。

【義近】爲人作嫁／替人抬轎。

代遠年湮

【釋義】湮：埋沒。年代久遠，事物已湮滅消失。

【用法】形容被人遺忘的往事或無法查證的陳舊事物。

【例句】從台東出土的長濱文化遺物，因**代遠年湮**，考據十分不易。

【義近】時過境遷／陳年往事。

【義反】爲時不遠／殷鑑不遠。

仙姿玉色

【釋義】仙姿：仙女的姿色。玉色：形容膚色潔白柔潤。

【出處】明・謝讜・四喜記・巧夕宮筵：「宮中鄭娘娘，乃是鄭參政之女，數月前選入宮中，仙姿玉色，世上無雙。」

【用法】形容女子的容顏極其美麗。

【例句】王經理找到了一個**仙姿玉色**的妻子，終於結束了三十多年單身漢的生活。

【義近】仙姿玉質／如花似玉／豔如桃李／絕代佳人／國色天香／閉月羞花。

【義反】其貌不揚／醜如無鹽／姿色平平／獐頭鼠目。

仙風道骨

【釋義】指神仙飄逸不凡的風度和修道者清高超俗的氣骨。

【出處】李白・大鵬賦序：「余昔於江陵見天台司馬子微，謂余有仙風道骨，可神遊八極之表。」

【用法】比喻人的風度、氣質都超越凡人。

【例句】王先生的學者風範看起來頗有**仙風道骨**的氣質。

【義近】光風霽月／冰壺秋月／皓如日星／淵渟嶽峙。

【義反】闇然媚世／偷雞摸狗。

令人神往

【釋義】神往：心中嚮往。

【出處】清・錢泳・履園叢話：「景山諸樂部嘗演習十番笛，每於月下聽之，……令人神往。」

【用法】形容一心嚮往，也形容文辭、音樂等美妙動人。

【例句】他從黃山歸來，講起雲海勝景，聽了眞**令人神往**。

【義近】引人入勝／令人陶醉／心嚮往之。

【義反】大爲掃興／令人作嘔／令人生厭／興致全消。

令人捧腹（ㄌㄧㄥˋ ㄖㄣˊ ㄆㄥˇ ㄈㄨˋ）

【釋義】捧腹：捧著肚子。形容大笑。

【出處】李綠園．歧路燈一〇一回：「又照燭看牆角一首，令人捧腹。」

【用法】指某事令人大笑難已。

【例句】他是位著名的滑稽演員，看他的演出常**令人捧腹**大笑，難以自制。

【義近】令人噴飯／捧腹大笑／笑岔了氣。

【義反】令人瞋目／令人髮指／倒胃口。

令人髮指（ㄌㄧㄥˋ ㄖㄣˊ ㄈㄚˇ ㄓˇ）

【釋義】髮指：頭髮豎了起來。

【出處】司馬遷．史記．項羽本紀：「樊噲遂入，披帷西向立，嗔目視項王，頭髮上指，目眦盡裂。」

【用法】形容使人極度憤怒。

【例句】抗戰時期日軍在我國的種種暴行，只要一提起，就**令人髮指**。

【義近】怒髮衝冠／怒不可遏／怒目圓睜／勃然大怒。

【義反】淡然置之／一笑置之／隨意了之／心平氣和。

令出如山（ㄌㄧㄥˋ ㄔㄨ ㄖㄨˊ ㄕㄢ）

【釋義】意即俗話所說的「軍令如山倒」，但這裏的「令」不單是軍令，而是泛指上面所發的命令。也作「令出惟行」。

【出處】尚書．周官：「慎乃出令，令出惟行，弗惟反。」李寶嘉．官場現形記一三回：「果然現任縣太爺一呼百諾，令出如山。」

【用法】指命令一發出，就必須徹底實行，絕不能違抗或更改。

【例句】老兄，你可知道**令出如山**，心中再有百般不願，也得堅決執行，否則後果將不堪設想喔！

【義近】軍令如山／令出必行／執法如山。

【義反】朝令夕改／違旨抗令／反覆無常。

令行禁止（ㄌㄧㄥˋ ㄒㄧㄥˊ ㄐㄧㄣˋ ㄓˇ）

【釋義】有令即行，有禁即止。令：命令。禁：禁令。

【出處】逸周書．文傳：「令行禁止，王之始也。」韓非子．八經：「君執柄以處勢，故令行禁止。」

【用法】形容法令嚴正，雷厲風行。

【例句】我們這個地區向來都是**令行禁止**，人人守法，所以治安特別良好。

【義近】令出惟行／令出如山／雷厲風行。

【義反】有法不依／有令不行／有禁不止／疲疲沓沓／陽奉陰違。

四畫

伉儷情深（ㄎㄤˋ ㄌㄧˋ ㄑㄧㄥˊ ㄕㄣ）

【釋義】伉儷，一般爲夫婦的通稱。

【出處】左傳．成公十一年：「已不能庇其伉儷而亡之。」

【用法】形容夫婦間情感深厚。

【例句】祖父母結褵四十餘年，至今仍互敬互愛，眞可說是**伉儷情深**，令人欽羨。

【義近】琴瑟和鳴／魚水和諧／鶼鰈情深／比翼連理／舉案齊眉。

【義反】琴瑟不調／同牀異夢／分釵破鏡／水盡鵝飛。

伊於胡底（ㄧ ㄩˊ ㄏㄨˊ ㄉㄧˇ）

【釋義】要到什麼地步才能終止。伊：助詞。於：到。胡：何。底：物的下部，此指最後境地。

【出處】詩經．小雅．小旻：「謀之不臧，則具是依。我視謀猶，伊於胡底。」

【用法】用於對不好的現象表示感歎。

【例句】「那知這個楊右相，卻一味大言欺君，全無定亂安邦之策，將來國家禍患，不知**伊於胡底**。」（隋唐演義八九回）

【義近】何時方休／沒完沒了。

伐毛洗髓（ㄈㄚˊ ㄇㄠˊ ㄒㄧˇ ㄙㄨㄟˇ）

【釋義】本指神仙蛻皮換骨，永保健旺的生理現象。

【出處】太平廣記．洞冥記：「三千歲一反骨洗髓，二千歲一剝皮伐毛；自吾生已三洗髓五伐毛矣。」

【用法】今用以比喻一個人放棄舊惡習，脫胎換骨，重新做人。

【例句】經過這次教訓後，他猶如**伐毛洗髓**，換個人似的。

【義近】改頭換面／脫胎換骨／滌瑕盪穢／洗心革面／洗心滌慮。

【義反】惡習不改／本性難移。

休休有容（ㄒㄧㄡ ㄒㄧㄡ ㄧㄡˇ ㄖㄨㄥˊ）

【釋義】休休：樂善貌。有容：有寬容之氣度。

【出處】書經．泰誓：「其心休休焉，其如有容焉。」

【用法】形容君子氣度的寬宏。

【例句】他的氣度修養**休休有容**，堪稱爲彬彬君子。

【義近】汪洋大度／豁達大度／氣宇宏深。

【義反】斤斤計較／器小量窄／目光如豆。

休戚相關（ㄒㄧㄡ ㄑㄧ ㄒㄧㄤ ㄍㄨㄢ）

【釋義】憂喜、禍福彼此相關連。休：喜悅，吉利。戚：憂愁，悲哀。

【出處】宋．陳亮．送陳給事去國啓：「眷此設心，無非體國，然用舍之際，休戚相關。」

【用法】形容關係密切，利害相關。

【例句】《紅樓夢》中的賈、史、王、薛四家，**休戚相關**，一損俱損，一榮俱榮。

【義近】命運相連／禍福與共／痛癢相關／一髮不可牽，牽之動全身。

【義反】風馬牛不相及／了不相涉／河水不犯井水／漠不相關。

休戚與共（ㄒㄧㄡ ㄑㄧ ㄩˇ ㄍㄨㄥˋ）

【釋義】憂喜、禍福彼此共同承擔。與共：彼此共同承受。

【出處】晉書．王導傳：「吾與元規休戚是同，悠悠之談，宜絕智者之口。」

【用法】比喻同甘苦、共患難，

利害一致。

【例句】八年抗戰時期，全國人民**休戚與共**，上下團結一致，共同為抗日而努力。

【義近】同甘共苦／唇齒相依／休戚相關／同生共死／患難與共。

【義反】水火不容／渺不相涉／各船各划／生死莫顧。

休養生息

【釋義】休養：休息調養。生息：繁殖人口。

【出處】韓愈．平淮西碑：「高宗、中（中宗）、睿（睿宗），休養生息。」

【用法】指在戰爭或社會大動盪之後，減輕人民負擔，安定生活，恢復元氣。

【例句】我國歷史上每個朝代在建立之初，總要讓人民**休養生息**，以利社會的發展。

【義近】養精蓄銳／與民休息／休生養息。

【義反】勞民傷財／窮兵黷武／竭澤而漁／焚林而獵。

任人唯賢

【釋義】任：任用。唯：單，只。賢：有德有才的人。

【出處】尚書．咸有一德：「任官惟（唯）賢才，左右惟其人。」

【用法】用以說明任用人只選擇德才兼備的人。

【例句】知人善任，說實在只是一個**任人唯賢**的問題。

【義近】知人善任／任賢使能／唯才是舉。

【義反】任人唯親／順我者昌／逆我者亡／雞犬升天。

任人唯親

【釋義】任：任用。唯：只，僅。親：關係密切、感情好的人。

【用法】指用人不問德才，只選用跟自己關係密切的人。

【例句】在用人的問題上，我國自古以來就有任人唯賢與**任人唯親**的不同。

【義近】拉幫結派／結黨營私／唯我是從。

【義反】任人唯賢／賢不避親／推賢任人／舉賢授能。

任其自然

【釋義】任：任憑，放任。一作「聽其自然」。

【出處】舊五代史．晉姚顗傳：「顗少敦厚，靡事容貌，任其自然，流輩未之重。」

【用法】指聽憑自由發展下去，不加引導，不予限制。

【例句】愛子女是父母的天性，但也要管教，不能**任其自然**，毫無章法。

【義近】任其自流／放任自流。

【義反】多方開導／嚴加管教／依禮而行。

任性妄為

【釋義】任性：聽憑個性行事，放縱。妄：荒誕，非分，越軌。

【出處】後漢書．馬融傳：「融善鼓琴，好吹笛，達生任性，不拘儒者之節。」

【用法】說明憑著自己的性情愛好，做不近人情甚至違法亂紀的事。

【例句】這孩子從小就驕縱慣了，所以現在**任性妄為**，非常難管教。

【義近】任性使氣／胡作非為／惹事生非／無事生端。

【義反】循規蹈矩／忠厚穩重／行事謹慎／老實忠厚。

任俠好義

【釋義】任：使其氣力。俠：以力助人。

【出處】司馬遷．史記．季布欒布列傳：「季布者，楚人也，為氣任俠。」

【用法】指有俠義之心，樂於幫助弱小。含讚美之意。

【例句】武俠小說裏的主角，大多是**任俠好義**，助弱鋤強的角色。

【義近】濟弱扶傾／擊劍任俠／打抱不平。

任重致遠

【釋義】任重：擔負的任務重。致遠：去到很遠的地方。

【出處】韓非子．人主：「夫馬之所以能任重引本致遠道者，以筋力也。」後漢書．輿服志上：「輿輪相乘，流遠罔極，任重致遠，天下獲其利。」

【用法】說明既能擔負重大的任務，又能進行長期艱苦的工作。

【例句】這位年輕人做事踏實認真，又有強烈責任感，把任務交付給他，絕對能**任重致遠**，達成使命。

【義近】任重道遠／忍辱負重。

【義反】推諉塞責／拈輕怕重。

任重道遠

【釋義】擔子很重，路程很遠。任：責任，擔子。

【出處】論語．泰伯：「士不可以不弘毅，任重而道遠。」

【用法】比喻責任重大，要經歷長期的奮鬥。

【例句】教育是一項**任重道遠**的工作，所有的人都應對教育工作付出一份心力。

【義近】任重致遠／引重致遠／負重致遠。

【義反】避難就易／推諉卸責。

任勞任怨

【釋義】任：承受。怨：埋怨，責備。

【出處】顏光敏．顏氏家藏尺牘一：「惟存一矢公矢慎之心，無愧屋漏，而闇中任勞任怨，種種非筆所能盡。」

【用法】形容做事不辭勞苦，不避怨言。

【例句】國父為了革命，一生勤勤懇懇，**任勞任怨**，真不愧是一代偉人。

【義近】勞怨不避。

【義反】怨天尤人。

任賢使能

【釋義】任、使：同義，任用的意思。賢：指品德好。能：指有才能。

【出處】吳子．料敵：「有不佔而避之者六……四曰陳功居列，任賢使能。」

【用法】指任用有德行、有才能的人。

【例句】大公無私的國家領導人，首要注重拔舉人才，**任賢使能**，才能順利推行政令。

【義近】選賢與能／因才器使／唯才是舉。

【義反】結黨營私／遠賢親佞。

仰人鼻息

【釋義】依賴別人的呼吸來生活。仰：仰仗，依賴。鼻息：呼吸。

【出處】後漢書・袁紹傳：「袁紹孤客窮軍，仰我鼻息。」杜弼・檄梁文：「解其倒懸，仰人鼻息。」

【用法】比喻依賴他人，看人臉色行事。

【例句】這種委曲求全，**仰人鼻息**的生活，我一天也不能再過下去了。

【義近】寄人籬下／俯仰由人／聽人穿鼻／仰給於人／依人作嫁。

【義反】自力更生／獨立自主／自立自強。

仰不愧於天，俯不怍於人

【釋義】仰、俯：上、下。怍：羞愧。

【出處】孟子・盡心下：「君子有三樂……。仰不愧於天，俯不怍於人，二樂也。」

【用法】用以說明人胸襟坦然，問心無愧。

【例句】爲人務必要公正廉潔，才能**仰不愧於天，俯不怍於人**。

【義近】無愧天地良心／問心無愧／俯仰無愧／衾影無慚／不愧屋漏／不欺暗室。

【義反】羞愧難當／無地自容／欺上瞞下／汗顏無地。

仰事俯畜

【釋義】上事父母，下養妻兒。事：侍奉。畜：養。

【出處】孟子・梁惠王上：「是故明君制民之產，必使仰足以事父母，俯足以畜妻子。」

【用法】用以指維持一家生計。

【例句】過去爲了**仰事俯畜**，疲於奔命，哪還有時間和精力鑽研學問！

【義近】養家餬口。

仰首伸眉

【釋義】仰首：擡起頭。伸眉：揚眉。

【出處】司馬遷・報任少卿書：「乃欲仰首伸眉，論列是非，不亦輕朝廷，羞當世之士邪！」

【用法】形容意氣昂揚，高亢不屈。

【例句】在國際舞臺上，中國人要**仰首伸眉**，令他國刮目相看，就必須先自立自強，徹底自我檢討改進。

【義近】揚眉吐氣／昂首闊步／春風得意／滿面春風。

【義反】低聲下氣／縮手縮腳／任人左右／降志辱身／含羞忍詬。

仰望終身

【釋義】仰望：依靠，依賴。一輩子依靠別人而活。

【出處】孟子・離婁下：「良人者，所仰望而終身也。」

【用法】指古代婦女一生依賴丈夫而活。今用來形容女子選擇終身伴侶，共度白首。

【例句】他老實可靠，又有責任感，是個可以**仰望終身**的好對象。

仰給於人

【釋義】仰：仰賴，仰仗。給：供應，供給。

【出處】司馬遷・史記・平準書：「衣食仰給縣官。」

【用法】指自身無力生產，必須依靠他人。

【例句】我國無法自製汽車零件，均須**仰給於人**，由歐美、日本等先進國家輸入。

【義近】仰人鼻息／賴以維生。

【義反】自力衣食／自力更生。

伈伈晛晛

【釋義】心懷恐懼，不敢正視。伈伈：恐懼貌。晛晛：小視貌。

【出處】韓愈・祭鱷魚文：「亦安肯爲鱷魚低首下心，伈伈晛晛，爲民吏羞，以偷活於此邪？」

【用法】形容小心恐懼的樣子。

【例句】若沒做虧心事，你又何必**伈伈晛晛**，躲躲藏藏呢？

【義近】誠惶誠恐／如履薄冰／如臨深淵／兢兢業業。

【義反】得過且過／虛應故事。

五　畫

位卑言高

【釋義】身處下位卻議論高官主管的政事。

【出處】孟子・萬章下：「位卑而言高，罪也；立乎人之本朝，而道不行，恥也。」

【用法】用以指責人缺乏自知之明而越職言事。

【例句】做人還是守本分的好，否則**位卑言高**，只有自取其辱。

【義近】越俎代庖／尸祝代庖／越官侵職。

【義反】在官言官。

位極人臣

【釋義】居於人臣的最高地位。極：最高的，頂點。人臣：君主的臣子。

【出處】諸葛亮・答李嚴書：「吾本東方下士，誤用於先帝，位極人臣，祿賜百億。」

【用法】本指宰相的職位，今用以指居最高官位。

【例句】想當年他與我是大學同窗，如今他官運亨通，已是**位極人臣**，而我仍然一介布衣，靠教書勉強度日。

【義近】官居一品／萬乘公相。

【義反】一介布衣／九品小官。

伴君如伴虎

【釋義】君：此指皇上。與皇帝相處，好比和老虎相伴一樣，生命隨時都受到威脅。

【用法】形容帝制時代的君王喜怒難測，臣子須小心謹慎，以免獲罪。

【例句】常言道：**伴君如伴虎**。歷史上多少名臣將相，因一朝獲罪而招致禍難。

伴食宰相

【釋義】陪伴人家吃飯的宰相。

【出處】舊唐書・盧懷愼傳：「懷愼自以爲吏道不及（姚）崇，每事皆推讓之。時人謂之伴食宰相。」

【用法】用以譏諷不稱職、無所作爲的人。

【例句】他毫無才學卻身居高位，是個標準的**伴食宰相**。

【義近】伴食中書／尸位素餐／忝列高位／禽息鳥視／三旨宰相。

【義反】才德稱位／無愧其位／名實相副。

佛口蛇心

【釋義】菩薩的嘴，蛇蝎的心。

【出處】宋・普濟・五燈會元卷五七：「古今善知識，佛口蛇心。」

【用法】形容滿口慈悲，但心腸狠毒。

【例句】他這個人**佛口蛇心**，兩面三刀，你們千萬不要吃他的虧，上他的當。

【義近】假仁假義／口蜜腹劍／笑裏藏刀／嘴甜心苦。

【義反】面善心慈／佛口佛心／心口如一。

佛法無邊

【釋義】佛的法力無所不及，有如浩瀚的海洋無邊無際。

【出處】大乘起信論・因緣分：「爲欲總攝如來廣大，深法無邊義故，應說此論。」

【用法】比喻人神通廣大，活動能力極強。

【例句】任憑孫悟空有七十二變的通天本領，也敵不過如來佛的**佛法無邊**。

【義近】神通廣大／呼風喚雨／使神差鬼。

【義反】黔驢技窮／黔驢之技／一籌莫展／無計可施。

佛面上刮金

【釋義】指把佛像臉上的金刮下來。

【出處】通俗編・釋道・佛面上刮金條引湧幢小品：「諺云：『佛面上刮金』，陋之也。」

【用法】用來比喻貪財者爲了搜索財物，無所不用其極。

【例句】你已腰纏萬貫，竟又打父母養老金的主意，你倒是眞會在**佛面上刮金**哩！

【義近】鷺鷥腿上剔肉／雞腳爪上刮油／貪賄無藝／貪得無厭。

【義反】知足知止／饜腹易盈。

佛眼相看

【釋義】佛眼：佛經所說的五眼之一。此比喻仁善的眼光。

【出處】元・無名氏・博望燒屯一折：「這村夫若下山去呵，我和他佛眼相看，若不下山去呵，我不道的饒了他哩。」

【用法】比喻以好心好意待人。或用以形容特別對待。

【例句】現今的台灣人在世界各地都挾著強大的經濟後盾，受到外國人的**佛眼相看**。

【義近】另眼相看／另眼看待／刮目相看／青眼相加。

【義反】白眼相待／冷眼相待／漠然視之。

何去何從

【釋義】離開哪兒，走向哪兒。去：離開。從：跟從。

【出處】楚辭・卜居：「此孰吉孰凶，何去何從？世混濁而不清。」

【用法】多指在重大事件上的抉擇，也形容心中惶惑而無所適從。

【例句】現在已到了關鍵時刻，**何去何從**，請你及早作出決定，我不能再等了。

【義近】無所適從／孰吉孰凶／奚去奚從。

何足爲奇

【釋義】有什麼值得奇怪的。奇：驚奇，奇怪。

【出處】元・無名氏・馬陵道一折：「孫先生，恰才你擺的陣勢，都是可破的，何足爲奇。」

【用法】用以說明其人其事並沒有什麼奇特，不值得驚訝。

【例句】你怨她三次結婚三次離婚，其實這在今天**何足爲奇**，類似的事例還多著呢！

【義近】平淡無奇／不足爲奇／屢見不鮮／司空見慣。

【義反】聞所未聞／少見多怪。

何足掛齒

【釋義】哪裏值得掛在嘴上。掛齒：指說話時提起。

【出處】元・關漢卿・裴度還帶二折：「眞所謂井底之蛙耳，何足掛齒。」

【用法】比喻其人其事不值得一提。若作爲客套語，則常與區區小事連用。

【例句】你我相交多年，這點小事**何足掛齒**，請以後千萬不要再提起了。

【義近】何足齒數／何足道哉／何足介意。

【義反】非同小可／舉足輕重。

何足道哉

【釋義】哪裏值得說。足：值得。哉：語助詞。

【出處】宋・胡仔・苕溪漁隱叢話：「意在言外，而幽怨之情自見，不待明言之也，詩貴夫如此，若使人一覽而意盡，亦何足道者！」

【用法】常用來表示輕蔑或不值得重視的意思。

【例句】幫你搬家對我來說不過是區區小事，**何足道哉**！

【義近】何足掛齒／微不足道／不足掛齒／何足介意／小事一樁。

【義反】大書特書／非同小可／舉足輕重／事關重大。

何其相似乃爾

【釋義】二者多麼相像，竟然到了這樣的地步。何其：多麼。相似：相像。乃：竟。爾：如此。

【用法】形容二者十分相像，多用於壞人壞事之間的比較。

【例句】那兩名江湖大盜所犯的罪行**何其相似乃爾**，鐵定是出自同一師門。

【義近】如出一轍／如出一口／毫無二致。

【義反】大相逕庭／截然不同／天壤之別。

何樂而不爲

【釋義】有什麼是不樂於去做的呢？爲：做。一作「何樂不爲」。

【用法】用以表示樂意去做，是以反問語氣表肯定。常與「一舉數得」連用。

【例句】接受這份工作，不僅可以賺錢，而且可以遍遊世界，**何樂而不爲**？

【義近】樂意爲之／樂意效勞。

【義反】視爲畏途／勉強應付／勉爲其難。

伸手不見五指

【釋義】意謂把手伸出來也看不到。一作「伸手不見掌」。
【出處】頤瑣・黃綉球四回：「依著他所指，走入一間小房，黑漆漆的伸手不見五指。」
【用法】形容一片漆黑，一點光亮也沒有。
【例句】防空洞裏，**伸手不見五指**的，令人毛骨悚然。
【義近】昏天黑地／一團漆黑。
【義反】燈火通明／燈火輝煌／如同白晝。

似水如魚

【釋義】就像水和魚一樣的，不能須臾分離。
【出處】王實甫・西廂記第五本四折：「若不是大恩人拔刀相助，怎能勾好夫妻似水如魚。」
【用法】形容男女戀情纏綿繾綣，或夫妻恩愛，難分難捨。也可指朋友之間交情深厚。
【例句】①他倆新婚燕爾，恩恩愛愛，**似水如魚**，不知羨煞多少未婚男女。②白居易與元微之交情深厚，雖身隔二地，卻心相連繫，**似水如魚**，時以書信往返，聊慰思念之情。
【義近】如魚得水／如膠似漆／情好綢繆／難分難捨。
【義反】形同陌路／冤家對頭／貌合神離／琴瑟不合。

似是而非

【釋義】似：似乎，好像。是：對。非：不對。
【出處】莊子・山木：「周將處夫材與不材之間，似是而非也。」
【用法】用以說明表面相像，實際上不一樣；乍看對，其實不對。
【例句】這種**似是而非**的理論，實在令人難以苟同。
【義近】類是而非／似眞非眞／模稜兩可。
【義反】千眞萬確／無可懷疑。

似曾相識

【釋義】好像曾經見過面。似：像。
【出處】晏殊・浣溪沙：「無可奈何花落去，似曾相識燕歸來。」
【用法】形容見過的人或物再度出現。
【例句】我與他素昧平生，卻有**似曾相識**之感，莫非前世之交。
【義近】彷彿面熟／一面之交。
【義反】素不相識／素昧平生。

似漆如膠

【釋義】就像漆和膠一般的黏住難分。
【出處】元・湯式・醉花陰・離思曲：「兩情濃似漆如膠，行坐處似美玉連環套。」
【用法】形容男女戀情纏綿繾綣，或夫妻恩愛，難分難捨。也可指朋友之間交情深厚。
【例句】他們雖然結婚三十幾年了，但感情卻依然**似漆如膠**，彷彿正在熱戀中似的。
【義近】似水如魚／如膠似漆／情好綢繆／難分難捨。
【義反】形同陌路／冤家對頭／貌合神離／琴瑟不合。

作好作歹

【釋義】作好：指以善言勸慰。作歹：一作「作惡」，指以厲言警告。
【出處】尙書・洪範：「無有作好，遵王之道；無有作惡，遵王之路。」施耐庵・水滸傳六一回：「兩個一路上做好做惡。」
【用法】指勸解糾紛的人，既以好言相勸，又曉之以利害。
【例句】這小倆口的脾氣太倔強了，若不是鄰居**作好作歹**把他們勸開，看來非出人命不可。
【義近】好說歹說／左勸右勸。
【義反】火上加油／加油添醋／推波助瀾。

作如是觀

【釋義】作：持，抱。是：此。觀：看法，觀點。
【出處】金剛經：「一切有爲法，如夢幻泡影，如露亦如電，應作如是觀。」
【用法】指應有這樣的看法，應持這樣的觀點。
【例句】說他品格低下，並非我們對他有什麼成見，而是他的言行使我們不得不**作如是觀**。
【義近】想當然爾。
【義反】意想不到。

作育英才

【釋義】作育：培養。英才：傑出、優秀的人才。
【出處】孟子・盡心上：「得天下英才而教育之，三樂也。」
【用法】常用來讚揚學校或老師教育人才的功德。
【例句】陳老師一生奉獻教育，**作育英才**無數，贏得鄉里及親友們的尊敬。
【義近】春風化雨／樂育菁莪／百年樹人。
【義反】誤人子弟。

作法自斃

【釋義】自己立法，反而使自己受害。作：立。斃：因病、傷而倒下，引申爲死。
【出處】司馬遷・史記・商君列傳：「客人不知其商君也，曰：『商君之法，舍人無驗者坐之。』商君喟然歎曰：『嗟乎，爲法之敝，一至此哉！』」
【用法】比喻自己想出的辦法反而害了自己。
【例句】伊拉克想用武力吞併科威特，結果**作法自斃**，被美國與其盟國打得落花流水。
【義近】自作自受／自食其果／咎由自取／作繭自縛。

作舍道邊

【釋義】在路邊修建房子，與過路的人商量。舍：房屋。
【出處】後漢書・曹褒傳：「諺言：『作舍道邊，三年不成。』會禮之家，名爲聚訟，互生疑異，筆不得下。」
【用法】比喻眾說紛紜，莫衷一是，若不能有所主見，則不容易成功。
【例句】徵求別人意見固然不錯，但若**作舍道邊**，自己不能做出適中的決斷，反而壞事。
【義近】作室路傍／築室道謀／

聽人穿鼻／飛篷隨風。

【義反】獨行其是／胸有成竹／自行其是／我行我素。

作姦犯科（ㄗㄨㄛˋ ㄐㄧㄢ ㄈㄢˋ ㄎㄜ）

【釋義】作姦：做壞事。犯科：觸犯法律。科：科條，指法律條文。

【出處】諸葛亮・前出師表：「若有作姦犯科及為忠善者，宜付有司，論其刑賞。」

【用法】指稱為非作歹，違法亂紀。

【例句】只有把那些**作姦犯科**的人繩之以法，社會才能安定祥和。

【義近】違法亂紀／以身試法／胡作非為／為非作歹。

【義反】安分守紀／奉公守法／遵紀守法／安分守己。

作威作福（ㄗㄨㄛˋ ㄨㄟ ㄗㄨㄛˋ ㄈㄨˊ）

【釋義】專行賞罰，獨攬威權。威、福：指刑罰和獎賞。

【出處】尚書・洪範：「惟辟作福，惟辟作威，惟辟玉食，臣無有作福作威玉食。」

【用法】今多用以形容小人得志，妄自尊大，憑藉權勢而橫行霸道。

【例句】他才當了幾天的科長，就如此**作威作福**，不把同事放在眼裏了！

【義近】胡作非為／橫行霸道／擅作威福／飛揚跋扈。

【義反】為民請命／愛民如子／和藹可親／和顏悅色。

作鳥獸散（ㄗㄨㄛˋ ㄋㄧㄠˇ ㄕㄡˋ ㄙㄢˋ）

【釋義】好像飛禽走獸樣地一哄而散。

【出處】李陵・答蘇武書：「今無復戰，天明坐受縛矣；各鳥獸散，猶有脫罪歸報天子者。」

【用法】用以形容一羣人凌亂四散，毫無秩序。

【例句】那是一羣烏合之眾，所以我軍一到，便立即**作鳥獸散**。

【義近】四下逃散／抱頭鼠竄。

【義反】巋然不動／雷打不散。

作惡多端（ㄗㄨㄛˋ ㄜˋ ㄉㄨㄛ ㄉㄨㄢ）

【釋義】幹的壞事很多。端：項，事物的一個方面。

【出處】吳承恩・西遊記四二回：「想當初作惡多端，這三四日齋戒，那裏就積的過來？」

【用法】指所做壞事極多，罪惡累累。

【例句】對那些屢教不改、**作惡多端**的壞人，應採取果斷行動，狠狠予以打擊。

【義近】罄竹難書／擢髮難數。

【義反】積善成德／累積陰德／積善餘慶。

作賊心虛（ㄗㄨㄛˋ ㄗㄟˊ ㄒㄧㄣ ㄒㄩ）

【釋義】心虛：內心不安，不踏實。

【出處】宋・悟明・重顯禪師：「郤顧侍者云：『適來有人看方丈麼？』侍者云：『有。』師云：『作賊人心虛。』」

【用法】用以指稱人做了壞事，又怕別人知道，惟恐被人揭穿。

【例句】瞧他一副**作賊心虛**的模樣，便知他脫不了嫌疑，與此案有重大關係。

【義近】問心有愧／心中有鬼。

【義反】問心無愧／內省不疚／心安理得。

作壁上觀（ㄗㄨㄛˋ ㄅㄧˋ ㄕㄤˋ ㄍㄨㄢ）

【釋義】站在壁壘上旁觀雙方作戰。壁：壁壘，軍營周圍的高牆。

【出處】司馬遷・史記・項羽本紀：「諸侯軍救鉅鹿，下者十餘壁，莫敢縱兵。及楚擊秦，諸將皆作壁上觀。」

【用法】比喻置身於事外，在一旁觀望。

【例句】看球賽大可不必認眞，等於兩軍對壘，**作壁上觀**，誰輸誰贏都無所謂。

【義近】袖手旁觀／坐觀成敗／隔岸觀火／冷眼旁觀／隔山觀虎鬥／置身事外。

【義反】挺身而出／打抱不平／拔刀相助／身先士卒。

作繭自縛（ㄗㄨㄛˋ ㄐㄧㄢˇ ㄗˋ ㄈㄨˋ）

【釋義】蠶吐絲作繭，把自己包在裏面。縛：束縛。

【出處】陸游・書歎：「人生如春蠶，作繭自縛裏。」

【用法】比喻自己給自己製造麻煩，或使自己陷入困境而不能自拔。

【例句】這件事本來與你毫無關係，你卻硬要攬上身，結果**作繭自縛**，又怨得了誰呢？

【義近】自作自受／作法自斃／吐絲自纏／自討苦吃。

你死我活（ㄋㄧˇ ㄙˇ ㄨㄛˇ ㄏㄨㄛˊ）

【釋義】意即不是你死，就是我活，沒有讓步的餘地。

【出處】元・無名氏・度柳翠・一折：「世俗人沒來由，爭長競短，你死我活。」

【用法】形容矛盾很深，格鬥非常激烈，都想打倒對方，獲取勝利。

【例句】他倆已發誓要拚個**你死我活**，根本沒有和談的餘地，還有什麼可勸的？

【義近】不共戴天／生死搏鬥／勢不兩立。

【義反】生死與共／相依為命／休戚相關／同生共死。

伯牙絕琴（ㄅㄛˊ ㄧㄚˊ ㄐㄩㄝˊ ㄑㄧㄣˊ）

【釋義】伯牙將琴絃拉斷。

【出處】呂氏春秋・本味：「鍾子期死，伯牙破琴絕絃，終身不復鼓琴，以為世無足復為鼓琴者。」

【用法】指傷心知己亡故，世無知音。

【例句】春秋時鍾子期與伯牙原為知音，子期亡故，**伯牙絕琴**的故事便傳為千古美事。

【義近】人琴俱杳／痛失知音／響絕牙琴。

伯仲之間（ㄅㄛˊ ㄓㄨㄥˋ ㄓ ㄐㄧㄢ）

【釋義】伯仲：本指兄弟的排行次序。

【出處】左傳・文公十八年：「高辛氏有才子八人，以伯仲叔季為序。」

【用法】形容兩個人的實力相當，難分高低上下。

【例句】說到下棋，老張和老李眞是**伯仲之間**，難分優劣。

【義近】一時瑜亮／不分軒輊／平分秋色／地醜德齊／勢均力敵。

【義反】天淵之別／大相逕庭／

南轅北轍。

伯道無兒

【釋義】晉·鄧攸字伯道，曾為河東太守。
【出處】晉書·鄧攸傳：「天道無知，使鄧伯道無兒。」
【用法】比喻老天爺不給善人兒子。
【例句】老曾做過很多善事，可是如今依然**伯道無兒**，真讓人嘆息！
【義近】伯道之憂／膝下猶虛。
【義反】子孫滿堂／綠葉成蔭／瓜瓞綿綿／百子千孫。

伯樂一顧

【釋義】伯樂：本為神話中掌管天馬的星名，後因秦穆公時的孫陽善於相馬，當時人即以「伯樂」來稱呼他。
【出處】後漢書·隗囂傳：「數蒙伯樂一顧之價，而蒼蠅之飛，不過數步，即托驥尾，得以絕羣。」
【用法】受伯樂一顧的馬價格極高，因而用以比喻一旦受到名人重視則身價百倍。
【例句】從世俗的眼光看來，不論你是否真的有學問，只要有**伯樂一顧**，那就要另眼相看了。

低三下四

【釋義】意謂低人一等。
【出處】吳敬梓·儒林外史四十回：「我常州姓沈的，不是甚麼低三下四的人家。」
【用法】形容地位卑賤低人一等，也形容卑躬屈膝毫無骨氣的樣子。
【例句】①認為為別人服務是**低三下四**的事，那就大錯特錯了。②為人要有骨氣，大可不必因為微薄薪俸，就**低三下四**去求別人。
【義近】低聲下氣／卑躬屈膝／俯首帖耳／低首下心。
【義反】自高自大／妄自尊大／高傲自大／傲睨萬物／昂首望天／不卑不亢。

低首下心

【釋義】低著頭，安心處於低下地位。下心：屈從於人。
【出處】韓愈·祭鱷魚文：「刺史雖駑弱，亦安肯為鱷魚低首下心，……以偷活於此邪！」
【用法】用以表示低聲下氣、逆來順受的樣子。
【例句】一些在外國公司工作的小職員，為了免於被解雇，不得不**低首下心**地看上司的臉色行事。
【義近】俯首聽命／低眉折腰／唯唯諾諾／忍氣吞聲／低聲下氣。
【義反】不卑不亢／昂首伸眉／趾高氣揚。

低聲下氣

【釋義】意謂不敢大聲說話，粗聲粗氣。
【出處】朱熹·童蒙須知·語言步趨：「凡為人子弟，須是常低聲下氣，語言詳緩，不可高言喧鬧。」
【用法】形容說話和態度卑下恭順的樣子。
【例句】他寧願屈就於低下的職位，也不願**低聲下氣**地討好上司。
【義近】下氣怡聲／低心下氣／低三下四。
【義反】趾高氣揚／昂首挺胸。

伶仃孤苦

【釋義】伶仃：即「伶丁」、「零丁」，形容孤獨。一作「孤苦伶仃」。
【出處】李密·陳情表：「零丁孤苦，至於成立。既無伯叔，終鮮兄弟。」
【用法】形容孤獨困苦，無依無靠。
【例句】在一場意外中，他的家人全部罹難，留下他一人**伶仃孤苦**，處境堪憐。
【義近】形單影隻／形影相弔／孑然一身／孤身隻影／舉目無親。
【義反】姊妹成行／椿萱並茂。

伶牙俐齒

【釋義】伶俐：聰明，靈活。
【出處】吳昌齡·張天師三折：「你休在那裏伶牙俐齒，調三斡四，說人好歹。」
【用法】形容人口齒靈巧，能說善道。
【例句】那位推銷員**伶牙俐齒**的，很少有顧客不被他說動。
【義近】能言善道／口齒伶俐／舌燦蓮花／口若懸河。
【義反】笨口拙舌／結結巴巴／辭不達意。

六畫

來之不易

【釋義】得來不容易。來之：使之來。
【出處】朱伯廬·治家格言：「一粥一飯，當思來之不易。半絲半縷，恆念物力維艱。」
【用法】用以說明得來很艱難，務必要加倍愛惜。
【例句】台灣的安定繁榮**來之不易**，國人應深自警惕，好好惜福。
【義近】得來不易。
【義反】輕而易舉／舉手之勞／唾手可得。

來日方長

【釋義】未來的日子還很長。來：未來，將來。方：正。
【出處】文天祥·與洪端明雲巖書：「早收中熟，覺風雨如期，晚稻亦可望，惟是力綿求牧，來日方長。」
【用法】表示事情還大有可為或還有機會，多用於對將來的期待。
【例句】**來日方長**，你應該勇敢地從失敗中站起來，重振旗鼓，奮發上進。
【義近】機遇尚多。
【義反】日暮途窮／夕陽黃昏／時不再來。

來者不拒

【釋義】來者：來的人或物。拒：拒絕。
【出處】孟子·盡心下：「往者不追，來者不拒。」
【用法】表示對於有所求而來的人或送上門來的東西，概不拒絕。
【例句】他是一位好好先生，只要有人向他求援，他必是**來者不拒**。
【義近】有求必應。
【義反】拒之門外／閉門不納／

拒人千里。

來者不善，善者不來

【釋義】來的人不懷善意，懷善意的人不會來。

【出處】清・趙翼・陔餘叢考・成語：「『來者不善，善者不來』，亦本老子『善者不辨，辨者不善』句。」

【用法】說明來鬧事的人早就不懷好意，不可與之計較。

【例句】這幾個都是地方上的流氓地痞，現在來到我們店裏必然沒有好事，所謂**來者不善，善者不來**，我們還是先報警吧！

來者猶可追

【釋義】來者：未來的事。猶：尚，還。追：及，補救。

【出處】論語・微子：「往者不可諫，來者猶可追。」陶淵明・歸去來兮辭：「悟以往之不諫，知來者之可追。」

【用法】說明未來的事還可以補救或改善。

【例句】古人說得好：「往者不可諫，**來者猶可追**。」過去的事就讓它過去，宜多著眼於未來才是。

【義近】亡羊補牢／江心補漏。

【義反】未雨綢繆／防患機先／曲突徙薪。

來勢洶洶

【釋義】來勢：動作或事物到來的氣勢。洶洶：這裏形容聲勢盛大的樣子（含貶義）。

【出處】楚辭・九章・悲回風：「憚湧湍之礚礚兮，聽波聲之洶洶。」

【用法】形容人或物的氣勢非常凶猛嚇人。

【例句】看他一副**來勢洶洶**的樣子，好像要把人吃掉一樣！

【義近】氣勢洶洶／來勢凶猛／盛氣凌人／不可一世／咄咄逼人／趾高氣昂。

【義反】心平氣和／和顏悅色／彬彬有禮／平易近人／和藹可親／謙虛謹慎。

來蹤去跡

【釋義】蹤、跡：行動所留下的痕跡。

【出處】曹雪芹・紅樓夢一一二回：「林之孝自知有罪，便跪下回道：『文武衙門都瞧了，來蹤去跡也看了，屍也驗了。』」

【用法】用以指人的活動行踪。

【例句】你只要看看你兒子的**來蹤去跡**，就可知道他一天到晚非嫖即賭，不嚴加管教行嗎？

【義近】有跡可尋／來去分明／來龍去脈。

【義反】踪影全無／來無影去無踪／銷聲匿跡。

來歷不明

【釋義】來歷：指人或事物的歷史、背景等。

【出處】明・張鳳翼・紅拂記・破鏡重符：「你要買就買，不是來歷不明的。」

【用法】用來說明人或事物的由來、經過等都不清楚。

【例句】①這個人**來歷不明**，需要嚴加防範，以免發生任何意外。②你這貨物的價格雖然便宜，但**來歷不明**，我不敢要。

【義近】不明底細／身分不明。

【義反】一清二楚／來歷分明。

來龍去脈

【釋義】風水術把山勢比作龍，把山脈的起伏綿延叫龍脈。

【出處】明・吾丘瑞・運甓記：「此間前岡有塊好地，來龍去脈，靠嶺朝山，種種合格。」

【用法】用以說明人、物的來歷，事情的前因後果。

【例句】你如果想進一步了解這件事，就必須弄清楚它的**來龍去脈**。

【義近】前因後果／來蹤去跡／始末緣由／原始要終。

依依不捨

【釋義】依依：留戀而不忍分離的樣子。不捨：捨不得。

【出處】馮夢龍・醒世恆言・盧太學詩酒傲王侯：「那盧南植送五百餘里，兩下依依不捨。」

【用法】形容極爲留戀，捨不得分離。

【例句】同窗多年的好友，如今即將各奔前程，每個人都有些**依依不捨**。

【義近】難捨難分／一步三回顧／依依惜別／戀戀不捨。

【義反】揚長而去／一去不回頭／策馬而去。

依阿取容

【釋義】阿：阿諛。取容：猶取悅，討好別人，取得別人的喜歡。容：指臉上的神情和氣色。

【出處】歐陽修・歸田錄序：「既不能因時奮身，遇事發憤有所建明以爲補益，又不能依阿取容以循世俗。」

【用法】說明爲人人格低下，靠阿諛奉承來取悅別人，以獲得好處。

【例句】在專制社會裏，那些閒文人，無所不用其極的**依阿取容**，盡寫一些違背眞實、歌功頌德的文章。

【義近】以媚取容／巧言令色／花言巧語。

【義反】剛正不阿／厲言正色。

依然如故

【釋義】依然：仍舊。故：過去，從前。

【出處】唐・薛調・劉無雙傳：「舅甥之分，依然如故。」

【用法】指沒有變化，仍舊和過去一樣。

【例句】十年過去了，她的風采**依然如故**，美麗不減當年，眞令人佩服她的保養工夫。

【義近】依然如舊／一如往昔／毫無變化。

【義反】面目全非／煥然一新／人事全非。

依然故我

【釋義】依然：仍舊。故我：舊時（從前）的我。

【出處】清・吳錫麒・家暮橋詩集序：「二分明月，照向誰家；一個詩人，依然故我。」

【用法】形容人沒有什麼長進，還是從前的老樣子。

【例句】他眞是頑劣到了極點，屢勸不聽，**依然故我**，看來是無藥可救了。

【義近】依然如故／毫無長進／

一如既往。

【義反】判若兩人／日增月長／日新月異。

依違兩可（ㄧ ㄨㄟˊ ㄌㄧㄤˇ ㄎㄜˇ）

【釋義】依違：依從和違背，贊成和反對。

【出處】清史稿・倭仁傳：「剛正不撓，無所阿嚮者，君子也；依違兩可，工於趨避者，小人也。」

【用法】指人對某一問題沒有明確的意見，態度模糊，贊成或反對都無所謂。

【例句】在大是大非的問題上，態度要明確，絕不能**依違兩可**。

【義近】依阿兩可／模稜兩可／模糊不清／不置可否／含糊其辭／不置褒貶。

【義反】剛正不撓／是非分明／旗幟鮮明／剛正不阿／立場分明／毫不含糊。

依樣畫葫蘆（ㄧ ㄧㄤˋ ㄏㄨㄚˋ ㄏㄨˊ ㄌㄨˊ）

【釋義】照別人畫的葫蘆樣子畫葫蘆。依：依照。

【出處】魏泰・東軒筆錄：「（陶）穀聞之，乃作詩書於玉堂之壁曰：『……堪笑翰林陶學士，年年依樣畫葫蘆。』」

【用法】比喻單純模仿，沒有創意。

【例句】學習國外先進產品的設計，務必要發揮自己的創意，不可**依樣畫葫蘆**。

【義近】比葫蘆畫瓢／如法炮製／蹈人舊轍／陳陳相因／墨守成規／蕭規曹隨。

【義反】標新立異／獨樹一幟／自出機杼／別出心裁。

佳人薄命（ㄐㄧㄚ ㄖㄣˊ ㄅㄛˊ ㄇㄧㄥˋ）

【釋義】佳人：美人，美女。薄命：命運不好，福分不大。

【出處】辛棄疾・賀新郎・送杜叔高：「自昔佳人多薄命。」明・謝讜・四喜記・親憶瓊英：「說什麼榮諧帝婕，端的是佳人薄命斷親緣。」

【用法】指美好的女子遇人不淑，命運不好。或指稱美貌女子早死。

【例句】①張小姐是個才貌雙全的女子，卻嫁給了一個吃喝嫖賭、無所不爲的紈袴子弟，眞是**佳人薄命**啊！②王小姐有著沉魚落雁之姿，卻在二十歲那年病死了，眞令人感嘆**佳人薄命**啊！

【義近】紅顏薄命／命如桃花／紅顏無命／桃花薄命。

使君有婦（ㄕˇ ㄐㄩㄣ ㄧㄡˇ ㄈㄨˋ）

【釋義】使君：漢代稱刺使爲使君。

【出處】古詩十九首・日出東南隅行：「使君自有婦，羅敷自有夫。」

【用法】指男子已有妻室。常用此警惕告誡女子勿與有婦之夫往來密切。

【例句】他已**使君有婦**，何苦再對他用情不渝呢？

【義近】有婦之夫／家有妻室。

【義反】中饋猶虛。

使蚊負山（ㄕˇ ㄨㄣˊ ㄈㄨˋ ㄕㄢ）

【釋義】要蚊子揹山。負：揹。

【出處】莊子・應帝王：「其於治天下也，猶涉海鑿河，而使蚊負山也。」

【用法】比喻力量無法勝任。

【例句】他不過是十來歲的小孩，怎能叫他去做搬運的工作呢？要他扛百斤重的東西，無異是**使蚊負山**，萬萬不行的！

【義近】挾山超海／使盲察毫／強人所難。

【義反】反掌折枝／探囊取物／輕而易舉。

供不應求（ㄍㄨㄥ ㄅㄨˋ ㄧㄥˋ ㄑㄧㄡˊ）

【釋義】供：供應，供給。求：需求，需要。

【用法】用以表示供應不能滿足需要。特指商品，也泛指其他某些事物。

【例句】公司推出的新產品銷售反應良好，所以總有**供不應求**的現象。

【義近】供不敷求／供少需多／以一奉百／僧多粥少。

【義反】供過於求。

例行公事（ㄌㄧˋ ㄒㄧㄥˊ ㄍㄨㄥ ㄕˋ）

【釋義】按照慣例處理的公事。例：按條例規定的或按成規進行的。

【出處】清・吳趼人・痛史一三回：「那一種淩虐苛刻，看的同例行公事一般，哪裏還知道這是不應爲而爲之事？」

【用法】現在多指形式上用來敷衍又必行的工作。

【例句】他現在掌握實權，連局長都得聽他的，這件事表面上說要請示局長再辦，實際上不過是**例行公事**罷了。

【義近】虛應故事／走過場／敷衍塞責／得過且過／草率苟且。

【義反】依章行事／克盡厥職／案牘勞形／一絲不苟／盡心盡力。

侃侃而談（ㄎㄢˇ ㄎㄢˇ ㄦˊ ㄊㄢˊ）

【釋義】侃侃：從容不迫，理直氣壯的樣子。

【出處】論語・鄉黨：「朝與下大夫言，侃侃如也。」

【用法】形容說話不慌不忙，理直氣壯。

【例句】他不等我回答，緊接著又就另一個問題**侃侃而談**，發表自己的高見。

【義近】娓娓道來／口若懸河／滔滔不絕。

【義反】結結巴巴／寡言少語／一言不發／噤若寒蟬。

佶屈聱牙（ㄐㄧˊ ㄑㄩ ㄠˊ ㄧㄚˊ）

【釋義】佶屈：又寫作「詰屈」，曲折。聱牙：拗口。

【出處】韓愈・進學解：「周誥殷盤，佶屈聱牙。」

【用法】形容文章艱澀，讀起來很不順口。

【例句】那篇八股文讀來**佶屈聱牙**，舌頭都快打結了。

【義近】文辭艱澀／艱深晦澀／拗口難讀。

【義反】文從字順／淺易暢達／琅琅上口。

七　畫

俎豆馨香（ㄗㄨˇ ㄉㄡˋ ㄒㄧㄣ ㄒㄧㄤ）

【釋義】俎：古代祭祀時，陳置牲口的禮器。豆：盛乾肉等食物的器皿。

【出處】論語・衛靈公：「俎豆之事，則嘗聞之矣。」

【用法】祭祀時的頌辭，指祭品

香氣繚繞，氣氛莊嚴。

【例句】每年教師節舉行的祭孔大典，大龍峒孔廟內**俎豆馨香**，呈現肅穆的氣氛。

信口胡謅 ㄒㄧㄣˋ ㄎㄡˇ ㄏㄨˊ ㄗㄡ

【釋義】信口：出言不加思索。胡謅：瞎說。

【出處】白居易・答故人詩：「讀書未百卷，信口嘲風花。」元・王德信進賢賓・退隱曲：「大叫高謳，睜著眼張著口儘胡謅。」

【用法】指人說話不加思索，隨便亂說。

【例句】大家別聽他**信口胡謅**，根本沒有這回事。

【義近】信口雌黃／信口開河／胡說八道／胡言亂語／妄言妄語／妄口巴舌／妄下雌雄／數黃道白。

【義反】言必有據／眞言實語／出言謹愼／言之鑿鑿／言之有理／信而有徵。

信口開河 ㄒㄧㄣˋ ㄎㄡˇ ㄎㄞ ㄏㄜˊ

【釋義】又作「信口開合」。信口：說話不加思索。信：任憑，隨便。

【出處】元・關漢卿・魯齋郎四折：「你休只管信口開合，絮絮聒聒。」

【用法】形容隨口亂說，毫無根據。

【例句】在這裏說話是要負法律責任的，可不能**信口開河**啊！

【義近】胡說八道／胡言亂語／信口雌黃。

【義反】言必有據／證據確鑿／言之鑿鑿。

信口雌黃 ㄒㄧㄣˋ ㄎㄡˇ ㄘ ㄏㄨㄤˊ

【釋義】信口：隨口說話。雌黃：雞冠石，黃赤色。古時寫字用黃紙，寫錯了就用雌黃塗了重寫。

【出處】晉・孫盛・晉陽秋：「王衍家夷甫，能言，於意有不安者，輒更易之，時號『口中雌黃』。」

【用法】比喻不顧事實，隨口亂說或惡意誣陷。

【例句】你簡直是**信口雌黃**，我什麼時候行賄受賄過啊！

【義近】妄下雌黃／數黃道白／胡言亂語。

【義反】言之有物／信而有徵／言之有據。

信及豚魚 ㄒㄧㄣˋ ㄐㄧˊ ㄊㄨㄣˊ ㄩˊ

【釋義】信：誠信，信用。豚：小豬。

【出處】易經・中孚：「豚魚吉，信及豚魚也。」注：「魚者蟲之隱者也，豚者獸之微賤者也……信皆及之。」

【用法】比喻信用卓著，及於微隱之物。

【例句】夏先生爲人極其可靠，可說是**信及豚魚**，他答應幫你的忙，就一定會做到。

【義近】言而有信／一言既出駟馬難追。

【義反】言而無信／失信於民／言同兒戲／食言而肥／輕諾寡信／自食其言。

信手拈來 ㄒㄧㄣˋ ㄕㄡˇ ㄋㄧㄢ ㄌㄞˊ

【釋義】隨手拿來。信手：隨手。拈：用兩三個指頭捏取東西。

【出處】陸游・秋風亭拜寇萊公遺像之二：「巴東詩句澶州策，信手拈來盡可驚。」

【用法】多用以形容寫詩文能熟練地運用詞語、典故。

【例句】他熟記許多成語、典故，無論是說話還是寫文章，都能**信手拈來**，毫不費力。

【義近】隨手拈來／出口成章。

【義反】絞盡腦汁／搜索枯腸。

信而有徵 ㄒㄧㄣˋ ㄦˊ ㄧㄡˇ ㄓㄥ

【釋義】信：確實。徵：通「證」，指憑據，證據。

【出處】左傳・昭公八年：「君子之言，信而有徵。」

【用法】形容所言證據確鑿，信實可靠。

【例句】我剛才所說的那番話是**信而有徵**，絕非編造，請諸位務必要相信。

【義近】信實可靠／毋庸置疑／有案可稽。

【義反】無稽之談／無憑無據／荒誕無稽／道聽塗說。

信馬遊韁 ㄒㄧㄣˋ ㄇㄚˇ ㄧㄡˊ ㄐㄧㄤ

【釋義】信馬：讓馬任意行走。信：聽憑。遊韁：意謂放置韁繩。亦作「信馬由韁」。

【出處】李綠園・歧路燈一四回：「原來譚紹聞，自從乃翁上京以及捐館，這四五年來，每日信馬遊韁，如在醉夢中一般。」

【用法】本指乘著馬隨便漫遊，但常用來比喻沒有主見，聽人說東就東，說西就西，隨外力而轉移。

【例句】無論做什麼事，最重要的是自己要有主見，不能**信馬遊韁**的跟人跑。

【義近】隨風搖擺／聽人左右／風大隨風，雨大隨雨／飛篷隨風／含糊其辭。

【義反】堅定不移／自有肺腑／獨行其是／是非分明／旗幟鮮明／毫不含糊。

信筆塗鴉 ㄒㄧㄣˋ ㄅㄧˇ ㄊㄨˊ ㄧㄚ

【釋義】信筆：隨便書寫。塗鴉：形容字寫得很不好。

【出處】唐・盧仝・示添丁詩：「忽來案上翻墨汁，塗抹詩書如老鴉。」

【用法】形容胡亂寫作或書法拙劣（多用作自謙語）。

【例句】我寫的這些東西不過是**信筆塗鴉**，賺點稿費，哪談得上是什麼優秀作品！

【義近】信筆之作／胡亂塗鴉／信手而爲／無所用心／一揮而就／草率成篇。

【義反】字斟句酌／嘔心瀝血／窮思苦想／挖空心思／苦心孤詣／反覆推敲。

信誓旦旦 ㄒㄧㄣˋ ㄕˋ ㄉㄢˋ ㄉㄢˋ

【釋義】信誓：誠信的誓言。旦旦：誠懇的樣子。

【出處】詩經・衛風・氓：「總角之宴，言笑晏晏。信誓旦旦，不思其及。」

【用法】表示誓言誠懇可信。

【例句】你不要看他現在**信誓旦旦**的樣子，到時玩膩了，照樣會把你甩掉！

【義近】山盟海誓／指天誓日／斷指爲誓。

【義反】自食其言／口血未乾／言不由衷。

信賞必罰

【釋義】賞要講信用，罰必定要執行。又作「賞信罰必」。
【出處】韓非子・外儲說右上：「信賞必罰，其足以戰。」
【用法】形容賞罰嚴明，有功者必賞，有罪者必罰。
【例句】我們公司向來是**信賞必罰**，因此所有在職人員都能任勞任怨，克盡職守。
【義近】賞功罰罪／賞罰分明／彰善懲惡。
【義反】無賞無罰／賞罰不明／懲善彰惡。

侯服玉食

【釋義】穿王侯的衣服，吃珍貴的食物。玉：形容其珍貴已極。
【出處】班固・漢書・敘傳述貨殖傳：「侯服玉食，敗俗傷化。」
【用法】形容生活窮奢極侈。
【例句】富貴之家**侯服玉食**，貧賤之家三餐不繼，這種現象在古往今來的社會中屢見不鮮。
【義近】錦衣玉食／炊金饌玉／酒池肉林／列鼎而食／炮鳳烹龍。
【義反】布衣蔬食／節衣縮食／粗茶淡飯。

侯門深似海

【釋義】侯門：公侯的門第，泛指有權勢的顯貴人家。海：極言其深。
【出處】崔郊・贈去婢詩：「公子王孫逐後塵，綠珠垂淚滴羅巾。侯門一入深如海，從此蕭郎是路人。」
【用法】形容權貴人家門庭深廣，進出不易。今也泛指難以到有地位的人家中去。
【例句】**侯門深似海**，她雖嫁進豪門，卻也失去自我，其代價實在太大。
【義近】侯門如海／深宅大院。
【義反】小戶人家／柴門茅舍。

便宜行事

【釋義】便宜：方便合適，適宜。行事：辦事，做事。
【出處】漢書・魏相傳：「數條漢興以來，國家便宜行事。」
【用法】指根據實際情況，自行處理其事，用不著請示。
【例句】董事長最近病得厲害，公司的一切你就**便宜行事**，用不著再來請示報告了。
【義近】便宜從事／便宜施行／相機行事／因事制宜。
【義反】奉旨行事／依命而行／先奏後斬／奉行故事。

保國安民

【釋義】安民：使民安。安：用作使動詞。
【出處】明史・西域四：「而友邦遠國，順天事大，以保國安民，皇天監之，亦克昌焉。」
【用法】說明當政者的職責，就是要保衛國家，使人民安居樂業。
【例句】我對於哪個政黨都沒有偏見，誰能**保國安民**，我就擁護誰，支持誰。
【義近】安內攘外／保國衛民／保境安民。
【義反】禍國殃民。

促膝談心

【釋義】促膝：古人席地而坐或據榻相對近坐時，膝與膝挨近曰「促膝」。促：近。
【出處】古今小說・蔣興哥重會珍珠衫：「大郎置酒相待，促膝談心，甚是款洽。」
【用法】形容靠近坐著，傾心交談。
【例句】與昔日好友**促膝談心**，回憶往事，眞是人生一大享受。
【義近】傾心交談／把手談心／班荊道故。
【義反】遙相祝願／遙寄情思。

俟河之清

【釋義】等待黃河的水由濁變清。俟：等待。河：這裏專指黃河。
【出處】左傳・襄公八年：「周詩有之曰：『俟河之淸，人壽幾何？』」
【用法】黃河的濁水不可能變清，因而用來比喻某事根本不可能實現或不可能成功。
【例句】「世界大同」這句話，從古到今不知有多少人鼓吹過，但從社會現實面看，這不過是**俟河之清**的幻想罷了。
【義近】癡心妄想／白日做夢／夢幻泡影／癡人說夢。
【義反】指日可待／夢幻成眞。

俗不可耐

【釋義】俗：庸俗。耐：忍受。
【出處】李汝珍・鏡花緣二二回：「立在這裏，只覺俗不可耐。」
【用法】形容人的言行舉止庸俗得令人受不了。
【例句】有些女孩子總是喜歡穿金戴銀的，眞是**俗不可耐**。
【義近】俗不可醫／粗俗不堪／鄙陋庸俗。
【義反】雍容文雅／文雅大方／文靜有禮／超凡脫俗。

俗不可醫

【釋義】庸俗得無法醫治。
【出處】蘇軾・於潛僧綠筠軒：「人瘦尚可肥，士俗不可醫。」
【用法】形容人俗氣太深，不可救藥。
【例句】這位袁先生只要一見到上司，便像哈巴狗似地跑上前去搖尾乞憐，逢迎巴結，任你怎樣說他也無用，看來是**俗不可醫**了。

俗緣未了

【釋義】緣：緣分。了：完、盡。和世俗所結的緣分仍未結束。
【出處】道原・景德傳燈錄：「俗緣未盡。」
【用法】佛教徒稱人世間的一切關係爲俗緣，俗緣若沒了結，就無法進入佛門。
【例句】張小姐與先生離婚後，本想靑燈爲伴，遁入空門，但因**俗緣未了**，尤其一對兒女令她牽腸掛肚，因此下不了決心。
【義近】兒女情長／牽腸掛肚。
【義反】看破紅塵／無牽無掛。

八 畫

俯仰之間（ㄈㄨˇ ㄧㄤˇ ㄓ ㄐㄧㄢ）
【釋義】低頭抬頭之間。俯：低頭。仰：抬頭。
【出處】班固・漢書・鼂錯傳：「以大爲小，以強爲弱，在俯仰之間耳。」
【用法】形容時間極爲短促。
【例句】時間過得眞快，**俯仰之間**，一年又過去了。
【義近】彈指之間／揮手之間／轉眼之間。
【義反】長年累月／天長地久／一生一世。

俯仰由人（ㄈㄨˇ ㄧㄤˇ ㄧㄡˊ ㄖㄣˊ）
【釋義】俯仰：低頭和抬頭。由人：聽憑他人。
【出處】莊子・天運：「引之則俯，舍之則仰，彼人之所引，非引人也，故俯仰而不得罪於人。」
【用法】形容一舉一動都要受別人的支配。
【例句】看他一副傲骨凜然的樣子，居然過得了這種**俯仰由人**的生活，眞是人不可貌相，海水不可用斗量。
【義近】仰人鼻息／聽人穿鼻／左右由人。
【義反】獨立自主／自力更生／自有主見／我行我若。

俯拾地芥（ㄈㄨˇ ㄕˊ ㄉㄧˋ ㄐㄧㄝˋ）
【釋義】低頭拾取地上的芥草。
【出處】漢書・夏侯勝傳：「士病不明經術，經術苟明，其取青紫（指做官）如俯拾地芥耳。」
【用法】比喻某樣東西數量多，很容易得到。或比喻某事很容易成功。
【例句】①這種草藥，山野路邊到處都是，得之如同**俯拾地芥**。②她是負責人事工作的，想要安排你在這裏當差，就像**俯拾地芥**一樣的容易。
【義近】俯拾即是／唾手可得／易如反掌／不費吹灰之力。
【義反】大海撈針／挾山超海／難如登天／九牛二虎之力。

俯拾即是（ㄈㄨˇ ㄕˊ ㄐㄧˊ ㄕˋ）
【釋義】俯：低頭，彎腰。即：就。一作「俯拾皆是」。
【出處】司空圖・詩品：「俯拾即是，不取諸鄰。」
【用法】形容到處都是，很輕易地就能得到。
【例句】像他這樣的人才可說**俯拾即是**，他要走，我們絕不挽留。
【義近】比比皆是／觸目皆是／俯拾地芥／俛身拾芥。
【義反】鳳毛麟角／世所罕有／稀世珍寶／吉光片羽。

俯首帖耳（ㄈㄨˇ ㄕㄡˇ ㄊㄧㄝ ㄦˇ）
【釋義】低著頭，耷拉著耳朵。帖耳：非常順服的樣子。帖：也作「貼」。
【出處】韓愈・應科目時與人書：「若俯首帖耳，搖尾而乞憐者，非我之志也。」
【用法】形容非常馴服恭順的樣子。含貶義。
【例句】你看他在董事長面前那種**俯首帖耳**的樣子，就令人十分不屑！怪不得有人暗地裏叫他「哈巴狗」。
【義近】脅肩諂笑／卑躬屈膝／曲意逢迎／阿諛奉承／低首下心。
【義反】桀驁不馴／抗顏面爭／不卑不亢／剛直不阿／面折庭爭。

俯首聽命（ㄈㄨˇ ㄕㄡˇ ㄊㄧㄥ ㄇㄧㄥˋ）
【釋義】一切聽從別人的命令。聽：順從。
【出處】舊五代史・杜重威傳：「諸將愕然，以上將既變，乃俛（俯）首聽命，遂連署降表。」
【用法】形容人非常馴服順從。
【例句】這次人事更動，儘管不甚合理，但大家仍**俯首聽命**，不敢有半句怨言。
【義近】千依百順／唯命是從／俯首帖耳／搖頭擺尾／奴顏卑膝。
【義反】自行其是／不甘雌伏／桀驁不馴。

倦鳥知還（ㄐㄩㄢˋ ㄋㄧㄠˇ ㄓ ㄏㄨㄢˊ）
【釋義】在外飛疲倦了的鳥知道回窩歇息。
【出處】陶淵明・歸去來辭：「雲無心以出岫，鳥倦飛而知還。」
【用法】用以比喻人久役於外，疲倦知歸。
【例句】他留學海外長達十年，如今**倦鳥知還**，準備回鄉安定下來。
【義近】不如歸去／早作歸計。
【義反】倦鳥不歸／徘徊異鄉。

倩人捉刀（ㄑㄧㄢˋ ㄖㄣˊ ㄓㄨㄛ ㄉㄠ）
【釋義】倩：借助，請人做事。捉刀：指代人做事。
【出處】陳壽・三國志・陳思王植傳：「太祖嘗視其文，謂植曰：『汝倩人邪？』」劉義慶・世說新語・容止：「牀頭捉刀人。」
【用法】用以指稱請人代寫文章或代人做事。
【例句】他在考場舞弊，**倩人捉刀**，當場就被逐出考場，取消考試資格。

借刀殺人（ㄐㄧㄝˋ ㄉㄠ ㄕㄚ ㄖㄣˊ）
【釋義】借別人的刀來達到殺人的目的。
【出處】汪廷訥・三祝記造陷：「恩相明日奏（范）仲淹爲環慶路經略招討使以平（趙）元昊，這所謂借刀殺人。」
【用法】形容自己不出面，利用或挑撥別人去害人。
【例句】這是一樁**借刀殺人**的智慧型犯罪案例，歹徒的行徑令人髮指，更讓警方苦無罪證，故遲遲未能破案。
【義近】借客報仇／嫁禍於人／引風吹火／借風使船。
【義反】殺人留名／敢做敢當。

借古諷今（ㄐㄧㄝˋ ㄍㄨˇ ㄈㄥˋ ㄐㄧㄣ）
【釋義】借：假借，假託。諷：譏諷，諷刺。
【用法】假借古代的事物來影射、諷刺、抨擊今天的事實。
【例句】蘇洵的〈六國論〉用**借古諷今**的筆法寫成，乃論六國賂秦，以諷北宋之退怯政策。
【義近】借古喻今／以古非今。
【義反】開門見山／直言不諱。

借花獻佛

【釋義】借別人的鮮花敬獻於佛前。
【出處】過去現在因果經一：「今我女弱不能得前，請寄二花以獻於佛。」
【用法】比喻用別人的東西來做人情。
【例句】昨天朋友送我一籃水果，今天拿來**借花獻佛**，慰勞大家的辛苦。
【義近】慷人之慨／順水人情。

借屍還魂

【釋義】迷信的人認爲，人死了以後靈魂不滅，可以附在剛死的人屍上而復活。
【出處】岳伯川・鐵拐李：「我如今著你借屍還魂，屍骸是小李屠，魂靈是岳壽。」
【用法】今用以比喻舊的沒落的事物又以另一種形式出現。
【例句】在國家內憂外患頻仍時期，許多不詭陰謀之事又**借屍還魂**地衍生了。
【義近】死灰復燃／捲土重來。
【義反】斬草除根／趕盡殺絕。

借酒澆愁

【釋義】澆愁：把愁悶消除、排洩掉。
【出處】巴金・沉默集・序：「將百數十年前的舊事重提，既非『借酒澆愁』，亦非『替古人擔憂』。」
【用法】指人在愁悶、痛苦、憂煩等情況下，借飲酒來排除心中的不快。
【例句】你這樣整天**借酒澆愁**，是不能解決事情的。必須振作起來，重新出發，以圖東山再起。
【義近】借酒消愁／愁腸九結。
【義反】觥籌交錯／狂歡痛飲。

借箸代籌

【釋義】箸：筷子。籌：籌畫，即出主意，想辦法。
【出處】司馬遷・史記・留侯世家：「良曰：『誰爲陛下畫此計者？陛下事去矣。』漢王曰：『何哉？』張良對曰：『臣請借前箸爲大王籌之。』」
【用法】指代人謀畫、設計、定計策。
【例句】你所寫的這份大陸投資計畫根本行不通，我常在大陸經商，對那邊的情況十分熟悉，如果你信得過我，我願**借箸代籌**。
【義近】代人捉刀／捉刀代筆。
【義反】親籌親畫／躬行實踐／身體力行／以身作則。

借題發揮

【釋義】發揮：把意思或道理充分表達出來。
【出處】石玉琨・三俠五義四八回：「聖上即借題發揮道：『你爲何叫盤桅鼠？』」
【用法】指借著某件事爲題目，來表達自己眞正的目的或主張。
【例句】蒲松齡在《聊齋誌異》中寫的許多狐鬼故事，其實是**借題發揮**，一吐心中的不快與不平。
【義近】指桑罵槐／借雞罵狗／旁敲側擊／指東罵西。
【義反】明言直說／直來直去／直言不諱。

倚玉偎香

【釋義】倚、偎：緊挨著，親熱地靠著。玉、香：指女子。
【出處】宋・吳自牧・夢粱錄・十二月：「如天降瑞雪，則開筵飲宴……以會親朋，淺斟低唱，倚玉偎香。」
【用法】指與女性親熱。有時也專指狎妓。
【例句】他兒子成天不務正業，只知**倚玉偎香**，你看他怎能不生氣呢？
【義近】偎紅倚翠／倚香抱翠／拈花惹草／尋花問柳。
【義反】正經八百／坐懷不亂／道學先生／正人君子。

倚老賣老

【釋義】仗著歲數大，賣弄老資格。倚：仗著。
【出處】元・無名氏・謝金吾一折：「我盡讓你幾句便罷，則管裏倚老賣老，口裏嘮嘮叨叨的說個不了。」
【用法】形容擺弄老資格而輕視他人。
【例句】老實說，大家天天在一起，各自的底細都很清楚，誰也不用在這裏**倚老賣老**。
【義近】目空一切／資深自負／夜郎自大／崖岸自高／老氣橫秋／趾高氣揚。
【義反】資淺齒少。

倚官仗勢

【釋義】倚、仗：依靠，憑藉。
【出處】後漢書・蓋勳傳：「時武威太守倚恃權勢，恣行貪橫。」
【用法】用以指倚仗官府的權勢而有恃無恐。
【例句】只因他有個小舅子在本地官府爲官，他便**倚官仗勢**，爲非作歹。
【義近】倚財仗勢／倚權恃勢。
【義反】安分守己／遵守法令。

倚門倚閭

【釋義】倚：依靠。閭：里門。
【出處】戰國策・齊策：「王孫賈年十五，……其母曰：『女朝出而晚來，則吾倚門而望；女暮出而不還，則吾倚閭而望。』」
【用法】形容母親思念子女，急待子女歸來。比喻期待殷切的樣子。
【例句】自從她的小兒子走失後，這位可憐的母親天天**倚門倚閭**，期待奇蹟出現，兒子能夠平安歸來。
【義近】引領而望／延頸企踵／跂予望之／望眼欲穿／望穿秋水／倚門佇望。

倚門傍戶

【釋義】倚、傍：靠著的意思。門、戶：有雙扇門的曰「門」，單扇門的曰「戶」。
【出處】普濟・五燈會元・臨濟玄禪師法嗣：「僧問：『如何是賓中賓？』師曰：『倚門傍戶。』」
【用法】比喻依附他人而不能獨立；或在學術上無獨到見解，只知步他人後塵。
【例句】①你已經三十出頭了，不能老這樣**倚門傍戶**的幫人打雜，還是想辦法獨自開個店吧！②做學問一定要有獨到見解，否則**倚門傍戶**，依樣畫葫蘆，就太沒意思了。
【義近】倚人門戶／人云亦云／拾人牙慧／拾人餘唾／依樣葫蘆。
【義反】自立門戶／另闢蹊徑／獨樹一幟／別具匠心／自出心裁。

倚門賣笑（ㄧˇ ㄇㄣˊ ㄇㄞˋ ㄒㄧㄠˋ）

【釋義】靠著門賣弄笑容以招引嫖客。
【出處】司馬遷・史記・貨殖列傳：「刺繡文不如倚市門。」劉鶚・老殘遊記續集遺稿二回：「佇看我們這樣打扮，並不像那倚門賣笑的娼妓。」
【用法】用以指妓女生涯。
【例句】世界上的行業多得很，像你這樣聰明能幹的女子，有好多事情可以做，爲何偏要幹這**倚門賣笑**的勾當呢？
【義近】倚門賣俏／皮肉勾當／執壺賣笑／人盡可夫。
【義反】貞節烈婦／賢德淑女／窈窕淑女。

倚財仗勢（ㄧˇ ㄘㄞˊ ㄓㄤˋ ㄕˋ）

【釋義】倚仗錢財和權勢。
【出處】曹雪芹・紅樓夢三回：「表兄薛蟠，倚財仗勢，打死人命，現在應天府案下審理。」
【用法】指憑藉自己的財產和勢力，爲所欲爲，無法無天。
【例句】在專制時代，那些達官顯宦人家的子弟，往往**倚財仗勢**，胡作非爲，善良百姓卻敢怒而不敢言。
【義近】仗勢欺人／飛揚跋扈／橫行霸道／作威作福。
【義反】疏財仗義／濟困扶危／安分守己／奉公守法。

倚馬可待（ㄧˇ ㄇㄚˇ ㄎㄜˇ ㄉㄞˋ）

【釋義】靠在馬邊可立即寫成文章。倚：靠著。
【出處】李白・與韓荊州書：「請日試萬言，倚馬可待。」劉義慶・世說新語・文學載：恆溫喚袁虎「倚馬前令作，手不輟筆，俄得七紙，殊可觀。」
【用法】用以形容文思敏捷，行文迅速。
【例句】這小孩確實是個神童，才十五歲，便下筆千言，**倚馬可待**。
【義近】七步成詩／揮筆疾書／援筆立就／意到筆隨／筆翰如流／一揮而就／下筆千言／倚馬成文。
【義反】才竭智疲／江郎才盡／搜索枯腸／文思遲鈍／嘔心瀝血。

倒山傾海（ㄉㄠˇ ㄕㄢ ㄑㄧㄥ ㄏㄞˇ）

【釋義】把山推倒，把海傾翻。傾：使東西翻轉或歪斜。
【出處】後漢書・董卓傳：「及殘寇乘之，倒山傾海，崑岡之火，自茲而焚，版蕩之篇，於焉而極。」
【用法】形容聲勢盛大，威力無比。
【例句】只要軍民團結一致，萬人一心，自然就能發出**倒山傾海**之勢。
【義近】倒海翻江／移山倒海／狂風掃秋葉／排山倒海／雷霆萬鈞／拔山倒樹／翻天覆地。
【義反】和風細雨／雨絲風片／強弩之末／涓埃之力／外強中乾／紙糊老虎。

倒戈卸甲（ㄉㄠˇ ㄍㄜ ㄒㄧㄝˋ ㄐㄧㄚˇ）

【釋義】把戈放下，把盔甲卸下。戈：古時兵器，橫刃，裝有長柄。
【出處】普濟・五燈會元・虎丘隆禪師法嗣：「師曰：『倒戈卸甲，虎丘忌日拈香。』」
【用法】用以表示願意放下武器，認輸投降。
【例句】我軍才把海盜包圍起來，尚未下令攻擊，他們就紛紛**倒戈卸甲**了。
【義近】丟盔棄甲／拋戈棄甲／俯首稱臣／甘拜下風。
【義反】執意頑抗／寧死勿折／至死不屈。

倒打一耙（ㄉㄠˋ ㄉㄚˇ ㄧˋ ㄆㄚˊ）

【釋義】意謂過錯本在自己，卻反而責怪別人。耙：釘耙。
【出處】西遊記寫豬八戒以釘耙作武器，與妖怪搏鬥時，常回身「倒打一耙」以取勝。
【用法】常用以說明自己有了錯誤不但不承認，反而咬別人一口。
【例句】別人好心幫你頂下大錯，你不但不感激，反而**倒打一耙**，這種行徑簡直連禽獸都不如。
【義近】反咬一口／推卸責任／諉過他人。
【義反】反躬自省／不怨天不尤人／引咎自責。

倒吃甘蔗（ㄉㄠˋ ㄔ ㄍㄢ ㄓㄜˋ）

【釋義】吃甘蔗從尾端吃起。
【出處】劉義慶・世說新語・排調：「顧長康噉甘蔗，先食尾，人問所以，云：『漸至佳境。』」
【用法】用以形容情況越來越好，有漸至佳境之感。
【例句】做學問就如同**倒吃甘蔗**，不經一番鑽研，那得甜果可嚐。
【義近】先苦後甘／日就月將／先否後泰／漸至佳境／先難後易。
【義反】先甘後苦／每下愈況／漸不如前。

倒行逆施（ㄉㄠˋ ㄒㄧㄥˊ ㄋㄧˋ ㄕ）

【釋義】倒、逆：違反常理。行、施：做事。
【出處】司馬遷・史記・伍子胥列傳：「吾日暮途遠，吾故倒行而逆施之。」
【用法】用以指責人所作所爲違反常理，甚至故意搗亂。
【例句】自古以來，**倒行逆施**的君主總是沒有好下場。
【義近】違天逆理／胡作非爲／犯上作亂／悖禮犯義。
【義反】因勢利導／遵章守法／順應天理／順天應人。

倒枕捶牀（ㄉㄠˇ ㄓㄣˇ ㄔㄨㄟˊ ㄔㄨㄤˊ）

【釋義】用拳頭擊打枕頭和牀鋪。倒：這裏意同「搗」。
【出處】元・關漢卿・調風月三折：「短歎長吁，千聲萬聲，倒枕捶牀，到三更四更。」
【用法】常用來形容悲痛欲絕的樣子。有時也形容輾轉反側，難以入睡。
【例句】①當她從睡夢中驚醒並知道丈夫遇難的消息後，頓時**倒枕搥牀**，號啕大哭。②他一直煩惱著他母親的病，在牀上翻來覆去，**倒枕搥牀**，通宵未眠。

【義近】捶胸頓足／號啕大哭／痛哭流涕／肝腸寸斷／輾轉難眠／呼天搶地／轉側不安／翻來覆去。

【義反】眉開眼笑／喜笑顏開／破涕爲笑／喜形於色／拊掌大笑／酣然入夢。

倒持太阿

【釋義】自己手持太阿劍刃而以柄向人。太阿：古代寶劍名，傳說爲歐冶子所鑄。

【出處】班固・漢書・梅福傳：「倒持太阿，授楚其柄。」

【用法】比喻把大權授與別人，自己反受其禍。

【例句】一國之君若**倒持太阿**，大權旁落，是很容易釀成內亂的。

【義近】授人以柄／大權旁落／太阿倒持／尾大不掉／脛大於股。

【義反】大權在握／大權獨攬。

倒背如流

【釋義】倒起來背誦就像流水一樣的順暢。

【出處】郭沫若・蘇聯紀行・六月二十七日：「她把說明小冊子的英文部分似乎已經讀得倒背如流了。」

【用法】形容把書或詩文讀得非常熟，可以倒過來背誦。

【例句】這女孩天資聰穎，還不到十歲，就已把唐詩三百首讀得**倒背如流**了。

【義近】滾瓜爛熟／橫讀豎背／滾瓜溜油／順口成章。

【義反】生澀哽阻／疙疙瘩瘩／顛顛倒倒／結結巴巴。

倒栽葱

【釋義】把葱倒起來栽。比喻頭向下，腳向上。

【用法】多用來形容人摔倒時頭先著地。有時也形容物體下落時頭朝下。

【例句】①這泥濘路上很滑，有個女人摔了個**倒栽葱**，後邊的人趕忙把她扶起。②我親眼看到那架飛機在空中晃了幾下，就一個**倒栽葱**掉了下來。

倒海翻江

【釋義】像大江大海傾翻了一樣。或作「翻江倒海」。

【出處】陸游・夜宿陽山磯……遂抵雁翅浦詩：「五更顛風吹急雨，倒海翻江洗殘暑。」

【用法】形容水勢洶湧浩大，也用以比喻威力和聲勢之大。

【例句】①連續下了三天三夜的大雨，長江沿岸一片汪洋，就像**倒海翻江**一般。②美軍以**倒海翻江**之勢，把伊拉克的軍隊從科威特趕走了。

【義近】倒海傾江／四海翻騰／移山倒海／雷霆萬鈞。

【義反】涓涓細流／微風細浪／涓埃之力／強弩之末。

倒屣相迎

【釋義】因急於迎接賓客而穿倒了鞋子。屣：鞋。

【出處】北史・朱繇傳：「每聞儒士在門，常倒屣出迎，談經籍。」三國志・魏書・王粲傳：「時（蔡）邕才學顯著，貴重朝廷，常車騎塡巷，賓客盈坐。聞粲在門，倒屣迎之。」

【用法】形容對賓客熱情歡迎。

【例句】劉先生一向好客，得知老友遠從美國來訪，急忙**倒屣相迎**。

【義近】倒屣迎賓／握髮吐哺／掃榻以待／虛左以待／卻行爲導／待如上賓。

【義反】閉門不納／冷眼相待／下逐客令／拒之門外／輕慢賢士／卻客不納。

倒懸之急

【釋義】倒懸：身子倒掛著。

【出處】後漢書・臧洪傳：「北鄙將苦倒懸之急。」

【用法】比喻處境極端困苦和危急。

【例句】西方救濟物資對於非洲饑民的**倒懸之急**，多少有些幫助，但仍嫌不足。

【義近】倒懸之患／岌岌可危／危在旦夕／累卵之危。

修飾邊幅

【釋義】修飾：修整裝飾使美觀；梳妝打扮。邊幅：布帛的邊緣，比喻儀容、衣著等。

【出處】後漢書・馬援傳：「天下雄雌未定，公孫不吐哺走迎國士，與圖成敗，反修飾邊幅，如偶人形，此子何足久，稽天下士乎？」

【用法】說明只講究表面的修飾，不注重根本；或只注意局部，而無視整體及全局。

【例句】辦學校最重要的是教學品質，培養出優秀的人才，可是我們校長卻只注重**修飾邊幅**，把校舍修建得富麗堂皇，對教學品質一點也不重視。

【義近】儀表堂堂／衣冠楚楚／峨冠博帶。

【義反】不修邊幅／衣冠不整／實實在在／內外一致。

修橋鋪路

【釋義】修建橋梁，補修道路。

【出處】元・無名氏・看錢奴一折：「我也會齋僧布施，蓋寺建塔，修橋鋪路，惜孤念寡，敬老憐貧。」

【用法】用以指甘願做善事，熱中於公眾事業。

【例句】這位老先生樂善好施，出錢出力到處去**修橋鋪路**，贏得「活菩薩」的雅稱。

【義近】樂善好施／熱心公益／古道熱腸／輕財重施。

【義反】自私自利／一毛不拔／人心不古／獨善其身。

俾晝作夜

【釋義】把白天當作夜晚。俾：使。晝：白天。

【出處】詩經・大雅・蕩：「既愆爾止，靡明靡晦。式號式呼，俾晝作夜。」

【用法】形容人生活極不正常，日夜顛倒。含貶義。

【例句】他是個夜貓子，晚上不是豪飲，就是狂賭，白天則睡到日上三竿。這樣**俾晝作夜**，他太太實在受不了，只好提出離婚。

【義近】以日爲夜／晨昏顛倒／日夜顛倒。

【義反】早睡早起／依時作息。

倜儻不羣（ㄊㄧˋ ㄊㄤˇ ㄅㄨˋ ㄑㄩㄣˊ）

【釋義】倜儻：也作「俶儻」，灑脫，不拘束。不羣：不同於眾。

【出處】晉書・索靖傳：「或若登高望其類，或若既往而中顧，或若倜儻不羣，或自檢於常度。」

【用法】形容人瀟灑豪放，與眾人不同。

【例句】這位**倜儻不羣**的俊男，不知風靡了多少辣妹。

【義近】風流倜儻／倜儻不羈／落拓不羈／豪放不羈。

【義反】文質彬彬／言行拘謹／縮手縮腳／斯斯文文。

倜儻不羈（ㄊㄧˋ ㄊㄤˇ ㄅㄨˋ ㄐㄧ）

【釋義】倜儻：灑脫，不受拘束。羈：馬籠頭，比喻束縛。

【出處】晉書・袁耽傳：「耽字彥道，少有才氣，倜儻不羈，爲士類所稱。」

【用法】形容爲人灑脫豪邁，而不受世俗禮法的拘束。

【例句】李白爲人率眞自然，**倜儻不羈**，是中國詩史上不可多得的天才型詩人。

【義近】豪放不羈／灑脫豪邁／玩世不恭。

【義反】遵法守紀／中規中矩／循規蹈矩。

倉皇失措（ㄘㄤ ㄏㄨㄤˊ ㄕ ㄘㄨㄛˋ）

【釋義】倉皇：同「倉黃」、「倉惶」，匆忙、慌張之意。失措：舉止失常。

【出處】新編五代史平話・周史卷上：「慕容彥超倉皇失措。」

【用法】形容慌張得舉止失常，不知如何是好。

【例句】她很容易緊張，稍微遇到一點小事，便**倉皇失措**，故血壓一直居高不下。

【義近】張皇失措／慌張失措／驚惶失措。

【義反】措置裕如／從容不迫／從容自如。

九畫

停雲落月（ㄊㄧㄥˊ ㄩㄣˊ ㄌㄨㄛˋ ㄩㄝˋ）

【釋義】停雲：指雲結集不散。落月：指月光照下。

【出處】陶淵明・停雲詩自序：「停雲，思親友也。」杜甫・夢李白詩：「落月滿屋梁，猶疑照顏色。」顏色：容顏。

【用法】常用於書信。喻思念久別的親友。

【例句】與好友別離，心中常湧起**停雲落月**之思，不知何日才能再相逢，互訴別情。

停滯不前（ㄊㄧㄥˊ ㄓˋ ㄅㄨˋ ㄑㄧㄢˊ）

【釋義】停：停止，止息。滯：不流通，留止。

【用法】用以表示停留下來，不願再繼續前進。

【例句】做學問和辦事業都如逆水行舟，不進則退，若**停滯不前**，就會前功盡棄。

【義近】踏步不前／止步不前／裹足不前。

【義反】一往直前／勇往直前／奮勇向前。

假仁假義（ㄐㄧㄚˇ ㄖㄣˊ ㄐㄧㄚˇ ㄧˋ）

【釋義】假：虛假。義：道義，信義。

【出處】朱子全書・歷代一：「漢高祖私意分數少，唐太宗一切假仁假義以行其私。」

【用法】指僞裝仁慈善良。

【例句】他平常顯得很仁慈，但一到關鍵時刻就露出他那**假仁假義**的眞面目。

【義近】虛情假義／虛假心腸。

【義反】眞心實意／推心置腹。

假公濟私（ㄐㄧㄚˇ ㄍㄨㄥ ㄐㄧˋ ㄙ）

【釋義】假：借。濟：助。

【出處】元・無名氏・陳州糶米：「他假公濟私，我怎肯和他干罷了也呵！」

【用法】用以指假借公事之名，以謀取個人私利。

【例句】有些人**假公濟私**，利用出差的機會遊山玩水，揮霍公司的錢財，眞是太不應該了。

【義近】以公濟私／因公行私／假公營私。

【義反】廉潔奉公／大公無私／涓滴歸公。

假手於人（ㄐㄧㄚˇ ㄕㄡˇ ㄩˊ ㄖㄣˊ）

【釋義】借用別人的力量。假：借。

【出處】後漢書・呂布傳：「諸將謂布曰：『將軍常欲殺劉備，今可假手於人。』」

【用法】用以指不肯親手去做某事，而借用別人的力量去完成。

【例句】寫文章一定要親自動手，怎麼能**假手於人**呢？

【義近】假力於人／因人成事。

【義反】身體力行／親身從事。

假以辭色（ㄐㄧㄚˇ ㄧˇ ㄘˊ ㄙㄜˋ）

【釋義】假：借，憑藉。辭色：指說話及說話時的態度。

【出處】蒲松齡・聊齋誌異・仙人島：「久之，與明璫漸狎。告芳雲曰：『明璫與小生有拯命之德，願少假以辭色。』」

【用法】指對人在說話和態度方面都表示友好。

【例句】他這個人非常剛直，只要有錯，不論是親朋好友，絕不**假以辭色**。

【義近】和顏悅色／溫詞霽色／好聲好氣／善氣迎人。

【義反】疾言厲色／聲色俱厲／髮指眦裂。

假虎張威（ㄐㄧㄚˇ ㄏㄨˇ ㄓㄤ ㄨㄟ）

【釋義】假：假借。張威：擴大聲威或威勢。張：擴大，張揚。

【出處】羣音類選・忠孝記・欲進諫章：「費盡他機和智，只是要貪名固位，假虎張威。」

【用法】指借別人的威勢來欺壓人、嚇唬人。

【例句】我們都知道你是董事長面前的紅人，但你也用不著**假虎張威**，動不動就拿董事長來壓人、嚇人呀！

【義近】狐假虎威／狗仗人勢／仗勢欺人／狐假鴟張。

假途滅虢（ㄐㄧㄚˇ ㄊㄨˊ ㄇㄧㄝˋ ㄍㄨㄛˊ）

【釋義】一作「假道滅虢」。假途：借路。虢：春秋時諸侯國名。

【出處】左傳・僖公二年：「晉荀息請以屈產之乘，與垂棘之璧，假道於虞以滅虢。」
【用法】用以比喻使用欺詐的方法，以某事爲名，借別人給予的方便來達到自己的眞實目的。
【例句】他一向詭計多端，這次玩的是**假途滅虢**的手段，利用你去整垮他的對手，然後再來收拾你。
【義近】過河拆橋／得魚忘筌／兔死狗烹／卸磨殺驢。
【義反】飯恩不忘／沒齒不忘／光明磊落。

假惺惺

【釋義】惺惺：清醒，機靈。
【出處】元·喬孟符·金錢記一折：「想當日，楚屈原，假惺惺醉倒步兵廚。」
【用法】用以形容假情假意。
【例句】你用不著在我面前**假惺惺**，所有的人都知道你是花心大蘿蔔。
【義近】裝聾作啞／裝瘋賣傻／假仁假義／虛情假意。
【義反】眞情實意／實話實說。

假戲眞做

【用法】泛指一切由假成眞的事情。
【例句】他們倆在那部電影裏飾演情侶，後來居然**假戲眞做**，成了結髮夫妻。
【義近】弄假成眞。

偃兵息甲

【釋義】偃：放倒，放下。兵：泛指武器。息：停止，收起來。甲：盔甲，鎧甲。
【出處】後魏·高允·征士頌：「於是偃兵息甲，修立文學。」
【用法】指停止或結束戰鬥，不再用兵。
【例句】在美國強力的干涉下，伊拉克只好從科威特撤走，願意**偃兵息甲**，暫時不發動戰爭。
【義近】偃武修文／倒載干戈／按甲寢兵／偃旗息鼓／鳴金收兵／棄武經文。
【義反】戰火不熄／干戈四起／烽火連天／枕戈寢甲／大張旗鼓／重振旗鼓／鳴鼓進兵／兵馬倥傯。

偃武修文

【釋義】偃武：停息兵事。偃：止息。修文：興修文教。
【出處】尚書·武成：「王來自商，至于豐，乃偃武修文，歸馬於華山之陽，放牛於桃林之野。」
【用法】用以表示在天下太平之後，停息武備，發展文化教育事業。
【例句】抗戰勝利後，政府採取的首要政策是**偃武修文**，把工作重點轉移到繁榮經濟和發展文化教育事業上。
【義近】偃武興文／棄武經文。
【義反】廢文任武／棄文習武。

偃鼠飲河

【釋義】偃鼠到河裏飲水，喝夠就滿足了。偃鼠：也作「鼴鼠」，即田鼠。
【出處】莊子·逍遙遊：「鷦鷯巢於深林，不過一枝；偃鼠飲河，不過滿腹。」
【用法】比喻人要求不高，並沒有什麼貪慾。
【例句】我對於錢向來看得很淡，就像**偃鼠飲河**一樣，能解決衣食住行就心滿意足了。
【義近】鷦鷯巢林／知足無求／飲河滿腹／鷦鷯一枝／一介不取／知止知足。
【義反】大蛇吞象／貪多務得／欲壑難填／得寸進尺／得隴望蜀／貪得無厭。

偃旗息鼓

【釋義】放倒旗子，停止敲鼓。偃：放倒。原指行軍時隱蔽行蹤，不讓敵人覺察。
【出處】陳壽·三國志·蜀書·趙雲傳·裴松之注引趙雲別傳：「雲入營，更大開門，偃旗息鼓。」
【用法】今用以比喻事情中止或聲勢減弱。
【例句】經過多方面的考量，他決定**偃旗息鼓**，放棄這一次的競選活動。
【義近】鳴金收兵／偃兵息甲／銷聲匿迹。
【義反】大張旗鼓／重振旗鼓／張旗擊鼓／鳴鼓進軍。

做一天和尚撞一天鐘

【釋義】一作「做一日和尚撞一日鐘」。意謂過一天算一天。
【出處】吳承恩·西遊記一六回：「你那裏曉得，我這是『做一日和尚撞一日鐘的。』」
【用法】比喻混時度日，做事極不認眞負責。
【例句】辦事不認眞，無一定計畫，**做一天和尚撞一天鐘**，這怎麼能做好工作呢？
【義近】敷衍了事／虛應故事／得過且過。
【義反】盡心竭力／一絲不苟。

做賊心虛

【釋義】做賊：指偷了人家的東西或做了虧心事。心虛：意謂理虧氣餒。
【出處】淮南子·原道：「故得道者，志弱而事強，心虛而應當。」
【用法】形容人做了虧心事，常感到惴惴不安或驚慌恐懼。
【例句】我又沒有說你偷東西，你何必**做賊心虛**，坐立不安呢？
【義近】心神不寧／忐忑不安／心如懸旌／心驚肉跳／七上八下／忐忑不寧／惴惴不安／惶恐不安。
【義反】胸懷磊落／理直氣壯／心安神定／問心無愧／心安理得／泰然自若／心穩神定／泰然處之。

健步如飛

【釋義】健步：步履輕快。
【出處】蒲松齡·聊齋誌異·鳳陽人士：「麗人牽坐路側：…復從起行，健步如飛。」
【用法】形容步伐矯健有力，輕快敏捷。
【例句】王老師雖已年過花甲，卻精神抖擻，**健步如飛**，年輕人還走不贏他呢！
【義近】大步流星／舉步如飛／步履敏捷。
【義反】鵝行鴨步／蝸行牛步／步履維艱。

偶一爲之

【釋義】偶：偶然，偶爾。爲：做。
【出處】歐陽修·縱囚論：「若

夫縱而來歸而赦之，可偶一為之爾。」

【用法】用以表示偶然做一做，並非經常這樣。

【例句】他這次**偶一為之**的捐錢行為，令在場人士驚訝，因為大家都知道他是出了名的鐵公雞。

【義近】偶爾為之／僅此一次／破天荒。

【義反】經常如此／接二連三／屢見不鮮。

偎紅依翠 ㄨㄟ ㄏㄨㄥˊ ㄧ ㄘㄨㄟˋ

【釋義】偎：緊靠。紅、翠：指大紅大綠，即風塵女子的穿著裝扮。

【出處】宋・陶穀・清異錄記載：李後主微行至娼家，自題為「淺斟低酌，偎紅依翠大師，鴛鴦寺主。」

【用法】比喻狎妓。

【例句】既然你都已成家立業了，就別再**偎紅依翠**，流連其中了。

【義近】倚玉偎香／倚香抱翠／拈花惹草／尋花問柳。

【義反】正經八百／坐懷不亂／道學先生／正人君子。

側目而視 ㄘㄜˋ ㄇㄨˋ ㄦˊ ㄕˋ

【釋義】斜著眼睛看。側：斜。

【出處】戰國策・秦策一：「妻側目而視，傾耳而聽。嫂蛇行匍伏，四拜自跪而謝。」

【用法】形容有所畏懼或憎恨怨怒的神情。

【例句】大陸在文化大革命期間，許多有識之士見了「紅衛兵」都**側目而視**，敢怒而不敢言。

【義近】怒目而視／橫眉冷視。

【義反】正眼而視。

偷工減料 ㄊㄡ ㄍㄨㄥ ㄐㄧㄢˇ ㄌㄧㄠˋ

【釋義】偷工：暗中減省工序。偷：瞞著人。減料：減少材料。

【出處】文康・兒女英雄傳・三回：「演戲作壽，受賄貪贓；侵冒錢糧，偷工減料。」

【用法】指不按照產品或工程所規定的標準，暗中攙假或削減工序、減少用料。也比喻工作貪圖省力，敷衍了事。

【例句】①這幢大廈由於施工者**偷工減料**，還沒建好就垮掉了一部分，現正在追究責任。②「因為書局印的，都**偷工減料**，不能作為學習的範本。」（魯迅・致曹白）

【義近】偷斤減兩／暗動手腳。

【義反】貨眞價實／眞材實料。

偷天換日 ㄊㄡ ㄊㄧㄢ ㄏㄨㄢˋ ㄖˋ

【釋義】日：太陽。

【出處】清・朱佐朝・漁家樂傳奇：「願將身代入金屋，做個偷天換日，因風動燭。」

【用法】比喻為了達到矇混欺騙的目的，以偷換的手法，暗中改變或掩蓋事物的眞相。

【例句】任憑歹徒有**偷天換日**的本領，也逃不過良心的譴責，法律的制裁。

【義近】偷梁換柱／移花接木／魚目混珠。

【義反】貨眞價實。

偷生苟活 ㄊㄡ ㄕㄥ ㄍㄡˇ ㄏㄨㄛˊ

【釋義】不求振作，只圖目前安定的生活。

【出處】馮夢龍・警世通言・錢舍人題詩燕子樓：「有心報德酬恩，無意偷生苟活。」

【用法】形容人生活不振作。

【例句】少壯幾時啊！我不願**偷生苟活**地過日子，希望能創造出自己的一片天空。

【義近】苟且偷安／草間求活／得過且過／苟安且夕。

偷合苟容 ㄊㄡ ㄏㄜˊ ㄍㄡˇ ㄖㄨㄥˊ

【釋義】偷：與「苟」同義，苟且。合：迎合。

【出處】荀子・臣道：「不恤君之榮辱，不恤君之臧否，偷合苟容以持祿養交而已耳，謂之國賊。」

【用法】指不講原則是非，一味地迎合別人的意思，以苟求容身。

【例句】這些貪官污吏，只要能升官發財，無不**偷合苟容**，完全不顧是非曲直、禮義廉恥。

【義近】苟合取容／苟且偷生／與世浮沉。

【義反】剛正不阿／守正不屈／堂堂正正。

偷香竊玉 ㄊㄡ ㄒㄧㄤ ㄑㄧㄝˋ ㄩˋ

【釋義】偷香：晉代賈充女鍾情於韓壽，把晉炎帝賜給她父親的西域異香偷來送給韓壽。竊玉：指唐・楊妃竊寧玉笛之事。

【出處】元・石子章・竹塢聽琴四折：「再不赴偷香竊玉期，再不事煉藥燒丹教。」

【用法】通常指男女間的偷情，也指男子在外勾引婦女。

【例句】王先生是個好色之徒，經常瞞著他太太在外面**偷香竊玉**。

【義近】拈花惹草／尋花問柳／弄玉偷香。

【義反】坐懷不亂／明媒正娶。

偷梁換柱 ㄊㄡ ㄌㄧㄤˊ ㄏㄨㄢˋ ㄓㄨˋ

【釋義】偷換房梁房柱。

【出處】曹雪芹・紅樓夢九七回：「偏偏鳳姐想出一條偷梁換柱之計，自己也不好過瀟湘館來，竟未能盡姊妹之情。」

【用法】比喻暗中玩弄手法，以假代眞，以劣充優。

【例句】這位外國商人眞狡猾，竟然採取**偷梁換柱**的手法，把一部陳舊的機器漆好後，冒充新機器賣給落後國家。

偷雞不著蝕把米 ㄊㄡ ㄐㄧ ㄅㄨˋ ㄓㄠˊ ㄕˊ ㄅㄚˇ ㄇㄧˇ

【釋義】意謂偷雞時用一把米誘雞，結果雞沒有偷到，而米卻損失了。

【用法】用以比喻想投機得便宜，結果便宜沒有得到，反而自遭損失。

【例句】她開店做生意常愛佔小便宜，故意不開發票給顧客，結果**偷雞不著蝕把米**，被稅務員逮個正著，罰了不少錢。

【義近】賠了夫人又折兵。

偷雞摸狗 ㄊㄡ ㄐㄧ ㄇㄛ ㄍㄡˇ

【釋義】既偷走雞又摸走狗。

【出處】曹雪芹・紅樓夢四四回：「成日家偷雞摸狗，髒的臭的，都拉了你屋裏去。」

【用法】用以指小偷鬼鬼祟祟的不正當行為，也比喻暗中搞不正當的男女關係。

【例句】**偷雞摸狗**的事做多了，遲早有一天會碰到鬼的。

【義近】偷偷摸摸／鬼鬼祟祟／鼠竊狗偷。

【義反】冠冕堂皇／堂堂正正／堂而皇之／規規矩矩。

偏安一隅

【釋義】一隅：一方。意指偏處於一方，以求安定。

【出處】三國志・蜀書・諸葛亮傳引漢晉春秋一書云：「先帝慮漢賊不兩立，王業不偏安，故託臣以討賊也。」

【用法】形容只能佔據土地的一方，而無法統治全國。

【例句】在我國的歷史上，有多次朝廷南遷，**偏安一隅**的史實。

偏聽偏信

【釋義】偏：傾向於某一個方面；傾斜於一邊。

【出處】司馬遷・史記・鄒陽列傳：「故偏聽生奸，獨任成亂。」王符・潛夫論・明暗：「其所以暗者，偏信也。」

【用法】說明對人對事要全面聽取意見，若只片面聽信某一方，就會失之明察而誤事。

【例句】請二位老人家千萬不要**偏聽偏信**你們女兒的話，我哪裏像她說的那樣動不動就又打又罵呢？

【義近】一面之詞／一方之見。

【義反】博採眾議／兼容並蓄。

倏來忽往

【釋義】忽然來了，又忽然走了。倏：很快。

【出處】楚辭・九歌・少司命：「倏而來兮忽而逝。」潘岳・射雉賦：「逸羣之儁，擅場挾兩，櫟雌妒異，倏來忽往。」

【用法】形容來去極為迅速。

【例句】他的行蹤一向神出鬼沒，**倏來忽往**，誰知道他在做些什麼？

【義近】來去匆匆／來去如風／疾風迅雷。

【義反】慢條斯理／不徐不疾／不慌不忙。

偭規越矩

【釋義】偭：違背。規：用以求圓形的工具。矩：用以求方形的工具。規、矩：喻法則、法度。

【出處】屈原・離騷：「固時俗之工巧兮，偭規矩而改錯。背繩墨以追曲兮，競周容以為度。」

【用法】指違背正常的規矩、法則，而任意胡作非為。

【例句】**偭規越矩**的不法之徒到處都有，只有加強警力，才能維護社會安定。

【義近】違法亂紀／無法無天／胡作非為。

【義反】安分守己／奉公守法／循規蹈矩。

條分縷析

【釋義】意謂分條詳加剖析。縷：細線。

【出處】侯方域・代司徒公屯田奏議：「條分縷析，期于明便可行，算計見效。」

【用法】用以說明有條有理地深入分析歸類。

【例句】韓非子和荀子的文章，寫得**條分縷析**，論述極為周詳。

【義近】條析縷分／剖析入微／擘肌分理。

【義反】雜亂無章／語無倫次／籠統不明。

十畫

傍人門戶

【釋義】傍：依靠。門戶：這裏泛指人家。有雙扇的曰「門」，單扇的曰「戶」。

【出處】蘇軾・東坡志林卷一二：「桃符怒，往復紛然不已。門神解之曰：『吾輩不肖，方傍人門戶，何暇爭閒氣耶！』」

【用法】比喻依附他人，不能自立。

【例句】儘管寄住的是我親舅舅家，但**傍人門戶**的日子畢竟不好過，所以我還是想出去闖一闖。

【義近】寄人籬下／仰人鼻息／依草附木。

【義反】自食其力／自立門戶／獨立自主。

傍人籬壁

【釋義】傍：依靠，靠著。籬壁：籬笆牆壁。

【出處】嚴羽・滄浪詩話・答吳景仙書：「僕之詩辨，……是自家閉門鑿破此片田地，即非傍人籬壁、拾人涕唾得來者。」

【用法】著重比喻在學術研究領域裏仰賴他人見解而無所創新。

【例句】已故錢穆先生的學術遺著，全是他嘔心瀝血的獨創，無任何**傍人籬壁**的痕跡。

【義近】拾人唾涕／人云亦云／拾人牙慧／亦步亦趨。

【義反】獨樹一幟／匠心獨具／別具一格／自成一家。

傍花隨柳

【釋義】靠近花草行，順著楊柳走。

【出處】明・陶宗儀・輟耕錄・眞率會：「幸居同泗水之濱，況地接九山之勝，盡可傍花隨柳，庶幾遊目騁懷。」

【用法】用來形容春日依傍花草柳樹遊玩的快樂。

【例句】春假期間，我們旅遊杭州，在西湖邊**傍花隨柳**，欣賞湖山景色，眞令人心曠神怡。

【義近】傍柳隨花／遊山玩水／經丘尋壑／遊目騁懷／尋幽訪勝。

傅粉何郎

【釋義】傅粉：搽粉。傅：附著，加上。何郎：指何晏，即何平叔。

【出處】劉義慶・世說新語・容止：「何平叔美姿儀，面至白，魏明帝疑其傅粉。」全唐詩話・李端・贈郭附馬：「熏香荀令偏憐少，傅粉何郎不解愁。」

【用法】用以雅稱美男子。

【例句】《紅樓夢》一書中的賈寶玉，朗目疏眉，面如凝脂，簡直是**傅粉何郎**，怪不得榮國府中的眾多美女為之著迷。

【義近】美如冠玉／貌比潘安／面如凝脂。

【義反】醜如八戒／形如武大／尖嘴猴腮。

傅粉施朱

【釋義】意即搽粉抹紅。傅、施：搽、抹。朱：紅，胭脂。

【出處】顏之推・顏氏家訓・勉學：「梁朝全盛之時，貴遊子弟，……無不燻衣剃面，傅粉施朱。」

【用法】形容美容化妝。

【例句】張小姐經**傅粉施朱**之後，越發出落得美豔動人了。

【義近】塗脂抹粉／描眉畫眼。

【義反】廬山眞面／本來面目／脂粉未施。

備而不用

【釋義】雖然說現在沒有用到也要作好準備。

【出處】清・頤瑣・黃繡球一七回：「凡是零星物件，本地買不出，一定要用，或是備而不用的，也都齊全。」

【用法】說明有些東西即使平時或暫時用不著，也應準備好，以應不時之需。

【例句】你不要嫌這滅火器放在這裏礙眼，所謂**備而不用**，如果一旦發生火災，它的作用可就大了！

【義近】有備無患／未雨綢繆／防患未然／居安思危／曲突徙薪。

【義反】臨渴掘井／臨時抱佛腳／臨陣磨槍／江心補漏／臨淵結網。

備位充數

【釋義】備位：佔有或備有一個位置。充數：此指用不勝任的人來湊足數額。

【出處】漢書・蕭望之傳：「吾嘗備位將相，年逾六十矣。」晏子春秋・諫下：「不勝其欲，願得充數乎下陳。」

【用法】常用作自謙語，說自己很不稱職，擁有其職位不過是湊數而已。

【例句】我這個教授不過是**備位充數**罷了，哪裏有什麼眞才實學啊！

【義近】濫竽充數／聊以充數／名不副實。

【義反】名實相副／名副其實。

備嘗辛苦

【釋義】備：全，盡。嘗：這裏是經歷的意思。

【出處】左傳・僖公二十八年：「險阻艱難，備嘗之矣。」韓愈・順宗實錄卷一：「上常親執弓矢，率軍後先導衛，備嘗辛苦。」

【用法】形容人歷盡艱辛，受盡了各種艱難困苦。

【例句】他家裏原本很窮，數十年來不斷奮鬥努力，**備嘗辛苦**，直到這幾年才有這樣的成就。

【義近】飽經風霜／停辛佇苦／攻苦食淡／寒耕熱耘／歷盡艱辛／飽經滄桑。

【義反】衣來伸手／飯來張口／不知人間疾苦／飽食終日／游手好閒／養尊處優／未經世故。

十一畫

債臺高築

【釋義】債臺：逃躲索債者之臺。築：建起。

【出處】漢書・諸侯王表序：「有逃責（債）之臺。」

【用法】形容人欠債很多，無力償還。

【例句】他是個讀書人，哪懂得做生意，卻硬要去試一試，結果弄得**債臺高築**。

【義近】負債累累／債務纏身。

【義反】家有餘裕／腰纏萬貫。

傲骨嶙峋

【釋義】傲骨：高傲不屈的風骨。嶙峋：山勢高聳重疊，喻剛正的態度。

【出處】戴植・鼠璞・傲骨：「唐人言李白不能屈身逢世，以腰間有傲骨。」

【用法】形容一個人氣質高傲，不受世俗的左右。

【例句】陶淵明**傲骨嶙峋**，寧可辭官也不願意爲五斗米而折腰。

傲雪欺霜

【釋義】意謂根本不把霜雪放在眼裏，越冷越有精神。

【出處】元・吳昌齡・張天師三折：「梅花云：我這梅花……玉骨冰肌誰可匹，傲雪欺霜奪第一。」

【用法】比喻人意志堅強，不畏任何艱難險境，面臨逆境也無所懼。

【例句】他是一位**傲雪欺霜**的堅強之士，坐了十幾年牢也沒有屈服，相形之下，現在這點政治壓力算不上什麼！

【義近】傲雪凌霜／雪中松柏／松筠之節／板蕩忠貞。

【義反】蒲柳之質／風中桃花／苟合取容／靦顏借命。

傲然屹立

【釋義】傲然：堅強不屈的樣子。屹立：矗立不動。又作「傲然矗立」。

【出處】宋史・施師點傳：「師點屹立……不肯少動。」

【用法】形容堅定挺拔，不可動搖。

【例句】黃山上有不少松樹**傲然屹立**，顯得生氣蓬勃。

【義近】巍然屹立／巋然不動。

【義反】風雨飄搖／搖搖欲墜。

傲睨自若

【釋義】傲睨：倨傲傍視。睨：斜著眼睛看人，含有輕視之意。自若：毫無拘束，滿不在乎的樣子。

【出處】羅貫中・三國演義六五回：「（劉）璋令開門接入。（簡）雍坐車中，傲睨自若。」

【用法】形容人高傲自大，目空一切，自以爲了不起。

【例句】我討厭他那**傲睨自若**的神情，就算再有權勢，也不能這樣對待來訪的客人呀！

【義近】目中無人／眼空四海／睥睨一切／趾高氣揚／不可一世／妄自尊大。

【義反】謙遜平和／彬彬有禮／謙謙君子／平易近人／虛懷若谷／謙卑自牧。

傲賢慢士

【釋義】傲、慢：輕視，對人無禮。賢、士：有才德之士。

【出處】羅貫中・三國演義六〇回：「何期逆賊恣逞奸雄，傲賢慢士，故特來見明公。」

【用法】指有權勢的人以傲慢的態度對待有才德的人。

【例句】人才紛紛外流，原因固

然很多，但主管的**傲賢慢士**是重要癥結之一。

【義近】嫉賢妒能／頤指氣使／目無餘子／目空一切。

【義反】禮賢下士／握髮吐哺／求賢若渴／千金市骨。

傳宗接代

【釋義】使宗祀有後代。

【出處】新知錄：「今人取新婦，入門不令足履地，以袋遞相傳，令新婦步袋上，謂之傳代。」

【用法】指人注重子孫的延續。

【例句】現今雖已邁入二十一世紀，然而**傳宗接代**的觀念仍深植在中國人心中。

【義近】延續香火／瓜瓞綿綿。

【義反】斷子絕嗣。

傳神阿堵

【釋義】傳神：形容繪畫能畫出神韻來。阿堵：六朝人的口語，相當於「這個」、「那個」。

【出處】劉義慶・世說新語・巧藝：「顧長康畫人，或數年不點目睛，人問其故，顧曰：『四體妍蚩，本無關於妙處，傳神寫照，正在阿堵中。』」

【用法】形容繪畫的巧妙。

【例句】他的畫，可謂**傳神阿堵**，無論神態形貌都栩栩如生，精妙至極！

【義近】畫龍點睛／妙在其中。

傾心竭力

【釋義】意謂竭盡心力。傾：竭盡。

【出處】羅貫中・三國演義八三回：「亮感備知遇之恩，必傾心竭力，扶持嗣主。」

【用法】指用盡全部心力去做某事。

【例句】你我是至交，你的事就是我的事，難道我還能不**傾心竭力**幫你嗎？

【義近】全心全意／竭盡全力／不遺餘力／全力以赴。

【義反】半心半意／敷衍塞責／草草了事／馬馬虎虎。

傾盆大雨

【釋義】傾盆：把盆裏的水往下倒。

【出處】蘇軾・雨意詩：「烟擁層巒雲擁腰，傾盆大雨定明朝。」

【用法】形容雨下得極大。

【例句】久旱未雨，結果一場**傾盆大雨**雖紓解了旱象，卻也造成積水不退。

【義近】滂沱大雨／瓢潑大雨／銀河倒瀉。

【義反】牛毛細雨／絲絲細雨／雨絲風片。

傾家蕩產

【釋義】傾：倒出。蕩：弄光。又作「傾家竭產」。

【出處】陳壽・三國志・蜀書・董和傳：「貨殖之家，侯服玉食，婚姻葬送，傾家竭產。」

【用法】形容因遭變化，全部家產都給賠光了。

【例句】他原本是個正經生意人，不料卻染上賭博的惡習，弄得**傾家蕩產**，家破人亡，眞是淒慘。

【義近】破家蕩產／掃地出門。

【義反】發家致富／家財萬貫。

傾國傾城

【釋義】全國全城的人都爲之著迷。傾：盡，全。一解作使國家、城市覆滅。傾：傾覆。

【出處】班固・漢書・孝武李夫人傳：「北方有佳人，絕世而獨立，一顧傾人城，再顧傾人國。」

【用法】用以形容絕色的女子。

【例句】縱使生來**傾國傾城**貌，也敵不過歲月匆匆催人老。

【義近】絕代佳人／國色天香／西施再生／閉月羞花／沈魚落雁。

【義反】無鹽之貌／其貌甚寢／奇醜無比。

傾巢而出

【釋義】傾巢：整窩的鳥兒全出。巢：鳥窩。

【出處】施耐庵・水滸傳一〇八回：「賊兵傾巢而來，必是抵死廝併，我將何策勝之？」

【用法】用以形容敵人出動全部兵力進行侵擾。

【例句】敵兵**傾巢而出**，攻勢猛烈，即使是萬馬千軍也難以抵抗，不如以退爲進，走爲上策。

【義近】全體出動。

【義反】按兵不動。

傾箱倒篋

【釋義】把箱子裏所有的東西全都傾倒出來。篋：小箱子。

【出處】古今小說・蔣興哥重會珍珠衫：「傾箱倒篋的尋個遍，只是不見。」

【用法】比喻盡其所有，全部拿出來。

【例句】他家遭竊，被小偷**傾箱倒篋**，搞得亂七八糟，損失慘重。

【義近】翻箱倒櫃／和盤托出。

【義反】略出一二／留有餘地。

傷弓之鳥

【釋義】被弓箭射傷過的鳥。

【出處】戰國策・楚策四說楚國的臨武軍就好像傷弓之鳥，只要聽到弓弦聲就會驚慌的掉下來。晉書・苻生載記：「傷弓之鳥，落於虛發。」

【用法】用以比喻曾經遭受過災難或受過痛苦折磨的人，只要聽到或遇到類似的事就會心有餘悸。

【例句】在那次水災中，他的妻子被奪去了生命，因此現在一聽到哪裏發生了水災，他就如**傷弓之鳥**，惶惶不安。

【義近】驚弓之鳥／聞風喪膽／心有餘悸／一日被蛇咬，十年怕井繩／驚魂未定／談虎色變。

【義反】無驚無恐／熊心豹膽／無所畏懼／初生之犢不怕虎／鎮定自若／泰然自處。

傷天害理

【釋義】傷害天道、倫理。

【出處】文康・兒女英雄傳五回：「二人商量的傷天害理的這段陰謀。」

【用法】用以形容做事凶惡殘忍，喪盡天良。

【例句】爲了追求一己的享樂，他什麼**傷天害理**的事都做得出來，眞是喪心病狂。

【義近】喪盡天良／滅絕人性／殘無人道。

【義反】天理尚存／良心未泯／心慈仁愛。

傷心慘目

【釋義】傷心：心裏感到悲傷。慘目：悲慘得目不忍睹。

【出處】唐·李華·弔古戰場文：「魂魄結兮天沉沉，鬼神聚兮雲冪冪，日光寒兮草短，月色苦兮霜白，傷心慘目有何是耶？」

【用法】形容事情或場面非常悲慘，使人不忍心看下去。

【例句】南京大屠殺中僥倖生存下來的人，正在痛哭流涕的訴說著當年日本侵略軍殺戮中國民眾**傷心慘目**的景象，聽者無不義憤塡膺。

【義近】慘不忍睹／目不忍視／慘絕人寰。

【義反】爭相一睹／先睹爲快／有目共賞／大有可觀／百看不厭／賞心悅目。

傷風敗俗

【釋義】傷、敗：均爲敗壞意。又作「敗俗傷風」。

【出處】梁書·何敬容傳：「嗚呼！傷風敗俗，曾莫之悟。」

【用法】用以指敗壞良好的風俗習慣。

【例句】從前男女在大庭廣眾下親吻是**傷風敗俗**之事，如今倒也不足爲怪了。

【義近】傷化敗俗／傷風破俗／有傷風化。

【義反】移風易俗／民淳俗厚／順從風俗。

十二畫

僧多粥少

【釋義】和尚多而粥飯少。

【出處】新五代史·李愚傳：「廢帝亦謂愚等無所事，常目宰相曰：『此粥飯僧爾。』」

【用法】比喻人多而東西或職位分配不夠。

【例句】現在的歸國學人日益增多，好的職位有限，造成**僧多粥少**的窘況，令人有今不如昔之慨。

【義近】一缺十求／人浮於事。

十三畫

儀態萬方

【釋義】儀態：儀表姿態。萬方：多種多樣。又作「儀態萬千」。

【出處】張衡·同聲歌：「素女爲我師，儀態盈萬方。」

【用法】今多用以形容女子姿態容貌無不美麗，非言語所能盡述。

【例句】那位小姐**儀態萬方**，令人生羨愛慕。

【義近】綽約多姿／婀娜多姿／仙姿玉貌。

【義反】中人之姿。

價値連城

【釋義】價：價格。値：抵得上。連城：連成一片的許多城市。

【出處】司馬遷·史記·廉頗藺相如列傳載：戰國時，秦王欲以十五城來換取趙國的和氏璧，可見其璧之珍貴。

【用法】用以形容物品極貴重。

【例句】這是宋代的一幅山水畫，**價値連城**，是國寶級的文物。

【義近】無價之寶／價値千金。

【義反】一錢不値／等同糞土。

價廉物美

【釋義】廉：低。美：著重於質量好。

【出處】吳沃堯·二十年目睹之怪現狀十回：「要印一部書。久仰貴局的價廉物美，所以特來求教。」

【用法】指物品的價錢便宜，品質又好。

【例句】這家超級市場的東西**價廉物美**，很受顧客喜愛，所以常有川流不息的人潮。

【義近】物超所値。

【義反】價高質劣。

儉以養廉

【釋義】節儉可以養成廉潔的操守。

【出處】宋史·范純仁傳：「惟儉可以助廉，惟恕可以成德。」

【用法】訓示人們培養節儉的美德。

【例句】我們應謹記**儉以養廉**的明訓，不可奢華度日。

【義近】儉則寡欲／克勤克儉。

【義反】奢則多欲／炊金饌玉。

十五畫

優哉游哉

【釋義】優、游：悠閒無事。哉：古漢語感嘆詞。優：又作「悠」字。

【出處】詩經·小雅·采菽：「優哉游哉，亦是戾矣。」

【用法】形容生活悠閒自在。

【例句】退休後他過得很舒服，一天到晚**優哉游哉**的，快活似神仙。

【義近】優游自在／逍遙自在／悠閒自在／恬然自得。

【義反】慌慌張張／張皇失措。

優柔寡斷

【釋義】優柔：猶豫不決。寡：少。斷：決斷。

【出處】李寶嘉·官場現形記一二回：「這位胡統領最是小膽，凡百事情，優柔寡斷。」

【用法】形容人做事猶豫徬徨，不果斷。

【例句】像你這樣瞻前顧後，**優柔寡斷**，我看什麼事情也做不成。

【義近】猶豫不決／舉棋不定／躊躇審顧／委決不下／瞻前顧後。

【義反】當機立斷／毅然決然／慮周行果。

優勝劣敗

【釋義】指生物在生存競爭中適應力強的保留下來，適應力差的就被淘汰。

【出處】梁啓超·論著類：「觀於此，則殖民與非殖民之辨，可以立見，而優勝劣敗之勢……。」

【用法】用以表示自然萬物均是優者生存，劣者敗滅。

【例句】**優勝劣敗**，弱肉強食，可謂是自然之道，若一味地保護劣者弱者，那社會又怎能向前發展呢？

【義近】弱肉強食／強者生弱者

亡。

【義反】抑強扶弱／濟弱扶傾。

二十畫

儻來之物 ㄊㄤˇ ㄌㄞˊ ㄓ ㄨˋ

【釋義】儻來：偶然來到，意外得到。

【出處】莊子・繕性：「軒冕在身，非性命也；物之儻來，寄者也。」元・秦簡夫・東堂老三折：「這錢是儻來之物。」

【用法】用以指意外得到的東西，或不應得而得到的錢財。

【例句】中獎得來的錢不過是**儻來之物**，用不著如此狂喜。

【義近】意外之財／徼幸所得。

【義反】祖傳遺業／勞動所得。

儿部

二畫

元元本本 ㄩㄢˊ ㄩㄢˊ ㄅㄣˇ ㄅㄣˇ

【釋義】元：始。本：根本。元本：即開端。

【出處】班固・西都賦：「元元本本，殫見洽聞。」殫：音ㄉㄢ，竭盡之意。洽：徧。

【用法】形容將事情的原委條理分明交代清楚。與「源源本本」意近。

【例句】我希望你能將這件事**元元本本**的說清楚，好讓大家明白是怎麼回事。

【義近】一五一十／實實在在／清清楚楚／元元版版。

【義反】語焉不詳／遮遮掩掩／欲言又止／半吞半吐。

元亨利貞 ㄩㄢˊ ㄏㄥ ㄌㄧˋ ㄓㄣ

【釋義】元：善之長。亨：喜之會。利：義之和。貞：事之幹。此爲君子應有的四種特性。

【出處】易經・乾卦：「乾，元亨利貞。」文言：「君子體仁，足以長人，嘉會足以合禮，利物足以和義，貞固足以幹事，君子行此四德者，故曰，乾，元亨利貞。」

【用法】勉人行仁道。此多用於春聯或贈銘。

【例句】**元亨利貞**四字，是我爲人處事的座右銘，以便時時警惕自己，努力實踐仁道。

元氣大傷 ㄩㄢˊ ㄑㄧˋ ㄉㄚˋ ㄕㄤ

【釋義】元氣：指生命中精氣之所在。

【出處】李商隱・韓碑：「公之斯文若元氣，先時已入人肝脾。」

【用法】形容國家或個人受到重大的挫折或災難。

【例句】二次世界大戰結束後，敵對雙方都**元氣大傷**，百業蕭條，在短期之內無法恢復戰前的盛況。

【義近】筋疲力盡。

【義反】活力充沛。

允文允武 ㄩㄣˇ ㄨㄣˊ ㄩㄣˇ ㄨˇ

【釋義】允：誠，眞實。

【出處】詩經・魯頌・泮水：「允文允武，昭假烈祖。」

【用法】用以稱人能文善武、文武兼備。

【例句】他自幼聰慧好學，加上父母的悉心栽培，使他具備**允文允武**的本事。

【義近】文武雙全／智勇雙全。

【義反】木雕泥塑／朽木糞土／百無一是／飯囊衣架。

三畫

充耳不聞 ㄔㄨㄥ ㄦˇ ㄅㄨˋ ㄨㄣˊ

【釋義】塞住耳朵不聽。充：塞住。

【出處】詩經・邶風・旄丘：「叔兮伯兮，褎如充耳。」鄭玄箋：「充耳……塞耳無聞知也。」

【用法】表示拒絕接受別人的意見或忠告。

【例句】俗話說：「忠言逆耳利於行。」你對別人的忠告怎能採取**充耳不聞**的態度呢？

【義近】左耳進右耳出／馬耳東風／聽若罔聞。

【義反】詳聽細聞／入耳箸心／洗耳恭聽。

兄友弟恭 ㄒㄩㄥ ㄧㄡˇ ㄉㄧˋ ㄍㄨㄥ

【釋義】哥哥對弟弟友愛，弟弟對哥哥恭敬。

【出處】司馬遷・史記・五帝本紀：「使布五教於四方，父義，母慈，兄友，弟恭，子孝，內平外成。」

【用法】指兄弟之間感情深厚，相親相愛。

【例句】王老闆的五個兒子生活在一個大家庭裏，**兄友弟恭**，和睦相處，眞是難得。

【義近】手足深情／孔融讓梨。

【義反】兄弟鬩牆／手足相殘。

兄弟鬩牆 ㄒㄩㄥ ㄉㄧˋ ㄒㄧˋ ㄑㄧㄤˊ

【釋義】鬩：音ㄒㄧˋ，訟爭。

【出處】詩經・小雅・常棣：「兄弟鬩於牆，外禦其務。」鄭玄箋：「兄弟雖內鬩，而外禦侮也。」

【用法】形容兄弟感情不睦。

【例句】俗語說：「家和萬事興」一旦**兄弟鬩牆**，家道豈能興旺？

【義近】相煎太急／煮豆燃萁／尺布斗粟／同室操戈。

【義反】兄友弟恭／壎篪相和／孔融讓梨。

四畫

光天化日 ㄍㄨㄤ ㄊㄧㄢ ㄏㄨㄚˋ ㄖˋ

【釋義】光天：光明的白天。化日：化生萬物的太陽，指陽光。舊指太平盛世。

【出處】吳承恩・西遊記三回：「來來往往，人都在光天化日之下。」

【用法】用以比喻大庭廣眾，人所共見的地方。

【例句】那歹徒竟敢在**光天化日**之下搶奪路人財物，眞是膽大包天。

【義近】大庭廣眾／眾目睽睽。

【義反】人跡罕見／杳無人煙／三更半夜。

光宗耀祖 ㄍㄨㄤ ㄗㄨㄥ 一ㄠˋ ㄗㄨˇ

【釋義】光：增光。宗：家族。耀：顯耀。祖：祖先。
【出處】曹雪芹・紅樓夢三三回：賈政「忙跪下含淚說道：『兒子管他，也爲的是光宗耀祖。』」
【用法】指人做官或創業立德，使祖先和家族都榮耀。
【例句】期望兒女成龍成鳳，以**光宗耀祖**，這是每一位父母的心願。
【義近】耀祖榮宗／顯祖揚宗／榮宗顯祖。
【義反】愧對先人／忝辱先人。

光怪陸離 ㄍㄨㄤ ㄍㄨㄞˋ ㄌㄨˋ ㄌㄧˊ

【釋義】光怪：光彩和形狀奇異。陸離：色彩繁雜。
【出處】吳敬梓・儒林外史五五回：「那柴燒的一塊一塊的，結成就和太湖石一般，光怪陸離。」
【用法】形容景象怪異，形態離奇。
【例句】這位地質學家的研究室裏，到處都陳列著**光怪陸離**的石塊。
【義近】五彩繽紛／斑駁陸離／五光十色／五花八門。
【義反】平凡無奇。

光明正大 ㄍㄨㄤ ㄇㄧㄥˊ ㄓㄥˋ ㄉㄚˋ

【釋義】光明：胸襟坦白，沒有私心。正大：言行正當，不存私心雜念。
【出處】朱子語類・易九：「聖人所說底話，光明正大，須是先理會光明正大底綱領條目。」
【用法】形容爲人光明磊落，公正無私，行爲正派。
【例句】爲人要**光明正大**，像你這樣詭計多端，利字當頭，誰願意和你交往？
【義近】光明磊落／襟懷坦蕩／不愧不怍／無偏無黨／堂堂正正／嶔崎磊落。
【義反】兩面三刀／鬼鬼祟祟／嘴甜心苦／口蜜腹劍／笑裏藏刀／心懷鬼胎。

光明磊落 ㄍㄨㄤ ㄇㄧㄥˊ ㄌㄟˇ ㄌㄨㄛˋ

【釋義】光明：坦白。磊落：正大光明。
【出處】王夫之・讀通鑑論：「(張良)光明磊落，坦然直剖心臆於雄猜天子之前。」
【用法】形容心懷坦白，正大光明。
【例句】王市長爲人**光明磊落**，平易近人，因而深得民眾的信賴與愛戴。
【義近】正大光明／堂堂正正／光風霽月／心懷坦然。
【義反】詭計多端／居心叵測／心懷不軌。

光前裕後 ㄍㄨㄤ ㄑㄧㄢˊ ㄩˋ ㄏㄡˋ

【釋義】增光前代，造福後人。指功業遠勝前人。
【出處】宮大用・范張雞黍三折：「似這般光前裕後，一靈兒可也知不？」
【用法】多用作稱頌別人功業隆盛。
【例句】國父領導國人推翻滿清，締造中華，成就了**光前裕後**的大業。
【義近】光前耀後／震古鑠今。
【義反】禍國殃民／禍延子孫。

光風霽月 ㄍㄨㄤ ㄈㄥ ㄐㄧˋ ㄩㄝˋ

【釋義】光風：指雨後日出時的風，吹動草木映出水光。霽月：雨過天晴時的月亮。
【出處】黃庭堅・濂溪詩序：「舂陵周茂叔(敦頤)，人品甚高，胸中灑落如光風霽月。」
【用法】形容雨過天晴時萬物明淨的景象，也比喻開闊的胸襟和坦白的心地。
【例句】①在這**光風霽月**的夜晚，與三五好友漫步湖邊，眞令人陶醉。②他爲人品德高尙，胸襟開朗如**光風霽月**，令人敬仰。
【義近】風淸月朗／風和景明／襟懷坦白／光明磊落／正大光明／淵渟嶽峙。
【義反】陰雨晦明／陰風怒號／霾雨霏霏／闇然媚世／偷雞摸狗。

光彩奪目 ㄍㄨㄤ ㄘㄞˇ ㄉㄨㄛˊ ㄇㄨˋ

【釋義】光彩：光澤和顏色。奪目：耀眼。
【出處】凌濛初・二刻拍案驚奇：「眞是珠寶盈庭，光彩奪目，所値不啻巨萬。」
【用法】形容鮮艷耀眼，也用來形容某些藝術作品的成就極高。
【例句】①一走進珠寶店，那形形色色的珠寶，無不**光彩奪目**。②王熙鳳、薛寶釵、林黛玉等，是紅樓夢中塑造得**光彩奪目**的人物形象。
【義近】光彩射目／光輝燦爛／熠熠生輝／光彩耀人。
【義反】黯然失色／黯淡無光。

光陰似箭 ㄍㄨㄤ 一ㄣ ㄙˋ ㄐㄧㄢˋ

【釋義】一作「光陰如箭」。光陰：時光。
【出處】蘇軾・行香子・秋興詞：「秋來庭下，光陰如箭，似無言有意傷儂。」
【用法】比喻時間像飛箭一般迅速流逝。
【例句】**光陰似箭**，轉眼之間這一年又過去了。
【義近】日月如梭／時光如流／白駒過隙／歲月不居／電光石火。
【義反】漫漫歲月／時光荏苒／長繩繫日／度日如年。

光陰荏苒 ㄍㄨㄤ 一ㄣ ㄖㄣˇ ㄖㄢˇ

【釋義】光陰：時間。荏苒：漸進，逐漸。
【出處】張華・勵志詩：「日歟月歟，荏苒代謝。」曾樸・孽海花二四回：「光陰荏苒，倏忽又過了幾月。」
【用法】形容時光消逝之快速。
【例句】春去秋來，**光陰荏苒**，不知不覺又過了一個寒暑。
【義近】歲月如流／光陰似箭／日月如梭。

光復舊物 ㄍㄨㄤ ㄈㄨˋ ㄐㄧㄡˋ ㄨˋ

【釋義】光復：恢復。舊物：原指舊的文物典章，此指被敵人佔領的國土。
【出處】辛棄疾・美芹十論：「臣願陛下姑以光復舊物而自期。」
【用法】指收復被敵人侵佔的祖國山河。
【例句】祖逖以**光復舊物**之志深自期許，聞雞起舞，奮進不懈，方有擊楫中流的壯舉。

【義近】光復國土／收復山河／還我河山／洗雪國恥。

【義反】苟安一隅。

光焰萬丈（ㄍㄨㄤ ㄧㄢˋ ㄨㄢˋ ㄓㄤˋ）

【釋義】光焰：光輝。一作「光芒萬丈」，光芒：四射的光輝。

【出處】韓愈·調張籍詩：「李杜文章在，光焰萬丈長。」

【用法】形容光彩之盛，可以照耀到遠方。

【例句】莎士比亞的戲劇，**光焰萬丈**，至今仍流傳不衰。

【義近】光輝燦爛／光被四表／光同日月／光芒萬丈。

【義反】燭光寸輝／寸光尺焰。

光輝燦爛（ㄍㄨㄤ ㄏㄨㄟ ㄘㄢˋ ㄌㄢˋ）

【釋義】光輝：閃爍耀眼的光。燦爛：光彩鮮明耀眼。

【出處】羅貫中·三國演義七一回：「每隊五千，按青、黃、赤、白、黑五色，旗旛甲馬，並依本色，光輝燦爛，極其雄壯。」

【用法】本形容色彩光亮耀眼，鮮明奪目。現常用以比喻事業或前途光明遠大。

【例句】①國慶日，家家戶戶張燈結綵，總統府更裝飾得**光輝燦爛**，好不熱鬧。②令郎高中一流大學，假以時日，定有**光輝燦爛**的前途。

【義近】光彩奪目／光芒萬丈／前程似錦／鵬程萬里。

【義反】暗然失色／暗淡無光／前途渺茫／日暮途窮。

先人後己（ㄒㄧㄢ ㄖㄣˊ ㄏㄡˋ ㄐㄧˇ）

【釋義】遇事先想到別人，再考慮自己。

【出處】禮記·坊記：「君子貴人而賤己，先人而後己。」

【用法】用以說明人的品德高尚，處理事情不是私字當頭，而是爲他人著想。

【例句】每次公司裏分東西時，王先生從不先拿，若有人拿了又不滿意，他便主動地拿自己的去換，充分表現出**先人後己**的高尚風格。

【義近】先公後私／舍己爲人／責先利後。

【義反】損公肥私／損人利己／有己無人／自私自利。

先入之見（ㄒㄧㄢ ㄖㄨˋ ㄓ ㄐㄧㄢˋ）

【釋義】首先就有的看法。

【出處】魯迅·且介亭雜文二集·論諷刺：「我們常不免有一種先入之見，看見諷刺作品，就覺得這不是文學上的正路，因爲我們先就以爲諷刺不是美德。」

【用法】指在未經調查弄清眞相之前，就已形成的看法。

【例句】由於他曾判刑入獄，現在雖已改過向善，但你對他仍心存**先入之見**，所以不敢錄用他。

【義近】心懷成見／先入爲主。

【義反】知人之明／客觀超然。

先入爲主（ㄒㄧㄢ ㄖㄨˋ ㄨㄟˊ ㄓㄨˇ）

【釋義】以先聽到的意見爲依據，對後來的意見聽不進去。

【出處】漢書·息夫躬傳：「唯陛下觀覽古戒，反覆參考，無以先入之語爲主。」

【用法】比喻已形成成見，不能實事求是地聽取不同意見。

【例句】他最大的毛病就是在聽取意見時，總有**先入爲主**的想法，以至處理問題時常出差錯。

【義近】先入之見／偏聽偏信。

【義反】兼聽則明／集思廣益。

先下手爲強（ㄒㄧㄢ ㄒㄧㄚˋ ㄕㄡˇ ㄨㄟˊ ㄑㄧㄤˊ）

【釋義】先下手：意即搶先一步。爲強：猶言佔優勢。

【出處】關漢卿·單刀會：「我想來先下手爲強，後下手遭殃！」

【用法】用以說明做事搶佔先機，取得主動地位。

【例句】只有這一個足球場，我們還是**先下手爲強**，要不就沒有地方踢球了。

【義近】先發制人／先到爲君／搶先一步百事樂。

【義反】後到爲臣／後人一著樣樣愁。

先小人後君子（ㄒㄧㄢ ㄒㄧㄠˇ ㄖㄣˊ ㄏㄡˋ ㄐㄩㄣ ㄗˇ）

【釋義】小人：指計較利害得失，注意防範他人的人。君子：講究仁義，注重信用的人。

【出處】吳承恩·西遊記八四回：「如今先小人，後君子，先把房錢講定，後好算賬。」

【用法】用以說明雙方合作共事，先把條件講明，然後才放手去做。

【例句】我們雖然是熟人，但合作辦事卻是第一次，還是**先小人，後君子**，把話說清楚了，以免今後發生不必要的爭吵。

【義近】有言在先／醜話講在前頭。

【義反】先禮後兵。

先公後私（ㄒㄧㄢ ㄍㄨㄥ ㄏㄡˋ ㄙ）

【釋義】遇事先考慮公家，後考慮個人；也即先爲公務，後顧私事。

【出處】三國志·魏書·杜畿傳：「憂公忘私者必不然，但先公後私即自辦也。」

【用法】指人品德高尚，遇事先把公家的事情放在第一位。

【例句】常先生在公司任職多年，辦事一向**先公後私**，所以深得總經理的信賴。

【義近】公而忘私／大公無私／克己奉公／捨己爲公／廉潔自守。

【義反】自私自利／見利忘義／貪贓枉法／監守自盜／中飽私囊。

先天不足（ㄒㄧㄢ ㄊㄧㄢ ㄅㄨˋ ㄗㄨˊ）

【釋義】先天：中醫指人或動物在母體中的孕育時期，與後天（生下來以後）相對。

【出處】李汝珍·鏡花緣二六回：「又老人之子，先天不足。」

【用法】原指人或動物生下來體質就不好，後也指事物的根基差。

【例句】這孩子本來就**先天不足**，加上後天又營養不良，所以現在弱不禁風，常生病。

【義近】根底淺薄。

【義反】得天獨厚。

先自隗始（ㄒㄧㄢ ㄗˋ ㄨㄟˇ ㄕˇ）

【釋義】先從任用我郭隗開始。隗：郭隗，戰國時燕國人。

【出處】戰國策·燕策一：「今王誠欲致士，先從隗始，隗且見事，況賢於隗者乎？」

【用法】比喻自我推薦。

【例句】恕我冒昧，你如果要聘請有本事的人，我**先自隗始**，保證不會令你失望。

【義近】毛遂自薦／自告奮勇／挺身而出。

【義反】婉言謝絕／另請高明。

先見之明 (ㄒㄧㄢ ㄐㄧㄢˋ ㄓ ㄇㄧㄥˊ)

【釋義】在事情未發生前，能預料到它的發生及結果。明：清明的智慧。

【出處】後漢書・楊震傳：「愧無日磾先見之明，猶懷老牛舐犢之愛。」

【用法】形容人具有預先洞察事物的眼力，稱讚別人料事準確。

【例句】我雖然談不上有**先見之明**，但對眼前一些簡單事情發展的結果，還是能預知一二的。

【義近】先知先覺／先人之見／未卜先知／料事如神。

【義反】後知後覺／諳昧不明。

先來後到 (ㄒㄧㄢ ㄌㄞˊ ㄏㄡˋ ㄉㄠˋ)

【釋義】先來到的和後來到的。

【出處】明・無名氏・南牢記二折：「也有個先來後到，反教俺無下梢。」

【用法】指按照來到的先後以確定次序。

【例句】你這個人太不講道理！總有個**先來後到**嘛，我在這裏排隊買票快一個小時了，你怎麼一來就強行站到我前面？

【義近】井然有序／先後有序。

【義反】爭先恐後。

先知先覺 (ㄒㄧㄢ ㄓ ㄒㄧㄢ ㄐㄩㄝˊ)

【釋義】比所有的人先認識及覺悟。知：認識。覺：覺悟。

【出處】孟子・萬章上：「天之生此民也，使先知覺後知，使先覺覺後覺也。」

【用法】常指對哲理或社會政治問題最先有系統認識、深刻理解的人。

【例句】滿清末年，以 國父為代表的革命黨人，是一批**先知先覺**者，國家的菁英。

【義近】先見之明／諸葛再生。

【義反】後知後覺／不知不覺。

先斬後奏 (ㄒㄧㄢ ㄓㄢˇ ㄏㄡˋ ㄗㄡˋ)

【釋義】指臣子先把人處決了，然後再稟告帝王。斬：殺頭。奏：臣子對皇帝說話或上書。

【出處】漢書・申屠嘉傳：「吾悔不先斬錯乃請之。」顏師古注：「言先斬而後奏。」

【用法】比喻先果斷處理某事，造成既定事實，然後再向上級報告。

【例句】管他三七二十一，來個**先斬後奏**，辦了再說！

【義近】先行後聞／先辦後報。

【義反】先奏後斬／承風希旨。

先發制人 (ㄒㄧㄢ ㄈㄚ ㄓˋ ㄖㄣˊ)

【釋義】先動手制服對方。發：發動，開始行動。

【出處】漢書・項籍傳：「先發制人，後發制於人。」

【用法】用以說明先下手取得主動權，可以制服對手。

【例句】他們既然要與我們鬥，我們就來個**先發制人**，讓他們措手不及。

【義近】先聲奪人。

先意承志 (ㄒㄧㄢ ㄧˋ ㄔㄥˊ ㄓˋ)

【釋義】先意：事先意料到別人的心意。承志：意謂按照其心志去做。

【出處】禮記・祭義：「君子之所為孝者，先意承志，諭父母於道。」

【用法】指孝順父母，不待父母開口，就能揣摩父母的心意事先做好。

【例句】談到孝道，首先要做到**先意承志**，讓父母歡心。

【義近】先意承旨／察顏觀色／阿其所好／望風希旨／希旨承顏。

先睹為快 (ㄒㄧㄢ ㄉㄨˇ ㄨㄟˊ ㄎㄨㄞˋ)

【釋義】以能搶先看到為快樂。睹：看見。

【出處】韓愈・與少室李拾遺書：「朝廷之士，引頸東望，若景星鳳凰之始見也，爭先睹之為快。」

【用法】形容早已盼望看到的心情。

【例句】這本書早已名聞遐邇，大家都爭先搶購，以便**先睹為快**。

【義近】一睹為快。

【義反】藏諸名山／束之高閣。

先憂後樂 (ㄒㄧㄢ ㄧㄡ ㄏㄡˋ ㄌㄜˋ)

【釋義】比天下人早憂慮，又比天下人後快樂。

【出處】范仲淹・岳陽樓記：「然則何時而樂耶？其必曰：先天下之憂而憂，後天下之樂而樂乎！」

【用法】說明以天下為己任，關心國計民生。

【例句】要做一個於國於民有益的人，就得要有**先憂後樂**的崇高思想境界。

【義近】先公後私／以天下為己任。

【義反】損公肥私／假公濟私／以公利私／人不為己，天誅地滅／視天下為己有。

先聲奪人 (ㄒㄧㄢ ㄕㄥ ㄉㄨㄛˊ ㄖㄣˊ)

【釋義】聲：聲勢。奪人：壓倒別人，動搖人心。

【出處】左傳・昭公二十一年：「軍志有之：『先人有奪人之心，後人有待其衰。』」

【用法】指用兵先大張聲威，挫傷敵人的士氣；也比喻做事搶先一步，爭取主動。

【例句】球賽開始後，我隊**先聲奪人**，一上來就猛衝猛打，打得對方落花流水。

【義近】先聲後實／先發制人／先來個下馬威。

【義反】後來居上。

先禮後兵 (ㄒㄧㄢ ㄌㄧˇ ㄏㄡˋ ㄅㄧㄥ)

【釋義】禮：禮貌。兵：兵器，引申為動用武力。

【出處】羅貫中・三國演義一一回：「劉備遠來救援，先禮後兵，主公當用好言答之。」

【用法】先按通常的禮節和對方交涉，如果行不通，再用武力或其他強硬手段解決。

【例句】他們來了這麼多人，看來不懷好意，我們也得作好因應措施，防其**先禮後兵**，免得到頭來吃大虧倒大楣。

【義近】先文後武／先君子後小人。

先難後獲

【釋義】先勞苦，後收穫。難：不容易，引申為勞苦。
【出處】論語・雍也：「仁者先難而後獲，可謂仁矣。」
【用法】用以說明要有收穫就得先勞苦，不能坐享其成。
【例句】他為了開荒種果，不知付出了多少血汗，總算**先難後獲**，現在已是碩果累累了。
【義近】先勞後獲／先事後得／先苦後甘／先種後收。
【義反】不勞而獲／坐享其成。

五畫

克己奉公

【釋義】克己：約束克制自身的言行和私欲。奉公：一心為公。
【出處】後漢書・祭遵傳：「遵為人廉約小心，克己奉公。」
【用法】用以說明嚴格要求自己，一心為公。
【例句】滿清末年，革命黨人那種**克己奉公**的精神，永遠值得我們學習。
【義近】大公無私／潔己奉公／廉潔奉公／奉公守法。
【義反】以權謀私／損公肥私／假公濟私／自私自利。

克昌厥後

【釋義】克昌：能夠昌盛。厥後：指後代之子孫。
【出處】詩經・周頌・雝：「克昌厥後。」曹植・宜男花頌：「永世克昌。」
【用法】指人在世時所積之功德餘蔭，能使後代昌盛。
【例句】當一個人在世的時候，必須多積功德，行善救人，方能**克昌厥後**，遺蔭子孫。

克紹箕裘

【釋義】克：能也。紹：繼承。箕裘：比喻上一代的事業。
【出處】禮記・學記：「良冶之子，必學為裘；良弓之子，必學為箕。」
【用法】比喻人能繼承先人的志業。
【例句】張先生的幾個兒子都很爭氣，個個都是能**克紹箕裘**的有為青年。
【義近】繼志述事／克家令子／肯堂肯構／虎父虎子。
【義反】封樹不保／敗家喪身。

克勤克儉

【釋義】克：能，能夠。
【出處】尚書・大禹謨：「克勤于邦，克儉于家。」樂府詩集一二・撒豆：「克勤克儉，無怠無荒。」
【用法】指人既能勤勞，又能節儉。
【例句】劉先生的生活一向嚴謹，**克勤克儉**，對待朋友卻十分慷慨大方。
【義近】勤儉持家。
【義反】揮霍無度／窮奢極侈。

克盡厥職

【釋義】意謂能盡其職守。克：能。厥：代詞，同「其」。
【用法】善盡自己的職守，完成任務。
【例句】只要公司的同仁堅守崗位，**克盡厥職**，業績必然能大幅成長。
【義近】盡忠職守／全力以赴／負責盡職。
【義反】怠忽職守／敷衍塞責／虛應故事。

克敵制勝

【釋義】克：戰勝，獲勝。制：制服。
【出處】施耐庵・水滸傳二一回：「林冲道：只今番克敵制勝，便見得先生妙法。」
【用法】用以說明制服敵人，取得勝利。
【例句】兵書上說，要知己知彼，才能**克敵制勝**。
【義近】攻城略地／衝鋒陷陣／橫掃千軍／凱旋而歸。
【義反】望風而逃／丟盔卸甲／全軍覆滅／一敗塗地／棄甲曳兵。

免開尊口

【釋義】毋須對方開口之意。
【出處】文康・兒女英雄傳二六回：「方纔伯父和九公說的那套，我都聽見了，免開尊口。」
【用法】拒絕對方開口之語。
【例句】我想你還是**免開尊口**吧！否則越描越黑，就不太好了！

六畫

兔死狗烹

【釋義】打獵用狗，兔死則狗失作用，烹以為食。烹：煮。
【出處】司馬遷・史記・越王句踐世家：「蜚鳥盡，良弓藏；狡兔死，走狗烹。」
【用法】比喻事成見棄，多指古代的君主殺戮功臣。
【例句】你也用不著為經理如此盡心賣命了，他並不是什麼好人，你可要提防**兔死狗烹**啊！
【義近】過河拆橋／鳥盡弓藏／卸磨殺驢／得魚忘筌／功成身戮／忘恩負義。
【義反】論功行賞。

兔死狐悲

【釋義】兔子死了，狐狸感到悲傷。
【出處】汪元亨・折桂令・歸隱曲：「鄙高位羊質虎皮，見非辜兔死狐悲。」
【用法】比喻物傷其類，看到同類的不幸遭遇，自己也哀傷起來。
【例句】近年來，連續死了幾個中年教師，我們同行也不免**兔死狐悲**起來。
【義近】物傷其類／狐兔之悲／芝焚蕙歎。
【義反】幸災樂禍／落井下石。

兔角龜毛

【釋義】兔子長出角來，烏龜也長了毛。比喻不可能發生的事情。
【出處】述異記：「殷紂時，大龜生毛，而兔生角，是甲兵將興之兆。」楞嚴經：「佛告阿難，無則同於龜毛兔角。」
【用法】形容絕對不可能、絕對沒有的事情。
【例句】他的人格正直，你說他會偷別人的東西，簡直是**兔角龜毛**，絕不可能！
【義近】公羊產子。

兔走烏飛

【釋義】指日月運行。古代神話說：月亮裏有玉兔，太陽裏有金烏。
【出處】韋莊・秋日早行詩：「行人自是心如火，兔走烏飛不覺長。」
【用法】用以稱時光飛快流逝。
【例句】**兔走烏飛**，年輕人應把握時間努力進取，成就一番事業，以免老大徒傷悲。
【義近】日月如梭／白駒過隙／時光飛逝／歲月如流。
【義反】長繩繫日／度日如年。

兔起鶻落

【釋義】如兔的躍起，如鶻的衝下。鶻：鷹的一種，俯衝極爲迅速。
【出處】蘇軾・篔簹谷偃竹記：「急起從之，振筆直遂，以追其所見，如兔起鶻落，少縱則逝矣。」
【用法】極言行動敏捷。也比喻書畫家用筆的矯健敏捷。
【例句】①這小孩特別靈活，其行動有如**兔起鶻落**，誰也趕不上。②席老先生的書法別具一格，運筆有如**兔起鶻落**，非一般人所能及。
【義近】動如脫兔／振筆直書。
【義反】拖泥帶水。

兔絲附女蘿

【釋義】兔絲：一作菟絲，藥草名，常纏繞於其他植物上，吸取其他植物養分而生。女蘿：即松蘿，地衣類植物。
【出處】文選・古詩十九首：「冉冉孤生竹，結根泰山阿。與君爲新婚，兔絲附女蘿。」
【用法】以兔絲、女蘿的纏繞比喻夫婦的相互依附，以及夫婦情意的纏綿固結。
【例句】他倆結婚已有三十多年，感情一直恩愛親密，好比**兔絲附女蘿**，令人羨慕不已。
【義近】形影不離／形影相隨／夫唱婦隨／如膠似漆。
【義反】反目成仇／分道揚鑣。

兔絲燕麥

【釋義】兔絲：即菟絲，俗稱菟絲子。燕麥：一年或二年生草本植物，子實可做飼料。
【出處】魏書・李崇傳：「今國子雖有學官之名，而無教授之實，何異兔絲燕麥，南箕北斗哉！」
【用法】徒有其名而無其實，就像兔絲有絲之名而不能織，燕麥有麥之名而不可食。
【例句】這位老兄自詡爲專家學者，實際是胸無點墨，無異**兔絲燕麥**，徒具虛名罷了。
【義近】南箕北斗／徒具虛名／有名無實／名不副實／聾子耳朵。
【義反】名不虛傳／名實相副。

兒女情長

【釋義】兒女情：指男女之間的私情。常與「英雄氣短」連用。
【出處】鍾嶸・詩品卷中：「猶恨其兒女情多，風雲氣少。」文康・兒女英雄傳一回：「兒女情長。」
【用法】形容人把愛情看得太重而不顧事業。
【例句】唐明皇自從迷戀上楊貴妃之後，便只知**兒女情長**，不理朝政，結果幾乎葬送了唐朝的大好江山。
【義近】兒女私情／愛情至上。
【義反】寡情少義／薄情寡義。

兒孫自有兒孫福

【釋義】不必爲兒孫擔心勞碌，他們自有自己的福氣。
【出處】宋詩紀事：「兒孫自有兒孫計，莫爲兒孫作馬牛。」
【用法】勸人不需爲兒孫操心之語。或玩世者推諉責任，自求享樂，不顧兒孫生計時之託詞。
【例句】**兒孫自有兒孫福**，張伯伯您就別如此操心了。

十二畫

兢兢業業

【釋義】兢兢：形容小心謹慎。業業：擔心害怕的樣子。
【出處】尚書・臯陶謨：「兢兢業業，一日二日萬幾。」
【用法】形容做事謹慎、誠懇。
【例句】他對工作勤勤懇懇，**兢兢業業**，數十年如一日，眞值得大家學習。
【義近】勤勤懇懇／兢兢翼翼。
【義反】敷衍了事／敷衍塞責／馬馬虎虎。

入部

入不敷出

【釋義】收入不夠支出。敷：足夠。
【出處】曹雪芹・紅樓夢一〇七回：「但是家計蕭條，入不敷出。」
【用法】用以形容經濟、生活上有困難，收支不能平衡。
【例句】儘管我每月的收入甚豐，但家裏人多，加上人來客往不斷，所以還是**入不敷出**。
【義近】捉襟見肘／寅支卯糧。
【義反】綽有餘裕／綽綽有餘／收支平衡／量入爲出。

入木三分

【釋義】字迹透入木板三分深。
【出處】張懷瓘・書斷：「……書祝板，工人削之，筆入木三分。」
【用法】常用以形容見解、議論深刻透徹，也用以形容書法筆力強勁。
【例句】①王先生分析問題透徹有理，可謂**入木三分**，所以大家聽了深感信服。②向教授的書法剛健遒勁，眞有**入木三分**的筆力。

【義近】力透紙背／鞭辟入裏／深刻透徹／眞知灼見。

【義反】不著邊際／膚淺浮泛／泛泛而談／味如嚼臘。

入主出奴（ㄖㄨˋ ㄓㄨˇ ㄔㄨ ㄋㄨˊ）

【釋義】加入某宗教或教派時，便以此宗教、派系的人爲主，以不是此宗教、派系的人爲奴。

【出處】韓愈・原道：「其言道德仁義者，不入於楊，則入於墨；不入於老，則入於佛，入於彼，必出於此，入者主之，出者奴之。」

【用法】比喻門戶之見。

【例句】由於那個教派是個**入主出奴**的團體，所以得不到大家的好評。

【義近】排斥異己。

【義反】一視同仁／百家爭鳴。

入吾彀中（ㄖㄨˋ ㄨˊ ㄍㄡˋ ㄓㄨㄥ）

【釋義】進入到我的射程範圍之內。彀中：箭能射及的範圍。彀：張滿弓弩。

【出處】五代・王定保・唐摭言卷一：唐太宗「嘗私幸端門，見新進士綴行而出，喜曰：『天下英雄，入吾彀中矣！』」

【用法】比喻進入到我所設的圈套之中，或進入到我所掌握的範圍之內。

【例句】這傢伙那麼精明狡詐，想不到他還是**入吾彀中**，自動走進了我所設計的圈套中，眞沒白費功夫啊！

【義近】入我羅網／難逃如來佛手心。

入室弟子（ㄖㄨˋ ㄕˋ ㄉㄧˋ ㄗˇ）

【釋義】入室：已進入到內室。比喻從師學習已經到家。弟子：猶今天所說的學生。

【出處】論語・先進：「門人不敬子路。子曰：『由（子路名）也！升堂矣，未入於室也。』」

【用法】比喻得到了老師或師傅的眞傳，學習到家的人。

【例句】京劇大師梅蘭芳一生弟子甚多，但算得上**入室弟子**的卻寥寥無幾。

【義近】入門弟子／升堂弟子／登堂弟子。

【義反】私淑弟子／門外弟子。

入室操戈（ㄖㄨˋ ㄕˋ ㄘㄠ ㄍㄜ）

【釋義】到他的屋裏去，拿起武器攻擊他。操：拿。戈：類似矛的武器。

【出處】後漢書・鄭玄傳：「休見而歎曰：『康成入吾室，操吾矛，以伐我乎？』」

【用法】比喻用對方的論點反駁對方。

【例句】他的本領全是從我這裏學去的，可是現在卻處處與我作對，甚至否定我的論點，這簡直就是**入室操戈**嘛！

【義近】以其人之道，還治其人之身／以子之矛攻子之盾。

【義反】同道相輔／同舟共濟。

入國問俗（ㄖㄨˋ ㄍㄨㄛˊ ㄨㄣˋ ㄙㄨˊ）

【釋義】到一個國家要問清那個國家的風俗。

【出處】禮記・曲禮上：「入竟（境）而問禁，入國而問俗，入門而問諱。」

【用法】說明進入一個新的國家，務必要了解那裏的風俗習慣，以免違法。

【例句】去中東旅行，可以開闊眼界，但務必要注意**入國問俗**，尊重當地的風俗習慣。

【義近】入境問俗／入國從俗／入境問禁／入門問諱。

入情入理（ㄖㄨˋ ㄑㄧㄥˊ ㄖㄨˋ ㄌㄧˇ）

【釋義】合乎情理。入：合乎。

【出處】掃迷帚三回：「心齋側著耳朵，覺得此段議論入情入理，不禁連連點首。」

【用法】用以說明所言所行、所作所爲合乎常情常理。

【例句】你不要看他年紀小，可是說話行事無不**入情入理**，令人信服。

【義近】合情合理／盡情盡理／合乎情理。

【義反】強詞奪理／悖禮犯義／不盡情理／有乖情理。

入鄉隨俗（ㄖㄨˋ ㄒㄧㄤ ㄙㄨㄟˊ ㄙㄨˊ）

【釋義】到哪個地方就順從哪個地方的風俗。隨：順從。

【出處】普濟・五燈會元・大寧道寬禪師：「雖然如是，『且道入鄉隨俗一句作麼生道？』良久曰：『西天梵語，此土唐言。』」

【用法】說明到了一個地方就應按照當地的風俗習慣生活，不可特殊。

【例句】既已決定久居中東回教國家，就該**入鄉隨俗**，戒除煙酒，更忌嫖賭，否則一旦犯忌，將被驅逐出境。

【義近】入國從俗／入境問俗／入境問禁／入門問諱。

入幕之賓（ㄖㄨˋ ㄇㄨˋ ㄓ ㄅㄧㄣ）

【釋義】幕：帳幕。賓：客人，指參與機密的人。

【出處】晉書・郗超傳：「謝安與王坦之嘗詣（桓）溫論事，溫令超帳中臥聽之，風動帳開，安笑曰：『郗生可謂入幕之賓矣。』」

【用法】泛指親密的同事或關係親近的人。

【例句】王先生深得劉總經理的信任，常參與公司的重大決策，有的人戲稱他是劉總經理的**入幕之賓**。

【義近】左右親信。

【義反】門中疏客。

二畫

內外交困（ㄋㄟˋ ㄨㄞˋ ㄐㄧㄠ ㄎㄨㄣˋ）

【釋義】交：同時，一齊。困：困難。

【用法】內部外部都處於困難的境地。

【例句】沒有嚐過**內外交困**窘境的人，是很難體會其中辛酸的。

【義近】內憂外患／焦頭爛額／上天無路，入地無門／內亂外寇。

【義反】內外無患／國泰民安／家和鄰睦。

內外夾攻（ㄋㄟˋ ㄨㄞˋ ㄐㄧㄚˊ ㄍㄨㄥ）

【釋義】夾攻：同時進攻，互相呼應攻打。

【出處】歐陽修・新五代史・吳越世家：「乃取其軍號，內外夾攻，號令相應，淮人以爲神，遂入敗之。」

【用法】形容從裏、外兩方面配合起來，同時進攻。

【例句】要說服他，單靠你一人

哪行，非得我們**內外夾攻**，才有可能辦得到。

【義近】裏應外合／前後夾擊。

【義反】網開三面／網開一面。

內柔外剛

【釋義】柔：柔弱。剛：剛強。

【出處】易經・否：「內陰而外陽，內柔而外剛，內小人而外君子。」

【用法】指內心柔弱而外表剛強，或內部脆弱而外部強大。

【例句】你別看他兇巴巴的樣子，其實膽小如鼠，標準**內柔外剛**型的主管，只要道理是對的，力爭到底，別怕他。

【義近】內陰外陽／外強中乾／色厲內荏／虎皮羊質／魚質龍文／櫜蒙虎皮。

【義反】外柔內剛／外圓內方／綿裏藏針。

內省不疚

【釋義】省：反省。疚：慚愧。指內心自我反省，能不愧於心。

【出處】論語・顏淵：「子曰：『內省不疚，夫何憂何懼？』」中庸：「故君子內省不疚。」

【用法】形容一個人坦蕩無愧，能夠毫無畏懼。

【例句】一個人最好能夠做到**內省不疚**，不憂不懼，才會活得自適快樂。

【義近】戴圓履方／不愧屋漏／衾影無慚。

【義反】慚愧無地／感愧兼集／汗顏無地。

內剛外柔

【釋義】內心剛強，外表柔和。

【出處】柳宗元・答周君巢書：「外柔而內益剛。」

【用法】形容人內心剛強，有不可移易的原則，而外表則柔和可親，不計較小事。

【例句】他是個**內剛外柔**的人，你不要看他平日笑嘻嘻的，顯得很和順，但一到關鍵時刻，卻很能堅守原則，保持節操。

【義近】內強外弱／綿裏藏針。

【義反】內柔外剛／色厲內荏。

內憂外患

【釋義】內部有憂亂，外部有禍患。

【出處】管子・戒：「君外舍而不鼎饋，非有內憂，必有外患。」

【用法】多用以指國家內部的動亂和來自國外的驚擾。

【例句】滿清末年，中國正處於**內憂外患**的環境中，生在那個時代的中國人也眞是什麼苦都吃盡了。

【義近】內外交困／內亂外寇。

【義反】外和內安／國泰民安。

內顧之憂

【釋義】原指身在外地而顧念家事。內：家內。顧：顧念。也指對國事的擔心。

【出處】羅貫中・三國演義九一回：「今南方已平，無內顧之憂。」

【用法】比喻內部的憂患。

【例句】①現在國泰民安，已無**內顧之憂**，須要注意的是外來的侵犯。②今去依傍外祖母及舅氏姊妹，正好減我**內顧之憂**，如何不去？（曹雪芹・紅樓夢三回）

【義近】顧內之憂／後顧之憂／心腹之患／家賊難防。

【義反】外來之患／外患疊至。

四　畫

全力以赴

【釋義】把全部力量都投進去。赴：往，投入。

【用法】形容做事極其認眞負責，不遺餘力地去完成。

【例句】他這個人做事的特點是：要麼不接受，一經接受就會無畏橫逆，**全力以赴**，再大的困難也會想方設法地把它完成。

【義近】不遺餘力／窮心竭力。

【義反】敷衍了事／量力而行。

全心全意

【釋義】全部的心思、精力都集中於某事某人身上。全：整個。

【用法】形容毫無保留地投入全部的心思和精力，並不夾雜其他任何念頭。

【例句】他最近正在**全心全意**地尋找公司業績不振的原因，那有時間顧及人事的安排。

【義近】一心一意／誠心誠意／眞心實意／悃悃款款。

【義反】三心二意／馬馬虎虎。

全身遠害

【釋義】身：生命，自身。也作「遠害全身」。

【出處】詩經・王風・君子陽陽序：「君子陽陽，閔周也。君子遭亂，相招爲祿仕，全身遠害而已。」

【用法】指身處亂世或禍患來臨之際的有識之士，設法保全自己，遠離禍害。

【例句】他哥哥犯了十惡不赦之罪，他爲了**全身遠害**，只好隱姓埋名，躲到偏遠山區去了。

【義近】明哲保身／遠禍全身／全性保眞。

【義反】置生死於度外／奮不顧身／視死如歸／捨生忘死。

全始全終

【釋義】意謂有一個完美的開始，也應該有個完美的結束。

【出處】吳承恩・西遊記六四回：「聖僧不必閒敘，出家人全始全終。既有起句，何無結句？望卒成之。」

【用法】指做事從頭到尾，應該完全一致。

【例句】我們合力編寫這部大型工具書，一定要堅持一個原則，那就是**全始全終**。

【義近】有始有終／善始善終／貫徹始終／自始至終／有頭有尾。

【義反】虎頭蛇尾／半途而廢／中道而廢／有始無終／有頭無尾。

全軍覆沒

【釋義】覆沒：軍隊全數潰滅。一作「全軍覆滅」。

【出處】魏秀仁・花月痕四八回：「憑你英雄好漢，總要全軍覆沒。」

【用法】指整個軍隊全部被消滅，也比喻事業全盤失敗。

【例句】①他驕傲輕敵，結果中了敵人的埋伏，幾乎**全軍覆沒**。②他本來在事業上已有所成就，後來貪圖玩樂，輕信他人，又把事業搞得**全軍覆沒**。

【義近】土崩瓦解／土崩魚爛／黃河決堤／片甲不留／隻輪不返。

【義反】大獲全勝／凱旋而歸。

全神貫注

【釋義】全部精神集中在一點上。神：精神，精力。貫注：集中在一點。

【出處】再生緣五三回：「唷！總算他肯自己說穿，這下都全神貫注，看老太太會不會醒過來？」

【用法】形容注意力高度集中。

【例句】我們的海巡隊員，天天**全神貫注**地監視著海上船艦的活動。

【義近】聚精會神／目不轉睛。

【義反】漫不經心／心不在焉／心猿意馬／魂不守舍。

全無心肝

【釋義】本稱人毫無羞恥之心，後指沒有善良的心腸。

【出處】南史・陳後主紀：「既見宥，隋文帝給賜甚厚……後監守者奏言：『叔寶云……願得一官號。』隋文帝曰：『叔寶全無心肝。』」

【用法】今多用以指責人沒有良心，不知好歹。

【例句】我對他體貼入微，關懷備至，可是他卻**全無心肝**，動不動就拿我當出氣筒。

【義近】全無良心／狼心狗肺／喪盡天良。

全無忌憚

【釋義】忌憚：畏懼，顧忌和害怕。

【出處】朱熹・申尚書省狀：「臨海縣丞曹格係仲友長子妻黨，其人凶暴貪婪，全無忌憚。」

【用法】指人任意胡作非為，毫無顧忌和畏懼。

【例句】非洲一些掌握國家軍權的人，**全無忌憚**，動不動就推翻政府，任意踐踏百姓。

【義近】肆無忌憚／全無顧忌／一無所懼。

【義反】投鼠忌器／有所顧忌／畏首畏尾。

六畫

兩小無猜

【釋義】兩小：指男女年幼時。無猜：沒有猜嫌。

【出處】李白・長干行：「郎騎竹馬來，繞牀弄青梅。同居長干里，兩小無嫌猜。」蒲松齡・聊齋誌異・胭脂：「只緣兩小無猜，遂野鶩與家雞之戀……。」

【用法】指男女小時候在一起玩要，天真無邪，沒有猜疑。

【例句】他倆本來就是**兩小無猜**，長大後更是情投意合，結為夫妻自然是恩愛無比了。

【義近】青梅竹馬／竹馬之好／總角之交／少小無猜。

兩手空空

【釋義】空空：此指一無所有。

【出處】李汝珍・鏡花緣九九回：「這樣精室，若無錦衣美食，兩手空空，也是空自好看。」

【用法】形容手中什麼也沒有，顯得很窘迫。

【例句】我們初次到他家，**兩手空空**，一點禮物也不帶，恐怕不好吧。

【義近】一無所有／空空如也。

【義反】無所不有／應有盡有／無所不備。

兩世為人

【釋義】意謂兩次做人。世：人的一生一世。

【用法】指人遇到重大災禍後，卻能僥倖地死裏逃生，好像重新來到人世一樣。

【例句】這次空難死了一百多人，只有我們三人倖免於難，真可算是**兩世為人**了！

【義近】隔世為人／死而復生／死裏逃生／絕處逢生／遇難呈祥。

兩可之間

【釋義】在適當與不適當的中間，難以取捨。可：適當，適宜。

【出處】晉書・魯勝傳：「是有不是，可有不可，是名兩可。」

【用法】用以表示無法確定其是非、可否。

【例句】這種**兩可之間**的事，你高興怎麼辦就怎麼辦，何必要猶豫不決呢？

【義近】是非難定／模稜兩可。

【義反】是非分明／涇渭分明。

兩全其美

【釋義】全：顧全，成全。美：美好。

【出處】馮夢龍・警世通言・趙太祖千里送京娘：「妹子經了許多風波，又有誰人聘他。不如招贅那漢子在門，兩全其美。」

【用法】指做一件事能顧全到雙方，使他們都感到滿意、得到好處。

【例句】做做家務事，既活動筋骨，又減輕太太的負擔，實在是**兩全其美**的事。

【義近】一舉兩得／一舉兩便／皆大歡喜／一箭雙鵰／一石二鳥。

【義反】兩敗俱傷／犬兔俱斃／犬兔之爭／鷸蚌之爭。

兩豆塞耳

【釋義】指用兩顆豆子把耳朵塞住。

【出處】鶡冠子・天則：「夫耳之主聽，目之主明。一葉蔽目，不見泰山；兩豆塞耳，不聞雷霆。」

【用法】比喻小的東西可以障塞大的東西，或小事可以壞大事，就像小小的兩顆豆子可以使人聽不見聲音一樣。

【例句】你們不要小看這女人在董事長面前閒言閒語、挑撥離間，它會使董事長**兩豆塞耳**，懷疑我們的誠意，聽不進我們的忠言哩！

【義近】一葉障目／雙珠塡耳。

【義反】小不掩大／手不遮天。

兩虎相鬭

【釋義】一作「兩虎相爭」、「兩虎共鬭」，常與「必有一傷」、「兩敗俱傷」連用。

【出處】司馬遷・史記・春申君列傳：「天下莫強于秦楚，今聞大王欲伐楚，此猶兩虎相與鬭。兩虎相與鬭，而駑犬受其弊，不如善楚。」

【用法】比喻敵對雙方你死我活的搏鬬。

【例句】他倆一個是強龍，一個是地頭蛇，這樣**兩虎相鬬**，必然是兩敗俱傷，誰也得不到好處。

【義近】你死我活／鷸蚌相爭／一決雌雄／犬兔之爭。

【義反】坐收漁利／坐觀成敗／坐山觀虎鬬。

兩相情願 ㄌㄧㄤˇ ㄒㄧㄤ ㄑㄧㄥˊ ㄩㄢˋ

【釋義】又作「兩廂情願」。情願：心中願意。

【出處】施耐庵・水滸傳五回：「既然不兩相情願，如何招贅這個女婿！」

【用法】說明彼此雙方都甘心願意。

【例句】他倆是自由戀愛，**兩相情願**結婚的，不知怎麼還沒度完蜜月，就鬧起離婚來了。

【義反】一廂情願。

兩面三刀 ㄌㄧㄤˇ ㄇㄧㄢˋ ㄙㄢ ㄉㄠ

【釋義】在兩方面挑撥是非。

【出處】李行道・灰闌記二折：「我是這鄭州城裏第一個賢慧的，倒說我兩面三刀，我搬調你甚的來？」

【用法】比喻陰一套，陽一套，挑撥是非。

【例句】在日常生活中，特別要注意那種**兩面三刀**的人，千萬不要上他們的當。

【義近】陽奉陰違／口是心非／張長李短／挑撥離間／搬弄是非。

【義反】表裏如一／心口如一／推心置腹。

兩害相權取其輕 ㄌㄧㄤˇ ㄏㄞˋ ㄒㄧㄤ ㄑㄩㄢˊ ㄑㄩˇ ㄑㄧˊ ㄑㄧㄥ

【釋義】兩害：指兩種有害的事情，或指一件事這樣做有害，那樣做也有害。權：權衡，比較。

【用法】說明遇到有害的事情，務必要權衡輕重得失，然後選擇爲害較輕的去做。

【例句】**兩害相權取其輕**，既然這兩樁事對你都有害，你就應該認眞權衡比較，避開重的，選擇輕的。

【義近】避重就輕。

【義反】兩利相權取其重／舍魚而取熊掌。

兩國相爭，不斬來使 ㄌㄧㄤˇ ㄍㄨㄛˊ ㄒㄧㄤ ㄓㄥ ㄅㄨˋ ㄓㄢˇ ㄌㄞˊ ㄕˇ

【釋義】斬：殺。來使：對方派來的使者。

【出處】羅貫中・三國演義四五回：「(周)瑜大怒，……喝斬來使。(魯)肅曰：『兩國相爭，不斬來使。』」

【用法】原指兩國之間互相抗爭，不殺使節；今也用於雙方相爭，不要爲難中間人或通報消息的人。

【例句】**兩國相爭，不斬來使**，他是對方派來辦交涉的人，你怎麼能不尊重他呢？

兩敗俱傷 ㄌㄧㄤˇ ㄅㄞˋ ㄐㄩˋ ㄕㄤ

【釋義】敗：失利。俱：都，全部。

【出處】戰國策・秦策二：「今兩虎諍(爭)人而鬬，小者必死，大者必傷。」

【用法】比喻相爭雙方都會受到損傷，誰也得不到好處。

【例句】我建議你們兩個握手言和，不要再鬥下去了，否則，只會弄得**兩敗俱傷**，誰都得不到好處。

【義近】鷸蚌相爭／韓盧逐逡／唇齒相鬥／兩虎相鬥。

【義反】兩全其美。

兩袖清風 ㄌㄧㄤˇ ㄒㄧㄡˋ ㄑㄧㄥ ㄈㄥ

【釋義】清風：喻清白廉潔。

【出處】魏初・送楊季海詩：「交親零落鬢如絲，兩袖清風一束詩。」

【用法】用以形容居官廉潔，囊空如洗。

【例句】明代的海瑞不僅敢於直言諫諍，而且居官多年，依然**兩袖清風**。

【義近】廉正自守／廉潔奉公／一清如水／洗手奉職／廉己奉公。

【義反】中飽私囊／貪贓枉法／上下其手／徇私舞弊。

兩腋生風 ㄌㄧㄤˇ ㄧㄝˋ ㄕㄥ ㄈㄥ

【釋義】腋：胳肢窩。人肩下臂內側，與身體交接的部位。

【出處】盧仝・走筆謝孟諫議寄新茶詩：「一椀喉吻潤，兩椀破孤悶，三椀搜枯腸，唯有文字五千卷，四椀發輕汗，平生不平事，盡向毛孔散，五椀肌骨清，六椀通仙靈，七椀喫不得也，唯覺兩腋習習生清風。」

【用法】原用以形容喝茶的快活。引申比喻人神情舒暢、快活的樣子。

【例句】深夜碧潭泛舟，飄飄然如遺世獨立，**兩腋生風**，飛昇成仙。

【義近】飄飄欲仙／如醉如癡／神清氣爽／心凝形釋。

兩腳書櫥 ㄌㄧㄤˇ ㄐㄧㄠˇ ㄕㄨ ㄔㄨˊ

【釋義】兩腳：人有兩腳，故用以指人。書櫥：書櫃。

【出處】趙翼・陔餘叢考四三：「齊陸隆，學極博，而讀易不解文義。王儉曰：『陸公書櫥也。』」

【用法】譏諷人讀書雖多但卻不能活用，有如兩隻腳的書櫃僅僅裝滿一些書而已。即書呆子。

【例句】他讀的書的確不少，但根本沒有消化，更不會運用，只是一個**兩腳書櫥**罷了。

【義近】食古不化／鑽故紙堆／滿腹死書。

【義反】滿腹經綸／經世致用／融會貫通。

兩葉掩目 ㄌㄧㄤˇ ㄧㄝˋ ㄧㄢˇ ㄇㄨˋ

【釋義】兩片葉子遮住了眼睛。掩：遮蓋。

【出處】北齊・劉晝・新論・專學：「夫兩葉掩目，則冥然無睹，雙珠塡耳，必寂寞無聞。」

【用法】比喻受到蒙蔽而無法看清事物的眞相。

【例句】擔任主管工作，要時刻提高警惕，不要被那些吹牛拍馬的小人弄得**兩葉掩目**而誤了大事。

【義近】一葉蔽目／兩豆塞耳／不明眞相。

【義反】明察秋毫／心明眼亮／明辨是非。

兩鼠鬬穴 ㄌㄧㄤˇ ㄕㄨˇ ㄉㄡˋ ㄒㄩㄝˋ

【釋義】鼠：在此喻眼光短小，氣度狹窄的人。穴：小洞。

【出處】司馬遷・史記・趙奢列傳：「其道遠險狹，譬之猶兩鼠鬬於穴中，將勇者勝。……」
【用法】喻人器量狹小，目光短淺，只知為小事而爭鬥。
【例句】今日台灣外有強敵虎視眈眈，內有無知之輩互相攻訐，猶**兩鼠鬬穴**，再不團結，終將自取滅亡。
【義近】雞籠中爭食（俚語）。

兩頭白麵

【釋義】兩頭都予以掩飾、欺騙。白麵：麵粉，此指糊弄，蒙蔽。
【出處】元・楊文奎・兒女團圓三折：「你撒了手，不似你這個兩頭白面、搬脣弄舌的歹弟子孩兒。」
【用法】用以比喻兩頭討好、敷衍。
【例句】他家婆媳不和，弄得這個做兒子、丈夫的**兩頭白麵**，日子真不好過。
【義近】兩頭敷衍／兩頭賣乖／三頭兩面。

八部

八斗之才

【釋義】斗：容量單位，十斗等於一石。
【出處】南史・謝靈運傳：「謝靈運曰：『天下才共一石，曹子建獨得八斗，我得一斗，自古及今共用一斗。』」
【用法】形容人極富才華。
【例句】近代文學史上，胡適先生是一位極難得的人才，說他有**八斗之才**，並非虛言。
【義近】才高八斗／才比子建／才華蓋世／學富五車／滿腹經綸／才情卓越／才高蓋世／腹笥便便／才氣縱橫。
【義反】碌碌無能／才疏學淺／不學無術／志大才疏／胸無點墨／不識之無。

八仙過海

【釋義】八仙：民間傳說中的八個仙人。通常指漢鍾離、張果老、韓湘子、鐵拐李、呂洞賓、曹國舅、藍采和、何仙姑。
【出處】吳承恩・西遊記八一回：「正是八仙同過海，獨自顯神通！」李綠園・歧路燈六回：「這弟兄們是八仙過海，各顯神通。」
【用法】比喻人各有自己的本領和辦法。常與「各顯神通」連用。
【例句】這場足球賽踢得真精彩，雙方的球員各有特點，真似**八仙過海**，看得觀眾直呼過癮。
【義近】各顯身手／各展雄姿／各顯神通。
【義反】不露身手／才不外露／黔驢之技。

八字沒一撇

【釋義】「八」字由一撇一捺形成，先寫撇後寫捺，既然「撇」都還沒有，自然談不上「八」字。
【出處】文康・兒女英雄傳二九回：「不然，姐姐只想，也有個『八字兒沒見一撇兒』，我就敢冒冒失失把姐姐合他畫在一幅畫兒上的理嗎？」
【用法】比喻事情還沒有眉目。
【例句】我和施小姐雖然交往快兩年了，但說到結婚卻還**八字沒一撇**呢！
【義近】未定之天／不見端倪。
【義反】萬事具備，只欠東風／木已成舟／生米煮成熟飯。

八拜之交

【釋義】八拜：古代世交子弟謁見長輩的禮節。或云：「古無八拜之禮，以互相四拜為八拜。」
【出處】元・馬致遠・陳摶高臥四折：「便是某幼年間與今上聖人為八拜之交，患難相同。」
【用法】俗稱異姓結拜的兄弟姊妹。
【例句】我與他有**八拜之交**的情誼，生死與共，想不到他一發財就把我給忘了！
【義近】拜把兄弟／手帕姊妹／如兄如弟／生死之交。
【義反】泛泛之交。

八面威風

【釋義】各個方面都很威風。
【出處】尙仲賢・單鞭奪槊：「胡敬德顯耀英雄，單雄信有志無功。聖天子百靈相助，大將軍八面威風。」
【用法】形容神氣十足的樣子。
【例句】年紀不到五十許，體態雖十分端麗，神情卻**八面威風**。（曾樸・孽海花）
【義近】威風凜凜／神氣十足／氣概非凡。
【義反】畏畏縮縮／萎靡不振／猥猥瑣瑣。

八面玲瓏

【釋義】四面八方通明透亮。八面：指多方面。玲瓏：明亮清澈的樣子。原指窗戶寬敞明亮。
【出處】宋・夏元鼎・滿庭芳詞：「雖是無為清淨，依然要，八面玲瓏。」
【用法】形容為人處世手腕圓滑，敷衍周到，能討好各種人物。
【例句】王先生所以官運亨通，青雲直上，這與他能**八面玲瓏**地處理各種人際關係密不可分。
【義近】面面俱到／笑臉相迎／見風使舵／投其所好／隨機應變。
【義反】爭強好勝／睚眦必報／剛愎自用／動輒得咎。

八面圓通

【釋義】八面：泛指各個方面。圓通：靈活變通。這裏意近「圓滑」，形容人能在各方面敷衍討好。
【出處】李寶嘉・官場現形記三八回：「第二要嘴巴會說，見人說人話，見鬼說鬼話。……真正要八面圓通，十二分周到。」
【用法】形容為人處事圓融，善

於周旋，能令各方面的人滿意。
【例句】他在官場上才混了幾年，就學得**八面圓通**，怪不得官運亨通，年年升遷。
【義近】八面玲瓏／八面見光／見風使舵／揀佛燒香／面面俱到。
【義反】顧此失彼／挂一漏萬／鐵面無私／剛愎自用／動輒得咎。

八荒九垓

【釋義】荒：荒遠之地。九垓：九州之地。
【出處】賈誼・過秦論：「有席卷天下，包舉宇內，囊括四海之志，并吞八荒之心。」左丘明・國語・周語：「天子之田九垓。」
【用法】指天下各地。
【例句】他熱中於旅行，到目前為止，可說已遊遍了**八荒九垓**，幾乎沒有一個地方不是他所熟悉的。
【義近】五湖四海／四山五嶽／名山大川。

二畫

六尺之孤

【釋義】未成年的孤兒。周代一尺相當於現在六寸，故六尺可指尚未長大成年。
【出處】論語・泰伯：「曾子曰：『可以託六尺之孤，可以寄百里之命。』」
【用法】古代多指帝王或諸侯臨終前，他們尚未成年而將繼位的兒子。今用以泛指年幼孤兒。
【例句】劉備在臨終前，仿效古代君王託**六尺之孤**的做法，將劉禪託付給諸葛亮輔助。

六月飛霜

【釋義】飛霜：降霜。
【出處】據淮南子・論衡記載：戰國時鄒衍被人誣陷，在獄中仰天而歎，時正炎夏，忽然降霜。唐・張說・獄箴：「匹夫結憤，六月飛霜。」
【用法】用作冤獄的典故。
【例句】執法者對於任何案件，都要有周密的調查，決不能讓**六月飛霜**的冤案發生，造成難以彌補的遺憾。
【義近】含冤莫白／萇弘化碧。
【義反】鐵案如山。

六根清淨

【釋義】六根：佛家語，指眼、耳、鼻、舌、身、意。清淨：沒有事物打擾，這裏指斷除欲念而無煩惱。
【出處】法華經・法師功德品：「第一先總明聞經得六根清淨果報，第二廣別出六根清淨之相。」
【用法】多指出家人根除欲念，有時也泛指人看破紅塵而隱居於僻靜之地，與世隔絕，修身養性。
【例句】①要真正做到**六根清淨**是很不容易的，你想出家的事就再考慮考慮吧！②官場如戰場，爾虞我詐，令人心煩，現在退出官場，隱居於這山清水秀之地，**六根清淨**，令人心曠神怡。
【義近】心寧神淨／清心寡欲／遁入空門／看破紅塵／明心見性。
【義反】心煩意惱／六根不淨／利欲薰心。

六畜不安

【釋義】六畜：牛、馬、羊、豕、雞、犬。
【出處】劉鶚・老殘遊記四回：「人家結髮夫妻過的太太平平和和氣氣的日子，要我去擾得人家六畜不安，末後連我也把個小命兒送掉了，圖著什麼呢？」
【用法】多用以比喻全家被鬧得不安寧，有時也用以說明社會不安定。
【例句】她就像個掃把星，自從嫁到我家，不是吵，就是罵，鬧得家裏**六畜不安**。
【義近】雞犬不寧／雞飛狗跳／兵連禍結／麋沸螘動。
【義反】六畜興旺／鵲笑鳩舞／河清海晏。

六神無主

【釋義】六神：道家稱心、肝、脾、肺、腎、膽為六神，它們各有神靈主宰。無主：沒了主意。
【出處】馮夢龍・醒世恆言・盧太學詩酒傲王侯：「嚇得知縣六神無主，還有甚心腸去吃酒。」
【用法】形容心慌意亂，張皇失措，不知如何是好。
【例句】他正在開會，忽然接到母親病故的急電，頓時**六神無主**，不知如何是好。
【義近】手足無措／張皇失措／心慌意亂／不知所措。
【義反】泰然處之／從容不迫。

六馬仰秣

【釋義】六馬：泛指馬。仰秣：停止吃草而抬起頭來。秣：飼料，這裏是停止吃飼料的意思。
【出處】荀子・勸學：「昔者瓠巴鼓瑟，而游魚出聽；伯牙鼓琴，而六馬仰秣。」
【用法】音樂優美動聽到了極點，連馬也停食傾聽。比喻音樂感人的深刻。
【例句】聽了這場演奏會，我才體會到音樂的優美，怪不得古人有**六馬仰秣**的讚語。
【義近】游魚出聽／餘音繞樑，三日不絕。

六朝金粉

【釋義】六朝：指建都於今南京的吳、東晉、宋、齊、梁、陳。金粉：指花鈿和鉛粉，為婦女梳妝用品。
【出處】王實甫・西廂記第二本一折：「香消了六朝金粉，清減了三楚精神。」清・吳偉業・殘畫：「六朝金粉地，落木更蕭蕭。」
【用法】指靡麗繁華的景象。也指婦女儀容、妝飾的美麗。
【例句】①南京雖然慘遭日寇蹂躪，但恢復甚快，**六朝金粉**，勝過昔日繁華。②南唐李後主被俘亡國，想當年**六朝金粉**，花紅柳綠，享盡人間榮華；到如今終日以淚洗面，悔不當初。
【義近】花紅柳綠／珠圍翠繞／南朝金粉／燈紅酒綠／粉粧玉琢。
【義反】冷落蕭條／荒煙蔓草／粗服亂頭／披頭散髮。

六街三市

【釋義】六街：原指唐代長安城中左右的六條大街。這裏同「三市」均泛指街市。

【出處】施耐庵・水滸傳六六回：「未到黃昏，一輪明月卻湧上來，照得六街三市，熔作金銀一片。」

【用法】指都市中的熱鬧地區。

【例句】香港眞繁華，特別是**六街三市**一到晚上燈火輝煌，大車小車來往不斷，有如白晝。

【義近】三街六巷／八街九陌／四衢八街／十字街頭。

【義反】小街小巷／邊街狹巷／街頭巷尾／大小胡同。

六親不認

【釋義】六親：父、母、妻、子、兄、弟，也泛指所有的親屬。

【出處】管子・牧民篇：「上服度則六親固。」

【用法】形容不通人情世故，忘親背祖；也形容依章辦事，不徇私情。

【例句】①他這人平常就是**六親不認**，縱使現在發了財，你也別指望他會資助你。②他是位好法官，一向秉公辦案，**六親不認**。

【義近】數典忘祖／鐵面無私。

【義反】通曉人情／顧惜情面。

六親無靠

【釋義】六親：泛指所有的親屬。六親或指父、母、兄、弟、妻、子，或指父、子、兄、弟、夫、妻，說法很多。

【出處】李汝珍・鏡花緣二一回：「今幸叔叔到此。我家現在六親無靠，舉目無親，除叔叔外，別無可托之人。」

【用法】形容處境不佳，無任何親屬可以依靠。

【例句】當初我是偷渡來香港的，人生地不熟，**六親無靠**，幸好後來有個老闆賞識，我才得以立足。

【義近】舉目無親／無依無靠／煢煢獨立／孤苦伶仃／形單影隻／形影相弔。

【義反】高朋滿座／勝友如雲／三親六眷／門庭若市。

公子王孫

【釋義】公子：諸侯的嫡子之外的其他諸子。王孫：帝王的後世子孫。

【出處】戰國策・楚策四：「黃雀……自以爲無患，與人無爭也，不知夫公子王孫左挾彈，右攝丸……。」

【用法】指貴族官僚的子弟。

【例句】仗勢著家裏有錢有權，這些**公子王孫**在外胡作非爲，簡直是太過分了。

【義近】王孫公子／膏粱子弟／公子哥兒／五陵少年。

【義反】繩樞之子／貧寒之士／寒門子弟。

公子哥兒

【釋義】指貴族官僚和富家子弟。公子：古稱諸侯之子。

【出處】文康・兒女英雄傳五回：「見安公子那番舉動，早知他是不通世路艱難、人情利害的一個公子哥兒。」

【用法】今多用以泛指嬌生慣養、不知世故的男子。

【例句】王小姐這麼聰明能幹，不知怎麼會嫁給張家那個極不爭氣的**公子哥兒**！

【義近】公子王孫／花花公子／膏粱子弟／紈袴子弟。

【義反】農家子弟／布衣韋帶／芝蘭玉樹／貧寒書生。

公才公望

【釋義】公：指三公或其他輔佐大臣，均爲重要官員。才：才識。望：名望。

【出處】劉義慶・世說新語・品藻：「孔愉有公才而無公望，丁潭有公望而無公才。」梁書・王暕傳：「公才公望，復在此矣。」

【用法】稱人具有擔任高級職務的才識和名望。

【例句】民主國家的可貴，是透過選舉的方式，產生具有**公才公望**的賢士來執掌政權，所以選民們在投票時務必要睜大眼睛，投下神聖的一票。

【義近】才德兼備／德高望重／德隆望尊。

【義反】才德不孚／市井無賴／庸碌之輩／地痞流氓。

公正無私

【釋義】公道正直，沒有私心。

【出處】荀子・賦：「公正無私，見謂從橫。」

【用法】形容秉公辦事，毫無私心雜念。

【例句】包拯是我國歷史上最**公正無私**的清官，故其事迹後人仍津津樂道。

【義近】守正不阿／守正不撓／公平無私／大公無私。

【義反】假公濟私／損公肥私／忘公爲私／私字當頭／公私不分。

公而忘私

【釋義】爲了公事而忘記私事。

【出處】漢書・賈誼傳：「爲人臣者，主耳忘身，國耳忘家，公耳忘私。」三「耳」字均同「而」。

【用法】形容努力爲大眾服務，全然不顧惜個人的利益。

【例句】大禹**公而忘私**，三過其門而不入，其精神值得後人效法。

【義近】國而忘家／大公無私／廉潔奉公／公正無私／專心利民。

【義反】自私自利／專心利己／貪贓枉法／人不爲己，天誅地滅／假公濟私。

公私兩便

【釋義】於公於私都有好處。

【出處】顏師古注・漢書・溝洫志・乃兩便：「言無產業之人，……今縣官給其衣食，而使修治河水，是爲公私兩便也。」

【用法】形容公與私兩方面的利益都可得到照顧。

【例句】安排工作和處理事情，最好能做到**公私兩便**，可節省不少人力和時間。

【義近】公私兼顧／公私兩濟／公私兩全。

公事公辦

【釋義】照規例辦公事，不講情面。

【出處】吳沃堯・九命奇冤二二

回：「我也知道師爺一向是公事公辦的。」

【用法】形容照章辦事，不徇私情；也指某些人故意以此為藉口，毫不通融甚或刁難。

【例句】他向來都是**公事公辦**，你這件事在他那裏恐怕沒有通融的餘地。

【義近】照章行事／官事官辦／依法行事。

【義反】違法行事／徇私舞弊／假公濟私／中飽私囊。

公報私仇 ㄍㄨㄥ ㄅㄠˋ ㄙ ㄔㄡˊ

【釋義】假借公事來報私仇。

【出處】馮夢龍．警世通言．王安石三難蘇學士：蘇東坡「心下明知荊公為改詩觸放，公報私仇。」

【用法】指打著為公的招牌，做出泄私憤、報私仇的事情。

【例句】他這樣整人，明明是**公報私仇**，但大權握在他手裏，又有什麼辦法呢？

【義近】假公濟私／掛羊頭賣狗肉。

【義反】大義滅親／公私分明。

公道自在人心 ㄍㄨㄥ ㄉㄠˋ ㄗˋ ㄗㄞˋ ㄖㄣˊ ㄒㄧㄣ

【釋義】公道：指公理、正義。言人世間自有公理正義的存在，不是金錢或權勢所能左右得了的。

【出處】蘭陵笑笑生．金瓶梅四九回：「公道人情兩是非，人情公道最難為；若依公道人情失，順了人情公道虧。」許渾．送隱者：「公道世間唯白髮，貴人頭上不曾饒。」

【用法】勸人做事要憑良心，不可違背天理、正義。

【例句】雖然官司打輸了，但他仍堅信**公道自在人心**，有朝一日定能獲得平反。

【義近】邪不勝正／天理昭昭。

【義反】天道寧論。

公諸同好 ㄍㄨㄥ ㄓㄨ ㄊㄨㄥˊ ㄏㄠˋ

【釋義】公：公開。諸：「之於」的合音。同好：跟自己愛好相同的人。

【出處】曹植．與楊德祖書：「雖未能藏之於名山，將以傳之於同好。」文康．兒女英雄傳四回：「如今公諸同好。」

【用法】指把自己珍愛的東西拿出來，讓有共同愛好的人一同欣賞。

【例句】他把歷年所收集來的好字名畫**公諸同好**，讓大家一飽眼福。

【義近】奇文共欣賞／疑義相與析／優劣共詳說。

【義反】秘而不宣／守口如瓶。

四畫

共為脣齒 ㄍㄨㄥˋ ㄨㄟˊ ㄔㄨㄣˊ ㄔˇ

【釋義】意即脣齒相依。

【出處】三國志．蜀書．鄧芝傳：「蜀有重險之固，吳有三江之阻，合此二長，共為脣齒，進可併兼天下，退可鼎足而立。」

【用法】比喻關係極為密切，彼此要互為輔助，相依相存。

【例句】我們鐵礦公司與你們煉鋼廠有**共為脣齒**的關係，應以大局為重，不要再計較雞毛蒜皮的小事了。

【義近】休戚與共／脣齒相依／脣亡齒寒／息息相關。

【義反】互不相關／勢不兩立／水火不容／渺不相涉。

共襄盛舉 ㄍㄨㄥˋ ㄒㄧㄤ ㄕㄥˋ ㄐㄩˇ

【釋義】襄：幫助。盛舉：大事。

【用法】指大家共同贊助，以完成大事。

【例句】現在有許多民間團體鼓勵民眾捐出舊衣物的活動，值得我們**共襄盛舉**，大力支持。

【義近】同心戮力／響應支持。

【義反】置若罔聞／不聞不問。

五畫

兵不血刃 ㄅㄧㄥ ㄅㄨˋ ㄒㄩㄝˋ ㄖㄣˋ

【釋義】兵器的鋒刃上沒有沾血。兵：武器。刃：刀劍等的鋒利部分。

【出處】荀子．議兵：「故近者親其善，遠方慕其德，兵不血刃，遠邇來服。」

【用法】指人心歸附或戰事順利，不用激戰就獲得了勝利。

【例句】兩軍相鬥，**兵不血刃**，在歷史上固然有過，但畢竟很少，要獲勝還是要廝殺。

【義近】攻心為上。

【義反】短兵相接／血流成河／流血漂櫓／損兵折將／喋血山河／伏屍遍野。

兵不厭詐 ㄅㄧㄥ ㄅㄨˋ ㄧㄢˋ ㄓㄚˋ

【釋義】兵：用兵，作戰。厭：嫌。詐：使手段欺騙。

【出處】韓非子．難一：「戰陣之間，不厭詐偽。」北齊書．司馬子如傳：「事貴應機，兵不厭詐。」

【用法】指用兵打仗可以故作假象欺騙敵人而獲勝，也指在日常事務中以詭詐手段騙人上鉤。

【例句】①兩軍相殘，目的就是要擊敗對方，獲取勝利，**兵不厭詐**自是理所當然。②做生意以誠信為第一，使用**兵不厭詐**的手段很難長久立足商場。

【義近】增兵減灶／兵以詐立／兵行詭道。

【義反】不擒二毛。

兵凶戰危 ㄅㄧㄥ ㄒㄩㄥ ㄓㄢˋ ㄨㄟˊ

【釋義】兵：用兵，動用軍隊。凶：形容很厲害的情況或行為。戰危：戰爭是危險的事，不可貿然嘗試。

【出處】國語．越語下：「兵者，凶器也。」

【用法】用以勸人停止戰爭。

【例句】戰爭足以使人家破人亡，所謂**兵凶戰危**，除非萬不得已，絕不可輕啓戰端。

兵多將廣 ㄅㄧㄥ ㄉㄨㄛ ㄐㄧㄤˋ ㄍㄨㄤˇ

【釋義】士兵多，軍官多。廣：多。

【出處】元．關漢卿．單刀會三折：「那魯子敬是個足智多謀的人，他又兵多將廣，人強馬壯。」

【用法】用以形容兵力強大，戰必能勝。

【例句】美國**兵多將廣**，加之武器先進，所以能很快地把伊拉克軍隊趕出科威特。

【義近】兵強馬壯／千軍萬馬／投鞭斷流／旌旗蔽空／舳艫

千里／雄師百萬。
【義反】兵微將寡／師老兵疲／散兵游勇／蝦兵蟹將／殘兵敗將／人困馬乏。

兵來將敵，水來土堰

【釋義】敵：抵擋。堰：擋水的低壩，此為「擋水」之意。一作「兵來將迎，水來土堰。」今俗作「兵來將擋，水來土掩」。
【出處】高文秀・澠池會楔子：「自古道兵來將迎，水來土堰，他若領兵前來，俺這裏領兵與他交鋒。」
【用法】說明不管對方使用什麼計策，自有辦法對付。
【例句】俗話說：**兵來將敵，水來土堰**，你們根本用不著瞎操心、乾著急，我自有對付他們的辦法。
【義近】胸有成竹。
【義反】一籌莫展／所謀輙左／臨事而懼。

兵荒馬亂

【釋義】荒、亂：指社會秩序極端不安定。一作「兵慌馬亂」。
【出處】明・陸華甫・雙鳳齊鳴記上二一：「亂紛紛東逃西竄，鬧烘烘兵慌馬亂，一路奔回氣尚喘。」
【用法】形容戰爭期間社會混亂的景象。
【例句】「九一八」事變後，我和弟弟在**兵荒馬亂**中失散，直到抗戰勝利才得以團聚。
【義近】動亂不安／兵連禍結／兵馬倥傯。
【義反】天下太平／太平盛世／國泰民安。

兵強馬壯

【釋義】兵既強大，馬又肥壯。
【出處】新五代史・安重榮傳：「嘗謂人曰：『天子寧有種耶？兵強馬壯者為之爾。』」
【用法】用以說明擁有強大的軍隊，或形容軍容很壯盛。
【例句】我們的軍隊現已是**兵強馬壯**，可以抵抗一切來犯之敵。
【義近】人強馬壯／銳不可擋／兵多將廣／兵強將勇。
【義反】殘兵敗將／蝦兵蟹將／人困馬乏／兵微將寡。

兵連禍結

【釋義】兵：指戰爭。結：相連。一作「禍結兵連」。
【出處】漢書・匈奴傳下：「兵連禍結三十餘年。」
【用法】形容戰爭連續，災禍不斷。
【例句】辛亥革命取得勝利後，軍閥混戰，**兵連禍結**，又使民眾處於水深火熱之中。
【義近】戰亂不息／兵禍不斷／兵荒馬亂／兵馬倥傯。
【義反】太平無事／安居樂業／路不拾遺。

兵貴神速

【釋義】貴：可貴。神速：特別的迅速。
【出處】陳壽・三國志・魏書・郭嘉傳：「太祖將征袁尚及三郡烏丸。……嘉言曰：『兵貴神速。』」
【用法】說明用兵貴在神速，才能出其不意，攻其無備，取得勝利。
【例句】**兵貴神速**，我們立即出發，人不知鬼不覺的打他個落花流水。
【義近】速戰速決／迅雷不及掩耳。
【義反】疲勞戰術／緩兵之計。

兵精糧足

【釋義】兵士精銳，軍糧充足。
【出處】羅貫中・三國演義四三回：「今江東兵精糧足，且有長江之險。」
【用法】形容軍隊十分強盛，能戰能守。
【例句】我們務必要加強國防建設，做到**兵精糧足**，這樣才能立於不敗之地。
【義近】兵驍將勇／士飽馬騰／兵強馬壯／披堅執銳。
【義反】兵疲糧乏／敗軍游勇／殘兵敗將／人困馬乏。

兵臨城下

【釋義】敵軍已到自己的城牆下面。臨：到。
【出處】高文秀・誶范叔一折：「俺這裏雄兵百萬，戰將千員，有一日兵臨城下……。」
【用法】比喻形勢十分緊迫。
【例句】①日寇非常頑固，不到**兵臨城下**的情勢，他們是決不會投降的。②現在公司的形勢已是**兵臨城下**，我們趕快設法挽救吧！
【義近】大兵壓境／千鈞一髮／危如累卵／四面楚歌。
【義反】安如泰山／固若金湯／堅如磐石／堅不可摧。

六畫

其味無窮

【釋義】那味道沒有窮盡。其：指示代詞，那。
【出處】朱熹・四書集注・中庸：「放之則彌六合，捲之則退藏於密；其味無窮，皆實學也。」
【用法】形容涵義極深刻，令人回味起來有無窮無盡之感。
【例句】張教授今天在課堂上講的一番人生哲理，眞是**其味無窮**，對我們為人處事方面大有裨益。
【義近】回味無窮／一倡三歎／耐人尋味／意味深長／津津有味／饒有風味。
【義反】淺易乏味／索然無味／味同嚼蠟／枯燥無味／索然寡味／興味淡然。

其勢洶洶

【釋義】其：指示代詞，那。勢：氣勢。洶洶：聲勢很盛的樣子。
【出處】荀子・天論：「君子不為小人之洶洶也輟行。」
【用法】用以形容來勢凶猛。
【例句】你看他**其勢洶洶**的樣子，好像有多麼了不起似的，其實是外強中乾。
【義近】氣勢洶洶／張牙舞爪／不可一世。
【義反】外強中乾／虛有其表／狐假虎威。

其貌不揚

【釋義】其：他的。不揚：不好看。
【出處】宋・王讜・唐語林：皮日休「少隱鹿門山，……榜未及第，禮部侍郎鄭愚以其貌不揚，戲之。」

【用法】用以形容人的容貌非常難看。

【例句】此人雖有學問，但**其貌不揚**，恐怕李小姐不會喜歡吧！

【義近】尖嘴猴腮／其醜無比。

【義反】眉清目秀／一表人才／一表非俗。

其樂融融

【釋義】融融：和樂的樣子。

【出處】左傳·隱公元年：「（鄭莊）公入而賦：大隧之中，其樂也融融。」

【用法】用以形容快樂自得的樣子。

【例句】張老先生退休後，早晨打打太極拳，下午到公園與老朋友聊天下棋，晚上與兒孫們歡聚一堂，眞是**其樂融融**。

【義近】其樂洩洩／其樂無窮。

【義反】不堪其憂／悶悶不樂。

其應若響

【釋義】像回聲一樣同萬物相應。應：應聲，回聲。響：發出的聲音、聲響。

【出處】莊子·天下：「其動若水，其靜若鏡，其應若響。」

【用法】今用以形容應對迅速，反應敏捷。

【例句】這位年輕人很了不起，學識淵博，腦子靈活，問他問題，**其應若響**。

【義近】應答如流／應對敏捷。

【義反】有問無答／一問三不知／泥塑木雕。

具體而微

【釋義】具：具有，具備。體：指形體、規模。微：小。

【出處】孟子·公孫丑上：「昔者竊聞之，子夏、子游、子張，皆有聖人之一體；冉牛、閔子、顏淵，則具體而微。」

【用法】指內容大體具備而規模較小。

【例句】你文章的風格、氣魄，與胡適之先生的論著相比，可謂**具體而微**。

【義近】麻雀雖小五臟俱全／大同小異／大醇小疵。

【義反】大相逕庭／天壤之別／判若雲泥。

八畫

兼收並蓄

【釋義】兼收：多方面收取。蓄：儲藏，容納。一作「俱收並蓄」。

【出處】韓愈·進學解：「牛溲、馬勃，敗鼓之皮，俱收並蓄，待用無遺者，醫師之良也。」

【用法】用以說明把不同內容、不同性質的東西收集起來，保存起來。

【例句】圖書館裏，古今中外書籍**兼收並蓄**，是文人最愛駐足之地。

【義近】兼容並包／包羅萬象／鉅細靡遺。

【義反】取優汰劣／擇善而取。

兼容並包

【釋義】兼、並：指同時涉及或具有幾個方面。

【出處】司馬遷·史記·司馬相如列傳·難蜀父老：「故馳騖乎兼容並包，而勤思乎參天貳地。」

【用法】說明廣泛收集或把各個方面全都容納包括進來。

【例句】成語辭典作爲一部工具書，能**兼容並包**自然很好，但事實上誰也無法眞正做得到。

【義近】無所不包／鉅細靡遺。

【義反】二者不可得兼／挂一漏萬／顧此失彼／吞舟是漏。

兼善天下

【釋義】讓天下的人都達到善。天下：指全國（的人）。

【出處】孟子·盡心上：「窮則獨善其身，達則兼善天下。」

【用法】說明不僅求得自身的善，並且使別人也達到善的境界。

【例句】凡是從政的人，最好是能以**兼善天下**爲己任。

【義近】推己及人／己欲立而立人，己欲達而達人。

【義反】獨善其身。

兼籌並顧

【釋義】兼籌：同時計畫，統一籌劃。並顧：同時顧及幾個方面。

【用法】形容做事能通觀全局，全面籌畫，並顧及到事物的各個方面。

【例句】做計畫，辦事情，都要全面考慮，**兼籌並顧**，這樣才不會出任何差錯。

【義近】統籌兼顧／通籌統顧／面面俱到／遠近兼顧／八面玲瓏／兩全齊美。

【義反】顧此失彼／失之偏頗／左支右絀／二者不可得兼／顧得了三，顧不了四。

兼權熟計

【釋義】權：權衡，衡量。熟：深入，程度深。

【出處】荀子·不苟：「見其可欲也，則必前後慮其可惡也者；見其可利也，則必前後慮其可害也者；而兼權之，孰計之，然後定其欲惡取舍。」

【用法】指對事情或問題要全面進行權衡比較，深入而細緻地思量考慮，然後再決定取捨。

【例句】我們公司凡是遇到重要問題，都要召集重要人員開會，**兼權熟計**，再做出決定予以解決。

【義近】深思熟慮／揆情度理／三思而行／思深憂遠／深思遠慮／深謀遠慮。

【義反】草率從事／率意取捨／輕舉妄動／不假思索／無所用心／馬馬虎虎。

兼聽則明，偏信則暗

【釋義】兼聽：聽取多方面的意見。明：明辨。偏信：聽了一方面的話就相信。暗：昏暗，不能明辨。

【出處】王符·潛夫論·明暗：「君之所以明者，兼聽也；君所以暗者，偏信也。」資治通鑑·唐紀：「（魏徵）對曰：『兼聽則明，偏聽則暗。』」

【用法】用以勉勵人要全面聽取意見以明辨是非，否則便會作出錯誤的判斷。

【例句】**兼聽則明，偏信則暗**，對這件事你最好從多方面聽取意見後，再下結論。

【義近】廣聽博訪／廣開言路／

諂諛善道／察納雅言。
【義反】 偏聽偏信／閉目塞聽。

十四畫

冀北空羣 ㄐㄧˋ ㄅㄟˇ ㄎㄨㄥ ㄑㄩㄣˊ

【釋義】 冀北：今河北省北部及蒙古等地，盛產良馬。空羣：指馬羣中已無良材。
【出處】 左傳．昭公四年：「冀之北土，馬之所生。」韓愈．送溫處士序：「伯樂一過冀北之野，而馬羣遂空。」
【用法】 喻慧眼識英雄，只要是人才，都能被挑盡選光，絕無遺珠之憾。
【例句】 古代伯樂善相馬，有**冀北空羣**的佳話，今之伯樂，尚可得乎？
【義近】 伯樂相馬。

冂 部

四 畫

再三再四 ㄗㄞˋ ㄙㄢ ㄗㄞˋ ㄙˋ

【釋義】 再：又一次，或專指第二次。三、四：泛指，非實數。
【出處】 吳敬梓．儒林外史二五回：「再三再四拉他坐，他又跪下告了坐，方敢在底下一個凳子上坐了。」
【用法】 指一次又一次，接連數次。
【例句】 這男人臉皮眞厚，我對他一點意思也沒有，他卻**再三再四**來我家纏著我不放。
【義近】 接二連三／一而再再而三／三番五次／屢次三番。
【義反】 一之謂甚，豈可再乎／下不爲例。

再生父母 ㄗㄞˋ ㄕㄥ ㄈㄨˋ ㄇㄨˇ

【釋義】 又一次給我生命的父母。再生：也作「復生」。
【出處】 元史．烏古孫澤傳：「繼改興化軍爲路，授澤行總管府事，民歌舞迎候於道曰：『是吾民復生之父母也。』」
【用法】 用以指對自己有重大恩德的人，特別是救命恩人。
【例句】 你把我兒子從水中救起來，就是我兒子的**再生父母**，此恩此德，我們全家將永誌不忘！
【義近】 恩同再造／再造之恩／重生父母／昊天罔極／恩重如山／再生之德。
【義反】 殺父之仇／冤家對頭／深仇大恨／舊恨新仇／不共戴天／誓不兩立／血海深仇／不世之仇。

再作馮婦 ㄗㄞˋ ㄗㄨㄛˋ ㄈㄥˊ ㄈㄨˋ

【釋義】 馮婦：人名，姓馮，名婦，應是男人，不是姓馮的婦人。當爲孟子所虛構。
【出處】 孟子．盡心下：「晉人有馮婦者，善搏虎，卒爲善士，則之野，有眾逐虎。虎負嵎，莫之敢攖，望見馮婦，趨而迎之。馮婦攘臂下車，眾皆悅之，其爲士者笑之。」這則故事是孟子表明願學馮婦，再爲飢寒交迫的齊國人民向齊王請命，發放救濟物資。
【用法】 後人用以比喻「重操舊業」。
【例句】 他嫌教書的待遇微薄，改行開出版社，不出一年，蝕光了老本，只好重執教鞭，**再作馮婦**。
【義近】 重作馮婦／重操舊業／走回頭路。
【義反】 好馬不吃回頭草／再接再厲／一往無前。

再衰三竭 ㄗㄞˋ ㄕㄨㄞ ㄙㄢ ㄐㄧㄝˊ

【釋義】 一作「再而衰，三而竭」。原指作戰到敲第二通、第三通戰鼓時，士氣漸漸衰弱。竭：盡。
【出處】 左傳．莊公十年：「夫戰，勇氣也；一鼓作氣，再而衰，三而竭。」
【用法】 形容士氣越來越低落，不能再振作。
【例句】 做任何事宜全盤詳細規畫，以求一舉成功，否則**再衰三竭**，將難以有成。
【義近】 江河日下／一蹶不振／每下愈況。
【義反】 一鼓作氣／愈戰愈勇／餘勇可賈／百折不撓／屢敗屢戰。

再接再厲 ㄗㄞˋ ㄐㄧㄝ ㄗㄞˋ ㄌㄧˋ

【釋義】 原指公雞相鬥，把嘴磨鋒利再去交戰。接：接戰，交鋒。厲：通「礪」，磨快，引申爲猛勇。
【出處】 韓愈．鬬雞聯句集孟郊詩句云：「一噴一醒然，再接再礪乃。」（乃，然也）
【用法】 比喻勇往直前，努力奮鬥，毫不鬆懈。
【例句】 孫中山先生倡導革命雖歷經十次失敗，但同志們**再接再厲**，最後終於推翻滿清政府。
【義近】 百折不撓／抗志不屈／發揚蹈厲。
【義反】 灰心喪氣／打退堂鼓／畫地自限／裹足不前。

再造之恩 ㄗㄞˋ ㄗㄠˋ ㄓ ㄣ

【釋義】 再造：重新獲得生命；重建。
【出處】 宋書．王僧達傳：「再造之恩，不可妄屬。」
【用法】 多用於表示對重大恩惠的感激。
【例句】 多虧有您盡力爲我雪冤，使我全家免於厄難，您的**再造之恩**我將永誌不忘。
【義近】 恩重如山／救命之恩／恩與天齊／再生之德。
【義反】 血海深仇／不世之仇。

七 畫

冒天下之大不韙 ㄇㄠˋ ㄊㄧㄢ ㄒㄧㄚˋ ㄓ ㄉㄚˋ ㄅㄨˋ ㄨㄟˇ

【釋義】 冒：冒犯。大不韙：最大的不是。韙：是、對。
【出處】 顧炎武．日知錄卷一三：「如山濤者，既爲邪說之魁，遂使嵇紹之賢，且犯天下之不韙而不顧。」
【用法】 指不顧輿論的譴責，而去做普天下的人都認爲不對的事情。
【例句】如果有人膽敢**冒天下之大不韙**而侵犯我領土，我軍將給以迎頭痛擊。
【義近】不顧一切。
【義反】眾怒難犯。

冒名頂替（ㄇㄠˋ ㄇㄧㄥˊ ㄉㄧㄥˇ ㄊㄧˋ）
【釋義】冒名：冒用他人的名。冒：冒充，假託。頂替：代替他人。
【出處】吳承恩・西遊記二五回：「你走了便也罷，卻怎麼綁些柳樹在此冒名頂替。」
【用法】假借別人的名姓或名義代人去做事，或竊取他人的職位、權力。
【例句】用**冒名頂替**而得來的榮譽，一點也不值得驕傲，反該感到羞恥。
【義近】以假亂眞／李代桃僵／弄虛作假／張冠李戴。
【義反】眞才實料。

冒險犯難（ㄇㄠˋ ㄒㄧㄢˇ ㄈㄢˋ ㄋㄢˋ）
【釋義】冒：頂著，向著，勇往無所顧忌。冒險：不避危險而勇往直前。
【出處】三國志・蜀書・王連傳：「不宜以一國之望，冒險而行。」
【用法】形容人不避危險困難，義無反顧，勇往直前。
【例句】他的成功是靠堅忍不拔和**冒險犯難**的精神所獲的。
【義近】披荆斬棘／一往無前／義無反顧。
【義反】苟且偷安／貪生怕死／瞻前顧後。

冖部

二畫

冗詞贅句（ㄖㄨㄥˇ ㄘˊ ㄓㄨㄟˋ ㄐㄩˋ）
【釋義】冗、贅：義同，都是多餘而無用的意思。
【出處】宋・米芾・畫史：「松勁挺，枝葉鬱然有陰，荊楚小木無冗筆。」劉勰・文心雕龍・鎔裁：「同辭重句，文之疣贅也。」
【用法】指詩文中多餘而不必要的詞句。
【例句】我們文藝編輯部最近收到的詩稿確實很多，但能用的卻很少，就是那些能用的，又要大加潤色，刪掉**冗詞贅句**。
【義近】廢話連篇／贅言贅語／累瓦結繩／三紙無驢／佶屈聱牙／鉤章棘句。
【義反】文不加點／文筆簡潔／文從字順／一字一珠／絲絲入扣／鞭辟入裏。

七畫

冠冕堂皇（ㄍㄨㄢ ㄇㄧㄢˇ ㄊㄤˊ ㄏㄨㄤˊ）
【釋義】冠：帽子。冕：禮帽。堂皇：莊敬正大貌。
【出處】左傳・昭公九年：「我在伯父，猶衣服之有冠冕。」
【用法】比喻言論大而無當或形容裝飾華麗大方。
【例句】他盡是說一些**冠冕堂皇**的話，但是能不能做到又是另外一回事了。
【義近】大而無當／不著邊際／打高空／堂而皇之。

冠蓋如雲（ㄍㄨㄢ ㄍㄞˋ ㄖㄨˊ ㄩㄣˊ）
【釋義】冠：帽子。蓋：車蓋，代指車子。冠蓋：古官吏所用，故用以泛指官吏。如雲：狀其多。
【出處】漢・班固・西都賦：「紱冕所興，冠蓋如雲，七相五公。」
【用法】用以形容許多官員聚集在一起。
【例句】今天市政府門前**冠蓋如雲**，恐怕是在開什麼重要會議吧！
【義近】冠蓋相屬／冠蓋不絕／冠蓋相望／冠蓋雲集。

冠蓋京華（ㄍㄨㄢ ㄍㄞˋ ㄐㄧㄥ ㄏㄨㄚˊ）
【釋義】冠蓋：借代指達官顯要。京華：指國都所在之地，人文薈萃，故稱京華。
【出處】戰國策・魏策：「魏使人求救於秦，冠蓋相望，秦救不出。」謝靈運・齋中讀書：「昔余遊京華，未嘗廢丘壑。」
【用法】言國都所在，人文薈萃，冠蓋雲集。
【例句】西安在古代曾是個**冠蓋京華**之地，如今卻繁華不再，一片蕭條之景象。
【義近】冠蓋相屬／冠蓋不絕／冠蓋相望／冠蓋雲集。

冠蓋相望（ㄍㄨㄢ ㄍㄞˋ ㄒㄧㄤ ㄨㄤˋ）
【釋義】達官貴人不絕於途。冠蓋：官吏的冠服車蓋，代稱達官顯貴。
【出處】鼂錯・論貴粟疏：「千里游敖，冠蓋相望。」
【用法】指使者往來不絕。也形容顯貴的人絡繹而行。
【例句】①楚國派使者向齊國求救的車隊，一路上眞是**冠蓋相望**，甚爲壯觀。②此地爲交通要道，**冠蓋相望**，熱鬧非凡。
【義近】冠蓋如雲／冠蓋雲集／門庭若市。
【義反】花徑不掃／門庭冷落／門可羅雀。

冠履倒易（ㄍㄨㄢ ㄌㄩˇ ㄉㄠˋ ㄧˋ）
【釋義】冠履：帽子和鞋子。倒易：弄顛倒了。
【出處】司馬遷・史記・轅固生列傳：「冠雖敝，必加於首；履雖新，必關於足。何者，上下之分也。」後漢書・楊賜傳：「而令搢紳之徒委伏吠畝……冠履倒易，陵谷代處。」

【用法】用以比喻禮儀失序，上下顛倒，尊卑易位。

【例句】這小孩不知敬老尊賢，沒大沒小的，簡直是**冠履倒易**，倫常失序。

【義近】顛三倒四／輕重不分／不倫不類／不成體統。

【義反】有條有理／有條不紊／上下有別／長幼有序。

八畫

冤仇宜解不宜結

【釋義】宜解：應該化解。結：固結不解。

【出處】施耐庵・水滸傳三二回：「冤仇可解不可結。他和你是同僚官，雖有些過失，你可隱惡而揚善。」

【用法】勉勵人有了仇恨應化解和好，不宜愈結愈深。

【例句】**冤仇宜解不宜結**，你倆何必爲了一些小事耿耿於懷呢，握手言和吧！

【義近】化干戈爲玉帛／盡釋前嫌／握手言和／一笑泯恩仇。

【義反】誓不兩立／不共戴天／冤冤相報。

冤有頭債有主

【釋義】意謂冤有冤頭，債有債主。

【出處】續傳燈錄一八：「卓拄一下，曰：冤有頭，債有主。」

【用法】比喻處理事情應該去找負主要責任的人。

【例句】**冤有頭債有主**，這次鬧事我兒子只是旁觀者，你們千萬別找錯了人啊！

【義近】各債各結／分清主從。

【義反】不分主從／一竹桿掃一船人。

冤冤相報

【釋義】冤冤：兩個有冤仇的。冤：冤仇。

【出處】宋・洪邁・夷堅丙志・安氏冤：「道士曰：『汝既有冤，吾不汝治。但曩事歲月已久，冤冤相報，寧有窮期……。』」

【用法】用以說明仇敵之間，彼此互相報復而不肯停止。

【例句】你倆都是好幾十歲的人了，過去的爭執就算了，今天我來作調人，把話說明白以後，就不要再**冤冤相報**。

【義近】九世之仇／以牙還牙／以暴易暴／以毒攻毒。

【義反】一笑泯恩仇／盡釋前嫌／握手言和。

冤家路窄

【釋義】仇敵相逢在窄路上。冤家：仇人。

【出處】吳承恩・西遊記四五回：「……正欲下手擒拿，他卻走了。今日還在此間，正所謂冤家路窄。」

【用法】指仇人或不願相見的人偏偏相遇，無可迴避。

【例句】眞是**冤家路窄**，今天又遇到那該死的流氓！

【義近】狹路相逢／路逢狹道。

【義反】交臂失之。

冥行擿埴

【釋義】夜間行走，以杖點地摸索前進。冥：夜晚。擿：點。埴：地。

【出處】揚雄・法言・修身：「擿埴索塗，冥行而已矣。」清・阮元・周禮漢讀考序：「如夢得覺，如醉得醒，不至如冥行擿埴。」

【用法】用以比喻鑽研學問而不得門徑，只能暗中摸索。

【例句】你兒子勤奮好學，最好找一位名師指點，若讓他**冥行擿埴**，恐怕難有成就。

【義近】瞎子摸象／摸石過河。

冥思苦想

【釋義】冥思：深沉地思考。又作「冥思苦索」。索：尋求。

【出處】支遁・詠懷詩：「道會貴冥想，罔象掇玄珠。」

【用法】指深沉地苦苦思索。

【例句】你把自己關在房子裏**冥思苦想**，是想不出好辦法來的，還是多去請教別人吧！

【義近】沉思默想／絞盡腦汁／搜索枯腸／挖空心思。

【義反】不假思索／不加思索／不動腦筋。

冥頑不靈

【釋義】冥頑：愚蠢頑鈍。不靈：不通靈性。靈：聰明。

【出處】韓愈・祭鱷魚文：「不然，則是鱷魚冥頑不靈，刺史雖有言，不聞不知也。」

【用法】形容人愚昧無知。

【例句】他是一個**冥頑不靈**的人，你再怎樣苦口婆心勸說，也是起不了什麼作用的。

【義近】不可理喩／愚昧無知。

【義反】聰明伶俐／通情達理／心靈神慧。

冫部

三畫

冬扇夏鑪

【釋義】冬天的扇子，夏天的火鑪。又作「夏鑪冬扇」。「鑪」一作「爐」。

【出處】王充・論衡・逢遇：「以夏進鑪，以冬奏扇，爲所不欲得之事，獻所不欲聞之語，其不遇禍，幸矣，何福祐之有乎？」

【用法】比喻所行之事或所說之話不合時宜，解決不了任何問題。

【例句】夏先生眞是書呆子，他所提出的這些建議，有如**冬扇夏鑪**，毫無實際意義。

【義近】冬箑夏裘／於事無補／不合時宜／無濟於事。

【義反】夏葛冬裘／因時制宜／深厲淺揭／通權達變。

冬烘腐儒

【釋義】冬烘：糊塗，迂腐。腐儒：迂腐無用的儒生。

【出處】五代・王定保・唐摭言八和十三載：唐代鄭薰主持考試，「誤認顏標爲魯公（顏眞卿）的後代，把他取爲狀元，於是有人作詩嘲笑：「主司頭腦太冬烘」。荀子・非相：「故易曰：『括囊，無咎無譽。』腐儒之謂也。」

【用法】用以指稱頭腦陳舊，行事迂腐，不知通權達變。

【例句】這人年紀不大，書也讀得不少，不知怎麼，說話行事總像個**冬烘腐儒**，不知變通。

【義近】冬烘先生／迂儒老朽／道學先生。

【義反】通達之士／開明闊達。

冬溫夏清

【釋義】清：涼。原指子女冬天爲父母溫被，夏天爲父母涼席。

【出處】禮記・曲禮上：「凡爲人子之禮，冬溫而夏清，昏定而晨省。」

【用法】現泛稱冬天暖和，夏天涼快，氣候適宜爽人。

【例句】昆明是一座**冬溫夏清**，四季如春的美麗城市。

【義近】冬暖夏涼。

【義反】冬冷夏熱。

四　畫

冰天雪地

【釋義】滿天滿地都是冰雪。一作「冰天雪窖」。

【出處】陳康祺・郎潛紀聞卷四：「公（林則徐）慨然曰：『三萬里冰天雪窖，隻身荷戈，未嘗言苦。』」

【用法】形容冰雪遮天蓋地，非常寒冷。

【例句】過慣了熱帶地區生活的人，很難適應南北極**冰天雪地**的生活。

【義近】雪海冰山／天寒地凍／冰封千里／白雪皚皚。

【義反】春暖花開／天熱地燙。

冰肌玉骨

【釋義】肌骨像冰一樣光滑，像玉一樣晶瑩。

【出處】蘇軾・洞仙歌：「冰肌玉骨，自清涼無汗。」宋・毛滂・蔡天逸以詩寄梅詩至梅不至詩：「冰肌玉骨終安在，賴有清詩爲寫眞。」

【用法】形容女性肌膚瑩潔光潤，也用以形容梅花的傲寒鬥艷。

【例句】①她不僅有智慧，氣質高雅，且其**冰肌玉骨**的美麗，更如天仙下凡。②那幾株盛開的梅花，在雪地中更顯出它**冰肌玉骨**的艷麗。

【義近】肌膚若冰雪／冰姿玉骨／膚如凝脂。

冰炭不相容

【釋義】冰塊和熾炭不能同時存在。也作「冰炭不同器」。

【出處】韓非子・顯學：「夫冰炭不同器而入，寒暑不兼時而至。」後漢書・傅燮傳：「邪正之人，不宜共國，亦猶冰炭不可同器。」

【用法】比喻兩個性質相反，互相對立的事物不能並存。

【例句】專制與民主是**冰炭不相容**的兩種制度，在一個國家裏怎能相安並存呢？

【義近】冰炭不同爐／水火不相容／薰蕕不同器。

【義反】旱苗逢甘雨／英雄遇豪傑／惺惺惜惺惺／好漢愛好漢。

冰凍三尺非一日之寒

【釋義】凝結成三尺厚的冰，不是一天的寒冷所致。

【出處】金瓶梅詞話九二回：「冰厚三尺，非一日之寒。」

【用法】比喻事情由來已久，不是偶然形成的。

【例句】**冰凍三尺非一日之寒**，這些問題的發生絕非一朝一夕之故。

【義近】日積月累。

【義反】一蹴而就／一夕之功／一朝一夕。

冰消瓦解

【釋義】如冰的消融，像瓦片一樣破碎。

【出處】徐堅・初學記・雲賦：「於是玄氣仰散，歸雲四聚；冰消瓦解，奕奕翩翩。」

【用法】比喻事物完全消釋或渙散、崩潰。

【例句】經過多方勸解，他倆的誤會終於**冰消瓦解**了。

【義近】冰解凍釋／煙消雲散／雨過天晴。

【義反】雪上加霜／黑雲壓城。

冰清玉潔

【釋義】像冰一樣的清澈晶瑩，像玉一樣的潔白無瑕。

【出處】徐堅・初學記・晉中興書：「中宗踐阼，下令曰：『（賀）循冰清玉潔，行爲俗表。』」

【用法】常用以比喻人品高潔，也用以比喻官吏辦事清明公正。

【例句】你不要看她和男人在一起嘻嘻哈哈的，好像很隨便的樣子，其實她是一個**冰清玉潔**的女子。

【義近】玉潔冰清／水潔冰清／冰壺秋月。

【義反】同流合汙／隨波逐浪。

冰雪聰明

【釋義】聰明得有如冰之透明、雪之明亮。

【出處】杜甫・送樊二十三侍御赴漢中判官詩：「冰雪淨聰明，雷霆走精銳。」

【用法】用以稱讚人聰明絕頂。

【例句】小女孩雖出身寒微，卻生得**冰雪聰明**，善良純眞，沒有一個人不喜歡她。

【義近】聰明透頂／出類拔萃。

【義反】其笨如牛／愚鈍不堪。

冰壺玉尺

【釋義】冰壺：盛水的玉壺。玉尺：用玉做的尺。

【出處】元史・黃溍傳：「及升朝行，挺立無所附，足不登鉅公勢人之門，君子稱其清風高節，如冰壺玉尺，纖塵弗汙。」

【用法】用以比喻人的品德高尚清白。

【例句】錢鍾書先生不僅學識豐富，且人格極爲高尚，從不追名逐利，其清風亮節眞有如**冰壺玉尺**。

【義近】冰壺秋月／高風亮節／冰魂雪魄／冰清玉潔／光風霽月。

【義反】舐痔吮癰／阿諛奉迎／奴顏卑膝／闇然媚世。

冰壺秋月

【釋義】像晶瑩透明的冰壺，如皎潔明亮的秋月。

【出處】宋史・李侗傳：「鄧迪嘗謂（朱）松曰：『愿中（侗字）如冰壺秋月，瑩徹無瑕，非吾曹所及。』」

【用法】比喻潔白明淨，多就人的品格而言。

【例句】他爲人光明磊落，品格有如**冰壺秋月**，故深受人們的敬重。

【義近】冰壺玉尺／冰清玉潤／冰心玉壺／冰壺玉鑑／光風霽月。

【義反】闇然媚世／偷雞摸狗。

冰解凍釋

【釋義】如冰凍樣的溶解消散。釋：溶解。

【出處】莊子・庚桑楚：「是乃所謂冰解凍釋者能乎？」

【用法】比喻過去的誤會化解，也比喻障礙、疑難等消除無凝滯。

【例句】世間沒有解決不了的難題，再大的問題最後也會**冰解凍釋**，又何必太和自己過不去呢？

【義近】煙消雲散／烏雲散盡／雨過天晴／冰消霧散／冰消瓦解。

【義反】煙霧瀰漫／烏雲翻滾／霪雨霏霏／冰凍三尺。

五畫

冷灰爆豆

【釋義】在冷灰裏炒爆豆子。

【出處】宋・黃庭堅・翠巖眞禪師語錄序：「各夢同牀，不妨殊調，冷灰爆豆，聊爲解嘲耳。」

【用法】用以比喻做事的方法不對，只是白費力氣，絕不可能有什麼結果。

【例句】想用感化的方法令其改惡從善，這無異於**冷灰爆豆**，根本是無濟於事。

【義近】冷鍋裏爆豆／以湯止沸／潑油救火。

【義反】以湯沃雪／以水救火／順風吹火／借風使帆。

冷冷清清

【釋義】意即「冷清」，重疊以加強其語意與氣氛。

【出處】李清照・聲聲慢詞：「尋尋覓覓，冷冷清清，悽悽慘慘戚戚。」

【用法】形容寂靜無人的環境或孤獨凄涼的心情。

【例句】這環境**冷冷清清**，給人以陰森不快之感。

【義近】悽涼冷清。

【義反】欣欣向榮。

冷言冷語

【釋義】指含諷刺意味的風涼話，或嘲諷尖刻的話。冷：不熱情，意含譏誚。

【出處】李汝珍・鏡花緣一八回：「多九公被兩個女子冷言冷語，只管催逼，急得滿面青紅，恨無地可鑽。」

【用法】指用冷峻譏誚的話去刺傷別人。

【例句】今天老太太說的盡是**冷言冷語**，句句話都像是在刺兒媳、激兒子。

【義近】冷語冰人／冷嘲熱諷／冷言諷語。

【義反】語暖人心／甜言蜜語。

冷若冰霜

【釋義】冷淡得像冰霜一樣。若：像。

【出處】劉鶚・老殘遊記續集二回：「笑起來一雙眼又秀又媚，卻是不笑起來又冷若冰霜。」

【用法】形容待人接物毫無感情。也比喻態度嚴肅，不好接近。

【例句】你看他那副尊容，一天到晚**冷若冰霜**，誰還敢接近他！

【義近】冷如霜雪／正顏厲色／冷眉冷眼。

【義反】和藹可親／笑口常開／和顏悅色。

冷眼旁觀

【釋義】用冷靜或冷漠的眼光在旁觀看。

【出處】朱熹・答黃直卿：「冷眼旁觀，手足俱露甚可笑也。」

【用法】指不參與其事，站在一旁看事情的發展。

【例句】這是他們兩人的事，我們只要**冷眼旁觀**就可以了。

【義近】袖手旁觀／作壁上觀／坐山觀虎鬥／坐觀成敗／隔岸觀火／置身事外。

【義反】蹶足其間／側足其間／見義勇爲／置身其間。

冷暖人情

【釋義】人之常情，錦上添花者多，雪中送炭者少。

【出處】元曲・凍蘇秦：「這都是冷暖世人情，直待將牙爪安排定，驚方知畫虎恁時成。」

【用法】形容世事人情的現實。

【例句】「富在深山有人問，貧在鬧市無人知」，道盡了**冷暖人情**現實的一面。

冷語冰人

【釋義】冷語：冰冷的話。冰人：令人感到寒冷。

【出處】宋・曾慥・類說・外史檮杌：「潘菊迎孟蜀時，以財結權要。或戒之，乃曰：『非是求願，不欲其以冷語冰人耳。』」

【用法】指用冷酷無情的話刺激人，或形容待人的態度非常冷淡。

【例句】①我平常又沒有什麼事得罪他，不知他今日爲什麼如此**冷語冰人**？②我不過是求他辦一點事，能辦就辦，不能辦就算了，何必如此**冷語冰人**呢？

【義近】冷言冷語／冷若冰霜／尖嘴薄舌／冷嘲熱諷／話中帶刺／尖酸刻薄。

【義反】冬日夏雲／和顏悅色／和藹可親。

冷嘲熱諷

【釋義】冷：冷漠，引申爲尖刻。嘲：譏笑。熱：熾熱，引申爲辛辣。

【出處】蔡東藩・後漢通俗演義二十回：「因此對著帝前，往往冷嘲熱諷，語帶蹊蹺。」

【用法】指用尖刻辛辣的言語進行譏笑和諷刺。

【例句】他對那些不懷好意的人總是**冷嘲熱諷**，讓他們知難而退。

【義近】冷譏熱嘲／冷嘲熱罵／冷言冷語。

【義反】詞嚴義正／暮鼓晨鐘／讜言正論。

八　畫

凌波微步

【釋義】凌：形容美人的步履輕盈。凌波：踰越（水波）之上。微步：碎步。

【出處】曹植・洛神賦：「凌波微步，羅襪生塵。」

【用法】引申形容女人行走時步伐輕快，體態輕盈，婀娜多姿的樣子。

【例句】相傳古代美女趙飛燕，身輕如燕，走起路來**凌波微步**，婀娜多姿，不知傾倒多少王孫貴族。

【義近】柳腰款擺／婀娜多姿。

凌虛御風

【釋義】駕御著風，飛昇到天際。凌：駕乎其上。虛：指天際。御：駕。

【出處】曹植・節遊賦：「建三臺於前處，飄飛昇以凌虛。」蘇軾・前赤壁賦：「浩浩乎如馮虛御風。」

【用法】形容心情舒暢，一身輕快，好像飛昇成仙一般。

【例句】站在高崗上望著遠方，微風吹拂著臉龐，只覺**凌虛御風**，輕飄飄地羽化而登仙。

凌遲處死

【釋義】凌遲：是古代的酷刑。先將人犯四肢的肉剮掉，然後斬斷，最後斷喉，慢慢折磨人犯到死。

【出處】宋史・刑法志：「凌遲者，先斷其肢體，乃抉其吭，當時之極法也。」吭，咽喉。

【用法】古代酷刑的狠毒，凌毒死囚的手段無所不至。

【例句】在古代，對於謀刺國君的人犯，往往施以**凌遲處死**的重刑，不但不重人權，也罔顧人道。

【義近】五馬分屍／剖腹剜心／梟首示眾。

几　部

一　畫

凡夫肉眼

【釋義】凡夫：平凡的人。肉眼：指淺陋的眼光。

【出處】法苑珠林二四・敬佛六之五・讚彌勒四禮文：「凡夫肉眼未曾識，為現千尺一金軀。」

【用法】指平凡的人眼光狹淺，見識平庸。

【例句】有些專制國家的當權者，自以為高明，實際上不過是**凡夫肉眼**，毫無遠見，平庸至極。

【義近】村婦之見／目光短淺／鼠目寸光／目光如豆。

【義反】獨具慧眼／高瞻遠矚／遠見卓識／目光遠大。

凡夫俗子

【釋義】凡：普通平凡；俗：庸俗。

【出處】曹植・任城誄：「凡夫愛命，達士徇名。」陸游・春殘詩：「庸醫司性命，俗子議文章。」

【用法】指平凡而庸俗的人。

【例句】古代君主專制，大權獨攬，一般**凡夫俗子**難以參與政治。

【義近】匹夫匹婦／平頭百姓／村夫愚婦／升斗小民／市井小民／白屋之士。

【義反】仕宦之士／搢紳之士／冠蓋之士。

凡事豫則立，不豫則廢

【釋義】什麼事預先準備，就容易成功；不預先準備，就容易失敗。豫：同「預」，事先準備。

【出處】禮記・中庸：「凡事豫則立，不豫則廢。」

【用法】用來勸戒人在做一件事前，一定要有周詳的計畫。

【例句】**凡事豫則立，不豫則廢**，我看你還是先仔細籌畫一下再去做，成功的機會比較大。

【義近】未雨綢繆／防微杜漸／曲突徙薪／防患未然。

【義反】臨渴掘井／見兔顧犬／見兔放鷹／平時不燒香，臨時抱佛腳。

凡胎俗骨

【釋義】凡胎：猶凡人。俗骨：庸俗的氣質。

【出處】明・無名氏・蕉帕記三出：「向來偏覓多人，皆係凡胎俗骨，無可下手。」

【用法】用以指普通平庸而無所作為的人。

【例句】他是個**凡胎俗骨**，你如果對他的要求太高，最後一定會失望的。

【義近】凡夫俗子／凡胎濁骨／器小易盈／不稂不莠。

【義反】英雄豪傑／仙風道骨／先知先覺／大巧大智。

凵 部

二 畫

凶多吉少

【釋義】凶險兆頭多，吉祥兆頭少。凶：凶險，不幸。吉：吉祥，吉利。一作「多凶少吉」。
【出處】元・無名氏・賺蒯通二折：「你去後多凶少吉，幹這般盡忠竭力。」
【用法】多用於估計事態發展的趨勢不樂觀，凶害多，吉利少。
【例句】他行踪不明已近三年，恐怕是**凶多吉少**了。
【義近】前途未卜／九死一生。
【義反】萬無一失／吉祥如意。

凶年饑歲

【釋義】凶年、饑歲：二者同義，都是指災荒年。
【出處】孟子・梁惠王下：「凶年饑歲，君之民老弱轉乎溝壑，壯者散之四方者，幾千人矣。」
【用法】用以指年成歉收。
【例句】非洲近幾年乾旱頻繁，有些國家和地區**凶年饑歲**不斷，老百姓四處逃荒求生，哀鴻遍野，眞是可憐。
【義近】饑饉之年／災荒歲月。
【義反】時和年豐／豐年穰歲。

凶神惡煞

【釋義】惡煞：凶惡的神。
【出處】元・無名氏・桃花女三折：「遭這般凶神惡煞，必然板僵身死了也。」
【用法】用以比喻凶惡的人或人的凶惡樣子。
【例句】站在門口的大漢，像是**凶神惡煞**，讓人敬而遠之。
【義近】如狼似虎／青面獠牙／面惡心狠。
【義反】慈眉善目／古道熱腸／菩薩低眉／面善心慈。

三 畫

出人意表

【釋義】超出人們的意想。意：意料，意想。表：外。一作「出人意外」。
【出處】南史・袁憲傳：「憲常招引諸生與之談論新義，出人意表，同輩咸嗟服焉。」
【用法】說明事情發生極爲突然或不合常理，出乎人的料想之外。
【例句】她平常做事謹慎小心，這次卻如此馬虎大意，眞太**出人意表**了。
【義近】出人不意／出乎意料之外／始料未及。
【義反】意料之中／不出所料／始料所及。

出人頭地

【釋義】超過或高過他人。
【出處】陸采・懷鄉記・飛報捷音：「書生俊傑眞天縱，出人頭地建奇功。」
【用法】形容超出他人之上或高人一等／頭角崢嶸。
【例句】他這樣拚命地學習和工作，就是希望有一天能**出人頭地**。
【義近】出類拔萃／超羣絕倫／推羣獨步／鶴立雞羣／高人一等／頭角崢嶸。
【義反】庸庸碌碌／碌碌無能。

出口成章

【釋義】說出話來就可成文章。
【出處】馬致遠・青衫淚四折：「愛他那走筆題詩，出口成章。」
【用法】形容文思敏捷，談吐風雅。
【例句】他講話深入淺出，**出口成章**，若記下來就是一篇篇精采的文章。
【義近】脫口成章／錦心繡口。
【義反】言不成句／不知所云／言不達意。

出手得盧

【釋義】盧：古代賭博中的一種勝子。樗蒲（博戲）五子俱黑叫盧，爲最勝之采。
【出處】南齊書・張瓌傳：「瓌以百口一擲，出手得盧矣。」
【用法】用以比喻一舉得勝。
【例句】今天的運氣眞好，在賽馬場上**出手得盧**，一下子贏了好幾十萬。
【義近】旗開得勝／馬到成功／手到擒來。
【義反】起手失利／屢戰屢敗／出師不利／一觸即潰／丟盔棄甲。

出水芙蓉

【釋義】露出水面剛剛開放的荷花。芙蓉：荷花。
【出處】鍾嶸・詩品：「謝詩如芙蓉出水。」王洋・明妃曲：「大明宮內宴呼韓，出水芙蓉鑑裏看。」
【用法】形容詩文的清新或女性的天然艷麗。
【例句】①那位演楊貴妃的演員長得嬌媚艷麗，有如**出水芙蓉**。②你這篇文章的確寫得清新優美，有如**出水芙蓉**一般。
【義近】傾城傾國／仙姿玉貌／露中艷花／清新優美。
【義反】效顰東施／醜經八怪。

出生入死

【釋義】從出生到死去。
【出處】老子・五十章：「出生入死，生之徒（途）十有三，死之徒十有三。」
【用法】形容爲某事敢冒生命危險。多用以讚揚人英勇無畏的精神。
【例句】革命黨人爲國家民族**出生入死**的光輝事迹，永遠銘記在我們心中。
【義近】赴湯蹈火／視死如歸／衝鋒陷陣／上刀山下火海／置生死於度外。
【義反】畏縮不前／貪生怕死／臨陣脫逃。

出沒無常

【釋義】出沒：出現與隱藏。無常：變化不定。
【出處】元史・武宗紀：「中書省臣言：『瀕河之地，出沒無常，遇有退灘，則爲之主。』」
【用法】形容人或物時隱時現，變化不定，難以逆料捉摸。
【例句】這批海盜常在公海上搶劫殺人，**出沒無常**，很難對付。
【義近】神出鬼沒／來去無常／神秘莫測／變幻無常。

【義反】隱現有常／按時出沒／依時出入／一成不變。

出言不遜（ㄔㄨ ㄧㄢˊ ㄅㄨˋ ㄒㄩㄣˋ）

【釋義】出言：話說出口來。遜：謙遜，客氣。
【出處】羅貫中・三國演義二三回：「此人出言不遜，何不殺之。」
【用法】指說話傲慢莽撞，沒有禮貌。
【例句】原來她是董事長的千金，怪不得如此目中無人，**出言不遜**。
【義近】出言無狀／惡語傷人／口出不遜／口出惡言。
【義反】言謙語遜／彬彬有禮／言語溫和／謙恭有禮。

出谷遷喬（ㄔㄨ ㄍㄨˇ ㄑㄧㄢ ㄑㄧㄠˊ）

【釋義】谷：山谷。遷：上升。喬：喬木，樹幹高大的樹。
【出處】詩經・小雅・伐木：「伐木丁丁，鳥鳴嚶嚶。出自幽谷，遷於喬木。」
【用法】原指鳥從幽深的山谷裏飛出來，移居於喬木上。後用以比喻人搬到好的地方居住（常用作賀詞）。
【例句】柳先生好不容易買到一間寬敞明亮的新房，不久就要搬家了，我們準備去祝賀他**出谷遷喬**之喜。
【義近】喬遷之喜／恭賀喬遷／良禽擇木。

出乖露醜（ㄔㄨ ㄍㄨㄞ ㄌㄡˋ ㄔㄡˇ）

【釋義】意謂出醜、丟臉。乖：差錯。
【出處】關漢卿・金線池二折：「幾時得脫離了舞榭歌樓，不是我出乖露醜，從良棄賤。」
【用法】形容當眾暴露醜態，丟盡面子。
【例句】你怎能在這樣的場合喝得醉醺醺的，口吐穢言，**出乖露醜**呢！
【義近】丟人現眼／出盡洋相。
【義反】言行謹慎／不失體統／彬彬有禮。

出其不意（ㄔㄨ ㄑㄧˊ ㄅㄨˋ ㄧˋ）

【釋義】其：代詞，指對方。不意：不料，沒想到。
【出處】孫子・計篇：「攻其無備，出其不意。」
【用法】指在對方沒有料到的情況下，突然採取行動。
【例句】武昌起義時，革命軍**出其不意**，攻其不備，一舉殲滅了守城的清兵。
【義近】出人意表／攻其不備／擊其不意。
【義反】不出所料／始料所及。

出奇制勝（ㄔㄨ ㄑㄧˊ ㄓˋ ㄕㄥˋ）

【釋義】用奇兵或奇計戰勝敵人。制勝：制服對方以取得勝利。
【出處】孫子・勢篇：「凡戰者，以正合，以奇勝。故善出奇者……。」葉燮原詩：「驅市人而戰，出奇制勝。」
【用法】比喻用對方意想不到的方法來制服對方，以獲取勝利。
【例句】這一次的用兵戰略可說是**出奇制勝**，敵人一點應變的餘地都沒有。
【義近】六出奇計／兵不厭詐／聲東擊西。
【義反】無一奇謀／君子不重傷／不擊未濟之師。

出風頭（ㄔㄨ ㄈㄥ ㄊㄡˊ）

【釋義】一作「出鋒頭」，指在人多的場合炫耀或賣弄自己。
【出處】沈遼・走筆奉酬正夫即次元韻詩：「壯心欲馳步輒蹶，試出鋒頭官已瘵。」
【用法】形容在眾人面前顯示自己的才能，誇耀個人。
【例句】他是個好**出風頭**的人，在今晚的宴會上，免不了又要露一手了。
【義近】露才揚己／矜己自飾／鋒芒外露。
【義反】韜光養晦／深藏不露／隱身自處／披褐懷玉。

出師未捷身先死（ㄔㄨ ㄕ ㄨㄟˋ ㄐㄧㄝˊ ㄕㄣ ㄒㄧㄢ ㄙˇ）

【釋義】敘三國諸葛孔明領軍北伐，尚未成功卻飲恨身亡。
【出處】杜甫・蜀相詩：「出師未捷身先死，長使英雄淚滿襟。」
【用法】用於功業未成卻賫志而終的遺憾。
【例句】四川白帝城有一座丞相祠，詩人杜甫題詩曰：「**出師未捷身先死**，長使英雄淚滿襟。」讀之令人唏噓。

出神入化（ㄔㄨ ㄕㄣˊ ㄖㄨˋ ㄏㄨㄚˋ）

【釋義】超出神妙，進入奇異的境界。神：神妙，神奇。化：化境，神奇的境界。一作「超神入化」。
【出處】高棅・唐詩品匯總序：「觀者苟非窮精闡微，超神入化，……則莫能得其門而臻其壼奧矣。」
【用法】形容技藝或文學藝術達到了極高的成就。
【例句】紅樓夢的人物描寫，簡直到了**出神入化**的地步。
【義近】登峰造極／爐火純青／精妙絕倫／臻於化境。
【義反】平淡無奇／黔驢之技／未臻上乘。

出將入相（ㄔㄨ ㄐㄧㄤˋ ㄖㄨˋ ㄒㄧㄤˋ）

【釋義】出則為將，入則為相。出：指在朝廷外。入：指在朝廷內。
【出處】吳兢・貞觀政要二：「珪對曰：『才兼文武，出將入相，臣不如李靖。』」
【用法】指人兼備文武之才，或官居高位。
【例句】**出將入相**，這是人生得意事，誰不盼望！
【義近】文武雙全／允文允武／官位顯赫。
【義反】官微位卑／執鞍隨鐙。

出淤泥而不染（ㄔㄨ ㄩ ㄋㄧˊ ㄦˊ ㄅㄨˋ ㄖㄢˇ）

【釋義】淤泥：污泥。意謂從污泥中生長出來卻不受污染。
【出處】周敦頤・愛蓮說：「予獨愛蓮之出淤泥而不染，濯清漣而不妖。」
【用法】比喻人潔身自好，不為世俗的惡濁環境所污染。
【例句】在現今紙醉金迷的花花世界中，能夠**出淤泥而不染**，潔身自愛的人實在是少之又少了。
【義近】濯清漣而不妖／超凡脫俗／眾人皆醉我獨醒。
【義反】同流合污／淈其泥而揚其波。

出爾反爾

【釋義】原指你怎樣對待別人，別人也會怎樣對待你。爾：你。反：同「返」，回。

【出處】孟子・梁惠王下：「曾子曰：『戒之，戒之，出乎爾者，反乎爾者也。』」

【用法】今指人反覆無信、前後矛盾。

【例句】你這樣**出爾反爾**，誰還敢跟你合作？

【義近】反覆無常／翻雲覆雨／言而無信／自食其言。

【義反】言行一致／說一不二／一言既出駟馬難追／言而有信／一諾千金。

出謀畫策

【釋義】謀：主意，計策。畫：籌畫，謀畫。

【用法】指出主意，謀畫策略。

【例句】你不要看他只是一個小小的科長，實際上是我們這裏**出謀畫策**的中心人物，鬼點子多得很。

【義近】搖鵝毛扇／運籌幃幄／袖裏乾坤。

【義反】勇猛莽夫／一籌莫展／計無所出。

出頭露面

【釋義】出頭：又作拋頭。露面：顯露出來。多指人出來交際應酬。

【出處】馮夢龍・醒世恆言卷二七：「姊妹此時也難顧羞恥，只得出頭露面。」

【用法】通常指在公眾場合出現，有時也指出面辦事。

【例句】①他這個人最愛出風頭，所以一有機會就**出頭露面**，爭著發言，想引人注目。②這件事如果沒有你**出頭露面**打點一番的話，恐怕難有結果。

【義近】拋頭露面／出面承擔／鼎力支持。

【義反】深居簡出／深藏不露／撒手不管／不聞不問。

出類拔萃

【釋義】超出同類之上。出：高出。類：同類。拔：超出。萃：草叢生，比喻聚在一起的人或物。

【出處】孟子・公孫丑上：「聖人之於民，亦類也。出於其類，拔乎其萃。自生民以來，未有盛於孔子也。」

【用法】形容才德高出一般人。

【例句】我們這一輩中，就屬他最**出類拔萃**，不僅允文允武，而且儀表非凡。

【義近】超羣絕倫／鶴立雞羣。

【義反】碌碌無能／濫竽充數／平庸之輩。

刀　部

刀下留人

【釋義】刀口下暫時留住人命。

【出處】元曲・燕青博魚：「刀下留人，哥哥息怒，想燕青在於梁山泊上，也多有功來。」

【用法】請求或命令停止殺人，留人活口。

【例句】法場上，劊子手正舉起大刀砍殺死囚，忽聞：「聖旨到，**刀下留人**。」原來皇帝下旨要重審人犯。

刀山火海

【釋義】刀山、火海：佛教所說的地獄中的兩種刑罰，比喻最艱苦、最危險的地方。

【用法】表示下定決心，無所畏懼。

【例句】古時貞亮死節之士，為了效忠君主，即使**刀山火海**亦無所畏懼。

【義近】刀山劍樹／槍林彈雨／龍潭虎穴。

刀山劍樹

【釋義】刀山、劍樹：原也指佛教所說的地獄中的酷刑，後用以比喻艱難困苦的境地。

【出處】太平廣記卷三八三：「至第三重門，入見鑊湯及刀山劍樹。」

【用法】比喻環境險惡、艱難。

【例句】一個人只要下定決心，就能克服一切困難，哪怕是**刀山劍樹**，也能無所畏懼，設法突破。

【義近】萬丈深淵／刀山火海。

【義反】康莊大道。

刀斗森嚴

【釋義】刀斗：古代行軍用具，白天作炊器，夜晚敲打它作警戒或報時。刀斗在此作動詞「戒備」解。

【出處】司馬遷・史記・李將軍列傳：「不擊刀斗以自衛。」

【用法】形容軍隊在夜間戒備森嚴之狀。

【例句】這支特種部隊訓練有素，紀律嚴明，尤其在夜間更是**刀斗森嚴**，敵人休想越雷池一步。

【義近】銅牆鐵壁／無懈可擊。

【義反】軍心渙散。

刀光劍影

【釋義】隱約顯現出刀劍的閃光和影子。

【出處】崔國輔・從軍行：「刀

光照寒月，陣色明如畫。」劉禹錫・有僧言羅浮事詩：「日光吐鯨背，劍影開龍鱗。」

【用法】形容殺氣騰騰的氣勢或激烈的廝殺、搏鬥。

【例句】①這兩家人今天不知為了什麼事，**刀光劍影**地對峙著，幸虧警察趕來把他們制止住了。②今天兩個黑幫為了爭奪地盤，在一條小巷中搏鬥，**刀光劍影**，恐怖極了。

【義近】劍拔弩張／刀劍齊鳴。

【義反】和睦共處／偃旗息鼓。

刀鋸之餘 ㄉㄠ ㄐㄩˋ ㄓ ㄩˊ

【釋義】刀鋸：古代刑具，刀用於割刑，鋸用於刖刑。

【出處】司馬遷・報任少卿書：「如今朝廷雖乏人，奈何令刀鋸之餘薦天下豪傑哉！」

【用法】指受過宮刑的人。有時也用以泛指受過刑罰或判過刑的人。

【例句】司馬遷以**刀鋸之餘**，立志著書立說，終寫成通古今之變、成一家之言的偉大歷史著作和傳記文學作品——《史記》。

【義近】刀鋸餘人／刑餘之人。

刀頭舔蜜 ㄉㄠ ㄊㄡˊ ㄊㄧㄢˇ ㄇㄧˋ

【釋義】用舌頭在刀口上舔蜜糖吃。

【出處】佛說四二章經：「佛言財色之於人，譬如小兒貪刀刃之蜜，甜不足一食之美，然有截舌之患也。」

【用法】比喻利少害多，也指貪財好色不顧性命。

【例句】有些不法之徒，公然在大白天持刀搶劫，殊不知這種**刀頭舔蜜**之事是違法亂紀的。

【義近】人為財死／龍潭探寶／與虎謀皮／火中取栗／鳥為食亡。

刁鑽古怪 ㄉㄧㄠ ㄗㄨㄢ ㄍㄨˇ ㄍㄨㄞˋ

【釋義】刁鑽：狡詐。古怪：怪僻。

【出處】西遊記・八九回：「又各掛著一個粉漆牌兒，一個上寫著『刁鑽古怪』，一個上寫著『古怪刁鑽』。」

【用法】形容狡詐、怪癖，與眾不同，或形容作品的題目、構思稀奇古怪，令人難以捉摸。

【例句】①那人天生一副**刁鑽古怪**的模樣，教人如何喜歡上他？②那些**刁鑽古怪**的作品，有可能會轟動一時，但持續力決不會長久。

【義近】古靈精怪／陰陽怪氣。

【義反】平易溫和／平易近人。

二　畫

切中時弊 ㄑㄧㄝˋ ㄓㄨㄥˋ ㄕˊ ㄅㄧˋ

【釋義】切中：恰好擊中。時弊：時代的弊端。也作「切中時病」。

【出處】宋・蘇舜欽・詣匭疏・景祐五年：「聞頗有言事者，其間豈無切中時病，而絕不聞朝廷從而行之……。」

【用法】指對時事的批評，非常符合社會實際存在的弊病。

【例句】在專制統治的國家裏，不少有識之士都提出了**切中時弊**的建議，卻被視為反對政府而予以逮捕，這樣的政府，有一天必然會被人民所推翻。

【義近】切中要害／擊中弊端／談言微中／一語中的／鞭辟入裏。

【義反】隔靴搔癢／不著邊際／高談闊論／無關痛癢。

切身膚受 ㄑㄧㄝˋ ㄕㄣ ㄈㄨ ㄕㄡˋ

【釋義】切身：跟自己有密切的關係。膚受：像肌膚接觸冷熱凍餓等的感受。

【出處】晏子春秋・內雜上：「不免凍餓之切吾身。」虞集・張獻武王廟碑：「羣讒切膚。」

【用法】形容外界的事物跟自己有密切的關係。

【例句】看到九二一震災的慘狀，想起十幾年前故鄉的洪水為患，有**切身膚受**的感覺，令人一掬同情之淚。

【義近】感同身受／切膚之痛。

【義反】事不關己／漠不關心。

切磋琢磨 ㄑㄧㄝ ㄘㄨㄛ ㄓㄨㄛˊ ㄇㄛˊ

【釋義】指把獸骨象牙玉石等製成器物。切磋：加工骨頭象牙。琢磨：加工玉石石塊。

【出處】詩經・衛風・淇奧：「如切如磋，如琢如磨。」王充・論衡・量知：「切磋琢磨，乃成寶器。」

【用法】比喻學習和研究問題，相互討論，取長補短。

【例句】在學習和工作中，只有大家在一起**切磋琢磨**，才會進步快，收效大。

【義近】三個臭皮匠，賽過諸葛亮／如切如磋／如琢如磨／精益求精。

【義反】獨學寡聞／獨學無友。

切膚之痛 ㄑㄧㄝˋ ㄈㄨ ㄓ ㄊㄨㄥˋ

【釋義】親身經受的痛苦。切膚：切身，指與自身關係密切。切：密切，貼近。

【出處】蒲松齡・聊齋誌異・寃獄：「受萬罪於公門，竟屬切膚之痛。」

【用法】比喻感受深切。

【例句】老一輩的人，對抗戰時期日軍的燒殺擄掠，都有**切膚之痛**，永遠也難以忘記。

【義近】親歷之苦／親受鞭撻。

【義反】無關痛癢／道聽途說／非親非故。

切齒腐心 ㄑㄧㄝˋ ㄔˇ ㄈㄨˇ ㄒㄧㄣ

【釋義】切齒：牙齒切磨。腐心：憤恨得心碎。一作「切齒拊心」。拊心：拍擊心胸。

【出處】戰國策・燕策三：「此臣日夜切齒拊心也。」司馬遷・史記・刺客列傳：「此臣之日夜切齒腐心也。」

【用法】形容憤恨到了極點。

【例句】日軍慘無人道的在南京殺了幾萬人，怎能不令人**切齒腐心**！

【義近】恨之入骨／切齒痛心／咬牙切齒／恨入骨髓／切齒憤盈。

【義反】愛之甚深。

分久必合 ㄈㄣ ㄐㄧㄡˇ ㄅㄧˋ ㄏㄜˊ

【釋義】分裂久了一定會走向統一。合：結合在一起，統一起來。

【出處】羅貫中・三國演義・一回：「話說天下大勢，分久必合，合久必分：周末七國分爭，并入於秦。及秦滅之後，楚、漢分爭，又并入於漢。」

【用法】說明一個國家、一個民族、一個集團等，分裂久了，人心又思合，望能歸於一統。

【例句】翻開中國的政治演變史，從周、秦、漢、三國、晉到宋、元、明、清、華，每個朝代的更迭，都可說明天下大勢**分久必合**，合久必分的道理，但在這分分合合的紛爭中，卻不知要奪走多少百姓的生命財產。

分化瓦解 ㄈㄣ ㄏㄨㄚˋ ㄨㄚˇ ㄐㄧㄝˇ

【釋義】分化：使分裂。瓦解：如磚瓦之破裂。

【用法】多指對敵方要採取措施，令其內部發生矛盾，分裂離散。

【例句】在國家艱困的時期，最忌上下二心，若遭敵人的**分化瓦解**，其滅亡之日亦不遠了。

【義近】土崩瓦解／分崩離析／四分五裂。

【義反】團結一致／堅如磐石。

分斤掰兩 ㄈㄣ ㄐㄧㄣ ㄅㄞ ㄌㄧㄤˇ

【釋義】斤：也作「金」。掰：也作「擘」，用手把東西分開。

【出處】曹雪芹・紅樓夢四五回：「眞眞泥腿光棍，專會打細算盤，分金掰兩的。」

【用法】比喻過分計較小事，非常小氣的樣子。

【例句】這人心眼小，又吝嗇，特別是金錢的事，最愛**分斤掰兩**。

【義近】掂斤播兩／斤斤計較／秤斤注兩／打小算盤／錙銖必較／寸利必爭。

【義反】出手大方／一擲千金／慷慨解囊／仗義疏財／豁達大方／揮金如土。

分甘共苦 ㄈㄣ ㄍㄢ ㄍㄨㄥˋ ㄎㄨˇ

【釋義】分：分享。甘：甜，喻幸福。苦：喻禍患、艱難。

【出處】晉書・應詹傳：「京兆韋泓……客遊洛陽，素聞詹名，遂依托之。詹與分甘共苦，情若弟兄。」

【用法】說明關係親密，彼此能同享幸福，分擔艱苦、禍患。

【例句】幾十年來，他倆**分甘共苦**，相扶相助，感情勝過親兄弟。

【義近】同甘共苦／患難與共／休戚與共／生死與共／痛癢相關。

【義反】酒肉朋友／勾心鬥角／明爭暗鬥／落井下石／過河拆橋。

分我一杯羹 ㄈㄣ ㄨㄛˇ ㄧ ㄅㄟ ㄍㄥ

【釋義】意即分給我一份。一杯羹：一杯羹湯。一作「分我杯羹」。

【出處】司馬遷・史記・項羽本紀：項羽威脅劉邦：「今不急下，吾烹太公。」邦曰：「吾翁即若翁，必欲烹而翁，則幸分我一杯羹。」

【用法】今用以稱從別人那裏分享一分利益。

【例句】我幫了你這麼多的忙，倘若眞有任何好處，可別忘了**分我一杯羹**。

【義近】利益均霑／有福同享。

【義反】利益獨佔／有禍自當／獨香獨食。

分門別類 ㄈㄣ ㄇㄣˊ ㄅㄧㄝˊ ㄌㄟˋ

【釋義】意謂分別部門，歸納種類，使人一目瞭然。

【出處】曾樸・孽海花五回：「以兄弟的愚見，分門別類比較起來，揮瀚臨池，自然讓龔和甫獨步。」

【用法】指對事物按其性質、內容進行分類，使人易於明瞭知曉。

【例句】圖書館裏的各類書籍**分門別類**的放置方式，給找書的人許多方便。

【義近】分部別居／各歸其類／以類相從／依類而從／各從其類。

【義反】一股腦兒／亂七八糟／籠統不分／雜亂無緒。

分秒必爭 ㄈㄣ ㄇㄧㄠˇ ㄅㄧˋ ㄓㄥ

【釋義】一分一秒也要爭取。

【用法】形容充分利用和把握時間。

【例句】在工商業發達的社會裏，人們是**分秒必爭**，一刻也不得閒。

【義近】爭分搶秒。

【義反】蹉跎歲月／虛度年華／浪費時日。

分茅裂土 ㄈㄣ ㄇㄠˊ ㄌㄧㄝˋ ㄊㄨˇ

【釋義】古代帝王用茅土分封諸侯的儀式。用五色土築壇一方一色，東方青、南方紅、西方白、北方黑、中央黃。分封某方的諸侯時，就用白茅包取某方的土授與，叫做「分茅」，也叫「授茅土」或「分茅裂土」。

【出處】晉書・汝南王亮傳論：「分茅錫瑞，道光恆典；儀台飾衮，禮備彝章。」

【用法】引申有論功行賞之意。

【例句】在帝制時代，一旦新的君王登基，往往**分茅裂土**，以慰勞羣臣。

【義近】論功行賞／封王賜爵。

分香賣履 ㄈㄣ ㄒㄧㄤ ㄇㄞˋ ㄌㄩˇ

【釋義】分香：把剩餘的香味分給諸人。賣履：編織鞋子賣。履：鞋子。

【出處】曹操・遺令：「餘香可分與諸夫人，不命祭。諸舍中（眾妾）無所爲，可學作組履賣也。」蘇軾・孔北海贊敍：「操以病亡……留連妾婦，分香賣履。」

【用法】比喻臨死時對妻妾的愛戀之情。

【例句】李清照在《金石錄後序》文中云，其夫趙明誠於臨終前，取筆作詩，詩成絕筆而終，殊無**分香賣履**之意。

【義近】戀戀不捨／依依不捨／割捨不下／難分難捨。

【義反】恩斷義絕／鐵石心腸／鐵石肺肝／永不回頭。

分庭抗禮 ㄈㄣ ㄊㄧㄥˊ ㄎㄤˋ ㄌㄧˇ

【釋義】原指賓主分列堂前兩旁，彼此相對，平等行禮。庭：庭院。抗：一作「伉」，對等，相當。

【出處】莊子・漁父：「萬乘之主，千乘之君，見夫子未嘗不分庭伉禮。」

【用法】今用以比喻地位平等，彼此以對等關係相處；也比喻分裂對立的局面。

【例句】他實在是嚥不下那口氣，於是成立了另一支強勁的隊伍與他們**分庭抗禮**，決一高下。
【義近】平分秋色／平起平坐／半斤八兩／互別苗頭。
【義反】地位懸殊／高下懸殊。

分崩離析

【釋義】崩：倒塌。析：分開，解體。
【出處】論語・季氏：「遠人不服而不能來也，邦分崩離析而不能守也。」
【用法】形容國家或集團四分五裂，不可收拾。
【例句】一個國家、一個集團，如果演變成**分崩離析**的時候，那就很難挽救了。
【義近】土崩瓦解／四分五裂／離散瓦解／各行離散／豆剖瓜分。
【義反】堅如磐石／牢不可破／金甌無缺／精誠團結／上下一心。

分毫不爽

【釋義】分毫：極爲微小的計量單位。爽：差錯，失誤。
【出處】蒲松齡・醒世姻緣二八回：「但這班異類，後來都報應得分毫不爽。」
【用法】用以說明正確無誤，絲毫不差。
【例句】他的心算能力驚人，再大再繁雜的數字他都能在短短數秒中**分毫不爽**地解出，眞不可思議。
【義近】毫無差錯／絲毫不差／無毫髮爽／一絲不差。
【義反】相差十萬八千里／差如天壤／差之千里。

分淺緣薄

【釋義】分、緣：這裏二字同義，指緣分。
【出處】元・王子一・誤入桃源四折：「身未到，心先到，分淺緣薄，有上梢沒下梢。」
【用法】指男女間緣分淺薄，很難或根本不可能結爲夫妻。
【例句】我倆分手不能怪誰，只怪**分淺緣薄**，今生今世不能結爲夫妻。
【義近】分薄緣慳／緣盡情絕／難成眷屬。
【義反】分厚緣深／緣訂三生／終成眷屬。

分道揚鑣

【釋義】分道而行。揚鑣：揚鞭驅馬前進，或解爲提起馬勒口。鑣：馬勒口。一作「分路揚鑣」。
【出處】魏書・河間公齊傳：「高祖曰：『洛陽我之豐沛，自應分路揚鑣。』」
【用法】比喻志趣不同，各走各的路；也比喻才力匹敵，各有千秋。
【例句】既然我們的意見有如此大的分歧點，不如早早**分道揚鑣**，另謀出路吧！
【義近】各奔前程／各奔東西／背道而馳／各走各路／兩不相涉。
【義反】志同道合／齊頭並進／並駕齊驅／並行不悖。

四畫

刑期無刑

【釋義】期：希望。
【出處】尚書・大禹謨：「刑期於無刑，民協於中。」
【用法】說明設刑用刑的目的，在於達到消滅犯罪，廢棄刑罰。
【例句】在當今的社會裏，要想達到**刑期無刑**的境界，不過只是一種理想罷了。

刑錯不用

【釋義】意謂雖有刑法，卻擱置不需使用。錯：同「措」，擱置。
【出處】荀子・議兵：「威厲而不試，刑錯（措）而不用。」唐・陳子昂・淸措刑科：「今神皇不以此時崇德務仁，使刑措不用。」
【用法】用以說明政治淸平，沒有犯罪的人，用不著刑法。
【例句】古人所說的**刑錯不用**，在當今的世界上，還沒有任何一個國家能夠做到。
【義近】刑無可刑／太平盛世。
【義反】刑不勝刑／鞭笞天下。

刓方爲圓

【釋義】把方的削成圓的。刓：削。爲：成爲。
【出處】楚辭・九章・懷沙：「刓方以爲圜（圓）兮，常度未替。易初本迪兮，君子所鄙。」
【用法】比喻改變人的性格、行爲，把有個性的改變成圓通的。
【例句】專制統治者妄圖**刓方爲圓**箝制人的思想，以便爲他所用，可是這是萬萬辦不到的。
【義近】削觚爲圓／撓直爲曲。
【義反】劃邪爲正／改惡從善。

列鼎而食

【釋義】列：排列，陳列。鼎：古代煮東西用的器物，一般爲三足兩耳。
【出處】孔子家語・致思：「從車百乘，積粟萬鍾，累裀而坐，列鼎而食。」
【用法】吃飯時必須陳列著豐盛的食物。用以形容生活非常奢侈。
【例句】那些政商名流，哪天不是**列鼎而食**，怎麼可能了解人民粗茶淡飯的滋味。
【義近】山珍海味／鐘鳴鼎食／日食萬錢／肉山脯林／食前方丈／炊金饌玉。
【義反】粗茶淡飯／食不果腹／數米而炊／啜菽飲水／饔飧不繼／寅吃卯糧。

列鼎重裀

【釋義】爲「列鼎而食」、「重裀而臥」的縮語。列鼎：陳列豐盛的酒食。重裀：墊著層層褥子。裀：墊子，褥子。
【出處】元・紀君祥・趙氏孤兒二折：「他他他只將那會諂諛的著列鼎重裀，害忠良的便加官請俸。」
【用法】形容人生活豪華，吃得極好，睡得極舒適。
【例句】從古至今有好多像《紅樓夢》中賈府那樣**列鼎重裀**的人家，可轉眼間卻淪爲衣食無著之人，眞可謂人生無常啊！
【義近】豐衣足食／富埒王侯／金玉滿堂。
【義反】饑寒交迫／流離困頓／餐風露宿／疏食布衣。

刎頸之交

【釋義】刎頸：割脖子，表示可替對方去死。交：交情，友誼。

【出處】司馬遷・史記・廉頗藺相如列傳：「卒相與驩，為刎頸之交。」

【用法】指友誼深摯，可以同生死共患難的朋友。

【例句】你與我是**刎頸之交**，些許小事，難道還要分什麼彼此嗎？

【義近】生死之交／莫逆之交／患難之交。

【義反】冤家對頭／狐朋狗友／酒肉朋友。

五畫

判若天淵

【釋義】區別之大就像天上和深淵那樣。判：區別顯然。

【出處】清史稿・王恩綬傳：「恩綬無守土責，而視死如歸，不特與草間偷活判若天淵，即較之城亡與亡亦分難易。」

【用法】比喻高低懸殊很大，二者根本無法相比。

【例句】這兩支足球隊的實力相差太大，真可說是**判若天淵**，踢成八比零自是理所當然的事。

【義近】判若雲泥／天淵之別／霄壤之別／天懸地隔／天差地遠／天壤之別。

【義反】旗鼓相當／難分高低／不相上下／工力悉敵／半斤八兩／大同小異。

判若水火

【釋義】二者的區別就像水和火那樣。判：區別很明顯。

【出處】清・錢泳・履園叢話・譚詩・總論：「沈歸愚宗伯與袁簡齋太史論詩，判若水火。」

【用法】比喻二者截然不同，而且互不相容。

【例句】這兩兄弟雖然是同父同母所生，但其為人、性格等均**判若水火**。

【義近】判若冰炭／一龍一豬／判若兩人／涇濁渭清／判若黑白。

【義反】相似乃爾／一模一樣／如出一轍／真假莫辨。

判若兩人

【釋義】截然不同像兩個人一樣。判：分別。

【出處】清・李寶嘉・文明小史五回：「何以如今判若兩人？」

【用法】形容一個人前後變化很大。

【例句】去國不過短短三年，她的言行舉止卻有了很大的改變，和以前相比，簡直**判若兩人**。

判若雲泥

【釋義】其差別就像天上的雲彩和地上的泥土那樣。判：區別顯然。

【出處】杜甫・送韋書記赴安西：「夫子欻通貴，雲泥相望懸。白頭無藉在，朱紱有哀憐。」

【用法】形容高低懸殊非常的明顯。

【例句】《紅樓夢》問世後，隨即出現了不少續作，但續作同原作相比，其思想性和藝術性都**判若雲泥**。

【義近】判若天壤／天淵之別／天差地遠／雲泥之別。

【義反】不相上下／半斤八兩／旗鼓相當／相差無幾。

判若鴻溝

【釋義】鴻溝：古運河，在今河南省，為秦末楚漢的分界河。

【出處】司馬遷・史記・高祖本紀：「項羽恐，乃與漢王約，中分天下，割鴻溝而西者為漢，鴻溝而東者為楚。」

【用法】形容彼此界限分明，差別很大。

【例句】已開發國家的繁榮昌盛，和未開發地區的貧窮落後相比，實是**判若鴻溝**。

【義近】判若雲泥／天壤之別／天差地別。

【義反】毫無二致／相差無幾。

初出茅廬

【釋義】茅廬：草屋，此指諸葛亮隱居南陽時所住之屋。

【出處】羅貫中・三國演義三九回載：敘諸葛亮出山後，在博望坡大破曹操，「直須驚破曹公膽，初出茅廬第一功。」

【用法】原比喻新露頭角。今比喻初次出來辦事，缺乏經驗。

【例句】他剛離開學校，步入社會，可謂是**初出茅廬**，長處是有雄心壯志，短處是缺乏經驗。

【義近】初露鋒芒／初露頭角／新硎初試／涉世未深／乳臭未乾。

【義反】涉歷甚深／老謀深算／沙場老將／身經百戰／老馬識途。

初生之犢不怕虎

【釋義】初生：剛生下來。犢：小牛。不怕虎：指不懂事而不怕。

【出處】莊子・知北游：「汝瞳焉如新生之犢，而無求其故。」羅貫中・三國演義七四回：「俗云：『初生之犢不懼虎。』」

【用法】比喻閱歷不深的年輕人遇事勇往直前，無所畏懼。

【例句】這樣艱巨的任務你也敢承擔下來，真是**初生之犢不怕虎**。

初露鋒芒

【釋義】初露：剛開始顯露。鋒：指刀劍的刃和尖。芒：穀物的芒。鋒芒：比喻人的才幹。

【用法】用以說明剛開始顯示出力量或才能。

【例句】學校運動會上，劉同學**初露鋒芒**，長跑和短跑都進入了前三名。

【義近】嶄露頭角／小試鋒芒。

【義反】大展才華／大顯神通／鋒芒畢露。

別出心裁

【釋義】別出：不同於眾。心裁：心中的構思或設計。

【出處】顧觀光・武陵山人雜著：「敖繼公釋儀禮，屏棄古注，別出心裁……。」

【用法】意謂獨創一格，與眾不同。

【例句】這幅畫**別出心裁**，構圖

奇特，使許多參觀者駐足欣賞。
【義近】獨樹一幟／別具匠心／不同凡響／獨出機杼。
【義反】千篇一律／亦步亦趨／故步自封。

別出機杼

【釋義】別出：不同於眾。機杼：織布機，機以轉軸，杼以持緯。用以比喻詩文創作中的構思和布局。
【出處】樓鑰・跋李伯和所藏書畫薄酒二篇：「詞人務以相勝，似不若別出機杼。」
【用法】指另闢途徑，有所創新之意。
【例句】在文學創作上，只有**別出機杼**，才有可能出現優秀作品。
【義近】匠心獨運／獨闢蹊徑／獨創新意。
【義反】蹈人舊轍／因循抄襲。

別生枝節

【釋義】另外長出枝節來。別：另外。
【出處】李汝珍・鏡花緣一二回：「設或命途坎坷，從中別生枝節，拖延日久，雖要將就了事，欲罷不能。」
【用法】比喻在解決一個問題的過程中，又另外發生了其他的問題。
【例句】這個問題本來很容易解決，但有人老是**別生枝節**，從中作梗，因此拖延至今。
【義近】橫生枝節／節外生枝／人多嘴雜／一波三折。
【義反】一帆風順／迎刃而解／萬事亨通／無往不利。

別有天地

【釋義】別有：另有。天地：境界。
【出處】李白・山中問答詩：「問余何意栖碧山，笑而不答心自閒。桃花流水窅然去，別有天地非人間。」
【用法】指另有一個意外的境界。常用以形容風景或藝術創作引人入勝。
【例句】①看了其他的小說，再看紅樓夢，總覺得**別有天地**，令人讚歎不已。②出了山洞口，只見小橋流水，竹籬茅舍，眞是**別有天地**。
【義近】別有洞天／別有乾坤。
【義反】平淡無奇／俗不可耐。

別有用心

【釋義】用心：居心，打算，企圖。
【出處】吳沃堯・二十年目睹之怪現狀九九回：「王太尊也是說他辦事可靠，那裏知道他是別有用心的呢？」
【用法】指人不懷好意，另有不可告人的企圖。
【例句】你不要看他嘴裏說得好聽，其實是**別有用心**，根本不可信。
【義近】心懷鬼胎／居心叵測／居心不良／別有肺腸。
【義反】光明正大／襟懷坦白／光明磊落。

別有洞天

【釋義】洞天：道教指神仙居住的洞府。
【出處】李白・夢遊天姥吟留別：「洞天石扉，訇然中開。」章碣・對月詩：「別有洞天三十六，水晶殿臺冷層層。」
【用法】比喻另有一番美妙的境界。多用以形容風景能引人入勝。
【例句】遊覽了桂林的山水，我已驚歎不已，再遊覽陽朔的美景，才體會到什麼叫**別有洞天**。
【義近】別有天地。
【義反】處處可見／平凡無奇。

別有風味

【釋義】別有：另有。風味：事物的特色。多指地方色彩。
【出處】李汝珍・鏡花緣六八回：「若到桂花盛開之時，襯著四圍青翠，那種幽香都從松陰中飛來，尤其別有風味。」
【用法】指某種事物具有另一種趣味、情調或特色。
【例句】湖南的醃雞乾魚，雖然算不上名菜，但無論哪個地方的人吃過後，都說**別有風味**。
【義近】別具風味／別具一格／獨樹一幟／別有品味／與眾不同。
【義反】不過爾爾／毫無二致／千篇一律／依樣葫蘆／相差無幾。

別有會心

【釋義】會心：領悟，領會。
【出處】劉義慶・世說新語・言語：「簡文入華林園，顧謂左右曰：『會心處不必在遠，翳然林水，便自有濠濮間想也。』」
【用法】形容人於事於理有獨到的領會與理解，與一般人不同。
【例句】在讀書與做學問方面，他**別有會心**，與一般人的見解大不相同。
【義近】見解獨特／大異其趣／自有主見／獨具慧心。
【義反】所見略同／世俗之見／毫無新意。

別具一格

【釋義】別：另外的，獨特的。格：格式，風格。
【出處】龔自珍・己亥雜詩第一二五首：「我勸天公重抖擻，不拘一格降人才。」
【用法】意指另有一種獨特的風格。
【例句】這個畫家的人物畫拙中有巧，**別具一格**。
【義近】自成一家／別具匠心／獨樹一幟。
【義反】千篇一律／依樣畫瓢／照貓畫虎。

別具匠心

【釋義】另有一種精巧的心思。匠心：靈巧之心。
【出處】張祜・題王右丞山水障詩：「精華在筆端，咫尺匠心難。」
【用法】指在技巧和藝術方面具有與眾不同的巧妙構思。
【例句】張大千的畫無一幅不**別具匠心**，所以他在中國的現代畫壇上享有極高的聲譽。
【義近】匠心獨具／別具隻眼／獨樹一幟／自成一家。
【義反】依樣畫葫蘆／鸚鵡學舌／師人故智。

別具肺腸 ㄅㄧㄝˊ ㄐㄩˋ ㄈㄟˋ ㄔㄤˊ

【釋義】一作「別有肺腸」。肺腸：比喻心思。

【出處】詩經・大雅・桑柔：「自有肺腸，俾民卒狂。」箋：「自有肺腸，行其心中之所欲，乃使民盡迷惑如狂。」

【用法】比喻人動機不良，故意違眾立異。

【例句】卻將自己切己之事全置度外，豈非**別具肺腸**麼？（李汝珍・鏡花緣二五回）

【義近】別有腸肚／別有用心／心懷不軌／另有圖謀。

【義反】心口如一／胸懷坦然／光明磊落。

別具隻眼 ㄅㄧㄝˊ ㄐㄩˋ ㄓ ㄧㄢˇ

【釋義】另有一種眼光。

【出處】葉寘・愛日齋叢鈔三：「（楊萬里）又有送彭元忠詩……近來別具一隻眼，要踏唐人最上關。」

【用法】比喻有獨到的見解。

【例句】那幅出水芙蓉大家都看不出有什麼特別之處，唯有張先生**別具隻眼**，說出了它的妙處。

【義近】慧眼獨具／見解非凡。

【義反】世俗之見／俗眼凡胎／平平之見。

別具爐錘 ㄅㄧㄝˊ ㄐㄩˋ ㄌㄨˊ ㄔㄨㄟˊ

【釋義】爐錘：爐子和錘子，冶煉鍛造的工具。

【出處】易宗夔・新世說・序：「酷嗜臨川王之書，以彼片語隻辭別具爐錘。」

【用法】比喻在學術上能別開生面，具有獨特的造詣。

【例句】梁啓超在近代文學史上，是一位卓越的思想家和學者，他**別具爐錘**地寫了不少學術著作。

【義近】別具隻眼／自出機杼／獨樹一幟／匠心獨運／另闢蹊徑。

【義反】人云亦云／步人後塵／鸚鵡學舌／倚門傍戶。

別風淮雨 ㄅㄧㄝˊ ㄈㄥ ㄏㄨㄞˊ ㄩˇ

【釋義】爲「列風淫雨」的筆誤。列風：即烈風，猛烈的風。淫雨：過量的雨。

【出處】劉勰・文心雕龍・練字：「尙書大傳有別風淮雨，帝王世紀云：列風淫雨。別列淮淫，字似潛移。淫、列，義當而不奇，淮、別，理乖而新異。」

【用法】用以指書中錯別字多，以訛傳訛，誤讀誤寫。

【例句】出於好奇，我在大陸買了一本賈平凹的《廢都》，誰知是盜版書，**別風淮雨**，比比皆是。

【義近】魯魚亥豕／烏焉成馬／魯魚帝虎／三豕涉河／郭公夏五。

別無長物 ㄅㄧㄝˊ ㄨˊ ㄓㄤˋ ㄨˋ

【釋義】除一身之外再沒有多餘的東西。長：多餘，剩餘。

【出處】劉義慶・世說新語・德行：「丈人不悉（王）恭，恭作人無長物。」

【用法】原指生活儉僕，現多用以形容貧窮。

【例句】原來他家不過只有一張牀，一張書桌，一書架的書而已，**別無長物**。

【義近】家徒四壁／室如懸磬／阮囊羞澀／身無長物。

【義反】萬貫家財／應有盡有／一應俱全。

別開生面 ㄅㄧㄝˊ ㄎㄞ ㄕㄥ ㄇㄧㄢˋ

【釋義】生面：新的面貌，新鮮動人的場面、格局。

【出處】杜甫・丹青引贈曹將軍霸：「凌烟功臣少顏色，將軍下筆開生面。」曹雪芹・紅樓夢六四回：「可謂命意新奇，別開生面。」

【用法】用以指另創新的格局或新的形式。

【例句】這幢建築物融合了中外古今的建築特色於一體，新穎奇特，**別開生面**。

【義近】面目一新／別具一格／一新耳目／別樹一幟。

【義反】千篇一律／蹈人故轍／襲人故智／拾人牙慧。

別鳳離鸞 ㄅㄧㄝˊ ㄈㄥˋ ㄌㄧˊ ㄌㄨㄢˊ

【釋義】別、離：同義，離別。鸞：傳說中鳳凰一類的鳥。

【出處】陶潛・擬古：「上弦驚別鶴，下弦操孤鸞。」李賀・琴曲歌：「離鸞別鳳煙梧中，巫雲蜀雨遙相通。」

【用法】用以比喻夫妻離散。

【例句】抗戰時期，在日寇的蹂躪下，人們流離失所，許多夫妻受著**別鳳離鸞**的痛苦。

【義近】別鶴離鸞／孔雀東南飛／分釵斷帶／分釵破鏡／鳳拆鸞零。

【義反】鸞鳳和鳴／比翼雙飛／鳳凰于飛／雙宿雙飛／鶼鰈比翼。

別樹一幟 ㄅㄧㄝˊ ㄕㄨˋ ㄧˋ ㄓˋ

【釋義】另外樹立一面旗幟。別：另外。

【用法】比喻另成一家或另創局面。多指在文學藝術上的創新，有時也指在事業上獨自另走新路。

【例句】①他的這種唱腔與眾不同，在京劇界可算是**別樹一幟**了。②他先進的經營方式不爲老闆所採納，於是乾脆獨自經營，**別樹一幟**了。

【義近】獨樹一幟／別具一格／自立門戶／自創一格。

【義反】亦步亦趨／一成不變／率由舊章／蕭規曹隨。

刪繁就簡 ㄕㄢ ㄈㄢˊ ㄐㄧㄡˋ ㄐㄧㄢˇ

【釋義】刪：除去。就：接近，趨向。

【出處】王守仁・傳習錄上：「如孔子退修六籍，刪繁就簡，開示來學。」

【用法】指去掉冗雜的部分，使它趨於簡明。

【例句】文章寫好後，務必要多加修改，**刪繁就簡**，這樣才有可能成爲好文章。

【義近】刪蕪就簡／撮要刪繁。

【義反】贅言冗詞／繁言蔓詞。

利口捷給 ㄌㄧˋ ㄎㄡˇ ㄐㄧㄝˊ ㄐㄧˇ

【釋義】利口：指口才好。給：言辭敏捷。

【出處】司馬遷・史記・張釋之傳：「夫絳侯、東陽侯稱爲長者，此兩人言事曾不能出口，豈斆此嗇夫諜諜利口捷給哉！」

【用法】指人口才伶俐，善於言辭，答辯敏捷，應對自如。

【例句】各國的外交家，除了知識淵博外，更要**利口捷給**，否則就無法在外交界立足。

【義近】伶牙俐齒／長於辭令／能說善道／應對如流／辯才無礙。

【義反】笨口拙舌／結結巴巴／詞不達意／言訥詞直。

利令智昏 ㄌㄧˋ ㄌㄧㄥˋ ㄓˋ ㄏㄨㄣ

【釋義】利：利益。令：使。智：理智。

【出處】司馬遷・史記・平原君列傳：「平原君翩翩濁世之佳公子也，然未睹大體。鄙語曰：『利令智昏。』」

【用法】形容人因一心貪圖私利，使頭腦發昏而失去理智。

【例句】他為了炒股票，竟將公司保險箱裏的現鈔偷去炒作，眞是**利令智昏**。

【義近】見利忘義／財迷心竅／利欲薰心。

【義反】見利思義／富貴於我如浮雲／輕財重義。

利市三倍 ㄌㄧˋ ㄕˋ ㄙㄢ ㄅㄟˋ

【釋義】利市：利潤。三倍：泛言所獲利潤豐厚。

【出處】易經・說卦：「（巽）為近利，市三倍。」

【用法】指善於經商的人，獲利大，賺錢多，容易致富。

【例句】古人說：「**利市三倍**。」所以想發財還是去做生意吧，光是埋頭做學問是發不了財的。

【義近】利增百倍／無商不富／一本萬利／賤斂貴出。

【義反】血本無歸／生意蕭條／無利可圖。

利用厚生 ㄌㄧˋ ㄩㄥˋ ㄏㄡˋ ㄕㄥ

【釋義】利用：製造器物，便利人們使用。厚生：供應民生所需，使人民免於匱乏。

【出處】尚書・大禹謨：「政在養民，水火金木土穀，惟修；正德，利用，厚生，惟和。」

【用法】表示發揮物質的最大功效，以充實人民的生活。可用以祝賀開店之題辭。

【例句】為政之道在養民，**利用厚生**，使民豐衣足食，興禮樂，使民知孝悌忠信。

【義近】濟世利民／廣殖貨財／利濟民生。

利析秋毫 ㄌㄧˋ ㄒㄧ ㄑㄧㄡ ㄏㄠˊ

【釋義】對利益的分析即令是纖微之物也不放過。秋毫：鳥獸在秋天新長的細毛。比喻微小的事物。

【出處】司馬遷・史記・平準書：桑弘羊、東郭咸陽、孔僅「三人言利，事析秋毫矣。」

【用法】今用以形容理財極其精明細緻。

【例句】學校的財務處長，對財務的處理不僅**利析秋毫**，且公正無私，令人佩服。

【義近】秋毫不爽／明析秋毫／精打細算／條分縷析。

【義反】差之千里／錯誤百出／大而化之／馬而虎之／粗枝大葉。

利害攸關 ㄌㄧˋ ㄏㄞˋ ㄧㄡ ㄍㄨㄢ

【釋義】利害所關。利害：利益與損害。攸：所。

【出處】易經・繫辭下：「情僞相感而利害生。」

【用法】指有密切的利害關係。

【例句】解決環境污染問題，是與民眾健康**利害攸關**的一件大事。

【義近】性命攸關／生死攸關。

【義反】毫不相關／風馬牛不相及／兩不相涉。

利欲薰心 ㄌㄧˋ ㄩˋ ㄒㄩㄣ ㄒㄧㄣ

【釋義】欲：欲望。薰：薰染。

【出處】宋・黃庭堅・贈別李次翁詩：「利欲薰心，隨人翕張。」

【用法】指貪財圖利的欲望迷住了心竅。

【例句】像他這樣**利欲薰心**的人，總有一天要倒楣的。

【義近】利令智昏／齊人攫金／唯利是圖。

【義反】利不虧義／不慕榮華。

利盡交疏 ㄌㄧˋ ㄐㄧㄣˋ ㄐㄧㄠ ㄕㄨ

【釋義】利益殆失，交情便漸行淡薄。

【出處】司馬遷・史記・鄭世家：「語有之：『以權利合者，權利盡而交疏。』」

【用法】形容所結之友皆以利為主，利益殆盡，便無情義可言。

【例句】**利盡交疏**之友謂之損友，毫無情義可言。所以與人相交，應當謹慎選擇。

【義近】酒肉朋友／豬朋狗友／市道之交。

【義反】肝膽相照／情深義重／患難諍友。

六畫

刻不容緩 ㄎㄜˋ ㄅㄨˋ ㄖㄨㄥˊ ㄏㄨㄢˇ

【釋義】刻：片刻，極短的時間。緩：延緩，拖延。

【出處】李汝珍・鏡花緣四十回：「不獨刻不容緩，並且兩命攸關。」

【用法】形容形勢緊迫，一刻也不容許拖延。

【例句】汛期將到，防洪物質的準備工作已是**刻不容緩**。

【義近】迫不及待／急如星火／迫在眉睫／燃眉之急。

【義反】綽有餘裕／尚可容緩。

刻舟求劍 ㄎㄜˋ ㄓㄡ ㄑㄧㄡˊ ㄐㄧㄢˋ

【釋義】舟：船。求：尋找。

【出處】呂氏春秋・察今載：有一楚人坐船過江，劍掉入水中，他即在船邊刻上記號。船停，按記號去找劍。

【用法】比喻拘泥成法而不講實際，不知變通。

【例句】我們隨時都要根據新情況，採取新辦法，決不能**刻舟求劍**，食古不化。

【義近】膠柱鼓瑟／泥古不化／食古不化／按圖索驥。

【義反】因時制宜／相機行事／通權達變／隨機應變。

刻苦耐勞 ㄎㄜˋ ㄎㄨˇ ㄋㄞˋ ㄌㄠˊ

【釋義】刻苦：本指下苦功鑽研，後也指生活自奉儉樸。耐：忍受，禁得住。

【出處】韓愈・柳子厚墓誌銘：「居閒益自刻苦，務記覽，為詞章。」

【用法】形容一個人在困難情況下能自奉儉樸，忍受勞苦，力求改善自己的生活。

【例句】多年來他一直**刻苦耐勞**，自強不息，終於使貧困的家庭漸趨富裕。

【義近】吃苦耐勞／克勤克儉。
【義反】好吃懶做／崇尚奢華。

刻骨相思

【釋義】刻骨：感受深切入骨。相思：想念。
【出處】後漢書・鄧騭傳：「刻骨定分，有死無二。」漢書・孝武李夫人傳：「上（漢武帝）愈益相思悲感。」
【用法】多用以形容男女思慕深切，愛戀不忘。
【例句】王太太與丈夫是一對恩愛夫妻，現在兩人遠隔重洋，雖然常通電話，但仍免不了**刻骨相思**之苦。
【義近】朝思暮想／魂牽夢縈／念念不忘。
【義反】情斷意絕／置之腦後／漠不關心。

刻骨銘心

【釋義】刻印在骨頭上，牢記在心中。銘：刻，原指在石頭或金屬器物上刻字。
【出處】李白・上安州李長史書：「深荷王公之德，銘刻心骨。」施耐庵・水滸傳八十回：「刻骨銘心，誓圖死報。」
【用法】形容牢記在心，永遠不忘。
【例句】我們自小相愛，後來因故未能締結良緣，但那段戀情卻**刻骨銘心**，畢生難忘。
【義近】銘諸肺腑／永誌不忘／沒齒難忘／銘心鏤骨。
【義反】浮光掠影／置之腦後／拋往九霄雲外／輕如浮雲。

刻畫入微

【釋義】細緻描摹，連極微小之處也不馬虎。刻畫：表示描寫細膩。
【用法】形容人為文或從事其他創作時，描繪得非常細膩。
【例句】曹雪芹在《紅樓夢》中，對人物**刻畫入微**，個個栩栩如生。
【義近】刻意求工／深刻細膩／絲絲入扣。
【義反】馬馬虎虎／一筆帶過。

刻鵠類鶩

【釋義】鵠：天鵝。類：似。鶩：鴨子，泛指野鴨。
【出處】後漢書・馬援傳：「所謂刻鵠不成，尚類鶩者也。」劉勰・文心雕龍・比興：「故比類雖繁，以切至為貴，若刻鵠類鶩，則無所取焉。」
【用法】比喻仿效得雖然不太逼真，但還十分相似。
【例句】邱先生是張大千大師的高足弟子，他仿效大師的畫作雖然還沒有達到十全十美的程度，卻也**刻鵠類鶩**了。
【義近】神形交似／照貓畫虎／依樣畫葫蘆／以假亂真。
【義反】畫虎類犬／東施效顰／畫虎不成反類犬。

刺刺不休

【釋義】刺刺：話多的樣子。休：止。
【出處】韓愈・送殷員外序：「丁寧顧婢子，語刺刺不能休。」蒲松齡・聊齋誌異・口技：「三人絮語間雜，刺刺不休。」
【用法】形容嘮嘮叨叨，話多說個沒完。
【例句】她也不怕人厭，說起話來總是**刺刺不休**，別人連插嘴的機會也沒有。
【義近】喋喋不休／呶呶不休／絮絮叨叨／滔滔不絕。
【義反】默默無言／寡言少語／沉默寡言／言簡意賅。

刺股懸梁

【釋義】刺股：用錐子刺大腿。股：大腿。懸梁：把頭髮用繩拴起懸於屋梁。二者均為防止讀書打瞌睡。
【出處】戰國策・秦策一：蘇秦「讀書欲睡，引錐自刺其股。」太平御覽卷三六三：孫敬好學，「及至睡眠疲寢，以繩繫頭，懸屋梁。」士
【用法】形容刻苦攻讀，認真學習。
【例句】要想在學術上有所造詣，就得有古人那種**刺股懸梁**的精神，勤奮學習。
【義近】囊螢映雪／專心致志／穿壁引光／目不窺園／焚膏繼晷／孜孜不倦。
【義反】鴻鵠將至／心猿意馬／一暴十寒／心不在焉／三天打魚兩天曬網。

制敵機先

【釋義】在敵人未發動戰爭之前先予以制服。猶言先下手為強。又作「制勝機先」。
【出處】孫子・虛實：「水因地而制流，兵因敵而制勝。」宋書・徐爰傳：「自以體含德厚，識鑑機先。」
【用法】形容兩方處於敵對狀態時，一方在對方未採取行動之前便先發制人。
【例句】兵不厭詐，戰爭要能勝利，必要懂得**制敵機先**，以乘其不備。
【義近】先發機先／制勝機先。

刮目相待

【釋義】擦亮眼睛看待。刮：擦拭。
【出處】陳壽・三國志・吳書・呂蒙傳注・引江表傳：「士別三日，即更刮目相待。」
【用法】比喻改變老眼光，用新的眼光看待人。
【例句】這一年多來，他變得剛強果斷、好學不倦，大家都對他**刮目相待**了。
【義近】另眼相看／刮目而視／刮目相看／青眼相加。
【義反】不屑一顧／投以白眼。

刮垢磨光

【釋義】刮垢：刮去污垢。磨光：磨去毛瑕，使之光潔。
【出處】韓愈・進學解：「占小善者率以錄，名一藝者無不庸。爬羅剔抉，刮垢磨光。」
【用法】比喻精心培植和造就人才。
【例句】凡是有遠見的執政者，無不重視教育，**刮垢磨光**，造就人才。

刮腸洗胃

【釋義】把腸胃作一次徹底的洗剔。
【出處】南史・荀伯玉傳載：齊竺景秀語人曰：「若許某自新，必吞刀刮腸，飲灰洗胃。」
【用法】用以比喻痛改前非。
【例句】他這次已向警方保證，

從此以後一定**刮腸洗胃**，決不再行凶作惡了。

【義近】洗面革心／重新做人／浪子回頭／痛改前非。

【義反】知錯不改／頑固不化／死不悔改／執迷不悟。

七畫

前人栽樹，後人乘涼

【釋義】前人：以前的人。乘涼：熱天在涼快透風的地方（這裏指樹底下）休息。

【出處】羣音類選・清腔類・桂枝香：「那曉得三綱五常，只知道七青八黃，圓鴨蛋裏棹槳，竹竿空空，肚裏無糧，前人栽樹，後人乘涼。」

【用法】比喻為後人造福。

【例句】俗話說：「**前人栽樹，後人乘涼**。」我們今天享有富裕的生活，都是無數先人流血流汗的成果，所以應該常懷感恩之心。

【義近】前人掘井，後人飲水。

前仆後繼

【釋義】前面的人倒下了，後面的人跟上來。仆：倒下，指犧牲。

【出處】王楙・野客叢書：「情欲之不可制如此，故士大夫……前仆後繼，曾不知悞。」

【用法】用以讚頌不怕犧牲、英勇奉獻的大無畏精神。

【例句】滿清末年，革命黨人經過**前仆後繼**的英勇戰鬥，終於推翻了專制政府。

【義近】勇往直前／一往無前。

【義反】後繼無人／後無來者／臨陣脫逃。

前功盡棄

【釋義】前功：前面的功績、成績。盡：全部。棄：失掉。

【出處】司馬遷・史記・周本紀：「今又將兵出塞，過兩周，倍（背）韓，攻梁，一舉不得，前功盡棄。」

【用法】說明事將成時卻失敗，以前的努力完全白費。

【例句】學習外語一定要堅持到底，如果半途而廢，就會**前功盡棄**。

【義近】功敗垂成／功虧一簣／盡付東流／廢於一旦。

【義反】功成名就／大功告成。

前仰後合

【釋義】意即前翻後仰。仰：仰倒。合：閉，引申為倒。

【出處】曹雪芹・紅樓夢四二回：「眾人聽了，越發鬨然大笑的前仰後合。」

【用法】形容人大笑時身體前翻後仰的姿態。

【例句】他不開口則已，一開口就能讓人笑得**前仰後合**，直呼受不了。

【義近】前合後偃／前俯後仰。

【義反】愍嘴笑笑。

前因後果

【釋義】起因和結果。

【出處】文康・兒女英雄傳一回：「須得先叫他明白了前因後果，才免得怨天尤人。」

【用法】泛指事情的整個過程。

【例句】經過警察周密的調查，這件事情的**前因後果**已經很清楚了，你還能抵賴嗎？

【義近】始末緣由／起根發由／來龍去脈。

【義反】無源之水／來歷不明。

前車之鑑

【釋義】前車：前面的車子。鑑：鏡子，引申為教訓。

【出處】劉向・說苑・善說謂出周書，作「前車覆，後車戒」。李汝珍・鏡花緣一二回：「處此境者，視此前車之鑑……。」

【用法】比喻以前的失敗，可以作為以後的教訓。

【例句】他因賭博而弄得家破人亡，其人其事很可以作為賭徒們的**前車之鑑**。

【義近】覆車之鑑／前事之鑑／殷鑑不遠／懲前毖後。

【義反】重蹈覆轍／不以為戒／一錯再錯。

前事不忘，後事之師

【釋義】師：師表，榜樣，引申為鑑戒。

【出處】戰國策・趙策一：「前事之不忘，後事之師。」

【用法】說明記取以往的經驗教訓，作為往後作事的借鑑。

【例句】**前事不忘，後事之師**，如果我們能從過去的工作中吸取經驗教訓，就可以把今後的工作做得更好一些。

【義近】前鑑之驗，後事之師／前人失腳，後人把滑／前車之覆，後車之鑑。

【義反】重蹈覆轍／一錯再錯，一敗再敗／屢錯不改，屢敗不戒。

前呼後擁

【釋義】前呼：有人在前面呼喝開道。後擁：後面有人圍著保護。擁：簇擁。

【出處】元・無名氏・賺蒯通二折：「想為官的前呼後擁，衣輕乘肥，有多少榮耀！」

【用法】形容要人外出，隨從很多，威風凜凜。有時也指人多擁擠。

【例句】他雖然只是一個七品芝蔴官，但一出門便**前呼後擁**的，好不威風！

【義近】前遮後擁／前呼後應／排場闊綽。

【義反】輕車簡從。

前怕狼後怕虎

【釋義】又作「前怕龍後怕虎」。

【出處】馮惟敏・朝天子・感述：「磊落英雄，清修人物，前怕狼後怕虎。設謀使毒，只待把忠良妒。」

【用法】比喻膽小怕事，顧慮太多。

【例句】從事科學研究，就是要勇於實踐，敢於創新，不能**前怕狼後怕虎**。

【義近】膽小怕事／畏首畏尾／瞻前顧後／顧慮重重。

【義反】膽大包天／毫無所懼／一往直前。

前所未有

【釋義】以前所沒有過的。一作「前古未有」。

【出處】宋・徐度・卻掃編卷下：「而鄭樞密洵武以少保領院事而不兼節鉞，前所未有也。」

【用法】說明其人其事奇特，從不曾有過。

【例句】中國現今的繁榮昌盛，以及民主自由，在歷代王朝中不曾有過，是**前所未有**的現象。
【義近】亙古未有／史無前例／前所未見／聞所未聞。
【義反】不乏其例／史有記載／屢見不鮮。

前所未聞

【釋義】以前從沒有聽到過的。
【出處】宋・周密・齊東野語・黃婆：「此事前所未聞，是知窮荒絕徼，天奇地怪，亦何所不有，未可以見聞所未及，遂以爲誕也。」
【用法】指事物頗爲奇怪，從來沒有聽說過。
【例句】你今天所說的這些，都是我**前所未聞**的新鮮事。
【義近】聞所未聞／見所未見／曠古未聞。
【義反】耳熟能詳／屢見不鮮／知之甚稔／不乏其例。

前門拒虎，後門進狼

【釋義】前門剛剛把虎抵擋住，後門又跑進狼來了。拒：抵抗，抵擋。
【出處】明・李贄・史綱評要・周紀：「前門拒虎，後門進狼，未知是禍是福。」孫中山・解決時局問題之演講：「前門拒虎，後門進狼，未見其益，先受其害矣。」
【用法】比喻禍患頻至，剛除掉一個禍患，另一個禍患又緊跟著來了。
【例句】清朝末年，政府腐敗無能，列強乘機侵略，中法戰爭結束未久，八國聯軍又攻入北京，當時的情勢眞像是**前門拒虎，後門進狼**，危殆至極。
【義近】避坑落井／雪上加霜／禍亂相尋／屋漏偏逢連夜雨／禍不單行。
【義反】雙喜臨門／福事雙至／福星高照。

前度劉郎

【釋義】以前來過的劉郎。前度：前次，上次。
【出處】劉義慶・幽明錄記載：東漢永平年間，劉晨、阮肇在天台遇到兩女子並與之結婚。返家後才知在山中過了七年，兩女子原來是仙女。二人再返天台山，那兩位仙女已不在了。
【用法】用以稱去而復來的人或舊地重遊，多用於書面語。
【例句】胡先生常去歌舞廳尋歡作樂，小姐們見了都戲稱他爲**前度劉郎**。
【義近】舊地重遊／舊燕歸巢。
【義反】一去不返。

前後相悖

【釋義】悖：違背，相牴觸。
【出處】韓非子・定法：「晉之故法未息，而韓之新法又生，先君之令未收，而後君之令又下。……前後相悖。」
【用法】用以說明法令、事物等前後相互抵觸。
【例句】你對這件事的態度，竟然**前後相悖**到如此的程度，實在令人難以理解。
【義近】前後矛盾／先後不一／前後背離。
【義反】前後一致／前呼後應。

前思後想

【釋義】意謂前後思慮周密。思、想：都是考慮、思索的意思。
【出處】李寶嘉・官場現形記三六回：「正在前思後想，一籌莫展的時候，忽見九姨太的一個貼身大丫頭進房有事。」
【用法】形容反覆思索，考慮再三。
【例句】她爲了自己的婚姻大事**前思後想**了好幾天，才決定嫁給桑先生。
【義近】深思熟慮／思慮再三／思前想後／左思右想。
【義反】不假思索／漫不經心／滿不在乎。

前倨後恭

【釋義】倨：傲慢。恭：敬。
【出處】司馬遷・史記・蘇秦列傳：「蘇秦笑謂其嫂曰：『何前倨而後恭也？』」
【用法】形容人先前傲慢而後來有禮的兩種截然不同的態度。多用以譏笑勢利者。
【例句】社會上如胡屠戶一樣**前倨後恭**，趨炎附勢的人不少，這是一種人性的弱點。
【義近】前倨後卑／前慢後恭／相風使帆。
【義反】前後一致／始終如一。

前無古人，後無來者

【釋義】從前沒有過，後來也不會有。
【出處】陳子昂・登幽州臺歌：「前不見古人，後不見來者。」曾慥・類說五六：「前無古人，後無來者。」
【用法】用以說明空前絕後。
【例句】李白放蕩不羈的性格以及他的浪漫主義詩作，可說是**前無古人，後無來者**。
【義近】空前絕後／獨一無二。
【義反】史不絕書／不乏其例／屢見不鮮。

前程萬里

【釋義】前程：前面的路程，前途。
【出處】唐詩紀事五一載：崔鉉兒時詠架上鷹：「萬里碧霄終一去。」韓滉說：「此兒可謂前程萬里。」
【用法】比喻人前途遠大。
【例句】臨別之際，衷心祝福你**前程萬里**！
【義近】鵬程萬里／前程似錦／錦繡前程／前途無量。
【義反】前途渺茫／天臺路迷／走投無路／窮途末路／山窮水盡。

前跋後疐

【釋義】跋：踩、踐踏。疐：同躓，仆倒。狼的頷下有懸肉，謂之「胡」。當狼前進時，會踩到胡；後退則又踏到尾巴而仆倒，故後人引申有「進退兩難」之意。
【出處】詩經・豳風・狼跋：「狼跋其胡，載疐其尾。」
【用法】形容進退兩難、左右不是、動輒得咎的樣子。
【例句】新政府上台，核四電廠建也不是，廢也不是，**前跋後疐**，動輒得咎，正考驗著執政者的智慧。
【義近】跋前躓後／羝羊觸藩／

進退維谷／左右爲難／騎虎難下。

【義反】左右逢源／得心應手／迎刃而解。

前遮後擁

【釋義】前面遮擋，後面擁擠。

【出處】元・吳昌齡・東坡夢三折：「你這裏齊臻臻前遮後擁，美甘甘笑口歡容，只待要靜巉巉幕天席地……。」

【用法】形容極其擁擠喧鬧的樣子。

【例句】每到春節前夕，台北迪化街採買年貨的人潮**前遮後擁**，擠得馬路水洩不通，熱鬧極了。

【義近】人山人海／摩肩接踵／屯街塞巷／前呼後擁／駢肩雜遝／人潮洶湧。

【義反】三三兩兩／寥若晨星／屈指可數。

削足適履

【釋義】把腳削小來適合鞋子的尺寸。履：鞋。

【出處】淮南子・說林訓：「夫所以養而害所養，譬猶削足而適履，殺頭而便冠。」

【用法】比喻不合理的遷就湊合，或比喻拘泥成例，生搬硬套，不知變通。

【例句】一般人只知盲目追求流行，卻不知找出自己的風格，結果就是**削足適履**，跟上了流行，卻迷失了自己。

【義近】刖趾適屨／削頭便冠／截趾適履。

【義反】量體裁衣／因地制宜／因時制宜／隨機應變。

削肩細腰

【釋義】意謂肩低垂下斜而腰身纖細。

【出處】曹雪芹・紅樓夢三回：「第二個削肩細腰，長挑身材，鴨蛋臉兒，俊眼修眉，顧盼神飛，文彩精華，見之忘俗。」

【用法】形容女子身材美好。

【例句】公司裏的夏小姐膚色好，臉兒俊，而且身材曼妙，**削肩細腰**的，是個標準的美人。

【義近】楊柳細腰／妍姿豔質／亭亭玉立。

【義反】虎背熊腰／腦滿腸肥／臃腫癡肥。

削鐵如泥

【釋義】用來削鐵就像削泥巴一樣的。削：用刀斜著切掉物體的表層。

【出處】明・范受益・尋親記・傷生：「純鋼打就，久煉成之；斬人無血，削鐵如泥。」

【用法】形容刀、劍極其鋒利。

【例句】這把刀是祖傳下來的，雖有好幾百年的歷史了，依然**削鐵如泥**，堪稱一寶。

【義近】砍銅剁鐵。

剉骨揚灰

【釋義】剉骨：切削其骨。剉：同「銼」，切削。揚灰：把燒下的灰當風揚棄。

【出處】漢・樂府詩・有所思：「聞君有他心，拉雜摧燒之。摧燒之，當風揚其灰。」珍珠塔一八回：「只怕要把我剉骨揚灰恨不忘。」

【用法】形容對某人懷恨到了極點，而欲報復之。

【例句】這夥綁匪殺害了我唯一的女兒，現在即令把他們**剉骨揚灰**，也難解我心頭之恨啊。

【義近】剖腹剜心／食肉寢皮／碎屍萬段。

【義反】視如珍寶／愛屋及烏。

八　畫

剖心析肝

【釋義】意謂把心與肝剖析給人看。也作「剖心坼肝」。

【出處】史記・魯仲連鄒陽列傳：「兩主二臣，剖心坼肝相信，豈移於浮辭哉。」

【用法】比喻以赤誠之心待人。

【例句】余先生爲人忠厚，不論對誰都能**剖心析肝**相待，所以大家都願意跟他交朋友。

【義近】肝膽相見／披肝瀝膽／推心置腹／肝膽相照。

【義反】陽奉陰違／口蜜腹劍／口是心非／假仁假義／虛情假意。

剖決如流

【釋義】剖：分析，辨明。決：決斷，裁決。如流：像水一樣的暢流。

【出處】隋書・裴政傳：「簿案盈几，剖決如流，用法寬平，無有冤濫。」

【用法】形容辦事效率高，解決問題極爲迅速。

【例句】你不要看徐法官說起話來慢條斯理的，他處理案件可是**剖決如流**，全法院無人能及。

【義近】措置裕如／精明幹練／使臂使指。

【義反】操刀傷錦／老牛破車／綆短汲深／碌碌無能／慢條斯理。

剖腹剜心

【釋義】破開肚子，挖取心臟。剖：破開。剜：用刀子之類的工具挖。

【出處】吳承恩・西遊記一三回：「山君道：『不可盡用，食其二，留其一。』魔王領諾，即呼左右，將二從者剖腹剜心，剁碎其屍。」

【用法】比喻給惡人或痛恨的人，處以極嚴酷的刑罰。

【例句】這畜生竟連自己的父母也敢殺害，若不給以**剖腹剜心**的懲處，實難以平民憤。

【義近】千刀萬剮／碎屍萬段／五馬分屍。

【義反】蒲鞭之罰。

剖腹藏珠

【釋義】把肚皮破開來藏珍珠。

【出處】資治通鑑・唐太宗貞觀元年：「上謂侍臣曰：『吾聞西域賈胡得美珠，剖身以藏之。』」曹雪芹・紅樓夢四五回：「怎麼忽然又變出這剖腹藏珠的脾氣來！」

【用法】比喻人只知愛惜財物而不知愛惜身體，爲人處事輕重倒置。

【例句】他爲了搶救家當，竟不惜重入火災現場，以至於被燒得體無完膚。這種**剖腹藏珠**的作法，實在太傻了。

剜肉補瘡

【釋義】剜肉：用刀子把肉挖割下來。瘡：傷口。

【出處】聶夷中・傷田家詩：「

醫得眼前瘡，剜卻心頭肉。」朱熹．乞蠲減星子縣稅錢第二狀：「必從其說，則勢無從出，不過剜肉補瘡……。」

【用法】比喻只顧眼前，不管將來，以有害的方法來救急。

【例句】我明知道借高利貸來償還銀行的貸款是一種**剜肉補瘡**的行為，但又有什麼辦法呢？

【義近】挖肉醫瘡／拆東牆補西牆／飲鴆止渴。

剛正不阿 ㄍㄤ ㄓㄥˋ ㄅㄨˋ ㄜ

【釋義】剛正：剛強正直。阿：迎合，偏袒。

【出處】蒲松齡．聊齋誌異．一員官：「濟南同知吳公，剛正不阿。」

【用法】指為人正直剛強，鐵面無私，絕不逢迎附和或徇私偏袒。

【例句】縣長是父母官，理應**剛正不阿**，為人民謀福利，豈可為升官發財而一味地阿附權貴，棄人民於不顧。

【義近】守正不阿／堂堂正正／鐵面無私／無偏無黨。

【義反】阿諛奉承／阿附權貴／逢迎拍馬／卑躬屈膝／奴顏卑膝。

剛柔相濟 ㄍㄤ ㄖㄡˊ ㄒㄧㄤ ㄐㄧˋ

【釋義】剛柔：剛強、柔和。相濟：相互補充、救助。

【出處】易經．坎卦注：「剛柔相比而相親焉。」

【用法】多指待人處事有強硬和柔軟，寬猛結合，恩威並用。

【例句】總經理待人接物，很懂得**剛柔相濟**的道理，因而處理問題非常得體。

【義近】陰陽相濟／寬猛相濟／恩威並用。

【義反】嚴峻少恩／寬嚴失常。

剛愎自用 ㄍㄤ ㄅㄧˋ ㄗˋ ㄩㄥˋ

【釋義】剛愎：傲慢固執。自用：自信，自以為是。

【出處】蘇軾．謝宣召入學士院狀：「知臣剛愎自用，雖有寬饒之狂；察臣招麾不移，庶幾長孺之守。」

【用法】形容人固執任性，主觀自是，根本不考慮別人的意見。

【例句】他為人**剛愎自用**，很難容得下他人意見，所以常被孤立。

【義近】予智自雄／獨斷專行／師心自用／一意孤行／自矜自是。

【義反】從諫如流／從善如流／虛心聽取／廣徵博求。

剛毅木訥 ㄍㄤ ㄧˋ ㄇㄨˋ ㄋㄜˋ

【釋義】剛：剛強。毅：果敢。木：質樸。訥：說話遲鈍，話不輕易說出口。

【出處】論語．子路：「子曰：『剛毅木訥，近仁。』」

【用法】指人性格剛強，果敢善斷，卻不多說話。

【例句】孔子所言**剛毅木訥**，說明行仁的方法是：守正不阿、處事果敢、做人質樸、話留半句，這實在是處世箴言啊！

九畫

剪枝竭流 ㄐㄧㄢˇ ㄓ ㄐㄧㄝˊ ㄌㄧㄡˊ

【釋義】剪枝：只剪掉樹木的枝而不傷其根幹。竭流：排盡水流而不斷其源。竭：盡。

【出處】魏書．高閭傳：「堰水先塞其源，伐木必拔其本，源不塞，本不拔，雖剪枝竭流，終不可絕矣。」

【用法】比喻治標不治本，沒有從根本上解決問題。

【例句】要整頓好台灣的社會治安，必須找出癥結之所在，拔本塞源。若是只抓幾個人破幾件案子，那不過是**剪枝竭流**的治標之舉。

【義近】頭痛醫頭，腳痛醫腳／救火揚沸／揚湯止沸。

【義反】拔本塞源／斬草除根／釜底抽薪／正本清源。

剪草除根 ㄐㄧㄢˇ ㄘㄠˇ ㄔㄨˊ ㄍㄣ

【釋義】亦作「斬草除根」。意謂除草要連根一起除掉，才不至於再生再發。

【出處】魏收．為侯景叛移梁朝文：「抽薪止沸，剪草除根。」

【用法】用以比喻除惡務盡，免生後患。

【例句】**剪草除根**，這次一定要把這幫土匪的巢穴鏟除，以免死灰復燃。

【義近】除惡務盡／斬盡殺絕／不留隱患。

【義反】放虎歸山／養癰遺患／後患無窮。

剪惡除奸 ㄐㄧㄢˇ ㄜˋ ㄔㄨˊ ㄐㄧㄢ

【釋義】剪、除：二字同義，除去，鏟除。惡、奸：奸邪凶惡之人。

【出處】七俠五義六〇回：「似你我行俠尚義，理應濟困扶危，剪惡除奸。」

【用法】指鏟除種種凶頑奸邪之人，消滅惡勢力。

【例句】古代俠義之士**剪惡除奸**，為民洗雪冤仇的歷史故事，常用來作為戲劇的題材。

【義近】除暴安良／鋤強扶弱／路見不平，拔刀相助。

【義反】魚肉百姓／率獸食人／荼毒生靈／助紂為虐／見死不救。

剪燭西窗 ㄐㄧㄢˇ ㄓㄨˊ ㄒㄧ ㄔㄨㄤ

【釋義】古時點油燈需剪燭蕊，故曰「剪燭」。「剪」：亦作「翦」。西窗是向西之窗，也可用以指婦人之居室。

【出處】李商隱．夜雨寄北：「何當共剪西窗燭，卻話巴山夜雨時。」此詩本是李商隱寄給妻子的詩，故云西窗。又解作寄給朋友的詩。

【用法】引申為好友點燈夜談，以表其情誼的深切濃厚。

【例句】昔日同窗共度的好友，如今回想起來，那**剪燭西窗**的情景，貼心的溝通，真是難以言喻。

剪鬚和藥 ㄐㄧㄢˇ ㄒㄩ ㄏㄨㄛˋ ㄧㄠˋ

【釋義】把鬍鬚剪下燒成灰，用來調藥。和：攙和在一起攪拌調勻。

【出處】新唐書．李勣傳：「勣嘗暴疾，醫曰：『用鬚灰可治。』帝乃自剪鬚以和藥，及愈，入謝，頓首流血。」

【用法】用以比喻在上位的人關心、體恤下屬。

【例句】無論是政界還是軍界，

在上位者若能**剪鬚和藥**，其下屬必然能為之赴湯蹈火，在所不辭。

【義近】含蓼問疾／視民如傷／己飢己溺。

【義反】戕摩剝削／牛馬百姓／魚肉人民。

十畫

割肚牽腸

【釋義】切割肚皮，牽扯腸子。

【出處】王實甫・西廂記第四本四折：「想人生最苦是離別，可憐是千里關山，獨自跋涉。似這般割肚牽腸，倒不如義斷恩絕。」

【用法】形容十分掛念的樣子。

【例句】你放了假不回家，我**割肚牽腸**的在家等著，唯恐你出了什麼事。沒想到你竟尋歡作樂去了。

【義近】牽腸掛肚／懸腸掛肚／朝思暮想／魂牽夢縈。

【義反】置之腦後／不聞不問／淡然置之／拋諸九霄雲外／漠不關心。

割股療親

【釋義】割下大腿上的肉，加藥治療父母的病。股：大腿。

【出處】新五代史・何澤傳：「五代之際，民苦於兵，往往因親戚以割股。」蒲松齡・醒世姻緣五二回：「妯娌兩個商議說，要割股療親，可以起死回生。」

【用法】形容人子事親至孝。

【例句】雖然古代孝子**割股療親**的行為在今日看來相當不可取，但其孝行孝心卻非常感人。

割席絕交

【釋義】割席分坐，斷絕交情。席：坐臥時所墊之物。

【出處】劉義慶・世說新語・德行載：管寧與華歆同席讀書，「有乘軒冕過門者」，歆出看，寧割席分坐，曰：「子非吾友也。」

【用法】用以稱朋友之間因意氣不投、志趣不合而絕交。

【例句】他倆原是很要好的朋友，但因官場上的事鬧得很不愉快，兩人於是**割席絕交**，永不往來。

【義近】一刀兩斷／分道揚鑣／情斷義絕。

【義反】莫逆之交／情投意合／情深義重。

割袍斷義

【釋義】袍：同袍之情。義：朋友之間的情義。意指斷絕朋友之間的情義。

【出處】後漢書・王渙傳：「當職割斷，不避豪右。」三國志・魏書・劉曄傳：「割斷私情。」

【用法】指好朋友斷交。

【例句】他們倆多年的情感，猶如手足般，如今竟為了一樁小事而**割袍斷義**，眞令人感到可惜。

【義近】一刀兩斷／割席絕交。

【義反】重修舊好／握手言歡。

割臂之盟

【釋義】割破手臂發誓。盟：盟誓。

【出處】左傳・莊公三十二年：「初，公築臺，臨黨氏，見孟任，從之。閟。而以夫人言，許之。割臂盟公。生子般焉。」

【用法】用以指稱男女相愛，私訂婚約。

【例句】這兩位老人家誓守年輕時的**割臂之盟**，幾十年來相親相愛，眞是難得。

【義近】海誓山盟／桑下之盟／緣訂三生／海枯石爛。

割雞焉用牛刀

【釋義】焉用：哪裏用得著。焉：何，疑問代詞。

【出處】論語・陽貨：「(孔)子之武城，聞弦歌之聲。夫子莞爾而笑，曰：『割雞焉用牛刀？』」

【用法】比喻辦小事無須費大力氣，也比喻大材小用。

【例句】①**割雞焉用牛刀**，教人灑掃何必要勞駕大學教授！②**割雞焉用牛刀**，區區小事，犯得著興師動眾嗎？

【義近】牛鼎烹雞／大材小用。

【義反】小材大用／小題大做。

創業守成

【釋義】創業：指前人開創大業。守成：後人繼承其成就。

【出處】唐・貞觀政要・君道：「帝王之業，草創與守成孰難？」

【用法】指事業之首創或保持其成就。

【例句】前人種樹，後人乘涼，如今能夠生活在如此安樂和平的環境，全是靠先人**創業守成**，辛勞奮鬥的結果。

【義近】繼志述事／承先啓後／克紹箕裘／創業垂統。

創鉅痛深

【釋義】創傷大，痛楚深。

【出處】禮記・三年問：「創鉅者其日久，痛甚者其愈遲。」劉義慶・世說新語・紕漏：「司空流涕曰：『先父遭遇無道，創巨痛深，無以仰答明詔。』」

【用法】用以說明遭受了重大損害，感受到了極大的痛苦。

【例句】這次震災，不僅產業盡失，連妻兒也罹難，**創鉅痛深**，教我怎麼能不傷心落淚？

剩水殘山

【釋義】剩水：原指人工開鑿的池塘。殘山：原指假山。後以二者指殘剩（餘下）的山水。也作「殘山剩水」。

【出處】杜甫・遊何將軍山林之五：「剩水滄江破，殘山碣石開。」范成大・吳船錄上：「殘山剩水間見錯出。」

【用法】今用以形容經過戰亂，山河破碎；或指國土分裂，山河不全。

【例句】國破家亡，舉目盡是一片**剩水殘山**，怎不令人傷心落淚！

【義近】殘山剩水／半壁江山／山河破碎／四分五裂／支離破碎。

【義反】山河壯麗／金甌無缺／大好河山／江山如畫。

十三畫

劈頭蓋臉

【釋義】正衝著頭和臉。劈：正衝著、對著。蓋：加之於。又作「劈頭劈臉」或「劈頭蓋腦」。

【出處】施耐庵・水滸傳一四回：「（晁蓋）奪過士兵手裏棍棒，劈頭劈臉便打。」
【用法】形容來勢猛烈。也形容突如其來。
【例句】她不等人家解釋，就**劈頭蓋臉**地罵起人來，任誰也難以服氣。
【義近】來勢洶洶。

劍拔弩張 ㄐㄧㄢˋ ㄅㄚˊ ㄋㄨˇ ㄓㄤ

【釋義】劍拔出來了，弓張開了。弩：古時一種用扳機射箭的弓。
【出處】袁昂・古今書評：「韋誕書如龍威虎振，劍拔弩張。」
【用法】原形容書法崛奇雄健。今用以形容形勢緊張，一觸即發。
【例句】既然對方有意和解，你就心平氣和地坐下來談，不要再如此**劍拔弩張**，一副要殺人的樣子。
【義近】一觸即發／箭在弦上。
【義反】心平氣和／太平無事。

力部

力不自勝 ㄌㄧˋ ㄅㄨˋ ㄗˋ ㄕㄥ

【釋義】勝：能夠承擔或承受；經得起。
【出處】宋・張敦頤・六朝事跡・郗氏化蛇：「蛇爲人語啓帝曰：『蟒則昔之郗氏也，……無飲食可實口，無窟穴可庇身，飢窘困迫，力不自勝。』」
【用法】說明力量不足，自己無法承受。
【例句】無論做什麼事，都要量力而爲，你這樣一點淺薄才識，卻想要寫長篇小說，顯然是**力不自勝**。
【義近】無能爲力／力不從心／獨木難支／心餘力絀。
【義反】力所能及／得心應手／游刃有餘／勝任愉快。

力不能支 ㄌㄧˋ ㄅㄨˋ ㄋㄥˊ ㄓ

【釋義】力量不能支撐。支：支撐。
【出處】馮夢龍・醒世恆言・白玉娘忍苦成夫：「食盡兵疲，力不能支。」
【用法】常用以說明力量單薄不能支持。
【例句】公司已經瀕臨破產，即使我努力地挽回劣勢，只怕**力不能支**，無濟於事。
【義近】力不從心／獨木難支／回天乏力。
【義反】力挽狂瀾／力可回天／勝任有餘。

力不從心 ㄌㄧˋ ㄅㄨˋ ㄘㄨㄥˊ ㄒㄧㄣ

【釋義】心裏想做而力量達不到。從：依從，順從。
【出處】後漢書・西域傳・莎車：「今使者大兵未能得出，如諸國力不從心，東西南北自在也。」
【用法】形容心有餘而力不足，常作委婉請求的用語，或作自謙之詞。
【例句】以我淺薄的才識，擔當學報的主編，實在是**力不從心**。
【義近】心有餘力不足／無能爲力／力不勝任／力不能支。
【義反】得心應手／勝任愉快／游刃有餘／隨心所欲。

力分勢弱 ㄌㄧˋ ㄈㄣ ㄕˋ ㄖㄨㄛˋ

【釋義】力量分散了，勢力自然就會弱。
【出處】舊唐書・杜伏威傳：「今同苦隋政，各興大義，力分勢弱，常恐見擒，何不合以爲強，則不患隋軍相制。」
【用法】用以說明不團結、不合作的危害。
【例句】現在工業上的競爭很激烈，我們的工廠資金本來就很有限，**力分勢弱**，二位若再抽去部分資金，這個廠就有倒閉的危險。
【義近】力分勢單／人心渙散／分崩離析／單則易折，眾則難摧。
【義反】合以爲強／眾志成城／人心齊，泰山移。

力可拔山 ㄌㄧˋ ㄎㄜˇ ㄅㄚˊ ㄕㄢ

【釋義】力氣大得可以拔起山。
【出處】司馬遷・史記・項羽本紀：「力拔山兮氣蓋世，時不利兮騅不逝。」
【用法】形容人有超人非凡的力氣。
【例句】有人竟能用雙手拽動載重幾噸的大卡車，這真是**力可拔山**了。
【義近】力能移山／力可扛鼎／力大如牛／力大無比。
【義反】手無縛雞之力／肩不能挑，手不能提。

力困筋乏 ㄌㄧˋ ㄎㄨㄣˋ ㄐㄧㄣ ㄈㄚˊ

【釋義】困、乏：二字同義，疲乏。
【出處】元・賈仲名・升仙夢三折：「如今容顏瘦，倒不如受辛勤還家罷，我如今力困筋乏。」
【用法】說明用盡了全力，感到非常疲憊。
【例句】這勞動量太大，我實在受不了了，十多天下來，**力困筋乏**，好像全身的骨頭都散了。
【義近】筋疲力盡／精疲力盡／體力透支。
【義反】精力旺盛／精力過人／精神抖擻／精神煥發／精力充沛／生龍活虎。

力屈勢窮 ㄌㄧˋ ㄑㄩ ㄕˋ ㄑㄩㄥˊ

【釋義】屈：理虧，這裏與「窮」同義，窮盡的意思。
【出處】唐・呂溫・凌煙閣勛臣贊・屈突蔣公通：「亡家徇國，方寸不亂。力屈勢窮，排空落翰。」
【用法】說明力量和勢力都已用盡，到了走投無路的地步。
【例句】這幾個綁匪與軍警對峙了兩天多，直到**力屈勢窮**，才棄械投降。
【義近】無計可施／焦頭爛額／勢孤力單。
【義反】勢力雄厚／人多勢眾。

力爭上游 ㄌㄧˋ ㄓㄥ ㄕㄤˋ ㄧㄡˊ

【釋義】努力爭取，以求表現優異。上游：江河的上流，比喻表現優異。

【出處】趙翼・閑居讀書作詩：「所以才智人，不肯自棄暴，力欲爭上游，性靈乃其要。」

【用法】比喻奮力爭先，創造優異成績。

【例句】我們無論做什麼事，都要有**力爭上游**的精神，才能創造出優異的成績。

【義近】一馬當先／奮勇爭先。

【義反】甘居下游／甘居人後／得過且過。

力挽狂瀾 ㄌㄧˋ ㄨㄢˇ ㄎㄨㄤˊ ㄌㄢˊ

【釋義】挽：挽回。狂瀾：洶湧的波濤，喻險惡的局勢。

【出處】韓愈・進學解：「障百川而東之，迴狂瀾於既倒。」

【用法】形容能盡其全力挽回險惡的局勢。

【例句】滿清末年，幾次武裝起義均告失敗，革命處於劣勢，國父不畏艱險，**力挽狂瀾**，終於使革命得以成功。

【義近】扶危定傾／扭轉乾坤／轉危爲安／撥亂反正。

【義反】大勢已去／聽之任之。

力疾從公 ㄌㄧˋ ㄐㄧˊ ㄘㄨㄥˊ ㄍㄨㄥ

【釋義】勉強支撐病體，也要辦好公事。

【出處】三國志・魏書・曹爽傳：「臣輒力疾，將兵屯洛水浮橋，伺察非常。」

【用法】形容人對公事非常盡心盡力的樣子。

【例句】院長上任後，**力疾從公**，兢兢業業，唯恐稍一疏忽，便招來更多的責難，壓力可謂不小啊！

【義近】枵腹從公／宵衣旰食／國爾忘家／案牘勞形／日旰忘餐。

【義反】尸位素餐／伴食中書／乘軒食祿／坐領乾薪。

力能扛鼎 ㄌㄧˋ ㄋㄥˊ ㄎㄤˊ ㄉㄧㄥˇ

【釋義】扛鼎：舉鼎。

【出處】司馬遷・史記・項羽本紀：「籍長八尺餘，力能扛鼎，才氣過人，雖吳中子弟皆已憚籍矣。」

【用法】用以形容力氣大。

【例句】你看他那高頭馬大的樣子，一定是個**力能扛鼎**之人，我們不是他的對手，還是避開的好。

【義近】力可拔山／力大如牛／九牛二虎之力／力大無比／力敵萬夫。

【義反】手不能提，肩不能挑／縛雞之力／涓埃之力／吹灰之力／力不勝衣。

力排眾議 ㄌㄧˋ ㄆㄞˊ ㄓㄨㄥˋ ㄧˋ

【釋義】竭力排除各種議論和主張。

【出處】羅貫中・三國演義四三回：「諸葛亮舌戰羣儒，魯子敬力排眾議。」

【用法】形容爲確立自己的主張，而竭力排除歧見。

【例句】起先革命黨人在如何立國建國的問題上，曾眾說紛紜，各執己見，最後國父**力排眾議**，確立了三民主義此一基本建國綱領。

【義近】攻乎異端／舌戰羣儒。

【義反】眾說並存／百家爭鳴。

力透紙背 ㄌㄧˋ ㄊㄡˋ ㄓˇ ㄅㄟˋ

【釋義】筆力透到了紙的背面。

【出處】顏眞卿・張長史十二意筆法記：「當其用鋒，常欲使其透過紙背，此功成之極矣。」

【用法】形容書法遒勁有力，也稱作詩爲文的功力之深。

【例句】①王老先生的字筆力強勁，眞可謂**力透紙背**。②趙翼在《甌北詩話》中，稱讚陸游的古體詩說：「意在筆先，**力透紙背**。」此一評論相當中肯公允。

【義近】遒勁有力／入木三分／氣勢縱橫。

【義反】佶屈聱牙／樸實無華／稀鬆平常。

力微任重 ㄌㄧˋ ㄨㄟ ㄖㄣˋ ㄓㄨㄥˋ

【釋義】微：微弱，小。任：任務，所擔負的責任。

【出處】唐・張說・讓平章事表：「爲國者，爲官擇人；爲臣者，陳力就列。若志小謀大，力微任重，豈敢顧惜微軀？」

【用法】說明一個人的能力微小，而擔負的任務卻很重，唯有盡力而爲，以忠職守。

【例句】像我這樣的人，哪能擔任總經理？**力微任重**，只有兢兢業業，克盡職守，以報答董事長的栽培。

【義近】力不自勝。

【義反】力所能及／大材小用／牛刀割雞／牛鼎烹雞。

力窮勢孤 ㄌㄧˋ ㄑㄩㄥˊ ㄕˋ ㄍㄨ

【釋義】力量用盡，勢力孤單。窮：盡。

【出處】羅貫中・三國演義九五回：「卻說王平……正遇張郃。戰有數十餘合，平力窮勢孤，只得退去。」

【用法】形容無力少援，處於極度的困境中。

【例句】伊拉克入侵科威特，與美、英等國交戰，結果弄得**力窮勢孤**，只好投降了事。

【義近】勢窮力竭／勢孤力單。

【義反】人多勢眾／眾志成城／人多氣壯。

力學篤行 ㄌㄧˋ ㄒㄩㄝˊ ㄉㄨˇ ㄒㄧㄥˊ

【釋義】力學：努力學習。篤：忠實，一心一意。

【出處】陸游・陸伯政山堂類稿序：「伯政家世爲儒，力學篤行，至老不少衰。」

【用法】形容人勤奮學習，專心實行，從不懈怠。

【例句】古今中外成就非凡的學者，沒有一個不是以**力學篤行**的態度研究學問的。

【義近】力學不倦／廢寢忘食／奮發圖強／焚膏繼晷／孜孜不倦／專心致志。

【義反】淺嘗輒止／東遊西蕩／飽食終日／偷閒躲靜／自暴自棄／無所用心。

力薄才疏 ㄌㄧˋ ㄅㄛˊ ㄘㄞˊ ㄕㄨ

【釋義】薄：輕微，少。疏：空虛，又作「踈」。

【出處】施耐庵・水滸傳四一回：「小可不才，自小學吏。初世爲人，便要結識天下好漢，奈緣力薄才疏，不能接待，以遂平生之願。」

【用法】用以表示力量和才能都很有限。多用於謙詞。

【例句】本人**力薄才疏**，實不能勝任紅學研究會的會長，乞望諸位另選高明。
【義近】才疏學淺／才學淺薄／德薄才疏／德薄能鮮。
【義反】才贍學富／才德兼備／才高八斗／多才多藝／腹笥便便／學富五車。

三畫

功力悉敵
【釋義】雙方的功夫力量全部相當。敵：匹敵，抗衡。
【用法】形容比較之下，不相上下的樣子。
【例句】奧運比賽中，晉級到決賽的選手，**功力悉敵**，競爭非常激烈，令人看得十分過癮。
【義近】地醜德齊／伯仲之間／旗鼓相當／勢均力敵／互爲頡頏／不分軒輊。
【義反】天差地遠／差之千里／判若雲泥。

功同賞異
【釋義】功勞相同而賞賜卻不同。異：不同。
【出處】漢・荀悅・漢紀・元帝紀：「臣聞功同賞異則勞臣疑，罪均刑別則百姓惑。」
【用法】說明賞賜不當，則令人疑慮不服。
【例句】上司若**功同賞異**，因人而行賞，如何使部屬心服口服？
【義近】內外異法／功不當爵。
【義反】論功行賞／賞罰分明／信賞必罰。

功名蓋世
【釋義】功名：功績和聲名。蓋世：高出當代之上。
【出處】三國志・魏書・鍾會傳：「功名蓋世，不爲人下。」
【用法】形容人功名盛大，在當代無人可與之相比。
【例句】蔣經國先生執政期間，致力於經濟建設，創造了台灣的經濟奇蹟，眞可算是**功名蓋世**的傑出人物。
【義近】光前裕後／功業彪炳／功爲世出／功高蓋世。
【義反】聲名狼藉／身敗名裂。

功成不居
【釋義】功：事功，功績。居：自居，佔有。原指天地雖成就萬物，卻不居功。
【出處】老子・二章：「生而不有，爲而不恃，功成而弗居。」
【用法】形容人謙讓，取得了成就卻不居功自傲。
【例句】眞正有智慧的人，能夠知進退，**功成不居**，才能永遠取得別人的尊敬和佩服。
【義近】天不言兼覆之功／地不言周載之勞／天何言哉／不稱其能／勞不矜功。
【義反】居功自傲／自居其功／自謂功臣／非我不成。

功成名遂
【釋義】功成：事業成功。名：名聲。遂：稱心，成就。
【出處】墨子・修身：「功成名遂，名譽不可以虛假。」
【用法】說明建成功績，有了名聲。
【例句】他近幾年出版了大約十部著作，又獲得了指導博士研究生的資格，可算**功成名遂**了。
【義近】功成名就／功成名立／名利雙收／壯志已酬。
【義反】功不成名不就／壯志未酬／迄未成功／身敗名裂。

功成身退
【釋義】功業建成後自己即引退。身：自己。退：退職，引退。
【出處】歐陽修・漁家傲詞：「定冊功成身退勇，辭榮寵，歸來白首笙歌擁。」
【用法】表示不貪名利，多用於官場。
【例句】當年在戰場上出生入死的老長官，如今**功成身退**，在家養老。
【義近】功遂身退／名成身退／急流勇退。
【義反】追名逐利／步步高升／苟營競進。

功均天地
【釋義】功業與天地相等。均：等同。
【出處】南朝・梁・陸倕・石闕銘：「功均天地，明並日月。」
【用法】用以形容功業極大。
【例句】國父孫中山推翻封建帝制，建立中華民國，**功均天地**，名垂千古。
【義近】光同日月／功業彪炳。
【義反】碌碌無爲／微功細業／一事無成／一無所成。

功到自然成
【釋義】功夫到了自然會成功。
【出處】文康・兒女英雄傳二三回：「鐵打房樑磨繡針，功到自然成。」
【用法】說明只要有恆心，堅持做下去，自可成功。
【例句】這件事做起來確實難度很大，但只要堅持不懈，**功到自然成**，沒有不成功的道理。
【義近】只要工夫深，鐵杵磨成針／鍥而不舍，金石可鏤／功夫不負有心人／有志者事竟成。
【義反】三天打魚，兩天曬網／鍥而舍之，朽木不折／半途而廢。

功效卓著
【釋義】功效：功勞與成績。卓著：特別地好。也作「功效尤著」。
【出處】漢書・馮奉世傳：「奉世功效尤著，宜加爵士之賞。」
【用法】指人的功勞與成績超出一般人之上，非常的突出。
【例句】王校長在教育界**功效卓著**，此次獲獎是理所當然的事。
【義近】功績卓越／成效卓著。
【義反】一無所成／一事無成／沒沒無聞。

功敗垂成
【釋義】功：功績，成績。垂：將要，近於。
【出處】晉書・謝安傳論：「廟算有遺，良圖不果，降齡何促，功敗垂成，拊其遺文，經綸遠矣。」
【用法】形容事情將要成功時遭到了失敗。
【例句】很可惜，這件事若不是

發生這樣的意外就成功了，如今**功敗垂成**，空留餘恨。」

【義近】功虧一簣／廢於一旦／前功盡棄。

【義反】大功告成／功成名遂／功業圓滿／轉敗爲勝。

功德無量 ㄍㄨㄥ ㄉㄜˊ ㄨˊ ㄌㄧㄤˋ

【釋義】功德：一是指功業與德行；二是指佛教誦經、念佛、行善等事。無量：沒有限量。

【出處】禮記・王制：「有功德於民者，加地進律。」大乘義章九二：「言功德者，功謂功能，……此功是其善行家德，名爲功德。」

【用法】指功勞恩德非常大。現多用來稱讚做了好事。（含有詼諧的意味）

【例句】平日注意小善小德，便可**功德無量**，不一定要捐出一筆大錢才算是做善事。

【義近】功德齊天。

【義反】罪大惡極／十惡不赦／惡貫滿盈。

功虧一簣 ㄍㄨㄥ ㄎㄨㄟ ㄧ ㄎㄨㄟˋ

【釋義】原意爲堆九仞高的土山，由於只差一筐土而不能完成。功：功業，事業。虧：短缺。簣：裝土的筐。

【出處】尚書・旅獒：「爲山九仞，功虧一簣。」

【用法】比喻做事情只差最後一點而未能完成。多用以勸說人們在最後階段不要鬆懈。

【例句】這件事情眼看就要完成了，決不能鬆懈，否則**功虧一簣**就太可惜了。

【義近】前功盡棄／功敗垂成／未成一簣／廢於一旦。

【義反】得竟成功／大功告成／功成名就。

加人一等 ㄐㄧㄚ ㄖㄣˊ ㄧ ㄉㄥˇ

【釋義】超過別人一級。加：超過，勝過。

【出處】禮記・檀弓上：「獻子加於人一等矣。」舊唐書・陸象先傳：「（崔）湜每謂人曰：『陸公加於人一等。』」

【用法】形容人學問才能出眾，勝過別人。

【例句】李教授才學淵博，又能專心做學問，所以**加人一等**，著作等身。

【義近】超羣絕倫／出類拔萃。

【義反】不學無術／不及中人／庸庸碌碌。

加官進爵 ㄐㄧㄚ ㄍㄨㄢ ㄐㄧㄣˋ ㄐㄩㄝˊ

【釋義】加官：在原官職外加領其他官銜。進：晉升爵位，又作「晉」。亦作「加官進祿」。

【出處】金史・章宗元妃李氏傳：「（鳳凰）鄉裏飛則加官進祿。」

【用法】指官職升遷。

【例句】這個人的官運眞好，近幾年不斷的**加官進爵**，現在已當上了院長。

【義近】官運亨通／封官賜爵／賞爵封官／步步高升／青雲直上。

【義反】官運不佳／久不升遷／貶職降級／辭官歸里／革職查辦／懸車告老。

加膝墜淵 ㄐㄧㄚ ㄒㄧ ㄓㄨㄟˋ ㄩㄢ

【釋義】加膝：把人放在自己膝上。墜淵：把人推下深淵。

【出處】禮記・檀弓下：「今之君子，進人若將加諸膝，退人若將墜諸淵。」

【用法】比喻用人愛憎無常，也用以說明對人的態度完全出於自己的喜怒。

【例句】此人不可深交，無論是待人或是用人，他都採取**加膝墜淵**的惡劣態度。

【義近】愛之欲其生，惡之欲其死／喜怒無常／好則鑽皮出其毛羽，惡則洗垢求其瘢痕。

【義反】愛憎分明／取捨有度。

五畫

劫後餘生 ㄐㄧㄝˊ ㄏㄡˋ ㄩˊ ㄕㄥ

【釋義】劫：劫災，佛教語，今泛指災難。生：生命。

【用法】指經歷災難以後幸存下來的生命或指在災難中僥倖保存了生命。

【例句】在那次大地震中，我已被倒塌的房屋壓住，卻又幸運地被人救起來，眞是**劫後餘生**啊！

【義近】浩劫餘生／死裏逃生／九死一生。

【義反】在劫難逃／劫數難逃／滅頂之災。

劫富濟貧 ㄐㄧㄝˊ ㄈㄨˋ ㄐㄧˋ ㄆㄧㄣˊ

【釋義】劫：強取，搶奪。濟：救濟。

【出處】蔡東藩・民國通俗演義二五回：「乃想學王天縱的行爲，劫富濟貧，自張一幟。」

【用法】指古代一些人打抱不平，強取不仁不義的富戶財產，以救濟窮人。

【例句】《水滸傳》所寫的宋江等人**劫富濟貧**的故事，深深吸引著廣大的讀者。

【義近】替天施仁／爲天行道／鋤強扶弱／扶危濟困。

【義反】率獸食人／助桀爲虐／爲虎作倀／助紂爲虐。

助人爲樂 ㄓㄨˋ ㄖㄣˊ ㄨㄟˊ ㄌㄜˋ

【釋義】把幫助別人當作快樂的事。爲：當作。

【用法】用以鼓勵人多行善，以發揚相互友愛的傳統美德。

【例句】她爲人熱心，不管哪家有事都樂意幫忙，是個以**助人爲樂**的好鄰居。

【義近】成人之美。

【義反】乘人之危／嫁禍於人／落井下石。

助天爲虐 ㄓㄨˋ ㄊㄧㄢ ㄨㄟˊ ㄋㄩㄝˋ

【釋義】幫助老天爺施行暴虐。爲：做，施行。

【出處】左丘明・國語・越語下：「無助天爲虐，助天爲虐者不詳。」

【用法】用以指趁著天災做壞事，使災情更嚴重。

【例句】地震之後，大家都忙著搶救，卻有人趁混亂之機，**助天爲虐**，偷盜別人的貴重物品。

【義近】乘火打劫／乘人之危／乘虛而入。

【義反】救人急難／扶危濟困／見義勇爲。

助我張目

【釋義】張目：本指睜大眼睛，這裡是助長聲勢的意思。

【出處】曹植・與吳季重書：「墨翟不好伎，何為過朝歌而迴車乎？足下好伎，值墨翟迴車之縣，想足下助我張目也。」

【用法】比喻獲得別人的同情、贊助，以壯聲勢。

【例句】這傢伙出言狂妄，我今天一定要在賽馬場上贏他，請諸位前去**助我張目**。

【義近】搖旗吶喊／助我鼓噪／敲邊鼓。

【義反】單槍匹馬／孤軍奮戰。

助桀為虐

【釋義】幫助桀做殘暴的事。桀：夏朝末代的暴君。虐：殘暴的行為。

【出處】司馬遷・史記・留侯世家：「今始入秦，即安其樂，此所謂助桀為虐。」

【用法】比喻幫助惡人做壞事。

【例句】他對下屬已經夠嚴苛了，你又何必**助桀為虐**，把同事們的一些小錯告訴他呢？

【義近】助紂為虐／為虎作倀／為虎傅翼。

【義反】除暴安良／扶弱抑強／為民除害／誅暴討逆。

努牙突嘴

【釋義】努：凸出。突：突起，聳起。

【出處】元・關漢卿・救風塵一折：「早努牙突嘴，拳椎腳踢，打的你哭哭啼啼。」

【用法】形容人憤怒時的狀態。

【例句】王先生一說到他那不成材的兒子，便**努牙突嘴**，破口大罵起來。

【義近】怒眼圓睜／橫眉怒目／怒不可遏／怒氣衝天／火冒三丈／怒髮衝冠。

【義反】笑逐顏開／喜氣洋洋／心花怒放／歡天喜地／興高采烈。

七畫

勇而無謀

【釋義】勇：勇敢。謀：智謀。

【出處】三國志・魏書・荀攸傳：「呂布勇而無謀，今三戰皆北，其銳氣衰矣。」

【用法】指人雖然勇敢，卻缺乏智謀，在事業上很難有所成就。

【例句】像他這種**勇而無謀**的人，雖然得勝於一時，但最終還是要失敗的。

【義近】有勇無謀／血氣之勇／暴虎馮河／匹夫之勇。

【義反】智勇雙全／足智多謀／少年老成／慎謀能斷。

勇往直前

【釋義】往：去，奔向。

【出處】朱子全書・道統一：「不顧旁人是非，不計自己得失，勇往直前，說出人不敢說底道理。」

【用法】形容人做事不畏艱難險阻，勇敢地一直向前進。

【例句】他那**勇往直前**、奮發向上的精神，確實令人欽佩。

【義近】一往無前／勇猛直前／有進無退／百折不回。

【義反】畏縮不前／逡巡不前／止步不前／畏首畏尾。

勇冠三軍

【釋義】冠：居第一位。三軍：古指中、上、下或中、左、右三軍，此用以指全軍。

【出處】李陵・答蘇武書：「陵先將軍功略蓋天地，義勇冠三軍。」

【用法】形容勇猛過人，為全軍之首。

【例句】漢代的李廣**勇冠三軍**，是我國歷史上最有名的驍將之一。

【義近】冠絕全軍／勇猛善戰／首屈一指／氣冠三軍。

【義反】常敗將軍／殘兵敗將。

勇猛果敢

【釋義】勇猛：勇敢而有力。果敢：有決斷能力。

【出處】漢書・翟方進傳：「內有不仁之性，而外有俊材過絕於人，勇猛果敢，處事不疑，所居皆尚殘賊酷虐。」

【用法】指人勇敢頑強，遇事又能果斷地作出決定。

【例句】以**勇猛果敢**著稱的徐將軍最近與世長辭，實在是我軍的一大損失。

【義近】勇猛善斷／雷厲風行／當機立斷／一往無前。

【義反】畏縮不前／優柔寡斷／畏首畏尾／縮頭縮腦／委決不下／舉棋不定。

勇猛精進

【釋義】原為佛教語，指奮勉修行。精進：猛進。

【出處】無量壽經上：「勇猛精進，志願無惓。」

【用法】今用以指勇敢奮發地向前進。也指力求進步。

【例句】這位老將軍幾十年如一日，堅持奮鬥，**勇猛精進**，為國家民族立下許多功勳。

【義近】勇猛向前／百折不回／惕勵奮發。

【義反】半途而返／裹足不前。

勃然變色

【釋義】勃然：突然，忽然，此用以形容發怒或驚恐。

【出處】孟子・萬章下：「王勃然變乎色。」

【用法】形容因惱怒或驚恐而忽然臉色大變。

【例句】說著說著，他**勃然變色**，怒不可遏，跑去找王先生問個水落石出。

【義近】勃然作色／怫然不悅／勃然大怒。

【義反】不動聲色／不露聲色／神色欣然。

勁骨豐肌

【釋義】骨骼強勁，肌肉豐盈。

【出處】唐・張懷瓘・書斷中：「羊欣云：『張芝、皇象、鍾繇、索靖，時並號書聖。然張勁骨豐肌，德冠諸賢之首。』」

【用法】用以形容書法豐潤而有力。

【例句】黃鶴樓前面的匾額不知出自誰手，字字**勁骨豐肌**，懂書法的人無不嘖嘖讚賞。

【義近】力透紙背。

【義反】纖細秀麗。

勉爲其難（ㄇㄧㄢˇ ㄨㄟˊ ㄑㄧˊ ㄋㄢˊ）

【釋義】勉爲：勉強去做。爲：幹，做。

【用法】形容勉強自己去做力所不及或不願意做的事情。

【例句】這件事確非我所願，但爲了顧全大局，我也只好**勉爲其難**的去做了。

【義近】勉力而行／強自爲之／強人所難。

【義反】力所能爲／甘心而爲。

九畫

動人心魄（ㄉㄨㄥˋ ㄖㄣˊ ㄒㄧㄣ ㄆㄛˋ）

【釋義】動人：引人注意，打動人心。

【出處】吳敬梓・儒林外史二四回：「那秦淮到了有月色的時候……有那細吹細唱的船來，淒清委婉動人心魄。」

【用法】用以說明令人感動或使人震驚。

【例句】《紅樓夢》寫林黛玉之死，悽慘至極，**動人心魄**。

【義近】動人心脾／動人心弦／感人肺腑／扣人心弦。

【義反】無動於衷。

動中窾要（ㄉㄨㄥˋ ㄓㄨㄥˋ ㄎㄨㄢˇ ㄧㄠˋ）

【釋義】中：切中，正好對上。窾要：要害，關鍵的意思。

【出處】清史稿・世增傳：「雲南自界連英、法領土，交涉尤繁，文書往復，惟家銘隨方應付，動中窾要，歷任總督皆倚重之，以縣丞擢知府。」

【用法】用以指人的言談舉止都能切中要害。

【例句】屠女士在公司裏從不多言，但在洽談生意或討論重大問題時，卻往往能**動中窾要**，故深得董事長的信賴。

【義近】切中要害／一語中的／切中時弊／鞭辟入裏／一針見血／切中肯綮。

【義反】差之千里／無關宏旨／漫無邊際／游談無根／不知所云／膝癢搔背。

動心忍性（ㄉㄨㄥˋ ㄒㄧㄣ ㄖㄣˇ ㄒㄧㄥˋ）

【釋義】動心：觸動心思，也就是使人的思想、感情起波動。忍性：使其性格堅強，能忍受險惡處境。

【出處】孟子・告子下：「苦其心志，勞其筋骨，餓其體膚，空乏其身，行拂亂其所爲，所以動心忍性，曾（增）益其所不能。」

【用法】用以指人要經歷磨練，才能受得住外界的壓力，擔負起重擔。

【例句】眞正有作爲的人，大多曾有過**動心忍性**的經歷，因而能無所畏懼，勇往直前。

【義近】摩頂放踵／胼手胝足。

【義反】嬌生慣養／養尊處優／游手好閒。

動心怵目（ㄉㄨㄥˋ ㄒㄧㄣ ㄔㄨˋ ㄇㄨˋ）

【釋義】怵目：使人看了感到恐懼。怵：恐懼。

【出處】宋・陳亮・祭宗成老文：「雖才俊比肩，可喜可愕，至於動心怵目，無所不有，然其厚德偉度，要不復前人比。」

【用法】形容感受極深，震撼很大。

【例句】九二一地震後，南投災區盡是**動心怵目**的景象。

【義近】怵目驚心／動心駭目／震撼人心／驚心動魄。

【義反】無動於衷／麻木不仁／古井無波／司空見慣。

動心娛目（ㄉㄨㄥˋ ㄒㄧㄣ ㄩˊ ㄇㄨˋ）

【釋義】動心：打動人心。娛目：看後感到快樂。娛：快樂；使快樂。

【出處】宋・陳亮・跋朱晦庵送寫照郭秀才序後：「及凡世間可動心娛目之事，皆斥去弗顧，若將浼我者。」

【用法】多用以指歌舞聲色等能娛人悅人。

【例句】美好的舞蹈，動聽的音樂，往往能**動心娛目**，使人獲得精神上的享受。

【義近】賞心悅目／心曠神怡／動人心弦／沁人肺腑。

【義反】枯燥乏味／意興闌珊。

動如參商（ㄉㄨㄥˋ ㄖㄨˊ ㄕㄣ ㄕㄤ）

【釋義】動：動輒，動不動就。參商：二星宿名，此出彼沒，不同時間在天空中出現。

【出處】杜甫・贈衛八處士詩：「人生不相見，動如參與商。」

【用法】比喻親友分離後不得再相見。

【例句】今日聚首，明日各奔東西，人生聚少離多，**動如參商**，這一別不知何日才能再相聚。

【義近】別易見難／日東月西／天各一方／海天遙隔／天涯海角。

【義反】後會有期／不期而遇／班荊道故／久別重逢。

動如脫兔（ㄉㄨㄥˋ ㄖㄨˊ ㄊㄨㄛ ㄊㄨˋ）

【釋義】脫兔：逃跑的兔子。脫：逃跑，免禍。

【出處】孫子・九地：「是故始如處女，敵人開戶；後如脫兔，敵不及拒。」

【用法】形容人的動作非常敏捷快速。

【例句】號令一出，這些短跑運動員便**動如脫兔**，飛也似地往前衝。

【義近】矯捷如猴／疾步如飛／行動敏捷。

【義反】靜若處子／步履蹣跚／行動遲緩。

動輒得咎（ㄉㄨㄥˋ ㄓㄜˊ ㄉㄜˊ ㄐㄧㄡˋ）

【釋義】輒：就，總是。咎：斥責，罪過。

【出處】韓愈・進學解：「跋前躓後，動輒得咎。」

【用法】形容動不動就受到指責或責難。含有處境困難，受到不公平對待的意思。

【例句】在專制政府統治下，人民無言行自由，**動輒得咎**，所以有生不如死的痛感。

【義近】搖手觸禁／進退維谷／左右不是。

【義反】無往不利／直情徑行。

十畫

勞心焦思（ㄌㄠˊ ㄒㄧㄣ ㄐㄧㄠ ㄙ）

【釋義】勞心：費心思。焦思：著急憂慮。

【出處】杜甫・憶昔二首之一：「張后不樂上爲忙，至令今上猶撥亂，勞心焦思補四方。」

【用法】形容人爲了難以處理的大事而憂心焦慮，苦思冥想解決的辦法。

【例句】一九九七年下半年，東南亞一些國家出現了金融危機，其領導人無不**勞心焦思**，尋找對策。

【義近】困心衡慮／冥思苦想／絞盡腦汁／殫精竭慮／挖空心思／搜索枯腸。

【義反】逍遙自得／優游自在／優哉游哉／怡然自得／無所用心。

勞民傷財（ㄌㄠˊ ㄇㄧㄣˊ ㄕㄤ ㄘㄞˊ）

【釋義】既使人民勞苦，又耗費錢財。傷：損失，耗費。

【出處】余繼登・典故紀聞卷二：「天下聞風則爭進奇巧，則勞民傷財自此始矣。」

【用法】指濫用人力物力，也指浪費財力很不合算。

【例句】要把民力財力用在刀口上，千萬不要**勞民傷財**，徒增百姓的負擔。

【義近】費財勞民／糜餉勞師／師疲財竭。

勞而不怨（ㄌㄠˊ ㄦˊ ㄅㄨˋ ㄩㄢˋ）

【釋義】雖然勞苦卻不怨恨。勞：原意爲憂愁。

【出處】論語・里仁：「子曰：『事父母幾諫，見志不從，又敬不違，勞而不怨。』」

【用法】原指事奉父母的態度，今用以指做事認眞負責，不計較勞苦。

【例句】王經理能有今天的成就，除了他豐富的學識外，主要還是因爲他**勞而不怨**的工作態度。

【義近】任勞任怨／勞而無怨／不辭辛勞／盡心竭力／全力以赴／不遺餘力。

【義反】挑肥揀瘦／挑三揀四／拈輕怕重／虛應故事／怨天尤人／敷衍了事。

勞而無功（ㄌㄠˊ ㄦˊ ㄨˊ ㄍㄨㄥ）

【釋義】功：功效，成績。

【出處】莊子・天運：「是猶推舟於陸也，勞而無功。」

【用法】指費了力氣而沒有得到成果。

【例句】讀書若不得要領，只知囫圇吞棗，必是**勞而無功**，難以進步。

【義近】徒勞無功／徒勞無益／枉費工夫／功敗垂成。

【義反】事半功倍／一分耕耘，一分收穫／立竿見影／勞苦功高。

勞苦功高（ㄌㄠˊ ㄎㄨˇ ㄍㄨㄥ ㄍㄠ）

【釋義】勞苦：出了很多力，吃了很多苦。功高：功勞很大。

【出處】司馬遷・史記・項羽本紀：「勞苦而功高如此，未有封侯之賞，而聽細說，欲誅有功之人。」

【用法】用以說明辛辛苦苦立了很大功勞。

【例句】許多抗日將領英勇退敵，**勞苦功高**，受到人們尊敬是實至名歸的。

【義近】汗馬功勞／戰功赫赫。

【義反】坐享其成／徒勞無功／橫草之功。

勞師動眾（ㄌㄠˊ ㄕ ㄉㄨㄥˋ ㄓㄨㄥˋ）

【釋義】指出動大批軍隊。勞師：使軍隊勞累。動：發動。

【出處】吳承恩・西遊記四三回：「兄長既來赴席，爲何又勞師動眾。」

【用法】形容動用大量人力或濫用人力。

【例句】修建一座小小別墅，値得如此**勞師動眾**嗎？

【義近】興師動眾／萬民辛勞。

【義反】一夔已足／輕車簡從。

勞師襲遠（ㄌㄠˊ ㄕ ㄒㄧˊ ㄩㄢˇ）

【釋義】意謂調動軍隊去襲擊遠方的敵人。

【出處】左傳・僖公三十二年：「勞師以襲遠，非所聞也。師勞力竭，遠主備之，無乃不可乎？」

【用法】指軍事上的冒險活動。

【例句】打仗雖然有勝也有敗，但在打之前總要有幾分把握，若不顧敵強我弱的形勢硬拚，或偏要**勞師襲遠**，這在戰略上都是大錯誤。

【義近】勞師動眾／興師動眾／懸旌萬里。

【義反】殺敵致果。

勞燕分飛（ㄌㄠˊ ㄧㄢˋ ㄈㄣ ㄈㄟ）

【釋義】伯勞鳥和燕子各自向相反的方向飛去。勞：伯勞，鳥名。

【出處】樂府詩集六八・東飛伯勞歌古辭：「東飛伯勞西飛燕，黃姑織女時相見。」

【用法】用以稱親友離別。

【例句】戰爭造成無數對恩愛夫妻**勞燕分飛**，骨肉分離，類似的故事在人類歷史中一直重複上演。

【義近】夫妻離散／各分東西／分道揚鑣。

【義反】破鏡重圓／形影不離／筆硯相親。

勝不驕，敗不餒（ㄕㄥˋ ㄅㄨˋ ㄐㄧㄠ，ㄅㄞˋ ㄅㄨˋ ㄋㄟˇ）

【釋義】勝利了不驕傲，失敗了不氣餒。

【出處】商君書・戰法：「王者之兵，勝而不驕，敗而不怨。」

【用法】用來告誡或勸導人對待勝敗所應持有的正確態度。

【例句】無論做什麼事都會有勝有敗，若能做到**勝不驕，敗不餒**，那就很好了。

【義近】戒驕戒躁／不驕不躁／滿招損，謙受益。

【義反】自吹自擂／不可一世／自賣自誇／自命不凡／露才揚己／矜功自伐／予智自雄。

勝友如雲（ㄕㄥˋ ㄧㄡˇ ㄖㄨˊ ㄩㄣˊ）

【釋義】勝：美好。雲：雲集。

【出處】王勃・滕王閣序：「十旬休暇，勝友如雲。千里逢迎，高朋滿座。」

【用法】形容眾多好朋友歡聚一堂。

【例句】校友會上，**勝友如雲**，昔日同窗好友歡聚一堂，彷彿又回到了過去。

【義近】高朋滿座／勝友畢集。

【義反】三兩知己／乏人問津。

勝任愉快（ㄕㄥ ㄖㄣˋ ㄩˊ ㄎㄨㄞˋ）

【釋義】勝任：有能力擔當。

【出處】司馬遷・史記・酷吏列傳：「當是之時，吏治若救火揚沸，非武健嚴酷，惡能勝其任而愉快乎！」

【用法】形容一個人的能力足任某事，而且可以圓滿成功，故顯得輕鬆愉快。

【例句】以他的才能來做這項職務，絕對可以**勝任愉快**。

【義近】應付裕如／悠哉游哉。
【義反】力不勝任／力不從心。

勝券在握

【釋義】勝券：有勝利的把握。券：用以取信的票據或憑證。在握：在手中，有把握。
【用法】用以指有取得勝利，獲得成功的把握。
【例句】不是我吹牛，這次炒股票我是**勝券在握**，不信就請看今天的行情吧！
【義近】穩操勝券／十拿九穩／可操左券／穩操勝算。
【義反】功虧一簣／功敗垂成／未定之天／百不中一。

勝敗兵家常事

【釋義】兵家：指率領指揮部隊作戰的軍事家。常事：常有的事。
【出處】羅貫中·三國演義一二回：「兵家勝敗眞常事，捲甲重來未可知。」
【用法】說明無論做什麼事都會有勝利有失敗，更無須因失敗而氣餒。常用作勸勉語。
【例句】**勝敗兵家常事**，失敗了沒有關係，只要努力東山再起，不怕沒有成功的一天。

勝殘去殺

【釋義】勝：感化。去殺：摒棄刑戮。
【出處】論語·子路：「善人爲邦百年，亦可以勝殘去殺矣。」
【用法】形容以德政感化人民，可以不用刑罰而人民自然從善。
【例句】善治國者並非借重嚴刑峻法，而是以德導民，**勝殘去殺**，以收風行草偃之效。
【義近】解民倒懸／拯民水火／刑錯不用。
【義反】牛馬百姓／魚肉鄉民／荼毒生靈／殘民以逞。

十一畫

勤能補拙

【釋義】勤：勤奮，努力不懈。拙：笨，此指天資較差。
【出處】宋·黃庭堅·跛奚移文：「持勤補拙，與巧者儔。」
【用法】勤奮不懈可彌補天資的不足。常用作勉勵語。
【例句】天資差一點沒關係，**勤能補拙**，只要肯努力，將來在學業上仍會有所成就。
【義近】鈍學累功／跛鼈千里／笨鳥先飛／駑馬十駕。

勢不可爲

【釋義】情勢已經到了不可做任何事的地步。
【出處】清·全祖望·梅花嶺記：「江都圍急，督相史忠烈公知勢不可爲。」
【用法】形容事情敗壞，無可挽回。
【例句】文天祥明知**勢不可爲**，仍浴血奮戰和元軍抗爭到底，最後兵敗被縛。
【義近】大勢已去／回天無力／回天乏術／情見屈勢。
【義反】撥亂反正／力挽狂瀾。

勢不可當

【釋義】當：抵擋。
【出處】晉書·郗鑒傳：「羣逆縱逸，其勢不可當，可以算屈，難以力競。」
【用法】形容來勢凶猛，不可抵擋。
【例句】近幾年來東歐的民主運動洶湧澎湃，**勢不可當**。
【義近】銳不可當／勢如破竹／高屋建瓴。
【義反】望風披靡／節節敗退。

勢不兩立

【釋義】勢：狀況，情勢。兩立：並存。
【出處】戰國策·楚策一：「楚弱則秦強，此其勢不兩立。」
【用法】說明雙方對立，其勢不能並存，絕無調和的餘地。
【例句】敵我雙方**勢不兩立**，非拚個你死我活，否則難以解決問題。
【義近】不共戴天／誓不兩立／水火不容。
【義反】脣齒相依／親密無間／相依爲命／互利共存／兩相爲利。

勢如水火

【釋義】情勢像水火一樣，無法並存。
【出處】左傳·昭公十三年：「眾怒如水火焉。」
【用法】比喻互不相容，或相互對立。
【例句】這兩人失和，**勢如水火**，卻不幸編在同一組，將來工作能否順利，只有期待奇蹟了。
【義近】水火不容／冰炭不容／勢不兩立／勢不相容／針鋒相對。
【義反】如膠似漆／情投意合／水乳交融／比目同行／志同道合。

勢如破竹

【釋義】形勢就像劈竹子，頭幾節一劈開，以下各節就順著刃勢而分開。
【出處】晉書·杜預傳：「今兵威已振，譬如破竹，數節之後，皆迎刃而解。」
【用法】形容節節勝利，毫無阻擋。
【例句】抗戰後期，我軍大舉反攻，**勢如破竹**，迅速扭轉了敵強我弱的局面。
【義近】勢不可當／所向披靡。
【義反】節節敗退／望風披靡。

勢如騎虎

【釋義】其形勢就像騎在老虎背上一樣，上不得上，下不得下。又作「勢成騎虎」。
【出處】晉書·溫嶠傳：「騎虎安可中下哉！」
【用法】比喻處境艱難，進退不得；或比喻某事很棘手，極難應付、處理。
【例句】核四案正處於興建或停工的兩難之下，**勢如騎虎**，考驗著新政府的智慧。
【義近】騎虎難下／進退維谷／進退兩難／羝羊觸藩／左右兩難／跋前躓後。
【義反】進退裕如／無往不利／來去自如／左右逢源。

勢均力敵

【釋義】均、敵：相等，相當。

【出處】宋史・蘇轍傳：「呂惠卿始詔事王安石，……及勢鈞力敵，則傾陷安石。」
【用法】形容雙方實力相等。
【例句】這場足球賽雙方**勢均力敵**，最後是以三比三結束戰局。
【義近】旗鼓相當／棋逢對手。
【義反】眾寡懸殊／寡不敵眾。

勢所必然（ㄕˋ ㄙㄨㄛˇ ㄅㄧˋ ㄖㄢˊ）

【釋義】情勢的發展一定是這樣的。
【用法】指事情發展演變的趨勢，自有其規律，非人力所能左右。
【例句】男大當婚，女大當嫁，乃**勢所必然**，做父母的豈能阻擋兒女的婚嫁？
【義近】勢在必行／勢必如此／理所當然／天經地義／事有必至，理有固然。
【義反】倒行逆施／違情背理／不近人情／不合情理。

勢傾朝野（ㄕˋ ㄑㄧㄥ ㄔㄠˊ ㄧㄝˇ）

【釋義】傾：傾覆，壓倒。朝野：朝廷和民間；政府方面和非政府方面。
【出處】魏書・盧玄傳：「時靈太后臨朝，黃門侍郎李神軌勢傾朝野，求結婚姻。」
【用法】形容權勢極大，能壓倒在朝在野的所有人。
【例句】非洲一些國家的國防部長掌握軍權，**勢傾朝野**，有時連最高領導人也不得不讓他三分。
【義近】勢足懾主／一人之下，萬人之上／勢傾天下。
【義反】勢單力薄。

勢窮力竭（ㄕˋ ㄑㄩㄥˊ ㄌㄧˋ ㄐㄧㄝˊ）

【釋義】勢：權勢。窮、竭：二字同義，盡。
【出處】蘇轍・黃樓賦：「戰馬成羣，猛士成林，振臂長嘯，風動雲興，朱閣青樓，舞女歌童，勢窮力竭，化為虛空。」
【用法】形容某人或某個集團一蹶不振，其權勢與力量已窮盡無餘。
【例句】前蘇聯和東歐各國的當政者推行極權統治，結果落得**勢窮力竭**，人心思變的下場。
【義近】山窮水盡／窮途末路／日暮途窮／坐困愁城／走投無路。
【義反】勢力雄厚／柳暗花明／席捲天下／無往不利／前程萬里。

十五畫

勵精圖治（ㄌㄧˋ ㄐㄧㄥ ㄊㄨˊ ㄓˋ）

【釋義】勵：振作，奮發。精：精神。圖：謀求。
【出處】宋史・神宗紀贊：「厲（勵）精圖治，將有大為。」
【用法】指振奮精神，想方設法把國家治理好或把事業經營好。
【例句】一個國家如果有一批**勵精圖治**的人當政，那實在是民眾的福祉。
【義近】奮發圖強／勵精更始。
【義反】萎靡不振／無事業心。

十八畫

勸善懲惡（ㄑㄩㄢˋ ㄕㄢˋ ㄔㄥˊ ㄜˋ）

【釋義】勸：勉勵，鼓勵。懲：懲處，懲戒。
【出處】漢・王符・潛夫論・三式：「今則不然，有功不賞，無德不削，甚非勸善懲惡，誘進忠賢，移風易俗之法術也。」
【用法】指鼓勵善良者，懲戒邪惡者。
【例句】我國的古代小說，無論是長篇還是短篇，大多有**勸善懲惡**的內容。
【義近】獎善罰惡／賢賢賤惡。
【義反】獎惡抑善／揚惡隱善／善惡不分。

勹部

二畫

勾魂攝魄（ㄍㄡ ㄏㄨㄣˊ ㄕㄜˋ ㄆㄛˋ）

【釋義】勾：引，吸引。攝：吸取，與「勾」義相近。魂、魄：指附在人體內可脫離人體存在的精神。
【用法】比喻極具吸引力，以致把對方的魂魄都吸引到他那裏去了。
【例句】這位女明星真有**勾魂攝魄**的魅力，她一出現，便吸引住在場所有男士的目光。
【義近】神魂顛倒／心馳神蕩／色授魂與。
【義反】色衰愛弛／人老珠黃／殘花敗柳。

勿謂言之不預（ㄨˋ ㄨㄟˋ ㄧㄢˊ ㄓ ㄅㄨˋ ㄩˋ）

【釋義】不要說沒有把話說在前頭。勿：不。預：預先，事先。
【出處】李寶嘉・官場現形記一九回：「一經察覺，白簡無情，勿謂言之不預也。」
【用法】用以說明有言在先，即事先已說明。
【例句】**勿謂言之不預**，我可是事先警告過你了，後果如何你自行負責。
【義近】有言在先／安民告示／事先言明／好話說在前頭。
【義反】事後諸葛／言之不預／先斬後奏／馬後炮。

勿藥有喜（ㄨˋ ㄧㄠˋ ㄧㄡˇ ㄒㄧˇ）

【釋義】不用服藥而病自然痊癒。勿藥：今指病體痊癒。
【出處】易經・无妄：「无妄之疾，勿藥有喜。」
【用法】用作祝賀人病癒之詞。
【例句】人們都說白血病為不治之症，沒想到令妹竟**勿藥有喜**，真值得慶幸。
【義近】不藥而癒。
【義反】回天乏術／病入膏肓。

三畫

包羞忍恥（ㄅㄠ ㄒㄧㄡ ㄖㄣˇ ㄔˇ）

【釋義】包：包含、容忍。
【出處】宋・吳曾・賢女浦：「汪革信民嘗賦二絕句云：『……女子能留身後名，包羞忍恥漫公卿。』」
【用法】指容忍羞愧與恥辱。
【例句】她還是一個黃花閨女，你們這樣造謠中傷她，她豈能**包羞忍恥**，就此罷休！
【義近】逆來順受／委曲求全／含垢忍辱／忍氣吞聲／唾面自乾。
【義反】忍無可忍／怒不可遏／

火冒三丈。

包辦代替（ㄅㄠ ㄅㄢˋ ㄉㄞˋ ㄊㄧˋ）

【釋義】代替別人一手辦理。

【出處】施耐庵・水滸傳一五回：「阮小七道：『若是每常要三五十尾也有，莫說十數個，再要多些，我弟兄們也包辦得。』」

【用法】指一手負責辦理，也用以形容人把持某事。

【例句】凡事都要與大家商量，互相幫助，**包辦代替**往往不能收得成效。

【義近】包打天下／越俎代庖／獨斷獨行／一手操縱／一手包辦。

【義反】人多力量大／三個臭皮匠賽過諸葛亮／同心協力。

包藏禍心（ㄅㄠ ㄘㄤˊ ㄏㄨㄛˋ ㄒㄧㄣ）

【釋義】暗藏害人之心。包藏：隱藏。禍心：害人之心。

【出處】左傳・昭公元年：「小國無罪，恃實其罪；將恃大國之安靖己，而無乃包藏禍心以圖之。」

【用法】形容人外表和善，內懷惡意。

【例句】害人之心不可有，防人之心不可無，我們要時刻提防那些**包藏禍心**的人。

【義近】心懷鬼胎／心術不正／面善心惡／笑裏藏刀／口蜜腹劍。

【義反】仁愛心腸／面善心慈／推恩於人／恕己及人。

包羅萬象（ㄅㄠ ㄌㄨㄛˊ ㄨㄢˋ ㄒㄧㄤˋ）

【釋義】包羅：包括網羅。萬象：宇宙間的一切景象，指形形色色事物。

【出處】黃帝宅經卷上：「所以包羅萬象，舉一千從。」

【用法】形容內容豐富，應有盡有，無所不包。

【例句】這次國際博覽會，所陳列的商品眞是**包羅萬象**，無所不有。

【義近】無所不包／無所不有／應有盡有／森羅萬象／包籠一切。

【義反】掛一漏萬／寥寥數種／一無所有／空空如也。

包攬詞訟（ㄅㄠ ㄌㄢˇ ㄘˊ ㄙㄨㄥˋ）

【釋義】包攬：兜攬過來，全部承擔。詞訟：訴訟。

【出處】李寶嘉・官場現形記一七回：「幸而他是兩榜出身，又兼歷年在家包攬詞訟，就是刀筆也還來得，所以寫封把信並不煩難。」

【用法】指爲別人包打官司，從中謀取利益。

【例句】你以爲他是個什麼好東西？不過是個**包攬詞訟**，胡作非爲的傢伙！

【義近】承攬訴訟。

九畫

匏瓜空繫（ㄆㄠˊ ㄍㄨㄚ ㄎㄨㄥ ㄒㄧˋ）

【釋義】匏瓜：一年生草本植物。果實比葫蘆大，對半剖開可做水瓢。空繫：空自懸掛著。喻不被重用的人。

【出處】論語・陽貨：「子曰：『……吾豈匏瓜也哉？焉能繫而不食！』」

【用法】喻人才不被重用。

【例句】有的國家一方面喊人才奇缺，另方面又有**匏瓜空繫**的現象，眞是咄咄怪事！

【義近】匏瓜徒懸／盲者得鏡／大材小用。

【義反】人盡其才／野無遺賢／量才錄用／適才適所。

匕部

二畫

化干戈爲玉帛（ㄏㄨㄚˋ ㄍㄢ ㄍㄜ ㄨㄟˊ ㄩˋ ㄅㄛˊ）

【釋義】變戰爭爲和平。干戈：兩種兵器，代戰爭。玉帛：瑞玉和縑帛，祭祀、會盟用的珍貴禮品，代和平。

【出處】論語・季氏：「謀動干戈於邦內。」又陽貨：「禮云禮云，玉帛云乎哉？」

【用法】今多用以勸人有了利害衝突，應停止爭端，和睦與共。

【例句】爲了子孫萬代的幸福，我們應該**化干戈爲玉帛**，重修舊好，以免造成不可彌補的遺憾。

【義近】變仇爲友／冤家宜解不宜結／冰消瓦解／一笑泯恩仇／化敵爲友。

【義反】水火不容／冤家對頭／不共戴天／誓不兩立。

化外之民（ㄏㄨㄚˋ ㄨㄞˋ ㄓ ㄇㄧㄣˊ）

【釋義】化外：指教化所達不到的地方。也作「化外人」。

【出處】唐律疏義・名例六：「諸化外人同類自相犯者，各依本俗法。」

【用法】指接受不到教化，未曾受文化薰陶的人。

【例句】儘管當今世界的發展日新月異，人類的文化素質普遍提高，但在某些邊陲地區仍有少數**化外之民**存在。

化爲泡影（ㄏㄨㄚˋ ㄨㄟˊ ㄆㄠˋ ㄧㄥˇ）

【釋義】變成了水泡和影子。泡影：比喻虛幻或無望的事。

【出處】金剛經：「一切有爲法，如夢幻泡影。」

【用法】形容事情或希望全部落空。

【例句】美好的前程，幸福的婚姻，全都因他染上愛滋病而**化爲泡影**。

【義近】化爲烏有／付諸東流／鏡中花／事與願違。

【義反】如願以償／美夢成眞／天從人願／稱心如意／得償夙願。

化爲烏有（ㄏㄨㄚˋ ㄨㄟˊ ㄨ ㄧㄡˇ）

【釋義】變得什麼都沒有。烏有：何有，虛幻不存在。一作「烏有先生」。

【出處】司馬遷・史記・司馬相如列傳：「烏有先生者，烏有此事也。」蘇軾・章質夫……詩：「豈意青州六從事，化爲烏有一先生。」

【用法】形容喪失一切或全部落

空。

【例句】一場無情火將他二十年來辛苦的積蓄**化爲烏有**，怎能不令他悲傷？

【義近】化爲泡影／化爲灰燼／付諸東流。

化零爲整（ㄏㄨㄚˋ ㄌㄧㄥˊ ㄨㄟˊ ㄓㄥˇ）

【釋義】把零散的集中起來成爲整體。

【用法】說明零散的錢財、物件、力量等，只有集中起來才能產生大的作用或顯示其威力。

【例句】目前公司的生意不佳，關鍵在於資金分散，周轉不來，我建議採取**化零爲整**的辦法，將資金整合起來。

【義近】積少成多／積水成淵／聚沙成塔／集腋成裘。

【義反】一盤散沙／獨木難支／孤掌難鳴／化整爲零。

化腐朽爲神奇（ㄏㄨㄚˋ ㄈㄨˇ ㄒㄧㄡˇ ㄨㄟˊ ㄕㄣˊ ㄑㄧˊ）

【釋義】腐朽：腐敗不堪用。神奇：神妙奇特。

【出處】莊子・知北遊：「萬物一也，是其所美者爲神奇，其所惡者爲臭腐；臭腐復化爲神奇，神奇復化爲臭腐。」

【用法】用以說明將醜陋的變爲美麗的，無用的變爲有用的，壞的變爲好的。

【例句】將垃圾山改造成花園，眞是一件**化腐朽爲神奇**的點子，值得推廣。

【義近】變醜爲美／出神入化／荒山變良田／廢墟建高樓。

【義反】化珍寶爲瓦礫／宮殿成廢墟。

化險爲夷（ㄏㄨㄚˋ ㄒㄧㄢˇ ㄨㄟˊ ㄧˊ）

【釋義】化危險爲平安。夷：平，平坦。

【出處】曾樸・孽海花二七回：「以後還望中堂忍辱負重，化險爲夷。」

【用法】形容由危險轉爲安定，由險阻轉爲平坦。

【例句】他眞是福大命大，幾次的危急情況他都能**化險爲夷**，平安度過。

【義近】轉危爲安／逢凶化吉。

【義反】風雲突變。

三畫

北面稱臣（ㄅㄟˇ ㄇㄧㄢˋ ㄔㄥ ㄔㄣˊ）

【釋義】北面：古時君見臣，南面而坐，臣面北。故北面指向人稱臣。

【出處】司馬遷・史記・酈生陸賈列傳：「君王宜郊迎，北面稱臣。」

【用法】指臣服、屈事他人。

【例句】俗話說：「人在屋簷下，不敢不低頭！」儘管上司待我們不甚禮遇，但也只有**北面稱臣**了。

【義近】臣服於人／北面事之／俯首稱臣／俯首聽命。

【義反】君臨天下／南面稱孤／稱孤道寡／稱王稱霸。

北道主人（ㄅㄟˇ ㄉㄠˋ ㄓㄨˇ ㄖㄣˊ）

【釋義】主人：款待賓客的人。與賓客相對，故稱主人。

【出處】後漢書・鄧晨傳：「光武曰：『偉卿（鄧晨）以一身從我，不如以一郡爲我北道主人。』」

【用法】原指在北道上接待客人的主人，今泛指招待賓客的人。

【例句】今天老同學聚會，由我來作**北道主人**，大家就不要再客氣了。

【義近】東道主。

【義反】座上賓。

北轅適楚（ㄅㄟˇ ㄩㄢˊ ㄕˋ ㄔㄨˇ）

【釋義】車頭面向北方，卻說要去南方的楚國。北轅：車頭向北。轅：車前駕牲畜的兩根直木。適：往。

【出處】漢・荀悅・申鑒・雜言下：「適楚而北轅者，曰：吾馬良，用多，御善。此三者益侈，其去楚亦遠矣。」唐・陸長源・上宰相書：「蓋北轅適楚、圓鑿方枘，欲求扶，傾愈疾，其可得乎？」

【用法】比喻行動與目的、行爲與意願相反。

【例句】你常說要在學業上有所成就，卻又天天東遊西蕩，這與古人說的**北轅適楚**有什麼兩樣？

【義近】南轅北轍／背道而馳／戴盆望天／伏而咶天／救經引足。

【義反】有志一同／同心同德／殊途同歸。

匸部

二畫

匹夫之勇（ㄆㄧˇ ㄈㄨ ㄓ ㄩㄥˇ）

【釋義】個人的一點勇氣。匹夫：古指平民中的男子，今泛指一個人。

【出處】孟子・梁惠王下：「夫撫劍疾視曰：『彼惡敢當我哉？』此匹夫之勇，敵一人者也。」

【用法】形容人缺少智謀，只憑個人的一點勇氣。

【例句】他愛逞**匹夫之勇**，眞的有大難臨頭時，卻畏首畏尾，跑得比誰都快。

【義近】血氣之勇／有勇無謀。

【義反】羣策羣力／小不忍則亂大謀／有勇有謀。

匹夫之資（ㄆㄧˇ ㄈㄨ ㄓ ㄗ）

【釋義】匹夫：這裏泛指平常人，普通人。資：資質，主要指人的智力。

【出處】三國志・魏書・張範傳：「雖由匹夫之資，而興霸王之功。」

【用法】指人的資質普通平常。

【例句】常教授如此聰明，他夫人智商也不錯，但生出的兒女卻都是**匹夫之資**，眞是怪事！

【義近】肉眼凡胎／凡夫俗子／酒囊飯袋／碌碌無能。

【義反】秀外慧中／冰雪聰明／教一識百／出類拔萃／鶴立雞羣／超羣絕倫。

匹夫匹婦

【釋義】平民男女。匹：配，配偶。平民一夫一婦相配，故稱「匹夫匹婦」。

【出處】尚書・咸有一德：「匹夫匹婦，不獲自盡，民主罔與成厥功。」

【用法】用以指平民百姓。

【例句】國家有難時，**匹夫匹婦**都有責任站出來貢獻一己的力量。

【義近】平民百姓／人民大眾／廣大民眾／全體公民／黔首眾庶。

【義反】當政要人／傑出人才／作家學者／搢紳之士／仕宦之人。

匹夫無罪，懷璧其罪

【釋義】匹夫：指普通人。璧：璧玉，貴重的寶物。

【出處】左傳・桓公十年：「初，虞叔有玉，虞公求旃，弗獻。既而悔之曰：『周諺有云：匹夫無罪，懷璧其罪。吾焉用此，其以賈害也。』乃獻之。」

【用法】形容人因擁有好的器物而招致禍患。

【例句】你千萬別讓歹徒看見你的鑽石，否則**匹夫無罪，懷璧其罪**，將招來不必要的橫禍。

九畫

匿跡潛形

【釋義】匿跡：隱藏形跡。潛形：潛藏形踪。潛：與「匿」同義，隱藏。

【出處】元・高文秀・黑旋風一折：「再不和他親折證，我只是呑聲忍氣，匿跡潛形。」

【用法】指隱藏起來，不露形跡，使人無法知道。

【例句】這兩個搶劫銀行的嫌犯**匿跡潛形**快兩年了，最後還是逃不過法律的制裁。

【義近】匿影藏形／躡足潛踪／東躲西藏／銷聲匿跡。

【義反】拋頭露面／顯身揚名。

匸部

四—五畫

匡牀蒻席

【釋義】匡牀：即「筐牀」，指方正之床。蒻席：細草席。全句指方形牀，草編的蓆。

【出處】淮南子・主術訓：「匡牀蒻席，非不寧也，然民有處邊城，犯危難，澤死暴骸者，明主弗安也。」

【用法】本指安適的牀席，今也指家貧生活清苦。

【例句】在經濟不景氣時，小老百姓只能求個**匡牀蒻席**，三餐溫飽。

【義近】室如懸罄／瓦竈繩牀／茅茨土階／屋如七星。

【義反】雕梁畫棟／朱門深院／山楶藻棁。

匡俗濟時

【釋義】匡：糾正，改正。濟：救，救濟。時：指現時的社會與習俗。

【出處】宋書・明帝紀：「王公卿尹，羣僚庶官，其有嘉謀直獻，匡俗濟時，咸切事陳奏，無或依隱。」

【用法】指糾正和挽救社會與時俗，使之回到正道上來。

【例句】不管未來的歷史怎樣評價蔣經國先生，他在台灣的**匡俗濟時**之功是不容否認。

【義近】撥亂反正／扭轉乾坤／匡矯時弊／力挽狂瀾。

【義反】傷風敗俗／顚覆朝政／簸弄乾坤。

匠心獨運

【釋義】工匠獨特的運用心意。一作「匠心獨妙」。

【出處】王士源・孟浩然集序：「文不按古，匠心獨妙。」平步青・霞外捃屑七：「至匠心獨運之作。」

【用法】形容構思精巧，富有創造性。

【例句】這房子的設計既古樸典雅，又具有西方的色韻情調，眞是**匠心獨運**。

【義近】匠心獨出／獨具匠心／別出心裁。

【義反】亦步亦趨／襲人故智／陳陳相因。

匠石運斤

【釋義】匠石：名字叫石的木匠。運斤：揮動斧子。斤：古時的一種斧子。

【出處】莊子・徐无鬼：「郢人堊慢其鼻端，若蠅翼。使匠石斲之。匠石運斤成風，聽而斲之，盡堊而鼻不傷。」

【用法】形容技藝之精湛已到無可復加的地步。

【例句】這次的特技比賽確實精彩，其中有幾個項目的表演眞有**匠石運斤**之妙。

【義近】鬼斧神工／天造地設／巧不可階／巧奪天工／運斤成風／出神入化。

【義反】斧鑿痕跡／破綻百出／初出茅蘆／二把刀。

匣裏龍吟

【釋義】匣：盒子。指劍有神通，藏在盒子裏，也發出龍吟般的聲音。

【出處】拾遺記・顓頊：「有曳影之劍，騰空而舒，若四方有兵，此劍則飛起指其方，則剋伐；未用之時，常於匣裏，如龍虎之吟。」

【用法】喻賢才不出仕爲官，亦難掩其名聲才華。

【例句】諸葛亮隱居隴中時，便如**匣裏龍吟**，聲華難掩，故劉備不惜三顧茅蘆，也要請他出來幫忙打天下。

【義近】匣劍帷燈。

匣劍帷燈

【釋義】指盒中的劍、帷裏的燈，劍氣及燈光若隱若現的樣子。

【出處】晉・葛洪・西京雜記一回：「高祖斬白蛇劍，劍上有七采珠、九華玉以爲飾，雜廁五色琉璃爲劍匣，劍在室中，光景猶照於外，與挺劍不殊。」

【用法】在詩文中比喻敘景狀物有若隱若現之妙；或指事情眞相難以掩蓋；或指懷有才華之人，雖遭一時的不遇，終將脫穎而出。

【例句】①他的文章有**匣劍帷燈**之妙，讀之似無物，而眞意現心頭。②做人還是光明正大一點好，不然所作所爲便會像**匣劍帷燈**似的，遲早會被人看穿。

【義近】若隱若現／眞相大白／匣裏龍吟。

八畫

匪石之心

【釋義】指我的心不像石頭一樣可以轉動。匪：同「非」。

【出處】詩經・邶風・柏舟：「我心匪石，不可轉也。」晉書・王導傳論：「實賴元宰，固懷匪石之心。」

【用法】形容人堅貞自守，心意堅決的樣子。

【例句】文天祥爲國犧牲的**匪石之心**，是任誰也左右不了的，故他不被威武屈服，不被富貴所惑。

【義近】堅貞自誓／心意已決。

【義反】三心二意／心猿意馬。

匪夷所思

【釋義】匪：非，不是。夷：平常。所思：所能想像的。

【出處】易經・渙卦：「元吉，渙有丘，匪夷所思。」

【用法】指言談行動離奇古怪，不是一般人根據常情常理所能想像的。

【例句】這樣一個斯斯文文的人，竟會做出殺人越貨之事，眞是令人**匪夷所思**。

【義近】出乎意料／異乎尋常／不可思議／出人意表。

【義反】意料之中／平淡無奇／不足爲奇／可想而知。

匪夷匪惠

【釋義】匪：非。夷：伯夷。惠：柳下惠。指人既無伯夷的清高，也無柳下惠的平和。

【出處】舊唐書・文苑傳・司空圖：「柳璨希賊旨，陷害舊族，詔圖入朝，圖懼見誅，力疾至洛陽，謁見之日，墮笏失儀，旨趣極野，璨知不可屈。詔曰：『司空圖俊造登科，朱紫升籍，既養高以傲代，類移山以釣名。心惟樂於漱流，仕非專於祿食。匪夷匪惠，難居公正之朝；載省載思，當徇棲衡之志，可放還山。』」

【用法】形容其人不可重用。

【例句】這個人沒有自己的特色專長，**匪夷匪惠**，公司用他做什麼？

匪朝伊夕

【釋義】不止一日。匪：同非意，不，不是。伊：文言助詞。朝、夕：早晚，指一天。

【出處】周書・文帝紀上：「今若召悅授以內官，臣列旆東轅，匪朝伊夕。」

【用法】說明某事多次出現，不是某一天才有；或說明事物的形成非一朝一夕，而是長時間積累起來的。

【例句】①這對情侶吵架，**匪朝伊夕**，朋友們都勸他們早分手算了。②他們之間的誤會實**匪朝伊夕**所產生，而是十年來逐漸累積而來的。

【義近】屢見不鮮／司空見慣／冰凍三尺，非一日之寒／日積月累。

【義反】百年不遇。

十部

十二金釵

【釋義】十二：泛指數目眾多。金釵：指婦人用首飾。

【出處】白居易・酬思黯戲贈同用狂字詩：「鍾乳三千兩，金釵十二行。」

【用法】形容男子妻妾眾多。

【例句】古代的男人，擁有**十二金釵**是很正常的事，對女人卻是極不公平的。

【義近】三妻四妾／三婆兩嫂。

【義反】一夫一妻。

十二金牌

【釋義】意即接連發了十二道金字牌。金牌：宋代的赦書及軍事上的最緊急命令都用金字牌，派專人遞送。

【出處】宋史・岳飛傳：秦檜「言飛孤軍不可久留，乞令班師，一日奉十二金牌。飛憤惋泣下，東向再拜曰：『十年之力，廢於一旦！』」

【用法】用以代稱緊急命令。

【例句】王先生知道越南政變後，怕會產生暴動，便以**十二金牌**把在那裏工作的兒子叫回來。

【義近】十萬火急／急如星火／羽檄星馳／快馬加鞭。

【義反】慢條斯理／從容不迫／不慌不忙／優裕自如。

十八重地獄

【釋義】重：層。地獄：佛教中指有罪惡之人死後靈魂受苦的地方。

【出處】南史・扶南國傳：「劉薩河遇疾暴亡，經七日更蘇。說云：『……至十八地獄，隨報重輕，受諸楚毒。』」

【用法】佛教指人在世時爲惡，死後當入十八重地獄，永無翻身之日。

【例句】對這幾個無惡不作的壞蛋，就算把他們打入**十八重地獄**，也難消我心頭之恨。

【義近】斬盡殺絕／不留後患／除惡務盡。

【義反】手下留情／姑息養奸／得饒人處且饒人。

十八般武藝

【釋義】指使用刀、槍、劍、戟等十八種古式兵器的武藝。

【出處】元・楊梓・敬德不服老：「他十八般武藝都學就，六韜書看的來滑熟。」

【用法】用以泛指多種武術技藝，或比喻各種技能。

【例句】黃先生不僅身材高大，

健壯如牛，且精通**十八般武藝**，是演武打戲的高手。
【義近】百般武藝／多才多藝。
【義反】雕蟲之技／黔驢之技／鼫鼠技窮。

十夫揉椎

【釋義】揉：使彎曲。椎：擊物器，通「鎚」。十個人可以把椎彎曲。
【出處】戰國策・魏策：「三人成虎，十夫揉椎，眾口所移，無翼而飛。」
【用法】比喻言論的可怕。
【例句】**十夫揉椎**，謠言的力量是很大的，所以在說話之前，應仔細考慮自己是否成了謠言傳播的助力。
【義近】眾口鑠金／眾議成林／三人成虎／一里撓椎／市虎杯弓／積非成是。
【義反】眞金不怕火／事實勝於雄辯。

十生九死

【釋義】十個生還，九個死亡。
【出處】韓愈・八月十五贈張功曹詩：「十生九死到官所，幽居默默如藏逃。」
【用法】比喻非常危險。
【例句】看來你太太已是**十生九死**，只賸一口氣了，你可要有心理準備。
【義近】九死一生／十死九生／出生入死／萬死一生。
【義反】生命無虞／逢凶化吉／化險爲夷／轉危爲安。

十目所視，十手所指

【釋義】有許多人用眼看著，用手指著。十：言其多，非實數。又作「十目十手」。
【出處】禮記・大學：「曾子曰：『十目所視，十手所指，其嚴乎！』」
【用法】形容一舉一動都離不開人們的耳目，有許多人監督，不可不謹愼。
【例句】那些貪官污吏利欲薰心，腦中所想的盡是錢，**十目所視，十手所指**的道理早就忘得一乾二淨了。
【義近】眾目所視，眾人所指／眾目睽睽／眾目昭彰。
【義反】天知地知，你知我知／暗中所爲。

十全十美

【釋義】十分完美。
【出處】周禮・天官・醫師：「歲終，則稽其醫事，以制其食，十全爲上。」馮夢龍・警世通言卷五：「生下來的，都已上學讀書，十全之美。」
【用法】形容完美無缺。
【例句】想一下子就把工作做得**十全十美**，這只是一種不切實際而無法實現的願望。
【義近】盡善盡美／完美無缺／白璧無瑕／無可挑剔。
【義反】美中不足／蠅糞點玉／甘瓜苦蒂。

十字街頭

【釋義】道路縱橫交叉像十字形的街道。
【出處】普濟・五燈會元・黃檗運禪師法嗣：「一人在孤峰頂上無出身路，一人在十字街頭亦無向背，且道那個在前，那個在後。」
【用法】通常用以指行人往來頻繁的熱鬧街市。
【例句】你只要走到台北的**十字街頭**看一看，就可知道現在流行的是什麼。
【義近】六街三市／八街九陌／四衢八街／大街小巷／通都大邑。
【義反】窮鄉僻壤／街頭巷尾。

十年一覺揚州夢

【釋義】十年歲月，一覺醒來，彷彿做了一場揚州夢。
【出處】杜牧・遣懷：「十年一覺揚州夢，贏得青樓薄倖名。」
【用法】形容少年時代生活荒唐，蹉跎光陰。
【例句】楊大哥年輕時縱情享樂，至今仍未成家，故他常感嘆年少時光猶如**十年一覺揚州夢**般，空洞又無深意。
【義近】鏡花水月／空中樓閣／海市蜃樓。

十年九不遇

【釋義】十年當中有九年不曾遇到。
【用法】形容事物極難見到或很難遇到。
【例句】這是個**十年九不遇**的大好機會，你若不及時把握，會後悔終生的。
【義近】百年難遇／千載難逢／千載一遇／萬世一時。
【義反】屢見不鮮／時有所遇／司空見慣／家常便飯。

十年九潦

【釋義】十年中就有九年遭受水災。潦：雨水大，也指地上所積的雨水。
【出處】莊子・秋水：「禹之時十年九潦，而水弗爲加益；湯之時八年七旱，而崖不爲加損。」
【用法】極言水災頻繁。
【例句】台灣沿海一些低窪地區，過去是**十年九潦**，現在經過興修水利，人民的收成大增，生活也比較有保障了。
【義近】澇災頻仍／霪雨成災。
【義反】風調雨順／十風五雨／雨暘時若／五風十雨／惠風和暢。

十年寒窗

【釋義】苦讀十年。寒窗：貧寒的窗下，喻淒苦環境。
【出處】劉祁・歸潛志：「古人謂十年窗下無人問，一舉成名天下知。」
【用法】形容長期勤奮學習，刻苦攻讀。
【例句】古代科舉考試並不容易，沒有**十年寒窗**的精神，根本不可能考取。
【義近】勤學苦讀／囊螢映雪／懸梁刺股／日夜孜孜。
【義反】玩日愒歲。

十年樹木，百年樹人

【釋義】十年培植樹，百年培養人。樹：培植，後「樹」字引申爲培養。
【出處】管子・權修：「一年之計，莫如樹穀；十年之計，莫如樹木；終身之計，莫如樹人。」
【用法】喻培養人才爲長遠之計，也喻培養人才很不容易。
【例句】培養人才的工作並非一朝一夕可以見效，必須要有十年樹木，百年樹人的長遠眼光。

【義近】終身之計莫如樹人／千秋大業。

【義反】權宜之計／朝夕之策。

十死一生

【釋義】死的成分多，活的成分少。十、一：均泛指，非實數。

【出處】漢書．外戚傳．孝宣許皇后：「婦人免乳大故，十死一生。」

【用法】形容極其危險或處境十分窘迫。

【例句】李教授常冒著**十死一生**的危險深入不毛之地，只爲了完成研究工作。

【義近】九死一生／十死九生／出生入死／十生九死／萬死一生。

【義反】生命無虞／逢凶化吉／化險爲夷／轉危爲安。

十羊九牧

【釋義】十隻羊用九個人放牧。羊、牧：古時往往以羊比民，以牧人喻官。

【出處】隋書．楊尚希傳：「所謂民少官多，十羊九牧。」

【用法】比喻官員太多，也比喻政令不一，無所適從。

【例句】有些公營機構冗員太多，這種**十羊九牧**的現象實在是浪費公帑。

【義近】冗員充斥／官多兵少／人浮於事。

十行俱下

【釋義】十行字一起看下來。俱：一起，同時。

【出處】梁書．簡文帝紀：「讀書十行俱下，九流百氏，經目必記；篇章辭賦，操筆立成。」

【用法】形容讀書敏捷，記憶力很強。

【例句】這位年輕人不僅勤奮，而且讀書神速，具有**十行俱下**的天賦。

【義近】一目十行／過目成誦／五行並下／七行俱下。

【義反】尋行數墨／過目即忘／愚鈍無比。

十步之內必有芳草

【釋義】十步：喻狹小範圍。芳草：香草，喻賢材。

【出處】隋書．煬帝紀上：「十步之內，必有芳草，四海之中，豈無奇秀。」

【用法】比喻處處都有人才。

【例句】隨著教育水準的日漸提高，優秀之士處處可見，眞可說是**十步之內必有芳草**。

【義近】天涯何處無芳草／參天大樹處處是／人才濟濟／人才輩出。

【義反】人才寥寥／鳳毛麟角。

十里洋場

【釋義】十里：爲約數。洋場：洋人聚居之地。

【出處】茅盾．健美：「我們這十里洋場實在還不過是畸形的殖民地化的資本主義。」

【用法】舊指洋人出沒較多的繁華地方。因上海洋人較多，故也專指上海。

【例句】在整個中國，無論是大陸還是台灣，舊時的**十里洋場**早已消失。

十室九空

【釋義】十戶人家九家空。室：屋，人家。

【出處】葛洪．抱朴子．用刑：「徐福出而重號咷之讎，趙高入而屯豺狼之黨，天下欲反，十室九空。」

【用法】形容災荒、戰亂或暴政，使得人民破產或流亡的景象。

【例句】東漢末年中原戰亂不息，許多村鎭都**十室九空**，一片淒涼景象。

【義近】流離失所／家破人亡／餓莩遍野／社稷爲墟。

【義反】人煙稠密／人戶密集／國泰民安／民豐物阜。

十指有長短

【釋義】十根手指有的長，有的短。

【出處】通俗編．身體．十指有長短引唐．劉商．擬胡笳十八拍：「手中十指有長短，截之痛惜皆相似。」

【用法】比喻人和事物都是有差別的，絕不可能一樣。

【例句】俗話說**十指有長短**，雖同樣是人，但每個人之間的差異是很大的，不能要求一律。

【義近】千差萬別／三六九等／一龍一豬／一娘生九子／一人一面。

【義反】毫無二致／相似乃爾／千部一腔／千人一面／烏鴉一般黑。

十指連心

【釋義】十個手指的感覺都與心相連。

【出處】明．湯顯祖．南柯記．情盡：「哎也！焚燒十指連心痛，圖得三生見面圓。」

【用法】比喻某人與相關的人和事有著極其密切的關係。

【例句】俗話說**十指連心**。孩子們都是爹娘心頭上的一塊肉啊！

【義近】手掌手背／一髮牽身／秤不離錘／脣不離腮／息息相關／脣齒相依。

【義反】無關痛癢／渺不相涉／互不相關／風馬牛不相及／橋歸橋，路歸路。

十風五雨

【釋義】十天刮一次風，五天下一場雨。

【出處】陸游．村居初夏之四：「斗酒隻雞人笑樂，十風五雨歲豐穰。」

【用法】形容風調雨順。

【例句】今年的氣候特別好，**十風五雨**，肯定會有大豐收。

【義近】五風十雨／風調雨順／雨暘時若／雨水及時／惠風和暢。

【義反】細雨連綿／久旱不雨／霪雨成災／淒風苦雨／凶年惡歲／十年九潦。

十捉九著

【釋義】十次捉拿有九次抓著。著：得到，獲得，這裏是捉到的意思。

【出處】施耐庵．水滸傳二四回：「老身這條計，是個上著，……端的強如孫武子教女兵，十捉九著。」

【用法】比喻做事很有把握或很容易做到。

【例句】這件事交給李先生去辦，保證**十捉九著**，絕不會出差錯的。
【義近】十拿九穩／甕中捉鱉／手到擒來／鷹拿燕雀／易如反掌／穩操勝算。
【義反】海底撈針／牽牛下井／以冰致蠅／挾山超海／磨杵成針／難如登天。

十拿九穩

【釋義】拿：把握住。穩：穩當安妥。
【出處】阮大鋮・燕子箋：「此是十拿九穩，必中的計較。」
【用法】形容很有把握。
【例句】她扣球很準，往往能使出**十拿九穩**的絕招，將排球狠狠地扣殺過去。
【義近】萬無一失／穩操勝券／勝券在握。
【義反】全無把握。

十病九痛

【釋義】十、九：泛言其多，非實數。病、痛：指所患的各種疾病（多指小病）。
【出處】施耐庵・水滸傳二九回：「便是老身十病九痛，怕有些山高水低，預先要製辦些送終衣服。」
【用法】形容老年人或身體衰弱者，經常生些小病痛。
【例句】我今年已是八十三歲的人了，**十病九痛**在所難免，你們用不著過分操心。
【義近】七病八痛／霜露之病／疥癬之疾／五癆七傷。
【義反】身強力壯／年輕力壯／健壯如牛／年富力強／春秋鼎盛。

十部從事

【釋義】從事：侍從，輔助的官吏。
【出處】晉書・劉弘傳：「弘每有興廢，手書守相，丁寧款密，所以人皆感悅爭赴之；咸曰：『得劉公一紙書，賢於十部從事！』」
【用法】形容人輔佐的官吏、侍從非常多。
【例句】董事長公務繁多，**十部從事**是理所當然的，否則如何一一親自處理一些細微末節的事。

十惡不赦

【釋義】十惡：舊時刑律所列的十大惡行，即謀反、謀大逆、謀叛、惡逆、不道、大不敬、不孝、不睦、不義、內亂等。赦：赦免，饒恕。
【出處】關漢卿・竇娥冤四折：「這藥死公公的罪名，犯在十惡不赦。」
【用法】形容罪大惡極，不可饒恕。
【例句】他雖有罪，卻還沒有到**十惡不赦**的地步，你何苦硬要置他於死地？
【義近】罪大惡極／罪在不赦／罪該萬死／惡貫滿盈。
【義反】功德無量。

十萬八千里

【釋義】十萬八千：極言數量之大，非實數。
【出處】吳承恩・西遊記七回：「會駕觔斗雲，一縱十萬八千里，如何坐不得天位？」
【用法】形容距離極遠或相差很大。
【例句】①現代人透過電話，便可和**十萬八千里**外的親友說話，這是古時人們想都想不到的事。②在中國大陸，釋放幾個政治犯雖然比不放好，但離國際人權公約的要求還相差**十萬八千里**呢！
【義近】天南地北／山南海北／遠在天涯／天差地遠／天懸地隔／天各一方。
【義反】近在咫尺／一箭之遙／近在眉睫／大同小異。

十萬火急

【釋義】意謂極爲緊迫。火急：像著了火般的急迫。
【出處】老舍・趙子曰三：「趙子曰的腦府連發十萬火急的電報警告全國。」
【用法】形容非常緊急，刻不容緩。多用於軍令、公文、電報中。
【例句】他才一出國，便聽到母親病倒的消息，只好**十萬火急**的趕回家，把公事先擱在一邊了。
【義近】迫不及待／燃眉之急／急如星火／刻不容緩／迫在眉睫。
【義反】不急之務／急脈緩灸／緩不濟急／慢條斯理／從容不迫／不慌不忙。

十鼠同穴

【釋義】十隻老鼠在同個洞穴。
【出處】三國志・魏書・鮑勛傳：「勛無活分，而汝等敢縱之！收三官已下付刺姦，當令十鼠同穴。」
【用法】喻集中在一起，便可一網打盡敵人。
【例句】據聞一些毒販正在某處集會，警方便趁**十鼠同穴**的好機會，將他們一網打盡。
【義近】一網打盡／聚而殲之。

十親九故

【釋義】十個親戚九個故舊。
【出處】元曲選・尚仲賢・柳毅傳書劇一：「受千辛萬苦，想十親九故。」
【用法】形容親友很多的樣子。
【例句】他家是個大家族，**十親九故**的，紛爭自然也不少。

一畫

千了百當

【釋義】千、百：泛指事情的各個方面。了：結束，辦妥。當：適宜，合適。
【出處】朱熹・朱子語類・論語一六：「聖人發憤便忘食，樂便忘憂，眞是一刀兩段，千了百當。」
【用法】形容一切妥貼，一切了當。
【例句】經過幾個月的籌備，展覽館的工作可算是**千了百當**了，現在只需確定開館的時間。
【義近】一了百當／千妥萬當／百了千當／萬無一失。
【義反】不了了之／草率了事。

千人所指

【釋義】一作「千夫所指」。千人：眾人。千：泛言其多。指：指責。
【出處】漢書・王嘉傳：「里諺曰：『千人所指，無病而死。』臣常爲之寒心。」
【用法】形容被千萬人指責，說

明眾怒難犯。貶義。

【例句】抗日戰爭時期，有的人爲了賣身求榮，不顧**千人所指**而投敵叛國，結果成爲千古罪人。

【義近】千目所視／萬人唾罵／眾矢之的／羣起而攻。

【義反】眾望所歸／人心所向／家傳戶誦／口碑載道／有口皆碑。

千刀萬剮 ㄑㄧㄢ ㄉㄠ ㄨㄢˋ ㄍㄨㄚˇ

【釋義】千、萬：均非實數。剮：剔肉留骨。

【出處】清・平山堂話本・錯認屍：「你這破落戶，千刀萬剮的賊。」施耐庵・水滸傳三八回：「千刀萬剮的黑殺才！」

【用法】說明某人罪孽深重，應受到殘酷的殺戮。常用作罵人之語。

【例句】你這**千刀萬剮**的畜牲！竟敢放火燒我房子，害死我女兒，我一定不會放過你。

【義近】萬剮千刀／凌遲之刑／剖腹剜心／碎屍萬段／五馬分屍。

【義反】蒲鞭之罰／微責輕罰／以觀後效／皮肉之苦。

千山萬水 ㄑㄧㄢ ㄕㄢ ㄨㄢˋ ㄕㄨㄟˇ

【釋義】一作「萬水千山」。指山水很多，千、萬泛言其多，均非實數。

【出處】宋之問・至端州……慨然成詠詩：「豈意南中歧路多，千山萬水分鄉縣。」

【用法】形容山川之多，比喻道路的艱險遙遠。

【例句】走遍**千山萬水**，還是覺得故鄉土最親，故鄉人最可愛。

【義近】山長水遠／水遠山遙／山長水闊／關山迢遞／千里迢迢／萬里關山。

【義反】平坦大道／康莊大道／一水之隔／近在咫尺。

千山萬壑 ㄑㄧㄢ ㄕㄢ ㄨㄢˋ ㄏㄨㄛˋ

【釋義】壑：山溝。

【出處】袁宗道・游記上方：「千山萬壑，與平原曠野相發揮，所以入目尤易。」

【用法】形容重山疊嶺或山勢連綿起伏。

【例句】三峽山水之險勝自古有名。在**千山萬壑**中，有長江穿流而過，造成絕佳美景。

【義近】羣山萬壑／千巖萬壑／重巒疊嶂。

【義反】平原曠野。

千仇萬恨 ㄑㄧㄢ ㄔㄡˊ ㄨㄢˋ ㄏㄣˋ

【釋義】千、萬：極言仇恨之多，非實數。

【用法】形容仇恨多得數也數不清。

【例句】抗日戰爭時期，他父母妻兒都死於日機轟炸下，一提起這件事，他心中就充滿了**千仇萬恨**。

【義近】深仇大恨／不共戴天之仇／血海深仇。

【義反】恩重如山／覆載之恩／大恩大德。

千方百計 ㄑㄧㄢ ㄈㄤ ㄅㄞˇ ㄐㄧˋ

【釋義】想盡一切辦法。方：方法。計：計謀。

【出處】朱子語類・卷三五・論語十七：「譬如捉賊相似，須是著起氣力精神，千方百計去趕捉他。」

【用法】形容用盡各種心思，想出方法計謀。

【例句】在許多難民心目中，美國是人間天堂，因此想盡了**千方百計**，希望能在那裏居留。

【義近】挖空心思／絞盡腦汁／費盡心機／想方設法。

【義反】無計可施／一籌莫展／束手無策／計無所出。

千古絕唱 ㄑㄧㄢ ㄍㄨˇ ㄐㄩㄝˊ ㄔㄤˋ

【釋義】千古：謂年代久遠，此含有不朽之意。絕唱：指出類拔萃、無與倫比的詩文創作。

【出處】蘇頲・夷齊四皓優劣論：「激清一時，流譽千古。」蘇軾・江月五首引：「此殆古今絕唱也。」

【用法】稱讚別人的詩文出類拔萃，無人能及。

【例句】杜甫的「朱門酒肉臭，路有凍死骨」，寫出了古今中外貧富懸殊的普遍現象，眞可算得上是**千古絕唱**。

【義近】歎爲觀止／無與倫比。

【義反】老生常談／陳腔濫調。

千叮萬囑 ㄑㄧㄢ ㄉㄧㄥ ㄨㄢˋ ㄓㄨˇ

【釋義】再三囑咐。千、萬極言次數之多。

【出處】楊顯之・瀟湘雨：「我將你千叮萬囑，你偏放人長號短哭。」

【用法】表示對事情極其重視。

【例句】在赴美留學之前，母親對他**千叮萬囑**，要他好好照顧自己。

【義近】一再囑咐／反覆叮嚀／諄諄告誡／耳提面命。

【義反】漠不關心。

千回百轉 ㄑㄧㄢ ㄏㄨㄟˊ ㄅㄞˇ ㄓㄨㄢˇ

【釋義】回旋反覆，縈繞不斷。回、轉：環繞，旋轉。

【出處】范居中・雍熙樂府・金殿喜重重・秋思：「我這裏千回百轉自徬徨，撇不下多情數椿。」

【用法】形容歌聲婉轉、繞梁，也形容人的思想、情緒迂曲轉折。

【例句】①聽了她的歌唱，眞有**千回百轉**，不絕於耳之感。②他見闊別多年的好友潦倒成這樣，眞是**千回百轉**，思緒萬端。

【義近】餘音繞梁／繞梁三日／千回百折／千回萬轉／迴腸九轉。

千年萬載 ㄑㄧㄢ ㄋㄧㄢˊ ㄨㄢˋ ㄗㄞˇ

【釋義】千年萬年。載：年。

【出處】元・無名氏・魚籃記三折：「豈不聞鐵樹開花，千年萬載，不知道幾時出世。」

【用法】形容年代非常久遠。

【例句】在甲骨文之前，我國還有雛形的文字，說明我國文字的產生已有**千年萬載**了。

【義近】千秋萬歲／萬古千秋／千秋萬代／億萬斯年。

【義反】一年半載／三年兩載／一朝一夕／一時半刻／頃刻之間／白駒過隙。

千妥萬當 ㄑㄧㄢ ㄊㄨㄛˇ ㄨㄢˋ ㄉㄤˋ

【釋義】千、萬：極言其妥當。妥當：穩妥適當。

【出處】文康・兒女英雄傳二回

：「辦工首在得人，兄弟這裏卻有一個千妥萬當的人。」

【用法】形容人或事非常妥當，大可放心。

【例句】①這個人辦事向來都是**千妥萬當**的，經理儘管放心。②那件事已處理得**千妥萬當**了，你不要再憂慮了。

【義近】千妥萬妥／百妥千帖／萬無一失。

【義反】無著實處／大而化之。

千村萬落

【釋義】千、萬：極言其多，非實數。落：與村同義，人聚居的地方。

【出處】杜甫・兵車行：「君不見漢家山東二百州，千村萬落生荊杞。」

【用法】形容村落很多，人煙稠密。

【例句】江、浙一帶的農村，大小河流甚多，**千村萬落**座落其間，別具水鄉風味。

【義近】千門萬戶／千家萬戶／魚米之鄉／萬家燈火／家家戶戶。

【義反】荒無人煙／人煙稀少／窮鄉僻壤／荒遠邊陲／不毛之地。

千言萬語

【釋義】千句話萬句話。千、萬：極言其多，非實數。

【出處】鄭谷・燕詩：「千言萬語無人會，又逐流鶯過短牆。」

【用法】形容說的或想要說的話很多很多。

【例句】他倆對望著，心裏正有著**千言萬語**要說，但一時又不知從何說起。

【義近】一言難盡／千叮萬囑。

【義反】一言半語／三言兩語／無話可說。

千辛萬苦

【釋義】經歷很多辛苦。

【出處】張之翰・元日詩：「千辛萬苦都嘗遍，祇有吳淞水最甘。」

【用法】形容經歷各種不同的艱難困苦。

【例句】我經過**千辛萬苦**，終於找到了失散多年的母親。

【義近】飽經風霜／艱苦備嘗。

【義反】養尊處優／逍遙度日／坐享清福／悠哉游哉。

千里一曲

【釋義】千里：一千里，喻很長的樣子。曲：拐彎的地方。一個拐彎就是一千里。

【出處】劉義慶・世說新語・任誕：「有人譏周僕射與親友言戲，穢雜無檢節。周曰：『吾若萬里長江，何能不千里一曲？』」

【用法】形容人不拘小節。

【例句】他生來**千里一曲**的個性，很有女人緣，卻得不到上司的賞識。

【義近】不拘小節／大而化之／不拘形跡／不修邊幅。

【義反】一本正經／循規蹈矩。

千里之行，始於足下

【釋義】千里遠的路程，要從腳下起步。行：走路，此指路程。

【出處】老子・六四章：「合抱之木，生於毫末；九層之臺，起於累土；千里之行，始於足下。」

【用法】比喻做事須從頭開始，一步步取得成功。

【例句】**千里之行，始於足下**，無論做什麼事，只要勇敢踏出第一步，就有機會成功。

【義近】合抱之木，生於毫末／萬丈高樓平地起／登高必自卑／行遠必自邇／萬事起頭難。

【義反】一步登天／一蹴而就。

千里之堤，潰於蟻穴

【釋義】千里長的大堤，只因一個小小的螞蟻洞而崩潰。

【出處】韓非子・喻老：「千丈之堤，以螻蟻之穴潰。」淮南子・人間訓：「千里之堤，以螻螘之穴漏。」

【用法】比喻在小事上疏忽大意，便會出現大亂子，敗壞大事。

【例句】古人說：「**千里之堤，潰於蟻穴**。」所以我們做事情除了應確實完成外，更應注意細微末節，以免功虧一簣。

【義近】千丈大堤，蟻穴可潰／天下大事，敗於細微／尺蚓穿堤，能漂一邑／猿穴壞山／一著不慎，滿盤皆輸。

千里命駕

【釋義】千里：指路途遙遠。命駕：命令馬車行駛。

【出處】晉書・嵇康傳：「東平呂安，服康高致，每一想思，輒千里命駕。」

【用法】形容遠方友人不辭辛勞，登門拜訪的深厚情意。

【例句】你不畏路途遙遠，**千里命駕**前來看我，令我銘感五內。

【義近】造門拜訪／款門而謁。

【義反】不聞不問／漠不關心。

千里姻緣一線牽

【釋義】千里：言相距甚遠。姻緣：婚姻的緣分。

【出處】曹雪芹・紅樓夢五七回：「自古道：『千里姻緣一線牽』……憑你兩家哪怕隔著海呢，若有姻緣的，終久有機會作成了夫婦。」

【用法】說明男女雙方儘管相隔遙遠，只要有緣分就會結爲夫妻。

【例句】一個出生於美國，一個出生於大陸，今天卻在臺北舉行婚禮，眞是**千里姻緣一線牽**。

【義近】有緣千里來相會／有情人終成眷屬／紅葉題詩／紅絲繫足。

【義反】無緣對面不相識／落花有意，流水無情／一廂情願。

千里迢迢

【釋義】迢迢：遙遠的樣子。

【出處】古今小說・范巨卿雞黍生死交：「辭親別弟到山陽，千里迢迢客夢長。」

【用法】形容路途遙遠。

【例句】我與他雖然無親無故，但他**千里迢迢**跑來找我幫忙，我怎能置之不理呢？

【義近】山長水遠／山遙路遠／關山迢遞／迢遞千里。

【義反】一箭之地／一水之隔／一山之隔／一衣帶水／近在咫尺。

千里猶面 ㄑㄧㄢ ㄌㄧˇ ㄧㄡˊ ㄇㄧㄢˋ

【釋義】在一千里外，卻猶如面對面相談。面：面晤。
【出處】舊唐書・房玄齡傳：「高祖嘗謂侍臣曰：『此人深識機宜，足堪委任，每為我兒陳事，必會人心，千里之外，猶對面語耳。』」
【用法】比喻傳達真切的樣子。
【例句】這部小說寫得極為生動，讀來令人有**千里猶面**的感受，似乎小說人物在和自己交談。

千里鵝毛 ㄑㄧㄢ ㄌㄧˇ ㄜˊ ㄇㄠˊ

【釋義】即千里送鵝毛。千里：指相距甚遠。鵝毛：喻禮物甚輕。
【出處】黃庭堅・長句謝陳適用惠送吳南雄所贈紙：「千里鵝毛意不輕，瘴衣腥膩北歸客。」
【用法】比喻禮物雖輕而情意深重。
【例句】他捐給災區的錢雖然不多，卻是**千里鵝毛**，愛心感人。
【義近】物薄情厚／禮輕情重。

千依百順 ㄑㄧㄢ ㄧ ㄅㄞˇ ㄕㄨㄣˋ

【釋義】千、百：泛言，非實數。依、順：同義，順從。
【出處】凌濛初・初刻拍案驚奇二七回：「凡是船家叫他做些什麼，他千依百順，替他收拾零碎，料理事務。」
【用法】形容事事順從，無一違抗。
【例句】他太太對他真是**千依百順**，可是他還不滿足，頻頻嫌人家不夠賢慧。
【義近】百依百順／百順千隨／唯命是從／低首下心／唯唯諾諾／言聽計從。
【義反】傲岸不馴／寧死勿從／抗顏違命／橫眉冷對／我行我素。

千呼萬喚 ㄑㄧㄢ ㄏㄨ ㄨㄢˋ ㄏㄨㄢˋ

【釋義】呼喚多次，催促再三。
【出處】白居易・琵琶行：「千呼萬喚始出來，猶抱琵琶半遮面。」
【用法】形容再三邀請和催促。
【例句】你這人真怪，怎麼硬要我們**千呼萬喚**才肯出來呢？
【義近】再三邀請／三催四請／一再催促／三顧茅蘆。

千奇百怪 ㄑㄧㄢ ㄑㄧˊ ㄅㄞˇ ㄍㄨㄞˋ

【釋義】千百種奇奇怪怪的現象和事物。
【出處】普濟・五燈會元：「如有人在州縣住，或聞或見，千奇百怪，他總將作尋常。」
【用法】形容離奇古怪的事物和現象。
【例句】在神話傳說中，充滿了各式各樣**千奇百怪**的事，而這也正是神話傳說的迷人之處。
【義近】稀奇古怪／離奇古怪／無奇不有。
【義反】不足為奇／司空見慣／平淡無奇。

千狀萬態 ㄑㄧㄢ ㄓㄨㄤˋ ㄨㄢˋ ㄊㄞˋ

【釋義】千、萬：極言狀態之多，變化之大。狀、態：人或事物表現出來的形態。
【出處】宋・陸九淵・與王謙仲：「朝暮雨暘雲煙出沒之變，千狀萬態，不可名模。」
【用法】形容形態多種多樣，且變幻莫測。
【例句】登上泰山頂峰，俯瞰山下，遠近景物，**千狀萬態**，盡收眼底。
【義近】千態萬端／千變萬化／變化多端／變化無窮。
【義反】一成不變／泥塑木雕。

千金之子 ㄑㄧㄢ ㄐㄧㄣ ㄓ ㄗˇ

【釋義】指富貴人家的子弟。千金：言其家庭富豪。
【出處】司馬遷・史記・袁盎、鼂錯傳：「臣聞千金之子，坐不垂堂。」又貨殖傳：「諺曰：千金之子，不死於市。」
【用法】用以說明富家子弟貴重，特別愛惜生命，一言一行都非常謹慎。
【例句】他是**千金之子**，這種冒險的事豈肯參加？你不要去枉費唇舌了。
【義近】富家子弟／五陵少年／膏粱子弟。
【義反】繩樞之子／清寒子弟。

千金之家 ㄑㄧㄢ ㄐㄧㄣ ㄓ ㄐㄧㄚ

【釋義】千金：極言其富有和錢財之多。
【出處】司馬遷・史記・貨殖列傳：「是故江淮以南，無凍餓之人，亦無千金之家。」
【用法】指富豪的家庭。
【例句】現在大陸兩極化的情形非常嚴重，有的已成**千金之家**，而偏遠山區卻有不少人家連溫飽都成問題。
【義近】富貴人家／王侯之家／朱門繡戶／家財萬貫／鐘鳴鼎食。
【義反】一貧如洗／家徒四壁。

千金買笑 ㄑㄧㄢ ㄐㄧㄣ ㄇㄞˇ ㄒㄧㄠˋ

【釋義】千金：猶重金。買笑：博取笑容。
【出處】王僧孺・詠寵姬詩：「再顧連城易，一笑千金買。」元・張可久・春思：「蘇小小，張好好，千金買笑，今何在玉顏花貌？」
【用法】指不惜用重金博取美女歡心。多指狎妓。
【例句】林先生一輩子省吃儉用，沒想到，他辛苦積攢下來的家業，全部被他那不成材的兒子**千金買笑**去了。
【義近】千金一笑／褒姒一笑／美人一笑。

千金買骨 ㄑㄧㄢ ㄐㄧㄣ ㄇㄞˇ ㄍㄨˇ

【釋義】花費千金，買得千里馬的枯骨。一作「千金市骨」。
【出處】戰國策・燕策一：燕昭王遣郭隗購千里馬，「三年得千里馬，馬已死，買其首五百金。」
【用法】比喻招攬人才之迫切。
【例句】我們要以古人**千金買骨**的精神，多方面地搜羅人才，使人盡其才，社會才會更加進步。
【義近】求才若渴／求賢若渴／千金市骨／招賢納士／延攬人才。

千門萬戶 ㄑㄧㄢ ㄇㄣˊ ㄨㄢˋ ㄏㄨˋ

【釋義】許許多多門戶。門：雙扇門。戶：單扇門。
【出處】司馬遷・史記・孝武紀

：「於是作建章宮，度為千門萬戶。」

【用法】形容屋宇廣大或人戶眾多。

【例句】這個城市有居民數百萬人，**千門萬戶**的，若無地址，想要尋找你要尋找的人，簡直如大海撈針。

【義近】千家萬戶／門戶眾多／人煙稠密。

【義反】荒無人煙／人戶稀少。

千思萬想

【釋義】思、想：二字同義，考慮。

【出處】明・無名氏・誤失金環四折：「今日箇打疊起千思萬想，怎下的說短論長，仔細思量，其實難當。」

【用法】極言人反覆考慮。

【例句】現在公司面臨倒閉，我**千思萬想**也找不出一個妥當的挽救辦法。

【義近】思之再三／殫精竭慮／冥思苦想／深思熟慮／思前想後／絞盡腦汁。

【義反】不假思索／不思而行／無所用心／輕舉妄動。

千秋之後

【釋義】千年之後，即死後。秋：年。

【出處】司馬遷・史記・魏其武安侯列傳：「是時，上（景帝）未立太子。酒酣，從容言曰：『千秋之後傳梁王。』」

【用法】用作死後的忌稱（多用於帝王或其他大人物）。

【例句】許多藝術家的作品，總在他們**千秋之後**才開始聞名於世。

【義近】百年之後／若有不諱／一日晏駕／駕鶴西歸。

【義反】富於春秋／長生不老／風華正茂／春秋鼎盛。

千秋萬世

【釋義】意即千年萬代。秋：年。世：世代，一代又一代。

【出處】藝文類聚四四卷引說苑：「千秋萬世之後，宗廟必不血食，高臺既已壞，曲池既已漸。」

【用法】形容年代非常久遠。

【例句】當初史達林自以為共產主義定能傳之於**千秋萬世**，殊不知才幾十年就土崩瓦解了。

【義近】千年萬載／千秋萬代／萬古千秋／天長地久／天荒地老。

【義反】三年兩載／一年半載／俯仰之間／彈指之間／日不移晷。

千秋萬歲

【釋義】形容時間的久長。秋：年。

【出處】韓非子・顯學：「今巫祝之祝人曰：『使若千秋萬歲。』」司馬遷・史記・梁孝王世家：「上與梁王燕飲，嘗從容言曰：『千秋萬歲後，傳於王。』」

【用法】常用作祝壽的頌辭，也用作帝王壽終或重要人物死亡的諱稱。

【例句】他是參加辛亥革命的人士中還健在的唯一老人，所以當他九十六歲壽誕的那天，許多人都紛紛去電，祝他**千秋萬歲**。

【義近】千秋萬載／千秋萬世／千秋萬古／壽比南山／萬壽無疆／百年之後。

【義反】俯仰之間。

千軍易得，一將難求

【釋義】意謂千軍容易募集，卻難尋得一將。千：言其多，非實數。

【出處】元・關漢卿・尉遲恭單鞭奪槊二折：「可不道『千軍易得，一將難求』，怎做的蕭何智謀？」

【用法】形容人才之難得。

【例句】在大陸設工廠，七百多位工人不到十天就招募到了，但要招募一名廠長卻大費周章，眞是**千軍易得，一將難求**。

【義近】三軍易得，一將難尋。

千軍萬馬

【釋義】兵馬眾多。

【出處】南史・陳慶之傳：「洛中謠曰：『名軍大將莫自牢，千軍萬馬避白袍。』」

【用法】形容軍隊之多或聲勢浩大；也可用以形容烏雲、風雨中的森林、波濤等。

【例句】她用琵琶演奏古曲十面埋伏時，聽起來眞像有**千軍萬馬**在那裏廝殺。

【義近】投鞭斷流／旌旗蔽空。

【義反】兵微將寡／單槍匹馬／一兵一卒。

千乘萬騎

【釋義】千、萬：極言其多。乘：古指四匹馬拉的車，一輛為一乘，也泛指兵車。騎：騎兵，也泛指馬。

【出處】三國志・魏書・董卓傳・注引獻帝春秋曰：「侯非侯，王非王，千乘萬騎走北芒。」

【用法】形容兵車馬匹極多。

【例句】拍攝古代的戰爭場面花費甚大，單是上陣廝殺的**千乘萬騎**一項，就要花上好幾百萬。

【義近】千軍萬馬／雄師百萬。

【義反】單槍匹馬／一兵一卒。

千倉萬箱

【釋義】千、萬：形容很多。倉、箱：裝糧食作物或其他物件的容器。

【出處】詩經・小雅・甫田：「乃求千斯倉，乃求萬斯箱。」葛洪・抱朴子・極言：「千倉萬箱，非一耕所得；干天之木，非旬日所長。」

【用法】形容庫存的糧食很多。

【例句】我國近幾年連連豐收，國糧**千倉萬箱**，足以應付不時之需。

【義近】滿倉滿箱／倉廩充盈。

【義反】室無儲糧／無隔夜糧。

千差萬別

【釋義】意謂種類多，差別大。

【出處】道原・景德傳燈錄卷二五：「僧問：『如何是無異底事？』師曰：『千差萬別。』」

【用法】形容人、事種類繁多，差別甚大。

【例句】社會上的事物雖然**千差萬別**，但它們之間又存在著一定的關聯。

【義近】事殊人異／形貌各異。

【義反】大同小異／一模一樣／實無二致。

千恩萬謝

【釋義】恩：恩德、恩情，此為感恩、報恩之意。
【出處】施耐庵・水滸傳一〇四回：「李助是個星卜家，得了銀子，千恩萬謝的辭了范全、王慶……。」
【用法】形容對別人的恩惠非常感激。
【例句】劉姥姥在賈府樂了幾天，又得了許多銀子、衣物，便**千恩萬謝**的告辭回去了。
【義近】感恩戴德／感激涕零／感激不盡／來生圖報。
【義反】恩將仇報／忘恩負義／以怨報德。

千眞萬確

【釋義】確：眞實。
【出處】吳敬梓・儒林外史一九回：「景蘭江道：『千眞萬確的事，不然我也不知道。』」
【用法】形容非常確實，毫無疑義。
【例句】他被免職了，這是**千眞萬確**的事，難道我會騙你？
【義近】確鑿無疑。
【義反】子虛烏有／道聽塗說／捕風捉影。

千推萬阻

【釋義】千、萬：形容很多。推：推辭。阻：阻止。
【出處】明・柯丹邱・荊釵記・責婢：「鄧尚書說親，直恁千推萬阻；見王太守樂意，卻不顧五典三綱。」
【用法】形容想方設法，百般拒絕。
【例句】既然參加會議的人一致推選你擔任主席，你又何必**千推萬阻**呢？
【義近】千辭萬拒／百般推辭。
【義反】千恩萬謝／千應百諾。

千部一腔，千人一面

【釋義】成千部戲都是一個腔調，成千個人都是一個面孔。
【出處】曹雪芹・紅樓夢一回：「至于才子佳人等書，則又開口『文君』，滿篇『子建』，千部一腔，千人一面，且終不能不涉淫濫。」
【用法】用以形容文藝創作、戲曲表演等流於公式化、程式化，粗製濫造，毫無創新。
【例句】有一段時期，印度每年拍攝的電影數量雖不少，但大多**千部一腔，千人一面**，看了前頭就知道後頭。
【義近】百部一腔，百人一面／千篇一律／官樣文章／了無新意／一成不變。
【義反】一部一腔，一人一面／風格各異／各盡其妙／各有千秋／五花八門／千變萬化／迥然不同。

千絲萬縷

【釋義】千根絲，萬根線。縷：線。形容一根又一根，數也數不清。
【出處】戴復古・憐薄命詞：「道旁楊柳依依，千絲萬縷，擰不住一分愁緒。」
【用法】比喻彼此間的關係極為密切且複雜。
【例句】他們之間情感糾葛有如**千絲萬縷**，你想把他們分開根本是不可能的。
【義近】千頭萬緒。
【義反】一刀兩斷。

千鈞重負

【釋義】千鈞：三萬斤。鈞：古時三十斤為一鈞。重負：沉重的負擔。
【出處】商君書・錯法：「烏獲舉千鈞之重，而能以多力易人。」穀梁傳・昭公二十九年：「昭公出奔，民如釋重負。」
【用法】比喻負擔很沉重或所負的責任非常艱巨。
【例句】擔任局長一職，對我來說眞有如**千鈞重負**，所以我準備提出辭呈。
【義近】千斤重擔／任重致遠／任重道遠。
【義反】輕如鴻毛／微不足道／舉手之勞／輕而易舉。

千愁萬恨

【釋義】千、萬：在此形容愁恨之多，非實際數目字。
【出處】明・陸采・懷香記・佳會贈香：「受盡了千愁萬恨廢眠餐，捱至此夕償心願。」
【用法】形容心中所積鬱的憂愁怨恨很多。
【例句】我在他家當傭人時受盡凌辱，心中的**千愁萬恨**眞不知該向誰訴說。
【義近】千怨萬恨／千愁萬怨／愁恨滿腹。
【義反】心曠神怡／歡天喜地／春風滿面。

千萬買鄰

【釋義】花費千萬高價買個好鄰居。
【出處】南史・呂僧珍傳：「一百萬買宅，千萬買鄰。」
【用法】比喻好鄰居的難得與可貴。
【例句】環境對人的影響很大，所以我國古代就有孟母三遷和**千萬買鄰**的說法。
【義近】孟母擇鄰／萬貫結鄰／居必擇鄰。

千載一時

【釋義】一千年也很難得到的一次時機。載：年。時：時機。
【出處】王羲之・與會稽王箋：「況遇千載一時之運，顧智力屈於當年，何得不權輕重而處之也。」
【用法】比喻機會的難得可貴。
【例句】能夠這樣清清楚楚地看到日全蝕，眞可說是**千載一時**的眼福。
【義近】千載一遇／千載難逢／萬世一時。
【義反】家常便飯／司空見慣／尋常可見。

千載獨步

【釋義】載：年。獨步：獨一無二。
【出處】唐・李陽冰・草堂集序：「自三代已來，風騷之後，馳驅屈宋，鞭撻揚馬，千載獨步，唯公一人。」
【用法】形容古往今來，絕無僅有。
【例句】曹雪芹的《紅樓夢》，在我國小說史上是一部**千載獨步**的傑作。
【義近】無與倫比／空前絕後／絕無僅有／獨一無二／舉世

無雙。

【義反】比比皆是／多如牛毛／俯拾即是。

千載難逢

【釋義】一千年也難得遇到一次。載：年。逢：遇到。

【出處】南齊書．庾杲之．臨終上表：「臣以凡庸，謬徼昌運，獎擢之厚，千載難逢。」

【用法】形容機會非常難得。

【例句】這是一個**千載難逢**的大好機會，你若不積極爭取，將坐失良機。

【義近】千載一遇／千載一會／千載一時／百年不遇。

【義反】家常便飯／時時可遇／司空見慣。

千端萬緒

【釋義】意即頭緒繁多。緒：頭緒。今多作千頭萬緒。

【出處】曹植．自試令：「機等吹毛求疵，千端萬緒，然終無可言者。」

【用法】形容事情複雜紛亂，頭緒很多。

【例句】此事雖**千端萬緒**，但只要善於掌握關鍵，還是可以處理得有條不紊的。

【義近】千絲萬縷／錯綜複雜。

【義反】有條不紊／井井有條／有條有理／頭緒清晰。

千嬌百媚

【釋義】嬌：美麗又可愛。媚：美。

【出處】張文成．遊仙窟：「千嬌百媚，造次無可比方；弱體輕身，談之不能備盡。」

【用法】形容女子姿態、容貌十分美麗動人，也形容花的美麗嬌艷。

【例句】①公園裏舉行迎春花展，無數花卉迎風招展，**千嬌百媚**。②那位女演員，把楊貴妃的**千嬌百媚**充分表現出來了。

【義近】綽約多姿／風情萬種／體態嬌媚。

【義反】奇醜無比／無鹽之貌／貌似嫫母。

千慮一失

【釋義】聰明的人多次考慮，還是會有失誤。失：過失，錯誤。

【出處】晏子春秋．內篇．雜下：「聖人千慮，必有一失。」司馬遷．史記．淮陰侯列傳：「臣聞智者千慮，必有一失。」

【用法】說明聰明的人也會有失誤，應虛心聽取他人意見。

【例句】人難免會犯錯，即使你非常聰明，也還是會有**千慮一失**的時候。

【義近】百密一疏／尺有所短。

【義反】千慮一得／寸有所長／萬無一失／面面俱到。

千慮一得

【釋義】再愚笨的人經過多次思考，也會有可取的地方。得：得當，可取。

【出處】晏子春秋．內篇．雜下：「愚者千慮，必有一得。」又見司馬遷．史記．淮陰侯列傳。

【用法】說明再愚笨的人，他的謀慮也不是沒有可取之處。多用在向人進言時的自謙語。

【例句】我剛才所發表的看法很不成熟，但**千慮一得**，或許有點參考價值吧。

【義近】寸有所長／一得之見。

【義反】千慮一失／尺有所短。

千篇一律

【釋義】千篇文章都是一個樣。

【出處】王世貞．全唐詩說：「少年與元稹角靡逞博，意在警策痛快，晚更作知足語，千篇一律。」

【用法】形容詩文或說話的內容重複，毫無變化；也比喻辦事按一個模式去做，非常呆板。

【例句】①作品的內容可深可淺，形式可長可短，但不能**千篇一律**。②處理事情要視實際狀況而定，決不能採用**千篇一律**的方式。

【義近】千人一律／千人一面／千部一腔／一成不變。

【義反】千變萬化／千差萬別／各有千秋／五花八門／迥然不同。

千錘百鍊

【釋義】指對詩文作多次精心的修改。錘、鍊：打鐵鍊鋼，除去雜質。

【出處】趙翼．甌北詩話卷一：「詩家好作奇句警語，必千錘百鍊而後能成。」

【用法】形容寫作精益求精，所下工夫甚深；也比喻經歷長期的磨鍊和考驗。

【例句】①一部優秀作品，必須要經過**千錘百鍊**才能成功，決不可能一蹴而就。②每個有成就的人，都是經過**千錘百鍊**的，不可能一帆風順。

【義近】字斟句酌／雕章琢句／反覆推敲／切磋琢磨／百鍛千鍊。

【義反】信手拈來／一揮而就／妙手偶得。

千鎰之裘，非一狐之白

【釋義】價值千金的皮衣，不是一隻狐狸腋下的白毛就能製成的。鎰：古重量單位，合二十兩（一說二十四兩）。

【出處】墨子．親士：「是故江河之水，非一源之水也；千鎰之裘，非一狐之白也。」

【用法】比喻要把國家治理好，絕非一、二個人所能奏效，需要眾多有才能的人羣策羣力方可。

【例句】**千鎰之裘，非一狐之白**。要把我們的國家建設得更加繁榮富強，還需要有志之士同心協力，奮發向上。

【義近】千金之裘，非一狐之腋／滔滔江河，非一源之水。

千難萬險

【釋義】種種艱難險阻。

【出處】楊景賢．西遊記：「火焰山千難萬險，早求法力到西天。」

【用法】形容道途中困難重重、障礙很多。

【例句】要成就一番大事業，就得要有不怕千辛萬苦，不畏**千難萬險**的奮戰精神。

【義近】艱難險阻。

【義反】風平浪靜／平坦大道／康莊大道。

千難萬難（ㄑㄧㄢ ㄋㄢˊ ㄨㄢˋ ㄋㄢˊ）

【釋義】千、萬：這裏是形容困難很多且大。

【出處】元．貫雲石．一枝花．離悶：「常言道好事多慳，陡恁的千難萬難。」

【用法】形容非常的困難。

【例句】過去知識分子薪資低得可憐，要想養活父母妻兒，眞是**千難萬難**啊！

【義近】千難萬險／難乎爲繼／難如登天／牽牛下井。

【義反】俯拾地芥／舉手之勞／易如反掌／唾手可得／摧枯拉朽／輕而易舉。

千歡萬喜（ㄑㄧㄢ ㄏㄨㄢ ㄨㄢˋ ㄒㄧˇ）

【釋義】千、萬：這裏是形容歡欣喜悅的程度很高。

【出處】明．范受益．尋親記．報捷：「二十年沒了父親，今日見說爹在他鄉，孩兒千歡萬喜。」

【用法】形容人興高采烈，非常歡喜。

【例句】知道自己考上台大後，他便**千歡萬喜**的回家向家人報喜。

【義近】歡欣鼓舞／歡天喜地／喜笑顏開／喜不自勝／興高采烈／欣喜若狂。

【義反】愁眉苦臉／遠愁近慮／愁眉鎖眼／愁眉不展／垂頭喪氣／悶悶不樂。

千巖萬壑（ㄑㄧㄢ ㄧㄢˊ ㄨㄢˋ ㄏㄨㄛˋ）

【釋義】巖：山崖。壑：深溝，山谷。

【出處】劉義慶．世說新語．言語：「千巖競秀，萬壑爭流。」白居易．題岐王舊山池石壁詩：「況當霽景涼風後，如在千巖萬壑間。」

【用法】形容重山疊嶺，岩壑懸崖很多。

【例句】你只要走進貴州山區，**千巖萬壑**處處可見。

【義近】千巖萬谷／千山萬壑／層巒疊障／崇山峻嶺／懸巖峭壁。

【義反】一馬平川／一望無際／一片汪洋／茫茫原野／平原曠野。

千巖競秀（ㄑㄧㄢ ㄧㄢˊ ㄐㄧㄥˋ ㄒㄧㄡˋ）

【釋義】重山疊嶺的風景好像在互相媲美。巖：山巖。競：競賽。

【出處】劉義慶．世說新語．言語：「顧長康從會稽還，人問山川之美。顧云：『千巖競秀……。』」

【用法】形容山景秀麗。

【例句】萬壑爭流，**千巖競秀**，鳥啼人不見，花落樹猶香。（吳承恩．西遊記）

【義近】奇峰爭艷。

【義反】荒山野嶺。

千變萬化（ㄑㄧㄢ ㄅㄧㄢˋ ㄨㄢˋ ㄏㄨㄚˋ）

【釋義】變化很多。

【出處】列子．周穆王：「乘虛不墜，觸實不硋，千變萬化，不可窮極。」

【用法】形容變化無窮。

【例句】國際形勢**千變萬化**，誰也無法預料。

【義近】瞬息萬變／變化多端／風雲多變／變化無窮。

【義反】一成不變。

二畫

升斗之祿（ㄕㄥ ㄉㄡˇ ㄓ ㄌㄨˋ）

【釋義】升、斗：均爲計量單位，比喻微薄，少量。

【出處】漢書．梅福傳：「言可采取者，秩以升斗之祿，賜以一束之帛。」

【用法】常用以形容薪俸菲薄。

【例句】社會上有太多人爲了**升斗之祿**做一些不是自己有興趣的工作，你又有什麼好抱怨的呢？

【義近】爲五斗米折腰／薪俸微薄／所獲無幾。

【義反】高官厚祿。

升斗微官（ㄕㄥ ㄉㄡˇ ㄨㄟˊ ㄍㄨㄢ）

【釋義】升斗：升爲容量起量的基本單位，斗爲計量常用單位。二者比喻微薄，少量。微官：小官。

【出處】金．元好問．自鄧州幕府暫歸秋林詩：「升斗微官不療饑，中林春雨蕨芽肥。」

【用法】用以指俸祿很少，微不足道的小官。

【例句】一個鄉長不過是**升斗微官**罷了，卻如此橫行霸道，被革職查辦自是理所當然之事。

【義近】芝麻小官／斗米微官／九品小官／一官半職。

【義反】高官厚祿／達官顯宦／位極人臣／紆靑拖紫。

升堂入室（ㄕㄥ ㄊㄤˊ ㄖㄨˋ ㄕˋ）

【釋義】登上廳堂又進入內室。升：登上。堂：古時宮室的前屋。室：後屋，內室。

【出處】論語．先進：「由也升堂矣，未入於室也。」陳壽．三國志．魏書．管寧傳：「游志六藝，升堂入室。」

【用法】比喻學問造詣精深，也比喻技藝精湛。

【例句】才讀了幾天書，就奢望達到**升堂入室**的境界，簡直是異想天開。

【義近】登峰造極／精益求精。

【義反】不學無術／一知半解／尙未入門。

三畫

半斤八兩（ㄅㄢˋ ㄐㄧㄣ ㄅㄚ ㄌㄧㄤˇ）

【釋義】十六兩爲一斤，半斤即八兩，二者輕重相等。

【出處】惟白．建中靖國續燈錄二四：「踏著秤鎚硬似鐵，八兩元（原）來是半斤。」

【用法】比喻彼此程度、水準等相當，難分上下。

【例句】這兩人**半斤八兩**，脾氣一樣壞，吵起架來很嚇人。

【義近】不相上下／銖兩悉稱／未分軒輊／旗鼓相當／勢均力敵。

【義反】天壤之別／相差十萬八千里／天差地遠／以鎰稱銖／判若雲泥／天淵之別。

半死不活（ㄅㄢˋ ㄙˇ ㄅㄨˋ ㄏㄨㄛˊ）

【釋義】即半死半活。說死了又還活著，說活著又像死了。

【出處】劉鶚．老殘遊記續集四回：「打了二三百鞭子，教人鎖到一間空屋子裏去，一天給兩碗冷飯，吃到如今，還是那麼半死不活的呢！」

【用法】形容人精神不振，毫無生氣的樣子。有時也形容事業蕭條。

【例句】①你看他那**半死不活**的樣子，眞教人生氣！②他所開的服裝公司，因經營不善，已處於**半死不活**的境地。

【義近】半生半死／萎靡不振／無精打采／一片蕭條／垂頭喪氣／灰心喪志。

【義反】生氣勃勃／朝氣蓬勃／生龍活虎／意氣風發／神采奕奕／精神抖擻。

半吞半吐 ㄅㄢˋ ㄊㄨㄣ ㄅㄢˋ ㄊㄨˋ

【釋義】意謂話剛說出口又縮回去。

【出處】明・湯顯祖・紫釵記・婉拒強婚：「半吞半吐話周章，定是青樓薄幸郎。」

【用法】形容人說話時想說而又不想說的樣子。

【例句】你有話就直截了當地說出來，爲什麼要這樣**半吞半吐**的令人著急呢！

【義近】吞吞吐吐／欲言又止／支支吾吾／支吾其詞／閃爍其詞／欲語還休。

【義反】暢所欲言／脫口而出／單刀直入／和盤托出／打開天窗說亮話／直言不諱。

半夜三更 ㄅㄢˋ ㄧㄝˋ ㄙㄢ ㄍㄥ

【釋義】舊時把一夜分爲五個更次，三更爲午夜。更：夜間計時單位，一更約兩小時。

【出處】元・王實甫・西廂記：「君瑞偷眼覷，半夜三更不知是甚人特來到。」

【用法】用以指深夜。

【例句】**半夜三更**來了一通電話，全家人都被驚醒了。

【義近】更深人靜／深更半夜／夜闌更深／三更半夜。

【義反】日上三竿／烈日當空／日正當中。

半夜敲門不吃驚 ㄅㄢˋ ㄧㄝˋ ㄑㄧㄠ ㄇㄣˊ ㄅㄨˋ ㄔ ㄐㄧㄥ

【釋義】吃驚：受驚，害怕。

【出處】元・無名氏・玎玎璫璫盆兒鬼：「平生不作虧心事，半夜敲門不吃驚。」

【用法】比喻沒有做過虧心事，根本用不著害怕。

【例句】幾十年來，我沒有做過任何虧心事，所以**半夜敲門不吃驚**，他能把我怎麼樣！

【義近】半夜敲門心不驚／心中無鬼不吃驚／心中無冷病，哪怕吃西瓜／心安理得／泰然自若。

【義反】作賊心虛／惶惶不可終日／心如懸旌／心神恍惚／忐忑不安／七上八下／惴惴不安。

半青半黃 ㄅㄢˋ ㄑㄧㄥ ㄅㄢˋ ㄏㄨㄤˊ

【釋義】一半青一半黃，青黃相雜，是農作物接近成熟而又未成熟時的樣子。

【出處】朱熹・朱子全書・學：「今既要理會，也須理會取透；莫要半青半黃，下梢都不濟事。」

【用法】比喻人的思想或事情尚未達到成熟的境地。

【例句】他畢竟還年輕，爲人處事等方面都還處於**半青半黃**的階段，麻煩經理多包涵。

【義近】半生半熟／少不更事／羽毛未豐／初出茅蘆／嘴上無毛／乳臭未乾。

【義反】瓜熟蒂落／老成持重／斲輪老手／老謀深算／少年老成／老於世故。

半信半疑 ㄅㄢˋ ㄒㄧㄣˋ ㄅㄢˋ ㄧˊ

【釋義】有點相信，有點懷疑。

【出處】成鷲・羅浮采藥歌：「相逢一一爲予說，予心半信還半疑。」

【用法】用以說明對眞假是非不能肯定，即疑信參半。

【例句】儘管大家都這麼說，但我還是**半信半疑**的，非得作進一步的了解才能表態。

【義近】將信將疑／疑信參半／又信又疑。

【義反】深信不疑／自信不疑／確信無疑。

半面之交 ㄅㄢˋ ㄇㄧㄢˋ ㄓ ㄐㄧㄠ

【釋義】半面：猶言「一面」，「半」只是形容極少。交：結交。

【出處】許仲琳・封神演義六二回：「我與道友未有半面之交，此語從何而來？」

【用法】稱只見過一面的人。

【例句】我與他只有**半面之交**，怎麼好開口求他去說人情？

【義近】半面之識／一面之交／點頭之交／泛泛之交／一面之雅／萍水相逢。

【義反】莫逆之交／患難之交／生死之交／總角之交／忘年之交／刎頸之交／生死知己／情同手足。

半推半就 ㄅㄢˋ ㄊㄨㄟ ㄅㄢˋ ㄐㄧㄡˋ

【釋義】推：推開。就：靠上去。

【出處】王實甫・西廂記第四本一折：「半推半就，又驚又愛。」

【用法】形容假意推辭或半肯半不肯的樣子。

【例句】他眞是死要面子，明明希望得到那個職位，但等經理要升他時，他卻又**半推半就**地答應，眞是虛僞。

【義近】半羞半喜／邊推邊就／嘴硬心應／欲就還拒／欲拒還迎。

【義反】一說就允／一點就著／一拍就響／心應口應／沒口子答應。

半瓶醋 ㄅㄢˋ ㄆㄧㄥˊ ㄘㄨˋ

【釋義】不滿一瓶的醋，晃晃蕩蕩。

【出處】元・無名氏・司馬相如題橋記：「如今那街市上常人，粗讀幾句書，咬文嚼字，人叫他做半瓶醋。」

【用法】形容僅有一知半解的知識，卻自鳴得意喜歡在人前賣弄的人。

【例句】他是個典型的**半瓶醋**，斗大的字認不了幾個，卻到處炫耀賣弄，被人譏笑而不自知。

【義近】半罐子水／半吊子。

【義反】滿腹經綸／滿罐子水／一專多能／博學多能。

半途而廢 ㄅㄢˋ ㄊㄨˊ ㄦˊ ㄈㄟˋ

【釋義】半路上停下來不走了。廢：停止。一作「半塗而廢」。塗：通「途」。

【出處】禮記・中庸：「君子遵道而行，半途而廢，吾弗能已矣。」

【用法】比喻做事沒有恆心，不能堅持到底。

【例句】這項任務你既然答應了人家，就要堅持完成，決不能**半途而廢**。

【義近】中道而廢／中道而止／前功盡棄／功虧一簣。

【義反】堅持不懈／持之以恆／鍥而不舍。

半部論語治天下

【釋義】論語：孔子言行的精萃，是儒術的總義，儒家思想的代表。

【出處】宋史・趙普傳：「普嘗謂太宗曰：『臣有論語一部，以半部佐太祖定天下，以半部佐陛下致太平。』」

【用法】說明論語的功用很大。

【例句】所謂**半部論語治天下**，深入了解，對你將來立身處世會有很大的幫助。

半間不界

【釋義】間：世間、人間。界：一定範圍或地位的劃分。全句意謂半個世間的範圍也沒有達到。

【出處】朱子語類四七・論語二九：「便是世間有這一般半間不界底人，無見識，不顧理之是非，一味謾人。」宋・吳泳・鶴林集二七・答家本仲書：「又思向來講學，只是半間半界，無詣乎實處。」

【用法】比喻做事不夠徹底或形容人膚淺不深入。

【例句】①你的做事態度若是如此**半間不界**的話，是沒有一家公司會雇用你的。②這個人思想膚淺，**半間不界**的，卻敢在專家面前大肆吹牛，只是更自暴其短罷了。

【義近】半間半界。

半路出家

【釋義】不是兒時而是在成年以後才去當和尚或尼姑。出家：離家去當和尚或尼姑。

【出處】京本通俗小說・錯斬崔寧：「先前讀書，後來看看不濟，卻去改業做生意，便是半路上出家的一般。」

【用法】多用以比喻中途改行。

【例句】她原來是學文學的，卻**半路出家**做生意去了，而且還做得有聲有色。

【義近】半途改行／棄文從商／修文棄武。

【義反】科班出身／操持本行。

半截入土

【釋義】半截身子已埋入土中。形容病老將死。

【出處】蘇軾・東坡志林：「汝已半截入土，猶爭高下乎？」

【用法】形容人年老多病，將不久於人世。

【例句】我已是**半截入土**的人了，難道還會與你們爭名奪利，傷身更傷人嗎？

【義近】死了半截沒埋的／行將就木／同閻王菩薩只隔一層紙／風前殘燭／日薄西山／風燭殘年／一腳踏進棺材。

【義反】來日方長／旭日東升／正當盛年／朝氣勃勃／青春煥發。

半壁江山

【釋義】意謂半個天下，半個中國。半壁：半邊。江山：指國土，國家。

【出處】蔣士銓・冬青樹：「半壁江山，比五季朝廷尤小。」

【用法】用以指國家領土已淪陷了大部分的殘局。

【例句】清朝末年，**半壁江山**斷送在皇親國戚手中，而他們卻仍大肆鋪張浪費，完全沒有悔改振作之心。

【義近】山河破碎／殘山剩水／豆剖瓜分／江山殘缺。

【義反】江山無損／金甌無缺／天下一統／江山一統。

半籌不納

【釋義】半根算籌也拿不出來。籌：指計數和進行計算的籌碼。

【出處】元・朱凱・昊天塔二折：「萬騎交馳，兩軍相見，啗手裏半籌不納。」

【用法】形容無計可施，感到很爲難。

【例句】你們把事情弄到這個地步，找誰來都會感到**半籌不納**！

【義近】一籌不納／一籌莫展／智窮謀盡／束手無策／無計可施／無可奈何。

【義反】胸有成竹／計出萬全／勝券在握。

六畫

卓有成效

【釋義】卓：突出。成效：事物已見的功效，成績。

【出處】漢・王充・論衡・非韓：「天道無成效於人，成效者，須道而成。」

【用法】形容有突出的成績和效果。

【例句】近幾年來，他對楚辭的研究**卓有成效**，已出版了兩部專著，發表了好幾篇有價值的論文。

【義近】成效卓越／成效顯著／明效大驗／碩果累累。

【義反】一無所成／一無所得／勞而無功／徒勞無功。

卓絕之才

【釋義】卓絕：特別突出；程度達到極點，超過一切。

【出處】宋史・蔡元定傳：「及葬，以文誄之曰：『精詣之識，卓絕之才。』」

【用法】形容人的才能超羣，顯得非常突出。也指超越特出的人才。

【例句】那些獲得諾貝爾獎的科學家和文學家，無一不是**卓絕之才**。

【義近】卓爾不羣／超羣絕倫／鶴立雞羣／秀出班行／出類拔萃。

【義反】凡夫俗子／朽木糞土／不郎不秀／等閒之輩／碌碌庸才／酒囊飯袋。

卓爾不羣

【釋義】卓爾：卓然，特出的樣子。不羣：跟眾人不一樣。一作「卓然不羣」。

【出處】漢書・河間獻王傳贊：「夫唯大雅，卓爾不羣。」

【用法】形容人的能力才幹超出尋常，與眾不同。

【例句】王先生無論是人品學識，還是能力才幹，都**卓爾不羣**，故深爲世人敬重。

【義近】出類拔萃／鶴立雞羣／超羣出眾／器宇軒昂。

【義反】闒茸小人／平庸之輩／庸碌之輩／一無長才。

卓犖不羈（ㄓㄨㄛˊ ㄌㄨㄛˋ ㄅㄨˋ ㄐㄧ）

【釋義】卓犖：卓絕出眾。不羈：不受束縛。
【出處】晉書・郗超傳：「少卓犖不羈，有曠世之度。」
【用法】形容才識高遠而性格豪放，不為禮教所羈繫。
【例句】偉大的浪漫詩人李白，一生**卓犖不羈**，儘管有「詩仙」之稱，卻不為世所用，潦倒終生。
【義近】卓然不羈／卓然灑脫／豪放不羈／卓然不羣。
【義反】循規蹈矩／不敢越雷池一步／生性拘謹／規行矩步。

卑以自牧（ㄅㄟ ㄧˇ ㄗˋ ㄇㄨˋ）

【釋義】卑：謙卑，謙遜。牧：養。
【出處】易經・謙卦：「謙謙君子，卑以自牧也。」
【用法】形容人謙遜自處，以養其德。
【例句】一個**卑以自牧**的人，必然能受到人們的敬重愛戴。
【義近】謙沖自牧／謙遜自處／虛心自善／虛懷若谷。
【義反】驕傲自滿／唯我獨尊／崖岸自高／妄自尊大。

卑污苟賤（ㄅㄟ ㄨ ㄍㄡˇ ㄐㄧㄢˋ）

【釋義】卑污：品質卑劣，心地骯髒。苟賤：猶卑賤，卑鄙下賤。
【出處】文康・兒女英雄傳七回：「我不像你這等怕死貪生，甘心卑污苟賤。」
【用法】形容人的品質極為低劣，什麼骯髒卑鄙的事都做得出來。
【例句】這些傢伙沒有一個不是**卑污苟賤**之徒，根本用不著跟他們計較！
【義近】卑污齷齪／低賤下流／無恥之尤／寡廉鮮恥／卑鄙無恥／卑陋齷齪。
【義反】冰壺秋月／冰魂雪魄／高風亮節／潔身自好／冰清玉潔／懷瑾握瑜。

卑躬屈膝（ㄅㄟ ㄍㄨㄥ ㄑㄩ ㄒㄧ）

【釋義】卑躬：彎著腰，低著頭。卑：低下。躬：身體。屈膝：下跪。
【出處】魏書・李彪傳：「臣與任城卑躬曲己，若順弟之奉暴兄。」
【用法】形容沒有骨氣，低聲下氣地討好奉承別人。
【例句】這個大男人真是一點骨氣也沒有，竟在女人面前**卑躬屈膝**，低聲下氣，真是丟盡男人的面子。
【義近】卑躬屈節／奴顏婢膝／奴顏媚骨／低聲下氣／俯首帖耳／搖尾乞憐。
【義反】堅貞不屈／不卑不亢／寧死不屈／矢志不移／一身傲骨。

卑鄙無恥（ㄅㄟ ㄅㄧˇ ㄨˊ ㄔˇ）

【釋義】卑鄙：指行為惡劣。
【出處】李寶嘉・官場現形記三五回：「一定拿你交慎刑司，辦你個膽大鑽營，卑鄙無恥。」
【用法】指人的品格卑賤，沒有廉恥。
【例句】這個**卑鄙無恥**的小人，不僅賣國求榮，事後還聲稱一切以大局為重。
【義近】卑鄙齷齪／卑污苟賤／不知廉恥。
【義反】正直剛強／高風亮節／潔身自好／品德高尚。

卑禮厚幣（ㄅㄟ ㄌㄧˇ ㄏㄡˋ ㄅㄧˋ）

【釋義】謙恭的禮節，豐厚的幣帛。
【出處】司馬遷・史記・魏世家：「惠王數敗於軍旅，卑禮厚幣以招賢者。」
【用法】用以表示聘請人員極其鄭重殷切。
【例句】現在各行各業都需要人才，當權者應**卑禮厚幣**，廣求博訪。
【義近】三顧茅廬／禮賢下士／千金買骨。
【義反】吆喝前來／頤指氣使。

卑辭厚禮（ㄅㄟ ㄘˊ ㄏㄡˋ ㄌㄧˇ）

【釋義】言辭謙恭，禮物豐厚。
【出處】晉・皇甫謐・高士傳・韓順：「囂以道術深遠，使人賫璧帛，卑辭厚禮聘（韓）順，欲以為師。」
【用法】表示聘請賢士或待人的鄭重與殷切。
【例句】像你這樣以**卑辭厚禮**招聘人才和待人接物，現在已很難見到了，真令人佩服。
【義近】卑辭尊禮／卑辭重幣／禮賢下士。
【義反】頤指氣使／呼來揮去／傲賢慢士。

七畫

南山可移判不可搖（ㄋㄢˊ ㄕㄢ ㄎㄜˇ ㄧˊ ㄆㄢˋ ㄅㄨˋ ㄎㄜˇ ㄧㄠˊ）

【釋義】南山：即終南山，在陝西西安市南。移：移動。判：判決。搖：改變，變動。
【出處】舊唐書・李元紘傳：「元紘大署判後曰：『南山或可改移，此判終無搖動。』」
【用法】用以表示案件已定，不可改變。
【例句】古人說：「**南山可移判不可搖**。」你兒子的殺人案決不可能再有任何更改。
【義近】鐵案如山／鐵證如山。

南山隱豹（ㄋㄢˊ ㄕㄢ ㄧㄣˇ ㄅㄠˋ）

【釋義】豹：喻賢者。南山隱居的豹。
【出處】列女傳・賢明陶答子妻傳：「妾聞南山有玄豹，霧雨七日而不下食者，何也？欲以澤其毛而成文章也，故藏而遠害。」
【用法】比喻隱居於山中的高潔賢士。
【例句】傳聞這附近有位**南山隱豹**，平素不與人交往，但凡是拜訪過他的人，都心服於他的學問見識。

南來北往（ㄋㄢˊ ㄌㄞˊ ㄅㄟˇ ㄨㄤˇ）

【釋義】意謂來來去去。南北泛指方位，也包括東西。
【出處】鄭德輝・王粲登樓楔子：「有那南來北往，經商旅客，做買賣的人，都在我這店中安下。」
【用法】形容交通暢達，人員來往甚密。
【例句】這一條街雖不算大，但處在十字路口，**南來北往**的人很多。
【義近】熙來攘往／南來北去。
【義反】車斷人稀／路斷人稀。

南征北戰

【釋義】意即到處征戰，南北實包括東西。
【出處】清・無名氏・說唐一五回：「我家世代忠良，我們赤心為國，南征北戰，平定中原。」
【用法】形容轉戰南北，經歷了許多戰爭。
【例句】這位年近百歲的老將軍，幾十年來**南征北戰**，為國家立下了許多豐功偉績。
【義近】東征西討／西除東蕩／轉戰萬里。
【義反】紙上談兵／不習行武／未發一槍。

南枝北枝

【釋義】枝：樹枝。
【出處】李嶠・鷓鴣詞：「可憐鷓鴣飛，飛向樹南枝，南枝日照暖，北枝霜露滋。」白孔六帖・梅：「大庾嶺上梅，南枝落，北枝開。」韻府羣玉：「南枝向暖北枝寒，一種春風有兩般。」
【用法】比喻人的處境和遭遇苦樂、順逆不同。
【例句】雖說人生來平等，可是**南枝北枝**，境遇卻大不同。有的大富大貴，有的三餐不繼，所以把握住自己擁有的，知福惜福才是聰明人。

南金東箭

【釋義】指西南華山產的金子和東南會稽產的竹箭。
【出處】爾雅・釋地：「東南之美者，有會稽之竹箭……西南之美者，有華山之金石。」晉書・顧榮傳論：「顧、紀、賀、薛等，並南金東箭，世冑高門。」
【用法】比喻可貴的人才。
【例句】張先生自視甚高，自以為其才學如**南金東箭**，不可多得。殊不知社會上像他這樣的人多如牛毛，所以他至今仍賦閒在家，找不到適合的工作。
【義近】荊山之玉／桂木一枝／崑山片玉／渾金璞玉／璵璠之質。
【義反】孤雛腐鼠／蟲臂鼠肝／腹背之毛／陶犬瓦雞。

南冠楚囚

【釋義】南冠：南方楚國人所戴的帽子。
【出處】左傳・成公九年：「晉侯觀於軍府，見鍾儀，問之曰：『南冠而縶者，誰也？』有司對曰：『鄭人所獻楚囚也。』」
【用法】現泛指囚犯或戰俘。
【例句】①在白色恐怖時期，被關進監獄的**南冠楚囚**實在是太多了！②伊朗和伊拉克戰爭期間，不知使多少人成為**南冠楚囚**。
【義近】囹圄中人／階下囚。

南柯一夢

【釋義】指一場夢。南柯：朝南的大樹枝。
【出處】李公佐・南柯太守傳載：淳于棼做夢到大槐安國當了南柯郡太守，享盡榮華富貴，醒來卻是一場夢。
【用法】形容一場大夢，或比喻空歡喜一場。有時也用以說明榮枯得失無常。
【例句】想到透徹時，其實人生也沒什麼好計較的，再好再壞也不過是**南柯一夢**，夢醒時依舊是空空如也。
【義近】一場春夢／黃粱一夢／盧生之夢／春夢無痕。

南面王不易

【釋義】意謂即使拿帝王的位置來交換也不願做。南面王：見下「南面稱孤」條。易：交換。
【出處】蒲松齡・聊齋誌異・青鳳：「生神氣飛揚，不能自主，拍案曰：『得婦如此，南面王不易也！』」
【用法】形容對某人或某物的重視與珍愛。
【例句】封小姐德才貌三者兼俱，今生今世若能娶她為妻，我一定**南面王不易**。
【義近】千金不換／江山不易／視為奇珍。
【義反】棄如敝屣／視如草芥／不屑一顧／等閒視之。

南面百城

【釋義】南面：面南而坐，指地位的崇高。百城：許多城市，指土地的廣大。
【出處】魏書・李謐傳：「每曰：『丈夫擁書萬卷，何假南面百城？』」
【用法】用以比喻權勢者的尊榮富有。
【例句】仁兄身為縣太爺，**南面百城**，一呼百應，可算是光宗耀祖了。
【義近】南面之樂／南面之貴／百城之富。
【義反】平民百姓／貧賤之民。

南面稱孤

【釋義】南面：面向南。古以坐北朝南為尊位，因而後以「南面」泛指帝王或大臣的統治。孤：古帝王的謙稱。
【出處】莊子・盜跖：「凡人有此一德者，足以南面稱孤矣。」
【用法】用以指稱帝稱王，現也指專制國家的最高統治者。
【例句】在專制集權的國家裏，總免不了有些野心家因時刻想**南面稱孤**，而發動軍事政變。
【義近】南面稱王／稱孤道寡／君臨天下／稱王稱霸。
【義反】北面而臣／俯首稱臣／北面事之／臣服於人。

南風不競

【釋義】南風：南方的音樂。不競：指聲音微弱，和律聲不相應。
【出處】左傳・襄公一八年：「晉人聞有楚師，師曠曰：『不害……南風不競，多死聲，楚必無功。』」
【用法】比喻士氣衰弱不振，也比喻競賽失利。
【例句】今天的足球比賽，地主隊所以會導致**南風不競**，其關鍵在於指揮的失誤。
【義近】再衰三竭／一蹶不振／死氣沉沉。
【義反】鬥志昂揚／勇冠三軍／餘勇可賈。

南船北馬

【釋義】南方河流雨水多，人們善於行船；北方平原多，人們善於騎馬。

【出處】淮南子・齊俗訓：「胡人便於馬，越人便於舟。」羅貫中・三國演義五四回：「玄德嘆曰：『南人駕船，北人乘馬，信有之也。』」

【用法】比喻人熟悉的習慣，或言南北主要的交通工具。

【例句】中國大陸幅員遼闊，南北方地理環境差異很大，因此交通工具也大不相同，**南船北馬**，各有風格，也產生了各具特色的文化藝術。

南腔北調（ㄋㄢˊ ㄑㄧㄤ ㄅㄟˇ ㄉㄧㄠˋ）

【釋義】南、北：指我國南方、北方。腔、調：聲腔語調。

【出處】趙翼・簷曝雜記一：「每數十步間一戲臺，南腔北調，備四方之樂。」

【用法】多用以指人的語音不純，夾雜南北方言。

【例句】他說話**南腔北調**夾雜，卻教國文，恐將誤人子弟！

【義近】方音方言／怪腔怪調。

【義反】國音國語／中原雅音。

南箕北斗（ㄋㄢˊ ㄐㄧ ㄅㄟˇ ㄉㄡˇ）

【釋義】箕、斗：二星宿名。當它們同時出現在南方天空時，箕在南，又形似簸箕，故名「南箕」；斗在北，又形似古代盛酒的斗，故名「北斗」。

【出處】詩經・小雅・大東：「維南有箕，不可以簸揚；維北有斗，不可以挹酒漿。」

【用法】比喻徒有虛名，而無實用價值。

【例句】有些國家雖有很多黨派，但那些小黨派實際上不過是些**南箕北斗**，根本起不了什麼作用。

【義近】兔絲燕麥／名實不副／虛有其表／有名無實／徒具虛名。

【義反】表裏如一／名實相副／名副其實。

南橘北枳（ㄋㄢˊ ㄐㄩˊ ㄅㄟˇ ㄓˇ）

【釋義】淮河南面的橘移植到淮河北面就會變成枳。枳：也叫枸橘。落葉灌木或小喬木，漿果球形，味酸苦。

【出處】晏子春秋・內篇雜下：「橘生淮南則爲橘，生於淮北則爲枳，葉徒相似，其實味不同。所以然者何？水土異也。」古今小說卷二五：「名謂南橘北枳，便分兩等，乃風俗之不等也。」

【用法】比喻同一物種隨著環境的變異而發生變化。

【例句】這一類型的稻種在南方經過三年的試種，都有較大幅度的增產，至於到北方播種，是否有**南橘北枳**之變，尚須看試種結果如何。

南轅北轍（ㄋㄢˊ ㄩㄢˊ ㄅㄟˇ ㄔㄜˋ）

【釋義】轅：車轅，車前駕牲口的部分，此指車。轍：車輪壓出的痕跡，此指道路。

【出處】戰國策・魏策四載：有個人要去南方楚國，卻駕著車往北走，別人說他走錯了，他說：「我馬良。」

【用法】比喻行動與目的、方向正好相反。

【例句】他倆的思想見解簡直是**南轅北轍**，分手是遲早的事了。

【義近】背道而馳／反其道而行／適楚北轅。

【義反】殊途同歸／有志一同／同心同德。

南鷂北鷹（ㄋㄢˊ ㄧㄠˋ ㄅㄟˇ ㄧㄥ）

【釋義】鷂、鷹：均指凶猛的禽鳥。

【出處】晉書・崔洪傳：「叢生棘刺，來自博陵。在南爲鷂，在北爲鷹。」

【用法】比喻嚴格苛刻之人。

【例句】此人不論面相或行事風格都像**南鷂北鷹**一樣非常嚴峻，應當是法務部長的最佳人選。

南蠻鴃舌（ㄋㄢˊ ㄇㄢˊ ㄐㄩㄝˊ ㄕㄜˊ）

【釋義】南蠻：古指南方的少數民族。蠻：賤稱，有輕侮之意。鴃：伯勞鳥。

【出處】孟子・滕文公上：「今也南蠻鴃舌之人，非先王之道。」

【用法】譏諷南方方言難懂，也用以形容語言難聽或指文化落後地區。

【例句】你還是認真學語言吧，老是這樣**南蠻鴃舌**，如何與人有良好的溝通？

【義近】怪腔怪調／怪聲怪氣／鳥語蠻言。

【義反】國音國語／韻調鏗鏘／語言優美。

十畫

博士買驢（ㄅㄛˊ ㄕˋ ㄇㄞˇ ㄌㄩˊ）

【釋義】指博學之士買驢子，用三卷紙寫，卻寫不到一個驢字。又作「三紙無驢」。

【出處】顏氏家訓・勉學：「博士買驢，書券三紙，未有驢字，使汝以此爲師，令人氣塞。」

【用法】用以譏諷他人文章冗長無當，不得要領廢話連篇。

【例句】這篇文章洋洋灑灑寫了三大張紙，卻找不到一句重點或主旨，眞是**博士買驢**。

【義近】三紙無驢／空疏寡實／連篇累牘／不著邊際／廢話連篇。

【義反】欬唾成珠／錦心繡口／言簡意賅／言近旨遠／言之有物。

博大精深（ㄅㄛˊ ㄉㄚˋ ㄐㄧㄥ ㄕㄣ）

【釋義】博大：寬廣，豐富。精深：學問或理論精密深奧。

【出處】清史稿・陸世儀傳：「瑚之爲學，博大精深，以經世自任。」

【用法】形容人的學識、思想、理論等廣博高深。

【例句】孫中山先生的革命理論和建國學說**博大精深**，時至今日仍值得我們深入學習、研究和實踐。

【義近】博洽深廣／博大高深／博古通今。

【義反】一知半解／半瓶子醋。

博文約禮（ㄅㄛˊ ㄨㄣˊ ㄩㄝ ㄌㄧˇ）

【釋義】博文：原指通曉古代遺文，現指廣泛學習文化。約禮：用禮約束自己。

【出處】論語・雍也：「君子博學於文，約之以禮。」朱熹・答劉季章：「博文約禮，不可偏廢。」

【用法】指有志之士一方面要廣泛學習科學文化，另方面要加強自身修養，時刻以禮和法約束、克制自己。

【例句】儒家所倡導的**博文約禮**，在今天仍有值得借鑑之處，所有讀書人都應在「博文」與「約禮」兩方面努力。

【義近】博學養性。

博古通今 ㄅㄛˊ ㄍㄨˇ ㄊㄨㄥ ㄐㄧㄣ

【釋義】對古代的事情知道得很多，並且通曉當今的事情。博，知識廣博。通：通曉。

【出處】晉書・石崇傳：「君侯博古通今，察遠照邇。」

【用法】形容知識淵博。

【例句】胡適先生是位**博古通今**的學者。

【義近】知今博古／通曉古今／透古通今／博學多聞。

【義反】口耳之學／不學無術／胸無點墨／才疏學淺／菲才寡學／孤陋寡聞。

博而不精 ㄅㄛˊ ㄦˊ ㄅㄨˋ ㄐㄧㄥ

【釋義】博：學識廣博。精：精通，精專。

【出處】後漢書・馬融傳：「賈君（賈逵）精而不博，鄭君（鄭眾）博而不精。」

【用法】指學識廣博而不專精。

【例句】你雖然涉獵很廣，但**博而不精**，淺嘗輒止，是難以有所成就的。

【義近】博而寡要／博而雜／梧鼠技窮。

【義反】博大精深／少而精。

博物洽聞 ㄅㄛˊ ㄨˋ ㄑㄧㄚˋ ㄨㄣˊ

【釋義】博物：博識多知。洽聞：見聞廣博。洽：廣博。

【出處】漢書・司馬遷傳：「以遷之博物洽聞，而不能以知自全，既陷極刑，幽而發憤，書亦信矣。」

【用法】形容人知識豐富，見聞廣博。

【例句】胡適先生是當代公認**博物洽聞**的學者，無人能出其右。

【義近】博學多聞／博聞多識／博學洽聞／學富五車／知古博今。

【義反】不學無術／見少識淺／寡聞少識／略知一二／才疏學淺／孤陋寡聞。

博施濟眾 ㄅㄛˊ ㄕ ㄐㄧˋ ㄓㄨㄥˋ

【釋義】博施：廣施。濟：救。

【出處】論語・雍也：「如有博施於民，而能濟眾，何如？可謂仁乎？」

【用法】指廣施恩惠，使眾人免於患難。多就從政者而言。

【例句】王縣長一到任，便**博施濟眾**，使所有的災民免受飢寒之苦。

【義近】廣施博愛／普濟眾生／博施於民。

【義反】施親不施民。

博聞多識 ㄅㄛˊ ㄨㄣˊ ㄉㄨㄛ ㄕˋ

【釋義】博聞：多聞，見聞多。多識：知識多。

【出處】魏書・李業興傳：「通直散騎常侍李業興碩學通儒，博聞多識，萬門千戶，所宜訪詢。」

【用法】形容人所見所聞廣泛，知識也很豐富。

【例句】電視台的主播大多**博聞多識**，故能對多方面的事情做隨機應變的圓滿解釋。

【義近】見多識廣／識廣聞豐／無所不通／上知天文，下知地理。

【義反】寡聞少識／孤陋寡聞／井底之蛙／知其然，而不知其所以然。

博聞彊志 ㄅㄛˊ ㄨㄣˊ ㄑㄧㄤˊ ㄓˋ

【釋義】博聞：見聞廣博。彊志：記憶力強。志：記。又作「博聞強識」、「博聞強記」。

【出處】荀子・解蔽：「博聞彊志，不合王制，君子賤之。」禮記・曲禮上：「博聞強識而讓。」

【用法】形容知識豐富，記憶力強。

【例句】此人相當聰明，過目能誦，如此**博聞彊志**，實屬罕見。

【義近】博觀強記／強記洽聞。

【義反】孤陋寡聞／寡見鮮聞／見少識淺。

博學多才 ㄅㄛˊ ㄒㄩㄝˊ ㄉㄨㄛ ㄘㄞˊ

【釋義】博：廣博。

【出處】晉書・郤詵傳：「詵博學多才，瓌偉倜儻，不拘細行。」

【用法】指學識廣博，有多方面的才能。

【例句】我國東漢時的張衡是個**博學多才**的人，既精通天文曆算，又擅長文學。

【義近】博學多識／博古通今／博覽宏識。

【義反】才疏學淺／不學無術／菲才寡學。

博學多聞 ㄅㄛˊ ㄒㄩㄝˊ ㄉㄨㄛ ㄨㄣˊ

【釋義】博學：學問廣博。多聞：見聞多。

【出處】淮南子・本經訓：「故博學多聞，而不免於惑。」

【用法】形容人學識淵博，而見聞又非常豐富。

【例句】尚教授**博學多聞**，講起課來旁徵博引，加之語言風趣幽默，故深得學生喜愛。

【義近】博物洽聞／博學多才／博聞強識／滿腹經綸／立地書櫥。

【義反】才疏學淺／孤陋寡聞／見少識淺／博而寡要／博而不精。

卜部

卜晝卜夜 (ㄅㄨˇ ㄓㄡˋ ㄅㄨˇ ㄧㄝˋ)

【釋義】古代凡大事都會占卜預估，以知吉凶可否來判斷。

【出處】左傳・莊公：「齊侯使敬仲為工正，飲桓公酒，樂。公曰：『以火繼之。』辭曰：『臣卜其晝，未卜其夜，不敢。』」

【用法】表示宴樂無度，晝夜相繼。也形容人日夜工作都不休息。

【例句】①每年巴西嘉年華會都是**卜晝卜夜**的狂歡慶祝。②為了早日完成捷運系統，有關當局正**卜晝卜夜**地趕工。

【義近】夜以繼日／夙夜匪懈。

【義反】玩日愒歲／韶光虛擲。

二畫

卞和泣璧 (ㄅㄧㄢˋ ㄏㄜˊ ㄑㄧˋ ㄅㄧˋ)

【釋義】卞和：楚人，兩次獻璧於楚王，楚王不辨真偽，斷其雙足，他只好抱璧哭泣。

【出處】韓非子・和氏：「和乃抱其璞而哭於楚山之下，三日三夜，泣盡而繼之以血。」

【用法】比喻美才不為人所知。

【例句】政府舉用賢才應有知人善任的慧眼，否則將會發生許多類似**卞和泣璧**的事件。

【義近】滄海遺珠／明珠闇投／匏瓜空繫／井渫不食。

【義反】過蒙擢拔／謬膺重寄。

卞莊刺虎 (ㄅㄧㄢˋ ㄓㄨㄤ ㄘˋ ㄏㄨˇ)

【釋義】卞莊：春秋魯國人，有勇力，曾制伏二隻老虎。

【出處】司馬遷・史記・陳軫列傳：「卞莊子欲刺虎，館豎子止之曰：『兩虎方且食牛，食甘必爭，爭則必鬥，鬥則大者傷，小者死，從傷而刺之，一舉必有雙虎之名。』」

【用法】形容一個人有勇力。

【例句】除非你有**卞莊刺虎**的勇力，否則要和這羣流氓拚鬥，無疑是以卵擊石。

卩部

四畫

危在旦夕 (ㄨㄟˊ ㄗㄞˋ ㄉㄢˋ ㄒㄧ)

【釋義】旦、夕：早晨和晚上，指很短時間之內。

【出處】陳壽・三國志・吳書・太史慈傳：「今管亥暴亂，北海被圍，孤窮無援，危在旦夕。」

【用法】形容危險就在眼前，既可用於生命，也可用於防守、局勢、形勢等。

【例句】①洪承疇在松山被圍半年，當時已經糧絕，**危在旦夕**。②他腦部受傷嚴重，生命**危在旦夕**。

【義近】危若朝露／危如累卵／岌岌可危／朝不保夕。

【義反】安如泰山／穩如磐石／萬無一失。

危如累卵 (ㄨㄟˊ ㄖㄨˊ ㄌㄟˇ ㄌㄨㄢˇ)

【釋義】情況危險得如同堆積起來的蛋，隨時都有塌下打碎的可能。

【出處】韓非子・十過：「故曹小國也，而迫於晉、楚之間，其君之危，猶累卵也。」

【用法】比喻形勢非常危險。

【例句】現在兵臨城下，形勢**危如累卵**，是戰是和，必須早作決定，不能再猶豫了！

【義近】千鈞一髮／搖搖欲墜／積薪厝火／燕巢飛幕。

【義反】穩若泰山／雷打不動／巋然不動／安如磐石。

危而不持 (ㄨㄟˊ ㄦˊ ㄅㄨˋ ㄔˊ)

【釋義】意謂有了危險卻不加以扶持。

【出處】論語・季氏：「危而不持，顛而不扶，則將焉用彼相矣？」

【用法】原意指看見瞎子遇到危險卻不去攙扶。後用以泛指國家、集團、個人等有了危難而不加以扶持。

【例句】這小子真不是東西，王老先生對他曾有救命之恩，現在王老先生有了困難，他竟然**危而不持**，視若無睹。

【義近】見死不救／作壁上觀／坐視不理／袖手旁觀／冷眼旁觀／置之不理。

【義反】挺身而出／奔走呼號／拔刀相助／打抱不平／見義勇為。

危言正色 (ㄨㄟˊ ㄧㄢˊ ㄓㄥˋ ㄙㄜˋ)

【釋義】危言：直言。危：正，端正。正色：嚴肅或嚴厲的神色。

【出處】陳子昂・諫靈駕入京書：「故有非常之策者，必有非常之時；有非常之時者，必有非常之主。然後危言正色，抗議直辭，赴湯鑊而不回。」

【用法】形容人的言論和態度都很嚴正，毫不苟且馬虎。

【例句】她為人嚴肅端莊，待人接物向來**危言正色**，因此每個人對她都有一種敬畏感。

【義近】危言厲色／正言正色／不苟言笑／聲色俱厲／正顏厲色。

【義反】和顏悅色／溫柔敦厚／溫文爾雅／笑容可掬／和藹可親。

危言危行 (ㄨㄟˊ ㄧㄢˊ ㄨㄟˊ ㄒㄧㄥˋ)

【釋義】危言：直言。危行：正直的行為。危：端正，正直。

【出處】論語・憲問：「邦有道，危言危行，邦無道，危行言孫（遜）。」

【用法】說明言論、行為公正無私。

【例句】無論在什麼場合，他都敢於**危言危行**，從不阿附權貴，因而深受人們尊敬。

【義近】直道而行／剛正不阿／敢說敢為。

【義反】見風使舵／見人說話／諂言媚語。

危言聳聽

【釋義】危言：使人吃驚的話。聳聽：使人聽了吃驚。

【出處】漢書．息夫躬傳：「危言高論。」

【用法】指故意說些聳人聽聞的話，使人驚疑震動。

【例句】你不要在這裏**危言聳聽**了，若造成局勢混亂，你也要倒楣的。

【義近】聳人聽聞／譁衆取寵／駭人聽聞。

【義反】出言謹慎／言誠語實。

危言讜論

【釋義】危言：正直之言。讜論：正直的言論。

【出處】王安石．答孫元規大資書：「伏惟閣下危言讜論，流風善政，簡在天子之心，而諷於士大夫之口。」

【用法】指言論非常正直。

【例句】在極權統治的國家，許多有志之士因**危言讜論**而遭受殺身之禍。

【義近】逆耳忠言／耿耿直言／藥石之言／金玉良言／至理名言。

【義反】諂言媚語／花言巧語／甜言蜜語／浮語虛詞／巧言令色。

危邦不入，亂邦不居

【釋義】邦：國家。不入危險的國度，也不要居住在混亂的國家。

【出處】論語．泰伯：「篤信好學，守死善道。危邦不入，亂邦不居。天下有道則見，無道則隱。」

【用法】勸人不要前往有戰亂的地方。

【例句】俗諺說：「**危邦不入，亂邦不居**。」現今印尼時局不穩，勸你還是別去觀光。

【義近】里仁爲美。

危急存亡之秋

【釋義】秋：時機，日子。

【出處】諸葛亮．前出師表：「今天下三分，益州疲弊，此誠危急存亡之秋。」

【用法】用以說明處在危險急迫，生死存亡的重要時刻，不可等閒視之。

【例句】抗日戰爭開始時，中華民族處於**危急存亡之秋**，許多愛國志士都奔赴前線，浴血奮戰。

【義近】生死關頭／關鍵時刻／舉足輕重／生死攸關。

【義反】和平之年／安樂之年。

危若朝露

【釋義】危險得就像早晨的露水，一經陽光照射就要消失。

【出處】司馬遷．史記．商君列傳：「君之危若朝露，尚將欲延年益壽乎？」

【用法】多用以比喻生命非常危險。

【例句】陳經理患了絕症，現已臥床不起，**危若朝露**，看來將不久於人世了。

【義近】危在旦夕／朝不保夕／生命垂危／奄奄一息。

【義反】安然無恙／結實健康／健壯如牛／朝氣勃勃。

危機四伏

【釋義】危機：危險的禍根。四伏：到處潛伏。伏：隱藏。

【出處】晉．陸機．豪士賦序：「衆心日陊，危機將發。」

【用法】形容處處隱藏著無形的禍患，隨時都有可能爆發。

【例句】在某些中央集權的國家裏，表面上經濟繁榮，社會穩定，實際上卻是**危機四伏**，隨時都有垮臺的可能。

【義近】危機四起／暗潮洶湧／風雨如晦／粉飾太平／虛有其表。

【義反】繁榮昌盛／國泰民安／安如泰山／時和年豐／河清海晏。

印纍綬若

【釋義】印纍：形容物多像印章累積成串。綬：指綁印章的布條。若：形容印綬長長的樣子。

【出處】漢書．佞幸傳．石顯：「民歌之曰：『牢邪！石邪！五鹿客邪！印何纍纍，綬若若邪！』言其兼官據勢也。」

【用法】指人身兼數個官職，權勢顯赫的樣子。

【例句】想當初他也是**印纍綬若**，總統跟前的大紅人，誰知政權轉移後，他的權勢地位也跟著轉移了，現在也不過是一介平民而已。

【義近】在位通人／位極人臣。

【義反】一官半職／一階半職。

五—七畫

即事窮理

【釋義】即：就。窮：窮盡，探究。

【出處】王夫之．續春秋左氏傳．博議下：「有即事以窮理，無立理以限事。」

【用法】指就事實探究道理。

【例句】**即事窮理**是從事學術研究的一個基本原則，若想憑空探索，是決不可能有所成就的。

【義近】即物窮理／依事立論。

【義反】望文生義／立理限事。

卵與石鬬

【釋義】卵和石頭相鬥。卵殼薄弱，石頭堅硬，二者相鬥，卵勢必敵不過石頭。

【出處】易林．艮之損：「卵與石鬬，糜碎無疑，動而有悔，出不得時。」

【用法】比喻弱者勝不了強者；或喻弱者不堪強者一擊。

【例句】憑你一個人要去和幾十個身材魁梧的流氓打架，根本是**卵與石鬬**，不自量力，我看還是識時務者爲俊傑，走爲上策吧！

【義近】弱肉強食／以卵擊石。

【義反】以水滅火／自知之明。

卸磨殺驢

【釋義】把拉完磨的驢子卸下來殺掉。卸：除下，脫去。

【用法】用以比喻把曾經爲自己出過力、賣過命的人一腳踢開。

【例句】金老闆太不講情義，當初我爲他籌辦這個公司時東奔西走，廢寢忘食的工作，誰知公司開張後生意興隆，他便**卸磨殺驢**，炒了我的魷魚。

【義近】免死狗烹／鳥盡弓藏／得魚忘筌／過河拆橋／忘恩負義／恩將仇報。

【義反】患難與共／生死不忘／同生共死／風雨同舟／和衷共濟／同甘共苦。

卻之不恭 ㄑㄩㄝˋ ㄓ ㄅㄨˋ ㄍㄨㄥ

【釋義】指與人交際，別人送東西，如不受，就是對人不恭敬。卻：拒而不受。

【出處】孟子・萬章下：「卻之卻之爲不恭，何哉？」

【用法】用以作爲接受別人禮品的客套話。常與「受之有愧」連用。

【例句】既然你大老遠送來這份厚禮，我也就**卻之不恭**，受之有愧了。

【義近】盛情難卻／情不可卻／情面難卻。

【義反】受之有愧／無功受祿／於心有愧。

卻行爲導 ㄑㄩㄝˋ ㄒㄧㄥˊ ㄨㄟˊ ㄉㄠˇ

【釋義】卻行：臉朝前倒退行走。倒退走以引導賓客。

【出處】司馬遷・史記・刺客列傳：「太子逢迎，卻行爲導，跪而蔽席。」

【用法】形容迎賓待客非常尊敬且殷勤的樣子。

【例句】張先生忠厚仁慈，謙虛有禮，無論是誰去拜訪，他總是**卻行爲導**，熱情款待，使人有賓至如歸的感受。

【義近】虛左以待／倒屣出迎／掃榻以待。

【義反】輕賢慢士／拒之門外／下逐客令。

卻病延年 ㄑㄩㄝˋ ㄅㄧㄥˋ ㄧㄢˊ ㄋㄧㄢˊ

【釋義】卻病：避免生病或消除疾病。卻：除去。延年：延長歲數。

【出處】馮夢龍・東周列國志八三回：「修眞養性，服食導引，卻病延年，衝舉可俟。」

【用法】指奉行養生之道，消除疾病，延長壽命。

【例句】人老了，便要淡泊名利，多做運動，以達到**卻病延年**的目的。

【義近】延年益壽／修身養性／美意延年／海屋添籌。

【義反】嗜酒如命／好色成性／未老先衰／望秋先零。

九畫

卿卿我我 ㄑㄧㄥ ㄑㄧㄥ ㄨㄛˇ ㄨㄛˇ

【釋義】卿卿：男女間的暱稱。上卿字爲動詞，下卿字猶言「你」。

【出處】劉義慶・世說新語・惑溺：「王安豐婦常卿安豐。安豐曰：『婦人卿婿，於禮爲不敬，後勿復爾。』婦曰：『親卿愛卿，是以卿卿。我不卿卿，誰當卿卿？』」

【用法】形容男女間相親相愛的情形。

【例句】他倆眞可算是模範夫妻，十多年來一直**卿卿我我**地過日子，從不吵架。

【義近】相敬如賓／舉案齊眉／恩恩愛愛／如膠似漆／鶼鰈情深／你儂我儂。

【義反】反目成仇／橫眉冷對／琴瑟不合／貌合神離／同床異夢。

厂部

七畫

厚古薄今 ㄏㄡˋ ㄍㄨˇ ㄅㄛˊ ㄐㄧㄣ

【釋義】厚：重，看重。薄：輕視，輕賤。

【出處】司馬遷・史記・秦始皇本紀：「以古非今者族。」楊萬里・文帝曷不用頗牧論：「薄今而厚古。」

【用法】指在學術研究領域或其他方面，所採取的一種重視古代輕視當代的錯誤作法。

【例句】一般人在**厚古薄今**的心理作祟下，常難以肯定今人的創作成就。

【義近】頌古非今／是古非今／泥古非今／以古非今。

【義反】厚今薄古／重今輕古／貴今賤古／競今疏古。

厚此薄彼 ㄏㄡˋ ㄘˇ ㄅㄛˊ ㄅㄧˇ

【釋義】厚：重視，優待。薄：輕視，怠慢。

【出處】梁書・賀琛傳：「並欲薄於此而厚於彼，此服雖降，彼服則隆。」

【用法】重視或優待一方，輕視或怠慢另一方。

【例句】我們都是公司的職員，請經理務必一視同仁，不要**厚此薄彼**。

【義近】重此輕彼／揚此抑彼／親近疏遠／揀佛燒香。

【義反】等量齊觀／不分彼此／一視同仁／貴賤無二。

厚貌深情 ㄏㄡˋ ㄇㄠˋ ㄕㄣ ㄑㄧㄥˊ

【釋義】意謂其眞實感情隱藏得很深，從外貌上看不出來。

【出處】莊子・列禦寇：「凡人心險於山川，難於知天。天猶有春秋冬夏旦暮之期，人者厚貌深情。」

【用法】說明有的人善於隱藏眞實感情，從不表露於外，從其言語，也難以推測其內心。

【例句】他平日寡言少語，又很少與人交往，**厚貌深情**，誰知道他心裏在想些什麼。

【義近】人心難知／人心隔肚皮／人心難測。

【義反】喜形於色／哀懼見於容。

厚德載福 ㄏㄡˋ ㄉㄜˊ ㄗㄞˋ ㄈㄨˊ

【釋義】厚德：道德深厚。載：承受。

【出處】易經・坤卦：「地勢坤，君子以厚德載物。」左丘明・國語・晉語六：「吾聞之，唯厚德者能受多福。」

【用法】說明只有道德深厚的人才能承受福澤，以此鼓勵人重視道德的修養。

【例句】古人常說**厚德載福**，你還是多積點陰德，少做缺德事比較好。

【義近】厚德多福／積善成德／善有善報／有德者昌。

【義反】薄德少福／爲惡損福／惡有惡報／無德者亡。

厚顏無恥 ㄏㄡˋ ㄧㄢˊ ㄨˊ ㄔˇ

【釋義】厚顏：厚著臉皮。顏：臉面。

【出處】孔稚珪・北山移文：「豈可使芳杜厚顏，薜荔無恥。」

【用法】形容人臉皮很厚，不知羞恥。

【例句】這種**厚顏無恥**的人，不值得與他打交道。

【義近】恬不知恥／寡廉鮮恥／不顧廉恥／卑鄙無恥。

【義反】差愧難當／汗顏不已／無地自容／自慚形穢。

八畫

厝火積薪 ㄘㄨㄛˋ ㄏㄨㄛˇ ㄐㄧ ㄒㄧㄣ

【釋義】把火放在柴堆下面。厝：通「措」，放置。

【出處】漢書・賈誼傳：「夫抱火厝之積薪之下，而寢其上，火未及燃，因謂之安。方今之勢，何以異此！」清・洪棟園・警黃鐘五出：「是厝火積薪之下，累卵層樓之上。」

【用法】喻潛伏著很大的危險。

【例句】有些國家的經濟表面上高速發展，但基礎不牢，如果盲從投資，便有如**厝火積薪**，必然要出問題。

【義近】厝薪於火／勢如累卵／燕雀處堂／黃雀伺蟬。

【義反】萬無一失／穩如泰山／安如磐石／長治久安。

原形畢露 ㄩㄢˊ ㄒㄧㄥˊ ㄅㄧˋ ㄌㄨˋ

【釋義】原形：原來的眞實樣子。畢：盡，完全。

【用法】指將僞裝徹底揭開，暴露出其本來面目。

【例句】他平日用錢大方，好像是那一家的闊少爺，最後終於**原形畢露**，才發現他只不過是個慣竊。

【義近】暴露無遺／剝去僞裝。

【義反】藏頭露尾／隱介藏形。

原始要終 ㄩㄢˊ ㄕˇ ㄧㄠ ㄓㄨㄥ

【釋義】原：推其根原。始：起源。要：探求。終：結果。

【出處】易經・繫辭下：「易之爲書也，原始要終以爲質也。」

【用法】指探求事物發展的起源和結果。

【例句】做學問要有**原始要終**的精神，不能停留於一知半解或只做些膚淺的解釋。

【義近】原始究終／溯本追源／追根究柢／窮源竟委。

【義反】淺嘗輒止／不求甚解／一知半解。

原封不動 ㄩㄢˊ ㄈㄥ ㄅㄨˋ ㄉㄨㄥˋ

【釋義】原來貼的封口沒有動過。封：封口。

【出處】王仲文・救孝子四折：「是你的老婆，這等呵，我可也原封不動，送還你吧。」

【用法】指完全是原來的樣子，一點也沒有變動。

【例句】學習別人良好的制度，要先考量自己的背景及需要，不可**原封不動**地照抄。

【義近】原封未動／原封原樣／紋絲未動／一成不變。

【義反】偷梁換柱／偷天換日／面目全非。

原原本本 ㄩㄢˊ ㄩㄢˊ ㄅㄣˇ ㄅㄣˇ

【釋義】原原：探討原始。本本：追求根本。上「原」字「本」字用作動詞。一作「元元本本」。

【出處】班固・兩都賦：「元元本本，殫見洽聞。」

【用法】原指探求事物的緣由、根本，今指詳細敘述事情的全部起因和整個過程。

【例句】你最好把事情的始末**原原本本**地告訴我們，我們才能幫你啊！

【義近】不折不扣／從頭到尾。

【義反】掐頭去尾／一鱗半爪／東鱗西爪。

十二—十三畫

厭家雞 ㄧㄢˋ ㄐㄧㄚ ㄐㄧ

【釋義】厭：討厭。意指討厭家裏的雞而喜歡野外的雞。

【出處】晉中興書・潁川庾錄：「庾翼書，少時與王右軍齊名。右軍後進，庾猶不分，在荊州與都下書曰：『小兒輩厭家雞，愛野雉，皆學逸少書，須吾下當北之。』」柳宗元・殷賢戲批書後寄劉連州並示孟崙二童詩：「聞道近來諸子弟，臨池尋已厭家雞。」

【用法】喻人貴遠賤近的心態。

【例句】許多人都因**厭家雞**的心理作祟，瘋狂地崇洋媚外，卻不知自己也有傲人的寶藏比外來貨更值得珍視。

【義近】貴遠賤近／向聲背實／榮古虐今／貴耳賤目／葉公好龍。

厭難折衝 ㄧㄚ ㄋㄢˋ ㄓㄜˊ ㄔㄨㄥ

【釋義】厭：即「壓」，懾伏、抑制，此作克服。折衝：對抗敵人，取得勝利。又作「折衝厭難」。

【出處】漢・劉向・說苑・尊賢：「遠乎！賢者之厭難折衝也。」漢書・辛慶忌傳：「故賢人立朝，折衝厭難，勝於亡形。」

【用法】比喻克服困難，對抗敵人取得勝利。

【例句】諸葛亮輔助劉備**厭難折衝**，克敵致勝，造成三國鼎立的局勢。

厲兵秣馬 ㄌㄧˋ ㄅㄧㄥ ㄇㄛˋ ㄇㄚˇ

【釋義】磨好兵器，餵好馬。厲：同「礪」，磨刀石，此用作動詞，磨。秣：餵草。

【出處】左傳・僖公三三年：「鄭穆公使視客館，則束載厲兵秣馬矣。」

【用法】形容作好戰鬥準備，也泛指事前作好準備工作。

【例句】奧運將近，世界各國的運動健兒都正**厲兵秣馬**，準備在奧運會上大展雄姿。

【義近】嚴陣以待／盛食厲兵／選兵秣馬。

【義反】臨陣磨槍／解甲釋兵。

厲精更始 ㄌㄧˋ ㄐㄧㄥ ㄍㄥ ㄕˇ

【釋義】厲：也作「勵」，勸勉，振奮。更始：除舊立新，重新起頭。

【出處】漢書・宣帝紀：「詔曰：『書云：「文王作罰，刑茲無赦。」今吏修身奉法，未有能稱朕意，朕甚愍焉。其赦天下，與士大夫厲精更始。』」

【用法】指要振奮精神，從事革新。

【例句】國家經濟發展到一定的地步時便有瓶頸，此時更需要全國上下齊心協力，**厲精更始**，才能創造下一個經濟奇蹟。

【義近】厲精圖治／奮發圖強。

【義反】萎靡不振／心灰意懶。

厶部

三畫

去天尺五 ㄑㄩˋ ㄊㄧㄢ ㄔˇ ㄨˇ

【釋義】去：距離。指距離天子住處只有五尺之隔。

【出處】類說・雞跖集・去天尺五：「韋曲杜鄠近長安。諺曰：『韋曲杜鄠，去天尺五。』」按：韋曲杜鄠乃漢代王朝三輔地，是皇族世家聚居區。

【用法】喻住處和王宮很靠近。

【例句】大概是因**去天尺五**的緣故，北京市人有種與生俱來的優越感，聲稱自己是皇帝眼前的子民。

去日苦多 ㄑㄩˋ ㄖˋ ㄎㄨˇ ㄉㄨㄛ

【釋義】去日：已過去的日子。苦多：苦於太多。苦：為某種情況而感到痛苦。

【出處】曹操・短歌行：「對酒當歌，人生幾何？譬如朝露，去日苦多。」

【用法】感慨光陰易逝，人生易老，而功業難就。

【例句】光陰過得真快，一晃就已年過半百，而事業卻一無所成，不免有**去日苦多**的感慨啊！

【義近】人生苦短／人生易老／人生幾何／浮生若夢。

【義反】功成名遂／名利雙收／少年得志／壯志已酬。

去末歸本 ㄑㄩˋ ㄇㄛˋ ㄍㄨㄟ ㄅㄣˇ

【釋義】去：捨棄。末：指工商業。本：指農業。

【出處】漢書・地理志下：「信臣勸民農桑，去末歸本，郡以殷富。」

【用法】勸執政者捨棄工商業發展，致力於農業生產。

【例句】民以食為天，在工商業高度發展的同時，許多人亦提出**去末歸本**的想法，畢竟農業的生產才是人類生存的本源。

【義近】崇本抑末。

去危就安 ㄑㄩˋ ㄨㄟˊ ㄐㄧㄡˋ ㄢ

【釋義】去：離開。就：到，靠近。

【出處】魏書・慕容白曜傳：「夫見機而動，周易所稱；去危就安，人事常理。」

【用法】指要審時度勢，避開危險而趨向安全。

【例句】執政者要時刻注意社會發展形勢，分析時局，**去危就安**，以全民的福祉為第一要務。

【義近】去弊就利／去難就易／逢凶化吉／轉危為安／化險為夷。

【義反】去安就危／去易就難／福過災生／福兮禍所伏。

去住無門 ㄑㄩˋ ㄓㄨˋ ㄨˊ ㄇㄣˊ

【釋義】離開或留下都沒辦法。

【出處】施耐庵・水滸傳一八回：「誠恐負累他不便，自願上山，不想今日去住無門。」

【用法】喻處境非常困難、進退兩難的樣子。

【例句】若不是他當初做人太絕，也不至於落得今日**去住無門**的境地，在連一口飯都沒有得吃的時候，親友們都避他避得遠遠的，真是可憐。

【義近】進退兩難／進退維谷／跋前躓後／前狼後虎。

【義反】左右逢源／進退自如。

去泰去甚 ㄑㄩˋ ㄊㄞˋ ㄑㄩˋ ㄕㄣˋ

【釋義】去：除去，拋棄。泰、甚：二字同義，過分之意。

【出處】老子・三十一章：「是以聖人去甚、去奢、去泰。」左思・魏都賦：「匪樸匪斲，去泰去甚。」

【用法】指做事要避免過甚，亦即不能太過分。

【例句】待人處事要注意**去泰去甚**，不可太過分，以保留轉圜的餘地。

【義近】恰如其分／恰到好處／不為已甚／適可而止。

【義反】過猶不及／得隴望蜀／得寸進尺。

去粗取精 ㄑㄩˋ ㄘㄨ ㄑㄩˇ ㄐㄧㄥ

【釋義】去掉粗糙的部分，留取精華的部分。

【用法】指在認識事物或文藝創作的過程中，對豐富的靈感、材料，加以取捨製作的工夫。

【例句】面對紛繁複雜的事物，一定要反覆思考、分析，**去粗取精**，才能為人所用。

【義近】去偽存真／取精用弘／博採眾長。

【義反】精粗兼收／兼收並納／兼容並蓄。

去就之分 ㄑㄩˋ ㄐㄧㄡˋ ㄓ ㄈㄣˋ

【釋義】去就：去留，進退。分：職責、權利的限度。

【出處】司馬遷・報任少卿書：「僕雖怯懦，欲苟活，亦頗識去就之分，何至自湛溺累紲之辱哉！」

【用法】指為人處事、言行去就都應有節度和恰當的界限。

【例句】一個人無論在何種崗位上，都應明瞭**去就之分**，否則便容易和人發生衝突。

【義近】恰如其分／不夷不惠／中庸之道／執兩用中／不偏不倚／允執厥中。

【義反】不識時務／不知輕重／不知好歹／了不知識。

去暗投明

【釋義】暗：隱晦處，惡。明：光明，善。

【出處】凌濛初·拍案驚奇三一卷：「經歷去暗投明，家眷俱蒙奶奶不殺之恩。」

【用法】形容除惡向善，重新做人。

【例句】奉勸誤入歧途的朋友們，只有**去暗投明**，才能重新找回自己，否則，將永遠沉淪在墮落深淵中。

【義近】洗心革面／回心轉意／痛改前非／改過自新。

【義反】執迷不悟／怙惡不悛。

去僞存眞

【釋義】僞：假的。存：留下。

【出處】續傳燈錄一二：「權衡在手，明鏡當臺，可以摧邪輔政，可以去僞存眞。」

【用法】排除虛假的，保留眞實的。

【例句】歷史材料往往互相矛盾，須要認眞地進行**去僞存眞**的鑑別工作。

【義近】去蕪存菁／去粗取精／淘沙取金。

【義反】眞僞不分／魚目混珠。

九畫

參天兩地

【釋義】參、兩：奇數和偶數。指天爲陽是奇數，地爲陰是偶數。又作「參天貳地」。

【出處】易經·說卦：「昔者聖人之作易也，幽贊於神明而生蓍，參天兩地而倚數。」司馬遷·史記·司馬相如傳：「故馳騖乎兼容並包，而勤思乎參天貳地。」

【用法】喻人的功德可和天地相比。

【例句】孔子對中國傳統文化的貢獻，有**參天兩地**之功，至今我們仍深受其惠澤。

【義近】功德齊天／功均天地。

【義反】惡貫滿盈／十惡不赦。

參辰卯酉

【釋義】參、辰：二星宿名。卯、酉：二地支名，用以計時。參星酉時（下午五時至七時）出於西方，辰星卯時（早晨五時至七時）出於東方，兩不相見。

【出處】王實甫·西廂記第四本一折：「不爭和張解元參辰卯酉，便是與崔相國出乖弄醜。」

【用法】比喻互相敵對或勢不兩立。

【例句】有問題早點坐下來協商解決，不要弄得**參辰卯酉**而影響工作。

【義近】參辰日月／唱對臺戲／龍爭虎鬥／你死我活／誓不兩立／水火不容。

【義反】精誠團結／志同道合／笙磬同音。

參差不齊

【釋義】參差：不整齊的樣子。

【出處】揚雄·法言序目：「國君將相，卿士名臣，參差不齊，一概諸聖。」

【用法】形容長短、高低、大小不齊，或水準不一。

【例句】一個班幾十個學生，成績**參差不齊**，這是必然的現象。

【義近】良莠不齊／參差錯落／犬牙交錯。

【義反】整齊劃一／整整齊齊／井然有序／不相上下。

又部

又生一秦

【釋義】又產生一個秦國。

【出處】司馬遷·史記·張耳陳餘傳：「秦未亡而誅武臣等家，此又生一秦也。」

【用法】喻又樹立了一個敵人。

【例句】商場如戰場，爲了搶生意、爭地盤，**又生一秦**之事是司空見慣的了。

又弱一个

【釋義】个：一個人。又失去一個人。

【出處】左傳·昭公三年：「齊公孫竈卒……晏子曰：『惜也！……二惠競爽猶可，又弱一个焉，姜其危哉！』」

【用法】形容國家或團體的人才凋零，趨於危險的情況。又引申爲悼念老一輩人過世之詞。

【例句】張老先生過世了，故舊親友們爲**又弱一个**好人而感到悲傷難過。

二畫

反手可得

【釋義】翻轉手掌就可得到。反：翻轉。

【出處】荀子·非相：「葉公子高入據楚，誅白公，定楚國，如反手爾。」

【用法】比喻事情輕而易舉，得之極易。

【例句】這件事對你而言簡直是**反手可得**，爲何不伸出援手幫幫他呢？

【義近】唾手可得／易如反掌／反掌折枝／甕中捉鼈。

【義反】海底撈針／移山塡海。

反目成仇

【釋義】以對抗的眼光相視，而彼此仇恨。

【出處】易經·小畜：「夫妻反目。」孔穎達疏：「夫妻乖戾，故反目相視。」蒲松齡·聊齋誌異·邵女：「因復反目，永絕琴瑟之好。」

【用法】用以稱不和睦，彼此仇視。多就夫妻、好友而言。

【例句】他倆原是最要好的朋友，卻爲了一點小事情**反目成仇**，眞令人感到遺憾。

【義近】琴瑟不和／誓不兩立／永不往來／一刀兩斷。

【義反】和睦相處／琴瑟調和／

你來我往／相親相愛。

反老還童

【釋義】由衰老恢復青春。反：也作返。童：這裏指年輕。

【出處】隋唐演義七〇回：「自知又不能減了二十年年紀，反老還童起來。」

【用法】多用作祝頌或讚美老人身體健康，精力旺盛。

【例句】你老人家這幾年身體越來越好了，紅光滿面，精神矍鑠，真的是**反老還童**了！

【義近】黃髮兒齒／老當益壯／鶴髮童顏／松身鶴骨。

【義反】未老先衰／望秋先零／齒危髮禿／少年暮氣。

反求諸己

【釋義】反過來追究自己。求：追究，尋找。諸：「之於」的合音。

【出處】孟子．公孫丑上：「不怨勝己者，反求諸己而已矣。」

【用法】指有問題或與人發生衝突時，應反省自己，自我要求，不要怨天尤人。

【例句】人們老愛怪別人，卻忘了**反求諸己**，因而永遠有吵不完的架。

【義近】反躬自省／反躬內省／一日三省／嚴于責己／嚴以律己。

【義反】委過他人／怨天尤人。

反其道而行

【釋義】反其道：與他人的辦法相反。道：辦法，方法。行：做。

【出處】司馬遷．史記．淮陰侯列傳：「今大王誠能反其道：任天下武勇，何所不誅！」

【用法】說明採取跟對方相反的辦法去行事。

【例句】他從小就叛逆性強，行事常常**反其道而行**，令人頭痛不已。

反客爲主

【釋義】客人反過來成了主人。反：轉，反而。

【出處】羅貫中．三國演義七一回：「可激勸士卒，拔寨前進，步步爲營，誘(夏侯)淵來戰而擒之，此乃反客爲主之法。」

【用法】比喻由被動變成主動；也用以說明客人反過來變成了主人。

【例句】我拿你家當我家似的，**反客爲主**，你不見怪吧！

【義近】喧賓奪主。

反面無情

【釋義】翻臉不講情義。

【出處】明．邵璨．香囊記．辭婚：「狀元，成就了吧！他也是一個君主，恐怕反面無情，那時節悔之晚矣！」

【用法】形容人翻臉不認人，不顧交情。

【例句】你別看他平時對你很好，一旦遇到利益衝突，馬上就會**反面無情**。

【義近】反眼不識／翻臉無情／背槽拋糞／反顏相向／反目成仇。

【義反】輕財重義／感恩圖報／結草銜環。

反首拔舍

【釋義】首：頭。反首：頭髮垂下。拔舍：宿於野外。

【出處】左傳．僖公十五年：「秦獲晉侯以歸，晉大夫反首拔舍從之。」

【用法】形容戰爭潰敗的樣子。

【例句】古來征戰總是避免不了「成者爲王，敗者爲寇」的結果。你看戰勝者威風八面，戰敗者**反首拔舍**的對比，就能明瞭了。

【義近】棄甲曳兵／一敗塗地／魚潰鳥散／豕突狼奔。

【義反】攻城略地／所向無敵／勢如破竹／橫掃千軍。

反躬自省

【釋義】回過頭來檢討自己。反：掉轉。躬：自身。省：檢討。

【出處】朱熹．樂記動靜說：「此一節正天理人欲之機間不容息處，惟其反躬自省……而外誘不能奪也。」

【用法】用以說明遇到挫折時要多作自我檢討，尋找自己思想言行的不妥之處。

【例句】在爲人處世上，宜多**反躬自省**，要求別人還不如要求自己。

【義近】閉門思過／捫心自問／撫躬自問／反躬自責／反聽內視。

【義反】怨天尤人／委過他人。

反躬自責

【釋義】回過身來責備自己。反：回。躬：身體。

【出處】元史．泰定帝紀一：「陛下以憂天下爲心，反躬自責。」

【用法】形容人嚴格要求自己，遇到挫折或失敗絕不推卸責任，而是責備自己，檢討自己的思想、言行。

【例句】張經理嚴於律己，公司的生意若遇到挫折，總是先**反躬自責**，絕不追究下屬。

【義近】撫躬自問／反躬自省／反求諸己／反聽內視。

【義反】怨天尤人／推卸責任／委咎他人。

反敗爲勝

【釋義】由敗轉勝。反：反轉。

【出處】羅貫中．三國演義一六回：「將軍在匆忙之中，能整兵堅壘，任謗任勞，使反敗爲勝。」

【用法】說明失敗後決不氣餒，設法將失敗轉變爲勝利。

【例句】一個真正成功的人，是能夠在最惡劣的情勢下**反敗爲勝**，創下奇蹟的。

【義近】轉敗爲功／轉危爲安／化險爲夷。

【義反】一蹶不振／一敗到底／由勝轉敗。

反眼不識

【釋義】一翻眼就不認識。反：翻。

【出處】韓愈．柳子厚墓誌銘：「一旦臨小利害，僅如毛髮比，反眼若不相識。」

【用法】形容翻臉不認人，不顧交情。

【例句】此人不可深交，只要是利益相衝突時，他便**反眼不識**，六親不認。

【義近】反臉無情／翻臉不認人／反面無義／反顏相待。
【義反】有情有義／重義輕生／重義輕財／不忘舊情。

反脣相稽 ㄈㄢˇ ㄔㄨㄣˊ ㄒㄧㄤ ㄐㄧ

【釋義】反脣：翻脣，表示不服氣或鄙視。稽：計較。一作「反唇相譏」。譏：指譏刺對方。
【出處】漢書・賈誼傳：「婦姑不相說（悅），則反脣而相稽。」
【用法】比喻受指責而不服氣，反過來責問或譏刺對方。
【例句】他那種**反脣相稽**的輕視態度，很讓人受不了。
【義近】反咬一口。
【義反】反躬自責／俯首自問。

反掌折枝 ㄈㄢˇ ㄓㄤˇ ㄓㄜˊ ㄓ

【釋義】像翻覆手掌和摘折樹枝那樣容易。
【出處】漢・枚乘・諫吳王書：「變所欲為，易於反掌。」孟子・梁惠王：「為長者折枝。」
【用法】形容處理事情非常容易。
【例句】如果事先能做好萬全的準備，那麼應付突發的變故，將如**反掌折枝**一樣容易。
【義近】以湯沃雪／摧枯拉朽／探囊取物／甕中捉鱉。
【義反】移山填海／挾山超海／磨杵成針。

反經合義 ㄈㄢˇ ㄐㄧㄥ ㄏㄜˊ ㄧˋ

【釋義】反：違反。經：平常的道理。
【出處】唐・溫大雅・大唐創業起居注二回：「不為欺紿，自然反經合義，妙盡機權。」劉知幾・史通雜說上・諸晉史：「然楊能反經合義，足矯奢葬之愆。」
【用法】形容人雖違反世俗所認定的常理，卻仍合乎基本義理。
【例句】這位仁兄雖然常有驚人之舉，但仍**反經合義**，不會有太越軌的行為發生。
【義近】反經合道。

反經行權 ㄈㄢˇ ㄐㄧㄥ ㄒㄧㄥˊ ㄑㄩㄢˊ

【釋義】行權：行使權宜之事。
【出處】司馬遷・史記・太史公自序：「諸呂為從，謀弱京師，而勃反經合於權。」
【用法】比喻人不遵循常法，權宜行事。
【例句】在非常時刻，領導人**反經行權**做適當的處置是正確的，不能這樣就認定他違反法律。

反裘負薪 ㄈㄢˇ ㄑㄧㄡˊ ㄈㄨˋ ㄒㄧㄣ

【釋義】反裘：反穿皮襖。負薪：揹柴。薪：柴。古人穿皮衣毛在外，皮在內，反穿則毛在內，這樣可以避免磨掉毛。
【出處】漢・桓寬・鹽鐵論・非鞅：「無異於愚人反裘而負薪，愛其毛，不知其皮盡也。」
【用法】多用以比喻愚昧或不知輕重本末。
【例句】這位仁兄在路上遇到大雨，竟把名牌衣服脫下來裝進皮包，淋著雨跑回來，被大家譏為**反裘負薪**的笨漢！
【義近】反裘負芻／抱薪救火／挑雪填井／本末倒置／捨本逐末／買櫝還珠。
【義反】急中生智／情急智生／善自為謀／重本輕末／按部就班。

反璞歸眞 ㄈㄢˇ ㄆㄨˊ ㄍㄨㄟ ㄓㄣ

【釋義】回返原始淳樸天眞的境界。
【出處】戰國策・齊策：「斶知足矣，歸眞反璞，則終身不辱。」
【用法】用以形容歸返原來之面目。
【例句】經過了絢爛的歲月，如今**反璞歸眞**，從平淡中亦能體會另一種意義。
【義近】歸眞反璞。

反覆無常 ㄈㄢˇ ㄈㄨˋ ㄨˊ ㄔㄤˊ

【釋義】一會兒這樣，一會兒那樣，沒有定準。反覆：顛來倒去。無常：沒有常態。
【出處】陳亮・與范東叔龍圖：「時事反復無常。」
【用法】形容變化不定。
【例句】他說話不守信用，行事更是**反覆無常**，這種人是難以成大事的。
【義近】出爾反爾／朝令夕改／朝秦暮楚／朝三暮四。
【義反】始終如一／全始全終／一諾千金／言而有信／一言為定。

及瓜而代 ㄐㄧˊ ㄍㄨㄚ ㄦˊ ㄉㄞˋ

【釋義】等到明年瓜熟時派人來替代。及：等到。
【出處】左傳・莊公八年：「齊侯使連稱，管至父戍葵丘。瓜時而往，曰：『及瓜而代。』」
【用法】用以指任職期滿，由他人來接替。
【例句】他已到了退休年齡，就等上級派人**及瓜而代**，他就可以卸任了。
【義近】燕雁代飛／屆時換代。
【義反】久不代替／數屆連任。

及時行樂 ㄐㄧˊ ㄕˊ ㄒㄧㄥˊ ㄌㄜˋ

【釋義】及時：不拖延，馬上。行樂：猶「作樂」。
【出處】樂府詩集・相和歌辭・董逃行五解：「但言節物芳華，可及時行樂，無使徂齡坐徙而已。」
【用法】指人要把握時間，尋歡作樂。有時含有人生短暫的意思。
【例句】人生苦短，譬如朝露，去日苦多，人還是要懂得**及時行樂**的好。
【義近】對酒當歌／秉燭夜遊／卜晝卜夜／俾晝作夜。
【義反】宵衣旰食／懸梁刺股／晝耕夜誦／夜以繼日。

及時雨 ㄐㄧˊ ㄕˊ ㄩˇ

【釋義】指在氣候乾旱，或農作物需要水分時所下的雨水。
【出處】李彌孫・赤松詩：「那知無心雲，解作及時雨。」海錄碎事・臣職部・賙急門：「薛允恭能賙人之急，人號及時雨。」
【用法】比喻正趕上時節或需要的好雨；或能救急之人。
【例句】①幾個星期不下雨，農作物都快乾枯了，幸好昨天下了一場**及時雨**，才化解了這個危機。②在我最困難的時候，你的相助就像**及時雨**一樣，為我帶來一線生機。

【義近】天降甘霖。

及笄之年

【釋義】指女子已到十五歲的許婚年齡。及：到。笄：簪。古時女子年十五以簪結髮如成人，相當於男子之冠禮。此時可許婚，但到二十歲時始嫁；未許婚者，至二十歲時則簪。

【出處】禮記・內則：「女子……十有五年而笄。」儀禮・士昏禮：「女子許嫁，笄而醴之。」

【用法】現通常用以指女子已到適婚年齡（非十五歲）。

【例句】才貌雙全的裴小姐已到**及笄之年**，上門求親的人已有十多個。

【義近】二八妙齡／豆蔻年華／破瓜之年／碧玉年華。

【義反】古稀之年／耄耋之年／七老八十／人老珠黃／徐娘半老／美人遲暮。

及鋒而試

【釋義】趁著鋒利的時候試用它。及：趁，乘，當。鋒：銳利。

【出處】司馬遷・史記・高祖本紀：「軍吏士卒皆山東之人也，日夜跂而望歸，及其鋒而用之，可以有大功。」

【用法】比喻掌握有利時機，一鼓作氣採取行動。

【例句】平日多休養生息，等待時機到時，**及鋒而試**，定能一舉功成。

【義近】趁熱打鐵／見機行事。

【義反】坐失良機／遷延誤時。

六畫

取之不盡用之不竭

【釋義】意謂取用不完。盡、竭：完。

【出處】蘇軾・前赤壁賦：「取之無禁，用之不竭。」李綠園・歧路燈七五回：「在貧道乃是取之不盡而用之不竭的。」

【用法】用以形容非常豐富、充足。

【例句】大自然是人類**取之不盡用之不竭**的天然寶庫。

【義近】永不枯竭／取用不盡。

【義反】一用而竭／空空如也。

取而代之

【釋義】取：奪取。代：代替。

【出處】司馬遷・史記・項羽本紀：「秦始皇游會稽，渡浙江，梁與籍俱觀，籍曰：『彼可取而代也。』」

【用法】指奪取別人的地位而由自己代替他，也指以某一事物代替另一事物。

【例句】舊的中華商場消失了，**取而代之**的將是全新風貌的地下街商場。

【義近】拔旗易幟。

【義反】不可替代／不可更改。

取長補短

【釋義】為「取人之長，補己之短」的縮語。

【出處】孟子・滕文公上：「今滕，絕長補短，將五十里也。」呂氏春秋・用眾：「故善學者假人之長以補其短。」

【用法】指吸取別人的長處來彌補自己的不足，也指在同類事物中吸取彼之長以彌補此之短。

【例句】我們要吸收國外先進的科技，配合自身優點，**取長補短**，才能有全新的發展。

【義近】截長補短／絕長補短。

【義反】自高自大／自以為是。

取青妃白

【釋義】用青色配上白色。妃：即「配」，又作「媲」。

【出處】柳宗元・讀韓愈所著毛穎傳後題：「世之模擬竄竊，取青妃白，肥皮厚肉，柔筋脆骨，而以為辭者之讀之也，其大笑固宜。」

【用法】喻文章對偶工整。

【例句】魏晉南北朝時代的駢體文，**取青妃白**，對偶工整，讀起來鏗鏘有韻，內容卻空洞無物，因此才有後來的古文運動。

取信於人

【釋義】取信：使人信從，取得信任。

【出處】陸機・豪士賦序：「大德至忠，如此之盛；尚不能取信於人主之懷，止謗於眾多之口。」

【用法】指博取別人對自己的信任。

【例句】要**取信於人**，就必須誠懇待人，言必信，行必果。

【義近】取信於民／言而有信。

【義反】言而無信。

取悅於世

【釋義】取悅：求悅於人。世：時代，時尚。

【出處】司馬遷・史記・司馬相如傳・難蜀父老：「豈特委瑣握齪，拘文牽俗，循誦習傳，當世取說（悅）云爾哉。」

【用法】指人設法趨向時尚，以討好世人的喜悅。

【例句】他這個人只知**取悅於世**，根本不講什麼原則，當然更談不上什麼情誼。

【義近】取悅於人／苟合取容／隨波逐流／討好賣乖／與世沉浮。

【義反】剛正不阿／潔身自好／澡身浴德／涅而不緇。

取精用弘

【釋義】精：精華。弘：也作「宏」，大。

【出處】左傳・昭公七年：「蕞爾國，而三世執其政柄，其用物也弘矣，其取精也多矣。」

【用法】本指根基深厚。後指材料豐富，用之不盡；也指從豐富的材料中提取精華。

【例句】史料的整理工作，除了要力求真實外，如何**取精用弘**也是一門很大的學問。

【義近】博採廣納／去粗取精／博採眾長／去蕪存精。

【義反】兼容並蓄。

叔季之世

【釋義】叔季：長幼的順序，按伯、仲、叔、季，叔季排行最後面。

【出處】朱熹・白鹿洞賦：「在叔季而且然，矧休明之景運。」

【用法】指國家衰敗滅亡之際。

【例句】國家走到**叔季之世**時，就算有再多的忠臣烈士不顧生死保衛國土，也大勢已去，無力回天了。

【義近】國步艱難／國難方殷。

【義反】王路清夷／太平盛世／國泰民安／四海昇平。

受制於人 (ㄕㄡˋ ㄓˋ ㄩˊ ㄖㄣˊ)

【釋義】受……於：表被動。制：控制。

【出處】三國志・蜀書・諸葛亮傳：「吾不能舉全吳之地，十萬之眾，受制於人，吾計決矣！」

【用法】指被人控制，失去自由，不能自主。

【例句】我們公司小，若與大公司合併，必然**受制於人**，那時便很難獨立發展了。

【義近】俯仰由人／依草附木／仰人鼻息／傍人門戶／寄人籬下。

【義反】獨立自主／自立門戶／獨往獨來／自行其是。

受惠無窮 (ㄕㄡˋ ㄏㄨㄟˋ ㄨˊ ㄑㄩㄥˊ)

【釋義】惠：恩惠，益處。窮：盡。

【出處】文康・兒女英雄傳二四回：「今日此舉，不但我父母感激不盡，便是我何玉鳳，也受惠無窮。」

【用法】用以說明受益極深遠。

【例句】老師的諄諄教誨，使我一生**受惠無窮**，永銘於心。

【義近】受益不盡／受惠匪淺／得益匪淺。

【義反】受害不淺／誤人終身。

受寵若驚 (ㄕㄡˋ ㄔㄨㄥˇ ㄖㄨㄛˋ ㄐㄧㄥ)

【釋義】寵：寵愛，賞識。驚：驚喜。

【出處】宋史・張洎傳：「受寵若驚，居亢無悔。」

【用法】形容受人寵愛而感到意外驚喜和不安。含有貶意。

【例句】平常他對我總是愛理不理的，今天突然對我噓寒問暖的，讓我**受寵若驚**，懷疑他是不是別有用心。

【義近】被寵若驚。

【義反】寵辱不驚。

口部

口口相傳 (ㄎㄡˇ ㄎㄡˇ ㄒㄧㄤ ㄔㄨㄢˊ)

【釋義】只在口頭上相傳，不見於文字。

【出處】雲笈七籤卷七二：「經云：『知白守黑，神明自來。』是知玄為萬物母，聖人秘之，不形文字，口口相傳，知其訣者為仙耳。」

【用法】多指某些極有價值的技藝、學說等不願為外人所知，只是在口頭上傳給至親好友。

【例句】王醫師家有個祖傳秘方，規定只能對長子、長孫**口口相傳**，絕不能書寫出來。

【義近】口授心傳／世代口傳。

【義反】著書立說。

口口聲聲 (ㄎㄡˇ ㄎㄡˇ ㄕㄥ ㄕㄥ)

【釋義】話不離口，反覆申說。

【出處】石君寶・秋胡戲妻：「你也曾聽杜宇，他那裏口口聲聲，攛掇先生不如歸去。」

【用法】常用以形容反覆表白自己的意見、說法。

【例句】你**口口聲聲**說要好好學習，卻又安不下心來，總想去外面玩，這怎麼行？

【義近】反覆陳述。

口不二價 (ㄎㄡˇ ㄅㄨˋ ㄦˋ ㄐㄧㄚˋ)

【釋義】二價：兩樣價錢。

【出處】後漢書・韓康傳：「（韓康）常採藥名山，賣於長安市，口不二價，三十餘年。」

【用法】指在交易中價錢說一不二，沒有討價還價的餘地。

【例句】對不起，我們商店的貨物**口不二價**，在此請你多多包涵。

【義近】說一不二／不二價。

【義反】討價還價。

口不應心 (ㄎㄡˇ ㄅㄨˋ ㄧㄥˋ ㄒㄧㄣ)

【釋義】口裏說的與心裏想的不一樣。

【出處】馮夢龍・醒世恆言卷八：「官人，你昨夜恁般說了，卻又口不應心，做下那事！」

【用法】形容心口不一致或口是心非。

【例句】他是個**口不應心**的人，你千萬不要相信他。

【義近】口是心非／心口不一／表裏不一／心口相違。

【義反】心口如一／表裏如一／言為心聲／心口一致。

口中蚤蝨 (ㄎㄡˇ ㄓㄨㄥ ㄗㄠˇ ㄕ)

【釋義】放在口中的跳蚤和蝨子，一咬就完蛋。

【出處】韓非子・內儲說上：「弛上黨在一而已，以臨東陽，則邯鄲口中蝨也。」漢書・王莽傳中：「以新室之威而吞胡虜，無異口中蚤蝨。」

【用法】用以比喻極容易消滅的敵人。

【例句】沿海居民怕的是出沒無常的海盜，至於陸地上那幾個盜賊，不過是**口中蚤蝨**罷了。

【義近】口中之物／甕中之鼈／蝦兵蟹將／散兵游勇／殘兵敗將。

【義反】千軍萬馬／兵強馬壯／投鞭斷流／兵多將廣／雄師百萬。

口吐珠璣 (ㄎㄡˇ ㄊㄨˇ ㄓㄨ ㄐㄧ)

【釋義】口裏吐出的是珠寶。珠：圓的珠寶。璣：不圓的珠寶。

【出處】元・無名氏・醉寫赤壁賦一折：「因俺夫人聞知蘇軾胸懷錦繡，口吐珠璣，有貫世之才。」

【用法】形容說話有文采。

【例句】這位外交家在聯合國發言時，總是**口吐珠璣**，十分動聽，與會者無不讚賞。
【義近】字字珠璣／語如貫珠／口吻生花／妙語如珠／議論風生。
【義反】言澀語晦／陳腔濫調／油腔滑調／廢話連篇／期期艾艾。

口耳之學（ㄎㄡˇ ㄦˇ ㄓ ㄒㄩㄝˊ）

【釋義】把道聽塗說得到的一點知識當做學問。
【出處】荀子・勸學：「小人之學也，入乎耳，出乎口，口耳之間則四寸耳，曷足以美七尺之軀哉！」
【用法】形容人視見淺薄，以片面的一點知識爲學問，而自以爲了不得。
【例句】這個人最不謙虛，懂得一點**口耳之學**，便自以爲了不得，到處炫耀。
【義近】浮淺之學／道聽塗說。
【義反】眞才實學／眞知灼見。

口舌之爭（ㄎㄡˇ ㄕㄜˊ ㄓ ㄓㄥ）

【釋義】口舌：說話的器官，用以指言語。
【出處】司馬遷・史記・留侯世家：「上欲廢太子，……呂后乃使建成侯呂澤劫留侯，……留侯曰：『此難以口舌爭也。』」
【用法】用以指言語上的爭論。
【例句】夫妻間發生**口舌之爭**是常有的事，你何必賭氣吵著要離婚呢？
【義近】口舌是非／言語之爭／言語傷人。
【義反】大打出手／你死我活／白刀子進，紅刀子出／拿刀動杖／干戈相見。

口血未乾（ㄎㄡˇ ㄒㄩㄝˋ ㄨㄟˋ ㄍㄢ）

【釋義】表示訂立盟約不久。口血：古代訂立盟約時，飲牲口血或以牲口血抹嘴，表示誠信。
【出處】左傳・襄公九年：「與大國盟，口血未乾而背之，可乎？」
【用法】用以說明訂立盟約或盟誓不久就毀約、失信，也指話說出不久就反悔。
【例句】一個人若**口血未乾**即做出背信忘義之事，將不會有人再相信他所說的話。
【義近】墨瀋未乾／言而無信／言猶在耳／自食其言／輕諾寡信／朝濟夕設。
【義反】始終不渝／信誓旦旦／言而有信／一諾千金／尾生之信／季布一諾。

口角春風（ㄎㄡˇ ㄐㄩㄝˊ ㄔㄨㄣ ㄈㄥ）

【釋義】口角：嘴邊。春風：比喻用美言稱讚人。
【出處】李綠園・歧路燈九六回：「你近日與道臺好相與，萬望口角春風，我就一步升天。」
【用法】比喻替人說好話，就像春風吹物以助其生長一樣。常用作請人推薦介紹之詞。
【例句】我知道你是局長面前的大紅人，務請看在同學分上，爲我**口角春風**，以便有晉升之日。
【義近】成人之美／玉成其事／以言相嘉／鼎力玉成。
【義反】流短蜚長／從中作梗／流言蜚語。

口尚乳臭（ㄎㄡˇ ㄕㄤˋ ㄖㄨˇ ㄒㄧㄡˋ）

【釋義】口中還有乳腥氣。尚：還。乳臭：奶腥氣。
【出處】漢書・高帝紀上：「食其還，漢王問：『魏大將誰也？』對曰：『柏直。』王曰：『是口尚乳臭。』」
【用法】比喻年輕缺乏經驗、知識，或不成熟。
【例句】他今年才十三歲，**口尚乳臭**，就想學成年人抽煙喝酒，令師長痛心不已。
【義近】乳臭未乾／少不更事／年幼無知／嘴上無毛。

口沸目赤（ㄎㄡˇ ㄈㄟˋ ㄇㄨˋ ㄔˋ）

【釋義】口沸：指口沫四濺。目赤：眼紅。
【出處】韓詩外傳卷九：「言人之非，瞋目搤腕，疾言噴噴，口沸目赤。」
【用法】形容人因某事或與人吵架時，情緒非常激動而聲色俱厲的神態。
【例句】你有高血壓，何必爲了一點小事，與人鬧得**口沸目赤**呢？
【義近】唾沫橫飛／怒眼圓睜／捋臂捲袖／橫眉倒豎。
【義反】輕聲細語／溫文爾雅／斯斯文文。

口是心非（ㄎㄡˇ ㄕˋ ㄒㄧㄣ ㄈㄟ）

【釋義】嘴裏說的是一套，心裏想的是另一套。
【出處】葛洪・抱朴子・微旨：「若乃憎善好殺，口是心非，背向異辭，反戾直正。」
【用法】形容人心口不一。
【例句】這人向來**口是心非**，陽奉陰違，當面稱讚別人，背後卻愛扯人後腿。
【義近】口不應心／言不由衷／陽奉陰違／口是心違。
【義反】心口如一／表裏如一／言行一致。

口若懸河（ㄎㄡˇ ㄖㄨㄛˋ ㄒㄩㄢˊ ㄏㄜˊ）

【釋義】言辭如河水傾瀉，滔滔不絕。懸河：傾瀉直下的河流。
【出處】劉義慶・世說新語・賞譽：「郭子玄語議如懸河瀉水，注而不竭。」吳敬梓・儒林外史四回：「知縣見他說得口若懸河。」
【用法】比喻人很健談，能言善道。
【例句】我們在一起閒談時，他總是**口若懸河**，別人根本插不上嘴。
【義近】滔滔不絕／舌燦蓮花／侃侃而談／懸河飛瀑／語如貫珠／能言善道。
【義反】期期艾艾／拙口鈍辭／結結巴巴／笨口拙舌。

口授心傳（ㄎㄡˇ ㄕㄡˋ ㄒㄧㄣ ㄔㄨㄢˊ）

【釋義】口授：用口傳授。心傳：指師徒相傳。
【出處】凌濛初・拍案驚奇四卷：「但揀一二誠篤之人，口授心傳，故此術不曾絕傳。」
【用法】用以指師傳與徒弟、老師與學生在技藝、學業等方面的精心傳授。
【例句】我今天能獲得博士學位，全靠我的指導老師三年來的**口授心傳**。
【義近】口傳心授／口口相傳／言傳身敎／衣缽相傳。

口惠而實不至

【釋義】空口許人好處，卻並無實惠。
【出處】禮記・表記：「口惠而實不至，怨災及其身。」
【用法】指人說話不算話，許人好處，卻又根本不實行，騙人而已。
【例句】董事長說要給我們加薪，一年過去了，卻不見動靜，看來是**口惠而實不至**，讓我們空歡喜一場。
【義近】開空頭支票／光打雷不下雨／空口說白話。
【義反】說一不二／一言千金／言出必行／一言九鼎。

口無擇言

【釋義】說出來的話不作選擇。
【出處】後漢書・劉般傳：「數年，揚州刺史觀恂薦般在國口無擇言，行無怨惡，宜蒙旌顯。」孝經・卿大夫：「口無擇言，身無擇行。」
【用法】指人說話無須選擇，說出來的都很正確。或指責人說話不加思索，信口胡說。
【例句】①張先生為人很有修養，且學識淵博，故能**口無擇言**，語語中的。②這人向來都是**口無擇言**，胡說八道，請你不要放在心上。
【義近】言必有中／不假思索／率爾而答／信口雌黃／信口開河／胡說八道。

口碑載道

【釋義】稱頌的聲音滿路都是。口碑：比喻羣眾口頭稱頌，像文字刻在碑上一樣。載：滿。
【出處】普濟・五燈會元卷一七：「勸君不用鐫頑石，路上行人口似碑。」
【用法】形容人人稱頌，美名遠揚。
【例句】那位作家的作品誠摯感人，因此**口碑載道**，在各地廣為流傳。
【義近】有口皆碑／人人稱頌／家喻戶曉／頌聲載道。
【義反】怨聲載道／臭名遠揚／遺臭萬年／惡名昭彰。

口誅筆伐

【釋義】誅：譴責。伐：聲討。
【出處】汪廷訥・三祝記：「他捐廉棄恥，向權門富貴貪求，全不知口誅筆伐是詩人句，隴上播間識者羞。」
【用法】表示用口頭的和書面的形式進行譴責和聲討。
【例句】對那些販賣不良書刊、戕害青少年心靈的人，必須予以**口誅筆伐**，並循法律途徑制裁他們。
【義近】羣起而攻之／鳴鼓攻之／交相伐撻。
【義反】口碑載道／有口皆碑／拍掌擊節。

口蜜腹劍

【釋義】嘴上甜言蜜語，心中卻刻毒似劍。
【出處】資治通鑑二一五：「世謂李林甫口有蜜，腹有劍。」
【用法】比喻嘴甜心毒，為人狡詐陰險。
【例句】我們需要的是誠心誠意的眞朋友，決不是那種**口蜜腹劍**的假朋友。
【義近】笑裏藏刀／嘴甜心狠／鴟心鸝舌／表裏不一／虎掛佛珠。
【義反】表裏如一／光明磊落。

口誦心惟

【釋義】一面讀一面想。誦：唸，讀出聲來。惟：思考，也作「維」。
【出處】宋・陳亮・送呈恭父知縣序：「儕輩往往口誦心惟，吟哦上下，記憶不少休。」
【用法】說明學習很認眞，誦讀詩文等不僅識其字斷其句，還要思考它的意義和道理。
【例句】做學問除了要**口誦心惟**外，更要應用於日常生活。
【義近】口詠心惟／好問決疑。
【義反】囫圇吞棗／食而不知其味／生吞活剝。

口說無憑

【釋義】單憑口說，不足為據。
【出處】喬夢符・揚州夢：「咱兩個口說無憑。」
【用法】表示無實物憑據，不足為信。
【例句】你說他偷了你的錢，但**口說無憑**，請拿出證據來。
【義近】空口說白話。
【義反】證據確鑿／人贓俱在。

口齒伶俐

【釋義】口齒：說話，談吐。伶俐：聰明，機靈。這裏指言語靈活。
【出處】曹雪芹・紅樓夢六回：「再要賭口齒，十個會說的男人也說不過他呢？」宋・曾覿・海野詞・鵲橋仙：「溫柔伶俐總天然。」
【用法】形容人能說善道，出口流利。
【例句】這姑娘不僅**口齒伶俐**，而且說出的話都很有分寸。
【義近】伶牙俐齒／口若懸河／滔滔不絕／娓娓而談／能言善道。
【義反】笨嘴笨舌／拙口鈍腮／支支吾吾／結結巴巴／詞不達意。

口頭禪

【釋義】佛教語，指不能領會禪理，只是襲用禪宗和尚的常用語作為談話的點綴。
【出處】王楙・野客叢書・附錄王先生壙銘臨終詩：「平生不學口頭禪，腳踏實地性虛天。」
【用法】今用以指說話時經常掛在嘴上，但並無多大實際意義的詞句。
【例句】「這個」二字已成了曾教授的**口頭禪**，有位學生統計，他一節課講了一百多個「這個」。
【義近】習慣語／口頭語。

口燥脣乾

【釋義】意即口舌乾燥。
【出處】樂府詩集・相和歌辭・善哉行：「來日大難，口燥脣乾。今日相樂，皆當歡喜。」
【用法】形容話說得太多。或形容為了某事而費盡口舌。
【例句】①連續三堂課上下來，**口燥脣乾**，連嗓子都有點嘶啞了。②為了勸他不要離職，懇談了兩個多小時，弄得我**口燥脣乾**，卻仍不能使他改變主意。

【義近】脣焦口燥／舌乾脣焦／口乾舌燥／舌敝脣焦。
【義反】不費脣舌／三言兩語／一言半語／隻言片語。

二 畫

司空見慣

【釋義】經常見到的。司空：古代官職名。慣：習以爲常。
【出處】劉禹錫・贈李司空妓：「高髻雲鬟宮樣妝，春風一曲杜韋娘。司空見慣渾閒事，斷盡蘇州刺史腸。」
【用法】比喻常見到的事物或現象，不足爲奇。
【例句】她的反覆無常，驕橫跋扈，我們早已**司空見慣**了，用不著理她。
【義近】見慣不驚／屢見不鮮／習以爲常／見怪不怪。
【義反】少見多怪／天下少見／鳳毛麟角／絕無僅有。

司馬昭之心，路人皆知

【釋義】司馬昭的心裏想什麼，人人都知道。司馬昭：三國時魏國權臣，一心想篡位。路人：行路的人。
【出處】陳壽・三國志・魏書・高貴鄉公紀注引漢晉春秋：「司馬昭之心，路人所知也。」
【用法】比喻人所共知的野心，要想掩飾也掩飾不了。
【例句】他的所作所爲已是**司馬昭之心，路人皆知**，還能隱瞞得住嗎？
【義近】大白於天下／無人不曉／世人皆知／一目了然。
【義反】知人知面不知心／人心隔肚皮。

可心如意

【釋義】可心：合心。可：合適。如意：滿意。
【出處】曹雪芹・紅樓夢六五回：「這如今要辦正事，不是我女孩兒沒羞恥，必得我揀個素日可心如意的人，才跟他。」
【用法】說明符合心意，主要用於男女之間你恩我愛上。
【例句】要找一個**可心如意**的伴侶陪自己走完一生，實在是件不容易的事。
【義近】可人心意／稱心如意／如人心願／盡如人意。
【義反】未能如願／不如人意。

可有可無

【釋義】可以有，也可以沒有。
【出處】文康・兒女英雄傳二六回：「我只問姐姐，一般兒大的人，怎麼姐姐給我說人家兒，這庚帖就可有可無。」
【用法】常用以說明無關緊要。
【例句】對於他這種**可有可無**的建議，我們實在難以看出他的誠意。
【義近】有不多無不少／無足輕重／無可無不可／無關成敗／有也可無也可。
【義反】非同小可／舉足輕重／不可欠缺／事關重大。

可乘之隙

【釋義】乘：利用。隙：縫隙，漏洞。
【出處】羅貫中・三國演義一四回：「小沛原非久居之地。今徐州既有可乘之隙，失此不取，悔之晚矣。」
【用法】指對方有可以利用的漏洞或弱點。
【例句】那家大公司早就想吞併我們了，我們一定要奮發圖強、謹慎行事，絕不給他們**可乘之隙**。
【義近】有隙可乘／可乘之機。
【義反】無隙可乘／無機可乘。

可乘之機

【釋義】乘：因，趁。機：機會。
【出處】晉書・呂纂傳：「宜繕甲養銳，勸課農殖，待可乘之機，然後一舉蕩滅。」
【用法】指可以利用的機會。
【例句】內鬥比外力的侵入更易亡國，千萬不要給敵人**可乘之機**。
【義近】可乘之隙／有機可乘／有空可鑽。
【義反】無隙可乘／無機可乘／無縫可鑽。

可望而不可即

【釋義】而：卻，但。即：接近。
【出處】劉基・登臥龍山懷二十八韻：「白雲在青天，可望不可即。」
【用法】說明能望見，但不能接近，或者不能達到。
【例句】科學頂峰是不易攀登的，但也決不是**可望而不可即**，關鍵在於是否有恆心。
【義近】可望不可及／可望不可親／望塵莫及／不可企及。
【義反】急起直追／迎頭趕上／不達目的誓不休。

可進可退

【釋義】既能前進，又能後退。
【用法】指爲人處事留有伸縮餘地，能主動自如。
【例句】他在事業上之所以能成功，一個重要原因就是無論做什麼事都留有餘地，使自己處於**可進可退**的地位。
【義近】可前可後／進退自如／能伸能縮／可攻可守／可行可藏。
【義反】爲人爲絕／做事做絕／無可進退／不留餘地／逼上梁山。

可想而知

【釋義】可以推想而明白。
【出處】宋・王楙・野客叢書・漢唐俸祿：「而郊以吟詩廢務，上官差官以攝其職，分其半祿，酸寒之狀，可想而知。」
【用法】說明根據某一點或某一事，可以推想而知道其他。
【例句】這是十個數學題中最難的，你竟能這麼快做出來，其他的也就**可想而知**了。
【義近】可以想見／由此可知／以一知十／嘗鼎一臠。

可歌可泣

【釋義】可：值得。歌：歌頌讚揚。泣：無聲有淚的哭。
【出處】汪琬・計甫草中州集序：「無不動心駭魄，可歌可泣。」
【用法】說明值得讚美歌頌，使人感動得流淚。
【例句】抗戰時期，有許多**可歌可泣**的悲壯故事發生在不知名的小人物身上。
【義近】驚天地泣鬼神／日月同輝。

【義反】遺臭萬年／千夫所指／無足道哉／萬人唾棄。

可憐蟲

【釋義】可憐：值得憐憫、哀憐；可惜。

【出處】樂府詩集二五・企喻歌：「男兒可憐蟲，出門懷死憂。」

【用法】多比喻陷於困境、值得憐憫同情的人。有時含有可惜、惋惜之意。

【例句】他是一個無家可歸的**可憐蟲**。

可操左券

【釋義】操：掌控。左券：即主券。古時契約分左右兩券，掌握左券者可令持右券者負責踐諾。

【出處】司馬遷・史記・田敬仲世家：「常執左券以責於秦韓。」

【用法】喻事情穩操關鍵地位。

【例句】這件事你有絕對的優勢，打起官司來應是**可操左券**，你就不用太擔心了。

【義近】十拿九穩／穩操勝算／勝券在握。

【義反】未定之天／百不中一／功虧一簣。

古井無波

【釋義】古井：已枯竭的水井。無波：不再起波瀾。

【出處】孟郊・烈女操：「波瀾誓不起，妾心井中水。」白居易・贈元稹詩：「無波古井水，有節秋竹竿。」

【用法】比喻人心寂然不動。舊時多用來形容婦女在丈夫死後不再思嫁。

【例句】家兄雖已逝世十多年，但寡嫂一直**古井無波**，我豈忍心勸她改嫁。

【義近】心如死灰／守節不移／無動於衷／槁木死灰／從一而終／心如止水。

【義反】心動神搖／水性楊花／古井揚波／朝思暮想／喜新厭舊。

古色古香

【釋義】器物書畫等富有古雅的色彩和情調。古：古舊。

【出處】黃丕烈・士禮居藏書題跋記：「是書雖非毛氏所云……然古色古香溢於楮墨。」

【用法】常用於稱讚藝術品或居室布置很有古雅風格。

【例句】探訪古厝，常常被那**古色古香**的陳設深深吸引，勾起人們無限的思古幽情。

【義近】古樸淡雅／古意盎然。

【義反】前衛新潮。

古往今來

【釋義】從古到今。

【出處】潘岳・西征賦：「古往今來，邈兮悠哉！」白居易・放言詩之一：「朝真暮僞何人辨，古往今來底事無。」

【用法】用以說明時間久遠。

【例句】雖然住了兩三天，日子卻不多，把**古往今來**沒見過的，沒吃過的，沒聽見的，都經驗過了。（曹雪芹・紅樓夢四二回）

【義近】由古至今／古今中外。

【義反】當代現在／昨日今朝。

古玩奇珍

【釋義】古玩：骨董器玩。奇珍：奇異的珍寶。

【出處】曹雪芹・紅樓夢四一回：「他倆個就用那樣古玩奇珍，我就是個俗器了。」

【用法】用以泛指所珍藏的、高雅可賞的古代書畫器物。

【例句】他是位古董鑑賞家，家裏擺滿了各式各樣的**古玩奇珍**。

【義近】古玩字畫／奇珍異寶。

【義反】凡物俗器／布帛菽粟。

古稀之年

【釋義】指七十歲。古稀：自古以來就稀少。

【出處】杜甫・曲江二首：「酒債尋常行處有，人生七十古來稀。」

【用法】用以代稱七十歲。

【例句】張教授雖然已過**古稀之年**，但仍堅持撰寫他的科學著作，精神實在可嘉。

【義近】從心之年／古稀高壽。

【義反】小小年歲／羽毛未乾／二八佳齡。

古道熱腸

【釋義】古道：此指古代的純樸品德與風尚。熱腸：熱心腸，指肯幫助人。

【出處】李寶嘉・官場現形記四四回：「幾個人當中，畢竟是老頭子秦梅士古道熱腸。」

【用法】形容一個人的心腸好，能熱心幫助別人。

【例句】他年紀雖輕，卻是**古道熱腸**，非常樂意爲人排難解憂。

【義近】熱心助人／急人之所急／助人爲樂／排難解憂。

【義反】人心不古／拔一毛而利天下不爲。

古貌古心

【釋義】古雅的容貌，古樸的人心。

【出處】韓愈・孟生詩：「孟生（孟郊）江海士，古貌又古心。嘗讀古人書，謂言古猶今。」

【用法】形容人的容貌思想有古人的風度。多用於褒義。

【例句】他並不是什麼名流學者，也不崇古仿古，卻自有其**古貌古心**，頗令人讚賞。

【義近】古人風範／古道可風。

【義反】滑頭滑腦／獐頭鼠目／流里流氣。

古調獨彈

【釋義】古調：古代樂調，保持有古風的曲調。獨彈：獨自一人彈奏，沒有相和的人。

【出處】唐・劉長卿・聽彈琴詩：「古調雖自愛，今人多不彈。」

【用法】用以比喻人的行爲或著作不合時宜。

【例句】張老先生性情特別，**古調獨彈**，穿著長袍馬掛上街，引得人們像看猴戲似的，他也無所謂。

【義近】古調不彈／不合時宜／冬扇夏鑪。

【義反】應時適俗／隨俗而變。

叱咤風雲 (ㄔˋ ㄓㄚˋ ㄈㄥ ㄩㄣˊ)

【釋義】一聲怒喝，就使風雲變色。叱咤：怒喝，大聲呼喝。風雲：比喻變化不定的局勢。

【出處】晉書・乞伏熾盤傳贊：「熾盤叱咤風雲，見機而動，牢籠雋傑，決勝多奇。」

【用法】形容聲勢威力很大，可以控制整個局勢。

【例句】昔日**叱咤風雲**的他，如今卻英雄末路，晚景淒涼，怎不令人感慨世事無常呢？

【義近】氣吞山河／氣勢磅礴／拔山蓋世。

【義反】大勢已去／微不足道／無足輕重。

叱咤喑噁 (ㄔˋ ㄓㄚˋ ㄧㄣ ㄨˋ)

【釋義】發怒喝叱聲。喑噁：發怒聲。一作「喑噁叱咤」。

【出處】司馬遷・史記・淮陰侯列傳：「項王喑噁叱咤，千人皆廢。」

【用法】形容氣勢壯盛。

【例句】當你走近尼加拉瓜大瀑布，就可聽到那**叱咤喑噁**之聲，就好像有千軍萬馬正在激戰。

【義近】氣壯山河／氣吞萬里／翻江倒海／地動山搖。

叨陪末座 (ㄊㄠ ㄆㄟˊ ㄇㄛˋ ㄗㄨㄛˋ)

【釋義】叨陪：忝陪，奉陪。叨：謙詞，表示沾光、受到好處等意。末座：座位分尊卑時，最卑的座位。

【出處】王勃・滕王閣序：「他日趨庭，叨陪鯉對；今茲捧袂，喜託龍門。」

【用法】表示自己能參加宴會，得以在座的謙遜之詞。

【例句】今天是國慶日，我受市長邀請赴宴，得以**叨陪末座**，深感榮幸之至。

【義近】敬陪末座。

【義反】下逐客令。

另起爐灶 (ㄌㄧㄥˋ ㄑㄧˇ ㄌㄨˊ ㄗㄠˋ)

【釋義】另外再支起鍋灶。爐灶：鍋灶。

【出處】李汝珍・鏡花緣一四回：「必至鬧到『出而哇之』，飯糞莫辨，這才『另起爐灶』。」

【用法】比喻放棄原來的基礎，重新做起，或另做一套。

【例句】原先他在一家很大的麵包公司當師傅，如今**另起爐灶**，開了一間頗具規模的麵包店。

【義近】改弦更張／另闢蹊徑／改弦易轍／重整旗鼓。

【義反】墨守成規／抱殘守缺／原班人馬。

另眼相看 (ㄌㄧㄥˋ ㄧㄢˇ ㄒㄧㄤ ㄎㄢˋ)

【釋義】用另一種眼光看待。

【出處】凌濛初・初刻拍案驚奇：「不想一見大王，查問來歷，我等一一實對，便把我們另眼相看。」

【用法】指特別看重或優待，也指用不同於過去的眼光來看待。

【例句】①有了實力，別人自然會**另眼相看**。②他曾幫我父親很大的忙，我父親在世時對他都**另眼相看**，我們自然也要尊敬他。

【義近】刮目相看／青眼相加／佛眼相看。

【義反】白眼相視／凡眼相待／一視同仁／等量齊觀。

另闢蹊徑 (ㄌㄧㄥˋ ㄆㄧˋ ㄒㄧ ㄐㄧㄥˋ)

【釋義】闢：開闢。蹊徑：小路，山路；也指門徑、路子。

【出處】荀子・勸學：「將原先王，本仁義，則禮正其經緯蹊徑也。」

【用法】說明一法不行另設一法，此路不通另找出路。

【例句】①既然教書不行，那就**另闢蹊徑**，去找別的工作吧。②路是人走出來的，既然此路不通，我們就**另闢蹊徑**，自己走出一條路來吧。

【義近】另尋門徑／自出機杼。

【義反】守株待兔／墨守成規／刻舟求劍。

叫苦不迭 (ㄐㄧㄠˋ ㄎㄨˇ ㄅㄨˋ ㄉㄧㄝˊ)

【釋義】不迭：不停止。

【出處】大宋宣和遺事亨集：「徽宗叫苦不迭，向外榻上忽然驚覺來，唬得渾身冷汗。」

【用法】形容連聲叫苦，多用於突然陷入困境之時；但不能用以形容大聲叫苦。

【例句】客人正等著吃飯，但瓦斯爐突然壞了，我太太**叫苦不迭**。

【義近】叫苦連天／唉聲歎氣。

【義反】樂在其中／其樂融融。

叫苦連天 (ㄐㄧㄠˋ ㄎㄨˇ ㄌㄧㄢˊ ㄊㄧㄢ)

【釋義】連天：接連不斷之意。

【出處】古今小說・宋四公大鬧禁魂張：「王愷大驚，叫苦連天。」

【用法】形容不停地叫苦，多用於陷入困境或痛苦難忍時，且可以形容大聲叫苦。

【例句】現在物價一年比一年高漲，許多小康家庭的收入根本不敷支出，**叫苦連天**，政府應該想辦法抑制物價。

【義近】叫苦不迭／呼天號地／捶胸頓足。

【義反】自得其樂／樂不可支／手舞足蹈。

只見樹木，不見森林 (ㄓˇ ㄐㄧㄢˋ ㄕㄨˋ ㄇㄨˋ ㄅㄨˋ ㄐㄧㄢˋ ㄙㄣ ㄌㄧㄣˊ)

【釋義】只看到少量的樹木，卻看不到大量的成片樹林。

【出處】胡考・兩重奏二三章：「……自己是個當局者，看問題就帶有偏見，……這叫做只見樹木，不見森林。」

【用法】比喻對問題或事物只見局部，不見整體。或形容人目光短淺。

【例句】①看人看事都要從多方面著眼，否則便會犯下**只見樹木，不見森林**的錯誤。②把眼光放遠一點，要考慮將來，絕不能**只見樹木，不見森林**。

【義近】只見局部，不見整體／只顧眼前，不顧未來／一葉蔽目，不見泰山。

【義反】遠見卓識／洞燭機先／放眼天下。

只爭朝夕 (ㄓˇ ㄓㄥ ㄓㄠ ㄒㄧˋ)

【釋義】朝夕：也作「旦夕」，早晨和晚上，喻短時間。

【出處】明・徐復祚・投梭記・卻說：「今朝寵命來首錫，掌樞衡只爭旦夕。」

【用法】說明做事應奮發猛進，力爭在最短時間內完成任務，達到目的。
【例句】春天已過，雨季將臨，我們要以只爭朝夕的精神，儘快完成這河道疏通工程。
【義近】爭分搶秒／雷厲風行／分秒必爭。
【義反】慢騰騰／老牛破車／不慌不忙。

只知其一，不知其二

【釋義】只知道它的一面，不知道它的另一面。其：他的，它的。
【出處】詩經・小雅・小旻：「人知其一，莫知其他。」司馬遷・史記・高祖本紀：「公知其一，未知其二。」
【用法】說明對事物的觀察，了解只是片面的，不及全局。
【例句】你對他倆的爭吵，還是**只知其一，不知其二**，怎能妄下斷論呢？
【義近】識其一不識其二／攻其一點不計其餘／瞎子摸象。
【義反】無一不知／無所不曉／無所不通／知其全面／面面俱知。

只重衣衫不重人

【釋義】意謂只看重人的外表而不重視人的品德才華。
【出處】普濟・五燈會元・黃龍心禪師法嗣：「師曰：五陵公子爭誇富，百衲高僧不厭貧；近來世俗多顛倒，只重衣衫不重人。」
【用法】指人眼光勢利，重富嫌貧。
【例句】他很有才華，到現在卻還沒有成家，因為他遇到的盡是**只重衣衫不重人**的人。
【義近】只敬衣衫不敬人／只重錢財不重人／嫌貧愛富。
【義反】聽其言而觀其行／相馬相其骨，看人看其實。

只許州官放火，不許百姓點燈

【釋義】州官：即太守或郡守，泛指地方官。
【出處】馮夢龍・古今譚概・迂腐部：「俗語云：只許州官放火，不許百姓點燈。」
【用法】形容專制時代官吏的蠻橫無理，自己可以胡作非為，卻禁止別人的正當行為。
【例句】你一不高興就罵人訓人，人家頂撞你一兩句，就有如犯了滔天大罪，這和古代官吏那種**只許州官放火，不許百姓點燈**的霸道作風，有什麼兩樣？
【義近】順我者昌，逆我者亡／君要臣死，不得不死／父要子亡，不得不亡／有理三扁擔，無理扁擔三。
【義反】己所不欲，勿施於人／己欲立而立人／己欲達而達人／老吾老以及人之老／幼吾幼以及人之幼。

史不絕書

【釋義】史書上不斷地有所記載。絕：斷。書：寫，記載。
【出處】左傳・襄公二九年：「魯之於晉也，職貢不乏，玩好時至，公卿大夫，相繼於朝，史不絕書。」
【用法】指歷史上同類的事情經常發生。
【例句】自古以來，為爭權奪利而父子相殘、兄弟鬩牆的事實是**史不絕書**。
【義近】不乏其例／不一而足／古已有之／時有發生／接連出現。
【義反】亙古未有／史無前例／間或有之／絕無僅有／千載難逢。

史無前例

【釋義】歷史上從未有過先例。前例：先例，以往的事例。
【出處】南齊書・陸慧曉傳：「（王）融曰：『兩賢同時，便是未有前例。』」
【用法】表示從來沒有發生過的事。
【例句】辛亥革命一舉推翻專制政權，建立中華民國，是**史無前例**的壯舉。
【義近】史無先例／未有前例／亙古未有／絕無僅有。
【義反】古已有之／史不絕書／時可見到／前例甚多。

三　畫

吉人天相

【釋義】善人自有上天保佑。吉人：善人，有福氣的人。相：輔助，保佑。
【出處】楊珽・龍膏記開閣：「令愛偶爾違和，自是吉人天相，何勞鄭重，良切主臣。」
【用法】多用作寬慰他人能逢凶化吉。
【例句】令尊這次確實病得不輕，但**吉人天相**，他老人家會逢凶化吉的。
【義近】逢凶化吉／吉星高照／福星高照。
【義反】禍從天降／雪上加霜。

吉凶未卜

【釋義】吉凶：吉祥凶惡，幸福災禍。卜：料定，預測。
【出處】魏秀仁・花月痕一八回：「我此去吉凶未卜，槼槼家口，全仗照拂。」
【用法】表示是福是禍，尚難預料。
【例句】這次出國雖是我多年的宿願，但異國他鄉，**吉凶未卜**，望各位不要寄以厚望。
【義近】未可逆料／禍福難料／禍福未卜。
【義反】吉星高照。

吉日良辰

【釋義】吉祥的日子，良好的時辰。辰：時辰，時日。
【出處】屈原・九歌・東皇太一：「吉日兮良辰，穆將愉兮上皇。」
【用法】表示吉祥美好的日子。
【例句】李家的新居已經落成，正準備選個**吉日良辰**以便正式遷入。
【義近】良辰吉日／黃道吉日。
【義反】日蝕之日／惡神當道／太歲當頭／太陰凶日。

吉光片羽

【釋義】神獸之一毛。吉光：古傳說中的神獸，其毛皮所作衣服，能放在水裏幾天不沉，放在火裏不焦。羽：毛。
【出處】王世貞・題三吳楷法：「此本乃故人子售余，為直十千，因留置此，比於吉光之片羽耳。」
【用法】比喻殘存的珍貴文物。
【例句】古代著名的書法家很多，然而他們留傳下來的作品卻如同**吉光片羽**，因此異常珍貴。

【義近】鳳毛麟角／稀世珍品。

【義反】俯拾即是／遍地可見／一文不值。

同仇敵愾 ㄊㄨㄥˊ ㄔㄡˊ ㄉㄧˊ ㄎㄞˋ

【釋義】同仇：共同仇恨。敵愾：對敵人的憤恨。一作「敵愾同仇」。

【出處】詩經・秦風・無衣：「修我戈矛，與子同仇。」魏源・寰海十首：「同仇敵愾士心齊。」

【用法】指全體一致痛恨、抵抗敵人。

【例句】抗戰時期，那種**同仇敵愾**的情感，將全國同胞緊緊地團結在一起，一致抵禦外侮。

【義近】共同禦侮／一致對敵／眾志同仇。

【義反】同室操戈／自相殘殺／內戕助敵。

同心同德 ㄊㄨㄥˊ ㄒㄧㄣ ㄊㄨㄥˊ ㄉㄜˊ

【釋義】心：思想。德：信念。

【出處】尚書・泰誓中：「受有億兆夷人，離心離德。予有亂臣十人，同心同德。」

【用法】指心願相同，信念一致。

【例句】在國家面臨困境時，唯有上下一心，**同心同德**，才能使國家轉危為安，固若磐石。

【義近】一心一德／同心一意／同心合意／精誠團結。

【義反】離心離德／一盤散沙／各自為政。

同心協力 ㄊㄨㄥˊ ㄒㄧㄣ ㄒㄧㄝˊ ㄌㄧˋ

【釋義】齊心合力。協：合。

【出處】唐太宗李世民・存問并州父老璽書：「同心協力，不顧軀命，以救蒼生。」

【用法】形容團結一致，共同努力。

【例句】龍舟比賽須要靠全體隊員**同心協力**，動作一致，才能取勝。

【義近】同心戮力／同心合力／和衷共濟／共同奮鬥。

【義反】離心離德／鑼齊鼓不齊／各行其是。

同日而語 ㄊㄨㄥˊ ㄖˋ ㄦˊ ㄩˇ

【釋義】意謂把不同的事放在同一時間來說。

【出處】漢書・息夫躬傳：「臣為國家計幾先，謀將然，豫圖未形，為萬世慮；而左將軍公孫祿欲以其文馬齒保目相見。臣與祿異議，未可同日而語也。」

【用法】指把本來差異極大的人和事相提並論。多用在否定句中。

【例句】這兩兄弟在品德學識等方面差異甚大，實不能**同日而語**。

【義近】等量齊觀／同年而語／一概而論／相提並論／混為一談。

【義反】就事論事／分類評品。

同甘共苦 ㄊㄨㄥˊ ㄍㄢ ㄍㄨㄥˋ ㄎㄨˇ

【釋義】甘：甜，比喻歡樂。苦：比喻艱辛。

【出處】戰國策・燕策一：「燕王弔死問生，與百姓同其甘苦。」新編五代史平話卷下：「每與士卒同甘共苦。」

【用法】用以說明同歡樂，共患難。

【例句】當年我們在一起**同甘共苦**的生活，我是永遠也不會忘記的。

【義近】患難與共／休戚與共／同生共死／風雨同舟。

【義反】明爭暗鬥／見利忘義／鉤心鬥角／自相殘殺。

同生共死 ㄊㄨㄥˊ ㄕㄥ ㄍㄨㄥˋ ㄙˇ

【釋義】一起生，一起死。「同」與「共」義同，一起、一同的意思。

【出處】隋書・鄭譯傳：「鄭譯與朕同生共死，間關危難，興言念此，何日忘之。」

【用法】形容彼此情誼深厚，或情投意合，願意同生死共患難。

【例句】他倆一起長大，情投意合，又願**同生共死**，怎能因八字不合，就不讓他們結為夫妻呢？

【義近】同生同死／患難與共／同甘共苦／同舟共濟。

【義反】酒肉朋友／同床異夢／半路之交／各懷鬼胎。

同舟共濟 ㄊㄨㄥˊ ㄓㄡ ㄍㄨㄥˋ ㄐㄧˋ

【釋義】同坐一條船過河。濟：渡。

【出處】陳壽・三國志・魏書・毋丘儉傳・注引文欽與郭淮書：「然同舟共濟，安危勢同。」

【用法】比喻在困難的環境中，共同想辦法解決困難。

【例句】我和她之所以有如此深厚的感情，是因為我們曾**同舟共濟**、患難與共了一段相當長的歲月。

【義近】風雨同舟／和衷共濟／同心協力／同心戮力。

【義反】過河拆橋／各行其是／同牀異夢。

同牀異夢 ㄊㄨㄥˊ ㄔㄨㄤˊ ㄧˋ ㄇㄥˋ

【釋義】睡在一張牀上，做著不同的夢。異：不同。

【出處】陳亮・與朱元晦秘書書：「同牀各做夢，周公且不能學得，何必一一說到孔明哉！」

【用法】比喻同做一樁事，各有各的打算。有時也用以說明夫妻感情不好。

【例句】①你不要看他倆現在合夥做生意，關係密切，實際上**同牀異夢**，將來必定是要拆夥的。②像這樣**同牀異夢**的夫妻關係，究竟還有什麼意義？

【義近】各懷鬼胎／同氣異息／貌合神離。

【義反】同心同德／同舟共濟／志同道合／心心相印／夫唱婦隨。

同門異戶 ㄊㄨㄥˊ ㄇㄣˊ ㄧˋ ㄏㄨˋ

【釋義】同出一個門，但戶各不相同。門：雙扇門。戶：單扇門。

【出處】漢・揚雄・法言・君子：「吾於孫卿與，見同門而異戶也，惟聖人為不異。」

【用法】指名義相同而實質各異，或同出師門而旨趣各殊。

【例句】京劇大師梅蘭芳去世後，他的弟子在唱腔方面已各有差異，雖同稱「梅派」，實際上已是**同門異戶**了。

【義近】同門異趣。

【義反】同門同戶。

同室操戈 ㄊㄨㄥˊ ㄕˋ ㄘㄠ ㄍㄜ

【釋義】同室：同住在一個房子裏，引申為自家人。操：拿。戈：古代的一種兵器。

【出處】江藩．宋學淵源記序：「為宋學者，不第攻漢儒而已也，抑且同室操戈矣。」

【用法】用以說明自家人動刀槍。指兄弟爭吵，也泛指內部相爭，而又以指國人自相攻伐居多。

【例句】無論哪一個國家，只要有**同室操戈**的情形，就有可能招來外敵的侵略。

【義近】變生肘腋／尺布斗粟／兄弟鬩牆／煮豆燃萁／禍起蕭牆。

【義反】讓棗推梨／對牀夜雨／兄友弟恭／同氣連枝／兄弟孔懷。

同流合污 ㄊㄨㄥˊ ㄌㄧㄡˊ ㄏㄜˊ ㄨ

【釋義】流：流俗，指壞風俗。污：指污濁的風氣。

【出處】孟子．盡心下：「同乎流俗，合乎汙世。」朱熹．答胡季隨書：「不如同流合污，著衣喫飯，無所用心之省事也。」

【用法】原指隨時浮沉，今多用以指與壞人為伍。

【例句】我寧願過著清寒的生活，也決不與這幫貪官污吏們**同流合污**。

【義近】隨波逐流／滑泥揚波／沆瀣一氣／狼狽為奸／與世浮沉。

【義反】潔身自好／明哲保身／新沐彈冠／新浴振衣。

同氣相求 ㄊㄨㄥˊ ㄑㄧˋ ㄒㄧㄤ ㄑㄧㄡˊ

【釋義】同氣：同類。

【出處】易經．乾：「同聲相應，同氣相求。」陳子昂．由鹿賦：「同氣相求，誘之孔易，將必慕侶，豈云貪餌。」

【用法】原指相同性質的事物互相感應，後多用以形容志趣相投的人自然結合在一起。

【例句】他們都喜愛文學，**同氣相求**，於是便組織文學團體，定期聚會，切磋琢磨，共同討論心得。

【義近】同類相求／同聲相應／同明相照／志同道合。

【義反】道不同，不相為謀／格格不入／南轅北轍／扞格不入。

同氣連枝 ㄊㄨㄥˊ ㄑㄧˋ ㄌㄧㄢˊ ㄓ

【釋義】同氣：謂氣息相同。連枝：枝葉相連的樹。

【出處】呂氏春秋．精通：「一體而兩分，同氣而異息。」蘇武詩四首之一：「況我連枝樹，與子同一身。」南朝．梁．周興嗣．千字文：「孔懷兄弟，同氣連枝。」

【用法】比喻兄弟姊妹，骨肉相連。

【例句】我非常愛我的姊弟，因為我們原是**同氣連枝**。

【義近】一奶同胞／共乳同胞／孔懷兄弟／玉昆金友。

【義反】非親非故／素昧平生。

同病相憐 ㄊㄨㄥˊ ㄅㄧㄥˋ ㄒㄧㄤ ㄌㄧㄢˊ

【釋義】憐：憐惜，同情。

【出處】吳越春秋．闔閭內傳：「子不聞河上之歌乎？同病相憐，同憂相救。」

【用法】比喻彼此遭遇相同而互相同情憐憫。

【例句】他們眞是一對**同病相憐**的難兄難弟。

【義近】物傷其類／同憂相救／同是天涯淪落人。

【義反】一貴一賤。

同衾共枕 ㄊㄨㄥˊ ㄑㄧㄣ ㄍㄨㄥˋ ㄓㄣˇ

【釋義】睡覺時同蓋一牀被，同用一個枕。衾：被子。

【出處】通俗編．服飾：「潘章與楚國王仲先為友，情若夫婦，便同衾共枕，交好無已。」

【用法】今多用以說明男女之間的關係已非同一般，或已正式結為夫妻，或同居。也喻夫妻感情和睦，相愛甚深。

【例句】他倆已拍拖多年，最近才終於結為夫妻，**同衾共枕**了。

【義近】同牀共枕／同枕共衾。

【義反】貌合神離／同牀異夢。

同袍同澤 ㄊㄨㄥˊ ㄆㄠˊ ㄊㄨㄥˊ ㄗㄜˊ

【釋義】袍：長衣。古時軍人行軍時，日以當衣，夜以當被。澤：通「襗」，內衣。

【出處】詩經．秦風．無衣：「豈曰無衣，與子同袍。王于興師，修我戈矛，與子同仇。豈曰無衣，與子同澤。」

【用法】本指軍人甘苦相共，後用以形容軍人或朋友之間的友情。

【例句】我與他**同袍同澤**長達七年，情同手足，彼此之間有事自然要鼎力相助。

【義近】同袍之誼／袍澤之交。

【義反】酒肉朋友／點頭之交。

同惡相濟 ㄊㄨㄥˊ ㄜˋ ㄒㄧㄤ ㄐㄧˋ

【釋義】同惡：共同作惡的人。濟：幫助。

【出處】陳壽．三國志．魏武帝紀．建安一八年：「馬超成宜，同惡相濟。」

【用法】指壞人互相勾結，狼狽為奸。

【例句】犯罪集團內的成員，都懂得**同惡相濟**的道理。所以要打擊他們，務必要作好充分的準備，千萬不要打草驚蛇。

【義近】同惡相求／同惡相助／狐羣狗黨／朋比為奸。

【義反】相與為善。

同窗共硯 ㄊㄨㄥˊ ㄔㄨㄤ ㄍㄨㄥˋ ㄧㄢˋ

【釋義】同在一個窗下讀書，共同使用一個硯池。共硯：也作「同硯」。硯：硯池，磨墨用具。

【出處】宋．呂祖謙．與朱侍講書：「同窗者，乃叔度之弟景兪。」初學記二一引梁武帝．忠臣傳：「(劉)宏寓居洛陽，與晉武帝同年，少同硯書。」

【用法】舊指在一起讀書，現用以泛稱同學。

【例句】你我**同窗共硯**多年，應珍惜這份情誼，用不著為這點小事鬧脾氣，有心事不妨直說。

【義近】同窗好友／同門弟子。

同聲相應 ㄊㄨㄥˊ ㄕㄥ ㄒㄧㄤ ㄧㄥˋ

【釋義】指樂聲相和。

【出處】易經．乾卦：「同聲相應，同氣相求。」疏：「同聲相應者，若彈宮而宮應，彈角而角動是也。」

【用法】用以形容志趣相同的人互相呼應。

【例句】這些媽媽們都喜歡跳土風舞，**同聲相應**，每天清晨都不約而同地來這裏練習。

【義近】同氣相求／同欲相趨／同類相從／同明相照。

【義反】異類相斥／道不同，不相為謀／針鋒相對／格格不入／南轅北轍。

同歸於盡

【釋義】歸：走向，趨向。盡：完結，滅亡。

【出處】列子・王瑞：「天地終乎？與我偕終。」盧重玄解：「大小雖殊，同歸於盡耳。」

【用法】比喻一同毀滅。

【例句】那位勇敢的戰士在懷中裝滿了彈藥，然後衝入敵陣，與敵軍**同歸於盡**。

【義近】玉石俱焚／蘭艾同焚／金石俱碎。

【義反】你死我活／敵亡我存。

吐故納新

【釋義】原指人呼吸時，吐出濁氣，吸進清氣，為道家養生之術。故：舊。納：吸收。

【出處】莊子・刻意：「吹呴呼吸，吐故納新，熊經鳥申，為壽而已矣。」

【用法】比喻棄舊圖新、新陳代謝之意。

【例句】無論是個人，還是團體，只有不斷地**吐故納新**，才會顯得有朝氣。

【義近】棄舊圖新／揚舊取新／革故鼎新／除舊佈新／推陳出新／破舊立新。

【義反】抱殘守缺／墨守成規／因循守舊／陳陳相因。

吐哺握髮

【釋義】吐哺：吐出口中正在咀嚼的食物。握髮：握著正在洗濯的頭髮。

【出處】司馬遷・史記・魯周公世家：「我一沐三握髮，一飯三吐哺，起以待士，猶恐失天下之賢人。」

【用法】用以比喻殷勤待士，求賢若渴。

【例句】古代賢君多有**吐哺握髮**、禮賢下士之誠，所以才能得到忠臣志士為其效命。

【義近】禮賢下士／求賢若渴／三薰三沐。

【義反】頤指氣使／嫉賢妒能／危賢害能／傲賢慢士。

吐膽傾心

【釋義】傾吐肝膽真心。

【出處】京本通俗小說・馮玉梅團圓：「（賀）承信方敢吐膽傾心。」

【用法】形容痛快說出心裏話，即彼此真誠相待。

【例句】我們既然是好朋友，就應**吐膽傾心**，真誠相待。

【義近】開誠布公／忠誠相見／袒裎相待／肝膽相照／推心置腹。

【義反】相互敷衍／虛語搪塞。

吐屬不凡

【釋義】吐屬：談吐和屬文；言論和文章。不凡：不同於一般。

【出處】三國志・魏書・王粲傳附阮瑀：「太祖並以（陳）琳、瑀為司空軍謀祭酒，管記室。」注：「又其辭云：『他人焉能亂』，了不成語，瑀之吐屬，必不如此。」

【用法】形容人說話或為文言詞典雅，文采出眾。

【例句】這年輕人**吐屬不凡**，舉止文雅，很有禮貌，前途不可限量。

【義近】談吐出眾／出口成章。

【義反】廢話連篇／東拉西扯／前言不搭後語／言晦語塞。

吃一塹，長一智

【釋義】塹：壕溝，比喻障礙，困難。智：智慧，見識。一作「經一蹶，長一智」。

【出處】王守仁・與薛尚謙書：「經一蹶者長一智，今日之失，未必不為後日之得。」

【用法】說明經過一次挫折，可以增長一份知識。多用於經過失敗取得教訓。

【例句】困境並不可怕，俗話說**吃一塹，長一智**，挫折往往能使人變得聰明起來。

【義近】不經一事，不長一智／經一失，長一智／吃一次虧，學一次乖／上當學乖。

【義反】執迷不悟／至死不悟。

吃力不討好

【釋義】吃力：出力，費力。不討好：得不到好報好評。

【出處】吳沃堯・二十年目睹之怪現狀一八回：「有了錢，與其這樣化得吃力不討好，我倒不如拿來孝敬點給叔公了。」

【用法】多用以說明徒勞無功，好心得不到好報。

【例句】我竭盡所能地幫助她，她卻說我是別有用心，真是**吃力不討好**！

【義近】好心沒好報／花錢買氣受／勞而無功／白費力氣。

【義反】好心有好報／種瓜得瓜，種豆得豆／善有善報。

吃不了兜著走

【釋義】意謂把吃不完的食物用東西裝好帶走。

【出處】曹雪芹・紅樓夢二三回：「不可拿進園去，叫人知道了，我就『吃不了兜著走』了。」

【用法】比喻受不了或擔當不起，弄得無法下臺。

【例句】這位角頭大哥不好惹，他一翻臉，我們就會**吃不了兜著走**，還是趕快離開吧！

【義近】吃不完兜著走。

吃苦在前，享受在後

【釋義】吃苦的事是走在前頭，享受的事是走在後頭。

【用法】用以說明先人後己、先公後私的高尚品德。

【例句】歷代有許多仁人志士都以**吃苦在前，享受在後**的精神為天下人謀福祉。

【義近】先天下之憂而憂，後天下之樂而樂／先人後己／先憂後樂／先勞後逸。

【義反】先己後人／一心為己／自私自利。

吃啞巴虧

【釋義】吃了說不出來的虧。

【出處】石玉琨・三俠五義一四

回：「且說苗家父子丟了銀子，因是暗昧之事，也不敢聲張，竟吃了啞巴虧了。」
【用法】指吃了虧不敢聲張或無處申訴。
【例句】我在地攤上買了一雙皮鞋，自以為價廉物美，誰知穿沒兩天就報銷了。再去地攤上找賣鞋的，連影子都見不著，只好**吃啞巴虧**，自認倒楣。
【義近】吃盡暗虧／飲泣吞聲／有口難言／隱忍不言／有苦說不出。
【義反】明人不吃暗虧／和盤托出／暢所欲言／知無不言。

吃喝嫖賭
【釋義】吃筵席，喝酒，嫖女人，賭博。
【出處】吳沃堯·二十年目睹之怪現狀二九回：「單是這一個最壞，纔上了十三四歲，便學的吃喝嫖賭，無所不為了。」
【用法】生活靡爛、腐化墮落的總稱。
【例句】他仰仗他老爸有錢，成天不做正經事，只知與一幫狐羣狗黨**吃喝嫖賭**，花天酒地。
【義近】好酒貪杯／眠花宿柳／酒色財氣／吃喝玩樂／聲色犬馬。
【義反】滴酒不沾／坐懷不亂／潔身自愛。

吃硬不吃軟
【釋義】意謂怕來硬的不怕來軟的。吃：受，挨。
【出處】李寶嘉·官場現形記一三回：「他臨走的時候，戴大理交代過他，說：『統領的為人，吃硬不吃軟。』」
【用法】指人在強硬威逼之下樣樣都肯做，而以軟言相求相勸反而不理不睬。
【例句】你不要看他氣勢洶洶的樣子，實際上是個**吃硬不吃軟**的傢伙，你只要強硬一點，他馬上就會軟下來，答應你的要求。
【義近】服硬不服軟／怕硬不怕軟。
【義反】吃軟不吃硬／服軟不服硬。

吃著不盡
【釋義】有享用不完的食物和衣物。不盡：用不完。
【出處】宋·魏泰·東軒筆錄卷一四：「王沂公曾青州發解，及南省程試，皆為首冠。中山劉子儀為翰林學士，戲語之曰：『狀元試三場，一生吃著不盡。』」
【用法】比喻生活富有，完全用不著為衣食而憂愁。
【例句】他經過幾十年的奮鬥，現在算是**吃著不盡**，可以安享晚年了。
【義近】衣食無虞／豐衣足食／飽食暖衣。
【義反】缺衣少吃／無以為生／難以溫飽。

吃著碗裡，瞧著鍋裡
【釋義】邊吃碗裏的飯，邊看著鍋裏的飯，唯恐別人吃光。瞧：也作「看」、「望」。
【出處】曹雪芹·紅樓夢一六回：「那薛老大也是『吃著碗裏瞧著鍋裏』的，這一年來的時候，他為香菱兒不能到手，和姑媽打了多少飢荒。」
【用法】比喻貪心不足，沒有滿足的時候。
【例句】他是個**吃著碗裏，瞧著鍋裏**的貪心鬼，無時無刻不想著如何增加自己的財產。
【義近】得隴望蜀／大蛇吞象／得寸進尺／貪得無厭／欲壑難填。
【義反】知止知足／知足不辱／心滿意足／知足常樂。

吃裏扒外
【釋義】吃裏：吃家裏的或自家人的。扒外：以家中財物給與外人。
【用法】用以說明不忠於自家人，反而盡力幫助外人。
【例句】他是我們公司的職員，領公司的薪水，暗地裏卻為別的公司效勞，洩漏公司的機密，眞是**吃裡扒外**。
【義近】家賊內奸。
【義反】盡忠職守／忠心耿耿。

吃醋拈酸
【釋義】吃醋：指產生嫉妒情緒。拈酸：與「吃醋」同義。
【出處】明·王錂·春蕪記·宴賞：「奴家生得好儀容，月殿嫦娥也賽不過儂。嘴兒搽得紅，眉兒畫得濃，只要吃醋拈酸打老公。」
【用法】多指在男女關係中因容不下別人涉入而產生的嫉妒心態。
【例句】他老婆心眼小，疑心重，就愛**吃醋拈酸**。
【義近】爭風吃醋／醋勁十足／醋勁攻心。
【義反】寬容大度／寬宏大量／寬大為懷。

吃糧不管事
【釋義】意謂只拿錢不做事。
【出處】曹雪芹·紅樓夢九三回：「一個都不在家！他們成年家吃糧不管事。」
【用法】比喻工作不負責任，得過且過。
【例句】這個管理員，值班時經常打瞌睡，眞是個**吃糧不管事**的人。
【義近】虛應故事／敷衍塞責。
【義反】全力以赴／克盡厥職／一絲不苟。

名下無虛
【釋義】名下：盛名之下。無虛：沒有虛誇。也作「名下無虛士」。
【出處】陳書·姚察傳：「沛國劉臻竊於公館訪漢書疑事十餘條，並為剖析，皆有經據。臻謂所親曰：『名下定無虛士。』」
【用法】指有盛名的人必定有眞才實學。
【例句】久仰姜先生大名，這次登門求教，大有收益，眞是**名下無虛**。
【義近】名不虛傳／名實相副／名副其實／名實俱佳。
【義反】名過其實／名實難副／有名無實／徒具虛名／虛有其表／有名無實。

名士風流
【釋義】名士的風度和習氣。名士：知名之士。風流：這裏指鄙棄禮法。
【出處】後漢書·方術傳論：「

漢世之所謂名士者，其風流可知矣。」劉義慶・世說新語・品藻：「韓康伯門庭蕭寂，居然有名士風流。」

【用法】用以指有才學而不拘禮法的人物。

【例句】算了罷，不要講你那些**名士風流**的大道理了。（巴金・春・一〇）

【義近】風流才子／風流人物。

【義反】規規小儒／守禮法士。

名山大川 ㄇㄧㄥˊ ㄕㄢ ㄉㄚˋ ㄔㄨㄢ

【釋義】名山：大山。川：水，江河。

【出處】尚書・武成：「底商之罪，告於皇天后土，所過名山大川。」

【用法】泛指風景優美的著名山河。

【例句】我國不僅地大物博、歷史悠久，同時有著許多**名山大川**，風景優美而壯麗。

【義近】名山勝水／高山大海／五湖四海。

名山事業 ㄇㄧㄥˊ ㄕㄢ ㄕˋ ㄧㄝˋ

【釋義】名山：謂古帝王藏書之府。事業：泛指著作之事。

【出處】司馬遷撰史記，自序謂自成一家之言，「藏之名山，副在京師，俟後世聖人君子。」

【用法】用以指稱著書立說。

【例句】曹雪芹爲了**名山事業**，嘔盡心血，披閱十載，給後世留下了不朽巨著《紅樓夢》。

【義近】著書立說。

名不副實 ㄇㄧㄥˊ ㄅㄨˋ ㄈㄨˋ ㄕˊ

【釋義】意謂徒有虛名，並無實際。副：相稱，一致。一作「名實不副」。

【出處】禰衡・鸚鵡賦：「懼名實之不副，恥才能之無奇。」

【用法】用以說明名稱與內容，或名聲與實際不相符合。

【例句】現在有的大學生成績太差，知識太貧乏，實在是**名不副實**。

【義近】有名無實／名存實亡／名不當實／虛有其名／徒具虛名／聲聞過情。

【義反】名實相副／名副其實／名不虛傳／有名有實。

名不虛傳 ㄇㄧㄥˊ ㄅㄨˋ ㄒㄩ ㄔㄨㄢˊ

【釋義】流傳開來的名聲不是虛假的。虛：空，虛假。

【出處】華岳・白面渡詩：「繫船白面問谿翁，名不虛傳說未通。」

【用法】形容名望和實際相符。

【例句】這茅台酒香氣撲鼻，味道醇正，的確是**名不虛傳**。

【義近】名副其實／名不虛立／名下無虛士／名實不違。

【義反】名不副實／徒具虛名／名過其實／名與實違／虛有其表／有名無實。

名正言順 ㄇㄧㄥˊ ㄓㄥˋ ㄧㄢˊ ㄕㄨㄣˋ

【釋義】名正：名義正當。言順：說話合理，道理講得通。

【出處】論語・子路：「名不正則言不順，言不順則事不成。」羅貫中・三國演義七三回：「名正言順，以討國賊。」

【用法】用以指稱言行具有充分理由。

【例句】靠自己的努力所得，讓生活過得好一些，這是**名正言順**的事，怕人非議什麼！

【義近】理直氣壯／義正詞嚴。

【義反】名不正言不順／理屈詞窮／盜名竊位。

名列前茅 ㄇㄧㄥˊ ㄌㄧㄝˋ ㄑㄧㄢˊ ㄇㄠˊ

【釋義】前茅：春秋時楚國用茅草做報警用的旌旗，行軍時拿著走在隊伍前頭，故稱。

【出處】左傳・宣公一二年：「前茅慮無。」

【用法】比喻名次排列在前頭。

【例句】勘探查明，我國有不少礦藏的儲量，在世界上**名列前茅**。

【義近】首屈一指／獨佔鰲頭／名列第一。

【義反】名落孫山／榜上無名／倒數第一。

名存實亡 ㄇㄧㄥˊ ㄘㄨㄣˊ ㄕˊ ㄨㄤˊ

【釋義】名：名稱，名義。實：實際，實質。

【出處】韓愈・處州孔子廟碑：「雖設博士弟子，或役於有司，名存實亡。」

【用法】用以說明名義上雖存在，實際上已經滅亡。

【例句】他倆已分居多年，夫妻之間早已**名存實亡**。

【義近】有名無實／空有其名／虛有其表／徒具虛名／名實難副。

【義反】有名有實／名實相副／表裏一致／名不虛傳／名副其實。

名利雙收 ㄇㄧㄥˊ ㄌㄧˋ ㄕㄨㄤ ㄕㄡ

【釋義】名和利都得到了。名利：名聲和利益。

【出處】李寶嘉・官場現形記七回：「因爲他此番奉委，一定名利雙收。」

【用法】用以說明既享受到了名譽，又獲得了厚利。

【例句】你這部巨著一出版，就可以**名利雙收**了。

【義近】名利兼得。

【義反】雞飛蛋打／一無所得。

名花有主 ㄇㄧㄥˊ ㄏㄨㄚ ㄧㄡˇ ㄓㄨˇ

【釋義】名花：爲人所珍貴的花，比喻美女。有主：有所歸屬。

【出處】歐陽修詞：「牆外有樓花有主，尋花去，隔牆遙見鞦韆侶。」

【用法】指美女已有對象或夫家了。

【例句】你不要老厚著臉皮纏她，人家早已是**名花有主**了。

【義近】羅敷有夫／心有所屬。

【義反】名花無主／待字閨中。

名門閨秀 ㄇㄧㄥˊ ㄇㄣˊ ㄍㄨㄟ ㄒㄧㄡˋ

【釋義】名門：著名的豪門，有名望的家庭。閨秀：富貴人家的女子，也指有才能的女子。

【出處】文康・兒女英雄傳二五回：「你是名門閨秀，也曾讀過詩書，你只就史鑑上幾個有名的女子看去。」

【用法】用以稱有名望家庭的女子。

【例句】她的言行舉止文雅而有風度，肯定是位**名門閨秀**。

【義近】大家閨秀／嫻淑才女。

【義反】小家碧玉／粗野村婦。

名垂青史 ㄇㄧㄥˊ ㄔㄨㄟˊ ㄑㄧㄥ ㄕˇ

【釋義】垂：流傳下去。青史：史書，古人用竹簡記事，需殺青，故稱青史。一作「名標青史」。
【出處】鄭德輝・伊尹耕莘四折：「如今……名標青史，顯耀鄉閭也。」
【用法】說明功業卓著、人民愛戴的人物，其姓名事跡載入史冊，名垂千古。
【例句】文天祥的愛國事蹟足以**名垂青史**，永被後世人所景仰。
【義近】流芳百世／名垂竹帛／永垂不朽／青史標名。
【義反】遺臭萬年／泯滅無聞／過眼雲煙／曇花一現。

名垂後世 ㄇㄧㄥˊ ㄔㄨㄟˊ ㄏㄡˋ ㄕˋ

【釋義】垂：流傳。
【出處】司馬遷・史記・越王勾踐世家：「范蠡三遷皆有榮名，名垂後世。臣主若此，欲毋顯得乎！」
【用法】指美好的名聲流傳於後代。
【例句】岳飛精忠報國，卻被小人構陷，含冤而死，但其愛國精神將**名垂後世**，與日月長存。
【義近】名垂千古／名垂竹帛／名垂青史／萬古流芳。
【義反】遺臭萬年／湮沒無聞／曇花一現／臭名昭著。

名高難副 ㄇㄧㄥˊ ㄍㄠ ㄋㄢˊ ㄈㄨˋ

【釋義】意謂名聲高得與實際才能不符。副：符合，相稱。
【出處】後漢書・黃瓊傳：「盛名之下，其實難副。」北史・邢邵傳：「當時文人，皆邵之下，但以不持威儀，名高難副，朝廷不令出境。」
【用法】指名聲超過才能，名實不副。
【例句】這位年輕作家被人稱作當今才子，但讀完他的作品，卻令人有**名高難副**之感。
【義近】名不副實／名過其實／有名無實。
【義反】名副其實／名實相副／名不虛傳。

名副其實 ㄇㄧㄥˊ ㄈㄨˋ ㄑㄧˊ ㄕˊ

【釋義】名：名聲，名義。副：相稱，符合。實：實際，內在。
【出處】曹操・與王修書：「君澡身浴德，流聲本州；忠能成績，爲世美談。名實相副，過人甚遠。」
【用法】用以說明名稱、名聲等，與實際一致。
【例句】他是個**名副其實**的守財奴，這樣富有，卻還要苛扣傭人的工錢。
【義近】名實相副／名不虛傳／名下無虛／表裏一致／名實相當。
【義反】名不副實／有名無實／徒有其名／虛有其表／名過其實。

名落孫山 ㄇㄧㄥˊ ㄌㄨㄛˋ ㄙㄨㄣ ㄕㄢ

【釋義】名字排在孫山的後面，意即榜上無名。孫山：人名，考取最後一名舉人，落在他後面的人，即未考中。
【出處】范公偁・過庭錄：「吳人孫山，滑稽才子也。……鄉人問其子得失，山曰：『解名盡處是孫山，賢郎更在孫山外。』」
【用法】表示考試未中，或選拔時未被錄取。
【例句】他這次報考大學，**名落孫山**，但他並沒有氣餒，決心明年再來。
【義近】榜上無名／暴腮龍門／龍門點額。
【義反】金榜題名／連登黃甲／名列前茅／長安登科／鯉躍龍門／蟾宮折桂。

名過其實 ㄇㄧㄥˊ ㄍㄨㄛˋ ㄑㄧˊ ㄕˊ

【釋義】名聲超過了他的實際。
【出處】韓詩外傳一：「故祿過其功者削，名過其實者損。」
【用法】指名聲大於實際，或徒有虛名而無實際。
【例句】從這位影星所演的幾部電影來看，影后的稱譽不免**名過其實**，令人難以信服。
【義近】盛名難副／名不當實／虛有其名／徒具虛名。
【義反】名不虛立／名實相副／名下無虛／有名有實。

名滿天下 ㄇㄧㄥˊ ㄇㄢˇ ㄊㄧㄢ ㄒㄧㄚˋ

【釋義】意謂其名聲爲天下人所共知。一作「名高天下」。
【出處】管子・白心：「名滿於天下，不若其已也。」司馬遷・史記・魯仲連列傳：「名高天下而光燭鄰國。」
【用法】極言聲名之盛。
【例句】國父推翻滿清，締造民國，功績卓著，**名滿天下**。
【義近】天下聞名／名震天下／大名鼎鼎／世人皆知／赫赫有名／飲譽國際。
【義反】沒沒無聞／無知之者／湮沒無聞／不見經傳。

名震一時 ㄇㄧㄥˊ ㄓㄣˋ ㄧˋ ㄕˊ

【釋義】震：震動。一時：一世，當代。
【出處】新唐書・劉晏傳：「玄宗封泰山，晏始八歲，獻頌行在，……號神童，名震一時。」
【用法】形容人在當時的社會上名聲很大。
【例句】張學良將軍在西安事變時，曾**名震一時**，爲世人所矚目。
【義近】名揚四海／名聲遠播／舉世聞名／聞名遐邇／名噪一時。
【義反】沒沒無聞／無聲無息／不見經傳。

名聲狼藉 ㄇㄧㄥˊ ㄕㄥ ㄌㄤˊ ㄐㄧˊ

【釋義】名聲：名譽，聲望。狼藉：亂七八糟的樣子。一作「聲名狼藉」。
【出處】司馬遷・史記・蒙恬列傳・司馬貞索隱：「惡聲狼藉，布於諸國。」黃小配・二十載繁華夢：「平日聲名狼藉。」
【用法】形容人的名聲敗壞到了極點。
【例句】他惡貫滿盈，**名聲狼藉**，你還待他如知己一般，值得嗎？
【義近】臭名昭彰／臭名遠揚／身敗名裂。
【義反】名滿天下／名揚四海／名垂宇宙／名馳上國。

名聲籍甚 ㄇㄧㄥˊ ㄕㄥ ㄐㄧˊ ㄕㄣˋ

【釋義】籍甚：盛大，盛多。

【出處】漢書・陸賈傳：「賈以此游漢廷公卿間，名聲籍甚。」籍甚：司馬遷・史記・陸賈列傳作「藉甚」。
【用法】形容人的名聲很大。
【例句】齊白石、張大千等畫壇大師，**名聲籍甚**，為世人所景仰。
【義近】大名鼎鼎／名滿天下／赫赫有名／如雷貫耳／享譽國際。
【義反】小有名氣／名不出村／無聲無臭／沒沒無聞／不見經傳。

名韁利鎖

【釋義】名韁：名譽像韁繩。利鎖：利益像鎖鏈。
【出處】柳永・夏雲峯詞：「滿酌高吟，向此免名韁利鎖，虛費光陰。」
【用法】形容名利就像韁繩和鎖鏈那樣地束縛人。
【例句】只有淡泊名利，看破紅塵的人，才能擺脫**名韁利鎖**，獲得人生真正的快樂。
【義近】追名逐利／人為財死／利欲薰心／爭權奪利／急功近利／唯利是圖。
【義反】澹泊自處／清心寡欲／與世無爭／看破紅塵。

各人自掃門前雪，休管他人瓦上霜

【釋義】意謂各人只管自己的事，不要去管他人的事。瓦上霜：一作「屋上霜」。
【出處】事林廣記：「各人自掃門前雪，休管他人瓦上霜。」湯顯祖・牡丹亭・淮泊：「各人自掃門前雪，莫管他人屋上霜。」
【用法】或用於勸誡人不要去管閒事，或用於指責人不肯幫助他人。
【例句】**各人自掃門前雪，休管他人瓦上霜**。家家都有一本難念的經，你管好自己的家就行了，何必要去管別人家的事呢？
【義近】關好自家門／管好自家人／做好自家事／為己不為人。
【義反】助人為樂／鄰里相助／助人為快樂之本。

各不相謀

【釋義】謀：商量。
【出處】論語・衛靈公：「子曰：『道不同，不相為謀。』」
【用法】指各自按照自己的意圖辦事，誰也不和誰商量。
【例句】夫妻之間有什麼事應多商量，若**各不相謀**，很容易出問題的。
【義近】各行其是／各從其志／各自為政／不相為謀。
【義反】羣策羣力／求同存異／集思廣益／同心同德／同心協力／步調一致。

各不相讓

【釋義】讓：讓步。
【出處】曹雪芹・紅樓夢四回：「卻是兩家爭買一婢，各不相讓，以致毆傷人命。」
【用法】指彼此堅持己見，誰也不肯讓步。
【例句】這兩家為了一點小事**各不相讓**，結果打了起來，雙方都有人受傷。
【義近】各執一詞／各持己見／寸步不讓。
【義反】推梨讓棗／相互禮讓／退避三舍。

各如其意

【釋義】如其意：符合自己的心意。如：適合，符合。
【出處】司馬遷・史記・屈賈列傳：「每詔令議下，諸老先生不能言，賈生盡為之對，人人各如其意所欲出，諸生乃以為能不及也。」
【用法】今用以指各人都得了自己所希望得到的。
【例句】你這次從美國回來給孩子們買的東西，**各如其意**，他們都非常高興。
【義近】各如其願／盡如人意／稱心如意。
【義反】大失所望／事與願違／不如人意／適得其反。

各有千秋

【釋義】千秋：千年，一年有一秋。此指流傳久遠。
【出處】左傳・昭公二九年：「各有雌雄。」李陵・與蘇武詩：「嘉會難再遇，三載為千秋。」
【用法】指各有各的存在價值，能長遠流傳。引申為各有各的長處，各有各的特色。
【例句】這兩篇小說都寫得很好，描寫手法**各有千秋**，難以評定高下。
【義近】各有所長／各有特色／環肥燕瘦。
【義反】毫無特色／不分軒輊／半斤八兩／伯仲之間／相差無幾。

各有所職

【釋義】每個人都有自己所負的職責。
【出處】周禮・天官・冢宰・設官分職注：「置冢宰司徒、宗伯、司馬、司寇、司空，各有所職，而百事舉。」
【用法】指分工明確，每個人都有自己的職責範圍。
【例句】每個人在社會上**各有所職**，人人在自己的崗位上盡忠職守，這就是社會進步最大的助力。
【義近】各負其責／各司其職。
【義反】越俎代庖／代下司職／牝雞司晨。

各自為政

【釋義】各自按自己的主張行事，不互相配合。為政：處理政事，泛指行事。
【出處】左傳・宣公二年：「疇昔之羊子為政，今日之事我為政。」陳壽・三國志・吳書・胡綜傳：「各自為政，莫或同心。」
【用法】比喻不考慮全局，各做自己的一套。
【例句】各個地區部門，都應在中央統一指揮下，互相協助、支援，決不能**各自為政**。
【義近】各行其是／各立山頭／各自為王／各行其志。
【義反】同心協力／羣策羣力／顧全大局／團結一致。

各行其志

【釋義】行：實行，行事。其志：自己的志向。

【出處】周書・宇文孝伯傳：「尉遲運懼，私謂孝伯曰……。孝伯對曰：『且委質事人，本徇名義，諫而不入，將焉逃死。足下若爲身計，宜且遠之。』於是各行其志。」
【用法】指各自按照自己的意旨、志向行事。
【例句】一個團體中若每個人都**各行其志**的話，這個團體就沒有存在的意義了。
【義近】各從其志／各行其是／各自爲政／各立山頭。
【義反】志同道合／羣策羣力／同心協力／團結一致。

各行其是（ㄍㄜˋ ㄒㄧㄥˊ ㄑㄧˊ ㄕˋ）
【釋義】各人按照自己以爲正確的一套去做。行：做。是：對，自以爲對的。
【出處】吳沃堯・痛史二一回：「我之求死，你之求生，是各行其是。」
【用法】指思想不統一，行動不一致。
【例句】我們應當按規章制度辦事，不能**各行其是**，造成多重標準。
【義近】各自爲政／各行其志／各從其志／各執其是。
【義反】同心同德／一心一德／同心協力／步調一致／行動協調／團結一致。

各抒己見（ㄍㄜˋ ㄕㄨ ㄐㄧˇ ㄐㄧㄢˋ）
【釋義】抒：抒發，發表。見：見解，意見。
【出處】李汝珍・鏡花緣七四回：「據我主意，何不各抒己見，出個式子，豈不新鮮些？」
【用法】指每個人都發表自己的看法。
【例句】無論討論什麼問題，都應讓人**各抒己見**，才能以客觀的角度解決問題。
【義近】暢所欲言／知無不言。
【義反】不容置喙／不由分說／不容議論。

各奔前程（ㄍㄜˋ ㄅㄣ ㄑㄧㄢˊ ㄔㄥˊ）
【釋義】各走各的路。奔：奔向。前程：前途。
【出處】凌濛初・二刻拍案驚奇：「欽降爲四川瀘州州判，萬戶升了邊上參將，各奔前程去了。」
【用法】比喻各人按不同的志向，尋找自己的前途。或比喻目標不同，方向不同。
【例句】我們的志向既然如此不同，那就分道揚鑣，**各奔前程**吧！
【義近】分道揚鑣／各奔東西。
【義反】殊途同歸／志同道合。

各持己見（ㄍㄜˋ ㄔˊ ㄐㄧˇ ㄐㄧㄢˋ）
【釋義】見：見解，意見。一作「各執己見」。
【出處】黃鈞宰・金壺七墨：「言人人殊，甚至徒毀其師，子譏其父，各持己見，彼此相非。」
【用法】表示各人都堅持自己的意見。
【例句】討論會上，他們**各持己見**，爭執不下，只好暫時休會。
【義近】言人人殊／公說公有理，婆說婆有理／各執一詞。
【義反】人云亦云／隨聲附和／眾口一詞／牆上草，風吹兩邊倒／捨己從人。

各執一詞（ㄍㄜˋ ㄓˊ ㄧ ㄘˊ）
【釋義】執：堅持。一詞：這裏指一種說法。
【出處】馮夢龍・醒世恆言卷二九：「兩下各執一詞，難以定論。」
【用法】各人有各人的說法和理由，相持不下。
【例句】對這件事，你倆**各執一詞**，待我了解清楚後，再作定奪。
【義近】各執己見／各執其說／各持一端／各說各話。
【義反】眾口一詞／異口同聲／如出一口。

各得其所（ㄍㄜˋ ㄉㄜˊ ㄑㄧˊ ㄙㄨㄛˇ）
【釋義】各自得到了自己所需要的東西。所：所需要的。
【出處】易經・繫辭下：「交易而退，各得其所。」漢書・東方朔傳：「四海之內，元元之民，各得其所，天下幸甚。」
【用法】指每個人或事物得到了恰當的位置或安排。
【例句】這家公司的老闆很會用人，員工們都**各得其所**，故人人皆可一展長才，業績蒸蒸日上。
【義近】各得其宜／各如其意／如魚得水。
【義反】適得其反／大材小用／牛鼎烹雞。

各爲其主（ㄍㄜˋ ㄨㄟˋ ㄑㄧˊ ㄓㄨˇ）
【釋義】其：此指自己的。主：主人，主子。
【出處】新五代史・梁臣傳劉鄩：「人臣各爲其主，汝可察之。」
【用法】舊指各自爲自己的君主或主人效勞，今多用以指維護本部門、本單位及其負責人的利益。
【例句】**各爲其主**，人之常情，你不要想說服我，我也不打算說服你，我們就不用再爭辯下去了。
【義近】各事其主／桀犬吠堯／狗吠非主／爲主盡忠／爲主獻身。

各盡其妙（ㄍㄜˋ ㄐㄧㄣˋ ㄑㄧˊ ㄇㄧㄠˋ）
【釋義】各自施展出或顯示出自己的美妙。
【出處】石玉琨・三俠五義八回：「眞是文武各盡其妙，大家歡喜非常。」
【用法】指每個人都能施展其才能、智慧，或每樣物件都得以表現其美妙之處。
【例句】①這次雜技比賽，人人都**各盡其妙**，眞是精彩極了。②這次工藝品展覽很成功，每件參展作品都能**各盡其妙**。
【義近】各顯神通／各盡其趣／各有所長／各有千秋。
【義反】半斤八兩／伯仲之間。

各盡所能（ㄍㄜˋ ㄐㄧㄣˋ ㄙㄨㄛˇ ㄋㄥˊ）
【釋義】各人發揮自己的才能。
【出處】後漢書・曹褒傳：「漢遭秦餘，禮壞樂崩，且因循故事，未可觀省，有知其說者，各盡所能。」
【用法】說明每個人都把自己的本領全部貢獻出來。
【例句】一個社會的進步繁榮，

有賴大衆各盡所能，同心協力才能達成。
【義近】盡力而爲／不遺餘力／鞠躬盡瘁／盡心竭力／人盡其才。
【義反】敷衍了事／敷衍塞責。

向火乞兒

【釋義】向火：烤火。乞兒：乞丐。
【出處】五代・王仁裕・開元天寶遺事載：「天寶中楊國忠用事，朝士爭相趨附，張九齡稱之爲向火乞兒。說：『一旦火盡灰冷，暖氣何在？當凍屍裂體，棄骨於溝壑中，禍不遠矣。』」
【用法】比喻趨炎附勢的人。
【例句】這幾個**向火乞兒**天天圍著總經理轉，點頭哈腰，極盡諂媚之能事，我看總有一天會樹倒猢猻散的。
【義近】蠅營狗苟／賣身求榮／有奶便是娘。
【義反】雪中松柏／潔身自好／不食周粟。

向隅而泣

【釋義】面對著牆角哭泣。隅：角落，此指牆角。
【出處】漢・劉向・說苑・貴德：「今有滿堂飲酒者，有一人獨索然向隅而泣，則一堂之人皆不樂矣。」
【用法】用以形容因孤獨失意、悲傷絕望而哭泣。
【例句】人老了，兒女又不孝，自然令人不快，但也可自尋其樂，根本沒有必要**向隅而泣**。
【義近】向隅獨泣／黯然神傷。
【義反】怡然自樂／欣喜若狂。

向壁虛造

【釋義】面對牆壁虛構。向：一作「鄉」，二字通用。
【出處】許愼・說文解字序：「故詭更正文，鄉壁虛造不可知之書。」段玉裁注：「謂好奇者改易正字，向孔氏之壁，憑空造此不可知之書。」
【用法】用以形容憑空杜撰。今多作「向壁虛構」。
【例句】要進行文學創作，必須對社會作深入的了解，觀察各種人和事，一味地**向壁虛造**，是斷然寫不出好作品來的。
【義近】閉門造車／憑空想像／憑空杜撰／面壁虛構／隨意杜撰。
【義反】有根有據／有案可稽。

向聲背實

【釋義】崇尚虛名，背棄實學。
【出處】曹丕・典論論文：「常人貴遠賤近，向聲背實，又患闇於自見，謂己爲賢。」
【用法】用以形容人不求實際，只求虛名。
【例句】做人要腳踏實地，實事求是，不可**向聲背實**，好高騖遠。
【義近】徒慕虛名／捨實求虛／捨實就虛／華而不實。
【義反】名實相副／循名責實／飛聲騰實／蜚英騰茂。

合浦珠還

【釋義】合浦的珠蚌又回來了。合浦：漢代郡名，在今廣西合浦縣東北。還：返回。
【出處】後漢書・孟嘗傳載：合浦出珠寶，郡守搜括，珠蚌移往他處。孟嘗爲合浦太守時，制止搜括，珠蚌復還。
【用法】比喻珍貴之物失而復得，或人去而復還。
【例句】①**合浦珠還**，他遺失了幾十年的名畫，終於在古董店裏找到了。②他走失了的女兒，現在竟然自己回來了，眞是**合浦珠還**。
【義近】失而復得／完璧歸趙／再度劉郎。
【義反】一去不返／有去無回。

合縱連橫

【釋義】縱，南北向。橫：東西向。
【出處】戰國時，蘇秦遊說韓趙魏齊楚燕六國，聯合抗秦，因六國自南到北，故稱合縱。張儀則分化六國使西向服於秦，即聯合東西，故稱連橫。
【用法】指東西或南北聯盟的方式。
【例句】近幾十年來，世界各國採取**合縱連橫**的方式，結合世界各國的力量，以達到相互抗衡的目的。

四畫

君子自重

【釋義】自重：重視自己的人格和身分。
【出處】論語・學而：「君子不重則不威，學則不固。」
【用法】指君子能夠自我尊重，要求自己在人格、禮儀方面做到完美。
【例句】你若是明禮義、懂分寸，就該**君子自重**，不要總讓師長告誡你。
【義近】有爲有守／安分守己。
【義反】自甘墮落／自暴自棄。

君子絕交，不出惡聲

【釋義】惡聲：說不好的言語中傷他人。
【出處】司馬遷・史記・樂毅列傳：「臣聞古之君子，交絕不出惡聲。」
【用法】君子絕交後不反脣相稽，互相毀謗，以表現良好的風度和修養。
【例句】**君子絕交，不出惡聲**，既然不再和他交往了，就不要再說人是非，以免自貶身價，毫無意義。

君子愛財，取之有道

【釋義】有道：合於道義。
【出處】孟子・盡心上：「求之有道，得之有命。」
【用法】錢財乃大家所愛，但必須用正當的方法得到才對。
【例句】**君子愛財，取之有道**，即使你現在手頭很緊，也不能用不正當的手法來賺錢。

吾心如秤

【釋義】我的心像秤一樣公平。秤：測量物體重量的器具。
【出處】北堂書鈔三七引諸葛亮雜言：「吾心如秤，不能爲人作輕重。」
【用法】表示自己非常公平。
【例句】這件事你大可放心，**吾心如秤**，我一定會公正處理的。
【義近】一碗水端平／至公無私／公平正直。
【義反】弄虛作假／假公濟私／

公私不分。

吾道東矣 ㄨˊ ㄉㄠˋ ㄉㄨㄥ ㄧˇ

【釋義】道：這裏指學問、學術。東：用作動詞，往東。

【出處】後漢書・鄭玄傳：「乃西入關，……事扶風馬融，……問畢辭歸，融喟然謂門人曰：『鄭生今去，吾道東矣！』」扶風在西；鄭玄，高密人，在東。

【用法】稱自己的學術或主張，有人繼承和發揚光大。

【例句】張教授看到自己的得意門生在各自的崗位上，交出了漂亮的成績單，不覺有**吾道東矣**的欣慰。

【義近】吾道南矣／青出於藍／後繼有人／桃李滿天下。

【義反】後繼無人／江河日下／青黃不接／狗尾續貂。

否極泰來 ㄆㄧˇ ㄐㄧˊ ㄊㄞˋ ㄌㄞˊ

【釋義】否、泰：易經六十四卦中的兩卦名，否表示凶，泰表示吉。極：盡。

【出處】吳越春秋・句踐入臣外傳：「時過於期，否終則泰。」韋莊・湘中作：「否極泰來終可待。」

【用法】指滯塞到了極點，則轉向通泰；壞運到了極點，則好運就會來。

【例句】俗語說：**否極泰來**，運氣壞到了極點就會轉向好運的，你千萬不要灰心喪志。

【義近】雲開見日／時來運轉／苦盡甘來／否極反泰／否終則泰／物極必反。

【義反】樂極生悲／福過災生／泰極而否。

呆若木雞 ㄉㄞ ㄖㄨㄛˋ ㄇㄨˋ ㄐㄧ

【釋義】呆得像木頭做的雞。呆：傻，發愣的樣子。

【出處】莊子・達生：「十日又問。曰：『幾矣，雞雖有鳴者，已無變矣，望之似木雞矣。』」

【用法】形容呆笨或因恐懼、驚訝而發愣的樣子。

【例句】①那場大火嚇得她**呆若木雞**。②你看他**呆若木雞**的樣子，智力大概不太好。

【義近】目瞪口呆／木立若偶／蠢如木雞／瞠目結舌。

【義反】生龍活虎／騰蛟起鳳／機靈無比。

呆頭呆腦 ㄉㄞ ㄊㄡˊ ㄉㄞ ㄋㄠˇ

【釋義】頭腦很笨。呆：笨拙。

【出處】吳敬梓・儒林外史二二回：「姓楊的楊老頭子來討帳，住在廟裏，呆頭呆腦。」

【用法】形容思想遲鈍，行動笨拙。

【例句】看他這**呆頭呆腦**的樣子，一定成不了什麼大事。

【義近】傻頭傻腦／笨頭笨腦／傻里傻氣。

【義反】聰明伶俐／頭角嶄然。

吳下阿蒙 ㄨˊ ㄒㄧㄚˋ ㄚ ㄇㄥˊ

【釋義】吳下：指蘇州地方。阿蒙：指三國時吳國的呂蒙，原來才學平庸，孫權勉勵他努力學習，後來成為吳國名將。

【出處】三國志・吳書・呂蒙傳・裴松之注引江表傳：「（魯）肅拊（呂）蒙背曰：『吾謂大弟但有武略耳，至於今者，學識英博，非復吳下阿蒙。』」

【用法】比喻學識淺陋的庸碌之徒。

【例句】你若不願作一輩子的**吳下阿蒙**，就請努力學習，迎頭趕上別人。

【義近】腹負將軍／飯囊衣架／才疏學淺／尋行數墨／酒囊飯袋。

【義反】學識淵博／學富五車／滿腹經綸／博學多才／博古通今。

吳牛喘月 ㄨˊ ㄋㄧㄡˊ ㄔㄨㄢˇ ㄩㄝˋ

【釋義】吳牛：水牛多生在江淮間，故稱。喘月：見月疑是日，畏熱而喘。

【出處】太平御覽四引風俗通：「吳牛望見月則喘，彼之苦於日，見月怖喘矣。」

【用法】比喻畏懼過甚，遇見類似事物而膽怯。

【例句】她在電視裏看了一樁謀殺案，當晚只要一聽到窗子響，就心驚肉跳，有如**吳牛喘月**。

【義近】杯弓蛇影／見繩畏蛇／談虎色變／驚弓之鳥。

【義反】天不怕地不怕。

吳市吹簫 ㄨˊ ㄕˋ ㄔㄨㄟ ㄒㄧㄠ

【釋義】吳市：泛指吳地的街市上。簫：一作「箎」，二者皆管樂器。

【出處】司馬遷・史記・范雎蔡澤傳：「伍子胥……鼓腹吹箎，乞食於吳市。」

【用法】用以指稱英雄落難，乞食街頭。

【例句】他畢竟是個英雄好漢，無論怎樣困窘都不在乎，即使是到了**吳市吹簫**的地步，也不改變其英雄本色。

【義近】秦瓊賣馬／英雄落難。

【義反】一朝發迹／春風得意。

吳越同舟 ㄨˊ ㄩㄝˋ ㄊㄨㄥˊ ㄓㄡ

【釋義】吳、越：春秋時代國名，兩國世為仇敵。同舟：同坐一條船。

【出處】孫子・九地：「夫吳人與越人相惡也，當其同舟而濟，遇風，其相救也，如左右手。」

【用法】比喻在患難時捐棄前嫌，化敵為友，團結一致，共度難關。

【例句】抗日戰爭時期，各個黨派都捐棄前嫌，**吳越同舟**，一致對敵。

【義近】同舟共濟／風雨同舟／患難與共／同仇敵愾。

【義反】兄弟鬩牆／同室操戈。

吳儂軟語 ㄨˊ ㄋㄨㄥˊ ㄖㄨㄢˇ ㄩˇ

【釋義】吳儂：猶言吳人。吳地（今江、浙一帶）稱己或稱人皆曰儂。軟語：指吳地語言柔和悅耳。

【出處】劉禹錫・福先寺雪中酬別樂天詩：「才子從今一分散，便將詩詠向吳儂。」

【用法】形容聲音細膩柔美，也專指蘇州話柔和悅耳。

【例句】**吳儂軟語**，蘇州人講起話來確實好聽，怪不得有人說：寧願同蘇州人吵架，也不願同湖南人講話。

【義近】輕言細語。

【義反】粗聲粗氣／惡言惡語／噪音聒耳。

吹毛求疵

【釋義】把皮上的毛吹開，去找小毛病。疵：小毛病，小缺點。

【出處】韓非子・大體：「不吹毛而求小疵，不洗垢而察難知。」漢書・中山靖王劉勝傳：「有司吹毛求疵。」

【用法】比喻故意挑毛病，找缺點。

【例句】與人相處，凡事不可過於**吹毛求疵**，只要差強人意就可以了。

【義近】洗垢求瘢／尋瑕索瘢／雞蛋裏挑骨頭。

【義反】吞舟是漏／得過且過／大而化之。

吹灰之力

【釋義】只用了吹掉灰塵所花費的力氣。

【出處】淮南子・齊俗訓：「夫吹灰而欲無眯，涉水而欲無濡，不可得也。」

【用法】形容所辦之事極其容易，只須略費力氣就能辦好。

【例句】你現在大權在握，辦起事來當然是不費**吹灰之力**，而我卻仍然舉步艱難。

【義近】舉手之勞／頓足之力／蚍蜉之力／反掌折枝／易如反掌。

【義反】九牛二虎之力／移山之力／難如登天。

吹氣勝蘭

【釋義】意謂由美女口中呼出的氣息，其香味勝過蘭花。

【出處】漢・郭憲・洞冥記四：「（漢武）帝所幸宮人名麗娟，年十四，玉膚柔軟，吹氣勝蘭。」

【用法】極言美女所呼出的氣息香味濃郁。

【例句】這位漂亮的小姐**吹氣勝蘭**，整個房間都散發著一股香氣。

【義近】氣香如蘭／氣味芬芳／香氣撲鼻。

【義反】臭不可聞／臭氣薰天。

吹彈得破

【釋義】用口吹一吹，用手指彈一彈，都可使皮膚破裂。

【出處】王實甫・西廂記・崔鶯鶯夜聽琴：「覷俺姐姐這個臉兒，吹彈得破，張生有福也呵。」

【用法】用以形容臉部皮膚白淨、細嫩。

【例句】王小姐長得如花似玉，特別是那又白又嫩的臉龐，簡直是**吹彈得破**。

【義近】細皮嫩肉／細皮白肉。

【義反】風乾橘皮。

吹影鏤塵

【釋義】雕刻灰塵，吹散影子。又作「鏤塵吹影」。

【出處】關尹子・一宇：「言之如吹影，思之如鏤塵，聖智造迷，鬼神不識。」

【用法】喻不切實際、徒勞無功；或捕風捉影、無稽之談。

【例句】①這件事明眼人一看便知行不通，你還一味地執意去做，根本是**吹影鏤塵**，白忙一場！②明明沒這回事，記者們卻愛**吹影鏤塵**，胡說八道，搞得人心惶惶。

【義近】以冰致蠅／炊沙作飯／擔雪塞井／畫脂鏤冰／緣木求魚／竹籃打水。

【義反】輕而易舉／反掌折枝／探囊取物／甕中捉鼈。

吮癰舐痔

【釋義】為人舔吸瘡痔上的膿血。吮：用口嘬吸。癰：毒瘡。

【出處】莊子・列禦寇：「秦王有病召醫，破癰潰痤者，得車一乘；舐痔者，得車五乘。」

【用法】比喻卑劣地奉承人，諂媚無恥已極。

【例句】卑鄙小人，為了往上鑽營，即使是**吮癰舐痔**，也在所不辭。

【義近】卑污苟賤／卑躬屈膝／低聲下氣。

【義反】蚍蜉蟻子／牛虻飛蟻。

吟風弄月

【釋義】吟：吟詠。弄：玩弄，玩賞。一作「吟風詠月」。

【出處】「文苑英華」唐・范傳正・李翰林白墓誌銘：「吟風詠月，席地幕天。」朱熹・妙二南寄平父詩：「析句分章功自少，吟風弄月興何長。」

【用法】本指詩人寫作以風月等自然景物為題材，現多形容作品空虛、浮豔不實。

【例句】像這樣**吟風弄月**的詩作，實在缺乏生命感，很難獲得共鳴。

【義近】風花雪月／吟風詠月。

【義反】崇論宏議。

吞舟之魚

【釋義】能夠吞下船的魚。吞：嚥下。舟：船。

【出處】莊子・庚桑楚：「吞舟之魚，碭而失水，則蟻能苦之。」司馬遷・史記・酷吏列傳：「漢興，……網漏於吞舟之魚。」

【用法】極言其人或事之大。

【例句】經過警察的嚴密部署，終於抓獲了那個有如**吞舟之魚**的毒梟，眞是大快人心。

吞吞吐吐

【釋義】想說，但又不敢痛快地說，吞吐其辭。

【出處】文康・兒女英雄傳五回：「怎麼問了半日，你一味的吞吞吐吐？」

【用法】形容人說話有所顧慮，不爽快。

【例句】你看他說話**吞吞吐吐**的樣子，一定是有什麼難言之隱。

【義近】欲言又止／欲語還休／支支吾吾。

【義反】脫口而出／心直口快／直言不諱。

吞雲吐霧

【釋義】意即吞吐雲霧，形容修道者的絕穀養氣。

【出處】沈約・郊居賦：「始飡霞而吐霧，終凌虛而倒景。」後人變其詞為「吞雲吐霧」。

【用法】現用以譏諷人抽煙時吞吐煙霧的神情。

【例句】他們那幾個煙槍，在這裏**吞雲吐霧**，把房間裏的空氣弄得污濁不堪。

吞聲飲泣

【釋義】只能讓眼淚往肚子裏咽，不敢哭出聲來。吞聲：不敢出聲。泣：無聲的哭。

【出處】施耐庵・水滸傳九八回：「瓊英知了這個消息，如萬箭攢心，日夜**吞聲飲泣**。」

【用法】指在壓迫下忍受內心痛苦，不敢公開表露。

【例句】舊社會中，養女常在養母虐待之下生活，無力反抗，只有**吞聲飲泣**。

【義近】飲泣吞聲／飲恨吞聲。

【義反】開懷大笑／笑逐顏開。

告老還鄉

【釋義】告老：舊時王朝的大臣、官吏因年老而請求辭職；也泛指年老退休。

【出處】左傳・襄公十六年：「晉韓獻子（厥）告老。」北史・高允傳：「上表乞骸骨，詔不許，于是乃著告老詩。」

【用法】指年老離職或退休後回歸故鄉。

【例句】我已年逾七十，該是**告老還鄉**，讓年輕人去奮鬥的時候了。

【義近】告老歸家／葉落歸根／解甲歸田。

【義反】老當益壯／四海爲家。

告往知來

【釋義】往：過去。來：將來。

【出處】論語・學而：「子曰：『賜也，始可與言詩已矣，告諸往而知來者。』」

【用法】形容人聰穎敏捷，告知過去的事即能察知未來的事，提及了這一點就可推知另一點。

【例句】這個年輕人很聰明，能**告往知來**，將來在事業上一定會大有成就。

【義近】數往知來／見微知著／因小見大／聞一知十／舉一反三／觸類旁通。

【義反】愚不可化／對牛彈琴／十不知一。

告貸無門

【釋義】告貸：請求別人借錢給自己。告：爲某事而請求。無門：沒有門路、地方。

【出處】死水微瀾第一部分：「雖然事隔十餘年，猶然記得……是如何告貸無門，處處受別人的嘴臉。」

【用法】形容人在經濟上處於十分困窘的境地，連借錢的地方都沒有。

【例句】我現在雖然經濟困難，但還沒有到**告貸無門**的地步。請放心，你的錢我一定按時歸還。

【義近】債臺高築／囊中羞澀／身無分文／囊空如洗／一貧如洗。

【義反】家財萬貫／腰纏萬貫／家有餘裕／堆金積玉／金玉滿堂。

含血噴人

【釋義】噴：辱罵，誣蔑。也作「含血噀人」。噀：含在口中而噴出。

【出處】普濟・五燈會元・黃龍新禪師法嗣：「含血噀人，先污其口。」清・李玉・清忠譜・叱勘：「你不怕刀臨頭頸，還思含血噴人。」

【用法】比喻捏造事實，惡毒地誣蔑、陷害他人。

【例句】我怎麼可能會做這種喪盡天良的事！你不可以如此信口胡言，**含血噴人**！

【義近】血口噴人／造謠中傷／惡語中傷／穢語傷人。

【義反】實事求是／光明正大／言必有據。

含沙射影

【釋義】古傳說有一種叫蜮的動物，能在水中含沙射人或人的影子。見干寶・搜神記。

【出處】白居易・讀史詩：「含沙射人影，雖病人不知。巧言搆人罪，至死人不疑。」

【用法】比喻暗中攻擊或誹謗他人。

【例句】他在這篇文章中，**含沙射影**罵人，藉此發洩自己的怨恨與不滿。

【義近】暗箭傷人／指桑罵槐。

含辛茹苦

【釋義】辛：辣。茹：吃。一作「茹苦含辛」。

【出處】蘇軾・中和勝相院記：「茹苦含辛，更百千萬億生而後成。」

【用法】比喻忍受辛苦，受盡艱難。

【例句】她在丈夫死後，**含辛茹苦**地把幾個孩子撫養成人，眞是不容易。

【義近】茹荼含辛／千辛萬苦／歷盡艱難。

【義反】養尊處優／逍遙自在／無憂無慮。

含垢忍辱

【釋義】意即忍受恥辱。垢：恥辱。一作「忍辱含垢」。

【出處】後漢書・曹世叔妻傳：「有善莫名，有惡莫辭，忍辱含垢，常若畏懼。」

【用法】用以形容人氣度很大，能忍受恥辱。

【例句】一代史學家司馬遷，雖經腐刑之苦，終能**含垢忍辱**，完成鉅作。

【義近】含垢包羞／含羞忍辱／忍尤攘詬。

【義反】忍無可忍／是可忍孰不可忍／血氣方剛。

含英咀華

【釋義】英：花。咀：嚼。華：花。

【出處】韓愈・進學解：「沉浸醲郁，含英咀華，作爲文章，其書滿家。」

【用法】指欣賞、玩味詩文的精華。

【例句】讀書最好能**含英咀華**，細加品味，以吸取其中的精華。

【義近】吟詠欣賞／好學深思／深思細酌。

【義反】不求甚解／生吞活剝／囫圇吞棗。

含苞欲放

【釋義】含苞：未開的蓓蕾。欲：將要。

【用法】形容花朵將開未開的神態，也用以比喻將要成年的少女。

【例句】①現在正是早春二月的季節，那些桃花李花都已**含苞欲放**了。②張小姐正處於二八妙齡，宛如**含苞欲放**的花蕾。
【義近】含苞吐萼／含苞待放。

含冤莫白（ㄏㄢˊ ㄩㄢ ㄇㄛˋ ㄅㄞˊ）

【釋義】莫白：不能弄明白。
【出處】元・高文秀・黑旋風三折：「閣不住兩眼恓惶淚，俺哥哥含冤負屈有誰知。」馮夢龍・東周列國志四二：「實欲爲太叔伸不白之冤耳！」
【用法】形容人受了冤屈卻無法申辯。
【例句】舊時代的老百姓眞可憐，即使是受了天大的冤枉，也往往是**含冤莫白**。
【義近】含冤負屈／不白之冤／六月飛霜／萇弘化碧／望帝啼鵑／夏月飛霜。
【義反】洗雪冤屈／宿冤一清／伸冤雪恥／明鏡高懸。

含哺鼓腹（ㄏㄢˊ ㄅㄨˇ ㄍㄨˇ ㄈㄨˋ）

【釋義】含哺：口裏含著食物。哺：嘴裏咀嚼的食物。鼓腹：拍拍肚子。鼓：拍打。
【出處】莊子・馬蹄：「夫赫胥氏之時，民居不知所爲，行不知所之，含哺而熙，鼓腹而游。」後漢書・岑彭傳：「含哺鼓腹，焉知凶災？」
【用法】形容無憂無慮，過著悠閒自在的快樂生活。
【例句】其實城裏人絕大多數也是很辛苦的，並不是像你們鄉下人所想像的那樣，成天過著**含哺鼓腹**的生活。
【義近】逍遙自在／悠然自得／飽食終日／養尊處優。
【義反】千辛萬苦／心力交瘁／筋疲力盡／日夜奔波。

含笑入地（ㄏㄢˊ ㄒㄧㄠˋ ㄖㄨˋ ㄉㄧˋ）

【釋義】入地：埋葬於地，指死亡。
【出處】舊唐書・溫大雅傳：「筮者曰：『葬於此地，害兄而福弟。』大雅曰：『若得家弟永康，我將含笑入地。』」
【用法】用以指稱死而無憾。
【例句】我已年近九十，兒孫們又個個都有出息，無愧於先人，我可以**含笑入地**了。
【義近】含笑九泉／死而無憾。
【義反】含恨而死／死不瞑目。

含情脈脈（ㄏㄢˊ ㄑㄧㄥˊ ㄇㄛˋ ㄇㄛˋ）

【釋義】含情：心有情而未說出來。脈脈：同「眽眽」，凝視的樣子。
【出處】李德裕・二芳叢賦：「一則含情脈脈，如有思事不得，類西施之容冶。」
【用法】多用以形容想傾吐心中的情思，但因各種原因而不能說出，只好全集中在默默的凝視中。
【例句】王小姐一對**含情脈脈**的眼睛，老盯著她對面的那位男士。
【義近】溫情脈脈／滿目含情。
【義反】冷若冰霜／怒目而視。

含羞帶怯（ㄏㄢˊ ㄒㄧㄡ ㄉㄞˋ ㄑㄧㄝˋ）

【釋義】含羞：表情嬌羞。怯：膽怯，害怕。
【出處】梁簡文帝・戲贈麗人詩：「含羞來上砌。」
【用法】形容女性在羞澀中略帶怯懼的表情。
【例句】小女孩**含羞帶怯**的模樣眞是惹人愛憐。
【義近】含羞答答／羞人答答。
【義反】落落大方／大大方方。

含著骨頭露著肉（ㄏㄢˊ ˙ㄓㄜ ㄍㄨˇ ˙ㄊㄡ ㄌㄡˋ ˙ㄓㄜ ㄖㄡˋ）

【釋義】把骨頭含在嘴裏，而把肉露在外邊。
【出處】曹雪芹・紅樓夢八八回：「你要我收下這個東西，須先和我說明白了。要是這麼含著骨頭露著肉的，我倒不收。」
【用法】比喻說話支支吾吾，說一半留一半，不把意思全說出來。
【例句】你有什麼要求就痛痛快快的說出來，不要在這裏**含著骨頭露著肉**的，白白耽誤我的時間。
【義近】半吞半吐／閃爍其辭／隱約其辭／欲言又止。
【義反】單刀直入／和盤托出／暢所欲言。

含飴弄孫（ㄏㄢˊ ㄧˊ ㄋㄨㄥˋ ㄙㄨㄣ）

【釋義】口含飴糖，逗弄孫子。飴：糖膏，此泛指糖。
【出處】東觀漢紀・明德馬皇后：「穰歲之後，惟子之志，吾但當含飴弄孫，不能復知政事。」
【用法】用以形容老年人恬適的樂趣。
【例句】他們夫婦倆退休後，植花種草，**含飴弄孫**，過著無憂無慮的家居生活。
【義近】安度晚年／頤養天年。
【義反】老年落拓／孤寡老人／孤苦伶仃。

含糊其辭（ㄏㄢˊ ㄏㄨˊ ㄑㄧˊ ㄘˊ）

【釋義】含糊：不清楚，不明確。辭：一作「詞」，言語。
【出處】馮夢龍・東周列國志五七回：「二人先受岸賈之囑，含糊其詞，不肯替趙氏分辨。」
【用法】用以指稱言語不清楚，含含糊糊。
【例句】他對此事老是**含糊其辭**，鐵定是心中有鬼。
【義近】閃爍其辭／隱約其辭。
【義反】單刀直入／直言不諱。

五　畫

味同嚼蠟（ㄨㄟˋ ㄊㄨㄥˊ ㄐㄩㄝˊ ㄌㄚˋ）

【釋義】滋味像嚼吃蠟一樣。一作「味如嚼蠟」。
【出處】楞嚴經八：「我無欲心，應汝行事；當橫陳時，味如嚼蠟。」
【用法】比喻非常乏味，用以形容說話、寫文章枯燥無味。
【例句】有人說讀宋詩**味同嚼蠟**，其實也不盡然，宋詩中也有許多優秀作品。
【義近】索然無趣／枯燥乏味／興味索然。
【義反】津津有味／饒有風味／妙趣橫生。

味如雞肋（ㄨㄟˋ ㄖㄨˊ ㄐㄧ ㄌㄜˋ）

【釋義】雞肋：雞的肋骨，食之無味，捨之可惜。
【出處】三國志・魏書・武帝紀・裴松之注引九州春秋載：「曹操攻打漢中，不能取勝，欲還，出令曰：『雞肋』。主簿楊修便自嚴裝，人驚問修：『何以知之？』修曰：『夫雞肋，棄之可惜，食之無所得，以比漢中，知王欲還也。』」
【用法】比喻對事情的興趣不大

；或比喻某事不做可惜，做了又少有實惠。

【例句】①近幾年因身體不好，對出外旅遊已有**味如雞肋**之感。②這件漂亮的衣服破了一個洞，丟了很可惜，若補起來又不好看，不免有**味如雞肋**之感。

【義近】味同嚼蠟／枯燥乏味／索然無味。

【義反】津津有味／興致勃勃。

呵佛罵祖（ㄏㄜ ㄈㄛˊ ㄇㄚˋ ㄗㄨˇ）

【釋義】喝斥和辱罵佛祖。

【出處】道原．景德傳燈錄．宣鑑禪師：「是子將來有把茅蓋頭，呵佛罵祖去在。」宋．朱弁．曲洧舊聞：「若得一把茅蓋頭，必能爲公呵佛罵祖。」

【用法】原意指若能不受前人限制，即可超越前人。後用以表示無所顧忌，敢作敢爲。

【例句】他原是馬列主義的忠實信徒，後來竟然連續發表好幾篇批判馬列主義的文章，像他這樣**呵佛罵祖**的人實在要有點勇氣才行。

【義近】捅馬蜂窩／太歲頭上動土／挺身而出／捨得一身剮，敢把皇帝拉下馬／敢作敢爲。

【義反】畏首畏尾／畏縮不前／前怕龍，後怕虎／瞻前顧後。

呵壁問天（ㄏㄜ ㄅㄧˋ ㄨㄣˋ ㄊㄧㄢ）

【釋義】呵：大聲喝斥。壁：壁畫。問天：向天發問。

【出處】漢．王逸．天問序：「屈原放逐後，彷徨山澤，見楚先王廟及公卿祠堂，壁畫間有天地山川神靈及古聖賢等，因作天問，書於其壁，呵而問之，以洩憤懣。」唐．李賀．公無出門詩：「分明猶懼公不信，公看呵壁書問天。」

【用法】形容文人失意時，以寫作抒愁洩憤的無聊情態。

【例句】李先生滿腹經綸，但因性情高傲，弄得懷才不遇，窮極之時也就只有**呵壁問天**了。

【義近】不平則鳴／牢騷滿腹。

【義反】志得意滿／萬事如意／飛黃騰達。

咄咄怪事（ㄉㄨㄛˋ ㄉㄨㄛˋ ㄍㄨㄞˋ ㄕˋ）

【釋義】咄咄：表示感歎聲或驚怪聲。

【出處】晉書．殷浩傳：「浩被黜，談詠不輟……但終日書空，作『咄咄怪事』四字而已。」

【用法】用以形容出乎意外、令人驚異或不合常理、難以理解之事。

【例句】他明明上午乘飛機去了美國，怎麼現在又突然出現在舞會上了呢？眞是**咄咄怪事**。

【義近】難以理解。

【義反】見怪不怪／習以爲常。

咄咄逼人（ㄉㄨㄛˋ ㄉㄨㄛˋ ㄅㄧ ㄖㄣˊ）

【釋義】咄咄：使人吃驚的嗟歎聲。

【出處】劉義慶．世說新語．排調：「殷（仲堪）有一參軍在坐，云：『盲人騎瞎馬，夜半臨深池。』殷曰：『咄咄逼人。』」

【用法】形容氣勢洶洶，盛氣凌人，使人難堪；也指形勢發展迅速，給人壓力。

【例句】他爲人傲慢自大，說起話來總給人一股**咄咄逼人**之感，令人難以接受。

【義近】盛氣凌人／氣勢洶洶。

【義反】和顏悅色／善氣迎人。

咄嗟可辦（ㄉㄨㄛˋ ㄐㄧㄝ ㄎㄜˇ ㄅㄢˋ）

【釋義】咄嗟：意謂呼吸之間，指極短暫的時間。一作「咄嗟便辦」、「咄嗟而辦」。

【出處】晉書．石崇傳載：崇恆冬月得韮虀，「爲客作豆粥，咄嗟便辦」。

【用法】形容非常容易辦成的事情。

【例句】此事**咄嗟可辦**，他既然推三阻四，那就包在我身上好了。

【義近】舉手之勞／瞬息可成。

【義反】難於上青天／九牛二虎之力。

呼么喝六（ㄏㄨ ㄧㄠ ㄏㄜˋ ㄌㄧㄡˋ）

【釋義】么、六：骰子的點數，么爲一點，六爲六點。

【出處】施耐庵．水滸傳一〇四回：「那些擲骰的，在那裏呼么喝六，攧錢的在那裏喚字叫背。」

【用法】本形容賭博擲骰時，希望得彩而高聲大叫；後也形容盛氣凌人，高聲呼喝。

【例句】①只要一走進賭場，就可聽到**呼么喝六**的叫喊聲。②老王自從升上主任後，就自以爲了不得，動不動就**呼么喝六**地訓人。

【義近】呼盧喝雉／大聲呵斥／怒吼訓斥。

【義反】細言細語／輕聲細語。

呼之即來，揮之即去（ㄏㄨ ㄓ ㄐㄧˊ ㄌㄞˊ，ㄏㄨㄟ ㄓ ㄐㄧˊ ㄑㄩˋ）

【釋義】叫他來就來，叫他去就去。呼：呼喚。之：代詞，他。揮：揮手，命令人走開的手勢。

【出處】蘇軾．王仲義眞贊傳：「至於緩急之際，……呼之則來，揮之則散者，唯世臣亘室爲能。」

【用法】形容任意使喚別人。

【例句】他喜歡的是那種**呼之即來，揮之即去**的人，即使你再有才能也不會被重用，像這樣怎能把公司經營好呢？

【義近】招之即來，揮之即去。

【義反】屈旨而事／北面受學。

呼之欲出（ㄏㄨ ㄓ ㄩˋ ㄔㄨ）

【釋義】好像一呼喊就會出來的樣子。

【出處】蘇軾．郭忠恕畫贊序：「恕先在焉，呼之或出。」張岱．木猶龍銘：「謂有龍焉，呼之欲出。」

【用法】形容把人像畫得很逼眞，好像叫一聲，人像就會從畫裏走出來似的。也形容文學作品中人物的描寫生動。

【例句】《紅樓夢》中的人物刻畫生動，眞的到了**呼之欲出**的美妙程度。

【義近】躍然紙上／栩栩如生／活靈活現。

【義反】平淡無奇／索然無味／味同嚼蠟。

呼天搶地（ㄏㄨ ㄊㄧㄢ ㄑㄧㄤ ㄉㄧˋ）

【釋義】對天呼叫，用頭撞地。搶：觸。一作「呼天撞地」、「搶地呼天」。

【出處】司馬遷・史記・屈原列傳：「勞苦倦極，未嘗不呼天也。」戰國策・魏策四：「布衣之怒，亦免冠徒跣，以頭搶地耳。」
【用法】形容人大放悲聲，痛不欲生。
【例句】她一接到母親去世的電報，便**呼天搶地**地號啕大哭起來。
【義近】捶胸頓足／號啕大哭／牽衣頓足。

呼牛呼馬（ㄏㄨ ㄋㄧㄡˊ ㄏㄨ ㄇㄚˇ）

【釋義】意謂隨人呼作牛也好，呼作馬也好，都無所謂，不作分辯。
【出處】莊子・天道：「昔者子呼我牛也，而謂之牛；呼我馬也，而謂之馬。」
【用法】比喻毀譽隨人，不予計較。
【例句】我憑著自己的良心做事，對那些流言蜚語，我都抱持著**呼牛呼馬**的態度。
【義近】褒貶由人／犯而不校／付之一笑／泰然處之／不以爲意。
【義反】不容厚非／斤斤計較／是非分明／不依不饒／寸步不讓。

呼吸相通（ㄏㄨ ㄒㄧ ㄒㄧㄤ ㄊㄨㄥ）

【釋義】意謂彼此呼氣吸氣，息息相通。呼吸：出息爲呼，入息爲吸。
【出處】清史稿・顏伯燾傳：「閩粵互爲脣齒，呼吸相通。」
【用法】比喻想法一致，利害相連。
【例句】爲政者要時刻爲民眾之所需爲需，急民眾之所急爲急，使民眾知道政府和他們是**呼吸相通**的。
【義近】息息相關／休戚與共／脣齒相依／利害攸關。
【義反】互不相關／兩不相涉／以鄰爲壑／無關痛癢／意見相左。

呼朋引類（ㄏㄨ ㄆㄥˊ ㄧㄣˇ ㄌㄟˋ）

【釋義】呼：召喚。引：招引。類：同類。也作「引類呼朋」。
【出處】歐陽修・憎蒼蠅賦：「奈何引類呼朋，搖頭鼓翼。」明・張居正・乞鑑別忠邪以定國是疏：「然後呼朋引類，藉勢乘權，恣其所欲爲。」
【用法】指招引同類人物一起去做壞事。
【例句】這夥雞鳴狗盜之輩，一到晚上就**呼朋引類**去飆車、尋仇，敗壞社會治安。

呼風喚雨（ㄏㄨ ㄈㄥ ㄏㄨㄢˋ ㄩˇ）

【釋義】意即呼喚風雨，在古代小說中用來形容神仙道士的法力。
【出處】孫覿・罨溪行詩：「罨畫溪頭烏烏樂，呼風喚雨不能休。」
【用法】比喻人神通廣大，有巨大力量。
【例句】神話故事中的神仙們個個都有**呼風喚雨**的通天本領，令人心生嚮往。
【義近】扭轉乾坤／神通廣大／興雲致雨／補天浴日。
【義反】一無長才／諾諾無能。

呼盧喝雉（ㄏㄨ ㄌㄨˊ ㄏㄜˋ ㄓˋ）

【釋義】古時的一種賭博。呼、喝：高聲大喊。盧、雉：賭具上的兩種顏色。賭具共五子，一子兩面：一面塗黑，畫牛犢；一面塗白，畫雉。五子都黑，叫盧。
【出處】陸游・風順舟行甚疾戲書：「呼盧喝雉連暮夜，擊兔伐狐窮歲年。」
【用法】用以稱賭博。
【例句】林先生就是改不掉那好賭的壞習慣，一有空便跑去賭場**呼盧喝雉**，連老婆都給氣跑了，還無法使他戒賭。
【義近】呼么喝六。

呼籲無門（ㄏㄨ ㄩˋ ㄨˊ ㄇㄣˊ）

【釋義】呼籲：呼求援助、支持。無門：猶無地、無處。
【出處】南朝・陳・徐陵・檄周文：「籲地呼天，望佇哀救。」福惠全書・蒞任部・稟帖贅說：「敢再呼籲憲臺之前。」
【用法】無可求援，無人可訴。
【例句】他做生意失敗，親友們紛紛走避，使得他**呼籲無門**，就要走上絕路了。
【義近】告貸無門／走投無路。
【義反】四方支援／八方相助。

呱呱墮地（ㄍㄨ ㄍㄨ ㄉㄨㄛˋ ㄉㄧˋ）

【釋義】呱呱：指小孩的哭聲。墮地：落地新生。
【出處】尙書・益稷：「啓呱呱而泣。」
【用法】形容嬰兒的新生，降臨人間。
【例句】每個人自**呱呱墮地**後，即接受外界環境的影響。

呶呶不休（ㄋㄠˊ ㄋㄠˊ ㄅㄨˋ ㄒㄧㄡ）

【釋義】呶呶：即嘮叨，多言之意。
【出處】韓愈・言箴：「汝不懲邪？而呶呶以害其生邪？」
【用法】形容人說話嘮叨，沒完沒了，令人厭煩。
【例句】這人年紀輕輕，但說起話來卻**呶呶不休**，怪不得大家討厭他。
【義近】嘮嘮叨叨／喋喋不休／強聒不舍／絮絮叨叨。
【義反】寡言少語／沉默寡言。

和光同塵（ㄏㄜˊ ㄍㄨㄤ ㄊㄨㄥˊ ㄔㄣˊ）

【釋義】和光：才華內蘊，不露鋒芒。同塵：同乎流俗。
【出處】老子・五六章：「塞其兌，閉其門；挫其銳，解其紛；和其光，同其塵；是謂玄同。」
【用法】今多用以指與世浮沉，隨波逐流而不立異。
【例句】在當今的社會裏，最好學會**和光同塵**的處世之道，何苦要鋒芒畢露自招災禍？
【義近】人立我立，人行我行／韜光養晦／隨波逐流。
【義反】鋒芒畢露／抗俗自處／大異流俗／標新立異。

和如琴瑟（ㄏㄜˊ ㄖㄨˊ ㄑㄧㄣˊ ㄙㄜˋ）

【釋義】和：和諧。琴瑟：兩種樂器，同時彈奏其音諧和。
【出處】詩經・周南・關雎：「窈窕淑女，琴瑟友之。」晉・潘岳・夏侯常侍誄：「子之友悌，和如琴瑟。」

【用法】比喻夫妻相親相愛，或朋友、兄弟的情誼融洽。
【例句】①這對夫妻自結婚以來，一直**和如琴瑟**。②他們這幾個兄弟兄友弟恭，**和如琴瑟**。
【義近】鳳凰于飛／舉案齊眉／相敬如賓／琴瑟調和／兄友弟恭。
【義反】始亂終棄／秋扇見捐／色衰愛弛／琵琶別抱／手足相殘。

和而不同 ㄏㄜˊ ㄦˊ ㄅㄨˋ ㄊㄨㄥˊ

【釋義】和：溫和柔順，平易近人。同：偏私，有阿附的意思。全句是說君子待人和順，與人相處和睦，但不肯阿附他人或結黨營私。
【出處】論語・子路・二三章：「君子和而不同；小人同而不和。」
【用法】形容正人君子平日態度溫和，能與大眾和睦相處，但處理事情卻堅守原則，絕不同流合污。
【例句】小陳為人重原則，宅心仁厚且處事公正，所謂外圓內方，**和而不同**，眞正具有古君子的風範。
【義近】周而不比／外圓內方。
【義反】同而不和／比而不周。

和和氣氣 ㄏㄜˊ ㄏㄜˊ ㄑㄧˋ ㄑㄧˋ

【釋義】意即和氣，重疊以加強語意。
【出處】李寶嘉・官場現形記五回：「弟兄和和氣氣，這事不就完了嗎？」
【用法】形容待人態度溫和或彼此相處和睦。
【例句】①他待人一向**和和氣氣**，從不亂發脾氣。②一家人能**和和氣氣**的過日子，這就是福氣！
【義近】和顏悅色／和藹可親／好聲好氣／善氣迎人／客客氣氣。
【義反】凶神惡煞／凶相畢露／惡聲惡氣／惡語傷人／吵吵鬧鬧。

和風細雨 ㄏㄜˊ ㄈㄥ ㄒㄧˋ ㄩˇ

【釋義】春風小雨。和風：溫和的風，多指春天的微風。細：小。
【出處】杜甫・宴集詩：「薄衣臨積水，吹面受和風。」又春夜喜雨：「好雨知時節，……潤物細無聲。」
【用法】比喻人態度溫和，處理事情方式和緩而不粗暴。
【例句】他為人和善，說話更如**和風細雨**，予人如沐春風之感。
【義近】和顏悅色／平易近人／和藹可親。
【義反】態度粗暴／粗聲粗氣。

和氣生財 ㄏㄜˊ ㄑㄧˋ ㄕㄥ ㄘㄞˊ

【釋義】生財：產生財富、利益，發財。
【出處】禮記・祭義：「有和氣者，必有愉色。」又大學：「生財有大道。」
【用法】指做生意或辦事，對人態度溫和，就可獲得很大利益。
【例句】俗話說**和氣生財**，你們這樣與顧客爭論不休，日後客人那敢上門？
【義近】和氣致祥／人和財旺。

和衷共濟 ㄏㄜˊ ㄓㄨㄥ ㄍㄨㄥˋ ㄐㄧˋ

【釋義】和衷：誠心協和，同心。濟：渡水。
【出處】尚書・皋陶謨：「同寅協恭，和衷哉。」左丘明・國語・魯語下：「夫若匏不材於人，共濟而已。」
【用法】用以表示大家齊心協力，共同渡過難關。
【例句】我們公司雖然發生了危機，但只要大家**和衷共濟**，必能扭轉劣勢。
【義近】同心協力／風雨同舟／同舟共濟／安危與共。
【義反】同牀異夢／鉤心鬥角。

和盤托出 ㄏㄜˊ ㄆㄢˊ ㄊㄨㄛ ㄔㄨ

【釋義】端飯菜時連托菜的盤子都端出來。和：連帶。托：端起。
【出處】馮夢龍・警世通言二：「飯罷，田氏將莊子所著南華眞經及老子道德五千言，和盤托出，獻與王孫。」
【用法】比喻把情況全部說出來，一點也不保留。
【例句】幾經勸導之後，那人才願把事情的原委**和盤托出**。
【義近】傾箱倒篋／全盤托出／知無不言，言無不盡。
【義反】隻字不提／不發一語。

和璧隋珠 ㄏㄜˊ ㄅㄧˋ ㄙㄨㄟˊ ㄓㄨ

【釋義】和氏璧，隋侯珠。璧：古代的一種玉器，扁平，圓形，中間有孔。
【出處】韓非子・解老：「和氏之璧，不飾以五采；隋侯之珠，不飾以銀黃；其質至美，物不足以飾之。」唐・張庭珪・請勤政崇儉約疏：「去奇伎淫巧，損和璧隋珠，不見可欲，使心不亂。」
【用法】比喻極名貴的珍寶或非常珍貴的東西。
【例句】今天展覽廳所展出的古物，無一不是**和璧隋珠**，難怪戒備非常森嚴。
【義近】奇珍異寶／無價之寶／吉光片羽／鳳毛麟角／稀世珍寶。
【義反】土牛木馬／塵垢秕糠／牛溲馬勃／鼠肝蟲臂／土壤細流。

和顏悅色 ㄏㄜˊ ㄧㄢˊ ㄩㄝˋ ㄙㄜˋ

【釋義】和顏：溫和的面容。顏：臉容。悅色：喜悅的臉色。色：臉上的表情。
【出處】詩經・邶風・凱風・孔穎達正義，引鄭玄・論語為政注：「和顏悅色，是為難也。」
【用法】形容臉色和藹，態度親切。
【例句】他對人總是**和顏悅色**，我從來沒有見他發過脾氣。
【義近】怡顏悅色／和藹可親／平易近人／笑容滿面。
【義反】疾言厲色／氣勢洶洶／聲色俱厲／髮指眦裂。

和藹可親 ㄏㄜˊ ㄞˇ ㄎㄜˇ ㄑㄧㄣ

【釋義】和藹：和善。
【出處】李寶嘉・官場現形記：「原來這唐六軒唐觀察為人極其和藹可親，見了人總是笑嘻嘻的。」
【用法】形容人態度和善，平易近人。
【例句】我們的校長是一位**和藹**

可親的人，大家都喜歡他，敬重他。
【義近】平易近人／藹然可親／和顏悅色／和藹近人。
【義反】凜然難近／殺氣騰騰／盛氣凌人／冷若冰霜／金剛怒目。

周公吐哺 ㄓㄡ ㄍㄨㄥ ㄊㄨˇ ㄅㄨˇ

【釋義】周公在吃飯時因忙於接待賢士而吐出了正在咀嚼的食物。周公：姬旦，周武王之弟。因采邑在周，故稱周公。
【出處】曹操・短歌行：「山不厭高，水不厭深。周公吐哺，天下歸心。」
【用法】用以形容求賢的急切心情。
【例句】近幾年企業領導人非常重視人才，紛紛派人到英美等國招引優秀留學生，大有**周公吐哺**的精神。
【義近】吐哺握髮／求賢若渴／思賢如渴／虛左以待。
【義反】爲淵敺魚／爲叢敺雀／楚材晉用／任人唯親。

周而不比 ㄓㄡ ㄦˊ ㄅㄨˋ ㄅㄧˋ

【釋義】周：團結，親密。比：依附，勾結。
【出處】論語・爲政：「子曰：『君子周而不比，小人比而不周。』」
【用法】指彼此團結合作，講究原則，絕不互相勾結包庇。
【例句】雖然我們是至親好友，但在工作時一定要把握**周而不比**的原則辦事。
【義近】和而不流／和而不同／羣而不黨。
【義反】朋比爲奸／朋黨比周／狼狽爲奸／結黨營私。

周而復始 ㄓㄡ ㄦˊ ㄈㄨˋ ㄕˇ

【釋義】輪轉一次之後又開始。周：循環，反覆。復：又，重新。
【出處】司馬遷・史記・司馬貞補三皇本紀：「蓋宓犧之後，已經數世，金木輪環，周而復始。」
【用法】用以說明事態景象循環再循環，往復不斷。
【例句】一年中春夏秋冬連成四季，**周而復始**，年年如此。
【義近】終而復始／周而復生／循環往復。
【義反】一周而絕／周而不復。

周急濟乏 ㄓㄡ ㄐㄧˊ ㄐㄧˋ ㄈㄚˊ

【釋義】周：與「濟」同義，救濟，接濟。乏：貧乏。
【出處】三國志・魏書・任峻傳：「於飢荒之際，收恤朋友孤遺，中外貧宗，周急濟乏，信義見稱。」
【用法】指用財物救助有急難和貧困不足的人。
【例句】這位老人家把省吃儉用的錢全數捐出，用來**周急濟乏**，是慈善機構中人盡皆知的大好人。
【義近】周急濟貧／恤孤憐寡／救急扶貧／恤老憐貧／濟困扶危。
【義反】見死不救／謀財害命／落井下石／嫌貧愛富／坐視不管。

周密詳盡 ㄓㄡ ㄇㄧˋ ㄒㄧㄤˊ ㄐㄧㄣˋ

【釋義】周密：周到細密。詳盡：詳細周備。
【出處】荀子・儒效：「其知慮多當矣，而未周密也。」三國志・魏書・高貴鄉公紀・甘露元年：「古義弘深，聖問奧達，非臣所能詳盡。」
【用法】指所思所想、所做計畫等周到精密，詳細完美。
【例句】你所做的這個投資計畫**周密詳盡**，公司決定採用。
【義近】嚴謹周詳／左右兼顧／面面俱到。
【義反】漏洞百出／顧此失彼／顧前不顧後。

咎由自取 ㄐㄧㄡˋ ㄧㄡˊ ㄗˋ ㄑㄩˇ

【釋義】災禍或罪過是自己招來的。咎：災禍，罪過。
【出處】李寶嘉・官場現形記五一回：「但這件事，據兄弟看起來，他們兩家實在是咎由自取。」
【用法】用以形容自作自受。
【例句】這件事只能怪你們自己，養癰遺患，**咎由自取**，怨得了誰呢？
【義近】罪有應得／自食其果／自作自受／作繭自縛。
【義反】禍從天降／罪不在己／非戰之罪／無妄之災。

命不由人 ㄇㄧㄥˋ ㄅㄨˋ ㄧㄡˊ ㄖㄣˊ

【釋義】命運早定，無法作主。
【出處】元曲選・凍蘇秦：「世事升沉如轉盼，算來由命不由人。」
【用法】喻人力無法掌控命運。
【例句】一飲一啄，莫非前定，**命不由人**，你得學會達觀自適。

命世之才 ㄇㄧㄥˋ ㄕˋ ㄓ ㄘㄞˊ

【釋義】命世：聞名於世。
【出處】李陵・報蘇武書：「賈誼、亞夫之徒，皆信命世之才。」
【用法】形容人的才能特出，能揚名於世者。
【例句】賈誼有**命世之才**，惜因遭時不遇，含恨而終。
【義近】蓋世之才／一時之選／曠世逸才。
【義反】凡夫俗子／吳下阿蒙／販夫走卒／酒囊飯袋。

命若游絲 ㄇㄧㄥˋ ㄖㄨㄛˋ ㄧㄡˊ ㄙ

【釋義】生命像游絲一樣，隨時斷掉。
【出處】夏敬渠・野叟曝言一一回：「其夫人現患產症，命在旦夕，吾兄既擅神術，宜以人命爲重，不計其人之卑鄙也。」
【用法】比喻生命垂危，人之將死。
【例句】老先生**命若游絲**，卻仍一心盼望見到兒子一面，至今還不願闔眼，令人看了鼻酸。
【義近】奄奄一息／命在旦夕／垂命懸絲／朝不慮夕／大漸彌留／易簀之際。

命蹇時乖 ㄇㄧㄥˋ ㄐㄧㄢˇ ㄕˊ ㄍㄨㄞ

【釋義】蹇：不順利。乖：違背情理，不正常。
【出處】施耐庵・水滸傳一一回：「不想我今日被高俅那賊陷害，流落到此，天地也不容我，眞如此命蹇時乖。」
【用法】指人命運不好，時機不佳。
【例句】這年輕人讀書實在很用

功，但連續考了三年大學都名落孫山，眞是**命蹇時乖**。

【義近】命乖運蹇／時乖運蹇／生不逢時／命途多舛／時運不濟。

【義反】時來運轉／百年難遇／蛟龍得水／生逢盛世／撥雲見日。

六畫

哀而不傷

【釋義】悲哀而不傷害身心。

【出處】論語・八佾：「子曰：『關雎，樂而不淫，哀而不傷。』」

【用法】形容做事既不過頭，也無不及，較適中。或形容詩歌、音樂等優美而富於情趣，感情適度。

【例句】①她喜歡打扮，願意有朋友，可是這都不過是一些小小的，**哀而不傷**的青春的遊戲。（老舍・四世同堂・四三）②婉而不迫，**哀而不傷**，所作自不必多也。（苕溪漁隱叢話前集・東坡一）

【義近】哀傷有度／哀樂有常／樂而不淫／恰如其分／恰到好處。

【義反】哀痛欲絕／哀毀骨立／樂極生悲／過猶不及。

哀兵必勝

【釋義】哀兵：受壓抑而深感悲憤的軍隊。

【出處】老子・六九章：「禍莫大於輕敵，輕敵幾喪吾寶。故抗兵相加，哀者勝矣。」

【用法】指受壓抑而奮起反抗的軍隊，因有必死的決心，所以一定能克敵制勝。

【例句】軍事上常可看到兩軍對峙，即使力量懸殊，也往往是**哀兵必勝**。

【義近】置之死地而後生／投之亡地而後存。

【義反】驕兵必敗／師老兵疲者敗。

哀哀欲絕

【釋義】意謂傷心得要死。哀哀：悲傷不已。絕：窮盡，斷氣。

【出處】曹雪芹・紅樓夢一三回：「那寶珠按未嫁女之禮，在靈前哀哀欲絕。」

【用法】悲痛傷心到了極點。

【例句】林先生不幸死於非命，他太太伏在他屍首旁**哀哀欲絕**。

【義近】哀痛欲絕／哀毀骨立／肝腸寸斷／痛心入骨／心如刀割／痛不欲生。

【義反】哀而不傷／長歌當哭／哀樂有常／節哀順變。

哀矜勿喜

【釋義】指查出人有罪時，要同情罪犯，不要因爲能斷案而自喜。

【出處】論語・子張：「上失其道，民散久矣！如得其情，則哀矜而勿喜。」

【用法】形容人要有憐憫心，不要幸災樂禍。

【例句】法官不僅要能明察秋毫，更重要的是能**哀矜勿喜**，本著仁心對待罪犯。

哀莫大於心死

【釋義】意謂最大的悲哀莫過於心死。莫大於：沒有比……更大的。心死：心像熄滅了的灰燼一樣。

【出處】莊子・田子方：「夫哀莫大於心死，而人死亦次之。」

【用法】指最可悲的事莫過於思想頑鈍，麻木不仁。

【例句】古人說：**哀莫大於心死**，你看他那萬念俱灰、神情麻木的樣子，難道還有什麼良方可以醫治嗎？

【義近】心如死灰／心灰意冷／萬念俱灰／槁木死灰。

【義反】意氣風發／精神抖擻／踔厲風發／雄心勃勃。

哀絲豪竹

【釋義】哀絲：悲哀淒切的弦樂聲。豪竹：豪壯的管樂聲。

【出處】杜甫・醉爲馬墜諸公攜酒相看：「酒肉如山又一時，初筵哀絲動豪竹。」陸游・長歌行：「哀絲豪竹助劇飲，如鉅野受黃河傾。」

【用法】弦管樂聲悲壯動人。

【例句】在這次音樂會上，最感人的是那場**哀絲豪竹**合奏曲，令人聽了動容。

【義近】急管繁弦／戛玉敲金／響遏行雲。

【義反】靡靡之音／亡國之音／歌呼嗚嗚。

哀毀骨立

【釋義】哀毀：悲哀過度而損壞了身體。骨立：僅有骨架子支撐身體。

【出處】後漢書・韋彪傳：「父母卒，哀毀三年，不出廬寢。服竟，羸瘠骨立異形，……。」劉義慶・世說新語・德行：「和嶠雖備禮，神氣不損；王戎雖不備禮，而哀毀骨立。」

【用法】形容人在親喪期間，因悲傷過度而消瘦到了極點。

【例句】她在心愛的獨子死後，哭得死去活來，十幾天下來就弄得**哀毀骨立**了。

【義近】哀哀欲絕／哀毀愈恆／形銷骨立／形容枯槁／骨瘦如柴。

【義反】哀而不傷／神氣不損／節哀順變。

哀鴻遍野

【釋義】哀鴻：哀鳴的大雁。遍野：到處都是。

【出處】詩經・小雅・鴻雁：「鴻雁于飛，哀鳴嗷嗷。」清・張集馨・道咸宦海見聞錄：「本年江湖泛漲……，哀鴻遍野，百姓其魚。」

【用法】比喻到處都是哀傷痛苦、流離失所的人。

【例句】古時每逢大雨，黃河就氾濫成災，蒼生百姓深受其害，弄得**哀鴻遍野**，民不聊生。

【義近】流離失所／顛沛流離。

【義反】安居樂業／家給人足。

咫尺之途

【釋義】咫尺：周制八寸爲咫，十寸爲尺。

【出處】顏氏家訓・名實：「然而咫尺之途，必顚蹶於崖岸。」

【用法】形容路程很短，距離很近。

【例句】我家和她家只有**咫尺之**

途，所以差不多天天都能見面。

【義近】咫尺之遙／咫尺之隔／近在咫尺／一箭之地。

【義反】遠在天邊／遠隔千里／天各一方／遙不可及。

咫尺天涯

【釋義】咫尺：比喻距離很近。咫：周制八寸長。天涯：天邊。

【出處】左傳・僖公九年：「天威不違顏咫尺。」關漢卿・散曲・題情：「馬頭咫尺天涯遠，易去難相見。」

【用法】比喻距離雖近，卻又像是遠在天邊一樣。

【例句】男女之間的愛情只靠「緣分」二字，若是無緣，即便比鄰而居，也是**咫尺天涯**難相合。

【義近】咫尺千里／咫尺萬里。

【義反】天涯若比鄰／萬里階前／千里共嬋娟。

咫尺萬里

【釋義】咫：古長度單位，周制八寸爲咫，只相當於現在的六寸多。

【出處】南史・竟陵文宣王子良傳：「幼好學，有文才，能書善畫，於扇上圖山水，咫尺之內，便覺萬里爲遙。」唐・郎士元・題劉相公三湘圖：「微明三巴峽，咫尺萬里流。」

【用法】形容小小的畫幅，能畫出遼闊深遠的景物。或比喻雖近在咫尺，卻有相隔萬里之感。

【例句】①看了這幅山水畫，才眞正有了**咫尺萬里**的感受。②我們雖住在同一城市，卻很難見上一面，眞是**咫尺萬里**啊！

【義近】咫尺千里／咫尺天涯。

【義反】天涯若比鄰／千里共嬋娟。

咬人狗兒不露齒

【釋義】眞正咬人的狗是不會先露出牙齒的。

【出處】淮南子・兵略訓：「虎豹不露其爪，而噬不見齒。」元・無名氏・羅李郎三折：「那廝正是咬人狗兒不露齒。」

【用法】比喻眞正厲害的人不會在表面上顯露出來。

【例句】我們科長外表看來斯斯文文的，待人也很和氣，但實際上卻是**咬人狗兒不露齒**，整起人來可厲害呢！

【義近】笑面虎／眞人不露相。

【義反】凶相畢露／相由心生。

咬文嚼字

【釋義】指死摳字眼。

【出處】秦簡夫・剪髮待賓二折：「又則道俺咬文嚼字。」

【用法】形容過分地斟酌字句而不注意精神實質。有時也用以譏笑人固執迂腐，不知通達事務。

【例句】他的文章讀來**咬文嚼字**的，令人大感吃不消。

【義近】字斟句酌／尋行數墨／冬烘迂腐。

【義反】率爾操觚／不假思索／通達時務。

咬牙切齒

【釋義】咬緊牙齒，表示痛恨。切：咬緊。

【出處】孫仲章・勘頭巾二折：「爲甚事咬牙切齒，唬得犯罪人面色如金紙。」

【用法】形容憤怒痛恨到極點的神情。

【例句】這批匪徒打家劫舍，無惡不作，百姓們恨得**咬牙切齒**，卻也無可奈何。

【義近】切齒痛恨／恨之入骨／切齒腐心／切齒憤盈。

【義反】一笑泯恩仇／捐棄前嫌／化敵爲友。

咬定牙根

【釋義】意即死死地咬住牙。

【出處】文康・兒女英雄傳四十回：「他那裏只咬定牙根，一個字兒沒有，不住聲兒的哭。」

【用法】比喻意志堅強，能忍住痛苦堅持到底。

【例句】目前所遇到的困難確實非同一般，但只要我們**咬定牙根**，應該可以克服。

【義近】咬定牙關／咬緊牙關／打脫牙和血呑。

【義反】打退堂鼓。

咬釘嚼鐵

【釋義】意即咬嚼釘鐵。

【出處】施耐庵・水滸傳九回：「來往的，盡是咬釘嚼鐵漢；出入的，無非瀝血剖肝人。」

【用法】比喻意志特別堅強。

【例句】他雖是個白面書生，但無論做什麼事都能不畏艱險，**咬釘嚼鐵**地堅持到底。

【義近】堅韌不拔／威武不屈／吾膝如鐵／百折不撓。

【義反】知難而退／俯首稱臣／虎頭蛇尾／半途而廢。

咳唾成珠

【釋義】咳出來的唾液像珠玉一樣。又作「欬唾成珠」。

【出處】莊子・秋水：「子不見夫唾者乎？噴則大者如珠，小者如霧。」漢・趙壹・刺世嫉邪賦：「勢家多所宜，咳唾自成珠。」

【用法】比喻言談高明精當，出口成章；也比喻詩文的文詞優美。

【例句】他的演說語語中的，又富於情趣，眞有**咳唾成珠**之妙。

【義近】咳唾凝珠／妙語如珠／一字一珠／膾炙人口。

【義反】空洞無物／廢話連篇／連篇累牘／蛙鳴蟬噪。

品竹調弦

【釋義】品、調：吹弄、彈奏樂器。竹、弦：管樂器和弦樂器。

【出處】元・武漢臣・玉壺春一折：「一叢叢香車翠輦，……一行行品竹調弦。」

【用法】指吹奏彈撥各種樂器。

【例句】這位年輕人多才多藝，琴棋書畫，**品竹調弦**，輕歌曼舞，無所不通無所不曉。

【義近】品竹彈絲／引商刻羽／管弦繁奏。

品學兼優

【釋義】品學：品行，學問。兼：都。

【用法】用以說明品德高尚，學問優良。常用作對人（特別是學生）的評語。

【例句】她自小便**品學兼優**，而且冰雪聰明，很得大人的疼愛。

【義近】才德兼備／德美才優。

【義反】有才無德／不學無術。

品頭論足

【釋義】品：品評，區別優劣好壞。頭、足：從頭到腳，指全身。

【出處】蒲松齡・聊齋誌異・阿寶：「女起遽去，眾情顛倒，品頭論足，紛紛如狂。」

【用法】本指對女子的容貌姿態進行評論，今指對人或事有意挑剔，說長道短。

【例句】人們總是喜歡對電視機裏的人物**品頭論足**，說三道四，其實也不是心有惡意。

【義近】評頭品足／說長道短。

【義反】無可非議／十全十美／有口皆碑。

哄動一時

【釋義】一作「轟動一時」。指在一個時期內驚動許多人。

【用法】形容發生了一樁新奇的事或發現了一件新奇之物，爲世人矚目，影響很大。

【例句】黃梅調曾是**哄動一時**的電影音樂，如今已成陳跡。

【義近】萬人空巷／世人矚目／家傳戶說。

【義反】不以爲奇／無人注目／消聲匿跡。

哄堂大笑

【釋義】指眾人一起大笑。

【出處】歐陽修・歸田錄卷一：「馮相、和相同在中書。一日，和問馮曰：『公靴新買，其直幾何？』馮舉左足示和曰：『九百。』和性褊急，遽回顧小吏云：『吾靴何得用一千八百？』因詬責。久之，馮徐舉其右足曰：『此亦九百。』於是哄堂大笑。」

【用法】指滿屋在座的人同時大笑。

【例句】他正手舞足蹈地跳得起勁，不料假髮掉了下來，露出禿頭，眾人見了，**哄堂大笑**。

【義近】眾人同笑／哄然齊笑。

【義反】鴉雀無聲／相顧失色。

七畫

唐突西施

【釋義】唐突：冒犯，褻瀆。西施：也稱西子，春秋時越國美女。

【出處】劉義慶・世說新語・輕詆：「何乃刻劃無鹽，以唐突西子也！」無鹽：戰國時醜女。

【用法】比喻有意無意地貶低了美好的人和事，或比喻冒犯女性。

【例句】叫你不要和她開玩笑，結果怎樣，**唐突西施**了吧！

【義近】佛頭著糞／焚琴煮鶴。

唐臨晉帖

【釋義】唐代學書法的人臨摹晉代人的字帖。

【出處】明・陶宗儀・輟耕錄・論詩載：元人虞集評范德機詩曰：「德機詩如唐臨晉帖。」

【用法】用以比喻善於摹倣卻缺少獨創。

【例句】這位年輕畫家的畫作，都只能算**唐臨晉帖**，看不出有任何創新之意。

【義近】照貓畫虎／依樣畫葫蘆／刻鵠類鶩／比葫蘆畫瓢。

【義反】別出心裁／別出機杼／匠心獨運／獨樹一幟。

哭天喊地

【釋義】邊哭號邊叫喊天地。

【用法】指提高了嗓門，大聲哭叫。

【例句】這女人眞潑辣，她和丈夫不過吵了幾句，便跑到大樓門前**哭天喊地**的，鬧得大家都不得安寧。

【義近】呼天搶地／牽衣頓足／哭天哭地／嚎啕大哭／捶胸頓足。

【義反】歡天喜地／載歌載舞／喜不自勝／眉開眼笑／破涕爲笑。

哭笑不得

【釋義】又作「哭不得，笑不得」。意謂哭也不是，笑也不是。

【出處】谷斯范・新桃花扇十一回：「龍友被纏得哭笑不得。」

【用法】形容人處境尷尬，被弄得啼笑皆非、無可奈何的情狀。

【例句】面對這樣的結局，大家皆**哭笑不得**，只得大嘆倒楣了。

【義近】啼笑皆非／進退兩難／進退維谷。

【義反】不苟言笑／開懷大笑／痛哭流涕。

唉聲歎氣

【釋義】指發出歎息聲。一作「哀聲歎氣」。

【出處】曹雪芹・紅樓夢三三回：「我看你臉上一團私慾愁悶氣色，這會子又唉聲歎氣，你那些還不足？」

【用法】形容因憂愁傷感或悲觀失望而歎息。

【例句】整日**唉聲歎氣**，毫無建樹的人，是不可能成功的。

【義近】長吁短歎／一遞一聲長吁氣／哭喪著臉。

【義反】興高采烈／喜氣洋洋／喜形於色。

八畫

啞口無言

【釋義】像啞巴一樣的說不出話來。

【出處】馮夢龍・醒世恆言・赫大卿遺恨鴛鴦縧：「那老兒婆子，因兒子做了這不法勾當，啞口無言。」

【用法】形容理屈詞窮的樣子。

【例句】小李平日伶牙俐齒，但今天在會議上卻被人駁得**啞口無言**。

【義近】張口結舌／目瞪口呆。

【義反】口若懸河／滔滔不絕。

啞巴吃黃連

【釋義】此為歇後語，意謂有苦說不出。啞巴：又作「啞子」。黃連：中藥名，其味極苦。
【出處】朱國楨・湧幢小品二十：「柔事景皇，如擾龍馴虎，中間備極苦心，啞子吃黃連……。」
【用法】用以說明心中有痛苦，卻又不能說或者無法說。
【例句】請諸位不要問了，這次做生意眞的是賠了夫人又折兵，我現在是**啞巴吃黃連**，有苦說不出。
【義近】有苦難言／啞子吃苦瓜／苦在心頭。
【義反】喜在心頭／喜形於色／樂不可言。

啞然失笑

【釋義】啞然：形容笑聲。失笑：不由自主地發笑。
【出處】吳越春秋・越王無余外傳：「禹乃啞然而笑。」
【用法】形容禁不住笑出聲來。
【例句】看了他的滑稽表演，觀眾都忍不住**啞然失笑**。
【義近】啞然而笑／啞然大笑。
【義反】忍俊不笑／淡然一笑／微有笑容／勉強一笑。

唱對臺戲

【釋義】指兩個戲班子在同一個地方同時搭臺唱戲。
【用法】比喻在同一問題或事件上，故意發表與對方相反的意見或採取相反的行動。
【例句】看來對面的商店故意要和我們**唱對臺戲**，我們降價他們也降，我們送貨上門他們也如法炮製。
【義近】龍爭虎鬥／針鋒相對／勢不兩立／針尖對麥芒。
【義反】同心同德／同心協力／通力合作／土幫土成牆。

唱籌量沙

【釋義】高聲喊著數字稱量沙子。唱：高呼。籌：用來計數的籌碼。是一種欺敵之術。
【出處】南史・檀道濟傳：「（道濟）軍至歷城，以資運竭乃還。時人降魏者俱說糧食已罄，於是士卒憂懼，莫有固志。道濟夜唱籌量沙，以所餘米散其上。及旦，魏軍謂資糧有餘，故不復追。」
【用法】比喻製造假象，迷惑敵方。
【例句】在敵我交戰時，要提高警覺，分辨眞僞，千萬不要被**唱籌量沙**的把戲迷惑了。
【義近】虛張聲勢／聲東擊西／明修棧道，暗度陳倉／裝腔作勢。
【義反】短兵相接／明人不做暗事。

問心無愧

【釋義】摸著心口自問，並沒有什麼可以慚愧的。
【出處】清・李寶嘉・官場現形記二二回：「就是將來外面有點風聲，好在這錢不是老爺自己得的，自可以問心無愧。」
【用法】形容人未做虧心事，深感心安理得。
【例句】做人要是**問心無愧**，半夜也不怕鬼敲門。
【義近】俯仰無愧／內省不疚／無愧於心。
【義反】愧天怍人／無地自容／問心有愧。

問名納采

【釋義】問名乃古代婚禮的第一件事，即問女方生母之姓名。采：有色之帛。納采：送禮給女方。
【出處】禮記・昏義：「是以昏禮、納采、問名、納吉、納徵、請期，皆主人筵几於廟。」
【用法】形容男女雙方談論婚嫁事宜。
【例句】大姊的婚期近了，經過男方**問名納采**後，就敲定日期，擇時上轎了。

問安視膳

【釋義】問安：問候父母的安寧。視膳：侍奉父母的飲食。
【出處】禮記・文王世子載「文王之爲世子」時，問安視膳於父母。資治通鑑・唐紀・文宗開成二年：「太子當雞鳴而起，問安視膳。」
【用法】泛指子女侍奉父母，極盡孝道。
【例句】有機會**問安視膳**於父母，也算是一種福氣，別等到子欲養而親不待時，才空惆然啊！
【義近】冬溫夏凊／扇枕溫被／昏定晨省。
【義反】陷親不義／置親不顧／忤逆不孝／目無尊長。

問長問短

【釋義】意謂仔細詢問各方面的情況。
【出處】曹雪芹・紅樓夢一一五回：「王夫人更不用說，拉著甄寶玉問長問短，覺得比自己家的寶玉老成些。」
【用法】形容非常關切。
【例句】我剛一到家，媽媽就拉著我的手，**問長問短**的，使我深深感到母愛的溫馨。
【義近】關懷備至／問寒問暖／噓寒問暖。
【義反】漠然置之／不聞不問／漠不關心。

問罪之師

【釋義】問罪：聲討，指出對方的罪過加以責難或攻擊。師：軍隊。
【出處】杜牧・和野人殷潛之題籌筆驛：「慷慨匡時略，從容問罪師。」辛棄疾・美芹十論・察情第二：「亶之弒，亮嘗懼我有問罪之師。」
【用法】原指討伐犯罪者的軍隊，後也用以比喻前來嚴厲責問的人。
【例句】①沿海盜賊出沒，到處掠奪，擾民滋事，朝廷欲發**問罪之師**，以安民心。②孩子犯了錯，父母應以耐心愛心多開導他們，不要動不動就扮起**問罪之師**的角色。
【義近】弔民伐罪／興師問罪／聲罪致討／問罪秦中／誓師出征。
【義反】息事寧人／上門致謝。

問道於盲

【釋義】向瞎子問路。又作「求道於盲」。盲：瞎子。
【出處】韓愈・答陳生書：「足

下求速化之術，不於其人，乃以訪愈，是所謂借聽於聾，求道於盲。」

【用法】比喻求問於無知者。常用以表自謙。

【例句】我是教國文的，你拿這様難的數學題目來問我，可謂是**問道於盲**，還是去問數學老師吧！

【義近】借聽於聾。

唯我獨尊

【釋義】唯：獨，亦作「惟」。此為佛家語，指天下只有自己最尊貴。

【出處】毗奈耶雜事二○：「遍觀四方，手指上下，作如是語，此即是我最後生身，天上天下，唯我獨尊。」元曲選・連環計：「孤家看來，朝裏朝外，唯我獨尊。」

【用法】比喻一個人妄自尊大，目中無人。

【例句】現今是人人平等的社會，誰都不能**唯我獨尊**，否則一定會遭人唾棄的。

【義近】驕矜自大／恃才傲物／目空一切／崖岸自高。

【義反】謙卑自牧／卑以下人／虛懷若谷。

唯唯否否

【釋義】唯唯：恭敬應對聲，指別人肯定自己也肯定。否否：否認聲，指別人否定自己也否定。

【出處】司馬遷・史記・太史公自序：「唯唯否否，不然。」

【用法】形容附和別人，自己不敢有任何異議。

【例句】青年人應不卑不亢，自有主張，不能**唯唯否否**討好別人。

【義近】百依百順／隨聲附和／唯唯諾諾。

【義反】強頭倔腦／不卑不亢／自有定見。

唯唯諾諾

【釋義】唯唯：謙恭的答應聲。諾諾：順從的答應聲。

【出處】韓非子・八姦：「此人主未命而唯唯，未使而諾諾。先意承旨，觀貌察色，以先主心者也。」

【用法】形容一味地附和、順從別人的意見。

【例句】他向來敢於堅持自己的意見，決不**唯唯諾諾**。

【義近】唯唯連聲／俯首帖耳／唯唯否否／俯首聽命。

【義反】桀驁不馴／強頭倔腦。

啜菽飲水

【釋義】吃豆類，喝清水。啜：吃。菽：豆類。

【出處】禮記・檀弓下：「子路曰：『傷哉貧也，生無以為養，死無以為禮也。』孔子曰：『啜菽飲水，盡其歡，斯之謂孝。』」

【用法】形容飲食粗劣，生活清苦。

【例句】晚清有一老秀才，家居深山，時年已有一百一十多歲，人問其養身之道，他回答說：「無他，**啜菽飲水**而已。」

【義近】飲水食菽／朝齏暮鹽／玄酒瓠脯／簞食瓢飲／豆飯藜羹。

【義反】炮鳳烹龍／山珍海味／龍肝鳳髓／炊金饌玉／肉山脯林。

九畫

善刀而藏

【釋義】將刀擦拭乾淨收起來。善：拭，揩拭。

【出處】莊子・養生主：「提刀而立，為之四顧，為之躊躇滿志，善刀而藏之。」

【用法】比喻有所收斂，適可而止；或比喻自藏其才而不炫露。

【例句】①該說的我都說了，大可**善刀而藏**，否則就惹人厭煩了。②吳先生雖然學識淵博，且擁有兩個博士學位，但他卻**善刀而藏**，從不炫耀自己的學問。

【義近】深藏若虛／深藏不露／不露圭角／晦迹韜光／被褐懷玉／韜光養晦。

【義反】鋒芒畢露／自吹自擂／招搖過市。

善有善報，惡有惡報

【釋義】意謂行善做好事自有好的回報，為惡做壞事則必然會有惡的報應。

【出處】元・劉君錫・來生債一折：「便好道，善有善報，惡有惡報，不是不報，時辰未到。」

【用法】表示因果循環，報應不爽。有時也用以指作惡多端的人，最終將受到民眾和歷史的懲罰。

【例句】你這樣為非作歹，欺壓弱小，殊不知**善有善報，惡有惡報**，有一天你會得到報應的。

【義近】福善禍淫／因果報應／一報還一報／多行不義必自斃／種瓜得瓜，種豆得豆。

【義反】好心不得好報／狗咬呂洞賓，不識好人心。

善自為謀

【釋義】善：擅長，妥善地。謀：謀畫。

【出處】左傳・桓公六年：「齊侯欲以文姜妻鄭太子忽，太子忽辭。人問其故。太子曰：『人各有耦，齊大，非吾耦也。……君子曰：『善自為謀。』」

【用法】指人善於謀畫。

【例句】你不要看他年輕，他很能**善自為謀**，無論做什麼事都沒有失敗過。

【義近】慎謀能斷／深謀遠慮／老謀深算／算無遺策／計出萬全。

【義反】人無遠慮，必有近憂／有勇無謀／輕舉妄動／心血來潮。

善男信女

【釋義】佛家語，指皈依或篤信佛教的男女。

【出處】金剛經・善現啓請分：「希有世尊……善男子，善女人，發阿耨多羅三藐三菩提心。」

【用法】用以稱信仰佛教的男女，也用來泛指善良的人。

【例句】每逢初一十五，便有許多**善男信女**前往廟裏燒香拜拜，祈求家和宅安。

【義近】信男信女。

善始善終

【釋義】做事情有好的開頭，也有好的結束。

【出處】莊子・大宗師：「故聖人將遊於物之所不得遯而皆存，善妖善老，善始善終。」
【用法】形容辦事認眞，能堅持到底，並有結局圓滿之意。
【例句】做任何工作都應**善始善終**，不能虎頭蛇尾，否則便會一事無成。
【義近】全始全終／有始有終／有頭有尾。
【義反】有始無終／虎頭蛇尾／有頭無尾。

善門難開（ㄕㄢˋ ㄇㄣˊ ㄋㄢˊ ㄎㄞ）

【釋義】善良的門，不好開啓。
【出處】明・陶宗儀・輟耕錄・丘眞人：「大宗師，長春眞人，姓丘氏，名處機，字通密，號長春子，登州棲霞縣濱都里人也，祖父業農，世稱善門。」
【用法】形容人一旦做善事後，更多的求援者將會前來，使其難以脫身。
【例句】小人常是有人好心幫忙後，他便賴著不走，渴望得到更多的好處，還眞是**善門難開**啊！

善氣迎人（ㄕㄢˋ ㄑㄧˋ ㄧㄥˊ ㄖㄣˊ）

【釋義】以和善之氣待人。善：友好，和善。氣：氣息。
【出處】管子・心術下：「善氣迎人，親如兄弟。」
【用法】形容待人友好親切。
【例句】李老先生總是**善氣迎人**，和他一起相處過的人沒有不喜歡他的。
【義近】和顏悅色／和藹可親／下氣怡聲／好聲好氣。
【義反】凶神惡煞／傲慢淩人／惡聲惡氣。

善敗由己（ㄕㄢˋ ㄅㄞˋ ㄧㄡˊ ㄐㄧˇ）

【釋義】善敗：成功與失敗。善：好，成功。
【出處】左傳・僖公二十年：「善敗由己，而由人乎？」
【用法】用以強調事情的成敗在於自己的主觀努力如何。
【例句】**善敗由己**，你不努力學習，怎麼能考上大學？
【義近】成敗在己／善自爲謀。
【義反】成敗在人／善敗在天／仰賴他人／謀事在人，成事在天。

善游者溺（ㄕㄢˋ ㄧㄡˊ ㄓㄜˇ ㄋㄧˋ）

【釋義】會游泳的人往往被水淹死。溺：沉沒在水中。
【出處】淮南子・原道訓：「夫善游者溺，善騎者墮，各以其所好，反自爲禍。」
【用法】比喻人因擅長某種技能而掉以輕心，結果卻失敗在自己所擅長的技能上。
【例句】古人說：**善游者溺**，這段彎路不好走，你千萬不要自以爲駕駛技術高明就掉以輕心了。
【義近】善騎者墮。

善善惡惡（ㄕㄢˋ ㄕㄢˋ ㄨˋ ㄜˋ）

【釋義】善善：上「善」字爲動詞，贊許，獎勵。惡惡：上「惡」字爲動詞，憎惡。
【出處】司馬遷・史記・太史公自序：「善善惡惡，賢賢賤不肖。」
【用法】形容人獎善嫉惡，善惡分明。
【例句】爲人應該有正義感，**善善惡惡**，決不能是非不分。
【義近】愛憎分明／賢賢賤惡。
【義反】好惡不分／嫉賢養奸／仇善親惡。

善頌善禱（ㄕㄢˋ ㄙㄨㄥˋ ㄕㄢˋ ㄉㄠˇ）

【釋義】頌：讚頌他人之美德。禱：祈求自己的福報。
【出處】禮記・檀弓：「北面再拜稽首，君子謂之善頌善禱。」
【用法】形容一個人出於衷心的稱讚他人的美德。
【例句】他做事認眞負責，細心體貼，而且**善頌善禱**，贏得許多人的喜愛。

善罷甘休（ㄕㄢˋ ㄅㄚˋ ㄍㄢ ㄒㄧㄡ）

【釋義】善：好好地，引申爲輕易。甘：情願。罷、休：均爲停止之意。又作「善罷乾休」。
【出處】曹雪芹・紅樓夢六五回：「他見奶奶比他標致，又比他得人心兒，他就善罷乾休了？」
【用法】用以表示不輕易罷手。
【例句】他不肯和解，還要聘請律師打官司，並說此事決不**善罷甘休**。
【義近】甘心作罷。
【義反】與人爲善。

喜上眉梢（ㄒㄧˇ ㄕㄤˋ ㄇㄟˊ ㄕㄠ）

【釋義】眉梢：眉尖。梢：物件的末尾。
【出處】文康・兒女英雄傳二三回：「思索良久，得了主意，不覺喜上眉梢。」
【用法】形容喜悅之情流露在眉宇之間。
【例句】看她那**喜上眉梢**的樣子，一定是好事近了。
【義近】眉開眼笑／喜形於色。
【義反】愁眉不展／怒容滿面。

喜不自勝（ㄒㄧˇ ㄅㄨˋ ㄗˋ ㄕㄥ）

【釋義】高興得控制不住自己。勝：能承受，禁得起。
【出處】魏・鍾繇・賀捷表：「天道禍淫，不終厥命，奉聞嘉熹，喜不自勝。」
【用法】形容喜悅到了極點。
【例句】他今天終於如願以償，娶了心儀的女子爲妻，自然是**喜不自勝**。
【義近】樂不可支。
【義反】悲不自勝／怒不可遏。

喜出望外（ㄒㄧˇ ㄔㄨ ㄨㄤˋ ㄨㄞˋ）

【釋義】望外：希望之外，意料之外。
【出處】蘇軾・與李之儀書：「契闊八年，豈謂復有見日，漸近中原，辱書尤數，喜出望外。」
【用法】形容沒有想到的好事降臨於身，顯得特別的高興。
【例句】好久沒有老朋友的消息，今天突然接到他的電話，令我**喜出望外**。
【義近】喜從天降／喜不自勝／大喜過望。
【義反】大失所望。

喜形於色（ㄒㄧˇ ㄒㄧㄥˊ ㄩˊ ㄙㄜˋ）

【釋義】內心的喜悅表現在臉上。形：表露。色：臉色。
【出處】裴庭裕・東觀奏記卷上：「上悅安平不妬，喜形於色。」

【用法】形容抑制不住內心的喜悅。
【例句】看你今天這樣**喜形於色**的樣子，一定是有什麼好事吧？
【義近】喜上眉梢／喜見於色／喜躍抃舞／手舞足蹈／歡騰雀躍／眉開眼笑。
【義反】愁眉不展／愁眉鎖眼／怒形於色／悶悶不樂／疾首蹙額／憂心如焚。

喜怒不形於色

【釋義】高興和惱怒都不流露在臉色上。形：表現。
【出處】三國志・蜀書・先主傳：「少言語，喜怒不形於色，好結交。」
【用法】形容人沉著有涵養，感情不外露。
【例句】劉先生性情溫和，寡言少語，**喜怒不形於色**。
【義近】喜慍不見於色／不動聲色／不露神色／怒不見色。
【義反】喜形於色／喜見於色／喜躍抃舞／怒形於色。

喜怒哀樂

【釋義】喜悅、惱怒、悲哀、歡樂。
【出處】禮記・中庸：「故君子慎其獨也，喜怒哀樂之未發謂之中，發而皆中節謂之和。」
【用法】泛指人的各種感情。
【例句】**喜怒哀樂**未發之時，便是個性，喜怒哀樂已發，便有情了。（紅樓夢三回）
【義近】哀樂愛惡／七情六欲。
【義反】槁木死灰／心如死灰。

喜怒無常

【釋義】無常：沒有一定。
【出處】呂氏春秋・誣徒：「喜怒無處，言談日易。」
【用法】形容人忽而高興，忽而惱怒，變化不定。
【例句】他是個**喜怒無常**的人，再好的朋友，只要稍不順心，馬上就可以翻臉。
【義近】時喜時怒／時雨時晴。
【義反】喜怒有常。

喜氣洋洋

【釋義】洋洋：又作「揚揚」，得意、高興的樣子。
【出處】元・無名氏・九世同居四折：「張公藝九世同居，天顏悅喜氣洋洋。」
【用法】形容人非常高興或歡樂的情景。
【例句】每到春節，孩子們穿新衣放鞭炮，個個**喜氣洋洋**。
【義近】喜逐顏開。
【義反】愁眉不展／愁眉苦臉／憂心忡忡。

喜笑顏開

【釋義】顏：臉色。開：舒展。又作「喜逐顏開」。逐：隨著。
【出處】馮夢龍・醒世恆言・李汧公窮邸遇俠客：「故人相見，喜笑顏開，遂留於衙署中安歇。」
【用法】形容心裏高興，滿面笑容。
【例句】農民們看著金黃色的稻田，不覺**喜笑顏開**，高興今年又是個豐收年。
【義近】笑逐顏開／歡天喜地／眉開眼笑。
【義反】愁眉鎖眼／雙眉緊鎖／心事重重。

喜從天降

【釋義】喜事好像是從天上降臨的一樣。
【出處】京本通俗小說・西山一窟鬼：「教授聽得說罷，喜從天降，笑逐顏開。」
【用法】指意想不到的喜事突然到來。
【例句】他昨天中了兩百萬元的頭彩，眞是**喜從天降**。
【義近】喜出望外／大喜過望。
【義反】禍從天降／禍事突至／飛來橫禍。

喜新厭舊

【釋義】喜歡新的，厭惡舊的。
【出處】文康・兒女英雄傳二七回：「不怕你有喜新厭舊的心腸，我自有移星換斗的手段。」
【用法】形容對愛情不忠貞，也形容對事物的喜愛不專一。
【例句】他生性風流，而且**喜新厭舊**，不值得女子爲他付出眞感情。
【義近】朝三暮四／見異思遷／三心二意。
【義反】忠貞不二／矢志不渝／之死靡它。

喜聞樂見

【釋義】喜歡聽，樂意看。
【出處】詩經・小雅・菁菁者莪序：「菁菁者莪，樂育材也。君子能長育人材，則天下喜樂之矣。」
【用法】形容很受歡迎。
【例句】文學、藝術家們，應該多創作一些新鮮活潑而且爲一般老百姓所**喜聞樂見**的優秀作品。
【義近】先睹爲快／愛不釋手。
【義反】深惡痛絕／不屑一顧／令人作嘔／嗤之以鼻。

喜躍抃舞

【釋義】高興得手舞足蹈。抃：鼓掌。
【出處】列子・湯問：「（韓）娥還，復爲曼聲長歌，一里老幼，喜躍抃舞，弗能自禁。」
【用法】形容歡樂到了極點，手舞足蹈非常高興的樣子。
【例句】聽到他歷劫歸來的消息，全家人無不**喜躍抃舞**。
【義近】手舞足蹈／歡騰雀躍。
【義反】悶悶不樂／疾首蹙額／憂心如焚。

喪心病狂

【釋義】喪心：喪失理智。病狂：生了瘋狂病。
【出處】宋史・范如圭傳：「公（指秦檜）不喪心病狂，奈何爲此？必遺臭萬世矣！」
【用法】形容言行錯亂或殘忍到了極點。
【例句】這幾個漢奸，爲了博得日本人的歡心，竟然**喪心病狂**向抗日軍民開槍！
【義近】喪盡天良／傷天害理。
【義反】天良未泯／良知未泯。

喪明之痛

【釋義】痛哭得眼睛都失明了。

喪：失。
【出處】禮記・檀弓上：「子夏喪其子而喪其明。」
【用法】用以指稱失去兒子。
【例句】李先生最近有**喪明之痛**，我們應該去安慰安慰他才好。
【義近】西河之痛／喪明之悲／抱痛西河。
【義反】子孫滿堂／弄璋之喜／喜獲麟兒／螽斯衍慶／熊夢徵祥／瓜瓞綿綿。

喪家之狗 ㄙㄤ ㄐㄧㄚ ㄓ ㄍㄡˇ

【釋義】有喪事人家的狗，因主人忙於喪事而得不到餵養，也指無家可歸的狗。一作「喪家之犬」。
【出處】司馬遷・史記・孔子世家：「孔子適鄭，與弟子相失。孔子獨立郭東門，……纍纍若喪家之狗。」
【用法】喻失去靠山無依歸的人，或比喻落拓不得志的人。
【例句】這羣土匪平日作威作福，爲所欲爲，今日一經官兵掃蕩，個個彷如**喪家之狗**，四處逃竄。

喪盡天良 ㄙㄤ ㄐㄧㄣˋ ㄊㄧㄢ ㄌㄧㄤˊ

【釋義】一點良心也沒有了。喪：喪失。天良：良心。
【出處】清・文康・兒女英雄傳二回：「要不拿出血心來提捕老爺，那小的就喪盡天良了。」
【用法】形容極其凶殘、歹毒。
【例句】那個殺人放火的歹徒，要不是**喪盡天良**，怎麼會做出這種事來！
【義近】喪心病狂／狼心狗肺。
【義反】明天理重良心／富於仁義／富於人情。

喪魂失魄 ㄙㄤ ㄏㄨㄣˊ ㄕ ㄆㄛˋ

【釋義】一作「失魂喪魄」。喪：失。
【出處】石玉琨・三俠五義三五回：「鬧的他自己亡魂失魄，彷彿熱地螞蟻一般，行跡無定，居止不安。」
【用法】形容驚慌、害怕到了極點。
【例句】這些烏合之眾，見我大軍一到，便**喪魂失魄**，潰不成軍，落荒而逃了。
【義近】失魂落魄／亡魂喪膽／失魂喪膽。
【義反】泰然處之／若無其事／神態自如。

喪膽亡魂 ㄙㄤ ㄉㄢˇ ㄨㄤˊ ㄏㄨㄣˊ

【釋義】喪、亡：二字同義，喪失，丟失。也作「喪膽銷魂」。
【出處】元・秦簡夫・趙禮讓肥二折：「但凡拿住的人啊，見了俺喪膽亡魂，今朝拿住這廝，面不改色。」
【用法】形容恐懼到了極點。
【例句】這小姐膽子眞小，一隻蟑螂就把她嚇得**喪膽亡魂**，尖聲驚叫起來。
【義近】魂飛魄散／魂不附體／魂飛天外／心驚肉跳／心驚膽戰。
【義反】鎮定自若／神色自如／面不改色／泰然自若／若無其事。

喪權辱國 ㄙㄤ ㄑㄩㄢˊ ㄖㄨˇ ㄍㄨㄛˊ

【釋義】喪：喪失。辱：用作使動詞，使蒙受恥辱。
【出處】荀子・富國：「芒軔僈楛，是辱國已。」
【用法】指喪失國家主權，使國家蒙受恥辱。
【例句】晚清末年，清政府和西方列強簽訂了不少**喪權辱國**的條約。
【義近】喪師辱國／禍國殃民／賣國殘民。
【義反】保國衛民／爲國爭光／富國裕民。

喧賓奪主 ㄒㄩㄢ ㄅㄧㄣ ㄉㄨㄛˊ ㄓㄨˇ

【釋義】客人的聲音壓倒了主人。喧：聲音大。
【出處】楊宜治・俄程日記卷下：「近有喧賓奪主之勢。」
【用法】比喻客人佔了主人的地位，或外來的、次要的壓倒了原有的、主要的。
【例句】①畫日出應該突出那一輪朝日，如果雲彩畫得多而濃，那就未免有些**喧賓奪主**。②還是你先來，你是主人，我們是客人，怎麼能**喧賓奪主**呢？
【義近】反客爲主／輕重倒置／本末倒置。
【義反】主客有常／輕重有宜。

啼笑皆非 ㄊㄧˊ ㄒㄧㄠˋ ㄐㄧㄝ ㄈㄟ

【釋義】哭也不是，笑也不是。啼：哭。皆非：都不是。
【出處】孟棨・本事詩・情感・載南朝陳徐德言昌公主詩：「笑啼俱不敢，方驗作人難。」
【用法】形容哭笑不得，十分尷尬。
【例句】章先生取回原稿，看過編輯的斧刪後，不免**啼笑皆非**，望文興嘆。
【義近】哭笑不得。

啼飢號寒 ㄊㄧˊ ㄐㄧ ㄏㄠˊ ㄏㄢˊ

【釋義】因飢餓寒冷而啼哭呼叫。啼：哭。號：叫。
【出處】韓愈・進學解：「冬暖而兒號寒，年豐而妻啼飢。」
【用法】形容貧困到了極點。
【例句】現今世界上，仍然還有人在**啼飢號寒**，爲生存下去而苦苦掙扎。
【義近】飢寒交迫／缺衣少食。
【義反】豐衣足食／暖衣飽食。

喊冤叫屈 ㄏㄢˇ ㄩㄢ ㄐㄧㄠˋ ㄑㄩ

【釋義】意謂呼喊冤屈。
【出處】曹雪芹・紅樓夢八三回：「那寶蟾只管喊冤叫屈，那裏理會他？」
【用法】指爲受冤枉、屈辱而呼喊。
【例句】在政治腐敗的時期，無辜受害者無論怎樣**喊冤叫屈**，也毫無用處。
【義近】呼天叫屈／不平則鳴。
【義反】含冤負屈／含冤莫訴。

喝西北風 ㄏㄜ ㄒㄧ ㄅㄟˇ ㄈㄥ

【釋義】西北風：指從西北吹來的冷空氣。
【出處】吳敬梓・儒林外史四一回：「叫我們管山吃山，管水吃水，都像你這一毛不拔，我們喝西北風。」
【用法】形容貧窮到了極點，沒有什麼東西可吃。
【例句】再不設法找工作賺錢，我們就要**喝西北風**了。
【義近】飲冰茹蘗／沿門托缽／朝齏暮鹽／斷齏畫粥。

【義反】堆金積玉／炊金饌玉／鐘鳴鼎食／食前方丈／日食萬錢／無下箸處。

喘息之間

【釋義】呼吸之間。喘息：呼吸。
【出處】後漢書·張綱傳：「若魚游釜中，喘息須臾間耳。」
【用法】形容時間非常短暫。
【例句】烏雲鋪天蓋地而來，**喘息之間**，電閃雷鳴，大雨如注。
【義近】彈指之間／揮手之間／轉眼之間／一剎那間。
【義反】天長地久／年年歲歲／一生一世。

喋喋不休

【釋義】喋喋：又作「諜諜」，說話多。休：止。
【出處】司馬遷·史記·張釋之傳：「豈斅此嗇夫諜諜利口捷給哉。」
【用法】形容嘮嘮叨叨，說個沒完。
【例句】這附近的三姑六婆個個皆是話匣子，說起話來**喋喋不休**，真令人吃不消。
【義近】滔滔不絕／呶呶不休／絮絮叨叨／嘵嘵不休。
【義反】沉默寡言／噤若寒蟬／三緘其口／吞舌蔽口。

喃喃細語

【釋義】喃喃：指摹聲詞，低語聲。
【出處】北史·房陵王勇傳：「乃向西北奮頭，喃喃細語。」
【用法】形容小聲說話。
【例句】姊妹倆久別重逢，一直到深更半夜兩人還在**喃喃細語**，似乎有說不完的話。
【義近】呢喃細語／喃喃不已／唧唧噥噥。
【義反】高談闊論／喑噁叱咤／放言高論。

單刀直入

【釋義】單刀：短柄長刀。直入：直接刺入。
【出處】道原·景德傳燈錄卷十：「若是作家戰將，便請單刀直入，更莫如何若何。」
【用法】原指認定目標即勇往直前。今多用以比喻說話、做文章、做事直截了當，不繞圈子。
【例句】她為人很爽快，說話做事都喜歡**單刀直入**，最討厭轉彎抹角。
【義近】直截了當／一針見血／開門見山。
【義反】閃爍其詞／吞吞吐吐／拐彎抹角。

單夫隻婦

【釋義】單、隻：二字同義，一個的意思。
【出處】北魏·賈思勰·齊民要術·種紅花藍花梔子：「是以單夫隻婦，亦得多種。」
【用法】指僅有夫妻二人。
【例句】這家店就靠他們**單夫隻婦**二人獨立經營，幾年下來，也做得有聲有色，已經開第二家連鎖店了。
【義近】一夫一妻／一男一女。
【義反】八口之家／三五成羣。

單絲不成線

【釋義】只是一根絲成不了線，喻承受之力極弱，起不了作用。單絲：一根絲。
【出處】吳承恩·西遊記七七回：「到城邊，不敢叫戰，正是『單絲不線，孤掌難鳴』。」
【用法】用以比喻一人的力量很有限，成就不了大事，人多而扭成一股繩，才能成就大事。
【例句】**單絲不成線**，這場拔河比賽需要大家齊心協力才會贏。
【義近】獨木不成林／獨筷易折／孤掌難鳴。
【義反】眾人拾柴火焰高。

單槍匹馬

【釋義】意即一人一馬。原指打仗時一人上陣。
【出處】汪遵·烏江詩：「兵散弓殘挫虎威，單槍匹馬突重圍。」
【用法】比喻單獨行動，無人幫助。
【例句】他以神速的戰術，英勇的行動，**單槍匹馬**衝入敵人的師部，活捉了敵軍師長。
【義近】單兵獨馬／單人獨騎／孤身奮戰。
【義反】人多勢眾／結隊而行。

單鵠寡鳧

【釋義】鵠：天鵝。鳧：野鴨。
【出處】晉·葛洪·西京雜記卷五：「齊人劉道強善彈琴，能作單鵠寡鳧之弄，聽者皆悲，不能自攝。」
【用法】原為古代琴曲名，後用以比喻失去配偶的人。
【例句】柳先生和王太太近年都已成**單鵠寡鳧**，我們何不撮合他們呢？
【義近】鰥夫寡婦／琴斷朱弦／分釵破鏡／文君新寡。
【義反】花好月圓／一雙兩好／雙宿雙飛／鳳凰于飛／比翼連理。

唾手可得

【釋義】唾手：往手上吐唾沫。一作「唾手可取」。
【出處】施耐庵·水滸傳九七回：「城中必縛將出降，兵不血刃，此城唾手可得。」
【用法】比喻非常容易得到。
【例句】天底下沒有**唾手可得**的成功，唯有辛勤付出，才有甜果可嚐。
【義近】信手拈來／易如反掌／輕而易舉／俯拾即是。
【義反】荊天棘地／移山填海／難如登天／海底撈針。

唾面自乾

【釋義】別人往自己的臉上吐唾沫，不擦掉，讓它自然乾。
【出處】陶宗儀·南村輟耕錄卷二：「文貞王阿憐帖木耳嘗言：婁師德唾面自乾，以為美事。」
【用法】形容逆來順受，極力忍辱而不與人計較。
【例句】雖說一個人心胸要寬闊，有雅量，但**唾面自乾**的行為一般說來並不可取。
【義近】逆來順受／犯而不校／打脫牙和血吞／忍氣吞聲。
【義反】以眼還眼，以牙還牙／睚眦必報。

喙長三尺

【釋義】喙：鳥獸的嘴。借指人的嘴。

【出處】莊子·徐无鬼：「丘願有喙三尺。」山堂肆考：「唐陸餘慶善論事而短于判，時人嘲之曰：『陸君說事，喙長三尺；判事，手重千斤。』」

【用法】形容人能言善辯。

【例句】這位辯論家眞可謂**喙長三尺**，連那樣高明的對手，也無法與他一爭高下。

【義近】口若懸河／辯才無礙／能說會道／舌燦蓮花／三寸不爛之舌／伶牙俐齒。

【義反】拙口鈍腮／語無倫次／澀於言論／結結巴巴／沒嘴的葫蘆。

喑噁叱咤

【釋義】喑噁：發怒聲。叱咤：大聲呵斥。

【出處】司馬遷·史記·淮陰侯列傳：「項王喑噁叱咤，千人皆廢。」

【用法】形容發怒喝叫，大聲呵斥。

【例句】一到黃菓樹瀑布附近，便似有千軍萬馬在廝殺，**喑噁叱咤**之聲不絕於耳。

【義近】大聲吼叫／吼聲震天。

【義反】溫聲細語／柔音悅耳。

喏喏連聲

【釋義】連聲答應。喏：同「諾」，答應的聲音。

【出處】關漢卿·金線池三折：「俺也曾輕輕喚著，躬躬前來喏喏連聲。」

【用法】形容十分恭順聽話。

【例句】他有權有勢，在他的面前誰敢不**喏喏連聲**，唯命是從。

【義近】唯唯連聲／唯命是從／百依百順。

【義反】拒不聽命／相應不理。

喬木世臣

【釋義】喬木：高大且年代久遠的樹木。世臣：累世立功的大臣，即功臣。

【出處】孟子·梁惠王下：「非謂有喬木之謂也，有世臣之謂也。」

【用法】喬木和世臣並用時，意義較偏重世臣，即指長久以來爲國效忠的邦臣。

【例句】劉基是明太祖開國立國的**喬木世臣**，明太祖更以子房喻之，以示倚重。

【義近】法家拂士／國之干城。

【義反】亂臣賊子。

喬松之壽

【釋義】喬、松：傳說中的仙人王子喬和赤松子。

【出處】戰國策·秦策三：「君何不以此時歸相印，讓賢者授之，必有伯夷之廉；長爲應侯，世世稱孤，而有喬松之壽。」

【用法】用以指長壽。

【例句】我決定在退休之後，每天鍛鍊身體，注重飲食，以養**喬松之壽**。

【義近】壽比南山／松柏之壽／長命百歲／壽山福海／萬壽無疆。

【義反】天不假年／望秋先零／行將就木／日薄西山。

喬裝打扮

【釋義】喬裝：改變服裝、面貌。喬：假裝。打扮：此指化裝。

【出處】阮大鋮·燕子箋·駭象：「喬裝詐扮多風韻。」

【用法】用以指進行僞裝以隱瞞身分。

【例句】我對他太熟了，無論他如何**喬裝打扮**，我也能認得出他來。

【義近】僞裝面目／改頭換面。

【義反】本來面目／廬山眞面。

喬遷之喜

【釋義】喬遷：自低處升高處。喬：喬木，喻高顯之處。

【出處】詩經·小雅·伐木：「伐木丁丁，鳥鳴嚶嚶。出自幽谷，遷於喬木。」

【用法】比喻人搬到好地方居住或升官。多用作賀辭。

【例句】王先生最近有**喬遷之喜**，大家一同合買賀禮去拜訪他吧！

【義近】喜遷新居。

十畫

嗟來之食

【釋義】嗟：不客氣的招呼聲，猶今之「喂」。

【出處】禮記·檀弓下：「『予唯不食嗟來之食，以至於斯也！』從而謝焉，終不食而死。」

【用法】用以比喻帶有輕蔑性的施捨。

【例句】他人雖窮，卻很有骨氣，決不會貪圖**嗟來之食**。

嗜痂之癖

【釋義】痂：瘡疤的皮殼。癖：成爲習慣的嗜好。

【出處】南史·劉穆之傳：「邕（穆之孫）性嗜食瘡痂，以爲味似鰒魚。」

【用法】形容人的怪僻嗜好。

【例句】老林眞是個標準的**嗜痂之癖**，睡覺時居然喜歡穿襪子。

【義近】惡習怪癖／逐臭之夫／嗜痂成癖。

嗤之以鼻

【釋義】即「以鼻嗤之」，用鼻子吭聲冷笑。嗤：譏笑。

【出處】頤瑣·黃繡球七回：「說於鄉，鄉人笑之；說於市，市人非之；請於巨紳貴族，更嗤之以鼻。」

【用法】表示輕蔑看不起。

【例句】她對那些胡言亂語，一概**嗤之以鼻**，根本不放在心上。

【義近】不屑一顧／不値一哂／付之一笑／睨而視之。

【義反】青眼視之／另眼相看／畢恭畢敬／刮目相看。

嗚呼哀哉

【釋義】爲古時祭文中常用的感歎語。嗚呼：文言歎詞。哀：悲痛。哉：語氣詞。

【出處】司馬遷·史記·屈原賈生列傳：「遭世罔極兮，乃隕厥身。嗚呼哀哉，逢時不祥。」

【用法】今用以指死亡或完結。

常含諷刺意味。

【例句】這傢伙今天被他的同夥捅了幾刀，看來要**嗚呼哀哉**，見閻王老爺去了。

【義近】一命嗚呼／一瞑不視。

【義反】萬壽無疆／長生不老。

十一畫

嘉言懿行（ㄐㄧㄚ ㄧㄢˊ ㄧˋ ㄒㄧㄥˋ）

【釋義】嘉言：美好的言論。懿行：美好的德行。

【出處】宋・張孝祥・高侍郎夫人墓志銘：「始侍郎公及與元祐諸公游，嘉言懿行，太夫人悉能記之。」

【用法】指有教育意義的好言語和好行為。

【例句】通常墓誌銘多是記載先人**嘉言懿行**的紀念文章。

【義近】嘉言善行／貞行懿德。

嘉偶天成（ㄐㄧㄚ ㄡˇ ㄊㄧㄢ ㄔㄥˊ）

【釋義】嘉偶：美好的配偶。天成：猶言天作之合。

【出處】左傳・桓公二年：「嘉耦(偶)曰妃，怨耦曰仇。」宋書・謝靈運傳論：「音韻天成。」

【用法】讚美新婚夫婦相配得宜。多用作祝賀新婚之辭。

【例句】王先生與李小姐結為伉儷，一雙兩好，眞是**嘉偶天成**。

【義近】天生一對／天作之合／一雙兩好／郎才女貌／天造地設／天賜良緣。

【義反】彩鳳隨鴉／遇人不淑／齊大非偶／一朵鮮花插在牛糞上。

嘉謀善政（ㄐㄧㄚ ㄇㄡˊ ㄕㄢˋ ㄓㄥˋ）

【釋義】謀：計謀，計策。善政：良好的政策。

【出處】晉書・諸葛恢傳：「及其八處國鈞，未有嘉謀善政，出總戎律，唯聞蹙國喪師。」

【用法】指完善的計策和政績。

【例句】蔣經國總統執政多年，**嘉謀善政**甚多，所以他逝世後，國人無不追思緬懷。

【義近】嘉謀嘉猷。

嘗鼎一臠（ㄔㄤˊ ㄉㄧㄥˇ ㄧ ㄌㄨㄢˊ）

【釋義】鼎：三足兩耳的器皿，古代用來烹煮食物。

【出處】呂氏春秋・察今：「嘗一脟(音義同臠)肉，而知一鑊之味，一鼎之調。」王安石・回蘇子瞻簡：「嘗鼎一臠，旨可知也。」

【用法】指嘗其一二可知其餘；根據部分可推知整體。

【例句】你滷這麼一大鍋牛肉，味道如何？來，讓我先**嘗鼎一臠**吧！

【義近】聞一知十／因小見大／見微知著／一葉知秋／一隅三反。

嘖有煩言（ㄗㄜˊ ㄧㄡˇ ㄈㄢˊ ㄧㄢˊ）

【釋義】嘖：眾口爭論。煩言：氣憤的話，不滿意的批評。

【出處】左傳・定公四年：「會同難，嘖有煩言，莫之治也。」

【用法】形容因意見分歧，而在言語上發生爭執，或在議論中說抱怨責備的話。

【例句】要之，我輩之與遺老，本不能志同道合，其**嘖有煩言**，正是應有之事，記之聊供一哂耳。（魯迅・致許壽裳）

【義近】人言嘖嘖／議論紛紛／聚訟紛紜／言人人殊／七嘴八舌／人言籍籍。

【義反】眾口一詞／異口同聲／如出一轍／毫無二致。

嘖嘖稱奇（ㄗㄜˊ ㄗㄜˊ ㄔㄥ ㄑㄧˊ）

【釋義】嘖嘖：摹聲詞，這裏指咂嘴聲，表示讚歎。

【出處】舊題漢・伶玄・飛燕外傳：「音詞舒閒清切，左右歎賞之嘖嘖。」

【用法】用以讚歎人和事物的美好奇妙。

【例句】看了張大千大師的畫展後，無人不**嘖嘖稱奇**。

【義近】嘖嘖稱羨／歎為觀止／無以復加。

【義反】平淡無奇／不過爾爾／不足為奇／乏善可陳。

嗷嗷待哺（ㄠˊ ㄠˊ ㄉㄞˋ ㄅㄨˇ）

【釋義】嗷嗷：眾聲嘈雜，此指哀號聲。又作「嗷嗷待食」。

【出處】賈誼・過秦論下：「夫寒者利短褐，而飢者甘糟糠，天下嗷嗷，新主之資也。」

【用法】形容飢餓而急於求食，或比喻急待救援。也可形容嬰兒啼哭等待哺乳。

【例句】葉先生英年早逝，幾個小孩**嗷嗷待哺**，妻子又軟弱無能，景況甚為淒涼。

【義近】眾口嗷嗷／嗷嗷無告。

【義反】飽食暖衣／鼓腹含哺。

嘔心吐膽（ㄡˇ ㄒㄧㄣ ㄊㄨˋ ㄉㄢˇ）

【釋義】意謂把心和膽都吐出來了。嘔：與「吐」同義。

【出處】劉勰・文心雕龍・隱秀：「嘔心吐膽，不足語窮；鍛歲煉年，奚能喻苦。」

【用法】形容費盡心血，歷盡辛苦。

【例句】不論是文學創作，或撰寫學術論文，都需作者**嘔心吐膽**，絕不是件容易的事。

【義近】嘔心瀝血／窮思苦想／字斟句酌／苦心孤詣／挖空心思。

【義反】無所用心／輕而易舉／萬斛泉源。

嘔心瀝血（ㄡˇ ㄒㄧㄣ ㄌㄧˋ ㄒㄧㄝˇ）

【釋義】嘔：吐。瀝：滴。又作「嘔心吐膽」。

【出處】劉勰・文心雕龍・隱秀：「嘔心吐膽，不足語窮。」韓愈・歸彭城詩：「瀝血以書辭。」

【用法】形容用盡心思，絞盡腦汁。多用於寫作方面。

【例句】他**嘔心瀝血**整整十年，才完成了這部長篇小說。

【義近】嘔盡心血／窮思苦想／字斟句酌／挖空心思／苦心孤詣。

【義反】無所用心／不費心血／悠哉游哉。

鳴金收兵（ㄇㄧㄥˊ ㄐㄧㄣ ㄕㄡ ㄅㄧㄥ）

【釋義】鳴金：敲響鑼、鐃之類的金屬樂器，為古時收兵信號。

【出處】荀子・議兵：「聞鼓聲而進，聞金聲而退。」羅貫中・三國演義六五回：「恐張飛有失，急鳴金收兵。」

【用法】用以指發布軍令，停止戰鬥，讓軍隊撤回兵營。今也用以泛指停止某事。

【例句】這項工程所需費用甚大，遠遠超過原來的預算，只好暫時**鳴金收兵**，另行研究再說。
【義近】鳴金而退／偃旗息鼓。
【義反】擊鼓進軍／一鼓作氣。

鳴鼓而攻之 (ㄇㄧㄥˊ ㄍㄨˇ ㄦˊ ㄍㄨㄥ ㄓ)

【釋義】鳴鼓：擊鼓使鳴。鳴：用作使動詞。又作「鳴鼓而攻」或「鳴鼓攻之」。
【出處】論語・先進：「子曰：『非吾徒也，小子鳴鼓而攻之，可也。』」
【用法】指公開聲討和譴責。
【例句】他這種謬論太傷人，大家儘管**鳴鼓而攻之**，不用對他客氣。
【義近】羣起而攻／眾口交攻／大張撻伐。
【義反】同聲附和／同聲而頌／大加旌表。

鳴鑼開道 (ㄇㄧㄥˊ ㄌㄨㄛˊ ㄎㄞ ㄉㄠˋ)

【釋義】舊時大官出門時，人役在前面敲鑼，要別人讓路、回避。
【出處】吳沃堯・二十年目睹之怪現狀九九回：「大凡官府出街，一定是鳴鑼開道的。」
【用法】今常用以指為某種事物的出現而製造輿論，開闢道路。
【例句】新生事物的出現，總需要人為它**鳴鑼開道**，否則便有可能無疾而終。
【義近】鳴鑼喝道／打先鋒。
【義反】不聲不響／人不知鬼不覺。

十二畫

嘮嘮叨叨 (ㄌㄠˊ ㄌㄠˊ ㄉㄠ ㄉㄠ)

【釋義】即嘮叨，多話的樣子。
【出處】李寶嘉・官場現形記：「每見一面，一定嘮嘮叨叨的申飭一次。」
【用法】形容人話說個不停。
【例句】我們總是覺得母親**嘮嘮叨叨**，其實這是母親愛的關懷。
【義近】叨叨絮絮／叨叨不休／絮絮聒聒。
【義反】三言兩語／言簡意賅。

嘻皮笑臉 (ㄒㄧ ㄆㄧˊ ㄒㄧㄠˋ ㄌㄧㄢˇ)

【釋義】嘻嘻哈哈，滿臉堆笑。嘻：同「嬉」。
【出處】曹雪芹・紅樓夢三十回：「你見我和誰玩過！有和你素日嘻皮笑臉的姑娘們，你該問他們去！」
【用法】形容不莊重的輕佻嬉笑面孔。
【例句】你已經是二十多歲的人了，還是一天到晚**嘻皮笑臉**的，沒個正經的時候，像話嗎？
【義近】涎皮笑臉。
【義反】一本正經。

嘲風詠月 (ㄔㄠˊ ㄈㄥ ㄩㄥˇ ㄩㄝˋ)

【釋義】風、月：泛指自然的景物。
【出處】王嘉・拾遺記：「免學他嘲風詠月，污人行止。」
【用法】多指以自然景色為題材的消閒作品。
【例句】那些**嘲風詠月**的作品，嚴重地脫離現實，其可看性值得商榷。
【義近】吟風弄月／風花雪月。
【義反】吟詠現實。

嘴上無毛，辦事不牢 (ㄗㄨㄟˇ ㄕㄤˋ ㄨˊ ㄇㄠˊ ㄅㄢˋ ㄕˋ ㄅㄨˋ ㄌㄠˊ)

【釋義】嘴巴上沒有長鬍鬚的人，辦事不牢靠。無毛：指少年、年輕的人。
【出處】李寶嘉・官場現形記一五回：「俗語說道：『嘴上無毛，辦事不牢。』」
【用法】用以表示青少年辦事浮而不實，不可靠。
【例句】這件事我昨天一再地交代小李，叫他無論如何要辦好，可是他卻說忘記了，眞是**嘴上無毛，辦事不牢**。
【義近】嘴上無毛說話不牢。
【義反】少年老成。

嘴甜心苦 (ㄗㄨㄟˇ ㄊㄧㄢˊ ㄒㄧㄣ ㄎㄨˇ)

【釋義】嘴上說的好聽，心裏卻狠毒。
【出處】曹雪芹・紅樓夢六五回：「嘴甜心苦，兩面三刀；上頭笑著，腳底下使絆子；……他都占全了。」
【用法】形容人心口不一，陽奉陰違。
【例句】這傢伙**嘴甜心苦**，不了解他的人很容易受他矇騙，你可要小心一點。
【義近】表裏不一／心口不一／兩面三刀／口蜜腹劍。
【義反】表裏如一／心口如一。

噓枯吹生 (ㄒㄩ ㄎㄨ ㄔㄨㄟ ㄕㄥ)

【釋義】枯的，噓之使其生長；正在生長的，吹之使其枯。噓：呵氣，吐氣。
【出處】三國志・魏書・武帝紀注引英雄記：「孔安緒能清談高論，噓枯吹生。」
【用法】形容人有雄辯的才能。
【例句】這位女外交家，的確有**噓枯吹生**的口才，在聯合國大會上振振有詞，一一批駁對她國家在人權問題上的不實之詞。
【義近】奪席談經／舌戰羣儒／片言折獄。
【義反】強詞奪理／胡攪蠻纏／胡說八道／信口雌黃。

噓寒問暖 (ㄒㄩ ㄏㄢˊ ㄨㄣˋ ㄋㄨㄢˇ)

【釋義】噓寒：呵出熱氣使寒冷的人溫暖。
【用法】形容對別人的生活起居十分關心。
【例句】獨居老人在社會的隱暗處嘗盡孤獨寂寞，社工人員前去**噓寒問暖**時，久未露出的笑容才又再度重現。
【義近】問寒問暖／問長問短／知疼著熱／無微不至／體貼入微。
【義反】漠不關心／漠然置之／不聞不問／不理不睬／愛理不理。

噴薄欲出 (ㄆㄣ ㄅㄛˊ ㄩˋ ㄔㄨ)

【釋義】噴薄：激蕩，湧出。欲出：將要出現。
【出處】李白・瑩禪師房觀山海圖詩：「煙濤爭噴薄，島嶼相淩亂。」
【用法】原形容水勢洶湧，今也用以形容太陽將升時光芒四射的壯觀景象。
【例句】在泰山的日觀峯，能看到光芒四射、**噴薄欲出**的一輪旭日，的確是三生有幸。

嘵嘵不休（ㄒㄧㄠ ㄒㄧㄠ ㄅㄨˋ ㄒㄧㄡ）

【釋義】嘵嘵：爭辯聲。休：停止。
【出處】韓愈・重答張籍書：「擇其可語者誨之，猶時與吾悖，其聲嘵嘵。」
【用法】形容爭辯不止或說話沒完沒了。
【例句】你不要看他是個男人，年紀也不小了，可是說起話來卻像老太婆似的**嘵嘵不休**，眞令人受不了。
【義近】喋喋不休／刺刺不休／絮絮叨叨／呶呶不休／滔滔不絕。
【義反】寡言少語／三言兩語／三緘其口／噤若寒蟬／呑舌蔽口／沉默寡言。

十三畫

噤若寒蟬（ㄐㄧㄣˋ ㄖㄨㄛˋ ㄏㄢˊ ㄔㄢˊ）

【釋義】噤：閉口，不作聲。寒蟬：晚秋的蟬，因寒冷而一般不再鳴叫。
【出處】後漢書・杜密傳：「劉勝……知善不薦，聞惡無言，隱情惜己，自同寒蟬，此罪人也。」
【用法】比喻因害怕有所顧忌而不敢說話。
【例句】這人膽子太小，一到關鍵時刻就**噤若寒蟬**，一個字也吐不出來。
【義近】緘口結舌／杜口呑聲／閉口不言／如同寒蟬。
【義反】口若懸河／侃侃而談／滔滔不絕／夸夸其談。

器小易盈（ㄑㄧˋ ㄒㄧㄠˇ ㄧˋ ㄧㄥˊ）

【釋義】器物小，容易滿。盈：滿。也作「小器易盈」。
【出處】三國魏・吳質・在元城與魏太子箋：「小器易盈，先取沉頓。」李汝珍・鏡花緣一二回：「若令器小易盈……眞要愧死！」
【用法】比喻器量狹小，容易自滿；或才能小，不可大用。
【例句】陳先生爲人處世樣樣都好，就是**器小易盈**，工作稍有成就，就洋洋得意。
【義近】雞腸鼠腹／小肚雞腸。
【義反】宰相肚裏能渡船／豁達大度／明月入懷／虛懷若谷。

器宇軒昂（ㄑㄧˋ ㄩˇ ㄒㄩㄢ ㄤˊ）

【釋義】器宇：人的儀表、氣概。軒昂：精神飽滿，氣度不凡。又作「氣宇軒昂」。
【出處】羅貫中・三國演義三回：「時李儒見丁原背後一人，生得器宇軒昂，威風凜凜。」
【用法】形容人姿態雄偉，氣概高超不凡。
【例句】他身著軍裝，腰裏插著槍，**器宇軒昂**，以輕快的步伐向軍營走去。
【義近】器宇不凡／意氣軒昂／神采飛揚／玉樹臨風／英姿煥發。
【義反】萎靡不振／猥瑣不堪／畏畏縮縮／萎靡頹唐。

器鼠難投（ㄑㄧˋ ㄕㄨˇ ㄋㄢˊ ㄊㄡˊ）

【釋義】器物旁邊的老鼠難以投打。
【出處】明・鄭若庸・玉玦記・投賢：「君言且莫讎，他轍魚方困，器鼠難投，小哥不要反了面。」
【用法】比喻有人庇護的壞人難以制伏。
【例句】這人到處爲非作歹，只因他父親有權有勢，**器鼠難投**，不然早就應該接受法律的制裁了。
【義近】投鼠忌器。

噬臍何及（ㄕˋ ㄑㄧˊ ㄏㄜˊ ㄐㄧˊ）

【釋義】像咬自己肚臍似的，如何搆得著。噬：咬。何：怎麼。及：到。又作「噬臍莫及」。
【出處】隋書・李密傳：「但今英雄競起，實恐他人我先，一朝失之，噬臍何及！」
【用法】比喻後悔已來不及。
【例句】當初三番兩次勸你不要去賭，你不聽，現在債臺高築，**噬臍何及**。
【義近】悔之晚矣／後悔莫及／嗟悔何及。
【義反】亡羊補牢。

十七畫

嚴以律己（ㄧㄢˊ ㄧˇ ㄌㄩˋ ㄐㄧˇ）

【釋義】律：約束。又作「嚴于律己」。
【出處】明史・羅倫傳：「倫爲人剛正，嚴于律己。」
【用法】用以指一個人嚴格要求和約束自己。
【例句】一個人要使自己變得有修養，爲人所尊重，就必須**嚴以律己**，寬以待人。
【義近】嚴于責己／責躬罪己／責己以嚴。
【義反】寬以待人／任性而行／待人以寬。

嚴刑峻法（ㄧㄢˊ ㄒㄧㄥˊ ㄐㄩㄣˋ ㄈㄚˇ）

【釋義】意即刑法很嚴。峻：本指山高，引申有峭刻之意。
【出處】後漢書・崔駰傳・附崔寔政論：「故嚴刑峻法，破姦軌之膽。」
【用法】用以指嚴酷的刑法。
【例句】專制政府爲了防範人民反抗，便以**嚴刑峻法**來對待百姓。
【義近】羅罪網民。
【義反】廣施仁政／寬以待民。

嚴陣以待（ㄧㄢˊ ㄓㄣˋ ㄧˇ ㄉㄞˋ）

【釋義】嚴陣：整齊而嚴肅的陣勢。
【出處】資治通鑑・漢紀・光武帝建武三年：「甲辰，帝親勒六軍，嚴陣以待之。」
【用法】指作好充分的戰鬥準備，以等待敵人。
【例句】我軍正**嚴陣以待**，準備殲滅敢於來犯之敵。
【義近】堅壘森嚴／厲兵秣馬／盛食厲兵。
【義反】掉以輕心／刀槍入庫／放馬南山。

嚴霜識木（ㄧㄢˊ ㄕㄨㄤ ㄕˋ ㄇㄨˋ）

【釋義】經歷嚴厲的霜雪才能辨識樹木的好壞。
【出處】宋書・顧覬之傳・定命論：「疾風知勁草，嚴霜識貞木。」
【用法】喻愈在亂世愈能顯現君子的操守。
【例句】光憑外表不足以顯氣節，唯有**嚴霜識木**，共歷患難，才可探知誰是眞正有節操的人。
【義近】疾風勁草／時窮節現／松柏後凋／板蕩識忠貞。

嚴懲不貸（ㄧㄢˊ ㄔㄥˊ ㄅㄨˋ ㄉㄞˋ）

【釋義】嚴厲懲罰，決不寬恕。懲：懲治，處罰。貸：寬恕。

【用法】警告犯罪作惡者，常用於官方辦案判刑的佈告。

【例句】對於那些屢教不改的犯罪分子，本國將**嚴懲不貸**，特此公告。

【義近】不予寬宥／赦不妄下／依法嚴懲。

【義反】姑息養奸／從寬發落／從輕發落／法外施仁。

十九畫

囊中之錐（ㄋㄤˊ ㄓㄨㄥ ㄓ ㄓㄨㄟ）

【釋義】裝在口袋裏的錐子，錐尖總會顯露出來。錐：錐子，圓形尾尖之器。

【出處】司馬遷・史記・平原君虞卿列傳：「夫賢士之處世也，譬如錐之處囊中，其末立見。」

【用法】比喻有才華的人，最終能顯露頭角，絕不會長久被埋沒。

【例句】你不要看他現在倒楣的樣子，事實上他是個如**囊中之錐**的人物，將來肯定會有大成就。

【義近】錐處囊中／匣裏龍吟／非池中物／被褐懷玉。

【義反】嶄露頭角／一鳴驚人／大顯身手／脫穎而出。

囊中取物（ㄋㄤˊ ㄓㄨㄥ ㄑㄩˇ ㄨˋ）

【釋義】囊：口袋。

【出處】新五代史・南唐世家：「李穀曰：『中國用吾爲相，取江南如探囊中物爾。』」

【用法】喻很容易取得的東西。

【例句】敵軍已陷入四面楚歌的局面，要打敗他們簡直如**囊中取物**。

【義近】甕中捉鼈／探囊取物／易如反掌／唾手可得／反掌折枝／手到擒來。

【義反】大海撈針／移山塡海／海底撈月。

囊空如洗（ㄋㄤˊ ㄎㄨㄥ ㄖㄨˊ ㄒㄧˇ）

【釋義】口袋裏空空的如同洗過一般。囊：口袋。

【出處】馮夢龍・警世通言・杜十娘怒沉百寶箱：「但教坊落籍……非千金不可。我囊空如洗，如之奈何？」

【用法】形容窮得身無分文。

【例句】一場浩劫下來，原先的富有人家頓時**囊空如洗**，怎不令他們傷心欲絕。

【義近】阮囊羞澀／身無分文／一貧如洗／一文不名。

【義反】金玉滿堂／腰纏萬貫／堆金積玉／家財萬貫。

囊括四海（ㄋㄤˊ ㄎㄨㄛˋ ㄙˋ ㄏㄞˇ）

【釋義】囊括：包羅。四海：全國，天下。

【出處】賈誼・過秦論：「有席卷天下，包舉宇內，囊括四海之意，并吞八荒之心。」

【用法】用以指統一全國，控制天下。

【例句】秦始皇兼并六國，**囊括四海**，完成了統一中國的大業。

【義近】包舉宇內／并吞八荒／席卷天下。

【義反】分崩離析／四分五裂／半壁河山／瓜剖豆分。

囊螢映雪（ㄋㄤˊ ㄧㄥˊ ㄧㄥˋ ㄒㄩㄝˇ）

【釋義】囊螢：夏夜把螢火蟲裝在絹袋裏照讀。映雪：冬夜映著雪光讀書。

【出處】晉書・車胤傳：「夏月則練囊盛數十螢火以照書。」孫氏世祿載：孫康「常映雪讀書」。

【用法】形容人勤學苦讀。

【例句】古人那種**囊螢映雪**的苦學精神，值得我們學習。

【義近】懸梁刺股／鑿壁偷光／孜孜不倦。

【義反】玩歲愒時／無所事事／無所用心／好逸惡勞。

口部

二畫

四大皆空（ㄙˋ ㄉㄚˋ ㄐㄧㄝ ㄎㄨㄥ）

【釋義】四大：古印度指構成宇宙的四種元素：地、水、火、風。佛教則以堅、溼、暖、動四種性能爲「四大」。

【出處】蘭陵笑笑生・金瓶梅六六回：「一心無掛，四大皆空。」官場維新記一〇回：「這些和尙走到自家山門口一看……弄得眞個四大皆空了。」

【用法】佛教用以指世界上的一切都是空虛的。

【例句】在歷經妻亡子故的大悲大痛後，他深感**四大皆空**，便毅然決然地遁入空門。

【義近】看破紅塵／世事如雲／鏡花水月／海市蜃樓。

【義反】追名逐利／爭權奪利／人爲財死，鳥爲食亡。

四分五裂（ㄙˋ ㄈㄣ ㄨˇ ㄌㄧㄝˋ）

【釋義】分裂成很多塊。四、五：均非實數。

【出處】戰國策・魏策一：「魏之地勢，故戰場也。此所謂四分五裂之道也。」

【用法】形容破碎不全，也用以形容分裂不統一、不集中、不團結。

【例句】民國建立以後軍閥混戰，弄得國家**四分五裂**，一片亂象。

【義近】支離破碎／瓜剖豆分／土崩瓦解／七零八落／破碎不堪。

【義反】完整無缺／天下一家／團結一致／金甌無缺。

四平八穩（ㄙˋ ㄆㄧㄥˊ ㄅㄚ ㄨㄣˇ）

【釋義】意爲穩當。四、八：指各個部位或方面。

【出處】施耐庵・水滸傳四四回：「戴宗、楊林看裴宣時，果然好一表人物，生得面白肥胖，四平八穩，心中暗喜。」

【用法】形容物體擺得平穩，或說話、做事穩當，也用以形容缺乏創造性和進取心，只求不出事。

【例句】他做事向來都是**四平八穩**的，雖缺乏進取精神，卻也不會出什麼差錯。

【義近】平平穩穩／穩穩當當／面面俱到／穩紮穩打。

【義反】搖搖晃晃／東倒西歪／冒冒失失。

四郊多壘

【釋義】四郊：城市四周的郊區。壘：軍隊的營壘。
【出處】禮記・曲禮上：「四郊多壘，此卿大夫之辱也。」劉義慶・世說新語・言語：「今四郊多壘，宜人人自效。」
【用法】形容敵軍迫近或逼進，形勢危急。
【例句】抗戰時期，上海、武漢等地已是**四郊多壘**，卻還有人在那裏過著紙醉金迷的生活。
【義近】兵臨城下／狼煙四起／烽火連天／四面楚歌。
【義反】河清海晏／時和年豐／歌舞昇平／人壽年豐。

四面八方

【釋義】四面：四方。八方：四方和四隅。
【出處】朱子語類卷九：「如孔子教人，只是逐件逐事說個道理……然四面八方合聚湊來，也自見得個大頭腦。」
【用法】用以指各個方面或各個地方。
【例句】剛剛新上任的官員，難免要承受一些來自**四面八方**的挑戰和壓力。

四面受敵

【釋義】四方面都受到敵人的攻擊。
【出處】管子・國蓄：「壤正方，四面受敵，謂之衢國。」司馬遷・史記・留侯世家：「雒陽雖有此固……四面受敵，非用武之國也。」
【用法】指受到敵人的包圍攻打，形勢十分不利。
【例句】援軍一到，我軍即展開攻勢，衝鋒陷陣，迅速扭轉了**四面受敵**的局面。
【義近】四面楚歌／腹背受敵／困於垓下。
【義反】攻城略地／摧堅陷陣／衝鋒陷陣。

四面楚歌

【釋義】四面傳來楚國人的歌聲。楚歌：楚國人的歌聲。
【出處】司馬遷・史記・項羽本紀：「夜聞漢軍四面皆楚歌，項王乃大驚曰：『漢皆已得楚乎，是何楚人之多也！』」
【用法】比喻四面受敵、孤立無援的處境。
【例句】項羽處在**四面楚歌**的絕境裏，唱出了「力拔山兮氣蓋世」的英雄輓歌。
【義近】腹背受敵／危機四伏／八方受阻／垓下之困。
【義反】衝鋒陷陣／捷報頻傳／所向披靡。

四時八節

【釋義】四時：指春夏秋冬四季。八節：指立春、春分、立夏、夏至、立秋、秋分、立冬、冬至。
【出處】杜甫・短歌行贈四兄：「四時八節還拘禮，女拜弟妻男拜弟。」
【用法】指一年四季各個節氣。
【例句】古時農民都根據**四時八節**來栽種和收穫莊稼。

四海之內皆兄弟

【釋義】天下的人都是我兄弟。四海：意同天下。古人以爲中國四周皆有海，故把中國叫海內，外國叫海外。
【出處】論語・顏淵：「君子敬而無失，與人恭而有禮。四海之內，皆兄弟也，君子何患乎無兄弟也？」
【用法】形容心胸廣闊，能以仁愛之心待人接物。
【例句】古人說：「**四海之內皆兄弟**。」我們應該寬厚待人，不要斤斤計較於個人的得失。
【義近】民吾同胞，物吾類也／胡越一家／四海一家。

四海升平

【釋義】四海：意同天下。升平：太平。升：又作「昇」。
【出處】唐・張說・大唐封禪頌：「時會四海升平之運。」元・馬致遠・粉蝶兒：「九五飛龍，四海升平日。」
【用法】指天下太平。
【例句】現在**四海升平**，人民安居樂業，到處一片繁榮。
【義近】政通人和／海不揚波／河清海晏／堯天舜日。
【義反】天下大亂／兵荒馬亂／滄海橫流／滿目瘡痍。

四海承風

【釋義】四海：古時認爲中國四境被海環繞，故用以指全國。承：承受。風：教化。
【出處】孔子家語・好生：「舜之爲君也，其政好生而惡殺，其任授賢而替不肖……，是以四海承風。」
【用法】指政令教化通行於全國各地。
【例句】執政者以仁爲本，實行德政，**四海承風**，老百姓安居樂業，自然就會百業俱興了。
【義近】一軌同風／千里同風／四海一體。
【義反】千里不同風／百里不同俗／風懸俗異。

四海爲家

【釋義】四海之廣，猶如一家。指帝王事業規模宏大，天下一統。
【出處】荀子・議兵：「四海之內若一家，通達之屬莫不從服。」漢書・高祖紀：「且夫天子以四海爲家。」
【用法】比喻志在四方，不留戀故土或個人小天地。也指飄泊無定所。
【例句】年輕人應該拋棄鄉土觀念，**四海爲家**，成就一番事業。
【義近】天下爲家／志在四方／鴻鵠之志／放眼世界。
【義反】安土重遷／燕雀之志。

四海鼎沸

【釋義】四海：古時認爲中國四境被海所環繞，故用以指全國。鼎沸：鼎裏的水在沸騰。
【出處】三國志・魏書・文帝紀上注引獻帝傳：「當時則四海鼎沸，既沒則禍發宮庭，寵勢並竭，帝室遂卑。」
【用法】比喻局勢動蕩，天下大亂。
【例句】東漢末年，**四海鼎沸**，豪傑並起，經過幾年的兼併，最後形成三國鼎立之局。

【義近】風雨飄搖／兵連禍結／風雲變幻／多事之秋。
【義反】四海升平／四海波靜／國泰民安／長治久安。

四通八達

【釋義】四面八方都有道路可以通行。達：通達。
【出處】晉書・慕容德載記：「滑臺四通八達，非帝王之居。」
【用法】形容交通暢達無阻，十分便利。
【例句】臺北是臺灣的第一大都會區，鐵道、公路、航空**四通八達**，交通極爲便利。
【義近】四通五達／四衢八街／四會五達／暢通無阻。
【義反】斷潢絕港／山重水複／路絕人稀／道阻路絕。

四腳朝天

【釋義】四腳：指人的四肢。
【出處】錢彩・說岳全傳一回：「叫聲未絕，早被大鵬一嘴啄得四腳朝天，嗚呼哀哉。」
【用法】形容人仰面跌倒；或形容人死亡。
【例句】①天雨路滑，她一不小心，便摔得**四腳朝天**。②這位老人家在病房對兒女交代完後事，便**四腳朝天**，與世長辭了。
【義近】仰身朝天／一命嗚呼／壽終正寢／與世長辭。
【義反】俯身朝地／年富力強。

四戰之地

【釋義】四戰：四面都可攻打。
【出處】後漢書・荀彧傳：「潁川，四戰之地也，天下有變，常爲兵衝。」
【用法】指四面受敵，無險可守，容易受攻擊的地方。
【例句】華北平原大多是**四戰之地**，故抗戰時期，日寇能長驅直入，很快就攻佔了大片國土。
【義近】四戰之國／無險可守／一馬平川／一望無際。
【義反】表裏山河／龍盤虎踞／山河襟帶。

四體不勤，五穀不分

【釋義】四體：四肢。勤：勞動。五穀：稻、菽、麥、黍、稷。不分：不能分辨。
【出處】論語・微子：「丈人曰：『四體不勤，五穀不分，孰爲夫子？』植其杖而芸。」
【用法】形容人沒有親身勞動，便無法實踐知識。
【例句】讀書人常有**四體不勤，五穀不分**的毛病，對於書本以外的知識吸收得太少。
【義近】不辨菽麥／視韭菜爲大麥。
【義反】身體力行／手腦並用。

囚首喪面

【釋義】囚首：頭髮沒梳理，一如囚犯。喪面：不洗臉，像在居喪。
【出處】蘇軾・辨姦論：「（王安石）囚首喪面，而談詩書。」謂其不近人情，一旦得志，天下將被其患，故下文云：「凡事之不近人情者，鮮不爲大姦慝。」
【用法】形容人不加修飾，骯髒難看的外表。
【例句】他剛從鬼門關逃出來，**囚首喪面**的，令人見了都害怕。
【義近】蓬頭垢面／首如飛蓬。
【義反】容光煥發／衣冠楚楚。

三畫

回天之力

【釋義】旋轉天宇的能力或扭轉天意的能力。回：扭轉。
【出處】魏書・武帝紀：「佞閹處當軸之權，婢媼擅回天之力。」
【用法】形容能用強力挽回已成定局的局勢。
【例句】這個公司的倒閉已成定局，不料他竟有**回天之力**，讓它起死回生了。
【義近】回天再造／力挽狂瀾。
【義反】回天無力／回天乏術／無能爲力。

回天乏術

【釋義】回天：使局勢得以回轉。乏術：缺少方法。
【出處】後漢書・單超傳：「左回天，具獨坐，徐臥龍，唐兩墮。」
【用法】比喻局勢嚴峻或病情嚴重到無法挽回的程度。
【例句】東南亞的金融危機，其情勢雖然不妙，但也還沒有到**回天乏術**的程度。
【義近】無可救藥／回天無力／病入膏肓／無能爲力。
【義反】回天再造／妙手回春／扭轉乾坤／華佗再世。

回天再造

【釋義】回：扭轉。再造：重新締造、創造。
【出處】舊唐書・昭宗紀：「二月壬申朔。甲戌，制賜全忠『回天再造竭忠守正功臣』名。」
【用法】形容其力量能扭轉已趨瓦解的局勢。
【例句】滿清末年，中國面臨西方列強瓜分的危險，這時國父以**回天再造**之力，推翻滿清政府，建立中華民國。
【義近】轉敗爲勝／力挽狂瀾／扭轉乾坤。
【義反】回天無力／回天乏術／無能爲力。

回天無力

【釋義】沒有扭轉乾坤的力量。回天：扭轉乾坤。
【用法】形容力量單薄，無能力挽回頹敗的局勢。
【例句】他已病入膏肓，即使是華佗再世，恐怕也**回天無力**了。
【義近】回天乏術／徒呼奈何／無能爲力。
【義反】回天再造／定把乾坤力挽回／挽狂瀾於既倒。

回心轉意

【釋義】回、轉：掉轉，改變。
【出處】關漢卿・竇娥冤一折：「待我慢慢的勸化俺媳婦兒，待他有個回心轉意，再作區處。」
【用法】表示重新考慮，改變原來的想法和態度。多指放棄前嫌，恢復舊時感情。
【例句】離婚前夕，他試圖挽救婚姻，竭盡一切的盼他太太**回心轉意**，結果還是免不了離婚一途。
【義近】意轉心回／心回意轉。
【義反】固執己見／執迷不悟／

冥頑不靈／死心塌地。

回光返照 ㄏㄨㄟˊ ㄍㄨㄤ ㄈㄢˇ ㄓㄠˋ

【釋義】指日落時，由於光線反射，天空中又短時間發亮的現象。回：一作「迴」。

【出處】道原・景德傳燈錄二六：「方便呼爲佛，回光返照，看身心是何物。」

【用法】比喻人臨死前精神的短時間興奮，也比喻舊事物衰亡前暫時的好轉現象。

【例句】①他已昏迷多日，現在突然清醒過來，而且說話很有精神，恐怕是**回光返照**。②日寇這次瘋狂反撲，不過是滅亡前的**回光返照**罷了。

【義近】垂死掙扎／強弩之末。

【義反】死裏逃生／起死回生。

回味無窮 ㄏㄨㄟˊ ㄨㄟˋ ㄨˊ ㄑㄩㄥˊ

【釋義】回味：食用後所感覺到的餘味。也指回憶往事時的體會、意味等。窮：窮盡。

【出處】宋・王禹偁・橄欖詩：「良久有回味，始覺甘如飴。」

【用法】形容事後越想越覺得有意思，而且意味深長。

【例句】每每憶及兒時的樂趣，眞是**回味無窮**。

【義近】其味無窮／津津有味。

【義反】索然無味／枯燥乏味。

回黃轉綠 ㄏㄨㄟˊ ㄏㄨㄤˊ ㄓㄨㄢˇ ㄌㄩˋ

【釋義】指樹葉由綠轉黃，又由黃變綠。

【出處】晉・休洗紅歌：「回黃轉綠無定期，世事返復君所知。」清・孫星衍・館試春華秋實賦：「回黃轉綠，九秋則不讓三春。」

【用法】形容時令的變遷，也比喻世事的反覆。

【例句】①時間過得眞快，**回黃轉綠**，一年又過去了。②前蘇聯和東歐各國的社會制度**回黃轉綠**，反覆無常，受苦的還是老百姓。

【義近】物換星移／時移世易／時移勢遷／滄海桑田。

【義反】天荒地老／天長地久／歷久不變／萬古長存。

回嗔作喜 ㄏㄨㄟˊ ㄔㄣ ㄗㄨㄛˋ ㄒㄧˇ

【釋義】意即轉怒爲喜。回：轉變。嗔：怒。

【出處】敦煌變文集・捉季布傳文：「皇帝登時聞此語，回嗔作喜卻交存。」

【用法】形容人消除怒氣，轉爲歡喜。

【例句】這件事錯在你，所以只要你肯賠罪，他一定會**回嗔作喜**的。

【義近】回嗔作笑／破啼爲笑／轉怒爲喜。

【義反】怒氣沖沖／餘怒未消／怒不可遏。

回祿之災 ㄏㄨㄟˊ ㄌㄨˋ ㄓ ㄗㄞ

【釋義】發生火災。回祿：火神。

【出處】左傳・昭公一八年：「禳火於玄冥、回祿。」朱熹・答包定之書：「近聞永嘉有回祿之災。」

【用法】用以形容財物遭火災。

【例句】昨天這家工廠遭了**回祿之災**，損失達億元以上，近期恐難開工。

【義近】焚如之災／舞馬之災／祝融肆虐。

【義反】泛濫成災／波臣爲虐／洪水爲患。

回腸九轉 ㄏㄨㄟˊ ㄔㄤˊ ㄐㄧㄡˇ ㄓㄨㄢˇ

【釋義】回腸：心中輾轉，比喻離愁不解。九：虛數，言其多。

【出處】司馬遷・報任少卿書：「是以腸一日而九回，居則忽忽若有所亡。」

【用法】形容極其焦慮悲痛。

【例句】他倆分手的時候，兩人皆**回腸九轉**，泣不成聲。

【義近】回腸百轉／柔腸百轉／憂思抑鬱／柔腸寸斷。

【義反】心花怒放／歡天喜地。

回腸寸斷 ㄏㄨㄟˊ ㄔㄤˊ ㄘㄨㄣˋ ㄉㄨㄢˋ

【釋義】回腸：好像腸子在旋轉。寸斷：斷得一節一節的。

【出處】明・湯顯祖・還魂記・詰病：「我發短回腸寸斷，眼昏眵淚雙淹。」

【用法】形容痛苦到了極點。

【例句】周先生的嬌妻愛子，在一次車禍中同時喪生，使得他**回腸寸斷**，痛不欲生。

【義近】回腸九轉／愁腸百結／肝腸寸斷／心如刀割。

【義反】歡欣鼓舞／欣喜若狂／歡天喜地／心花怒放。

回腸蕩氣 ㄏㄨㄟˊ ㄔㄤˊ ㄉㄤˋ ㄑㄧˋ

【釋義】使肝腸回旋，使心氣激蕩。蕩：動搖。一作「迴腸盪氣」。

【出處】龔自珍・夜坐詩：「功高拜將成仙外，才氣迴腸盪氣中。」

【用法】常用以形容音樂或文章感人極深，腸爲之轉，氣爲之舒。

【例句】那位女歌手把著名的茶花女歌劇唱得**回腸蕩氣**，即使是門外漢也爲之動容。

【義近】動人心弦／感人肺腑／令人神往。

【義反】索然無味／枯燥無味／無動於衷／味同嚼臘。

回頭是岸 ㄏㄨㄟˊ ㄊㄡˊ ㄕˋ ㄢˋ

【釋義】佛教用語，意謂有罪的人好像掉進了無邊無際的苦海中，只要回過頭爬上岸來，便可獲得再生。

【出處】文康・兒女英雄傳二一回：「從來說孽海茫茫，回頭是岸。」

【用法】比喻做壞事的人，只要決心悔改，就可得救。常與「苦海無邊」連用。

【例句】俗話說：苦海無邊，**回頭是岸**，只要你不再爲非作歹，前途還是一片光明的。

【義近】革面洗心／浪子回頭／痛改前非／迷途知返／改邪歸正／去惡從善／放下屠刀，立地成佛。

【義反】死不悔改／怙惡不悛／至死不悟／執迷不悟。

因人成事 ㄧㄣ ㄖㄣˊ ㄔㄥˊ ㄕˋ

【釋義】因：依賴，依靠。成事：把事情辦成。

【出處】司馬遷・史記・平原君虞卿列傳：「公等錄錄，所謂因人成事者也。」

【用法】用以說明要依賴他人的力量，才能把事情辦成。

【例句】他是個**因人成事**的人，沒有別人替他出主意，他就什麼事也做不成。

【義近】仰賴他人／假手於人／依附於人／傍人籬壁。
【義反】自食其力／自力更生／獨立自主。

因人而異 ㄧㄣ ㄖㄣˊ ㄦˊ ㄧˋ

【釋義】因：依據。異：不同。
【出處】魯迅．淮風月談．難得糊塗：「然而風格和情緒，傾向之類，不但因人而異，而且……。」
【用法】指依據不同的對象而採取不同的方法。
【例句】不論是對學生的教育或對員工的要求，都要**因人而異**，不可強求一致。
【義近】因材施教／因事而異／因時而異／因地制宜。
【義反】等量齊觀／等同視之／一概而論／一視同仁。

因小失大 ㄧㄣ ㄒㄧㄠˇ ㄕ ㄉㄚˋ

【釋義】因：因爲，爲了。
【出處】劉晝．新論：「滅國亡身爲天下笑，以貪小利失其大利也。」文康．兒女英雄傳二三回：「儻然因小失大，轉爲不妙。」
【用法】說明爲了小的利益，造成大的損失。
【例句】他是個聰明人，眞沒想到這次竟會**因小失大**，得不償失。
【義近】貪小失大／惜指失掌／掘室求鼠／爭雞失羊。
【義反】亡羊得牛。

因公假私 ㄧㄣ ㄍㄨㄥ ㄐㄧㄚˇ ㄙ

【釋義】假借公務謀取私利。
【出處】後漢書．李固傳：「太尉李固，因公假私，依正行邪。」
【用法】主要用來說明居官不正，利用職權謀取個人利益。
【例句】那位官員操守不佳，時常**因公假私**，最近遭到民眾檢舉，被撤職查辦。
【義近】因公行私／因公謀私／假公濟私／以公濟私。
【義反】廉潔奉公／奉公守法／一介不取／克己奉公。

因地制宜 ㄧㄣ ㄉㄧˋ ㄓˋ ㄧˊ

【釋義】因：根據，依據。制：制定。宜：適宜，適當。
【出處】吳越春秋．闔閭內傳：「夫築城郭，立倉庫，因地制宜，豈有天氣之數以威鄰國者乎？」
【用法】形容應根據各地實際情況，順應當地的環境，來制定適宜的措施。
【例句】任何一項法令都應該多方考量實際狀況，**因地制宜**，才不致弊病叢生。
【義近】因時制宜／隨機應變／相機行事／因地而異。
【義反】刻舟求劍／墨守成規／生搬硬套／膠柱鼓瑟。

因利乘便 ㄧㄣ ㄌㄧˋ ㄔㄥˊ ㄅㄧㄢˋ

【釋義】因、乘：憑借，依靠。利、便：有利，方便。
【出處】漢．賈誼．過秦論：「因利乘便，宰割天下，分裂山河。」舊五代史．周書．王繼弘傳：「吾儕小人也，若不因利乘便，以求富貴，畢世以來，未可得志也。」
【用法】指憑藉和利用有利的形勢。
【例句】你現在年輕，又在國家圖書館工作，應**因利乘便**，把握時間讀書來充實自己。
【義近】得天獨厚／順水推舟／因風吹火／近水樓臺先得月。
【義反】逆水行舟。

因材施教 ㄧㄣ ㄘㄞˊ ㄕ ㄐㄧㄠˋ

【釋義】因：根據。材：通「才」，指人的天資、性格等。施教：施行教育。
【出處】四書集注．論語．雍也：「聖人之道，精粗雖無二致，但其施教則必因其材而篤焉。」
【用法】形容應針對學習者的志趣、智力等具體情況，來進行適當的教育。
【例句】教學應當依據學生的性向，**因材施教**，讓學生們都能充分發揮自己的優點。
【義近】因人而異／因人制宜。
【義反】一張方子醫萬人。

因私枉法 ㄧㄣ ㄙ ㄨㄤˇ ㄈㄚˇ

【釋義】枉：扭曲，歪曲。
【出處】曹雪芹．紅樓夢四回：「蒙皇上隆恩，起復委用，正竭力圖報之時，豈可因私枉法。」
【用法】形容人因自己的私利，隨便扭曲法律。
【例句】人爲財死，鳥爲食亡，自古以來**因私枉法**的官員不勝枚舉，這可能是人的劣根性使然。
【義近】因緣爲市／貪贓枉法／貪墨不法／受賕枉法。
【義反】至公無私／廉潔奉公／清廉自守／洗手奉公。

因果報應 ㄧㄣ ㄍㄨㄛˇ ㄅㄠˋ ㄧㄥˋ

【釋義】佛家語。根據佛教輪迴的說法，善因得善果，惡因得惡果。
【出處】法華經．方便品：「如是因，如是緣，如是果，如是報。」慈恩傳七：「唯談玄論道，問因果報應。」
【用法】多用以勸人戒惡爲善。
【例句】**因果報應**之說，固然不可全信，但爲人還是多講良心、行善戒惡的好，以免遭到報應。
【義近】善有善報，惡有惡報／種瓜得瓜，種豆得豆／多行不義必自斃。

因陋就簡 ㄧㄣ ㄌㄡˋ ㄐㄧㄡˋ ㄐㄧㄢˇ

【釋義】原指馬虎湊合，不求改進。因：依著，沿襲。陋：簡陋。就：將就，湊合。一作「因陋就寡」。
【出處】劉歆．移書讓太常博士：「苟因陋就寡，分文析字，煩言碎辭，學者罷老且不能究其一藝。」
【用法】今用以說明就原來的簡陋條件節約辦事。
【例句】台灣光復初年，很多中小學教室**因陋就簡**，拿低矮平房湊和著用，如今都已改建爲新式建築，現在的學生幸福多了。
【義反】鋪張浪費。

因風縱火 ㄧㄣ ㄈㄥ ㄗㄨㄥˋ ㄏㄨㄛˇ

【釋義】順著風勢放火。因：順著。
【出處】南史．陳武帝紀：「時僧辯方視事，聞外有兵，遽走，帝大兵尋至，因風縱火，僧辯就禽，縊之。」
【用法】喻趁機從中加害他人。

【例句】國難當頭，奸官污吏更是因風縱火，大發國難財，哪會管百姓的死活。
【義近】趁火打劫／乘人之危／落井下石／混水摸魚。
【義反】雪中送炭／扶危濟困／急人之難。

因時制宜

【釋義】因：根據，依據。制宜：制定適宜的措施。
【出處】漢書．韋賢傳：「祖宗之制，因時施宜。」晉書．劉頌傳：「所遇不同，故當因時制宜。」
【用法】說明處理事情要靈活變化，並依時採取適當措施。
【例句】古聖先王的治國之道不一定適合現代，當今執政者宜取其精髓，因時制宜，找出一套適合現代的政策。
【義近】隨機應變／相機行事／因地而異。
【義反】刻舟求劍／墨守成規／生搬硬套／膠柱鼓瑟。

因循守舊

【釋義】照老樣子不改。因循：沿襲。守舊：墨守舊法。
【出處】漢書．循吏傳序：「（霍）光因循守職，無所改作。」康有為．上清帝策五書：「苟且度日，因循守舊。」
【用法】形容抱殘守缺，沒有創新精神。
【例句】在日新月異的今天，我們不能總是因循守舊，要時時吸收新知，才能跟得上時代的發展。
【義近】故步自封／抱殘守缺／蹈常襲故／墨守成規。
【義反】日新月異／革故鼎新／破舊立新／去舊謀新。

因循坐誤

【釋義】因循：沿襲守舊。坐誤：耽誤。
【出處】秋瑾．某宮人傳：「事不宜遲，勿稍因循坐誤。」
【用法】指情況有了變化，還依照舊法，結果失掉了良機。
【例句】今日世界瞬息萬變，我們一定要留心世界潮流所趨，隨時調整政策，切莫因循坐誤，嗟悔莫及。
【義近】坐失良機／因循自誤／遷延過時。
【義反】乘時而起／風雲際會／把握良機。

因循苟且

【釋義】因循：守舊而不知變更。苟且：得過且過，馬虎草率。
【出處】司馬遷．史記．太史公自序：「其術以虛無為本，以因循為用。」漢書．王嘉傳：「然後上下相望，莫有苟且之意。」
【用法】形容遇事敷衍，得過且過，不求進取。
【例句】要想有一番作為，就一定要拋棄因循苟且的心理，勇於進取。
【義近】苟且度日／得過且過。
【義反】奮發淬勵／發憤圖強／勤勤懇懇／日進月長。

因勢利導

【釋義】因：循，順著。勢：趨勢。利導：向順利的方面引導。
【出處】司馬遷．史記．孫子吳起列傳：「善戰者，因其勢而利導之。」
【用法】順應著事物發展的趨勢而加以引導。
【例句】老師應多觀察學生各自的特點，因勢利導，使他們充分發揮所長，有所成就。
【義近】順水推舟／順風而呼／因風吹火／登高而招。
【義反】逆水行舟／逆風而行／倒行逆施／壅川塞源。

因禍為福

【釋義】把禍變成福，把壞變成好。
【出處】司馬遷．史記．管晏列傳：「管仲既任政相齊，其為政也，善因禍而為福，轉敗而為功。」
【用法】說明經過人為的努力，可化災禍為福運。
【例句】窮則思變，他經過十年的艱苦奮鬥，終於因禍為福，改變了自己的貧窮處境。
【義近】轉禍為福。

因禍得福

【釋義】因禍事而獲得福氣。
【出處】老子．五八章：「禍兮福之所倚，福兮禍之所伏。」莊子．則陽：「安危相易，禍福相生。」
【用法】形容人運氣好，本來是禍事臨頭，卻又意外地有了別的收穫。
【例句】他被解聘後，立即被另一家公司聘去當業務經理，真可謂是因禍得福。
【義近】塞翁失馬，焉知非福。
【義反】樂極生悲。

因噎廢食

【釋義】因吃飯被噎而不再吃飯。噎：食物塞住喉嚨。廢：停止。食：吃。
【出處】陸贄．奉天……論事狀：「昔人有因噎而廢食者，又有懼溺而自沉者，其為矯枉防患之慮，豈不過哉！」
【用法】比喻因偶然挫折就停止應做的事。
【例句】因害怕發生意外而不敢坐飛機，簡直是因噎廢食。
【義近】蛇咬怕草繩／矯枉過正／杯弓蛇影。

因敵取資

【釋義】因：憑藉。資：資用。
【出處】三國志．魏書．董昭傳：「願將銳卒虎步江南，因敵取資，事必克捷。」
【用法】指從敵人那取得給養。
【例句】抗戰時期，我軍常採用因敵取資的策略，從敵人那裏獲得武器、糧食等軍備物資。
【義近】晉用楚材／草船借箭。

因緣為市

【釋義】因緣：因為審查案件。市：受賄賂。
【出處】後漢書．桓譚傳：「又見法令決事，輕重不齊，或一事殊法，同罪異論，姦吏得因緣為市。」
【用法】喻法官因審核案件之便而收受賄賂。
【例句】人為財死，鳥為食亡，自古以來因緣為市的官員不勝枚舉，這可能是人的劣根性使然。
【義近】因私枉法／貪贓枉法／

貪墨不法／受賕枉法。

【義反】至公無私／廉潔奉公／清廉自守／洗手奉公。

因樹爲屋

【釋義】因：憑藉、依靠。爲屋：構築房屋。

【出處】後漢書・申屠蟠傳：「乃絕跡於梁碭之間，因樹爲屋，自同傭人。」

【用法】指隱居者依樹架屋，也指某些落後地區的貧困民眾簡易地構築房屋。

【例句】①他在政界混了近三十年，最後看破紅塵，隱居荒野，**因樹爲屋**，過著清閒的生活。②貴州偏遠山區，民眾生活貧困，只好**因樹爲屋**，過著簡樸的生活。

【義近】依山建屋／因陋就簡。

【義反】結駟連騎／高樓大廈。

因難見巧

【釋義】因爲有難度才能見其巧妙。

【出處】歐陽修・六一詩話：「得韻窄，則不復傍出，而因難見巧，愈險愈奇，如病中贈張十八之類是也。」

【用法】說明正因爲難度大，才更能顯出技藝的精巧。

【例句】在雕刻藝術中，米粒雕刻和蛋殼雕刻都以其**因難見巧**，而吸引觀眾的目光和讚歎。

四畫

困心衡慮

【釋義】心意困苦，思慮阻塞。衡：通「橫」，阻塞。

【出處】孟子・告子下：「困於心，衡於慮，而後作。」

【用法】用以形容盡心竭慮，作痛苦的思考。

【例句】一個人要眞正有所作爲，就要**困心衡慮**，接受種種艱難曲折的磨練與考驗。

【義近】苦其心志／絞盡腦汁／勞心苦思／嘔心瀝血。

【義反】無慮於心。

困知勉行

【釋義】困知：遇到困難而求知。勉行：勉力實行。

【出處】禮記・中庸：「或困而知之」，「或勉強而行之」。朱熹・中庸章句：「……輕困知勉行謂不能有成，此道之所以不明不行也。」

【用法】指知識只有在不斷克服困難中才能求得，事業只有強制自己去實踐才能成功。

【例句】知識的獲得，事業的成功，均非易事，只有**困知勉行**的人才能達到自己所要達到的目的。

【義近】困而學之／督而行之／逆水行舟／力爭上游。

【義反】得天獨厚／借風使篷／順水推舟。

困獸猶鬬

【釋義】被圍困的野獸，仍然掙扎不肯馴服。

【出處】左傳・宣公十二年：「困獸猶鬬，況國相乎？」又定公四年：「困獸猶鬬，況人乎？」

【用法】比喻身在絕境中，還要抵抗。

【例句】**困獸猶鬬**，你若把他逼上絕路，對自己並無好處，還是給他留點餘地吧！

【義近】獸困覆車／獸困則噬／窮鼠齧狸／垂死掙扎／負嵎頑抗。

【義反】束手就擒／坐以待斃／啣璧歸順。

囤積居奇

【釋義】囤：積存。居奇：儲藏起來視爲奇貨。居：儲藏。奇：珍奇。

【出處】司馬遷・史記・呂不韋傳：「子楚居處困，不得意。呂不韋賈邯鄲，見而憐之，曰：『此奇貨可居。』」

【用法】指商人囤積大量商品，等待高價出售，以獲取暴利。用於貶義。

【例句】商人**囤積居奇**，牟取暴利，實在是不道德的行爲。

【義近】奇貨可居／操奇計贏。

【義反】公平交易／合法買賣。

囫圇吞棗

【釋義】把棗兒整個吞下去，不加咀嚼，不辨滋味。囫圇：一作「渾淪」，整個的，完整的。

【出處】朱子語類：「今學者有幾個理會章句？也只是渾淪(囫圇)吞棗。」

【用法】比喻不求甚解，食而不化。

【例句】讀書要注重融會貫通，切莫**囫圇吞棗**，不求甚解。

【義近】不求甚解／生吞活剝。

【義反】融會貫通／心領神會／理解透徹。

五畫

固若金湯

【釋義】金：金城的簡稱，指堅固的城牆。湯：湯池的簡稱，指防守嚴密的護城河。

【出處】漢書・蒯通傳：「邊地之城，必將嬰城固守，皆爲金城湯池，不可攻也。」注：「金以喻堅，湯喻沸熱不可近。」

【用法】形容防禦工事之堅固。

【例句】我們有強大的軍隊，邊防**固若金湯**，故不怕敵人來犯。

【義近】高城深池／銅牆鐵壁／堅如磐石／牢不可破。

【義反】危如累卵／摧枯拉朽／一觸即潰／一攻即破／不堪一擊。

固執己見

【釋義】固執：頑固堅持。己見：自己的見解。

【出處】宋史・陳宓傳：「固執己見，動失人心。」

【用法】形容人堅持己見，不肯變通。

【例句】人一上了年紀，就容易**固執己見**，做兒女的應該體諒、理解。

【義近】一意孤行／冥頑不靈／自以爲是／剛愎自用。

【義反】舍己從人／從善如流／從諫如流／聞非則改。

囹圄一空

【釋義】囹圄：也作「囹圉」，監獄。一空：猶言空空的。

【出處】管子・五輔：「倉廩實而囹圄空，賢人進而奸民退。」司馬遷・史記・秦始皇本紀：「虛囹圉而免刑戮。」

【用法】指政治清明，無人犯罪，監獄裏一個囚犯也沒有。

【例句】古人所說的囹圄一空只是一種理想，現實社會中沒有一個國家能做到這一點。
【義近】草滿囹圄／囹圄空虛／政簡刑清／刑錯不用。
【義反】圜滿之患／赭衣半道。

八　畫

國人皆曰可殺

【釋義】國人：眾人。大家都說可以殺了。
【出處】孟子．梁惠王下：「左右皆曰可殺，勿聽。諸大夫皆曰可殺，勿聽。國人皆曰可殺，然後殺之。故曰國人殺之也。」
【用法】形容一個人罪大惡極，沒有人會原諒他。
【例句】這個歹徒作案手法令人髮指，**國人皆曰可殺**，一百個死刑也彌補不了他所犯的罪行。
【義近】過街老鼠，人人喊打／羣起而攻之／千夫所指。
【義反】交口稱譽／人人稱頌／有口皆碑／讚不絕口。

國士無雙

【釋義】國士：國中才能出眾的人。無雙：再沒有第二個。
【出處】司馬遷．史記．淮陰侯列傳：「諸將易得耳，至如（韓）信者，國士無雙。」
【用法】用以說明國中獨一無二的卓越人才。
【例句】當今眞正稱得上**國士無雙**的人才，實在很難找到。
【義近】蓋世無雙／天下無雙／世不二出／天下第一／獨步天下／才爲世出。
【義反】泛泛之輩／無名小卒／匹夫匹婦。

國色天姿

【釋義】國色：一國中美色最突出者。天姿：容貌。
【出處】許仲琳．封神演義一回：「現出女媧聖像，容貌端麗，瑞彩翩躚，國色天姿，婉然如生。」
【用法】形容女子容貌超羣，無可比擬。
【例句】張小姐**國色天姿**，實在很難找到與她匹配的男士。
【義近】天姿掩藹／容顏絕世／玉貌仙姿。
【義反】其貌不揚／容貌平平。

國色天香

【釋義】原用來形容色彩和香氣俱佳的牡丹花。國色：色極艷麗。天香：自然的香味。
【出處】白居易．山石榴花十二韻：「此時逢國色，何處覓天香。」楊萬里．紫牡丹詩：「恨無國色天香句，借與風條日萼看。」
【用法】今多用以比喻非常美麗嬌豔的女子。
【例句】她長得婀娜多姿，風華絕代，可稱得上**國色天香**。
【義近】國色天姿／傾城傾國／絕代佳人／天姿國色。
【義反】容貌平平／其貌不揚。

國步艱難

【釋義】國步：國家的命運。步：時運。艱難：困難。
【出處】詩經．大雅．桑柔：「於乎有哀，國步斯頻。」舊五代史．唐書．蕭頃傳：「時國步艱難，連帥倔強，率多奏請。」
【用法】指國家處於困難危急之中。
【例句】抗戰時期，正當**國步艱難**之際，許多華僑在財力和物力上給予大力支援，爲抗戰勝利提供了卓越的貢獻。
【義近】國步方蹇／多事之秋／內憂外患／國無寧日。
【義反】國泰民安／國富兵強／政通人和／河清海晏。

國計民生

【釋義】國計：國家的方針大計，此指國家的經濟。
【出處】張棟．國計民生交紬敬申末議以仰裨萬一疏：「有益於民生國計者，請下戶部虛心詳議。」
【用法】用以指國家的財政經濟和人民的生活等大事。
【例句】這件事關係到**國計民生**，所以不可馬虎行事。

國家干城

【釋義】干城：能執干戈抵禦外敵而盡保國衛民責任的人。
【出處】詩經．周南．兔罝：「赳赳武夫，公侯干城。」周禮．政要敎胄：「其有資性開敏者，或令人水陸師武備學堂，用備國家干城之選。」
【用法】用以形容能被國家所任用的人才。
【例句】國家的盛衰興亡，除了要有賢明的君主外，不能或缺的是**國家干城**的捍衛和輔佐。
【義近】法家拂士／喬木世臣。
【義反】貪官污吏／亂臣賊子。

國泰民安

【釋義】泰：安寧，平安。
【出處】吳自牧．夢粱錄一四：「春秋醮祭，詔命學士院，撰靑詞以祈國泰民安。」
【用法】用以稱頌國家太平，人民安樂。
【例句】經過幾十年的經營建設，我國現在眞正可以稱得上是**國泰民安**了。
【義近】國富民強／政通人和／物阜民豐／河清海晏。
【義反】民不聊生／國無寧日／民怨沸騰／兵荒馬亂／兵連禍結／生靈塗炭／民生凋敝／國困民窮。

國破家亡

【釋義】也作「家亡國破」、「破國亡家」等，意謂國土破碎、家人失散。
【出處】劉琨．答盧諶書：「自頃輈張，困於逆亂，國破家亡，親友雕殘。」
【用法】用以形容國家滅亡，家人離散。
【例句】以色列民族深具愛國心，只因曾嚐過**國破家亡**的痛苦，所以民族意識強烈。
【義近】亡國敗家／國亡家破。
【義反】國泰民安／興滅繼絕／四海承平／河清海晏。

國將不國

【釋義】意謂國家將不成爲國家了。
【出處】曾樸．孽海花三二回：「國將不國，這才是糊塗到底呢！」
【用法】指局勢險惡，面臨著亡國的危險。

【例句】假如國難當頭，人民又無動於衷，那可眞是**國將不國**了。

國富兵強 ㄍㄨㄛˊ ㄈㄨˋ ㄅㄧㄥ ㄑㄧㄤˊ

【釋義】國家富足，兵力強大。

【出處】韓非子・定法：「故其國富而兵強。」淮南子・兵略訓：「地廣民眾，主賢將忠，國富兵強。」

【用法】指國家興旺發達，兵強馬壯。

【例句】國家現在正處於**國富兵強**的興盛時期，更需要每個國民奮發圖強，使國家的實力更上一層樓。

【義近】國富民強／民富國強／富國強兵／兵強國盛。

【義反】國窮勢弱／民窮財盡／內外交困／內憂外患。

國無寧日 ㄍㄨㄛˊ ㄨˊ ㄋㄧㄥˊ ㄖˋ

【釋義】寧：安寧。又作「國無寧歲」。

【出處】馮夢龍・東周列國志一一回：「宋，大國也，起傾國之兵盛氣而來，……吾國無寧日矣。」

【用法】用以說明國家沒有太平安寧的時候。

【例句】現在世界上有些國家，被一些野心家鬧得**國無寧日**，人民四處逃散。

【義近】天無寧日／魯難未已。

【義反】天下太平／國泰民安／河清海晏。

國爾忘家 ㄍㄨㄛˊ ㄦˇ ㄨㄤˋ ㄐㄧㄚ

【釋義】意謂爲了國事而忘記家庭。爾：助詞。

【出處】漢書・賈誼傳：「則爲人臣者主耳忘身，國耳忘家，公耳忘私，利不苟就，害不苟去，唯義所在。」耳：同「爾」。

【用法】形容人愛國意識強烈。

【例句】清代末年，許多革命烈士那種**國爾忘家**的精神，永遠令人感佩。

【義近】爲國爲民／公爾忘私。

【義反】禍國殃民／損公利私。

國難識忠臣 ㄍㄨㄛˊ ㄋㄢˋ ㄕˋ ㄓㄨㄥ ㄔㄣˊ

【釋義】國難：國家的危難。

【出處】元・李直夫・虎頭牌一折：「但願你扶持今社稷，驅滅舊妖氛。常言道：家貧顯孝子，國難識忠臣。」

【用法】比喻國家處於患難之際，最能分辨忠與奸、賢與不肖。

【例句】**國難識忠臣**，在國家多事之秋，最能看出一個人的志節。

【義近】板蕩識忠貞／亂世見英雄／家貧顯孝子／疾風知勁草／時窮節乃現／嚴霜識貞木。

十—十一畫

圓木警枕 ㄩㄢˊ ㄇㄨˋ ㄐㄧㄥˇ ㄓㄣˇ

【釋義】警枕：用圓木作枕頭，睡熟便傾斜，由此而醒，故名「警枕」。

【出處】宋・范祖禹・司馬溫公布衾銘記：「以圓木爲警枕，小睡則枕轉而覺，乃起讀書。」

【用法】形容人刻苦自勉，勤奮學習。

【例句】古人**圓木警枕**的求學精神，值得學子們效法。

【義近】懸梁刺股／囊螢映雪／焚膏繼晷／目不窺園／穿壁引光。

【義反】鴻鵠將至／蹉跎歲月／一暴十寒／三天打魚，兩天曬網。

圓頭方足 ㄩㄢˊ ㄊㄡˊ ㄈㄤ ㄗㄨˊ

【釋義】圓形的頭顱，方形的雙腳。

【出處】淮南子・精神訓：「故頭之圓也象天，足之方也象地。」象，同「像」。北史・越王侗傳：「日月所臨，風雨所至，圓首方足，稟氣食毛，莫不盡入提封，皆爲臣妾。」

【用法】泛指人類。

【例句】天生萬物，地球是由全部生物共有共享的，而不只是**圓頭方足**的人類所獨有。

【義近】圓顱方趾／圓首方足。

圖南鵬翼 ㄊㄨˊ ㄋㄢˊ ㄆㄥˊ ㄧˋ

【釋義】大鵬圖謀展翅南飛。

【出處】高啓・望海詩：「安得擊水游，圖南附鵬翼。」

【用法】比喻人心志高遠。

【例句】班超投筆從戎，欲遂其**圖南鵬翼**的救國熱忱。

【義近】壯志凌雲／鴻鵠之志／青雲之志／乘風破浪。

【義反】胸無大志／得過且過。

圖窮匕見 ㄊㄨˊ ㄑㄩㄥˊ ㄅㄧˇ ㄒㄧㄢˋ

【釋義】圖：地圖。窮：盡。匕：匕首，短劍。見：同「現」，顯露。

【出處】戰國策・燕策三載：戰國時，燕太子丹派荊軻刺秦王，軻獻燕督亢地圖求見秦王，匕首藏於地圖中。秦王展圖，圖盡而匕現。軻左手捉秦王袖，右手奪匕首刺之，不中，遂被殺。

【用法】比喻事迹敗露，顯露出眞相或本意。

【例句】王經理原本要神不知鬼不覺地挪用公款，後來**圖窮匕見**，遂被革職處分。

【義近】露出馬腳／東窗事發／行藏敗露。

圖謀不軌 ㄊㄨˊ ㄇㄡˊ ㄅㄨˋ ㄍㄨㄟˇ

【釋義】圖謀：暗中謀畫。軌：軌道，喻法度、法規。

【出處】晉書・王彬傳：「抗旌犯順，殺戮忠良，圖謀不軌，禍及門戶。」

【用法】用以指暗中謀畫超出常規、法度的事。

【例句】一些不法之徒準備了硫酸及利刃要**圖謀不軌**，幸而被警方察覺制止，否則後果眞不堪設想。

【義近】作奸犯科／犯上作亂／違法亂紀。

【義反】循規蹈矩／安分守己／奉公守法。

土部

土木形骸 ㄊㄨˇ ㄇㄨˋ ㄒㄧㄥˊ ㄏㄞˊ

【釋義】形體像土木一樣自然。形骸：人的形體。
【出處】劉義慶・世說新語・容止：「劉伶身長六尺，貌甚醜顇，而悠悠忽忽，土木形骸。」
【用法】比喻人未加修飾的本來面目，也形容思想遲鈍、不知好歹或了無情趣的人。
【例句】他簡直是生就的**土木形骸**，呆頭呆腦，一點情趣也沒有，你教我怎能與他結爲夫妻過一輩子呢？
【義近】泥塑木雕／呆頭呆腦／土頭土腦／不修邊幅。
【義反】活潑伶俐／冰雪聰明。

土牛木馬 ㄊㄨˇ ㄋㄧㄡˊ ㄇㄨˋ ㄇㄚˇ

【釋義】用泥塑的牛，用木頭做的馬。
【出處】關尹子・八籌：「知物之僞者，不必去物，譬如見土牛木馬，雖情存牛馬之名，而心忘牛馬之實。」
【用法】比喻有名無實的樣子。
【例句】義和團聲稱自已刀槍不入，卻被外軍打得落花流水，原來都是些**土牛木馬**。
【義近】土雞瓦犬／虛舟飄瓦／塵飯塗羹／土龍芻狗。
【義反】神兵猛將／利兵信卒。

土生土長 ㄊㄨˇ ㄕㄥ ㄊㄨˇ ㄓㄤˇ

【釋義】土：通常指本地的，有時也指本國的。
【出處】曹雪芹・紅樓夢五四回：「他又不是咱們家根生土長的奴才，沒受過咱們什麼大恩典。」
【用法】指在本地生長的，而不是外來的。
【例句】台灣是我**土生土長**的地方，我對這塊土地自然有深厚的感情。
【義近】根生土長。

土扶成牆 ㄊㄨˇ ㄈㄨˊ ㄔㄥˊ ㄑㄧㄤˊ

【釋義】積土可以成爲牆壁。
【出處】北齊書・尉景傳：「土相扶成牆，人相扶爲王，一馬亦不得畜而索也。」李白・君道曲：「土扶可成牆，積德爲厚地。」
【用法】勉勵人相互合作可完成不可能的任務。
【例句】**土扶成牆**，說明團結的力量大，人類的成就正是來自這股力量。
【義近】眾志成城／眾擎易舉。
【義反】獨木難支／孤掌難鳴。

土洋結合 ㄊㄨˇ ㄧㄤˊ ㄐㄧㄝˊ ㄏㄜˊ

【釋義】土：這裏指簡陋而落後的。洋：這裏指精密而先進的。
【用法】簡單的設備或技術與現代化的設備或技術相結合。
【例句】因爲我們資金不足，無法全面引進新機種，若能採用**土洋結合**的方式，倒也不失爲一個好辦法。
【義近】中西合璧。

土崩瓦解 ㄊㄨˇ ㄅㄥ ㄨㄚˇ ㄐㄧㄝˇ

【釋義】像土倒塌，瓦破裂。崩：倒塌。解：破裂。
【出處】司馬遷・史記・秦始皇本紀：「秦之積衰，天下土崩瓦解。」
【用法】比喻國勢、軍力、人心徹底崩潰，不可收拾。
【例句】滿清末年，革命烈火在全國各地熊熊燃燒，專制統治陷入**土崩瓦解**之中。
【義近】分崩離析／四分五裂／冰消瓦解。
【義反】固若金甌／上下一心／堅不可摧／牢不可破。

土階茅屋 ㄊㄨˇ ㄐㄧㄝ ㄇㄠˊ ㄨ

【釋義】泥土砌的台階，茅草蓋的屋頂。
【出處】周書・武帝紀下：「上棟下宇，土階茅屋，猶恐居之者逸，作之者勞。」
【用法】形容居住簡陋，生活儉樸。
【例句】劉先生告老還鄉後，與家人聚首一堂，雖然吃的是粗茶淡飯，住的是**土階茅屋**，卻也自得其樂。
【義近】茅茨土階／篷門篳戶／茅茨不剪／采椽不斲。
【義反】瓊樓玉宇／雕梁畫棟／深宅大院／雕闌玉砌。

土豪劣紳 ㄊㄨˇ ㄏㄠˊ ㄌㄧㄝˋ ㄕㄣ

【釋義】土豪：地方上的豪強。劣紳：依勢欺人的惡霸地主和退職官僚。
【出處】南史・韋鼎傳：「州中有土豪，外修邊幅，而內行不軌。」茅盾・封建的小市民文藝：「小市民痛恨貪官污吏，土豪劣紳。」
【用法】泛指在鄉里橫行霸道、魚肉百姓的惡勢力。
【例句】自從政府大力掃黑後，此地**土豪劣紳**爲非作歹的時代，已經一去不復返了。
【義近】豪強勢要／牛鬼蛇神。
【義反】善男信女／正人君子／善良百姓。

土頭土腦 ㄊㄨˇ ㄊㄡˊ ㄊㄨˇ ㄋㄠˇ

【釋義】土：土氣，不合潮流，不開通。
【出處】李寶嘉・官場現形記一〇回：「正想得高興時候，忽見管家帶進一個土頭土腦的人進來，見面作揖。」
【用法】多用來形容鄉下人初見世面，言行舉止不合時尚，顯得有些癡呆的樣子。
【例句】你看那幾個鄉下人初次進城，東張西望，**土頭土腦**的樣子，眞令人好笑！
【義近】土里土氣／呆頭呆腦。
【義反】老於世故／見多識廣。

土龍芻狗 ㄊㄨˇ ㄌㄨㄥˊ ㄔㄨˊ ㄍㄡˇ

【釋義】土做的龍，草紮的狗。
【出處】三國志・蜀書・杜微傳：「曹丕篡弒，自立爲帝，是猶土龍芻狗之有名也。」
【用法】喻名實不相符。
【例句】義和團聲稱自已刀槍不入，卻被外軍打得落花流水，原來都是些**土龍芻狗**。
【義近】土雞瓦犬／虛舟飄瓦／塵飯塗羹／土牛木馬。
【義反】神兵猛將／利兵信卒。

土雞瓦犬 ㄊㄨˇ ㄐㄧ ㄨㄚˇ ㄑㄩㄢˇ

【釋義】土雞：用泥捏的雞。瓦

犬：用陶土塑燒的狗。
【出處】羅貫中・三國演義二五回：「曹操……謂關公曰：『河北人馬，如此雄壯！』關公曰：『以吾視之，如土雞瓦犬耳！』」
【用法】比喻徒有虛名而無實用，不堪一擊。
【例句】滿清末年，中國的軍隊有如**土雞瓦犬**，外國人用洋槍洋炮一擊就垮了。
【義近】烏合之眾／土牛木馬／酒囊飯袋。
【義反】神兵猛將／利兵信卒。

土壤細流（ㄊㄨˇ ㄖㄤˇ ㄒㄧˋ ㄌㄧㄡˊ）
【釋義】土壤：地球表面的一層疏鬆的物質。細流：小的水流。
【出處】司馬遷・史記・李斯列傳：「是以泰山不讓土壤，故能成其大，河海不擇細流，故能就其深。」
【用法】比喻微小事物，雖然目前不足稱道，但如能不斷累積，即可發生巨大的作用。
【例句】萬丈高樓平地起，平日看來毫不起眼的**土壤細流**，卻是萬丈高樓的基礎。
【義近】一磚一瓦／一草一木。
【義反】皇天后土。

三畫

地下修文（ㄉㄧˋ ㄒㄧㄚˋ ㄒㄧㄡ ㄨㄣˊ）
【釋義】死後在地下任修文郎。
【出處】王隱・晉書：「蘇韶死而復甦云：『顏淵、卜商爲地下修文郎。』」司空圖・狂題詩：「地下修文著作郎，生前饑處倒空牆。」
【用法】用來輓文人之辭。
【例句】王先生年紀輕輕就在文壇上大放異彩，可惜天妒英才，讓他早早就**地下修文**去了。
【義近】玉樓赴召／修文赴召。

地上天宮（ㄉㄧˋ ㄕㄤˋ ㄊㄧㄢ ㄍㄨㄥ）
【釋義】天宮：神話中天神的宮殿。
【出處】宋・袁褧・楓窗小牘上：「汴中呼餘杭百事繁庶，地上天宮。」
【用法】形容人間生活之安逸美好，就像在天宮一樣。
【例句】香港到處都是繁榮景象，大街小巷燈火輝煌，眞有如**地上天宮**。
【義近】人間天堂。
【義反】人間地獄。

地大物博（ㄉㄧˋ ㄉㄚˋ ㄨˋ ㄅㄛˊ）
【釋義】土地廣大，物產豐盛。博：多，豐富。
【出處】韓愈・平淮西碑：「地大物博，蘖牙其間。」李寶嘉・官場現形記二九回：「又因江南地大物博，差使很多。」
【用法】用以指國家疆土遼闊，資源豐富。
【例句】我國是一個**地大物博**，歷史悠久的文明古國。
【義近】地大物豐／沃野千里。
【義反】地瘠民貧。

地主之誼（ㄉㄧˋ ㄓㄨˇ ㄓ ㄧˊ）
【釋義】地主：當地的主人，對往來過客而言。誼：友誼。
【出處】左傳・哀公一二年：「侯伯致禮，地主歸餼。」吳敬梓・儒林外史二二回：「晚生得蒙青目，一日地主之誼也不曾盡得。」
【用法】表示當地主人盡情誼招待外地的客人。
【例句】兩位千里迢迢地前來探望我，希望能多停留兩天，以讓我盡點**地主之誼**。

地利不如人和（ㄉㄧˋ ㄌㄧˋ ㄅㄨˋ ㄖㄨˊ ㄖㄣˊ ㄏㄜˊ）
【釋義】地利：地理條件優越。人和：得人心，人心齊。
【出處】孟子・公孫丑下：「天時不如地利，地利不如人和。」
【用法】用以說明地理上的優越條件，不如人的團結一致、同心協力。
【例句】許多人講究風水方位，迷信得不得了，卻不知**地利不如人和**的道理，凡事還是要靠人的努力才能成功。
【義近】人和爲貴／人和至上／得人者昌。
【義反】天時至上。

地動山搖（ㄉㄧˋ ㄉㄨㄥˋ ㄕㄢ ㄧㄠˊ）
【釋義】指很強烈的震動。
【出處】吳曾・能改齋漫錄卷二一：「鼓角大鳴，地動山搖。」
【用法】形容十分巨大、劇烈的變化，也比喻戰鬥激烈或聲勢浩大。
【例句】這次地震的震央離這裏雖有好幾里之遠，但我們仍有**地動山搖**之感。
【義近】地動天搖／山崩地裂／天崩地坼／天翻地覆。
【義反】無聲無息／巋然不動。

地崩山摧（ㄉㄧˋ ㄅㄥ ㄕㄢ ㄘㄨㄟ）
【釋義】土地崩裂，山嶺倒塌。
【出處】李白・蜀道難：「西當太白有鳥道，可以橫絕峨眉巔。地崩山摧壯士死，然後天梯石棧相鉤連。」
【用法】形容重大的變故，有時也形容巨大的響聲。
【例句】二十世紀九十年代初，蘇聯和東歐之間的形勢急轉直下，有如**地崩山摧**，令世人矚目。
【義近】天崩地坼／山崩地裂／天翻地覆／地動山搖。
【義反】天下太平／太平無事／安如泰山／紋絲不動。

地無不載（ㄉㄧˋ ㄨˊ ㄅㄨˋ ㄗㄞˋ）
【釋義】大地沒有不載育的。載：負載。
【出處】莊子・德充符：「天無不覆，地無不載。」
【用法】指世間萬物均被大地所負載，言大地的寬厚有容。
【例句】在待人處事方面，要學習**地無不載**的寬厚精神，才能贏得他人的敬重。
【義近】有容乃大／寬宏大量／豁達大度／寬大爲懷。
【義反】心胸狹窄／氣量狹小／小肚雞腸／自私自利。

地廣人稀（ㄉㄧˋ ㄍㄨㄤˇ ㄖㄣˊ ㄒㄧ）
【釋義】土地寬廣，人口稀少。稀：少。
【出處】漢書・地理志下：「習俗頗殊，地廣人稀。」
【用法】多形容地方荒涼。
【例句】大陸塞北一帶**地廣人稀**，只有一些遊牧民族散居其間。

【義近】地曠人稀／人煙絕跡。
【義反】地狹人稠／人煙稠密。

地廣人稠

【釋義】地域廣大，人煙稠密。
【出處】文康・兒女英雄傳二八回：「只因北京城地廣人稠，館地難找。」
【用法】大城市的宏偉氣派。
【例句】東京、北京、紐約等大城市都給人以**地廣人稠**的印象。
【義近】地大物博／廣土眾民。
【義反】地廣人稀／地狹人稠／荒無人煙／人跡罕至。

地醜德齊

【釋義】地相同，德相同。醜：同等。
【出處】孟子・公孫丑下：「今天下地醜德齊，莫能相尙，無他，好臣其所教，而不好臣其所受教。」
【用法】形容彼此相當，不相上下。
【例句】這兩隊的實力**地醜德齊**，難分軒輊，一場比賽下來，觀眾們都大呼過癮。
【義近】一時瑜亮／功力悉敵／半斤八兩／伯仲之間。
【義反】南轅北轍／大相逕庭／天懸地隔／天壤之別。

在人矮簷下，不敢不低頭

【釋義】矮簷：矮的屋簷。屋簷矮若不低頭，則頭將碰傷。又作「人在矮簷下，不得不低頭」。
【出處】施耐庵・水滸傳二七回：「好漢，休說這話。古人道：『不怕官，只怕管。』『在人矮簷下，不敢不低頭。』」
【用法】比喻在他人勢力控制下，不得不順服。
【例句】俗話說：「**在人矮簷下，不敢不低頭**。」他既是你的頂頭上司，你就讓他一步，何必要吃眼前虧呢？
【義近】好漢不吃眼前虧／敢怒不敢言／識時務者爲俊傑。
【義反】威武不能屈／富貴不能淫。

在位通人

【釋義】在政治地位上顯達的大臣。
【出處】鄭玄・戒子書：「獲覲乎在位通人，處逸大儒。」
【用法】用以形容人地位尊貴。
【例句】古代讀書人若能進士及第，便可成**在位通人**，享盡榮華富貴，難怪寒窗苦讀之士多不勝舉。
【義近】衣冠中人／肉食君子／搢紳之士／峨冠博帶。
【義反】升斗小民／平頭百姓／市井小民／白屋之士。

在劫難逃

【釋義】意謂命中注定要遭受的災難，很難逃脫。劫：佛教用語，指大災難。
【出處】魏如晦・海國英雄：「這也是在劫難逃。」
【用法】現多指災害或不幸的事情一定要發生，想避免也避免不了。
【例句】算了，這次車禍受傷可能是**在劫難逃**，沒有一命嗚呼，就算是萬幸了。
【義近】避坑落井／無妄之災。
【義反】因禍爲福／消災解難。

在官言官

【釋義】原意謂在版圖文書處就說著這方面的話。官：版圖文書處。
【出處】禮記・曲禮下：「君命，大夫與士肄，在官言官，在府言府，在庫言庫，在朝言朝。」
【用法】多用以表示在什麼地位就說什麼話。
【例句】所謂**在官言官**，這不是你所管轄的事，你就不要再提意見了。
【義近】在其位謀其政／克盡職守／各盡本分。
【義反】越俎代庖／尸祝代官／越官侵職。

在所不辭

【釋義】不論處在什麼樣的情況下都不推辭。在：處在，屬於。辭：推辭，拒絕。
【用法】形容無所畏懼，勇於承擔任務或樂於助人。
【例句】你我是好朋友，你有什麼困難找我，我一定**在所不辭**，全力以赴。
【義近】義不容辭／在所不惜／萬死不辭／水火不辭。
【義反】推三阻四／千推萬阻／敬謝不敏。

在所難免

【釋義】意即難以避免。
【出處】清・李伯元・活地獄九回：「或者陽示和好，暗施奸刁的，亦在所難免。」
【用法】指事情的發生有其必然性，要想避免也非常困難。
【例句】你年紀輕，又剛踏入社會，出點差錯，**在所難免**，今後多加小心就是了。
【義近】意料之中／始料所及／不出所料。
【義反】無往不利／萬事如意。

在陳之厄

【釋義】陳：古國名，在今河南開封。厄：艱苦。
【出處】故事見論語・衛靈公：當孔子遊學至衛國時，衛靈公問孔子軍旅的事情，孔子以未學敷衍，急忙離開衛國，結果在陳絕糧，三餐不繼。書言故事・貧乏類・在陳：「無米曰有在陳之厄。」
【用法】形容人有斷糧的危機。
【例句】在經濟不景氣的情況下，他又被開除，就快要面臨**在陳之厄**的危機了。
【義近】三餐不繼／在陳絕糧。
【義反】豐衣足食／炊金饌玉／食前方丈／列鼎而食。

四畫

坎井之蛙

【釋義】淺井裏的青蛙。坎：低窪的地方，含有淺的意思。
【出處】莊子・秋水：「子獨不聞夫埳（坎的異體字）井之蛙乎？」荀子・正論：「淺不足與測深，愚不足與謀知，坎井之蛙不可與語東海之樂。」
【用法】比喻見聞狹小、見識淺陋的人。
【例句】從他這番言論來看，他不過是個**坎井之蛙**，根本無法擔任要職。

【義近】甕裏醯雞／穴處之徒／穴見小儒／尺澤之鯢／肉眼愚民／遼東之豕。

【義反】藍天雄鷹／大海之鯨。

坎坷不平

【釋義】坎坷：地面高低不平，坑坑窪窪。

【出處】揚雄・河東賦：「滅南巢之坎坷兮，易豳岐之夷平。」

【用法】指道路不平坦，也用以比喻遭遇不順利、不得志。

【例句】①汽車在**坎坷不平**的道路上，艱難地向前行進。②在漫長的人生道路上，**坎坷不平**的境遇在所難免，我們務必要經得起挫折。

【義近】崎嶇不平／艱難曲折。

【義反】一帆風順／一馬平川／暢通無阻。

坐山觀虎鬥

【釋義】坐在山上觀看兩虎相爭鬥。

【出處】曹雪芹・紅樓夢一六回：「咱們家所有的這些管家奶奶，那一個是好纏的？……坐山觀虎鬥、借刀殺人、引風吹火……。」

【用法】比喻坐在一旁觀看雙方爭鬥，以便乘機取利。

【例句】抗戰期間，有些國家心懷不軌，**坐山觀虎鬥**，準備趁機大撈漁利。

【義近】坐收漁利／隔岸觀火。

坐不安席

【釋義】人坐在位子上，心卻不安穩。席：坐位。

【出處】三國志・蜀書・張飛傳：「朕用怛然，坐不安席，食不甘味，整軍誥誓，將行天罰。」

【用法】形容人因憂慮或繁忙而焦慮不安、心緒不寧。

【例句】你看他那**坐不安席**的樣子，心裏一定有什麼重要的事情難以解決。

【義近】坐立不安／坐臥不寧／心煩意亂／如坐針氈。

【義反】泰然自若／泰然處之／談笑自如／不動聲色。

坐不垂堂

【釋義】垂堂：靠近臺階或屋檐的地方。因爲怕檐瓦掉落或地勢不穩而不坐在這些地方的附近。

【出處】司馬遷・史記・司馬相如傳：「故鄙諺曰：『家累千金，坐不垂堂。』」司馬遷・史記・袁盎鼂錯傳：「臣聞千金之子，坐不垂堂。」

【用法】比喻人懂得自我保護。

【例句】他是一個**坐不垂堂**，很會自我保護的人，要他爲你赴湯蹈火恐怕不太可能。

【義近】全身遠害／明哲保身。

【義反】飛蛾撲火。

坐不重席

【釋義】重：重疊。席：座位，這裏指座位上的墊褥。

【出處】韓非子・外儲說左下：「食不二味，坐不重席，內無衣帛之妾。」

【用法】形容生活簡樸、節儉。

【例句】王董事長儘管家財萬貫，卻**坐不重席**，從不鋪張浪費。

【義近】布被瓦器／食不二味／鹿裘不完／省吃儉用。

【義反】炊金饌玉／肉山脯林／錦衣玉食／肥馬輕裘。

坐不窺堂

【釋義】窺：偷看。堂：堂屋，廳堂。

【出處】三國志・魏書・鄭渾傳・裴松之注引張璠・漢紀：「張孟卓東平長者，坐不窺堂。」

【用法】形容端端正正地坐著，專心致志，目不斜視。

【例句】這年輕人非常端莊穩重，無論在任何場合，都是**坐不窺堂**，只是傾耳細聽別人談話。

【義近】目不斜視。

【義反】東張西望。

坐井觀天

【釋義】坐在井裏望天。

【出處】韓愈・原道：「老子之小仁義，非毀之也，其見者小也。坐井而觀天，曰天小者，非天小也。」

【用法】比喻眼界狹隘，所見有限。

【例句】要想在事業上有所成就，就要放眼世界，多見多聞，老是待在一個地方**坐井觀天**是不行的。

【義近】以管窺天／以蠡測海／井蛙之見／牖中窺日／管窺蠡測／管中窺豹。

【義反】登高望遠／放眼天下／見多識廣／高瞻遠矚／廣聞博見。

坐以待旦

【釋義】旦：早晨，天亮。也作「坐而待旦」。

【出處】尚書・太甲上：「先王昧爽丕顯，坐以待旦。」三國志・吳書・孫權傳：「思齊先代，坐而待旦。」

【用法】指坐著等待天亮，多用以形容勤謹辛苦。

【例句】到了後半夜，大家都到日觀峯上**坐以待旦**，等著觀看日出的壯麗景象。

【義近】衣不解帶／坐而待曙。

【義反】一覺天明／高枕而臥／眠不覺曉／三竿而起。

坐以待斃

【釋義】坐著等死。待：等待。斃：死。

【出處】管子・參患：「短兵待遠矢，與坐而待死者同實。」施耐庵・水滸傳一〇八回：「楊志、孫安、卞祥與一千軍士，馬罷人困，都在樹林下坐以待斃。」

【用法】比喻遇到困難、危險不積極設法克服，坐待災難臨頭。

【例句】不管怎麼說，我們要想盡一切辦法渡過目前的難關，決不能**坐以待斃**。

【義近】束手待斃／束手就擒／引頸受戮。

【義反】困獸猶鬥／死裏逃生／負嵎頑抗／負險固守。

坐失良機

【釋義】坐著失去良好的機會。

【用法】指人疏懶不主動，讓已經到來的好機會白白失去。

【例句】本來有機會可以賺到一筆錢的，卻因一時疏忽而**坐**

失良機，眞是令人生氣。

【義近】錯失良機／失之交臂。

坐立不安 ㄗㄨㄛˋ ㄌㄧˋ ㄅㄨˋ ㄢ

【釋義】坐著也不是，站著也不是。

【出處】施耐庵・水滸傳四十回：「(張順)便釋道：『哥哥吃了官司，兄弟坐立不安，又無路可救。』」

【用法】用以形容心情緊張或焦躁。

【例句】他緊張得**坐立不安**，吃也吃不下，睡也睡不著，不知如何應付明天的考試。

【義近】坐臥不安／坐臥不寧／忐忑不安／七上八下。

【義反】安之若素／處之泰然／鎭定自若／高枕無憂。

坐吃山空 ㄗㄨㄛˋ ㄔ ㄕㄢ ㄎㄨㄥ

【釋義】只坐著吃，山也要空。

【出處】秦簡夫・東堂老一折：「那錢物則有出去的，無有進來的，便好道坐吃山空，立吃地陷。」

【用法】指光是消費而不從事生產，即使有堆積如山的財富，也會耗盡。

【例句】你還是要設法找點生財之道，否則家當再多，也會**坐吃山空**的。

【義近】坐食山空／坐吃山崩／立吃地陷／坐耗山空。

【義反】開源節流／強本節用。

坐地分贓 ㄗㄨㄛˋ ㄉㄧˋ ㄈㄣ ㄗㄤ

【釋義】坐地：就地。贓：贓物，指偷盜得來的財物。

【出處】明・無名氏・八義雙桂記一六：「昨日新發下一個坐地分贓的強盜下來，……。」

【用法】指不親自出面搶劫而安然分享贓物；也指集體貪污，朋分賄賂。

【例句】你別假撇清了，我們老早就知道你是個**坐地分贓**的傢伙。

【義近】坐享其成／坐收其利／不勞而獲。

坐收漁利 ㄗㄨㄛˋ ㄕㄡ ㄩˊ ㄌㄧˋ

【釋義】漁利：即漁人之利。也作「坐收漁人之利」。

【出處】戰國策・燕策二所載：「鷸蚌相爭，漁人得利」寓言。李綠園・歧路燈六六回：「咱便坐收其利，川流不息了。」

【用法】比喻利用別人的矛盾而從中獲利。

【例句】讓他們先互鬥到你死我活，我們再來個**坐收漁利**，各位認爲如何？

【義近】漁人得利／坐收其利／漁翁得利／鷸蚌相爭。

【義反】爲人作嫁／互利互讓。

坐而論道 ㄗㄨㄛˋ ㄦˊ ㄌㄨㄣˋ ㄉㄠˋ

【釋義】本指坐著陪侍帝王議論政事。

【出處】周禮・冬官・考工記：「坐而論道，謂之三公；作而行之，謂之士大夫。」

【用法】今用以泛指脫離實際，空談大道理的行爲。

【例句】他整天只會**坐而論道**，卻難得見他實踐幾次，眞是癡人說空話。

【義近】紙上談兵／夸夸其談／徒托空言／高談闊論。

【義反】身體力行／坐言起行／知行合一。

坐冷板凳 ㄗㄨㄛˋ ㄌㄥˇ ㄅㄢˇ ㄉㄥˋ

【釋義】意謂坐在冰冷板凳上。

【出處】凌濛初・二刻拍案驚奇二二卷：「只去守那冷板凳了。」李寶嘉・官場現形記一七回：「雖然也沒有甚麼大進項，比起沒有發達的時候，在人家坐冷板凳……已經天懸地隔了。」

【用法】比喻不被重視，遭人冷落的處境。

【例句】最近他被調職，雖對外宣稱升了官，事實上根本就是**坐冷板凳**的職位。

【義近】打入冷宮／官大權小／位高權輕。

【義反】大權在握／位居要津。

坐言起行 ㄗㄨㄛˋ ㄧㄢˊ ㄑㄧˇ ㄒㄧㄥˊ

【釋義】坐能言，起能行。一作「坐而言，不如起而行」。

【出處】荀子・性惡：「凡論者，貴其有辨合，有符驗。故坐而言之，起而可設，張而可施行。」

【用法】用以稱人言行相符。

【例句】男子漢，大丈夫，務必要能**坐言起行**，光說不做，算什麼好漢？

【義近】言必信，行必果／言行一致／言出必行。

【義反】徒托空言／紙上談兵／夸夸其談。

坐享其成 ㄗㄨㄛˋ ㄒㄧㄤˇ ㄑㄧˊ ㄔㄥˊ

【釋義】享：享受。成：成果。

【出處】王守仁・與顧惟賢書：「閩廣之役，偶幸了事，皆諸君之功，區區蓋坐享其成者。」

【用法】指自己不出力而享受別人的勞動成果。

【例句】俗話說：「天底下沒有白吃的午餐。」而你卻總想**坐享其成**，天下哪有這樣便宜的事！

【義近】不勞而獲／不勞而食／坐收漁利。

【義反】自食其力／自力更生。

坐臥不寧 ㄗㄨㄛˋ ㄨㄛˋ ㄅㄨˋ ㄋㄧㄥˊ

【釋義】坐不穩，睡不安。寧：安寧。一作「坐臥不安」。

【出處】吳承恩・西遊記一五回：「那孽龍在於深澗中，坐臥不寧。」

【用法】形容十分擔心憂慮的樣子。

【例句】她自從得到父親病重的消息後，便茶飯不思，**坐臥不寧**。

【義近】坐立不安／忐忑不安／惴惴不安／寢食難安。

【義反】高枕無憂／無憂無慮／處之泰然／安之若素。

坐無尼父 ㄗㄨㄛˋ ㄨˊ ㄋㄧˊ ㄈㄨˋ

【釋義】尼父：即孔子。全句意爲在座當中沒有聖人孔子。

【出處】晉書・謝尙傳：「尙字仁祖，鯤之子也，八歲神悟夙成，鯤嘗攜之送客，或曰：『此兒一坐之顏回也。』尙應聲答曰：『坐無尼父，焉別顏淵。』席賓莫不歎異。」

【用法】比喻不是聖人，無法分辨愚賢。

【例句】他才高八斗，可惜**坐無尼父**，無人賞識，所以至今仍無法施展其才華。

坐無車公

【釋義】在坐的沒有車公。車公：晉代車胤，幼時勤學，家貧，曾囊螢照書。以博學知名於世。

【出處】晉書・車胤傳：「(胤)又善於賞會，當時每有盛坐而胤不在，皆云：『無車公不樂。』」

【用法】比喻宴會時沒有能言善道的嘉賓。

【例句】今天的宴會來客甚多，菜肴也頗豐盛，遺憾的是**坐無車公**，不免減了幾分樂趣。

坐視不救

【釋義】坐視：坐著看。

【出處】劉義慶・世說新語：「何以坐視元裒而不救？」

【用法】說明別人有危難，自己坐著旁觀，不肯幫助。

【例句】別人有危難，理當發揚仁愛精神，鼎力相助，怎能**坐視不救**呢？

【義近】作壁上觀／坐視不理／見死不救／袖手旁觀／隔岸觀火。

【義反】挺身而出／拔刀相助／濟困扶危／見義勇爲／救死扶傷。

坐擁百城

【釋義】擁：擁有，佔有。百城：許多城鎮。百：言其多。

【出處】北史・李謐傳：「丈夫坐擁萬卷書，何假南面百城。」

【用法】用以稱讚人藏書之多，不亞於做大官，統轄百城。也用以說明讀書自有其樂。

【例句】陳先生家中藏書甚豐，工作之餘，博覽羣籍，這種**坐擁百城**的樂趣，唯有箇中人才可體會得到。

坐懷不亂

【釋義】美女坐於懷中而不會淫亂。

【出處】荀子・大略載：春秋魯國柳下惠夜宿郭門，遇到一個沒有住處的女子，因怕她受凍而用衣裹著抱住她，坐了一夜，並沒有發生非禮的行爲。

【用法】形容男女相處而不發生不正當的關係，又著重指男子品德高尚而不好女色。

【例句】唐敖道：「據這光景，舅兄竟是柳下惠**坐懷不亂**了。」(李汝珍・鏡花緣三八回)

【義近】不欺暗室／守身如玉／非禮勿動。

【義反】偷香竊玉／尋花問柳／拈花惹草。

坐觀成敗

【釋義】坐著觀看別人的成功與失敗。

【出處】司馬遷・史記・田叔列傳：「見兵事起，欲坐觀成敗，見勝者欲合從之，有兩心。」

【用法】指對於別人的成功與失敗，採取冷眼旁觀的態度。

【例句】俗話說：兩虎相鬥，必有一傷。我們都是自家人，不能在一旁**坐觀成敗**，讓他們兩個這樣鬥下去。

【義近】坐視不理／作壁上觀／袖手旁觀／站乾岸兒／坐山觀虎鬥／隔岸觀火／冷眼旁觀。

【義反】拔刀相助／捨己救人／見義勇爲／打抱不平／挺身而出／伸出援手。

五畫

坦腹東牀

【釋義】坦腹：露腹躺著。

【出處】晉書・王羲之傳：「時太尉郗鑒使門生求女婿於(王)導，導令就東廂遍觀子弟。門生歸，謂鑒曰：『…：惟一人在東牀坦腹食，獨若不聞。』鑒曰：『正此佳婿邪！』訪之，乃羲之也。」

【用法】用作女婿的美稱。

【例句】董事長的女兒待字閨中，許多條件不錯的男士紛紛使出渾身解術，盼能當成董事長的**坦腹東牀**。

【義近】乘龍快婿／東牀快婿。

六畫

城下之盟

【釋義】盟：盟約，條約。

【出處】左傳・桓公一二年：「楚伐絞……大敗之，爲城下之盟而還。」

【用法】指敵人兵臨城下，被迫訂立的屈辱性條約。

【例句】在我國歷史上，有許多民族英雄和愛國將士都寧願戰死沙場，也決不簽訂**城下之盟**。

【義近】肉袒牽羊／北面稱臣／喪權之約／辱國之盟。

城北徐公

【釋義】徐公：猶今言「徐先生」，公是對人的尊稱。

【出處】戰國策・齊策一：「城北徐公，齊國之美麗者也。」

【用法】用作美男子的代稱。

【例句】學校的李老師，容貌俊秀，身材挺拔，而且風度翩翩，可算是**城北徐公**了。

【義近】貌比潘安／美如冠玉／傅粉何郎／一表人材／儀表堂堂／白面書生／朗目疏眉。

【義反】尖嘴猴腮／獐頭鼠目／狼眼鼠眉／其貌不揚。

城狐社鼠

【釋義】城牆上的狐狸，宗廟裏的老鼠。二者爲害難除，掘狐恐壞城牆，燻鼠恐毀社廟。

【出處】晉書・謝鯤傳：「(劉)隗誠始禍，然城狐社鼠也。」

【用法】比喻依仗權勢作惡，一時難以驅除的惡人。

【例句】徐局長身邊的那些**城狐社鼠**，雖得勢於一時，但終有一天會被大家所唾棄！

【義近】稷狐社鼠／稷蜂社鼠。

城門失火，殃及池魚

【釋義】城門失火，爲了取池水灌救，池水汲乾，魚皆枯死。殃：禍害。池：護城河。

【出處】文苑英華六四五：「但恐楚國亡猨，禍延林木；城門失火，殃及池魚。」

【用法】比喻無故受牽連而遭受禍害或損失。

【例句】美國幫助科威特懲罰伊拉克侵略者，不料**城門失火，殃及池魚**，炸死、炸傷了一些平民百姓。

【義近】池魚之殃／無妄之災。

【義反】罪有應得／死有餘辜。

垂死掙扎（ㄔㄨㄟˊ ㄙˇ ㄓㄥ ㄓㄚˊ）

【釋義】言快要死時的最後掙扎。垂死：接近死亡。

【出處】杜甫・送鄭十八虔貶台州司戶：「萬里傷心嚴譴日，百年垂死中興時。」施耐庵・水滸傳二二回：「且掙扎下岡子去，明早卻來理會。」

【用法】形容不甘心失敗，要掙扎到底。常用於貶義。

【例句】這幫綁匪雖然已被警察重重包圍，但仍在作**垂死掙扎**，不肯束手就擒。

【義近】禽困覆車／窮鼠囓狸／困獸猶鬥／負嵎頑抗。

【義反】肉袒面縛／棄械投降／束手就擒／俛首係頸。

垂命懸絲（ㄔㄨㄟˊ ㄇㄧㄥˋ ㄒㄩㄢˊ ㄙ）

【釋義】將要斷氣的生命如絲般薄弱。

【出處】元曲・勘頭巾：「想危亡頃刻參差，端的是垂命懸絲。」

【用法】比喻生命垂危。

【例句】老太太百病纏身，綿惙已極，**垂命懸絲**，恐將不保了。

【義近】命若游絲／尸居餘氣。

【義反】生龍活虎／朝氣蓬勃。

垂拱而治（ㄔㄨㄟˊ ㄍㄨㄥˇ ㄦˊ ㄓˋ）

【釋義】垂拱：垂衣拱手，形容無所事事，不費力氣。治：治理，太平。

【出處】尚書・武成：「惇信明義，崇德報功，垂拱而天下治。」

【用法】多用以稱頌帝王無爲而治，也用以頌揚某人用人得當，不須多加干預即可政治清平。

【例句】周縣長把這個縣治理得井井有條，民風淳樸，道不拾遺，大有古代**垂拱而治**的風範。

【義近】垂拱之化／垂拱之治／無爲而治／垂裳而治／政通人和／政簡刑清。

【義反】民不堪命／政出多門／政令日出。

垂涎三尺（ㄔㄨㄟˊ ㄒㄧㄢˊ ㄙㄢ ㄔˇ）

【釋義】口水掛下三尺長。垂：掛下。涎：口水。

【出處】柳宗元・三戒・臨江之麋：「入門，羣犬垂涎，揚尾皆來。」

【用法】形容極其貪饞的樣子。也形容非常眼紅，見了別人的好東西就想得到。

【例句】①他早已飢腸轆轆，所以見了好吃的就**垂涎三尺**。②胖大嫂見了張太太的金銀首飾，頓時**垂涎三尺**，恨不能佔爲己有。

【義近】垂涎欲滴／饞涎欲滴／食指大動／口角流涎。

【義反】無動於衷。

垂裕後昆（ㄔㄨㄟˊ ㄩˋ ㄏㄡˋ ㄎㄨㄣ）

【釋義】垂裕：留下優裕的條件、富足的財產。後昆：後世子孫。昆：子孫，後嗣。

【出處】尚書・仲虺之誥：「以義制事，以禮制心，垂裕後昆。」

【用法】指爲後人留下功業或財產。

【例句】**垂裕後昆**，留名青史，這是每一個有志之士的願望，也是人之常情。

【義近】福澤流長／前人栽樹，後人乘涼。

【義反】父債子還。

垂憐見愛（ㄔㄨㄟˊ ㄌㄧㄢˊ ㄐㄧㄢˋ ㄞˋ）

【釋義】垂：表示對方居高向下之意。憐：憐憫。見愛：即愛我。見：助詞，用在動詞前表示對我怎麼樣。

【出處】蘭陵笑笑生・金瓶梅一七回：「倘蒙娘子垂憐見愛，肯結秦、晉之緣，足稱平生之願，小人雖啣環結草，不敢有忘！」

【用法】求愛用語，爲男方向女方求愛時的懇切之詞。

【例句】有妳這樣的**垂憐見愛**，我一定會窮盡畢生的愛來呵護妳。

【義近】成全姻緣／俯就中饋。

垂頭喪氣（ㄔㄨㄟˊ ㄊㄡˊ ㄙㄤˋ ㄑㄧˋ）

【釋義】垂頭：低著頭。喪氣：情緒低落。

【出處】韓愈・送窮文：「主人於是垂頭喪氣，上手稱謝。」

【用法】形容因失敗不順利而情緒低落、萎靡不振的樣子。

【例句】那些被生擒活捉的暴徒，一個個**垂頭喪氣**的給押上了警車。

【義近】愁眉苦臉／萎靡不振／無精打采／灰心喪氣。

【義反】眉飛色舞／興高采烈／洋洋得意／揚眉吐氣／神采奕奕。

垂簾聽政（ㄔㄨㄟˊ ㄌㄧㄢˊ ㄊㄧㄥ ㄓㄥˋ）

【釋義】垂簾：放下簾子。古代女后聽政，因男女有別，中隔簾子，由簾內聽取大臣奏報。聽：治。

【出處】舊唐書・高宗紀下：「上每視朝，天后垂簾於御座後，政事大小皆預聞之，內外稱爲二聖。」

【用法】用以說明古代皇太后或皇后執掌朝政。

【例句】養心殿東間，就是當年慈禧太后**垂簾聽政**的地方。

七畫

埋天怨地（ㄇㄞˊ ㄊㄧㄢ ㄩㄢˋ ㄉㄧˋ）

【釋義】意即埋怨天和地。

【出處】元・無名氏・看錢奴一折：「兀那賈仁，你爲何在我神廟中埋天怨地，怪恨神靈？」

【用法】指人因事情不如意而向天地發洩憤懣。

【例句】你把事情搞砸了，不去檢討自己，力求改進，卻在這裏**埋天怨地**，有什麼用？

【義近】推卸責任／怨天尤人／委過他人／怨天怨地。

【義反】反躬自省／撫躬自問／前思後想／反求諸己。

埋頭苦幹（ㄇㄞˊ ㄊㄡˊ ㄎㄨˇ ㄍㄢˋ）

【釋義】埋頭：低著頭，比喻專心。苦幹：努力做事。

【出處】邵雍・思山吟：「果然得手情性上，更肯埋頭利害間。」

【用法】形容專心致志，刻苦工作。

【例句】要想在事業上取得成就，沒有**埋頭苦幹**的精神，是絕對不可能的。

【義近】任勞任怨／腳踏實地。

【義反】游手好閒／飽食終日／翫歲愒時。

八 畫

堅不可摧

【釋義】堅固得不可摧毀。
【出處】清・葉燮・原詩・內篇上：「惟力大而才能堅，故至堅而不可摧也。」李綠園・歧路燈八二回：「牢不可破，堅不可摧。」
【用法】形容非常堅固，根本無法摧毀。
【例句】國軍經過幾十年的養精蓄銳，培訓更新，現已成為**堅不可摧**的部隊。
【義近】牢不可破／磐石之固。
【義反】不堪一擊／一觸即潰。

堅甲利兵

【釋義】堅固的鎧甲，鋒利的兵器。
【出處】墨子・非攻下：「於此為堅甲利兵，以往攻伐無罪之國。」
【用法】用以表示軍隊的裝備精良。
【例句】義和團要拿人身去對付八國聯軍的**堅甲利兵**，簡直是以卵擊石，太愚昧了。
【義近】精甲銳兵／強兵勁旅／金戈鐵馬。

堅如磐石

【釋義】堅：堅固，牢固。磐石：大石頭。
【出處】玉臺新詠・古詩為焦仲卿妻作：「君當作磐石，妾當作蒲葦。蒲葦紉如絲，磐石無轉移。」
【用法】比喻不可動搖或改變。
【例句】他倆自結婚以來，信守誓約，不論遇到多大的挫折和困難，彼此的感情都**堅如磐石**。
【義近】傲然屹立／矢志不渝／堅定不移／至死不變。
【義反】見異思遷／東食西宿／隨風飄搖。

堅定不移

【釋義】移：改變，變動。
【出處】資治通鑑・唐紀文宗開成五年：「推心委任，堅定不移，則天下何憂不理哉！」
【用法】形容意志堅強，毫不動搖。
【例句】他只要下定決心去做一件事，就會**堅定不移**地拚到底。
【義近】堅如磐石／堅忍不拔／矢志不移／百折不撓。
【義反】見異思遷／見風轉舵／心猿意馬／反覆無常。

堅持不懈

【釋義】堅持：堅決支持。懈：鬆懈。
【用法】用以說明做事有毅力，一直堅持下去，毫不鬆懈。
【例句】成功的不二法門便是對立定的目標**堅持不懈**地努力下去。
【義近】持之以恆／鍥而不舍／堅定不移。
【義反】一暴十寒／半途而廢／虎頭蛇尾／三天打魚，兩天曬網。

堅苦卓絕

【釋義】堅苦：很能耐苦。卓絕：程度達到極點，無可比擬。又作「艱苦卓絕」。
【出處】宋史・邵雍傳：「始為學，即堅苦刻厲，寒不爐，暑不扇，夜不就席者數年。」陳壽・三國志・魏書・管寧傳：「德行卓絕。」
【用法】形容堅韌刻苦的精神超越尋常。
【例句】滿清末年，革命黨人經過十多年**堅苦卓絕**的奮鬥，終於獲得了勝利。
【義近】艱苦奮鬥／堅苦刻厲／堅韌不拔。

堅貞不屈

【釋義】堅貞：貞潔，保持節操不動搖。
【出處】後漢書・王龔傳：「但以堅貞之操，違俗失眾，橫為讒佞所構毀。」孟子・滕文公下：「威武不能屈。」
【用法】形容堅定而有氣節，決不向惡勢力屈服。
【例句】女革命家秋瑾被捕後，**堅貞不屈**，表現了革命黨人的堅強意志和崇高氣節。
【義近】堅貞不渝／堅貞不移／寧死不屈／威武不屈／寧折不彎。
【義反】奴顏婢膝／卑躬屈膝／屈節辱命。

堅強不屈

【釋義】不屈：不屈服，不動搖。
【出處】朱子語類・論語：「蓋剛是堅強不屈之意，便是卓然而立，不為物欲所累底人。」
【用法】形容意志堅定，毫不動搖屈服。
【例句】中華民族有著**堅強不屈**的光榮傳統，任何侵略者都無法征服她。
【義近】堅貞不屈／堅韌不屈／百折不撓。

堅韌不拔

【釋義】韌：柔韌，頑強不屈。拔：拔除，引申為動搖。一作「堅忍不拔」。
【出處】蘇軾・賈誼論：「古人立大事者，不惟有超世之才，亦必有堅忍不拔之志。」
【用法】形容在艱苦困難的情況下，意志堅強，不可動搖。
【例句】要想攀登科學高峯，就要有**堅韌不拔**的毅力。
【義近】堅定不移／堅如磐石／矢志不移。
【義反】心猿意馬／見異思遷／優柔寡斷。

堅壁清野

【釋義】堅壁：指加強防禦工事。壁：營壘，軍營的圍牆。清野：轉移四野的人口和物質。
【出處】三國志・魏書・荀彧傳：「今東方皆以收麥，必堅壁清野以待將軍。將軍攻之不克，略之無獲，不出十日，則十萬之眾，未戰而自困耳。」
【用法】指對付敵人入侵的一種作戰方法，就是讓入侵者既攻不下據點，又搶不到物資補給。
【例句】抗戰時期，我軍常採用

堅壁清野的戰術，使日寇一無所得。
【義近】空室清野。
【義反】因敵取資。

堆金積玉
ㄉㄨㄟ ㄐㄧㄣ ㄐㄧ ㄩˋ

【釋義】家裏堆積著黃金美玉。
【出處】王充．論衡．命祿篇：「懷銀紆紫，未必稷契之才；積金累玉，未必陶朱之智。」呂巖．敲爻歌：「堆金積玉滿山川，神仙冷笑應不采。」
【用法】形容極其富有。
【例句】從前他家**堆金積玉**，其財富之多可說誰也比不上，可惜子女不成材，將家產敗得精光。
【義近】堆金疊玉／家財萬貫／金玉滿堂／堆金疊銀。
【義反】家徒四壁／室如懸罄／一貧如洗。

堆積如山
ㄉㄨㄟ ㄐㄧ ㄖㄨˊ ㄕㄢ

【釋義】東西堆積得像山一樣。
【出處】孟元老．東京夢華錄：「牛車闐塞道路，車尾相銜，數千萬輛不絕，場內堆積如山。」
【用法】形容東西極多。
【例句】面對一片**堆積如山**的舊稿，眞不知如何下手整理。
【義近】不計其數／滿坑滿谷。
【義反】寥寥無幾／一星半點／空空如也。

執牛耳
ㄓˊ ㄋㄧㄡˊ ㄦˇ

【釋義】指主持盟會的人。古時結盟，割牛耳取血於盤，主盟者給參加盟會的人分嘗，以示誠意信守。
【出處】左傳．哀公一七年：「諸侯盟，誰執牛耳？」注：「執牛耳，尸(主)盟者。」
【用法】今用以泛指主持其事而居於領導地位的人。
【例句】這次全國性的學術討論會，究竟由誰**執牛耳**，尚未確定。

執而不化
ㄓˊ ㄦˊ ㄅㄨˋ ㄏㄨㄚˋ

【釋義】執：固執。化：變化，變通。
【出處】莊子．人間世：「將執而不化，外合而內不訾，其庸詎可乎？」注：「故守其本意也。」
【用法】用以指固執己見，不知變通。
【例句】這人年紀不大，卻如此**執而不化**，眞是少見！
【義近】固執己見／頑固不化／墨守成規／頑冥不靈。
【義反】通權達度／依時而變／與世推移。

執兩用中
ㄓˊ ㄌㄧㄤˇ ㄩㄥˋ ㄓㄨㄥ

【釋義】執：掌握。兩：兩端，即過與不及。用中：取用中間的。
【出處】禮記．中庸：「舜好問而好察邇言，隱惡而揚善，執其兩端，用其中於民，其斯以爲舜乎？」
【用法】指對待和處理事物要採取不偏不倚的適宜辦法，不走極端。
【例句】董事長處理事情總是力求**執兩用中**，因此大家無不心悅誠服。
【義近】允執其中／中庸之道／不偏不倚／不爲已甚。
【義反】厚此薄彼／黨同伐異。

執法如山
ㄓˊ ㄈㄚˇ ㄖㄨˊ ㄕㄢ

【釋義】執法：執行法令。如山：像山樣的不可動搖。
【出處】周禮．春官．大史：「大喪，執法以涖勸防。」宋史．岳飛傳：「岳節使號令如山。」
【用法】用以表示執法嚴正無私，決不講情面。
【例句】王法官一向**執法如山**，即使是自己的親屬也決不徇私枉法。
【義近】鐵面無私／秉公執法。
【義反】徇私枉法／貪贓枉法。

執柯作伐
ㄓˊ ㄎㄜ ㄗㄨㄛˋ ㄈㄚˊ

【釋義】柯：斧柄。伐：砍伐。
【出處】詩經．豳風．伐柯：「伐柯如何？匪斧不克。取妻如何？匪媒不得。」吳敬梓．儒林外史六回：「周親家家，就是靜齋先生執柯作伐。」
【用法】用以形容給人做媒。
【例句】這對新人郎才女貌，天生一對，是誰**執柯作伐**，成就這樁美好姻緣的？
【義近】月下老人／赤繩繫足／紅葉題詩／媒妁之言／千里姻緣一線牽。

執迷不悟
ㄓˊ ㄇㄧˊ ㄅㄨˋ ㄨˋ

【釋義】執：固執。迷：迷惑。悟：醒悟。
【出處】梁書．武帝紀：「若執迷不悟，距逆王師，大軍一臨，刑茲罔赦，所謂火烈高原，芝蘭同泯。」
【用法】指堅持謬誤而不覺悟。
【例句】一個人犯了錯誤，如果還**執迷不悟**，那就無藥可救了。
【義近】頑固不化／至死不悟／死不悔改。
【義反】聞過而改／迷途知返。

執經問難
ㄓˊ ㄐㄧㄥ ㄨㄣˋ ㄋㄢˋ

【釋義】手拿經書，詢問疑難。執：持，拿。
【出處】後漢書．儒林傳序：「帝正坐自講，諸儒執經問難於前。」
【用法】用以指人勤奮好學，虛心請教。
【例句】這位學生很好學，課後經常向老師**執經問難**，直到徹底弄懂爲止。
【義近】執經問字／執經扣問／援疑質理。
【義反】見難不問／一知半解／不求甚解。

執鞭隨鐙
ㄓˊ ㄅㄧㄢ ㄙㄨㄟˊ ㄉㄥˋ

【釋義】拿著馬鞭，跟隨在馬鐙旁。鐙：馬鞍兩旁下垂供騎馬人登腳的東西。
【出處】司馬遷．史記．管晏傳贊：「假令晏子而在，余雖爲之執鞭，所欣慕焉。」羅貫中．三國演義二八回：「願將軍不棄，收爲步卒，早晚執鞭隨鐙，死亦甘心。」
【用法】比喻敬仰佩服某人而願追隨左右，隨時服侍。
【例句】您是德高望重的大學者，若不嫌我孤陋寡聞，我願**執鞭隨鐙**常侍左右。
【義近】犬馬之勞／馬首是瞻／

驢前馬後／負弩前驅。

【義反】旁若無人／矜功自伐／趾高氣揚／高視闊步。

堂而皇之

【釋義】堂皇：本指官吏辦事的大廳或廣大的殿堂，後引申爲雄偉、正大。

【出處】張耒．大禮慶成賦：「堂皇二儀，拓落八極，以定萬世之業。」

【用法】多用以形容氣派非凡或自以爲理直氣壯而無畏怯的樣子。

【例句】他自己做錯了事，還**堂而皇之**地過來找我們理論，眞是恬不知恥。

【義近】冠冕堂皇／理直氣壯。

【義反】鬼鬼祟祟。

堂哉皇哉

【釋義】也作「唐哉皇哉」。

【出處】後漢書．班固傳：「唐哉皇哉。」魯迅．致山本初枝：「盡是他們所寫的東西穿鑿附會，錯誤百出，竟也堂哉皇哉付梓問世，那他又何必太謙呢？」

【用法】用以形容規模宏偉，氣勢盛大。

【例句】舊時代一些不登大雅之堂的戲曲、小說等文藝作品，現在卻**堂哉皇哉**地踏進了文藝領域。

【義近】堂堂皇皇／堂而皇之／冠冕堂皇／堂堂正正。

【義反】畏畏縮縮／小家子氣／縮手縮腳／偷偷摸摸。

堂堂正正

【釋義】原指軍隊嚴整壯盛。堂堂：威武盛大的樣子。正正：十分整齊。

【出處】孫子．軍爭：「無邀正正之旗，勿擊堂堂之陳（陣），此治變者也。」劉鶚．老殘遊記一二回：「也有一番堂堂正正的道理。」

【用法】多用以形容光明正大。也用以形容人的身材威武、儀表出眾。

【例句】李教授學問淵博，爲人也**堂堂正正**，所以學生都很敬重他。

【義近】光明正大／光明磊落。

【義反】鬼鬼祟祟／猥瑣不堪。

九　畫

報仇雪恨

【釋義】雪：洗刷掉。恨：仇恨。又作「報仇雪恥」。

【出處】元．無名氏．馬陵道四折：「領將驅兵莫避難，報仇雪恨在今番。」

【用法】指報冤仇，除仇恨。

【例句】他爲了**報仇雪恨**，十幾年來什麼恥辱都忍下來，如今終於一償宿願。

【義近】洗雪冤仇／報仇雪冤。

【義反】沉冤莫白／冤沉海底／負屈含冤。

報本反始

【釋義】指回報天地和祖先的恩德。

【出處】禮記．郊特牲：「唯社，丘乘共粢盛，所以報本反始也。」疏：「祭社稷之神爲報本，祭所配之人爲反始。」孔子家語．郊問：「萬物本於天，人本乎祖，郊之祭也，大報本反始也。」

【用法】形容人不忘本。

【例句】今天我們所享有的一切均是祖先和天地的賜與，所以我們要懂得**報本反始**。

【義近】飲水思源／報本復恩／慎終追遠／無念爾祖。

【義反】數典忘祖／忘恩負義／過河拆橋／得魚忘筌。

堯天舜日

【釋義】堯、舜：古代賢君。

【出處】宋史．樂志：「九州臻禹會，萬國戴堯天。」沈約．夏白紵歌：「佩服瑤草駐容色，舜日堯年歡無極。」

【用法】形容太平盛世。

【例句】每個朝代都有一些賢君治國，做到**堯天舜日**的境界，可惜繼位者往往無法續其功業。

【義近】國泰民安／四海升平／太平盛世／清明世界。

【義反】民不聊生／兵荒馬亂／生靈塗炭／國困民窮。

十　畫

塗脂抹粉

【釋義】塗上胭脂抹上粉。指女子打扮容貌。

【出處】凌濛初．二刻拍案驚奇卷二四：「其妻塗脂抹粉，慣賣風情，挑逗富家郎君。」

【用法】現用以比喻對醜惡的東西，設法加以掩飾和美化。

【例句】無論日本人怎樣爲日本帝國主義者**塗脂抹粉**，都掩飾不了南京大屠殺的血腥事實。

【義近】擦脂抹粉／喬裝打扮。

【義反】原形畢露／暴露無遺。

塗歌里詠

【釋義】走在路上和在鄰里中的人都謳歌稱頌。

【出處】沈約．齊故安陸昭王碑文：「老安少懷，塗歌里詠。」

【用法】喻太平盛世。

【例句】現在**塗歌里詠**，人民安居樂業，到處一片繁榮。

【義近】政通人和／海不揚波／河清海晏／堯天舜日。

【義反】天下大亂／兵荒馬亂／滄海橫流／滿目瘡痍。

塞耳偷鈴

【釋義】用東西把耳朵塞住去偷人家的鈴鐺。

【出處】普濟．五燈會元．雪峰存禪師法嗣：「冥冥漠漠，無覺無知，塞耳偷鈴，徒自欺誑。」

【用法】比喻自己欺騙自己的愚蠢行爲。

【例句】錯了就是錯了，要勇於承認，用不著在這裏**塞耳偷鈴**，自欺欺人。

【義近】掩耳盜鈴／盜鐘掩耳／掩目捕雀／自欺欺人。

塞翁失馬

【釋義】塞：邊塞。翁：老頭兒。常與「焉知非福」連用。焉：何。

【出處】原典出自淮南子．人間訓。又陸游．長安道詩：「士師分鹿眞是夢，塞翁失馬猶爲福。」

【用法】比喻暫時受損失，卻因此而得到好處，壞事變成了好事。

【例句】他那間破房子被火燒了，保險公司賠了一筆錢，使他得以重建新房居住，這眞可謂**塞翁失馬**，焉知非福。

【義近】亡羊得牛／因禍得福。

【義反】樂極生悲／福過災生。

塡街塞巷

【釋義】意謂人羣車馬充塞了街巷。

【出處】凌濛初・拍案驚奇一二卷：「從來仕宦官員、王孫公子，要討美妾的，都到廣陵郡來揀擇時娶，所以塡街塞巷，都是媒婆。」

【用法】現用來形容城市繁華，來往的車輛行人極多。

【例句】一到假日，台北的繁華區便**塡街塞巷**，熱鬧非凡。

【義近】舉袂成幕／人來人往／壓肩疊背／轂擊肩摩／車水馬龍。

【義反】車少人稀／寥寥無幾／三三兩兩。

塊然獨處

【釋義】塊然：孤獨的樣子。

【出處】莊子・應帝王：「塊然獨以其形立。」司馬遷・史記・滑稽列傳：「今世之處士，時雖不用，崛然獨立，塊然獨處。」

【用法】形容獨居寡歡的樣子。

【例句】他無兒女，老伴又已去世，雖有終身俸維生，但是**塊然獨處**，日子很難打發。

【義近】孑然一身／煢煢孑立／形影相弔／形單影隻。

【義反】兒孫滿堂／三朋四友／妻兒老小／十親九故。

十一畫

塵垢粃糠

【釋義】塵垢：灰塵和污垢。粃糠：穀殼和米皮。粃：同秕。

【出處】莊子・逍遙遊：「之人也，物莫之傷……。是其塵垢粃糠將猶陶鑄堯、舜者也，孰肯以物爲事！」

【用法】比喻細碎無用的東西。

【例句】依我看，他炫耀的那些東西不過是**塵垢粃糠**，有什麼好稀罕的！

【義近】雞毛蒜皮／雞零狗碎／塵飯塗羹／虱脛蟣肝。

【義反】金玉錦繡／奇珍異寶／和璧隋珠／鳳毛麟角。

塵飯塗羹

【釋義】用塵土做的飯，用泥水和的羹。塗：泥。羹：有濃汁的食品，通常指羹湯。也作「塵飯土羹」。

【出處】韓非子・外儲說左上：「夫嬰兒相與戲也，以塵爲飯，以塗爲羹……然至日晚必歸饟者，塵飯塗羹，可以戲而不可食也。」

【用法】比喻沒有什麼用處，不值得珍惜的東西；或以假當眞的東西。

【例句】紂王只因進香之後，看見女媧美貌，朝暮思想，寒暑盡忘，寢食俱廢，每見六宮三院，眞如**塵飯土羹**，不堪諦視。（許仲琳・封神演義一回）

【義近】虛舟飄瓦／土牛木馬／土雞木馬／駢拇枝指／附贅懸疣／土龍芻狗。

【義反】鳳毛麟角／奇珍異寶。

墓木已拱

【釋義】墓旁的樹已經大到可以用雙手合抱了。拱：兩手合抱。

【出處】左傳・僖公三二年：「爾何知？中壽，爾墓之木拱矣！」

【用法】比喻人去世已久。

【例句】時間過得眞快，轉眼間，祖父**墓木已拱**，十年都已過去了。

【義反】屍骨未寒。

十二—十三畫

墜茵落溷

【釋義】喻花朵飄落，有的落在墊褥上，有的落在糞坑裏。茵：墊褥。溷：糞坑。

【出處】梁書・范縝傳：「人之生譬如一樹花，同發一枝，俱開一蒂，隨風而墮。自有拂簾幌，墜於茵席之上；自有關籬牆，落於糞溷之側。」

【用法】比喻因偶然的機緣，境遇便有高下貴賤之分。

【例句】人的命運眞的難以捉摸，即便是同父同母所生，也有**墜茵落溷**的差別。

【義近】飄茵落溷／判若天壤／大相逕庭／截然不同。

【義反】一模一樣／相去無幾／大同小異／毫無二致。

壁上觀

【釋義】在軍壘上觀看。壁：軍壘。

【出處】司馬遷・史記・項羽本紀：「諸侯軍救鉅鹿，下者十餘壁，莫敢縱兵。及楚擊秦，諸將皆從壁上觀。」

【用法】意指置身事外，坐觀成敗。

【例句】這兩個青年鬥毆已成重傷，你們竟然都作**壁上觀**，見死不救，未免太不像話了吧！

【義近】坐山觀虎鬥／袖手旁觀／隔岸觀火。

【義反】置身其間／排難解紛。

壁立千仞

【釋義】千仞：極言其高。千：非實數。仞：古稱八尺或七尺爲一仞。

【出處】水經注・河水一：「其道艱阻，崖岸險絕，其山惟石，壁立千仞，臨之目眩，欲進則投足無所。」

【用法】形容巖石高聳直立的樣子。

【例句】當遊輪經過三峽時，遊客們無不爲兩岸**壁立千仞**的壯觀景象發出嘖嘖驚歎聲。

【義近】懸巖峭壁／千巖萬壑／層巒疊嶂／崇山峻嶺。

【義反】一馬平川／一片汪洋／萬里平原／沃野千里。

壁壘分明

【釋義】壁壘：古代軍營的圍牆，也指軍營。

【出處】六韜・王翼：「修溝塹，治壁壘。」韓非子・守道：「法分明。」

【用法】用以形容兩相對立，界限十分清楚。

【例句】無論哪一個國家，總有正義勢力與邪惡勢力**壁壘分明**地對立著。

【義近】涇渭分明／陣營分明／黑白分明。

【義反】清濁不分／敵我不分。

壁壘森嚴

【釋義】壁壘：古代軍營的圍牆

，泛指防禦工事。森嚴：整齊，嚴備。

【出處】司馬遷・史記・黥布傳：「深溝壁壘，分卒守徼乘塞。」新唐書・文藝傳序：「法度森嚴。」

【用法】指防守戒備嚴密。也比喻彼此界限分明。

【例句】在這場排球決賽中，高雄隊的防守**壁壘森嚴**，使臺北隊無隙可乘。

【義近】銅牆鐵壁／金城湯池／嚴陣以待／固若金湯。

【義反】臨陣磨槍／不堪一擊。

十四畫

壎篪相和（ㄒㄩㄣ ㄔˊ ㄒㄧㄤ ㄏㄜˋ）

【釋義】壎、篪：兩者都是古樂器名稱。和：相呼應。

【出處】詩經・小雅・何人斯：「伯氏吹壎，仲氏吹篪。」箋：「伯仲，喻兄弟也。」

【用法】用以形容兄弟相親相愛的樣子。

【例句】張家兄弟**壎篪相和**，歸功於他們的父母教育成功，實在令人稱羨。

【義近】手足情深／笙磬同音／兄友弟恭。

【義反】手足相殘／煮豆燃萁／同室操戈／兄弟鬩牆。

壓肩疊背（ㄧㄚ ㄐㄧㄢ ㄉㄧㄝˊ ㄅㄟˋ）

【釋義】喻人與人的肩背擠得非常緊。

【出處】施耐庵・水滸傳三九回：「江州府看的人，眞乃壓肩疊背，何止三千人。」

【用法】形容人多擁擠。

【例句】夏季清倉大拍賣，搶購者**壓肩疊背**，把賣場擠得水洩不通。

【義近】人山人海／挨肩擦背／比肩繼踵／摩肩接踵／駢肩雜遝。

【義反】稀稀落落／三三兩兩／人數寥寥／三五成羣／寥寥無幾。

壓倒元白（ㄧㄚ ㄉㄠˇ ㄩㄢˊ ㄅㄞˊ）

【釋義】元白：唐代著名詩人元稹和白居易。

【出處】五代・王定保・唐摭言載：宰相楊嗣復設宴，元稹、白居易、楊汝士即席賦詩。楊詩後成，最好，元、白看後爲之失色。楊汝士醉歸，對子弟們說：「我今日壓倒元白。」

【用法】比喻著作勝過同時代有名作家的作品。

【例句】現在的文學作品層出不窮，但很少有稱得上**壓倒元白**的佳作。

【義近】妙絕時人／青錢萬選／洛陽紙貴／錦心繡口。

【義反】平凡無奇／驢鳴犬吠／連篇累牘。

士部

士可殺不可辱（ㄕˋ ㄎㄜˇ ㄕㄚ ㄅㄨˋ ㄎㄜˇ ㄖㄨˇ）

【釋義】士：指通達事理的讀書人。

【出處】禮記・儒行篇：「可殺而不可辱也。」

【用法】用以表明重氣節，寧可犧牲亦不受屈辱。

【例句】所謂**士可殺不可辱**，讀書人應知在任何情況下也不可被辱沒其氣節。

【義反】苟且偷生／忍辱偷生／苟合取容／卑躬屈節／脅肩諂笑。

士爲知己者死（ㄕˋ ㄨㄟˋ ㄓ ㄐㄧˇ ㄓㄜˇ ㄙˇ）

【釋義】志士不惜犧牲生命，來幫助知己好友。

【出處】司馬遷・史記・刺客列傳：「士爲知己者死，女爲說己者容。」

【用法】用以表示心甘情願全力幫助朋友。

【例句】古言道：「**士爲知己者死**。」我既然是你最要好的朋友，自然會傾盡所有幫到底的。

士飽馬騰（ㄕˋ ㄅㄠˇ ㄇㄚˇ ㄊㄥˊ）

【釋義】士：將士，即軍隊。騰：騰躍，跳躍。

【出處】韓愈・平淮西碑：「士飽而歌，馬騰於槽。」

【用法】形容軍中糧食充足，士氣旺盛。

【例句】我軍現在是**士飽馬騰**，能抵擋一切入侵者，捍衛國土。

【義近】兵強馬壯／兵多將廣／投鞭斷流。

【義反】師老兵疲／殘兵敗將。

四畫

壯士斷腕（ㄓㄨㄤˋ ㄕˋ ㄉㄨㄢˋ ㄨㄢˋ）

【釋義】壯士砍斷自己的手腕。

【出處】陳壽・三國志・魏書・陳羣傳：「古人有言：『蝮蛇螫手，壯士解其腕。』」

【用法】用以比喻下定決心，當機立斷。

【例句】事到如今，沒有**壯士斷腕**的決心，是難以突破目前的困境。

【義近】壯士解腕。

【義反】惜指失掌。

壯心不已（ㄓㄨㄤˋ ㄒㄧㄣ ㄅㄨˋ ㄧˇ）

【釋義】壯心：雄壯的心。已：停止。

【出處】曹操・步出夏門行：「老驥伏櫪，志在千里，烈士暮年，壯心不已。」
【用法】表示人雖年老力衰，但雄心仍在，壯志不衰。
【例句】許多老將軍雖已解甲歸田，但仍**壯心不已**，時刻關心著我軍的發展情況。
【義近】老驥伏櫪／老馬嘶風／虎瘦雄心在。

壯志未酬

【釋義】壯志：宏偉的志願。酬：實現。
【出處】李頻・春日思歸：「壯志未酬三尺劍，故鄉空隔萬重山。」
【用法】指偉大的理想抱負尚未實現。
【例句】在那些洋溢著激情的詩篇裏，往往也充滿了**壯志未酬**的憤懣。
【義近】壯志難酬／抱負未展／宏願未酬。
【義反】如願以償／志得意滿／夙願得償。

壯志凌雲

【釋義】志向遠大，高出雲層之上。
【出處】司馬遷・史記・司馬相如傳：「飄飄有凌雲之氣。」一後漢書・張儉傳：「莫不憐其壯志。」
【用法】用以比喻志氣高遠，抱負宏偉遠大。
【例句】他徒有**壯志凌雲**的偉大志向，可惜眼高手低，多年來依舊是一事無成。
【義近】豪情萬丈／志在千里／鴻鵠之志／雄心壯志／青雲之志／壯志凌霄。
【義反】胸無大志／燕雀之志。

十一畫

壽山福海

【釋義】壽像山那樣長久，福像海那樣廣大。
【出處】明・張鳳翼・灌園記・開場家門：「華屋珠簾，壽山福海，別是風煙。」
【用法】比喻長壽多福。多用為祝賀之詞。
【例句】王老太太在過百歲生日時，兒孫們歡聚一堂，祝賀她老人家**壽山福海**。
【義近】壽比南山／萬壽無疆／松柏之壽／福海無涯。
【義反】未老先衰／福淺命薄。

壽比南山

【釋義】壽命可同終南山相比。南山：指終南山，在今陝西省西安市西南。
【出處】詩經・小雅・天保：「如月之恆，如日之升，如南山之壽，不騫不崩。」
【用法】用以祝賀人壽命像終南山那樣長久。
【例句】我們衷心祝賀老爺爺**壽比南山**，福如東海。
【義近】長生不老／海屋添籌／長命百歲／萬壽無疆。
【義反】天不假年／行將就木／日薄西山。

壽終正寢

【釋義】壽終：盡天年而死。正寢：住房的正屋。
【出處】許仲琳・封神演義一一回：「你道朕不能善終，你自誇壽終正寢，非侮君而何！」
【用法】形容老人安然死於家中，也用以泛指正常死亡。有時也比喻事物的滅亡，且含有諷刺意味。
【例句】這位老人活了一百多歲，於昨天**壽終正寢**。
【義近】終其天年／善終正寢／與世長辭／壽終內寢。
【義反】天年不遂／暴病而亡／死於非命。

壽陵失步

【釋義】壽陵：古地名。失步：失掉了原來走路的樣子。
【出處】莊子・秋水：「且子獨不聞夫壽陵餘子之學行於邯鄲與？未得國能，又失其故行矣，直匍匐而歸耳。」一李白・古風五十九首之三五：「壽陵失本步，笑殺邯鄲人。」
【用法】比喻模仿不得要領，不但沒有學到別人的長處，反而連自己原來所會的東西也忘掉了。
【例句】無論做什麼事，在學習別人的長處時，也應保有自己的特色，以免弄得**壽陵失步**。
【義近】壽陵匍匐／邯鄲學步／東施效顰。
【義反】不失故常／自我作古／拔新領異。

壽滿天年

【釋義】天年：人的自然壽命。
【出處】馮夢龍・喻世明言卷三二：「諸公皆生人道，為王公大人，享受天祿。壽滿天年，仍還原所，以俟緣會，又復托生。」
【用法】指人活到自然壽歲，正常死亡。
【例句】人總是要死，只要能**壽滿天年**，也就無恨無憾了。
【義近】壽終正寢／安享天年。
【義反】不得好死／死於非命。

夂部

七畫

夏五郭公

【釋義】春秋經文中「夏五」和「郭公」兩處經文皆有缺漏。又作「郭公夏五」。
【出處】連橫・臺灣通史序：「斷簡殘編，蒐羅匪易；郭公夏五，疑信相參。」
【用法】喻文字脫誤。
【例句】研究古代書籍最大的困難處便是**夏五郭公**的問題，因年代久遠，考核不易，有時甚至出現不同的版本。
【義近】別風淮雨／魯魚帝虎／烏焉成馬／三豕涉河／魯魚亥豕。

夏日可畏

【釋義】夏日：盛夏的烈日。可畏：令人害怕。
【出處】左傳・文公七年：「趙衰，冬日之日也；趙盾，夏日之日也。」杜預注：「冬日可愛，夏日可畏。」
【用法】比喻人的作風嚴厲可畏，不容親近。
【例句】此人個性非常剛直，和他共事的人都知道他**夏日可**

畏，絕不敢拿他開玩笑。

【義近】不苟言笑／冷若冰霜／望而生畏／正顏厲色。

【義反】冬日可愛／冬日夏雲／和顏悅色／和藹可親。

夏雨雨人

【釋義】夏天的雨落在人身上，令人感到涼爽舒適。後「雨」字用作動詞，雨落下。

【出處】劉向・說苑・貴德：「管仲上車曰：『嗟茲乎！我窮必矣！吾不能以春風風人，吾不能以夏雨雨人，吾窮必矣！』」

【用法】比喻及時給人帶來好處，或對別人的困難能及時給予幫助。

【例句】在九二一地震救災行動中，許多人發揮**夏雨雨人**的愛心，讓災民感受到一股暖流，不再孤單無依。

【義近】旱苗得雨／雪中送炭／春風風人／及時雨。

【義反】落井下石／趁火打劫／因風吹火。

夏葛冬裘

【釋義】葛：莖纖維可織布。裘：皮衣。

【出處】莊子・讓王：「冬日衣皮毛，夏日衣葛絺。」

【用法】形容凡事應因時制宜，通權達變。

【例句】做人做事應講究**夏葛冬裘**的道理，否則便是泥古不化之人了。

【義近】因時制宜／通權達變／深厲淺揭。

【義反】率由舊章／蕭規曹隨／墨守成規／蹈常襲故。

夏蟲不可語冰

【釋義】夏天的蟲到了秋天便死去，必定不信隆冬水結冰之事。

【出處】莊子・秋水：「夏蟲不可以語於冰者，篤於時也；曲士不可以語於道者，束於教也。」

【用法】比喻拘泥固執，見識短淺，不通時務之人。

【例句】**夏蟲不可語冰**，和那些程度不高的人談高深的道理，簡直是對牛彈琴。

夏蟲朝菌

【釋義】活不到冬天的夏天的蟲子及朝生暮死的菌子。

【出處】莊子・秋水：「夏蟲不可以語於冰。」莊子・逍遙遊：「朝菌不知晦朔。」葛洪・抱朴子・勤求：「諦而念之，亦無以笑彼夏蟲朝菌也。」

【用法】比喻極短的生命。

【例句】人的生命對大自然來說，就如**夏蟲朝菌**一般，短暫又微不足道。

【義近】朝生暮死／夏生秋死。

【義反】龜年鶴壽／松柏長青。

夕部

夕陽西下

【釋義】夕陽：傍晚的太陽。西下：西落。

【出處】馬致遠・天淨沙・秋思：「夕陽西下，斷腸人在天涯。」

【用法】指傍晚日落的景象，有時也用以比喻晚年。

【例句】①**夕陽西下**，一抹晚霞，映著那燦爛的花，青綠的草。（冰心・兩個家庭）②我年近七十，已是**夕陽西下**之時，但我對未來仍充滿信心。

【義近】日薄西山／日落西山／桑榆暮景。

【義反】旭日東升／如日中天／風華正茂。

夕陽無限好，只是近黃昏

【釋義】夕陽很美好，可是已近黃昏西沉的時候。

【出處】李商隱・登樂遊原詩：「向晚意不適，驅車登古原，夕陽無限好，只是近黃昏。」

【用法】喻美好時光的易逝。

【例句】人在退休後往往有**夕陽無限好，只是近黃昏**的感嘆，因爲此時有錢有閒卻也近暮年了。

二畫

外巧內嫉

【釋義】巧：虛浮，欺詐。這裏指以巧言令色蒙騙人。嫉：嫉妒。

【出處】漢書・翟方進傳：「兄宣靜言令色，外巧內嫉。」

【用法】指人表面上巧言令色，卻懷嫉妒之心。

【例句】你太輕信人了！他爲人一向**外巧內嫉**，這次你升官，他雖前來祝賀，但絕不是出自真心的。

【義近】表裏不一／心口不一／外寬內忌。

【義反】表裏如一／表裏一致。

外柔內剛

【釋義】柔：柔和，柔弱。

【出處】晉書・甘卓傳：「卓外柔內剛，爲政簡惠，善於綏撫。」

【用法】指人外表看起來顯得柔弱，而內心則很剛強。

【例句】他是一個**外柔內剛**的人，你以爲他軟弱，可打錯算盤了！

【義近】外怯內勇／外和內剛／外圓內方。
【義反】外方中圓／色厲內荏／魚質龍文／虎皮羊質。

外強中乾

【釋義】中：內部。乾：枯竭，空虛。一作「外彊中乾」。
【出處】左傳．僖公一五年：「亂氣狡憤，陰血周作，張脈僨興，外彊中乾。」
【用法】形容外似強壯，內實虛弱。
【例句】你不要看他氣勢洶洶，張牙舞爪，實際上他是**外強中乾**，並沒有什麼了不起的膽量。
【義近】色厲內荏／羊質虎皮／外壯內弱／魚質龍文／紙糊老虎／麋蒙虎皮。
【義反】外弱內強／內剛外柔／外怯內勇。

外圓內方

【釋義】外表圓滑周到，內心卻剛強正直。
【出處】後漢書．郅惲傳：「延資性貪邪，外圓內方。」
【用法】形容爲人處世的態度老成世故，設想周到。
【例句】張良**外圓內方**，忍一時之氣，而成天下之大謀。
【義反】外方內圓／智圓行方。

外愚內智

【釋義】愚：愚蠢，愚昧。智：聰明，有智慧。
【出處】三國志．魏書．荀攸傳：「太祖每稱曰：『公達外愚內智，外怯內勇，外弱內彊。』」
【用法】指人的外貌看起來似愚昧，實際上內心聰明多智。
【例句】你就放心把這件事交給小王處理，不要看這年輕人傻呼呼的樣子，實際上他是**外愚內智**呢！
【義近】深藏不露／外訥內辯／大智若愚／大巧若拙。
【義反】繡花枕頭／金添馬桶／鋒芒畢露。

外寬內忌

【釋義】寬：寬厚，寬宏。忌：嫉妒，妒恨。
【出處】三國志．蜀書．楊戲傳：「維外寬內忌，意不能堪。軍還，有司承旨奏戲，免爲庶人。」
【用法】指從人的外表看似乎寬容厚道，實際上內心裏對比自己好的人總是懷著嫉恨。
【例句】你在張科長面前要小心一點，他爲人**外寬內忌**，你若顯得比他強，他會整你。
【義近】外寬內深／外巧內嫉／面善心惡。
【義反】面惡心善／口惡心慈。

外親內疏

【釋義】親：這裏指親近，表示友好。疏：疏遠，不親近。
【出處】晉書．宣帝紀：「孫權、劉備，外親內疏，羽之得意，權所不願也。」
【用法】指對人表面上顯得親近，內心裏卻是在疏遠。
【例句】他這個人最善於採用**外親內疏**的手法，挑撥離間，達到他不可告人的目的。
【義近】口是心非／心口不一。
【義反】表裏如一／言行一致。

三畫

多一事不如少一事

【釋義】意謂多管事不如少管事保險。少：也作「省」。
【出處】曹雪芹．紅樓夢七四回：「我想你素日肯勸我多一事不如少一事，自己保養保養也是好的。」
【用法】指怕惹是非，不願多事；或怕負責任，對事情儘量採取回避的態度。
【例句】俗話說：**多一事不如少一事**，你連自家的稀飯都吹不冷，何必還要去管別人的閒事！
【義近】坐視不理／袖手旁觀／站乾岸兒。
【義反】打抱不平／路見不平，拔刀相助／見義勇爲。

多才多藝

【釋義】有多方面的才能和技藝。才：一作「材」，意同。
【出處】尚書．金縢：「能多材多藝，能事鬼神也。」
【用法】稱讚人能幹有才華。
【例句】她眞可稱得上是**多才多藝**的女子，不僅琴棋書畫樣樣精通，而且能燒得一手好菜。
【義近】無所不能／樣樣精通。
【義反】一無所長／庸碌無能／一無所能。

多多益善

【釋義】本指將兵越多越好。益：更加。善：好。
【出處】司馬遷．史記．淮陰侯列傳載：漢高祖問韓信能帶多少兵，他回答說：「臣多多而益善耳。」
【用法】泛稱不厭其多，常與「韓信將兵」連用。
【例句】愛心的活動永不嫌多，只有**多多益善**，故不要害怕付出。
【義近】多多益辦／愈多愈好。
【義反】寧缺毋濫／越少越好。

多如牛毛

【釋義】多得像牛毛一樣，數也數不清。
【出處】北史．文苑列傳序：「學者如牛毛，成者如麟角。」袁宏道．沈博士：「作吳令，無復人理，錢谷多如牛毛。」
【用法】極言其數量之多，常含有厭惡、鄙夷的感情。
【例句】像他這樣的人才可以說是**多如牛毛**，何必要如此驕傲，自命不凡呢？
【義近】不計其數／車載斗量／恆河沙數／俯拾即是。
【義反】鳳毛麟角／寥寥無幾／寥若晨星／屈指可數／一星半點／吉光片羽。

多此一舉

【釋義】多餘的、沒有必要的舉動。舉：行動。
【出處】李綠園．歧路燈四回：「寅兄盛情，多此一舉。」
【用法】形容人做不必要的事，多用於貶義。
【例句】他們夫妻之間已經和好如初了，你又何必**多此一舉**，跟他們闡述什麼相處之道呢？
【義近】畫蛇添足／附贅懸疣。
【義反】恰到好處／恰如其分。

多行不義必自斃

【釋義】行：做。不義：指不義的事情。斃：倒下去。
【出處】左傳・隱公元年載：鄭莊公曰：「（共叔段）多行不義必自斃，子姑待之。」
【用法】用以說明多做壞事必無好結果。
【例句】不要心存僥倖，**多行不義必自斃**，任何人也逃不過良心的譴責。
【義近】惡有惡報／咎由自取／惡積禍盈。
【義反】善有善報／行善獲福／吉人天相。

多言多敗

【釋義】意謂言語多了，容易出事，招來失敗。
【出處】孔子家語・觀周：「無多言，多言多敗；無多事，多事多患。」
【用法】用以告誡人說話要謹慎，以免招來禍患。
【例句】他口拙又愛搶話講，結果只是**多言多敗**，讓人更了解他的缺點。
【義近】言多必失／多言多患／禍從口出／多言數窮。
【義反】慎言安身／沉默是金。

多言或中

【釋義】或：有的。中：正對上，恰好合上。
【出處】雲笈七籤：「凡我同志，庶幾於此者，要在細求眞訣，務以師授，不可以諛聞淺說、多言或中之義，所希企及矣。」
【用法】指從多方面作議論，或可中的。
【例句】他講話向來本著**多言或中**的道理，滔滔不絕，正說反說，所以常令聽者生厭。
【義反】多言數窮／言多必失／多言多敗。

多事之秋

【釋義】事變很多的時期。事：事變。秋：年，時期。
【出處】司馬遷・史記・秦始皇紀贊：「天下多事，吏弗能紀。」
【用法】形容國家多難，政治局勢不安定。
【例句】十九世紀末二十世紀初，中國正當**多事之秋**，許多仁人志士都紛紛起來拯救國難。
【義近】風雨飄搖／國無寧日／干戈不息。
【義反】國泰民安／天下太平／河清海晏。

多歧亡羊

【釋義】歧：岔路。亡羊：丟失羊子。
【出處】列子・說符：「大道以多歧亡羊，學者以多方喪生。」
【用法】比喻學習如果貪多，就很難精深。
【例句】在學習中要切記**多歧亡羊**的道理，深入鑽研，絕不要貪多求快。
【義近】梧鼠技窮／博而不精／貪多嚼不爛。
【義反】鉤深致遠／取精用宏。

多許少與

【釋義】許：許諾，承諾。與：給與。
【出處】先秦・黃石公・素書・遵義：「行賞吝色者沮，多許少與者怨，既迎而拒者乖。」
【用法】指對人承諾的多，而給予的少。
【例句】他這個人經常**多許少與**，現在樣樣都答應得好好的，到時能有幾樣兌現，可就難說了。
【義近】言而無信／空口說白話／食言而肥／出爾反爾。
【義反】言出必行／言而有信／坐言起行。

多愁多病

【釋義】心多愁悶，身多疾病。又作「多情多病」。
【出處】白居易・歎髮落詩：「多愁多病心自知，行年未老髮先衰。」柳永・傾杯詞：「早是多情多病，那堪細把，舊約前歡重省。」
【用法】形容才子佳人的精神空虛，常處於憂傷嬌弱的狀態中。
【例句】才子原是**多愁多病**，要聞雞生氣，見月傷心的。（魯迅・二心集・上海文藝之一瞥）
【義近】多愁善感／閒愁萬種。
【義反】無憂無慮。

多愁善感

【釋義】容易發愁和感傷。善：容易。
【出處】戴叔倫・江上別張勸詩：「長醉非關酒，多愁不爲貧。」
【用法】形容人的感情豐富而敏感。
【例句】在紅樓夢中，林黛玉是個**多愁善感**的柔弱女子。
【義近】多情易感／閒愁萬種／多愁多病。
【義反】無憂無慮／性情爽朗／心胸開闊。

多端寡要

【釋義】端：頭，頭緒。要：要領。
【出處】三國志・魏書・郭嘉傳：「袁公（紹）徒欲效周公之下士，而未知用人之機，多端寡要，好謀無決。」
【用法】指頭緒太多不得要領。
【例句】無論是工作還是處理問題，最怕的就是**多端寡要**，令人難以下手。
【義近】千頭萬緒／經緯萬端。
【義反】提綱挈領／綱舉目張。

多聞闕疑

【釋義】意謂多聽，有懷疑的地方則加以保留。闕疑：把疑難問題留著，不作判斷。
【出處】論語・爲政：「多聞闕疑，慎言其餘，則寡尤；多見闕殆，慎行其餘，則寡悔。」
【用法】用以泛指謙虛謹慎的學習態度，遇到疑難，不輕易下結論。
【例句】做學問最重要的是求實精神，有懷疑而又無充足材料予以證明的地方，則應**多聞闕疑**。
【義近】多見闕殆。
【義反】妄下雌黃／妄言妄聽。

人怕出名豬怕肥。

多嘴多舌（ㄉㄨㄛ ㄗㄨㄟˇ ㄉㄨㄛ ㄕㄜˊ）

【釋義】意即話多。嘴、舌：說話器官，用以指言語。

【出處】元・楊顯之・瀟湘雨三折：「解子云：『你休要多嘴多舌！如今秋雨淋漓，一日難走一日，快與我行動些！』」

【用法】指不該說而說，話多。通常指第三者從旁插言。

【例句】我們正在談正經事，你少在這裏**多嘴多舌**好嗎？

【義近】多嘴饒舌／一口三舌／喋喋不休／百舌之聲。

【義反】一言半語／沉默寡言／緘口不言／三言兩語。

多謀善斷（ㄉㄨㄛ ㄇㄡˊ ㄕㄢˋ ㄉㄨㄢˋ）

【釋義】多謀：計謀多。善斷：善於判斷。善：擅長。

【出處】陸機・辯亡論上：「疇諮俊茂，好謀善斷。」

【用法】形容人計謀多端，且擅長判斷。

【例句】他**多謀善斷**，點子多得很，我敢肯定：你不是他的對手。

【義近】慎謀能斷／算無遺策／計出萬全。

【義反】疏謀少略／計無所出／一籌莫展／半籌不納。

多錢善賈（ㄉㄨㄛ ㄑㄧㄢˊ ㄕㄢˋ ㄍㄨˇ）

【釋義】錢多好作生意。賈：做買賣。

【出處】韓非子・五蠹：「鄙諺曰：『長袖善舞，多錢善賈。』此言多資之易為工也。」

【用法】比喻具備充分的條件，事情就容易辦成。

【例句】你怎麼不懂**多錢善賈**的道理，這麼一點本錢就想做大生意賺大錢，豈不是異想天開嗎？

【義近】多財善賈／長袖善舞／多智易工。

【義反】巧婦難為無米之炊。

多藏厚亡（ㄉㄨㄛ ㄘㄤˊ ㄏㄡˋ ㄨㄤˊ）

【釋義】藏：收存，儲藏。厚：大，多。亡：損失。

【出處】老子・四四章：「是故甚愛必大費，多藏必厚亡。」諸葛亮・便宜十六策・陰察第十六：「富者得志，貪者失時，甚愛太費，多藏厚亡。」

【用法】指聚財過多，引起眾人嫉恨，而招致更大的損失。

【例句】香港有些富豪深知**多藏厚亡**之義，因此經常捐獻財物，救濟當地和大陸的窮苦民眾。

【義近】樹大招風／財多招禍／

多難興邦（ㄉㄨㄛ ㄋㄢˋ ㄒㄧㄥ ㄅㄤ）

【釋義】難：災難。興邦：振興國家。

【出處】左傳・昭公四年：「或多難以固其國，啓其疆土。」陸贄・論敍遷幸之由狀：「多難興邦者，涉庶事之艱而知勑慎也。」

【用法】用以表示國家多難，反能激發人民團結奮鬥，立志圖強。

【例句】一個國家多災多難固然不好，但**多難興邦**，災難也可激勵民眾奮發圖強，使國家興旺起來。

【義近】置之死地而後生／窮則思變。

夙心往志（ㄙㄨˋ ㄒㄧㄣ ㄨㄤˇ ㄓˋ）

【釋義】夙：素有的，舊有的。往：過去的。

【出處】魏書・列女傳：「人生如白駒過隙，死不足恨，但夙心往志，不聞於世矣。」

【用法】指人平素的心願，已往的志向。

【例句】古人云：人死留名，豹死留皮。多年來我一直想編幾部像樣的工具書留傳於後世，現在這一**夙心往志**終於實現了。

【義近】多年夙願。

【義反】心血來潮／靈機一動。

夙世冤家（ㄙㄨˋ ㄕˋ ㄩㄢ ㄐㄧㄚ）

【釋義】意謂前世有仇怨。夙世：前世。

【出處】宋・高叟珍・席放談載：夏竦罷相後，石介曾寫文曰：「追竦白麻，無不喜悅。」夏竦懷恨在心，設水陸齋，旁設一位，立牌書曰：「夙世冤家石介」。

【用法】形容積怨很深。也用作暱稱，表示親愛。

【例句】①他倆是**夙世冤家**，你想化解他們的矛盾，很難啊！②你簡直是我的**夙世冤家**，幾天不見就想得我失魂落魄的。

【義近】宿世冤家／歡喜冤家。

夙夜在公（ㄙㄨˋ ㄧㄝˋ ㄗㄞˋ ㄍㄨㄥ）

【釋義】白天夜晚都忙於公事。夙夜：早晚，朝夕。

【出處】詩經・召南・采蘩：「被之僮僮，夙夜在公。被之祁祁，薄言還歸。」

【用法】形容忠於職守，勤於政事。

【例句】王先生**夙夜在公**，這次被評為公司模範員工，乃理所當然之事。

【義近】夙興夜寐／宵衣旰食／日旰忘食／夙夜為謀。

【義反】養尊處優／秉燭夜遊／玩歲愒日／敷衍塞責。

夙夜匪懈（ㄙㄨˋ ㄧㄝˋ ㄈㄟˇ ㄒㄧㄝˋ）

【釋義】夙夜：早晚。夙：早。匪：同「非」，不。懈：懈怠。

【出處】詩經・大雅・烝民：「既明且哲，以保其身；夙夜匪懈，以事一人。」

【用法】形容人工作勤懇，兢兢業業，從不怠惰。

【例句】他為了自己的事業，**夙夜匪懈**，沒晝沒夜地拚命工作。

【義近】夜以繼日／孜孜不倦／焚膏繼晷。

【義反】游手好閒／飽食終日／吊兒郎當／半途而廢／一暴十寒。

夙興夜寐（ㄙㄨˋ ㄒㄧㄥ ㄧㄝˋ ㄇㄟˋ）

【釋義】早起晚睡。夙：早。興：起。寐：睡。

【出處】詩經・小雅・小宛：「夙興夜寐，毋忝爾所生。」又衛風・氓：「夙興夜寐，靡有朝矣。」

【用法】形容工作勤勞，奮勉不懈。

【例句】為了得第一，他**夙興夜寐**地讀書，毅力令人感佩。

【義近】夙夜匪懈／宵寢晨興／宵衣旰食。
【義反】好逸惡勞／聊混時日／得過且過／因循苟且。

五 畫

夜不閉戶

【釋義】夜晚不用關門。戶：單扇門曰戶，雙扇門曰門。此泛指門。
【出處】禮記・禮運：「外戶而不閉，是謂大同。」羅貫中・三國演義八七回：「夜不閉戶，路不拾遺。」
【用法】用以形容天下太平，社會治安良好，無人偷盜。
【例句】這個地區家給人足，眞正達到了道不拾遺，**夜不閉戶**的地步。
【義近】謀閉不興／盜賊不作／路不拾遺。
【義反】宵小橫行。

夜以繼日

【釋義】用晚上的時間接續白天。夜以：以夜，夜爲介詞以的賓語，提前。以：用。繼：繼續。
【出處】莊子・至樂：「夫貴者，夜以繼日，思慮善否。」孟子・離婁下：「仰而思之，夜以繼日。」
【用法】用以形容日夜不停，勤勉不怠。
【例句】爲了按時完成任務，他們**夜以繼日**地趕工。
【義近】日以繼夜／通宵達旦／焚膏繼晷／窮日落月／夙夜匪懈／挑燈夜戰。
【義反】飽食終日／游手好閒／得過且過。

夜行被繡

【釋義】意謂披著繡衣在夜晚行走。被：通「披」。
【出處】漢・蘇武・報李陵書：「語曰：『夜行被繡，不足爲榮。』況於家室孤滅，棄在絕域。」
【用法】喻富貴而不爲人所知。
【例句】同樣是榮華富貴，有人選擇衣錦還鄉、光宗耀祖，有人卻是**夜行被繡**，很少有人知道。
【義近】衣繡夜行／衣錦夜行。
【義反】衣錦還鄉／衣繡晝行。

夜長夢多

【釋義】夜晚時間長，夢會做得多。
【出處】呂留良・諭大火帖：「昨橙齋得燕中信云：『薦舉事近復紛紜，夜長夢多，恐將來有意外，奈何？……』」
【用法】比喻時間過長，事情可能發生不利的變化。
【例句】這件事最好趕快解決，免得**夜長夢多**，又產生新的問題。
【義近】日久生變／時久多變。
【義反】速戰速決／快刀斬亂麻。

夜雨對牀

【釋義】風雨之夜，兩人對牀共語。也作「對牀夜語」。
【出處】韋應物・示全眞元常：「寧知風雨夜，復此對牀眠。」白居易・雨中招張司業宿：「能來同宿否，聽雨對牀眠。」
【用法】形容兄弟或親友久別相聚，傾心交談。
【例句】這對兄弟久別重逢，**夜雨對牀**，直到天亮才入睡。
【義近】促膝談心／班荆道故／剪燭西窗／風雨對牀。

夜郎自大

【釋義】夜郎：漢時西南的一個小國，在今貴州省西北部。
【出處】司馬遷・史記・西南夷列傳：「滇王與漢使者言曰：『漢孰與我大？』及夜郎侯亦然。以道不通，故各自以爲一州主，不知漢廣大。」
【用法】比喻人既無知而又狂妄自大。
【例句】我們要研究和吸收國內外一切有用的知識，決不能**夜郎自大**，故步自封，才能跟得上時代的腳步。
【義近】妄自尊大／坐井觀天／崖岸自高。
【義反】妄自菲薄／虛懷若谷／大盈若沖。

夜闌人靜

【釋義】闌：將盡。靜：沒有聲響。
【出處】李文蔚・燕青博魚三折：「這早晚玉繩高，銀河淺，恰正是夜闌人靜。」
【用法】形容深夜沒有人聲，非常寂靜。
【例句】這孩子將來會很有出息，他幾乎天天都用功讀書到**夜闌人靜**之時。
【義近】夜深人靜／更深人靜／萬籟俱寂／夜靜更深。
【義反】旭日東升／日上三竿。

十一畫

夢中占夢

【釋義】占：卜也。
【出處】莊子・齊物論：「方其夢也，不知其夢也；夢之中，又占其夢焉，覺而後知其夢也，且有大覺而後，知此其大夢也。」王績・題酒店壁詩：「夢中占夢罷，還向酒家詩。」
【用法】比喻人生如夢，眞假難分。
【例句】人生眞如**夢中占夢**，醒後不知自己在夢中，還是在夢中作夢。
【義近】人生如夢／黃粱一夢。

夢中說夢

【釋義】意謂在夢裏面說夢。夢本虛幻，夢中之夢，那就更顯虛幻了。
【出處】大般若波羅蜜多經：「復次善勇猛，如人夢中說夢所見種種自性。」白居易・讀禪經：「言下忘言一時了，夢中說夢兩重虛。」
【用法】指虛無、不存在的事。
【例句】你所說的這些純屬**夢中說夢**，我從沒有聽說過，更沒有看見過。
【義近】夢幻泡影／黃粱美夢／海市蜃樓／空中樓閣。
【義反】千眞萬確／丁一確二。

夢幻泡影

【釋義】原爲佛教用語，指夢境、幻覺、水泡和影子。
【出處】金剛經・應化非眞分：「一切有爲法，如夢幻泡影，如露亦如電，應作如是觀。」
【用法】比喻空虛而容易破滅的幻想或虛無飄渺的東西。
【例句】一個人要是看破了紅塵

，那富貴榮華便不過是**夢幻泡影**罷了。

【義近】鏡中之花／水中之月／相中之色／海市蜃樓／空中樓閣／鏡花水月。

夢勞魂想

【釋義】意謂在睡眠中也難以忘懷。勞：指思念勞苦。

【出處】明・高濂・玉簪記・依親：「我媳婦孤身在那方？痛殺我夢勞魂想。」

【用法】形容思念極爲深切，無法忘懷。

【例句】我離家雖才一個多月，但對妻兒無時無刻不**夢勞魂想**，決定明天起程回家。

【義近】夢斷魂勞／夢斷魂消／朝思暮想／魂牽夢縈。

【義反】漠不關心／不聞不問／置之腦後／置之不顧。

夢寐以求

【釋義】做夢時都在追求。寐：入睡。

【出處】詩經・周南・關雎：「窈窕淑女，寤寐求之。」

【用法】形容迫切地期望著。

【例句】推翻滿清帝制，建立民國，是二十世紀初中國人民**夢寐以求**的希望。

【義近】朝思暮想／日夜盼望。

【義反】一無所求／不思不想。

夢筆生花

【釋義】夢見筆頭上開花。又作「妙筆生花」。

【出處】王仁裕・開元天寶遺事下：「李太白少時，夢所用之筆頭上生花，後天才贍逸，名聞天下。」

【用法】形容才思敏捷。

【例句】他下筆千言，寫得又快又好，眞可說是**夢筆生花**，很少有人能與之相比。

【義近】生花妙筆／振筆疾書／一揮而就／援筆立就／走筆成章／倚馬可待／七步成詩。

【義反】才竭智盡／搜索枯腸／江郎才盡。

夢裏蝴蝶

【釋義】人在夢裏變成了蝴蝶。

【出處】莊子・齊物論：「昔者莊周夢爲蝴蝶，栩栩然蝴蝶也。」羣音類選・紅拂記・虬髯退步：「把袖裏乾坤都做夢裏蝴蝶。」

【用法】喻指虛幻無稽之事。

【例句】這些**夢裏蝴蝶**的事，我才不信哩！

【義近】夢裏南柯／夢覺黃粱／夢中說夢。

【義反】丁一確二／千眞萬確。

夢熊之喜

【釋義】夢熊：古代迷信夢中見熊爲生男孩的徵兆。

【出處】詩經・小雅・斯干：「吉夢維何？維熊維羆。……大人占之，維熊維羆，男子之祥。」

【用法】作祝賀人生男孩之語。

【例句】張先生盼生一子，果然如願以償，今天大家約好去祝他**夢熊之喜**。

【義近】夢兆熊羆／熊羆入夢／一索得男／弄璋之喜。

【義反】弄瓦之喜。

夤緣求進

【釋義】夤緣：攀附他物上升。

【出處】韓愈・古意詩：「青壁無路難夤緣。」舊唐書・令狐楚、牛僧孺傳贊：「喬松孤立，蘿蔦夤緣。」

【用法】用以形容人爲求進身取祿而攀附權貴。

【例句】他是一個只會**夤緣求進**的小人，爲求升官發財，極盡諂媚之能事。

【義近】趨炎附勢／攀龍附鳳／夤緣權勢。

【義反】光風霽月／淵渟嶽峙／澹泊寡欲。

夤緣攀附

【釋義】夤緣：意同「攀附」，攀著他物以上升。

【出處】明史・尹直傳：「給事中宋琮及御史許斌言直自初爲侍郎以至入閣，夤緣攀附，皆取中旨。」

【用法】比喻拉攏關係，向上巴結。

【例句】儘管他現在做了大官，但因他喜歡**夤緣攀附**，人們對他仍嗤之以鼻。

【義近】阿諛奉承／曲意逢迎／攀龍附鳳／阿其所好。

【義反】剛正不阿／守正不阿／面折庭爭／仗義執言。

大部

大刀闊斧

【釋義】形容軍隊聲勢浩大，殺氣騰騰。刀、斧：古代兩種兵器。

【出處】施耐庵・水滸傳一一八回：「當下催軍劫寨，大刀闊斧，殺將進去。」

【用法】比喻辦事果斷有魄力。

【例句】公司的新主管一上任，就**大刀闊斧**地進行人事改組，把有才能的人調到重要職位上，不到半年，公司的業績就蒸蒸日上了。

【義近】雷厲風行／痛下猛藥。

【義反】優柔寡斷／畏首畏尾／束手縛腳。

大千世界

【釋義】佛教用語，世界的千倍曰小千世界，小千世界的千倍叫中千世界，中千世界的千倍叫大千世界。

【出處】陳子昂・夏日暉上人房別李參軍序：「開不二之法門，觀大千之世界。」

【用法】指廣大無邊、形形色色的社會。

【例句】在這個**大千世界**中，每

天都有新鮮的事情發生。

【義近】三千世界／花花世界／朗朗乾坤。

大大小小

【釋義】統指大人和小孩。

【出處】左傳・襄公三十年：「言君臣上下，父子兄弟，內外大小，皆有威儀也。」

【用法】用以指稱一家人、一羣人。

【例句】這是個四代同堂的大家庭，**大大小小**有近五十人。

【義近】男男女女／老老少少／男女老少／上上下下。

【義反】孤身一人／夫妻二人／鰥寡孤獨。

大大方方

【釋義】大方：這裏指舉止自然，不拘束，不俗氣。重疊為「大大方方」以加強語意和語氣。

【出處】李汝珍・鏡花緣一四回：「不肯大大方方，總是賊頭賊腦。」

【用法】形容氣量寬舒，舉止自然，態度從容。

【例句】這位太太氣質高雅，待人處事**大大方方**的，很有風度。

【義近】大大落落／落落大方／雍容華貴／雍容大雅。

【義近】小家子氣／縮手縮腳。

大才槃槃

【釋義】槃槃：喻很大。

【出處】續晉陽秋：「大才槃槃謝道安。」

【用法】形容人才能優秀，超越他人。

【例句】不要自以為**大才槃槃**，你需學習的地方還多著呢！

【義近】才高八斗／才華蓋世。

【義反】庸夫俗子／飯囊衣架。

大公無私

【釋義】一心為公，沒有私心。

【出處】龔自珍・論私：「且今之大公無私者，有揚、墨之資耶？」

【用法】指辦事公正、無私心。

【例句】為政者要具有**大公無私**的胸懷，才能使百姓信服。

【義近】公正無私／一心為公／至公無私／秉公行事。

【義反】假公濟私／損公肥私／自私自利／循私舞弊。

大戶人家

【釋義】宅第高大的富豪人家。

【出處】施耐庵・水滸傳二三回：「那清河縣裏有一個大戶人家，有個使女，娘家姓潘，小名喚做金蓮。」

【用法】指有錢有勢的人家。

【例句】這位小姐雖然出身於**大戶人家**，卻沒有一點架子，很平易近人。

【義近】深宅大院／富貴人家／豪門深院。

【義反】小戶人家／小康人家。

大手大腳

【釋義】意為用錢很隨便。

【出處】曹雪芹・紅樓夢五一回：「成年家大手大腳，替太太不知背地裏賠墊了多少東西。」

【用法】主要用來形容亂花錢，開支無節制。

【例句】李太太是大戶人家的小姐，**大手大腳**過慣了的，所以與李先生結婚後，不能節省開支，量入為出。

【義近】鋪張浪費／揮霍無度／一擲千金／揮金如土。

【義反】克勤克儉／省吃儉用／精打細算。

大方之家

【釋義】大方：這裏指懂得大道理。引申為見識廣博。

【出處】莊子・秋水：「吾非至於子之門則殆矣，吾長見笑於大方之家。」梁啓超・譯印政治小說序：「故大方之家，每不屑道焉。」

【用法】用以指見識廣博或學有專長的人。

【例句】我的毛筆字寫得很差，我若在這裏題字將會被**大方之家**所譏笑。

【義近】飽學之士／秀出班行／人中騏驥。

【義反】斗筲之人／碌碌之輩／凡夫俗子／衣架飯囊／朽木糞土。

大水沖了龍王廟

【釋義】相傳龍王掌管水域。

【出處】文康・兒女英雄傳七回：「你瞧！大水沖了龍王廟，一家人不認得一家人啊！」

【用法】喻自己人卻互不相識。

【例句】這羣流氓互毆了好一會兒，才發現原來是同一幫的，真是**大水沖了龍王廟**，自己人不認得自己人。

大功告成

【釋義】功：功業、事業、任務。告：宣告。

【出處】後漢書・光武帝紀：「今若破敵，珍寶萬倍，大功可成。」文康・兒女英雄傳三三回：「這件事可算大功告成了。」

【用法】指巨大工程或重要任務已經完成。

【例句】這棟五十層的大樓，經過近兩年的日夜趕工，今天終於**大功告成**了。

【義近】圓滿完成。

【義反】功敗垂成／功虧一簣。

大失所望

【釋義】非常失望。失：失掉。

【出處】司馬遷・史記・高祖本紀：「秦人大失望。」舊五代史・漢書・李守貞傳：「及軍士詬噪，大失所望。」

【用法】用以說明原來的希望全部落空。

【例句】今晚市立球場原訂舉行的職棒冠軍爭霸戰，因大雨而順延，令等候多時的球迷**大失所望**。

【義近】事與願違／希望落空。

【義反】大喜過望／如願以償／心滿意足／天從人願／心想事成。

大巧若拙

【釋義】聰明的人不顯露自己，表面上好像笨拙的樣子。

【出處】老子・四五章：「大直若屈，大巧若拙。」

【用法】指聰明靈巧的人不自驕自誇，炫耀於人。

【例句】所謂**大巧若拙**，乃因有智慧的人不會輕易地誇耀自己，顯露鋒芒。

【義近】大智若愚／深藏若虛／

深藏不露。

【義反】露才揚己／自吹自擂／鋒芒畢露／半罐兒響。

大打出手 ㄉㄚˋ ㄉㄚˇ ㄔㄨ ㄕㄡˇ

【釋義】打出手：本為戲曲中的一種武打技術，劇中一個主要人物與幾個對手相打，形成武打場面。這裏指動手打架。

【出處】郭沫若・洪波曲・南京印象：「這兒在三天前正是大打出手的地方，而今天卻是太平無事了。」

【用法】形容逞凶打人或相互毆鬥。

【例句】這傢伙無端鬧事，一進店裏就**大打出手**，我們只好把他扭送警察局。

【義近】拿刀動杖／白刀子進，紅刀子出／大動干戈。

【義反】握手言歡／君子動口不動手。

大匠不斲 ㄉㄚˋ ㄐㄧㄤˋ ㄅㄨˋ ㄓㄨㄛˊ

【釋義】斲：即砍。

【出處】淮南子・說林訓：「大匠不斲，大豆不具，大勇不鬪。」

【用法】形容在上位者，不必代下司職。

【例句】既然你是上司，很多事情就不必樣樣親自動手，所謂**大匠不斲**，只要分責授權給各個幹部就好了，如此一來效率也會提高。

【義反】代下司職。

大吉大利 ㄉㄚˋ ㄐㄧˊ ㄉㄚˋ ㄌㄧˋ

【釋義】吉：吉祥。利：順利。

【出處】荀子・議兵：「慎終如始，終始如一，夫是之謂大吉。」巴金・家：「老太爺……便寫了『童言無忌，大吉大利』的紅紙條，拿出來貼在門柱上。」

【用法】形容特別吉祥順利。

【例句】八月八日是個**大吉大利**的日子，你們的婚事就定在這天好了！

【義近】吉祥如意／事事順利／無往不利／萬事亨通。

【義反】荆天棘地／形格勢禁。

大同小異 ㄉㄚˋ ㄊㄨㄥˊ ㄒㄧㄠˇ ㄧˋ

【釋義】大體相同，細部稍有差別。異：差別。

【出處】莊子・天下：「大同而與小同異，此之謂小同異；萬物畢同畢異，此之謂大同異。」朱熹・中庸章句注：「此與論語文意，大同小異，記有詳略耳。」

【用法】形容兩者差別不大。

【例句】你所說的意思與我所說的**大同小異**，還有什麼可爭論的？

【義近】相去無幾／本同末異／相差甚微。

【義反】大相逕庭／天壤之別／截然不同／差之千里／天差地遠／雲泥殊途。

大吃一驚 ㄉㄚˋ ㄔ ㄧˋ ㄐㄧㄥ

【釋義】吃驚：受驚。

【出處】馮夢龍・警世通言卷二八：「不張萬事皆休，則一張那員外大吃一驚，回身便走，來到後邊，望後倒了。」

【用法】形容非常吃驚。

【例句】她獨自走在小路上，一個蒙面人向她撲來，她**大吃一驚**，掉頭就跑。

【義近】吃了一驚／擔驚受怕／魂飛魄散／魂飛天外。

【義反】神態自若／心曠神怡／不動如山。

大名鼎鼎 ㄉㄚˋ ㄇㄧㄥˊ ㄉㄧㄥˇ ㄉㄧㄥˇ

【釋義】鼎鼎：顯赫，盛大。

【出處】李寶嘉・官場現形記二四回：「你一到京打聽人家，像他這樣大名鼎鼎，還怕有不曉得的。」

【用法】形容極富聲望，名氣很大。

【例句】胡適先生在當代的文壇上，是一位**大名鼎鼎**的重要作家。

【義近】名聲鼎盛／赫赫有名／舉世聞名／名揚四海／名滿天下／名聞遐邇。

【義反】無名小卒／沒沒無聞／名不見經傳。

大有人在 ㄉㄚˋ ㄧㄡˇ ㄖㄣˊ ㄗㄞˋ

【釋義】意即人數不少。

【出處】資治通鑑・隋紀・煬帝大業十一年：「帝至東都，顧眄街衢，謂侍臣曰：『猶大有人在。』」

【用法】形容某種人為數不少。

【例句】儘管科學已發展到今天這樣高的水準，但相信鬼神和命運的卻還**大有人在**，這不能不使人感到奇怪。

【義近】不乏其人／比比皆是。

【義反】寥寥無幾／屈指可數。

大有文章 ㄉㄚˋ ㄧㄡˇ ㄨㄣˊ ㄓㄤ

【釋義】文章：篇幅不很長的單篇作品，這裏用以比喻暗含的意思。

【出處】易經・大有：「象曰：『火在天上，大有。』」杜甫・偶題：「文章千古事，得失寸心知。」曹雪芹・紅樓夢四四回：「鳳姐兒見話中有文章。」

【用法】比喻很可能含有別的意思、情況、企圖等。

【例句】看來，他說的這番話**大有文章**，值得好好研究。

【義近】言外之意／話中有話／另有其意／弦外之音。

【義反】心口如一／胸無城府。

大有可為 ㄉㄚˋ ㄧㄡˇ ㄎㄜˇ ㄨㄟˊ

【釋義】可為：值得去做。

【出處】李寶嘉・文明小史五回：「地方雖一千餘里，化民成俗，大有可為。」

【用法】指事情很有發展前途，很值得去做。

【例句】很多人都說去大陸投資**大有可為**，我們也不妨去試一試。

【義近】大有作為／大有前途。

【義反】無所作為／一籌莫展。

大有可觀 ㄉㄚˋ ㄧㄡˇ ㄎㄜˇ ㄍㄨㄢ

【釋義】可觀：值得觀賞。

【出處】宋・無名氏・李師師傳：「邦彥以詞行，當時皆稱美成詞。殊不知美成文筆，大有可觀。」

【用法】指很值得一看，或形容技巧、技藝等達到了很高的程度。

【例句】①人說上有天堂，下有蘇杭，其美景肯定是**大有可觀**。②這次書法展覽集全國之精華，各家獨具特色，**大有可觀**。

【義近】有目共賞／先睹為快／

有目共睹／令人矚目。

【義反】不堪入目／不屑一顧／不足注目／不值一睹。

大有作為 ㄉㄚˋ ㄧㄡˇ ㄗㄨㄛˋ ㄨㄟˊ

【釋義】作為：做出成績。

【出處】朱熹・四書集注・孟子公孫丑下：「大有為之君，大有作為，非常之君也。」

【用法】指能充分發揮作用，做出顯著成績。

【例句】現在正是一個**大有作為**的時代，我們應當充分發揮自己的才智，多作貢獻。

【義近】大有可為／大顯身手／一展才華。

【義反】碌碌無為／胸無大志／無所作為。

大而化之 ㄉㄚˋ ㄦˊ ㄏㄨㄚˋ ㄓ

【釋義】意謂粗心大意。

【出處】孟子・盡心下：「充實之謂美，充實而有光輝之謂大，大而化之之謂聖。」

【用法】原意指美既充實，充實而有光輝即成為聖。現則形容做事不細緻，不謹慎，粗心大意。

【例句】他做事向來**大而化之**的，會出這麼大的錯誤，實在是不足為奇。

【義近】粗枝大葉／馬而虎之／敷衍了事／徙宅忘妻。

【義反】小心謹慎／粗中有細／小心翼翼。

大而無當 ㄉㄚˋ ㄦˊ ㄨˊ ㄉㄤˋ

【釋義】原指說話誇大得漫無邊際。當：底，邊際。

【出處】莊子・逍遙遊：「吾聞言於接輿，大而無當，往而不返，吾驚怖其言，猶河漢而無極也。」

【用法】用以表示誇大而不切合實際。

【例句】新落成的醫院雖佔地廣大，但內部設計有許多錯誤，以致不能充分發揮功能，令人有**大而無當**之感。

大吹大擂 ㄉㄚˋ ㄔㄨㄟ ㄉㄚˋ ㄌㄟˊ

【釋義】本指吹號打鼓，各種樂器齊奏。

【出處】王實甫・麗春堂：「賜你黃金千兩，香酒百瓶，就在麗春堂大吹大擂，做一個慶喜的筵席。」

【用法】後引申為毫無顧忌地吹噓。

【例句】那人**大吹大擂**慣了的，總是把自己說得很了不起，而把別人說成一文不值。

【義近】自吹自擂／大言不慚／伐善施勞／矜功炫才／自矜其才。

【義反】不矜不伐／不喜誇耀／言語謙遜／謙卑自牧。

大吹法螺 ㄉㄚˋ ㄔㄨㄟ ㄈㄚˇ ㄌㄨㄛˊ

【釋義】法螺：僧道祭鬼神時當作樂器吹的螺殼。又作「吹大法螺」。

【出處】金光明經・贊歎品：「吹大法螺，擊大法鼓，燃大法炬，雨勝法雨。」

【用法】用以比喻吹牛皮，說大話。

【例句】他為了推銷產品，在這裏**大吹法螺**，好像他的藥可以包醫百病，誰會相信這一套！

【義近】大吹大擂／自吹自擂／大吹牛皮／老王賣瓜。

【義反】實言實語／實話實說／言必有據／不矜不伐。

大含細入 ㄉㄚˋ ㄏㄢˊ ㄒㄧˋ ㄖㄨˋ

【釋義】大可含蓋大地之地，小可進入精深細微之處。

【出處】漢書・揚雄傳：「作太玄五千文，……深者入黃泉，高者出蒼天，大者含元氣，纖者入無倫。」

【用法】形容作品博大精深。

【例句】《論語》**大含細入**，記載孔子的言行舉止，足以作後世子孫立身處世的準則。

【義近】博大精深／體大思精。

【義反】博而不精／博而寡要。

大快人心 ㄉㄚˋ ㄎㄨㄞˋ ㄖㄣˊ ㄒㄧㄣ

【釋義】人心大為歡快。

【出處】蒲松齡・聊齋誌異・崔猛（鑄雪齋抄本眉批）：「英雄作事，大快人心。」

【用法】形容壞人受到懲治或壞事被取締後，人們的歡快心情。

【例句】十大槍擊要犯陸續落網，實在**大快人心**。

【義近】拍手稱快／人人稱慶／額手稱慶。

【義反】怨聲載道／民怨沸騰。

大快朵頤 ㄉㄚˋ ㄎㄨㄞˋ ㄉㄨㄛˇ ㄧˊ

【釋義】朵：動。頤：臉頰。很快樂地鼓動臉頰咬嚼食物。

【出處】柳宗元・遊南亭夜還敘志七十韻詩：「朵頤進芰實，擢手持蟹螯。」

【用法】形容快樂地享受美食的樣子。

【例句】今天老奶奶親自下廚，做出來的菜色香味俱全，真恨不得馬上**大快朵頤**一番。

【義近】一飽口福／一享口福。

【義反】食不下嚥／索然無味。

大旱望雲霓 ㄉㄚˋ ㄏㄢˋ ㄨㄤˋ ㄩㄣˊ ㄋㄧˊ

【釋義】久旱渴望見到雲霓。雲霓：下雨的徵兆。霓：虹的一種。

【出處】孟子・梁惠王下：「民望之，若大旱之望雲霓也。」

【用法】比喻企望解除困境的迫切心情。

【例句】垃圾問題困擾市民已久，大家都期盼政府早日做妥善的規畫，有如農夫**大旱望雲霓**的心情一樣。

【義近】殷殷企盼／望眼欲穿。

【義反】久旱逢甘霖／如願以償／天從人願。

大材小用 ㄉㄚˋ ㄘㄞˊ ㄒㄧㄠˇ ㄩㄥˋ

【釋義】把大的材料用在小處。

【出處】陸游・送辛幼安殿撰造朝詩：「大材小用古所歎，管仲蕭何實流亞。」

【用法】比喻用人不當，浪費人才。

【例句】他是一位學有專長的電機碩士，卻安排他去管伙食，這未免太**大材小用**了。

【義近】牛刀割雞／殺雞用牛刀／牛鼎烹雞／長材短用。

【義反】適才適所。

大杖則走 ㄉㄚˋ ㄓㄤˋ ㄗㄜˊ ㄗㄡˇ

【釋義】父母用大木棍體罰時要逃避。

【出處】後漢書・崔駰傳：「舜之事父，小杖則受，大杖則走，非不孝也。」

【用法】喻孝子欲免傷亡而陷父母於不義。
【例句】孝順父母不能一味地愚孝，**大杖則走**，適時地保護自己，同時也避免陷父母於不義，這才是大孝的表現。
【義近】大杖則逃。
【義反】小杖則受。

大步流星 ㄉㄚˋ ㄅㄨˋ ㄌㄧㄡˊ ㄒㄧㄥ

【釋義】踏大步前進就像流星那樣的飛快。流星：空間的細小物體與塵粒，飛進地球的大氣層，跟大氣摩擦而發生熱和光，這種現象叫流星。
【出處】周立波・暴風驟雨：「他……相中了拴在老榆樹底的右眼像玻璃似的粟色小兒馬……他大步流星地邁過去，把牠牽走。」
【用法】形容步伐邁得大，走得很快。
【例句】他看到學校前面的操場上正在表演節目，便**大步流星**地邁過去觀看。
【義近】快步流星／流星趕月／三步併作兩步。
【義反】蝸行牛步／鵝行鴨步／慢騰騰。

大言不慚 ㄉㄚˋ ㄧㄢˊ ㄅㄨˋ ㄘㄢˊ

【釋義】大言：說大話。慚：羞愧。
【出處】朱熹・論語憲問注：「大言不慚則無必為之志，而不自度其能否矣。欲踐其言，豈不難哉！」
【用法】形容人說大話毫不感到羞愧。
【例句】他常常**大言不慚**地說：「要是讓我寫電影劇本，我可以一年寫十個，而且保證個個都賣座。」
【義近】口出狂言／自吹自擂／大吹大擂。
【義反】不矜不伐。

大言炎炎 ㄉㄚˋ ㄧㄢˊ ㄧㄢˊ ㄧㄢˊ

【釋義】炎炎：氣勢很盛。
【出處】莊子・齊物論：「大言炎炎，小言詹詹。」
【用法】形容言論正大，氣勢凌人。也用以指誇張之言論。
【例句】①他說起話來得理不饒人，**大言炎炎**，完全不顧旁人的感受。②他喜歡吹牛，說話又誇大不實，老是**大言炎炎**，令人生厭。

大車無輗 ㄉㄚˋ ㄔㄜ ㄨˊ ㄋㄧˊ

【釋義】輗：古代大車轅端與橫木相接的關鍵。大車若無此關鍵，便難以前進。
【出處】論語・為政：「子曰：『人而無信，不知其可也。大車無輗，小車無軏，其何以行之哉？』」
【用法】用以比喻人若不講信用，便難以立足於社會。
【例句】人若不講信用，說話不算數，那就像**大車無輗**一樣，是很難立身於社會的。
【義近】小車無軏／言而無信／食言而肥／出爾反爾。
【義反】坐言起行／言而有信／一言九鼎／季路一言／言必信，行必果。

大事不糊塗 ㄉㄚˋ ㄕˋ ㄅㄨˋ ㄏㄨˊ ㄊㄨˊ

【釋義】遇到大事，頭腦清醒，毫不糊塗。
【出處】宋史・呂端傳載：太宗欲以呂端為相，有人言端糊塗。太宗曰：「端小事糊塗，大事不糊塗。」
【用法】形容於大事能堅持原則，態度明朗，毫不含糊。
【例句】為人處事的態度最好是**大事不糊塗**，小事則不必斤斤計較。
【義近】大節不奪。
【義反】小黠大癡。

大放厥辭 ㄉㄚˋ ㄈㄤˋ ㄐㄩㄝˊ ㄘˊ

【釋義】鋪張辭藻，大展文才。厥：其，他的，或作語詞。辭：文辭，言辭。
【出處】韓愈・祭柳子厚文：「玉佩瓊琚，大放厥辭，富貴無能，磨滅誰紀？」
【用法】今指夸夸其談，大發議論。
【例句】小陳很喜歡發表意見，每次開會總見他**大放厥辭**，議論風生。
【義近】大發議論／高談闊論。
【義反】言簡意賅／寡言少語／言斟語酌。

大法小廉 ㄉㄚˋ ㄈㄚˇ ㄒㄧㄠˇ ㄌㄧㄢˊ

【釋義】大臣守法，小臣清廉。
【出處】禮記・禮運：「大臣法，小臣廉，官職相序，君臣相正，國之肥也。」陳澔集說：「大臣法，盡臣道也；小臣廉，不虧所守也。」
【用法】指國家的上下官員皆能盡忠職守。
【例句】一個國家的公務員，若能眞正做到**大法小廉**，盡忠職守，那麼這個國家絕對不會衰敗。

大相逕庭 ㄉㄚˋ ㄒㄧㄤ ㄐㄧㄥˋ ㄊㄧㄥˊ

【釋義】比喻相去甚遠。逕：門外的路。庭：家裏的院子。
【出處】莊子・逍遙遊：「吾驚怖其言，猶河漢而無極也，大有逕庭，不近人情焉。」
【用法】用以表示彼此行事、看法大不相同。
【例句】我與徐先生的觀點歷來不大相同，對於這件事的看法更是**大相逕庭**。
【義近】天壤之別／截然不同／天差地遠／判若雲泥。
【義反】不相上下／難分高低／大同小異／相差無幾／未分軒輊／不謀而合。

大紅大紫 ㄉㄚˋ ㄏㄨㄥˊ ㄉㄚˋ ㄗˇ

【釋義】指深紅、深紫的朝服。
【出處】古代朝服，用顏色辨品第。一、二品官員穿紫袍，三、四品穿朱紅袍，五、六品以下穿青衫藍袍。
【用法】比喻地位極高貴。或形容藝人非常受歡迎或雇員受上司的器重。
【例句】①他官運亨通，**大紅大紫**，風風光光地過了一生。②她原先只是餐廳駐唱的小歌手，如今卻**大紅大紫**了，人的機運眞是難以預料。
【義近】紅得發紫。

大風大浪 ㄉㄚˋ ㄈㄥ ㄉㄚˋ ㄌㄤˋ

【釋義】狂風巨浪，比喻大世面、大排場。
【出處】李綠園・歧路燈六九回：「舍弟那個東西，將來是夜間點燈，……叫他看看我每日大風大浪，卻還要好過。」
【用法】比喻社會的大變化、大

動盪或艱苦、險惡的環境。

【例句】林老先生自幼就遠走天涯謀生，歷盡人間滄桑，什麼**大風大浪**沒有見過！

【義近】驚濤駭浪／狂風惡浪／滾滾波濤。

【義反】波瀾不驚／風平浪靜／無風無浪／水波不興。

大家閨秀（ㄉㄚˋ ㄐㄧㄚ ㄍㄨㄟ ㄒㄧㄡˋ）

【釋義】大戶人家的女子。大家：有錢有勢的人家。閨秀：女子的美稱。閨：女子的臥室。

【出處】劉義慶・世說新語・賢媛：「顧家婦清心玉映，自是閨房之秀。」

【用法】用以形容端莊秀麗、嫻雅大方的女子。

【例句】此屆選美比賽脫穎而出的徐小姐舉止大方，儀容端莊，深具**大家閨秀**的風範。

【義近】名門閨秀。

【義反】小家碧玉／山野村姑／風塵中人／野草閑花／路柳牆花。

大展宏圖（ㄉㄚˋ ㄓㄢˇ ㄏㄨㄥˊ ㄊㄨˊ）

【釋義】大展：大力施展。宏圖：遠大的計畫。

【出處】漢・張衡・南都賦：「非純德之宏圖，孰能揆而處旃？」

【用法】指在事業上盡力施展抱負和才能。

【例句】張先生正當壯年，事業有成，實力雄厚，因而決心進軍海外，**大展宏圖**。

【義近】大展鴻謀／大展拳腳／大顯身手。

【義反】無所用心／胸無大志。

大庭廣眾（ㄉㄚˋ ㄊㄧㄥˊ ㄍㄨㄤˇ ㄓㄨㄥˋ）

【釋義】指人數眾多的場合。大庭：寬大的場地。廣眾：成羣的人眾。

【出處】新唐書・張行成傳：「左右文武誠無將相材，奚用大庭廣眾與之量校，損萬乘之尊，與臣下爭功哉！」

【用法】指人多而公開的場所。

【例句】他年紀雖小，卻敢在**大庭廣眾**之前滔滔陳辭，毫無所懼。

【義近】眾目睽睽／眾目昭彰。

【義反】斗室天地。

大恩大德（ㄉㄚˋ ㄣ ㄉㄚˋ ㄉㄜˊ）

【釋義】巨大的恩德。

【出處】馮夢龍・醒世恆言卷一七：「過遷向張孝基拜謝道：『若非妹丈救我性命，必作異鄉之鬼矣。大恩大德，將何補報！』」

【用法】用以形容救命之恩或其他非比尋常的恩德。

【例句】若不是你把我從水中救起，我必會葬身魚腹，這**大恩大德**，一定厚報。

【義近】再造之恩／生死肉骨／恩大如山／救命之恩。

【義反】深仇大恨／舊恨新仇／舊仇宿怨／不共戴天。

大書特書（ㄉㄚˋ ㄕㄨ ㄊㄜˋ ㄕㄨ）

【釋義】大寫特寫。書：寫，記載。

【出處】韓愈・答元侍御書：「而足下年尚彊，嗣德有繼，將大書特書，屢書不一書而已也。」

【用法】指對重要的人或事要鄭重記述，或著重敘寫。

【例句】在我國近代史上，林則徐燒鴉片煙的事，值得**大書特書**。

【義反】不足掛齒／不值一提／不足齒數／無需提及。

大海撈針（ㄉㄚˋ ㄏㄞˇ ㄌㄠ ㄓㄣ）

【釋義】在大海裏打撈一根針。

【出處】明・無名氏・石點頭・王本立天涯求父：「這王珣蹤迹無方，分明大海一針，何以撈摸。」

【用法】比喻很難找到。

【例句】圖書館藏書很多，你不按編號索引去找你所需要的書，那豈不是**大海撈針**嗎？

【義近】海底撈針／海底撈月。

【義反】輕而易舉／甕中捉鱉／探囊取物／手到擒來／唾手可得／反掌折枝。

大衾長枕（ㄉㄚˋ ㄑㄧㄣ ㄔㄤˊ ㄓㄣˇ）

【釋義】衾：大被。指兄弟同床共枕。

【出處】新唐書・讓皇帝憲傳：「玄宗爲太子，嘗製大衾長枕，將與諸王共之。睿宗知，喜甚。」

【用法】比喻兄弟感情好，手足情深。

【例句】他們兄弟倆從小便共用**大衾長枕**，感情融洽，如今各自成家了，彼此之間還是往來密切。

【義近】長枕大被。

大逆不道（ㄉㄚˋ ㄋㄧˋ ㄅㄨˋ ㄉㄠˋ）

【釋義】逆：叛逆。不道：不合乎常理常道。道：道德，正道。

【出處】史記・高祖本紀：「漢王數項羽曰：『……爲人臣而弒其主，殺已降，爲政不平，主約不信，天下所不容，大逆無道，罪十也。』」

【用法】形容一個人有重大罪名或被人看做犯了離經叛道的罪過。

【例句】阿拉伯世界的婦女，要是不戴面紗，就被視爲**大逆不道**。

【義近】離經叛道／犯上作亂。

【義反】赤膽忠心／安分守己／循規蹈矩／腳踏繩墨。

大做文章（ㄉㄚˋ ㄗㄨㄛˋ ㄨㄣˊ ㄓㄤ）

【釋義】文章：通常指篇幅不很長的單篇作品。這裏指在某些事情上借題發揮，添枝加葉。

【出處】魯迅・致李秉中：「前回的一封信，我見過幾次轉載，有些人還因此大做文章，或毀或譽。」

【用法】比喻爲了達到某種目的，故意在某些事情上借題發揮或橫生枝節。

【例句】事情的眞相我已了解得一清二楚了，他再怎麼**大做文章**也無濟於事！

【義近】橫生枝節／添枝加葉／添油加醋／調三斡四／推波助瀾。

【義反】大事化小／小事化了／實事求是／言眞語實。

大張旗鼓（ㄉㄚˋ ㄓㄤ ㄑㄧˊ ㄍㄨˇ）

【釋義】大量擺出戰旗戰鼓。張：陳設，展開。旗鼓：古代作戰，壯軍威、發號令的工具。

【出處】張岱・石匱書後集・王

漢傳：「……遂入汴，大張旗鼓，為疑兵，追賊至朱仙鎮，連戰皆克。」

【用法】形容規模、聲勢浩大。

【例句】那家違規營業的電玩店才剛遭取締，日前又**大張旗鼓**地重新開業，眞是令人費解！

【義近】大張聲勢／鑼鼓喧天。

【義反】偃旗息鼓／鳴金收兵。

大張撻伐（ㄉㄚˋ ㄓㄤ ㄊㄚˋ ㄈㄚˊ）

【釋義】張：施展。撻伐：征討，攻伐。

【出處】曾樸・孽海花一四回：「我國若不大張撻伐，一奮神威，……他哪裏肯甘心就範呢！」

【用法】說明用武力大舉討伐，也指大規模攻擊和聲討。

【例句】針對這一件工程舞弊案，社會各界莫不**大張撻伐**，希望政府能拿出魄力來整頓政風。

【義近】興師問罪／舉國聲討／口誅筆伐。

【義反】閉口噤聲／姑息養奸／任人宰割。

大眼看小眼（ㄉㄚˋ ㄧㄢˇ ㄎㄢˋ ㄒㄧㄠˇ ㄧㄢˇ）

【釋義】意謂你看我，我看你，面面相覷。

【出處】吳敬梓・儒林外史三回：「眾人大眼看小眼，一齊道：『原來新貴人歡喜瘋了。』」

【用法】形容彼此不知所措的樣子。

【例句】王經理一進辦公室就破口大罵，弄得大家**大眼看小眼**，不知如何是好。

【義近】面面相覷／瞠目結舌／大眼瞪小眼／不知所措／目瞪口呆。

【義反】急中生智／情急智生／泰然處之／神色自若。

大處著眼（ㄉㄚˋ ㄔㄨˋ ㄓㄨㄛˊ ㄧㄢˇ）

【釋義】從大的地方去看，不計較小枝小節。著眼：觀察。

【用法】指從整體或長遠的觀點去觀察問題。

【例句】清末，革命黨人在緊要關頭能從**大處著眼**，以國家民族利益為重，不考慮個人得失，這是很不容易的。

【義近】高瞻遠矚／大處著墨。

【義反】見木不見林／小處著手／著眼局部。

大處著墨（ㄉㄚˋ ㄔㄨˋ ㄓㄨㄛˊ ㄇㄛˋ）

【釋義】指繪畫或寫文章要從重要處落筆。著墨：下筆。

【出處】繆荃孫・藝風堂文集・友朋書札：「作志者要意在題表，大處著墨，方為有用之文。」

【用法】比喻做事要在大處著眼，抓住關鍵。

【例句】我們處理事情，要像畫家繪畫從**大處著墨**那樣，把握住關鍵，問題才能迎刃而解。

【義近】大處著眼／大處落筆。

【義反】小處著手／尋枝摘葉／斤斤計較／錙銖必較。

大魚吞小魚（ㄉㄚˋ ㄩˊ ㄊㄨㄣ ㄒㄧㄠˇ ㄩˊ）

【釋義】大的魚吞吃小的魚。

【出處】劉向・說苑・指武：「大之伐小，彊之伐弱，猶大魚之吞小魚也，若虎之食豚也。」

【用法】比喻大欺小，強凌弱。

【例句】國與國之間，羣體與羣體之間，個人與個人之間，都有**大魚吞小魚**的事情，這種弱肉強食的現象很普遍。

【義近】猛虎撲綿羊／弱肉強食／以大欺小／恃強凌弱。

【義反】以寡擊眾。

大喜過望（ㄉㄚˋ ㄒㄧˇ ㄍㄨㄛˋ ㄨㄤˋ）

【釋義】所得超過原來所預料的，心裏特別高興。

【出處】司馬遷・史記・黥布傳：「出就舍，帳御飲食從官如漢王居，布又大喜過望。」

【用法】形容所得超過預料，深感高興。

【例句】王先生央求太太回家已有好多次了，都未能如願，今天下班回來，突然見太太不請自歸，頓時**大喜過望**。不覺手舞足蹈起來。

【義近】喜從天降。

【義反】大失所望／事與願違。

大惑不解（ㄉㄚˋ ㄏㄨㄛˋ ㄅㄨˋ ㄐㄧㄝˇ）

【釋義】原指愚者終身不能明白事物。惑：迷惑，疑惑。

【出處】莊子・天地：「大惑者終身不解，大愚者終身不靈。」

【用法】用以說明感到非常迷惑，不能理解，含有不滿或反對的意思。

【例句】如此聰明的人，竟做出這樣糊塗的事，實在令我感到**大惑不解**。

【義近】百思不解／難明所以。

【義反】茅塞頓開／恍然大悟／豁然貫通。

大智若愚（ㄉㄚˋ ㄓˋ ㄖㄨㄛˋ ㄩˊ）

【釋義】才智很高，表面上卻顯出愚笨的樣子。一作「大智如愚」。

【出處】蘇軾・賀歐陽少師致仕啟：「大勇若怯，大智如愚。」

【用法】贊揚有才華的人不露鋒芒，不炫耀自己。

【例句】劉姥姥**大智若愚**的涵養，給賈府帶來了活潑、風趣、熱鬧的場面。

【義近】大巧若拙／外愚內智／深藏不露／大智不形／深藏若虛。

【義反】鋒芒畢露／露才揚己／英華外發。

大發慈悲（ㄉㄚˋ ㄈㄚ ㄘˊ ㄅㄟ）

【釋義】慈悲：原為佛教用語，慈善和憐憫。

【出處】吳承恩・西遊記九八回：「如來佛開憐憫之口，大發慈悲之心。」吳沃堯・二十年目睹之怪現狀八九回：「望媳婦大發慈悲罷！」

【用法】形容對人表現出慈善和憐憫之心，肯做好事或成全其事。

【例句】這件事關係到我們未來的幸福，就請你**大發慈悲**，不要再橫生枝節了。

【義近】大慈大悲。

【義反】鐵石心腸／心狠手辣／人面獸心。

大發雷霆（ㄉㄚˋ ㄈㄚ ㄌㄟˊ ㄊㄧㄥˊ）

【釋義】雷聲大作。霆：響雷。

【出處】凌濛初・初刻拍案驚奇卷一五：「陳秀才大發雷霆，嚷道：『人命關天，怎便將我家人殺害了。』」

【用法】比喻大發脾氣，高聲斥責。

【例句】我原以為他會**大發雷霆**的，想不到他卻突然出奇地笑了。

【義近】怒不可遏／暴跳如雷。

【義反】平心靜氣／心平氣和／洋洋如常。

大街小巷（ㄉㄚˋ ㄐㄧㄝ ㄒㄧㄠˇ ㄒㄧㄤˋ）

【釋義】大的街道和小的巷子。巷：較窄的街道。

【出處】施耐庵・水滸傳六六回：「正月十五日，上元佳節，好生晴朗。……大街小巷，都有社火。」

【用法】泛指城市的各處街巷。

【例句】這個城市的衛生條件很好，**大街小巷**都打掃得乾乾淨淨的。

【義近】街頭巷尾／六街三市／八街九陌／四衢八街。

【義反】窮鄉僻壤／邊遠山區／千村萬落。

大開方便之門（ㄉㄚˋ ㄎㄞ ㄈㄤ ㄅㄧㄢˋ ㄓ ㄇㄣˊ）

【釋義】方便門：佛教指引人入佛的門徑。

【出處】普濟・五燈會元・長慶棱禪師法嗣：「僧問：海眾雲臻，請師開方便門，示眞實相。」明・馮惟敏・僧尼共犯四折：「誰想巡捕老爺大開方便之門，放俺還俗，便成配偶。」

【用法】原指引人入佛，現指給人方便。

【例句】你若能照顧我做這筆生意，我一定在其他方面為你**大開方便之門**！

【義近】開綠燈／與人方便，自己方便／玉成其事。

【義反】無隙可乘／從中作梗／百般刁難。

大開眼界（ㄉㄚˋ ㄎㄞ ㄧㄢˇ ㄐㄧㄝˋ）

【釋義】眼界：所見事物的範圍，借指見識的廣度。

【出處】唐・李濬・松窗雜錄・楚幾：「光業馬上取筆答之，曰：『大開眼界莫言冤。』」

【用法】用以指開闊視野，增長知識。

【例句】這次去西歐各國考察，看到許多從未見過的事物，令我**大開眼界**。

【義近】增廣見聞。

【義反】坐井觀天／牖中窺日。

大勢已去（ㄉㄚˋ ㄕˋ ㄧˇ ㄑㄩˋ）

【釋義】整個局勢一天天地壞下去。

【出處】朱子語類卷五十：「程子說天命之改，莫是大勢已去。」

【用法】形容局勢已無法挽回。

【例句】日軍受到原子彈攻擊以後，知道**大勢已去**，只好宣布無條件投降。

【義近】分崩離析／回天無力／棟折榱崩。

【義反】扶危定傾／力挽狂瀾／撥亂反正／扭轉乾坤。

大勢所趨（ㄉㄚˋ ㄕˋ ㄙㄨㄛˇ ㄑㄩ）

【釋義】大勢：整個局勢。趨：向，往。

【出處】陳亮・上孝宗皇帝第三書：「天下大勢之所趨，非人力之所能移也。」

【用法】用以說明整個局勢發展的趨向。

【例句】建立自由貿易的經濟體系乃**大勢所趨**，各國都紛紛朝此方向努力發展。

【義近】人心所向／眾望所歸／勢所必然／百川歸海／江河就下。

大廈將傾（ㄉㄚˋ ㄒㄧㄚˋ ㄐㄧㄤ ㄑㄧㄥ）

【釋義】高大的房屋將要倒塌。

【出處】王通・文中子・事君：「大廈將傾，非一木所支也。」

【用法】常比喻專制政權或腐敗勢力行將崩潰。

【例句】袁世凱一當上皇帝就被國人唾罵，羣情激憤，他那幫臣子也深有**大廈將傾**的危機感，都準備另謀後路。

【義近】風雨飄搖／搖搖欲墜／國步艱難。

【義反】國泰民安／河清海晏。

大廈棟梁（ㄉㄚˋ ㄒㄧㄚˋ ㄉㄨㄥˋ ㄌㄧㄤˊ）

【釋義】大廈：高大的房子。棟梁：木結構屋架中的柱子和架在柱子上的長木等。

【出處】晉書・和嶠傳：「嶠森森如千丈松，雖磥砢多節目，施之大廈，有棟梁之用。」

【用法】喻擔負國家重任的人。

【例句】此人才幹非凡，堪為**大廈棟梁**，現在雖然未受重用，將來定會脫穎而出。

【義近】棟梁之材／擎天之柱／經文緯武／經天緯地／泰山梁木。

【義反】碌碌之輩／德薄能鮮／凡夫俗子／衣架飯囊。

大慈大悲（ㄉㄚˋ ㄘˊ ㄉㄚˋ ㄅㄟ）

【釋義】原為佛教用語，愛一切眾生為大慈，拯救一切受苦難的人為大悲。悲：以憐憫之心解除眾生的痛苦。

【出處】法華經・譬喻品：「大慈大悲，常無懈倦，恆求善事，利益一切。」

【用法】指慈悲、慈善，多用於贊揚，有時也用以諷刺假慈悲者。

【例句】希望各位**大慈大悲**，貢獻力量，贊助慈善事業。

【義近】大發慈悲／悲天憫人／慈悲為懷。

【義反】心狠手辣／滅絕人性／窮凶極惡。

大搖大擺（ㄉㄚˋ ㄧㄠˊ ㄉㄚˋ ㄅㄞˇ）

【釋義】走路的神氣姿態。

【出處】吳敬梓・儒林外史五回：「次日早晨，大搖大擺的出堂，將回子發落了。」

【用法】形容走路神氣十足的樣子。多含貶義。

【例句】小李最近中了頭獎，頓時出手闊綽，走起路來也是**大搖大擺**的。

【義近】大模大樣／神氣活現／神氣十足。

【義反】畏畏縮縮／躡手躡腳。

大義滅親（ㄉㄚˋ ㄧˋ ㄇㄧㄝˋ ㄑㄧㄣ）

【釋義】大義：正義，正道。親：親屬。

【出處】左傳・隱公四年：「石碏，純臣也，惡州吁而厚與焉。『大義滅親』，其是之謂乎！」

【用法】形容為維護正義，對犯法親屬不徇私情，使之受到制裁。

【例句】身為法官一定要能**大義滅親**，決不可因私廢法。
【義近】大義割恩／鐵面無私。
【義反】專徇私情／唯親至上。

大義凜然

【釋義】正義之氣令人敬畏。大義：正義，正氣。凜然：嚴肅而不可侵犯的樣子。
【出處】顧炎武・日知錄：「唐人作書，無所回避。……條高后擅政之年，下繫中宗，大義凜然。」
【用法】形容為維護正義而堅強不屈的氣概。
【例句】文天祥**大義凜然**的氣概，直到今天仍激勵著我們。
【義近】正氣凜然／義不可犯／威武不能屈。
【義反】望風而降／貪生怕死／屈節事敵。

大腹便便

【釋義】肚子肥大。便便：肥滿的樣子。
【出處】後漢書・邊韶傳：「邊孝先，腹便便，懶讀書，但欲眠。」
【用法】用以形容腹部肥大，也形容孕婦行動不便的樣子。
【例句】因為他愛吃甜食，平日又疏於運動，所以才年過三十就**大腹便便**了。
【義近】腦滿腸肥／身肥肚圓。
【義反】骨瘦如柴／形銷骨立／面黃肌瘦／弱不禁風。

大輅椎輪

【釋義】輅：車前橫木。大輅：華美的大車。椎輪：無輻輳的車輪。
【出處】蕭統・文選序：「若夫椎輪為大輅之始，大輅寧有椎輪之質。」
【用法】喻事物的進化，由簡而繁；或喻事業草創之初。
【例句】①我們所享用的一切科技文明，皆是**大輅椎輪**，由簡而繁演進而來的。②公司剛開業，**大輅椎輪**，還望諸位前輩鼎力相助。

大夢初醒

【釋義】剛從夢中醒過來。
【出處】莊子・齊物論：「覺而後知其夢也，且有大覺，而後知其大夢也。」
【用法】形容突然省悟。
【例句】原以為將錢投入地下投資公司可賺取暴利，直到地下投資公司倒閉的消息傳來，他才**大夢初醒**，知道自己受騙了。
【義近】大夢方醒／如夢初醒／如醉方醒／恍然大悟／大徹大悟／徹底省悟。
【義反】糊里糊塗／執迷不悟／至死不悟。

大徹大悟

【釋義】原為佛教用語，意為徹底省悟。徹：透徹。一作「大澈大悟」。
【出處】鄭德輝・伊尹耕莘：「蓋凡升天之時，先參貧道，授與仙訣，大徹大悟後，方得升九天朝眞而觀元始。」
【用法】比喻徹底想通，完全醒悟。
【例句】希望這次你是眞的**大徹大悟**，戒掉毒癮，重新做個正常人。
【義近】徹底醒悟／豁然醒悟。
【義反】執迷不悟／至死不悟／不見棺材不掉淚。

大漸彌留

【釋義】漸：劇。大漸：病危。彌留：病重將死的時候。
【出處】王儉・褚淵碑文：「景命不永，大漸彌留。」
【用法】形容人將死的時候。
【例句】王老太太自知生命垂危，便在**大漸彌留**時，交代了遺言。
【義近】彌留之際／易簀之際。

大福不再

【釋義】大福氣不會第二次降臨。再：再次，第二次。
【出處】左傳・昭公十三年：「大福不再，祇取辱焉。」
【用法】指大的幸福或幸運之事一旦過去就不可期望再來，因此勸人應好好把握時機充分享受和利用。
【例句】人生有限，**大福不再**，你現在有這麼好的條件，就應充分利用，好好把握。
【義近】時不再來／機不可失／時不我待／稍縱即逝。

大敵當前

【釋義】強大的敵人就在前面。當：正在。又作「大敵在前」。
【出處】後漢書・吳漢傳：「大敵在前而公傷臥，眾心懼矣。」
【用法】多用以說明面對強大的敵人，應以大局為重。
【例句】**大敵當前**，我們應拋棄個人恩怨，共同對敵。
【義近】兵臨城下／強敵將至。
【義反】太平無事／承平時代／歌舞昇平。

大模大樣

【釋義】擺出一副架勢，好像什麼也不在乎的樣子。
【出處】明・無名氏・鳴鳳記：「又見他……大模大樣，前遮後擁，把那街上閒人盡打開。」
【用法】形容目中無人，傲慢自大。
【例句】那胡屠戶**大模大樣**的走到范進面前，狠狠地打了一巴掌，罵道：「你中什麼了！」（吳敬梓・儒林外史）
【義近】大搖大擺／神氣活現／高視闊步／趾高氣昂。
【義反】扭扭捏捏／忸怩作態／躡手躡腳。

大醇小疵

【釋義】醇：純正，純粹。疵：毛病，過失。
【出處】韓愈・讀荀子：「荀與揚，大醇而小疵。」宋・姜夔・白石詩說：「名家者各有一病，大醇小疵差可耳。」
【用法】用以表示大體上完美，但也略有小缺點。
【例句】人非聖賢，孰能無過，只要能**大醇小疵**，也就不錯了。
【義近】白璧微瑕／白圭之玷／狐裘羔袖／甘瓜苦蒂／美中

不足／金無足赤／瑕不掩瑜。
【義反】白璧無瑕／完美無瑕／完美無缺／十全十美／盡善盡美。

大器晚成（ㄉㄚˋ ㄑㄧˋ ㄨㄢˇ ㄔㄥˊ）

【釋義】最貴重的器物需要長時間的加工才能完成。大器：貴重的器物，比喻大才。
【出處】老子・四一章：「大方無隅，大器晚成，大音希聲，大象無形。」
【用法】多用以指人的成就較晚，有時也用以安慰長期不得意的人。
【例句】成才的早晚各不相同，有的人年輕時即嶄露頭角，有的人則**大器晚成**。
【義近】大才晚成。
【義反】少年有成／少年得志。

大樹底下好乘涼（ㄉㄚˋ ㄕㄨˋ ㄉㄧˇ ㄒㄧㄚˋ ㄏㄠˇ ㄔㄥˊ ㄌㄧㄤˊ）

【釋義】乘涼：熱天在涼快透風的地方休息散熱。
【出處】元・無名氏・劉弘嫁婢一折：「每日則是吃他家的，便好道這大樹底下好乘涼，一日不識羞，十日不忍餓。」
【用法】比喻依附於有權勢有地位的人，什麼都好辦，能得到許多好處。
【例句】你有這樣一個有錢有本事的父親，自然是**大樹底下好乘涼**！我們可不行，凡事得靠自己。
【義近】坐享其成／傍人門戶／依草附木／不勞而獲。
【義反】自食其力／自力更生／自立自強／白手起家。

大樹將軍（ㄉㄚˋ ㄕㄨˋ ㄐㄧㄤ ㄐㄩㄣ）

【釋義】意謂坐在大樹底下的將軍。
【出處】後漢書・馮異傳：「諸將並坐論功，異常獨屏樹下，軍中號曰『大樹將軍』。」
【用法】常用以指不居功自傲的將領。
【例句】戰爭結束後，有些**大樹將軍**解甲歸田，安然地過著含飴弄孫的幸福生活。
【義近】功大不驕／功成不居。
【義反】小人得志。

大興土木（ㄉㄚˋ ㄒㄧㄥ ㄊㄨˇ ㄇㄨˋ）

【釋義】興：興建。土木：指建築工程，多指修建房舍。
【出處】洪邁・容齋隨筆卷一一：「奸佞之臣，罔眞宗以符瑞，大興土木之役。」
【用法】用以說明大規模地修建土木工程。
【例句】朱元璋一登上皇帝寶座，就在京都**大興土木**，建築宮殿。
【義近】大事修建。
【義反】百廢待興／休養生息。

大錯特錯（ㄉㄚˋ ㄘㄨㄛˋ ㄊㄜˋ ㄘㄨㄛˋ）

【釋義】大、特：在此說明錯誤程度之深。
【出處】曾樸・孽海花二五回：「條約只有三款，第二款兩國派兵交互知會這一條，如今想來，眞是大錯特錯！」
【用法】用以指完全錯了，而且錯得非常嚴重。
【例句】自己不奮發圖強，卻把未來的美好生活寄託在命運上面，這實在是**大錯特錯**的想法。
【義近】一錯再錯／錯上加錯。
【義反】微過細故／一念之差。

大獲全勝（ㄉㄚˋ ㄏㄨㄛˋ ㄑㄩㄢˊ ㄕㄥˋ）

【釋義】獲得了極大的全面性勝利。
【出處】羅貫中・三國演義三六回：「且說玄德大獲全勝，引軍入樊城，縣令劉泌出迎。」
【用法】形容獲得了全面徹底的勝利或成功。
【例句】經過長期的訓練，我國代表隊終於在這次青棒比賽中一雪前恥，**大獲全勝**。
【義近】戰績輝煌／戰果累累／節節勝利。
【義反】潰不成軍／全軍覆沒。

大聲疾呼（ㄉㄚˋ ㄕㄥ ㄐㄧˊ ㄏㄨ）

【釋義】高聲而急促地呼喊，以引起注意。疾：快，急。
【出處】韓愈・後十九日復上宰相書：「將有介於其側者，雖其所憎怨，苟不至乎欲其死者，則將大其聲疾呼，而望其仁之也。」
【用法】多用來表示大力提倡與號召。
【例句】抗日戰爭爆發後，愛國青年**大聲疾呼**，籲請全國上下奮起抗敵。
【義近】奔走呼號／振臂高呼／登高一呼。
【義反】三緘其口／默不作聲／不聲不響。

大謬不然（ㄉㄚˋ ㄇㄧㄡˋ ㄅㄨˋ ㄖㄢˊ）

【釋義】謬：錯誤，荒謬。然：這樣。
【出處】司馬遷・報任少卿書：「而事乃有大謬不然者。」
【用法】說明大錯特錯，與實際完全不合。
【例句】有的人以爲大學畢業就不必再讀書了，其實**大謬不然**，人生學無止境啊！
【義近】大錯特錯／荒謬絕倫。
【義反】無庸置疑／千眞萬確。

大難不死（ㄉㄚˋ ㄋㄢˋ ㄅㄨˋ ㄙˇ）

【釋義】難：災難，禍患。
【出處】元・關漢卿・裴度還帶三折：「夫人云：皆是先生陰德太重，救我一家之命。因此遇大難不死，必有後程。」
【用法】指遇到大災禍卻能不死。常與「必有後福」、「必有後程」等連用。
【例句】這次飛機失事死了那麼多人，而你居然**大難不死**，眞是奇蹟！
【義近】死裏逃生／絕處逢生／九死一生／逢凶化吉。
【義反】死於非命／一瞑不視／一命嗚呼／在劫難逃。

大難臨頭（ㄉㄚˋ ㄋㄢˋ ㄌㄧㄣˊ ㄊㄡˊ）

【釋義】難：災難，禍患。臨：到。
【出處】朱自清・你我：「大難臨頭，不分你我。」
【用法】指大禍落到頭上。
【例句】不過一點小事，又不是什麼**大難臨頭**，你就嚇成這樣，虧你還是個男人呢！
【義近】大禍臨頭／飛來橫禍／禍從天降／飛災橫禍。
【義反】福星高照／福事臨門／洪福齊天／福事雙至。

大辯不言

【釋義】大辯：非常善於辯論。不言：不太說話。
【出處】莊子・齊物論：「大辯不言，大仁不仁。」
【用法】指有口才而善於辯論的人，並不多說話顯示自己。
【例句】他在辯論中只是細心聆聽，到關鍵時刻才說上幾句，卻足以折服眾人，頗有**大辯不言**的氣度。
【義近】大辯若訥。
【義反】夸夸其談／脣槍舌戰／爭長論短／鋒芒逼人。

大權旁落

【釋義】旁落：落到別人手裏。
【出處】明史・彭時傳：「不可悉委臣下，使大權旁落。」
【用法】用以說明處理重大事情的權力落入別人手中。
【例句】徐經理這幾年遇事都委託身邊的親信去辦，結果弄得**大權旁落**，說話無人聽。
【義近】有職無權／官大權小／位高權輕。
【義反】大權在握／大權獨攬。

大顯身手

【釋義】顯：顯露，施展。身手：指武藝、本領等。
【出處】顏之推・顏氏家訓・誡兵：「頃世亂離，衣冠之士，雖無身手，或聚徒眾，違棄素業，徼幸成功。」
【用法】形容充分發揮自己的才能，表現出自己的本領。
【例句】現在各方面都需要人才，這正是我們**大顯身手**的好時機。
【義近】一顯身手／大顯神通／獻技進藝／施展才華。
【義反】英雄無用武之地／大材小用／牛刀小試。

大顯神通

【釋義】神通：佛家語，指神妙的能力，即無所不能的力量。今指特別高超的本領。
【出處】敦煌變文集・維摩詰講經文：「龍子龍孫，騰身自在，跳躑踴躍，大顯神通。」
【用法】形容充分顯示出高超的本領。
【例句】在這次奧運比賽中，各國代表隊無不**大顯神通**，令人一飽眼福。
【義近】大顯身手／大顯神威。
【義反】英雄無用武之地／蛟龍失水。

大驚小怪

【釋義】過分的驚訝或慌張。
【出處】朱熹・答林擇之書：「要須把此事做一平常事看，朴實頭做將去，久之自然見效，不必如此大驚小怪。」
【用法】形容對不足爲奇的事故大作聲勢或過分驚訝。
【例句】對西方人而言，禮貌性的擁抱是很自然的，有什麼值得**大驚小怪**的？
【義近】少見多怪／蜀犬吠日／粵犬吠雪。
【義反】不足爲奇／見怪不怪。

大驚失色

【釋義】失色：變了臉色。
【出處】羅貫中・三國演義二四回：「忽見曹操帶劍入宮，面有怒容，帝大驚失色。」
【用法】形容非常害怕，嚇得變了臉色。
【例句】李太太見丈夫被人打得遍體鱗傷，頓時**大驚失色**。
【義近】心驚膽戰／大吃一驚。
【義反】泰然自若／神色自如／面不改色／無動於衷。

一畫

天人路隔

【釋義】天人：上天和人世。路隔：道路阻隔，無法相通。
【出處】凌濛初・二刻拍案驚奇卷九：「直到得干戈平靜，仙客入京來訪，不匡劉尙書被人誣陷，家小配入掖庭，從此天人路隔，永無相會之日了。」
【用法】比喻親友被隔絕，無法相會。
【例句】一想到相扶四十幾年的老伴撒手人寰，從此**天人路隔**，老太太不禁痛哭失聲。
【義近】陰陽兩隔／紅塵永隔／天各一方／日東月西。
【義反】不期而遇／後會有期／聚首一堂。

天下一家

【釋義】意謂把天下看作一家。天下：指全國或世界。
【出處】禮記・禮運：「故聖人能以天下爲一家，以中國爲一人者，非意之也。」晉書・劉弘傳：「天下一家，彼此無異。」
【用法】現用以指天下的人和睦相處，猶如一家。
【例句】二十一世紀，世界各國若能消除隔閡，**天下一家**，那眞是人類莫大的幸福！
【義近】天下一體／四海一家。
【義反】四分五裂／瓜分豆剖／支離破碎／土崩瓦解。

天下太平

【釋義】處處平安無事。天下：指國家。
【出處】呂氏春秋・大樂：「天下太平，萬物安寧。」
【用法】指國家太平無事，人民生活安定。
【例句】倘若人心不再有貪念，彼此之間互相愛護，則眞可謂**天下太平**了。
【義近】四海升平／國泰民安／河清海宴。
【義反】天下大亂／兵連禍結／兵荒馬亂／國無寧日。

天下本無事，庸人自擾之

【釋義】庸人：平庸的人。自己擾亂自己。
【出處】舊唐書・陸象先傳：「天下本自無事，祇是庸人擾之，始爲繁耳。但當靜之於源，則亦何憂不簡。」
【用法】用以泛指本來無事無問題，而自己卻窮著急或自找麻煩。
【例句】**天下本無事，庸人自擾之**，你就是這樣的庸人！好好的日子不過，爲何去窮操別人的心。
【義近】庸人自擾／自尋煩惱／杞人憂天／無事生非。
【義反】豁達大度／一笑置之／置若罔聞／樂天知命。

天下咽喉

【釋義】又作「天下喉咽」。咽喉：指險要之地。
【出處】漢書・顏延年傳：「河南，天下喉咽。」
【用法】用以指軍事要地。
【例句】山海關被視爲**天下咽喉**，自古以來就是兵家必爭之地。
【義近】四戰之地／四戰之國。

天下烏鴉一般黑

【釋義】烏鴉：俗稱「老鴰」、「老鴉」。故也作「天下老鴰（或老鴉）一般黑」。
【出處】曹雪芹・紅樓夢五七回：「這更奇了！天下老鴰一般黑，豈有兩樣的。」
【用法】比喻同類事物的本質是一樣的。現多用來比喻世上任何地方的壞人都是一樣的壞。
【例句】**天下烏鴉一般黑**，哪裏的貪官污吏都一樣，他們絕不會爲民眾伸張正義的。
【義近】一丘之貉／一根藤上的毒瓜。
【義反】迥然不同／截然不同／涇渭分明。

天下無不散的筵席

【釋義】天下：全國，全世界。筵席：酒席。也作「沒有不散的筵席」。
【出處】馮夢龍・醒世恆言三五卷：「徐召道：『三娘子，天下無不散的筵席。』」曹雪芹・紅樓夢二六回：「千里搭長篷，沒有不散的筵席。」
【用法】熱鬧的場面終歸要過去，好的事情也會有個終結。
【例句】**天下無不散的筵席**，朋友歡聚，總有曲終人散的時候，只要彼此有心，我們會再相聚的。
【義近】有聚必有散／濟濟一堂，終有一散／送君千里，終有一別。

天下無敵

【釋義】天下的人，沒有可敵得過的。
【出處】孟子・離婁上：「夫國君好仁，天下無敵。」莊子・說劍：「王大悅之曰：『天下無敵矣。』」
【用法】形容本事高，能力強，戰無不勝。
【例句】美國是當今世界上的超級大國，在經濟和軍事等方面幾乎是**天下無敵**。
【義近】無敵於天下／百戰百勝／百戰不殆／天下莫敵／無出其右。
【義反】碌碌之徒／平庸之輩／酒囊飯桶／凡夫俗子／朽木糞土。

天下無雙

【釋義】意謂在天下獨一無二。天下：指國家。
【出處】司馬遷・史記・李將軍列傳：「李廣才氣天下無雙，自負其能，數與虜敵戰。」
【用法】形容出類拔萃，在全國無人可與之相比。
【例句】那位女高音的演唱，令人讚賞不已，其歌藝可算是**天下無雙**了。
【義近】天下第一／天下無敵／天下莫敵／蓋世無雙／舉世無雙／一枝獨秀／獨步天下／絕世超倫／冠絕羣倫／冠絕一時／無出其右。
【義反】碌碌庸才／凡夫俗子／平庸之輩／泛泛之輩／一如常人／不足稱道。

天下無難事，只怕有心人

【釋義】意謂只要意志堅定，天下就沒有做不到的事。
【出處】王驥德・韓夫人題紅記二七：「天下無難事，只怕有心人。」
【用法】用以鼓勵人有志者事竟成。
【例句】俗話說：「**天下無難事，只怕有心人**。」凡事只要下定決心，努力去做，終可成功。
【義近】有志者事竟成／精誠所至，金石爲開。
【義反】鍥而舍之，朽木不折／難字當頭，一事無成／天下容易事，無心終難成。

天下爲公

【釋義】天下非君王所有，政權應屬全體人民。
【出處】禮記・禮運：「大道之行也，天下爲公，選賢與能，講信修睦。」集解：「天下爲公者，天子之位傳賢而不傳子也。」
【用法】儒家推崇的理想政治，說明人民應是國家眞正的主人。
【例句】民主政治所追求的最高理想是**天下爲公**。

天下爲家

【釋義】把天下（國家）當作自己的家。
【出處】禮記・禮運：「今大道既隱，天下爲家。」魏書・韓麒麟傳：「君人者以天下爲家，不得有所私也。」
【用法】今用以泛指處處都可以安家。
【例句】滿清末年，革命志士無不以**天下爲家**，致力於國民革命，推翻滿清王朝，建立中華民國。
【義近】四海爲家。
【義反】安土重遷。

天下興亡，匹夫有責

【釋義】天下：指國家。匹夫：庶人，平民。
【出處】梁啓超・無聊消遣：「顧亭林說：『天下興亡，匹夫有責。』」
【用法】說明國家的興亡每個人都有責任。
【例句】**天下興亡，匹夫有責**，我們每個人都應爲國家的繁榮昌盛而貢獻一份力量。
【義近】大江大海靠小流。
【義反】各人自掃門前雪，莫管他人瓦上霜。

天下歸心

【釋義】天下：這裏指天下人。歸心：心悅誠服而歸附。
【出處】論語・堯曰：「興滅國，繼絕世，舉逸民，天下之民歸心焉。」後漢書・荀彧傳：「漢高祖爲義帝縞素，而天下歸心。」

【用法】說明所作所為深得人心，因而天下民眾心悅誠服地歸附。

【例句】一個國家只要能尊重人權，提高人民生活水準，自然而然便會達到**天下歸心**的境界。

【義近】四海歸心／人心所歸／人心所向／人心歸向。

【義反】天下不服／眾叛親離／舟中敵國／人心背離。

天上人間（ㄊㄧㄢ ㄕㄤˋ ㄖㄣˊ ㄐㄧㄢ）

【釋義】意謂一個在天上，一個在人間。

【出處】南唐・李後主・浪淘沙：「獨自莫憑闌，無限江山。別時容易見時難。流水落花春去也，天上人間！」

【用法】比喻境遇不同，相差極遠。

【例句】西歐各國的富人和非洲各國的窮人，在各個方面的差距，真有如**天上人間**！

【義近】天懸地隔／天壤懸隔／天差地遠／天冠地履。

【義反】毫無二致／相去無幾／大同小異／大體相同。

天上麒麟（ㄊㄧㄢ ㄕㄤˋ ㄑㄧˊ ㄌㄧㄣˊ）

【釋義】麒麟：古代傳說中一種象徵祥瑞的動物，形狀像鹿，頭上有角，全身有鱗甲。

【出處】杜甫・徐卿二子歌：「君不見徐卿二子生絕奇，感應吉夢相追奇。孔子釋氏親抱送，並是天上麒麟兒。」

【用法】讚譽他人富有才華。

【例句】劉董事長的小兒子才二十來歲，就在美國哈佛大學攻讀博士學位，真是**天上麒麟**。

【義近】人中騏驥／祥麟威鳳／東箭南金／人中佼佼。

【義反】癡兒蠢子／花花公子／紈袴子弟／膏粱子弟。

天女散花（ㄊㄧㄢ ㄋㄩˇ ㄙㄢˋ ㄏㄨㄚ）

【釋義】天女：佛家語，指天上的神女。

【出處】維摩經義疏・觀眾生品：「時維摩詰室有一天女，見諸大人，聞所說法，便現其身，即以天華散諸菩薩大弟子上。」天華，即天花。

【用法】形容百花落地，燦爛奪目的景象。或形容事物由天而降，散布四處的樣子。

【例句】①龍王獻水，噴馬車之埃塵；**天女散花**，綴山林之草樹。（宋之問・為太平公主五郎病癒設齋歎佛文）。②工作人員從飛機上撒下宣傳單，如**天女散花**似的飄散各地。

天子無戲言（ㄊㄧㄢ ㄗˇ ㄨˊ ㄒㄧˋ ㄧㄢˊ）

【釋義】天子：天的兒子，舊時用以稱國王或皇帝。戲言：隨便說說並不當真的話。

【出處】呂氏春秋・重言：「天子無戲言。天子言，則史書之，工誦之，士稱之。」

【用法】本指帝王講話要慎重，不作兒戲之語。現也用以表示領導人物說話要謹慎，不可苟且。

【例句】古人說**天子無戲言**，身為公司的主管，明明說好要加薪的，怎麼又反悔了呢？

【義近】一言駟馬／言必有信／一諾千金／一言九鼎。

【義反】出爾反爾／言而無信／自食其言／食言而肥。

天才橫逸（ㄊㄧㄢ ㄘㄞˊ ㄏㄥˊ ㄧˋ）

【釋義】橫逸：縱橫奔逸。

【出處】夏敬渠・野叟曝言十一回：「長卿擊節歎賞道：『至情斐篤，天才橫逸。』」

【用法】形容人的才華、能力很高。

【例句】張君是位**天才橫逸**的音樂家，自小便嶄露頭角，贏過不少大獎。

【義近】才華蓋世／才氣縱橫。

【義反】一無長才／才疏學淺。

天不作美（ㄊㄧㄢ ㄅㄨˋ ㄗㄨㄛˋ ㄇㄟˇ）

【釋義】天公不成全美事。天：天公，指自然界的主宰者。也作「天公不作美」。

【出處】唐・皎然・偶然五首・問天：「天公何時有？談者皆不經。」

【用法】多指要進行的事情因天氣變化（如颳風、下雨）而受到了影響。

【例句】春季運動會一開始，就下起雨來了，而且越下越大，真是**天不作美**！

【義近】天不從人願／好事多磨／天違人願／大失所望。

【義反】天從人願／萬事亨通／稱心如意／如願以償。

天不怕地不怕（ㄊㄧㄢ ㄅㄨˋ ㄆㄚˋ ㄉㄧˋ ㄅㄨˋ ㄆㄚˋ）

【釋義】意謂什麼都不怕。

【出處】明・高濂・玉簪記・永配：「我是天不怕來地不怕，溧陽縣中惟我大；上山打虎如打牛，入水騎龍如騎馬。」

【用法】形容無所畏懼。

【例句】他是個**天不怕地不怕**的亡命之徒，你何必要賠上自己的安危去與他計較呢？

【義近】初生之犢不怕虎／熊心豹膽／毫無所懼。

【義反】膽小如鼠／畏首畏尾／談虎色變／望而生畏。

天之驕子（ㄊㄧㄢ ㄓ ㄐㄧㄠ ㄗˇ）

【釋義】漢代稱北方匈奴語，簡稱天驕。意謂為天所驕縱。

【出處】漢書・匈奴傳：「南有大漢，北有強胡。胡者，天之驕子也。」

【用法】漢以後泛稱強盛的邊地民族，今多用以指稱境遇優越或深受寵信的「得天獨厚」一者。

【例句】他才華出眾，聰明能幹，又深獲總經理的寵信，是我們公司的**天之驕子**。

【義近】時代寵兒。

【義反】斗筲之人／碌碌庸才／泛泛之輩。

天公地道（ㄊㄧㄢ ㄍㄨㄥ ㄉㄧˋ ㄉㄠˋ）

【釋義】意謂像天地那樣公道。

【出處】嶺南羽衣女士・東歐女豪傑：「如今人人的腦袋裏都有了一個社會平等，政治自由，是個天公地道的思想。」

【用法】形容極為公平合理，或指稱當然之理。

【例句】①他處理事情一向**天公地道**，從不袒護任何一方。②做生意講賺錢，這是**天公地道**的事，有什麼可非議的呢？

【義近】公平合理／天經地義／理所當然／合情合理。
【義反】不公不平／不近情理／不合情理。

天文數字
【釋義】天文學上用來計算日月星辰等天體距離的大數字。
【出處】易經・賁：「觀乎天文，以察時變。」
【用法】比喻為極大的數字。
【例句】天啊！你知不知道這筆錢對我來說，可是**天文數字**呢！
【義近】恆河沙數。
【義反】屈指可數／一星半點。

天方夜譚
【釋義】書名，又名《一千零一夜》，阿拉伯著名民間故事集。內容包括寓言、童話、戀愛故事、冒險故事、名人軼事等。天方：我國古代稱中東一帶阿拉伯人建立的國家。
【用法】今用以比喻奇談怪論、荒誕不經之事。
【例句】你今天所說的這些，只能當作**天方夜譚**，根本不足為信。
【義近】瞎編聊齋／海外奇談／齊東野語／不經之談。
【義反】眞人眞事／歷史故事／耳聞目見／千眞萬確。

天可憐見
【釋義】天見了也可憐。
【出處】施耐庵・水滸傳二一回：「如今我和兄弟兩個，且去逃難。天可憐見，若遇寬恩大赦，那時回來，父子相見。」
【用法】指期盼老天爺的垂憐，降福消災。
【例句】怎得**天可憐見**，讓他們孩子們再過幾年洪武爺的日子就好了。（吳敬梓・儒林外史九回）

天打雷劈
【釋義】遭老天爺用雷劈死。
【出處】曹雪芹・紅樓夢六八回：「以後蓉兒要不眞心孝順你老人家，天打雷劈！」
【用法】比喻不得好死。常用作賭咒或罵人的話。
【例句】我發誓，若我對你有半點虛情假意，便會遭到**天打雷劈**。
【義近】死於非命／身首異處／死無葬身之地／天誅地滅。
【義反】安然無恙／壽終正寢／無疾而終／安樂而亡。

天生人成
【釋義】天生萬物，而人造就一切，使其繁榮。
【出處】呂氏春秋・本生：「始生之者，天也；養成之者，人也。」
【用法】喻人的力量使萬物興盛繁榮。
【例句】大自然的一切，均是**天生人成**的結果。故老天爺的功勞偉大，人類的力量也不可忽視。

天生天化
【釋義】天生萬物，天化育萬物。一作「天生天殺」。
【出處】通俗編・天文：「陰符經：『天生天化，道之理也。』」
【用法】指天然的道理。
【例句】這條計用著件東西，別人家裏都沒，**天生天化**大官人家裏卻有。（施耐庵・水滸傳二四回）

天生尤物
【釋義】尤物：優異的人或物品，多指美女。
【出處】左傳・昭公二十八年：「夫有尤物，足以移人。」明・梅鼎祚・玉合記・砥節：「正是天生尤物，世不虛名。」
【用法】指容貌豔麗、姿態優美的女子。
【例句】伊莉莎白泰勒眞是**天生尤物**，雖然她已淡出電影界，但那姣好的容顏卻永遠留在觀眾心裏。
【義近】一代佳人／仙姿玉貌／天仙化人／紅粉佳人。
【義反】白頭深目／其貌不揚／不堪入目／牛鬼蛇神。

天生我材必有用
【釋義】老天爺生下我們這些有才能的人一定會有用處的。材：人的才能資質，有用的人。
【出處】李白・將進酒：「人生得意須盡歡，莫使金樽空對月。天生我材必有用，千金散盡還復來。」
【用法】用以勉勵人在失意時不要自暴自棄，有時也用作自勉語。
【例句】不要把一時的失意看得太重了，**天生我材必有用**，只要努力，必會有成功之日的！

天生麗質
【釋義】天生就有美麗的本質。
【出處】白居易・長恨歌：「天生麗質難自棄，一朝選在君王側。」
【用法】形容美麗的女子。
【例句】楊玉環的**天生麗質**，讓唐明皇神魂顛倒，差點將大唐江山葬送掉。
【義近】國色天香／仙姿玉質／芙蓉如面／風華絕代／人面桃花／閉月羞花。
【義反】牛頭馬面／小頭銳面／疤痳歪嘴／面目可憎。

天各一方
【釋義】各在天的一邊。
【出處】李陵・與蘇武詩：「風波一失所，各在天一隅。」李朝威・柳毅傳：「天各一方，不能相向。」
【用法】形容彼此分離，相距遙遠。
【例句】自從知心好友遠嫁美國後，**天各一方**，欲訴衷曲實在難了。
【義近】天南地北／天涯海角／海天遙隔／相隔萬里。
【義反】近在咫尺／近在眼前。

天地不容
【釋義】天和地都不能容忍、容納。
【出處】宋書・武帝紀：「文思經正不反，此是天地之不容。」舊五代史・梁太祖紀：

「固神人之共怒，誅天地所不容。」

【用法】形容罪孽極為深重。

【例句】那媳婦對待公婆的惡形惡狀，只能用**天地不容**來形容，將來是會遭到報應的。

【義近】罪不容誅／罪該萬死／死有餘辜／十惡不赦／罪惡滔天／罪大惡極。

【義反】豐功偉績／勞苦功高／丘山之功／震古爍今／功成名遂／汗馬功勞。

天地判合

【釋義】天地：乾坤，指男女。是說男女相合結為夫妻。又作「天地牉合」。

【出處】漢書・翟方進傳：「天地判合，乾坤序德。」注：「言元帝既有威德，太后又兆符應，則是天地乾坤，夫妻之義相配合也。」

【用法】賀人新婚之辭。

【例句】這對相戀多年的男女終於步上紅氈，眞是**天地判合**的新人。

【義近】夫妻牉合／天作之合／天生佳偶／天緣奇遇。

天地無私

【釋義】天地覆載化育萬物，公正不偏。

【出處】元曲選・王仲文・救孝子劇四：「天地無私，顯報如此。」

【用法】形容人公正無偏，如天地之無私親。

【例句】法官斷案，一定要有**天地無私**的精神，秉公處理，才能令人心服口服。

【義近】一公無私／大公無私／天公地道／一秉大公。

【義反】假公濟私／自私自利。

天字第一號

【釋義】梁・周興嗣所編千字文的首句為「天地玄黃」，後即以「天」字作為「第一」或「第一類」、「第一號」的意思。

【出處】施耐庵・水滸傳二一回：「有那梁山泊晁蓋送與你的一百兩金子，快把來與我，我便饒你這一場天字第一號官司。」

【用法】用以泛指最高的、最大的、最強的或最重要的。

【例句】你別看李先生那貌不驚人的樣子，他可是我們公司**天字第一號**的大紅人呢！

天年不遂

【釋義】天年：指人的自然壽命。遂：成。

【出處】後漢書・安帝紀：「朕奉皇帝，夙夜瞻仰日月，冀望成就。豈意卒然顚沛，天年不遂，悲痛斷心。」

【用法】指人早死，沒有活到自然歲數。

【例句】王教授的獨子才過而立之年，不幸在車禍中身亡。兒子**天年不遂**，令他悲痛萬分。

【義近】短命而死／不幸夭折／死於非命／天不假年。

【義反】盡其天年／安享天年／壽終正寢。

天有不測風雲，人有旦夕禍福

【釋義】測：預測。旦夕：早晚，指短暫時間。禍福：偏義複詞。禍：災難。

【出處】宋・無名氏・張協狀元三二段：「天有不測風雲，人有旦夕禍福。」

【用法】比喻料想不到的災禍或很難預料的事情。

【例句】我們都該好好珍惜美好時光，因為**天有不測風雲**，**人有旦夕禍福**，人的生命有時脆弱得如一株小草。

【義近】禍福無常／世事難料。

【義反】禍福有常／惡有惡報／善有善報／吉人天相。

天衣無縫

【釋義】天仙的衣服沒有針縫。縫：縫隙，衣縫。

【出處】牛嶠・靈怪錄：「郭翰暑日臥庭中，仰視空中，有人冉而下，曰：『吾織女也。』徐視其衣並無縫。翰問之，謂曰：『天衣本非針線為也。』」

【用法】比喻詩文或事物渾然天成，沒有一點雕琢的痕迹。

【例句】這幅畫原已破損，現在修補得**天衣無縫**，一點痕迹也看不出來。

【義近】完美無缺／十全十美／無懈可擊／巧奪天工／渾然天成。

【義反】破綻百出／漏洞百出／千瘡百孔／粗製濫造。

天作之合

【釋義】指天意作成的姻緣。合：撮合，指匹配。

【出處】詩經・大雅・大明：「天監在下，有命既集；文王初載，天作之合。」

【用法】今多用以稱頌美滿的婚姻。

【例句】張先生和李小姐，一個郎才，一個女貌，今結為伉儷，實是**天作之合**。

【義近】佳偶天成／天意姻緣／鳳凰于飛／鸞鳳和鳴／天造地設。

【義反】彩鳳隨鴉／一朵鮮花插在牛糞上／亂點鴛鴦／露水夫妻。

天兵天將

【釋義】原指天上的兵將。

【出處】賈凫西・木皮散人鼓詞：「那穌生的兒子，卻神通廣大，伏虎降龍，手下天兵天將，那等利（厲）害。」

【用法】今用以比喻本領高強的人羣或軍隊。

【例句】這種暴力場面，就連**天兵天將**恐也束手無策。

【義近】神兵天將／勇兵猛將。

【義反】老弱殘兵／殘兵敗將。

天災人禍

【釋義】天災：自然災害。天：自然。

【出處】元・無名氏・馮玉蘭四折：「屠世雄並無此事，敢是另有個天災人禍，假稱屠世雄的嗎？」

【用法】泛指自然災害和人為禍患，有時也用作罵人語。

【例句】①歷史上有許多朝代都是在**天災人禍**交逼的情況下覆滅的。②總是你這**天災人禍**的，把我一個嬌滴滴的女兒生生的送死了。（吳敬梓

・儒林外史）。

【義近】飛災橫禍／禍不單行。

【義反】國泰民安／四海升平／福星高照／吉人天相。

天府之國

【釋義】天府：天然的府庫、倉庫。國：地區。

【出處】司馬遷・史記・留侯世家：「夫關中左殽函，右隴蜀，沃野千里，……此所謂金城千里，天府之國也。」

【用法】形容土地肥沃，物產豐富的地區。

【例句】四川省土地肥沃，物產富饒，家給人足，自古即稱爲**天府之國**。

【義近】富饒之地／膏腴千里／魚米之鄉。

【義反】窮山惡水／窮鄉僻壤／貧瘠之區／不毛之地。

天昏地黑

【釋義】天地昏暗無光。

【出處】韓愈・龍移詩：「天昏地黑蛟龍移，雷驚電激雄雌隨。」

【用法】多用以形容颳大風時飛沙蔽日的景象，有時也用以比喻政治腐敗或社會混亂。

【例句】①異鄉風景，舉目淒涼，況兼連日陰雨，**天昏地黑**，倍加慘戚。②滿清末年，那些賣國賊把整個中國鬧得**天昏地黑**，人民處於水深火熱之中。

【義近】天愁地慘／昏天黑地／天昏地暗／暗無天日。

【義反】天朗氣清／晴空萬里／天下太平／河清海晏。

天花亂墜

【釋義】佛教傳說：佛祖說法，感動天神，降下各色香花，於虛空中繽紛亂墜。

【出處】心地觀經・序品偈：「六欲諸天來供養，天華（花）亂墜徧虛空。」

【用法】現比喻說話浮誇動聽，或比喻用甜言蜜語騙人。

【例句】這人嘴巴眞會說，什麼事都能說得**天花亂墜**。

【義近】大放厥詞／有聲有色／花言巧語／舌粲蓮花。

【義反】語言無味／語不驚人／言簡意賅／要言不煩。

天長日久

【釋義】又作「日久天長」。意謂時間長，日子久。

【出處】曹雪芹・紅樓夢二〇回：「但只是天長日久，盡著這麼鬧，可叫人怎麼過呢！」

【用法】用以形容時間長久。

【例句】別人向我借的書，我都登記在冊，以免**天長日久**忘了，不好討回。

【義近】久而久之／年深日久／窮年累月／長年累月／積日累久。

【義反】一朝一夕／一年半載／俯仰之間／彈指之間。

天長地久

【釋義】指天地存在的久遠。

【出處】老子・七章：「天長地久，天地所以能長且久者，以其不自生，故能長生。」

【用法】今用以形容時間悠久。

【例句】他倆正在熱戀著，但願他們的愛情之花開得**天長地久**。

【義近】地久天長／天長日久／天荒地老／海枯石爛。

【義反】一朝一夕／一年半載／俯仰之間／彈指之間／一時半刻。

天保九如

【釋義】上天保祐你享有九種福壽。

【出處】詩經・小雅・天保：「天保定爾，以莫不興。如山、如阜、如岡、如陵、如川之方至，以莫不增。」又曰：「如月之恆，如日之升；如南山之壽，不騫不崩；如松柏之茂，無不爾或承。」篇中連用九個「如」字，故曰「天保九如」。

【用法】祝壽之辭，有祝賀福壽綿長之意。

【例句】老先生九十大壽了，朋友們合送他**天保九如**的金牌，祝他福壽綿延。

【義近】如岡如陵／多福多壽／南山同壽／海屋添籌。

天冠地屨

【釋義】冠：帽子，戴在頭上朝天，故稱「天冠」。屨：古時用葛麻等製的鞋。鞋穿在腳上踩地，故稱「地屨」。

【出處】司馬遷・史記・日者列傳：「此相去遠矣，猶天冠地屨也。」

【用法】形容相去極遠，差別很大。

【例句】武松和武大郎雖然是同父母所生，但兩人在各方面的差異竟有如**天冠地屨**。

【義近】天壤之別／九天九地／大相逕庭／泰山鴻毛／天淵之別／雲泥之別。

【義反】相去無幾／工力悉敵／大同小異／毫無二致／不謀而合／未分軒輊。

天南地北

【釋義】一個在天之南，一個在地之北。

【出處】唐・鴻慶寺碑：「天南地北，鳥散荆分。」

【用法】形容彼此分離，相隔遙遠；有時也用以形容說話漫無邊際。

【例句】①我們用不著爲分別而悲傷，即使**天南地北**，終有重會之日。②他這人說話就是喜歡**天南地北**地亂扯。

【義近】山南海北／海北天南／天涯海角／天各一方／天懸地隔。

【義反】一山之隔／一箭之遙／近在眼前／近在咫尺。

天怒人怨

【釋義】天發怒，人怨恨。意即人神共憤。

【出處】王充・論衡・雷虛：「天怒不旋日，人怨不旋踵。」

【用法】言當政者暴虐無道或領導不得法，弄得人人怨恨。

【例句】他一當上經理就胡作非爲，弄得**天怒人怨**。

【義近】人神共憤／民怨沸騰／怨聲載道／怨氣衝天。

【義反】頌聲盈耳／有口皆碑／人人稱頌／眾口交譽／萬民景仰。

天倫之樂

【釋義】天倫：原稱兄弟。兄先弟後，天然倫次，故稱。後泛指父子、兄弟爲天倫。

【出處】李白・春夜宴從弟桃李園序：「會桃花之芳園，序天倫之樂事。」
【用法】今指家人親密團聚的歡樂。
【例句】王老先生無論怎樣忙，每逢年節假日總要和兒孫們相聚，以享**天倫之樂**。
【義近】含飴弄孫。
【義反】手足相殘／家反宅亂／天屬之乖。

天差地遠

【釋義】意謂差別之大就像天和地一樣。
【出處】李寶嘉・文明小史五七回：「余小琴一想他是制臺的少爺，有財有勢，我的老人家雖說也是個監司職務，然而比起來，已天差地遠了。」
【用法】形容相差極遠，差別極大。
【例句】這兩姊妹的人品簡直是**天差地遠**，不可同日而語。
【義近】天壤之別／天淵之別／天冠地屨／判若雲泥。
【義反】一模一樣／不相上下／半斤八兩／伯仲之間。

天朗氣清

【釋義】天氣晴朗，空氣清新。
【出處】王羲之・蘭亭集序：「是日也，天朗氣清，惠風和暢，仰觀宇宙之大，俯察品類之盛。」
【用法】形容天氣非常好。
【例句】今天是假日，又適逢**天朗氣清**，郊外踏青的人潮湧現，塞車的夢魘又來了。
【義近】風和日麗／天高氣爽／春暖花開／風恬日暖。
【義反】天昏地暗／風雨交加／冰天雪地／淒風苦雨。

天真無邪

【釋義】天真：稱孩童的稚氣，也指未受禮俗影響的本性。無邪：沒有不正當的念頭。
【用法】形容人心地善良純潔。多用於少年，也用於青年。
【例句】這些無憂無慮的孩子，顯得多麼可愛，多麼**天真無邪**啊！
【義近】天真爛漫／心地純潔／赤子之心。
【義反】老氣橫秋／少年老成／老於世故。

天真爛漫

【釋義】天真：純真。爛漫：坦率自然，毫不做作。漫：也作「熳」。
【出處】龔開・高馬小兒圖詩：「此兒此馬俱可憐，馬方三齒兒未冠。天真爛漫好容儀，楚楚衣裝無不宜。」
【用法】用以形容心地純真，出於自然，不矯揉造作。
【例句】她那愛搶話說的脾氣、頑皮的舉動，在在顯出她的**天真爛漫**與少不經事。
【義近】赤子之心／童心未泯／天真無邪／純真自然／善良純潔。
【義反】老氣橫秋／矯揉造作／裝腔作勢／少年老成。

天荒地老

【釋義】天荒穢，地衰老。也作「地老天荒」。
【出處】唐・李賀・致酒行：「吾聞馬周昔作新豐客，天荒地老無人識。」
【用法】極言經過的時間很久。
【例句】我是真心愛你，即使**天荒地老**也絕不變心。
【義近】天長地久／億萬斯年／永生永世／萬古千秋。
【義反】三年兩載／一年半載／一朝一夕／一時半刻。

天馬行空

【釋義】神馬在太空中奔馳。天馬：神馬。
【出處】劉子鍾・薩天錫詩集序：「其所以神化而超出於眾者，殆猶天馬行空而步驟不凡。」
【用法】比喻才氣縱橫奔放，毫無拘束；也用以稱讚文筆超逸。也形容人說話浮誇，不著邊際。
【例句】他為文洋洋灑灑，筆調有如游龍活現，**天馬行空**。
【義近】倘佯恣肆／意到筆隨／才氣縱橫／行雲流水／口若懸河／大放厥詞／不著邊際／夸夸其談。
【義反】滿紙空言／文思蔽塞／要言不煩／言簡意賅。

天高地厚

【釋義】形容天地廣大遼闊。
【出處】詩經・小雅・正月：「謂天蓋高，不敢不局；謂地蓋厚，不敢不蹐。」荀子・勸學：「故不登高山，不知天之高也；不臨深谿，不知地之厚也。」
【用法】形容恩德、友誼、愛情的深厚，也用以說明事物的艱鉅、複雜。
【例句】①他待我有如父母，那**天高地厚**之恩，是一定要報答的。②他剛從學校畢業出來，有些不知**天高地厚**，所以遇事都看得很簡單。
【義近】天覆地載／義深如海／恩重如山／恩同再造。

天高皇帝遠

【釋義】離天和皇帝都很遠。
【出處】明・黃溥・閑中今古錄：「天高皇帝遠，民少相公多，一日三遍打，不反待如何。」
【用法】指中央權力達不到的偏遠地方。現用以泛指離上級機關遠，法制難以達到的偏僻之地。或比喻無人管束。
【例句】貴州、雲南等偏遠地區，**天高皇帝遠**，販毒、殺人等事層出不窮，但誰也無可奈何！
【義近】山高皇帝遠／鞭長莫及／力所不及。
【義反】難逃如來佛的手心／力所能及／力有餘裕。

天高聽卑

【釋義】天雖很高，卻能聽到人們卑微的言論。
【出處】司馬遷・史記・宋微子世家：「子韋曰：『天高聽卑，君有君人之言三，熒惑宜有動。』」曹植・上責躬應詔詩：「天高聽卑，皇肯照微。」
【用法】用以歌頌能廣聽民意的聖明帝王。
【例句】唐太宗堪稱一代聖君，由於他**天高聽卑**的德政，把唐朝帶入繁榮富強的境界。

【義近】廣開言路／從諫如流。

【義反】位卑言高／杜絕言路。

天崩地坼

【釋義】天塌下，地裂開。坼：裂開。

【出處】戰國策・趙策三：「周烈王崩，諸侯皆弔，齊後往。周怒，赴於齊曰：『天崩地坼，天子下席。』」

【用法】形容巨大的聲響，比喻重大的事變。

【例句】那場爆炸發出**天崩地坼**的巨響，把山頂炸平了，周圍的房屋也被震垮了。

【義近】天崩地裂／天塌地陷／天崩地塌／天翻地覆／驚天動地。

天從人願

【釋義】老天爺順從人的心願。

【出處】張國賓・合汗衫三折：「誰知天從人願，到的我家不上三日，就添了一個滿抱兒小廝。」

【用法】形容事如人意。

【例句】他時時刻刻都想要個兒子，今年他太太就給他生了一個，這眞是**天從人願**。

【義近】如願以償／稱心如意／盡如人意／天遂人願／天隨人願。

【義反】天不從人願／天違人願／天公不作美／事與願違。

天旋地轉

【釋義】天地轉動。旋：轉動。

【出處】元稹・望雲騅馬歌：「天旋地轉日再中，天子卻坐明光宮。」

【用法】形容頭暈眼花，也比喻形勢變化，時勢變遷。

【例句】她聽到那椿不幸的消息後，頓時覺得**天旋地轉**，差點暈死過去。

【義近】天崩地坼／天翻地覆／天旋日轉／天昏地暗。

【義反】安然不動／穩如泰山／泰然自若。

天涯比鄰

【釋義】雖遠在天邊，猶近若比鄰。天涯：天邊。比鄰：近鄰。

【出處】王勃・杜少府之任蜀州詩：「海內存知己，天涯若比鄰。」

【用法】說明只要感情深厚，心靈息息相通，雖相隔極遠，也如近鄰而居。

【例句】現在的交通電訊發達，即使遠在天涯海角，亦予人**天涯比鄰**之感。

天涯海角

【釋義】天涯：天的邊際。海角：海的盡頭。

【出處】張世南・游宦記聞：「今之遠宦及遠服賈者，皆曰天涯海角，蓋言遠也。」

【用法】指極偏遠的地方，或形容彼此相隔極遠。

【例句】即使你走到**天涯海角**，我也要把你找到。

【義近】天涯地角／海角天涯／海北天南。

【義反】近在咫尺。

天理人情

【釋義】天理：上天主持的公理，自然之理。天：自然。人情：人之常情。

【出處】韓詩外傳：「倚天理，觀人情。」郭勛・英烈傳五四回：「吾豈不愛將軍雄傑，但天理人情上，難以相款。」

【用法】指爲人處事要講公理人情，不要昧良心。

【例句】他爲人厚道，想問題，出主意，辦事情，都很注重**天理人情**。

【義近】天地良心／合情合理／應天順人／人之常情。

【義反】徇私枉法／情理難容／不盡情理。

天理良心

【釋義】天理：此指人的天性。良心：指內心對是非的正確認識。

【出處】曹雪芹・紅樓夢六七回：「一到院裏，只聽鳳姐說道：『天理良心！我在這屋裏熬的越發成了賊了！』」

【用法】指人的天性和善心。或用作發誓，表示憑天性和善心行事。

【例句】做人要講點**天理良心**！像你這樣顚倒是非，誣陷他人，一定會得到報應的。

【義近】天理人情／天地良心。

【義反】人面獸心／滅絕人性。

天理昭彰

【釋義】上天主持的公理清楚明白。昭彰：明顯，清楚。

【出處】古今小說・蔣興哥重會珍珠衫：「如此說來，天理昭彰，好怕人也！」

【用法】說明是非善惡分明，自有公理在。

【例句】那些傢伙一向橫行霸道，無惡不作，現被處決，這叫做**天理昭彰**，罪有應得。

【義近】天理昭然／天理昭昭／天網恢恢／善有善報／惡有惡報。

【義反】沉冤莫白／善惡顚倒／錯勘賢愚。

天理難容

【釋義】天理：天然的道理，天道。

【出處】元・無名氏・朱砂擔四折：「才見得冤冤相報，方信道天理難容。」

【用法】指爲人行事悖逆無理，爲天道所不容忍。

【例句】像這樣大的冤案，若不昭雪，則**天理難容**，人心不服。

【義近】天理不容／情理難容／違情悖理。

【義反】入情入理／合情合理／天經地義。

天造地設

【釋義】如天地安排好的，無須再用人力加工。設：設置。

【出處】董弅・陳公亮重建貢院記：「望其中則儼如，視其旁則翼如，井井繩繩端若天造而地設焉。」

【用法】形容事物配合得當，如天地自然生成，合乎理想。今也用以稱賀結婚的男女雙方。

【例句】①陽明山的園林，無不修築得自然得體，如**天造地設**的一般。②王先生與白小姐郎才女貌，眞是**天造地設**

的一對。

【義近】天授地設／渾然天成／神謀化力／鬼斧神工。

【義反】矯揉造作。

天寒地凍

【釋義】天上寒冷，地上凍結。

【出處】姚燧・新水令・冬怨曲：「見如今天寒地凍，知他共何人陪奉。」

【用法】形容天氣極為寒冷。

【例句】哈爾濱一到秋天，就進入**天寒地凍**的季節，我實在無法習慣，只好匆匆告別親友，返回臺北。

【義近】冰天雪地／大雪紛飛／白雪皚皚。

【義反】春暖花開／風和日麗／暑氣蒸人／火傘高張。

天無二日

【釋義】天上不能有兩個太陽。

【出處】孟子・萬章上：「天無二日，民無二主。」

【用法】原用以比喻一國不能有兩個國君，今多用以說明不能有多重領導，政出多門。

【例句】**天無二日**，但在我們公司發號施令的卻有好幾個，你這樣說，他那樣說，真是教人無所適從。

【義近】一山不容二虎。

【義反】山頭林立／政出多門。

天無絕人之路

【釋義】老天爺不會斷絕人的生路。

【出處】元・無名氏・貨郎擔四折：「果然天無絕人之路，只見那東北上搖下一隻船來。」

【用法】比喻身處絕境，終能找到出路，以此勉勵人不要悲觀絕望。

【例句】四十多年前，我流落他鄉，身無分文，但我堅信**天無絕人之路**，經過艱苦奮鬥，終於有了今天的成就。

【義近】船到橋頭自然直／車到山前必有路／絕處逢生／枯木逢春。

【義反】走投無路／死路一條／上天無路，入地無門。

天開圖畫

【釋義】上天所創作的圖畫。

【出處】鮮于必仁・雙調・折桂令套：「地展雄藩，天開圖畫，戶判圍屏。」

【用法】形容自然景色的美好。

【例句】桂林山水甲天下，彷如**天開圖畫**一般，吸引中外遊客的目光。

天經地義

【釋義】天地間經久不變的常理。經：常規，常理。義：正理。

【出處】左傳・昭公二五年：「夫禮，天之經也，地之義也。」潘岳・世祖武皇帝誄：「永言孝思，天經地義。」

【用法】用以說明理所當然，無可非議。

【例句】一般人想在事業上有所成就，學術上有所造詣，乃至想升官發財，這些都是**天經地義**的事。

【義近】理所當然／毋庸置疑／不刊之理。

【義反】不近情理／站不住腳／經不起駁。

天誅地滅

【釋義】罪惡深重，不為天地所容。誅：殺。

【出處】施耐庵・水滸傳一五回：「我等六人中，但有私意者，天誅地滅，神明鑒察。」

【用法】舊時常用作發誓語。今多用以指斥罪大惡極的壞人，也用以發誓。

【例句】你們這樣膽大妄為，難道就不怕**天誅地滅**嗎？

【義近】天打雷劈。

天道好還

【釋義】天道：指上天、老天爺。好還：指因果報應。

【出處】老子・三十章：「以道佐人主者，不以兵強天下，其事好還，師之所處，荊棘生焉，大軍之後，必有凶年。」魏源謂：「知道者不以兵強天下，物壯則老，此天道也；殺人之父兄，人亦殺其父兄，是謂好還。」

【用法】比喻人做壞事必得到報應。

【例句】二十年前，他因殺人而入獄，沒想到二十年後，他的兒子竟被人打死了，真是應了**天道好還**的道理。

【義近】惡有惡報／自食惡果。

【義反】善有善報／積善成德。

天奪之魄

【釋義】上天奪走了人的魂魄。

【出處】左傳・宣公十五年：「晉侯使趙同獻狄俘於周，不敬。劉康公曰：『不及十年，原叔必有大咎，天奪之魄矣。』」

【用法】喻人神志不清，將不久於人世。

【例句】原本一向健朗的他，因一場車禍而陷入重度昏迷，**天奪之魄**，看來不久於人世了。

【義近】一臥不起／尸居餘氣／命若游絲／與鬼為鄰。

【義反】生龍活虎／身強體健。

天網恢恢

【釋義】天道像一個廣闊的大網。比喻天道廣大，無所不包。恢恢：廣大的樣子。

【出處】老子・七三章：「天網恢恢，疏而不失。」

【用法】比喻國家法網雖寬，但壞人決逃不了法律的制裁。

【例句】這幾個殺人犯逃到泰國，還是給抓回來了，真是**天網恢恢，疏而不漏**。

【義近】法網難逃／天羅地網。

【義反】逍遙法外。

天綱解紐

【釋義】天綱：即「乾綱」，指君權、夫權。解紐：失去了維繫作用。又作「乾綱解紐」。

【出處】于令升・晉紀總論：「內外混淆，庶官失才，名實反錯，天綱解紐。」范甯・春秋穀梁傳序：「昔周道衰陵，乾綱解紐。」

【用法】比喻婦人當權，男人失勢。

【例句】武則天和慈禧太后均是中國政治史上的名女人，因爲她們的侵宮越職，造成中國政治**天綱解紐**的局面，只不過爲期不長。

【義近】牝雞司晨／乾綱不振。

天緣奇遇

【釋義】天緣：天賜機緣。奇遇：意外而奇特的相逢或遇合（多指好的事）。

【出處】孔尚任・桃花扇・僑眞：「無意之中，敲門尋宿，偏撞著卞玉京做了這葆眞庵主，留俺暫住，這也是天緣奇遇。」

【用法】指某些人相遇或男女結合爲夫妻，好像是天意的安排。有時也指事屬巧合。

【例句】這兩位老同學失去聯繫多年，沒想到這次到香港竟重逢了，眞是**天緣奇遇**。

【義近】天緣湊合／天假良緣／天付機緣。

【義反】失之交臂／相遇無緣／天不從人願。

天機不可洩露

【釋義】天機：神秘的天意，比喻重要而不可洩露的秘密。

【出處】施耐庵・水滸傳八五回：「此乃天機，不可洩露。」一吳敬梓・儒林外史七回：「那時老先生尚不曾高發，天機不可洩露，所以晚生就預先回避了。」

【用法】指機密的事情，不到一定時候不能預先洩露。

【例句】**天機不可洩露**，請你們不要再追問了，我是絕不會說的。

【義近】守口如瓶／不漏風聲／滴水不漏／三緘其口。

【義反】和盤托出／直言不諱／知無不言，言無不盡。

天翻地覆

【釋義】天地翻過來。覆：倒翻。

【出處】劉商・胡笳十八拍：「天翻地覆誰得知，如今正南看北斗。」

【用法】形容形勢的巨變，也形容鬧得很凶，秩序大亂。

【例句】①國父推翻滿清，建立民國，對中華民族來說，是個**天翻地覆**般的巨大變化。②最近他太太精神受了很大的刺激，常常尋死覓活的，把家裏鬧得**天翻地覆**。

【義近】改朝換代／掀天揭地／天塌地陷／翻江倒海／翻天覆地。

【義反】四平八穩／紋絲不動／風平浪靜。

天覆地載

【釋義】天覆蓋著萬物，地承載著一切。

【出處】禮記・中庸：「天之所覆，地之所載。」

【用法】比喻恩澤廣布有如天地對人的恩惠。多用以頌揚德政。

【例句】國君若能施恩推仁於民，則可算是有了**天覆地載**之功。

【義近】功德無量／恩重如山。

天羅地網

【釋義】天空和地面遍張羅網。羅：捕鳥的網。網：捕魚的網。

【出處】元・無名氏・鎖魔鏡三折：「天兵下了天羅地網者，休要走了兩洞妖魔。」

【用法】比喻法禁森嚴，無法脫逃。或比喻遭逢大難，走投無路。

【例句】那些走私者自以爲得意，殊不知我國緝私隊早已撒下**天羅地網**，等他們落網。

【義近】天網恢恢／重重包圍。

【義反】網開一面。

天壤之別

【釋義】天上和地下的差別。壤：土地。

【出處】葛洪・抱朴子・論仙：「其爲不同，已有天壤之隔，冰炭之乖矣。」文康・兒女英雄傳三六回：「不走翰林這途，同一甲科，就有天壤之別了。」

【用法】形容差別很大。

【例句】非洲的貧窮落後和我們這裏的富裕先進，兩相比較，眞有**天壤之別**。

【義近】霄壤之別／天淵之別／天差地遠／大相逕庭／判若雲泥／天壤懸隔。

【義反】不相上下／大同小異／半斤八兩／無分軒輊。

天寶當年

【釋義】天寶：唐玄宗年號，是唐朝極盛時期。

【出處】元稹・行宮詩：「寥落古行宮，宮花寂寞紅。白頭宮女在，閒坐說玄宗。」

【用法】追憶過去的繁榮盛事。

【例句】話說中國歷史上，**天寶當年**的事應是楊貴妃和唐明皇的愛情故事最引人入勝。

天懸地隔

【釋義】懸：距離遠。

【出處】南齊書・陸厥傳：「一人之思，遲速天懸；一家之文，工拙壤隔。」曹雪芹・紅樓夢五五回：「眞眞一個娘肚子裏跑出這樣天懸地隔的兩個人來。」

【用法】形容兩者相距甚遠，差別極大。

【例句】現在的生活雖然談不上富裕，但比起以前捉襟見肘的艱難處境，已經是**天懸地隔**了。

【義近】霄壤之別／天差地遠／天壤之別／天冠地履。

【義反】不相上下／半斤八兩／相去無幾／伯仲之間。

天魔外道

【釋義】佛家稱妨礙佛法的說法或人。或稱正統學派外的旁門支派。

【出處】梵網經十回上：「天魔外道，相視如父母。」朱子語類・論語二六回：「淳于髡是箇天魔外道，本非學於孔孟之門者。」

【用法】用以形容不正派的人、妖魔鬼怪或雜書邪說。

【例句】現在的資訊發達，父母更要注意子女吸收的知識是否正確，以免**天魔外道**影響青少年的心理發展。

【義近】邪魔外道／旁門左道／邪門歪道／異端邪說。

【義反】三墳五典／八索九丘／六藝經傳／正統學派。

夫人裙帶

【釋義】夫人：妻子。裙帶：繫裙的布帶。

【出處】宋・周煇・清波雜志三

：「宋蔡卞拜右相，家宴張樂。伶人揚言曰：『右丞今日大拜，都是夫人裙帶。』按：蔡卞妻，王安石女，譏其自妻而得官也。」

【用法】諷以妻族力量而得名利的人。

【例句】他在公司當經理，耀武揚威，好不得意的樣子，其實大家都心知肚明，他是靠**夫人裙帶**才當上經理，根本沒有什麼值得驕傲的。

【義近】裙帶關係／裙帶官／裙帶頭官。

夫子自道（ㄈㄨˊ ㄗˇ ㄗˋ ㄉㄠˋ）

【釋義】指孔子自我評述。夫子：指孔子。

【出處】論語・憲問：「子曰：『君子道者三，我無能焉。仁者不憂，知者不惑，勇者不懼。』子貢曰：『夫子自道也。』」

【用法】一般人對自我的評述。

【例句】仰不愧於天，俯不怍於人，此乃**夫子自道**也，所以我不怕別人的閒言閒語，因為我對得起自己的良心。

夫妻反目（ㄈㄨ ㄑㄧ ㄈㄢˇ ㄇㄨˋ）

【釋義】反目：不和睦（多指夫妻）。

【出處】易經・小畜：「九三，輿說輻，夫妻反目。」

【用法】指夫婦不和，反目相視，爭吵不休。

【例句】這對夫妻本來非常恩愛，近年來不知為了什麼弄得**夫妻反目**，真令人遺憾。

【義近】勞燕分飛／分釵破鏡／琴瑟不調／蘭因絮果。

【義反】鸞鳳和鳴／相敬如賓／舉案齊眉／和如琴瑟。

夫妻牉合（ㄈㄨ ㄑㄧ ㄆㄢˋ ㄏㄜˊ）

【釋義】牉：片也。夫妻像兩個半物體合而為一體。

【出處】儀禮・喪服：「父子首足也，夫妻牉合也，昆弟四體也。」

【用法】賀人新婚之辭。

【例句】這對相戀多年的男女終於步上紅氈，真是**夫妻牉合**的新人。

【義近】天地判合／天作之合／天生佳偶／天緣奇遇。

夫唱婦隨（ㄈㄨ ㄔㄤˋ ㄈㄨˋ ㄙㄨㄟˊ）

【釋義】原指妻子唯夫命是從。唱，原作「倡」，領唱。隨：附和。

【出處】關尹子・三極：「夫者倡，婦者隨；牡者馳，牝者逐。」高則誠・琵琶記：「況已做人妻，夫唱婦隨，不須疑慮。」

【用法】多用以比喻夫婦相處和好，彼此唱隨之樂。

【例句】這個女人能力很強，但自從嫁人後，便**夫唱婦隨**，辭去原有工作，與丈夫共創事業。

【義近】琴瑟調和／比翼雙飛／嫁雞隨雞，嫁狗隨狗。

【義反】同牀異夢／貌合神離／琴瑟不調／夫妻反目。

太上忘情（ㄊㄞˋ ㄕㄤˋ ㄨㄤˋ ㄑㄧㄥˊ）

【釋義】太上：這裏指聖人。忘情：無動於衷，感情上放得下。

【出處】劉義慶・世說新語・傷逝：「聖人忘情，最下不及情，情之所鍾，正在我輩。」林覺民・與妻訣別書：「司馬青衫，吾不能學太上之忘情也。」

【用法】用以指聖人不為感情所動。

【例句】我是平凡人，心愛的兒子死了，怎可能**太上忘情**而不傷心落淚！

【義近】聖人忘情／心如鐵石／木人石心／無動於衷。

【義反】哀痛欲絕／回腸九轉／聲淚俱下／手舞足蹈。

太公釣魚，願者上鉤（ㄊㄞˋ ㄍㄨㄥ ㄉㄧㄠˋ ㄩˊ，ㄩㄢˋ ㄓㄜˇ ㄕㄤˋ ㄍㄡ）

【釋義】太公：姜太公，即呂尚，又稱姜子牙。傳說他釣於渭濱，釣竿直鉤不設餌。

【出處】葉良表・分金記・強徒奪節：「自古道：『姜太公釣魚，願者上鉤。』不願，怎強得他？」

【用法】指行事完全出於自覺自願，或比喻心甘情願上當。

【例句】愛美的女性，常花大筆錢財在美容上面，效果如何也不確定，這叫做**太公釣魚，願者上鉤**。

【義近】周瑜打黃蓋，願打願捱／你情我願。

【義反】趕鴨子上架／牛不喝水強按頭。

太平盛世（ㄊㄞˋ ㄆㄧㄥˊ ㄕㄥˋ ㄕˋ）

【釋義】太平：指社會安定、安寧。盛世：興盛的時代。

【出處】明・沈德符・萬曆野獲編・章楓山封事：「余謂太平盛世，元夕張燈，不為過侈。」

【用法】指社會安定、經濟繁榮、國力強盛的治世。

【例句】目前這個世界上，還沒有哪個國家稱得上是**太平盛世**，多少都有一些內政外交上的問題。

【義近】黃金時代／昌盛之世／時和年豐／河清海晏。

【義反】天下大亂／滄海橫流／兵連禍結／民生凋敝／多事之秋。

太平無事（ㄊㄞˋ ㄆㄧㄥˊ ㄨˊ ㄕˋ）

【釋義】社會安定，沒有擾亂破壞之類的事情發生。

【出處】焦竑・玉堂叢語・方正：「惟高堂厚祿身享太平無事之日者，見月則樂也。」

【用法】形容社會安定和平，國人生活安寧。

【例句】別以為現在國家**太平無事**便可高枕無憂，要知道還有許多我們難以突破的困境要去面對。

【義近】天下太平／四海昇平／國泰民安。

【義反】國無寧日／社會動盪／國步艱難。

太阿在握（ㄊㄞˋ ㄜ ㄗㄞˋ ㄨㄛˋ）

【釋義】太阿：古代寶劍名，傳說為春秋歐冶子所鑄。常用來比喻權柄。又作「泰阿」。在握：在掌握之中。

【出處】明・沈德符・萬曆野獲編・內臣兼掌印廠：「世宗神聖，以至今上，俱太阿在握，可無過慮。」

【用法】比喻掌握權柄，控制著權力。

【例句】你怕什麼？反正**太阿在握**，難道還有人敢不聽你的話！

【義近】大權在握／大權獨攬／生殺予奪／六轡在手。

【義反】大權旁落／倒持太阿／尾大不掉／脛大於股。

太倉一粟（ㄊㄞˋ ㄘㄤ ㄧ ㄙㄨˋ）

【釋義】大穀倉中的一粒小米。太倉：古時京城官家的大穀倉。粟：小米。

【出處】莊子・秋水：「計中國之在海內，不似稊米之在太倉乎？」文康・兒女英雄傳三回：「但恐太倉一粟，無濟於事。」

【用法】比喻極小。

【例句】人的生命與整個宇宙相較起來，也不過是**太倉一粟**，渺小得可憐。

【義近】滄海一粟／大海浮萍／太倉稊米／九牛一毛。

太倉稊米（ㄊㄞˋ ㄘㄤ ㄊㄧˊ ㄇㄧˇ）

【釋義】太倉：指貯存米糧的地方。稊米：小米。稊：草名，形似稗。

【出處】莊子・秋水：「計中國之在海內，不似稊米之在太倉乎！」

【用法】喻渺小，微不足道。

【例句】人生在世，和整個大宇宙相比，彷如**太倉稊米**，渺小得可憐。

【義近】滄海一粟／太倉一粟。

太歲頭上動土（ㄊㄞˋ ㄙㄨㄟˋ ㄊㄡˊ ㄕㄤˋ ㄉㄨㄥˋ ㄊㄨˇ）

【釋義】舊時認爲太歲經行的方向爲凶方，掘土興建要避開太歲方位，否則會受災。太歲：木星。

【出處】元・無名氏・趙匡胤打董達二折：「我兒也，你尋死也，正是太歲頭上動土哩！」

【用法】用以比喻觸犯強人，自取禍殃。

【例句】他如此有權有勢，你卻要和他爭輸贏，這豈不是**太歲頭上動土**嗎？

【義近】老虎頭上搔癢／強龍嘴裡拔牙／捋虎鬚。

【義反】欺軟怕硬／欺善怕惡。

夭桃穠李（ㄧㄠ ㄊㄠˊ ㄋㄨㄥˊ ㄌㄧˇ）

【釋義】夭、穠：同爲花木美盛的樣子。桃、李：喻新娘的美麗。

【出處】詩經・周南・桃夭：「桃之夭夭，灼灼其華。」詩經・召南・何彼穠矣：「何彼穠矣，華如桃李。」

【用法】祝人嫁娶之詞（賀女嫁）。或形容豔麗爭春的桃花李花。

【例句】今天婚禮上的新娘**夭桃穠李**，新郎一表人才，眞是天作之合。

【義近】桃灼凝祥。

夭矯不羣（ㄧㄠ ㄐㄧㄠˇ ㄅㄨˋ ㄑㄩㄣˊ）

【釋義】夭矯：本是手臂頻頻伸出的樣子，後用來形容自適自得的模樣。

【出處】郭璞・江賦：「撫凌波而鳧躍，吸翠霞而夭矯。」

【用法】形容人風度翩翩，才智超凡的樣子。

【例句】他本來就非常有才華，再加上後天的努力，所以成爲文壇上**夭矯不羣**的人物也是理所當然的。

【義近】卓爾不羣／鶴立雞羣／超羣絕倫／出類拔萃／飛軒絕跡／奔逸絕塵。

【義反】吳下阿蒙／酒囊飯袋／腹負將軍／庸夫俗子。

二畫

失之交臂（ㄕ ㄓ ㄐㄧㄠ ㄅㄧˋ）

【釋義】兩人擦肩而過，錯失機會。交臂：胳膊碰胳膊。

【出處】莊子・田子方：「吾終身與女（汝）交一臂而失之，可不哀與！」羅貫中・三國演義一四回：「遇可事之主，而交臂失之。」

【用法】形容當面錯過機會。

【例句】本來是可以做成這筆生意的，誰知竟**失之交臂**，被競爭的對手搶了去。

【義近】坐失良機。

失之東隅，收之桑榆（ㄕ ㄓ ㄉㄨㄥ ㄩˊ，ㄕㄡ ㄓ ㄙㄤ ㄩˊ）

【釋義】早晨失去的，晚上再收回。東隅：日所出處，指早晨。桑榆：兩種樹名，落日所照處，指黃昏。

【出處】後漢書・馮異傳：「始雖垂翅回谿，終能奮翼黽池，可謂失之東隅，收之桑榆。」

【用法】比喻初雖有失，而終得成功。

【例句】不要把挫折看得太嚴重，有時**失之東隅，收之桑榆**，從失敗中得到教訓奮起直追，更有成功的希望。

【義近】塞翁失馬，焉知非福／因禍得福。

失之毫釐，差之千里（ㄕ ㄓ ㄏㄠˊ ㄌㄧˊ，ㄔㄚ ㄓ ㄑㄧㄢ ㄌㄧˇ）

【釋義】毫、釐：爲計量的小單位。一作「失之毫釐，謬以千里。」謬：錯誤。

【出處】大戴禮・保傅：「易曰：『正其本，萬物理；失之毫釐，差之千里。』故君子愼始也。」

【用法】表示相差雖微，而錯誤極大。

【例句】做事情是馬虎不得的，有時一點小疏忽會導致大錯誤，所以古人說：「**失之毫釐，差之千里**。」

【義近】一失足成千古恨。

失而復得（ㄕ ㄦˊ ㄈㄨˋ ㄉㄜˊ）

【釋義】失：遺失，失去。復：又，再。

【出處】王安石・原過：「是失而復得，廢而復舉也。」

【用法】指失去了而又再得到。

【例句】算是你的運氣好，丟掉的東西又全都找回來了，像這樣**失而復得**的事情可並不多見。

【義反】一去不返／一去不復。

失馬亡羊（ㄕ ㄇㄚˇ ㄨㄤˊ ㄧㄤˊ）

【釋義】爲「塞翁失馬」、「亡羊補牢」的縮語。亡：失去，丟失。

【出處】明・單本・蕉帕記・揭果：「耳不聞斬蛇逐鹿，口不言失馬亡羊，一任他桑田變海，海變桑田。」

【用法】泛指禍福得失。

【例句】世間事變幻莫測，人生無常，**失馬亡羊**之事大可不必太在意，做好自己的本分就可以了。

【義近】禍福倚伏／因禍爲福／福過災生／滄海桑田。

【義反】過眼雲煙／四大皆空／無是無非／看破紅塵。

失張失志

【釋義】也作「失張失智」。
【出處】馮夢龍·警世通言卷二〇：「娘見那女孩兒前言不應後語，失張失志，道三不著兩，面上忽青忽紅，……。」
【用法】形容人舉止失常，失魂落魄的樣子。
【例句】他老婆近來老是吵著要跟他離婚，兒女也沒人照顧，自然會**失張失志**的。
【義近】心神不定／失魂落魄／六神無主／神色不安。
【義反】神色自如／若無其事／心安神定／泰然自若。

失敗爲成功之母

【釋義】失敗往往是成功的先導。
【用法】指從失敗中汲取教訓，最後取得勝利。
【例句】切記，**失敗爲成功之母**，只要好好汲取教訓，累積經驗，以後就一定能成功。
【義近】吃一塹長一智。
【義反】一蹶不振／一朝被蛇咬，十年怕草繩／因噎廢食。

失道寡助

【釋義】道：道義，正義。寡：少。
【出處】孟子·公孫丑下：「得道者多助，失道者寡助。」
【用法】指違背道義的人，不得人心，必然會孤立無援而最後失敗。
【例句】**失道寡助**，歷史上沒有一個暴君，不是弄得眾叛親離而覆滅的。
【義近】失民者亡／眾叛親離／獨夫民賊。
【義反】得民者昌／得道多助／近悅遠來。

失魂落魄

【釋義】魂、魄：舊指離開人體的精神爲「魂」，依附形體的精神爲「魄」。
【出處】凌濛初·初刻拍案驚奇二五卷：「做子弟的，失魂落魄，不惜餘生。」
【用法】形容心神不寧、精神不集中、驚慌失措等。
【例句】他自從與女友分手後，便整天**失魂落魄**，一點朝氣也沒有了。
【義近】魂不守舍／六神無主。
【義反】泰然處之／鎮定自若／神色自如／泰然自若。

失驚打怪

【釋義】猶言大驚小怪。
【出處】宋·洪邁·夷堅丙志·善謔詩詞：「遠公蓮社，流傳圖畫，千古聲名猶在。後人多少繼遺蹤，到我便失驚打怪。」
【用法】形容對不足爲怪的事情表現得過分驚訝。
【例句】這麼點小事也值得這樣**失驚打怪**？我看你是緊張過頭了！
【義近】大驚小怪／少見多怪／蜀犬吠日。
【義反】不足爲奇／見怪不怪。

三畫

夸父逐日

【釋義】夸父追逐太陽。夸父：神人名。
【出處】山海經·海外北經：「夸父與日逐走，入日。渴，欲得飲，飲于河、渭；河、渭不足，北飲大澤。未至，道渴而死。」
【用法】比喻人自不量力，也用以說明人具有偉大的氣魄與毅力。
【例句】無論做什麼事，都要衡量自己的實力，才不至於像**夸父逐日**一樣，道渴而死。
【義近】精衛填海／愚公移山。
【義反】量力而行。

夸夸其談

【釋義】夸夸：亦寫作「誇誇」，浮誇善談的樣子。夸：誇大，說大話。
【用法】多用以形容說話浮誇、不切實際，也形容滔滔不絕地大發議論。
【例句】做人應該要腳踏實地，不要老是**夸夸其談**，華而不實。
【義近】滔滔不絕／大放厥詞／大發議論／口若懸河／懸河瀉水。
【義反】要言不煩／言簡意賅／言之有物。

夸誕不經

【釋義】夸：即「誇」。夸誕：誇張荒誕。不經：不正常。
【出處】魏書·釋老志：「夸誕大言，不本人情。」
【用法】形容誇張的無稽之談。
【例句】這家雜誌社向來就以**夸誕不經**的報導引人注目，可信度並不高。
【義近】信口雌黃／噓枯吹生／危言聳聽／驚世駭俗。
【義反】讜言正論／至理名言／金科玉律／暮鼓晨鐘。

四畫

夾七夾八

【釋義】夾：夾雜，攙雜。七、八：泛指各種各樣的言語、事情等。
【出處】凌濛初·初刻拍案驚奇卷二四：「叫家人們持杖趕逐，仇媽媽只是在旁邊夾七夾八的罵。」
【用法】形容內容混雜不清，缺乏條理。
【例句】他今天酒喝多了一點，**夾七夾八**說了一些不該說的話，請各位多多包涵，不要介意。
【義近】夾七帶八／拉三扯四／東拉西扯／巴三覽四。
【義反】有板有眼／一字一板／有條不紊／簡單明瞭。

夾槍帶棒

【釋義】夾：夾雜，攙雜。槍、棒：比喻刺痛人、傷害人的言語。
【出處】曹雪芹·紅樓夢三一回：「姑娘倒尋上我的晦氣！又不像是惱我，又不像是惱二爺，夾槍帶棒，終久是個什麼主意？」
【用法】形容說話旁敲側擊，語含諷刺。
【例句】你對我有什麼意見就直截了當的說吧，用不著這樣**夾槍帶棒**的，令人討厭！
【義近】夾槍帶棍／旁敲側擊／冷嘲熱諷／冷言冷語／冷語冰人／冷譏熱嘲。
【義反】直言直語／甜言軟語／逆耳忠言／金玉良言／讜言正論／義正辭嚴。

五　畫

奉公守法

【釋義】奉行公事，遵守法令。
【出處】司馬遷・史記・廉頗藺相如列傳：「以君之貴，奉公如法，則上下平。」元・無名氏・陳州糶米：「則要你奉公守法。」
【用法】形容辦事守規矩，不違法徇私。
【例句】作為國家的公務員，理應**奉公守法**，替民眾辦事。
【義近】克己奉公／公事公辦。
【義反】違法亂紀／貪贓枉法／循私枉法。

奉行故事

【釋義】奉行：遵照實行。故事：此指先例，舊日的典章制度。
【出處】漢書・魏相傳：「相明易經有師法，……以為古今異制，方今務在奉行故事而已。」
【用法】指按照成例行事，不敢有所創新。
【例句】時代在發展，社會在進步，如果我們不隨時調整政策，一味地**奉行故事**，那就必然要處於落後的地位。
【義近】抱殘守缺／墨守成規／蕭規曹隨／陳陳相因。
【義反】破除陳規／日新又新／不主故常／因事制宜。

奉命唯謹

【釋義】奉命：接受使命。唯謹：意謂極其謹慎。
【出處】三國志・蜀書・諸葛亮傳：「請奉命求救於孫將軍。」明・陶宗儀・輟耕錄・高麗氏守節：「諸官奉命唯謹。」
【用法】指遵守命令謹慎小心。
【例句】局長雖然對員工很愛護，但相對的要求也很嚴格，因此大家都**奉命唯謹**，不敢稍有懈怠。
【義近】小心謹慎／小心翼翼／朝乾夕惕／兢兢業業。
【義反】漫不經心／粗心大意／掉以輕心／視同兒戲。

奉為圭臬

【釋義】圭臬：圭即土圭，測日影的儀器；臬即表臬，測廣狹的儀器。
【出處】杜甫・八哀詩・故著作郎貶台州司戶滎陽鄭公虔：「圭臬星經奧，蟲篆丹青廣。」
【用法】用以比喻遵奉為準則、典範。
【例句】孔子的言行確實值得人們學習、仿效，幾千年來人們**奉為圭臬**是不無道理的。
【義近】奉為楷模／奉為準則／奉為典範／引為繩墨。
【義反】不足為訓／無可取法。

奉若神明

【釋義】奉：信仰，敬奉。神明：神。一作「敬若神明」。
【出處】左傳・襄公一四年：「敬之如神明。」錢泳・履園叢話：「邑中無賴子弟，以儀仗擁護，奉若神明。」
【用法】用以說明敬奉某人或某事物，如信神的人崇拜神靈一樣。
【例句】他提出的改革方針拯救了公司，現在公司上上下下將他**奉若神明**。
【義近】奉為神明／頂禮膜拜。
【義反】敬而遠之／視如草芥。

奉執箕箒

【釋義】奉執：猶奉行。箕箒：灑掃之具，用以指家內灑掃之事。
【出處】國語・吳語：「句踐請盟：一介嫡女，執箕箒以晐姓於王宮；一介嫡男，奉槃匜以隨諸御。」
【用法】指已為人妻。
【例句】你愛的那位商小姐，現已**奉執箕箒**，你何必還苦苦糾纏著她呢？
【義近】為人中饋／名花有主／已為人妻／羅敷有夫。
【義反】待字閨中／名花無主。

奉揚仁風

【釋義】承命散播、宣揚仁政。
【出處】晉書・袁宏傳：「宏自吏部郎出為東陽郡，……取一扇而授之曰：『聊以贈行。』宏應聲答曰：『輒當奉揚仁風，慰彼黎庶。』」
【用法】為官能宣揚仁政德風。
【例句】他雖官小言輕，卻能**奉揚仁風**，勤政愛民，故深得百姓的愛戴。

奉觴上壽

【釋義】奉：捧。觴：酒杯。
【出處】司馬遷・史記・滑稽列傳：「若親有嚴客，髡帣韝鞠跽，侍酒於前，時賜餘瀝，奉觴上壽，數起，飲不過二斗徑醉矣。」帣韝，音ㄐㄩㄢˇ ㄍㄡ，捲起袖子。跽，ㄐㄧˋ，小跪。
【用法】形容向人勸酒致意的樣子。
【例句】在老師的壽筵上，學生們一起**奉觴上壽**，祝老師福如東海，壽比南山。

奉辭伐罪

【釋義】遵奉正辭，討伐有罪。
【出處】左丘明・國語・鄭語：「君若以成周之眾，奉辭伐罪，無不克矣。」
【用法】說明以正當的理由興師問罪，人心順服，必能獲取勝利。
【例句】紂王無道，武王**奉辭伐罪**，一舉滅殷。
【義近】弔民伐罪／興師問罪／師出有名。
【義反】師出無名。

奇文共賞

【釋義】奇文：新奇的文章。
【出處】陶淵明・移居詩之一：「奇文共欣賞，疑義相與析。」
【用法】說明奇妙的文章，值得大眾一同欣賞。
【例句】這是一篇不可多得的好文章，應推薦給大眾**奇文共賞**。
【義近】奇技共賞。

奇正相生

【釋義】奇：指權詐。正：正直。相生：互相發生。
【出處】孫子兵法・勢：「行兵之法，有奇有正，參而用之，則曰奇正。」

【用法】原爲兵家用兵之語。現比喻行事前計畫周詳，面面俱到，才能致勝。

【例句】爲人處世不能墨守成規，一味拘泥，所謂**奇正相生**，才是致勝的一大關鍵。

奇形怪狀（ㄑㄧˊ ㄒㄧㄥˊ ㄍㄨㄞˋ ㄓㄨㄤˋ）

【釋義】稀奇古怪的形狀。

【出處】唐・吳融・太湖石歌：「鐵索千尋取得來，奇形怪狀誰能識？」

【用法】用以形容各種奇奇怪怪的形狀。

【例句】走進石灰岩洞裏，映入眼廉的盡是**奇形怪狀**的鐘乳石。

【義近】奇形異狀／怪形異狀／怪模怪樣／稀奇古怪。

奇技淫巧（ㄑㄧˊ ㄐㄧˋ ㄧㄣˊ ㄑㄧㄠˇ）

【釋義】奇技：出奇的技藝。淫巧：過度精巧。淫：過度，過甚。

【出處】尚書・泰誓下：「郊社不修，宗廟不享，作奇技淫巧，以悅婦人。」

【用法】指新奇的技藝，也指奇異而精巧的製品。

【例句】什麼火車、輪船，走的雖快，總不外**奇技淫巧**；臣若坐了，有傷國體，所以斷斷不敢。（李寶嘉・官場現形記四六回）

【義近】鏤月裁雲／鬼斧神工／巧奪天工／出神入化／吹影鏤塵。

【義反】黔驢之技／雕蟲小技／屠龍之技／小技薄藝／技不出眾。

奇花異卉（ㄑㄧˊ ㄏㄨㄚ ㄧˋ ㄏㄨㄟˋ）

【釋義】卉：草。

【出處】宋・洪邁・夷堅丙志・魚肉道人：「其下清泉巧石，奇花異卉，縱橫布列，兩池相對。」

【用法】各式各樣的奇異花草。

【例句】杭州西湖的風光不僅湖水清澈，沿岸還有許多**奇花異卉**，令人賞心悅目。

【義近】奇花異草／奇花異木／姹紫嫣紅／萬紫千紅。

【義反】野草閒花／枯枝敗葉。

奇厖福艾（ㄑㄧˊ ㄆㄤˊ ㄈㄨˊ ㄞˋ）

【釋義】厖：通「龐」，指臉。福艾：指很有福氣，福氣美好。

【出處】新唐書・李勣傳：「臨事選將，必訾相其奇厖福艾者遣之。」

【用法】舊時迷信，指人長得相貌奇特，便多福氣。

【例句】古時**奇厖福艾**的說法固不可取，可是相由心生的說法卻有幾分道理。

奇恥大辱（ㄑㄧˊ ㄔˇ ㄉㄚˋ ㄖㄨˇ）

【釋義】奇：非常的，罕見的。

【出處】巴金・家二二：「她看見那個奇恥大辱就站在她的面前，帶著獰笑看她，譏笑她。」

【用法】指極大的恥辱。

【例句】他當眾向我吐口水，又辱罵我的祖宗三代，這**奇恥大辱**誰能忍受！

【義近】詬莫大焉／唾面之辱。

【義反】披紅帶花／受人青睞。

奇貨可居（ㄑㄧˊ ㄏㄨㄛˋ ㄎㄜˇ ㄐㄩ）

【釋義】珍奇的貨物可囤積起來以待高價。居：存，囤積。

【出處】司馬遷・史記・呂不韋列傳：「子楚……居處困，不得意。呂不韋賈邯鄲，見而憐之，曰：『此奇貨可居。』」

【用法】指商人將稀有貨物囤積起來等待高價出售，也指憑藉某種優越條件作爲換取名利的資本。

【例句】在一片生態保育的聲浪中，一些珍貴的象牙、犀牛角等商品更是**奇貨可居**，成爲不法之徒致富的寶物。

【義近】囤積居奇／操奇計贏／待價而沽。

奇裝異服（ㄑㄧˊ ㄓㄨㄤ ㄧˋ ㄈㄨˊ）

【釋義】一作「奇服異衣」。奇服：新異的服裝。

【出處】屈原・涉江：「余幼好此奇服兮，年既老而不衰。」梁書・武帝紀上：「奇服異衣，更極夸麗。」

【用法】用以形容與眾不同的服裝式樣。

【例句】她不僅性情古怪，行爲與眾不同，就是平日穿戴，也是**奇裝異服**，引人注目。

【義近】新異服裝／衣冠赫奕。

奇談怪論（ㄑㄧˊ ㄊㄢˊ ㄍㄨㄞˋ ㄌㄨㄣˋ）

【釋義】意即奇怪的談論。

【出處】清・錢泳・履園叢話・仲子教授：「乾隆戊申歲，余往汴梁，遇畢秋帆中丞幕中，兩眼若漆，奇談怪論，咸視爲異物，無一人與言者。」

【用法】指稀奇古怪、不合情理的言論。

【例句】你的這些**奇談怪論**在這裏不受歡迎，還是趕快閉上嘴巴吧！

【義近】海外奇談／不經之談／無稽之談／齊東野語。

【義反】至理名言／藥石之言／金玉良言／逆耳忠言／肺腑之言。

奔走相告（ㄅㄣ ㄗㄡˇ ㄒㄧㄤ ㄍㄠˋ）

【釋義】奔跑著互相傳告。

【出處】尚書・酒誥：「奔走事厥考厥長。」

【用法】用以說明人們特別關心某事，且急於讓別人知道。

【例句】日軍一宣布投降，中國軍民無不歡騰雀躍，**奔走相告**。

【義反】絕口不談／守口如瓶／隻字不提。

奔車朽索（ㄅㄣ ㄔㄜ ㄒㄧㄡˇ ㄙㄨㄛˇ）

【釋義】意謂用腐朽的繩索去駕馭狂奔的馬車。

【出處】尚書・五子之歌：「予臨兆民，懍乎若朽索之馭六馬。」魏徵・諫太宗十思疏：「怨不在大，可畏惟人。載舟覆舟，所宜深慎，奔車朽索，其可忽乎？」

【用法】比喻事情很危險，應小心警惕。

【例句】東南亞各國的金融危機雖已化解，但政局仍如**奔車朽索**，執政者務必要謹慎其事，否則可能招來更大的危機。

【義近】危如累卵／髮引千鈞／盲人瞎馬／泥船渡河。

【義反】安如磐石／穩如泰山／

萬無一失／千妥萬當。

奔波勞碌（ㄅㄣ ㄅㄛ ㄌㄠˊ ㄌㄨˋ）

【釋義】奔波：奔走不止。
【出處】晉書・慕容垂載記：「故能杜豪強之門，塞奔波之路。」杜、塞二字同義。曹雪芹・紅樓夢五回：「這的是昨貧今富人勞碌。」
【用法】喻人終日辛勞，東奔西走的樣子。
【例句】爲了籌措兒子的學費和一家生計，他雖**奔波勞碌**，卻不覺辛苦，因爲他認爲一切都值得。
【義近】夙興夜寐／風塵碌碌／夙夜不怠／夙夜匪懈。
【義反】養尊處優／四體不勤。

奔逸絕塵（ㄅㄣ ㄧˋ ㄐㄩㄝˊ ㄔㄣˊ）

【釋義】奔逸：快跑。逸：跑。絕塵：腳不沾土。
【出處】莊子・田子方：「顏淵問於仲尼曰：『夫子步亦步，夫子趨亦趨，夫子馳亦馳，夫子奔逸絕塵，而回瞠若乎後矣。』」
【用法】形容跑得極快。有時也比喻人格高超，不同凡俗的人。
【例句】①那位短跑健將跑起來如**奔逸絕塵**，時常得到冠軍。②王先生在我們一千多名員工中，可算是**奔逸絕塵**的人物了。
【義近】流星趕月／大步流星／動如脫兔／超羣出眾／出類拔萃／超羣絕倫。
【義反】蝸行牛步／鵝行鴨步／步履蹣跚／姍姍來遲／平庸之輩／碌碌無爲。

奄奄一息（ㄧㄢˇ ㄧㄢˇ ㄧ ㄒㄧ）

【釋義】只剩下微弱的一口氣。奄奄：氣息微弱的樣子。息：一呼一吸。
【出處】李密・陳情表：「但以劉日薄西山，氣息奄奄，人命危淺，朝不慮夕。」
【用法】形容臨近死亡，也指事物即將消逝或毀滅。
【例句】①在公海上的越南難民，有的已**奄奄一息**，急待援救。②這個公司現在已是**奄奄一息**，眼看就要倒閉了。
【義近】氣息奄奄／朝不保夕／命若懸絲／日薄西山／尸居餘氣／岌岌可危。
【義反】生氣勃勃／生龍活虎／朝氣蓬勃。

六畫

奕葉相承（ㄧˋ ㄧㄝˋ ㄒㄧㄤ ㄔㄥˊ）

【釋義】奕葉：積累好幾世代。
【出處】曹植・王仲宣誄：「伊君顯考，奕葉佐時。」白虎通・三正：「三正之相承，若順連環也。」
【用法】比喻幾代延續下來。
【例句】聽說這藥方是他們家十幾代**奕葉相承**下來的，很有效，但不外傳，故其配方外人不得而知。
【義近】代代相傳／奕世相承。

契若金蘭（ㄑㄧˋ ㄖㄨㄛˋ ㄐㄧㄣ ㄌㄢˊ）

【釋義】契：投合。金、蘭：謂交友相投合，情誼如金之堅固，蘭之芳香。
【出處】劉義慶・世說新語・賢媛：「山公與嵇、阮一面，契若金蘭。」
【用法】比喻朋友交情深厚。
【例句】你與他本是**契若金蘭**，在這個節骨眼上，你怎能落井下石，陷害他呢？
【義近】莫逆之交／生死之交／義結金蘭／刎頸之交。
【義反】點頭之交／泛泛之交／狐朋狗友／酒肉朋友。

奏刀騞然（ㄗㄡˋ ㄉㄠ ㄏㄨㄛˋ ㄖㄢˊ）

【釋義】奏刀：運刀。騞然：刀解物的聲音。
【出處】莊子・養生主：「砉然嚮然，奏刀騞然。」
【用法】比喻行事得心應手。
【例句】公司新聘了一位業務經理，由於他領導有方，從此業務部便**奏刀騞然**，業績直線上升。
【義近】得心應手／左右逢源。
【義反】力不從心／心餘力絀。

十三畫

奮不顧身（ㄈㄣˋ ㄅㄨˋ ㄍㄨˋ ㄕㄣ）

【釋義】奮：奮勇。顧：顧惜，愛惜。
【出處】司馬遷・報任少卿書：「常思奮不顧身，以殉國家之急。」
【用法】形容奮勇向前，不考慮個人安危。
【例句】他**奮不顧身**地躍入水中，搶救兩個落水兒童。
【義近】舍生忘死／挺身而出。
【義反】貪生怕死／畏縮不前／臨陣逃脫。

奮翅鼓翼（ㄈㄣˋ ㄔˋ ㄍㄨˇ ㄧˋ）

【釋義】奮翅：振翼起飛。鼓翼：鼓動翅膀。
【出處】焦延壽・易林：「奮翅鼓翼，翺翔外國。」
【用法】形容奮發將有所作爲的樣子。
【例句】許多台商前進大陸，欲**奮翅鼓翼**，佔有市場，企圖開創事業的第二春。
【義近】大展宏圖／大顯身手。
【義反】得過且過／無所用心。

奮起直追（ㄈㄣˋ ㄑㄧˇ ㄓˊ ㄓㄨㄟ）

【釋義】奮起：振作起來。直追：緊追上去。
【出處】民國通俗演義一二九回：「袪害除奸，義無反顧，惟有羣策羣力，奮起直追。」
【用法】指在落後的狀態下，振奮精神，緊追上去。
【例句】在馬拉松的競賽中，五號選手在最後三百公尺處，突然**奮起直追**，最後竟然進入了前五名。
【義近】窮追不捨／奮勇向前。
【義反】甘爲牛後／甘居下游／甘拜下風。

奮發有爲（ㄈㄣˋ ㄈㄚ ㄧㄡˇ ㄨㄟˊ）

【釋義】奮發：蓬勃向上，振作。又作「憤發有爲」。
【出處】元史・陳祖仁傳：「孰不欲奮發有爲，成不世之功。」
【用法】形容人精神振作，有所作爲。
【例句】他不僅長得英挺，爲人謙恭，而且**奮發有爲**，是不可多得的棟梁之才。
【義近】振作有爲／奮發圖強。
【義反】意氣消沉／無所用心／無所事事／無所作爲。

奮發圖強

【釋義】奮發：精神振作。圖：謀求。
【出處】漢・王充・論衡・初稟：「勇氣奮發，性自然也。」
【用法】指振奮精神努力自強。
【例句】我們應該趁年輕時**奮發圖強**，力爭上游，以免馬齒徒長，老大傷悲。
【義近】奮起直追／自強不息／勇猛精進。
【義反】胸無大志／得過且過／因循怠惰。

女部

女大十八變

【釋義】十八變：只是言其變化之多之大，並非實數。
【出處】道原・景德傳燈錄・幽州譚空和尚：「師曰：『龍女有十八變，汝與老僧試一變看？』」清平山堂話本・花燈橋蓮女成佛記：「從來道女大十八變。」
【用法】泛指女子從小到大容貌、性情等變化多而大。
【例句】這姑娘小時長得並不怎麼樣，現在卻出落得像一朵花似的，眞是**女大十八變**！

女大不中留

【釋義】女孩子長大了，不能留在家中。
【出處】王實甫・西廂記・拷豔：「常言道：女大不中留。」
【用法】喻女大當嫁，不能久留家中。
【例句】**女大不中留**，她已經到了坐二望三的年紀，我們該多方託人，好好爲她找個歸宿了。
【義近】女大難留／女大當嫁。

女中丈夫

【釋義】丈夫：這裏指男子漢。
【出處】淩濛初・二刻拍案驚奇卷一七：「雖說你是個女中丈夫，是你去畢竟停當，只是萬里程途，路上恐怕不便。」
【用法】稱婦女中有男子漢氣概的人。
【例句】這位女司機，體格健壯，說話行事乾脆俐落，可算是**女中丈夫**。
【義近】女中豪傑／巾幗英雄／女中堯舜。
【義反】奉執箕箒／爲人中饋／賢妻良母。

女中堯舜

【釋義】堯舜：唐堯和虞舜，傳說中上古時代的賢明君主。
【出處】宋史・英宗高皇后傳：「臨政九年，朝廷清明，華夏綏定。……力行故事，抑絕外家私恩。……人以爲女中堯舜。」
【用法】指婦女中的賢明人物。多用來稱頌當權、執政的婦女。
【例句】綜觀武則天一生的所作所爲，雖有不少受批判否定的地方，但大體來說，仍不失爲**女中堯舜**。
【義近】女中豪傑／女中聖賢／掃眉才子。
【義反】三姑六婆／殘花敗柳／路柳牆花。

女生外嚮

【釋義】嚮：同「向」。古俗女子出生時，面朝外，故說「女生外嚮」。
【出處】白虎通：「男生內嚮，有留家之義；女生外嚮，有從夫之義。」文康・兒女英雄傳三三回：「理他呢？他自來是這麼女生外向。」
【用法】喻女子終須嫁人。或指女子偏袒夫家。
【例句】①自古以來，**女生外嚮**，女兒出嫁是必然的，我們該衷心祝福她幸福快樂。②嫁出去的女兒就像潑出去的水，不能怪她**女生外嚮**，這是很自然的事。
【義近】女大不中留／女大當嫁／女大難留。
【義反】男生內嚮。

女爲悅己者容

【釋義】容：用作動詞，修飾容貌。
【出處】司馬遷・史記・刺客列傳：「士爲知己者死，女爲悅己者容。」
【用法】指女子爲愛自己的人而修飾、打扮。
【例句】一聽到她心愛的丈夫就要回來，她立刻就梳妝打扮，眞是**女爲悅己者容**，一點也不假。

二畫

奴脣婢舌

【釋義】奴才的脣，婢女的舌頭。指奴婢出言輕俗。
【出處】元曲選・武漢臣・老生兒劇・楔子：「小梅這妮子，從來有些奴脣婢舌的，怕不惱著婆婆。」
【用法】喻人言語可厭的樣子。
【例句】他說話向來就是這樣**奴脣婢舌**的，很討人厭，他還自以爲幽默，不知道自己得罪了多少人。

奴顏婢色

【釋義】意謂一幅十足的奴才相。「奴顏」與「婢色」義同，指諂媚奉承的樣子。
【出處】宋・王禹偁・送柳宜通判全州序：「與夫諂權媚勢，奴顏婢色，因采風謠司漕運者言而得之者遠矣。」
【用法】形容人卑躬屈節、諂媚討好的樣子。
【例句】看他在校長面前那**奴顏婢色**的樣子，我就打從心裏瞧不起他！

【義近】奴顏婢睞／奴顏婢膝／奴顏媚骨／卑躬屈膝／搖尾乞憐。

【義反】剛直不阿／守正不撓／大義凜然／面折廷爭。

奴顏婢膝

【釋義】奴顏：奴才的臉，常露諂媚樣。婢膝：侍女的膝，常下跪。

【出處】陸龜蒙・散人歌：「奴顏婢膝真乞丐，反以正直爲狂癡。」

【用法】用以形容低聲下氣，諂媚奉承的模樣。

【例句】他爲了達到升官發財的目的，竟**奴顏婢膝**地巴結上司，簡直不知羞恥。

【義近】卑躬屈膝／奴顏媚骨／曲意逢迎／吮癰舐痔／卑躬屈節／脅肩諂笑／搖尾乞憐／如蟻附羶。

【義反】正氣昂揚／守正不阿／剛正不阿／志行高潔／抱誠守眞。

奴顏媚骨

【釋義】奴才相，賤骨頭。顏：面容。媚：諂媚，逢迎。媚骨：討好奉承的軟骨頭。

【用法】形容卑鄙無恥地諂媚討好別人的醜惡嘴臉和性格。

【例句】瞧他一副小人嘴臉，其**奴顏媚骨**的態度令人厭惡。

【義近】奴顏婢膝／卑躬屈膝。

【義反】剛正不阿／堂堂正正／一身傲骨。

三畫

妄口巴舌

【釋義】妄口：隨意張口。巴舌：義同「妄口」。

【出處】曹雪芹・紅樓夢一二〇回：「只要自己拿定主意，必定還要妄口巴舌、血淋的起這樣惡誓麼？」

【用法】形容隨意胡言亂語。

【例句】你這麼大的年紀了，說話應該有分寸，怎麼能**妄口巴舌**，說這麼多挑撥是非的話呢？

【義近】枉口拔舌／胡說八道／胡言亂語／信口雌黃。

【義反】言必有據／至理名言／金玉良言／肺腑之言。

妄生穿鑿

【釋義】穿鑿：非常牽強的解釋，把沒有的說成有，把這說成那。

【出處】雲笈七籤卷六一：「但世傳不眞，妄生穿鑿，唯按此行之，乃見其驗。」

【用法】指胡亂地去穿鑿附會。

【例句】你這樣的解釋，既無根據，也不符合作者原意，完全是**妄生穿鑿**嘛！

【義近】牽強附會／穿鑿附會／生拉活扯。

【義反】確鑿不疑／丁一確二／言之鑿鑿／千眞萬確。

妄自尊大

【釋義】過高地看待自己。妄：過分地，狂妄。尊：高貴。

【出處】後漢書・馬援傳：「子陽（公孫述）井底蛙耳，而妄自尊大。」

【用法】形容人狂妄自大。

【例句】你這樣**妄自尊大**，目中無人，很難有一番作爲的。

【義近】自命不凡／心高氣傲／目無餘子／狂妄自大／自高自大／唯我獨尊。

【義反】妄自菲薄／屈己待人／做小伏低／自輕自賤。

妄自菲薄

【釋義】毫無根據地過分看輕自己。妄：胡亂，不切實際。菲薄：輕視。

【出處】諸葛亮・出師表：「不宜妄自菲薄，引喻失義，以塞忠諫之路也。」

【用法】形容自暴自棄，自己看輕自己。

【例句】我們必須正確地認清自己，既不要**妄自菲薄**，也不能狂妄自大。

【義近】自暴自棄／自輕自賤／自慚形穢。

【義反】妄自尊大／自命不凡／狂妄自大。

妄言妄聽

【釋義】說的人隨便說，聽的人隨便聽。妄：隨便，輕率。

【出處】莊子・齊物論：「予嘗爲女（汝）妄言之，女（汝）亦妄聽之。」袁枚・新齊諧序：「妄言妄聽，記而存之，非有所感也。」

【用法】隨便說說，姑且聽之，說的人和聽的人都不認眞。

【例句】這些無眞憑實據的事，你我不過是**妄言妄聽**，開開玩笑而已，自然不能當眞。

【義近】姑妄言之／姑妄聽之／隨意聊聊／只當風吹過。

【義反】言之有據／言之鑿鑿／洗耳恭聽。

好一塊羊肉，倒落在狗口裏

【釋義】也作「好一塊羊肉，可惜落在狗口裏」。

【出處】施耐庵・水滸傳二三回：「那武大是個懦弱本分人，被這一班人不時間在門前叫道：『好一塊羊肉，倒落在狗口裏！』」

【用法】比喻有才貌的女子卻嫁給了愚醜的男人。常用作譏誚語。

【例句】這樣一個如花似玉的女子，卻嫁給了一個醜八怪，怪不得人家說是**好一塊羊肉，倒落在狗口裏**了。

【義近】一朵鮮花插在牛糞上／彩鳳隨鴉。

【義反】郎才女貌／天生一對／天作之合／一雙兩好。

好大喜功

【釋義】愛舉大事，喜立大功。好：喜愛。原指古代帝王喜歡用兵伸張威力。

【出處】新唐書・太宗紀贊：「至其牽於多愛，復立浮圖，好大喜功，勤兵於遠，此中材庸主之所常爲。」

【用法】指一意想做大事立大功，追求虛榮。也指鋪張浮誇，愛出鋒頭。

【例句】做人要腳踏實地，萬萬不可**好大喜功**。

【義近】急功好利／貪求虛名／好高騖遠。

【義反】腳踏實地／實事求是／逐本務實。

好女不穿嫁時衣

【釋義】此爲俗語，意謂有志氣的女子，到了夫家不再穿出嫁時娘家做的衣服。

【出處】吳敬梓・儒林外史一一回：「小姐道：好男不吃分家飯，好女不穿嫁時衣。依孩兒的意思，總是自掙的功名好，靠著父、祖，只算作不成器。」

【用法】比喻有志氣的人，力求自力更生，絕不依靠父母或祖上的產業生活。

【例句】俗話說：**好女不穿嫁時衣**，我既然成年了就該自謀生路，不再仰賴父母。

【義近】好男不食分家飯。

【義反】駑馬戀棧豆。

好丹非素 ㄏㄠˋ ㄉㄢ ㄈㄟ ㄙㄨˋ

【釋義】喜歡紅色，討厭白色。丹：紅色。素：白色。

【出處】南朝・梁・江淹・雜體詩序：「至于世之諸賢，各滯所迷，莫不論甘則忌辛，好丹則非素。」

【用法】比喻有所偏愛和偏見，不能兼容並蓄。

【例句】對人對事都要公正無私，若**好丹非素**，則必然會出問題。

【義近】厚此薄彼／親近疏遠／重此輕彼／揀佛燒香。

【義反】一視同仁／不分彼此／等量齊觀／貴賤無二。

好心無好報 ㄏㄠˇ ㄒㄧㄣ ㄨˊ ㄏㄠˇ ㄅㄠˋ

【釋義】好心辦事卻沒有好的報答。也作「好心得不到好報」。

【出處】道原・景德傳燈錄：「曰：『為什麼卻喪身？』師曰：『好心無好報。』」元・萬松老人・從容錄：「萬松道：『好心不得好報。』」

【用法】指人以好心善意去辦事，卻得不到應有的回報。

【例句】你們夫妻倆打架，我把你們拉開，你卻反過來說我佔了你老婆的便宜，眞是**好心無好報**！

【義近】好心認作驢肝肺／種瓜得豆。

【義反】好心有好報／善有善報，惡有惡報／一報還一報。

好生惡殺 ㄏㄠˋ ㄕㄥ ㄨˋ ㄕㄚ

【釋義】喜愛生靈，不好殺戮。惡：討厭，憎恨。

【出處】舊唐書・姚崇傳：「陛下好生惡殺，此事請不煩出敕，乞容臣出牒處分。」

【用法】形容人有仁慈之心，不忍殘殺。

【例句】這位老太太心慈口善，一向**好生惡殺**，你們卻當著她的面把狗活活打死，她當然要氣出病來！

【義近】好生之德／愛生厭殺。

【義反】暴戾恣睢／殘忍刻薄。

好吃懶做 ㄏㄠˋ ㄔ ㄌㄢˇ ㄗㄨㄛˋ

【釋義】又作「貪吃懶做」。好：喜，貪。

【出處】凌濛初・初刻拍案驚奇卷二：「潘公開口罵道：『這樣好吃懶做的淫婦，睡到這等日高才起來……』」

【用法】用以指責人貪吃喝、懶做事。

【例句】人人都應以勤儉為本，若一味**好吃懶做**，再富有也會坐吃山空。

【義近】飽食終日／吃喝玩樂／無所事事／四體不勤／好逸惡勞／游手好閒。

【義反】埋頭苦幹／勤奮不息／夙興夜寐／吃苦耐勞／勤儉度日／黽勉從事。

好好先生 ㄏㄠˇ ㄏㄠˇ ㄒㄧㄢ ㄕㄥ

【釋義】指口口聲聲稱好的人。

【出處】高文秀・襄陽會二折：「此人複姓司馬，名徽，字德操，乃是好好先生。」

【用法】形容不分是非，但求相安無事，事事不與人計較之人。

【例句】他是有名的**好好先生**，從來不得罪人。

【義近】八面玲瓏／屈己待人／與人無爭／明哲保身。

【義反】敢於直言／仗義執言／不同流俗／剛直不阿／至公無私／戴圓履方。

好肉剜瘡 ㄏㄠˇ ㄖㄡˋ ㄨㄢ ㄔㄨㄤ

【釋義】剜：用刀挖出。瘡：皮肉腫爛潰瘍的病。在好的肉上挖瘡。

【出處】續傳燈錄・慧通清旦禪師：「說佛說祖，正如好肉剜瘡，舉古舉今，猶若殘羹餿飯。」

【用法】喻人沒事卻自找事來困擾自己。

【例句】他的身體很好，卻自以為有病，三天兩頭往醫院跑，正像**好肉剜瘡**一樣，沒事找事來困擾自己。

【義近】庸人自擾／無病自灸／杞人憂天／無事生非。

【義反】樂天知命。

好色之徒 ㄏㄠˋ ㄙㄜˋ ㄓ ㄊㄨˊ

【釋義】好色：貪愛女色。徒：這裏是「人」的意思，但含貶義。

【出處】清・羽衣女士・東歐女豪傑二回：「他定是個好色之徒，偏偏像那蝶兒戀花一樣的跟著我，可笑世間眞有這麼樣的人呢！」

【用法】指玩弄女性、貪愛女色的人。

【例句】你不要看他一本正經，像是個正人君子的樣子，實際上根本是個**好色之徒**，暗地裏不知玩弄了多少女人！

【義近】尋花問柳／左擁右抱／撥雨撩雲／拈花惹草。

【義反】坐懷不亂。

好行小惠 ㄏㄠˋ ㄒㄧㄥ ㄒㄧㄠˇ ㄏㄨㄟˋ

【釋義】好行：喜歡施與。小惠：猶小利。

【出處】晉書・殷仲堪傳：「及在州，綱目不舉，而好行小惠，夷夏頗安附之。」

【用法】指為了籠絡人而對人施與小恩小惠。

【例句】他在工作中有個特點，就是**好行小惠**，把手下哄得服服貼貼，心甘情願地為他效勞。

【義近】好施小惠／雞蟲小恩／分人杯羹／小恩小惠。

【義反】再造之恩／不殺之恩／回生之德／大恩大德。

好言好語 ㄏㄠˇ ㄧㄢˊ ㄏㄠˇ ㄩˇ

【釋義】好的言語。

【出處】馮夢龍・喻世明言卷四〇：「張千、李萬初時還好言好語，過了揚子江，到州起旱，料得家鄉已遠，就做出嘴臉來。」

【用法】指中聽順耳之言或中肯的話語。
【例句】他倆爭得面紅耳赤，眼看就要動武了，汪先生忙上前去**好言好語**相勸，平息了這場紛爭。
【義近】善言善語／嘉言嘉語／金玉良言／逆耳之言／藥石之言。
【義反】惡言惡語／凶言凶語／浮言巧語／甜言蜜語／齊東野語。

好事不出門，壞事傳千里

【釋義】不出門：指無人傳播，別人無從知道。傳千里：指傳播迅速和所傳範圍甚廣。
【出處】孫光憲・北夢瑣言六：「好事不出門，惡事行千里。」
【用法】用以說明好事不容易為人知道，而壞事則傳播得又快又廣。
【例句】這樁醜聞昨天才發生，但今天全公司的人都知道了，眞是**好事不出門，壞事傳千里**。
【義近】好話不出門，惡話傳三村／不脛而走。

好事之徒

【釋義】徒：這裏是「人」的意思，但含貶義。
【出處】孔叢子・答問：「則世多好事之徒，皆非之罪也。」
【用法】指愛管閒事、喜歡多事的人。
【例句】他是我們這裏出了名的**好事之徒**，這件事絕對和他脫離不了關係。
【義近】狗咬耗子／好管閒事。
【義反】各人自掃門前雪，莫管他人瓦上霜。

好事多磨

【釋義】好事多經磨折。磨：磨難，阻礙。
【出處】董解元・西廂記諸宮調一：「眞所謂佳期難得，好事多磨。」
【用法】舊時多指男女相愛，常經波折，難以如願。今泛指好事常遇挫折，進行得不順利。
【例句】此事簡單，照理說辦起來是很容易的，但卻多次受挫，這大概是**好事多磨**吧。
【義近】好事多艱／天不從人願／好物難全／好事天慳。
【義反】一帆風順／天從人願／宿願得償／一舉成功。

好馬不吃回頭草

【釋義】意謂好馬不吃以前吃過的草。
【出處】石點頭六卷：「常言好馬不吃回頭草，料想延壽寺自然不肯相留，決無再入之理。」
【用法】比喻有志之士一往無前，決不後退；或既離其地，決不再返。
【例句】**好馬不吃回頭草**，我既然被他炒了魷魚，就決不可能再回他的公司，你們用不著從中斡旋了。
【義反】一步三回顧／瞻前顧後／舉棋不定。

好高騖遠

【釋義】騖：馬快跑，引申為追求。又作「好高務遠」。務：從事，做。
【出處】宋史・程顥傳：「病學者厭卑近而騖高遠，卒無成焉。」
【用法】多指在學習或工作上不切實際地追求過高的目標。
【例句】在學習上應該循序漸進，不能**好高騖遠**。
【義近】好大喜功／貪多務得／貪大求全。
【義反】腳踏實地／穩紮穩打／循序漸進。

好問則裕

【釋義】好問：喜歡問別人。裕：豐富。
【出處】尚書・湯誥：「好問則裕，自用則小。」
【用法】指勤於向別人請教，知識就會豐富起來。
【例句】一個人的知識畢竟有限，若能本著**好問則裕**的精神，多向別人請教，自然會日有所進，月有所長。
【義近】三人行，必有我師／載酒問字／好問決疑／質疑問難／不恥下問。
【義反】自以為是／冥行擿埴／盲目從事／摸著石頭過河。

好善嫉惡

【釋義】嫉：憎恨。惡：邪惡。
【出處】漢・王符・潛夫論・實貢：「好善嫉惡，賞罰嚴明，治之材也。」
【用法】為人光明磊落，正直不阿，崇尚美善，憎恨邪惡。
【例句】這位縣長**好善嫉惡**，上任還不到一年，就把過去的種種不良風氣導正了。
【義近】善善惡惡／嫉惡好善／愛憎分明／嫉惡如仇。
【義反】顛倒黑白／是非顛倒／抑善揚惡／扭直作曲。

好惡不同

【釋義】喜好與厭惡不一樣。
【出處】漢書・元帝紀：「公卿大夫，好惡不同。」
【用法】指各人的志向、興趣等各不相同。
【例句】**好惡不同**乃人之常情，怎能要求另一半樣樣都與自己一致呢？
【義近】人各有志／人各有好／愛憎各異／好惡人殊。
【義反】志同道合／志趣相投。

好景不長

【釋義】好景：美好的光景。
【出處】劉秉忠・寄友人詩：「好景與時渾易過，可人和月只難圓。」
【用法】通常用以指美滿的生活或美好的日子不能長久。
【例句】你不要看這位女明星現在紅得發紫，要知道**好景不長**，過幾年恐怕就要被人遺忘了。
【義近】日中則昃／好景不常／泰極而否／物極必反。
【義反】天長地久／天長日久。

好為人師

【釋義】喜歡當別人的老師。好：喜歡。

【出處】孟子・離婁上：「人之患，在好爲人師。」
【用法】指人不謙遜，喜歡以教導者自居。
【例句】他最大的毛病就在**好爲人師**，總喜歡教訓別人，指揮別人，因而大家對他很反感。
【義近】矜才使氣／妄自尊大／頤指氣使。
【義反】不恥下問／移樽就教／不矜不伐。

好爲事端 ㄏㄠˋ ㄨㄟˊ ㄕˋ ㄉㄨㄢ

【釋義】事端：事故，糾紛。
【出處】晉書・文明王皇后傳：「會見則忘義，好爲事端，寵過必亂，不可大任。」
【用法】指人喜歡惹是生非，製造事端。
【例句】這幾個年輕人一向不務正業，**好爲事端**，在警察局是登記有案的，你要謹慎。
【義近】尋事生非／招是惹非／惹是生非／遇事生風／招風攬火。
【義反】息事寧人／排難解紛／循規蹈矩／大事化小，小事化了。

好逸惡勞 ㄏㄠˋ ㄧˋ ㄨˋ ㄌㄠˊ

【釋義】好：喜愛。逸：安樂。惡：討厭。
【出處】後漢書・郭玉傳：「夫貴者……其爲療也，有四難焉……好逸惡勞，四難也。」
【用法】指人貪圖安逸，厭惡勞動。
【例句】像他這樣**好逸惡勞**的人，竟想在事業上有所成就，眞是天大的笑話。
【義近】好吃懶做／四體不勤／游手好閒／玩歲愒日／曠廢隳惰。
【義反】吃苦耐勞／夙興夜寐／埋頭苦幹／夙夜匪懈／克勤克儉／孜孜不倦。

好夢難圓 ㄏㄠˇ ㄇㄥˋ ㄋㄢˊ ㄩㄢˊ

【釋義】圓：圓滿。
【出處】明・湯顯祖・紫釵記・劍合釵圓：「彩雲輕散，好夢難圓。」
【用法】多用以說明好的事情難以實現。
【例句】這對戀人拍拖已經好幾年了，卻因各方面的原因還不能結婚，眞是**好夢難圓**！
【義近】好事多慳／好事多磨／天不從人願／好事多艱。
【義反】天從人願／一蹴而就／馬到成功／一帆風順。

好漢不吃眼前虧 ㄏㄠˇ ㄏㄢˋ ㄅㄨˋ ㄔ ㄧㄢˇ ㄑㄧㄢˊ ㄎㄨㄟ

【釋義】意謂英雄好漢不可不權衡輕重利害而一味蠻幹。
【用法】指遇事要瞻前顧後，能忍一時的困辱以成大事。
【例句】俗話說：**好漢不吃眼前虧**，他們來了幾個人，你才一個人，何必要同他們硬拚呢？
【義近】識時務者爲俊傑／忍得一時氣，換來終生福／小不忍則亂大謀／留得青山在，不怕沒柴燒。
【義反】針鋒相對／寸步不讓／血氣之勇／匹夫之勇。

好語似珠 ㄏㄠˇ ㄩˇ ㄙˋ ㄓㄨ

【釋義】好語：美妙的詞語。
【出處】蘇軾・次韻答子由：「好語似珠穿一一，妄心如膜退重重。」
【用法】指詩文中有許多妙語佳句。
【例句】杜甫以語不驚人死不休的精神錘鍊語言，因而在他的詩作中**好語似珠**，令人讚賞不絕。
【義近】妙語如珠／一字一珠／字字珠璣／咳唾成珠。
【義反】繁言贅語／冗詞贅句／廢話連篇／連篇累牘。

好說歹說 ㄏㄠˇ ㄕㄨㄛ ㄉㄞˇ ㄕㄨㄛ

【釋義】好說：從好的方面說。歹說：從不好的方面說。歹：壞。
【出處】李寶嘉・官場現形記二六回：「後來虧了我好說歹說，又私下許了他些好處，他才答應替我們竭力去幹。」
【用法】指用各種理由和方式，反覆請求或勸說。
【例句】你太太這次眞的生氣了，現在經過我**好說歹說**總算緩和下來，你再慢慢去賠不是吧。
【義近】苦口婆心／作好作歹／舌敝脣焦／轉彎抹角。
【義反】單刀直入／直言相告／三言兩語／直來直往。

好學不倦 ㄏㄠˋ ㄒㄩㄝˊ ㄅㄨˋ ㄐㄩㄢˋ

【釋義】好學習，不知疲倦。
【出處】司馬遷・史記・楚世家：「昔我文公，狐季姬之子也，有寵於獻公，好學不倦。」
【用法】指人立志學習，孜孜不倦。
【例句】顏回簞食瓢飲，卻仍樂在求學，其**好學不倦**的精神令人感動。
【義近】勤奮好學／手不釋卷／韋編三絕／朝斯夕斯／焚膏繼晷。
【義反】一暴十寒／鴻鵠將至／淺嘗輒止／蹉跎歲月／三天打魚，兩天曬網。

好整以暇 ㄏㄠˋ ㄓㄥˇ ㄧˇ ㄒㄧㄚˊ

【釋義】整：整齊，嚴整。以：而。暇：空閒，從容。
【出處】左傳・成公十六年：「日臣之使於楚也，子重問晉國之勇，臣對曰：『好以眾整。』曰：『又何如？』臣對曰：『好以暇。』」
【用法】原形容既嚴整又從容，後用以形容從容不迫。
【例句】李先生眞有本事，在這人心惶惶的時候，他竟能照樣**好整以暇**地待在家裏讀書做學問。
【義近】從容不迫／泰然自若／若無其事／不慌不忙。
【義反】張皇失措／驚慌失措／手忙腳亂／方寸大亂。

好謀善斷 ㄏㄠˋ ㄇㄡˊ ㄕㄢˋ ㄉㄨㄢˋ

【釋義】好：喜愛，引申爲擅長。謀：思考，謀畫。斷：決斷，判斷。
【出處】陸機・辨亡論上：「疇咨俊茂，好謀善斷。」
【用法】用以說明勤於思考，善於作正確判斷。
【例句】他雖然年輕，但**好謀善斷**，所以深受總經理的器重，特地把他調來做爲自己的助理。
【義近】算無遺策／愼謀能斷／

多謀善斷。

【義反】優柔寡斷／有勇無謀。

好離好散

【釋義】意謂好好地分手。離、散二字同義，分手的意思。

【出處】曹雪芹・紅樓夢三一回：「嫌我們就打發了我們，再挑好的使。好離好散的倒不好！」

【用法】指和和氣氣地分手。

【例句】你不要再哭哭啼啼了，我們既然合不來，那就**好離好散**吧！

【義近】好聚好散。

【義反】不歡而散。

如人飲水，冷暖自知

【釋義】水的冷暖程度，只有自己親自喝過後才可體會。

【出處】裴休・黃蘗山斷際禪師傳心法要：「明(上座)於言下忽然默契，便禮拜云：『如人飲水，冷暖自知。』」

【用法】用以指直接經驗的事，自己理解得最明白深刻。

【例句】做學問有苦也有樂，但又不是言語所能說明的，正如俗話所說：「**如人飲水，冷暖自知**。」還是自己親身去體會吧！

如入無人之境

【釋義】好像進入到無人居住的地區。境：地方，地區。

【出處】杜重威傳：「敵騎數十驅漢人千萬過城下，如入無人之境。」

【用法】用以形容威力強大，所向無敵。

【例句】他眞不愧是明星球員，無論是突破重重封鎖或帶球上籃，都**如入無人之境**，球技令人讚歎。

【義近】所向披靡／所向無敵／萬夫莫敵／長驅直入／勢如破竹／銳不可當。

【義反】一觸即潰／望風披靡。

如土委地

【釋義】像土堆棄在地上。

【出處】莊子・養生主：「動刀甚微，謋然已解，如土委地。」

【用法】比喻極其容易。

【例句】辦這件事對你而言，簡直**如土委地**，你就行行好，幫我一個忙吧！

【義近】如湯沃雪／泰山壓卵／易如反掌／摧枯拉朽／俯拾地芥／阪上走丸／甕中捉鱉／如烹小鮮／如履平地。

【義反】大海撈針／挾山超海／難上青天／水中捉月。

如不勝衣

【釋義】好像連衣裳也承擔不住。勝：能夠承擔或忍受。

【出處】荀子・非相：「葉公子高，微小短瘠，行若將不勝其衣然。」南史・周敷傳：「敷形貌眇小，如不勝衣。」

【用法】形容人瘦弱不堪。

【例句】張小姐雖瘦弱得**如不勝衣**，但言談舉止高雅，且眉清目秀，別有一番風韻。

【義近】弱不勝衣／弱不禁風／骨瘦如柴／形銷骨立。

【義反】五大三粗／身強力壯／銅筋鐵骨／虎背熊腰。

如切如磋

【釋義】切：古代指把骨頭加工成器物。磋：古代指把象牙加工成器物。

【出處】詩經・衛風・淇奧：「如切如磋，如琢如磨。」

【用法】比喻共同商討，互相研究，取長補短。

【例句】在學習的過程中，應該互相砥礪，**如切如磋**，才能有更多的收穫。

【義近】如琢如磨／切磋琢磨／他山之石，可以攻玉。

【義反】自行其是／自以爲是／獨行其是／一意孤行。

如日中天

【釋義】好像太陽正在中午。中天：天空之中，表示極盛。

【出處】三國志・蜀書・先主傳：「數有氣如旗從西竟東，中天而行。」

【用法】比喻事物正發展到興盛的階段。

【例句】那位女明星在演藝事業**如日中天**的時候，毅然放下一切，嫁夫生子去了，令大家不勝惋惜。

【義近】如日方中／日升月恆。

【義反】日落西山／夕陽殘照。

如日方升

【釋義】好像太陽剛剛升起。

【出處】詩經・小雅・天保：「如月之恆，如日之升，如南山之壽，不騫不崩。」

【用法】比喻新生事物有著廣闊的發展前途。

【例句】我國的經濟**如日方升**，只要國人齊心協力，奮發圖強，必會創造出舉世矚目的大成就！

【義近】旭日東升／旭日始旦／噴薄欲出／欣欣向榮。

【義反】夕陽西下／夕陽殘照／強弩之末／枯藤老樹。

如水投石

【釋義】像把水潑在石頭上，滴水不進。

【出處】資治通鑑・唐高祖武德二年：「陛下創業明主，臣不才，所言如水投石。言於太子亦然。」

【用法】比喻所作所爲一點作用也沒有，完全是白忙一場。

【例句】這孩子已無藥可救了，我苦口婆心地開導、教育他，卻都**如水投石**，他還是依然故我。

【義近】擔雪塡井／以雪塞井／畫脂鏤冰／以湯沃雪。

【義反】順風使帆／因風吹火／以水救火。

如火如荼

【釋義】像火一樣紅，像茅草一樣白。荼：一種開白花的茅草。

【出處】左丘明・國語・吳語載：吳王把軍隊排列成幾個萬人方陣，其中一個的旗幟穿戴全是白的，「望之如荼」，一個全是紅的，「望之如火」。

【用法】本指軍容盛大，今多用以形容氣勢的蓬勃旺盛。

【例句】援助非洲飢民的活動，在許多國家正**如火如荼**地展開。

【義近】風起雲湧／方興未艾／勢如燎原／日增月盛。

【義反】日陵月替／一蹶不振／日趨式微／每下愈況／江河日下。

如牛負重（ㄖㄨˊ ㄋㄧㄡˊ ㄈㄨˋ ㄓㄨㄥˋ）

【釋義】像牛馱著沉重的東西。負：擔負，肩負。

【出處】佛說四十二章經：「夫為道者，如牛負重，行深泥中。」

【用法】用以比喻重擔在肩，無法擺脫。

【例句】他為了償還賭債，借了一筆高利貸，自此以後即**如牛負重**，難以還清。

【義近】千鈞重負／重擔壓肩／負重難行。

【義反】如釋重負／了無牽掛。

如丘而止（ㄖㄨˊ ㄑㄧㄡ ㄦˊ ㄓˇ）

【釋義】堆土成山，尚差一簣便中止。

【出處】荀子・宥坐：「孔子曰：『如垤而進，吾與之；如丘而止，吾已矣。』」

【用法】比喻人自我限制，不求精進。

【例句】學無止境，做學問**如丘而止**的話，就等於放棄了原來的努力。

【義近】故步自封／畫地自限。

【義反】力爭上游／精益求精。

如兄如弟（ㄖㄨˊ ㄒㄩㄥ ㄖㄨˊ ㄉㄧˋ）

【釋義】像親兄弟一樣。又作「如兄若弟」。

【出處】詩經・邶風・谷風：「誰謂荼苦，其甘如薺。宴爾新昏（婚），如兄如弟。」

【用法】形容感情深厚，彼此親密無間。

【例句】這兩個人親密得**如兄如弟**，以致於有人開玩笑說他倆是同性戀哩！

【義近】親如兄弟／親如手足／親密無間／伯歌季舞／形影不離。

【義反】形同陌路／互不來往／素昧平生／泛泛之交／不即不離。

如出一口（ㄖㄨˊ ㄔㄨ ㄧˋ ㄎㄡˇ）

【釋義】像是從一個嘴裏說出來的。

【出處】韓非子・內儲說下：「燕人其妻有私通於士……夫曰：『何客也？』其妻曰：『無客。』問左右，左右言無有，如出一口。」

【用法】用以形容眾口一詞。

【例句】看來他們事先串通好了，無論你怎樣審問，供詞都**如出一口**。

【義近】一模一樣／毫無二致／如出一轍／眾口一詞。

【義反】截然不同／一人一詞／各說各話。

如出一轍（ㄖㄨˊ ㄔㄨ ㄧˋ ㄔㄜˋ）

【釋義】像出自同一個車輪。轍：車轍，車輪壓出的痕跡。

【出處】洪邁・容齋續筆卷一一：「此四人（指關羽、王思政、慕容紹宗、吳明徹）之過，如出一轍。」

【用法】比喻兩件事情（多指言行）非常相似。多含貶義。

【例句】這兩份稿件的故事情節和結構等，**如出一轍**，究竟誰是抄襲者，須要查明。

【義近】毫無二致／千篇一律／千人一面。

【義反】截然不同／大相逕庭／天差地遠。

如失左右手（ㄖㄨˊ ㄕ ㄗㄨㄛˇ ㄧㄡˋ ㄕㄡˇ）

【釋義】像失掉了自己的左手、右手一樣。

【出處】司馬遷・史記・淮陰侯列傳：「人有言上曰：『丞相（蕭）何亡。』上大怒，如失左右手。」

【用法】用以形容失去得力的助手。

【例句】自從王先生辭職返鄉後，總經理**如失左右手**，業務推展大不如前。

【義反】如魚得水／如虎添翼。

如此而已（ㄖㄨˊ ㄘˇ ㄦˊ ㄧˇ）

【釋義】如此：這樣。而已：罷了。

【出處】孟子・盡心上：「無為其所不為，無欲其所不欲，如此而已矣。」

【用法】用以說明其人其事只不過這樣。

【例句】我只不過平日喜歡看電影和閱讀有關書籍，**如此而已**，並不是專業的影評人。

【義近】不過爾爾／豈有他哉。

【義反】不一而足／不止於此／不勝枚舉／不乏其例。

如坐春風（ㄖㄨˊ ㄗㄨㄛˋ ㄔㄨㄣ ㄈㄥ）

【釋義】像坐在和暖的春風裏。

【出處】二程全書・外書一二：「朱公掞來見明道（程顥）於汝，歸謂人曰：『光庭在春風中坐了一個月。』」

【用法】用以稱頌良師的培養教育。

【例句】王教授講課不僅內容豐富，而且態度親切和藹，令人聽後有**如坐春風**的感覺。

【義近】如沐春風／春風風人／春風化雨／諄諄教誨／化雨均霑／時雨春風。

【義反】誤人子弟／施教無方。

如坐針氈（ㄖㄨˊ ㄗㄨㄛˋ ㄓㄣ ㄓㄢ）

【釋義】就像坐在插著針的氈子上。

【出處】晉書・愍懷太子遹傳：「太子怒，使人以針著錫常所坐氈中而刺之。」施耐庵・水滸傳一四回：「且說林沖在柴大官人東莊上，聽得這話，如坐針氈。」

【用法】形容心神不定，坐立不安。

【例句】聽說丈夫搭乘的班機出事，但又不知詳情，使得她在家裏**如坐針氈**，不知如何是好？

【義近】惴惴不安／坐立不安／坐臥不寧。

【義反】若無其事／泰然自若／行若無事／氣定神閒。

如坐雲霧（ㄖㄨˊ ㄗㄨㄛˋ ㄩㄣˊ ㄨˋ）

【釋義】像坐在茫茫的雲霧中。

【出處】顏之推・顏氏家訓・勉學：「及有吉凶大事，議論得失，蒙然張口，如坐雲霧。」

【用法】比喻茫然無所知。也用以比喻陷入迷離恍惚、莫名其妙的境地。

【例句】他昨天明明搭飛機去了美國，今天又有人說他在這裏酗酒鬧事，一時間令人**如**

坐雲霧之中。

【義近】如墮五里霧中／摸門不著。

【義反】撥雲見日／洞若觀火／瞭若指掌／明察秋毫。

如芒在背 ㄖㄨˊ ㄇㄤˊ ㄗㄞˋ ㄅㄟˋ

【釋義】好像有芒刺扎在背上。

【出處】吳沃堯・二十年目睹之怪現狀八二回：「我聽了這兩句話，又是如芒在背，坐立不安。」

【用法】形容人惶恐不安，不知如何是好。

【例句】她一聽說當警察的兒子又要冒著生命危險去抓通緝犯時，便心煩意亂，坐立不安，**如芒在背**。

【義近】如芒刺背／芒刺在背／如坐針氈／熱鍋上的螞蟻。

【義反】談笑自若／處之泰然／面不改色／行若無事。

如見肺肝 ㄖㄨˊ ㄐㄧㄢˋ ㄈㄟˋ ㄍㄢ

【釋義】好像看到了體內的肺和肝。

【出處】禮記・大學：「人之視己，如見其肺肝然，則何益矣？」

【用法】指人心裏想些什麼，大家都看得一清二楚。

【例句】對這些上門推銷貨物的人，我早已**如見肺肝**，任他們說得天花亂墜，我也不會心動。

【義近】如見肺腑／洞察五內／一清二楚。

【義反】人心隔肚皮／知人知面不知心／不清不楚。

如泣如訴 ㄖㄨˊ ㄑㄧˋ ㄖㄨˊ ㄙㄨˋ

【釋義】泣：哭泣。訴：訴說。

【出處】蘇軾・前赤壁賦：「其聲嗚嗚然，如怨如慕，如泣如訴。」

【用法】本指音樂或歌聲淒楚動人，今泛指聲音悲切。

【例句】洞簫聲淒楚悲涼，**如泣如訴**，常令聽者動容。

【義近】淒淒切切／悲悲切切／如怨如慕。

【義反】急管繁弦／響遏行雲／聲振林木／穿雲裂石。

如法炮製 ㄖㄨˊ ㄈㄚˇ ㄆㄠˊ ㄓˋ

【釋義】依照成法加工成藥品。如：依照。炮製：把中藥原料製成藥物。

【出處】曉瑩・羅湖野錄卷四：「若克依此書，明藥之體性，又須解如法炮製。」

【用法】比喻依照現成的樣子做，或按老規矩辦事。

【例句】像他那樣的文章，我隨時都可**如法炮製**出來，能算得上創作嗎？

【義近】依樣畫葫蘆／蕭規曹隨／墨守成規／蹈常襲故。

【義反】不落窠臼／不落俗套／別出心裁／別具匠心／別具一格／獨樹一幟。

如花似玉 ㄖㄨˊ ㄏㄨㄚ ㄙˋ ㄩˋ

【釋義】像花一樣地嬌艷，像玉一樣地瑩潤。

【出處】笑笑生・金瓶梅五五回：「只有潘金蓮打扮得如花似玉，喬模喬樣在丫鬟夥裏……狂得通沒些成色。」

【用法】形容婦女美麗嬌艷。

【例句】參加選美比賽的小姐們，個個都長得**如花似玉**。

【義近】如花似月／閉月羞花／沉魚落雁／艷若桃李／花容月貌。

【義反】無鹽之貌／鳩形鵠面。

如花似錦 ㄖㄨˊ ㄏㄨㄚ ㄙˋ ㄐㄧㄣˇ

【釋義】像花朵、錦緞。錦：彩色的絲織品。

【出處】清・黃小配・廿載繁華夢三回：「那香屏自從嫁了周庸祐，早卸了孝服，換得渾身如花似錦。」

【用法】形容衣著華麗；或形容風景美麗、前程美好。

【例句】①王小姐雖穿得**如花似錦**，但總顯得有些俗氣。②李先生一想到兒子去美國留學，將來會有**如花似錦**的光明前程，心裏就樂不可支。

【義近】花花綠綠／花紅柳綠／萬紫千紅／鵬程萬里。

【義反】荊釵布裙／衣不完采／滿目蕭條／前程暗淡。

如虎添翼 ㄖㄨˊ ㄏㄨˇ ㄊㄧㄢ ㄧˋ

【釋義】好像老虎長上了翅膀。添：加上。翼：翅膀。

【出處】諸葛亮・心書・兵機：「將能執兵之權，操兵之勢，而臨城下，譬如猛虎加之羽翼，而翱翔四海。」

【用法】比喻強有力的人得到幫助，變得力量更強大。

【例句】這個球隊幾次比賽都得冠軍，現在又增加兩名健將，真是**如虎添翼**。

【義反】如失左右手／孤立無援／濫竽充數。

如持左券 ㄖㄨˊ ㄔˊ ㄗㄨㄛˇ ㄑㄩㄢˋ

【釋義】好像手裏握持著左券。左券：古稱契約爲券，券分左右兩片，左片即左券，由債權人收藏，作爲憑據。

【出處】陸游・禽言打麥作飯詩：「人生爲農最可願，得飽正如持左券。」

【用法】比喻把握了事情的結局或有取勝的把握。

【例句】我對這次籃球比賽，信心十足，**如持左券**。

【義近】勝券在握／可操左券／穩操左券／穩操勝數。

【義反】毫無把握／勝負難卜／未定之天。

如拾地芥 ㄖㄨˊ ㄕˊ ㄉㄧˋ ㄐㄧㄝˋ

【釋義】好像拾取地上的小草。芥：小草。

【出處】漢書・夏侯勝傳：「經術苟明，其取青紫如俯拾地芥耳。」

【用法】比喻可以輕易得到，毫不費力。

【例句】那件事對你來說實在是**如拾地芥**，你爲何不幫幫他呢？

【義近】俯拾地芥／如土委地／唾手可得／易如反掌。

【義反】挾山超海／大海撈針／高不可登／難如上青天。

如是我聞 ㄖㄨˊ ㄕˋ ㄨㄛˇ ㄨㄣˊ

【釋義】佛家語。意爲我聽到佛說如此。

【出處】佛地經論一：「如是我聞者，謂總顯已聞，傳佛教者言，如是事，我昔曾聞如是。」

【用法】比喻我所聽到的事，就是如此。

【例句】儘管外面謠言滿天飛，但**如是我聞**，他並沒有做出對不起你的事，你不要太聽信謠言。
【義近】耳聞目見。

如風過耳

【釋義】就像風吹過耳朵一樣。
【出處】吳越春秋・吳王壽夢傳：「富貴之於我，如秋風之過耳。」
【用法】比喻事不關己，不放在心上。
【例句】師長苦口婆心地勸他戒除不良嗜好，他卻**如風過耳**，一點也不放在心上。
【義近】馬耳東風／置若罔聞／無動於衷。
【義反】拳拳服膺／奉命維謹／言聽計從。

如狼似虎

【釋義】像狼、虎一樣。
【出處】司馬遷・史記・項羽本紀：「猛如虎，狠如羊，貪如狼，彊不可使者，皆斬之。」吳敬梓・儒林外史三回：「幾個如狼似虎的公人。」
【用法】比喻人心性非常凶暴。
【例句】他是個**如狼似虎**的人，我勸你最好不要和他來往。
【義近】豺狼心性／喪心病狂／人面獸心／梟獍其心／狼心狗肺／蛇口蜂針。
【義反】慈悲為懷／仁愛寬厚／宅心仁厚。

如狼牧羊

【釋義】好像叫狼去放牧羊羣一樣。
【出處】司馬遷・史記・酷吏列傳：「寧成為濟南都尉，其治如狼牧羊。」
【用法】比喻酷吏殘害人民。
【例句】專制政權下的官員，統治人民**如狼牧羊**，百姓們苦不堪言，卻也無可奈何。
【義近】牛馬百姓／魚肉鄉民／草菅人命／殘民以逞。
【義反】仁民愛物／民胞物與。

如飢似渴

【釋義】好像餓了急著要吃飯，渴了急著要喝水一樣。
【出處】陳壽・三國志・魏書・陳思王傳：「遲奉聖顏，如飢似渴。」
【用法】形容要求非常迫切。
【例句】這是一部情節曲折離奇的推理小說，我從圖書館借來後，便**如飢似渴**地把它讀完了。
【義近】迫不及待／急不可待／心心念念／心急如火。
【義反】從容不迫／可有可無／不以為意。

如棄敝屣

【釋義】敝屣：破舊的鞋，比喻沒有價值的東西。
【出處】馮夢龍・東周列國志四七回：「倘此時有龍鳳迎寡人，寡人視棄山河，如棄敝屣耳。」
【用法】比喻極端輕視，就像丟掉破爛鞋子那樣毫不可惜。
【例句】陳小姐追求時尚流行，凡是自認過時的衣飾便**如棄敝屣**，實在是太浪費了！
【義近】棄如敝屣／視如敝屣／視如草芥／等閒視之。
【義反】千金敝帚／敝帚自珍／視若珍寶。

如烹小鮮

【釋義】像烹煮一條小魚一樣。小鮮：小的活魚。
【出處】老子：「治大國者若烹小鮮。」陳書・高祖紀上：「數此大憝，如烹小鮮。」
【用法】比喻輕而易舉，用不著費力。
【例句】他在軍隊裏待了七年，專學擒拿敵人，現在叫他去抓小偷，不過是**如烹小鮮**。
【義近】阪上走丸／如履平地／易如反掌／探囊取物。
【義反】牽牛下井／登天攬月／下海捉鼈／無米之炊。

如魚得水

【釋義】好像魚得到水一樣。
【出處】陳壽・三國志・蜀書・諸葛亮傳：「先主曰：『孤之有孔明，猶魚之有水也。』」
【用法】比喻得到跟自己十分投合的人或對自己很適合的環境。
【例句】①經理自從找來新助手，**如魚得水**，兩人合作得非常好。②徐先生調回行銷部門後，**如魚得水**，正能發揮所長。
【義近】志同道合／意氣相投／得心應手。
【義反】如魚失水／如鳥傷翅／龍困淺灘／格格不入。

如鳥獸散

【釋義】像一羣飛鳥走獸一樣逃散。散：離散，逃散。又作「鳥獸散」。
【出處】漢書・李廣傳：「今無兵復戰，天明坐受縛矣，各鳥獸散，猶有得脫歸報天子者。」
【用法】用以形容潰散逃散。
【例句】那幫賭客一聽到警察臨檢的消息，立刻**如鳥獸散**，紛紛走避。
【義近】魚逃鳥散／逃之夭夭／抱頭鼠竄／一哄而散。
【義反】獸聚蟻合／紛至沓來／雲合霧集／雲屯霧集／蜂屯蟻聚。

如喪考妣

【釋義】喪：喪生，死。考妣：舊時對父母死後的稱呼，父死叫考，母死叫妣。
【出處】尚書・舜典：「二十有八載，帝乃殂落，百姓如喪考妣。」
【用法】好像死了父母一樣地傷心。今多含貶義。
【例句】他投資的公司倒閉了，還負了一大筆債，只見他終日愁眉苦臉，**如喪考妣**。
【義近】牽衣頓足／呼天搶地／捶胸頓足／愁腸百轉／黯然神傷。
【義反】心花怒放／樂不可支／泰然自若。

如湯沃雪

【釋義】好像把沸水潑在雪上一樣。湯：熱水。沃：澆。沃雪：一作「澆雪」、「灌雪」。
【出處】枚乘・七發：「小飯大歠，如湯沃雪。」
【用法】比喻事情極易解決。
【例句】這件事解決起來**如湯沃雪**，一點也不難，關鍵在於你是不是有決心。

【義近】探囊拾芥／反掌折枝／俛拾地芥。

【義反】移山塡海／挾山超海／難如登天。

如飲醍醐（ㄖㄨˊ ㄧㄣˇ ㄊㄧˊ ㄏㄨˊ）

【釋義】醍醐：古時指從牛奶中提煉出來的精華，佛教用以比喻最高的佛法。

【出處】吳敬梓·儒林外史三四回：「少卿妙論，令我聞之如飲醍醐。」

【用法】比喻聽了別人高明的意見而深受啓發，思想上一下子開通了。

【例句】仁兄對問題的分析透徹精闢，令我**如飲醍醐**，深感佩服。

【義近】醍醐灌頂／茅塞頓開／恍然大悟／豁然開朗。

【義反】深閉固拒／剛愎自用／冥頑不靈／至死不悟。

如意郎君（ㄖㄨˊ ㄧˋ ㄌㄤˊ ㄐㄩㄣ）

【釋義】如意：符合心意。郎君：妻子對丈夫的稱呼。多見於早期白話。

【出處】魏秀仁·花月痕一二回：「碧桃戀他生得白皙，又雄赳赳的人才，雖非如意郎君，也可算得在行人，所以藕斷絲連。」

【用法】用以稱可順其心意的夫婿。

【例句】裴小姐發誓要找個**如意郎君**，否則寧可終身不嫁。在她三十二歲那年終於如願以償，全家人都爲她高興萬分。

【義近】如意夫婿／稱心夫君。

【義反】武大郎／負心漢。

如意算盤（ㄖㄨˊ ㄧˋ ㄙㄨㄢˋ ㄆㄢˊ）

【釋義】如意：合意，稱心。算盤：計算的器具。

【出處】李寶嘉·官場現形記四四回：「你倒會打如意算盤，十三個半月工錢，只付三個月！」

【用法】比喻考慮問題時只憑自己的主觀願望，從好的方面去著想打算。

【例句】做事情如果只是從好的方面去設想，盡打**如意算盤**，那一定會大失所望。

【義近】一廂情願。

【義反】事與願違／枉費心計。

如椽之筆（ㄖㄨˊ ㄔㄨㄢˊ ㄓ ㄅㄧˇ）

【釋義】像屋椽那樣粗大的筆。椽：放在檩子上架屋瓦的圓木。

【出處】晉書·王珣傳：「珣夢人以大筆如椽與之，既覺，語人云：『此當有大手筆事。』」

【用法】用以稱讚他人的寫作才能。

【例句】他以那**如椽之筆**，寫出許多感動世人的優秀詩文。

【義近】如椽大筆／生花妙筆。

【義反】童蒙筆墨／雕蟲篆刻。

如運諸掌（ㄖㄨˊ ㄩㄣˋ ㄓㄨ ㄓㄤˇ）

【釋義】好像把它放在手掌上運轉一樣。諸：「之於」的合音。

【出處】孟子·梁惠王上：「老吾老，以及人之老；幼吾幼，以及人之幼；天下可運於掌。」列子·楊朱：「楊朱見梁王，言治天下如運諸掌。」

【用法】形容極其容易。

【例句】假如有人說治理國家**如運諸掌**，那說明他根本不懂治國之道，純粹是在吹牛而已。

【義近】如拾地芥／如烹小鮮／如土委地／如履平地。

【義反】挾山超海／沙裏淘金／海底尋針／上天攬月。

如雷貫耳（ㄖㄨˊ ㄌㄟˊ ㄍㄨㄢˋ ㄦˇ）

【釋義】響亮得像雷聲傳進耳朵裏。貫：穿透，貫通。又作「如雷灌耳」。

【出處】元·無名氏·凍蘇秦一折：「久聞先生大名，如雷貫耳。」吳敬梓·儒林外史：「久仰大名，如雷灌耳。」

【用法】形容人的名聲很大。多用以表示對人仰慕已久。

【例句】久仰大名，**如雷貫耳**，今日得見，眞是三生有幸。

【義近】遐邇聞名／大名鼎鼎／赫赫有名。

【義反】名不見經傳／沒沒無聞／無聲無臭。

如夢初醒（ㄖㄨˊ ㄇㄥˋ ㄔㄨ ㄒㄧㄥˇ）

【釋義】比喻好像剛從睡夢中醒過來。

【出處】凌濛初·二刻拍案驚奇卷二三：「崔生如夢初醒，驚疑了半日始定。」

【用法】比喻從糊塗、錯誤的認知中剛剛醒悟過來。

【例句】幸虧有你們來開導我，使我**如夢初醒**，不然我眞的會想不開的！

【義近】如夢方覺／大夢初醒／如醉方醒／恍然大悟。

【義反】久夢不醒／執迷不悟／頑梗不化／死不認錯。

如聞其聲，如見其人（ㄖㄨˊ ㄨㄣˊ ㄑㄧˊ ㄕㄥ　ㄖㄨˊ ㄐㄧㄢˋ ㄑㄧˊ ㄖㄣˊ）

【釋義】好像聽到他的聲音，好像看到他的儀容。人：原作「容」。

【出處】韓愈·獨孤申叔哀辭：「濯濯其英，曄曄其光，如聞其聲，如見其容。」

【用法】形容對人物的描寫刻畫非常生動逼眞。

【例句】這部小說對人物的刻畫非常成功，讀後有**如聞其聲，如見其人**的感覺。

【義近】栩栩如生／躍然紙上／繪聲繪影／呼之欲出／繪聲繪色。

【義反】索然無味／千部一腔，千人一面／平鋪直敍／味同嚼蠟。

如墮煙霧（ㄖㄨˊ ㄉㄨㄛˋ ㄧㄢ ㄨˋ）

【釋義】好像掉入茫茫無邊的煙霧裏。墮：落，掉。

【出處】李白·嘲魯儒詩：「問以經濟策，茫如墮煙霧。」

【用法】形容茫然不得要領，找不到頭緒，認不清方向。

【例句】要在浩瀚的古籍裏搜集有用的資料，必須要有正確的方法，不然，就會**如墮煙霧**，茫無頭緒。

【義近】如墮煙海／如坐雲霧。

【義反】洞見癥結／洞若觀火。

如履平地（ㄖㄨˊ ㄌㄩˇ ㄆㄧㄥˊ ㄉㄧˋ）

【釋義】像走在平坦的土地上。履：踩。

【出處】馮夢龍·警世通言·樂小舍拚生覓偶：「有那一般

弄潮的子弟們，踏著潮頭，如履平地，貪著利物，應聲而往。」
【用法】比喻行事容易。
【例句】對他來說，像這樣的事並不困難，做起來簡直**如履平地**。
【義近】輕而易舉／易如折枝／易如反掌。
【義反】難上加難／挾山超海／難如登天。

如履薄冰（ㄖㄨˊ ㄌㄩˇ ㄅㄛˊ ㄅㄧㄥ）

【釋義】好像走在薄冰上一樣。履：踩，踏。
【出處】詩經・小雅・小旻：「戰戰兢兢，如臨深淵，如履薄冰。」
【用法】形容做事極爲謹慎小心，唯恐有所失誤。
【例句】自從我擔任總經理以來，每日都有**如履薄冰**之感，壓力很大，所以準備向董事會提出辭呈。
【義近】如臨深淵／臨深履薄／如臨淵谷／如履如臨／小心翼翼。
【義反】粗心大意／毛手毛腳／心粗氣浮／丟三忘四／徙宅忘妻。

如影隨形（ㄖㄨˊ ㄧㄥˇ ㄙㄨㄟˊ ㄒㄧㄥˊ）

【釋義】好像影子老是跟著身體一樣。
【出處】列子・說符：「形枉則影曲，形直則影正，然則枉直隨形而不在影。」管子・任法：「如影之從形也。」
【用法】比喻兩人關係親密，常在一起。有時也比喻因果報應不爽。
【例句】①他倆常在一起，其親密程度，**如影隨形**。②善有善報，惡有惡報，善惡相報，**如影隨形**。
【義近】形影相隨／形影不離／終日廝守／寸步不離／秤不離鉈。
【義反】天各一方／不即不離／日月參辰／勢同水火。

如數家珍（ㄖㄨˊ ㄕㄨˇ ㄐㄧㄚ ㄓㄣ）

【釋義】好像數自己家藏的珍寶那樣清楚。家珍：家藏珍貴之物。
【出處】野史大觀卷五：「吳縣王鶴琴先生耆年碩德，與談吳中掌故，則掀髯抵掌，如數家珍。」
【用法】比喻對所講的事情十分熟悉。
【例句】展覽會裏解說員**如數家珍**地介紹展覽品的特色，講解內容精彩豐富，頗受好評。
【義近】熟爛於胸／倒背如流。
【義反】一無所知／一知半解。

如箭在弦（ㄖㄨˊ ㄐㄧㄢˋ ㄗㄞˋ ㄒㄧㄢˊ）

【釋義】像箭搭在弦上一樣，不得不發。
【出處】羅貫中・三國演義三二回載：曹操謂陳琳曰：「汝前爲本初作檄，……何乃辱及祖父耶？琳答曰：『箭在弦上，不得不發耳。』」
【用法】比喻勢在必行。
【例句】這項計畫已**如箭在弦**，非做不可，請你們不要再勸阻我了。
【義近】矢在弦上／勢在必行／勢所必然。
【義反】懸崖勒馬／嘎然而止。

如膠似漆（ㄖㄨˊ ㄐㄧㄠ ㄙˋ ㄑㄧ）

【釋義】像膠和漆那樣黏結。
【出處】韓詩外傳：「子夏曰：『實之與實，如膠似漆。』」
【用法】形容感情熾烈，難捨難分；或形容彼此親密無間，無法分開。
【例句】他倆結婚已三十多年，卻仍**如膠似漆**，形影不離。
【義近】形影不離／如影隨形／情好綢繆／難捨難分。
【義反】貌合神離／琴瑟不調／同牀異夢。

如醉如癡（ㄖㄨˊ ㄗㄨㄟˋ ㄖㄨˊ ㄔ）

【釋義】好像喝醉了酒，又好像癡呆。
【出處】永樂大典戲文・張協狀元・勝花氣死：「勝花娘子病得厲害，服藥一似水潑石中，湯澆雪上。似病非病，如醉如癡。」
【用法】形容人的精神狀態失常，神思恍惚。
【例句】他沉浸在這優美樂曲的旋律之中，有時還**如癡如醉**地望著舞臺上發呆。
【義近】如癡似醉／如醉如狂／如癡似狂。
【義反】聚精會神／屏氣凝神／全神貫注／目不轉睛。

如壎如篪（ㄖㄨˊ ㄒㄩㄣ ㄖㄨˊ ㄔˊ）

【釋義】壎、篪：二者皆指樂器，因聲音相合而爲喻。
【出處】詩經・大雅・板：「天之牖民，如壎如篪。」詩經・小雅・彼何人斯：「伯氏吹壎，仲氏吹篪。」
【用法】比喻兄弟和睦；或用以比喻天人的感應迅速。
【例句】①這對兄弟的感情融洽，**如壎如篪**，令人欣羨。②壞事不可做，所謂**如壎如篪**，老天爺會伸張正義，討回公道的。
【義近】兄友弟恭／風雨對牀／棣華增映／壎篪相和。
【義反】手足相殘／相煎太急。

如獲至寶（ㄖㄨˊ ㄏㄨㄛˋ ㄓˋ ㄅㄠˇ）

【釋義】獲：得到。至寶：最珍貴的東西。至：最，極。
【出處】李光・與胡邦衡書：「忽蜀僧行密至，袖出寂照庵三字，如獲至寶。」
【用法】形容對於所得到的東西非常珍視喜愛。有大喜過望的意思。
【例句】她先生送給她一隻翡翠鐲子作爲生日禮物，她**如獲至寶**，珍惜萬分。
【義近】如獲拱璧／如獲至珍。
【義反】棄如敝屣／視若土芥。

如臨大敵（ㄖㄨˊ ㄌㄧㄣˊ ㄉㄚˋ ㄉㄧˊ）

【釋義】好像面對著強大的敵人一樣。臨：對著，面對。
【出處】舊唐書・鄭畋傳：「畋還鎮，搜乘補卒，繕修戎仗，濬飾城壘。盡出家財以散士卒。晝夜如臨大敵。」
【用法】形容把事態或情況看得過分嚴重。
【例句】那不過是一些烏合之眾乘機鬧事，何必要**如臨大敵**般的調來這麼多的軍隊！
【義近】嚴陣以待／草木皆兵／風聲鶴唳。

【義反】不以爲意／滿不在乎／等閒視之／不足介意。

如臨深淵

【釋義】好像到了深水潭的邊緣。臨：面對，靠近。淵：深潭。
【出處】詩經・小雅・小旻：「戰戰兢兢，如臨深淵，如履薄冰。」
【用法】比喻做事小心翼翼，非常謹慎。常與「如履薄冰」連用。
【例句】他肩負著眾人託付的重任，終日**如臨深淵**，如履薄冰，唯恐有負眾望。
【義近】如履薄冰／臨淵履薄／兢兢業業／小心翼翼／如履春冰／戒慎恐懼。
【義反】粗心大意／不以爲意／掉以輕心／視同兒戲／苟且僥倖。

如蹈水火

【釋義】好像走入水火之中。蹈：踩，踐踏。
【出處】元史・張德輝傳：「若宰民者，頭會箕斂以毒天下，使祖宗之民如蹈水火，爲害尤甚。」
【用法】比喻處境極艱難。多指民眾處於極其困難的境地。
【例句】每次一有戰爭，人民便**如蹈水火**，可說是戰爭中最大的受害者。
【義近】如蹈湯火／水深火熱／生靈塗炭。
【義反】安居樂業／家給人足／民康物阜。

如蟻附羶

【釋義】像螞蟻附著在有腥味的羊肉上一樣。羶：羊臊氣。
【出處】莊子・徐無鬼：「羊肉不慕蟻，蟻慕羊肉，羊肉羶也。」
【用法】比喻許多臭味相投的人追求不好的事物，也比喻許多人依附有錢有勢的人。
【例句】老張最近得了一大筆不義之財，他那些酒肉朋友便**如蟻附羶**，跟著他團團轉。
【義近】羣蟻附羶／趨之若鶩／如蟻慕羯／如蠅逐臭。
【義反】抗節不附／守正不阿。

如蠅逐臭

【釋義】好像蒼蠅那樣去追逐有臭味的東西。
【出處】曹雪芹・紅樓夢七七回：「那媳婦……打扮的妖妖調調，兩隻眼兒水汪汪的，招惹的賴大家人如蠅逐臭，漸漸做出些風流勾當來。」
【用法】比喻熱中追求邪惡的東西，或比喻巴結、奉承、依附有權勢的人。
【例句】①這傢伙是個色鬼，見了漂亮的女人便**如蠅逐臭**，糾纏不休。②他是個無恥文人，誰有權有勢，便**如蠅逐臭**般的前去討好或寫文章極力吹捧。
【義近】羣蟻附羶／如蟻附羶／趨炎附勢／吮癰舐痔。
【義反】潔身自好／澡身浴德／一片冰心／守正不撓／剛直不阿。

如願以償

【釋義】按所希望的那樣得到滿足。如：依照。償：滿足。
【出處】曾文正公批牘：「惟軍情瞬息千變，不知將來能如願以償否耳。」
【用法】指願望實現。
【例句】他經過多年的努力，終於**如願以償**地獲得了博士學位。
【義近】天從人願／稱心如意／盡如所期／宿願得償。
【義反】宿願難償／大失所望／好事多磨／事與願違。

如釋重負

【釋義】像放下重擔那像。釋：放下。重負：重擔。
【出處】穀梁傳・昭公二九年：「昭公出奔，民如釋重負。」
【用法】形容繁忙、緊張過去之後的輕鬆愉快心情。
【例句】他經過近半年的奔走籌畫，終於完成了眾人託付的艱巨任務，這時他才**如釋重負**地鬆了口氣。
【義近】了無牽掛／無事一身輕。
【義反】重擔壓肩／如牛負重。

四 畫

妨功害能

【釋義】妨、害：阻礙、傷害。功、能：均用作名詞，指有功、有能之人。
【出處】漢・李陵・答蘇武書：「聞子之歸，賜不過二百萬，位不過典屬國……而妨功害能之臣，盡爲萬戶侯。」
【用法】指嫉妒和陷害有功勞、有能力的人。
【例句】你現在身居高位，要特別防範那些逢迎諂媚、**妨功害能**的人。
【義近】嫉賢妒能／惡語中傷／深文周內／含沙射影。
【義反】舉賢授能／逢人說項／力陳人善／隱惡揚善。

妙不可言

【釋義】美妙得無法用言語表達出來。
【出處】朱子語類卷一九：「孟子文章，妙不可言。」
【用法】形容美妙到了極點。
【例句】李白的詩句**妙不可言**，常有令人嘆爲觀止的感受。
【義近】只可意會，不可言傳／妙處不傳。
【義反】平淡無奇／味同嚼蠟／索然無味。

妙手丹青

【釋義】妙手：指技術高明的人。丹青：繪畫顏料，借指繪畫藝術。
【出處】吳敬梓・儒林外史四六回：「莊濯江尋妙手丹青畫了一幅登高送別圖，在會諸人，都做了詩。」
【用法】形容畫家的繪畫藝術高超；或指畫技高超的畫師。
【例句】他從藝術學院畢業快十年了，一直從事繪畫藝術，現在可算是位**妙手丹青**了。
【義近】丹青高手／畫林高手／尺幅千里／畫中有詩。
【義反】塗鴉之作／信筆塗鴉。

妙手回春

【釋義】妙手：精巧高明的醫術。回春：冬去春來，比喻重新得到生機。
【出處】李寶嘉・官場現形記二十回：「藥鋪門裏門外足足掛著二三塊匾額，……什麼

「『妙手回春』……。」

【用法】用以稱頌醫生醫術高明，能起死回生。

【例句】劉醫師**妙手回春**，治好了許多垂危的病人。

【義近】起死回生／手到病除／著手成春。

【義反】回天乏術／藥石罔效／庸醫殺人。

妙手空空

【釋義】又作「妙手空空兒」，唐人傳奇小說中的劍客名。

【出處】太平廣記・豪俠・聶隱娘：「後夜當使妙手空空兒繼至：……人莫能窺其用，鬼莫能躡其蹤。」

【用法】今用以稱竊賊，或處境窮困而善於挪移應付的人。

【例句】那位**妙手空空**的小偷，昨天在西門町落網，眞是大快人心。

【義近】梁上君子／雞鳴狗盜之徒。

妙手偶得

【釋義】妙手：指高超的寫作技能。偶：偶爾，偶然。

【出處】陸游・文章：「文章本天成，妙手偶得之。」

【用法】形容文思敏捷，寫作技巧高超熟練。

【例句】這幾首詩是他在大陸參觀遊覽時，**妙手偶得**之作，一發表就深受讀者好評。

【義近】妙手天成／神思妙筆／神來之筆／妙筆生花。

【義反】絞盡腦汁／搜索枯腸／文思遲鈍。

妙在心手

【釋義】奧妙在心裏和手上，指做事嫻熟。

【出處】後山叢話：「善書不擇紙筆，妙在心手。」

【用法】比喻做事非常順手。

【例句】他修車修了四十多年，修起車來**妙在心手**，一點也不費力，閉著眼睛都知道車的毛病在哪裏。

【義近】得心應手／駕輕就熟／心手相應／游刃有餘。

【義反】力有未逮／左支右絀。

妙處不傳

【釋義】美妙之處不可表述出來。傳：表現。

【出處】劉義慶・世說新語・文學：「司馬太傅問謝車騎：『惠子其書五車，何以無一言入玄？』謝曰：『故當是其妙處不傳。』」

【用法】用以說明精微、奧祕之處，非言語筆墨所能表達。

【例句】莊周的文章，篇篇優美新奇，然要說出來，卻又**妙處不傳**，只能自己體會。

【義近】妙不可言／僅可意會。

【義反】平淡無奇／味同嚼蠟／索然無味。

妙絕時人

【釋義】妙絕：美妙奇絕。時人：當時的人。

【出處】曹丕・與吳質書：「公幹（劉楨）有逸氣，但未遒耳。其五言詩之善者，妙絕時人。」

【用法】用以讚揚某人的作品冠於一時。

【例句】梁實秋的雜文新穎，風格獨特，可謂**妙絕時人**。

【義近】絕無僅有／冠絕當世／無與倫比／無出其右。

【義反】平淡無奇／平庸之作。

妙語解頤

【釋義】妙語：意味佳妙的言語。解頤：開顏歡笑。頤：面頰。

【出處】蘇軾・次韻范淳文送秦少章詩：「贈行苦說我，妙語慰蹉跎。」漢書・匡衡傳：「匡說詩，解人頤。」

【用法】形容談吐風趣，逗人發笑。

【例句】萬教授講課很風趣，常常**妙語解頤**，所以學生皆以聽他的課爲享受。

【義近】談笑風生／口角春風／情趣橫生／妙趣橫生／妙語如珠／妙語連珠。

【義反】老調重彈／陳腔濫調／索然寡味／笨嘴拙腮。

妙趣橫生

【釋義】妙趣：美妙的意趣。橫生：洋溢而四出。

【用法】多用以指文藝作品或人的談吐富於情趣，能吸引人的目光。

【例句】他的談吐**妙趣橫生**，吸引不少小姐的傾慕。

【義近】妙語解頤／妙語如珠／談笑風生／幽默慧黠。

【義反】枯燥無味／味同嚼蠟／呆板單調／喋喋不休／絮絮叨叨／不知所云／不著邊際／東拉西扯。

妖不勝德

【釋義】妖：指邪惡。

【出處】司馬遷・史記・殷本紀：「伊陟曰：『臣聞妖不勝德，帝之政其有闕與？帝其修德。』」

【用法】喻邪惡戰勝不了正義。

【例句】歷史告訴我們**妖不勝德**，唯有秉著道德正義行事，才能打敗一切邪魔歪道，步向成功。

【義近】邪不勝正。

妖由人興

【釋義】意謂妖物因人而生。妖：妖物，妖怪一類的東西；這裏指怪異之事。興：興起，引起。

【出處】左傳・莊公十四年：「人之所忌，其氣焰以取之。妖由人興也。人無釁焉，妖不自作。人棄常，則妖興，故有妖。」

【用法】指人行事不正，怪異之事（不正常的事情）便會隨之而生。

【例句】**妖由人興**，只要自己秉持公正言行有矩，自然不會有人說三道四，蜚短流長。

【義近】身不正影自斜／上梁不正下梁歪。

妖言惑眾

【釋義】妖言：怪誕的邪說，誑惑人心的話。惑：迷惑。

【出處】六韜・龍韜・兵徵：「耳目相屬，妖言不止，眾口相惑。」漢書・眭弘傳：「妄設妖言惑眾，大逆不道。」

【用法】指用荒唐無稽的話來迷惑大眾。

【例句】那些裝神弄鬼的神棍，爲了詐騙錢財，不惜**妖言惑眾**，以邪術殃民。

【義近】巧言亂德／蠱惑人心／

妖語騙人／惑人耳目／造謠惑眾。

【義反】持平之論／諄諄告誡／由衷之言。

妖聲妖氣（ㄧㄠ ㄕㄥ ㄧㄠ ㄑㄧˋ）

【釋義】意謂說話的聲音和語氣不同於眾，顯得怪異。

【出處】文康・兒女英雄傳七回：「只見他妖聲妖氣，怪模怪樣的問了那女子一聲。」

【用法】指人說話時妖媚作態，怪聲怪氣。

【例句】堂堂一個男子漢，說起話來卻**妖聲妖氣**的，真令人作嘔！

【義近】怪聲怪氣／怪腔怪調。

【義反】粗聲粗氣／正聲正氣。

妖魔鬼怪（ㄧㄠ ㄇㄛˊ ㄍㄨㄟˇ ㄍㄨㄞˋ）

【釋義】傳說中的妖怪、魔鬼。

【出處】歐陽修・讀徂徠集詩：「存之警後世，古鑑照妖魔。」

【用法】常用以比喻邪惡勢力。

【例句】師父，我不是**妖魔鬼怪**，也不是魍魎邪神。（吳承恩・西遊記）

【義近】鬼怪妖孽／牛鬼蛇神／邪魔外道／魑魅魍魎／牛頭馬面／混世魔王。

【義反】正人君子／善男信女／天兵天將。

妒賢嫉能（ㄉㄨˋ ㄒㄧㄢˊ ㄐㄧˊ ㄋㄥˊ）

【釋義】妒、嫉：妒忌。賢、能：有才德的人。

【出處】司馬遷・史記・高祖本紀：「項羽妒賢嫉能，有功者害之，賢者疑之。」

【用法】用以形容對品德才能比自己強的人心懷忌恨。

【例句】高級主管應虛心納下，若**妒賢嫉能**則很難服眾。

【義近】妒功忌能／妒才害能。

【義反】招賢納士／三顧茅廬／廣招賢才／吐哺握髮。

五　畫

妾婦之道（ㄑㄧㄝˋ ㄈㄨˋ ㄓ ㄉㄠˋ）

【釋義】妾婦：指側室，即小老婆。全句之意為側室用阿諛苟容的方式爭取地位。

【出處】孟子・滕文公下：「以順為正者，妾婦之道也。」

【用法】形容人用諂媚阿諛的方式竊取權勢。

【例句】堂堂正正爭取來的名利才值得尊敬，用**妾婦之道**爭來的權勢則令人不齒。

【義近】搖尾乞憐／奴顏卑膝／曲意逢迎。

【義反】正大光明／堂堂正正。

妻榮夫貴（ㄑㄧ ㄖㄨㄥˊ ㄈㄨ ㄍㄨㄟˋ）

【釋義】妻子榮顯，丈夫高貴。

【出處】王實甫・西廂記第四本三折：「你與俺崔相國做女婿，妻榮夫貴，但得一個並頭蓮，強似狀元及第。」

【用法】指妻子出身於顯赫之家或在社會上有了很高的地位，做丈夫的也隨之而顯貴起來。

【例句】在現在的社會裏，**妻榮夫貴**的事例不少，如英國女王和前巴基斯坦總理貝・布托的丈夫，都是因妻子而顯貴起來的。

【義近】夫因妻貴／妻尊夫貴。

【義反】夫榮妻貴／夫榮妻顯。

妻離子散（ㄑㄧ ㄌㄧˊ ㄗˇ ㄙㄢˋ）

【釋義】意謂妻子離別，子女失散。子：子女。

【出處】孟子・梁惠王下：「夫何使我至於此極也？父子不相見，兄弟妻子離散。」

【用法】形容天災人禍使一家人分離四散。

【例句】抗日戰爭爆發後，不知有多少人在逃難之中**妻離子散**！

【義近】家破人亡／骨肉離散／骨肉流離。

【義反】安居樂業／闔家團聚／共享天倫。

委心帖耳（ㄨㄟˇ ㄒㄧㄣ ㄊㄧㄝ ㄦˇ）

【釋義】把心託給對方，完全聽從。帖：順從。

【出處】曾樸・孽海花二四回：「雯青趕出了阿福，自以為去了花城的強敵……從此彩雲必能回首面內，委心帖耳了。」

【用法】形容對人非常順服的樣子。

【例句】王先生娶了一位大陸姑娘，不但長得如花似玉，對他更是**委心帖耳**，親友們都認為他太有福氣了。

【義近】千依百順／俯首帖耳／服服帖帖。

【義反】桀驁不馴／強頭倔腦。

委曲求全（ㄨㄟˇ ㄑㄩ ㄑㄧㄡˊ ㄑㄩㄢˊ）

【釋義】委曲：曲意遷就，屈身折節。

【出處】漢書・嚴彭祖傳：「何可委曲從俗，苟求富貴乎？」孟子・離婁上：「有求全之毀。」

【用法】指忍受委屈，勉強遷就，以求保全。有時也指為了顧全大局，而遷就於人。

【例句】①在原則性問題上必須據理力爭，決不能**委曲求全**。②這件事之所以能成功，可說是全得力於他的**委曲求全**。

【義近】曲意遷就／委曲成全／委曲周全／顧全大局。

【義反】寧死不屈／寸步不讓／寧折不彎／寧為玉碎，不為瓦全。

委肉虎蹊（ㄨㄟˇ ㄖㄡˋ ㄏㄨˇ ㄒㄧ）

【釋義】把肉丟在老虎出沒的路上。委：棄置。蹊：小路。

【出處】戰國策・燕策三：「是以委肉當餓虎之蹊，禍必不振矣。」

【用法】比喻處於危境，禍將難免。

【例句】和帶槍的黑道分子談仁義道德，無異是**委肉虎蹊**，自尋死路。

【義近】驅羊搏虎／以卵投石／撩蜂剔蠍／以身投水。

【義反】鳳凰來儀／紫氣東來／福事雙至／安然無事。

委決不下（ㄨㄟˇ ㄐㄩㄝˊ ㄅㄨˋ ㄒㄧㄚˋ）

【釋義】意謂遲疑不能自決。

【出處】施耐庵・水滸傳二七回：「武松心裏正委決不下。」

【用法】說明事有疑難，何去何從、何取何捨，一時難以確定。

【例句】這件事很難處理，幾種方法都利弊均衡，實在**委決**

不下，姑且擱著，等以後再說吧。
【義近】難以取捨／難以定從。
【義反】斬釘截鐵／快刀斬亂麻／當機立斷。

委身草莽

【釋義】委身：置身。置身於草野間。
【出處】歐陽修・五代史記・一行傳敍：「或窮居陋巷，或委身草莽。」
【用法】形容隱居山林。
【例句】亂世中，許多忠貞守節之士**委身草莽**，終其一生也不願出仕異姓。
【義近】山棲谷飲／賫志林泉／高臥東山／息影林泉／巖居穴處／枕石漱流。
【義反】追名逐利／汲汲營營／狗苟蠅營／棲棲遑遑。

委委瑣瑣

【釋義】委委：委靡衰頹的樣子。瑣瑣：細小卑賤的樣子。
【出處】曹雪芹・紅樓夢三三回：「全無一點慷慨揮灑的談吐，仍是委委瑣瑣的，我看你臉上一團私慾愁悶氣色。」
【用法】形容人行爲鄙俗拘謹，也用以說明爲人處事不乾脆大方。
【例句】①你看他**委委瑣瑣**的樣子，今後會有出息嗎？②男子漢大丈夫，做事應乾脆俐落，這樣**委委瑣瑣**的，如何能成大事！
【義近】畏畏縮縮／卑躬屈膝／鄙陋庸俗／拖泥帶水。
【義反】光明磊落／溫文爾雅／落落大方／氣宇軒昂／瀟灑自然／灑脫不羈。

委重投艱

【釋義】委：把事情交給別人去辦。投：這裏與「委」義近，交給、授予的意思。
【出處】宋・周密・齊東野語・表答用先世語：「則今茲爰立之命，乃所以委重投艱而已，又何辭乎？」
【用法】指信任某人，而委以重任，授予艱難使命。
【例句】董事長是因爲相信你，才會這樣**委重投艱**，你怎麼能因責任重大而不高興呢？
【義近】委以重任。

委罪於人

【釋義】歸罪於別人。委：推委。
【出處】晉書・王裒傳：「帝問於眾曰：『近日之事，誰任其咎？』儀對曰：『責在元帥。』帝怒曰：『司馬欲委罪於孤邪？』」
【用法】用以說明自己不肯承擔責任，總要找出理由將罪責轉嫁給他人。
【例句】這人的品行眞糟糕，有功歸自己，出了問題就**委罪於人**。
【義近】嫁禍於人／推卸責任／委咎他人。
【義反】好漢做事好漢當／引咎自責／自請處分／反求諸己／閉門思過。

委靡不振

【釋義】委靡：精神頹傷，不振作。委，又寫作「萎」。
【出處】馬永卿・韓元城先生語錄：「天下之事似乎舒緩，委靡不振，當時士大夫亦自厭之。」
【用法】形容精神不振，意志消沉。
【例句】他自從上次在事業上失敗後，一直**委靡不振**，到最近才有所好轉。
【義近】垂頭喪氣／灰心喪氣／無精打采／暮氣沉沉／意志消沉。
【義反】意氣風發／鬥志昂揚／精神振奮／朝氣蓬勃／神采飛揚。

姑妄言之

【釋義】姑且隨便說說。姑：姑且。妄：隨便。
【出處】蘇軾在黃州及嶺南時，常同賓客放蕩談諧，別人推脫不談，他就說：「姑妄言之。」
【用法】指隨便說的話，內容不一定可靠，或不一定有什麼道理。（含有客氣的意思）
【例句】我這只是**姑妄言之**，你就姑妄聽之，可不要把它看得太認眞了。
【義近】泛泛而談／聊天而已／信口開河。
【義反】言之鑿鑿／言必有中／信而有徵／言而中肯。

姑妄聽之

【釋義】姑且隨便聽聽。
【出處】文康・兒女英雄傳三十回：「公子道：『旣如此，姑妄言之，姑妄聽之罷！』」
【用法】表示只應隨便聽聽，不要信以爲眞。
【例句】我在這裏是姑妄言之，你也**姑妄聽之**，不要太在意我的話。
【義近】左耳進右耳出／耳邊風過／入乎耳，出乎耳／如風過耳。
【義反】洗耳恭聽／奉命唯謹／張耳細聽。

姑息養奸

【釋義】姑息：遷就，不該寬容而寬容。養：養成，助長。奸：指爲非作歹。
【出處】禮記・檀弓上：「君子愛人也以德，細人之愛人也以姑息。」注：「息猶安也，言苟容取安。」
【用法】表示縱容遷就，只會助人作惡，釀成後患。
【例句】對奸惡之徒，若優柔寡斷，**姑息養奸**，則必然遺禍人民。
【義近】假仁縱敵／開柙出虎／養虎遺患／養癰成患。
【義反】嚴懲不貸／揭伏發隱／擿奸發伏。

姍姍來遲

【釋義】姍姍：女子走路從容緩步的樣子。
【出處】漢書・孝武李夫人傳：「是邪非邪？立而望之，偏何姍姍其來遲。」
【用法】形容慢吞吞地晚來，多用以譏諷人遲到。
【例句】大家都等得不耐煩了，卻見她**姍姍來遲**，神閒氣定的模樣眞是氣人。
【義近】緩緩遲來／悠然晚來。
【義反】鵠候多時／捷足先得／健步如飛。

始末根由

【釋義】始末：始終。根由：根

緣，來歷。

【出處】凌濛初・拍案驚奇三一回：「兩老口兒說這個始末根由。」

【用法】用以表示事情的開始、終結，以及發生的原因。

【例句】你還沒有把事情的**始末根由**弄清楚，就妄作評論，未免太武斷了吧！

【義近】始末緣由／來龍去脈／前因後果／原始要終。

始作俑者

【釋義】作俑：製造殉葬的偶像。俑：古代用來陪葬的木偶人或泥偶人，如近年出土的秦俑等。

【出處】孟子・梁惠王上：「仲尼曰：『始作俑者，其無後乎？』」

【用法】用以比喻創始爲惡或率先作惡的人。

【例句】這件事發展到此地步，你是**始作俑者**，後果自行承擔。

【義近】罪魁禍首。

【義反】始爲善者／聖祖賢宗。

始料不及

【釋義】是當初料想不到的。始：開始，當初。料：料想，估計。及：到。

【出處】左傳・成公十八年：「周子曰：『孤始願不及此，雖及此，豈非天乎？』」

【用法】指某事的結果出乎意料之外，是原來未曾想到的。

【例句】他倆當初是那樣恩愛，現在竟鬧到反目成仇的地步，這是大家**始料不及**的。

【義近】出人意料／意料之外／始願不及／不可思議／匪夷所思。

【義反】始料所及／意料之中／早已料及。

始料所及

【釋義】是當初就料想到了的。

【出處】中國的西北角・成蘭紀行一：「人事的變化，往往非始料所及。」

【用法】指某事的結果在意料之中。

【例句】這年輕人從小就勤奮好學，孜孜不倦，現在獲得美國哈佛大學博士學位，是**始料所及**之事。

【義近】意料之中／早已料及。

【義反】出人意料／意料之外／始願不及／不可思議／匪夷所思。

始終不渝

【釋義】自始至終一直不變。渝：變。

【出處】陸贄・韓滉檢校左僕射平章事制：「一心奉職，始終不渝。」

【用法】用以表示信仰堅定或守信用。

【例句】對於所立定的志向，他**始終不渝**地實踐，相信終有一天會成功的。

【義近】始終如一／始末不渝／矢志不渝。

【義反】有始無終／反覆無常／朝三暮四／朝秦暮楚／見異思遷。

始終如一

【釋義】自始至終一個樣子。

【出處】荀子・議兵：「慮必先事而申之以敬，慎終如始，終始如一，夫是之謂大吉。」北齊書・封隆之傳：「封公積德履仁，體通信達，自出納軍國，垂二十年，契闊艱虞，始終如一。」

【用法】指能堅持，不間斷。

【例句】他倆結婚已四十年，感情**始終如一**，眞値得敬佩、羨慕。

【義近】善始善終／全始全終／一如既往／有始有終／始終不渝。

【義反】有始無終／虎頭蛇尾／朝令夕改／半途而廢。

始亂終棄

【釋義】亂：淫亂，玩弄。棄：拋棄。

【出處】元稹・會眞記：「崔已陰知將訣矣，恭貌怡聲，徐謂張曰：『始亂之，終棄之，固其宜矣。』」

【用法】指男子用情不專，對女子隨意玩弄拋棄。

【例句】一個老對女人**始亂終棄**的男人，其晚景一定淒涼。

【義近】喜新厭舊／朝秦暮楚／拈花惹草／另尋新歡。

【義反】用情專一／堅貞不渝。

姓石非右

【釋義】指人姓石而不是右。

【出處】新五代史・石昂傳：「昂以公事至府上謁，贊者以彥朗諱『石』，更其姓曰『右』，昂趨于庭，仰責彥朗曰：『內侍奈何以私害公！昂姓「石」，非「右」也。』」

【用法】喻人不願屈節事權貴。

【例句】大丈夫當有**姓石非右**的堅持，行不改名，坐不改姓，豈可爲了謀個一官半職便屈辱自己去迎合他人？

【義近】潔身自好／守身如玉／戴圓履方／行不曲徑。

【義反】伈伈晛晛／降志辱身／低聲下氣／忍氣吞聲。

六 畫

姜太公釣魚

【釋義】歇後語。願者上鉤的意思。

【出處】武王伐紂平話中的一段故事。傳說姜子牙在渭水邊釣魚時，釣竿繫繩，繩端直鉤不設餌。分金記・強徒奪節：「自古道：『姜太公釣魚，願者上鉤。』不願，怎強得他？」

【用法】比喻心甘情願之意。

【例句】詐騙集團利用人性弱點設下陷阱，讓人上當受騙，事後還大言不慚地說這是**姜太公釣魚**，願者上鉤，令受害民眾啞巴吃黃蓮，有口難言。

姜家大被

【釋義】指東漢姜肱和弟仲海、季江互相友愛，同被而眠。

【出處】後漢書・姜肱傳：「姜肱與二弟仲海、季江，俱以孝行著聞，其友愛天至，常共臥起，及各娶妻，兄弟相戀，不能別寢。」

【用法】比喻兄弟友愛。

【例句】既然有緣爲同一父母所生，就該有**姜家大被**的精神，珍惜這難得的緣分。

【義近】大衾長枕／長枕大被／推梨讓棗／鴒原之情。
【義反】骨肉相殘／相煎太急。

威而不猛 ㄨㄟ ㄦˊ ㄅㄨˋ ㄇㄥˇ

【釋義】威：威儀，令人敬畏的儀容。猛：兇惡。
【出處】論語・述而：「子溫而厲，威而不猛，恭而安。」
【用法】形容人有莊嚴的容貌舉止而又不顯凶惡。
【例句】王將軍**威而不猛**，士兵們都敬重他，喜歡他。
【義近】威而不厲／威而有惠。
【義反】正顏厲色。

威武不屈 ㄨㄟ ㄨˇ ㄅㄨˋ ㄑㄩ

【釋義】威武：指權勢。屈：屈服。
【出處】孟子・滕文公下：「富貴不能淫，貧賤不能移，威武不能屈，此之謂大丈夫。」
【用法】形容人勇敢堅毅，不屈服於權勢。
【例句】他在敵人面前，充分表現了**威武不屈**的氣概。
【義近】寧死不屈／寧折不彎／堅貞不屈／寧為玉碎。
【義反】趨炎附勢／人窮志短／降志辱身。

威信掃地 ㄨㄟ ㄒㄧㄣˋ ㄙㄠˇ ㄉㄧˋ

【釋義】威信：威望和信譽。掃地：清除地上塵土，比喻破壞或喪失無餘。
【出處】漢書・薛宣傳：「盜賊禁止，吏民敬其威信。」揚雄・羽獵賦：「軍驚師駭，刮野掃地。」
【用法】指人的威望和信譽完全喪失。
【例句】商教授原來在學校中很有威信，近來因桃色新聞曝光，很快便**威信掃地**，無人尊重他了。
【義近】威風掃地／威信喪盡／身敗名裂。
【義反】為人敬重／名震一時。

威風凜凜 ㄨㄟ ㄈㄥ ㄌㄧㄣˇ ㄌㄧㄣˇ

【釋義】威風：使人敬畏的聲勢氣派。凜凜：令人敬畏的樣子。
【出處】費唐臣・貶黃州三折：「見如今御史臺威風凜凜，怎敢向翰林院文質彬彬。」
【用法】形容威嚴的聲勢氣派，令人敬畏。
【例句】你瞧，那隻獅子**威風凜凜**地佇立山頭，好不神氣！
【義近】神氣十足／威風八面／叱咤風雲。
【義反】溫文爾雅／文質彬彬／無精打采／垂頭喪氣／委靡不振。

威脅利誘 ㄨㄟ ㄒㄧㄝˊ ㄌㄧˋ ㄧㄡˋ

【釋義】威脅：用暴力使人屈從。利誘：以財利引誘人。
【出處】王灼・李仲高石君堂詩：「利誘威脅擬奪去，仲高誓死君之側。」
【用法】用以形容軟硬兼施，使人屈服就範。
【例句】敵方想用**威脅利誘**的手段逼我軍投降，我軍誓死抵抗，永不言降。
【義近】軟硬兼施／好說歹說。
【義反】強奪硬搶／軟語相求。

威福由己 ㄨㄟ ㄈㄨˊ ㄧㄡˊ ㄐㄧˇ

【釋義】是賞是罰自己說了便算。威福：指賞罰。
【出處】新唐書・劉禕之傳：「禕之得罪，睿宗以舊屬申理之，姻友冀得釋。禕之曰：『吾死矣，太后威福由己，而帝營救，速吾禍也！』」
【用法】指人恃勢弄權，賞罰由己。
【例句】現在已是民主時代，你還這樣**威福由己**，恃勢弄權，民眾是不會任你擺佈的。
【義近】擅作威福／作威作福／攝威擅勢。
【義反】愛民如子／為民請命／從善如流。

威鳳一羽 ㄨㄟ ㄈㄥˋ ㄧˋ ㄩˇ

【釋義】威鳳：祥瑞的鳥。一羽：略見一斑。
【出處】梁書・劉孺傳：「及弘道下邑，未申善政，而能使民結去思，野多馴雉，此亦威鳳一羽，足以驗其五德。」
【用法】喻善政的一端。
【例句】新君登基五年便崩殂，在位期間廣施仁政，可算是**威鳳一羽**，令百姓了解他的仁德，永遠緬懷他。

威鳳祥麟 ㄨㄟ ㄈㄥˋ ㄒㄧㄤˊ ㄌㄧㄣˊ

【釋義】威鳳：舊以為鳳凰有威儀，故稱威鳳。祥麟：舊以麒麟是祥瑞之獸，故稱祥麟。也作「祥麟威鳳」。
【出處】元・許有壬・摸魚子：「人間世，何處祥麟威鳳。」明・焦竑・玉堂叢語：「見一善人，愛之如祥麟威鳳。」
【用法】比喻難得的人才。
【例句】那些獲得諾貝爾獎的科學家們，真似茫茫人海中的**威鳳祥麟**。
【義近】祥麟瑞鳳／東箭南金／人中獅子／人中騏驥。
【義反】封豕長蛇／平庸之輩／繡花枕頭／金漆馬桶。

威儀孔時 ㄨㄟ ㄧˊ ㄎㄨㄥˇ ㄕˊ

【釋義】孔：甚。孔時：合宜。
【出處】詩經・大雅・既醉：「威儀孔時，君子有孝子。」
【用法】形容一個人言行有尊嚴且合宜。
【例句】王先生**威儀孔時**，想必是位很有修養的人。
【義近】恭本正傳／溫文儒雅／文質彬彬／舉止風流。
【義反】粗魯野蠻／粗俗不堪／俗不可耐。

威震天下 ㄨㄟ ㄓㄣˋ ㄊㄧㄢ ㄒㄧㄚˋ

【釋義】震：震動。天下：指全國、全世界。
【出處】漢・桓寬・鹽鐵論：「蒙恬卻胡千里，非無功也。威震天下，非不強也。」
【用法】威望名聲傳揚於全國。
【例句】孫中山先生以其獻身革命、建立中華的豐功偉績，而**威震天下**。
【義近】威震四方／威聲遠震／威震四海／名震一時／遐邇聞名。
【義反】沒沒無聞／無聲無臭／湮沒無聞／名不出村／一無人知。

姹紫嫣紅（ㄔㄚˋ ㄗˇ ㄧㄢ ㄏㄨㄥˊ）

【釋義】姹：美麗。嫣：美好。紫、紅：指花的各種顏色。

【出處】湯顯祖・牡丹亭・驚夢：「原來姹紫嫣紅開遍，似這般都付與斷井頹垣。」

【用法】用以形容各種花朵嬌艷美好。

【例句】公園裏百花盛開，**姹紫嫣紅**，一片春天的景象。

【義近】萬紫千紅／百花爭艷／桃紅柳綠。

【義反】一支獨秀／含苞待放／綠肥紅瘦。

妍皮癡骨（ㄧㄢˊ ㄆㄧˊ ㄔ ㄍㄨˇ）

【釋義】妍皮：美好的外表。妍：美好。癡骨：愚蠢的內在。癡：愚笨。

【出處】宋・陳亮・賀新郎・寄辛幼安和見懷韻：「行矣置之無足問，誰換妍皮癡骨。」

【用法】指人外表雖美，內心卻不聰明。

【例句】這年輕人長得一表人才，誰知是**妍皮癡骨**，說話行事顛三倒四，肚子裏全無一點墨水。

【義近】外美內癡／銀樣鑞槍頭／金玉其外，敗絮其中／華而不實／表裏不一。

【義反】妍皮不裹癡骨／外美內慧／秀外慧中／表裏一致。

妍姿豔質（ㄧㄢˊ ㄗ ㄧㄢˋ ㄓˋ）

【釋義】妍姿：美好的姿容。豔：美麗。

【出處】白居易・過昭君村：「妍姿化已久，但有村名存。」又李夫人：「妍姿豔質化爲土。」

【用法】形容女子的容貌和體態都很美麗。

【例句】今天晚上的時裝表演，有個**妍姿豔質**的模特兒，穿上漂亮入時的衣服，令人眼睛一亮。

【義近】盡態極妍／儀態萬方／仙姿玉貌／婀娜多姿／綽約多姿。

【義反】聳肩縮背／臼頭深目／尖嘴猴腮／怪模怪樣／神頭鬼面。

姚黃魏紫（ㄧㄠˊ ㄏㄨㄤˊ ㄨㄟˋ ㄗˇ）

【釋義】姚黃：宋代姚姓人家培育千葉黃花。魏紫：五代魏仁溥所培育的千葉肉紅花。二者均是名貴牡丹名。

【出處】歐陽修・洛陽牡丹記：「姚黃者，千葉黃花，出於民姚氏家；魏家花者，千葉肉紅花，出於魏相仁溥家。」聞見錄：「宋洛陽舊不進花，自李相迪留守始進，不過姚黃魏紫數朵。」

【用法】爲牡丹佳品的通稱；或泛指不同的花種。

【例句】①牡丹花的品種很多，其中**姚黃魏紫**是最名貴的佳品。②春天一到，花園裏**姚黃魏紫**的花朵開遍滿園，令人目不暇給。

姦僞相吞（ㄐㄧㄢ ㄨㄟˋ ㄒㄧㄤ ㄊㄨㄣ）

【釋義】用各種奸詐邪惡的手法相併吞。

【出處】曾國藩・湘鄉昭忠祠記：「世之亂也，上下縱於亡等之欲，姦僞相吞，變詐相角，自圖其安。」

【用法】比喻相互詐欺的樣子。

【例句】如今時代變了，仁義道德早已不復存在，**姦僞相吞**被視爲生存競爭的手段，人與人之間的距離越來越遠。

【義近】變詐相角／鉤心鬥角／爾虞我詐／謀詐是用。

【義反】推心置腹／開誠布公。

七　畫

娑婆世界（ㄙㄨㄛ ㄆㄛˊ ㄕˋ ㄐㄧㄝˋ）

【釋義】娑婆：堪忍。娑婆世界即爲「忍土、忍界」，指眾生可忍受各種痛苦。

【出處】法華玄贊一回：「娑婆世界，三千眾生住不退地。」

【用法】指佛所教化的大千世界的總稱。

【例句】住在這**娑婆世界**裏，本來就有許多痛苦要忍受，人要活得自在，就要學會放下一切。

【義近】大千世界／三千世界。

【義反】極樂世界／極樂淨土。

娓娓動聽（ㄨㄟˇ ㄨㄟˇ ㄉㄨㄥˋ ㄊㄧㄥ）

【釋義】娓娓：連續不倦地談論著。

【出處】清・無名氏・官場維新記四回：「說得來娓娓動聽。」

【用法】形容人善於講話，言語委婉動人。

【例句】王老師講起故事來，眞是**娓娓動聽**，學生們都聽得出神了。

【義近】軟語溫馨。

【義反】不堪入耳／言語乏味。

娉婷嬝娜（ㄆㄧㄥ ㄊㄧㄥˊ ㄋㄧㄠˇ ㄋㄨㄛˊ）

【釋義】娉婷：美好的樣子。嬝娜：草木柔弱的樣子。

【出處】清・洪昇・長生殿・冥追：「只這冷土荒堆樹半棵，便是娉婷嬝娜，落來的好巢窩。」

【用法】喻女子體態輕盈美好的樣子。

【例句】趙飛燕是中國四大美人之一，其楊柳細腰，**娉婷嬝娜**的體態，令漢成帝憐愛不已。

【義近】婀娜多姿／婷婷嫋嫋／體態輕盈／婉若游龍。

【義反】虎背熊腰／豹頭燕頷。

八　畫

婆娑起舞（ㄆㄛˊ ㄙㄨㄛ ㄑㄧˇ ㄨˇ）

【釋義】婆娑：舞蹈的樣子。

【出處】詩經・陳風・東門之枌：「子仲之子，婆娑其下。」疏：「孫炎曰：『舞者之容婆娑然。』」

【用法】舞者翩翩起舞的姿態。

【例句】芭蕾舞星**婆娑起舞**，將觀眾帶入虛無飄渺的境界，令人如癡如醉。

【義近】翩翩起舞。

婆婆媽媽（ㄆㄛˊ ㄆㄛˊ ㄇㄚ ㄇㄚ）

【釋義】泛指中老年婦女。

【出處】曹雪芹・紅樓夢七七回：「我要不說，又掌不住，你也太婆婆媽媽的了。這樣的話，怎麼是你讀書的人說的？」

【用法】形容人言語囉嗦，辦事不爽俐；也形容感情脆弱。

【例句】①眞奇怪！他年紀輕輕，說話行事卻總是**婆婆媽媽**的。②男子漢大丈夫，卻這麼**婆婆媽媽**的，動不動就掉眼淚！

【義近】黏皮帶骨／轉彎抹角／囉囉嗦嗦／心慈面軟。

【義反】快人快語／直截了當／乾脆俐落／鐵石心腸。

婉若游龍（ㄨㄢˇ ㄖㄨㄛˋ ㄧㄡˊ ㄌㄨㄥˊ）

【釋義】婉：姣好。游龍：飛游的龍。

【出處】宋玉・神女賦：「婉若游龍，乘雲翔。」曹植・洛神賦：「翩若驚鴻，婉若游龍。」

【用法】形容女子體態輕盈柔美的樣子。

【例句】趙飛燕是中國四大美人之一，其楊柳細腰，**婉若游龍**的體態，令漢成帝憐愛不已。

【義近】婀娜多姿／婷婷嫋嫋／體態輕盈／娉婷嬝娜。

【義反】虎背熊腰／豹頭燕頷。

婦人之仁（ㄈㄨˋ ㄖㄣˊ ㄓ ㄖㄣˊ）

【釋義】像婦女樣的仁慈心腸。

【出處】司馬遷・史記・淮陰侯列傳：「項王見人恭敬慈愛……有功當封爵者，印刓敝，忍不能予，此所謂婦人之仁也。」

【用法】比喻人只知行小恩小惠，臨大事則委決不下。今指人心腸太軟，臨大事不能硬起心腸決斷。

【例句】父母親溺愛吸毒子女，捨不得報警法辦勒戒，可謂**婦人之仁**。

【義反】鐵石心腸。

婦寺之忠（ㄈㄨˋ ㄙˋ ㄓ ㄓㄨㄥ）

【釋義】婦寺：指親近的婦女。寺：同「侍」。一說婦寺是指婦人和宦官。

【出處】蘇軾・論語解：「忠而弗誨，婦寺之忠也。」

【用法】喻小仁，即姑息愚昧的仁心。

【例句】今天你輕易地原諒他便是**婦寺之忠**，不足爲取，日後他會犯下更大的錯誤，屆時便不是原諒就能解決得了的問題了。

【義近】婦人之仁／煦煦爲仁／小仁小義／煦仁孑義。

【義反】鐵石心腸／心如鐵石。

婦有長舌（ㄈㄨˋ ㄧㄡˇ ㄔㄤˊ ㄕㄜˊ）

【釋義】長舌：指話多。

【出處】詩經・大雅・瞻仰：「婦有長舌，維厲之階。」

【用法】喻女人話多。

【例句】這羣三姑六婆在一起，淨說些無營養的閒言閒語，正應了**婦有長舌**的說法，令身爲女人者汗顏。

【義近】長舌婦。

婦姑勃谿（ㄈㄨˋ ㄍㄨ ㄅㄛˊ ㄒㄧ）

【釋義】指婆媳間不和而引起爭鬥。婦姑：兒媳和婆婆。勃谿：爭吵。

【出處】莊子・外物：「室無空虛，則婦姑勃谿。」

【用法】原指家庭爭鬥，今也比喻內部因小事而爭吵。

【例句】公司內部應該和平相處，一致對外，豈可爲了一點小事就**婦姑勃谿**呢？

【義近】雞爭鵝鬥／家反宅亂。

【義反】和睦相處／相安無事。

婀娜多姿（ㄜ ㄋㄨㄛˊ ㄉㄨㄛ ㄗ）

【釋義】婀娜：柔美的樣子，或輕盈搖曳的樣子。

【出處】古詩・爲焦仲卿妻作：「四角龍子幡，婀娜隨風轉。」曹植・洛神賦：「華容婀娜，令我忘餐。」

【用法】形容姿態輕盈柔美，嬌娜可愛。

【例句】徐小姐貌如出水芙蓉，亭亭玉立，眞是**婀娜多姿**。

【義近】裊裊婷婷／嫋娜纖巧／婀娜嫵媚／綽約多姿。

【義反】鴨行鵝步／瘦骨嶙峋／扭捏作態／搔首弄姿。

婢學夫人（ㄅㄧˋ ㄒㄩㄝˊ ㄈㄨ ㄖㄣˊ）

【釋義】奴婢學做夫人。婢：ㄚ頭，女奴。

【出處】南朝梁・袁昂・古今書評：「羊欣書如大家婢爲夫人，雖處其位，而舉止羞澀，終不似眞。」明・湯顯祖・牡丹亭・閨塾：「（貼）待俺寫個奴婢學夫人。」

【用法】比喻雖刻意模仿，但終不能達到神似的境地。

【例句】我這不過是偶爾學著練字，正是**婢學夫人**，哪裏談得上什麼書法上的造詣！

【義近】東施效顰／婢作夫人。

【義反】獨創一格。

九畫

婷婷嫋嫋（ㄊㄧㄥˊ ㄊㄧㄥˊ ㄋㄧㄠˇ ㄋㄧㄠˇ）

【釋義】婷婷：美好。嫋嫋：柔弱。

【出處】剪燈新話・牡丹燈記：「約年十七八，紅裙翠袖，婷婷嫋嫋，迤邐投西而去。」

【用法】喻女子體態柔美輕盈的樣子。

【例句】趙飛燕是中國四大美人之一，其楊柳細腰，**婷婷嫋嫋**的體態，令漢成帝憐愛不已。

【義近】婀娜多姿／娉婷嬝娜／體態輕盈／婉若游龍。

【義反】虎背熊腰／豹頭燕頷。

媒妁之言（ㄇㄟˊ ㄕㄨㄛˋ ㄓ ㄧㄢˊ）

【釋義】媒妁：婚姻介紹人。謀合二姓曰「媒」，斟酌二姓曰「妁」。

【出處】孟子・滕文公下：「不待父母之命，媒妁之言，鑽穴隙相窺，踰牆相從，則父母國人皆賤之。」

【用法】常與「父母之命」連用，指包辦婚姻。

【例句】這對老夫妻是經過父母之命、**媒妁之言**結爲夫婦的，所以感情一直不好，老了還是如此。

【義近】三媒六證／執柯作伐。

【義反】青梅竹馬／兩小無猜。

媒櫱其短（ㄇㄟˊ ㄋㄧㄝˋ ㄑㄧˊ ㄉㄨㄢˇ）

【釋義】媒櫱：以酒母放入麴中醞釀爲酒。司馬遷・報任少卿書作「媒孽」。

【出處】漢書・李廣傳：「全軀保妻子之臣，隨而媒櫱其短，誠可痛也。」

【用法】指構陷誣害人，釀成其罪。

【例句】爲了贏得選戰，許多候選人不惜**媒櫱其短**，抹黑對手，這一切都是選舉文化，選完就自動消失了。

【義近】含血噴人／架詞誣捏。

十畫

嫁禍於人

【釋義】嫁：轉嫁，轉移。
【出處】南史·隱逸傳：「客有求之，答曰：『己所不欲，豈可嫁禍於人。』乃焚之。」
【用法】指把禍害轉移到別人身上。
【例句】他這種**嫁禍於人**的卑鄙伎倆，連三歲的小孩也騙不過，還自以為高明！
【義近】委過於人。
【義反】代人受過。

嫁雞隨雞，嫁狗隨狗

【釋義】又作「嫁雞逐雞，嫁狗逐狗」。
【出處】宋·趙汝鐩·古別離詩：「嫁狗逐狗雞逐雞，耿耿不寐展轉思。」
【用法】說明昔日女子出嫁後唯夫是從，不能自主。今也用以勸慰女子當隨夫而安。
【例句】**嫁雞隨雞，嫁狗隨狗**的時代已經過去了，妳用不著與那不爭氣的男人生活一輩子。
【義近】唯夫是從／出嫁從夫。

嫌貧愛富

【釋義】嫌棄貧窮，喜愛富有。
【出處】元·關漢卿·裴度還帶二折：「有那等嫌貧愛富的兒朝輩，將俺這貧傲慢、把他那富追陪，那個肯恤孤念寡存仁義。」
【用法】指對人的好惡取捨，不是視其德才如何，而是看他是貧還是富。
【例句】這個女人**嫌貧愛富**，挑女婿一定要挑有錢的人家，結果越挑越糟，弄到女兒三十好幾了還尚未出閣。
【義近】嫌窮愛富／嫌無愛有／相馬失之瘦／欺貧重富。
【義反】惜老憐貧／以德取人／視人唯賢。

十一畫

嫠不恤緯

【釋義】嫠：寡婦。恤：擔憂。緯：織布的事。
【出處】左傳·昭公二十四年：「抑人亦有言曰：『嫠不恤其緯，而憂宗周之隕，為將及焉。』」。李曾伯·謝四川都大薦辟：「嫠不恤緯，深慙肉食之謀；子弗荷薪，尤愧素餐之誚。」
【用法】喻人憂國忘私。
【例句】盡責的好官，應有**嫠不恤緯**，憂國憂民的精神，可惜大部分的官員都是尸位素餐，得過且過的。
【義近】國而忘家／公而忘私。

嫣然一笑

【釋義】嫣然：形容美好，這裏形容笑得很美的樣子。
【出處】宋玉·登徒子好色賦：「嫣然一笑，惑陽城，迷下蔡。」
【用法】形容女子甜美的笑容。
【例句】張小姐**嫣然一笑**，秋波流媚，加上那兩個甜甜的酒窩好像會說話似的，不知迷死多少男人。
【義近】媚然一笑／含情微笑。
【義反】強顏歡笑／掩口葫蘆。

十二畫

嬉皮笑臉

【釋義】嬉：遊戲，玩耍。
【出處】曹雪芹·紅樓夢三〇回：「你見我和誰玩過，有和你素日嬉皮笑臉的那些姑娘們，你該問她們去！」
【用法】嬉笑不嚴肅的樣子。
【例句】你老是這樣**嬉皮笑臉**的不認眞工作，我無法再和你合作，乾脆拆夥算了。
【義近】嘻而不嗤／擠眉弄眼／老不正經。
【義反】一本正經／端莊嚴肅／聲色俱厲／正言厲色。

嬉笑怒罵

【釋義】意謂奚落嘲諷，怒斥責罵。
【出處】宋·黃庭堅·東坡先生眞贊：「東坡之酒，赤壁之笛，嬉笑怒罵，皆成文章。」
【用法】形容寫作不拘守常規，任意發揮，既能充分表達各種感情，又顯得生動活潑。
【例句】為文寫詩，只要有眞實的內容和眞摯的感情，**嬉笑怒罵**，都會成為好文章。
【義近】揮灑自如／行雲流水／曲盡其妙／酣暢淋漓。
【義反】起承轉合／引經據典／尋章摘句／雕章鏤句。

嬌小玲瓏

【釋義】嬌小：體態窈窕。玲瓏：靈巧，靈活。
【出處】曾樸·孽海花四回：「衾裏面，緊貼身朝外睡著個嬌小玲瓏的美人兒。」
【用法】形容身材小巧，伶俐可愛。
【例句】在臺上，一個身材**嬌小玲瓏**的女子，正拿著麥克風邊唱邊跳，看得臺下觀眾個個目不轉睛。
【義近】娟好靜秀／楚楚可憐／嬌小秀麗。
【義反】五大三粗／身材魁梧／人高馬大。

嬌生慣養

【釋義】嬌：溺愛。慣：放縱。
【出處】曹雪芹·紅樓夢二九回：「別唬著他，小門小戶的孩子，都是嬌生慣養慣了的，那裏見過這個勢派？」
【用法】形容人自小就過分地受到溺愛和縱容。
【例句】她從小便**嬌生慣養**，長大後更是刁蠻無禮，遲早會吃大虧的。
【義近】養尊處優／錦衣玉食／飯來張口。
【義反】布衣蔬食／吃苦耐勞。

嬌啼嫩語

【釋義】嬌啼：指孩童哭啼的模樣。嫩語：稚嫩的語言。
【出處】蘭陵笑笑生·金瓶梅一二回：「又見婦人，……花朵兒般身子，嬌啼嫩語，跪在地下，那怒氣早已鑽入爪哇國去了。」
【用法】形容女子哭訴時嬌媚的模樣。
【例句】男人就是受不了女人的**嬌啼嫩語**，遇到這種情況，十有八九會被軟化屈服的。

嬌嬌滴滴

【釋義】也作「嬌滴滴」，嬌字重疊有加強語氣的作用。
【出處】王實甫・西廂記第四本三折：「有甚麼心情花兒靨兒，打扮的嬌嬌滴滴的媚。」
【用法】形容嬌媚或撒嬌獻媚的樣子。
【例句】張教授的夫人已年近花甲，但有時仍作出**嬌嬌滴滴**的樣子，令人看了不免暗自好笑。
【義近】嬌羞答答／嬌聲嬌氣／嬌嬌媚媚／撒嬌撒癡。
【義反】大大咧咧／粗聲粗氣／凶神惡煞／撒潑放刁。

十三畫

嬴顛劉蹶

【釋義】嬴：指秦朝。劉：指漢朝。顛、蹶：有覆亡之意。
【出處】韓愈・桃源圖詩：「嬴顛劉蹶了不聞，地坼天分非所恤。」
【用法】比喻改朝換代。
【例句】歷史上，許多忠臣義士在**嬴顛劉蹶**之際爲國殉身，這便是板蕩識忠貞的最佳例證。
【義近】改朝換代。

子部

子子孫孫

【釋義】子又生子，孫又有孫，代代相繼，永無窮盡。
【出處】尚書・梓材：「欲至於萬年，惟王子子孫孫永保民。」
【用法】用以稱子孫後代或世世代代。
【例句】我國自古流傳的優良文化傳統，希望**子子孫孫**永無窮盡地繼承和發揚下去。
【義近】世世代代／子孫後代。
【義反】列祖列宗。

子午卯酉

【釋義】子午：從半夜到日中。卯酉：從日出到日落。
【出處】負曝閑談一六回：「黃子文把編造的假話，子午卯酉說了一遍。」
【用法】指從頭到尾的意思。
【例句】目擊證人將見到的事情原委，**子午卯酉**說給檢察官聽，盼能協助釐清案情。
【義近】從頭到尾。

子曰詩云

【釋義】子：特指孔子。詩：特指詩經。曰、云：說。
【出處】宮大用・范張雞黍：「我堪恨那伙老喬民，用這等小猢猻，但學得些妝點皮膚，子曰詩云。」
【用法】用以泛指儒家的言論或經典著作。
【例句】你不要看他開口閉口離不了**子曰詩云**，其實他並沒有眞正讀過幾本古書。
【義近】引經據典／言必稱典／詩書禮樂／四書五經。
【義反】俗語諺云／齊東野語。

子平之願

【釋義】子平：東漢隱士向長，字子平，性淡泊，於完成子女婚姻大事後，即浪遊四海，不知所終。
【出處】後漢書・逸民傳・向長：「向長字子平……隱居不仕……讀易至損、益卦，喟然嘆曰：『吾已知富不如貧，貴不如賤，但未知死何如生耳。』建武中，男女嫁娶既畢，勑斷家事勿相關，當如我死也。於是遂肆意，與同好北海禽慶俱遊五岳名山，竟不知所終。」
【用法】喻子女的婚嫁之事。
【例句】做父母的總認爲完成了**子平之願**，就算盡了對子女該盡的義務了。
【義近】向平之願／向平願了。
【義反】眞人眞事／眞人實事／千眞萬確。

子爲父隱

【釋義】兒子替父親隱瞞錯誤。
【出處】論語・子路載：子曰：「父爲子隱，子爲父隱，直在其中矣。」
【用法】表示子女爲父母隱瞞錯誤，不予張揚。
【例句】父親犯了罪而**子爲父隱**，雖屬人之常情，但就法律的觀點來看，卻是錯誤的行爲。
【義反】鐵面無私／大義滅親。

子虛烏有

【釋義】子虛、烏有：爲漢代司馬相如在其子虛賦中所虛構的兩個人物。
【出處】漢書・敍傳下：「文艷用寡，子虛烏有，寓言淫麗，托風終始……。」
【用法】用以指稱虛無之人與事，即現實生活中根本不存在的人物或事物。
【例句】你對我的指控完全是**子虛烏有**，沒有一項是眞的。
【義近】莫須有／憑空杜撰／憑空臆造／無中生有／無空捏造／純屬杜撰／純屬虛構。

孑然一身

【釋義】孑然：孤獨的樣子。一身：一人。
【出處】陳壽・三國志・吳書・陸瑁傳：「若實孑然，無所憑賴。」凌濛初・初刻拍案驚奇：「你孑然一身，如何完得葬事？」
【用法】用以形容無親無友。
【例句】我來此謀生已有三十多年，卻依然無親無故，**孑然一身**。
【義近】煢煢獨立／孤苦伶仃／形影相弔／形單影隻／無依無靠。
【義反】兒孫滿堂／五世同堂。

一畫

孔武有力

【釋義】孔武：很威武。孔：很，甚。
【出處】詩經・鄭風・羔裘：「羔裘豹飾，孔武有力，彼其之子，邦之司直。」
【用法】形容人身體健壯，十分威武而有力量的樣子。
【例句】那位足球運動員不僅**孔武有力**，而且長得十分英俊，有些未婚女子一有機會便向他頻送秋波。

【義近】五大三粗／銅筋鐵骨／虎背熊腰。
【義反】弱不禁風／弱不勝衣／形銷骨立。

孔席墨突

【釋義】孔子坐席未暖便起身，墨子煙囪未黑便離去。
【出處】班固・答賓戲：「聖哲之治，棲棲皇皇。孔席不暖，墨突不黔。」淮南子・脩務訓：「孔子無黔突，墨子無煖席。」
【用法】形容濟世心切，無暇安坐或居住。
【例句】爲政者應有**孔席墨突**、公而忘私的治國精神，才能眞正得到老百姓的愛戴和擁護。
【義近】孔席不煖／墨突不黔／席不暇暖／一饋十起／摩頂放踵。
【義反】飽食終日／無所事事。

孔懷兄弟

【釋義】孔：極也。孔懷：指兄弟。
【出處】詩經・小雅・常棣：「死喪之威，兄弟孔懷。」千字文：「孔懷兄弟，同氣連枝。」
【用法】形容同母兄弟。
【例句】他們倆人雖是**孔懷兄弟**，可是性情卻天南地北，一位極活潑，一位又極文靜。
【義近】一奶同胞／同氣連枝／玉昆金友／共乳同胞。

三 畫

字正腔圓

【釋義】字：字音。腔：曲調。
【用法】指唱歌或演說時，字音咬得準，腔調委婉圓潤，清晰動聽。
【例句】舞臺上的幾位國劇演員唱功很好，**字正腔圓**，令人聽後拍案叫好。
【義近】珠圓玉潤／抑揚頓挫／聲情並茂／餘音繞梁。
【義反】吐字不清／怪腔怪調／歌呼嗚嗚／蛙鳴蟬噪。

字字珠玉

【釋義】每個字都像珍珠、寶玉那樣珍貴值錢。
【出處】明・湯顯祖・邯鄲記・贈試：「聽的黃榜招賢，盡把所贈金資，引動朝貴，則小生之文字字珠玉矣。」
【用法】形容文章寫得好，身價高。
【例句】在所有的來稿中，以這篇抒情散文最好，雖不能說**字字珠玉**，卻也是難能可貴了。
【義近】一字一珠／一字千金／好語似珠／不能贊一詞／不易一字。
【義反】煩言碎辭／冗詞贅句／廢話連篇／文理不通／詞不達意。

字挾風霜

【釋義】意謂字裏行間顯出一種凜冽森嚴的氣氛，有如冷風寒霜。
【出處】晉・葛洪・西京雜記三：「淮南王劉安著鴻烈二十一篇，……號爲淮南子，一曰劉安子，自云字中皆挾風霜。」
【用法】形容文筆犀利，義正辭嚴。
【例句】魯迅的散文往往**字挾風霜**，所以中外都有一些讀者不愛讀他的文章，說他盡在罵人。

字斟句酌

【釋義】一字一句地推敲琢磨。斟酌：原指倒酒時酌量，後泛指對事情估量考慮。
【出處】紀昀・閱微草堂筆記：「宋儒積一生精力，字斟句酌，亦斷非漢儒所及。」
【用法】形容說話、寫文章認眞思考，用詞嚴謹。
【例句】他爲了讓自己的文章精簡生動，在寫作時總是**字斟句酌**，反覆推敲。
【義近】一字不苟／反覆推敲。
【義反】快人快語／一揮而就／率爾操觚／草率成篇。

字裏行間

【釋義】字裏：詞語裏面。行間：字行中間。
【出處】簡文帝・答新渝侯和詩書：「垂示三首，風雲吐於行間，珠玉生於字裏。」
【用法】常用以形容文章的某種思想感情沒有直接說出，而是透過全篇或全段文字透露出來。
【例句】琦君的散文平實有致，**字裏行間**流露出誠摯的情感，值得細細品味。
【義近】言語之間／言外之意／弦外之音
【義反】開門見山／昭然若揭。

存十一於千百

【釋義】意謂千百中僅存十一。
【出處】晉・陸機・歎逝賦：「顧舊要於遺存，得十一於千百。」韓愈・與孟尚書書：「其大經大法，皆亡滅而不救，壞爛而不收，所謂存十一於千百，安在其能廓如也！」
【用法】指亡者多，存者少。
【例句】時移勢遷，足足半個世紀沒有回故鄉了，這次回去，問及兒時所熟識的人，則已是**存十一於千百**了，眞令人傷感。
【義近】存者寥寥／絕無僅有／巋然獨存。
【義反】蕩然無存／灰飛煙滅。

存亡繼絕

【釋義】存、繼：均用作使動詞。亡、絕：均爲名詞。
【出處】論語・堯曰：「興滅國，繼絕世，舉逸民，天下之民歸心焉。」穀梁傳・僖公十七年：「桓公嘗有存亡繼絕之功，故君子爲之諱也。」
【用法】指努力使危亡斷絕者得以繼續保存下去。
【例句】年輕人應對時代負起**存亡繼絕**的重任，但現在普遍看來，具有這種意識的人並不多，令人擔憂。
【義近】繼絕興亡／興滅繼絕／力挽狂瀾／扭轉乾坤。
【義反】聽之任之／視而不見／置若罔聞／作壁上觀。

存心養性

【釋義】保存本心，修養善性。
【出處】孟子・盡心上：「存其心，養其性，所以事天也。」
【用法】說明修身養性的準則。
【例句】聖人**存心養性**，以赤子

之心處世，善良本性待人。

存而不論

【釋義】存：保存。不論：不予論及。

【出處】莊子・齊物論：「六合之外，聖人存而不論；六合之內，聖人論而不議。」

【用法】指對無法知曉的事或爭持不下的問題，保留起來，不加討論。

【例句】這件事既然大家各執己見，無法取得共識，那就姑且**存而不論**吧！

【義近】擱置不論／棄而不論／置之不談／束之高閣。

【義反】議論紛紛／眾說紛紜／爭長論短／聚訟紛紜。

四畫

孝子不匱

【釋義】匱：匱乏，空竭。指孝子的孝行沒有空竭的時候。

【出處】詩經・大雅・既醉：「孝子不匱，永錫爾類。」集傳：「東萊呂氏曰：『君子既孝，而嗣子又孝，其孝可謂源源不絕矣。』」

【用法】喻孝順的人，其子孫亦能盡孝，且一代傳一代。

【例句】**孝子不匱**的意義就是告訴我們要孝順父母親，今天我們善待父母，將來子女也會善待我們的。

孝子賢孫

【釋義】孝子：孝順父母之子。賢孫：賢良孝順之孫。

【出處】孟子・離婁上：「雖孝子慈孫，百世不能改也。」張國賓・合汗衫二折：「更有那孝子賢孫……。」

【用法】指稱孝順賢良的後代。

【例句】誰都希望自己的後代是**孝子賢孫**，但這要看各人的運氣，並非人人都能如願。

【義近】繩其祖武。

【義反】不肖子孫／敗家之子。

孝經起序

【釋義】為孝經寫序文，要具載或略之均不對，左右為難。

【出處】孝經・序：「具載則文繁，略之則義闕。」陽春白雪・佚名・壽陽曲：「淚點兒多如秋夜雨，煩惱似孝經起序。」

【用法】喻人碰到棘手的問題，左右兩難的窘況。

【例句】最近遇到一件麻煩事，讓我有**孝經起序**的感受，眞是左也不對，右也不對，煩死人了。

【義近】左右兩難／進退維谷。

【義反】左右逢源／如魚得水。

孜孜不倦

【釋義】孜孜：一作「孶孶」，勤勉不怠。

【出處】陳壽・三國志・蜀書・向朗傳：「乃更潛心典籍，孜孜不倦。」

【用法】用以形容勤奮好學，不知疲倦。

【例句】一個人要想在學業上有所成就，就得**孜孜不倦**地用心學習。

【義近】好學不倦／手不釋卷／學而不厭／勤其佔畢。

【義反】飽食終日／無所用心／荒廢時日／翫歲愒時。

五畫

孟浪之言

【釋義】孟浪：漫無邊際。

【出處】莊子・齊物論：「夫子以為孟浪之言，而我以為妙道之行也。」

【用法】形容粗略不精的言語。

【例句】他這番**孟浪之言**引人側目，別人當他是瘋子，他卻自以為是高見而沾沾自喜。

【義近】海口浪言／大放厥詞／高談闊論／高睨大談。

【義反】言簡意賅／言斟語酌／金玉良言／至理名言。

孤立無援

【釋義】意即缺乏援助。

【出處】後漢書・班超傳：「超孤立無援，而龜茲、姑墨數發兵攻疏勒。」

【用法】用以表示獨力支撐，沒有外力援助。

【例句】抗日戰爭初期，東北義勇軍奮起反抗，但因**孤立無援**，終歸失敗。

【義近】孤軍奮戰／孤軍無援／四面楚歌。

【義反】四方響應／首尾相應／八方支援。

孤臣孽子

【釋義】孤臣：失勢被疏遠之臣。孽子：失寵的庶子。

【出處】孟子・盡心上：「獨孤臣孽子，其操心也危，其慮患也深，故達。」

【用法】用以指處於憂患困苦之中，鬱鬱不得志的人。

【例句】明末清初，鄭成功以**孤臣孽子**之心固守台灣，期能反清復明。

【義反】亂臣賊子／寵臣愛子／重臣世子。

孤身隻影

【釋義】意謂獨自一人。孤、隻：均為單獨之意。

【出處】關漢卿・竇娥冤三折：「可憐我孤身隻影無親眷，則落的吞聲忍氣空嗟怨。」

【用法】形容孤身一人，舉目無親。

【例句】王老先生來臺灣幾十年了，一直沒有成家，**孤身隻影**，值得同情。

【義近】孑然一身／孤苦伶仃／形影相弔／舉目無親。

【義反】有家有室／兒孫滿堂。

孤兒寡婦

【釋義】死了父親的孩子和死了丈夫的婦女。

【出處】宋玉・高唐賦：「孤子寡婦，寒心鼻酸。」後漢書・陳龜傳：「孤兒寡婦，號哭空城，野無青草，室如懸磬。」

【用法】用以指沒有依靠，沒有人保護的人。

【例句】自你爹死後，我們**孤兒寡婦**不知受了多少磨難，好不容易終於熬到你成家立業了。

【義近】鰥寡孤獨／六尺之孤／老弱病殘／無依無靠。

孤注一擲

【釋義】賭徒傾其所有作賭注，以決最後勝負。孤注：把所有的錢都投作賭注。一擲：擲一次骰子。

【出處】辛棄疾・九議：「於是乎爲國生事之說起焉，孤注一擲之論出焉……」元史・伯顏傳：「我宋天下，猶賭博孤注，輸贏在此一擲爾。」

【用法】常用以比喻在危急時，竭盡全力作最後一次冒險。

【例句】日軍**孤注一擲**，把全部兵力都用在戰場上，但這也沒能挽救其覆滅的命運。

【義近】破釜沉舟／背水一戰／全力一搏。

【義反】留有餘地／穩紮穩打／穩步前進。

孤芳自賞 ㄍㄨ ㄈㄤ ㄗˋ ㄕㄤˇ

【釋義】把自己比做獨特的香花而自我欣賞。孤：單獨。芳：花香，此指香花。

【出處】張孝祥・念奴嬌・過洞庭：「應憐嶺表經年，孤芳自賞，肝膽皆冰雪。」

【用法】比喻自命清高或不屑於隨波逐流。也用以形容見解卓越而無共鳴者。

【例句】①像她那樣**孤芳自賞**的女人，怎能找到如意郎君！②別人對他的成就總是不屑一顧，他只好**孤芳自賞**了。

【義近】孤高自許／自我陶醉／古調獨彈／自命清高／自命不凡。

【義反】自慚形穢／自慚鳩拙／自覺不如／自感汗顏。

孤苦伶仃 ㄍㄨ ㄎㄨˇ ㄌㄧㄥˊ ㄉㄧㄥ

【釋義】無依靠的樣子。伶仃：亦作「零丁」，

【出處】李密・陳情表：「零丁孤苦，至於成立。」

【用法】喻人孤單貧苦，無依無靠。

【例句】今生怎生？偏則是紅顏薄命，眼見的**孤苦伶仃**。（湯顯祖・牡丹亭・詰病）

【義近】零丁孤苦／形單影隻／煢煢孑立／形影相弔。

【義反】人丁興旺／人多勢眾／勢豪族繁／三親六眷。

孤軍奮戰 ㄍㄨ ㄐㄩㄣ ㄈㄣˋ ㄓㄢˋ

【釋義】孤軍：指孤立無援的軍隊。

【出處】隋書・虞慶則傳：「由是長儒孤軍獨戰，死者十八九。」

【用法】指沒有支援的軍隊仍奮勇作戰。

【例句】在抗日戰爭時期，我國軍民愛國情緒高漲，常常有**孤軍奮戰**並取得勝利的動人故事。

【義近】孤軍獨戰／孤軍作戰／孤軍深入。

【義反】按兵不動／聞風逃遁／臨陣脫逃。

孤陋寡聞 ㄍㄨ ㄌㄡˋ ㄍㄨㄚˇ ㄨㄣˊ

【釋義】陋：見聞不廣，顯得淺陋。寡：少。

【出處】禮記・學記：「獨學而無友，則孤陋而寡聞。」

【用法】形容見聞不廣，學識淺薄。多用以自謙。

【例句】①他成天把自己關在家裏，快變成**孤陋寡聞**的人了。②我一向**孤陋寡聞**，你所提的這個問題，我實在無法回答。

【義近】寡識寡聞／見聞淺薄／見識疏淺／見淺聞寡／才疏學淺。

【義反】見多識廣／博聞廣見／博古通今。

孤家寡人 ㄍㄨ ㄐㄧㄚ ㄍㄨㄚˇ ㄖㄣˊ

【釋義】孤家、寡人：均爲古代帝王、諸侯的自稱。

【出處】吳沃堯・二十年目睹之怪現狀六五回：「雲岫的一妻一妾……死了。到了今日，雲岫竟變了個孤家寡人。」

【用法】今用以指脫離羣體、十分孤立無助的人。多指過了適婚年齡的男性。

【例句】他已經是四十多歲的人了，卻仍是**孤家寡人**一個，該是挺寂寞的吧！

【義近】獨身一人／形單影隻。

【義反】有家有室／兒女成羣。

孤高自許 ㄍㄨ ㄍㄠ ㄗˋ ㄒㄩˇ

【釋義】孤高：情志高超，不隨波逐流。自許：自己稱許自己。

【出處】曹雪芹・紅樓夢五回：「那寶釵又行爲豁達，隨分從時，不比黛玉孤高自許，目無下塵。」

【用法】形容人言行情趣不同於世俗，清高自賞。

【例句】他對人什麼都看不順眼，**孤高自許**，怎麼能建立良好的人際關係呢？

【義近】孤芳自賞／自命不凡。

【義反】自暴自棄／自輕自賤／隨分從時。

孤掌難鳴 ㄍㄨ ㄓㄤˇ ㄋㄢˊ ㄇㄧㄥˊ

【釋義】一個巴掌拍不響。一作「難鳴孤掌」。

【出處】韓非子・功名：「一手獨拍，雖疾無聲。」戴善夫・風光好四折：「許下俺調琴瑟，我似難鳴孤掌，不線單絲。」

【用法】比喻力量薄弱，無人相助，難以成事。

【例句】在這場爭論中，大家都不支持我，我再怎麼滔滔陳辭，也是**孤掌難鳴**啊！

【義近】單絲不成線／獨木不成林／獨木難支。

【義反】眾擎易舉／和衷共濟／眾志成城。

孤雲野鶴 ㄍㄨ ㄩㄣˊ ㄧㄝˇ ㄏㄜˋ

【釋義】孤獨的雲，野外的鶴。

【出處】劉長卿・送方外上人詩：「孤雲將野鶴，豈向人間住。」李贄・喜楊鳳里到攝山詩：「今日還從江上來，孤雲野鶴在山寺。」

【用法】喻寄情山水，逍遙自適的人。

【例句】王先生一生爲官，深覺被名繮利鎖綑綁了前半生，退休後，他打算退隱山林，過過**孤雲野鶴**、悠然自得的生活。

【義近】閒雲野鶴／逸鶴任飛。

【義反】池魚籠鳥／籠鳥檻猿。

孤魂野鬼 ㄍㄨ ㄏㄨㄣˊ ㄧㄝˇ ㄍㄨㄟˇ

【釋義】飄泊無依的鬼魂。

【出處】潘岳・悼亡詩：「孤魂獨煢煢。」羅貫中・三國演義三九回：「汝等隨劉備如孤魂隨鬼耳。雲大怒，縱馬來戰。」

【用法】本指無人祭祀的鬼魂，現用以比喻無所依靠的人。

【例句】徐老闆的那個心肝寶貝兒子，近來經常像**孤魂野鬼**

似的，行蹤飄忽不定，令家人擔憂不已。
【義近】夜遊野鬼。

孤鴻寡鵠

【釋義】孤、寡：二字同義，單獨的意思。鴻：鳥名，即鴻雁，也叫大雁。鵠：鳥名，俗稱天鵝。
【出處】明・無名氏・鳴鳳記・鄒慰夏孤：「向日蠶桑動，忽相逢孤鴻寡鵠，無門投控，飛鳥依人情可憫。」
【用法】比喻失偶男女或孤身男女。
【例句】這對**孤鴻寡鵠**終於衝破重重阻力，正式結爲夫妻，恩恩愛愛地生活在一起了。
【義近】孤鸞寡鶴／寡鵠孤鸞／怨女曠夫／單鵠寡鳧。
【義反】燕侶鶯儔／成雙成對／雙宿雙飛／一雙兩好。

孤雛腐鼠

【釋義】孤雛：喻微小之物。雛：生物之初生者。腐鼠：腐臭的老鼠，喻可棄之物。
【出處】後漢書・竇融傳附竇憲：「國家棄憲如孤雛腐鼠耳！」
【用法】用以比喻微不足道的人或物。
【例句】他們不過是一羣**孤雛腐鼠**，不值得和他們計較。
【義近】兔羣鼠類。
【義反】仁人志士／英雄豪傑。

孤犢觸乳

【釋義】指孤獨的小牛用頭觸母乳。
【出處】後漢書・循吏傳・仇覽・元卒成孝子注：「仇覽爲亭長，好行教化。陳元凶惡，不孝其母。覽誚責元以子道，與一卷孝經，使誦讀之。元深悔改，到母牀下謝罪曰：『元少孤，爲母所驕。諺曰：孤犢觸乳，驕子罵母。乞今自改。』母子相向泣。於是元遂修孝道，後成佳士。」
【用法】指因是獨生而過於溺愛，以致忤逆不孝。或比喻孤苦無依者求助於人。
【例句】父母之恩，昊天罔極，**孤犢觸乳**，驕子罵母，是連禽獸都不如的事。

季布一諾

【釋義】季布：楚人，初爲項羽將，後歸漢，重視諾言，極講信用。諾：指諾言，即應允別人的話。
【出處】司馬遷・史記・季布欒布列傳：「曹丘至，即揖季布曰：『楚人諺曰：得黃金百斤，不如得季布一諾。足下何以得此聲於梁楚閒哉？』」
【用法】比喻說話很有信用。
【例句】**季布一諾**，價値千金，你可要記住你剛剛說的話，千萬不要失信於人！
【義近】一諾千金／季路一言／一言九鼎／言必有信。
【義反】自食其言／出爾反爾／輕諾寡信／言而無信。

季孫之憂

【釋義】季孫：人名，春秋時魯國大夫。
【出處】論語・季氏：「今由與求也，相夫子，遠人不服，而不能來也；……而謀動干戈於邦內。吾恐季孫之憂，不在顓臾，而在蕭牆之內也。」
【用法】比喻憂患發生在內部，而不在外部。
【例句】俄羅斯內部的黨派之爭愈演愈烈，有識之士擔心這股**季孫之憂**將使他們國家走向崩潰、衰敗之路。
【義近】禍起蕭牆／釁發蕭牆／變生肘腋／同室操戈／自相殘殺。
【義反】四郊多壘／外寇爲患／外敵入侵／無後顧之憂。

季常之懼

【釋義】季常：宋人陳慥，字季常。
【出處】宋・洪邁・容齋三筆載：陳慥娶妻柳氏，絕凶妬，陳畏之。蒲松齡・聊齋誌異・馬介甫：「楊萬石，大名諸生也。生平有季常之懼。妻尹氏，奇悍，少迕之，輒以鞭撻從事。」
【用法】指懼內，即怕老婆。
【例句】你不知道，王先生向來有**季常之懼**，他怎敢跟你去舞廳找女人尋歡作樂呢？
【義近】季常之癖／河東獅吼／唯妻是從。
【義反】夫唱婦隨／相夫教子／唯夫是從。

十三畫

學如穿井

【釋義】學習像掘井一樣。
【出處】雲笈七籤：「學道當如穿井，井愈深土愈難出，不堅其心，正其行，豈得見泉源也。」
【用法】喻求學要有像掘井一樣堅忍的精神，才會成功。
【例句】**學如穿井**，只有堅持下去，才能有獨到的見解，也才能博大而精深。

學而不厭

【釋義】學習求知總感到不滿足。厭：通「饜」，滿足，飽足。
【出處】論語・述而：「默而識之，學而不厭，誨人不倦。」
【用法】用以形容勤奮好學。
【例句】他這種刻苦鑽研、**學而不厭**的精神，確實值得我們每個人學習。
【義近】好學不倦／孜孜不倦／手不釋卷。
【義反】一暴十寒／淺嘗輒止／不求甚解。

學而時習之

【釋義】時：按時，及時。習：溫習，也可解釋爲「實習」。
【出處】論語・學而：「學而時習之，不亦說乎？有朋自遠方來，不亦樂乎？」
【用法】說明對所學的內容應及時溫習，達到深入領會和鞏固的作用。
【例句】孔子說的**學而時習之**、溫故而知新等，直到今天仍是莘莘學子用功讀書的不二法門。
【義近】溫故而知新。
【義反】猴子掰包穀，隨學隨丟。

學究天人

【釋義】究：鑽研，研究。天人：天道和人事。

【出處】司馬遷・報任少卿書：「亦欲以究天人之際，通古今之變，成一家之言。」梁書・鍾嶸傳：「文麗日月，學究天人。」

【用法】形容學問淵博，天道人事方面的語言都通曉。

【例句】古今中外的大學者，如胡適、錢鍾書等人，可謂**學究天人**，著作等身。

【義近】博學多才／立地書櫥／學富五車／學貫中西／上知天文，下知地理。

【義反】初識之無／略通文墨／才疏學淺／末學膚受／口耳之學。

學者如牛毛，成者如麟角

【釋義】牛毛：形容很多。麟角：麒麟的角，形容很少。

【出處】三國・魏・蔣濟・蔣子萬濟論：「學者如牛毛，成者如麟角。」

【用法】指學習的人很多，但成功的卻很少。

【例句】你不要老責怪你兒子讀書沒成就，古人早就說過：「**學者如牛毛，成者如麟角**。」古往今來讀書的人不可勝數，但眞正有成就的可說是寥若晨星呢！

學非所用

【釋義】所學的不是用得著的。

【出處】後漢書・張衡傳：「必也學非所用，術有所仰，故臨川將濟，而舟楫不存焉。」

【用法】用以說明學用脫節，學過的用不著，須用的又沒學過。

【例句】現在各個大學普遍存在**學非所用**的現象，實在值得教育當局深思檢討。

【義近】用非所學。

【義反】學以致用。

學貫中西

【釋義】貫：貫通，全部透徹地了解。

【出處】吳沃堯・二十年目睹之怪現狀八一回：「本領事久聞這位某觀察，是曾經某制軍保舉過他留心時務，學貫中西的。」

【用法】形容人學識淵博，對中外學問都很精通。

【例句】他在國內獲得博士學位後，又去美國哈佛大學攻讀博士，可算是一位**學貫中西**的人才了。

【義近】學究天人／學貫天人／才高八斗／博大精深／滿腹經綸。

【義反】胸無點墨／識文斷字／尋行數墨／不識之無／目不識丁。

學富五車

【釋義】富：豐富，多。五車：指五車書。

【出處】莊子・天下篇：「惠施多方，其書五車。」再生緣卷一：「學富五車眞不假，才高八斗果非輕。」

【用法】本形容書多，可裝滿五車。今指讀書很多，學識淵博。

【例句】王教授**學富五車**，每天仍孜孜不倦，精神感人。

【義近】滿腹詩書／才高八斗／滿腹經綸。

【義反】胸無點墨／不學無術／不通文墨／腹笥甚儉。

學無常師

【釋義】學習並無固定的老師。常：固定的，不變的。

【出處】三國・魏・卞蘭・贊述太子賦：「學無常師，惟德所在；恩無所私，唯德所親。」

【用法】指善於學習的人應該向各種有專長的人學習。

【例句】行行出狀元，每個行業都有老師，我們只有本著**學無常師**的精神，多向能者學習，才能使自己知識豐富，具有多方面的才能。

【義近】能者爲師／三人行，必有我師／耕當問奴／織當訪婢。

【義反】學必有師／拜師學藝。

學然後知不足

【釋義】只有深入學習下去，才會感到所學不足。

【出處】禮記・學記：「學然後知不足，教然後知困。」

【用法】用以說明學海無涯，愈肯學習的人愈知自己淺陋。

【例句】四年的大學生活，使我體會最深的，是古人所說的**學然後知不足**的道理。

學優而仕

【釋義】優：有餘力；優異。仕：做官。也作「學而優則仕」。

【出處】論語・子張：「子夏曰：『仕而優則學，學而優則仕。』」梁書・劉顯傳：「穎脫斯出，學優而仕。」

【用法】本指學習了有餘力便去做官；後泛指學習成績優異，然後提拔爲官。

【例句】古人說**學優而仕**，你既然對官場感興趣，那就好好學習，以優異的成績去達到你的願望吧！

十四—十七畫

孺子可教

【釋義】孺子：小孩子。可教：可以把知識、本領等教他。

【出處】司馬遷・史記・留侯世家：「父去里所，復還，曰：『孺子可教矣。後五日平明，與我會此。』」

【用法】用以指年輕人有出息，可以造就。

【例句】好一個年輕人！謙虛好學，不恥下問，可謂是**孺子可教**矣，我定當傾囊相授。

【義反】不堪造就／愚不可教。

孽海情天

【釋義】無涯似海的孽緣，悠遠如天的情愛。

【出處】曹雪芹・紅樓夢五回：「轉過牌坊，便是一座宮門，上面橫書著四個大字，道是孽海情天。」

【用法】指癡男怨女在感情風月上的債。

【例句】所謂**孽海情天**，情這條路眞不好走，自古以來有多少人爲它斷送生命，可癡情男女似乎永遠也參不透。

宀部

三畫

守口如瓶

【釋義】閉嘴不說，像瓶口塞得緊緊的一樣。

【出處】道世・諸經要集・九：「防意如城，守口如瓶。」

【用法】比喻說話謹慎，嚴守秘密。

【例句】他明明知道這件事的本末始終，但他就是**守口如瓶**，不肯說出眞相。

【義近】三緘其口／秘而不宣／絕口不談／隻字不提／一字不露。

【義反】衝口而出／和盤托出／直言不諱／走露風聲。

守正不撓

【釋義】遵守正道，不屈服於權勢。正：正直，公正。撓：彎曲，喻屈服。又作「守正不阿」。

【出處】漢書・劉向傳：「君子獨處，守正不撓。」

【用法】形容爲人能堅持操守，公正無私，不阿附權貴。

【例句】他是一位很有才華的人，因一向**守正不撓**，故得不到上司的重用。

【義近】剛正不阿／守正不屈／寧折不彎。

【義反】卑躬屈膝／奴顏婢膝／趨炎附勢。

守如處女，出如脫兔

【釋義】處女：未嫁女子。脫兔：跑出去的兔子。原用以比喻作戰的防守與進攻。

【出處】孫子・九地：「是故始如處女，敵人開戶；後如脫兔，敵不及拒。」

【用法】形容在雙方競賽角逐中，防守時要像處女那樣文靜穩重，進攻時則要像奔跑的兔子那樣靈活敏捷。

【例句】將軍的謀略眞是高人一等，用兵**守如處女，出如脫兔**，運籌帷幄的本事，無懈可擊。

守成不易

【釋義】守成：保守已成的事業，不使失墜。常與「創業維艱」連用。

【出處】貞觀政要・論君道：「貞觀十年，太宗謂侍臣曰：『帝王之業，草創與守成孰難？』」

【用法】喻守住原先的成就，並進一步發揚光大，並不是一件容易的事。

【例句】創業維艱，緬懷諸先烈；**守成不易**，莫徒務近功。（國旗歌歌詞）

守死善道

【釋義】守死：誓死不變。善道：好的德行。

【出處】論語・泰伯：「篤信好學，守死善道。危邦不入，亂邦不居。」

【用法】喻人堅守好的道義而至死不渝。

【例句】歷史上有許多**守死善道**的聖賢，大膽從容就義也不願屈辱自己的志節，如文天祥、史可法等都是令人景仰的英雄。

守身如玉

【釋義】潔身自愛，不爲外物所移。如玉：像玉一樣潔白。

【出處】孟子・離婁上：「守孰爲大，守身爲大。」劉鶚・老殘遊記：「但其中十個人裏，一定總有一兩個守身如玉的。」

【用法】形容人潔身自愛，如玉般地清白。

【例句】儘管她身處於紙醉金迷的歡場中，但一直**守身如玉**，不與他人同流合污。

【義近】潔身自好／勵志如冰。

【義反】水性楊花／墮入風塵／不安於室。

守約施博

【釋義】自守簡約，施捨廣博。

【出處】孟子・盡心下：「言近而旨遠者，善言也；守約而施博者，善道也。」

【用法】喻人謹守簡約原則而廣施關愛他人。

【例句】眞正的仁君治國，**守約施博**，全心全意以人民的福祉爲念，絕不求自我享樂。

【義近】愛民如子／視民如傷／澤及枯骨／霖雨蒼生。

【義反】殘民以逞／魚肉百姓。

守株待兔

【釋義】守著樹樁，等待兔子跑來撞死。株：露在地面上的樹木的根莖。

【出處】韓非子・五蠹：「宋人有耕者，田中有株，兔走觸株，折頸而死，因釋其耒而守株，冀復得兔。」

【用法】多用以諷刺妄想不勞而獲、坐享其成，以及死守狹隘經驗、不知靈活變通。

【例句】在這瞬息萬變的世界裏，**守株待兔**等待時機的心態，只有讓自己被時代潮流淘汰而已。

【義近】坐享其成／不勞而獲／抱令守律／坐等良機。

【義反】通權達變／相機行事／隨機應變／靈活多變。

守望相助

【釋義】守望：守衛與瞭望。指防備盜賊或其他意外事故。

【出處】孟子・滕文公上：「死徙無出鄉。鄉田同井，出入相友，守望相助，疾病相扶持，則百姓親睦。」

【用法】用以表示鄰居要相互關照，相互幫助。

【例句】**守望相助**，是我國固有的傳統美德，應該予以繼承和發揚。

【義近】鄰里相助／鄰舍相顧／遠親不如近鄰。

守經達權

【釋義】守正道而知權變。經：常道，原則。權：權宜，變通。

【出處】蔡東藩・唐史演義五二回：「若殿下只知守經，不知達權，將來人心失望，不可復言。」

【用法】形容既能堅持原則而又能靈活運用。

【例句】王經理無論辦什麼事情都能**守經達權**，所以深得董事長的信任。

【義近】守經行權／通權達變／隨機應變。

【義反】規行矩步／墨守成規／不敢越雷池一步。

宅中圖大

【釋義】居室在中央便於控制四方。

【出處】張衡・東京賦：「彼偏據而規小，豈如宅中而圖大。」舊唐書・音樂志三：「至哉樞紐，宅中圖大。」

【用法】喻佔得地勢之利。

【例句】西安市即古長安城，因其**宅中圖大**，故常被歷代各朝選爲首都。

安土重遷

【釋義】安於本土，不願輕易遷移。重：看得很重。

【出處】漢書・元帝紀：「安土重遷，黎民之性；骨肉相附，人情所願也。」

【用法】形容留戀本鄉本土，對故鄉有深厚感情。

【例句】中國農民的特點之一，就是**安土重遷**，捨不得離開自己的家鄉。

【義近】安土重居／戀土難移／故土難離。

【義反】離鄉背井／四海爲家／離家輕家／遠走他鄉。

安不忘危

【釋義】處於太平或安定時，仍不忘危難。

【出處】周易・繫辭下：「是故君子安而不忘危，存而不忘亡，治而不忘亂，是以身安而國家可保也。」

【用法】說明要居安思危，才足以存身保國。

【例句】我們現在都過慣了安逸富裕的生活，但務必要**安不忘危**，進一步奮發圖強。

【義近】居安思危／樂不忘憂／治不忘亂。

【義反】居安忘危／得樂且樂／燕雀處堂。

安之若命

【釋義】安之：以之爲安。安：用作意動詞。

【出處】莊子・人間世：「知其不可奈何而安之若命，德之至也。」

【用法】指把遭受的不幸看作命中注定，甘心承受。

【例句】既然所得的是絕症，那也沒有什麼可埋怨的，只能**安之若命**了。

【義近】安之若素／甘之如飴／泰然處之／既來之則安之。

【義反】於心不甘／怨天尤人／怨氣衝天／牢騷滿腹。

安之若素

【釋義】安：心安。之：代詞，代替人或物。素：往常，向來。

【出處】范寅・越諺・論墮貧：「貪逸欲而逃勤苦，表廉恥而習諂諛，居於人下，安之若素。」

【用法】形容毫不在意，就像往常一樣，並不覺得有什麼不合適。

【例句】他對這樣的生活，早已**安之若素**，並不覺得有什麼不好。

【義近】安之若命／甘之若素／處之泰然／隨遇而安。

【義反】見異思遷／喜新厭舊／棄舊圖新／另作他謀。

安分守己

【釋義】規矩老實，安守本分。己：指自己的活動範圍。

【出處】馮夢龍・喻世明言・蔣興哥重會珍珠衫：「這首詞名爲西江月，是勸人安分守己，隨緣作樂。」

【用法】指安心於自己所處的地位和環境，不越軌，不妄求分外之物。

【例句】如果每個人都能夠**安分守己**，管好自己的行爲，那就眞的是天下太平了。

【義近】循規蹈矩／安常守分／奉公守法／規行矩步／遵法守紀。

【義反】惹事生非／不安本分／爲非作歹／胡作非爲／違法亂紀。

安民告示

【釋義】指官府張貼的安定民心的布告。告示：以布告曉示、通知人。

【出處】金念劬・避兵十日記：「囑兩縣速出安民告示，諭令店鋪照常開張。」

【用法】用於開會或採取某種行動前的預先通知。

【例句】你要行事之前，應該先有個**安民告示**，不要老是出其不意，讓人措手不及。

安危在此一舉

【釋義】意謂安定與危險，就決定於這一戰。

【出處】司馬遷・史記・項羽本紀：「且國兵新破，王坐不安席，掃境內而專屬於將軍，國家安危，在此一舉。」

【用法】指事關重大，安危、成敗就在這一次行動或措施上了。

【例句】我母親明天動心臟手術，**安危在此一舉**，你教我怎麼睡得著呢？

【義近】成敗在此一舉。

安如泰山

【釋義】安穩得像泰山一樣。

【出處】漢・焦延壽・易林卷一：「安如泰山，福喜屢臻。」

【用法】形容十分穩固，不可動搖。

【例句】史達林苦心經營幾十年的蘇維埃政權，自以爲**安如泰山**，殊不知只是個稻草人，根本經不起風吹雨打。

【義近】穩若泰山／安如磐石／磐石之固／牢不可破／堅不可摧。

【義反】泥足巨人／不堪一擊／一觸即潰／危如累卵／危機四伏。

安如磐石

【釋義】安穩得像磐石一樣。磐石：巨大的石塊。又作「安於磐石」。

【出處】荀子・富國：「則國安於磐石。」

【用法】形容城堡或人的地位非常穩固，不可動搖。

【例句】他在這一帶的地位**安如磐石**，你想要取代他，實在太困難了。

【義近】穩如泰山／堅如磐石／固若金湯。

【義反】危如累卵／搖搖欲墜／

魚游沸鼎／燕巢飛幕。

安宅正路（ㄢ ㄓㄞˊ ㄓㄥˋ ㄌㄨˋ）

【釋義】安宅：安全的住宅。正路：正大光明的道路。
【出處】孟子・離婁上：「仁，人之安宅也；義，人之正路也。」
【用法】喻正大光明的途徑和方法。
【例句】前方擺著一條**安宅正路**你不善用，卻一味地偷機取巧，想抄捷徑，這樣做就算成功了也令人不齒。

安老懷少（ㄢ ㄌㄠˇ ㄏㄨㄞˊ ㄕㄠˋ）

【釋義】安、懷：均用作使動詞。老、少：用作名詞，指老年人和少年人。
【出處】論語・公冶長：「老者安之，朋友信之，少者懷之。」南朝梁・陸倕・石闕銘：「安老懷少，伐罪弔民。」
【用法】指使老者安逸，少者懷念；即讓人民生活安定。
【例句】古往今來，無論是誰執政，只有真正做到**安老懷少**，才能得到人民的擁戴。
【義近】老安少懷／家給人足／民康物阜／安居樂業。
【義反】民不聊生／生靈塗炭／哀鴻遍野／民窮財盡。

安步當車（ㄢ ㄅㄨˋ ㄉㄤˋ ㄐㄩ）

【釋義】緩步而行，當作乘車。安步：慢慢地走。
【出處】戰國策・齊策四：「晚食以當肉，安步以當車，無罪以當貴，清淨貞正以自虞。」
【用法】用以稱讚人能安貧守賤，今多用以指徒步行走。
【例句】他每天下班後，總是**安步當車**，緩緩地走回家，既可省下車資，也可達到健身的效果。
【義近】緩步當車／信步而行。
【義反】健步如飛／駟馬高車。

安身立命（ㄢ ㄕㄣ ㄌㄧˋ ㄇㄧㄥˋ）

【釋義】安身：容身，指在某地居住或生活。立命：修身以順從天命。
【出處】道原・景德傳燈錄卷十：「僧問：『學人不據地時如何？』師云：『汝向什麼處安身立命？』」
【用法】指生活有著落，精神有寄託。
【例句】家庭是她一生中最重要的**安身立命**之所，她幾乎把所有的希望都寄託在孩子和丈夫身上。
【義反】萍踪浪迹／飄蓬斷梗／浪迹天涯／飄泊江湖。

安車蒲輪（ㄢ ㄔㄜ ㄆㄨˊ ㄌㄨㄣˊ）

【釋義】比喻用蒲草包裹安車的車輪。
【出處】漢書・武帝紀：「遣使者安車蒲輪，束帛加璧，徵魯申公。」
【用法】比喻禮遇賢士。
【例句】賢明的君主**安車蒲輪**，禮遇賢士，賢者因以鞠躬盡瘁，以報知遇之恩。
【義近】禮賢下士／折節下士／屈尊降貴／吐哺握髮。
【義反】嫉賢妒能／妨功害能／妒能害賢／頤指氣使。

安邦定國（ㄢ ㄅㄤ ㄉㄧㄥˋ ㄍㄨㄛˊ）

【釋義】使國家安定、鞏固。邦：古時諸侯的封國，後指國家。
【出處】元・無名氏・衣襖車一折：「若題著安邦定國，受賞封侯。」
【用法】形容把國家治理得很好，既無內憂，也無外患。
【例句】國家此刻正需要你這種**安邦定國**的人才效力，你怎可輕言出走呢？
【義近】治國安邦／治國經邦／治國安民／保國安民。
【義反】害國害民／禍國殃民／賣國殘民／蠹國害民。

安居樂業（ㄢ ㄐㄩ ㄌㄜˋ ㄧㄝˋ）

【釋義】安於自己居住的地方，喜愛自己的職業。安：安心，安定。樂：喜愛。
【出處】漢書・貨殖傳：「各安其居而樂其業，甘其食而美其服。」
【用法】形容生活安定，工作愉快。
【例句】爲政者的首要課題便是使百姓都能夠**安居樂業**，其次再談軍政大計。
【義近】安土樂業／安家樂業。
【義反】流離失所／民不聊生／顛沛流離。

安於現狀（ㄢ ㄩˊ ㄒㄧㄢˋ ㄓㄨㄤˋ）

【釋義】安：感到滿足。現狀：現在的情狀。
【用法】形容習慣、滿足於目前的狀況，不求進步，不思革新。
【例句】科技的進步，日新月異，我們若**安於現狀**，不求突破，很快就會被淘汰。
【義近】安於現實／滿足現狀／得過且過／因循守舊。
【義反】革故鼎新／勇猛精進／奮起直追／力爭上游。

安枕而臥（ㄢ ㄓㄣˇ ㄦˊ ㄨㄛˋ）

【釋義】放好枕頭睡大覺。安：安放，放置。
【出處】司馬遷・史記・黥布列傳：「使布出於上計，山東非漢之有也；出於中計，勝敗之數未可知也；出於下計，陛下安枕而臥矣。」
【用法】比喻太平無事，不必擔憂。
【例句】工人罷工的事，經過談判已順利解決，各位董事現在都可以**安枕而臥**了。
【義近】高枕而臥／高枕無憂／無憂無慮／安然無事。
【義反】提心弔膽／坐立不安／坐臥不寧／惶惶不安。

安眉帶眼（ㄢ ㄇㄟˊ ㄉㄞˋ ㄧㄢˇ）

【釋義】指有眉毛和眼睛。
【出處】施耐庵・水滸傳二七回：「你也是安眉帶眼的人，直須要我開口？」
【用法】喻具備人形，多用於粗鄙的談話。
【例句】看他也是一位**安眉帶眼**的人，怎麼會有這麼狠毒的心，對自己的親骨肉下得了手。
【義近】人模人樣／平頭正臉。

安常處順 ㄢ ㄔㄤˊ ㄔㄨˇ ㄕㄨㄣˋ

【釋義】安：這裏是習慣、滿足的意思。處：處於（某種地位或狀態）。

【出處】莊子・養生主：「適來，夫子時也；適去，夫子順也。安時而處順，哀樂不能入也。」

【用法】指習慣於正常的生活，處於順利的環境。

【例句】她多年來一直過著**安常處順**的生活，現在突遭此巨變，沒想到弄得流離失所，最後竟以自殺來結束生命。

【義近】安常履順／養尊處優／起居有常。

【義反】顛沛流離／流離轉徙／萍蹤浪跡。

安貧樂道 ㄢ ㄆㄧㄣˊ ㄌㄜˋ ㄉㄠˋ

【釋義】安貧：自甘於貧窮。樂道：樂守聖賢之道。

【出處】後漢書・韋彪傳：「安貧樂道，恬於進趣，三輔諸儒，莫不慕仰之。」

【用法】形容安於貧窮，以堅守自己的信仰為樂。

【例句】能夠**安貧樂道**的人，才能真正體會快樂的真諦。

【義近】守道安貧／甘貧樂道。

【義反】嫌貧愛富／追逐榮華。

安貧樂賤 ㄢ ㄆㄧㄣˊ ㄌㄜˋ ㄐㄧㄢˋ

【釋義】意謂安於貧賤，並以此為樂。

【出處】後漢書・蔡邕傳：「夫子生清穆之世，稟醇和之靈，覃思典籍，韞櫝六經，安貧樂賤，與世無營。」

【用法】形容人淡泊名利，甘願過著貧賤的生活。

【例句】有人問這位百歲人瑞的長壽之道，他說：無他，**安貧樂賤**而已。回答雖簡單，卻值得深思。

【義近】晚食當肉／寵辱不驚／超然物外／與世無爭。

【義反】安富尊榮／追名逐利／建功立業／攀龍附鳳。

安富恤貧 ㄢ ㄈㄨˋ ㄒㄩˋ ㄆㄧㄣˊ

【釋義】使富有的人安定，使貧窮的人得到救濟。恤：賑濟，救濟。

【出處】周禮・地官・大司徒：「以保息六養萬民：一曰慈幼，二曰養老，三曰振窮，四曰恤貧，五曰寬疾，六曰安富。」

【用法】用以指當政者治國安民之道。

【例句】為政者只有堅持**安富恤貧**的政策，才能達到長治久安的目標。

【義近】安富拯窮／博施濟眾／休養生息／節用裕民。

【義反】劫富濟貧／橫徵暴斂／敲骨吸髓／殺雞取卵／竭澤而漁。

安富尊榮 ㄢ ㄈㄨˋ ㄗㄨㄣ ㄖㄨㄥˊ

【釋義】身安富有，尊貴榮耀。

【出處】孟子・盡心上：「君子居是國也，其君用之，則安富尊榮。」

【用法】用以指安於榮華富貴的生活。

【例句】如今人口日多，事務日盛，主僕上下，都是**安富尊榮**，運籌謀畫的竟無一個。（曹雪芹・紅樓夢二回）

【義近】安享榮華／養尊處優／衣來伸手，飯來張口／鐘鳴鼎食。

【義反】攻苦食淡／寒耕熱耘／日出而作，日入而息／啜菽飲水。

安然無恙 ㄢ ㄖㄢˊ ㄨˊ ㄧㄤˋ

【釋義】無恙：無病。恙：災禍，疾病。原指人平安沒有疾病。

【出處】戰國策・齊策四：「歲亦無恙耶？」馮夢龍・醒世恆言・盧太學詩酒傲王侯：「陸公安然無恙。」

【用法】形容人平安無事或事物完好未遭損壞。

【例句】這棟房子很牢固，經過劇烈的地震後，依舊**安然無恙**。

【義近】平安無事／安然如故／完好無損。

【義反】險象環生／劫後餘生／飛來橫禍。

安閒自在 ㄢ ㄒㄧㄢˊ ㄗˋ ㄗㄞˋ

【釋義】安閒：安靜清閒。自在：自由，不受拘束。

【出處】明・李贄・焚書・預約・早晚禮儀：「有問乃答，不問即默，安閒自在，從容應對，不敢慢之，不可敬之。」

【用法】形容生活安閒舒適，自由自在。

【例句】我現在已六十多歲了，什麼奢望也沒有，只求**安閒自在**地過日子。

【義近】優遊自在／無拘無束／優哉游哉／逍遙自在／優遊自得。

【義反】池中之魚／籠中之鳥／身不由己／俯仰由人／虱處褌中。

安樂淨土 ㄢ ㄌㄜˋ ㄐㄧㄥˋ ㄊㄨˇ

【釋義】淨土：佛家語，指沒有煩惱和罪惡的美好之地。

【出處】無量壽經上：「無有三途苦難之名，但有自然快樂之音，是故其國名曰安樂。」

【用法】指佛家所說人死後去的地方。

【例句】根據佛界說法，人死後會到**安樂淨土**，但這個地方也是生前修德行善的人才能去得了的，所以勸人生前多多積德。

【義近】安樂世界／極樂世界。

【義反】人間地獄／娑婆世界。

安樂窩 ㄢ ㄌㄜˋ ㄨㄛ

【釋義】安樂：安寧和快樂。窩：本指鳥獸、昆蟲住的地方，這裏借以指人的住所。

【出處】宋史・邵雍傳：「雍歲時耕稼，僅給衣食，名其居曰安樂窩。」

【用法】泛稱舒適安逸的住處。

【例句】待在自己的**安樂窩**裏，守著老婆孩子，雖是單調卻也甜蜜。

安營紮寨 ㄢ ㄧㄥˊ ㄓㄚ ㄓㄞˋ

【釋義】安營：建立營寨。紮寨：在營房四周築起柵欄。

【出處】元・無名氏・隔江鬥智二折：「這周瑜匹夫，累累興兵來索取俺荊州地面，如今在柴桑渡口安營紮寨。」

【用法】形容軍隊駐紮下來，也比喻建立了臨時住處。

【例句】攀登喜馬拉雅山的登山隊，現已在中途**安營紮寨**，準備稍事休息後，再攀登頂峰。
【義反】幕天席地／起營拔寨／馬不停蹄。

四畫

完美無缺 ㄨㄢˊ ㄇㄟˇ ㄨˊ ㄑㄩㄝ

【釋義】缺：缺點，缺欠，缺損。
【出處】錢泳・履園叢話・收藏：「共一百廿八行，前有十數行破裂者，而後幅完好無闕(缺)。」
【用法】形容完善美好，沒有缺點或缺損。
【例句】①當我們受到讚揚時，務必要謙虛謹慎，不要以為自己已經**完美無缺**了。②這幅畫太好了，簡直是**完美無缺**。
【義近】完好無缺／完美無瑕／白璧無瑕／十全十美／盡善盡美。
【義反】殘缺不全／破損無餘／一無可取／一無是處／千瘡百孔／滿目瘡痍。

完璧歸趙 ㄨㄢˊ ㄅㄧˋ ㄍㄨㄟ ㄓㄠˋ

【釋義】完：完整。璧：平圓形中間有孔的玉器。
【出處】司馬遷・史記・廉頗藺相如列傳：「臣願奉璧往使。城入趙而璧留秦；城不入，臣請完璧歸趙。」
【用法】比喻把原物完好地歸還原主。
【例句】今晚我要去參加一個宴會，借你的珍珠項鍊戴一戴，明早一定**完璧歸趙**。
【義近】原物奉還／物歸原主。
【義反】有去無回／據為己有。

五畫

宗廟丘墟 ㄗㄨㄥ ㄇㄧㄠˋ ㄑㄧㄡ ㄒㄩ

【釋義】宗廟廢為丘墟。宗廟：古代天子諸侯祭祀祖先的地方，常作為王室、國家的代稱。
【出處】元・施惠・幽閨記・罔害皤良：「城市中喧喧嚷嚷，村野間哭哭啼啼，可惜車駕奔馳，生民塗炭，宗廟丘墟。」
【用法】用以比喻國家衰亡。
【例句】明末清初的顧炎武、黃宗羲等愛國志士，眼見江山易主，**宗廟丘墟**，無不淚流滿面。
【義近】荊棘銅駝／山河破碎／瘡痍滿目。
【義反】國泰民安／金甌無缺／繁榮昌盛。

宗廟社稷 ㄗㄨㄥ ㄇㄧㄠˋ ㄕㄜˋ ㄐㄧˋ

【釋義】宗廟：言帝王或士大夫祭祀祖先的處所。社稷：古代祭祀的土神和穀神。
【出處】尚書・太甲上：「社稷宗廟，罔不祇肅。」左丘明・國語・吳語：「夫差辭曰：『天既降禍於吳國，不在前後，當孤之身，寔失宗廟社稷。……』」
【用法】用以指稱最高權力，也借指國家。
【例句】天子為萬民之主，無威儀不可以奉**宗廟社稷**。（羅貫中・三國演義三回）
【義近】傳國九鼎。

官止神行 ㄍㄨㄢ ㄓˇ ㄕㄣˊ ㄒㄧㄥˊ

【釋義】官：官知，器官的知覺，如視覺、聽覺等。神：神欲，指思維活動。
【出處】莊子・養生主：「方今之時，臣以神遇而不以目視，官知止而神欲行。」
【用法】指對某一事物有透徹的了解，或技藝純熟，得心應手。
【例句】她編織毛線的技術已到了**官止神行**的熟練程度，可以邊看電視邊打毛線，而且織出來的衣物非常精緻。
【義近】得心應手／庖丁解牛／駕輕就熟。
【義反】笨手笨腳。

官官相護 ㄍㄨㄢ ㄍㄨㄢ ㄒㄧㄤ ㄏㄨˋ

【釋義】相護：互相庇護。一作「官官相為」。
【出處】關漢卿・蝴蝶夢二：「你都官官相為倚親屬，更做道國戚皇族。」馮夢龍・醒世恆言・勘皮靴單證二郎神：「既是太師府中事體，我只道官官相護，就了其事。」
【用法】指做官的彼此互相迴護，也指同僚間相互庇護。
【例句】無論是過去還是現在，政府官員總是**官官相護**，民眾有冤沒處伸。
【義近】官官相衛／相互包庇／朋比為奸。
【義反】大公無私。

官法如爐 ㄍㄨㄢ ㄈㄚˇ ㄖㄨˊ ㄌㄨˊ

【釋義】官法：官府（政府）所定的法律。
【出處】京本通俗小說・菩薩蠻：「臨安府差人去靈隱寺印長老處要可常。……常言道：官法如爐，誰肯容情。」
【用法】指國家法律就像爐火一樣的嚴厲。
【例句】**官法如爐**，你兒子犯了殺人罪，自然要一命償一命，誰去說情也無法改變這個事實！
【義近】執法如山／嚴刑峻法。
【義反】逍遙法外／徇私舞弊。

官情紙薄 ㄍㄨㄢ ㄑㄧㄥˊ ㄓˇ ㄅㄛˊ

【釋義】官場上的人情像紙一樣薄。
【出處】明・孫仁孺・東郭記・頑夫廉：「官情紙薄，更誰人風霜誼高。窮途寂寥，便家兄言詞煞佻。」
【用法】指官場上明爭暗鬥，爾虞我詐，人情淡薄。
【例句】**官情紙薄**，你在官場上混了這麼多年，應該深有體悟。
【義反】官官相護／官官相為。

官運亨通 ㄍㄨㄢ ㄩㄣˋ ㄏㄥ ㄊㄨㄥ

【釋義】官運：做官的運氣。亨通：順利。
【出處】李寶嘉・官場現形記三七回：「後來湍制臺官運亨通，從雲南臬司任上就升了貴州藩司……不上兩年，又升湖廣總督。」
【用法】指在官場上很走運，步步高升。
【例句】李先生是塊做官的料，在仕途上**官運亨通**，不到十年，就從一個小小的縣長秘書做到部長級的大官了。
【義近】一日三遷／直上青雲／步步高升／一日九遷。
【義反】仕途多艱／官運不佳／

命乖運蹇／時運不濟。

官逼民反

【釋義】逼：逼迫。反：反抗，造反。

【出處】李寶嘉·官場現形記二八回：「廣西事情一半亦是官逼民反。正經說起來，三天亦說不完。」

【用法】用以說明古代官府極力敲詐、剝削，逼迫得人民只好鋌而走險，起來造反。

【例句】《水滸傳》中有些人物之所以走上梁山，完全是**官逼民反**的結果。

【義近】官逼民變／逼上梁山／揭竿而起。

官樣文章

【釋義】指官方有固定格式和套語的往來公文、文告。

【出處】歐陽修·歸日錄：「文章須是官樣。」沈鯨·雙珠記三：「官樣文章大手筆，倘官屈宋誰能匹。」

【用法】比喻徒具形式的例行公事或措施。

【例句】這只是**官樣文章**，幾十年來見得多了，誰還相信那一套！

【義近】例行公事／虛文濫調／陳腔濫調。

宜室宜家

【釋義】宜：適應，順和。室、家：指女子所嫁的人家。

【出處】詩經·周南·桃夭：「桃之夭夭，灼灼其華。之子于歸，宜其室家。」湯顯祖·牡丹亭·閨塾：「有風有化，宜室宜家。」

【用法】形容夫妻和睦，家庭和順。

【例句】裴小姐是位賢淑女子，出嫁了自然是**宜室宜家**，幸福美滿的。

【義近】宜人宜家／相敬如賓／綠葉成蔭／和如琴瑟。

【義反】不安於室／蘭因絮果／婦姑勃谿／家反宅亂。

宜嗔宜喜

【釋義】宜：合適，適宜。嗔：生氣發怒。

【出處】王實甫·西廂記第一本一折：「呀，誰想著寺裏遇神仙！我見他宜嗔宜喜春風面，偏宜貼翠花鈿。」

【用法】形容女子無論是嗔怒或喜笑，都顯得很美麗。

【例句】那位女明星**宜嗔宜喜**，追求者如過江之鯽，可惜她一個也看不上眼。

【義近】淡妝濃抹總相宜／杏眼桃腮／仙姿玉貌。

【義反】怪模怪樣／不堪入目／醜經八怪／奇醜無比。

宛然在目

【釋義】宛然：彷彿。

【出處】清·鄭燮·范縣署中寄舍墨第五書：「以及宗廟丘墟，關山勞戍之苦，宛然在目。」

【用法】形容以往的事感受深切，記憶猶新，好像就在眼前一樣。

【例句】我太太雖已去世多年，但想起她的音容笑貌，**宛然在目**，令我懷念不已。

【義近】音容宛在／宛若眼前。

六畫

宦海浮沉

【釋義】宦海：喻官場，官吏爭奪功名富貴的場所。浮沉：在水中忽上忽下，喻升降。

【出處】太平廣記三二仙傳拾遺載：顏眞卿十八九歲時，有道士對他說：「子有清簡之名，……不宜自沉於名宦之海。」

【用法】形容官場上的官職升降，變化莫測，有如風波不定的海洋。

【例句】他在官場上混了三十幾年，飽經**宦海浮沉**之苦，現在離職閒居，倍感輕鬆自在，快活極了。

【義近】宦海升沉／仕途險惡。

【義反】官運亨通。

室如懸磬

【釋義】屋裏就像懸掛著的石磬一樣。磬：同「罄」。古代石製樂器，懸掛在架子上供敲擊。

【出處】國語·魯語上：「室如懸磬，野無青草，何恃而不恐？」

【用法】形容家境極爲貧寒，屋子裏空無所有。

【例句】大陸的偏遠山區，有些農戶眞的是**室如懸磬**，人們見了無不爲之心酸。

【義近】家徒四壁／家無儋石／家貧如洗／饔飧不繼／數米而炊／等米下鍋。

【義反】金玉滿堂／堆金疊玉／豐衣足食／飽食暖衣／吃著不盡／家道從容。

室怒市色

【釋義】意謂在家裏生氣，卻作色於市人。

【出處】左傳·昭公十九年：「彼何罪！諺所謂：室於怒，市於色者，楚之謂矣。」元·郝經·居庸行：「百年一債老虎走，室怒市色還猖狂。」

【用法】用以指遷怒於人。

【例句】這人最大的毛病就是愛**室怒市色**，從不檢討自己，所以誰也不願意和他共事。

【義近】東怒西怨／遷怒他人。

【義反】不遷怒，不貳過／反躬自省／反求諸己。

室邇人遠

【釋義】房子很近，人卻很遠。邇：近。

【出處】詩經·鄭風·東門之墠：「其室則邇，其人甚遠。」朱熹·詩集傳：「室邇人遠者，思之而未得見之詞也。」

【用法】本指男女思慕而不得見，後多用以表示思念遠人或悼念死者。

【例句】劉太太自從先生去美國執教以來，儘管常通電話，卻總有**室邇人遠**之感。

【義近】室邇人遐／見鞍思馬／睹物思人／物是人非。

【義反】朝夕相見／寸步不離／耳鬢廝磨／形影不離。

客囊羞澀

【釋義】客：指旅遊在外。囊：口袋。羞澀：難爲情，態度不自然；貧乏的意思。

【出處】杜甫·空囊詩：「囊空恐羞澀，留得一錢看。」孔尙任・桃花扇・訪翠：「只是一件，客囊羞澀，恐難備禮。」

【用法】指在旅途中缺乏財物。

【例句】我這次出門帶的錢不多，不免**客囊羞澀**，要儘量節省，望諸位不要見笑。

【義近】囊中羞澀／囊空如洗／阮囊羞澀／身無分文。

【義反】腰纏萬貫／一擲千金／揮金如土／穿金戴玉。

七畫

宰相肚裏好撐船

【釋義】一作「宰相肚裏可撐船」、「宰相腹中撐得船」等。

【出處】丘濬・忠孝記二七：「宰相肚裏好撐船。」

【用法】比喻度量寬宏。

【例句】俗話說：**宰相肚裏好撐船**，君子不計小人過，你又何必爲了一點小事和他過意不去呢？

【義近】寬宏大量／豁達大度／肚大能容／虛懷若谷。

【義反】心胸狹窄／雞腸雀肚／斤斤計較。

家至人說

【釋義】家至：每家都到。人說：告知每一個人。

【出處】漢書・匡衡傳：「臣聞教化之流，非家至而人說之也。」

【用法】喻大家都知道的意思。

【例句】我們要盡一切辦法，把當前的情況和所採取的政策告訴國人，力求達到**家至人說**的目的。

【義近】家至戶曉／家到戶說／戶告人曉／家諭戶曉／人盡皆知／眾所周知。

【義反】天知地知／你知我知／無人知曉／秘而不宣／人不知，鬼不覺。

家至戶曉

【釋義】戶曉：讓每戶都知道。

【出處】舊唐書・魏謩傳：「雖然，疑似之間，不可家至而戶曉。」歐陽修・乞出第三札子：「臣所謂辨誣謗、全名節者，爲中外之人不可家至戶曉者爾。」

【用法】指去到每家每戶進行宣傳，使每家每戶都知道。

【例句】我們要盡一切辦法，把當前的情況和所採取的政策告訴國人，力求達到**家至戶曉**的目的。

【義近】家至人說／家到戶說／戶告人曉／家諭戶曉／人盡皆知／眾所周知。

【義反】天知地知／你知我知／無人知曉／秘而不宣／人不知，鬼不覺。

家言邪學

【釋義】家言：偏見自成的一家之言。邪學：歪邪的學派。

【出處】荀子・大略：「此家言邪學之所以惡儒者也。」

【用法】形容偏執的私家言論。

【例句】在知識爆炸的時代裏，許多**家言邪學**興盛，我們在吸收新知時就不可不慎重取捨、淘汰。

家弦戶誦

【釋義】意謂家家都在吟唱歌誦。弦：琴弦。

【出處】蒲松齡・聊齋誌異・郭生：「時葉、繆諸公稿，風雅絕麗，家弦而戶誦之。」

【用法】形容詩文寫得好，受人歡迎，廣泛流傳。或形容人有功德，品行好，深受人們喜愛和懷念。

【例句】①據史書記載，北宋詞家柳永的詞作，曾**家弦戶誦**，備受歡迎。②皮老先生是我國學術界的泰斗，著作等身，德高望重，是位**家弦戶誦**的優秀人物。

【義近】膾炙人口／雅俗共賞／有口皆碑／馳名中外。

【義反】索然無味／艱深晦澀／臭名昭著／身敗名裂。

家花不如野花香

【釋義】意謂家裏的女子不如外面的女子好。花：喻女子。

【用法】指男子喜新厭舊，愛在外面追逐女性的好色心理。

【例句】你家裏放著一個如花似玉的老婆不理，卻跑到外面去養情婦，難道眞的是**家花不如野花香**？我看你是鬼迷心竅了！

【義近】家雞不如野雉／家雞不如野鶩。

家徒四壁

【釋義】家裏只有四面的牆壁。徒：僅，只。

【出處】漢書・司馬相如傳上：「文君夜亡奔相如，相如與馳歸成都，家徒四壁立。」

【用法】形容家中十分貧窮，一無所有。

【例句】現在的臺灣家給人足，很難找得到**家徒四壁**的人家了。

【義近】家徒壁立／室如懸磬／環堵蕭然。

【義反】金玉滿堂／家財萬貫／堆金積玉。

家書抵萬金

【釋義】得到一封家書，能抵上一萬兩黃金。家書：家信。

【出處】杜甫・春望：「烽火連三月，家書抵萬金。」

【用法】極言家書之可貴。

【例句】爲了躲避災禍，遠離家鄉已近一年了，昨日突接愛妻來書，使我頓有**家書抵萬金**的感慨。

家破人亡

【釋義】破：破壞，毀滅。亡：死亡。

【出處】道原・景德傳燈錄卷一六：「問：『學人未擬歸鄉時如何？』師曰：『家破人亡，子歸何處？』」

【用法】用以形容天災人禍所造成的悲慘境遇。

【例句】大陸的文化大革命，許多知識分子被迫害得**家破人亡**，現在還有人記憶猶深、切齒痛恨！

【義近】妻離子散／骨肉離散。

【義反】闔家團聚／安居樂業。

家常便飯

【釋義】家中尋常的飯食。

【出處】羅大經・鶴林玉露卷四：「范文正公云：常調官好做，家常便飯好吃。」

【用法】比喻尋常之事。

【例句】這小倆口吵架已成了**家常便飯**，鄰居們都懶得管了，你又何必多事呢？

【義近】習以為常／不足為奇。

【義反】玉饌精肴／山珍海錯／世所罕見。

家貧則思良妻

【釋義】家裏貧窮時便想起賢良的妻子。

【出處】司馬遷・史記・魏世家：「魏文侯謂李克曰：『先生嘗教寡人曰：「家貧則思良妻，國亂則思良相。」』」

【用法】謂良妻賢相對家國的輔助極為重要。

【例句】**家貧則思良妻**，國亂則思良相，賢妻良相對家對國的重要性，絕對不是三言兩語道得盡的。

【義近】國亂則思良相。

家喻戶曉

【釋義】喻：明白，了解。曉：知道。

【出處】樓鑰・檄鄭熙等免罪文：「而遽有免罪之旨，不可以家諭（喻）戶曉。」

【用法】用以形容人人皆知。

【例句】西遊記中的孫悟空是一個**家喻戶曉**的神話人物。

【義近】家至戶曉／戶告人曉／盡人皆知／眾所週知／婦孺皆知／人人皆知。

【義反】聞所未聞／不見經傳／沒沒無聞。

家無斗儲

【釋義】家裏沒有一斗糧食的儲備。

【出處】晉書・王歡傳：「安貧樂道，專精耽學，不營產業，常丐食誦詩，雖家無斗儲，意怡如也。」

【用法】形容人生活貧困。

【例句】王先生是學究天人的學者，在求學時期儘管**家無斗儲**，仍然好學不倦，刻苦鑽研學問。

【義近】家無儋石／寅吃卯糧／朝升暮合／食不果腹。

【義反】千倉萬箱／家有餘糧／貫朽粟陳／豐衣足食。

家無儋石

【釋義】意謂家無餘糧。儋石：擔石，一擔一斗。石：斗石。

【出處】漢書・揚雄傳上：「家產不過十金，乏無儋石之儲，晏如也。」

【用法】形容十分貧困。

【例句】他一生廉潔奉公，直到身後依然**家無儋石**，實在難得。

【義近】家徒四壁／一貧如洗／室如懸磬／家無宿糧。

【義反】家有餘糧／日食萬錢／豐衣足食／庖有肥肉。

家給人足

【釋義】給：充裕。足：富足。

【出處】司馬遷・史記・商君列傳：「行之十年，秦民大說（悅），道不拾遺，山無盜賊，家給人足。」

【用法】用以說明家家衣食充裕，人人生活富足。

【例句】中國大陸要真正做到**家給人足**，實非易事。

【義近】家衍人給／家殷人足／家給民足。

【義反】家貧人窮／衣不蔽體／食不飽腹。

家賊難防

【釋義】家賊：家庭中的小偷或內奸。

【出處】普濟・五燈會元卷五四：「問：『自古至今同生同死時如何？』師曰：『家賊難防。』」

【用法】用以說明內部的奸細或身邊的人營私作弊，最難防範。

【例句】真是**家賊難防**啊，他兒子竟把他的全部存款偷得精光！

【義近】禍起蕭牆／變生肘腋。

【義反】禍由外始。

家道中落

【釋義】家道：家境，家庭經濟情況。中落：中途衰落。

【出處】吳敬梓・儒林外史一四回：「雖然他家太爺做了幾任官，而今也家道中落，那裏一時拿的許多銀子出來？」

【用法】用以指家庭狀況由盛轉衰，遠不如往日。

【例句】他的祖父原是本地數一數二的富翁，到他父親時**家道中落**，從此一天不如一天，現在連溫飽都成問題。

【義近】家道中衰／破落人家／一蹶不振。

【義反】興旺不衰／席豐履厚／東山再起。

家道從容

【釋義】家道：家境。從容：這裏指經濟寬裕。

【出處】明・李昌祺・剪燈餘話・鞦韆會記：「所攜豐厚，兼拜住，又教蒙古生數人，復有月俸，家道從容。」

【用法】指家庭富有，生活條件寬裕。

【例句】王老師的太太和兒子媳婦都在工作，所以**家道從容**，生活優裕。

【義近】家道充足／吃著不盡。

【義反】啼飢號寒／並日而食。

家學淵源

【釋義】家學：家庭世代相傳的學問。淵源：源頭。

【出處】李汝珍・鏡花緣五二回：「如此議論，才見讀書人自有卓見，真是家學淵源，妹子甘拜下風。」

【用法】說明出身於書香門第，學問根柢深厚。

【例句】怪不得他的文章寫得好，原來是**家學淵源**，他父親是某大學中文系的教授。

【義近】書香門第／祖傳家學／翰墨世家。

【義反】商販家門／自學成材。

家醜不可外揚

【釋義】家醜：家中醜事。外揚：外傳。

【出處】清平山堂話本・風月瑞仙亭：「欲要訟之於官，爭奈家醜不可外揚，故爾中止。」

【用法】說明不可將家中不好之事張揚出去，以免失掉面子，招來譏誚。

【例句】這樁事是見不得人的，**家醜不可外揚**，你們千萬不要說出去！

家翻宅亂 ㄐㄧㄚ ㄈㄢ ㄓㄞˊ ㄌㄨㄢˋ

【釋義】家裏好像翻過來了，亂七八糟的。

【出處】明・無名氏・南牢記二折：「聒聒聒，家翻宅亂不住吵，啾啾啾，鑿妻打婦常常鬧。」

【用法】形容家裏亂哄哄的，不安寧。多指吵架失和。

【例句】我真想不通，你們怎麼動不動就這樣**家翻宅亂**起來，這樣還像個家嗎？

【義近】家反宅亂／婦姑勃谿／兄弟失和／夫妻反目。

【義反】團結友愛／和睦相處／兄友弟恭／夫唱婦隨。

家雞野雉 ㄐㄧㄚ ㄐㄧ ㄧㄝˇ ㄓˋ

【釋義】家中的雞和野生的雉。家雞喻己物，野雉喻他人之物。

【出處】何法盛・晉中興書：「庾翼書，少時與王右軍齊名。右軍後進，庾猶不分。在荊州與都下書云：『小兒輩厭家雞愛野雉，皆學逸少書。須下還，當北之。』」

【用法】形容輕視己物，羨慕他人之物，喜新厭舊或風格各異的意思。

【例句】**家雞野雉**相比較，人們好像對野雉有偏好，這便是物以稀為貴、喜新厭舊的心理作祟。

【義近】家雞野鶩。

宴安鴆毒 ㄧㄢˋ ㄢ ㄓㄣˋ ㄉㄨˊ

【釋義】宴：安，樂。鴆：傳說為一種有劇毒的鳥，用它的羽毛泡酒，可以毒死人。

【出處】左傳・閔公元年：「諸夏親暱，不可棄也。宴安鴆毒，不可懷也。」

【用法】指貪圖安逸享樂，如同飲毒酒自殺。

【例句】古人有**宴安鴆毒**的告誡，你如果繼續與那些狐朋狗友一起在外尋歡作樂，不毀了你的前途才怪！

【義近】燕安鴆毒／醉生夢死／紙醉金迷。

【義反】自強不息／勇猛精進／刻苦自勵。

宮鄰金虎 ㄍㄨㄥ ㄌㄧㄣˊ ㄐㄧㄣ ㄏㄨˇ

【釋義】君王和小人為鄰，貪求和金子一樣堅硬，讒言和老虎一樣兇惡。

【出處】張衡・東京賦：「周姬之末，不能厥政，政用多僻，始於宮鄰，卒於金虎。」善注：「宮鄰金虎，言小人在位，比周相進，與君為鄰，貪求之德堅若金，讒謗之言惡若虎也。」良注：「言周之末年……小人在位，與君子為鄰，堅若金，惡若虎，卒以此亡。」

【用法】比喻小人得勢，危害國家。

【例句】屈原見**宮鄰金虎**，國事日非，又不願讓自己與世沉浮，遂投汨羅江以明志。

【義近】浮雲翳日／小人得志／豺狼當道／小人道長，君子道消／黃鐘毀棄，瓦釜雷鳴。

宵衣旰食 ㄒㄧㄠ ㄧ ㄍㄢˋ ㄕˊ

【釋義】宵衣：天未亮就穿衣起牀。宵：夜。旰食：天很晚才吃飯。旰：晚。

【出處】舊唐書・劉蕡傳：「若夫任賢惕厲，宵衣旰食，宜黜左右之纖佞，進股肱之大臣。」

【用法】表示勤於政務。

【例句】我們新選出來的縣長**宵衣旰食**，一心為民服務，故深得民眾的敬仰。

【義近】宵旰勤勞／廢寢忘食／枵腹從公。

【義反】養尊處優／飽食終日，無所用心／尋歡作樂。

害羣之馬 ㄏㄞˋ ㄑㄩㄣˊ ㄓ ㄇㄚˇ

【釋義】危害馬羣的劣馬。

【出處】莊子・徐无鬼：「夫為天下者，亦奚以異乎牧馬者哉？亦去其害馬者而已矣。」

【用法】喻指危害團體的人。

【例句】清除了這幾個**害羣之馬**，公司將會很快地轉虧為盈，興旺發達起來。

容光煥發 ㄖㄨㄥˊ ㄍㄨㄤ ㄏㄨㄢˋ ㄈㄚ

【釋義】容光：臉上的光彩。煥發：光彩四射的樣子。

【出處】薄松齡・聊齋誌異・阿秀：「竟妝，容光煥發。」

【用法】形容人精神振奮，情緒飽滿。

【例句】他雖已年過古稀，但精神矍鑠，**容光煥發**，簡直不像個老年人。

【義近】神采奕奕／神采飛揚／精神振奮。

【義反】萎靡不振／垂頭喪氣／無精打采／要死不活。

容足之地 ㄖㄨㄥˊ ㄗㄨˊ ㄓ ㄉㄧˋ

【釋義】容足：立足。

【出處】莊子・外物：「天地非不廣且大也，人之所用容足耳。」白居易・吾廬詩：「眼下營求容足地，心中准擬掛冠時。」

【用法】形容所處地方極狹小，僅能勉強安身。

【例句】想起昔日無**容足之地**，現在能住上這三房兩廳的房子，也就心滿意足了。

【義近】斗室陋巷／篳門蓬戶／容足之居／容身之所／立錐之地／立足之地。

【義反】高樓大廈／朱樓廣廈／甲第連雲。

容頭過身 ㄖㄨㄥˊ ㄊㄡˊ ㄍㄨㄛˋ ㄕㄣ

【釋義】指野獸穿穴，頭可通過的話，就可以容身。

【出處】後漢書・西羌傳・東號子麻奴：「今三郡未復，園陵單外，而公卿選懦，容頭過身。」

【用法】形容人得過且過，但求苟安。

【例句】他就是這樣**容頭過身**的做事態度，所以一生庸庸碌碌，一事無成。

【義近】得過且過／苟且偷安／因循苟且／敷衍塞責／做一天和尚撞一天鐘。

【義反】聞雞起舞／奮發圖強。

八畫

密不通風 ㄇㄧˋ ㄅㄨˋ ㄊㄨㄥ ㄈㄥ

【釋義】密：嚴密，緊密。

【出處】元・紀君祥・趙氏孤兒二折：「這兩家做下敵頭重，但要防的孤兒有影踪，必然把太平莊上兵圍擁，鐵桶般密不通風。」

【用法】形容包圍緊密或防守嚴

【例句】臨時搭起來的舞臺上正在表演節目，觀眾從裏到外把舞臺圍得**密不通風**。
【義近】密不透風／密不通氣／水洩不通／密匝匝。
【義反】稀稀疏疏／散垮垮。

密雲不雨

【釋義】意謂天空烏雲密布，卻未下雨。
【出處】易經・小畜：「密雲不雨，自我西郊。」
【用法】比喻事情已經醞釀成熟，只是尚未發作。或比喻恩惠未能施及下人。
【例句】一九九八年初，伊拉克拒絕聯合國對總統府的武器檢查，美、英迅速調兵遣將，正在這**密雲不雨**之時，薩達姆藉安南調解之機，做出讓步，才避免了一場戰火。
【義近】山雨欲來風滿樓／光打雷不下雨／只聽樓梯響，不見人下來。

寅吃卯糧

【釋義】寅年吃了卯年的糧。寅、卯：均為「地支」名。按次序寅在前，為第三位；卯在後，為第四位。一作「寅支卯糧」。
【出處】畢自嚴・蠲錢糧疏：「大抵民間止有此物力，寅支卯糧，則卯年之逋，勢也。」
【用法】比喻收入不夠支出，預先支用了以後的款項。
【例句】現在好了，年年有餘，那**寅吃卯糧**的日子已成過去了。
【義近】入不敷出／捉襟見肘／青黃不接／左支右絀。
【義反】綽有餘裕／寬裕自如／綽綽有餘。

寄人籬下

【釋義】寄居在別人籬簷下。寄：依靠，依附。原指沿襲別人的著述，無所創作。
【出處】南齊書・張融傳：「丈夫當刪詩書，制禮樂，何至因循寄人籬下。」
【用法】現比喻依附他人生活而不能自主。
【例句】你現在在國內生活得好好的，何苦要到國外去投親靠友，**寄人籬下**呢？
【義近】傍人門戶／依草附木／仰人鼻息。
【義反】獨立自主／自食其力／自力更生。

寄田仰穀

【釋義】借種別人的田地，仰賴他人的糧食。
【出處】漢書・西域傳・鄯善國：「鄯善國，本名樓蘭……地沙鹵，少田，寄田仰穀旁國。」
【用法】喻需仰賴他人的協助才得以生存；或比喻國家非常貧困，物產不豐饒。
【例句】這個國家**寄田仰穀**他國多年，因石油的發現而成為富有的國家，再也不用仰賴別國的接濟了。

寂天寞地

【釋義】意謂天地間非常寂靜，沒有一點聲息。
【出處】明・郎瑛・七修類稿・諺語至理：「御史初至，則曰驚天動地；過幾月，則曰昏天黑地；去時，則曰寂天寞地，此言其無才者也。」
【用法】人無能或無所作為。
【例句】這種**寂天寞地**的人，純屬酒囊飯袋，現在弄得衣食無著，根本不值得同情。
【義近】碌碌無能／碌碌無為／庸庸碌碌／無所作為。
【義反】多才多藝／神通廣大／卓爾不羣／無所不能。

宿草已生

【釋義】宿草：隔年的草。
【出處】禮記・檀弓上：「朋友之墓，有宿草而不哭焉。」江淹・雜體詩：「徂沒多拱木，宿草陵寒煙。」
【用法】形容人逝世已久。
【例句】他的愛妻逝世已久，墓旁**宿草已生**，但他對愛妻的思念卻絲毫不減，眞是一位重感情的人。
【義近】白骨已冷／墓木已拱。

宿將舊卒

【釋義】宿將：久經戰陣的老將。舊卒：老兵。
【出處】曹植・求自試表：「雖賢不乏世，宿將舊卒，猶習戰也。」
【用法】用以指久經戰爭的將領和士兵。
【例句】那些**宿將舊卒**雖已退伍，但仍是我軍的寶貴財富，一旦有戰事發生，他們還可回部隊大顯身手。

宿學舊儒

【釋義】宿學：飽學之士。舊儒：老儒、宿儒。
【出處】宋・胡仔・苕溪魚隱叢話前集・西崑體：「老杜詩既為世所重，宿學舊儒猶不肯深與之。」
【用法】用以泛稱老成博學的讀書人。
【例句】我國的**宿學舊儒**在學術界所發揮的影響力越來越大，因而深受國家的禮遇。
【義近】飽學宿儒／學界泰斗／宿學通儒。
【義反】青年士子／白面書生／青青子衿。

九　畫

寒木春華

【釋義】意謂寒木不凋，春花吐豔。寒木：指耐寒的松柏。華：花。
【出處】顏氏家訓・文章：「齊世有席毗者，……嗤鄙文學，嘲劉逖云：……劉應之曰：『既有寒木，又發春華，何如也？』席笑曰：『可矣！』」
【用法】比喻各有長短，各有特色。
【例句】這兩位演員的表現有如**寒木春華**，各有優劣，很難分出高下。
【義近】春蘭秋菊／各有千秋。

寒毛直豎

【釋義】寒毛：人體皮膚上的細毛。
【出處】太平御覽五〇二：「聞君之言，不覺寒毛競豎，白汗四市。」
【用法】形容緊張、恐懼得身上的寒毛都豎立起來了。
【例句】我第一次走進屍體解剖室，頓時**寒毛直豎**，欲往外竄奔。

【義近】寒毛卓豎／寒毛倒豎／毛骨悚然。
【義反】神色不動／泰然自若／神色自如。

寒來暑往 ㄏㄢˊ ㄌㄞˊ ㄕㄨˇ ㄨㄤˇ

【釋義】炎夏過去，寒冬來到。
【出處】周易・繫辭下：「寒往則暑來，暑往則寒來，寒暑相推，而歲成焉。」
【用法】泛指時光流逝，歲月變遷。
【例句】**寒來暑往**，轉眼之間一年又過去了。
【義近】春去秋來／冬去夏來／物換星移／周而復始。

寒花晚節 ㄏㄢˊ ㄏㄨㄚ ㄨㄢˇ ㄐㄧㄝˊ

【釋義】寒花：能耐寒的花，通常指菊花。晚節：晚年的節操。
【出處】宋・韓琦・九月水閣：「雖慚老圃秋容淡，且看寒花晚節香。」
【用法】比喻晚節堅貞。
【例句】大將軍儘管功勞顯赫，但從不居功自傲，而且能保持**寒花晚節**，令人景仰。
【義近】晚節黃花／高風亮節。
【義反】晚節不終／晚節不保。

寒泉之思 ㄏㄢˊ ㄑㄩㄢˊ ㄓ ㄙ

【釋義】寒泉：《詩經・邶風・凱風》中的話。意謂寒泉在浚下，猶能有所滋益於浚，孝子因以自責未能事親。
【出處】詩經・邶風・凱風：「爰有寒泉，在浚之下；有子七人，母氏勞苦。」三國志・蜀書・先主甘皇后傳：「今皇思夫人，宜有尊號，以慰寒泉之思，輒與恭等案諡法，宜曰昭烈皇后。」
【用法】喻孝子思親。
【例句】父母生養之恩，比山高水深，所以**寒泉之思**也是人之常情。
【義近】風木哀思／風樹興悲／風木銜悲／詩廢蓼莪／皋魚之泣。
【義反】膝下承歡／天倫之樂。

寒風刺骨 ㄏㄢˊ ㄈㄥ ㄘˋ ㄍㄨˇ

【釋義】寒風：寒冷的北風。刺骨：深入於骨，極言程度之深。
【出處】晉・陸機・燕歌行：「四時代序逝不追，寒風習習落葉飛。」宋・戴復古・飲中：「布衣不換錦宮袍，刺骨清寒氣自豪。」
【用法】形容天氣寒冷，冷風透身刺骨。
【例句】我國幅員遼闊，當南方還是氣候宜人的時節，北方已是**寒風刺骨**的天氣了。
【義近】寒風凜冽／寒氣逼人／冰天雪地／風刀霜劍。
【義反】火傘高張／酷熱難當／流金爍石／炎熱如火。

寒耕熱耘 ㄏㄢˊ ㄍㄥ ㄖㄜˋ ㄩㄣˊ

【釋義】寒冷時耕種，炎熱時除草。耘：田地裏除草。
【出處】管子・臣乘馬：「彼善爲國者，使農民寒耕暑耘，力歸於上。」漢・賈誼・新書・審微：「民乎，寒耕熱耘，曾不得食也。」
【用法】形容農事艱辛。
【例句】現在世界上仍有許多地區依舊像從前那樣**寒耕熱耘**，從年頭忙到年尾，卻還難以求得溫飽。
【義近】春耕夏耘／寒耕暑耘／臉朝黃土背朝天／日出而作，日入而息／刀耕火耨。
【義反】不稼不穡／養尊處優／茶館進酒館出／不勞而獲／肩不挑擔，手不提籃。

富可敵國 ㄈㄨˋ ㄎㄜˇ ㄉㄧˊ ㄍㄨㄛˊ

【釋義】一個人擁有的財富可與國家擁有的財富相比。敵：匹敵。
【出處】凌濛初・二刻拍案驚奇：「當時鄧氏之錢，布滿天下，其富敵國。」
【用法】極言其人之富有。
【例句】他**富可敵國**，豈止是億萬富翁！
【義近】金銀如山／家財萬貫／鐘鳴鼎食。
【義反】一貧如洗／家徒四壁／室如懸磬／家無儋石。

富而不驕 ㄈㄨˋ ㄦˊ ㄅㄨˋ ㄐㄧㄠ

【釋義】指人富有，卻不驕傲。
【出處】左傳・定公十三年：「富而不驕者鮮。」論語・學而：「子貢曰：『貧而無諂，富而無驕，何如？』」
【用法】形容人很有修養，有錢卻不矜誇。
【例句】社會上有錢的人很多，但**富而不驕**的人卻太少，於是造成人們心理上笑貧不笑娼，有錢就是大爺的現象。

富於春秋 ㄈㄨˋ ㄩˊ ㄔㄨㄣ ㄑㄧㄡ

【釋義】富：富有，大量具有。春秋：這裏指人的年壽。
【出處】司馬遷・史記・呂太后本紀：「今高后崩，而帝春秋富，未能治天下。」晉書・陶侃傳：「陛下春秋尚富。」
【用法】用以指人年紀不大，將來的日子還很長。
【例句】我已是七老八十的人了，不像你**富於春秋**，哪還有精力寫一大部著作啊！
【義近】春秋正富／春秋鼎盛／年富力強／年輕力壯。
【義反】年過花甲／年逾古稀／風中殘燭／日薄西山。

富埒天子 ㄈㄨˋ ㄌㄧㄝˋ ㄊㄧㄢ ㄗˇ

【釋義】埒：相等。天子：天之子，指帝王。
【出處】司馬遷・史記・平準書：「故吳，諸侯也，以即山鑄錢，富埒天子，其後卒以叛逆。」
【用法】形容人極其富有，其財富可和天子相比。
【例句】世界上貧富懸殊極大，許多窮人上無片瓦，下無立錐之地，而那些大富翁卻**富埒天子**，有用不完的財產。
【義近】富比王侯／富埒陶猗／家財萬貫／富可敵國。
【義反】一無所有／一貧如洗／一文不名／家徒四壁。

富國安民 ㄈㄨˋ ㄍㄨㄛˊ ㄢ ㄇㄧㄣˊ

【釋義】富、安：這裏均用作使動詞。
【出處】漢書・溝洫志：「此誠富國安民，興利除害，支數百歲，故謂之中策。」
【用法】指政府所執行的政策好

，使國家富有，人民安定。
【例句】我國現在所奉行的**富國安民**政策，目標是要使經濟發展更爲迅速，進而提高就業率，創造新的經濟奇蹟。
【義近】國富民安／國富民強／國泰民安／民富國強。
【義反】民窮財盡／民不聊生／國弱民窮／民生凋敝。

富國強兵

【釋義】意即國富兵強。又作「強兵國富」。
【出處】戰國策・秦策一：「欲富國者，務廣其地；欲強兵者，務富其民。」商君書・壹言：「故治國者，其摶力也，以富國強兵也。」
【用法】用以說明國家富足，兵力強大。
【例句】爲政者在**富國強兵**之餘，也該多提昇老百姓的文化水準。
【義近】國富民強／國富兵強／人強馬壯。
【義反】國步艱難／國貧民弱／兵微將寡。

富貴不能淫

【釋義】富貴：指有錢有地位。淫：迷惑，誘亂人心。
【出處】孟子・滕文公下：「富貴不能淫，貧賤不能移，威武不能屈。」
【用法】形容一個人意志堅定，不爲金錢地位所動。
【例句】文天祥在被捕後拒絕了元朝高官厚祿的誘惑，表現其**富貴不能淫**的高風亮節。
【義近】富貴如浮雲／堅貞不屈／輕財重義。
【義反】有奶便是娘／利令智昏／利慾熏心。

富貴利達

【釋義】指財富、地位、利祿、顯達。
【出處】孟子・離婁下：「由君子觀之，則人之所以求富貴利達者，其妻妾不羞也，而不相泣者，幾希矣。」
【用法】泛指一般人所追求的目標。
【例句】從現實觀點來看，人們追求**富貴利達**並沒有什麼不對，但若因此而不擇手段，就會爲人所唾棄了。
【義近】富貴榮華／功名利祿／高官厚祿／富貴顯達。
【義反】窮困潦倒／辱門敗戶／寄人籬下／琴劍飄零。

富貴浮雲

【釋義】把富貴看得像浮雲一樣。一作「富貴如浮雲」。浮雲：天空飄浮的雲霧。
【出處】論語・述而：「不義而富且貴，於我如浮雲。」
【用法】用以表示富貴輕微不足道。有時也比喻富貴利祿變化無常。
【例句】**富貴浮雲**，人生最重要的是健康，大可不必爲身外之物而苦惱。
【義近】富貴不能淫／視富貴如糞土／棄王位如敝屣。
【義反】愛財如命／視錢如命／追名逐利。

富貴逼人

【釋義】指人不主動追求富貴，但富貴卻自己來。
【出處】北史・楊素傳：「常令爲詔，下筆立成，詞義兼美，帝嘉之，謂曰：『善相自勉，勿憂不富貴。』素應聲曰：『臣但恐富貴來逼臣，臣無心圖富貴。』」夢磊記・奸相獎奸：「正是百計貧賤醫不得，一朝富貴逼人來。」
【用法】比喻人的富貴是自然而至，非汲汲追逐而來的。
【例句】去年他還是個小職員，誰知換了個工作，便平步青雲，躍升爲經理，他謙卑地說：「這是**富貴逼人**，並非意料中之事。」

富貴驕人

【釋義】驕人：驕於人，在別人面前逞驕橫。
【出處】南史・魯悉達傳：「悉達雖仗氣任性，不以富貴驕人。」
【用法】指人依仗自己有錢有勢而盛氣凌人。
【例句】像他這樣得志便**富貴驕人**的人，實在不值得交往。
【義近】以勢壓人／以貴凌人／仗勢欺人。
【義反】富而不驕／富而有禮。

富麗堂皇

【釋義】富麗：華麗。堂皇：盛大，雄偉。又作「堂皇富麗」。
【出處】文康・兒女英雄傳三五回：「見那三篇文章，作得堂皇富麗。」
【用法】用以形容建築物或場面宏偉而有氣勢，也形容詩文辭藻華麗而有氣派。
【例句】那座聳立在市中心的建築物顯得特別的**富麗堂皇**。
【義近】金碧輝煌／美輪美奐／鋪錦列繡／宏篇巨製。
【義反】茅茨土階／繩牀瓦灶／平鋪直敘／輕描淡寫。

寓兵於農

【釋義】寓：寄。古代農民平時種田，農暇時習武，一旦有戰爭，則人人均可禦敵。
【用法】古時兵農合一的政策。
【例句】蘇軾〈教戰守策〉一文，強調人民平時應接受軍事訓練，此乃**寓兵於農**的主張，和盛唐時期的府兵制相類似。
【義近】兵農合一。

寓意深長

【釋義】寓：即寄託。深長：深遠。
【出處】劉勰・文心雕龍・頌贊：「及三閭橘頌，情采芬芳，比類寓意，又覃及細物矣。」三國志・吳書・陸遜傳：「陸遜意思深長，才堪重負。」
【用法】指詩文等作品所寄託或隱含的意思很深刻，耐人尋味。
【例句】李教授寫的這幾首七言古詩，**寓意深長**，値得好好地研究體會一下。
【義近】意味深長／用意深長／意在言表。
【義反】空洞無物／無病呻吟／意淺語澀。

寧死不屈

【釋義】寧：寧可，寧願。屈：屈服。
【出處】宋進士・袁鏞忠義傳：「以大義拒敵，寧死不屈，竟燎身於烈焰中。」
【用法】用以說寧願死也決不屈服。
【例句】秋瑾在清吏面前**寧死不屈**，其志節眞是感天動地。
【義近】至死不屈／誓死不屈／九死無悔。
【義反】卑躬屈膝／委曲求全／苟且偷生。

寧缺毋濫

【釋義】毋：不要。濫：過多，沒有限制。
【出處】李綠園・歧路燈五回：「即令寧缺毋濫，這開封是一省首府，……卻是斷缺不得的。」
【用法】表示在選拔人才或挑選事物時，寧可缺乏，絕不濫取。
【例句】這一期的來稿雖然不多，但我們還是要嚴格挑選，**寧缺毋濫**。
【義近】寧遺勿濫／寧無勿濫。
【義反】濫竽充數／備位充數／寧濫勿缺。

寧爲玉碎，不爲瓦全

【釋義】寧可作爲美玉而被打碎，也不作爲瓦器而被保全。
【出處】北齊書・元景安傳：「豈得棄本宗，逐他姓？大丈夫寧可玉碎，不能瓦全。」
【用法】比喻寧願爲正義而犧牲，也決不喪失氣節，苟且偷生。也用以表示寧死不辱。
【例句】當敵人勸他投降時，他抱著**寧爲玉碎，不爲瓦全**的決心，誓死不降。
【義近】堅貞不屈／寧死不屈／誓死不屈。
【義反】苟且偷生／屈身受辱／屈節辱命。

寧爲雞口，無爲牛後

【釋義】寧做小而進食的雞口，不做大而出糞的牛肛門。後：指肛門。
【出處】戰國策・韓策：「臣聞鄙語曰：『寧爲雞口，無爲牛後。』」
【用法】用以比喻寧願在局面小的地方爲首自主，不願在局面大的地方居於末尾而聽人支配。
【例句】**寧爲雞口，無爲牛後**，我就在這個小地方當我的縣長，何苦去那大地方當什麼副局長呢？
【義近】人各有志。
【義反】身不由己。

寡二少雙

【釋義】「寡二」與「少雙」同義。寡：少。
【出處】漢書・吾丘壽王傳：「以爲天下少雙，海內寡二。」官場維新記九回：「這個寬小姐，既有這般的門第，又有這樣的才華，顯見得是個寡二少雙的人物。」
【用法】指再沒有第二個，沒有能與之相匹敵的。
【例句】令公子長得一表人才，加上品德高尚，學識豐富，是個**寡二少雙**的人物，還愁找不到好媳婦嗎？
【義近】天下無雙／海內寡二／蓋世無雙／獨一無二。
【義反】舉目皆是／處處可見／比比皆是／數以萬計。

寡不敵衆

【釋義】寡：少。敵：抵擋。
【出處】孟子・梁惠王上：「然則寡固不可以敵衆，弱固不可以敵強。」
【用法】說明人少的抵擋不住人多的。
【例句】他雖然精通拳術，畢竟**寡不敵衆**，被一夥流氓打得昏倒在地。
【義近】寡不勝衆／衆寡不敵／卵石不敵。
【義反】一以當十／以少勝多／勢均力敵／以寡擊衆。

寡見少聞

【釋義】見到的少，聽到的也少。寡：少。又作「寡見尠聞」。
【出處】王褒・四子講德論：「俚人不識，寡見尠聞。」
【用法】形容學識淺薄，見聞不廣。
【例句】他不讀書看報，自然**寡見少聞**，凡事問他皆一問三不知。
【義近】孤陋寡聞／知識淺薄。
【義反】廣見洽聞／知識淵博。

寡恩少義

【釋義】意即少恩少義，無情無義。
【出處】蒲松齡・醒世姻緣傳八二回：「這劉敏雖生在這寡恩少義的老子手內，有一個知疼著熱的親娘母子，二人相偎相靠，你惜我憐，還好過得日子。」
【用法】形容人冷酷無情，刻薄自私。
【例句】此人**寡恩少義**，千萬不要與他多來往，否則到頭來受害的一定是自己。
【義近】薄情寡義／忘恩負義／無情無義／刻薄寡恩。
【義反】情深意厚／一飯千金／知恩報恩／深情厚誼。

寡廉鮮恥

【釋義】寡、鮮：少。廉：廉潔。恥：羞恥。
【出處】司馬遷・史記・司馬相如傳：「寡廉鮮恥，而俗不長厚也。」
【用法】原指不廉潔，不知恥，今用以形容人沒有操守，不知羞恥。
【例句】他是個**寡廉鮮恥**的人，只要能往上爬，什麼卑鄙無恥的事都做得出來。
【義近】恬不知恥／厚顏無恥／奴顏媚骨。
【義反】高風亮節／人格高尚／威武不屈。

寥若晨星

【釋義】稀少得好像早晨的星星。寥：稀少。又作「寥如晨星」。
【出處】謝朓・京路夜發詩：「曉星正寥落。」秋瑾・致女子世界記者書其二：「寥寥如晨星。」
【用法】形容爲數很少或非常罕見。
【例句】像他這樣研究航空的科

學人才**寥若晨星**，所以畢業後不愁工作難找。
【義近】寥寥可數／寥寥無幾／屈指可數。
【義反】數不勝數／不勝枚舉／俯拾即是。

寥寥無幾

【釋義】寥寥：稀少。無幾：沒有幾個。又作「寥寥可數」。
【出處】李寶嘉・文明小史一回：「連做詩賦的也寥寥無幾。」
【用法】形容非常稀少，沒有幾個。
【例句】先秦的醫學著作，能流傳至今的已**寥寥無幾**了。
【義近】為數寥寥／寥若晨星。
【義反】不勝枚舉／不計其數／多如牛毛／比比皆是。

實至名歸

【釋義】實：指實際的成績。名：指名聲、名譽。
【出處】吳敬梓・儒林外史一五回：「敦倫修行，終受當事之知；實至名歸，反作終身之玷。」
【用法】指一個人若具備了真正的學識、本領、功業等，名聲自然會隨之而來。
【例句】現今社會中，不學無術、夸夸其談的人很多，但擁有真才實學、**實至名歸**的人卻屈指可數。
【義近】功成名遂／豐功偉績／碩果纍纍／聲譽鵲起。
【義反】聲聞過情／徒有虛名／湮沒無聞／沒沒無聞。

實事求是

【釋義】實事：指客觀存在的一切事物。求：研究。是：指客觀事物的內部聯繫，即規律性。
【出處】漢書・河間獻王劉德傳：「修學好古，實事求是。」
【用法】今多用以指按照事物的實際情況辦事，既不誇大，也不縮小。
【例句】無論辦什麼事，都該從實際情況出發，**實事求是**，千萬不要想當然耳地亂來。
【義近】有一得一／腳踏實地。
【義反】弄虛作假／譁眾取寵／吹牛說謊。

實逼處此

【釋義】意謂受逼迫而不得不這樣。
【出處】左傳・隱公十一年：「無滋他族，實逼處此，以與我鄭國爭取土地。」
【用法】指迫於情勢，無可避讓，而不得不如此。
【例句】長期以來，他一直以大欺小，以強欺弱，今天他又來找我們麻煩，我們**實逼處此**，才會動手把他打暈的。
【義近】萬不得已／迫不得已／忍無可忍。
【義反】忍氣吞聲／忍辱含垢／唾面自乾。

實實落落

【釋義】落落：坦白的樣子。
【出處】傳習錄・語錄三：「毀謗自外來的，雖聖人如何免得？人只貴於自修，若自己實實落落是箇聖賢，縱然人都毀他，也說他不著；卻若浮雲揜日，如何損得日的光明。」
【用法】說明確實的意思。
【例句】只要你**實實落落**做好自己的本分，問心無愧，管他人怎麼批評，那一點都不重要。
【義近】丁一卯二／丁一確二／確確實實／實實在在／實打實的。
【義反】得過且過／馬馬虎虎／草率行事／拖泥帶水。

實繁有徒

【釋義】意謂實在有不少這樣的人。繁：多。徒：徒眾，人們。也作「實蕃有徒」。
【出處】尚書・仲虺之誥：「簡賢附勢，實繁有徒。」左傳・昭公二十八年：「惡直醜正，實蕃有徒。」
【用法】用以指這樣的人很多。
【例句】官兵與流氓盜賊的戰爭將是長期的，因為此輩**實繁有徒**，不可能處理完一批就天下太平了。
【義近】不乏其人／徒子徒孫。
【義反】寥寥無幾／寥若星辰。

寢不安席

【釋義】睡覺不安於枕席。寢：睡。
【出處】戰國策・齊策五：「秦王恐之，寢不安席，食不甘味。」
【用法】形容心事重重，睡不好覺。
【例句】夫妻吵架是常有的事，世界上哪有夫妻不鬥嘴的，你何苦為此而**寢不安席**，損傷身體呢？
【義近】寢食難安／惴惴不安／食不甘味／侷促不安。
【義反】漠然置之／泰然處之／若無其事／滿不在乎。

寢苫枕塊

【釋義】苫：草墊子。塊：土塊。
【出處】儀禮・既夕禮：「居倚廬，寢苫枕塊。」左傳・襄公十七年：「齊晏桓子卒，晏嬰麤縗斬，苴絰帶，杖菅屨，食鬻，居倚廬，寢苫枕草。」
【用法】指古代居父母喪時，睡在草地上，枕著土塊，以盡孝子之禮。
【例句】古人居父母之喪時**寢苫枕塊**，現在雖然大可不必如此，但孝心卻不能忘記。
【義近】哀毀骨立／雞骨支牀。

寢食不安

【釋義】睡不好，吃不下。寢：睡。
【出處】敦煌變文集・葉淨能詩：「皇帝自此之後，日夜思慕，寢食不安。」
【用法】形容十分憂慮擔心的樣子。
【例句】這孩子最近老在外面惹是生非，害得他媽媽**寢食不安**，不知如何是好。
【義近】坐立不安／坐臥不寧／寢不安席／提心吊膽／七上八下／忐忑不安／踧踖不安／寢饋難安。
【義反】泰然自若／置之腦後／置之度外／淡然置之。

寢食俱廢

【釋義】吃飯睡覺都無法進行。俱：都，全。
【出處】列子・天瑞：「杞國有

人，憂天地崩墜，身亡所寄，廢寢食者。」宋・洪邁・夷堅丙志・沈見鬼：「夏六月，眞苦赤目，腫痛特甚，寢食俱廢。」

【用法】形容人心事重重，以致吃不好，睡不著的樣子。或形容人專心致力於某事。

【例句】①數年來因其抱病，代爲操勞，鬢髮已白，**寢食俱廢**。（李汝珍・鏡花緣三〇回）②黃教授最近爲了一項研究計畫，行思坐想，以致弄得**寢食俱廢**。

【義近】廢寢忘餐／廢寢忘食／食不遑味／沒情沒緒。

【義反】心不在焉／漫不經心／大大咧咧／優遊自得。

寢饋其中

【釋義】饋：吃飯。

【出處】蔡元培・各國之通俗教育：「小說於教育上，尤有密切之關係，往往有寢饋其中，而獲得知識者。」

【用法】形容人在睡覺吃飯時亦不忘所鑽研的事物。

【例句】許多科學家在研究學問時，往往**寢饋其中**，完全忘了外面的世界。

察見淵魚

【釋義】明察到看見深淵的魚。

【出處】列子・說符：「文子曰：『周諺有言：察見淵魚者不祥，智料隱匿者有殃。』」司馬遷・史記・吳王濞傳：「且夫『察見淵中魚，不祥。』」集解：「喻人君不當見盡下之私。」

【用法】比喻過於詳察，見盡他人的隱私。

【例句】媒體對名人的追蹤報導，猶如**察見淵魚**一般，弄得連最基本的隱私都沒有，結果是滿足了某些人的窺私欲，卻賠上了社會的道德觀。

【義近】察察爲明。

察言觀色

【釋義】觀察其言語臉色。

【出處】論語・顏淵：「夫達也者，質直而好義，察言而觀色，慮以下人。」

【用法】聽其言語，觀其臉色，以揣摩其心意。

【例句】他很善於**察言觀色**，所以在爲人處事上很少吃虧。

【義近】鑒貌辨色／見風使舵／見人說話。

【義反】一意孤行。

察察爲明

【釋義】察察：過分注意分別辨析。

【出處】晉書・皇甫謐傳：「欲溫溫而和暢，不欲察察而明切也。」吳沃堯・二十年目睹之怪現狀七八回：「恰好遇了一位兩江總督，最是以察察爲明的。」

【用法】形容專在細枝末節上認眞注意，以顯自己的精明。

【例句】這位校長不重視教學品質，管好學校大事，卻愛在教職員的生活上**察察爲明**，這怎能把學校辦好呢？

【義近】吹毛求疵。

【義反】提綱挈領。

十二畫

寬大爲懷

【釋義】寬大：度量寬廣，能容人。懷：胸懷。

【出處】漢書・宣帝紀：「今吏或以不禁奸邪爲寬大，縱釋有罪爲不苛，或以酷惡爲賢，皆失其中。」

【用法】指對人抱著寬大的胸懷。多用於對待犯了錯誤的人應持寬容態度。

【例句】做人還是**寬大爲懷**的好，原諒別人自己也可得到快樂啊！

【義近】寬以待人／仁慈待人／寬宏大量。

【義反】嚴懲不貸。

寬仁大度

【釋義】寬仁：寬厚仁義。大度：氣量寬宏能容人。

【出處】漢書・高帝紀：「寬仁愛人，意豁如也。常有大度，不事家人生產作業。」

【用法】形容爲人寬厚，心胸豁達，器量很大。

【例句】我們遇到了這樣一位**寬仁大度**的好上司，工作起來非常順心如意。

【義近】豁達大度／寬洪大量／宰相肚裏能撐船。

【義反】小肚雞腸／斗筲之器／小心眼／鼠腹雞腸。

寬打窄用

【釋義】意謂準備得多，使用得少。

【用法】多用以指訂計畫時要留有餘地，用起來則嚴加控制，儘量節約。

【例句】無論做什麼事，在計畫時都要**寬打窄用**，這樣才能立於不敗之地。

【義近】寬籌窄用／多備少用／量入而出／精打細算。

【義反】大手大腳／有一山用一山／今朝有酒今朝醉。

寬宏大量

【釋義】寬宏：指人的度量大。又作「寬洪大量」。

【出處】元・無名氏・漁樵記三折：「我則道相公不知打我多少，元來那相公寬洪大量。」

【用法】形容人度量寬大，能容人。

【例句】你能這樣**寬宏大量**，不計前嫌地接納她，誰不讚賞、佩服你！

【義近】寬洪海量／寬大爲懷／豁達大度。

【義反】心胸狹窄／小肚雞腸／氣量狹小。

寬猛相濟

【釋義】寬大和嚴厲互爲補充。猛：嚴厲。濟：助，補充。

【出處】左傳・昭公二十年：「寬以濟猛，猛以濟寬，政是以和。」

【用法】一般用以指賞罰並用，有鼓勵也有警戒。

【例句】一個成功的領導人，對部下都應採取**寬猛相濟**的手段，才能贏得部下的信服。

【義近】賞罰分明／賞罰相濟。

【義反】寬大無邊／有罰無賞。

審己度人

【釋義】審：審查，詳察。度：推測，估計。
【出處】三國・魏・曹丕・典論・論文：「蓋君子審己以度人，故能免於斯累而作論文。」
【用法】用以形容人在為人處事上應仔細審查自己，以推測是否影響或傷害到別人。
【例句】在與人交往中，若大家都能**審己度人**，則自然能減少誤會，和睦相處。
【義近】嚴於律己，寬以待人／責己嚴，責人寬／內視反聽／將心比心。
【義反】唯我獨尊／自命不凡／遷怒於人／諉過他人。

審時度勢

【釋義】審時：明察時局，度勢：估計形勢。
【出處】洪仁玕・資政新編：「其理在於審時度勢與本末強弱耳。」
【用法】指細緻地觀察時局，正確地估計形勢。
【例句】在局勢變幻莫測的時代裏，為政者務必要**審時度勢**，制訂出恰當的政策。
【義近】審時定勢／識時通變。
【義反】不識時務／逆潮而動。

十六畫

寵辱不驚

【釋義】寵辱：得寵與受辱。不驚：猶言無動於衷。
【出處】晉・潘岳・在懷縣詩：「寵辱易不驚，戀本難為思。」新唐書・盧承慶傳：「承慶嘉之曰：『寵辱不驚，考中上。』」
【用法】形容人能把得失與榮辱置之度外。
【例句】像范先生這樣**寵辱不驚**，只知老實埋頭工作的人，現在實在太少了。
【義近】寵辱皆忘／寵辱無驚／與世無爭。
【義反】寵辱若驚／憂讒畏譏／追名逐利。

寵辱若驚

【釋義】意謂無論是受寵還是受辱，心裏都要受到震動。
【出處】老子・十三章：「寵為上，辱為下，得之若驚，失之若驚，是謂寵辱若驚。」
【用法】形容人非常計較個人的利害得失。
【例句】生死有命，富貴在天，人生在世，何必要這樣**寵辱若驚**呢？
【義近】患得患失／掂斤播兩。
【義反】寵辱不驚／富貴浮雲。

寵辱偕忘

【釋義】寵：恩寵，榮譽。辱：恥辱，羞辱。偕：一同。也作「皆」。
【出處】范仲淹・岳陽樓記：「登斯樓也，則有心曠神怡，寵辱偕忘，把酒臨風，其喜洋洋者矣。」
【用法】多用以指超塵脫世，對人世間的榮辱得失已毫不在意。
【例句】王老先生在官場沉浮了幾十年，把什麼都看透了，現在自然能清心寡欲，**寵辱偕忘**，怡然自得的在家含飴弄孫了。
【義近】寵辱無驚／超然物外／遺世獨立／看破紅塵。
【義反】爭名奪利／爭恩奪寵／封妻蔭子／光宗耀祖。

十七畫

寶刀不老

【釋義】意謂所用的寶刀還沒有舊。寶刀：極珍貴的刀。老：陳舊。
【出處】羅貫中・三國演義七〇回：「張郃出馬，見了黃忠，笑曰：……忠怒曰：『豎子欺吾年老！吾手中寶刀卻不老！』」
【用法】比喻人雖已不如往昔，但威勇不減當年，或技藝猶在。
【例句】這位扮演旦角的國劇演員，雖已年近花甲，但唱功仍然很好，眞是**寶刀不老**。
【義近】寶刀未老／老當益壯／老而彌堅。
【義反】寶刀已老／考朽無能。

寶山空歸

【釋義】進入充滿寶物的山，卻空著手回來。寶山：在此指好環境或境遇好。
【出處】摩訶止觀四回下：「徒生徒死，無一可獲，如入寶山，空手而歸。」正法念經：「汝得人身不修道，如入寶山空手歸。」
【用法】比喻遇到好的機會或環境，卻一無所獲。
【例句】他到美國遊學一年，卻只和中國人混在一起，結果美語一點也沒進步，**寶山空歸**，白花了錢。

寸部

寸土尺地

【釋義】一寸土一尺地。
【出處】宋史・地理志五：「民勤耕作，無寸土之曠。」孟子・公孫丑上：「尺地莫非其有也，一民莫非其臣也。」
【用法】形容極小的一片土地。
【例句】只要是我國的領土，即使是**寸土尺地**，也絕不容許別國佔領。
【義近】咫尺之地／寸土尺壤／寸地尺天。
【義反】大片國土／沃野千里／萬里河山／幅員遼闊。

寸土必爭

【釋義】一寸土地也必須爭持。形容與敵人作戰時決不退讓。
【出處】唐書・李光弼傳：「弼曰：『兩軍相敵，尺寸地必爭。』」
【用法】常用以形容與敵方對峙時，決不退讓的堅定態度。
【例句】在國界疆域的問題上，各國都表現**寸土必爭**的態度，因此常引發戰爭。
【義近】寸步不讓／針鋒相對。
【義反】節節退讓／割地賠款／

拱手相讓。

寸木岑樓 ㄘㄨㄣˋ ㄇㄨˋ ㄘㄣˊ ㄌㄡˊ

【釋義】寸木：指最低處。岑：山小而高。岑樓：高似山的樓房，指最高處。

【出處】孟子・告子下：「不揣其本，而齊其末，方寸之木，可使高於岑樓。」朱注：「若不取其下之平，而升寸木於岑樓之上，則寸木反高，岑樓反卑矣。」

【用法】比喻相去甚遠，懸殊很大。

【例句】這對男女在人品、教育、經濟上的差別，有如**寸木岑樓**，相去甚遠，兩人會擦出愛的火花，簡直是不可思議。

【義近】雲泥殊途／天壤之別／天懸地隔／天淵之別。

【義反】伯仲之間／一時瑜亮／地醜德齊／勢均力敵。

寸田尺宅 ㄘㄨㄣˋ ㄊㄧㄢˊ ㄔˇ ㄓㄞˊ

【釋義】尺宅：一尺大的住宅。

【出處】蘇軾・遊羅浮山一首示兒子過詩：「玉堂金馬久流落，寸田尺宅今誰耕？」

【用法】形容家庭資產極微薄。

【例句】我們家一向貧窮，僅有**寸田尺宅**，哪裏有錢供兒子上大學？

【義近】家資微薄／立錐之地／蓬門篳戶。

【義反】家道從容／良田萬頃／朱門繡戶。

寸兵尺鐵 ㄘㄨㄣˋ ㄅㄧㄥ ㄔˇ ㄊㄧㄝˇ

【釋義】兵：兵器。鐵：這裏指鐵製武器。

【出處】蘇軾・策略五：「王莽一豎子，乃舉而移之，不用寸兵尺鐵，而天下屏息，莫敢或爭。」

【用法】形容武器很少。

【例句】你們不要看專制政府武裝勢力強大，由於他們與人民爲敵，總有一天會被手持**寸兵尺鐵**的人民所推翻。

【義近】一刀一槍。

【義反】干戈如林。

寸步不離 ㄘㄨㄣˋ ㄅㄨˋ ㄅㄨˋ ㄌㄧˊ

【釋義】一步也不離開。寸步：形容距離很近。

【出處】任昉・述異記：「吳郡海鹽有陸東，妻朱氏亦有容止，夫妻相重，寸步不離。」

【用法】形容非常親近，關係密切。

【例句】崔先生在他父親病重期間，一直**寸步不離**地守在病榻前。

【義近】形影不離／如影隨形／如膠似漆。

【義反】不即不離／若即若離／各奔前程／各奔東西。

寸步難行 ㄘㄨㄣˋ ㄅㄨˋ ㄋㄢˊ ㄒㄧㄥˊ

【釋義】寸步：極短的距離。一作「寸步難移」。

【出處】敦煌變文集・維摩詰經講經文：「吾緣染患，寸步難移。」

【用法】形容行走十分困難，也比喻處境艱辛。

【例句】生於現代社會，若不識字，簡直是**寸步難行**、阻礙重重。

【義近】跼天蹐地／進退維谷／步履維艱。

【義反】通行無阻／奔逸絕塵／暢通無阻／一帆風順。

寸男尺女 ㄘㄨㄣˋ ㄋㄢˊ ㄔˇ ㄋㄩˇ

【釋義】意謂兒女極少。

【出處】元・無名氏・合同文字一折：「自家潞州高平縣下馬村人氏，姓張名秉彝，渾家郭氏，嫡尺兩口兒，寸男尺女皆無。」

【用法】用以泛指子女極少。

【例句】這位老人家已九十好幾了，但身邊卻無**寸男尺女**，全靠鄰居照顧，眞是可憐。

【義近】一男半女／一男一女。

【義反】綠葉成蔭／子孫滿堂。

寸長尺短 ㄘㄨㄣˋ ㄔㄤˊ ㄔˇ ㄉㄨㄢˇ

【釋義】寸長：即寸有所長，意謂寸雖比尺短，但用於更短處則顯其長。尺短：即尺有所短，意謂尺雖比寸長，但用於更長處則顯其短。

【出處】宋・秦觀・與蘇公先生簡：「比迫於衣食，強勉萬一之遇，而寸長尺短，各有所施，鑿圓枘方，卒以不合。」

【用法】比喻人各有其長處，也各有其短處。

【例句】**寸長尺短**，你不要老是這樣把人家說得一無是處，他也有自己的長處呀！

【義近】各有千秋／春蘭秋菊／各有優劣／人無完人。

【義反】一無是處／一無長處／白璧無瑕／完美無缺。

寸草不生 ㄘㄨㄣˋ ㄘㄠˇ ㄅㄨˋ ㄕㄥ

【釋義】連小草也不長。寸草：極爲短小的草。

【出處】元・關漢卿・竇娥冤四折：「若是果有冤枉，著你楚州三年不雨，寸草不生。」

【用法】形容土地貧瘠。

【例句】中國新疆等省的沙漠地帶大都**寸草不生**，顯得十分荒涼。

【義近】不毛之地／不牧之地／不食之地／荒無人煙。

【義反】平原沃野／良田沃土／富饒之地／天府之國。

寸草不留 ㄘㄨㄣˋ ㄘㄠˇ ㄅㄨˋ ㄌㄧㄡˊ

【釋義】連一根小草也不留下。

【出處】施耐庵・水滸傳八八回：「若不如此，吾引大兵一到，寸草不留！」

【用法】比喻趕盡殺絕或毀壞殆盡。

【例句】日軍攻下這座城市後，燒殺搶掠，洗劫一空，**寸草不留**，眞是殘暴至極。

【義近】趕盡殺絕／斬草除根／雞犬不留／洗劫一空。

寸草春暉 ㄘㄨㄣˋ ㄘㄠˇ ㄔㄨㄣ ㄏㄨㄟ

【釋義】小草微薄的心意，報答不了春日陽光的恩惠。春暉：春天的陽光，比喻父母恩情。

【出處】孟郊・遊子吟：「慈母手中線，遊子身上衣。臨行密密縫，意恐遲遲歸。誰言寸草心，報得三春暉。」

【用法】比喻父母的恩情難以報答。

【例句】我們無論怎樣孝敬父母，也不過是**寸草春暉**，唯有奮發上進，以期服務人羣，或許還可聊補於萬一。

【義近】恩重如山／恩深如海。

【義反】六親不認／背恩忘德／忘恩負義。

寸馬豆人 ㄘㄨㄣˋ ㄇㄚˇ ㄉㄡˋ ㄖㄣˊ

【釋義】一寸長的馬，如豆大的人。形容畫中的遠景。

【出處】荆浩・畫山水賦：「凡畫山水，意在筆先。丈山尺樹，寸馬豆人；遠人無目，遠樹無枝；遠山無皴，隱隱似眉，遠水無波，高與雲齊。此其訣也。」

【用法】比喻遠見就物小。

【例句】登上高山，但見**寸馬豆人**，盡在眼底，天地之大，人相形之下顯得非常渺小。

【義近】尺寸山水／尺寸千里／尺吳寸楚。

寸陰尺璧 ㄘㄨㄣˋ ㄧㄣ ㄔˇ ㄅㄧˋ

【釋義】一寸光陰的價值比一尺璧玉的價值還要珍貴。寸陰：極短的時間。

【出處】淮南子・原道訓：「故聖人不貴尺之璧，而重寸之陰，時難得而易失也。」

【用法】形容時間可貴，勸人珍惜時間。

【例句】古人說：**寸陰尺璧**，我們應該努力學習和工作，決不要浪費寶貴的時光。

【義近】一刻千金／一寸光陰一寸金／寸陰是競／寸陰寸金。

【義反】虛擲光陰／蹉跎歲月／翫歲愒日／玩歲愒時。

寸陰若歲 ㄘㄨㄣˋ ㄧㄣ ㄖㄨㄛˋ ㄙㄨㄟˋ

【釋義】日影移動一寸，好像過了一年。寸陰：一寸光陰，指極短的時間。

【出處】北史・韓禽傳：「詔曰：『班師凱入，誠知非遠，相思之甚，寸陰若歲。』」

【用法】多形容分別後因想念殷切，總嫌時間過得太慢。

【例句】這學期又快過去了，一放假就可回到父母身邊，但在這最後幾天卻有**寸陰若歲**之感。

【義近】朝思暮想／一日三秋／歸心似箭。

【義反】光陰似箭／白駒過隙／流光易逝。

寸絲不掛 ㄘㄨㄣˋ ㄙ ㄅㄨˋ ㄍㄨㄚˋ

【釋義】佛教語，比喻心中無所牽掛。

【出處】道原・景德傳燈錄卷八：「師便問：『大夫十二時中作麼生？』陸云：『寸絲不掛。』」

【用法】用以說明赤身裸體，也用以形容擺脫世俗、一無牽掛。

【例句】①她自從進了修道院，便與紅塵一刀兩斷，漸漸地，心中已是**寸絲不掛**，過著恬靜平和的生活。②衣盡典，**寸絲不掛**體。（高明・琵琶記）

【義近】一絲不掛／赤身裸體／一無牽掛。

【義反】心繫情牽／身著綾緞／衣冠楚楚。

寸量銖稱 ㄘㄨㄣˋ ㄌㄧㄤˊ ㄓㄨ ㄔㄥ

【釋義】用寸來量，用銖來稱。銖：古代重量單位，一兩的二十四分之一。

【出處】宋・蘇洵・史論下：「又欲寸量銖稱以摘其失，則煩不可舉。」

【用法】比喻點點滴滴計量事物，煩瑣不堪。也用以指計較細小事物。

【例句】①這袋米大概有個百來斤，用不著這樣**寸量銖稱**的煩死人！②男子漢，大丈夫，心胸要寬闊，爲人要豪爽，何苦**寸量銖稱**！

【義近】錙銖必較／斤斤計較。

寸積銖累 ㄘㄨㄣˋ ㄐㄧ ㄓㄨ ㄌㄟˇ

【釋義】積、累：二字同義，積聚。

【出處】明・朱國禎・涌幢小品・龍秋：「既貴，自壬寅迄己卯四十餘年，寸積銖累，崇聖遺墟及郡中壇宇，煥然一新。」

【用法】形容一點一滴地積累。

【例句】我並沒有發什麼橫財，這筆養老金是我與太太平日**寸積銖累**攢起來的。

【義近】銖積寸累／日積月累／集腋成裘／聚沙成塔／積少成多。

【義反】一揮而盡／有一山用一山／今朝有酒今朝醉／老鼠不留隔夜糧／寅支卯糧。

寸鐵殺人 ㄘㄨㄣˋ ㄊㄧㄝˇ ㄕㄚ ㄖㄣˊ

【釋義】一寸長的兵器就可以殺人，置人於死。

【出處】羅大經・鶴林玉露七回：「若子貢之多聞，弄一車兵器者也；曾子之守約，寸鐵殺人者也。」

【用法】比喻多不如精。

【例句】**寸鐵殺人**，只要能擁有一項專精的技能，就不怕經濟不景氣時找不到工作。

六畫

封豕長蛇 ㄈㄥ ㄕˇ ㄔㄤˊ ㄕㄜˊ

【釋義】大豬與長蛇。封：大。

【出處】左傳・定公四年：「申包胥如秦乞師：『吳爲封豕長蛇，以薦食上國，虐始於楚。』」

【用法】比喻貪暴的元凶首惡，或比喻人貪婪凶暴。

【例句】這幫傢伙無一不貪暴成性，那個爲首的更有如**封豕長蛇**。

【義近】封豨修蛇／狼貪虎暴／誅求無饜／狼心狗肺／蛇蠍心腸。

封妻廕子 ㄈㄥ ㄑㄧ ㄧㄣˋ ㄗˇ

【釋義】封妻：妻子受誥封。廕子：子孫世襲官職，給予子孫某種特權。

【出處】戴善夫・風光好四折：「枉了我獨守冰霜志，指望你封妻廕子。」

【用法】用以指立功揚名，光耀門庭。

【例句】正要衣錦還鄉，圖個**封妻廕子**。（施耐庵・水滸傳二九回）

【義近】榮親顯祖／榮宗耀祖／光耀門庭。

【義反】株連九族／辱及先人／祖先蒙羞。

七畫

射石飲羽 ㄕㄜˋ ㄕˊ ㄧㄣˇ ㄩˇ

【釋義】用弓箭射石頭，箭沒入石頭中。羽：即「箭」。

【出處】清・趙翼・陔餘叢考三九回：「呂氏春秋：養由基射虎，中石，矢乃飲羽。韓詩外傳：楚熊渠子夜行，見石，以爲伏虎而射之，沒金飲羽。下視，乃知其爲石也。史記：李廣爲北平太守，嘗出獵，見草中石，以爲虎也，射之，中石沒矢，視之，石也。他日再射，終不入矣。北史：李遠出獵，有石在叢薄中，疑爲伏虎，射之，鏃入寸餘，視之乃石。」李白‧豫章行：「精感石沒羽，豈云憚險艱？」

【用法】比喻功力湛深或心誠力量大。

【例句】古時有許多**射石飲羽**的傳說，他們相信這是精誠所至，金石爲開的緣故。

【義近】精誠所至，金石爲開。

八畫

專心一志 ㄓㄨㄢ ㄒㄧㄣ ㄧˊ ㄓˋ

【釋義】一志：一心一意。

【出處】荀子‧性惡：「今使塗之人伏術爲學，專心一志，思索孰察，……則通於神明，參於天地矣。」

【用法】形容非常專心。

【例句】像她這樣**專心一志**，勤學苦讀，將來必定會有所成就。

【義近】專心一意／專心致志／一心一意／全神貫注。

【義反】心不在焉／鴻鵠將至／三心二意／一暴十寒。

專心致志 ㄓㄨㄢ ㄒㄧㄣ ㄓˋ ㄓˋ

【釋義】把心思完全放在上面。致：盡。志：志向，志趣。

【出處】孟子‧告子上：「今夫奕之爲數，小數也；不專心致志，則不得也。」

【用法】形容一心一意，聚精會神。

【例句】她正**專心致志**地學習烹飪，我們將可一飽口福了。

【義近】全神貫注／一心一意／聚精會神。

【義反】漫不經心／心不在焉／心猿意馬。

專欲難成 ㄓㄨㄢ ㄩˋ ㄋㄢˊ ㄔㄥˊ

【釋義】專欲：個人欲望。難成：難以成事。

【出處】左傳‧襄公十年：「眾怒難犯，專欲難成，合二難以安國，危之道也。」

【用法】指人若只考慮滿足自己的欲望，而不顧及其他，則事情便難以辦成。

【例句】俗話說：吃得虧，打得堆。與人合夥，若老是只顧自己，其結果必然是**專欲難成**。

【義近】有己無人／自私自利／一己之私。

【義反】出以公心／先人後己／先公後私。

專橫跋扈 ㄓㄨㄢ ㄏㄥˋ ㄅㄚˊ ㄏㄨˋ

【釋義】專橫：專斷蠻橫，任意妄爲。跋扈：霸道，蠻不講理。

【出處】後漢書‧梁冀傳：「帝少而聰慧，知冀驕橫，嘗朝羣臣，目冀曰：『此跋扈將軍也。』」

【用法】形容人獨斷專行，蠻橫無理。

【例句】作爲一個局長卻如此**專橫跋扈**，實在太不應該了。

【義近】驕橫妄爲／飛揚跋扈／專擅跋扈。

【義反】彬彬有禮／謙遜揖讓／兼聽廣納。

將心比心 ㄐㄧㄤ ㄒㄧㄣ ㄅㄧˇ ㄒㄧㄣ

【釋義】拿自己的心去推測別人的心。將：拿，用。比：比擬，引申爲推測。

【出處】湯顯祖‧紫釵記三八出：「太尉不將心比心，小子待將計就計。」

【用法】用以表示要設身處地爲他人著想。

【例句】她是一個細心的女孩，凡事皆能**將心比心**替他人著想，故深受長輩疼愛。

【義近】設身處地／推己及人／以己度人／易地而處。

【義反】以意逆志／一意孤行。

將功折罪 ㄐㄧㄤ ㄍㄨㄥ ㄓㄜˊ ㄗㄨㄟˋ

【釋義】折：抵，抵消。

【出處】元‧無名氏‧隔江鬥智楔子：「如今權饒你將功折罪，點起人馬，隨我追趕出來。」

【用法】用以說明拿功勞抵償所犯罪過。

【例句】那個小偷決定改過自新，同時**將功折罪**，向警方供出犯罪集團的一切內幕。

【義近】立功贖罪／將功贖罪／以功折罪。

【義反】居功自恃／死不認罪／罪上加罪。

將功補過 ㄐㄧㄤ ㄍㄨㄥ ㄅㄨˇ ㄍㄨㄛˋ

【釋義】將：拿，用。補：補救，補償。

【出處】舊五代史‧錢鏐傳：「許降自新之路，將功補過，舍長從短。」

【用法】用以說明拿功勞彌補過失。

【例句】這一切損失都因我而起，我願意**將功補過**，努力工作償清債款。

【義近】將功贖罪／過以功除／戴罪立功／報罪責功。

【義反】死不認錯／一錯再錯。

將本圖利 ㄐㄧㄤ ㄅㄣˇ ㄊㄨˊ ㄌㄧˋ

【釋義】將：拿。圖：謀求。

【出處】元‧無名氏‧劉弘嫁婢一折：「可不道吃酒的望醉，放債的圖利，也則是將本圖利來。」

【用法】指放債求息，或指用本錢做生意，賺取利益。

【例句】要開一家店，**將本圖利**，也不是件容易的事。

【義近】以本求利。

【義反】血本無歸。

將在外，君命有所不受 ㄐㄧㄤˋ ㄗㄞˋ ㄨㄞˋ ㄐㄩㄣ ㄇㄧㄥˋ ㄧㄡˇ ㄙㄨㄛˇ ㄅㄨˋ ㄕㄡˋ

【釋義】在外：在外指揮作戰。

【出處】司馬遷‧史記‧孫子吳起列傳：「臣既已受命爲將，將在軍，君命有所不受。」一羅貫中‧三國演義一〇三回：「豈不聞：將在外，君命有所不受。」

【用法】本指將帥領兵在外，即使是君王的命令，有時也可以不接受。現也用以泛指在外辦事，對上級的指示命令不一定非接受不可。

【例句】對不起，**將在外，君命有所不受**，董事長的這個指示與實際情況不符，我不能接受。

【義近】將在軍，君命有所不受。
【義反】君命不可違。

將門有將 ㄐㄧㄤˋ ㄇㄣˊ ㄧㄡˇ ㄐㄧㄤˋ

【釋義】將門：世代爲將帥的人家。
【出處】司馬遷・史記・孟嘗君列傳：「文聞：將門必有將，相門必有相。」曹植・令：「諺云：相門有相，將門有將。」
【用法】指將帥門第出將帥。
【例句】這家人祖孫三代出了好幾位將領，眞是**將門有將**。
【義近】將門出將／相門有相。
【義反】後繼乏人／後繼無人。

將信將疑 ㄐㄧㄤ ㄒㄧㄣˋ ㄐㄧㄤ ㄧˊ

【釋義】將：且，又。
【出處】李華・弔古戰場文：「其存其歿，家莫聞知；人或有言，將信將疑。」
【用法】用以表示有點相信，又有點懷疑。
【例句】聽說她已返國定居，我**將信將疑**，準備打個電話確定一下。
【義近】半信半疑／又信又疑／疑信參半。
【義反】堅信不疑／毋庸置疑。

將相之具 ㄐㄧㄤˋ ㄒㄧㄤˋ ㄓ ㄐㄩˋ

【釋義】懷抱將軍丞相的才器。
【出處】李陵・答蘇武書：「其餘佐命立功之士，賈誼、亞夫之徒，皆信命世之才，抱將相之具。」
【用法】說明有濟世的才幹。
【例句】相士常說他有**將相之具**，若委以國家重任，必能不負所託。結果一言中的，他的長才在政壇上發熱發光，令人矚目。
【義近】將相之器／幹國之器／廊廟之器／宰輔之器／非池中物／威鳳祥麟／干城之選。
【義反】吳下阿蒙／酒囊飯袋／腹負將軍／凡夫俗子。

將計就計 ㄐㄧㄤ ㄐㄧˋ ㄐㄧㄡˋ ㄐㄧˋ

【釋義】利用對方的計策反過來對付對方。
【出處】元・無名氏・豫讓呑炭二折：「咱今將計就計，決開堤口……使智氏軍不戰自亂。」
【用法】用以表示以其人之道，還治其人之身。
【例句】他這人貪心且善用心計，我們就來個**將計就計**，先滿足他的口味，再突破他的心防。
【義近】以其人之道，還治其人之身。
【義反】反其道而行之。

將欲取之，必先與之 ㄐㄧㄤ ㄩˋ ㄑㄩˇ ㄓ ㄅㄧˋ ㄒㄧㄢ ㄩˇ ㄓ

【釋義】想取得他的東西，必得暫時先給他一些東西。將：將要。欲：想。與：給予。
【出處】老子・三六章：「將欲奪之，必固（姑）與之。」
【用法】指先付出代價以誘使對方放鬆警惕，然後找機會奪取。
【例句】**將欲取之，必先與之**，想追她，不花錢買她歡心，恐怕難得美人芳心。
【義近】欲取姑與／欲有所得，必有所失。
【義反】只取不與。

將遇良才 ㄐㄧㄤˋ ㄩˋ ㄌㄧㄤˊ ㄘㄞˊ

【釋義】將：將領。良才：高才，本領高的人。常與「棋逢對手」連用。
【出處】施耐庵・水滸傳三四回：「兩個就清風山下廝殺，乃是棋逢對手難藏幸，將遇良才好用功。」
【用法】用以指雙方本領相當，能人碰上能人。
【例句】看來今天是棋逢對手，**將遇良才**，這兩支足球勁旅將有一場精彩的比賽呢！
【義近】棋逢對手／勢均力敵／旗鼓相當／工力悉敵。
【義反】泰山壓卵／工力懸殊。

將錯就錯 ㄐㄧㄤ ㄘㄨㄛˋ ㄐㄧㄡˋ ㄘㄨㄛˋ

【釋義】將：拿。就：順著。
【出處】悟明・聯燈會要：「祖師已是錯傳，山僧已是錯說，今日不免將錯就錯……。」
【用法】指事情已經做錯，就乾脆順著錯的做下去。
【例句】發現做錯了就應立即改正，如果**將錯就錯**，會把事情弄得更難收拾。
【義近】以錯就錯。
【義反】知錯必改。

九畫

尊古卑今 ㄗㄨㄣ ㄍㄨˇ ㄅㄟ ㄐㄧㄣ

【釋義】尊：敬重，推崇。卑：輕視，賤視。
【出處】莊子・外物：「夫尊古而卑今，學者之流也。」漢・王充・論衡・齊世篇：「今世之士者，尊古卑今也。」
【用法】指推崇古代輕視現代。
【例句】在文史學的研究領域中，總有**尊古卑今**的傾向，認爲古人說的都是對的。
【義近】厚古薄今／是古非今／頌古貶今。
【義反】卑古尊今／厚今薄古／貴今賤古。

尊年尚齒 ㄗㄨㄣ ㄋㄧㄢˊ ㄕㄤˋ ㄔˇ

【釋義】尚：尊崇，崇尚。齒：年齡，歲數。
【出處】周書・武帝紀上：「尊年尚幼，列代弘規，序舊酬勞，哲王明範。」
【用法】指尊重年齡高、歲數大的人。
【例句】**尊年尚齒**是我們中華民族的優良傳統，後代子孫都應予以繼承並發揚光大。
【義近】尊親敬老／尊老愛幼／老吾老以及人之老。
【義反】遺親棄老／不孝不慈／不仁不義。

尊姓大名 ㄗㄨㄣ ㄒㄧㄥˋ ㄉㄚˋ ㄇㄧㄥˊ

【釋義】尊姓：猶貴姓。大名：人的正式名字。
【出處】吳敬梓・儒林外史二回：「王冕道：『不敢拜問尊官尊姓大名，因甚降臨這鄉僻所在？』」
【用法】用來詢問他人姓名時的敬稱。
【例句】你們三位有兩位我認識，只有這位先生從未謀面，請問**尊姓大名**？
【義近】貴姓大名。
【義反】姓甚名誰。

尊俎折衝

【釋義】 尊俎：盛酒食的器具。折衝：阻折敵人的衝擊。一作「折衝樽俎」。

【出處】 戰國策・齊策五：「千丈之城，拔於尊俎之間；百尺之衝，折之衽席之上。」

【用法】 指外交談判時，決勝算於杯酒之間。

【例句】 總算沒有另外賠款割地，已經是他**折衝樽俎**的大功，國人應該紀念不忘的了。（曾樸・孽海花六回）

尊師重道

【釋義】 尊：敬重，重視。道：正確的道理，知識。

【出處】 禮記・學記：「凡學之道，嚴師爲難。」鄭玄注：「嚴，尊敬也。尊師重道焉，不使處臣位也。」

【用法】 說明要尊敬師長，重視老師所傳授的道理和知識技能。

【例句】 要發展我國的教育事業，首先必須提倡**尊師重道**。

【義近】 尊師貴道／師嚴道尊／師道尊嚴。

尊聞行知

【釋義】 尊敬親耳所聽的話，力行所知道的事。

【出處】 漢書・董仲舒傳：「曾子曰：『尊其所聞，則高明矣；行其所知，則光大矣。』」

【用法】 形容人身體力行所知道和聽到的善言善行。

【例句】 對於長輩的諄諄教誨，我們若能**尊聞行知**，那麼便可減少錯誤的嘗試，以免鑄下大錯。

尊賢使能

【釋義】 賢、能：均用作名詞，指賢能的人。

【出處】 呂氏春秋・先己：「處不重席，食不貳味，琴瑟不張，鐘鼓不修，……親親長長，尊賢使能，期年而有扈氏服。」

【用法】 尊重並且使用有道德、有才能的人。

【例句】 美國之所以一直保持國力強盛，稱霸世界，與政治民主、**尊賢使能**有著直接的關係。

【義近】 任人唯賢／禮賢下士／求賢若渴／唯才是舉／尊賢愛物。

【義反】 任人唯親／瓦釜雷鳴／以貌取人／招降納叛／拒人門外。

尋死覓活

【釋義】 鬧著要死要活。尋、覓：均爲「尋求」之意。

【出處】 關漢卿・金線池二折：「時常與這虔婆合氣，尋死覓活，無非是爲俺家的緣故。」

【用法】 多指用自殺來嚇唬、要挾人。

【例句】 你干涉女兒的婚姻，逼得她**尋死覓活**的，究竟有什麼好處？

【義近】 投河覓井。

【義反】 絕路求生／螻蟻貪生。

尋行數墨

【釋義】 尋、數：指只注重表面。行、墨：指字面。

【出處】 朱熹・易詩之一：「須知三絕韋編者，不是尋行數墨人。」

【用法】 表示只會背誦文句，而不明義理。

【例句】 你讀書的方法不對，光是**尋行數墨**，能讀得出什麼名堂來？

【義近】 囫圇吞棗／生吞活剝／不求甚解。

【義反】 探求大義／尋根究底／深明義理。

尋枝摘葉

【釋義】 尋找並摘取樹枝樹葉。

【出處】 宋・嚴羽・滄浪詩話・詩評：「建安之作，全在氣象，不可尋枝摘葉。」

【用法】 比喻追求事物次要的、非根本性的東西。

【例句】 研究一個作家或一部作品，要著眼於大方向，若**尋枝摘葉**，則不能作出正確的評價。

【義近】 捨本逐末／背本趨末／輕重倒置／主客顚倒。

【義反】 追本窮源／推本溯源／追根究柢／拔樹尋根。

尋花問柳

【釋義】 又作「問柳尋花」。花、柳本爲春天美景，後用以指妓女、妓院。

【出處】 杜甫・嚴中丞見過詩：「元戎小隊出郊坰，問柳尋花到野亭。」

【用法】 本指玩賞春景，今多用以指嫖妓。

【例句】 這些男人都是吃著碗裏望著鍋裏，有了太太，還要去**尋花問柳**。

【義近】 拈花惹草／嫖娼狎妓／尋香訪艷。

【義反】 不戀女色／坐懷不亂／正人君子。

尋幽入微

【釋義】 研究事理，深入幽深微妙的境界。

【出處】 北史・楊柏醜傳：「有張永樂者賣卜京師，……永樂爲卦有不能決者，伯醜輒爲分析爻象，尋幽入微。」

【用法】 形容品嘗或探求作品。

【例句】 作學問應**尋幽入微**，若只是走馬看花、囫圇吞棗，便很難得到眞知識。

【義近】 發凡舉要／含英咀華／探賾索隱／鉤玄提要。

【義反】 不求甚解／生吞活剝／走馬看花／囫圇吞棗。

尋幽探勝

【釋義】 尋訪勝景幽境。

【出處】 司空圖・詩品：「可人如玉，步屧尋幽。」

【用法】 形容探訪美景。

【例句】 每到假日，總有許多人到風景名勝區去**尋幽探勝**，盼能紓解一下平日的憂勞。

【義近】 尋幽訪勝／尋花問柳。

尋根究底

【釋義】 究：追究。底：底細。又作「追根究柢」、「尋根問底」。

【出處】 曹雪芹・紅樓夢三九回

：「村老老是信口開河，情哥哥偏尋根究底。」
【用法】指追究根由底細。
【例句】這孩子遇到不明白的事就愛**尋根究底**，問個沒完沒了。
【義近】尋跡覓踪／追本溯源／推本究源。
【義反】淺嘗輒止／不求甚解／不問來由。

尋常百姓 ㄒㄩㄣˊ ㄔㄤˊ ㄅㄞˇ ㄒㄧㄥˋ
【釋義】平常的人民。
【出處】劉禹錫・烏衣巷：「舊時王謝堂前燕，飛入尋常百姓家。」
【用法】泛指一般民眾。
【例句】**尋常百姓**所求不高，不過是三餐溫飽，生活無憂，若連這一點都無法滿足人民，那執政者就可以自己下台了。
【義近】升斗小民／平頭百姓／市井小民／白屋之士。
【義反】在位通人／衣冠中人／肉食君子／封疆大吏。

尋章摘句 ㄒㄩㄣˊ ㄓㄤ ㄓㄜˊ ㄐㄩˋ
【釋義】搜尋摘取文章中的片斷詞句。
【出處】陳壽・三國志・吳書・孫權傳注引吳書：「博覽書傳歷史，藉採奇異，不效諸生尋章摘句而已。」
【用法】指讀書局限於文字的推求。也指寫作時堆砌現成詞句，缺乏創造性。
【例句】讀書只知**尋章摘句**的人，在學術上絕不可能有什麼成就。
【義近】搜章摘句／尋行數墨。
【義反】熟讀精思／融會貫通。

尋歡作樂 ㄒㄩㄣˊ ㄏㄨㄢ ㄗㄨㄛˋ ㄌㄜˋ
【釋義】意謂尋找歡樂。
【出處】清・吳梅・風洞山附先導首折：「風塵傾洞，天地丘墟，這班人兒還要演起戲來尋歡作樂。」
【用法】指人設法尋求快樂。
【例句】這幾個年輕人生活得自由自在，一下班就相約在一起，找地方**尋歡作樂**去了。

十一畫

對牛彈琴 ㄉㄨㄟˋ ㄋㄧㄡˊ ㄊㄢˊ ㄑㄧㄣˊ
【釋義】面對著牛彈琴。
【出處】莊子・齊物論・郭象注：「是猶對牛鼓簧耳，彼竟不明，故己之道術終於昧然也。」建中靖國續燈錄・汝能禪師：「對牛彈琴，不入牛耳。」
【用法】用以比喻對不懂道理的人講道理，含有輕視鄙夷之意。有時也用以諷刺人說話不看對象。
【例句】對不識之無的人談文藝創作，簡直就如**對牛彈琴**。
【義近】語不擇人／無的放矢。

對症下藥 ㄉㄨㄟˋ ㄓㄥˋ ㄒㄧㄚˋ ㄧㄠˋ
【釋義】醫師針對病人的症狀，相應用藥。症：病症。又作「對證用藥」。
【出處】陽枋・編類錢氏小兒方證說：「故能察病論證，對證用藥，如指諸掌。」
【用法】今多用以比喻針對實際情況，採取有效措施。
【例句】①要想把病治好，就得找醫師**對症下藥**。②治心病跟治生理的毛病一樣，也得**對症下藥**。
【義近】因地制宜／切中時弊。
【義反】急病亂投醫。

對酒當歌 ㄉㄨㄟˋ ㄐㄧㄡˇ ㄉㄤ ㄍㄜ
【釋義】面對著美酒，應當引吭高歌，盡情歡樂。
【出處】曹操・短歌行：「對酒當歌，人生幾何？譬如朝露，去日苦多。」
【用法】用以勸人及時行樂。
【例句】人生短暫，何苦要和自己過不去呢，還是**對酒當歌**，盡情歡樂吧！
【義近】秉燭夜遊／得樂且樂／今朝有酒今朝醉。

對答如流 ㄉㄨㄟˋ ㄉㄚˊ ㄖㄨˊ ㄌㄧㄡˊ
【釋義】回答得流暢有如流水。又作「應答如流」。
【出處】北史・李孝伯傳：「孝伯風容閑雅，應答如流。」陳書・儒林傳：「對答如流。」
【用法】形容人回答問題非常流利順暢。
【例句】這位青年口才好，知識又淵博，問什麼都能**對答如流**。
【義近】隨口作答／應答自如／隨機應變。
【義反】答非所問／一問三不知／文不對題。

對簿公堂 ㄉㄨㄟˋ ㄅㄨˋ ㄍㄨㄥ ㄊㄤˊ
【釋義】對簿：根據文狀核對事實。公堂：官署，衙門。
【出處】司馬遷・史記・李將軍列傳：「大將軍使長史急責廣之幕府對簿。」賈島・酬姚舍校書：「公堂朝共到。」
【用法】用以表示訴之於法庭，以解決事端。
【例句】他們兩人的問題私下已調解不了，看來只有**對簿公堂**了。
【義近】訴諸公堂／訴之法律。
【義反】私下了結／庭外和解。

小部

小人之交甘若醴 ㄒㄧㄠˇ ㄖㄣˊ ㄓ ㄐㄧㄠ ㄍㄢ ㄖㄨㄛˋ ㄌㄧˇ
【釋義】醴：指甜酒。
【出處】禮記・表記：「君子之接如水，小人之接如醴。君子淡以成，小人甘以壞。」莊子・山木：「君子之交淡若水，小人之交甘若醴。」
【用法】喻小人的交情，親密超乎平常。
【例句】他一向稱兄道弟的好朋友，竟然在他最落魄的時候離開他，令他醒悟**小人之交甘若醴**的道理，了解所謂眞正朋友的定義。
【義近】小人之交甜如蜜／小人甘以壞。
【義反】君子之交淡如水／君子淡以成。

小人得志 ㄒㄧㄠˇ ㄖㄣˊ ㄉㄜˊ ㄓˋ
【釋義】小人：泛指行爲不正派或見聞淺薄的人。得志：指有了錢財權勢或爲上司所寵信。
【出處】李寶嘉・官場現形記三八回：「至於內裏這位寶小姐，眞正是小人得志，弄得個氣燄薰天。」

【用法】形容小人一旦發迹，便得意忘形，盛氣凌人。
【例句】他一當上局長，就神氣十足，眞是**小人得志**！
【義近】瓦釜雷鳴／小人道長／君子道消。

小不忍則亂大謀 ㄒㄧㄠˇ ㄅㄨˋ ㄖㄣˇ ㄗㄜˊ ㄌㄨㄢˋ ㄉㄚˋ ㄇㄡˊ

【釋義】小事情不能忍耐，便會敗壞大的事情。亂：攪亂，敗壞。大謀：大的計畫。
【出處】論語・衞靈公：「子曰：『巧言亂德，小不忍則亂大謀。』」
【用法】告誡人遇事要從大處著眼，要能忍一時之氣，以免敗壞大事。
【例句】古人說：「**小不忍則亂大謀**。」你在這些小事上要是不能忍耐，今後怎能實現你的宏偉抱負？
【義近】因小失大。
【義反】忍得一時氣，換來百年福／忍辱負重。

小心翼翼 ㄒㄧㄠˇ ㄒㄧㄣ ㄧˋ ㄧˋ

【釋義】其意本爲嚴肅恭敬。翼翼：嚴肅謹愼的樣子。
【出處】詩經・大雅・大明：「維此文王，小心翼翼。昭事上帝，聿懷多福。」
【用法】形容舉動十分謹愼，毫不疏忽。
【例句】他爲人膽小，遇事**小心翼翼**，所以幾十年來不曾犯什麼錯誤，但也沒有什麼成就。
【義近】小心謹愼／謹小愼微／謹言愼行／戰戰兢兢／兢兢業業／臨淵履薄。
【義反】粗心大意／膽大妄爲／大而化之／敷衍了事／苟且僥倖。

小心謹愼 ㄒㄧㄠˇ ㄒㄧㄣ ㄐㄧㄣˇ ㄕㄣˋ

【釋義】小心：注意，留神。謹愼：對外界事物或自己的言行特別注意。
【出處】漢書・霍光傳：「出入禁闥二十餘年，小心謹愼，未嘗有過，甚見親信。」
【用法】形容人言談舉止極爲愼重，不敢稍有越軌。
【例句】他在工作中曾有幾次失誤，給公司帶來了不少損失，所以現在特別**小心謹愼**。
【義近】小心翼翼／謹小愼微／謹言愼行／戰戰兢兢／朝乾夕惕。
【義反】粗枝大葉／粗心大意／大而化之／敷衍塞責／浮皮潦草。

小巧玲瓏 ㄒㄧㄠˇ ㄑㄧㄠˇ ㄌㄧㄥˊ ㄌㄨㄥˊ

【釋義】小巧：小而靈巧。玲瓏：精巧細緻。
【出處】辛棄疾・臨江仙・戲爲山園巷壁解嘲：「莫笑吾家巷壁小……有心雄泰華，無意巧玲瓏。」
【用法】形容器物小巧精緻，也形容女子身小靈巧、秀氣可愛。
【例句】①那個女孩長得十分**小巧玲瓏**，可愛動人。②展覽會上展出的幾件水晶雕刻，**小巧玲瓏**，精緻可愛。
【義近】嬌小玲瓏／靈巧秀氣。
【義反】碩大無朋／龐然大物。

小本生意 ㄒㄧㄠˇ ㄅㄣˇ ㄕㄥ ㄧˋ

【釋義】小成本的生意。
【出處】福惠全書・蒞任部・定買辦：「小本生意皆係窮民。」
【用法】指投資很少的買賣。
【例句】別看他從事的是**小本生意**，雖無法大富大貴，卻足以養活一家子，且供兩個兒子念完研究所。

小巫見大巫 ㄒㄧㄠˇ ㄨ ㄐㄧㄢˋ ㄉㄚˋ ㄨ

【釋義】小巫師見到大巫師，法術就無法施展，即小巫的法術不如大巫。巫：古時以祈禱降神爲職業的人。
【出處】陳琳・答張紘書：「今景興在此，足下與子布在彼，所謂小巫見大巫。」
【用法】比喻相比之下，顯出高低。
【例句】你一進城就覺得這裏很繁華，實際上與大都市比起來，還只是**小巫見大巫**呢！
【義近】相形見絀／相形失色。
【義反】不相上下／半斤八兩／相去無幾／難分高低／伯仲之間／不分軒輊。

小姑獨處 ㄒㄧㄠˇ ㄍㄨ ㄉㄨˊ ㄔㄨˇ

【釋義】小姑：指未出嫁的女子。處：居住。
【出處】宋・郭茂倩・樂府詩集・青溪小姑曲：「開門白水，側近橋梁，小姑所居，獨處無郎。」
【用法】用以稱女子未嫁。
【例句】張小姐希望能找個如意郎君，但緣分未到，雖已年過三十，仍然**小姑獨處**。
【義近】待字閨中／黃花女兒／摽梅迨吉。
【義反】名花有主／之子于歸／羅敷有夫。

小屈大伸 ㄒㄧㄠˇ ㄑㄩ ㄉㄚˋ ㄕㄣ

【釋義】小小的委屈，必換得大大的伸張。
【出處】南史・張岱傳：「今欲用卿爲子鸞別駕總刺史之任，無謂小屈，終當大伸也。」
【用法】比喻忍小事，必有大成就。
【例句】張良因能**小屈大伸**，故能助漢高祖成就大業，所以不要因一時的氣憤難平而壞了大事。
【義近】忍辱負重／忍得一時氣，換來百年福。
【義反】因小失大／小不忍則亂大謀。

小往大來 ㄒㄧㄠˇ ㄨㄤˇ ㄉㄚˋ ㄌㄞˊ

【釋義】小的過去，大的過來。
【出處】易經・泰・彖：「泰，小往大來：吉亨，則是天地交而萬物通也，上下交而其志同也。」
【用法】本指人事消長；後比喻商人以小本牟取暴利。
【例句】他在過去幾年中，**小往大來**，竟賺了上億的資產，令人不得不羨慕他的好運。
【義近】以小搏大。
【義反】將本求利／平買平賣。

小門小戶 ㄒㄧㄠˇ ㄇㄣˊ ㄒㄧㄠˇ ㄏㄨˋ

【釋義】指門小，窗戶也小的人家。
【出處】曹雪芹・紅樓夢二九回：「快帶了那孩子來，別唬著他。小門小戶的孩子，都是嬌生慣養慣了的，那裏見過這個勢派？」
【用法】貧窮卑微的小家庭。

【例句】這孩子雖出身於**小門小戶**，卻頗有貴族之氣，將來必定非池中物。
【義近】小戶人家。
【義反】深宅大院。

小家子氣

【釋義】小戶人家的氣派。
【出處】曹雪芹・紅樓夢三七回：「若題目過於新巧，韻過於險，再不得好詩，倒小家子氣。」
【用法】形容人的舉止、行為等不大方。
【例句】結婚是一個人的終身大事，辦得奢侈豪華固然不對，但也不能顯得**小家子氣**。
【義近】小家子相／小手小腳／小家氣。
【義反】一擲千金／大手大腳／慷慨大方。

小家碧玉

【釋義】小家：小戶人家。碧玉：人名，後泛指平民家的少女。
【出處】孫綽・情人碧玉歌：「碧玉小家女，不敢攀貴德，感郎意氣重，遂得結金蘭。」
【用法】用以形容小戶人家的年輕美麗女子。
【例句】在古代，無論是大家閨秀還是**小家碧玉**，都是絕對不許拋頭露面的。
【義反】大家閨秀／名媛淑女。

小時了了

【釋義】了了：明白懂事。
【出處】劉義慶・世說新語・言語：「孔文舉年十歲，隨父到洛。……（陳）韙曰：『小時了了，大未必佳。』文舉曰：『想君小時，必當了了。』」
【用法】指人年幼時聰明。常與「大未必佳」連用，含譏諷之意。
【例句】教育非常重要，有的人**小時了了**，但因後來未受到良好的教育，長大後也不過是凡人一個。
【義近】秀外慧中／冰雪聰明。
【義反】天性愚鈍／弱智小兒。

小國寡民

【釋義】國家小，民眾少。
【出處】老子・八一章：「小國寡民，使有什伯之器而不用，使民重死而不遠徙。……鄰國相望，雞犬之音相聞，民至老死不相往來。」
【用法】本為道家的理想社會制度，後用以比喻不願與外國聯繫的閉關自守思想，或指人口少的小國家。
【例句】①時代發展至今，各國交往日益頻繁，而你卻還抱著**小國寡民**的思想不放，真是書呆子！②我們是**小國寡民**，力弱民窮，怎能跟你們大國相比呢？
【義近】小邦寡民。
【義反】泱泱大國。

小康之家

【釋義】小康：經濟較寬裕，可以不愁溫飽。
【出處】詩經・大雅・民勞：「民亦勞止，汔可小康。」李綠園・歧路燈八三回：「小康之家，就看得賭具是解悶的要緊東西。」
【用法】指經濟狀況較為寬裕的家庭。
【例句】台灣生活富庶安定，**小康之家**比比皆是。
【義近】殷實人家。
【義反】家徒四壁／貧寒之家。

小眼薄皮

【釋義】意謂眼界小，臉皮薄。
【出處】金瓶梅詞話七八回：「你娘與我些什麼兒？他還說我小眼薄皮愛人家的東西。」
【用法】形容人愛佔別人的小便宜或嘲笑別人相貌不厚重。
【例句】你這樣**小眼薄皮**，時間久了恐怕沒有人願意再與你共事了。
【義近】取巧圖便／打小算盤。
【義反】解囊相助／解衣推食／仗義疏財。

小鳥依人

【釋義】像小鳥那樣親近人。依人：與人親近不離。
【出處】舊唐書・長孫無忌傳：「褚遂良學問稍長，性亦堅正。既寫忠誠，甚親附於朕，譬如飛鳥依人，自加憐愛。」
【用法】形容女子或小孩嬌稚怯弱，惹人憐愛。
【例句】這孩子長得十分秀麗，看到我們這些陌生人，馬上跑到媽媽身邊，有如**小鳥依人**，可愛極了。
【義近】嬌媚可愛／天真可愛／小鳥入懷。
【義反】傻頭傻腦／呆頭呆腦／笨頭笨腦。

小鹿觸心頭

【釋義】就好像有小鹿在心坎裏一碰一碰的。觸：碰，撞。
【出處】清・翟灝・通俗編・獸畜：「梁武帝相貌威嚴。侯景入見，出曰：『為帝迫困於斯，見之汗濕衣襟，若小鹿之觸吾心頭。』」
【用法】形容由於害怕或興奮而心臟劇烈地跳動。
【例句】今天總統接見我，剛開始時好像**小鹿觸心頭**，但過了一會兒就慢慢平靜下來。
【義近】提心弔膽／心驚肉跳／戰戰兢兢／膽戰心驚。
【義反】處之泰然／若無其事／鎮定自如／面不改色。

小廉曲謹

【釋義】在小地方廉潔謹慎。
【出處】宋史・儒林傳・王回：「造次必稽古人所為，而不為小廉曲謹以求名譽。」朱熹・答或人書：「鄉原是一種小廉曲謹，阿世徇俗之人。」
【用法】比喻人拘泥小節，不識大體。
【例句】你以為他真是一位忠厚老實的人嗎？其實他不過是位**小廉曲謹**的鄉愿罷了。
【義近】不識大體／不知輕重。
【義反】明辨是非／顧全大局。

小試鋒芒

【釋義】小試：稍試其技。鋒芒（鋩）：刀劍兵器的尖端，比喻人的才幹本領。
【出處】司馬遷・史記・孫武傳：「闔廬曰：『子之十三篇，吾盡觀之矣，可以小試勒兵乎？』」漢・蔡邕・勸學：「木以繩直，金以淬剛；

必須砥礪，就其鋒鋩。」

【用法】比喻稍稍顯露一下才能和本領。

【例句】既然大家都說他很能幹，那就不妨找個機會，讓他**小試鋒芒**看看。

【義近】初露鋒芒／牛刀小試。

【義反】鋒芒畢露／大顯身手／不露鋒芒／深藏不露。

小察不通大理

【釋義】意謂小處明察，不通大道理。

【出處】呂氏春秋・別類：「高陽應將為室家，匠對曰：『未可也，加塗其上必將撓。以生為室，今雖善，後將必敗。』高陽應曰：『緣子之言，即室不敗也。木益枯則勁，塗易乾則輕，以益勁任易輕，則不敗。』匠人無辭而對，受命而為之。室之始成也善，其後果敗。高陽應好小察而不通乎大理也。」

【用法】喻人小事明察，卻不能通達大道理。

【例句】這件事你就放手讓專家去做吧！所謂**小察不通大理**，你若事事都攬來管，恐怕要空操心又壞了正事。

【義近】小黠大癡。

小隙沉舟

【釋義】小小的裂縫可以使船沉沒。

【出處】關尹子・九藥：「勿輕小事，小隙沉舟；勿輕小物，小蟲毒身。」

【用法】比喻小的差錯可以釀成大的禍害。

【例句】這次在施工過程中，差點因一個小小的差錯而葬送整個工程，怪不得古人說**小隙沉舟**！

【義近】蟻穴潰堤／猿穴壞山／尺蚓穿堤，能漂一邑／一著不慎，滿盤皆輸。

【義反】未雨綢繆／防微杜漸／防患於未然／曲突徙薪。

小頭銳面

【釋義】指人面相上方狹蹙，眉毛舒展不開。

【出處】鄭燮・寄弟墨書：「其不發達者，鄉里作惡，小頭銳面，更不可當。」

【用法】形容刁頑刻薄的相貌；也比喻小人到處鑽營。

【例句】此人長得**小頭銳面**，一副尖酸刻薄的模樣，令人打從心底產生厭惡感。

【義近】牛頭馬面／小頭小臉／尖嘴猴腮／賊眉鼠眼／獐頭鼠目／臼頭深目。

【義反】方面大耳／面方如田／燕頷虎頸／龍眉鳳目。

小謹不大立

【釋義】小謹：在小節處謹慎。

【出處】管子・形勢解：「謹於一家，則立於一家，……謹於天下，則立於天下。是故其所謹者小，則其所立亦小；其所謹者大，則其所立亦大，故曰：小謹者不大立。」

【用法】比喻人若拘守於小節，則難以成大事、立大業。

【例句】**小謹不大立**，像他這樣拘泥小節，不知變通的人，如何擔任重責大任？

小題大做

【釋義】科舉時代以四書文句命題曰小題，以五經文句命題曰大題。用做五經文的章法來做四書文的，稱為小題大做。

【出處】朱㿥・翡翠園傳奇：「你們這般朋友，慣是小題大做。」

【用法】借喻為把小事擴大渲染成大事來處理，有不值得、不應當的意思。

【例句】這些雞毛蒜皮的小事，也要一再提出來討論研究，太**小題大做**了。

【義近】牛鼎烹雞。

小黠大癡

【釋義】黠：聰明而狡猾。

【出處】韓愈・送窮文：「子知我名，凡我所為，驅我令去，小黠大癡。」

【用法】指人小處狡黠聰明，而在大處卻往往糊塗失算。

【例句】我們科長是個**小黠大癡**的人，在小事上精明得很，可是在大事上卻經常處理錯誤，令人啼笑皆非。

【義近】小察不通大理。

【義反】大智若愚／大巧若拙／大事不糊塗。

小懲大誡

【釋義】小的懲罰，大的警誡。誡：警告，勸告。

【出處】周易・繫辭下：「小懲而大誡，此小人之福也。」

【用法】說明對犯過錯的人，在施以小的懲罰之後，還要大加教育，以免重犯過失。

【例句】令郎在我家拿走了東西，我說他幾句，也不過是**小懲大誡**的意思，並不是要使你為難。

一畫

少小無猜

【釋義】男女小時在一起不避嫌疑。少小：幼小。猜：猜疑，避嫌。一作「兩小無猜」。

【出處】李白・長干行：「同居長干里，兩小無嫌猜。」蒲松齡・聊齋誌異・江城：「兩小無猜，日共嬉戲。」

【用法】形容男女幼童在一起嬉遊，天真爛漫，不避嫌疑。

【例句】他倆是**少小無猜**，青梅竹馬，長大共結連理也是天經地義的美事。

【義近】青梅竹馬／竹馬之好／自幼相好。

【義反】邂逅相遇／素不相識／授受不親。

少不更事

【釋義】年紀輕，沒有經歷過什麼事情。少：年輕。更：經歷。

【出處】晉書・周顗傳：「君少年未更事。」張鳳翼・竊符記：趙括「志大才庸，少不更事。」

【用法】指年輕閱歷世事不多，缺乏經驗。

【例句】不要怪他魯莽衝動，一切只因他**少不更事**，他會慢慢地成熟的。

【義近】涉世不深／初出茅廬／嘴上無毛，辦事不牢／初生之犢不畏虎。

【義反】少年老成／老於世故／老成持重／閱歷甚深／經驗

豐富。

少安毋躁（ㄕㄠˇ ㄢ ㄨˊ ㄗㄠˋ）

【釋義】稍稍安靜，不要急躁。少：稍微，暫時。毋：不要，一作「無」、「勿」，意同。

【出處】韓愈・答呂毉山人書：「方將坐足下，三浴而三熏之，聽僕之所為，少安毋躁。」

【用法】指暫且安心等待，靜觀其後。

【例句】事情尚未弄清楚前，請大家**少安毋躁**，以免壞了大事。

【義近】靜候勿躁／安靜等待／無需性急／稍作等待。

【義反】暴跳如雷／急不可待／刻不容緩／迫不及待。

少年老成（ㄕㄠˋ ㄋㄧㄢˊ ㄌㄠˇ ㄔㄥˊ）

【釋義】年紀輕，辦事卻穩重老練。老成：老練，有經驗。

【出處】柯丹邱・荊釵記：「我這公祖少年老成，居民無不瞻仰，老夫感激深恩。」

【用法】用以稱青年人辦事老練、舉止穩重，有時也指青年人缺乏朝氣。

【例句】現代的青年人可說多數都是**少年老成**，辦起事來有板有眼的。

【義近】年輕老練／少年有成／年少穩重／後生可畏。

【義反】少不更事／年少無知／乳臭未乾。

少壯不努力，老大徒傷悲（ㄕㄠˋ ㄓㄨㄤˋ ㄅㄨˋ ㄋㄨˇ ㄌㄧˋ，ㄌㄠˇ ㄉㄚˋ ㄊㄨˊ ㄕㄤ ㄅㄟ）

【釋義】年輕時不努力，上了年紀悲傷也無用了。少壯：年輕力壯。老大：年紀大了。徒：空，白白地。

【出處】古樂府・長歌行：「百川東到海，何時復西歸？少壯不努力，老大徒傷悲。」

【用法】勉勵人及早奮發圖強，以免上了年紀後悔悲傷。

【例句】古人說：「**少壯不努力，老大徒傷悲**。」我們應抓緊年輕時期努力學習，為將來打下紮實的基礎。

【義近】少壯幾時／青春不再／少壯幾時，兮奈老何／少年易老學難成。

【義反】小時了了，大未必佳／人生自有人生福，何必為老愁／今朝有酒今日醉。

少壯幾時（ㄕㄠˋ ㄓㄨㄤˋ ㄐㄧˇ ㄕˊ）

【釋義】少壯的時間有多久？幾時：指時光不多。

【出處】漢武帝・秋風辭：「歡樂極兮哀情多，少壯幾時奈老何？」杜甫・贈衛八處士詩：「少壯能幾時，鬢髮各已蒼。」

【用法】喻青春不常在。

【例句】人生在世，**少壯幾時**，昨日的少年郎，竟成今日的白髮翁。莫辜負了青春，以免老大徒傷悲啊！

少見多怪（ㄕㄠˇ ㄐㄧㄢˋ ㄉㄨㄛ ㄍㄨㄞˋ）

【釋義】見聞少，遇不常見的事物多以為怪。

【出處】牟融・理惑論：「諺云：『少所見，多所怪。睹駝，言馬腫背。』」

【用法】常用以嘲人見聞淺陋。

【例句】他就是**少見多怪**，只要見一對男女在一起，就懷疑人家有不正當的關係。

【義近】大驚小怪／失驚打怪／蜀犬吠日。

【義反】常見不怪／屢見不鮮／見怪不怪。

三畫

尖酸刻薄（ㄐㄧㄢ ㄙㄨㄢ ㄎㄜˋ ㄅㄛˊ）

【釋義】言語刻薄，做人非常不厚道。

【出處】曹雪芹・紅樓夢五五回：「分明太太是好太太，都是你們尖酸刻薄。」

【用法】比喻人說話專門挖苦他人，待人處事吹毛求疵，很不厚道。

【例句】一個女孩子家，講起話來這樣**尖酸刻薄**，是不會討人喜歡的。

【義近】輕口薄舌／貧嘴賤舌／耍嘴調舌／夾槍帶棍。

【義反】肺腑之言／實言實語／言詞懇切／甜言軟語。

尖嘴猴腮（ㄐㄧㄢ ㄗㄨㄟˇ ㄏㄡˊ ㄙㄞ）

【釋義】腮：面頰。

【出處】吳敬梓・儒林外史三回：「像你這尖嘴猴腮，也該撒泡尿自己照照！不三不四，就想天鵝屁吃！」

【用法】形容人的臉面瘦削，長相醜陋，粗俗不堪。多用以指斥小人或粗俗之人。

【例句】你看他那**尖嘴猴腮**、賊頭賊腦的樣子，準沒個好心眼！

【義近】尖嘴縮腮／獐頭鼠目／小頭銳面。

【義反】肥頭大耳／眉清目秀／儀表堂堂。

尖嘴薄舌（ㄐㄧㄢ ㄗㄨㄟˇ ㄅㄛˊ ㄕㄜˊ）

【釋義】尖：尖酸。薄：刻薄。

【出處】李汝珍・鏡花緣三回：「你既要騙我吃酒，又鬥我圍棋，偏又這些尖嘴薄舌的話說。」

【用法】喻人的言辭尖酸刻薄。

【例句】一個女孩子家，講起話來這樣**尖嘴薄舌**，是不會討人喜歡的。

【義近】輕口薄舌／貧嘴賤舌／耍嘴調舌／夾槍帶棍。

【義反】肺腑之言／實言實語／言詞懇切／甜言軟語。

尖擔兩頭脫（ㄐㄧㄢ ㄉㄢ ㄌㄧㄤˇ ㄊㄡˊ ㄊㄨㄛ）

【釋義】尖擔：兩頭都尖削的擔子。脫：落，滑脫。

【出處】關漢卿・救風塵三折：「周舍云：『這婆娘他若是不嫁我呵，可不弄的尖擔兩頭脫。』」

【用法】比喻兩頭落空。

【例句】先把那邊的工作搞定了，再辭掉這邊的，不要冒冒失失，弄個**尖擔兩頭脫**。

【義近】兩頭落空／賠了夫人又折兵。

【義反】一石兩鳥／一舉兩得。

尢部

一畫

尤而效之（ㄧㄡˊ ㄦˊ ㄒㄧㄠˋ ㄓ）

【釋義】尤：過失。

【出處】左傳・僖公二十四年：「尤而效之，罪又甚焉，且出怨言，不食其食。」

【用法】指模仿他人的過失。

【例句】許多青少年看到新聞報導中的犯罪行爲，不但不引以爲戒，反而**尤而效之**，造成更多的社會問題，值得新聞從業人員三思。

【義近】起而效尤。

四畫

尨眉皓髮（ㄆㄤˊ ㄇㄟˊ ㄏㄠˋ ㄈㄚˇ）

【釋義】尨：色雜。皓：白色。形容眉毛頭髮皆斑白。

【出處】後漢書・循吏傳・劉寵：「山陰縣有五六老叟，尨眉皓髮，自若邪出谷閒出，人賫百錢以送寵。」注：「尨，雜也，老者眉雜白黑也。」

【用法】形容老人。

【例句】公園裏許多**尨眉皓髮**的老人在做運動，一旁還有小孩的嬉笑聲，構成一幅紅顏白髮怡然自樂的美麗圖畫。

【義近】黃髮鮐背／皓首龐眉／雞皮鶴髮／頭童齒豁／牛山濯濯／齒危髮禿。

【義反】年富力強／春秋鼎盛。

尪纖懦弱（ㄨㄤ ㄒㄧㄢ ㄋㄨㄛˋ ㄖㄨㄛˋ）

【釋義】尪：身體瘦弱。懦弱：性情柔弱怕事。

【出處】魏書・崔浩傳：「汝曹視此人，尪纖懦弱，手不能彎弓持矛，其胸中所懷，乃踰於甲兵。」

【用法】形容身體虛弱，個性怯弱。

【例句】許多文人看似**尪纖懦弱**，手無縛雞之力，卻胸懷大志，下筆恢宏，有左右世局的能力。

【義近】弱不勝衣／弱不禁風／蒲柳之姿。

【義反】虎背熊腰／虎臂猿軀。

九畫

就日瞻雲（ㄐㄧㄡˋ ㄖˋ ㄓㄢ ㄩㄣˊ）

【釋義】就：趨前，歸向。瞻：瞻仰。日、雲：皆指帝王。又作「瞻雲就日」。

【出處】李邕・日賦：「披雲覩日兮目則明，就日瞻雲兮心若驚。」

【用法】指謁見皇帝之意。

【例句】古代帝王的地位就像太陽和雲那樣高遠，所以臣子謁見皇帝便如**就日瞻雲**一般，連頭都不敢抬起，眼睛不敢正視。

就地正法（ㄐㄧㄡˋ ㄉㄧˋ ㄓㄥˋ ㄈㄚˇ）

【釋義】就地：就在原地，指犯罪所在地。正法：依法處決犯人。

【出處】曾文正公奏稿：「臣聞此二端，惡其民心之未去，黨羽之尙堅，即決計就地正法。」

【用法】用以指重犯不待審訊，當場處死。

【例句】這幾個殺人放火的強盜頑抗拒捕，只好將他們**就地正法**，以免滋生事端。

【義近】當場正法／就地處決。

【義反】秋審行刑。

就地取材（ㄐㄧㄡˋ ㄉㄧˋ ㄑㄩˇ ㄘㄞˊ）

【釋義】在本地尋找所需要的材料。就地：在原地。

【用法】多用以說明辦事力求節儉，應當在本地挖掘潛力，不要樣樣仰賴外地外力。

【例句】建立工廠所需的物資材料，應盡可能**就地取材**，力求節省開支。

【義近】因地制宜／本山取土。

【義反】晉用楚材。

就利違害（ㄐㄧㄡˋ ㄌㄧˋ ㄨㄟˊ ㄏㄞˋ）

【釋義】就：趨向。違：遠避。又作「違害就利」。

【出處】莊子・齊物論：「不就利，不違害，不喜求，不緣道。」吳子・圖國：「夫道者，所以反本復始；義者，所以行事立功；謀者，所以違害就利；要者，所以保業守成。」

【用法】比喻能夠趨向利益，遠離禍害。

【例句】學習前人的經驗，就是要幫助我們**就利違害**，避免再犯下同樣的錯誤。

【義近】趨吉避凶。

【義反】飛蛾撲火。

就事論事（ㄐㄧㄡˋ ㄕˋ ㄌㄨㄣˋ ㄕˋ）

【釋義】只就這件事來談論這件事。

【出處】石點頭：「這番話，本是就事論事，原出無心，那知荆寶倒存了個念頭。」

【用法】專就某事的本身來評論其是非得失，不涉及其他。也指只談事情的現象不觸及其本質。

【例句】請你**就事論事**，不要轉移到別的話題上，更不要涉及人身攻擊。

【義反】一概而論。

尸部

尸位素餐（ㄕ ㄨㄟˋ ㄙㄨˋ ㄘㄢ）

【釋義】居位食祿而不理事。尸位：如尸（神像）之居位，只受享祭而不做事。素餐：吃閒飯。

【出處】漢書・朱雲傳：「今朝廷大臣，上不能匡主，下亡（無）以益民，皆尸位素餐。」

【用法】比喻居其位而不盡其職守。

【例句】他擔任地方首長數年，毫無建樹，各界人士紛紛批評他**尸位素餐**，浪費納稅人的錢。

【義近】竊位素餐／備位而已／三旨宰相／徒取充位／伴食中書。

【義反】克盡厥職／枵腹從公／鞠躬盡瘁／宵衣旰食／夙夜匪懈。

尸坐齊立（ㄕ ㄗㄨㄛˋ ㄓㄞ ㄌㄧˋ）

【釋義】尸：古代祭祀中，代表受祭的人。齊：即「齋」，祭祀前十日過的嚴肅生活。

【出處】禮記・曲禮上：「坐如尸，立如齊。」注：「視貌正。……齊，謂祭祀時。」疏：「坐如尸者，尸居神位，坐必矜莊，言人雖不爲尸，若所在，坐法必當如尸之坐，故鄭云：視貌正也。立如齊者，人之倚立多慢不恭，故戒之云，倚立之時雖不齊，亦當如祭前之齊，必須磬折屈身。」

【用法】比喻人坐得端正，站得恭敬。

【例句】在長官面前，士兵們個個**尸坐齊立**，不敢稍動，這便是軍事訓練的首要教育之一。

尸居餘氣 ㄕ ㄐㄩ ㄩˊ ㄑㄧˋ

【釋義】謂人軀殼雖在，僅存餘氣。尸：同屍，屍體。餘氣：剩下的最後一口氣。

【出處】晉書・宣帝紀：「曹爽曰：『司馬公尸居餘氣，形神已離，不足慮矣。』」

【用法】形容人暮氣沉沉，無所作爲，僅比死人多一口氣。

【例句】他整日精神萎靡，無所事事，大家都認爲他是個**尸居餘氣**的廢物。

【義近】死氣沉沉／萎靡不振／行屍走肉。

【義反】朝氣蓬勃／意氣風發／精神抖擻／豪情萬丈。

尸居龍見 ㄕ ㄐㄩ ㄌㄨㄥˊ ㄒㄧㄢˋ

【釋義】尸：神像。見：同「現」。安靜時像神，動起來時似龍。

【出處】莊子・在宥：「故君子苟能無解其五藏，無擢其聰明，尸居而龍見，淵默而雷聲，神動而天隨，從容无爲，而萬物炊累焉。」注：「出處默語，常無其心，而付之自然。」

【用法】比喻人端坐無爲，其道德卻自然而然表現出來。

【例句】有道德修養的人，言行舉止皆有一定的準則，所以說**尸居龍見**是道德修養的最高表現。

【義近】淵默雷聲／神動天隨。

尸祝代庖 ㄕ ㄓㄨˋ ㄉㄞˋ ㄆㄠˊ

【釋義】負責祭祀的太祝代替廚師炊飲。

【出處】莊子・逍遙遊：「庖人雖不治庖，尸祝不越樽俎而代之矣。」

【用法】形容人越權代職。

【例句】你替兒子做那麼多事，根本是**尸祝代庖**的行爲，不僅把自己搞得很累，孩子也喪失了學習的機會。

【義近】越俎代庖／越官侵職／牝雞司晨／逾越本分。

【義反】思不出位／不在其位，不謀其政。

一畫

尺寸千里 ㄔˇ ㄘㄨㄣˋ ㄑㄧㄢ ㄌㄧˇ

【釋義】尺寸：極言其近。千里：極言其遠。二者均非指實數。

【出處】柳宗元・始得西山宴遊記：「其高下之勢，岈然洼然，若垤若穴，尺寸千里，攢蹙累積，莫得遯隱。」

【用法】指登高所見，千里遠景就像在尺寸之間。

【例句】登上泰山頂峰，舉目四望，頓有**尺寸千里**之感。

【義近】咫尺萬里／尺幅千里。

尺寸之功 ㄔˇ ㄘㄨㄣˋ ㄓ ㄍㄨㄥ

【釋義】微小的功勞。尺寸：本爲量長度的單位，此用以狀小。

【出處】戰國策・燕策一：「夫民勞而實費，又無尺寸之功。」司馬遷・史記・淮陰侯列傳：「一日數戰，無尺寸之功。」

【用法】常用以謙稱自己的功勞微不足道。

【例句】爲了完成這一巨大工程，我雖盡了力，但也不過是**尺寸之功**，怎能受此重賞。

【義近】綿薄之力／微弱之功／略盡棉力／犬馬之勞。

【義反】頂天之力／地覆之功／蓋世勳勞。

尺山寸水 ㄔˇ ㄕㄢ ㄘㄨㄣˋ ㄕㄨㄟˇ

【釋義】尺、寸：極言其範圍、面積之小。

【出處】清・張問陶・青神舟中不得見峨嵋山與亥白兄飲酒排悶詩：「曾向華嚴頂上來，尺山寸水皆能說。」

【用法】指某一小片的山水。

【例句】呈現在眼前的，雖然只是**尺山寸水**，卻顯得分外嬌媚，給人江山如畫的感受。

【義近】尺土寸地／咫尺山河。

【義反】千山萬水／名山大川／錦繡河山。

尺木有節 ㄔˇ ㄇㄨˋ ㄧㄡˇ ㄐㄧㄝˊ

【釋義】一尺的木頭都有節目。節：植物枝幹連接的部分。

【出處】呂氏春秋・舉難：「尺之木，必有節目；寸之玉，必有瑕瓋。」

【用法】形容事物很難十全十美，毫無瑕疵。

【例句】世界上沒有完人，就像**尺木有節**一樣，人人都會犯錯，最重要的是知過能改。

【義近】蠅糞點玉／甘瓜苦蒂／美中不足／寸玉有瑕。

【義反】十全十美／完美無缺／盡善盡美／白璧無瑕。

尺布斗粟 ㄔˇ ㄅㄨˋ ㄉㄡˇ ㄙㄨˋ

【釋義】一尺布，一斗粟。粟：糧食作物之一，去皮麩後爲小米。

【出處】司馬遷・史記・淮南衡山王列傳：「孝文十二年，民有作歌，歌淮南厲王曰：『一尺布，尚可縫；一斗粟，尚可舂。兄弟二人不能相容。』」

【用法】比喻兄弟間因利害衝突而不能相容。

【例句】兄弟之間應該和睦相處，生死與共，豈可爲一點小事而鬧得**尺布斗粟**。

【義近】兄弟鬩牆／煮豆燃萁／手足相殘／同室操戈。

【義反】兄友弟恭／棣華增映／如壎如篪／灼艾分痛。

尺有所短，寸有所長 ㄔˇ ㄧㄡˇ ㄙㄨㄛˇ ㄉㄨㄢˇ，ㄘㄨㄣˋ ㄧㄡˇ ㄙㄨㄛˇ ㄔㄤˊ

【釋義】尺雖長，有時有其不可取之處；寸雖短，有時有其可取之處。

【出處】楚辭・卜居：「夫尺有所短，寸有所長；物有所不足，智有所不明；數有所不逮，神有所不通。」

【用法】比喻人或事物各有長處和短處，不可一概而論。

【例句】古人說得好：「**尺有所**

短，**寸有所長**。」各位只要盡心盡力為本公司做事，大家都是可用的人才。
【義近】尺短寸長／各有長短／各有優劣。
【義反】一概而論／一把尺子量到底／千篇一律。

尺吳寸楚

【釋義】指從高處望下，吳、楚二地相隔只在尺寸之間。
【出處】袁宏道・由天池至三峽澗記：「圓蒼所覆，目與之際，絲棼黍積，尺吳寸楚。」
【用法】比喻從高處遠望，兩地相隔便很近。
【例句】登上泰山頂峰，舉目四望，頓有**尺吳寸楚**之感。
【義近】咫尺萬里／尺幅千里。

尺蚓穿堤

【釋義】小小的蚯蚓，可以穿透堤岸。
【出處】北齊・劉晝・劉子新論・慎隙：「尺蚓穿堤，能漂一邑；寸煙排穴，致灰千室。」
【用法】比喻不注意小的潛在危機，就會引起大禍。
【例句】古人說：**尺蚓穿堤**，就是要提醒我們不要輕忽周遭中潛在的危機，它有可能會釀成巨大的災害。
【義近】蟻穴潰堤／猿穴壞山／小隙沉舟／牆壞於隙／螻孔崩城。
【義反】未雨綢繆／防微杜漸／曲突徙薪／防患未然。

尺幅千里

【釋義】尺把長的畫幅，畫進千里的景象。一作「尺幅萬里」。
【出處】南史・昭冑傳：「（賁）幼好學，有文才，能書善畫，於扇上圖山水，咫尺之內，便覺萬里為遙。」
【用法】讚美畫家畫藝高超，能在小小的畫幅上，展示出廣闊的空間和深遠的意境。
【例句】你在這並不算大的畫幅上，竟畫出了祖國壯麗的山河，真堪稱**尺幅千里**。
【義近】尺寸千里。

尺澤之鯢

【釋義】生長在小池澤中的泥鰍。鯢：泥鰍。
【出處】宋玉・對楚王問：「鯤魚朝發崑崙之墟，暴鬐於碣石，暮宿於孟諸；夫尺澤之鯢，豈能與之量江海之大哉？」
【用法】形容人見識狹隘。
【例句】他說話毫無內容，就像**尺澤之鯢**一樣，偏又自以為是，老愛高談闊論，根本是自暴其短。
【義近】牖中窺日／穴見小儒／以管窺天／以蠡測海／一孔之見／甕裏醯雞。
【義反】見多識廣／博古通今／高瞻遠矚／目光如炬。

四畫

局天蹐地

【釋義】局：曲，彎腰。蹐：走小步，用極小的步子走路。也作「跼天蹐地」。
【出處】詩經・小雅・正月：「謂天蓋高，不敢不局；謂地蓋厚，不敢不蹐。」三國志・吳書・步騭傳：「無罪無辜，橫受大刑，是以使民跼天蹐地，誰不戰栗？」
【用法】形容處境困厄窘迫，或警惕而畏懼的樣子。
【例句】這些煩瑣苛刻的法令，使人民**局天蹐地**，天天生活在恐懼中，深怕一不小心便觸犯了法律。
【義近】踡地跼天／誠惶誠恐／戰戰慄慄／臨深履薄。
【義反】如魚得水／逍遙自在／優哉游哉／左右逢源。

局促不安

【釋義】局促：也作侷促、跼促，指拘謹不自然。
【出處】蒲松齡・聊齋誌異・鴉頭：「話間，妮子頻來出入。王局促不安，離席告別。」
【用法】指態度拘束，心裏不安定，感到很不自然。
【例句】他是來相親的，卻坐在那裏一句話也說不出來，看樣子他是很**局促不安**吧！
【義近】跼蹐不安／踧踖不安／手足無措／不知所措。
【義反】落落大方／雍容爾雅／落拓不羈／泰然自若。

屁滾尿流

【釋義】意謂連連放屁，小便失禁。
【出處】施耐庵・水滸傳二六回：「那西門慶正和這婆娘在樓上取樂，聽得武松叫一聲，驚的屁滾尿流，一直奔後門，從王婆家走了。」
【用法】形容驚恐萬分、狼狽不堪的樣子，有時也形容極度驚喜、興奮的樣子。
【例句】①那小偷正在撬門，聽得主人家回來了，頓時嚇得**屁滾尿流**的逃跑了。②這婆子聽見，喜歡的**屁滾尿流**。（金瓶梅詞話八七回）
【義近】慌慌張張／驚慌失措／失張失智／面如土色／色如死灰／冷汗直流。
【義反】不慌不忙／若無其事／面不改色／處之泰然。

尾大不掉

【釋義】禽獸的尾巴過大，難以擺動。掉：搖擺，搖動。
【出處】左傳・昭公一一年：「末大必折，尾大不掉，君所知也。」
【用法】比喻下強上弱，難以駕馭；有時也用以比喻機構臃腫，指揮不靈。
【例句】我國歷史上曾多次出現地方勢力強大，**尾大不掉**的局面，結果造成社會分裂。
【義近】末大不掉／倒持太阿／脛大於股。
【義反】幹強枝弱。

尾生之信

【釋義】尾生：戰國時代魯國守信的人。姓尾生，名高。一作姓「微生」。
【出處】莊子・盜跖：「尾生與女子期於梁下（按：指橋梁下），女子不來，水至不去，抱梁柱而死。」戰國策・燕策：「信如尾生高，則不過不欺人耳。」
【用法】譏諷人固守信用，卻不知變通。
【例句】守信用雖是做人的基本道理，但若固守**尾生之信**，不知權變，就未免太愚蠢。

五畫

居下訕上 ㄐㄩ ㄒㄧㄚˋ ㄕㄢˋ ㄕㄤˋ

【釋義】訕：毀謗。

【出處】論語・陽貨：「惡稱人之惡者，惡居下流而訕上者，惡勇而無禮者，惡果敢而窒者。」

【用法】指下屬或在下位者毀謗上司或在上位者。

【例句】一個只知說別人閒話，**居下訕上**的人，是不可能有什麼大作爲的。

居大不易 ㄐㄩ ㄉㄚˋ ㄅㄨˋ ㄧˋ

【釋義】居大：居住在大城市。

【出處】五代・王定保・唐摭言・知己：「白樂天初舉，名未振，以歌詩謁顧況。況謔之曰：『長安百物貴，居大不易。』」

【用法】用以指居住在大城市，物價高，生活不容易。

【例句】我從鄉下舉家遷來臺北後，深感**居大不易**，臺北的物價指數實在太高了，雖然收入有增加，可是支出卻更多。

【義近】度日不易／日月難熬。

居今稽古 ㄐㄩ ㄐㄧㄣ ㄐㄧ ㄍㄨˇ

【釋義】稽：相符合。

【出處】禮記・儒行：「儒有今人與居，古人與稽。」注：「稽，猶合也。」疏：「言儒與今世小人共居住，與古人之君子意合同也。」

【用法】喻處今世之人而與古人的意思相符合。

【例句】在世風日下，人心不古的現代社會中，想做到**居今稽古**的境界，實在不容易。

居心不良 ㄐㄩ ㄒㄧㄣ ㄅㄨˋ ㄌㄧㄤˊ

【釋義】居心：存心。不良：指不懷好意。

【出處】劉義慶・世說新語・言語：「卿居心不淨，乃復強欲滓穢太清耶？」

【用法】指存心不善，欲有他謀。

【例句】這傢伙**居心不良**，唯恐天下不亂，到處製造紛爭。

【義近】居心叵測／別有用心／心懷不軌／包藏禍心／心懷鬼胎。

【義反】胸懷坦白／居心善良／光明磊落／心懷坦白。

居心叵測 ㄐㄩ ㄒㄧㄣ ㄆㄛˇ ㄘㄜˋ

【釋義】居心：存心。叵測：不可測。叵：不可的合音。

【出處】劉義慶・世說新語・言語：「卿居心不淨，乃復強欲滓穢太清邪？」南史・陳宗室諸王傳：「不承則叵測。」

【用法】形容人心存險詐，不可預測。用於貶義。

【例句】公司新進的一位職員，經常鬼鬼祟祟，看來**居心叵測**，我們得隨時提高警覺！

【義近】心懷叵測／居心不良／居心不淨／心懷鬼胎。

【義反】光明磊落／光明正大／襟懷坦白／堂堂正正。

居必擇鄉 ㄐㄩ ㄅㄧˋ ㄗㄜˊ ㄒㄧㄤ

【釋義】擇鄉：選擇環境好的鄉里。

【出處】荀子・勸學：「君子居必擇鄉，遊必就士，所以防邪僻而近中正也。」

【用法】用以強調環境對於人成長的重要，說明不可忽視外界的影響。

【例句】爲了讓兒女健康成長，**居必擇鄉**之理，確實不可忽視。

【義近】居必擇鄰／孟母三遷／里仁爲美。

居安思危 ㄐㄩ ㄢ ㄙ ㄨㄟˊ

【釋義】在安全時要考慮到可能發生的危險。

【出處】左傳・襄公一一年：「書曰：『居安思危。』思則有備，有備無患。」

【用法】用以說明要隨時提高警覺，以防禍患。

【例句】平時能**居安思危**，有所準備，就能應付各種突發的事故。

【義近】未雨綢繆／有備無患。

【義反】高枕無憂／燕雀處堂。

居官守法 ㄐㄩ ㄍㄨㄢ ㄕㄡˇ ㄈㄚˇ

【釋義】居官：擔任官職。

【出處】司馬遷・史記・商君列傳：「常人安於故俗，學者溺於所聞。以此兩者居官守法可也，非所與論於法之外也。」

【用法】形容爲官謹慎，奉行成法。

【例句】李局長爲官已有好幾十年了，一向**居官守法**，雖談不上政績卓越，卻也沒出什麼問題。

【義近】奉公守法／秉公執法／依法行事。

【義反】以權謀私／違法亂紀／貪贓枉法。

居高臨下 ㄐㄩ ㄍㄠ ㄌㄧㄣˊ ㄒㄧㄚˋ

【釋義】處在高處，面向低處。臨：俯視。

【出處】漢書・鼂錯傳：「平陵相遠，川谷居閒，仰高臨下，此弓弩之地也。」續資治通鑑・宋紀：「敵居高臨下，我戰地不利，宜少就平曠以致其師，宜可勝。」

【用法】形容佔據有利位置，擁有很大優勢。

【例句】這一帶的房子**居高臨下**，視野相當遼闊，故房價也不低。

【義近】高屋建瓴／建瓴之勢。

【義反】居下仰上。

居諸坐誤 ㄐㄩ ㄓㄨ ㄗㄨㄛˋ ㄨˋ

【釋義】居諸：指光陰歲月。坐誤：指蹉跎浪費。

【出處】詩經・邶風・日月：「日居月諸，照臨下土。」彭信志・有志者事竟成：「若畏難苟安，居諸坐誤，則初非事之難爲，實不爲而已。」

【用法】形容人無所事事，任光陰白白流逝。

【例句】這個人年輕的時候**居諸坐誤**，游手好閒，老了仍孑然一身，兩袖清風，需靠人接濟才能勉強度日。

【義近】玩歲愒日／朝饔夕飧／曠廢隳惰／游手好閒／醉生夢死／無所事事。

【義反】夙夜不怠／夙夜匪懈／披星戴月／忙忙碌碌。

屈打成招 ㄑㄩ ㄉㄚˇ ㄔㄥˊ ㄓㄠ

【釋義】屈：冤枉。招：招認。

【出處】元・無名氏・爭報恩三折：「如今把姐姐拖到官中

，三推六問，屈打成招。」

【用法】指用嚴刑逼供，迫使無辜招認有罪。

【例句】在專制政權淫威下，不知有多少屈打成招的冤案！

【義近】羅織入罪／嚴刑逼供／枉勘虛招。

【義反】不打自招。

屈指可數（ㄑㄩ ㄓˇ ㄎㄜˇ ㄕㄨˇ）

【釋義】彎著手指就能數清楚。屈：彎曲。

【出處】三國志・魏書・張郃傳：「屈指計亮糧，不至十日。」歐陽修・唐安公美政頌：「今文化之盛，其書屈指可數者，無三四人。」

【用法】形容數目很少。

【例句】古代文字本不易懂，能夠作深入研究進而成爲權威的眞是**屈指可數**。

【義近】寥寥無幾／寥若晨星／寥寥可數。

【義反】指不勝屈／不可勝數／數不勝數／不勝枚舉。

屈高就下（ㄑㄩ ㄍㄠ ㄐㄧㄡˋ ㄒㄧㄚˋ）

【釋義】屈高：委屈高貴的身分。就下：接近低下的人。

【出處】元・關漢卿・單刀會四折：「猥勞君侯屈高就下，降尊臨卑。」

【用法】用以稱身分高、有地位的人能放下架子，與身分低賤的人交談或交往。

【例句】今天董事長**屈高就下**，傾聽基層的心聲，便是決心改革的表現，我們當好好建言，把握這次下情上達的機會。

【義近】屈尊降貴／紆尊降貴／降尊臨卑。

【義反】高高在上／高人一等。

屈膝求和（ㄑㄩ ㄒㄧ ㄑㄧㄡˊ ㄏㄜˊ）

【釋義】屈膝：下跪。

【出處】漢書・司馬相如傳：「北征匈奴，單于怖駭，交臂受事，屈膝請和。」

【用法】用以指無能抗敵，無恥地跪地求和投降。

【例句】一些賣國求榮的漢奸，不等敵人揮軍，就**屈膝求和**，其行爲眞是可恥。

【義近】靦顏事敵／賣國求榮／投敵爲奸。

【義反】至死不屈／寧死勿降／威武不屈。

屈豔班香（ㄑㄩ ㄧㄢˋ ㄅㄢ ㄒㄧㄤ）

【釋義】屈：指屈原，因其著作離騷豔麗，故稱「屈豔」。班：指班固，因其著作漢書流芳百世，故爲「班香」。

【出處】杜牧・多至日寄小姪阿宣詩：「高摘屈宋豔，濃薰馬班香。」宋：宋玉。馬：司馬遷。

【用法】稱譽他人的詩文兼具屈原、班固的長處，有離騷漢書的豔麗芬芳。

【例句】此人才華橫逸，文章詞藻華麗，用典優雅，用**屈豔班香**來形容，一點也不爲過。

【義近】錦心繡口／揚葩振藻／欬唾成珠／妙筆生花。

【義反】空疏寡實／連篇累牘／鉤章棘句／詰屈聱牙。

六　畫

屍橫遍野（ㄕ ㄏㄥˊ ㄅㄧㄢˋ ㄧㄝˇ）

【釋義】意謂遍地都是死屍。

【出處】施耐庵・水滸傳四〇回：「當下去十字街口，不問軍官百姓，殺得屍橫遍野，血流成渠，推倒傾翻的，不計其數。」

【用法】形容被殺死的人極多。

【例句】日本帝國主義者攻佔南京後，見人就殺，只見**屍橫遍野**，慘不忍睹。

【義近】血流成河／血流漂杵。

屋下架屋（ㄨ ㄒㄧㄚˋ ㄐㄧㄚˋ ㄨ）

【釋義】意謂在房屋下面再建造房屋。

【出處】劉義慶・世說新語・文學：「庾仲初作揚州賦成，……人人競寫，都下紙爲之貴。謝太傅云：『不得爾，此是屋下架屋耳。』」

【用法】比喻重複他人的所作所爲而無所創新。引申爲多餘而重複的事物。

【例句】現在的電視連續劇，內容大同小異，令人有**屋下架屋**之感。

【義近】屋上蓋屋／牀上施牀／頭上安頭／疊牀架屋／人云亦云／步人後塵。

【義反】獨闢蹊徑／匠心獨運／別具一格／自出機杼。

屋上建瓴（ㄨ ㄕㄤˋ ㄐㄧㄢˋ ㄌㄧㄥˊ）

【釋義】在屋頂上往下倒水。建：通「瀽」，傾倒。瓴：仰瓦，瓦溝。

【出處】蘇軾・徐州上皇帝書：「使楚人開關而延敵，材官騶發，突騎雲縱，眞若屋上建瓴水也。」

【用法】比喻居高臨下，不可遏阻的有利形勢。

【例句】經過反覆較量，我們在各方面都掌握了主動權，現正處於**屋上建瓴**之勢，只要大家齊心協力，一定可獲全勝。

【義近】高屋建瓴／坂上走丸／勢如破竹／銳不可當。

【義反】大勢已去／每況愈下／進退失據／羝羊觸藩。

屋如七星（ㄨ ㄖㄨˊ ㄑㄧ ㄒㄧㄥ）

【釋義】七星：指屋頂破洞很多。形容住屋的破損不堪。

【出處】雲仙雜記：「鄭廣文屋室破漏，從下望之，竅如七星。」

【用法】形容居處的貧困。

【例句】住在**屋如七星**的房子裏，他仍舊有滿腔熱血，盼能遇得伯樂，得以一展長才。

【義近】上漏下溼／環堵蕭然／室如懸磬／牽蘿補屋／家徒四壁／甕牖繩樞／茅茨土階。

【義反】金碧輝煌／美輪美奐／富麗堂皇／雕梁畫棟。

屋梁落月（ㄨ ㄌㄧㄤˊ ㄌㄨㄛˋ ㄩㄝˋ）

【釋義】指月光照在屋梁上，觸發思念之情。

【出處】杜甫・夢李白詩：「落月滿屋梁，猶疑照顏色。」

【用法】喻思念故人。

【例句】旅居在外多年的遊子，看到**屋梁落月**，不免觸景傷情，思念起故鄉的親友。

【義近】停雲落月。

屋漏更遭連夜雨（ㄨ ㄌㄡˋ ㄍㄥˋ ㄗㄠ ㄌㄧㄢˊ ㄧㄝˋ ㄩˇ）

【釋義】房屋破漏，卻又遭逢連夜風雨的侵襲。

【出處】元・高明・琵琶記・代

嘗湯藥：「最苦婆婆死矣，公公病又將危，屋漏更遭連夜雨，船遲又被打頭風。」

【用法】比喻不幸之事或災禍接連而至。

【例句】今年財運不佳，股票大跌，公司倒閉，昨天家裏又被偷，眞是**屋漏更遭連夜雨**啊！

【義近】船遲又遇打頭風／禍不單行。

【義反】順風使帆／福事雙至／雙喜臨門。

七　畫

展眼之間

【釋義】指張開眼睛的時間。

【出處】文康・兒女英雄傳二二回：「只見那馬雙耳一豎，四腳凌空，就如騰雲駕霧一般，耳邊只聽得呼呼的風聲，展眼之間，落在平地。」

【用法】比喻極短暫的時間。

【例句】時間過得眞快，似乎**展眼之間**，一年又快過去了。

【義近】撚指之間／瞬息之間／眨眼之間／俯仰之間／終食之間／倏忽之間／一剎那。

【義反】天長日久／天長地久。

展眼舒眉

【釋義】張開雙眼，舒展眉毛。指人心中的喜悅，表現在面容上。

【出處】文康・兒女英雄傳三六回：「展眼舒眉，一團喜氣。」元稹・遣悲懷詩：「惟將終夜長開眼，報答平生未展眉。」

【用法】形容喜悅歡樂的樣子。

【例句】聽到兒子高中狀元的消息，老太太立刻**展眼舒眉**，似乎全身的病痛都好了。

【義近】喜上眉梢／喜出望外／笑逐顏開／眉開眼笑。

【義反】愁眉苦臉／愁眉不展／顰眉蹙額／哭喪著臉。

屑榆爲粥

【釋義】用碎榆皮煮粥充飢。

【出處】新唐書・卓行傳・陽城：「歲飢，屏跡不過鄰里，屑榆爲粥，講論不輟。」

【用法】比喻貧而好學的人。

【例句】古人**屑榆爲粥**，依舊孜孜向學，現在的學生，養尊處優，卻不好好珍惜，令人感到惋惜。

【義近】囊螢映雪／鑿壁偷光。

【義反】好逸惡勞／玩歲愒時。

八　畫

屏氣凝神

【釋義】屏氣：暫時抑止呼吸。凝神：聚精會神的樣子。

【出處】論語・鄉黨：「屏氣似不息者。」莊子・達生：「用志不分，乃凝於神。」劉鶚・老殘遊記二回：「滿園子的人都屏氣凝神，不敢少動。」

【用法】形容注意力高度集中。

【例句】那位聲樂家忽然把歌喉由高轉低，而且愈唱愈低，愈低愈細，在場的人都**屏氣凝神**的聽著。

【義近】聚精會神／全神貫注／目不轉睛／專心致志。

【義反】心不在焉／心猿意馬／精力分散／漫不經心。

屏當已畢

【釋義】屏當：整理收拾乾淨。又作「摒擋」、「併當」。

【出處】晉書・阮孚傳：「祖約性好財，有詣約，見正料財物，客至，屏當不盡。」

【用法】指一切都已安排、清理收拾好。

【例句】明天要出國旅遊的行李，我**屏當已畢**，你安心睡覺吧！

屏營徬徨

【釋義】屏營：惶恐失措。

【出處】左丘明・國語・吳語：「其民不忍饑勞之殃，三軍叛王於乾谿；王親獨行，屏營徬徨於山林之中。」

【用法】喻人一時惶恐，不知所措的樣子。

【例句】家中突遭巨變，李太太面對三個稚齡的孩子，一時之間**屏營徬徨**，不聽使喚的眼淚又落了下來。

【義近】張皇失措／失張失志／手忙腳亂／手足無措。

【義反】面不改色／若無其事。

九　畫

屠門大嚼

【釋義】對著肉鋪，想像大口嚼肉的滋味。屠門：肉鋪。

【出處】漢・桓譚・新論：「人聞長安樂，則出門向西而笑；知肉味美，則對屠門而大嚼。」曹植・與吳季重書：「過屠戶而大嚼，雖不得肉，貴且快意。」

【用法】比喻想要的東西得不到，只好把想像當作現實而聊以自慰。

【例句】我特別愛吃新鮮豬肉，可是現在都說豬有口蹄疫，太太堅決不讓我吃，看來我只能**屠門大嚼**了。

【義近】臨淵羨魚／垂涎欲滴／見彈求鴞／畫餅充飢。

【義反】結網捕魚／撐腸拄腹／酒足飯飽。

屠龍之技

【釋義】殺龍的技術。

【出處】莊子・列禦寇：「朱泙漫學屠龍於支離益，殫千金之家。三年技成，而無所用其巧。」

【用法】比喻雖有很高的技術，但無實用價值。

【例句】小李不知聽誰慫恿，跑到北部去學噴漆，誰知回到山區老家後，才發覺自己所學的不過是**屠龍之技**。

【義近】吹影鏤塵／鏤月裁雲／騰雲駕霧。

【義反】飛針走線／箭不虛發／飛簷走壁。

十一畫

屢次三番

【釋義】屢次：多次。番：回，次。

【出處】李寶嘉・官場現形記二九回：「徐大軍機本來是最恨舒軍門的，屢次三番請上頭拿他正法。無奈上頭天恩高厚，不肯輕易加罪大臣。」

【用法】形容反覆多次。

【例句】你**屢次三番**上門來找我的麻煩，到底是想要我怎麼樣？要知道，我的忍耐可是有限度的！

【義近】三番五次／再三再四／

一而再，再而三。

【義反】僅此一次／偶爾一次／一之爲甚，豈可再乎。

屢見不鮮（ㄌㄩˇ ㄐㄧㄢˋ ㄅㄨˋ ㄒㄧㄢ）

【釋義】屢：屢次，常常。鮮：少。又作「數見不鮮」。

【出處】司馬遷・史記・酈生陸賈列傳：「率不過再三過，數見不鮮。」

【用法】用以說明經常見到。

【例句】這類的社會新聞，早已**屢見不鮮**，天天翻開報紙幾乎都有同樣的事在發生。

【義近】司空見慣／習以爲常／隨時可見。

【義反】極爲罕見／百年不遇。

屢教不改（ㄌㄩˇ ㄐㄧㄠˋ ㄅㄨˋ ㄍㄞˇ）

【釋義】屢：屢次，多次。又作「累教不改」。累：屢次。

【用法】用以說明雖經多次教育，卻仍不悔改。

【例句】這個年輕人非常頑固，**屢教不改**，看來只有依法懲處了。

【義近】屢教不悛／累戒不改／死不改悔。

【義反】幡然悔悟／知過即改／朝過夕改。

屢試不爽（ㄌㄩˇ ㄕˋ ㄅㄨˋ ㄕㄨㄤˇ）

【釋義】屢試：多次試驗。爽：差錯。

【出處】蒲松齡・聊齋誌異・冷生：「言未已，驢已蹶然伏道上，屢試不爽。」

【用法】指屢次試驗都沒有差錯，或結果都相同。

【例句】三歲孩子能認字寫字，起初我眞的不相信，誰知我親自看到而且**屢試不爽**後，才知世界上眞有這樣聰明的孩子。

【義近】每試不爽／絲毫不爽／毫釐不差。

【義反】大謬不然／一差二錯／三差兩錯。

屢戰屢敗（ㄌㄩˇ ㄓㄢˋ ㄌㄩˇ ㄅㄞˋ）

【釋義】每次作戰，每次失敗。

【出處】晉書・桓溫傳：「時殷浩至洛陽復修陵園，經涉數年，屢戰屢敗，器械都盡。」

【用法】泛指每次戰鬥都以失敗而告終。含貶義。

【例句】國家籃球隊在國內不失爲一支勁旅，但參加世界性的比賽卻**屢戰屢敗**，這說明跟世界水準相比，還有一些差距。

【義近】節節敗退／常敗將軍／大敗虧輸。

【義反】屢戰屢勝／常勝將軍／凱旋而歸。

十二畫

層出不窮（ㄘㄥˊ ㄔㄨ ㄅㄨˋ ㄑㄩㄥˊ）

【釋義】層：不斷地，一個接一個地。窮：完，盡。

【出處】韓愈・貞曜先生墓誌銘：「神施鬼設，間見層出。」吳沃堯・二十年目睹之怪現狀四二回：「豈但不能免，並且千奇百怪的毛病，層出不窮。」

【用法】形容事物接連不斷地出現，且變化多端，不可窮盡。

【例句】最近校園犯罪**層出不窮**，是不是我們的教育系統出了什麼問題。

【義近】層見疊出／源源不斷／生生不已。

【義反】曇花一現／隨即枯竭／一閃即逝。

層出疊見（ㄘㄥˊ ㄔㄨ ㄉㄧㄝˊ ㄒㄧㄢˋ）

【釋義】層、疊：重複多次。

【出處】明・沈德符・萬曆野獲編補遺・場題犯諱：「故至誠無息一章，層出疊見，初不計及御名上一字也。」

【用法】指接連不斷地出現，經常看到。

【例句】各種大大小小的犯罪行爲，最近幾年**層出疊見**，民眾無不渴望政府加強治安，保障人民生命財產的安全。

【義近】層見疊出／層出不窮／屢見不鮮。

【義反】偶爾一見／見所未見／稀有罕見。

層巒疊嶂（ㄘㄥˊ ㄌㄨㄢˊ ㄉㄧㄝˊ ㄓㄤˋ）

【釋義】層巒：連綿的山。巒：尖而小的山。疊嶂：許多像屏障一樣的山峰。

【出處】水經注・江水：「重巖疊嶂，隱天蔽日。」袁宏道・西洞庭：「層巒疊嶂，出沒翠濤。」

【用法】形容險峻的山峰綿密相疊。

【例句】長江三峽兩岸，到處是**層巒疊嶂**，十分壯觀，令遊客讚歎不已。

【義近】重巖疊嶂／重巒疊巘。

【義反】獨峰高聳／孤山獨嶺。

履仁蹈義（ㄌㄩˇ ㄖㄣˊ ㄉㄠˋ ㄧˋ）

【釋義】履、蹈：踩踏，這裏是執行的意思。

【出處】三國・魏・應璩・薦和慮則箋：「切見同郡和模，字慮則，質性純粹，體度貞正，履仁蹈義，動循軌禮。」

【用法】用以指躬行仁義之道。

【例句】儒家的政治主張便是君王能夠**履仁蹈義**，才能帶給人民眞正的幸福。

【義近】法外施仁／仁民愛物／博施濟眾／視民如傷。

【義反】不教而誅／橫徵暴斂／誅求無已／魚肉百姓／草菅人命。

履舄交錯（ㄌㄩˇ ㄒㄧˋ ㄐㄧㄠ ㄘㄨㄛˋ）

【釋義】履：鞋子。舄：古時一種雙層底又加木底的鞋。交錯：雜亂放置。

【出處】司馬遷・史記・滑稽列傳：「男女同席，履舄交錯，杯盤狼藉。」

【用法】用以形容賓客眾多。（古人席地而坐，脫鞋入席，鞋多則賓客多）

【例句】他家老太爺今天九十壽誕，祝壽者盈門，**履舄交錯**，好不熱鬧。

【義近】戶限爲穿／門庭若市／賓客滿門。

【義反】門可羅雀／門庭冷落。

履險如夷（ㄌㄩˇ ㄒㄧㄢˇ ㄖㄨˊ ㄧˊ）

【釋義】走在險峻的地勢上，如同走在平地上一般。履：踏。夷：平。

【出處】孫綽・庾冰碑：「履險思夷，處滿思沖。」

【用法】比喻身處危境，無所畏懼，深信能安然度過。

【例句】他幾經波折困苦，依然

能**履險如夷**，全憑他充滿希望的信念。
【義近】夷險一致／視險如夷。
【義反】裹足不前／視為畏途。

履霜堅冰至（ㄌㄩˇ ㄕㄨㄤ ㄐㄧㄢ ㄅㄧㄥ ㄓˋ）
【釋義】踩在霜上便可知冰凍的時日即將到來。也作「履霜堅冰」。
【出處】易經・坤：「履霜堅冰至。」唐・王義方・彈李義府疏：「臣聞履霜堅冰，積小成大，請乞重勘。」
【用法】比喻透過事物的徵兆，可看出其發展的結果。有戒人防微杜漸之意。
【例句】**履霜堅冰至**，既然已看出不好的苗頭，就應果斷採取措施予以制止，以免後果一發不可收拾。
【義近】履霜之戒／履霜知冰／踐露知暑／見微知著／一葉知秋。

十四－十八畫

屨及劍及（ㄐㄩˋ ㄐㄧˊ ㄐㄧㄢˋ ㄐㄧˊ）
【釋義】屨：即履，指鞋子，引申為腳步。及：到達。全句為劍所到達的地方，腳步也跟著到達。又作「劍及屨及」。
【出處】左傳・宣公十四年：「楚子聞之，投袂而起，屨及於窒皇，劍及於寢門之外。」
【用法】比喻奮起直追，又引申為立刻去做。
【例句】那位大企業家之所以會成功，乃因他有**屨及劍及**的精神。要知道，成功絕不會平白無故的掉下來。

屨賤踊貴（ㄐㄩˋ ㄐㄧㄢˋ ㄩㄥˇ ㄍㄨㄟˋ）
【釋義】一般麻鞋很便宜，假腳卻很貴。踊：通「踴」，刖足者的腳，即義肢。
【出處】左傳・昭公三年：「齊景公曰：『子近市，識貴賤乎？』對曰：『既利之，敢不識乎？』公曰：『何貴何賤？』於是景公繁於刑，有鬻踊者，故對曰：『屨賤踊貴。』」
【用法】諷諭刑罰苛濫，傷及無辜。
【例句】**屨賤踊貴**的說法聽起來有點誇張，但以當時的政治情況來看卻有此可能，令人為當時的人民感到悲哀。

屬毛離裏（ㄓㄨˇ ㄇㄠˊ ㄌㄧˊ ㄌㄧˇ）
【釋義】屬：連接。離：附著。
【出處】詩經・小雅・小弁：「靡瞻匪父，靡依匪母。不屬于毛，不離于裏。」傳：「毛在外陽，以言父；裏在內陰，以言母。」箋：「此言人無不瞻仰其父取法則者，無不依恃其母以長大者；今我獨不得父皮膚之氣乎？獨不處母之胞胎乎？」
【用法】比喻親子關係的密切。
【例句】父母和子女之間的感情就如**屬毛離裏**一樣，天底下再也沒有任何感情可以取代或超越它。

屬辭比事（ㄓㄨˇ ㄘˊ ㄅㄧˇ ㄕˋ）
【釋義】屬：連綴。比：以順序排列。指連綴文辭，排列史實。
【出處】禮記・經解：「屬辭比事，春秋教也。」集解：「屬辭者，連屬其辭，以月繫年，以日繫月，以事繫日也；比事者，比次列國之事而書之也。」
【用法】本指孔子作春秋一書的方式。今泛稱撰文記事。
【例句】孔子作春秋，**屬辭比事**，寓褒貶之義，後代文史學家亦延續此法作史書。

山部

山不厭高（ㄕㄢ ㄅㄨˋ ㄧㄢˋ ㄍㄠ）
【釋義】山不嫌其高。意謂山愈高則基礎愈寬厚，愈能顯示其高大。厭：嫌棄。
【出處】曹操・短歌行：「山不厭高，水不厭深。周公吐哺，天下歸心。」
【用法】比喻道德不嫌厚，學問不嫌深，人才不嫌多。
【例句】曹操以「**山不厭高**」的詩句，表現了對人才的渴望，值得在上位者學習。
【義近】水不厭深。

山木自寇（ㄕㄢ ㄇㄨˋ ㄗˋ ㄎㄡˋ）
【釋義】山木的用途廣，故常被砍伐。
【出處】莊子・人間世：「山木自寇也，膏火自煎也。桂可食，故伐之；漆可用，故割之。人皆知有用之用，而莫知无用之用也。」
【用法】形容人因才而得禍。
【例句】才氣過人，固然值得高興，但切記**山木自寇**的道理，莫鋒芒太露，以致招來無妄之災。
【義近】直木先伐／膏火自煎／象齒焚身／甘井先竭。

山光水色（ㄕㄢ ㄍㄨㄤ ㄕㄨㄟˇ ㄙㄜˋ）
【釋義】山上景物放出光彩，水波泛出秀色。
【出處】李白・魯郡堯祠送竇明府薄華還西京詩：「笑誇故人指絕境，山光水色青於藍。」
【用法】形容山水秀麗，景色怡人。
【例句】這次遊日月潭，飽覽了當地的**山光水色**，使我留下深刻的印象。
【義近】湖光山色／山明水秀／山青水秀。

山明水秀（ㄕㄢ ㄇㄧㄥˊ ㄕㄨㄟˇ ㄒㄧㄡˋ）
【釋義】山光明媚，水色秀麗。
【出處】黃庭堅・驀山溪詞：「眉黛斂秋波，盡湖南，山明水秀。」
【用法】形容山川風景優美。
【例句】我的老家在一個**山明水秀**的小村裏，我在那裏度過了童年時代。
【義近】山青水綠／山光水色／水秀山明／水碧山青／水木明瑟／靈山秀水。
【義反】黑山惡水／荒山野嶺／窮山惡水。

山林隱逸

【釋義】隱逸：指隱士。指退居山林的隱士。
【出處】漢書・王吉傳：「山林之士，往而不能返；朝廷之士，入而不能出。」沈約・搜訪隱逸詔：「高尚其志，義煥通爻，山林不出，訓光惇史。」孔尚任・桃花扇・餘韻：「聽他說話，像幾個山林隱逸。」
【用法】比喻隱居不仕之人。
【例句】自從他退休之後，便自稱是**山林隱逸**，再也不過問世事。
【義近】林下神仙／方外之人／巖穴之士／山林之士。
【義反】在位通人／衣冠中人／峨冠博帶／縉紳之士。

山河襟帶

【釋義】襟帶：衣襟和腰帶。指山川屏障環繞，如襟似帶。
【出處】司馬遷・史記・春申君列傳：「施以東山之險，帶以曲河之利。」白居易・敍德書情上宣歙翟中丞詩：「山河地襟帶，軍鎮國藩維。」
【用法】比喻地勢險要。
【例句】長安城**山河襟帶**，進可攻，退可守，是眞正的帝王之宅，執勝之地。
【義近】表裏山河／龍盤虎踞／被山帶河／執勝之地。
【義反】一馬平川。

山肴野蔌

【釋義】山肴：用山中獵物做的葷菜。肴：魚肉等葷菜。蔌：野菜。
【出處】歐陽修・醉翁亭記：「山肴野蔌，雜然而前陳者，太守宴也。」
【用法】指野味和蔬菜。
【例句】今天郊遊不僅玩得痛快，而且吃的**山肴野蔌**也十分可口，眞是開心極了。
【義近】家常便飯。
【義反】山珍海味。

山長水遠

【釋義】路途遙遠險阻。
【出處】許渾・宴海榴堂詩：「謾誇書劍無好處，水遠山長步步愁。」
【用法】比喻人生道路漫長多艱，也形容路途遙遠。
【例句】夫君此去**山長水遠**，欲寄相思何處寄？只有淚眼問蒼天。
【義近】山長水闊／天長地闊。
【義反】近在咫尺／一山之隔／一衣帶水。

山雨欲來風滿樓

【釋義】山雨到來之前，風已先至吹滿樓。欲：將，快要。
【出處】許渾・咸陽城東樓詩：「溪雲初起日沉閣，山雨欲來風滿樓。」
【用法】常用以比喻重大事變即將發生時的迹象和情勢。
【例句】整個世界的局勢將要發生重大的變化，蘇聯的解體，東歐政權的崩潰，南斯拉夫的內戰，都說明了這一點，眞是**山雨欲來風滿樓**啊！

山南海北

【釋義】山的最南端，海的最北端。
【出處】曹雪芹・紅樓夢五七回：「比如你姊妹兩個的婚姻，此刻也不知在眼前，也不知在山南海北呢！」
【用法】用以指相隔遙遠或遙遠的地方。
【例句】只要彼此眞心相愛，**山南海北**又有什麼關係，照樣可以結爲夫妻！
【義近】天南海北／天南地北／天涯海角／海外天邊／八荒之外。
【義反】本鄉本土／山前山後／一箭之遙／咫尺之隔／近在眉睫。

山峙淵渟

【釋義】指人品如山那般高聳，如水那樣深沉。
【出處】葛洪・抱朴子・審舉：「逸倫之士，非禮不動，山峙淵渟，知之者希，馳逐之徒，蔽而毀之。」劉義慶・世說新語・賞譽・謝子微見許子將兄弟・注：「山峙淵渟，行應規表。」
【用法】形容人端正持重，人品高潔。
【例句】孟浩然雖懷才不遇，抑鬱而終，然其品德高尙，如**山峙淵渟**，令人景仰。
【義近】川渟嶽峙／淵渟嶽峙／山高水長／琨玉秋霜。
【義反】老奸巨猾／居心叵測。

山珍海錯

【釋義】山間、海中出產的各種珍貴食品。山珍：山野產的珍奇異品。海錯：各種海味；錯，雜。
【出處】韋應物・長安道詩：「山珍海錯棄藩籬，烹犢熊炰如折葵。」
【用法】形容豐盛的菜肴、名貴的酒席。
【例句】**山珍海錯**固然是可口的美味佳肴，但家常便飯同樣營養豐富。
【義近】珍饈美味／佳餚美饌／水陸雜陳／炮龍烹鳳／炊金饌玉。
【義反】粗茶淡飯／家常便飯。

山重水複

【釋義】山巒重疊，河流盤曲。
【出處】陸游・遊山西村：「山重水複疑無路，柳暗花明又一村。」
【用法】形容地形複雜多變，也用以形容彼此爲山水阻隔。
【例句】①你只要到西南邊疆一帶走走，便會有**山重水複**之感。②我與他雖有**山重水複**之隔，但心靈仍息息相通。
【義近】山川相繆／千山萬水。
【義反】一馬平川。

山高水低

【釋義】像山水般地高高低低，無法預料。
【出處】施耐庵・水滸傳四回：「趙員外道：『若是留提轄在此，誠恐有些山高水低，教提轄怨悵。』」
【用法】比喻遭受不測。
【例句】此番遠行路途艱險，是否有什麼**山高水低**，誰也無法預料！
【義近】三長兩短／不測風雲／旦夕禍福。
【義反】萬無一失。

山高水長

【釋義】像山一樣高聳，如水一般流長。
【出處】劉禹錫・望賦：「龍門不見兮，雲霧蒼蒼。喬木何許兮，山高水長。」
【用法】比喻人品節操高潔，影響深遠；也比喻恩德、情誼深厚。
【例句】歷史上所記載的忠臣義士們，寧死不屈的崇高氣節，如**山高水長**，萬古長存。
【義近】德高望重／德隆望尊。

山高水深

【釋義】指一路上遇到高山和深水等險阻。
【出處】傅玄・擬四愁詩：「牽牛織女期在秋，山高水深路無由。」
【用法】喻路途遙遠且艱阻。
【例句】此地一別，**山高水深**，何日再相逢？
【義近】山長水遠／山高地闊。
【義反】近在咫尺／一水之隔。

山高遮不住太陽

【釋義】意謂山再高也無法遮擋住太陽的光芒。
【出處】曹雪芹・紅樓夢二四回：「俗話說的好，搖車兒裏的爺爺，拄拐棍兒的孫子，雖然年紀大，山高遮不住太陽。」
【用法】比喻地位低的人無論如何也不能壓在地位高的人的上面。
【例句】讓他去造謠中傷吧！畢竟是**山高遮不住太陽**，看他能把我怎麼樣！
【義近】跳不出如來佛的手心。

山崩地裂

【釋義】山岳崩倒，大地裂開。
【出處】漢書・元帝紀：「山崩地裂，水泉湧出。」
【用法】形容突然發生的巨大變化，或巨大的聲響。
【例句】那爆炸聲有如**山崩地裂**，連周圍的房屋都震動了。
【義近】驚天動地／震耳欲聾。
【義反】穩如泰山／紋風不動。

山崩鐘應

【釋義】蜀地的銅山崩時，洛陽的鐘會鳴聲相應。
【出處】北齊・劉晝・劉子新論・類感：「聲以同應，氣以異乖。故銅山崩蜀，鐘鳴於晉。」異苑二回：「魏時殿前大鐘無故大鳴，人皆異之，以問張華，華曰：『此蜀郡銅山崩，故鐘鳴應之耳。』尋蜀郡上其事，果如華言。」
【用法】喻同聲相應或事物相互感應。
【例句】自然界中有許多事物會互相感應，如**山崩鐘應**，吐絲弦絕等。而母子之間若有感應那應是至愛的表現了。
【義近】吐絲弦絕。

山陰道上，應接不暇

【釋義】指一路上，山水秀美，令人目不暇給。
【出處】劉義慶・世說新語・言語：「王子敬云：『從山陰道上行，山川自相映發，使人應接不暇。』」
【用法】形容頭緒紛繁，令人窮於應付。
【例句】這一次到台北旅遊，看見西門町這麼多的商店和新奇的物品，有如**山陰道上，應接不暇**，興奮得都不覺得累了。
【義近】目不暇給／目不暇接／窮於應付／手忙腳亂。
【義反】一目了然／一覽無遺／應付裕如／遊刃有餘。

山棲谷飲

【釋義】在山中棲息，在谷中飲水。
【出處】魏書・肅宗紀詔：「其有懷道丘園，味跡板築，山棲谷飲，舒卷從時者，宜廣戔帛，緝和鼎飪。」
【用法】用以指隱居的生活。
【例句】王老先生離開政壇後，便到山裏蓋了間茅屋，過著**山棲谷飲**的生活，倒也自得其樂。
【義近】枕山棲谷／巖居谷飲／巖居穴處。

山溜穿石

【釋義】山中的滴水可以滴穿石頭。溜：小股水流，或從洞穴中流出的水。
【出處】漢・枚乘・上書諫吳王：「泰山之溜穿石，……漸靡使之然也。」
【用法】比喻做事只要有恆心、有毅力，就一定可以獲得成功。
【例句】**山溜穿石**，儘管這部工具書卷帙浩瀚，只要大家齊心協力，堅持地編下去，就一定可以如期完成。
【義近】滴水穿石／鍥而不舍／磨杵成針／心堅石穿。
【義反】淺嘗輒止／一暴十寒／三天打魚，兩天曬網。

山盟海誓

【釋義】指著山岳河海發誓並訂立盟約。盟：盟約。誓：誓言。一作「海誓山盟」。
【出處】辛棄疾・南鄉子・贈妓：「沒淚別些些，海誓山盟總是賒。」
【用法】表示愛情要像山海那樣永久不變。
【例句】熱戀中的男女總會互相許下**山盟海誓**，但能夠信守誓言的人卻不多。
【義近】信誓旦旦／指天誓地。
【義反】言而無信／背信棄義／自食其言。

山窮水盡

【釋義】到了山水的盡頭，再已無路可走了。窮：盡。
【出處】趙弼・效顰集卷下：「此間山窮水盡之處。」
【用法】比喻陷入絕境或形容處境十分困難。
【例句】他這個公司已到了**山窮水盡**的地步，還有什麼辦法可以挽救？
【義近】窮途末路／日暮途窮／走投無路／進退失所。
【義反】絕處逢生／柳暗花明／化險為夷。

山雞舞鏡

【釋義】山雞對鏡起舞。
【出處】劉敬叔・異苑卷三：「山雞愛其毛羽，映水則舞……令置大鏡其前，雞鑒形而舞，不知止。」

【用法】比喻自我欣賞，顧影自憐。
【例句】她總認爲自己長得美，經常對著鏡子左看右看，還不時發出自我讚歎聲，眞可謂是**山雞舞鏡**了。
【義近】孤芳自賞／顧影自憐。

三─四畫

屹然特立

【釋義】屹然：高聳的樣子。
【出處】漢・王延壽・魯靈光殿賦：「屹然特立，的爾殊形。」
【用法】喻高大出眾的樣子。
【例句】這座建築物樓高八十層，**屹然特立**，在普通樓羣中顯得很突出，成爲這座城市的座標。

岌岌可危

【釋義】岌岌：危險的樣子。
【出處】孟子・萬章上：「於斯時也，天下殆哉岌岌乎！」韓非子・忠孝：「危哉！天下岌岌！」
【用法】形容情勢非常危險。
【例句】滿清末年，西方列強陰謀瓜分中國，國家災難重重，朝不保夕，**岌岌可危**。
【義近】危如累卵／千鈞一髮／急如倒懸／危在旦夕。
【義反】安如泰山／安如磐石／固若金湯／堅如磐石。

七─八畫

峻宇雕牆

【釋義】高峻的屋宇，雕有花紋的牆壁。雕：一作「彫」。
【出處】書經・五子之歌：「甘酒嗜音，峻宇彫牆。」陸游・讀夏書詩：「一朝財得居平土，峻宇雕牆已遽興。」
【用法】高大豪華的建築物。
【例句】當巴格達被美軍攻陷後，只見海珊的豪華行宮，那**峻宇雕牆**、崇臺延閣都被無情的戰火摧毀殆盡了。
【義近】雕欄玉砌／瓊樓玉宇／山楶藻棁／雕梁畫棟／瑤宮瓊闕。
【義反】茅茨土階／環堵蕭然／甕牖繩樞。

峨冠博帶

【釋義】高高的帽子，寬寬的衣帶。峨：高。博：寬。
【出處】墨子・公孟：「齊桓公高冠博帶，金劍木盾，以治其國。」關漢卿・謝天香一折：「恰才者卿說道：『好覷謝氏！』必定是峨冠博帶一個名士大夫。」
【用法】指古代士大夫的穿戴。今也形容人穿得衣冠楚楚的樣子，略含諷刺之意。
【例句】瞧他一副**峨冠博帶**的模樣，卻說話粗魯無禮，簡直像極了小丑。
【義近】高冠博帶／衣冠楚楚。
【義反】衣衫襤褸。

崇山峻嶺

【釋義】崇山：高山。峻嶺：高大的山嶺。
【出處】王羲之・蘭亭集序：「此地有崇山峻嶺，茂林修竹。」
【用法】形容山嶺高大險峻，形勢壯美。
【例句】從黃山之巔遠遠望去，只見濃濃的雲霧籠罩著**崇山峻嶺**，壯觀極了。
【義近】高山峻嶺／山嶺陡峭。
【義反】一馬平川。

崇本抑末

【釋義】注重根本，輕視末端。本：指農事；末：指商業。
【出處】三國志・魏書・司馬芝傳：「王者之治，崇本抑末，務農重穀。」
【用法】指古時重農而輕工商的政策。
【例句】中國以農立國，所以歷代君王皆以**崇本抑末**治國，務求安定民生，充實國庫。
【義近】去末歸本。

崇臺延閣

【釋義】意謂高大而連綿不絕的臺閣。
【出處】柳宗元・永州龍興寺東邱記：「雖增以崇臺延閣，迴環日星，臨瞰風雨。」
【用法】高大豪華的建築物。
【例句】古時帝王和貴族住的是**崇臺延閣**，而一般平頭百姓卻連溫飽都有問題，懸殊實在太大。
【義近】朱樓高廈／桂殿蘭宮／桂宮柏寢／瑤宮瓊闕／龍樓鳳閣／廣夏細旃／高堂邃宇。
【義反】茅茨土階／蓬門蓽戶。

崇德辨惑

【釋義】崇尙道德，明辨疑惑。
【出處】論語・顏淵：「子張問崇德，辨惑。子曰：『主忠信，徙義，崇德也。愛之欲其生，惡之欲其死；既欲其生，又欲其死，是惑也。』」
【用法】喻人能明辨是非善惡。
【例句】智者能**崇德辨惑**，周知世變，故能做出最正確的決定，解決最困難的疑惑。
【義近】明察秋毫／毫末必辨／虛靈燭照／洞燭幽微。
【義反】不見輿薪。

崇論閎議

【釋義】崇：高。閎：大。
【出處】司馬遷・史記・司馬相如列傳：「且夫賢君之踐位也，……必將崇論閎議，創業垂統，爲萬世規。」
【用法】指不同於眾且高明卓越的議論。
【例句】李教授不愧爲哲學界的泰斗，他今天就人生哲理所發表的**崇論閎議**，確實發人深省。
【義近】不易之論／精議宏論／振聵宏議。
【義反】泛泛之論／鑿空之論／卑之無甚高論。

崎嶇不平

【釋義】崎嶇：道路險阻不平。
【出處】文康・兒女英雄傳五回：「那路漸漸的崎嶇不平，亂石荒草，沒些村落人煙。」
【用法】形容道路高高低低，很不平坦。有時也用以比喻處境困難艱險。
【例句】這條山路非常的**崎嶇不平**，車走在上面晃動得十分厲害。
【義近】坎坷不平／羊腸鳥道。
【義反】一馬平川／康莊大道。

崑山片玉（ㄎㄨㄣ ㄕㄢ ㄆㄧㄢˋ ㄩˋ）

【釋義】崑山：吳地山名，晉陸機、陸雲兄弟是崑山人，皆有才氣，而人又以為玉出於崑山，故以崑山喻人才學出眾，或讚他人文章優美。

【出處】晉書・郤詵傳：「累遷雍州刺史，武帝於東堂會送，問詵曰：『卿自以為何如？』詵對曰：『臣舉賢良對策，為天下第一，猶桂林之一枝，崑山之片玉。』」

【用法】比喻才學秀出，出類拔萃。

【例句】他自視甚高，自以為才學如**崑山片玉**，其實他的才情並不如他想像的高。

【義近】桂林一枝／和隨之珍／荊山之玉／靈蛇之珠／璵璠之質。

【義反】牛溲馬勃／竹頭木屑／蟲臂鼠肝／腹背之毛。

崢嶸歲月（ㄓㄥ ㄖㄨㄥˊ ㄙㄨㄟˋ ㄩㄝˋ）

【釋義】崢嶸：山勢高峻的樣子，引申為超越尋常。

【出處】蘇軾・次韻僧潛見贈：「閉門坐穴一禪榻，頭上歲月空崢嶸。」

【用法】用以指奇特而不平凡的年月。

【例句】老將軍回想起昔日在部隊裏的那些**崢嶸歲月**，仍然十分懷念嚮往。

【義近】非凡歲月。

九—十二畫

嵐影湖光（ㄌㄢˊ ㄧㄥˇ ㄏㄨˊ ㄍㄨㄤ）

【釋義】山嵐的影子，湖面的波光。

【出處】邵長蘅・夜遊孤山記：「嵐影湖光，今不異昔。」

【用法】形容風景之美。

【例句】看到了杭州西湖的**嵐影湖光**，你會深深地愛上她的美。

【義近】浮嵐暖翠／湖光山色／無邊風月／旖旎風光。

【義反】窮山惡水／窮荒不文／不毛之地／不腆之地。

嵩雲秦樹（ㄙㄨㄥ ㄩㄣˊ ㄑㄧㄣˊ ㄕㄨˋ）

【釋義】嵩山的雲，秦地的樹。秦：今陝西省。

【出處】李商隱・寄令狐郎中詩：「嵩雲秦樹久離居，雙鯉迢迢一紙書。」

【用法】喻相隔遙遠的樣子。

【例句】科技的進步，拉近了人與人之間的距離，**嵩雲秦樹**，不過是幾個鐘頭的飛行時間。

【義近】天南地北／山南海北／山巔水湄／天涯海角／江雲燕樹。

【義反】步武之間／一箭之地／咫尺之間／近在咫尺／近在眉睫。

嶄露頭角（ㄓㄢˇ ㄌㄨˋ ㄊㄡˊ ㄐㄧㄠˇ）

【釋義】嶄：高峻，突出。露：顯露。頭角：比喻人的才華和本領。

【出處】韓愈・柳子厚墓志銘：「雖少年，已自成人，能取進士第，嶄然見頭角。」

【用法】指人一下子就顯露出才華和本領。

【例句】這位青年經過長期艱苦的學習，終於**嶄露頭角**，得到非凡的成就。

【義近】脫穎而出／英華外發／頭角崢嶸。

【義反】不露圭角／不露鋒芒／英華內蘊。

嶔崎磊落（ㄑㄧㄣ ㄑㄧ ㄌㄟˇ ㄌㄨㄛˋ）

【釋義】嶔崎：山勢高峻，比喻人品高尚傑出。磊落：原指石頭多的樣子，後喻心地光明。

【出處】金昌協・自萬瀑洞至摩訶衍記：「洞石之嶔崎磊落，槎牙齟齬者。」劉義慶・世說新語・容止：「周伯仁道桓茂倫，嶔崎歷落可笑人。」

【用法】本指山高險峻多石的樣子，後引申為人品高尚傑出、風格不凡。

【例句】放心吧！陳先生是一位**嶔崎磊落**的君子，這任務交付給他，不會有閃失的。

【義近】光明磊落／不欺暗室／俯仰無愧／衾影無慚／行不由徑／不愧不怍。

【義反】居心叵測／心懷不軌。

十八畫

巋然不動（ㄎㄨㄟ ㄖㄢˊ ㄅㄨˋ ㄉㄨㄥˋ）

【釋義】像高山一樣挺立著不動。巋然：高大挺立的樣子。

【出處】淮南子・詮言訓：「至德，道者若丘山，嵬（巋）然不動，行者以為期也。」

【用法】形容高大堅固而不可動搖。

【例句】在敵人的猛烈進攻之下，我軍固守的陣地依舊**巋然不動**。

【義近】巍然屹立／巍然不動／紋風不動。

【義反】不堪一擊／一觸即潰。

巋然獨存（ㄎㄨㄟ ㄖㄢˊ ㄉㄨˊ ㄘㄨㄣˊ）

【釋義】像高山一樣矗立獨存。巋然：高峻獨立的樣子。

【出處】漢・王延壽・魯靈光殿賦：「自西京未央、建章之殿，皆見隳壞，而靈光巋然獨存。」

【用法】形容經過變亂而存留下來的唯一事物或人。

【例句】日本帝國主義者侵佔南京後，所有名勝古跡均遭破壞，唯有國父孫中山紀念堂及其陵墓**巋然獨存**。

【義近】絕無僅有／唯一倖存／萬古長存。

【義反】一掃而光／一無所存／無一倖存。

二十畫

巖穴之士（ㄧㄢˊ ㄒㄩㄝˋ ㄓ ㄕˋ）

【釋義】巖穴：山窟，此指隱士的居所。

【出處】韓非子・外儲說左上：「其君見好巖穴之士，所傾蓋與車以見窮閭隘巷之士以十數，伉禮下布衣之士以百數矣。」司馬遷・史記・伯夷傳：「巖穴之士，趣舍有時若此，類名堙滅而不稱，悲夫！」

【用法】指隱士。

【例句】自從他退休之後，便自稱是**巖穴之士**，再也不過問世事。

【義近】林下神仙／方外之人／山林隱逸／山林之士。

【義反】在位通人／衣冠中人／峨冠博帶／縉紳之士。

巖居穴處

【釋義】住在深山洞穴中。巖：這裏指高峻的山。

【出處】韓詩外傳五：「雖巖居穴處，而王侯不能與爭名。」

【用法】用以指隱居的生活。

【例句】儘管他屢受排擠、壓抑，也不願**巖居穴處**，與山林爲伍，爲的是還擁有一份對人世間的執著與熱情。

【義近】巖居谷飲／山棲谷飲／枕石漱流。

【義反】安富尊榮／養尊處優／追名逐利。

巛部

川流不息

【釋義】像河水般地奔流不停。川：河流。息：止。

【出處】後漢書・崔駰傳：「處士山積，學者川流。」周興嗣・千字文：「川流不息，淵澄取映。」

【用法】形容行人、車輛、船隻往來不斷。

【例句】這雖是個小鎮，卻很熱鬧，人來人往，**川流不息**。

【義近】熙來攘往／車水馬龍／絡繹不絕。

【義反】冷冷清清／稀稀落落。

川廣魚大

【釋義】廣大的河川，才容納得下大魚。

【出處】文子・上德：「川廣者魚大，山高者木修，地廣者德厚。」

【用法】比喻德厚的人，人們爭相歸附他。

【例句】**川廣魚大**，有道德修養的人，人們自然喜歡親近。

【義近】地廣德厚／山高木修／水廣魚大／川深魚藏。

【義反】爲淵敺魚／爲叢敺雀。

川澤納汙

【釋義】大川大澤能夠容納得下汙濁。

【出處】左傳・宣公十五年：「諺曰：高下在心，川澤納汙，山藪藏疾，瑾瑜匿瑕，國君含垢，天之道也。」

【用法】喻胸襟開闊的人，有博聞並廣容善惡。

【例句】一個人要有**川澤納汙**的胸襟，才有可能成就不凡的大事業。

【義近】山藪藏疾／瑾瑜匿瑕／國君含垢／泰山不讓土壤／河海不擇細流。

【義反】眼睛裏容不下一粒沙／器量狹小／鼠肚雞腸／斗筲器量。

八畫

巢毀卵破

【釋義】鳥窩毀了，鳥蛋一定會打破。巢：鳥窩。

【出處】後漢書・孔融傳：「二子方弈棋，融被收而不動，左右曰：『父執而不起，何也？』答曰：『安有巢毀而卵不破乎？』」

【用法】比喻滅門之禍，無一得倖免；或比喻整體被毀，其中的個別也不可能倖存。

【例句】在白色恐怖時期，**巢毀卵破**之事時有所聞，以至於人人自危，惶惶不安。

【義近】巢傾卵覆／覆巢之下無完卵／皮之不存，毛將焉附／一人犯罪，全家遭殃。

【義反】一人得道，雞犬升天。

工部

工力悉敵

【釋義】工力：功夫和才力。悉：完全。敵：相當。

【出處】計有功・唐詩紀事卷三載：唐中宗幸昆明池賦詩，羣臣應制百餘篇。中宗評沈佺期、宋之問的詩曰：「二詩工力悉敵。」

【用法】形容彼此不分高低，常用於學問和藝術造詣方面。

【例句】這兩位作家的文筆風格雖不相同，但寫作技巧可謂**工力悉敵**。

【義近】勢均力敵／旗鼓相當／棋逢對手／不相上下／並駕齊驅／連鑣並軫。

【義反】天壤之別／判若雲泥／天淵之別。

工欲善其事，必先利其器

【釋義】工人要做好他的工作，一定要先準備好他的工具。善：做好。利：磨鋒利。

【出處】論語・衛靈公：「子曰：『工欲善其事，必先利其器。』」

【用法】用以說明要想把事情做好，先要做好必要的準備工作。
【例句】古人說：「**工欲善其事，必先利其器**。」你這樣一點準備也沒有，能把事情辦好嗎？
【義近】未雨綢繆。
【義反】臨渴掘井。

二畫

巧不可階（ㄑㄧㄠˇ ㄅㄨˋ ㄎㄜˇ ㄐㄧㄝ）
【釋義】階：臺階，引申爲升登、趕上。
【出處】南朝・梁・簡文帝・與湘東王書：「時有效謝康樂、裴鴻臚文者，亦頗有惑焉。……謝故巧不可階，裴亦質不宜慕。」
【用法】指寫作技巧很高，以致巧妙得誰也無所企及。
【例句】李白、杜甫、曹雪芹等人的作品，已達到**巧不可階**的程度，在我國文學史上大放光芒。
【義近】巧奪天工／爐火純青／精妙絕倫／出神入化。
【義反】粗製濫造／東塗西抹／尋章摘句／生拉活扯。

巧立名目（ㄑㄧㄠˇ ㄌㄧˋ ㄇㄧㄥˊ ㄇㄨˋ）
【釋義】巧：指耍花招。
【出處】昭槤・嘯亭雜錄卷三：「乃星使臨工，以爲巧立名目，不容申辯。」
【用法】指在法定的項目之外，用巧妙的手法，另定種種名目，來達到某種不正當的目的。
【例句】現在有些人不顧政府三令五申，總要在政府規定的法令之外**巧立名目**，收取錢財。
【義近】花樣百出／玩弄花招。
【義反】依法行事／照章行事。

巧言令色（ㄑㄧㄠˇ ㄧㄢˊ ㄌㄧㄥˋ ㄙㄜˋ）
【釋義】巧言：花言巧語。令色：和善的面孔。令：善。
【出處】論語・學而：「巧言令色，鮮矣仁！」
【用法】形容用動聽之言和諂媚之態取悅於人。
【例句】他眞是一個**巧言令色**的小人，對上對下完全是兩種嘴臉。
【義近】花言巧語。
【義反】正言厲色。

巧言如簧（ㄑㄧㄠˇ ㄧㄢˊ ㄖㄨˊ ㄏㄨㄤˊ）
【釋義】巧言：巧僞的言辭。簧：樂器裏用銅或其他材料製成的發音薄片。
【出處】詩經・小雅・巧言：「巧言如簧，顏之厚矣。」
【用法】比喻口齒伶俐，能言善辯。多用於以美妙動聽的言辭騙人或從事挑撥離間。
【例句】這是鐵一般的事實，即使你**巧言如簧**，也絕對無法否認。
【義近】巧舌如簧／口齒伶俐／能說善道／伶牙俐齒。
【義反】笨口拙舌／結結巴巴。

巧言利口（ㄑㄧㄠˇ ㄧㄢˊ ㄌㄧˋ ㄎㄡˇ）
【釋義】巧僞的言辭，鋒利的口辯。
【出處】漢・東方朔・非有先生論：「三人皆詐僞，巧言利口以進其身。」
【用法】指人能說善道，善於以花言巧語討好人、迷惑人。
【例句】他爬上局長的寶座，並不是眞的有什麼本事，而是憑著**巧言利口**直上青雲的。
【義近】巧言令色／巧舌如簧／巧語花言／伶牙俐齒。
【義反】笨口拙舌／結結巴巴／期期艾艾／沒嘴的葫蘆。

巧言亂德（ㄑㄧㄠˇ ㄧㄢˊ ㄌㄨㄢˋ ㄉㄜˊ）
【釋義】巧言：悅耳動聽卻不切實際的言論。亂德：敗壞品德。
【出處】論語・衛靈公：「巧言亂德，小不忍，則亂大謀。」注：「巧言變亂是非，聽之使人喪其所守。」
【用法】指不實又無益的言論，足以敗壞德性。
【例句】社會上充斥著**巧言亂德**的學說思想，足以蠱惑青少年做出違法亂紀的事情。
【義反】忠言逆耳／良藥苦口。

巧取豪奪（ㄑㄧㄠˇ ㄑㄩˇ ㄏㄠˊ ㄉㄨㄛˊ）
【釋義】巧取：用巧妙的手段騙取。豪奪：用蠻橫的手段硬奪。一作「巧偷豪奪」。
【出處】蘇軾・次韻米芾二王書跋尾：「巧偷豪奪古來有，一笑誰似癡虎頭。」
【用法】指用各種方法去詐取、強佔財物。
【例句】這種**巧取豪奪**的行爲，實在令人髮指。
【義近】敲詐勒索／鳩佔鵲巢／詐取硬奪。
【義反】臨財不苟／一介不取。

巧妻常伴拙夫眠（ㄑㄧㄠˇ ㄑㄧ ㄔㄤˊ ㄅㄢˋ ㄓㄨㄛ ㄈㄨ ㄇㄧㄢˊ）
【釋義】巧妻：聰慧的妻子。拙夫：愚笨拙劣的丈夫。
【出處】元・武漢臣・生金閣一折：「這渾家十分標致，便好道巧妻常伴拙夫眠。兀那秀才，你有下處麼？」
【用法】用以指女子未找到一個能與之匹配的男子。
【例句】這麼一個聰明能幹的女子，竟嫁給一個癡呆的男人，眞是**巧妻常伴拙夫眠**。
【義近】一朵鮮花插在牛糞上／好一塊羊肉掉在狗口裏／駿馬每馱癡漢走。
【義反】郎才女貌／天生一對／一雙兩好。

巧婦難爲無米之炊（ㄑㄧㄠˇ ㄈㄨˋ ㄋㄢˊ ㄨㄟˊ ㄨˊ ㄇㄧˇ ㄓ ㄔㄨㄟ）
【釋義】巧：能幹。炊：燒火做飯菜。
【出處】莊季裕・雞肋編：「諺有巧媳婦做不得沒麵餺飥。」馮夢龍・警世通言卷一二：「常言巧媳婦煮不得沒米粥。」
【用法】比喻缺少必要的條件，則難以成事。
【例句】俗話說：「**巧婦難爲無米之炊**。」她就算是再能幹，沒有旁人的協助也難以成事。
【義近】無麵餺飥／無米之炊／無木不成舟。
【義反】萬事俱備／一應俱全。

巧發奇中（ㄑㄧㄠˇ ㄈㄚ ㄑㄧˊ ㄓㄨㄥˋ）
【釋義】巧於發箭，奇於中的。
【出處】司馬遷・史記・封禪書：「（李）少君資好方，善爲巧發奇中。」
【用法】比喻善於及時發言，而所發之言以後又能爲事實所應驗。

【例句】張先生學問高深，對古今中外的歷史尤有研究，往往能**巧發奇中**，因而當權者對他的發言非常重視。
【義近】言必有中／切中時弊／箭不虛發／談言微中。
【義反】紙上談兵／大吹法螺／浮語虛詞／夸夸其談。

巧詐不如拙誠

【釋義】巧詐：機巧詭詐。拙誠：愚拙而眞誠。
【出處】韓非子・說林上：「故曰：巧詐不如拙誠。樂羊以有功見疑，秦西巴以有罪益信。」三國志・魏書・子寓嗣・注：「諺曰：『巧詐不如拙誠』，信矣。」
【用法】古諺語，說明機巧詐偽，不如樸拙誠實。
【例句】**巧詐不如拙誠**，別以為他使點小聰明佔了便宜就很厲害，其實他失去了更多更好的事物，得到的只是人們對他的不屑。
【義近】巧偽不如拙誠。

巧奪天工

【釋義】人工的精巧程度勝過天然。巧：精巧，巧妙。奪：超過。天工：大自然形成的。
【出處】趙孟頫・贈放煙火者詩：「人間巧藝奪天工，鍊藥燃燈淸晝同。」
【用法】形容製作的技藝高超精妙。
【例句】這些工藝美術品實在**巧奪天工**，令人讚歎不已。
【義近】鬼斧神工／妙手天成／精湛絕倫。
【義反】千瘡百孔／粗俗低劣／瑕疵易見／粗製濫造。

左支右吾

【釋義】指左右抵擋應付。
【出處】宋史・李邴傳：「一處不支，則大事去矣，顧預講左支右吾之策。」
【用法】引申為推拖搪塞的意思；或形容人言語含糊，不肯說實話的樣子。
【例句】嫌犯在受審時不肯配合，**左支右吾**，前後供詞不一，令辦案人員頭痛不已。
【義近】呑呑吐吐／支吾其詞／含糊其詞／支支吾吾。
【義反】單刀直入／一針見血／直言不諱／心直口快。

左支右絀

【釋義】支：支撐。絀：不夠，不足。
【出處】戰國策・西周策：「客曰：『我不能教子支左屈右。』」紀昀・閱微草堂筆記二三：「左支右絀，困不可忍。」
【用法】形容能力或財力不足，而顧此失彼的窘狀。
【例句】這個公司經營無方，虧欠日增，現已到**左支右絀**的地步。
【義近】捉襟見肘／顧此失彼／入不敷出／寅支卯糧／周轉不靈。
【義反】綽綽有餘／沛然有餘／應付裕如／左右逢源。

左右手

【釋義】左右兩隻手。
【出處】司馬遷・史記・淮陰侯列傳：「人有言上（漢高祖）曰：『丞相（蕭）何亡。』上大怒，如失左右手。」
【用法】用以比喻得力的助手、幫手。
【例句】他是我的**左右手**，怎麼能把他從我身邊調開呢？
【義近】左輔右弼／左膀右臂／股肱耳目。
【義反】心腹之患。

左右為難

【釋義】為難：作難，沒有辦法。
【出處】曹雪芹・紅樓夢一二〇回：「襲人此時……千思萬想，左右為難。」
【用法】形容十分為難，處事不易作出決定。
【例句】他倆都是我的至親，幫誰都不是，我實在**左右為難**啊！
【義近】左右兩難／進退兩難／進退維谷。
【義反】得心應手／左右逢源。

左右逢源

【釋義】亦作「左右逢原」。到處碰到源泉。逢：碰上。源：源頭，水源。
【出處】孟子・離婁下：「資之深，則取之左右逢其原。」
【用法】說明學問的功夫深，用之不盡，取之不竭。也比喻處事得心應手，順利無礙。
【例句】石教授的學問確實淵博，在課堂上論述問題能滔滔不絕，**左右逢源**。
【義近】得心應手／應付自如／觸處生春／信手拈來。
【義反】根柢浮淺／剖腸搜肚／索盡枯腸。

左右開弓

【釋義】左右手都能拉弓射箭。開弓：拉開弓弦射箭。
【出處】白樸・梧桐雨楔子：「臣左右開弓，一十八般武藝，無有不會。」
【用法】形容雙手能輪流做同一個動作，或同時做好幾項工作。
【例句】他的射技相當高強，能**左右開弓**，所以每次出去打獵，他捕得的獵物最多。

左宜右有

【釋義】宜：適宜。
【出處】詩經・小雅・裳裳者華：「左之左之，君子宜之。右之右之，君子有之。」淸・平步青・霞外捃屑・廣師：「文采斐然，左宜右有，吾不如孫淵如。」
【用法】形容人多才多藝，什麼事都能做。
【例句】像他這樣**左宜右有**的人，我們公司是再也找不到第二個了。
【義近】左宜右宜／文武全才／無所不能／允文允武。
【義反】一無所長／一無所能／碌碌無能／文不能文，武不能武。

左思右想

【釋義】意謂從各方面去想。
【出處】馮夢龍・醒世恆言卷二八：「左思右想，把腸子都想斷了，也沒個計策。」
【用法】形容人反覆考慮。
【例句】這樣大一筆贖金到哪裏去籌呢？王先生一路上**左思右想**，還是沒想出一個妥當的辦法來。

【義近】前思後想／千思萬想／冥思苦想／思前想後。

【義反】草率從事／輕舉妄動／粗心大意。

左提右挈（ㄗㄨㄛˇ ㄊㄧˊ ㄧㄡˋ ㄑㄧㄝˋ）

【釋義】左右提攜。挈：提。

【出處】司馬遷・史記・張耳陳餘列傳：「夫以一趙尙易燕，況以兩賢王左提右挈，而責殺王之罪，滅燕易矣。」

【用法】多用以形容相互扶持。有時也用以形容父母對子女的關懷。

【例句】我們同窗共硯歷時五載，今後雖各奔前程，但也務必要**左提右挈**，相互扶持。

【義近】左挈右提／相輔而行／相濡以沫／相輔相成。

【義反】落井下石／唱對臺戲／乘人之危／謀財害命。

左道旁門（ㄗㄨㄛˇ ㄉㄠˋ ㄆㄤˊ ㄇㄣˊ）

【釋義】左道：邪道。旁門：比喻不正經的門路。原指不正派的宗教派別，借指不正派的學術派別。

【出處】禮記・王制：「執左道以亂政，殺。」許仲琳・封神演義七二回：「他罵吾教是左道旁門，不分披毛帶角之人，濕生卵化之輩，皆可同羣共處。」

【用法】比喻不是正統的或不正派的東西。

【例句】學校的功課他不好好學，而對那些看相、算命、賭技之類的**左道旁門**卻學了不少。

【義近】邪門外道／旁門左道／歪門邪道。

左圖右史（ㄗㄨㄛˇ ㄊㄨˊ ㄧㄡˋ ㄕˇ）

【釋義】左邊是圖書，右邊是史冊。

【出處】新唐書・楊綰傳：「性沈靖，獨處一室，左右圖史，凝塵滿席，澹如也。」龔自珍・阮尙書年譜第一敍：「乃設精舍，顏曰詁經，背山面湖，左圖右史。」

【用法】形容人喜愛讀書，圖書左右堆滿，或藏書豐富。

【例句】中央圖書館藏書豐富，進入其中，但見**左圖右史**，令人眼花撩亂，不靠電腦查詢，恐怕找不到自己想找的書。

【義近】左右圖史／左圖右書／左史右經／汗牛充棟／牙籤萬軸／萬籤插架。

左輔右弼（ㄗㄨㄛˇ ㄈㄨˇ ㄧㄡˋ ㄅㄧˋ）

【釋義】輔、弼：古代在帝王左右輔佐的重臣。

【出處】漢・孔鮒・孔叢子・論書：「王者前有疑，後有丞，左有輔，右有弼，謂之四近。」漢・焦延壽・易林・隨之屯：「左輔右弼，金玉滿櫃。」

【用法】用以泛指追隨身邊，輔助處理事情的重要助手。

【例句】任何一個國家的政府首腦，都有**左輔右弼**，否則如何日理萬機。

【義近】法家拂士／左右手／智囊高參。

【義反】孤家寡人／眾叛親離。

左鄰右舍（ㄗㄨㄛˇ ㄌㄧㄣˊ ㄧㄡˋ ㄕㄜˋ）

【釋義】鄰、舍：鄰居。

【出處】京本通俗小說・錯斬崔寧：「可憐崔寧和小娘子受刑不過，只得屈招了，……左鄰右舍都指畫了十字。」

【用法】指寓所周圍的鄰居。

【例句】俗話說：遠親不如近鄰，你身處異鄉，務必要跟**左鄰右舍**和睦相處，有事時才能有個照應。

【義近】東鄰西坊／左右鄰居／街坊鄰居。

左擁右抱（ㄗㄨㄛˇ ㄩㄥˇ ㄧㄡˋ ㄅㄠˋ）

【釋義】意謂左邊右邊都擁抱著女人。

【出處】戰國策・楚策四：「左抱幼妾，右擁嬖女，與之馳騁乎高蔡之中，而不以國家爲事。」

【用法】原指姬妾眾多。現用以指某些有錢有勢的人肆意玩弄女性。

【例句】這個暴發戶原來也是個好色之徒，自發財後，日夜**左擁右抱**，結果弄得妻離子散，家也不成家了。

【義近】姬妾成羣／好色成性／尋花問柳／拈花惹草。

【義反】坐懷不亂／不戀女色／堅貞不二／憐香惜玉。

左縈右拂（ㄗㄨㄛˇ ㄧㄥˊ ㄧㄡˋ ㄈㄨˊ）

【釋義】縈：收攬包圍。拂：攻打襲擊。

【出處】司馬遷・史記・楚世家：「若夫泗上十二諸侯，左縈而右拂之，可一旦而盡也。」李德林・隋文帝爲太祖武元皇帝行幸四處立寺建碑詔：「懸兵萬里，直指參墟。左縈右拂，麻積草靡。」

【用法】喻輕易就把對手制伏。

【例句】敵軍遭到我軍的**左縈右拂**，終於潰不成軍，舉白旗投降了。

左顧右盼（ㄗㄨㄛˇ ㄍㄨˋ ㄧㄡˋ ㄆㄢˋ）

【釋義】左看右看。顧、盼：看。

【出處】李白・走筆贈獨孤駙馬詩：「銀鞍紫鞚照雲日，左顧右盼生光輝。」

【用法】形容左右打量、察看，也形容得志自滿的神態。

【例句】他上課時注意力非常集中，從來沒有心神不定、**左顧右盼**的情況。

【義近】左顧右眄／東張西望／左右張望／志得意滿。

【義反】精神集中／目不斜視／目不轉睛。

四畫

巫山雲雨（ㄨ ㄕㄢ ㄩㄣˊ ㄩˇ）

【釋義】巫山：山名，在四川巫山縣東。雲雨：興雲作雨，喻男女交合。

【出處】宋玉・高唐賦：「妾在巫山之陽，高丘之陰。旦爲朝雲，暮爲行雨，朝朝暮暮，陽臺之下。」羣音類選・清腔類・鶯啼序：「枉了癡心，寧耐等，想巫山雲雨夢難成。」

【用法】原指神話傳說裏巫山神女興雲降雨事，後用以比喻男女歡合。

【例句】當今社會性觀念開放，男女在**巫山雲雨**之前，要做好保護自己的措施，以免造成終身的遺憾。

【義近】尤雲殢雨／男歡女愛／雨意雲情／顛鸞倒鳳／癡雲膩雨／翻雲覆雨。

七畫

差三錯四

【釋義】意謂以三爲四，又把四說成三。
【出處】元・無名氏・合同文字四折：「這小廝本說的丁一確二，這婆子生扭做差三錯四。」
【用法】形容把別人的言論或事情故意顛倒錯亂，以利自己。
【例句】他已把話說得很明白了，你就不要在此**差三錯四**，趁早離開吧！
【義近】顛倒是非／混淆黑白／攪亂事實。
【義反】丁一確二／丁一卯二／丁卯不亂。

差之毫釐，失之千里

【釋義】毫釐：狀其小。千里：狀其大。二者均非實數。
【出處】禮記・經解：「君子愼始，差若豪氂（毫釐），繆以千里。」舊唐書・朱泚等傳論：「蓋差之毫釐，失之千里。」
【用法】指相差雖很微小，但造成的錯誤卻很大。
【例句】從事會計工作的人，要特別仔細認眞，否則**差之毫釐，失之千里**，稍有不愼便會造成大錯誤。
【義近】失之毫釐，差以千里／毫釐千里／相差十萬八千里。
【義反】不失毫釐／不差累黍／無毫髮爽／絲毫不爽。

差強人意

【釋義】差強：比較，勉強。
【出處】後漢書・吳漢傳：「（光武）乃嘆曰：『……吳公差彊（強）人意，隱若一敵國矣。』」
【用法】比喻尚能使人滿意。
【例句】你提出的這套解決方案，只能算是**差強人意**，還談不上盡善盡美。
【義近】尚合人意／尚如人意。
【義反】盡如人意／盡善盡美／已臻上乘。

己部

己所不欲，勿施於人

【釋義】自己不喜歡的事物，便不要去加給別人。勿：不要。施：加給。
【出處】論語・顏淵：「子曰：『出門如見大賓，使民如承大祭。己所不欲，勿施於人。』」
【用法】用以說明一個人要有仁愛精神，爲人處事要能設身處地爲他人著想。
【例句】你平日不是常說要有**己所不欲，勿施於人**的愛心嗎？怎麼現在竟做出這種損人利己、傷天害理的事呢？
【義近】推己及人／設身處地。
【義反】損人利己。

己飢己溺

【釋義】看到別人挨餓、落水，就好像是自己使他挨餓、落水一樣。溺：淹沒。
【出處】孟子・離婁下：「禹思天下有溺者，由己溺之也；稷思天下有飢者，由己飢之也。」
【用法】比喻對別人的痛苦深表同情，並把解除別人的痛苦引以爲己任。
【例句】革命黨人爲推翻滿清政府，解民於倒懸，不惜拋頭顱、灑熱血，這種**己飢己溺**的精神，值得我們學習。
【義近】以天下爲己任／一心利人／仁民愛物／民胞物與／悲天憫人／視民如傷／衣被羣生。
【義反】戕摩剝削／牛馬百姓／魚肉人民／率獸食人／自私自利／損人利己。

己欲立而立人，己欲達而達人

【釋義】自己要站得住，也要使別人站得住；自己要事事行得通，也要使別人事事行得通。
【出處】論語・雍也：「夫仁者，己欲立而立人，己欲達而達人。能近取譬，可謂仁之方也矣。」
【用法】指要推己及人，遇事要設身處地爲他人著想。
【例句】有仁愛之心的人，奉行**己欲立而立人，己欲達而達人**的處世原則幫助別人，也給了自己一份充實的快樂。
【義近】老吾老，以及人之老／幼吾幼，以及人之幼／己所不欲，勿施於人。
【義反】自私自利／一己之私／有己無人／各人自掃門前雪，莫管他人瓦上霜。

一畫

巴三覽四

【釋義】意謂拉三扯四。
【出處】元・蕭德祥・殺狗勸夫四折：「我說的丁一確二，你說的巴三覽四。」
【用法】指人說話東拉西扯，讓人不得要領。
【例句】你說話怎麼這樣**巴三覽四**的，我聽了半天還不知道你到底在說什麼呢！
【義近】拉三扯四／東拉西扯／胡扯亂湊／語無倫次／前言不搭後語。
【義反】一字一板／牙白口清／頭頭是道／有板有眼。

巴山夜雨

【釋義】巴山：山名，泛指四川境內的山。全句指夜晚下著雨的巴山。
【出處】李商隱・夜雨寄北詩：「君問歸期未有期，巴山夜雨漲秋池。何當共翦西窗燭，卻話巴山夜雨時。」
【用法】喻久別後再度相聚。
【例句】畢業後，同班同學各奔前程，不知何時才能**巴山夜雨**，話談當年。

巴巴結結 ㄅㄚ ㄅㄚ ㄐㄧㄝˊ ㄐㄧㄝˊ

【釋義】窘迫或勤苦的樣子。

【出處】京本通俗小說・錯斬崔寧：「光陰迅速，大娘子在家，巴巴結結，將近一年。」古今小說・任孝子烈性爲神：「任珪……每日巴巴結結，早出晚歸。」

【用法】形容日子過得緊，勉強維持生計。或形容人勤勞辛苦的樣子。

【例句】①臺北物價指數高，每月所得只夠一家人**巴巴結結**過日子。②或淚珠是常常的滴著，生活是**巴巴結結**的做著：一世的囚徒，半生的牛馬。（秋瑾・敬告姊妹們）

【義近】緊緊迫迫／捉襟見肘／揮汗成雨／辛辛苦苦／日出而作，日入而息。

【義反】寬寬裕裕／豐衣足食／不勞而獲／坐享其成／衣來伸手，飯來張口。

巴高望上 ㄅㄚ ㄍㄠ ㄨㄤˋ ㄕㄤˋ

【釋義】意謂攀高向上。

【出處】曹雪芹・紅樓夢四六回：「別說是鴛鴦，憑他是誰，那一個不想巴高望上、不想出頭的？」

【用法】用以指和比自己社會地位高的人結交或聯姻，希望出人頭地。

【例句】這位柳先生最善於**巴高望上**，前些日子把女兒嫁給了董事長的兒子，現在又想娶經理的女兒做兒媳哩！

【義近】巴高枝兒／攀緣求上／攀龍附鳳／趨炎附勢。

【義反】潔身自好／淡泊明志／甘居下位／高風亮節。

巴蛇吞象 ㄅㄚ ㄕㄜˊ ㄊㄨㄣ ㄒㄧㄤˋ

【釋義】巴蛇：產於巴地（今四川部分地區）的大蛇。

【出處】山海經・海內・南經：「巴蛇食象，三歲而出其骨。」

【用法】比喻人心貪婪不知足。

【例句】這人對財富的欲望，有如**巴蛇吞象**，絕無滿足的時候。

【義近】人心不足蛇吞象／得隴望蜀／得寸進尺／吃著碗裏，瞧著鍋裏。

【義反】知止知足／知足不辱／知足常樂／鷦鷯巢林，不過一枝。

巾部

巾幗英雄 ㄐㄧㄣ ㄍㄨㄛˊ ㄧㄥ ㄒㄩㄥˊ

【釋義】巾幗：古代婦女的頭巾和髮飾，用以代稱婦女。

【出處】清・湘靈子・軒亭冤・賞花：「新世界，舊乾坤，巾幗英雄叫九閽。」

【用法】用以稱女性中的英雄。

【例句】這位女飛行員駕駛戰鬥機翱翔藍天，其英姿不讓鬚眉，眞稱得上是**巾幗英雄**。

【義近】女中豪傑／巾幗丈夫／女中堯舜／巾幗鬚眉。

【義反】金枝玉葉／弱不勝衣／三姑六婆。

二畫

市井小人 ㄕˋ ㄐㄧㄥˇ ㄒㄧㄠˇ ㄖㄣˊ

【釋義】市井：古代做買賣的地方；街市。小人：古代指地位低的人。

【出處】王安石・答錢公輔學士書：「況一甲科通判，苟粗知爲辭賦，雖市井小人，皆可以得之，何足道哉？」

【用法】用以稱平庸低賤，志趣不高之輩。

【例句】你身爲大學教授，值得與這些**市井小人**斤斤計較嗎？我勸你忍一口氣算了！

【義近】市井之徒／無名之輩／常鱗凡介／無名小卒。

【義反】達官貴人／達官顯宦／飽學之士／知名人士。

市井無賴 ㄕˋ ㄐㄧㄥˇ ㄨˊ ㄌㄞˋ

【釋義】市井：街市，做買賣的地方。無賴：游手好閒、品行不端的人。

【出處】宋・胡銓・戊午上高宗封事：「王倫本一狎邪小人，市井無賴，……專務詐誕，欺罔天聽，驟得美官。」

【用法】用以稱城市裏不務正業、爲非作歹的流氓之類。

【例句】城市中總有些**市井無賴**，他們是社會治安的隱憂。

【義近】流氓地痞／無賴小人／刁鑽之徒／亡命之徒。

【義反】正人君子／志士仁人／善男信女／芝蘭玉樹。

布衣之交 ㄅㄨˋ ㄧ ㄓ ㄐㄧㄠ

【釋義】布衣：古時平民之服，借指平民。

【出處】戰國策・齊策三：「衛君與文布衣交。」司馬遷・史記・廉頗藺相如列傳：「臣以爲布衣之交尚不相欺，況大國乎！」後漢書・隗囂傳：「囂素謙恭愛士，傾身引接，爲布衣交。」

【用法】多用以指貧賤之交。有時也指有權勢的人與無官職的人相交往。

【例句】我介紹你去高雄李先生那裏工作，他是我的**布衣之交**，肯定會熱情接待你的。

【義近】布素之交／貧賤之交／車笠之交／杵臼之交。

【義反】酒肉之交／富貴之交／素昧平生／素不相識。

布帛菽粟 ㄅㄨˋ ㄅㄛˊ ㄕㄨˊ ㄙㄨˋ

【釋義】帛：絲織品。菽：豆類的總稱。粟：穀類。

【出處】宋史・程頤傳：「其言之旨，若布帛菽粟然，知德者猶尊崇之。」

【用法】用以比喻雖然很平常，但又不可缺少的東西。

【例句】教育猶如**布帛菽粟**，是一天一刻不可廢棄的。（葉聖陶・潘先生在難中）

【義近】家常便飯／日用百貨／油鹽柴米／五穀六米。

【義反】山珍海味／金銀財寶／瓊漿玉液／奇珍異寶。

布鼓雷門 ㄅㄨˋ ㄍㄨˇ ㄌㄟˊ ㄇㄣˊ

【釋義】雷門：會稽城的大門，有一大鼓，從越地擊鼓，聲音可傳至洛陽。布鼓：用布爲鼓，所以發不出聲音。全句是說拿布做的鼓到雷門前面。

【出處】漢書・王尊傳：「毋持布鼓過雷門。」李商隱・獻韓郎中琮啓：「捧爝火以干日御，動以光銷；抱布鼓以詣雷門，忽然聲寢。」

【用法】喻在高手面前賣弄本領，相形見絀，不自量力，而貽笑大方。

【例句】你在聲樂家的面前施展歌喉，無異是**布鼓雷門**，不自量力。

【義近】班門弄斧／與日爭輝／關公面前耍大刀。

【義反】深藏不露／程門立雪／量力而行。

布襪青鞋 ㄅㄨˋ ㄨㄚˋ ㄑㄧㄥ ㄒㄧㄝˊ

【釋義】布製的襪子，草織的鞋子。本是鄉下人的穿著。

【出處】蘇軾・贈李道士詩：「故教世世作黃冠，布襪青鞋弄雲水。」楊萬里・題王季安主簿佚志堂詩：「布襪青鞋已嬾行，不如晏坐聽啼鶯。」孔尚任・桃花扇・逃難：「換布襪青鞋，一隻扁舟載。」又作「青鞋布襪」。

【用法】指輕便簡樸的裝束，或比喻簡樸的生活。

【例句】每逢假日，他便一身**布襪青鞋**的裝扮，回到鄉下老家享受田園的悠閒之樂。

四畫

希奇古怪 ㄒㄧ ㄑㄧˊ ㄍㄨˇ ㄍㄨㄞˋ

【釋義】希奇：希（稀）少而新奇。古怪：生疏罕見的：不同一般、令人詫異的。

【出處】凌濛初・二刻拍案驚奇卷二〇：「還有好些希奇古怪的事，做一回正話。」

【用法】用以指罕見而又奇怪的人和事。

【例句】我最想做一名新聞記者，因爲在採訪中，可以遇到許多**希奇古怪**的人和事。

【義近】奇奇怪怪／古里古怪／事所罕見。

【義反】世間俗物／見怪不怪／屢見不鮮。

七畫

席上之珍 ㄒㄧˊ ㄕㄤˋ ㄓ ㄓㄣ

【釋義】筵席上的珍品。席上：爲儒者的代稱。

【出處】曹雪芹・紅樓夢一一五回：「世兄是錦衣玉食，無不遂心的，必是文章經濟，高出人上，所以老伯鍾愛，將爲席上之珍。」

【用法】用以比喻至美的義理或人才。

【例句】這幾位剛從國外留學歸來的博士，已成爲**席上之珍**，許多公司都爭相聘用。

【義近】稀世之寶／隋侯之珠／荊山之玉。

【義反】淺薄之見／泛泛之論／凡夫俗子／平庸之輩。

席不暇暖 ㄒㄧˊ ㄅㄨˋ ㄒㄧㄚˊ ㄋㄨㄢˇ

【釋義】席子來不及坐暖。席：坐席，坐位。暇：空閒。

【出處】韓愈・爭臣論：「孔席不暇暖，而墨突不得黔。」

【用法】形容事務極忙，連坐定的時間都沒有。

【例句】我先生最近忙得**席不暇暖**，沒有時間接待你，望你多多原諒。

【義近】不遑暇食／孔席不煖／矻矻終日／突不暇黔。

【義反】飽食終日／無所事事／游手好閒。

席地而坐 ㄒㄧˊ ㄉㄧˋ ㄦˊ ㄗㄨㄛˋ

【釋義】席地：以地爲席。席，用作動詞。

【出處】舊五代史・李茂貞傳：「但御軍整眾，都無紀律，當食則造庖廚，往往席地而坐。」

【用法】用以指直接坐在地上。

【例句】大夥爬到山頂都累了，不管乾淨不乾淨，個個**席地而坐**。

【義近】就地而坐／席地而臥。

席珍待聘 ㄒㄧˊ ㄓㄣ ㄉㄞˋ ㄆㄧㄣˋ

【釋義】坐席上的寶玉，等待人聘用。席：鋪地上的草墊。珍：寶玉。

【出處】禮記・儒行：「儒有席上之珍以待聘，夙夜強學以待問。」

【用法】比喻人懷才而待用。

【例句】孔子**席珍待聘**，但當時的政治環境容不下他，以至於無法在政治舞台上一展長才，可是在教育上他卻大放異彩。

【義近】待價而沽／善價而沽／藏器待時／強學待問。

席捲天下 ㄒㄧˊ ㄐㄩㄢˇ ㄊㄧㄢ ㄒㄧㄚˋ

【釋義】把天下像席子般地捲了起來。捲：一作「卷」。天下：指全國。

【出處】賈誼・過秦論：「有席卷天下，包舉宇內，囊括四海之意，幷吞八荒之心。」

【用法】形容力量強大，全部控制、佔有了天下。

【例句】秦始皇一統六國，**席捲天下**，完成他的霸主事業。

【義近】包舉宇內／囊括四海／席捲八荒。

【義反】智效一官／行合一鄉／能合一地。

席豐履厚 ㄒㄧˊ ㄈㄥ ㄌㄩˇ ㄏㄡˋ

【釋義】席：坐席。履：鞋子。

【出處】吳沃堯・二十年目睹之怪現狀一四回：「你看他們帶上幾年兵船，就都一個個的席豐履厚起來，那裏還肯去打仗！」

【用法】比喻家產豐厚，生活優裕。

【例句】他父親給他留下一大筆遺產，自然是**席豐履厚**的了，哪裏還用得著像我們這樣爲生活奔波！

【義近】萬貫家財／金玉滿堂／豐衣足食／錦衣玉食。

【義反】家徒四壁／家無儋石／缺衣少食／惡衣惡食。

師心自用 ㄕ ㄒㄧㄣ ㄗˋ ㄩㄥˋ

【釋義】師心：以己心爲師。自用：以自己的意圖行事。

【出處】顏之推・顏氏家訓・文學：「學爲文章，先謀親友……。愼勿師心自用，取笑旁人也。」

【用法】形容人自以爲是，固執己見，根本不聽勸告。

【例句】他作爲一校之長，竟然如此**師心自用**，怎能辦好教育呢？

【義近】師心自任／剛愎自用／拒諫飾非。

【義反】聞善則從／聞過則喜／不恥下問。

師出有名

【釋義】師：軍隊。名：名義，引申為理由。
【出處】朱鼎・玉鏡臺記：「庶幾義聲昭彰，理直氣壯，師出有名，大功可就矣。」
【用法】出兵有正當的理由，也比喻做事有正當的理由。
【例句】我們這次來找總經理是**師出有名**，公司三個月不發工資，教我們用什麼養家餬口？
【義近】師直為壯／名正言順。
【義反】師出無名／名不正言不順／無理取鬧。

師出無名

【釋義】師：軍隊。名：名義，引申為理由。
【出處】徐陵・為陳武帝作相時與北齊廣陵城主書：「師出無名，此是何義？」
【用法】形容出兵沒有正當的理由，也比喻做事沒有正當的理由。
【例句】這羣人聚眾鬧事，**師出無名**，社會大眾不會原諒這種行為的。
【義近】興師無由／妄動干戈。
【義反】師出有名。

師其故智

【釋義】師：效法。
【出處】司馬遷・史記・韓世家：「秦王必祖張儀之故智。」
【用法】喻仿效前人的計謀。
【例句】許多青少年看了電影、新聞中的犯罪手法後，會**師其故智**，造成嚴重的傷害，這種案例屢見不鮮，值得大家深思。

師直為壯

【釋義】師：軍隊，這裏指出兵。壯：理直，有理。
【出處】左傳・僖公二十八年：「師直為壯，曲為老，豈在久乎？」
【用法】指用兵的理由正當，其士氣必然旺盛。
【例句】古今中外的無數戰例，都說明**師直為壯**，而且大多能贏得最後的勝利。
【義近】興師有由／師出有名。
【義反】師曲為老／師出無名。

師道尊嚴

【釋義】指老師受到尊敬，傳授的知識、道理得到尊重。尊嚴：尊貴，莊嚴。又作「師嚴道尊」。
【出處】禮記・學記：「凡學之道，嚴師為難。師嚴然後道尊，道尊然後民知敬學。」
【用法】今用以指老師的地位尊貴莊嚴。
【例句】**師道尊嚴**，當老師的應處處以身作則，決不可誤導子弟。
【義近】尊師重教／敬師重道／尊師貴道。
【義反】輕師賤教。

八畫

帶罪立功

【釋義】帶著罪過去建立功績。
【出處】李寶嘉・官場現形記二八回：「聽說他常常在佛爺前替軍門求情，說好話……叫他帶罪立功，以觀後效。」
【用法】指對有罪之人暫不處置，給他機會去建立功績以補償罪責。
【例句】年輕人難免會犯些過錯，請董事長給他一個機會**帶罪立功**，以觀後效吧！
【義近】將功補過／將功折罪／立功贖罪／以功補過。
【義反】罪上加罪／錯上加錯／一錯再錯／怙惡不悛。

帶厲山河

【釋義】意謂即使黃河狹如衣帶，泰山細小如礪石，國家仍舊存立。此為封建時代分封諸侯時的誓詞。厲：又作「礪」。
【出處】司馬遷・史記・高祖功臣年表：「封爵之誓曰：使河如帶，泰山若厲，國以永寧，爰及苗裔。」
【用法】喻國家永存世祚無窮。
【例句】歷代開國之君，無不希望自己一手創立的王朝能夠**帶厲山河**，世祚永存。
【義近】厲山帶河／山河帶厲。

常鱗凡介

【釋義】指平常的魚類和貝類。
【出處】韓愈・應科目時與人書：「天池之濱、大江之濆曰有怪物焉，蓋非常鱗凡介之品彙匹儔也。」
【用法】喻平凡的人物。
【例句】說穿了，你也不過是個**常鱗凡介**，誰會理你的什麼大道理？
【義近】驛夫走卒／蒼頭奴子／市井小民／平頭百姓。
【義反】達官貴人／在位通人。

帷薄不修

【釋義】閨門不整齊，男女相淫亂。帷：帳幔。薄：草簾，用來屏障內外之隔的物品。
【出處】賈誼・論時政疏：「古者大臣有……坐污穢淫亂，男女亡別者，不曰污穢，曰帷薄不修。」
【用法】古時婉稱家庭生活淫亂之事。
【例句】執政者私生活淫蕩，**帷薄不修**，如何以德治天下？
【義近】帷幕不修／閨房不肅。

十一畫

幕天席地

【釋義】以天為幕，以地為席。又作「席地幕天」。
【出處】劉伶・酒德頌：「行無轍迹，居無室廬，幕天席地，縱意所如。」韓偓・惆悵詩：「何如飲酒連千醉，席地幕天無所知。」
【用法】喻人胸襟曠達，志向高遠。或形容接近大自然。
【例句】①他的心胸豁達開朗，**幕天席地**，對人生看得透，想得開，絕對不會和人爭長論短的。②久居都市的牢籠，偶爾到郊外踏青，**幕天席地**，飲酒賞花，真是一大樂事。

干部

干戈不息

【釋義】干戈：指武器，此處代指為戰爭。

【出處】大宋宣和遺事・元集：「當初只為五代時分，天下荒荒離亂，朝屬梁而暮屬晉，干戈不息。」

【用法】形容戰亂不停的樣子。

【例句】元將官兵北來征討，兩下爭持，**干戈不息**，路斷行人。（凌濛初・二刻拍案驚奇卷六）

【義近】干戈擾攘／兵荒馬亂／兵連禍結／烽火連天／變亂紛乘／兵馬倥傯／戰鼓頻仍。

【義反】天下太平／四海昇平／歌舞昇平／河清海晏。

干名采譽

【釋義】意謂追求名譽。干：求取，追求。采：摘擇。

【出處】漢書・終軍傳：「而直矯作威福，以從民望，干名采譽，此明聖所必加誅也。」

【用法】指用不正當的手段獵取名譽。

【例句】他為了**干名采譽**，不惜竊取別人的成果佔為己有，結果弄得身敗名裂。

【義近】沽名釣譽／追名逐譽／欺世盜名／逆情干譽。

【義反】淡泊名利／潔身自愛／與世無爭。

干卿何事

【釋義】干：關涉。卿：古時君稱臣、長輩稱晚輩，或夫妻、朋友之間表親暱的稱呼。

【出處】南唐書・馮延巳傳：「延巳有『風乍起，吹皺一池春水』之句，元宗嘗戲延巳曰：『吹皺一池春水，干卿何事？』」

【用法】用以指事不干己而愛管閒事。

【例句】小倆口談悄悄話，**干卿何事**，你竟跑去偷聽。

【義近】吹皺一池春水／干卿底事／狗拿耗子。

【義反】息息相關／多一事不如少一事。

干雲蔽日

【釋義】意謂聳入雲霄，遮住太陽。干：冒犯。

【出處】後漢書・丁鴻傳：「干雲蔽日之木，起於蔥青。」

【用法】形容樹木或建築物非常高大。

【例句】①這棵**干雲蔽日**的大樹，已有七百多年的歷史了。②這棟**干雲蔽日**的大廈，拔地而起。

【義近】高聳入雲／直衝雲霄／遮天蔽日／參天大樹。

【義反】寸草尺木／矮屋低簷。

二畫

平分秋色

【釋義】將秋天的景色平均分開。原指中秋。

【出處】李樸・中秋詩：「平分秋色一輪滿，長伴雲衢千里明。」

【用法】現形容雙方不分高下，旗鼓相當。

【例句】在這場競賽當中，我們的表現可說是**平分秋色**，用不著互相比較。

【義近】勢均力敵／工力悉敵／不分上下／旗鼓相當。

【義反】天淵之別／判若雲泥。

平心而論

【釋義】平心：心情平和。

【出處】蒲松齡・聊齋誌異・司文郎：「當前踧落，固是數之不偶，平心而論，文亦未便登峰。」

【用法】指實事求是地評論或心平氣和地議論。

【例句】**平心而論**，劉小姐固然算不上什麼才女，但也絕不像你們所說，是個文墨不通的庸才。

【義近】平心而言／就事論事／實事求是。

【義反】偏激之論／鑿空之論／違心之論。

平心靜氣

【釋義】心情和態度都很平靜。

【出處】曹雪芹・紅樓夢七四回：「且平心靜氣，暗暗察訪，才能得這個實在。」

【用法】形容人說話做事心平氣和，不感情用事。

【例句】此事你先不要武斷地下結論，**平心靜氣**地想一想再說吧！

【義近】心平氣和／冷靜理智／鎮靜自如。

【義反】意氣用事／火冒三丈／暴跳如雷／氣急敗壞／感情用事。

平旦之氣

【釋義】平旦：天未明時，人尚未和外物接觸，所以精神清明。

【出處】左傳・昭公五年注：「雞鳴，旦平旦。」孟子・告子上：「其日夜之所息，平旦之氣，其好惡與人相近也者，幾希？」

【用法】無私欲的清明之氣。

【例句】孟子認為人性本善，修養道德就是要找回與生俱來的**平旦之氣**。

平生之好

【釋義】平生：平素，平常。

【出處】三國志・魏書・臧洪傳：「惟平生之好，以屈節而苟生。」

【用法】指平常所特有的愛好。

【例句】我先生的**平生之好**就是讀書，所以他一有錢就去買書，一有時間就手不釋卷地讀書。

【義近】平日所好／平生所愛。

【義反】一無所好／無愛無好。

平白無故

【釋義】平白：憑空。故：緣故。

【出處】石玉琨・三俠五義五十回：「平白無故的生出這等毒計。」

【用法】用以說明無緣無故，毫無理由。

【例句】**平白無故**接受別人的餽贈，恐怕會招來大禍。

【義近】無緣無故／無固無由／毫無理由／無根無據。

【義反】事出有因／理由充分。

平地一聲雷

【釋義】平地突發巨響。古代多用以比喻人考中科舉，聲名驟然提高。

【出處】韋莊・喜遷鶯詞：「鳳銜金榜出門來，平地一聲雷。」

【用法】比喻突然發生的大事，也用以比喻名聲或地位突然升高。

【例句】他的崛起就像是**平地一聲雷**似地，震驚了所有人。

【義近】晴天霹靂／名聲大噪／直上雲霄／平步青雲／扶搖直上。

【義反】沒沒無聞。

平地風波

【釋義】平地上起風浪。風波：風吹起的波浪，比喻糾紛或亂子。

【出處】杜荀鶴・將過湖南經馬當山廟因書三絕之二：「只怕馬當山下水，不知平地有風波。」

【用法】比喻突然發生的或意料不到的糾紛或事故。

【例句】這眞是**平地風波**，他高高興興去拜訪朋友，想不到竟會被摩托車撞成重傷。

【義近】天有不測風雲／人有旦夕禍福／風雲突變／禍從天降。

【義反】風平浪靜／太平無事。

平步青雲

【釋義】從平地步入高空。青雲：高空。

【出處】袁文・甕牖閒評：「廉仲宣才高，幼年及第，宰相張邦昌納爲婿。當徽宗時，自謂平步青雲。」

【用法】比喻突然升到很高的地位。

【例句】他在校成績平平，沒想到踏入官場，竟能**平步青雲**，令人欽羨。

【義近】平步登天／一步登天／扶搖直上／青雲直上／飛黃騰達。

【義反】一落千丈／一蹶不振。

平易近人

【釋義】平易：原指道路平展，喻態度和藹可親。

【出處】司馬遷・史記・魯周公世家：「平易近民，民必歸之。」趙翼・甌北詩話卷三：「與他人聯句，則平易近人。」

【用法】形容態度謙遜和藹，使人容易接近；也形容文字深入淺出，通俗易懂。

【例句】他雖然當上了公司的總經理，但卻**平易近人**，一點架子也沒有。

【義近】和藹可親／笑臉迎人。

【義反】拒人千里／盛氣凌人／咄咄逼人／惡形惡狀。

平流緩進

【釋義】船在平水中緩緩前進。

【出處】白居易・汎小輪：「舟緩進，水平流。一莖竹篙剔船尾，兩幅青幕覆船頭。」

【用法】用以比喻穩步前進。

【例句】無論是做學問還是闖事業，都應**平流緩進**，不能性急，更不可投機取巧。

【義近】穩紮穩打／穩步前進／一步一腳印。

【義反】急於求成／急功好利／急於事功。

平起平坐

【釋義】同起同坐，不分上下。

【出處】吳敬梓・儒林外史三回：「你若同他拱手作揖，平起平坐，這就壞了學校的規矩，連我臉上都無光了。」

【用法】指地位、權力相等或不分高低貴賤，一樣對待。

【例句】雖然我過去是他的上司，但現在他也做了局長，我們自然是應該**平起平坐**的。

【義近】稱兄道弟／不分軒輊／互爲頡頏。

【義反】尊卑有序／上下有別／貴賤有等。

平淡無奇

【釋義】平平淡淡，沒有一點出奇的地方。

【出處】文康・兒女英雄傳：「聽起安老爺這幾句話，說來也平淡無奇，瑣碎得緊。」

【用法】說明所說的話或所寫的文章，內容無新奇之處，也可比喻景色和布置陳設無新穎之處。

【例句】這部小說讀起來**平淡無奇**，全無創意，眞是乏味得很。

【義近】平鋪直敘／呆板平淡。

【義反】不同凡響／高潮迭起。

平買平賣

【釋義】平價買進，平價賣出。

【出處】吳敬梓・儒林外史二八回：「我這二十二個字，平買平賣，時價值二百二十兩銀子。」

【用法】指買賣公道。

【例句】在經濟不景氣的時候，許多商家打著**平買平賣**的口號促銷商品，希望能帶動一些買氣。

【義近】將本求利／買賣公平。

【義反】小往大來／囤積居奇／奇貨可居。

平鋪直敘

【釋義】一作「平鋪直序」。鋪：鋪陳。敘：敘述。序：順序，依次排列。

【出處】錢謙益・初學集卷八三：「吾讀子瞻司馬溫公行狀之類，平鋪直序，以爲古今未有此體。」

【用法】形容說話或寫文章按次序簡單敘述，也形容文詞平淡，無起伏變化，重點不突出。

【例句】如果寫文章只是依照事情發展的順序，**平鋪直敘**地寫下來，那必然毫無趣味可言。

【義近】有聞必錄／平淡無奇／平淡乏味。

【義反】字字珠璣／筆下生花／雕章琢句／波瀾起伏／抑揚頓挫。

平頭六十

【釋義】平頭：指齊頭，凡計數逢十，俗稱齊頭數。六十年爲一甲子，故「平頭六十」又作「平頭甲子」。

【出處】白居易・除夜詩：「火銷燈盡天明後，便是平頭六十人。」

【用法】指人六十歲。

【例句】時光過得眞快，過完年

就是**平頭六十**了，難怪小孫子都快上小學了。

平頭正臉

【釋義】平闊的頭，方正的臉。
【出處】曹雪芹・紅樓夢四六回：「這個大老爺，眞眞太下作了！略平頭正臉的，他就不能放手了。」
【用法】形容人容貌端正，長相好。
【例句】這女人雖談不上是國色天香，卻也長得**平頭正臉**的，打扮起來倒有幾分姿色。
【義近】一表非凡／儀表堂堂。
【義反】臼頭深目／尖嘴猴腮／其貌不揚／猥瑣不堪。

平頭百姓

【釋義】平頭：頭巾名，爲平民所服。
【出處】吳敬梓・儒林外史三回：「家門口這些做田的，扒糞的，不過是平頭百姓。」
【用法】用以指稱普通的平民百姓。
【例句】在官僚眼中看來，你我只不過是**平頭百姓**而已。
【義近】平民百姓／匹夫匹婦／布衣黔首。
【義反】公子王孫／王公貴人／達官顯宦／達官貴戚。

三畫

年事已高

【釋義】年事：年紀。也作「年事已多」。
【出處】南史・虞荔傳：「年事已多，氣力稍減。」
【用法】指人已進入高齡。
【例句】你祖母**年事已高**，加上病情複雜，恐怕難以痊癒，先吃些藥看看吧。
【義近】年華老邁／耄耋之至／七老八十／年華老大。
【義反】豆蔻年華／風信年華／正當茂齡／春秋鼎盛。

年高德卲

【釋義】年高：年齡大。卲：美好，又作「劭」。
【出處】揚雄・法言：「年彌高而德彌卲者，是孔子之徒歟！」宋・楊萬里・太宜人蕭氏墓誌銘：「吉州以夫人年高德卲，應舊封太孺人，再封太安人。」
【用法】指人年紀大，德行好，聲望高。
【例句】抗戰時期，一批**年高德卲**的革命前輩積極投身於抗日事業中，其愛國熱忱，感動全國。
【義近】年高望重／德高望重／德隆望尊。

年深日久

【釋義】年深：猶年長。
【出處】凌濛初・拍案驚奇卷二二：「元來那株楠樹，年深日久，根深之處，把這些幫岸都帶得鬆了。」
【用法】用以形容年代久遠。
【例句】這墓碑上的字因**年深日久**而變得模糊不清，無法一一辨認了。
【義近】年深月久／日久歲深／天長日久／經年累月／長年累月。
【義反】時日未久／一年半載／曾經何時／頃刻之間／俯仰之間。

年富力強

【釋義】年富：未來的年歲還多。富：富有。
【出處】枚乘・七發：「太子方富於年。」朱熹注論語子罕「後生可畏」：「孔子言後生年富力強，足以積學而有待，其勢可畏。」
【用法】用以形容人年輕力壯，精力旺盛。
【例句】我們應當趁**年富力強**的時候，努力奮鬥，年老時才有清福可享。
【義近】生龍活虎／活力充沛／年輕力壯／春秋鼎盛／正當茂齡。
【義反】老態龍鍾／風中殘燭／年老力衰／未老先衰／秋風殘葉。

年輕力壯

【釋義】年輕：多指十幾歲到二十幾歲。壯：強壯。
【出處】曹雪芹・紅樓夢七一回：「實在我們這些年輕力壯的人，捆上十個也趕不上。」
【用法】指人年輕有力，身體強壯。
【例句】你們這些**年輕力壯**的人太不像話了，躲到這裏打麻將，卻讓那些老年人爲你們幹活！
【義近】年富力強／血氣方剛／春秋鼎盛／風華正茂／正當茂齡。
【義反】年老力衰／鐘鳴漏盡／年逾古稀／垂暮之人／風中殘燭。

年頭月尾

【釋義】一年的開始和一個月的結束。
【出處】林光朝・癡頑不識字歌許叔節來詩有此句因以名篇：「年頭月尾無一是，咄咄癡頑不識字。」新唐書・楊瑒傳：「瑒奏：『有司帖試明經，不質大義，乃取年頭、月尾、孤經、絕句，且今習春秋三家、儀禮者纔十二，恐諸家廢無日，請帖平文以存學家，其能通者稍加優宦，獎孤學。』」
【用法】指一年中時光的推移，或引用文句斷章取義。
【例句】①老奶奶已經九十高齡了，又有多少個**年頭月尾**給她過呢？你們就好好善待她吧！②你要引述別人的言論就要把意思弄清楚，不要**年頭月尾**，斷章取義，這樣會引起很大的誤會。

五畫

幸災樂禍

【釋義】見別人遭遇災禍自己卻高興。
【出處】左傳・僖公一四年：「背施無親，幸災不仁。」顏之推・顏氏家訓・誡兵：「若居承平之世，睥睨宮閫，幸災樂禍，首爲逆亂，詿誤善良。」
【用法】用以表示對他人遭受災禍不但不同情，反引以爲慶幸。
【例句】他的腳不方便，你不但不同情，反而**幸災樂禍**，予以嘲笑，眞是不應該！
【義近】唯恐天下不亂。
【義反】同病相憐。

幷心同力

【釋義】幷心：同心。

【出處】後漢書・趙岐傳：「岐雖迫大命，猶志報國家，欲自乘牛車，南說劉表，可使其身自將兵來衛朝廷，與將軍幷心同力，共獎王室。」

【用法】喻同心協力。

【例句】拯救國家的唯一方法，是全國同胞團結一致，**幷心同力**，才能克敵致勝，獲得最後的勝利。

【義近】上下一心／上下同心／同心戮力／和衷共濟／吳越同舟／同舟共濟。

【義反】各行其是／各自為政／一盤散沙／離心離德。

幷日而食

【釋義】幷日：二日、兩天。即每隔一天才有飯吃。

【出處】禮記・儒行：「易衣而出，幷日而食。」三國志・魏書・管寧傳：「環堵篳門，偃息窮巷，飯鬻餬口，幷日而食，吟詠詩書，不改其樂。」

【用法】形容飲食方面貧困或儉約。

【例句】我們的社會貧富懸殊的問題仍然很嚴重，有的人過著**幷日而食**的生活，有的人卻日食萬錢，履絲曳縞。

【義近】三旬九食／饔飧不繼／簞瓢屢空／朝齏暮鹽／斷虀畫粥／饘粥餬口。

【義反】列鼎而食／食前方丈／炊金饌玉／日食萬錢／炮鳳烹龍／肉山脯林。

幷吞八荒

【釋義】幷吞：兼幷佔領，侵佔別人的土地或財物。

【出處】漢・賈誼・過秦論：「有席卷天下，包舉宇內，囊括四海之意，幷吞八荒之心。」

【用法】喻兼幷天下。

【例句】南宋末年，元軍大舉南下，有**幷吞八荒**，逐鹿中原之心。

【義近】包舉宇內／席卷天下／囊括四海／鞭笞天下。

十畫

幹國之器

【釋義】幹國：治國。

【出處】後漢書・史弼傳：「議郎何休又訟弼有幹國之器，宜登臺相。」

【用法】喻治國的才幹。

【例句】孔明有**幹國之器**，故劉備不惜紆尊降貴，三顧茅廬請他出仕，事實證明他果眞不負所託。

【義近】將相之具／廊廟之材／宰輔之器／濟世之才。

【義反】吳下阿蒙／凡夫俗子／腹負將軍／酒囊飯袋。

幺部

六畫

幽明異路

【釋義】幽明：陰間與陽間。異路：不一樣。

【出處】唐・朱慶餘・冥音錄：「幽明異路，人鬼道殊，今者人事相接，亦萬代一時，非偶然也。」

【用法】用以指陰間與陽間、鬼神與人，兩者相去甚遠，大不相同。

【例句】你太太已去世多年，即使眞有靈魂，也是**幽明異路**，無法像以往那樣朝夕相處的。

【義近】幽明迥異／幽明永隔／生死兩隔／人鬼殊途。

九畫

幾次三番

【釋義】三：虛數。番：次。

【出處】錢彩・說岳全傳五一回：「這個狗頭，幾次三番來哄騙我們，今日又來做什麼？」

【用法】形容次數之多。

【例句】他最近**幾次三番**到我家來，問他有什麼事，又不肯說，眞是莫名其妙！

【義近】三番兩次／一而再，再而三／屢次三番。

【義反】偶一為之／絕無僅有／僅此一次。

广部

五—六畫

庖丁解牛（ㄆㄠˊ ㄉㄧㄥ ㄐㄧㄝˇ ㄋㄧㄡˊ）

【釋義】庖丁：廚師名丁。解：肢解，分割。
【出處】莊子・養生主：「庖丁為文惠君解牛，手之所觸，肩之所倚，足之所履，膝之所踦，……。」
【用法】比喻技術純熟高妙，做事得心應手。
【例句】無論什麼事，只要深入鑽研，反覆練習，就會像**庖丁解牛**那樣，做起來得心應手。
【義近】斲輪老手／郢匠運斤／熟能生巧／得心應手／迎刃而解。

度日如年（ㄉㄨˋ ㄖˋ ㄖㄨˊ ㄋㄧㄢˊ）

【釋義】過一天就好像有一年那麼長。度日：過日子。
【出處】柳永・戚氏詞：「孤館度日如年，風露漸變，悄悄至更闌。」明・李昌祺・剪燈餘話・賈雲華還魂記：「生家舉苦塊，度日如年，追念舊歡，遽成舊迹。」
【用法】形容日子難過。
【例句】到你家住一日，死也甘心。省的奴在這裏**度日如年**。（蘭陵笑笑生・金瓶梅・六回）
【義近】度日如歲／寸陰若歲／一日三秋。
【義反】光陰似箭／流光易逝。

度長絜大（ㄉㄨㄛˋ ㄔㄤˊ ㄒㄧㄝˊ ㄉㄚˋ）

【釋義】度、絜：都是量、衡量的意思。
【出處】漢・賈誼・過秦論：「試使山東之國，與陳涉度長絜大，比權量力，則不可同年而語矣。」
【用法】指比較長短、大小。
【例句】這兩個人在各方面懸殊很大，根本不能拿來**度長絜大**，相提並論。
【義近】一較長短／權輕衡重／比權量力／較長量短。
【義反】相提並論／同日而語／分庭抗禮／等量齊觀。

度德量力（ㄉㄨㄛˋ ㄉㄜˊ ㄌㄧㄤˋ ㄌㄧˋ）

【釋義】度：推測，估計。
【出處】左傳・隱公十一年：「度德而處之，量力而行之，相時而動，無累後人。」漢・應劭・風俗通・五伯：「（宋）襄公不度德量力，慕名而不綜實。」
【用法】指估量自己的德行和能力。
【例句】事情所以會弄成這樣，全在於我不**度德量力**，自作主張，望諸位見諒。
【義近】人貴自知／自知之明。
【義反】自高自大／不自量力。

七—八畫

座右銘（ㄗㄨㄛˋ ㄧㄡˋ ㄇㄧㄥˊ）

【釋義】訓誡文字的一種。
【出處】南朝・梁・慧皎・高僧傳四・支遁：「僧眾百餘，時或有墮（惰）者，遁乃著座右銘以勗之。」
【用法】指寫出來放在座位旁邊，以隨時警誡自己的格言。
【例句】他說他要立志讀書，並抄了有關刻苦學習的文句作為**座右銘**，但結果依然蹉跎歲月。
【義近】座中銘。

座無虛席（ㄗㄨㄛˋ ㄨˊ ㄒㄩ ㄒㄧˊ）

【釋義】所有座位沒有空的。虛：空。席：座位，席位。一作「座無空席」。
【出處】晉書・王渾傳：「渾撫循羈旅，虛懷綏納，座無空席，門不停賓。」
【用法】形容觀眾、聽眾或出席的賓客眾多。
【例句】王先生自從當上局長後，家裏經常**座無虛席**。
【義近】賓客滿堂／濟濟一堂／高朋滿座／門庭若市。
【義反】門可羅雀／門無蹄轍。

康莊大道（ㄎㄤ ㄓㄨㄤ ㄉㄚˋ ㄉㄠˋ）

【釋義】康莊：指道路寬闊、四通八達。
【出處】爾雅・釋宮：「五達謂之康，六達謂之莊。」司馬遷・史記・孟荀列傳：「皆命曰列大夫，為開第康莊之衢。」
【用法】形容道路平坦四通八達，比喻光明遠大的前程。
【例句】①走完這條羊腸小道，前面就是**康莊大道**了。②我國的民主政治為經濟的進步、繁榮開闢了一條**康莊大道**。
【義近】陽關大道／光明大道。
【義反】羊腸小道／崎嶇小路。

庸人自擾（ㄩㄥ ㄖㄣˊ ㄗˋ ㄖㄠˇ）

【釋義】庸人：平庸的人。自擾：自己擾亂自己。
【出處】新唐書・陸象先傳：「天下本無事，庸人擾之為煩耳。」
【用法】用以說明無事生事，自尋煩惱。
【例句】天天擔心世界末日即將來臨的人實在是**庸人自擾**，應該開開心心享受活著的日子。
【義近】庸人自召／杞人憂天／無病自灸／無事生非。
【義反】樂天知命。

庸中佼佼（ㄩㄥ ㄓㄨㄥ ㄐㄧㄠˇ ㄐㄧㄠˇ）

【釋義】庸：平凡的人。佼佼：美好，特出。
【出處】後漢書・劉盆子傳：「卿所謂鐵中錚錚，庸中佼佼者也。」
【用法】用以指平常人中比較特出的。
【例句】你不要老是責怪兒子沒出息，依我看，他也算是**庸中佼佼**了。
【義近】庸中皎皎／鐵中錚錚／秀出班行。
【義反】衣架飯囊／朽木糞土。

庸夫俗子（ㄩㄥ ㄈㄨ ㄙㄨˊ ㄗˇ）

【釋義】庸夫：平庸的人。俗子：庸俗的人。
【出處】漢・王符・潛夫論・勸將：「節士無所勸慕，庸夫無所貪利。」陸遊・春殘詩：「庸醫司性命，俗子議文章。」
【用法】用以稱平凡庸俗的人。
【例句】你在社會上算是個有地位的人，今天怎麼跟這些**庸夫俗子**一般見識呢？
【義近】凡夫俗子／肉眼凡夫。
【義反】志士仁人／風流人物／

蓋世英雄。

庸庸碌碌 ㄩㄥ ㄩㄥ ㄌㄨˋ ㄌㄨˋ

【釋義】庸庸：平平常常。碌碌：無能的樣子。

【出處】王充・論衡・答佞：「庸庸之主，無高材之人也。」司馬遷・史記・酷吏列傳：「九卿碌碌奉其官。」

【用法】形容平庸無能，沒有志氣。

【例句】他就這樣**庸庸碌碌**度過了一生，既沒有什麼功績，也沒有什麼惡行。

【義近】碌碌無爲／平庸無爲。

【義反】大有作爲／壯志凌雲。

十畫

廊廟之材 ㄌㄤˊ ㄇㄧㄠˋ ㄓ ㄘㄞˊ

【釋義】建築廊廟的木材。比喻能負大任的人才。材：也作「才」。

【出處】慎子・知忠：「故廊廟之材，蓋非一木之枝也。」宋書・裴松之傳：「裴松之廊廟之才，不宜久尸邊務，今召爲世子洗馬。」

【用法】用以比喻能肩負重任的人才。

【例句】孔明有**廊廟之材**，故劉備不惜紆尊降貴，三顧茅廬請他出仕，事實證明他果真不負所託。

【義近】將相之具／幹國之器／宰輔之器／濟世之才。

【義反】吳下阿蒙／凡夫俗子／腹負將軍／酒囊飯袋。

廉泉讓水 ㄌㄧㄢˊ ㄑㄩㄢˊ ㄖㄤˋ ㄕㄨㄟˇ

【釋義】廉泉、讓水：均是陝西省境內的泉水名。

【出處】南史・胡諧之傳：「柏年本梓潼人，土斷屬梁州華陽郡。初爲州將，劉亮使出都諮事，見宋明帝。帝言次及廣州貪泉，因問柏年：『卿州復有此水不？』答曰：『梁州惟有文川武鄉，廉泉讓水。』又問：『卿宅在何處？』曰：『臣所居廉讓之間。』帝嗟其善答，因見知。」

【用法】形容官吏廉潔，人民謙讓。

【例句】爲官不貪，爲民不盜，**廉泉讓水**，才是眞正的大同世界。

廉潔奉公 ㄌㄧㄢˊ ㄐㄧㄝˊ ㄈㄥˋ ㄍㄨㄥ

【釋義】廉潔：公正，不貪污。潔：清白。奉公：奉行公事。

【出處】管子・明法：「如此，則慤愿之人失其職，而廉潔之吏失其治。」

【用法】形容忠誠地爲公職盡力，而不貪污受賄。

【例句】**廉潔奉公**是我們公務員的天職。

【義近】克己奉公／廉正無私。

【義反】假公濟私／損公肥私／營私舞弊。

十二畫

廢書而歎 ㄈㄟˋ ㄕㄨ ㄦˊ ㄊㄢˋ

【釋義】廢書：放下書本。廢：這裏是放的意思。

【出處】司馬遷・史記・孟子荀卿列傳序：「太史公曰：余讀孟子書，至梁惠王問『何以利吾國』，未嘗不廢書而歎也。」

【用法】指在讀書時，因心有所感而放下書本，發出歎息。

【例句】每當我讀到忠義之士爲國捐軀的故事，總是浮想聯翩，**廢書而歎**。

【義近】喟然而歎／掩書而歎／仰天長歎。

廢然而反 ㄈㄟˋ ㄖㄢˊ ㄦˊ ㄈㄢˇ

【釋義】廢然：形容疑慮消除。反：也作「返」。

【出處】莊子・德充符：「我怫然而怒，而適先生之所，則廢然而反。」

【用法】形容怒氣消失，恢復常態。

【例句】原先他怒氣沖沖地進來責問是誰對他惡作劇，沒想到一看到小女兒嬌滴滴的笑容，便**廢然而反**，怒氣全消了。

【義近】回嗔作喜／怒氣頓消／轉怒爲喜。

【義反】怫然不悅／氣沖牛斗／怒不可遏／怒氣沖天。

廢寢忘餐 ㄈㄟˋ ㄑㄧㄣˇ ㄨㄤˋ ㄘㄢ

【釋義】顧不上睡覺，忘記了吃飯。廢：停止。又作「廢寢忘食」。

【出處】王融・曲水詩序：「猶且具明廢寢，昃晷忘餐。」

【用法】形容專心致志，辛勤地工作或讀書。

【例句】爲了考上理想的大學，莘莘學子經常是**廢寢忘餐**地苦讀。

【義近】孜孜不倦／專心致志／夜以繼日／焚膏繼晷。

【義反】苟且度日／飽食終日／無所用心。

廣土衆民 ㄍㄨㄤˇ ㄊㄨˇ ㄓㄨㄥˋ ㄇㄧㄣˊ

【釋義】廣土：廣闊的土地。

【出處】孟子・盡心上：「廣土衆民，君子欲之，所樂不存焉。」

【用法】多用指國家領土寬廣，人口衆多。

【例句】中國是一個**廣土衆民**的國家，全世界有四分之一的人是中國人，土地面積則是世界前三名。

【義近】地廣民衆／地大物博。

【義反】地狹人少／小國寡民。

廣夏細旃 ㄍㄨㄤˇ ㄒㄧㄚˋ ㄒㄧˋ ㄓㄢ

【釋義】夏：通「廈」。旃：通「氈」。指高大豪華的屋子，美麗精緻的陳設。

【出處】漢書・王吉傳：「廣夏之下，細旃之上，明師居前，勸誦在後，上論唐虞之際，下及殷周之盛。」

【用法】用以形容高大豪華的建築物。

【例句】古時帝王和貴族住的是**廣夏細旃**，而一般平頭百姓卻連溫飽都有問題，懸殊實在太大。

【義近】朱樓高廈／桂殿蘭宮／桂宮柏寢／瑤宮瓊闕／龍樓鳳閣／峻宇雕牆／高堂邃宇。

【義反】茅茨土階／小門小戶／小戶人家。

廣袖高髻 ㄍㄨㄤˇ ㄒㄧㄡˋ ㄍㄠ ㄐㄧˋ

【釋義】寬廣的衣袖，高聳的髮髻。

【出處】漢代童謠：「城中好高髻，四方高一尺。城中好大眉，四方眉半額。城中好廣袖，四方用匹帛。」

【用法】形容風俗的奢靡浮華。

【例句】聞廣袖高髻之謠，則知風俗之奢蕩也。（白居易・進士策問）
【義近】履絲曳縞／綺襦紈袴。
【義反】衣不曳地／衣不完采。

廣結良緣

【釋義】廣結：廣泛結下。良緣：美好的因緣，此指良好關係，好事情。
【出處】笑笑生・金瓶梅五七回：「你又發起善念，廣結良緣，豈不是俺一家兒的福分？」
【用法】用以指多做好事，做好人際關係，以取得人們的喜愛、擁護。
【例句】自他歷劫歸來後，整個人生觀大改，從此廣結良緣、與人為善，不再處處跟人計較。
【義近】廣交天下客／與人為善／成人之美。
【義反】與天下人為敵／獨善其身。

廣開言路

【釋義】言路：進言的道路。
【出處】後漢書・來歷傳：「朝廷廣開言事之路，故且一切假貸。」
【用法】用以指盡量讓人們廣泛的發表意見，然後再博採眾議。
【例句】要使政治上軌道，為政者應廣開言路，從善如流。
【義近】從善如流／從諫如流／廣聽博納／察納雅言。
【義反】閉目塞聽／拒諫飾非／剛愎自用／師心自用。

廣積陰功

【釋義】廣：多。陰功：指善行善德。
【出處】元曲選・佚名・來生債劇二：「想你昔日之間，多行善事，廣積陰功，久後俺子母每也有個好處麼。」
【用法】勸人平日在行為上多做善事，言語上多說善言。
【例句】陳家子孫個個都很傑出，大家都說是祖先廣積陰功所致。
【義近】行善積德／好善樂施。

十六—二十二畫

龐然大物

【釋義】龐然：高大的樣子。
【出處】柳宗元・黔之驢：「黔無驢，有好事者載歸，放山下；虎見之，龐然大物也，以為神。」
【用法】用以形容體積大而笨重之物，也形容外強中乾的人或物。
【例句】廣場前一個造型奇特的龐然大物，原來是名雕塑家的石雕作品。
【義近】泥足巨人。
【義反】短小精悍。

廬山真面目

【釋義】廬山：我國名山，在今江西省九江縣南。
【出處】蘇軾・題西林壁：「橫看成嶺側成峯，遠近高低各不同。不識廬山真面目，只緣身在此山中。」
【用法】比喻事物的真相或人的本性，亦指看見本人。
【例句】①我原以為她是個重感情的女子，今天總算是看清了她的廬山真面目！②影迷蜂擁向前，只為一睹大明星的廬山真面目。
【義近】本來面目／廬山面目。
【義反】改頭換面。

廳前旋馬

【釋義】廳堂前，僅容得下一匹馬回轉。
【出處】宋史・李沆傳：「沆為宰相，治第封丘門內，廳事前僅容旋馬。」治第：官邸。
【用法】喻居所狹隘；也指人生活儉約。
【例句】李文靖公貴為宰相，住所卻是廳前旋馬的大小，司馬光認為這是儉約之德的表現。
【義近】饘粥餬口／妾不衣帛／馬不食粟／衣不完采。
【義反】錦衣玉食／日食萬錢／鏤簋朱紘／山楶藻梲。

廴部

四畫

延年益壽

【釋義】延：延長。益：增加。
【出處】宋玉・高唐賦：「九竅通鬱，精神察滯，延年益壽千萬歲。」
【用法】用以表示延長年歲，增加壽命。古時多用作祝頌之詞。
【例句】人類想要延年益壽的秘訣之一在多運動。
【義近】祛病延年／養怡永年／卻病延年。

延陵掛劍

【釋義】延陵：指春秋時代吳國公子季札，封於延陵，號曰「延陵季子」。
【出處】司馬遷・史記・吳太伯世家：「季札之初使，北過徐君，徐君好季札劍，口弗敢言。季札心知之，為使上國，未獻。還過徐，徐君已死，於是乃解其寶劍，繫之徐君家樹而去。從者曰：『徐君已死，尚誰與乎？』季子曰：『不然，始吾心已許之，豈以死倍吾心哉？』」

【用法】喻至死不渝的友情。

【例句】**延陵掛劍**，代表的是一份真心付出的友情，一生中能夠交到一位如此待我的朋友，就是死也瞑目了。

延頸舉踵

【釋義】延頸：伸長脖子。舉踵：踮起腳跟。

【出處】莊子．胠篋：「今遂至使民延頸舉踵曰：『某所有賢者，贏糧而趣（趨）之。』」

【用法】形容殷切盼望。

【例句】聽說大明星要來剪綵，影迷們無不**延頸舉踵**地企盼著。

【義近】延頸企踵／引領企踵／望眼欲穿／望穿秋水。

【義反】淡然處之／漠然視之／無動於衷。

六畫

建功立業

【釋義】建立功勳事業。

【出處】蘇軾．上兩制書：「古之聖賢，建功立業，興利捍患，至於百工小事之事皆有可觀。」

【用法】指人在事業上取得的較大成就。

【例句】一個人只要立志奮發向上，就一定可以**建功立業**，名垂千古。

【義近】功成名就／丘山之功／豐功偉績。

【義反】功業未遂／功不成，名不就／一得之功。

廾部

四畫

弄口鳴舌

【釋義】意謂玩弄口舌。鳴：發聲。又作「弄口弄舌」。

【出處】南朝．梁．任昉．彈奏范縝：「曲學謏聞，未知去代。弄口鳴舌，祗足飾非。」

【用法】用以指巧言辯飾或搬弄是非。

【例句】①有了錯誤就要勇於承認，**弄口鳴舌**是解決不了問題的。②這婆娘最愛**弄口鳴舌**，你們千萬不要相信她說的話。

【義近】游詞巧飾／巧言詭辯／強詞奪理／挑撥離間／調三窩四。

【義反】言之有理／言之鑿鑿／有理有據／排難解紛／消事寧災。

弄巧成拙

【釋義】弄：耍弄。巧：聰明。拙：愚蠢。

【出處】黃庭堅．拙軒頌：「弄巧成拙，為蛇畫足。」續傳燈錄三一：「旁人冷眼看來，大似弄巧成拙。」

【用法】用以說明本欲取巧，反而敗事。

【例句】電視機本來好好的，只是偶爾影像有些模糊，他卻硬要拆開修理，結果**弄巧成拙**，連影像也見不到了。

【義近】畫蛇添足／聰明反被聰明誤。

弄瓦之喜

【釋義】瓦：原始的陶製紡錘，即今之紡織梭。古代生女則令睡於地使弄紡梭，以象徵習女紅。

【出處】詩經．小雅．斯干：「乃生女子，載寢之地，載衣之裼，載弄之瓦。」

【用法】用以祝賀人生女孩。

【例句】王先生最近有**弄瓦之喜**，同事們都紛紛前去向他祝賀。

【義近】喜得千金／玉勝徵祥／明珠入賞／弄瓦徵祥／輝增彩帨。

【義反】弄璋之喜／天賜石麟／充閭之慶／熊夢徵祥／堂構增輝／喜獲麟兒。

弄性尚氣

【釋義】弄性：使性子。弄：耍。尚氣：猶耍脾氣。

【出處】曹雪芹．紅樓夢四回：「這薛公子的混名，人稱他『呆霸王』，最是天下第一個弄性尚氣的人，而且使錢如土。」

【用法】指人憑意氣用事，愛使性子，好發脾氣。

【例句】這次看在你父親的面上饒了你，今後若再這樣**弄性尚氣**，絕不寬貸！

【義近】意氣用事／爭強好勝／抓尖要強／蠻不講理。

【義反】溫文爾雅／彬彬有禮／平心靜氣／和顏悅色。

弄神弄鬼

【釋義】弄神與弄鬼義同，搗鬼的意思。

【出處】曹雪芹．紅樓夢一一四回：「幾年來老世翁不在家，這些人就弄神弄鬼的，鬧的一個人不敢到園裏，這都是家人的弊。」

【用法】指人有意搗鬼。

【例句】這件事並不難解決，之所以一拖再拖，我看一定是有人**弄神弄鬼**！

【義近】裝神弄鬼／做神做鬼／說神道鬼。

【義反】堂堂正正／危言危行／光明正大。

弄粉調朱

【釋義】意謂用脂粉調朱色。朱：紅色。

【出處】宋・周邦彥・丹鳳吟詞：「弄粉調朱柔素手，問何時重握？」
【用法】用以指女性梳妝打扮，修飾容顏。
【例句】這個女人天生就愛美，出門前不在鏡子前**弄粉調朱**一番，是不敢出門見人的。
【義近】敷粉施朱／粉白黛黑／塗脂抹粉／淡妝濃抹。
【義反】天然秀美／出水芙蓉／天生尤物／不事修飾。

弄假成眞 ㄋㄨㄥˋ ㄐㄧㄚˇ ㄔㄥˊ ㄓㄣ

【釋義】本來是假意做作，結果卻弄成了眞的。假：假意。
【出處】元・無名氏・隔江鬥智二折：「那一個掌親的怎知道弄假成眞，那一個說親的早做了藏頭露尾。」
【用法】用以說明原意想作假而結果卻成爲事實。
【例句】他倆爲了旅途方便，假裝成夫妻同行，不料**弄假成眞**，結果眞的結成了伉儷。
【義近】假戲眞做。

弄虛作假 ㄋㄨㄥˋ ㄒㄩ ㄗㄨㄛˋ ㄐㄧㄚˇ

【釋義】意即做假。「弄虛」與「作假」意同。虛：虛假。
【用法】形容人不老實，玩弄花招騙人。
【例句】有些人心懷不軌，專門靠**弄虛作假**騙人錢財，坑害他人。
【義近】乘僞行詐。
【義反】貨眞價實／誠信待人／童叟無欺。

弄璋之喜 ㄋㄨㄥˋ ㄓㄤ ㄓ ㄒㄧˇ

【釋義】璋：上圓下方的玉器，全則曰圭，半則曰璋。古代生男令其睡於牀使弄玉器，象徵長大後爲王侯執圭璧。
【出處】詩經・小雅・斯干：「乃生男子，載寢之牀，載衣之裳，載弄之璋。」
【用法】用以祝賀人生男孩。
【例句】人逢喜事精神爽，李先生最近顯得特別高興，原來是因爲有**弄璋之喜**。
【義近】玉燕投懷／德門生輝／喜叶弄璋／螽斯衍慶／天賜石麟／充閭之慶／弄璋誌喜／堂構增輝／熊夢徵祥／鳳毛濟美／麟趾呈祥。
【義反】弄瓦之喜／弄瓦徵祥／喜比螽麟／綠鳳新雛／明珠入掌／玉勝徵祥／輝增彩帨（以上賀生女）。

十一畫

弊車駑馬 ㄅㄧˋ ㄔㄜ ㄋㄨˊ ㄇㄚˇ

【釋義】弊車：破舊的車子。駑馬：劣馬。
【出處】漢・劉向・說苑・臣術：「賴君之賜，得以壽三族及國，交遊皆得生焉，臣得暖以飽食，弊車駑馬，以奉其身，於臣足矣。」
【用法】比喻生活簡樸或處境貧困。
【例句】依照我的經濟情況，能夠這樣**弊車駑馬**度日，也就心滿意足了。
【義近】弊車羸馬／簞食瓢飲／坐不重席／食不二味／食不裏腹。
【義反】窮奢極侈／肥馬輕裘／高車駟馬／鐘鳴鼎食／酒醉飯飽。

弊絮荊棘 ㄅㄧˋ ㄒㄩˋ ㄐㄧㄥ ㄐㄧˊ

【釋義】穿著破爛的棉絮衣服，走在荊棘之中。
【出處】劉義慶・世說新語・排調：「法師今日如著弊絮在荊棘中，觸地挂閡。」
【用法】喩有許多牽掛和阻礙。
【例句】順天行事，必可一路順風；倒行逆施，就必定會像**弊絮荊棘**，多所掛礙。

弊絕風清 ㄅㄧˋ ㄐㄩㄝˊ ㄈㄥ ㄑㄧㄥ

【釋義】弊端滅絕，風氣清明。
【出處】湯顯祖・牡丹亭・勸農：「恭喜本府杜老爺，管治三年，慈祥端正，弊絕風清。」
【用法】喩良善的吏治。
【例句】新的政府上任，民眾無不寄予厚望，盼能**弊絕風清**，國泰民安。
【義近】風清弊絕／刑錯不用。
【義反】徇私舞弊／貪贓枉法。

弋部

弋人何篡 ㄧˋ ㄖㄣˊ ㄏㄜˊ ㄘㄨㄢˋ

【釋義】弋人：指獵人。篡：射取。指高飛的鳥，獵人要如何獵到？
【出處】揚雄・法言・問明：「鴻飛冥冥，弋人何篡焉？」
【用法】喩賢人隱遯，不仕於亂世，故未被迫害。
【例句】顧炎武性情耿介絕俗，自命爲明朝子民，不仕異姓。晚年隱居華陰，故他雖從事反淸復明的工作，**弋人何篡**。

弓部

一畫

弔民伐罪 ㄉㄧㄠˋ ㄇㄧㄣˊ ㄈㄚˊ ㄗㄨㄟˋ

【釋義】弔：慰問。伐：討伐。

【出處】孟子．梁惠王下：「誅其君而弔其民。」宋書．索虜傳：「弔民伐罪，積後己之情。」

【用法】用以表示撫慰人民，討伐有罪之人。

【例句】紂王無道，武王**弔民伐罪**，滅殷商，建立了周朝。

【義近】除暴安良／鋤強扶弱／為民除害。

【義反】助紂為虐／為虎作倀。

弔死問疾 ㄉㄧㄠˋ ㄙˇ ㄨㄣˋ ㄐㄧˊ

【釋義】弔念死去的人，慰問有病之人。

【出處】淮南子．脩務訓：「布德施惠，以振困窮；弔死問疾，以養孤孀。」

【用法】用以指關心民生疾苦。

【例句】春秋時代的越王勾踐從吳返國後，臥薪嘗膽，**弔死問疾**，經過十年生聚，終於轉弱為強，一舉滅了吳國。

【義近】弔死問生／視民如傷／含蓼問疾／痌瘝在抱。

【義反】荼毒生靈／魚肉百姓／敲骨吸髓／橫徵暴斂。

引人入勝 ㄧㄣˇ ㄖㄣˊ ㄖㄨˋ ㄕㄥˋ

【釋義】把人帶到優美的境地。勝：勝境，美妙的境界。

【出處】劉義慶．世說新語．任誕：「王衛軍云，酒正自引人箸勝地。」桃花扇．凡例：「引人入勝者，全借乎此。」

【用法】形容風景名勝或美妙文章等能引人進入佳境。

【例句】莎士比亞的戲劇，具有**引人入勝**的故事情節，給人留下很深刻的印象。

【義近】令人陶醉／玩味不已／令人神往。

【義反】索然無味／乏善可陳。

引人注目 ㄧㄣˇ ㄖㄣˊ ㄓㄨˋ ㄇㄨˋ

【釋義】注目：集中視力注視。

【出處】劉義慶．世說新語．任誕：「王衛軍云：酒正自引人著勝地。」三國志．魏書．陳思王植傳：「夫能使天下傾耳注目者，當權者是矣。」

【用法】指引起人們的注意。

【例句】這位女明星今天的穿著打扮，太**引人注目**了。

【義近】惹人注意／令人注目。

引以為戒 ㄧㄣˇ ㄧˇ ㄨㄟˊ ㄐㄧㄝˋ

【釋義】引以往的教訓作為警戒。戒：警戒。

【出處】錢大昕．十駕齋養新錄卷一二：「好古之士，當引以為戒。」

【用法】說明應把過去的失敗或錯誤作為教訓。

【例句】張先生就是因為嗜賭如命，才弄得家破人亡，窮困潦倒，我們都應**引以為戒**。

【義近】前車可鑑／殷鑑不遠／前車之鑑／引為借鏡。

【義反】重蹈覆轍／執迷不悟。

引而不發 ㄧㄣˇ ㄦˊ ㄅㄨˋ ㄈㄚ

【釋義】拉滿了弓卻不把箭射出去，讓人體會射箭的要領。

【出處】孟子．盡心上：「君子引而不發，躍如也。」

【用法】原為善於指導射箭，後比喻善於啓發、引導，也比喻作好準備以待時機。

【例句】李老師上數學課，經常採用**引而不發**的方式，讓學生自己想出解題的辦法。

【義近】只拉弓不放箭／循循善誘／因勢利導。

【義反】一發而不可收／箭在弦上，不得不發／引導無方。

引吭高歌 ㄧㄣˇ ㄏㄤˊ ㄍㄠ ㄍㄜ

【釋義】引：拉，伸。吭：喉嚨。

【出處】韓愈．燕河南府秀才詩：「怒起簸羽翮，引吭吐鏗轟。」葉聖陶．醉後：「她們引吭高歌的時候，曳聲很長，抑揚起落。」

【用法】形容人放開嗓門，大聲歌唱。

【例句】國際知名聲樂家在大型體育館**引吭高歌**，聲音優美動人，聽眾聽得如癡如醉。

【義近】高唱入雲／聲振林木／穿雲裂石／響遏行雲。

【義反】淺斟低唱／靡靡之音／輕歌曼唱。

引足救經 ㄧㄣˇ ㄗㄨˊ ㄐㄧㄡˋ ㄐㄧㄥ

【釋義】拉著要上吊的人的腳來救他，不但沒救成，反而害死他。引：拉。經：上吊自殺。

【出處】荀子．仲尼：「志不免乎姦心，行不免乎姦道，而求有君子、聖人之名，譬之是猶伏而咶天，救經而引其足也。」

【用法】比喻行動與效果正好相反，根本不可能達到目的。

【例句】她的手已經燙成這樣，你還用熱水幫她清洗傷處，簡直是**引足救經**！

【義近】戴盆望天／伏而咶天／緣木求魚／北轅適楚。

【義反】以水救火／仰首望天／結網捕魚／見兔放鷹。

引咎自責 ㄧㄣˇ ㄐㄧㄡˋ ㄗˋ ㄗㄜˊ

【釋義】把過失引歸自己而自我責備。咎：罪責。

【出處】晉書．庾亮傳：「亮甚懼，及見侃，引咎自責，風止可觀。」

【用法】用以表示勇於主動承擔錯誤的責任，並自我省察。

【例句】公司這筆生意做錯了，虧了本，總經理**引咎自責**，並決心重新整頓出發。

【義近】反躬自省。

【義反】委過他人／死不認錯。

引風吹火 ㄧㄣˇ ㄈㄥ ㄔㄨㄟ ㄏㄨㄛˇ

【釋義】把風引來吹火，使火旺盛。

【出處】曹雪芹．紅樓夢一六回：「坐山看虎鬥，借刀殺人，引風吹火，站乾岸兒，推倒了油瓶兒不扶，都是全掛子的武藝。」

【用法】比喻從中煽動，挑起事端。

【例句】你幾十歲了，見人吵架，理應勸解，怎麼反而**引風吹火**讓人打起來了呢？

【義近】煽風點火／遇事生風／

興風作浪／搬弄是非。

【義反】排難解紛／消災泯禍／息事寧人／居間調停。

引狼入室

【釋義】把狼招引到室內。引：招引。

【出處】蒲松齡・聊齋誌異・黎氏：「再娶者，皆引狼入室耳，況將於野合逃竄中求賢婦哉！」

【用法】比喻把壞人、敵人引進內部，自招災禍。

【例句】明朝末年，吳三桂**引狼入室**，成為千古罪人。

【義近】開門揖盜／引鬼上門／引水入牆。

【義反】閉門不納／拒之門外／禦敵於國門之外。

引商刻羽

【釋義】商、羽：我國古代五聲音階中的第二個音級和第五個音級。

【出處】宋玉・對楚王問：「客有歌於郢中者……引商刻羽，雜以流徵，國中屬而和者，不過數人而已。」

【用法】用以指在聲律方面造詣很深，音樂演奏有很高的成就。

【例句】一個小小子走到鮑廷璽身邊站著，拍著手，唱李太白清平調。真乃穿雲裂石之聲，**引商刻羽**之奏。三人停杯細聽。（吳敬梓・儒林外史二九回）

【義近】品竹彈絲／金聲玉振／管弦繁奏／急管繁弦／大珠小珠落玉盤。

【義反】擊甕叩缶／彈箏搏髀／歌呼嗚嗚／鴉噪蟬鳴。

引喻失義

【釋義】引喻：援引例證以說明事理。失義：不合道理。

【出處】諸葛亮・前出師表：「不宜妄自菲薄，引喻失義，以塞忠諫之路也。」

【用法】用以說明引用譬喻卻不合道理。

【例句】說話或寫文章，如果**引喻失義**，就不能準確地把意思表達出來，甚至會讓人誤解。

【義近】引證錯誤／比喻不當。

【義反】比喻恰當／引喻貼切。

引經據典

【釋義】引用經書，根據典籍。引：援引。據：依據。

【出處】後漢書・荀爽傳：「引據大義，正之經典。」李汝珍・鏡花緣九二回：「你也忒愛引經據典了。」

【用法】表示說話或寫文章引用經典著作作為論證的依據，以顯得充分有力。

【例句】王教授寫文章總是**引經據典**，一一論證，論據充分，使人讀來十分信服。

【義近】旁徵博引／引古援今。

【義反】羌無故實／言不諳典／無經可據／無典可依／虛構杜撰。

引領企踵

【釋義】伸長脖子，踮起腳跟。引：伸。領：頸脖。

【出處】南朝・梁・蕭統・大呂十二月：「分手未遙，翹心且積，引領企踵，朝夕不忘。」

【用法】用以形容盼望之殷切。

【例句】海峽兩岸沒有來往前，那些來臺老兵無不**引領企踵**，欲歸故園看望家人。

【義近】延頸舉踵／引領而望／雲霓之望／望眼欲穿。

【義反】漠然置之／置之度外／置之腦後／淡然置之。

引領而望

【釋義】伸長脖子遠望。引：伸長。領：頸脖。

【出處】孟子・梁惠王上：「如有不嗜殺人者，則天下之民皆引領而望之矣。」

【用法】形容殷切盼望。

【例句】港邊許多水手之妻**引領而望**，期待丈夫早日歸航。

【義近】延頸而望／跂而遠望／登高而望／望眼欲穿。

引錐刺股

【釋義】用錐子自刺大腿。引：用。股：大腿。

【出處】戰國策・秦策一載：蘇秦「讀書欲睡，引錐自刺其股，血流至足。」

【用法】形容讀書勤奮，刻苦自學。

【例句】無論學習什麼事，只要有**引錐刺股**的刻苦精神，就一定可以取得優異的成績。

【義近】囊螢映雪／懸梁刺股／牛角掛書／焚膏繼晷／孜孜不倦／手肘成胝。

【義反】心不在焉／無所用心。

引頸受戮

【釋義】伸長脖子，等著被殺。戮：殺。

【出處】許仲琳・封神演義三六回：「天兵到日，尚不引頸受戮，乃敢拒敵大兵！」

【用法】形容從容就義或不作抵抗而等死。

【例句】①秋瑾等革命先驅，面對敵人的屠刀**引頸受戮**，毫無貪生怕死之意。②印度尼西亞的許多華裔，面對窮凶極惡的暴徒，不甘心**引頸受戮**，紛紛組織起來自衛。

【義近】為國捐軀／以身殉國／成仁取義／縛手就擒。

【義反】貪生怕死／苟全性命／忍恥偷生／奮起反抗。

五畫

弦外之音

【釋義】弦：弦樂器上發音的絲線。

【出處】范曄・獄中與諸甥侄書：「其中體趣，言之不盡。弦外之意，虛響之音，不知從何而來。」

【用法】比喻言外之意，即在詩文或說話裏間接透露而不明白說出的意思。

【例句】你難道就沒有發現他這番話的**弦外之音**嗎？

【義近】言外之意／話中有話。

【義反】直言不諱／直抒己見。

弦歌不輟

【釋義】琴瑟和著歌聲不中斷。輟：一作「惙」，停止。

【出處】莊子・秋水：「孔子遊於匡，宋人圍之數匝，而絃歌不惙。」

【用法】指遭逢困境，仍講學不休。也比喻文教風氣很盛。

【例句】孔子真不愧為至聖先師，在絕糧病痛的困境中，依然**弦歌不輟**，時時刻刻都沒有忘記教育救世的心願。

七畫

弱不勝衣（ㄖㄨㄛˋ ㄅㄨˋ ㄕㄥ ㄧ）

【釋義】瘦弱得承受不住身上的衣服。勝：禁得起，承受得住。

【出處】新編五代史平話・晉史卷上：「近因入侍，櫛風沐雨，病勢日增，弱不勝衣。」

【用法】多用以形容女性體質瘦削嬌弱。

【例句】這位小姐有點像林黛玉，身體面貌雖顯得**弱不勝衣**，卻自有其風韻。

【義近】弱不禁風。

【義反】身強體壯。

弱不禁風（ㄖㄨㄛˋ ㄅㄨˋ ㄐㄧㄣ ㄈㄥ）

【釋義】禁：經受，承受。

【出處】杜甫・江雨有懷鄭典設詩：「亂波分披已打岸，弱雲狼藉不禁風。」陸游・六月二十四日夜分夢……詩：「白菡萏香初過雨，紅蜻蜓弱不禁風。」

【用法】形容人體質衰弱，連風吹都經受不起。

【例句】她雖是個**弱不禁風**的姑娘，做事卻很俐落。

【義近】弱不勝衣／蒲柳之姿。

【義反】強壯如牛。

弱水三千，只取一瓢飲（ㄖㄨㄛˋ ㄕㄨㄟˇ ㄙㄢ ㄑㄧㄢ，ㄓˇ ㄑㄩˇ ㄧˋ ㄆㄧㄠˊ ㄧㄣˇ）

【釋義】弱水：水名，有三千里之長。意謂水雖多，但只取其中一瓢來喝。

【出處】曹雪芹・紅樓夢九一回：「寶玉呆了半晌，忽然大笑道：『任憑弱水三千，我只取一瓢飲。』」

【用法】引申為選擇雖多，卻情有獨鍾。

【例句】他信誓旦旦地跟女友說：「**弱水三千，只取一瓢飲**。」沒想到過了一個月就看上別的女人，把從前的誓言全拋到腦後去了。

【義近】情有獨鍾／一往情深。

弱肉強食（ㄖㄨㄛˋ ㄖㄡˋ ㄑㄧㄤˊ ㄕˊ）

【釋義】指動物中弱者的肉被強者所食。

【出處】韓愈・送浮屠文暢師序：「弱之肉，強之食。」

【用法】比喻弱者常為強者所侵害、欺凌。

【例句】**弱肉強食**是自然界的生態規律，沒有什麼值得指責非議的。

【義近】倚強凌弱／優勝劣敗／優存劣汰。

【義反】興滅繼絕／鋤強扶弱。

八畫

張三李四（ㄓㄤ ㄙㄢ ㄌㄧˇ ㄙˋ）

【釋義】張三、李四：二者均為假設的姓名。

【出處】王安石・擬寒山拾得詩之八：「張三褲口窄，李四帽簷長。」普濟・五燈會元・雪峰存禪師法嗣：「有人從佛殿後過，見是張三李四。」

【用法】泛指某人或某些人。

【例句】只要有一技之長，且符合公司徵才的條件，不管**張三李四**，我都採用。

【義近】張王李趙／遠近親疏／芸芸眾生。

【義反】九五之尊／非池中物／人中之龍／將相之器／卓爾不羣。

張口結舌（ㄓㄤ ㄎㄡˇ ㄐㄧㄝˊ ㄕㄜˊ）

【釋義】張開嘴說不出話來。結舌：舌頭轉動不了。

【出處】文康・兒女英雄傳二三回：「公子被他問的張口結舌，面紅過耳。」

【用法】形容緊張、害怕或理屈詞窮的窘態。

【例句】在討論會上，李議員據理反駁，質問得對方**張口結舌**，不知如何應答。

【義近】瞠目結舌／啞口無言／鉗口結舌。

【義反】滔滔不絕／口若懸河／詞鋒犀利。

張大其事（ㄓㄤ ㄉㄚˋ ㄑㄧˊ ㄕˋ）

【釋義】張大：張揚，誇大。一作「張揚其事」。

【出處】韓愈・送楊少尹序：「太史氏又能張大其事，為傳繼二疏蹤迹否？」

【用法】形容有意誇大事實的真相。

【例句】一是一，二是二，你何苦要**張大其事**，使人無法弄清楚真相，做出準確的判斷呢？

【義近】誇大其詞／張大其詞／言過其實。

【義反】實事求是／恰如其分。

張公吃酒李公醉（ㄓㄤ ㄍㄨㄥ ㄔ ㄐㄧㄡˇ ㄌㄧˇ ㄍㄨㄥ ㄗㄨㄟˋ）

【釋義】此為唐代諺語，指武則天時張易之兄弟當權，李氏王室大權旁落。

【出處】宋・范正敏・遁齋閒覽：「郭朏有才學而輕脫，夜出，為醉人所誣，太守詰問。朏笑曰：『張公吃酒李公醉者，朏是也。』」

【用法】因誤會而代人受過。

【例句】把何十開出來放了，另拿了弘化寺一名和尚頂缺，說是強盜在他寺內宿了一夜，世上有如此不公之事，正是**張公吃酒李公醉**，桑樹上脫枝柳樹上報。（金瓶梅詞話七六回）

【義近】桑樹上脫枝柳樹上報／李代桃僵／池魚之殃／無妄之災／禍從天降。

【義反】好漢做事好漢當／咎由自取／自作自受／作法自斃／自食惡果。

張牙舞爪（ㄓㄤ ㄧㄚˊ ㄨˇ ㄓㄠˇ）

【釋義】張口露牙，揮舞爪子。又作「舞爪張牙」。

【出處】敦煌變文集・孔子項托相問書附錄二：「魚生三日游於江湖，龍生三日張牙舞爪。」

【用法】形容像野獸般地猖狂凶惡。

【例句】那個精神病患**張牙舞爪**地要打人，再不關起來，恐怕會闖禍。

【義近】窮凶極惡／凶相畢露／惡形惡狀。

【義反】和藹可親。

張冠李戴（ㄓㄤ ㄍㄨㄢ ㄌㄧˇ ㄉㄞˋ）

【釋義】把姓張的帽子戴在姓李的頭上。冠：帽子。

【出處】田藝衡・留青日札・張公帽賦：「俗諺云：『張公帽掇在李公頭上。』」

【用法】用以比喻認錯了對象，弄錯了事實。

【例句】你記性太差了，「朱門酒肉臭，路有凍死骨」，這是杜甫的詩句，你怎麼**張冠李戴**，說是李白的呢？

張皇失措

【釋義】張皇：又作「張惶」，慌張害怕的樣子。失措：舉動失去常態。

【出處】楊景賢・西遊記一本一折：「你看他脅肩諂笑，趨前退後，張皇失措。」

【用法】形容驚慌得不知怎麼辦才好。

【例句】他**張皇失措**地跑進來，口口聲聲說有人要追殺他。

【義近】驚慌失措／倉皇失措／驚慌失色／慌亂無主。

【義反】從容不迫／應付自如／措置裕如／泰然自若。

張眉努眼

【釋義】意謂舒眉瞪眼。張：張開，這裏是舒展之意。努：凸出。

【出處】朱熹・論語二六：「而今人所以知於人者，都是兩邊作得來，張目努眼，大驚小怪。」

【用法】喻人招搖做作的神態。

【例句】他那**張眉努眼**的樣子，令人看了十分不舒服，但他還自鳴得意呢。

【義近】裝模作樣／裝腔作勢／東施效顰／惺惺作態／矯揉造作／搔首弄姿。

【義反】不拘形跡／不拘一格／落落大方／雍容大方。

張家長李家短

【釋義】張家、李家：均泛指別的人家。長、短：指是非曲直。亦作「張長李短」。

【出處】施耐庵・水滸傳二十回：「那婆子吃了許多酒，嘴裏只管夾七帶八嘈，正在那裏張家長李家短，說白道綠。」

【用法】形容喜歡議論別人的長短是非。

【例句】這婆娘吃飽了飯沒事幹，便**張家長李家短**地亂說，搞得附近鄰居失和。

【義近】東家長西家短／挑撥離間／說是道非／數黑道白。

【義反】隱惡揚善。

張敞畫眉

【釋義】張敞：字子高，漢宣帝時爲京兆尹。畫眉：指爲妻子塗飾眉毛。

【出處】漢書・張敞傳：「敞無威儀……，又爲婦畫眉。」馮夢龍・醒世恆言卷一五：「假如張敞畫眉……此謂之正色。」

【用法】比喻夫妻情篤。

【例句】舊時代的那些愚夫子，把**張敞畫眉**視爲男子沒出息之舉；今日看來，這正是男女間你恩我愛的風流韻事。

【義近】鳳凰于飛／伉儷情深／鶼鰈情深／琴瑟和鳴／舉案齊眉／鴻案相莊。

【義反】夫妻反目／琴瑟不調／勞燕分飛／分釵破鏡／離鸞別鳳／貌合神離／水火不容／同床異夢。

張燈結彩

【釋義】張：懸掛。結彩：結紮各種裝飾物。

【出處】羅貫中・三國演義六九回：「告諭城內居民，盡張燈結彩，慶賞佳節。」

【用法】形容節日或辦喜事的歡樂場面。

【例句】一年又要過去了，大街小巷都**張燈結彩**，準備著辭舊迎新。

【義近】張燈掛彩。

【義反】一如平常。

強人所難

【釋義】強：勉強，硬要，含有「迫使」之意。

【出處】李汝珍・鏡花緣：「豈肯顛倒陰陽，強人所難。」

【用法】指勉強別人去做他不能做或不願意做的事情。

【例句】做任何事情都要人心甘情願，力所能及，不要**強人所難**。

【義近】強按牛頭／趕鴨子上架／萬般無奈。

【義反】心甘情願／己所不欲，勿施於人。

強不知以爲知

【釋義】本來不懂，硬要裝懂。

【出處】呂氏春秋・謹聽：「不知而自以爲知，百禍之宗也。」

【用法】形容人不謙虛，不懂裝懂。

【例句】我們對一切問題都應該抱著踏踏實實的態度，決不可**強不知以爲知**。

【義近】強作解人／不懂裝懂。

【義反】知之爲知之，不知爲不知。

強中更有強中手

【釋義】在有本領的人中還有本領更高的人。一作「強中自有強中手」。

【出處】羅貫中・三國演義一七回：「強中自有強中手，用詐還逢識詐人。」

【用法】說明智力、氣力無限，任何人都不可驕傲自滿。

【例句】不要以爲得了冠軍就是天下無敵了，須知**強中更有強中手**，若不繼續刻苦鍛鍊，稍一放鬆，別人就會超越你。

【義近】天外有天／山外有山／人外有人。

【義反】天下無雙／無人可比。

強仕之年

【釋義】四十歲稱得上氣力強壯，智慮成熟，因此能夠出仕作官。

【出處】禮記・曲禮：「四十曰強，而仕。」

【用法】指人四十歲。

【例句】雖然已屆**強仕之年**，他卻仍是孤家寡人還未娶妻。

【義近】不惑之年／四十不惑。

強本節用

【釋義】本：根本，多指農業生產。

【出處】荀子・天論：「強本而節用，則天不能貧。」

【用法】加強根本，節省開支。

【例句】我國古代以農業爲本，所以非常強調**強本節用**，此一思想直到今天仍有借鑑意義。

【義近】開源節流。

【義反】鋪張浪費／揮霍無度。

強死強活

【釋義】強：勉強。
【出處】曹雪芹・紅樓夢六三回：「大家來敬探春，探春哪裏肯飲？卻被湘雲、香菱、李紈等三四個人，強死強活灌了一鍾才罷。」
【用法】比喻十分勉強地被強制著而非做不可。
【例句】我近來時運不濟，怎麼會有心情逛公園？是他們幾個**強死強活**把我拉來的。
【義近】強人所難／鴨子上架。
【義反】心甘情願。

強作解人

【釋義】硬要充作一個明理的人。強：硬要。解人：指明達事理的人。
【出處】吳沃堯・二十年目睹之怪現狀二一回：「這又是強作解人。」
【用法】用以表示強不知以爲知，或形容不明眞相而妄加議論。
【例句】對美學問題我只是一知半解，怎能**強作解人**，去做什麼學術報告呢！
【義近】自作解人／強不知以爲知。
【義反】知之爲知之，不知爲不知。

強弩之末

【釋義】弩：古時一種用扳機射箭的弓，力量比一般的弓強勁。末：指箭到了射程的最後。
【出處】漢書・韓安國傳：「強弩之末，矢不能穿魯縞。」
【用法】比喻強大的力量已經衰微，起不了多大作用。
【例句】別看他氣勢如虹的樣子，其實他已是**強弩之末**，構不成重大威脅了。
【義近】外強中乾。
【義反】勢不可擋／所向披靡／所向無敵。

強姦民意

【釋義】強姦：本指以暴力逼姦婦女，此作「強行施加」的意思。姦：亦寫作「奸」。
【用法】指統治者把自己的意志強加給人民，反過來硬說是人民自己的意願。
【例句】官員在背後操縱選舉，卻說是最能體現人民意願的民主，眞是**強姦民意**的霸道作風！
【義近】杜絕言路／壅於上聞。
【義反】民之所趨／順應民意／博採眾議／廣開言路。

強將手下無弱兵

【釋義】在英勇善戰的將帥統率下，沒有懦弱無能的士兵。
【出處】蘇軾・題連公壁：「俗語云：『強將手下無弱兵』，眞可信。」
【用法】比喻能人手下無弱者，領導者若強，則所領導之人必然不弱。
【例句】**強將手下無弱兵**，由老將當指導的球隊奪得冠軍，這是意料中的事。
【義近】名師出高徒／虎父無犬子／能將手下無弱兵。

強聒不捨

【釋義】聒：嘈雜，喧嚷。捨：捨棄，停止。
【出處】莊子・天下：「以此周行天下，上說下教，雖天下不取，強聒而不捨者也。」
【用法】指不管別人願不願意聽，還是說個不停。
【例句】雖然我對此產品毫無興趣，然而他卻依然**強聒不捨**，眞令人生厭。
【義近】喋喋不休／刺刺不休／絮絮叨叨／絮叨不休。
【義反】片言隻語／三言兩語／言簡意賅／三緘其口／噤若寒蟬。

強詞奪理

【釋義】強詞：強辯。奪：奪取，爭奪。
【出處】羅貫中・三國演義四三回：「孔明所言，皆強詞奪理，均非正論，不必再言。」
【用法】形容無理強辯，明明沒理硬說有理。
【例句】算了，明明是你不對，何必還要**強詞奪理**呢，給人賠個不是吧！
【義近】蠻不講理／蠻橫無理。
【義反】以理服人／理直氣壯。

強幹弱枝

【釋義】幹：樹幹，喻中央。枝：枝葉，喻地方。
【出處】司馬遷・史記・漢興以來諸侯王年表序：「強本幹，弱枝葉之勢。」班固・西都賦：「蓋以強幹弱枝，隆上都而觀萬國也。」
【用法】比喻加強中央權力，削弱地方勢力。
【例句】宋太祖在分析國家整個形勢之後，決定採取**強幹弱枝**之術，以免出現尾大不掉的局面。
【義近】強本弱枝／強本固源。
【義反】尾大不掉／大權旁落／鞭長莫及／末大必折。

強龍不壓地頭蛇

【釋義】強龍：喻強而有力的人。不壓：壓不過，敵不過。地頭蛇：喻地方惡勢力。
【出處】吳承恩・西遊記四五回：「也罷，這正是強龍不壓地頭蛇。」
【用法】比喻雖有能力，也難以對付盤據當地的惡勢力。
【例句】雖說你實力不弱，但畢竟是外地人，所謂**強龍不壓地頭蛇**，還是少和他鬥爲妙。
【義近】惡龍不鬥地頭蛇。
【義反】魔高一尺，道高一丈。

強顏歡笑

【釋義】強顏：勉強在臉上作出某種表情。一作「強顏爲笑」。
【出處】蒲松齡・聊齋誌異・邵女：「汝狡兔三窟，何歸爲？』柴俯不對，女肘之，柴始強顏爲笑。」
【用法】形容心中不樂，勉強裝出歡笑的樣子。
【例句】她雖然**強顏歡笑**，但終究無法掩飾內心的悲痛。
【義近】強裝笑臉／屈意承歡。
【義反】忍俊不禁／笑逐顏開。

十二畫

彈丸之地（ㄉㄢˋ ㄨㄢˊ ㄓ ㄉㄧˋ）

【釋義】像彈丸一樣大小的地方。彈丸：彈弓用的彈子。
【出處】戰國策・趙策三：「誠知秦力之不至，此彈丸之地，猶不予也。」
【用法】形容地方十分狹小。
【例句】你們兩個親兄弟，何必爲了爭奪祖宗留下來的一塊**彈丸之地**，而大傷感情呢？
【義近】立錐之地／蕞爾之地／立足之地／尺寸之地。
【義反】曠野千里／地大無邊。

彈冠相慶（ㄊㄢˊ ㄍㄨㄢ ㄒㄧㄤ ㄑㄧㄥˋ）

【釋義】彈冠：把帽子上的灰塵撣乾淨，表示將出來做官。
【出處】典出漢書・王吉傳。蘇洵・管仲論：「一日無仲，則三子者可以彈冠相慶矣。」
【用法】比喻因即將做官或有了喜事而互相慶賀。多用於貶義。
【例句】那位貪官又晉升一級，同道們無不**彈冠相慶**，自此更可以中飽私囊，爲所欲爲了。
【義近】王貢彈冠／額手稱慶／以手加額。

彈指之間（ㄊㄢˊ ㄓˇ ㄓ ㄐㄧㄢ）

【釋義】彈指：本爲佛家語，二十念爲一瞬，二十瞬爲一彈指。
【出處】唐・司空圖・偶書：「平生多少事，彈指一時休。」
【用法】形容時間非常短暫。
【例句】光陰似箭，**彈指之間**，又是鳳凰花開時。
【義近】倏忽之間／終食之間／俯仰之間／轉瞬之間／白駒過隙／展眼之間。
【義反】年深日久／日久年長／窮年累世／經年累月。

彈無虛發（ㄉㄢˋ ㄨˊ ㄒㄩ ㄈㄚ）

【釋義】虛發：空發。
【出處】李汝珍・鏡花緣二六回：「弓弦響處，那彈子如雨點一般打將出去，眞是彈無虛發，每發一彈，岸上即倒一人。」
【用法】形容命中率極高，每顆子彈都射中了目標。
【例句】射擊比賽，眾家好手雲集，幾乎每個人都練就了**彈無虛發**的本事。
【義近】箭無虛發／百發百中／百不失一／百步穿楊。
【義反】百不中一。

彈絲品竹（ㄊㄢˊ ㄙ ㄆㄧㄣˇ ㄓㄨˊ）

【釋義】彈：彈奏。絲：弦樂器。品：吹弄。竹：竹製管樂器。
【出處】宋・無名氏・張協狀元・開場：「但咱們，雖宦裔，總皆通。彈絲品竹，那堪詠月與嘲風。」
【用法】指人諳熟音樂，能彈奏、吹弄樂器。
【例句】陳小姐出身音樂世家，不僅能歌善舞，且能**彈絲品竹**。
【義近】善解音律／品竹調絲／引商刻羽。

彈盡援絕（ㄉㄢˋ ㄐㄧㄣˋ ㄩㄢˊ ㄐㄩㄝˊ）

【釋義】彈藥用盡，後援斷絕。
【出處】郭沫若・洪波曲五：「迄今晨三時，彈盡援絕，全線動搖。」
【用法】比喻處境十分危險。多用於戰事方面。
【例句】秦、楚之戰，楚軍雖奮勇殺敵，無奈**彈盡援絕**，全軍壯烈犧牲，屍橫遍野。
【義近】山窮水盡／日暮途窮／走投無路。
【義反】峰迴路轉／後援不絕。

彈盡糧絕（ㄉㄢˋ ㄐㄧㄣˋ ㄌㄧㄤˊ ㄐㄩㄝˊ）

【釋義】彈藥用完了，糧食也斷絕了。
【用法】多用以指無法繼續作戰的危險處境。也用以泛指十分艱難的處境。
【例句】敵軍在我軍的重重包圍之下，經過三天三夜的激戰，終於**彈盡糧絕**，向我軍繳械投降。
【義近】彈盡援絕／矢盡援絕。
【義反】後援不斷。

十三—十四畫

彊自取柱，柔自取束（ㄑㄧㄤˊ ㄗˋ ㄑㄩˇ ㄓㄨˋ，ㄖㄡˊ ㄗˋ ㄑㄩˇ ㄕㄨˋ）

【釋義】指太剛強的東西，就會導致折斷，太柔軟又會自受約束。彊：通「強」。柱：作「斷折」解。
【出處】荀子・勸學：「彊自取柱，柔自取束，邪穢在身，怨之所構。」
【用法】說明禍福自取。
【例句】荀子說：「**彊自取柱，柔自取束**。」意謂強者易折，柔者易束，強柔之間完全自我決定；猶如個人的禍福、善惡、榮辱也完全取決於自己，別人很難改變。
【義近】濯纓濯足／滄浪之水／禍福自取／咎由自取。

彌山遍野（ㄇㄧˊ ㄕㄢ ㄅㄧㄢˋ ㄧㄝˇ）

【釋義】意謂山間田野到處都是。彌：滿。
【出處】馮夢龍・喻世明言卷八：「忽然山谷之中，金鼓之聲四起，蠻兵彌山遍野而來。」
【用法】形容很多或形容多而聲勢大。
【例句】這種野花，在我們家鄉**彌山遍野**皆是，任你採摘。
【義近】漫山遍野／滿坑滿谷／盈千累萬／浩如煙海／恆河沙數／多如牛毛。
【義反】寥寥無幾／屈指可數／區區之數／寥若晨星／微乎其微。

彌天大罪（ㄇㄧˊ ㄊㄧㄢ ㄉㄚˋ ㄗㄨㄟˋ）

【釋義】彌天：滿天。彌：充滿。又作「迷天大罪」。
【出處】施耐庵・水滸傳二回：「汝等殺人放火，打家劫舍，犯著迷天大罪，都是該死的人。」
【用法】用以形容罪惡極大。
【例句】這孩子是犯了什麼**彌天大罪**，要接受如此嚴厲的懲罰？
【義近】滔天大罪／滔天罪行／罪不可赦／罪大惡極。
【義反】無心之過／欲加之罪／

不咎之失。

彌天大謊

【釋義】彌天：滿天，形容極大。也作「迷天大謊」。
【出處】茅盾・子夜：「她決定把她這迷天大謊再推進一些。她有說謊的膽量。」
【用法】指極大的謊言。
【例句】你這**彌天大謊**用不了多久就會不攻自破，到時該如何收場？
【義近】漫天大謊。
【義反】言而有據／言之鑿鑿。

彌天恨事

【釋義】彌天：滿天，言其廣大。恨事：令人遺憾的事。恨：遺憾。
【出處】文康・兒女英雄傳五回：「他自己心中又有一腔的彌天恨事。」
【用法】指無法追悔或彌補的憾事。
【例句】身為醫生，卻無法拯救自己的親人，這是他有生以來最大的**彌天恨事**。
【義近】彌天大恨／終天之恨／終身憾事。
【義反】如願以償／夙願得償。

彌月之喜

【釋義】彌月：滿月，指胎兒足月。
【出處】詩經・大雅・生民：「誕彌厥月，先生如達。」蘭陵笑笑生・金瓶梅三一回：「此日又是西門大人公子彌月之辰，俺每（們）同僚都有薄禮慶賀。」
【用法】用作祝賀小孩初生滿月的用語。
【例句】今天是老王公子的**彌月之喜**，我們自當備禮前往祝賀。

彌留之際

【釋義】彌留：病危，行將昏迷的時候。
【出處】尚書・顧命：「病日臻，既彌留。」
【用法】指病危瀕於死亡之際。
【例句】她在**彌留之際**，還念念不忘遠在國外的孩子們。
【義近】綿惙之際／易簀之際／大漸彌留／迴光返照。
【義反】死而復生／起死回生。

彡部

四畫

形如槁木

【釋義】形：面貌，形體。槁木：枯槁之木。
【出處】莊子・齊物論：「形固可使如槁木，而心固可使如死灰乎？」
【用法】形容人的形貌如枯槁之木一般，無活力、生氣。
【例句】他被病魔纏身，長年臥病在床，以至於**形如槁木**，骨瘦如柴。
【義近】色如死灰／槁木死灰／面無血色／形容枯槁。
【義反】生機蓬勃／生龍活虎。

形色倉皇

【釋義】形色：指人的神情容貌。倉皇：因恐懼而匆促忙亂的樣子。
【用法】形容人神態失常，舉止慌亂。
【例句】這個人徘徊在張大富家附近，還不時探頭探腦，見了巡邏警察才**形色倉皇**地離去，莫非小偷不成？
【義近】鬼鬼祟祟。

形形色色

【釋義】原意是生出這種形體和顏色。上「形」字和「色」字均用作動詞。
【出處】列子・天瑞：「故有生者，有生生者；有形者，有形形者；有聲者，有聲聲者；有色者，有色色者。」
【用法】今用以指稱品類眾多，各式各樣。
【例句】世上**形形色色**的人都有，良莠不齊，在所難免。
【義近】五花八門／琳琅滿目。
【義反】千篇一律／如出一轍。

形於言色

【釋義】形：顯露，表現。言色：言辭與臉色。
【出處】晉書・何無忌傳：「少有大志，忠亮任氣，人有不稱其心者，輒形於言色。」
【用法】指人的內心活動表露在臉上和言辭間。
【例句】此人性情直率，有任何不高興的事，馬上**形於言色**，絕不藏在心裏。
【義近】形於辭色／形於顏色／喜怒形於色。
【義反】不動聲色／神色不露／莫測高深。

形枉影曲

【釋義】物體的形狀歪斜，影子自然會彎曲。枉：歪斜，彎曲。
【出處】列子・說符：「形枉則影曲，形直則影正。」
【用法】比喻有什麼樣的原因，就會有什麼樣的結果。
【例句】**形枉影曲**，你自己吃喝嫖賭樣樣都來，令郎怎能不學壞呢？
【義近】形直影正／種瓜得瓜／種豆得豆／源清流潔／禍福相因／因果報應。

形容枯槁

【釋義】形容：容貌。枯槁：憔悴。
【出處】戰國策・秦策一載：蘇秦「形容枯槁，面目黧黑，狀有歸（愧）色。」
【用法】形容人形體消瘦，面容憔悴。
【例句】這孩子經過這場大病，顯得**形容枯槁**，需要一段時間調養才能恢復。
【義近】顏色憔悴／形銷骨立／骨瘦如柴。
【義反】紅光滿面／精神煥發／神采飛揚。

形格勢禁 ㄒㄧㄥˊ ㄍㄜˊ ㄕˋ ㄐㄧㄣˋ

【釋義】格：阻礙。禁：限制。
【出處】司馬遷・史記・孫武傳：「批亢擣虛，形格勢禁，則自爲解耳。」
【用法】指受形勢的阻礙或限制，事情難於進行。
【例句】我確實很想在事業上有番成就，但**形格勢禁**，實在難以實現自己的願望。
【義近】左牽右肘／屯蹶否塞／滯塞迍邅。
【義反】一帆風順／一蹴而就。

形迹可疑 ㄒㄧㄥˊ ㄐㄧ ㄎㄜˇ ㄧˊ

【釋義】形迹：行動迹象。可疑：值得懷疑。
【出處】清史稿・王茂蔭傳：「各處捕獲難民，指爲形迹可疑，嚴刑楚毒。」
【用法】指稱一個人的舉動神色不正常，使人產生懷疑。
【例句】他自從來到這裏後，總是東張西望，暗暗窺探，使人感到他**形迹可疑**。
【義近】鬼鬼祟祟／賊頭賊腦。
【義反】光明正大／光明磊落／堂堂正正。

形單影隻 ㄒㄧㄥˊ ㄉㄢ ㄧㄥˇ ㄓ

【釋義】隻：意同「單」，孤單，孤獨。
【出處】韓愈・祭十二郎文：「承先人後者，在孫惟汝，在子惟吾，兩世一身，形單影隻。」
【用法】形容孤獨，沒有同伴。
【例句】他雖然自小失去雙親，但左鄰右舍都很疼愛他、關懷他，使他沒有**形單影隻**、孤立無援的感覺。
【義近】形影相弔／無親無故／煢子無依／孑然一身／煢煢獨立。
【義反】出雙入對／共敍天倫／闔家團聚。

形影不離 ㄒㄧㄥˊ ㄧㄥˇ ㄅㄨˋ ㄌㄧˊ

【釋義】像形體和它的影子那樣分不開。
【出處】莊子・在宥：「大人之教，若形之於影，聲之於響。」紀昀・閱微草堂筆記：「青縣農家少婦，性輕佻，隨其夫操作，形影不離。」
【用法】形容彼此關係密切，經常在一起。
【例句】這兩個小女孩成天**形影不離**，比姊妹還親呢。
【義近】形影相隨／如影隨形／形影相依／寸步不離。
【義反】勢如冰炭／扞格不入。

形影相弔 ㄒㄧㄥˊ ㄧㄥˇ ㄒㄧㄤ ㄉㄧㄠˋ

【釋義】孤單的只有和自己的身影相互慰問。形：身體。弔：慰藉。
【出處】陳壽・三國志・魏書・陳思王植傳：「形影相弔，五情愧赧。」李密・陳情表：「煢煢獨立，形影相弔。」
【用法】形容無依無靠，非常孤單。
【例句】他本無兒女，自從太太死後，更是**形影相弔**，晚境十分可憐。
【義近】形單影隻／煢煢獨立／孑然一身。
【義反】成雙成對。

形影相隨 ㄒㄧㄥˊ ㄧㄥˇ ㄒㄧㄤ ㄙㄨㄟˊ

【釋義】像影子追隨著形體，一刻也不分離。
【出處】明・沈受先・三元記・登科：「止合躬耕畝，形影相隨，早晚相依。」
【用法】彼此關係極爲密切。
【例句】這對熱戀中的情侶，花前月下，無不**形影相隨**，相信很快就要步入紅毯。
【義近】形影不離／寸步不離／如膠似漆。
【義反】形同陌路／同床異夢。

形銷骨立 ㄒㄧㄥˊ ㄒㄧㄠ ㄍㄨˇ ㄌㄧˋ

【釋義】形：形體。銷：久病枯瘦。骨立：像個骨架子豎在那裏。
【出處】後漢書・韋彪傳：「服竟，羸瘠骨立異形。」南史・梁本紀：「帝形容本壯，及至都，銷毀骨立。」
【用法】極言人的身體消瘦。
【例句】被囚禁在集中營的戰俘，個個**形銷骨立**，面黃肌瘦，慘不忍睹。
【義近】羸瘠骨立／骨瘦如柴／瘦骨嶙峋。
【義反】體壯如牛／豹頭虎背／虎臂猿軀／虎背熊腰。

形骸之外 ㄒㄧㄥˊ ㄏㄞˊ ㄓ ㄨㄞˋ

【釋義】形骸：此指人的形體。
【出處】莊子・德充符：「子索我形骸之外，不亦過乎？」
【用法】指精神與德行超越於形體之外。
【例句】相較於眾人汲汲於物慾的追求，陳先生卻能超越於**形骸之外**，高臥於林泉，與世無爭，先生之風，眞是山高水長。

彤雲密佈 ㄊㄨㄥˊ ㄩㄣˊ ㄇㄧˋ ㄅㄨˋ

【釋義】陰雲佈滿天空。彤雲：陰雲。
【出處】施耐庵・水滸傳九回：「正是嚴冬天氣，彤雲密佈，朔風漸起，卻早紛紛揚揚捲下一天大雪來。」
【用法】多用以形容雪前陰雲密佈的景象。
【例句】一連放晴了幾天，今天一早就**彤雲密佈**，可能要下大雪了。
【義近】烏雲密佈／陰風怒號。
【義反】天高氣爽／天清氣朗。

八畫

彬彬有禮 ㄅㄧㄣ ㄅㄧㄣ ㄧㄡˇ ㄌㄧˇ

【釋義】彬彬：文雅的樣子。
【出處】司馬遷・史記・太史公序：「叔孫通定禮儀，則文學彬彬稍進，詩書往往間出矣。」李汝珍・鏡花緣八三回：「喚出他兩個兒子，兄先弟後，彬彬有禮。」
【用法】形容舉止文雅有禮。
【例句】這位大學生**彬彬有禮**，談吐不俗，給我留下了非常好的印象。
【義近】彬彬君子／文質彬彬／溫文爾雅。
【義反】酸文假醋／傲慢無禮／蠻橫無禮。

彪形大漢 ㄅㄧㄠ ㄒㄧㄥˊ ㄉㄚˋ ㄏㄢˋ

【釋義】彪形：軀幹像老虎般的

魁梧。彪：小虎。

【出處】清・吳沃堯・痛史一一回：「金奎也選了二十名彪形大漢，教他們十八般武藝。」

【用法】用以指身材高大而結實的男子。

【例句】總統的護衛個個都是武藝卓絕的**彪形大漢**，且應變能力一流。

【義近】熊腰虎背／龍喉虎頷／人高馬大／壯實如牛／虎臂猿軀。

【義反】行不勝衣／五短身材／形如武大／弱不禁風。

彪炳千古（ㄅㄧㄠ ㄅㄧㄥˇ ㄑㄧㄢ ㄍㄨˇ）

【釋義】彪炳：照耀。千古：久遠的年代。

【出處】南朝梁・鍾嶸・詩品：「憲章潘岳，文體相輝，彪炳可玩。」

【用法】形容偉大的業績流傳千秋萬代。

【例句】國父革命，推翻帝制，建立民主共和的政體，其功業**彪炳千古**，古往今來無人可比。

【義近】彪炳千秋／彪炳日月／功垂史冊／流芳百世／萬古流芳。

【義反】湮沒無聞／灰飛煙滅／煙消雲散。

彩雲易散（ㄘㄞˇ ㄩㄣˊ ㄧˋ ㄙㄢˋ）

【釋義】彩雲：有顏色的雲。彩：顏色。易散：容易消散。

【出處】蘭陵笑笑生・金瓶梅二六回：「可憐這婦人忍氣不過……自縊身死，亡年二十五歲。正是：世間好物不堅牢，彩雲易散琉璃脆。」

【用法】用以比喻好景不常。

【例句】我們姊妹好不容易相聚在一起，如今又將別離，眞是**彩雲易散**，好景不常啊！

【義近】過眼雲煙／好景不常／好花易凋。

彩鳳隨鴉（ㄘㄞˇ ㄈㄥˋ ㄙㄨㄟˊ ㄧㄚ）

【釋義】意即美麗的鳳鳥跟隨著烏鴉。

【出處】宋・祝穆・古今事文類聚・武人置妾：「杜大中自行伍爲將……妾至，見几間有紙頗佳，書一闋臨江仙，有彩鳳隨鴉之語。」

【用法】比喻女子嫁給了才貌遠不如自己的男人。

【例句】才貌雙全的費小姐，竟嫁給了一個醜陋無德的男人，眞應了**彩鳳隨鴉**之喻。

【義近】一朵鮮花插在牛糞上。

【義反】郎才女貌／天生一對／珠聯璧合。

十一—十二畫

彰明較著（ㄓㄤ ㄇㄧㄥˊ ㄐㄧㄠˋ ㄓㄨˋ）

【釋義】彰：明。較：通「皎」，明。著：明顯。又作「彰明昭著」。

【出處】司馬遷・史記・伯夷列傳：「此其尤大彰明較著者也。」

【用法】形容事情和道理都十分明白顯著。

【例句】這道理可謂**彰明較著**，爲什麼給你解釋了幾遍還弄不明白呢？

【義近】顯而易見／昭然若揭／事理昭彰。

【義反】隱隱約約／若明若暗／若隱若現。

彰善癉惡（ㄓㄤ ㄕㄢˋ ㄉㄢˋ ㄜˋ）

【釋義】彰：表揚。癉：憎恨。

【出處】尙書・畢命：「旌別淑慝，表厥宅里。彰善癉惡，樹之風聲。」

【用法】用以說明表彰爲善者，憎恨爲惡者。

【例句】報紙上如能經常**彰善癉惡**，則可以達到鼓勵人上進的功效。

【義近】揚善懲惡／揚善斥惡。

【義反】助惡損善／善惡不分／是非顚倒。

影影綽綽（ㄧㄥˇ ㄧㄥˇ ㄔㄨㄛˋ ㄔㄨㄛˋ）

【釋義】意謂似有似無。

【出處】蘭陵笑笑生・金瓶梅六二回：「我不知怎的，但沒人在房裏，心裏只害怕，恰似影影綽綽，有人在眼前一般。」

【用法】形容模模糊糊，不眞切的樣子。

【例句】天剛亮，我**影影綽綽**看見有個人從我窗外走過，後來才知道那竟是小偷！

【義近】將明未明／若隱若現／模模糊糊／隱隱約約／若有似無。

【義反】明若觀火／一淸二楚。

彳部

四—五畫

彷徨歧路（ㄆㄤˊ ㄏㄨㄤˊ ㄑㄧˊ ㄌㄨˋ）

【釋義】彷徨：同「徬徨」，徘徊不進的樣子。

【出處】唐・駱賓王・爲徐敬業討武曌檄：「若其眷戀窮城，徘徊歧路，坐昧先幾之兆，必貽後至之誅。」

【用法】比喻一個人臨事不能果斷，猶豫不決。

【例句】優柔寡斷或缺乏目標的人，常**彷徨歧路**，徘徊在取捨之間，因而蹉跎了歲月，結果一事無成。

【義近】徘徊歧路／優柔寡斷／猶疑不決／逡巡不前／躊躇審顧。

【義反】堅決果敢／慮周行果。

往日無仇，近日無冤（ㄨㄤˇ ㄖˋ ㄨˊ ㄔㄡˊ，ㄐㄧㄣˋ ㄖˋ ㄨˊ ㄩㄢ）

【釋義】往日：指過去。近日：指現在。

【出處】元・紀君祥・趙氏孤兒三折：「你和公孫杵臼往日無仇，近日無冤，你因何告他藏著趙氏孤兒？」

【用法】用以指相互間未有過冤仇。

【例句】我跟你往日無仇，近日無冤，為什麼如此苦苦相逼，非要我妻離子散不可？
【義近】前世無冤，今生無仇／無冤無仇。
【義反】殺父之仇，奪妻之恨／宿冤舊仇／不共戴天／血海深仇／深仇大恨。

往者不可諫（ㄨㄤˇ ㄓㄜˇ ㄅㄨˋ ㄎㄜˇ ㄐㄧㄢˋ）

【釋義】往者：以往的事。諫：直言規勸，引申為挽救之意。
【出處】論語・微子：「往者不可諫，來者猶可追。」
【用法】用以說明過去了的事已不可更改、挽救，無須耿耿於懷，應多著眼於未來。
【例句】**往者不可諫**，錯誤已經造成了，再懊惱悔恨也無濟於事，不如從頭開始吧！
【義近】不咎既往／往事不諫。
【義反】來者可追／將功補過／亡羊補牢。

彼一時此一時（ㄅㄧˇ ㄧ ㄕˊ ㄘˇ ㄧ ㄕˊ）

【釋義】那個時候不同於這個時候。彼：那。
【出處】孟子・公孫丑下：「彼一時，此一時也。」東方朔・答客難：「彼一時也，此一時也，豈可同哉。」
【用法】說明時勢不同，環境、事態等有了差異。
【例句】**彼一時此一時**，他過去是窮光蛋，現在是億萬富翁，自然是財大氣粗囉！
【義近】今非昔比／不可同日而語。
【義反】相提並論／同日而語。

彼此彼此（ㄅㄧˇ ㄘˇ ㄅㄧˇ ㄘˇ）

【釋義】彼此：雙方，大家。
【出處】左傳・昭公元年：「疆埸之邑，一彼一此，何常之有。」陳壽・三國志・吳書・陸遜傳：「彼此得所，上下獲安。」
【用法】說明彼此的情況、遭遇等相同，多用於寒暄時的回答。
【例句】看來我們的現況差不多，**彼此彼此**，何必還要道長論短，互相攻訐呢？
【義近】毫無二致／半斤八兩。
【義反】相差甚遠／判若天壤。

彼唱此和（ㄅㄧˇ ㄔㄤˋ ㄘˇ ㄏㄜˋ）

【釋義】彼、此：那個和這個；指雙方。和：附和。
【出處】明史・劉世龍傳：「仕者日壞於上，學者日壞於下，彼唱此和，靡然成風。」
【用法】比喻一方倡導，另一方效法；或互相配合，彼此呼應。
【例句】那兩個金光黨徒**彼唱此和**，騙得老太太乖乖領出銀行存款一百多萬，換得幾十個假的金元寶，真是缺德。
【義近】一搭一唱／一唱一和／狼狽為奸。

彼棄我取（ㄅㄧˇ ㄑㄧˋ ㄨㄛˇ ㄑㄩˇ）

【釋義】別人不要的我拿來。彼：他，泛指對方。
【出處】晉・皇甫謐・高士傳・任安：「性以潔白為治，情以得志為樂，性治情得，體道而不憂；彼棄我取，與時而無爭。」
【用法】多用以形容不與世人共逐名利而甘於淡泊。
【例句】方先生本想從政，但見官場險惡，便抱著**彼棄我取**的態度，回歸田園，清貧度日。
【義近】與世無爭／和光同塵／淡泊名利／富貴浮雲／恬淡自適／閒雲野鶴。
【義反】追名逐利／爭權奪利／宦海浮沉。

彼竭我盈（ㄅㄧˇ ㄐㄧㄝˊ ㄨㄛˇ ㄧㄥˊ）

【釋義】竭：盡。盈：充滿。
【出處】左傳・莊公十年：「夫戰，勇氣也。一鼓作氣，再而衰，三而竭。彼竭我盈，故克之。」
【用法】指對方的勇氣已喪失，我們的士氣正旺盛。
【例句】戰場上勝負決戰的時刻，務必要利用**彼竭我盈**的有利時機發動攻勢，才能取得勝利的契機。
【義近】敵消我長／乘瑕抵隙。

六畫

待人接物（ㄉㄞˋ ㄖㄣˊ ㄐㄧㄝ ㄨˋ）

【釋義】意謂接待人物。物：人。
【出處】晉書・元帝紀：「容納直言，虛己待物。」朱子語類卷二七：「如鄉黨等處，待人接物，千頭萬狀，是多少般，聖人只是這一個道理做出去。」
【用法】指與人交往應酬，為人處世。
【例句】你已長大成人了，應當慢慢學著怎樣**待人接物**。
【義近】為人處世／待人處事。
【義反】深居獨處／閉門不出。

待月西廂（ㄉㄞˋ ㄩㄝˋ ㄒㄧ ㄒㄧㄤ）

【釋義】意謂等待月出照著西廂之時。
【出處】唐・元稹・崔鶯鶯傳：「待月西廂下，迎風戶半開，拂牆花影動，疑是玉人來。」
【用法】喻指男女私情相通，密約幽會。
【例句】古代的青年男女就有**待月西廂**之事，更何況現在！你把女兒管得太嚴恐怕只會適得其反。
【義近】桑間濮上／人約黃昏後／花前月下。

待字閨中（ㄉㄞˋ ㄗˋ ㄍㄨㄟ ㄓㄨㄥ）

【釋義】字：表字。古代女子成年許嫁始命字，後遂稱女子未許嫁為待字。閨：女子所住房間。
【出處】禮記・曲禮：「男子二十，冠而字；女子許嫁，笄而字。」
【用法】指女子尚未許嫁。
【例句】劉小姐正**待字閨中**，你不妨去試一試，或許有些緣分呢！
【義近】尚未許嫁／尚待婚配。
【義反】名花有主／已為人妻／羅敷有夫。

待時守分（ㄉㄞˋ ㄕˊ ㄕㄡˇ ㄈㄣˋ）

【釋義】等待時機，安守本分。
【出處】元・關漢卿・裴度還帶一折：「想咱人不得志呵，當以待時守分，何日是我那發跡的時節也呵！」
【用法】指有志之士，在不得志時，所應持的正確態度。
【例句】李先生從美國回來後，一直找不到適當工作一展長才，自然只有**待時守分**了。

【義近】安分待時／坐等良機／待時而動／藏器待時。

待時而動

【釋義】等待時機到來才採取行動。

【出處】易經．繫辭下：「君子藏器於身，待時而動。」三國志．魏書．張範傳：「卓阻兵而無義，固不能久；不若擇所歸附，待時而動，然後可以如志。」

【用法】指志士仁人行事務必要謹慎，不可盲目從事。

【例句】要想成功，就應**待時而動**，若不顧時機，一味蠻幹，則必然要碰得頭破血流。

【義近】待時而舉／觀機而動／見機行事。

【義反】盲人瞎馬／輕舉妄動／姿意妄爲／急功躁進。

待價而沽

【釋義】等有好價錢才賣。沽：賣，出售。

【出處】論語．子罕：「子曰：『沽之哉！沽之哉！我待賈（價）者也。』」

【用法】本爲商業用語，用以比喻有才學者要等有人賞識才肯效勞出力，或有高位才出來做官。

【例句】孔子**待價而沽**，可惜當時環境不允許，使得他懷才不遇，無法在政治舞台上一展長才。

【義近】善價而沽／藏珠待價／蘊奇待沽／韞櫝未沽。

待價藏珠

【釋義】即「藏珠待價」。珍藏著明珠，等待高價。

【出處】羣音類選．玉玦記．別妻求試：「待價藏珠未可輕，一朝持獻明庭。」

【用法】比喻懷抱眞才實學，要等待有人賞識重用，才出來效力。

【例句】你這也不幹，那也不做，是否想學古人**待價藏珠**？這在今天的社會裏，可是行不通的！

【義近】待價而沽／遵養時晦／席珍待聘／藏器待時。

【義反】迫不及待／飢不擇食／急功近利／掛冠歸里／解甲歸田／投刺解職。

徇私舞弊

【釋義】徇私：曲從私情。徇：曲從。舞弊：弄假作弊。一作「徇私作弊」。

【出處】司馬遷．史記．項羽本紀：「今不恤士卒而徇其私，非社稷之臣。」施耐庵．水滸傳八三回：「誰想這夥官員，貪濫無饜，徇私作弊，克減酒肉。」

【用法】用以指違法亂紀。

【例句】現在政治民主，法紀嚴明，誰也不敢**徇私舞弊**，爲非作歹。

【義近】營私舞弊／徇私枉法／貪贓枉法／違法亂紀。

【義反】奉公守法／公正廉明／循規蹈矩／維護法紀。

徇情枉法

【釋義】徇情：爲了私情而做不合法的事。徇：曲從。枉：歪曲。

【出處】曹雪芹．紅樓夢四回：「雨村便徇情枉法，胡亂判斷了此案。」

【用法】指爲了曲從私情而違法亂紀。

【例句】身爲法官，竟**徇情枉法**，一旦東窗事發，必然導致身敗名裂的下場。

【義近】徇私舞弊／徇私枉法／貪贓枉法／結黨營私。

【義反】大公無私／克己奉公／涓滴歸公／直道而行。

後不僭先

【釋義】後來的人不超越先來的人。

【出處】曹雪芹．紅樓夢二四回：「寶玉聽了，忙上前悄悄地說道：『你這麼明白的人，難道連「親不隔疏，後不僭先」也不知道？』」

【用法】用以形容先後有序。

【例句】**後不僭先**，你還是規規矩矩地排隊買票吧！

【義近】先來後到／長幼有序。

【義反】後來居上。

後生小子

【釋義】後生：青年男子。小子：男孩子。

【出處】明．徐霖．繡襦記．僞儒樂聘：「今年正當大比，這些後生小子要來求我講貫，且騙幾文錢鈔。」

【用法】長輩用以稱晚輩，或老師用以稱學生。有時含輕蔑之義。

【例句】現在的**後生小子**，可比我們以前幸福多了！

【義近】少年小子／年輕小輩／口尚乳臭／乳臭未乾。

【義反】古稀老人／年高德劭／仁厚長者／慈善長輩。

後生可畏

【釋義】後生：青年人。畏：敬畏，敬服。

【出處】論語．子罕：「後生可畏，焉知來者之不如今也。」

【用法】用以稱讚有志氣、有作爲的年輕人。

【例句】他小小年紀就能寫這麼好的文章，眞是**後生可畏**，我們也該好好創作了。

【義近】青出於藍／後來居上／一代勝過一代／後起之秀／長江後浪推前浪。

【義反】少不更事／不堪造就／一代不如一代。

後生晚學

【釋義】後生：泛指青年人。晚學：猶後學。

【出處】宋．陸九淵．與傅全美書：「正賴長者不憚告教，使後生晚學得知前輩風采，謙衝就實，無徒長虛誕。」

【用法】用以指年齡較輕、學歷較淺的人。也用爲對前輩自稱的謙詞。

【例句】①校長希望年長的學生能對**後生晚學**多加幫助、誘導，使他們日有所進，月有所長。②對在座的飽學前輩而言，我們畢竟是**後生晚學**，還望今後多加指導。

【義反】飽學前輩／開山祖師。

後車之戒

【釋義】後面車子的警戒。

【出處】隋唐演義五二回：「秦王道：『孤當初不聽先生們之諫，致有此難。將來後車之戒，孤當謹之。』」

【用法】用以比喻先前的失敗，可以作為今後的教訓。
【例句】這次縱然失敗，但可作為**後車之戒**，只要力圖振作，相信很快就可東山再起。
【義近】前覆後戒／前車之鑑／覆車之戒／前事不忘，後事之師／殷鑑不遠。
【義反】重蹈覆轍／事不師古／不以爲戒／覆蹈前車。

後來居上（ㄏㄡˋ ㄌㄞˊ ㄐㄩ ㄕㄤˋ）

【釋義】指資歷淺的人，其地位反比資格老的人高。居：處在。
【出處】司馬遷・史記・汲鄭列傳：「陛下用羣臣如積薪耳，後來者居上。」
【用法】用以指後來的人或事物勝過先前的，多有讚許意。
【例句】日本所以能**後來居上**，名列世界先進國之一，其重要原因就是他們勤奮團結的民族性使然。
【義近】後起之秀／青勝於藍。
【義反】後不僭先。

後悔莫及（ㄏㄡˋ ㄏㄨㄟˇ ㄇㄛˋ ㄐㄧˊ）

【釋義】莫：不。又作「後悔不及」、「後悔無及」。
【出處】後漢書・光武帝紀：「反水不治，後悔無及。」
【用法】指做了某件不該做的事，事後追悔也來不及了。
【例句】這樣的冒險生意你最好不要去做，否則將會**後悔莫及**的。
【義近】嗟悔無及／悔之晚矣／追悔莫及。
【義反】死而無悔／至死不悔。

後浪推前浪（ㄏㄡˋ ㄌㄤˋ ㄊㄨㄟ ㄑㄧㄢˊ ㄌㄤˋ）

【釋義】意謂江水奔流，前後相繼。又作「後浪催前浪」。
【出處】關漢卿・單刀會三折：「長江今經幾戰場，卻正是後浪催前浪。」
【用法】今多用以比喻後者推動前者，繼續前進。有時也比喻人事更迭，新陳代謝。
【例句】自古**後浪推前浪**，青年學者的成長，推動了我國科技的迅速發展。
【義近】不盡長江滾滾流／新人換舊人／病樹前頭萬木春。

後起之秀（ㄏㄡˋ ㄑㄧˇ ㄓ ㄒㄧㄡˋ）

【釋義】後起：後出現的。秀：優異的（人才）。
【出處】晉書・王忱傳：「（范）寧謂曰：『卿風流雋望，眞後來之秀。』」
【用法】指傑出的後輩，即新成長起來的優秀人物。
【例句】近幾年來，我國體育事業發展迅速，培植出了一批**後起之秀**。
【義近】後生可畏／佼佼後輩／青出於藍／青年才俊。
【義反】後繼無人／無爲後生／庸庸晚輩。

後患無窮（ㄏㄡˋ ㄏㄨㄢˋ ㄨˊ ㄑㄩㄥˊ）

【釋義】患：災禍，憂患。窮：盡。
【出處】孟子・離婁下：「言人之不善，當如後患何？」羅貫中・三國演義一三回：「李傕謀反，從之者即爲賊黨，後患不淺。」
【用法】說明給將來留下無窮無盡的禍患。
【例句】不愛惜森林，亂砍濫伐，造成水土流失，必然會**後患無窮**的。
【義近】貽患無窮／遺害無窮／養癰貽患。
【義反】斬盡殺絕／斬草除根／除惡務盡。

後發制人（ㄏㄡˋ ㄈㄚ ㄓˋ ㄖㄣˊ）

【釋義】發：發動，採取行動。制：控制，制服。
【出處】漢書・項籍傳：「先發制人，後發制於人。」
【用法】說明等對方先動手，再抓住有利時機反擊，制服對方。
【例句】在這種劣勢下，我們先退一步，再**後發制人**，研究好對方的破綻，一舉打敗他們。
【義近】後來居上。
【義反】先發制人／先聲後實。

後會有期（ㄏㄡˋ ㄏㄨㄟˋ ㄧㄡˇ ㄑㄧˊ）

【釋義】會：相會。期：時候，時間。
【出處】喬夢符・揚州夢三折：「小官公事忙，後會有期也。」
【用法】說明以後還有再會之時或還有希望再會。
【例句】你我老同學用不著遠送了，就此告別，**後會有期**！
【義近】人生何處不相逢。
【義反】後會無期／後會無日／別時容易見時難。

後繼有人（ㄏㄡˋ ㄐㄧˋ ㄧㄡˇ ㄖㄣˊ）

【釋義】繼：繼承，接續。
【用法】指有後人繼承前人的事業，常用以表示寄希望於後代。
【例句】看到這麼多後起之秀，老將**後繼有人**，可以擇日退休了。
【義近】繼往開來／後有來者。
【義反】青黃不接／後繼無力／後不見來者／後繼乏人／難乎爲繼。

後繼無人（ㄏㄡˋ ㄐㄧˋ ㄨˊ ㄖㄣˊ）

【釋義】繼：繼承，接續。
【用法】指沒有後人來繼承前人的事業。
【例句】有些老中醫師醫術高明，可惜未受重視，以致**後繼無人**。
【義近】後繼乏人／無爲後生。
【義反】後繼有人／青出於藍。

後顧之憂（ㄏㄡˋ ㄍㄨˋ ㄓ ㄧㄡ）

【釋義】顧：回頭看。憂：憂慮，擔心。
【出處】魏書・李沖傳：「朕以仁明忠雅，委以臺司之寄，使我出境無後顧之憂。」
【用法】指前進或外出時，對後方或家裏的事放心不下。
【例句】我太太把家治理得井井有條，使我在發展事業的過程中，毫無**後顧之憂**。
【義近】內顧之憂／後顧之慮／後顧之患。
【義反】無憂無患。

七　畫

徒子徒孫（ㄊㄨˊ ㄗˇ ㄊㄨˊ ㄙㄨㄣ）

【釋義】徒子：徒弟。徒孫：徒弟的徒弟。
【出處】明・李贄・焚書・安期告眾文：「尚賴一二徒子徒

孫之賢者，自相協力，故龍湖僧院得以維持到今。」
【用法】比喻一脈相承的人；也泛指黨羽或爪牙。
【例句】①劉師傳所收的這些人皆不出色，恐怕做不成他的**徒子徒孫**！②俄羅斯和東歐那些前執政黨的**徒子徒孫**，還千方百計的想執掌政權，恢復昔日光景。
【義近】嫡傳門徒／一脈相承／狐羣狗黨。
【義反】私淑弟子。

徒有虛名

【釋義】空有一個好名聲。徒：空，只。
【出處】北齊書・李元忠傳：「計一家不過升斗而已，徒有虛名，不救其弊。」
【用法】用以說明徒有其名，而無其實。
【例句】你不要看他有專家、教授的頭銜，其實只是**徒有虛名**，並無眞才實學。
【義近】徒有其名／有名無實／名不副實／聲聞過情。
【義反】名不虛傳／名實相副／名副其實。

徒託空言

【釋義】只是託之於空話。徒：只，僅。
【出處】司馬遷・史記・太史公自序：「子曰：『我欲載之空言，不如見之於行事之深切著明也。』」
【用法】用以說明盡說些空話，根本不付諸實行。
【例句】生意場上講求的是信用，倘若**徒託空言**，言行不一，根本不可能成功。
【義近】空口說白話／言語的巨人，行動的矮子／光說不做／光說不練／信口開河。
【義反】說到做到／言必行，行必果／知行合一／言出必行。

徒勞無益

【釋義】徒勞：空費心力。徒：空，白白地。
【出處】京本通俗小說・拗相公：「君聽明過人，宜多讀佛書，莫作沒要緊文字，徒勞無益。」
【用法】用以表示白費心力，根本於事毫無益處。
【例句】自古以來，野心家侵略他國都是**徒勞無益**，擾民傷財罷了。
【義近】徒勞無功／枉費心力。
【義反】勞績顯著／功勳卓著。

徒費脣舌

【釋義】徒費：白費。脣舌：說話器官，用以指言詞。
【出處】李汝珍・鏡花緣二八回：「九公何苦徒費脣舌！你這鄉談暫且留著，等小弟日後學會再說罷。」
【用法】指說了也無濟於事，根本起不了什麼作用。
【例句】他行事總是一意孤行，你去規勸恐怕也是**徒費脣舌**。
【義近】枉費脣舌／白費脣舌。
【義反】言必有中。

徒亂人意

【釋義】徒自擾亂人的心情。意：思緒，心情。
【出處】蘇軾・富鄭公神道碑：「始受命，聞一女卒，再受命，聞一男生，皆不顧而行。得家書，不發而焚之，曰：『徒亂人意。』」
【用法】指於事無益，徒自增加人的煩惱，使人更爲不快。
【例句】這不愉快的事情已經過去了，再提起只是**徒亂人意**，讓我們一起把它抛往九霄雲外吧！
【義近】於事無補／徒增煩惱。
【義反】大有裨益。

徐娘半老

【釋義】徐娘：南朝梁元帝妃徐氏。
【出處】南史・元帝徐妃傳：「栢直狗雖老猶能獵，蕭溧陽馬雖老猶駿，徐娘雖老猶尚多情。」
【用法】用以指尚有風韻的中年婦女。常與「風韻猶存」連用。
【例句】你太太年輕時一定很漂亮，現在儘管是**徐娘半老**了，走在街上仍很引人注目。
【義近】風韻猶存／駐顏有術／風姿依然。
【義反】蓬頭歷齒／年老色衰／人老珠黃。

八畫

得一望十

【釋義】得到一分，又巴望得到十分。
【出處】馮夢龍・醒世恆言卷一七：「身子恰像生鐵鑄就，熟銅打成，長生不死一般，日夜思算，得一望十，得十望百。」
【用法】形容人貪得無饜。
【例句】這人是個守財奴，拚命掙錢，**得一望十**，不知何日才有滿足的一天？
【義近】得隴望蜀／得寸進尺／巴蛇吞象。
【義反】知足常樂／知足不辱／知止知足／適可而止／偃鼠飲河。

得人者昌，失人者亡

【釋義】得人心的必能興盛，失去人心的必然滅亡。
【出處】唐・楊炯・唐右將軍魏哲神道碑：「弓合三才，刀長四尺。爰清尉侯，載澄疆場。得人者昌，失人者亡。」
【用法】用以說明人心的重要。
【例句】**得人者昌，失人者亡**，實是一條顚撲不破的眞理，印尼蘇哈托總統的上臺與下臺就充分證明了這一點。
【義近】得道多助，失道寡助／水能載舟，亦能覆舟。

得寸進尺

【釋義】得到了一寸又想前進一尺。
【出處】戰國策・秦策三：「王不如遠交而近攻，得寸則王之寸，得尺亦王之尺也。」
【用法】比喻貪得無厭，欲望越來越大。
【例句】甲午戰爭，清廷步步退讓，日本侵略者卻**得寸進尺**，更加猖狂起來。
【義近】貪心不足蛇吞象／貪得無厭／得隴望蜀。
【義反】知足常樂／寸進尺退／知止知足。

得不償失（ㄉㄜˊ ㄅㄨˋ ㄔㄤˊ ㄕ）

【釋義】償：抵償，補償。

【出處】蘇軾・和子由除日見寄：「感時嗟事變，所得不償失。」

【用法】用以說明所得到的利益抵償不了所受的損失，很不合算。

【例句】毀了林地種糧食，完全是**得不償失**，其代價還要全人類一同承擔。

【義近】因小失大。

【義反】一本萬利。

得天獨厚（ㄉㄜˊ ㄊㄧㄢ ㄉㄨˊ ㄏㄡˋ）

【釋義】天：天然，自然，非人力所能致者。厚：優厚，優越。

【出處】趙翼・甌北詩話：「放翁俱壽者相，得天獨厚，為一代傳人，豈偶然哉！」

【用法】泛指所處的環境或所具備的條件特別優越。

【例句】①臺灣的確是個好地方，氣候溫和，雨量充沛，還具有**得天獨厚**的海洋資源。②林小姐有一副好嗓子，學唱歌是**得天獨厚**。

【義近】先天優越。

【義反】先天不足。

得心應手（ㄉㄜˊ ㄒㄧㄣ ㄧㄥˋ ㄕㄡˇ）

【釋義】心裏想怎麼做，手裏就能做得出來。得：得到，想到。

【出處】莊子・天道：「不徐不疾，得之於手而應於心。」趙翼・甌北詩話：「得心應手，無一字不穩愜。」

【用法】形容做事非常順手。也形容技巧純熟，心手相應，運用自如。

【例句】這是一套難度很大的舞蹈動作，但她卻能**得心應手**地做得完美無瑕。

【義近】隨心所欲／心手相應／運用自如／左右逢源。

【義反】所謀輒左／力不從心／心餘力絀／心有餘而力不足。

得失在人（ㄉㄜˊ ㄕ ㄗㄞˋ ㄖㄣˊ）

【釋義】得失：所得和所失；成功與失敗。

【出處】陳子昂・與韋王虛己書：「僕嘗竊不自量，謂以為得失在人，欲揭聞見，抗衡當代之士。」

【用法】用以指人生的成就或失敗，取決於自己是否有足夠的努力。

【例句】無數事實證明，一個人的命運完全掌握在自己手裏，所以古人說的**得失在人**，實在很有道理。

【義近】事在人為／人定勝天。

【義反】謀事在人，成事在天／聽天由命。

得失成敗（ㄉㄜˊ ㄕ ㄔㄥˊ ㄅㄞˋ）

【釋義】所得與所失，成功與失敗。

【出處】晉・陸機・五等諸侯論：「五等之制，始於黃、唐；郡縣之治，創自秦、漢。得失成敗，備在典謨。」

【用法】用以泛指所作所為的收穫與損害、成功與失敗。

【例句】在人生旅途上，遇事就該盡力去做，至於**得失成敗**則難以逆料，大可不必過分計較。

【義近】成敗利鈍／得失榮枯。

得失相半（ㄉㄜˊ ㄕ ㄒㄧㄤ ㄅㄢˋ）

【釋義】得失：利與弊，好處和壞處。相半：猶參半，各約一半。

【出處】三國志・吳書・全琮傳：「夫乘危徼幸，舉不百全者，非國家大體也。今分兵捕民，得失相半，豈得謂全哉？」

【用法】指利與弊二者不相上下，同時存在。

【例句】把資金抽回轉向大陸投資，並非萬全之策，最多只能說**得失相半**，望董事長深思。

【義近】得失參半。

【義反】得不償失。

得失榮枯（ㄉㄜˊ ㄕ ㄖㄨㄥˊ ㄎㄨ）

【釋義】榮：草木茂盛；興盛。枯：乾枯，枯萎；喻衰敗。

【出處】元・沈和・賞花時・瀟湘八景套曲：「休說功名，皆是浪語，得失榮枯總是虛。」

【用法】指人生所得與所失，興盛與衰敗。

【例句】人生最重要的是健康的身體與和睦的家庭，至於**得失榮枯**大可聽其自然，不必放在心上。

【義近】得失興衰／寵辱喜憂／得失成敗。

【義反】富貴浮雲／寵辱皆忘。

得未嘗有（ㄉㄜˊ ㄨㄟˋ ㄔㄤˊ ㄧㄡˇ）

【釋義】嘗：曾，曾經。

【出處】蘇軾・與郭功甫書之一：「昨辱寵臨，久不聞語，殊出意表，蓋所謂得未嘗有也。」

【用法】指從來不曾有過。

【例句】人類科技的發展一日千里，太空梭、人造衛星等，都是**得未嘗有**之新科技，它們的出現，標誌著人類歷史的發展已進入新的紀元。

【義近】得未曾有／聞所未聞／前所未聞／曠古未聞／史無前例／亙古未有。

【義反】屢見不鮮／時有所聞／不乏其例／耳熟能詳。

得來全不費功夫（ㄉㄜˊ ㄌㄞˊ ㄑㄩㄢˊ ㄅㄨˋ ㄈㄟˋ ㄍㄨㄥ ㄈㄨ）

【釋義】功夫：與「工夫」同，是方法、手段的意思。

【出處】文康・兒女英雄傳一四回：「踏破鐵鞋無覓處，得來全不費工夫。」

【用法】形容不需花費任何力氣，即在無意中得到。

【例句】這次能順利逮到販毒嫌犯，是因為嫌犯向便衣刑警兜售毒物，刑警手到擒來，真可謂**得來全不費功夫**。

【義近】輕而易舉／不費吹灰之力。

【義反】費盡心力／踏破鐵鞋無覓處。

得其三昧（ㄉㄜˊ ㄑㄧˊ ㄙㄢ ㄇㄟˋ）

【釋義】三昧：佛家語，梵文音譯。指排除一切雜念，使心神平靜，為佛教的重要修行方法之一。借指事物的要訣或奧妙。

【出處】李汝珍・鏡花緣一七回：「大賢天資穎悟，自能得其三昧……。應如何學習可以精通之處，尚求指教。」

【用法】用以指在某方面已洞察精義，造詣甚深。

【例句】這本氣功書字雖不多，但精華俱在其內，只要細加揣摩，自能**得其三昧**。

【義近】得其奧妙／醍醐灌頂／豁然開朗。

【義反】大惑不解／不得要領。

得其所哉

【釋義】得到了適當的處所、理想的棲身環境。

【出處】孟子・萬章上：「校人……反命曰：『始舍之，圉圉焉；少則洋洋焉，攸然而逝。』子產曰：『得其所哉！得其所哉！』」

【用法】多用以形容正好適當，或形容因某事而稱心快意的情緒。

【例句】①讓李先生擔任營業部的經理，可謂**得其所哉**！②這次比賽我們竟一舉奪得了冠軍，眞是**得其所哉**啊！

【義近】適得其所／稱心如意。

【義反】蛟龍失所／轍中之鯽／事與願違。

得理不饒人

【釋義】得理：道理正當。

【用法】指道理正當，則堅持絕不退讓。

【例句】常言道，能饒人處且饒人，說話或做事若一味的**得理不饒人**，未必是好的。

【義近】得理不讓人。

得魚忘筌

【釋義】捕到了魚就丟失了筌。忘同「亡」。筌：捕魚用的竹器。筌，也作「荃」。

【出處】莊子・外物：「荃者所以在魚，得魚而忘荃。」

【用法】比喻事情成功以後就忘了本來依靠的東西。

【例句】在現實生活中，那種一旦小有成就就**得魚忘筌**的人，只會受到人們的唾棄。

【義近】過河拆橋／兔死狗烹／卸磨殺驢。

【義反】飲水思源／杯水不忘。

得勝回朝

【釋義】朝：朝廷。一作「得勝還朝」。

【出處】馮夢龍・醒世恆言・李玉英獄中訟冤：「終日盼望李雄得勝回朝。」

【用法】原指打了勝仗回到朝廷向帝王報功，現泛指獲勝而歸。

【例句】國家代表隊**得勝回朝**，全國上下熱情地夾道歡迎他們。

【義近】凱旋而歸／滿載而歸／班師回朝。

【義反】潰不成軍／落花流水。

得意忘形

【釋義】得意：稱心如意。形：樣子。

【出處】莊子・山木：「螳螂執翳而搏之，見得而忘其形。」鮮于必仁・折桂令・晝：「得意忘形，眼興迢遙。」

【用法】形容高興或得志時忘乎所以，失去常態。

【例句】稍一得志，便**得意忘形**，這種人難成大器。

【義近】得意洋洋／沾沾自喜。

【義反】垂頭喪氣／心灰意懶。

得意門生

【釋義】門生：古時指親自授業的弟子、學生等。

【出處】文康・兒女英雄傳二回：「他雖和咱們滿州漢軍隔旗，卻是我第一個得意門生。」

【用法】用以指最爲滿意、最欣賞的學生。

【例句】從事教育工作幾十年，雖談不上什麼成績，卻也還有幾個**得意門生**。

【義近】高足弟子／高門弟子。

得新忘舊

【釋義】得到了新的就把舊的忘了。

【出處】明・胡文煥・前腔八首之四：「得新忘舊，到前丟後，妄想處一味驕矜，滿意時十分馳驟。」

【用法】指愛情不專一；也比喻對事物無法持久專注。

【例句】①那小劉是個用情不專的人，往往**得新忘舊**，是玩弄女性的高手，妳可要三思啊。②一個**得新忘舊**的人，是很難在學問及事業上有所成就的。

【義近】喜新厭舊／拈花惹草／朝三暮四／朝秦暮楚／見異思遷。

【義反】從一而終／白頭偕老／矢志不渝／至死靡它。

得道多助

【釋義】得道：指爲人行事合乎義理。道：道義，正義。

【出處】孟子・公孫丑下：「得道者多助，失道者寡助。」

【用法】用以說明能堅持正義、仁德，就能得到廣泛的支持與幫助。

【例句】**得道多助**，只要我們能堅持正義的立場，就會得到國內外多數人的支持與幫助。

【義近】德不孤必有鄰。

【義反】失道寡助。

得過且過

【釋義】能勉強過就暫且過下去。且：暫且。

【出處】永樂大典戲文・小孫屠：「孩兒，我聽得道你要出外打旋，怕家中得過且過，出去做甚的。」

【用法】形容苟且偷安，不求上進，勉強度日。也形容對工作不負責任，敷衍了事。

【例句】你這種**得過且過**、敷衍塞責的做事態度，如何能贏得上司的信任？

【義近】苟且偷安／因循度日／敷衍塞責／做一天和尚撞一天鐘。

【義反】聞雞起舞／奮發圖強／精益求精。

得窺門徑

【釋義】窺：從小孔、縫隙或隱僻處偷看。

【用法】指得以窺察門路；或比喻剛剛找到事物的頭緒。

【例句】①他在偶然的機會下，**得窺門徑**，開始追溯這段古老的歷史。②於此任務，我不過是**得窺門徑**罷了，還需要前輩的指導。

得隴望蜀

【釋義】得到了隴右又希望得到巴蜀。泛指得到了一處又想得到另一處。
【出處】後漢書・岑彭傳：「人苦不知足，既平隴，復望蜀。」李白・古風：「物苦不知足，得隴又望蜀。」
【用法】用以比喻人心不知足，貪得無厭。
【例句】日本軍閥**得隴望蜀**，一步步侵略中國土地，最後弄得差一點亡國。
【義近】得寸進尺／貪得無厭／貪心不足蛇吞象。
【義反】知足常樂／知足不辱。

得饒人處且饒人

【釋義】饒：寬恕，饒恕。
【出處】俞文豹・唾玉集・常談出處：「……自出洞來無敵手，得饒人處且饒人。」
【用法】用以指做事不要做絕，須留有餘地。
【例句】**得饒人處且饒人**，我們無論做什麼事情，都要適可而止，留點餘地給別人。
【義近】留有餘地／寬厚待人。
【義反】不留餘地／逼人太甚。

徙宅忘妻

【釋義】搬家忘了帶妻子。徙：遷移。宅：住所。
【出處】孔子家語・賢君：「哀公問於孔子曰：『寡人聞忘之甚者，徙而忘其妻，有諸？』」
【用法】比喻人辦事粗心到了荒唐的地步。
【例句】劉先生辦事一向粗心大意，有時竟到了**徙宅忘妻**的地步。
【義近】丟三落四／粗心大意／粗枝大葉／丟三忘四。
【義反】瞻前顧後／一絲不苟／鉅細靡遺。

從一而終

【釋義】本指用情始終如一。終：到底，末了。
【出處】周易・恆：「婦人貞，吉，從一而終也。」疏：「從一而終者，謂用心貞一，從其貞一而自終也。」
【用法】古時用以稱讚婦女只嫁一夫，夫死決不再嫁。
【例句】古時讚頌婦女**從一而終**，實際上是大男人主義社會下的犧牲品。
【義近】烈女不嫁二夫／嫁雞隨雞／嫁狗隨狗。

從井救人

【釋義】跟著跳進井裏去救落井的人。從：跟著。
【出處】論語・雍也：「井有仁（人）焉，其從之也？」馮夢龍・醒世恆言卷一〇：「那岸上看的人，雖然有救撈之念，只是風水利害，誰肯從井救人。」
【用法】比喻做好事的方式蠢笨，既無益於人又害了自己。
【例句】我根本不會游泳，要我跳進水裏去救那落水的小孩，等於是**從井救人**！
【義近】竹籃打水／指天射魚／暴虎馮河／有勇無謀。
【義反】雪中送炭／急人之難／解衣推食。

從天而降

【釋義】降：落下。一作「從天而下」。
【出處】漢書・周亞夫傳：「諸侯聞之，以爲將軍從天而下也。」
【用法】比喻事情來得太突然，大大地出人意外。
【例句】他中了樂透頭獎，喜出望外之餘，對這**從天而降**的財富一時還不知如何運用。
【義近】大出意外／突如其來／天外飛來。
【義反】不出所料／意料之中。

從心所欲

【釋義】從心：隨心。欲：欲望，希望。
【出處】論語・爲政：「吾十有五而志於學，三十而立，……七十而從心所欲，不踰矩。」
【用法】原指一個人的修養已達最高境界，能隨意而爲卻不越軌。今指隨自己心意愛怎樣就怎樣。
【例句】孩子都長大獨立了，我也可以**從心所欲**地做自己想做的事了。
【義近】隨心所欲／爲所欲爲。
【義反】身不由己／謹言慎行。

從令如流

【釋義】從：聽從，服從。如流：像流水一樣迅速、順暢。
【出處】商君書・畫策：「是以三軍之眾，從令如流，死而不旋踵。」
【用法】指執行命令就像流水趨下那樣迅速順從。
【例句】我三軍將士紀律嚴明，**從令如流**，訓練有素，必能執行保國衛民的重責大任。
【義近】唯命是從／旅進旅出／號令如山／軍令如山。
【義反】違令抗旨。

從長計議

【釋義】從長：指用較長的時間。計議：計畫，商量。
【出處】李行道・灰闌記楔子：「且待女孩兒到來，慢慢的與他從長計議，有何不可？」
【用法】指不要急於作出決定，慢慢地協商解決或作長遠打算。
【例句】這個問題比較複雜，還是**從長計議**，不要急於作出決定才好。
【義近】放長線釣大魚。
【義反】夜長夢多。

從風而靡

【釋義】草木隨著風而倒伏。靡：倒下。
【出處】陳書・皇后傳論：「於是張孔之勢薰灼四方，大臣執政，亦從風而靡。」
【用法】多用以比喻折服於某種勢力；有時也形容沒有獨立的見解而隨波逐流。
【例句】①俗話說：人在屋簷下，怎敢不低頭。他現在的勢力這麼大，一般人自然只有**從風而靡**了。②他的個性優柔寡斷，又沒什麼見識，故臨事常常**從風而靡**，人云亦云。
【義近】望風披靡／俯首稱臣／

隨俗浮沉／隨聲附和。

【義反】頑強不屈／桀驁不馴／剛正不阿／威武不屈。

從容不迫（ㄘㄨㄥˊ ㄖㄨㄥˊ ㄅㄨˋ ㄆㄛˋ）

【釋義】從容：鎮定，沉著。不迫：不急促，不緊張。

【出處】王褒．四子講德論：「君子動作有應，從容得度。」朱子全書．論語一：「只是說行得自然如此，無那牽強的意思，便是從容不迫。」

【用法】形容不慌不忙，沉著鎭定。

【例句】她**從容不迫**地回答記者所提出的各種問題，非常具有氣質涵養。

【義近】從容自如。

【義反】慌慌張張／驚慌失措。

從容中道（ㄘㄨㄥˊ ㄖㄨㄥˊ ㄓㄨㄥ ㄉㄠˋ）

【釋義】從容：沉著不迫。中道：中庸之道。

【出處】禮記．中庸：「誠者，不勉而中，不思而得，從容中道，聖人也。」

【用法】意指言行修爲，從容不迫，自然而然契合於中庸之道。

【例句】他的**從容中道**頗有君子之風，眞是一位値得敬佩與效法的長者。

【義近】不偏不倚／允執厥中。

從容自若（ㄘㄨㄥˊ ㄖㄨㄥˊ ㄗˋ ㄖㄨㄛˋ）

【釋義】自若：自如，自然不拘束。一作「從容自在」、「從容自如」。

【出處】羅貫中．三國演義一〇三回：「所求皆足，其家主從容自在，高枕飲食而已。」

【用法】形容不慌不忙，態度沉著自然。

【例句】在一陣混亂搶購中，他老兄卻**從容自若**地翻撿商品，彷如置身事外。

【義近】不慌不忙／從容不迫／鎭靜沉著。

【義反】手足無措／手忙腳亂。

從容就義（ㄘㄨㄥˊ ㄖㄨㄥˊ ㄐㄧㄡˋ ㄧˋ）

【釋義】就義：指爲正義事業而犧牲。

【出處】朱熹．近思錄卷十：「感慨殺死者易，從容就義者難。」

【用法】形容毫無所懼、沉著鎭靜地爲正義而英勇獻身。

【例句】文天祥在臨刑前自知仰不愧於天，俯不怍於人，故能**從容就義**。

【義近】視死如歸。

【義反】貪生怕死／忍辱求生。

從惡如崩（ㄘㄨㄥˊ ㄜˋ ㄖㄨˊ ㄅㄥ）

【釋義】意謂順從人爲惡，就像山崩坍一樣容易。

【出處】左丘明．國語．周語下：「諺曰：從善如登，從惡如崩。」

【用法】用以說明一個人跟著惡人去做惡事非常容易。

【例句】古人說：**從惡如崩**，這孩子最近跟幾個不三不四的傢伙鬼混，小心他學壞啊！

【義近】爲惡如崩／爲惡如順水推舟／近墨者黑。

【義反】從善如登／爲善如逆水行舟／近朱者赤。

從善如流（ㄘㄨㄥˊ ㄕㄢˋ ㄖㄨˊ ㄌㄧㄡˊ）

【釋義】聽從好的、正確的意見，就像流水一樣順暢。善：好的，善意的。

【出處】左傳．成公八年：「君子曰：『從善如流，宜哉！』」

【用法】用以說明能隨時聽從善言，或擇善而從。

【例句】王經理一向**從善如流**，公司的計畫草擬後，總是反覆徵詢員工的意見，適當修改後才施行。

【義近】從諫如流／朝聞夕改／從善若流。

【義反】以規爲瑱／拒諫飾非。

從輕發落（ㄘㄨㄥˊ ㄑㄧㄥ ㄈㄚ ㄌㄨㄛˋ）

【釋義】發落：發放，放過。本作「從寬發落」。

【出處】明．李贄．與周友山書：「想仲尼不爲已甚，諸公遵守孔門家法，決知從寬發落，許其改過自新無疑。」

【用法】指對有錯或有罪的人，從輕處罰。

【例句】犯了罪，當然該罰，但考慮他年幼無知，且是初犯，請法官能**從輕發落**，給他自新的機會。

【義近】從寬發落／法外施仁／網開一面／蒲鞭之罰。

【義反】嚴懲不貸。

從諫如流（ㄘㄨㄥˊ ㄐㄧㄢˋ ㄖㄨˊ ㄌㄧㄡˊ）

【釋義】從：聽從。諫：直言規勸。如流：像順流的水一樣快。

【出處】班彪．王命論：「見善如不及，用人如由己，從諫如順流，趣時如嚮（響）赴。」

【用法】本指帝王能隨時聽取臣屬的勸諫，今也泛指在上者能樂於接受意見。

【例句】劉備爲人寬厚，**從諫如流**，所以當時有很多人才投奔效忠他。

【義近】從善如流／廣開言路。

【義反】一意孤行／剛愎自用。

從頭至尾（ㄘㄨㄥˊ ㄊㄡˊ ㄓˋ ㄨㄟˇ）

【釋義】從開始到結尾。

【出處】朱熹．答林正卿：「讀書之法，須是從頭至尾，逐句玩味。」

【用法】用以指原原本本或逐一不漏。

【例句】我把事情發生的經過，**從頭至尾**向大家說了一遍。

【義近】原原本本／徹頭徹尾／來龍去脈。

【義反】遮遮掩掩／有頭無尾／掛一漏萬／掐頭去尾。

從優議恤（ㄘㄨㄥˊ ㄧㄡ ㄧˋ ㄒㄩˋ）

【釋義】恤：救濟。儘量給予優厚的救濟。

【出處】清．會典事例．吏部世爵八旗爵承襲：「如奉旨從優議恤者，仍按品級議論世職。」

【用法】用以表示對死者家屬優厚的撫恤。

【例句】國家對於因公殉職者，一向**從優議恤**，給其家人妥善的照顧。

【義近】從優撫恤。

御溝紅葉（ㄩˋ ㄍㄡ ㄏㄨㄥˊ ㄧㄝˋ）

【釋義】御溝：皇城外的護城河

。唐宣宗年間，盧渥偶然從御溝裏拾到一片紅葉，上有詩云：「流水何太急，深宮盡日閒。殷勤謝紅葉，好去到人間。」後宣宗放宮女嫁人，盧渥去擇配，選中的正是在紅葉上題詩的人。

【出處】元·無名氏，四德記·見色不淫：「教我赧顏厚頰自含羞，休休，辜負御溝紅葉空流。」

【用法】用以指男女奇緣，婚姻巧合。

【例句】余先生出外旅遊，拾得劉小姐的錢包，事後兩人進一步交往，終於結爲伉儷，這婚姻眞有如**御溝紅葉**。

【義近】御溝流葉／紅葉題詩／御溝題葉。

【義反】赤繩繫足／待月西廂／青梅竹馬／指腹爲婚／媒妁之言。

御駕親征

【釋義】御駕：皇帝的車駕，用以指皇帝。

【出處】羅貫中·三國演義八一回：「今劉玄德即了帝位，統精兵七十餘萬，御駕親征，其勢甚大。」

【用法】本指皇帝親自率軍出征，現也用以指最高主管親自出馬處理某事。

【例句】我們公司在泰國辦的工廠因金融危機而面臨倒閉，現在只有請董事長**御駕親征**，看看能否起死回生了。

九畫

循名責實

【釋義】循：依照。責：求。

【出處】韓非子·定法：「因任而授官，循名而責實。」

【用法】指就其名而求其實，就其言而觀其行，考察是否名副其實。

【例句】政府對於每一個機關都應**循名責實**，才能收到良好的行政效率。

【義近】綜核名實／察言觀行。

【義反】有名無實／言行不一。

循序漸進

【釋義】循：順，按照。序：次序。漸：逐漸。

【出處】朱熹注論語憲問「不怨天」章：「此但自言其反己自修，循序漸進耳。」

【用法】指學習、工作等要按照一定的步驟逐漸深入。

【例句】學習要**循序漸進**，打好基礎才能向更高深的知識領域邁進。

【義近】按部就班／由淺入深。

【義反】揠苗助長／一步登天。

循常習故

【釋義】循常：遵守常規。習故：學習陳舊的作風。

【出處】晉書·張載傳：「今士循常習故，規行矩步，積階級，累閥閱，碌碌然以取世資。」

【用法】形容因循保守，不求建樹。

【例句】在科技日新月異、蓬勃發展的時代，我們要隨時接受新的挑戰，絕不可**循常習故**，否則很快就會變成社會的邊緣人。

【義近】因循守舊／蹈常襲故／墨守成規／抱殘守缺。

【義反】革故鼎新／去舊謀新／推陳出新。

循規蹈矩

【釋義】循、蹈：遵守，依照。規、矩：定方圓的標準工具圓規和角尺，比喻規則、準則。

【出處】朱熹·答方賓王書：「循塗守轍，猶言循規蹈矩云爾。」

【用法】指遵守規矩，不敢違反。也用以指拘守成規，不知變通。

【例句】他是個**循規蹈矩**的年輕人，相信日後的前途一定不可限量。

【義近】安分守己／不越雷池。

【義反】胡作非爲／輕舉妄動／無法無天。

循循善誘

【釋義】循循：有次序的樣子。誘：引導。

【出處】論語·子罕：「夫子循循然善誘人；博我以文，約我以禮。」

【用法】指教導有方，善於引導學習。

【例句】經過老師們的**循循善誘**、愛心關懷，那位問題學生已有顯著的改善了。

【義近】諄諄教導。

【義反】誤人子弟／塡鴨硬塞。

循聲附會

【釋義】循：依照，沿襲。附會：把沒有關係的說成有關係；把沒有意義的說成有某種意義。

【出處】隨唐演義七一回：「天后不覺擊案的歎道：『奇哉！可見此等婦人之沽名釣譽，而禮官之循聲附會也。』」

【用法】指自己沒有主見，只是隨聲應和，牽強附會。

【例句】像你這樣不獨立思考，只知一味地**循聲附會**，雖然可以保住烏紗帽，但於國於民，卻一點好處也沒有！

【義近】隨聲附和／隨俗浮沉／隨波逐流／飛蓬隨風／人云亦云／鸚鵡學舌。

【義反】獨樹一幟／不落窠臼／自行其是。

十畫

微不足道

【釋義】微：細小。足：值得。道：談，說。

【用法】用以說明非常渺小，不值得一談。

【例句】劉姥姥在《紅樓夢》中可說是個**微不足道**的人物，但作者卻將她寫得栩栩如生、活靈活現。

【義近】微乎其微／不足掛齒／渺不足道。

【義反】碩大無朋／事關重大／牽涉全局。

微文深詆

【釋義】詆：詆毀，說人壞話。

【出處】漢書·咸宣傳：「稍遷至御史及（中）丞，使治主父偃及淮南反獄，所以微文深詆，殺者甚眾，稱爲敢決疑。」

【用法】指設法羅織罪名，歪曲法律條文，入人於罪。

【例句】明末政治腐敗，執法者**微文深詆**，不知坑害了多少好人。
【義近】蔓引株求／枉勘虛招／深文周納／羅織構陷。
【義反】網漏吞舟／網開一面／法外施仁／手下留情。

微乎其微
【釋義】微：小，少。乎：古漢語助詞。
【出處】爾雅・釋訓：「式微式微者，微乎微者也。」
【用法】形容非常少或非常小。
【例句】一件**微乎其微**的小善行，卻可能改變一個非洲飢民的一生，不要吝嗇付出啊！
【義近】微不足道／無足輕重／滄海一粟。
【義反】舉足輕重／事關重大。

微言大義
【釋義】微言：精微之言。大義：正大的道理。
【出處】漢書・藝文志：「仲尼沒而微言絕，七十子喪而大義乖。」
【用法】用以指言辭精微，涵義深遠。
【例句】你用不著神乎其神的，老實說，我根本看不出這篇文章當中有什麼**微言大義**。
【義近】微言精義／微言大旨。

微服私行
【釋義】微服：官吏等外出時爲隱瞞身分而換穿便服。私行：私密出行。
【出處】韓非子・外儲說右下：「齊桓公微服以巡民家。」明・無名氏・鳴鳳記・鄒趙爭寵：「只是此行斂些光彩，不可喝道而去，只得微服私行罷。」
【用法】指官吏等穿著平民服裝，外出探訪民情或詢查疑難重案。
【例句】古代循吏常**微服私行**，故能深入民間，了解民情。
【義近】微服私訪／微服暗訪／微服出巡。
【義反】鳴鑼開道／前呼後擁／鳴鑼喝道。

微過細故
【釋義】微、細：二字同義，小。故：事故，過失。
【出處】三國志・魏書・中山恭王袞傳：「此亦謂大罪惡耳，其微過細故，當掩覆之。」
【用法】指細微的過失。
【例句】他這幾年也許犯了些錯誤，但都是**微過細故**，應不致影響他的升遷。

十一畫

徹上徹下
【釋義】意謂貫通上下。徹：貫通。
【出處】朱熹・近思錄卷四：「居處恭，執事敬，與人忠，此是徹上徹下語。」
【用法】指從上到下，完完全全貫通。
【例句】國父當年所提的三民主義、建國綱領等，直到今天仍是**徹上徹下**的治國之道。
【義近】徹頭徹尾／徹首徹尾／自始至終。
【義反】有始無終／以偏概全。

徹頭徹尾
【釋義】意謂從頭到尾。徹：通，透。又作「徹首徹尾」。
【出處】朱熹・答胡季隨書：「近日學者說得太高了，意思都不確實，不曾見理會得：…徹頭徹尾。」
【用法】用以說明事情的始末或事物的徹底性。
【例句】調查局決心要將此案**徹頭徹尾**查個水落石出。
【義近】徹首徹尾／自始至終。

十二畫

德才兼備
【釋義】兼備：都具備。又作「才德兼全」。
【出處】李汝珍・鏡花緣一三回：「他不假思索，舉筆成文……眞可算作才德兼全。」
【用法】形容人既有品德，又有才能。
【例句】他是一個**德才兼備**的青年人，故深受上司的器重。
【義近】品學兼優／才德雙全。
【義反】德薄能鮮。

德言容功
【釋義】古代婦女的四種美德：婦德（三從四德）、婦言（談吐）、婦容（儀容）、婦功（女紅、刺繡等）。
【出處】曹大家・女誡：「一曰婦德，一曰婦言，一曰婦容，一曰婦功。」王實甫・西廂記・僧房假遇：「非是咱自誇獎，她有德言功貌，小生有恭儉溫良。」
【用法】古代淑女應有的美德。
【例句】古代閨女須具備**德言容功**，才配稱大家閨秀，是男士爭相追求的好配偶。
【義近】德言功貌／德容兼備／才貌雙全。

德厚流光
【釋義】德澤廣被，影響深遠。流光：流傳廣遠。光：猶「廣」，遠也。
【出處】穀梁傳・僖公十五年：「天子七廟，諸侯五，大夫三，士二。故德厚者流光，德薄者流卑。」
【用法】形容人的德澤流傳久遠，令人景仰。
【例句】縣長任期屆滿，離職前夕縣府同仁合資送了一塊篆刻**德厚流光**的匾額，以示惜別、懷念之意。
【義近】德澤廣被／澤加於民。
【義反】德薄流卑。

德容兼備
【釋義】德：品德。容：儀容。兼備：同時具備。
【出處】凌濛初・初刻拍案驚奇卷二〇：「又囑咐道：『直待事成之後，方可與老爺得知。必用心訪個德容兼備的，我老爺總肯是一般相看。』」
【用法】用以讚美女子品德賢淑，儀容美好。
【例句】林小姐**德容兼備**，氣質非凡，若能娶她爲妻，必然終生幸福。
【義近】才貌雙全／蕙質蘭心／

德言容功／德言功貌。

德配天地（ㄉㄜˊ ㄆㄟˋ ㄊㄧㄢ ㄉㄧˋ）

【釋義】道德之崇高，足以與天地等齊。配：匹配，匹比。
【出處】莊子・田子方：「夫子德配天地，而猶假至言以修心。」
【用法】用以讚頌人的德行非常崇高、偉大。
【例句】韓愈一言而為天下法，一行而為天下師，其崇高偉大堪稱**德配天地**，足與日月同光。
【義近】日月同光／泰山北斗。

德高望重（ㄉㄜˊ ㄍㄠ ㄨㄤˋ ㄓㄨㄥˋ）

【釋義】望：聲望。重：尊。
【出處】歸有光・上總制書：「伏惟君侯，德高望重，謀深慮淵。」
【用法】多用於稱頌年長者品德高尚，聲望極隆。
【例句】王老先生**德高望重**，一言九鼎，他所說的話鄉里之人無不奉為圭臬。
【義近】德隆望尊／齒德俱尊。
【義反】德薄望輕／德薄能鮮。

德薄才疏（ㄉㄜˊ ㄅㄛˊ ㄘㄞˊ ㄕㄨ）

【釋義】薄：淺。疏：空虛。
【出處】施耐庵・水滸傳六八回：「盧俊義道：『小弟德薄才疏，怎敢承當此位！若得居末，尚自過分。』」
【用法】指品德和才能都不好。多用作謙詞。
【例句】在下**德薄才疏**，且資歷甚淺，那堪膺此重任？還是另擇高明吧！
【義近】德薄能鮮／才德庸碌／才疏學淺／才疏德薄。
【義反】德高望重／才德兼備／齒德俱尊。

德薄能鮮（ㄉㄜˊ ㄅㄛˊ ㄋㄥˊ ㄒㄧㄢˇ）

【釋義】薄：淺薄。鮮：少，不足。
【出處】歐陽修・瀧岡阡表：「俾知夫小子修之德薄能鮮，遭時竊位，而幸全大節，不辱其先者，其來有自。」
【用法】指德行淺薄，才能不足，不足以擔負重任，接受高位。為自謙之辭。
【例句】承蒙抬舉，委以重任，但我**德薄能鮮**，不勝此職，乞請見諒。
【義近】德薄才疏。
【義反】德隆才高／德尊才優。

心部

心力交瘁（ㄒㄧㄣ ㄌㄧˋ ㄐㄧㄠ ㄘㄨㄟˋ）

【釋義】精神和體力都疲累不堪。交：一齊。
【出處】左傳・昭公一九年：「盡心力而為之，後必有災。」淮陰百一居士・壺天錄卷上：「由此心力交瘁，患疾遂卒。」
【用法】形容人的精神和體力都極度勞累。
【例句】經歷多次失戀的痛苦後，他已**心力交瘁**，絕口不再談感情之事。
【義近】身心俱疲／心力俱殫／心勞力絀。
【義反】心寬體胖／身心安泰。

心口不一（ㄒㄧㄣ ㄎㄡˇ ㄅㄨˋ ㄧ）

【釋義】心裏想的和嘴上說的不一樣。
【出處】馮夢龍・醒世恆言八二回：「我是這們個直性子，希罕就說希罕，不是這們心口不一的。」
【用法】形容為人虛偽、奸詐。
【例句】我最討厭的是**心口不一**的人，也最怕這種人。
【義近】口是心非／表裏不一／行濁言清／兩面三刀／陽奉陰違／虛偽做作。
【義反】心口如一／胸無城府／表裏一致／言行一致／心口相應／開誠布公。

心口如一（ㄒㄧㄣ ㄎㄡˇ ㄖㄨˊ ㄧ）

【釋義】心裏想的和嘴上說的完全一樣。
【出處】李汝珍・鏡花緣六五回：「紫芝妹妹嘴雖利害，好在心口如一，直捷了當，倒是一個極爽快的。」
【用法】形容為人誠實、直爽。
【例句】我們經理雖然脾氣不好，愛訓斥人，但他**心口如一**，從不使壞心眼整人。
【義近】胸無城府／表裏一致／言行一致／心口相應／開誠布公／坦誠相見。
【義反】口是心非／心口不一／陽奉陰違／虛偽做作／兩面三刀。

心不在焉（ㄒㄧㄣ ㄅㄨˋ ㄗㄞˋ ㄧㄢ）

【釋義】心思不在這裏。焉：兼詞，相當於「於此」。
【出處】禮記・大學：「心不在焉，視而不見，聽而不聞，食而不知其味。」
【用法】形容精神不集中。
【例句】你最近怎麼搞的，做事老是**心不在焉**，莫非是中邪了？
【義近】心猿意馬／漫不經心／鴻鵠將至／心有旁騖。
【義反】專心致志／聚精會神／全神貫注。

心不應口（ㄒㄧㄣ ㄅㄨˋ ㄧㄥˋ ㄎㄡˇ）

【釋義】心裏想的和嘴裏說的不合。應：合。
【出處】羣音類選・清腔類・步步嬌曲：「恨他心不應口，把歡娛翻成僝僽。情兒泛泛，渾如江水流。」
【用法】形容為人虛假，心口不一。
【例句】他是個**心不應口**的人，你要是相信他的話，不吃虧才怪！
【義近】口是心非／表裏不一／行濁言清／兩面三刀／陽奉陰違／虛偽做作。
【義反】心口如一／胸無城府／表裏一致／言行一致／心口相應／開誠布公。

心中有數（ㄒㄧㄣ ㄓㄨㄥ ㄧㄡˇ ㄕㄨˋ）

【釋義】心中有個計算或主意，即心裏有底。
【出處】莊子・天道：「不徐不疾，得之於手而應於心，口不能言，有數存焉於其間。」
【用法】說明對情況和問題已大致了解，處理事情有一定的把握。

【例句】對於一件事，首先要大致弄清楚，做到**心中有數**，處理起來才不會出差錯。

【義近】胸有成竹／早有定見／胸中有數。

【義反】徬徨不定／茫然無數／不知所措。

心心念念

【釋義】心心：指所有的心思。念念：指所有的念頭。

【出處】二程遺書二上：「有人遇一事，則心心念念不肯捨，畢竟何益？若不會處置了放下，便是無義無命也。」

【用法】形容一心一意地思念或想望。

【例句】我現在**心心念念**，只想回家與家人聚首一堂，以敍天倫之樂。

【義近】念茲在茲／念念不忘／朝思暮想／時刻銘記。

【義反】置之腦後／淡然處之。

心心相印

【釋義】不藉言詞，以心相印證。心：心意。印：契合。

【出處】裴休・黃蘗傳心法：「自如來付法迦葉以來，以心印心，心心不異。」

【用法】形容彼此心意相通，想法感情完全一致。

【例句】他倆由初識到熱戀，由於情投意合，**心心相印**，很快就宣布結婚了。

【義近】情投意合／靈犀相通。

【義反】貌合神離／格格不入。

心手相應

【釋義】意謂得心應手，心裏怎麼想手裏就會怎樣做。

【出處】南史・豫章文獻王嶷傳：「帝嘗論書曰：『筆力勁駿，心手相應。』」

【用法】多用以指技藝精熟。

【例句】學習任何一項技藝，要能達到**心手相應**，才可算是成功了。

【義近】得心應手／心手如一／運作自如。

【義反】手不應心。

心平氣和

【釋義】不急躁，態度溫和。

【出處】程頤・明道先生行狀：「荊公與先生道不同，而嘗謂先生忠信，先生每與論事，心平氣和。」

【用法】形容遇事平心靜氣，不感情用事。

【例句】他修養很好，無論和什麼人談話，都是**心平氣和**，從不發脾氣。

【義近】心和氣平／平心靜氣／心平氣定／平和從容。

【義反】心浮氣躁／怒不可遏／大發雷霆／暴跳如雷／氣急敗壞。

心平氣定

【釋義】意即心裏很平定。

【出處】三國・魏・阮籍・樂論：「言至樂使人無欲，心平氣定，不以肉為滋味也。」

【用法】形容人心氣平定，沒有雜念。

【例句】高老先生一向**心平氣定**，既不為名所動，也不為利所誘，只是專心致志研究學問。

【義近】心平氣和／心無雜念／氣定神閒／平心靜氣。

【義反】心神不寧／患得患失／利欲薰心／氣沖牛斗／心亂如麻／惴惴不安。

心甘情願

【釋義】意謂自己情願，無人勉強。又作「甘心情願」。

【出處】關漢卿・蝴蝶夢三折：「他便死也我甘心情願。」

【用法】形容完全出於自願，毫無勉強之意。

【例句】這椿婚事完全是我**心甘情願**的，並沒有任何勉強的意思。

【義近】心甘意願／甘心樂意／甘之如飴／死而無怨。

【義反】迫不得已／出於無奈／萬般無奈／死不甘心。

心如刀割

【釋義】心裏像被刀割一樣。

【出處】秦簡夫・趙禮讓肥一折：「眼睜睜俺子母各天涯，想起來我心如刀割，題起來我淚似懸麻。」

【用法】形容心中的痛苦到了極點。

【例句】他得知父親逝世的消息後，**心如刀割**，痛不欲生。

【義近】心如刀絞／心如刀刺／肝腸寸斷／痛不欲生。

【義反】心花怒放／心胸舒坦／心曠神怡。

心如木石

【釋義】心像樹木山石。

【出處】普濟・五燈會元・馬祖一禪師法嗣：「莫記憶，莫緣念，放捨身心，令其自在，心如木石，無所辨別。」

【用法】形容人心靈有如木石，既無感情，也無欲念。

【例句】經歷了感情上的一連串挫折，她遁入空門，如今已是**心如木石**了。

【義近】心如止水／心如古井／古井無波／槁木死灰／看破紅塵。

【義反】牽腸掛肚／心潮澎湃／心神蕩漾。

心如止水

【釋義】心像靜止不流動的水。

【出處】白居易・祭李侍郎文：「浩浩世途，是非同軌；齒牙相軋，波瀾四起。公獨何人，心如止水；風雨如晦，雞鳴不已。」

【用法】喻心境平靜，不被名利等俗念所激動。

【例句】他退休後，即不再過問政事，**心如止水**地歸隱林泉，遠離紅塵是非。

【義近】與世無爭／韜光養晦／淡泊名利／松林高臥。

【義反】雄心勃勃／爭名逐利／不甘寂寞。

心如古井

【釋義】古井：指年代久遠的枯井。

【出處】唐・孟郊・烈女操：「波瀾誓不起，妾心古井水。」明・張景・飛丸記・堅持雅操：「況彼厭露不良，我只心如古井。」

【用法】比喻內心平靜得像枯井一樣的寂靜無波，堅守節操，不為外界事物或情欲所動。多指婦女。

【例句】張先生不幸亡故後，張太太便**心如古井**，一心一意地扶養孩子。
【義近】心如止水／心如木心／古井無波／槁木死灰／冰心玉壺。
【義反】牽腸掛肚／枯木逢春。

心如死灰 (ㄒㄧㄣ ㄖㄨˊ ㄙˇ ㄏㄨㄟ)
【釋義】死灰：已熄滅的冷灰。
【出處】莊子・齊物論：「形固可使如槁木，而心固可使如死灰乎？」吳沃堯・二十年目睹之怪現狀一回：「一陣的心如死灰。」
【用法】形容已無人世間的種種欲望，灰心到了極點。
【例句】她已對人生徹底失望，無論你怎樣開導，仍然**心如死灰**。
【義近】心如死水／萬念俱灰／槁木死灰／心灰意冷。
【義反】重現生機／曙光再現／奮發圖強。

心如懸旌 (ㄒㄧㄣ ㄖㄨˊ ㄒㄩㄢˊ ㄐㄧㄥ)
【釋義】懸旌：高高懸掛的旗幟，隨風搖擺，故用以比喻心意搖擺不定。
【出處】司馬遷・史記・蘇秦傳：「心搖搖然如懸旌，而無所終薄。」
【用法】形容人心神動搖，進退不定。
【例句】他這幾天被兒女的婚事弄得**心如懸旌**，不知如何是好。
【義近】心動神搖／心煩意亂／心神不定。
【義反】心如鐵石／心安神定。

心如鐵石 (ㄒㄧㄣ ㄖㄨˊ ㄊㄧㄝˇ ㄕˊ)
【釋義】心腸就像鐵石一樣的堅硬。
【出處】曹操・敕王必領長史令：「領長史王必，是吾披荊棘時吏也。忠能勤事，心如鐵石，國之良吏也。」
【用法】形容操守忠貞，意志堅定不移。
【例句】革命烈士秋瑾，即便在敵人的嚴刑拷打下，也始終**心如鐵石**，充分表現了革命黨人的志節。
【義近】鐵石肺肝／寧死不屈／忠貞不渝。
【義反】腆顏事敵／隨風轉舵。

心存魏闕 (ㄒㄧㄣ ㄘㄨㄣˊ ㄨㄟˋ ㄑㄩㄝˋ)
【釋義】魏闕：宮殿的觀樓，此代指國家。
【出處】莊子・讓王：「身在江湖之上，心居乎魏闕之下。」
【用法】指心繫朝廷，以國家安危為念。
【例句】范仲淹的名句「居廟堂之高則憂其民，處江湖之遠則憂其君」，正是**心存魏闕**的最佳寫照。
【義近】心存廟堂。
【義反】身處江湖。

心安神泰 (ㄒㄧㄣ ㄢ ㄕㄣˊ ㄊㄞˋ)
【釋義】神泰：神情泰然。
【出處】蒲松齡・醒世姻緣一〇〇回：「誦得久了，狄希陳口內常有異香噴出，惡夢不生，心安神泰。」
【用法】形容人心神安寧，泰然自若。
【例句】劉老先生從未做過虧心事，所以**心安神泰**，精神矍鑠。
【義近】心安神定／心安理得／俯仰無愧／泰然自若／衾影無慚。
【義反】心神不定／心神不寧／心如懸旌／七上八下／不知所措。

心安理得 (ㄒㄧㄣ ㄢ ㄌㄧˇ ㄉㄜˊ)
【釋義】事情做得合理，心裏感到坦然。理：道理，情理。得：適合。
【出處】羽衣女士・東歐三豪傑三回：「原來我們只求自己心安理得，那外界的苦樂原是不足計較。」
【用法】說明自己認為事情做得合乎情理，而感到坦然、踏實。
【例句】為人處事，**心安理得**就行，別人怎樣議論，大可不必計較。
【義近】問心無愧／心安神泰／未做虧心事，不怕鬼敲門。
【義反】問心有愧／忐忑不安／心煩慮亂。

心有戚戚焉 (ㄒㄧㄣ ㄧㄡˇ ㄑㄧ ㄑㄧ ㄧㄢ)
【釋義】心有所感動。戚戚：心動的樣子。
【出處】孟子・梁惠王：「夫子言之，於我心有戚戚焉。」
【用法】對別人的看法因有同感而贊同他。
【例句】先生對現今環保問題的建言，本人**心有戚戚焉**。
【義近】所見略同／正中下懷／心有靈犀。
【義反】格格不入／圓鑿方枘／不以為然。

心有餘而力不足 (ㄒㄧㄣ ㄧㄡˇ ㄩˊ ㄦˊ ㄌㄧˋ ㄅㄨˋ ㄗㄨˊ)
【釋義】心裏想去做，但力量不夠。有餘：有足夠的願望。
【出處】曹雪芹・紅樓夢二五回：「阿彌陀佛！我手裏但凡從容些，也時常來上供，只是心有餘而力不足。」
【用法】比喻無能為力。一般用於願意做某事而力量做不到，有時也用作有力而不願出力的托詞。
【例句】這件事不是我不肯幫忙，實在是**心有餘而力不足**。
【義近】力不從心／有心無力／心餘力絀。
【義反】力所能及／行有餘力／力能勝任。

心有餘悸 (ㄒㄧㄣ ㄧㄡˇ ㄩˊ ㄐㄧˋ)
【釋義】指事後心裏還感到害怕，悸：驚懼，心跳。
【用法】形容危險雖已過去，心裏還感到害怕不安。
【例句】自從那次飛機失事後，他一直**心有餘悸**，再也不敢搭飛機了。
【義近】驚魂未定／驚弓之鳥／一旦被蛇咬，十年怕草繩。
【義反】無所畏懼／泰然處之。

心有鴻鵠 (ㄒㄧㄣ ㄧㄡˇ ㄏㄨㄥˊ ㄏㄨˊ)
【釋義】一心想著將有天鵝飛來，心神不能專一。鴻鵠：天鵝。
【出處】孟子・告子：「一人雖聽之，一心以為有鴻鵠將至。」
【用法】形容人讀書或做事不能專心致志。
【例句】上課時應專心，若**心有鴻鵠**，學習效果一定不佳。
【義近】心不在焉／心有旁騖／漫不經心。

【義反】聚精會神／全神貫注／專心致志／心無旁騖。

心有靈犀一點通

【釋義】靈犀：靈異的犀牛角。一點通：傳說犀牛角中有白紋如線，從角尖通向頭腦，感應靈敏。

【出處】李商隱・無題：「身無彩鳳雙飛翼，心有靈犀一點通。」

【用法】比喻彼此心意相通，無須憑藉語言，和對方的心思即能心領神會。

【例句】他們夫妻倆不約而同地穿上同一色系的衣服，可謂**心有靈犀一點通**，太有默契了。

【義近】心心相印／兩意相通／情投意合／靈犀一點。

【義反】格格不入／貌合神離。

心灰意懶

【釋義】灰心喪氣，意志消沉。灰：消沉。意：意志。懶：懈怠。

【出處】喬吉・玉交枝・閒適：「陳摶睡足西華山，文王不到磻溪岸，不是我心灰意懶，怎陪伴愚眉肉眼？」

【用法】形容一連遭受挫折、失敗後，失去信心，缺乏進取精神。

【例句】要記住：失敗為成功之母，我們決不能一失敗就**心灰意懶**。

【義近】灰心喪志／萬念俱灰／意志消沉／一蹶不振／心灰意冷。

【義反】雄心勃勃／雄心壯志／一腔熱血／重振旗鼓／屢仆屢起。

心血來潮

【釋義】心裏的血像到來的潮水。來潮：潮水上漲。

【出處】許仲琳・封神演義三四回：「但凡神仙，煩惱、嗔癡、愛欲三事永忘，其心如石，再不動搖；心血來潮者，心中忽動耳。」

【用法】形容忽然產生的念頭。

【例句】他平日總是待在家裏讀書做學問，今天不知怎麼了，**心血來潮**，竟有雅興來逛超市。

【義近】靈機一動／突然之間／念頭一閃。

【義反】蓄意已久／謀定而動。

心折首肯

【釋義】心裏佩服，點頭同意。折：折服。首肯：點頭表示同意。

【出處】李綠園・歧路燈四回：「孔耘軒便一五一十，把譚孝移品行端方，素來的好處，說個不啻口出。東宿聞之心折首肯。」

【用法】形容對某人極為欽佩讚許。

【例句】像李先生這樣捨己為人，毫不計較個人得失的做法，我真的是**心折首肯**了。

【義近】五體投地／心悅誠服／心服口服／頂禮膜拜。

【義反】不屑一顧／嗤之以鼻。

心到神知

【釋義】只要誠心敬神，用不著煩瑣的禮儀，神也會知道而降福。

【出處】曹雪芹・紅樓夢一一回：「大老爺原是好養靜的，已修煉成了，也算得是神仙了。太太們這麼一說，這就叫作心到神知了。」

【用法】比喻只要誠心待人，無須做表面功夫，別人自會領會。

【例句】對待知心朋友，無須曲意奉承，只要真心相待，自然就能**心到神知**。

【義近】心領神會／心照不宣／心知其意。

【義反】對牛彈琴／死腦筋／死心眼。

心往神馳

【釋義】心神嚮往。馳：奔也。

【出處】歐陽修・祭杜公文：「繫官在朝，心往神馳，送不臨穴，哭不望帷。」

【用法】形容一心嚮往，思慕之情不能自持。

【例句】陶淵明所闢的桃花源，令身處紅塵俗世的人們**心往神馳**。

【義近】心馳神往／意往神馳／悠然神往／一心嚮往。

【義反】無動於衷／毫無所謂／淡然處之。

心明眼亮

【釋義】心裏明白，眼睛雪亮。

【出處】老舍・駱駝祥子：「咱們弄清楚了頂好，心明眼亮！」

【用法】形容看問題敏銳透徹，能明辨是非。

【例句】商場如戰場，只有**心明眼亮**、剛毅果斷的人，才有可能掌握商機。

【義近】明見萬里／明察秋毫／水晶燈籠／火眼金睛。

【義反】鼠目寸光／目光短淺／目光如豆／有眼無珠。

心服口服

【釋義】心裏和口頭上都信服。服：信服。

【出處】曹雪芹・紅樓夢五九回：「如今請出一個管得著的人來管一管，嫂子就心服口服，也知道規矩了。」

【用法】表示完全信服，有時含有欽佩的意思。

【例句】老師只要言行一致，事事做表率，學生自然會**心服口服**。

【義近】心悅誠服／五體投地／首肯心折／蹶角受化。

【義反】貌恭心不服／敢怒不敢言／陽奉陰違。

心直口快

【釋義】為人爽快，心裏想什麼就說什麼。

【出處】張國寶・羅李郎四折：「哥哥是心直口快射糧軍，哥哥是好人，我這裏低腰曲背進衙門。」

【用法】形容性情直爽，說話爽快。

【例句】他是個**心直口快**的人，說話從不拐彎抹角，喜怒哀樂全掛在臉上。

【義近】快人快語／口不擇言／言無粉飾／直言無隱。

【義反】守口如瓶／吞吞吐吐／

欲言又止。

心花怒放

【釋義】心裏高興得像花朵盛開。怒放：盛開。

【出處】曾樸・孽海花九回：「雯青這一喜，直喜得心花怒放，意蕊橫飛。」

【用法】形容喜悅、高興得到了極點。

【例句】最近他喜事連連，不僅升了官也得了一個兒子，難怪他樂得**心花怒放**，笑得合不攏嘴。

【義近】笑逐顏開／欣喜若狂／興高采烈。

【義反】愁腸寸斷／愁腸百結／心如死灰／胸有塊壘。

心急如焚

【釋義】心裏急得像著了火一樣。焚：燒。

【出處】韋莊・秋日早行詩：「行人自是心如火，兔走烏飛不覺長。」

【用法】形容異常焦急的心情。

【例句】我的孩子在街上走失了，找了半天也沒找著，我怎能不**心急如焚**呢？

【義近】心急火燎／心如火焚／急如星火。

【義反】從容不迫／不慌不忙／處之泰然／慢條斯理。

心狠手辣

【釋義】心腸凶狠，手段毒辣。

【出處】國語・晉語九：「心很（狠）敗國。」林平・從夏三蟲說開去：「他頤指氣使，心狠手辣。」

【用法】形容人凶狠殘忍，什麼壞事都做得出來。

【例句】那歹徒也真是太**心狠手辣**了，不但搶了錢，居然還把人給殺了。

【義近】窮凶惡極／如狼似虎／豺狼成性／滅絕人性／慘無人道。

【義反】心慈面軟／菩薩心腸／柔心弱骨／惜老憐貧。

心悅誠服

【釋義】心裏喜悅，真誠佩服。誠：確實。

【出處】孟子・公孫丑上：「以力服人者，非心服也，力不贍也。以德服人者，中心悅而誠服也。」

【用法】形容對別人真心服從或佩服。

【例句】勸人向善，用語要婉轉，言辭須得當，這樣才能使人**心悅誠服**。

【義近】心服口服／拳拳服膺／首肯心折／五體投地。

【義反】口服心不服／敢怒不敢言／陽奉陰違／貌恭神離。

心浮氣躁

【釋義】心緒不寧，脾氣暴躁。

【出處】李寶嘉・官場現形記三〇回：「畢竟當武官的心浮氣粗，也不管跟前有人沒有，開口便說：大人，怎麼連標下都不認得了？」

【用法】形容人沉不住氣，內心浮躁不安。

【例句】這孩子無論讀書做事總是**心浮氣躁**，靜不下來，父母為他操心不已。

【義近】心粗氣浮／毛毛躁躁。

【義反】沉著冷靜／謹小慎微／心細如髮。

心病還須心藥醫

【釋義】心藥：喻指可以破除心病的人、事、物等。

【出處】凌濛初・初刻拍案驚奇二五卷：「自古說得好：『心病還須心上醫』，眼見得不是盼奴來，醫藥怎得見效。」

【用法】指心病不是醫藥所能奏效的，要找出產生心病的原因予以解決。

【例句】王太太！看來妳女兒害的是心病。俗話說，**心病還須心藥醫**，我恐怕是無能為力。

【義近】解鈴還需繫鈴人。

心病難醫

【釋義】心病：指憂慮、煩悶的心情，或指隱情、隱痛。

【出處】道原・景德傳燈錄：「若與空王為弟子，莫教心病最難醫。」

【用法】用以指思想上的毛病難以用藥物治療。

【例句】你太太患的是心病，所謂**心病難醫**，你還是先找出她的病因再說吧！

【義近】心病還須心藥醫／解鈴還需繫鈴人。

【義反】藥石可癒／癬疥之恙／藥到病除。

心神不定

【釋義】心神不安定。定：平靜。

【出處】馮夢龍・平妖傳五回：「這般繁華去處，怕你們心神不定，惹出什麼是非也。」

【用法】形容人的精神情緒很不安定。

【例句】自從他太太離家出走後，他就一直**心神不定**，吃不好睡不著。

【義近】心神恍惚／七上八下／心緒不安／心神不寧／失魂落魄。

【義反】情緒安定／氣定神閒／心安神穩／心如止水／心安理得／好整以暇。

心神恍惚

【釋義】恍惚：不安寧或精神不集中的樣子。

【出處】唐・無名氏・東陽夜怪錄：「自虛心神恍惚，未敢遽前捫摸。」

【用法】形容人心神不安，精力不集中。

【例句】我最近總覺得**心神恍惚**，坐臥不安，可是醫生也說不出個所以然來。

【義近】精神恍惚／魂不守舍／心神不寧。

【義反】心安神定／心心念念／專心致志／一心一意。

心高氣傲

【釋義】意謂心志高傲，不願順從他人。

【出處】文康・兒女英雄傳二五回：「原想姑娘心高氣傲，不耐煩詳細領會鄧九公的意思，所以……。」

【用法】形容人桀傲不馴。

【例句】他向來就是這樣**心高氣傲**，你又何必跟他一般見識呢！

【義近】心比天高／桀傲不馴／盛氣凌人／趾高氣揚／飛揚跋扈。

【義反】平易近人／平等待人／

謙卑自牧。

心堅石穿（ㄒㄧㄣ ㄐㄧㄢ ㄕˊ ㄔㄨㄢ）

【釋義】意志堅定不移，石盤也可鑽穿。

【出處】南朝・梁・陶宏景・眞誥卷五：「有位傳先生積四十七年，鑽穿一石盤。」

【用法】喻人只要有恆心，任何困難都可克服。

【例句】鐵杵磨成繡花針足以說明**心堅石穿**的道理，成功永遠屬於有恆心、意志堅定的人。

【義近】鐵杵成針／駑馬十駕／鍥而不舍／金石可鏤／滴水穿石／積沙成塔。

【義反】一暴十寒／半途而廢／淺嘗輒止／功虧一簣／掘井九仞。

心細如髮（ㄒㄧㄣ ㄒㄧˋ ㄖㄨˊ ㄈㄚˇ）

【釋義】心細得像頭髮一樣。

【出處】李綠園・歧路燈九回：「這孝移本是個膽小如芥，心細如髮之人，不敢多聽，卻又不能令其少說。」

【用法】形容心思極其細緻，考慮問題極其周密。

【例句】我太太對家事的處理**心細如髮**，有條不紊，眞是難得。

【義近】步線行針／纖屑無遺。

【義反】心浮氣躁／毛毛躁躁。

心術不正（ㄒㄧㄣ ㄕㄨˋ ㄅㄨˋ ㄓㄥˋ）

【釋義】心術：思想和心計。

【出處】石玉琨・三俠五義八三回：「不多時，只見帶上了個欺心背反……一片心術不正的總管馬朝賢來。」

【用法】形容人心機多詐，或存心不善。

【例句】此人**心術不正**，老愛設計陷害人，很難與人成爲知心的朋友。

【義近】居心不良／居心叵測／心懷鬼胎／詭計多端。

【義反】心地善良／嶔崎磊落／心胸坦蕩。

心勞日拙（ㄒㄧㄣ ㄌㄠˊ ㄖˋ ㄓㄨㄛ）

【釋義】心勞：勞心，費盡心機。日：一天天地。拙：笨拙，糟糕。

【出處】尚書・周官：「作德，心逸日休；作僞，心勞日拙。」

【用法】形容費盡心力，反而越弄越糟。多用作貶義詞。

【例句】他本來就不專長於此，故從事此業太過吃力，甚至弄到**心勞日拙**，難以收拾的地步。

【義近】弄巧成拙。

【義反】心逸日休。

心寒膽落（ㄒㄧㄣ ㄏㄢˊ ㄉㄢˇ ㄌㄨㄛˋ）

【釋義】心裏害怕得膽都掉了。寒：害怕。

【出處】元・無名氏・抱妝盒・楔子：「皇兄賜俺金鞭一條，專打不忠之輩。……以此在朝官員，見俺無不心寒膽落。」

【用法】形容非常恐慌畏懼。

【例句】那幫海盜見我海軍軍艦驟然而至，無不**心寒膽落**，聞風而逃。

【義近】膽戰心驚／心膽俱裂／魂飛魄散。

【義反】泰然自若／氣定神閒／面不改色。

心無二用（ㄒㄧㄣ ㄨˊ ㄦˋ ㄩㄥˋ）

【釋義】心一時只能專注於一事，即一心不能兩用。

【出處】劉晝・劉子新論・專學：「而不能者，由心不兩用，則手不並運也。」馮夢龍・古今小說：「自古道心無二用。」

【用法】形容心思不能同時用在兩件事上，精神要集中。

【例句】不管是讀書或做任何一件事，但求**心無二用**，才能有所斬獲。

【義近】專心致志／聚精會神／全神貫注／心不兩用／心無旁騖。

【義反】心不在焉／人在此心在彼／魂不守舍／心猿意馬／三心二意。

心亂如麻（ㄒㄧㄣ ㄌㄨㄢˋ ㄖㄨˊ ㄇㄚˊ）

【釋義】心中煩亂無緒，像一團亂麻。

【出處】羣音類選・金釧記：「尋寶釧，撥殘花，只愁打草反驚蛇，那姣娥心亂如麻，枉猜疑我拿。」

【用法】形容心情十分煩亂。

【例句】一想到事情尚未解決，他就**心亂如麻**，難以入眠。

【義近】心慌意亂／心煩意亂／心神不定。

【義反】心如止水／心平氣和。

心慈面軟（ㄒㄧㄣ ㄘˊ ㄇㄧㄢˋ ㄖㄨㄢˇ）

【釋義】慈：仁慈，慈善。軟：柔和，溫和。

【出處】曹雪芹・紅樓夢六八回：「待要不出個主意，我又是個心慈面軟的人，憑人撮弄我，我還是一片傻心腸兒，說不得，等我應起來。」

【用法】形容人心地慈善，面貌溫和。

【例句】她是個**心慈面軟**的老太太，平日行善，積德無數。

【義近】菩薩心腸／面慈心軟／慈眉善目。

【義反】心狠手辣／如狼似虎／傷天害理／衣冠禽獸／狼心狗肺／冷酷無情。

心慌意亂（ㄒㄧㄣ ㄏㄨㄤ ㄧˋ ㄌㄨㄢˋ）

【釋義】心裏慌張，亂了主意。

【出處】錢彩・說岳全傳一二回：「那梁三震的兩臂酥麻，叫聲：『不好！』不由心慌意亂，再一刀砍來。」

【用法】形容一時發慌，思想紊亂，不知該怎麼辦才好。

【例句】做大事的人遇到任何險阻都能冷靜處理，決不**心慌意亂**。

【義近】方寸已亂／神昏意亂／心忙意亂／意急心忙。

【義反】心平氣和／神安氣定／心安意穩／心安理得／氣定神閒。

心煩意亂（ㄒㄧㄣ ㄈㄢˊ ㄧˋ ㄌㄨㄢˋ）

【釋義】心情煩躁，思緒紛亂。

【出處】屈原・卜居：「屈原既放，三年不得復見，竭智盡忠，而蔽障於讒。心煩意亂，不知所從。」

【用法】形容苦悶焦躁的心情。

【例句】連日陰雨不斷，使人**心煩意亂**，鬱結的心情難以開朗。

【義近】心亂如麻／煩躁不安／心意煩擾。

【義反】心曠神怡／心意愉悅／心安神穩／心神俱暢。

心照不宣

【釋義】心裏知曉，不用說明。照：默契，知道。宣：公開說出。

【出處】潘岳・夏侯常侍誄：「心照神交，惟我與子。」曾樸・孽海花三一回：「大家也就心照不宣了。」

【用法】彼此心裏明白，而不公開說出來。

【例句】工程弊案，官商勾結已是公開的祕密，大家都**心照不宣**。

【義近】心照神交／心領神會／心有默契／心知肚明。

【義反】百思不解／無法溝通。

心猿意馬

【釋義】形容心神不定，有如猿猴跳躍、快馬奔馳那樣難以控制。

【出處】維摩詰經・菩薩品：「卓定深沉莫測量，心猿意馬罷顛狂。」

【用法】形容心意不專，欲念難以控制。

【例句】無論做什麼事，都應專心一致，切莫**心猿意馬**。

【義近】三心二意／心神不定／心不在焉／心存鴻鵠。

【義反】一心一意／心神專注／專心致志／全心全意。

心腹之交

【釋義】心腹：指親信之人。

【出處】施耐庵・水滸傳三九回：「通判乃是心腹之交，徑入來同坐何妨！」

【用法】用以指貼心的朋友。

【例句】他是我的**心腹之交**，你有什麼話儘管說，用不著迴避的。

【義近】生死之交／莫逆之交／患難之交／杵臼之交／刎頸之交／羊左之交／管鮑之交／生死之交。

【義反】點頭之交／一面之交／泛泛之交／狐朋狗黨／酒肉朋友。

心腹之患

【釋義】指體內致命的疾病。一作「心腹之疾」。心腹：喻深處。患：禍害。

【出處】左傳・哀公一一年：「越在，我心腹之疾也。」後漢書・陳蕃傳：「今寇賊在外，四支之疾；內政不理，心腹之患。」

【用法】比喻嚴重的隱患。

【例句】周瑜千方百計想除掉孔明這個**心腹大患**，幸好孔明機智而逃過一劫。

【義近】不定時炸彈／慶父不死魯難未已。

【義反】纖介之禍／潢池戲水。

心慵意懶

【釋義】慵：與「懶」同義，這裏比喻消沉。

【出處】羣音類選・劉東生・畫眉序套曲：「厭聽長更短更，挨盡了銅壺寂靜，心慵意懶，方才好夢成，初上陽臺。」

【用法】形容人心情不好，意志消沉。

【例句】無論做什麼事，都不可能一帆風順，盡如人意，怎能一遇挫折就**心慵意懶**呢？

【義近】心灰意懶／灰心喪志／萬念俱灰／心如死灰／一蹶不振／懷憂喪志。

【義反】意氣風發／鬥志昂揚／踔厲風發／昂首闊步／滿腔熱血／神采奕奕。

心殞膽落

【釋義】指心和膽都落了。殞：落。

【出處】宋・邵伯溫・聞見前錄卷四：「而又喧傳陛下決為親征之謀，中外聞之，心殞膽落。」

【用法】形容驚恐到了極點。

【例句】一羣盜賊闖入王太太家，她頓時**心殞膽落**，整個人癱在地上。

【義近】膽戰心驚／心膽俱裂／魂飛魄散。

【義反】泰然自若／氣定神閒／面不改色。

心滿意足

【釋義】心願得到滿足。

【出處】馮夢龍・警世通言卷二：「老蒼頭道：『我家王孫曾有言，若得像娘子一般丰韻的，他就心滿意足。』」

【用法】說明心中十分滿足。

【例句】本來是不安現狀的她，結婚以後，幸福的婚姻生活讓她**心滿意足**，不再奢求擁有一切。

【義近】心滿願足／稱心如意／如願以償／十分愜意。

【義反】大失所望／事與願違／宿願難償。

心領神會

【釋義】心裏領悟明白。領、會：領悟，理解。

【出處】李東陽・麓堂詩話：「苟非心領神會，自有所得，雖日提耳而教之，無益也。」

【用法】形容不用明說，心裏已經領會。

【例句】聰明反應快的學生，對老師的講解較能**心領神會**。

【義近】心會意契／心照不宣／心照神交／心融神悟。

【義反】一竅不通／莫名其妙／心智遲鈍／百言不明。

心寬體胖

【釋義】胖：安舒。一作「心廣體胖」。

【出處】禮記・大學：「富潤屋，德潤身，心廣體胖。」

【用法】形容心胸開闊或無事煩擾，而身體發胖。

【例句】他這幾年來由於事業穩定，故**心寬體胖**，體重節節上揚。

【義近】心廣體胖。

【義反】心力交瘁／憔悴瘦損。

心潮澎湃

【釋義】心裏像浪濤一樣翻騰。澎湃：波浪激蕩。

【用法】形容心情不平靜，非常激動。

【例句】每當憶起少年時的那份執著及滿腔熱血的情懷，就不禁令人**心潮澎湃**。

【義近】思潮澎湃／心潮起伏／浮想聯翩。

【義反】心如死灰／心灰意冷／心如古井。

心醉神迷（ㄒㄧㄣ ㄗㄨㄟˋ ㄕㄣˊ ㄇㄧˊ）

【釋義】本作「心醉魂迷」。醉：這裏與「迷」同義，沉迷的意思。
【出處】顏氏家訓・慕賢：「所值名賢，未嘗不心醉魂迷，嚮慕之也。」
【用法】形容佩服、愛慕到了極點。
【例句】眞難以理解，這些青少年爲什麼會對偶像如此**心醉神迷**，難道他們具有勾魂攝魄的魅力不成？
【義近】心馳神往／神魂顛倒。
【義反】興味索然／意興闌珊。

心凝形釋（ㄒㄧㄣ ㄋㄧㄥˊ ㄒㄧㄥˊ ㄕˋ）

【釋義】心凝：心神凝聚。形釋：形體消散。
【出處】列子・黃帝：「心凝形釋，骨肉都融。」
【用法】形容內心與大自然合而爲一，達到忘我的境界。
【例句】登上山頂向四處遠眺，藍天白雲、青山綠水，令人**心凝形釋**，與大自然融爲一體。
【義近】渾然忘我／物我兩忘。

心蕩神搖（ㄒㄧㄣ ㄉㄤˋ ㄕㄣˊ ㄧㄠˊ）

【釋義】意即心神搖蕩。
【出處】蘭陵笑笑生・金瓶梅一八回：「猛然一見，不覺心蕩神搖，精魂已失。」
【用法】形容神魂顛倒，不能自持。
【例句】你們瞧那色鬼，看到了幾個如花似玉的女孩子，就**心蕩神搖**，不能自持了。
【義近】心蕩神馳／心蕩神怡／勾魂攝魄／神魂顛倒／魂不守舍。
【義反】無動於衷／心如止水。

心膽俱裂（ㄒㄧㄣ ㄉㄢˇ ㄐㄩˋ ㄌㄧㄝˋ）

【釋義】心和膽都破裂了。
【出處】羅貫中・三國演義三七回：「竊念備漢朝苗裔，濫叨名爵，伏睹朝廷陵替，綱紀崩摧，羣雄亂國，惡黨欺君，備心膽俱裂。」
【用法】形容悲憤或驚恐到了極點。
【例句】看了南京大屠殺的諸多照片，有血性的中國人無不**心膽俱裂**！
【義近】義憤塡膺／拊膺切齒。

心謗腹非（ㄒㄧㄣ ㄅㄤˋ ㄈㄨˋ ㄈㄟˇ）

【釋義】意謂心裏在誹謗。非：同「誹」。
【出處】司馬遷・史記・魏其武安侯列傳：「魏其灌夫日夜招聚天下豪傑壯士與論議，腹誹而心謗。」魏書・太祖紀二：「已而慮羣下疑惑，心謗腹非。」
【用法】形容人口裏雖不說，但心裏卻在譴責反對。
【例句】這些人看似毫無意見，實則是**心謗腹非**的，盡是小人行徑。
【義近】含沙射影／笑裏藏刀／表裏不一。
【義反】心口如一／表裏如一／光明磊落／心直口快。

心懷叵測（ㄒㄧㄣ ㄏㄨㄞˊ ㄆㄛˇ ㄘㄜˋ）

【釋義】居心險惡，難以測度。叵：不可。
【出處】羅貫中・三國演義五七回：「馬騰兒子馬岱諫曰：『曹操心懷叵測，叔父若往，恐遭其害。』」
【用法】說明心裏藏著不可窺測的壞主意，用於貶意。
【例句】他這個人**心懷叵測**，我眞猜不透他究竟想幹什麼。
【義近】居心叵測／居心不良／存心不良／心懷鬼胎／心術不正。
【義反】襟懷坦蕩／光明磊落／正大光明。

心懷鬼胎（ㄒㄧㄣ ㄏㄨㄞˊ ㄍㄨㄟˇ ㄊㄞ）

【釋義】鬼胎：比喻不可告人的念頭或事情。
【出處】凌濛初・二刻拍案驚奇卷三：「孺人揭開帳來，看見了翰林，道：『……你方才卻和那個說話？』翰林心懷鬼胎，假說道：『只是小侄，並沒有那個。』」
【用法】指心裏存有不能說出的念頭或事情。通常指害人的惡念。
【例句】我看他是**心懷鬼胎**，所以說起話來吞吞吐吐，神色也顯得有些緊張。
【義近】別有用心／居心叵測／心懷不軌／居心不良。
【義反】光明正大／光明磊落／光風霽月。

心曠神怡（ㄒㄧㄣ ㄎㄨㄤˋ ㄕㄣˊ ㄧˊ）

【釋義】曠：開闊，開朗。怡：愉快。
【出處】范仲淹・岳陽樓記：「登斯樓也，則有心曠神怡，寵辱皆忘，把酒臨風，其喜洋洋者矣。」
【用法】形容胸襟開闊，精神愉快。
【例句】久雨初晴，登上峰頂，遙望全城，令人**心曠神怡**。
【義近】心往神馳／心花怒放／心神俱暢。
【義反】心煩意亂／憂讒畏譏／心情沮喪／鬱鬱寡歡。

心癢難撓（ㄒㄧㄣ ㄧㄤˇ ㄋㄢˊ ㄋㄠˊ）

【釋義】心中有癢，難以抓搔。撓：用手指輕輕地抓。
【出處】王實甫・西廂記第一本四折：「著小生迷離沒亂，心癢難撓。哭聲兒似鶯轉喬林，淚珠兒似露滴花梢。」
【用法】指心中有某種意念或情緒而起伏不定，難以克制。
【例句】樹底下綁著兩個人，一個正是唐僧。行者見了，**心癢難撓**，忍不住，現了本相，近前叫聲「師父」。（吳承恩・西遊記八六回）
【義近】心癢難熬／心潮澎湃／躍躍欲試。
【義反】不動聲色／不露聲色／無動於衷／泰然自若／心如止水。

心驚肉跳（ㄒㄧㄣ ㄐㄧㄥ ㄖㄡˋ ㄊㄧㄠˋ）

【釋義】也作「心驚肉戰」。跳、戰，均爲抖動之意。
【出處】元・無名氏・爭報恩：「不知怎麼，這一會兒心驚肉戰。」曹雪芹・紅樓夢一○五回：「賈政在外，心驚肉跳。」
【用法】形容極其恐懼不安，擔心災禍臨頭。
【例句】自從丈夫葬身大海後，她一聽到波濤的轟鳴和狂風的怒吼，便感到**心驚肉跳**。

【義近】心驚膽戰／心神不寧／忐忑不安。

【義反】神色自如／泰然處之／心安神定／泰然自若／面不改色／陽陽如常。

心驚膽戰

【釋義】戰：發抖，也作「顫」。

【出處】關漢卿・魯齋郎一折：「我恰便是履深淵，把不定心驚膽戰，有這場死罪愆。」

【用法】形容極度驚恐。

【例句】我走近懸崖邊，往下一看，原來是萬丈深淵，眞教人**心驚膽戰**。

【義近】膽顫心驚／膽顫心搖／提心吊膽／心顫魂飛／魂飛魄散。

【義反】神色不驚／泰然自若／膽大無畏。

心靈手巧

【釋義】心思靈敏，手藝工巧。

【出處】清・孔尚任・桃花扇・棲眞：「香姐心靈手巧，一捻針線，就是不同的。」

【用法】形容人既聰明又能幹。

【例句】熊小姐眞是**心靈手巧**，不多久就織出一件美觀大方的毛衣來。

【義近】心閒手敏／冰雪聰明。

【義反】心拙手笨／笨手笨腳。

一畫

必不得已

【釋義】必：必然。已：止。

【出處】論語・顏淵：「子貢問政。子曰：『足食、足兵、民信之矣。』子貢曰：『必不得已而去，於斯三者何先？』曰：『去兵。』」

【用法】用以說明形勢使得非如此不可，毫無考慮商量的餘地。含無可奈何的意思。

【例句】明知離婚是下下之策，但他老在外面拈花惹草，不顧家計，我是**必不得已**才走上離婚之路。

【義近】百般無奈／別無選擇／迫不得已／形勢所迫。

必由之路

【釋義】一定要經過的道路。由：經過。

【出處】孟子・告子上：「仁，人心也；義，人路也。」朱熹注：「謂人之路，則可以見其出入往來必由之路，而不可須臾舍也。」

【用法】泛指事物必須遵循的規律，或行事做人必須遵守的方法。

【例句】儒家強調教育，認爲重教化、輕刑罰是國家安定、人民富裕幸福的**必由之路**。

【義近】必經之路／唯一道路。

【義反】枉道而行／門路甚多。

必爭之地

【釋義】一定要爭奪的地方。

【出處】周書・王悅傳：「白馬要衝，是必爭之地。今城守寡弱，易可圖也。」

【用法】指敵對雙方非爭奪不可的戰略要地。

【例句】潼關、山海關等地因地勢險要，是我國古代兵家的**必爭之地**。

【義近】戰略要地／表裏山河／崤函之固／被山帶河／天塹之險。

【義反】四戰之地／一馬平川。

必恭必敬

【釋義】必：一定。恭：謙遜有禮貌。敬：尊敬，有禮貌地對待。又作「畢恭畢敬」。畢：完全。

【出處】詩經・小雅・小弁：「維桑與梓，必恭敬止。」秋瑾・致秋譽章書：「一桌菜祭之，必恭必敬，即盡人子之孺慕。」

【用法】形容待人接物十分恭敬有禮。

【例句】他做事態度非常嚴謹，待人更是**必恭必敬**，是一位眞正的讀書人。

【義近】肅然起敬／彬彬有禮／溫文儒雅。

【義反】元龍高臥／倨傲鮮腆／粗俗無禮。

必傳之作

【釋義】能傳於後世的著作。

【出處】漢書・揚雄傳載：雄死，王邑「謂桓譚曰：『子嘗稱揚雄書，豈能傳於後世乎？』譚曰：『必傳』。」

【用法】用以稱有長遠價值的著作，不會被時間淘汰。

【例句】胡適先生爲一代文學家，他一生辛勤筆耕，留下了許多**必傳之作**。

【義近】不朽之作／不刊之論／千古名著／經典之作／不易之論／風雨名山之業。

【義反】不經之談／雕蟲小技／浮泛之論／遊戲筆墨。

三畫

忙忙碌碌

【釋義】忙忙：事務繁冗不得空閒。碌碌：勞苦忙碌。

【出處】王元壽・景園記傳奇一五：「看渠忙忙碌碌，到羅里去。」

【用法】形容事務繁冗，勞苦奔波而無暇自顧。

【例句】他一天到晚**忙忙碌碌**，連假日也不能休息，實在太辛苦了。

【義近】忙忙叨叨／衣不解帶／棲棲遑遑／孜孜矻矻／汲汲不息。

【義反】悠閒自在／無所事事／清閒優遊。

忙裏偷閒

【釋義】在繁忙中抽出閒暇。偷：抽出。閒：空閒，閒暇。

【出處】黃庭堅・和答趙令同前韻詩：「人生正自無閒暇，忙裏偷閒得幾回。」

【用法】形容在百忙中抽出一點閒暇時間。

【例句】他的工作的確很忙，但他善於安排，還能**忙裏偷閒**利用假日陪家人遊山玩水。

【義近】忙中偷閒／偷得浮生半日閒。

【義反】分身乏術。

忘年之交

【釋義】忘年：不計較年齡大小、輩分高低。

【出處】後漢書・禰衡傳：「禰衡有逸才，少與孔融交。時衡未滿二十，而融已五十，爲忘年交。」

【用法】指不拘年歲輩分，而成爲莫逆之交。

【例句】他倆一老一少，卻無話不談，大家都稱他們爲**忘年**

之交。
【義近】忘形之交／忘言之交／老少知己。
【義反】同年之交／同窗之友。

忘其所以

【釋義】所以：由來，依據。此指適宜的舉動。
【出處】馮夢龍・醒世恆言卷一三回：「夫人傾身陪奉，忘其所以。」
【用法】指因過分興奮或得意而忘了應有的舉止。
【例句】成功者應該謙虛謹慎，不能驕傲自滿，**忘其所以**。
【義近】得意忘形／忘乎所以。
【義反】謙虛謹慎／有禮有節／舉止得體／寵辱不驚。

忘恩負義

【釋義】忘記恩情，背棄道義。恩：恩惠。負：辜負，違背。
【出處】魏書・蕭寶夤傳：「背恩忘義，梟獍其心。」楊文奎・兒女團圓二折：「他怎生忘恩負義？」
【用法】指忘記別人對自己的好處，反而做出對不起別人的事。
【例句】沒想到他飽讀詩書，竟做出如此**忘恩負義**的事，眞令人痛心。
【義近】過河拆橋／恩將仇報／違恩負義。
【義反】感恩戴德／飲水思源／結草銜環／知恩圖報。

志士仁人

【釋義】指有宏偉志向和道德高尚的人。仁：仁愛，道德高尚。
【出處】論語・衛靈公：「志士仁人，無求生以害仁，有殺身以成仁。」
【用法】多用以指有節操，公而忘私的人。
【例句】在我國歷史上，有許多**志士仁人**，爲國家和民族的利益獻出了自己的生命。
【義近】正人君子／狷介之士。
【義反】無恥之徒／狐鼠之輩。

志大才疏

【釋義】志：志向，抱負。才：才能。疏：粗疏，淺薄。
【出處】後漢書・孔融傳：「融負其高氣，志在靖難，而才疏意廣，迄無成功。」宋史・王安禮傳：「志大才疏。」
【用法】用以說明人志向遠大而才能低下。同「才疏意廣」。
【例句】這個人眼高手低，**志大才疏**，將來肯定沒有多大的出息。
【義近】才疏意廣／眼高手低／志大才庸／好高騖遠。
【義反】德才兼備／才德相孚。

志同道合

【釋義】志：志向。道：方向，道路。
【出處】陳壽・三國志・魏書・陳思王植傳：「(伊尹、呂望)及其見舉於湯武、周文，誠道合志同，玄謨神通。」
【用法】說明志願、理想、意見相合，信仰一致。
【例句】眞正幸福的愛情，應建立在**志同道合**的基礎上，這樣才更有把握白頭到老。
【義近】志趣相投／意氣相投。
【義反】不相爲謀／各奔前程／扞格不入／貌合神離。

志在千里

【釋義】志在日行千里。
【出處】曹操・步出夏門行第四首：「老驥伏櫪，志在千里；烈士暮年，壯心不已。」
【用法】比喻人志向遠大，不圖眼前的利益。
【例句】一個人不應滿足於眼前的小功小利，要放眼四海，**志在千里**，去成就一番偉大的事業。
【義近】雄心壯志／鴻鵠之志／志在四方。
【義反】燕雀小志／蜩鳩之志。

志在四方

【釋義】四方：指天下、國家。
【出處】關漢卿・裴度還帶三折：「立忠信男兒志四方。」馮夢龍・東周列國志二五回：「男兒志在四方。」
【用法】形容有遠大的志向和抱負。
【例句】好男兒**志在四方**，你何必總是留戀鄉土親人，不肯出國深造呢？
【義近】四方之志／鴻鵠之志／胸懷大志／志在千里。
【義反】求田問舍／小人之志／胸無大志／短視近利。

志在必得

【釋義】意志堅定，一心想達成某種目標。亦作「志在必勝」。
【出處】左傳・桓公十二年：「此次復伐羅，志在必勝，得意忘形。」
【用法】形容人信心十足，一心想達成某件事情。
【例句】張同學去年聯考名落孫山，經過一年日夜苦讀，今年他是**志在必得**。

志氣凌雲

【釋義】志氣直上雲霄。凌：升高。
【出處】元・無名氏・飛刀對箭四折：「我如今狀貌堂堂，威風赳赳，志氣凌雲。」
【用法】形容志向宏偉，意氣豪壯。
【例句】倘老闆的兒子雖然相貌平庸，但是卻**志氣凌雲**，來日若成大器，你也不要覺得意外。
【義近】凌雲之志／壯志凌雲／鴻鵠之志／豪情壯志／志在千里／雄心壯志／青雲之志／豪情萬丈。
【義反】求田問舍／駑馬戀棧／生平無大志／胸無大志／燕雀之志。

志得意滿

【釋義】願望達到，心意滿足。
【出處】宋・陸九淵・與劉伯協書：「當無道時，小人在位，君子在野，小人志得意滿，君子阨窮禍患，甚者在囹圄，伏刀鋸，投荒裔。」
【用法】形容人處境順利，洋洋得意的樣子。
【例句】他是我師大同學，當年同以陽春麵果腹，如今他當上了教育局長，那副**志得意滿**，不可一世的神情，眞教人不敢領教。
【義近】趾高氣揚／得意忘形／意氣洋洋／不可一世。

【義反】謙卑自牧／不矜不伐／虛懷若谷／卑以自牧。

志誠君子

【釋義】志誠：心意眞實。君子：指品德高尙的人。
【出處】明・徐霖・繡襦記・姨鴇詐機：「他是個志誠君子，與別人不同，怎麼開口起發他的？」
【用法】用以指志行誠篤、品德高尙的人。
【例句】他是位**志誠君子**，向來一言九鼎，說話算話，是一個可以信任的人。
【義近】志士仁人／正人君子／仁人君子。
【義反】市井無賴／地痞流氓／土豪劣紳。

志學之年

【釋義】原指孔子自敍其求學的歷程：十五歲起立志求學。
【出處】論語・爲政：「孔子曰：『吾十有五而志於學，三十而立，四十而不惑，五十而知天命，六十而從心所欲，不逾矩。』」
【用法】今泛指人到了求學的年紀。
【例句】孔子**志學之年**爲十五歲，今人七歲則進入小學，接受義務教育。
【義近】束髮之年。

忍心害理

【釋義】忍心：心地殘忍。害理：傷害天理。
【出處】蒲松齡・醒世姻緣一六回：「又曉得他聽了珍哥的說話逼死了嫡妻，又是忍心害理的了。」
【用法】形容心狠手辣，爲人極其殘忍。
【例句】這幾個流氓成天無所事事不務正業，如今更做出搶劫殺人、**忍心害理**的事來！
【義近】傷天害理／喪盡天良／滅絕人性／人面獸心。
【義反】惜老憐貧／行善積德／樂善好施。

忍俊不禁

【釋義】忍俊：含笑。不禁：不能自制，控制不住。
【出處】悟明・聯燈會要卷一六：「山僧昨日入城，見一棚傀儡……山僧忍俊不禁。」
【用法】指忍不住要發笑。
【例句】看著這些五、六歲的孩子，裝上鬍子跳起新疆舞亞克西，人們都**忍俊不禁**，大笑起來。
【義近】令人噴飯／啞然失笑。
【義反】默然不言／淡然置之。

忍氣吞聲

【釋義】忍：忍耐。吞聲：不敢出聲。
【出處】京本通俗小說・菩薩蠻：「錢都管……罵了一頓，走開去了。張老只得忍氣吞聲回來，與女兒說知。」
【用法】指受了氣勉強忍耐，有話不敢說出來。
【例句】爲了顧全大局，她**忍氣吞聲**接受眾人的嘲諷。
【義近】飲恨吞聲／含垢忍辱／忍尤攘垢／逆來順受／委曲求全／含蘗茹苦。

忍辱負重

【釋義】忍辱：忍受屈辱。負重：負擔重任。
【出處】陳壽・三國志・吳書・陸遜傳：「國家所以屈諸君使相承望者，以僕有尺寸可稱，能忍辱負重故也。」
【用法】形容一個人爲了顧全大局，容忍恥辱勞怨而肩負重任。
【例句】抗日期間，有些人**忍辱負重**，扮作漢奸與日人周旋，不知受了多少委屈。
【義近】忍辱含垢／臥薪嘗膽。

忍辱偷生

【釋義】偷生：苟且地活著。
【出處】羅貫中・三國演義八回：「妾恨不即死，止因未與將軍一訣，故且忍辱偷生。」
【用法】忍受恥辱，苟且求生。
【例句】她的性情非常剛烈，你想叫她**忍辱偷生**，是絕不可能！
【義近】忍氣吞聲／逆來順受／委曲求全／苟且偷生。
【義反】寧爲玉碎，不爲瓦全／堅貞不屈／守身如玉／寧死不屈。

忍飢受餓

【釋義】意即忍受飢餓。
【出處】元・關漢卿・五侯宴四折：「做娘的忍飢受餓，爲子的富貴榮昌。可憐見看至死，可來報答你這養育親娘！」
【用法】形容生活極其貧困，度日非常艱難。
【例句】經過近二十年的政治改革，並推動經濟發展，現在即使是邊遠山區，也無人**忍飢受餓**了。
【義近】忍飢挨餓／啼飢號寒／飢寒交迫。
【義反】飽食暖衣／豐衣足食。

忍無可忍

【釋義】無：不。又作「忍不可忍」。原義是忍受常人所不能忍之事。
【出處】陳壽・三國志・魏書・孫禮傳：「（孫禮）涕泣橫流。宣王曰：『且止，忍不可忍。』」
【用法】形容忍受到無法再忍受下去了。
【例句】在這種羞辱下，我實在**忍無可忍**，非出來把話說清楚不可。

忐忑不安

【釋義】忐忑：心神不定。一作「忐忑不定」。
【出處】李寶嘉・官場現形記三四回：「我本是一個沒有省分的人，現在忽然歸了特旨班……因此心上忐忑不定。」
【用法】形容心神很不安定。
【例句】他最近腹部經常疼痛，自以爲得了癌症，心中一直**忐忑不安**，經醫院化驗無礙後，才放下心來。
【義近】七上八下／忐忑不寧／惴惴不安／惶恐不安。
【義反】心安理得／泰然自若／泰然處之／心穩神定。

四畫

快人快語

【釋義】爽快人說爽快話。快：爽快，痛快。
【出處】蔡東藩・五代史詮義三回：「我恐朱氏一族，將被汝覆滅了！」批語：「快人快語。」
【用法】用以稱讚人直爽，說話痛快。
【例句】劉先生眞是**快人快語**，一語中的，令我深感佩服。
【義近】心直口快／直言不諱。
【義反】吞吞吐吐／支吾其詞／拙嘴笨腮／閃爍其詞。

快刀斬亂麻

【釋義】斬：一作「斷」。亂麻：指問題複雜棘手。
【出處】北齊書・文宣紀：「高祖（高歡）嘗試觀諸子意識，各使治亂絲，帝（高洋）獨抽刀斬之，曰：『亂者須斬。』」
【用法】比喻以果斷迅捷的手段，解決紛繁糾葛的事情。
【例句】你不要這樣婆婆媽媽的，**快刀斬亂麻**，問題才能迅速解決。
【義近】雷厲風行／一刀兩斷／毅然決然。
【義反】拖泥帶水／優柔寡斷／猶豫不決。

快馬加鞭

【釋義】跑得快的馬再加上一鞭子，使馬跑得更快。
【出處】道原・景德傳燈錄卷六：「快馬一鞭，快人一言。」徐仲田・殺狗記：「何不快馬加鞭，逕趕至蒼山，救取伯伯。」
【用法】比喻快上加快，加速前進。
【例句】眼見工程進度落後許多，施工單位只好**快馬加鞭**，日夜不休，以求如期完工。
【義近】馬不停蹄／輕車快馬／急如星火。
【義反】蝸行牛步／慢條斯理。

快意當前

【釋義】快意：舒適，稱心。當前：眼前。
【出處】李斯・諫逐客書：「快意當前，適觀而已矣。」
【用法】多用以說明圖一時之快樂。
【例句】會過日子的人，應該妥善做好生涯規畫，不能只求**快意當前**。
【義近】今朝有酒今日醉。
【義反】放眼未來／深謀遠慮。

忸怩作態

【釋義】忸怩：形容不好意思或不大方的樣子。
【出處】巴金・談春：「倘使小說不能作爲我作戰的武器，我何必花那麼多的功夫轉彎抹角，忸怩作態，供人們欣賞來換取作家的頭銜？」
【用法】形容做作含羞的樣子。
【例句】你不要看她年紀小，有時可會**忸怩作態**來戲弄大人呢！
【義近】扭扭捏捏／惺惺作態。
【義反】大大咧咧／落落大方。

忤逆不孝

【釋義】忤逆：不順從。
【出處】王實甫・破窰記：「狀元郎讎恨記在心懷，忤逆女將爺娘不認睬。」
【用法】指子女不順從、不孝敬父母。
【例句】對父母**忤逆不孝**的人，簡直連禽獸都不如。
【義近】孤犢觸乳。
【義反】老牛舐犢／烏鳥私情／王祥臥冰／昏定晨省／慈烏反哺／跪乳孝思。

忠心耿耿

【釋義】耿耿：忠誠的樣子。
【出處】李汝珍・鏡花緣五七回：「當日令尊伯伯爲國捐軀，雖大事未成，然忠心耿耿，自能名垂不朽。」
【用法】形容非常忠誠。
【例句】他對黨國**忠心耿耿**，雖屢遭冤屈，仍誓無二志。
【義近】赤膽忠心／忠肝義膽／忠貞不二。
【義反】心懷叵測／心懷異志／心懷不軌。

忠臣不事二君

【釋義】事：侍奉。二君：第二個君主。
【出處】京本通俗小說・馮玉梅團圓：「妾聞忠臣不事二君，烈女不更二夫。妾被賊君所掠，自誓必死，蒙君救拔，遂爲君家之婦，此身乃君之身也。」
【用法】用以形容忠誠不二。
【例句】古代的志士秉持**忠臣不事二君**的信念，義不降敵，爲後人留下了許多可歌可泣的英勇事跡。
【義近】烈女不事二夫／一馬不被二鞍／忠心耿耿／赤膽忠心／忠貞不渝／一片丹心。
【義反】見風轉舵／看風轉篷／八面玲瓏／心懷異志。

忠臣烈士

【釋義】忠義之臣，剛烈之士。
【出處】隋書・李文博傳：「每讀書至治亂得失、忠臣烈士，未嘗不反復吟玩。」
【用法】舊時用以指忠君愛國、堅守節操的臣子。
【例句】文天祥不爲富貴所淫、威武所屈，正氣凜然，實爲**忠臣烈士**的典範。
【義近】忠臣義士／節烈之士。
【義反】亂臣賊子／弒君奸賊／賣國漢奸。

忠君報國

【釋義】忠於國君，報效國家。
【出處】元・鄭德輝・伊尹耕莘二折：「大丈夫生於天地之間，濟世安民，忠君報國，乃是男兒所爲。」
【用法】舊時用以指有志之士立身行事的最高準則。
【例句】古代許多有志之士爲了**忠君報國**而不惜犧牲自己的生命，這種精神一直激勵著後人。
【義近】盡忠報國／忠君愛國／精忠報國／捨身爲國。
【義反】自私自利／弒君自立／賣國求榮／損公肥私／欺君禍國。

忠孝兩全

【釋義】忠：盡己之力謂之忠。孝：指對父母盡孝。

【出處】白居易・除程執恭檢校右僕射制：「業傳將略，名在勳籍：蘊天爵以修己，忠孝兩全。」

【用法】用以說明一個人對國家盡忠和對父母盡孝，兩者都能兼顧。

【例句】舊時所提倡的**忠孝兩全**，即便在今日也應繼續發揚光大。

【義近】忠臣孝子／忠孝節義／移孝作忠。

忠肝義膽

【釋義】意即赤膽忠心，指忠貞而富於血性。

【出處】汪元量・浮丘道人・招魂歌：「忠肝義膽不可狀，要與人間留好樣。」

【用法】用以形容於國於民忠誠不二，敢以身殉職。

【例句】黃花崗七十二烈士，是**忠肝義膽**的革命菁英。

【義近】忠誠壯烈／忠貞義勇／赤膽忠心。

【義反】貪生怕死／賣國求榮／叛國投敵。

忠言逆耳

【釋義】忠言：誠懇勸告的話。逆耳：刺耳，耳所不願聞。

【出處】司馬遷・史記・留侯世家：「且忠言逆耳利於行，毒藥苦口利於病。」

【用法】用以說明正直的規勸，聽起來不順耳。

【例句】我承認我說的這些話很不中聽，但**忠言逆耳**，望你多加思量。

【義近】良藥苦口。

【義反】阿諛奉承／順耳之言。

忠言讜論

【釋義】讜：正直的言語。

【出處】宋孝宗・經進東坡文集序：「故贈太師謚文忠蘇軾，忠言讜論，立朝大節，一時廷臣無出其右。」

【用法】出言忠誠，立論正直。

【例句】這幾位議員無論在什麼場合，都能以**忠言讜論**來直指時弊，無所顧忌。

【義近】讜言正論／不刊之論。

【義反】齒牙餘論。

忠厚老誠

【釋義】忠厚：忠實厚道。老誠：誠實，不詭詐。

【出處】石玉琨・七俠五義二回：「那包山忠厚老誠，正直無私。」

【用法】形容爲人寬厚有德，公正無私。

【例句】你儘管放心，我這位朋友**忠厚老誠**，他決不會欺騙你的。

【義近】老實厚道／誠實懇切／寬厚仁慈。

【義反】詭計多端／狡猾欺詐／心狠手辣。

忠厚長者

【釋義】待人寬厚，熱心助人的長輩。

【出處】司馬遷・史記・韓長儒列傳：「而出於忠厚焉。」項羽本紀：「稱爲長者。」

【用法】稱頌年高德劭，樂於助人的長輩。

【例句】這位老里長雖已年屆八旬，卻仍出錢出力，修橋舖路，眞是一位**忠厚長者**。

【義近】樂善好施。

【義反】老奸巨猾。

忠貞不渝

【釋義】忠貞：忠誠堅貞。渝：變。

【出處】左丘明・國語・晉語二：「昔君問臣事君於我，我對以忠貞……。」

【用法】用以形容忠誠堅定，永不改變。

【例句】①她對愛情**忠貞不渝**，是位難得的好女子。②他對國家**忠貞不渝**，處處以國事爲重。

【義近】忠貞不二／忠誠不渝／矢志無他／至死不渝。

【義反】朝秦暮楚／喜新厭舊／朝三暮四。

忽忽不樂

【釋義】忽忽：本形容時間過得很快，這裏是形容失意的情狀。

【出處】司馬遷・史記・梁孝王世家：「三十五年冬，復朝。上疏欲留，上弗許。歸國，意忽忽不樂。」

【用法】形容人因心中失意而快樂不起來。

【例句】自從他因得罪局長而被革職以來，一直**忽忽不樂**，別人怎麼開導也無濟於事。

【義近】悶悶不樂／快快不悅／長吁短歎／鬱鬱寡歡。

【義反】自得其樂／怡然自得／滿面春風。

念念不忘

【釋義】念念：時刻思念。

【出處】朱子全書・論語：「言其於忠信篤敬，念念不忘。」

【用法】形容常常思念，總忘不了。

【例句】他**念念不忘**兒時在故鄉的那段悠然歲月。

【義近】朝思暮想／日思夜夢。

【義反】樂不思蜀／拋諸腦後。

念念有詞

【釋義】念念：反覆地念誦。原指佛徒不停地念經文。

【出處】施耐庵・水滸傳五一回：「宋江不等那風到，口中也念念有詞，左手捏訣，右手把劍一指。」

【用法】形容人默默地叨念不已或嘟嘟囔囔細語不停。

【例句】這老太婆一天到晚口中**念念有詞**，卻又聽不清楚她究竟在說些什麼，大概是在責怪兒孫們吧。

【義近】自言自語／喃喃不休／呶呶不休。

【義反】默默無語。

念茲在茲

【釋義】念念不忘其所應該做的事情。茲：此，這個。

【出處】尚書・大禹謨：「帝念哉，念茲在茲，釋茲在茲。」

【用法】用以說明一個人專心致志，力行其事，無一時一刻忘懷其職責。

【例句】父母之恩不敢或忘，爲人子者當**念茲在茲**，好好孝順父母親。
【義近】念念不忘／時刻銘記／專心致志。
【義反】置之腦後／心不在焉。

五　畫

怙惡不悛
【釋義】怙：依靠，仗恃。悛：悔改。
【出處】左傳・隱公六年：「長惡不悛，從自及也。」金史・許古傳：「其或怙惡不悛，舉眾討之。」
【用法】指稱堅持作惡，不肯改悔。
【例句】這些竊賊如若**怙惡不悛**繼續犯罪，就應嚴懲不貸！
【義近】死不悔改／至死不悟／執迷不悟。
【義反】改邪歸正／放下屠刀／改過遷善／翻然悔悟／洗心革面／改過自新。

怵惕惻隱
【釋義】怵惕：恐懼的樣子。惻隱：憐憫傷痛。
【出處】孟子・公孫丑上：「今人乍見孺子將入於井，皆有怵惕惻隱之心。」
【用法】指人都有憐憫同情別人不幸的心。
【例句】見到南投九份二山的地震慘狀，**怵惕惻隱**之心油然而起，大家出錢出力，幫助受災戶早日重建家園。
【義近】惻隱之心／悲天憫人／人溺己溺／人饑己饑。
【義反】心如木石／鐵石心腸。

怪力亂神
【釋義】怪異，暴力，悖亂，鬼神。
【出處】論語・述而：「子不語怪力亂神。」晉書・藝術傳贊：「怪力亂神，詭時惑世，崇尚弗已，必致流弊。」
【用法】用以泛指各種違情背理的事。
【例句】古往今來，**怪力亂神**之事害人不淺，但卻總有人信奉，眞令人百思難解。
【義近】無稽之談／荒誕無稽／荒誕不經／齊東野語／道聽途說／無稽讕言。
【義反】千眞萬確／耳聞目睹／確鑿不移／入情入理／鑿鑿之論／鑿鑿有據／合情合理／持之有故。

怪模怪樣
【釋義】模、樣：形狀，樣子。
【出處】吳敬梓・儒林外史一二：「權勿用怪模怪樣，眞乃一時勝會。」
【用法】用以指樣子奇特，非同一般。
【例句】一走進雲南的石林，滿眼都是**怪模怪樣**的石頭，顯得非常奇特。
【義近】奇形怪狀／稀奇古怪。
【義反】正經八百／習見熟睹。

怪誕不經
【釋義】怪誕：怪異荒唐。不經：不合常情。經，正常。
【出處】漢書・王尊傳贊：「譎詭不經，好爲大言。」韓愈・遊青龍寺贈崔太補闕：「勿驚顏色變韶稚，卻信靈仙非怪誕。」
【用法】多用以形容離奇古怪，令人不可思議。
【例句】《西遊記》裏面的許多故事，確實顯得有些**怪誕不經**，但那是神話，不能照一般常理去看它。
【義近】荒謬不經／荒唐無稽／天方夜譚。
【義反】合情合理／有據可查／有案可稽。

怛然失色
【釋義】怛：恐懼，驚愕。失色：因受驚害怕而面色蒼白。
【出處】蘇洵・送石昌言舍人北使行：「聞介馬萬騎馳過，劍槊相摩，終夜有聲，從者怛然失色。」
【用法】形容因驚恐或害怕而臉色變得蒼白。
【例句】鄒太太一聽說丈夫被車子撞傷，頓時**怛然失色**，幾乎昏倒。
【義近】大驚失色／愀然變色／面如土色／色若死灰。
【義反】神色自若／面不改色／談笑自若／若無其事／泰然自若／鎮定如恆。

怏怏不平
【釋義】怏怏：不滿的神情。
【出處】隋書・虞世基傳：「貧無產業，每傭書養親，怏怏不平。」
【用法】形容人因不滿而產生不平的情緒。
【例句】他不僅勤奮，而且工作能力強，但待遇卻比別人低，想起這些自然要**怏怏不平**了。
【義近】憤憤不平／忿然不平／憤恨不平。
【義反】淡然處之／一笑置之／滿不在乎／泰然處之／心平氣和。

怏怏不樂
【釋義】怏怏：不滿意、不快樂的樣子。
【出處】漢書・蕭望之傳：「塞其怏怏之心。」羅貫中・三國演義二八回：「關公怏怏不樂。」
【用法】形容未能稱心如意而鬱鬱寡歡的神情。
【例句】勝敗乃兵家常事，又何苦爲了輸一場球而**怏怏不樂**呢？
【義近】鬱鬱寡歡／悶悶不樂／鬱鬱不樂。
【義反】沾沾自喜／歡天喜地／心花怒放／興高采烈。

怕硬欺軟
【釋義】硬、軟：指強弱。
【出處】關漢卿・竇娥冤三折：「天地也，做得箇怕硬欺軟，卻元（原）來也這般順水推船。」
【用法】用以指人品行不端，怕強欺弱。或作欺軟怕硬。
【例句】那個男人**怕硬欺軟**，根本就是紙老虎一隻，你用不著怕他。
【義近】欺善怕惡／欺弱怕強／捧上壓下。
【義反】愛憐弱小／除惡助善／除暴安良／鋤暴濟民。

怡情悅性
【釋義】怡、悅：和悅，舒暢。一作「怡情理性」。
【出處】徐幹・中論・治學：「學也者，所以疏神達思，怡情理性，聖人之上務也。」

【用法】指陶冶性情，使心情快樂舒暢。
【例句】他從商場退休後，便定居美國，天天植花種草，**怡情悅性**，享受另一階段的悠閒人生。
【義近】怡情養性／怡悅心神。
【義反】案牘勞形／勞心傷神／日夜操勞。

怡然自得（ㄧˊ ㄖㄢˊ ㄗˋ ㄉㄜˊ）
【釋義】怡然：喜悅的樣子。自得：舒適，自覺得意。一作「怡然自樂」。
【出處】列子・黃帝：「黃帝既寤，怡然自得。」陶淵明・桃花源記：「黃髮垂髫，並怡然自樂。」
【用法】形容心情愉快而滿足的神情。
【例句】看他那**怡然自得**的樣子，就知道他過得不錯，生活非常愉快。
【義近】悠然自得／自得其樂。
【義反】心力交瘁。

性如烈火（ㄒㄧㄥˋ ㄖㄨˊ ㄌㄧㄝˋ ㄏㄨㄛˇ）
【釋義】烈火：猛烈的火。
【出處】文康・兒女英雄傳二一回：「這人生的身高六尺，膀闊腰圓，一張黑漆油臉，重眉毛，大眼睛，頦下一部鋼鬚，性如烈火。」
【用法】指人的性情非常暴躁。
【例句】你選來選去竟選了一個**性如烈火**的人為婿，現在挨罵受氣又能怪誰呢？
【義近】性情暴躁／蠻橫無理／逞性妄為／撒潑放刁。
【義反】文質彬彬／彬彬有禮／溫文爾雅／溫柔敦厚／雍容嫻雅／謙恭有禮。

性命交關（ㄒㄧㄥˋ ㄇㄧㄥˋ ㄐㄧㄠ ㄍㄨㄢ）
【釋義】交關：攸關，所關。
【出處】吳沃堯・二十年目睹之怪現狀五七回：「你回來，這兩個皮包，是我性命交關的東西。」
【用法】用以說明事情至關重要，不可等閒視之。
【例句】這件事對我而言，實在是**性命交關**，請你千萬不要疏忽大意，務必要辦好。
【義近】生命攸關／攸關生死／生死關頭。
【義反】無關緊要／無足輕重／區區小事。

性相近習相遠（ㄒㄧㄥˋ ㄒㄧㄤ ㄐㄧㄣˋ ㄒㄧˊ ㄒㄧㄤ ㄩㄢˇ）
【釋義】性相近：指人生下來性情相近。習相遠：指後天習染不同，性情相距懸遠。
【出處】論語・陽貨篇：「子曰：『性相近也，習相遠也。』」
【用法】用以說明習染、教育的重要：習於善則善，習於惡則惡。
【例句】古人說：「**性相近習相遠**。」對孩子的教育務必要及早進行，以免後悔莫及。
【義近】居必擇鄰／孟母三遷／遊必就士／近朱者赤，近墨者黑。

思不出位（ㄙ ㄅㄨˋ ㄔㄨ ㄨㄟˋ）
【釋義】指所思所想不超出其職權範圍。
【出處】論語・憲問：「曾子曰：『君子思不出其位。』」
【用法】用以說明為人要守本分，當慮則慮，不可越權限。
【例句】古有明訓：**思不出位**，這件事就讓經理去傷腦筋，你又何必太傷神呢？
【義近】不在其位不謀其政／思不出軌。
【義反】越俎代庖／代下司職。

思如泉湧（ㄙ ㄖㄨˊ ㄑㄩㄢˊ ㄩㄥˇ）
【釋義】才思像泉水一樣的噴湧而出。
【出處】唐・韓休・蘇頲文集序：「若乃天言煥發，王命急宣，則翰動若飛，思如泉湧。」
【用法】形容文思充沛敏捷。
【例句】這位作家寫起小說來，**思如泉湧**，因而常見新作問世。
【義近】萬斛源泉／倚馬可待／一揮而就／走筆成章／援筆萬言／文思泉湧。
【義反】江郎才盡／搜索枯腸／文思枯竭／腸思枯竭／嘔心瀝血。

思前想後（ㄙ ㄑㄧㄢˊ ㄒㄧㄤˇ ㄏㄡˋ）
【釋義】想了過去，又想將來；想了前頭，又想後頭。
【出處】曹雪芹・紅樓夢一〇六回：「雖有寶玉、寶釵在側，只可解勸，不能分憂；所以日夜不寧，思前想後，眼淚不乾。」
【用法】形容想得很多，反覆考慮。
【例句】我**思前想後**，怎麼也想不出個好方法來。
【義近】思前顧後／前思後想／冥思苦想／千思萬想／思之再三／千思百慮／再三斟酌／反覆推敲。
【義反】置之度外／置之腦後／置之不顧／置之不理／拋諸腦後／漫不經心。

思賢如渴（ㄙ ㄒㄧㄢˊ ㄖㄨˊ ㄎㄜˇ）
【釋義】思念賢才像口渴思飲那樣迫切。賢：賢才。一作「思賢若渴」。
【出處】陳壽・三國志・蜀書・諸葛亮傳：「總攬英雄，思賢如渴。」
【用法】形容招納人才的急切心情。
【例句】這家公司**思賢如渴**，不惜重金挖角別家公司的優秀人才。
【義近】求賢若渴／吐哺握髮／招賢納士。
【義反】嫉賢妒能／輕賢慢士／妒能害賢／視才如仇。

怨入骨髓（ㄩㄢˋ ㄖㄨˋ ㄍㄨˇ ㄙㄨㄟˇ）
【釋義】恨到了骨頭裏。
【出處】司馬遷・史記・吳王濞傳：「楚元王子、淮南三王或不沐洗十餘年，怨入骨髓，欲一有所出之久矣。」
【用法】極言怨恨之深。
【例句】當她發覺被騙後，對他真是**怨入骨髓**，恨不得剝他的皮、吃他的肉。
【義近】恨之入骨／恨入骨髓／切齒腐心。
【義反】感激涕零／感恩戴德。

怨女曠夫（ㄩㄢˋ ㄋㄩˇ ㄎㄨㄤˋ ㄈㄨ）
【釋義】怨女：已到婚齡而沒有合適配偶的女子。曠夫：成年而無妻的男子。
【出處】孟子・梁惠王下：「內無怨女，外無曠夫。」

【用法】指到了婚配年齡而不能嫁娶的男女。
【例句】時代在改變，許多男女堅不嫁娶，因而造成許多**怨女曠夫**，也許會是社會的隱憂。
【義近】曠男怨女。

怨天尤人

【釋義】抱怨天，埋怨人。天：此指命運。尤：歸罪，責怪。
【出處】論語・憲問：「子曰：『不怨天，不尤人，下學而上達，知我者其天乎！』」
【用法】指遇到挫折或出了問題，一味歸咎於命運或別人，而不知自責自省。
【例句】他只要一失敗就**怨天尤人**，想要成功還早呢！
【義近】怨天怨地／埋天怨地。
【義反】自怨自艾／引咎自責／自怨自責／自省自責。

怨天怨地

【釋義】即埋怨天地。
【出處】元・高文秀・遇上皇三折：「到今日，悔，悔，悔，也是我前世前緣，自作自受，怨天怨地。」
【用法】用以指埋怨不休，或指出了問題不知檢討自己，只知一味地責怪別人。
【例句】他最近炒股票血本無歸，只會在家裏**怨天怨地**，找老婆孩子出氣，眞沒出息！
【義近】怨天尤人／責天怪地／埋天怨地。
【義反】自怨自艾／反躬自省／引咎自責／自省自責。

怨氣滿腹

【釋義】怨氣：怨恨的神色或情緒。
【出處】後漢書・祭祀志上：「詔書曰：『即位三十年，百姓怨氣滿腹，吾誰欺，欺天乎？』」
【用法】不滿的情緒非常大。
【例句】大陸在文革時期，揪這個、鬥那個，弄得人心惶惶，**怨氣滿腹**。
【義近】怨聲載道／民怨沸騰／牢騷滿腹。
【義反】欣喜若狂／歡欣鼓舞／喜氣洋洋／心花怒放／無怨無尤。

怨氣衝天

【釋義】怨氣：怨恨的情緒。
【出處】羅貫中・三國演義六九回：「二人感憤流淚，怨氣衝天，誓殺國策。」
【用法】極言怨氣之大與強烈。
【例句】他昨天**怨氣衝天**的回來，鐵定又和公司某人過不去了。
【義近】怨氣滿腔／怨情滿腹。
【義反】興高采烈／欣喜若狂。

怨聲載道

【釋義】怨恨的聲音充滿道路。載：充滿。一作「怨聲滿道」。
【出處】後漢書・李固傳：「開門受賂，署用非次，天下紛然，怨聲滿道。」
【用法】形容人民普遍而強烈的不滿情緒。
【例句】秦始皇倒行逆施，高壓統治人民，結果弄得**怨聲載道**，提早結束了他的皇朝壽命。
【義近】天怒人怨／民怨沸騰／怨聲盈路。
【義反】頌聲滿道／有口皆碑／人人稱頌／眾口交頌。

急人之困

【釋義】意謂爲別人的困難而著急。
【出處】司馬遷・史記・魏公子列傳：「勝（趙勝）所以自附爲婚姻者，以公子之高義，爲能急人之困。」
【用法】形容人品德高尚，能迫不及待地解決別人的困難。
【例句】田老先生是位德高望重的長者，一向**急人之困**，有口皆碑。
【義近】急人之難／排難解紛／及時雨／急公好義。
【義反】落井下石／損人利己／乘人之危／趁火打劫。

急不可待

【釋義】急：緊急，迫切。待：等待。
【出處】蒲松齡・聊齋誌異・青娥：「時廝騎皆被差遣，生性純孝，急不可待，懷貲獨往。」
【用法】形容緊急得到了不可等待的地步。
【例句】快給他吧，他已是**急不可待**了，你還要逗弄他！
【義近】迫不及待／急如星火／迫在眉睫。
【義反】不慌不忙／從容不迫／晏然自若。

急中生智

【釋義】急：緊急。智：智謀。
【出處】石玉琨・三俠五義八三回：「此刻顏大人旁觀者清……急中生智，便將手一指。」
【用法】形容在情況緊急時，突然想出了應付的好辦法。
【例句】幸虧她**急中生智**，擺脫了那幫歹徒的糾纏，不然後果眞不堪設想。
【義近】情急智生／急則計生／急險智來。
【義反】一籌莫展／束手無策／無計可施。

急公好義

【釋義】急公：急公家所需。好：喜歡。
【出處】李寶嘉・官場現形記三四回：「此次由上海捐集巨款，來晉賑濟，急公好義，已堪嘉尚。」
【用法】形容熱心公益，慷慨仗義。
【例句】他是位**急公好義**的熱心人士，只要有慈善活動，他一定出錢出力。
【義近】見義勇爲／樂善好施。
【義反】唯利是圖／見利忘義。

急功近利

【釋義】功：功效，成績。近：近處，眼前。
【出處】董仲舒・春秋繁露・對膠西王：「仁人者正其道不謀其利，修其理不謀其功。」
【用法】指急於求成，貪圖眼前的成效和利益。
【例句】做任何事都要腳踏實地循序漸進，太過**急功近利**反易一事無成。
【義近】急於求成／急於事功／操之過急／好大喜功／揠苗助長。

【義反】穩紮穩打／按部就班／循序漸進。

急如星火（ㄐㄧˊ ㄖㄨˊ ㄒㄧㄥ ㄏㄨㄛˇ）

【釋義】像流星的光從空中急閃而過。星火：流星的光。一作「急於星火」。
【出處】李密・陳情表：「郡縣逼迫，催臣上道，州司臨門，急於星火。」
【用法】形容非常急促緊迫。
【例句】此事不可再拖延，上面催得**急如星火**，再不辦好，恐怕我們都要失業了。
【義近】十萬火急／迫在眉睫／間不容髮。
【義反】不慌不忙／慢條斯理。

急來抱佛腳（ㄐㄧˊ ㄌㄞˊ ㄅㄠˋ ㄈㄛˊ ㄐㄧㄠˇ）

【釋義】指平時不為善，臨難時才在佛前求救。
【出處】劉攽・貢父詩話：「急則抱佛腳是俗諺。」
【用法】比喻事到臨頭才慌忙準備或求救於人。
【例句】讀書要靠經常性的努力，**急來抱佛腳**，應付考試，那是不會成功的。
【義近】臨時抱佛腳／臨渴掘井／江心補漏／臨陣磨槍。
【義反】閒時常燒香／未雨綢繆／有備無患。

急於事功（ㄐㄧˊ ㄩˊ ㄕˋ ㄍㄨㄥ）

【釋義】事功：事業，功績。
【出處】劉義慶・世說新語・文學注引王弼別傳：「弼事功雅非所長，益不留意。」
【用法】形容做事急於求得功效，有所成就。
【例句】他太**急於事功**，做什麼事都想一蹴而就，結果卻適得其反，一樣事也沒做成。
【義近】急功近利／急於求成。
【義反】按部就班／穩紮穩打。

急急如律令（ㄐㄧˊ ㄐㄧˊ ㄖㄨˊ ㄌㄩˋ ㄌㄧㄥˋ）

【釋義】本為漢代公文用語，用於結尾。後來道家拿來作為驅魔作法的符咒用語，是說事情緊急，勒令鬼神按照符令趕緊照辦。
【出處】白居易・祭龍文：「若三日之內，一雨滂沱，是龍之靈，亦人之幸，禮無不報，神其聽之，急急如律令。」
【用法】事情緊急，要從速按照法律命令辦事，不得有誤。
【例句】在場者肅然靜默，屏氣凝神，只聽那道士大喊一聲**急急如律令**。

急流勇退（ㄐㄧˊ ㄌㄧㄡˊ ㄩㄥˇ ㄊㄨㄟˋ）

【釋義】船在急流中迅速退出。一作「激流勇退」。
【出處】蘇軾・贈善相程傑詩：「火色上騰雖有數，急流勇退豈無人。」
【用法】原比喻做官的人在得意時為了避禍而及時引退。今多形容不留戀眼前的名位利益而抽身退出。
【例句】她在電影事業上已功成名就，現決心**急流勇退**，回家相夫教子，做個賢妻良母了。
【義近】功成身退／趁勢落蓬／見好就收／適可而止。
【義反】激流勇進／壯心不已／名利難捨。

急風暴雨（ㄐㄧˊ ㄈㄥ ㄅㄠˋ ㄩˇ）

【釋義】來勢猛烈的風雨。又作「疾風暴雨」。
【出處】淮南子・兵略訓：「何謂隱之天？大寒甚暑，疾風暴雨，大霧冥晦，因此而為變者也。」
【用法】用以比喻聲勢浩大，迅猛激烈。
【例句】這幾年東歐、蘇聯的民主運動有如**急風暴雨**，席捲各地。
【義近】狂風暴雨／疾風雷雨／颶風狂雨。
【義反】和風細雨／斜風細雨／雨過天晴／風停雨歇。

急脈緩受（ㄐㄧˊ ㄇㄞˋ ㄏㄨㄢˇ ㄕㄡˋ）

【釋義】意謂對來勢急猛的病，要穩緩地授藥調治。受：通「授」。
【出處】文康・兒女英雄傳二五回：「治病尋源……要不急脈緩受，且把鄧老的話撇開，先治她這個病源，只怕越說越左。」
【用法】比喻對嚴重緊急的問題要用緩和的辦法疏導解決。或借以比喻詩文在語勢迫切的地方，要改用緩和的語氣承接，以造成抑揚頓挫的氣勢。
【例句】①此事非同小可，須**急脈緩受**，千萬急不得，否則欲速則不達。②黛玉道：「對句不好合掌。下句推開一步，倒還是**急脈緩受**法。」（曹雪芹・紅樓夢七六回）
【義近】急脈緩灸／慢火細烤／欲速不達。
【義反】緩不濟急。

急起直追（ㄐㄧˊ ㄑㄧˇ ㄓˊ ㄓㄨㄟ）

【釋義】急起：迅速而起，以便追上別人。
【出處】梁啓超・矛盾之政治現象：「彼何人斯，則皆庚子以還政府所急起直追以練成之新軍也。」
【用法】形容一個人落後了，立起行動，努力追趕上去。
【例句】在科技迅速發展的今天，我們當**急起直追**，才能超越世界先進國家水準。
【義近】迎頭趕上。
【義反】甘為人後／甘居下游／打退堂鼓。

急景流年（ㄐㄧˊ ㄐㄧㄥˇ ㄌㄧㄡˊ ㄋㄧㄢˊ）

【釋義】急景：急促的光陰。景，同「影」，指日光。流年：如流水般逝去的年華。
【出處】鮑照・舞鶴賦：「於是窮陰殺節，急景凋年。」晏殊・蝶戀花詞：「急景流年都一瞬，往事前歡，未免縈方寸。」
【用法】用以形容光陰易逝。
【例句】**急景流年**，美好的年華在不知不覺中溜走了，回首往事，不免有幾分惆悵，幾分傷感。
【義近】光陰似箭／日月如梭／白駒過隙。
【義反】一日三秋／長繩繫日／度日如年。

急景凋年（ㄐㄧˊ ㄐㄧㄥˇ ㄉㄧㄠ ㄋㄧㄢˊ）

【釋義】急景：急促的光陰。景：同「影」。凋年：殘年，歲暮。
【出處】南朝・宋・鮑照・舞鶴

賦：「於是窮陰殺節，急景凋年，涼沙振野，箕風動天。」

【用法】形容光陰易逝，又到了年歲將盡的時刻，也用以指歲暮。

【例句】殘冬將盡，又到了**急景凋年**的時刻，想想自己仍然一事無成，心中不免一陣傷感。

【義近】歲暮天寒／寒冬臘月／年關時節／殘冬將盡。

【義反】元春歲首／五黃六月／初春時節／一元復始。

急管繁弦

【釋義】管、弦：管絃樂器。一作「繁弦急管」。

【出處】白居易・憶舊遊詩：「脩蛾慢臉燈下醉，急管繁弦頭上催。」

【用法】形容樂曲的節拍急促、音色豐富。

【例句】在**急管繁弦**的樂曲聲中，大廳裏的年輕人紛紛跳起舞來。

【義近】急竹繁絲／嘈嘈切切。

【義反】切切輕彈／高山流水／弦音輕颺／輕攏慢撚。

急徵重斂

【釋義】徵：徵收，收取。斂：聚斂，搜括。

【出處】唐・陸贄・收河中後請罷兵狀：「陛下懷悔過之深誠，降非常之大號，知黷武窮兵之長亂，知急徵重斂之剿財。」

【用法】指催徵捐稅，加倍地搜括人民的錢財。

【例句】一些專制國家的當權者，為了奪取財富，巧立名目，**急徵重斂**，弄得百姓叫苦連天。

【義近】橫徵暴斂／敲骨吸髓／誅求無已／苛捐雜稅／急徵暴賦／肆意搜括。

【義反】博施濟眾／節用裕民／安富恤貧／己飢己溺／視民如傷／輕徭薄賦／減租減息／政通人和。

急轉直下

【釋義】急：急速。轉：轉變。直下：一直發展下去。

【用法】形容情勢或情況突然發生了很大的轉變，並很快地順勢發展下去。

【例句】抗日戰爭後期形勢**急轉直下**，我軍在收復南京等地後，大規模的反攻行動正式開始。

【義近】一瀉千里。

【義反】相持不下／漸入佳境／否極泰來。

急驚風撞著慢郎中

【釋義】急驚風：一種全身抽搐的急性病症。郎中：南方人稱醫師為郎中。

【出處】凌濛初・二刻拍案驚奇三三：「此時富家子正是急驚風撞著了慢郎中。」

【用法】比喻在緊急情況下偏偏遇上了動作遲緩拖拉的人，令人焦急萬分。

【例句】老太太突然中風，我叫他快打電話叫救護車，他卻慢條斯理的，真是**急驚風撞著慢郎中**。

【義近】急脈緩灸。

怒不可遏

【釋義】憤怒得難以抑制。遏：止住。

【出處】李寶嘉・官場現形記二七回：「頓時氣憤填膺，怒不可遏。」

【用法】形容大怒不止。

【例句】他一看到流氓當眾調戲自己的女兒，便**怒不可遏**地衝上前去與之搏鬥。

【義近】怒火中燒／大發雷霆。

【義反】喜不自勝／樂不可支／洋洋自喜／欣喜若狂。

怒火中燒

【釋義】意謂憤怒的火焰在心中燃燒。

【出處】宋・王邁・再呈趙倅詩：「虛舟相觸何心在，怒火雖炎一餉空。」

【用法】形容心中懷著極其強烈的憤怒。

【例句】武松知道兄長武大是被害而死，不禁**怒火中燒**，大步流星跑去找西門慶報仇。

【義近】怒不可遏／髮指眥裂／氣沖斗牛／七竅生煙／怒氣沖天／勃然大怒。

【義反】心平氣和／下氣怡聲／柔心弱骨／平心靜氣／心花怒放／欣喜若狂。

怒目切齒

【釋義】怒目：圓睜雙眼。切齒：咬緊牙齒。

【出處】劉伶・酒德頌：「聞吾風聲，議其所以，乃奮袂攘衿，怒目切齒。」

【用法】用以形容憤怒、憤恨之極。

【例句】她一說到丈夫的無情無義，便**怒目切齒**，難以抑制住自己的悲憤。

【義近】咬牙切齒／怒目圓睜／怒氣沖天／睜目切齒／氣湧如山。

【義反】眉開眼笑／笑容滿面／滿面春風。

怒目而視

【釋義】圓睜兩眼怒視對方。

【出處】羅貫中・三國演義三回：「時李儒見丁原背後一人，生得器宇軒昂，威風凜凜，手執天方畫戟，怒目而視。」

【用法】形容人將要大發脾氣時的神情。

【例句】這年輕人見一彪形大漢欺負一個弱女子，便走上前去，**怒目而視**，大有英雄救美之態。

【義近】怒眼圓睜／戟指怒目／怒目切齒／柳眉倒豎／咬牙切齒／睜目切齒。

【義反】回嗔作喜／眉開眼笑／喜形於色／笑逐顏開。

怒目橫眉

【釋義】眼冒怒火，眉毛橫豎。

【出處】文康・兒女英雄傳二一回：「不一時，只聽得院子裏許多腳步響，早進來了怒目橫眉、挺胸凸肚的一羣人。」

【用法】形容人強橫凶惡。

【例句】你看他**怒目橫眉**的樣子，就知道他並非善類，得趕快報警，以免鬧出事來。

【義近】橫眉立目／金剛怒目／橫眉豎眼／怒眼圓睜。
【義反】和顏悅色／和藹可親／善氣迎人／慈眉善目／面慈心軟。

怒形於色

【釋義】憤怒的感情顯露在臉上。形：顯露。色：臉色。
【出處】洪邁・夷堅志・丙志卷七：「子夏怒形於色，舉足蹴其二。」
【用法】指內心的憤怒已在臉上顯露出來。
【例句】你不要再講下去了，他已經**怒形於色**，馬上就要開口罵人了。
【義近】柳眉倒豎／怒目圓睜。
【義反】笑逐顏開／喜形於色／眉開眼笑／喜眉笑臉。

怒氣衝天

【釋義】怒氣衝上天空。一作「怒氣衝霄」。
【出處】楊顯之・瀟湘雨四折：「只落得嗔嗔忿忿，傷心切齒，怒氣衝天。」
【用法】極言其怒氣之大之盛。
【例句】小王又在外面惹禍，他父親在**怒氣衝天**之下，狠狠地打了他幾個耳光。
【義近】火冒三丈／怒火萬丈／怒髮衝冠。
【義反】平心靜氣／心平氣和。

怒從心上起，惡向膽邊生

【釋義】心上：也作「心頭」。向：從，由。
【出處】五代史平話・梁：「朱溫未聽得萬事俱休，才聽得後，怒從心上起，惡向膽邊生。」
【用法】形容憤怒到了極點，膽子就大起來，什麼事都幹得出來。
【例句】「許宣**怒從心上起，惡向膽邊生**，無明火焰騰騰高起三千丈，掩納不住，便罵道：『你這賊賤妖精，連累得我好苦，吃了兩場官事！』」（馮夢龍・警世通言二八卷）

怒髮衝冠

【釋義】憤怒得頭髮豎起，頂著帽子。冠：帽子。
【出處】司馬遷・史記・廉頗藺相如列傳：「相如因持璧卻立，倚柱，怒髮上衝冠。」
【用法】用以誇張地形容盛怒的情狀。
【例句】老將軍一想到日軍在中國的暴行，就不免**怒髮衝冠**，欲討回這筆血債。
【義近】爲之髮指／眥裂髮指／髮踴衝冠／勃然大怒。
【義反】心平氣和／平心靜氣／欣喜若狂／興高采烈。

六畫

恨入骨髓

【釋義】痛恨已深入到骨髓裏。
【出處】七俠五義八九回：「巧娘失了心上之人，因此把小姐與佳蕙，恨入骨髓。」
【用法】比喻怨恨之深，已到了極點。
【例句】今晚簽了這紙離婚書，妳也用不著對我**恨入骨髓**了，我們好聚好散，從此各奔東西吧！
【義近】恨之入骨／恨入心髓／切齒痛恨／深惡痛絕／食肉寢皮。
【義反】情深意濃／愛不忍釋。

恨不相逢未嫁時

【釋義】恨：遺憾，悔恨。
【出處】張籍・節婦吟：「知君用心如日月，事夫誓擬同生死。還君明珠雙淚垂，恨不相逢未嫁時。」
【用法】用以指女子已嫁，相逢恨晚。
【例句】感君對我情意重，然老天作弄人，**恨不相逢未嫁時**，今生只有辜負你了。

恨之入骨

【釋義】之：代詞，指所痛恨的對象。
【出處】葛洪・抱朴子・自敍：「見侵者則恨之入骨，劇於血仇。」
【用法】形容痛恨到了極點。
【例句】日本侵略者在我國所犯下的滔天罪行，親受其害者直到今天仍然**恨之入骨**。
【義近】恨入骨髓／切齒痛恨／咬牙切齒。
【義反】愛之入骨／情深似海／情深意濃／感恩戴德。

恨相知晚

【釋義】恨：遺憾。相知：相結交。
【出處】司馬遷・史記・魏其武安侯列傳載：灌夫、魏其「兩人相爲引重，其遊如父子然。相得驩甚無厭，恨相知晚也。」
【用法】指朋友交誼深厚，以相識太遲爲憾。
【例句】我與他情投意合，彼此都有**恨相知晚**的感慨！
【義近】相見恨晚／相識何遲。
【義反】青梅竹馬／總角之（相）交。

恨鐵不成鋼

【釋義】恨鐵沒有變成鋼。
【出處】曹雪芹・紅樓夢九六回：「只爲寶玉不上進，所以時常恨他，也不過是恨鐵不成鋼的意思。」
【用法】用以表示責備、埋怨自己所期望的人，不能達到要求或理想。含有惋惜、遺憾的意思。
【例句】他剛才那番話確實說重了一些，但那是**恨鐵不成鋼**，並非眞的瞧不起你啊！
【義近】恨子不成龍／恨女不成鳳。
【義反】青出於藍／克紹箕裘。

恆河沙數

【釋義】原爲佛家語。像恆河裏的沙子一樣多。恆河：南亞大河，流經印度和孟加拉國。數：數目。
【出處】金剛經：「諸恆河尚多無數，何況其沙……以七寶滿爾所恆河沙數三千大千世界，以用布施。」
【用法】用以比喻數目多得難以計算。
【例句】別自以爲是，世界上像你這樣的人多得如**恆河沙數**，你有什麼了不起。
【義近】多如牛毛／不可勝數／

不計其數／車載斗量。

【義反】寥寥可數／寥若晨星／一星半點／鳳毛麟角。

恃才矜己

【釋義】意謂自恃才能，驕矜自負。

【出處】隋書・煬帝紀下：「恃才矜己，傲狠明德，內懷險躁，外示凝簡，盛冠服以飾其奸，除諫官以掩其過。」

【用法】形容人自恃才高，狂妄自大。

【例句】張教授在學術上造詣雖然深厚，只可惜他**恃才矜己**，所以經常遭受排擠。

【義近】露才揚己／才高氣傲／恃才傲物／崖岸自高／目空一切。

【義反】深藏若虛／虛懷若谷／謙沖自牧。

恃才傲物

【釋義】恃：依仗。物：指「我」以外的人。

【出處】梁書・蕭子恪傳附蕭子顯：「及葬請謚，手詔：『恃才傲物，宜謚曰驕。』」

【用法】用以說明自負其才而藐視別人。

【例句】這些詩句表現了他當時**恃才傲物**和懷才不遇的複雜心情。

【義近】驕傲自滿／目空一切／才高氣傲／崖岸自高。

【義反】虛懷若谷／謙沖自牧／慮以下人／謙默自持。

恃強凌弱

【釋義】恃：依仗。凌：欺凌，欺侮。

【出處】馮夢龍・警世通言・王安石三難蘇學士：「倚貴欺賤，恃強凌弱，總來不過是恃勢而已。」

【用法】說明強者依仗自己的勢力稱王稱霸，欺侮弱者。

【例句】京城裏一些**恃強凌弱**的公子哥兒到處生事擾民，老百姓苦不堪言。

【義近】恃勢凌人／仗勢欺人／倚貴欺賤／狗仗人勢。

【義反】扶弱懲強／助弱除惡／扶弱鋤奸。

恃德者昌，恃力者亡

【釋義】恃德：依仗仁德。恃力：依仗強力、暴力。

【出處】司馬遷・史記・商君列傳：「書曰：『恃德者昌，恃力者亡。』」

【用法】常用以說明當政者或其他有權勢的人，應依仗仁德以求昌盛，否則便只能自取滅亡。

【例句】**恃德者昌，恃力者亡**，那些高壓統治人民的獨裁者，不過是在自掘墳墓罷了。

【義近】得民者昌，失民者亡／以德服人者昌，以力服人者亡／天視自我民視，天聽自我民聽。

恃寵而驕

【釋義】恃寵：仗人之愛。寵：寵愛。

【出處】蒲松齡・醒世姻緣一回：「計氏恃寵作嬌（驕），晁大舍倒有七八分懼怕。」

【用法】形容人受到有權有勢者的寵愛而驕傲。

【例句】現在他**恃寵而驕**，不可一世，只怕有朝一日失寵了，恐會死無葬身之地。

【義近】仗勢驕縱／倚勢驕人。

【義反】謙沖自牧。

恢恢有餘

【釋義】恢恢：寬闊廣大貌。

【出處】莊子・養生主：「彼節者有間，而刀刃者無厚。以無厚入有間，恢恢乎其於遊刃必有餘地矣。」

【用法】形容本領強，處理問題毫不費勁。也形容物力財力豐足，用之有餘。

【例句】①這件事以他的能力來辦根本是**恢恢有餘**，你不用擔心了。②他財力豐厚，要買下這片資產是**恢恢有餘**，只是看值不值得投資。

【義近】綽綽有餘／遊刃有餘。

【義反】捉襟見肘／入不敷出。

恢廓大度

【釋義】恢廓：開闊，寬宏。大度：氣量寬宏能容人。

【出處】後漢書・馬援傳：「今見陛下，恢廓大度，同符『高祖』，乃知帝王自有眞也。」

【用法】形容心胸開闊，氣量宏大。

【例句】這位市長最難得的是有**恢廓大度**，對別人的非議從不計較，且還能廣納各種意見。

【義近】恢宏大度／豁達大度／寬宏大量／寬大爲懷。

【義反】小肚雞腸／鼠肚雞腸／心胸狹窄／氣量狹小。

恍如隔世

【釋義】彷彿隔了一個時代。恍：彷彿。世：古代三十年爲一世，也指一個時代。

【出處】范成大・吳船錄下：「發常州，平江親戚故舊來相迓者，陸續於道，恍如隔世焉。」

【用法】指因人事或景物變化很大而引起的感觸。

【例句】這位老華僑居國外近半個世紀，回到祖國，**恍如隔世**，年輕時熟悉的地方幾乎都改觀了。

【義近】隔世之感／人事之改／物換星移／人事全非。

【義反】景物依舊／風景不殊／一切如故。

恍然大悟

【釋義】恍然：猛然醒悟的樣子。悟：心裏明白。

【出處】羅貫中・三國演義七七回：「於是關公恍然大悟，稽首皈依而去。」

【用法】形容一下子明白過來。

【例句】這件事經他這麼一說，我才**恍然大悟**，原來是這麼回事。

【義近】豁然大悟／豁然開朗／茅塞頓開。

【義反】百思不解／大惑不解／莫名其妙。

恍然若失

【釋義】恍然：失意的樣子。

【出處】江淹・雜體詩：「怳然若有所失。」怳：同「恍」。

【用法】形容人精神恍惚，好像失去什麼東西的樣子。

【例句】他自從與女友分手後，便意志消沉，神情木然，經常**恍然若失**的樣子，很令人擔心。

【義近】悵然若失／恍恍惚惚／惘然若失／惘若有失。

【義反】若無其事／泰然自若／安之若素／無動於衷。

恫疑虛喝（ㄉㄨㄥˋ ㄧˊ ㄒㄩ ㄏㄜˋ）

【釋義】恫疑：恫嚇使人疑懼不安。虛喝：虛聲吆喝。虛：空。

【出處】司馬遷・史記・蘇秦列傳：「秦雖欲深入，則狼顧，恐韓、魏之議其後也。是故恫疑虛喝，驕矜而不敢進。」

【用法】虛張聲勢，恐嚇威脅。

【例句】從目前情況看來，他所說的那番話應屬**恫疑虛喝**，你不需要太過擔心。

【義近】虛聲恫嚇／裝腔作勢／拉弓不放箭／虛張聲勢。

【義反】勢在必行／鴨子上架／箭在弦上。

恫瘝在抱（ㄊㄨㄥ ㄍㄨㄢ ㄗㄞˋ ㄅㄠˋ）

【釋義】恫：痛苦。瘝：疾病。恫瘝：指疾苦病痛。在抱：猶在身。

【出處】書經・康誥：「恫瘝乃身，敬哉！」傳：「治民務除惡政，當如疾痛在汝身。」

【用法】視民眾痛苦有如己身受苦一樣；指爲政者對人民應有憐憫之心。

【例句】「爾俸爾祿，民脂民膏」，身爲政府高官，理應**恫瘝在抱**，視民如子，否則民怨沸騰，遲早要被轟下台。

【義近】仁民愛物／解民倒懸／悲天憫人。

【義反】殘民以逞／魚肉百姓／苛徵暴斂。

恬不知恥（ㄊㄧㄢˊ ㄅㄨˋ ㄓ ㄔˇ）

【釋義】恬：安然。恥：羞恥。

【出處】呂維祺・四譯館・增訂館則一五：「虛糜素餐，恬不知恥，殊爲可厭。」

【用法】形容人做了壞事還滿不在乎，一點兒也不會感到羞恥。

【例句】賣了國還說自己愛國愛民，這種人眞是**恬不知恥**。

【義近】恬不爲恥／靦顏人世／厚顏無恥。

【義反】無恥之恥／潔身自好／行己有恥。

恬不爲意（ㄊㄧㄢˊ ㄅㄨˋ ㄨㄟˊ ㄧˋ）

【釋義】安然處之，不以爲意。恬：安然。

【出處】馮夢龍・東周列國志四四回：「白乙領命而行，心下又惶惑，又淒楚。惟孟明自恃才勇，以爲成功可必，恬不爲意。」

【用法】形容滿不在乎的樣子。

【例句】這項任務非常重要，務必要認眞執行，你這樣**恬不爲意**，會招致失敗的！

【義近】大大咧咧／毫不在乎／漫不經心／若無其事／掉以輕心。

【義反】小心翼翼／專心致志／臨深履薄／戰戰兢兢。

恬而不怪（ㄊㄧㄢˊ ㄦˊ ㄅㄨˋ ㄍㄨㄞˋ）

【釋義】恬：安然。怪：奇怪。

【出處】漢書・賈誼傳：「至於俗流失，世壞敗，因恬而不知怪。」又禮樂志：「至於風俗流溢，恬而不怪。」

【用法】形容人見了敗壞不良的事仍安然處之，不以爲怪。

【例句】我們對於這種腐敗的現象與惡劣的習俗，豈能**恬而不怪**坐視不理？

【義近】恬不爲怪／安然不怪／見怪不怪／司空見慣。

【義反】大驚小怪／驚怪不已／少見多怪／見怪不容。

恬淡無爲（ㄊㄧㄢˊ ㄉㄢˋ ㄨˊ ㄨㄟˊ）

【釋義】恬淡：淡泊，不追求名利。無爲：順其自然，不必有所作爲。

【出處】漢・荀悅・漢紀・宣帝紀四：「太平之責塞，優遊之望得，遵遊自然之勢，恬淡無爲之場，休徵自至，壽考無疆。」

【用法】形容心境自適而無所營求。

【例句】徐部長自退職以來，一直隱居鄉間，過著**恬淡無爲**的悠閒生活。

【義近】清靜無爲／淡泊名利／與世無爭／不忮不求。

【義反】蠅營狗苟／爭名奪利／汲汲營營。

恬淡無欲（ㄊㄧㄢˊ ㄉㄢˋ ㄨˊ ㄩˋ）

【釋義】恬淡：指淡泊名利，安靜閒適。

【出處】漢・王充・論衡・道虛：「世或以老子之道爲可以度世，恬淡無欲，養精愛氣。」

【用法】形容心境清靜淡泊，沒有世俗的欲望。

【例句】皮老先生常說：要得身體好，**恬淡無欲**是一寶，這實在是他養生的經驗之談。

【義近】恬淡寡欲／恬澹自甘／清心寡欲。

【義反】利欲薰心／欲壑難塡／欲深谿壑。

恪守成憲（ㄎㄜˋ ㄕㄡˇ ㄔㄥˊ ㄒㄧㄢˋ）

【釋義】恪：謹愼，恭敬。成憲：既定的法令。

【出處】元史・完澤傳：「元貞以來，朝廷恪守成憲，詔書屢下，散財發粟，不惜巨萬，以頒賜百姓，當時以賢相稱之。」

【用法】指恭謹地遵守業已制定的法令。

【例句】身爲民選縣市首長，一定要**恪守成憲**，奉公守法，爲民服務。

【義近】奉公守法。

【義反】違法亂紀。

恤老憐貧（ㄒㄩˋ ㄌㄠˇ ㄌㄧㄢˊ ㄆㄧㄣˊ）

【釋義】恤：救濟。憐：憐憫，憐惜。

【出處】元・劉時中・端正好・上高監司：「這相公愛國憂民無偏黨，發政施仁有激昂。恤老憐貧，視民如子，起死回生，扶弱摧強。」

【用法】指人心地善良，能周濟老人，憐惜窮人。

【例句】周老先生是位忠厚長者，一向**恤老憐貧**，樂善好施，大半生積蓄皆用於慈善事業。

【義近】恤孤念寡／惜貧敬老／濟困扶危／樂善好施／仗義疏財。

【義反】一毛不拔／不仁不義／瞞心昧己／攀富厭貧。

恤孤念寡

【釋義】恤：周濟，救濟。念：想到，惦念。
【出處】元・無名氏・來生債二折：「據居士恤孤念寡，敬老憐貧，世之少有也。」
【用法】指人好善積德，救濟孤兒，關心寡婦。
【例句】我們老闆是個仗義疏財、**恤孤念寡**的人。
【義近】恤老憐貧／惜貧敬老／濟困扶危／樂善好施／仗義疏財。
【義反】一毛不拔／不仁不義／瞞心昧己／攀富厭貧。

恰如其分

【釋義】恰：恰巧，正好。分：分寸，合適的界限。
【出處】李綠園・歧路燈一〇八回：「賞分輕重，俱是嚴仲端酌度，多寡恰如其分，無不欣喜。」
【用法】指辦事或說話正合分寸，達到了最適當的程度。
【例句】譯文總比不上原文，就是把中國各地的方言譯成國語，也很難**恰如其分**。
【義近】恰到好處。
【義反】過猶不及。

恰到好處

【釋義】恰：正巧，剛剛。
【出處】朱自清・經典常談・春秋三傳六：「只是平心靜氣的說，緊要關頭卻不放鬆一步，眞所謂恰到好處。」
【用法】指說話做事到了最合適的地步。
【例句】他把這件事處理得公正妥當**恰到好處**，大家都很滿意。
【義近】恰如其分／穩妥恰當／千妥萬當。
【義反】措置不宜／過猶不及。

恣意妄爲

【釋義】恣意：任意。妄爲：胡作非爲。一作「恣意妄行」。
【出處】漢書・杜周傳：「曲陽侯（王）根前爲三公輔政⋯⋯與趙氏比周，恣意妄行。」
【用法】形容毫無顧忌，任意胡作非爲。
【例句】他以爲憑藉父親的權勢，就可以**恣意妄爲**，不料最近落入法網，眞是活該！
【義近】恣行無忌／橫行無忌／肆無忌憚／任意而行。
【義反】奉公守法／循規蹈矩／依禮而行／克己爲人。

恣肆無忌

【釋義】恣情放肆，毫無顧忌。
【出處】明史・桂萼傳：「初，議禮諸臣無力詆執政者，至萼遂斥爲不道，且欲不使議之，其言恣肆無忌，朝士尤疾之。」
【用法】形容人很放肆，爲所欲爲，無所顧忌。
【例句】鄭先生性情耿直，講起話來更是**恣肆無忌**，因此得罪了不少人，但他卻毫不在意。
【義近】肆無忌憚／爲所欲爲／恣意妄爲。
【義反】謹小愼微／謹言愼行／懲忿窒欲。

恥居人下

【釋義】意謂以地位在人之下爲恥。恥：用作動詞。居：處於。
【出處】宋・陳亮・謝曾察院啓：「伏念某本無他長，恥居人下。常想英豪之行事，墮乃塵凡；頗知聖賢之用心，雜之泥滓。」
【用法】形容胸有大志，不甘落於人後。
【例句】王老師的女兒**恥居人下**，因而非常用功，成績總是名列前茅，將來必有所成。
【義近】不甘後人／不甘示弱／不甘雌伏。
【義反】甘居下游／甘拜下風／五體投地／心悅誠服／首肯心折。

恭敬不如從命

【釋義】從命：猶言遵命，遵照命令。
【出處】王實甫・西廂記第二本三折：「先生休作謙，夫人專意等。常言道恭敬不如從命，休使得梅香再來請。」
【用法】用作謙詞，意謂恭敬謙遜不如聽從命令。
【例句】常言道：**恭敬不如從命**，老哥既然那麼熱誠留客，小弟就只好留下來多叨擾幾天了。
【義近】卻之不恭。

恩同父母

【釋義】恩德同父母一樣。
【出處】唐・陳子昂・爲張著作謝父官表：「伏惟神皇陛下，恩同父母，矜照懇誠，信其赤心，實有罄竭。」
【用法】形容恩德極其深厚。
【例句】您把我從苦難中拯救出來，又資助我讀書，**恩同父母**，往後定當重報。
【義近】恩重如山／恩深義重／恩同再造／再生父母／覆載之恩／恩深似海。
【義反】血海深仇／深仇大恨／不共戴天。

恩同再造

【釋義】再造：再生，又一次獲得生命。
【出處】李汝珍・鏡花緣二五回：「倘出此關，不啻恩同再造。」
【用法】用以說明恩情極爲深厚浩大。
【例句】您的大力鼎助，**恩同再造**，讓我終身受用，永銘於心。
【義近】再生之恩／恩深義重／重生父母／恩深似海／恩重如山／覆載之恩。
【義反】恩斷義絕／辜恩負德／忘恩負義。

恩威並行

【釋義】恩惠和嚴懲兩種手段同時使用。
【出處】陳壽・三國志・吳書・周魴傳：「魴在郡十三年卒，賞善罰惡，恩威並行。」
【用法】用以說明治理得當。能把施恩與懲治配合起來，相輔而行。
【例句】**恩威並行**，以德服人，這是古往今來成功的治國方法。

【義近】寬猛相濟／恩威並重／軟硬兼施。
【義反】殘忍成性／刻毒寡恩／姑息養奸。

恩重如山
【釋義】恩德像山一樣深重。
【出處】陸游・删定官供職謝啓：「拔茅以征，冒處清流之末；及瓜而往，曾無累月之淹。恩重如山，感深至骨。」
【用法】形容恩惠極大。
【例句】董事長事事照顧我，又常關照我父母，實在是**恩重如山**。
【義近】恩同父母／恩同再造／再生父母／覆載之恩／恩深似海。
【義反】血海深仇／深仇大恨／不共戴天。

恩將仇報
【釋義】拿仇恨來報答別人的恩惠。將：拿。
【出處】吳承恩・西遊記三十回：「我若一口說出，他就把公主殺了，此卻不是恩將仇報？」
【用法】用以表示忘恩負義。
【例句】他曾救過你的命，現在．有人陷害他，你卻跟著落井下石，這樣**恩將仇報**會有報應的！
【義近】忘恩負義／以怨報德／辜（孤）恩負德／薄情寡義／刻薄寡恩。
【義反】感恩戴德／以德報怨／知恩必報。

恩深義重
【釋義】恩澤深，情義重。
【出處】凌濛初・二刻拍案驚奇卷二：「滿生道：『小生與令愛恩深義重，已設誓過了，若有負心之事，教滿某不得好死。』」
【用法】指恩惠情義極爲深重。
【例句】他老人家對我**恩深義重**，現在落難了，我若坐視不救，豈非犬馬不如了嗎？
【義近】恩同父母／恩同再造／再生父母／覆載之恩／恩深似海。
【義反】血海深仇／深仇大恨／不共戴天。

恩斷義絕
【釋義】意即情義斷絕，不再有關係。
【出處】元・馬致遠・任風子三折：「咱兩個恩斷義絕，花殘月缺，再誰戀錦帳羅幃！」
【用法】多用以指夫婦之間因感情決裂而導致離異。也指朋友間斷絕關係。
【例句】我倆從此**恩斷義絕**，各走各的路，各奔各的前程！
【義近】一刀兩斷／情斷義絕／各奔東西。
【義反】情深似海／情意綿綿。

息交絕遊
【釋義】停止交遊活動。息、絕：停止、斷絕。
【出處】陶淵明・歸去來辭：「歸去來兮，請息交以絕遊。」
【用法】用以表示與世俗斷絕關係，不同外人來往。
【例句】劉老從政幾十年，深感厭倦，退休後即**息交絕遊**，過著逍遙自在的恬適生活。
【義近】深居簡出／閉門屏居／杜門卻掃／杜門謝客。
【義反】廣交泛遊／高朋滿座／出入宦門／送往迎來。

息事寧人
【釋義】不多事，使人民得到安寧。息：平息。寧：安寧，用作使動詞。
【出處】後漢書・章帝紀：「冀以息事寧人，敬奉天氣。」
【用法】用以形容盡力平息人事糾紛，使大家安寧、和睦。
【例句】平日待人處事最好抱著**息事寧人**的態度，所謂和氣生財，退一步海闊天空嘛！
【義近】排難解紛／排患解難／平息事端／盡力調停。
【義反】惹事生非／煽風點火／推波助瀾。

息息相通
【釋義】意謂彼此呼吸相通。息：呼吸進出的氣息。
【出處】文康・兒女英雄傳二六回：「如今聽了張金鳳這話，正如水月鏡花，心心相印；玉匙金鎖，息息相通。」
【用法】用以比喻彼此合作，互通聲息，關係極爲密切。
【例句】這家營造廠老闆是縣長的堂弟，官商之間**息息相通**，專門承包縣政府的營建工程，我看遲早會出事的。
【義近】互通聲息／裏應外合。
【義反】渺不相涉／毫無瓜葛。

息息相關
【釋義】呼吸也相互關連。息：呼吸。
【出處】嚴復・救亡決論：「二者皆與扎營踞地，息息相關者也。」
【用法】形容關係極爲密切，互相影響至深。
【例句】無數事實證明，華僑和祖國的命運是**息息相關**的。
【義近】休戚與共／休戚相關／息息相通／唇齒相依。
【義反】渺不相涉／井水不犯河水／風馬牛不相及／毫無瓜葛。

息影林泉
【釋義】息影：形影隱匿，不再活動。喻退職隱居。林泉：山林、水泉，喻隱居江湖。
【出處】白居易・山堂初成偶題東壁詩：「喜入山林初息影，厭趨朝市久勞生。」
【用法】比喻人退休後，歸隱於山林水澤。
【例句】黎縣長於任期屆滿後即**息影林泉**，不再過問政事。
【義近】息交絕遊／高臥松林／枕流漱石／遠離紅塵。
【義反】出入宦門／送往迎來。

七畫

悖入悖出
【釋義】悖：違逆，同「誖」。此解作不正當，不合道理。
【出處】禮記・大學：「是故言悖而出者，亦悖而入；貨悖而入者，亦悖而出。」
【用法】指財物有不正當的收入，必會有不正當的支出。
【例句】生意買賣要公正，言談行事應誠信，否則**悖入悖出**，到頭來還是一場空。
【義近】出爾反爾／咎由自取。

悍然不顧(ㄏㄢˋ ㄖㄢˊ ㄅㄨˋ ㄍㄨˋ)

【釋義】悍然：蠻橫的樣子。
【出處】東魯古狂生・醉醒石一回：「但一人之冤不伸，反有殺人身，破人家，悍然不顧。」
【用法】形容人凶暴蠻橫，不顧一切。
【例句】獨裁統治者為了維護自身利益，竟**悍然不顧**地槍殺手無寸鐵的羣眾。
【義近】蠻橫無理／悍戾無忌／凶悍橫暴。
【義反】思前慮後／通情達理。

悔不當初(ㄏㄨㄟˇ ㄅㄨˋ ㄉㄤ ㄔㄨ)

【釋義】悔：後悔。當初：開始、開頭。
【出處】薛昭緯・謝銀工詩：「早知文字多辛苦，悔不當初學冶銀。」
【用法】指追悔當初的錯誤，有悔之已晚之意。
【例句】早知他如此無情無義，我就不該對他那麼好，眞是**悔不當初**。
【義近】悔之無及／追悔莫及。
【義反】翻然醒悟／死而不悔。

悔之晚矣(ㄏㄨㄟˇ ㄓ ㄨㄢˇ ㄧˇ)

【釋義】意謂後悔已經晚了。
【出處】明・沈受先・三元記・錯認：「你這樣人，言淸行濁，人面獸心！好好還我，養你廉恥；若不肯，執送官司，那時悔之晚矣！」
【用法】指對某事即使後悔，也已來不及了。
【例句】玩股票風險很大，你再不縮手可就**悔之晚矣**。
【義近】後悔莫及／嗟悔無及／噬臍莫及／悔之不及／悔不當初。
【義反】固執己見／至死不悟／死不改悔／頑固不化／冥頑不靈／執迷不悟。

悔之無及(ㄏㄨㄟˇ ㄓ ㄨˊ ㄐㄧˊ)

【釋義】後悔也來不及了。一作「悔之不及」。
【出處】漢書・鼂錯傳：「夫以人之死爭勝，跌而不振，則悔之無及矣。」
【用法】說明後悔已遲，無法挽回。
【例句】因為一時疏忽，造成這麼大的損失，**悔之無及**，怪誰都沒用了。
【義近】悔不當初／追悔莫及／悔之晚矣／嗟悔何及／噬臍莫及。
【義反】亡羊補牢，為時未晚。

悔過自責(ㄏㄨㄟˇ ㄍㄨㄛˋ ㄗˋ ㄗㄜˊ)

【釋義】追悔過錯，譴責自己。
【出處】漢書・五行志：「後得反國，不悔過自責，復會諸侯伐鄭，與楚戰於泓，軍敗身傷。」
【用法】用以指人勇於認錯，並肯自我反省。
【例句】其實這次事故的責任並不全在他，但他卻一再**悔過自責**，為別人承擔過錯，這種精神確實可貴。
【義近】悔過自懺／負荆請罪／知過能改／痛定思痛／引咎自責。
【義反】委罪他人／推諉罪責／委過他人／怙惡不悛／執迷不悟。

悔過自新(ㄏㄨㄟˇ ㄍㄨㄛˋ ㄗˋ ㄒㄧㄣ)

【釋義】悔：悔改。自新：自己改過更新。一作「改過自新」。
【出處】司馬遷・史記・吳王濞列傳：「(吳王)於古法當誅，文帝弗忍，因賜几杖。德至厚，當改過自新。」
【用法】指悔改所犯錯誤，重新做人。
【例句】他如能**悔過自新**，我們當既往不咎，竭誠歡迎他加入我們的行列。
【義近】棄舊圖新／悔過反正／改過遷善。
【義反】執迷不悟／至死不悟／屢教不改／怙惡不悛。

悒悒不樂(ㄧˋ ㄧˋ ㄅㄨˋ ㄌㄜˋ)

【釋義】悒悒：憂悶，不舒暢。一作「悒悒不歡」。
【出處】班固・漢武帝內傳：「庸主對坐，悒悒不樂。」
【用法】用以形容憂悶不愉快的情狀。
【例句】為了一點小挫折就**悒悒不樂**，你也未免太不堪一擊了吧！
【義近】悶悶不樂／鬱鬱不樂／怏怏不樂。
【義反】喜不自勝／樂不可支／欣喜若狂。

悃悃款款(ㄎㄨㄣˇ ㄎㄨㄣˇ ㄎㄨㄢˇ ㄎㄨㄢˇ)

【釋義】悃款：誠懇忠厚而又勤樸的樣子。疊字，以加重語氣。
【出處】屈原・楚辭・卜居：「吾寧悃悃款款朴以忠乎？將送往勞來斯無窮乎？」
【用法】形容人誠懇、忠貞。
【例句】待人處事**悃悃款款**，無論到哪個單位工作，都會受到主管的賞識與提拔。
【義近】悃愊無華／誠心誠意／忠貞不二。
【義反】八面玲瓏／投其所好／見風轉舵。

悃愊無華(ㄎㄨㄣˇ ㄅㄧˋ ㄨˊ ㄏㄨㄚˊ)

【釋義】悃愊：心意至誠。華：浮誇。
【出處】後漢書・章帝紀：「安靜之吏，悃愊無華，日計不足，月計有餘。」
【用法】指人忠厚樸素不浮華。
【例句】我喜歡結交**悃愊無華**的朋友，那些華而不實的人，我則不屑與他們交往。
【義近】樸實無華／忠厚老實／誠懇實在。
【義反】巧言令色／華而不實／虛情假意。

患得患失(ㄏㄨㄢˋ ㄉㄜˊ ㄏㄨㄢˋ ㄕ)

【釋義】擔心得不到，得到了卻又擔心失掉。患：憂慮，擔心。
【出處】論語・陽貨：「其未得之也，患得之；既得之，患失之。」
【用法】形容斤斤計較，把個人的得失看得太重。
【例句】像你這樣**患得患失**，舉棋不定，如何成得了大事。
【義近】斤斤計較／錙銖必較／進退失據。
【義反】公而忘私／大公無私／忘懷得失。

患寡患貧

【釋義】憂慮人民所得太少，財物缺乏。

【出處】論語・季氏：「有國有家者，不患寡而患不均，不患貧而患不安。」

【用法】指對國家、社會的關懷，及人民生活的關注。

【例句】親民愛民的政府，對人民要有**患寡患貧**的施政方針，隨時在政、經建設方面尋求突破，為人民求得更多的福祉。

患難之交

【釋義】交：交情，此指朋友。

【出處】東魯古狂生・醉醒石十回：「浦肫夫患難之交，今日年兄為我們看他。」

【用法】用以指同在一起經歷過憂患和危難的朋友。

【例句】人生中真正的**患難之交**不多，若能得一二位知己，則可說不枉此生了。

【義近】刎頸之交／生死之交／難兄難弟。

【義反】泛泛之交／狐朋狗黨／酒肉朋友。

患難相扶

【釋義】相扶：相互扶持。

【出處】明・無名氏・鳴鳳記・鄒慰夏孤：「大抵天生忠義，多是患難相扶。」

【用法】形容情誼深厚，遇有患難彼此相救助。

【例句】我與他深交多年，親如手足，多年來**患難相扶**，禍福與共。

【義近】患難相恤／患難與共／同舟共濟／和衷共濟／風雨同舟。

【義反】落井下石／視同路人／漠不關心／鉤心鬥角／分道揚鑣／同室操戈。

患難與共

【釋義】患難：憂患與災難。與共：共同承受。

【出處】司馬遷・史記・越王句踐世家：「越王為人長頸鳥喙，可與共患難，不可與共樂。」

【用法】用以指在一起共同經受並承擔危險和困難。

【例句】艱難的歲月裏我們**患難與共**，現在有福可享了，我們當然要一起共享。

【義近】同甘共苦／風雨同舟／和衷共濟。

【義反】各奔東西／離心離德／分道揚鑣。

悉心畢力

【釋義】悉心：盡心。畢力：盡力。

【出處】漢・蔡邕・楊太尉碑銘：「乃及伊公，克光前矩，悉心畢力，胤其祖武。」

【用法】指竭盡智慧和力量。

【例句】他發誓當選後，對國事一定**悉心畢力**，鞠躬盡瘁，絕不辜負選民的厚望。

【義近】悉心戮力／悉心竭力／鞠躬盡瘁／竭盡心力／摩頂放踵／殫精竭慮。

【義反】聊以塞責／敷衍了事／敷衍塞責／草率苟且／得過且過。

悠哉悠哉

【釋義】悠：有兩解，指憂思或閒適的樣子。

【出處】詩經・周南・關雎：「悠哉悠哉，輾轉反側。」

【用法】原意指憂思長遠的樣子，今多形容悠閒自在的模樣。或作「優哉游哉」。

【例句】聯考過後，學子們個個如釋重負，**悠哉悠哉**地渡假去了。

【義近】悠哉悠遊／逍遙自在／怡然自得／如釋重負。

【義反】汲汲營營／忙忙碌碌。

悠悠忽忽

【釋義】即悠忽的疊語。遊蕩、輕忽的意思，有迷惑之意。

【出處】文選・宋玉・高唐賦：「悠悠忽忽，怊悵自失。」怊，音ㄔㄠ，失意的樣子。

【用法】指惆悵失意的樣子，也用以形容虛費光陰，不知振作。

【例句】年紀輕輕就整天**悠悠忽忽**地像個行屍走肉，老大只能徒傷悲了。

【義近】迷迷糊糊／悵然若失。

悠然自得

【釋義】悠然：安閒舒適的樣子。自得：內心從容而舒暢。

【出處】晉書・王猛傳：「猛悠然自得，不以屑懷。」

【用法】形容悠閒安適，心情舒暢。

【例句】**悠然自得**的日子人人想過，但真正能這樣過的人卻少之又少。

【義近】閒雲野鶴／怡然自得／自得其樂／悠閒自在。

【義反】若有所失／悵然若失／嗒然自喪／惶惶不安。

八　畫

惓惓之意

【釋義】惓惓：形容懇切的樣子，也作「拳拳」。

【出處】隋唐演義八二回：「知章奉旨，到家宣諭李白，且備述天子惓惓之意。」

【用法】形容深摯關切的心意。

【例句】在此謹奉上薄禮壹份，禮金貳千，**惓惓之意**，望請笑納。

【義近】拳拳之意／區區之心。

情人眼裏出西施

【釋義】西施：春秋時越國的美女，後借作美人的代稱。

【出處】笑笑生・金瓶梅三八回：「自古道情人眼裏出西施，一來也是你緣法湊巧。」

【用法】用以說明男女愛戀之深，總覺對方無處不美。

【例句】真是**情人眼裏出西施**，這麼一個相貌平凡的女子，他竟然當作天仙似地拚命追求。

情不自勝

【釋義】勝：承當得起，經受得住。這裏是忍受的意思。

【出處】南朝・宋明帝・罪始安王休仁詔：「追尋悲痛，情不自勝。思屈法科，以伸矜悼。」

【用法】形容十分悲痛，以致在感情上無法忍受。

【例句】這位婦人驟聞獨子車禍喪生的噩耗，竟然**情不自勝**地哭得昏了過去。

【義近】情不自堪／哀痛欲絕／哀毀骨立／肝心若裂／淒入肝脾。

【義反】喜不自勝／喜形於色／喜眉笑眼／喜笑顏開／笑逐顏開。

情不自禁（ㄑㄧㄥˊ ㄅㄨˋ ㄗˋ ㄐㄧㄣ）

【釋義】禁：抑制，控制。

【出處】劉遵・七夕穿針詩：「步月如有意，情來不自禁。」

【用法】形容感情激動得不能克制。

【例句】看到自己朝思暮想的情郎歸來，女孩**情不自禁**地流下喜悅的淚水。

【義近】不由自主／身不由己／難以抑制。

【義反】無動於衷／善於克制／不為所動。

情文並茂（ㄑㄧㄥˊ ㄨㄣˊ ㄅㄧㄥˋ ㄇㄠˋ）

【釋義】情文：指內容和形式、情思與文采。茂：豐富美好。

【出處】荀子・禮論：「故至備，情文俱盡；其次，情文代勝。」

【用法】用以說明文學藝術作品從內容到形式都很優美。多作評論用語。

【例句】這篇文章**情文並茂**，很顯然作者不是庸碌之輩。

【義近】聲情並茂／情文相生。

【義反】空洞無物／文理不通。

情同手足（ㄑㄧㄥˊ ㄊㄨㄥˊ ㄕㄡˇ ㄗㄨˊ）

【釋義】情：交情。手足：比喻兄弟。

【出處】許仲琳・封神演義四一回：「各號各姓，情同手足。」

【用法】用以說明交情很深，如同親兄弟一樣。

【例句】他們從小就是好朋友，**情同手足**，想要挑撥他們不容易啊！

【義近】情同骨肉／親如手足／如兄如弟。

【義反】點頭之交／一面之交／素不相識。

情有可原（ㄑㄧㄥˊ ㄧㄡˇ ㄎㄜˇ ㄩㄢˊ）

【釋義】情：情理。原：原諒。

【出處】施耐庵・水滸傳九七回：「其餘脅從，情有可原。」

【用法】用以表示一個人雖然犯了錯誤，但在情理上還有可原諒的地方。

【例句】他會偷麵包也是**情有可原**，因為他的弟弟妹妹已快餓死，母親又臥病在床，你們就原諒他，幫助他吧！

【義近】未可厚非／不宜究責／無可厚非／情非得已。

【義反】情理難容／無可寬恕。

情有獨鍾（ㄑㄧㄥˊ ㄧㄡˇ ㄉㄨˊ ㄓㄨㄥ）

【釋義】鍾：集中，專注。

【出處】晉書・王衍傳：「衍曰：『聖人忘情，最下不及於情，然則情之所鍾，正在我輩。』」

【用法】用以指感情十分專注。

【例句】明知這段感情無法開花結果，無奈**情有獨鍾**，難分難捨，只好繼續走下去。

【義近】情之所鍾／一往情深／情有所歸。

情至意盡（ㄑㄧㄥˊ ㄓˋ ㄧˋ ㄐㄧㄣˋ）

【釋義】意謂盡情盡意。至：極。

【出處】詩經・大雅・板：「老夫灌灌。」孔穎達疏：「我老夫教諫汝，其意乃欵欵然情至意盡。」

【用法】用以說明對人的情意已到極點。

【例句】我對他已**情至意盡**，如果他還不回心轉意，那我也沒辦法，只有隨他了。

【義近】仁至義盡／古道照人。

【義反】恩斷情絕／無情無義／不仁不義。

情投意合（ㄑㄧㄥˊ ㄊㄡˊ ㄧˋ ㄏㄜˊ）

【釋義】彼此性情相投，意氣相合。投：合。

【出處】吳承恩・西遊記二七回：「那鎮元子與行者結為兄弟，兩人情投意合。」

【用法】形容感情融洽，彼此同心莫逆。今多指男女感情。

【例句】我倆**情投意合**，欲攜手共度人生，希望諸親友一同來為我們祝福，分享我們的喜悅。

【義近】志同道合／心心相印／意氣相投。

【義反】貌合神離／同牀異夢／意見相左。

情見乎辭（ㄑㄧㄥˊ ㄒㄧㄢˋ ㄏㄨ ㄘˊ）

【釋義】見：同「現」，表現。乎：介詞，於。

【出處】易經・繫辭下：「爻象動乎內，吉凶見乎外，功業見乎變，聖人之情見乎辭。」

【用法】指人的思想感情表現在語言文字之中。

【例句】文如其人，**情見乎辭**，透過作品可以看出作者的情感和思想。

【義近】情見乎言／情見於詞／意在言中／直抒胸臆。

【義反】深情不露／意在言外／辭溢乎情／言過其實／含蓄不露／隱晦曲折。

情見勢屈（ㄑㄧㄥˊ ㄒㄧㄢˋ ㄕˋ ㄑㄩ）

【釋義】情：情況，情形。見：同「現」，顯露。屈：這裏是衰竭、竭盡的意思。

【出處】司馬遷・史記・淮陰侯列傳：「今將軍欲舉倦弊之兵，頓之燕堅城之下，欲戰恐久，力不能拔，情見勢屈，曠日糧竭，而弱燕不服，齊必距境以自彊也。」

【用法】指窘況日益顯露，聲勢日見衰竭。

【例句】攻打敵軍宜速戰速決，若拖延時日，兵疲糧乏，反將**情見勢屈**，為敵人所制。

【義近】形勢逆轉／漸居下風／情見勢竭。

【義反】愈挫愈勇／聲勢浩大。

情急智生（ㄑㄧㄥˊ ㄐㄧˊ ㄓˋ ㄕㄥ）

【釋義】情急：情況緊急。智生：生出智慧。

【出處】李寶嘉・官場現形記二二回：「湯升情急智生，忽然想出一條主意。」

【用法】指在情況急迫時猛然想出了好辦法。

【例句】安小姐在路上遇到兩個色狼，幸好她**情急智生**，聲稱自己是女刑警，又使出柔道架式，嚇得兩個歹徒拔腿就跑。
【義近】急中生智／急則計生。
【義反】無計可施／坐困愁城。

情面難卻 ㄑㄧㄥˊ ㄇㄧㄢˋ ㄋㄢˊ ㄑㄩㄝˋ
【釋義】情面：私人間的情分和面子。卻：推辭。
【出處】清·李玉·人獸關·牝誆：「他是非故非親，你休要少容情面。」
【用法】為了情面，不好推辭。
【例句】她是我太太的好友，雖明知不妥，但**情面難卻**，這件事也就按她的意思辦了。
【義近】礙於情面。
【義反】鐵面無私／大公無私／大義滅親／六親不認。

情深似海 ㄑㄧㄥˊ ㄕㄣ ㄙˋ ㄏㄞˇ
【釋義】情愛像海一樣深。
【出處】明·崔時佩·西廂記·許婚借援：「自那日忽睹多才，不覺每上心來，春悶好難捱，畢竟情深似海。」
【用法】極言情愛的深重。
【例句】你倆當初**情深似海**，想不到才幾年就勞燕分飛，眞出人意料！
【義近】如膠似漆／卿卿我我／一往情深／情深意切。
【義反】色衰愛弛／秋扇見捐／另尋新歡／琵琶別抱／寡情薄義。

情深潭水 ㄑㄧㄥˊ ㄕㄣ ㄊㄢˊ ㄕㄨㄟˇ
【釋義】感情深如潭水。潭：深的水池。
【出處】李白·贈汪倫詩：「桃花潭水深千尺，不及汪倫送我情。」
【用法】比喻友情極為深厚。
【例句】這份**情深潭水**的友誼得來不易，不要為了一些小事傷了彼此的心。
【義近】情深如海／情誼深厚。
【義反】情薄如紙／翻臉無情。

情理難容 ㄑㄧㄥˊ ㄌㄧˇ ㄋㄢˊ ㄖㄨㄥˊ
【釋義】情理：人情與事理。難容：難以容忍。
【出處】高文秀·黑旋風四折：「情理難容，殺人可恕，怎生能夠。」
【用法】用以說明行事荒謬、惡毒，於情於理，均不可恕。
【例句】他為了爭奪家財，竟毒死自己的親生母親，實在是**情理難容**，人神共憤。
【義近】天理難容／天怒人怨。
【義反】事有可恕／情有可原。

情逾骨肉 ㄑㄧㄥˊ ㄩˊ ㄍㄨˇ ㄖㄡˋ
【釋義】逾：超過。骨肉：指兄弟等至親之人。
【出處】蒲松齡·聊齋誌異·王六郎：「拜識清揚，情逾骨肉，然相別有日矣。」
【用法】情誼比親人還要深厚。
【例句】三國時代，劉備、關公、張飛桃園三結義，他們雖無同年、同月、同日生，但求同年、同月、同日死，這**情逾骨肉**的誓言，傳為千古美談。
【義近】情同骨肉／親如手足。
【義反】寡情薄義／酒肉朋友。

情隨事遷 ㄑㄧㄥˊ ㄙㄨㄟˊ ㄕˋ ㄑㄧㄢ
【釋義】遷：變遷，變化。
【出處】王羲之·蘭亭集序：「及其所之既倦，情隨事遷，感慨係之矣。」
【用法】用以說明感情隨著事物的變化而改變。
【例句】總以為自已對他的感情至死不渝，沒想到**情隨事遷**，如今他在我心目中的分量竟已微乎其微。
【義近】情隨境遷／事過景遷／事過境遷。
【義反】始終如一／執著不變。

情竇初開 ㄑㄧㄥˊ ㄉㄡˋ ㄔㄨ ㄎㄞ
【釋義】情竇：指男女相愛的心竅。竇，孔穴。
【出處】李漁·蜃中樓·耳卜：「我與你自情竇初開之際，就等到如今了。」
【用法】多用以指情意的發生或男女愛情的萌動。
【例句】對**情竇初開**的青少年要多灌輸正確的性知識，以免鑄成難以彌補的遺憾。
【義近】情竇漸開／情意濛濛。
【義反】情場老手。

悵然若失 ㄔㄤˋ ㄖㄢˊ ㄖㄨㄛˋ ㄕ
【釋義】又作「恍然若失」。悵然：迷惘恍惚的樣子。
【出處】蒲松齡·聊齋誌異·牛成章：「主人視其里居、姓氏，似有所動，問所從來。忠泣訴父名，主人悵然若失。」
【用法】形容心中惆悵迷惘，如有所失。
【例句】女友結婚了，新郎卻不是他，他只能**悵然若失**，百般無奈。
【義近】恍然若失／恍恍惚惚／書空咄咄。
【義反】泰然自若／無動於衷／笑逐顏開。

惜老憐貧 ㄒㄧ ㄌㄠˇ ㄌㄧㄢˊ ㄆㄧㄣˊ
【釋義】惜：疼愛。憐：同情。
【出處】曹雪芹·紅樓夢三九回：「平兒忙道：『你快去罷，不相干的。我們老太太最是惜老憐貧的。』」
【用法】指疼愛憐惜老年人和貧苦人。
【例句】他雖有錢有勢，卻熱心公益，**惜老憐貧**，鄉里人無不稱讚敬重他。
【義近】敬老憐貧／惜孤念寡／濟貧恤老／樂善好施。
【義反】嫌老欺窮／欺老罵少／嫌貧愛富／一毛不拔。

惜指失掌 ㄒㄧ ㄓˇ ㄕ ㄓㄤˇ
【釋義】愛惜手指而失去手掌。
【出處】南史·阮佃夫傳：阮佃夫想要何恢家的歌女張耀華，何不肯。阮惱怒地說：「惜指失掌邪？」於是「諷有司以公事」彈劾恢。
【用法】比喻因小失大。
【例句】李太太見家中失火，竟不顧一切地衝進家中搶救財物，結果被燒成重傷，可眞是**惜指失掌**啊！
【義近】貪小失大／愛鶴失眾／爭雞失羊／得不償失。
【義反】忘羊得牛／塞翁失馬。

惜墨如金 ㄒㄧ ㄇㄛˋ ㄖㄨˊ ㄐㄧㄣ
【釋義】愛惜墨就像愛惜金子一樣。惜：愛惜。
【出處】費樞·釣磯立談：「李營丘（成）惜墨如金。」
【用法】原指作畫不輕易下筆。今多指寫字、為文嚴肅認眞，不輕易動筆。

【例句】我們要學習老一輩作家那種**惜墨如金**、一絲不苟的嚴謹創作態度。

【義近】執筆嚴謹／一絲不苟。

【義反】信筆塗鴉／率爾操觚。

惟力是視

【釋義】意謂只看自己的力量有多大。惟……是：將賓語提前的一種固定格式。「力」是「視」的賓語。

【出處】晉・常璩・華陽國志・南中志：「祚舅黎晃爲吳將……祚答曰：『舅自吳將，祚自晉臣，惟力是視矣。』」

【用法】用以表示要盡力而爲。

【例句】報效祖國是我們海外學子們應盡的職責，爲了中華民族的騰飛，我自當**惟力是視**。

【義近】盡心竭力／盡力而爲／竭盡全力／不遺餘力。

【義反】敷衍塞責／敷衍了事／聊以塞責／馬虎了事。

惟有讀書高

【釋義】只有讀書才是最有出息、最高尚的。

【出處】明・柯丹邱・荊釵記・會講：「世上萬般皆下品，思量惟有讀書高。」

【用法】舊時常用來勸勉人讀書以求進取，同時也表現了輕視其他職業的思想。

【例句】你老兄到現在還用「萬般皆下品，**惟有讀書高**」的老八股來教育兒女，已經跟不上時代了。

【義近】書中自有黃金屋。

【義反】行行出狀元。

惟利是圖

【釋義】意即只圖利。「利」爲「圖」的賓語，「是」爲提前標誌。惟：一作「唯」，只有，唯獨。

【出處】葛洪・抱朴子・勤求：「內抱貪濁，惟利是圖。」

【用法】用以指責人一心只爲利，其他什麼都不顧。

【例句】損人利己，**惟利是圖**，這種人絕對不可深交。

【義近】見利忘義／惟利是視／見錢眼開／利慾薰心。

【義反】見利思義／富貴浮雲。

惟妙惟肖

【釋義】惟又作「唯」、「維」，語助詞。妙：好。肖：很像，逼真。

【出處】馮鎮巒・讀聊齋雜說：「不過一二字，偶露句中，遂已絕妙，形容維妙維肖。」

【用法】形容藝術技巧好，描寫、摹仿得非常逼真。

【例句】這位相聲演員摹仿京劇梅派的唱腔，簡直是**惟妙惟肖**。

【義近】栩栩如生／神態活現／絲絲入扣／躍然紙上。

【義反】畫虎不成／刻鵠似鶩／差之千里。

惟我獨尊

【釋義】只有自己最尊貴。惟：又作「唯」，只有。

【出處】續傳燈錄卷三二：「世尊生下，一手指天，一手指地云：『天上天下，惟我獨尊。』」

【用法】形容極端自高自大，目中無人。

【例句】他處處表現出一副**惟我獨尊**的樣子，結果弄得誰也不願理睬他。

【義近】狂妄自大／妄自尊大／目中無人。

【義反】謙沖自牧／卑以自牧。

惟命是聽

【釋義】即「惟聽命」。惟：同「唯」，只。「是」爲賓語提前標誌。又作「唯命是從」。

【出處】左傳・宣公一二年：「孤之罪也，敢不惟命是聽。」

【用法】形容絕對服從。

【例句】他對上司向來都是**惟命是聽**，決不會有任何不同的意見，眞是諂媚至極。

【義近】唯唯諾諾／俯首貼耳／百依百順／惟命是從。

【義反】桀驁不馴／強頭倔腦／持有異議。

惠而不費

【釋義】惠：指給人恩惠。費：指破費，花費。

【出處】論語・堯曰：「君子惠而不費，勞而不怨，欲而不貪，泰而不驕，威而不猛。」

【用法】原指爲政者給人民恩惠，卻又所費不多。今多指經濟實惠之事。

【例句】利用假日前往孤兒院當義工，指導孤兒們讀書寫字，是**惠而不費**的義舉，何樂而不爲！

【義近】所欲欲之／所利利之。

惠風和暢

【釋義】惠風：指和暖的春風。和暢：和暖舒暢。

【出處】王羲之・蘭亭集序：「是日也，天朗氣清，惠風和暢。」

【用法】形容和暖的春風吹來，使人神清氣爽。

【例句】今天難得天晴氣朗，**惠風和暢**，正是郊遊踏青的好時光。

【義近】風和日麗／景氣和暢／春風送爽／和風習習。

【義反】淒風苦雨／秋風秋雨。

惡衣惡食

【釋義】惡：壞，粗劣。指粗劣不精美的衣食。

【出處】論語・里仁：「士志於道，而恥惡衣惡食者，未足與議也。」

【用法】形容人生活簡樸。

【例句】他貴爲行政院長，是古代的相國，卻仍然**惡衣惡食**地過著簡樸的生活，實在難得。

【義近】惡衣粗食／惡衣菲食／惡衣糲食／布衣疏食。

【義反】錦衣玉食／美衣美食／鐘鳴鼎食／日食萬錢。

惡作劇

【釋義】指捉弄人的行爲。

【出處】唐・段成式・酉陽雜俎九・盜俠：「僧始捫中處，徐曰：『郎君莫惡作劇。』」

【用法】用以稱開玩笑，恣意戲弄人。

【例句】讓老人家蒙著眼睛踩西瓜皮，這樣的**惡作劇**玩不得，萬一跌碰到腦殼，會鬧出人命的。

惡言詈辭

【釋義】惡言：無禮、中傷一類的話。詈辭：罵人的言辭。詈：詛罵。

【出處】宋・王觀國・學林・冰：「愈獨判二年，日與宦者爲敵，相伺候罪過，惡言詈辭，狼藉公牒。」

【用法】用以指中傷辱罵別人的言辭。

【例句】這兩個冤家只要一碰頭，彼此便以**惡言詈辭**相向，毫不留情。

【義近】咒天罵地／惡語相加／惡言中傷。

【義反】口角春風／逢人說項／甜言美語。

惡事行千里

【釋義】惡事：醜惡的事。一作「壞事傳千里」。

【出處】孫光憲・北窗瑣言卷六：「所謂好事不出門，惡事傳千里。士君子得不戒之乎！」

【用法】形容醜惡的事容易張揚出去。

【例句】一般人都有「看好戲」的心態，所謂**惡事行千里**，正是此心態最佳的寫照。

【義近】惡事無翼飛／壞事傳千里。

【義反】好事不出門。

惡貫滿盈

【釋義】罪惡多得像串錢的繩子一樣串滿了。貫：串錢的繩子。盈：滿。

【出處】尚書・泰誓上：「商罪貫盈，天命誅之。」傳：「紂之爲惡，一以貫之，惡貫已滿，天畢其命。」

【用法】形容作惡很多，罪惡極大，該是受懲罰的時候了。

【例句】強盜頭子**惡貫滿盈**，不得善終也是意料中的事。

【義近】罄竹難書／罪惡滔天／惡積禍盈／罪不容誅。

【義反】行善積德／廣施博濟／積善成德。

惡紫奪朱

【釋義】意謂厭惡紫色取代紅色。惡：討厭，憎恨。紫：喻異端。朱：喻正統。

【出處】論語・陽貨：「子曰：『惡紫之奪朱也。』」元・劉時中・端正好・十二月：「不是我論黃數黑，怎禁他惡紫奪朱。」

【用法】原指憎惡異端亂了正統，邪說壞了正道。後用以指邪僻小人混淆是非，顛倒黑白。

【例句】李先生是位正人君子，對**惡紫奪朱**、背離事實之事，總是嗤之以鼻。

【義近】扭直作曲／指鹿爲馬／以白爲黑／顛倒是非／混淆視聽。

【義反】是非分明／涇渭分明／黑白分明／撥亂反正。

惡語傷人

【釋義】傷人：傷害人。

【出處】普濟・五燈會元卷四三：「利刀割肉瘡猶合，惡語傷人恨不消。」

【用法】用惡毒的語言誣蔑陷害人。

【例句】你出言不遜，**惡語傷人**，小心得到報應。

【義近】惡意中傷／惡語相加／造謠中傷。

【義反】好言勵人／善言褒人／隱惡揚善。

惡積禍盈

【釋義】意謂積惡累累，積禍滿貫。

【出處】南朝・梁・丘遲・與陳伯之書：「北虜僭盜中原，多歷年所，惡積禍盈，理至燋爛。」

【用法】形容罪惡累累，無以復加。

【例句】政府官員若倒行逆施，與民爲敵，待到**惡積禍盈**之日，總會得到應有的報應。

【義近】惡貫禍盈／罪大惡極／惡貫滿盈／罪惡滔天。

【義反】行善積德／修橋舖路／與人爲善／成人之美／敬老憐貧。

惡濕居下

【釋義】討厭潮濕，卻又居於低窪之地。惡：憎恨，討厭。下：低下處。

【出處】孟子・公孫丑上：「仁則榮，不仁則辱。今惡辱而居不仁，是猶惡濕而居下也。」

【用法】原比喻明知故犯，後用以比喻行動跟意願相反。

【例句】你有風濕病，理應住在高樓層，如今卻搬進地下室，可眞是**惡濕居下**啊！

【義近】惡醉強酒／明知故犯。

惡聲必反

【釋義】惡聲：粗鄙的言語。

【出處】孟子・公孫丑上：「惡聲至，必反之。」

【用法】形容人個性剛強，別人若惡言相向，必定回罵。或形容毀謗他人者，必受相同之報應。

【例句】①你這**惡聲必反**的個性，不知得罪了多少人，爲何不試著改一改呢？②妳經常道人長短，不怕**惡聲必反**，以後得到長舌婦的封號，反而成爲眾人批評的對象？

【義近】以言還言／以牙還牙／睚眥必報／惡言相向。

悶悶不樂

【釋義】悶悶：抑鬱不快。

【出處】羅貫中・三國演義一八回：「（陳宮）意欲棄布他位，卻又不忍；又恐被人嗤笑，乃終日悶悶不樂。」

【用法】形容心中有事不高興。

【例句】最近股票大跌，許多投資人都**悶悶不樂**，擔心要賠大錢。

【義近】鬱鬱寡歡／快快不樂／鬱鬱不樂。

【義反】心花怒放／歡天喜地／悠然自得／沾沾自喜。

悶葫蘆

【釋義】密不透風的葫蘆，爲舊時的一種玩具。

【出處】元・孟漢卿・魔合羅一折：「他有那乞巧的泥媳婦，消夜的悶葫蘆。」

【用法】用以比喻難猜難解、弄不清楚的事情。

【例句】「終不成將息得我肥胖了，卻來結果我？這個**悶葫蘆**教我如何猜得破？」（施耐庵・水滸傳二八回）

【義近】悶弓兒／深不可測／神鬼莫測／莫測高深／諱莫如深。

【義反】司馬昭之心，路人皆知／一目瞭然／一覽無遺／開誠布公／開心見誠。

悲不自勝

【釋義】悲痛到自己不能承受的地步。勝：能夠承受。

【出處】庾信・哀江南賦序：「燕歌遠別，悲不自勝。」

【用法】形容悲傷之極。

【例句】聽到兒子飛機失事的不幸消息，老人**悲不自勝**，痛哭失聲。

【義近】痛不欲生／悲痛欲絕。

【義反】樂不可支／欣喜若狂／喜不自勝／沾沾自喜。

悲天憫人

【釋義】悲天：哀嘆時世。憫：憐惜。

【出處】韓愈・爭臣論：「誠畏天命而悲人窮也。」黃宗羲・朱人遠墓志銘：「人遠悲天憫人之懷，豈爲一己之不遇乎！」

【用法】常用以形容有志之士哀嘆時世的艱辛，憐惜人民的痛苦。

【例句】杜甫以**悲天憫人**的胸懷，抒寫出千古流傳的優美詩句。

【義近】傷時憂國／視民如傷／民胞物與／己饑己溺。

【義反】殘民以逞／刻薄寡恩。

悲從中來

【釋義】悲哀自心中發出。

【出處】魏秀仁・花月痕二四回：「其實悲從中來，終是強爲歡笑。」

【用法】形容悲痛不由自主的自心中發洩出來。

【例句】好友小陶前幾天還一起吃飯聊天，今驚聞車禍喪生，猶如晴天霹靂，不禁令人**悲從中來**，淚水奪眶而出。

【義近】悲痛欲絕／悲不自勝。

【義反】喜上眉梢／喜不自勝。

悲喜交集

【釋義】交集：交織在一起。一作「悲喜交至」。

【出處】晉書・王廙傳：「當大明之盛，而守局遐外，不得奉瞻大禮，聞問之日，悲喜交集。」

【用法】用以形容悲傷和喜悅的心情交併而至。

【例句】見到了離別四十餘年的親人，他們**悲喜交集**地擁抱在一起，不敢相信這竟是事實。

【義近】悲喜交切／百感交集／一悲一喜。

【義反】心如死灰／一無感觸／無動於衷。

悲悲切切

【釋義】悲切：悲痛。重疊爲「悲悲切切」以加強語意和語氣。

【出處】元曲選：「閃得我悲悲切切，孤兒寡女無投奔。」曹雪芹・紅樓夢二六回：「黛玉越想越覺傷感，便……獨立牆角邊花陰之下，悲悲切切，嗚咽起來。」

【用法】指人悲傷哭泣的情狀。

【例句】這孩子最近不知何故，經常獨自一人在臥室裏**悲悲切切**地哭個不停，問她又不說，眞令人擔心。

【義近】悲悲戚戚／聲淚俱下。

【義反】歡歡喜喜／開懷大笑。

悲歌忼慨

【釋義】悲歌：悲壯高歌。忼慨：充滿正氣，情緒激昂。亦作「慷慨」。

【出處】司馬遷・史記・項羽本紀：「於是項王乃悲歌忼慨，自爲詩曰：『力拔山兮氣蓋世……。』歌數闋，美人和之。」

【用法】形容氣概壯烈，情緒激越地高歌。

【例句】荊軻刺秦王，燕太子丹於易水送別，**悲歌忼慨**地唱曰：「風蕭蕭兮易水寒，壯士一去兮不復返」，斯人斯事，激越千古。

【義近】慷慨悲歌／激昂悲歌／壯懷激烈／慷慨激昂。

【義反】嗒然若喪。

悲憤塡膺

【釋義】塡：充塞。膺：胸膛。

【出處】江淹・恨賦：「置酒欲飲，悲來塡膺。」

【用法】形容悲痛和憤怒充滿了胸膛。

【例句】聽到自己的同胞被侵略者屠殺的消息，海內外愛國人士無不**悲憤塡膺**。

【義近】義憤塡膺／人神共憤／悲憤難已。

【義反】心花怒放／笑逐顏開／幸災樂禍。

悲歡離合

【釋義】悲傷、歡樂、離散、團聚。

【出處】蘇軾・水調歌頭：「人有悲歡離合，月有陰晴圓缺，此事古難全。」

【用法】泛指生活中經歷的各種境遇和由此所產生的各種心情。

【例句】人生的**悲歡離合**太無常，參不透的話煩惱就多。

【義近】生老病死／喜怒哀樂／陰晴圓缺。

九畫

惺惺惜惺惺

【釋義】聰明人愛聰明人。惺惺：聰明機警之人。

【出處】喬夢符・兩世姻緣二折：「端的是剪雪裁冰，惺惺的自古惜惺惺。」

【用法】比喻同類的人相互愛惜、同情。

【例句】我們同是出國留學的中國人，理當**惺惺惜惺惺**相互幫忙，你就不要太見外了。

【義近】好漢惜好漢，英雄憐英雄／惺惺相惜。

【義反】文人相輕／同行相嫉。

惻隱之心

【釋義】惻隱：同情，憐憫。

【出處】孟子・公孫丑上：「今人乍見孺子將入於井，皆有怵惕惻隱之心。」

【用法】指對別人不幸所產生的憐憫、同情之心。

【例句】義賣會場上人人發揮**惻隱之心**，慷慨解囊，這個社會其實並不冷漠。

【義近】悲天憫人／心生憐憫／慈悲爲懷。

【義反】鐵石心腸／膜外概置。

惴惴不安

【釋義】惴惴：恐懼的樣子。
【出處】詩經・秦風・黃鳥：「臨其穴，惴惴其慄。」
【用法】形容因擔心害怕而恐懼不安的樣子。
【例句】害怕盜領公款的事東窗事發，王科長**惴惴不安**地過了一個月，後來實在是受不了便自首了。
【義近】忐忑不安／七上八下／惶惶不可終日。
【義反】泰然自若／若無其事。

惱羞成怒

【釋義】惱：忿恨。羞：羞愧。
【出處】李寶嘉・官場現形記六回：「那撫臺見是如此，知道王協臺有心瞧他不起，惱羞成怒。」
【用法】指羞愧到了極點，下不了臺而發怒。
【例句】他容不得別人指責他，還沒散會就**惱羞成怒**地離席了。
【義近】暴跳如雷／怒氣沖沖／氣急敗壞。
【義反】心平氣和／平心靜氣。

惶恐不安

【釋義】惶恐：驚慌害怕。
【出處】漢書・王莽傳：「人民正營。」顏師古注曰：「正營，惶恐不安之意也。」
【用法】形容心懷恐懼，十分不安。
【例句】你這樣東躲西藏，**惶恐不安**地過日子，實在不是辦法，還是趕快去自首吧！
【義近】惴惴不安／驚恐不安。
【義反】心安神定／神色自如／氣定神閒。

惶惶不可終日

【釋義】驚慌得連一天都過不去。惶惶：又作「皇皇」，恐懼不安的樣子。
【出處】劉義慶・世說新語・言語：「（魏文）帝曰：『卿面何以汗？』（鍾）毓對曰：『戰戰惶惶，汗出如漿。』」
【用法】形容驚恐不安到了極點。
【例句】既然你否認涉案，又何須**惶惶不可終日**，害怕警察上門呢？
【義近】惶恐不安／食不知味，寢不安枕。
【義反】心安理得／安然高臥。

愀然變色

【釋義】愀然：神色改變的樣子。變色：指臉色改變。
【出處】禮記・哀公問：「孔子愀然作色而對。」劉義慶・世說新語・言語：「唯王丞相愀然變色曰：『當戮力王室，克復神州，何至作楚囚相對。』」
【用法】因事故而臉色突然改變，神情變得悲傷、生氣或嚴肅。
【例句】張小姐**愀然變色**，對她的男朋友說：「為什麼要追問我的過去呢？把握現在不是很好嗎？」

意中人

【釋義】心中所思戀之人。
【出處】陶淵明・示周續之祖企謝景夷三郎：「藥石有時閒，念我意中人。」
【用法】原指心意相知的友人，現用以指心裏愛慕的異性。
【例句】今天是你二十歲的生日，是不是有**意中人**來為你祝賀？
【義近】心上人／可意人。
【義反】眼中釘／肉中刺。

意切言盡

【釋義】意思懇切，言無不盡。
【出處】唐・劉禹錫・唐故相國贈司空令狐公集記：「齊終之前一日自修遺表，初述感恩陳力之大義，中述朝廷刑政之或闕，意切言盡，神識不昏。」
【用法】形容態度誠懇，言辭毫無保留。
【例句】王經理今天在董事會上的發言，可謂**意切言盡**，對於改進公司的營運缺失，實在大有裨益。
【義近】意切辭盡／言辭懇切／知無不言。
【義反】言不由衷／言不及義／詞假意虛。

意在言外

【釋義】意思在言詞之外。
【出處】司馬光・迂叟詩話：「古人為詩，貴於意在言外，使人思而得之。」
【用法】指不將真意明顯說出，讓人自去領會。多用於文藝作品或言談。
【例句】柳宗元的〈江雪〉一詩，寫一「獨釣寒江」的老翁，實有所寄託，**意在言外**，韻味深長。
【義近】弦外之音。
【義反】直抒胸臆／意在言中／直言不諱。

意在筆前

【釋義】意：這裏指構思。筆前：下筆之前。
【出處】王羲之・題衛夫人筆陣圖後：「夫欲書者，先乾研墨，凝神靜思……。意在筆前，然後作字。」
【用法】指寫作、繪畫等，要先構思成熟，然後再下筆。
【例句】無論寫什麼文章，都應**意在筆前**，絕不能信馬遊韁，任意而為。
【義近】意在筆先／意存筆先／字斟句酌。
【義反】率爾操觚／信手塗鴉／東塗西抹。

意到筆隨

【釋義】意到：心意所往。筆隨：筆隨心意而動。
【出處】春渚紀聞載：東坡曰：「吾生平作文，意之所到，則筆力曲折隨之，無不盡意。」
【用法】形容寫作得心應手，能隨心所欲地運其筆墨。
【例句】如果有誰為文能像蘇軾那樣**意到筆隨**，那的確可算是人生得意事。
【義近】下筆如有神／筆隨人願／揮灑自如。
【義反】搜盡枯腸／辭不達意／筆不應心。

意味深長

【釋義】意味：意義趣味。深長：深遠久長。
【出處】朱熹・論語序說：「程

子曰：……讀之愈久，但覺意味深長。」
【用法】形容詩文或言談，含義深刻，意義深遠，有無限情趣。
【例句】這是一篇思想深邃、**意味深長**的好文章。
【義近】耐人尋味／回味無窮／餘味無窮。
【義反】枯燥無味／索然無味／味如嚼蠟。

意往神馳

【釋義】意往：心意嚮往。神：心神。馳：奔馳。
【出處】吳沃堯・二十年目睹之怪現狀一回：「不住的面紅耳赤，意往神馳，身心不知怎樣才好。」
【用法】形容心裏非常嚮往，以致不能自持。
【例句】生活在專制統治下的民眾，特別是知識分子，對民主制度無不**意往神馳**。
【義近】心馳神往／心嚮往之／一心嚮往。
【義反】興致索然／漠不關心／漠然置之／無可無不可。

意氣用事

【釋義】意氣：此指主觀偏激的情緒。用事：辦事。
【出處】黃宗羲・陳乾初墓志銘初稿：「始知曩日意氣用事，刻意破除，久歸平貼。」
【用法】形容處理事情憑一時的感情衝動，而缺乏理智。
【例句】我們遇事要冷靜沉著，決不可**意氣用事**，圖一時的痛快，否則會換來更多的麻煩。
【義近】感情用事／使氣任性。
【義反】深謀遠慮／冷靜沉著。

意氣自如

【釋義】意氣：意態，意志和氣概。自如：如常。
【出處】司馬遷・史記・李將軍列傳：「會日暮，吏士皆無人色，而廣意氣自如，益治軍。」
【用法】形容神態自然，十分鎮定。
【例句】王老闆一向對錢財看得很淡，因此在印尼的經濟危機中儘管損失慘重，卻仍**意氣自如**。
【義近】神態自若／意氣自若／不動聲色／面不改色。
【義反】六神無主／膽戰心驚／面無人色／面如死灰。

意氣自得

【釋義】意氣：神態和氣勢。自得：自己感到得意。
【出處】魏書・北海王子顥傳：「兄顥入洛，成敗未分，便以意氣自得爲時人所笑。」
【用法】形容十分驕傲、得意非凡的樣子。
【例句】這年輕人稍有點成就就**意氣自得**，眞是不可取！
【義近】洋洋自得／自鳴得意／趾高氣揚／自命不凡／唯我獨尊／目空一切。
【義反】不驕不躁／謙虛謹慎／平易近人／深藏若虛／虛懷若谷／不矜不伐。

意氣相投

【釋義】意氣：此指志趣和性格。投：合。
【出處】宮大用・范張雞黍三折：「咱意氣相投，你知我心憂。」
【用法】指志趣和性格相同的人，彼此很合得來。
【例句】一種米養百樣人，一生中想找一個**意氣相投**的人，實在是不容易啊！
【義近】情投意合／志同道合／臭味相投。
【義反】格格不入／方枘圓鑿／你東我西。

意氣風發

【釋義】意氣：意志和氣概。風發：像颳風一樣迅猛，喻奮發。
【出處】淮南子・兵略訓：「主明將良，上下同心，意氣俱起。」後漢書・皇甫嵩傳：「實……風發之良時也。」
【用法】形容精神振奮，氣概豪邁。
【例句】瞧他**意氣風發**的樣子，好像這次比賽他一定會凱旋而歸。
【義近】精神抖擻／意氣揚揚／鬥志昂揚／雄姿英發。
【義反】萎靡不振／垂頭喪氣／灰心喪志。

意氣軒昂

【釋義】軒昂：指精神飽滿、振奮之意。
【出處】凌濛初・二刻拍案驚奇卷二六：「我見這人身雖寒儉，意氣軒昂，模樣又好。」
【用法】形容人神采煥發，氣度不凡的樣子。
【例句】那位武生英俊魁偉，**意氣軒昂**，此時正在武術房練功。
【義近】器宇軒昂／氣宇非凡／意氣風發。
【義反】萎靡不振／暮氣沉沉／無精打采。

意氣揚揚

【釋義】意氣：志向和氣概。揚揚：也寫作「洋洋」，振奮自得貌。
【出處】司馬遷・史記・管晏列傳：「擁大蓋，策駟馬，意氣揚揚，甚自得也。」
【用法】形容情緒高漲，十分得意的樣子。
【例句】他**意氣揚揚**地跑回來向大家宣布他的作品入圍了。
【義近】洋洋自得／得意揚揚。
【義反】頹廢不振／頹廢自傷。

意惹情牽

【釋義】情意纏綿牽掛。惹：這裏與「牽」同義，纏繞的意思。
【出處】明・高濂・玉簪記・促試：「把淚偷彈，千種離情，兩下難言，意惹情牽，腸斷心剜。」
【用法】形容在感情上牽腸掛肚，難以忘懷。
【例句】不管怎麼說，親生兒女再不孝，父母仍是**意惹情牽**，非常關心他們的。
【義近】牽腸掛肚／魂縈夢繫／念念不忘／朝思暮想。
【義反】置之腦後／滿不在乎／不以爲念。

意想不到

【釋義】意謂沒有想到。
【出處】清・頤瑣・黃繡球四回：「況且女人放腳，好像奉過旨……就怎麼少見多怪，起了風波，可眞意想不到。」

【用法】用以指事出意外，沒有料到。

【例句】昨天見到他還好的，怎麼今天就死了呢？眞是**意想不到**的事。

【義近】意料不到／始料未及／出人意料。

【義反】意料之中／早已料及／不出所料。

意興索然（ㄧˋ ㄒㄧㄥˋ ㄙㄨㄛˇ ㄖㄢˊ）

【釋義】意興：興致。索然：意味、興趣全無。

【出處】馮夢龍・東周列國志七一回：「景公意興索然。左右問曰：『將回宮乎？』景公曰：『可移於梁邱大夫之家。』」

【用法】形容一點興致也沒有。

【例句】我對這事本來還有一點興趣，但聽了你們的介紹後，便**意興索然**了。

【義近】興致索然／興味索然／興致全無／索然無味。

【義反】意興勃勃／興趣盎然／興致勃勃／意猶未盡。

意興闌珊（ㄧˋ ㄒㄧㄥˋ ㄌㄢˊ ㄕㄢ）

【釋義】意興：興致。闌珊：慵懶，衰落。

【出處】白居易・詠懷：「幾時酒盞曾拋卻？何處花枝不把看？白髮滿頭歸得也，詩情酒意漸闌珊。」

【用法】形容人興致將失，意態慵懶的樣子。

【例句】我本來還興致勃勃的，被他這麼一搞，整個人都**意興闌珊**了。

【義近】興致索然／興味索然／興致全無／索然無味。

【義反】意興勃勃／興趣盎然／興致勃勃／意猶未盡。

慈眉善目（ㄘˊ ㄇㄟˊ ㄕㄢˋ ㄇㄨˋ）

【釋義】面貌顯得很慈善。眉、目：用以代稱人的面貌。

【出處】老舍・老張的哲學：「圓圓的臉，長滿銀灰的鬍子，慈眉善目的。」

【用法】形容人一臉慈祥善良的樣子。

【例句】秦老伯長得**慈眉善目**，待人和氣，而且非常樂於助人，在我們村裏有活菩薩之稱。

【義近】菩薩低眉／安祥慈愛／和藹慈祥。

【義反】凶神惡煞／靑面獠牙。

慈烏反哺（ㄘˊ ㄨ ㄈㄢˇ ㄅㄨˇ）

【釋義】意謂烏雛長大後，銜食哺養母烏。慈烏：烏鴉的一種，相傳這種烏能反哺其母，故稱慈烏。慈：對父母的孝敬供養。

【出處】梁武帝・孝思賦：「慈烏反哺以報恩。」元・無名氏・薛苞認母二折：「常言道馬有垂韁，犬有那展草，踹踏街心，慈烏反哺。」

【用法】用以比喻子女報答父母的養育之恩。

【例句】動物中尚且有**慈烏反哺**之事，身爲人子豈容棄父母於不顧？

【義近】菽水承歡／彩衣娛親／晨昏定省／養老送終／冬溫夏凊。

【義反】不仁不孝／生不奉養／死不送終／衣冠梟獍。

慈悲爲本（ㄘˊ ㄅㄟ ㄨㄟˊ ㄅㄣˇ）

【釋義】或作「慈悲爲懷」。慈悲：佛教稱慈愛和悲憫爲慈悲。

【出處】南齊書・高逸傳論：「今則慈悲爲本，常樂爲宗，施捨惟機，低舉成敬。」

【用法】佛家語，指要以惻隱憐憫之心爲根本。

【例句】你既然出了家，就應事事以**慈悲爲本**，廣施大愛，普渡眾生。

【義近】慈悲爲懷／心存仁慈／普渡眾生／大慈大悲／悲天憫人。

【義反】豺狼成性／心狠手辣。

惹火燒身（ㄖㄜˇ ㄏㄨㄛˇ ㄕㄠ ㄕㄣ）

【釋義】引來烈火燒自己。惹：招引，引來。身：自己。

【出處】東魯古狂生・醉醒石三回：「生怕惹火燒身，連忙把佘琳並馮氏送將出來。」

【用法】比喻自討苦吃或自找麻煩。

【例句】你這樣做，無非是**惹火燒身**，勸你還是三思而後行啊！

【義近】自討苦吃／自取其咎／自取其禍。

【義反】避禍遠災／明哲保身。

惹是生非（ㄖㄜˇ ㄕˋ ㄕㄥ ㄈㄟ）

【釋義】惹：招引。是、非：指口舌、事端。一作「惹事生非」、「惹是招非」。

【出處】京本通俗小說・志誠張主管：「如今去端門看燈，從張員外門前過，又去惹是招非。」

【用法】指不學好，一味地招惹是非，生出事端。

【例句】他家老二太調皮，經常在外面**惹是生非**，害得家裏人不得安寧。

【義近】招事惹非／惹事招非／好爲事端／招風攬火。

【義反】循規蹈矩／安分守己／息事寧人／排難解紛。

惹草拈花（ㄖㄜˇ ㄘㄠˇ ㄋㄧㄢ ㄏㄨㄚ）

【釋義】草、花：用以指女子。

【出處】王實甫・西廂記二本二折：「我從來斬釘截鐵常居一，不似恁惹草拈花沒掂三。」

【用法】多指男子挑逗、引誘女子。

【例句】他是個**惹草拈花**的好色之徒，無論到哪裏都會發生桃色新聞。

【義近】拈花惹草／招蜂引蝶／尋花問柳。

【義反】坐懷不亂／正正經經／一本正經。

惹罪招愆（ㄖㄜˇ ㄗㄨㄟˋ ㄓㄠ ㄑㄧㄢ）

【釋義】意謂招惹罪過。愆：過失。

【出處】元・楊梓・霍光鬼諫二折：「敢大膽欺壓良民，冒突天顏，惹罪招愆，久以後，市曹中，遭著刑憲。」

【用法】自己給自己招致罪過。

【例句】這個人財大勢大，若輕易招惹了他恐怕將**惹罪招愆**，我看還是另想辦法吧。

【義近】惹禍上身／招災惹禍。

【義反】消災免禍／明哲保身。

想入非非（ㄒㄧㄤˇ ㄖㄨˋ ㄈㄟ ㄈㄟ）

【釋義】非非：出自佛經，指虛幻奇妙的境界。

【出處】趙翼・甌北詩話卷五：「妙想入非非，消寒遍九九。」

【用法】形容脫離實際的胡思亂想。

【例句】她才多看了你一眼，你就**想入非非**，以為她對你有意思？少做夢了！

【義近】異想天開／胡思亂想／非非冥想。

【義反】腳踏實地。

想方設法（ㄒㄧㄤˇ ㄈㄤ ㄕㄜˋ ㄈㄚˇ）

【釋義】想盡一切辦法。設法：想辦法。

【用法】形容人處於困境或遇到危難時，不甘屈服或放棄，從多方面想辦法來克服或完成。

【例句】請放心，有再大的困難，我也會**想方設法**完成你交給我的任務。

【義近】千方百計／絞盡腦汁／挖空心思。

【義反】無計可施／計無所出／一籌莫展。

想望風采（ㄒㄧㄤˇ ㄨㄤˋ ㄈㄥ ㄘㄞˇ）

【釋義】想望：仰慕。風采：風度神采，即人的美好的儀表舉止。

【出處】漢書・霍光傳：「初輔幼主，政自己出，天下想聞其風采。」韓愈・順宗實錄四：「李泌為相，舉為諫議大夫，拜官不辭。未至京師，人皆想望風采。」

【用法】形容十分仰慕，渴望能有幸一見。

【例句】這位名歌星最近前來臺北開演唱會，歌迷們都**想望風采**，爭相前去機場迎機。

【義反】一睹風采。

想當然（ㄒㄧㄤˇ ㄉㄤ ㄖㄢˊ）

【釋義】又作「想當然耳」。想：料想。當然：應當這樣。

【出處】後漢書・孔融傳：「以今度之，想當然耳。」

【用法】指憑主觀想像，認為事情應該如此，並無事實依據。

【例句】你這樣非議人家的短處，**想當然**他一定會不高興的。

【義近】理應如此／理所當然／天經地義。

感人肺腑（ㄍㄢˇ ㄖㄣˊ ㄈㄟˋ ㄈㄨˇ）

【釋義】肺腑：肺臟，指內心深處。

【出處】劉禹錫・唐故相國李公傳記：「今考其文至論事疏，感人肺腑，毛髮皆聳。」

【用法】比喻使人內心深受感動之意。

【例句】林覺民烈士的〈與妻訣別書〉可謂至情至性，**感人肺腑**，實乃真情流露所致。

【義近】激動人心／沁人心脾／感人五內。

【義反】無以感人／平淡無奇／令人生厭。

感今懷昔（ㄍㄢˇ ㄐㄧㄣ ㄏㄨㄞˊ ㄒㄧˊ）

【釋義】感今：指由眼前的情景或事物而引起感觸。懷昔：懷念過去的人或事。

【出處】南朝・宋・顏延之・宋文皇帝元皇后哀策文：「灑零玉墀，雨泗丹掖，撫存悼亡，感今懷昔。」

【用法】多用以指人觸景生情，引起對已逝去的人和事的懷念或感傷。

【例句】去國三十年，這次返鄉探親，兒時長輩大多已經作古，不免**感今懷昔**，恍如隔世。

【義近】撫今追昔。

感天動地（ㄍㄢˇ ㄊㄧㄢ ㄉㄨㄥˋ ㄉㄧˋ）

【釋義】意謂感動天地。

【出處】普濟・五燈會元・清涼益禪師法嗣：「僧問：『諸佛出世，說法度人，感天動地。和尚出世，有何祥瑞？』」

【用法】形容感人至深。

【例句】林覺民的〈與妻訣別書〉中，所傳達出對家國的摯情大愛，真可以**感天動地**，永為後人景仰。

【義近】感人肺腑／沁人肺腑／刻肌鏤骨。

【義反】令人作嘔。

感同身受（ㄍㄢˇ ㄊㄨㄥˊ ㄕㄣ ㄕㄡˋ）

【釋義】如同自己親身受到過的一樣。身：自身。

【出處】王闓運・致潘鄭盦書：「而門下徒黨，多荷甄拔，……書啓家所謂『感同身受』者也。」

【用法】用以指別人所遭受的痛苦，如同自身承受了一樣。

【例句】對於她的悲慘遭遇，我真是**感同身受**，願盡綿薄之力幫她。

【義近】具有同感／設身處地／於我心有戚戚焉。

【義反】麻木不仁／無動於衷。

感恩圖報（ㄍㄢˇ ㄣ ㄊㄨˊ ㄅㄠˋ）

【釋義】圖：謀求。

【出處】剪燈新話・泰山御史傳：「過蒙原宥，特賜保全，所宜竭力宣忠，感恩圖報。」

【用法】用以表示感激別人的恩德，並要設法謀求報答。

【例句】乾爹多方照顧我，有如親生父母，我今後一定**感恩圖報**。

【義近】感恩戴德／知恩圖報／結草銜環／感恩懷德。

【義反】忘恩負義／恩將仇報／以怨報德／背槽拋糞。

感恩戴德（ㄍㄢˇ ㄣ ㄉㄞˋ ㄉㄜˊ）

【釋義】戴：尊敬，推崇。

【出處】陳壽・三國志・吳書・駱統傳：「令皆感恩戴義，懷欲報之心。」清・李寶嘉・活地獄三四回：「這位黃老太爺是感恩戴德，莫可言狀。」

【用法】形容對別人給予的恩德十分感激。有時含有諷刺意味。

【例句】不要這麼沒用行嗎？對手略施小惠，你就**感恩戴德**地道謝不已，太沒有原則了吧！

【義近】感恩懷德／知恩報德／感激涕零。

【義反】忘恩負義／恩將仇報。

感慨係之（ㄍㄢˇ ㄎㄞˇ ㄒㄧˋ ㄓ）

【釋義】感慨：感觸慨嘆。係之

：因之而生。

【出處】王羲之．蘭亭集序：「及其所之既倦，情隨事遷，感慨係之矣。」

【用法】形容對人事的變遷感慨很深。

【例句】睹物思人，物在人亡，**感慨係之**不禁痛哭起來。

【義近】今昔之感／感慨萬端／感慨萬千。

【義反】無動於衷。

感激不盡

【釋義】意謂感激之情沒有了結的時候。

【出處】馮夢龍．喻世明言卷八：「驛官傳楊都督之命，將十千錢贈為路費，又備下一輛車兒，差人夫送至姚州，普淜驛中居住，張氏心中感激不盡。」

【用法】形容感激之情極為深厚。有時僅用作客套語。

【例句】你們兄弟倆在我最困難的時候，如此解囊相助，實在令我**感激不盡**。

【義近】感激涕零／銘感五內／感激涕泗。

【義反】恨之入骨／恨入心髓。

感激涕零

【釋義】感激得流下了眼淚。涕：眼淚。零：落。

【出處】諸葛亮．前出師表：「臣不勝受恩感激，今當遠離，臨表涕泣，不知所云。」劉禹錫．平蔡州詩：「路旁老人憶舊事，相與感激皆涕零。」

【用法】形容萬分感激。有時含有諷刺的意味。

【例句】老先生每每想起恩人的再造之德便**感激涕零**，卻苦無報答的機會。

【義近】感激不盡／銘感五內／感恩戴德。

【義反】仇恨滿胸／仇深似海／報仇雪恨。

愚不可及

【釋義】愚：笨，傻。及：趕上，比得上。

【出處】論語．公冶長：「甯武子邦有道則知，邦無道則愚。其知可及也，其愚不可及也。」

【用法】原指善於裝傻，人所不及。今則譏諷人愚蠢已極。

【例句】她真是**愚不可及**，在受騙失身後，還把騙子當成恩人。

【義近】愚昧無比／冥頑不靈。

【義反】大智大慧／聰慧絕頂。

愚公移山

【釋義】此為古代寓言故事。愚公：虛構老叟。

【出處】故事見列子．湯問篇。庾信．哀江南賦：「豈冤禽之能塞海，非愚叟之可移山。」

【用法】用以比喻人只要有頑強的意志和不怕困難的精神，再難之事也能完成。

【例句】編寫一部卷帙浩瀚的工具書，自然是很困難的，但只要發揮**愚公移山**的精神，照樣可以完成。

【義近】精衛填海／鐵杵成針／有志者事竟成。

【義反】知難而退／半途而廢／三天打魚，兩天曬網。

愚夫愚婦

【釋義】愚蠢的男女。

【出處】尚書．五子之歌：「予視天下，愚夫愚婦，一能勝予。」陸九淵．敬齊記：「天地鬼神不可誣也，愚夫愚婦不可欺也。」

【用法】舊時用以泛稱平民百姓。含有輕視之意。

【例句】此是僧尼誘人上門之語，而**愚夫愚婦**無知，莫不奉為神明。（李汝珍．鏡花緣一二回）

【義近】匹夫匹婦／布衣男女。

【義反】才子佳人／志士仁人。

愚者千慮，必有一得

【釋義】愚笨的人在各種考慮之中，總會有一點可取之處。千：極言其多。一：極言其少。

【出處】司馬遷．史記．淮陰侯列傳：「臣聞智者千慮，必有一失；愚者千慮，必有一得。」

【用法】常用作謙詞，表示自己的見解雖拙劣，然也有可取之處。

【例句】我的見解雖不見得都正確，但**愚者千慮，必有一得**，望決策單位能加以考慮。

【義近】三個臭皮匠，勝過一個諸葛亮。

【義反】智者千慮，必有一失。

愚昧無知

【釋義】愚昧：愚蠢糊塗，不明事理。

【出處】大唐西域記．羯若鞠闍國：「自顧寡德，國人推尊……愚昧無知，敢稀聖旨！」

【用法】形容人又愚蠢又沒有知識。

【例句】你以為這樣做就萬無一失了嗎？真是**愚昧無知**，不可理喻。

【義近】蒙昧無知。

【義反】聰明睿智／聰明伶俐。

愛人以德

【釋義】意即「以德愛人」。德：指道德標準或仁愛。

【出處】禮記．檀弓上：「君子之愛人也以德，細人之愛人也以姑息。」

【用法】指按照道德標準去愛護和幫助人。

【例句】**愛人以德**，教育孩子絕不可溺愛放縱，否則將產生極大的負面結果。

【義近】愛人以仁／愛人以義。

【義反】姑息養奸／放縱為非。

愛才若渴

【釋義】愛慕人才就像口渴想喝水那般迫切。

【出處】清史稿．王時敏傳：「（王錫爵）愛才若渴，四方工畫者踵接於門，得其指授，無不知名於時，為一代畫苑領袖。」

【用法】形容極其愛慕和重視人才。

【例句】王校長辦學最重師資，他**愛才若渴**，對待碩學之士必定親自登門禮聘，受聘者無不為其熱忱所感動。

【義近】求賢若渴／禮賢下士／吐哺握髮／千金市骨。

【義反】為淵驅魚／為叢驅雀／頤指氣使／任人唯親。

愛不釋手

【釋義】喜愛得捨不得放手。釋：放開。
【出處】文康・兒女英雄傳三五回：「他看了也知道愛不釋手。」
【用法】形容喜愛已極。
【例句】把玩著這件精緻的藝術品，令人有**愛不釋手**的感覺。
【義近】愛不忍釋／愛不輟手。
【義反】棄若敝屣／視如糞土。

愛之欲其生，惡之欲其死

【釋義】當喜愛時希望他活著，厭惡時卻恨不得他死掉。惡：厭惡，討厭。
【出處】論語・顏淵：「愛之欲其生，惡之欲其死；既愛其生，又欲其死，是惑也。」
【用法】形容人因愛憎無常，往往造成行事方面走向極端。
【例句】這對情侶原本卿卿我我，如膠似漆，但在分手後卻反目成仇，正應了**愛之欲其生，惡之欲其死**的古語，這樣的愛情是不成熟的。

愛毛反裘

【釋義】為了愛毛而把皮衣反穿起來。裘：皮衣。
【出處】劉向・新序・雜事二：「魏文侯出遊，見路人反裘而負芻，問其故，答曰：『臣愛其毛。』」魏書・高祖紀上：「而牧守不思利民之道，期於取辦，愛毛反裘，甚無謂也。」
【用法】比喻不重視根本，輕重倒置。
【例句】健康是一個人最大的財富，為了賺錢而不要命地拚死拚活，無異是**愛毛反裘**的作法。
【義近】捨本逐末／背本趨末／本末倒置／貴冠履輕頭足。
【義反】飲水思源／推本溯源／尋根究柢／丟卒保車。

愛民如子

【釋義】愛護民眾就像愛護自己的子女一樣。
【出處】劉向・新序・雜事一：「良君將賞善而除民害，愛民如子，蓋之如天，容之若地。」
【用法】極言當政官員對老百姓的關心愛護。
【例句】王縣長任期八年中，為官清廉公正，真的是兩袖清風，**愛民如子**。
【義近】視民如子／視民如傷／己飢己溺／弔死問疾。
【義反】荼毒生靈／魚肉百姓／橫徵暴斂／草菅人命。

愛河永浴

【釋義】愛河：佛教用語。謂情欲害人如河水淹溺人。
【出處】楞嚴經四：「愛河乾枯，令汝解脫。」
【用法】今用以形容情人結婚之後，得以永遠相愛。常為婚禮的慶賀語。
【例句】經過多年相戀，他們終於步入結婚禮堂，在場的人莫不祝福他倆**愛河永浴**，永結同心。
【義近】天生佳偶／珠聯璧合／天作之合／魚水和諧／天緣奇遇。
【義反】分釵破鏡／別鳳離鸞／琴瑟不調。

愛屋及烏

【釋義】喜愛那所房屋而連及喜愛那屋上的烏鴉。
【出處】伏勝・尚書大傳・大戰：「愛人者，兼其屋上之烏。」
【用法】比喻愛一個人而連帶喜愛和他有關係的人或事物。
【例句】他深愛著他的妻子，同時**愛屋及烏**地敬愛其妻的家人，實在是有心啊！
【義近】推愛屋烏。

愛財如命

【釋義】吝惜錢財如同吝惜自己的性命一樣。愛：吝惜。
【出處】羽衣女士・東歐女豪傑四回：「我想近來世界，不管什麼英雄……都是愛財如命。」
【用法】形容人極其看重錢財，貪婪吝嗇之至。
【例句】他**愛財如命**，雖萬貫家產，朋友卻少得可憐，真是悲哀。
【義近】見錢眼開／一毛不拔／一文如命。
【義反】輕財好義／揮金如土／仗義疏財／慷慨解囊。

愛惜羽毛

【釋義】像鳥獸愛惜身上的羽毛一樣。羽毛：喻人的名聲。
【出處】明・李贄・初譚集・父子四：「陛下愛其骨肉，臣敢惜其羽毛。」曾樸・續孽海花四三回：「將來結果至多成為愛惜羽毛的清流，絕不能為救世的宰相。」
【用法】比喻為了愛惜自己的聲譽，行事十分謹慎。
【例句】李先生是位德高望重的學者，其成就早已聞名全國，所以他非常**愛惜羽毛**，無論行事或為文均一絲不苟。

愛莫能助

【釋義】莫：不。又作「愛莫助之」。
【出處】詩經・大雅・烝民：「維仲山甫舉之，愛莫助之。」
【用法】說明心裏雖然願意幫助，但是力量辦不到。
【例句】此事不是我不願幫忙，我實在是**愛莫能助**。
【義近】心長力短／心餘力絀／心有餘而力不足。
【義反】無心相助／視若無睹／恝然置之／漠不關心。

愛憎分明

【釋義】愛憎：愛和恨。分明：明確。又作「憎愛分明」。
【出處】禮記・曲禮上：「愛而知其惡，憎而知其善。」韓非子・守道：「法分明，則賢不得奪不肖。」
【用法】說明愛什麼恨什麼，界限清楚，態度明朗。
【例句】她為人率真，**愛憎分明**，雖易得罪別人，但也無可厚非。
【義近】旌善懲惡／善善惡惡／好善嫉惡／涇渭分明。
【義反】姑息養奸／認敵為友／善惡不分。

愛鶴失眾

【釋義】因爲愛鶴而失掉了民眾的支持。

【出處】左傳・閔公二年：「狄人伐衛。衛懿公好鶴，鶴有乘軒者。將戰，國人受甲者皆曰：『使鶴，鶴實有祿位。余焉能戰？』」

【用法】用以比喻因小失大。

【例句】你是個聰明人，平時爲人處事也很謹慎，這次怎麼會做出這種**愛鶴失眾**的事？

【義近】惜指失掌／得不償失。

【義反】忘羊得牛／塞翁失馬。

愁思茫茫

【釋義】愁思：憂愁的思緒。茫茫：無邊無際。

【出處】柳宗元・登柳州城樓寄漳汀封連四州詩：「城上高樓接大荒，海天愁思正茫茫。」

【用法】形容愁思深廣無限。

【例句】他常常**愁思茫茫**，仰天長嘆，似乎有什麼心事。

【義近】愁海無涯／愁腸百結。

【義反】其樂無窮／喜事不斷。

愁眉不展

【釋義】老皺著眉頭發愁。展：舒展。

【出處】姚鵠・隨州獻李侍御詩：「舊隱每懷空竟夕，愁眉不展幾經春。」

【用法】形容心事重重的樣子。

【例句】張先生最近幾天老是**愁眉不展**，是不是他家發生了什麼難以解決的問題呢？

【義近】愁眉鎖眼／雙眉不展／心事重重／愁眉苦臉。

【義反】歡天喜地／眉開眼笑／笑逐顏開／眉飛色舞／心曠神怡。

愁眉苦臉

【釋義】皺著眉頭，哭喪著臉。

【出處】吳敬梓・儒林外史四七回：「成老爹氣得愁眉苦臉，只得自己走出去，回那幾個鄉裏人去了。」

【用法】形容心情悲傷、憂愁。

【例句】今天究竟是怎麼回事，爲什麼一個個都是無精打采，**愁眉苦臉**的？

【義近】愁容滿面／愁眉不展／愁色難遮。

【義反】眉飛色舞／眉開眼笑／心花怒放。

愁眉鎖眼

【釋義】愁得皺起眉頭，瞇著雙眼。鎖：緊皺。又作「愁眉苦眼」。

【出處】淸・文康・兒女英雄傳四十回：「老爺全顧不來了，只擎著杯酒，愁眉苦眼……。」

【用法】形容非常苦惱的樣子。

【例句】看著女兒整天**愁眉鎖眼**的樣子，做父母的心裏眞難受啊！

【義近】愁眉淚眼／愁鎖雙眉／愁眉不展／愁眉苦眼／顰眉蹙額。

【義反】歡欣鼓舞／喜逐顏開。

愁雲慘霧

【釋義】雲、霧：比喻景象、氣氛。

【出處】羣音類選・四喜記・帝闕辭榮：「何處是家鄉，盼盡愁雲慘霧。」

【用法】形容悲苦而悽慘的景象或氣氛。

【例句】抗日戰爭時，許多愛國志士眼看著大好江山籠罩著**愁雲慘霧**，無不義憤塡膺。

【義近】愁雲慘淡／淒風苦雨／淒淒慘慘。

【義反】雲蒸霞蔚／雲興霞蔚。

愁腸寸斷

【釋義】愁得腸子斷成一節一節的。寸：言其短。

【出處】唐・張鷟・遊仙窟：「淚臉千行，愁腸寸斷，端坐橫琴，涕血流襟。」

【用法】形容愁苦到了極點。

【例句】這次空難，罹難者的家屬得知消息後，無不**愁腸寸斷**，哭得死去活來。

【義近】愁腸百轉／愁腸百結／肝腸寸斷／柔腸寸斷。

【義反】笑逐顏開／樂不可支／歡天喜地／喜不自勝。

十畫

慌不擇路

【釋義】慌亂之中來不及選擇道路。

【出處】施耐庵・水滸傳三回：「自古有幾般：飢不擇食，寒不擇衣，慌不擇路，貧不擇妻。」

【用法】比喻在緊急情況下，來不及仔細權衡考慮，或比喻實在沒有其他辦法，只好這樣做。

【例句】她在衣食無著、舉目無親的情況下，**慌不擇路**，只好下嫁給這個糟老頭了。

【義近】急不暇擇／飢不擇食／寒不擇衣。

【義反】從容不迫／不慌不忙。

慌作一團

【釋義】意謂大家都慌亂成一堆。

【出處】文康・兒女英雄傳一五回：「聽說鄧九公來了，早見那褚一官慌作一團，同了華忠，合眾莊客忙的迎出去。」

【用法】神色非常慌亂緊張。

【例句】他們四個在上班時躲在房間裏打麻將，聽說經理回來了，便**慌作一團**，不知如何是好。

【義近】驚慌失措／張皇無措／倉皇失措／手忙腳亂／慌手慌腳。

【義反】胸有成竹／行若無事／措置裕如／應付自如／從容不迫。

慌慌張張

【釋義】意即慌張，指心裏不沉著，動作忙亂。

【出處】蘭陵笑笑生・金瓶梅三〇回：「孫雪娥聽見李瓶兒前邊養孩子，後邊慌慌張張，一步一跌走來觀看。」

【用法】指人急切忙亂的情狀。

【例句】這些人都一副**慌慌張張**的樣子，不知發生了什麼嚴重的事情。

【義近】慌裏慌張／神色慌張／氣急敗壞。

【義反】不慌不忙／氣定神閒／神色自若。

愼防杜漸

【釋義】愼防：謹愼防備。杜：堵塞。漸：這裏指事物的開端。
【出處】明史・王邦瑞傳：「朝廷易置將帥，必采之公卿，斷自宸衷，所以愼防杜漸，示臣下不敢專也。」
【用法】遇事要謹愼防備，在錯誤或壞事剛剛露頭時就要設法制止，不使其繼續發展。
【例句】感冒正在流行，你要注意多喝水、多運動、充分休息和睡眠，以**愼防杜漸**，免得惹病上身。
【義近】防微杜漸／防萌杜漸／防患未然／未雨綢繆。
【義反】痲痺大意／掉以輕心／大而化之／不以爲意。

愼始敬終（ㄕㄣˋ ㄕˇ ㄐㄧㄥˋ ㄓㄨㄥ）

【釋義】愼：謹愼。敬：小心。指做事始終如一，要敬愼小心。
【出處】老子・六十四章：「民之從事，常於幾成事而敗之。愼終如始，則無敗事。」禮記・表記：「愼始而敬終。」
【用法】指做事要謹愼小心，從頭到尾都不可有絲毫鬆懈。
【例句】答應人家的事，就要**愼始敬終**，全力以赴，絕不可虎頭蛇尾，讓別人再來收拾殘局。
【義近】愼終如始／愼始愼終／有頭有尾／貫徹始終。
【義反】功虧一簣／半途而廢／有頭無尾／虎頭蛇尾。

愼重其事（ㄕㄣˋ ㄓㄨㄥˋ ㄑㄧˊ ㄕˋ）

【釋義】用謹愼持重的態度來處理事情。
【出處】新五代史・安彥威傳：「當時益稱其愼重。」
【用法】表示對某些事很重視，小心翼翼的加以處理。
【例句】這是人命關天的事，你可要**愼重其事**的好好處理，千萬不可掉以輕心。
【義近】小心謹愼／小心翼翼。
【義反】馬馬虎虎／虛應故事／敷衍塞責。

愼終追遠（ㄕㄣˋ ㄓㄨㄥ ㄓㄨㄟ ㄩㄢˇ）

【釋義】愼終：敬謹地辦理親人的喪事。追遠：祖先再久遠也要祭祀。
【出處】論語・學而：「愼終追遠，民德歸厚矣。」
【用法】表示不忘本。
【例句】先人胼手胝足奠下了基業，子孫享有福祉之餘，也要**愼終追遠**以示感懷，這是最基本的孝道。
【義近】飲水思源／報本復恩／無念爾祖，聿修其德。
【義反】數典忘祖。

愴地呼天（ㄔㄨㄤˋ ㄉㄧˋ ㄏㄨ ㄊㄧㄢ）

【釋義】或作「呼天愴地」。意即悲痛地呼天喊地。愴：淒楚，悲傷。
【出處】馮夢龍・醒世恆言卷一○：「又延兩日，夫妻相繼而亡，二子愴地呼天，號啕痛哭，恨不得以身代替。」
【用法】形容人大放悲聲，痛不欲生。
【例句】她一接到丈夫車禍身亡的消息，便**愴地呼天**的號啕大哭起來。
【義近】呼天搶地／捶胸頓足／號啕大哭。

十一畫

慷他人之慨（ㄎㄤ ㄊㄚ ㄖㄣˊ ㄓ ㄎㄞˇ）

【釋義】之：助詞「的」。
【出處】梁辰魚・浣紗記傳奇・採蓮：「主公，平日曉得伯嚭做人的，是這等風自己之流，慷他人之慨的。」
【用法】說明利用他人財物來作人情或裝飾場面。
【例句】你以爲他眞的大方？還不是**慷他人之慨**，借花獻佛罷了！
【義近】借花獻佛。

慷慨捐生（ㄎㄤ ㄎㄞˇ ㄐㄩㄢ ㄕㄥ）

【釋義】慷慨：情緒激昂。捐生：捨棄生命。
【出處】清・洪昇・長生殿・埋玉：「娘娘既慷慨捐生，望萬歲爺以社稷爲重，勉強割恩罷。」
【用法】形容人爲了正義而意氣激昂地犧牲生命。
【例句】許多革命烈士爲了推翻滿清專制，前仆後繼地**慷慨捐生**，永遠爲後人所景仰。
【義近】慷慨赴義／壯烈成仁／視死如歸。
【義反】貪生怕死／忍辱偷生／苟全性命。

慷慨陳詞（ㄎㄤ ㄎㄞˇ ㄔㄣˊ ㄘˊ）

【釋義】慷慨：意氣昂揚，情緒激動。陳詞：陳述言詞。
【出處】陳壽・三國志・魏書・臧洪傳：「洪辭氣慷慨，涕泣橫下，聞其言者……莫不激揚，人思致節。」
【用法】形容情緒激昂地陳述自己的意見。
【例句】他在法庭上**慷慨陳詞**，把別人對他的指控，一一舉證駁倒。
【義近】義正詞嚴／大聲疾呼／滔滔陳詞。
【義反】支吾其詞／吞吞吐吐／張口結舌。

慷慨就義（ㄎㄤ ㄎㄞˇ ㄐㄧㄡˋ ㄧˋ）

【釋義】慷慨：意氣激昂。就義：爲正義事業而犧牲。又作「慷慨赴義」。
【出處】朱鼎玉・鏡臺記：「大丈夫當慷慨赴義，何用悲爲！」
【用法】形容情緒激昂地爲正義事業而壯烈犧牲。
【例句】文天祥至死不屈，最後**慷慨就義**，表現了高尚的民族氣節。
【義近】從容就義／視死如歸。
【義反】貪生怕死／苟且偷生／賣國求生。

慷慨解囊（ㄎㄤ ㄎㄞˇ ㄐㄧㄝˇ ㄋㄤˊ）

【釋義】慷慨：豪爽，不吝嗇。解囊：解開錢袋拿出錢。
【出處】施耐庵・水滸傳五回：「魯智深見李忠、周通不是個慷慨之人，作事慳吝，只要下山。」
【用法】形容非常豪爽大方地在經濟上幫助別人，或捐獻時毫不吝惜。
【例句】親友中無論誰有了困難，他都會**慷慨解囊**，盡全力幫忙，實在是難得。
【義近】仗義疏財／傾囊相助／樂善好施。

【義反】一毛不拔／視財如命。

慷慨激昂

【釋義】慷慨：充滿正氣的樣子。激昂：激動昂揚。又作「激昂慷慨」。

【出處】柳宗元．上權德輿補闕溫卷決進退啓：「今將慷慨激昂，奮攘布衣。」

【用法】形容人精神振奮，情緒激昂，充滿正氣。

【例句】他在議會中**慷慨激昂**的講詞，得到與會人士的擊節讚賞，爲他贏回了支持與尊嚴。

【義近】義憤填膺／大義凜然。

【義反】萎靡不振／情緒低落。

慢工出細貨

【釋義】細貨：精細的產品。又作「慢工出細活」。

【用法】用以說明工作雖然遲慢，但在精巧上下功夫，可以製作出優質產品。

【例句】俗話說：**慢工出細貨**，你不要老催他，他會做出令你滿意的成品的。

【義近】精雕細琢。

【義反】粗製濫造。

慢條斯理

【釋義】意謂動作慢吞吞的。

【出處】金聖嘆．批王實甫西廂記三本二折：「慢條斯理，如在意如不在意。」

【用法】形容人不慌不忙。

【例句】他說起話來總是**慢條斯理**的，半天才擠出一句，眞是急死人了！

【義近】從容不迫／不慌不忙／慢騰騰／慢吞吞。

【義反】劍及履及／聞斯行之。

慢藏誨盜

【釋義】慢藏：收藏不謹慎。慢：輕忽。誨：誘導，誘致。

【出處】易經．繫辭上：「慢藏誨盜，冶容誨淫。」

【用法】指保管財物不謹慎而招來盜賊。

【例句】住的是億萬華屋，出入豪華轎車代步，無異**慢藏誨盜**，還是自我克制，得保平安。

【義近】冶容誨淫。

慨然允諾

【釋義】慨然：慷慨豪爽的樣子。允諾：應許，答應。

【出處】楊家將演義三五回：「孟良慨然允諾，自令人縛己於柱上。」

【用法】形容爽快地答應下來。

【例句】我把要請假的緣由向老闆說清楚，他便二話不說的**慨然允諾**了。

【義近】慨然應允／慨然領諾。

【義反】推三阻四／拒不應允。

慘不忍睹

【釋義】慘：悲慘，淒慘。睹：看。

【出處】黃小配．洪秀全演義三五回：「屍首堆積，慘不忍睹。」

【用法】形容悲慘得使人看不下去。

【例句】車禍現場**慘不忍睹**的畫面重複上演，違規開車的駕駛們，卻依然我行我素。

【義近】慘不忍視／目不忍視。

【義反】百看不厭／賞心悅目。

慘不忍聞

【釋義】慘：悲慘，淒慘。聞：聽。

【出處】陳天華．獅子吼二回：「或父呼子，或夫覓妻，呱呱之聲……比比皆是，慘不忍聞。」

【用法】形容悲慘得使人不忍聽下去。

【例句】專制暴君統治下的監獄裏，每晚都會傳出**慘不忍聞**的哀號聲。

【義近】耳不忍聞／悲不忍聞。

【義反】百聽不厭／悠揚悅耳。

慘淡經營

【釋義】慘淡：也寫作「慘澹」，辛苦。經營：策畫，營謀。

【出處】杜甫．丹青引贈曹將軍霸：「詔謂將軍拂絹素，意匠慘淡經營中。」

【用法】原指下筆之前苦心構思，今日以指苦心經營。

【例句】這個工廠經過老闆多年的**慘淡經營**，現在總算是頗具規模了。

【義近】苦心經營／篳路藍縷。

【義反】坐享其成／惰其手足。

慘無人道

【釋義】慘：凶惡，狠毒。人道：愛護人和關心人，尊重人的人格和做人的權利。

【出處】蔡東藩．唐史演義五二回：「將妃、主等人，一一剖心致祭，慘無人道。」

【用法】形容兇狠殘暴，滅絕人性。

【例句】日軍把村民們趕回原地，強迫他們繼續看這一場**慘無人道**的大屠殺。

【義近】滅絕人性／狼戾不仁／喪盡天良。

【義反】仁心仁義／菩薩心腸。

慘然不樂

【釋義】慘然：形容心裏悲慘。

【出處】唐．陳鴻．東城老父傳：「自老人居大道旁，往往有郡太守休馬於此，皆慘然不樂。」

【用法】指人表情淒楚的樣子。

【例句】謝小姐，妳今天顯得**慘然不樂**，到底爲了什麼事？

【義近】怏怏不樂／悶悶不樂／愁眉苦臉／悵然若失。

【義反】眉開眼笑／笑逐顏開／舒眉展眼／談笑風生。

慘絕人寰

【釋義】世界上沒有比這更慘的了。絕：窮盡，到了盡頭。人寰：人世。寰：世界。

【出處】鮑照．舞鶴賦：「去帝鄉之岑寂，歸人寰之喧卑。」

【用法】形容慘痛到了極點。

【例句】這歹徒眞是喪盡天良，那樣**慘絕人寰**的手段也使得出來。

【義近】滅絕人性／狼戾不仁／喪盡天良。

慘綠少年

【釋義】穿著深綠色衣服的少年。慘綠：即黲綠，深綠色。

【出處】唐．張固．幽閒鼓吹：

「客至，夫人垂帘視之，既罷會，喜曰：『……末座慘綠少年何人也？』答曰：『補闕杜黃裳。』」
【用法】用以指風度翩翩的青年男子。
【例句】商小姐的男友原來是位俊美的**慘綠少年**，怪不得她這樣摯愛著他！
【義近】翩翩少年／風度翩翩／玉樹臨風。
【義反】鄉愚村夫／市井粗人／粗俗鄙陋。

慶父不死，魯難未已

【釋義】慶父：春秋時魯莊公的弟弟，莊公死後，他爲篡權，先後殺死兩位繼嗣國君，造成魯國動亂不寧。
【出處】左傳・閔公元年：「不去慶父，魯難未已。」晉書・李密傳：「嘗與人書曰：『慶父不死，魯難未已。』」
【用法】用以泛指禍根不除，國家就不可能有安寧之日。
【例句】明末魏忠賢以宦官把持東廠，殘害忠良，弄得國無寧日，可眞是**慶父不死，魯難未已**，待魏閹伏法後，明朝國祚已元氣大傷。
【義近】禍首不除，國無寧日。
【義反】一人有慶，兆民賴之。

慧心巧思

【釋義】心地聰慧，構思精巧。
【出處】隋唐演義四七回：「煬帝與蕭后看了一會，說道：『妃子慧心巧思，可謂出神入化矣！』」
【用法】多用以形容女子某種技藝精巧，別出心裁。
【例句】這位女服裝設計師眞可說是**慧心巧思**，所設計出的作品高雅大方，深獲仕女們的喜愛。
【義近】心靈手巧／鬼斧神工／巧不可階。
【義反】心笨手拙／黔驢之技／薄技微藝。

慧眼識英雄

【釋義】慧眼：佛教所說的五眼之一，因此眼能看到過去和未來，故稱慧眼。
【出處】無量壽經：「慧眼見眞，能度彼岸。」
【用法】今用以泛指人具有敏銳的眼力，能發掘人才。
【例句】羅部長大學時代是一位窮學生，其貌也不揚；羅太太當時是校花，且貴爲千金小姐，她不顧親友反對，執意下嫁。如今看來，羅太太還眞是**慧眼識英雄**呢。
【義近】慧眼獨具。
【義反】有眼不識泰山。

慧劍斬情絲

【釋義】慧劍：指以智慧當利劍，斬斷煩人的情絲。
【出處】維摩詰經：「以智慧劍，破煩惱賊。」
【用法】用以指以理智、果斷的態度處理糾纏不清的情愛。
【例句】與其藕斷絲連，雙方都痛苦，不如**慧劍斬情絲**，從此各奔前程。

憂公忘私

【釋義】憂公：爲公事（多指國事）而憂勞。
【出處】三國志・魏書・杜畿傳：「憂公忘私者必不然，但先公後私即自辦也。」
【用法】指人一心憂勞國事，根本不顧及個人私利。
【例句】若全國的公務員都能**憂公忘私**，則政治必然清明，國家必然更加繁榮富強。
【義近】憂國忘身／公而忘私／憂公忘家／憂國如家。
【義反】自私自利／有己無公／損公利私／一己之私。

憂心如焚

【釋義】心裏急得像火燒一樣。焚：燒。
【出處】詩經・小雅・節南山：「憂心如惔（火燒），不敢戲談。國既卒斬，何用不監。」
【用法】形容非常憂慮焦急。
【例句】爲了孩子的病，她**憂心如焚**地四處求醫問診，卻未見絲毫起色。
【義近】心急如焚／心焦如火。
【義反】興高采烈／心花怒放。

憂心如搗

【釋義】愁得心裏像被棒搗擊一樣的難受。
【出處】詩經・小雅・小弁：「我心憂傷，惄焉如擣。」三國志・吳書・周魴傳：「臣不能吐奇舉善……憂心如搗，假寐忘寢。」
【用法】形容非常憂慮焦急，心裏感到極爲難受。
【例句】自從兒子入獄以來，她**憂心如搗**，寢食難安。
【義近】憂心如焚／憂心忡忡／心急如焚。
【義反】喜躍抃舞／手舞足蹈／興高采烈。

憂心忡忡

【釋義】忡忡：憂愁不安之狀。
【出處】詩經・召南・草蟲：「未見君子，憂心忡忡。」
【用法】形容心事重重，非常憂愁。
【例句】聽說公司要大裁員，他整日**憂心忡忡**，不知會不會裁到自己。
【義近】憂心如搗／憂心如焚。
【義反】喜躍抃舞／手舞足蹈／喜形於色。

憂形於色

【釋義】憂慮顯現在神色上。形：表現，顯現。
【出處】舊唐書・五行志：「四年六月，天下旱，蝗食田，禱祈無效，上憂形於色。」
【用法】形容十分憂慮焦急。
【例句】黃先生最近身體日漸消瘦，茶飯不思，卻查不出病因，全家人無不**憂形於色**。
【義近】憂慮不安／憂心如搗／寢食難安／憂心忡忡／愁眉苦臉。
【義反】喜形於色／心曠神怡／滿面笑容。

憂國憂民

【釋義】既憂心國家的施政，更憂心人民的生計。
【出處】戰國策・齊策：「寡人憂國愛民。」范仲淹・岳陽樓記：「居廟堂之高則憂其民，處江湖之遠則憂其君。」廟堂：朝廷，政府。江湖：指民間。君：執政者。

【用法】形容人對國家社會具有強烈的責任感。

【例句】北宋范仲淹的名句：「先天下之憂而憂，後天下之樂而樂」，可以說是**憂國憂民**的寫照。

【義近】憂國恤民／憂國愛民／憂國忘身／憂公忘私／公而忘私。

【義反】禍國殃民。

憂患餘生（ㄧㄡ ㄏㄨㄢˋ ㄩˊ ㄕㄥ）

【釋義】憂患：困苦患難。餘生：倖存的生命。

【出處】周易・繫辭下：「作易者豈有憂患乎？」元好問・從人借琴詩：「幸從炊爨脫餘生。」

【用法】指飽經患難之後僥倖保全下來的生命。

【例句】徐老先生在海外歷盡滄桑，深有**憂患餘生**之感，現決定回歸故里安度晚年。

【義近】虎口餘生／大難殘生／死裏逃生。

【義反】在劫難逃／死於非命。

憂勞成疾（ㄧㄡ ㄌㄠˊ ㄔㄥˊ ㄐㄧˊ）

【釋義】憂思勤勞，釀成疾病。

【用法】形容人因對某事過於憂心煩勞，以致釀成疾病。

【例句】廖縣長日夜爲縣政而奔走忙碌，因而忽略了自身的健康，最近**憂勞成疾**，住進了加護病房。

【義近】積勞成疾。

慾壑難填（ㄩˋ ㄏㄨㄛˋ ㄋㄢˊ ㄊㄧㄢˊ）

【釋義】欲望像壑谷一樣深，難以填平。壑：深溝，山谷。

【出處】頤瑣・黃繡球四回：「衙門口人慾壑難填，也不好太懦弱了。」

【用法】形容人貪心太重，無法滿足。

【例句】這個女人眞是**慾壑難填**，再多的珠寶華服她都嫌不夠。

【義近】錙銖必較／貪得無饜。

【義反】飂腸易盈／知止知足。

十二畫

憐我憐卿（ㄌㄧㄢˊ ㄨㄛˇ ㄌㄧㄢˊ ㄑㄧㄥ）

【釋義】你憐惜我，我憐惜你。

【出處】馮小青詩：「瘦影自臨秋水照，卿須憐我我憐卿。」

【用法】形容情侶或夫妻愛情的深切。

【例句】這對情侶花前月下，形影不離，**憐我憐卿**，令人羨煞。

【義近】卿卿我我／情話綿綿。

憐香惜玉（ㄌㄧㄢˊ ㄒㄧㄤ ㄒㄧˊ ㄩˋ）

【釋義】憐、惜：同情，愛護。香、玉：比喻美好的女子。

【出處】元・賈仲名・金安壽一折：「兩下春心應自懂，憐香惜玉，顛鸞倒鳳，人在錦衚衕。」

【用法】比喻男子對所愛女子十分體貼溫存。

【例句】這些酒色之徒，無非是爲了尋歡作樂，怎可指望他們有**憐香惜玉**的眞心！

【義近】惜香憐玉／憐我憐卿。

憤世嫉俗（ㄈㄣˋ ㄕˋ ㄐㄧˊ ㄙㄨˊ）

【釋義】憤：憤恨。嫉：痛恨，憎惡。又作「憤世嫉邪」。

【出處】韓愈・雜說：「其能盡其性而不類於禽獸異物者，希矣。將憤世嫉邪，長往而不來者之所爲乎？」

【用法】形容人對社會現狀和習俗深感不滿與憎惡。

【例句】他才高八斗，卻懷才不遇，難怪他會**憤世嫉俗**。

【義近】疾世憤俗／悲歌慷慨／忿恚不平。

【義反】隨俗浮沉／隨波逐流／與時俯仰／平心靜氣／心平氣和。

憤憤不平（ㄈㄣˋ ㄈㄣˋ ㄅㄨˋ ㄆㄧㄥˊ）

【釋義】憤憤：憤恨而不能平靜的樣子。

【出處】歸有光・崑山縣倭寇始末書：「挺身冒險，仗義執言，乃至暴沒，皆憤憤不平之所致也。」

【用法】形容人見到不合正義或不公平的事，而感到氣憤。

【例句】他犯了國法，卻逍遙法外，當然令人**憤憤不平**。

【義近】憤恨不平／打抱不平／激於義憤。

【義反】心平氣和／泰然處之。

憑空臆造（ㄆㄧㄥˊ ㄎㄨㄥ ㄧˋ ㄗㄠˋ）

【釋義】憑空：毫無事實根據。臆造：僅憑個人想像而隨便捏造。

【出處】經解入門：「不然憑空臆造，蔑古又孰甚哉？」蔑：輕蔑。孰：誰。

【用法】指人不顧事實眞相，隨便捏造事實。

【例句】法官判案若不依照證據來斷案，只**憑空臆造**或自由心證而定罪，恐怕很容易造成冤獄。

【義近】憑空杜撰／向壁虛構／無中生有。

【義反】有憑有據／事實俱在／人贓俱獲。

憑虛御風（ㄆㄧㄥˊ ㄒㄩ ㄩˋ ㄈㄥ）

【釋義】在天空乘風遨遊。虛：天空。御風：猶言乘風。

【出處】蘇東坡・赤壁賦：「縱一葦之所如，凌萬頃之茫然。浩浩乎如馮虛御風，而不知其所止；飄飄乎如遺世獨立，羽化而登仙。」馮：同「憑」。

【用法】心神的感覺飄渺悠哉，像在天空乘風遨遊一般。

【例句】月夜泛舟於日月潭，涼風習習，明月高照，任輕舟飄盪在茫茫的江面上，猶如**憑虛御風**，有遺世獨立，羽化登仙的感覺。

【義近】凌空御風／騰雲駕霧／羽化登仙／飄然出世。

憨狀可掬（ㄏㄢ ㄓㄨㄤˋ ㄎㄜˇ ㄐㄩ）

【釋義】憨：樸實，天眞。可掬：可以用雙手捧起。

【出處】蒲松齡・聊齋誌異・種梨：「鄉人憒憒，憨狀可掬，其見笑於市人，有以哉。」

【用法】形容單純幼稚的情態充溢在外，十分有趣。

【例句】劉姥姥進了曹府的大觀園，見了什麼都感到新奇，要停下來看半天，顯得**憨狀可掬**。

【義近】憨態可掬。

【義反】陰險狡詐。

十三畫

應付自如（ㄧㄥˋ ㄈㄨˋ ㄗˋ ㄖㄨˊ）

【釋義】應付：設法對待或處置

。自如：從容不迫的樣子。

【出處】司馬遷・史記・李將軍列傳：「會日暮，吏士皆無人色，而廣意氣自如。」

【用法】形容處理問題或遇到棘手難辦之事，能不慌不忙，很有辦法。

【例句】李祕書能力很強，大小事情都能**應付自如**。

【義近】應付裕如／優遊自如／遊刃有餘。

【義反】手忙腳亂／手足無措／左右為難／應接不暇／窮於應付。

應付裕如（ㄧㄥˋ ㄈㄨˋ ㄩˋ ㄖㄨˊ）

【釋義】應付：對付，處置。裕如：充裕自在。

【出處】鄒韜奮・經歷・英文的學習：「你在上課前……必須完全了然全課的情節，才能胸有成竹，應付裕如。」

【用法】形容處事從容不迫，十分輕鬆。

【例句】儘管每天的事務很多，他仍能**應付裕如**，而且處理得井井有條。

【義近】應付自如／措置裕如／優遊自如／遊刃有餘。

【義反】手忙腳亂／慌手慌腳／手足無措／窮於應付。

應有盡有（ㄧㄥ ㄧㄡˇ ㄐㄧㄣˋ ㄧㄡˇ）

【釋義】應該有的都有了。盡：全，都。

【出處】宋書・江智淵傳：「人所應有盡有，人所應無盡無者，其江智淵乎？」

【用法】形容一切齊全，所需要的無不具備。

【例句】迪化街裏，什麼南北雜貨都**應有盡有**。

【義近】一應俱全／無所不有／無所不備。

【義反】一無所有／空空如也。

應接不暇（ㄧㄥˋ ㄐㄧㄝ ㄅㄨˋ ㄒㄧㄚˊ）

【釋義】暇：空閒。

【出處】劉義慶・世說新語・言語：「從山陰道上行，山川自相映發，使人應接不暇。」

【用法】本指美景甚多，來不及遍賞。後也指人事多繁忙，應付不過來。

【例句】這陣子景氣復甦許多，面對**應接不暇**的訂單，老闆簡直要樂歪了。

【義近】目不暇接／目不暇給／窮於應付／手忙腳亂。

【義反】一目了然／一望無遺／勝任愉快／遊刃有餘／應付自如。

應答如響（ㄧㄥˋ ㄉㄚˊ ㄖㄨˊ ㄒㄧㄤˇ）

【釋義】回答就像聲音的回聲一樣。響：回音。

【出處】梁書・徐摛傳：「因問五經大義，次問歷代史及百家雜說，末論釋教……應答如響。」

【用法】形容應答不假思索，極為敏捷。

【例句】這位研究生在畢業論文的答辯中，**應答如響**，獲得了所有在場者的讚賞。

【義近】應答如流／如響斯應／應對不窮。

【義反】辭窮才盡／窮於應對／拙口鈍辭／拙口鈍腮／張口結舌／期期艾艾。

應運而生（ㄧㄥˋ ㄩㄣˋ ㄦˊ ㄕㄥ）

【釋義】順應天命而降生。運：天命。

【出處】荀悅・前漢記三十：「實天生德，應運建主。」曹雪芹・紅樓夢二回：「若大仁者則應運而生。」

【用法】今指順應時機而產生。

【例句】工商時代的到臨，服務業**應運而生**，並且以驚人的速度在發展。

【義近】應時而動／應運而起。

【義反】時不我與／生不逢辰。

應對如流（ㄧㄥˋ ㄉㄨㄟˋ ㄖㄨˊ ㄌㄧㄡˊ）

【釋義】回答問話就像流水一樣。應對：對答。又作「應答如流」。

【出處】晉書・張華傳：「華應對如流，聽者忘倦。」

【用法】形容回答別人的問話敏捷流暢。

【例句】別看他小小年紀，遇著各種問題皆能**應對如流**，語驚四座。

【義近】如響斯應／應對如響／對答如流。

【義反】澀於言論／拙口鈍腮／張口結口／期期艾艾／辭窮口拙。

應聲蟲（ㄧㄥˋ ㄕㄥ ㄔㄨㄥˊ）

【釋義】唐・張鷟・朝野僉載：有人患怪病，腹中生蟲，人說話，腹內有小聲應之。道士謂此為應聲蟲。

【出處】田藝蘅・留青日札摘抄四：「己無特見，一一隨人之聲而和之，譬之應聲蟲焉。」

【用法】譏諷沒有主見，隨聲附和之人。

【例句】甭問他了，他是標準的**應聲蟲**，不會有創見的。

【義近】人云亦云／隨聲附和。

應變無方（ㄧㄥˋ ㄅㄧㄢˋ ㄨˊ ㄈㄤ）

【釋義】無方：沒有一定的成規。方：準則，成規。

【出處】隋書・楊素傳：「素多權略，乘機赴敵，應變無方。」

【用法】用以指行事要隨機應變，不能墨守成規。

【例句】商場如戰場，講究的是**應變無方**，像你這樣死守住你自訂的原則不放，豈有不敗之理！

【義近】臨機應變／見機而作／見機行事／相時而動／見風使舵。

【義反】作繭自縛／因循守舊／蹈常襲故／規行矩步／固執己見／執而不化。

十五畫

懲一警百（ㄔㄥˊ ㄧ ㄐㄧㄥˇ ㄅㄞˇ）

【釋義】懲：懲罰。警：又作「儆」，警告，告誡。

【出處】漢書・尹翁歸傳：「其有所取也，以一警百，吏民皆服，恐懼改行自新。」

【用法】指懲罰一人或少數人，藉以警戒許多人。

【例句】現在行人違規越來越嚴重，警方該想出對策，至少也要**懲一警百**，否則顯得一點魄力都沒了。

【義近】殺雞儆猴／殺一儆百。
【義反】姑息養奸／養癰遺患。

懲忿窒欲

【釋義】止息忿怒，窒塞情欲。懲：戒止。窒：塞，抑止。
【出處】周易・損卦：「君子以懲忿窒欲。」疏：「懲止忿怒，窒塞情欲。」
【用法】用以說明一個人要下工夫加強修養，抑制怒恨與欲望。
【例句】所謂修身，就是要做到**懲忿窒欲**，進一步再多為他人著想。
【義近】克己復禮／嚴於律己。
【義反】任性而為／恣意妄為。

懲前毖後

【釋義】懲：警戒。毖：小心謹慎。
【出處】詩經・周頌・小毖：「予其懲而毖後患。」張居正・答河道吳自湖計河漕：「懲前毖後，預為先事之圖可也。」
【用法】用以表示應從以往的失敗中吸取教訓，以利對未來的事能謹慎處理。
【例句】我們要從過去的錯誤中學習，**懲前毖後**，以避免再犯同樣的錯誤。
【義近】前事可鑑／前事不忘，後事之師。
【義反】重蹈覆轍／一誤再誤。

懲惡勸善

【釋義】懲：懲治，懲罰。勸：勉勵，獎勵。
【出處】左傳・成公一四年：「春秋之稱微而顯，志而晦……懲惡而勸善。」
【用法】用以說明貶斥壞人，獎勵好人。
【例句】只有始終堅持**懲惡勸善**的原則，社會秩序才有可能好轉。
【義近】賞善罰惡／陟罰臧否。
【義反】棄善取惡／賞罰不明。

懲羹吹齏

【釋義】意謂曾被熱羹湯燙過的人，即使吃冷菜也要吹一下。羹：由肉及蔬菜等煮成的熱湯。齏：細切的冷肉菜。又作「虀」。
【出處】屈原・楚辭・九章・惜誦：「懲於羹者而吹盩（同虀）兮，何不變此志也。」晉書・汝南王亮等傳序：「然而矯枉過直，懲羹吹齏。」
【用法】比喻鑑於以往的教訓，遇事過分小心謹慎。
【例句】鑑於過去的錯誤而遇事小心謹慎是好的，但**懲羹吹齏**、矯枉過正則大可不必。
【義近】一朝被蛇咬，十年怕草繩／杯弓蛇影／因噎廢食／矯枉過正。
【義反】膽大妄為／橫衝直撞／恣意而為／肆無忌憚。

十六畫

懷山襄陵

【釋義】懷：包圍。襄：漫溢超過。指河水的水勢漫溢了山丘。
【出處】尚書・堯典：「湯湯洪水方割，蕩蕩懷山襄陵。」
【用法】形容水勢的盛大。
【例句】連日豪雨，山洪暴發，滾滾波濤**懷山襄陵**而來，低窪地區頓成水鄉澤國，累千上萬的人無家可歸。

懷才不遇

【釋義】懷：懷藏。遇：指遇到時機、機會。
【出處】俞吟香・青樓夢題綱：「竟使一介寒儒，懷才不遇。」
【用法】指有才能而得不到賞識，沒有施展的機會。
【例句】屈原**懷才不遇**，憤而投江，從另一個角度看，他被拒於政治門外，卻在文學的領域中開花結果。
【義近】英雄無用武之地／蛟龍失水。
【義反】人盡其才／如魚得水／蛟龍得水。

懷古傷今

【釋義】懷古：思念往古。傷今：感傷現在。
【出處】張衡・東京賦：「望先帝之舊墟，慨長思而懷古。」
【用法】指人因對現實某些情形不滿而產生的思想感觸。
【例句】在功利主義的社會中，許多文人不免有**懷古傷今**之悲嘆。
【義近】弔古傷今／今不如昔。
【義反】今非昔比／昔不如今。

懷金垂紫

【釋義】意謂懷藏金印，腰間垂著紫色綬帶。
【出處】後漢書・馮衍傳下：「衍少事名賢，經歷顯位，懷金垂紫，揭節奉使。」
【用法】指地位尊貴官職顯赫。
【例句】想當年，他有一頓沒一頓的，如今卻官拜上將司令，**懷金垂紫**，出入總統府，好不威風。
【義近】佩紫懷黃／懷金拖紫／紆青拖紫／持衡擁璇。
【義反】芝麻小官／守門小吏／馬前小卒／無名小卒。

懷冤抱屈

【釋義】意即懷抱著冤屈。
【出處】南朝・梁・沈約・上言宜校勘譜籍：「所欲既多，理無悉當，懷冤抱屈，非止百千。」
【用法】指人蒙受冤屈，未能伸張。
【例句】在白色恐怖時期，**懷冤抱屈**的人甚多，現在還其清白，給予正確的歷史定位，實屬必要。
【義近】銜冤負屈／不白之冤／蒙冤受屈／含冤莫白。
【義反】伸冤雪恥／伸張正義／昭雪冤屈。

懷珠抱玉

【釋義】懷、抱：二字同義，擁有，具有。珠、玉：比喻美德和才華。
【出處】梁書・劉顯傳：「懷珠抱玉，有歿世而名不稱者，可為長太息，孰過於斯！」
【用法】比喻人具有高貴的品德和傑出的才能。
【例句】阮先生**懷珠抱玉**，只因他不喜逢迎，同儕皆已躋身政要，他仍一襲青衣，堅守教師的工作崗位。
【義近】懷才抱德／懷瑾握瑜／德才兼備。

【義反】不學無術。

懷貞抱素

【釋義】眞：純眞。素：質樸的本色。

【出處】宋書・孝武帝紀：「其有懷貞抱素，志行潔白，恬退自守，不交當世……具以名奏。」

【用法】用以指品德高潔，質樸無華。

【例句】在那無官不貪的惡濁社會裏，竟有官員**懷貞抱素**，廉潔奉公，眞是太難能可貴了。

【義近】懷質抱眞／懷瑾握瑜／蘭心蕙性／冰清玉潔。

【義反】厚顏無恥／狗彘不若／寡廉鮮恥／卑鄙無恥。

懷惡不悛

【釋義】悛：悔改。

【出處】周書・武帝紀下：「而彼懷惡不悛，尋事侵軼，背言負信，竊色藏奸。」

【用法】指人心裏藏著奸惡而不思悔改。

【例句】這幾個都是**懷惡不悛**的惡棍，死有餘辜。

【義近】怙惡不悛／死不悔改／屢教不改／執迷不悟／至死不悟。

【義反】痛改前非／悔過自新／改邪歸正／改惡從善／知過必改。

懷鉛提槧

【釋義】懷帶著筆墨，隨時書寫。鉛：古代的石墨筆。槧：用來書寫的木簡。

【出處】劉歆・西京雜記：「揚子雲好事，常懷鉛提槧。」揚子雲：指西漢賦家揚雄。

【用法】形容人用功勤學，隨時利用時間讀書寫字。

【例句】古人用功勤學，有**懷鉛提槧**、牛角掛書等美談，當今學子不愁衣食，在父母呵護下專心求學，就更要珍惜光陰，努力充實自己。

【義近】懷鉛吮墨／懷鉛握槧／牛角掛書。

【義反】玩歲愒時／蹉跎光陰。

懷瑾握瑜

【釋義】瑾、瑜皆爲美玉。

【出處】屈原・九章・懷沙：「懷瑾握瑜兮，窮不知所示。」

【用法】用以比喻人有高貴的品德與才能。

【例句】現在眞正**懷瑾握瑜**，有眞才實學的人實在不多。

【義近】抱瑜持瑾。

【義反】糞壤充幃／寡廉鮮恥。

懷寶迷邦

【釋義】寶：比喻才德。迷邦：不救國家的迷亂。

【出處】論語・陽貨：「懷其寶而迷其邦，可謂仁乎？」

【用法】比喻人徒具才能，卻不出來爲國家做事。

【例句】國家興亡，匹夫有責，知識分子千萬不可有**懷寶迷邦**的念頭，要積極奮發，才有前途，國家才能興盛。

【義近】自鳴清高／松林高臥。

【義反】憂國憂民。

懸而未決

【釋義】掛在那裏還沒有解決。

【出處】孫中山・救國之急務：「上海既開和談會矣……將一切問題決定，惟有如何處置國會一切，懸而未決。」

【用法】案件或問題尚未了結。

【例句】張先生的冤案中部分細節還要進一步調查，因而**懸而未決**。

【義近】尚無定論／未定之天。

【義反】早有定論／蓋棺論定。

懸弧之慶

【釋義】弧：弓。意即古代男兒降生，在門左邊掛弓，以示武勇。

【出處】禮記・內則：「子生，男子設弧於門左，女子設帨於門右。」吳敬梓・儒林外史一〇回：「懸弧之慶，在於何日？」

【用法】用以稱男子的生日。

【例句】今天是王先生的**懸弧之慶**，我們都備了薄禮，前去慶賀。

【義近】懸弧令旦／懸弧之辰。

懸河注火

【釋義】瀑布傾瀉在火焰上。懸河：瀑布。注：灌入。

【出處】梁書・武帝紀上：「況擁數州之兵以誅羣豎，懸河注火，奚有不滅？」

【用法】比喻一方力量強大，勢在必勝。

【例句】我國海軍訓練精良，在誅滅海盜一事上，自然如**懸河注火**，必勝無疑。

【義近】勢如破竹／泰山壓頂／以石擊卵／勢不可當／所向披靡。

【義反】勢均力敵／相持不下／半斤八兩／節節敗退／望風披靡。

懸河瀉水

【釋義】像瀑布那樣直往下傾瀉。懸河：瀑布。

【出處】晉書・郭象傳：「太尉王衍每云：『聽象語，如懸河瀉水，注而不竭。』」

【用法】形容說話滔滔不絕或作文才思敏捷，奔放不竭。

【例句】他不僅學問高深，且口才極好，講起課來旁徵博引，如**懸河瀉水**，令人敬佩。

【義近】懸河注水／口若懸河／滔滔不絕／能言善道／舌燦蓮花／侃侃而談／語如貫珠／懸河飛瀑。

【義反】拙口鈍腮／江郎才盡／腸枯思竭／澀於言論／期期艾艾／結結巴巴／笨口拙舌／拙口鈍辭。

懸若日月

【釋義】就好像太陽和月亮懸掛在天空一樣。

【出處】宋・王讜・唐語林・文學：「李氏絕筆之本，懸若日月焉，方之五臣，猶虎狗、鳳雞耳！」

【用法】形容作品具有永恆的生命。

【例句】李白、杜甫這兩位偉大詩人的詩作，**懸若日月**，在我國文學史上將永遠閃耀著光輝。

【義近】日月經天／千秋萬世／地久天長／與世長存／萬古留芳／留芳千古。

【義反】曇花一現／過眼雲煙／電光石火／浮雲朝露。

懸崖峭壁

【釋義】懸崖：高而陡的山崖。峭壁：陡直的崖壁。又作「懸崖絕壁」。

【出處】劉長卿・望龍山懷道士許法稜：「懸崖絕壁幾千丈，綠蘿嫋嫋不可攀。」

【用法】形容山勢險峻。

【例句】這一帶**懸崖峭壁**相連，自然奇觀讓人不由得佩服造物者的偉大。

【義近】懸崖削壁／懸崖絕壑。

【義反】一馬平川／萬里平原。

懸崖勒馬

【釋義】在高高的山崖邊上勒住馬。懸崖：又高又陡的山崖。勒：收住繮繩。

【出處】紀昀・閱微草堂筆記八：「書生懸崖勒馬，可謂大智慧矣。」

【用法】比喻面臨險境，應翻然悔悟，趕緊回頭。

【例句】幸好你**懸崖勒馬**，尚未造成大錯，可能冥冥中祖先在庇蔭你。

【義近】回頭是岸／迷途知返／浪子回頭。

【義反】執迷不悟／一錯再錯／至死不悟。

懸梁刺股

【釋義】把頭髮拴掛在屋梁上，用錐子刺大腿。股：大腿。

【出處】戰國策・秦策：「蘇秦讀書欲睡，引錐自刺其股。」太平御覽引漢書・孫敬：「以繩繫頭懸屋梁。」

【用法】用以形容人刻苦攻讀，自強不息。

【例句】古人**懸梁刺股**、囊螢映雪的刻苦向學，在今天看來，簡直是不合常理的故事。

【義近】囊螢映雪／鑿壁偷光／十年寒窗。

【義反】一暴十寒／三天打魚，兩天曬網。

懸壺濟世

【釋義】懸壺：懸掛著的壺。濟世：救濟世人。

【出處】後漢書・費長房傳：「市中有老翁賣藥，懸一壺於肆頭。」

【用法】用以稱行醫賣藥或掛牌行醫。

【例句】從小，他就立志從醫，期盼能**懸壺濟世**。

懸爲厲禁

【釋義】懸：懸掛，此作公布，宣布解。厲：嚴厲。

【出處】周禮・地官・大司徒：「乃縣教象之法于象魏。」縣：同懸。象魏：古代宮殿前兩座觀樓，用以懸掛、公布法令的地方。

【用法】宣布絕對禁止的事情。

【例句】爲人師表，不得涉足風月場所，尤其是色情酒家更是**懸爲厲禁**，一旦見報，則予以解聘。

【義近】雷厲風行。

【義反】形同具文／虛應故事。

懸懸而望

【釋義】懸懸：心中牽掛。

【出處】馮夢龍・警世通言卷二五：「吾憐君而相贈，豈望報乎？君可速歸，恐尊嫂懸懸而望也。」

【用法】形容一心一意地期待、盼望。

【例句】她自從得知兒子要回家過節之後，便數著日子**懸懸而望**。

【義近】望眼欲穿／望穿秋水／倚門而望／延頸企踵／引領而望。

十九畫

戀奸情熱

【釋義】有夫之婦或有婦之夫，背著配偶，暗地裏私通，戀情打得火熱。奸：同「姦」。

【出處】大淸刑律・二百八十九條：「戀奸情熱，和誘有夫婦女。」

【用法】形容男女的外遇，不正常的姦情。

【例句】西門慶、潘金蓮因**戀奸情熱**，竟共謀毒害親夫，手段狠毒，令人心悸。

戀酒迷花

【釋義】花：比喻娼妓、歌女。

【出處】宋・無名氏・小孫屠九出：「知它是爭名奪利？知它是戀酒迷花？使奴無情無緒，困倚繡牀，如何消遣！」

【用法】指男子留戀酒樓妓院，沉迷於酒色之中。

【例句】這種**戀酒迷花**的男人，哪怕再有錢，長得再英俊，我也絕不嫁給他！

【義近】戀酒念花／戀酒貪色／貪杯好色。

【義反】坐懷不亂／不欺暗室／不戀酒色。

戀酒貪杯

【釋義】杯：酒杯，借指酒。

【出處】元・無名氏・水仙子・遣懷：「囑咐你休戀酒貪杯，到那裏識些廉恥。」

【用法】形容人好酒嗜飲。

【例句】周先生心地好，肯幫助人，工作能力也強，就是**戀酒貪杯**，經常喝得醉醺醺。

【義近】好酒貪杯／嗜酒如命／嗜酒成性。

【義反】滴酒不沾。

戀新忘舊

【釋義】愛戀新的，忘記舊的。

【出處】羣音類選・八聲甘州・閨情：「從他別後，杳無半紙音書，多應他戀新忘舊，撇得我一日三餐如醉癡。」

【用法】指愛情不專一。

【例句】你五次結婚，五次離異，現在都快五十歲了，還這樣**戀新忘舊**，難道就不怕人笑話？

【義近】喜新厭舊／憐新厭舊／見異思遷／朝三暮四／朝秦暮楚。

【義反】守節不移／之死靡它／矢志不渝。

戀戀不捨

【釋義】戀戀：顧念，依依不捨。捨：離開。

【出處】王逸・九思・傷時：「顧章華兮太息，志戀戀兮依依。」馮夢龍・醒世恆言・徐老僕義憤成家：「我所戀戀不捨者，單愛他這一件。」

【用法】形容非常留戀，不忍分離。

【例句】在每個人的心中，對自

己的故鄉總有**戀戀不捨**的情懷。

【義近】依依不捨／眷眷之心／難捨難分／區區難捨。

【義反】絕裾而去／一去不回頭／無所留戀。

戈部

二畫

戎馬倥傯（ㄖㄨㄥˊ ㄇㄚˇ ㄎㄨㄥˇ ㄗㄨㄥˇ）

【釋義】戎馬：戰馬，借指軍事生活。倥傯：急迫，繁忙。

【出處】淮陰百一居士・壺天錄卷上：「至於戎馬倥傯，大勢已烈，隻手難撐，不得以一死報國家。」

【用法】指軍事戰禍不斷迭起。

【例句】我自服役以來，**戎馬倥傯**，一直未能回家探望老母，深感掛念。

【義近】戰禍頻仍／兵荒馬亂／兵連禍結。

【義反】國泰民安／天下昇平。

成一家言（ㄔㄥˊ ㄧˋ ㄐㄧㄚ ㄧㄢˊ）

【釋義】一家言：一家之學說。

【出處】新唐書・韓愈傳：「每言文章自漢司馬相如、太史公、劉向、揚雄後，作者不世出，故愈深探本元，卓然樹立，成一家言。」

【用法】學問自成體系或派別。

【例句】自古至今，儘管學者不計其數，但眞正能**成一家言**的，卻爲數寥寥。

【義近】自成一家／一家之言／獨樹一幟／另闢蹊徑／別開生面。

【義反】倚門傍戶／傍人門戶／亦步亦趨／隨波逐流／拾人牙慧／襲人故技。

成人不自在，自在不成人（ㄔㄥˊ ㄖㄣˊ ㄅㄨˋ ㄗˋ ㄗㄞˋ，ㄗˋ ㄗㄞˋ ㄅㄨˋ ㄔㄥˊ ㄖㄣˊ）

【釋義】成人：有所成就的人，德才兼備的人。自在：放任自流。

【出處】羅大經・鶴林玉露：「諺云：『成人不自在，自在不成人。』此言雖淺，然實切至之論，千萬勉之！」

【用法】說明一個人要想有所成就，就必須刻苦努力，不可放任自流。

【例句】**成人不自在，自在不成人**，孩子就是要管教嚴一些，今後才有可能成爲人上人。

【義近】嚴師出高徒／黃金棒下出好人。

【義反】放任自流／聽之任之。

成人之美（ㄔㄥˊ ㄖㄣˊ ㄓ ㄇㄟˇ）

【釋義】成全他人的好事。美：美好的事情。

【出處】論語・顏淵：「君子成人之美，不成人之惡。」

【用法】表示助人爲善，樂於爲他人幫忙。

【例句】君子有**成人之美**，你就好人做到底，幫他解決這件事吧！

【義近】助人爲樂／爲善最樂／玉成其事／鼎力玉成／樂觀其成。

【義反】成人之惡／從中作梗。

成也蕭何，敗也蕭何（ㄔㄥˊ ㄧㄝˇ ㄒㄧㄠ ㄏㄜˊ，ㄅㄞˋ ㄧㄝˇ ㄒㄧㄠ ㄏㄜˊ）

【釋義】蕭何：輔佐劉邦得天下，漢興用爲丞相。

【出處】洪邁・容齋隨筆載：蕭何初薦韓信爲大將，後又翼助呂后設計殺韓信，故俚語有「成也蕭何，敗也蕭何」。

【用法】比喻事情的成敗出於一人之手，也比喻出爾反爾、反覆無常。

【例句】當初把他請來的是你，現在炒他魷魚的也是你，眞是**成也蕭何，敗也蕭何**。

【義近】出爾反爾／反覆無常。

成千累萬（ㄔㄥˊ ㄑㄧㄢ ㄌㄟˇ ㄨㄢˋ）

【釋義】累萬：累積成萬。累：積。

【出處】文康・兒女英雄傳三〇回：「他看著那烏克齊、鄧九公這班人，一幫動輒就是成千累萬，未免就把世路人情，看得容易了。」

【用法】形容數量極多，多得以千萬數。

【例句】在唐山大地震中，死傷的人**成千累萬**，慘不忍睹。

【義近】成千上萬／多如牛毛／車載斗量／盈千累萬／恆河沙數／不可勝數。

【義反】屈指可數／鳳毛麟角／寥寥無幾／寥若晨星／三三兩兩。

成仁取義（ㄔㄥˊ ㄖㄣˊ ㄑㄩˇ ㄧˋ）

【釋義】成：成就。仁：仁愛。義：正義。

【出處】文天祥・自贊：「孔曰成仁，孟曰取義，惟其義盡，所以仁至……而今而後，庶幾無愧。」

【用法】用以形容爲正義事業而犧牲。

【例句】在我國歷史上，有不少正直之士都勇於**成仁取義**，爲後世留下不朽的典範。

【義近】殺身成仁／捨生取義／爲國捐軀／殉義忘身。

【義反】貪生怕死／捨義求榮／苟全性命／降志辱身／靦顏借命。

成年累月（ㄔㄥˊ ㄋㄧㄢˊ ㄌㄟˇ ㄩㄝˋ）

【釋義】成年：整年；成，整。累：積聚。一作「積年累月」。

【出處】顏之推・顏氏家訓：「婢僕求容，助相說引，積年累月，安有孝子乎？」
【用法】極言時日長久。
【例句】**成年累月**的筆耕下來，他的作品數量也頗可觀了。
【義近】窮年累月／累年累月。
【義反】一朝一夕／一年半載／轉瞬之間。

成竹在胸（ㄔㄥˊ ㄓㄨˊ ㄗㄞˋ ㄒㄩㄥ）
【釋義】畫竹時心裏先有竹子的形象。成竹：完整的竹子。
【出處】蘇軾．文與可畫篔簹谷偃竹記：「故畫竹，必先得成竹於胸中。」
【用法】比喻事先早有了主意，有時也用以形容因心中早有準備而鎮定自若的神態。
【例句】這次談判，如何爲我方爭取最大利益，他早已**成竹在胸**，因此毫不緊張。
【義近】胸有成竹／心中有數／自有定見／胸中有數。
【義反】張皇失措／不知所措／束手無策／無計可施／臨事而懼。

成何體統（ㄔㄥˊ ㄏㄜˊ ㄊㄧˇ ㄊㄨㄥˇ）
【釋義】成什麼體統。體統：指體制、格局、規矩等。
【出處】曾樸．孽海花三〇回：「你既要守節，就該循規蹈矩，豈可百天未滿，整夜在外，成何體統？」
【用法】用以說明言行沒有規矩，太不像話。
【例句】你們在上班時間聊天、打混，不務正業，這**成何體統**？
【義近】不成體統／有失體統／偭規越矩。
【義反】循規蹈矩／言行有矩／規行矩步。

成事不足，敗事有餘（ㄔㄥˊ ㄕˋ ㄅㄨˋ ㄗㄨˊ，ㄅㄞˋ ㄕˋ ㄧㄡˇ ㄩˊ）
【釋義】成事：辦成事情。不足：不能，不夠。敗事：把事情弄糟，一作「壞事」。
【用法】指辦不好事情，反而把事情弄糟。也指對事情不懷好意的人。
【例句】這種人**成事不足，敗事有餘**，把重任託負給他只會壞了大事。
【義近】謀事不成，壞事有餘。

成事在天（ㄔㄥˊ ㄕˋ ㄗㄞˋ ㄊㄧㄢ）
【釋義】事情的成敗，端看天意的安排。
【出處】曹雪芹．紅樓夢六回：「這倒也不然，謀事在人，成事在天，咱們謀到了，靠菩薩的保佑，有些機會也未可知。」
【用法】指人的成敗得失，往往取決於機運。
【例句】俗話說：謀事在人，**成事在天**，做任何事只要盡了心力，問心無愧就可以了，成敗不必太計較。
【義近】生死有命，富貴在天／盡人事，聽天命。
【義反】人定勝天。

成則爲王，敗則爲寇（ㄔㄥˊ ㄗㄜˊ ㄨㄟˊ ㄨㄤˊ，ㄅㄞˋ ㄗㄜˊ ㄨㄟˊ ㄎㄡˋ）
【釋義】成功的便做君王，失敗的便成流寇。也作「成則爲王，敗則爲虜」。
【出處】元．紀君祥．趙氏孤兒：「我成則爲王，敗則爲虜。」孫中山．國民黨第一次代表大會之演講：「中國歷史有一習慣，所謂成則爲王，敗則爲寇。」
【用法】今多用以泛指雙方爭鬥，勝利的便成爲英雄或權勢者，失敗的便成爲狗熊或階下囚。
【例句】古今中外，都是**成則爲王，敗則爲寇**，你既然技不如人，自然只有甘拜下風了。
【義近】成者爲王，敗者爲賊／成則公侯，敗則賊子。
【義反】不以成敗論英雄。

成家立業（ㄔㄥˊ ㄐㄧㄚ ㄌㄧˋ ㄧㄝˋ）
【釋義】指男子結了婚，有了職業。
【出處】古今小說．蔣興哥重會珍珠衫：「常言『坐吃山空』，我夫妻兩口，也要成家立業。」
【用法】用以表示男子已能獨立生活，也用以指興建家業或事業。
【例句】我兩個兒子都已**成家立業**，自立門戶了。
【義近】安家立業／家成業就。
【義反】傾家蕩產／靡室靡家。

成效卓著（ㄔㄥˊ ㄒㄧㄠˋ ㄓㄨㄛˊ ㄓㄨˋ）
【釋義】成效：功效，效果。卓著：高超顯著。
【出處】梁啓超．自由書．精神教育者自由教育也：「謂摹仿文明，成效卓著。」
【用法】指功效卓然顯著，非常突出。
【例句】這兩位科學家對北極的考察和研究**成效卓著**，可望有所突破。
【義近】效應卓著／卓有成效／明效大驗／立竿見影／行之有效。
【義反】毫無成效／徒勞無功／前功盡棄／無濟於事。

成敗在此一舉（ㄔㄥˊ ㄅㄞˋ ㄗㄞˋ ㄘˇ ㄧˋ ㄐㄩˇ）
【釋義】是成功還是失敗就在這一次了。舉：行動。
【出處】文康．兒女英雄傳二六回：「這樁事任大責重，方才一口氣許了公婆，成敗在此一舉。」
【用法】用以強調此次舉動非同小可，關係整體的成功或失敗。
【例句】今晚的行動一定要保密，**成敗在此一舉**，千萬不可掉以輕心。
【義近】事關全局／關鍵一著／成敗攸關／舉足輕重。
【義反】無關大局。

成敗利鈍（ㄔㄥˊ ㄅㄞˋ ㄌㄧˋ ㄉㄨㄣˋ）
【釋義】利：鋒利，引申爲順利或成功。鈍：刀鋒不快，引申爲挫折或失敗。
【出處】諸葛亮．後出師表：「臣鞠躬盡瘁，死而後已，至於成敗利鈍，非臣之明所能逆覩也。」
【用法】用以泛指成功與失敗，順利與挫折。
【例句】董事長交辦的事，我一定盡力去做，至於**成敗利鈍**，則非本人所能預料，其間若有變數，請多包涵。
【義近】成敗得失／禍福興衰／是福是禍／利弊得失。

成羣結隊（ㄔㄥˊ ㄑㄩㄣˊ ㄐㄧㄝˊ ㄉㄨㄟˋ）
【釋義】意謂一羣一夥。
【出處】羅貫中．三國演義九五回：「忽然山中居民，成羣結隊，飛奔而來，報說魏兵已到。」

【用法】形容一羣羣、一隊隊。

【例句】一聽到棒球代表隊獲勝的消息，民眾們雀躍不已，**成羣結隊**地擁向街頭歡呼。

【義近】三五成羣。

【義反】稀稀落落／單槍匹馬／形單影隻／孑然一身。

成精作怪

【釋義】成精：變成妖精。作怪：作祟。

【出處】明・無名氏・哪吒三變二折：「他五個鬼王手下，還有許多邪魔，山魈魍魎，都會成精作怪。」

【用法】本指變成精怪，興風作浪。後也比喻人搗亂騷擾，從事不正當的活動。

【例句】怪不得我們這社區的治安老是治理不好，原來是有這幾個流氓在此**成精作怪**！

【義近】興風作浪。

成雙作對

【釋義】又作「成雙成對」，意謂配成一對。「成雙」與「作對」意思相同。

【出處】元・曾瑞卿・留鞋記一折：「揀甚麼良辰並吉日，則願他停眠少雙，早早的成雙作對。」

【用法】多指夫妻或情侶。

【例句】她已是三十好幾的老姑娘了，每當看到別人**成雙作對**，心裏總有一股說不出的滋味。

【義近】儷影雙雙／一雙兩好／雙飛雙宿／珠聯璧合／琴瑟合鳴／鳳凰于飛。

【義反】孤男寡女／形單影隻／單鵠寡鳧／曠男怨女。

三畫

戒備森嚴

【釋義】戒備：警戒準備。森嚴：整肅，整飭。

【出處】左丘明・國語・晉語三：「日考而習，戒備畢矣。」新唐書・文藝傳序：「排逐百家，法度森嚴。」

【用法】用以說明警戒防備得十分嚴密。

【例句】監獄為羈押人犯的處所，平日**戒備森嚴**，唯恐罪犯乘隙脫逃。

【義近】壁壘森嚴／銅牆鐵壁／水洩不通。

【義反】高枕而臥／高枕無憂／掉以輕心。

戒驕戒躁

【釋義】戒：警惕，防備。驕：驕傲。躁：急躁。

【用法】說明一個人應時刻警惕並防止產生驕傲、急躁的情緒。

【例句】無論是讀書還是工作，都應**戒驕戒躁**，這樣才能日有所進，月有所長。

【義近】不矜不伐／不驕不躁。

【義反】居功自恃／夜郎自大。

我生不辰

【釋義】我生不逢時。辰：時，時代。

【出處】詩經・大雅・桑柔：「憂心慇慇，念我土宇。我生不辰，逢天僤怒。」

【用法】嗟歎自己生不得其時，即沒有生在一個好的時代。

【例句】屈原是我國最偉大的浪漫詩人，結局卻如此的悽慘，難怪他生前有**我生不辰**的喟歎。

【義近】生不逢時／時不我予。

【義反】生當其時。

我行我素

【釋義】行：做。素：平素的，本來的。

【出處】禮記・中庸：「君子素其位而行，不願乎其外。素富貴行乎富貴，素貧賤行乎貧賤。」

【用法】用以表示自行其是，不以環境為轉移，不受別人的影響。現多用於貶義。

【例句】你再如此妄自尊大，**我行我素**下去，前途會葬送在你自己手裏。

【義近】依然故我／獨斷獨行。

【義反】一反常態／一改故轍。

我見猶憐

【釋義】猶：尚且。憐：愛。

【出處】劉義慶・世說新語載：桓溫收李勢女為妾，其妻妒而欲殺之。及見李氏，擲刀抱住曰：「我見汝亦憐，何況老奴！」

【用法】用以形容女子姿態美麗，楚楚動人，同性見了也愛憐。

【例句】這位小姐的確貌若天仙，不要說男人見了神魂顛倒，就是女人見了也會產生**我見猶憐**之感。

【義近】人見人愛。

【義反】可憎可惡。

我雖不殺伯仁，伯仁由我而死

【釋義】伯仁：人名，為東晉周顗的字號。

【出處】晉書・周顗傳載：周顗、王導兩人為至交，周曾有恩於王。後王導堂兄王敦欲殺周顗，導知悉後未能及時救援，殆周被殺後，傷心自責說：「吾雖不殺伯仁，伯仁由我而死。幽冥之中，負此良友。」

【用法】比喻無心的疏忽，導致親友受害或死亡。為自責之詞。

【例句】要不是我極力勸他赴美深造，他今天也不致因學業無成而自尋短見。唉！**我雖不殺伯仁，伯仁由我而死**，何以向他的高堂老母交代。

七－八畫

戛玉敲冰

【釋義】敲打玉石和冰塊。戛：輕輕地敲打。

【出處】白居易・聽田順兒歌：「戛玉敲冰聲未停，嫌雲不遏入青冥。」

【用法】形容聲音清脆或詩文音調鏗鏘。

【例句】①這洋琴發出來的聲音有如**戛玉敲冰**，十分悅耳動聽。②我國古代許多有名的詩歌皆韻律和諧，極富節奏感，讀來有如**戛玉敲冰**。

【義近】戛玉鳴金／戛玉敲金／戛玉鏘金／珠走玉盤。

【義反】擊甕叩缶／擊掌拊髀／嘔啞嘲哳／荒腔走板／驢鳴犬吠。

戛然而止

【釋義】戛然：形容突然止住。

【出處】李綠園・歧路燈一〇回：「忽的鑼鼓戛然而止，戲已煞卻。」清・章學誠・文史通義・古文十弊：「夫文章變化，侔於鬼神，斗然而來，戛然而止。」

【用法】形容聲音等突然停止。

【例句】正在看電視轉播的世界盃足球賽，不料影像**戛然而止**，原來是停電了，眞是掃興！

戟指怒目 ㄐㄧˇ ㄓˇ ㄋㄨˋ ㄇㄨˋ

【釋義】用手指指著人，眼睛睜得大大的。戟指：也作「戟手」，用食指與中指指著人，其形如戟。

【出處】唐・段成式・酉陽雜俎一・天咫：「王姥戟手大罵曰……。」晉・劉伶・酒德頌：「乃奮袂攘襟，怒目切齒……。」

【用法】形容大怒時斥責人的神態。

【例句】兒子只是沒把飯吃完，你就這樣**戟指怒目**、又吼又叫的，眞是小題大作！

【義近】疾言厲色／疾言遽色／怒目而視／橫眉怒目／聲色俱厲／金剛怒目。

【義反】和顏悅色／心平氣和／下氣怡聲／低聲下氣／笑容滿面。

十畫

截長補短 ㄐㄧㄝˊ ㄔㄤˊ ㄅㄨˇ ㄉㄨㄢˇ

【釋義】把長的部分割下來接補短的。截：割斷。

【出處】度正・性善堂稿六：「舊城堙廢之餘，截長補短，可得十之五。」

【用法】比喻以多餘補不足，或比喻用長處補短處。

【例句】你倆一起合作正好，可以彼此**截長補短**，創作出最完美的作品。

【義近】取長補短／裒多益寡。

截趾適屨 ㄐㄧㄝˊ ㄓˇ ㄕˋ ㄐㄩˋ

【釋義】截斷腳趾頭來適應鞋子的尺寸。屨：古時用麻、葛等做的鞋，泛指鞋子。

【出處】後漢書・荀爽傳：「傳曰：『截趾適屨，孰云其愚？何與斯人，追欲喪軀？』誠可痛也。」

【用法】比喻勉強求合或做無原則的遷就。也比喻拘泥成例，不知變通。

【例句】無論做任何事，都要根據實際情況採取適宜措施，絕不能**截趾適屨**，弄得事與願違。

【義近】刖趾適屨／削足適履／削頭適冠／鄭人買履／削頭便冠／墨守成規。

【義反】因事制宜／因時制宜／對症下藥／通權達變／隨機應變／見機行事。

截然不同 ㄐㄧㄝˊ ㄖㄢˊ ㄅㄨˋ ㄊㄨㄥˊ

【釋義】截然：形容界限分明。

【出處】梁啓超・評新官制之副大臣：「然我國之設副大臣與人國之設次官，其精神截然不同。」

【用法】形容兩件事物區別明顯，一點相同的地方也沒有。

【例句】他們倆的性格**截然不同**，當初不知怎麼會陰錯陽差結合在一起？

【義近】迥然不同／大相逕庭／天壤之別。

【義反】一模一樣／毫無二致／如出一轍。

截髮留賓 ㄐㄧㄝˊ ㄈㄚˇ ㄌㄧㄡˊ ㄅㄧㄣ

【釋義】把頭髮割下來賣了，買食物待客。

【出處】劉義慶・世說新語・賢媛：陶侃家貧，有客人來他家投宿，其母湛氏截髮換來米食招待賓客。隋唐演義四回：「他母親寧夫人，他娘子張氏，也都有截髮留賓、剉薦供馬的氣概。」

【用法】用以頌揚女性爲人賢淑，待客眞摯誠懇。

【例句】周先生家境清貧，但他太太仍能熱情待客，大有古代女子**截髮留賓**的遺風。

十一—十二畫

戮力同心 ㄌㄨˋ ㄌㄧˋ ㄊㄨㄥˊ ㄒㄧㄣ

【釋義】戮力：幷力，合力。同心：齊心。

【出處】左傳・成公一三年：「昔逮我獻公及穆公相好，戮力同心，申之以盟誓，重之以昏姻。」

【用法】指齊心合力。

【例句】只要全國人民**戮力同心**，統一大業一定可以完成。

【義近】同心協力／齊心協力／團結一致。

【義反】各不相謀／各自爲政／離心離德。

戰無不勝 ㄓㄢˋ ㄨˊ ㄅㄨˋ ㄕㄥˋ

【釋義】作戰沒有不獲勝的。

【出處】戰國策・齊策二：「戰無不勝，而不知止者，身且死，爵且後歸，猶爲蛇足也。」

【用法】形容力量強大，百戰百勝。

【例句】我軍士氣高昂，**戰無不勝**，敵軍根本不是我們的對手。

【義近】攻無不克／所向無敵／百戰百勝／所向披靡。

【義反】望風披靡／一觸即潰／不堪一擊。

戰戰栗栗 ㄓㄢˋ ㄓㄢˋ ㄌㄧˋ ㄌㄧˋ

【釋義】戰戰、栗栗：二詞同義，恐懼的樣子。栗：同「慄」。

【出處】韓非子・初見秦：「戰戰栗栗，日愼一日。」

【用法】本形容因心懷恐懼而謹愼小心的樣子，現多用以形容因非常害怕而顫抖。

【例句】這小偷確實令人痛恨，但見他被逮到後嚇得**戰戰栗栗**的神情，又不免令人產生惻隱之心。

【義近】戰戰慄慄／戰戰兢兢／栗栗危懼／觳觳觫觫／臨深履薄。

【義反】毫無所懼／昂首挺胸／滿不在乎／大大咧咧／泰然自若。

戰戰兢兢 ㄓㄢˋ ㄓㄢˋ ㄐㄧㄥ ㄐㄧㄥ

【釋義】戰戰：恐懼發抖的樣子。兢兢：小心謹愼的樣子。

【出處】詩經・小雅・小旻：「戰戰兢兢，如臨深淵，如履薄冰。」

【用法】形容非常恐懼而又小心謹愼。

【例句】俗話說：「哀兵必勝，驕兵必敗。」豈能不懷**戰戰兢兢**的心理？

【義近】誠惶誠恐／朝乾夕惕／臨深履薄。

【義反】膽大妄爲／臨危不懼。

十三畫

戴天履地

【釋義】頭頂著天，腳踩著地。履：踩，踏。

【出處】後漢書・翟酺傳：「臣荷殊絕之恩，蒙值不諱之政，豈敢雷同受寵，而以戴天履地。」

【用法】指生存於人世間。

【例句】我們都是**戴天履地**的文明人，理應愛護環境，以造福後代子孫。

【義近】戴圓履方／頂天立地。

戴盆望天

【釋義】頭上頂著盆子卻想看到天。

【出處】司馬遷・報任少卿書：「僕以爲戴盆何以望天？」漢・焦延壽・易林・小過之蠱：「戴盆望天，不見星晨。」

【用法】比喻方法不對，根本無法實現願望或達到目的。

【例句】李太太天天喊著要減肥，卻又天天酣睡酣吃，這無異是**戴盆望天**啊！

【義近】救經引足／伏而咶天／揚湯止沸／緣木求魚／畫脂鏤冰／磨磚成鏡／抱薪救火／惡濕居下。

【義反】借風使帆／以水救火／以湯沃雪／釜底抽薪／抽薪止沸／正本清源。

戴高帽子

【釋義】高帽子：也作「高帽兒」，比喻恭維的話。

【出處】李汝珍・鏡花緣二七回：「多九公道：『老夫聞說此處最喜奉承，北邊俗語叫做愛戴高帽子。』」

【用法】比喻用美好動聽的話奉承人。

【例句】此人最愛**戴高帽子**，你想要他幫忙辦好這件事，最好多說些恭維話！

【義近】戴高帽兒／曲意逢迎／阿諛奉承／溜鬚拍馬。

【義反】直言不諱／仗義執言／剛正不阿／面折廷爭／犯顏直諫。

戴罪圖功

【釋義】戴罪：猶「帶罪」。圖功：猶「立功」。

【出處】明史・馬芳傳：「帝令察爌堪辦賊，許戴罪圖功，否即以賜劍從事。」

【用法】指帶著罪去建立功勞，以功折罪。

【例句】他是國家重臣，現在犯了罪，元首自然不便嚴懲，只好予以降職，給他一個**戴罪圖功**的機會。

【義近】將功補過／將功折罪／將功贖罪／帶罪立功。

【義反】罪不可逭／從嚴發落／嚴懲不貸。

戶部

戶限爲穿

【釋義】意謂門檻都被踏破了。戶限：門檻。穿：破。

【出處】唐・李綽・尚書故實：「智永禪師住永福寺，積年學書，一時推重，人來求書者如市，所居戶限爲之穿穴。」

【用法】形容門庭進進出出的人很多。

【例句】這位老中醫治療疑難雜症已遠近聞名，前往就診者眾多，以致**戶限爲穿**。

【義近】門庭若市／車馬盈門／賓客闐門／臣門如市／賓客盈門／門庭喧囂。

【義反】門可羅雀／門無蹄轍／門庭冷落／柴門蕭條／門前冷落。

戶樞不蠹

【釋義】意謂經常轉動的門軸不會被蛀蝕。蠹：蛀蝕。

【出處】呂氏春秋・盡數：「流水不腐，戶樞不螻，動也。」唐・馬總・意林二引作「戶樞不蠹」。

【用法】比喻經常運動可以不受外物侵蝕。

【例句】人的身體也要本著**戶樞不蠹**的道理，經常活動，才能達到延年益壽的目的。

【義近】戶樞不朽／流水不腐／滾石不生苔。

【義反】肉腐出蟲／魚枯生蠹。

四畫

房謀杜斷

【釋義】唐太宗時，房玄齡、杜如晦二人均曾擔任宰相，掌理朝政。因房多謀，杜善斷，故有「房謀杜斷」之稱。

【出處】新唐書・杜如晦傳：「如晦長於斷，而玄齡善謀，兩人深相知，故能同心濟謀，以佐佑帝。」

【用法】形容二人各有專長，彼此相知相惜，合作無間。

【例句】王總經理知人善任，旗下兩位經理各有所長，**房謀杜斷**，合作無間，因此公司的業務蒸蒸日上。

【義近】截長補短。

所向披靡

【釋義】所向：風吹到的地方。披靡：草木隨風倒下。

【出處】梁書・邵陵攜王倫傳：「所向披靡，羣虜憚之。」

【用法】比喻力量所達到的地方，敵對者紛紛潰散，無法抵擋。

【例句】這幾員戰將策馬衝入敵陣，**所向披靡**，殺得敵人潰不成軍。
【義近】所向無敵／如入無人之境。
【義反】望風披靡／潰不成軍／落花流水。

所向無前（ㄙㄨㄛˇ ㄒㄧㄤˋ ㄨˊ ㄑㄧㄢˊ）

【釋義】意謂軍隊所指向的地方，誰也擋不住。
【出處】後漢書・岑彭傳：「彭悉軍順風並進，所向無前，蜀兵大亂，溺死者數千人。」
【用法】形容軍隊作戰勇敢，銳不可擋。
【例句】抗日戰爭後期，我軍愈戰愈勇，**所向無前**，這是日寇宣布無條件投降的一個重要原因。
【義近】所向無敵／所向披靡／無往不利／縱橫馳騁／無堅不摧／百戰百勝／戰無不勝，攻無不克。
【義反】望風而逃／一觸即潰／落荒而逃／抱頭鼠竄／聞風遠揚／轍亂旗靡。

所向無敵（ㄙㄨㄛˇ ㄒㄧㄤˋ ㄨˊ ㄉㄧˊ）

【釋義】所向：指力量達到的地方。無敵：沒有能敵得住的對手。
【出處】諸葛亮・心書・天勢：「善將者因天之時，就地之勢，依人之利，則所向者無敵，所擊者萬全矣。」
【用法】形容威勢所到，誰也抵擋不住。
【例句】我軍聲勢之浩大，威力之猛烈，簡直是**所向無敵**。
【義近】所向披靡／銳不可擋。
【義反】一觸即潰／狼狽逃竄／落花流水。

所作所爲（ㄙㄨㄛˇ ㄗㄨㄛˋ ㄙㄨㄛˇ ㄨㄟˊ）

【釋義】所作、所爲：二者同義。爲：動詞，做。
【出處】七俠五義二回：「二弟從前所作所爲，我豈不知？只是我做哥哥的，焉能認眞？」
【用法】泛指所做的種種事情。
【例句】老王的**所作所爲**我可說瞭如指掌，其中有些是見不得人的，只是看在朋友情分上，不說罷了。
【義近】一舉一動／一言一行。

所見所聞（ㄙㄨㄛˇ ㄐㄧㄢˋ ㄙㄨㄛˇ ㄨㄣˊ）

【釋義】「所」字和「見」、「聞」組成兩個「所」字結構，相當於兩個名詞。
【出處】王安石・明州慈溪縣學記：「則士朝夕所見所聞，無非所以治天下國家之道。」
【用法】泛指所看到的和所聽到的事物。
【例句】許老先生逝世後，留下了數十本日記，記載的都是他一生的**所見所聞**，頗能見證早年台灣社會的變遷。
【義近】耳聞目睹。
【義反】憑空想像。

所費不貲（ㄙㄨㄛˇ ㄈㄟˋ ㄅㄨˋ ㄗ）

【釋義】所耗費的資財無法計算。貲：計算。
【出處】元史・泰定帝紀一：「廉訪司蒞軍，非世祖舊制，賈胡鬻寶，西僧修佛事，所費不貲，於國無益，並宜除罷。」
【用法】指耗費的資財無數。
【例句】核能發電四廠的興建**所費不貲**，實有慎重評估，從長計議的必要。
【義近】勞民傷財。
【義反】惠而不費。

所圖不軌（ㄙㄨㄛˇ ㄊㄨˊ ㄅㄨˋ ㄍㄨㄟˇ）

【釋義】圖：圖謀，謀畫。不軌：舉動越出法度之外。
【出處】後漢書・袁紹傳：「會董卓乘虛，所圖不軌。臣父兄親從，並當大位，不憚一室之禍。」
【用法】指圖謀做違法亂紀的事或從事叛亂活動。
【例句】在一些落後國家，某些軍人一旦大權在握，往往**所圖不軌**，發動政變。
【義近】圖謀不軌／爲非作歹／心懷不軌／居心叵測／心懷鬼胎／居心不良。
【義反】奉公守法／依法行事／赤膽忠心／規行矩步／循規蹈矩／克己奉公。

六畫

扇火止沸（ㄕㄢ ㄏㄨㄛˇ ㄓˇ ㄈㄟˋ）

【釋義】意謂以扇風助長火勢的辦法來制止水沸騰。
【出處】三國志・魏書・陶謙傳・裴松之注引吳書：「此何異乎抱薪救焚，扇火止沸哉！」
【用法】比喻所採取的辦法與所要達到的目的背道而馳。
【例句】你想要延年益壽，卻不肯運動，生活作息也不正常，而且還嗜酒貪杯，這與**扇火止沸**有何不同？
【義近】抱薪救火／火上澆油／揚湯止沸／戴盆望天／緣木求魚／剜肉補瘡／隔靴搔癢／惡濕居下。
【義反】釜底抽薪／拔本塞源／徙薪止沸／截源塞流／正本清源／對症下藥。

扇枕溫被（ㄕㄢ ㄓㄣˇ ㄨㄣ ㄅㄟˋ）

【釋義】夏天把枕席扇涼，冬天把被子弄溫暖。也作「扇枕溫席」。
【出處】晉書・王延傳：「延事親色養，夏則扇枕席，冬則以身溫被。」
【用法】形容侍奉父母極爲盡心孝順。
【例句】別看蔡先生脾氣暴躁，他對父母卻是百般孝順，眞正做到了**扇枕溫被**的地步。
【義近】菽水承歡／彩衣娛親／晨昏定省／跪乳孝思／慈烏反哺。
【義反】忤逆不孝／陷親不義／孤犢觸乳。

手部

才子佳人（ㄘㄞˊ ㄗˇ ㄐㄧㄚ ㄖㄣˊ）

【釋義】有才學的男子和有容貌的女子。
【出處】李隱・瀟湘錄：「妾既與君匹配，諸鄰皆謂之才子佳人。」
【用法】多指有婚姻、愛情關係的青年男女。
【例句】他們兩人才貌相當，可謂是**才子佳人**，天生一對。
【義近】郎才女貌／金童玉女。
【義反】癡驢破磨。

才兼文武（ㄘㄞˊ ㄐㄧㄢ ㄨㄣˊ ㄨˇ）

【釋義】意謂既能文又能武。兼：同時具有。
【出處】後漢書・盧植傳：「熹平四年，九江蠻反，四府選植才兼文武，拜九江太守，蠻寇賓服。」
【用法】指人同時具備文武兩方面的才能。
【例句】在老一輩的軍事將領中，**才兼文武**者，大有人在。
【義近】文武雙全／允文允武／能文能武／經文緯武。
【義反】一無所長／一無所能／一無可取／闒茸小人／平庸之輩／庸碌之輩。

才氣無雙（ㄘㄞˊ ㄑㄧˋ ㄨˊ ㄕㄨㄤ）

【釋義】才氣：才能氣概；才華。無雙：沒有第二個。
【出處】司馬遷・史記・李將軍列傳：「李廣才氣，天下無雙。」宋・蘇洞・雨中花：「嘆天生李廣，才氣無雙，不得封侯。」
【用法】形容人的才能和氣概在世上無人可比。
【例句】高先生氣質出眾，風度翩翩，是位出類拔萃、**才氣無雙**的人物。
【義近】才華蓋世／舉世無雙／才為世出／人中騏驥／不世之材。
【義反】肉眼凡胎／凡夫俗子／無名小卒／市井之徒／販夫走卒。

才氣過人（ㄘㄞˊ ㄑㄧˋ ㄍㄨㄛˋ ㄖㄣˊ）

【釋義】才：才能。氣：氣魄。過人：超過一般人。
【出處】司馬遷・史記・項羽本紀：「籍長八尺餘，力能扛鼎，才氣過人，雖吳中子弟，皆已憚籍矣。」
【用法】用以說明一個人的才能氣魄勝過一般人。
【例句】王君不但博聞廣識，而且見解獨到，是位**才氣過人**的青年。
【義近】出類拔萃／鶴立雞羣／才華蓋世／才情卓越／才氣無雙。
【義反】才疏學淺／庸碌之輩／一無長才。

才高八斗（ㄘㄞˊ ㄍㄠ ㄅㄚ ㄉㄡˇ）

【釋義】高：高超；擁有。斗：量器名。
【出處】南史・謝靈運傳：「天下才共一石，曹子建獨得八斗。」
【用法】比喻很有才華。
【例句】讀了胡適先生的著作，始知眾人稱揚他**才高八斗**，學富五車，並非虛言。
【義近】學富五車／滿腹經綸／才高蓋世／才情卓越／才華蓋世／腹笥便便／才氣縱橫。
【義反】不學無術／才疏學淺／胸無點墨／一竅不通／不識之無／腹笥甚窘。

才高行潔（ㄘㄞˊ ㄍㄠ ㄒㄧㄥˊ ㄐㄧㄝˊ）

【釋義】行潔：品行好。潔：清白。
【出處】漢・王充・論衡・逢遇：「才高行潔，不可保必珍貴；能薄操濁，不可保必卑賤。」
【用法】指人富有才華，品德高尚。
【例句】他是位**才高行潔**的人，可惜時運不濟，一直未得到賞識和重用。
【義近】才高行厚／才德兼備。
【義反】才疏行濁／才疏德薄／德薄能鮮。

才高學廣（ㄘㄞˊ ㄍㄠ ㄒㄩㄝˊ ㄍㄨㄤˇ）

【釋義】才氣過人，學識高深。
【出處】今古奇觀・盧太學詩酒傲公侯：「盧相只因才高學廣，以為掇青紫如拾鍼芥。」
【用法】用以讚譽人有才氣，學問廣博。
【例句】這位政治學博士研究生，**才高學廣**，假以時日，定有一番作為。
【義近】才學兼優／博學多才。
【義反】不學無術／庸碌之輩。

才疏意廣（ㄘㄞˊ ㄕㄨ ㄧˋ ㄍㄨㄤˇ）

【釋義】疏：空虛。廣：廣大，大。
【出處】後漢書・孔融傳：「融負其高氣，志在靖難，而才疏意廣，迄無成功。」
【用法】指人才能有限，而志氣卻很大。
【例句】這小子自恃家裏有錢便大話連篇，實則**才疏意廣**，在事業上根本不可能有大的作為。
【義近】志大才疏／志大才庸／眼高手低／好高騖遠。
【義反】志大才高／腳踏實地。

才疏學淺（ㄘㄞˊ ㄕㄨ ㄒㄩㄝˊ ㄑㄧㄢˇ）

【釋義】才學空疏淺薄。疏：淺薄。
【出處】清・錢彩・說岳全傳四十回：「小子才疏學淺，做不得他的業師，只好另請高才。」
【用法】多用以謙稱自己才能不高，學問不深。
【例句】我**才疏學淺**，實難擔當此任，望多多見諒。
【義近】才疏識淺／才薄智淺／略識之無。
【義反】博學多才／才學非凡／博古通今／才高八斗。

才過屈宋（ㄘㄞˊ ㄍㄨㄛˋ ㄑㄩ ㄙㄨㄥˋ）

【釋義】屈宋：戰國時期楚國的辭賦作家屈原、宋玉。
【出處】杜甫・醉時歌：「先生有道出羲黃，先生有才過屈宋。」宋・林正大・括酹江月：「道出羲黃，才過屈宋，空有名垂古。」
【用法】用以說明文才極高。
【例句】漢以來所出現的作家難以數計，但真正**才過屈宋**的，則寥寥無幾。
【義近】才高八斗／才比子建／才比班馬。

【義反】江郎才盡。

才貌出眾 ㄘㄞˊ ㄇㄠˋ ㄔㄨ ㄓㄨㄥˋ

【釋義】才華容貌超越眾人。
【出處】吳敬梓・儒林外史一〇回：「這位小姐，德性溫良，才貌出眾。」
【用法】通常用在女性身上，指其才學高，容貌美。
【例句】張經理的千金不但**才貌出眾**，而且謙恭有禮，完全沒有驕氣。
【義近】才貌雙全／才貌雙絕／詠絮之才。

才貌雙全 ㄘㄞˊ ㄇㄠˋ ㄕㄨㄤ ㄑㄩㄢˊ

【釋義】意即有才有貌，才貌均佳。一作「才貌兩全」。
【出處】白樸・牆頭馬上：「才貌兩全，京師人每呼少俊。」
【用法】用以形容青年男女才學、容貌都好。
【例句】王先生娶的這位太太，不僅漂亮，才學也高，眞是**才貌雙全**。
【義近】才貌雙絕／才貌出眾。

才學兼優 ㄘㄞˊ ㄒㄩㄝˊ ㄐㄧㄢ ㄧㄡ

【釋義】兼優：兩方面都是優秀的。
【出處】隋唐演義三六回：「恐翰林院草來不稱朕意，思卿才學兼優，必有妙論，故召卿來，爲朕草一詔。」
【用法】指人在才能和學問兩方面都很優異突出。
【例句】因教育普及，**才學兼優**的人愈來愈多，這是我國在經濟方面能蓬勃發展的一個重要原因。
【義近】品學兼優／才學雙全／博學多才。
【義反】不學無術／庸碌無能。

才藝卓絕 ㄘㄞˊ ㄧˋ ㄓㄨㄛˊ ㄐㄩㄝˊ

【釋義】才藝：才能技藝。卓絕：超越特出。
【出處】新論・思慎：「人雖才藝卓絕，不能悖理成行，逆人道也。」
【用法】形容人的才能技藝卓越出眾。
【例句】《老殘遊記》中描述王小玉是一位**才藝卓絕**的女子，她的說書表演令人驚歎叫絕，難以忘懷。
【義近】才藝出眾／才藝非凡。
【義反】雕蟲小技。

手不停揮 ㄕㄡˇ ㄅㄨˋ ㄊㄧㄥˊ ㄏㄨㄟ

【釋義】手不停地揮寫。
【出處】馮夢龍・警世通言卷九：「李白左手將鬚一拂，右手舉起中山兔穎，向五花箋上，手不停揮。」
【用法】形容文思敏捷，寫得極快。
【例句】這位作家一天寫一萬多字，眞是**手不停揮**，沒有多久一部長篇小說就問世了。
【義近】下筆成章／倚馬可待／一揮而就／下筆千言／文不加點／意到筆隨／援筆立就／七步成詩。
【義反】搜索枯腸／苦思冥想／鉤章棘句／才竭智疲／江郎才盡／絞盡腦汁。

手不釋卷 ㄕㄡˇ ㄅㄨˋ ㄕˋ ㄐㄩㄢˋ

【釋義】手裏的書不肯放下。釋：放下。卷：書籍。
【出處】曹丕・典論自序：「上雅好詩書文籍，雖在軍旅，手不釋卷。」
【用法】形容勤奮好學或看書入迷。
【例句】這孩子雖然才十六歲，卻有志於讀書，經常**手不釋卷**，實在是難能可貴。
【義近】日夜孜孜／學而不厭／孜孜不倦／囊螢映雪／懸梁刺股。
【義反】一暴十寒／三天打魚，兩天曬網／心有鴻鵠／心猿意馬。

手忙腳亂 ㄕㄡˇ ㄇㄤˊ ㄐㄧㄠˇ ㄌㄨㄢˋ

【釋義】意即手腳都顯得忙亂。
【出處】朱子全書卷六：「今亦何所迫切，而手忙腳亂一至於此耶？」
【用法】形容遇事慌張，不知如何是好；也形容做事忙亂，毫無條理。
【例句】這個人有個很大的特點，就是不論遇到什麼難以對付的事，他都能優裕自如地處理，從不會**手忙腳亂**。
【義近】張皇失措／手足無措。
【義反】從容不迫／有條不紊／不慌不忙／優裕自如。

手足之情 ㄕㄡˇ ㄗㄨˊ ㄓ ㄑㄧㄥˊ

【釋義】即兄弟之情。手足：比喻兄弟。
【出處】蘇轍・爲兄軾下獄上書：「臣竊哀其志，不勝手足之情。」
【用法】比喻兄弟姊妹之間親密而深厚的感情。
【例句】他倆長期累積的深厚友誼，早已勝過**手足之情**。
【義近】手足之愛／骨肉之情／情同手足。
【義反】煮豆燃萁／兄弟鬩牆。

手足失措 ㄕㄡˇ ㄗㄨˊ ㄕ ㄘㄨㄛˋ

【釋義】因慌亂而使手足無處安放。同「手足無措」。
【出處】石玉琨・三俠五義九五回：「不想又看見那一雙朱履，又瞧見巧娘手足失措的形景。」
【用法】形容慌亂無計可施之狀；或比喻動輒得咎，不知何去何從。
【例句】黎小姐從銀行領了十萬元，剛步出大門，卻遇著搶匪一把搶光，她楞在當地，**手足失措**，不知怎麼辦才好，旁人忙幫著她報警處理。
【義近】手足無措／不知所措／束手無策。
【義反】從容不迫／不慌不忙／應付自如。

手足胼胝 ㄕㄡˇ ㄗㄨˊ ㄆㄧㄢˊ ㄓ

【釋義】手腳都磨起了老繭。胼胝：手腳上的老繭。
【出處】荀子・子道：「有人於此，夙興夜寐，耕耘樹藝，手足胼胝以養其親。」
【用法】形容極度勤苦勞瘁。
【例句】先民**手足胼胝**爲後世子孫創下一片業基，我們不僅要好好珍惜，更要發揚光大傳承下去。
【義近】手胼足胝／手足重繭／千辛萬苦／滴滴血汗／炙膚皸足／胼手胝足。
【義反】游手好閒／四體不勤。

手足異處 ㄕㄡˇ ㄗㄨˊ ㄧˋ ㄔㄨˋ

【釋義】異處：不在一處。

【出處】司馬遷・史記・孔子世家：「(孔子)曰：『匹夫而熒惑諸侯者，罪當誅！請命有司！』有司加法焉，手足異處。」
【用法】指被砍殺，手和腳都不在一個地方了。
【例句】那幫綁匪眞殘忍，不但把人質殺害，還刻意毀屍滅跡，使之**手足異處**。
【義近】身首異處／五馬分屍／碎屍萬斷／死於非命。
【義反】壽終正寢／安享天年／終其天年。

手足無措 ㄕㄡˇ ㄗㄨˊ ㄨˊ ㄘㄨㄛˋ

【釋義】手腳無安放處。措：安放。
【出處】論語・子路：「刑罰不中，則民無所措手足。」羅貫中・三國演義六七回：「孫權驚得手足無措。」
【用法】形容舉動慌張，或無法應付。
【例句】平日養成應變的能力，未雨綢繆，遇到事情時就不會**手足無措**、失去方寸。
【義近】手足失措／不知所措／束手無策／一籌莫展。
【義反】泰然自若／從容不迫／措置裕如／不慌不忙／應付自如。

手到病除 ㄕㄡˇ ㄉㄠˋ ㄅㄧㄥˋ ㄔㄨˊ

【釋義】剛動手治療，病就消除了。
【出處】元・無名氏・碧桃花：「嬤嬤，你放心，小人三代行醫，醫書脈訣，無不通曉，包的你手到病除。」
【用法】形容醫術高明，也比喻工作做得好，解決問題非常迅速。
【例句】一代神醫華佗，醫術高明，任何疑難雜症到他手裏包能**手到病除**，令人折服。
【義近】妙手回春／起死回生／藥到病除／立見神效／華佗再世。
【義反】蒙古大夫／藥到命除。

手到擒來 ㄕㄡˇ ㄉㄠˋ ㄑㄧㄣˊ ㄌㄞˊ

【釋義】意謂一伸手就捉拿過來了。擒：捉拿。
【出處】九命奇冤二九回：「要是走那一路時，包管你手到擒來。」
【用法】比喻做事毫不費力。
【例句】不是我吹牛，那幾個小混混只要交給我去辦，不出一天，保證**手到擒來**。
【義近】探囊取物／甕中捉鼈／輕而易舉。
【義反】挾山超海／大海撈針／沙裏淘金／難如登天／牽牛下井。

手帕姊妹 ㄕㄡˇ ㄆㄚˋ ㄐㄧㄝˇ ㄇㄟˋ

【釋義】舊時妓女結爲姊妹，稱爲「手帕姊妹」，意指彼此交換手帕，結爲知己。
【出處】板橋雜記：「南京舊院有色藝俱優者，或二十三十姓，結爲手帕姊妹。」
【用法】有患難與共，互相憐惜的意味。
【例句】相公不知，這院中名妓，結爲**手帕姊妹**，就像香火兄弟一般，每遇時節，便做盛會。(孔尙任・桃花扇)
【義近】閨中好友／姊妹淘。

手長衣袖短 ㄕㄡˇ ㄔㄤˊ ㄧ ㄒㄧㄡˋ ㄉㄨㄢˇ

【釋義】手太長，衣袖太短，遮不了手。比喻心有餘而力不足。
【出處】宋・郭茂倩・樂府詩集・佚名・善哉行：「自惜袖短，納手知寒。」
【用法】指對某事力有所未及。
【例句】出外一時難，蓬蒿當雀竿；**手長衣袖短**，腳瘦草鞋寬。(集杭州俗語詩)
【義近】腳瘦草鞋寬／心有餘力不足。

手急眼快 ㄕㄡˇ ㄐㄧˊ ㄧㄢˇ ㄎㄨㄞˋ

【釋義】手快眼快。急：或作「疾」，快速、敏捷之意。
【出處】吳承恩・西遊記四回：「原來悟空手疾眼快，正在那混亂之時，他拔下一根毫毛，叫聲『變！』就變作他的本相。」
【用法】形容做事機警，動作敏捷。
【例句】下山時，我腳一滑就要往後倒，幸好張先生**手急眼快**把我扶住，才沒有跌倒。
【義近】眼疾手快／眼明手快／身手敏捷／眼明手捷。
【義反】眼昏手顫／眼花手軟／慢條斯理。

手起刀落 ㄕㄡˇ ㄑㄧˇ ㄉㄠ ㄌㄨㄛˋ

【釋義】手一提起，刀就落下。
【出處】施耐庵・水滸傳二九回：「武松道：『原來恁地，卻饒你不得。』手起刀落，也把這人殺了。」
【用法】形容用刀動作的迅速敏捷。
【例句】這年輕人爲了替父母報仇，乘夜潛入賊窟，**手起刀落**，不旋踵就把兩個強盜給解決了。
【義近】說時遲，那時快／迅雷不及掩耳／猝不及防／風馳電掣。
【義反】笨手笨腳／拖泥帶水。

手揮目送 ㄕㄡˇ ㄏㄨㄟ ㄇㄨˋ ㄙㄨㄥˋ

【釋義】也作「目送手揮」。目送鴻雁，手揮五絃琴。
【出處】文選・嵇康・贈秀才入軍詩：「目送歸鴻，手揮五絃，俯仰自得，游心泰玄。」
【用法】形容行爲自在，意趣自得。後世也用來比喻做事兩面兼顧，或語帶雙關。
【例句】陶淵明採菊東籬下，悠然見南山，**手揮目送**飛鳥歸巢，自以爲此中有眞意，欲辯已忘言，好逍遙自在啊！

手無寸鐵 ㄕㄡˇ ㄨˊ ㄘㄨㄣˋ ㄊㄧㄝˇ

【釋義】手裏沒有拿任何武器。寸鐵：短小的武器。
【出處】羅貫中・三國演義一〇九回：「背後郭淮引兵趕來，見(姜)維手無寸鐵，乃驟馬挺槍追之。」
【用法】形容赤手空拳，無任何武器；也比喻一個人毫無憑藉，白手起家。
【例句】①這幫盜匪全都該死，連**手無寸鐵**的人都不放過，眞是喪盡天良。②十年前，他**手無寸鐵**來台北打天下，如今洋房名車全都有了。
【義近】赤手空拳／上無片瓦，

下無寸土。

【義反】披堅執銳。

手無縛雞之力（ㄕㄡˇ ㄨˊ ㄈㄨˋ ㄐㄧ ㄓ ㄌㄧˋ）

【釋義】手上沒有捆雞的力氣。縛：捆綁。

【出處】元・無名氏・賺蒯通：「那韓信手無縛雞之力，只淮陰市上兩個少年要他在胯下鑽過去，他便鑽過去了。」

【用法】形容體弱無力。

【例句】古代讀書人若未取得功名，又**手無縛雞之力**，只好靠教私塾維生。

【義反】力大如牛／力能扛鼎。

手滑心慈（ㄕㄡˇ ㄏㄨㄚˊ ㄒㄧㄣ ㄘˊ）

【釋義】手頭大方慷慨，心地仁慈善良。滑：滑溜，不凝滯，引申爲慷慨、不吝嗇。

【出處】清・袁枚・答林遠峰書：「魚門當日，並不在酒場歌席妄費一錢，而手滑心慈，遂至累人累己。」

【用法】形容人用財慷慨，居心仁慈，熱心助人。

【例句】這位退伍的老榮民平日省吃儉用，但遇到別人有急難時，便**手滑心慈**的伸出援手，所以手頭總是很拮据。

【義近】慷慨解囊／解衣推食／樂善好施／助人爲樂。

【義反】視錢如命／一毛不拔／見死不救。

手舞足蹈（ㄕㄡˇ ㄨˇ ㄗㄨˊ ㄉㄠˇ）

【釋義】手揮動，腳跳躍。蹈：頓足踏地。

【出處】詩經・周南・關雎序：「永歌之不足，不知手之舞之，足之蹈之也。」

【用法】形容喜極的情狀。有時也用以說明手亂舞、腳亂跳的狂症。

【例句】元宵之夜，當天空升起五彩繽紛的煙火時，孩子們高興得**手舞足蹈**起來。

【義近】載歌載舞／歡騰雀躍／歡欣鼓舞／喜不自禁。

【義反】快快不樂／悶悶不樂／鬱鬱寡歡。

手澤猶存（ㄕㄡˇ ㄗㄜˊ ㄧㄡˊ ㄘㄨㄣˊ）

【釋義】手澤：先人的遺墨。

【出處】禮記・玉藻：「父歿而不能讀父之書，手澤存焉爾。」

【用法】指先人的遺墨還在，令人睹物思念，永難忘懷。

【例句】先父已往生多年，然**手澤猶存**，每翻閱其生前以毛筆所書寫之日記，風木之情，油然而生。

【義近】音容宛在／遺愛人間。

【義反】人亡物故／煙消雲散。

手頭不便（ㄕㄡˇ ㄊㄡˊ ㄅㄨˋ ㄅㄧㄢˋ）

【釋義】手頭：手邊。不便：不方便。

【出處】曾樸・孽海花五回：「那東西混帳極了！兄弟不過一時手頭不便，欠了他幾個臭錢。」

【用法】爲手邊缺錢用的一種委婉說法。

【例句】你的錢我一定償還，但最近實在是**手頭不便**，請務必再寬限些時日。

【義近】手頭拮据／周轉不靈。

【義反】手頭闊綽／綽有餘裕。

手頭拮据（ㄕㄡˇ ㄊㄡˊ ㄐㄧㄝˊ ㄐㄩ）

【釋義】手頭：指手中所擁有的。此指經濟狀況。拮据：困頓、窘迫之狀。

【出處】李汝珍・鏡花緣三二回：「一經講到婦人穿戴，莫不興緻勃勃，那怕手頭拮据也要設法購求。」

【用法】形容經濟窘迫，生活困頓。

【例句】最近股票大跌，我也被套牢了，如今**手頭拮据**，哪有閒錢借給你。

【義近】手頭不便／阮囊羞澀／囊空如洗／周轉失靈／甕盡杯乾。

【義反】手頭闊綽／綽有餘裕／腰纏萬貫。

二畫

打入冷宮（ㄉㄚˇ ㄖㄨˋ ㄌㄥˇ ㄍㄨㄥ）

【釋義】冷宮：古時后妃失寵後所住的冷落宮院。

【出處】元・馬致遠・漢宮秋一折：「（王嬙）到京師必定發入冷宮，教他苦受一世。」

【用法】今用以指某件事物被擱置起來，不予理睬。

【例句】你們的提議早已被董事會**打入冷宮**，起死回生的機會恐怕是很渺茫了。

【義近】秋扇見捐／束之高閣。

【義反】三千寵愛在一身。

打小算盤（ㄉㄚˇ ㄒㄧㄠˇ ㄙㄨㄢˋ ㄆㄢˊ）

【釋義】小算盤：比喻爲個人或局部利益而打算。

【出處】李寶嘉・官場現形記六六回：「有些會打小算盤的人，譬如一向是孝敬一百兩的，如今只消一百塊錢。」

【用法】用以比喻斤斤計較，爲個人或局部的利益打算得很仔細。

【例句】這個人最愛**打小算盤**，同他合夥經營工廠，恐怕得要三思而後行。

【義近】掂金估兩／斤斤計較／錙銖必較。

【義反】大處著眼／大而化之。

打牙犯嘴（ㄉㄚˇ ㄧㄚˊ ㄈㄢˋ ㄗㄨㄟˇ）

【釋義】打牙：說閒話，抬槓。犯嘴：打趣、開玩笑。

【出處】蘭陵笑笑生・金瓶梅二五回：「越發在人前花哨起來，常和眾人打牙犯嘴，全無忌憚。」

【用法】指彼此嘲弄打趣，互開玩笑。

【例句】年輕人在一起，難免**打牙犯嘴**，你聽不慣就走開，何必要罵他們呢？

【義近】打諢說笑／打閧說笑／插科打諢。

【義反】一本正經／言必及義／正經八百。

打成一片（ㄉㄚˇ ㄔㄥˊ ㄧ ㄆㄧㄢˋ）

【釋義】不同的部分合在一起。佛教用以比喻貫通純熟。

【出處】朱子語類一二三：「二家打成一片。」普濟・五燈會元二十：「耳聽不聞，眼覷不見，苦樂順逆，打成一片。」

【用法】形容緊密結合在一起。

【例句】老師如能與學生**打成一片**，將有助於提升教學品質，教育出好的學生。

【義近】上下同心／團結友愛／不分彼此／親密無間。

【義反】互不相關／各行其是／

界限分明。

打抱不平 ㄉㄚˇ ㄅㄠˋ ㄅㄨˋ ㄆㄧㄥˊ

【釋義】抱著不平的態度，對抗強者，幫助弱者。

【出處】曹雪芹・紅樓夢四五回：「昨兒還打平兒呢，虧你伸的出手來……氣的我直要替平兒打抱不平。」

【用法】指遇到不公平的事，挺身而出，維護正義，支持弱小者。

【例句】滿清末年，革命黨人都是一些勇於**打抱不平**，扶持正義的英雄好漢。

【義近】拔刀相助／伸張正義／挺身而出／除暴鋤奸。

【義反】欺軟怕硬／助紂為虐／貪生怕死／欺壓弱小。

打個照面 ㄉㄚˇ ˙ㄍㄜ ㄓㄠˋ ㄇㄧㄢˋ

【釋義】照面：面對面地看見。

【出處】王實甫・西廂記第一本一折：「剛剛的打個照面，風魔了張解元。似神仙歸洞天，空餘下楊柳煙，只聞得鳥雀喧。」

【用法】指面對面地不期而遇或相互看到。

【例句】我剛剛才在街上跟妳先生**打個照面**，現在又在這裏碰到妳，可眞巧啊！

【義近】不期而遇。

【義反】失之交臂。

打家劫舍 ㄉㄚˇ ㄐㄧㄚ ㄐㄧㄝˊ ㄕㄜˋ

【釋義】打、劫：搶奪。家、舍：泛指住戶人家。

【出處】施耐庵・水滸傳五回：「近來山上有兩個大王紮了寨柵，聚集著五七百人，打家劫舍。」

【用法】聚眾成夥，到人家中搶掠財物。

【例句】在國家動盪不安的時候，許多**打家劫舍**的強盜便紛紛出籠。

【義近】殺人越貨／殺人放火／強奸擄掠。

【義反】除暴安民／解民於倒懸／救民於水火。

打破砂鍋問到底 ㄉㄚˇ ㄆㄛˋ ㄕㄚ ㄍㄨㄛ ㄨㄣˋ ㄉㄠˋ ㄉㄧˇ

【釋義】問：是璺的諧音字，指陶瓷的裂痕。砂鍋打破，則裂痕直達鍋底。砂：一作「沙」。

【出處】吳昌齡・東坡夢四折：「葛藤接斷老婆禪，打破沙鍋璺到底。」

【用法】比喻對事情追根究柢。

【例句】你不要看她只是國中生，可有一股深入鑽研的研究熱忱，遇到不明白的地方總是**打破砂鍋問到底**。

【義近】追根究柢／窮源竟委／追本溯源。

【義反】知其一不知其二／不求甚解／一知半解／不問根由。

打草驚蛇 ㄉㄚˇ ㄘㄠˇ ㄐㄧㄥ ㄕㄜˊ

【釋義】打草時驚動了伏在草中的蛇。原比喻事情相類，甲受到懲處，使乙感到恐慌。

【出處】道原・景德傳燈錄：「打草蛇驚。」施耐庵・水滸傳二九回：「空自去打草驚蛇，倒吃他做了手腳，卻是不好。」

【用法】比喻做事不密，使對方得以警戒預防。

【例句】事情壞就壞在他們**打草驚蛇**，匪徒們得了消息，便逃得無影無蹤了。

【義近】走漏風聲／洩漏消息。

【義反】攻其無備／出其不意。

打躬作揖 ㄉㄚˇ ㄍㄨㄥ ㄗㄨㄛˋ ㄧ

【釋義】躬：亦作「恭」，彎身之意。揖：拱手行禮。

【出處】吳敬梓・儒林外史一六回：「好呀！老二回來了。穿得恁厚厚敦敦的棉襖，又在外邊學得恁知禮，會打躬作揖。」

【用法】本為舊時的一種禮節，現多用來形容恭順懇求。

【例句】這孩子為了要外婆講故事給她聽，竟**打躬作揖**起來，逗得眾人發笑不已。

【義近】點頭哈腰／卑恭屈膝。

【義反】不卑不亢。

打退堂鼓 ㄉㄚˇ ㄊㄨㄟˋ ㄊㄤˊ ㄍㄨˇ

【釋義】古代官宦退堂時要打鼓。堂：公堂。

【出處】翟灝・通俗編卷一：「俚語對句：敲敗兵鑼，打退堂鼓。」

【用法】比喻遇事中途退縮。

【例句】這件事並不困難，稍作修正即可解決問題，何必要**打退堂鼓**呢？

【義近】敲收兵鑼／畏縮不前／半途而廢。

【義反】擊鼓進軍／勇往直前／揮師前進。

打得火熱 ㄉㄚˇ ˙ㄉㄜ ㄏㄨㄛˇ ㄖㄜˋ

【釋義】意謂彼此之間親熱得像火一樣的。

【出處】施耐庵・水滸傳六四回：「原來安道全新和建康府一個煙花娼妓，喚做李巧奴，時常往來，正是打得火熱。」

【用法】形容彼此之間的關係極為密切。現多用於貶義。

【例句】這傢伙眞是不檢點，結婚才一個多月，又跟公司的同事**打得火熱**。

【義近】過從甚密／私通款曲。

【義反】若即若離／形同陌路。

打情罵俏 ㄉㄚˇ ㄑㄧㄥˊ ㄇㄚˋ ㄑㄧㄠˋ

【釋義】情：風情。俏：俏皮，指玩笑。

【出處】西遊記補一回：「在那裏採野花，結草掛，抱兒攜女，打情罵俏。」

【用法】指男女間假意打罵，相互調情開玩笑。

【例句】採茶的青年男女只要有機會在一起，便會**打情罵俏**，嘻嘻哈哈，熱鬧得很。

【義近】談情說愛／撥雨撩雲。

【義反】一本正經／不苟言笑。

打蛇打七寸 ㄉㄚˇ ㄕㄜˊ ㄉㄚˇ ㄑㄧ ㄘㄨㄣˋ

【釋義】意謂打蛇需打要害之處，方能置之於死地。七寸：指前面頭部要害地方。

【出處】清・吳敬梓・儒林外史一四回：「我也只願得無事，落得『河水不洗船』；但做事也要『打蛇打七寸』才妙。」

【用法】比喻做事要把握關鍵，抓住重點，才能制勝。

【例句】做事要切中要領，說話要說重點，所謂**打蛇打七寸**，就是這個道理。

【義近】擒賊先擒王。

【義反】隔靴搔癢／屋漏補牆。

打街罵巷

【釋義】街、巷：指鄰里街坊。

【出處】夏敬渠・野叟曝言六回：「這劉大平日吃酒賭錢，打街罵巷，原是不安本分的人。」

【用法】形容人行為不軌，喜歡尋釁鬧事，耍無賴。

【例句】他是個混吃混喝，**打街罵巷**的無賴漢，我們犯不著同這種人計較。

【義近】無事生非／惹是生非／地痞流氓。

【義反】安分守己／明理尚義／中規中矩。

打開天窗說亮話

【釋義】天窗：屋頂所開之窗。一作「打開窗戶說亮話」。

【用法】比喻毫不隱晦地把話說明白，徹底表明心意。

【例句】事情都已經走到這個地步，我們就**打開天窗說亮話**，不合就分道揚鑣吧！

【義近】直言不諱／直截了當／開門見山。

【義反】閃爍其詞／拐彎抹角／含糊其辭／吞吞吐吐。

打落水狗

【釋義】落水狗：掉在水裏不能再逞凶的狗，用以比喻處境窘迫的敵人或壞人。

【用法】比喻徹底打擊已經失敗或無力抵禦的敵人、壞人。也做乘人之危，加以打擊之意。

【例句】他已經四面楚歌，情況危急了，你就不要再**打落水狗**，給他一條生路走吧！

【義近】落井下石。

【義反】網開一面／手下留情。

打滾撒潑

【釋義】躺到地上打滾，嘴裏撒著潑辣言語。

【出處】曹雪芹・紅樓夢六〇回：「芳官捱了兩下打，哪裏肯依，便拾頭打滾，潑哭潑鬧起來。」

【用法】形容人在無可奈何之時的撒野行為。

【例句】這孩子真沒出息，與人打架打輸了，便**打滾撒潑**地又哭又鬧。

【義近】撒潑打滾。

【義反】彬彬有禮／溫文爾雅。

打諢說笑

【釋義】打諢：開玩笑，互相逗趣。

【出處】吳敬梓・儒林外史三三回：「鮑廷璽在河房見了眾客，口內打諢說笑，鬧了一會，席面已齊。」

【用法】互相戲謔，尋開心。

【例句】同學會場上，久別重逢的老同學彼此親切問好，**打諢說笑**，場面好不熱鬧。

【義近】插科打諢／打牙犯嘴／打鬨說笑。

【義反】一本正經／言必及義／正經八百。

打鴨驚鴛鴦

【釋義】水中打鴨，卻驚擾了湖上的鴛鴦鳥。

【出處】梅堯臣・打鴨詩：「莫打鴨，打鴨驚鴛鴦。」

【用法】喻殃及無辜。

【例句】不為求蛇燻老鼠，翻成**打鴨驚鴛鴦**。（李名・扇子詩）

【義近】求蛇燻老鼠。

三畫

扞格不入

【釋義】意謂堅硬而難以深入。扞：拒。格：堅。

【出處】禮記・學記：「發然後禁，則扞格而不勝。」鄭玄注：「扞，堅不可入之貌。」

【用法】現用以指彼此意見完全不合。

【例句】既然彼此看法不同，雙方的主張**扞格不入**，看來要達到一致的意見尚需時日，那麼，今天的會議就到此結束。

【義近】格格不入／圓鑿方枘／方底圓蓋／圓孔方木／水火不容。

【義反】情投意合／行合趨同／水乳交融。

扞格不通

【釋義】扞格：互相抵觸。

【出處】李寶嘉・文明小史一回：「除了幾處通商口岸，稍能因時制宜，其餘十八行省，那一處不是執迷不化，扞格不通呢？」

【用法】固執成見，不能變通。

【例句】清末實施鎖國政策，國際事務**扞格不通**，導致國弱民窮，受盡西方列強的欺凌侵略。

【義近】食古不化／故步自封／因循守舊／墨守成規／畫地自限。

【義反】通權達變／隨機應變／因時制宜／順時應變。

扣人心弦

【釋義】扣弦：撥動或敲打琴弦。把心比作琴，撥動了心中的琴弦。

【出處】段安節・樂府雜錄・琵琶：「曹綱善運撥，若風雨，而不事扣弦。」

【用法】形容事物感動人心。多指詩文、藝術表演或事跡等具有強烈的感染力，使人產生共鳴。

【例句】《紅樓夢》的故事情節和人物描繪等，無不刻畫入微，**扣人心弦**。

【義近】動人心弦／沁人心脾／感人肺腑／引人入勝。

【義反】枯燥無味／索然無味／乏善可陳。

扣心泣血

【釋義】扣：敲打。泣血：哭得眼睛流出血來。

【出處】梁書・元帝紀：「孤以不德，天降之災，枕戈飲膽，扣心泣血。」

【用法】形容極其悲憤痛心。

【例句】在獨子被亂槍打死後，她如萬箭穿心，**扣心泣血**，日夜悲號，聞者無不掉淚。

【義近】剖肝泣血／椎心泣血／撫膺頓足／肝腸寸斷／心如刀割／拊膺大慟。

【義反】滿面春風／心花怒放／眉開眼笑／喜逐顏開／欣喜若狂／大喜過望。

扣槃捫燭

【釋義】扣：敲。槃：同「盤」，古代盥洗用具的一種。捫：摸。

【出處】蘇軾・日喻說：「生而眇者不識日，問之有目者，或告之曰：『日之狀如銅槃。』扣槃而得其聲。他日聞鐘，以爲日也。或告之曰：『日之光如燭。』捫燭而得其形。他日揣籥，以爲日也。」
【用法】比喻認識片面，未得要領和本質。
【例句】現在那些談創作的書，本應給人指點要津，但大都是**扣槃捫燭**之談，並不能給讀者帶來多少幫助。
【義近】盲人摸象／管窺蠡測／不見輿薪／坐井觀天。
【義反】洞見癥結／洞若觀火／明察秋毫／洞燭幽微／明見萬里。

托足無門（ㄊㄨㄛ ㄗㄨˊ ㄨˊ ㄇㄣˊ）
【釋義】托足：落腳。
【出處】明・袁宏道・徐文長傳：「其胸中又有勃然不可磨滅之氣，英雄失路，托足無門之悲。」
【用法】指沒有落腳安身之處。
【例句】王先生徒有滿腹經綸，因性情過於耿直，加之時乖運蹇，以致弄得**托足無門**，實令人同情。
【義近】貧無立錐／走投無路／無處安身。
【義反】飛黃騰達／平步青雲／加官進爵。

托孤寄命（ㄊㄨㄛ ㄍㄨ ㄐㄧˋ ㄇㄧㄥˋ）
【釋義】托孤：託付遺孤。托：同「託」。寄命：這裏指以重要的事情相委託。
【出處】論語・泰伯：「可以託六尺之孤，可以寄百里之命。」
【用法】用以指在臨終前將孤兒及重要事情委託給最可信的人。
【例句】三國蜀國先主劉備在四川白帝城病重臨危，召諸葛亮到病榻前**托孤寄命**，孔明由是感激，鞠躬盡瘁以報知遇之恩。

托物寄興（ㄊㄨㄛ ㄨˋ ㄐㄧˋ ㄒㄧㄥˋ）
【釋義】托：借。寄：寄託。原作「托物寓興」。
【出處】宣和畫譜・墨竹：「（文同）善畫墨竹，知名於時。凡於翰墨之間托物寓興，則見於水墨之戲。」
【用法】指借事物以寄託作者的情趣，爲我國詩、畫等文藝創作的一種手法。
【例句】在我國傳統的詩畫作品中，**托物寄興**之作不少，從中可看出作者的思想情趣。
【義近】寓情於景／情景交融。
【義反】平鋪直敘。

四　畫

承上啓下（ㄔㄥˊ ㄕㄤˋ ㄑㄧˇ ㄒㄧㄚˋ）
【釋義】承接上面的，引起下面的。承：承接。啓：開創，引出。
【出處】禮記・曲禮上：「故君子戒慎。」孔穎達疏：「故，承上啓下之辭。」
【用法】多用以指文章內容的轉折。
【例句】這兩段文字中間，應當有幾句**承上啓下**的話，才能使文章的結構顯得嚴謹。
【義近】承先啓後／起承轉合／前呼後應。
【義反】上下脫節／有頭無尾／戛然而止。

承前啓後（ㄔㄥˊ ㄑㄧㄢˊ ㄑㄧˇ ㄏㄡˋ）
【釋義】承接前面的，開創後來的。一作「承先啓後」。
【出處】文康・兒女英雄傳三六回：「今日功成圓滿，此後這副承先啓後的千斤擔兒，好不輕鬆爽快。」
【用法】多用以指繼承前人的事業，爲後人開闢道路。
【例句】我們現在所從事的事業，具有**承前啓後**的意義，你應該感到責任重大。
【義近】光前裕後／繼往開來。

承風希旨（ㄔㄥˊ ㄈㄥ ㄒㄧ ㄓˇ）
【釋義】迎合風向，揣摩意旨。承：迎合。希：揣摩。
【出處】李寶嘉・文明小史六〇回：「那時的長安縣（令）姓蘇，名又簡，是個榜下即用，爲人卻甚狡猾，專門承風希旨。」
【用法】指善於揣摩迎合上司的意旨來行事。
【例句】這位仁兄頗擅長**承風希旨**之道，故能由一個普通的科員升到局長之職。
【義近】望風希旨／希旨承顏／先意承旨。
【義反】剛直不阿／行不由徑／直道而行。

承顏候色（ㄔㄥˊ ㄧㄢˊ ㄏㄡˋ ㄙㄜˋ）
【釋義】承：迎合，順從。候：察看。
【出處】魏書・寇治傳：「畏避勢家，承顏候色，不能有所執據。」
【用法】指看人臉色行事，曲意逢迎以取媚。
【例句】他那**承顏候色**的樣子，看了眞令人不舒服。
【義近】察言觀色／阿其所好／如脂如韋／卑躬屈膝。
【義反】守正不阿／堅貞不屈／不卑不亢／一身傲骨。

承歡膝下（ㄔㄥˊ ㄏㄨㄢ ㄒㄧ ㄒㄧㄚˋ）
【釋義】承歡：這裏指令父母高興。膝下：兒女幼時依戀於父母膝下，因借指父母。
【出處】唐・駱賓王・上廉使啓：「寞塵跡丘中，絕漢機於俗網；承歡膝下，馭潘輿於家園。」
【用法】用以指侍奉父母，使其歡悅。
【例句】秦老闆可算是個孝子了，儘管自己已年近花甲，卻仍極盡孝道，**承歡膝下**。
【義近】菽水承歡／彩衣娛親／晨昏定省。

承歡獻媚（ㄔㄥˊ ㄏㄨㄢ ㄒㄧㄢˋ ㄇㄟˋ）
【釋義】承歡：迎合人意以博取歡心。獻媚：爲了討好別人而做出令人歡心的姿態或舉動。
【出處】曾樸・孽海花三回：「四圍小花，好像承歡獻媚，服從那大花的樣子。」
【用法】指爲了迎合別人的歡心而表現出自己的媚態。
【例句】王經理終於經不住何小姐的**承歡獻媚**，而答應給她調換工作。
【義近】討好賣乖／脅肩諂笑／脅肩低眉／曲意逢迎／阿諛奉承。

【義反】正顏厲色／守正不阿／不卑不亢。

扶正黜邪 ㄈㄨˊ ㄓㄥˋ ㄔㄨˋ ㄒㄧㄝˊ

【釋義】黜：去除，革除。
【出處】漢・蔡邕・對詔問災異八事：「聖意勤勤，欲流清蕩濁，扶正黜邪。」
【用法】扶助正義，除免邪惡。
【例句】在位者不論在什麼樣的情況下，都應有**扶正黜邪**的作為，才可獲得民眾的信任和擁護。
【義近】扶正祛邪／扶善懲惡／除暴安良／彰善癉惡。
【義反】誅鋤異己／欺善怕惡／為虎作倀。

扶危定傾 ㄈㄨˊ ㄨㄟˊ ㄉㄧㄥˋ ㄑㄧㄥ

【釋義】扶：扶助。定：安定。
【出處】周書・梁禦傳：「宇文夏州英姿不世，算略無方，方欲扶危定傾，匡復京、洛。」
【用法】指匡救處於危急傾覆中的國勢。
【例句】宋室將亡，文天祥變賣家產，誓師勤王，希冀**扶危定傾**，可惜大勢已去，終被俘而遇害。
【義近】扶危翼傾／扶危定亂／扶顛持危／力挽狂瀾／撥亂反正。
【義反】危而不持／顛而不扶／坐視不救。

扶危濟困 ㄈㄨˊ ㄨㄟˊ ㄐㄧˋ ㄎㄨㄣˋ

【釋義】濟：救助。困：困苦，苦難。
【出處】施耐庵・水滸傳四一回：「這黃文燁平生只是行善事……扶危濟困，救拔貧苦……都叫他做黃面佛。」
【用法】用以說明扶助有危難的人，救濟困苦的人。
【例句】黃老太太平日喜歡**扶危濟困**，鄉人都十分敬重她。
【義近】周急濟貧／拯危扶溺／解民倒懸／濟弱扶傾。
【義反】助桀為虐／為虎作倀／助紂為虐／為虎傅翼／教猱升木／為虎添翼。

扶老攜幼 ㄈㄨˊ ㄌㄠˇ ㄒㄧ ㄧㄡˋ

【釋義】攙扶老人，領著小孩。扶：攙扶。攜：拉著。
【出處】戰國策・齊策四：「孟嘗君就國於薛，未至百里，民扶老攜幼，迎君道中。」
【用法】多用以形容民眾出來迎送某人或難民逃難的慘景。有時也用以表示熱情助人。
【例句】①抗戰時，逃難的民眾數以萬計，**扶老攜幼**，風棲露宿。②空中小姐**扶老攜幼**，幫助旅客登機。
【義近】襁抱提攜。

扶東倒西 ㄈㄨˊ ㄉㄨㄥ ㄉㄠˇ ㄒㄧ

【釋義】扶起了東邊，又倒了西邊。
【出處】朱子語類一三一：「張魏公才極短，雖大義極分明而全不曉事，扶得東邊，倒了西邊。」
【用法】比喻人自無主見，完全隨別人的意見轉移。
【例句】他是個**扶東倒西**的人，沒有鮮明的立場，哪裏有利可圖，就往那邊倒。
【義近】牆頭草兩邊倒／如響應聲。
【義反】卓然獨立／擇善固執。

扶傾濟弱 ㄈㄨˊ ㄑㄧㄥ ㄐㄧˋ ㄖㄨㄛˋ

【釋義】傾：倒塌，比喻境遇困難。
【出處】元・王子一・誤入桃源四折：「你若肯扶困濟弱，我便可回嗔作喜，一會價記著想著念著。」
【用法】指幫助處境困難及救濟弱小之人。
【例句】①「我們今天在沒有發達之先，立定**扶傾濟弱**的志願。」（孫中山・民族主義六講）②仁者皆具有**扶傾濟弱**、悲天憫人的胸懷，故令人崇敬。
【義近】扶危濟困／扶危拯溺／濟弱扶傾／仗義疏財／樂善好施。
【義反】趁火打劫／落井下石／乘人之危／坐視不管／見死不救。

扶搖直上 ㄈㄨˊ ㄧㄠˊ ㄓˊ ㄕㄤˋ

【釋義】扶搖：急劇盤旋而上的旋風。
【出處】莊子・逍遙遊：「摶扶搖而上者九萬里。」李白・上李邕詩：「大鵬一日同風起，扶搖直上九萬里。」
【用法】指官職、地位迅速上升，或其他事物飛快上升。也指數字、數量直線上升。
【例句】①他官運亨通，近幾年竟**扶搖直上**，當上了部長。②現在有些國家通貨膨脹有增無已，物價**扶搖直上**。
【義近】青雲直上／平步青雲／步步高升。
【義反】一落千丈／每下愈況／江河日下。

抉瑕掩瑜 ㄐㄩㄝˊ ㄒㄧㄚˊ ㄧㄢˇ ㄩˊ

【釋義】意謂挑剔玉上的微小缺點，而掩沒它整個的光彩。抉：挑出。瑕：玉上的斑點。瑜：玉的光彩。
【出處】唐・嚴郢・駁議呂諲：「今太常議荊南之政詳矣，……乃抉瑕掩瑜之論，非中適之言也。」
【用法】用以比喻議論苛刻，抹殺別人的優點。
【例句】論人功過要多方引證、實事求是，若**抉瑕掩瑜**，那是有失公允的。
【義近】求全責備／攻其一點，不及其餘／求全之毀／抵瑕蹈隙。
【義反】瑕不掩瑜／瑕瑜互見／持平之論／平心而論。

抉瑕擿釁 ㄐㄩㄝˊ ㄒㄧㄚˊ ㄊㄧˋ ㄒㄧㄣˋ

【釋義】抉：挑出。瑕：玉上的斑點。擿：挑取。釁：瑕隙，破綻。
【出處】後漢書・陳元傳：「遺脫纖微，指為大尤；抉瑕擿釁，掩其弘美；所謂小辯破言，小言破道者也。」
【用法】指尋找缺點毛病，含有故意挑剔的意思。
【例句】上層派來的這幾位要員，專挑小毛病來責難，這根本就是**抉瑕擿釁**！
【義近】吹毛求疵／披毛索黶／洗垢求瘢／挑毛揀刺。
【義反】隱惡揚善／寬以待人／棄短揚長。

扭曲作直 ㄋㄧㄡˇ ㄑㄩ ㄗㄨㄛˋ ㄓˊ

【釋義】意謂把彎曲的拗弄成直

的。扭：擰，拗弄。
【出處】元・無名氏・貧富興衰三折：「則因你扭曲作直如蛇蠍，意狠心毒似虎狼。」
【用法】比喻顛倒是非，硬將錯的說成對的。
【例句】我們在討論問題時，容許有各種不同意見，但前提是務必要尊重事實眞相，絕不能**扭曲作直**。
【義近】扭是爲非／不分青紅皂白／顛倒是非／扭直作曲／指鹿爲馬。
【義反】明辨是非／涇渭分明／黑白分明／是非分明。

扭扭捏捏 ㄋㄧㄡˇ ㄋㄧㄡˇ ㄋㄧㄝ ㄋㄧㄝ

【釋義】扭捏：身體左右擺動的樣子。重疊爲「扭扭捏捏」，意在加強語氣。
【出處】吳敬梓・儒林外史一〇回：「看到戲場上小旦裝出一個妓者，扭扭捏捏的唱，他就昏昏了。」
【用法】今多用以形容害羞、不大方，或矯揉造作的樣子。
【例句】①古代太監說話、行事都**扭扭捏捏**的，看了讓人作嘔！②你有什麼話就直截了當地說吧，別**扭扭捏捏**的，讓人討厭。
【義近】含羞帶怯／欲語還休／矯揉造作／惺惺作態／裝模作樣／故作姿態。
【義反】落落大方／乾淨俐落。

扭是爲非 ㄋㄧㄡˇ ㄕˋ ㄨㄟˊ ㄈㄟ

【釋義】把對的硬說成錯的。是：對，正確。非：不對，錯誤。
【出處】元・無名氏・活拿蕭天佑一折：「誰不知諂佞人是你一個王樞密，你如今扭是爲非。」
【用法】形容人顛倒是非，強詞奪理。
【例句】上法院一切講求證據，若想憑著三寸不爛之舌**扭是爲非**，可是行不通的。
【義近】扭曲作直／不分青紅皂白／顛倒是非／扭直作曲／指鹿爲馬。
【義反】明辨是非／涇渭分明／黑白分明／是非分明。

扭轉乾坤 ㄋㄧㄡˇ ㄓㄨㄢˇ ㄑㄧㄢˊ ㄎㄨㄣ

【釋義】扭轉：轉移或改變。乾坤：本指天地，後比喻大局或情勢。
【出處】吳敬梓・儒林外史（六〇回本）四七回：「虧得你幾十歲的男子漢，想不出個扭轉乾坤的法子來，若是有力量的，煤炭還要洗白呢！」
【用法】比喻改變整個局面，或轉移重大的情勢。
【例句】滿清末年，光緒皇帝本有心改革弊政，更有六君子呼應、協助，無奈守舊勢力龐大，終究未能**扭轉乾坤**，令人惋惜。
【義近】旋乾轉坤／力挽狂瀾／撥亂反正／回天再造。
【義反】回天乏術／無力回天／無能爲力。

把玩無厭 ㄅㄚˇ ㄨㄢˊ ㄨˊ ㄧㄢˋ

【釋義】把：用手握住，拿著。無：不。
【出處】漢・陳琳・爲曹洪與世子書：「得九月二十日書，讀之喜笑，把玩無厭。」
【用法】形容人對某物非常喜愛，拿著玩賞，不覺厭倦。
【例句】這位古董收藏家每得到一件精緻古物，總會**把玩無厭**，讚不絕口。
【義近】愛不忍釋／愛不釋手。
【義反】不屑一顧／嗤之以鼻／棄若敝屣／視如糞土。

把持不定 ㄅㄚˇ ㄔˊ ㄅㄨˋ ㄉㄧㄥˋ

【釋義】把持：控制（感情）等。不定：不穩的意思。
【出處】夏敬渠・野叟曝言二回：「但恐日後把持不定，爲異端所惑，一時失足，得罪名教，這就不可知了！」
【用法】指人意志薄弱，控制不住自己。
【例句】他戒煙已有數次，但最終都因**把持不定**而告失敗。
【義近】難以自持／無法自拔。
【義反】意志堅定。

把臂入林 ㄅㄚˇ ㄅㄧˋ ㄖㄨˋ ㄌㄧㄣˊ

【釋義】把臂：握住人的手臂，表示親密。入林：進入山林，表示歸隱。
【出處】劉義慶・世說新語・賞譽：「謝公道：『豫章若遇七賢，必自把臂入林。』」北齊書・文苑傳・祖鴻勳：「得把臂入林，挂巾垂枝，……斯亦樂矣，何必富貴乎？」
【用法】與好友歸隱山林。
【例句】想當年，咱倆豪氣干雲，如今垂垂老矣，正是**把臂入林**，安享晚年的時候了。
【義近】歸隱林泉／松林高臥。

批亢擣虛 ㄆㄧ ㄎㄤˋ ㄉㄠˇ ㄒㄩ

【釋義】意謂擊打要害和虛弱之處。批：用手擊。亢：通「吭」，咽喉，喻要害。虛：空虛薄弱之處。
【出處】司馬遷・史記・孫子吳起列傳：「救鬥者不搏撠，批亢擣虛，形格勢禁，則自爲解耳。」
【用法】攻擊對方要害，乘虛而入。
【例句】商場如戰場，在競爭的場合，要有**批亢擣虛**的機智，才能立於不敗之地。
【義近】扼吭拊背／扼喉撫背。
【義反】手軟心慈／坐失良機。

批其逆鱗 ㄆㄧ ㄑㄧˊ ㄋㄧˋ ㄌㄧㄣˊ

【釋義】批：觸擊。逆鱗：傳說龍喉下有逆鱗徑尺，有觸之者必怒而殺人。見韓非子・說難。
【出處】戰國策・燕策三：「秦地遍天下……奈何以見陵之怨，欲批其逆鱗哉！」
【用法】原比喻觸怒帝王，今亦用以比喻觸犯長上或強者。
【例句】他一向勇於直言，即使是自己的頂頭上司，若有不對，也敢**批其逆鱗**，明確指出。
【義近】太歲頭上動土／捋虎鬚／直言相諫。
【義反】人在屋簷下，怎敢不低頭／阿諛奉承。

批郤導窾 ㄆㄧ ㄒㄧˋ ㄉㄠˇ ㄎㄨㄢˇ

【釋義】批開骨節銜接之處，其他部分就隨之分解。批：擊。郤：同隙。導：循著。窾：骨節空處。
【出處】莊子・養生主：「依乎天理，批大郤，導大窾，因其固然。」

【用法】比喻處事貴在得間中肯，就可以順利解決。

【例句】無論多麼複雜的問題，只要能**批郤導窾**，關鍵先解決，其他也就迎刃而解了。

【義近】沿督以爲經／提綱挈領／綱舉目張。

【義反】頭痛醫頭，腳痛醫腳／捨本逐末／揚湯止沸。

扼吭拊背

【釋義】掐住咽喉，擊其背後。吭：喉嚨。拊：擊。

【出處】漢書・婁敬傳：「夫與人鬥，不搤其亢（吭），拊其背，未能全勝。」前漢通俗演義三三回：「這所謂扼吭拊背，才可操縱自如哩！」

【用法】多用以比喻控制要害，置對方於死地。

【例句】在對敵作戰之時，務必要乘其不備，以迅雷不及掩耳之勢，**扼吭拊背**，才可獲勝。

【義近】扼喉撫背／蛇打七寸／批亢擣虛。

【義反】網開三面／法外施仁。

扼吭奪食

【釋義】掐住咽喉，奪走食物。

【出處】元史・陳祖仁傳：「乃欲驅疲民以供大役，廢其耕耨而荒其田畝，何異扼其吭而奪其食，以速其斃乎？」

【用法】比喻使人處於絕境。

【例句】你就看在過去的情分上，放他一條生路，何必**扼吭奪食**，使其無路可走呢？

【義近】置之死地／趕盡殺絕。

【義反】網開一面／放其一馬。

扯篷拉縴

【釋義】扯起竹篷，拉著縴繩。

【出處】曹雪芹・紅樓夢一五回：「我比不得他們扯篷拉縴的圖銀子。這三千兩銀，不過是給打發去說的小廝們作盤纏。」

【用法】比喻從中拉攏、操縱，以謀取利益。

【例句】這婆娘最善於**扯篷拉縴**，你的事最好花點錢託她去辦，保證能很快成功。

【義近】穿針引線／搭橋引線／從中說合／牽線搭橋。

【義反】挑撥離間／暗中搗鬼／乘間投隙。

折節下士

【釋義】折節：委屈自己，情願居人之下。下士：謙恭地對待賢士。

【出處】三國志・魏書・袁紹傳：「紹有姿貌威容，能折節下士，士多附之。」

【用法】用以指能屈己待人。

【例句】這位大學校長頗能**折節下士**，因而得以延攬不少著名的學者任教，使學校蜚聲中外。

【義近】親賢禮士／禮賢下士／握髮吐哺／三顧茅廬／招賢納士。

【義反】傲賢慢士／傲世輕物／頤指氣使／嫉賢妒能／唯我獨尊。

折節讀書

【釋義】折節：指改變舊日的素行。

【出處】北齊書・魏傳：「折節讀書，夏月坐板床。」

【用法】形容人改變過去不良習氣，立定志向，開始用功求學。

【例句】唐朝詩人李白，看到河邊老婦要將鐵杵磨成繡花針，頓然開竅，**折節讀書**，終成名揚千古的大詩人。

折腰五斗

【釋義】折腰：彎腰，引申指屈身事人。五斗：五斗米，借指官俸。

【出處】晉書・陶潛傳：「吾不能爲五斗米折腰，拳拳事鄉里小人邪！」元・無名氏・三化邯鄲二折：「一個棄彭澤折腰五斗，一個別蘇門一聲長嘯。」

【用法】借喻忍受屈辱，侍奉他人。

【例句】這公司經理傲慢驕橫，動不動就粗聲訓責屬下，許多同仁不願**折腰五斗**，紛紛求去。

【義近】爲五斗米折腰／屈膝事人／忍辱偷生。

【義反】貧賤不移／淡泊名利／不慕榮利。

投井下石

【釋義】見人不慎掉入井中，不但不加以援救，反投下石塊，加速其死亡。或作「落井下石」。

【出處】通俗演義・三〇：「宋揚削職歸里，最可恨的是那郡縣有司，投穽下石，更將揚砌入罪案，捕繫獄中。」

【用法】喻乘人之危加以陷害。

【例句】人性都有卑劣的一面，雪中送炭者寥寥無幾，錦上添花甚或**投井下石**者比比皆是。

【義近】落井下石／趁火打劫／乘人之危。

【義反】救急救難。

投木報瓊

【釋義】木：木瓜。瓊：美玉。

【出處】詩經・衛風・木瓜：「投我以木瓜，報之以瓊琚。」全唐詩話・張說：「今蘇屈居益部，公坐廟堂，投木報瓊，義將安在？」

【用法】原指男女戀愛互贈禮品，後泛指對別人的深厚情誼予以酬報。

【例句】秦大哥在我困難時曾多方予以照顧，現在我時來運轉，自當**投木報瓊**。

【義近】投桃報李／知恩圖報／禮尚往來。

【義反】來而不往／過河拆橋。

投其所好

【釋義】投：投合，迎合。其：泛指對方，別人。好：喜好，愛好。

【出處】金史・佞幸傳序：「征伐、畋獵、土木、神仙，彼爲佞者皆有以投其所好焉。」

【用法】表示一個人善於迎合別人的喜好去做事，以博取別人的喜愛、寵幸。

【例句】戰國時代的說客們，自己並沒有理想，也沒有主張，只是揣摩各國君主的心理，設法**投其所好**。

【義近】阿其所好／阿諛逢迎／曲意逢迎。

【義反】剛正不阿／抗節不附。

投奔無門（ㄊㄡˊ ㄅㄣ ㄨˊ ㄇㄣˊ）

【釋義】欲投靠親友，卻無親友之門可入。
【出處】殺狗記・家門大意：「孫華家富貴，東京住。結義兩喬人，詆語讒言，從中搬鬭，將孫榮趕逐，投奔無門。」
【用法】喻舉目無親，無處投靠，處境困苦。
【例句】九二一地震時她雖倖免於難，但全家卻死於震災，使她舉目無親，**投奔無門**，眞是無語問蒼天。
【義近】舉目無親。

投河奔井（ㄊㄡˊ ㄏㄜˊ ㄅㄣ ㄐㄧㄥˇ）

【釋義】意即投河跳井。奔井：向井奔去。
【出處】元・武漢臣・玉壺春三折：「（那虔婆）動不動神頭鬼臉，投河奔井，拽巷邏街，張舌騙口，花言巧語，指皂爲白。」
【用法】指投水自殺。
【例句】現在都什麼時代了，你還支配女兒的婚事！若逼得她**投河奔井**，看如何收場！
【義近】投河覓井／投繯自盡。
【義反】死裡求生／螻蟻貪生。

投畀豺虎（ㄊㄡˊ ㄅㄧˋ ㄔㄞˊ ㄏㄨˇ）

【釋義】扔給豺狼虎豹吃掉。畀：給予。
【出處】詩經・小雅・巷伯：「彼譖人者，誰適與謀？取彼譖人，投畀豺虎。」
【用法】用以表示對壞人的極端憎恨。
【例句】這幾個盜匪集團燒殺虜掠，無惡不作，若能抓到，只有**投畀豺虎**，方能稍解人們心頭之恨。
【義近】千刀萬剮／五馬分屍／凌遲處死。
【義反】好生之德／網開一面。

投桃報李（ㄊㄡˊ ㄊㄠˊ ㄅㄠˋ ㄌㄧˇ）

【釋義】他送給我桃子，我用李子回贈他。投：贈給。報：回報，回贈。
【出處】詩經・大雅・抑：「投我以桃，報之以李。」
【用法】比喻雙方互相贈答或友好往來。
【例句】古人說得好：「**投桃報李**。」既然他對我如此禮遇，我自應竭誠效力。
【義近】禮尚往來／投木報瓊。
【義反】水米無交／來而不往。

投袂而起（ㄊㄡˊ ㄇㄟˋ ㄦˊ ㄑㄧˇ）

【釋義】振袖而起。投袂：揮袖，甩袖；袂：袖口。
【出處】左傳・宣公一四年：「楚子聞之，投袂而起，履及於窒皇，劍及於寢門。」
【用法】表示立即行動，奮發有爲。
【例句】如果日本和我們眞的開釁，我只有**投袂而起**，效死疆場，贖我的前愆了。（曾樸・孽海花）
【義近】拍案而起／奮然而起／挺身而出。
【義反】無動於衷／疲疲沓沓。

投梭折齒（ㄊㄡˊ ㄙㄨㄛ ㄓㄜˊ ㄔˇ）

【釋義】投梭：用織布的梭子擲人。折齒：打斷了牙齒。
【出處】晉書・謝鯤傳：「鄰家高氏女有美色，鯤嘗挑之，女投梭，折其兩齒。」
【用法】比喻女子嚴厲拒絕男子的挑逗和引誘。
【例句】姬小姐平常雖很大方，與人有說有笑，但若有誰想打她的歪主意，她準會**投梭折齒**！
【義近】守身如玉／蕙質蘭心／寧爲玉碎，不爲瓦全／三貞九烈／蕙心紈質。
【義反】水性楊花／人盡可夫／迎風待月／密約偷期／待月西廂。

投筆從戎（ㄊㄡˊ ㄅㄧˇ ㄘㄨㄥˊ ㄖㄨㄥˊ）

【釋義】投：扔。從戎：從軍，參軍；戎：軍事，軍隊。
【出處】後漢書・班超傳：「嘗輟業投筆歎曰：『大丈夫無他志略……以取封侯，安能久事筆研間乎？』」
【用法】用以指文人從軍，棄文就武。
【例句】抗日戰爭爆發後，革命青年紛紛**投筆從戎**，奔赴抗日前線。
【義近】棄文就武。
【義反】偃武修文。

投閒置散（ㄊㄡˊ ㄒㄧㄢˊ ㄓˋ ㄙㄢˇ）

【釋義】投、置：安置，放置。閒、散：指不重要的閒散職位。
【出處】韓愈・進學解：「動而得謗，名亦隨之，投閒置散，乃分之宜。」
【用法】指讓人居於閒散而不重要的職位。
【例句】李先生雖有才華，卻恃才傲物，故從政多年，一直**投閒置散**，不見重用。
【義近】身居閒職／有職無權。
【義反】身居要職／大權在握／位居要津。

投鼠忌器（ㄊㄡˊ ㄕㄨˇ ㄐㄧˋ ㄑㄧˋ）

【釋義】想用東西打老鼠，又怕打壞了老鼠旁邊的器物。投：扔東西過去。忌：顧忌。
【出處】漢書・賈誼傳：「里諺曰：『欲投鼠而忌器。』此善喻也。鼠近於器，尚憚不投，恐傷其器，況於貴臣之近主乎？」
【用法】用以比喻欲除惡而有所顧忌。
【例句】大家早就想教訓這個做惡多端的傢伙，但他父親是這裏很有名望的人，**投鼠忌器**，只好暫時忍耐，容以後再說。
【義近】瞻前顧後／躊躇審顧。
【義反】肆無忌憚。

投膏止火（ㄊㄡˊ ㄍㄠ ㄓˇ ㄏㄨㄛˇ）

【釋義】指用油去澆滅火。膏：油。
【出處】新五代史・唐書・安重誨：「四方騷動，師旅並興，如投膏止火，適足速之。此所謂獨見之慮，禍釁所生也。」
【用法】比喻舉措不當，其結果只會適得其反。
【例句】用割地賠款的方式苟且偷安，無異**投膏止火**，火未熄而膏已盡，永無寧日。

【義近】揚湯止沸／抱薪救火／縱風止燎／擔雪塞井／炊沙作飯。
【義反】釜底抽薪／曲突徙薪／正本清源。

投隙抵巇

【釋義】隙：裂縫，引申爲缺失。抵：指謫。巇：通「隙」，縫隙，引申爲毛病。
【出處】李光・與張德遠書：「懷不能已，時時妄言，投隙抵巇者，因肆無根，雖一時宴談嬉笑之語，無不聞者，自度禍至無日矣。」
【用法】指挑毛病，指謫別人的過失。
【例句】這尤小姐抓住了李副理的小辮子，就向陳經理**投隙抵巇**，極盡挑撥離間之能事，逼得李副理不得不辭職。
【義近】抵瑕蹈隙／乘瑕抵隙。

投機取巧

【釋義】投機：迎合時機。取巧：採取狡猾的手段占便宜。
【出處】莊子・天地：「功利機巧。」新唐書・張公謹傳贊：「投機之會，間不容穟，公謹所以抵龜而決也。」
【用法】指用不正當手段謀取私利，也指想不付出勞力而僥倖獲取成功。
【例句】做學問，須要紮紮實實下功夫，一步一腳印，**投機取巧**是不可能取得成就的。
【義近】不勞而獲。
【義反】腳踏實地。

投機倒把

【釋義】投機：抓住時機，謀取私利。倒把：倒手轉變，獲取暴利。
【出處】資治通鑑九〇・晉太興元年「僥倖投射者得官」注：「投射，謂投機而射利也。」
【用法】指不法商人利用機會，倒手轉賣，操縱物價，牟取暴利。
【例句】有些不肖商人趁法令尚不完備之際，設法**投機倒把**，大發橫財，實在可惡！
【義近】囤積居奇／操奇計贏／投機取巧／奇貨可居。
【義反】童叟無欺／秤平斗滿／貨眞價實。

投鞭斷流

【釋義】把馬鞭投到江裏，就可截斷水流。
【出處】晉書・苻堅載記下：「苻堅曰：『以吾衆旅，投鞭於江，足斷其流。』」
【用法】比喻人馬衆多，兵力強大。
【例句】我們的軍隊人數衆多，兵強將勇，具有**投鞭斷流**的氣概，誰敢侵犯！
【義近】雄師百萬／旌旗蔽空／舳艫千里／煙塵千里。
【義反】老弱殘兵／烏合之衆。

投繯自盡

【釋義】投繯：一作「投環」，結繩爲圈，投圈自縊。自盡：猶自殺。
【出處】後漢書・吳祐傳：「（毋丘長）因投繯而死。」杜甫・太子張舍人遺織成褥段詩：「來瑱賜自盡，氣豪直阻兵。」
【用法】用以表示上吊自殺。
【例句】明代末年宦官魏忠賢，曾執掌朝廷大權，不可一世，但到最後還是落得個**投繯自盡**的下場。
【義近】上吊自殺。

抑強扶弱

【釋義】抑：遏止，壓制。
【出處】漢・袁康・越絕書・外傳本事：「句踐之時，天子微弱，諸侯皆叛，於是句踐抑強扶弱。」
【用法】指壓制強暴，扶助弱小。
【例句】《水滸傳》中的魯智深，三拳打死了鎭關西。他之所以打人固然是**抑強扶弱**的義舉，但身爲提轄（軍官），知法犯法，出了人命總是不對的。
【義近】鋤強扶弱／除暴安良。
【義反】恃強凌弱／倚大欺小。

抑惡揚善

【釋義】抑：遏止，壓制。
【出處】後漢書・陳寵傳・李賢注引劉向・新序：「推賢舉能，抑惡揚善，有大略者不問其短，有厚德者不非小疵。」
【用法】指壓制壞人壞事，表揚好人好事。
【例句】身爲警察人員，理應**抑惡揚善**，主持正義，若是非不分、黑白顚倒，怎堪爲人民保母？
【義近】懲惡勸善／彰善癉惡／激濁揚清／揚善斥惡。
【義反】欺善怕惡／欺軟怕硬。

抑揚頓挫

【釋義】抑：降低。揚：提高。頓：停頓。挫：曲折。
【出處】陸機・遂志賦序：「衍抑揚頓挫，怨之徒也。」
【用法】多用以形容音調的高低起伏、停頓轉折的氣勢。
【例句】她朗誦唐詩時，那優美動人的聲音，**抑揚頓挫**的節奏，非常悅耳動聽。
【義近】輕重疾徐／節奏鮮明。
【義反】千部一腔／一板一眼／平平板板。

抑鬱寡歡

【釋義】抑鬱：憂悶，憤懣。寡：少。
【出處】司馬遷・報任少卿書：「顧自以爲身殘處穢，動而見尤，欲益反損，是以抑鬱而無誰語。」
【用法】用以形容人憂憤鬱結，悶悶不樂。
【例句】王先生因兒子夭折，早已傷心不已，最近又與太太離婚，更使他**抑鬱寡歡**。
【義近】悶悶不樂／愁眉不展／愁腸百結／愁容滿面／皺眉蹙額。
【義反】笑口常開／眉開眼笑／眉飛色舞／喜形於色。

抓尖要強

【釋義】意謂爭強好勝。
【出處】曹雪芹・紅樓夢七四回：「天天打扮的像個西施樣子，在人跟前能說慣道，抓尖要強。」
【用法】形容人愛出鋒頭，事事搶先好勝。
【例句】黃小姐外表雖然溫文儒雅，實則是個**抓尖要強**的女人，我們都得讓她三分呢！

【義近】爭強好勝／逞能要強／鋒芒畢露。

【義反】深藏不露／韜光養晦／大智若愚／不露圭角。

抓耳撓腮

【釋義】又抓耳朵又抓腮。撓：搔。

【出處】吳承恩・西遊記二回：「孫悟空在旁聞講。喜得他抓耳撓腮，眉花眼笑。」

【用法】形容心思浮躁，焦急不安。也形容歡喜。

【例句】遇上這件棘手的事，他急得**抓耳撓腮**，坐臥不安，有如熱鍋上的螞蟻一般。

【義近】搓手頓腳／搔頭抓耳／樂不可支／手舞足蹈。

【義反】心平氣和／安祥自若／不浮不躁。

五畫

拉三扯四

【釋義】拉扯：牽涉，牽扯。三、四：這裏泛指人和事。

【出處】曹雪芹・紅樓夢四六回：「願意不願意，你也好說，犯不著拉三扯四的。」

【用法】指談話或議論牽扯本沒有什麼關係的人和事。

【例句】你別這樣**拉三扯四**的，亂說話可是得負責任的！

【義近】東拉西扯／巴三覽四／不著邊際／言不及義／三紙無驢。

【義反】就事論事／言歸正傳／言必有中。

拉拉扯扯

【釋義】意謂用手牽牽拉拉或拉來扯去的。

【出處】吳承恩・西遊記三回：「那兩個勾死人只管拉拉扯扯，定要拖他進去。」曹雪芹・紅樓夢三一回：「晴雯說：『怪熱的，拉拉扯扯的做什麼！』」

【用法】形容很親熱或不嚴肅的樣子。也用以借指拉攏私人關係的不正派作風。

【例句】①這幾個人嘻嘻哈哈**拉拉扯扯**地看熱鬧去了。②他們幾個勾結在一起，吹吹拍拍，**拉拉扯扯**，不知道到底要做什麼。

拉拉雜雜

【釋義】意謂東拉西扯，雜亂無章。

【出處】夏敬渠・野叟曝言六一回：「秋香，你說話也要想一想兒，怎這樣拉拉雜雜的？」

【用法】形容說話爲文漫無條理，或物件放得雜亂無章。

【例句】①他說話一向都是**拉拉雜雜**，往往聽了半天，還不知道他說的究竟是什麼意思。②她房間裏的東西，到處亂塞亂放，**拉拉雜雜**，一點條理也沒有。

【義近】囉囉嗦嗦／東拉西扯／不知所云／雜亂無章。

【義反】簡明扼要／條理清晰／有條有理／有條不紊／整整齊齊。

拂袖而去

【釋義】把衣袖一甩就走了。拂袖：甩動衣袖。

【出處】葉紹翁・四朝聞見錄：「吾於書無所不讀，平生不喜讀孟子……。是必出孟子，拂袖而出。」

【用法】表示很生氣或很不滿而離開。

【例句】他脾氣太壞了，不論與什麼人在一起，只要稍不對頭，便**拂袖而去**。

【義近】拂衣而去／拂袖而起／佛然而去／揚長而去。

【義反】欣然而來／惠然而至。

拂袖而歸

【釋義】拂袖：作「歸隱」解。

【出處】元・周文質・鬥鵪鶉・自悟：「您都待重裀而臥，列鼎而食，不如我拂袖而歸。」

【用法】用以表示無所留戀，決意歸隱林泉。

【例句】張科長在官場打滾了三十年，最近突然**拂袖而歸**，大概過膩了官場生涯，加上年事已高的緣故吧！

【義近】拂衣而歸／歸隱田園／南山高臥。

【義反】追名逐利／汲汲營營。

抹一鼻子灰

【釋義】抹得滿鼻子都是灰。一：滿，整個。

【出處】曹雪芹・紅樓夢六七回：「趙姨娘來時，興興頭頭，誰知抹了一鼻子灰，滿心生氣，又不敢露出來，只得訕訕的出來了。」

【用法】指本想討好而結果卻落得沒趣。

【例句】我早就叫你不要去討好那個人，你看果然**抹一鼻子灰**了吧！

【義近】自討沒趣。

抹殺一切

【釋義】抹殺：也作「抹煞」，勾銷的意思。

【出處】明・沈明臣・少保胡公誄：「抹殺鴻鉅，指索纖薄；謂功爲罪，移淸以濁。」

【用法】指對人的功績或事實等予以一概否認。

【例句】不能因爲他一時犯錯，就**抹殺一切**他過去的成就，這樣有失公允。

【義近】一筆抹殺／全盤否定。

【義反】一味肯定／照單全收。

拒人於千里之外

【釋義】把人擋在千里之外，不讓接近。拒：拒絕。

【出處】孟子・告子下：「訑訑之聲音顏色，距人於千里之外。」距，同「拒」。

【用法】形容態度傲慢，堅決拒絕別人，或毫無商量餘地。

【例句】你雖然很氣他，但這次他是誠心來向你道歉的，你又何必**拒人於千里之外**呢！

【義近】拒之門外／卻客不納／冷若冰霜。

【義反】來者不拒／掃榻以待／待如上賓。

拒諫飾非

【釋義】拒絕別人的規勸，掩飾自己的錯誤。諫：規勸。非：過錯。

【出處】荀子・成相：「拒諫飾非，愚而上同，國必禍。」

【用法】形容人極端固執，不但不接受善言改正過錯，反而設法掩飾。

【例句】當政者應當廣泛接納意見，從善如流，決不能**拒諫**

飾非。
【義近】固執己見／自以爲是／師心自用。
【義反】從善如流／聞過則喜／三省吾身。

招兵買馬 ㄓㄠ ㄅㄧㄥ ㄇㄞˇ ㄇㄚˇ
【釋義】招募士兵，購買戰馬。
【出處】明・湯顯祖・牡丹亭・虜諜：「限他三年內招兵買馬，騷擾淮陽地方，相機而行，以開征進之路。」
【用法】指擴充軍事力量或擴充組織。
【例句】民國初年各地軍閥競相**招兵買馬**，擴充地盤，弄得民不聊生。
【義近】厲兵秣馬／選將練兵。
【義反】按甲休兵／偃旗息鼓／休養生息。

招災攬禍 ㄓㄠ ㄗㄞ ㄌㄢˇ ㄏㄨㄛˋ
【釋義】招來災禍。招：引來（不好的事物）。攬：拉到自己這方面或自己身上來。
【出處】元・高明・琵琶記・牛小姐諫父：「你直待要打破了砂鍋，是你招災攬禍。」
【用法】指自己給自己招來災害，引來禍端。
【例句】他在外面吃喝嫖賭，到頭來**招災攬禍**，回到家還責怪父母妻兒，眞是不像話。
【義近】自取其咎／咎由自取／撩蜂剔蠆／惹火燒身／招災惹禍／招風惹雨。
【義反】安分守己／規行矩步／循規蹈矩／安常守分。

招門納婿 ㄓㄠ ㄇㄣˊ ㄋㄚˋ ㄒㄩˋ
【釋義】意謂招納女婿進門。招門：招進門。
【出處】老舍・駱駝祥子：「劉老頭兒大概是看上了祥子，而想給虎妞弄個招門納婿的『小人』。」
【用法】多指女家無子，招男子上門爲婿。
【例句】皮老闆沒有兒子繼承衣缽，便決定不讓小女兒出嫁，而要**招門納婿**。

招是惹非 ㄓㄠ ㄕˋ ㄖㄜˇ ㄈㄟ
【釋義】意即招惹是非。或作「惹是生非」。招惹：引起。
【出處】京本通俗小說・志誠張主管：「你許多時不行這條路，如今去端門看燈，從張員外門前經過，又是招是惹非。」
【用法】指人無故生事，挑起爭端。
【例句】你兒子最近常在外頭**招是惹非**，再不管教，恐怕會出問題。
【義近】招風攬火／惹是生非／招風惹雨／招風惹草／無事生非／興風作浪。
【義反】安分守己／規行矩步／循規蹈矩／安常守分。

招架不住 ㄓㄠ ㄐㄧㄚˋ ㄅㄨˋ ㄓㄨˋ
【釋義】招架：抵擋。
【出處】許仲琳・封神演義四八回：「姚天君招架不住，掩一餉，望陣內便走。」
【用法】指抵擋不了或沒有力量再支持下去。
【例句】拳王阿里一開賽就猛揮勾拳，打得挑戰者**招架不住**，倒地服輸。
【義近】難以還手／難以招架／力不能支。
【義反】萬夫莫敵／所向披靡／力挽狂瀾／扭轉乾坤。

招降納叛 ㄓㄠ ㄒㄧㄤˊ ㄋㄚˋ ㄆㄢˋ
【釋義】收容接納敵方投降叛變過來的人，以擴大自己的勢力。招：招收。納：收羅進來。
【出處】兪德鄰・佩韋齋輯聞卷一：「漢高祖經營之初，招亡納叛。」
【用法】指收羅、重用壞人，結黨作惡。
【例句】他原是黑幫頭目，不知如何弄到一個官職，便**招降納叛**，更加爲非作歹起來。
【義近】拉幫結派／結黨營私。
【義反】招賢納士／延攬人才。

招風惹雨 ㄓㄠ ㄈㄥ ㄖㄜˇ ㄩˇ
【釋義】風、雨：比喻是非、禍害。
【出處】蒲松齡・醒世姻緣四二回：「這監生不惟遮不得風，避不得雨，且還要招風惹雨。」
【用法】比喻招惹是非禍害。
【例句】這年輕人不安分守紀，經常在外面**招風惹雨**，給家裏帶來不少麻煩。
【義近】招風攬火／惹是生非／招災惹禍。
【義反】安分守己／循規蹈矩。

招風攬火 ㄓㄠ ㄈㄥ ㄌㄢˇ ㄏㄨㄛˇ
【釋義】招：招引，招攬。
【出處】馮夢龍・喩世明言卷一：「娘子耐心度日。地方輕薄子弟不少，你又生得美貌，莫在門前窺瞰，招風攬火。」
【用法】比喻招惹是非，引生事端。
【例句】我兒子一向循規蹈矩，他怎會在外頭**招風攬火**呢？你恐怕是認錯人了吧！
【義近】招是惹非／惹是生非／招風惹雨／招風惹草／無事生非／興風作浪。
【義反】安分守己／規行矩步／循規蹈矩／安常守分。

招財進寶 ㄓㄠ ㄘㄞˊ ㄐㄧㄣˋ ㄅㄠˇ
【釋義】意即把財寶招進家來。
【出處】元・劉唐卿・降桑椹二折：「招財進寶臻佳瑞，合家無慮保安全。」
【用法】用作祝願自己或祝賀別人財氣進門，發財致富的喜慶語。
【例句】辭舊歲，迎新年，但願年年**招財進寶**，歲歲家人平安。
【義近】財源滾滾／財源廣進／利達三江。

招搖過市 ㄓㄠ ㄧㄠˊ ㄍㄨㄛˋ ㄕˋ
【釋義】招搖：張揚顯耀。市：街。
【出處】司馬遷・史記・孔子世家：「靈公與夫人同車，宦者雍渠參乘，出，使孔子爲次乘，招搖市過之。」
【用法】指在公共場合大搖大擺地顯示聲勢，惹人注目。
【例句】最近他走了點運，發了點財，便**招搖過市**，以爲自己是億萬富翁了。
【義近】大搖大擺／前呼後擁。
【義反】韜光養晦／深藏若虛。

招搖撞騙（ㄓㄠ ㄧㄠˊ ㄓㄨㄤˋ ㄆㄧㄢˋ）

【釋義】撞騙：到處找機會行騙。

【出處】清會典事例七四八：「儻有招搖撞騙及受賄傳遞等弊，提調官不行訪拿究治者，亦交部議處。」

【用法】指假借名義，虛張聲勢，進行蒙騙欺詐。

【例句】他打著他父親的名號，到處**招搖撞騙**，最近東窗事發，被捕入獄了。

【義反】循規蹈矩。

招賢納士（ㄓㄠ ㄒㄧㄢˊ ㄋㄚˋ ㄕˋ）

【釋義】招、納：招收接納。賢、士：指有才德的人。

【出處】漢書·成帝紀：「意乃招賢選士之路鬱滯而不通與，將舉者未得其人也。」

【用法】說明重才愛才，設法招致和接納有德有才之士。

【例句】眞正能成就大事業的人，無不**招賢納士**，知人善任，讓有才能者一展長才。

【義近】周公吐哺／吐哺握髮／爬羅剔抉。

【義反】嫉賢妒能／拒人於千里之外／招降納叛。

招權納賄（ㄓㄠ ㄑㄩㄢˊ ㄋㄚˋ ㄏㄨㄟˋ）

【釋義】招：攬。賄：賄賂。

【出處】漢書·季布傳：「辨士曹丘生數招權顧金錢。」古今小說·沈小霞相會出師表：「表上備說嚴嵩父子招權納賄，窮凶極惡，欺君誤國十大罪。」

【用法】用以指攬取職權，收受賄賂。

【例句】他當政期間，**招權納賄**，臭名遠揚，落得個撤職查辦，身敗名裂的下場。

【義近】以權謀私／以公肥私／貪贓枉法／弄權營私。

【義反】廉潔奉公／洗手奉公／涓滴歸公／守正不阿。

拓落不羈（ㄊㄨㄛˋ ㄌㄨㄛˋ ㄅㄨˋ ㄐㄧ）

【釋義】拓落：寬廣的樣子，引申爲性情放浪。羈：束縛。

【出處】北史·薛安都房法壽等傳論：「法壽拓落不羈，克昌厥後。」

【用法】形容人生性放浪，行爲不受拘束。

【例句】老王生性**拓落不羈**，不喜歡受到束縛。

【義近】放浪形骸／任達不拘。

【義反】謹小愼微／遵禮守教。

拔刀相助（ㄅㄚˊ ㄉㄠ ㄒㄧㄤ ㄓㄨˋ）

【釋義】拔出刀來幫助人。常語有「路見不平，拔刀相助。」

【出處】馬致遠·陳摶高臥一折：「每縱酒，路見不平，拔刀相助。」

【用法】多用以指見義勇爲，打抱不平。

【例句】爲人就是應該有正義感，見到不平之事，理當**拔刀相助**，伸張正義。

【義近】挺身而出／鋤強扶弱／除暴安良。

【義反】袖手旁觀／見死不救／無動於衷／冷眼旁觀／作壁上觀。

拔山超海（ㄅㄚˊ ㄕㄢ ㄔㄠ ㄏㄞˇ）

【釋義】拔山：舉起山，形容力氣很大，或比喻很困難不易做到的事。超海：超越大海，意同「拔山」。

【出處】北周·庾信·擬連珠：「經天緯地之才，拔山超海之力。」

【用法】形容人的力氣很大；或比喻極其不易，非常費力的事。

【例句】①這位身材魁梧壯碩的舉重選手，好像具有**拔山超海**的本事。②這件事要在三天內完成，眞如**拔山超海**，絕不可能。

【義近】氣壯山河／移山倒海／拔山舉鼎。

【義反】反掌折枝／輕而易舉。

拔山蓋世（ㄅㄚˊ ㄕㄢ ㄍㄞˋ ㄕˋ）

【釋義】拔山：舉山。蓋世：壓倒當世。

【出處】司馬遷·史記·項羽本紀：「於是項王乃悲歌忼慨，自爲詩曰：『力拔山兮氣蓋世，時不利兮騅不逝！』」

【用法】形容人勇力無敵，蓋絕當世。

【例句】項羽雖有**拔山蓋世**之勇，但不善用人，缺乏智謀，最後落得自刎烏江，眞是可惜。

【義近】拔山舉鼎／氣壯山河。

【義反】縛雞之力／蚍蜉之力。

拔去眼中釘（ㄅㄚˊ ㄑㄩˋ ㄧㄢˇ ㄓㄨㄥ ㄉㄧㄥ）

【釋義】指除去眼中所痛之物。

【出處】馮贄·雲仙雜記九：「趙在禮在宋州，石姓苦之。一日制下，移鎮永興，百姓相賀曰：『眼中拔卻釘矣，可不快哉！』」

【用法】用以比喻除掉了極憎惡的人。

【例句】他一上任就排除異己，**拔去眼中釘**，只顧解決私人恩怨，而不管今後行政運作能否順利。

【義近】解除心頭恨。

拔本塞源（ㄅㄚˊ ㄅㄣˇ ㄙㄜˋ ㄩㄢˊ）

【釋義】本：樹根。源：水源。引申指一切事物的根本源頭。

【出處】左傳·昭公九年：「伯父若裂冠毀冕，拔本塞原，專棄謀主，雖戎狄其何有余一人。」

【用法】用以比喻堵塞源頭，消除根本。

【例句】要想制止少年飆車的歪風，**拔本塞源**之道，要從家庭及學校教育著手。

【義近】截源塞流／釜底抽薪／斬草除根。

【義反】捨本逐末／揚湯止沸。

拔地倚天（ㄅㄚˊ ㄉㄧˋ ㄧˇ ㄊㄧㄢ）

【釋義】拔地：高出地面，形容超出羣倫。倚天：貼近天空。倚：靠著，靠近。

【出處】唐·孫樵·與王霖秀才書：「譬玉川子·月蝕詩、楊司城·華山賦、韓吏部·進學解……莫不拔地倚天，句句欲活。」

【用法】形容高大和氣勢雄偉。

【例句】這座萬丈高樓**拔地倚天**，人們看了無不爲之驚嘆。

【義近】拔地參天／拔地擎天／直入雲霄／高聳入雲。

拔虎鬚

【釋義】同「捋虎鬚」。拔老虎的鬍鬚，冒被吃掉的危險。

【出處】施耐庵・水滸傳一〇回：「殺不盡的強徒！將俺行李那裏去？洒家正要捉你，這廝們倒來拔虎鬚。」

【用法】喻撩撥或觸怒強有力的人。

【例句】這金光黨徒有眼無珠，竟敢行騙刑警，簡直是老虎嘴邊**拔虎鬚**，刑警不費吹灰之力就把他逮住了。

【義近】太歲頭上動土／捋虎鬚／批逆鱗。

拔茅連茹

【釋義】拔茅：拔起茅根。連茹：指茅根相互牽連。

【出處】易經・泰卦：「拔茅茹，以其彙。」注：「茅之爲物，拔其根而相牽引者也；茹，相牽引之貌也。」

【用法】賢者在位，相互引進。

【例句】賢者在位，**拔茅連茹**，滿朝文武皆賢能之士，國因以大治。

拔犀擢象

【釋義】拔、擢：選拔提升。犀、象：皆爲巨形獸，喻特異人物。

【出處】王洋・與丞相論鄭武子（克）狀：「敕局數人，其間固有拔犀擢象見稱一時者，然而……鮮如克。」

【用法】比喻提拔特出人才。

【例句】國父獨具慧眼，能在紛繁的人羣中，**拔犀擢象**，提拔特出人才擔任要職，這是革命得以成功的一個重要原因。

【義近】舉賢授能／披榛採蘭／招賢納士。

【義反】薰蕕不分／魚目混珠。

拔萃出羣

【釋義】拔萃：指才能出眾。

【出處】漢・蔡邕・釋誨：「曾不能拔萃出羣，揚芳飛文，登天庭，序彝倫，埽六合之穢慝。」孟子・公孫丑上：「出乎其類，拔乎其萃。」

【用法】指人的品德、才能等超出一般，在眾人之上。

【例句】近些年來的華人電影界出現許多明星，尤以成龍、鞏俐等最爲**拔萃出羣**。

【義近】出類拔萃／超羣出眾／卓爾不羣。

【義反】酒囊飯袋／朽木糞土。

拔新領異

【釋義】新：新意。異：獨特，不同於俗。

【出處】劉義慶・世說新語・文學：「孫興公謂王（羲之）曰：『支道林拔新領異，胸懷所及乃自佳，卿欲見不？』」

【用法】用以讚揚人能創立新意，提出獨特見解。

【例句】胡適之先生在古典文學研究領域中，**拔新領異**，寫出了許多見解新穎的論作。

【義近】拔俗創新／創立新意／推陳出新／別具匠心／獨樹一幟。

【義反】蹈人舊轍／人云亦云／抱殘守缺／因循守舊／拾人牙慧。

拔樹尋根

【釋義】把樹拔取，刨出樹根。

【出處】孤本元明雜劇・無名氏・淫奔記一折：「我恰待饒舌調唇，怎當他拔樹尋根。」

【用法】比喻追究到底。

【例句】遇事總要**拔樹尋根**，弄個水落石出，方肯罷休。

【義近】打破砂鍋問到底／尋根究柢／追根究底。

【義反】不問根由／不了了之。

拔樹撼山

【釋義】拔起大樹，搖動高山。

【出處】明・無名氏・哪吒三變四折：「喚雨的注雨如傾，呼風的狂風亂吼，天摧地塌，拔樹撼山。」

【用法】形容聲勢極大。

【例句】這次颱風以**拔樹撼山**之勢，吹倒了不少民房，損壞了許多農作物，造成了嚴重的災害。

【義近】拔地搖山／震天動地／雷霆萬鈞／驚天動地。

【義反】微風細雨／涓涓細流／微不足道／無足輕重。

抽抽噎噎

【釋義】哭泣的樣子。抽：吸氣。噎：指哭聲哽在咽喉間。

【出處】曹雪芹・紅樓夢二〇回：「黛玉見了，越發抽抽噎噎的哭個不住。」

【用法】形容低聲哭泣的樣子。

【例句】她每想起車禍喪生的兒子，就情不自禁地**抽抽噎噎**，哭個不停。

【義近】抽抽答答／哽哽咽咽。

【義反】放聲大哭／嚎啕大哭。

抽胎換骨

【釋義】又作「脫胎換骨」。抽掉凡胎，換成仙骨，比喻得道成仙。

【出處】元曲・佚名・來生債劇四：「今日呵，可便稱了我平生願，端的是抽胎換骨，火內生蓮。」

【用法】喻得道成仙；或形容徹底改變。

【例句】他十年前遁入佛門吃齋禮佛，如今已**抽胎換骨**，成爲佛門高僧。

抽筋剝皮

【釋義】抽出人的筋，剝下人的皮。

【出處】劉鶚・老殘遊記續集二回：「可知那州縣老爺們比娼妓還要下賤！遇見馴良百姓，他治死了，還要抽筋剝皮，銼骨揚灰。」

【用法】指剝削壓迫極其殘酷。

【例句】這些貪官污吏巧立名目，對百姓**抽筋剝皮**，弄得民不聊生，眞是可惡至極。

【義近】抽筋剔骨／敲骨吸髓／橫徵暴斂／肆意搜括／巧取豪奪。

【義反】愛民如子／視民如傷／己飢己溺／輕徭薄賦／扶危濟困。

抽薪止沸

【釋義】抽掉鍋底下的柴薪，讓開水停止翻滾。沸：開水沸騰。

【出處】魏收・爲侯景叛移梁朝文：「抽薪止沸，剪草除根。」

【用法】比喻從根本上解決或徹底消滅。
【例句】單方面的禁止不是辦法，只有從基本教育著手才是**抽薪止沸**的治本之方。
【義近】拔本塞源／釜底抽薪／徙薪止沸／斬草除根／對症下藥。
【義反】火上澆油／揚湯止沸／擔雪塞井／抱薪救火。

拈花弄月 ㄋㄧㄢˊ ㄏㄨㄚ ㄋㄨㄥˋ ㄩㄝˋ

【釋義】花、月：借指女子。
【出處】明．周履靖．錦箋記．游杭：「拈花弄月須乘少，問水尋山莫待遲，從人笑絕癡。」
【用法】用以指男子周旋於女人之間，放蕩不拘。
【例句】這傢伙兒女成羣，卻不好好工作養家，仍游手好閒，**拈花弄月**，到頭來弄得妻離子散。
【義近】拈花惹草／尋花問柳／偷香竊玉。
【義反】坐懷不亂／不欺暗室。

拈花惹草 ㄋㄧㄢˊ ㄏㄨㄚ ㄖㄜˇ ㄘㄠˇ

【釋義】花、草：借指女性。
【出處】曹雪芹．紅樓夢二一回：「今年才二十歲，也有幾分人才，又兼生性輕薄，最喜拈花惹草。」
【用法】形容男子到處留情，勾搭和玩弄女性。
【例句】你是已婚男人，還在外面**拈花惹草**，對得起家中妻小嗎？
【義近】招蜂引蝶／招風惹草／尋花問柳。
【義反】坐懷不亂／正人君子／目不斜視／道學先生。

拈輕怕重 ㄋㄧㄢˊ ㄑㄧㄥ ㄆㄚˋ ㄓㄨㄥˋ

【釋義】拈：用手指拿東西。
【用法】指接受任務時，揀輕的擔子挑，害怕挑重擔子。
【例句】他眞是一點擔當也沒有，凡事都**拈輕怕重**的，太沒出息了。
【義近】避重就輕／挑肥揀瘦。
【義反】任勞任怨／不辭辛勞／忍辱負重。

拙口鈍辭 ㄓㄨㄛ ㄎㄡˇ ㄉㄨㄣˋ ㄘˊ

【釋義】拙、鈍：遲鈍。
【出處】元．高文秀．誶范叔．楔子：「須賈平日拙口鈍辭，猶恐應對有誤，家中有一辯士，名曰范睢，得與此人同行，凡事計議，萬無一失。」
【用法】指人沒有口才，不善於說話。
【例句】李教授學問高深，遺憾的是**拙口鈍辭**，聽他講課實在令人昏昏欲睡。
【義近】拙嘴笨腮／笨嘴拙舌／期期艾艾／結結巴巴。
【義反】舌燦蓮花／口若懸河／語如貫珠／辯才無礙。

抱子弄孫 ㄅㄠˋ ㄗˇ ㄋㄨㄥˋ ㄙㄨㄣ

【釋義】弄：逗弄。
【出處】晉書．石季龍載記下：「自非天崩地陷，當復何愁，但抱子弄孫，日爲樂耳。」
【用法】指在家抱弄子孫，安享天倫之樂。
【例句】張課長因觸犯了經理，鬧得很不愉快，於是乾脆辭職回家**抱子弄孫**去了。
【義近】含飴弄孫／頤養天年。
【義反】老年落拓／孤苦伶仃／孑然一身。

抱令守律 ㄅㄠˋ ㄌㄧㄥˋ ㄕㄡˇ ㄌㄩˋ

【釋義】意謂死守律令。
【出處】顏氏家訓．勉學：「但知抱令守律，早刑時舍，便云我能平獄。」
【用法】用以指因循守舊，不知變通。
【例句】社會處於日新月異的變化之中，各項政策都應因時制宜，絕不能**抱令守律**。
【義近】蹈常襲故／墨守成規／故步自封／因循守舊／抱殘守缺。
【義反】革故鼎新／吐故納新／除舊布新／不主故常／破舊立新。

抱恨終天 ㄅㄠˋ ㄏㄣˋ ㄓㄨㄥ ㄊㄧㄢ

【釋義】抱：懷著。恨：悔恨，遺憾。終天：終身，一輩子。
【出處】羅貫中．三國演義四一回：「（徐）庶謝曰：『某若不還，恐惹人笑。今老母已喪，抱恨終天。』」
【用法】指因做錯某事而悔恨一輩子。
【例句】我沒有及時趕回大陸與老母見上最後一面，實令我**抱恨終天**。
【義近】悔之晚矣／遺憾終身。
【義反】了無遺憾／死亦瞑目／含笑九泉。

抱粗腿 ㄅㄠˋ ㄘㄨ ㄊㄨㄟˇ

【釋義】也說作「抱大腿」。
【出處】元．高文秀．誶范叔：「調大謊，往上躥，抱粗腿，向前跳。」
【用法】用以比喻攀附、投靠有權勢的人。
【例句】這個人的品德很差，爲了往上爬，見風使舵，**抱粗腿**，鑽頭覓縫，無所不用其極。
【義近】趨炎附勢／攀龍附鳳／如蟻附羶／如蠅逐臭。
【義反】潔身自好／枕流漱石／守正不阿／鐵骨錚錚。

抱殘守缺 ㄅㄠˋ ㄘㄢˊ ㄕㄡˇ ㄑㄩㄝ

【釋義】抱著殘缺陳舊的東西不放。缺：又寫作「闕」。
【出處】江藩．漢學師承記卷八：「二君以瓌異之質……豈若抱殘守缺之俗儒，尋章摘句之世士也哉？」
【用法】形容泥古守舊，不求進取。
【例句】現代科技正一日千里的發展，我們若**抱殘守缺**，則必然趕不上世界潮流。
【義近】墨守成規／泥古不化／因循守舊／故步自封／硜硜自守。
【義反】革故鼎新／變法圖強／推陳出新／不主故常／日新又新／通權達變。

抱頭大哭 ㄅㄠˋ ㄊㄡˊ ㄉㄚˋ ㄎㄨ

【釋義】抱頭：指用手臂圍住腦袋。
【出處】吳敬梓．儒林外史二七回：「兩人抱頭大哭，哭了一場坐下。」
【用法】指人傷心或感動到了極點的痛哭情狀。
【例句】久別重逢的親人，情之所至，無不**抱頭大哭**，場面令人感動。

【義近】抱頭痛哭／痛哭流涕／號啕大哭／聲淚俱下。
【義反】破涕爲笑／相視而笑。

抱頭鼠竄 ㄅㄠˋ ㄊㄡˊ ㄕㄨˇ ㄘㄨㄢˋ

【釋義】抱著頭，像老鼠一樣亂竄。竄：逃跑。
【出處】蘇軾・擬侯公說項羽辭：「夫陸賈天下之辯士，吾前日遣之，智窮辭屈，抱頭鼠竄，顛狽而歸。」
【用法】形容狼狽逃跑的情狀。
【例句】那幫欺善怕惡的流氓，一聽說警察來了，便**抱頭鼠竄**，紛紛奔逃。
【義近】落荒而逃／狼奔豕突／倉皇而逃。
【義反】一往無前／迎頭痛擊／義無反顧。

抱頭縮頸 ㄅㄠˋ ㄊㄡˊ ㄙㄨㄛ ㄐㄧㄥˇ

【釋義】抱著腦袋，縮著脖子。
【出處】元・武漢臣・玉壺春二折：「若是我老把勢，爭旗膽，立馬停驂，著那俊才郎倒戈甲，抱頭縮頸。」
【用法】形容畏怯退縮的樣子。
【例句】那位拳擊手眞厲害，幾個回合便把對手打得**抱頭縮頸**，再無招架之力。
【義近】縮頸股慄／畏葸不前／知難而退。
【義反】勇往直前／再接再厲／抬頭挺胸。

抱薪救火 ㄅㄠˋ ㄒㄧㄣ ㄐㄧㄡˋ ㄏㄨㄛˇ

【釋義】抱著薪柴去救火。薪：柴草。
【出處】戰國策・魏策三：「以地事秦，譬猶抱薪而救火也，薪不盡則火不止。」
【用法】比喻欲除禍害，但因方法不對，反使禍害擴大。
【例句】清廷對外政策太軟弱，一味地割地賠款無異是**抱薪救火**，只有招來更多外力的欺壓。
【義近】澆油救火／揚湯止沸／積薪厝火／火上澆油。
【義反】釜底抽薪／徙薪止沸／曲突徙薪。

抱甕灌圃 ㄅㄠˋ ㄨㄥˋ ㄍㄨㄢˋ ㄆㄨˇ

【釋義】抱甕以灌園圃，比喻自安於淳樸的生活。
【出處】莊子・天地：「子貢南遊於楚，反於晉，過漢陰，見一丈人，方將爲圃畦，鑿隧而入井，抱甕而出灌，搰搰然用力甚多，而見功寡。」李白・贈張公洲革處士詩：「抱甕灌秋蔬，心閒遊天雲。」
【用法】比喻安於簡陋、純樸的生活。
【例句】自從退休後，住在山城，過著**抱甕灌圃**的耕讀生活，日子倒也自在悠閒。

抱關擊柝 ㄅㄠˋ ㄍㄨㄢ ㄐㄧˊ ㄊㄨㄛˋ

【釋義】守關和巡夜的人。抱關：守城門。擊柝：敲著梆子巡夜。柝：巡夜所用的敲擊器。
【出處】孟子・萬章下：「辭尊居卑，辭富居貧，惡乎宜乎？抱關擊柝。」
【用法】用以借稱地位低下的小官吏。
【例句】在專制社會裏，政府官員握有權勢，即令是**抱關擊柝**之輩也可耀武揚威，魚肉百姓。
【義近】衙門小吏／擊柝更夫／三班六房。
【義反】達官顯宦／達官貴人／王公大人／將相王侯。

抱寶懷珍 ㄅㄠˋ ㄅㄠˇ ㄏㄨㄞˊ ㄓㄣ

【釋義】寶、珍：喻品德、才能。懷：藏有。
【出處】漢・蔡邕・陳寔碑：「于皇先生，抱寶懷珍，如何昊穹，既喪斯文。」
【用法】比喻人具有美好的品德或才能。
【例句】陳先生是一位**抱寶懷珍**的傑出人才，在大學時代就已展露了他的才華。
【義近】德才兼備／品學兼優／卓爾不羣／經文緯武／才德雙全。
【義反】碌碌無能／碌碌無爲／一無所長／一無可取／一無是處。

拖人下水 ㄊㄨㄛ ㄖㄣˊ ㄒㄧㄚˋ ㄕㄨㄟˇ

【釋義】把別人也拉下水來，同自己一道處於水中。
【出處】黃宗羲・明儒學案六：「渠以私意干我，我卻以正道勸之；渠是拖人下水，我卻是救人上岸。」
【用法】比喻引誘人同流合污。
【例句】你貪污行賄已經不對了，還要**拖人下水**，這用心也未免太壞了。
【義近】推人下水／尋人陪葬。
【義反】一肩扛下／一人承擔。

拖天掃地 ㄊㄨㄛ ㄊㄧㄢ ㄙㄠˇ ㄉㄧˋ

【釋義】上面拖著天，下面掃著地。極言其長。
【出處】元・李文蔚・燕青博魚三折：「穿的那衣服，拖天掃地的，一腳踹著，不險些兒絆倒了。」
【用法】形容衣服太長。
【例句】黃小妹妹見姊姊當新娘，穿著**拖天掃地**的結婚禮服，覺得既新奇又好笑。

拖兒帶女 ㄊㄨㄛ ㄦˊ ㄉㄞˋ ㄋㄩˇ

【釋義】也作「拖男帶女」，意謂帶領著兒女，不知何去何從。
【出處】文康・兒女英雄傳二五回：「就是我這師傅，不辭年高路遠，拖男帶女而來，他也是爲好。」
【用法】形容旅途的辛苦，或生計的困難。
【例句】處於戰亂中的國家，因長期動蕩不安，害得老百姓**拖兒帶女**地奔波逃命。
【義近】攜兒帶女／攜家帶眷／攜老扶幼。
【義反】無牽無掛／無憂無慮。

拖泥帶水 ㄊㄨㄛ ㄋㄧˊ ㄉㄞˋ ㄕㄨㄟˇ

【釋義】意即拖拖拉拉。
【出處】普濟・五燈會元一五：「師（獅）子翻身，拖泥帶水。」嚴羽・滄浪詩話：「語貴灑脫，不可拖泥帶水。」
【用法】比喻說話或做事不乾脆俐落。
【例句】他說話、辦事總是**拖泥帶水**，很難讓人相信他的能力。
【義近】拖拖沓沓／婆婆媽媽。
【義反】乾脆俐落／直截了當／簡明扼要。

拖青紆紫（ㄊㄨㄛ ㄑㄧㄥ ㄩ ㄗˇ）

【釋義】青、紫：指古代高官繫印用的綬帶顏色。紆：繫，結。

【出處】梁啓超・中國專制政治進化史：「今日市門一駔儈，明日可以拖青紆紫矣。」

【用法】指擔任高官。

【例句】在專制的時代，只要能獲當政者的賞識，無能之輩照樣可以**拖青紆紫**，位極人臣。

【義近】拖紫垂青／紆朱拖紫／佩紫懷黃。

【義反】布衣百姓／販夫走卒／市井小民。

抛戈卸甲（ㄆㄠ ㄍㄜ ㄒㄧㄝˋ ㄐㄧㄚˇ）

【釋義】丟下武器，脫去軍服。戈：古兵器。甲：古兵士作戰時穿的護身服。

【出處】元・無名氏・開詔救忠一折：「則要你輸，不要你贏，可抛戈卸甲，佯輸詐敗。」

【用法】形容軍隊在戰場上打敗仗後的狼狽樣子。

【例句】在抗戰的最後階段，我軍愈戰愈勇，常常打得日軍**抛戈卸甲**，落荒而逃。

【義近】轍亂旗靡／抛金棄鼓／丟盔棄甲／棄甲曳兵／獸奔鳥散／潰不成軍。

【義反】長驅直入／追亡逐北／斬將搴旗／所向披靡。

抛在九霄雲外（ㄆㄠ ㄗㄞˋ ㄐㄧㄡˇ ㄒㄧㄠ ㄩㄣˊ ㄨㄞˋ）

【釋義】九霄：指天的極高處。

【出處】官場維新記一五回：「這番翁婿夫妻，一堂聚首，所有從前的芥蒂，早已抛在九霄雲外，家庭之樂，自不待言。」

【用法】形容把事情已忘得無影無蹤了，或根本沒有放在心上。

【例句】他自從金榜題名後，就盡情玩樂，把考前緊張、煩惱的情緒一股腦兒**抛在九霄雲外**。

【義近】置諸腦後。

【義反】刻骨銘心。

抛金棄鼓（ㄆㄠ ㄐㄧㄣ ㄑㄧˋ ㄍㄨˇ）

【釋義】抛棄助戰用的鑼與鼓。金：指鑼。

【出處】元・無名氏・杏林莊二折：「俺如今不須用力死追，他每都抛金棄鼓，領著殘卒，離營撇寨那廂撲。」

【用法】形容軍隊被打敗而狼狽逃走。

【例句】西方強國組成的聯合軍，打得伊拉克侵略軍**抛金棄鼓**，迅速從科威特撤退。

【義近】落荒而逃／望風而逃／魚潰鳥散／轍亂旗靡／狼奔豕突／潰不成軍。

【義反】旗開得勝／傳檄而定／拔旗易幟／凱旋而歸／節節勝利／勢如破竹。

抛磚引玉（ㄆㄠ ㄓㄨㄢ ㄧㄣˇ ㄩˋ）

【釋義】抛出磚頭，引來美玉。抛：扔，投。

【出處】道原・景德傳燈錄卷十：「比來抛磚引玉，卻引得個墼子。」

【用法】比喻自己先發表的意見或作品很粗淺，目的在於引出別人更好的意見或作品。多用作謙詞。

【例句】這次義賣活動的目的，是希望能**抛磚引玉**，引起社會大眾多關心殘障同胞。

抛頭露面（ㄆㄠ ㄊㄡˊ ㄌㄡˋ ㄇㄧㄢˋ）

【釋義】露頭露臉。抛：暴露，露出。

【出處】笑笑生・金瓶梅六九回：「幾次欲待要往公門訴狀，誠恐抛頭露面，有失先夫名節。」

【用法】原指婦女出現在大庭廣眾之中（含貶義）。現指公開露面。

【例句】傳統社會中，女性若在外**抛頭露面**，將受人批評。

【義近】出頭露面。

【義反】足不出戶／深居簡出。

抛鸞拆鳳（ㄆㄠ ㄌㄨㄢˊ ㄔㄞ ㄈㄥˋ）

【釋義】鸞、鳳：神話中的鳥名，常用來比喻夫妻或情侶。

【出處】元・邦哲・壽陽曲・恩舊：「誰知道，天不容，兩三年間抛鸞拆鳳。」

【用法】用以指夫妻或情侶分開拆散。

【例句】時下許多情侶把愛情當遊戲，動不動就**抛鸞拆鳳**，另結新歡。

【義近】勞燕分飛／分釵斷帶／別鳳離鸞／分釵破鏡。

【義反】鳳凰于飛／鸞鳳和鳴／破鏡重圓／形影不離。

拘文牽義（ㄐㄩ ㄨㄣˊ ㄑㄧㄢ ㄧˋ）

【釋義】拘執於條文、字義。

【出處】夏敬渠・野叟曝言五三回：「非素臣侃侃而談，若任彼俗吏拘文牽義，其能免乎？」

【用法】用以指談話、做事死守條規，不知靈活變通。

【例句】做生意頭腦要靈活，若**拘文牽義**不知變通，往往會喪失商機。

【義近】一成不變／墨守成規／膠柱鼓瑟。

【義反】隨機應變／見機行事／通權達變。

拘俗守常（ㄐㄩ ㄙㄨˊ ㄕㄡˇ ㄔㄤˊ）

【釋義】拘：拘泥於，束縛。俗、常：指世俗的、平庸的見解。

【出處】晉・葛洪・抱朴子・論仙：「而淺識之徒，拘俗守常，咸曰世間不見仙人，便云天下必無此事。」

【用法】指爲世俗平庸的見解所束縛。

【例句】神仙鬼怪之說未必眞實，若**拘俗守常**，人云亦云，或盲目崇拜，斯謂之下矣。

【義近】拘文牽俗／囿於俗見／鄉闆之見。

【義反】別具慧眼／見多識廣／洞燭機先。

披心瀝血（ㄆㄧ ㄒㄧㄣ ㄌㄧˋ ㄒㄩㄝˇ）

【釋義】披心：剖心以示人，喻推誠。瀝血：滴血，表示竭誠。

【出處】梁書・袁昂傳・謝啓：「推恩及罪，在臣實大，披心瀝血，敢乞言之。」

【用法】用以比喻竭盡忠誠。

【例句】只要大哥用得著我，我一定**披心瀝血**，即使赴湯蹈火，亦在所不辭。

【義近】瀝膽抽腸／披肝瀝膽／竭忠効誠。

【義反】虛情假義／陽奉陰違／爾虞我詐。

披毛索黶 ㄆㄧ ㄇㄠˊ ㄙㄨㄛˇ ㄧㄢˇ

【釋義】分開毛尋找黑痣。黶：指皮膚上的黑色小點。

【出處】晉・葛洪・抱朴子・接疏：「明者與大略細，……豈肯積薪而爨，數粒乃炊，并瑕棄璧，披毛索黶哉！」

【用法】比喻故意尋人錯處，挑剔毛病。

【例句】像你這樣愛**披毛索黶**，誰願意與你共事呢？

【義近】吹毛求疵／挑毛揀刺／洗垢求瘢／搜根剔齒／雞蛋裏挑骨頭／尋瑕索瘢。

【義反】隱惡揚善／成人之美／寬大爲懷／嚴以律己，寬以待人／大而化之。

披毛戴角 ㄆㄧ ㄇㄠˊ ㄉㄞˋ ㄐㄧㄠˇ

【釋義】身上披著毛，頭上長著角。

【出處】道原・景德傳燈錄・陰玉和尚：「問：『學人不負師機，還免披毛戴角也無！』」

【用法】用以指畜牲。

【例句】這個滅門血案的歹徒，連初生嬰兒也趕盡殺絕，簡直是**披毛戴角**的衣冠禽獸。

【義近】衣冠禽獸／茹毛飲血／狼心狗肺。

【義反】戴髮含齒／圓顱方趾。

披古通今 ㄆㄧ ㄍㄨˇ ㄊㄨㄥ ㄐㄧㄣ

【釋義】披：翻閱。通：通曉。

【出處】藝文類聚卷六九引南朝梁・簡文帝・書案銘：「敬客禮賢，恭思儼束，披古通今，察奸理俗。」

【用法】形容人學問淵博，通曉古今。

【例句】吳教授雖年僅四十，卻**披古通今**，博學多聞。

【義近】博古通今／博物洽聞／博大精深／學貫古今。

【義反】蒙昧無知／胸無點墨／不學無術。

披沙剖璞 ㄆㄧ ㄕㄚ ㄆㄡˇ ㄆㄨˊ

【釋義】從沙粒中區分出金子，從石頭裏剖出美玉。披：分。剖：剖開。

【出處】唐・劉禹錫・唐尚書吏部侍郎奚公神道碑銘序：「一入中禁考策詞，三在天官第章句，披沙剖璞，由我而顯者落落然居多。」

【用法】比喻從大量的人選中識別、挑選出有用的人才。

【例句】人才難得，當政者應**披沙剖璞**，發掘並重用人才，以推動國家各項建設。

【義近】披沙揀金／披榛採蘭／伯樂相馬／拔犀擢象／爬羅剔抉。

【義反】牛驥同皁／良莠混雜／薰蕕不分。

披沙揀金 ㄆㄧ ㄕㄚ ㄐㄧㄢˇ ㄐㄧㄣ

【釋義】撥開沙子來挑選金子。披：撥開。揀：挑選。一作「披沙簡金」。

【出處】鍾嶸・詩品上：「潘（岳）詩爛若舒錦，無往不佳；陸（機）文如披沙簡金，往往見寶。」

【用法】比喻從大量的東西中選取精華。

【例句】《唐詩三百首》一書經過**披沙揀金**，使讀者能用少量的時間領略唐代詩歌的精華。

【義近】排沙揀金／爬羅剔抉／去蕪取英／去蕪存菁。

【義反】良莠混雜／優劣並存／粗精不分／照單全收。

披肝瀝膽 ㄆㄧ ㄍㄢ ㄌㄧˋ ㄉㄢˇ

【釋義】披：披露。瀝：滴。

【出處】司馬光・體要疏：「雖訪問所不及，猶將披肝瀝膽，以効其區區之忠。」

【用法】比喻眞心相見，傾吐心裏話；也比喻不惜生命，竭盡忠誠。

【例句】這兩個知心朋友許久沒有見面了，昨天兩人**披肝瀝膽**地談了一夜。

【義近】瀝膽墮肝／開誠相見／肝膽相照／肝腦塗地／赴湯蹈火／推心置腹。

【義反】鉤心鬥角／爾虞我詐／假仁假義／虛情假意。

披星戴月 ㄆㄧ ㄒㄧㄥ ㄉㄞˋ ㄩㄝˋ

【釋義】身披星星，頭戴月亮。披：覆蓋。戴：頭頂。一作「披星帶月」。

【出處】呂巖・七言絕句：「擊劍夜深歸甚處，披星帶月折麒麟。」

【用法】形容早出晚歸，或連夜趕路，極端辛勞。

【例句】父親爲了一家六口的衣食，每天**披星戴月**地勤勞工作。

【義近】風餐露宿／早出晚歸。

【義反】深居華屋／安享富貴／曠廢隳惰。

披枷帶鎖 ㄆㄧ ㄐㄧㄚ ㄉㄞˋ ㄙㄨㄛˇ

【釋義】枷：古時套在罪犯脖子上的刑具，用木板製成。鎖：鎖鏈，也是古時的一種刑具。

【出處】元・張國賓・合汗衫一折：「我問你那裏人氏，姓甚名誰，因甚這般披枷帶鎖的。」

【用法】用以指罪犯身帶刑具，失去活動自由。

【例句】古代罪犯**披枷帶鎖**，今監獄重刑犯則以腳鐐手銬防止其逃亡。刑具不同，亦顯示今人較重人權。

【義近】腳鐐手銬／五花大綁。

【義反】逍遙法外。

披紅掛綵 ㄆㄧ ㄏㄨㄥˊ ㄍㄨㄚˋ ㄘㄞˇ

【釋義】披上紅綢，掛上綵帶。

【出處】羅貫中・三國演義五四回：「玄德率羊擔酒，先往拜見，說呂範爲媒，娶夫人之事，隨行五百軍士，俱披紅掛綵，入南郡買辦物件。」

【用法】用以表示榮寵、慰勞或喜慶。

【例句】①看那迎親的行列，人人**披紅掛綵**，敲鑼打鼓，好不熱鬧。②美和少棒隊在美國威廉波特獲得世界冠軍，隊員們個個**披紅掛綵**，凱旋歸國，受到全國民眾的熱烈歡迎。

【義近】披紅戴花／喜氣洋洋／敲鑼打鼓。

【義反】披麻帶孝。

披荊斬棘 ㄆㄧ ㄐㄧㄥ ㄓㄢˇ ㄐㄧˊ

【釋義】撥開荊，砍斷棘。披：撥開。荊、棘：指山野中叢生多刺的小灌木。
【出處】後漢書・馮異傳：「帝謂公卿曰：『是我起兵時主簿也，爲吾披荊棘，定關中。』」
【用法】比喻在創業過程中或前進道路上清除障礙，克服重重困難。
【例句】先祖**披荊斬棘**，爲後世子孫開創一片美好的生活空間，我們理當飲水思源，知福惜福。
【義近】篳路藍褸／堅苦創業／涉危履險／創業維艱。
【義反】前怕狼後怕虎／畏首畏尾／畏縮不前。

披堅執銳（ㄆㄧ ㄐㄧㄢ ㄓˊ ㄖㄨㄟˋ）

【釋義】披：穿著。堅：指鐵甲，古代軍人的護身衣。執：拿著。銳：指兵器。堅、銳：均爲形容詞用作名詞。
【出處】戰國策・楚策一：「吾被(披)堅執銳，赴強敵而死，此猶一卒也，不若奔諸侯。」
【用法】用以形容全副武裝迎接戰鬥。
【例句】前線軍官**披堅執銳**，英勇作戰，爲了捍衛祖國不惜犧牲生命。
【義近】全副武裝／擐甲執兵／荷槍實彈。
【義反】輕裝簡從／赤手空拳。

披麻帶孝（ㄆㄧ ㄇㄚˊ ㄉㄞˋ ㄒㄧㄠˋ）

【釋義】穿著喪服帶著孝儀服孝。披：穿著。麻：指麻布喪服。
【出處】元・無名氏・冤家債主二折：「你也想著一家兒披麻帶孝爲何由。」
【用法】指服重孝。
【例句】中國傳統的習俗中，父母之喪，爲人子者須**披麻帶孝**以表達最深的哀思。
【義近】披麻帶索／重喪在身。

披麻救火（ㄆㄧ ㄇㄚˊ ㄐㄧㄡˋ ㄏㄨㄛˇ）

【釋義】身上披著容易燃燒的麻去救火。
【出處】元・無名氏・賺蒯通三折：「則落你好似披麻救火，蒯徹也不似那般人隨風倒舵。」
【用法】用以比喻自己給自己招災惹禍。
【例句】這個人一點本事也沒有，卻要和強人一較高下，眞是**披麻救火**，自討苦吃！
【義近】自取其咎／惹火燒身／咎由自取／自作自受／自取其禍／惹禍上身。
【義反】無妄之災／禍從天降／飛來橫禍／避禍遠災／明哲保身。

披雲見日（ㄆㄧ ㄩㄣˊ ㄐㄧㄢˋ ㄖˋ）

【釋義】雲霧散開，見到太陽。
【出處】徐幹・中論：「文王之識(姜太公)也，灼然若披雲而見日，霍然若開霧而觀天。」
【用法】比喻重見光明。
【例句】連日來細雨紛飛，今天總算**披雲見日**，灑下久違的陽光了。
【義近】開雲見日／開霧覩天／披雲霧見青天／撥雲見日。
【義反】浮雲蔽日／日星隱耀。

披榛採蘭（ㄆㄧ ㄓㄣ ㄘㄞˇ ㄌㄢˊ）

【釋義】榛：灌木或小喬木，喻一般人。蘭：喻優秀人才。
【出處】晉書・皇甫謐傳・上疏：「陛下披榛採蘭，并收蒿艾，是以皐陶振褐，不仁者遠。」
【用法】比喻從眾人中，選拔優異人才。
【例句】要想科學事業有長足的發展，就必須**披榛採蘭**，讓有才華的人來從事科學研發工作。
【義近】伯樂相馬／採精頡華／舉賢授能／拔犀擢象。
【義反】良莠混雜／牛驥同皁。

披緇削髮（ㄆㄧ ㄗ ㄒㄩㄝˋ ㄈㄚˇ）

【釋義】披上僧衣，削去頭髮。緇：指黑色僧衣。削：剃除。
【出處】凌濛初・初刻拍案驚奇卷二七：「何不捨離愛欲，披緇削髮，就此出家。」
【用法】指出家爲僧爲尼。
【例句】現在有些年輕人尚未經歷人生的大悲大苦，竟**披緇削髮**，遁入空門，實在不可思議。
【義近】落髮爲僧／遁入空門／看破紅塵。
【義反】紙醉金迷／醉生夢死。

披髮左衽（ㄆㄧ ㄈㄚˇ ㄗㄨㄛˇ ㄖㄣˋ）

【釋義】頭髮披散，衣襟向左開。古代夷狄等異族的裝扮、衣著。
【出處】論語・憲問：「子曰：『管仲相桓公，霸諸侯，一匡天下，民到於今受其賜；微管仲，吾其被髮左衽矣！』」被：同「披」。
【用法】喻淪爲夷狄，被異族統治。
【例句】孔子認爲管仲雖不死君難，但作爲齊桓公的宰相，勵精圖治，保住了中原，使大漢民族免於**披髮左衽**，淪於異族，其功不可沒。
【義近】淪於異族／山河變色。

披頭散髮（ㄆㄧ ㄊㄡˊ ㄙㄢˋ ㄈㄚˇ）

【釋義】意謂披著頭髮，顯得很散亂。
【出處】施耐庵・水滸傳二二回：「那張三又挑唆閻婆去廳上披頭散髮來告道：『宋江實是宋清隱藏在家，不令出官。』」
【用法】多用以形容人故意弄亂頭髮，以表示憤慨或佯狂的樣子。有時也形容人因故未能梳理頭髮的情狀。
【例句】①她**披頭散髮**坐在外面喊冤叫屈，惹得過往行人紛紛停下觀看。②她剛起床，忽聽得門鈴大響，就**披頭散髮**地去開門。
【義近】風鬟霧鬢／亂頭粗服／不修邊幅／首如飛蓬／蓬頭垢面。
【義反】敷粉施朱／塗脂抹粉／西裝革履／衣冠楚楚。

拍手拍腳（ㄆㄞ ㄕㄡˇ ㄆㄞ ㄐㄧㄠˇ）

【釋義】拍著手，跳著腳。
【出處】李寶嘉・文明小史一四回：「兄弟三個點了(洋燈)看書，覺得與白晝無異，直把他三個喜得了不得，賈子猷更拍手拍腳的說道……。」
【用法】形容人極其興奮、喜悅

時的動作和情態。

【例句】這幾個小孩得知父母要帶他們去夏威夷玩，頓時高興得**拍手拍腳**，手舞足蹈。

【義近】手舞足蹈／喜躍抃舞／拍手叫好／歡騰雀躍／歡欣鼓舞／喜不自勝。

【義反】怏怏不樂／鬱鬱不樂／抑鬱寡歡／悶悶不樂／疾首蹙額／搥胸頓足。

拍手稱快 ㄆㄞ ㄕㄡˇ ㄔㄥˋ ㄎㄨㄞˋ

【釋義】拍手叫好，心裏痛快。稱快：說好，叫好；快：歡悅。

【出處】凌濛初・二刻拍案驚奇：「又見惡姑奸夫俱死，無不拍手稱快。」

【用法】多用以表示正義得到伸張時的歡悅情緒。

【例句】那個貪官被撤職查辦的消息傳來，眾人無不**拍手稱快**。

【義近】大快人心／拍手叫好／撫掌稱快／頷首稱慶。

【義反】嗟嘆不已／憤慨不已。

拍案叫絕 ㄆㄞ ㄢˋ ㄐㄧㄠˋ ㄐㄩㄝˊ

【釋義】拍著桌子叫好。案：長條形桌子。絕：好極，妙極。

【出處】曹雪芹・紅樓夢七八回：「寶玉聽了，垂頭想了一想，說了一句道：『不繫明珠，繫寶刀……』眾人拍案叫絕。」

【用法】形容倍加讚賞驚異，不禁擊案稱妙。

【例句】他是個風趣的人，說話常令人**拍案叫絕**。

【義近】拍案稱奇／擊節讚賞／拍案稱快／一讀三歎。

【義反】不足爲奇／平平凡凡／不足稱道。

拍案而起 ㄆㄞ ㄢˋ ㄦˊ ㄑㄧˇ

【釋義】一拍案桌，憤然站起。案：案桌，長條形桌子。

【出處】馮夢龍・東周列國志四十回：「芈氏大怒，拍案而起。」

【用法】形容氣憤已極。

【例句】抗日戰爭爆發後，許多愛國志士**拍案而起**，誓與祖國共存亡。

【義近】拔劍擊柱／憤然而起／義憤填膺。

【義反】冷然視之／無動於衷。

拍案稱奇 ㄆㄞ ㄢˋ ㄔㄥ ㄑㄧˊ

【釋義】案：几案，桌子。奇：精采，絕妙。

【出處】夏敬渠・野叟曝言二七回評：「妙在機關線索，俱於前文佈置已定，若讀至此處，始爲拍案稱奇，便非明眼。」

【用法】指欣賞文學作品，讀至精采處，情不自禁地拍桌子叫好的情態。

【例句】這部小說寫得太好了，以致令讀者在閱讀過程中常**拍案稱奇**。

【義近】拍案叫奇／拍案叫絕／擊節讚賞。

【義反】索然無味／味同嚼蠟／枯燥乏味／索然無趣／不足爲奇／不足稱道。

拍馬屁 ㄆㄞ ㄇㄚˇ ㄆㄧˋ

【釋義】拍馬的屁股。

【出處】李寶嘉・官場現形記八回：「看見陶子堯官派薰天，官腔十足，曉得是歡喜拍馬屁戴碳簍子的一流人。」

【用法】形容對人阿諛奉承。

【例句】高局長最愛別人恭維、逢迎，你只要會**拍馬屁**，即使沒有多少本事，照樣能得到重用。

【義近】戴高帽／阿諛奉承／阿諛取容／如脂如韋／阿諛曲從。

【義反】有稜有角／外圓內方／堂堂正正／剛正不阿／不卑不亢。

拊膺大慟 ㄈㄨˇ ㄧㄥ ㄉㄚˋ ㄊㄨㄥˋ

【釋義】拊膺：拍胸；拊：拍，擊。慟：痛哭。

【出處】夏敬渠・野叟曝言三四回：「洪、趙二人拊膺大慟道：『吾兄死不忘君，吾二人雖生猶死。』」

【用法】多用以表示哀痛之極。

【例句】他一得知母親去世的消息，便**拊膺大慟**，兼程趕回去奔喪。

【義近】搥胸頓足／呼天號地／泣不成聲／呼天搶地。

【義反】笑逐顏開／歡天喜地／歡欣鼓舞。

拊膺頓足 ㄈㄨˇ ㄧㄥ ㄉㄨㄣˋ ㄗㄨˊ

【釋義】拍打胸膛，頓著兩腳。拊：拍打。膺：胸膛。

【出處】明・沈鯨・雙珠記・母子分珠：「離懷種種，行踪洶洶，歎骨肉拊膺頓足，曷勝哀痛。」

【用法】形容悲痛得難以自制。

【例句】她得知母親去世的噩耗後，頓時**拊膺頓足**，放聲悲哭。

【義近】捶胸頓足／呼天搶地／哀痛欲絕／椎心泣血／拊膺大慟。

【義反】喜不自勝／歡天喜地／欣喜若狂／喜出望外／喜躍抃舞／笑逐顏開／喜上眉梢／撫掌而笑／拍手拍腳／手舞足蹈。

抵足而臥 ㄉㄧˇ ㄗㄨˊ ㄦˊ ㄨㄛˋ

【釋義】意謂同榻而睡。

【出處】羅貫中・三國演義二九回：「一日，眾官皆散，（孫）權留魯肅共飲，至晚同榻抵足而臥。」

【用法】形容彼此情誼深厚。

【例句】這兩個老同學闊別近二十年才見面，兩人**抵足而臥**，直談到天快亮才入睡。

【義近】抵足而眠／長枕大被。

【義反】同床異夢／格格不入／貌合神離／泛泛之交／水火不容。

抵足談心 ㄉㄧˇ ㄗㄨˊ ㄊㄢˊ ㄒㄧㄣ

【釋義】同床共臥，親切談心。抵足：同床睡覺。

【出處】夏敬渠・野叟曝言四八回：「此荒港又不知離城多遠……不如竟在弟船過夜，抵足談心。」

【用法】指雙方情誼親密深厚。

【例句】老友相逢，**抵足談心**，實是人生一大樂事。

【義近】促膝談心／抵掌而談／班荊道故／巴山夜雨／翦燭西窗。

【義反】遙相祝福／遙寄相思。

抵掌而談（ㄉㄧˇ ㄓㄤˇ ㄦˊ ㄊㄢˊ）

【釋義】抵掌：擊掌，鼓掌。
【出處】戰國策・秦策一：「於是乃摩燕烏集闕，見說趙王於華屋之下，抵掌而談，趙王大悅，封為武安君。」
【用法】形容無拘無束地暢談，氣氛顯得融洽。
【例句】這兩人初次相見，便如同故交，**抵掌而談**，長達半日，彼此都有相見恨晚的感慨。
【義近】傾心交談／傾心吐膽／促膝長談。
【義反】話不投機／相視不語。

拆東補西（ㄔㄞ ㄉㄨㄥ ㄅㄨˇ ㄒㄧ）

【釋義】拆了東邊的來填補西邊的。
【出處】宋・陳師道・次韻蘇公西湖徙魚之三：「小家厚斂四壁立，拆東補西裳作帶。」
【用法】形容貧乏困窘，僅能勉強維持。
【例句】近兩年收成不好，家境每下愈況，現在只能**拆東補西**地過日子。
【義近】拆西補東／拆東牆補西牆／捉襟見肘／寅支卯糧。
【義反】綽綽有餘／綽有餘裕。

六畫

挖肉補瘡（ㄨㄚ ㄖㄡˋ ㄅㄨˇ ㄔㄨㄤ）

【釋義】挖好肉來補救瘡傷。瘡：外傷。一作「剜肉補瘡」。
【出處】聶夷中・詠田家：「二月賣新絲，五月糶新穀。醫得眼前瘡，剜卻心頭肉。」
【用法】比喻只顧眼前，用有害的方法來救急。
【例句】若為了長久打算，這種**挖肉補瘡**的作法實在是行不通。
【義近】拆東牆補西牆／剜肉補瘡。

挖空心思（ㄨㄚ ㄎㄨㄥ ㄒㄧㄣ ㄙ）

【釋義】意謂費盡心機。心思：思考能力，此指心計。
【用法】比喻絞盡腦汁，想盡一切辦法。
【例句】敵人總是**挖空心思**的想把我們整垮，我們千萬不能如其所願，要更堅強才行。
【義近】搜索枯腸／絞盡腦汁／殫精竭慮／煞費苦心／撚斷髭鬚。
【義反】無所用心／不假思索。

按甲休兵（ㄢˋ ㄐㄧㄚˇ ㄒㄧㄡ ㄅㄧㄥ）

【釋義】按：放下。甲：鎧甲。休：止，不用。兵：兵器。
【出處】漢・荀悅・漢紀・高祖紀二：「若燕不拔，齊必距境以自強，二國相持，則劉、項之權未有所分也。不如按甲休兵，日享士卒。」
【用法】用以指停止作戰，不再用鎧甲和兵器。
【例句】此國長期內戰，害得老百姓苦不堪言，現在終於**按甲休兵**，開始實行民主政治了。
【義近】倒置干戈／按甲寢兵／偃旗息鼓／偃武修文。
【義反】枕戈寢甲／厲兵秣馬／招兵買馬。

按名責實（ㄢˋ ㄇㄧㄥˊ ㄗㄜˊ ㄕˊ）

【釋義】按照名稱去求實際。
【出處】唐・陸贄・請許臺省長官舉薦屬吏狀：「求廣在於各舉所知，長吏之薦擇是也；求精在於按名責實，宰臣之敘進是也。」
【用法】指要求名稱與實際內容相符合。
【例句】有些國家雖立法保障人民的自由，然而無法**按名責實**，老百姓受壓迫、欺凌的仍大有人在。
【義近】循名責實／循名督實／綜核名實。
【義反】有名無實／名不副實／名實不副。

按兵不動（ㄢˋ ㄅㄧㄥ ㄅㄨˋ ㄉㄨㄥˋ）

【釋義】止住軍隊，暫不行動。按：止住。一作「案兵不動」。
【出處】戰國策・齊策：「故為君計者，不如按兵勿出。」呂氏春秋・恃君覽：「趙簡子按兵而不動。」
【用法】表示使軍隊暫不行動，也比喻接受任務後尚未採取行動。
【例句】看來這其中有鬼，姑且**按兵不動**，等把情況弄清楚了再說。
【義近】案甲休兵／按甲不出／就地待命。
【義反】風起雲湧／擊鼓進軍。

按部就班（ㄢˋ ㄅㄨˋ ㄐㄧㄡˋ ㄅㄢ）

【釋義】按、就：遵循。部、班：門類，次序。本指安排文義，組織章句。
【出處】陸機・文賦：「觀古今於須臾，撫四海於一瞬。然後選義按部，考辭就班。」
【用法】比喻循序漸進或按一定的規矩辦事。有時也用以譏諷人照老規矩辦事，不知變通。
【例句】生產一件產品，務必要根據操作規程，**按部就班**地進行。
【義近】循序漸進／按圖索驥／照章行事。
【義反】越次超倫／違背章程／不主故常／盲目躁進。

按圖索驥（ㄢˋ ㄊㄨˊ ㄙㄨㄛˇ ㄐㄧˋ）

【釋義】按照圖上的樣子去找好馬。索：尋找。驥：良馬。一作「按圖索駿」。
【出處】袁桷・示從子瑛詩：「隔竹引龜心有想，按圖索驥術難靈。」
【用法】原指拘泥成法，不知變通。今多指按照線索去尋找事物。
【例句】這竊賊留下了很多指紋，警方**按圖索驥**，很快就破案了。
【義近】蛛絲馬迹／抽絲剝繭。
【義反】無跡可尋／無影可求。

拳不離手，曲不離口（ㄑㄩㄢˊ ㄅㄨˋ ㄌㄧˊ ㄕㄡˇ，ㄑㄩˇ ㄅㄨˋ ㄌㄧˊ ㄎㄡˇ）

【釋義】拳：拳頭，此指打拳。曲：歌曲。二者均表示經常練習。
【用法】用以比喻勤學苦練，孜孜不倦。
【例句】要想成為書法家，就得要有**拳不離手，曲不離口**的精神，天天提筆練字。
【義近】孜孜不倦／手不釋卷／勤學苦練。
【義反】一暴十寒／三天打魚，

兩天曬網。

拳打腳踢

【釋義】用拳頭打，用腳尖踢。
【出處】吳敬梓・儒林外史九回：「還說什麼！爲你這兩個人，帶累我一頓拳打腳踢！」
【用法】形容打得很凶狠。
【例句】這幾個幫派分子因分贓不均而互相**拳打腳踢**，幸虧警察趕來，否則不打死人才怪。
【義近】拳腳交加／拳腳相向。
【義反】呵護有加／愛護備至。

拳拳之忠

【釋義】拳拳：懇切、忠謹的樣子。
【出處】司馬遷・報任少卿書：「拳拳之忠，終不能自列。因爲誣上，卒從吏議。」
【用法】形容懇切忠誠，一片眞心實意。
【例句】幾十年來，他一直以**拳拳之忠**爲黨國服務，這片心實在感人。
【義近】區區之誠／忠心耿耿。
【義反】心懷貳志／心存不軌。

拳拳服膺

【釋義】拳拳：指奉持勿失的樣子。服膺：記在心裏。膺：胸。
【出處】禮記・中庸：「（顏）回之爲人也，擇乎中庸。得一善，則拳拳服膺，而弗失之矣。」
【用法】形容牢牢地記在心中。
【例句】師傅的教導，弟子**拳拳服膺**，豈敢忘懷！
【義近】銘諸肺腑／銘記在心／刻骨銘心／沒齒難忘／永誌不忘／銘肌鏤骨。
【義反】置諸腦後／馬耳東風。

拳頭上走得馬，臂膊上立得人

【釋義】意謂拳頭上可跑馬，臂膊上可站人。走：跑。
【出處】明・無名氏・白兔記七：「我拳頭上走得馬，臂膊上立得人，清清白白的，你說甚麼？」
【用法】比喻身心淸白，光明磊落。
【例句】眞是笑話！我**拳頭上走得馬，臂膊上立得人**，憑你那張烏鴉嘴瞎栽贓，就能把我說成惡人了嗎？
【義近】堂堂正正／俯仰無愧／不愧不怍／頂天立地／心懷坦然／光明磊落。
【義反】鬼鬼祟祟／心懷叵測。

拭目以待

【釋義】拭目：擦亮眼睛。待：等待。一作「拭目而待」。
【出處】羅貫中・三國演義四三回：「朝廷舊臣，山林隱士，無不拭目而待。」
【用法】表示期望殷切，急欲看到。也表示確信某件事情一定會出現。
【例句】他倒是說得很好，至於能否付諸實踐，我們姑且**拭目以待**吧。
【義近】引領而望／翹首以待／舉踵而望。

拭目以觀

【釋義】把眼睛擦亮了來看。
【出處】宋・邵博・聞見後錄卷一五：「公旣在位，中外咸喜，信在言前，拭目以觀。」
【用法】表示等著看看，含有不敢肯定和期待的意思。
【例句】這位老中醫自稱能用湯藥化解李太太腹中的腫塊，在別無他法之前，我們姑且**拭目以觀**。
【義近】拭目以待／引領而望／翹首以待／舉踵而望。
【義反】毫無疑義。

拭目傾耳

【釋義】拭目：擦了眼睛看。傾耳：側過耳朵聽。
【出處】漢書・張敞傳：「今天子以盛年初即位，天下莫不拭目傾耳，觀化聽風。」
【用法】形容認眞看，仔細聽。
【例句】政府一再表示對過去的冤案要一一審查釐清，就讓我們**拭目傾耳**等待結果吧！
【義近】拭目以視／拭目以待／洗耳恭聽。
【義反】不聞不問／置之不顧／置若罔聞／置之不理。

持刀動杖

【釋義】持：拿。杖：木棒。
【出處】曹雪芹・紅樓夢三四回：「寶釵道：『誰鬧來著？你先持刀動杖的鬧起來，倒說別人鬧。』」
【用法】指動武。
【例句】君子動口不動手，你怎能對妻子**持刀動杖**起來？
【義近】揮刀動棍／拿刀動槍／拳打腳踢。
【義反】文質彬彬／溫文爾雅／以理服人。

持久之計

【釋義】持久：長久，保持長久。
【出處】三國志・蜀書・法正傳：「上可以傾覆寇敵，尊奬王室；中可以蠶食雍、涼，廣拓境土；下可以固守要害，爲持久之計。」
【用法】用以指長久的打算或謀略。
【例句】大力興辦教育，培養高科技人才，此爲國家發展的**持久之計**，是萬萬疏忽不得的。
【義近】長久之計／百年大計／百年大業。
【義反】急功近利／權宜之計／朝夕之策。

持之以恆

【釋義】持：堅持。恆：恆心。
【出處】曾國藩・家訓・喻紀澤：「進之以猛，持之以恆。」
【用法】用以說明長久地堅持下去，不達目的決不停止。
【例句】要想在事業上獲得成功，就必須**持之以恆**，不懈怠地努力進取。
【義近】鍥而不舍／滴水穿石／鐵杵成針。
【義反】半途而廢／一暴十寒／見異思遷。

持之有故

【釋義】持：持論，主張。故：緣故，根據。

【出處】荀子・非十二子：「然而其持之有故，其言之成理，足以欺惑愚衆。」
【用法】指所持的見解和主張有一定的根據。
【例句】他經過再三的研究考察後，提出這一看法，可謂**持之有故**，值得採納。
【義近】言之成理／鑿鑿有據。
【義反】信口雌黃／街談巷議／無稽之論／無憑無據。

持平之論 ㄔˊ ㄆㄧㄥˊ ㄓ ㄌㄨㄣˋ

【釋義】持平：保持公平，沒有偏見。
【出處】漢書・杜周傳附杜延年：「延年論議持平，合和朝廷，皆此類也。」
【用法】說明所發表的意見公正平允，不偏不倚。
【例句】坦白來說，鄭先生剛剛所發表的意見，確實是**持平之論**。
【義近】持論公允／秉心公正／無偏無袒／中肯之論。
【義反】偏頗之論／片面之詞。

持正不阿 ㄔˊ ㄓㄥˋ ㄅㄨˋ ㄜ

【釋義】持：保持，堅持。阿：迎合，順從。
【出處】明・沈德符・萬曆野獲編・輔臣掌吏部：「分宜亦以曾薦李襄其報，而李在部，每持正不阿……。」
【用法】形容人能堅持正道，不去曲從。
【例句】在官場上，像魏科長這樣**持正不阿**的人，實在太少了。
【義近】持正不撓／守正不阿／剛直不阿／守正不撓／鐵骨錚錚。
【義反】曲意逢迎／投其所好／先意承旨／趨炎附勢／奴顏婢膝／卑躬屈膝。

持危扶顛 ㄔˊ ㄨㄟˊ ㄈㄨˊ ㄉㄧㄢ

【釋義】扶助將要傾倒的。持：握持，扶持。顛：傾倒。
【出處】漢章帝・賜東平王蒼書：「公卿駁議，今皆並送，及有可以持危扶顛，宜勿隱。」
【用法】比喻扶持大局，使國家免於危險。
【例句】唐代的安史之亂，幸虧有郭子儀等文臣武將**持危扶顛**，才保住了唐朝國祚。
【義近】扶危定傾／力挽狂瀾／揮戈反日／撥亂反正。
【義反】回天乏術／大勢已去／聽之任之。

持盈守虛 ㄔˊ ㄧㄥˊ ㄕㄡˇ ㄒㄩ

【釋義】持：保持。盈：盛，滿。守：遵守，遵循。虛：不自滿。
【出處】藝文類聚卷四七引漢・杜篤・大司馬吳漢誄：「勳業既崇，持盈守虛。功成即退，挹而損諸。」
【用法】指在富貴盛極之時，應力戒驕傲自滿。
【例句】香港富豪田家炳先生，常以**持盈守虛**的道理教育子女，故其家業能長期保持興盛不衰。
【義近】戒奢以儉／深藏若虛／滿招損，謙受益／持滿戒盈／富而不驕／富而有禮。
【義反】頤指氣使／富貴驕人／心高氣傲／目空一切／仗勢欺人／以貴凌人。

持祿取容 ㄔˊ ㄌㄨˋ ㄑㄩˇ ㄖㄨㄥˊ

【釋義】保持祿位，討人歡喜。取容：取悅。
【出處】宋・秦觀・李固論：「其大臣如張禹、孔光輩皆持祿取容，偷爲一切之計。」
【用法】指爲保持祿位，只知迎合他人，討人歡心。
【例句】身爲政務官，若只知**持祿取容**，毫無擔當，那就是庸才，甚至淪爲「奴才」。
【義近】苟合取容／阿諛奉承／等因奉此／俯首聽命／持祿保位。
【義反】剛正不阿／鐵面無私／面折廷爭／犯顏直諫。

持祿保位 ㄔˊ ㄌㄨˋ ㄅㄠˇ ㄨㄟˋ

【釋義】保持俸祿職位。
【出處】宋・王楙・野客叢書・班范議論：「光、禹之罪深於莽、卓……持祿保位，被阿諛之譏。」
【用法】指爲了保住祿位，而得過且過，不敢直言進諫。
【例句】新政府的所作所爲若有差錯，身爲政務官卻只知**持祿保位**，噤若寒蟬，那就是政務官之恥。
【義近】苟合取容／阿諛奉承／等因奉此／俯首聽命／持祿取容。
【義反】剛正不阿／鐵面無私／面折廷爭／犯顏直諫。

持疑不決 ㄔˊ ㄧˊ ㄅㄨˋ ㄐㄩㄝˊ

【釋義】心持疑慮，不能決定。
【出處】周書・薛善傳：「善密謂崇禮曰：『……不如早歸誠款，雖未足以表奇節，庶獲全首領。』而崇禮猶持疑不決。」
【用法】形容遲疑動搖，拿不定主意。
【例句】面對金融危機，政府應立即提出因應政策，絕不可**持疑不決**，喪失良機。
【義近】遲疑不定／猶豫不決／游移不定／舉棋不定／搖擺不定。
【義反】當機立斷／斬釘截鐵／毅然決然／快刀斬亂麻。

拯溺扶危 ㄓㄥˇ ㄋㄧˋ ㄈㄨˊ ㄨㄟˊ

【釋義】拯救落水者，扶助危難者。
【出處】陳書・虞寄傳：「然夷凶剪亂，拯溺扶危，四海樂推，三靈眷命，揖讓而居南面者，陳氏也。」
【用法】指拯救、幫助受難的百姓和動亂中的國家。
【例句】武王大興仁義之師，**拯溺扶危**，一舉而滅商紂，建立周王朝。
【義近】救亡圖存／扶危濟困／繼絕存亡。
【義反】助紂爲虐／助桀爲虐／爲虎作倀。

拯溺救焚 ㄓㄥˇ ㄋㄧˋ ㄐㄧㄡˋ ㄈㄣˊ

【釋義】拯救落水和被火燒著的人。
【出處】唐高祖・受禪告南郊文：「臣恭守晉陽，馳心魏闕，被首濡足，拯溺救焚，大舉義兵，式寧區宇。」
【用法】比喻救人於危難之中。
【例句】軍人除了保家衛國之外，遇到發生天然災害，還必須擔任**拯溺救焚**的工作。
【義近】救危扶傷／扶危濟困。

【義反】落井下石／趁火打劫／見死不救。

指一說十

【釋義】指著一說成是十。
【出處】李綠園・歧路燈三〇回：「如今把他的鎖扭開，明日未必不指一說十，講那『走了魚兒是大的』的話。」
【用法】形容不顧事實，存心誇大。
【例句】你這完全是**指一說十**，他們夫妻倆有時雖會吵架，但哪裏像你所說的，先生動不動就對太太拳打腳踢？
【義近】指鹿爲馬／誇大其詞／天花亂墜／言過其實／添枝加葉／加油添醋。
【義反】實事求是／丁是丁，卯是卯／據實以告。

指山說磨

【釋義】指著山說著用山石鑿成的磨子。
【出處】蘭陵笑笑生・金瓶梅一〇回：「如何遠打周折，指山說磨，拿人家來比奴。」
【用法】比喻借此說彼。
【例句】有什麼事就直接說，用不著在這裏拐彎抹角，**指山說磨**的。
【義近】指東說西／指桑罵槐／意在言外／旁敲側擊／弦外之音。
【義反】直言不諱／開門見山／直言無隱／直抒己見／直截了當／單刀直入。

指山賣磨

【釋義】指著尚未開鑿的山，說要賣給別人石磨。
【出處】元・無名氏・普天樂・嘲風情：「姐姐每鑽冰取火，婆婆每指山賣磨，哥哥每擔雪填河。」
【用法】比喻虛言誆騙。
【例句】他這個人向來愛**指山賣磨**的，你若把他的話當眞，肯定會受騙上當。
【義近】虛言假語／花言巧語。
【義反】和盤托出／心口如一／胸無城府／傾心吐膽／襟懷坦白／據實以告。

指不勝屈

【釋義】扳著指頭數也數不過來。屈：彎曲。
【出處】明・沈德符・萬曆野獲編・國初蔭敍：「今仕宦子孫，富豪者多縱蕩喪身……以辱先人，以余所見，指不勝屈。」
【用法】形容數量很多。
【例句】國慶日當天，來這公園遊玩的人，眞是多得**指不勝屈**。
【義近】不可勝數／不計其數／過江之鯽／多如牛毛。
【義反】三三兩兩／屈指可數／一星半點／寥寥無幾／寥寥可數／微乎其微／寥若晨星／鳳毛麟角。

指天畫地

【釋義】以手指畫著天地，慷慨陳詞。
【出處】陸賈・新語・懷慮：「惑學者之心，移眾人之志，指天畫地，是非世事。」
【用法】形容放言無忌的神態。
【例句】會議中，他氣憤已極，於是挺身而出，**指天畫地**對反對派的論點痛加駁斥。
【義近】放肆直言／慷慨陳詞。
【義反】吞吞吐吐／欲言又止／欲語還休。

指天誓日

【釋義】指著天、日發誓。
【出處】韓愈・柳子厚墓誌銘：「指天日涕泣，誓生死不相背負，眞若可信。」
【用法】對天發誓，表明心迹。
【例句】她當著眾人的面**指天誓日**的說：「此事決非我丈夫所爲，我可以用我的性命作擔保！」
【義近】蒼天可表／日月可鑑／天地可證。
【義反】遮遮掩掩／支支吾吾。

指手畫腳

【釋義】形容說話時，邊說邊做出各種動作。
【出處】施耐庵・水滸傳七五回：「見這李虞侯張幹辦在宋江前面指手畫腳，你來我去，都有心要殺這廝。」
【用法】形容說話時放肆無忌或得意忘形的樣子。也比喻亂加指點、批評。
【例句】你看他那**指手畫腳**的樣子，一定又有什麼事讓他得意忘形了。
【義近】比手畫腳／評頭品足。
【義反】言語拘謹／談吐文雅。

指手頓腳

【釋義】一邊用手指著罵，一邊用腳跺地。頓：跺。
【出處】凌濛初・初刻拍案驚奇卷二：「只是前日門前見客官走來走去，見了我指手點腳的。」後漢書・夏馥傳：「馥乃頓足而歎……。」
【用法】指人蠻橫潑辣的情狀。
【例句】大家都領教過王太太蠻橫時**指手頓腳**的潑辣樣，你可千萬不要去招惹她！
【義近】氣勢洶洶／蠻橫無理／言出無狀／撒野放刁／潑婦罵街／河東獅吼／暴跳如雷／張牙舞爪。
【義反】溫文爾雅／彬彬有禮／文質彬彬／溫柔敦厚／雍容嫻雅／雍容爾雅。

指日可下

【釋義】指定日期可以攻下。
【出處】辛棄疾・美芹十論・詳戰第十：「古臣以謂兵出沭陽，則山東指日可下。」
【用法】形容在很短的時間內就能攻下，取得勝利。
【例句】這些土匪頑抗不降，但我軍已形成重重包圍之勢，其巢穴**指日可下**。
【義近】指日可待／計日程功／爲期不遠。
【義反】攻克無望／難分難解／陷入泥淖／曠日持久／曠日經年／遙遙無期。

指日可待

【釋義】指日：可以指明的日期。待：期待（事情、希望等）。
【出處】曾鞏・論內批直付有司：「推今日欲治之心，爲之不已；太平之功，指日可待。」
【用法】形容所期待的爲期不遠，不久就可以實現。
【例句】這個工廠的基礎工程已

告完成，機器也安裝妥畢，正式投入生產已經是**指日可待**了。

【義近】計日可待／計日程功／為期不遠。

【義反】曠日持久／遙遙無期。

指古摘今

【釋義】意即指摘古今。指摘：挑出缺點，加以批評。這裏是詳說、議論的意思。

【出處】清・徐麟・長生殿序：「稗畦洪先生以詩鳴長安，交游宴集，每白眼踞坐，指古摘今，無不心折。」

【用法】形容人才氣縱橫，議論鋒利。

【例句】方教授在這次學術交流會上，**指古摘今**，侃侃而談，與會者無不敬佩。

【義近】談古論今／說古道今／崇論閎議／旁徵博引。

【義反】言之無物／不學無術／胸無點墨／不識之無／泛泛而談／不著邊際。

指皂為白

【釋義】指黑色為白色。皂：黑色。今多作「指黑為白」。

【出處】元・武漢臣・玉壺春三折：「花言巧語，指皂為白。」

【用法】比喻有意顛倒是非。

【例句】事實擺在眼前，這裏可容不得你**指皂為白**、胡說八道！

【義近】指鹿為馬／扭直作曲／顛倒黑白／顛倒是非／混淆是非／鑿空指鹿。

【義反】是非分明／黑白分明／涇渭分明／明辨是非／循名責實。

指東畫西

【釋義】謂說話時亂扯話題。

【出處】悟明・聯燈會要二三：「莫只這邊那邊，遑得些官司，到處插語，指東畫西，舉古舉今。」

【用法】比喻論事時有意避開主題，東拉西扯。

【例句】你今天說話怎麼老是**指東畫西**的，我明明問你昨晚為什麼沒回來，你卻說孩子上學的事。

【義近】顧左右而言他／說東扯西／東拉西扯／文不對題／避重就輕／舉古舉今。

【義反】實言實語／就題發揮。

指空話空

【釋義】意謂指著空的談空的。

【出處】元・王曄・桃花女四折：「非是我指空話空，做這等巧神通，也只為結婚姻本待諧鸞鳳。」

【用法】比喻故弄玄虛。

【例句】對於此事我可說瞭如指掌，你就不必裝腔作勢，**指空話空**了！

【義近】裝神弄鬼／故弄玄虛／賣弄玄虛。

【義反】一本正經／光明正大／開門見山／單刀直入。

指指點點

【釋義】原作「指指戳戳」。意謂用手指頭點點戳戳地說。

【出處】石玉琨・三俠五義四一回：「（趙虎）就從開封府角門內，大搖大擺的出來，招的眾人無不嘲笑……，三三兩兩，在背後指指戳戳。」

【用法】指在人背後議論，說三道四。

【例句】你有意見可以當面提出，又何必在背後**指指點點**的批評別人呢？

【義近】說長道短／議論紛紛／指手畫腳／說三道四／弄嘴掉舌。

【義反】直言不諱／心直口快／不言人過／直言無隱／謹言慎行／閉口藏舌。

指桑罵槐

【釋義】指著桑樹罵槐樹。

【出處】曹雪芹・紅樓夢一六回：「錯一點兒他們就笑話打趣，偏一點兒他們就指桑罵槐的抱怨。」

【用法】比喻表面上罵這個人，實際上是罵那個人。

【例句】你對我有什麼意見就直打直說，用不著這樣**指桑罵槐**的！

【義近】指東罵西／指雞罵狗／夾槍帶棒。

【義反】直言不諱／開門見山／鳴鼓而攻之。

指破迷團

【釋義】指破：猶點破，道破。迷團：疑團。

【出處】李汝珍・鏡花緣三六回：「貴人所論河道受病情形，恰中其弊……至浴盆屋脊之說，尤其對症，真是指破迷團。」

【用法】用以表示經過指點後，忽然清醒明朗了。

【例句】張小姐當時執意要嫁給那個花心大少，經她母親開導勸說，**指破迷團**，方才醒悟過來。

【義近】如夢初醒／恍然大悟／豁然開朗／茅塞頓開／指點迷津。

【義反】迷離恍惚／五里霧中／如坐雲霧／摸門不著／如墮煙霧。

指鹿為馬

【釋義】手指著鹿硬說是馬。

【出處】司馬遷・史記・秦始皇本紀載：趙高獻一鹿給二世說：此「馬也。」二世笑著說：「丞相誤邪？謂鹿為馬。」

【用法】比喻故意顛倒是非，擅作威福。

【例句】他這明明是**指鹿為馬**，你們為何還要附和他？

【義近】顛倒黑白／混淆是非／鑿空指鹿。

【義反】循名責實／明辨是非。

指揮若定

【釋義】若：好像。定：規定。

【出處】杜甫・詠懷古跡之五：「伯仲之間見伊呂，指揮若定失蕭曹。」

【用法】形容態度冷靜，考慮周全，指揮起來就像一切都事先規定好了似的。

【例句】在那次戰役中，韋師長**指揮若定**，毫不費力就取得了勝利。

【義近】沉著穩重／有條不紊／胸有成竹。

【義反】手足無措／張皇失措。

指雁為羹

【釋義】指著雲中的大雁作為羹湯。羹：有濃汁的食品。
【出處】元．宋方壺．醉花陰．趕蘇卿：「當初指雁為羹，似充飢畫餅，道無情卻有情。」
【用法】比喻拿不落實的或虛幻的東西來自慰。
【例句】你說這荒地可栽上萬棵蘋果樹，要不了幾年就可發財，我看這純屬**指雁為羹**！
【義近】畫餅充飢／望梅止渴／屠門大嚼／空中樓閣／海市蜃樓／鏡花水月。
【義反】容膝之安，一肉之味／腳踏實地／穩紮穩打／足履實地。

指腹為婚

【釋義】雙方父母指著腹中胎兒締結婚約。
【出處】魏書．王寶興傳：「寶興母與盧遐妻俱孕，崔浩曰：『汝等將來所生，皆我之自出，可指腹為親。』」
【用法】用以指舊時包辦婚姻。
【例句】古代**指腹為婚**之事甚多，現代則講求自由戀愛。
【義近】指腹割衿。

指親托故

【釋義】指為親戚，假托故舊。
【出處】元．無名氏．漁樵閒話二折：「指親推故廝還，趨時附勢故相干。」
【用法】指想方設法攀附有權勢的人。
【例句】他雖靠**指親托故**而高昇，但缺乏真才實學，總有一天還是會現出原形的。
【義近】沾親帶故／趨炎附勢／攀龍附鳳／攀龍附驥／如蟻附羶／趨權奉勢。
【義反】光明磊落／嶔崎磊落／安貧樂道／光風霽月／剛正不阿／鐵骨錚錚。

指顧之際

【釋義】指顧：一指一瞥之間，形容短暫。
【出處】唐．李朝威．柳毅傳：「俄見碧山出於遠波……指顧之際，山與舟相逼，乃有彩船自山馳來。」
【用法】形容時間非常短暫。
【例句】蘇東坡才思敏捷，下筆為文，**指顧之際**文章立就。
【義近】指顧之間／轉眼之間／顧盼之間／欬唾之間／彈指之間。
【義反】長年累月／曠時費日。

指顧可致

【釋義】指顧：指點顧盼，極言時間之短。致：到達。
【出處】陸贄．奉天請罷瓊林大盈二庫狀：「促殄遺孽，永垂鴻名，易如轉規，指顧可致。」
【用法】形容在很短的時間裏，即可獲得。
【例句】太空科學的日新月異，人類旅遊太空將是**指顧可致**之事。
【義近】指顧間事／唾手可得／伸手可得。
【義反】曠日費時。

指顧間事

【釋義】指顧：手一指，眼一顧。
【出處】班固．東都賦：「指顧倏忽，獲車已實。」
【用法】用以形容在極短暫的時間內即可辦到的事。
【例句】這不過是**指顧間事**，有何叨擾，請稍候片刻，馬上辦妥。
【義近】轉眼間事／彈指間事／舉手之勞。
【義反】穿石之事／磨杵之事。

拱手而降

【釋義】拱手：兩手在胸前作揖行禮。
【出處】元．無名氏．紫泥宣四折：「正遇他兩個，略施了些武藝，他兩個拱手而降。」
【用法】形容俯首投降。
【例句】拳王爭霸戰不到三回合，阿里就把挑戰者打得**拱手而降**。
【義近】俯首而降／拱手投降。
【義反】寧死不屈／不甘雌伏／傲然屹立。

拱手聽命

【釋義】拱手：雙手在胸前合抱，以表示順從。
【出處】明史．陳九疇傳：「邊臣怵利害，拱手聽命，致內屬番人勾連接引，以至於今。」
【用法】形容順從馴服於對方，毫無反抗。
【例句】夫妻之間要互相敬重，不可要求一方**拱手聽命**，免得引起爭執。
【義近】俯首聽命／俯首帖耳／唯命是從。

拱肩縮背

【釋義】拱肩：兩肩上聳。縮背：脊背彎曲。
【出處】曹雪芹．紅樓夢五一回：「只有他穿著那幾件舊衣衫，越發顯得拱肩縮背，好不可憐見的！」
【用法】形容畏寒、衰老或不健康的體態。
【例句】①你看那孩子凍得**拱肩縮背**的，應該趕緊替他加衣服！②你年紀輕輕就**拱肩縮背**，若不加強鍛鍊，矯正體型，今後老了恐怕要像個蝦子哩！
【義近】聳肩縮背／彎腰駝背／形容猥瑣。
【義反】昂首挺胸／亭亭玉立／玉樹臨風。

挑肥揀瘦

【釋義】挑、揀：均為選擇之意。肥、瘦：肥肉、瘦肉，喻難易、好壞。
【出處】濟公全傳一二六回：「掌刀的一瞧，見和尚襤褸不堪，心說：『這和尚必是買十個錢的肉，挑肥揀瘦。』」
【用法】用以說明某些人對工作或事物反覆挑選，只選對自己有利的。
【例句】小蔡對工作從不**挑肥揀瘦**，總是把困難留給自己，把方便讓給別人，因而深得經理的喜愛。
【義近】避重就輕／拈輕怕重。
【義反】不拘肥瘦／不論好歹／豁達大度。

挑撥離間（ㄊㄧㄠˇ ㄅㄛ ㄌㄧˊ ㄐㄧㄢˋ）

【釋義】挑撥：搬弄是非，引起糾紛。離間：使人不和睦。
【出處】劉克莊・後村詩話：「主人若也勤挑撥，敢向尊前不盡心。」陳壽・三國志・吳書・諸葛瑾傳：「離間人骨肉。」
【用法】指搬弄是非，製造矛盾，使別人不團結。
【例句】她的心眼很不好，喜歡**挑撥離間**，搬弄是非，破壞別人的感情。
【義近】挑唆是非／搬弄是非／乘間投隙。
【義反】排難解紛／從中調停。

拾人牙慧（ㄕˊ ㄖㄣˊ ㄧㄚˊ ㄏㄨㄟˋ）

【釋義】牙慧：指別人說過的話。又作「拾牙慧」。
【出處】劉義慶・世說新語・文學：「殷中軍云：『康伯未得我牙後慧。』」
【用法】比喻拾取別人的一言半語當作自己的話。也比喻沿襲別人的見解、論點。
【例句】這些全是**拾人牙慧**的陳年舊聞，沒有採用的價值。
【義近】拾人涕唾／拾人餘唾／拾人牙後／人云亦云。
【義反】獨闢蹊徑／自出心裁／獨出心裁／別具卓見。

拾人涕唾（ㄕˊ ㄖㄣˊ ㄊㄧˋ ㄊㄨㄛˋ）

【釋義】拾取別人的鼻涕和唾沫。涕：鼻涕。
【出處】嚴羽・滄浪詩話：「僕之詩辯……是自家閉門鑿破此片田地，即非傍人籬壁，拾人涕唾得來者。」
【用法】比喻蹈襲他人的意見、言論。
【例句】像你這樣跟在別人後面鸚鵡學舌，**拾人涕唾**，究竟有什麼意思？
【義近】拾人牙慧／拾人餘唾／人云亦云。
【義反】獨樹一幟／別具匠心／獨到之見。

拾金不昧（ㄕˊ ㄐㄧㄣ ㄅㄨˋ ㄇㄟˋ）

【釋義】金：原指金錢，現泛指貴重物品。昧：隱藏。
【出處】李綠園・歧路燈一〇八回：「把家人名分扯倒，又表其拾金不昧。」
【用法】指拾到東西並不隱瞞下來占爲己有。
【例句】陳小姐**拾金不昧**的行爲，受到大家的讚揚。
【義近】見利思義／物歸原主。
【義反】見財起意／見利忘義。

拾遺補缺（ㄕˊ ㄧˊ ㄅㄨˇ ㄑㄩㄝ）

【釋義】揀取一些遺漏的小事，彌補一些欠缺的工作。闕：同「缺」。
【出處】司馬遷・報任少卿書：「次之，又不能拾遺補闕，招賢進能，顯巖穴之士。」
【用法】①對事而言：表示對缺失遺漏能加以補充修正。②對人而言：表示能指出自己或他人言行上的缺失，而加以補救。
【例句】①這件事若能即時**拾遺補缺**，仍有挽回的餘地。②爲人臣者要能直言極諫，以盡對上位者**拾遺補缺**之責。
【義近】補過拾遺／補錄缺漏。
【義反】抱殘守缺。

拿三搬四（ㄋㄚˊ ㄙㄢ ㄅㄢ ㄙˋ）

【釋義】拿：刁難。搬：移動，推託。
【出處】曹雪芹・紅樓夢六二回：「你倒別和我拿三搬四的。我煩你做個什麼，把你懶的横針不拈，豎線不動。」
【用法】比喻不聽調遣、支派，用各種藉口推託。
【例句】你這孩子，爲什麼大人叫你做點事，你就這樣**拿三搬四**呢？
【義近】推三阻四／推三拉四。

【義反】信誓旦旦／一呼百應／義無反顧。

拿手好戲（ㄋㄚˊ ㄕㄡˇ ㄏㄠˇ ㄒㄧˋ）

【釋義】指演員最擅長的劇目。拿手：猶言特長。
【用法】用以比喻最擅長的本領。多就技藝而言。
【例句】走鋼絲、蹬單輪車等，是馬戲團裏每個特技演員的**拿手好戲**。
【義近】看家本領。
【義反】雕蟲小技。

拿腔作勢（ㄋㄚˊ ㄑㄧㄤ ㄗㄨㄛˋ ㄕˋ）

【釋義】拿腔：裝腔。作勢：擺出一種姿勢。一作「拿班作勢」。
【出處】曹雪芹・紅樓夢二五回：「那賈環便來到王夫人炕上坐著，命人點了蠟燭，拿腔做勢的抄寫。」
【用法】用以形容裝模作樣，擺架子。
【例句】這傢伙受到上司的嘉獎便**拿腔作勢**，神氣活現起來了。
【義近】裝腔作勢／裝模作樣／拿班作勢。
【義反】一本正經／天眞爛漫。

拿雲捉月（ㄋㄚˊ ㄩㄣˊ ㄓㄨㄛ ㄩㄝˋ）

【釋義】可上天握住雲霧，捉拿月亮。
【出處】西湖佳話・西泠韻迹：「到了今日，方知甥女有此拿雲捉月之才能。」
【用法】形容人有非常高的才能和本領。
【例句】我原來以爲他只是吹牛，誰知他果然有**拿雲捉月**的本領！
【義近】拿雲握霧／騰蛟起鳳／呼風喚雨／神通廣大／三頭六臂／架海擎天／拘神遣將／興雲致雨。
【義反】一無所長／一無可取／庸庸碌碌／半籌不納／黔驢技窮／諾諾無能。

拿賊見贓（ㄋㄚˊ ㄗㄟˊ ㄐㄧㄢˋ ㄗㄤ）

【釋義】捉賊要見到贓物。
【出處】元・無名氏・認金梳三折：「如今惱了你些兒，就是我有罪。拿賊見贓，殺人驗傷，我有何罪也？」
【用法】表示說人幹了什麼壞事，必須要有眞憑實據。
【例句】俗話說：**拿賊見贓**，你有什麼證據說我偷了你家的電視？
【義近】捉奸要雙／言必有據／鑿鑿有據／耳聞目睹。

【義反】道聽途說／空口白話／口說無憑／街談巷議／齊東野語／空穴來風。

七畫

捕風捉影

【釋義】捕捉風和影子。風、影：均比喻虛空不實之事。

【出處】朱子語類八卷：「若悠悠地似做不做，如捕風捉影，有甚長進？」

【用法】用以比喻說話做事毫無根據。

【例句】你所說的這些，完全是**捕風捉影**，沒有證據，如何能取信於人？

【義近】捕風繫影／無中生有。

【義反】實事求是／證據確鑿／信然有徵。

挾山超海

【釋義】挾山：挾帶高山。超海：跨越大海。意謂超過人的能力負荷。

【出處】孟子・梁惠王上：「挾泰山以超北海，語人曰：『我不能。』是誠不能也。」

【用法】指絕不可能做到的事。

【例句】要在三天之內趕造十萬支箭，簡直是**挾山超海**，癡人說夢。

【義近】精衛填海／大海撈針。

【義反】反掌折枝／甕中捉鼈／摧枯拉朽／探囊取物。

挾天子以令諸侯

【釋義】挾制皇帝，以其名義號令諸侯。

【出處】陳壽・三國志・蜀書・諸葛亮傳：「今(曹)操已擁百萬之眾，挾天子以令諸侯，此誠不可與爭鋒。」

【用法】用以比喻假借名義，發號施令。

【例句】你用不著這樣**挾天子以令諸侯**，就說是你的意見，難道我們還敢不照辦嗎？

【義近】挾主行令／狐假虎威。

挾主行令

【釋義】挾持君主，以君主名義發號施令。

【出處】南齊書・劉善明傳：「魏挾主行令，實踰二紀。晉廢立持權，遂歷四世。」

【用法】今多用以比喻借重權威者的名義，發號施令。

【例句】他是一位喜歡**挾主行令**、作威作福的主管，員工們無不怨聲載道，紛紛求去。

【義近】狐假虎威／狗仗人勢／挾天子以令諸侯。

挾朋樹黨

【釋義】朋：指互相勾結的同類。樹：樹立。

【出處】南朝梁・沈約・恩幸傳論：「外無逼主之嫌，內有專用之功，勢傾天下，未之或悟，挾朋樹黨，政以賄成。」

【用法】指為了爭權奪利而排斥異己，樹立黨派。

【例句】不論是政府機關或民間團體的成員，都不可**挾朋樹黨**，圖謀私利，否則總有一天會東窗事發，鋃鐺入獄。

【義近】植黨營私／朋比為奸／狼狽為奸／黨同伐異／比而不周。

【義反】羣而不黨／周而不比／和而不同。

挾長挾貴

【釋義】長：年長。貴：地位高貴。

【出處】孟子・萬章下：「不挾長，不挾貴，不挾兄弟而友。」

【用法】比喻以年長自恃，以地位尊貴傲人。

【例句】隔壁的王伯伯習慣**挾長挾貴**地命令別人幫他做事，大家看在他年長的分上，不便與他計較，卻躲他躲得遠遠的。

【義近】倚老賣老／仗勢欺人。

【義反】溫煦長者／忠厚長者。

挾勢弄權

【釋義】倚仗勢位，玩弄權力。

【出處】清・洪昇・長生殿・情悔：「況且弟兄姊妹，挾勢弄權，罪惡滔天，總皆由我，如何懺悔得盡。」

【用法】指憑藉他人的權勢地位而為非作歹。

【例句】史冊記載，凡是**挾勢弄權**的小人，都不會有好的下場，唐朝的楊國忠就是一個很好的例子。

【義近】恃寵弄權／狐假虎威／狗仗人勢／仗勢欺人。

振振有辭

【釋義】振振：盛大，引申為理直氣壯的樣子。有辭：有話可說。

【出處】左傳・僖公五年：「均服振振，取虢之旂。」

【用法】形容自以為理由充分，說個沒完。也指理直氣壯地發表議論。

【例句】分明是他自己弄錯了，他還**振振有辭**地辯解，真令人不敢苟同。

【義近】口若懸河／侃侃而談／強詞奪理／理直氣壯。

【義反】理屈詞窮／笨嘴拙舌／無言可對。

振裘持領

【釋義】要提起一件皮衣，必須拎住衣領。振：提起。裘：皮衣。持：握，拎。

【出處】漢・楊倫・上書案坐任嘉舉主罪：「臣聞春秋誅惡及本，本誅則惡消；振裘持領，領正則毛理。」

【用法】比喻做事要把握關鍵的部位。

【例句】處理任何事務，都要懂得**振裘持領**的道理，不然將曠日費時，事倍功半。

【義近】提綱挈領／綱舉目張。

【義反】本末倒置／捨本逐末／不得要領。

振窮恤貧

【釋義】振、恤：二字在這裏同義，救濟。

【出處】明史・王越傳：「睦族敦舊，振窮恤貧，如恐不及。」

【用法】指救濟貧窮的人。

【例句】這位樂善好施、**振窮恤貧**的企業家，廣獲社會的好評與敬愛。

【義近】憐貧惜弱／濟弱扶貧／扶危濟困／樂善好施。

【義反】自私自利／一毛不拔／嫌貧愛富／欺貧重富。

振臂一呼

【釋義】揮動手臂，一聲號召。振：揮動。

【出處】文選．李陵．答蘇武書：「死傷橫野，餘不滿百，而皆扶病，不任干戈。然陵振臂一呼，創病皆起。」

【用法】形容人很有號召力。

【例句】在秦始皇暴政的統治下，陳涉斬木爲兵，**振臂一呼**，天下英雄羣起響應，一舉推翻暴秦。

【義近】攘臂一呼／揭竿而起／登高一呼。

振聾發聵

【釋義】聲音很大，使耳聾的人也聽得見。振、發：振起，驚醒。聵：耳聾。

【出處】袁枚．隨園詩話補遺一：「此數言，振聾發聵，想當時必有迂儒曲士以經學談詩者。」

【用法】比喻用語言文字喚醒糊塗麻木的人，使他們清醒過來。

【例句】這篇文章主題嚴正，說理暢達，足以**振聾發聵**，起教化之功。

【義近】醍醐灌頂／當頭棒喝／暮鼓晨鐘／發人深省／茅塞頓開。

【義反】爲惑不解。

捏一把汗

【釋義】因擔心而手心出汗。

【出處】李寶嘉．官場現形記二八回：「還當他是來提銀子的，心上倒捏了一把汗。」

【用法】形容心情非常緊張。

【例句】坐雲霄飛車那種電掣風馳的感受，使得膽子再大的人，也不得不**捏一把汗**。

【義近】提心在口／提心吊膽／心驚膽戰。

【義反】神色自若／面不改色／神閒氣定。

捏手捏腳

【釋義】意謂手腳的動作很輕。

【出處】京本通俗小說．錯斬崔寧：「那賊略推一推，豁地開了。捏手捏腳，直到房中，並無一人知覺。」

【用法】形容放輕手腳走路，動作小心，儘量不發出聲響。

【例句】那個小偷**捏手捏腳**地潛進屋裏行竊，以爲神不知、鬼不覺，殊不知監視系統早就把他的一舉一動全都錄了下來，最後還是被逮住了。

【義近】輕手輕腳／躡手躡腳。

【義反】笨手笨腳／大搖大擺。

挹彼注此

【釋義】舀那個容器裏的水灌入這個容器中。挹：舀、吸。注：灌入。

【出處】詩經．大雅．泂酌：「泂酌彼行潦，挹彼注茲。」泂，音ㄐㄩㄥˇ，遠也。茲：此。

【用法】比喻以有餘補不足。

【例句】負責家計的人，必須明瞭**挹彼注此**的道理，撙節開支，互補有無。

【義近】截長補短／以餘補缺。

【義反】捉襟見肘／左支右絀／顧此失彼。

捐除成見

【釋義】捐除：拋棄，捨棄。成見：對人或事物有預定的主觀看法。

【出處】袁枚．答章觀察招飲書：「枚靜言思之，終覺齊大非偶……捐除成見，靜候報章。」

【用法】說明拋棄心中既定的主觀見解。

【例句】你們要共同創業，首先必須**捐除成見**，推心置腹地做一次暢談，以消除彼此的隔閡。

【義近】拋棄成見／捐除己見。

【義反】固執己見。

捐軀赴難

【釋義】捐軀：爲國家、爲正義而死。赴難：奔赴國難。

【出處】曹植．白馬篇：「捐軀赴國難，視死忽如歸。」

【用法】形容人急於國難，捨身救國。

【例句】抗戰期間，許多有志之士投筆從戎，走上前線，**捐軀赴難**。

【義近】爲國捐軀／奔赴國難／獻身沙場。

【義反】貪生怕死／急於私利／一心爲己。

捐軀報國

【釋義】捨棄身軀，報效國家。

【出處】元史．王檝傳：「臣以布衣受恩，誓捐軀報國，今既僨軍，得死爲幸。」

【用法】用以指爲國家而英勇犧牲生命。

【例句】少年汪琦奮勇上前殺敵，壯烈地**捐軀報國**，孔子主張國葬，以慰英靈。

【義近】爲國捐軀／殺身成仁／以身殉國／捨生取義。

【義反】靦顏事敵／貪生怕死／臨難苟免。

捉奸捉雙

【釋義】意謂捉拿姦情必須同時抓住奸夫淫婦。

【出處】凌濛初．初刻拍案驚奇卷一七：「況且捉奸捉雙，我和你又無實迹憑據，隨他說長道短。」

【用法】表示人若犯了通奸之罪，也必須要有眞憑實據。

【例句】俗話說得好，**捉奸捉雙**，別人夫妻間的事是不可以隨便亂說的，害人夫妻反目可是罪孽深重。

【義近】捉奸在床／捉賊見贓／捉奸成雙。

【義反】無中生有／捕風捉影／繪聲繪影。

捉虎擒蛟

【釋義】上山捉虎，下海擒蛟。蛟：傳說中的蛟龍。

【出處】元．無名氏．大劫牢三折：「捉虎擒蛟眞壯士，好漢聲名播四方。」

【用法】比喻本領高強，能制伏強敵。

【例句】練就一身**捉虎擒蛟**的本領，還要有保家衛國的信念，才算是智勇雙全的英雄。

【義近】擒龍伏虎／赤手縛龍。

【義反】手無縛雞之力。

捉班做勢 ㄓㄨㄛ ㄅㄢ ㄗㄨㄛˋ ㄕˋ

【釋義】意謂故意擺出不樂意的架勢。
【出處】馮夢龍・醒世恆言卷三：「萬一不肯時，妹子自會勸他。只是尋得主顧來，你卻莫要捉班做勢。」
【用法】用以指人故意擺架子，裝腔作勢。
【例句】你有什麼好主意就趕快說出來，別**捉班做勢**，吊人胃口，令人受不了。
【義近】裝腔作勢／拿班作勢／裝模作樣／矯揉造作。
【義反】一板一眼／天眞爛漫／誠心誠意。

捉賊捉贓 ㄓㄨㄛ ㄗㄟˊ ㄓㄨㄛ ㄗㄤ

【釋義】捉贓：拿到贓物作爲實據。
【出處】胡太初・治獄：「諺曰：『捉賊須捉贓，捉姦須捉雙。』此雖俚言，極爲有道。」
【用法】用以比喻處理問題須有眞憑實據。
【例句】你說他偷了你的錢包，但**捉賊捉贓**，他身上並沒有你的錢包呀！
【義近】捉賊見贓／捉奸捉雙。
【義反】一無佐證／無憑無據／口說無憑。

捉襟見肘 ㄓㄨㄛ ㄐㄧㄣ ㄐㄧㄢˋ ㄓㄡˇ

【釋義】拉一拉衣襟，就露出了胳膊肘。襟：同「衿」，衣襟。見：通「現」，顯露。
【出處】莊子・讓王：「曾子居衛……十年不製衣，正冠而纓絕，捉衿而肘見。」
【用法】形容衣不蔽體，生活貧窮。或用以比喻顧此失彼，窮於應付。
【例句】①他家現在算是步入了小康之境，那**捉襟見肘**的日子一去不復返了。②你這樣匆匆忙忙設立公司，準備很不充分，恐怕會**捉襟見肘**，問題叢生。
【義近】顧此失彼／納履踵決／左支右絀。
【義反】綽綽有餘／應付裕如／得心應手。

挺身而出 ㄊㄧㄥˇ ㄕㄣ ㄦˊ ㄔㄨ

【釋義】挺身：挺直身軀。出：站出來。
【出處】舊五代史・唐景思傳：「後數日城陷，景思挺身而出，使人告於鄰郡，得援軍數百……。」
【用法】形容人不畏艱險，勇敢地站出來擔當重任或打抱不平。
【例句】張先生這次**挺身而出**，幫助我們度過難關，令我們十分感激。
【義近】仗義而出／伸出援手。
【義反】畏縮不前／知難而退／臨陣脫逃。

挺胸凸肚 ㄊㄧㄥˇ ㄒㄩㄥ ㄊㄨˊ ㄉㄨˋ

【釋義】挺起胸膛，突起肚皮。凸：突出。
【出處】文康・兒女英雄傳二一回：「早進來了怒目橫眉、挺胸凸肚的一羣人。」
【用法】形容身強力壯、神氣活現的樣子。
【例句】軍訓教官說：「標準立正的姿勢是挺胸縮肚，絕不是**挺胸凸肚**，基本教練手冊裏寫得很清楚，你們要用心研讀。」
【義反】彎腰駝背。

挨肩擦背 ㄞ ㄐㄧㄢ ㄘㄚ ㄅㄟˋ

【釋義】肩挨肩，背擦背。一作「摩肩擦背」。
【出處】清平山堂話本・錯認屍：「當日鬧動城裏城外，人都得知，男子婦人，挨肩擦背……一齊來看。」
【用法】形容人多擁擠。
【例句】每到假日，街上男女老少，**挨肩擦背**，逛街、購物，好不熱鬧。
【義近】摩肩疊背／摩肩繼踵／比肩接踵／駢肩雜遝。
【義反】三三兩兩／稀稀落落。

挨肩擦臉 ㄞ ㄐㄧㄢ ㄘㄚ ㄌㄧㄢˇ

【釋義】挨：靠近。擦：接觸。
【出處】脂硯齋重評石頭記六五回：「賈珍便和三姐挨肩擦臉，百般輕薄起來。」
【用法】形容以輕佻的態度親近偎弄的樣子。
【例句】受到西方文化的影響，現代的年輕人在公眾場合**挨肩擦臉**，似乎已習以爲常，不當一回事了。
【義近】勾肩搭背／打情罵俏。
【義反】一本正經／坐懷不亂／正經八百。

捋虎鬚 ㄌㄩˇ ㄏㄨˇ ㄒㄩ

【釋義】捋：撚也，揉搓。撚老虎的鬍鬚。
【出處】三國志・吳書・朱桓傳注：「臣今日可謂捋虎鬚也。」韓偓・安貧詩：「謀身拙爲安蛇足，報國危曾捋虎鬚。」
【用法】比喻做危險之事。
【例句】刑警隊長冒**捋虎鬚**之危，獨自一人進入屋內勸綁匪棄械投降，其勇氣眞令人敬佩。
【義近】批逆鱗。

八畫

接二連三 ㄐㄧㄝ ㄦˋ ㄌㄧㄢˊ ㄙㄢ

【釋義】意即一個接一個。
【出處】曹雪芹・紅樓夢一回：「於是接二連三，牽五掛四，將一條街燒得如火焰山一般。」
【用法】形容連續不斷。
【例句】你們這樣**接二連三**地出問題，教我如何向老闆交代呢？
【義近】接踵而至／連續不斷。
【義反】時斷時續。

接袂成帷 ㄐㄧㄝ ㄇㄟˋ ㄔㄥˊ ㄨㄟˊ

【釋義】把衣襟連接起來可以成帷幕。袂：衣袖。
【出處】戰國策・齊策一：「臨淄之途，車轂擊，人肩摩，連衽成帷，舉袂成幕，揮汗成雨。」唐・張說・唐陳州龍興寺碑：「接袂成帷。」
【用法】形容城市繁華，人口眾多。
【例句】由於工商業高度發達，農村人口迅速集中都市，北、高兩地已成爲**接袂成帷**的大城市。
【義近】摩肩擦踵／揮汗成雨／聯袂成蔭／熙來攘往。
【義反】疏疏落落／三三兩兩／人煙稀少。

接紹香煙

【釋義】紹：繼續，繼承。香煙：祭祀祖先時所燃燒的煙香，借指享祭。

【出處】馮夢龍・醒世恆言卷二○：「掙得這些少家私，卻不曾生得個兒子，傳授與他，接紹香煙。」

【用法】比喻生養子孫，使家族繁延不斷。

【例句】碰到一位重視**接紹香煙**的婆婆，做媳婦的可就辛苦了，非得一舉得男，否則，婆婆嘮叨不休，怎得安寧？

【義近】傳宗接代／接續香火／血脈傳承。

【義反】斷子絕孫／香煙斷絕。

接踵比肩

【釋義】接踵：腳步緊相連接。踵：腳跟。比肩：並肩。

【出處】唐・韋嗣立・論職官多濫疏：「夫競趨者，人之常情；僥幸者，人之所趣。而今務進不避僥幸者，接踵比肩，佈於文武之列。」

【用法】形容人多，相繼不絕。

【例句】國慶日當晚所施放的高空煙火固然好看，但是現場**接踵比肩**的人潮擠得水洩不通，不如安坐家中欣賞電視，逍遙自在。

【義近】人山人海／人潮洶湧／摩肩繼踵。

【義反】三三兩兩／零零落落／寥寥無幾。

接踵而來

【釋義】踵：腳後跟。一作「接踵而至」。

【出處】梁書・武帝紀下：「故鄉老少，接踵而至，情貌孜孜，若歸於文。」

【用法】指人們前腳跟著後腳，接連不斷地到來。

【例句】眞是人老病出頭，近幾年來病痛**接踵而來**，折磨得我心力交瘁。

【義近】聯翩而至／紛至沓來／絡繹不絕／接二連三。

【義反】斷斷續續／時續時輟／裹足不前。

掠人之美

【釋義】掠：掠取，奪取。美：美好的方面。

【出處】宋・王楙・野客叢書・龔張對上無隱：「（張）湯見上，曰：『前奏非俗吏所及，誰爲之者？』湯以（兒）寬對，不掠人之美以自耀。」

【用法】指奪取別人的功勞、聲譽以爲己有。

【例句】夏先生品德高尙，既不居功自傲，更不**掠人之美**，故在同儕中頗有聲望。

【義近】竊爲己有／浪得虛名。

【義反】眞才實學。

掠地攻城

【釋義】奪取地盤，攻佔城池。又作「攻城略地」。

【出處】明・無名氏・精忠記・應詔：「勤王報國應無憚，掠地攻城豈畏難。」

【用法】指攻佔敵人的城池。

【例句】戰爭是殘酷的，一場**掠地攻城**的慘烈戰役之後，軍民死傷無數，故自古仁君絕不輕啓戰端。

【義近】攻城略地／過關斬將。

【義反】偃旗息鼓／按兵不動。

掂斤播兩

【釋義】意謂較量輕重。掂、播：均爲估量輕重之意。

【出處】王實甫・西廂記一本二折：「儘著你說短論長，一任待掂斤播兩。」

【用法】用以比喻品評優劣或計較瑣事。

【例句】你對自己這麼大方，對別人卻**掂斤播兩**的，難怪朋友這麼少。

【義近】掂斤估兩／說短論長／斤斤計較。

【義反】不論長短／不較優劣。

捲土重來

【釋義】捲土：人馬奔跑捲起來的塵土。

【出處】杜牧・題烏江亭詩：「江東子弟多才俊，捲土重來未可知。」

【用法】比喻失敗後，集結力量重新再來。

【例句】失敗了沒有關係，只要我們還活著，就可以**捲土重來**。

【義近】東山再起／重整旗鼓／死灰復燃／從頭再來。

【義反】一蹶不振／一敗塗地／銷聲匿跡。

捷足先登

【釋義】捷足：腳步敏捷。又作「捷足先得」。

【出處】司馬遷・史記・淮陰侯列傳：「蒯通曰：『秦失其鹿，天下共逐之，高材捷足者，先得焉。』」

【用法】用以比喻行動敏捷的人，首先取得。

【例句】在人生旅途上，只有那些樂觀進取的人才能**捷足先登**，獲得成就。

【義近】先我著鞭／逐兔先得／疾足先得。

【義反】姍姍來遲。

捷報頻傳

【釋義】捷報：打勝仗的消息。頻：屢次，接連。

【出處】唐・杜牧・少年行：「捷報雲臺賀，公卿拜壽危。」徐遲・地質之光：「華北大平原上捷報頻傳。」

【用法】指報告勝利的消息接連不斷地傳來。

【例句】金龍少棒隊是支訓練有素的隊伍，赴美比賽期間，**捷報頻傳**，國人欣喜若狂。

【義近】佳音連連。

【義反】頻傳失利。

掃地以盡

【釋義】以：而。又作「掃地已盡」、「掃地盡矣」。

【出處】漢書・魏豹、田儋、韓信傳贊：「秦滅六國而上古遺烈掃地盡矣。」

【用法】比喻破壞無遺或丟失乾淨，也比喻丟盡臉面。

【例句】他不聽我勸，硬要去做冒險生意，結果弄得**掃地以盡**，人財兩空。

【義近】掃地無遺／一掃而空。

【義反】留有餘地。

掃地無餘

【釋義】像掃地一樣掃得乾乾淨

淨，毫無保留。

【出處】舊五代史・樂志下：「自安、史亂離，咸秦蕩覆。崇牙樹羽之器，掃地無餘。」

【用法】形容擄掠一空或破壞淨盡。

【例句】史冊記載，清兵入關之後，有「揚州十日、嘉定三屠」，證明這兩地受創最深，大軍過後，**掃地無餘**。

【義近】席捲一空／橫掃一空／一掃而空／搜刮一空／搜刮淨盡。

【義反】毫髮無傷／秋毫未損。

掃眉才子（ㄙㄠˇ ㄇㄟˊ ㄘㄞˊ ㄗˇ）

【釋義】掃眉：婦女畫眉毛，用以代稱女子。

【出處】唐・王建・寄蜀中薛濤校書：「掃眉才子知多少，管領春風總不如。」

【用法】舊時用以指有文才的女子。

【例句】唐宋八大家裏的「三蘇」，指的是蘇老泉父子三人，文章名聞天下。據說蘇家尚有蘇小妹，也是一位不遑多讓的**掃眉才子**，只是沒有父兄那樣出名，因此知道的人並不多。

【義近】不櫛進士／詠絮才女。

掃榻以待（ㄙㄠˇ ㄊㄚˋ ㄧˇ ㄉㄞˋ）

【釋義】掃除榻上的灰塵，等待客人的到來。榻：狹長而較矮的床，可供坐臥。

【出處】章炳麟・致伯中書一：「君以暇時能來相就，則掃榻以待也。」

【用法】用以喻指熱忱迎接和招待客人。

【例句】難得部長答允光臨寒舍，敝職自當**掃榻以待**，引爲無上光榮。

【義近】掃徑以待／取轄投井／剪髮待賓。

【義反】掃地出門／閉門不納。

掃興而歸（ㄙㄠˇ ㄒㄧㄥˋ ㄦˊ ㄍㄨㄟ）

【釋義】掃興：遇到不如意的事而情緒低落。一作「掃興而回」。

【出處】湯顯祖・牡丹亭・旅寄：「不隄防嶺北風嚴，感了寒疾，又無掃興而回之理。」

【用法】指人興致被打消，快快而歸。

【例句】我們全家高高興興出去郊遊，不料突然下起大雨，結果全被淋成落湯雞，**掃興而歸**。

【義近】敗興而歸。

【義反】乘興而行／乘興而出。

捧心西子（ㄆㄥˇ ㄒㄧㄣ ㄒㄧ ㄗˇ）

【釋義】捧心：因心痛雙手捧抱胸前。西子：春秋時越國美女西施。

【出處】莊子・天運：「西子病心而矉其里……。」明・汪廷訥・獅吼記・奇妬：「我看你雲鬟雖亂，意態更妍，恍如宿醒太眞，絕勝捧心西子。」

【用法】美女病中嬌弱之態。

【例句】美麗的夏小姐雖臥病在床，卻猶如**捧心西子**，風韻惹人憐愛，眞是我見猶憐。

【義近】西施捧心。

【義反】東施效顰。

捧腹大笑（ㄆㄥˇ ㄈㄨˋ ㄉㄚˋ ㄒㄧㄠˋ）

【釋義】捧腹：雙手捂住肚子。

【出處】司馬遷・史記・日者列傳：「司馬季主捧腹大笑曰：『觀大夫類有道術者，今何言之陋也，何辭之野也！』」

【用法】形容遇到極可笑之事，而笑得不能抑止。

【例句】那個小孩模仿猴子的動作，裝腔作勢，逗得大人們個個**捧腹大笑**。

【義近】開懷大笑／哈哈大笑／笑破肚皮。

【義反】號啕大哭／痛哭流涕／涕泗縱橫／如喪考妣。

掘室求鼠（ㄐㄩㄝˊ ㄕˋ ㄑㄧㄡˊ ㄕㄨˇ）

【釋義】挖壞房子，捕捉老鼠。

【出處】淮南子・說山訓：「環堵以取龜，發屋而求狸，掘室而求鼠，割脣而治齲，桀跖之徒，君子不與。」

【用法】比喻因小而失大，或比喻得不償失。

【例句】在快車道上爲了撿拾遺失的區區百元，被來車撞得頭破血流，眞是**掘室求鼠**，何苦來哉。

【義近】因小失大／得不償失／環堵取龜／發屋求狸／割脣治齲。

【義反】亡戟得矛／塞翁失馬／因禍得福。

掛一漏萬（ㄍㄨㄚˋ ㄧ ㄌㄡˋ ㄨㄢˋ）

【釋義】掛：又作「挂」，鉤住，指說到、提到。漏：遺忘、遺漏。

【出處】宋・李昴英・文溪集・九寶祐甲寅宗正卿上殿奏劄：「事事掛漏，色色窮空，症候轉危，景像愈蹙。」掛漏：掛一漏萬之省稱。韓愈・南山詩：「挂一念萬漏。」

【用法】處事不周密，只記掛其一，遺漏甚多重要部分。

【例句】結婚發喜帖也是一門大學問，最怕**掛一漏萬**，得罪老朋友。

【義近】顧此失彼／百密一疏。

【義反】面面俱到／萬無一失。

掛羊頭賣狗肉（ㄍㄨㄚˋ ㄧㄤˊ ㄊㄡˊ ㄇㄞˋ ㄍㄡˇ ㄖㄡˋ）

【釋義】也作「懸羊頭賣狗肉」，指弄虛作假。

【出處】普濟・五燈會元一六：「懸羊頭，賣狗肉，壞後進，初機滅。」

【用法】比喻以好的名義做招牌，實際上兜售低劣的貨色。也指以假亂眞，蒙騙別人。

【例句】有些國家的政府**掛羊頭賣狗肉**，嘴上高喊民主，實行的卻是專制獨裁的政策。

【義近】魚目混珠／炫玉賈石／弄虛作假。

【義反】貨眞價實／名實相副／表裏一致。

措手不及（ㄘㄨㄛˋ ㄕㄡˇ ㄅㄨˋ ㄐㄧˊ）

【釋義】措手：著手處理、應付。

【出處】元・無名氏・千里獨行：「我則殺他箇措手不及。」

【用法】形容事出突然或準備不足，來不及應付。

【例句】你怎麼事先不來電話通知我一聲，突然光臨，弄得我**措手不及**，實在沒什麼好招待你。

【義近】猝不及防／驚惶失措。

【義反】措置裕如／泰然處之。

措置裕如（ㄘㄨㄛˋ ㄓˋ ㄩˋ ㄖㄨˊ）

【釋義】措置：安排，辦理。裕如：從容不費力的樣子。

【出處】後漢書・東平憲王蒼傳：「每會見，踧踖無所措置。」揚雄・法言：「裕如也，如不用也。」

【用法】指處理事不費勁，而且做得很好。

【例句】王科長經常處理困難的事情，這件小事當然是**措置裕如**，勝任愉快。

【義近】措置有方／應付裕如／得心應手。

【義反】措置失當／力不從心。

措顏無地（ㄘㄨㄛˋ ㄧㄢˊ ㄨˊ ㄉㄧˋ）

【釋義】意謂臉沒處擱放。措：放置。顏：臉，指面子。無地：沒有地方。

【出處】明・陳汝元・金蓮記・釋憒：「逐臣吹毛洗垢，自知積罪如山；學士排難解紛，反使措顏無地。」

【用法】形容極其羞愧。

【例句】好友善意的勸告，應虛心檢討，如果一意孤行，招致失敗，再相見時會**措顏無地**。

【義近】無地自容／愧對故人／無顏見江東父老。

【義反】俯仰無愧／不愧不怍。

掩人耳目（ㄧㄢˇ ㄖㄣˊ ㄦˇ ㄇㄨˋ）

【釋義】意謂遮掩別人的耳目。掩：遮。

【出處】吳承恩・西遊記一六回：「那兩個和尚卻不都燒死？又好掩人耳目，袈裟豈不是我們傳家之寶？」

【用法】比喻用假象迷惑人、欺騙人。

【例句】弄虛作假，即使能**掩人耳目**於一時，終究不能改變事實的眞相。

【義近】遮人耳目／混淆視聽。

掩口胡盧（ㄧㄢˇ ㄎㄡˇ ㄏㄨˊ ㄌㄨˊ）

【釋義】胡盧：狀聲詞，笑時喉嚨間的聲音。

【出處】漢・孔鮒・孔叢子・抗志：「衛君乃胡盧大笑。」後漢書・應邵傳：「夫睹之者掩口胡盧而笑。」

【用法】指用手捂著嘴不出聲的笑。

【例句】以前的大家閨秀深受禮教的束縛，說話輕聲細語，連笑都得像**掩口胡盧**一樣，不得張嘴露齒。

【義近】抿嘴而笑／淡然一笑／回眸一笑。

【義反】抽抽噎噎／淚眼汪汪。

掩目捕雀（ㄧㄢˇ ㄇㄨˋ ㄅㄨˇ ㄑㄩㄝˋ）

【釋義】蒙住眼睛捉雀鳥。

【出處】三國志・魏書・陳琳傳：「諺有掩目捕雀，夫微物尚不可欺以得志，況國之大事，其可以詐立乎？」

【用法】比喻自己欺騙自己，或比喻盲目從事。

【例句】一個人要勇於面對現實，千萬不要有**掩目捕雀**、自欺欺人的行為。

【義近】掩耳盜鈴／盜鐘掩耳／自欺欺人。

【義反】計出萬全／萬無一失／深思熟慮／謀定而後動。

掩耳而走（ㄧㄢˇ ㄦˇ ㄦˊ ㄗㄡˇ）

【釋義】用兩手捂住耳朵逃走。

【出處】馮夢龍・東周列國志六五回：「寧喜以殖之遺命，告於蘧瑗，瑗掩耳而走。」

【用法】指非常不願意聽別人所說的事情。

【例句】林小姐只要一聽到有人談起那個昔日拋棄她的男人，便馬上**掩耳而走**，不屑置評。

【義近】掩耳蹙頞／充耳不聞／避之唯恐不及。

【義反】洗耳恭聽／側耳傾聽。

掩耳盜鈴（ㄧㄢˇ ㄦˇ ㄉㄠˋ ㄌㄧㄥˊ）

【釋義】捂住耳朵去偷鈴。掩：遮掩，捂住。一作「掩耳盜鐘」。

【出處】典出呂氏春秋・自知。曹雪芹・紅樓夢九回：「那怕再念三十本詩經，也是掩耳盜鈴，哄人而已。」

【用法】比喻自己欺騙自己，想掩蓋根本無法掩蓋的事實。

【例句】我勸你還是勇於面對現實吧！何苦要**掩耳盜鈴**，欺騙自己呢？

【義近】掩目捕雀／掩鼻偷香／自欺欺人。

掩耳蹙頞（ㄧㄢˇ ㄦˇ ㄘㄨˋ ㄜˋ）

【釋義】遮住耳朵，皺著鼻子。

【出處】柳宗元・河間婦傳：「自是雖戚里為邪行者，聞河間之名，則掩耳蹙頞，皆不欲道之。」

【用法】形容厭惡到了極點，根本不願意聽到或談到。

【例句】這個潑婦無中生有，無理取鬧，凶惡得如一隻母老虎，任何人聽了無不**掩耳蹙頞**。

【義近】掩耳而走／充耳不聞／避之唯恐不及／深惡痛絕。

【義反】洗耳恭聽／側耳傾聽。

掩映生姿（ㄧㄢˇ ㄧㄥˋ ㄕㄥ ㄗ）

【釋義】姿：姿色，在此作美景解。掩：遮蓋。映：反照。

【出處】曾樸・孽海花二〇回：「進了牌樓，一條五色碎石砌成的長隄，夾隄垂楊映綠，芙蓉綻紅，還夾雜著無數蜀葵海棠，秋色繽紛，兩邊碧渠如鏡，掩映生姿。」

【用法】比喻輝映交織出一片美麗的風景。

【例句】陽明山遍地杜鵑，暮春三月，花蕾盛開，紅白相襯，**掩映生姿**，美麗極了。

【義近】輝映生色。

掩面失色（ㄧㄢˇ ㄇㄧㄢˋ ㄕ ㄙㄜˋ）

【釋義】遮著臉面，變了顏色。

【出處】羅貫中・三國演義七五回：「（華佗）用刀刮骨，悉悉有聲。帳上帳下見者，皆掩面失色。」

【用法】形容驚慌害怕得連臉色都變了。

【例句】我姊姊膽子小，即使看見老鼠、蟑螂也會嚇得**掩面失色**，眞是可笑。

【義近】驚慌失色／大驚失色／面無人色／面如土色。

【義反】神色自若／面不改色／泰然自若／從容自如。

掩惡溢美（ㄧㄢˇ ㄜˋ ㄧˋ ㄇㄟˇ）

【釋義】溢美：過分讚美。溢：水滿流出，引申為過分。
【出處】宋・周密・齊東野語・張魏公三戰本末略：「若志狀，則全是本家子孫、門人掩惡溢美之詞，又可盡信乎？」
【用法】指對人的評論，遮掩其缺點而一味的讚美。
【例句】對別人下評斷，務必公正，既不可吹毛求疵，也不可**掩惡溢美**，二者皆失之公允。
【義近】隱惡揚善／溢美之辭。
【義反】吹毛求疵／洗垢求瘢／尋瑕索瘢／披毛索靨。

掩瑕藏疾（ㄧㄢˇ ㄒㄧㄚˊ ㄘㄤˊ ㄐㄧˊ）

【釋義】瑕：玉上的斑點，喻缺點。藏：隱瞞。疾：指毛病或過錯。
【出處】晉書・涼武昭王李玄盛傳：「至于掩瑕藏疾，滌除疵垢，朝為寇仇，夕委心膂，雖未足希準古人，粗亦無負於新舊。」
【用法】指掩蓋缺點，隱瞞過錯。
【例句】犯了過錯卻仍企圖**掩瑕藏疾**，是解決不了問題的。還不如認錯改過，才是解決之道。
【義近】文過飾非／飾過掩非。
【義反】遷善改過／知過必改。

掩鼻而過（ㄧㄢˇ ㄅㄧˊ ㄦˊ ㄍㄨㄛˋ）

【釋義】把鼻子遮住走過去。
【出處】孟子・離婁下：「西子蒙不潔，則人皆掩鼻而過之。」
【用法】形容對不潔或醜惡的東西十分厭惡。
【例句】接連好幾天沒有清運垃圾，路旁的垃圾堆積如山，臭氣沖天，來往行人無不**掩鼻而過**。
【義近】令人作嘔／臭氣熏天。
【義反】如蟻附羶／如蠅逐臭。

掩賢妒善（ㄧㄢˇ ㄒㄧㄢˊ ㄉㄨˋ ㄕㄢˋ）

【釋義】掩：壓制。賢、善：指有才德的人。
【出處】孫光憲・北夢瑣言卷一：「勿謂衛公掩賢妒善，牛相不罹大禍，亦幸而免。」
【用法】指壓制和嫉妒有才德的優秀人才。
【例句】君子尊賢讓能，小人**掩賢妒善**，此君子之所以成功，而小人之所以失敗者也。
【義近】妒賢嫉能／妒才害能。
【義反】招賢納士／尊賢讓能。

掌上明珠（ㄓㄤˇ ㄕㄤˋ ㄇㄧㄥˊ ㄓㄨ）

【釋義】手掌上的一顆明亮的珍珠。
【出處】傅玄・短歌行：「昔君視我，如掌上珠；何意一朝，棄我溝渠。」
【用法】比喻極受父母疼愛的兒女，尤其是女兒。也比喻極受寵愛的人。
【例句】我這小孫女聰明活潑，是全家人的**掌上明珠**。
【義近】心肝寶貝。
【義反】眼中釘肉中刺。

捫心自問（ㄇㄣˊ ㄒㄧㄣ ㄗˋ ㄨㄣˋ）

【釋義】捫心：手摸胸口。捫：撫摸。心：胸口。
【出處】林則徐・批荷蘭國總管……新例稟：「何曾有一眞，捫心自問，能不令人看破否？」
【用法】用以表示自我反省，自作檢討。
【例句】你老是責怪他人，卻很少**捫心自問**自己有沒有錯，這樣做對嗎？
【義近】撫心自問／反躬自省。
【義反】歸咎於人／委過他人。

捫心無愧（ㄇㄣˊ ㄒㄧㄣ ㄨˊ ㄎㄨㄟˋ）

【釋義】摸著胸口感到無所慚愧。捫：摸、按。
【出處】白居易・和夢遊春詩一百韻：「捫心無愧畏，騰口有謗讟。」
【用法】表示光明磊落，沒有什麼可以慚愧的。
【例句】只要**捫心無愧**，就不怕人在背後批評，所謂「君子坦蕩蕩，小人長戚戚」，就是這個意思。
【義近】問心無愧／俯仰不怍／心安理得／不愧不怍。
【義反】內負神明／心中有鬼。

捫隙發罅（ㄇㄣˊ ㄒㄧˋ ㄈㄚ ㄒㄧㄚˋ）

【釋義】捫：摸。隙：縫隙。罅：裂縫。
【出處】宋・王令・答劉公著微之書：「今夫人爵，人之求者，猶研精苦思，捫隙發罅……。」
【用法】用以指尋找可乘之機進行鑽營。
【例句】一個沒有眞才實學的人，就算**捫隙發罅**，謀得一官半職，也是做不長久的。
【義近】尋隙覓縫／苦心鑽營／尋罅而進／逢迎巴結。
【義反】直道而行／行不由徑／不走後門。

捫蝨而談（ㄇㄣˊ ㄕ ㄦˊ ㄊㄢˊ）

【釋義】捫：捉。蝨：寄生於人畜身上的吸血小蟲。意謂邊捉身上的蝨子邊談論。
【出處】晉書・王猛傳：「桓溫入關，猛被褐而詣之，一面談當世之事，捫蝨而言，旁若無人。」
【用法】形容從容不迫，無所畏忌。
【例句】寒流過境，趁著溫暖的陽光，幾位遊民在公園裏**捫蝨而談**，倒也自得其樂。

掉以輕心（ㄉㄧㄠˋ ㄧˇ ㄑㄧㄥ ㄒㄧㄣ）

【釋義】掉：擺弄，不在乎。輕：輕率。
【出處】柳宗元・答韋中立論師道書：「故吾每為文章，未嘗敢以輕心掉之。」
【用法】指對事物採取漫不經心的輕率態度。
【例句】你身上的這個腫瘤，務必要及早去看醫生，千萬不可**掉以輕心**。
【義近】漫不經心／等閒視之。
【義反】鄭重其事／一絲不苟。

掉舌鼓脣（ㄉㄧㄠˋ ㄕㄜˊ ㄍㄨˇ ㄔㄨㄣˊ）

【釋義】掉舌：搖動舌頭。鼓脣：鼓動嘴脣。
【出處】李綠園・歧路燈七九回：「妝女的呈嬌獻媚，令人消魂；耍醜的掉舌鼓脣，令人捧腹。」

【用法】指賣弄口才。
【例句】千萬不要相信掉舌鼓脣的人，因爲他們只會亂開支票，而沒有實際的作爲。
【義近】搖脣鼓舌／耍嘴皮子／巧舌如簧／舌燦蓮花／天花亂墜。
【義反】拙於辭令／不善言辭。

掉書袋 ㄉㄧㄠˋ ㄕㄨ ㄉㄞˋ

【釋義】掉弄書袋子。
【出處】南唐書．彭利用傳：「對家人稚子，下逮奴隸，言必據書史，斷章破句，以代常談，俗謂之掉書袋。」
【用法】指人在言談或作文中喜歡用書中典故，賣弄才學。有譏諷之意。
【例句】商用英文講究的是簡、雅、達，不需要掉書袋，讓人不知所云。
【義近】咬文嚼字／引經據典。
【義反】言簡意賅／直截了當。

掉嘴弄舌 ㄉㄧㄠˋ ㄗㄨㄟˇ ㄋㄨㄥˋ ㄕㄜˊ

【釋義】意即掉弄嘴舌。
【出處】石點頭卷六：「況且他是賣席子，你是做豆腐，各人做自家生理，何苦掉嘴弄舌，以至相爭。」
【用法】指發生口角爭執，即吵架。
【例句】古人常說遠親不如近鄰，因此千萬不要爲了雞毛蒜皮小事，與鄰居掉嘴弄舌，鬧得不相往來。
【義近】攘袂相對／互相攻訐。
【義反】口角春風／把臂言歡。

掉頭鼠竄 ㄉㄧㄠˋ ㄊㄡˊ ㄕㄨˇ ㄘㄨㄢˋ

【釋義】轉過頭來像老鼠一般地逃竄。
【出處】明．許自昌．水滸記．縱騎：「他怎肯網開三面漫相遮，教我掉頭鼠竄無寧帖。」
【用法】形容急急忙忙，狼狽逃竄的情形。
【例句】這個闖空門的小偷，遇到主人回家便嚇得掉頭鼠竄，越牆而逃。
【義近】抱頭鼠竄／奪門而逃／狼狽而逃／落荒而逃。
【義反】一搖三擺／大搖大擺。

掉臂不顧 ㄉㄧㄠˋ ㄅㄧˋ ㄅㄨˋ ㄍㄨˋ

【釋義】擺動手臂，頭也不回。
【出處】司馬遷．史記．孟嘗君列傳：「日暮之後，過市朝者，掉臂而不顧。」
【用法】形容人毫無眷顧之意，轉身不顧而去。
【例句】所謂酒肉之交就是當你遭遇困難時，掉臂不顧的人，所以交朋友一定要小心。
【義近】掉頭而去／棄之不顧／漠然置之／無動於衷。
【義反】關懷備至／噓寒問暖／問長問短／無微不至。

探本窮源 ㄊㄢ ㄅㄣˇ ㄑㄩㄥˊ ㄩㄢˊ

【釋義】意謂尋找樹根水源。探：尋求。本：樹根。窮：探尋。源：水源。
【出處】李寶嘉．文明小史五一回：「一來可以擴擴眼界，長長見識。二來也可以把這工藝一項探本窮源。」
【用法】比喻探求、追溯事物的根本。
【例句】社會亂象層出不窮，政府必須探本窮源，尋求解決之道。
【義近】推本溯源／追本窮源／追根究柢／刨根問底。
【義反】得過且過／囫圇吞棗／大而化之／不求甚解。

探奇窮異 ㄊㄢ ㄑㄧˊ ㄑㄩㄥˊ ㄧˋ

【釋義】探尋奇跡，窮游異處。窮：盡。
【出處】凌濛初．初刻拍案驚奇卷二四：「小生一時探奇窮異，實出無心，若是就了此親，外人不曉得的，盡道小生是有所探求而爲之，反覺無顏。」
【用法】用以指遊覽奇異的山水景物。
【例句】唐朝的柳宗元被貶爲永州司馬，公餘之暇遊山玩水、探奇窮異，並寫下著名的〈永州八記〉流傳後世。
【義近】尋幽探勝／探奇攬勝。
【義反】閉門不出／足不出戶。

探幽索隱 ㄊㄢ ㄧㄡ ㄙㄨㄛˇ ㄧㄣˇ

【釋義】幽：深。索：搜求。隱：隱秘。
【出處】宋．程顥．邵康節先生墓志銘：「先生志豪力雄，闊步長趨，凌高厲空，探幽索隱，曲暢旁通。」
【用法】多指探索深奧的道理，搜尋隱秘的事蹟。
【例句】閱讀一篇佳作，客觀的探幽索隱，能了解作者寫作時的心理和當時的環境，也算是一種極佳的收穫。
【義近】探賾索隱／尋幽索密／追根窮柢／尋根究柢／探本窮源。
【義反】囫圇吞棗／大而化之／不求甚解。

探頭探腦 ㄊㄢ ㄊㄡˊ ㄊㄢ ㄋㄠˇ

【釋義】探：頭或上身向前伸出。
【出處】施耐庵．水滸傳二回：「只見一個人探頭探腦，在那裏張望。」
【用法】形容鬼鬼祟祟地伸頭張望，窺探祕密。
【例句】有個人正探頭探腦向公寓內窺視，不知有何居心？
【義近】探頭縮腦／東張西望／賊頭賊腦。
【義反】堂堂正正／光明正大。

探賾索隱 ㄊㄢ ㄗㄜˊ ㄙㄨㄛˇ ㄧㄣˇ

【釋義】賾：幽深難見。隱：微細難明。
【出處】易經．繫辭上：「探賾索隱。」疏：「探，謂闚探求取，賾，謂幽深難見，卜筮則能闚探幽昧之理，故云探賾也。索，謂求索，隱，謂隱藏，卜筮能求索隱藏之處，故云索隱也。」
【用法】謂探索幽深難見或微細難明的事蹟。
【例句】秦始皇焚書坑儒，古代典籍大多亡佚，因此兩漢之間探賾索隱的「考據」及「訓詁」學大爲興盛。
【義近】探幽索隱／尋幽索密／追根窮柢／尋根究柢／探本窮源。
【義反】囫圇吞棗／大而化之／不求甚解。

探囊取物 ㄊㄢ ㄋㄤˊ ㄑㄩˇ ㄨˋ

【釋義】把手伸到口袋裏取東西。探：手伸進去拿。囊：口袋。
【出處】新五代史．南唐世家：

「取江南如探囊中物爾。」

【用法】比喻能夠輕而易舉地辦成某種事情。

【例句】區區小事，對他來說有如**探囊取物**，你就放心交給他去辦吧！

【義近】甕中捉鱉／手到擒來／信手拈來／唾手可得／反掌折枝。

【義反】海底撈針／挾山超海／難於上青天／蚍蜉撼樹／移山塡海。

探囊胠篋（ㄊㄢˋ ㄋㄤˊ ㄑㄩ ㄑㄧㄝˋ）

【釋義】用手摸人口袋，撬開人家的小箱子。探：伸手去拿。囊：口袋。胠：撬開。篋：小箱子。

【出處】莊子・胠篋：「將為胠篋探囊發匱之盜……。」清・俞樾・右臺仙館筆記・江西李某：「不必探囊胠篋，而能以術取人財。」

【用法】用以指偷盜的行為。

【例句】一個四肢健全的人，專幹偷雞摸狗、**探囊胠篋**的勾當，實在是太不應該了。

【義近】偷雞摸狗／順手牽羊／梁上君子／穿窬之盜／三隻手。

探驪得珠（ㄊㄢˋ ㄌㄧˊ ㄉㄜˊ ㄓㄨ）

【釋義】得到驪龍頷下的寶珠。驪龍：指黑龍，傳說頷下有珍珠，非常名貴。

【出處】莊子・列禦寇：「河上有家貧持緯蕭而食者，其子沒於淵，得千金之珠。其父謂其子曰：『取石來鍛之。夫千金之珠，必在九重之淵，而驪龍頷下，子能得珠者，必遭其睡也。使驪龍而寤，子尚奚微之有哉。』」

【用法】後人以此譬喻所寫文章能得其要旨，中肯扼要而且精采。

【例句】這篇博士論文論述台灣的土地政策，中肯扼要，可謂**探驪得珠**，令人欽服。

【義近】切中肯綮／要言不煩。

【義反】無的放矢／不知所云。

排山倒海（ㄆㄞˊ ㄕㄢ ㄉㄠˇ ㄏㄞˇ）

【釋義】推開高山，翻倒大海。排：推開。倒：翻倒。

【出處】呂祖謙・東萊博議・楚屈瑕敗蒲騷：「呑天沃日之濤，排山倒海之風。」

【用法】形容聲勢浩大，不可阻擋。

【例句】廣州起義革命黨人以**排山倒海**之勢，一舉推翻了滿清政府的專制統治。

【義近】翻江倒海／移山覆海／翻天覆地／雷霆萬鈞。

排山壓卵（ㄆㄞˊ ㄕㄢ ㄧㄚ ㄌㄨㄢˇ）

【釋義】推山石來壓雞蛋。排：推。

【出處】晉書・杜有道妻嚴氏傳：「或曰：『何、鄧執權，必為玄害，亦由排山壓卵，以湯沃雪耳，奈何與之為親？』」

【用法】比喻事情很容易成功。

【例句】接連幾天不斷的大雨，山上的土石流以**排山壓卵**之勢，將底下的屋舍淹沒。

【義近】輕而易舉／易如反掌／探囊取物／手到擒來。

【義反】挾山超海／難如登天／與虎謀皮。

排斥異己（ㄆㄞˊ ㄔˋ ㄧˋ ㄐㄧˇ）

【釋義】排斥：排除。異己：同自己意見不同的人。一作「排除異己」。

【出處】楊士聰・玉堂薈記卷下：「至當路者借以排斥異己。」

【用法】指排擠、淸除和自己意見不同或不屬於自己集團、派系的人。

【例句】為了鞏固自己的地位，當政者一到任，常**排斥異己**，做一番新的人事佈局。

【義近】誅除異己／黨同伐異。

【義反】求同存異／顧全大局。

排難解紛（ㄆㄞˊ ㄋㄢˋ ㄐㄧㄝˇ ㄈㄣ）

【釋義】難：危難。紛：糾紛。

【出處】戰國策・趙策三：「此貴於天下之士者，為人排患釋難解紛亂而無所取也。」

【用法】原指為人排除危難，解決糾紛。今多用以指調停雙方爭執。

【例句】他熱心為人**排難解紛**，辦事又公正，所以大家有事都會找他幫忙。

【義近】排患解難／調停是非。

【義反】火上澆油／推波助瀾／惹是生非／挑撥離間／加油添醋。

排闥直入（ㄆㄞˊ ㄊㄚˋ ㄓˊ ㄖㄨˋ）

【釋義】排：推也。闥：宮中小門。

【出處】漢書・樊噲傳：「高帝嘗病，惡見人。臥禁中，詔戶者無得入羣臣……噲乃排闥直入。」

【用法】謂推門直入。

【例句】刑警趁幾名匪徒酣睡之際，**排闥直入**，將綁匪一網成擒，救出了肉票。

【義近】直闖而入／破門而入。

推三阻四（ㄊㄨㄟ ㄙㄢ ㄗㄨˇ ㄙˋ）

【釋義】推、阻：推拖、拒絕。

【出處】元・無名氏・隔江鬥智一折：「我如今並不的推三阻四，任哥哥自主之。」

【用法】形容用各種藉口推諉拒絕。

【例句】這件事又不是你能力所不及的，何必在這裏**推三阻四**的呢？

【義近】推三拖四／推諉拒絕。

【義反】一口答應／滿口應承。

推己及人（ㄊㄨㄟ ㄐㄧˇ ㄐㄧˊ ㄖㄣˊ）

【釋義】用自己心裏的想法去推想別人的心意。推：推究，推想。

【出處】朱熹・與范直閣書：「學者之於忠恕，未免參校彼此，推己及人則宜。」

【用法】用以指設身處地替別人著想。

【例句】你若能**推己及人**的多為別人著想，就不會老是怨天尤人了。

【義近】己所不欲，勿施於人／己欲達而達人／己欲立而立人／設身處地／將心比心。

推心置腹（ㄊㄨㄟ ㄒㄧㄣ ㄓˋ ㄈㄨˋ）

【釋義】意謂把一顆赤誠的心交給人家。推：推移。置腹：放置在別人腹中。

【出處】後漢書・光武帝紀上：「降者更相語曰：『蕭王推

赤心置人腹中，安得不投死乎！』」

【用法】比喻眞心待人。

【例句】人與人之間，就是應該**推心置腹**，坦誠相待，才能建立友誼。

【義近】坦誠相待／肝膽相照／袒裎相見／披肝瀝膽。

【義反】爾虞我詐／鉤心鬥角／明爭暗鬥。

推本溯源

【釋義】本：樹根。溯：逆流而上，引申爲追尋。

【出處】司馬遷・史記・曆書：「推本天元，順承厥意。」

【用法】推究和尋找事物的根源、起因。

【例句】這件結夥搶劫案，務必**推本溯源**，查個水落石出，絕不讓任何一個劫匪逍遙法外。

【義近】探本窮源／追根究柢／刨根問底。

【義反】囫圇吞棗／不求甚解／得過且過。

推而廣之

【釋義】推：擴大。

【出處】南朝・梁・蕭統・文選序：「風雲草木之興，魚蟲禽獸之流，推而廣之，不可勝載矣。」

【用法】指推論得更擴大些。

【例句】任何好的理論，必須具備顚撲不破的條件，**推而廣之**，放諸四海而皆準。

【義近】擴而充之／引而申之。

推波助瀾

【釋義】瀾：大的波浪。

【出處】中說・問易：「眞君建德之事，適足推波助瀾，縱風止燎耳。」

【用法】比喻從旁鼓動，助長事物的聲勢和發展，以擴大影響。多用於糾紛鬥爭方面。

【例句】他倆原不過是有點小糾紛，後來有人從中**推波助瀾**，結果弄得水火不容、誓不兩立了。

【義近】火上澆油／煽風點火。

【義反】排難解紛／息事寧人。

推崇備至

【釋義】推崇：推重和敬佩。備至：這裏是十分、非常的意思。

【出處】曾樸・孽海花一八回：「所談西國政治、藝術，石破天驚，推崇備至，私心竊以爲過當。」

【用法】形容對某人或某事十分推重敬佩。

【例句】子貢對孔子的道德學問**推崇備至**，認爲夫子之學有如萬仞宮牆，無人可及。

【義近】高山仰止／景行行止／奉若神明／巍巍其高／讚譽有加。

【義反】嗤之以鼻／不屑一顧／不足掛齒／視如草芥。

推陳出新

【釋義】揚棄舊的，創造新的。推：擺脫，排除。陳：舊的。一作「推陳致新」。

【出處】費袞・梁谿漫志・張文潛粥記引東坡帖：「吳子野勸食白粥，云能推陳致新，利膈養胃。」

【用法】指對事物除舊更新。

【例句】藝術的表演形式應盡量做到**推陳出新**，才能使其更具前瞻性。

【義近】翻陳出新／革故鼎新／除舊布新。

【義反】墨守成規／抱殘守缺／因循守舊。

推誠布信

【釋義】拿出眞心，廣布信義。誠：眞心。

【出處】周書・子翼傳：「翼又推誠布信，事存寬簡，夷夏感悅，比之大小馮君焉。」

【用法】指講究信義，以眞心誠意待人。

【例句】政府的各項措施必須**推誠布信**，人民才會心悅誠服，若頻頻失信於民，則將失去民心。

【義近】開誠布公／坦誠相對／推誠與共／眞心誠意。

【義反】敷衍了事／表面功夫／虛僞做作。

推誠相與

【釋義】誠：指誠心。與：共，一起相處。

【出處】夏敬渠・野叟曝言一二回：「因笑說道：『大丈夫推誠相與，蠻貊可行。』」

【用法】去除奸詐虛僞，用至誠的心與人相處。

【例句】老王待人**推誠相與**，所以才能結交許多好朋友。

【義近】披肝瀝膽／推心置腹／肝膽相照／吐膽傾心。

【義反】爾虞我詐／鉤心鬥角／心懷鬼胎／假仁假義／虛情假義／居心叵測。

推賢進士

【釋義】推薦賢人，引進學者。

【出處】唐・姚崇・答張九齡書：「近蒙獎擢，倍勵駑慵，每以推賢進士爲務，欲使公卿大夫稱職。」

【用法】指人能以國事或大局爲重，設法推舉人才。

【例句】如果政務官都能勇於任事，並且**推賢進士**，用人唯才，那麼國家便能政治清明，臻於富強。

【義近】任人惟賢／知人善任。

【義反】任人唯親／結黨營私／比而不周。

推賢樂善

【釋義】推：推崇。樂：愛好。

【出處】晉書・傅玄傳：「疾惡如仇，推賢樂善，常慕季文子、仲山甫之志。」

【用法】推崇賢人，樂於行善。

【例句】人人**推賢樂善**，社會才會充滿祥和之氣，國家才能日臻富強。

【義近】急公好義／樂善好施。

推賢讓能

【釋義】推舉有賢德的人，讓位給有才能的人。推：推舉，推薦。

【出處】尚書・周官：「推賢讓能，庶官乃和。」

【用法】用以形容用人的正確態度。

【例句】張老爲人公正開明，處事明智，能**推賢讓能**，故深受屬下的愛戴。

【義近】舉賢授能／用賢使能。

【義反】嫉賢妒能。

推燥居濕

【釋義】把乾燥處讓給幼兒，自己睡在孩子尿濕之處。
【出處】孝經・援神契：「母之於子也，鞠養殷勤，推燥居濕，絕少分甘也。」
【用法】形容撫養孩子的辛苦和用心。
【例句】我們常聽人說：可憐天下父母心，不過並不能眞正體會它的涵義，唯有自己結婚生子，培育下一代，才能了解父母含辛茹苦，**推燥居濕**的偉大愛心。
【義近】避乾就濕／含辛茹苦／茹荼含辛／千辛萬苦。

推襟送抱

【釋義】襟、抱：衣襟與懷抱，這裏借指心意。
【出處】南史・張充傳：「是以披聞見，掃心胸，述平生，論語默。所可通夢交魂，推襟送抱者，唯丈人而已。」
【用法】比喻彼此能眞心相待，推誠相見。
【例句】千載以下，我最羨慕管仲能結交鮑叔牙這樣**推襟送抱**的朋友。
【義近】推心置腹／肝膽相照／披肝瀝膽／推誠相與。
【義反】爾虞我詐／鉤心鬥角／虛情假意／心懷鬼胎。

授人口實

【釋義】意謂給人留下話柄。授人：給人。口實：話柄。
【出處】王闓運・致丁親家書：「比年頻致勿論，四督失官，授人口實，寵反爲辱。」
【用法】多指供人攻擊和非議的話柄。
【例句】言行不一的人，最易**授人口實**，落人話柄，因此君子應謹於言，愼於行。
【義近】落人口實／落人話柄／留下小辮子。
【義反】無懈可擊／無隙可乘／不留口實。

授人以柄

【釋義】把劍柄給別人。授人：給人。
【出處】漢書・梅福傳：「倒持泰阿，授楚其柄。」三國志・魏書・王粲傳：「所謂倒持干戈，授人以柄，功必不成。」
【用法】用以比喻把權柄交給別人，失去了自主，任憑他人宰制。
【例句】想當年，南征北討，意氣風發，如今，倒持泰阿，**授人以柄**，只好俯首就縛。
【義近】倒持泰阿／倒持干戈／盡失先機／太阿倒持／脫袍讓位。
【義反】獨佔先機／大權在握。

授手援溺

【釋義】伸手救落水的人。授手：給人以手。溺：落水者。
【出處】孟子・離婁上：「嫂溺，援之以手。」三國志・魏書・邴原傳・裴松之注引邴原別傳：「授手援溺，振民於難。」
【用法】喩援救受苦受難的人。
【例句】老王一向熱心公益，**授手援溺**，不遺餘力，因此贏得大家由衷的敬佩。
【義近】扶傾濟弱／扶危濟困／仗義疏財／樂善好施。
【義反】趁火打劫／落井下石／坐視不管／見死不救。

授受不親

【釋義】授受：給予和接受，猶交接。親：親自。
【出處】孟子・離婁上：「男女授受不親，禮也。」
【用法】指古代重禮教，男女之間不能親手互相授受東西。
【例句】男女之間雖說不必像古代那樣講求**授受不親**，但也不能太過於隨便呀！
【義近】男女有別。

授業解惑

【釋義】授：傳授。惑：疑難。
【出處】韓愈・師說：「師者，所以傳道、授業、解惑也。」陸游・謝曾侍郎啓：「授業解惑，務廣先師之傳。」
【用法】用以指教師的職責，主要在教授學業，解除疑難。
【例句】教師的職責在於**授業解惑**，作育英才。唯言教不如身教，故身爲教師，言行應倍加謹愼。
【義近】樹人樹木／作育英才。

授職惟賢

【釋義】意謂授予職位只限有才德的人。
【出處】唐・薛登・請選舉擇賢才疏：「晉、宋之後，只重門資，爲奬人求官之風，乖授職帷賢之義。」
【用法】指用人的正確標準和制度。
【例句】唐太宗李世民深體**授職惟賢**的道理，任用了賢相魏徵，國家因而大治，史稱「貞觀之治」。
【義近】選賢與能／任人惟賢／惟才是用／知人善任／適才適所。
【義反】任人唯親／私心自用／比而不周／結黨營私。

九畫

揎拳捋袖

【釋義】伸出拳頭，拉起袖子。揎：捲衣袖伸出手。捋：拉起。
【出處】元・楊景賢・劉行首二折：「欺良壓善沒分曉，揎拳捋袖行凶暴。」
【用法】形容人怒氣沖沖準備動武的樣子。
【例句】你是上了年紀的人，何必爲點小事，與年輕人斤斤計較，甚而**揎拳捋袖**呢？
【義近】摩拳擦掌／捋袖揮拳／拿刀動杖／怒氣沖沖。

揆情度理

【釋義】揆、度：估計，推測。
【出處】文康・兒女英雄傳三三回：「揆情度理想了去，此中也小小的有些天理人情。」
【用法】指按照情理對問題、事情等進行估計、推測。
【例句】雖然景氣欠佳，公司老闆在**揆情度理**之後，還是發給員工二個月的年終獎金。
【義近】權衡輕重／比較得失／斟酌再三。
【義反】坐視不理／違情悖理。

握手言歡

【釋義】高興地握手交流談天。
【出處】後漢書・李通傳：「及相見，共語移日，握手極歡。」
【用法】形容親熱友好。多指重新和好。
【例句】經過大家的調解斡旋，他倆總算前嫌盡釋，**握手言歡**了！
【義近】握手言和／言歸於好。
【義反】不歡而散／反目成仇。

握兩手汗

【釋義】意即雙手出滿了汗。
【出處】元史・趙璧傳：「璧退，世祖曰：『秀才，汝渾身是膽耶，吾亦為汝握兩手汗也。』」
【用法】多用以表示替別人擔心、驚駭而兩手出汗。
【例句】你竟敢向總經理提議調薪，大家都替你**握兩手汗**。
【義近】捏把冷汗／擔驚受怕。
【義反】有驚無險。

握雨攜雲

【釋義】雨、雲：喻指男女性關係。
【出處】王實甫・西廂記第四本二折：「只著你夜去明來，倒有個天長地久，不爭你握雨攜雲，常使我提心在口。」
【用法】比喻男歡女愛。
【例句】現代青年男女的性觀念比以前開放多了，視**握雨攜雲**為尋常事，電視和報紙也常毫無忌諱地公開談論。
【義近】撩雲撥雨／顛鸞倒鳳／翻雲覆雨／巫山雲雨。
【義反】坐懷不亂。

握拳透爪

【釋義】拳：拳頭。爪：指爪，指甲也。
【出處】晉卞壼拒蘇峻，父子戰死。其後盜發壼墓，尸僵，而兩手握拳，爪甲穿透手背。見晉書本傳。
【用法】比喻死有餘烈。
【例句】唐代安祿山造反，張巡死守睢陽城，城破被擒，罵賊不屈而壯烈成仁，死後猶**握拳透爪**，兩眼圓睜，死不瞑目。
【義近】握拳透掌／嚼齒穿齦／怒目以逝／含恨而終。
【義反】含笑而終／了無遺憾。

握拳透掌

【釋義】緊握拳頭，指甲透過了手掌。
【出處】蘇軾・東坡題跋・偶書：「張睢陽生猶罵賊，嚼齒穿齦；顏平原死不忘君，握拳透掌。」
【用法】形容人憤恨到了極點的情狀。
【例句】參觀南京大屠殺資料展，目睹日軍各種暴行的圖片資料，國人莫不**握拳透掌**，憤恨到了極點。
【義近】咬牙切齒／怒髮衝冠／髮指眥裂／嚼齒穿齦／義憤填膺。
【義反】手舞足蹈／笑逐顏開／眉開眼笑／滿面春風。

握蛇騎虎

【釋義】手裏抓著毒蛇，身子騎在老虎背上。
【出處】魏書・彭城王傳：「兄識高年長，故知有夷險，彥和握蛇騎虎，不覺艱難。」
【用法】比喻處境極其險惡。
【例句】一個考慮周詳的聰明人，絕不會把自己陷入**握蛇騎虎**、進退兩難的困境。
【義近】瞎馬臨淵／魚游沸鼎／燕巢飛幕。
【義反】穩如泰山／進退裕如。

握瑜懷玉

【釋義】瑜：美玉。懷：藏著、藏有。
【出處】南史・劉虬傳：「是以握瑜懷玉之士，瞻鄭邦而知退；章甫翠履之人，望閩鄉而歎息。」
【用法】比喻富有文學才能。
【例句】洪教授是個深藏不露、**握瑜懷玉**的人，平常十分謙虛，從不輕視別人或自以為是。
【義近】才高八斗／學富五車／天才橫溢／才氣縱橫／腹笥便便。
【義反】胸無點墨／不學無術。

揀佛燒香

【釋義】揀著佛的大小，燒不同的香。
【出處】唐・寒山・寒山詩之一五九：「揀佛燒好香，揀僧歸供養。」明・吳炳・療妒羹・遊湖：「青娘可謂『揀佛燒香』矣。」
【用法】比喻待人有厚薄之分。
【例句】大家都是同事，你怎麼可以**揀佛燒香**，厚此薄彼？
【義近】厚此薄彼／大小眼／青眼白眼／另眼相看。
【義反】一視同仁／一體看待／不分彼此／不偏不倚。

揀精揀肥

【釋義】揀：挑選。精、肥：精肉和瘦肉。
【出處】吳敬梓・儒林外史二七回：「像娘這樣費心，還不討他說個是，只要揀精揀肥，我也犯不著要效他這個勞。」
【用法】比喻挑剔苛刻，儘量選擇對自己有利的。
【例句】一個吝嗇成性的人，不論買什麼東西都會**揀精揀肥**，生怕吃虧。
【義近】挑肥揀瘦／挑三揀四／避重就輕／挑東挑西。
【義反】不拘肥瘦／不分好壞／不論輕重。

揠苗助長

【釋義】拔高禾苗，幫助它生長。揠：拔。
【出處】語出孟子・公孫丑上。呂本中・紫微雜說：「揠苗助長，苦心極力，卒無所得也。」
【用法】比喻強求速成，不但無益，反而有害。
【例句】教學要循序漸進，不能不顧學生的接受能力而**揠苗助長**，以致產生負面影響。
【義近】欲速不達／適得其反／銍艾相尋／寸寸取之。
【義反】水到渠成／瓜熟蒂落／盈科後進。

描眉畫眼

【釋義】描畫眉毛、眼睛。
【出處】蘭陵笑笑生・金瓶梅一

回：「從九歲賣在王招宣府裏，習學彈唱，就會描眉畫眼，傳粉施朱。」
【用法】泛指女子化妝打扮。
【例句】現代的女孩早熟，小小年紀就知道**描眉畫眼**，把自己打扮得漂漂亮亮。
【義近】塗脂抹粉／濃妝淡抹／傳粉施朱。
【義反】披頭散髮／蓬頭垢面／不施脂粉。

描鸞刺鳳（ㄇㄧㄠˊ ㄌㄨㄢˊ ㄘˋ ㄈㄥˋ）

【釋義】描：描摹。鸞：傳說中鳳凰一類的鳥。鳳：鳳凰。
【出處】明・陸采・明珠記・由房：「作賦吟詩，人人盡說蔡文姬的再生；描鸞刺鳳，個個皆稱薛夜來的神針。」
【用法】形容女子工於刺繡。
【例句】在工商業社會中，女孩子懂得**描鸞刺鳳**的實在是不多了。
【義近】描龍繡鳳／描金繡銀。
【義反】舉針若杵。

提心弔膽（ㄊㄧˊ ㄒㄧㄣ ㄉㄧㄠˋ ㄉㄢˇ）

【釋義】弔：懸掛。
【出處】吳承恩・西遊記一七回：「眾僧聞得此言，一個個提心弔膽，告天許願。」
【用法】形容十分擔心或害怕。
【例句】看馬戲團的空中飛人表演，觀眾們個個**提心弔膽**，害怕他掉下來。
【義近】心驚肉跳／膽戰心驚／戰戰兢兢。
【義反】處之泰然／心安理得。

提心在口（ㄊㄧˊ ㄒㄧㄣ ㄗㄞˋ ㄎㄡˇ）

【釋義】意謂心在口邊，幾乎要跳出來。
【出處】元・無名氏・朱砂擔二折：「則聽的聲粗氣喘如雷吼，嚇的我戰戰兢兢提心在口。」
【用法】形容非常擔心、恐懼的情狀。
【例句】社會風氣敗壞，治安不良，每個做父母的都會為深夜未歸的小孩**提心在口**，希望他們平安回家。
【義近】提心弔膽／心驚膽戰／心驚肉跳。
【義反】泰然自若／處之泰然。

提綱挈領（ㄊㄧˊ ㄍㄤ ㄑㄧㄝˋ ㄌㄧㄥˇ）

【釋義】抓住網繩，提起衣領。綱：魚網的總繩。挈：提起。
【出處】朱子全書卷五六・道統五：「而提綱挈領，指示學者用力處，亦卓然非他書所及。」
【用法】比喻抓住事理的重要部分，使事理簡明扼要。
【例句】你講話要**提綱挈領**，不要拖泥帶水，以免浪費大夥的時間。
【義近】綱舉目張／抓住要領。
【義反】拉拉雜雜／東拉西扯／拖泥帶水／主次顛倒。

揭竿而起（ㄐㄧㄝ ㄍㄢ ㄦˊ ㄑㄧˇ）

【釋義】揭：舉起。竿：竹竿。
【出處】賈誼・過秦論：「斬木為兵，揭竿為旗。」
【用法】多用以指聚眾反抗。
【例句】東歐一些國家的人民生活實在太艱苦了，只好鋌而走險，**揭竿而起**。
【義近】逼上梁山／官逼民反。
【義反】俯首貼耳／服服貼貼。

揚名顯親（ㄧㄤˊ ㄇㄧㄥˊ ㄒㄧㄢˇ ㄑㄧㄣ）

【釋義】揚名：傳播名聲。顯親：顯揚父母。親：父母。
【出處】白居易・贈王庭湊三代制：「奪發而勵節許國，感激而揚名顯親。」
【用法】指功業顯赫，以此揚名天下，為父母增光。
【例句】那些諾貝爾獎得主無不以突出的成就，顯赫的功業，**揚名顯親**，為世人所羨。
【義近】光宗耀祖／光大門楣／榮宗耀祖。
【義反】祖上蒙羞／敗壞門楣／辱及祖先。

揚長而去（ㄧㄤˊ ㄔㄤˊ ㄦˊ ㄑㄩˋ）

【釋義】揚長：大模大樣。去：離開。
【出處】吳沃堯・二十年目睹之怪現狀一回：「說罷，深深一揖，揚長而去。」
【用法】形容旁若無人、大模大樣地離開。
【例句】這傢伙騎單車把人撞傷了，連道歉的話也不說一句就**揚長而去**，太過分了！
【義近】闊步而去。
【義反】惠然而來。

揚眉吐氣（ㄧㄤˊ ㄇㄟˊ ㄊㄨˇ ㄑㄧˋ）

【釋義】揚眉：舒展開眉頭。吐氣：指吐出心中的悶氣、怨氣。
【出處】李白・與韓荊州書：「而君侯何惜階前盈尺之地，不使白揚眉吐氣，激昂青雲耶？」
【用法】形容被壓抑的心情得到舒展後的愉快和振奮神態。
【例句】想要在別人的土地上**揚眉吐氣**、獲得肯定，並非是容易的事。
【義近】意氣風發／羽扇綸巾。
【義反】垂頭喪氣／愁眉鎖眼。

揚眉抵掌（ㄧㄤˊ ㄇㄟˊ ㄉㄧˇ ㄓㄤˇ）

【釋義】揚眉：笑時揚起眉毛。抵掌：擊掌，鼓掌。
【出處】梁書・任昉傳：「見一善則盱衡扼腕，遇一才則揚眉抵掌。」
【用法】形容極其高興喜悅。
【例句】在擁擠的西門町，突然遇見多年不見的好朋友，我們**揚眉抵掌**，高興得說不出話來。
【義近】歡天喜地／歡欣鼓舞／欣喜若狂。
【義反】黯然神傷／愁眉苦臉／愁眉不展。

揚眉奮髯（ㄧㄤˊ ㄇㄟˊ ㄈㄣˋ ㄖㄢˊ）

【釋義】意謂眉毛揚起，鬍鬚飄動。髯：頰旁所生之鬍鬚。
【出處】宋・吳曾・能改齋漫錄・辨誤：「徐禧無學術而口辯，揚眉奮髯，足以動人主意。」
【用法】形容說話時神情激動、興奮的樣子。
【例句】老兵們一提到當年奮勇作戰的情形，就不覺**揚眉奮髯**，好像年輕了好幾歲。
【義近】意氣風發／神態激昂／慷慨激昂／神情昂揚。
【義反】有氣無力／低聲下氣／無精打采／垂頭喪氣。

揚揚自得

【釋義】揚揚：得意的樣子。

【出處】宋・王楙・野客叢書・周顗處曖昧召禍：「然密爲申救，不示私恩，足矣。何至告之而不應，出入殿門，有揚揚自得之色！」

【用法】形容十分得意的神態。

【例句】一個人遭遇失敗不需垂頭喪氣，偶爾成功也無需**揚揚自得**。

【義近】揚揚得意／自鳴得意／沾沾自喜／躊躇志滿／得意非凡／春風得意。

【義反】垂頭喪氣／嗒然若失／心灰意冷／無精打采。

揚湯止沸

【釋義】用扇子搧開水，使沸騰暫時停息。湯：開水。

【出處】陳壽・三國志・魏書・董卓傳注引典略：「臣聞揚湯止沸，不如滅火去薪。」

【用法】比喻所採取的非治本之道，決不可能從根本上解決問題。

【例句】頭痛就吃止痛劑，不過是**揚湯止沸**的方法，稍一不愼還會產生後遺症。

【義近】抱薪救火／縱風止燎／救火揚沸。

【義反】釜底抽薪／抽薪止沸／曲突徙薪。

揚葩振藻

【釋義】葩：盛開之花。藻：辭藻，文采也。

【出處】北史・文苑傳序：「漢自孝武之後，雅尚斯文，揚葩振藻者如林，而二馬王揚爲之傑，東京之朝，茲道逾扇，咀徵含商者成市，而班傅張蔡爲之雄。」

【用法】比喻文采煥發。

【例句】苦思了三天，他終於寫出一篇**揚葩振藻**的文章，讓我們刮目相看。

【義近】斐然成章／文情並茂。

【義反】文理不通。

揚鈴打鼓

【釋義】意謂搖鈴擊鼓。

【出處】曹雪芹・紅樓夢二六回：「大事化爲小事，小事化爲沒事，方是興旺之家。要是一點子小事就揚鈴打鼓，亂折騰起來，不成道理。」

【用法】比喻大肆張揚，讓大家都知道。

【例句】百貨公司新成立，總是**揚鈴打鼓**，大肆宣傳，希望招徠顧客，締造佳績。

【義近】張燈結彩／敲鑼打鼓／鑼鼓喧天／大張旗鼓。

【義反】偃旗息鼓／不敢張揚／默不作聲。

揮戈反日

【釋義】把戈一揮，可將西下的太陽回轉過來。戈：古兵器。反：返回。

【出處】淮南子・覽冥訓：「魯陽公與韓搆難，戰酣日暮，援戈而撝（揮）之，日爲之反三舍。」

【用法】比喻力排危難，扭轉局面。

【例句】諸葛亮具有**揮戈反日**、安邦定國之才，劉備三顧茅廬才將他請出，遂成爲歷史上的一段佳話，千古流傳。

【義近】扭轉乾坤／力挽狂瀾／回天之術。

【義反】回天乏術／束手無策。

揮汗如雨

【釋義】流出的汗水像雨水樣的滴。

【出處】紀昀・閱微草堂筆記・灤陽消夏錄五：「其人伏地惕息，揮汗如雨。」

【用法】形容天熱或因緊張勞累而出汗多。

【例句】重慶的夏天非常熱，有時溫度高達四十幾度，就是坐著不動也會**揮汗如雨**。

【義近】汗流浹背／汗出如漿。

揮汗成雨

【釋義】灑出的汗水能成爲雨。

【出處】戰國策・齊策一：「臨淄之途，車轂擊，人肩摩，連衽成帷，舉袂成幕，揮汗成雨。」

【用法】形容人多。現在有時也比喻出汗多。

【例句】台北東區街上川流不止的人潮，**揮汗成雨**，繁華景象不比當年的萬華遜色。

【義近】人山人海／挨肩擦背／摩肩接踵／塡街塞巷／舉袂成幕。

【義反】闃無一人。

揮金如土

【釋義】把錢財當成泥土一樣揮霍。金：泛指錢財。

【出處】周密・齊東野語：「揮金如土，視官爵如等閒。」

【用法】形容揮霍浪費已極。

【例句】像你這樣**揮金如土**，就是再多的家產也會讓你花得精光。

【義近】一擲千金／日食萬錢／揮霍無度。

【義反】克勤克儉／一毛不拔／鐵公雞。

揮淚斬馬謖

【釋義】揮淚：落淚也。馬謖：三國蜀人，因失街亭，被孔明處斬。

【出處】三國志・蜀書・馬謖傳：「馬謖才氣過人，輔佐蜀軍事務。蜀漢建興六年，諸葛亮率軍北伐，以馬謖堅守街亭，謖違反號令，爲魏將張郃所破，諸葛亮不得已，揮淚斬之。」

【用法】比喻極痛心地斬殺心愛或賞識之人。

【例句】明朝中葉倭寇侵擾沿海，戚繼光之子臨陣脫逃，戚將軍執法如山，**揮淚斬馬謖**，在陣前將其子正法。

揮劍成河

【釋義】把寶劍一揮，就變成了一條河。

【出處】元・無名氏・龐掠四郡二折：「爲上將者，揮劍成河，撒豆成兵。」

【用法】形容神通廣大，法術高強。

【例句】傳聞鬼谷子有通天徹地、**揮劍成河**的本領，今日看來純屬無稽之談。

【義近】撒豆成兵／移山倒海／點石成金／呼風喚雨／飛天遁地／鬼神莫測。

【義反】雕蟲小技／微末伎倆。

揮翰成風

【釋義】意謂握筆寫字或作畫，腕下生風。翰：鳥毛，借指毛筆。

【出處】清·李漁·意中緣·名逋：「終日價揮翰成風，潑墨如雨。」

【用法】形容寫字作畫極爲熟練，速度極快。

【例句】有幾位畫家和書法家，爲支援災區重建，特來此當場寫字作畫，義賣賑災，他們個個**揮翰成風**，令人驚嘆不已。

【義近】龍飛鳳舞／筆走龍蛇／兔起鶻落／運筆如飛／揮灑自如。

【義反】信手塗鴉／初寫黃庭／東塗西抹。

揮霍無度

【釋義】揮霍：豪奢，任意花錢。無度：沒有限度。

【出處】李肇·國史補中：「會多至，(趙)需家致宴揮霍。」

【用法】形容濫用金錢，沒有節制。

【例句】有些人平日**揮霍無度**，可一旦要他們捐資救災，卻又一毛不拔，眞不可思議。

【義近】揮金如土／用錢如水／鋪張浪費／盡情揮霍。

【義反】節衣縮食／視財如命／守財奴。

揮灑自如

【釋義】揮：揮筆。灑：指灑墨汁。自如：自由如意。

【出處】蘇軾·書若逵所書經後：「如空中雨，是誰揮灑，自然蕭散，無有疎密。」羅貫中·三國演義五七回：「揮灑自如，雅量高致。」

【用法】形容寫字、作畫、爲文得心應手，熟練已極。

【例句】蘇東坡行文**揮灑自如**，恰似行雲流水，曠達的心胸更是不在話下。

【義近】得心應手。

【義反】揮灑不開／擺布不開／生疏吃力。

搥胸頓足

【釋義】用拳頭搥打胸膛，用腳跺地。頓足：跺腳。一作「搥胸跺腳」。

【出處】羅貫中·三國演義五六回：「孔明說罷，觸動玄德衷腸，眞個搥胸頓足，放聲大哭。」

【用法】形容十分悲痛或懊喪的樣子。

【例句】知道自己落敗後，他**搥胸頓足**，放聲大哭，似乎受不了這個打擊。

【義近】撫膺頓足／椎心泣血／呼天搶地／拊膺大慟。

【義反】撫掌而笑／欣喜若狂。

換湯不換藥

【釋義】更換了湯劑的名稱，而所用的藥味還是原來的。湯：指中藥湯劑。

【出處】蔡東藩·前漢通俗演義：「所見所聞，無非是前秦故事，曉得什麼體國經野的宏規？因此，佐漢立法，仍舊是換湯不換藥的手段。」

【用法】比喻形式雖有改變，但實質仍是老一套。

【例句】儘管政府有許多新措施，但在老百姓眼裏，仍舊是**換湯不換藥**，了無新意。

【義近】新瓶裝舊酒／一成不變／了無新意。

【義反】煥然一新／推陳出新／別出心裁。

插架萬軸

【釋義】插架：將書插放在書架上。軸：古代書卷中的桿，借指書籍。

【出處】韓愈·送諸葛覺往隨州讀書：「鄴侯家多書，插架三萬軸。」宋·秦觀·掩關銘：「插架萬軸兮星宿懸，口吟目披兮遊聖賢。」

【用法】形容藏書極爲豐富。

【例句】不少有錢的人喜愛附庸風雅，儘管家中藏書萬卷，**插架萬軸**，卻只是用來裝點門面，有些書從來不曾翻閱過。

【義近】汗牛充棟／萬籤插架。

插科打諢

【釋義】科：古代戲曲用語，指劇中人的表情和動作。諢：詼諧逗趣的話。

【出處】高則誠·琵琶記·副末開場：「休論插科打諢，也不尋宮數調，只看子孝與妻賢。」

【用法】本指演戲時摻入詼諧之語和滑稽動作以引人發笑。今也泛指逗趣，說笑話。

【例句】在這緊張的氣氛中，有他**插科打諢**的笑話，總算讓人自在一些。

【義近】諧笑詼諧／滑稽逗趣。

【義反】不苟言笑。

插翅難飛

【釋義】插上翅膀也難飛走。

【出處】錢彩·說岳全傳二三回：「若在此處埋伏一支人馬，某家插翅也難飛了。」

【用法】比喻陷入絕境，怎麼也逃脫不了。

【例句】警方佈下天羅地網，誓要捕他歸案，就算他本領再大恐也**插翅難飛**了。

【義近】上天無路，入地無門／死路一條／逃生無路。

【義反】絕處逢生／死裏逃生／鴻飛冥冥。

援古證今

【釋義】援：引。證：驗證，證明。

【出處】劉勰·文心雕龍·事類：「事類者，蓋文章之外，據事以類義，援古以證今者也。」

【用法】援引古事來證明今事。

【例句】這篇政論措辭有力，**援古證今**，令人信服。

【義近】引經據典／引古證今。

【義反】自說自話／一己之見。

援筆而就

【釋義】援筆：拿起筆。就：完成。

【出處】清·李漁·意中緣·名逋：「唯有索畫一事，最難應酬。須要逐筆圖寫出來，不是可以倚馬而成，援筆而就的。」

【用法】形容文思敏捷，拿起筆來很快就可寫成。

【例句】黎老師學富五車，文思敏捷，爲文不假思索，**援筆而就**，故有「文膽」之稱。

【義近】援筆立就／一揮而就／倚馬可待／操筆立書。
【義反】搜索枯腸／江郎才盡。

援溺振渴

【釋義】援救落水和乾渴的人。振：救濟。
【出處】宋・邵博・聞見援錄卷一五：「曾未期月，援溺振渴，事無巨細，悉究本末。」
【用法】喻援救遭受災難的人。
【例句】伊索比亞發生旱災，災黎遍地，國人發揮**援溺振渴**的精神，給予各種物資的援助。
【義近】濟困扶危／慷慨解囊／雪中送炭。
【義反】見死不救／作壁上觀／袖手旁觀。

援鼈失龜

【釋義】鼈：爬蟲類，形狀像龜，俗稱甲魚。
【出處】淮南子・說山訓：「殺戎馬而求狐狸，援兩鼈而失靈龜，斷右臂而爭一毛，折莫邪而爭錐刀，用智如此，豈足高乎。」
【用法】比喻得不償失。
【例句】他爲了撿一塊錢而閃了腰，不得不住院治療，眞是**援鼈失龜**，得不償失呀！
【義近】因小失大／得不償失／掘室求鼠。
【義反】塞翁失馬／因禍得福／亡戰得矛。

十畫

搓手頓足

【釋義】搓手：兩手相摩擦。頓足：跺腳。
【出處】文康・兒女英雄傳一四回：「說著，急得搓手頓足，滿面流淚。」
【用法】形容焦急、懊惱時的動作。
【例句】事情已經發生，光是**搓手頓足**無濟於事，不如冷靜思考如何彌補。
【義近】捶胸頓足／坐立不安／長吁短歎。
【義反】若無其事／泰然自若。

搤亢拊背

【釋義】亢：《史記》作「肮」，喉嚨也。背：背脊。二者皆人體之重要部位。搤：捉住之意。拊：拍打。
【出處】漢書・婁敬傳：「夫與人鬥，不搤其亢，拊其背，未能全勝。」
【用法】比喻制住別人的要害。
【例句】二次大戰初期，英軍堅守新加坡，封鎖麻六甲海峽，結果日軍自馬來西亞而下，**搤亢拊背**，致使防衛的英軍不得不投降。
【義近】射人射馬／擒賊擒王。

搽脂抹粉

【釋義】搽上胭脂，抹上粉。
【出處】明・孫仁孺・東郭記・妾婦之道：「喜值青年，全然未須，何妨巾幗羅襦，搽脂抹粉媚如狐。」
【用法】用以指化妝打扮。
【例句】這個女人愛漂亮，就連平日在家，也是**搽脂抹粉**，把自己打扮得花枝招展。
【義近】描眉畫眼／傅粉施朱／濃妝淡抹。
【義反】披頭散髮／蓬頭垢面／不施脂粉。

搔首踟躕

【釋義】搔首：用手抓腦袋。踟躕：心裏遲疑，要走不走的樣子。
【出處】詩經・邶風・靜女：「靜女其姝，俟我於城隅。愛而不見，搔首踟躕。」
【用法】形容心情焦急、惶惑或猶豫。
【例句】老張是一個缺乏主見的人，每遇困難，只會**搔首踟躕**，不知如何解決，眞是令人又好氣又好笑。
【義近】猶豫不決／徬徨失措／進退維谷／抓耳撓腮。
【義反】知所進退／應付裕如／胸有成竹／成竹在胸。

搔著癢處

【釋義】正好抓到癢的地方。
【出處】施耐庵・水滸傳一四回：「一世的指望，今日還了願心！正是搔著我癢處。」
【用法】比喻說話或做事抓到了要點；或喻恰合心意，非常痛快之意。
【例句】你這些話說得很好，眞的是**搔著癢處**，讓我知道應該怎麼做！
【義近】一語中的／一語道破／一針見血／正中下懷。
【義反】不著邊際／隔靴搔癢／無關痛癢。

搔頭弄姿

【釋義】搔頭：故意抓抓頭。弄姿：賣弄姿態。
【出處】後漢書・李固傳：「固獨胡粉飾貌，搔頭弄姿，槃旋偃仰，從容冶步，曾無慘怛傷悴之心。」
【用法】形容賣弄姿態或美色。多用於女性，含貶義。
【例句】荷蘭風化區有櫥窗女郎，她們在櫥窗內**搔頭弄姿**，吸引嫖客，活像動物園的展示區。
【義近】搔首弄姿／賣弄風騷／賣弄風情／煙視媚行。
【義反】正經八百／不苟言笑。

搔頭摸耳

【釋義】抓抓腦袋，摸摸耳朵。
【出處】清・彭養鷗・黑籍冤魂一三回：「兩個人搔頭摸耳，沒有法想。」
【用法】形容焦急的神態。
【例句】老張一遇到困難總是**搔頭摸耳**，一副無可奈何的樣子，眞是差勁。
【義近】搔頭抓耳／唉聲嘆氣／坐立不安。
【義反】面有得色。

損人益己

【釋義】損害別人，以利自己。
【出處】舊唐書・陸元方傳：「損人益己，恐非仁恕之道。」
【用法】形容人極端自私自利，品德無比低下。
【例句】這個人盡做一些**損人益己**的事，遲早會遭報應的。
【義近】損人利己／損人肥己／損公肥私。
【義反】損己利人／捨己爲公／捨己爲人。

損己利物

【釋義】物：這裏指人。
【出處】周書・孝義傳序：「其

小也，則溫枕扇席，無替於晨昏；損己利物，有助於名教。」

【用法】指損害了自己，但有利於他人。

【例句】世風日下，**損己利物**的美德，百不存一，因此如何恢復固有的文化才是當務之急。

【義近】捨己為人／先公後己。

【義反】損人利己／先私後公。

損兵折將

【釋義】兵士和將領都有損失。折：與「損」同義，損失。

【出處】元・無名氏・活拿蕭天佑一折：「但行兵便是損兵折將，不如講和為上。」

【用法】指作戰失利，打了敗仗，折損了兵將。

【例句】古有名言：師出無名則必**損兵折將**，如秦晉崤之戰，秦軍大敗而逃。

【義近】轍亂旗靡／丟盔棄甲／潰不成軍。

【義反】旗開得勝／追亡逐北／斬將搴旗。

搖手觸禁

【釋義】一搖手就觸犯了禁令。

【出處】漢書・食貨志下：「民搖手觸禁，不得耕桑。」

【用法】形容法令煩苛，動輒得咎。

【例句】大陸在文化大革命期間，老百姓**搖手觸禁**，敢怒而不敢言。

【義近】偶語棄市／動輒得咎。

【義反】政簡刑輕／吞舟是漏。

搖尾乞憐

【釋義】像狗那樣搖著尾巴向主人乞求哀憐。乞：求。

【出處】韓愈・應科目時與人書：「若俯首帖耳，搖尾而乞憐者，非我之志也。」

【用法】形容卑躬屈節、諂媚討好的醜態。

【例句】李白、杜甫儘管很不得志，但他們也從未向權貴們**搖尾乞憐**過。

【義近】乞哀告憐／搖尾求告／低聲下氣。

【義反】錚錚鐵骨／昂首挺立／傲視權貴。

搖身一變

【釋義】把身子一搖動，就改變了身分。

【出處】吳承恩・西遊記二回：「悟空捻著訣，念動咒語，搖身一變，就變做一棵松樹。」

【用法】本形容變化很快，今多用以形容人的態度、身分一下子來了個大改變。

【例句】抗戰勝利之後，許多漢奸**搖身一變**，竟成了抗日英雄，實在是令人痛恨。

【義近】晃身一變／轉身一變。

【義反】依然故我／本來面目。

搖首頓足

【釋義】搖動頭，跺著腳。

【出處】羅貫中・三國演義四五回：「（周瑜）搖首頓足曰：『此人見識勝吾十倍，今不除之，必為我國之禍。』」

【用法】形容惋惜或懊惱時的動作情態。

【例句】事前做好充分完善的準備，可避免事後**搖首頓足**的悔恨。

【義近】捶胸頓足／唉聲嘆氣／扼腕嘆息。

搖脣鼓舌

【釋義】耍嘴皮，嚼舌頭。搖、鼓：均為耍弄之意。

【出處】莊子・盜跖：「不耕而食，不織而衣，搖脣鼓舌，擅生是非。」

【用法】形容耍弄嘴皮進行挑撥煽動。也指賣弄口才，進行游說、說教。

【例句】她一天到晚在街坊鄰居中**搖脣鼓舌**，搬弄是非，令人討厭極了。

【義近】鼓脣弄舌／搬弄是非／挑撥煽動。

【義反】沉默寡言／不苟言談。

搖搖欲墜

【釋義】搖搖：動搖不穩狀。欲：要。墜：掉下，垮塌。

【出處】羅貫中・三國演義一〇四回：「眾視之，見其色昏暗，搖搖欲墜。」

【用法】形容十分危險，很快就要掉下來。也形容地位不穩固，很快就要垮臺。

【例句】①這房子年代太久，又無人修理，現在已是**搖搖欲墜**了。②暴君總想鞏固他那**搖搖欲墜**的專制政權，但結果卻適得其反。

【義近】風雨飄搖／危如累卵／岌岌可危。

【義反】巋然不動／穩如泰山／安如磐石／堅不可摧。

搖旗吶喊

【釋義】吶喊：大聲喊叫。

【出處】喬夢符・兩世姻緣三折：「你這般搖旗吶喊，簸土揚沙。」

【用法】原指作戰時揮動旗幟喊殺以助威。現多比喻給別人助長聲勢和威風。

【例句】①我數萬大軍**搖旗吶喊**，殺將過去。②你這人成不了什麼大事，只配充當一個**搖旗吶喊**的角色。

【義近】呼么喝六／鼓噪助人／吶喊助威。

【義反】袖手旁觀／默不作聲／坐山觀虎鬥／作壁上觀。

搖頭晃腦

【釋義】把腦袋搖來搖去的。晃：搖動。

【出處】負曝閒談一一回：「這溧陽監生對面，有個揚州甘泉縣老貢生，搖頭晃腦道：『我的念給你們聽。』」

【用法】形容讀者吟誦的姿態，或形容自得其樂、自以為是的樣子。

【例句】隔壁的老先生平時喜歡誦讀唐詩，每每**搖頭晃腦**地高聲吟誦，自得其樂。

【義近】搖頭擺尾／得意揚揚／揚揚自得。

【義反】呆若木雞／面無表情。

搖頭擺尾

【釋義】擺動著頭和尾，形容魚悠然自在的樣子。

【出處】普濟・五燈會元卷六：「臨濟門下有個赤梢鯉魚，搖頭擺尾向南去。」

【用法】多用以形容悠閒自得或得意輕狂的樣子。

【例句】魚缸中的金魚，**搖頭擺尾**，悠閒的模樣羡煞塵世中人。

【義近】搖頭晃腦／優哉游哉／得意揚揚。

【義反】垂頭喪氣／悵然若失。

搜奇訪古 ㄙㄡ ㄑㄧˊ ㄈㄤˇ ㄍㄨˇ

【釋義】搜：尋求。訪：訪問。

【出處】宣和畫譜・山水三・高克明：「喜遊佳山水，搜奇訪古，窮幽探絕，終日忘歸。」

【用法】指搜尋奇山異水，訪問名勝古跡。

【例句】退休之後，我打算環遊世界，到處**搜奇訪古**。

【義近】遊山玩水／尋幽探勝／雲遊四海。

【義反】閉門不出／深居簡出。

搜根剔齒 ㄙㄡ ㄍㄣ ㄊㄧ ㄔˇ

【釋義】想方設法搜羅挑剔。

【出處】施耐庵・水滸傳四〇回：「只恨黃文炳那廝搜根剔齒，幾番唆毒要害我們，這冤仇如何不報。」

【用法】形容故意挑剔，找人的錯誤或罪狀。

【例句】當主管的人若對屬下百般**搜根剔齒**的話，很快就沒有人願意爲他工作了。

【義近】百般苛求／吹毛求疵／洗垢求瘢／雞蛋裏挑骨頭。

【義反】睜隻眼閉隻眼／馬馬虎虎。

搜索枯腸 ㄙㄡ ㄙㄨㄛˇ ㄎㄨ ㄔㄤˊ

【釋義】搜索：仔細搜查、尋找。枯腸：指枯竭的文思。

【出處】盧仝・老筆謝孟諫議寄新茶詩：「三椀搜枯腸，惟有文字五千卷。」

【用法】形容寫作竭力思索，絞盡腦汁。

【例句】大學聯考考作文時，我**搜索枯腸**才寫了三百多字。

【義近】挖空心思／絞盡腦汁／搜腸刮肚／殫精竭慮／煞費苦心。

【義反】文思泉湧／不假思索／倚馬成文／下筆如流。

搜章擿句 ㄙㄡ ㄓㄤ ㄊㄧˋ ㄐㄩˋ

【釋義】搜集文章，摘取章句。擿：選取。

【出處】新唐書・段秀實傳：「舉明經，其友易之。秀實曰：『搜章擿句，不足以立功。』乃棄去。」

【用法】用以指抄襲文辭，缺乏創造性。

【例句】寫文章貴在創新，若一味**搜章擿句**，則無異拾人牙慧，毫無意義。

【義近】拾人牙慧／拾人涕唾／尋行數墨／蹈人舊轍。

【義反】獨抒己見／匠心獨運／自闢蹊徑／自創一格。

搜巖采幹 ㄙㄡ ㄧㄢˊ ㄘㄞˇ ㄍㄢˋ

【釋義】巖：高峻的山。幹：才幹之士。

【出處】魏書・段承根傳・贈李寶詩之二：「剖蚌求珍，搜巖采幹，野無投綸，朝盈逸翰。」

【用法】比喻多方搜求在野的人才。

【例句】唐太宗李世民即位之後，廣開言路，**搜巖采幹**，國勢因此日趨強盛。

【義近】網羅人才／招賢納士／禮賢下士。

【義反】嫉賢妒能／閉塞言路／杜賢拒能。

搬斤播兩 ㄅㄢ ㄐㄧㄣ ㄅㄛˋ ㄌㄧㄤˇ

【釋義】搬、播：這裏都是掂量、計較的意思。

【出處】凌濛初・初刻拍案驚奇卷一八：「如今這些貪人，擁著嬌妻美妾，求田問舍，損人肥己，搬斤播兩，何等肚腸。」

【用法】形容人專在細小的事情上動腦筋。

【例句】節儉和吝嗇大有不同，節儉是能省則省，用所當用，而吝嗇則是**搬斤播兩**，錙銖必計。

【義近】錙銖必計／斤斤計較／算及錙銖。

【義反】馬馬虎虎／大而化之。

搬弄是非 ㄅㄢ ㄋㄨㄥˋ ㄕˋ ㄈㄟ

【釋義】搬弄：挑撥。

【出處】元・李壽卿・伍員吹簫一折：「他在平公面前，搬弄我許多是非。」曹雪芹・紅樓夢一〇回：「惱的是那狐朋狗友，搬弄是非，調三窩四。」

【用法】把別人背後說的話傳來傳去，蓄意挑撥；或在別人背後亂加議論，引起糾紛。

【例句】個性衝動的人，千萬不要相信**搬弄是非**的話，否則容易做出後悔莫及的傻事。

【義近】挑撥離間／搖脣鼓舌／說長論短／無中生有／加油添醋／火上澆油／煽風點火／推波助瀾。

【義反】持平之論／排難解紛／息事寧人／居間調停／打圓場。

搬脣遞舌 ㄅㄢ ㄔㄨㄣˊ ㄉㄧˋ ㄕㄜˊ

【釋義】翻動嘴脣，傳遞話語。舌：話語。

【出處】元・無名氏・南珍珠馬・情（套曲）：「平白地送暖偷寒，猛可的搬脣遞舌。」

【用法】指在背後挑撥是非。

【例句】喜歡**搬脣遞舌**的人，其心態似乎惟恐天下不亂，聰明人就該敬而遠之。

【義近】搬弄口舌／搬脣弄舌／搬弄脣舌／搬弄是非／挑撥離間／乘間投隙。

【義反】排難解紛／居間調停。

搶地呼天 ㄑㄧㄤˇ ㄉㄧˋ ㄏㄨ ㄊㄧㄢ

【釋義】用頭撞地，口喊蒼天。搶地：以頭觸地。

【出處】馮夢龍・醒世恆言・灌園叟晚逢仙女：「當下只氣得個秋公搶地呼天，滿地亂滾。」

【用法】形容悲痛到了極點。

【例句】她一接到身在大陸的父母不幸雙雙去世的電報，頓時**搶地呼天**，痛哭不已。

【義近】捶胸頓足／椎心泣血／拊膺大慟。

【義反】破涕爲笑／轉悲爲喜。

搶劫一空 ㄑㄧㄤˇ ㄐㄧㄝˊ ㄧ ㄎㄨㄥ

【釋義】搶劫：用暴力把別人的東西奪走。

【出處】清・孔尚任・桃花扇・逃難：「被些亂民搶劫一空，僅留性命。」

【用法】指全部財物被人掠走。

【例句】昨晚他家遭搶，歹徒將他們綑綁之後，便將他們的財物**搶劫一空**，幸而並未傷害他們。

【義近】洗劫一空／擄掠一空／席捲一空。

【義反】秋毫未損／原封不動。

十一畫

摘奸發伏

【釋義】摘：同「擿」，揭露。奸：奸邪之人。發：檢舉。伏：隱。

【出處】漢・荀悅・漢紀・宣帝紀二：「其擿奸發伏如神，皆此類也。」

【用法】揭露和檢舉尚未暴露的壞人壞事，使之無處躲藏、隱伏。

【例句】一般人都認為**摘奸發伏**應該是屬於檢調單位的工作，其實檢舉不法是每個國民應盡的責任。

【義近】摘伏發隱／擒奸摘伏。

【義反】文過飾非／藏污納垢。

摘膽剜心

【釋義】意謂用刀挖取膽和心。剜：用刀挖。

【出處】元・無名氏・小張屠三折：「再休放來生債，啼哭的摘膽剜心，傷情無奈。」

【用法】用以比喻極度的痛苦悲傷。

【例句】子夏老年喪子，遭受**摘膽剜心**之痛，連眼睛都哭瞎了。

【義近】痛不欲生／肝腸寸斷／心如刀割／呼天搶地。

【義反】欣喜若狂／心花怒放／歡天喜地。

摩肩如雲

【釋義】摩肩：肩與肩相碰。

【出處】戰國策・齊策一：「臨淄之途，車轂肩，人肩摩。」詩經・鄭風・出其東門：「出其東門，有女如雲。」曾樸・孽海花一〇回：「正是摩肩如雲、揮汗成雨的時候。」

【用法】形容人多而擁擠。

【例句】每逢星期假日，台北的西門町總是人來人往，**摩肩如雲**。

【義近】摩肩接踵／人山人海／人潮洶湧／車水馬龍／舉袂成幕／揮汗成雨。

【義反】三三兩兩／零零星星／零零落落／寥寥無幾／屈指可數。

摩肩接踵

【釋義】肩膀挨著肩膀，腳跟碰著腳跟。又作「比肩接踵」。

【出處】晏子春秋・雜下：「臨淄三百閭，張袂成陰，揮汗成雨，比肩接踵而在，何為無人？」

【用法】形容人多擁擠。

【例句】元宵節的晚上，街上看熱鬧的人**摩肩接踵**，擠得道路水泄不通。

【義近】摩肩擦背／屯街塞巷／比肩繼踵／駢肩雜遝／揮汗成雨／舉袂成幕。

【義反】稀稀落落／三三兩兩。

摩拳擦掌

【釋義】又作「磨拳擦掌」，意即摩擦拳頭手掌。

【出處】元・無名氏・爭報恩二折：「那妮子舞旋旋摩拳擦掌，叫吖吖拽巷羅街。」

【用法】形容人在行動之前情緒高昂，精神振奮，急不可待的樣子。

【例句】這幾個年輕人一聽說有一筆很大的生意可做，個個**摩拳擦掌**，準備大撈一筆。

【義近】躍躍欲試／撩衣奮臂。

【義反】退縮不前／畏首畏尾。

摩頂放踵

【釋義】從頭頂到腳跟都磨傷了。摩：摩擦。放：到。

【出處】孟子・盡心上：「墨子兼愛，摩頂放踵，利天下為之。」

【用法】形容捨身救世，為大眾的事而不辭勞苦。

【例句】證嚴法師**摩頂放踵**創辦慈濟醫院，慈悲救世的熱忱感動了許多人。

【義近】不辭辛勞／不畏勞苦。

【義反】好逸惡勞／安享清福。

摩厲以須

【釋義】摩厲：摩利刀子等待著。摩：同「磨」。厲：指鋒利。須：等待。

【出處】左傳・昭公十二年：「摩厲以須，王出，吾刃將斬矣。」

【用法】比喻作好準備，等待時機。

【例句】現代戰爭分秒必爭，所以三軍部隊務必**摩厲以須**，隨時應戰。

【義近】蓄勢待發／俟機而動／整裝待發。

【義反】臨陣磨槍／臨渴掘井。

摶沙作飯

【釋義】意謂將沙粒捏聚成飯團。摶：把散碎的東西捏聚成團。

【出處】清・紀昀・閱微草堂筆記・如是我聞一：「然則與此輩論交，如摶沙作飯矣。」

【用法】比喻白費心思，完全沒有成功的可能。

【例句】你想用仁義道德去感化這幫無惡不作的盜匪，我看這簡直是**摶沙作飯**，白費功夫。

【義近】緣木求魚／竹籃打水／水中撈月／海底撈針／挾山超海。

【義反】水到渠成／心想事成。

摶香弄粉

【釋義】意即摶弄香粉。摶弄：擺佈、玩弄等意。香粉：借指女人。

【出處】明・賈仲明・對玉梳一折：「你待要摶香弄粉，妝孤學俊，便準備著那一年春盡一年春。」

【用法】比喻和女人交往廝混。

【例句】《紅樓夢》中的主角賈寶玉，成天在女人堆裏**摶香弄粉**，十足的紈袴子弟。

【義近】憐香惜玉／拈花惹草／尋花問柳。

摳心挖肚

【釋義】摳：猶挖也。

【出處】官場維新記二回：「這日吃過了晚饍，就靠在煙榻上，摳心挖肚的足足擬了一夜的條陳稿子，還沒有擬好。」

【用法】形容為文絞盡腦汁，挖空心思的樣子。

【例句】杜甫作詩每每**摳心挖肚**，深思苦索，撚斷鬍鬚方才詩成。

【義近】搜索枯腸／挖空心思／絞盡腦汁／搜腸刮肚。
【義反】文思泉湧／運筆如飛／下筆如流／不假思索。

摳心挖膽

【釋義】膽：肝膽也。
【出處】曾樸・孽海花四回：「雯青道：『罪過罪過！照這種摳心挖膽的待你，不想出在堂名中人。』」
【用法】比喻赤誠待人。
【例句】老李很講義氣，待人真誠，所以交了許多**摳心挖膽**的好朋友。
【義近】肝膽相照／披肝瀝膽／推心置腹。
【義反】鉤心鬥角／爾虞我詐／各懷鬼胎。

摸門不著

【釋義】意即找不到門。
【出處】蘭陵笑笑生・金瓶梅八〇回：「這吳月娘，心中還氣忿不過……一頓罵的來安兒摸門不著。」
【用法】形容弄不清原因，搞得莫名其妙。
【例句】我才一進門，你就連珠炮似的說了這麼多，弄得我**摸門不著**，這到底是怎麼回事啊？
【義近】如坐雲霧／如墜煙海／如墮五里霧中／暈頭轉向。
【義反】瞭若指掌／洞若觀火／昭然若揭。

摸頭不著腦

【釋義】意即摸不到頭腦。
【出處】吳敬梓・儒林外史六回：「他渾家聽了這話，正摸不著頭腦。」曹雪芹・紅樓夢九三回：「賈芹摸頭不著腦，也不敢再問。」
【用法】形容弄不清怎麼回事。
【例句】你到底在說什麼，弄得我**摸頭不著腦**的，請你務必把話說明白。
【義近】摸門不著／百思不解／莫名其妙。
【義反】心知肚明／一清二楚／恍然大悟／瞭若指掌。

摧山攪海

【釋義】摧毀高山，攪動大海。摧：毀壞。
【出處】明・無名氏・齊天大聖二折：「到來日戰鼓連天，喊聲振地，猛烈神摧山攪海，連珠炮有似轟雷。」
【用法】形容威力極大，聲勢嚇人。
【例句】世人都已了解原子彈**摧山攪海**的威力，因此全面禁核是全人類一致的目標。
【義近】翻天覆地／天崩地裂／雷霆萬鈞／排山倒海／撼山拔樹／撼天震地。
【義反】紋風不動／水波不興／波瀾不驚。

摧心剖肝

【釋義】意謂心和肝斷裂剖開。摧：折。
【出處】藝文類聚卷三四引晉・潘岳・爲任子咸妻作孤女澤蘭哀辭：「耳存遺響……寢席伏枕，摧心剖肝。」
【用法】傷心痛苦到了極點。
【例句】年輕人登山戲水首重安全，否則發生意外，家人**摧心剖肝**的悲痛是筆墨都難以形容的。
【義近】摘膽剜心／肝腸寸斷／呼天搶地／欲哭無淚／痛不欲生。
【義反】歡天喜地／欣喜若狂／手舞足蹈／爆笑如雷。

摧花斫柳

【釋義】摧：摧殘。斫：砍。花、柳：借喻女子。
【出處】清・嬴宗季女・六月霜・對簿：「僵桃代李誠無與，摧花斫柳夫何取？」
【用法】用以比喻摧殘女子。
【例句】像他這樣任意玩弄女性，又始亂終棄，實在是個**摧花斫柳**的大惡棍！
【義近】摧蘭折玉／辣手摧花。
【義反】憐香惜玉。

摧枯拉朽

【釋義】摧折、推倒枯枝朽木。
【出處】漢書・異姓諸侯王表：「鐫金石者難爲功，摧枯朽者易爲力。」晉書・甘卓傳：「將軍之舉武昌，若摧枯拉朽，何所顧慮乎？」
【用法】比喻事情非常容易，可以毫不費力地解決。
【例句】辛亥革命一聲炮響，革命軍就以**摧枯拉朽**之勢推翻了清室。
【義近】勢如破竹／輕而易舉。
【義反】堅不可摧／巋然不動／穩如泰山。

摧眉折腰

【釋義】意謂低頭彎腰。摧眉：低眉。折：彎。
【出處】李白・夢遊天姥吟留別詩：「安能摧眉折腰事權貴，使我不得開心顏！」
【用法】比喻趨炎附勢，竭力奉承，毫無骨氣。
【例句】他唯一的本事就是善於**摧眉折腰**，極力巴結上司往上爬。
【義近】阿諛奉承／獻媚取寵。
【義反】剛正不阿／寧折不屈／堂堂正正。

摧鋒陷陣

【釋義】擊潰敵方的精銳，攻陷敵方的陣地。摧：擊潰。鋒：鋒芒，借指精銳。
【出處】宋書・武帝紀上：「高祖常披堅執銳，爲士卒先，每戰輒摧鋒陷陣。」
【用法】形容作戰勇猛。
【例句】辛亥革命時，革命軍攻打武昌，不少軍官身先士卒，**摧鋒陷陣**，很快便取得了勝利。
【義近】衝鋒陷陣／身先士卒／過關斬將／摧堅陷敵／披堅執銳。
【義反】臨陣脫逃／望風而逃／貪生怕死／望風披靡。

十二畫

撞頭搕腦

【釋義】撞著頭，碰著腦。搕：碰。
【出處】朱子語類卷四九：「政（正）如義理，只理會得三二分，便道只恁地得了，卻不知前面撞頭搕腦。」
【用法】形容碰壁，行不通。
【例句】你不懂所謂的人情世故，在社會上自然要**撞頭搕腦**了。
【義近】四處碰壁／窒礙難行／困難重重／遍地荊棘。

【義反】無往不利／暢行無阻／一帆風順。

撥雨撩雲

【釋義】喻指挑逗、試探對方的情意。
【出處】元・無名氏・女貞觀四折：「他將那簡帖兒傳消寄信，詞章兒撥雨撩雲。」
【用法】用以泛指男女之間調情說愛。
【例句】目前色情氾濫，打開第四台、電腦網路，隨時可見**撥雨撩雲**的畫面，眞是令人憂心。
【義近】眉來眼去／眉目傳情／打情罵俏。
【義反】正襟危坐／謹言慎行。

撥草尋蛇

【釋義】意謂把草撥開去尋找蛇，自然要遭蛇咬。
【出處】明・湯顯祖・牡丹亭・回生：「虧殺你撥草尋蛇，虧殺你守株待兔。」
【用法】喻招惹惡人，自找麻煩；或喻存心找別人的差錯。
【例句】你又不是吃飽飯沒事幹，何必盡找些**撥草尋蛇**的麻煩事來做呢？
【義近】撩蜂剔蠍／自討苦吃／惹禍上身／吹毛求疵／雞蛋裏挑骨頭。
【義反】明哲保身／遠離是非。

撥雲見日

【釋義】雲霧散開，見到太陽。
【出處】施耐庵・水滸傳一二回：「今日蒙恩相抬舉，如撥雲見日一般。」
【用法】比喻心中迷惑，經人一說，突然轉爲明朗。也比喻在險惡不利的環境中突然有了好轉。
【例句】經過你的澄清，事情總算**撥雲見日**，有了重大的轉機。
【義近】茅塞頓開。
【義反】天昏地暗／暗無天日／迷惑不解。

撥亂之才

【釋義】撥亂：把混亂的局勢予以撥正；澄清混亂。
【出處】隋唐演義五三回：「事到騎虎之勢，家國所關，非眞撥亂之才，一代偉人，總難立腳。」
【用法】指能平定亂世，使天下恢復安定的人才。
【例句】古語云：五百年必有王者興。如今天下動盪不安，百姓無不引頸企盼**撥亂之才**早日出現，救生民於水火之中。
【義近】棟梁之材／國之干城／擎天之柱。
【義反】亂臣賊子／奸佞之士。

撥亂反正

【釋義】撥：撥轉，治理。亂：指混亂局面。反：通「返」，回復。
【出處】公羊傳・哀公一四年：「撥亂世反諸正，莫近諸春秋。」漢書・禮樂志：「漢興，撥亂反正，日不暇給。」
【用法】多用以指整頓混亂局面，使之恢復正常。
【例句】時勢造英雄，在國家多難時總會有一些人物出來**撥亂反正**。
【義近】力挽狂瀾／濟危扶傾。

撥亂誅暴

【釋義】撥亂：澄清混亂。誅暴：誅殺強暴。
【出處】漢書・外戚恩澤侯表：「高帝撥亂誅暴，庶事草創，日不暇給，然猶修祀六國，求聘四皓。」
【用法】指平定亂世，鋤除強暴，使天下太平。
【例句】五代十國兵連禍結，百姓企盼**撥亂誅暴**的明君早日現身，好讓他們脫離苦海。
【義近】除暴安良／除暴安民。
【義反】濫殺無辜／倒行逆施。

撒豆成兵

【釋義】豆：泛指豆類。兵：軍隊。
【出處】平妖傳三一回：「既有這樣剪草爲馬，撒豆成兵的本事，何憂大事不成？」夏敬渠・野叟曝言四三回：「元化眞人能剪草爲馬，撒豆成兵，燒丹煉氣，役鬼驅神。」
【用法】章回小說中所描寫的一種法術，言拋撒豆子就可變成一支軍隊。
【例句】傳說孫臏和龐涓都是鬼谷子之徒，也都練就一身呼風喚雨、**撒豆成兵**的本領。
【義近】揮劍成河／移山倒海／飛天遁地／點石成金。
【義反】雕蟲小技／微末伎倆。

撒嬌撒癡

【釋義】撒：儘量施展出或故意做出。
【出處】蘭陵笑笑生・金瓶梅六二回：「你伏侍別人，還像在我手裏，那等撒嬌撒癡，好也罷，歹也罷，誰人容的你！」
【用法】故意做出嬌憨的姿態。
【例句】你還沒有看到這孩子在大人面前**撒嬌撒癡**的樣子，那才眞是可愛呢！
【義近】撒嬌作態／裝模作樣。
【義反】一本正經／正襟危坐。

撒嬌賣俏

【釋義】撒：儘量施展出來或使出來。
【出處】蒲松齡・醒世姻緣傳八回：「穿了極華麗的衣裳，打扮得嬌滴滴的，在那公子王孫面前撒嬌賣俏。」
【用法】形容女子向男子極力施展嬌態，賣弄俏麗。
【例句】她今天又化著濃妝，穿著迷你裙，來到大家面前**撒嬌賣俏**。
【義近】賣弄風騷／招蜂引蝶。
【義反】一本正經／正經八百。

撒潑放刁

【釋義】撒潑：橫蠻不講道理。放刁：用惡劣的手段或態度爲難他人。
【出處】平妖傳四回：「州守相公是一州之主，他取樂也須按著時候，不敢敲門打戶；你卻如此撒潑放刁，快快出去便休。」
【用法】形容舉動粗野蠻橫，狡猾不講道理。
【例句】她可是個出了名的潑婦，動不動就**撒潑放刁**，蠻不講理。
【義近】張牙舞爪／打滾撒潑／

粗野無賴／蠻橫無理。

【義反】彬彬有禮／溫文爾雅／文質彬彬。

撩蜂剔蠍

【釋義】引逗蜂兒，撥弄蠍子。

【出處】元・無名氏・普天樂・嘲風情：「姐姐每將蝦釣鼈，哥哥每撩蜂剔蠍，婆婆每打草驚蛇。」

【用法】比喻尋是生非，引起爭鬥；或比喻招惹壞人，自討苦吃。

【例句】在路上碰到飆車族，最好讓過一旁，千萬別**撩蜂剔蠍**，惹禍上身。

【義近】惹火燒身／自討苦吃／無事生非／惹禍上身／撥草尋蛇。

【義反】明哲保身／遠離是非。

撐眉努眼

【釋義】揚起眉毛，瞪大眼睛。撐：張開，揚起。努：凸出，瞪。

【出處】朱熹・答或人：「其知之者撐眉努眼，喝罵將去，便謂只此便是良心本性，無有不善……。」

【用法】形容態度嚴厲而專橫。

【例句】凡事要講道理，**撐眉努眼**嚇得了誰!?

【義近】橫眉豎眼／氣勢洶洶／惡形惡狀。

【義反】菩薩低眉／慈眉善目／和顏悅色。

撐腸拄肚

【釋義】意謂撐拄肚腸。撐：充滿到容不下的程度。拄：支撐。

【出處】唐・盧仝・月蝕詩：「撐腸拄肚礧傀如山丘，自可飽死更不偷。」

【用法】形容吃得非常飽，連肚腸都撐拄起來了，再也容納不下什麼。

【例句】長壽的要訣之一就是少量多餐，千萬不要吃得**撐腸拄肚**，反而弄壞了腸胃。

【義近】撐腸拄腹／酒足飯飽／猛打飽嗝。

【義反】飢腸轆轆／腹餓如鳴。

撮鹽入火

【釋義】取一撮鹽放入火中，則立即爆烈。撮：用兩、三個手指頭取物。也用作量詞。

【出處】王實甫・西廂記第三本二折：「待去呵，小姐性兒撮鹽入火。」

【用法】用以比喻性情急躁。

【例句】跟一個個性**撮鹽入火**的朋友講話，千萬不要吞吞吐吐，否則容易引起他的反感，變得不歡而散。

【義近】心浮氣躁／火爆性子。

【義反】心平氣和／平心靜氣／氣定神閒。

撲朔迷離

【釋義】撲朔：跳躍的樣子。迷離：模糊不清的樣子。

【出處】樂府・木蘭詩：「雄兔腳撲朔，雌兔眼迷離。兩兔傍地走，安能辨我是雄雌。」

【用法】本意謂兩兔並走，雌雄莫辨。今用以形容事情錯綜複雜，難以辨別清楚。

【例句】警方已從這個**撲朔迷離**的案情裏清理出頭緒，找到了破案的線索。

【義近】難以捉摸／盤根錯節／渾渾沌沌。

【義反】一目了然／涇渭分明。

播惡遺臭

【釋義】傳播惡事，遺留臭聞。

【出處】宋・陸九淵・與黃循中書：「其在高位者，適足以播惡遺臭，貽君子監（鑑）戒而已。」

【用法】指所幹之惡事和壞名聲，傳播開去或遺留後世。

【例句】曹操唯恐死後**播惡遺臭**，因此終其一生始終不敢篡漢自立。

【義近】遺臭萬年／惡名昭彰／惡名遠播。

【義反】流芳百世／名垂青史／萬古流芳。

撚指之間

【釋義】撚指：兩指相搓。意同彈指。

【出處】施耐庵・水滸傳二三回：「撚指間，歲月如流，不覺雪晴，過了十數日。」

【用法】比喻時間短暫。

【例句】這年輕人動作眞快，**撚指之間**，他已從大街辦完事回來了。

【義近】彈指之間／指顧之間／眨眼之間／轉瞬之間。

【義反】長年累月／三年五載。

撫今追昔

【釋義】撫：據，依照。追：緬懷。昔：從前。

【出處】魏秀仁・花月痕三回：「走訪各處歌樓舞榭，往往撫今追昔，物是人非，不免悵然而返。」

【用法】用以說明依據現在的情況，追想從前，很有感觸。

【例句】昔日的刑場是今日的鬧區中心，**撫今追昔**，不免興起滄海桑田的感慨。

撫心自問

【釋義】撫：同「捫」，摸觸。

【出處】蘇曼殊・斷鴻零雁記十二章：「慈母諦聽，兒撫心自問，固愛靜子，無異骨肉，且深敬其爲人，想靜子亦必知之。」

【用法】即捫心自問，摸摸良心，自己問自己。

【例句】這回期中考的成績很差，老師要我們**撫心自問**是否有複習功課。

【義近】捫心自問／自我反省／反躬自省／撫躬自問。

【義反】自以爲是／歸咎於人／委過他人。

撫孤恤寡

【釋義】恤：憐憫，救濟。

【出處】明・無名氏・鳴鳳記・桑林奇遇：「守經行權，各有其時；撫孤恤寡，存乎一念。若非公孫杵臼，焉得趙氏孤兒？」

【用法】撫育孤兒，照顧寡婦。

【例句】台灣在九二一地震之後，造成許多破碎的家庭，所以政府應展開長期**撫孤恤寡**的工作，照顧弱勢，才能贏得人民的欽仰。

【義近】憐孤惜寡。

【義反】陳橋兵變（專指宋太祖欺負孤兒寡婦）。

撫掌大笑 ㄈㄨˇ ㄓㄤˇ ㄉㄚˋ ㄒㄧㄠˋ

【釋義】拍手大笑。撫：拍。
【出處】劉義慶・世說新語・假譎：「女以手披紗扇，撫掌大笑曰：『我固疑是老奴！』」
【用法】形容非常歡欣或得意。
【例句】幾個小孩子在玩捉迷藏的遊戲，捉到了便**撫掌大笑**，快樂無比。
【義近】拍手稱快／撫掌稱快／拍案叫絕／手舞足蹈。
【義反】愁眉苦臉／愁眉不展／愁容滿面／悶悶不樂／落落寡歡／抑鬱寡歡。

撫髀興嘆 ㄈㄨˇ ㄅㄧˋ ㄒㄧㄥ ㄊㄢˋ

【釋義】撫：亦作「拊」，拍打。髀：膀股，即膝部以上的大腿骨。撫摩大腿，興起種種感嘆。
【出處】漢書・馮唐傳：「迺拊髀曰：『嗟乎吾獨不得廉頗李牧爲將，豈憂匈奴哉。』」後漢書・陽球傳：「球嘗拊髀發憤曰：『若陽球作司隸，此曹子安得容乎？』」
【用法】以手拍股而嘆，表示興奮或悲憤慷慨的模樣。也比喻虛度歲月，有志未伸。
【例句】老將軍每次提到當年在大陸出生入死的戎馬生涯，總忍不住**撫髀興嘆**，眼角微濕。
【義近】撫劍興嘆／慷慨激昂／仰首長嘆／仰天長嘯。
【義反】垂首不語／寞寞無語。

十三畫

擊楫渡江 ㄐㄧˊ ㄐㄧˊ ㄉㄨˋ ㄐㄧㄤ

【釋義】擊：拍打。楫：船槳。
【出處】晉書・祖逖傳：「逖統兵北伐，渡江，中流擊楫而誓曰：『祖逖不能清中原而復濟者，有如此江。』」
【用法】形容有志恢復河山的氣概。
【例句】宋室南遷之後，奸相當道，力主與金人議和，令**擊楫渡江**的有志之士徒呼負負，莫可奈何。
【義近】直搗黃龍／痛飲黃龍。
【義反】新亭之泣／楚囚相對／一籌莫展。

擊節歎賞 ㄐㄧˊ ㄐㄧㄝˊ ㄊㄢˋ ㄕㄤˇ

【釋義】擊節：打拍子。歎賞：讚歎欣賞。
【出處】晉・左思・蜀都賦：「巴姬彈弦，漢女擊節。」夏敬渠・野叟曝言七三回：「素臣擊節歎賞。」
【用法】形容對詩文、音樂等的讚賞。
【例句】聆聽名角公演，許多平劇迷都會情不自禁地隨著唱腔**擊節歎賞**。
【義近】擊節讚賞／拍案叫絕。
【義反】扞格不入。

擊轅之歌 ㄐㄧˊ ㄩㄢˊ ㄓ ㄍㄜ

【釋義】拍擊車轅而唱的歌。轅：夾在車前馬腹兩旁拉車用的木頭。
【出處】文選・三國魏・曹子建・與楊德祖書：「夫街談巷說，必有可采，擊轅之歌，有應風雅。」
【用法】即野人之歌，亦有歌頌太平之意。
【例句】翻開二十四史，我國自堯舜之後，能讓老百姓心悅誠服，高唱**擊轅之歌**的賢明帝王，實在寥寥可數。
【義近】山歌村笛／擊壤之歌。
【義反】時日之歌。

擎天之柱 ㄑㄧㄥˊ ㄊㄧㄢ ㄓ ㄓㄨˋ

【釋義】支撐天的柱子。
【出處】雲笈七籤卷一〇三：「擎天之柱著功勳，包羅大海佐明君。」
【用法】用以比喻能擔負天下重任的人才。
【例句】如果沒有諸葛亮的輔佐，蜀漢早已滅亡，所以稱他是蜀漢的**擎天之柱**，一點也不爲過。
【義近】中流砥柱／一柱擎天／棟梁之才／國之干城。
【義反】吳下阿蒙／酒囊飯袋／碌碌庸才。

擅作威福 ㄕㄢˋ ㄗㄨㄛˋ ㄨㄟ ㄈㄨˊ

【釋義】擅自作威作福。
【出處】三國志・魏書・高柔傳：「又（趙）達等數以憎愛擅作威福，宜檢治之。」
【用法】比喻專權橫行，爲所欲爲。
【例句】小人不能得志，小人一旦得志便**擅作威福**，魚肉百姓，絕非國家之福。
【義近】作威作福／生殺予奪／橫行霸道／專橫跋扈。
【義反】禮賢天下／謙恭下士／招賢納士。

擅離職守 ㄕㄢˋ ㄌㄧˊ ㄓˊ ㄕㄡˇ

【釋義】擅：擅自，任意。職守：指工作崗位。
【出處】李寶嘉・官場現形記四四回：「說他擅離職守，捏稱回任，定要扭他到堂翁跟前。」
【用法】指未經准許就隨便離開工作崗位。多用於不遵守紀律、沒有責任感的人。
【例句】他才上班不到一個月就**擅離職守**，工作態度更是糟糕，難怪被革職。
【義近】怠忽職守。
【義反】負責盡職／克盡厥職。

擁兵自固 ㄩㄥˇ ㄅㄧㄥ ㄗˋ ㄍㄨˋ

【釋義】擁有軍隊，鞏固自己。
【出處】北齊書・神武紀下：「（侯）景先與神武約，得書，書背微點，乃來。書至，無點，景不至，又聞神武疾，遂擁兵自固。」
【用法】多用以指野心家私自擁有軍隊以鞏固自己的地盤，保護個人的利益。
【例句】唐末五代，中央勢弱，各地藩鎮紛紛**擁兵自固**、割地稱王，是我國歷史上最混亂的一個時代。
【義近】割地稱雄／佔地稱王／擁兵自重。
【義反】忠君愛國／忠志之士。

擁彗清道 ㄩㄥˇ ㄏㄨㄟˋ ㄑㄧㄥ ㄉㄠˋ

【釋義】手拿掃帚，清掃道路。擁：握持。彗：掃帚。
【出處】晉・郭璞・爾雅序：「輒復擁彗清道，企望塵躅者，以將來君子爲亦有涉乎此也。」
【用法】表示對前來的客人極爲誠敬。
【例句】民國四十八年，艾森豪總統訪台，政府發動台北市各級學校**擁彗清道**，盛況空前。
【義近】掃徑以待／掃榻以待。
【義反】閉門謝客／閉門不納／下逐客令。

擂鼓篩鑼
【釋義】擂：用鼓槌擊打。篩：振動，這裏指用槌子敲。
【出處】元・無名氏・暗度陳倉・楔子：「今天撥與你一千兵，……要你每日家搖旗吶喊，擂鼓篩鑼。」
【用法】本指古戰場上擊鼓敲鑼以壯聲勢，現泛指某些競賽場合用鑼鼓來吶喊助威。
【例句】龍舟競渡時**擂鼓篩鑼**，喧天價響，把比賽的氣氛炒到最高點，圍觀的羣眾為之熱血沸騰。
【義近】擂鼓助威／敲鑼打鼓／鑼鼓震天。
【義反】偃旗息鼓／曲終人散。

撼山拔樹
【釋義】撼動山岳，拔起樹木。
【出處】明・李唐賓・梧桐葉二折：「風呵，兀的不傒幸殺人也，方才撼山拔樹，飛沙走石般起，投至央及你，可倒定息了。」
【用法】用以形容威勢之大。
【例句】碧利斯颱風以**撼山拔樹**的威力橫掃台灣，損失十分慘重，幸賴軍民共同努力善後，很快就恢復了舊觀。
【義近】摧山攪海／天崩地裂／排山倒海。
【義反】紋風不動／水波不興／波瀾不驚。

撼天震地
【釋義】意即震動天地。撼：搖動。
【出處】曾樸・孽海花二三回：「一語未了，不提防西邊樹林裏，陡起了一陣撼天震地的狂風，飛沙走石，直向東邊路上刮刺刺的捲去。」
【用法】用以形容聲勢大，力量強。
【例句】只聽到一聲**撼天震地**的巨響，高聳入雲的山便被炸出了一個大洞。
【義近】摧山攪海／天崩地裂／排山倒海。
【義反】紋風不動／水波不興／波瀾不驚。

操刀必割
【釋義】操：持，拿。
【出處】六韜・文韜・守土：「操刀必割，執斧必伐。」漢書・賈誼傳：「黃帝曰：『日中必脊，操刀必割。』」
【用法】比喻時機難得，不可失掉。
【例句】此時正是投資房地產的時機，**操刀必割**，再遲一些就來不及了。
【義近】機不可失／掌握時機。
【義反】坐失良機／稍縱即逝。

操之過急
【釋義】操：辦，做。過：過分。
【出處】漢書・五行志中：「遂要崤厄，以敗秦師，匹馬觭輪無反者，操之急矣。」
【用法】指處理事情或解決問題過於魯莽急躁。
【例句】這個問題比較棘手，需審慎從事，倘若**操之過急**，反而會壞了大事。
【義近】急於求成／急功近利。
【義反】穩紮穩打／從長計議／放長線釣大魚。

操奇計贏
【釋義】奇贏：有餘財而畜聚奇異之物。奇：又指殘餘物。
【出處】漢書・食貨志：「商賈大者，積貯倍息，小者坐列販賣，操其奇贏，日游都市。」
【用法】謂商人居奇以得利。
【例句】做為一個成功的商人，要有獨特的眼光，預知市場的需要，先將物品貯存起來，屆時才能**操奇計贏**，大發利市。
【義近】囤積居奇／奇貨可居。
【義反】賤價求售／公平交易／平買平賣。

操翰成章
【釋義】拿起筆來，就成文章。操：拿。翰：鳥毛，借指毛筆。
【出處】三國志・魏書・徐幹傳・裴松之注引先賢行狀：「幹清玄體道，六行修備，聰識洽聞，操翰成章。」
【用法】形容人文思敏捷，極富文才。
【例句】人稱三國時代的曹植才高八斗，下筆為文，**操翰成章**。
【義近】一揮而就／妙筆生花／筆走龍蛇／運筆如飛／揮灑自如／操筆立書。
【義反】江郎才盡／搜索枯腸／絞盡腦汁／腹笥甚窘。

操縱自如
【釋義】操縱：控制或開動機械、儀器等。自如：活動或操作不受阻礙。
【出處】劉鶚・老殘遊記一回：「若遇風平浪靜的時候，他駕駛的情狀，亦有操縱自如之妙。」
【用法】指控制或駕駛完全如人意。
【例句】所有的飛行員都必須經過長久的嚴格訓練，一旦上了駕駛座才能**操縱自如**，掌握一切突來的狀況。
【義近】控制裕如／指揮若定／得心應手／運用自如。
【義反】手忙腳亂／七手八腳。

擇人而事
【釋義】選擇好人，侍奉終身。事：侍奉。
【出處】魏秀仁・花月痕七回：「其實，采秋乘此機會，要擇人而事，不理舊業。」
【用法】多用以指妓女選擇所嫁對象，有時也泛指一般女子擇婿以託終身。
【例句】俗話說：男怕入錯行，女怕嫁錯郎，所以女孩子要懂得**擇人而事**，才不致遺憾終生。
【義近】慎選終身。
【義反】人盡可夫／露水鴛鴦。

擇木而處
【釋義】鳥兒選擇合適的樹木做巢。處：居。
【出處】漢・崔瑗・東觀箴：「是以明哲先識，擇木而處。」
【用法】舊時用以比喻選擇賢君明主，為其效命。現也比喻選擇賢明的上司或老闆，為其辦事。

【例句】自古以來許多賢人堅守**擇木而處**的原則，寧可一輩子隱居，也不願屈身降格。
【義近】擇木而棲／擇主而事。
【義反】身不由己。

擇地而蹈

【釋義】指走路非常注意，要選擇地方才肯走過去。蹈：踩，踏。
【出處】司馬遷・史記・伯夷叔齊列傳：「或擇地而蹈之，時然後出言，行不由徑，非公正不發憤，而遇禍災者，不可勝數也。」
【用法】喻行事非常小心謹慎。
【例句】北方到了深冬，河面結冰，過河時須**擇地而蹈**，小心翼翼地前進，以免摔跤。
【義近】臨淵履冰／瞻前顧後／小心翼翼／戰戰兢兢。
【義反】粗心大意／粗枝大葉。

擇善而從

【釋義】擇：選擇，挑選。從：跟從，聽從。
【出處】論語・述而：「子曰：『三人行，必有我師焉，擇其善者而從之，其不善者而改之。』」
【用法】指擇取別人的嘉言嘉行，作爲自己言行的依據。
【例句】我們要**擇善而從**，學習別人的長處，改善自己的短處。

擐甲執兵

【釋義】穿上鎧甲，手執武器。擐：穿著。兵：兵器。
【出處】宋・曾鞏・李德明遙郡團練使制：「擐甲執兵，人之重任，賞信而速，所以勸功。」
【用法】形容全副武裝。
【例句】秦始皇**擐甲執兵**破滅六國，一統天下，可惜仁義不施，身死而國亡。
【義近】擐甲執銳／披堅執銳／
【義反】不識干戈／手無寸鐵／赤手空拳。

據爲己有

【釋義】據：佔據。
【出處】清・無名氏・官場維新記六回：「話說袁伯珍見王德黼的礦山苗旺，有利可圖，便想奪他的利權，據爲己有。」
【用法】指將原本不屬於自己的東西設法佔來作爲自己的。
【例句】把公家的財物**據爲己有**是違法的行爲，一旦東窗事發，還得吃上官司，身爲公務人員豈可知法犯法。
【義近】佔爲己有／中飽私囊。
【義反】路不拾遺／拾金不昧／物歸原主／完璧歸趙。

據理力爭

【釋義】據：依據，憑藉。力爭：盡力爭得。
【出處】李寶嘉・文明小史：「外國人呢，固然得罪不得，實在下不去的地方，也該據理力爭。」
【用法】指依據道理，竭力維護自己的權益、觀點等。
【例句】這是關係到我們國家尊嚴的大問題，一定要在會議上**據理力爭**。
【義近】仗義執言／力排眾議／舌戰羣儒。
【義反】無理取鬧／強詞奪理／理屈詞窮。

擔雪塡井

【釋義】用易融化的雪去塡井。
【出處】普濟・五燈會元・東京淨因蹣庵繼成禪師：「大似擔雪塡井，傍若無人。」
【用法】比喻勞而無功，白費力氣。
【例句】國家政策不能對症下藥，就好比**擔雪塡井**，徒勞而無功，因此必須針對問題癥結，擬定出根本解決之道。
【義近】海底撈針／水中撈月／竹籃打水／與虎謀皮。
【義反】探囊取物／甕中捉鱉／反掌折枝／水到渠成。

擔驚受怕

【釋義】又作「擔驚受恐」，指心裏極其恐懼害怕。
【出處】元・無名氏・盆兒鬼三折：「歸時猶未夕陽低，怎敎俺擔驚受怕著昏迷。」
【用法】形容提心弔膽，飽受驚恐。
【例句】颱風夜，先生出外工作，太太在家**擔驚受怕**，徹夜未能成眠。
【義近】提心弔膽／心驚膽戰。
【義反】高枕無憂／無憂無慮。

擒賊先擒王

【釋義】意謂兩軍作戰先要捉拿將帥。擒：捉拿。
【出處】杜甫・前出塞之六：「射人先射馬，擒賊先擒王。」
【用法】用以比喻做事先要抓住要點。
【例句】**擒賊先擒王**，做事要抓住重點，不然只會徒勞無功，白費力氣。
【義近】打蛇打七寸／射人先射馬／提綱挈領。
【義反】輕重不分／主次不論／本末倒置／捨本逐末。

十四畫

擠眉弄眼

【釋義】擠著眉毛，眨著眼睛。
【出處】王實甫・破窰記：「擠眉弄眼，俐齒伶牙，攀高接貴，順水推船。」
【用法】形容人以眉眼的動作表情達意，也形容人鬼鬼祟祟的樣子。
【例句】他倆在大庭廣眾下**擠眉弄眼**的，眞是不成體統。
【義近】目挑心招／眉目傳情／秋波頻送。
【義反】目不斜視／正經八百。

擢髮抽腸

【釋義】拔下頭髮，抽出肚腸。擢：拔。
【出處】梁書・伏暅傳：「豈有人臣奉如此之詔而不亡魂破膽，歸罪有司，擢髮抽腸，少自論謝？」
【用法】形容自引罪責，表示悔恨，以求寬恕。
【例句】酒後千萬不要開車，萬一肇禍撞死人，**擢髮抽腸**已於事無補，所以政府提倡「醉不上道」的呼籲，請駕駛朋友務必遵行。
【義近】負荆請罪。
【義反】執迷不悟／冥頑不靈。

擢髮難數

【釋義】拔下頭髮來數也數不清。擢：拔。
【出處】司馬遷・史記・范睢蔡澤列傳：「范睢曰：『汝罪有幾？』（須賈）曰：『擢賈之髮以續賈之罪，尚未足。』」
【用法】比喻罪狀或惡劣事跡多得數不清。
【例句】這個罪犯所犯下的罪行眞是**擢髮難數**，被判死刑也是罪有應得，不值得同情。
【義近】罄竹難書／罪不容誅／罪該萬死。
【義反】誤觸法網／罪不當誅／情理可容。

十五畫

擿埴索塗

【釋義】意謂盲人以杖點地，探求道路。擿：選取。埴：土，指地面。塗：同「途」。
【出處】揚雄・法言・修身：「擿埴索塗，冥行而已矣。」孫中山・民報發刊詞：「擿埴索塗，不獲則反復其詞而自惑。」
【用法】用以比喻暗中摸索。
【例句】實行民主自由及發展經濟，都應吸取各國的經驗，這樣可以避免**擿埴索塗**的弊端，少走些冤枉路。
【義近】冥行擿埴／閉門造車。
【義反】耕當問奴／織當訪婢。

擲地之才

【釋義】擲地：這裏是「擲地有聲」（投擲在地上能發出聲音）的意思。
【出處】宋・王禹偁・重修北嶽廟碑奉敕撰並序：「慚非擲地之才，有玷他山之石。」
【用法】指能寫出文辭優美、聲調鏗鏘的好文章的人才。
【例句】古往今來，不知有多少學者皓首窮經，爲的就是希望能成爲一位**擲地之才**，名垂千古。
【義近】八斗之才／屈宋之才。
【義反】胸無點墨／不識之無。

擲地作金石聲

【釋義】擲：投，扔。金石：指銅鐘和石磬一類的樂器，聲音清脆優美。
【出處】劉義慶・世說新語・文學：「孫興公作天臺賦成，以示范榮期云：『卿試擲地，要作金石聲。』」
【用法】原形容文章的文辭優美，聲調鏗鏘。今多用於讚美人所說的話堅定有力，語義崇高。
【例句】他所說的這番話，聽來不免逆耳，但卻**擲地作金石聲**，值得重視。
【義近】擲地有聲／字字珠璣／欬唾成珠／錦心繡口。
【義反】廢話連篇／蛙鳴蟬噪／驢鳴犬吠。

擲果盈車

【釋義】拋擲的果子滿車。盈：滿。
【出處】劉義慶・世說新語・容止：「潘岳妙有姿容，好神情。」劉孝標注引語林：「安仁至美，每行，老嫗以果擲之滿車。」明・梅鼎祚・玉合記・詗約：「其人如玉，空敎擲果盈車。」
【用法】比喻女子對美男子的愛慕；也形容男子長得俊美。
【例句】隔壁的小王有**擲果盈車**之貌，難怪結交了一大堆女朋友，窮於應付。
【義近】潘安再世／風流倜儻／一表人才／相貌堂堂。
【義反】獐頭鼠目／尖嘴猴腮／相貌猥瑣／小頭銳面。

攀今比昔

【釋義】攀：牽拉，這裏是拿的意思。昔：往日，古代。
【出處】明・湯顯祖・南柯記・繫帥：「你攀今比昔！那攀將軍他殢酒把鴻門碎，關大王面赤非干醉，比周瑜飲醇醪量難及。」
【用法】指拿今人與古人相比；也泛指拿現代與古代相比。
【例句】時代在發展，社會在進步，若一味的**攀今比昔**，實在是不可取。
【義近】以今比昔／以今論古／以今量古／厚今薄古。
【義反】以古比今／以古非今／借古諷今／厚古非今。

攀今攬古

【釋義】攀：攀談。攬：扯說。
【出處】元・關漢卿・單刀會四折：「你這般攀今攬古，分甚枝葉？我根前使不著你之乎者也，詩云子曰。」
【用法】指談話內容兼及古今。
【例句】他學富五車，說話總是**攀今攬古**，旁徵博引。
【義近】攀今論古／縱論古今／博徵古今。
【義反】言不及義。

攀花折柳

【釋義】即攀折花柳。花、柳：借指妓女。又作「折柳攀花」。
【出處】元・無名氏・百花亭二折：「則爲我攀花折柳，致令的有國難投。」
【用法】比喻男子狎妓。
【例句】結了婚的男人，千萬不要在外**攀花折柳**，萬一染上惡疾，不僅害己害妻，甚至身敗名裂。
【義近】尋花問柳／眠花宿柳／倚紅偎翠／尋芳獵豔／拈花惹草／嫖娼狎妓。
【義反】坐懷不亂／目不斜視。

攀高接貴

【釋義】攀附接近高貴的人。
【出處】元・李行道・灰闌記一折：「不是我攀高接貴，由他每說短論長。」
【用法】指人巴結向上。
【例句】社會上有些**攀高接貴**的小人，在富人面前搖尾乞憐，到窮人面前又變得趾高氣昂，前後嘴臉簡直是天南地北，令人佩服他們變臉的快速。
【義近】攀龍附鳳／攀龍附驥／趨炎附勢／攀藤附葛。
【義反】安貧樂道／不忮不求／守正不阿／安分守己。

攀親託熟

【釋義】攀親：指不是親而轉彎抹角認作親。熟：指熟人。
【出處】吳承恩・西遊記四二回：「他與那豬八戒當時尋到我的門前，講甚麼攀親託熟之言。」

【用法】指設法認作親戚朋友。

【例句】服兵役是一件好事，千萬不要**攀親託熟**找人照顧，那樣反而會引起同僚的不滿，在軍中的日子更是難過。

【義近】攀親帶故。

攀龍附鳳

【釋義】攀：用手抓住東西往上爬。附：依附。龍、鳳：比喻有權勢的人。

【出處】揚雄・法言・淵騫：「攀龍鱗，附鳳翼，巽以揚之，勃勃乎其不可及也。」

【用法】比喻依附權貴或有聲望的人立功揚名。

【例句】你可不要冤枉他，據我所知，他決不是那種熱中功名、**攀龍附鳳**的人。

【義近】攀龍附驥／攀高結貴／依附權貴。

【義反】安貧樂道。

攀轅臥轍

【釋義】攀：用手抓住，拉扯之意。臥：躺下。

【出處】沈約・齊故安陸昭王碑：「攀車臥轍之戀，爭塗忘遠。」六帖：「漢侯霸爲臨淮太守，被徵，百姓攀轅臥轍，願留期年。」

【用法】比喻挽留賢能之長官，不令其離去。

【例句】韓愈曾任潮州刺史，頗有政績，因此當他奉旨他調時，當地百姓皆**攀轅臥轍**，捨不得他離去。

【義近】焚香跪拜／羣犁遮道。

攀蟾折桂

【釋義】攀登月宮，折取桂枝。蟾：蟾宮，指月宮。桂：傳說月宮中有大桂樹。

【出處】葉夢得・避暑錄話卷下：「世以登科爲折桂……而月中又言有蟾，故又以登科爲登蟾宮。」

【用法】指科舉及第，今也用以指大學考試得中。

【例句】自古以來，讀書人十年寒窗苦讀，不就是期待有那麼一天，可以**攀蟾折桂**，平步青雲。

【義近】高步雲衢／躍越龍門／鯉躍龍門／金榜題名／狀元及第。

【義反】名落孫山／曝鰓龍門。

攀鱗附翼

【釋義】鱗：龍鱗。翼：翅膀。

【出處】唐・溫大雅・大唐創業起居注二・李淵報李密書：「欣戴大弟，攀鱗附翼。」

【用法】比喻依附於帝王以建立其功業。

【例句】民間傳言福康安是乾隆皇帝的私生子，因此皇帝對其百般呵護。福康安平定台灣的大功，其實不過是**攀鱗附翼**，因人成事罷了，不值一提。

十七—十八畫

攘外安內

【釋義】攘：排除。

【出處】夏敬渠・野叟曝言七二回：「管仲一匡九合，攘外安內，其功甚大。」

【用法】指排除外來侵略，安定國家內部。

【例句】春秋時，齊桓公任用管仲爲相，**攘外安內**，遂霸諸侯。

【義近】撫內平外。

【義反】內訌不已／同室操戈／自相殘殺／暴內陵外。

攘袂切齒

【釋義】攘袂：捋起衣袖。切齒：咬緊牙齒。

【出處】宋・秦觀・進策・邊防上：「吏士攘袂切齒，皆欲犁其庭而掃其閭。」

【用法】憤怒、激動的樣子。

【例句】民眾對酒後駕車肇禍的人，無不**攘袂切齒**，十分痛恨，因此所有駕車的朋友要切記醉不上道。

【義近】咬牙切齒／握拳透掌／義憤填膺。

【義反】平心靜氣／心平氣和／神閒氣定。

攝威擅勢

【釋義】攝：握持。擅：專有。

【出處】淮南子・氾論訓：「將相攝威擅勢，私門成黨，而公道不行。」

【用法】形容依仗權勢，專橫跋扈，胡作非爲。

【例句】小人就是一旦得志便**攝威擅勢**，無惡不作的人。

【義近】挾權擅勢／狐假虎威／狗仗人勢。

【義反】爲所當爲／奉公守法。

攜手接武

【釋義】手拉著手，腳步挨著腳步。武：腳步。

【出處】宋・胡仔・苕溪漁隱叢話後集・回仙：「傳吾之法，不若傳吾之行……爲人若反是，雖攜手接武，終不成道。」

【用法】比喻跟別人亦步亦趨地學。

【例句】做學問要能舉一反三，靈活運用，若只是**攜手接武**，是不會有什麼大收穫的。

【義近】步人後塵／襲人故智。

【義反】別出新裁／另闢蹊徑。

攜老扶弱

【釋義】攜：用手拉著。扶：用手攙扶。

【出處】晉書・劉琨傳：「臣自涉州疆，目睹困乏，流移四散，十不存二，攜老扶弱，不絕於路。」

【用法】多形容難民逃難時的悲慘景象。

【例句】中國有許多貧苦的地方，平時就生活不易，一遇到凶年，百姓只有**攜老扶弱**，四處流浪，眞是可憐。

【義近】扶老攜幼／攜老挈幼。

十九畫

攢眉苦臉

【釋義】皺緊眉頭苦著臉。攢：聚集。

【出處】李寶嘉・官場現形記一一回：「禁不住鄒太爺攢眉苦臉，求他多當兩個，總算當了四百五十錢。」

【用法】形容愁苦的表情。

【例句】遇到困難總要想辦法解決，光是**攢眉苦臉**，哀天怨地，是於事無補的。

【義近】愁眉苦臉／愁眉不展／愁容滿面／愁眉深鎖。

【義反】眉開眼笑／眉飛色舞／喜眉笑眼。

二十一畫

攬權納賄（ㄌㄢˇ ㄑㄩㄢˊ ㄋㄚˋ ㄏㄨㄟˋ）

【釋義】攬：把持。

【出處】官場維新記六回：「到了湖北，方才曉得李統領因爲京裏有人參他攬權納賄等事。」

【用法】指官員把持權力，收受賄賂。

【例句】小人一旦得志便**攬權納賄**，胡作非爲，不僅動搖國家根本，而且還會帶來無窮的後患。

【義近】招權納賄／植黨營私／貪贓枉法。

【義反】奉公守法／守正不阿／克己奉公。

攬轡澄清（ㄌㄢˇ ㄆㄟˋ ㄔㄥˊ ㄑㄧㄥ）

【釋義】轡：馬韁繩。澄清：澄清更政。

【出處】後漢書．范滂傳：「滂登車攬轡，慨然有澄清天下之志。」舊唐書．姚璹傳：「是用命卿出鎮，寄茲存養，果能攬轡澄清，下車整肅。」

【用法】比喻官員才一上任就能澄清政治，穩定亂局。

【例句】明神宗時吏治大壞，徭役繁興，使得百姓苦不堪言，皇帝啓用張居正爲相，**攬轡澄清**，四海綏平，號稱小康。

【義近】政通人和／政治清明／物阜民安。

【義反】政出多門／各自爲政／國貧民窮。

支部

三畫

支支吾吾（ㄓ ㄓ ㄨˊ ㄨˊ）

【釋義】支吾：說話含混躲閃，用話搪塞。重疊爲「支支吾吾」有加強語氣之作用。

【出處】文康．兒女英雄傳五回：「怎麼問了半日，你一味的吞吞吐吐，支支吾吾，你把我作何等人看待？」

【用法】指人說話吞吞吐吐，應付搪塞。

【例句】有什麼話就直截了當、明明白白的說出來，你這樣**支支吾吾**地，眞令人著急！

【義近】吞吞吐吐／含含糊糊／哼哼哈哈／嘟嘟噥噥。

【義反】直言不諱／開門見山／快人快語／直截了當。

支吾其詞（ㄓ ㄨˊ ㄑㄧˊ ㄘˊ）

【釋義】支吾：說話含混。

【出處】李寶嘉．官場現形記二八回：「只得支吾其詞道：『這不過我想情度理是如此。』」

【用法】形容有所隱瞞，說話吞吞吐吐，敷衍應付，不肯爽快地說出眞情。

【例句】每次問他話，他總是**支吾其詞**，前後矛盾，這其中一定有問題。

【義近】含糊其辭／閃爍其辭／支支吾吾。

【義反】直言不諱／言眞語實／開門見山／快人快語。

支離破碎（ㄓ ㄌㄧˊ ㄆㄛˋ ㄙㄨㄟˋ）

【釋義】支離：零散，殘缺。

【出處】汪琬．答陳靄公論文書一：「而及其求之以道，則小者多支離破碎而不合……。」

【用法】形容零散破碎，不成整體。

【例句】那篇論文刊登時，由於篇幅有限，經編輯先生刪削之後，已經**支離破碎**，面目全非了。

【義近】四分五裂／七零八落／殘缺不全。

【義反】完整無缺／完美無損／金甌無缺。

攴部

二畫

收回成命（ㄕㄡ ㄏㄨㄟˊ ㄔㄥˊ ㄇㄧㄥˋ）

【釋義】成命：指已發布的命令、決定等。

【出處】清．黃鈞宰．金壺七墨．吳門秀士書：「初，林公遣戍，御史陳慶鏞抗疏力爭，請上收回成命。」

【用法】指撤銷已經發布的命令、指示或決定。

【例句】用政治手段來解決經濟問題是窒礙難行的，希望新政府趕快**收回成命**，推出好的政策。

【義近】改變初衷／更弦易轍。

【義反】令出如山／軍令如山。

三畫

改邪歸正（ㄍㄞˇ ㄒㄧㄝˊ ㄍㄨㄟ ㄓㄥˋ）

【釋義】邪：爲非作歹。歸：返回。正：正路。

【出處】晉書．呂光傳贊：「矯邪歸正，革僞爲忠。」吳承恩．西遊記一四回：「這才叫做改邪歸正，可賀可賀。」

【用法】指從邪路回到正路上來，不再做壞事。

【例句】浪子回頭金不換，只要

他肯**改邪歸正**，我們仍然歡迎他回到公司來工作。

【義近】改惡從善／洗心革面／棄暗投明／改過自新。

【義反】執迷不悟／怙惡不悛／至死不悟／死不悔改。

改弦更張

【釋義】更換或調整琴弦，使琴聲和諧，奏出更美妙的音樂。更：改換。張：給樂器上弦。

【出處】魏書・高謙之傳：「且琴瑟不韻，知音改弦更張。」宋書・樂志四：「琴瑟殊未調，改弦當更張。」

【用法】比喻改變方法或制度，以糾正偏差或錯誤。

【例句】既然做生意賺不到錢，就應**改弦更張**，另謀其他職業，總不能坐吃山空。

【義近】改弦易轍／改弦易張。

【義反】泥古不化／將錯就錯／執意不改／抱殘守缺／舊調重彈。

改弦易轍

【釋義】琴換了弦，車子換了路。易：改變。轍：車輪的痕跡，此指道路。

【出處】袁甫・應詔封事：「暨乎土木畢興，輪奐復舊，陛下晏然處之，不思改弦易轍。」

【用法】比喻改變不適宜的或錯誤的方法、態度等。

【例句】他接受大家的建議，從此**改弦易轍**，開源節流，不到半年，公司便大有起色。

【義近】改弦更張／改弦易張。

【義反】泥古不化／故步自封／抱殘守缺／執迷不悟。

改俗遷風

【釋義】遷：改。

【出處】梁書・何胤傳：「兼以世道澆暮，爭詐繁起，改俗遷風，良有未易。」

【用法】改變社會的風尚習氣。

【例句】現代人奢侈享受慣了，想要**改俗遷風**，恢復節儉的生活，絕非一朝一夕可以做得到。

【義近】移風易俗／激濁揚清。

【義反】習以為常／久病成痾／積重難返。

改換門庭

【釋義】改換：改變。門庭：門前的空地，此代指家庭地位，猶言門第。

【出處】石玉琨・三俠五義二回：「倘上天憐念，得個一官半職，一來改換門庭，二來省受那贓官污吏的悶氣。」

【用法】用以說明設法提高家庭在社會上的地位。

【例句】貧賤人家大都希望自己的子弟能奮發上進，有朝一日出人頭地，**改換門庭**。

【義近】出人頭地／光宗耀祖／光耀門楣。

【義反】敗壞家門／辱沒先人。

改朝換代

【釋義】朝、代：指古時帝王的世襲政權，也指帝王在位的年代。

【出處】吳沃堯・二十年目睹之怪現狀三一回：「其中或者有兩回改朝換代的時候，參差了三兩年。」

【用法】指朝代的更替，也指新政權取代舊政權。

【例句】中國歷史上每次的**改朝換代**，不僅沒有帶給人民幸福，反而帶給他們更多的災難，眞是「興，百姓苦；亡，百姓苦。」

【義近】改元正位。

【義反】萬古不變。

改過不吝

【釋義】吝：這裏是可惜、愛惜的意思。

【出處】尚書・仲虺之誥：「改過不吝。」唐・陸贄・奉天論延訪朝臣表：「述湯之所以王，則曰：『用人惟己改過不吝。』言能納諫也。」

【用法】指改正過錯必須痛下決心，態度要堅決，意志要堅定。

【例句】人非聖賢，孰能無過，**改過不吝**，眾所仰欽。

【義近】過則不憚改／知過能改／痛改前非／洗心革面。

【義反】拒諫飾非／冥頑不靈／文過飾非。

改過自新

【釋義】改正過失，自己重新做人。

【出處】司馬遷・史記・孝文本紀：「妾傷夫死者不可復生，刑者不可復屬，雖復欲改過自新，其道無由也。」

【用法】用以說明痛改前非，重新做人。

【例句】人們對**改過自新**的人應懷包容之心，給他們機會。

【義近】悔過自新／改邪歸正／不遠而復／洗心革面／伐毛洗髓／遷善改過。

【義反】怙惡不悛／執迷不悟。

改頭換面

【釋義】指改變外貌。

【出處】寒山・寒山詩：「改頭換面孔，不離舊時人。」朱子語類一〇九：「今人作經義，正是醉人說話，只是許多說話，改頭換面，說了又說，不成文字。」

【用法】比喻表面改變，而實質不變，還是和原來的一樣。

【例句】你這一套，只不過是**改頭換面**的騙人把戲，唬不住人的。

【義近】換湯不換藥。

【義反】本來面目／內外一新。

攻心為上

【釋義】攻心：從心理上進攻。

【出處】陳壽・三國志・蜀書・馬謖傳・裴松之注引襄陽記：「用兵之道，攻心為上，攻城為下；心戰為上，兵戰為下。」

【用法】指從心理上瓦解敵人的鬥志才是上策。

【例句】兵法有言：「**攻心為上**。」作戰時如果能先瓦解敵人的士氣，必能輕易地克敵制勝。

【義近】心戰為上／得人心者為上。

【義反】攻城為下／兵戰為下／失人心者為下。

攻守同盟

【釋義】攻守：進攻與防守。同盟：由締結盟約而形成的團體或集團。

【出處】曾樸・孽海花一八回：

「何太眞受了北洋之命，與彼立了攻守同盟的條約。」

【用法】原指國與國之間訂立盟約，發生戰爭時彼此聯合或行動。今也指壞人互相定約，掩蓋罪行。

【例句】二次大戰時，德日訂下**攻守同盟**，展開侵略的行動。

【義近】狼狽爲奸。

【義反】互揭瘡疤。

攻其無備

【釋義】攻：進攻。其：代詞，指對方、敵人。備：防備。

【出處】孫子・計篇：「攻其無備，出其不意。此兵家之勝，不可先傳也。」

【用法】指趁對方沒有防備時進攻。

【例句】這一次我們要出其不意，**攻其無備**，把對方打得落花流水。

【義近】出其不意／乘虛而入。

【義反】打草驚蛇／先禮後兵。

攻城略地

【釋義】攻：攻打。略：搶，掠奪。

【出處】司馬遷・史記・項羽本紀：「自起爲秦將，南征鄢郢，北阬馬服，攻城略地，不可勝計。」

【用法】用以說明攻打城市，掠奪土地。

【例句】辛亥革命後，大小軍閥**攻城略地**，互相爭奪勢力範圍，給國家、民族帶來了極大災難。

【義近】攻城徇地／攻城奪地。

【義反】負嵎頑抗／嬰城固守／負困不服。

攻苦食淡

【釋義】攻苦：從事勞苦之事。食淡：飲食淸淡。

【出處】司馬遷・史記・叔孫通列傳：「呂后與陛下攻苦食啖（淡），其可背哉！」

【用法】指生活艱苦，辛勤自勵。

【例句】多年來，他倆一同**攻苦食淡**，相濡以沫，現在情況好轉，應當有福共享了。

【義近】吃苦耐勞／勤耕苦作／克勤克儉。

【義反】飽食終日／酣豢酒食／酒食徵逐。

攻無不克，戰無不勝

【釋義】沒有攻佔不下來的，沒有作戰不獲勝的。攻：攻打。克：攻佔下來。

【出處】戰國策・秦策一：「是知秦戰未嘗不勝，攻未嘗不取，所當未嘗不破也。」

【用法】形容力量無比強大，所向無敵。

【例句】那支球隊成員個個優秀，加上默契十足，在比賽中**攻無不克，戰無不勝**，順利地得到冠軍。

【義近】無堅不摧，無攻不克／百戰百勝／所向無敵／所向披靡／追亡逐北。

【義反】屢戰屢敗／每戰皆北。

四畫

放下屠刀，立地成佛

【釋義】爲佛家語，意謂停止作惡，立成正果。屠刀：宰殺牲畜的刀。立地：立即，立刻。

【出處】朱子語類卷三〇：「佛教所謂放下屠刀，立地成佛。」

【用法】比喻作惡的人一旦認識了自己的罪行，決心改過，仍可很快變成好人。

【例句】只要你肯**放下屠刀，立地成佛**，相信你的人生前途還是一片光明的。

【義近】回頭是岸／迷途知返／改過自新／棄惡從善／浪子回頭金不換。

【義反】怙惡不悛／至死不悟／至死不改。

放之四海而皆準

【釋義】放：放置。四海：指全國各地，也指世界各地。準：準確，對。

【出處】禮記・祭義：「推而放諸東海而準，推而放諸西海而準，推而放諸南海而準，推而放諸北海而準。」

【用法】指用到任何地方都可作爲準則。

【例句】爲人要講良心，守本分，這是**放之四海而皆準**的道理。

【義近】達之四海而皆準。

放言高論

【釋義】放言：無拘束地談論。放：放縱。

【出處】蘇軾・荀卿論：「嘗讀孔子世家，觀其言語文章，循循莫不有規矩，不敢放言高論。」

【用法】毫無顧忌地大發議論。

【例句】他對事情的眞相了解不深，卻在此**放言高論**，引起當事人極度不滿，起身和他理論，大打出手。

【義近】大放厥辭／信口開河／信口雌黃／胡說八道。

【義反】言之有物／言之有理。

放虎自衛

【釋義】自衛：保衛自己。

【出處】劉璋迎劉備入蜀，至巴郡，巴郡太守嚴顏拊心歎曰：「此所謂獨坐窮山，放虎自衛也。」見三國志・蜀書・張飛傳注・引華陽國志。

【用法】比喻爲求自保卻反受其害。

【例句】那家餐廳的老闆爲了應付附近小混混的需索，請來角頭老大爲其坐鎮，結果反遭勒索一大筆錢，眞無異是**放虎自衛**，令他後悔不迭。

放虎歸山

【釋義】把老虎放回山林。歸：回到。一作「縱虎歸山」。

【出處】陳壽・三國志・蜀書・劉巴傳注引零陵先賢傳：「巴復諫曰：『若使（劉）備討張魯，是放虎於山林也。』」

【用法】比喻放縱敵人，必然後患無窮。

【例句】他是個無惡不作的大壞蛋，你們要是放他走，等於是**放虎歸山**，後患無窮。

【義近】養虎遺患／養癰遺患／後患無窮。

【義反】斬草除根／除惡務盡／杜絕後患。

放長線釣大魚

【釋義】意謂要釣到大魚，就要有很長的線，放到深水處。

【出處】莊子・外物：「任公子爲大鉤巨緇，五十犗以爲餌……已而大魚食之，牽巨鉤錎，沒而下鶩。」

【用法】比喻要得到較大的收穫，就要付出一定的代價，安心等待時機。

【例句】你別以為他真的誠心幫你，還不是放長線釣大魚，希望你能答應借錢給他。

放浪形骸

【釋義】放浪：放縱不受拘束。形骸：人的形體。骸：骨頭。

【出處】王羲之・蘭亭集序：「或因寄所託，放浪形骸之外。」

【用法】用以形容人行為放縱，不守禮法。

【例句】他才情很高，卻懷才不遇，於是放浪形骸，寄情山水詩酒之間。

【義近】放浪不羈／任誕不羈／不拘形迹。

【義反】循規蹈矩／規行矩步。

放情丘壑

【釋義】放情：縱情。丘壑：山丘溝壑，泛指山水。

【出處】晉書・謝安傳：「安雖放情丘壑，然每游賞，必以妓女從。」

【用法】指人恣情旅遊，沉浸於遊山玩水之中，而不以世事為念。

【例句】功成身退，放情丘壑，是很多政治人物的理想，不過做起來並非易事，畢竟權力容易使人上癮。

【義近】縱情山水／寄情山水／遊山玩水。

【義反】汲汲營營／勞碌奔波。

放飯流歠

【釋義】放飯：大口吃飯而飯粒狼藉。流歠：大口喝湯而湯水溢出嘴角。

【出處】孟子・盡心上：「放飯流歠，而問無齒決，是之謂不知務。」

【用法】用以形容人大吃大喝的樣子。

【例句】在公眾場合用餐，最忌放飯流歠，會給大家留下不好的印象。

【義近】狼吞虎嚥／杯盤狼藉／餓死鬼投胎。

【義反】淺嘗輒止／細嚼慢嚥。

放誕風流

【釋義】放誕：行為放肆，言語隨便。風流：這裏指有才學而不拘禮法。

【出處】西京雜記卷二：「文君姣好……十七而寡，為人放誕風流，故悅長卿之才而越禮焉。」

【用法】指隨心所欲，言行不受禮法的約束。

【例句】外表英俊瀟灑的男士，若行為放誕風流，亦非女士們可以託付終身的好對象。

【義近】放誕不羈／放浪形骸。

【義反】循規蹈矩／規規矩矩。

放蕩不羈

【釋義】放蕩：行為不檢點。羈：束縛，拘束。

【出處】晉書・王長文傳：「少以才學知名，而放蕩不羈，州府避命皆不就。」

【用法】用以指行動浪漫隨便，不受約束。

【例句】他自小父母寵溺，所以長大後舉止才會如此放蕩不羈。

【義近】放浪形骸／放誕任氣。

【義反】循規蹈矩／規行矩步。

放縱不拘

【釋義】放縱：不加約束。不拘：不加限制。

【出處】漢書・游俠傳：「竦博學通達，以廉儉自守，而遵放縱不拘，操行雖異，然相親友。」

【用法】指按照自己的意志行事，不為外物所束縛。

【例句】俗話說江山易改，本性難移。個性放縱不拘的人，我們不敢奢望他能按部就班的行事。

【義近】放誕不羈／為所欲為／隨心所欲。

【義反】恪遵法度／墨守成規／照章行事／規行距步。

五畫

政以賄成

【釋義】意謂只有行賄才能辦得成事。政：指政事。

【出處】左傳・襄公十年：「今自王叔之相也，政以賄成，而刑放於寵。」

【用法】形容官場黑暗，吏治腐敗。

【例句】民主國家絕不容許政以賄成的情況發生，選民的眼睛是雪亮的，這次用選票支持你，下次也可以用選票否定你。

【義近】賄賂公行／貪贓枉法／朋比為奸。

【義反】公正廉明／吏治清明。

政出多門

【釋義】政令出自幾個人、地方，或部門。

【出處】左傳・襄公三十年載：陳國國君大權旁落，政令出自幾個卿大夫的門下。

【用法】指中央領導軟弱，國家權力分散；也指一個單位或一個地方，有幾個人發號施令。

【例句】公司現在政出多門，發號施令的除了總經理和他太太，還有他那對寶貝兒子，弄得大家無所適從，不知聽誰的好。

【義近】各自為政／多頭政治。

【義反】獨斷獨令／令出一門。

政通人和

【釋義】政事順利，百姓和樂。

【出處】范仲淹・岳陽樓記：「越明年，政通人和，百廢俱興。」

【用法】形容政治清明，人民安居樂業，一派祥和的景象。

【例句】我國現在政治民主，社會安定，經濟繁榮，處處洋溢一片政通人和的氣象。

【義近】國泰民安／國富民強／物阜民安。

【義反】國貧民窮／民窮財盡／民不聊生。

政簡刑清

【釋義】意謂政令簡明，社會風氣良好，犯罪者少。

【出處】夏敬渠・野叟曝言七四回：「貞觀之治，君明臣直，政簡刑清，致治等於成康。」

【用法】指政治清明。舊時常用來稱道地方官的政績。

【例句】老子的政治思想和西方的烏托邦一樣都是**政簡刑清**的社會，也是治國的最高理想。
【義近】政通人和／國泰民安／國富民強／物阜民安。
【義反】國貧民窮／民窮財盡／民不聊生。

故弄玄虛

【釋義】故弄：故意玩弄。玄虛：迷惑人的花招。
【出處】韓非子・解老：「聖人觀其玄虛，用其周行，強字之曰道。」
【用法】形容故意玩弄花招，用以迷惑和欺騙人。
【例句】你少在這裏**故弄玄虛**，你葫蘆裏賣的什麼藥，我早就知道了！
【義近】掉弄玄虛／賣弄玄虛。
【義反】開門見山／單刀直入。

故步自封

【釋義】故步：舊的步法。封：限制在一定範圍內。
【出處】班固・漢書・敍傳：「昔有學步於邯鄲者，曾未得其彷彿，又復失其故步。」梁啓超・愛國論：「婦人纏足十載，解其縛而猶不能行，故步自封，少見多怪。」
【用法】比喻守著老舊的方法，不求進步。
【例句】我們要敢於創造革新，不要墨守成規，**故步自封**。
【義近】因循守舊／墨守成規／畫地自限。
【義反】不法常可／日新又新／推陳出新／不主故常。

故家子弟

【釋義】故家：指昔日門第高貴的家族。
【出處】凌濛初・初刻拍案驚奇卷一一：「王生獨自回進房來，對劉氏說道：『我也是個故家子弟，好模好樣，不想遭這一場，反被那小人逼勒！』」
【用法】指出身高貴，有社會地位的子弟。
【例句】養尊處優的**故家子弟**如遭逢變故，大都手不能提，肩不能挑，生活頓成問題。
【義近】富家子弟／豪門子弟／膏粱子弟／公子哥兒。
【義反】農家子弟／清寒子弟／繩樞之子。

故宮禾黍

【釋義】故宮：舊時宮殿。禾黍：泛指農作物，此為生長農作物之意。
【出處】詩經・王風・黍離序：「周大夫行役，至於宗周，過宗廟宮室，盡為禾黍，閔周室之顛覆。」
【用法】用以比喻懷念故國的情思。
【例句】那些老華僑雖然在國外定居了幾十年，但心存**故宮禾黍**，因而爭相為祖國的繁榮富強盡一己之力。
【義近】故國之情／宗國之思／鄉土之戀。
【義反】背祖叛宗／樂不思蜀／棄根忘本。

故態復萌

【釋義】故態：舊態，慣常的舉止，此指惡習。復：又。萌：發生。
【出處】李寶嘉・官場現形記一二回：「遇見撫臺下來大閱，他便臨期招募……撫臺一走，依然是故態復萌。」
【用法】指舊的習氣或毛病等又出現了。
【例句】他答應不再偷竊，但不到三天就**故態復萌**，眞是本性難移。
【義近】故技重演／惡習復發／舊習復生。
【義反】痛改前非／斬草除根。

故劍情深

【釋義】故劍：借指結髮妻子。
【出處】漢書・外戚傳上：「公卿議更立皇后，皆心儀霍將軍女，亦未有言。上乃詔求微時故劍，大臣知指，白立許倢伃為皇后。」
【用法】用以表示結髮夫妻情義深厚。
【例句】有許多**故劍情深**的老兵，在開放探親之後，立即籌措旅費，返回家鄉去探望大陸的妻子兒女，這種情義著實令人感動。
【義近】伉儷情深／鶼鰈情深。
【義反】勞燕分飛／同牀異夢／覆水難收。

故舊不遺

【釋義】故舊：老朋友，舊友。
【出處】論語・泰伯：「故舊不遺，則民不偷。」又微子：「故舊無大故，則不棄也；無求備於一人。」
【用法】用以表示對老朋友、老部下不可輕易拋棄。
【例句】一個眞正苦學出身的人，一旦飛黃騰達，絕對了解**故舊不遺**的做人道理，而不會鄙視他的那些老朋友。
【義近】乘車戴笠／故人情深。
【義反】背信棄義。

六畫

效顰學步

【釋義】為「東施效顰」和「邯鄲學步」組合而成的新成語。顰：皺眉頭。
【出處】梁啓超・保教非所以尊孔論：「而我今日乃欲摹其就衰之儀式，為效顰學步之下策，其毋乃可不必乎！」
【用法】指仿效不成，反而弄巧成拙，出乖露醜。
【例句】時下許多年輕人喜愛模仿偶像明星的裝扮，弄得自己三分像人，七分像鬼，眞是**效顰學步**，貽笑大方。
【義近】東施效顰／邯鄲學步／畫虎不成反類犬。
【義反】推陳出新／另闢蹊徑／自創一格。

七畫

救人一命，勝造七級浮屠

【釋義】造：建造。七級浮屠：七層高的佛塔。浮屠，又作「浮圖」，佛塔。
【出處】鄭德輝・㑳梅香二折：「救人一命，勝造七級浮屠，不索多慮。」
【用法】用以強調行善積德，功德無量。
【例句】**救人一命，勝造七級浮屠**，你就行行好，助他一臂之力吧！
【義近】功德無量。
【義反】見死不救／落井下石。

救人須救徹

【釋義】救人務必要救徹底。須：需要，務必。

【出處】明・沈受先・三元記・毀券：「你身無盤費，豈能同去，若又拆散，不如不救你了。自古道救人須救徹：……。」

【用法】指救援扶助別人就要做徹底，不可半途而廢。

【例句】拯救雛妓不單是將老鴇繩之以法就可以了，**救人須救徹**，還應敎她們謀生之計，這樣才能在社會上生存。

【義近】除惡務盡／好人做到底，送佛送上天。

【義反】爲德不卒／半途而廢。

救亡圖存

【釋義】圖存：謀求生存。圖：謀求。

【出處】清・王無生・論小說與改良社會之關係：「夫救亡圖存，非僅恃一二才士所能爲也。」

【用法】指拯救國家的危亡，謀求民族的生存。

【例句】抗戰時期，我國面臨覆亡的危機，幸賴全國上下萬眾一心，犧牲犯難，才完成了**救亡圖存**的大業。

【義近】興滅繼絕／扶危濟傾／救國救民。

【義反】賣國求榮／喪權辱國。

救火揚沸

【釋義】揚沸：舉沸，喻迫急。

【出處】司馬遷・史記・酷吏列傳：「當是之時，吏治若救火揚沸。」

【用法】喻不根除禍源，難以止亂。

【例句】這個制度如果不徹底改變，只是一味頭痛醫頭，腳痛醫腳，就和**救火揚沸**一樣，是沒有用的。

【義近】七年之病，求三年之艾／揚湯止沸／抱薪救火／縱風止燎。

【義反】正本清源／斬草除根／釜底抽薪／徙薪止沸／曲突徙薪。

救民水火

【釋義】意即救民於水火之中。水火：喻災難。

【出處】孟子・梁惠王下：「今燕虐其民，王往而征之，民以爲將拯己於水火之中也。」魏秀仁・花月痕四七回：「譬如此來，是要救民水火，不想無民可救，只有賊可殺呢。」

【用法】用以指把人民從深重的災難中拯救出來。

【例句】國父領導革命，推翻滿清，**救民水火**，事後卻功成不居，眞是偉大。

【義近】解民倒懸／救焚振溺。

【義反】見死不救／荼毒生靈／禍國殃民。

救死扶傷

【釋義】救護死者，扶持傷者。扶：幫助。

【出處】司馬遷・報任少卿書：「虜救死扶傷不給……乃悉徵左右賢王，舉引弓之民，一國共攻而圍之。」

【用法】形容醫務人員爲傷病者精心治療的崇高精神。

【例句】這位外國朋友已轉危爲安，他對中國醫務人員**救死扶傷**的人道精神，表示由衷的感激。

【義近】救苦救難／救人之危。

【義反】見死不救／乘人之危。

救災恤患

【釋義】恤：這裏與「救」同義，救濟。

【出處】明・李贄・焚書・雜述・寒燈小話：「豈爲謀王圖霸，用之以結客乎？抑救災恤患，而激於義之，不能以已也？」

【用法】用以指解救他人或他方的災難禍患。

【例句】非洲安哥拉大雨成災，災黎遍地，聯合國立即發動各國展開**救災恤患**的工作。

【義近】救死扶傷／濟困救貧。

【義反】坐視不救／袖手旁觀。

救過補闕

【釋義】闕：同「缺」，不足。

【出處】晉書・潘岳傳：「故箴規之興，將以救過補闕，然猶依違諷喻，使言之者無罪，聞之者足以自誡。」

【用法】挽救過失，彌補不足。

【例句】事情既然已經發生，我們應該想一個**救過補闕**的法子，而不是互相埋怨，坐以待斃。

【義近】亡羊補牢。

【義反】重蹈覆轍／一錯再錯。

敎一識百

【釋義】敎一個字能認識一百個字。

【出處】漢・劉向・列女傳・周室三母：「文王生而明聖，太任敎之，以一而識百。」

【用法】形容人聰慧有才華，能觸類旁通，敎一種知識而能推知許多種知識。

【例句】雖然擁有**敎一識百**的天賦，仍須不斷地努力，才能有所成就，如果自恃聰明而不肯努力學習，到頭來仍會一事無成，反落得天才反被天才誤的嘲諷。

【義近】心領意會／觸類旁通／舉一反三／聞一知十。

【義反】一竅不通／天資魯鈍。

敎無常師

【釋義】意謂接受敎育，學習知識，並無固定的老師。敎：受敎育。常：固定。

【出處】尚書・咸有一德：「德無常師，主善爲師。」晉・潘岳・歸田賦：「敎無常師，道在則是。」

【用法】用以表示凡有長處者，皆可爲師。

【例句】孔子曾有吾不如老農，吾不如老圃之嘆，可見**敎無常師**是千眞萬確的道理。

【義近】學無常師／能者爲師。

【義反】無師自通。

敎猱升木

【釋義】敎猴子爬樹。猱：猿猴。升木：上樹。

【出處】詩經・小雅・角弓：「毋敎猱升木，如塗塗附。君子有徽猷，小人與屬。」

【用法】用以比喻敎唆引導壞人做壞事。

【例句】檢調單位展開治平專案，如果只是逮捕一羣小混混，是沒有什麼作用的，必須將**教猱升木**的幕後主使者繩之以法，才能一勞永逸。

【義近】誨淫誨盜／教唆作惡／導入歧途。

【義反】循循善誘／誨人以道。

敗不旋踵 ㄅㄞˋ ㄅㄨˋ ㄒㄩㄢˊ ㄓㄨㄥˇ

【釋義】旋踵：轉動一下腳跟，形容時間短。

【出處】唐·盧照鄰·三國論：「然而喪師失律，敗不旋踵，……豈拙於用武，將遇非常敵手？」

【用法】形容很快就失敗了。

【例句】沒有經過嚴密訓練的烏合之眾，甫上戰場便**敗不旋踵**。

【義近】一戰即潰／不堪一擊／潰不成軍。

【義反】百戰不殆／百戰百勝／勢如破竹／旗開得勝。

敗法亂紀 ㄅㄞˋ ㄈㄚˇ ㄌㄨㄢˋ ㄐㄧˋ

【釋義】敗壞法令，擾亂紀律。

【出處】後漢書·袁紹劉表列傳上：「（曹操）而便放志專行，威劫省禁，卑侮王僚，敗法亂紀，坐召三臺，專制朝政。」

【用法】不顧法紀，胡作非為。

【例句】對於**敗法亂紀**的歹徒，檢調機關應該速審速決，以安定社會人心。

【義近】敗壞紀綱／目無法紀。

【義反】奉公守法／嚴守紀律。

敗軍之將 ㄅㄞˋ ㄐㄩㄣ ㄓ ㄐㄧㄤˋ

【釋義】打敗仗的將領。

【出處】司馬遷·史記·淮陰侯列傳：「臣聞敗軍之將，不可以言勇，亡國之大夫，不可以圖存。」

【用法】比喻事業失敗的人。

【例句】曾國藩領兵出戰太平軍之初，也是**敗軍之將**，但他沉得住氣，雖然屢戰屢敗，卻能愈挫愈勇，終於扭轉大局，平定太平天國之亂。

【義近】鬥敗公雞／壯志未酬。

【義反】功成名就／壯志已酬。

敗鱗殘甲 ㄅㄞˋ ㄌㄧㄣˊ ㄘㄢˊ ㄐㄧㄚˇ

【釋義】敗：戰敗。殘：殘破。

【出處】宋·蔡絛·西清詩話引張元咏雪詩：「戰退玉龍三百萬，敗鱗殘甲滿天飛。」

【用法】比喻漫天紛飛的雪花。

【例句】侵襲台灣的冷氣團，今年威力特別強，再加上水氣足，因此很快就下雪，經過一夜的**敗鱗殘甲**，合歡山已經變成一處銀色世界。

【義近】柳絮因風起／雪花片片／風號雪舞。

敝帚千金 ㄅㄧˋ ㄓㄡˇ ㄑㄧㄢ ㄐㄧㄣ

【釋義】一把破掃帚也看得如般珍貴。敝帚：破舊的掃帚。

【出處】漢·劉珍·東觀漢記·光武帝紀：「一旦放兵縱火，聞之可為鼻酸。家有敝帚，享之千金。」

【用法】東西雖然微賤，自己卻十分珍惜重視。比喻自己看不見自己的缺點，還洋洋得意。

【例句】寫文章的人最忌**敝帚千金**，自以為是，應該要虛心接受別人的批評，才能更上一層樓。

【義近】敝帚自珍／千金自珍。

【義反】棄若敝屣／視若糞土。

敝習陋規 ㄅㄧˋ ㄒㄧˊ ㄌㄡˋ ㄍㄨㄟ

【釋義】敝習：指壞的風俗習慣。陋規：歷來相沿的不良成例。

【出處】鄭與裔·請禁傳饋疏：「敝敝焉徒事饋獻之陋規，以取悅於同僚，求容於大吏。」

【用法】泛指不合理、不文明的風俗習慣和陳規舊例。

【例句】要想求得社會的進步發展，就必須徹底根除種種**敝習陋規**。

【義近】陳規陋習。

【義反】良風美俗／淳樸風俗。

八畫

敦世厲俗 ㄉㄨㄣ ㄕˋ ㄌㄧˋ ㄙㄨˊ

【釋義】敦：敦厚。厲：同「勵」，勉勵也。

【出處】蘇軾·御試制科策：「欲輕賦稅則財不足，欲威四夷則兵不強，欲興利除害則無其人，欲敦世厲俗則無其具。」

【用法】意即敦厚社會之風俗。

【例句】前幾年台灣曾發起「道德重整會」和「復興中華文化運動」，其用意即在**敦世厲俗**，希望能改善社會的暴戾之氣，走向詳和的大道。

【義近】移風易俗／隨俗雅化／改俗遷風／民淳俗厚。

【義反】傷風敗俗／有傷風化。

敢作敢為 ㄍㄢˇ ㄗㄨㄛˋ ㄍㄢˇ ㄨㄟˊ

【釋義】意即敢於去做。為：作，做。

【出處】翁方綱·石洲詩話四：「而誠齋（楊萬里）較之石湖（范成大），更有敢作敢為之色。」

【用法】形容行事無所畏懼。

【例句】那件紛爭因你而起，你要**敢作敢為**的出面說清楚，怎能做個縮頭烏龜呢！

【義近】敢作敢當。

【義反】畏首畏尾／前怕狼後怕虎。

敢作敢當 ㄍㄢˇ ㄗㄨㄛˋ ㄍㄢˇ ㄉㄤ

【釋義】敢於做就敢於承擔。

【出處】石玉琨·三俠五義七五回：「又是甚麼『敢作敢當，才是英雄好漢』咧。」

【用法】指人勇於任事，敢於承擔責任。

【例句】王先生是個**敢作敢當**的人，如果這件事果真是他做的，我相信他是會承認的。

【義近】好漢做事好漢當／一人做事一人當／敢作敢為。

【義反】縮頭烏龜。

敢怒而不敢言 ㄍㄢˇ ㄋㄨˋ ㄦˊ ㄅㄨˋ ㄍㄢˇ ㄧㄢˊ

【釋義】只敢在心中發怒而不敢說出來。

【出處】施耐庵·水滸傳三回：「眾人見是魯提轄，一哄都走了。李忠見魯達凶猛，敢怒而不敢言。」

【用法】形容心中憤怒，但懾於權勢，不敢說出來。

【例句】面對惡霸仗勢欺人，老百姓**敢怒而不敢言**，怕惹來殺身之禍。

【義近】敢怨不敢言／道路以目／側目道旁。

【義反】敢怒敢言／犯顏直諫。

散兵游勇 ㄙㄢˋ ㄅㄧㄥ ㄧㄡˊ ㄩㄥˇ

【釋義】散兵：潰散之兵。游勇：流動不定的兵卒。勇：清代指地方臨時招募的兵卒。

【出處】司馬遷．史記．夏侯嬰傳：「漢王既至滎陽，收散兵，復振。」司馬遷．史記．彭越傳：「彭越常往來為游兵。」

【用法】指失去統率的、逃散的士兵或流動不定的兵卒。也用以借指零零散散、獨自行動的個人。

【例句】民初軍閥混戰之際，經常出現**散兵游勇**奸淫擄掠的情形，百姓苦不堪言。

【義近】殘兵敗將／烏合之眾／瓦合之卒。

【義反】精銳之師／百萬雄師。

散悶消愁 ㄙㄢˋ ㄇㄣˋ ㄒㄧㄠ ㄔㄡˊ

【釋義】意謂排遣愁苦煩悶。

【出處】元．高安道．哨遍．嗓淡行院：「待去歌樓作樂，散悶消愁，倦遊柳陌戀煙花。」

【用法】指設法透過消遣來解除愁悶。

【例句】遇到不如意的事，自艾自怨是於事無補的，何不走向大自然**散悶消愁**。

【義近】消愁解悶／排憂解愁。

【義反】舉酒澆愁／坐困愁城。

九畫

敬老尊賢 ㄐㄧㄥˋ ㄌㄠˇ ㄗㄨㄣ ㄒㄧㄢˊ

【釋義】老：年長的人。賢：賢良有聲望的人。

【出處】馮夢龍．東周列國志四九回：「又敬老尊賢，凡國中年七十以上，月致粟帛，加以飲食珍味，使人慰問安否。」

【用法】指敬重年老的和社會有聲望的人。

【例句】**敬老尊賢**是中華民族的傳統美德，理應發揚光大。

【義近】敬老重賢／惜老愛賢／敬賢愛才。

【義反】嫌老妒賢／欺老凌賢／目空一切／唯我獨尊／目無餘子。

敬老憐貧 ㄐㄧㄥˋ ㄌㄠˇ ㄌㄧㄢˊ ㄆㄧㄣˊ

【釋義】敬重老年人，憐恤貧窮者。

【出處】元．無名氏．九世同居一折：「聞知張公藝長者，恤孤念寡，敬老憐貧，出無倚之喪，嫁孤寒之女。」

【用法】形容有恭謹慈愛的美好品德。

【例句】這一家人都**敬老憐貧**，恤孤念寡，是這一帶人們公認的積善之家。

【義近】敬老恤貧／惜老憐貧／敬老濟貧。

【義反】嫌老欺窮／嫌貧愛富。

敬而遠之 ㄐㄧㄥˋ ㄦˊ ㄩㄢˇ ㄓ

【釋義】敬：尊敬。遠：疏遠，離開。

【出處】論語．雍也：「樊遲問知。子曰：『務民之義，敬鬼神而遠之。』」

【用法】用以指對某人既不得罪他，也不接近他。也作不願親近某人的諷刺語。

【例句】對於這種凡事都責怪他人的人，我是**敬而遠之**。

【義近】敬鬼神而遠之。

【義反】親密無間。

敬若神明 ㄐㄧㄥˋ ㄖㄨㄛˋ ㄕㄣˊ ㄇㄧㄥˊ

【釋義】神明：對神的總稱。

【出處】左傳．襄公十四年：「民奉其君，愛之如父母，仰之如日月，敬之如神明，畏之如雷霆。」

【用法】指尊敬某人就像敬重神明一樣。

【例句】張教授儘管已是國內知名學者，但一提到其恩師，仍舊**敬若神明**。

【義近】奉若神明／頂禮膜拜／高山仰止／景行行止。

【義反】嗤之以鼻／不屑一顧／不足齒數／視如草芥／敬而遠之。

敬業樂羣 ㄐㄧㄥˋ ㄧㄝˋ ㄌㄜˋ ㄑㄩㄣˊ

【釋義】敬業：敬重自己所從事的事業。樂羣：樂於與人相處。樂：喜愛。

【出處】禮記．學記：「一年視離經辨志，三年視敬業樂羣。」

【用法】形容人能夠專心致志於事業或學業，能夠和朋友愉快相處並吸取教益。

【例句】張先生**敬業樂羣**，在同行中威望甚高。

【義近】愛業樂友／重業敬友。

【義反】不務正業／離羣索居。

敬謝不敏 ㄐㄧㄥˋ ㄒㄧㄝˋ ㄅㄨˋ ㄇㄧㄣˇ

【釋義】敬謝：恭敬的謝絕。不敏：沒有才能。敏，聰明。

【出處】韓愈．寄盧仝詩：「買羊沽酒謝不敏，偶逢明月曜桃李。」

【用法】謙稱自己沒有才能接受某事。多用於不願接受委託的婉辭。

【例句】這件事超過我的能力範圍，我實在承擔不了，只有**敬謝不敏**了。

【義近】婉言謝絕／委婉推辭。

【義反】毛遂自薦／當仁不讓／捨我其誰。

十畫

敲竹槓 ㄑㄧㄠ ㄓㄨˊ ㄍㄤˋ

【釋義】意謂抓住別人的弱點加以敲詐。

【出處】李寶嘉．官場現形記一七回：「兄弟敲竹槓，也算會敲的了。難道這裏還有竹槓不成？」

【用法】比喻利用別人的弱點或以某種口實進行欺詐、要挾，以騙取財物。

【例句】遊客到風景區遊玩，最怕的事就是小販**敲竹槓**或糾纏不走。

【義近】漫天開價／獅子大開口／漫天索價。

【義反】童叟無欺／貨真價實。

敲金擊玉 ㄑㄧㄠ ㄐㄧㄣ ㄐㄧˊ ㄩˋ

【釋義】金、玉：指鐘磬一類的打擊樂器。或作「敲金擊石」、「敲金戛石」。

【出處】元．汪元亨．醉太平．警世：「展嘲風詠月長才思，吐敲金擊玉款言詞。」

【用法】用以比喻詩文的聲韻鏗鏘。

【例句】欣賞宋代豪放派詩人，如辛棄疾、蘇東坡等人詩作，猶如品竹彈絲，**敲金擊玉**，鏗鏘之音，令人振奮。

【義近】敲金擊石／敲金戛玉／

品竹彈絲／引商刻羽。
【義反】擊甕叩缶／歌呼嗚嗚。

敲門磚

【釋義】用來敲開門的磚塊，門開則扔。
【出處】田藝蘅・留青日札摘抄卷四：「其未得第也，則名之曰撞太歲；其既得第也，則號之曰敲門磚。」
【用法】比喻藉以達到某種目的的手段或工具。
【例句】他並不是眞心愛你，只因爲你父親有錢有勢，利用你作爲**敲門磚**而已。
【義近】墊腳石。

敲骨吸髓

【釋義】敲破骨頭，吮吸骨髓。
【出處】普濟・五燈會元・東土祖師：「昔人求道，敲骨吸髓，刺血濟飢。」
【用法】用以比喻殘酷地榨取、掠奪。
【例句】非洲一些國家的當政者，不顧人民在死亡線上掙扎的事實，還要**敲骨吸髓**來滿足自己的私慾。
【義近】敲榨勒索／橫徵暴斂／刮骨吸髓。
【義反】視民如子／仁民愛物／廣行仁政。

敲榨勒索

【釋義】敲榨：依仗勢力或其他不正當手段索取錢財。勒索：用威脅手段索取財物。
【用法】用以指居官者利用職權，或地痞流氓藉故進行威脅，強行索取財物。
【例句】辛亥革命後，軍閥混戰，貪官污吏趁機渾水摸魚，**敲榨勒索**。
【義近】巧取豪奪／敲骨吸髓。
【義反】廉潔奉公／大公無私／扶危濟困。

敲邊鼓

【釋義】在鼓的旁邊幫忙敲打。
【出處】李寶嘉・官場現形記一一回：「你等一等，我去替你探一探口氣，再托周老爺敲敲邊鼓。」
【用法】比喻從旁幫腔協助。
【例句】這件事我只能幫你**敲邊鼓**，不能代你出頭，否則嫂夫人會怪我們一鼻孔出氣。
【義近】幫幫腔／打打氣／從旁協助。
【義反】愛莫能助。

十一畫

敷衍了事

【釋義】敷衍：馬虎，不認眞。了事：草草了結。
【出處】李寶嘉・官場現形記一回：「禮生見他們參差不齊，只好由著他們敷衍了事。」
【用法】指辦事不認眞，不負責任。
【例句】那個醫生看病完全是抱著**敷衍了事**的態度，眞令人氣憤。
【義近】敷衍塞責／虛應故事／草草了事。
【義反】嚴肅認眞／實事求是。

敷衍塞責

【釋義】敷衍：表面上應付。塞責：搪塞責任。
【出處】譚嗣同・報貝元征：「不過每月應課，支領獎餼，以圖敷衍塞責。」
【用法】形容做事苟且草率，只求勉強應付過去以了事。
【例句】他做事老是**敷衍塞責**，一年內換五個工作一點也不值得驚訝。
【義近】敷衍了事／潦草塞責／草率苟且。
【義反】一絲不苟／盡心盡力／竭盡心力。

敷衍搪塞

【釋義】敷衍：做事不認眞，隨便應付。搪塞：與「敷衍」義近。
【出處】清・李伯元・文明小史一一回：「抄上數十聯，也可以敷衍搪塞。」
【用法】指做事馬虎，姑且用來應付一下，算是了事。
【例句】飛機安全檢查是一攸關多條人命的重要工作，絕對不能**敷衍搪塞**，必須徹底做好一切檢查。
【義近】敷衍塞責／敷衍了事／虛晃一招／虛應故事。
【義反】全力以赴／不遺餘力。

數一數二

【釋義】數起來不是第一就是第二。
【出處】戴善夫・風光好三折：「此乃金陵數一數二的歌者，與學士遞一杯。」
【用法】形容十分突出，屬第一流的。
【例句】他的才華在我們這個地區是**數一數二**的，你聘請他絕對沒有錯。
【義近】首屈一指／名列前茅／出類拔萃。
【義反】濫竽充數。

數以萬計

【釋義】意謂要用萬來計算。
【出處】明史・彭韶傳：「監局內臣數以萬計，利源兵柄盡以付之，犯法縱奸，一切容貸，此防微之道未終也。」
【用法】極言數量之多。
【例句】台灣地區地震頻仍，上回九二一大地震，死傷的人**數以萬計**，損失慘重，所以防震演習應徹底做好。
【義近】不計其數／不可勝數／車載斗量／多如牛毛／成千上萬。
【義反】屈指可數／寥寥無幾／少之又少。

數白論黃

【釋義】數：計算，查點。白：指白銀。黃：指黃金。
【出處】明・湯顯祖・邯鄲記・贈試：「有家兄打圓就方，非奴家數白論黃。」
【用法】用以比喻計較錢財。
【例句】碰上一個**數白論黃**的小氣鬼，想叫他多捐一點錢助人，簡直比登天還難。
【義近】錙銖必較／掂斤播兩／斤斤計較。
【義反】慷慨大方／仗義疏財。

數米而炊

【釋義】數著米粒做飯。數：計算。炊：燒火做飯。
【出處】莊子・庚桑楚：「簡髮而櫛，數米而炊，竊竊乎又何足以濟世哉？」
【用法】原比喻處理事情的方法

瑣碎，多勞而收益小。後用以形容人的吝嗇、困窮。

【例句】①他平日就是個**數米而炊**的人，現在災荒年月，又豈肯借錢給你？②我真沒想到你老人家到了晚年，竟會窮到**數米而炊**的程度！

【義近】視財如命／一毛不拔／啼飢號寒／飢寒交迫。

【義反】仗義疏財／解囊相助／飽食暖衣／豐衣足食。

數見不鮮

【釋義】原指經常來見的客人不以鮮美食物款待。數：屢次。鮮：鮮美。

【出處】司馬遷・史記・酈生陸賈列傳：「一歲中往來過他客，率不過再三過，數見不鮮，無久慁公爲也。」

【用法】今用以稱經常看見，不感到新奇稀罕。

【例句】這種掛羊頭賣狗肉，以假騙人的把戲，早已**數見不鮮**了。

【義近】司空見慣／習以爲常／屢見不鮮。

【義反】世所罕見／百年一見。

數典忘祖

【釋義】數說典籍，反倒忘掉了自己的祖宗。數：一條條述說。典：典章制度，歷史掌故。

【出處】左傳・昭公一五年：「籍（談）父其無後乎！數典而忘其祖。」

【用法】多用以比喻忘本。也比喻對於本國歷史的無知。

【例句】不論何時何地，我們都不能忘記中華民族的悠久光榮歷史，決不能做**數典忘祖**的人。

【義近】言不諳典／叛祖忘宗。

【義反】飲水思源／落葉歸根／狐死首丘／慎終追遠。

數奇命蹇

【釋義】數奇：命運乖舛。數：命運。奇：單數，古人認爲單數不吉利。蹇：不順利。

【出處】唐・楊炯・原州百泉縣令李君神道碑：「數奇命蹇，遂無望於高門；日往月來，竟消聲於下邑。」

【用法】指人命運不好，事多乖違。

【例句】他不僅用功唸書，成績也好，就是**數奇命蹇**，連續三年都沒有考上大學。

【義近】命乖運蹇／命運多舛／時運不濟／時乖運蹇。

【義反】福星高照／時來運轉／吉人天相／柳暗花明。

數往知來

【釋義】數：算。往：往日，過去。來：將來，未來。

【出處】易經・說卦：「數往者順，知來者逆。」明・陸容・菽園雜記卷一：「洪武中，朝廷訪求通曉曆數，數往知來，試無不驗者，必封侯，食祿千五百石。」

【用法】指根據對過去的推測，可以預知將來。

【例句】精通易經的人，可以**數往知來**，可惜讀通的人少之又少，因此多半成爲一知半解的卜算術士。

【義近】鑑往知來／見微知著。

【義反】無法逆料／不可預測。

數短論長

【釋義】數說著短，議論著長。

【出處】明・無名氏・九宮八卦陣三折：「我當初粱山要強，受不的閒言剩語，數短論長。」

【用法】指人愛閒磕牙，信口胡說，隨意議論。

【例句】俗話說：禍從口出，病從口入，喜歡**數短論長**的人，最容易引起別人的反感，招來禍害。

【義近】說長道短／說短論長／說三道四／瞎三話四。

【義反】言之有物／言之有據／言之鑿鑿。

數黃道白

【釋義】意謂數說著黃，胡說著白。數：數說。

【出處】凌濛初・初刻拍案驚奇卷三四：「一張花嘴，數黃道白，指東話西，專門在官官人家打踅，那女眷們沒有一個不被他哄得投機的。」

【用法】指人花言巧語，信口雌黃。

【例句】對一些無事獻殷勤、**數黃道白**的朋友，千萬要有戒心，不能深信，否則吃虧上當，悔之晚矣。

【義近】天花亂墜／信口雌黃／信口開河／舌燦蓮花。

【義反】肺腑之言／直言不諱。

數黑論黃

【釋義】數：數落。論：議論。亦作「數黃道黑」。

【出處】元明雜劇・關雲長千里獨行四：「他口裏說短論長，數黑論黃，斷不了村沙莽撞，你心中自忖量。」

【用法】比喻說長道短，有挑撥是非之意。

【例句】俗話說：「來說是非者，就是是非人」。因此我們絕對不要在別人背後**數黑論黃**，以免落個喜歡搬弄是非的惡名。

【義近】挑唆是非／搬弄是非／乘間投隙／搬弄口舌。

【義反】排難解紛／居間調停／作魯仲連。

十二—十三畫

整衣斂容

【釋義】斂容：收起笑容，臉色變得嚴肅。

【出處】白居易・琵琶行：「沉吟放撥插弦中，整頓衣裳起斂容。」宋・洪邁・夷堅丁志・孫士道：「良久，整衣斂容如平時。」

【用法】整理衣裳，端正儀容。

【例句】任何人參加正式的場合，務必注意**整衣斂容**，謹言慎行，以免貽笑大方，遭人輕視。

【義近】整肅儀容／正襟危坐。

【義反】衣衫不整／不修邊幅。

整軍經武

【釋義】整：整頓。經：整治。

【出處】左傳・宣公十二年：「子姑整軍而經武乎？」晉書・文帝紀：「以庸蜀未賓，蠻荊作猾，潛謀獨斷，整軍經武。」

【用法】指整頓軍隊，經理軍事，做好戰爭準備。

【例句】二次世界大戰結束之初，眞正的和平尚未降臨，西方自由世界**整軍經武**，時刻防範共黨的侵略。

【義近】秣馬厲兵／嚴陣以待／盛食厲兵。

【義反】解甲釋兵／歸馬放牛。

斂聲屏氣 ㄌㄧㄢˇ ㄕㄥ ㄅㄧㄥˇ ㄑㄧˋ

【釋義】抑制住聲音和呼吸。斂：收住，約束。屏：抑止（呼吸）。

【出處】曹雪芹・紅樓夢三回：「這些人個個皆斂聲屏氣如此，這來者是誰，這樣放誕無禮？」

【用法】形容謹愼畏懼的情狀。

【例句】傳說慈禧太后有枕頭風的毛病，因此當她早上起牀時，所有的婢女、太監都**斂聲屏氣**，不敢出聲，生怕忤怒了她。

【義近】屏住氣息／屏氣凝神。

【義反】肆無忌憚。

十六畫

斆學相長 ㄒㄧㄠˋ ㄒㄩㄝˊ ㄒㄧㄤ ㄓㄤˇ

【釋義】斆：教學。學：學習。

【出處】禮記・學記：「學然後知不足，敎然後知困；知不足然後能自反也，知困然後能自強也。故曰敎學相長也。」

【用法】用以說明教與學兩方面相互促進，共同增長進步。

【例句】**斆學相長**，老師在教學的過程中亦與學生一同學習成長。

【義近】相輔相成／相互促進／教學相長。

文部

文人相輕 ㄨㄣˊ ㄖㄣˊ ㄒㄧㄤ ㄑㄧㄥ

【釋義】文人互相輕視，你看不起我，我看不起你。

【出處】曹丕・典論論文：「文人相輕，自古而然……是以各以其所長，相輕所短。」

【用法】形容文人往往有看重自己而輕視他人的毛病。

【例句】知識分子應該彼此尊重，多看別人的長處，去除掉古代**文人相輕**的惡習。

【義近】唯我獨尊／人莫我若／敝帚自珍／同行相忌。

【義反】同窗相敬。

文不加點 ㄨㄣˊ ㄅㄨˋ ㄐㄧㄚ ㄉㄧㄢˇ

【釋義】文章一揮而就，不加塗改。點：在寫錯的地方塗一點墨，以示刪去。

【出處】張衡・文士傳：「嘗謁鎭南將軍朱據，據令賦一物然後坐，純應聲便成，文不加點。」

【用法】形容文思敏捷，下筆成章。

【例句】他很有文學天賦，寫起文章來總是筆走如飛，**文不加點**，一揮而就。

【義近】一揮而就／筆不停輟／一氣呵成／下筆成章。

【義反】江郎才盡／搜索枯腸。

文不對題 ㄨㄣˊ ㄅㄨˋ ㄉㄨㄟˋ ㄊㄧˊ

【釋義】指文章的內容與題目不相吻合。對：符合。

【用法】多用以指言談與主題無關，或指答非所問，也指文章的內容與題旨不符。

【例句】①他平日說話總有些**文不對題**，你問這個，他答那個。②他這篇文章十分流暢，遺憾的是**文不對題**。

【義近】離題萬里／答非所問。

【義反】文思切題／絲絲入扣／一語中的。

文不盡意 ㄨㄣˊ ㄅㄨˋ ㄐㄧㄣˋ ㄧˋ

【釋義】盡意：把意思表達得很詳盡。

【出處】雲笈七籤卷四三：「圓光如日，有炎如煙，周繞我體，如同金剛，文不盡意，猶待訣言。」

【用法】指文章未能把意思全部表達出來。

【例句】行文至此，就此打住，有**文不盡意**處，敬請見諒，盼來信再敍。

【義近】書不盡意／書不盡言／意猶未盡。

【義反】暢所欲言／淋漓盡致。

文以載道 ㄨㄣˊ ㄧˇ ㄗㄞˋ ㄉㄠˋ

【釋義】載：記載，記述。道：道理、思想，舊時多指儒家思想。

【出處】周敦頤・通書・文辭：「文所以載道也，輪轅飾而人弗庸，徒飾也，況虛車乎？」

【用法】指用文章來表達一定的思想、內容，說明一定的道理。

【例句】古人說**文以載道**，是指寫文章要有內容，浮泛空洞的文章決不是好文章。

【義近】言之有物／言近旨遠。

【義反】無病呻吟。

文如其人 ㄨㄣˊ ㄖㄨˊ ㄑㄧˊ ㄖㄣˊ

【釋義】文章就像作者本人。

【出處】蘇軾・答張文潛書：「子由之文實勝僕，而世俗不知，乃以爲不如。其爲人深不願人知之，其文如其爲人。」

【用法】指文章的風格和作者的性格特點相似，文章的思想內容和作者的思想意識密切相關。

【例句】熟讀「出師表」的人，無不讚美諸葛亮的悃愊忠心，一致認爲眞的是**文如其人**。

【義近】言行一致／觀其文如見

其人。
【義反】言行不一／言過其實。

文江學海

【釋義】江、海：皆廣大之意。
【出處】唐著作郎鄭愔柏梁體聯句：「文江學海思濟航。」見唐詩紀事。
【用法】比喻文學豐富有如江海一般。
【例句】中華民族歷史悠久，文化發達，歷代聖賢所遺留下來的**文江學海**，我們應勤加研究，進一步發揚光大。

文君新寡

【釋義】文君：姓卓，漢代臨邛富商卓王孫的女兒。新寡：丈夫死不久。
【出處】司馬遷・史記・司馬相如列傳：「卓王孫有女文君，新寡，好音，故相如……以琴心挑之……。文君夜亡奔相如。」
【用法】用以指年輕女子喪夫寡居。
【例句】時代進步，社會風氣大開，**文君新寡**的女子也可以大大方方的結交男朋友，追尋自己的另一個春天。
【義近】文君初寡。
【義反】白頭偕老／百年好合／永浴愛河。

文房四寶

【釋義】文房：書房。四寶：指紙、墨、筆、硯。
【出處】宋・梅堯臣・九月六日登舟再和潘歙州紙硯：「文房四寶出二郡，邇來賞愛君與予。」
【用法】用以統稱讀書寫字所用之物。
【例句】想要毛筆字寫得漂亮，除了備妥**文房四寶**之外，還得慎選碑帖，不斷地練習。
【義近】文房四士／紙墨筆硯。

文武雙全

【釋義】有文武兩方面的才幹。一作「文武全才」。
【出處】陸贄・馬燧渾瑊副元帥招討河中制：「馬燧渾瑊，文武全才。」
【用法】形容能文能武，文才、武藝都好。
【例句】軍隊中有些**文武雙全**的將領，不僅善於帶兵打仗，還會吟詩作文。
【義近】文武兼備／允文允武。
【義反】有勇無謀／有智無勇。

文采風流

【釋義】文采：才華。風流：有功績而又有文采，這裏指流風遺韻。
【出處】杜甫・丹青引贈曹將軍霸：「英雄割據雖已矣，文采風流今尚存。」
【用法】形容人既富於才華，又文雅有風致。
【例句】周瑜向來有「顧曲周郎」的美稱，可見其人**文采風流**，不同凡響。
【義近】名士風流／風流倜儻／風度翩翩／風流瀟灑。
【義反】呆頭呆腦／俗不可耐／土裏土氣。

文恬武嬉

【釋義】文武官員安逸玩樂。文、武：文職和武職。恬：安閒。嬉：戲樂。
【出處】韓愈・平淮西碑：「相臣將臣，文恬武嬉，習熟見聞，以爲當然。」
【用法】形容文官武將習於逸樂，苟安度日。
【例句】開元天寶年間，天下太平，**文恬武嬉**，因而種下安史之亂的禍因。
【義近】無任之祿／尸位素餐／怠忽荒政。
【義反】宵衣旰食／宵旰勤勞／枵腹從公。

文思泉涌

【釋義】文思：行文時的思路。泉涌：如泉水般的湧出。
【出處】曹植・王仲宣誄：「文若春華，思若湧泉。」李寶嘉・官場現形記一回：「王鄉紳飲至半酣，文思泉涌，議論風生。」
【用法】形容人富於文才，行文時文思湧溢，源源不斷。
【例句】①寫文章的人最喜歡**文思泉涌**的那種感覺，下筆爲文，又快又好。②蘇東坡自謂爲文如行雲流水，不擇地皆可出，此可謂**文思泉涌**，不愧爲一代文豪。
【義近】文思潮湧／神來之筆／如有神助／源泉萬斛。
【義反】江郎才盡／搜索枯腸／才思枯竭。

文風不動

【釋義】一點也沒有動。文風：輕微的風；文：同「紋」，輕微。
【出處】曹雪芹・紅樓夢二九回：「偏生那玉堅硬非常，摔了一下，竟文風不動。」
【用法】形容在外力影響下，毫不動搖；也形容物件在遭受碰撞後，毫無損壞。
【例句】層層海浪排空而來，而礁石卻**文風不動**。
【義近】紋絲不動／穩如泰山。
【義反】不堪一擊。

文修武偃

【釋義】意謂文治已實行，武備已停止。修：指已治理好，走上了正軌。偃：停止。
【出處】唐・王起・黿鼉爲梁賦：「我皇仁洽道豐，文修武偃，要荒畢服。」
【用法】用以形容天下太平。
【例句】中國歷史上，**文修武偃**的太平盛世屈指可數，一般只認爲文景、貞觀、開元三代可稱盛世。
【義近】偃武修文／河清海晏／四海昇平。
【義反】兵荒馬亂／兵連禍結／四海鼎沸／兵馬倥傯。

文修武備

【釋義】文：指教化。修：指已治理得合乎標準了。備：準備完畢。
【出處】明・無名氏・十樣錦頭折：「見如今大開學校，文修武備顯英豪。」
【用法】指文治和軍備都已達到了理想的標準。
【例句】春秋時代，越國戰敗後，經過十年生聚、十年教訓，越王勾踐認爲**文修武備**，兵糧已足，乃興兵討吳，一舉復國。
【義近】文武兼備／文治武修／

文足以安邦，武足以定國。」

【義反】內訌不已／綱紀敗壞。

文從字順

【釋義】文字通順。從、順：通順，流暢。

【出處】韓愈．南陽樊紹述墓誌銘：「文從字順各識職，有欲求之此其躅。」

【用法】指行文用字妥貼通順。

【例句】**文從字順**，這是做文章最起碼的要求。

【義反】佶屈聱牙／鉤章棘句。

文深網密

【釋義】文深：用法嚴苛。文：法令條文。網密：即法網嚴密。

【出處】唐．陳子昂．諫用刑書：「刀筆之吏，寡識大方，斷獄能者，名在急刻，文深網密，則共稱至公。」

【用法】刑法嚴厲，用法嚴苛。

【例句】清初入關，為了箝制漢人思想，大興文字獄，而且**文深網密**更勝前朝。

【義近】偶語棄市／嚴刑峻法／深文周內／搖手觸禁。

【義反】呑舟是漏／寬大為懷／網開三面／從輕發落。

文理不通

【釋義】文理：文章內容方面和詞句方面的條理。

【出處】舊五代史．選舉志：「況此等多不究義，唯攻帖書，文理既不甚通，名第豈可妄與。」

【用法】指文章在內容上邏輯混亂，而詞句又有語法上的毛病。

【例句】古語謂「家有敝帚，藏之自珍」，有些人下筆為文，**文理不通**，卻偏偏喜歡寫長篇大論，還自鳴得意。

【義近】漫無章法／辭不達意／丟三落四／雜亂無章。

【義反】文筆通暢。

文章蓋世

【釋義】蓋世：蓋過世人，超過世人。

【出處】宋．吳曾．能改齋漫錄．蘇瓊善詞：「韓愈文章蓋世，謝安情性風流。良辰美景在西樓，敢勸一卮芳酒：…。」

【用法】形容人文章好得無與倫比，誰都趕不上。

【例句】後人稱譽韓愈為唐宋八大家之首，**文章蓋世**，實至名歸。

【義近】文壇巨擘／文章巨公。

文章魁首

【釋義】魁首：在同輩中才華居首位的人。

【出處】王實甫．西廂記第四本二折：「秀才是文章魁首，姐姐是仕女班頭；一個通徹三教九流，一個曉盡描鸞刺繡。」

【用法】形容人的文才很高，文章寫得很好。

【例句】科舉制度固然能找出**文章魁首**，但是他的學問卻不見得能經世致用，所以活用的學問才是最重要的。

【義近】文壇巨擘／文章巨公。

文責自負

【釋義】文責：指作者對文章內容的正確性以及在讀書中發生的作用所應負的責任。

【用法】此為報章雜誌上的常見語，指作者對其發表的文章所引起的一切問題，應承擔全部責任。

【例句】這篇文章有抄襲之嫌，基於**文責自負**之理，請你們去找作者負責吧！

文過飾非

【釋義】文、飾：掩飾。過、非：錯誤。

【出處】劉知幾．史通．曲筆：「其有舞詞弄札，飾非文過。」

【用法】形容設法掩飾自己的過失錯誤。

【例句】有的老師為了維護自己的尊嚴和威信，在學生面前**文過飾非**，這是不正確的。

【義近】飾過掩非。

【義反】聞過則喜／退思補過／知過必改。

文齊福不齊

【釋義】文齊：指才學好，能考中。福不齊：指命運不佳，考不上。

【出處】王實甫．西廂記四本三折：「你休憂文齊福不齊，我則怕你停妻再娶妻。」

【用法】用以指文章才學好，而命運不濟。

【例句】他是本校成績最優秀的學生，今年竟沒有考上大學，這真的只有用**文齊福不齊**來解釋了。

【義近】命乖運蹇。

【義反】文齊福齊／文福雙至。

文質彬彬

【釋義】文采與實質配合得均勻而適當。文：文采。質：本質。彬彬：文質兼備。

【出處】論語．雍也：「質勝文則野，文勝質則史，文質彬彬，然後君子。」

【用法】形容人舉止文雅，態度從容端莊。

【例句】看他平日**文質彬彬**，但在運動場上卻是一員猛將。

【義近】彬彬有禮／溫文爾雅／謙恭有禮。

【義反】腹空形陋。

文韜武略

【釋義】韜：指古兵書六韜。略：指古兵書三略。

【出處】元．李文蔚．蔣神靈應楔子：「威鎮家邦四海清，文韜武略顯英雄。」

【用法】用以稱用兵的計謀、謀略。

【例句】陳壽的《三國志》為東吳周瑜作不平之鳴，稱他的**文韜武略**為一時之俊。

【義近】諸葛再世／管樂之才／足智多謀。

【義反】有勇無謀／匹夫之勇。

八畫

斑駁陸離

【釋義】斑駁：顏色相雜的樣子。陸離：參差錯綜的樣子。

【出處】楚辭．屈原．離騷：「紛總總其離合兮，斑陸離其上下。」

【用法】形容顏色繁雜。

【例句】香港的夜晚，無數的霓虹燈閃爍，發出**斑駁陸離**的光彩，整個城市顯得非常美麗。
【義近】五光十色／五顏六色／光怪陸離。
【義反】蒼黃一片／色彩單一。

斐然成章 ㄈㄟˇ ㄖㄢˊ ㄔㄥˊ ㄓㄤ

【釋義】斐：美麗也。章：指文章。
【出處】論語・公冶長：「吾黨之小子狂簡，斐然成章。」夏敬渠・野叟曝言六二回：「生勝年幼，雖有矛盾處，卻算虧他，略加修飾，便可斐然成章矣。」
【用法】比喻文采可觀。
【例句】陳老師不但學富五車，而且善於著述，下筆爲文，一揮而就，**斐然成章**，令人欽服。
【義近】揚葩振藻／情文並茂。
【義近】文理不通。

斗部

斗升之水 ㄉㄡˇ ㄕㄥ ㄓ ㄕㄨㄟˇ

【釋義】斗升：猶升斗也，言少數。
【出處】莊子・外物：「周昨來，有中道而呼者，周顧視，車轍中有鮒魚焉，周問之曰：『鮒魚來，子爲何者耶。』對曰：『我東海之波臣也，君豈有斗升之水而活我哉。』」
【用法】比喻微薄之資助。
【例句】俗語說：聚沙成塔，集腋成裘，若每個人都捐出**斗升之水**，就可以匯積成救災的大力量。
【義近】千里鵝毛／些許之助／菲微之助／綿薄之力。

斗方名士 ㄉㄡˇ ㄈㄤ ㄇㄧㄥˊ ㄕˋ

【釋義】寫詩作畫於斗方上的名士。斗方：書畫所用的一尺見方的單幅箋，此指小幅的詩文或畫頁。名士：知名之士。
【出處】吳沃堯・二十年目睹之怪現狀九回：「還有一般市儈，不過略識之無，因爲艷羨那些斗方名士，要跟著他學……。」
【用法】指喜好舞文弄墨以獵名自高、自命風雅的文人。
【例句】我不敢效**斗方名士**在紙扇上題辭，敬請另請高明。
【義近】附風作雅／沽名釣譽／附庸風雅。
【義反】不求聞達／不務虛名。

斗南一人 ㄉㄡˇ ㄋㄢˊ ㄧ ㄖㄣˊ

【釋義】意謂天下只此一人。斗南：北斗以南，用以指天下、海內。
【出處】新唐書・狄仁傑傳：「狄公之賢，北斗以南，一人而已。」
【用法】形容人的品德或才學非常突出，獨步當時。
【例句】遷台以來，學者一致公認胡適的品德學術超人一等，可謂**斗南一人**。
【義近】首屈一指／無出其右／無與倫比／獨步天下／泰山北斗／個中翹楚。
【義反】庸庸碌碌／凡夫俗子。

斗酒百篇 ㄉㄡˇ ㄐㄧㄡˇ ㄅㄞˇ ㄆㄧㄢ

【釋義】飲一斗酒，作上百篇詩歌。斗：古代酒器。百：言其多，非實數。
【出處】杜甫・飲中八仙歌：「李白斗酒詩百篇，長安市上酒家眠。天子呼來不上船，自稱臣是酒中仙。」李汝珍・鏡花緣八四回：「我今日要學李太白斗酒百篇了。」
【用法】形容人才思敏捷；也形容飲酒作詩的豪放氣概。
【例句】李白在我國文壇上名氣之大，可謂無人出其右，**斗酒百篇**一辭是專門爲他量身訂作的。
【義近】操翰成章／援筆立就／運筆如飛／一揮而就／筆走龍蛇。
【義反】絞盡腦汁／苦思冥想／搜索枯腸／腹笥甚窘。

斗酒隻雞 ㄉㄡˇ ㄐㄧㄡˇ ㄓ ㄐㄧ

【釋義】一斗酒一隻雞。斗：古酒器。酒和雞既是古人祭奠死者的物品，也是招待賓客的食物。
【出處】後漢書・橋玄傳：「徂沒之後，路有經由，不以斗酒隻雞過相沃酹，車過三步，腹痛勿怨。」
【用法】用作悼念亡友之辭；或用以表示招待賓客。
【例句】①返回家鄉探親之後，我才得知昔日的同窗摯友早已作古，於是特備**斗酒隻雞**，到他的墳上祭奠一番，聊表心意。②多年不見的好友突然造訪，我堅持留他下來用膳，並以**斗酒隻雞**招待。
【義近】敬備水酒／敬備淺酌。
【義反】饗以閉門羹。

斗斛之祿 ㄉㄡˇ ㄏㄨˊ ㄓ ㄌㄨˋ

【釋義】斗斛：兩種量器，一斗容十升，一斛容十斗。祿：俸祿。
【出處】韓愈・祭十二郎文：「故捨汝而旅食京師，以求斗斛之祿；誠知其如此，雖萬乘之公相，吾不以一日輟汝而就也！」
【用法】用以指微薄的薪俸。
【例句】陶淵明不願爲**斗斛之祿**折腰，毅然掛冠求去，成爲千古美談。
【義近】升斗之祿／五斗之祿。
【義反】萬鍾之祿／高官厚祿。

斗筲之人 ㄉㄡˇ ㄕㄠ ㄓ ㄖㄣˊ

【釋義】斗筲：兩種容量不大的器具，一斗容十升，一筲容一斗二升。喻人氣度狹小，見識淺陋。
【出處】論語・子路：「子曰：『噫！斗筲之人，何足算也。』」後漢書・何敞傳：「臣雖斗筲之人……。」
【用法】用以指氣量狹窄，才識短淺的人。有時也用作自謙之詞。
【例句】俗話說宰相肚裏能撐船，像他這樣的**斗筲之人**是成不了什麼大事的。

【義近】斗筲之才／心胸狹隘。
【義反】豁達大度／寬宏大量／心胸寬大。

斗轉星移

【釋義】斗轉：北斗星轉向。星移：星星變換了位置。
【出處】元・白仁甫・牆頭馬上一折：「莫疑遲，等的那斗轉星移，休教這印蒼苔的凌波襪兒濕。」
【用法】用以表示時序的變遷、歲月的流逝，或表示一夜之間時間的推移。
【例句】一年容易又秋風，**斗轉星移**，轉眼又到了金風送爽的季節。
【義近】星移斗換／物換星移／春來秋往／日居月諸。
【義反】亙古不變／萬古常新。

斗轉參橫

【釋義】北斗星轉向，參星橫斜。參：參星，為二十八宿之一。
【出處】宋史・樂志・鼓吹下・奉禋歌：「斗轉參橫將旦，天開地闢如春。」
【用法】指天色將明之時。
【例句】打牌不但要約定圈數，而且要確實執行，否則你扳我扳，很容易由挑燈夜戰到**斗轉參橫**。
【義近】東方欲白／東方欲明／長星將落／破曉時分／天將破曉。
【義反】日上三竿／日上高樓。

六畫

料事如神

【釋義】料：預料。如神：像神靈樣的準確無誤。
【出處】楊萬里・提刑微猷檢正王公墓志銘：「議論設施加人數等，料事如神，物無遁情。」
【用法】指人預料事情非常準確。
【例句】我們雖然不能**料事如神**，但認真研究事物後，倒是可以正確地預見未來。
【義近】料敵若神／斷事如神／未卜先知。
【義反】不可揆度／事出不意／出乎意料。

料遠若近

【釋義】意謂預料未來的事態發展，就像看眼前的事物一樣清楚。
【出處】三國志・魏書・王昶傳：「謀慮深遠，料遠若近，視昧而察，籌不虛運。」
【用法】形容能高瞻遠矚，洞察未來。
【例句】做為國家的領導人，眼光不能短淺，應該**料遠若近**，早作建設規畫，這樣國家才能有好的前途。
【義近】洞燭機先／高瞻遠矚。
【義反】目光如豆／目光短淺。

料敵制勝

【釋義】料敵：估量敵情。制勝：取勝，戰勝。
【出處】漢・揚雄・趙充國頌：「料敵制勝，威謀靡亢，遂克西戎，還師於京。」
【用法】指能準確地預料到敵方情況，並以此制定策略，贏得勝利。
【例句】軍事上的沙盤推演，是從各方面考量敵軍的動態，以達到**料敵制勝**的目的。
【義近】料敵若神／算無遺策／料事如神／神機妙算／未卜先知。
【義反】難以預料／出乎意料／事出意外／大出意料。

料敵若神

【釋義】料敵：估量敵情。若神：好像神明一樣，指非常準確。
【出處】舊唐書・郭子儀傳：「故太尉……尚父子儀，天降人傑，生知王佐，訓師如子，料敵若神。」
【用法】指具有預料敵方活動規律的奇特本領。
【例句】諸葛亮具有**料敵若神**的智慧，令周瑜有「既生瑜，何生亮」之嘆。
【義近】料敵制勝／算無遺策／料事如神／神機妙算／未卜先知。
【義反】難以預料／出乎意料／事出意外／大出意料。

斤部

斤斤計較

【釋義】斤斤：形容明察，引申為瑣碎細小。一作「斤斤較量」。
【出處】詩經・周頌・執競：「自彼成康，奄有四方，斤斤其明。」李寶嘉・官場現形記四二回：「他老人家卻也不甚斤斤較量。」
【用法】形容過分計較無關緊要的小事。
【例句】凡事愛和人**斤斤計較**的人，終究要吃大虧的。
【義近】錙銖必計／寸步不讓／寸利必爭／爭多論少。
【義反】豁達大方／一擲千金。

七畫

斬草除根

【釋義】要除草必須連根拔起。
【出處】魏收・檄梁朝文：「抽薪止沸，翦草除根。」
【用法】引申為從根本上徹底消滅，不留後患。
【例句】對於危害治安的不良場所，應確實取締，**斬草除根**，永絕後患。
【義近】釜底抽薪／徙薪止沸／

拔本塞源。

斬釘截鐵

【釋義】砍斷釘子、鐵器之類的堅硬物。

【出處】朱子語類・孟子一：「惟是孟子說得斬釘截鐵。」

【用法】用以形容人說話或做事很堅決果斷。

【例句】他做事一向**斬釘截鐵**，決不拖泥帶水。

【義近】直截了當／乾脆俐落。

【義反】拖泥帶水／拖拖沓沓。

斬將搴旗

【釋義】殺死敵將，奪取敵人的旗旗。搴：用力拔取。

【出處】司馬遷・史記・叔孫通傳：「斬將搴旗之士。」文選・李陵答蘇武書：「然猶斬將搴旗，追奔逐北。」

【用法】用以形容將士作戰勇猛，奮力殺敵，取得勝利。

【例句】項羽力蓋山河，**斬將搴旗**，所向披靡。

【義近】追亡逐北／攻城略地。

【義反】棄甲曳兵／獸奔鳥散。

斬盡殺絕

【釋義】或作「趕盡殺絕」。

【出處】斬鬼傳一回：「俟斬盡殺絕，功成之日，自當奏知上帝，論功陞賞。」

【用法】徹底鏟除、消滅淨盡人或事物。

【例句】家中老鼠十分猖獗，我眞希望有一天能將牠們**斬盡殺絕**。

【義近】誅殛滅絕／趕盡殺絕／斬草除根。

【義反】網開一面。

八畫

斯文掃地

【釋義】斯文：指讀書人、文人。掃地：指名譽被一掃而光。

【出處】文康・兒女英雄傳三四回：「那位少爺話也收了，接過卷子來，倒給人家斯文掃地的請了個安。」

【用法】指文化或文人不受尊重，也指文人自甘墮落。

【例句】聽說大陸有的教授掛著牌子在街上賣燒餅，這不免給人以**斯文掃地**之感。

【義近】天喪斯文／五經掃地。

【義反】砥行立名／尊師貴道。

斯事體大

【釋義】斯：此，這。體：指事物的體制、規模。

【出處】隋書・音樂志中：「武王克殷，至周公相成王，始制禮樂。斯事體大，不可速成。」

【用法】用以指某事的體制規模宏大。

【例句】台灣是否需要增建核能發電廠，**斯事體大**，政府相關單位當然應該多聽聽專家們的意見再做決定。

【義近】茲事體大／事關重大。

【義反】無足輕重／無關緊要。

斯斯文文

【釋義】斯文：文雅，重疊爲「斯斯文文」有加強語意之作用。

【出處】曹雪芹・紅樓夢七回：「人家的孩子都是斯斯文文的慣了，乍見了你這破落戶，還被人笑話死了呢。」

【用法】形容人舉止文雅。

【例句】這樣一個**斯斯文文**的年輕人，有孝心又有禮貌，當然會贏得長輩的讚賞。

【義近】文質彬彬／彬彬有禮／溫文儒雅／動作斯文。

【義反】粗俗鄙陋／蠻橫無理。

九畫

新來乍到

【釋義】剛剛從外地來到這裏。新、乍：初，剛。

【出處】笑笑生・金瓶梅四十回：「好大膽丫頭！新來乍到，就恁少調失教的，大剌剌對著主子坐著。」

【用法】形容剛到一個新地方，對各方面的情況都很生疏。

【例句】我**新來乍到**，實在提不出什麼意見，以後再說吧！

【義近】初來乍到／下車伊始／人地生疏。

【義反】舊地重遊／久居之地。

新亭之泣

【釋義】新亭：亭名。故址在今江蘇江寧縣南，即勞勞亭。泣：哭不出聲，只流眼淚或細聲的哭。

【出處】劉義慶・世說新語・言語：「過江諸人，每至暇日，相邀至新亭飲宴。元帝時丞相王導與客宴新亭，周顗中坐而歎曰：『風景不殊，正有山河之異。』皆相視流涕。」

【用法】比喻除了哭泣之外，別無良策。

【例句】宋高宗偏安杭州，但只知飲酒作樂，無心恢復失土，比諸**新亭之泣**的東晉諸臣更加不如。

【義近】楚囚相對／一籌莫展／束手無策。

【義反】奮發圖強／中流擊楫／直搗黃龍。

新婚燕爾

【釋義】燕爾：也作「宴爾」，歡樂的樣子。

【出處】詩經・邶風・谷風：「宴爾新昏，如兄如弟。」王實甫・西廂記二本二折：「婚姻自有成，新婚燕爾安排定。」

【用法】形容新婚的歡樂快活。

【例句】他倆正值**新婚燕爾**，所以形影不離，卿卿我我的。

【義反】離鸞別鳳。

新硎初試

【釋義】新硎：剛磨出的刀刃。硎：磨刀石。初試：初次試用即顯鋒利無比。又作「發硎初試」。

【出處】莊子・養生主：「而刀刃若新發於硎。」蒲松齡・聊齋誌異・巧娘：「發硎新試，其快可知。」

【用法】比喻初露鋒芒，即見其才幹。

【例句】這些新兵，操練不到三個月，今天**新硎初試**，在實彈演習中個個看來都是身手不凡。

【義近】初試鋒芒／初露鋒芒。

【義反】斲輪老手／身經百戰／沙場老將。

新陳代謝

【釋義】陳：舊的。代謝：更替。謝：凋謝，衰敗。

【出處】梁啓超・官制與官規：「雖然，官吏新陳代謝，終不可不爲新進者開其途。」
【用法】指生物體不斷地用新物質以代替舊物質，也指新事物不斷產生以代替舊事物。
【例句】①國家公務員的**新陳代謝**是很自然的，也是十分必要的。②要想身體好，就得堅持做適當的運動，以加強**新陳代謝**。
【義近】推陳出新／吐故納新。
【義反】因循守舊／一成不變。

新愁舊恨 ㄒㄧㄣ ㄔㄡˊ ㄐㄧㄡˋ ㄏㄣˋ

【釋義】指新的愁悶和往日的怨恨。
【出處】唐・韓偓・三月：「新愁舊恨眞無奈，須就鄰家甕底眠。」
【用法】指心中所積聚的愁恨很多很深。
【例句】一個人不能撇下**新愁舊恨**，往往會失去理智，幹下彌天憾事，所以不念舊惡極爲重要。
【義近】九世之仇／新仇舊怨／不世之仇。
【義反】不念舊惡／冤仇宜解不宜結。

新學小生 ㄒㄧㄣ ㄒㄩㄝˊ ㄒㄧㄠˇ ㄕㄥ

【釋義】新學：初學，剛學不久。小生：這裏指後生晚輩。
【出處】漢書・張禹傳：「新學小生，亂道誤人，宜無信用，以經術斷之。」
【用法】指治學不久，見聞淺陋、經驗不足的後生晚輩。
【例句】新政府內閣改組，剛上任的官員謙稱自己只不過是**新學小生**，至盼他們能心口如一，虛心接納諫言。
【義近】新手上路／新兵上路／初學乍練。
【義反】宿儒耆老／飽學之士。

十一畫

斲方爲圓 ㄓㄨㄛˊ ㄈㄤ ㄨㄟˊ ㄩㄢˊ

【釋義】把方的東西砍削成圓的。斲：今通作「斫」，砍，削。
【出處】漢・荀悅・漢紀・成帝紀二：「撓直爲曲，斲方爲圓，穢素絲之潔，推亮直之心。」
【用法】比喻人變方正爲圓滑。
【例句】他是個自以爲是的人，碰過許多釘子之後，還不知**斲方爲圓**的道理，眞是無藥可救了。
【義近】撓直爲曲／通權達變。
【義反】死不認錯／至死不悟／執迷不悟。

斲輪老手 ㄓㄨㄛˊ ㄌㄨㄣˊ ㄌㄠˇ ㄕㄡˇ

【釋義】斲：砍，削。輪：車輪。老手：老工匠，富有經驗的人。
【出處】莊子・天道載：輪人扁有斲雕車輪之術，不徐不疾，得心應手，有「行年七十而老斲輪」之語。
【用法】用以稱經驗豐富、技藝高超的人。
【例句】他醫治骨質增生很有一套，可謂**斲輪老手**，你不妨去找他醫醫看。
【義近】識途老馬／行家裏手。
【義反】黃口小兒／乳臭未乾／嘴上無毛／初出茅廬。

斲雕爲樸 ㄓㄨㄛˊ ㄉㄧㄠ ㄨㄟˊ ㄆㄨˊ

【釋義】把華麗的砍削成爲樸實的。斲：砍，削。雕：華麗。樸：樸實。
【出處】司馬遷・史記・酷吏列傳序：「漢興，破觚而爲圜，斲雕而爲樸。」南朝梁・任昉・爲梁武帝禁奢令：「斲雕爲樸。」
【用法】用以比喻變奢華靡麗爲樸實節儉。
【例句】一個養尊處優慣了的人，想要他**斲雕爲樸**的確很不容易。
【義近】由奢入儉／反璞歸眞。
【義反】由儉入奢。

十四畫

斷子絕孫 ㄉㄨㄢˋ ㄗˇ ㄐㄩㄝˊ ㄙㄨㄣ

【釋義】意即斷絕了子孫後代。
【出處】明・柯丹邱・荊釵記・執柯：「你再不娶親，我只愁你斷子絕孫誰拜墳！」
【用法】指沒有子孫後代。多用作罵人語或詛咒發誓之辭。
【例句】前人詛咒多用「**斷子絕孫**」，今人則改爲「出門被車撞死」，可見時代變了，咒語也變了。
【義近】絕子絕孫／斷絕香煙。
【義反】百子千孫／兒孫滿堂／葉開枝散。

斷井頹垣 ㄉㄨㄢˋ ㄐㄧㄥˇ ㄊㄨㄟˊ ㄩㄢˊ

【釋義】斷井：毀棄的廢井。頹垣：倒塌的牆壁。垣：指矮牆。
【出處】明・湯顯祖・牡丹亭・驚夢：「原來姹紫嫣紅開遍，似這般都付與斷井頹垣！」
【用法】形容庭院破敗荒涼的景象。
【例句】離開家鄉不過幾年，誰知昔日的庭院樓臺，竟已變成**斷井頹垣**！
【義近】斷垣頹壁／荒煙蔓草／荒榛蔓草／蔓草寒煙。
【義反】欣欣向榮／瓊樓玉宇。

斷長補短 ㄉㄨㄢˋ ㄔㄤˊ ㄅㄨˇ ㄉㄨㄢˇ

【釋義】把長的截下來補到短的上面去。
【出處】禮記・王制：「凡四海之內，斷長補短，方三千里，爲田八十萬億一萬億畝。」
【用法】指用多餘的來彌補不足的；也比喻以別人之長來補自己之短。
【例句】①我國幅員遼闊，**斷長補短**，有上千萬平方公里。②一個有修養而又力求進步的人，總是非常注意**斷長補短**，力求充實自己。
【義近】截長補短／絕長續短。

斷梗流萍 ㄉㄨㄢˋ ㄍㄥˇ ㄌㄧㄡˊ ㄆㄧㄥˊ

【釋義】枯斷的枝莖，飄流的浮萍。梗：植物的枝莖。
【出處】宋・秦觀・別賈耘老：「人生百齡同臂伸，斷梗流萍暫相親。」
【用法】比喻到處飄泊，沒有一個固定的生活場所。
【例句】內戰爆發後，人民有如**斷梗流萍**，到處流浪，處境堪憐。
【義近】斷梗飄萍／浮萍浮梗／萍踪浪跡／無根浮萍／流離失所／萍浮南北。
【義反】安居樂業／安家落戶／居有定所／安居故土。

斷梗飛蓬（ㄉㄨㄢˋ ㄍㄥˇ ㄈㄟ ㄆㄥˊ）

【釋義】折斷的枝莖，飄飛的蓬草。蓬：蓬草，枯後根斷，遇風飛旋，故稱「飛蓬」。
【出處】陸游．拆號前一日作：「飄零隨處是生涯，斷梗飛蓬但可嗟。」
【用法】比喻飄泊異鄉，生活不安定。
【例句】俗話說：月是故鄉明，生活有如**斷梗飛蓬**的異鄉客，逢年過節，思鄉之情特別濃厚。
【義近】斷梗飄萍／浮萍浮梗／萍蹤浪跡／無根浮萍／流離失所／萍浮南北。
【義反】安居樂業／安家落戶／居有定所／安居故土。

斷章取義（ㄉㄨㄢˋ ㄓㄤ ㄑㄩˇ ㄧˋ）

【釋義】斷：截斷，割裂。章：篇章。
【出處】禮記．中庸：「詩云：『相在爾室，尚不愧於屋漏。』」孔穎達疏：「記者引之，斷章取義。」
【用法】指引證書籍文字或他人談話，只取其中的一段或一句的意思，而不顧原意。
【例句】引用別人的著作或談話，要注意與原意相符，千萬不可**斷章取義**。
【義近】斷章摘句／掐頭去尾。
【義反】原原本本／照本宣科／融會貫通。

斷章截句（ㄉㄨㄢˋ ㄓㄤ ㄐㄧㄝˊ ㄐㄩˋ）

【釋義】意謂取用全書或全文中的部分章句或一章一句。
【出處】宋史．選舉志二：「紹定三年，臣僚請：『學校、場屋，並禁斷章截句，破壞義理。』」
【用法】多指割裂全書或全文，截其所需，而不顧整個的內容或義理。
【例句】他怎可**斷章截句**地批評我的文章，我根本就不是這個意思。
【義近】斷章摘句／斷章取義／搜章摘句／掐頭去尾。
【義反】融會貫通／鉤深致遠／照本宣科。

斷脰決腹（ㄉㄨㄢˋ ㄉㄡˋ ㄐㄩㄝˊ ㄈㄨˋ）

【釋義】脰：頸脖子。決：破。
【出處】戰國策．楚策一：「有斷脰決腹，壹瞑而萬世不視，不知所益，以憂社稷者。」
【用法】指人砍頭剖腹，慘烈而死。
【例句】日本有所謂的「武士道」精神，戰敗的將士經常以**斷脰決腹**來表示對天皇的效忠。
【義近】剖腹自刎。

斷釵重合（ㄉㄨㄢˋ ㄔㄞ ㄔㄨㄥˊ ㄏㄜˊ）

【釋義】折斷的釵重新合在一起。釵：婦女首飾，由兩股合成，常被作爲愛情的信物。
【出處】元．施惠．幽閨記．洛珠雙合：「幾年間破鏡重圓，今日裏斷釵重合。」
【用法】比喻夫妻離散而復聚或感情破裂後又重歸於好。
【例句】這對夫妻離異多年，各自都有了新的家庭，要想**斷釵重合**，怕只有等來生了。
【義近】破鏡重圓／重續舊緣／言歸於好／重歸舊好／重溫舊夢。
【義反】青鸞折翼／勞燕分飛／覆水難收。

斷港絕潢（ㄉㄨㄢˋ ㄍㄤˇ ㄐㄩㄝˊ ㄏㄨㄤˊ）

【釋義】港：江河分出來的支流。潢：低凹積水的地方。
【出處】韓愈．送王塤序：「學者必愼其所道，道於楊墨老莊佛之學，而欲之聖人之道，猶航斷港絕潢，以望至於海也。故求觀聖人之道，必自孟子始。」
【用法】比喻無路可通。
【例句】學問之道別無捷徑，唯勤而已，若想一蹴而就，便如**斷港絕潢**，必不可行。
【義近】斷壁懸崖。
【義反】四通八達。

斷雁孤鴻（ㄉㄨㄢˋ ㄧㄢˋ ㄍㄨ ㄏㄨㄥˊ）

【釋義】意謂失羣的孤獨大雁。鴻：鴻雁，也叫大雁。
【出處】明．張鳳翼．紅拂記．楊公完偶：「徐生，你一向斷雁孤鴻，可曾尋偶否？」
【用法】比喻孤身獨居。多指未完婚的男子。
【例句】他東挑西選，擇偶的條件訂得太高，所以年過半百依然**斷雁孤鴻**，單身一個。
【義近】中饋猶虛／中饋失助。
【義反】雙棲雙宿／雙宿雙飛。

斷腸消魂（ㄉㄨㄢˋ ㄔㄤˊ ㄒㄧㄠ ㄏㄨㄣˊ）

【釋義】意即腸斷魂消。
【出處】魏秀仁．花月痕三九回：「兩人半晌無言，正是斷腸消魂之際，給阿寶這一說，便各伏在几上，大慟起來。」
【用法】痛苦悲傷到了極點。
【例句】唐蕙仙看了陸游所寫的〈釵頭鳳〉之後，和了兩首詞，以明心跡。因其**斷腸消魂**，不久即過世。
【義近】哀痛欲絕／柔腸寸斷／愁腸百結／痛不欲生／心如刀割。
【義反】笑逐顏開／欣喜若狂／歡天喜地／眉開眼笑。

斷線風箏（ㄉㄨㄢˋ ㄒㄧㄢˋ ㄈㄥ ㄓㄥ）

【釋義】風箏本用線拴著，可以收回。線斷了則一去無回。
【出處】古越高昌寒食生．乘龍佳話．還宮：「奴待要上秦臺吹簫跨鳳，卻做了斷線風箏落了空。」
【用法】比喻人或事物消失得無影無蹤。也比喻人沒有著落，失去歸宿。
【例句】①這人自從三年前離開家鄉後，就像**斷線風箏**似的，再也不見人影。②這孩子父母雙亡，到處飄泊流浪，有如**斷線風箏**，眞是可憐。
【義近】杳如黃鶴／斷線鷂子／石沉大海／鐵墜江濤／泥牛入海。
【義反】魚雁往返／合浦還珠／鳳還舊巢／完璧歸趙。

斷髮文身（ㄉㄨㄢˋ ㄈㄚˇ ㄨㄣˊ ㄕㄣ）

【釋義】截短頭髮，身繪花紋，以避水中蛟龍之害。
【出處】莊子．逍遙遊：「宋人資章甫，而適諸越，越人斷髮文身，無所用之。」
【用法】本指古代吳越一帶的風俗，今也用以指那些仿設這種風俗的裝飾打扮。
【例句】現在有些青年人仿效古

代**斷髮文身**，眞是無聊到了極點！

【義近】黑齒彫題／彫花刺青。

斷壁頹垣

【釋義】指殘存和倒塌的牆壁。垣：矮牆。

【出處】吳沃堯・二十年目睹之怪現狀一〇八回：「擡頭一看，只見斷壁頹垣，荒涼滿目，看那光景是被火燒的。」

【用法】形容破敗的景象。

【例句】九二一大地震之後，南投縣境一片**斷壁頹垣**，觀光業因此一蹶不振。

【義近】斷井頹垣／荒煙蔓草。

【義反】欣欣向榮／瓊樓玉宇。

斷頭將軍

【釋義】意謂頭可斷志不可斷的將軍。

【出處】三國志・蜀書・張飛傳：「(嚴)顏答曰：『卿等無狀，侵奪我州，我州但有斷頭將軍，無有降將軍也。』」

【用法】用以比喻堅決抵抗，寧死不屈的將領。

【例句】抗戰期間，我國有許多**斷頭將軍**，他們堅決抵抗、誓死殺敵的精神眞是可歌可泣。

【義近】忠臣烈士／寧死不屈／視死如歸。

【義反】不戰而降／苟且偷生。

斷簡殘編

【釋義】斷、殘：不完整。簡、編：指書籍。寫字的木片或竹片叫簡，將簡穿聯成書叫編。

【出處】宋史・歐陽修傳：「凡周漢以降，金石遺文，斷編殘簡，一切掇拾，研稽異同。」

【用法】用以指殘缺不全的文字或書籍。

【例句】近年來，大陸從漢墓挖出了一些竹簡帛書，雖多是**斷簡殘編**，卻提供了考訂古史的重要線索。

【義近】斷墨殘楮／書缺簡脫。

【義反】完完整整／首尾俱全。

斷鶴續鳧

【釋義】把白鶴的長腿截下一節，拿去接到野鴨的短腳上。

【出處】莊子・駢拇：「是故鳧脛雖短，續之則憂；鶴脛雖長，斷之則悲。」蒲松齡・聊齋誌異・陸判：「斷鶴續鳧，矯作者妄。」

【用法】比喻做事違反客觀實際或事物本性。

【例句】「凡一事物之成三也，必有其體段，**斷鶴續鳧**，則兩生俱戕。」（梁啓超・中國道德之大厦）

【義近】緣木求魚／竹籃打水／水中撈月／炊沙作飯／鏤塵吹影／以冰致蠅。

【義反】通權達變。

斷虀畫粥

【釋義】虀：細末，碎小。粥：稀飯。

【出處】范仲淹少時最貧，讀書長白山僧舍，煮粟二升，作粥一器，經宿遂凝，以刀畫爲四塊，早晚取二塊，斷虀數十莖，啗之。見湘山野錄。故事成語考飲食：「苦學仲淹，惟有斷虀畫粥。」

【用法】形容窮苦人家食物之簡陋。

【例句】非洲地區的農民實在可憐，豐年僅足溫飽，凶年連**斷虀畫粥**亦不可得，只能靠草根樹皮活命。

【義近】簞食瓢飲／豆飯藜羹／飯糗茹草／朝齏暮鹽。

【義反】日食萬錢／炊金饌玉／肉山脯林／錦衣玉食／烹龍炮鳳。

方部

方寸已亂

【釋義】意謂心緒煩亂，拿不定主意。方寸：指心。

【出處】陳壽・三國志・蜀書・諸葛亮傳：「今已失老母，方寸亂矣。」

【用法】形容思緒煩亂，毫無主張。

【例句】你們別吵了！我現在**方寸已亂**，這件事等以後大家心情都平靜了再討論吧。

【義近】心神恍惚／六神無主／心神不定／心亂如麻。

【義反】當機立斷／慮周行果。

方外之人

【釋義】方外：世俗之外。

【出處】劉義慶・世說新語・任誕：「阮方外之人，故不崇禮制，我輩俗中人，故以儀軌自居。」蘇曼殊・斷鴻零雁記第一章：「然彼焉知方外之人，亦有難言之恫。」

【用法】和尚或道士之別稱。

【例句】蘇東坡的摯友佛印，就是**方外之人**，他的學問非常淵博，而且爲人十分風趣。

【義近】遁跡空門／方外之士。

【義反】塵世中人／世俗之人。

方正不阿

【釋義】方正：正直。阿：即阿諛。

【出處】明史・王徽傳：「有方正不阿者，即以爲不肖，而朝夕讒謗之，日加浸潤，未免致疑。」

【用法】指爲人正直，不阿諛逢迎。

【例句】李先生一向**方正不阿**，雖然得不到上司的重用，卻深爲同事們所尊敬。

【義近】方正不苟／剛直不阿／守正不阿／上交不諂／守正不屈。

【義反】曲意逢迎／阿諛奉承／阿諛取容／阿諛曲從／如脂如韋／奴顏婢膝。

方底圓蓋

【釋義】方底的器皿，圓形的蓋子。

【出處】北齊・顏之推・顏氏家訓・兄弟：「今使疏薄之人而節量親厚之恩，猶方底而圓蓋，必不合矣。」

【用法】比喻兩不相合。

【例句】他們兩個歷來有如**方底圓蓋**，要他們彼此合作共事恐怕很困難。

【義近】方枘圓鑿／圓孔方木／

方鑿圓枘／驢脣不對馬嘴／扞格不入。

【義反】水乳交融／如魚得水／嚴絲合縫。

方枘圓鑿

【釋義】方的榫頭圓的孔眼，彼此不合。枘：榫頭。鑿：孔眼。

【出處】楚辭・宋玉・九辯：「圜鑿而方枘兮，吾固知其鉏鋙而難入。」

【用法】比喻格格不入。

【例句】他倆現在是情不投、意不合，有如**方枘圓鑿**，還能在一起生活嗎？

【義近】方底圓蓋／南轅北轍／扞格不入。

【義反】情投意合／臭味相投／兩相契合。

方面大耳

【釋義】方形的面，大大的耳朵。

【出處】李汝珍・鏡花緣三十八回：「傘下罩著一位國王，生得方面大耳，品貌端嚴。」

【用法】比喻有福之相。

【例句】此人**方面大耳**，做事穩健，乃屬將相富貴之才。

【義近】山庭日角／面方如田／珠衡犀角／淵角山庭／龍眉鳳目／燕頷虎頸。

【義反】小頭銳面／尖嘴猴腮／賊眉鼠眼／獐頭鼠目。

方桃譬李

【釋義】意謂美豔可以和桃李相比。方：比。

【出處】藝文類聚卷四四引南朝梁・簡文帝・箏賦：「乃有燕餘麗妾，方桃譬李，本住南城，經居東里。」

【用法】形容女子美麗嬌豔有如盛開的桃李。

【例句】這次的選美比賽，角逐的佳麗各個都是**方桃譬李**，明豔動人，令評審委員們難分軒輊，傷透腦筋。

【義近】豔若桃李／如花似玉／花容月貌。

【義反】其貌不揚／奇醜無比。

方趾圓顱

【釋義】趾：腳趾頭。顱：頭上的腦蓋。

【出處】徐陵・陳王九錫文：「方趾圓顱，萬不遺一。」又見南史・陳高祖紀。

【用法】指人，凡人皆方其趾，圓其顱。

【例句】科學家們想像中的外星人，和**方趾圓顱**的地球人大不相同，個個都是奇形怪狀，不知所據爲何。

【義近】萬物之靈／圓頭方足。

方興未艾

【釋義】正在發展，沒有終止。方：正。艾：已，止。

【出處】陳亮・祭周賢董文：「謂公之壽方興未艾，而此心終未泯也。」

【用法】說明事物正在蓬勃向前發展的形勢。

【例句】環保意識高漲，世界各國的環保團體正**方興未艾**地一個個成立。

【義近】欣欣向榮／蒸蒸日上／如日方升／生氣勃勃／風起雲湧／日增月盛／如日中天／如火如荼。

【義反】日暮途窮／強弩之末／每下愈況／日趨式微。

方頭不律

【釋義】方頭：古頭古腦，不合時宜。不律：倔強不順。

【出處】元・鄭廷玉・金鳳釵二折：「見一個方頭不律的人，欺負一個年老的，要扯他跳河。」

【用法】形容人性情倔強、執拗或強橫。

【例句】這對夫婦爲人善良，性情溫順，他們的兒子卻**方頭不律**的，實在很難相處。

【義近】倔頭倔腦／性情古怪／蠻橫霸道／蠻橫無理。

【義反】溫柔敦厚／溫文爾雅／雍容嫻雅。

五畫

施不望報

【釋義】施惠於人卻不望報答。

【出處】三國志・吳書・朱治傳・裴松之注引吳書：「折節爲恭，留意於賓客，輕財尚義，施不望報。」

【用法】指人品德高尚，能輕財仗義。

【例句】他們或捐資辦學，或賑災濟民，卻從無所求，這種**施不望報**的精神，著實令人敬佩。

【義近】仗義疏財／樂善好施／輕財仗義／疏財尙氣／輕財好施。

【義反】見利忘義／一毛不拔／唯利是圖／見財起義。

施仁佈德

【釋義】意謂實行仁義，佈施恩德。

【出處】元・無名氏・看錢奴・楔子：「則俺這家豪富祖先積，他爲甚施仁佈德，也則要博一個孝子和賢妻。」

【用法】指廣行善事，給人以仁德和恩惠。

【例句】這位老太太**施仁佈德**，數十年如一日，晚年福壽雙全，也算是善有善報吧！

【義近】施仁佈恩／施仁佈澤／施恩佈德／積善成德。

【義反】作惡多端／傷天害理／爲非作歹／胡作非爲。

施而不費

【釋義】施：施捨，把財物給予他人。費：費力。

【出處】左傳・襄公二十九年：「廣而不宣，施而不費。」

【用法】指對別人有益，而自己本身又並不費力。

【例句】我很懷念政府當年所發行的愛國獎券，既愛國又中獎，一舉兩得，**施而不費**。

【義近】舉手之勞／舉手之便／惠而不費。

【義反】損人利己。

施謀用計

【釋義】意即施用計謀。

【出處】明・黃元吉・流星馬一折：「憑著您孩兒舌劍脣槍，施謀用計，我穩情取進貢到來。」

【用法】指在鬥爭中運用策略計謀，以求戰勝對方。

【例句】現在的形勢是敵強我弱，唯一的解決之道就是靠我們巧於**施謀用計**。

【義近】施謀用智／施謀設略／運籌謀畫／運籌帷幄。

【義反】恣意妄行／橫衝直闖／暴虎馮河／有勇無謀。

六 畫

旁求俊彥 ㄆㄤˊ ㄑㄧㄡˊ ㄐㄩㄣˋ ㄧㄢˋ

【釋義】旁：廣泛。俊彥：才智傑出的人。
【出處】尚書・太甲：「旁求俊彥，啓迪後人。」
【用法】指從多方面尋求有才能的人才。
【例句】這公司之所以能如此興旺發達，最重要的原因就是其董事長能**旁求俊彥**。
【義近】搜岩採幹／披榛採蘭／剖蚌求珠。
【義反】剛愎自用／故步自封／嫉賢妒能。

旁見側出 ㄆㄤˊ ㄐㄧㄢˋ ㄘㄜˋ ㄔㄨ

【釋義】旁：旁邊。側：左側、側面。
【出處】宋・蘇軾・東坡集正集二三書吳道子畫後：「道子畫人物，如以燈取影，逆來順往，旁見側出，橫斜平直，各相乘除。」
【用法】從不同角度所表現的形象。
【例句】古人說：竹有君子之德二，氣節與虛心。因此歷來畫竹的大師參差幾筆，**旁見側出**，無不以表現這兩種特色爲主軸。
【義近】烘雲托日／烘雲托月。

旁門左道 ㄆㄤˊ ㄇㄣˊ ㄗㄨㄛˇ ㄉㄠˋ

【釋義】旁、左：均爲「邪」意。門：學術思想或宗教派別。道：學術或宗教思想體系。
【出處】禮記・王制・疏：「左道謂邪道。」漢書・郊祀志：「挾左道，懷詐僞。」
【用法】用以泛指不正派的東西，也用以說明不走正路。
【例句】他年紀輕輕就不學無術，專走**旁門左道**，令人深深爲他感到惋惜。
【義近】邪門外道／歪門邪道／異端邪說。
【義反】人間正道／守正不阿／陽關大道。

旁若無人 ㄆㄤˊ ㄖㄨㄛˋ ㄨˊ ㄖㄣˊ

【釋義】指說話行事身旁好像沒有別的人一樣。又作「傍若無人」。
【出處】司馬遷・史記・刺客列傳：「高漸離擊筑，荊軻和而歌於市中，相樂也。已而相泣，旁若無人者。」
【用法】用以形容態度傲慢，不把身邊的人放在眼裏。有時也用以形容態度從容坦然。
【例句】他走進會議室，**旁若無人**地一屁股坐下，也不跟別人打招呼。
【義近】目空一切／目中無人／自高自大。
【義反】平等待人／自視甚卑。

旁搜博採 ㄆㄤˊ ㄙㄡ ㄅㄛˊ ㄘㄞˇ

【釋義】旁搜：廣泛地搜集。博採：與「旁搜」義近。
【出處】明・李贄・續焚書・序匯・史閣敍述：「君知其難，則自能旁搜博採，若我太祖高皇帝然，唯務得人而後已。」
【用法】指從多方面搜集所愛之書籍、文物等，也指做學問時廣泛搜集材料。
【例句】①經過多年的**旁搜博採**，現在他的藏書差不多要汗牛充棟了。②寫論文或學術著作，首先必須**旁搜博採**，掌握豐富的材料，然後方可下筆。
【義近】旁徵博引／旁搜遠紹／旁求博考。
【義反】搜索枯腸／冥思苦想。

旁敲側擊 ㄆㄤˊ ㄑㄧㄠ ㄘㄜˋ ㄐㄧˊ

【釋義】側：旁邊。擊：打。
【出處】吳沃堯・二十年目睹之怪現狀二十回：「只不過應該這樣旁敲側擊，應該要明明亮亮的叫破了他。」
【用法】比喻說話或寫文章不從正面直接點明，而從側面曲折地加以諷刺或抨擊。
【例句】你有話就直說，用不著這樣**旁敲側擊**的。
【義近】指桑罵槐／拐彎抹角／借題發揮。
【義反】直言不諱／開門見山／直截了當。

旁徵博引 ㄆㄤˊ ㄓㄥ ㄅㄛˊ ㄧㄣˇ

【釋義】旁：廣泛。徵：搜集，尋求。博：廣博。引：引證。
【用法】指說話或寫文章廣泛而大量地引用材料作爲依據或例證。
【例句】王教授講課，以其廣博的知識**旁徵博引**，把問題闡釋得非常詳盡。
【義近】引經據典／旁徵博證／旁求博考。
【義反】言不及義。

旁觀者清 ㄆㄤˊ ㄍㄨㄢ ㄓㄜˇ ㄑㄧㄥ

【釋義】旁觀者：在旁邊觀看的人，指局外人。常與「當局者迷」連用。
【出處】馮夢龍・醒世恆言・陳多壽生死夫妻：「常言道：傍(旁)觀者清，當局者迷。」
【用法】用以說明局外人能冷靜地觀察問題，故看得更爲清楚。
【例句】你不要再固執了，當局者迷，**旁觀者清**，我們都認爲這件事確實是你處理錯了。
【義近】旁觀者審。
【義反】當局者迷。

旅進旅退 ㄌㄩˇ ㄐㄧㄣˋ ㄌㄩˇ ㄊㄨㄟˋ

【釋義】與眾人共進退。旅：眾人，引申爲共同。
【出處】左丘明・國語・越語上：「吾不欲匹夫之勇也，欲其旅進旅退也。」
【用法】形容隨波逐流，自己並沒有什麼主見。
【例句】你用不著去徵求他的意見了，他向來都是**旅進旅退**，無可無不可的。
【義近】隨波逐流／人云亦云／亦步亦趨／俱進俱退。
【義反】自有主見／自有肺腑／自行其是。

七 畫

旋轉乾坤 ㄒㄩㄢˊ ㄓㄨㄢˇ ㄑㄧㄢˊ ㄎㄨㄣ

【釋義】力量大得能旋轉天地。乾坤：指天和地。
【出處】韓愈・潮州刺史謝上表：「陛下即位以來，躬親聽斷，旋乾轉坤。」
【用法】用以比喻有才能的人能扭轉局勢。也比喻人很有魄力。
【例句】此人非等閒之輩，才一

到任，就**旋轉乾坤**地大肆改革，現在的氣象煥然一新。

【義近】斡旋天地／扭轉乾坤。

【義反】回天乏力／回天乏術。

旌善懲惡

【釋義】旌：旌表，表彰。

【出處】明・無名氏・鳴鳳記・封贈忠臣：「嗚呼，旌善懲惡，中公匪私，生者享爵祿之榮，死者沐恩光之賁。」

【用法】用以指表彰善人善事，懲辦惡人惡事。

【例句】各級政府只有時刻注意**旌善懲惡**，社會治安才會有保障。

【義近】懲惡揚善／彰善癉惡／賞善罰惡／懲惡勸善／激濁揚清。

【義反】善惡不分／善惡顛倒。

旌旗蔽日

【釋義】旌旗：各種旗幟。旌：旗幟。蔽日：遮蔽了太陽。

【出處】戰國策・楚策一：「於是楚王遊於雲夢，結駟千乘，旌旗蔽日。」

【用法】形容軍容或隊伍壯盛。

【例句】《三國演義》裏形容曹操率領八十三萬大軍南下攻吳，**旌旗蔽日**，逶迤千里。

【義近】旌旗蔽空／軍容浩盛／旌旗密佈／百萬雄獅／投鞭斷流。

【義反】老弱殘兵／殘兵敗將／散兵游勇／烏合之眾／瓦合之卒。

十畫

旗開馬到

【釋義】此為旗開得勝、馬到成功的縮語。

【出處】元・無名氏・射柳捶丸・一折：「某今下將戰書去，單搦大宋家名將出馬，與某交戰……旗開馬到施驍勇，大宋英雄拱手降。」

【用法】形容輕易戰勝對方，取得勝利。

【例句】武王伐紂，以仁義之師討伐獨夫，自然是**旗開馬到**，所向披靡。

【義近】旗開得勝／馬到成功／傳檄而定／指日可下／兵不血刃。

【義反】魚潰鳥散／一敗塗地／望風披靡／潰不成軍／兵敗如山倒／出師不利。

旗開得勝

【釋義】剛一打開旗幟進行戰鬥，就取得了勝利。

【出處】關漢卿・五侯宴楔子：「人人奮勇，個個英雄，端的是旗開得勝，馬到成功。」

【用法】形容戰事順利，首戰告捷。也形容事情一開始就取得好成績。

【例句】我校乒乓球隊一上場就**旗開得勝**，連連得分，大家瘋狂地鼓掌助威。

【義近】馬到成功。

【義反】出師不利／一觸即潰／丟盔棄甲。

旗鼓相望

【釋義】旗鼓：古代作戰時用以指揮進退轉移的軍旗和戰鼓。相望：可以相互望到。

【出處】魏書・苻堅傳：「堅南伐司馬昌明，戎卒六十萬，騎二十七萬，前後千里，旗鼓相望。」

【用法】隊列很長，戰旗軍鼓前後相接，嚴整而有氣勢。

【例句】歷代皇帝封禪泰山，禁衛軍一路上前呼後擁，**旗鼓相望**，聲勢十分浩大。

【義近】舳艫千里／煙塵千里。

【義反】寡合之眾／人少勢單。

旗鼓相當

【釋義】旗鼓：古代軍隊用以發號令的工具，比喻軍隊的力量和聲勢。

【出處】後漢書・隗囂傳：「如今子陽（公孫述）到漢中、三輔，願因將軍兵馬，鼓旗相當。」

【用法】原指兩軍對峙，勢均力敵。今多用以比喻雙方力量不相上下。

【例句】這次上陣對壘的兩支女子排球隊，**旗鼓相當**，實力都很強。

【義近】勢均力敵／棋逢對手／將遇良才。

【義反】天壤之別／實力懸殊／卵石不敵。

旗幟鮮明

【釋義】軍旗照眼，軍紀嚴明。

【出處】錢彩・說岳全傳五七回：「果然依舊旗幟鮮明，刀槍密布，不知何故。」

【用法】今用以比喻態度明確，毫不含糊。

【例句】他在台灣統一和獨立的問題上，**旗幟鮮明**，堅決主張統一。

【義近】愛憎分明／是非分明。

【義反】模稜兩可。

旖旎風光

【釋義】旖旎：柔和美好。

【出處】李寶嘉・官場現形記七回：「一霎時局已到齊，眞正是翠繞珠圍，金迷紙醉，說不盡溫柔景象，旖旎風光。」

【用法】用以指柔美的韻致風采，或形容景色柔和美好。

【例句】①你們剛才所說的那種**旖旎風光**的情景，可惜我沒有親歷其境，眞是太遺憾了。②杭州西湖的**旖旎風光**，眞令人陶醉。

【義近】風光旖旎／良辰美景／春光明媚／花朝月夕／月滿花香。

【義反】斷井頹垣／滿目蕭條／滿目瘡痍／滿目荊榛／花殘月缺。

无部

七畫

既有今日，何必當初

【釋義】既然現在後悔，當初又何必那樣做呢？
【出處】曹雪芹・紅樓夢七四回：「寶玉在身後面嘆道：『既有今日，何必當初！』」
【用法】用以表示對過去所作所爲的反悔。
【例句】想不到昔日不可一世的他，今天竟會在這兒搖尾乞憐，眞是**既有今日，何必當初**。
【義近】悔之無及／噬臍莫及。

既來之則安之

【釋義】既然使遠方的人來了，就要使他們安心定居。
【出處】論語・季氏：「夫如是，故遠人不服，則修文德以來之。既來之，則安之。」
【用法】今多用以指既然來了，就應該安心。
【例句】雖然此地並不如你所想像那麼好，但是**既來之則安之**，先待一陣子再作打算好了。
【義近】安之若素／隨遇而安。
【義反】坐立不安／寢食難安。

既往不咎

【釋義】咎：罪過，過錯，此用作動詞，追究、責備之意。
【出處】論語・八佾：「成事不說，遂事不諫，既往不咎。」
【用法】用以說明對以往的過錯不再責備追究。
【例句】**既往不咎**，過去的錯誤一筆勾銷，以後可得多加注意，不要再犯錯了！
【義近】不咎既往／過往不咎／寬大爲懷。
【義反】窮追不捨／嚴懲不貸。

日部

日久見人心

【釋義】相處久了，可見眞心。
【出處】元・無名氏・爭報恩：「路遙知馬力，日久見人心。」
【用法】用以說明一個人的心術怎樣，要經過長時間的相處才能了解。
【例句】**日久見人心**，他爲人究竟怎樣，還要多些時間觀察，現在很難下定論。
【義近】路遙知馬力／烈火見眞金／板蕩識忠臣／疾風知勁草。
【義反】知人知面不知心／人心叵測。

日久歲深

【釋義】深：與「久」同義，長久。
【出處】普濟・五燈會元・雲門文偃禪師：「翻覆思量，看日久歲深自然有個入路。」
【用法】形容時間久遠。
【例句】安平古堡最初屹立於海邊，經過**日久歲深**，如今遠離海岸，是滄海桑田的最佳寫照。
【義近】日積月累／窮年累月／時日久遠。
【義反】一朝一夕／一年半載／一時三刻。

日不移晷

【釋義】意謂日影沒有移動。晷：日影。
【出處】漢書・王莽傳：「人不還踵，日不移晷，霍然四除，更爲寧朝。」
【用法】形容時間極短，光陰迅疾。
【例句】陳老師國學造詣深厚，下筆爲文，**日不移晷**，文章已就。
【義近】光陰似箭／日月如梭／白駒過隙／日不移影／歲月如流／日月如流。
【義反】度日如年／時日難熬／漫漫長日。

日不暇給

【釋義】沒有餘暇時間。日：時光。暇：空閒。給：足。
【出處】漢書・高帝紀下：「漢興，撥亂反正，日不暇給。」
【用法】形容事務繁多，時間不夠用。
【例句】儘管只是一個公司的經理，但要處理的事情實在太多，常令我有**日不暇給**之感。
【義近】日無暇晷／不遑暇食。
【義反】無所事事／飽食終日／優哉游哉／消遣度日。

日中則昃

【釋義】太陽到正午就要偏斜。昃：太陽偏西。
【出處】周易・豐卦：「日中則昃，月盈則食（蝕）。」疏：「盛必有衰，自然常理。日中至盛，過中則昃。」
【用法】比喻事物發展到一定程度，就會向著相反的方向發展。乃盛極必衰之意。
【例句】一個人應該時刻注意**日中則昃**的道理，得意時務必要戒驕戒躁，以免驕多必敗。
【義近】日中則移／月滿則虧／盛極必衰／樂極生悲。

日升月恆

【釋義】如旭日冉冉上升，像月亮漸漸圓滿。恆：上弦月漸漸盈滿的樣子。
【出處】詩經・小雅・天保：「如月之恆，如日之升。」漢人鄭玄箋：「月上弦而就盈，日始出而就明。」
【用法】比喻事物正當興盛發達的時候。
【例句】朋友的公司成立，收到的匾額不外乎是駿業宏開、鴻圖大展、**日升月恆**之類。
【義近】如日中天／蒸蒸日上／

欣欣向榮。

【義反】每下愈況／日薄西山。

日日夜夜

【釋義】意謂日以繼夜，連續不斷。

【出處】葉聖陶・外國旗：「心裏頭日日夜夜像有條麻繩緊緊束著呢。」

【用法】形容延續的時間長。

【例句】一個**日日夜夜**爲賺錢勞碌奔波的人，連一文錢都捨不得花，眞不知他的人生意義是什麼。

【義近】日以繼夜／日復一日／年復一年。

【義反】斷斷續續。

日月入懷

【釋義】懷：胸懷，懷抱。

【出處】劉義慶・世說新語・容止：「時人目夏侯太初（玄）朗朗如日月之入懷。」三國志・吳書・吳夫人傳注：「初，吳夫人孕，而夢月入其懷，既而生策。及權在孕，又夢日入其懷。以告堅，堅曰：日月者，陰陽之精，極貴之象，吾子孫其興乎。」

【用法】形容一個人的心胸非常開朗；或祝頌人生子之辭。

【例句】①凡是讀過〈出師表〉的人，無不欽佩諸葛亮**日月入懷**、忠君愛國的情操。②古人認爲婦女懷孕，夢見**日月入懷**，是生大富大貴子女的吉兆。

【義近】光風霽月／光明磊落／正大光明。

【義反】欺世盜名／闇然媚世。

日月如流

【釋義】如流：像流水一樣的奔瀉而去。

【出處】明・無名氏・三化邯鄲二折：「日月如流不可招，富貴榮華不能保。」

【用法】形容時光飛馳，過得很快。

【例句】眞是**日月如流**，不知不覺已年過半百，回憶兒時往事如在昨日，歷歷可數。

【義近】光陰似箭／日月如梭／騏驥過隙／烏飛兔走／流光易逝／白駒過隙。

【義反】度日如年／一日三秋。

日月如梭

【釋義】太陽和月亮像穿梭似地來去。梭：織布時牽引緯線的工具。

【出處】京本通俗小說・碾玉觀音上：「時光似箭，日月如梭，也有一年之上。」

【用法】形容光陰過得很快。

【例句】光陰似箭，**日月如梭**，不知不覺又過了一年。

【義近】白駒過隙／光陰似箭／時光如流水／光陰荏苒。

日月參辰

【釋義】意謂如同太陽和月亮、參星與辰星，不同時間在天空出現。參：參宿。辰：心宿。

【出處】元・關漢卿・救風塵二折：「和爺娘結下不厮見的冤仇，恰便似日月參辰和卯酉。」

【用法】比喻離別不得相見或成爲冤家對頭。

【例句】①他爲了工作遠赴非洲，幾年不歸，與家人一隔即有如**日月參辰**。②既然是朋友，又何必爲了點小事而鬧得**日月參辰**，誓不兩立呢？

【義近】日月交食／勢不兩立／水火不容／勢同水火／冰炭不容／薰蕕異器。

【義反】風雨同舟／患難與共／情如手足／薰蕕同器／水乳交融／情同手足。

日月無光

【釋義】太陽和月亮的光都消失了。

【出處】吳沃堯・痛史三回：「可憐樊城城中，只殺得天愁地慘，日月無光，白骨積山，碧血湧浪。」

【用法】形容景象悽慘黯淡到了極點。

【例句】一場大地震毀滅了好幾個村莊，去救災的人看了，無不感到天愁地慘，**日月無光**。

【義近】黑雲壓城／昏天黑地／愁雲慘霧／烏雲蔽日／天昏地暗。

【義反】光風霽月／歌舞昇平／鶯歌燕舞／日月高懸。

日月經天

【釋義】太陽和月亮每天都經行於天空。經：經過，運行。

【出處】漢書：「如日月經天，江河行地。」

【用法】比喻人或事物的永恆、偉大，也用以說明永遠不變的道理。

【例句】男大當婚，女大當嫁，這道理有如**日月經天**，你怎能說不結婚呢？

【義近】江河行地／天經地義／放之四海而皆準。

【義反】六月飛雪／滄海桑田。

日出三竿

【釋義】太陽升起離地面已有三根竹竿那樣高。

【出處】南齊書・天文志上：「日出高三竿。」唐・劉禹錫・竹枝詞：「日出三竿春霧消，江頭蜀客駐蘭橈。」

【用法】形容天時已不早了。

【例句】他每天都是這樣，不到**日出三竿**可是起不了牀的。

【義近】日上三竿／日高三丈。

【義反】天色微明／紅日初露／旭日方升／旭日初升。

日坐愁城

【釋義】愁城：愁苦的境地。

【出處】陸游・山園：「狂吟爛醉君無笑，十丈愁城要解圍。」高詠・致顏遜甫書：「緣貧病交侵，日坐愁城苦海故也。」

【用法】形容人天天沉浸在憂愁當中。

【例句】人生不如意事十常八九，你又何必爲了點小事而**日坐愁城**呢？

【義近】愁眉鎖眼／愁眉苦臉／愁眉不展／悶悶不樂／鬱鬱寡歡。

【義反】樂不可支／樂不思蜀／無憂無慮／日夜嬉遊／眉開眼笑／笑逐顏開。

日居月諸

【釋義】居、諸二字皆爲助詞。

【出處】詩經・邶風・日月：「日居月諸，照臨下土。」馮夢龍・警世通言・老門生三世報恩：「日居月諸，忽然八月初七日，街坊上大吹大擂，迎試官進貢院。」

【用法】意即光陰流逝。

【例句】**日居月諸**，才一眨眼，我們都已年過半百，如果再不把握進取，這一輩子就算白活了。

【義近】日月荏苒／日往月來／日復一日。

【義反】時光倒流。

日往月來

【釋義】意謂日月來來去去。

【出處】易經・繫辭下：「日往則月來，月往則日來，日月相推而明生焉。」晉・潘岳・夏侯常侍誄：「日往月來，暑退寒襲。」

【用法】形容歲月流逝，時光漸移。

【例句】他倆長期相處在一起，**日往月來**，自然會產生感情，現已結為伉儷了。

【義近】日居月諸／春來秋往／暑退寒來／過從甚密。

【義反】老死不相往來／不相聞問。

日昃忘食

【釋義】太陽西斜仍忘記吃午飯。昃：日影斜。

【出處】晉書・張軌傳：「寡君以乃祖乃父世濟忠良，未能雪天人之大恥，解眾庶之倒懸，日昃忘食，枕戈待旦。」

【用法】形容人專心致志，孜孜不倦。

【例句】像他這樣勤奮工作、**日昃忘食**的青年，現在實在太少了。

【義近】日旰忘食／宵衣旰食／廢寢忘食／埋頭苦幹／夙夜匪懈／孜孜矻矻。

【義反】蹉跎歲月／玩歲愒時／安富尊榮／養尊處優。

日東月西

【釋義】太陽在東月亮在西，兩者永遠無法相會。

【出處】蔡琰・胡笳十八拍：「十六拍兮思茫茫，我與兒兮各一方，日東月西兮徒相望，不得相隨兮空斷腸。」

【用法】比喻遠隔兩地，不能相聚。

【例句】臺灣與大陸雖然是一衣帶水，但在前幾年只能隔海相望，兩地親屬不免有**日東月西**的喟歎。

【義近】天南地北／天涯海角。

【義反】近在眼前／近在咫尺／一山之隔／一衣帶水。

日炙風吹

【釋義】太陽曬，烈風吹。炙：烤，這裏指烈日猛曬。

【出處】明・無名氏・鎖白猿一折：「萬里馳驅，二年經紀，非容易，受了些日炙風吹，今日個才盼得還鄉地。」

【用法】形容農夫田間勞作之辛勤或形容長途跋涉之辛苦。

【例句】落後國家的農民，長年飽受**日炙風吹**之苦，卻還難以求得溫飽。

【義近】日炙風篩／日曬雨淋／飽經風霜／寒耕熱耘／艱辛備嘗／歷盡艱辛。

【義反】坐享其成／飽食終日／游手好閒／鬥雞走狗／養尊處優／無所事事。

日削月朘

【釋義】朘：削減。削、朘：剝奪、萎縮的意思。

【出處】漢書・董仲舒傳：「民日削月朘，寖以大窮。」寖：音ㄐㄧㄣˋ，漸漸。

【用法】形容執政者時時苛斂老百姓。

【例句】國父孫中山先生目睹腐敗的滿清政府，只知道**日削月朘**，國勢日衰，於是下定革命的決心。

【義近】橫徵暴斂／苛捐雜稅／大肆搜刮。

【義反】寓富於民。

日甚一日

【釋義】甚：超過，勝過。

【出處】王安石・乞解機務札子：「徒以今年以來，病疾浸加，不任勞劇，比嘗粗陳悃款，未蒙陛下矜從，故復黽勉，至今，而所苦日甚一日。」

【用法】形容事物的發展越來越加深或日趨嚴重。

【例句】她的年事已高，經多方診治，病情仍**日甚一日**，恐怕是難有轉機了！

【義近】日烈一日／有加無已／變本加厲／有增無減。

【義反】一成不變／無以復加。

日省月試

【釋義】省：視，察也。試：試驗，考試。

【出處】中庸：「日省月試。」朱熹曰：「日省月試，考校其成功也。」

【用法】按時考察，試驗成果之意。

【例句】現在的教育制度改善很多，不但不准體罰，而且學生也無需忙著應付各種**日省月試**，實在幸福多了。

【義近】定期檢查／定期測驗。

【義反】突擊檢查／臨時測驗。

日食萬錢

【釋義】每天要吃上萬的錢。也作「食日萬錢」。

【出處】晉書・何曾傳：「食日萬錢，猶曰無下箸處。」馮夢龍・警世通言一七卷：「官居一品，權壓百僚，童僕千數，日食萬錢，說不盡榮華富貴。」

【用法】形容飲食非常奢侈。

【例句】許多暴發戶為了顯示自己的闊綽，動不動就**日食萬錢**。

【義近】水陸雜陳／食前方丈／炊金饌玉／鐘鳴鼎食／炮鳳烹龍。

【義反】啜菽飲水／朝齏暮鹽／食不果腹／饔飧不繼／粗茶淡飯／三餐不繼。

日益月滋

【釋義】益：增。滋：長。

【出處】唐・元稹・上令狐相公詩啓：「閒誕無事，遂用力於詩章，日益月滋，有詩千餘首。」

【用法】指一天天地漸漸增加。

【例句】一口吃不成一個胖子，做學問也是這樣，只能靠**日益月滋**，時間一久，自有所獲。

【義近】日滋月益／日積月累／

集腋成裘／聚沙成塔／積水成淵／聚川為海。

【義反】日減月損／日削月朘／歲朘月耗。

日理萬機

【釋義】理：治理，處理。萬機：指日常的紛繁政務。機，一作「幾」。

【出處】尚書・皋陶謨：「無教逸欲有邦，兢兢業業，一日二日萬幾。」余繼登・典故紀聞卷二：「朕日理萬機，不敢斯須自逸。」

【用法】本形容帝王忙於處理政事，今用以形容國家元首或其他領導人忙於處理政務。

【例句】國父逝世得早，實與他生前**日理萬機**，操勞過度有關。

【義近】一日萬機／廢寢忘食／枵腹從公。

【義反】尸位素餐／無所事事／玩忽職守。

日就月將

【釋義】就：成就。將：行進，進步。

【出處】詩經・周頌・敬之：「日就月將，學有緝熙於光明。」

【用法】形容精進不息，天天有成就，月月有進步。

【例句】為了考研究所，他整日足不出戶，孜孜不倦，**日就月將**，埋首苦讀。

【義近】日新月異／日進月長／日異月新／一日千里。

【義反】依然如故／有退無進／依然故我／一如往昔／依然如舊／一如既往。

日復一日

【釋義】過了一天又一天。復：又，再。

【出處】後漢書・光武帝紀：「帝曰：『天下重器，常恐不任，日復一日，安敢遠期十歲乎？』」

【用法】形容日子久，時間長。

【例句】她就這樣**日復一日**，年復一年，默默地等待著丈夫歸來。

【義近】年復一年／月復一月／年年歲歲。

【義反】一年半載／轉眼之間。

日無暇晷

【釋義】晷：日影，指時光。

【出處】李寶嘉・官場現形記五七回：「他自從接了這四個差使之後，一天到晚眞是日無暇晷。」

【用法】形容事務繁忙，沒有空閒的時間。

【例句】他現在身兼數職，一天到晚忙得**日無暇晷**，完全沒有閒暇的時間。

【義近】夙興夜寐／宵衣旰食／席不暇暖／夙夜匪懈／宵寢晨興／焚膏繼晷。

【義反】游手好閒／優遊自在／無所用心／逍遙自在／好逸惡勞／得過且過。

日慎一日

【釋義】意謂一天比一天謹慎。

【出處】後漢書・光武紀上：「宜如臨深淵，如履薄冰，戰戰栗栗，日慎一日。」

【用法】形容人在言行等方面越來越謹慎。

【例句】眞是不經一事不長一智，他在工作上犯了兩次錯誤，一一記取教訓，現在是大有長進，**日慎一日**了。

【義近】謹言慎行／小心翼翼／謹小慎微／戰戰兢兢／臨深履薄。

【義反】膽大妄為／恣意妄為／任性而行／魯莽從事／魯莽滅裂。

日新月異

【釋義】天天更新，月月不同。新：更新。異：不同。

【出處】禮記・大學：「苟日新，日日新，又日新。」吳沃堯・痛史敍：「教科之書，日新月異。」

【用法】形容新事物不斷出現，面貌不斷更新。

【例句】世界的科學技術，正**日新月異**地向前發展。

【義近】突飛猛進／一日千里／與日俱進。

【義反】每下愈況／一成不變。

日試萬言

【釋義】一天寫上萬字的文章。試：試寫。言：字。

【出處】李白・與韓荊州書：「必若接之以高宴，縱之以清談，請日試萬言，倚馬可待。」

【用法】形容人才氣橫溢，文思敏捷。

【例句】怪不得你們稱他為李萬言，那天校長親臨現場，他**日試萬言**，果然名不虛傳！

【義近】下筆成章／手不停揮／搖筆即來／一揮而就／倚馬可待／意到筆隨。

【義反】搜索枯腸／江郎才盡／才竭智疲／文思駑鈍。

日暮途窮

【釋義】天已晚，路已到頭。暮：傍晚。窮：盡。一作「日暮途遠」。

【出處】司馬遷・史記・伍子胥列傳：「吾日暮途遠，吾故倒行而逆施之。」杜甫・投贈哥舒開府翰二十韻：「幾年春草歇，今日暮途窮。」

【用法】喻計窮力竭，無路可走，或窮困潦倒，無所依靠。

【例句】作奸犯科的人遲早有一天會步上**日暮途窮**之路的，勸你們不要心存僥倖。

【義近】窮途末路／走投無路。

【義反】前程似錦／柳暗花明／絕處逢生／天無絕人之路。

日積月累

【釋義】一天天一月月地不斷積累。

【出處】宋史・喬行簡傳：「日積月累，氣勢益張，人主之威權，將為所竊弄而不自知矣。」

【用法】形容積少成多。

【例句】深厚的情感是**日積月累**培養成的，豈可說放棄就放棄呢？

【義近】日累月積／日益月滋／積少成多／積一累萬／聚沙成塔。

【義反】坐吃山空／揮霍一空。

日濡月染

【釋義】日日月月漸漸地薰染。濡：浸潤。

【出處】清・魏祝亭・雨粵傜俗記：「其他趙馮鄧唐諸氏皆

漢人，因避傜賦誅求，舉家竄入，日濡月染，凡飲食衣服器用，皆與眞傜無異。」
【用法】多用以指人受外界事物的影響而逐漸發生變化。
【例句】社會就像一個大染缸，意志不堅的人，容易在別人的**日濡月染**之下，喪失了純樸的本性。
【義近】耳濡目染／潛移默化／耳聞目睹。
【義反】依然故我／一成不變／一如往昔。

日薄西山（ㄖˋ ㄅㄛˊ ㄒㄧ ㄕㄢ）
【釋義】太陽快要落山了。薄：迫近。西山：泛指西邊的山。
【出處】漢書・揚雄傳：「臨汨羅而自隕兮，恐日薄於西山。」李密・陳情表：「但以劉日薄西山。」
【用法】比喻人年老將逝或事物接近衰亡。
【例句】老太太**日薄西山**，命在旦夕，卻仍一心一意地期盼愛子歸來，怎不教人爲之心酸。
【義近】氣息奄奄／人命危淺／朝不保夕／西山日迫／命在旦夕／風中殘燭。
【義反】旭日東升／朝氣蓬勃／身強力壯／春秋鼎盛。

日鍛月鍊（ㄖˋ ㄉㄨㄢˋ ㄩㄝˋ ㄌㄧㄢˋ）
【釋義】意即日日月月不懈怠地磨鍊。
【出處】宋・魏慶之・詩人玉屑・王平甫：「大抵作詩當日鍛月煉，非欲誇奇鬥異，要當淘汰出合用字。」
【用法】指長久地下苦工鑽研探索，以求臻於精熟的地步。
【例句】學習詩文書畫要能**日鍛月鍊**，才能有所成就，卓然成家。
【義近】日磨月鍊／磨杵成針／磨穿鐵硯／鍥而不舍／滴水穿石。
【義反】一暴十寒／三天打魚，兩天曬網／淺嘗輒止／半途而廢／鍥而舍之。

日轉千街（ㄖˋ ㄓㄨㄢˇ ㄑㄧㄢ ㄐㄧㄝ）
【釋義】一天要走多條街巷。千：言其多，非實數。
【出處】元・張國賓・合汗衫三折：「咱去來波，可則索與他日轉千街。」
【用法】指乞丐沿著街巷乞討。
【例句】他在幾年間將家產敗盡，現在生活無著，只好**日轉千街**了。
【義近】倚門靠戶／行乞街頭／沿門托缽。
【義反】錦衣玉食／飽食暖衣／吃著不盡／豐衣足食／食前方丈／日食萬錢。

日轉千階（ㄖˋ ㄓㄨㄢˇ ㄑㄧㄢ ㄐㄧㄝ）
【釋義】一天裏多次升官。轉：升遷。階：官階。
【出處】元・無名氏・漁樵記：「但有日官居八座，位列三臺，日轉千階，直頭上打下一輪皂蓋，那其間誰敢道我負薪來。」
【用法】極言官職升得快。
【例句】尤先生官運亨通，不到三年就由一個小職員升到局長，眞可謂是**日轉千階**了。
【義近】一日九遷／一歲三遷／不次之遷／飛黃騰達／青雲直上／平步青雲。
【義反】仕途坎坷／懷才不遇／時運不濟／命途多舛／投閒置散。

一畫

旦夕之危（ㄉㄢˋ ㄒㄧ ㄓ ㄨㄟˊ）
【釋義】旦夕：早晚，比喻時間極短。危：危險。
【出處】三國志・蜀書・孟光傳：「旦夕之危，倒懸之急。」
【用法】極言危險之急迫性。
【例句】台灣雖然沒有**旦夕之危**，但面對中共的各種文攻武嚇，仍必須提高警覺，小心對付。
【義近】燃眉之急／倒懸之急／命在旦夕／迫在眉睫。
【義反】穩如泰山／悠然自得／晏然自若。

旦旦而伐之（ㄉㄢˋ ㄉㄢˋ ㄦˊ ㄈㄚˊ ㄓ）
【釋義】旦旦：天天也。伐：砍伐。
【出處】孟子・告子上：「旦旦而伐之，可以爲美乎？」
【用法】引申爲每天從事相同勞累的工作。
【例句】一個人的精力有限，需要休息，如果**旦旦而伐之**，總有累倒生病的一天。

二畫

旨酒嘉肴（ㄓˇ ㄐㄧㄡˇ ㄐㄧㄚ ㄧㄠˊ）
【釋義】旨：滋味美。肴：指葷菜。
【出處】詩經・小雅・正月：「彼有旨酒，又有嘉肴。」禮記・投壺：「賓曰：『子有旨酒嘉肴，某既賜矣，又重以樂，敢辭！』」
【用法】用以泛指精美的酒食。
【例句】富豪之家，**旨酒嘉肴**，猶稱無處下箸，其誇富如此，著實令人痛恨。
【義近】美酒佳肴／滿漢全席／山珍海味／水陸雜陳。
【義反】粗茶淡飯／啜菽飲水／家常便飯／朝齏暮鹽。

早出晚歸（ㄗㄠˇ ㄔㄨ ㄨㄢˇ ㄍㄨㄟ）
【釋義】清早外出，直到夜晚才歸來。
【出處】戰國策・齊策六：「女朝出而晚來，則吾倚門而望。」清・袁于令・西樓記・庭譖：「大相公在外閒遊，早出晚歸，豈不知首尾。」
【用法】用以形容人勤勞忙碌。
【例句】李先生爲了一家人的生計，在兩個地方工作，每天都得**早出晚歸**的。
【義近】早出暮入。
【義反】早眠晏起／坐享其成／不勞而獲／無所事事。

早占勿藥（ㄗㄠˇ ㄓㄢ ㄨˋ ㄧㄠˋ）
【釋義】勿藥：不用服藥。
【出處】易經・无妄：「无妄之疾，勿藥有喜。」秋水軒尺牘・復朱鶴汀：「造化小兒，何不仁乃？爾近日定占勿藥矣。」
【用法】祝病人早日恢復康泰。
【例句】岳母染病，老婆前去探望，代我轉達**早占勿藥**的祝福。
【義近】早日康復／藥到病除。
【義反】久病成疴／久病不起。

早知今日，悔不當初

【釋義】意謂早知有今日這種結局，後悔當初不慎重。

【出處】普濟・五燈會元・天衣懷禪師法嗣：「早知今日事，悔不慎當初。」宋・無名氏・張協狀元四二齣：「張解元早知今日，悔不當初。」

【用法】指追悔從前的失誤，含有悔恨已晚的意思。

【例句】一談到這次失敗的婚姻，兩人都有**早知今日，悔不當初**的感慨。

【義近】早知如此，何必當初／既有今日，何必當初／嗟悔無及／後悔莫及。

【義反】至死不悔／執迷不悟／頑梗不化／死不悔改／冥頑不靈。

旭日東升

【釋義】早晨太陽從東方升起。旭日：早晨剛出來的太陽。

【出處】詩經・邶風・匏有苦葉：「雝雝鳴雁，旭日始旦。」傅玄・日昇歌詠：「逸景何晃晃，旭日照萬方。」

【用法】比喻人或事物充滿活力，朝氣蓬勃。

【例句】青年人有如**旭日東升**，肩負著國家、民族的希望。

【義近】如日方升／蒸蒸日上／欣欣向榮／朝氣蓬勃／生機勃勃。

【義反】日落西山／每下愈況／夕陽西下／暮氣沉沉／尸居餘氣。

三畫

旱苗得雨

【釋義】乾旱的禾苗得到了雨水的滋潤。

【出處】施耐庵・水滸傳一九回：「林沖道：『今日山寨天幸得眾多豪傑到此相扶相助，似錦上添花，如旱苗得雨。』」

【用法】比喻在極其困難之時獲得援助。

【例句】那些被圍困在洪水中的災民，見到有人用橡皮艇來救他們上岸，眞有如**旱苗得雨**，喜出望外。

【義近】及時雨／久旱逢甘霖／天降甘霖／涸魚得水。

【義反】落井下石／趁火打劫／雪上加霜。

四畫

昊天罔極

【釋義】廣大的天空無邊無際。昊天：蒼天。罔：無。極：邊。

【出處】詩經・小雅・蓼莪：「父兮生我，母兮鞠我。拊我畜我，長我育我。顧我復我，出入腹我。欲報之德，昊天罔極。」

【用法】比喻父母的恩德非常大；也泛喻恩情深厚廣大。

【例句】父母的養育之恩**昊天罔極**，因此孝順父母是做人的最根本道理。

【義近】寸草春暉／恩與天齊。

昆弟之好

【釋義】昆弟：兄弟。昆：兄。

【出處】馮夢龍・東周列國志九二回：「今秦楚嫁女娶婦，結昆弟之好，三晉莫不悚懼，爭獻地以事秦。」

【用法】形容彼此之間的情誼好如兄弟。

【例句】這幾家人都有婚姻關係，彼此結爲**昆弟之好**，關係十分良好。

【義近】如兄如弟／親如兄弟／昆仲之好／情同手足／親如手足。

【義反】一面之交／一日之雅／白頭如新／泛泛之交／點頭之交／素昧平生。

明人不做暗事

【釋義】明人：行事光明正大的人。暗事：不可告人的事。

【出處】吳昌齡・張天師三折：「我爲甚先吐了這招承的口詞，常言道明人不做暗事。」

【用法】比喻爲人光明磊落，有事先說，不在背後搗鬼。

【例句】**明人不做暗事**，你如果硬要跟我作對，我就馬上揭你的底牌！

【義近】光明正大／光明磊落。

【義反】陽奉陰違／鬼鬼祟祟。

明心見性

【釋義】性：本性。

【出處】宋仁宗文：「明心見性，佛教爲深；修身治國，儒道爲切。」故事成語考釋・道鬼神：「釋氏惟明心見性。」

【用法】佛家語，意謂徹見自己的本性。

【例句】出家人終日靜坐參悟，爲的是早日達到**明心見性**的境界。

【義近】修身養性。

明日黃花

【釋義】重陽節過後的菊花。明日：指重陽節後。黃花：菊花。重陽賞菊，其後菊花漸趨枯萎。

【出處】蘇軾・九日次韻王鞏：「相逢不用忙歸去，明日黃花蝶也愁。」

【用法】比喻已過時的事物或消息。

【例句】這篇通訊確實寫得很好，可惜報導不及時，已是**明日黃花**了。

【義近】陳年舊事／過往雲煙。

【義反】應時對景。

明火執仗

【釋義】明火：點著火把。執仗：拿著武器。仗：兵器。

【出處】元・無名氏・盆兒鬼二折：「我在這瓦窰居住，做些本分生意，何曾明火執仗，無非赤手求財。」

【用法】原指公開搶劫，現多比喻明目張膽地做壞事。

【例句】他們眞是膽大包天，竟然**明火執仗**地闖進公司，破壞保險櫃，將現金搶走。

【義近】明目張膽／無法無天／毫無顧忌。

明正典刑

【釋義】明：公開。正：正法，治罪。典刑：常法，常刑。

【出處】呂頤浩・辭免赴召乞納節致仕劄子：「如是託疾，自當明正典刑；如委實抱病，伏望天慈，放臣閑退。」

【用法】指依法公開處置。

【例句】這些人早應該**明正典刑**，如果再讓他們胡作非爲，那還有什麼社會秩序可言！

【義近】斬首示眾。

【義反】明刑不戮。

明目張膽

【釋義】原指很有膽識，敢做敢爲。明目：睜亮眼睛。張膽：放開膽量。

【出處】晉書·王敦傳·王導遺王含書：「今日之事，明目張膽，爲六軍之首，寧忠臣而死，不無賴而生矣。」

【用法】現形容公開放肆、毫無顧忌地做壞事。

【例句】這幫傢伙實在太猖狂了，竟然**明目張膽**地搶劫銀行，結果當場被警察擊斃！

【義近】肆無忌憚／明火執仗／膽大包天。

【義反】見機而作／小心翼翼。

明刑弼教

【釋義】弼：輔助。

【出處】僞古文尚書·大禹謨：「明于五刑以弼五教，期于予治。」五刑：五種刑罰。

【用法】喻爲政者治理百姓的方法。

【例句】子曰：不教而誅謂之虐，因此政府管理百姓必須確立典章，**明刑弼教**。

【義近】約法三章。

明見萬里

【釋義】能明白地見到萬里之遙的情況。萬里：泛言其遠。

【出處】後漢書·竇融傳：「璽書既至，河西咸驚，以爲天子明見萬里之外，網羅張立之情。」

【用法】形容對於遠方的情況，了解得非常清楚。

【例句】**明見萬里**，在古代不過是恭維之詞，但在科學技術發達的今天，確是能輕易辦到的事。

【義近】明鑒萬里。

【義反】模模糊糊。

明來暗往

【釋義】公開地或暗地裏交往。

【用法】形容彼此來往頻繁，關係密切。常含有不光明正大的意思。

【例句】這幾個傢伙最近**明來暗往**，接觸頻繁，不知又要搞什麼花樣，你千萬要小心。

【義近】你來我往／素有來往／來往密切／過從甚密。

【義反】水米無交／素昧平生／素不相識／老死不相往來／不相聞問。

明爭暗鬥

【釋義】明：公開。暗：暗中，隱蔽。

【出處】韓非子·解老：「爭鬬之爪角害之。」

【用法】指不論在明中還是暗中，都爭鬥不止。

【例句】大家同在一處辦公，理當和睦相處，如此**明爭暗鬥**，如何把事情做好？

【義近】爾虞我詐／鉤心鬥角。

【義反】和睦相處／肝膽相照／同心同德。

明知故犯

【釋義】故：故意，有意。犯：違犯。

【出處】普濟·五燈會元卷一九：「師曰：『知而故犯』。」

【用法】指明知不能做，卻故意違犯。也指知法犯法。

【例句】政府早已三令五申要保護森林，你們卻**明知故犯**，在這裏偷砍伐樹木。

【義近】知法犯法／執法犯法。

【義反】知法守法。

明知故問

【釋義】故：故意，有意。

【出處】清·無名氏·綉鞋記：「明人何必細說。你也知道是誰，卻就是明知故問呢！」

【用法】明明已經知道，卻還要故意問人。

【例句】你明明知道他這話是什麼意思，卻來問我，這不是**明知故問**嗎？

【義近】知而復問。

【義反】質疑問難／虛心求教。

明是一盆火，暗是一把刀

【釋義】一盆火：喻待人熱情。一把刀：喻爲人陰險毒辣。

【出處】曹雪芹·紅樓夢六五回：「嘴甜心苦，兩面三刀；上頭笑著，腳底下就使絆子；明是一盆火，暗是一把刀；他都佔全了。」

【用法】指人表面上待人熱情，暗中卻非常陰險毒辣。

【例句】交朋友一定要小心謹慎，這個社會上有許多人**明是一盆火，暗是一把刀**，千萬不要爲其所騙。

【義近】佛口蛇心／口蜜腹劍／笑裏藏刀／糖衣砒霜／表裏不一／說一套做一套。

【義反】表裏如一／表裏一致／心口如一／言行一致。

明若觀火

【釋義】像看火一樣的清楚。

【出處】尚書·盤庚上：「予若觀火。」唐·陸贄·奉天論延訪朝臣表：「成敗象行，明若觀火。」

【用法】形容觀察事物十分清楚透徹。

【例句】爲政者的眼光必須**明若觀火**，才能決天下之大疑，去世事之大惑。

【義近】洞若觀火／瞭如指掌／了然於胸。

【義反】霧裏看花／不甚了了／懵懵懂懂／一知半解。

明哲保身

【釋義】明哲：聰明有智慧。

【出處】詩經·大雅·烝民：「既明且哲，以保其身。」白居易·杜佑致仕制：「盡悴事君，明哲保身。」

【用法】指能擇安去危，以保全其身。今也用以形容只顧自身利益而不堅持原則的處世態度。

【例句】在專制社會或動盪的時代裏，文人唯一的辦法就是**明哲保身**，不過問政治。

【義近】獨善其身／潔身自好。

【義反】同流合污。

明恥教戰

【釋義】明恥：使士兵明白什麼是羞恥。教戰：教導士兵怎樣作戰。

【出處】左傳・僖公二二年：「明恥教戰，求殺敵也。」

【用法】表示平日要嚴明軍紀，使士兵以怯懦爲恥而勇於作戰。

【例句】在國防建設中，應該把**明恥教戰**列爲一項重要課程，以加強我軍的戰鬥力。

明效大驗 ㄇㄧㄥˊ ㄒㄧㄠˋ ㄉㄚˋ ㄧㄢˋ

【釋義】效、驗：預期的效果。

【出處】漢書・賈誼傳・陳政事疏：「是非其明效大驗邪？」

【用法】意指效驗十分顯著。

【例句】他的醫術確實高明，我才吃了他三帖藥，就**明效大驗**，血壓降至正常了。

【義近】卓有成效／效果顯著。

【義反】成效不彰／毫無作用。

明珠暗投 ㄇㄧㄥˊ ㄓㄨ ㄢˋ ㄊㄡˊ

【釋義】明珠：閃閃發光的珍珠。暗投：扔到暗處。暗，一作「闇」。

【出處】司馬遷・史記・鄒陽列傳：「明月之珠，夜光之璧，以闇投人於道路，人無不按劍相眄者，何則？」

【用法】比喻有才能的人得不到重視，也比喻珍貴的東西落到了不識貨的人手裏。

【例句】他因爲在這個學校不受重用，且被人輕視，所以常有**明珠暗投**的歎息。

【義近】懷才不遇／蛟龍失水。

【義反】如魚得水／蛟龍得水／大鵬展翅。

明珠彈雀 ㄇㄧㄥˊ ㄓㄨ ㄊㄢˊ ㄑㄩㄝˋ

【釋義】以明珠爲彈丸去射鳥雀。明珠：夜明珠。

【出處】揚雄・太玄・唐：「明珠彈於飛肉，其得不復。」宋・邵伯溫・聞見前錄卷六：「將明珠而彈雀，所得者少，所失者多。」

【用法】比喻得不償失。

【例句】爲了這一點蠅頭小利，說破了嘴，耗了大半天，無異是**明珠彈雀**，得不償失。

【義近】得不償失／因小失大／掘室求鼠。

【義反】得大於失／一本萬利。

明眸皓齒 ㄇㄧㄥˊ ㄇㄡˊ ㄏㄠˋ ㄔˇ

【釋義】明亮的眼睛和潔白的牙齒。眸：眼珠。皓：潔白。

【出處】杜甫・哀江頭：「明眸皓齒今何在？血污遊魂歸不得。」

【用法】形容女子的美麗。也代指美女。

【例句】王太太雖然已年過三十，生過兩個孩子，卻依然**明眸皓齒**，光豔照人。

【義近】螓首蛾眉／朱唇皓齒／蛾眉皓齒。

【義反】獐頭鼠目／尖嘴猴腮／長頸鳥喙／鳩形鵠面。

明眸善睞 ㄇㄧㄥˊ ㄇㄡˊ ㄕㄢˋ ㄌㄞˋ

【釋義】明眸：明亮的眼珠子。睞：看，顧盼。

【出處】曹植・洛神賦：「丹唇外朗，皓齒內鮮。明眸善睞，靨輔承權。」

【用法】形容美女眼睛靈活有神，顧盼多情。

【例句】張小姐不僅身材苗條，姿態優美，且**明眸善睞**，令人見了心生愛慕之意。

【義近】媚眼迷人／顧盼生情。

【義反】目光呆滯／雙目無神。

明媒正娶 ㄇㄧㄥˊ ㄇㄟˊ ㄓㄥˋ ㄑㄩˇ

【釋義】明、正：指光明正大。媒：媒人。

【出處】關漢卿・救風塵：「……怎當他搶親的百計虧圖，那裏是明媒正娶，公然的傷風敗俗。」

【用法】表示經過正當手續、正式舉行過婚禮的合法婚姻。

【例句】她是你**明媒正娶**的妻子，你不對她好還能對別人好嗎？

【義近】三媒六聘。

【義反】文君私奔／紅拂夜奔。

明察秋毫 ㄇㄧㄥˊ ㄔㄚˊ ㄑㄧㄡ ㄏㄠˊ

【釋義】察：看出。秋毫：秋天鳥獸身上長的細毛，比喻極微小的東西。形容目光敏銳，任何細小的事物都能看清楚。

【出處】孟子・梁惠王上：「明足以察秋毫之末，而不見輿薪，則王許之乎？」

【用法】用以說明觀察力很強，能不爲假象所欺蒙。

【例句】他遇事能**明察秋毫**，你想在他面前耍花樣，可別打錯了主意！

【義近】洞若觀火／觀察入微／明見萬里。

【義反】不見輿薪。

明察暗訪 ㄇㄧㄥˊ ㄔㄚˊ ㄢˋ ㄈㄤˇ

【釋義】察：仔細地看。訪：詢問，了解。一作「明查暗訪」。

【出處】文康・兒女英雄傳二七回：「他還在那賊去關門，明察暗訪。」

【用法】從明裏細心察看，從暗裏詢問了解。

【例句】警察經過**明察暗訪**，認眞分析研究，終於把這個疑案弄得水落石出了。

【義近】微服走訪。

明槍易躲，暗箭難防 ㄇㄧㄥˊ ㄑㄧㄤ ㄧˋ ㄉㄨㄛˇ，ㄢˋ ㄐㄧㄢˋ ㄋㄢˊ ㄈㄤˊ

【釋義】一作「明槍容易躲，暗箭最難防」，也簡省作「明槍暗箭」。

【出處】元・無名氏・鬧銅臺一折：「聞說燕青能射，原來在此處。明槍易躲，暗箭難防……。」

【用法】說明公開的攻擊容易躲避、對付，暗地裏的攻擊難以防備。

【例句】他這人城府很深，俗話說**明槍易躲，暗箭難防**，你得要特別小心提防才是。

明賞慎罰 ㄇㄧㄥˊ ㄕㄤˇ ㄕㄣˋ ㄈㄚˊ

【釋義】意謂獎賞要嚴明，處罰要慎重。

【出處】漢・荀悅・漢紀・文帝紀下：「興利除害，明賞慎罰，直言極諫，補主之過。」

【用法】形容獎懲嚴明而慎重。

【例句】公司裏的職員不能認眞工作，最重要的原因就是上級沒有眞正做到**明賞慎罰**的工夫。

【義近】賞罰分明／信賞必罰／賞功罰罪／彰善懲惡。

【義反】濫賞濫刑／賞罰不公／罰不當罪／賞罰不明／賞罰無章。

明鏡高懸

【釋義】明鏡：明亮的鏡子，比喻高明的鑑察能力。
【出處】杜甫・洗兵馬詩：「司徒清鑒懸明鏡，尚書氣與秋天香。」
【用法】形容司法人員辦案公正清明，工作非常認眞細心。
【例句】不管怎麼說，現在的司法機關畢竟比古代強多了，眞正做到了**明鏡高懸**、伸張正義的境界。
【義近】高抬明鏡／執法如山／大公無私。
【義反】昏官汚吏／沉冤莫白／六月飛霜。

易子而食

【釋義】相互交換自己的孩子吃。易：換。
【出處】左傳・哀公八年：「楚人圍宋，易子而食，析骸而爨，猶無城下之盟。」
【用法】用以說明人民慘遭天災人禍，在死亡線上掙扎的殘忍作法。
【例句】非洲許多地區旱災連年不斷，再加之烽火連天，窮苦人民已經快到了**易子而食**的悲慘境地。
【義近】易子析骸／析骸而爨。
【義反】虎不食子。

易子而教

【釋義】拿自己的兒子與他人的兒子交換而施教。
【出處】孟子・離婁上：「古者易子而教之，父子之間不責善，責善則離，離則不祥莫大焉。」
【用法】說明交換兒子施教，既可不傷父子之情，又可收到教子成人的效果。
【例句】古人所說的**易子而教**，從今天的教育學與心理學的角度看，同樣是可取的。
【義近】易子施教。

易地而處

【釋義】意謂互易所處的地位。易：交換。
【出處】孟子・離婁下：「禹、稷、顏子，易地則皆然。」
【用法】說明要將心比心，遇事要設身處地爲他人著想。
【例句】你老是責怪我家務事做得少，那我們不妨**易地而處**，我出外賺錢，你來做家務事如何？
【義近】將心比心／設身處地／推己及人。
【義反】唯我是從／固執己見／自以爲是。

易如反掌

【釋義】容易得就像翻一下手掌。反：翻轉。
【出處】枚乘・上書諫吳王：「變所欲爲，易於反掌，安於太山。」
【用法】比喻事情極容易做。
【例句】這件事對你這位有權有勢的人來說，實在是**易如反掌**，你就幫幫他吧！
【義近】輕而易舉／易如拾芥／反掌折枝／反掌之易／探囊取物。
【義反】難於上青天／難上加難／挾山超海／海底撈針。

易如拾芥

【釋義】容易得如同從地上拾取芥菜一樣。拾：揀起。
【出處】文康・兒女英雄傳一八回：「要學『萬人敵』，卻也易如拾芥，只是沒第二條路，惟有讀書。」
【用法】形容事情非常容易辦成功。
【例句】答應幫別人忙之前，不要把任何事都當成**易如拾芥**，不然幫忙不成，反易招人怨恨。
【義近】易如反掌／一蹴可就／手到擒來／唾咄立辦／輕而易舉／探囊取物／不費吹灰之力。
【義反】窒礙難行／困難重重／大海撈針／難如登天。

易簀之際

【釋義】簀：竹篾編成的蓆子。
【出處】禮記・檀弓上：「曾子寢疾，病。……童子曰：『華而睆，大夫之簀與？』……曾子曰：『然，斯季孫之賜也，我未之能易也，元，起易簀。』曾元曰：『夫子之病革矣，不可以變，幸而至旦，請敬易之。』曾子曰：『……吾得正而斃焉斯已矣。』舉扶而易之，反席未安而沒。」
【用法】指人將死。
【例句】老太太自知生命垂危，遂在**易簀之際**交代遺言，不久就平靜安詳地走了。
【義近】彌留之際／大漸彌留／迴光返照／大限已至。

昂昂千里駒

【釋義】昂昂：挺立的樣子。千里駒：能日行千里的良馬。
【出處】屈原・卜居：「寧昂昂若千里之駒乎？將汎汎若水中之鳧乎？」
【用法】用以比喻人志行高超，奮發有爲。
【例句】這位年輕人談吐不凡，志行高超，有如**昂昂千里駒**，將來必大有成就。
【義近】昂首騏驥／人中騏驥。
【義反】汎汎水中鳧／怏怏駑馬。

昂首望天

【釋義】仰頭看天。昂：仰頭。
【出處】蘇軾・和子由次王鞏韻如囊之句可爲一噱詩：「簡書見迫身今老，樽前聞呼首一昂。」
【用法】形容態度傲慢，自高自大。
【例句】像你這樣**昂首望天**、傲氣十足的樣子，誰願意同你接近？
【義近】昂首天外／目中無人／傲世輕物／傲睨一世。
【義反】平易近人／謙沖自牧／大盈若沖／虛懷若谷。

昂首闊步

【釋義】昂首：仰起頭。闊步：大步走。
【出處】蘇軾・和子由次王鞏韻如囊之句可爲一噱詩：「樽前聞呼首一昂。」曹丕・文帝論：「欲使曩時累息之民，得闊步高談。」
【用法】形容人精神振奮，意氣昂揚。
【例句】他們**昂首闊步**地走進會

場，向夾道歡迎的人羣揮手致意。

【義近】高視闊步／神采奕奕／仰首邁步。

【義反】懶精無神／意志消沉。

昏天黑地

【釋義】天地之間一片黑暗。

【出處】郎瑛・七修類稿：「御史初至，則曰驚天動地；過幾月，則曰昏天黑地；去時，則曰寞天寂地。」

【用法】形容天色昏暗，也比喻社會黑暗混亂。

【例句】在那**昏天黑地**的社會裏，有多少無辜人民慘遭迫害，含恨而死。

【義近】暗無天日／天昏地暗／烏雲蔽日。

【義反】日月高懸／陽光普照／光芒萬丈／天朗氣清。

昏定晨省

【釋義】昏定：黃昏時爲父母安定牀衽。晨省：早晨向父母問安。

【出處】禮記・曲禮上：「凡爲人子之禮，冬溫而夏凊，昏定而晨省。」

【用法】指古時子女侍奉父母的日常禮節，表示對父母很孝順。

【例句】現在兒女對於父母雖然無須**昏定晨省**，但敬老養老仍是應盡的責任。

【義近】晨昏定省。

【義反】忤逆不孝／目無尊長。

昏昏沉沉

【釋義】昏沉：昏亂迷糊。重疊爲「昏昏沉沉」有強化語意的作用。

【出處】王實甫・西廂記第四本三折：「有甚麼心情花兒、靨兒，打扮得嬌嬌滴滴的媚；準備著被兒、枕兒，則索昏昏沉沉的睡。」

【用法】形容頭腦迷糊，神志不清。

【例句】這幾天瑣碎的事太多，弄得我一天到晚**昏昏沉沉**的，眞想好好地睡一覺。

【義近】迷迷糊糊／昏頭昏腦／暈頭轉向。

【義反】清清楚楚／神清志爽／神清氣爽／清晰明白。

昏昏欲睡

【釋義】昏昏沉沉只想睡覺。

【出處】蒲松齡・聊齋誌異・賈奉雉：「未至終篇，昏昏欲睡，心惶惑無以自主。」

【用法】形容人精神萎靡不振或非常疲倦。

【例句】他最近感冒，吃了藥之後整天都**昏昏欲睡**的。

【義近】無精打采／半死不活／死氣沉沉／疲憊不堪／暮氣沉沉。

【義反】精神煥發／昂首闊步／生氣勃勃／生龍活虎／朝氣蓬勃。

昏頭昏腦

【釋義】意謂頭腦不清醒。

【出處】吳承恩・西遊記七二回：「卻說八戒跌得昏頭昏腦……爬將起來，忍著痛，找回原路。」

【用法】形容人糊里糊塗，迷亂不清。

【例句】你們在家裏吵翻天，弄得我**昏頭昏腦**的，眞不知如何是好。

【義近】暈頭轉向。

【義反】神清氣爽／清晰明白。

昏鏡重明

【釋義】黯然無光的銅鏡重顯光亮。昏：暗。鏡：指古人用的銅鏡。

【出處】元・無名氏・神奴兒四折：「今日投至見大人，似那撥雲見日，昏鏡重明。」

【用法】比喻重見光明。

【例句】新官上任，吏治清明許多，那些昔日遭受冤屈的人得以無罪釋放，眞有如**昏鏡重明**一般。

【義近】昏鏡重磨／撥雲見日／重見天日／重睹青天／重見光明。

【義反】覆盆之下／暗無天日／長夜難明／不見天日／天昏地暗。

五畫

春山如笑

【釋義】春天的山好像在微笑。

【出處】宋・郭熙・山水訓：「眞山水之煙嵐，四時不同：春山澹冶而如笑，夏山蒼翠而如滴，秋山明淨而如妝，冬山慘淡而如睡。」

【用法】形容春天山色的嫵媚景象。

【例句】每到春天，杭州西湖沿岸**春山如笑**，與湖面旖旎風光相輝映，顯得特別的嬌豔明媚，令人流連忘返。

【義近】春山如畫／春和景明。

【義反】枯木寒林／雨絲風片／蕭颯秋色／秋風秋雨。

春去秋來

【釋義】春天過去，秋天到來。

【出處】明・劉基・大堤曲：「春去秋來年復年，生歌死哭長相守。」

【用法】形容時光流逝。

【例句】時光過得眞快，**春去秋來**，一年又過去了。

【義近】春秋代謝／星移斗轉／物換星移。

【義反】亙古不移。

春光明媚

【釋義】春光：春天的景致。明媚：指景物鮮明可愛。

【出處】元・宋方壺・鬥鵪鶉・踏青套曲：「時遇著春光明媚，人賀豐年，民樂雍熙。」

【用法】形容春天的景物豔麗美好。

【例句】秋去冬殘，不知不覺又到了**春光明媚**的好時節了。

【義近】春色滿園／春光旖旎／桃李爭豔／春色宜人／春和景明。

【義反】落花流水／秋風蕭瑟／冰天雪地／落葉知秋／花殘月缺。

春色惱人

【釋義】惱：煩惱。

【出處】王安石・夜直詩：「金爐香盡漏聲殘，剪剪輕風陣陣寒，春色惱人眠不得，月移花影上欄杆。」

【用法】意謂春天的景色太美，反而令人煩惱。

【例句】春風拂面，滿園桃李盛開，景致優美，睹物思人，反而興起**春色惱人**之感。

春和景明（ㄔㄨㄣ ㄏㄜˊ ㄐㄧㄥˇ ㄇㄧㄥˊ）

【釋義】春光和煦，景物明麗。
【出處】宋・范仲淹・岳陽樓記：「至若春和景明，波瀾不驚。」
【用法】形容春天氣候宜人，風光明麗，令人賞心悅目。
【例句】當此**春和景明**的時節，應返鄉看望親友，順便遊覽名勝古蹟。
【義近】風和日麗／良辰美景／花朝月夕／春暖花開／風恬日暖／風和日暖。
【義反】凄風苦雨／風刀霜劍／瘴雨蠻煙／疾風暴雨／風吹雨打／暴風驟雨。

春花秋月（ㄔㄨㄣ ㄏㄨㄚ ㄑㄧㄡ ㄩㄝˋ）

【釋義】春天的鮮花，秋天的明月。
【出處】李煜・虞美人：「春花秋月何時了？往事知多少！」
【用法】用以指最美好的時光與景物。
【例句】人的一生中，最難忘懷的莫過於**春花秋月**的少年歲月。
【義近】良辰美景／秋風春月／春和景明／花好月圓。
【義反】衰颯秋色／彤雲密布／秋風秋雨／花殘月缺。

春雨貴如油（ㄔㄨㄣ ㄩˇ ㄍㄨㄟˋ ㄖㄨˊ ㄧㄡˊ）

【釋義】春天的雨水像油一般的可貴。
【出處】道原・景德傳燈錄卷一：「春雨一滴滑如油。」
【用法】形容春雨對農作物十分有利，故特別可貴。
【例句】昨天下了一場春雨，那些低垂的禾苗變得挺拔起來，眞是**春雨貴如油**啊！
【義近】及時雨。

春秋正富（ㄔㄨㄣ ㄑㄧㄡ ㄓㄥˋ ㄈㄨˋ）

【釋義】春秋：在此引申爲年齡。富：作「壯」解。
【出處】晉書・陶侃傳：「陛下春秋尚富。」弘一法師・與李芳遠書：「仁者春秋正富，而又聰明過人，望自此起，多種善根，精勤修持，當來爲人類導師，圓成朽人遺願。」見晚晴山房書簡。
【用法】年紀正當壯盛之年。
【例句】三、四十歲的人**春秋正富**，也是創業的時機，千萬不可耽於逸樂，只知醉生夢死。
【義近】春秋鼎盛／風華正茂。
【義反】行將就木／風燭殘年／日薄西山。

春秋筆削（ㄔㄨㄣ ㄑㄧㄡ ㄅㄧˇ ㄒㄩㄝ）

【釋義】春秋：在此指一年中發生的事。筆：書寫記載。削：刪去，不記載。
【出處】司馬遷・史記・孔子世家：「孔子爲春秋，筆則筆，削則削。」晉書・皇甫謐傳：「留情筆削，敦悅丘墳。」
【用法】孔子作《春秋》，因事垂法，或詳或略，或書或削，皆有微言大義寓乎其間，深具褒貶之意。
【例句】史官編纂國家大事，應效法孔子作《春秋》的精神，寓以**春秋筆削**，絕不可畏懼權勢，擅改歷史。
【義近】微言大義。

春秋鼎盛（ㄔㄨㄣ ㄑㄧㄡ ㄉㄧㄥˇ ㄕㄥˋ）

【釋義】春秋：指年齡。鼎盛：正處於興盛或強壯之時。鼎：正當。
【出處】漢・賈誼・新書・宗首：「天子春秋鼎盛，行義未過，德澤有加焉……。」
【用法】指人年富力強，精力充沛。
【例句】他不僅肯努力，又正值**春秋鼎盛**之年，想必將有一番作爲。
【義近】富於春秋／年富力強／年輕力壯／風華正茂／生龍活虎／正當茂齡。
【義反】年老力衰／頭童齒豁／風中殘燭／老態龍鍾／未老先衰／秋風殘葉。

春風化雨（ㄔㄨㄣ ㄈㄥ ㄏㄨㄚˋ ㄩˇ）

【釋義】指適宜於草木生長的風雨。化雨：促使草木生長的及時雨。
【出處】孟子・盡心上：「有如時雨化之者。」文康・兒女英雄傳三七回：「驥兒承老夫子的春風化雨，遂令小子成名。」
【用法】比喻良好的教育，也用以稱頌師長的教誨。
【例句】魏老師對學生總是循循善誘，使我們感到有如**春風化雨**，受益匪淺。
【義近】細雨潤物／諄諄教誨。
【義反】誤人子弟。

春風風人（ㄔㄨㄣ ㄈㄥ ㄈㄥˋ ㄖㄣˊ）

【釋義】春風吹拂著人。後「風」字用作動詞，吹拂，引申爲感化、教化。
【出處】劉向・說苑・貴德：「吾不能以春風風人，以夏雨雨人，吾窮必矣。」
【用法】比喻給人以教益或幫助。也比喻恩澤普及於羣眾。
【例句】你的這番教誨有如**春風風人**，我將銘記於心，沒齒不忘。
【義近】夏雨雨人／春風夏雨／循循善誘。

春風得意（ㄔㄨㄣ ㄈㄥ ㄉㄜˊ ㄧˋ）

【釋義】沐浴著春風，得意非凡。形容考中進士後的得意心情，也用以指考中進士。
【出處】孟郊・登科後詩：「春風得意馬蹄疾，一日看盡長安花。」
【用法】形容職位升遷順利，也用以形容考試被錄取或事情辦成功後的欣喜之態。
【例句】他在官場上可算是**春風得意**了，沒幾年就由副科長升到了局長。
【義近】得意揚揚／揚揚自得／志得意滿。
【義反】悶悶不樂／鬱鬱寡歡／書空咄咄。

春宵一刻值千金（ㄔㄨㄣ ㄒㄧㄠ ㄧˊ ㄎㄜˋ ㄓˊ ㄑㄧㄢ ㄐㄧㄣ）

【釋義】春宵：指歡樂的時光。一刻：時間很短。
【出處】蘇軾・春夜詩：「春宵一刻值千金，花有清香月有陰，歌管樓臺聲細細，鞦韆院落夜沉沉。」何典第四回：「正是春宵一刻值千金，那些翻雲覆雨的勾當，果然被六事鬼料著，與活鬼大不相同。」

【用法】歡樂的時光非常寶貴，即便是很短的一刻時間也值千金。多指洞房花燭夜。

【例句】**春宵一刻值千金**，人家正當新婚燕爾，你半夜前去造訪，豈不大煞風景。

【義近】春宵苦短／良宵易逝。

春宵苦短（ㄔㄨㄣ ㄒㄧㄠ ㄎㄨˇ ㄉㄨㄢˇ）

【釋義】春宵：春天的夜晚，指美好的時光。苦：惱恨。

【出處】白居易・長恨歌：「雲鬢花顏金步搖，芙蓉帳暖度春宵。春宵苦短日高起，從此君王不早朝。」

【用法】形容歡樂時光易於消逝。多用於情侶恩愛相聚，難捨難分。

【例句】**春宵苦短**，良辰易逝，既然能結成夫妻，何不珍惜共有的時光？

【義近】鵲橋之會／佳期何許／良宵易逝。

【義反】朝夕相處／形影不離／日日相伴。

春蚓秋蛇（ㄔㄨㄣ ㄧㄣˇ ㄑㄧㄡ ㄕㄜˊ）

【釋義】像春天蚯蚓和秋天蛇的行跡那樣彎曲。

【出處】晉書・王羲之傳論：「行行若縈春蚓，字字如綰秋蛇。」蘇軾・和流杯石上草書小詩：「蜂腰鶴膝嘲希逸，春蚓秋蛇病子雲。」

【用法】比喻書法拙劣。

【例句】他寫的字有如**春蚓秋蛇**，卻還想當書法家，眞是太沒有自知之明了吧！

【義近】信手塗鴉／字跡潦草。

【義反】筆走龍蛇／遊雲驚龍／矯若遊龍／龍飛鳳舞。

春深似海（ㄔㄨㄣ ㄕㄣ ㄙˋ ㄏㄞˇ）

【釋義】意謂春色像大海一樣深廣。

【出處】文康・兒女英雄傳三〇回：「這屋裏那塊四樂堂的匾，可算掛定了。不然，這春深似海的屋子，也就難免欲深似海。」

【用法】形容大地充滿了明媚的春光。

【例句】到處都是一片鳥語花香，鬱鬱蔥蔥的景致，眞是**春深似海**啊！

【義近】大地回春／萬紫千紅／百花齊放／滿園春色。

【義反】冰天雪地／一葉知秋／秋高氣爽／寒風侵肌／落英繽紛。

春寒料峭（ㄔㄨㄣ ㄏㄢˊ ㄌㄧㄠˋ ㄑㄧㄠˋ）

【釋義】料峭：形容寒風。

【出處】蘇軾・定風波詞：「料峭春風吹酒醒，微冷。山頭斜照卻相迎。」又「春風料峭羊角轉」，「漸覺春風料峭寒」。

【用法】意指冬去春來之際，早晚仍相當寒冷。

【例句】初春的陽明山風景優美，杜鵑怒放，但是如果遇到下雨，仍有**春寒料峭**的感覺，因此，要隨身攜帶衣物，以免感冒。

春華秋實（ㄔㄨㄣ ㄏㄨㄚˊ ㄑㄧㄡ ㄕˊ）

【釋義】春天開花，秋天結果。華：古「花」字。實：果實。

【出處】顏之推・顏氏家訓・勉學：「夫學者，猶種樹也，春玩其華，秋登其實。講論文章，春華也；修身利行，秋實也。」

【用法】原比喻文采與德行的關係，現比喻讀書、事業有成果。

【例句】**春華秋實**，他早年那樣勤奮向學，現在在科學研究上碩果累累，自是理所當然。

【義近】開花結果／銜花佩實／幼學壯成。

【義反】開花無果／白首空歸／老大無成。

春意闌珊（ㄔㄨㄣ ㄧˋ ㄌㄢˊ ㄕㄢ）

【釋義】春意：春天的氣象。闌珊：將盡，衰落。

【出處】李煜・浪淘沙令：「簾外雨潺潺，春意闌珊。羅衾不耐五更寒。夢裏不知身是客，一餉貪歡。」

【用法】指春天就要過去了。

【例句】畢竟已是暮春三月，**春意闌珊**，多愁善感的她，又開始傷春悲秋了。

【義近】春事闌珊／落英繽紛。

【義反】春暖花開／大地回春／滿園春色／鳥語花香／百花齊放／桃李爭妍。

春暖花開（ㄔㄨㄣ ㄋㄨㄢˇ ㄏㄨㄚ ㄎㄞ）

【釋義】春天氣候暖和，百花盛開。

【出處】余繼登・典故紀聞卷一三：「後又雜植四方所貢奇花異木於其中，每春暖花開……賞宴。」

【用法】形容景色美好，也比喻良好的環境和時機。

【例句】現在正是**春暖花開**的時節，陽明山上的遊客絡繹不絕。

【義近】春江花月／花好月圓／良辰美景。

【義反】日星隱耀／花殘月缺／衰颯之景。

春夢無痕（ㄔㄨㄣ ㄇㄥˋ ㄨˊ ㄏㄣˊ）

【釋義】春夢：好夢。無痕：沒有痕跡。

【出處】蘇軾・與潘郭二生出郊尋春：「人似秋鴻來有信，事如春夢了無痕。」

【用法】形容事情過得很快或世事多變化，且又了無痕跡。

【例句】歡樂的時光一去不回，到如今**春夢無痕**，也無從追憶。

【義近】一場春夢／南柯一夢／黃粱一夢。

春樹暮雲（ㄔㄨㄣ ㄕㄨˋ ㄇㄨˋ ㄩㄣˊ）

【釋義】春樹：春天的樹木。暮雲：日暮時的雲彩。

【出處】杜甫・春日憶李白詩：「渭北春天樹，江東日暮雲；何時一樽酒，重與細論文。」渭北：杜甫所居之地。江東：李白居所。

【用法】在此藉雲和樹相距遙遠以描寫相思之情，引申爲思念遠方的友人。

【例句】老王赴美留學，我們多年未見，在此唯有寄語**春樹暮雲**，祝他早日學成歸國。

春歸人老（ㄔㄨㄣ ㄍㄨㄟ ㄖㄣˊ ㄌㄠˇ）

【釋義】美貌消失，人已老了。春：春光，喻花容月貌。

【出處】度柳翠三折：「只怕你春歸人老，花殘月缺，樹倒根摧。」

【用法】指女人青春已過，花容

月貌消失了。
【例句】在**春歸人老**且繁華落盡時，她仍然雍容典雅地散發出不凡的風采。
【義近】人老珠黃／徐娘半老／年華老去。
【義反】豆蔻年華／二八年華／破瓜之年／花樣年華。

春蘭秋菊（ㄔㄨㄣ ㄌㄢˊ ㄑㄧㄡ ㄐㄩˊ）

【釋義】春天的蘭花，秋天的菊花，各有佳勝。
【出處】楚辭・屈原・九歌・禮魂：「春蘭兮秋菊，長無絕兮終古。」顏師古・隋遺錄：「春蘭秋菊，各一時之秀也。」
【用法】多用以比喻人或物各極一時之勝。
【例句】唐詩、宋詞、元曲，有如**春蘭秋菊**，各當其時，極盡其繁榮優美之境。
【義反】枯木寒林／花殘月缺／雨絲風片。

春露秋霜（ㄔㄨㄣ ㄌㄨˋ ㄑㄧㄡ ㄕㄨㄤ）

【釋義】露：露水。霜：霜霰。春天有露水，寒秋有降霜。
【出處】禮記・祭義：「霜露既降，君子履之，必有悽愴之心，非其寒之謂也。春，雨露既濡，君子履之，必有怵惕之心，如將見之。」北史・袁翻傳：「皇上以叡明纂御，風清化遠，威厲秋霜，惠霑春露。」
【用法】本意是指春、秋兩季按時致祭，後將春露喻為恩澤，秋霜有肅殺之氣，因此比喻為恩威並行。
【例句】①我國歷代的皇帝，都舉行**春露秋霜**兩祭，儀式隆重。②乾隆皇深諳**春露秋霜**的治國之道，馭下恩威並行，因此國勢昌盛。
【義近】雷霆雨露／恩威並行／寬猛並濟。
【義反】有功不賞，有過不罰／賞罰無度。

昧旦晨興（ㄇㄟˋ ㄉㄢˋ ㄔㄣˊ ㄒㄧㄥ）

【釋義】意謂天未亮就起來。昧旦：天尚未明的時候。興：起。
【出處】詩經・鄭風・女曰雞鳴：「女曰雞鳴，士曰昧旦。」晉書・簡文帝紀：「何嘗不昧旦晨興，夜分忘寢。」
【用法】用以形容人勤勉操勞。
【例句】勞心者治人，勞力者治於人，勞心者**昧旦晨興**，宵衣旰食，備極辛勤。
【義近】早出晚歸／夙興夜寐／宵衣旰食。
【義反】飽食終日／無所用心／游手好閒／好逸惡勞。

昧地謾天（ㄇㄟˋ ㄉㄧˋ ㄇㄢˊ ㄊㄧㄢ）

【釋義】意謂瞞騙天地。謾：欺騙。
【出處】金・侯善淵・酹江月：「昧地謾天，多能巳會，以巧翻為拙。」
【用法】指昧著良心隱瞞真實情況，以謊言騙人。
【例句】他遇事總是**昧地謾天**的，就是在自己妻子面前也從不說實話。
【義近】昧天瞞地／欺天瞞地／瞞天席地／欺上瞞下。
【義反】不愧不怍／明人不做暗事／不欺暗室／光明正大／光明磊落／嶔崎磊落／俯仰無愧。

是可忍孰不可忍（ㄕˋ ㄎㄜˇ ㄖㄣˇ ㄕㄨˊ ㄅㄨˋ ㄎㄜˇ ㄖㄣˇ）

【釋義】這樣都可以忍受，還有哪樣不可以忍受。是：此。孰：何，誰。
【出處】論語・八佾：「孔子謂季氏八佾舞於庭，是可忍也，孰不可忍也？」
【用法】指事情惡劣或受侮辱到絕對不可容忍的地步。
【例句】你竟然當眾侮辱我，**是可忍孰不可忍**，我絕饒不了你！
【義近】無可容忍／忍無可忍。
【義反】一忍再忍／忍氣吞聲／唾面自乾。

是古非今（ㄕˋ ㄍㄨˇ ㄈㄟ ㄐㄧㄣ）

【釋義】是古：以古事為是。是：對、正確。非今：以今事為非。非：不對、不正確。
【出處】漢書・元帝紀：「宣帝作色曰：『……且俗儒不達時宜，好是古非今，使人眩於名實，不知所守，何足委任。』」
【用法】指肯定古人古事，否定今人今事的錯誤言行。
【例句】古今時代不同，社會差異甚大，對人事都要作具體分析，不能不分青紅皂白地採取**是古非今**的態度。
【義近】厚古薄今／頌古非今／泥古非今。
【義反】厚今薄古／貴今賤古／是今非古。

是非不分（ㄕˋ ㄈㄟ ㄅㄨˋ ㄈㄣ）

【釋義】意即不分是與非。
【出處】淮南子・修務訓：「正領而誦之，此見是非之分不明。」漢・王褒・四子講德論：「好惡不形，則是非不分。」
【用法】指分辨不出或不願意分辨正確與錯誤。
【例句】你不能這樣**是非不分**，明明是他不對，你怎能怪罪於我呢？
【義近】好壞不分／善惡不分／皂白不分。
【義反】是非分明／黑白分明／涇渭分明。

是非之心（ㄕˋ ㄈㄟ ㄓ ㄒㄧㄣ）

【釋義】分辨是非（正確與錯誤）的思想與能力。
【出處】孟子・告子上：「惻隱之心，人皆有之；羞惡之心，人皆有之；恭敬之心，人皆有之；是非之心，人皆有之。」
【用法】今多用以指能辨別是非、褒貶得失的心意。
【例句】你這個人怎麼連最起碼的**是非之心**都沒有，他說的明明是錯的，你卻絲毫不加以反駁。
【義近】善惡之心。

是非分明（ㄕˋ ㄈㄟ ㄈㄣ ㄇㄧㄥˊ）

【釋義】分明：清楚。
【出處】漢書・楚元王傳：「故賢聖之君，博觀終始，窮極事情，而是非分明。」
【用法】指正確的和錯誤的分得非常清楚。
【例句】他一向**是非分明**，敢作敢當，今天不知為何竟噤若寒蟬？
【義近】黑白分明／愛憎分明／

是非分明／涇渭分明。

【義反】是非不分／清濁不分／賢愚不分／以偏概全／是非顛倒／混淆是非。

是非只爲多開口

【釋義】意謂話多會招來是非。

【出處】陳元靚・事林廣記・人事類下：「是非只爲多開口，煩惱皆因強出頭。」

【用法】用以說明盡量少說話，以免惹是非、生災禍。

【例句】**是非只爲多開口**，何必一天到晚喋喋不休地說個不停，難道你就不怕招惹是非嗎？

【義近】言多必失／言多招禍／多言賈禍／禍從口出。

是非曲直

【釋義】曲直：彎的與直的，喻無理與有理。

【出處】漢・王充・論衡・說日篇：「二論各有所見，故是非曲直未有所定。」

【用法】泛指正確與錯誤，有理與無理。

【例句】這件事我一定要親自過問，分清**是非曲直**，否則人心不服，其他事就無法再進行了。

【義近】青紅皂白／清渾皂白／緣由始末／眞假虛實／孰是孰非／孰對孰錯。

【義反】撲朔迷離／混沌未開／模模糊糊。

是非自有公論

【釋義】是非：對錯。公論：公眾的評論。

【出處】劉義慶・世說新語・品藻：「又問：『何者是？』王曰：『噫！其自有公論。』」

【用法】對於事情的是非曲直，大家自會做出恰當的評判。

【例句】**是非自有公論**，我們又何必爲此爭來爭去，徒傷感情呢？

【義近】公理自在人心。

【義反】自抒己見／據理力爭／不由分說／孤行己見。

是是非非

【釋義】是是：肯定正確的。前「是」字用作動詞。非非：否定錯誤的。前「非」字用作動詞。

【出處】荀子・修身：「是是非非謂之知，非是是非謂之愚。」漢・王充・論衡・答佞：「是是非非，實名俱立。」

【用法】能辨別是非好壞。現也指各種各樣的正確與錯誤。

【例句】①我太太讀書雖不多，但治家有方，處事合理，**是是非非**，深得家人喜愛。②我現在一天到晚忙得不可開交，哪還有閒工夫去管你們那些**是是非非**。

【義近】對對錯錯／恩恩怨怨／好好壞壞。

【義反】顛倒是非／不分青紅皂白／清濁不分。

昭然若揭

【釋義】昭然：明顯、明白的樣子。揭：揭開，或解釋爲「高舉」。

【出處】吳棠・杜詩鏡銓序：「而杜公眞切深厚之旨，益昭然若揭焉。」

【用法】形容事物眞相畢露，明白清楚。

【例句】現在事情已**昭然若揭**，你還想抵賴嗎？

【義近】昭昭若揭／眞相大白／昭然在目。

【義反】遮人耳目／隱隱約約。

映月讀書

【釋義】映月：照著月光。

【出處】南史・江泌傳載：南齊江泌，夜映月光讀書，月光斜，則握卷升屋；睡極墮地，則更登。

【用法】利用月光讀書，形容極其好學。

【例句】我國歷史上有許多貧而好學的學子，其**映月讀書**的精神值得我們敬佩。

【義近】囊螢映雪／鑿壁偷光／懸梁刺股。

【義反】得過且過／醉生夢死／玩歲愒時。

映雪讀書

【釋義】映雪：照著雪光。

【出處】廖用賢・尙友錄：「晉孫康，京兆人。性敏好學；家貧，燈無油，於冬月嘗映雪讀書。」

【用法】藉著雪光讀書，比喻非常好學。

【例句】孫康年幼時，家境貧寒，奮而好學，**映雪讀書**，成名後傳爲美談。

【義近】映月讀書／鑿壁偷光／牛角掛書／韋編三絕。

【義反】一暴十寒／虛度年華／居諸坐誤／醉生夢死。

星月交輝

【釋義】交：互相。輝：光輝。

【出處】羅貫中・三國演義六回：「堅歸寨中，是夜星月交輝，乃按劍露坐，仰觀天文。」

【用法】星星和月亮的光芒互相輝映。

【例句】明天是中秋節，我們都希望有一個**星月交輝**的夜晚，可以去郊外賞月。

【義近】星月爭輝。

【義反】星月無光。

星火燎原

【釋義】一點火星能燒遍原野。燎：焚燒。原：原野。

【出處】尙書・盤庚上：「若火之燎於原，不可嚮邇。」

【用法】原比喻小事可以釀成大變，今多用以比喻開始時弱小的新生事物有廣闊的發展前途。

【例句】太空事業雖還處於起步階段，但**星火燎原**，將來一定能成爲偉大的事業。

【義近】蟻穴潰堤／滴水成河。

星行夜歸

【釋義】星行：像流星一樣的趕路。

【出處】漢・應劭・風俗通・十反：「同產子作客殺人繫獄，望自劾去，星行夜歸……。」

【用法】形容兼程疾行，連夜歸來。

【例句】他一接到母親去世的噩耗，便**星行夜歸**地趕回家奔喪去了。

【義近】星夜而歸／星行電征／兼程並進／馬不停蹄／快馬加鞭／飛馬揚鞭。

【義反】步履蹣跚／姍姍遲歸／慢條斯理／走走停停。

星星之火（ㄒㄧㄥ ㄒㄧㄥ ㄓ ㄏㄨㄛˇ）

【釋義】星星點點的火頭。星星：一丁半點，形容微小。

【出處】明．朱國禎．涌幢小品．僧道之妖：「至癸卯妖書事發，若從歸德之言，星星之火，勺水可滅。」

【用法】用以比喻微小的事物。

【例句】千萬不要小看**星星之火**，若不及時撲滅，是有可能釀成大災禍的。

【義近】秋毫之末／太倉稊米／滄海一粟／薄物細故／太倉一粟／九牛一毛。

【義反】極天標地／碩大無朋／龐然大物。

星移斗轉（ㄒㄧㄥ ㄧˊ ㄉㄡˇ ㄓㄨㄢˇ）

【釋義】星斗變動位置。斗：北斗星。

【出處】喬夢符．兩世姻緣二折：「他便眼巴巴簾下等，直等到星移斗轉二三更。」

【用法】指季節或時間的變化。

【例句】日往月來，**星移斗轉**，不知不覺這一年又過去了。

【義近】寒來暑往／春秋代序／參橫斗移／物換星移。

星落雲散（ㄒㄧㄥ ㄌㄨㄛˋ ㄩㄣˊ ㄙㄢˋ）

【釋義】像星星墜落，像雲彩飄散。

【出處】吳承恩．西遊記五六回：「這大聖把金箍棒幌一幌，碗來粗細，把那夥賊打得星落雲散。」

【用法】形容七零八落的樣子。

【例句】我軍僅出動了一個連，就把那羣武裝暴徒打得**星落雲散**，七葷八素的了。

【義近】星離雲散／星離雨散／七零八落／殘缺不全／紊亂不堪。

【義反】五合六聚／獸聚鳥集／井然有序／櫛比鱗次／有條有理。

星馳電發（ㄒㄧㄥ ㄔˊ ㄉㄧㄢˋ ㄈㄚ）

【釋義】像流星飛馳，像閃電激發。

【出處】周書．段永傳：「此賊既無城柵，唯以寇抄為資：若星馳電發，出其不虞，精騎五百，自足平殄。」

【用法】形容快速敏捷地採取行動，辦理事情。

【例句】一旦發現歹徒行蹤，就應**星馳電發**般地出擊，儘速將他們逮捕歸案。

【義近】星馳電走／星飛電馳／星行電征／迅雷不及掩耳／猝不及防／十萬火急／急如星火。

【義反】老牛破車／蝸行牛步／鵝行鴨步／慢條斯理／不慌不忙／不急不徐。

星羅棋布（ㄒㄧㄥ ㄌㄨㄛˊ ㄑㄧˊ ㄅㄨˋ）

【釋義】像天空的星星和棋盤上的棋子那樣分布著。羅：羅列。一作「星羅雲布」。

【出處】班固．西都賦：「列卒周帀，星羅雲布。」

【用法】形容數量很多，分布很廣。

【例句】這一帶山區，小水庫**星羅棋布**，所以當地農產收入頗豐。

【義近】鱗次櫛比／比比皆是／滿山遍野。

【義反】一星半點／寥寥無幾／寥若晨星。

六畫

時不可失（ㄕˊ ㄅㄨˋ ㄎㄜˇ ㄕ）

【釋義】時機不可失掉。失：失掉，錯過。

【出處】尚書．泰誓上：「時哉弗可失。」國語．晉語：「時不可失，喪不可久。」

【用法】指辦事要抓住良機，不可錯過或失掉。

【例句】機會難逢，**時不可失**，現在去泰國投資正當其時，你就趕快做出決定吧！

【義近】機不可失／時不再來／稍縱即逝／時不我待。

【義反】機遇可期／去而復來／來日方長。

時不再來（ㄕˊ ㄅㄨˋ ㄗㄞˋ ㄌㄞˊ）

【釋義】時：時光，也指時機。

【出處】左丘明．國語．越語下：「得時無怠，時不再來。」

【用法】用以說明時光、機會一去不復返，必須充分抓緊、利用時機。

【例句】人生短暫，**時不再來**，聰明人就應把握時間努力進取，以免老大徒傷悲。

【義近】時不可失／機不再來／時不我待／時不我與。

【義反】機遇可期／去而復來／來日方長。

時不我待（ㄕˊ ㄅㄨˋ ㄨㄛˇ ㄉㄞˋ）

【釋義】時光不會等待我們。我待：待我，「我」為「待」的賓語，提前。

【出處】秋瑾．贈蔣鹿珊先生言志且為他日成功之鴻爪也：「事機一失應難再，時乎時乎不我待！」

【用法】用以指要把握時間奮發圖強。

【例句】我們都已是三十幾歲的人了，**時不我待**，絕不能再這樣糊里糊塗地過日子了。

【義近】只爭朝夕／機不可失／時不再來／時不可失。

【義反】來日方長／機遇尚多。

時乖運蹇（ㄕˊ ㄍㄨㄞ ㄩㄣˋ ㄐㄧㄢˇ）

【釋義】時：時機，機緣。乖：乖違。蹇：不順利。

【出處】京本通俗小說．錯斬崔寧：「到得（劉）君薦手中，卻是時乖運蹇，先前讀書，後來看看不濟，卻去改業做生意。」

【用法】指時運不佳，處境困難不順利。

【例句】李先生因得罪了上司，丟了工作，最近家裏又發生了一連串的不幸，眞是**時乖運蹇**啊！

【義近】時乖命蹇／時乖運拙／時運不濟／生不逢時。

【義反】時運亨通／時來運轉／好運當頭／一路福星／福星高照。

時來運轉（ㄕˊ ㄌㄞˊ ㄩㄣˋ ㄓㄨㄢˇ）

【釋義】時機來了，運氣也好轉。一作「時來運旋」。

【出處】王玉峰．焚香記．相訣：「問何年是你的時來運旋！」

【用法】用以說明厄運過去，時運好轉，情況向好的方面變化。

【例句】俗語說：「三十年風水輪流轉。」一個人不可能永遠處於厄運，總有**時來運轉**的時候。

【義近】由剝而復／柳暗花明／雲清霧散／撥雲見日／否極泰來／枯樹逢春／黍穀生春。

【義反】時運不濟／時乖運蹇／生不逢時。

時和年豐

【釋義】時世安定，五穀豐收。

【出處】詩經・小大雅譜・疏：「萬物盛多，人民忠孝，則致時和年豐，故次華黍，歲豐宜黍稷也。」

【用法】用以稱頌太平盛世。

【例句】在**時和年豐**的太平盛世中，人民很難體會過去先民三餐難濟的困苦歲月。

【義近】五穀豐登／國泰年豐／風調雨順。

【義反】凶年饑歲／戰火紛飛／天災人禍。

時雨之化

【釋義】時雨：及時雨。

【出處】孟子・盡心上：「君子之所以教者五，有如時雨化之者。」

【用法】比喻實行教化。

【例句】一個好的老師，教導學生循循善誘，有如**時雨之化**，學生們自然樂而好學。

【義近】時雨春風／如沐春風。

【義反】教導無方。

時雨春風

【釋義】乾旱時及時下的雨叫做時雨，猶言甘霖、膏雨。

【出處】禮記・月令：「時雨將降，下水上騰。」袁枚・再答尹公書：「倘節屆清明，此身與草木同茂。定當先詣平原，領略時雨春風，以捐除宿疾也。」

【用法】用以比喻老師完美的教誨，如應時的雨，亦如春風風人。

【例句】老師對我們的教導之恩，有如**時雨春風**，一生受用無窮。

【義近】春風化雨／春風廣被／化雨均霑。

時望所歸

【釋義】時望：在當時有威信、聲望的人。所歸：人們的歸向。

【出處】晉書・阮籍傳：「卿時望所歸，今欲屈卿同受顧托。」

【用法】指某人在當時聲望甚高，為世人所敬仰。

【例句】這位老將軍不僅戰果累累，且說話行事極富影響力，是一位**時望所歸**的人物。

【義近】眾望所歸／眾星捧月／德高望重／眾星捧月／眾星拱北／眾星拱辰。

【義反】眾矢之的／舟中敵國／獨夫民賊／千夫所指／眾叛親離／眾口交攻。

時異事殊

【釋義】時間不同，事情也會隨之而有差異。殊：不同，有差異。

【出處】唐・陸贄・奉天論延訪朝臣表：「尚恐議者曰：『時異事殊。』臣請復為陛下粗舉近效之尤章者以辯焉。」

【用法】指事物隨著時間的改變而發生變化。

【例句】**時異事殊**，我們也應該順應時勢，調整自己的腳步，以避免可能發生的錯誤。

【義近】時異勢殊／時移勢遷／事易時移。

【義反】一成不變／萬古不變／亙古不移。

時移世易

【釋義】易：變。

【出處】梁書・侯景傳：「假使日往月來，時移世易，門無強蔭，家有幼孤，猶加璧不遺，分宅相濟，無忘先德，以恤後人。」

【用法】指世事隨著時光的推移而不斷改變。

【例句】**時移世易**，這是社會發展的規律，所以我們的思想也要跟得上時代潮流才是。

【義近】時移世變／時移世異／時異事殊。

【義反】一如往昔／依然如故／江河行地／一成不變。

時移俗易

【釋義】移：改變。易：改換。

【出處】淮南子・齊俗訓：「時移則俗易。」三國魏・嵇康・卜疑：「時移俗易，好貴慕名。」

【用法】指時代改變了，社會風俗也隨之而發生了變化。

【例句】**時移俗易**，我國自進入民主時代以來，很多陳規陋習都在逐漸消失中。

【義近】時異俗變／時移風異。

【義反】積重難返／積習難改。

時絀舉贏

【釋義】絀：不足。贏：有餘。

【出處】司馬遷・史記・韓世家：「往年秦拔宜陽，今年旱，昭侯不以此時卹民之急，而顧益奢，此謂時絀舉贏。」

【用法】當衰蔽之時，行奢侈之舉。

【例句】卜卡薩無視中非共和國的貧窮，改國名為中非帝國，稱帝登基，**時絀舉贏**，結果不出二年即遭人民推翻，最後被迫流亡海外。

【義近】打腫臉充胖子。

【義反】節衣縮食／省吃儉用。

時勢造英雄

【釋義】在時局變化、動盪不安的時候，可促使人才突出、崛起。

【出處】陸機・豪士賦序：「庸夫可以濟聖賢之功，斗筲可以定烈士之業，故曰：才不半古而功已倍之，蓋得之於時勢也。」

【用法】用以指時局動盪不安的時候，更可以激發人才的崛起。

【例句】**時勢造英雄**，每當國家有難時，愛國志士總是會應時救國。

【義近】時代創造青年／板蕩識忠貞。

時運不濟

【釋義】時運：時機，命運。不濟：一作「不齊」，不順，不佳。

【出處】王勃・滕王閣序：「時運不齊，命途多舛。」

【用法】用以說明時運不好，命

運不佳，諸事不順。

【例句】他的一生總是**時運不濟**，命途多舛，也難怪他能勘破世事，潛心修道。

【義近】時乖命蹇／時運不通／命乖運蹇／命途多舛／命運多蹇。

【義反】時運亨通／福星高照／一帆風順。

時運亨通

【釋義】時運：一時的運氣；運氣。亨通：順利。

【出處】元・無名氏・凍蘇秦一折：「終有日時運亨通，封侯拜相，揚名六國，垂譽千秋。」

【用法】指人的時運好，事事順利。

【例句】徐老闆眞是**時運亨通**，不僅生意興隆，財源滾滾，近日又添了一對孿生子。

【義近】無往不利／萬事亨通／事事如意／一本萬利。

【義反】時運不濟／時乖運蹇／時乖運拙／生不逢時。

時過境遷

【釋義】時間過去了，情況改變了。境：境況，情況。遷：改變。

【出處】梁啓超・新中國未來記二回：「到現在時過境遷，這部書自然沒有什麼用處。」

【用法】用以說明隨著時間的推移，環境有了改變或情況發生了變化。

【例句】重遊母校，只覺**時過境遷**，昔日的師長同學如今都已四散，換來的都是一些新面孔。

【義近】時移勢遷／時移事易／事過境遷／物是人非／物換星移。

【義反】江山依舊／一如往昔／一成不變。

時窮節見

【釋義】時：時局。窮：窮困。節：節操。見：表現。

【出處】文天祥・正氣歌：「時窮節乃見，一一垂丹青。」

【用法】比喻君子於亂世更能表現其操守。

【例句】眞正的忠臣，其愛國心更能在亂世中表現，所謂**時窮節見**，正是這個道理。

【義近】疾風勁草／嚴霜識木／松柏後凋／板蕩忠臣。

【義反】隨波逐流／同流合污／降志辱身／阿諛取容。

時隱時見

【釋義】見：同「現」。

【出處】宋・邵博・聞見後錄卷二五：「其間樹木薈蔚，雲煙掩映，高樓曲榭，時隱時現，使畫工極思不可圖。」

【用法】指一會兒隱沒，一會兒出現。

【例句】那羣海鷗在海上戲水，**時隱時見**，海面波濤滾滾，天空彩雲飄飛，相互輝映，景色極爲優美。

【義近】隱現無常／出沒不定／忽隱忽現／乍隱乍現。

【義反】一覽無遺／一覽而盡／盡收眼底／歷歷在目。

七畫

晝伏夜遊

【釋義】晝：白天。伏：隱藏。

【出處】隋書・高祖紀下：「歷陽廣陵，窺覦相繼，或謀圖城邑，或劫剝吏人，晝伏夜遊，鼠竄狗盜。」

【用法】指行動詭祕，白天潛藏起來，晚上出來活動。

【例句】這些人到台北後，每天**晝伏夜遊**，行跡相當可疑。

【義近】晝伏夜行／鬼鬼祟祟／晝伏夜出。

【義反】光明正大／坐端行正／行不由徑／光明磊落。

晝夜兼行

【釋義】晝夜：白天和黑夜。兼行：加倍趕路。

【出處】三國志・魏書・毋丘儉傳・裴松之注引儉、欽等表：「若師負勢恃眾不自退者，臣等率將所領，晝夜兼行，惟命是授。」

【用法】指日夜不停地趕路。

【例句】爲了及時趕回家鄉，祝賀老母百歲華誕，他只好馬不停蹄，**晝夜兼行**。

【義近】兼程並進／倍日並行／兼程前進／快馬加鞭。

【義反】緩緩而行／信馬由繮／老牛破車／步履蹣跚／姍姍來遲／蝸行牛步。

晝錦榮歸

【釋義】白天穿著錦繡衣裳榮歸故里。

【出處】明・王彥貞・壅熙樂府・小桃紅・西廂百詠之九六：「承恩親自日邊來，端的喝聲采，晝錦榮歸寵光大。」

【用法】比喻做官後重回家鄉，炫耀自己。

【例句】他爲官後竟然也如封建時代的達官顯要般**晝錦榮歸**，前呼後擁地回鄉來了。

【義近】衣錦榮歸／衣錦還鄉／衣繡晝行。

【義反】錦衣夜行。

晨光熹微

【釋義】熹微：天剛亮時陽光薄弱的樣子。

【出處】陶潛・歸去來辭：「問征夫以前路，恨晨光之熹微。」

【用法】喻清晨天將亮未亮的樣子。

【例句】山上那**晨光熹微**的美景，是一場令人嘆賞的驚豔，許多人或許一生難得見到幾回。

晨炊星飯

【釋義】清晨燒早飯，入夜才吃晚飯。

【出處】舊唐書・張廷珪傳：「通計工匠，率多貧窶，朝驅暮役，勞筋苦骨，簞食瓢飲，晨炊星飯，飢渴所致，疾疹交集。」

【用法】形容早出晚歸，終日辛勤勞苦。

【例句】在農忙時節，農夫們**晨炊星飯**是習以爲常的事。

【義近】日出而作，日落而息／寒耕熱耘／起早貪黑。

【義反】茶來伸手，飯來張口／鬥雞走狗／不勞而獲／養尊處優／無所用心。

晨星落落

【釋義】落落：稀少之意。晨星：比喻賢人。

【出處】劉禹錫・送張盥赴舉詩序：「向所謂同年友，當其盛時，連轡舉鑣，互絕九衢，若屏風然，今來落落，如晨星之相望。」文選・謝朓・京路夜發詩：「曉星正寥落，晨光復泱漭。」寥落：亦落落也。
【用法】比喻稀少或賢人稀少。
【例句】奸佞當道，**晨星落落**，國家氣數已盡，有志之士就算有心救國也無力回天了。
【義近】寥若晨星／鳳毛麟角／落落晨星／晨星寥落。
【義反】濟濟多士／咨爾多士。

晨興夜寐

【釋義】興：起。寐：睡。
【出處】三國志・吳書・韋曜傳：「故勉精厲操，晨興夜寐，不遑寧息，經之以歲月，累之以日力。」
【用法】指人早起晚睡，勤勞辛苦。
【例句】這家人連續兩年遭受水災，被弄得一貧如洗，但經過三年多的**晨興夜寐**，艱苦奮鬥，現在又恢復到飽食暖衣的境地了。
【義近】夙興夜寐／宵寢晨興／宵衣旰食／夙夜匪懈／焚膏繼晷。
【義反】逍遙自在／偷閒躲懶／好逸惡勞／無所事事／聊混時日／得過且過。

晦跡韜光

【釋義】晦、韜：均為隱藏的意思。光：指才華。
【出處】元・王仲元・江兒水・歎世：「竹冠草鞋粗布衣，晦跡韜光計。」
【用法】指隱藏才華，不使之外露。
【例句】在亂世之中，總有不少有識之士，為了遠禍全身，**晦跡韜光**，隱居民間。
【義近】韜光隱跡／韜光滅跡／藏巧於拙／不露鋒芒／深藏不露／不露圭角。
【義反】鋒芒畢露／大顯身手／露才揚己／顯身揚名／英華外發／脫穎而出／頭角崢嶸／嶄露頭角。

晚生後學

【釋義】晚生：舊時在位高年長者面前的謙稱。學：指做學問或學技藝之類。
【出處】宣和書譜・草書三・庾翼：「庾翼為當日書家名流……其所得非晚生後學淺淺所能追逐也。」
【用法】指學習同一學問或同一技藝的後生晚輩。常用作謙詞。
【例句】錢先生是我恩師的同窗好友，其學問之廣博精深，實非我等**晚生後學**所能及。
【義近】新學小生／後生晚學。
【義反】飽學宿儒／博學鴻儒。

晚食當肉

【釋義】晚食：指很晚才進食。肉：古仕者得食肉。
【出處】戰國策・齊策四：「斶願得歸，晚食以當肉，安步以當車。」斶：顏斶。宋・朱熹・詩芹：「晚食寧論肉，知君薄世榮。」即用斶言之意。
【用法】很晚才吃東西，因為肚子很餓，任何粗鄙的食物都像肉一樣味美，以後引申為甘於淡泊。
【例句】漢朝的嚴光協助劉秀得天下，自己卻隱居富春江，過著**晚食當肉**的生活，實在令人敬佩。
【義近】安步當車。

晚節不終

【釋義】晚節：指晚年的節操。不終：不能堅持到底。
【出處】馮夢龍・東周列國志九一回：「合從（縱）離橫，佩印者六；晚節不終，燕齊反復。」
【用法】指人到了晚年，卻喪失了以前所保持的節操。
【例句】李軍長出生入死，戰績輝煌，可惜為兒女之事觸犯法律，弄得**晚節不終**，真令人惋惜。
【義近】晚節不保／喪失晚節。
【義反】晚節黃花／寒花晚節。

晚節末路

【釋義】晚節：晚年時期。節：時期。末路：路途的終點，喻衰落，衰頹。
【出處】王安石・第四札子：「他日若獲寧瘳，顧雖晚節末路，尚知補報，惟所驅策，豈敢辭免？」
【用法】指人到了垂暮之年，來日無多了。
【例句】你我都是**晚節末路**之人，應該多為這社會盡一份心才是呀！
【義近】垂暮晚年／風燭之年／夕陽西下／風燭殘年／日薄西山／垂暮之年。
【義反】春秋鼎盛／富於春秋／年富力強／如日當中／風華正茂。

八畫

普天同慶

【釋義】普：全面，普遍。天：天下，指全國或全世界。一作「溥天同慶」。
【出處】陳壽・三國志・魏書・郭淮傳：「今溥天同慶，而卿最留遲，何也？」
【用法】用以指全天下的人共同慶祝。
【例句】中華民國成立的那一天，**普天同慶**，萬民歡騰。
【義近】舉國歡騰。
【義反】怨聲載道。

普天率土

【釋義】普天：猶言周遍天下、全世界。率土：指四海所包圍的土地。
【出處】詩經・小雅・北山：「溥天之天，莫非王土；率土之濱，莫非王臣。」溥，同「普」。
【用法】用以指整個天下，今言全世界。
【例句】國父孫中山先生首創國民革命，推翻滿清帝制，**普天率土**莫不額手稱慶。
【義近】率土之濱／六合四海／八荒九垓。
【義反】一隅之地／彈丸之地。

普濟眾生

【釋義】佛家語。普濟：普遍援救。眾生：指一切有生命的，有時專指人和動物。
【出處】太平廣記卷一六一引辨正論：「應即往精舍中，見竺懸鏡。鏡曰：『普濟眾生，但君當一心受持耳。』」

【用法】佛教用以稱指引世人信奉佛教，修心養性；也泛指救濟幫助廣大民眾。

【例句】許多宗教團體本著**普濟眾生**的精神，對弱勢者施予援助，是一種正面意義的作法，值得效法。

【義近】普濟羣生／普度眾生／周濟眾生。

【義反】見死不救／坐視不管／袖手旁觀／作壁上觀／隔岸觀火。

晴天霹靂（ㄑㄧㄥˊ ㄊㄧㄢ ㄆㄧ ㄌㄧˋ）

【釋義】霹靂：霹雷，響雷。

【出處】續傳燈錄：「忽地晴天霹靂飛，禹門三級浪崢嶸。」

【用法】比喻突然發生令人震驚的事情。

【例句】這眞是**晴天霹靂**，他上午還是活蹦亂跳的，怎麼下午就出車禍了！

【義近】五雷轟頂／晴天炸雷。

【義反】始料所及。

晴雲秋月（ㄑㄧㄥˊ ㄩㄣˊ ㄑㄧㄡ ㄩㄝˋ）

【釋義】晴雲：晴空裏飄浮的白雲。秋月：秋高氣爽時的明月。

【出處】宋史·文同傳：「文彥博守成都，奇之，致書同曰：『與可襟韻灑落，如晴雲秋月，塵埃不到。』」

【用法】比喻人胸襟高潔明朗。

【例句】方老先生不僅知識淵博，學問高深，更難得的是爲人灑脫，胸襟有如**晴雲秋月**般明潔。

【義近】日月入懷／明月入懷／豁達大度／光風霽月／襟懷坦蕩／淵渟嶽峙。

【義反】斗筲之器／鼠腹雞腸／小肚雞腸／偷雞摸狗。

智小言大（ㄓˋ ㄒㄧㄠˇ ㄧㄢˊ ㄉㄚˋ）

【釋義】智能小，卻愛說大話。

【出處】舊唐書·江夏王道宗傳：「君集智小言大，舉止不倫，以臣觀之，必爲戎首。」

【用法】指人聰明才智不濟，可是說起話來口氣卻很大。

【例句】他眞是典型的**智小言大**之輩，總是愛說大話，唱高調，但眞正遇到事情時，躲得比誰都快。

【義近】眼高手低／才疏意廣／智大才疏／大言不慚。

【義反】腳踏實地。

智足飾非（ㄓˋ ㄗㄨˊ ㄕˋ ㄈㄟ）

【釋義】飾：掩飾。非：過錯。

【出處】說苑·臣術：「智足以飾非，辯足以行說。」

【用法】奸智足以掩飾過錯。

【例句】一個人做錯了事，就應該勇於承認，如果自以爲**智足飾非**，結果是一錯再錯，反而得不到別人的諒解。

【義近】文過飾非／飾過掩非。

【義反】知過必改／退思補過／勇於改過。

智者千慮，必有一失（ㄓˋ ㄓㄜˇ ㄑㄧㄢ ㄌㄩˋ ㄅㄧˋ ㄧㄡˇ ㄧ ㄕ）

【釋義】智者：聰明的人。千慮：極言其反覆思慮。失：失誤，出現差錯。

【出處】晏子春秋·內篇雜下：「聖人千慮，必有一失。」司馬遷·史記·淮陰侯列傳：「臣聞智者千慮，必有一失。」

【用法】指聰明的人對問題雖然考慮得十分縝密周到，但也有出現差錯的時候。

【例句】所謂**智者千慮，必有一失**，鄭先生不過出個小差錯，我看就算了吧！

【義近】千慮一失。

【義反】愚者千慮，必有一得。

智勇雙全（ㄓˋ ㄩㄥˇ ㄕㄨㄤ ㄑㄩㄢˊ）

【釋義】智勇：智謀與勇敢。

【出處】關漢卿·五侯宴：「某文通三略，武解六韜，智勇雙全。」

【用法】指人既有智謀，又很勇敢，二者兼備。

【例句】軍隊中有不少**智勇雙全**的將領，這是我們國防力量強大的一個重要指標。

【義近】大智大勇／文武兼備。

【義反】有勇無謀。

智圓行方（ㄓˋ ㄩㄢˊ ㄒㄧㄥˊ ㄈㄤ）

【釋義】圓：圓融。方：端正。

【出處】淮南子·主術訓：「凡人之論，智欲圓而行欲方；智欲圓者，環復轉運，終始無端，旁流四達，淵泉不竭，萬物並與，莫不響應也；行欲方者，直立而不撓，素白而不汙，窮不易操，通不肆志。」又曰：「智圓者，無不知也，行方者，有不爲也。」

【用法】意謂無所不知而有所不爲。

【例句】諸葛亮明知道阿斗是個庸君，仍全力輔佐，鞠躬盡瘁，可謂赤膽忠心，**智圓行方**。

智盡能索（ㄓˋ ㄐㄧㄣˋ ㄋㄥˊ ㄙㄨㄛˇ）

【釋義】智：智慧，智謀。索：盡，完。

【出處】司馬遷·史記·貨殖列傳：「此有知（智）盡能索耳，終不餘力而讓財矣。」

【用法】指能力和辦法都已經用盡了。

【例句】對於這件事，我已盡了最大的努力，可謂是**智盡能索**，再也無能爲力了，你還是另請高明吧！

【義近】無能爲力／無技可施／力不能支／力不能逮。

【義反】足智多謀／游刃有餘／力有餘裕。

九畫

暗中摸索（ㄢˋ ㄓㄨㄥ ㄇㄛ ㄙㄨㄛˇ）

【釋義】暗裏探索。

【出處】劉餗·隋唐嘉話·中：「暗中摸索著亦可識之。」

【用法】常用以比喻無人指引，獨自探求。

【例句】他對《易經》特別有興趣，卻乏名師指點，一有餘暇便**暗中摸索**，現在終於有了獨到的見解。

【義近】暗中探索／暗暗琢磨／獨自探索。

【義反】同仁共商／互切互磋。

暗室逢燈（ㄢˋ ㄕˋ ㄈㄥˊ ㄉㄥ）

【釋義】好像在黑暗的房間裏遇上了燈。

【出處】夏敬渠·野叟曝言一〇回：「天幸遇著相公，如暗室逢燈，絕渡逢舟，從此讀書作文，俱可望有門徑矣。」

【用法】比喻在危難中忽然遇人援救，或比喻在困惑中忽然遇人指點引導。

【例句】您的這番開示，眞令我

有如**暗室逢燈**般茅塞頓開，受益匪淺。

【義近】絕渡逢舟／絕處逢生／茅塞頓開／如夢初醒／豁然開朗。

【義反】虎尾春冰／暴鰓龍門／迷迷糊糊／如坐雲霧／摸門不著。

暗室虧心

【釋義】在黑暗的房間裏做虧心事。

【出處】元・張養浩・折桂令：「暗室虧心，縱然致富，天意何如。」

【用法】指在暗中做見不得人的虧心事。

【例句】爲人要光明正大，遇事問心無愧，若**暗室虧心**，即使再有權有勢，也會良心不安的。

【義近】暗室私心／偷偷摸摸／鬼鬼祟祟／鼠竊狗偷。

【義反】不欺暗室／光明磊落／正大光明／胸懷坦蕩／行不由徑／問心無愧。

暗度陳倉

【釋義】度：越過。陳倉：故城在今陝西省寶雞縣東。多與「明修棧道」連用。

【出處】語出史記・淮陰侯列傳：漢高祖用韓信計，偷度陳倉定三秦。元・無名氏・賺蒯通四折：「不合明修棧道，暗度陳倉。」

【用法】原指以正面誘敵而從側面突襲的戰略。今多用以比喻祕密的行動或男女私通。

【例句】我軍採取**暗度陳倉**的妙計，奇襲日軍後方，一舉攻下了日軍的據點。

【義近】調虎離山。

【義反】明火執仗／明目張膽。

暗香疏影

【釋義】疏：稀疏。暗香：香味暗傳。

【出處】林逋・詠梅詩：「疏影橫斜水清淺，暗香浮動月黃昏。」

【用法】特指梅花的特色。

【例句】古今詠梅的名句很多，只是大家公推**暗香疏影**一辭，最能表現梅花的特色。

【義近】傲骨嶙峋。

暗送秋波

【釋義】秋波：秋天明淨的水波，比喻美女的眼睛。

【出處】白仁甫・東牆記一折：「可意人，一見了心下如何忍，送秋波眼角情。」

【用法】原指女子私下眉目傳情，後引申爲暗中進行勾搭或背地裏討好。

【例句】他爲人光明磊落，作風正派，不是那種**暗送秋波**的人，這樣懷疑他實在不該。

【義近】眉來眼去／眉目傳情／脈脈傳情。

【義反】光明磊落／胸懷坦蕩。

暗無天日

【釋義】黑暗得見不到一點光明。天日：指光明。

【出處】蒲松齡・聊齋誌異・老龍舡戶：「絕不少關痛癢，豈特粵東之暗無天日哉！」

【用法】多用以形容社會或某單位極其黑暗。

【例句】在滿清末年那**暗無天日**的社會裏，革命家高舉的革命火炬，使老百姓看到了光明與希望。

【義近】天昏地暗／不見天日／長夜難明。

【義反】陽光普照／開雲見日／重見天日／旭日東升。

暗箭傷人

【釋義】暗中放箭射傷人。又作「暗箭中人」。

【出處】劉炎・邇言卷六：「暗箭中人，其深刺骨，人之怨之，亦必刺骨，以其掩人所不備也。」

【用法】比喻乘人不備，使用陰謀詭計去陷害人。

【例句】有本事就光明正大的來較量，這樣**暗箭傷人**，算什麼英雄好漢！

【義近】冷箭傷人／爲鬼爲蜮。

【義反】明火執仗／光明正大。

暈頭轉向

【釋義】暈頭：頭腦發昏。轉向：迷失方向。也作「蒙頭轉向」。

【出處】老舍・神拳：「剛一動手的時候，我有點蒙頭轉向的；打過一會兒，心裏越來越清楚，勁兒也越大！」

【用法】形容人昏昏沉沉，辨不清方向，認不清目標。

【例句】最近要處理的繁雜事太多，弄得我一天到晚**暈頭轉向**的。

【義近】蒙頭轉向／昏頭昏腦／迷迷糊糊／心神恍惚。

【義反】神志清爽／清晰明白／神清氣爽。

十畫

暢所欲言

【釋義】暢：盡情，痛快。欲：想要。

【出處】李漁・閒情偶寄・賓白四：「須知暢所欲言，亦非易事。」

【用法】用以形容能痛痛快快地把自己所想要說的話全部說出來。

【例句】開會討論問題，要讓每個人都能**暢所欲言**，這樣才能收到效益。

【義近】知無不言／言無不盡／盡抒己見。

【義反】吞吞吐吐／欲言又止／欲語還休／噤若寒蟬。

暢敘幽情

【釋義】敘：敘述。幽情：高雅的情緒。

【出處】王羲之・蘭亭集序：「雖無絲竹管絃之盛，一觴一詠，亦足以暢敘幽情。」

【用法】謂互訴心中的話，非常歡暢。

【例句】自從中正紀念堂落成之後，就成爲情侶們**暢敘幽情**的好地方。

【義近】暢所欲言／談情說愛。

【義反】欲語還休／欲言又止／吞吞吐吐。

十一畫

暮去朝來

【釋義】黃昏過去，清晨到來。

【出處】白居易・琵琶行：「今年歡笑復明年，秋月春風等閒度。弟走從軍阿姨死，暮去朝來顏色改。」

【用法】形容時光不斷地流逝。

【例句】歲月忽忽，**暮去朝來**，

轉眼之間一年又過去了。

【義近】朝來暮去／朝朝暮暮／日往月來／流光易逝／歲月如流／日月如梭。

【義反】度日如年／一日三秋。

暮氣沉沉（ㄇㄨˋ ㄑㄧˋ ㄔㄣˊ ㄔㄣˊ）

【釋義】暮氣：本指日暮景象，此比喻人精神不振。沉沉：沉寂的樣子。

【出處】孫子・軍爭：「是故朝氣銳，晝氣惰，暮氣歸。」李白・白紵辭：「月寒江清夜沉沉。」

【用法】形容人精神衰頹，意志不振。

【例句】他這樣年輕卻又如此**暮氣沉沉**，眞令人費解。

【義近】死氣沉沉／萎靡不振／意志衰頹。

【義反】朝氣蓬勃／意氣風發／精神煥發。

暮景殘光（ㄇㄨˋ ㄐㄧㄥˇ ㄘㄢˊ ㄍㄨㄤ）

【釋義】景：同「影」，日光。

【出處】宋・邵伯溫・聞見前錄卷六：「竊以暮景殘光，能餘幾日，酬思報義，正在今時。」

【用法】比喻年老垂暮，餘日無多。

【例句】我已八十幾歲，是**暮景殘光**了，但我仍然堅持自己的興趣，寫作不輟。

【義近】夕陽殘照／桑榆晚景／風中殘燭／日薄西山／秋風殘葉。

【義反】年輕力壯／年富力強／春秋鼎盛／生龍活虎／正當茂齡／旭日東升。

暮鼓晨鐘（ㄇㄨˋ ㄍㄨˇ ㄔㄣˊ ㄓㄨㄥ）

【釋義】佛寺中早晨敲鐘、晚上擊鼓以報時。又作「朝鐘暮鼓」。

【出處】李咸用・山中詩：「朝鐘暮鼓不到耳，明月孤雲長掛情。」劉君錫・來生債三折：「我愁的是更籌漏箭，我怕的是暮鼓晨鐘。」

【用法】比喻使人警悟的言語。

【例句】畢業前夕，梁老師所發表的臨別贈言，眞有如**暮鼓晨鐘**，發人深省。

【義近】醍醐灌頂／金玉良言／震聾發聵。

【義反】花言巧語／老生常談。

暴內陵外（ㄅㄠˋ ㄋㄟˋ ㄌㄧㄥˊ ㄨㄞˋ）

【釋義】暴：殘害。陵：同「凌」，欺壓，侵犯。

【出處】周禮・夏官・司馬上：「賊賢害民，則伐之；暴內陵外，則壇之。」

【用法】形容爲政者對內殘害百姓，對外欺壓弱小。

【例句】元朝興起於大漠之中，因此不懂文治，只會武功，因此在統一華夏之後，**暴內陵外**，傳世不及百年，即被朱元璋取代。

【義反】安內攘外。

暴取豪奪（ㄅㄠˋ ㄑㄩˇ ㄏㄠˊ ㄉㄨㄛˊ）

【釋義】豪：強橫。

【出處】蘇軾・策斷上：「國用不足，則加賦於民，加賦而不已，則凡暴取豪奪之法，不得不施於今之世矣。」

【用法】指用暴力劫奪財富等。

【例句】貪官污吏完全不顧老百姓的死活，近年來災禍頻繁，他們卻還要**暴取豪奪**。

【義近】巧取豪奪／蠶食鯨吞／橫徵暴斂／敲骨吸髓／肆意搜刮。

【義反】博施廣濟／安富恤貧／節用裕民／臨財不苟／一介不取。

暴戾恣睢（ㄅㄠˋ ㄌㄧˋ ㄗˋ ㄙㄨㄟ）

【釋義】暴戾：殘暴凶狠。恣睢：任性胡爲。

【出處】司馬遷・史記・伯夷列傳：「盜跖日殺不辜，肝人之肉，暴戾恣睢，聚黨數千人，橫行天下。」

【用法】形容人粗暴強橫，任意橫行，蠻不講理。

【例句】他在這一帶拉幫結派，**暴戾恣睢**，危害民眾，今日暴屍荒野，正是他應得的下場。

【義近】窮凶極惡／橫行無忌／恣意妄爲。

【義反】依禮而行／通情達理／仁民愛物。

暴虎馮河（ㄅㄠˋ ㄏㄨˇ ㄆㄧㄥˊ ㄏㄜˊ）

【釋義】暴虎：空手搏虎。暴，空手格鬥。馮河：徒步渡河。馮，蹚水，也作「淜」。

【出處】詩經・小雅・小旻：「不敢暴虎，不敢馮河。」論語・述而：「暴虎馮河，死而無悔者，吾不與也。」

【用法】比喻人做事有勇無謀，冒險蠻幹。

【例句】像他這種**暴虎馮河**的人，被人暗算乃意料中事，有什麼可驚駭的？

【義近】有勇無謀。

【義反】智勇雙全。

暴殄天物（ㄅㄠˋ ㄊㄧㄢˇ ㄊㄧㄢ ㄨˋ）

【釋義】暴殄：殘害滅絕。殄：盡，滅絕。天物：天所生之萬物，自然界的物質。

【出處】尚書・武成：「今商王受無道，暴殄天物，虐害烝民。」

【用法】今多用以指不愛惜財物，任意糟蹋浪費。

【例句】富足的社會裏，常見人們**暴殄天物**的情景，令人心痛。

【義近】焚琴煮鶴／棄珍寶如糞土／恣意揮霍。

【義反】修舊利廢／節衣縮食／克勤克儉。

暴虐無道（ㄅㄠˋ ㄋㄩㄝˋ ㄨˊ ㄉㄠˋ）

【釋義】暴虐：凶惡殘酷。無道：暴虐，沒有德政。

【出處】晉書・桓彝傳：「遂肆意酒色，暴虐無道，多所殘害。」

【用法】指所作所爲殘暴狠毒，喪盡道義。

【例句】專制政權的**暴虐無道**給人民帶來了莫大的災難。

【義近】窮凶極惡／仁義不施／橫行霸道／窮凶極暴。

【義反】救死扶傷／扶危濟困／恤老憐貧／仁以治國。

暴風驟雨（ㄅㄠˋ ㄈㄥ ㄗㄡˋ ㄩˇ）

【釋義】來勢急猛的大風大雨。暴：突然而強烈。驟：急速。

【出處】吳承恩・西遊記六九回：「有雌雄二鳥，原在一處同飛，忽被暴風驟雨驚散。」

【用法】比喻來勢急速猛烈，聲勢浩大。

【例句】滿清末年，無數革命者

奮起反抗，其勢有如暴風驟雨。

【義近】狂風暴雨／疾風驟雨／飆風暴雨。

【義反】和風細雨／雨絲風片／微風毛雨。

暴跳如雷

【釋義】跳著吼叫，像打雷一樣猛烈。暴：急躁。

【出處】吳敬梓・儒林外史五四回：「賣人參的人聽了，『啞巴夢見媽，說不出的苦』，急的暴跳如雷。」

【用法】形容又急又怒，大發脾氣的樣子。

【例句】孩子不聽話你就這樣**暴跳如雷**，能解決什麼問題？

【義近】大發雷霆。

【義反】心平氣和／平心靜氣。

暴鰓龍門

【釋義】意謂跳不上龍門的魚只有挨曬了。暴：曬。龍門：山名，在山西河津縣西北，陝西韓城縣東北，跨黃河兩岸，形如門闕。

【出處】藝文類聚卷九六引三秦記：「河津一名龍門，大魚集龍門數千，不得上。上者爲龍，不上者魚，故云暴鰓龍門。」

【用法】比喻遭受挫折，處境窘迫。多指應試落第。

【例句】經過了一年的努力，你今年定能考取大學，絕不會再像往年那樣**暴鰓龍門**了！

【義近】榜上無名／名落孫山／未過龍門／應試不第。

【義反】蟾宮折桂／金榜題名／一試中的／名列前茅／一舉高中／鯉躍龍門。

暴露無遺

【釋義】暴露：顯露。無遺：沒有遺留。

【出處】左傳・襄公三一年：「不敢輸幣，亦不敢暴露。」

【用法】指全部暴露出來，無所隱蔽。

【例句】鴉片戰爭失敗以後，清政府在政治上、軍事上的腐敗已**暴露無遺**。

【義近】靡無畢見／原形畢露。

【義反】隱跡潛蹤／秘而不宣。

十二畫

曉月殘星

【釋義】曉：破曉，天剛剛亮。殘星：殘餘的星光。

【出處】唐・王勃・易陽早發詩：「飭裝侵曉月，奔策候殘星。」文康・兒女英雄傳四回：「那時正是將近中秋天氣，金風颯颯，玉露冷冷，一天曉月殘星，滿耳蛩聲雁陣。」

【用法】形容黎明之時的景色。

【例句】農夫們經常在**曉月殘星**時就起牀工作，都市裏的人還正呼呼大睡呢！

【義近】曉風殘月／長河將落。

【義反】夕陽西下／日暮西山／落日餘輝。

曉以利害

【釋義】曉：讓人明白。後省略賓語「之」。

【出處】北齊書・薛循義傳：「遂輕詣壘下，曉以利害。」

【用法】指把利害關係向人講清楚。

【例句】警方向這兩個負嵎頑抗的歹徒喊話，**曉以利害**，最後他們終於棄械投降。

【義近】曉之以理／曉以大義。

曉行夜宿

【釋義】天一亮就起程，到了晚上才歇宿。

【出處】錢彩・說岳全傳八回：「一路上，免不得曉行夜宿，渴飲飢餐。」

【用法】形容旅途辛勞。

【例句】這次去大陸旅遊，因遊賞的地方和景點甚多，不得不**曉行夜宿**，令人有疲於奔命之感。

【義近】風塵僕僕／風餐露宿／草行露宿／舟車勞頓／鞍馬勞頓。

【義反】優遊自在／悠然自得／優哉游哉／從容不迫／從容自如／好整以暇。

曉風殘月

【釋義】曉：破曉，天剛剛亮。殘：殘缺，月亮不圓稱爲殘月。

【出處】柳永・雨霖鈴：「今宵酒醒何處？楊柳岸，曉風殘月。」杜常・華清宮詩：「行盡江南數十程，曉風殘月入華清。」

【用法】晨風與殘缺將沒的月，形容黎明之景物。

【例句】樓下的老婦人頂著**曉風殘月**到果菜市場批些蔬菜來賣，賺點錢貼補家用，眞是辛苦。

【義近】曉月殘星／長河將落。

【義反】夕陽西下／落日餘輝。

曇花一現

【釋義】曇花：梵語「優曇鉢花」的簡稱，花很美，但開後很快就凋謝。

【出處】長阿含經四：「（佛）告諸比丘，汝等當觀，如來時時出世，如優曇鉢花時一現耳。」

【用法】比喻美好的事物或景象才出現不久就消失。也比喻不常見的事物。

【例句】世間美好的事物總如**曇花一現**，得失之間實在是沒有必要太計較。

【義近】過眼雲煙／電光石火／浮雲朝露。

【義反】與世長存／留芳千古／日久天長／千秋萬世。

十五畫

曠夫怨女

【釋義】曠夫：成年而無妻的男子。怨女：已到婚齡而沒有合適配偶的女子。

【出處】孟子・梁惠王下：「內無怨女，外無曠夫。」

【用法】多指由於社會原因，男女到了成年而不能婚配。

【例句】社會結構在變，**曠夫怨女**日漸增多，不禁令人憂心忡忡。

【義近】孤男寡女／獨男隻女。

【義反】成雙成對／鴛鴦雙飛。

曠日持久

【釋義】曠：耽誤，荒廢。持久：長久。

【出處】戰國策・趙策四：「今得強趙之兵，以杜燕將，曠日持久數歲。」

【用法】指荒廢時間，拖得很久。

【例句】問題已到了非解決不可

的地步，如果再這樣**曠日持久**地拖下去，對誰都沒有好處。

【義近】曠日經年／日久天長／曠日彌久。

【義反】一時半刻／一朝一夕／一時三刻。

曠日經年（ㄎㄨㄤˋ ㄖˋ ㄐㄧㄥ ㄋㄧㄢˊ）

【釋義】曠：費也。經：經過。

【出處】漢書・郊祀志下：「曠日經年，靡有毫氂之驗，足以揆今。」

【用法】指荒費許多時日。

【例句】古代埃及帝王堅信人死之後會到另一個國度，因此不惜投下大量的人力財力，**曠日經年**，為自己建造金字塔。

【義近】曠日持久／日久天長／曠日彌久。

【義反】一時半刻／一朝一夕。

曠日彌久（ㄎㄨㄤˋ ㄖˋ ㄇㄧˊ ㄐㄧㄡˇ）

【釋義】曠：遷延。彌：更加，很。

【出處】戰國策・燕策三：「太子丹曰：『太傅之計，曠日彌久，心惛然，恐不能須臾。』」

【用法】指時間長久。

【例句】夫妻之間理應相互體諒，何必要這樣**曠日彌久**地吵下去呢？

【義近】曠日經久／曠日持久／日久天長／延宕多時。

【義反】俯仰之間／頃刻之間／彈指之間／俄而之間／一時半刻／一朝一夕。

曠世不羈（ㄎㄨㄤˋ ㄕˋ ㄅㄨˋ ㄐㄧ）

【釋義】曠世：指當代。羈：拘束。

【出處】文選・孫楚為石苞與孫皓書：「東夷獻其樂器，肅慎貢其楛矢，曠世不羈，應化而至。」

【用法】意為當代少見，不受拘束的人才。

【例句】劉備聽說諸葛亮是一位**曠世不羈**的人才，因此三顧茅廬，請他出仕。

【義近】曠世逸才／曠世奇才／不羈之才。

【義反】泛泛之輩／平庸士子。

曠世逸才（ㄎㄨㄤˋ ㄕˋ ㄧˋ ㄘㄞˊ）

【釋義】曠世：曠絕一世。逸才：才智出眾的人。

【出處】後漢書・蔡邕傳：「伯喈曠世逸才，多識漢事，當續成後史，為一代大典。」

【用法】形容人的才能非凡，舉世無雙。

【例句】梁啟超在政治上、學術上都可稱得上**曠世逸才**。

【義近】曠世奇才／蓋世無雙／天下奇才。

【義反】泛泛之輩／平庸士子／淺陋儒生。

曠古一人（ㄎㄨㄤˋ ㄍㄨˇ ㄧ ㄖㄣˊ）

【釋義】自古以來就此一人。

【出處】五代・王定保・唐摭言・以其人不稱才試而後驚：「此面而師之者，可謂曠古一人而已。」

【用法】用以形容絕無僅有。

【例句】像詩仙李白這樣飄逸瀟灑的偉大詩人，真可謂**曠古一人**。

【義近】獨一無二／古今無二／無出其右／首屈一指／無與倫比。

【義反】多如牛毛／不足為奇／不足為怪／司空見慣／屢見不鮮。

曠古未有（ㄎㄨㄤˋ ㄍㄨˇ ㄨㄟˋ ㄧㄡˇ）

【釋義】自古以來未曾有過。

【出處】舊唐書・顏真卿傳：「如今日之事，曠古未有，雖李林甫、楊國忠猶不敢公然如此。」

【用法】形容極為罕見。

【例句】參觀這次高科技展覽後，真是令人大開眼界，絕大多數產品都是**曠古未有**的。

【義近】亙古未有／絕無僅有／屈指可數／空前絕後／獨一無二。

【義反】比比皆是／滿坑滿谷／俯拾即是／比比皆然／觸目皆是。

曠古未聞（ㄎㄨㄤˋ ㄍㄨˇ ㄨㄟˋ ㄨㄣˊ）

【釋義】曠古：自古以來。

【出處】馮夢龍・警世通言三四卷：「吳江闕大尹接得南陽衛文書，拆開看時，深以為奇。此事曠古未聞。」

【用法】指從古到今都沒聽說過的事。

【例句】他所說的這些，都是**曠古未聞**之事，自然能引人入勝了。

【義近】前所未聞／聞所未聞／聽所未聽／罕為人知／史無前例。

【義反】耳熟能詳／時有所聞／眾所周知／家喻戶曉／世人皆知。

曠古絕倫（ㄎㄨㄤˋ ㄍㄨˇ ㄐㄩㄝˊ ㄌㄨㄣˊ）

【釋義】絕倫：超過同輩。

【出處】北史・趙彥深傳：「彥深小心恭慎，曠古絕倫。」

【用法】形容人特別卓異，自古以來所未有，舉世無雙。

【例句】國父孫中山先生創立興中會，領導國民革命，經過十次的失敗，才獲得武昌起義的成功，推翻滿清，建立民國，真是一位**曠古絕倫**的偉人。

【義近】超羣絕倫／舉世無雙／獨一無二／冠絕羣倫。

曰部

二畫

曲直分明 ㄑㄩ ㄓˊ ㄈㄣ ㄇㄧㄥˊ

【釋義】曲：彎曲。直：正直。在此當是非解。
【出處】羅貫中・三國演義五七回：「統手中批判，口中發落，耳內聽詞，曲直分明，並無分毫差錯。」
【用法】意即能明辨是非對錯。
【例句】宋朝的包拯為官清廉，不畏權勢，**曲直分明**，因此百姓稱他為包青天。
【義近】明辨是非／善惡分明。
【義反】是非不分／善惡不分。

曲肱而枕之 ㄑㄩ ㄍㄨㄥ ㄦˊ ㄓㄣˋ ㄓ

【釋義】肱：掌和肘中之手臂。枕：枕頭。
【出處】論語・述而：「飯疏食，飲水，曲肱而枕之，樂亦在其中矣。」
【用法】以手臂當枕頭來入睡，言貧窮閒居之樂趣。
【例句】孔子曾盛讚顏回，說他一簞食，一瓢飲，身居陋巷，**曲肱而枕之**，人不堪其憂，而回也不改其樂。
【義近】席地而睡／分草而臥。

曲突徙薪 ㄑㄩ ㄊㄨ ㄒㄧˇ ㄒㄧㄣ

【釋義】把烟囪改建成彎曲的，把灶旁的柴草搬走。突：烟囪。徙：遷移。薪：柴草。
【出處】漢書・霍光傳：「客有過主人者，見其灶直突，傍有積薪。客謂主人，更為曲突，遠徙其薪。」
【用法】比喻防患於未然，事前要做好準備。
【例句】最近天氣很乾燥，我們要**曲突徙薪**，做好防火的工作。
【義近】防患未然／未雨綢繆／防微杜漸。
【義反】臨陣磨槍／臨渴掘井／江心補漏。

曲徑通幽 ㄑㄩ ㄐㄧㄥˋ ㄊㄨㄥ ㄧㄡ

【釋義】曲徑：曲折的小路。幽：幽靜之處。
【出處】常建・破山寺後禪院詩：「曲徑通幽處，禪房花木深。」
【用法】形容曲折的小路可以通達幽靜的地方。
【例句】墾丁公園有多處勝景，其中的觀海亭、一線天，**曲徑通幽**，最值得一遊。
【義近】別有洞天。

曲高和寡 ㄑㄩ ㄍㄠ ㄏㄜˋ ㄍㄨㄚˇ

【釋義】曲調高雅，能和者少。曲：樂曲，歌曲。和：唱和，隨著唱。
【出處】宋玉・對楚王問：「是其曲彌高，其和彌寡。」阮瑀・箏賦：「曲高和寡，妙伎難工。」
【用法】原比喻言行、作品高超，知音難得，今多比喻作品不通俗，一般人看不懂。
【例句】這篇作品寫得過分深奧隱晦，**曲高和寡**，恐怕能夠看懂的人不多。
【義近】陽春白雪／知音難求。
【義反】一唱百和／下里巴人／千金易得／苟隨流俗。

曲終奏雅 ㄑㄩ ㄓㄨㄥ ㄗㄡˋ ㄧㄚˇ

【釋義】樂曲到結束時奏出了雅正的音樂。
【出處】司馬遷・史記・司馬相如列傳贊：「揚雄以為靡麗之賦，勸百風一，猶馳騁鄭衛之聲，曲終而奏雅，不已虧乎？」
【用法】原指司馬相如的辭賦不夠完美，到結尾才轉好。後用以比喻文章或藝術表演到終了時更加精彩。
【例句】這次演唱會的前段演出均無特別突出之處，唯結束時那位女歌手的歌聲穿雲裂石，令人擊節讚賞，大有**曲終奏雅**之妙。
【義近】壓臺節目／壓軸好戲。
【義反】開場好戲。

曲意逢迎 ㄑㄩ ㄧˋ ㄈㄥˊ ㄧㄥˊ

【釋義】曲意：違背自己的本意去順從別人。逢迎：奉承迎合。
【出處】羅貫中・三國演義八回：「（董）卓偶染小疾，貂蟬衣不解帶，曲意逢迎，卓心愈喜。」
【用法】形容委屈己意，想方設法奉承討好別人。
【例句】你不要看他在我們面前神氣十足，其實他在上司面前就**曲意逢迎**，像隻哈巴狗了。
【義近】阿諛奉承／阿其所好／曲意取容／搖尾乞憐。
【義反】剛正不阿／正直不阿／剛正不撓。

曲盡人情 ㄑㄩ ㄐㄧㄣˋ ㄖㄣˊ ㄑㄧㄥˊ

【釋義】曲：彎彎曲曲，引申有細緻入微之意。
【出處】明・無名氏・鳴鳳記・嚴嵩慶壽：「止少一條鋪單，被我買囑匠人，量了他尺寸，前往松江打一條五彩大絨單，鋪在他樓上，實為曲盡人情。」
【用法】指做事極符合對方的心意或需要。
【例句】我這兒媳婦非常善解人意，做起事來**曲盡人情**，全家上下十來個人沒有不誇她的。
【義近】曲盡人意／善解人意／體貼入微。
【義反】違人心意／不近情理／粗枝大葉／粗心浮氣。

曲盡其妙 ㄑㄩ ㄐㄧㄣˋ ㄑㄧˊ ㄇㄧㄠˋ

【釋義】曲：委婉細緻。盡：充分表達。妙：微妙之處。
【出處】陸機・文賦：「故作〈文賦〉以述先士之盛藻，因論作文之利害所由，他日殆可謂曲盡其妙。」
【用法】形容表達能力很強，能把其中的微妙之處委婉細緻地充分表達出來。
【例句】他的文字功力很深厚，篇篇作品都達到**曲盡其妙**的境界，是不可多得的人才。
【義近】曲盡其意／言盡意達。
【義反】詞不達意／不知所云。

曲學阿世 ㄑㄩ ㄒㄩㄝˊ ㄜ ㄕˋ

【釋義】以不正當的學說，投合世俗之所好。阿：比附。
【出處】司馬遷・史記・儒林列傳：「公孫子務正學以言，

無由學以阿世。」

【用法】比喻所學只不過是逢迎達官貴族之所好，以為個人晉升之階。

【例句】三國時的王朗**曲學阿世**，結果遭諸葛亮一陣斥責，當場氣得吐血而亡。

【義近】厚黑之學／文人無行。

曳裾王門（一ˋ ㄐㄩ ㄨㄤˊ ㄇㄣˊ）

【釋義】曳：拖拉。裾：衣襟。王門：王侯之門。

【出處】漢書・鄒陽傳：「飾固陋之心，則何王之門不可曳長裾乎？」

【用法】意即寄居於王侯顯貴之門下。

【例句】戰國時代養士之風盛行，當時有許多食客**曳裾王門**，為東家排紛解憂，出計獻策。

【義近】寄食門下。

三畫

更上一層樓（ㄍㄥˋ ㄕㄤˋ 一ˊ ㄘㄥˊ ㄌㄡˊ）

【釋義】想看得更遠，就要站得更高。更：再，又。

【出處】王之渙・登鸛雀樓詩：「欲窮千里目，更上一層樓。」

【用法】比喻努力再提高、再前進一步。常用作鼓勵人上進之辭。

【例句】你最近所取得的成績確實值得驕傲，但大家都希望你更加努力，以**更上一層樓**。

【義近】百尺竿頭更進一步／日新月異。

【義反】逆水行舟不進則退／每下愈況。

更弦易轍（ㄍㄥ ㄒㄧㄢˊ 一ˋ ㄔㄜˋ）

【釋義】更換樂器上的弦，改變車子走的路。轍：車輪碾過的痕跡，指道路。

【出處】清・黃宗羲・子劉子行狀：「更弦易轍，欲以一切苟且之政，補目前罅漏，非長治之道也。」

【用法】比喻改變從前的行為或做法。

【例句】經濟不景氣的冷風席捲全球，我們應儘快**更弦易轍**，以適應當前經濟的窘境。

【義近】改弦易轍／翻然改圖／一改故轍／改弦更張／改弦易張。

【義反】故步自封／深閉固拒／頑梗不化／食古不化／因循坐誤／抱殘守缺。

更長漏永（ㄍㄥ ㄔㄤˊ ㄌㄡˋ ㄩㄥˇ）

【釋義】更：舊時將一夜分為五更，每更約兩小時。漏：古代計時器皿漏壺的簡稱，借指時刻。

【出處】元・石子章，竹塢聽琴三折：「我為你呵捱了些更長漏永，受了些衾寒枕冷，我巴到你黃昏盼到你明。」

【用法】用以形容漫長的夜晚。

【例句】越是睡不著覺，越感到**更長漏永**，這種失眠症真是太令人痛苦了。

【義近】漫漫長夜／長夜難明。

【義反】春宵苦短／良宵易逝。

更深人靜（ㄍㄥ ㄕㄣ ㄖㄣˊ ㄐㄧㄥˋ）

【釋義】更：古時計時單位，一夜分成五更，每更約兩小時。靜：沒有聲響。

【出處】蔡絛・西清詩話引楊蘩詩：「白日蒼蠅滿飯盤，夜間蚊子又成團，每到更深人靜後……。」

【用法】指深夜沒有人聲，非常寂靜。

【例句】她讀書非常認真，有時看書看到**更深人靜**還不休息。

【義近】更深夜闌／夜深人靜／更深夜靜。

【義反】市聲鼎沸／沸反盈天。

更僕難數（ㄍㄥ ㄆㄨˊ ㄋㄢˊ ㄕㄨˇ）

【釋義】更：替換。僕：家僕、傭人。難數：難以數清。又作「更難僕數」。

【出處】禮記・儒行：「遽數之不能終其物，悉數之乃留，更僕未可終也。」疏：「更僕者：更，代也。僕，大樸也，君燕朝則大樸正位旁擯相也。言若委細悉說之則大久，僕侍疲倦，宜更代之。」

【用法】極言事物之繁多，數不勝數，難以一一陳述。

【例句】要說到這個惡棍的劣行，真是**更僕難數**，總之，他就是下十九層地獄也不會有人同情他的。

【義近】事務倥傯。

【義反】無所事事。

六畫

書不盡言（ㄕㄨ ㄅㄨˋ ㄐㄧㄣˋ 一ㄢˊ）

【釋義】書：信。盡言：把要表達的意思或要說的話全部表達或說出來。

【出處】易經・繫辭上：「子曰：『書不盡言，言不盡意。』」

【用法】指信中沒有把要說的話寫完。多用於書信末尾。

【例句】你我分別近兩年了，要說的話很多，無法一一陳述。**書不盡言**，望予見諒。

【義近】書不盡懷／紙短情長／情溢乎辭。

【義反】一語道盡／淋漓盡致／辭盡乎情／文情並茂／意到筆隨／心手相應。

書中自有黃金屋（ㄕㄨ ㄓㄨㄥ ㄗˋ 一ㄡˇ ㄏㄨㄤˊ ㄐㄧㄣ ㄨ）

【釋義】黃金屋：指富貴也。

【出處】宋真宗・勸學文：「富家不用買良田，書中自有千鍾粟，安居不用架高堂，書中自有黃金屋，娶妻莫恨無良媒，書中自有顏如玉。」

【用法】比喻勤苦讀書，有朝一日必能得到富貴。

【例句】從宋真宗的〈勸學文〉傳世之後，「**書中自有黃金屋**，書中自有顏如玉」這兩句名言，遂成為寒窗苦讀學子的最大動力。

【義近】書中自有顏如玉／書中自有千鍾粟。

書生之見（ㄕㄨ ㄕㄥ ㄓ ㄐㄧㄢˋ）

【釋義】書生：讀書人，多指儒生。

【出處】陳壽・三國志・吳書・孫權傳注引吳書：「雖有餘閑博覽書傳，籍採奇異，不效書生尋章摘句而已。」

【用法】多用以指不切實際、不達世務的迂腐之見。

【例句】你所談的這些純屬**書生之見**，根本解決不了實際問題。

【義近】空泛之見／迂腐之見。

【義反】見解深邃／金科玉律／遠見卓識。

書空咄咄 ㄕㄨ ㄎㄨㄥ ㄉㄨㄛˋ ㄉㄨㄛˋ

【釋義】向空中畫字，以喻失意之狀。或謂被廢黜後驚怪之言動。書空：以手向空中作書勢。咄咄：驚怪之聲。

【出處】晉書・殷浩傳：「浩雖被黜放，口無怨言，夷神委命，談詠不輟，雖家人不見其有流放之慼，但終日書空，作咄咄怪事四字而已。」

【用法】用以形容人之失意不得志。

【例句】能從挫折中培養勇氣，終有成功之日。若一遭受失敗即心灰意冷，**書空咄咄**，乃可憐亦復可憫之人。

【義近】徒呼負負／悵然失圖／長吁短歎／仰首興歎／悵然若失。

【義反】春風得意／意氣揚揚／揚揚自得／躊躇滿志／志得意滿。

書香門第 ㄕㄨ ㄒㄧㄤ ㄇㄣˊ ㄉㄧˋ

【釋義】書香：此指讀書的家風或上輩有讀書人。門第：泛指家庭。

【出處】文康・兒女英雄傳四十回：「如今眼看書香門第是接下去了，衣飯生涯是靠得住了。」

【用法】用以指稱世代都是讀書人的家庭。

【例句】怪不得她琴棋書畫都擅長，而且會寫古詩詞，原來是**書香門第**的千金！

【義近】世代書香／文人之家。

【義反】世代務農／班門子弟。

書記翩翩 ㄕㄨ ㄐㄧˋ ㄆㄧㄢ ㄆㄧㄢ

【釋義】翩翩：文雅風流。

【出處】文選・三國魏文帝・曹丕與吳質書：「元瑜書記翩翩，致足樂也。」元瑜：阮瑀字。

【用法】文章高雅之意。

【例句】常聽專家學者們說，現在的國文程度低落，甚至連大學生也寫不出一篇**書記翩翩**的文章，實在令人憂心。

【義近】斐然成章／情文並茂。

【義反】滿紙荒唐／辭不達意。

書聲朗朗 ㄕㄨ ㄕㄥ ㄌㄤˇ ㄌㄤˇ

【釋義】朗朗：象聲詞，形容讀書的聲音。

【出處】李汝珍・鏡花緣二三回：「走過鬧市，只聽那些居民人家，接二連三，莫不書聲朗朗。」

【用法】形容清朗而響亮的讀書聲音。

【例句】做父母的人，不論有多辛苦，只要聽見子女**書聲朗朗**，就會覺得十分欣慰。

【義近】琅琅書聲／高聲朗誦。

【義反】低聲吟哦。

八畫

曾母投杼 ㄗㄥ ㄇㄨˇ ㄊㄡˊ ㄓㄨˋ

【釋義】指曾參之母誤信其子殺人之事，扔掉織布用的梭子踰牆而走。杼：織布用之梭子。

【出處】三國志・吳書・孫權傳：「雖有曾母投杼之疑，猶冀言者不信以爲國福。」梁簡文帝・六根懺文：「讒言三至，曾母投杼；端木一說，越霸吳亡。」

【用法】比喻流言之可畏。

【例句】電視媒體的傳播既快且遠，影響很大，因此媒體工作者在發佈新聞稿之前，必須多方查證，以避免發生**曾母投杼**的事故，造成不必要的傷害。

【義近】眾口鑠金／曾參殺人／積非成是／三人成虎／眾議成林／積羽沉舟／一人傳虛，萬人傳實。

【義反】謠言止於智者。

曾參殺人 ㄗㄥ ㄕㄣ ㄕㄚ ㄖㄣˊ

【釋義】曾參：春秋時人，孔子弟子。

【出處】戰國策・秦策二載：有與曾參同名者殺人，人告曾母曰：「曾參殺人。」其母前兩次均不信。後有一人又告之，其母懼，投杼踰牆而走。

【用法】用以比喻流言可畏，本非事實，說的人多了，人們也會信以爲眞。

【例句】有人說：謊話只要講上一千遍，就變成眞的。不知這個立論是否來自**曾參殺人**的典故。

【義近】眾口鑠金／曾母投杼／積非成是／三人成虎／眾議成林／積羽沉舟／一人傳虛，萬人傳實。

【義反】謠言止於智者。

曾幾何時 ㄘㄥˊ ㄐㄧˇ ㄏㄜˊ ㄕˊ

【釋義】曾：副詞，才。幾何：多少。

【出處】趙德莊・新荷葉詞：「回首分攜，光風冉冉菲菲。曾幾何時，故山疑夢還非。」

【用法】用以指時間過去沒有多久。

【例句】他原本是位億萬富翁，**曾幾何時**，竟被他那不肖子輸得精光，現在只能靠救濟金度日了！

【義近】時隔數日。

【義反】爲時甚久。

曾經滄海難爲水 ㄘㄥˊ ㄐㄧㄥ ㄘㄤ ㄏㄞˇ ㄋㄢˊ ㄨㄟˊ ㄕㄨㄟˇ

【釋義】意謂曾經經歷過大海，現在所看到的江河湖泊的水也就不放在眼裏了。滄海：大海。

【出處】元稹・離思詩：「曾經滄海難爲水，除卻巫山不是雲。」

【用法】用以說明經過大世面，見過高級的人和事，對一般的場面、人、事也就無所謂了。

【例句】**曾經滄海難爲水**，除了你，我是不會愛別人的。

【義近】除卻巫山不是雲。

替天行道 ㄊㄧˋ ㄊㄧㄢ ㄒㄧㄥˊ ㄉㄠˋ

【釋義】意謂代行上天的旨意。道：天道，上天的意旨。

【出處】元・康進之・李逵負荊一折：「澗水潺潺繞寨門，野花斜插滲青巾，杏黃旗上七個字：替天行道救生民。」

【用法】指依照天意，在人世間做正義的事業。

【例句】施耐庵的《水滸傳》，把宋江等一干盜匪描述成**替天行道**的草莽英雄，對年輕人有負面教育的效果。因此古人常說：少不看水滸。

【義近】除暴安良／伸張正義。

【義反】倒行逆施／濫殺無辜／

荼毒生靈／逆天行事。

替古人擔憂

【釋義】擔憂：發愁，憂慮。擔：也作「躭」。

【出處】蘭陵笑笑生・金瓶梅二〇回：「我不信，打談的弔眼淚，替古人躭憂，這些都是虛，他若唱的我眼淚出來，我才算他好戲子！」

【用法】譏人為別人做不必要的憂慮。

【例句】如果沒有十成的把握，他怎會接受這樣的重任呢？你不用**替古人擔憂**了。

【義近】杞人憂天／庸人自擾／自尋煩惱。

【義反】不憂不懼。

九畫

會少離多

【釋義】相會少，別離多。

【出處】辛棄疾・蝶戀花・送祐之弟：「會少離多看兩鬢，萬縷千絲，何況新來病。」

【用法】多用以感慨人生聚散無常。

【例句】人生聚散無常，總是**會少離多**，所以我們應該珍惜相聚的時光，把臂言歡。

【義近】聚少離多／別時容易見時難。

【義反】長相廝守／形影不離／如影隨形。

會心不遠

【釋義】會心：心領意會。

【出處】劉義慶・世說新語・言語：「簡文入華林園，顧謂左右曰：『會心處不必在遠，翳然林木，便自有濠、濮間想也；覺鳥獸禽魚，自來親人。』」甲行日注（乙酉年九月十三日）：「五更時，松濤竹韻，會心不遠。」

【用法】指心中有所領悟之後，近處亦可做遠想。

【例句】我始終認為儒、釋二教本質非常相近，都講求**會心不遠**，觸類旁通。

【義近】心領神會／觸類旁通。

【義反】智慮愚鈍。

會家不忙

【釋義】會家：行家。

【出處】凌濛初・二刻拍案驚奇卷二八：「程朝奉正是會家不忙，見接了銀子，曉得有了機關。」

【用法】指行家應付自己所熟悉的事情不會慌亂。

【例句】有道是**會家不忙**，你看那位駕駛員在彎彎曲曲的山路上，左拐右轉，把方向盤轉來轉去，既快速又平穩，就像行駛在平原上一樣。

【義近】駕輕就熟／熟能生巧／得心應手／心手相應／運用自如／游刃有餘。

【義反】忙家不會／笨手笨腳／磕磕絆絆／手忙腳亂／束手無策／黔驢技窮。

月部

月下老人

【釋義】也作「月下老」，稱主管男女婚姻的神。

【出處】最早見唐人李復言的續幽怪錄。元・無名氏・娶小喬：「月下老前生注定，天配合今世姻緣。」曹雪芹・紅樓夢五七回：「若不是月下老人，不用紅線拴的，再不能到一處。」

【用法】用作媒人的代稱。今也用以稱婚姻介紹人。

【例句】李大娘真是位熱心的**月下老人**，經她撮合而結為夫妻的已有好幾十對了。

【義近】執柯作伐。

月下花前

【釋義】明月之下，鮮花之前。原指遊息的優美環境。

【出處】白居易・老病詩：「晝聽笙歌夜醉眠，若非月下即花前。」喬夢符・兩世姻緣二折：「怎教我月下花前不動情？」

【用法】今多用以指男女談情說愛的場所。

【例句】**月下花前**，良辰美景，莫辜負此一時刻，向她表明你的情意吧！

【義近】月滿花香／春暖花開。

【義反】烏天黑地／月暗花謝／冰天雪地。

月白風清

【釋義】月亮明亮，微風涼爽宜人。白：明亮。清：清爽，涼爽。

【出處】蘇軾・後赤壁賦：「月白風清，如此良夜何！」

【用法】形容美好恬靜的夜晚。

【例句】今夜**月白風清**，正適合夜遊陽明山國家公園。

【義近】風清月皎／月圓花好／月明如水／月明千里。

【義反】月黑風高／月落烏啼。

月明如晝

【釋義】月光照耀得有如白天。

【出處】元・丘處機・鳳棲梧・述懷：「一鳥不鳴風又細，月明如晝天如水。」

【用法】形容晚上月光特別皎潔明亮。

【例句】今年的中秋之夜，晴空萬里，**月明如晝**，人們都沉浸在賞月的歡樂氣氛中。

【義近】月明星稀／月明千里／月明如水。

【義反】月黑之夜／天狗食月。

月明星稀

【釋義】月光特別明亮，星星顯得稀疏。

【出處】曹操．短歌行：「月明星稀，烏鵲南飛。繞樹三匝，何枝可依？」

【用法】多用以形容夜色幽靜，天高氣朗的景象。

【例句】在一個**月明星稀**的夜裏，他終於開口向他所愛的女友求婚了。

【義近】月白風清／皓月當空。

【義反】月黑風高／星月無光。

月眉星眼

【釋義】眉如彎月，眼似明星。

【出處】明．無名氏．女貞觀一折：「你說咱雪肌花貌常清淨，桃腮杏臉行端正，月眉星眼天然性。」

【用法】形容女子容貌美麗。

【例句】那位女歌手不僅歌喉好，聲動梁塵，而且長得**月眉星眼**，綽約多姿。

【義近】眉目如畫／杏眼蛾眉／明眸善睞／花容月貌／閉月羞花／明眸皓齒。

【義反】濃眉細眼／臼頭深目／醜如無鹽／奇醜無比／其貌不揚／鳩形鵠面。

月缺花殘

【釋義】意謂月亮殘缺，花兒凋殘。

【出處】唐．溫庭筠．和王秀才傷歌姬詩：「月缺花殘莫愴然，花須終發月終圓。」

【用法】喻美女死亡或美好的事物遭受摧殘。後多指情愛中斷或情侶被拆散。

【例句】中國人對愛情故事一向偏好大團圓的結局，自從元朝王實甫的《西廂記》問世之後，大家對**月缺花殘**的男女主角痛灑同情之淚，因此梁祝故事才會歷久不衰地流傳民間。

【義近】勞燕分飛／棒打鴛鴦。

【義反】如膠似漆／難捨難分。

月缺難圓

【釋義】意謂月亮殘缺了，難以再圓。

【出處】許仲琳．封神演義四七回：「你若不還我珠寶，我便放金蛟剪，那時月缺難圓！」

【用法】比喻關係決裂，無可挽救。

【例句】為了孩子的教育問題，他們兩夫妻各執己見，竟然鬧到**月缺難圓**的地步，眞是讓人嘆息。

【義近】覆水難收／斷弦難續／破鏡難圓／割袍斷義。

【義反】破鏡重圓／重修舊好／重歸於好。

月落星沉

【釋義】月亮落山，星光暗淡。沉：潛伏，引申為隱沒。

【出處】韋莊．酒泉子詞：「月落星沉，樓上美人春睡，綠雲傾，金枕膩，畫屏深。」

【用法】用以形容天將亮時的景象。

【例句】昨夜和知心好友聊天，一直聊到**月落星沉**才睡覺，今天早上怎麼起得來呢？

【義近】曙光初露／東方欲白／破曉時分。

【義反】日落西山／夕陽西下／月出東山。

月裏嫦娥

【釋義】嫦娥：神話中由人間飛到月亮上面的美女。

【出處】淮南子．覽冥訓：「羿請不死之藥於西王母，姮娥竊之奔月。」姮：同「嫦」。

【用法】比喻風姿綽約的女子。

【例句】人人都說她長得漂亮，好像**月裏嫦娥**，結果養成她驕傲的脾氣，反而沒有人願意和她交朋友。

【義近】仙姿玉貌／風姿綽約／國色天香。

【義反】俗不可耐。

月滿花香

【釋義】明月正圓，百花飄香。

【出處】文康．兒女英雄傳二九回：「如今從網眼裏拔出來，好容易遇著這等月滿花香的時光，她如何肯輕易放過！」

【用法】形容美好的時光和優美的景色。

【例句】不管科技多進步，人類終究不能離開大自然，畢竟**月滿花香**還是人類心靈深處的最愛。

【義近】月夕花朝／月圓花好／良辰美景／鳥語花香／清風明月／花前月下。

【義反】風刀霜劍／愁雲慘霧／花殘月缺／瘴雨蠻煙。

月滿則虧

【釋義】意謂月亮到了最圓的時候，就開始缺損。

【出處】司馬遷．史記．田叔列傳：「夫月滿則虧，物盛則衰，天地之常數也。」

【用法】比喻事物興盛到了極點就會衰落。

【例句】大自然教導我們許多做人的道理，例如水滿則溢，**月滿則虧**，因此一個成功者絕不可自滿，要懂得謙遜之道。

【義近】月盈則食／日中則昃／物極必反／水滿則溢／盛極必衰。

【義反】持盈保泰。

月貌花龐

【釋義】如花似月的臉龐。龐：臉面。

【出處】元．吳昌齡．東坡夢四折：「對月貌花龐，飲玉液瓊漿。」清．洪昇．長生殿．哭象：「掩面悲傷，救不得月貌花龐。」

【用法】形容女子容貌美麗。

【例句】想不到這**月貌花龐**的女子，其心腸竟然如此歹毒！

【義近】花容月貌／仙姿玉貌／秀色可餐／沉魚落雁／國色天香／傾國傾城。

【義反】臉歪眼斜／姿色全無／其貌不揚／醜陋不堪／無鹽之貌。

月墜花折

【釋義】月兒墜落，花兒折損。

【出處】清．洪昇．長生殿．補恨：「誓世世生生休拋撇，不提防慘慘淒淒月墜花折，悄冥冥雲收雨歇，恨茫茫只落得死斷生絕。」

【用法】用以比喻美女死亡。

【例句】鄧麗君小姐歌聲迷人，長得也漂亮，不幸在英年**月墜花折**，眞令人感傷！

【義近】香消玉殞／瘞玉埋香／蘭摧玉折／玉碎珠死／月殘花缺。

【義反】生龍活虎／風華正茂／安然無恙／長命百歲。

月鍛季鍊 ㄩㄝˋ ㄉㄨㄢˋ ㄐㄧˋ ㄌㄧㄢˋ

【釋義】鍛、鍊：加工錘鍊，喻用心琢磨使詞句精美簡潔。

【出處】宋·胡仔·苕溪漁隱叢話前集·杜荀鶴：「如周樸者，杼思尤艱，每有所得，必極雕琢，故詩人稱樸詩月鍛季鍊，未及成篇，已播人口。」

【用法】形容對作品進行長時間的加工修改。

【例句】周先生的作品寫好後，總要**月鍛季鍊**，直到十分滿意時才予以發表，可見其寫作態度之嚴謹。

【義近】千錘百鍊／雕章鏤句／字斟句酌／一字不苟／反覆推敲。

【義反】率爾操觚／東塗西抹／冗詞贅語／廢話連篇／草率成篇／一揮而就。

二畫

有一無二 ㄧㄡˇ ㄧ ㄨˊ ㄦˋ

【釋義】只有這一個（樣），沒有第二個（樣）。

【出處】隋唐演義七五回：「此眞世間有一無二的東西，得此一物，定可取勝。」

【用法】指事物非常獨特，極其少見。

【例句】這把寶刀是世間**有一無二**的稀罕之物，價值想必不菲。

【義近】巋然獨存／絕無僅有／世所罕有／獨一無二／舉世無雙。

【義反】比比皆是／俯拾即是／無獨有偶／屢見不鮮／司空見慣。

有口皆碑 ㄧㄡˇ ㄎㄡˇ ㄐㄧㄝ ㄅㄟ

【釋義】人人滿口稱頌，像記載功德的石碑。

【出處】普濟·五燈會元卷一七：「勸君不要鐫頑石，路上行人口似碑。」劉鶚·老殘遊記三回：「宮保的政聲，有口皆碑。」

【用法】形容爲人們普遍稱頌。

【例句】《三國演義》是我國著名的古典小說，流傳很廣，**有口皆碑**。

【義近】交相稱譽／口碑載道／膾炙人口／家喻戶曉。

【義反】怨聲載道／遺臭萬年／千夫所指／罄竹難書。

有口無心 ㄧㄡˇ ㄎㄡˇ ㄨˊ ㄒㄧㄣ

【釋義】意謂說話漫不經心，脫口而出。

【出處】蘭陵笑笑生·金瓶梅四〇回：「你便有口無心許下，神明都記著。」

【用法】指說話隨便，欠深思熟慮，但心裏卻並無惡意。

【例句】他說話向來沒個忌諱，**有口無心**，你就別再跟他計較了吧！

【義近】心直口快／嘴快心直／快人快語／口不擇言／言無粉飾／直言無隱。

【義反】話中有話／借題發揮／指山說磨／呑呑吐吐／欲言又止／拐彎抹角。

有口無行 ㄧㄡˇ ㄎㄡˇ ㄨˊ ㄒㄧㄥˋ

【釋義】意即言行不一。

【出處】禮記·雜記下：「有其言無其行，君子恥之。」後漢書·史弼傳：「所與羣居，皆有口無行。」

【用法】指空口說大話或好話，卻不照著去做。

【例句】選舉的時候，大家一定要擦亮眼睛，千萬不要把寶貴的一票投給**有口無行**的候選人。

【義近】言行不一／輕諾寡信／光說不練／口是心非。

【義反】言行一致／說到做到／坐言起行／心口如一。

有口難分 ㄧㄡˇ ㄎㄡˇ ㄋㄢˊ ㄈㄣ

【釋義】意謂有口說不清楚，難以分辯明白。

【出處】蕭德祥·殺狗勸夫一折：「直著我有口難分，進退無門。」

【用法】形容蒙受冤屈，無法辯解。

【例句】我不過是想幫那位老先生提提行李，不料他卻大喊搶劫，眞讓我**有口難分**。

【義近】有口難辯／有口難言／跳進黃河也洗不清。

【義反】一言即明／沉冤得雪。

有口難言 ㄧㄡˇ ㄎㄡˇ ㄋㄢˊ ㄧㄢˊ

【釋義】意謂有話不好說或不敢說。

【出處】蘇軾·醉醒者：「有道難行不如醉，有口難言不如睡。」

【用法】指因某種原因，心中的話不能對人說。

【例句】這些官吏如狼似虎，動不動就捉人入獄，老百姓即使有天大的冤屈，也是**有口難言**。

【義近】難以啓齒／啞巴吃黃蓮／隱忍不言／有苦難言。

【義反】和盤托出／暢所欲言／脫口而出／盡抒己見／直抒胸臆／言無不盡。

有才無命 ㄧㄡˇ ㄘㄞˊ ㄨˊ ㄇㄧㄥˋ

【釋義】意謂雖有才幹但運氣不佳。

【出處】杜甫·寄狄明府博濟詩：「比看伯叔四十人，有才無命百寮底。」

【用法】用以形容不得志，多含有憤懣不平之意。

【例句】他才德兼備，卻一直未獲重用，究其原因，或許只能用**有才無命**來解釋了。

【義近】才優運蹇／有志無時／生不逢時／文齊福不齊／懷才不遇。

【義反】才優運佳／有命無才。

有天無日 ㄧㄡˇ ㄊㄧㄢ ㄨˊ ㄖˋ

【釋義】上有青天卻沒有太陽。一作「有天沒日」。

【出處】元·康進之·李逵負荊二折：「元來個梁山泊有天無日，就恨不斫倒這一面黃旗。」

【用法】比喻黑暗無公理或放肆而無所顧忌。

【例句】①你太**有天無日**了，怎能不分場合不論老少的亂說話？②這場官司我整整打了三年，只因沒有錢，結果還是輸了，眞是**有天無日**啊！

【義近】暗無天日／無法無天。

【義反】重見天日／開雲見日。

有加無已（ㄧㄡˇ ㄐㄧㄚ ㄨˊ ㄧˇ）

【釋義】意謂只有增加，沒有停止。已：停止。

【出處】陳亮・復杜伯高書：「時以書相勞問，意有加而無已。」錢謙益・答張靜涵：「仰知同體大悲，有加無已。」

【用法】形容不停地增加或事態發展越來越厲害。

【例句】老太太的病情惡化**有加無已**，看來將不久於人世，你且做準備吧。

【義近】日甚一日／與日俱增／有增無減。

【義反】日輕一日／有減無增。

有奶便是娘（ㄧㄡˇ ㄋㄞˇ ㄅㄧㄢˋ ㄕˋ ㄋㄧㄤˊ）

【釋義】嬰兒無知，只要有奶餵養他，便認作是自己的娘。

【出處】蔡元培・爲羅文幹遭非法逮捕抗議宣言：「這般胥吏式機械式的學者……如俗語說的『有奶便是娘』的樣子，實在是『助紂爲虐』。」

【用法】指人不分是非，只要誰給他官做、給他錢財，便甘心情願爲他效勞賣命。

【例句】他是個典型的**有奶便是娘**的傢伙，前天還在罵他老闆不是東西，昨天給了他一點小恩小惠，他便逢人就說老闆是如何的英明能幹。

【義近】蠅營狗苟／卑躬屈膝／奴顏媚骨／奴顏婢膝／如蟻附羶／唯利是圖。

【義反】傲視名利／高亢不屈／高風亮節／握瑾懷瑜／光風霽月。

有本有源（ㄧㄡˇ ㄅㄣˇ ㄧㄡˇ ㄩㄢˊ）

【釋義】源：本作「原」，來源。本：有所本。

【出處】韓愈・原毀：「有本有原。」文康・兒女英雄傳一八回：「及至聽他說的有本有源，有憑有據，不容不信。」

【用法】形容事情有所本，並非虛構。

【例句】他拿出勳章，又出示證書，說的**有本有源**，使我們不得不相信他眞的是一位抗日英雄。

【義近】有憑有據／有所憑據。

【義反】憑空杜撰／虛擬之事。

有生之年（ㄧㄡˇ ㄕㄥ ㄓ ㄋㄧㄢˊ）

【釋義】意謂還剩下的年月。

【出處】李汝珍・鏡花緣六八回：「俾臣得保蟻命，此後有生之年，莫非主上所賜，惟求格外垂憐。」

【用法】指一生中最後的歲月。

【例句】我若在**有生之年**能完成我擬訂要完成的幾部著作，那就死也瞑目了。

【義近】餘年殘月／殘年餘月。

【義反】一生一世／漫漫人生。

有生必有死（ㄧㄡˇ ㄕㄥ ㄅㄧˋ ㄧㄡˇ ㄙˇ）

【釋義】生：生長。死：死亡。

【出處】揚雄・法言・君子：「有生者必有死，有始者必有終，自然之道也。」陶潛・挽歌：「有生必有死，早終非命促，昨暮同爲人，今旦在鬼錄。」

【用法】意即人既有出生，亦必有死亡。

【例句】大家都知道**有生必有死**的道理，可是眞正能看得開的又有幾人。

【義近】有始必有終。

有目共睹（ㄧㄡˇ ㄇㄨˋ ㄍㄨㄥˋ ㄉㄨˇ）

【釋義】有眼睛的都看得見。睹：看見。

【出處】錢謙益・與王貽上之一：「世間文字茫然如前塵積劫，門下散花落彩如青雲在天，有目共睹。」

【用法】形容十分明顯，爲眾人所共知。

【例句】台灣四十年來在各方面都有長足的進步，這是**有目共睹**的事實。

【義近】有目共見／居然可知／顯而易見／一目了然。

【義反】視而不見／習焉不察／不見青天／蒙昧無知。

有目共賞（ㄧㄡˇ ㄇㄨˋ ㄍㄨㄥˋ ㄕㄤˇ）

【釋義】共賞：大家都讚賞。

【出處】劉鶚・老殘遊記一二回：「這人負一時盛名，而湘軍志一書做的委實是好，有目共賞，何以這詩選的未愜心意呢？」

【用法】形容事物（多指作品）非常的完美，人人都讚賞稱道。

【例句】故宮珍藏的字畫，都是**有目共賞**的稀世傑作，因此每次更換展覽文物，都吸引大批的人潮前去參觀。

【義近】有目共睹／交相讚譽／有口皆碑／口碑載道／佳評如潮／膾炙人口。

【義反】索然無味／味同嚼蠟。

有名無實（ㄧㄡˇ ㄇㄧㄥˊ ㄨˊ ㄕˊ）

【釋義】空有名義或名聲，而無實際。

【出處】左丘明・國語・晉語八：「宣子曰：『吾有卿之名，而無其實。』」六韜・文韜・上賢：「有名無實，出入異言。」

【用法】形容虛有其名而無內容的事物，或形容虛有名聲而無實際、虛有名位而無實權的人。

【例句】東漢獻帝雖名爲天子，實際上**有名無實**，朝政完全由曹操主掌。

【義近】名存實亡／名不副實／緣名失實／龜毛兔角。

【義反】名不虛傳／名副其實／名實相副／表裏一致。

有死無二（ㄧㄡˇ ㄙˇ ㄨˊ ㄦˋ）

【釋義】除了一死，別無二心。

【出處】白居易・淮南節度使檢校尚書右僕射趙郡李公家廟碑銘序：「誠貫神明，有死無二。」

【用法】用以形容意志堅定，雖死不變。

【例句】革命烈士秋瑾在嚴刑拷打之下，依然無所畏懼，充分表現了她**有死無二**的革命精神。

【義近】之死靡它／至死不渝／誓之以死／至死不貳／九死不悔／萬死莫辭。

【義反】貪生怕死／苟且偷生／捨義求生。

有血有肉

【釋義】意謂活生生的。
【出處】朱自清・你我・子夜：「他筆下是些有血有肉能說能做的人，不是些扁平的人形，模糊的影子。」
【用法】比喻文藝作品描寫生動，內容充實。
【例句】有人認為曹雪芹的《紅樓夢》，所描繪的正是他們曹家的興衰故事，所以書中人物各個**有血有肉**，呼之欲出。
【義近】栩栩如生／躍然紙上／惟妙惟肖／活靈活現／呼之欲出。
【義反】荒腔走板／粗製濫造／枯燥無味／平淡乏味／滿紙荒唐。

有利可圖

【釋義】有利：有好處。圖：謀取。
【出處】清・吳沃堯・發財秘訣一回：「忽見一家店鋪在那裏燒料泡，心中暗忖，把這個販到香港，或者有利可圖，我何妨試他一試？」
【用法】指有錢可賺，或有利益可得。
【例句】做生意當然要**有利可圖**，否則我又何必要冒這個險，吃這樣的虧呢？
【義近】有利可得／一本萬利。
【義反】無利可圖／勞而無功／徒勞無益／徒勞無功／枉費心力。

有志不在年高

【釋義】志：志向，理想。不在：不在於。年高：年紀大。
【出處】李寶嘉・官場現形記三八回：「姑奶奶說那裏話來？常言說得好：有志不在年高。我那一椿趕得上姑奶奶？」
【用法】用以說明貴在有遠大志向，不在於年齡大小。
【例句】俗話說：「**有志不在年高**。」你不要嘲笑那年輕人所談的理想抱負，看他如此勤奮不懈，怎見得他不會成功呢？
【義近】少年有成。
【義反】無志空活百歲／白頭無成。

有志之士

【釋義】士：對人的一種美稱。
【出處】宋・陸九淵・與曾宅之書：「遂使有志之士罹此患害，乃與世間凡庸恣情縱欲之人均其陷溺，此豈非以學術殺天下哉？」
【用法】指有志向有膽識的人。
【例句】古人說：「國家興亡，匹夫有責。」如今國家正值風雨飄搖，危急存亡之際，**有志之士**怎可坐視不救，應該挺身而出，力挽狂瀾。
【義近】有識之士／仁人志士／俊傑之士。
【義反】凡夫俗子／市井之徒／匹夫匹婦／村夫愚婦。

有志者事竟成

【釋義】只要有堅強意志，事情終究可以成功。竟：終，終究。一作「有志竟成」。
【出處】後漢書・耿弇傳：「將軍前在南陽，建此大策，常以為落落難合，有志者事竟成也。」
【用法】用以勉勵人立志上進，於事要有決心和毅力。
【例句】編一部辭典確非易事，但**有志者事竟成**，只要堅持下去，一定可以完成。
【義近】天下無難事，只怕有心人／磨杵成針／愚公移山。
【義反】三天打魚，兩天曬網／半途而廢／功虧一簣。

有志難酬

【釋義】志：志向，抱負。酬：實現。
【出處】元・無名氏・九世同居二折：「有一等要讀書的家私薄，更無錢辦束脩，因此上有志難酬。」
【用法】用以指胸中的抱負難以實現。
【例句】諸葛亮一生以恢復漢室為念，可惜英年早逝，**有志難酬**，令人感慨不已。
【義近】壯志未酬／齎志而歿／有志難伸。
【義反】一償夙願／夙願得償／一展抱負／大展鴻圖。

有求必應

【釋義】只要有人請求幫助，就一定答應。應：許諾。
【出處】文康・兒女英雄傳二一回：「姑娘平日待他們恩厚，況又銀錢揮霍，誰家短個三吊兩吊的，有求必應。」
【用法】形容為人熱情，樂意助人。
【例句】李先生不僅有錢，而且心腸極好，只要別人有困難找到他，他總是**有求必應**。
【義近】樂善好施／有乞必施／有難必救。
【義反】拒之門外／見死不救／閉門不納。

有言在先

【釋義】意謂事先已把話說明。
【出處】馮夢龍・醒世恆言二二卷：「他有言在先，你今日不須驚怕。」
【用法】指事先已把有關的事說清楚或打過招呼了。
【例句】我**有言在先**，如果你不能按時完成任務，那是要處罰的，到時可不要說我不講情面。
【義近】醜話講在前頭。
【義反】事後諸葛。

有例可援

【釋義】例：前例，先例。援：援用，引用。
【出處】袁枚・寄房師鄧遜齋先生書：「惟生傳則自古有之，如韓昌黎之於何蕃，司馬溫公之於范鎮，有例可援。」
【用法】意即有先例可以引用遵循。
【例句】不用擔心，既然**有例可援**，你所申請的國家賠償一定能獲得通過。
【義近】蕭規曹隨／蹈常襲故／率由舊章／有例在先。
【義反】廢舊立新／改弦更張／推陳出新。

有其父必有其子

【釋義】有什麼樣的父親，就一定會有什麼樣的兒子。
【出處】白仁甫・東牆記三折：「想你父親，也不曾弱了。常言道：『有其父必有其子。』孩兒，你著志者！」

【用法】常用以說明家庭環境、教育、傳統對後人的深刻影響。

【例句】他父親是著名的小提琴家，他還不滿十歲就在小提琴比賽中贏得冠軍，眞是**有其父必有其子**。

【義近】虎父無犬子／將門虎子／龍有龍子，鳳有鳳孫。

【義反】不肖之子。

有始有終

【釋義】有開頭，有結尾。

【出處】論語・子張：「有始有卒者，其惟聖人乎！」晉書・后妃上：「有始有終，天地之經。」

【用法】比喻做事、學習等能持之以恆，貫徹始終。

【例句】不管做什麼事都應該**有始有終**，即使遇到困難也要堅持下去，才不會半途而廢，一事無成。

【義近】有頭有尾／善始善終／持之以恆。

【義反】有頭無尾／有始無終／虎頭蛇尾。

有始無終

【釋義】有開頭，沒有結尾。

【出處】漢書・五行志中：「京房易傳曰：『有始無終，厥妖雄雞自齧斷其尾。』」

【用法】比喻做事、學習等有頭無尾，不能堅持到底。

【例句】爲人要有恆心，無論做什麼都要堅持到底，決不能**有始無終**，半途而廢。

【義近】有頭無尾／半途而廢／有初鮮終／虎頭蛇尾。

【義反】有頭有尾／貫徹始終／愼終如始。

有屈無伸

【釋義】屈：冤屈。伸：申訴。

【出處】明・無名氏・女姑姑四折：「想當日酷刑害逢危遭困，您那一日便逼的我有屈無伸。」

【用法】指有了冤屈卻無處可以申訴。

【例句】滿清末年，到處都是貪官污吏，老百姓**有屈無伸**，自然會起來響應革命。

【義近】含冤莫辯／含冤莫白／不白之冤／含冤負屈。

【義反】鳴鼓伸冤／攔轎告狀／越衙告狀／越州告狀。

有枝有葉

【釋義】枝、葉：喻活生生的內容、情節。

【出處】淩濛初・二刻拍案驚奇卷三二：「孺人婦道家心性……。見說得有枝有葉，就問道：『姥姥何處來的，曉得這樣事？』」

【用法】比喻說話有內容有情節，原原本本，給人可信的感覺。

【例句】這位說書先生博學多聞，口齒清晰，敍述故事**有枝有葉**，難怪深受聽眾們的歡迎。

【義近】有血有肉／言之有物。

【義反】廢話連篇／言之無物／顚三倒四／空洞無物。

有板有眼

【釋義】板、眼：奏樂或唱曲時，每一小節中強拍以鼓板敲擊，稱板；次強拍和弱拍用簽敲鼓按拍，稱眼。

【出處】王驥德・曲律二：「蓋凡曲，句有長短，字有多寡，調有緊慢，一視板以爲節制，故謂之板眼。」

【用法】比喻說話行事有節奏，有條有理，有根有據。

【例句】他雖學歷不高，但說話行事**有板有眼**的，讓人刮目相看。

【義近】一板一眼／有條有理。

【義反】東拉西扯／雜亂無章／漫無條理／無根無據。

有的放矢

【釋義】放箭要對準靶子。的：箭靶中心。矢：箭。

【出處】詩經・小雅・賓之初筵：「發彼有的，以祈爾爵。」荀子・勸學：「是故質的張而弓矢至焉。」

【用法】比喻說話或做事等要有針對性。

【例句】向別人提出建言前，應該先把情況分析清楚，做到**有的放矢**，這樣人家才會心悅誠服。

【義近】箭不虛發／對症下藥／搔到癢處／一針見血／一語中的。

【義反】無的放矢／對牛彈琴／隔靴搔癢。

有則改之，無則加勉

【釋義】有錯就改正，沒有錯就加以自勉。則：就。之：它，指缺點錯誤。加：加以。勉：勉勵。

【出處】朱熹・注論語・學而「三省吾身」：「曾子以此三者日省其身，有則改之，無則加勉，其自治誠切如此，可謂得爲學之本矣。」

【用法】用以勉勵人正確對待別人的批評和建議。

【例句】他批評你是爲你好，你應本著**有則改之，無者加勉**的態度反省自己，何必要生這樣大的氣呢？

【義近】改過從善／知過必改／從善如流／有錯必糾。

【義反】文過飾非。

有勇無謀

【釋義】只有勇氣，沒有計謀。

【出處】陳壽・三國志・魏書・董二傳裴松之注引獻帝・起居注：「斯須之間，頭懸竿端，此有勇而無謀也。」

【用法】用以譏責人在做事或作戰中，只知猛衝猛闖，不講策略，缺乏智謀。

【例句】他是個**有勇無謀**的人，常常成事不足，敗事有餘。

【義近】匹夫之勇／血氣之勇／暴虎馮河／蠻闖莽夫。

【義反】智勇雙全／有膽有識／足智多謀。

有恃無恐

【釋義】恃：依靠，倚仗。恐：害怕，顧慮。

【出處】左傳・僖公二六年：「齊侯曰：『室如懸罄，野無青草，何恃而不恐？』對曰：『恃先王之命。』」

【用法】形容有所倚仗而毫不害怕，或毫無顧忌。

【例句】因爲他父親是地方首富，所以那個紈袴子弟**有恃無恐**，整天游手好閒，惹事生非。

【義近】狗仗人勢／狐假虎威。

【義反】不假權貴／不攀勢要／自立自強。

有約在先

【釋義】意謂事先已有約定。
【出處】元・無名氏・舉案齊眉一折：「老夫人，這事本有約在先，況兼孩兒又執意定要嫁他，也是他的緣分了。」
【用法】指事情如何處置，雙方早先就已經有了約定。
【例句】你放心，這件事我們早就**有約在先**，誰也不會反悔的。
【義近】有言在先／有言在前。
【義反】空口無憑／空口白話／口說無憑／無憑無據。

有害無利

【釋義】害、利：害處和好處。
【出處】漢書・吾丘壽王傳：「以眾吏捕寡賊，其勢必得。盜賊有害無利，則莫犯法，刑錯之道也。」
【用法】指事情有失無得，只有害處沒有好處。
【例句】這樣大興土木，重建亭台樓閣，純屬勞民傷財，**有害無利**之舉。
【義近】徒勞無益／徒勞無功／有弊無利／枉費心力。
【義反】有益無害／大有裨益／有得無失。

有家難奔

【釋義】難奔：猶言難回。
【出處】元・秦簡夫・東堂老四折：「你可爲甚麼切齒嚼牙恨，這是你自做的來有家難奔。」
【用法】指由於某種原因的阻隔，有家而歸不得，失去了依靠，難以存身。
【例句】阿富汗由於長期內戰，使得許多平民百姓**有家難奔**，淪爲難民，只能靠國際援助度日。
【義近】有家難歸／有國難投／萍踪浪跡／飄蓬斷梗／流離失所。
【義反】安居樂業／安土樂業。

有容乃大

【釋義】容：容量。心胸寬大才能成就大事業。
【出處】尚書・君陳：「有容德乃大。」
【用法】形容人心胸寬大。多用來勸人。
【例句】不要事事與人計較，須知無欲則剛，**有容乃大**，退一步海闊天空。
【義近】無欲則剛。
【義反】氣量狹窄／心胸狹小。

有氣無力

【釋義】意即沒有氣力。
【出處】凌濛初・拍案驚奇卷一二：「只得閃了身子，過來一句話也未說得，有氣無力的，仍舊走回下處悶坐。」
【用法】形容萎頓虛弱，沒有精神。
【例句】他最近身體很不好，連說話也是**有氣無力**，一副弱不禁風的樣子。
【義近】萎靡不振／無精打采／尸居餘氣。
【義反】精神抖擻／精神煥發／虎虎生氣／生龍活虎。

有翅難飛

【釋義】長有翅膀也飛不走。
【出處】明・無名氏・杏林莊三折：「暗埋伏猛軍四面圍，縱然他有翅難飛。」
【用法】形容陷入無法擺脫的困境。
【例句】這夥歹徒非常頑強，直到軍警將他們重重包圍，到**有翅難飛**的境地，才舉手投降。
【義近】插翅難飛／走伏無地／日暮途窮／窮途末路／走投無路／山窮水盡。
【義反】絕處逢生／逢凶化吉／轉危爲安／虎口逃生／化險爲夷／柳暗花明。

有國難投

【釋義】難投：難回、難歸的意思。
【出處】元・無名氏・馬陵道二折：「我這裏叫盡屈有誰來分剖，送的我眼睜睜有國難投。」
【用法】指由於某種原因，有國歸不得。
【例句】某情報員在海外洩露了國家機密，被人發現之後，報請處理，弄得**有國難投**，後悔不迭。
【義近】有家難奔／有國難歸／流亡海外。

有情人終成眷屬

【釋義】有情人：相愛的人。眷屬：此指夫妻。
【出處】王實甫・西廂記五本四折：「永老無別離，萬古常完聚，願普天下有情的都成了眷屬。」
【用法】多用於祝福相戀的男女結爲夫妻。
【例句】他倆經過十年的愛情長跑後，**有情人終成眷屬**，在今天步上紅毯，踏進了結婚禮堂。
【義近】月下老人一線牽／永結連理／鸞鳳和鳴／永結同心／愛河永浴。
【義反】棒打鴛鴦／水盡鵝飛。

有教無類

【釋義】施教不分對象。無類：不分類別。
【出處】論語・衛靈公：「子曰：『有教無類。』」
【用法】不分階級之貴賤高低，不論親疏，都給予教育。
【例句】**有教無類**，使國民都能受到義務教育，是我國的教育基本政策。
【義近】一視同仁／等量齊觀。
【義反】因材施教／因人而異。

有條不紊

【釋義】有條理而不紊亂。紊：亂。
【出處】尚書・盤庚上：「若網在綱，有條而不紊。」
【用法】形容有條有理，一點也不亂。
【例句】無論怎樣頭緒紛繁的事，他都能**有條不紊**，從容不迫地予以處理。
【義近】井井有條／井然有序／有條有理。
【義反】雜亂無章／亂七八糟／漫無條理。

有條有理

【釋義】意即很有條理。
【出處】朱彝尊・宋本輿地廣記跋：「故其沿革，有條有理，勝於樂史太平寰宇記實多。」
【用法】形容層次、脈絡清楚。
【例句】文如其人，他寫文章就如同平日處理事情一樣，總顯得**有條有理**。
【義近】頭頭是道／有條不紊／井井有條／脈絡清晰。
【義反】語無倫次／顛三倒四／顛來倒去／漫無條理。

有眼不識泰山

【釋義】有眼睛卻不認識泰山。泰山：我國名山，在山東。
【出處】施耐庵・水滸傳二回：「師父如此高強，必是個教頭，小兒有眼不識泰山。」
【用法】比喻見聞淺陋，認不出地位高或本領大的人。多用作冒犯或得罪人後，向對方賠禮道歉的客氣話。
【例句】請恕我**有眼不識泰山**，不知您就是院長，剛才有冒犯之處，請多包涵。
【義近】有眼無珠／有眼如盲／盲眼無珠。
【義反】明察秋毫／一目了然／慧眼識英雄。

有眼如盲

【釋義】雖然長有一雙眼睛卻像瞎子。
【出處】元・范子安・竹葉舟四折：「師父，弟子有眼如盲，只望師父救度咱。」
【用法】用以指分辨不清事物或識別不出出色的人物。
【例句】事實已經很清楚地擺在眼前，你還猶豫不決，依我看，你眞的是**有眼如盲**。
【義近】有眼無珠／亮眼瞎子／有眼不識泰山／睜眼瞎子。
【義反】慧眼識英雄／火眼金睛／明察秋毫。

有眼無珠

【釋義】有眼卻沒有長眼珠子。
【出處】元・無名氏・舉案齊眉一折：「怎比你有眼卻無珠。」吳承恩・西遊記四二回：「菩薩，我弟子有眼無珠，不識你廣大法力。」
【用法】形容見識淺薄，沒有辨別能力。多用於責罵自己或別人瞎了眼，看不清某人某事物的偉大重要。
【例句】你眞是**有眼無珠**，竟敢在專家面前賣弄，這下可鬧出笑話了！
【義近】有眼不識泰山／睜眼瞎子／鼠目寸光。
【義反】眼明心亮。

有備無患

【釋義】有了準備就可以避免禍患。患：禍患，災難。
【出處】尚書・說命中：「惟事事，乃其有備，有備無患。」
【用法】用以勉勵人或自己於事前要有準備，以免不測。
【例句】我們必須提高警覺，鞏固國防，才能**有備無患**，無懼於強敵的壓境。
【義近】未雨綢繆／防患未然／曲突徙薪。
【義反】臨陣磨槍／臨渴掘井。

有勞有逸

【釋義】勞：工作，勞動。逸：安閒，休息。
【出處】唐・歐陽詹・魯山令李胄宴僚吏序：「窮八荒，竭千鐘，強發揚，課絲巧，則有勞有逸，豈合歡之意歟！」
【用法】指工作與休息安排適宜，勞逸均衡。
【例句】把握時間工作自然很好，但也要注意休息，**有勞有逸**，才能持之以恆，把工作做得更好。
【義近】忙裏偷閒／忙中偷閒／偷得浮生半日閒。
【義反】夙夜匪懈／夙興夜寐／宵衣旰食／焚膏繼晷。

有朝一日

【釋義】將來有一天。朝：日，天。
【出處】關漢卿・救風塵一折：「事要前思免後悔。我也勸你不得，有朝一日，準備著搭救你塊望夫石。」
【用法】用以說明如果以後有那麼一天，等機會或條件成熟時，將怎麼去做。
【例句】**有朝一日**我發了財，一定要蓋一座有花園的別墅，安度晚年。

有進無退

【釋義】意謂只有前進，絕不後退。
【出處】晉書・周處傳：「且古者良將受命，鑿凶門以出，蓋有進無退也。」
【用法】指作戰或做事勇往直前而不後退。
【例句】鉅鹿之戰，項羽下令破釜沉舟，以示**有進無退**的決心，終於大破秦軍，贏得勝利。
【義近】穩步前進／一往無前／勇往直前／勇猛向前／百折不回／勇猛精進。
【義反】有退無進／知難而退／臨陣脫逃／落荒而逃／半途而廢／裹足不前／逡巡不前／畏首畏尾。

有傷風化

【釋義】風化：風俗教化。
【出處】元・關漢卿・裴度還帶四折：「你道做了有傷風化，誰就你那燕爾新婚。」
【用法】指人的言行舉止對社會的風俗教化有不良影響。
【例句】警局接獲報案，立即派員前往，在暗巷裏捉住那名**有傷風化**的無聊男子。
【義近】傷風敗俗／傷風敗德／敗德辱行／妨害風化。

有意栽花花不發，無心插柳柳成陰

【釋義】陰：一作「蔭」。
【出處】羅貫中・平妖傳一九回：「有意種花花不發，無心插柳柳成陰。」
【用法】用以說明有心做某事，其事不成，而無意之中做某事，其事反有成果。
【例句】林小姐幾次相親都沒成功，這次偶遇張先生，卻一見鍾情，眞是**有意栽花花不發，無心插柳柳成陰**。
【義反】有志者事竟成。

有意無意之間

【釋義】意謂像是有意的，又像是無意的。

【出處】劉義慶・世說新語・文學：「庾子嵩作意賦成，從子文康見問曰：『若有意邪，非賦之所盡，若無意邪，復何所賦？』答曰：『正在有意無意之間。』」

【用法】形容所寫文章自然率眞，看不出修飾雕琢的痕跡。

【例句】《紅樓夢》前八十回，確實可以說是在**有意無意之間**，而後四十回則時有斧鑿之痕。

【義近】神施鬼設／無斧鑿之痕／渾然天成。

【義反】東塗西改／雕章鏤句／尋章摘句／搜章擿句／尋行數墨／句句雕琢。

有腳書櫥

【釋義】書櫥：裝書用之木櫥。

【出處】中吳紀聞三：「（程信民）手未嘗釋卷，記問精確，經傳子史，無不通貫，鄉人號爲有腳書櫥。」

【用法】比喻博學多聞之人。

【例句】老陳的國學造詣頗深，我們遇到疑難字辭去請教他，都能得到滿意的回答，因此大家稱他爲**有腳書櫥**。

【義近】兩腳書櫥／博聞強志／活字典／博學多聞。

【義反】孤陋寡聞／寡見鮮聞／見少識淺。

有腳陽春

【釋義】陽春：指和煦之陽光。

【出處】開元天寶遺事：「宋璟爲太守，愛民恤物，朝野歸美，時人咸謂璟爲有腳陽春，言所至之處，如陽春煦物也。」

【用法】比喻愛民恤物的官員，所到之處都能造福百姓，就像長了腳的太陽隨處散發和煦的陽光，孳育萬物。

【例句】專制時代，地方官員的政聲問老百姓就能得知，好的父母官人稱**有腳陽春**，貪官污吏則會落得天高三尺的惡名。

【義近】勤政愛民／仁民愛物。

【義反】貪暴虐民／殘民以逞。

有過之無不及

【釋義】過：超過。不及：趕不上，不如。

【出處】宋・楊萬里・靜庵記：「予時亦以省試官待罪廷中，目睹盛事，謂景伯十年鳳池，名位視其父有過之無不及者。」

【用法】指相比之下，只有超過的，沒有不如的地方。

【例句】史書上記載，夏桀商紂暴虐無道，我看隋煬帝的荒淫無度，比起他二人，**有過之無不及**，所以隋朝很快就被滅亡，這是必然的道理。

【義近】過無不及。

【義反】一蟹不如一蟹。

有福同享，有難同當

【釋義】難：一作「禍」。當：擔當，承當。有幸福共同享受，有患難共同擔當。

【出處】清・李寶嘉・官場現形記五回：「從前老爺有過話，是『有福同享，有難同當。』」

【用法】比喻同甘共苦。

【例句】我們是好朋友，我自然**有福同享，有難同當**，在這緊要關頭，我決不會棄你而去。

【義近】患難與共／同生死共患難／同甘共苦。

【義反】人情冷暖，世態炎涼／酒肉朋友。

有聞必錄

【釋義】聞：聽到。錄：記載，記錄。

【出處】宦海一一回：「在下做書的更不便無端妄語，信口雌黃，不過照著有聞必錄的例兒，姑且的留資談助。」

【用法】指把凡是聽到的，都一定記錄下來。

【例句】這篇文章中所陳述的事件，絕非出自個人杜撰，而是本著**有聞必錄**的原則，一一記錄下來的眞人實事。

【義近】知無不言。

【義反】祕而不宣／諱莫如深／藏垢納污／藏頭露尾／粉飾太平。

有增無損

【釋義】增：增長，增加。損：減損，減少。

【出處】三國志・魏書・高堂隆傳：「臣寢疾病，有增無損，常懼奄忽，忠款不昭。」

【用法】用以指事物的量或程度只是增加，而不減少。

【例句】父親因年事已高，自從患病以來便臥病不起，雖經多方醫治，病情仍然**有增無損**。

【義近】有增無減。

【義反】有損無益。

有緣千里來相會

【釋義】緣：緣分。千里：泛言其遠，非實數。

【出處】宋・無名氏・張協狀元：「有緣千里來相會，無緣對面不相逢。」

【用法】只要有緣分，即使相隔千里，也能聚合在一起。

【例句】這對夫妻，原本一個住美國，一個住台北，竟然會在旅遊日月潭時認識而結婚，眞是**有緣千里來相會**。

【義近】千里姻緣一線牽。

【義反】無緣對面不相識／咫尺無緣。

有隙可乘

【釋義】隙：裂縫，引申爲機會。乘：利用。一作「有機可乘」。

【出處】羅貫中・三國演義一一〇回：「今魏有隙可乘，不就此時伐之，更待何時？」

【用法】形容有縫隙可鑽，有機會可以利用。

【例句】小明見監考老師走到教室外，以爲**有隙可乘**，便拿出小抄準備作弊，不料老師正好回頭，被逮個正著。

【義近】乘虛而入／乘瑕抵隙。

【義反】無懈可擊／無機可待／無隙可乘。

有憑有據

【釋義】意即有憑據。憑據：依據，證據。

【出處】文康・兒女英雄傳一八回：「及至聽他說的有本有源，有憑有據，不容不信。」

【用法】指有憑藉的根據，並非胡言亂語、捏造編造。

【例句】我說他品德不好是**有憑有據**的，決不是無稽之談。

【義近】有根有據／有本有源／眞憑實據／有案可稽。

【義反】無本無源／子虛烏有／荒誕無稽／信口雌黃／向壁虛構。

有錢使得鬼推磨

【釋義】意謂有金錢可以收買魔鬼來爲他做事。一作「有錢能使鬼推磨」。

【出處】古今小說·臨安里錢婆留發跡：「正是官無三日緊，又道是有錢使得鬼推磨。」

【用法】用以形容金錢萬能，有了錢便無不可爲之事。

【例句】**有錢使得鬼推磨**，只要你肯出高價錢，難道還有買不到的東西嗎？

【義近】錢可通神／重賞之下，必有勇夫。

【義反】富貴不能淫。

有頭有尾

【釋義】有開頭，有結尾。有頭：指開頭做得很好。有尾：指能貫徹到底。

【出處】施耐庵·水滸傳二二回：「他便是眞大丈夫，有頭有尾，有始有終，我如今只等病好時，便去投奔他。」

【用法】形容人做事有始有終，能堅持到底。

【例句】這位年輕人很有毅力，做事**有頭有尾**，認眞負責。

【義近】有始有終／善始善終。

【義反】有始無終／無頭無尾／殘缺不全。

有頭無尾

【釋義】只有開頭，沒有結尾。

【出處】朱子語類四二·論語二四：「若是有頭無尾底人，便是忠也不久。」

【用法】形容人做事有始無終，不能堅持到底。

【例句】①你做事老是這樣**有頭無尾**，決不會有成功的一天。②你講的這個故事**有頭無尾**，讓人聽得滿頭霧水。

【義近】有始無終／虎頭蛇尾。

【義反】有始有終／有頭有尾。

有聲有色

【釋義】聲、色：人的聲音、顏色。

【出處】洪亮吉·北江詩話：「寫月有聲有色如此，後人復何從著筆耶？」（指李白、杜甫之詠月詩）

【用法】形容說話、爲文或表演精彩生動，形象鮮明，引人入勝。

【例句】他平時連話都不多說，可是在昨天的同樂會上，他表演的節目卻**有聲有色**，令人嘆爲觀止。

【義近】精采動人／聲色俱佳／繪聲繪色。

【義反】乏善可陳／平平無奇。

有膽有識

【釋義】膽：膽量。識：見識。

【出處】夏敬渠·野叟曝言四〇回：「金羽妹子，絕世聰明，有膽有識，今年也是七歲，可憐有才無命。」

【用法】形容人既有膽量魄力，又有遠見卓識。

【例句】你別看他年紀輕輕，就以爲他少不更事，其實他可是**有膽有識**，是個相當可靠的人才。

【義近】渾身是膽／見識卓越／卓有見識。

【義反】膽小如鼠／有勇無謀。

四畫

朋比爲奸

【釋義】朋比：互相勾結。爲：做。奸：邪惡。

【出處】唐書·選舉制：「向聞楊虞卿兄弟，朋比貴勢。」羅貫中·三國演義一回：「張讓……十人，朋比爲奸。」

【用法】指壞人勾結在一起爲非作歹。

【例句】這幾個傢伙**朋比爲奸**，貪污行賄，自以爲萬無一失，沒想到還是敗露行跡了。

【義近】狼狽爲奸／朋黨比周。

【義反】同心向善／協力除奸。

朋黨比周

【釋義】朋黨：爲私利目的而勾結同類。比周：結夥營私。

【出處】荀子·臣道：「朋黨比周，以環主圖私爲務，是篡臣者也。」

【用法】用以指結黨營私，排斥異己。

【例句】社會上有些人爲了一己私利，不惜**朋黨比周**，攪得大家不得安寧。

【義近】結黨營私／朋比爲奸。

【義反】兼善天下。

七畫

望子成龍

【釋義】龍：傳說中的神異動物，喻不平凡的人。一作「望子成名」。

【出處】文康·兒女英雄傳三六回：「無如望子成名，比自己功名念切，還加幾倍。」

【用法】用以表示盼望子孫出人頭地，成爲有名氣的人物。

【例句】他在**望子成龍**的心態驅策下，節衣縮食，發誓要把孩子培養成博士。

【義近】望子成材／望女成鳳。

望文生義

【釋義】看了字面就去生發意義。文：文字，詞句。

【出處】張子洞·輶軒語·語學：「空談臆說，望文生義，即或有理，亦所謂郢書燕說耳。」

【用法】指不了解詞句的確切涵義，僅按照字面做出牽強附會的解釋。

【例句】讀書，尤其是讀古書，最忌諱的是**望文生義**，做出錯誤的理解或解釋。

【義近】郢書燕說／緣文生義／穿鑿附會／牽強附會。

【義反】探本索源／推敲琢磨／反覆斟酌。

望而生畏

【釋義】生畏：害怕。

【出處】吳沃堯·痛史序：「卷帙浩繁，望而生畏。」

【用法】表示看到了就使人害怕畏怯。

【例句】從事學術研究工作，起初不免令人**望而生畏**，但等到鑽研進去後，卻又自有其樂趣。

【義近】望而畏之／望而卻步。

【義反】無所畏懼／臨危不懼。

望而卻步（ㄨㄤˋ ㄦˊ ㄑㄩㄝˋ ㄅㄨˋ）

【釋義】見了就不敢向前。卻步：向後退。

【出處】韓愈．復志賦：「諒卻步以圖前兮，不浸近而愈遠。」李漁．李笠翁曲話：「作者茫然無緒，觀者寂然無聲，無怪乎有識梨園望之而卻步也。」

【用法】形容遇到危險或困難便往後退。

【例句】如果你遇到這麼一點困難就**望而卻步**，那往後要怎麼辦？

【義近】望而生畏／畏縮不前／舉步不前。

【義反】勇往直前／勇猛向前／奮勇向前。

望門投止（ㄨㄤˋ ㄇㄣˊ ㄊㄡˊ ㄓˇ）

【釋義】門：門戶，指人家戶。投止：投宿到別人家暫時安身。止：止履。

【出處】後漢書．張儉傳：「儉得亡命，困迫遁走，望門投止，莫不重其名行，破家相容。」

【用法】形容情況窘迫，來不及選擇存身的地方。

【例句】太平天國覆亡之前，南京城破，忠王李秀成帶著少數親信突圍而出，欲**望門投止**，結果遭民眾識破身分而就擒，可憐英雄末路。

【義近】窮猿奔林／窮鳥入懷／慌不擇路。

望洋興嘆（ㄨㄤˋ ㄧㄤˊ ㄒㄧㄥ ㄊㄢˋ）

【釋義】望洋：一作望羊、望陽，連綿字，仰望的樣子。興：發生。嘆：感歎。

【出處】莊子．秋水載：河伯「至於北海，東面而視，不見水端。於是焉河伯始旋其面目，望洋向若而嘆曰……。」

【用法】比喻因大開眼界而驚奇，或為舉辦某事而力量不足，感到無可奈何。

【例句】面對現代科技迅速發展的趨勢，我們不該**望洋興嘆**，而應奮發圖強，努力趕上。

【義近】仰天長嘆／無可奈何／徒呼負負。

【義反】信心百倍／滿懷信心／摩拳擦掌。

望秋先零（ㄨㄤˋ ㄑㄧㄡ ㄒㄧㄢ ㄌㄧㄥˊ）

【釋義】意謂還沒有到秋天，就先萎謝了。零：凋零敗落。

【出處】劉義慶．世說新語．言語：「松柏之姿，經霜猶茂，臣蒲柳之姿，望秋先零。」

【用法】比喻未老先衰或體弱。

【例句】現代上班族生活壓力大，四體不勤，加上有許多不良的習性，許多人才四十出頭便已**望秋先零**，身體狀況遠不如六、七十歲的農民。

【義近】未老先衰／頭童齒豁。

【義反】老當益壯／返老還童。

望穿秋水（ㄨㄤˋ ㄔㄨㄢ ㄑㄧㄡ ㄕㄨㄟˇ）

【釋義】秋水：秋天的水特別清澈明亮，古人常用來比喻人的眼睛。

【出處】元．王實甫．西廂記三本二折：「你若不去呵，望穿他盈盈秋水，蹙損他淡淡春山。」

【用法】形容盼望非常殷切。

【例句】她日思夜想，**望穿秋水**，可是仍不見丈夫回來。

【義近】望眼欲穿／延頸企踵／倚門而望。

【義反】不聞不問／兩相俱忘。

望風而降（ㄨㄤˋ ㄈㄥ ㄦˊ ㄒㄧㄤˊ）

【釋義】望見敵人的影子就繳械投降。風：蹤影。

【出處】元．關漢卿．五侯宴二折：「自起兵之後，所過城池望風而降。」

【用法】形容軍隊毫無士氣。

【例句】朱元璋於鄱陽湖之役，射殺陳友諒之後，揮軍北上，所過城池**望風而降**，元順帝退出北京，全國於是宣告一統。

【義近】望風歸順／望風披靡／望風而逃／望風而潰。

【義反】決一死戰／作殊死戰／寧死不降。

望風而逃（ㄨㄤˋ ㄈㄥ ㄦˊ ㄊㄠˊ）

【釋義】看到對方的一點影子就逃跑了。風：風聲，影蹤。

【出處】羅貫中．三國演義六四回：「曹操以百萬之眾，聞吾之名，望風而逃。」

【用法】比喻膽怯，不攻自潰。

【例句】抗戰後期，我軍發起猛烈的反攻，敵人**望風而逃**，潰不成軍。

【義近】聞風而逃／聞風喪膽／望風披靡。

【義反】挺身而上／勇往向前。

望風而潰（ㄨㄤˋ ㄈㄥ ㄦˊ ㄎㄨㄟˋ）

【釋義】看到敵人的影子就已嚇得潰散。風：蹤影。

【出處】宋．孫光憲．北夢瑣言卷五：「每歲諸道差兵屯戍大渡河，蠻旗才舉，望風而潰。」

【用法】形容軍隊毫無戰鬥力，還沒有接觸到敵人，就已經潰散了。

【例句】安祿山造反，哥舒翰兵降潼關，唐帝國各地**望風而潰**，唯有張巡和許遠二人死守睢陽，屏蔽江南，居功厥偉。

【義近】望風歸順／望風披靡／望風而逃／望風而降。

【義反】決一死戰／作殊死戰／寧死不降。

望風希指（ㄨㄤˋ ㄈㄥ ㄒㄧ ㄓˇ）

【釋義】意謂察言觀色，迎合君王或上司的意旨。望：觀察。風：形勢，事態。希：企望，窺測。指：同「旨」，意圖。

【出處】三國志．魏書．杜畿傳：「近司隸校尉孔羨辟大將軍狂悖之弟，而有司嘿爾，望風希指，甚於受屬。」

【用法】形容諂媚巴結、曲意奉承的行為。

【例句】以管仲之智，齊桓公身旁仍有刁豎、易牙等奸佞之士**望風希指**，深獲寵信。所以在管仲死後，此二奸當道，齊國國勢日窘，拱手讓出霸權。

【義近】望風承旨／希旨承顏／曲意逢迎／阿諛逢迎。

【義反】守正不阿／剛正不阿／據理力爭。

望風披靡（ㄨㄤˋ ㄈㄥ ㄆㄧ ㄇㄧˇ）

【釋義】望風：遠望其風聲氣勢。披靡：草木隨風倒伏，比喻潰敗。

【出處】漢書・杜周傳：「天下莫不望風而靡，自尚書近臣皆結舌杜口，骨肉親屬，莫不股栗。」
【用法】比喻軍隊毫無鬥志，見到對方氣勢勇猛，還未交鋒就潰散了。
【例句】在這場鬥爭中，我軍連連取勝，敵軍**望風披靡**，抱頭鼠竄。
【義近】望風而潰／望風而逃。
【義反】所向披靡／所向無敵／無堅不摧。

望梅止渴

【釋義】眼望梅林，流著口水而止渴。梅：梅樹結的梅子，酸甜可口。
【出處】劉義慶・世說新語・假譎載：曹操見軍皆渴，下令「前有大梅林，饒子，甘酸可解渴。」士卒聞之，口皆出水。
【用法】比喻願望無法實現，用空想安慰自己。
【例句】我們要依靠自己的力量發財致富，若把希望寄託在別人身上，那無異於**望梅止渴**。
【義近】畫餅充飢／指雁為羹。
【義反】腳踏實地。

望眼欲穿

【釋義】眼睛都要望穿了。穿：通透。
【出處】白居易・江樓夜吟元九律詩：「白頭吟處變，青眼望中穿。」
【用法】形容盼望殷切。
【例句】她每天都**望眼欲穿**地盼著兒子歸來，眞是可憐天下父母心。
【義近】引頸東望／眼穿腸斷／望穿秋水。
【義反】漠不關心／無動於衷／不聞不問。

望塵而拜

【釋義】望見來車揚起的塵土就下拜。
【出處】晉書・潘岳傳：「岳性輕躁，趨世利，與石崇等諂事賈謐，每候其出，與崇輒望塵而拜。」
【用法】形容諂事權貴，低三下四的卑賤神態。
【例句】鄧艾大破蜀軍，直驅成都，後主偕一班大臣開城迎降，**望塵而拜**，劉備若地下有知，當死不瞑目。
【義近】奴顏卑膝／卑躬曲節／卑躬屈膝／搖尾乞憐／低三下四。
【義反】趾高氣昂／守正不阿／抱誠守眞。

望塵莫及

【釋義】望見前面騎馬的人走過後所揚起的塵土而不能趕上。莫：不能。及：趕上。
【出處】後漢書・趙咨傳：「（曹）暠送至亭次，望塵不及。」
【用法】比喻遠遠地落在後面。多用作謙詞。
【例句】他的泳技進步很多，不到半年工夫，我等就**望塵莫及**了。
【義近】瞠乎其後／奔逸絕塵／不可企及。
【義反】遙遙領先／後來居上／迎頭趕上／並駕齊驅。

八畫

朝三暮四

【釋義】早晨給三個，晚上給四個。
【出處】莊子・齊物論載：狙公給猴子以橡子。「曰：『朝三而暮四。』眾狙皆怒。曰：『然則朝四而暮三。』眾狙皆悅。」
【用法】原指玩弄手法欺騙人，今多用以比喻常常變卦，反覆無常。
【例句】你一會兒學英語，一會兒又改學日語，這樣**朝三暮四**，很可能一門也學不好。
【義近】朝秦暮楚／反覆無常。
【義反】始終如一／堅定不移。

朝夕不倦

【釋義】早晚都不懈怠。倦：疲乏，厭倦。
【出處】左傳・昭公三年：「寡人願事君，朝夕不倦。」
【用法】形容人不知疲倦地勤奮努力，刻苦自勵。
【例句】他考取今年的司法官高考，我一點也不覺意外，因為從中學開始，我就發現他認眞讀書，**朝夕不倦**，在我們班上始終名列前茅。
【義近】孜孜不倦／發憤忘食／日以繼夜／廢寢忘食。
【義反】玩歲愒時／蹉跎歲月／游手好閒／飽食終日。

朝夕之策

【釋義】一朝一夕的計策。
【出處】班固・答賓戲：「意者且運朝夕之策。」
【用法】指只圖眼前一時過得去的臨時謀略或打算。
【例句】聘請外籍教師只是**朝夕之策**，要從根本上解決問題，還是要培養本國的教師。
【義近】權宜之計／應急之策。
【義反】長久之計／百年大計。

朝不及夕

【釋義】早晨不能顧到晚上。及：顧及。
【出處】左傳・襄公十六年：「敝邑之急，朝不及夕。引領西望，曰：『庶幾乎？』」
【用法】形容處境困窘或情況危急。
【例句】九二一地震之後，神木鄉聯外道路全部斷絕，居民被困在山中，缺乏糧食，**朝不及夕**，幸賴空軍健兒出動海鷗大隊進行空投，才得渡過難關。
【義近】朝不保夕／岌岌可危／危如累卵／危在旦夕／朝不慮夕。
【義反】穩若泰山／安如磐石／固若金湯。

朝不保夕

【釋義】早晨不知道晚上的事是否保得住。
【出處】吳箕・常談：「在內大臣，朝不保夕。」
【用法】形容情況危急難保，也形容生活窘迫難以度日。
【例句】①老太太已氣息奄奄，看來是**朝不保夕**了。②非洲有些國家的人民面臨著天災人禍，生活在水深火熱之中，有**朝不保夕**之虞。

【義近】朝不謀夕／危在旦夕／岌岌可危。
【義反】安如泰山／強壯如牛。

朝不謀夕（ㄓㄠ ㄅㄨˋ ㄇㄡˊ ㄒㄧ）

【釋義】意謂早晨不能爲晚上的事預作打算。謀：謀畫。
【出處】左傳・昭公元年：「老夫罪戾是懼，焉能恤遠？吾儕偷食，朝不謀夕，何其長也？」
【用法】形容處境窘迫，只能顧及眼前，而無法作長久的打算。
【例句】那些因戰爭而流落異國的難民，住在難民營裏惴惴不安，**朝不謀夕**，眞是令人同情。
【義近】朝不保夕／岌岌可危／危如累卵／危在旦夕／朝不慮夕。
【義反】穩若泰山／安如磐石／固若金湯。

朝令夕改（ㄓㄠ ㄌㄧㄥˋ ㄒㄧ ㄍㄞˇ）

【釋義】早晨發的命令，晚上就改了。一作「朝令暮改」。
【出處】鼂錯・論貴粟疏：「賦斂不時，朝令而暮改。」
【用法】形容政令無常，經常改變辦法和主張。
【例句】上級機關如果**朝令夕改**，下級機關就無所適從。
【義近】朝更夕改／出爾反爾／反覆無常。
【義反】令出如山／言之不渝。

朝東暮西（ㄓㄠ ㄉㄨㄥ ㄇㄨˋ ㄒㄧ）

【釋義】早晨在東，晚上在西。
【出處】明・徐霖・繡襦記・聞信增悲：「如今他在那裏，朝東暮西，那有踪跡。」
【用法】形容行踪不定，或比喻變來變去、不專一。
【例句】①拜託！這個老兄居無定所，**朝東暮西**，時間這麼緊迫，你教我上哪兒去找他？②這位仁兄一向**朝東暮西**，說話從不算數，你千萬不要寄以厚望，以爲他一定會大力協助你。
【義近】朝三暮四／朝秦暮楚／反覆無常／變化多端／飄忽不定。
【義反】遊必有方／始終不渝／說一不二／矢志不二／言行如一。

朝思夕計（ㄓㄠ ㄙ ㄒㄧ ㄐㄧˋ）

【釋義】意謂早晚都在思考。計：這裏是思慮的意思。
【出處】南朝陳・徐陵・答諸求官人書：「僕七十三歲，朝思夕計，並願與諸賢爲眞善知識。」
【用法】形容集中心力去思考問題。
【例句】東南亞各國爲了振興經濟，早日擺脫金融危機，財經首長無不**朝思夕計**，謀求對策。
【義近】朝思夕慮／深思熟慮／兼權熟計／冥思苦想／深謀遠慮／殫精竭慮。
【義反】心血來潮／不假思索／輕舉妄動／意氣用事。

朝思暮想（ㄓㄠ ㄙ ㄇㄨˋ ㄒㄧㄤˇ）

【釋義】早晨想，晚上也想。也作「朝思夕想」。
【出處】柳永・傾杯樂詞：「朝思暮想，自家空恁添情瘦。」
【用法】形容想念之深。
【例句】兒子一出國就是幾年，最近我又有病在身，你教我怎能不**朝思暮想**呢？
【義近】日思夜想／念念不忘。
【義反】置諸腦後／拋往九霄雲外／漠不關心／無動於衷。

朝氣蓬勃（ㄓㄠ ㄑㄧˋ ㄆㄥˊ ㄅㄛˊ）

【釋義】朝氣：早晨清新的空氣，喻生機勃發的精神或氣勢。蓬勃：盛起勃發的樣子。
【出處】唐・沈佺期・岳館：「空濛朝氣合，窈窕夕陽開。」漢・賈誼・旱雲賦：「遙望白雲之蓬勃兮，滃澹澹而妄止。」
【用法】形容生氣勃勃，充滿旺盛的向上活力。
【例句】你這麼年輕，理應**朝氣蓬勃**，爲何老是這樣消沉，一點生氣也沒有？
【義近】生氣蓬勃／生氣勃勃／生龍活虎／意氣風發／旭日東升／生機勃勃。
【義反】死氣沉沉／暮氣沉沉／無精打采／萎靡不振／尸居餘氣／氣息奄奄。

朝秦暮楚（ㄓㄠ ㄑㄧㄣˊ ㄇㄨˋ ㄔㄨˇ）

【釋義】時而事秦，時而事楚。秦、楚：春秋戰國時的仇敵之國。
【出處】晁補之・北渚亭賦：「託生理於四方，固朝秦而暮楚。」
【用法】比喻反覆無常，也比喻行蹤無定。
【例句】他今天贊成這個黨的主張，明天又去擁護那個黨，**朝秦暮楚**，誰知他心裏怎麼想的。
【義近】朝三暮四／反覆無常／出爾反爾。
【義反】始終如一／矢志不二／始終不渝。

朝乾夕惕（ㄓㄠ ㄑㄧㄢˊ ㄒㄧ ㄊㄧˋ）

【釋義】早晚勤奮，戒愼恐懼，不敢懈怠。朝乾：即乾乾，自強不息的樣子。惕：警惕，戒愼。
【出處】易經・乾卦：「君子終日乾乾，夕惕若，厲无咎。」曹雪芹・紅樓夢一八回：「惟朝乾夕惕，忠於厥職。」
【用法】指執政者日夜爲國事辛勞，不敢怠懈。
【例句】越王句踐，十年生聚，十年教訓，**朝乾夕惕**，終於滅了吳國，重光國土。
【義近】宵旰勤勞／夙夜匪懈／宵食旰衣／念茲在茲／枵腹從公。
【義反】尸位素餐／尋歡作樂。

朝朝寒食，夜夜元宵（ㄓㄠ ㄓㄠ ㄏㄢˊ ㄕˊ，ㄧㄝˋ ㄧㄝˋ ㄩㄢˊ ㄒㄧㄠ）

【釋義】寒食：節日名，清明節前一日或二日。元宵：正月十五。
【出處】白仁甫・梧桐雨一折：「寡人自從得了楊妃，眞所謂朝朝寒食，夜夜元宵也。」
【用法】形容豪奢作樂的生活情景，早晚都像過節一樣。
【例句】富商大賈**朝朝寒食，夜夜元宵**，對身體沒有好處。
【義近】朝歌夜弦／紙醉金迷／日日朝朝勝過年。
【義反】節衣縮食／勤儉度日／朝齏暮鹽。

朝朝暮暮 ㄓㄠ ㄓㄠ ㄇㄨˋ ㄇㄨˋ

【釋義】早晨和黃昏；天天。

【出處】宋玉・高唐賦序：「妾在烏山之陽，高丘之阻，且爲朝雲，暮爲行雨，朝朝暮暮，陽臺之下。」

【用法】現多用以指從早到晚，一天又一天。

【例句】夫妻之間只要感情深厚，倒不一定要**朝朝暮暮**相處在一起，短暫的離別還可增加感情呢！

【義近】暮暮朝朝／日日夜夜／年年月月／歲歲年年。

【義反】一年半載／長年累月。

朝發夕至 ㄓㄠ ㄈㄚ ㄒㄧˋ ㄓˋ

【釋義】早晨出發，晚上就到。

【出處】韓愈・祭鱷魚文：「潮之州，大海在其南……鱷魚朝發而夕至也。」

【用法】形容路程短，也形容旅行迅速和交通方便。

【例句】現在交通工具十分發達，從台北到上海已可以**朝發夕至**了。

【義近】朝發暮至。

【義反】間關萬里／道阻且長。

朝過夕改 ㄓㄠ ㄍㄨㄛˋ ㄒㄧ ㄍㄞˇ

【釋義】早晨有過錯，晚上就改正。

【出處】漢書・翟方進傳：「朝過夕改，君子與之。」

【用法】形容勇於改正過錯。

【例句】有過錯不要緊，只要能做到**朝過夕改**就好了。

【義近】朝聞夕改／知過必改／有過即改。

【義反】至死不改／怙惡不悛／剛愎自用。

朝榮暮落 ㄓㄠ ㄖㄨㄥˊ ㄇㄨˋ ㄌㄨㄛˋ

【釋義】早晨開的花，到晚上就凋落了。榮：草木茂盛，此指草木開花。

【出處】五代・王定保・唐摭言・怨怒：「朝榮暮落，始富終貧，范捲簣而後榮，鄧賜錢而餓死。」

【用法】用以比喻富貴無常，榮華不定。

【例句】眼看他起高樓，眼看他樓塌了，似此**朝榮暮落**的情景，在現實社會一再地重演。人生本無常，不必刻意強求，一切隨緣。

【義近】花無百日紅，人無千日好／好花不常開，好景不常在／朝生暮死。

朝歌暮弦 ㄓㄠ ㄍㄜ ㄇㄨˋ ㄒㄧㄢˊ

【釋義】早晨唱歌，夜間演奏樂器。弦：這裏指弦樂器。

【出處】宋・周密・武林舊事・歌館：「外此諸處茶肆，……以至瓦市，各有等差，莫不靚妝迎門，爭妍買笑，朝歌暮弦，搖蕩心目。」

【用法】用以形容人日夜沉迷於輕歌曼舞、急管繁弦的歡樂之中。

【例句】這位年輕人仗著老子有錢有勢，整日呼朋引伴**朝歌暮弦**，不好好念書，我看他老子死了以後，要靠什麼謀生？

【義近】紙醉金迷／燈紅酒綠／醉生夢死／朝朝寒食／夜夜元宵／徵逐酒食。

【義反】孜孜不倦／克勤克儉／孜孜矻矻／朝乾夕惕／夙興夜寐／自強不息。

朝聞夕死 ㄓㄠ ㄨㄣˊ ㄒㄧ ㄙˇ

【釋義】朝聞：早晨聽到大道。道：指事物當然之理，猶今之「眞理」。夕死：晚上就死也甘心。

【出處】論語・里仁：「子曰：『朝聞道，夕死可矣。』」

【用法】形容聞道的可貴以及渴望道的殷切心情。

【例句】古人看重**朝聞夕死**，我們今天應當發揚這種精神，堅持眞理，修正錯誤。

【義近】晨聞夕逝／朝聞夕沒。

朝聞夕改 ㄓㄠ ㄨㄣˊ ㄒㄧ ㄍㄞˇ

【釋義】早晨聽到別人給自己指出的過失，到晚上就改掉。

【出處】晉書・周處傳：「古人貴朝聞夕改，君前途尙可，且患志之不立，何憂名之不彰！」

【用法】形容人能虛心聽取別人的意見，勇於迅速改正自己的錯誤。

【例句】李經理雖然脾氣不好，喜歡訓人，卻能**朝聞夕改**，這是大家仍願意在他手下工作的主要原因。

【義近】朝過夕改／知過必改／改過自新／從善如流／從諫如流／從善若流。

【義反】拒諫飾非／頑固不化／冥頑不靈／師心自用／剛愎自用。

朝歡暮樂 ㄓㄠ ㄏㄨㄢ ㄇㄨˋ ㄌㄜˋ

【釋義】意謂日夜沉醉於歡樂之中。

【出處】大宋宣和遺事・亨集：「徽宗自此之後，朝歡暮樂，無日虛度。」

【用法】形容人一味地過著享樂的生活，而置國事家事於不顧。

【例句】時下許多年輕人因環境優渥而耽溺於**朝歡暮樂**的生活中，甚而犯下無法彌補的大錯。

【義近】紙醉金迷／燈紅酒綠／醉生夢死／朝朝寒食／夜夜元宵／徵逐酒食。

【義反】孜孜不倦／克勤克儉／孜孜矻矻／朝乾夕惕／夙興夜寐／自強不息。

朝饔夕飧 ㄓㄠ ㄩㄥ ㄒㄧ ㄙㄨㄣ

【釋義】饔：早餐。飧：晚餐。

【出處】李東陽・後東山草堂賦：「吾儕細人，朝饔夕飧，觀山而不窮其巔，望海而不極其源。」

【用法】形容人只會吃飯，不肯做事，虛度光陰的樣子。

【例句】自從他得了一大筆遺產後，便**朝饔夕飧**，無所事事的度日，看了令人心寒。

【義近】玩歲愒日／游手好閒／得過且過／醉生夢死／曠廢隳惰／居諸坐誤。

【義反】兀兀窮年／矻矻歲月／日以繼夜／焚膏繼晷。

朝齏暮鹽 ㄓㄠ ㄐㄧ ㄇㄨˋ ㄧㄢˊ

【釋義】早晨用醃菜下飯，晚上蘸鹽佐菜。齏：切碎的醃菜。

【出處】韓愈・送窮文：「太學四年，朝齏暮鹽，惟我保汝，人皆汝嫌。」

【用法】形容生活清苦，飲食菲

薄不堪。

【例句】**朝齏暮鹽**的生活雖然清苦，但可以磨鍊人的意志。

【義近】朝升暮合。

【義反】朝歌夜弦／朝飲夜宴。

期期艾艾

【釋義】期期、艾艾：均為口吃者說話重複的聲音。

【出處】司馬遷・史記・張丞相列傳：「臣口不能言，然臣期期知其不可。」劉義慶・世說新語・言語：「鄧艾口吃，語稱艾艾。」

【用法】形容口吃，也形容事出倉促一時難以措詞。

【例句】他說起話來總是**期期艾艾**，可是偏偏又什麼事情都愛插嘴。

【義近】結結巴巴。

【義反】語言流暢／牙白口清。

期頤之壽

【釋義】期頤：指百歲的老人。百年為「期」。百歲之老人須靠人供養，稱為「頤」。

【出處】南齊書・褚炫傳：「聞淵拜司徒，歎曰：『使淵作中書郎而死，不當是一名士邪！名德不昌，遂令有期頤之壽。』」

【用法】用以稱人高壽。

【例句】這位慈善家一生以助人為樂，享有**期頤之壽**，可算是上天給他的善報吧。

【義近】松柏之壽／南山之壽／壽山福海／松喬之壽。

木部

木已成舟

【釋義】樹木已經做成了船。舟：船。

【出處】李汝珍・鏡花緣三五回：「到了明日，木已成舟，眾百姓也不能求我釋放，我也有詞可托了。」

【用法】比喻事情已成定局，無法改變。

【例句】這件事原本並不是這樣計畫的，但如今**木已成舟**，也只好將就了。

【義近】生米煮成熟飯／鐵已鑄成鍋／覆水難收。

【義反】舉棋未定。

木心石腹

【釋義】意即心如木，腹如石。

【出處】宋・張邦基・墨莊漫錄・縉雲武尉司夫人：「一日，謂輝遠曰：『君索居於此，妾欲侍巾櫛可乎？而君介然不蒙顧盼，亦木心石腹之人也。』」

【用法】形容人冷酷無情。

【例句】他這個人是**木心石腹**，你想對他動之以情，曉之以理，無疑是對牛彈琴。

【義近】鐵石心腸／鐵石肺肝／冷血動物／木石心腸／木人石心。

【義反】俠骨柔情／菩薩心腸／面善心慈／慈悲為懷／血肉之軀。

木牛流馬

【釋義】諸葛孔明為了山區作戰需要，發明製造的一種運輸工具，據說內裝機關，能自動行走。一般所謂「木牛」，是指有車槓的小車。「流馬」是指單人推的小車，都是古代的運輸工具。

【出處】三國志・蜀書・諸葛亮傳：「亮性長於巧思，損益連弩，木牛流馬，皆出其意。」南齊書・文學傳・祖沖之：「以諸葛亮有木牛流馬，乃造一器，不因風水，施機自運，不勞人力。」

【用法】顯示古代交通工具的進步，及孔明智慧高人一等。

【例句】古人為了方便交通，發明了**木牛流馬**，但看在今人眼裏，如同兒童玩具一般，不足為奇。

木本水原

【釋義】樹的根本，水的源頭。原：今通作「源」。意為推究根本。

【出處】左傳・昭公九年：「我在伯父，猶衣服之有冠冕，木水之有本原，民人之有謀主也。」

【用法】表示推本溯源的意思。

【例句】為學若無求**木本水原**、打破沙鍋問到底的精神，是無法學到學問的真諦的。

【義近】上窮碧落下黃泉／追根究柢。

木石心腸

【釋義】指心腸像木石一樣無知覺。

【出處】司馬遷・報任少卿書：「身非木石，獨與法吏為伍。」宋書・吳喜傳：「人非木石，何能不感？」

【用法】比喻人冷酷無情；或喻人意志堅定，不為外物所動搖。

【例句】九二一大地震，集集部分地區屋塌人亡，妻離子散，即令**木石心腸**的人也會為之一掬同情之淚。

【義近】鐵石心腸／鐵石肺肝／冷血動物／木心石腹／木人石心。

【義反】俠骨柔情／菩薩心腸／面善心慈／慈悲為懷／血肉之軀。

木強則折（ㄇㄨˋ ㄑㄧㄤˊ ㄗㄜˊ ㄓㄜˊ）

【釋義】強硬的樹木，有時反而容易折斷。
【出處】老子・七六章：「兵強則不勝，木強則折，強大處下，柔弱處上。」
【用法】說明剛強有時不如柔弱來得持久的道理。
【例句】年輕人因不懂**木強則折**的道理，魯莽行事，反而容易遇到挫折，空有滿腔熱忱也無濟於事。
【義近】兵強不勝／兵強則滅／革固則裂／齒堅先敝。

木雕泥塑（ㄇㄨˋ ㄉㄧㄠ ㄋㄧˊ ㄙㄨˋ）

【釋義】木雕的木偶，泥塑的土偶。
【出處】曹雪芹・紅樓夢二七回：「那黛玉倚著牀欄杆，兩手抱著膝，眼睛含著淚，好似木雕泥塑的一般。」
【用法】比喻神情呆滯有如木雕泥塑的偶像。
【例句】從她聽到先生發生意外的消息至今，她就一直像**木雕泥塑**般地呆坐在牀上，令在旁的親友不知如何是好。
【義近】呆若木雞／神情呆滯。
【義反】生動活潑／生氣勃勃／生龍活虎。

一畫

未了公案（ㄨㄟˋ ㄌㄧㄠˇ ㄍㄨㄥ ㄢˋ）

【釋義】未了：沒有了結。公案：指疑難案件，泛指有糾紛的或離奇的事情。
【出處】普濟・五燈會元・清涼泰欽燈禪師：「如何是先師未了底公案？」元・方回・可言集考：「前輩謂之未了公案。」
【用法】指尚未解決的事情。
【例句】由於證據不足，這件謀殺案遂成了一樁**未了公案**，讓行兇的歹徒逍遙法外，令人扼腕。
【義近】未了事端／懸案未了。

未卜先知（ㄨㄟˋ ㄅㄨˇ ㄒㄧㄢ ㄓ）

【釋義】還沒有占卜就知道了。卜：占卜以測吉凶。
【出處】元・無名氏・桃花女三折：「賣弄殺周易，陰陽誰似你！還有個未卜先知意。」
【用法】形容有先見之明。
【例句】事情都還沒有做，又哪能知道結果呢？我又沒有**未卜先知**的本事。
【義近】料事如神／諸葛再世／活神仙／言事若神。
【義反】事難逆料／事後諸葛／馬後炮／不可揆度。

未可厚非（ㄨㄟˋ ㄎㄜˇ ㄏㄡˋ ㄈㄟ）

【釋義】未：不。厚非：過分的非難、責備。
【出處】漢書・王莽傳中：「莽怒，免英官。後頗覺寤，曰：『英亦未可厚非。』」
【用法】指說話做事還有一定道理，不可過分指責非難，或不要過多否定。
【例句】他的話雖然說過頭了，但仔細體會他的用心，還是**未可厚非**的。
【義近】無可厚非／瑕不掩瑜／無傷大雅。
【義反】一無是處／全盤否定。

未成一簣（ㄨㄟˋ ㄔㄥˊ ㄧ ㄎㄨㄟˋ）

【釋義】所以沒有堆成山，是因爲還差一簣土。簣：盛土的器具。
【出處】論語・子罕：「子曰：『譬如爲山，未成一簣，止，吾止也。』」
【用法】比喻求學或做事尚未成功便停止。
【例句】做任何事若半途而廢，**未成一簣**，都是不可取的行爲，唯有堅持到底才有可能成功。
【義近】功虧一簣／功敗垂成／廢於一旦／半途而廢。
【義反】有始有終／貫徹始終／徹頭徹尾／努力不懈。

未老先衰（ㄨㄟˋ ㄌㄠˇ ㄒㄧㄢ ㄕㄨㄞ）

【釋義】年紀不大而人就已先衰老了。
【出處】白居易・歎髮落：「多病多愁心自知，行年未老髮先衰。」
【用法】用以稱人年齡不大而身體衰弱。
【例句】他生活毫無規律，又從不運動，怎麼能不**未老先衰**呢？
【義近】望秋先零／未冷先寒。
【義反】老當益壯／年老體健／鶴髮童顏／返老還童。

未足爲道（ㄨㄟˋ ㄗㄨˊ ㄨㄟˊ ㄉㄠˋ）

【釋義】意謂不值得一提。
【出處】普濟・五燈會元・長髭曠禪師法嗣：「若與他作對，即是心境兩法能所雙行，便有種種見解，亦是狂慧，未足爲道。」
【用法】用以表示微小而不值得別人重視的事情；常用作自謙之詞。
【例句】區區小事，實**未足爲道**，請不用掛在心上。
【義近】何足掛齒／不足掛齒／不足以道／區區小事。

未定之天（ㄨㄟˋ ㄉㄧㄥˋ ㄓ ㄊㄧㄢ）

【釋義】意謂事情的結局，還無法知道。
【出處】蘇軾・三槐堂銘敍：「世之論天者，皆不待其定而求之，故以天爲茫茫，善者以怠，惡者以肆，盜跖之壽，孔顏之厄，此皆天之未定者也。」
【用法】喻事情的勝負成敗還沒有結果，很難預料。
【例句】這次選舉究竟鹿死誰手，還是**未定之天**，各黨候選人無不卯足了勁，期望獲得選民的青睞。
【義近】成敗未卜／未可預卜／未定之數。
【義反】未卜先知／成敗有數。

未雨綢繆（ㄨㄟˋ ㄩˇ ㄔㄡˊ ㄇㄡˊ）

【釋義】天還沒有下雨，就先修補房屋，把門窗綁牢。綢繆：用繩索纏捆，引申爲修補之意。
【出處】詩經・豳風・鴟鴞：「迨天之未陰雨，徹彼桑土，綢繆牖戶。」
【用法】比喻事先採取預防措施，或事先做好準備。
【例句】我們要**未雨綢繆**，在颱風季節到來以前做好防颱工作。

【義近】防患未然／有備無患／曲突徙薪。

【義反】江心補漏／臨渴掘井／臨陣磨槍／臨淵結網／臨時抱佛腳／亡羊補牢。

未風先雨

【釋義】未見颳風，就先下雨。

【出處】馮夢龍・醒世恆言三五回：「那見得我不會做生意，弄壞了事，要你未風先雨。」

【用法】喻未見事實真相，就亂發議論。

【例句】你這做公公的，未查明事實真相，就**未風先雨**地指責媳婦的不是，也不問問你的寶貝兒子是怎樣對待他的老婆。

未能免俗

【釋義】免俗：免除世俗習慣。

【出處】晉書・阮咸傳：「七月七日……咸以竿挂大布犢鼻於庭。人或怪之，答曰：『未能免俗，聊復爾耳。』」

【用法】用以說明不能免除俗例的做法。

【例句】過春節，家家戶戶都放鞭炮，我雖不贊成，但也**未能免俗**，只好跟著放。

【義近】不能脫俗／拘泥習俗／入境問俗。

【義反】不顧習俗／破舊立新／無視俗例／標新立異。

未竟之志

【釋義】竟：完畢，完成。指尚未完成的志業。

【出處】文康・兒女英雄傳三五回：「只我自己讀書一場，不曾給國家出得一分力……今日之下，退守山林，卻深望這個兒子，完我未竟之志。」

【用法】指想完成或應完成卻尚未完成的志業。

【例句】曹大姑班昭續成《漢書》，終於完成了其兄班固的**未竟之志**，留下千古美名。

【義近】齎志而歿／未了心願。

未焚徙薪

【釋義】意謂火患未起，先將柴草搬開。徙：遷移。薪：柴草。

【出處】馮夢龍・喻世明言卷三九：「這樞密院官都是怕事的，只曉得臨渴掘井，那會未焚徙薪？」

【用法】比喻在禍患還未發生之前，就採取預防的措施。

【例句】聰明人警覺性較高，總是能**未焚徙薪**，哪像你大禍臨頭了，才來想辦法解決！

【義近】防患未然／未雨綢繆／防微杜漸／曲突徙薪。

【義反】臨渴掘井／臨陣磨槍／臨時抱佛腳／臨河搭橋。

未達一間

【釋義】間：空隙。指尚未到達，只差一點間隙。

【出處】揚雄・法言・問神：「昔者，仲尼潛心於文王矣，達之。顏淵亦潛心於仲尼矣，未達一間耳。」

【用法】比喻兩者相當接近，只差一點點。

【例句】這部電影雖然被提名角逐奧斯卡金像獎，但呼聲並不高，要拿回大獎，恐怕還是**未達一間**。

未識一丁

【釋義】意謂不認識一個字。丁：爲「个（個）」的訛字。

【出處】舊唐書・張弘靖傳：「今天下無事，汝輩挽得兩石力弓，不如識一丁字。」明史・王端傳：「文職有未識一丁，武階亦未挾一矢。」

【用法】指不識字的人。

【例句】她雖是個**未識一丁**的鄉下婦女，卻有過人的智慧和膽識，故能贏得丈夫及子女的敬重。

【義近】不識一丁／目不識丁／不識之無／胸無點墨。

【義反】滿腹經綸／博學多才／博物洽聞／立地書櫥。

末大必折

【釋義】樹梢大了，其主幹定要折斷。

【出處】左傳・昭公十一年：「末大必折，尾大不掉，君所知也。」

【用法】比喻部屬勢力大了，就會危及上面（上級）。

【例句】**末大必折**，現應採取斷然措施，削弱地方勢力，加強中央集權。

【義近】尾大不掉／脛大於股／大權旁落／末大不掉。

【義反】強幹弱枝／大權在握。

末節細行

【釋義】末節：小節，小事。

【出處】宋・陸九淵・與曾宅之書：「古之所謂小人儒者，亦不過依據末節細行以自律，未至如今人有如許浮論虛說謬悠無根之甚。」

【用法】用以指無關緊要的小節和細微的行動。

【例句】看人要看大的節操和大的作爲，至於**末節細行**，大可不必評品計較。

【義近】細微末節／細行細謹／小是小非。

【義反】大是大非／三綱五常。

末學膚受

【釋義】末學：膚淺、無本之學。膚受：淺嘗，體會不深。

【出處】漢・張衡・東都賦：「若客所謂末學膚受，貴耳而賤目者也。」

【用法】指治學不求根本，僅及皮毛，所獲甚爲膚淺。

【例句】他這幾年讀書倒還勤奮，可惜不過是**末學膚受**，真正要有學問，還得要深入鑽研才行。

【義近】口耳之學／一知半解／不求甚解。

【義反】鉤深致遠／探賾索隱／求本索源。

本末倒置

【釋義】本：樹根，喻事物的根本。末：樹梢，喻事物的細枝末節。倒置：顛倒放置。

【出處】金・無名氏・綏德州新學記：「然非知治之審，則亦未嘗不本末倒置。」

【用法】說明把重要的和不重要的、主要的和次要的、本質的和非本質的位置秩序弄顛倒了。

【例句】你爲人處事也未免太**本末倒置**了，該認真的馬馬虎虎，可隨意的卻又來吹毛求疵。

【義近】輕重倒置／捨本逐末／背本趨末／買櫝還珠。
【義反】崇本抑末／按部就班／循序漸進。

本末終始

【釋義】本：樹之根。末：樹之梢。終：事之結果。始：事之開始。
【出處】禮記・大學：「物有本末，事有終始，知所先後，則近道矣。」
【用法】用以說明事情的先後原委、前後過程。
【例句】無論處理什麼事情，首先要弄清它的**本末終始**，才有可能採取正確的方法予以解決。
【義近】本末源流／來龍去脈／前因後果／先後原委。

本來面目

【釋義】佛教指人本有的心性，自己的本分。
【出處】道原・景德傳燈錄卷一二：「僧問：不問二頭三首，直指本來面目。」
【用法】用以指人或事物原來的模樣。
【例句】這傢伙是披著人皮的狼，我們一定要撕下他的假面具，讓他露出**本來面目**。
【義近】原本模樣／廬山面目。
【義反】面目一新／易貌改容／脫胎換骨。

本性難移

【釋義】本性：原本的性格、個性。移：改變。
【出處】元・關漢卿・裴度還帶一折：「此等人本性難移，可不是他山河容易改？」
【用法】指人的秉性或積久形成的癖性、習慣難以改變。稍有責備或調侃的意味。
【例句】古人說：「江山易改，**本性難移**。」這個慣竊不知進出監獄多少次了，前不久剛出獄就又故技重施，眞是狗改不了吃屎。
【義近】積習難改／牛拉廣東還是牛／老薑改不了辣。
【義反】脫胎換骨／改頭換面／洗心革面。

二畫

朽木不雕

【釋義】腐爛了的木頭是不能雕刻的。
【出處】論語・公冶長：「朽木不可雕也，糞土之牆不可圬也。」周書・楊乾運傳：「朽木不雕，世衰難佐。」
【用法】比喻人不求上進無法成材；或比喻局勢敗壞到了不可救藥的地步。
【例句】①此等**朽木不雕**之人，只好聽其自然，用不著在他們身上花功夫。②有些國家政治腐敗，經濟落後，人心渙散，上層人物爭鬥不休，可謂是**朽木不雕**，即令是聖人見了，也只能徒呼奈何！
【義近】糞土之牆／朽木糞土／無可救藥／回天乏術。
【義反】人中騏驥／社會菁英／擎天之柱／旋乾轉坤。

朽木糞土

【釋義】腐朽的木頭，髒臭的泥土。
【出處】論語・公冶長：「宰予晝寢，子曰：『朽木不可雕也，糞土之牆不可圬也。』」
【用法】比喻不堪造就的人或無用的東西。
【例句】飽食終日，無所用心的人，簡直像**朽木糞土**一樣，難以造就。
【義近】無用之材／枯木朽枝。
【義反】可造之材／棟梁之材。

朱衣點頭

【釋義】朱衣：指「朱衣使者」，爲科舉時代之主考官。點頭：表示考試上榜。
【出處】天中記・三八：「歐陽修知貢舉日，每遇考試卷，坐後常覺一朱衣人時復點頭，然後其文入格，不爾則無復與考，始疑侍史，及回顧之，一無所見，因語其事於同列，爲之三嘆。嘗有句云：『惟願朱衣一點頭。』」書言故事・科第類：「文字中選，謂朱衣點頭。」後稱科舉考官爲「朱衣使者」，即由此而來。
【用法】用作科舉及第的代稱，今人稱考試上榜。
【例句】古代學子寒窗苦讀，爲的就是贏得**朱衣點頭**，一舉成名天下知。
【義近】三元及第／長安登科／金榜題名／黃榜標名／蟾宮折桂。
【義反】名落孫山／暴鰓龍門／龍門點額。

朱門繡戶

【釋義】朱門：紅漆大門。門：有雙扇門板的門。繡戶：婦女的華麗居室。戶：只有單扇門板的門。
【出處】蒲松齡・聊齋誌異・封三娘：「娘子朱門繡戶，妾素無葭莩親，慮致譏嫌。」
【用法】用以指富貴人家。
【例句】她出身於**朱門繡戶**，出嫁後夫家家道中落，她也能跟著丈夫吃苦耐勞，眞是難能可貴。
【義近】深宅大院／美輪美奐／雕梁畫棟／金碧輝煌。
【義反】土階茅屋／茅茨土階／蓬門篳戶／甕牖繩樞。

朱脣粉面

【釋義】紅潤的嘴脣，白白的面容。朱：紅色。粉：白色。
【出處】明・高明・琵琶記・牛氏規奴：「畫堂內持觴勸酒，走動的是紫綬金貂；繡屏前品竹彈絲，擺列的是朱脣粉面。」
【用法】形容貌美，也指美麗的女子。
【例句】老王夫婦其貌不揚，卻養了個**朱脣粉面**的漂亮女兒，不知他們是不是有什麼秘方。
【義近】脣紅面白／朱顏粉面／仙姿玉貌／如花似玉／杏眼桃腮。
【義反】面黃肌瘦／蓬頭垢面。

朱脣皓齒

【釋義】紅紅的嘴脣，潔白的牙齒。皓：白，潔白。
【出處】楚辭・大招：「魂乎歸徠，聽歌譔只。朱脣皓齒，嫭以姱只。」
【用法】形容貌美麗。
【例句】所謂的美麗，應該除了有**朱脣皓齒**的容貌之外，更應該要有一顆善良的心。

【義近】脣紅齒白／明眸皓齒。

【義反】臼頭深目／滿口黃牙。

朱陳之好

【釋義】朱陳：是村莊名。該村住戶唯朱、陳兩姓人家，世世代代互爲婚姻。後喻兩姓締結婚姻，即以「朱陳之好」作爲賀辭。

【出處】白居易・朱村詩：「徐州古豐縣，有村曰朱陳。…一村惟兩姓，世世爲婚姻。」王安石・和文淑湓浦見寄詩：「相看楚、越常千里，不及朱陳似一家。」

【用法】二姓聯姻之賀辭。

【例句】這對新人自小青梅竹馬，雙方家庭更是世交，如今結爲**朱陳之好**，眞是可喜可賀。

【義近】兩姓聯姻／秦晉之好／天作之合／赤繩繫足／珠聯璧合。

朱輪華轂

【釋義】紅漆的車輪，文飾華麗的車轂。轂：車輪當中貫通車軸的地方。

【出處】丘遲・與陳伯之書：「昔因機變化，遭遇明主，立功之事，開國稱孤，朱輪華轂，擁旄萬里，何其壯也！」司馬遷・史記・陳餘列傳：「范陽令乘朱輪華轂，使驅馳燕趙郊。」

【用法】用以形容達官顯要所乘坐的車駕。

【例句】古代大官員出巡時，**朱輪華轂**，前呼後擁，好不威風。

【義近】結駟連騎／鮮車怒馬／乘堅策肥／駟馬高車。

【義反】柴車幅巾／敝車羸馬。

朱墨爛然

【釋義】朱墨：指硃（紅）色和墨（黑）色的筆跡。爛然：鮮明的樣子。

【出處】國朝漢學師承記・賈田祖：「田祖好學，多所瞻涉，喜《左氏春秋》，未嘗去手，旁行斜上，朱墨爛然。」

【用法】用以形容人讀書至勤，書上注滿紅、黑色的眉批。

【例句】我們的教授是一位認眞苦讀的學者，翻閱他家中所收藏的書籍，無一不是**朱墨爛然**，可見他所下的工夫之深，實令人敬佩。

朱顏鶴髮

【釋義】意謂臉色紅潤，頭髮銀白。鶴髮：頭髮白得像鶴的羽毛。

【出處】元・陶宗儀・輟耕錄・道士壽函：「一老道士者，朱顏鶴髮，延至其室。」

【用法】形容老年人身體健康。

【例句】這位先生年過九十，卻依然**朱顏鶴髮**，走起路來不亞於壯年人，身體還滿硬朗呢。

【義近】童顏鶴髮／龐眉皓髮／老當益壯。

【義反】聳肩縮背／老態龍鍾／頭童齒豁。

三畫

束之高閣

【釋義】捆起來以後放在高高的架子上。束：捆。高閣：儲藏器物的高架。

【出處】晉書・庾翼傳：「每語人曰：『此輩宜束之高閣，俟天下太平，然後議其任耳。』」

【用法】比喻放著不用，也用以表示對事情遷延不辦。

【例句】①他把書買回來後，便**束之高閣**，根本不去看它。②我托他辦幾件事，他只是敷衍一下便全部**束之高閣**，一件也沒有辦！

【義近】置之腦後／置諸高閣／置之不理／打落冷宮／秋扇見捐。

【義反】銘記心中／爬羅剔抉／物盡其用。

束手待斃

【釋義】捆起手來等死。待：等著。斃：死亡。

【出處】元・無名氏・宋季三朝政要：「雖有忠良之臣，反擯棄而不用，束手待斃。」

【用法】比喻遇到困難不積極想辦法或無計可施，坐著等失敗。

【例句】既然遇到了困難，大家就該齊心協力想辦法解決，總不能**束手待斃**吧！

【義近】坐以待斃／引頸就戮／楚囚相對。

【義反】困獸猶鬥／決一死戰／垂死掙扎。

束手就擒

【釋義】捆起手來讓人捉住。就：近，接受。擒：活捉。

【出處】宋史・符彥卿傳：「彥卿謂張彥澤、皇甫遇曰：『與其束手就擒，曷若死戰，然未必死。』」

【用法】形容毫不抵抗，乖乖地讓人捉住。

【例句】那幫爲非作歹之徒都已**束手就擒**，一個個披枷戴鎖，鋃鐺入獄。

【義近】束手就縛。

【義反】抗爭到底／決一死戰／負嵎頑抗／困獸之鬥。

束手無策

【釋義】就像手被捆住一樣，一點辦法也沒有。策：計策，辦法。

【出處】元・無名氏・宋季三朝政要：「（秦）檜死而逆（完顏）亮南敗，孰不束手無策。」

【用法】用以比喻智窮力竭，遇事拿不出辦法來對付。

【例句】遇上這個難題，連素有鬼才之稱的他，也感到**束手無策**。

【義近】一籌莫展／無計可施。

【義反】急中生智／計出萬全／應付裕如／胸有成竹。

束身自修

【釋義】約束自身，加強自我修養。又作「束身自好」。

【出處】後漢書・卓茂傳：「前密令卓茂，束身自修，執節淳固，誠能爲人所不能爲。」

【用法】指保持自身的淸廉純潔，不與壞人壞事同流合污。

【例句】在一黨專制的社會裏，政府官員貪污成風，能**束身自修**的人眞有如鳳毛麟角。

【義近】愛惜羽毛／束身自好／潔身自愛／出污泥而不染。

【義反】同流合污／狼狽爲奸／結黨營私／同惡相濟。

束馬懸車

【釋義】指上山時，包裹馬腳，掛牢車子，以防滑下。

【出處】管子・封禪：「齊桓公西伐大夏，涉流沙，束馬懸車，上卑耳之山。」晉書・羊祜傳：「蜀之爲國，非不險也，高山尋雲霓，深谷肆無景，束馬懸車，然後得濟。」

【用法】用以形容旅途辛勞的樣子。

【例句】古時交通不方便，商人爲了做生意，常**束馬懸車**，歷盡千辛萬苦才到達目的地，和今日的四通八達相較，簡直是天差地遠。

【義近】舟車勞頓／車殆馬煩／草行露宿／曉行夜宿／風餐露宿／風塵僕僕。

【義反】乘車御蓋／養尊處優。

杞人憂天

【釋義】杞國有一個人擔心天會塌下來。杞：周時國名，在今河南杞縣一帶。

【出處】列子・天瑞：「杞國有人，憂天地崩墜，身亡（無）所寄，廢寢食者。」

【用法】用以指稱沒有根據或不必要的憂慮。

【例句】公司會不會倒閉，自有各級主管全盤考慮，你又何必**杞人憂天**呢？

【義近】杞人之憂／庸人自擾。

【義反】不憂不懼。

村夫俗子

【釋義】村：粗俗。俗：庸俗。

【出處】羣音類選・賽四節記・踏雪尋梅：「今朝樂事古應稀，數甌滿飲，休負明時。村夫俗子，枉營營豈知滋味。」

【用法】泛指粗野鄙俗的人。

【例句】你是地方上有頭有臉的人物，何必和這些**村夫俗子**一般見識，有損自己的形象呢？

【義近】凡夫俗子／肉眼凡胎／市井之徒／常鱗凡介。

【義反】鐵中錚錚／庸中佼佼／驥子龍女／英雄豪傑。

李下不整冠

【釋義】在李樹下，不舉起手來整理帽冠。

【出處】王實甫・西廂記・借廂：「君子瓜田不納履，李下不整冠。」

【用法】比喻避開嫌疑，免被誤會。

【例句】古人說：「瓜田不納履，**李下不整冠**。」夜晚最好不要在女生宿舍附近逗留徘徊，以免被懷疑別有企圖。

【義近】瓜田不納履／瓜田李下／瓜李之嫌。

李代桃僵

【釋義】意謂桃李患難相共，蟲咬了桃樹，李樹代桃樹而枯死。僵：枯乾。

【出處】樂府詩集・雞鳴：「桃生露井上，李樹生桃傍，蟲來齧桃根，李樹代桃僵。」

【用法】原比喻兄弟互相愛護、幫助，後用以比喻互相頂替或代人受過。

【例句】你倆是結拜兄弟，固然應講義氣，但這打傷人的事明明是他做的，你何苦硬要**李代桃僵**去坐牢呢？

【義近】代人受過。

【義反】委過他人／嫁禍於人。

杜口吞聲

【釋義】杜口：閉住嘴巴。吞聲：不敢說話。

【出處】後漢書・曹節傳：「羣公卿士，杜口吞聲，莫敢有言。」

【用法】形容非常害怕，心中有怨恨而不敢說。

【例句】民主時代，言論自由，有什麼不平之事儘管大聲疾呼，用不著**杜口吞聲**，擔驚受怕。

【義近】杜口絕舌／緘口結舌／杜口無言／三緘其口／噤若寒蟬。

【義反】和盤托出／暢所欲言／打開天窗說亮話。

杜口裹足

【釋義】杜口：閉口不說。裹足：停步不前。

【出處】戰國策・秦策三：「臣之所恐者，獨恐臣死之後，天下見臣盡忠而身蹶也，是以杜口裹足，莫肯即秦耳。」

【用法】形容心存顧慮而不敢接近，遠遠避開。

【例句】既然是他理虧，我們又何必**杜口裹足**，不如直接找他理論去！

【義近】裹足不前／躊躇不前／忐忑不前。

【義反】挺身而出／勇往直前／無所畏懼。

杜門不出

【釋義】意即閉門不出。杜：塞，阻塞。

【出處】國語・晉語一：「讒言益起，狐突杜門不出。」

【用法】指關門閉戶，不與外人來往接觸。

【例句】他自從被人誣陷而離開政界後，即屏居郊外，**杜門不出**，也無人來走訪，倒也過得逍遙自在。

【義近】杜門晦跡／杜門謝客／杜門屏跡／避世絕俗／隱居不出／與世隔絕。

【義反】拋頭露面／送往迎來／送故迎新／履舄交錯。

杜門卻掃

【釋義】杜門：閉門。卻掃：不灑掃，即不接待客人。

【出處】魏書・李謐傳：「遂絕跡下幃，杜門卻掃，棄產營書，手自刪削，卷無重複者四千有餘矣。」

【用法】指閉門息跡，不與世交接。

【例句】劉教授退休後，決心**杜門卻掃**，在家中一心一意整理自己的著作。

【義近】杜門謝客／杜門不出／息交絕遊／深居簡出。

【義反】賓朋滿座／門庭若市／熱中功名／干名採譽。

杜門晦跡

【釋義】意謂緊閉大門，隱匿自己的蹤跡。

【出處】周書・宇文神舉傳：「顯和具陳宜杜門晦跡，相時而動，孝武深納焉。」

【用法】指隱居起來，不讓外人知道自己的行蹤。

【例句】那位大明星自息影後便

杜門晦跡，許多影迷得不到她的訊息，只有從舊影片中去懷念她的風采了。
【義近】杜門不出／杜門屏跡／避世絕俗／隱居不出／與世隔絕。
【義反】拋頭露面／送往迎來／送故迎新／履舄交錯。

杜門謝客（ㄉㄨˋ ㄇㄣˊ ㄒㄧㄝˋ ㄎㄜˋ）

【釋義】把門關起，謝絕賓客，不問世事，隱居自適。同「杜門卻掃」。
【出處】陸游・老學庵筆記卷八：「唐大夫如白居易輩，蓋有過此三齋月，杜門謝客，專延緇流作佛事者。」
【用法】指主動與外界斷絕關係，不與外人往來。
【例句】汪老先生自從夫人去世之後，便**杜門謝客**，過著鰥居的孤獨生活。
【義近】杜門不出／杜門屏跡／避世絕俗／隱居不出／與世隔絕。
【義反】拋頭露面／送往迎來／送故迎新／履舄交錯。

杜絕言路（ㄉㄨˋ ㄐㄩㄝˊ ㄧㄢˊ ㄌㄨˋ）

【釋義】阻塞別人進言的道路。杜絕：堵塞，斷絕。
【出處】陳琳・爲袁紹檄豫州文：「操欲迷奪時明，杜絕言路，擅收立殺，不俟報聞。」
【用法】本用以形容人專橫跋扈。
【例句】他一到任就獨斷專橫，誰的話也不聽，像這樣**杜絕言路**能辦好事情嗎？
【義近】拒諫飾非／閉目塞聽／遂非拒諫／剛愎自用／師心自用。
【義反】廣開言路／言者無罪／虛心聽取／聞過則喜／察納雅言。

杜絕後患（ㄉㄨˋ ㄐㄩㄝˊ ㄏㄡˋ ㄏㄨㄢˋ）

【釋義】意謂防絕未來的禍害。
【出處】後漢書・桓帝紀・本初元年詔：「杜絕邪僞請託之原。」笑笑生・金瓶梅九二回：「不如到官處斷開了，庶杜絕後患。」
【用法】用以說明能高瞻遠矚，防患於未然。
【例句】此事不可輕忽，若任其發展下去恐不堪設想，宜斷然採取措施，以**杜絕後患**。
【義近】防微杜漸／杜漸防萌／防患未然／斬除後患／曲突徙薪／斬草除根。
【義反】任其發展／聽之任之／姑息養奸。

杜漸防萌（ㄉㄨˋ ㄐㄧㄢˋ ㄈㄤˊ ㄇㄥˊ）

【釋義】意謂杜絕亂源的開端，防備禍患的萌芽。漸：指事物發展的開端。
【出處】後漢書・丁鴻傳：「若敕政責躬，杜漸防萌，則凶妖銷滅，害除福湊矣。」
【用法】指把隱患消滅在開端萌芽的時候，絕不讓它得到發展。
【例句】對於社會治安，應時時提高警覺，注意**杜漸防萌**，千萬不能掉以輕心。
【義近】防微杜漸／防患未然／曲突徙薪／未雨綢繆。
【義反】痲痺大意／養癰遺患／掉以輕心／置若罔聞。

材高知深（ㄘㄞˊ ㄍㄠ ㄓˋ ㄕㄣ）

【釋義】材：同「才」，才能。知深：智慧深邃。知：同「智」。
【出處】漢・王充・論衡・程材：「今世之將，材高知深，通達眾凡，舉綱持領，事無不定。」
【用法】指人才智高超，不同於眾。
【例句】企業界總有一批**材高知深**的人領軍國際，使我們的商業蓬勃，國際形象良好。
【義近】才高意廣／才智超羣。
【義反】才疏計拙／才薄智淺。

杖履優游（ㄓㄤˋ ㄌㄩˇ ㄧㄡ ㄧㄡˊ）

【釋義】穿上鞋子，拄著枴杖，隨心所欲，悠哉悠游。杖履：爲敬老之詞。
【出處】杜甫・祠南夕望詩：「興來猶杖履，目斷更雲沙。」詩經・大雅・卷阿：「伴奐爾游矣，優游爾休矣。」
【用法】形容年老在家閒居的生活。
【例句】陳老師退休後即隱居山林，過著**杖履優游**的生活。
【義近】高臥松林／枕石漱流／枕山棲谷／與世無爭。

杏林春滿（ㄒㄧㄥˋ ㄌㄧㄣˊ ㄔㄨㄣ ㄇㄢˇ）

【釋義】植滿杏樹的園林。
【出處】三國時代吳國人董奉隱居廬山，精於醫術，替人治病卻分文不收，只令病癒者種植杏樹以爲報。重病得癒者種杏五株，輕病者一株。數年之後，得杏十餘萬株，茂盛成林，號稱「董仙杏林」。後人因以「杏林春滿」或「譽滿杏林」等作爲稱頌醫師德術高妙之辭。
【用法】稱頌醫師的讚辭。
【例句】徐醫師懸壺濟世，同仁集資合送「**杏林春滿**」匾額，以示賀祝。
【義近】譽滿杏林／仁心仁術／德術兼修／博愛濟世／華佗再世。

杏眼圓睜（ㄒㄧㄥˋ ㄧㄢˇ ㄩㄢˊ ㄓㄥ）

【釋義】像杏子一樣的眼，睜得又圓又大。
【出處】文康・兒女英雄傳五回：「那女子不聽猶可，聽了這話，只見他柳眉倒豎，杏眼圓睜，腮邊烘兩朵紅雲，頭上現一團殺氣。」
【用法】形容女子生氣時睜著大眼睛怒視人的情態。
【例句】你看那王小姐氣得柳眉倒豎，**杏眼圓睜**的樣子，我卻特別欣賞她那生氣的模樣，常逗得她暴跳如雷。
【義近】柳眉倒豎／直眉瞪眼／怒目圓睜。
【義反】喜眉笑眼／眉開眼笑／眉飛色舞。

杏臉桃腮（ㄒㄧㄥˋ ㄌㄧㄢˇ ㄊㄠˊ ㄙㄞ）

【釋義】臉蛋如杏子般嬌嫩，又如桃腮般的泛紅。
【出處】王實甫・西廂記・酬簡：「杏臉桃腮，乘著月色，嬌滴滴越顯紅白。」
【用法】形容女子的美貌。
【例句】這位小姐身材高眺，**杏臉桃腮**，又有蘭蕙襟懷，直如觀音顯世。
【義近】朱脣粉面／仙姿玉貌／如花似玉。
【義反】蓬頭垢面／貌如無鹽／

臼頭深目。

四畫

東山再起（ㄉㄨㄥ ㄕㄢ ㄗㄞˋ ㄑㄧˇ）

【釋義】東山：在浙江省上虞縣西南。再起：再次出來做官。

【出處】晉書・謝安傳載：東晉時謝安辭官後隱居東山，後來又應詔出來做了大官。

【用法】指再度出任要職，也比喻失勢之後又重新得勢。

【例句】他雖然破產了，但仍有**東山再起**的可能。

【義近】重整旗鼓／捲土重來／重作馮婦。

【義反】一蹶不振／金盆洗手。

東支西吾（ㄉㄨㄥ ㄓ ㄒㄧ ㄨˊ）

【釋義】支吾：用話搪塞，說話含混躲閃。

【出處】凌濛初・二刻拍案驚奇卷二：「下第三局時，頻頻以目送情，小道人會意，仍舊東支西吾，讓他過去。」

【用法】形容說話或做事時，含含糊糊，敷衍搪塞。

【例句】①你有什麼話就明說吧，用不著這樣**東支西吾**的。②這件事你幫我辦就辦，不辦就算了，何必老是**東支西吾**的呢？

【義近】支支吾吾／支吾其詞／一味支吾／含糊其詞。

【義反】實話實說／乾脆爽快／牙白口淸。

東方千騎（ㄉㄨㄥ ㄈㄤ ㄑㄧㄢ ㄐㄧˋ）

【釋義】喻隨從人員的陣容龐大，非常顯赫的樣子。

【出處】玉臺新詠・佚名・日出東南隅行：「東方千餘騎，夫婿居上頭。」梁簡文帝・採菊篇：「東方千騎從驪駒，豈不下山逢故夫。」又作「東方騎」。

【用法】用來炫耀丈夫很顯貴的樣子。

【例句】她的相公是朝廷倚重的高官要臣，**東方千騎**相隨，好不威嚴，誰會想到她當初下嫁的窮書生能有今日的光景。

東央西告（ㄉㄨㄥ ㄧㄤ ㄒㄧ ㄍㄠˋ）

【釋義】央告：央求。央：懇求。告：請求。

【出處】馮夢龍・警世通言卷三二：「口裏雖如此說，心中割捨不下。依舊又往外邊東央西告，只是夜裏不進院門了。」

【用法】形容四處懇切地央求別人相助。

【例句】李老先生見兒子打傷了人，急得直淌眼淚，只好低聲下氣**東央西告**，又拿出不少錢作賠償費，才算了事。

【義近】四處央告／求助於人／求爹爹拜奶奶。

【義反】不聞不問／不理不睬／聽天由命。

東市朝衣（ㄉㄨㄥ ㄕˋ ㄔㄠˊ ㄧ）

【釋義】東市：漢時於長安東市處決死刑犯，後稱東市為刑場。朝衣：上朝時穿的衣服，大臣的代稱。

【出處】漢景帝時，鼂錯主張削諸侯封地，吳等七國藉口殺錯而起兵，景帝為平息諸侯之亂而殺錯，錯穿著朝衣被斬於東市。「錯衣朝衣，斬東市。」

【用法】用以形容大臣被殺。

【例句】鼂錯乃一代名臣，卻落得**東市朝衣**的命運，官場的險惡可想而知，但是卻仍有許多人願意窮極一生在官場裏沉浮。

東西南北人（ㄉㄨㄥ ㄒㄧ ㄋㄢˊ ㄅㄟˇ ㄖㄣˊ）

【釋義】指行走往來於東西南北的人。

【出處】禮記・檀弓上：「今丘也，東西南北之人也，不可以弗識也。」注：「東西南北言居無常處也。」

【用法】用以稱飄流在外，行踪不定的人。

【例句】我毫無所謂，萬一不能安定下來，照樣去做個**東西南北人**就是。

【義近】四海為家／走南闖北／行無定踪／飄蕩無方／東飄西蕩／居無定所。

【義反】安居樂業／安家落戶／居有定所。

東扶西倒（ㄉㄨㄥ ㄈㄨˊ ㄒㄧ ㄉㄠˇ）

【釋義】從東邊扶起又從西邊倒下。

【出處】朱子語類一二五：「如某此身已衰耗，如破屋相似，東扶西倒，雖欲修養，亦何能有益耶？」

【用法】形容力不能支，不克自立。也用以比喻栽培或教養之困難。

【例句】他年老多病，**東扶西倒**，走起路來相當吃力。

【義近】東倒西歪／東搖西晃。

【義反】昂首挺立／巋然不動／巍然屹立。

東抄西襲（ㄉㄨㄥ ㄔㄠ ㄒㄧ ㄒㄧˊ）

【釋義】抄襲：剽竊他人著作以為己作。

【出處】李寶嘉・文明小史三四回：「毓生又會想法，把人家譯就的西文書籍，東抄西襲，作為自己譯的東文稿子。」

【用法】指各處抄襲、剽竊他人文字。

【例句】他這本書，幾乎全是**東抄西襲**拼湊而成，根本不能算是創作。

【義近】東剽西竊／東拼西湊／抄頭襲尾。

【義反】別出心裁／出於獨創。

東奔西走（ㄉㄨㄥ ㄅㄣ ㄒㄧ ㄗㄡˇ）

【釋義】意謂往來奔忙。走：跑。

【出處】蔣捷・賀新郎・兵後寓吳：「萬疊城頭哀怨角，吹落霜花滿袖，影廝伴東奔西走。」

【用法】用以形容四處奔跑，不得安全。

【例句】她為了給丈夫治病，不得不**東奔西走**，求助於人。

【義近】東奔西跑。

【義反】杜門不出／足不出戶／深居簡出。

東征西討（ㄉㄨㄥ ㄓㄥ ㄒㄧ ㄊㄠˇ）

【釋義】征討：出兵討伐。

【出處】唐・楊烱・左武衛將軍成安子崔獻行狀：「至如出車授鉞，東征西討，孤虛向背，則雖女子之眾，可以當於丈夫。」

【用法】四處出兵征戰討伐。

【例句】老將軍曾為國家出生入死、**東征西討**幾十年，戰功卓越，死後為他舉行國葬，實至名歸。

【義近】東討西伐／南征北戰／東討西征。

【義反】養尊處優／紙上談兵。

東拉西扯 ㄉㄨㄥ ㄌㄚ ㄒㄧ ㄔㄜˇ

【釋義】到處亂拉亂扯。

【出處】曹雪芹・紅樓夢八二回：「肚子裏原沒有什麼，東拉西扯，弄的牛鬼蛇神，還自以為博奧。」

【用法】形容說話、寫作思路紊亂，沒有中心。

【例句】這位議員講話，興之所至，**東拉西扯**，不知他所要說的究竟是些什麼問題。

【義近】信筆所之／說青道黃／前言不搭後語。

【義反】條理清晰／前後照應／結構嚴謹／有條不紊。

東牀嬌婿 ㄉㄨㄥ ㄔㄨㄤˊ ㄐㄧㄠ ㄒㄩˋ

【釋義】東牀：指女婿。又作「東牀嬌客」。

【出處】李好古・張生煮海劇三：「秀才你聽著：『東海龍神，著老僧來做媒，招你為東床嬌客，你意下如何？』」

【用法】用以形容女婿。

【例句】賈赦見是世交子姪，且人品家當都相稱合，遂擇為**東床嬌婿**。（曹雪芹・紅樓夢）

【義近】東牀快婿／坦腹東牀／東牀嬌客。

東門黃犬 ㄉㄨㄥ ㄇㄣˊ ㄏㄨㄤˊ ㄑㄩㄢˇ

【釋義】李斯遭趙高誣告，被處腰斬，臨刑前憶及早年在故鄉牽狗獵兔的故事。

【出處】司馬遷・史記・李斯傳：「斯出獄，與其中子俱執，顧謂其中子曰：『吾欲與若復牽黃犬俱出上蔡東門逐狡兔，豈可得乎！』」徐陵・為貞陽侯重與王太尉書：「東門黃犬，固以長悲，南陽白衣，何可復得！」

【用法】用以形容為官遭橫禍，欲抽身已為時太晚，後悔莫及了。

【例句】李斯有**東門黃犬**之嘆，鼂錯有東市朝衣之悲，政治的現實無情，令許多有志之士大嘆不如歸去。

東拼西湊 ㄉㄨㄥ ㄆㄧㄣ ㄒㄧ ㄘㄡˋ

【釋義】拼湊：把零碎的東西合在一起。

【出處】曹雪芹・紅樓夢八回：「因是兒子的終身大事所關，說不得東拼西湊，恭恭敬敬封了二十四兩贄見禮，帶了秦鍾到代儒家來拜見。」

【用法】指從多方面設法把零星的事物湊合在一起。

【例句】不是我吝嗇，這錢是我父母**東拼西湊**來給我當學費和伙食費的，我怎能浪費在不必要的開銷上呢？

【義近】東補西湊／七拼八湊／東挪西借。

【義反】綽綽有餘／綽有餘裕。

東施效顰 ㄉㄨㄥ ㄕ ㄒㄧㄠˋ ㄆㄧㄣˊ

【釋義】東施：美女西施東鄰家的醜女。效：仿照。顰：皺眉。

【出處】莊子・天運記載：西施有心痛病，走路時總皺眉撫胸，東施見而仿效，結果更醜，別人見而避之。

【用法】指以醜拙強學美好，顯得愚蠢可笑。

【例句】她又矮又胖，卻學著苗條小姐穿緊身衣裙，結果卻是**東施效顰**，反而顯得更胖更醜。

東風射馬耳 ㄉㄨㄥ ㄈㄥ ㄕㄜˋ ㄇㄚˇ ㄦˇ

【釋義】東風吹過馬耳邊，瞬間即逝。射，也作「吹」。

【出處】李白・答王十二寒夜獨酌有懷：「世人聞此皆掉頭，有如東風射馬耳。」

【用法】比喻於事漠然無所動心，也比喻把別人的話當成耳邊風。

【例句】我曾經三番五次勸你不要與這種人交往，可你卻把我的話當作**東風射馬耳**，現在受騙上當，後悔也來不及了。

【義近】馬耳東風／閉目塞聽／耳邊風／秋風過耳／充耳不聞／聽若罔聞。

【義反】銘記於心／洗耳恭聽／入耳箸心。

東風解凍 ㄉㄨㄥ ㄈㄥ ㄐㄧㄝˇ ㄉㄨㄥˋ

【釋義】東風：春風。春風溶化了冰雪。

【出處】禮記・月令：「孟春之月，東風解凍。」

【用法】指春天降臨，驅走寒意，氣溫回升。

【例句】又到了**東風解凍**的季節，正是出遊的好時機，趁假日上陽明山賞花應該是不錯的主意。

【義近】大地春回／天朗氣清／風和日麗／薰風習習。

【義反】風雪嚴寒／冰天雪地／天寒地凍／朔風野大。

東風壓倒西風 ㄉㄨㄥ ㄈㄥ ㄧㄚ ㄉㄠˇ ㄒㄧ ㄈㄥ

【釋義】東邊的風大，壓倒了西邊的風。

【出處】曹雪芹・紅樓夢八二回：「（黛玉）道：『但凡家庭之事，不是東風壓了西風，就是西風壓了東風。』」

【用法】用以表示兩種對立的力量沒有辦法劃定，相互牽制時，一方必然能夠壓倒另一方。

【例句】看來，南斯拉夫兩派勢力的鬥爭，已無調和餘地，不是**東風壓倒西風**，就是西風壓倒東風。

【義近】你死我活／非此即彼。

【義反】勢均力敵／旗鼓相當／不相上下。

東食西宿 ㄉㄨㄥ ㄕˊ ㄒㄧ ㄙㄨˋ

【釋義】東家就食，西家投宿。

【出處】藝文類聚・禮部・婚：「《風俗通》曰：『兩袒，俗說齊人有女，二人求之，東家子醜而富；西家子好而貧。父母疑不能決，問其女定所欲適：『難指斥言者，偏袒令我知之。』女便兩袒。怪問其故。云：『欲東家食，西家宿。』此為兩袒者也。」

【用法】形容貪利之人，想同時兼有兩利，唯利是圖。

【例句】社會上太多**東食西宿**的人，你可不要以為人人都可掏心挖肺相對待，等你沒有利用價值的時候，這些人躲你都來不及呢！

【義近】唯利是擇／唯利是圖／

利慾薰心／見利忘義。

【義反】富貴浮雲／見利思義。

東倒西歪

【釋義】或往東邊倒，或往西邊歪。倒、歪：均為仰斜意。

【出處】楊文奎・兒女團圓二折：「你看他行不動，東倒西歪。」吳承恩・西遊記八十回：「只見那門東倒西歪。」

【用法】形容走路搖晃，也形容物體傾斜不正。

【例句】①你看他走路**東倒西歪**的樣子，就知道他喝醉了。②這房子已經**東倒西歪**，若不趕快整修，必然要倒塌。

【義近】搖搖晃晃／搖搖欲墜／東扶西倒。

【義反】巍然屹立／穩如泰山／巋然不動。

東挪西湊

【釋義】挪：挪用。湊：聚集。

【出處】凌濛初・初刻拍案驚奇卷一三：「過了兩月，又近吉日，卻又欠迎親之費，六老只得東挪西湊……。」

【用法】指向各處挪用借貸，湊集款項。

【例句】兒子又要開學了，學費仍無著落，看來只得再一次厚著老臉**東挪西湊**了。

【義近】東挪西借／東拼西湊／東挪西輳。

【義反】手頭寬綽／腰纏萬貫／萬貫家財。

東海揚塵

【釋義】東海變成了陸地，揚起了灰塵。

【出處】葛洪・神仙傳・王遠：「麻姑自說：『接侍以來，已見東海三為桑田；向到蓬萊，水乃淺於往者，會將減半也，豈將復為陵陸乎？』方平笑曰：『聖人皆言海中行復揚塵也。』」

【用法】用景物比喻世事的變化無常。

【例句】短短的三十年，台北街頭就起了很大的變化，高樓大廈林立，不禁令人有**東海揚塵**之嘆。

【義近】白衣蒼狗／滄海桑田／高岸為谷／深谷為陵。

【義反】一成不變／依然如故。

東逃西竄

【釋義】逃竄：逃跑流竄。

【出處】馮夢龍・醒世恆言卷三：「夫妻兩口，淒淒惶惶，東逃西竄，胡亂的過了幾年。」

【用法】形容四處奔跑躲避。

【例句】由於他背信倒了人家的錢財，此後二十年，他與妻子便過著**東逃西竄**的日子，惟恐債主找上門來要債。

【義近】東逃西遁／東逃西躲／東躲西藏／躡足潛蹤。

【義反】拋頭露面／來來去去／東張西望／招搖過市。

東張西望

【釋義】東看看，西望望。張：張望，看。

【出處】明・無名氏・西湖記傳奇・毆媒改悔：「掩在門後，東張西望，側耳聽聲。」

【用法】形容四處尋找或窺探的情狀。

【例句】她一路上**東張西望**，尋找走失了的小女兒。

【義近】左顧右盼／東眺西瞧／東瞧西看。

【義反】目不斜視／目不轉睛。

東掩西遮

【釋義】掩：掩蓋。遮：遮蔽。

【出處】元・曾瑞卿・留鞋記三折：「我恰待東掩西遮，他早則生嗔發怒。」

【用法】形容從多方面設法掩飾遮瞞。

【例句】行事前請三思，不然一旦釀下大錯，再怎樣**東掩西遮**也逃不過上天的法眼。

【義近】東遮西掩／遮遮掩掩。

【義反】公諸於世／暴露於光天化日之下。

東眺西望

【釋義】眺：向遠方望去。

【出處】晉書・習鑿齒傳：「西望隆中，想臥龍之吟；東眺白沙，思鳳雛之聲。」

【用法】向四方觀看的樣子。

【例句】他一路上**東眺西望**的，努力找尋桃花源的入口，可惜，它竟似夢一般的無影無蹤了。

【義近】東張西望／東瞧西望／東瞧西看／左顧右盼／東眺西瞧。

【義反】目不轉睛／直視前方／目不斜視。

東窗事發

【釋義】指秦檜與其妻在東窗下設計陷害岳飛的事被揭發了。一作「東窗事犯」。

【出處】田汝成・西湖遊覽志餘：「檜曰：可煩傳語夫人，東窗事發矣。」

【用法】比喻陰謀敗露將被懲治或罪行被揭發。

【例句】你們以為這件事做得人不知鬼不覺，殊不知隔牆有耳，現已**東窗事發**了！

【義近】露出馬腳／陰謀敗露／事機敗露。

【義反】滴水不漏／一無破綻／神不知鬼不覺。

東塗西抹

【釋義】塗、抹：本指婦女裝飾，後用以指刪改文字。

【出處】王定保・唐摭言三：「報道莫貧相，阿婆三五少年時，也曾東塗西抹來。」

【用法】用以謙稱自己的寫作或繪畫。

【例句】這幾篇文章不過是我興之所至，**東塗西抹**而成，望予以斧正。

【義近】草率執筆／率爾操觚／援筆立書。

【義反】一字不苟／嘔心瀝血。

東誆西騙

【釋義】誆：哄騙。

【出處】蘭陵笑笑生・金瓶梅三八回：「應二哥，銀子便與他，只不叫他打著我的旗兒在外邊東誆西騙。」

【用法】指到處說謊話詐騙人。

【例句】別看他外表似乎家財萬貫的樣子，其實都是**東誆西騙**而來的，如今東窗事發，才知他竟是一貧如洗的人。

【義近】東詐西騙／作偽行騙／弄虛作假。

【義反】老老實實／真心誠意／實心實意。

東道主（ㄉㄨㄥ ㄉㄠˋ ㄓㄨˇ）

【釋義】東方道路上的主人。指東方的鄭國供應西方秦國使節所需物質。
【出處】左傳・僖公三十年：「若舍鄭以爲東道主，行李之往來，(共)供其乏困，君亦無所害。」
【用法】今用以泛指款待或宴客的主人。
【例句】今天讓我來作**東道主**，款待各位朋友，聊表心意。
【義近】東道主人。

東零西落（ㄉㄨㄥ ㄌㄧㄥˊ ㄒㄧ ㄌㄨㄛˋ）

【釋義】零落：這裏是稀疏不集中的意思。
【出處】羣音類選・桃園記・古城聚會：「還說道不降曹，到如今越氣惱，受女納金多快樂，將恩義頓然拋調(掉)，撇得俺弟兄每，東零西落。」
【用法】形容分散零落。
【例句】因戰亂而被拆散的家庭眞是不計其數，如今家庭成員**東零西落**地分布在世界各地，想重逢怕是難上加難。
【義近】東零西散／零零落落／七零八落。
【義反】濟濟一堂／五合六聚／四面會合。

東遷西徙（ㄉㄨㄥ ㄑㄧㄢ ㄒㄧ ㄒㄧˇ）

【釋義】遷徙：遷移。
【出處】明史・西域傳二：「但當循分守職，保境睦鄰，自無外患。何必東遷西徙，徒取勞瘁。」
【用法】四處遷移，漂泊不定。
【例句】南斯拉夫、阿富汗等國的一些人民，因內戰不息，只好**東遷西徙**，或淪爲難民，實令人爲之歎息。
【義近】東徙西遷／東飄西蕩／居無定所。
【義反】安居樂業／安家落戶／安土重遷。

東鄰西舍（ㄉㄨㄥ ㄌㄧㄣˊ ㄒㄧ ㄕㄜˋ）

【釋義】鄰舍：鄰居。
【出處】唐・戴叔倫・女耕田行：「東鄰西舍花發盡，共惜餘芳淚滿衣。」
【用法】泛指住處周圍的鄰居。
【例句】她在**東鄰西舍**間素有廣播電臺的雅號，而她興風作浪、搬弄是非的本事更是一流，每個人看到她都退避三舍。
【義近】左鄰右舍／街坊鄰居／左右鄰里。
【義反】海角天涯／山南海北／天南地北。

東飄西蕩（ㄉㄨㄥ ㄆㄧㄠ ㄒㄧ ㄉㄤˋ）

【釋義】到處飄蕩。飄蕩：飄浮、動盪，此爲飄泊意。
【出處】李寶嘉・官場現形記三二回：「況且你七歲上就賣在檔子班裏，東飄西蕩。」
【用法】形容生活無著，茫然飄泊而無定所。
【例句】我十五歲就離開家鄉，**東飄西蕩**的，一直到渡海來臺才定居下來，創造出今天的事業。
【義近】東飄西散／東颺西蕩／東搖西蕩／東奔西走。
【義反】安家落戶／安居樂業／有家有室。

東鱗西爪（ㄉㄨㄥ ㄌㄧㄣˊ ㄒㄧ ㄓㄠˇ）

【釋義】指畫龍時，龍在雲中，東露一片鱗，西露一隻爪，看不到牠的全貌。
【出處】梁啓超・清議報一百冊祝辭：「雖復東鱗西爪，不見全牛，然其願所集注，不在形質，而在精神。」
【用法】比喻事物零星片斷，不全面，不成系統。
【例句】這篇遊記敍述大陸各地見聞，雖然只是**東鱗西爪**，卻也可以看出故國的大致風貌。
【義近】一鱗半爪／一鱗一爪／一星半點。
【義反】一窺全豹／徹頭徹尾。

枉口拔舌（ㄨㄤˇ ㄎㄡˇ ㄅㄚˊ ㄕㄜˊ）

【釋義】枉：邪，不正直。拔舌：佛教語，意謂生前犯口過者，死後將受拔去舌頭的刑罰。
【出處】蘭陵笑笑生・金瓶梅二五回：「是那個嚼舌根的，沒空生有，枉口拔舌，調唆你來欺負老娘！」
【用法】多指人信口胡說，造謠中傷。
【例句】不知是哪個天殺的！**枉口拔舌**，把好好的一對夫妻弄得反目成仇，整天吵鬧，攪得鄰里不安。
【義近】調嘴學舌／挑撥離間／搬弄是非／搬脣遞舌／調三窩四。
【義反】息事寧人／排難解紛／言謹語愼／絕口不道／不論長短。

枉己正人（ㄨㄤˇ ㄐㄧˇ ㄓㄥˋ ㄖㄣˊ）

【釋義】枉己：自己不正；枉：不正直，邪惡。正人：使別人正，端正別人。
【出處】孟子・萬章上：「吾未聞枉己而正人者也，況辱己以正天下者乎？」
【用法】用以說明自己不正而要使別人正，是根本不可能的事。
【例句】你自己在外面又嫖又賭，卻要兒子循規蹈矩，天下哪有這種**枉己正人**的事！
【義反】以身作則。

枉尺直尋（ㄨㄤˇ ㄔˇ ㄓˊ ㄒㄩㄣˊ）

【釋義】把較短的部分彎曲，而拉直較長的部分。枉：屈曲。尋：爲長度單位，古代八尺爲一尋。
【出處】孟子・滕文公下：「枉尺而直尋，宜若可爲。」後漢書・張衡傳：「枉尺直尋，議者譏之；盈欲虧志，孰云非羞？」
【用法】比喻吃小虧，卻佔了大便宜。指小有所屈而大有收穫。
【例句】做人不要太過刻薄，吝於付出，要知道**枉尺直尋**的道理，小小的付出將會給你帶來大的收穫。

枉矢哨壺（ㄨㄤˇ ㄕˇ ㄕㄠˋ ㄏㄨˊ）

【釋義】指不直的箭和不正的茶壺。自謙之詞。枉、哨：不正的樣子。
【出處】禮記・投壺：「主人請曰：『某有枉矢、哨壺，請以樂賓。』」
【用法】主人待客的謙遜詞。

【例句】承蒙貴客光臨寒舍，我有**枉矢哨壺**招待諸位，敬請擔待。
【義近】粗茶淡飯／家常便飯。
【義反】山珍海味。

枉法徇私

【釋義】枉法：歪曲法律。徇私：為了私人關係而做不合法的事。
【出處】韓非子・姦劫弒臣：「我不以清廉方正奉法，乃以貪污之心枉法以取私利。」
【用法】指以私意曲用法律，違法亂紀，包庇壞人壞事。
【例句】張法官執法如山，從不**枉法徇私**，所以深受民眾擁護、愛戴。
【義近】貪贓枉法／受賄曲斷／徇私違法。
【義反】奉公守法／清廉方正／鐵面無私。

枉尋直尺

【釋義】枉：彎曲。意謂彎曲八尺，拉直一尺。和「枉尺直尋」相對。
【出處】孟子・滕文公下：「且夫枉尺而直尋者，以利言也。如以利，則枉尋直尺而利，亦可為與？」
【用法】用以指多所枉屈，所獲卻少。
【例句】他為這個展覽付出很多心血，沒想到卻反應冷淡，令他有**枉尋直尺**之嘆。

枉費工夫

【釋義】枉費：白費，空費。工夫：也作「功夫」，指時間和精力。
【出處】朱子語類卷一一五：「如今要下工夫，且須端莊存養，獨觀昭曠之原，不須枉費工夫，鑽紙上語。」
【用法】形容白白辛勞，毫無收益。
【例句】這件事已成定局，你做再多的努力也是**枉費工夫**，不如想想其他的事吧！
【義近】白費工夫／枉費心力／勞而無功／徒勞無益。
【義反】一分耕耘，一分收穫／功到自然成／皇天不負苦心人。

枉費心機

【釋義】枉：徒然，白白地。心機：心計，心思，心力。
【出處】朱熹・答甘道士書：「所云築室藏書，此亦恐枉費心力。」
【用法】用以形容白白地耗費心思。
【例句】兒孫自有兒孫福，你這樣為兒孫操勞，可說是**枉費心機**，他們會聽你的嗎？
【義近】白費心力／枉用心計／枉費氣力。

枉費脣舌

【釋義】枉費：白費。脣舌：此指言詞。
【出處】文康・兒女英雄傳二六回：「妹子在姐姐跟前，斷說不進去，我也不必枉費脣舌，再求姐姐。」
【用法】說明徒然浪費言詞，根本不可能有收效。
【例句】她脾氣倔強得很，連父母的話都聽不進去，你又何必**枉費脣舌**去教訓她呢？
【義近】白費脣舌／浪費言詞。
【義反】言之有效。

枉道事人

【釋義】枉：屈曲。事：侍奉，引申有屈從意。
【出處】論語・微子：「枉道而事人，何必去父母之邦？」
【用法】指不用正道以求取媚於人。
【例句】你須要養家餬口，遇事相讓自可理解，但也用不著**枉道事人**，一味遷就。
【義近】苟合取容／諂媚事人／背繩墨以追曲。
【義反】剛正不阿／寧折勿柔／寧為玉碎，不為瓦全／寧死勿屈。

枉擔虛名

【釋義】枉擔：徒然承擔。虛名：空名。
【出處】曹雪芹・紅樓夢七七回：「晴雯哭道：『你去罷！……今日這一來，我就死了，也不枉擔了虛名！』」
【用法】用以說明枉自承擔空名，根本沒有事實。
【例句】世界排名第一的網球高手竟然敗給名不見經傳的選手，真是**枉擔虛名**。
【義近】徒有其名／名不副實。
【義反】有名有實／名實相副／實有其事。

枇杷門巷

【釋義】在枇杷花下閉門而居。
【出處】胡曾・贈薛濤詩：「萬里橋邊女校書，枇杷花下閉門居；掃眉才子知多少，管領春風總不如。」
【用法】妓女居住的場所，妓院的別稱。
【例句】薛濤雖然出身於**枇杷門巷**，卻堪稱是一代女詩豪，詩文作品豪氣干雲，波瀾壯闊，一點也不輸給男人。
【義近】三瓦兩舍／花街柳巷／粉紅青樓／門戶人家／風流藪澤／楚館秦樓。

枝詞蔓語

【釋義】枝：從主幹上派生的枝條。蔓：蔓延糾纏的藤蔓。
【出處】清・黃立鴻・福惠全書・刑名部・立狀式：「或代書雖據事以書，不限定字格，枝詞蔓語，反滋纏繞。」
【用法】指煩瑣離題的言詞。
【例句】文章要寫得好，除了天生的才氣外，剪裁的工夫更是重要，如何去掉無用的**枝詞蔓語**，便是習文者的一大課題。
【義近】煩言碎辭／冗詞贅句。
【義反】字字珠璣／不能贊一詞／一字不苟。

枝繁葉茂

【釋義】樹木的枝葉繁密茂盛。
【出處】明・孫柚・琴心記・魚水重諧：「願人間天上共效綢繆，賀郎君玉潤冰清，祝小姐枝繁葉茂。」
【用法】比喻子孫繁衍昌盛。
【例句】這對老夫妻四代同堂，子孫加起來超過百人，真可謂**枝繁葉茂**，福壽雙全了。
【義近】枝葉扶疏／兒孫滿堂／五世其昌／瓜瓞綿綿／百子千孫。
【義反】單線獨傳／斷子絕孫／無兒無女。

枕山棲谷

【釋義】生活在山林中。枕山：以山爲枕。棲谷：以山谷爲棲息之地。

【出處】後漢書・黃瓊傳：「誠遂欲枕山棲谷，擬跡巢、由，斯則可矣，若當輔政濟民，今其時也。」

【用法】比喻隱居山林，過著恬適如意的生活。

【例句】一走進山林，就令人有身心愉悅的感覺，怪不得古代隱士**枕山棲谷**而不願出去應世了。

【義近】枕石漱流／鳳吹洛浦／薪歌延陵。

枕戈待旦

【釋義】枕：頭枕著。戈：古代的一種兵器。旦：天亮。

【出處】晉書・劉琨傳：「吾枕戈待旦，志梟逆虜。」

【用法】形容殺敵心切，時刻準備作戰。

【例句】局勢一緊張，我三軍戰士無不**枕戈待旦**，一聲令下便可立刻猛擊來犯之敵。

【義近】枕戈待命／披甲枕戈／嚴陣以待／枕戈寢甲／蓄勢待發。

【義反】高枕而臥／高枕無憂。

枕戈寢甲

【釋義】睡時以戈爲枕，不脫鎧甲。寢甲：穿著鎧甲睡覺。

【出處】晉書・赫連勃勃載記：「自枕戈寢甲，十有二年，而四海未同，遺寇尚熾。」

【用法】形容處於高度的戒備狀態或戰爭之中。

【例句】最近局勢緊張，我軍戰士**枕戈寢甲**，隨時準備殲滅來犯之敵。

【義近】枕戈坐甲／披甲枕戈／枕戈待旦。

【義反】高枕無憂／安然寢處。

枕石漱流

【釋義】以山石作枕頭，用溪水來漱口，比喻隱士的生活。或作「枕流漱石」。

【出處】三國志・蜀書・彭羕傳：「枕石漱流，吟詠縕袍，偃息於仁義之途，恬淡於浩然之域。」

【用法】比喻隱居林泉，與世無爭。

【例句】陳老師春風化雨四十年，退休後隱居於花蓮深山，過著**枕石漱流**的生活，逍遙自在。

【義近】東山高臥／高臥松雲／退居林泉。

【義反】熱中名利／爭名奪利／紅塵打滾。

枕冷衾寒

【釋義】枕頭和被子都是冷的。衾：被子。或作「枕寒衾冷」。

【出處】明・賈仲明・對玉梳一折：「我敢一上青山便化身，從今後枕冷衾寒，索自溫存。」

【用法】形容孤身一人睡臥，深感孤寂冷寞。

【例句】張先生自從太太去世之後，鰥居近三年，**枕冷衾寒**，日月難熬，便有了續弦之念。

【義近】孑然一身／形單影隻／形影相弔／鰥夫寡婦。

【義反】雙宿雙飛／同衾共枕／成雙成對。

枕經藉書

【釋義】用經書當枕藉。藉：以物襯墊。

【出處】班固・答賓戲：「徒樂枕經藉書，紆體衡門。」劉向注：「枕經典而臥，舖詩書而居也。」紆體：屈身。今亦作「枕經藉史」。

【用法】形容人的嗜好是酷愛古書。

【例句】他酷愛古書，幾乎到了如癡如狂的地步，整天**枕經藉書**，悠然自得的樣子，眞令人不可思議。

林下風氣

【釋義】林下：樹林之下；幽靜之地。風氣：風度，神采。

【出處】劉義慶・世說新語・賢媛：「王夫人神情散朗，故有林下風氣；顧家婦清心玉映，自是閨房之秀。」

【用法】用以稱頌婦女嫻雅飄逸的風度。

【例句】那女子並未刻意打扮，卻有**林下風氣**，舉止高雅大方，料想是位有修養且富有才華的女子。

【義近】林下高風／林下風範／林下風致／林下之風。

【義反】扭扭捏捏／搔首弄姿／撒嬌撒癡。

林下神仙

【釋義】林下：樹林之下；幽靜之地。

【出處】張令問・與杜光庭詩：「試問朝中爲宰相，何如林下作神仙？一壺美酒一爐藥，飽聽松風白晝眠。」

【用法】隱士的別稱。

【例句】張先生宦海沉浮了三十多年，最大的願望便是卸下一切，做個與世無爭的**林下神仙**，因此便提早退休，返鄉隱居去了。

【義近】方外之士／山林隱逸／巖穴之士。

【義反】衣冠中人／在位通人／肉食君子／封疆大吏／搢紳之士。

林林總總

【釋義】林林、總總：二者都是形容眾多。

【出處】柳宗元・貞符：「惟人之初，總總而生，林林而羣。」孫中山・建國方略・知行總論：「中國不患無實行家，蓋林林總總者皆是也。」

【用法】形容眾多紛紜。

【例句】自從瑪麗蓮夢露死後，有關於她的死因傳說**林林總總**，令人對她的一生更是好奇。

【義近】紛紜繁多／更僕難數／恆河沙數／多如牛毛。

【義反】寥寥無幾／屈指可數。

板蕩識忠臣

【釋義】板蕩：指亂世。識：識別，認識。

【出處】舊唐書・蕭瑀傳：「疾風知勁草，版蕩識忠臣。」版：同「板」。

【用法】喻只有在亂世，才能識別眞正的忠貞之士。

【例句】**板蕩識忠臣**，文天祥、

史可法便是在亂世中應運而生的忠臣烈士。

【義近】路遙知馬力／日久見人心／松柏後凋／時窮節乃現／亂世見忠貞／疾風知勁草。

杯弓蛇影（ㄅㄟ ㄍㄨㄥ ㄕㄜˊ ㄧㄥˇ）

【釋義】誤將酒杯中的弓影當成蛇。

【出處】應劭・風俗通・怪神：「時北壁上有縣（懸）赤弩照於杯中，形如蛇，（杜）宣畏惡之，然不敢不飲。」

【用法】比喻疑神疑鬼，虛驚一場。

【例句】他最近身體不適，便認爲得了癌症，直到化驗結果正常，才知是**杯弓蛇影**，虛驚一場。

【義近】草木皆兵／風聲鶴唳／疑神見鬼。

【義反】處之泰然／無所畏懼／鎮靜自若。

杯中之物（ㄅㄟ ㄓㄨㄥ ㄓ ㄨˋ）

【釋義】杯子裏面的東西。

【出處】陶淵明・責子詩：「天運苟如此，且進杯中物。」馮夢龍・喻世明言卷五：「日常飯食，有一頓，沒一頓，都不計較，單少不得杯中之物。」

【用法】用以指酒。

【例句】他工作能力強，又負責任，待人也很好，就是太貪**杯中之物**，結果因喝醉誤事而被免職。

【義近】杜康兒／解憂之物／玉液金波／瓊漿玉液。

杯水車薪（ㄅㄟ ㄕㄨㄟˇ ㄔㄜ ㄒㄧㄣ）

【釋義】用一杯水去救一車著火的柴薪。

【出處】孟子・告子上：「今之爲仁者，猶以一杯水，救一車薪之火也。」

【用法】比喻力量太小，無濟於事。

【例句】這點錢對於解決你眼前的困難來說，雖是**杯水車薪**，但也聊勝於無。

【義近】無濟於事／於事無補／杯水輿薪。

【義反】眾擎易舉／牛刀割雞。

杯水粒粟（ㄅㄟ ㄕㄨㄟˇ ㄌㄧˋ ㄙㄨˋ）

【釋義】一杯水，一粒粟。粟：穀類，去其殼麩即爲小米。

【出處】宋・洪邁・夷堅丙志・張拱遇仙：「雖逾旬涉月，杯水粒粟無所須。喜飲酒，好作詩，行年六十，而顏色如壯者。」

【用法】用以指極少量的飲食。

【例句】我等貧窮餓極之人，若有人賞給**杯水粒粟**也會感激不盡，怎麼會嫌少呢？

【義近】簞食瓢飲／一升一合／一飲一啄。

【義反】塡坑滿谷／滿桌滿席／車載斗量。

杯觥交錯（ㄅㄟ ㄍㄨㄥ ㄐㄧㄠ ㄘㄨㄛˋ）

【釋義】觥：古代用獸角做的酒器。交錯：交叉，錯雜。

【出處】李綠園・歧路燈六回：「五位客各跟家人到了，序齒而坐，潛齋、孝移相陪，杯觥交錯。」

【用法】形容酒席上相互頻頻舉杯暢飲，氣氛和諧熱烈。

【例句】那一桌是老同學聚會，說說笑笑，**杯觥交錯**，開懷暢飲，好不熱鬧！

【義近】觥籌交錯／舉杯暢飲／酒酣耳熱。

【義反】獨飲獨酌／月下獨酌。

杯盤狼藉（ㄅㄟ ㄆㄢˊ ㄌㄤˊ ㄐㄧˊ）

【釋義】狼藉：像狼窩裏的草那樣雜亂不堪。藉，一作「籍」。

【出處】司馬遷・史記・滑稽列傳：「履舄交錯，杯盤狼藉。」

【用法】形容宴飲後桌面雜亂，杯盤等亂七八糟地放著。

【例句】從桌上**杯盤狼藉**的樣子看來，這幫匪盜應該還沒有走遠，你立即帶領人馬分頭追趕。

【義近】殘羹滿桌／杯盤散亂／杯殘炙冷。

【義反】珍餚羅列／觥籌交錯。

杳如黃鶴（ㄧㄠˇ ㄖㄨˊ ㄏㄨㄤˊ ㄏㄜˋ）

【釋義】杳：無影無聲。黃鶴：傳說中仙人所乘的鶴。

【出處】任昉・述異記：「乃駕鶴之賓也……已而辭去，跨鶴騰空，眇然烟滅。」

【用法】形容一去不復返或毫無音信。

【例句】他攜帶巨款出國考察，不料這一去**杳如黃鶴**，及今已長達三年之久。

【義近】泥牛入海／杳無音信／一去不返／杳無踪影／江水東流。

【義反】後會有期。

杳無人煙（ㄧㄠˇ ㄨˊ ㄖㄣˊ ㄧㄢ）

【釋義】杳：渺茫深遠。人煙：指住戶。

【出處】吳承恩・西遊記六四回：「師兄差疑了，似這杳無人煙之處，又無怪獸妖禽，怕他怎的。」

【用法】形容荒涼偏僻。

【例句】旅遊團的汽車在**杳無人煙**的地方迷路了，走了好久，到達目的地時，已是萬家燈火了。

【義近】杳無人跡／渺無人煙／不毛之地。

【義反】人來人往／車水馬龍／喧囂鬧市。

杳無人跡（ㄧㄠˇ ㄨˊ ㄖㄣˊ ㄐㄧ）

【釋義】杳：遠得不見踪影。人跡：人的足跡，活動留下的痕跡。

【出處】唐・常沂・靈鬼志・鄭紹：「至明年春，紹復至此，但見紅花翠竹，流水青山，杳無人跡。」

【用法】指沒有人的踪影。

【例句】在廣大的澳洲內陸裏，尚有許多**杳無人跡**的處女地，也許這正是上天留給自然界生物的最後一片樂土。

【義近】不見人影／罕有人跡／杳無足跡。

【義反】人來人往／人山人海／熙熙攘攘／川流不息。

杳無音信（ㄧㄠˇ ㄨˊ ㄧㄣ ㄒㄧㄣˋ）

【釋義】杳：無影無踪。音信：消息，書信。

【出處】黃孝邁・詠水仙詞：「驚鴻去後，輕抛素襪，杳無音信。」

【用法】用以說明毫無信息。

【例句】他離家赴美已三年有餘，卻一直**杳無音信**，令人掛念不已。
【義近】杳無消息／音信全無／杳如黃鶴／雁杳魚沉。
【義反】音問相繼／音耗不絕／魚雁往返。

杳無踪跡

【釋義】踪跡：足跡，行動所留的痕迹。
【出處】馮夢龍・醒世恆言・鄭節使立功神臂方：「大尹再教放下籃去取時，杳無踪跡，一似石沉大海。」
【用法】用以說明無影無踪。
【例句】那張支票我明明放在書房的桌子上，怎麼現在忽然**杳無踪跡**了呢？
【義近】無影無踪／杳然無踪／不翼而飛。
【義反】時露痕跡／有跡可尋／蛛絲馬跡。

枘鑿不入

【釋義】方的榫頭不能插進圓的孔眼。枘鑿：榫頭和卯眼。
【出處】屈原・離騷：「不量鑿而正枘兮，固前修以菹醢。」宋玉・九辯：「圜鑿而方枘兮，吾固知其鉏鋙而難入。」
【用法】用以比喻兩不相合。
【例句】他倆的性格、情趣等可說是**枘鑿不入**，眞不知當初是怎樣結合的？
【義近】意見相左／扞格不入／方枘圓鑿／水火不容。
【義反】志同道合／不謀而合／兩相契合。

杵臼之交

【釋義】也作「杵臼交」。杵臼：舂東西的木棒與石臼。
【出處】後漢書・吳祐傳：「時公沙穆來遊太學……祐與語，大驚，遂共定交於杵臼之間。」蒲松齡・聊齋誌異・成仙：「文登周生，與成生少共筆硯，遂訂爲杵臼交。」
【用法】意指交朋友不嫌貧賤，不計身分。
【例句】人生得一知己難，若能尋覓到**杵臼之交**的好朋友，死亦無憾了。
【義近】貧富之交／忘年之交／患難之交／刎頸之交。
【義反】酒肉朋友／狐朋狗友。

析律貳端

【釋義】分解法律條文，以生不實的端緒。
【出處】漢書・宣帝紀・元康二年詔：「用法或持巧心，析律貳端，深淺不平，增辭飾非，以成其罪。」
【用法】形容奸官酷吏使用不當手段，加重犯人的罪。
【例句】古時許多貪官污吏，爲了一己之私，竟**析律貳端**，陷人入罪，造成許多冤案無法昭雪。
【義近】深文周納／偶語棄市／搖手觸禁／嚴懲不貸。
【義反】網開三面／寬大爲懷／呑舟是漏／蒲鞭示辱。

析毫剖釐

【釋義】分解原本就極爲細小的事物。析、剖：分解。毫、釐：均爲極小的計量單位。
【出處】雲笈七籤卷一○二：「窮幽極微，至纖無際，析毫剖釐，刀鋏鋒銳，不足言其細也。」
【用法】形容對事物的分析非常仔細透徹。
【例句】他這人做事向來都是一絲不苟，遇到重要的事情總要反覆推敲，**析毫剖釐**，因而處理問題幾乎沒有出過錯誤。
【義近】析縷分絲／擘肌分理／條分縷析。
【義反】粗枝大葉／馬馬虎虎／浮皮潦草。

析骸以爨

【釋義】析骸：分解骨頭。爨：以火燒煮食物。
【出處】左傳・宣公十五年：「春秋時楚圍宋，宋使華元夜入楚師，登子反之牀而告之曰：『敝邑易子而食，析骸以爨。雖然，城下之盟，有以國斃，不能從也。去我三十里，唯命是聽。』」
【用法】形容極爲困頓、飢荒的境況。
【例句】暴君殘民以逞，人民生活陷入水深火熱之中，幾乎到了易子而食，**析骸以爨**的地步，所以義軍起兵，百姓紛紛響應，希望一舉除掉暴君。
【義近】呑氈齧雪／羅雀掘鼠／薪斷糧絕／易子而食／勢窮力竭。
【義反】左右逢源／絕處逢生。

松柏之茂

【釋義】松柏的枝葉繁茂長青。
【出處】詩經・小雅・天保：「如月之恆，如日之升，如南山之壽，不騫不崩，如松柏之茂，無不爾或承。」
【用法】用以比喻理想信念經得起考驗，長久不衰。
【例句】偉人的軀殼死了，但是他們的精神卻如**松柏之茂**，永遠長青在所有人類心中。
【義近】萬古長青。
【義反】曇花一現。

松柏後凋

【釋義】松樹柏樹最後落葉。凋：凋零，零落。
【出處】論語・子罕：「子曰：『歲寒，然後知松柏之後彫（凋）也。』」
【用法】用以比喻一個人能耐得住嚴峻考驗，保持節操。
【例句】有志之士不論遇到怎樣的狂風暴雨，都能做到**松柏後凋**，堅守節操。
【義近】松操柏節／松筠之節／板蕩忠貞。
【義反】靦顏借命／忝顏偷生。

松風水月

【釋義】松林的清風，水中的明月。
【出處】唐太宗・聖教序：「松風水月，未足比其清華；仙露明珠，詎能方茲朗潤。」詎：哪曉得。

【用法】用以形容人的品性高潔清朗。
【例句】孟浩然一生懷才不遇，抑鬱而終，但其高潔的品性如**松風水月**般，令後人景仰不已。
【義近】光風霽月／玉潔冰清／冰壺秋月／淵渟嶽峙／一片冰心。
【義反】居心叵測／老奸巨猾。

松筠之節

【釋義】像松筠那樣堅韌而歲寒不凋的節操。筠：本爲竹子的青皮，借指竹子。
【出處】隋書・柳莊傳：「梁主奕葉重光，委誠朝廷，而今已後，方見松筠之節。」
【用法】比喻堅貞不渝的節操。
【例句】自古以來，每當朝代交替之時，總可見一些有**松筠之節**的臣子爲國犧牲生命。
【義近】松柏之操／節勵冰霜／雪柏霜松／黃花晚節。
【義反】屈膝投降／靦顏事敵／見風使舵。

松蘿共倚

【釋義】像松樹和蔓藤那樣互相依存。蘿：寄生於松樹上的蔓藤植物。倚：靠著。
【出處】元・王子一・誤入桃源二折：「我等本待和他琴瑟相諧，松蘿共倚。爭奈塵緣未斷，驀地思歸。」
【用法】比喻夫婦和睦融洽。
【例句】這對老夫妻幾十年來**松蘿共倚**，相濡以沫，一直過著恩恩愛愛的日子，令人好不羨慕。
【義近】和如琴瑟／舉案齊眉／夫唱婦隨／相敬如賓。
【義反】反目成仇／河東獅吼／秋扇見捐／琵琶別抱。

果不其然

【釋義】即果然如此。
【出處】吳敬梓・儒林外史三：「我說：『姑老爺今非昔比，少不得有人把銀子送上門去給他用，只怕姑老爺還不希罕哩。』今日果不其然。」
【用法】指事情和自己意料中的相吻合。
【例句】你不好好複習功課，**果不其然**，這次月考退步了許多。
【義近】果如所料。
【義反】始料未及／未曾料及。

果如其言

【釋義】果然像所說的那樣。
【出處】晉・葛洪・抱朴子・至理：「（張良）遂修道引。……果如其言，呂后德之，而逼令強食之，故令其道不成耳。」
【用法】指事物的發展變化果然同當初所說的一樣。
【例句】李老師說他日後必能成大器，**果如其言**，如今他已是股票上市公司的老闆。
【義近】果然如此／言無不中。
【義反】差之遠矣／胡言妄語。

果如所料

【釋義】果然像所預料的那樣。
【出處】宋・胡仔・苕溪漁隱叢話前集・梅聖俞：「始，上怒未已，兩府竊議曰：『必重貶介，則彥博不安；彥博去，則吾屬遞遷矣。』既而，果如所料。」
【用法】是指判斷準確，事物的發展果然同當初的預料相符合。
【例句】豪雨**果如所料**的下了，拜今日科學發達之賜，早預知早防範，才沒有釀成大災禍。
【義近】果不其然。
【義反】始料未及／未曾料及。

果報不爽

【釋義】果報：佛家語。早世業因的結果，今得回報，稱果報。爽：誤差。
【出處】南史・江革傳：「又手勅曰：『果報不可不信。』」劉鶚・老殘遊記：「依兄弟愚見，還是少殺人爲是，此人雖名震一時，將來的果報也不爽。」
【用法】喻今生善惡的報應一定會靈驗。
【例句】上天是公平的，行善做惡，冥冥中自有天理裁定，將來一定會**果報不爽**的。
【義近】福善禍淫。

五　畫

染蒼染黃

【釋義】蒼：草綠色。
【出處】呂氏春秋・當染：「墨子見染素絲者而歎，曰：『染於蒼則蒼，染於黃則黃，所以入者變，其色亦變，五入而以爲五色矣，故染不可不慎也。』」
【用法】形容環境或教育對人的影響巨大。
【例句】社會就像一個大染缸，一下子就把人**染蒼染黃**了，所以爲人父母者要爲子女嚴密把關，以免孩子受到不良的影響。
【義近】近朱者赤，近墨者黑／橘化爲枳／藪中荊曲／白沙在涅，與之俱黑。
【義反】出淤泥而不染／涅而不緇／磨而不磷。

柔心弱骨

【釋義】意謂心胸軟弱，性格溫和。
【出處】列子・湯問：「人性婉而從物，不競不爭，柔心而弱骨，不驕不忌。」
【用法】形容人性情柔和善良。
【例句】她外表看似一副**柔心弱骨**的模樣，其實也有剛強堅毅的一面。
【義近】柔軟心腸／慈心柔骨／外柔內慈。
【義反】鐵石心腸／木心石腹／外柔內剛。

柔枝嫩葉

【釋義】柔軟的枝條，嬌嫩的葉子。
【出處】羣音類選・玉玦記・秦憶商夫：「綠茵，盡摘不留，且莫惜明年難茂，柔枝嫩葉，多應人採揪。」
【用法】用以比喻嬌美柔弱的妙齡女子。
【例句】王家有位二八年華的女兒，長得**柔枝嫩葉**，嬌滴滴的，很討人喜歡。
【義反】人老珠黃／妖韶女老／徐娘半老。

柔能制剛

【釋義】制：制伏。
【出處】後漢書・臧宮傳：「柔能制剛，弱能制彊。柔者德也，剛者賊也，弱者仁之助也，彊者怨之歸也。」
【用法】指用柔弱的手段制伏剛強者。
【例句】你懂不懂**柔能制剛**的道理？妳老公既然性格剛強，妳就用妳的溫柔來對待他！

【義近】以柔克剛／弱能勝強／滴水穿石。
【義反】以強凌弱／以力服人。

柔茹剛吐

【釋義】吞下軟的，吐出硬的。茹：吞入。
【出處】詩經・大雅・烝民：「人亦有言，柔則茹之，剛則吐之。維仲山甫，柔亦不茹，剛亦不吐，不侮矜寡，不畏彊禦。」
【用法】喻人欺善怕惡。
【例句】那個**柔茹剛吐**的惡霸，在小老百姓面前和在大官面前的態度簡直是天南地北，令人憎惡不恥。
【義近】欺軟怕硬／恃強凌弱／倚大欺小／欺善怕惡。
【義反】鋤強扶弱／濟善除惡／濟弱扶傾。

柔茹寡斷

【釋義】柔茹：柔軟。
【出處】韓非子・亡徵：「緩心而無成，柔茹而寡斷，好惡無決而無所定立者，可亡也。」
【用法】形容人處事優柔軟弱而不果斷。
【例句】他辦理具體的事情還算能幹，但在決策方面卻是**柔茹寡斷**，所以讓他負責這方面的工作並不恰當。
【義近】柔懦寡斷／優柔寡斷／猶豫不決／優遊不斷／沉吟不決。
【義反】斬釘截鐵／當機立斷／快刀斬亂麻／一錘定音。

柔情媚態

【釋義】柔情：溫柔的感情。媚態：嫵媚的情態。
【出處】清・李心衡・金川瑣記・陳生：「遂患心疾，輾轉昏憒中。忽憶柔情媚態，則啞然笑。」
【用法】形容女子情態柔美，嫵媚可愛。
【例句】羅小姐的那種**柔情媚態**，確有勾魂攝魄之力，怪不得有好幾個男人被她弄得神魂顛倒。
【義近】柔情綽態／千嬌百媚／婀娜多姿／盡態極妍。
【義反】泥塑木雕／呆頭呆腦／木頭木腦／傻頭傻腦。

柔情蜜意

【釋義】溫柔而親密的情意。
【出處】曹雪芹・紅樓夢一二回：「雖說寶玉仍是柔情蜜意，究竟算不得什麼。」
【用法】多用以指情人或夫妻之間的親密之情。
【例句】回想起妻子的**柔情蜜意**，李先生不禁悲從中來，怪自己在她生前未能好好珍惜她。
【義近】似水柔情。
【義反】怒目相視／視如寇仇／疾首蹙額。

柔腸寸斷

【釋義】柔腸：柔軟的愁腸。寸斷：斷成一寸一寸的。
【出處】劉義慶・世說新語・黜免載：桓溫入蜀，至三峽，部伍中有人捕獲猿子，其母緣岸哀號，不肯離去，最後跳上船，立即倒地而死，部伍剖其腹觀看，腸皆寸寸斷。歐陽修・踏莎行：「寸寸柔腸，盈盈粉淚。」
【用法】比喻悲傷到了極點。
【例句】她與丈夫恩愛生活十多年，現在丈夫突然死於意外事故，怎不教她**柔腸寸斷**？
【義近】柔腸百轉／肝腸斷裂／糜肝裂肺。
【義反】鐵石心腸／無動於衷／心花怒放。

柔腸百結

【釋義】意謂柔和的心腸打了許多結。百：非實數。
【出處】元・谷子敬・城南柳三折：「你便柔腸百結，巧計千般，渾身是眼，尋不見，花枝兒般美少年。」
【用法】形容種種悲苦鬱結於心，深為痛苦焦慮。
【例句】她眼看家境一天不如一天，丈夫的病情又日重一日，思前想後，**柔腸百結**，頓覺一股悲酸湧上心頭，不禁哭了起來。
【義近】柔腸百轉／回腸九轉／鬱鬱寡歡／抑鬱焦慮。
【義反】談笑風生／心曠神怡／喜形於色／樂不可支。

枯木再生

【釋義】意謂枯死的樹木又恢復了生命力。
【出處】宋・蘇軾・陳汝義學士南京謝表：「豈謂聖恩未棄，見收桑榆，枯木再生，重沾雨露。」
【用法】比喻處於絕境而重獲生機。
【例句】金融風暴襲捲亞洲地區，如何在困境中化險為夷，使得**枯木再生**，便是企業領導人的一大課題。
【義近】枯枝再春／枯木生花／絕處逢生／否極泰來。
【義反】無可挽救／打入十八層地獄／永無翻身之日。

枯木朽株

【釋義】壞木頭，爛樹樁。
【出處】司馬相如・諫獵疏：「興不及還轅，人不暇施巧，雖有烏獲、逢蒙之伎，力不得用，枯木朽株盡為害矣。」
【用法】比喻老廢無用之人或衰微的勢力。
【例句】他吃喝嫖賭樣樣俱全，不分晝夜地尋歡作樂，四十來歲的人，已如同**枯木朽株**了。
【義近】風中殘燭／老弱殘兵／朽木枯株。
【義反】生機勃勃／身強力壯／花繁葉茂。

枯木逢春

【釋義】枯乾的樹木遇到了春天。木：樹。一作「枯樹逢春」。
【出處】道原・景德傳燈錄卷二十：「問：枯樹逢春時如何？師曰：世界稀有。」
【用法】比喻在絕望中獲得生機，或重新獲得生命。
【例句】其欣欣向榮之狀，正如**枯木逢春**，實甚可喜。
【義近】絕路逢生／枯樹生花／妙手回春。
【義反】朽木死灰。

枯苗望雨

【釋義】就像乾枯的禾苗盼望雨水來滋潤一樣。

【出處】馮夢龍・東周列國志二六回：「寡君望蹇先生之臨，如枯苗望雨。」
【用法】形容盼望之殷切。
【例句】九二一大地震後，許多人被震得一無所有，期盼政府和各界的援助有若**枯苗望雨**，我們若做得到的話，實在應不吝給予才是。
【義近】雲霓之望／望穿秋水／望眼欲穿／大旱望雲霓。
【義反】一無所求。

枯魚之肆 ㄎㄨ ㄩˊ ㄓ ㄙˋ

【釋義】枯魚：乾魚。肆：市場店鋪。
【出處】莊子・外物：「君乃言此，曾不如早索我於枯魚之肆。」
【用法】今常用以比喻處境困窘者，若不及時援助，則有如魚乾死而陳列於市場上了。
【例句】我現在是等著米下鍋，你卻說今後會給我大筆援助，等到那時我早已進**枯魚之肆**了！
【義近】遠水近火。
【義反】雪中送炭／如魚得水／及時雨。

枯魚病鶴 ㄎㄨ ㄩˊ ㄅㄧㄥˋ ㄏㄜˋ

【釋義】乾枯的魚，有病的鶴。
【出處】羣音類選・玉簪記・必正投姑：「似枯魚病鶴，枯魚病鶴，空懷霄漢，挨著寒雞茅店。」
【用法】比喻處境困難，淪落不遇的人。
【例句】裴先生命乖運蹇，加上脾氣不好，性格倔強，儘管滿腹經綸，卻無人賞識，弄到現在有如**枯魚病鶴**，不免令人歎息。
【義近】落魄才子／暴鰓龍門／涸轍之鮒／釜中游魚。
【義反】蛟龍得水／鳳鳴朝陽／龍騰虎躍／羣空冀北。

枯魚銜索 ㄎㄨ ㄩˊ ㄒㄧㄢˊ ㄙㄨㄛˇ

【釋義】把魚串在繩子上再讓它乾枯。
【出處】韓詩外傳一：「枯魚銜索，幾何不蠹；二親之壽，忽如過隙。」庾信・哀江南賦：「泣風雨於梁山，惟枯魚之銜索。」
【用法】喻存日不多，壽命短促。或思慕已故父母之詞。
【例句】父母養育之恩，比天地還深還廣，所以**枯魚銜索**，乃人之常情。
【義近】水木之思／寒泉之思／風樹興悲／風木銜悲／霜露之感。

枯楊生稊 ㄎㄨ ㄧㄤˊ ㄕㄥ ㄊㄧˊ

【釋義】乾枯的楊樹重發嫩芽。稊：樹木再生的嫩芽。
【出處】周易・大過：「枯楊生稊，老夫得其女妻。」
【用法】多用以比喻老夫娶少妻或老年得子。
【例句】阮先生因早年境況不佳，及至年過半百才娶一位少妻，今年又喜得貴子，眞是時來運轉，**枯楊生稊**。
【義近】枯楊生華／枯木生華／枯樹逢春。

枯樹生華 ㄎㄨ ㄕㄨˋ ㄕㄥ ㄏㄨㄚˊ

【釋義】乾枯的樹又開花。華：古「花」字。
【出處】陳壽・三國志・魏書・劉廙傳：「値時來之運，揚湯止沸，使不焦爛，起烟於寒灰之上，生華於已枯之木。」
【用法】比喻絕境逢生。
【例句】他得了絕症，自以爲已不久於人世，誰知**枯樹生華**，竟在中國用草藥醫好了。
【義近】起死回生／絕路逢生／死而復生。
【義反】死路一條／病入膏肓。

枯燥無味 ㄎㄨ ㄗㄠˋ ㄨˊ ㄨㄟˋ

【釋義】枯燥：單調乏味。
【出處】朱子語類・輯略・訓門人：「恐孤單枯燥。」老子・三五章：「道之出口，淡乎其無味。」
【用法】形容毫無趣味。
【例句】這篇文章寫得太**枯燥無味**了，令人看了昏昏欲睡。
【義近】索然無味／味同嚼蠟。
【義反】津津有味／餘味無窮／耐人尋味。

查無實據 ㄔㄚˊ ㄨˊ ㄕˊ ㄐㄩˋ

【釋義】實據：眞實的證據。
【出處】李綠園・歧路燈一〇一回：「那兩個差頭，白白的又發了一注子大財，只以『查無實據』稟報縣公完事。」
【用法】舊時多作公文用語，常與「事出有因」連用。現用以說明查不出確實的根據或證據。
【例句】郭道臺就替他洗刷清楚，說了些「事出有因，**查無實據**」的話頭，稟復了制臺。（吳沃堯・官場現形記四回）
【義近】道聽塗說／無稽之談／無據可查／虛言妄語。
【義反】證據確鑿／鑿鑿眞據／眞憑實據／人贓俱獲。

枵腸轆轆 ㄒㄧㄠ ㄔㄤˊ ㄌㄨˋ ㄌㄨˋ

【釋義】意謂肚子餓得咕咕叫。枵腸：空虛的腸肚。轆轆：車行聲。
【出處】蒲松齡・聊齋誌異：「相與曝衣石上，近午始燥可著。而枵腸轆轆，飢不可堪。」
【用法】形容非常飢餓。
【例句】在外工作了一整天，回到家早已**枵腸轆轆**，看到吃的拿起來就吃，也不管是生的還是熟的。
【義近】飢腸轆轆／蟬腹龜腸／啼飢號寒。
【義反】酒足飯飽／撐腸拄腹。

枵腹重趼 ㄒㄧㄠ ㄈㄨˋ ㄔㄨㄥˊ ㄐㄧㄢˇ

【釋義】枵腹：空著肚子。重趼：手掌、腳掌上磨起的層層老繭。
【出處】清史稿・方觀承傳：「觀承尙少，寄食清涼山寺。歲與兄觀永徒步至塞外營養，往來南北，枵腹重趼。」
【用法】形容長途跋涉，忍飢受餓的情狀。
【例句】爲了募得一筆基金，他立誓徒步穿越美洲大陸，寧願**枵腹重趼**，也不肯中途放棄，誠心感人。
【義近】曉行夜宿／百舍重趼／

風餐露宿／風塵僕僕。

【義反】悠然自得／逍遙自在／優哉游哉。

枵腹從公

【釋義】餓著肚子辦公事。枵：空。

【出處】陸游・幽居遣懷：「大患元因有此身，正須枵腹對空困。」李寶嘉・活地獄・楔子：「要想他們毀家紓難，枵腹從公，恐怕走遍天下……也找不出一個。」

【用法】比喻忠勤公務，不顧私利。

【例句】儘管他家生活困難，仍然按時上班，積極工作，這種**枵腹從公**的精神實在令人敬佩。

【義近】公而忘私／一心爲公。

【義反】假公濟私／損公肥私。

柏舟之痛

【釋義】柏舟：柏木所造之船。比喻寡婦。

【出處】語出詩經・鄘風・柏舟篇。春秋時衛國世子共伯早歿，其妻共姜作〈柏舟詩〉，自誓守節而不願改嫁。

【用法】指喪夫。

【例句】李清照夫妻鶼鰈情深，夫唱婦隨，卻不幸遭**柏舟之痛**，丈夫早世，令人遺憾。

【義近】琴斷朱絃。

【義反】炊臼之痛。

柏舟自矢

【釋義】柏舟：柏木所製的船。比喻守節的寡婦。

【出處】春秋時衛國世子共伯早死，其妻共姜守節不願改嫁，作〈柏舟詩〉自誓。故事見詩經・鄘風・柏舟篇序。朱熹・與陳師中書：「朋友傳說，令女弟甚賢，必能養老撫孤，以全柏舟之節。」

【用法】用以指寡婦自誓守節不改嫁。

【例句】自從她的先生過世後，她便**柏舟自矢**，獨立養大四個子女，至死也沒有改嫁。

【義近】柏舟完節／柏舟之節／含蘗全貞。

柳汁染衣

【釋義】柳樹汁液染衣服。

【出處】三峰集：「李固言未第時，行古柳下，聞有彈指聲，固言問之，應曰：『我柳神九烈君，已用柳汁染子衣矣，果得藍袍，當以棗糕祀我。』未幾，狀元及第。」

【用法】古時考試中第的預兆。

【例句】古代以**柳汁染衣**爲及第的先兆，雖然神話色彩濃厚，倒給人不少想像的空間。

柳眉倒豎

【釋義】柳眉：柳葉纖細如眉，常用以形容女子細長秀美的眉毛。倒豎：倒立。

【出處】施耐庵・水滸傳二十回：「只見那婆惜柳眉倒豎，星眼圓睜。」

【用法】形容女子發怒的神態。

【例句】王太太推門進屋，撞見丈夫正同另一個女人親熱擁抱，頓時怒不可遏，**柳眉倒豎**。

【義近】鳳眼圓睜／橫眉豎眼／杏眼圓睜。

【義反】眉目傳情／眉開眼笑／眉飛色舞。

柳媚花明

【釋義】意謂綠柳成蔭，繁花似錦。

【出處】明・朱育燉・神仙會一折：「結此生歡娛境，倚玉偎香，柳媚花明，美景良辰，行樂意同情。」

【用法】形容春天令人心曠神怡的美好景色。

【例句】現在正當**柳媚花明**的時節，應該到公園、郊外去欣賞大自然的美好風光。

【義近】柳嚲鶯嬌／柳綠花紅／桃紅柳綠。

【義反】柳啼花怨／柳殘花謝／百花凋零。

柳暗花明

【釋義】垂柳濃密，鮮花奪目。暗：指樹蔭蔽日。明：麗。

【出處】陸游・游山西村：「山重水複疑無路，柳暗花明又一村。」

【用法】形容綠柳成蔭，繁花耀眼的美景，也比喻又是一番景象或有了新的轉機。

【例句】①我們春遊到郊外，到處是**柳暗花明**的美好景色。②她已年過三十，常爲婚姻問題而苦惱，想不到**柳暗花明**，現在有位風度翩翩的青年男子上門向她求婚了。

【義近】柳綠花紅／花明柳暗。

【義反】衰柳殘花／山窮水盡。

架舌頭

【釋義】架：憑空捏造。

【出處】蘭陵笑笑生・金瓶梅一二回：「傍人見你這般疼奴，在奴身邊去的多，都氣不憤，背地裏架舌頭，在你跟前唆調。」

【用法】比喻人搬弄口舌，製造是非。

【例句】這羣三姑六婆，成天吃飽了沒事做，專門**架舌頭**，說人閒話，怎能不滋生事端呢？

【義近】搬口弄舌／搬弄是非／弄口弄舌／調三斡四。

【義反】排難解紛／居中調停。

架捏虛詞

【釋義】虛詞：不實的言論。

【出處】馮夢龍・醒世恆言三〇卷：「既已事露逃去，便該悔過，卻又架捏虛詞，哄咱行刺。」

【用法】用以說明捏造事實。

【例句】這個罪犯爲了脫罪，便**架捏虛詞**，企圖混淆警方的辦案方向，最後還是被識破了。

【義近】向壁虛構／無中生有／憑空杜撰／架謊鑿空／憑空臆造／架詞誣捏。

【義反】有根有據／有案可查。

六畫

案牘勞形

【釋義】案牘：指官方的書信公文。勞形：使身體疲勞。

【出處】唐・劉禹錫・陋室銘：「無絲竹之亂耳，無案牘之勞形。」

【用法】用以形容人盡心公事的樣子。

【例句】張先生眞是位盡職的官員，每天早出晚歸，回家還帶一堆公文回去批閱，其家人都擔心他因**案牘勞形**而累壞了身體。
【義近】力疾從公／枵腹從公／日昃旰食／宵衣旰食／國爾忘家／廢寢忘食。
【義反】尸位素餐／伴食中書／乘軒食祿／禽息鳥視／三旨宰相。

桑中之約

【釋義】桑樹林中的約會。
【出處】詩經・鄘風・桑中：「期我乎桑中，要我乎上宮，送我乎淇之上矣。」蒲松齡・聊齋誌異・竇氏：「桑中之約，不可長也。」
【用法】指男女幽會的密約。
【例句】倘小姐一下班，就盛裝打扮急急忙忙往外跑，大概是怕耽誤了**桑中之約**吧！
【義近】密約偷期／月下之約／迎風待月。

桑弧蓬矢

【釋義】用桑木做的弓和蓬草做的箭，射向天地四方。又作「桑弧蒿矢」、「桑蓬」。
【出處】禮記・內則：「射人以桑弧蓬矢六，射天地四方。」後漢書・儒林傳・劉昆：「每春秋饗射，常備列典儀，以素木瓠葉爲俎豆，桑弧蒿矢，以射菟首。」朱熹・次韻擇之進賢道中漫成詩：「豈知男子桑蓬志，萬里東西不作難。」
【用法】比喻男兒志在四方的意思。
【例句】男兒當有**桑弧蓬矢**之志，立天下之大功，做天下之大事。
【義近】志在四方／大鵬之志／志在千里／四方之志／胸懷大志。
【義反】求田問舍／胸無大志／小人之志／短視近利。

桑間濮上

【釋義】桑間、濮上：均爲古代衛國的地名。
【出處】禮記・樂記：「桑間濮上之音，亡國之音也。」漢書・地理志下：「（衛地）有桑間濮上之阻，男女亦亟聚會，聲色生焉，故俗稱鄭衛之音。」
【用法】用以指男女幽會之處。
【例句】男女在熱戀期間，總愛找些**桑間濮上**的好地方去享受兩人世界。
【義近】月下花前。

桑榆暮景

【釋義】照在桑樹、榆樹上的太陽餘輝。暮景：傍晚時的景象。一作「桑榆晚景」。
【出處】曹植・贈白馬王彪：「年在桑榆間，影響不能追。」元・無名氏・九世同居二折：「歎桑榆暮景優游。」
【用法】比喻人的晚年景況。
【例句】這位曾紅極一時的影歌星遇人不淑，其**桑榆暮景**實在令人歎息。
【義近】桑榆之年／風燭殘年／夕陽年華。
【義反】風華正茂／富於年華／如日方中。

桑落瓦解

【釋義】像桑葉枯落，如屋瓦解體。
【出處】後漢書・孔融傳：「案（劉）表跋扈，擅誅列侯……桑落瓦解，其勢可見。」
【用法】用以說明事勢敗壞的情狀與趨勢。
【例句】蘇聯和東歐各國的社會主義政府，只三兩年時間便**桑落瓦解**，眞出人意表。
【義近】土崩瓦解／四分五裂／煙消雲散。
【義反】牢固堅實／固若金甌／穩如泰山。

桑樞甕牖

【釋義】用桑木做門軸，用破甕做窗戶。樞：門軸。牖：窗戶。
【出處】莊子・讓王：「蓬戶不完，桑以爲樞而甕牖二室。」元・關漢卿・裴度還帶一折：「久淹在桑樞甕牖，幾時能勾畫閣樓臺。」
【用法】形容家境貧寒，居住簡陋。
【例句】古代許多文人一生清貧，居處雖**桑樞甕牖**，可是求學問道的熱忱卻未稍減。
【義近】蓬戶甕牖／甕牖繩樞／茅茨土階／蓬門篳戶／瓦竈繩床／環堵蕭然。
【義反】深宅大院／高樓大廈／雕梁畫棟／雕闌玉砌。

根生土長

【釋義】意謂在當地出生長大。
【出處】吳昌齡・張天師三折：「卻不道一般兒根生土長，開花結子，帶葉連枝。」
【用法】指出生於世代居住的本鄉本土。
【例句】這是我**根生土長**的地方，無論外面怎樣好，我也忘不了啊！
【義近】土生土長。

根基淺薄

【釋義】根基：指事物、事業等的基礎。
【出處】曹雪芹・紅樓夢三五回：「怎奈那些豪門貴族又嫌他本是窮酸，根基淺薄，不肯求配。」
【用法】用以說明基礎薄弱，實力不厚。
【例句】他在學術上**根基淺薄**，想有高深的造詣，根本是不可能的。
【義近】頭重腳輕／基礎薄弱／無本之木。
【義反】根基深厚／實力雄厚／根深柢固。

根深蒂固

【釋義】蒂：花或瓜果跟枝莖相連的部分。固：牢固，堅固。一作「根深柢固」。
【出處】老子・五九章：「有國之母，可以長久，是謂深根固柢，長生久視之道。」黃庭堅・與洪甥駒父書：「使根深蒂固，然後枝葉茂爾。」
【用法】比喻基礎深厚，不容易動搖。
【例句】他步入官場雖然只有三、五年，但很善於鑽營結交，現在已形成一股**根深蒂固**的勢力。
【義近】盤根錯節／根基深厚／根深葉茂／根深柢固。
【義反】無本之木／搖搖欲墜／根基淺薄。

桂子飄香

【釋義】桂花盛開，香氣四散的樣子。此為中秋的景緻。
【出處】陸游・老學庵筆記二：「張子韶對策，有桂子飄香之語，趙明誠妻李氏嘲之曰：『露花倒影柳三變，桂子飄香張九成。』」
【用法】形容秋天的景色。
【例句】又是**桂子飄香**的中秋季節，給羈旅在外的遊子們添加了更多的鄉愁。
【義近】秋山紅葉／老圃黃花／蘆荻吐白。

桂子蘭孫

【釋義】指子孫如桂樹蘭花般芬芳出色。
【出處】綠野仙蹤三〇：「只願你夫妻重相聚會，多生些桂子蘭孫，與祖父增點光輝。」
【用法】稱讚他人子孫優秀傑出的美詞。
【例句】你眞是祖上積德，生得**桂子蘭孫**，個個都很傑出，又很孝順你，現在眞是可以享享清福了。

桂林一枝

【釋義】桂花林中一枝花。
【出處】晉書・郤詵傳：「臣舉賢良對策，為天下第一，猶桂林之一枝，崑山之片玉。」
【用法】比喻出類拔萃的人才。
【例句】俗話說：河裏無魚蝦也貴。這年輕人雖談不上有多高的才華，但在我們這裏可算**桂林一枝**了。
【義近】荊山之玉／隋珠和璧／靈蛇之珠／璵璠之質／崑山片玉。
【義反】不學無術／才疏學淺／不郎不秀。

桂宮柏寢

【釋義】用桂木和柏木製造的宮殿。又作「桂殿蘭宮」。
【出處】鮑照・代白紵舞歌詞：「桂宮柏寢擬天居，朱爵文窗韶綺疏。」王勃・滕王閣序：「桂殿蘭宮，即岡巒之體勢。」
【用法】形容壯麗豪華的宮室。
【例句】古代帝王所住的**桂宮柏寢**，絕對不會輸給當今最豪華的建築物。
【義近】瓊樓玉宇／龍樓鳳臺／瑤宮瓊闕／廣夏細旃／峻宇雕牆。
【義反】小門小戶／小戶人家。

柴車幅巾

【釋義】柴車：簡陋的車子。幅巾：包頭髮用的布。
【出處】後漢書・韓康傳：「亭長以韓徵君當過，方發人牛修道橋，及見康柴車幅巾，以為田叟也，使奪其牛，康即釋駕與之。有頃，使者至，奪牛翁，乃徵君也。」
【用法】用以指貧窮人家的生活簡約。
【例句】晏平仲貴為一代宰相，施貧活族無數，自己卻過著**柴車幅巾**的儉樸生活，是眞正的仁者。
【義近】敝車羸馬／草衣木食／饘粥餬口。

栩栩如生

【釋義】栩栩：本形容歡暢，今形容生動活潑。
【出處】莊子・齊物論：「昔者莊周夢為蝴蝶，栩栩然蝴蝶也。」
【用法】形容非常生動逼眞，就像活的一樣。
【例句】齊白石所畫的蝦，已經達到了**栩栩如生**的境界。
【義近】活靈活現／惟妙惟肖／呼之欲出／躍然紙上。
【義反】毫無生趣／枯燥無味／了無生趣／生硬刻板。

桐棺三寸

【釋義】用桐木做成只有三寸厚的棺材。
【出處】墨子・節葬：「禹……葬會稽之山，衣衾三領，桐棺三寸，葛以緘之。」
【用法】一般棺木厚度是七寸，三寸是指極薄的棺木。形容薄葬的意思。
【例句】墨者之葬也，冬日冬服，夏日夏服，**桐棺三寸**，服喪三月，世主以為儉而禮之。（韓非子・顯學）

桀犬吠堯

【釋義】桀：夏桀，暴君。堯：唐堯，聖君。一作「跖犬吠堯」。跖：大盜名。
【出處】戰國策・齊策六：「跖之狗吠堯，非貴跖而賤堯也，狗固吠非其主也。」
【用法】比喻各為其主。也用以比喻壞人的爪牙攻擊好人。
【例句】**桀犬吠堯**，各為其主，我們爭得面紅耳赤，乃情理中事，有什麼好見怪的？
【義近】狗吠非主／各為其主。
【義反】有奶便是娘／有錢能使鬼推磨。

桀驁不馴

【釋義】桀驁：暴躁倔強。驁同「傲」。馴：順服。
【出處】漢書・匈奴傳・贊：「其桀驁尚如斯，安肯以愛子而為質乎？」
【用法】形容性情凶暴，乖戾不馴。
【例句】我這兒子天生就是**桀驁不馴**的性子，頑劣異常，請老師務必嚴加管教。
【義近】傲慢無禮／強頭倔腦／方頭不律。
【義反】俯首聽命／俯首帖耳／千依百順。

格於成例

【釋義】格：阻隔，阻礙。成例：現成的條例。
【出處】文康・兒女英雄傳三六回：「內中只有安公子此時不但自知旗人格於成例，向來沒有個點鼎甲的。」
【用法】指被成例所限制，不能通融辦理。
【例句】你委託我辦理的事情，實因**格於成例**，無法幫忙，請多多原諒。
【義近】拘於成例。
【義反】下不為例。

格格不入

【釋義】格格：阻礙，隔閡，牴觸。
【出處】袁枚・寄房師鄧遜齋先生書：「以前輩之典型，合後來之花樣，自然格格不入。」
【用法】形容彼此不協調、不相

容，互相合不來。

【例句】他思想保守，處在現代社會，總是感到有些**格格不入**。

【義近】水火不容／方枘圓鑿／方底圓蓋／扞格不入。

【義反】情投意合／水乳交融／行合趨同。

格高意遠（ㄍㄜˊ ㄍㄠ ㄧˋ ㄩㄢˇ）

【釋義】格高：格調高雅。意遠：意義深遠。

【出處】宋·王禹偁·送丁謂序：「去年得富春生孫何文數十篇，格高意遠，大得六經旨趣。」

【用法】指文章的格調高雅，涵義深刻。

【例句】老教授寫的這幾篇論文，就當前的時局提出了很好的見解，可謂**格高意遠**，值得一讀。

【義近】清音幽韻／寓意深長／銜華佩實。

【義反】官樣文章／廢話連篇／空洞無物／連篇累牘。

格殺勿論（ㄍㄜˊ ㄕㄚ ㄨˋ ㄌㄨㄣˋ）

【釋義】格殺：擊殺，相拒而殺曰「格」。勿論：不論罪。

【出處】周禮·秋官朝士鄭司農注：「無故入人室宅廬舍，上人車船，牽引人欲犯法者，其時格殺之無罪。」

【用法】指把拒捕、行凶或違反禁令的人當場打死，而不以殺人論罪。

【例句】古時律法規定，在某些特定狀況下，可將罪犯**格殺勿論**，這是為了保障執法人員的安全。

【義近】殺之無赦／就地正法。

【義反】網開一面。

桃之夭夭（ㄊㄠˊ ㄓ ㄧㄠ ㄧㄠ）

【釋義】桃：桃花。後以「桃」諧音為「逃」。夭夭：形容茂盛。

【出處】詩經·周南·桃夭：「桃之夭夭，灼灼其華。之子于歸，宜其室家。」

【用法】本形容桃花茂盛鮮豔，後作為「逃之夭夭」的詼諧語，指逃走得無影無蹤。

【例句】這位老兄吝嗇得出奇，原本說好由他請客，誰知快要買單時，他竟趁上洗手間的機會**桃之夭夭**了。

【義近】溜之大吉／溜之乎也。

【義反】恭候多時／等待觀望。

桃李不言，下自成蹊（ㄊㄠˊ ㄌㄧˇ ㄅㄨˋ ㄧㄢˊ，ㄒㄧㄚˋ ㄗˋ ㄔㄥˊ ㄒㄧ）

【釋義】桃李不會說話，但其花果卻吸引人們在下面踩出了一條路。蹊：小路。

【出處】司馬遷·史記·李將軍列傳：「諺曰：『桃李不言，下自成蹊。』此言雖小，可以喻大也。」

【用法】比喻做人只要誠實可靠，無須自誇自讚，便可獲得他人的信任擁護。

【例句】正如古人所說：「**桃李不言，下自成蹊**。」章先生雖隱居不仕，但其氣節凜然，仍深受世人推崇。

【義近】德不孤，必有鄰。

桃李爭妍（ㄊㄠˊ ㄌㄧˇ ㄓㄥ ㄧㄢˊ）

【釋義】意謂桃花和李花爭相開放競美。妍：美麗。

【出處】明·無名氏·萬國來朝二折：「春花艷艷，看紅白桃李爭妍。」

【用法】用以形容春色美麗，到處充滿生機。

【例句】我們到郊外踏青，一路上春光明媚，**桃李爭妍**，好一幅欣欣向榮的景象。

【義近】桃柳爭妍／桃李爭輝／百花競艷／春色滿園。

【義反】百花凋零／秋風蕭瑟／風刀霜劍／冰天雪地。

桃李滿天下（ㄊㄠˊ ㄌㄧˇ ㄇㄢˇ ㄊㄧㄢ ㄒㄧㄚˋ）

【釋義】桃李：兩種果樹，因其所結果實甚多，故喻所栽培門生或所推薦之士眾多。

【出處】白居易·春和令公綠野堂種花：「令公桃李滿天下，何用堂前更種花。」

【用法】今用以比喻培養、教育的學生很多，遍及各地。

【例句】辛老師一生辛勤地從事教育工作，現在已是**桃李滿天下**了。

【義近】河汾門下／弟子三千。

【義反】門前無桃李。

桃花薄命（ㄊㄠˊ ㄏㄨㄚ ㄅㄛˊ ㄇㄧㄥˋ）

【釋義】桃花：借指女子。薄命：指命運不好，福分不大。

【出處】明·阮大鋮·燕子箋·寫像：「諸般不像，只是桃花薄命流終平康也，也與他出塞的苦沒甚差別。」

【用法】多用以指女子命運悲慘，有時也指女子短命早逝。

【例句】一個如花似玉的女子，出嫁還不到一年，竟被那惡魔般的丈夫糟踏得不成人形，真是**桃花薄命**啊！

【義近】紅顏薄命／佳人薄命。

【義反】富貴芙蓉／富貴牡丹。

桃紅柳綠（ㄊㄠˊ ㄏㄨㄥˊ ㄌㄧㄡˇ ㄌㄩˋ）

【釋義】桃花嫣紅，柳枝碧綠。

【出處】王維·田園樂：「桃紅復含宿雨，柳綠更帶春煙。」

【用法】用以形容春天的美好景色。

【例句】暮春三月，**桃紅柳綠**，正是踏青的好時節。

【義近】桃紅李白／萬紫千紅／繁花似錦。

【義反】百花凋零／落葉紛飛／萬物蕭颯。

桃符換舊（ㄊㄠˊ ㄈㄨˊ ㄏㄨㄢˋ ㄐㄧㄡˋ）

【釋義】古時新年以二桃木板懸門旁，上書二門神名，用以避邪，謂之桃符。換舊：換去舊的。

【出處】王安石·元日詩：「爆竹聲中一歲除，春風送暖入屠蘇；千門萬戶曈曈日，總把新桃換舊符。」

【用法】用以表示新年更換門神或春聯。

【例句】農曆年是中國人最重要的節日，**桃符換舊**，貼個別出心裁的春聯，是一項流傳已久的年俗。

桃羞杏讓（ㄊㄠˊ ㄒㄧㄡ ㄒㄧㄥˋ ㄖㄤˋ）

【釋義】意謂桃花為之羞愧，杏花為之避讓。

【出處】曹雪芹·紅樓夢二七回：「滿園裏繡帶飄飄，花枝招展，更兼這些人打扮的桃羞杏讓，燕妒鶯慚，一時也道不盡。」

【用法】形容女子的容貌非常美麗。

【例句】梁小姐果然名不虛傳，

眞是個**桃羞杏讓**、人見人愛的美人。

【義近】沉魚落雁／閉月羞花／花容月貌／杏眼桃腮／豔如桃李。

【義反】尖嘴猴腮／蓬頭垢面／臼頭深目／奇醜無比／嘴歪眼斜／貌如無鹽。

桃園結義

【釋義】民間故事的傳說，劉備、關羽、張飛在桃園中結拜爲兄弟。

【出處】羅貫中·三國演義一回：「宴桃園豪傑三結義，斬黃巾英雄首立功。」

【用法】用以指朋友結拜爲異姓兄弟。

【例句】他們雖不是親兄弟，但卻比親兄弟還要好，於是仿照**桃園結義**的方式結拜爲兄弟，希望好好珍惜這份難得的情誼。

【義近】義結金蘭／結拜金蘭。

七畫

梁上君子

【釋義】指在房梁上躲著的小偷。梁：房梁。

【出處】後漢書·陳寔傳：「不善之人，未必本惡，習以性成，遂至於此。梁上君子者是矣！」

【用法】指小偷。

【例句】最可惡的是**梁上君子**，好不容易積攢了一些錢，今天就被他入室偷得精光。

【義近】鼠竊狗盜／小偷小摸／穿窬之盜。

【義反】正人君子／仁人志士／英雄豪傑。

梁木其壞

【釋義】屋子的大梁壞掉了。

【出處】禮記·檀弓上：「孔子蚤作，負手曳杖消搖於門，歌曰：『泰山其頹乎？梁木其壞乎？哲人其萎乎？』既歌而入，當戶而坐。子貢聞之曰：『泰山其頹，則吾將安養？梁木其壞，哲人其萎，則吾將安放？夫子殆將病也？』」

【用法】指賢哲的死亡。

【例句】民國初年，百廢俱興，正賴中山先生的英明領導，不幸**梁木其壞**，實令國人痛惜。

【義近】山頹木壞／哲人其萎／泰山其頹／蘭摧玉折。

梯山航海

【釋義】意謂翻越山嶺，渡過海洋。梯山：像爬梯子一樣的攀登險山。

【出處】宋書·明帝紀：「日月所照，梯山航海；風雨所均，削衽襲帶。所以業固盛漢，聲溢隆周。」

【用法】形容長途跋涉，歷經險阻。

【例句】登山隊員經歷了一番**梯山航海**的旅程，終於抵達了目的地，眼見一望無垠的壯麗山川，便什麼疲勞都不見了。

【義近】翻山越嶺／跋山涉水／束馬懸車。

【義反】養尊處優／高枕而臥。

梧鼠之技

【釋義】梧鼠：原作鼫鼠，訛寫作「鼯鼠」，俗作梧鼠。傳說此鼠有五種技能：能飛不能上屋，能緣不能窮木，能游不能渡谷，能穴不能掩身，能走不能先人。

【出處】荀子·勸學：「螣蛇無足而飛，鼫鼠五技而窮。」

【用法】比喻技能雖多，卻不精專；或比喻才能有限。

【例句】他自小便學習各種才藝，可惜不夠專精，流於**梧鼠之技**，在職場上沒有一樣派得上用場。

【義近】梧鼠技窮／黔驢之技／一無所長／雕蟲小技。

【義反】能工巧匠／奇技淫巧／神工鬼斧／運斤成風。

梅妻鶴子

【釋義】以梅爲妻，以鶴爲子。

【出處】宋·阮閱·詩話總龜：「林逋隱于武林之西湖，不娶無子，所居多植梅蓄鶴，泛舟湖中，客至則放鶴致之，因謂妻梅子鶴云。」

【用法】形容隱士。

【例句】要過像林逋那樣**梅妻鶴子**生活的人，必須有面對寂寞孤獨的勇氣。

【義近】乘桴浮海。

桴鼓相應

【釋義】鼓槌一敲，鼓就發出聲響。桴：鼓槌。

【出處】漢書·李尋傳：「順之以善政，則和氣可立致，猶枹鼓之相應也。」

【用法】用以比喻彼此互相呼應，緊密配合。

【例句】這件事的成功，全靠四方好友**桴鼓相應**，我才淺學薄，實在是不敢居功。

【義近】前呼後應／首尾相應／裏應外合。

【義反】各行其是／各自爲政。

棄文就武

【釋義】就：作動詞用，走向，從事。

【出處】元·無名氏·九世同居一折：「吾聞詩禮傳家，此子棄文就武，亦各言其志也。」

【用法】用以指拋棄文事而改從武事。

【例句】國難當頭，有志之士**棄文就武**，奔赴沙場，實屬愛國之舉。

【義近】投筆從戎／嫌文愛武。

【義反】棄武就文／棄武從商。

棄甲曳兵

【釋義】丟掉鎧甲，拖著兵器。曳：拖。

【出處】孟子·梁惠王上：「塡然鼓之，兵刃既接，棄甲曳兵而走。」

【用法】形容戰敗後狼狽逃竄的樣子。

【例句】武昌起義一聲炮響，革命軍如猛虎下山，清軍見勢不妙，**棄甲曳兵**而逃。

【義近】丟盔棄甲／潰不成軍／落荒而逃／狼狽逃竄。

【義反】旗開得勝／斬將搴旗／乘勝進擊／勢如破竹。

棄如敝屣

【釋義】像扔掉破鞋一樣把它扔掉。敝屣：破鞋。一作「棄之如敝屣」。

【出處】孟子·盡心上：「舜視

棄天下猶棄敝屣也。」陳亮・祭錢伯同母碩人文：「棄如敝屣，聖明當天。」

【用法】比喻毫不可惜地拋棄。

【例句】許多過去**棄如敝屣**的廢物，經過科學的處理，又成了有用的工業原料。

【義近】視如草芥／視如敝屣／棄置不顧。

【義反】視若珍寶／敝帚自珍／愛如明珠。

棄邪從正

【釋義】意謂拋棄邪惡，順從於正道。

【出處】三國志・蜀書・後主傳・裴松之注引諸葛亮集載後主劉禪詔曰：「有能棄邪從正，簞食壺漿以迎王師者，國有常典，封寵大小，各有品限。」

【用法】指從邪路回到正路上來，不再做壞事。

【例句】改善社會治安的根本之道，應該是想辦法讓那些誤入歧途的年輕人**棄邪從正**才對。

【義近】改邪歸正／伐毛洗髓／洗心革面／迷途知返／棄暗投明／脫胎換骨。

【義反】屢教不改／至死不悟／執迷不悟。

棄短取長

【釋義】棄：丟掉，捨去。取：吸取。

【出處】後漢書・王符傳：「智者棄短取長，以致其功。」

【用法】指捨棄別人的短處，吸取別人的長處。

【例句】在學習和工作中，我們應時刻注意**棄短取長**，以期進步更快，收效更大。

【義近】棄短就長／棄短採長／取長補短。

棄暗投明

【釋義】離開黑暗，投向光明。

【出處】梁辰魚・浣紗記：「何不反邪歸正，棄暗投明。」

【用法】比喻背棄邪惡勢力，投向正義一方。

【例句】對那些**棄暗投明**，願意為正義事業而貢獻的人，我們深表歡迎。

【義近】改邪歸正／自拔來歸／放下屠刀／出幽遷喬。

【義反】認敵作父／認賊作父／認敵為友／下喬入幽。

棄瑕錄用

【釋義】瑕：玉上的斑點，喻毛病、錯誤。

【出處】後漢書・袁紹傳：「廣羅英雄，棄瑕錄用。」

【用法】用以表示任用曾有過失或缺點的人。

【例句】這家公司本著回饋之心，**棄瑕錄用**曾經犯過罪的人，結果成效非常好。

【義近】降格以求／棄短用長／不計小過。

【義反】求備一人／求全責備／吹毛求疵。

棄舊圖新

【釋義】拋棄舊的，謀求新的。一作「棄舊換新」。

【出處】羅貫中・三國演義九回：「乃太師應受漢禪，棄舊換新，將乘玉輦金鞍之兆也。」

【用法】大多指由不好的轉向好的，離開錯誤的而走向正確的。

【例句】他終於幡然悔悟，**棄舊圖新**，從販毒集團中出來投案自首。

【義近】悔過自新／棄過圖新／改邪歸正。

【義反】執迷不悟／屢教不改／頑固不化。

棄舊憐新

【釋義】意謂拋棄舊寵，愛上新歡。

【出處】元・關漢卿・望江亭二折：「他心兒裏悔，悔。你做的個棄舊憐新，他則是見咱有意，使這般巧謀奸計。」

【用法】指對愛情不專一，見一個愛一個。

【例句】這個**棄舊憐新**、無情無義的男人，不值得妳為他落淚。

【義近】喜新厭舊／吃著碗裏，望著鍋裏／見異思遷。

【義反】忠貞不二／之死靡它／從一而終／白頭到老。

梨園弟子

【釋義】梨園：唐玄宗時教練歌舞的地方，後用以稱戲班。梨又作「棃」。

【出處】杜甫・觀公孫大娘弟子舞劍器行：「梨園弟子散如煙，女樂餘姿寒映日。」白居易・長恨歌：「梨園弟子白髮新，椒房阿監青娥老。」

【用法】原指宮廷中的歌舞藝人，後泛稱戲劇演員或藝人。

【例句】唐玄宗曾選樂工三百人，宮女數百人，教授樂曲，這些人後來都成了優秀的**梨園弟子**。

梟首示眾

【釋義】梟：斬下頭來懸掛在木竿上。

【出處】司馬遷・史記・秦始皇本紀：「齊等二十人皆梟首。」濟公全傳二七〇回：「大盜一名李滾梟首示眾。」

【用法】用以指古代的酷刑。

【例句】如今素兒要除滅佛、老，行曇這廝，定該**梟首示眾**，這劊子一缺，舍我其誰？（夏敬渠・野叟曝言一回）

【義近】刀砍斧剁／剖腹剜心／凌遲處死／五馬分屍。

【義反】蒲鞭示辱／畫地為牢。

梟獍其心

【釋義】梟：食母的惡鳥。獍：食父的惡獸。亦作「梟獍存心」、「心同梟獍」。

【出處】魏書・蕭寶夤傳：「背恩忘義，梟獍其心。」洛陽伽藍記・城內永寧寺：「若兆者，蜂目豺聲，行窮梟獍。」

【用法】用以形容人心地狠毒險惡；或形容忘恩不孝之人。

【例句】秦檜其人**梟獍其心**，貴為一國之宰相，卻陷害忠良，可說是民族的罪人，天下人無不唾棄辱罵他。

【義近】胸中柴棘／蛇口蜂針／胸中鱗甲／狼心狗肺／人面獸心。

【義反】菩薩心腸／慈悲為懷。

條分縷析

【釋義】意謂一條一條地詳細分析。縷析：詳細分析。

【出處】清・侯方域・代司徒公屯田奏議：「條分縷析，期於明便可行，算計見效。」

【用法】形容分析得細緻而有條理。

【例句】編工具書，最重要的是分門別類，**條分縷析**，使人一目了然，便於查閱。

【義近】條分理析／擘肌分理／依頭縷當／析縷分條。

【義反】糾結不清／紛亂混雜。

八畫

棲棲遑遑

【釋義】棲棲：忙碌不息的樣子。遑遑：急迫不安。亦作「栖栖皇皇」。

【出處】文選・班固・答賓戲：「是以聖哲之治，棲棲遑遑，孔席不暖，墨突不黔。」

【用法】用以形容奔波不安定的樣子。

【例句】公司就快倒了，再多的努力也挽回不了局面，你又何必**棲棲遑遑**，徒做一些無功的努力呢？

棣華增映

【釋義】棣：指兄弟中的弟。

【出處】詩經・小雅・常棣：「常棣之華，鄂不韡韡。凡今之人，莫如兄弟。」晉書・張載張協傳：「載協飛芳，棣華增映。」飛芳：飛花，飛華。

【用法】形容兄弟友愛。

【例句】蘇軾和蘇轍兄弟，兄友弟恭，是歷史上**棣華增映**的最佳楷模。

【義近】兄友弟恭／如壎如篪／灼艾分痛／風雨對牀／推棗讓梨。

【義反】兄弟鬩牆／手足相殘／尺布斗粟／蕭牆之禍／相煎太急。

棒打鴛鴦

【釋義】鴛鴦：指夫妻或男女朋友關係的人。

【出處】孟稱舜・鸚鵡墓貞文記・死要：「他一雙兒女兩情堅，休得棒打鴛鴦作話傳。」

【用法】指用強硬的手段，拆散夫妻情誼，或阻擾男女的婚事，使人無法結婚。

【例句】他們的感情早已堅如磐石，任你們如何地**棒打鴛鴦**也拆散不了他們的。

棒頭出孝子

【釋義】宋、元以後的俚語。棍棒打出孝順的兒子。

【出處】續傳燈錄・了明禪師：「人言棒頭出孝子，我道憐兒不覺醜。」

【用法】強調教育要嚴謹，方可教出成才成器的孩子來。

【例句】舊時代中強調的**棒頭出孝子**，用現代教育的觀點來看，是不合理也不一定行得通的。

棟折榱崩

【釋義】正梁斷了，椽子倒塌。棟：房屋的正梁。榱：屋椽屋角的總稱。

【出處】左傳・襄公三十一年：「子於鄭國，棟也；棟折榱崩，僑將厭（壓）焉，敢不盡言。」

【用法】用以比喻傾覆。

【例句】困擾鄉民多年的土匪被官兵打得落花流水，**棟折榱崩**，再也不敢出來欺壓善良百姓了。

【義近】巢覆卵破／魚爛土崩／土崩瓦解。

【義反】穩如泰山／安如磐石／長治久安。

棟梁之材

【釋義】棟梁：房屋的大梁。

【出處】陳壽・三國志・魏書・高柔傳：「今公輔之臣，皆國之棟梁，民所瞻具。」

【用法】比喻能爲國家擔當重任的人才。

【例句】這批高材生如果認眞培養，將來必可成爲國家的**棟梁之材**。

【義近】中流砥柱／國家棟梁／國家柱石。

【義反】碌碌之輩／凡庸之才／樗櫟庸才。

棋高一著

【釋義】著：下棋走子。

【出處】凌濛初・二刻拍案驚奇二回：「妙觀沒個是處，羞慚窘迫，心裏先自慌亂了。勉強就局，沒一下子去是得手的，覺是觸著便礙。正所謂『棋高一著，縛手縛腳』。況兼是心意不安的，把平日的力量一發減了。連敗了兩局。」

【用法】原指高超的棋藝，後用以比喻技能高人一等。

【例句】林海峰是圍棋高手，在國際比賽中以**棋高一著**脫穎而出，揚名海外。

棋逢對手

【釋義】下棋碰上了相當的人。對手：又作「敵手」，本領相當的對方。

【出處】尙顏・懷陸龜蒙處士：「事免傷心否，棋逢敵手無。」

【用法】用以比喻雙方的力量相當，不分上下。

【例句】看來你們今天眞是**棋逢對手**，一盤棋下了三個小時還定不出勝負。

【義近】旗鼓相當／勢均力敵／將遇良才。

【義反】天差地遠／眾寡懸殊／石頭雞蛋。

森羅萬象

【釋義】森：繁密，眾多。羅：排列。萬象：各種各樣的事物和現象。

【出處】道原・景德傳燈錄卷二八：「如森羅萬象，至空而極，百川眾流，至海而極。」

【用法】用以指紛然羅列的各種事物或現象。

【例句】在宇宙的**森羅萬象**中，我的胃病當然不過是小事。（魯迅・馬上日記）

【義近】包羅萬象／豐富多采／五花八門／形形色色／無所不備／應有盡有。

森嚴壁壘（ㄙㄣ ㄧㄢˊ ㄅㄧˋ ㄌㄟˇ）

【釋義】森嚴：整齊嚴肅。壁壘：軍營的圍牆，作爲進攻或退守的工事。一作「壁壘森嚴」。
【出處】新唐書・文藝傳序：「排逐百家，法度森嚴。」司馬遷・史記・黥布傳：「深溝壁壘。」
【用法】形容防守嚴密，現也比喻界限劃得很分明。
【例句】我軍**森嚴壁壘**守候多時，敵人膽敢來侵犯，定把它消滅殆盡。
【義近】嚴陣以待／戒備森嚴。
【義反】放牛歸馬／放鬆警惕／界限不清。

植黨營私（ㄓˊ ㄉㄤˇ ㄧㄥˊ ㄙ）

【釋義】植：培植。營：謀求。
【出處】文康・兒女英雄傳三回：「一邊是認定孩提之童，一片天良，不肯去作罔人；一邊是一味地向家庭植黨營私，去作那罔人勾當。」
【用法】指壞人極力培植黨羽，以謀取私利。
【例句】他不好好工作，專門**植黨營私**，被公司開除是預料中的事。
【義近】結黨營私／朋黨比周／朋比爲奸／同惡相濟／沆瀣一氣。
【義反】發奸擿伏／周而不比／嫉惡如仇／堂堂正正。

椎心泣血（ㄓㄨㄟ ㄒㄧㄣ ㄑㄧˋ ㄒㄧㄝˇ）

【釋義】用手槌胸，眼中哭出血來。
【出處】李陵・答蘇武書：「何圖志未立而怨已成，計未從而骨肉受刑，此陵所以仰天椎心而泣血也。」
【用法】形容極度悲痛。
【例句】在大陸的母親猝然去世，一時又買不到機票回去奔喪，教我怎能不**椎心泣血**？
【義近】撫膺頓足／呼天搶地／稽顙泣血。
【義反】手舞足蹈／仰天大笑／歡聲笑語。

椎拍輐斷（ㄓㄨㄟ ㄆㄞ ㄨㄢˋ ㄉㄨㄢˋ）

【釋義】椎：同「槌」，擊物工具。輐斷：圓轉截斷，不露痕跡。
【出處】莊子・天下：「椎拍輐斷，與物宛轉。」集解：「凡物稍未合，以椎重拍之，無不合矣。是椎拍之義，言強不合者使合也。輐斷，謂雖斷而甚圓，不見決裂之跡，皆與物宛轉之意也。」
【用法】喻能適應時事，不露稜角。
【例句】在亂世當中，應要學會**椎拍輐斷**的處世原則，以免遭殺身之禍。
【義近】深藏若虛／不露鋒芒／韜光養晦／善刀而藏／披褐懷玉。

椎魯無能（ㄓㄨㄟ ㄌㄨˇ ㄨˊ ㄋㄥˊ）

【釋義】椎魯：資質愚鈍。
【出處】蘇軾・六國論：「其力耕以奉上，皆椎魯無能爲者，雖欲怨叛而莫之爲先，此其所以少安而不即亡也。」
【用法】用以形容人愚笨遲鈍的樣子。
【例句】這個人精明幹練，在商場上能呼風喚雨，卻養了個**椎魯無能**的兒子，令他憂心後繼無人。
【義近】飯囊衣架／吳下阿蒙／腹負將軍／庸碌無能。
【義反】非池中物／干城之選／一時之選／曠世逸才。

棌椽不斲（ㄘㄞˇ ㄔㄨㄢˊ ㄅㄨˋ ㄓㄨㄛˊ）

【釋義】用棌木做屋椽，而且不加雕飾。
【出處】漢書・司馬遷傳：「墨者亦上堯舜，言其德行，曰：『高堂三尺，土階三等，茅茨不翦，棌椽不斲。』」
【用法】形容十分簡單樸素的樣子。
【例句】雖貴爲一國之相，住所卻樸實無華，**棌椽不斲**，令人敬佩他的高潔品格。
【義反】山楶藻梲／畫棟雕梁／簷牙高啄。

九畫

椿萱並茂（ㄔㄨㄣ ㄒㄩㄢ ㄅㄧㄥˋ ㄇㄠˋ）

【釋義】椿萱：指父母。茂：安健的樣子。
【出處】幼學故事瓊林・祖孫父子：「父母俱存，謂之椿萱並茂。」
【用法】形容父母健在。
【例句】所謂全福的女人，就是指**椿萱並茂**、夫榮子貴的意思。若有幸如此，更當知福惜福！

極天際地（ㄐㄧˊ ㄊㄧㄢ ㄐㄧˋ ㄉㄧˋ）

【釋義】窮極天地之間。
【出處】馮夢龍・喻世明言二五回：「據卿之功，極天際地，無可比者。」
【用法】比喻十分高大的樣子。
【例句】父母對子女的愛，可說是**極天際地**，無可取代的，反觀回來，子女對父母的孝，恐不及萬分之一吧！
【義近】昊天罔極。
【義反】太倉稊米／滄海一粟。

極深研幾（ㄐㄧˊ ㄕㄣ ㄧㄢˊ ㄐㄧ）

【釋義】窮極深幽，研究幾微。
【出處】易經・繫辭上：「夫易，聖人所以極深而研幾也。」注：「極未形之理，則曰深；適動微之會，則曰幾。」
【用法】比喻深入探索幽微玄妙的道理。
【例句】由於他對學問**極深研幾**的熱忱，使得他在學術領域上獲得很高的評價，大家都尊他爲宗師。

極樂世界（ㄐㄧˊ ㄌㄜˋ ㄕˋ ㄐㄧㄝˋ）

【釋義】佛教指阿彌陀佛所居住的世界。今指死者往生的地方。
【出處】阿彌陀經：「從是西方，過十萬億佛土，有世界名曰極樂。」
【用法】用以指安樂幸福之地。
【例句】在現實社會中，實在很難找到眞正的**極樂世界**。
【義近】世外桃源／福地洞天／樂土樂國。
【義反】陰曹地府／人間地獄／黑暗王國。

楚弓楚得（ㄔㄨˇ ㄍㄨㄥ ㄔㄨˇ ㄉㄜˊ）

【釋義】意謂楚國人所失掉的弓，仍爲楚國人所得。

【出處】漢・劉向・說苑・至公：「楚恭王出獵而遺其弓，左右請求之。恭王曰：『止！楚人遺弓，楚人得之，又何求焉。』」
【用法】比喻雖有所失，而利益未外流，無需放在心上。
【例句】一家人玩麻將，誰輸了都無所謂，反正是**楚弓楚得**，有什麼不開心的！
【義近】肥水不落外人田。
【義反】楚材晉用。

楚囚相對（ㄔㄨˇ ㄑㄧㄡˊ ㄒㄧㄤ ㄉㄨㄟˋ）

【釋義】楚囚：本指被俘的楚國人，後用以借指處境窘迫的人。又作「楚囚對泣」。
【出處】劉義慶・世說新語・言語：「王丞相愀然變色曰：『當共戮力王室，克復神州，何至作楚囚相對！』」
【用法】比喻國家衰亡時相對哭泣，也泛指處於困境時悲傷歎息。
【例句】陷入困境時應設法振作，奮發圖強，若作**楚囚相對**，有何裨益！
【義近】一籌莫展／束手待斃／亡國相泣。
【義反】中流擊楫／直搗黃龍／誓振山河。

楚材晉用（ㄔㄨˇ ㄘㄞˊ ㄐㄧㄣˋ ㄩㄥˋ）

【釋義】楚國的材物為晉國所使用。
【出處】左傳・襄公二六年：「如杞、梓、皮革，自楚往也。雖楚有材，晉實用之。」
【用法】比喻一個國家的人才外流，而為他國所用。
【例句】前蘇聯的許多科學家紛紛去美、英等國謀生，這樣的**楚材晉用**，對俄羅斯人而言，實在可惜。
【義近】人才外流。
【義反】材為我用。

楚楚不凡（ㄔㄨˇ ㄔㄨˇ ㄅㄨˋ ㄈㄢˊ）

【釋義】楚楚：鮮明，整潔。這裏是才能出眾，嶄露頭角的意思。
【出處】清・袁枚・與何獻葵明府書：「幸為小女擇得一婿，楚楚不凡，差強人意。本求西子，翻得東牀，想彼蒼亦與之齒者，去其角之意也。」
【用法】形容人才出眾，非同尋常。
【例句】公司最近來了一位**楚楚不凡**的主管，引起不小的騷動，打探的結果，原來早就結婚了，令許多未婚小姐好生失望。
【義近】一表非凡／儀表堂堂／一表人才。
【義反】其貌不揚／獐頭鼠目／尖嘴猴腮。

楚楚可憐（ㄔㄨˇ ㄔㄨˇ ㄎㄜˇ ㄌㄧㄢˊ）

【釋義】楚楚：纖弱的樣子。憐：愛。
【出處】劉義慶・世說新語・言語載：高世遠謂孫綽曰：「松樹子非不楚楚可憐，但永無棟梁用耳！」
【用法】本指幼松整齊纖弱可愛，後多用以形容女子嬌弱柔嫩，逗人喜愛。
【例句】李小姐身材修長瘦弱，亭亭玉立，**楚楚可憐**。
【義近】纖弱柔美／弱不禁風／楚楚動人。
【義反】粗壯結實／其壯如牛／碩大驚人。

楚館秦樓（ㄔㄨˇ ㄍㄨㄢˇ ㄑㄧㄣˊ ㄌㄡˊ）

【釋義】楚館：相傳楚靈王築的章華宮，日夜歡宴作樂，人稱楚館。秦樓：相傳秦穆公有女弄玉，善吹簫，穆公為她築樓，原名鳳樓，後世稱秦樓。
【出處】琵琶記・瞷問衷情：「敢只是楚館秦樓，有箇得意人兒也？因此上悶懨懨，常挂懷。」
【用法】指歌舞場所或妓院。
【例句】他是個紈袴子弟，經常流連於**楚館秦樓**，夜夜笙歌，難怪家業會每下愈況，一日不如一日。
【義近】枇杷門巷／花街柳巷／粉紅青樓。

楊柳細腰（ㄧㄤˊ ㄌㄧㄡˇ ㄒㄧˋ ㄧㄠ）

【釋義】楊柳：楊樹和柳樹，風一吹其枝葉搖曳多姿。
【出處】唐・溫庭筠・南歌子詞：「婷婷似柳腰。」濟公全傳六回：「原來是一位千嬌百媚的女子，果然芙蓉白面，楊柳細腰。」
【用法】形容美女腰肢纖細，走動時婀娜多姿。
【例句】選美會場上，參選的佳麗各個皆**楊柳細腰**，楚楚動人，令人賞心悅目。
【義近】軟香溫玉／姸姿豔質。
【義反】五大三粗／大腹便便。

業精於勤（ㄧㄝˋ ㄐㄧㄥ ㄩˊ ㄑㄧㄣˊ）

【釋義】精：精通，純熟。
【出處】韓愈・進學解：「業精於勤，荒於嬉，行成於思，毀於隨。」
【用法】用以說明學業的精通純熟在於勤奮。
【例句】**業精於勤**，荒於嬉，即使是天才，若不勤奮，也是枉然。
【義近】行成於思。
【義反】業荒於嬉。

榆暝豆重（ㄩˊ ㄇㄧㄥˊ ㄉㄡˋ ㄓㄨㄥˋ）

【釋義】吃多了榆莢讓人久睡，多吃了大豆使人發胖。
【出處】嵇康・養生論：「且豆令人重，榆令人瞑，合歡蠲忿，萱草忘憂，愚智所知也。」
【用法】喻人本性難移。
【例句】木朽石頑，雕鐫莫就；**榆暝豆重**，性分難移。（李商隱・為柳珪上京兆公謝辟啓）
【義近】積重難返／江山易改，本性難移。
【義反】脫胎換骨／改邪歸正。

十畫

榮古虐今（ㄖㄨㄥˊ ㄍㄨˇ ㄋㄩㄝˋ ㄐㄧㄣ）

【釋義】讚譽古人，而毀謗刻薄現在的人。
【出處】柳宗元・答人求文章書：「而又榮古虐今者比肩疊跡。」
【用法】用以譏諷人徒慕虛名。
【例句】古文運動所造成的弊端，便是使一般人**榮古虐今**，捨近求遠，忽略了當代文學的重要性。
【義近】葉公好龍／向聲背實／

貴遠賤近。

榮宗耀祖

【釋義】宗：宗族。耀：顯耀。祖：祖先。
【出處】元・石君寶・曲江池四折：「今幸得一舉登科，榮宗耀祖。」
【用法】用以指榮耀祖宗，光大門庭。
【例句】老一輩的人總希望自己的下一代可以**榮宗耀祖**，強過自己。其實這種莫須有的壓力，在現代的社會中已毫無意義了。
【義近】光宗耀祖／光耀門楣／封妻蔭子／衣錦還鄉。
【義反】辱沒祖先／辱門敗戶／有辱先人。

榮辱得失

【釋義】光榮與恥辱，所得與所失。
【出處】清・曾國藩・致諸弟書（道光二二年十月二六日）：「世俗之榮辱得失，貴賤毀譽，君子固不暇憂及此也。」
【用法】用以泛指人生發展變化的各種情況。
【例句】人的一生中，**榮辱得失**在所難免，正確的態度應是順其自然，不予計較。
【義近】榮枯得失／盛衰榮辱／榮辱休咎。

榮華富貴

【釋義】榮華：興旺茂盛。富貴：有錢有地位。
【出處】王符・潛夫論・論榮：「所謂賢人君子者，非必高位厚祿富貴榮華之謂也。」
【用法】形容財多勢大，權重位顯。
【例句】一個人如果能看透**榮華富貴**，也就可以安然自適了。
【義近】富貴尊榮／高官厚祿。
【義反】窮困潦倒／安貧樂道。

榜上無名

【釋義】榜上沒有名字。榜：張貼的錄取名單。
【出處】馮夢龍・警世通言卷一七：「誰知三場得意，榜上無名。自十五歲進場，到今二十一歲，三科不中。」
【用法】用以指考試未被錄取。
【例句】憑良心講，他非常的用功，可惜考運不佳，連連考了幾次大學聯考，卻總是**榜上無名**。
【義近】名落孫山／暴鰓龍門／應試不第。
【義反】金榜題名／蟾宮折桂／一舉高中。

槁木死灰

【釋義】乾枯的樹木，冷卻的灰燼。槁：乾枯。
【出處】莊子・齊物論：「形固可使如槁木，而心固可使如死灰乎？」
【用法】用以比喻毫無生氣，意志消沉。
【例句】她在夫死子喪之後，就如**槁木死灰**一般，一概不聞不問，只在家中呆坐。
【義近】心如死灰／古井無波／形槁心灰。
【義反】生機勃勃／生龍活虎／生氣勃勃。

槌骨瀝髓

【釋義】敲碎骨頭，瀝乾骨髓。槌：敲打。瀝：往下滴。
【出處】宋・陸九淵・與宋漕：「貪吏並緣，侵欲無藝，槌骨瀝髓，民不聊生。」
【用法】喻殘酷的剝削和壓榨。
【例句】在專制政治時代，老百姓被官員**槌骨瀝髓**是極爲正常的事，身爲現代人的我們，絕對無法想像箇中之苦。
【義近】敲骨吸髓／誅求無已／橫徵暴斂／鑿骨搗髓。
【義反】視民如傷／己飢己溺／節用裕民／博施濟眾。

槐市興悲

【釋義】槐市：漢時地名，因以槐樹多而得名，在此引申爲教育界。
【出處】孫星衍・莊逵吉校本・三輔黃圖：「倉之北爲槐市，列槐樹數百行爲隊，無牆屋。諸生朔望會此市，各持其郡所出貨物及經傳書籍，笙磬樂器，相與買賣，雍容揖讓，或論議槐下。」
【用法】指哀悼教育家逝世的輓詞。
【例句】張校長是個令人敬佩的教育家，他的死令**槐市興悲**，教育界又少了一位好的領導者。

槍林彈雨

【釋義】槍枝如樹林一樣的多，子彈像急雨一樣的掉下。
【出處】老舍・老張的哲學：「人們在槍林彈雨中不但不畏縮，而且是瘋了似的笑。」
【用法】形容戰鬥激烈，炮火密集。
【例句】他一生經歷無數次**槍林彈雨**的實戰經驗，對於生死早已看透了。
【義近】戰火紛飛／刀光劍影／浴血奮戰／短兵相接。
【義反】鳴金收兵／偃旗息鼓／按甲寢兵／倒置干戈。

十一畫

樗櫟庸才

【釋義】樗櫟：指不能用來作建築的木頭。才：通「材」。
【出處】莊子・逍遙遊：「吾有大樹，人謂之樗，其大本臃腫而不中繩墨，其小枝卷曲而不中規矩。」又人間世：「匠石之齊，至於曲轅，見櫟社樹……曰：『……散木也……是不材之木也……。』」
【用法】比喻無用的人，或作自謙之詞。
【例句】某**樗櫟庸才**，何敢當此重譽。（羅貫中・三國演義三六回）
【義近】木雕泥塑／朽木糞土／朽木糞牆／冢中枯骨。
【義反】命世之才／蓋世之才／曠世逸才。

標同伐異

【釋義】標：標榜。伐：聲討，攻擊。
【出處】劉義慶・世說新語・輕詆：「謝鎮西書與殷揚州，爲眞長求會稽。殷答曰：『眞長標同伐異，俠之大者。』」
【用法】指維護同黨，排斥和攻

擊異己。

【例句】公司主管若是**標同伐異**，怎能團結全體員工，盡心竭力，使公司步上正軌呢？

【義近】黨同伐異／排斥異己／同惡相濟。

【義反】同等相待／一視同仁／一碗水端平。

標新立異（ㄅㄧㄠ ㄒㄧㄣ ㄌㄧˋ ㄧˋ）

【釋義】標：用文字或其他事物表明。異：不同，特別的。

【出處】劉義慶・世說新語・文學：「標新理於二家之表，立異義於眾賢之外。」

【用法】本指特創新意，立論與人不同。今多指提出新奇的主張，以示與眾不同。

【例句】他總喜歡**標新立異**，以引起別人的注意。

【義近】獨闢蹊徑／標新領異／獨出心裁／不主故常。

【義反】亦步亦趨／人云亦云／蹈人故轍／拾人牙慧。

模山範水（ㄇㄛˊ ㄕㄢ ㄈㄢˋ ㄕㄨㄟˇ）

【釋義】以山水爲範本來模仿。

【出處】劉勰・文心雕龍・物色：「及長卿之徒，詭勢瓌聲，模山範水，字必魚貫，所謂詩人麗則而約言，辭人麗淫而繁句也。」

【用法】指用文字或圖畫描繪山水風光和景色。

【例句】眞正偉大的藝術家是用心和感情去**模山範水**，賦予山水另一種全新的生命。

模稜兩可（ㄇㄛˊ ㄌㄥˊ ㄌㄧㄤˇ ㄎㄜˇ）

【釋義】模稜：指意見或態度不明確，不肯定。兩可：這樣也可以，那樣也可以。

【出處】張居正・陳六事疏：「上下務爲姑息，百事悉從委狗，以模稜兩可謂之調停，以委曲遷就謂之善處。」

【用法】用以指不明確表示的態度，或沒有明確的主張。

【例句】他在誰是誰非的問題上，向來態度明確，從不**模稜兩可**。

【義近】不置可否／依違兩可／含糊其辭。

【義反】態度明確／旗幟鮮明／是則是非則非。

概莫能外（ㄍㄞˋ ㄇㄛˋ ㄋㄥˊ ㄨㄞˋ）

【釋義】一律不能例外。概：一律。

【出處】後漢書・西域傳：「然好大不經，奇譎無已，雖鄒衍談天之辯，莊周蝸角之論，尚未足以概莫能外。」

【用法】用以說明都在所指的範圍之內，沒有能例外的。

【例句】所謂法律之前人人平等，是對所有的人而言的，不管你官多大，地位多高，**概莫能外**。

【義近】無一例外。

【義反】事有例外。

樂山樂水（ㄧㄠˋ ㄕㄢ ㄧㄠˋ ㄕㄨㄟˇ）

【釋義】有的愛好山，有的愛好水。樂：愛好。

【出處】論語・雍也：「知者樂水，仁者樂山。」二程外書七：「樂山樂水，氣類相合。」

【用法】比喻各人的愛好或對問題的看法各不相同。

【例句】每個人都有獨特的性格和閱歷，**樂山樂水**，悉聽尊便，千萬不可強人所難。

【義近】人各有志／各有所好／各從其志。

【義反】舍己從人／屈己從眾。

樂不可支（ㄌㄜˋ ㄅㄨˋ ㄎㄜˇ ㄓ）

【釋義】快樂得到了不能自持的地步。支：支撐。

【出處】後漢書・張堪傳：「百姓歌曰：『桑無附枝，麥穗兩歧。張君爲政，樂不可支。』」

【用法】形容快樂至極。

【例句】看到我們的球隊在別人的土地上連連獲勝，所有華僑皆**樂不可支**，幾乎要到瘋狂的地步。

【義近】喜不自勝／手舞足蹈／歡欣鼓舞。

【義反】痛不欲生／悲不自勝／悲傷之至。

樂不可言（ㄌㄜˋ ㄅㄨˋ ㄎㄜˇ ㄧㄢˊ）

【釋義】意謂高興得無法用言語來表達。

【出處】楚辭・大招：「魂乎歸徠，樂不可言只。」石玉琨・三俠五義三四回：「小二聞聽，樂不可言。」

【用法】形容快樂到了極點。

【例句】這箇中滋味，**樂不可言**，如人飲水，冷暖自知，你還是親自去領略一番吧！

【義近】樂不可支／其樂無窮／欣喜若狂。

【義反】悲痛欲絕／捶胸頓足／呼天搶地。

樂不可極（ㄌㄜˋ ㄅㄨˋ ㄎㄜˇ ㄐㄧˊ）

【釋義】極：高峰，頂點。

【出處】禮記・曲禮上：「志不可滿，樂不可極。」晉書・東海王越：「然而臨禍忘憂，逞心縱欲，曾不知樂不可極，盈難久持。」

【用法】本指歡樂不可過度，後也指做事不可超出一定的限度。

【例句】事有常度，**樂不可極**，過分了都會走向反面，所以我勸你不要把事做絕了，否則難以收場！

【義近】樂極生悲／物極必反／泰極而否。

【義反】禍極福至／禍過福來／否極泰來。

樂不思蜀（ㄌㄜˋ ㄅㄨˋ ㄙ ㄕㄨˇ）

【釋義】快樂得再也不想念蜀國。指司馬昭置蜀後主劉禪於洛陽，讓其過豪華生活而不思蜀。

【出處】漢晉春秋：「王（司馬昭）問（劉）禪曰：『頗思蜀否？』禪曰：『此間樂，不思蜀。』」

【用法】用以稱樂而忘返或樂而忘本。也比喻人沉迷於安樂，而不思振作。

【例句】你到了國外，可不能**樂不思蜀**，忘記養育你的故鄉故土啊！

【義近】樂而忘返／樂而忘歸／樂而忘本。

【義反】狐死首丘／飲水思源／樂不忘本。

樂天知命（ㄌㄜˋ ㄊㄧㄢ ㄓ ㄇㄧㄥˋ）

【釋義】安於上天的安排和自己的命運，並以此自樂。天：上天，大自然。

【出處】周易・繫辭上：「樂天

知命，故不憂。」
【用法】安分隨命，樂觀自處，不做非分之想。
【例句】一個人若能**樂天知命**，便能心胸寬闊，無憂無慮地生活。
【義近】安常守分／達觀知命／知命安身。
【義反】追名逐利／貪慕榮華／想入非非。

樂以忘憂（ㄌㄜˋ ㄧˇ ㄨㄤˋ ㄧㄡ）
【釋義】以：而。
【出處】論語・述而：「其爲人也，發憤忘食，樂以忘憂，不知老之將至云爾。」
【用法】形容人快樂得忘記了憂愁。
【例句】**樂以忘憂**，曠達自處，自然會生活得愉快。
【義反】安不忘危／樂極悲生。

樂在其中（ㄌㄜˋ ㄗㄞˋ ㄑㄧˊ ㄓㄨㄥ）
【釋義】形容快樂就在那個事情之中。
【出處】論語・述而：「飯疏食，飲水，曲肱而枕之，樂亦在其中矣。」
【用法】指在進行某事的過程中，能自得其樂趣。
【例句】做學問，爬格子，確實是很辛苦的事，但也**樂在其中**，這是旁人難以領會的。

【義近】自得其樂／怡然自得。
【義反】苦不堪言。

樂此不疲（ㄌㄜˋ ㄘˇ ㄅㄨˋ ㄆㄧˊ）
【釋義】樂於此道，不知疲倦。
【出處】後漢書・光武帝紀下：「帝曰：『我自樂此，不爲疲也。』」
【用法】用以表示一個人對於某件事情因特別愛好而不覺得疲倦。
【例句】張小姐非常喜愛唱歌，一大早就去公園練嗓子，而且**樂此不疲**，一年四季從不間斷。
【義近】廢寢忘餐／愛之入迷。
【義反】興味索然／興趣全無。

樂而不淫（ㄌㄜˋ ㄦˊ ㄅㄨˋ ㄧㄣˊ）
【釋義】淫：過分，過度。
【出處】論語・八佾：「子曰：『關雎樂而不淫，哀而不傷。』」左傳・襄公二十九年：「美哉！蕩乎！樂而不淫，其周公之東乎！」
【用法】喻歡樂而不過度。
【例句】聖人強調中庸之道，**樂而不淫**，才能眞正快樂，否則會有樂極生悲之苦。

樂而忘返（ㄌㄜˋ ㄦˊ ㄨㄤˋ ㄈㄢˇ）
【釋義】樂：遊樂。返：歸，回去。
【出處】晉書・苻堅載記上：「堅嘗如鄴，狩於西山，旬餘，樂而忘返。」
【用法】用以形容快樂得忘了回去。
【例句】這次郊遊，一路上山光水色，明媚宜人，使人**樂而忘返**。
【義近】樂而忘歸／樂不思蜀。
【義反】樂不忘歸／樂而知返。

樂貧甘賤（ㄌㄜˋ ㄆㄧㄣˊ ㄍㄢ ㄐㄧㄢˋ）
【釋義】甘：心甘情願。賤：地位低賤卑微。
【出處】雲笈七籤卷九三：「其次蕭灑蓽門，樂貧甘賤，抱經濟之器，泛若無……近乎仙道四也。」
【用法】指樂於貧困的生活，甘於卑賤的地位。
【例句】在專制統治的社會裏，許多有志之士，因不願與腐敗的官員同流合污，遂隱居田園，**樂貧甘賤**。
【義近】樂貧守道／甘於貧賤。
【義反】急功好利／趨炎附勢。

樂善好施（ㄌㄜˋ ㄕㄢˋ ㄏㄠˋ ㄕ）
【釋義】樂：好，喜歡。施：施捨。
【出處】司馬遷・史記・樂書：「聞徵音，使人樂善而好施；聞羽音，使人整齊而好禮。」
【用法】指樂意做好事，熱心資助有困難的人。
【例句】他爲人仗義疏財，**樂善好施**，在這一帶廣受人們的敬佩和愛戴。
【義近】慷慨解囊／樂善不倦／助人爲樂。
【義反】一毛不拔／巧取豪奪／謀財害命。

樂極生悲（ㄌㄜˋ ㄐㄧˊ ㄕㄥ ㄅㄟ）
【釋義】歡樂到極點時，會發生使人悲傷的事。
【出處】淮南子・道應訓：「夫物盛而衰，樂極則悲，日中而移，月盈而虧。」
【用法】比喻物極必反。常用以勸誡人行樂要有節制。
【例句】雖說玩樂當及時，但也不能太過頭，不知節制，以免**樂極生悲**。
【義近】樂極哀生／泰極而否／物盛則衰／樂極悲來。
【義反】苦盡甘來／否極泰來／禍過福生／悲極而喜。

十二畫

橙黃橘綠（ㄔㄥˊ ㄏㄨㄤˊ ㄐㄩˊ ㄌㄩˋ）
【釋義】甜橙黃熟，橘子變綠。秋冬之際，橘子會由綠轉黃熟，故稱「橘綠」。
【出處】蘇軾・贈劉景文詩：「荷盡已無擎雨蓋，菊殘猶有傲霜枝，一年好景君須記，最是橙黃橘綠時。」
【用法】形容南方的秋冬之景。
【例句】在**橙黃橘綠**的季節，農民忙著收成，詩人忙著作詩，眞是一年中最美的季節。

樹大招風（ㄕㄨˋ ㄉㄚˋ ㄓㄠ ㄈㄥ）
【釋義】高大的樹木容易招來風吹。
【出處】笑笑生・金瓶梅四八回：「正是樹大招風風損樹，人爲名高名喪身。」
【用法】說明目標大容易招致別人的嫉妒，帶來麻煩或擔風險。
【例句】**樹大招風**，一個人若財多勢大時，易引起別人眼紅，還是不要太招搖的好。
【義近】名高喪身／人怕出名豬怕肥。
【義反】無名身安／人窮少災。

樹功立業（ㄕㄨˋ ㄍㄨㄥ ㄌㄧˋ ㄧㄝˋ）
【釋義】樹、立：二字同義，建立的意思。
【出處】唐・杜牧・上宣州崔大夫書：「自古雖尊爲天子，未有不用此而能得多士盡心也，未有不得多士之盡心，而得樹功立業流於歌詩也，況於諸侯哉！」

【用法】指建立功勳和業績。

【例句】人生在世，應爲國爲民**樹功立業**，以顯現人生的價值和生存的意義。

【義近】建功立業／樹功揚名／豐功偉績。

【義反】一無所成／無所作爲／沒沒無聞。

樹倒猢猻散

【釋義】樹倒了，樹上的猴子就散去。猢猻：猴子。

【出處】龐元英・談藪載：宋曹詠依附秦檜，官至侍郎，顯赫一時。詠的妻兄厲德斯生性耿介，不入秦檜集團。後秦檜死，曹詠失勢，德斯作「樹倒猢猻散賦」送曹詠。

【用法】比喻以勢利結合的人，爲首的一倒，依附的隨即一哄而散。

【例句】這個曾經繁榮一時的家族，因族長的過世便**樹倒猢猻散**，現已人口凋零，門庭冷清。

【義近】官倒嘍囉散。

【義反】花開蝶滿枝。

樹高千丈，落葉歸根

【釋義】樹雖高至千丈，落葉還是要回到根裏。千丈：極言其高，非實數。

【出處】錢彩・說岳全傳四六回：「兀朮道：『古人有言：樹高千丈，葉落歸根。卿家若然思念家鄉，某家差人送你回國。』」

【用法】比喻離開家鄉不論有多遠多久，最後還是要返回故園。

【例句】所謂**樹高千丈，落葉歸根**。在海外飄遊了二十多年，李老先生還是回到故鄉養老去了。

【義近】葉落歸根／狐死首丘／北鳥巢南枝。

【義反】四海爲家／漂泊異鄉／老死他鄉。

樹欲靜而風不止

【釋義】樹：喻主觀意志。欲靜：想停止下來。風：喻客觀存在。不止：不停息。

【出處】韓詩外傳九：「樹欲靜而風不止，子欲養而親不待也。」

【用法】比喻事物的客觀存在和發展不以個人的意志爲轉移。現多比喻父母去世，不得奉養。

【例句】①我們何嘗不想社會清靜太平？然而**樹欲靜而風不止**，歹徒們到處行凶作惡，弄得大家不得安寧。②爲人子女者，應趁父母健在時多盡孝道，以免徒留**樹欲靜而風不止**的遺憾。

【義近】風木之思／子欲養而親不待。

樹猶如此，人何以堪

【釋義】意謂樹木尚且凋落，人怎能不衰老。

【出處】北周・庾信・枯樹賦：「桓大司馬聞而歎曰：昔年移柳，依依漢南，今看搖落，淒愴江潭，樹猶如此，人何以堪。」

【用法】多用於感慨人生的滄桑變故和人生易逝。

【例句】離開故鄉快五十年了，如今看到屋前屋後當年父親所植楊柳杉桑，或被砍伐，或被攀折摧殘，而大異於往日枝繁葉茂的情景，不免頓生**樹猶如此，人何以堪**的感慨。

樹碑立傳

【釋義】樹：建立。碑：指紀念或歌頌某人事跡的刻石。立傳：寫傳記。

【用法】原指歌頌某人的事跡功德，使之永久流傳。現也比喻樹立個人威信，抬高個人聲望的吹捧行爲。

【例句】他在這裏當了幾年縣長，什麼功德也沒有，你們卻如此爲他**樹碑立傳**，不覺得可笑嗎？

【義近】歌功頌德／讚揚備至／吹喇叭抬轎子。

【義反】怨聲載道／怨憤滿腔／橫眉冷對。

橫七豎八

【釋義】有的橫著，有的豎著。豎：直，縱。

【出處】施耐庵・水滸傳三四回：「一片瓦礫場上，橫七豎八，殺死的男子婦人，不計其數。」

【用法】形容縱橫雜亂，漫無條理。

【例句】昨晚一場狂歡舞會下來，所有的人都累壞了，**橫七豎八**地倒地而睡。

【義近】亂七八糟／橫三豎四／七顛八倒。

【義反】井然有序／井井有條／整整齊齊。

橫生枝節

【釋義】橫生：旁生，喻意外地發生。枝節：樹幹上的枝枝節節，喻新問題。

【出處】清史稿・周德潤傳：「五條外橫生枝節，若猶遷就，其何能國？」

【用法】比喻在解決問題的過程中，故意製造麻煩，阻礙事情順利進行。

【例句】談判要有誠意，你總是這樣**橫生枝節**，如何能談出個結果來？

【義近】節外生枝／別生枝節。

【義反】一帆風順／進展順利。

橫行天下

【釋義】橫行：走遍，縱橫馳騁，喻所向無阻。

【出處】荀子・修身：「體恭敬而心忠信，……橫行天下，雖困四夷，人莫不貴。」

【用法】原指無阻礙地走遍各地，後用以形容東征西戰，所向無敵。

【例句】他拳擊的武藝極爲高強，**橫行天下**，多次奪得世界冠軍。

【義近】天下無敵／所向披靡。

【義反】殘兵敗將／無名小卒。

橫行無忌

【釋義】橫行：倚仗暴力爲非作歹。忌：顧忌，忌憚。

【出處】羅貫中・三國演義一三回：「其時李傕自爲大司馬，郭汜自爲大將軍，橫行無忌，朝廷無人敢言。」

【用法】形容毫無顧忌，爲所欲爲。

【例句】世界的民主運動日益高漲，專制統治者**橫行無忌**的時代將宣告結束。

【義近】肆無忌憚／橫行霸道／肆意橫行。
【義反】有所顧忌／不敢妄為／安守本分。

橫行霸道

【釋義】橫行：任意而行，想幹什麼就幹什麼。
【出處】曹雪芹・紅樓夢九回：「（賈瑞）又助著薛蟠圖些銀錢酒肉，一任薛蟠橫行霸道。」
【用法】形容依仗權勢為非作歹，蠻橫不講道理。
【例句】他自以為有當縣長的舅舅為他撐腰，便到處**橫行霸道**，結果被人一刀捅死了，眞是惡有惡報！
【義近】專橫跋扈／恣縱蠻橫／作威作福。
【義反】安分守己／奉公守法／循規蹈矩。

橫災梨棗

【釋義】梨棗：指書板。古時刻書，多用梨木和棗木，因此書板叫梨棗。又作「災梨禍棗」。
【出處】王實甫・西廂記・借廂・金聖嘆批語：「故用筆而其筆不到者，如今世間橫災梨棗之一切文集是也。」
【用法】喻刊行無價值的文字，只是徒然浪費紙張而已。
【例句】坊間出版的一些色情暴力漫畫，不僅**橫災梨棗**，更會對青少年們造成不良的影響。

橫拖倒拽

【釋義】拽：用力拖拉。
【出處】普濟・五燈會元・石霜園禪師法嗣：「楊岐今日性命在汝諸人手裏，一任橫拖倒拽，為甚麼如此。」
【用法】指用暴力強拖硬拉。
【例句】來的那兩個人都戴著墨鏡，一進門二話不說，就把他**橫拖倒拽**弄上車，一溜煙開走了。
【義近】生拉活拽／強拉硬扯。
【義反】恭恭敬敬／客客氣氣。

橫挑鼻子豎挑眼

【釋義】意謂橫豎都有挑剔的。
【出處】老舍・龍鬚溝：「他橫挑鼻子豎挑眼！倒好像他立下汗馬功勞，得由我跪接跪送才對。」
【用法】用以形容人百般挑剔之情狀。
【例句】妳先生對妳已經夠好的了，妳若再這麼對他**橫挑鼻子豎挑眼**的，當心他離妳而去，妳再也找不到可以如此對待妳的人了。
【義近】百般挑剔／雞蛋裏挑骨頭／挑毛揀刺／無事找事。

橫殃飛禍

【釋義】橫：意外。殃：禍害。
【出處】晉・葛洪・抱朴子・遐覽：「其經曰：家有三皇文，辟邪惡鬼、溫疫氣、橫殃飛禍。」
【用法】指意外飛來的災禍。
【例句】颱風來襲，一位婦人在家中被飛來的鐵皮擊中，不治身亡，面對這種**橫殃飛禍**，親人眞是無語問蒼天。
【義近】飛來橫禍／飛災橫禍／橫災飛禍／無妄之災。
【義反】喜事盈門／雙喜臨門／鵲笑鳩舞／鳳凰來儀。

橫眉冷對

【釋義】橫眉：怒目而視。冷對：冷眼相看。
【出處】黃庭堅・鷓鴣天詞：「付與旁人冷眼看。」
【用法】用以表示對某人某事的憎恨或蔑視。
【例句】這個人非常勢利，對有財有勢者逢迎獻媚，對貧窮無勢者則**橫眉冷對**，兩種嘴臉截然不同。
【義近】冷眼相待／橫眉努目。
【義反】青眼視之／笑臉相迎。

橫眉努目

【釋義】豎起眉毛，瞪大眼睛。
【出處】何光遠・鑑戒錄引陳裕詩：「橫眉努目強乾嗔，便作閻浮有力神。」
【用法】用以形容人強橫怒視的神情。
【例句】這傢伙官位不大，官氣卻十足，動不動就**橫眉努目**的。
【義近】怒眼圓睜／橫眉豎眼／柳眉倒豎。
【義反】和顏悅色／慈眉善目／心慈面軟。

橫掃千軍

【釋義】橫：由西而東。掃：掃除，打敗。
【出處】杜甫・醉歌行：「詞源倒流三峽水，筆陣獨掃千人軍。」
【用法】形容氣勢迅猛，一舉殲滅大量敵軍。也借指詩文、書法氣魄宏偉。
【例句】他年輕時投筆從戎，奔赴抗日前線，以**橫掃千軍**之勢立下了赫赫戰功。
【義近】風捲殘雲／氣吞萬里如虎。
【義反】落花流水／一敗塗地／偃旗息鼓／全無氣勢。

橫搶硬奪

【釋義】橫：蠻橫，不順情理。
【出處】文康・兒女英雄傳三二回：「幸虧我在船上先把你認下了，不然你瞧他們爺兒們娘兒們，這陣橫搶硬奪的還了得麼？」
【用法】形容強盜兇狠、強行搶奪的模樣。
【例句】這個小偷行竊失風後，竟明目張膽地**橫搶硬奪**主人財物，幸好被巡邏警察逮個正著，才沒有造成大傷害。

橫槊賦詩

【釋義】橫拿著長矛吟詩。槊：長矛。賦：吟詠。
【出處】蘇軾・前赤壁賦：「舳艫千里，旌旗蔽空，釃酒臨江，橫槊賦詩，固一世之雄也。」
【用法】形容在鞍馬間吟詩為文的豪邁氣概。
【例句】我國古代許多軍事家都極富文才，在戎馬倥傯之際，往往**橫槊賦詩**以抒懷。
【義近】橫戈吟詩／能文能武。

橫徵暴斂

【釋義】橫：蠻橫。徵：徵收。暴：殘暴。斂：搜括。

【出處】北史·魏宣武帝紀：「不得橫有徵發。」吳沃堯·痛史二四回：「其實是橫徵暴斂，剝削脂膏。」
【用法】指強行徵收苛捐雜稅，殘害民眾。
【例句】專制獨裁者**橫徵暴斂**，弄得民不聊生，步上滅亡之路也是意料中事。
【義近】苛捐雜稅／敲骨吸髓／肆意搜括。
【義反】輕徭薄賦／減租減息／政通人和。

橫衝直撞（ㄏㄥˊ ㄔㄨㄥ ㄓˊ ㄓㄨㄤˋ）

【釋義】亂衝亂撞，毫無顧忌。
【出處】施耐庵·水滸傳五五回：「那連環馬軍漫山遍野，橫衝直撞將來。」
【用法】形容一味蠻幹或蠻不講理。也形容凶悍勇猛，勢不可擋。
【例句】那個機車騎士在馬路上**橫衝直撞**的，又沒有戴安全帽，看起來非常危險。
【義近】狼奔豕突／耀武揚威。
【義反】直道而行／安分守己。

橫躺豎臥（ㄏㄥˊ ㄊㄤˇ ㄕㄨˋ ㄨㄛˋ）

【釋義】亂七八糟地躺臥著。
【出處】文康·兒女英雄傳六回：「安公子甦醒過來，一睜眼，見自己依然綁在柱上，兩個和尚反倒橫躺豎臥，血流滿面的倒在地下，喪了殘生。」
【用法】用以形容縱橫交錯的躺臥著。
【例句】昨晚一羣年輕人在這裏狂歡了一夜，今早全部**橫躺豎臥**地在客廳睡著了。

橫攔豎擋（ㄏㄥˊ ㄌㄢˊ ㄕㄨˋ ㄉㄤˇ）

【釋義】橫豎：無論如何、強行之意。
【出處】文康·兒女英雄傳四〇回：「不想舅太太只管這等橫攔豎擋的說著，他一積伶，到底把底下那個字兒商量出來了。」
【用法】喻強行阻擋別人行事。
【例句】她一心要出家學佛，任家人如何**橫攔豎擋**也挽回不了她的心意，大家只有隨她去了。

樵蘇不爨（ㄑㄧㄠˊ ㄙㄨ ㄅㄨˋ ㄘㄨㄢˋ）

【釋義】樵蘇：柴草。爨：燃燒。有柴草可燒，卻沒有糧食可煮。
【出處】文選·應璩·與侍郎曹長思書：「幸有袁生，時步玉趾，樵蘇不爨，清談而已，有似周黨之過閔子。」善注：「《東觀漢記》曰：『太原閔貢，字仲叔，與周黨相遇，含茹飲水，無菜茹也。』」
【用法】比喻貧困窮苦之貌。
【例句】貧窮的人**樵蘇不爨**，富貴的人錦衣玉食，這樣貧富不均的社會遲早會出問題。
【義近】釜中生魚／甑中生塵／甑塵釜魚。
【義反】列鼎而食／食前方丈／肉山脯林／炊金饌玉／錦衣玉食／炮鳳烹龍。

機不可失（ㄐㄧ ㄅㄨˋ ㄎㄜˇ ㄕ）

【釋義】機：時機，機會。失：喪失，丟掉。常與「時不再來」連用。
【出處】舊唐書·李靖傳：「兵貴神速，機不可失。」宋史·韓世忠傳：「金人廢劉豫，中原震動，世忠謂機不可失，請全師北討。」
【用法】指良好的時機難得，必須把握，不可錯過。
【例句】能和仰慕已久的人吃飯，實在是**機不可失**，我當然會準時赴約。
【義近】時不再來／千載難逢／時不可逢。
【義反】坐失良機／失之交臂。

機不旋踵（ㄐㄧ ㄅㄨˋ ㄒㄩㄢˊ ㄓㄨㄥˇ）

【釋義】機：時機。旋踵：轉過腳跟。
【出處】唐·皇甫枚·三水小牘·宋柔：「機不旋踵，時不再來。必發今宵，無貽後悔。」
【用法】指有利的時機難得，不可錯過。
【例句】你還猶豫什麼？**機不旋踵**，你若放棄了這次出國深造的機會，今後恐怕就輪不到你了。
【義近】稍縱即逝／機不可失／時不再來／瞬息即逝。
【義反】坐失良機／失之交臂。

機事不密（ㄐㄧ ㄕˋ ㄅㄨˋ ㄇㄧˋ）

【釋義】機事：機密之事。不密：不能保密。
【出處】漢·荀悅·漢紀·成帝紀四：「如不行此，則田氏復起於今，六卿復起於漢，不可不深圖，不可不早慮，機事不密則害成矣。」
【用法】指把機密洩露出去，妨礙或損害了所要進行的事。
【例句】此事天知地知、你知我知，千萬不要對任何人講，要知道，**機事不密**，將會造成重大損害！
【義近】洩漏天機／走露風聲。
【義反】天機不可洩漏／守口如瓶／三緘其口／祕而不宣。

機杼一家（ㄐㄧ ㄓㄨˋ ㄧˋ ㄐㄧㄚ）

【釋義】機杼：織布機，比喻創造詩文的巧思。
【出處】幼學故事瓊林·文事：「文章奇異，曰機杼一家。」
【用法】形容思想作風別具創見或獨樹一格。
【例句】一位優秀的設計師，最重要的是有**機杼一家**的創見，絕對不可模倣他人。
【義近】自出機杼／不落窠臼／別具隻眼／別出心裁／另闢蹊徑／別開生面。
【義反】如法炮製／襲人故智／人云亦云／照貓畫虎／依樣畫葫蘆。

機關用盡（ㄐㄧ ㄍㄨㄢ ㄩㄥˋ ㄐㄧㄣˋ）

【釋義】機關：權謀機詐，或密而巧妙的計算。也作「機關算盡」。
【出處】黃庭堅·牧童歌：「多少長安名利客，機關用盡不如君。」
【用法】形容用盡心機。多指玩弄權術，施行詭計。
【例句】張老闆為了賺大錢，**機關用盡**，結果卻蝕了大本。
【義近】費盡心機／挖空心思／絞盡腦汁。
【義反】黔驢技窮／無計可施／無所用心。

十三—十五畫

檣傾楫摧

【釋義】檣：桅竿。楫：槳楫。船桅傾倒而槳楫折斷。
【出處】范仲淹・岳陽樓記：「商旅不行，檣傾楫摧。」
【用法】喻風浪很大的樣子。
【例句】一陣強烈的颶風吹來，**檣傾楫摧**，船身幾乎被撕成兩半，船員們紛紛走避船艙中，並傳出求救的訊號。

檻猿籠鳥

【釋義】檻中的猿，籠中的鳥。檻：關禽獸的木籠。
【出處】明・張鳳翼・紅拂記・相公完婚：「聽他言詞多慷慨，想他不甚提防，只是檻猿籠鳥難親傍。」
【用法】比喻受人控制，失去了自由。
【例句】你不要看我天天吃得好、穿得好，實際上我不過是**檻猿籠鳥**，哪裏像還沒嫁給他以前那樣自由自在！
【義近】池魚籠鳥／受制於人。
【義反】水中游魚／自由之身。

櫛風沐雨

【釋義】以風梳髮，用雨洗頭。櫛：梳頭髮。沐：洗頭。
【出處】陳壽・三國志・魏書・鮑勛傳：「洗獵暴華蓋於原野，傷生育之至理，櫛風沐雨，不以時隙哉！」
【用法】形容不避風雨，奔波勞苦。
【例句】地質勘探隊員常年跋山涉水，**櫛風沐雨**，到處尋找地下礦源。
【義近】披星戴月／風餐露宿／風吹雨淋。
【義反】養尊處優／飽食終日／高枕而臥。

十七—十八畫

櫻桃小口

【釋義】櫻桃：喻美女的嘴脣。
【出處】韓偓・裹娜詩：「著詞但見櫻桃破，飛醆遙聞荳蔻香。」本事詩：「白居易姬人樊素善歌，妓人小蠻善舞，嘗爲詩曰：『櫻桃樊素口，楊柳小蠻腰。』」
【用法】形容女子的嘴脣小巧動人的模樣。
【例句】那劉洪睜眼看見殷小姐面如滿月，眼似秋波，**櫻桃小口**，綠柳蠻腰。（吳承恩・西遊記九回）

權宜之計

【釋義】權：暫且，姑且。宜：適宜。計：辦法。
【出處】後漢書・王允傳：「仗正持重，不循權宜之計，是以羣下不甚附之。」
【用法】指爲了應付某種情況而暫時採取的變通措施。
【例句】我們向貴公司做出的讓步，並非**權宜之計**，而是想和你們從根本上改善關係。
【義近】應急之策／一時之計／緩兵之計。
【義反】長久之計／百年大計／萬全之策。

權重位高

【釋義】權力大，地位高。
【出處】大宋宣和遺事・元集：「蔡京權重位高，人屢告變，全不引避，公議不容。」
【用法】喻人的權力地位極大。
【例句】人人都羨慕他有個**權重位高**的父親，他卻深深爲此而苦惱，因爲似乎所有的成就都是因父親的庇蔭而來，因而抹殺了他的努力。

權傾中外

【釋義】權力可以壓倒中外。
【出處】馮夢龍・東周列國志一〇二回：「不韋父死，四方諸侯賓客，弔者如市，車馬填塞道路，視秦王之表，愈加衆盛，正是『權傾中外，威振諸侯。』」
【用法】形容人的權力極大。
【例句】美國總統柯林頓可算是一位**權傾中外**的人物，但是卻被一樁桃色案件弄得焦頭爛額，可見美國法治威力之大。
【義近】權傾天下。

權豪勢要

【釋義】有權力的豪門和有勢力的要人。
【出處】元・宮大用・范張雞黍一折：「赤緊的又有權豪勢要之家，三座衙門，把的水泄不通。」
【用法】用以泛指有權有勢的人物和顯赫家族。
【例句】我們是無權無勢的小人物，千萬不要去惹那些**權豪勢要**，以免招來殺身之禍。
【義近】豪門貴族／達官貴人／達官顯宦。
【義反】平頭百姓／無名小卒／匹夫匹婦／販夫走卒。

權衡輕重

【釋義】稱量一下哪個輕哪個重。權衡：衡量。權：秤錘。衡：秤杆。
【出處】淮南子・本經訓：「故謹於權衡準繩，審乎輕重，足以治其境內矣。」
【用法】比喻要弄清利害得失的大小或分清主次。
【例句】遇事都應先**權衡輕重**，然後再採取相應的措施加以解決。
【義近】權衡得失／度量長短。
【義反】等量齊觀／視同一律。

權變鋒出

【釋義】權變：隨情勢而應變。
【出處】王充・論衡・答佞：「知深有術，權變鋒出。」
【用法】比喻人能隨時產生應變的計謀。
【例句】他能在政商界中佔有一席之地，全靠他**權變鋒出**的金頭腦，想要拉他下來，恐怕沒那麼容易。
【義近】隨機應變。

欠部

四畫

欣欣向榮

【釋義】欣欣：草木生機旺盛的樣子。榮：茂盛。
【出處】陶淵明・歸去來辭：「木欣欣以向榮，泉涓涓而始流。」
【用法】比喻事業蓬勃發展、興旺昌盛。
【例句】我們這裏一切都充滿了生機，凡事都**欣欣向榮**地發展著。
【義近】蒸蒸日上／生意盎然／生機勃勃。
【義反】死氣沉沉／奄奄一息／氣息奄奄。

欣欣自得

【釋義】欣欣：高興的樣子。
【出處】馮夢龍・醒世恆言卷三六：「朱源在燈下細觀其貌，比前更加美麗，欣欣自得。」
【用法】指人心情愉快，自覺得意。
【例句】兒童節當天，幼稚園的小朋友表演節目，家長們看了，個個眉開眼笑，**欣欣自得**。
【義近】忻忻得意／春風得意／揚揚得意。
【義反】鬱鬱寡歡／悶悶不樂／抑鬱不樂。

欣喜若狂

【釋義】欣喜：快樂，歡喜。若：好像。狂：失常，失去控制。
【出處】禮記・樂記：「欣喜歡愛，樂之官也。」
【用法】形容高興到了極點。
【例句】日本一宣布無條件投降，國人無不**欣喜若狂**。
【義近】興高采烈／歡天喜地／歡騰雀躍／手舞足蹈。
【義反】悲痛欲絕／傷感萬分。

欣喜雀躍

【釋義】欣喜：歡喜，快樂。
【出處】施耐庵・水滸傳一〇八回：「宋江聞報，把那憂國家，哭兄弟的病症，退了九分九釐，欣喜雀躍，同眾將拔寨都起。」
【用法】形容人喜悅得像鳥雀那樣跳躍。
【例句】小男孩聽到父母要帶他去麥當勞，便**欣喜雀躍**地從床上跳起來，睡意全消。
【義近】鳧趨雀躍／喜躍抃舞／手舞足蹈。
【義反】哀痛欲絕／捶胸頓足／呼天搶地。

欣然自喜

【釋義】欣然：喜悅的樣子。
【出處】莊子・秋水：「秋水時至，百川灌河……於是焉，河伯欣然自喜，以天下之美爲盡在己。」
【用法】形容喜樂自得的情狀。
【例句】她在晚會中高歌一曲，博得了聽眾的熱烈掌聲，於是**欣然自喜**，整個晚上都沉浸在興奮歡樂之中。
【義近】欣欣得意／沾沾自喜／自鳴得意／怡然自得。
【義反】愁腸百結／一日九迴腸／怏怏不樂／憂鬱難遣。

欣然樂從

【釋義】欣然：歡喜的樣子。從：依從。
【出處】秋水軒尺牘・與遷安縣王薦友：「閣下固善將將者，度亦欣然樂從，以謂多多益善也。」
【用法】比喻心甘情願地從事某事。
【例句】執政者虛心納下，施行德政，臣民們也會**欣然樂從**，共同創造出一個富庶祥和的社會。

七畫

欲人勿知，莫若勿爲

【釋義】意謂想要別人不知道，不如自己不去做。
【出處】漢・枚乘・上書諫吳王：「欲人勿聞，莫若勿言；欲人勿知，莫若勿爲。」
【用法】多指做了壞事，別人不可能不知道。
【例句】**欲人勿知，莫若勿爲**，你做了這樣的醜事，全公司的員工有誰不知道的，你居然還想瞞天過海！
【義近】若要人不知，除非己莫爲／欲人勿聞，莫若勿言。
【義反】好事不出門，壞事傳千里。

欲不可從

【釋義】從：通「縱」，放縱。指人的欲望不可隨意放縱。
【出處】禮記・曲禮上：「敖不可長，欲不可從，志不可滿，樂不可極。」顏氏家訓・止足：「禮云：『欲不可縱，志不可滿』，宇宙可臻其極，情性不知其窮。」
【用法】比喻人對自己的欲望應加以節制。
【例句】人的欲望是無窮無盡的，所以老祖宗告訴我們**欲不可從**，就是要我們防止欲壑難填所帶來的災禍。

欲加之罪，何患無辭

【釋義】想給人加上罪名，何愁找不到藉口。之：他。患：擔憂。辭：言辭，指藉口。
【出處】左傳・僖公十年：「欲加之罪，其無辭乎！臣聞命矣。」
【用法】形容故意找藉口誣陷人，加害於人。
【例句】**欲加之罪，何患無辭**，隨他去說吧，反正我對得起天地良心！
【義近】曲意栽贓。
【義反】罪有應得。

欲取姑與

【釋義】此爲「將欲取之，必姑與之」的縮語。意謂想要取得什麼，就先要給與別人什麼。或作「欲取固與」、「欲取先與」。
【出處】戰國策・魏策一：「周書曰：『將欲敗之，必姑輔之；將欲取之，必姑與之。』」
【用法】多指誘使對方放鬆警惕，以便獲得想要獲得的。
【例句】金光黨常常利用**欲取姑與**的策略，先讓你佔點便宜，嚐點甜頭，然後再騙取你更多的錢財。

【義近】欲擒故縱。
【義反】直來直去。

欲哭無淚

【釋義】無淚：指眼淚流盡而無淚可流。
【出處】羅貫中・三國演義一一九回：「後主如郤正之言以對，欲哭無淚，遂閉其目。」
【用法】用以形容人悲痛至極的樣子。
【例句】老先生在遭受妻亡子逝的一連串打擊後，**欲哭無淚**，早已無任何活下去的念頭了。
【義近】肝心若裂／腹如錐剜／疾痛慘怛／肝腸寸斷。
【義反】喜不自禁／喜出望外／心花怒放／欣喜若狂。

欲速不達

【釋義】速：快。達：到。一作「欲速則不達」。
【出處】論語・子路：「無欲速，無見小利。欲速則不達，見小利則大事不成。」
【用法】用以說明過於性急圖快，反而不能達到目的。
【例句】學習必須循序漸進，若一味地貪多求快，則必然**欲速不達**。
【義近】揠苗助長。
【義反】水到渠成／瓜熟蒂落。

欲蓋彌彰

【釋義】蓋：遮掩，遮蓋。彌：更加。彰：明顯。
【出處】左傳・昭公三一年：「或求名而不得，或欲蓋而名章（彰），懲不義也。」
【用法】用以說明想掩蓋過失的眞相，結果反而暴露得更加明顯。
【例句】這傢伙誘人妻女之後，設法在眾人面前洗刷，結果**欲蓋彌彰**，反而暴露了他的醜惡嘴臉。
【義近】此地無銀三百兩／弄巧成拙／不打自招。

欲說還休

【釋義】意謂想說卻又止而不說。休：止。
【出處】辛棄疾・醜奴兒：「而今識盡愁滋味，欲說還休，欲說還休，卻道天涼好個秋。」
【用法】多用以形容情意複雜而又難以表達。
【例句】由於當初自己的一意孤行，導致走向錯誤的婚姻，如今她想向人訴苦，卻**欲說還休**，不如不說的好。
【義近】一言難盡／無從說起／言不盡意／說來話長。
【義反】一語破的／一針見血／要而言之／統而言之。

欲窮千里目，更上一層樓

【釋義】窮：盡。千里目：遠眺千里。更：再。
【出處】唐・王之渙・登鸛雀樓：「白日依山盡，黃河入海流。欲窮千里目，更上一層樓。」
【用法】比喻只有站得高，才能看得遠；站得越高，看得越遠。也用以勉勵人力求上進，要有高瞻遠矚的胸襟。
【例句】①**欲窮千里目，更上一層樓**，我們還是加把勁爬到山頂上去吧！②**欲窮千里目，更上一層樓**，學業是無止境的，你現在雖然有了一定的成就，但還是應該進一步努力鑽研！

欲罷不能

【釋義】想停止而不可能。罷：停止。
【出處】論語・子罕：「夫子循循然善誘人，博我以文，約我以禮，欲罷不能。」
【用法】本指學習心切，後泛指興之所至不能終止，或因形勢促使而無法停止。
【例句】①打麻將確實會上癮，幾次向妻子發誓不打了，卻**欲罷不能**。②這部電視劇拍得太精彩了，觀眾紛紛來信要求拍續集，看來是**欲罷不能**了。
【義近】騎虎難下。
【義反】不了了之。

欲擒故縱

【釋義】先故意放開他，使他放鬆戒備，然後再把他捉住。擒：捕捉。縱：放走。
【出處】典出諸葛亮七擒七縱孟獲。吳沃堯・二十年目睹之怪現狀七十回：「放出一個欲擒故縱的手段。」
【用法】比喻爲了更能控制對方，故意先放鬆一步，使他不加防備，然後再擒住他。也指爲文敘事，欲緊先緩的筆法。
【例句】我們不妨採取**欲擒故縱**的手法，先把他放出牢房，然後派人跟蹤，便可找出那個賊窩。
【義近】放長線釣大魚／欲緊先緩。
【義反】放虎歸山／平鋪直敘。

八畫

款門而謁

【釋義】款門：指叩門。謁：拜見。
【出處】呂氏春秋・愛士：「廣門之官夜款門而謁曰：『主君之臣胥渠有疾。』」
【用法】指到府上拜訪。
【例句】蘇轍呈上樞密韓太尉書給韓琦，表達自己欲**款門而謁**的願望，文章寫得氣勢磅礴、高妙精深，成爲後代學子習文的範本。
【義近】款關請見／登門拜訪／造門拜訪。

款款輕輕

【釋義】款款：緩慢的樣子，同「緩緩」。
【出處】杜甫・曲江詩：「穿花蛺蝶深深見，點水蜻蜓款款飛。」王實甫・西廂記・請宴：「今宵歡慶，軟弱鶯鶯，可曾慣經？你索款款輕輕，燈下交鴛頸。」
【用法】比喻動作輕而緩慢的樣子。
【例句】看到孩子們皆安詳地睡著了，母親才**款款輕輕**地離開臥房。
【義近】輕輕悄悄／安安靜靜。
【義反】重手重腳。

款語溫言

【釋義】款語：誠懇的話。款：誠懇。
【出處】曹雪芹・紅樓夢二〇回

：「寶玉見了這樣，知難挽回，打疊起百樣的款語溫言來勸慰。」
【用法】用以指誠懇而溫和的言辭。
【例句】李先生自知做錯了事，對不起太太，只得用**款語溫言**極力勸慰，直到太太破涕而笑為止。
【義近】和言細語／款款言辭／甜言軟語。
【義反】粗言粗語／惡言惡語／冷言冷語。

欺人之論（ㄑㄧ ㄖㄣˊ ㄓ ㄌㄨㄣˋ）

【釋義】論：談論，言語。
【出處】清・王昶・金石萃編・太尉楊震碑跋：「昔人謂褚登善書如美女簪花，或謂其出於漢隸，觀此碑知非欺人之論也。」
【用法】指欺騙人的論調。
【例句】那個姓韓的是個大大有名的色鬼，你說他這次上酒家能坐懷不亂，我看是**欺人之論**。
【義近】欺人之談／耳食之談／不經之談。
【義反】句句屬實／實言實語／言之鑿鑿。

欺人太甚（ㄑㄧ ㄖㄣˊ ㄊㄞˋ ㄕㄣˋ）

【釋義】甚：過分，厲害。
【出處】鄭廷玉・楚昭王四折：「公主著他做了盟主，又與他一口寶劍，筵前舉鼎，欺人太甚。」
【用法】指欺凌他人太過分，令人不能容忍。
【例句】你不要**欺人太甚**，我已讓你多次，你若再胡攪蠻纏，我就不客氣了！
【義近】欺人忒甚／騎人頭上。
【義反】平等待人／以禮待人。

欺三瞞四（ㄑㄧ ㄙㄢ ㄇㄢˊ ㄙˋ）

【釋義】三、四：猶「一而再，再而三」。
【出處】馮夢龍・醒世恆言卷七：「一聞之時，心頭火起，大罵尤辰無理，做這等欺三瞞四的媒人，說騙人家女兒。」
【用法】指一再欺騙隱瞞。
【例句】事情都已經嚴重得快要不能收拾了，你還**欺三瞞四**的想粉飾太平，不積極思索尋求解決之道？
【義近】欺天罔地。
【義反】誠實無欺。

欺上罔下（ㄑㄧ ㄕㄤˋ ㄨㄤˇ ㄒㄧㄚˋ）

【釋義】罔：蒙蔽。
【出處】唐・元結・奏免科率狀：「忝官尸祿，欺上罔下，是臣之罪。」
【用法】指欺騙上面以騙取信任，蒙蔽下面以逃避監督。
【例句】你再這樣**欺上罔下**，我敢肯定終有一天會弄得自己身敗名裂，到時只怕悔之晚矣！
【義近】欺上瞞下／瞞上騙下／欺下罔上。
【義反】誠懇相待／推誠相見／開誠布公。

欺天罔地（ㄑㄧ ㄊㄧㄢ ㄨㄤˇ ㄉㄧˋ）

【釋義】意即欺騙天地。罔：蒙騙。
【出處】唐・何光遠・鑒誡錄・判木夾：「（苻堅）以六十萬精兵扣於東晉，謝玄以八千之卒敗於壽春，豈不為欺天罔地所致者也。」
【用法】極言欺騙之甚。
【例句】像他這樣**欺天罔地**，瞞心昧己，一味地損害別人以利自己，卻又想要得到別人的擁護，這純屬癡心妄想。
【義近】欺天誑地／欺天罔人／欺天瞞地。
【義反】古道熱腸／肝膽相照／誠心誠意。

欺世盜名（ㄑㄧ ㄕˋ ㄉㄠˋ ㄇㄧㄥˊ）

【釋義】欺：欺騙。盜：竊取。名：名譽。
【出處】蘇洵・辨姦論：「王衍之為人，容貌言語，固有以欺世而盜名者。」
【用法】用以指責一個人欺騙世人，竊取名譽。
【例句】他算什麼學者，**欺世盜名**而已，他何曾把文章寫通順過！
【義近】盜名竊譽／沽名釣譽／惑世盜名／阿世盜名。
【義反】功成不居／無意功名。

欺君罔上（ㄑㄧ ㄐㄩㄣ ㄨㄤˇ ㄕㄤˋ）

【釋義】君：君王。罔：蒙騙。
【出處】漢書・郊祀志：「挾左道，懷詐偽，以欺罔世主。」
【用法】指欺瞞誑騙君主。
【例句】在古代，**欺君罔上**之罪是要殺頭的，但以民主的眼光來看，似乎有損人權。

欺貧重富（ㄑㄧ ㄆㄧㄣˊ ㄓㄨㄥˋ ㄈㄨˋ）

【釋義】欺負貧窮的人，尊重富貴的人。
【出處】馮夢龍・喻世明言二七回：「一般是欺貧重富，背義忘恩，後來徒落得個薄倖之名，被人講論。」
【用法】比喻人情冷暖，現實無常。
【例句】世間固然有許多**欺貧重富**的小人，但也有許多默默貢獻愛心的好人，所以說人間還是充滿溫情的。
【義近】炎附寒棄。
【義反】汎愛博施。

欺軟怕硬（ㄑㄧ ㄖㄨㄢˇ ㄆㄚˋ ㄧㄥˋ）

【釋義】欺負軟弱的，害怕強硬的。一作「怕硬欺軟」。
【出處】關漢卿・竇娥冤：「天地也，做得個怕硬欺軟，卻原來也這般順水推船。」
【用法】形容人為人卑鄙，畏懼強橫者，欺凌軟弱者。
【例句】他是個**欺軟怕硬**的人，你越軟弱他就越欺負你。
【義近】欺善怕惡／恃強凌弱／倚大欺小。
【義反】濟善除惡／鋤強扶弱。

欺善怕惡（ㄑㄧ ㄕㄢˋ ㄆㄚˋ ㄜˋ）

【釋義】欺負善良的人，害怕兇惡的人。
【出處】蘇軾・東坡志林卷六：「水族癡暗，人輕殺之。或云不能償冤，是乃欺善怕惡，殺之，其不仁甚於殺能償冤者。」
【用法】是指為人卑劣，只知欺侮善良之人，而畏懼兇惡之徒。
【例句】社會上總是有太多**欺善怕惡**的人，遇到這種人的時候，千萬不能示弱，否則便會被吃定了。
【義近】欺軟怕硬／以強凌弱／

吐剛茹柔。

【義反】欺硬怕軟／抑強扶弱／按強助弱。

欽佩莫名（ㄑㄧㄣ ㄆㄟˋ ㄇㄛˋ ㄇㄧㄥˊ）

【釋義】欽佩：敬重佩服。莫名：意謂不可名狀。

【出處】官場維新記五回：「黃道臺這番說話，說得袁伯珍五體投地，欽佩莫名，從此就把回家的心思，拋在腦背後去了。」

【用法】形容心中無限欽佩。

【例句】那些追星族，對某些偶像明星已經到了**欽佩莫名**的程度，甚至把他們神化了，這實在令人百思不解。

【義近】五體投地／心醉魂迷／心嚮往之／奉若神明。

【義反】嗤之以鼻／不屑一顧／不足齒數／何足掛齒。

欽差大臣（ㄑㄧㄣ ㄔㄞ ㄉㄚˋ ㄔㄣˊ）

【釋義】明清時代皇帝臨時派遣出外辦理重大事情的官員。

【出處】阮葵生・茶餘客話：「三品以上用欽差大臣關防，四品以下用欽差官員關防。」

【用法】今多用以指上級派來的握有大權的官員。常含諷刺意味。

【例句】這位**欽差大臣**一到，便說這也不是，那也不對，弄得大家惶恐不安，不知如何是好。

【義近】總統特使／上級專員。

【義反】平民百姓／本地吏屬。

欽賢好士（ㄑㄧㄣ ㄒㄧㄢˊ ㄏㄠˋ ㄕˋ）

【釋義】欽：敬重。好：喜愛，愛惜。

【出處】雲笈七籤卷一〇九：「公笑曰：『聞王欽賢好士，吐握不倦，苟有一介，莫不畢至。』」

【用法】是指尊敬賢才，愛惜文士。

【例句】近十幾年來，政府一直採取**欽賢好士**的政策，吸引許多海外優秀人才回國就職，這也是我國產業得以興旺發達的一個重要原因。

【義近】禮賢下士／思賢若渴／吐哺握髮／三薰三沐。

【義反】招降納叛／瓦釜雷鳴／以貌取人／大材小用／嫉賢妒能／傲賢慢士。

九—十一畫

歃血爲盟（ㄕㄚˋ ㄒㄧㄝˇ ㄨㄟˊ ㄇㄥˊ）

【釋義】歃血：古時會盟，雙方口含牲畜之血或以血塗口旁，表示信誓。盟：宣誓訂約。

【出處】孟子・告子下：「葵丘之會諸侯，束牲載書而不歃血。」唐代蘇安恆請則天皇后復位於皇子：「歃血爲盟，指河爲誓。」

【用法】形容通過隆重的儀式，誠心誠意地訂立盟約。

【例句】世風日下，人心難測，過去**歃血爲盟**的義氣早已不復存在。

【義近】瀝血以誓／信誓旦旦。

【義反】口血未乾／背信棄義。

歌功頌德（ㄍㄜ ㄍㄨㄥ ㄙㄨㄥˋ ㄉㄜˊ）

【釋義】歌頌功績和恩德。

【出處】司馬遷・史記・周本紀：「民皆歌樂之，頌其德。」王灼・再次韻晁子興詩之三：「歌功頌德今時事，側聽諸公出正音。」

【用法】今多用以指對某人或某些人的吹捧。

【例句】有的人一當官就喜歡聽**歌功頌德**的聲音，而討厭逆耳的忠言。

【義近】謳功揚德／交口吹捧／讚頌不已。

【義反】逆耳忠言／交口貶斥／怨聲載道。

歌臺舞榭（ㄍㄜ ㄊㄞˊ ㄨˇ ㄒㄧㄝˋ）

【釋義】歌舞的樓臺和廳堂。榭：建在土臺上的敞屋。

【出處】呂令問・雲中古城賦：「歌臺舞榭，月殿雲堂。」

【用法】今用以泛指歌舞場所。

【例句】她曾是紅極一時的歌星，在**歌臺舞榭**的歲月中嘗盡了人情冷暖，現在洗盡鉛華，皈依佛門，不再復出了。

【義近】楚館秦樓／舞榭歌臺。

歌舞昇平（ㄍㄜ ㄨˇ ㄕㄥ ㄆㄧㄥˊ）

【釋義】唱歌跳舞以歡慶太平。昇平：太平。

【出處】陸文圭・詞源跋：「淳佑、景定間，王邸侯館，歌舞昇平，居生處樂，不知老之將至。」

【用法】形容太平盛世社會安定、人民安樂的景象，今也指粉飾太平。

【例句】現今臺灣到處是一片**歌舞昇平**的景象，貧窮動盪的歲月已成陳跡。

【義近】太平盛世／歌舞太平。

【義反】兵荒馬亂／滄海橫流／雞犬不寧。

歌聲繞梁（ㄍㄜ ㄕㄥ ㄖㄠˋ ㄌㄧㄤˊ）

【釋義】歌聲回旋在房梁之間。繞：回旋。

【出處】太平御覽・樂部・歌三：「歌聲繞梁三匝，乃上旁梁，草樹枝葉皆動，歌之感也。」宣和書譜・草書：「或謂如歌聲繞梁，琴人捨徽，則又見其遺音餘韻，使之於筆墨之外也。」

【用法】形容歌聲美妙動聽，令人回味不已。

【例句】那位歌手中氣十足，**歌聲繞梁**，就是聽他千遍也不厭倦。

【義近】餘音繞梁／繞梁之音／美妙歌聲。

【義反】喑啞之聲／刺耳歌音。

歐風美雨（ㄡ ㄈㄥ ㄇㄟˇ ㄩˇ）

【釋義】歐洲的風，美洲的雨。

【出處】秋謹自擬檄文（其一）：「歐風美雨，澎湃逼人。」孫文・民權初步自序：「其始也，得歐風美雨之吹沐；其繼也，得東鄰維新之喚起；其終也，得革命風潮之震盪。」

【用法】指歐洲、美洲的文化潮流。

【例句】明清以來，**歐風美雨**吹向亞洲，給亞洲各國帶來不少正負兩面的影響，美語成爲亞洲各國人民競相學習的語言。

歎老嗟卑（ㄊㄢˋ ㄌㄠˇ ㄐㄧㄝ ㄅㄟ）

【釋義】嗟：歎息。卑：位置低下。

【出處】陸游・歲莫：「小築幽棲與拙宜，讀書寫字伴兒嬉；已無歎老嗟卑意，卻喜分冬守歲時。」

【用法】指人感歎自己年老而位卑未顯。
【例句】人生最重要的是健康，得樂且樂，有酒就喝，何苦在家**歎老嗟卑**，還是帶著老妻旅遊去吧！
【義近】歎老嗟窮／長吁短歎。
【義反】歡天喜地。

歎爲觀止 ㄊㄢˋ ㄨㄟˊ ㄍㄨㄢ ㄓˇ
【釋義】歎：讚歎。觀止：看到這裏爲止，意謂美好已極。
【出處】左傳・襄公二九年：「雖甚盛德，其蔑以加於此矣。觀止矣！若有他樂，吾不敢請已！」
【用法】用以讚美所見到的事物已經好到了極點。
【例句】這場雜技表演技藝高超，精彩極了，眞令人**歎爲觀止**。
【義近】至矣盡矣／盡善盡美／無以復加。
【義反】普普通通／平平常常／不足掛齒。

十八畫

歡天喜地 ㄏㄨㄢ ㄊㄧㄢ ㄒㄧˇ ㄉㄧˋ
【釋義】意即歡喜快活得到了極點。
【出處】京本通俗小說・錯斬崔寧：「當下權且歡天喜地，並無他說。」
【用法】形容非常歡喜。
【例句】知道自己上榜後，他**歡天喜地**的回家告訴家人。
【義近】歡欣鼓舞／欣喜若狂／眉開眼笑。
【義反】呼天搶地／悶悶不樂／愁眉苦臉。

歡欣鼓舞 ㄏㄨㄢ ㄒㄧㄣ ㄍㄨˇ ㄨˇ
【釋義】歡欣：喜歡，快樂。鼓舞：興奮，振奮。
【出處】蘇軾・上知府王龍圖書：「自公始至，釋其重荷……是故莫不歡欣鼓舞之志。」
【用法】形容人精神振奮，十分高興。
【例句】在一片繁榮昌盛的景象中，臺灣人民又**歡欣鼓舞**地跨入了新的一年。
【義近】歡天喜地／興高采烈／歡呼雀躍。
【義反】愁眉不展／垂頭喪氣／愁眉鎖眼。

歡欣踴躍 ㄏㄨㄢ ㄒㄧㄣ ㄩㄥˇ ㄩㄝˋ
【釋義】歡欣：快樂而興奮。踴躍：形容情緒熱烈。
【出處】三國魏・應璩・與滿公琰書：「外嘉郎君謙下之德，內幸頑才見誠知己，歡欣踴躍，情有無量。」
【用法】形容歡樂熱烈的樣子。
【例句】今天到場的人，個個精神抖擻，**歡欣踴躍**，看來我們的會議一定能圓滿成功。
【義近】歡忻雀躍／鳧趨雀躍／喜躍抃舞。
【義反】死氣沉沉／萎靡不振／萬馬齊瘖／心灰意懶／心灰意冷。

歡喜冤家 ㄏㄨㄢ ㄒㄧˇ ㄩㄢ ㄐㄧㄚ
【釋義】原意指極喜愛的人。冤家：對兒女或情人的暱稱。
【出處】馬致遠・任風子二折：「兒女是金枷玉鎖，歡喜冤家，我都割捨了也。」
【用法】今多用以指稱感情眞摯深厚，而又愛頂嘴嘔氣的情侶。
【例句】這對**歡喜冤家**，三天吵，兩天和，眞搞不清楚他們是愛還是恨。
【義近】聚頭冤家。
【義反】柴米夫妻。

歡樂苦短 ㄏㄨㄢ ㄌㄜˋ ㄎㄨˇ ㄉㄨㄢˇ
【釋義】苦短：苦於太短。
【出處】唐・司空圖・詩品・曠達：「生者百歲，相去幾何？歡樂苦短，憂愁實多。」
【用法】指歡樂的時間易逝，苦於太短促。
【例句】人生**歡樂苦短**，更該好好珍惜握在手中的片刻美麗時光。
【義近】歡娛嫌夜短／好花不常開／好景不常在。
【義反】寂寞恨更長。

歡聲雷動 ㄏㄨㄢ ㄕㄥ ㄌㄟˊ ㄉㄨㄥˋ
【釋義】歡呼聲像雷鳴一樣。雷動：雷震動，喻聲勢雄壯，聲音宏大。
【出處】劉基・過閩關：「天上絲綸啓玉封，歡聲雷動八州同。」
【用法】用以形容羣眾歡呼聲之宏大熱烈。
【例句】國慶晚會中，台上賣力演出，台下**歡聲雷動**，大家都沉醉在一片快樂中。
【義近】歡聲震天／歡聲如雷／鑼鼓喧天。
【義反】寂無人聲／鴉雀無聲／無聲無息。

止部

止戈爲武 ㄓˇ ㄍㄜ ㄨㄟˊ ㄨˇ
【釋義】合「止」、「戈」二字則爲武字。
【出處】左傳・宣公十二年：「夫文，止戈爲武。」漢書・武五子傳贊：「是以倉頡作書，止戈爲武，聖人以武禁暴整亂，止息干戈，非以爲殘而興縱之也。」衛恆・四體書勢：「會意者，止戈爲武，人言爲信也。」
【用法】意謂能消止天下戰爭的人，才是眞正的武勇。
【例句】中國老祖宗認定，眞正的武士是能**止戈爲武**的人，而並非好勇鬥狠之徒。

止戈散馬 ㄓˇ ㄍㄜ ㄙㄢˋ ㄇㄚˇ
【釋義】意謂停止用兵，解散戰馬。戈：古代的一種武器。
【出處】北齊書・神武帝紀下：「止戈散馬，各事家業。」
【用法】是指結束戰爭，不再用兵。
【例句】中東地區的戰事不斷，人民想過一下**止戈散馬**、安居樂業的日子，簡直比登天還難。

【義近】歸馬放牛／倒載干戈／按甲寢兵。
【義反】烽火連天／槍林彈雨／枕戈寢甲。

止暴禁非

【釋義】暴、非：暴力、錯誤，這裏指各種壞事。
【出處】莊子．盜跖：「天下皆曰：『孔丘能止暴禁非。』」
【用法】指用道德力量使暴力、犯罪得以消除絕禁。
【例句】法律制度的產生，無非是政府用來約束人民、**止暴禁非**的方式之一，所以它的客觀公平性相當重要。
【義近】勝殘去殺／除暴安良／誅暴安良。
【義反】姑息養奸／養癰遺患／放虎歸山。

止談風月

【釋義】只談論關於風月的事，不談論公事。
【出處】南史．徐勉傳：「勉居選官，彝倫有序。……嘗與門人夜集，客有虞暠求詹事五官。勉正色答云：『今夕止可談風月，不宜及公事。』故時人服其無私。」
【用法】用以表示莫談不宜談論的事。
【例句】他在政府機構擔任高官，平常與親友聚會的場合中，從不涉及政治的話題，**止談風月**，堪稱是位公私分明、廉潔奉公的官員。

一畫

正人君子

【釋義】指品行端正，正直無私的人。
【出處】舊唐書．崔胤傳：「胤所悅者闒茸下輩，所惡者正人君子。」
【用法】用以指品德高尚的人，也用以諷刺假裝正經的人。
【例句】他真是一位**正人君子**，任何威脅利誘都左右不了他的原則。
【義近】志誠君子／大雅君子／仁人君子／方良之士。
【義反】偽君子／勢利小人／衣冠禽獸。

正大光明

【釋義】正直無私，光明磊落。
【出處】朱熹．答周益公書：「至若范公（仲淹）之心，則其正大光明，固無宿怨，而惓惓之義，實在國家。」
【用法】用以形容行為正當，胸懷坦白無私。
【例句】我們做的都是**正大光明**的事，從來沒有見不得人的地方。
【義近】光明磊落／堂堂正正／心地光明／胸懷坦蕩。
【義反】心懷叵測／鬼鬼祟祟／偷偷摸摸／鬼頭鬼腦。

正大高明

【釋義】公正博大，高遠清明；喻學養。
【出處】論語．先進：「由也，升堂矣未入於室也。」朱注：「言子路之學，已造乎正大高明之域，特未深入精微之奧耳。」
【用法】喻賢人的學養通達，達到平正高大光明的境界。
【例句】王教授是人人敬重的學者，但他總是謙說自己的學養只達**正大高明**的廳堂，離入室還有一段距離呢！

正中下懷

【釋義】正：恰好。中：投合。下懷：在下的心懷，謙稱自己的心意。
【出處】施耐庵．水滸傳六三回：「蔡福聽了，心中暗喜：『如此發落，正中下懷。』」
【用法】比喻正好投合自己的心意。
【例句】我早就想提出拆夥的主張，如今倒好，他先提出來，**正中下懷**，我也不用費心去想開場白了。
【義近】正中己懷／稱心如意／合乎心願。
【義反】大失所望。

正本清源

【釋義】正本：端正其根本。清源：清澈其源頭。源：一作「原」。
【出處】漢書．刑法志：「豈宜惟思所以清原正本之論，刪定律令。」晉書．武帝紀：「思與天下式明王度，正本清源。」
【用法】比喻從根本上加以整頓清理。
【例句】要使社會治安好轉，最重要的是須**正本清源**，單靠警力鎮壓並不能徹底解決問題。
【義近】拔本塞源／釜底抽薪／斬草除根／端本正源／扶正治本。
【義反】頭痛醫頭，腳痛醫腳／治標不治本／捨本逐末。

正本溯源

【釋義】正本：從根本上整頓。溯源：尋找源頭。
【出處】清．戴震．孟子字義疏證．序：「孔子既不得位，不能垂諸制度禮樂，是以為之正本溯源。」
【用法】用以指從根本上尋找原因，徹底弄清楚。
【例句】發生了斷橋事件之後，政府有關單位應該要**正本溯源**，徹底追查原因並立即改善，而不是互相推諉責任才是。
【義近】追本窮源／推本溯源／窮源溯流／窮源竟委。
【義反】尋枝摘葉／背本趨末／求標捨本／頭痛醫頭，腳痛醫腳。

正色敢言

【釋義】正色：嚴肅或嚴厲的神色。
【出處】明史．王竑傳：「十一年授戶科給事中，豪邁負氣節，正色敢言。」
【用法】指人態度嚴肅，敢於直言。
【例句】張先生的脾氣確實很不好，但為人非常正直，無論什麼人，只要他覺得不對的，都能**正色敢言**。
【義近】正色直言／正色危言／正言厲色。
【義反】阿諛逢迎／脅肩諂笑／阿其所好。

正言直諫

【釋義】即直言進諫。諫：舊時稱用言語糾正尊長的錯誤。
【出處】三國魏．桓范．諫爭：

「今正言直諫，則近死辱而遠榮寵，人情何好焉，此乃欲忠於主耳！」

【用法】本指用正義的話向皇帝忠直進諫；現泛指向上司或同事懇切地直言諫諍，勸其改正過錯。

【例句】由於魏徵的**正言直諫**，唐太宗的虛心納下，造就了大唐江山的強盛基礎。

【義近】面折廷爭／大膽進諫／直諫不諱。

【義反】阿諛奉承／曲意逢迎／望風希旨。

正言厲色 ㄓㄥˋ ㄧㄢˊ ㄌㄧˋ ㄙㄜˋ

【釋義】正：嚴正。厲：嚴厲，嚴肅。

【出處】曹雪芹・紅樓夢一九回：「黛玉見他說的鄭重，又且正言厲色，只當是眞事。」

【用法】形容說話嚴厲，臉色嚴肅。

【例句】你看他那一副**正言厲色**的樣子，好像有誰在和他過不去似的。

【義近】正色直言／正顏厲色。

【義反】嬉皮笑臉／謔浪嬉笑。

正直無私 ㄓㄥˋ ㄓˊ ㄨˊ ㄙ

【釋義】正直：公正坦率。

【出處】元・劉唐卿・降桑椹一折：「見義當爲眞男子，則是我正直無私大丈夫。」

【用法】形容人爲人處事公正而無私心。

【例句】他是個**正直無私**的人，我深信他不會貪污，可能是有心人士故意抹黑他的。

【義近】正直無邪／公正無私／大公無私。

【義反】自私自利／偏袒一方／私心雜念。

正氣磅礴 ㄓㄥˋ ㄑㄧˋ ㄆㄤˊ ㄅㄛˊ

【釋義】磅礴：充塞。

【出處】淮南子，詮言訓：「君子行正氣。」韓愈・送廖道士序：「必蜿蟺扶輿，磅礴而鬱積。」文天祥・正氣歌：「是氣所磅礴，凜烈萬古存。」

【用法】形容至大至剛的正氣充塞在宇宙之中。

【例句】文天祥**正氣磅礴**，視死如歸，元世祖雖愛才惜才，卻也不得不遂其捨身取義的心志。

【義近】正氣凜然／氣成虹蜺／氣貫斗牛／義薄雲天／義無反顧。

【義反】氣息奄奄／苟延殘喘。

正誼明道 ㄓㄥˋ ㄧˋ ㄇㄧㄥˊ ㄉㄠˋ

【釋義】誼：同「義」，正義。

【出處】漢書・董仲舒傳：「夫仁人者，正其誼不謀其利，明其道不計其功。」

【用法】形容君子不計功利，而以道義爲依歸。

【例句】君子服膺**正誼明道**的原則，所以他們行得直，坐得正，絕不會做出違反道義的事情。

正頭夫妻 ㄓㄥˋ ㄊㄡˊ ㄈㄨ ㄑㄧ

【釋義】指經結婚儀式而產生的正式夫妻。

【出處】曹雪芹・紅樓夢四六回：「想著老太太疼他，將來外邊聘個正頭夫妻去。」

【用法】形容合法的夫妻關係。

【例句】他們雖是一對**正頭夫妻**，但早已名存實亡，各自有各自的伴侶，只差簽下離婚協議書，就可各奔東西了。

【義近】花燭夫妻／結髮夫妻。

【義反】野鴛鴦／露水夫妻。

正頭香主 ㄓㄥˋ ㄊㄡˊ ㄒㄧㄤ ㄓㄨˇ

【釋義】指嫡傳的子孫。

【出處】蘭陵笑笑生・金瓶梅七回：「你休胡言亂語，我雖不能不才，是楊家正頭香主。」

【用法】形容嫡傳子孫或喻事物的原主。

【例句】這個孩子一出生就被冠上**正頭香主**的名號，家人對他要求多，期望高，結果反而妨害了他的成長過程，奪去了他的自由與快樂。

正聲雅音 ㄓㄥˋ ㄕㄥ ㄧㄚˇ ㄧㄣ

【釋義】正聲：純正的樂聲。

【出處】唐・皮日休・通玄子棲賓亭記：「其正聲雅音，笙師之吹竽，邠人之鼓籥，不能過也。」

【用法】指純正優雅的音樂。

【例句】時下一般年輕人，對於所謂的**正聲雅音**的接受度有限，可能是聽不懂，無法體會個中奧妙的緣故吧！

【義近】金聲玉振／高山流水／雅頌之聲／陽春白雪。

【義反】靡靡之音／亡國之音／鄭衛之音／歌呼嗚嗚。

正顏厲色 ㄓㄥˋ ㄧㄢˊ ㄌㄧˋ ㄙㄜˋ

【釋義】正顏：嚴肅的面容。厲色：嚴厲的臉色。

【出處】王廷相・雅述上篇：「有德之人，心誠辭直，正顏厲色，不作僞飾，以爲心害。」

【用法】形容板著臉孔，神情非常嚴厲。

【例句】這孩子實在太可愛了，任他怎樣調皮，我都無法**正顏厲色**地對待他。

【義近】神情嚴肅／聲色俱厲／橫眉倒豎／怒目橫睜。

【義反】和顏悅色／和藹可親／態度和藹／笑容可掬。

正襟危坐 ㄓㄥˋ ㄐㄧㄣ ㄨㄟˊ ㄗㄨㄛˋ

【釋義】正襟：把衣襟整理整齊。危坐：端正地坐著。危：端正。

【出處】司馬遷・史記・日者列傳：「宋忠、賈誼瞿然而悟，獵纓正襟危坐。」

【用法】形容恭敬嚴肅或拘謹的樣子。

【例句】在那輛高級轎車裏，有一位將軍**正襟危坐**，顯得威風凜凜。

【義近】整衣危坐／肅然危坐／凜然端坐。

【義反】威儀不肅／儀容不端。

二畫

此一時，彼一時 ㄘˇ ㄧˋ ㄕˊ ㄅㄧˇ ㄧˋ ㄕˊ

【釋義】這個時候不同於那個時候。彼：那。一作「彼一時，此一時」。

【出處】孟子・公孫丑下：「彼一時，此一時也。」王實甫・西廂記五本：「此一時，彼一時，佳人才思，俺鶯鶯世間無二。」

【用法】用以說明時間不同，情況有異，不可一概而論。

【例句】**此一時，彼一時**，他現

在已是大官，不能再和他稱兄道弟，平起平坐了。

【義近】不可同日而語／今非昔比。

【義反】同日而語／相提並論。

此仆彼起

【釋義】這裏下去，那裏起來。仆：倒下。

【用法】形容接連不斷地發生、興起。

【例句】黃花崗之役雖失敗，但革命運動卻**此仆彼起**地發生，顯示清廷的氣數已盡。

【義近】層出不窮／層見疊出／日增月盛／如火如荼。

【義反】斷斷續續／時斷時續／時有時無／一過即絕。

此地無銀三百兩

【釋義】這裏沒有三百兩銀子。

【出處】民間傳說：有個人把銀子埋在地裏，寫字條道：「此地無銀三百兩。」阿二偷走，也寫字條道：「隔壁阿二不曾知。」

【用法】比喻想要隱瞞掩飾，結果反而使事情更加暴露。

【例句】你不要再到處告訴人家你不會散播謠言，這不正是**此地無銀三百兩**的心態作祟嗎？

【義近】不打自招／欲蓋彌彰／露出馬腳／洩露風聲。

【義反】人不知鬼不覺／守口如瓶／祕而不宣／不露風聲。

此唱彼和

【釋義】這裏唱，那裏和。和：和諧地跟著唱。

【出處】陳田・明詩紀事・己籤序：「（後七子）與前七子隔絕數十年，而此唱彼和，聲應氣求，若出一軌。」

【用法】用以指彼此相互呼應。

【例句】這兩個銷售員推銷東西很有一套，就這麼**此唱彼和**的，顧客就掏腰包買了。

【義近】一唱一和／此發彼應。

【義反】有唱無和／孤掌難鳴。

此處不留人，自有留人處

【釋義】意謂這裏不能相容，自有可容留的地方。

【出處】南朝・陳後主・戲贈沈后：「此處不留人，自有留人處。」

【用法】用以說明天無絕人之路，總可以找到存身活命的地方。

【例句】不要著急，**此處不留人，自有留人處**。憑你的實力，一定會找到賞識你的老闆，讓你一展所長的。

【義近】東方不亮西方亮／黑了南方有北方／天無絕人之路。

【義反】走投無路／日暮途窮／釜中游魚／上天無路，入地無門。

此發彼應

【釋義】這裏發動，那裏響應。

【出處】清・陳天華・警世鐘：「各做各的，怎麼行呢？一定是要互相聯絡，此發彼應才行。」

【用法】用以指互相通氣，互相呼應。

【例句】清朝末年，由於革命黨員和人民的努力，**此發彼應**，才能推翻腐敗滿清，締造一個新的中國。

【義近】彼此呼應／八方呼應。

【義反】互不通氣／老死不相往來。

三畫

步人後塵

【釋義】跟在別人後面走。步：踏著。後塵：走路時在後面揚起的塵土。

【出處】屠隆・曇花記：「副師好當前隊，老夫願步後塵。」

【用法】比喻追隨、模仿，沒有創造性。

【例句】事事**步人後塵**，一點創造性也沒有，這是最沒有出息的。

【義近】亦步亦趨／人云亦云／鸚鵡學舌。

【義反】獨闢蹊徑／不落窠臼／獨樹一幟。

步月登雲

【釋義】步上月亮，攀登雲霄。

【出處】明・謝讜・四喜記・赴試秋闈：「我勸你休帶憐香惜玉心，頓忘步月登雲志。」

【用法】形容志向遠大。

【例句】他從小就有**步月登雲**之志，現在競選總統，正是為了實現他的宿願。

【義近】凌雲壯志／鴻鵠之志／雄心壯志。

【義反】求田問舍／駑馬戀棧。

步步生蓮花

【釋義】蓮花：荷花，因花色豔麗，常用以比喻人的美麗。

【出處】南史・東昏侯紀：「鑿金為蓮華以帖地，令潘妃行其上，曰：『此步步生蓮華也。』」

【用法】用以形容美女姍姍徐步的優美媚姿。

【例句】張小姐走起路來嫋嫋婷婷，頗有**步步生蓮花**的媚姿。

【義近】款款而來／嫋嫋婷婷。

步步為營

【釋義】每向前推進一步就設下一道營壘。步步：形容相隔很近。

【出處】羅貫中・三國演義七一回：「黃忠即日拔寨而進，步步為營；每營住數日，又進。」

【用法】形容防守嚴密，行動謹慎。

【例句】為了奪取勝利，在進軍過程中務必要**步步為營**，穩紮穩打。

【義近】穩紮穩打／步步設防。

【義反】貿然行事／鹵莽僨事。

步步虛心

【釋義】步步：相隔很近的樣子。虛心：謙虛不自滿。

【出處】謝莊・宋宣武宣貴妃誄：「龍逶遲於步步。」莊子・漁父：「得聞聖教，敢不虛心。」

【用法】喻人時時刻刻皆應虛懷若谷，毫不自滿。

【例句】早把從前作女兒時節的行徑，全副丟開，卻事事克己，**步步虛心**的作起人家，講起世路來。（文康・兒女英雄傳二九回）

步武之間

【釋義】古代以六尺為步，半步為武。
【出處】左丘明・國語・周語下：「夫目之察度也，不過步武尺寸之間。」
【用法】用以指相距甚近。
【例句】他家離我家不過**步武之間**的距離，但我們卻很少往來。
【義近】近在咫尺／一箭之遙／近在眼前／一板之隔。
【義反】遠在天涯／千里迢迢／遠在天邊／間關萬里。

步履安詳

【釋義】步履：行走。履：腳步。安詳：從容穩重。
【出處】杜甫・庭草：「步履宜輕過，開筵得屢供。」小學・嘉言：「容貌必端莊，衣冠必肅整，步履必安詳。」
【用法】形容走路步伐從容自若，不慌不忙。
【例句】國父**步履安詳**地走上主席臺，向到會的代表揮手致意。
【義近】步履穩健／步履從容。
【義反】舉步維艱／步履沉重。

步履維艱

【釋義】步履：步行。維：語助詞。艱：困難。一作「步履艱難」。
【出處】錢彩・說岳全傳三回：「小弟因患了些瘋氣，步履艱難，為此買了一匹馬養在家裏，代代腳力。」
【用法】形容行走困難，也可指人生道路走得不平順。
【例句】一到下雨天，鄉村的道路到處泥濘不堪，使人**步履維艱**。
【義近】寸步難行。
【義反】健步如飛／舉步如飛／身輕體健／舉步如風。

步線行針

【釋義】步：行走。指一線一針地布置。
【出處】康進之・李逵負荊劇二：「那怕你指天畫地能瞞鬼，步線行針待哄誰？」
【用法】喻周密的布置安排或比喻人非常細心的樣子。
【例句】領袖高峰會議舉行之前，當地政府一定得**步線行針**地做好安全維護工作，以免滋生事端。

四—五畫

歧路亡羊

【釋義】歧路：岔路。亡羊：丟失羊。
【出處】列子・說符：「大道以多歧亡羊，學者以多方喪生。」清・王夫之・讀四書大全說卷三：「而諸儒之言，故為糾紛，徒俾歧路亡羊。」
【用法】比喻事理複雜多變，迷失方向，就會誤入歧途。
【例句】古人說：**歧路亡羊**，現在的世界紛紜多變，我們要確定自己的方向，努力不懈，才不至於迷失了自己。
【義近】多歧亡羊。

歧嶷不羣

【釋義】歧嶷：同「岐嶷」，高峻茂盛的樣子，在此意謂漸漸能站立。
【出處】詩經・大雅・生民：「誕實匍匐，克岐克嶷。」左思・吳都賦：「歧嶷繼體，老成奕世。」
【用法】形容人雖年幼卻聰慧不凡。
【例句】歐陽修自小就**歧嶷不羣**，再加上後天的努力精進，故能成為一代文豪。

歪七扭八

【釋義】歪：即不正的樣子。扭：轉來轉去。亦作「七歪八扭」。
【出處】劉鶚・老殘遊記一二回：「就在牆上七歪八扭的寫起來了。」
【用法】形容不正歪斜的樣子。
【例句】他走起路來都**歪七扭八**，滿口胡言亂語了，還大聲喊說自己沒有喝醉。

歪打正著

【釋義】歪起來打卻正好打著。
【出處】蒲松齡・醒世姻緣傳二回：「將藥煎中，打發晁大舍吃將下去。誰想歪打正著，又是楊太醫運好的時節，吃了藥就安穩睡了一覺。」
【用法】比喻方法本不恰當，卻僥倖得到滿意的結果。
【例句】從來不懂股票，就這麼**歪打正著**，買到了好股票，給他撈了不少橫財。
【義近】瞎貓碰到死老鼠。

九畫

歲不我與

【釋義】是說時間不等待我們。歲：歲月、時間。我與：即「與我」，賓語前置。與：等待。
【出處】論語・陽貨：「日月逝矣，歲不我與。」
【用法】多指時間不多，須把握時機努力進取。
【例句】與其苦嘆**歲不我與**，不如振作起來和時間競賽，好好做些有意義的事。
【義近】時不我與／時不我待／歲月不待人。
【義反】蹉跎歲月／虛擲光陰／自暴自棄。

歲云暮矣

【釋義】暮：黃昏，此指一年的盡頭。
【出處】顏延之・秋胡詩：「歲暮臨空房。」陳祖范・與學老書：「歲云暮矣，無一語驚人，但添數莖白髮耳。」
【用法】用以形容一年將盡，或喻老年。
【例句】時間過得真快，眼見**歲云暮矣**，人又要添一歲了。
【義近】斗杓東指／歲聿其莫／臘尾春頭／臘鼓頻催／臘盡多殘。
【義反】一元復始／一元更始。

歲月不居

【釋義】歲月：年月，時光。居：停留。
【出處】漢・孔融・論盛孝章書

：「歲月不居，時節如流。五十之年，忽焉已至。」

【用法】說明時光只會流逝，絕對不可能停留。

【例句】人生短暫，**歲月不居**，我們應把握少壯之時努力進取，以免老大徒傷悲。

【義近】歲月如流／韶光易逝／烏飛兔走／光陰似箭／歲月如白駒過隙。

歲比不登

【釋義】比：屢屢，頻頻。登：指穀物登場。

【出處】漢書・嚴助傳：「數年歲比不登，民待賣爵贅子以接衣食。」

【用法】指農業連年歉收。

【例句】近幾年氣候異常，各種自然災害時有發生，導致一些國家**歲比不登**，民眾嗷嗷待食。

【義近】比年不登／比歲不登。

【義反】五穀豐登／歲豐年稔。

歲寒三友

【釋義】三友有兩種解釋，一是指松、竹、梅三者耐寒不凋；二是指山水、松竹、琴酒三者為清高之物以自賞。歲寒則指亂世。

【出處】孤本元明雜劇・佚名・漁樵閒話劇四：「百花皆謝，惟有松、竹、梅花歲寒三友。」趙翼・陔餘叢考四三回：「元次山丐論云：『古人鄉無君子，則與山水為友；里無君子，則以松竹為友；坐無君子，則以琴酒為友。』」

【用法】指松、竹、梅歷寒皆有不凋的精神，故稱三友。或指山水、松竹、琴酒似君子清高的人格，遇濁世亦不改其行止，故稱三友。

【例句】①中國國畫常以物喻情，**歲寒三友**就是用來象徵歷寒不凋的堅忍精神。②亂世中，許多不願事異姓的文人志士，便以**歲寒三友**為伴，歸隱林泉以終。

歲寒松柏

【釋義】歲寒時節的松樹和柏樹。歲寒：喻亂世。

【出處】論語・子罕：「歲寒，然後知松柏之後凋也。」唐・劉禹錫・將赴汝州途出浚下留辭李相公：「後來富貴已零落，歲寒松柏猶依然。」

【用法】比喻在艱難困苦的條件下，仍保有高尚節操的人。

【例句】史可法有**歲寒松柏**的節操，乃深受左忠毅公的感召，故明亡時他便以身殉國。

【義近】疾風勁草／火中眞金／雪中寒梅。

【義反】驚弓之鳥／雨中殘花／風中小草。

歲暮天寒

【釋義】歲暮：指一年快完的時候。

【出處】馮夢龍・東周列國志四六回：「歲暮天寒，且歸休息，以俟再舉可也。」

【用法】指年底寒冷的時節和景象。

【例句】現在已是**歲暮天寒**的時節，家家戶戶皆興高采烈的迎接春節的到來。

【義近】寒冬臘月／急景凋年。

【義反】田月桑時／五黃六月。

歲豐年稔

【釋義】豐：豐收。稔：莊稼成熟。

【出處】唐・陸長源・上宰相書：「今歲豐年稔，穀賤傷農。誠宜出價以斂糴，實太倉之儲。」

【用法】用以形容年成好，農業豐收。

【例句】這幾年由於**歲豐年稔**，農民的收入增加，因而加速了農村的現代化，縮短了許多城鄉的差距。

【義近】歲稔年豐／五穀豐登。

【義反】歲比不登／比年不登。

十二畫

歷有年所

【釋義】所：約計的詞，通「許」。也作「多歷年所」。

【出處】丘遲・與陳伯之書：「北虜僭盜中原，多歷年所。惡積禍盈，理至燋爛。」

【用法】比喻經過了許多年。

【例句】五帝三王之所遞嬗，三祖八宗之所詒謀，累代率由，**歷有年所**，必謂易道乃可為治，非所敢聞。（梁啓超・變法通議・論不變法之害）

【義近】日久年深／積年累月／窮年累世／經旬累月／歷歲久遠。

【義反】一盞茶時／立談之間／終食之間／撚指之間／瞬息之間。

歷練老成

【釋義】歷練：經驗和鍛鍊。老成：經歷多，做事穩重。

【出處】曹雪芹・紅樓夢一三回：「從小兒大妹妹玩笑時就有殺伐決斷，如今出了閣，在那府裏辦事，越發歷練老成了。」

【用法】形容人閱歷豐富，練達世事。

【例句】章先生在商場上打滾已近三十年，可謂是**歷練老成**，什麼樣的狀況他沒碰見過？你就不用替他操心了。

【義近】老成持重／老於世故／老成練達。

【義反】少不更事／初出茅廬／乳臭未乾。

歷歷可見

【釋義】歷歷：清楚，分明。

【出處】宋・沈括・夢溪筆談・異事：「登州海中時有雲氣如宮室、臺觀、城堞、人物、車馬、冠蓋，歷歷可見，謂之『海市』。」

【用法】形容看得清清楚楚。

【例句】登上泰山頂峰，俯瞰山下的泰安城，街道、高樓、車輛等，無不**歷歷可見**。

【義近】歷歷在目／昭昭在目／昭然可見。

【義反】迷離恍惚／眼花撩亂／墮雲霧中。

歷歷可數

【釋義】清楚得可以一一數清。歷歷：分明的樣子。

【出處】袁枚・與鄒若泉書：「如理兒時舊書，歷歷可數。」

【用法】形容非常清楚，可以指數。

【例句】站在城邊的山頂上，俯瞰全城，高樓大廈，**歷歷可數**。

【義近】歷歷可見／一目了然。
【義反】模糊不清。

歷歷可辨（ㄌㄧˋ ㄌㄧˋ ㄎㄜˇ ㄅㄧㄢˋ）

【釋義】歷歷：一一分明。
【出處】唐・張讀・宣室志・韓生：「圉人因尋馬蹤，以天雨新霽，歷歷可辨，直至南十餘里一古墓前，馬跡方絕。」
【用法】形容可以清晰地辨別清楚。
【例句】在一顆核桃上，刻著十來首唐詩，用放大鏡觀看，竟然**歷歷可辨**，其刻工之精妙，眞令人歎爲觀止。
【義近】清晰可辨／清楚分明。
【義反】隱隱約約／模模糊糊。

歷歷在目（ㄌㄧˋ ㄌㄧˋ ㄗㄞˋ ㄇㄨˋ）

【釋義】歷歷：清楚分明。
【出處】杜甫・歷歷詩：「歷歷開元事，分明在眼前。」張君房・雲笈七籤卷五八：「如能至心，三七日中，可以內視五臟，歷歷在目。」
【用法】指遠方的景物看得清清楚楚，或過去的事情清清楚楚地重現在眼前。
【例句】我離開家鄉時，母親哭著送我的情景，至今猶**歷歷在目**。
【義近】了然在目／昭昭在目／歷歷可見／記憶猶新。
【義反】霧裏看花／過眼雲煙。

歷歷落落（ㄌㄧˋ ㄌㄧˋ ㄌㄨㄛˋ ㄌㄨㄛˋ）

【釋義】落落：和其他不相合的樣子。
【出處】王羲之・答許掾詩：「濟冷澗下瀨，歷落松竹林。」蘇頲・西明寺塔碑文：「初歷落以星峙。」
【用法】形容不整齊的樣子。
【例句】春天的腳步近了，公園裏的花朵**歷歷落落**地綻放著，吸引了許多駐足觀賞的遊客。
【義近】參差不齊／犬牙交錯。
【義反】井然有序／整齊畫一。

十四畫

歸之若水（ㄍㄨㄟ ㄓ ㄖㄨㄛˋ ㄕㄨㄟˇ）

【釋義】歸附他就好像流水流入大海一樣。
【出處】晏子春秋・內篇問上：「德行教訓，加於諸侯；慈愛利澤，加於百姓。故海內歸之若流水。」
【用法】比喻人心所向。
【例句】人民對於仁政的嚮往，可謂**歸之若水**，誰不希望生活安康富庶，政府能替人民謀更多的福利。
【義近】心嚮往之。
【義反】眾叛親離／離心離德。

歸心似箭（ㄍㄨㄟ ㄒㄧㄣ ㄙˋ ㄐㄧㄢˋ）

【釋義】想回家的心情像射出的箭一樣急速。歸：回。又作「歸心如箭」。
【出處】笑笑生・金瓶梅五五回：「不想西門慶歸心如箭，不曾別的他，竟自歸來。」
【用法】形容回家的念頭非常急切。
【例句】他聽說母親身染重病，便**歸心似箭**，請了假立刻就動身。
【義近】歸心如飛。
【義反】流連忘返／樂不思蜀。

歸返道山（ㄍㄨㄟ ㄈㄢˇ ㄉㄠˋ ㄕㄢ）

【釋義】道山：傳說中的仙山，指人死後去的地方。
【出處】蘇軾詩：「道山蓬室知何處。」劉義慶・世說新語・排調：「世傳端明已歸道山，今尙遊戲人間邪？」
【用法】尊稱人死去。
【例句】張先生一向身子骨強健，誰知道竟罹患了癌症，一年來臥病在床，上星期**歸返道山**了，親友們都難過他英年早逝。
【義近】駕鶴西歸／撒手人寰／駕返道山／魂歸九泉。

歸根結柢（ㄍㄨㄟ ㄍㄣ ㄐㄧㄝˊ ㄉㄧˇ）

【釋義】又作「歸根結底」。
【出處】老子・一六章：「夫物芸芸，各復歸其根。」
【用法】用以指將事物的發生或道理，歸結到根本上。
【例句】這幾十年來，我們的工作之所以能取得不錯的成績，**歸根結柢**，就仗大家齊心協力，奮發圖強。
【義近】總而言之／質而言之／一言以蔽之。
【義反】推而言之／析而言之／細而言之。

歸眞反璞（ㄍㄨㄟ ㄓㄣ ㄈㄢˇ ㄆㄨˊ）

【釋義】歸：回。眞：本眞，天然。反：同「返」，回到。璞：未經雕琢的玉石。
【出處】戰國策・齊策四：「斶知足矣，歸眞反璞，則終身不辱也。」
【用法】用以說明去掉虛僞的外飾，回到本眞的自然狀態。
【例句】在社會紛亂的戰國時代，人心狡詐，老子和莊子提出**歸眞反璞**的思想，是有其深刻的哲理意義的。
【義近】返璞歸眞／歸正返本／歸全反眞／還淳返璞。
【義反】矯情僞態／弄虛作假。

歹部

二畫

死乞白賴（ㄙˇ ㄑㄧˇ ㄅㄞˊ ㄌㄞˋ）

【釋義】苦苦哀求，憑白賴著。
【出處】蒲松齡・醒世姻緣傳三二回：「這可虧了他三個死乞白賴的拉住我，不教我打他。」
【用法】形容糾纏不休的樣子。
【例句】禁不住推銷員**死乞白賴**的糾纏，他就買了個最便宜的商品敷衍了事。
【義近】死氣白賴／死求白賴／死皮賴臉。

死亡無日（ㄙˇ ㄨㄤˊ ㄨˊ ㄖˋ）

【釋義】是說離死亡沒有多少日子了。
【出處】舊唐書・李密傳：「今兵眾既多，糧無所出，若曠日持久，則人馬困弊，大敵一臨，死亡無日矣！」
【用法】指死期臨近，將不久於人世。
【例句】老先生在病榻上躺了多日，氣息奄奄，恐怕**死亡無日**，兒孫們縱是不捨也不得不接受這個事實。
【義近】死之將至／人命危淺／

奄奄一息／朝不保夕／半截入土／行將就木。
【義反】年輕力壯／年富力強／血氣方剛／春秋鼎盛／富於春秋。

死不死活不活（ㄙˇ ㄅㄨˋ ㄙˇ ㄏㄨㄛˊ ㄅㄨˋ ㄏㄨㄛˊ）

【釋義】意謂死又死不了，活又活不成。
【出處】元・劉庭信・折桂令・憶別曲：「正是好不好惡不惡的姻緣，正撞著死不死活不活的時節。」
【用法】比喻陷於困境，不知怎麼辦才好。
【例句】這件事陷入膠著，**死不死活不活**的情況下，令人不知如何進行下去。
【義近】左右為難／握蛇騎虎／羝羊觸藩。
【義反】柳暗花明／如魚得水／撥雲見日。

死不足惜（ㄙˇ ㄅㄨˋ ㄗㄨˊ ㄒㄧˊ）

【釋義】死並不值得可惜。
【出處】馮夢龍・東周列國志二一回：「汝誘吾至此，我一身死不足惜，吾主兵到，汝君臣國亡身死，只在早晚，教你悔之無及！」
【用法】用以表示不怕死。
【例句】革命烈士本著**死不足惜**的精神，以一己的生命換來中國的生機。
【義近】臨危授命／從容就義／視死如歸。
【義反】貪生怕死／苟全性命／忍恥偷生。

死不旋踵（ㄙˇ ㄅㄨˋ ㄒㄩㄢˊ ㄓㄨㄥˇ）

【釋義】指面臨死亡也不後退。旋踵：旋轉腳跟，即後退。
【出處】戰國策・中山：「秦中士卒以軍中為家，將帥為父母，不約而親，不謀而信，一心同功，死不旋踵。」
【用法】比喻不畏艱險，堅決向前。
【例句】只要抱著**死不旋踵**的精神，那就沒有任何克服不了的困難，也沒有任何戰勝不了的敵人。
【義近】臨難不懼／安之若素／面不改容／引頸就戮。
【義反】畏縮不前／望而生畏／望而卻步／縮頭縮腦／畏首畏尾。

死不瞑目（ㄙˇ ㄅㄨˋ ㄇㄧㄥˊ ㄇㄨˋ）

【釋義】死了也不閉眼。瞑目：閉眼。指人死了心裏還有放不下的事。
【出處】陳壽・三國志・吳書・孫堅傳：「堅曰：（董）卓逆天無道，蕩覆王室，今不夷汝三族，縣示四海，則吾死不瞑目。」
【用法】用以形容抱恨而死，心有不甘。
【例句】因志向未竟，**死不瞑目**，所以他卯足勁兒，鼓起勇氣與病魔纏鬥。
【義近】抱恨終天／含恨九泉。
【義反】死而無憾／死而無怨／含笑九泉／死亦瞑目／瞑目地下。

死中求生（ㄙˇ ㄓㄨㄥ ㄑㄧㄡˊ ㄕㄥ）

【釋義】在死路中求得一條活路。生：活。
【出處】後漢書・公孫述傳：「述謂延岑曰：『事當奈何？』岑曰：『男兒當死中求生，可坐窮乎！』」
【用法】表示在絕境中求生路。
【例句】真正的男子漢，要具有**死中求生**的勇氣和決心，無論遇到什麼樣的困境，也絕不灰心。
【義近】死裏求生／死中求活。
【義反】灰心喪氣／自怨自艾／自甘失敗／一蹶不振。

死心眼兒（ㄙˇ ㄒㄧㄣ ㄧㄢˇ ㄦ）

【釋義】心眼兒：這裏指人的內心、心地。
【出處】曹雪芹・紅樓夢七〇回：「難道天下沒有一樣的風箏，單他有這個不成？二爺也太死心眼兒了。」
【用法】多用以說明固執不知變通，也形容人專一不變。
【例句】①你這樣誤解我的意思，就未免太**死心眼兒**了，實在令我失望！②他已經變心而另結新歡，你還這樣**死心眼兒**待他，真是浪費生命！
【義近】死心塌地／至死不渝／執迷不悟。
【義反】朝三暮四／喜新厭舊／舉棋不定。

死心塌地（ㄙˇ ㄒㄧㄣ ㄊㄚ ㄉㄧˋ）

【釋義】死了心，不作別的打算。塌地：形容心裏踏實。
【出處】王實甫・西廂記三本三折：「得罪波社家，今日便早則死心塌地。」
【用法】形容打定主意，不再改變；也形容頑固不化，死不轉變。
【例句】為了報答上司的知遇之恩，他**死心塌地**的對公司任勞任怨，盡忠效力。
【義近】至死不渝／執迷不悟／全心全意／一心一意。
【義反】見風轉舵／三心二意／伺機而動／虛情假意／舉棋不定／猶豫不決。

死去活來（ㄙˇ ㄑㄩˋ ㄏㄨㄛˊ ㄌㄞˊ）

【釋義】昏死過去又活轉過來。
【出處】馮夢龍・醒世恆言・貫戲言成巧禍：「當下眾人將那崔寧與小娘子，死去活來，拷打一頓。」
【用法】形容悲傷痛苦、氣憤得到了極點（多指被打得很慘或哭得很厲害）。
【例句】她為失去愛子而哭得**死去活來**，經多方勸慰，才勉強止住。
【義近】半死不活／痛斷肝腸／痛徹心肺。
【義反】喜笑顏開／歡天喜地。

死生不入於心（ㄙˇ ㄕㄥ ㄅㄨˋ ㄖㄨˋ ㄩˊ ㄒㄧㄣ）

【釋義】心中無生死的想法。
【出處】莊子・田子方：「有虞氏死生不入於心，故足以動人。」
【用法】比喻人不在意生死。
【例句】人唯有在**死生不入於心**時，才能全力以赴，創造奇蹟。
【義近】生死置之度外／視死如歸。
【義反】貪生怕死。

死生未卜（ㄙˇ ㄕㄥ ㄨㄟˋ ㄅㄨˇ）

【釋義】未卜：沒有辦法預料。卜：占卦，預料。
【出處】明・李昌祺・剪燈餘話・瓊奴傳：「徐郎遠海從戍，死生未卜，縱饒無恙，又安能至此而成姻乎？」

【用法】用以表示無法知道其死活。

【例句】俄國潛水艇沉入深海，艦上官兵**死生未卜**，家屬們心急如焚。

【義近】存亡未卜／生死不明。

死生有命（ㄙˇ ㄕㄥ ㄧㄡˇ ㄇㄧㄥˋ）

【釋義】人的生與死都有天命。

【出處】論語・顏淵：「子夏曰：『商聞之矣，死生有命，富貴在天。』」

【用法】說明人的生死為命中注定，不可強求。主要用於勸慰人。

【例句】我們自然應當愛惜自己的生命，但正如古人所說的**死生有命**，過分的謹慎畏懼就大可不必了。

【義近】生死由命。

【義反】養怡延年。

死生相與鄰（ㄙˇ ㄕㄥ ㄒㄧㄤ ㄩˇ ㄌㄧㄣˊ）

【釋義】死和生相隔不遠。

【出處】莊子・天運：「圍於陳蔡之間，七日不火食，死生相與鄰，是非其眯邪。」

【用法】喻生命危在旦夕之間。

【例句】李密的祖母百病交攻，綿惙已極，**死生相與鄰**，故李密不願離開祖母就任新職，遂作〈陳情表〉婉拒皇上的好意。

【義近】朝不慮夕／垂命懸絲／與鬼為鄰／氣息奄奄／命在旦夕。

【義反】生龍活虎／生氣勃勃。

死皮賴臉（ㄙˇ ㄆㄧˊ ㄌㄞˋ ㄌㄧㄢˇ）

【釋義】寡廉鮮恥的糾纏不清。

【出處】曹雪芹・紅樓夢二四回：「要是別個，死皮賴臉的，三日兩頭兒來纏舅舅。」

【用法】形容人不知羞恥地乞求或糾纏他人。

【例句】這個人眞是**死皮賴臉**，三天兩頭就找人借錢，借到親友鄰居見著他就躲，結果借的錢居然是拿去賭博，當然是有借無還了。

【義近】恬不知恥／厚顏無恥／寡廉鮮恥／死不要臉／老著臉子／死乞白賴。

【義反】俛首包羞／行己有恥。

死亦瞑目（ㄙˇ ㄧˋ ㄇㄧㄥˊ ㄇㄨˋ）

【釋義】死了也能閉上眼睛。瞑目：閉眼。

【出處】清・袁枚・與香亭書：「是即吾家之佳子弟，老夫死亦瞑目矣。」

【用法】表示死後再也無所牽掛了。

【例句】老太太看到兒孫們個個都事業有成，而且非常賢孝，常常表示自己可以**死亦瞑目**了。

【義近】死而無憾／瞑目九泉／含笑九泉。

【義反】死不瞑目／含恨九泉。

死地求生（ㄙˇ ㄉㄧˋ ㄑㄧㄡˊ ㄕㄥ）

【釋義】死地：死亡的境地。

【出處】新唐書・趙犨傳：「士貴建功立名節，今雖眾寡不敵，男子當死地求生，徒懼無益也。」

【用法】比喻在極其危險的處境中求生存。

【例句】他被困在山中十天，為了**死地求生**，許多不敢吃的東西都得勉強下腹。

【義近】絕處求生／化險為夷／轉危為安。

【義反】聽天由命／坐以待斃／束手待斃。

死有重於泰山或輕於鴻毛（ㄙˇ ㄧㄡˇ ㄓㄨㄥˋ ㄩˊ ㄊㄞˋ ㄕㄢ ㄏㄨㄛˋ ㄑㄧㄥ ㄩˊ ㄏㄨㄥˊ ㄇㄠˊ）

【釋義】有的人死得比泰山還重，有的則比鴻毛還輕。於：比。

【出處】漢書・司馬遷傳：「人固有一死，死有重於泰山，或輕於鴻毛，用之所趨異也。」

【用法】用以說明犧牲生命的意義有輕重、大小的不同，應予以權衡，不可疏忽。

【例句】人總是要死的，但**死有重於泰山或輕於鴻毛**，因此我們不應為毫無意義的事而去冒生命危險。

死有餘辜（ㄙˇ ㄧㄡˇ ㄩˊ ㄍㄨ）

【釋義】死了也還有罪。辜：罪。

【出處】漢書・路溫舒傳：「蓋奏當之成，雖咎繇（皋陶）聽之，猶以為死有餘辜。」

【用法】形容罪大惡極，雖死亦不足以抵罪。

【例句】這個罪犯在謀財害命之後，又企圖嫁禍於人，眞是**死有餘辜**！

【義近】罪該萬死／罪大惡極／罪不容誅／十惡不赦。

【義反】罪不當誅／其罪可恕／罪不至死。

死灰復燃（ㄙˇ ㄏㄨㄟ ㄈㄨˋ ㄖㄢˊ）

【釋義】燒後的餘灰重新燃燒。死灰：已熄滅的冷灰。復：再，重新。

【出處】司馬遷・史記・韓長孺傳：「死灰獨不復然（燃）乎？」陳亮・謝曾察院啓：「死灰復燃，物有待爾。」

【用法】比喻失勢的人重新得勢，失去希望的又再獲生機。

【例句】曾一度消失了的金錢遊戲，現在又有**死灰復燃**的趨勢。

【義近】故態復萌／捲土重來／東山再起。

【義反】一蹶不振／消聲匿跡。

死而不朽（ㄙˇ ㄦˊ ㄅㄨˋ ㄒㄧㄡˇ）

【釋義】不朽：永不磨滅。

【出處】左傳・襄公二十四年：「古人有言曰：『死而不朽，何謂也。』……大上有立德，其次有立功，其次有立言，雖久不廢，此之謂不朽。」

【用法】說明人雖然死了，但其聲名、精神卻永存於世。

【例句】女革命家秋瑾雖然犧牲了生命，但**死而不朽**，她的精神永遠活在人們的心中。

【義近】死而不亡／名垂後世／名垂竹帛／萬古流芳／人死留名，豹死留皮。

【義反】遺臭萬年／臭名遠揚／留有罵名／千古罪人。

死而後已（ㄙˇ ㄦˊ ㄏㄡˋ ㄧˇ）

【釋義】死後才算完事。已：休，停止。

【出處】論語・泰伯：「仁以為己任，不亦重乎？死而後已，不亦遠乎？」諸葛亮・後出師表：「臣鞠躬盡瘁，死而後已。」

【用法】形容竭盡全力奮鬥，至死為止。常與「鞠躬盡瘁」連用。
【例句】革命黨人為了推翻滿清政府，建立中華民國，真正做到了鞠躬盡瘁，**死而後已**。
【義近】至死方休／生死以之／白首不渝／始終不渝。
【義反】中道而廢／見異思遷／虎頭蛇尾。

死而無悔（ㄙˇ ㄦˊ ㄨˊ ㄏㄨㄟˇ）
【釋義】死了也沒有什麼可悔恨的。
【出處】論語・述而：「暴虎馮河，死而無悔者，吾不與也。」
【用法】用以表示即使死了也心甘情願。
【例句】為了達成建國立國的理想，許多烈士拋頭顱、灑熱血，**死而無悔**。
【義近】死而不悔／死而無怨／死而無憾。
【義反】死不甘心／死不瞑目／抱恨終天。

死告活央（ㄙˇ ㄍㄠˋ ㄏㄨㄛˊ ㄧㄤ）
【釋義】告：為了某事而請求。央：懇求。
【出處】蘭陵笑笑生・金瓶梅二一回：「當下二人死告活央，說的西門慶肯了。」
【用法】用以形容人苦苦哀求的情狀。
【例句】我何嘗有錢借給他人，無奈他們夫婦倆**死告活央**，又說得那麼可憐，我只好答應盡量設法。
【義近】苦苦哀求。
【義反】自力更生。

死於非命（ㄙˇ ㄩˊ ㄈㄟ ㄇㄧㄥˋ）
【釋義】非命：意外的禍患；不正常的死亡。
【出處】元史・張珪傳：「善良死於非命，國法當為昭雪。」
【用法】指遭受意外的災禍而死亡。
【例句】她因丈夫和兒子接連**死於非命**，受到很大的刺激，導致精神失常，流落街頭，幸虧還有個女兒把她接回家了。
【義反】壽終正寢／盡其天年。

死者已矣（ㄙˇ ㄓㄜˇ ㄧˇ ㄧˇ）
【釋義】是說身死的人，一切都完了。
【出處】杜甫・石壕吏詩：「存者且偷生，死者長已矣。」
【用法】比喻十分悲痛的樣子。
【例句】雖知**死者已矣**，但想起過去幾十年來的相扶相持，老太太不禁悲從中來，恨不得追隨先生而去。

死活不知（ㄙˇ ㄏㄨㄛˊ ㄅㄨˋ ㄓ）
【釋義】不知道是死還是活。
【出處】曹雪芹・紅樓夢一〇一回：「正經那有事的人還在家裏受用，死活不知，還聽見說要鑼鼓喧天的擺酒唱戲做生日呢！」
【用法】形容人不知道自己已臨生死關頭，不知安危。
【例句】法國大革命之前，到處風聲鶴唳，貧民欲找貴族報復，卻還是有些貴族**死活不知**，驕縱氣傲，結果惹來了殺身之禍。

死相枕藉（ㄙˇ ㄒㄧㄤ ㄓㄣˇ ㄐㄧㄝˋ）
【釋義】死亡的人相互枕藉而臥。枕藉：很多人交錯地倒在一起或躺在一起。藉：靠。
【出處】明史・李文祥等傳贊：「抗言極論，竄謫接踵，而來者愈多；死相枕藉，而赴蹈恐後。」
【用法】形容死亡的人很多。
【例句】在唐山大地震中，**死相枕藉**，慘不忍睹，可謂是空前的大劫難。
【義近】死者相枕／屍橫遍野／死傷相枕／血流漂杵。
【義反】人來人往／人山人海／成羣結隊／熙熙攘攘。

死眉瞪眼（ㄙˇ ㄇㄟˊ ㄉㄥˋ ㄧㄢˇ）
【釋義】意謂眉毛不動，眼珠子不轉。
【出處】曹雪芹・紅樓夢一一〇回：「偏偏那日人來的多，裏頭的人都死眉瞪眼的。鳳姐只得在那裏照料了一會子。」
【用法】形容表情冷漠的樣子。
【例句】我本來是去她家玩的，可是見到她先生**死眉瞪眼**的，令人感到很不舒服，便趕快告辭離去。
【義近】泥塑木雕／裝聾作啞／冷眼相待。
【義反】笑臉相迎／有說有笑／熱情款待。

死氣沉沉（ㄙˇ ㄑㄧˋ ㄔㄣˊ ㄔㄣˊ）
【釋義】死氣：沒生氣，不活潑。沉沉：沉悶，低沉。
【用法】形容氣氛沉悶，不活潑；也用以形容缺乏活力，意志消沉。
【例句】①在專制政府控制下的社會，必然是**死氣沉沉**，缺乏生機。②他最近一直待在家裏不出門，一副**死氣沉沉**的樣子，不知是何原因。
【義近】尸居餘氣／暮氣沉沉／萎靡不振／意志消沉。
【義反】朝氣蓬勃／生龍活虎／意氣風發／鬥志昂揚。

死馬當活馬醫（ㄙˇ ㄇㄚˇ ㄉㄤ ㄏㄨㄛˊ ㄇㄚˇ ㄧ）
【釋義】已死的馬權且當作活馬來醫治。醫：又作「治」。
【出處】夏敬渠・野叟曝言七六回：「看來是無救的，死馬做活馬醫，弟子無禮了。」
【用法】用以說明病勢垂危或事情已發展到臨近絕望的境地，仍要做最後努力，寄希望於萬一。
【例句】我知道事情發展到這個地步已很難挽回，但「**死馬當活馬醫**」，我們還是要盡最大的努力。
【義近】破釜沉舟。
【義反】聽之任之／無動於衷。

死得其所（ㄙˇ ㄉㄜˊ ㄑㄧˊ ㄙㄨㄛˇ）
【釋義】死了得到合適的處所。所：處所，場所。
【出處】魏書・張普惠傳：「人生有死，死得其所，夫復何恨！」
【用法】用以說明人死得有價值、有意義。
【例句】一個人為國為民而死，就算是**死得其所**了。
【義近】死有重於泰山／捨生取義。
【義反】死無葬身之地／死有輕於鴻毛。

死無葬身之地

【釋義】身死沒有埋葬之處。

【出處】元人雜劇・殺狗勸夫：「我則見滿天裏飛磨旗，半空裏下砲石，俺須是死無個葬身之地。」施耐庵・水滸傳三一回：「便不使宋江要去投奔花知寨，險些兒死無葬身之地。」

【用法】用以說明禍患重大或罪有應得。

【例句】你如果再這樣爲非作歹，不聽人勸，必然會弄得個**死無葬身之地**。

【義近】死有餘辜／罪有應得／罪該萬死。

【義反】死得其所／效死疆場。

死無對證

【釋義】意謂人死了就不能作證了。

【出處】元・無名氏・抱妝盒三折：「陳琳，你揀那大棒子打著，一下子打死了他，做的個死無對證哩。」

【用法】表示人死可消滅證據，使事實眞相無法澄清。

【例句】兇嫌在犯了案之後，又順手把目擊者殺害，以爲這樣便**死無對證**，沒想到法網恢恢，還是逃不過法律的制裁。

【義近】無據可查／查無實據。

【義反】人證俱在／鐵證如山。

死無遺憂

【釋義】遺憂：指遺留下來的憂慮。

【出處】淮南子・泰族訓：「使其君生無廢事，死無遺憂。」

【用法】表示死而心安，沒有什麼可以憂慮的了。

【例句】他預感自己來日不多，便將所有未了之事和身後之事一一做了安排，以求**死無遺憂**。

【義近】死而無憾。

【義反】死不瞑目。

死裏逃生

【釋義】從死境中得以逃脫，獲得一條生路。

【出處】京本通俗小說・馮玉梅團圓：「今日死裏逃生，夫妻再合。」

【用法】說明從極危險的境地中逃脫，幸免於死。

【例句】在這場火災中，幸好消防隊及時趕到，才使我得以跳出火海，**死裏逃生**。

【義近】死裏重生／絕處逢生／逢凶化吉。

【義反】束手待斃／坐以待斃。

死模活樣

【釋義】要死不活的樣態。

【出處】馮夢龍・警世通言一三回：「你這丫頭，教你做醒酒湯，則說道懶做便了，直裝出許多死模活樣！莫做莫做，打滅了火去睡。」

【用法】喻人裝出一副半死不活的樣子。

【例句】她才被輕輕推了一下，就裝出一副**死模活樣**，呼天搶地的，徒然讓人看笑話罷了。

五畫

殃及其身

【釋義】殃：災禍。及：達到。

【出處】司馬遷・史記・蒙恬傳：「此三君者，皆各以變古者失其國，而殃及其身。」

【用法】指災禍傷害到自己。

【例句】人類任意破壞大自然，造成生態不平衡，不僅**殃及其身**，並且禍延子孫，值得大家三思。

六畫

殊方異域

【釋義】殊方：遠方。異域：異邦。

【出處】唐・玄奘・大唐西域記・羯若鞠闍國：「風教遐被，德澤遠洽，殊方異域，慕化稱臣。」

【用法】用以泛指遠方或國外。

【例句】每個國家民族都有自己獨特的風土人情，怎能拿**殊方異域**的風俗習慣，來否定自己的風俗習慣呢？

【義近】殊方絕域／邊遠之地／山陬海澨／天涯海角。

【義反】本鄉本土／山前山後／鄰里街坊／隔壁左右。

殊形妙狀

【釋義】殊：特別，特殊。妙：美妙，奇妙。

【出處】宋・周邦彥・汴都賦：「與夫沉沙棲陸，異域所至，殊形妙狀，目不給視。」

【用法】指奇妙特異的形狀。

【例句】你只要走進雲南的石林，那**殊形妙狀**的石柱便會令你目不暇給，歎爲觀止。

【義近】殊形詭狀／殊形異狀／殊形怪狀／奇形怪狀。

殊俗歸風

【釋義】殊：不同，異別。歸風：歸附良好風氣。

【出處】唐太宗・帝範・務農：「惠可懷也，則殊俗歸風，若披霜而照春日；威可懼也，則中華慴軏，如履刃而戴雷霆。」

【用法】指遠方不同風俗的人民，都會聞良好風氣而歸附。

【例句】唐朝極盛時期的**殊俗歸風**，就是因爲中國的皇帝仁民愛物，威名遠播，使得他們自動來歸附。

殊途同歸

【釋義】殊：不同。歸：歸宿，結局。途又作「塗」。

【出處】周易・繫辭下：「天下同歸而殊塗，一致而百慮。」葛洪・抱朴子・任命：「殊塗同歸，其致一也。」

【用法】指通過不同的途徑，到達同一個目的地。也指採取不同的方法而得到相同的結果。

【例句】他們兩人所學不同，但**殊途同歸**，畢業後都擔任教師，培育人才。

【義近】殊致同歸／江河同歸／異曲同工／殊途一致。

【義反】分道揚鑣／本同末異／同門異戶。

殊滋異味

【釋義】特殊而奇異的滋味。

【出處】白居易・策林・立制度：「飲食不守其度，則殊滋異味攻之。」

【用法】用以指美肴佳餚。

【例句】那些富商大賈，儘管常吃**殊滋異味**，養得肥頭大耳，身體卻並不見得好，所以實在沒有必要羨慕他們。
【義近】美味佳肴／山珍海味／龍肝鳳髓／烹龍炮鳳。
【義反】家常便飯／粗茶淡飯／清湯寡水／殘湯剩水。

殊勳異績（ㄕㄨ ㄒㄩㄣ ㄧˋ ㄐㄧ）

【釋義】殊勳：特殊的功勳。異績：奇異的業績。
【出處】南朝宋・何尚之・又答問庾炳之事：「且自非殊勳異績，亦何足塞今日之尤。」
【用法】用以指不同於常的卓越功勳或業績。
【例句】孫中山先生在中國歷史上所建立的**殊勳異績**，很少有人能與之相比。
【義近】殊勳茂績／豐功偉績／不世之功／功勳卓越。
【義反】一得之功／無咎無譽／一事無成／一無所成。

殉義忘身（ㄒㄩㄣˋ ㄧˋ ㄨㄤˋ ㄕㄣ）

【釋義】爲追求正義而獻身。
【出處】陳書・魯廣達傳論：「魯廣達全忠守道，殉義忘身，蓋亦陳代之良臣也。」
【用法】指有志之士爲了正義而勇於捐獻生命。
【例句】在當今社會裏，追逐名利者大有人在，而**殉義忘身**之士則有如鳳毛麟角。
【義近】殉義忘生／成仁取義／捨生取義／以身殉義。
【義反】貪生怕死／苟合取容／偷合苟容／忍辱偷生。

八　畫

殘山剩水（ㄘㄢˊ ㄕㄢ ㄕㄥˋ ㄕㄨㄟˇ）

【釋義】殘：不完全的。剩：餘留下來的。
【出處】王璲・題趙仲穆畫：「南朝無限傷心事，都在殘山剩水中。」
【用法】指國家領土大部分被侵占或被割據後，所剩下的殘餘部分。
【例句】南宋王朝面對**殘山剩水**，不知振興，只求苟且偷安，令國人十分失望。
【義近】破碎山河／半壁河山。
【義反】金甌無缺／一統天下。

殘冬臘月（ㄘㄢˊ ㄉㄨㄥ ㄌㄚˋ ㄩㄝˋ）

【釋義】殘冬：冬季將盡。殘：剩餘的，將盡的。臘月：農曆（陰曆）十二月。
【出處】馮夢龍・醒世恆言卷七：「錯過了吉日良時，殘冬臘月，未必有好日了。」
【用法】指冬天或一年將盡的時候。
【例句】我國北方一到**殘冬臘月**，到處便是冰天雪地，交通非常不方便，那日子確實難熬。
【義近】寒冬臘月／十冬臘月／歲暮殘年。
【義反】開春時節／田月桑時／五黃六月。

殘民以逞（ㄘㄢˊ ㄇㄧㄣˊ ㄧˇ ㄔㄥˇ）

【釋義】殘民：殘害民眾。逞：快意。
【出處】左傳・宣公二年：「詩所謂『人之無良』者，其羊斟之謂乎，殘民以逞。」
【用法】形容政客、野心家不顧民眾死活，唯以滿足其私欲爲快。
【例句】民國初年，各地軍閥**殘民以逞**，鬧得國家四分五裂，人民處於水深火熱之中。
【義近】民不堪命／禍國殃民／荼毒生靈／橫徵暴斂／魚肉百姓。
【義反】愛民如子／解民倒懸。

殘民害物（ㄘㄢˊ ㄇㄧㄣˊ ㄏㄞˋ ㄨˋ）

【釋義】摧殘百姓，損害財物。
【出處】辛棄疾・淳熙己亥論盜賊札子：「州以趣辦財賦爲急，縣有殘民害物之罪，而吏不敢問。」
【用法】指吏治腐敗，官員肆意妄爲。
【例句】腐敗政府下的官員**殘民害物**，一手遮天，所犯罪惡罄竹難書，但民眾卻敢怒而不敢言。
【義近】倒行逆施／生殺予奪／誅求無已。
【義反】節用裕民／博施濟眾／安富恤貧。

殘兵敗將（ㄘㄢˊ ㄅㄧㄥ ㄅㄞˋ ㄐㄧㄤˋ）

【釋義】傷殘的兵卒，敗退的將士。
【出處】明・邵璨・香囊記・敗兀：「我如今連被岳家軍殺敗，收聚些殘兵敗將，濟不得事，目下就要拔營回去如何？」
【用法】用以指戰敗後的殘餘兵將。
【例句】古時候常有一些被打敗的**殘兵敗將**盤據山林，打劫民舍，製造不少的治安問題，令地方政府頭痛不已。
【義近】殘軍敗將／敗軍之將／散兵游勇。
【義反】兵強馬壯／干城之將／百萬雄師。

殘花敗柳（ㄘㄢˊ ㄏㄨㄚ ㄅㄞˋ ㄌㄧㄡˇ）

【釋義】被摧損了的花和柳。也作「敗柳殘花」。
【出處】白樸・牆頭馬上三折：「休把似殘花敗柳冤仇結，我與你生男長女塡還徹。」
【用法】指生活放蕩或被人蹂躪遺棄的女子。
【例句】這年輕人眞奇怪，正經女子、黃花閨女他不愛，卻偏對**殘花敗柳**感興趣。
【義近】風塵中人／風塵女郎／野草閒花／妓女娼婦。
【義反】正經女子／黃花閨女／名門閨秀／小家碧玉。

殘渣餘孽（ㄘㄢˊ ㄓㄚ ㄩˊ ㄋㄧㄝˋ）

【釋義】餘孽：殘餘的徒眾。孽：罪惡，罪惡的東西。
【出處】後漢書・段熲傳：「費耗若此，猶不誅盡，餘孽復起，于茲作害，今不暫疲人，則永寧無期。」
【用法】比喻殘存的壞人，沒有消滅乾淨的邪惡勢力。
【例句】民國初年，清王朝在全國各地的**殘渣餘孽**紛紛製造事端，妄圖死灰復燃，給當時的社會治安帶來了嚴重的問題。
【義近】漏網之魚。

殘湯剩飯（ㄘㄢˊ ㄊㄤ ㄕㄥˋ ㄈㄢˋ）

【釋義】殘餘的湯，吃剩的飯。
【出處】關漢卿・蝴蝶夢劇三：「我三個孩兒都下在死囚牢中，我叫化了些殘湯剩飯，送與孩兒每吃去。」

【用法】指吃剩的羹湯和米飯。
【例句】現代人生活太富裕，許多人將**殘湯剩飯**全部倒掉，眞是太浪費了！
【義近】殘杯冷炙／殘羹冷飯。
【義反】滿漢全席／山珍海味。

殘膏賸馥（ㄘㄢˊ ㄍㄠ ㄕㄥˋ ㄈㄨˋ）

【釋義】殘留的膏澤，剩下的芳香。又簡稱「殘賸」。
【出處】新唐書・文藝傳・杜甫傳贊：「它人不足，甫乃厭餘，殘膏賸馥，沾丐後人多矣。」
【用法】指前人留下的餘澤。
【例句】祖先們留下的**殘膏賸馥**，是子孫們最大的資產，遠遠超過土地、金錢的價值。
【義近】流風遺澤。

殘羹冷炙（ㄘㄢˊ ㄍㄥ ㄌㄥˇ ㄓˋ）

【釋義】羹：有濃汁的食品。炙：烤肉。一作「殘杯冷炙」。
【出處】杜甫・奉贈韋左丞丈二十二韻：「殘杯與冷炙，到處潛悲辛。」
【用法】指吃剩的飯菜。也比喻權貴的施捨。
【例句】他從老闆那裏得到了一點意外的**殘羹冷炙**，就神氣得不得了，眞沒出息！
【義近】殘羹剩飯／餘杯冷炙／殘湯剩水。
【義反】美肴佳餐／滿桌佳肴。

十一～十二畫

殢雨尤雲（ㄊㄧˋ ㄩˇ ㄧㄡˊ ㄩㄣˊ）

【釋義】雲、雨：指男女交歡。
【出處】元・關漢卿・謝天香二折：「豈知他殢雨尤雲俏智量，剛理會得燮理陰陽。」
【用法】形容男女相愛、歡合。
【例句】互相愛慕的男女在一起，有如乾柴烈火，**殢雨尤雲**之事，自然在所難免。
【義近】殢雲尤雨／巫山雲雨。
【義反】坐懷不亂／樂而不淫。

殫見洽聞（ㄉㄢ ㄐㄧㄢˋ ㄑㄧㄚˋ ㄨㄣˊ）

【釋義】意謂全都見過聽過。殫：盡。洽：普遍。
【出處】文選・班固・西都賦：「元元本本，殫見洽聞。」
【用法】形容才學豐富，見聞廣博。
【例句】老先生不僅品德高尚，且**殫見洽聞**，人所不知者均能一一詳答，眞是學術界的巨擘。
【義近】博學多才／博物洽聞／知識淵博／博大精深。
【義反】愚昧無知／蒙昧無知／胸無點墨／不辨菽麥。

殫智竭力（ㄉㄢ ㄓˋ ㄐㄧㄝˊ ㄌㄧˋ）

【釋義】殫、竭：二字同義，竭盡。
【出處】呂氏春秋・本味：「相得然後樂，不謀而親，不約而信，相爲殫智竭力，犯危行苦。」
【用法】指竭盡智慧和力量。
【例句】她窮極一生**殫智竭力**的教導學生，故桃李滿天下，贏得學生們的敬愛。
【義近】竭智盡力／殫謀戮力／殫思竭力／智索能盡。
【義反】無所用心／敷衍應付／聊以塞責／虛應故事。

殫精竭慮（ㄉㄢ ㄐㄧㄥ ㄐㄧㄝˊ ㄌㄩˋ）

【釋義】殫、竭：盡。精：精力。慮：思慮。也作「殫思極慮」。
【出處】白居易・策頭：「殫思極慮，以盡微臣獻言之道乎！」梁啓超・復劉古愚山長書：「今殫精竭慮，一載有餘，思復舊業。」
【用法】形容使盡精力，用盡心思。
【例句】他**殫精竭慮**研究《紅樓夢》幾十年，終於取得了豐碩的成果，成爲紅學權威。
【義近】殫精竭力／殫智竭力／嘔心瀝血／挖空心思／絞盡腦汁。
【義反】無所用心／飽食終日／無所事事／漫不經心。

殳部

六畫

殷民阜財（ㄧㄣ ㄇㄧㄣˊ ㄈㄨˋ ㄘㄞˊ）

【釋義】殷：豐盛，豐富。阜：物資多。
【出處】漢・揚雄・法言・孝至：「君人者，務在殷民阜財，明道信義。」
【用法】意指百姓殷實，財物富足。
【例句】政府的財政計畫，其目的就是爲了**殷民阜財**，使老百姓生活得更富足。
【義近】物阜民豐／民殷財阜／殷民阜利。
【義反】民窮財盡／民貧財匱／民生凋弊。

殷殷垂愛（ㄧㄣ ㄧㄣ ㄔㄨㄟˊ ㄞˋ）

【釋義】殷殷：指誠摯懇切的樣子。
【出處】秋水軒尺牘・答鹽山縣沈辭事：「昨潘松亭至滄，出示手緘。承閣下殷殷垂愛，徵及菲材。」
【用法】意謂受到他人的殷勤厚待。
【例句】雖然他一人隻身在海外求學，卻受到當地同胞和親友不少的**殷殷垂愛**，思鄉之情也就沖淡了不少。

【義近】關懷備至／噓寒問暖／問長問短。

【義反】漠不關心／置身事外／作壁上觀／不聞不問／充耳不聞。

殷憂啓聖

【釋義】殷憂：深憂。啓聖：開啓聖明智慧。

【出處】劉琨・勸進表：「或多難以固邦國，或殷憂以啓聖明。」

【用法】說明能深憂遠慮的人，可以開啓其聖明之智。

【例句】**殷憂啓聖**，多難興邦，是自古以來的明訓，所以說人要有深謀遠慮的大智慧，方可避免災禍的降臨。

殷鑒不遠

【釋義】殷商可以作爲教訓的往事不遠。殷：商代後期的稱號。鑒：鏡子，引申爲教訓。

【出處】詩經・大雅・蕩：「殷鑒不遠，在夏后之世。」

【用法】泛喻可以從前人錯誤中吸取經驗教訓。

【例句】**殷鑒不遠**，去年發生水災的重要原因就在於我們輕忽大意，今年得要加倍小心警惕。

【義近】前車之鑑／前事不忘，後事之師／以往鑑來。

【義反】重蹈覆轍。

七　畫

殺一警百

【釋義】警：警告，亦作「儆」。百：泛言其多，非實數。

【出處】漢書・尹翁歸傳：「其有所取也，以一警百，吏民皆服，恐懼改行自新。」

【用法】用以說明懲罰或處死一個人，可以收到警戒許多人的效果。

【例句】最近學校開除幾個學生，目的在於**殺一警百**，從根本上扭轉學校的不良風氣。

【義近】殺雞警猴／懲一儆百／罰一戒百／懲一戒眾。

【義反】賞一勸百／獎一勵百／法不責眾。

殺人不用刀

【釋義】意即不明目張膽地用刀子殺人。

【出處】普濟・五燈會元：「問：『如何是衲僧口？』師曰：『殺人不用刀。』」

【用法】比喻用極其僞善的手段，暗中加害於人。

【例句】你在背後散播不實謠言，分明是**殺人不用刀**的作法，這比拿刀子殺人還要更傷人。

【義近】含沙射影／暗箭傷人／暗地裏使棒子。

【義反】直來直往／直言不諱／不欺暗室／明人不做暗事。

殺人不見血

【釋義】殺了人卻看不見一絲一毫的血跡。

【出處】羅大經・鶴林玉露卷六：「舌上有龍泉，殺人不見血。」

【用法】形容害人的手段非常陰險毒辣，不露痕跡。

【例句】他是軟刀子，**殺人不見血**，他的老婆就是讓他一手一腳給活活折磨死的！

【義近】殺人不留跡／吃人不吐骨。

殺人不眨眼

【釋義】殺人時，眼睛都不用眨一下。

【出處】普濟・五燈會元卷八：「（曹）翰怒訶曰：『長老不聞殺人不眨眼將軍乎？』師熟視曰：『汝安知有不懼生死和尚邪！』」

【用法】形容人凶狠殘暴，嗜殺成性。

【例句】日本軍閥眞是**殺人不眨眼**，在南京大屠殺中殺害中國同胞二十幾萬人。

【義近】嗜殺成性。

【義反】上天有好生之德。

殺人不過頭點地

【釋義】即便殺人也不過是頭落地。

【出處】文康・兒女英雄傳一六回：「我本待一刀，了卻這廝性命，既是你眾人代他苦苦哀求，殺人不過頭點地，如今權且寄下這顆驢頭。」

【用法】勸人不要逼人太甚。

【例句】你不要再咄咄逼人了，**殺人不過頭點地**，得饒人處且饒人，就給對方和自己留一點餘地吧！

殺人如麻

【釋義】殺死的人多得像亂麻，數也數不清。

【出處】舊唐書・刑法志・陳子昂上書：「遂至殺人如麻，流血成澤，天下靡然思爲亂矣。」

【用法】形容殘酷毒辣，殺的人極多。

【例句】這個**殺人如麻**的匪首，終於落入法網，眞是大快人心。

【義近】殺人盈野／殺人盈城／殺人如刈／流血漂櫓。

【義反】好生之德／活人無數。

殺人如藝

【釋義】殺人就像割草一樣。藝：種植除草。

【出處】新唐書・黃巢傳：「觀察使韋岫戰不勝，棄城遁，賊入之，焚室廬，殺人如藝。」

【用法】形容把殺人不當作一回事，隨意亂殺。

【例句】抗戰時期，日本軍閥**殺人如藝**，南京大屠殺就是一個活生生的例子。

【義近】殺人如草／殺人如芥／殺人如麻。

【義反】惜生好德／心慈手軟／積善好生。

殺人放火

【釋義】濫殺無辜，焚燒房舍。

【出處】施耐庵・水滸傳五回：「這和尚、道人，好生了得，都是殺人放火的人。」

【用法】喻暴行殘酷。

【例句】這幫強盜每到一處，便**殺人放火**，無惡不作，最後被官兵一網打盡，百姓才算鬆了一口氣。

殺人盈野

【釋義】被殺死的人遍佈田野。盈：滿。

【出處】孟子・離婁上：「爭地以戰，殺人盈野；爭城以戰，殺人盈城。」
【用法】形容殺死的人很多。
【例句】自古以來，許多君主為了爭地奪利，便訴諸武力，**殺人盈野**，根本不把老百姓當人看。
【義近】殺人盈城／殺人如麻／血流成河。
【義反】救苦救難／救人一命，勝造七級浮屠。

殺人越貨（ㄕㄚ ㄖㄣˊ ㄩㄝˋ ㄏㄨㄛˋ）
【釋義】越貨：搶奪財物。越：劫奪，搶劫。
【出處】尚書・康誥：「凡民自得罪，寇攘姦宄，殺越人於貨，暋不畏死，罔弗憝。」
【用法】用以說明害人性命，搶人財物。
【例句】這個**殺人越貨**、無惡不作的匪徒，終於在警方嚴密佈陣之下被捕。
【義近】謀財害命／搶劫殺人。
【義反】仗義行俠。

殺人須見血（ㄕㄚ ㄖㄣˊ ㄒㄩ ㄐㄧㄢˋ ㄒㄧㄝˇ）
【釋義】意謂殺人就要殺死。常與「救人須救徹」連用。
【出處】宋・釋惟白・建中靖國續燈錄：「為人須為徹，殺人須見血，德山與岩頭，萬里一條鐵。」
【用法】比喻做事一定要徹底見個分曉。
【例句】「**殺人須見血，救人須救徹**。洒家放你不下，直送兄弟到滄州。」（施耐庵・水滸傳九回）
【義近】為人須為徹。
【義反】夾生夾熟／半路撒手。

殺人滅口（ㄕㄚ ㄖㄣˊ ㄇㄧㄝˋ ㄎㄡˇ）
【釋義】把人殺死以滅其口供。
【出處】新唐書・王義方傳：「殺人滅口，此生殺之柄，不自主出，而下移佞臣，履霜堅冰，彌不可長。」
【用法】指為了隱瞞事實真相而殺害知情者。
【例句】為了**殺人滅口**，這個黑社會老大竟然把平日稱兄道弟的手下給殺了，理由只是因為他知道得太多了。
【義近】死無對證。
【義反】鐵證如山／鐵案如山。

殺人償命（ㄕㄚ ㄖㄣˊ ㄔㄤˊ ㄇㄧㄥˋ）
【釋義】償命：抵償性命。償：抵。
【出處】元・馬致遠・任風子二折：「可知道殺人償命，欠債還錢，你這般說才是。」
【用法】指殺人者要為他所殺死的人抵命。
【例句】自古以來都是**殺人償命**，即使是君王的子女也不能例外。
【義近】血債要用血來還／欠債還錢。
【義反】逍遙法外／網漏吞舟。

殺生之柄（ㄕㄚ ㄕㄥ ㄓ ㄅㄧㄥˇ）
【釋義】殺：殺戮。生：生存。柄：權力。
【出處】漢書・公孫弘傳：「擅殺生之柄，通壅塞之塗，權輕重之數，論得失之道，使遠近情偽必見於上，謂之術。」
【用法】指執掌生死大權。
【例句】法官握有**殺生之柄**，所以對每樁案件都要特別仔細認真地審理，稍有疏忽，便會造成無法挽回的錯誤。
【義近】殺生之權／生殺與奪／生死與奪。
【義反】聽人宰割／無權無勢／驢前馬後。

殺身成仁（ㄕㄚ ㄕㄣ ㄔㄥˊ ㄖㄣˊ）
【釋義】指用生命成全仁德。成：成全，保全。仁：仁愛，正義。
【出處】論語・衛靈公：「志士仁人，無求生以害仁，有殺身以成仁。」
【用法】用以讚譽人為正義或理想而捨棄生命的壯舉。
【例句】許多革命先烈為了偉大的革命事業，懷著**殺身成仁**的決心而慷慨就義。
【義近】捨生取義／取義成仁／為國捐軀。
【義反】苟且偷生／賣身求榮／降志辱身／苟全性命。

殺妻求將（ㄕㄚ ㄑㄧ ㄑㄧㄡˊ ㄐㄧㄤˋ）
【釋義】指吳起殺妻而做魯國將軍。
【出處】據司馬遷・史記・孫子吳起列傳載：齊攻魯，魯欲以吳起為將，因其妻為齊人，魯疑之。吳起於是欲就名，遂殺其妻。
【用法】比喻忍心害理以追求功名利祿。
【例句】做人做到**殺妻求將**的地步，連畜牲都不如了，還有什麼顏面活在人世上，不如死了的好！
【義近】人面獸心／喪盡天良／滅絕人性／傷天害理。
【義反】淡泊明志／富貴浮雲／與世無爭／看破紅塵。

殺風景（ㄕㄚ ㄈㄥ ㄐㄧㄥˇ）
【釋義】殺：敗，損傷。也作「大殺風景」。
【出處】蘇軾・次韻林子中春日新堤書事見寄：「為報年來殺風景，連江夢雨不知春。」
【用法】比喻在興高采烈的場合，發生些不愉快的事，使人感到掃興。也指俗而傷雅令人敗興之事。
【例句】在這片風景如畫的原野中，竟有不少的垃圾雜物，真是**殺風景**。
【義近】令人掃興／大煞風景。
【義反】興致勃勃／興高采烈。

殺氣騰騰（ㄕㄚ ㄑㄧˋ ㄊㄥˊ ㄊㄥˊ）
【釋義】殺氣：凶狠的氣勢。殺，同「煞」。騰騰：氣直往上冒的樣子，引申為氣勢很盛。
【出處】許仲琳・封神演義四十回：「楊戩出馬，魔家四將威風凜凜沖霄漢，殺氣騰騰逼斗星。」
【用法】本形容殺伐之氣很盛，今多指充滿了凶狠的氣勢。
【例句】你看看他那**殺氣騰騰**的樣子，好像要把人生吞活剝似的。
【義近】一臉凶氣／氣勢洶洶／凶神惡煞／窮凶極惡。
【義反】和顏悅色／和藹可親／溫和親切／滿面春風。

殺彘教子（ㄕㄚ ㄓˋ ㄐㄧㄠ ㄗˇ）
【釋義】指曾子殺豬教子，以示守信。彘：豬。

【出處】韓非子・外儲說左上：「曾子之妻之市，其子隨之而泣，其母曰：『女還，顧反爲女殺彘。』……曾子欲捕彘殺之……曾子曰：『嬰兒非與戲也，嬰兒非有知也，待父母而學者也，聽父母之教。……母欺子……非所以成教也。』」

【用法】用以說明父母必須要用誠實之言行教育子女。

【例句】曾子**殺彘教子**的故事就是告訴父母，以誠信對待孩子，將來孩子才能以誠信對待別人。

【義近】言傳身教／身教重於言教。

殺敵致果

【釋義】果：戰功。

【出處】左傳・宣公二年：「殺敵爲果，致果爲毅。」疏：「能殺敵人，是名爲果，言能果敢以除賊，致此果敢，乃名爲毅，言能彊毅以立功。」

【用法】比喻勇敢殺敵，建立功勳。

【例句】與將士約先求勿騷擾百姓，然後能**殺敵致果**。（曾文正公奏稿・欽奉訓飭懔遵覆陳片）

殺雞扯脖

【釋義】殺雞扯著脖子，喻情急作態的樣子。

【出處】蘭陵笑笑生・金瓶梅二一回：「那西門慶見月娘臉兒不瞧一面，折跌腿裝矮子，跪在地下，殺雞扯脖，口裏姐姐長姐姐短。」

【用法】喻人故意作態的模樣。

【例句】你就別在這裏**殺雞扯脖**了，明眼人一看就知道你的舉動是有目的的。

【義近】裝模作樣／拿班作勢／喬模喬樣／矯揉造作／裝腔作勢／捉班就勢。

【義反】坦然相對／坦誠相對。

殺雞取卵

【釋義】爲了得到雞蛋，不惜把雞殺了。卵：蛋。又作「殺雞取蛋」。

【出處】伊索寓言・母雞和金蛋：一對窮夫妻養一隻母雞，每天生個金蛋，他們以爲雞肚中有一大塊金子，便殺而取之，結果雞死了，連一天一個金蛋也泡湯了。

【用法】比喻只貪圖眼前的好處，而不顧長遠的打算。

【例句】開發森林應當伐育結合，不可用**殺雞取卵**的辦法，採盡砍光，遺害後代。

【義近】竭澤而漁／焚林而獵。

【義反】高瞻遠矚／深謀遠慮。

殺雞爲黍

【釋義】殺雞做黍米飯。黍：黍子，糧食作物之一，去皮後稱爲黃米，是古代精貴的糧食。

【出處】論語・微子：「止子路宿，殺雞爲黍而食之。」

【用法】表示盛情款待賓客。

【例句】我喜歡到鄉間作客，光是主人**殺雞爲黍**，熱情款待的盛情，就足以令人回味無窮。

【義近】殺雞炊黍／掃榻以待／截髮待賓／殺雞宰鵝。

【義反】下逐客令／聊爲敷衍／冷眼相待／不理不睬。

殺雞駭猴

【釋義】殺隻雞給猴子看，使牠害怕。駭：驚怕。一作「殺雞警猴」、「殺雞嚇猴」。

【出處】李寶嘉・官場現形記五三回：「俗話說得好，叫做『殺雞駭猴』，拿雞子宰了，那猴兒自然害怕。」

【用法】比喻用懲罰一個人的辦法來警誡其他的人。

【例句】你以爲遣散幾個示威的員工，**殺雞駭猴**，就能達到解決問題的目的嗎？

【義近】殺一儆百／懲一警百／殺雞儆猴。

【義反】賞一勸百／獎一勵百。

九　畫

毀不滅性

【釋義】毀：形容因居喪而過於哀傷。

【出處】孝經・喪親：「三日而食，教民無以死傷生，毀不滅性，此聖人之政也。」

【用法】是說遭父母之喪，雖哀傷卻不得太過，以免危害生命。

【例句】《孝經》告訴我們**毀不滅性**的道理，就是要我們保重身體，做更多有益的事，才不枉父母親的恩德。

毀方入圓

【釋義】削圓方形木頭，以便能插入圓洞中。

【出處】晉・葛洪・抱朴子・刺驕：「削足適履，毀方入圓，不亦劇乎？」

【用法】比喻勉強自己，以迎合某事。

【例句】許多父母爲了迎合社會的標準，便要求子女選擇不喜歡或不適合的科系就讀，這種**毀方入圓**的作法，無異是扼殺子女的天賦才能。

【義近】殺頭便冠／削足適履／刖趾適屨／截趾適屨。

【義反】因時制宜／因地制宜／因人而異。

毀車殺馬

【釋義】毀壞馬車，殺掉拉車的馬。亦作「壞車殺馬」。

【出處】後漢書・周燮傳：「恥在廝役，因壞車殺馬，毀裂衣冠，乃遁至犍爲，從杜撫學。」陸游・謝曾侍郎啓：「毀車殺馬，逝從此以徑歸；賣劍買牛，分餘生之永已。」

【用法】表示隱退不再作官。

【例句】因不滿政治的現實，社會的黑暗，他**毀車殺馬**，息影山林，不再出仕。

【義近】投刺解職／投版而去／掛冠歸里／散髮絕世／解甲歸田。

【義反】走馬上任／新官上任／下車伊始。

毀於一旦

【釋義】在一天的功夫裏被毀滅掉。一旦：一天之間，形容時間極短。

【出處】後漢書・竇融傳：「百年累之，一朝毀之。」

【用法】形容長期努力的成果，或得來不易的東西，一下子被毀掉。

【例句】伊拉克人民辛苦建設的成果，因領導人的錯誤而**毀於一旦**，眞令人惋惜。
【義近】廢於一旦／前功盡棄。
【義反】永垂千秋／功垂萬古。

毀家紓難 ㄏㄨㄟˇ ㄐㄧㄚ ㄕㄨ ㄋㄢˋ

【釋義】紓難：解除國難。紓：解、緩。
【出處】左傳・莊公三十年：「鬭穀於菟爲令尹，自毀其家，以紓楚國之難。」
【用法】形容傾盡家產以救國難，即捐獻財物以幫助國家。
【例句】抗日戰爭一爆發，海外華僑紛紛**毀家紓難**，捐款捐物，抗擊日寇。
【義近】毀家救國／爲國解囊。
【義反】發國難財／一毛不拔／貪贓害國／賣國求榮。

毀譽參半 ㄏㄨㄟˇ ㄩˋ ㄘㄢ ㄅㄢˋ

【釋義】意謂說好話的和說壞話的各佔一半。毀：誹謗。譽：稱讚。參半：數的一半。
【出處】三國志・魏書・武帝紀・建安十八年策魏公文注：「今魏國雖有十郡之名，猶減於曲阜，計其戶數，不能參半。」
【用法】形容對人的評價沒有一致的意見。
【例句】蔣室王朝隨著經國先生的去世而宣告結束，兩位蔣總統的功過**毀譽參半**，只能留給後人去評斷了。
【義近】褒貶不一／有褒有貶／有毀有譽。
【義反】有口皆碑／口碑載道／家弦戶誦。

十一畫

毅然決然 ㄧˋ ㄖㄢˊ ㄐㄩㄝˊ ㄖㄢˊ

【釋義】毅然：堅定的樣子。決然：果斷的樣子。
【出處】李寶嘉・官場現形記五八回：「竇世豪得了這封信，所以毅然決然，藉點原由同洋人反對，彼此分手，以免旁人議論，以保自己功名。」
【用法】形容意志堅決，毫不猶豫。
【例句】他與家人商量後，**毅然決然**前往美國深造，非拿回博士不可。
【義近】當機立斷／堅決果斷／斬釘截鐵／堅定不移。
【義反】優柔寡斷／猶豫不決／舉棋不定。

毋部

毋忘在莒 ㄨˊ ㄨㄤˋ ㄗㄞˋ ㄐㄩˇ

【釋義】光復國土。莒：戰國時候齊國的小城。
【出處】司馬遷・史記・田單傳載：戰國時，燕遣樂毅攻齊，破齊七十餘城，齊僅保有莒、即墨二城，齊堅守莒城，生聚教訓，並立田單爲將軍，以即墨拒燕；單以反間計使騎劫代樂毅，出奇計以火牛陣大破燕軍，遂復齊國。新序・雜事四：「桓公與管仲、鮑叔、甯戚飲酒。桓公謂鮑叔：『姑爲寡人祝乎？』鮑叔奉酒而起曰：『祝吾君無忘其出而在莒也，使管仲無忘其束縛而從魯也，使甯子無忘其飯牛於車下也。』……」
【用法】以此歷史故事激勵國人發奮圖強。或勸人得志時勿忘從前困阨的生活，以免太過驕縱。
【例句】①過去蔣中正先生曾以**毋忘在莒**的歷史故事爲證，勉勵全國和衷共濟，堅定復國的決心。②人在成功時，更要記得來時路，**毋忘在莒**，才會懂得珍惜和把握。

毋庸置議 ㄨˊ ㄩㄥ ㄓˋ ㄧˋ

【釋義】毋庸：不需要。議：議論。
【出處】曾國藩・議覆王慶雲漕督兼巡撫原奏片：「該尚書王慶雲請改漕督爲江北巡撫，另設省會之處，事同一律，應請毋庸置議。」
【用法】意謂要人不須有任何意見。
【例句】軍令如山，**毋庸置議**，否則將如何遣兵用將。
【義近】無須贅言／無庸置疑。
【義反】廣開言路／廣聽博納。

毋貽後患 ㄨˊ ㄧˊ ㄏㄡˋ ㄏㄨㄢˋ

【釋義】貽：留下。
【出處】資治通鑑・唐紀・德宗建中四年：「臣謂陛下既不能推心待之，則不如殺之，毋貽後患。」
【用法】是指不要爲將來遺留禍患。
【例句】既然決定要這麼做，就一定要做得乾淨俐落，**毋貽後患**。

一畫

母以子貴 ㄇㄨˇ ㄧˇ ㄗˇ ㄍㄨㄟˋ

【釋義】母親因兒子的發達而顯貴。以：因。
【出處】公羊傳・隱公元年：「子以母貴，母以子貴。」漢書・王莽傳：「春秋之義，母以子貴。」
【用法】形容因家人發達而跟著得勢。
【例句】王大嫂自從兒子當了大官後，人們見到她都喊「老太太」，恭維的話不離口，眞是**母以子貴**啊！
【義近】子以父貴／一人得道，雞犬升天。
【義反】誅連九族／滿門抄斬／一人有罪，全家遭殃。

母慈子孝 ㄇㄨˇ ㄘˊ ㄗˇ ㄒㄧㄠˋ

【釋義】母親愛子女，子女孝順父母。
【出處】唐・蘇安恆・請則天皇后復位於皇子疏：「陛下蔽太子之元良，枉太子之神器，何以教天下母慈子孝焉？」
【用法】指我國歷代所提倡遵循的傳統道德規範。
【例句】儘管**母慈子孝**是傳統的道德規範，但也是永恆不變的定則。
【義近】親慈子孝。
【義反】不慈不孝。

三畫

每下愈況 ㄇㄟˇ ㄒㄧㄚˋ ㄩˋ ㄎㄨㄤˋ

【釋義】愈：越。況：明顯。意

謂比較之下更明顯。
【出處】莊子・知北遊：「夫子之問也，固不及質，正獲之問於監市履狶也，每下愈況。」
【用法】指與原來相比，情況越來越差。
【例句】在非洲，由於天災人禍不斷，一般民眾的基本生活條件**每下愈況**。
【義近】江河日下／一天不如一天／一年不如一年。
【義反】蒸蒸日上／欣欣向榮／漸入佳境。

每飯不忘 ㄇㄟˇ ㄈㄢˋ ㄅㄨˋ ㄨㄤˋ

【釋義】每次吃飯都不會忘記。
【出處】司馬遷・史記・馮唐列傳：「今吾每飯，意未嘗不在鉅鹿也。」陳文燭・重修瀼西草堂記：「忠君憂國，每飯不忘。」
【用法】原喻人愛國之心，現指將人或事物隨時放在心上。
【例句】王大伯對我的深情厚意，我今生今世當**每飯不忘**，有機會一定報答。
【義近】無時或忘／銘記於心／深印腦海／時刻不忘。
【義反】置之腦後／拋往九霄雲外／轉身即忘。

四畫

毒蛇猛獸 ㄉㄨˊ ㄕㄜˊ ㄇㄥˇ ㄕㄡˋ

【釋義】有毒的蛇以及凶猛的野獸。
【出處】孫中山・三民主義・民權主義：「在人同獸爭的時代，因為不知道何時有毒蛇猛獸來犯，所以人類時時刻刻不知生死。」
【用法】泛指對人類生命有威脅的動物；也引申為惡人惡行，凶狠的殘暴者。
【例句】這些殺人不眨眼的土匪，有如**毒蛇猛獸**危害民眾，地方官員勢單力薄，無能應付，只有向朝廷請求支援。
【義近】洪水猛獸／如狼似虎／窮凶極惡／雕心鷹爪。
【義反】馴如羔羊／心慈面軟／菩薩心腸／大慈大悲。

毒藥苦口 ㄉㄨˊ ㄧㄠˋ ㄎㄨˇ ㄎㄡˇ

【釋義】毒藥：攻毒的藥物。苦口：引起苦的味覺，難以吞服下去。
【出處】司馬遷・史記・留侯世家：「且『忠言逆耳利於行，毒藥苦口利於病』，願沛公聽樊噲言。」
【用法】比喻正直尖銳的批評，雖然聽起來不舒服，卻對人有好處。
【例句】今天老師對你的批評，有的話雖然重了一點，但**毒藥苦口**，望你認眞思考，好好反省。
【義近】良藥苦口／藥石之言／逆耳忠言。
【義反】甜言蜜語／阿諛之言／順耳之言。

比部

比上不足，比下有餘 ㄅㄧˇ ㄕㄤˋ ㄅㄨˋ ㄗㄨˊ ㄅㄧˇ ㄒㄧㄚˋ ㄧㄡˇ ㄩˊ

【釋義】和上者相比總有不足，卻足以超過下者。
【出處】石點頭四回：「幸喜還掙得這些田產，比上不足，比下有餘，將就度日罷了。」
【用法】勸人要知足惜福，莫怨天尤人。
【例句】你不要再怨嘆日子難過了，我們可說是**比上不足，比下有餘**，現在經濟不景氣，多少人沒有工作，而我們還有穩定的收入，就該心滿意足了。

比比皆是 ㄅㄧˇ ㄅㄧˇ ㄐㄧㄝ ㄕˋ

【釋義】比比：一個接一個，引申為處處、到處。皆：都。
【出處】戰國策・秦策一：「犯白刃，蹈煨炭，斷死於前者，比比是也。」
【用法】形容很多，到處都是。
【例句】社會是越來越富足了，街道上穿金戴玉開名車的有錢人**比比皆是**。
【義近】比比皆然／俯拾即是／觸目皆是。
【義反】絕無僅有／屈指可數／寥若晨星／寥寥無幾。

比目同行 ㄅㄧˇ ㄇㄨˋ ㄊㄨㄥˊ ㄒㄧㄥˊ

【釋義】指比目魚各一目，相並而行，喻如影相隨，形影不離的樣子。
【出處】韓詩外傳五：「東海之魚，名曰鰈，比目而行。」爾雅・釋地：「東方有比目魚焉，不比不行，其名謂之鰈。」
【用法】形容兩人志趣相同，感情深厚。
【例句】伯牙和鍾子期**比目同行**，感情甚篤，子期死後，伯牙便終身不再鼓琴，因為他認為再也沒有人能理解他的琴意。
【義近】志同道合／沆瀣相投／笙磬同音／異苔同岑／相視莫逆／如膠似漆。
【義反】扞格不入／貌合神離／反目成仇／勢同水火。

比肩繼踵 ㄅㄧˇ ㄐㄧㄢ ㄐㄧˋ ㄓㄨㄥˇ

【釋義】肩靠著肩，腳接著腳。比：靠著，挨著。踵：腳後跟。
【出處】晏子春秋・雜下：「臨淄三百閭，張袂成陰，揮汗成雨，比肩繼踵而在，何為無人？」
【用法】形容人多擁擠，也形容

接連不斷。

【例句】每逢年關將近時，迪化街的人潮**比肩繼踵**，大家忙著採買年貨。

【義近】摩肩接踵／亞肩疊背／駢肩雜遝／挨肩擦背／揮汗成雨／舉袂成幕。

【義反】踽踽獨行／形單影孤／寥寥數人／屈指可數／空空蕩蕩／稀稀落落。

比屋可封

【釋義】比屋：緊密排列的房屋，借指接連不斷的人家。封：封給爵位。

【出處】漢書・王莽傳上：「故唐虞之時，可比屋而封。」漢・陸賈・新語・無爲：「堯舜之民，可比屋而封。」

【用法】原指教化大有成就，家家有德行，人人可以旌表。現用以比喻某地所出的人才特別多。

【例句】浙江有個村子不過百來戶人家，竟出了三十多個教授，二十多個留美博士，**比屋可封**，可能是風水好吧！

【義近】比戶而封／人才輩出。

比翼連枝

【釋義】比翼、連枝：均喻夫妻恩愛。比翼：傳說中的一種鳥，雌雄翅靠翅齊飛。連枝：即連理枝，兩棵樹的枝連生在一起。

【出處】明・謝讜・四喜記・大宋畢姻：「但願你百歲夫妻長好，比翼共連枝，無異般。」

【用法】用以形容夫妻恩愛，親密不離。

【例句】李先生和裴小姐經過長達七年的愛情長跑，今天終於步上紅氈，從此是**比翼連枝**了。

【義近】比目連枝／比翼雙飛／鳳凰于飛／雙宿雙飛／和如琴瑟。

【義反】孤鳳獨鳴／孤鸞單飛／小姑獨處／中饋猶虛。

比翼雙飛

【釋義】翅膀靠翅膀雙雙齊飛。

【出處】爾雅・釋地：「南方有比翼鳥焉，不比不飛，其名謂之鶼鶼。」陸機・擬西北有高樓：「思駕歸鴻羽，比翼雙飛翰。」

【用法】比喻夫妻恩愛極深，形影不離。

【例句】願你們永浴愛河，**比翼雙飛**，做一對世界上最幸福的夫妻。

【義近】鳳凰于飛／比翼連理／伉儷情深／相敬如賓／鶼鰈情深／魚水和諧／鴛鴦交頸／舉案齊眉／鸞鳳和鳴。

【義反】分釵破鏡／別鳳離鸞／破鏡難圓／永斷葛藤／鸞飄鳳泊／琴瑟不調。

毛部

毛手毛腳

【釋義】毛：粗糙。指非常地不仔細小心。

【出處】石玉琨・三俠五義七六回：「但凡有點毛手毛腳的，小人決不用他。」劉鶚・老殘遊記一回：「不意今日遇見這大風浪，所以都毛手毛腳。」

【用法】說明做事粗率慌張。今人又引申爲行爲低俗鄙劣。

【例句】①看她一臉機靈相，做起事來卻**毛手毛腳**，慌慌張張，太不協調了。②他心術不正，老愛對女孩子**毛手毛腳**，遲早有一天會被教訓的。

【義近】毛毛躁躁／粗手粗腳／粗心大意／慌裏慌張。

【義反】沉著穩重／一絲不苟／臨危不亂／一本正經／目不斜視。

毛羽零落

【釋義】毛羽：附從的人。零落：減少凋落。

【出處】孫楚・爲石仲容與孫皓書：「外失輔車脣齒之援，內有毛羽零落之漸。」

【用法】喻附從的人逐漸凋零減少。

【例句】政治是很現實的，掌權的時候呼風喚雨，左右逢源，當權力轉移時，**毛羽零落**，慢慢的就會被人民和媒體所遺忘。

毛林丹薄

【釋義】毛林：指禽獸的毛。丹：紅色。薄：草木叢生處。喻禽獸的毛血布滿山林。

【出處】張協・七命：「藪爲毛林，隰爲丹薄。」翰注：「藪澤之中，禽獸之毛爲林，原隰之木，塗禽獸之血爲薄。薄，亦林也；丹，赤也。」

【用法】比喻狩獵所獲的禽獸很多。

【例句】古時帝王狩獵，**毛林丹薄**是勝利豐收的象徵，現在在世界許多國家，狩獵已經是明文禁止的了。

毛施淑姿

【釋義】毛施：古代美女毛嬙和西施。淑姿：美好的姿容。

【出處】明・湯顯祖・牡丹亭・道覡：「母親說你內才兒雖然『守貞志滿』，外像兒『毛施淑姿』。」

【用法】形容女子姿容之美有如毛嬙、西施。

【例句】今天最後出場的那位女歌星不僅聲動梁塵，而且她的**毛施淑姿**更引得在場人士嘖嘖稱豔。
【義近】姸姿豔姿／仙姿玉貌／綽約多姿／傾國傾城。
【義反】不堪入目／土裏土氣／妖裏妖氣／醜精八怪。

毛骨悚然 ㄇㄠˊ ㄍㄨˇ ㄙㄨㄥˇ ㄖㄢˊ

【釋義】毛髮骨骼都覺得害怕。悚然：恐懼的樣子。悚，同「竦」。
【出處】湯垕・畫鑒・唐畫・韓嵩：「二牛相鬥，毛骨悚然。」明・無名氏・鳴鳳記：「駭得俺毛骨竦然。」
【用法】形容極為驚恐或寒冷。
【例句】這部鬼電影拍得太逼真了，令人看得**毛骨悚然**，連做好幾天惡夢。
【義近】毛髮聳然／毛髮倒豎／不寒而慄／膽戰心驚／魂飛魄散。

毛遂自薦 ㄇㄠˊ ㄙㄨㄟˋ ㄗˋ ㄐㄧㄢˋ

【釋義】毛遂自我推薦。毛遂：戰國時趙國平原君的門客。
【出處】司馬遷・史記・平原君列傳：「門下有毛遂者，前自贊於平原君曰：『遂聞君將合從於楚，……願君即以遂備員而行矣。』」文康・兒女英雄傳一八回：「為此晚生不揣鄙陋，竟學那毛遂自薦，儻大人看我可為公子之師，情願附驥。」
【用法】用以比喻自告奮勇推舉自己。
【例句】現在的社會自我意識高漲，懂得**毛遂自薦**的人或許能掌握到更多機會。
【義近】自告奮勇／挺身而出／請自隗始／自我推薦。
【義反】不敢從命／善言推辭／裹足不前／另請高明。

毛髮之功 ㄇㄠˊ ㄈㄚˇ ㄓ ㄍㄨㄥ

【釋義】是指像毛髮那樣細小的功勞。
【出處】曹植・求自試表：「竊不自量，志在授命，庶立毛髮之功，以報所受之恩。」
【用法】形容功勞極其微小。
【例句】在這件事上，我無**毛髮之功**，怎能無功受祿，還是請你收回你的謝意。
【義近】些微之功／了無功績。
【義反】功勳卓著／豐功偉績／勞苦功高。

毛髮倒豎 ㄇㄠˊ ㄈㄚˇ ㄉㄠˋ ㄕㄨˋ

【釋義】倒豎：倒著立起。
【出處】羅貫中・三國演義二〇回：「騰讀畢，毛髮倒豎，咬齒嚼脣，滿口流血。」曹雪芹・紅樓夢七五回：「看那月色時，也淡淡的，不似先前明朗，眾人都覺毛髮倒豎。」
【用法】形容憤怒或極其驚恐的樣子。
【例句】①他一聽到這些誣陷之詞，頓時怒不可遏，**毛髮倒豎**。②她走著走著，猛見一條大蛇盤在路中央，嚇得**毛髮倒豎**，大聲叫了起來。
【義近】怒髮衝冠／毛髮森豎／毛骨悚然／誠惶誠恐。
【義反】心平氣和／處之泰然／泰然自若／面不改色。

毛髮植立 ㄇㄠˊ ㄈㄚˇ ㄓˊ ㄌㄧˋ

【釋義】植立：猶直立。指人氣忿到毛髮直立起來。
【出處】施耐庵・水滸傳一八回：「若說高俅這賊陷害一節，但提起，毛髮植立，又不能報得此仇，來此容身。」
【用法】形容非常忿怒的樣子。
【例句】你還是不要現在去跟他說話，他已氣得**毛髮植立**，還是過一會再說吧！
【義近】目眦盡裂／拊膺切齒／咬牙切齒／氣湧如山。
【義反】心平氣和／平心靜氣／心如止水／古井無波。

毛髮聳然 ㄇㄠˊ ㄈㄚˇ ㄙㄨㄥˇ ㄖㄢˊ

【釋義】聳然：恐懼的樣子。又作「毛髮為聳」。
【出處】宋濂・王冕傳：「操觚賦詩，千百不休，皆鵰鶚海怒，讀者毛髮為聳。」羅貫中・三國演義八九回：「朵思見之，毛髮聳然。」
【用法】形容非常驚懼的樣子。
【例句】這部恐怖片拍得太逼真了，看了令人**毛髮聳然**，回去得壓壓驚才睡得著。
【義近】心驚肉跳／膽戰心驚／毛骨悚然／魂飛魄喪。
【義反】面不改色／泰然處之。

毛舉細故 ㄇㄠˊ ㄐㄩˇ ㄒㄧˋ ㄍㄨˋ

【釋義】毛舉：列舉些毫毛之類的細小事情。細故：細小瑣碎之事。
【出處】宋・張孝祥・論治體札子（甲申二月九日）：「治有大體，不當毛舉細故；令在必行，不當徒為文具。」
【用法】用以泛指極其細微瑣碎的小事。
【例句】在董事會議上，應當討論整個公司大的問題，不當**毛舉細故**，浪費大家寶貴的時間。
【義近】毛舉細務／毛舉細事／雞毛蒜皮。
【義反】大是大非／大局大事。

七畫

毫不介意 ㄏㄠˊ ㄅㄨˋ ㄐㄧㄝˋ ㄧˋ

【釋義】毫：絲毫，一點兒。介意：放在心上。
【出處】石玉琨・三俠五義三四回：「雨墨在旁，惟有聽著而已。又看見顏生與金生說說笑笑，真如異姓兄弟一般，毫不介意。」
【用法】是說完全不把事情放在心上。
【例句】你剛才對我的誤會和惡言惡語，我是**毫不介意**，只希望澄清誤會，還我一個公道就行了。
【義近】滿不在乎／毫不在乎／置之度外／置若罔聞。
【義反】耿耿於懷／心存芥蒂。

毫末之利 ㄏㄠˊ ㄇㄛˋ ㄓ ㄌㄧˋ

【釋義】毫末：毫毛的尖端。
【出處】歐陽修・原弊：「有司屢變其法，以爭毫末之利。」
【用法】形容極其微小的利益。
【例句】那位有錢人家的太太穿金戴玉的，卻常常為了**毫末之利**和他人斤斤計較，真是貪心又刻薄。
【義近】微薄之利／蠅頭微利／蠅頭小利。

毫無二致

【釋義】絲毫沒有什麼兩樣。二致：兩樣。

【出處】李寶嘉・官場現形記二九回：「余道臺見了這副神氣，更覺得同花小紅一樣，毫無二致。」

【用法】用以指完全相同。

【例句】這對雙胞胎外貌長得很像，今天又穿相同的衣服，眞是**毫無二致**，讓人難以分別。

【義近】一模一樣／如出一轍。

【義反】大相逕庭／天差地遠／判若天壤。

毫無疑義

【釋義】疑義：可疑的義理，此指值得懷疑的地方。

【出處】劉鶚・老殘遊記一六回：「怎麼他毫無疑義，就照五百兩一條命算呢？」

【用法】說明絲毫沒有值得懷疑的地方，可以完全相信。

【例句】爲了國家的進步繁榮，就必須發展教育事業，這一點是**毫無疑義**的。

【義近】無可置疑／無庸置疑／無可爭辯。

【義反】將信將疑／疑信參半／疑團滿腹。

毫髮不爽

【釋義】毫髮：毛髮，喻些許、些微。爽：差錯。

【出處】錢泳・履園叢話：「而與石本對勘，則結體用筆，毫髮不爽。」

【用法】喻完全沒有錯誤差別。

【例句】你所報的數目與清點的實際數字，**毫髮不爽**。

【義近】毫髮不虧／分毫不爽／不差累黍。

【義反】逕庭之差／相差千里／天差地遠。

毫髮無隱

【釋義】毫髮：毛髮，喻些許。隱：隱匿。

【出處】司空圖・容成侯傳：「上聞而器之，召見，嘉其鑒局，且謂毫髮無隱，屢顧之。」

【用法】意謂不隱瞞些許秘密。

【例句】警方最後突破歹徒心防，終於讓他**毫髮無隱**的將案情交代清楚。

【義近】眞相大白／昭然若揭。

【義反】瞞天過海／欺上瞞下。

氏部

一畫

民不畏死，奈何以死懼之

【釋義】老百姓不怕死，爲何要用死來威脅他們？奈何：如何，用以表示反問。

【出處】老子・七四章：「民不畏死，奈何以死懼之。」

【用法】常用以表示不怕死的氣概。

【例句】那些爲民主自由而奮鬥的勇士，面對劊子手的坦克大炮也毫不屈服，充分表現了**民不畏死，奈何以死懼之**的英雄本色。

【義近】威武不能屈／明知山有虎，偏向虎山行。

民不聊生

【釋義】聊：依靠。生：生活。

【出處】司馬遷・史記・張耳陳餘列傳：「頭會箕斂，以供軍費，財匱力盡，民不聊生。」

【用法】形容民眾無所依賴，無法生活下去。

【例句】清朝末年，有志之士眼見當時清廷腐敗，**民不聊生**，於是起而率領民眾推翻滿清，建立中華民國。

【義近】生靈塗炭／民生凋敝／生民塗炭／民窮財盡。

【義反】民康物阜／國富民強／國泰民安／民富財豐。

民不堪命

【釋義】百姓不能忍受苛刻殘暴的政令了。堪：忍受。命：政令。

【出處】左丘明・國語・周語上：「厲王虐，國人謗王。邵公告曰：『民不堪命矣。』」

【用法】用以說明民眾負擔沉重，痛苦不堪，已不能再忍受下去了。

【例句】鴉片戰爭後，滿清政府的苛捐雜稅日盛一日，弄得**民不堪命**，於是人們紛紛起來響應國父所領導的革命運動。

【義近】民怨沸騰／民生凋零／民窮財盡／民不聊生。

【義反】國泰民安／安居樂業／民康物阜／豐衣足食。

民以食爲天

【釋義】天：大自然，喻生存的根本。

【出處】司馬遷・史記・酈生列傳：「王者以民人爲天，而民人以食爲天。」

【用法】指人民仰賴糧食維生，因此糧食是民眾最重要的東西。

【例句】**民以食爲天**，任憑今天科技是多麼地發達，人類還是無法不吃飯就能活得了。

【義近】衣食足禮義興。

【義反】飢寒起盜心。

民生凋敝

【釋義】民生：人民的生計、生活。凋敝：困苦、衰敗。

【出處】漢書・循吏傳：「民用彫（凋）敝，姦軌不禁。」

【用法】形容社會窮困，經濟衰敗，人民生活極端困苦。

【例句】經濟問題是每一位國家元首最迫切要解決的重要任務，否則**民生凋敝**，要發展國力又談何容易啊！

【義近】民窮財盡／民不堪命／民不聊生／哀鴻遍野。

【義反】衣食豐裕／民生安定／家給人足／人畜兩旺。

民怨沸騰

【釋義】民怨：人民的怨恨、怒氣。沸騰：像開水那樣翻騰。

【出處】清・袁枚・隨園詩話補遺：「王荆公行新法，以致民怨沸騰。」

【用法】形容人民怨恨現況的情

緒已到達極點。
【例句】那時稅捐繁重，加上連年乾旱，天災人禍，**民怨沸騰**，怎能不發生暴亂呢？
【義近】怨聲載道／怨氣衝天／道路以目。
【義反】歌功頌德／頌聲盈耳／海晏河清。

民爲邦本

【釋義】老百姓是國家的根本。邦：國家。
【出處】蘇舜欽・詣匭疏・景祐五年：「則又民爲邦本，未有本搖而枝葉不動者。」
【用法】用以說明人民是國家最重要的元素。
【例句】**民爲邦本**是一國之君最該謹記實行的政策，能得人心的執政者才能保住江山。
【義近】民惟邦本／民乃立國之本。

民胞物與

【釋義】視人民如自己的同胞手足，把萬物皆看成一體。與：是類。
【出處】張載・西銘：「故天地之塞，吾其體；天地之帥，吾其性。民，吾同胞；物，吾與也。」
【用法】用以形容人有仁愛、博愛的胸懷。
【例句】如果每個人都有**民胞物與**的精神，這個社會也就不會產生這麼多難以解決的問題。
【義近】仁民愛物／己飢己溺／悲天憫人／同體大悲。
【義反】損人利己／自私自利。

民脂民膏

【釋義】脂、膏：油脂。比喻人民用血汗換來的財富。又作「民膏民脂」。
【出處】孟昶・戒石銘：「爾俸爾祿，民膏民脂，下民易虐，上天難欺。」
【用法】指民眾用血汗辛苦換來的財富。
【例句】你們這幾個當官的，拿著**民脂民膏**任意揮霍，終有一天會遭報應！

民康物阜

【釋義】康：安泰，平安。阜：豐足，富裕。
【出處】羅貫中・三國演義四回：「恩化及乎四海兮，嘉物阜而民康。」
【用法】說明人民生活安定，物資豐富。比喻太平盛世。
【例句】台灣經過幾十年的辛勤建設，現在已是**民康物阜**，因此，我們更要懂得珍惜現在，知福惜福。
【義近】民富財豐／民安年豐／人裕家富／民安國富／國泰民安。
【義反】民窮財盡／民生凋敝／民不聊生／民窮國貧。

民富國強

【釋義】民眾富裕，國家強盛。
【出處】司馬遷・素王妙論：「范蠡爲越相，三江五湖之間，民富國強，卒以擒吳。」
【用法】形容人民安居樂業，國家興旺發達。
【例句】中國歷經許多不同的王朝輪番統治，而其中眞正能使國家**民富國強**的皇帝並不多。
【義近】民殷國富／國泰民安／國富兵強。
【義反】民窮國弱／民貧國蹙／內外交困。

民窮財盡

【釋義】人民生活窮困，國家財富消耗殆盡。
【出處】施耐庵・水滸傳九一回：「又值水旱頻仍，民窮財盡，人心思亂。」
【用法】形容民力國力都已耗盡，瀕於崩潰。
【例句】許多國家的執政者倒行逆施，拚命發展武力，弄得**民窮財盡**，百姓的肚子都塡不飽了，再強的軍事設施又有何用？
【義近】民窮財匱／民力凋敝／民不聊生。
【義反】民康物阜／民富財豐／民安國富。

气部

六畫

氣宇不凡

【釋義】氣宇：指風度、氣概。
【出處】西湖佳話・錢塘霸蹟：「董昌見其人物雄偉，氣宇不凡，不勝羡慕。」
【用法】形容人的氣概、風度與眾不同，昂揚脫俗。
【例句】此人**氣宇不凡**，豐神俊朗，想必是個做大事業的人，不會在一家小公司待一輩子的。
【義近】玉樹臨風／氣宇軒昂／器宇軒昂／傲骨嶙峋。
【義反】萎靡不振／死氣沉沉。

氣宇軒昂

【釋義】氣宇：氣概，人的儀表、風度。軒昂：精神飽滿的樣子。一作「器宇軒昂」。
【出處】馮夢龍・東周列國志：「（趙）盾時年十七歲，生得氣宇軒昂。」
【用法】形容人氣概不凡，精神飽滿。
【例句】他**氣宇軒昂**地步上臺去，領一份得來不易的獎牌。
【義近】意氣風發／氣宇不凡。

【義反】萎靡不振／瘟神倒氣。

氣吞山河 ㄑㄧˋ ㄊㄨㄣ ㄕㄢ ㄏㄜˊ

【釋義】氣勢可以吞沒山河。吞：吞沒，吞下。
【出處】金仁傑・追韓信二折：「背楚投漢，氣吞山河，知音未遇，彈琴空歌。」
【用法】極言其氣魄之大而盛。
【例句】讀岳飛的「滿江紅」詞，那**氣吞山河**、誓滅胡人的豪壯精神，每令人激動。對其精忠報國的情操，實爲感佩！
【義近】氣勢磅礡／氣壯河朔。
【義反】懶精無神／氣息奄奄。

氣吞牛斗 ㄑㄧˋ ㄊㄨㄣ ㄋㄧㄡˊ ㄉㄡˇ

【釋義】意謂氣勢能吞沒星空。牛斗：牽牛星和北斗星，這裏泛指星空。
【出處】羣音類選・蟠桃記・誕孫相慶：「看蘭孫，氣吞牛斗，知不是等閒人。」
【用法】用以形容人或事物的威氣盛大。
【例句】想當年，曹操領兵破荊州，其**氣吞牛斗**之概，如今安在哉？
【義近】氣貫斗牛／氣壯山河／氣吞江湖／氣吞萬里／叱吒風雲。
【義反】畏首畏尾／胸無大志／暮氣沉沉。

氣壯山河 ㄑㄧˋ ㄓㄨㄤˋ ㄕㄢ ㄏㄜˊ

【釋義】氣：氣概，氣勢。壯：雄偉，壯麗。
【出處】陸游・老學庵筆記卷一：「趙元鎭丞相謫朱崖，病亟，自書銘旌云：『……氣作山河壯本朝。』」
【用法】形容氣勢有如高山大河那樣雄偉。也形容氣概豪邁，使山河壯麗生輝。
【例句】抗戰時不少戰士捨身與敵軍同歸於盡，譜出一曲又一曲**氣壯山河**的凱歌。
【義近】氣吞萬里／氣貫長虹。
【義反】氣息奄奄／有氣無力。

氣沖牛斗 ㄑㄧˋ ㄔㄨㄥ ㄋㄧㄡˊ ㄉㄡˇ

【釋義】牛斗：牽牛星和北斗星，此用以泛指天空。
【出處】崔融・詠寶劍詩：「匣氣沖牛斗，山形轉轆轤。」
【用法】形容氣勢旺盛，上沖星空。也形容非常生氣。
【例句】看到漢奸喪權辱國，對外人乞憐的模樣，怎不令人**氣沖牛斗**？
【義近】怒氣沖天／氣沖霄漢。
【義反】心平氣和／有氣無力。

氣味相投 ㄑㄧˋ ㄨㄟˋ ㄒㄧㄤ ㄊㄡˊ

【釋義】氣味：此指意趣或情調。投：合得來。
【出處】馮惟敏・天香引・送陳震南：「氣味相投，風趣迴別，議論通玄。」
【用法】用以指人的思想作風相同，彼此很合得來。
【例句】他一畢業就打算和幾個**氣味相投**的好朋友開創事業，共組公司。
【義近】臭味相投／意氣相投／情投意合。
【義反】格格不入／方枘圓鑿／情趣大異／薰蕕異器。

氣急攻心 ㄑㄧˋ ㄐㄧˊ ㄍㄨㄥ ㄒㄧㄣ

【釋義】指著急的氣直接逼攻心裏。
【出處】曾樸・孽海花二一回：「誰知雯青原是氣急攻心，一時昏絕。」
【用法】形容人因精神焦急而引起病變。
【例句】老先生被不肖兒子的言行氣得**氣急攻心**，竟不支倒地，送到醫院已無生命跡象，就這麼給活活氣死了。

氣急敗壞 ㄑㄧˋ ㄐㄧˊ ㄅㄞˋ ㄏㄨㄞˋ

【釋義】上氣不接下氣，呼吸很急促的樣子。
【出處】施耐庵・水滸傳四回：「只見數個小嘍囉，氣急敗壞，走到山寨裏叫道：『苦也！苦也！』」
【用法】形容慌張或頹喪的神情，常用於個人。
【例句】「肇事的傢伙在哪兒？」警察**氣急敗壞**地問。（美國歐・亨利：警察和讚美詩）
【義近】氣急敗喪／氣急慌張／氣喘吁吁。
【義反】氣定神閒／安然自得。

氣息奄奄 ㄑㄧˋ ㄒㄧˊ ㄧㄢ ㄧㄢ

【釋義】氣息：呼吸時進出的氣。奄奄：呼吸微弱的樣子。
【出處】李密・陳情表：「日薄西山，氣息奄奄，人命危淺，朝不慮夕。」
【用法】形容生命垂危。今多用以比喻事物衰敗沒落，即將滅亡。
【例句】專制政府在世界上大部分地區和國家早已**氣息奄奄**，快進歷史博物館了。
【義近】奄奄一息／奄奄待斃／苟延殘喘。
【義反】生氣勃勃／蒸蒸日上／如日東升。

氣貫長虹 ㄑㄧˋ ㄍㄨㄢˋ ㄔㄤˊ ㄏㄨㄥˊ

【釋義】正義的精神直上高空，穿過彩虹。氣：氣概，精神。貫：貫穿。虹：彩虹。
【出處】禮記・聘義：「氣如白虹，天也。」
【用法】形容人的精神極其崇高，氣概極其豪壯。
【例句】黃花崗七十二烈士的英雄事蹟，雄壯宏偉，**氣貫長虹**，深深地激勵著我們。
【義近】氣沖霄漢／氣壯山河／氣吞山河。
【義反】氣息奄奄。

氣喘吁吁 ㄑㄧˋ ㄔㄨㄢˇ ㄒㄩ ㄒㄩ

【釋義】吁吁：張口出氣的聲音。指大口地喘氣。
【出處】許仲琳・封神演義二六回：「一眼看見喜媚鳥雲散亂，氣喘吁吁。」
【用法】形容呼吸急促的樣子。
【例句】在激烈短跑競賽結束後，每個參賽者都**氣喘吁吁**。
【義近】上氣不接下氣／氣息急劇／氣喘如牛。
【義反】氣息平穩／呼吸均勻。

氣喘如牛 ㄑㄧˋ ㄔㄨㄢˇ ㄖㄨˊ ㄋㄧㄡˊ

【釋義】像牛那樣大聲喘氣。
【出處】文康・兒女英雄傳三九回：「一頭說著，只張著嘴，氣喘如牛的拿了條大毛巾擦那腦門子上的汗。」
【用法】用以形容呼吸因急迫而

短促。

【例句】走了一大段崎嶇的山路，大夥都已**氣喘如牛**了，能不能請隊長讓我們休息一下呢？

【義近】氣喘吁吁／大聲喘氣。

【義反】心平氣勻／氣息均勻。

氣湧如山（ㄑㄧˋ ㄩㄥˇ ㄖㄨˊ ㄕㄢ）

【釋義】意謂怒氣在心中湧起，就像山一樣的大。

【出處】三國志・吳書・孫權傳裴松之注引江表傳：「朕年六十，世事難易，靡所不嘗，近為鼠子所前卻，令人氣湧如山。」

【用法】形容氣憤到了極點。

【例句】看到加害自己親人的歹徒出現，家屬們便**氣湧如山**，追著喊打，連旁邊的警察也受到波及。

【義近】髮指眥裂／怒髮衝冠／怒不可遏／咬牙切齒／握拳透爪。

【義反】心平氣和／平心靜氣／回嗔作喜／喜眉笑眼。

氣焰薰天（ㄑㄧˋ ㄧㄢˋ ㄒㄩㄣ ㄊㄧㄢ）

【釋義】氣焰：比喻人的威風氣勢。薰天：薰炙天空。

【出處】羣音類選・雙惠記・巡守雍丘：「獨不見氣焰薰天誰敢當。」

【用法】形容人因為佔了優勢，便態度傲慢，瞧不起人的樣子。

【例句】他才當了兩天部長便**氣焰薰天**，走路有風了，這種部長能成為人民的公僕嗎？

【義近】勢焰薰天／盛氣凌人／耀武揚威。

【義反】善氣迎人／和顏悅色／好聲好氣／平易近人。

氣象萬千（ㄑㄧˋ ㄒㄧㄤˋ ㄨㄢˋ ㄑㄧㄢ）

【釋義】氣象：景象。萬千：極言其變化多樣。

【出處】范仲淹・岳陽樓記：「浩浩湯湯，橫無際涯；朝暉夕陰，氣象萬千。」

【用法】形容壯麗而多變化的景物，或繁榮昌盛的世界。

【例句】一輪紅日和茫茫雪景相互映照，**氣象萬千**，十分壯觀。

【義近】千變萬化。

【義反】滿目淒涼／灰霧茫茫。

氣勢洶洶（ㄑㄧˋ ㄕˋ ㄒㄩㄥ ㄒㄩㄥ）

【釋義】氣勢：氣概與聲勢。洶洶：聲勢很盛的樣子。

【出處】淮南子・兵略訓：「誠積踰而威加敵人，此謂氣勢。」荀子・天論：「君子不為小人之洶洶也輟行。」

【用法】形容人發怒時的樣子。

【例句】他太蠻不講理了，竟然為了孩子間的一點小事，**氣勢洶洶**地跑到我家來打人。

【義近】其勢洶洶／張牙舞爪／暴跳如雷。

【義反】和顏悅色／心平氣和。

氣勢磅礴（ㄑㄧˋ ㄕˋ ㄆㄤˊ ㄅㄛˊ）

【釋義】磅礴：廣大無邊狀。

【出處】杜牧・長安秋望詩：「南山與秋色，氣勢兩相高。」宋史・樂志八：「磅礴罔測。」

【用法】形容氣勢雄偉廣大。常指人的精神氣度。

【例句】抗戰時流行的〈黃河頌〉，**氣勢磅礴**，充分表現了中華民族誓與侵略者血戰到底的英雄氣概。

【義近】氣蓋山河／氣沖雲霄／氣貫長虹。

【義反】伈伈睍睍／洩氣皮球。

水部

水土不服（ㄕㄨㄟˇ ㄊㄨˇ ㄅㄨˋ ㄈㄨˊ）

【釋義】水土：即水陸，引申指一個地域的自然環境。服：適應，習慣。

【出處】陳壽・三國志・吳書・周瑜傳：「不習水土，必生疾病。」元・典章戶部・官民婚：「離家萬里，不伏水土。」

【用法】用以說明初至新地，不習慣當地的自然環境和飲食，而感身體不適。

【例句】初出國門到一個新的環境，難免會有些**水土不服**，用不著緊張。

【義近】水土不合／習慣殊異／飲食不同／氣候不適。

【義反】水土一致／習慣一樣／口味相同／氣候適應。

水中捉月（ㄕㄨㄟˇ ㄓㄨㄥ ㄓㄨㄛ ㄩㄝˋ）

【釋義】到水中捕捉月亮。

【出處】王定保・唐摭言：「唐李白遊采石江，因醉入江中捉月而死。」黃庭堅・沁園春・池：「鏡裏拈花，水中捉月，覷著無由得近伊。」

【用法】比喻白費氣力，做根本做不到的事情；也比喻空虛幻想，不能實現。

【例句】許多事是永遠也不可能在現實生活中實現的，就像你現在的計畫，根本就是**水中捉月**，比登天還難啊！

【義近】水中撈月／竹籃打水／鏡中拈花／鑽冰求酥。

【義反】甕中捉鱉／唾手可得／探囊取物。

水天一色（ㄕㄨㄟˇ ㄊㄧㄢ ㄧ ㄙㄜˋ）

【釋義】碧綠的秋水與藍天相映，連成為青碧一色。

【出處】王勃・滕王閣序：「落霞與孤鶩齊飛，秋水共長天一色。」

【用法】用以形容水域廣闊，景色清新遼遠。

【例句】從岳陽樓上遠眺，就可深深體會洞庭湖的波濤萬頃，**水天一色**。

【義近】水光接天／風月無邊／江山如畫。

【義反】窮山惡水／阡陌縱橫。

水木明瑟（ㄕㄨㄟˇ ㄇㄨˋ ㄇㄧㄥˊ ㄙㄜˋ）

【釋義】瑟：明潔可愛的樣子。

【出處】水經注・濟水：「池上有客亭，左右楸桐，負日俯仰，目對魚鳥，水木明瑟。」

【用法】形容林泉的佳勝美景。

【例句】坐對蘭蕩，一泓漾之，

水木明瑟，魚鳥藻荇，類若乘空。（陶庵夢憶・天鏡園）

【義近】山光水色／山明水秀／水聲山色／水送山迎／水木清華。

【義反】窮山惡水／不毛之地。

水火不相容（ㄕㄨㄟˇ ㄏㄨㄛˇ ㄅㄨˋ ㄒㄧㄤ ㄖㄨㄥˊ）

【釋義】容：容納。

【出處】漢書・郊祀志下：「易有八卦，乾坤六子，水火不相逮，雷風不相誖。」

【用法】比喻兩種事物根本對立，互相排斥或鬥爭，絕對不可能相容。

【例句】求道不求醫，求醫不求道，醫道兩門，有如**水火不相容**。

【義近】水火不投／勢同水火／勢不兩立／冰炭不容／薰蕕異器／針尖對麥芒。

【義反】水乳交融／薰蕕同器／親密無間／一鼻孔出氣／情投意合。

水火不辭（ㄕㄨㄟˇ ㄏㄨㄛˇ ㄅㄨˋ ㄘˊ）

【釋義】所面對的無論是水還是火都不躲避。辭：躲避，推託。

【出處】司馬遷・史記・孫子吳起列傳：「唯王所欲用之，雖赴水火猶可也。」四遊記・東遊記三三回：「大仙有命，水火不辭，斧鉞不避。」

【用法】比喻不論有多麼大的艱難險阻，都能奮不顧身，勇敢向前。

【例句】在我最困難的時候，你拉了我一把，現在你有困難，我當然會**水火不辭**的全力幫助你。

【義近】在所不辭／赴湯蹈火／奮不顧身／上刀山下火海／兩肋插刀。

【義反】畏首畏尾／瞻前顧後／貪生怕死／避之唯恐不及。

水火之中（ㄕㄨㄟˇ ㄏㄨㄛˇ ㄓ ㄓㄨㄥ）

【釋義】水火：指災難。

【出處】孟子・梁惠王下：「今燕虐其民，王往而征之，民以為將拯己於水火之中也。」

【用法】比喻處在暴政的統治之下，或處在災難困苦之中。

【例句】當你感到自己很不幸時，想想那些生活在**水火之中**的非洲飢民，你就會感到自己太幸運了。

【義近】水深火熱／深受危難／民不聊生／民生凋敝。

【義反】安居樂業／國泰民安／物阜民裕／物富民豐。

水火無交（ㄕㄨㄟˇ ㄏㄨㄛˇ ㄨˊ ㄐㄧㄠ）

【釋義】像水和火一樣，不相交通。

【出處】隋書・循吏傳・趙軌：「高祖嘉之，賜物三百段，米三百石，徵軌入朝，父老相送者，各揮涕曰：『別駕在官，水火不與百姓交，是以不敢以壺酒相送，公清若水，請酌一杯水奉餞。』軌受而飲之。」趙吉士・寄園寄所寄・囊底寄：「達公變色曰：本院與屬吏水火無交，貴縣言作郡難，有說乎？」

【用法】喻為官清廉，不擾民；或比喻互不干涉。

【例句】我與他不過僅有一面之緣，**水火無交**，怎好去替你說項呢？

【義近】水米無交／廉潔奉公／一介不取／素昧平生／素不相識。

【義反】貪贓枉法／中飽私囊／來往密切／八拜之交／莫逆之交。

水火無情（ㄕㄨㄟˇ ㄏㄨㄛˇ ㄨˊ ㄑㄧㄥˊ）

【釋義】意謂水和火是不講情面的。

【出處】元・楊梓・豫讓吞炭二折：「你外面將堤堰來撅，俺城中把金鼓鳴，正是外合裏應，教智伯才知水火無情。」

【用法】指水災、火災凶猛可畏，一點情面也不會講。

【例句】颱風期間，許多人為了一睹奇景，便到海邊觀潮，其實這是很危險的行為，要知道**水火無情**，若發生悲劇，後悔就來不及了。

【義近】洪水猛獸／飛災橫禍／滅頂之災。

【義反】福事雙至／雙喜臨門／洪福齊天。

水可載舟，亦可覆舟（ㄕㄨㄟˇ ㄎㄜˇ ㄗㄞˋ ㄓㄡ，ㄧˋ ㄎㄜˇ ㄈㄨˋ ㄓㄡ）

【釋義】水：喻民。舟：喻君。

【出處】荀子・王制：「君者舟也，庶人者水也，水則載舟，水則覆舟。」後漢書・皇甫規傳：「水可載舟，亦以覆舟。」

【用法】民意的向背既能擁戴其主，亦能推翻其主。

【例句】所有當權的人，都應明白**水可載舟，亦可覆舟**的道理，要時刻為大眾著想並造福大眾。

水平如鏡（ㄕㄨㄟˇ ㄆㄧㄥˊ ㄖㄨˊ ㄐㄧㄥˋ）

【釋義】水面平得像一面鏡子。

【出處】吳敬梓・儒林外史一四回：「左邊望著錢塘江，明明白白；那日江上無風，水平如鏡，過江的船，船上有轎子，都看得明白。」

【用法】形容水面平靜無波。

【例句】夏日夜晚，潭面**水平如鏡**，星光月光映在水面上，彷彿天上銀河來到了凡間。

【義近】風平浪靜／波平如鏡／水波不興。

【義反】波濤洶湧／江翻海沸。

水母目蝦（ㄕㄨㄟˇ ㄇㄨˇ ㄇㄨˋ ㄒㄧㄚ）

【釋義】指水母無耳目，常依隨蝦而行動。

【出處】郭璞・江賦：「瓊蛣腹蟹，水母目蝦。」善注：「南越志：『海岸間頗有水母，東海謂之蛇：正白，濛濛如沫，生物有智識，無耳目，故不知避人；常有蝦依隨之，蝦見人則驚，此物亦隨之而沒。』」

【用法】形容把別人的見解，當作是自己的意思。

【例句】一個不思考的人，就像**水母目蝦**一樣，久了，也忘了自己還有思考的能力。

水光山色（ㄕㄨㄟˇ ㄍㄨㄤ ㄕㄢ ㄙㄜˋ）

【釋義】水的風光與山的景色。

【出處】蘇軾・飲湖上初晴後雨：「水光瀲灩晴方好，山色空濛雨亦奇。」宋・樓鑰・攻愧集：「畫船重泛西湖上，水光山色都無恙。」

【用法】形容山水秀麗。

【例句】常聞西湖的**水光山色**非常美麗，今日到此一遊，親眼目睹，果真名不虛傳。

【義近】水色山光／湖光山色／山明水秀。

【義反】窮山惡水／童山濯濯／煙波浩渺。

水光接天

【釋義】意謂水的光色與天的光色相連接。

【出處】蘇軾・前赤壁賦：「少焉，月出於東山之上，徘徊於斗牛之間，白露橫江，水光接天。」

【用法】用以形容水域廣闊。

【例句】我愛看海，愛看那**水光接天**、海天一色的壯觀豪景，讓我暫忘自己的渺小，同時也看到了大自然包容的心胸。

【義近】碧波萬頃／浩浩江水／一片汪洋。

【義反】一潭死水／溪水潺潺／魚池水坑。

水光雲影

【釋義】水的風光，雲的影子。

【出處】王國維・人間詞話上卷：「介存謂：夢窗詞之佳者，如水光雲影，搖蕩綠波，撫玩無極，追尋已遠。」

【用法】形容水天澄明的景色，或喻虛無縹緲之境。

【例句】美國西岸有許多豪宅座落在海邊，因爲抬頭便看得到**水光雲影**的美景，因此價值不菲。

水米無交

【釋義】一杯水、一頓飯的交往也沒有。交：交往，交情。

【出處】孫仲章・勘頭巾二折：「這河南府有個能吏張鼎，刀筆上雖則是個狠僂儸，又與百姓水米無交。」

【用法】比喻爲官清廉，不妄取民物；也形容彼此之間沒有往來，毫無交情。

【例句】我雖認識他，但彼此**水米無交**，互不往來，他犯法又與我有什麼相干呢？

【義近】廉潔奉公／一介不取／兩袖清風／飲馬投錢／涓滴歸公／水火無交／素昧平生／素不相識。

【義反】貪贓枉法／中飽私囊／來往密切／關係親密／八拜之交／莫逆之交。

水至清則無魚

【釋義】水太清則魚不能藏身。至：極，最。一作「水清無魚」。

【出處】大戴禮・子張問入官：「水至清則無魚，人至察則無徒。」

【用法】比喻人過於苛察，責備求全，就不能容眾。也用以說明事物沒有絕對的純潔。

【例句】**水至清則無魚**，對人不能要求太高，否則就會眾叛親離，沒有人願意爲你做事、與你共事了。

【義近】人至察則無徒／人無完人，金無足赤。

【義反】寬小過總大綱／大行不顧細謹。

水村山郭

【釋義】水邊的村落，依山的城郭。

【出處】杜牧・江南春：「千里鶯啼綠映紅，水村山郭酒旗風；南朝四百八十寺，多少樓臺煙雨中。」

【用法】指依山傍水的村落城郭，爲江南郊野常見的景致。

【例句】江南居民以農爲生，故處處可見**水村山郭**的景致，綠油油的水稻田中綴著幾戶人家，好一幅太平盛世的景象。

水乳交融

【釋義】水與乳汁融和在一起。交融：融和在一起。

【出處】夏敬渠・野叟曝言一二九回：「從前雖是親熱，究有男女之分，此刻則更水乳交融矣。」

【用法】比喻相交融洽，意氣相投；說明事物結合得十分緊密。

【例句】他倆情投意合，**水乳交融**，步上結婚禮堂是遲早的事了。

【義近】如膠似漆／形影不離／如魚得水／渾然一體／融爲一體。

【義反】格格不入／水火不容／反目成仇／冰炭不容／誓不兩立／水米無交。

水來伸手，飯來張口

【釋義】水來了端起就喝，飯來了張口就吃。

【出處】曹雪芹・紅樓夢六一回：「你們深宅大院，水來伸手，飯來張口，只知雞蛋是平常東西，那裏知道外頭買賣的行市呢？」

【用法】形容人懶惰成性，只知坐食享受，不事生產。

【例句】這些有錢人家的少爺小姐，早上睡到日上三竿，晚上玩到三更半夜，過著**水來伸手，飯來張口**的生活，希望上天保佑他們能一輩子好命，否則將難以生存。

【義近】衣來伸手，飯來張口／坐享其成／不勞而獲。

【義反】日出而作，日入而息／起早貪黑／寒耕熱耘。

水到船浮

【釋義】水位增高，船隻就跟著浮起。

【出處】朱子語類輯略・訓門人：「見面前只是理，覺如水到船浮，不至有甚慳澀。」

【用法】喻凡事自然而然，不用勉強。

【例句】這個地區沒有大的賣場，如果能夠在此蓋一座大型賣場，必定會吸引許多人潮，如**水到船浮**的道理一樣，所以人氣的問題是不用擔心的。

水到渠成

【釋義】水一流到，自然會形成溝渠。

【出處】蘇軾・答秦太虛書：「至時別作經畫，水到渠成，不須預慮，以此胸中都無一事。」

【用法】比喻條件具備了，事情自然成功。

【例句】這事你也用不著著急，等**水到渠成**時，自然會有解決的辦法。

【義近】瓜熟蒂落／順理成章。

【義反】精力自致／揠苗助長。

水性楊花

【釋義】如水性之流動，楊花之飄浮。
【出處】黃六鴻・福惠全書・刑名部：「婦人水性楊花，焉有不爲所動。」
【用法】比喻淫蕩輕薄婦女的心性。
【例句】表面上看來她似乎是**水性楊花**的女人，事實上她卻是一個有原則有分寸的人。
【義近】人盡可夫／朝三暮四。
【義反】貞潔烈婦／三貞九烈

水波不興

【釋義】興：泛起。
【出處】蘇軾・前赤壁賦：「蘇子與客，泛舟遊於赤壁之下，清風徐來，水波不興。」
【用法】指水面平靜無波。
【例句】中秋夜，日月潭**水波不興**，潭面上泛著儷影雙雙的船隻。
【義近】水平如鏡／風平浪靜。
【義反】波濤洶湧／江翻海沸／波瀾壯闊。

水泄不通

【釋義】連水都流不出去。泄：排泄。又作「水洩不通」。
【出處】道原・景德傳燈錄：「德山門下，水泄不通。」
【用法】形容極其擁擠，或包圍得十分嚴密。
【例句】每逢假日，各大遊憩場所便擠得**水泄不通**，還不如在家休息。
【義近】風雨不透／摩肩接踵／寸步難行。
【義反】暢通無阻／寥寥數人／稀稀落落。

水流花謝

【釋義】河水流逝，花兒凋謝。
【出處】清・吳道潛・駱賓王遺墓詩：「水流花謝魂安在，空有騷人賦大招。」
【用法】比喻韶華消逝，事物已成陳跡。
【例句】雖然**水流花謝**，人生來去一場空，可是能夠光輝璀璨的走一遭，也就不枉此生了。
【義近】時過景遷／好景不常。
【義反】桃花依舊笑春風。

水送山迎

【釋義】乘舟而行，水在送行，山在迎接。
【出處】吳融・富春詩：「水送山迎入富春，一川如畫晚晴新。」
【用法】形容山水的秀美。
【例句】乘舟遊長江，一路上**水送山迎**，景色秀麗，令人暢而忘憂。
【義近】水木明瑟／山明水秀／水木清華／山光水色。
【義反】窮山惡水／不毛之地。

水深火熱

【釋義】像在越沉越深的水中，如在越來越猛的火裏。
【出處】孟子・梁惠王下：「簞食壺漿，以迎王師，豈有他哉？避水火也。如水益深，如火益熱，亦運而已矣。」
【用法】比喻人民生活陷於極度的痛苦之中。
【例句】十九世紀末葉，正當列強入侵，人民處於**水深火熱**的時候，慈禧太后卻爲自己的生日大肆揮霍。
【義近】民不聊生／生靈塗炭／民生凋敝。
【義反】安居樂業／國泰民安／物阜民豐。

水逝雲卷

【釋義】水的消逝，雲的舒捲。卷：同「捲」。
【出處】金聖嘆・西廂記序一：「幾萬萬年月，皆如水逝雲卷，風馳電掣，無不盡去。」
【用法】喻消逝得無影無蹤。
【例句】雖然古代英雄豪傑、才子佳人，皆如**水逝雲卷**，無影無蹤了，但我們仍可從書中一睹其豐功偉業和風流事蹟。
【義近】霞舒雲卷。

水陸並進

【釋義】指由水路和陸路同時進攻。
【出處】三國志・蜀書・先主傳：「先主與吳軍水陸並進，追到南郡。」
【用法】形容作戰的計畫。
【例句】我軍**水陸並進**，直取敵方要城，勝算在握了，這時更該一鼓作氣，徹底殲滅敵軍。

水陸俱備

【釋義】意謂水中陸上所產的珍貴食品都已齊備。俱：都。
【出處】施耐庵・水滸傳一回：「當日王都尉府中，準備筵宴，水陸俱備，請端王居中坐定，太尉對席相陪。」
【用法】形容筵宴豐盛。
【例句】這桌酒席**水陸俱備**，所有參加宴飲的人無不交口稱讚。
【義近】山珍海味／水陸佳餚／珍饈美味／龍鳳齊備。
【義反】粗茶淡飯／薄菜水酒。

水陸畢陳

【釋義】水陸：指水上和陸地上出產的山珍海味。畢陳：全部陳列出來。畢：盡。
【出處】清平山堂話本・西湖三塔記：「兩個青衣女童，安排酒來，少頃，水陸雜陳。」
【用法】形容菜肴非常豐盛。
【例句】李太太非常客氣，昨晚她作東請客，菜色豐盛，**水陸畢陳**，還一直謙說自己招待不周。
【義近】水陸俱備／水陸雜陳／龍肝鳳髓／龍肝豹胎。
【義反】家常便飯／粗茶淡飯／清湯寡水／殘羹剩飯。

水落石出

【釋義】水落下去，水中的石頭露出來。原用以形容冬天的自然景色。
【出處】歐陽修・醉翁亭記：「野芳發而幽香，佳木秀而繁陰，風霜高潔，水落而石出者，山間之四時也。」
【用法】現用以比喻事情的眞相終於大白。
【例句】這個誤會若不查個**水落石出**，對我們將造成無可彌補的傷害。
【義近】眞相大白／大白於天下／暴露無遺／紙終究包不住

火／原形畢露。

【義反】深藏不露／諱莫如深／眞相不明／沉冤莫白／冤沉海底。

水落歸漕

【釋義】漕：指可用作漕運的渠道。

【出處】曹雪芹・紅樓夢九六回：「今日聽了這些話，心裏方纔水落歸漕，倒也喜懽。」

【用法】比喻明白了眞相，心裏才安定下來。

【例句】裁員減薪的傳聞甚囂塵上，今日聽到主管的說明後，員工們的心裏才算**水落歸漕**，安安分分的回到工作崗位上。

水滴石穿

【釋義】水不停地滴，石頭也能被滴穿。

【出處】羅大經・鶴林玉露：「乖崖援筆判曰：『一日一錢，千日一千，繩鋸木斷，水滴石穿。』」

【用法】比喻只要有恆心，不斷努力，事情就一定能成功。

【例句】沒有**水滴石穿**的精神，要想在事業上取得成功，那是不可能的。

【義近】鍥而不舍／鐵杵磨成針／跬步千里／介然成路／堅持不懈／有志事竟成。

【義反】鍥而舍之／一暴十寒／三天打魚，兩天曬網／半途而廢。

水漲船高

【釋義】水上漲，船也隨之而升高。漲：也作「長」。

【出處】道原・景德傳燈錄：「眼中無翳，空裏無光，水漲船高，泥多佛大。」

【用法】比喻事物隨著它所憑藉的基礎提高而提高。

【例句】這一帶因爲新興百貨業的發達，房價跟著也**水漲船高**。

【義近】泥多佛大／人多勢大／風大浪高。

水盡鵝飛

【釋義】水已枯竭，鵝已飛去。盡：亦作「淨」。

【出處】關漢卿・望江亭二折：「你休等的我恩斷意絕，眉南面北，恁時節水盡鵝飛。」

【用法】比喻恩情斷絕，一拍兩散；也比喻空無所有，徹底乾淨。

【例句】夫妻雖是同林鳥，但有時也難逃**水盡鵝飛**的命運安排。

【義近】雞飛蛋打／勞燕分飛／各奔東西／分道揚鑣。

【義反】生死相依／比翼雙飛／並蒂連枝／鴛鴦並宿。

水碧山青

【釋義】碧綠的水，青青的山。

【出處】唐・劉禹錫・洛中逢韓七中丞之吳興口號五首：「駱駝橋上苹風起，鸚鵡杯中箬雨青，水碧山青知好處，開顏一笑問何人。」

【用法】形容景色豔麗如畫。

【例句】臺灣地區還有一些**水碧山青**之處未被污染，值得一遊，但別忘了將垃圾帶走。

【義近】水綠山青／山清水秀／綠水青山。

【義反】窮山惡水／童山濁水／險山惡水。

水廣魚大

【釋義】水源廣闊就會養出大魚。又作「水大魚多」。

【出處】韓詩外傳五回：「淵廣者其魚大，主明者其臣惠。」說苑・尊賢：「水廣則魚大，君明則臣忠。」王充・論衡・自紀：「夫形大衣不得褊，事眾文不得褊，事眾文饒，水大魚多。」

【用法】喻君主賢明則臣子忠良；或比喻本源廣大則事物豐盛。

【例句】①唐太宗是位賢明的君主，所謂**水廣魚大**，故其身邊不乏像魏徵這樣的賢才。②美國在短短的兩百多年間就躍升成世界強國，乃因其**水廣魚大**的文化所致。

水漿不入

【釋義】連流質的也吃不下去了。水漿：指流質食物。

【出處】南朝梁・任昉・齊竟陵文宣王行狀：「水漿不入於口者，至自禹它。」

【用法】用以形容人病重或勞傷過度。

【例句】老先生已氣息奄奄，**水漿不入**了，院方掛出病危通知，要家屬做好心理準備。

【義近】粒米不進／氣息奄奄／一息尚存／命若遊絲／大漸彌留／朝不保夕。

【義反】身強力壯／年富力強／生龍活虎。

水潔冰清

【釋義】是指像冰水一樣的潔白清淨。

【出處】藝文類聚卷四八引晉・張華・魏劉驃騎誄：「金剛玉潤，水絜（潔）冰清，鬱鬱文彩，煥若朝榮。」

【用法】多用以形容人的品德高潔；有時也形容文筆雅致。

【例句】冰心的作品和她的人格一樣**水潔冰清**，眞所謂文如其人。

【義近】冰清玉潔／冰壺秋月／一片冰心／清新雅麗。

【義反】追名逐利／急功好利／卑污苟賤／艱深晦澀。

水澆鴨背

【釋義】把水澆淋在鴨背上。

【出處】潘游龍・笑禪錄：「水澆鴨背風過樹，佛子宜作如是觀；何妨對境心數起，閉目不窺一公案。」

【用法】形容若無其事的樣子。

【例句】家人都爲他的事坐立不安，他老兄卻像**水澆鴨背**似的，毫不在意，也不知他心裏是怎麼想的。

【義近】若無其事／泰然自若／談笑自若／滿不在乎。

【義反】坐立不安／驚慌失措／煞有其事／心慌意亂。

水磨工夫

【釋義】水磨：摻水細磨。

【出處】馮夢龍・醒世恆言卷一五：「須用些水磨工夫撩撥他，不怕不上我的鉤兒。」

【用法】比喻精密細緻的工夫。

【例句】你要想把這件事辦成，就得要下**水磨工夫**，粗心大意不得，性急更不行。

【義近】小心細緻／一絲不苟／

小心謹慎／認認眞眞。

【義反】粗心大意／粗枝大葉／大而化之／隨隨便便。

水懦民翫

【釋義】水柔弱，民遂狎玩而不畏懼。翫：通「玩」。

【出處】左傳・昭公二十年：「水懦弱，民狎而翫之，則多死焉，故寬難。」

【用法】喻政令寬鬆，人民玩忽法律，反而易蹈法網。

【例句】爲政者在制定法令時應要周全，太過苛刻或寬鬆皆不是人民之福，如**水懦民翫**，反而更容易讓人民誤蹈法網。

水闊山高

【釋義】水面遼闊，山勢高峻。

【出處】羣音類選・清腔類・山坡裏羊一套：「音書誰送，知隔著關山幾重，見如今水闊山高，促急裏怎覓鱗鴻。」

【用法】指隔著高山大河，無法通音訊。

【例句】他倆雖互有情意，無奈**水闊山高**阻隔，終究還是無法有進一步的發展。

【義近】關山迢遞／山長水遠／千山萬水。

【義反】咫尺之遙／左鄰右舍／街坊鄰里。

一畫

永不敘用

【釋義】永遠不再錄用。

【出處】清制，官吏因罪被革職者，皆永不敘用。

【用法】指公務員被革職後，不能再被錄用的規定。

【例句】犯過罪、坐過牢的人像是被蓋了**永不敘用**的章，想要重新做人，找一份正當職業很困難，所以又再故技重施，回去做壞事。

【義近】永不錄用。

永世長存

【釋義】永遠存在下去。永世：永遠。

【用法】用以稱頌美好的事物，包括人的精神和事跡，但不能跟人直接搭配使用。

【例句】國父的崇高精神與光輝事跡，將**永世長存**。

【義近】永垂不朽／流芳百世／永世無窮／永無止期。

【義反】瞬息即逝／轉眼無蹤／曇花一現／彈指即過。

永矢弗諼

【釋義】諼：忘記。

【出處】詩經・衛風・考槃：「獨寐寤言，永矢弗諼。」

【用法】喻自誓不敢輕易忘記。

【例句】父母恩德，**永矢弗諼**，這是爲人子女者最基本的盡孝之道。

【義近】永誓弗諼。

永垂不朽

【釋義】永遠流傳後世不會磨滅。垂：流傳後世。朽：腐爛，磨滅。

【出處】魏書・高帝紀下：「雖不足綱範萬度，永垂不朽，且可釋滯目前，釐整時務。」

【用法】用以稱頌已故人物的功勳業績和崇高精神。多用於哀悼死者。

【例句】所有爲國家爲民族英勇犧牲的烈士，其精神將與日月一樣**永垂不朽**。

【義近】永垂千古／永世長存／萬古流芳／永世無窮／永垂竹帛／永垂青史。

【義反】遺臭萬年／萬人唾棄／世人不齒。

永無止境

【釋義】止境：盡頭。

【出處】茅盾・秦嶺之夜：「秦嶺上還有積雪，秦嶺的層嵐屏嶂永無止境似的。」

【用法】用以說明事物的發展永遠沒有盡頭。

【例句】科學的發展是**永無止境**的，因此我們無論如何都不能滿足於現狀，不然就要落伍了。

【義近】沒完沒了。

【義反】到此爲止。

永銘心版

【釋義】永遠銘記在心中。

【出處】李汝珍・鏡花緣四七回：「姊姊如此用心，眞令妹子感激涕零，此時也不敢以套言相謝，惟有永銘心版了。」

【用法】形容牢記於心，永遠不忘。

【例句】您的大恩大德，我將**永銘心版**，生生世世結草銜環以報。

【義近】沒齒難忘／銘心刻骨／銘感五內／感恩不盡。

二畫

氾濫成災

【釋義】氾濫：同「泛濫」、「汎濫」，水漫溢橫流。

【出處】孟子・滕文公上：「洪水橫流，氾濫於天下。」司馬遷・史記・河渠書：「爲我謂河伯兮何不仁，泛濫不止兮愁吾人！」

【用法】指江河水漲四處漫流，造成水災。也比喻不良風氣或壞思想到處擴散，引起禍患。

【例句】①黃河、淮河經常**氾濫成災**，須要徹底根治。②現在武俠小說、電視劇、漫畫書，簡直多到了**氾濫成災**的程度。

【義近】洪水橫流。

【義反】赤地千里／天旱不雨。

求人不如求己

【釋義】求別人不如求自己。

【出處】論語・衛靈公：「君子求諸己，小人求諸人。」文子・上德：「怨人不如自怨，求諸人不如求之己。」

【用法】用以說明爲人應自力奮鬥，不仰仗他人。

【例句】**求人不如求己**，這件事你又不是不能做，何必要老想依賴他人呢？

【義近】萬事不求人／自食其力／自力更生。

求之不得

【釋義】極力追求而不能獲得。求：追求，尋求。

【出處】詩經・周南・關雎：「求之不得，寤寐思服。悠哉悠哉，輾轉反側。」

【用法】形容要求很迫切或機會很難得。有時含有出人意外的意思。

【例句】這職位對你來說可能無

所謂，但對我來說卻是**求之不得**。
【義近】企踵望之／企盼之至。
【義反】如願以償／稱心如意／輕而易舉。

求仁得仁

【釋義】仁：古代一種含義廣泛的道德概念，其核心指人與人相親相愛。
【出處】論語・述而：「求仁而得仁，又何怨。」
【用法】用以泛指適如其願或心安理得。
【例句】當教師確實很辛苦，但這是我的宿願，**求仁得仁**，有什麼可埋怨的？
【義近】心安理得／捨生取義。
【義反】臨難苟免／苟且偷生。

求生不得，求死不能

【釋義】指既不能求生存，又無法速死。
【出處】李寶嘉・文明小史三七回：「此時慕政弄得沒法，求生不得，求死不能。」
【用法】比喻處境艱困，左右為難。
【例句】文天祥被執入獄，在監牢中過了兩年**求生不得，求死不能**的生活，卻仍舊不折其浩然正氣，令人感佩。

求田問舍

【釋義】田、舍：田地房舍，泛指家產。
【出處】陳壽・三國志・魏書・張邈傳：「君（許汜）有國士之名，今天下大亂……而君求田問舍，言無可采。」
【用法】指專營家產而無遠大志向。
【例句】國家興亡，匹夫有責，我們豈可完全置國事於不顧，而一味地**求田問舍**呢？
【義近】買田置地／士而懷居。
【義反】安貧樂道。

求全之毀

【釋義】求全：希求完美。毀：毀謗，詆毀。
【出處】孟子・離婁上：「有不虞之譽，有求全之毀。」
【用法】用以說明為求得完美無缺，反而受到詆毀。
【例句】辦事認真是應該的，但有時也會招來**求全之毀**，受到別人的指責。

求全責備

【釋義】責：要求。備：完備，齊備。
【出處】孟子・離婁上：「有求全之毀。」淮南子・氾論訓：「是故君子不責備於一人。」
【用法】指對人對事過分挑剔，要求十全十美。
【例句】人無完人，金無足赤，於人於事都不能**求全責備**，過分苛刻。
【義近】吹毛求疵／抵瑕蹈隙／挑毛揀刺／洗垢求瘢／斤斤計較。
【義反】待人輕約／寬以待人／仁恕待人／善氣迎人。

求同存異

【釋義】求：尋求。存：保留。異：不同。
【用法】用以指稱謀求彼此相同的意見，保留不同的看法，無須強求一致。
【例句】對人對事都會有不同的看法，我們只有**求同存異**，才不致傷和氣，壞了大事。
【義反】黨同伐異。

求名奪利

【釋義】意即求取名利。奪：奪取。
【出處】明・沈受先・三元記・空歸：「求名奪利誇得意，勝似狀元及第。」
【用法】是指追求名譽，奪取財利。
【例句】他這個人一生**求名奪利**，結果弄得自己眾叛親離，生時被唾棄，死後被咒罵，一點價值都沒有。
【義近】求名求利／追名逐利／貪名圖利。
【義反】淡泊名利／富貴浮雲／超然物外。

求容取媚

【釋義】求容：希求容身於其間。取媚：取得別人的喜歡。媚：有意討人喜歡。
【出處】三國志・蜀書・法正傳：「旦夕偷幸，求容取媚，不慮遠圖，莫肯盡心獻良計耳。」
【用法】形容設法諂媚討好權勢者，以求獲得好處。
【例句】王先生確實有一套**求容取媚**的本事，到公司還不到一年，就已當上一個部門的經理了！
【義近】阿諛逢迎／搖尾乞憐／曲意逢迎／阿其所好。
【義反】剛直不阿／堂堂正正／守正不撓／直道而行。

求神問卜

【釋義】求神：求助神祇。問卜：用算卦來解決疑難。
【出處】羣音類選・南西廂記・鶯鶯探病：「我與你求神問卜，且自寬心，將息守己。」
【用法】指祈求神祇和卜卦來幫助解決疑難問題。
【例句】有了病不去看醫生，卻到寺廟裏**求神問卜**，真是荒唐！
【義近】求籤問卜／拜鬼求神／求神拜佛。

求索無厭

【釋義】厭：同「饜」，滿足。
【出處】呂氏春秋・懷寵：「徵斂無期，求索無厭。」
【用法】形容人貪心不知足。
【例句】作為一個小老婆，妳有這樣的境遇已該滿足了，若再**求索無厭**，惹毛了大老婆，一狀告上法院說妳妨害家庭，那就真是吃不完兜著走了。
【義近】貪多務得／貪得無厭／誅求無厭／狼貪鼠竊。
【義反】偃鼠飲河／知足常樂／一介不取／知止知足。

求馬唐肆

【釋義】到不是停馬的地方尋馬。唐：空無。肆：店舖。
【出處】莊子・田子方：「彼已盡矣，而女求之以為有，是求馬於唐肆也。」注：「唐肆，非停馬處也。言求向者之有，不可復得也。」
【用法】比喻向無物之處尋求所

需，必然沒有收穫。

【例句】你想要買鹽，卻跑到五金行去找，這不是**求馬唐肆**的作法嗎？

求備一人（ㄑㄧㄡˊ ㄅㄟˋ ㄧ ㄖㄣˊ）

【釋義】求：希求。備：具備，完美無缺。

【出處】論語．微子：「君子不施其親，不使大臣怨乎不已。故舊無大故，則不棄也。無求備於一人！」

【用法】指苛求於人，要人完美無缺。

【例句】世界上絕不可能有完人，若以**求備一人**的態度來看待別人，你可能就交不到朋友。

【義近】求全責備／吹毛求疵／披毛索靨／洗垢索瘢。

【義反】棄瑕錄用／不計小過／寬容仁厚／不咎既往。

求榮反辱（ㄑㄧㄡˊ ㄖㄨㄥˊ ㄈㄢˇ ㄖㄨˋ）

【釋義】想求榮譽，反而得到恥辱。

【出處】文康．兒女英雄傳一回：「依然有始無終，求榮反辱。」

【用法】喻人徒勞無功，反而換來羞辱。

【例句】面對一連串的冷嘲熱諷，他深深感到自己的付出很不值得，眞是**求榮反辱**，好心被狗咬，下次不再做這種傻事了。

求賢若渴（ㄑㄧㄡˊ ㄒㄧㄢˊ ㄖㄨㄛˋ ㄎㄜˇ）

【釋義】賢：有才德的人。若渴：如口渴思飲。一作「求賢如渴」。

【出處】後漢書．周舉傳：「昔在前世，求賢如渴。」宋史．竇貞固傳：「求賢若渴，從諫如流。」

【用法】用以比喻希求賢才的急切心情。

【例句】曹操是一位重才愛才的人，他所發布的求賢令、所寫的短歌行一詩，都充分表現了他**求賢若渴**的心情。

【義近】思賢如渴／唯才是舉／愛才如命／握髮吐哺。

【義反】嫉賢妒能／妒能害賢／踐踏人才。

求親靠友（ㄑㄧㄡˊ ㄑㄧㄣ ㄎㄠˋ ㄧㄡˇ）

【釋義】求助親戚，依靠朋友。

【出處】曹雪芹．紅樓夢四二回：「這兩包每包五十兩，共是一百兩，是太太給的，叫你拿去，或者做個小本買賣，或者置幾畝地，以後再別求親靠友的。」

【用法】常用以指求人借貸。

【例句】小時候因爲家境淸寒，每次註冊時，就看見父母**求親靠友**的替我們攢借學費，我們能不好好用功嗎？

【義近】投親靠友／東央西告。

【義反】自力更生／自食其力。

三畫

汗牛充棟（ㄏㄢˋ ㄋㄧㄡˊ ㄔㄨㄥ ㄉㄨㄥˋ）

【釋義】搬運時可使牛出汗，收藏時能塞滿屋子。

【出處】陸九淵．與林叔虎書：「又有徒黨傳習，日不暇給，又其書汗牛充棟。」

【用法】形容書籍很多。

【例句】中央圖書館藏書之多，眞可謂**汗牛充棟**。

【義近】汗牛塞屋／牙籤萬軸／萬籤插架。

【義反】寥寥無幾／屈指可數。

汗出沾背（ㄏㄢˋ ㄔㄨ ㄓㄢ ㄅㄟˋ）

【釋義】汗水沾溼了背脊。

【出處】司馬遷．史記．陳丞相世家：「問：『天下一歲錢穀出入幾何？』勃又謝不知，汗出沾背，愧不能對。」

【用法】比喻慚愧的樣子。

【例句】她爲自己說出這麼不得體的話感到羞愧，不禁**汗出沾背**，恨不得找個地洞鑽下去。

【義近】無地自容／汗顏無地／羞愧無地／羞慚滿面。

【義反】心安理得／問心無愧／理直氣壯／硬著頭皮。

汗流如雨（ㄏㄢˋ ㄌㄧㄡˊ ㄖㄨˊ ㄩˇ）

【釋義】流汗像下雨一樣。

【出處】大唐三藏取經詩話．入香山寺：「法師曰：『未言別事，且得平安過了！』七人停息，一時汗流如雨。」

【用法】形容流汗很多的樣子。

【例句】台灣的夏天悶熱潮溼，才走一會兒路便**汗流如雨**，一天下來，衣服不知溼了幾次。

【義近】揮汗如雨／汗水淋漓／汗流浹背／汗如雨下。

汗流浹背（ㄏㄢˋ ㄌㄧㄡˊ ㄐㄧㄚˊ ㄅㄟˋ）

【釋義】出汗很多，濕透肩背。浹：濕透。

【出處】後漢書．伏皇后紀：「（曹）操後以事入見殿中，……。操出，顧左右，汗流浹背，而後不敢復朝請。」

【用法】形容滿身大汗，也指惶恐出冷汗。

【例句】他平日很少運動，因此才跑了四百公尺，便**汗流浹背**，氣喘如牛了。

【義近】揮汗如雨／汗如雨下／大汗淋漓。

【義反】鎭定自若／心安神定。

汗馬功勞（ㄏㄢˋ ㄇㄚˇ ㄍㄨㄥ ㄌㄠˊ）

【釋義】原指戰功。汗馬：征戰時戰馬奔馳出汗。

【出處】韓非子．五蠹：「棄私家之事，而必汗馬之勞。」

【用法】今用以泛指在事業上立下了功勞，做出了貢獻。

【例句】他在軍中服務多年，立下了不少**汗馬功勞**，深受長官所器重。

【義近】立功千里／汗馬之勞／戰功顯赫。

【義反】乘軒食祿／尸位素餐。

江山不老（ㄐㄧㄤ ㄕㄢ ㄅㄨˋ ㄌㄠˇ）

【釋義】意謂高山大河千古長存，永不衰老。

【出處】宋．林外．洞仙歌：「今來古往，物是人非，天地裏，唯有江山不老。」

【用法】用作比喻，祝人長壽。

【例句】值此恩師九十大壽之際，我代表所有同學祝您**江山不老**！

【義近】日月同年／壽比南山／壽山福海／海屋添籌。

【義反】短命而死／短命夭折／未老先衰／望秋先零。

江山之恨（ㄐㄧㄤ ㄕㄢ ㄓ ㄏㄣˋ）

【釋義】江山：指疆土。恨：仇

恨。

【出處】唐・陳熙晉・駱侍御傳：「萬里煙波，舉目有江山之恨。」

【用法】指祖國的大好疆土淪亡於敵手的仇恨。

【例句】改朝換代之際，常有忠臣烈士懷著**江山之恨**而殉國，他們認爲即使是死也要做故國之鬼。

【義近】江山之異／江山易主／江山改色。

【義反】金甌無缺／一軌同風。

江山如故

【釋義】如故：依舊，還是像原來的樣子。

【出處】明・胡文煥・泰和記・蘇子瞻泛舟遊赤壁：「歎興亡，江山如故，何處覓曹郎。」

【用法】指山河大地面貌依舊。常用來反襯人事興衰變化很大。

【例句】幾千年來，中國雖**江山如故**，卻經歷了無數次的改朝換代，人事滄桑。

【義近】山河依舊／依然如故。

【義反】滄海桑田／東海揚塵／白衣蒼狗／深谷爲陵。

江山易改，稟性難移

【釋義】改造山河容易，改變人的本性困難。江山：山川，山河。稟性：一作「本性」。

【出處】馮夢龍・醒世恆言・徐老僕義憤成家：「常言道得好，江山易改，稟性難移。」

【用法】形容要改變一個人的習慣或本性很困難。

【例句】所謂「**江山易改，稟性難移**」，他的脾氣這麼暴躁，我看是很難改變的。

【義近】積習難改。

【義反】脫胎換骨／放下屠刀，立地成佛。

江心補漏

【釋義】船到江心才補漏洞。

【出處】關漢卿・救風塵・一折：「恁時節，船到江心補漏遲，煩惱怨他誰事，要前思免勞後悔。」

【用法】比喻補救太遲，無濟於事。

【例句】你這樣不聽人勸，等到眞的出了事，再想**江心補漏**，可就來不及了。

【義近】臨淵結網／臨渴掘井／遠水救不了近火。

【義反】未雨綢繆／有備無患／積穀防饑／防微杜漸。

江東父老

【釋義】江東：泛指長江下游南岸地區，此指吳中。父老：父兄，前輩。

【出處】司馬遷・史記・項羽本紀：「縱江東父兄憐而王我，我何面目見之？」

【用法】指故鄉的父兄前輩。

【例句】我負笈他鄉苦讀多年，若一無所成，還有何面目再見**江東父老**？

【義近】故老鄉親／鄉親父老。

江東獨步

【釋義】獨步：獨一無二。在江東是第一的。

【出處】晉書・王堪傳：「坦之，字文度。弱冠與郗超俱有重名，時人爲之語曰：『盛德絕倫郗嘉賓，江東獨步王文度。』嘉賓，超小字也。」

【用法】稱頌有才學知識的人。

【例句】王教授的史學研究，堪稱得上是**江東獨步**，無人能及。

【義近】獨步一時／獨步天下／蓋世無雙／一時無兩。

【義反】比比皆是。

江河日下

【釋義】江河的水每日往下游奔流。

【出處】張岱・詩韻確序：「詩之有韻，以沈約爲宗。……後漸廣之，江河日下，幾不知孰爲沈韻矣。」

【用法】比喻事物或局勢日趨衰敗。

【例句】這個公司的營業情況已**江河日下**，大不如從前了。

【義近】每下愈況／一落千丈／日陵月替／日趨式微。

【義反】蒸蒸日上／欣欣向榮／漸入佳境／與日俱增。

江河行地

【釋義】像江河在陸地上奔流一樣。

【出處】清・鄭燮・焦山別峰庵雨中無事書寄舍弟墨：「豈得爲日月經天，江河行地哉！」

【用法】比喻規律使然，不可變易。

【例句】人生在世應該把生死看淡一些，有生就有死，正如**江河行地**一樣，乃爲事物發展的必然定律。

【義近】日月經天／生老病死／盛衰榮枯／陰晴圓缺。

江洋大盜

【釋義】江洋：江河海洋。

【出處】凌濛初・初刻拍案驚奇：「小婦人父及夫，俱爲江洋大盜所殺。」

【用法】泛指在江湖上搶劫行旅的巨凶大盜。

【例句】那幫**江洋大盜**四處燒殺擄掠，令官府頭痛不已。

【義近】綠林大盜。

【義反】江湖俠客／俠義之士。

江郎才盡

【釋義】江郎：南朝梁文學家江淹，以文章見稱於世，晚年才思衰退，詩文無佳句，時人謂之「江郎才盡」。

【出處】南史・江淹傳：「嘗宿於冶亭，夢一丈夫自稱郭璞，謂淹曰：『吾有筆在卿處多年，可以見還。』淹乃探懷中得五色筆一以授之，爾後爲詩絕無美句，時人謂之才盡。」

【用法】比喻文思衰退或本領使盡。

【例句】他年輕時才思敏捷，發表了許多精采作品，現在彷彿**江郎才盡**，久已未見其新作了。

【義近】文思枯竭／才竭智疲／才思衰退。

【義反】萬斛泉源／思如泉湧。

江翻海沸

【釋義】大江翻倒，海水沸騰。

【出處】明・無名氏・哪吒三變頭折：「瞅一眼江翻海沸，喝一聲地慘天昏。」

【用法】以外物來形容強大的威力聲勢。

【例句】滿清末年，朝廷腐敗無能，改革的怒潮如**江翻海沸**似的湧起，終於推翻了中國最後一個皇朝。
【義近】倒海翻江／排山倒海／雷霆萬鈞／怒濤排壑。
【義反】涓埃之力／吹灰之力／有氣無力。

池中物（ㄔˊ ㄓㄨㄥ ㄨˋ）

【釋義】指池塘中的魚蝦，以喻平凡之人。
【出處】杜甫．上韋左相詩：「豈是池中物，由來席上珍。」
【用法】形容蟄居在一個小地方而沒有大抱負的人。
【例句】劉備以梟雄之姿，而有關羽、張飛熊虎之將，必非久屈爲人用者。……恐蛟龍得雲雨，終非**池中物**也。（三國志．吳書．周瑜傳）
【義近】凡夫俗子／升斗小民。
【義反】非池中物／濟世之才。

池魚之殃（ㄔˊ ㄩˊ ㄓ ㄧㄤ）

【釋義】池魚：水池中的魚。殃：禍害。
【出處】北齊．杜弼．檄梁文：「城門失火，殃及池魚。」剪燈新話．三山福地志：「汝宜擇地而居，否則恐預池魚之殃。」
【用法】比喻無辜而受連累，遭受禍害。
【例句】老闆正在氣頭上，你再去打擾他，恐會遭到**池魚之殃**，若無急事，等他氣消了再去請示他吧！
【義近】池魚之禍／殃及池魚／池魚堂燕／池魚林木。
【義反】罪有應得／罪該萬死／罪孽深重／死有餘辜。

池魚籠鳥（ㄔˊ ㄩˊ ㄌㄨㄥˊ ㄋㄧㄠˇ）

【釋義】池子中的魚，籠子裏的鳥。
【出處】晉．潘岳．秋興賦：「譬猶池魚籠鳥，有江湖山藪之思。」
【用法】比喻受到約束而喪失自由。
【例句】她自從嫁入豪門後，便像**池魚籠鳥**似的失去了自由，連和好友歡聚一下都要經過長輩的同意。
【義近】室中花草／籠中畫眉／籠鳥檻猿。
【義反】藍天雄鷹／山間松柏。

汎愛博施（ㄈㄢˋ ㄞˋ ㄅㄛˊ ㄕ）

【釋義】汎：通「泛」，廣博、廣泛。
【出處】論語．學而：「汎愛眾而親仁。」論語．雍也：「如有博施於民，而能濟眾，何如？」
【用法】比喻博愛眾人，廣施恩澤。
【例句】即先王養賢以及萬民之意，比**汎愛博施**，尤爲知所先務。（袁枚．與畢制府書）
【義近】普濟蒼生／博施濟眾／博愛廣施／衣被羣生。
【義反】損人利己／自私自利。

四畫

沆瀣一氣（ㄏㄤˋ ㄒㄧㄝˋ ㄧ ㄑㄧˋ）

【釋義】沆、瀣：二人名，指唐代的崔沆、崔瀣。
【出處】錢易．南部新書．戊：「又乾符二年，崔沆放崔瀣榜。譚（談）者稱『座主門生，沆瀣一氣。』」
【用法】比喻彼此臭味相投。
【例句】這幾個小偷，原是**沆瀣一氣**的，怪不得都守口如瓶，不肯招認。
【義近】氣味相投／臭味相投／狼狽爲奸／朋比爲奸。
【義反】水火不容／格格不入／圓鑿方枘／冰炭難容。

沆瀣相投（ㄏㄤˋ ㄒㄧㄝˋ ㄒㄧㄤ ㄊㄡˊ）

【釋義】沆瀣：指夜間的水氣、清露。
【出處】後漢通俗演義六二回：「一個是世居涿郡，姓張名飛，表字翼德，豹頭環眼，燕頷虎鬚，平素麤豪使酒，直遂徑行，獨見了劉備關羽，卻是沆瀣相投，格外莫逆。」
【用法】比喻兩人志趣相同，感情篤厚。
【例句】我與他是十多年的好友，兩人**沆瀣相投**，無話不說，可說是親如兄弟。
【義近】志同道合／比目同行／笙磬同音／相視莫逆。
【義反】扞格不入／貌合神離／反目成仇／勢同水火。

沁人心脾（ㄑㄧㄣˋ ㄖㄣˊ ㄒㄧㄣ ㄆㄧˊ）

【釋義】滲入人的內臟。沁：滲入。脾：脾臟。
【出處】沈德符．野獲篇卷二五：「嘉靖間乃興鬧五更、寄生草……舉世傳誦，沁人心脾。」
【用法】指芳香涼爽的空氣或飲料使人感到舒適；也形容詩文優美動人，給人清新爽朗之感。
【例句】①晚風送來荷花的清香，**沁人心脾**。②這篇小說描寫水鄉人民的生活，生動親切，明快自然，讀起來**沁人心脾**。
【義近】沁人肺腑／迴腸盪氣／淪肌浹髓。
【義反】無動於衷／味同嚼臘。

汪洋大海（ㄨㄤ ㄧㄤˊ ㄉㄚˋ ㄏㄞˇ）

【釋義】寬廣無邊的海洋。汪洋：形容浩大的水勢。
【出處】錢彩．說岳全傳四三回：「轟天炮響，汪洋大海起春雷；震地鑼鳴，萬仞山前飛霹靂。」
【用法】多形容水勢極其浩大；有時也用以喻盛大的聲勢。
【例句】在一片**汪洋大海**中，想要搜尋失事飛機的殘骸，眞是一件不容易的工作。
【義近】一片汪洋／洶湧澎湃／水勢浩瀚。
【義反】一潭死水／溝壑之水／池塘春水。

汪洋自肆（ㄨㄤ ㄧㄤˊ ㄗˋ ㄙˋ）

【釋義】汪洋：水勢浩大的樣子。自肆：放縱的意思。
【出處】柳宗元．宣城縣開國伯柳公行狀：「凡爲文，去藻飾之華靡，汪洋自肆，以適己爲用。」
【用法】形容人的氣度或文章氣勢宏大磅礴。
【例句】文如其人，梁教授爲人瀟灑自恣，所寫的文章自然也是縱橫馳騁，**汪洋自肆**。
【義近】汪洋自恣／汪洋閎肆。
【義反】小家子氣／小手小腳／

束手束腳。

汪洋度量（ㄨㄤ ㄧㄤˊ ㄉㄨˋ ㄌㄧㄤˋ）

【釋義】氣量寬宏，有如汪洋之廣。

【出處】馮夢龍・醒世恆言四回：「此皆是我平日心胸褊窄，故外侮得主。若神仙汪洋度量，無所不容，安得有此？」

【用法】用以形容人胸懷開闊的度量。

【例句】君子**汪洋度量**，故能原諒別人的錯誤；小人心胸狹窄，故常苛求別人，輕易原諒自己。

【義近】休休有容／寬宏大量／豁達大度／寬大為懷。

【義反】心胸狹窄／小肚雞腸／氣量狹小。

沅芷澧蘭（ㄩㄢˊ ㄓˇ ㄌㄧˇ ㄌㄢˊ）

【釋義】生於沅江、澧江邊的芳草。芷、蘭：香草名。

【出處】屈原・九歌・湘夫人：「沅有芷兮澧有蘭，思公子兮未敢言。」注：「言沅水之中有茂盛之芷，澧水之內亦有芬芳之蘭，異於眾草，以興湘夫人美好亦異於眾人也。」

【用法】形容高潔美好的人品。

【例句】周敦頤人品甚高，胸懷灑落，如**沅芷澧蘭**。

【義近】沅茝醴蘭／晴雲秋月／松風水月／光風霽月／冰壺秋月。

【義反】居心叵測／老奸巨猾。

決一死戰（ㄐㄩㄝˊ ㄧ ㄙˇ ㄓㄢˋ）

【釋義】死戰：拚死的戰鬥。

【出處】羅貫中・三國演義八九回：「諸將大怒，皆來稟孔明曰：『某等情願出寨決一死戰！』孔明不許。」

【用法】指不惜犧牲，拚死做一次戰鬥以定勝負。

【例句】眼看敵人已經兵臨城下了，戰士們在連長的帶領下衝出去與敵人**決一死戰**。

【義近】一決雌雄／一決勝負／決一高低。

【義反】俯首稱臣／甘拜下風／甘心認輸。

決一雌雄（ㄐㄩㄝˊ ㄧ ㄘˊ ㄒㄩㄥˊ）

【釋義】雌雄：原指動物的性別，引申為勝敗高下。

【出處】司馬遷・史記・項羽本紀：「願與漢王挑戰，決雌雄。」羅貫中・三國演義百回：「吾與汝決一雌雄。」

【用法】用以說明比試高低，決定勝負。

【例句】今天我雖連輸你三盤棋，但這並不代表你比我強，明天再來**決一雌雄**。

【義近】一決雌雄／決一勝負／決一死戰／分出高下。

【義反】退避三舍／甘拜下風／自認不如。

決勝千里（ㄐㄩㄝˊ ㄕㄥˋ ㄑㄧㄢ ㄌㄧˇ）

【釋義】決勝：指獲取勝利。千里：泛指遠方前線。

【出處】司馬遷・史記・留侯世家：「運籌策帷帳中，決勝千里外，子房功也。」

【用法】形容指揮者善於謀畫，能在遙遠之處指揮前線戰鬥，取得勝利。

【例句】一個優秀的將領，即使不親臨前線，也能訂出周密的作戰方案，鎮定自若，**決勝千里**之外。

決斷如流（ㄐㄩㄝˊ ㄉㄨㄢˋ ㄖㄨˊ ㄌㄧㄡˊ）

【釋義】決斷：決策斷事，拿主意，作決定。

【出處】周書・裴漢傳：「漢善尺牘，尤便簿領，理識明贍，決斷如流。」

【用法】形容人決策、斷事迅速順暢得就像流水一樣。

【例句】總經理確實是精明能幹，無論有多少事，他都能**決斷如流**，而且從不出差錯。

【義近】一日萬機／日理萬機。

【義反】碌碌無能／力不勝任。

決疣潰癰（ㄐㄩㄝˊ ㄧㄡˊ ㄎㄨㄟˋ ㄩㄥ）

【釋義】疣、癰：指毒瘤。指毒瘤自行潰散。

【出處】莊子・大宗師：「彼以生為附贅縣疣，以死為決疣潰癰，夫若然者，又惡知死生先後之所在。」

【用法】形容無所愛惜的樣子。

【例句】莊子認為死就如**決疣潰癰**，一切都歸於空無，又何必太在意生死。

沐猴而冠（ㄇㄨˋ ㄏㄡˊ ㄦˊ ㄍㄨㄢˋ）

【釋義】獮猴戴著帽子，徒具人形。沐猴：獮猴。

【出處】司馬遷・史記・項羽本紀：「人言楚人沐猴而冠耳，果然。」

【用法】譏刺人雖身居高位，卻只是虛有其表，仍不脫其鄙賤；也形容人性情浮躁，如猴之不能久任冠帶。

【例句】①你不要看他官位高，衣冠楚楚，實際上不過是**沐猴而冠**，流氓本性仍在。②他無論是在家裏，還是在外面，總坐不住，不是摸摸這，就是動動那，活像**沐猴而冠**。

【義近】衣冠沐猴／虛有其表。

【義反】強中彪外／文質彬彬。

沙裏淘金（ㄕㄚ ㄌㄧˇ ㄊㄠˊ ㄐㄧㄣ）

【釋義】意謂淘汰沙礫，提取金屑。

【出處】元・楊景賢・劉行首三折：「我度你呵。恰便似沙裏淘金，石中取火，水中撈月。」

【用法】比喻從浩繁的原始材料中選取精華。也比喻費力多而所得微小，或好東西不易獲得。

【例句】寫篇真正好的論文確實不易，單是挑選所需要的材料就如**沙裏淘金**，更不用說如何立論和驗證了。

沉吟不決（ㄔㄣˊ ㄧㄣˊ ㄅㄨˋ ㄐㄩㄝˊ）

【釋義】沉吟：遲疑不決，低聲自語。不決：難以決斷。

【出處】曹操・秋胡行：「沉吟不決，遂上升天。」

【用法】形容遇到複雜或疑難的事，因而遲疑猶豫。

【例句】平日看他很有主張的樣子，遇到事情時卻又**沉吟不決**的舉棋不定，讓與他共事的人頭痛不已。

【義近】沉吟未決／猶豫不決／優柔寡斷／優遊不斷。

【義反】當機立斷／斬釘截鐵／一錘定音／快刀斬亂麻。

沉冤莫白

【釋義】沉冤：長期得不到伸雪的冤屈。莫白：得不到辯白、弄清楚。
【出處】太平廣記卷四九二：「纂紹幾絕，不忍戴天。潛遁幽巖，沉冤莫雪。」
【用法】形容含冤深久，無法申辯昭雪。
【例句】在我國歷史上，像元代戲劇家關漢卿所寫竇娥**沉冤莫白**的事例，實在太多了。
【義近】冤沉海底／萇弘化碧／望帝啼鵑。
【義反】沉冤得雪／昭雪冤屈／水落石出／眞相大白。

沉疴難起

【釋義】疴：疾病。
【出處】秋水軒尺牘・代友致龔未齋告苦：「災生不測，沉疴難起。」
【用法】形容病況嚴重。
【例句】汪老太太罹患癌症，**沉疴難起**，所以家人個個心情都很沉重。
【義近】一病不起／沉疴不起／綿惙已極／病入膏肓。
【義反】沉疴頓癒。

沉魚落雁

【釋義】魚見了沉入水底，雁見了落下沙灘。
【出處】莊子・齊物論：「毛嬙麗姬，人之所美也。魚見之深入，鳥見之高飛。」楊果・採蓮女曲：「羞花閉月，沉魚落雁。」
【用法】用以形容婦女貌美。
【例句】那位小姐有**沉魚落雁**之美，閉月羞花之貌，是許多男士的夢中情人。
【義近】閉月羞花／如花似玉／花容月貌／螓首娥眉。
【義反】醜陋不堪／奇醜無比／無鹽之貌。

沉博絕麗

【釋義】深沉廣博，絕妙華麗。
【出處】揚雄・答劉歆書：「少不得學，而心好沉博絕麗之文。」
【用法】形容文章的內容深廣，文字華麗。
【例句】是以其書**沉博絕麗**，彙儒墨之旨，合名法之源。（畢沅・呂氏春秋新校正序）
【義近】大含細入／博大精深。
【義反】蛙鳴蟬噪／空疏寡實。

沉渣泛起

【釋義】已經沉底的渣滓重新浮上水面。泛：浮
【用法】形容已被消滅或已爲人唾棄的東西又重新出現、復活。
【例句】沉寂多時的六合彩賭風現又**沉渣泛起**，許多家庭都深受其害。
【義近】死灰復燃／死而復生／捲土重來／東山再起。
【義反】斬草除根／一蹶不振／消聲匿跡／化爲灰燼。

沉湎酒色

【釋義】沉湎：沉溺於某種愛好之中。
【出處】尙書・泰誓上：「沉湎冒色，敢行暴虐。」晉書・齊王冏傳：「沉湎酒色，不恤羣黎。」
【用法】形容一個人拋棄正當事不做，專沉溺於飲酒與女色之中。
【例句】他一天到晚**沉湎酒色**，同那些酒肉朋友一同追歡買笑，狎妓宴酒，令人替他擔憂。
【義近】貪酒好色／尋歡作樂／狎妓宴酒／追歡買笑／酣豢酒食。
【義反】黽勉從事／兢兢業業。

沉湎縱恣

【釋義】沉湎：沉溺於某事。縱恣：放縱任意的行爲。
【出處】春秋繁露・五行逆順：「好婬樂飲酒，沉湎縱恣，不顧政治。」
【用法】喻人耽溺於酒色，放縱而不節制。
【例句】這個小開不務正業，**沉湎縱恣**，再多的家產也不夠他揮霍。
【義近】沉湎酒色／酣豢酒食。
【義反】黽勉從事／兢兢業業。

沉雄悲壯

【釋義】沉鬱雄壯，悲涼壯烈。
【出處】王國維・人間詞話上：「白仁甫秋夜梧桐雨劇，沉雄悲壯，爲元曲冠冕。」
【用法】形容詩文的境界。
【例句】王昌齡、王之渙善寫邊塞詩，其詩**沉雄悲壯**，是唐代寫邊塞詩的代表人物。

沉默寡言

【釋義】不聲不響，很少說話。寡：少。
【出處】舊唐書・郭子儀傳：「釗，偉姿儀，身長七尺，方口豐下，沉默寡言。」
【用法】常用以形容性情沉靜，不愛說話。
【例句】她自從在婚姻上遭受不幸之後，一直**沉默寡言**，對一切都顯得很冷漠。
【義近】閒靜少言／寡言少語／沉靜寡言。
【義反】口若懸河／滔滔不絕／喋喋不休。

沉鬱頓挫

【釋義】深沉含蓄，抑揚頓挫。
【出處】唐書・杜甫傳：「臣之述作，雖不足鼓吹六經，至沉鬱頓挫，隨時敏給，揚雄枚皋可企及也。」
【用法】指文章蘊蓄深沉，抑揚曲折。
【例句】杜甫之詩，**沉鬱頓挫**，人稱詩聖，又善寫社會詩，故又稱詩史，和李白並稱爲李杜，是中國詩史上的兩大奇葩。

沒沒無聞

【釋義】沒沒：無聲無息。
【出處】法書要錄・張懷瓘書斷下：「書之爲用，施於竹帛，千載不朽，亦猶愈沒沒而無聞哉。」
【用法】形容人不出名，不爲人所知。
【例句】他早已看破紅塵，甘心遷居鄉野，**沒沒無聞**隨波逐

流地度過餘生。
【義近】昧昧無聞／湮沒無聞／無聲無臭／碌碌無聞／漠漠無聞。
【義反】聞名遐邇／名揚四海／名滿天下／大名鼎鼎／赫赫有名。

沒情沒緒

【釋義】意謂情緒不佳。情緒：人的心理、精神狀態。
【出處】京本通俗小說・碾玉觀音：「崔寧到家中，沒情沒緒，走進房中，只見渾家坐在牀上。」
【用法】形容人灰心失意或無精打采、不起勁的樣子。
【例句】張小姐一向愛開玩笑，但最近因與男友發生爭執，弄得**沒情沒緒**的，好像換了個人似的。
【義近】忽忽不樂／悒悒不樂／食不遑味／愁眉苦臉／抑鬱寡歡。
【義反】情緒高昂／精神振奮／意氣風發／精神抖擻。

沒精打采

【釋義】又作「無精打采」。精：精神。采：神色。
【出處】曹雪芹・紅樓夢八七回：「弄得寶玉滿腹疑團，沒精打采地歸至怡紅院中。」
【用法】形容精神萎靡不振或很不高興。
【例句】她這幾天不知爲了什麼事，一直**無精打采**的，連飯也不想吃。
【義近】灰心喪氣／垂頭喪氣／萎靡不振。
【義反】精神抖擻／喜氣洋洋／神采奕奕／精神煥發。

沒齒不忘

【釋義】沒齒：猶言終身。沒：盡，終。齒：年齒，年歲。
【出處】論語・憲問：「沒齒無怨言。」吳承恩・西遊記七十回：「長老，你果是救得我回朝，沒齒不忘大恩！」
【用法】指終身不會忘記。
【例句】你對我的大恩大德，我將**沒齒不忘**。
【義近】沒世不忘／沒齒難忘／永誌不忘／銘諸肺腑／牢記於心。

沒頭沒腦

【釋義】又作「無頭無腦」。
【出處】凌濛初・拍案驚奇卷一：「得了一主沒頭沒腦錢財，變成巨富。」又該書卷三十：「都慌得沒頭沒腦。」
【用法】用以形容突如其來或突兀而起，茫無頭緒；也用以形容驚慌無主意，或心裏糊塗。
【例句】①你這話說得**沒頭沒腦**的，教我怎樣來判斷是非呢？②你這人聰明一世，怎麼今天做出這等**沒頭沒腦**的事呢？
【義近】丈二金剛，摸不著頭腦／莫名其妙。
【義反】條理清晰／有條有理／頭頭是道／有頭有尾。

汲汲營營

【釋義】汲汲：急切的樣子。營營：努力鑽營追求。
【出處】歐陽修・送徐無黨南歸序：「方其用心與力之勞，亦何異眾人之汲汲營營，而忽焉以死者。」
【用法】比喻急切追求某事的樣子。
【例句】他一生**汲汲營營**地追求名利，到頭來卻似春夢一場，不留痕跡。

五畫

泣下如雨

【釋義】意謂哭得淚如雨下。泣：低聲哭。
【出處】漢・劉向・說苑・復恩：「鮑叔死，管仲舉上衽而哭之，泣下如雨。」
【用法】形容極度悲傷。
【例句】李太太知道丈夫得了不治之症，頂多只能再活半年後，頓時**泣下如雨**。
【義近】淚如雨下／聲淚俱下／潸然淚下／泣不成聲。
【義反】喜笑顏開／笑逐顏開／眉開眼笑／喜眉笑眼。

泣下沾襟

【釋義】意謂哭得眼淚濕了衣襟。泣：低聲哭。沾：浸濕。襟：衣服前胸部分。又作「泣下霑衿」。
【出處】三國魏・阮籍・樂論：「昔季流子向風而鼓琴，聽之者泣下沾襟。」
【用法】形容悲痛哀傷。
【例句】眼見自己的親人被大洪水沖走，王小姐早已**泣下沾襟**，悲痛欲絕。
【義近】淚流沾襟／淚乾腸斷／淚如泉湧。
【義反】歡天喜地／欣喜若狂／喜不自勝。

泣不成聲

【釋義】傷心哭泣，說不出話來。泣：低聲哭。
【出處】黃鈞宰・金壺七墨：「彌留之際，日飲白湯升許，欲以洗滌肺腑，及食不下咽，泣不成聲。」
【用法】形容極度悲傷。
【例句】聽到祖父去世的消息，全家上下都**泣不成聲**，久久無人開口說話。
【義近】低聲哭泣／哽咽不語／抽泣不已。
【義反】歡聲笑語／欣喜若狂／喜笑顏開。

泣鬼神

【釋義】使鬼神感動哭泣。
【出處】杜甫・寄李十二白詩：「筆落驚風雨，詩成泣鬼神。」
【用法】比喻事情或詩文悲壯感人。
【例句】黃花岡七十二烈士的感人事蹟足以驚天地、**泣鬼神**，任何有感情的中國人都會爲之動容。

泌水樂飢

【釋義】泌水：快速的水流。樂飢：因快樂而忘了飢餓。指隱居在水邊，自得其樂，可以忘飢。
【出處】詩經・陳風・衡門：「泌之洋洋，可以樂飢。」集傳：「此隱居自樂而無求者之辭。……泌水雖不可飽，然亦可以玩樂而忘飢也。」
【用法】形容隱居的樂趣。
【例句】隱居生活固然清苦，但**泌水樂飢**的樂趣，可是只有置身其中才能體會得到。

泰山不讓土壤

【釋義】意謂泰山不排除細小的土石，故而能成就其高大。
【出處】司馬遷・史記・李斯列傳：「是以太山不讓土壤，故能成其大；河海不擇細流，故能就其深。」
【用法】比喻人的度量很大，能夠包容一切。
【例句】作爲政府的要人，心胸務必要開闊，像**泰山不讓土壤**那樣，能夠容納異己，傾聽各種不同的意見。
【義近】江海不逆小流／河海不擇細流／宰相肚裏能撐船／豁達大度／有容乃大。
【義反】小肚雞腸／鼠腹雞腸／斤斤計較／斗筲之器。

泰山之安

【釋義】就像泰山一樣的安穩。
【出處】漢・枚乘・上書・諫吳王：「以居泰山之安，而欲乘累卵之危。」
【用法】用以形容穩固、安定的政局。
【例句】想要國家有**泰山之安**，全國上下必先團結，共同努力。
【義近】安如泰山／安如磐石／固若金湯／長治久安。
【義反】危如累卵／危如朝露／燕巢幕上。

泰山北斗

【釋義】泰山：在山東省境，爲五嶽之首。北斗：星宿名，在眾星中最明亮。
【出處】新唐書・韓愈傳贊：「自愈沒，其言大行，學者仰之如泰山北斗云。」
【用法】比喻德高望重或成就卓著而爲眾人所敬仰的人物。
【例句】胡適之先生可算是近代國學界的**泰山北斗**，其著作將永遠流傳於世。
【義近】一代文豪／當代巨擘。
【義反】凡夫俗子。

泰山其頹

【釋義】泰山傾倒，喻眾所景仰的人將要逝世。今多作爲悼辭。
【出處】禮記・檀弓上：孔子夢見自己坐奠於兩楹之間，知道自己快要死了，就早起，負著手，拖著枴杖，在門口唱：「泰山其頹乎！梁木其壞乎！哲人其萎乎！」果然臥病七日而亡。
【用法】比喻賢哲的死亡。
【例句】梁教授爲人謙遜，學問高深，且對時政多有建言，因此他去世時，**泰山其頹**的輓聯布滿靈堂。
【義近】山頹木壞／哲人其萎／梁木其壞／蘭摧玉折。

泰山崩於前而色不變

【釋義】泰山崩塌在面前而能面不改色。
【出處】宋・荀洵・心術：「爲將之道，當先治心。泰山崩於前而色不變，麋鹿興於左而目不瞬，然後可以制利害，可以待敵。」
【用法】比喻人膽量非凡，面臨重大的事變仍能鎮定自如。
【例句】正是因爲他有**泰山崩於前而色不變**的氣魄，故能領導大家度過難關，邁向成功之路。
【義近】穩坐釣魚船／臨危不懼／面不改色／泰然自若／行若無事／處變不驚。
【義反】驚恐萬狀／五色無主／面無人色／魂不附體／膽戰心驚／六神無主。

泰山梁木

【釋義】泰山和房屋的棟梁。本爲孔子自喻之詞。
【出處】禮記・檀弓上：「孔子蚤作，負手曳杖，消搖於門，歌曰：『泰山其頹乎！梁木其壞乎！哲人其萎乎！』」
【用法】喻國家社會中具有影響力的傑出人物。
【例句】總統是國家的**泰山梁木**，所以一言一行都要三思，以不負人民的託付。

泰山壓卵

【釋義】泰山壓在蛋上。
【出處】晉書・孫惠傳：「猛獸吞狐，泰山壓卵，因風燎原，未足方也。」
【用法】比喻以最強對付最弱，弱者必無倖免。
【例句】這幫歹徒若不投降，警方將全面佈署警力，以**泰山壓卵**之勢，將他們逮捕。
【義近】不堪一擊／摧枯拉朽／虎噬羊羔／千鈞壓頂。

泰山壓頂

【釋義】就像泰山壓到頭頂上來了似的。
【出處】文康・兒女英雄傳六回：「一個棍起處似泰山壓頂，打下來舉手無情。」
【用法】比喻所負任務重、壓力大；或比喻極大的打擊突然落到頭上。
【例句】①董事長硬要把這項艱巨的任務交給我，使我有如**泰山壓頂**，唯恐無法勝任。②這場災禍對我來說眞有如**泰山壓頂**，使我一下子失去所有。
【義近】千鈞重負／千斤重擔／千鈞壓頂／晴天霹靂／無妄之災。
【義反】遊刃有餘／力所能及／勝任愉快／喜從天降。

泰山鴻毛

【釋義】像泰山那樣重，像鴻毛那樣輕。鴻毛：大雁的毛羽。
【出處】司馬遷・報任少卿書：「人固有一死，死有重於泰山，或輕於鴻毛，用之所趨異也。」
【用法】比喻輕重懸殊很大。
【例句】爲公而死與爲私而亡，兩者之差，有如**泰山鴻毛**。
【義近】天差地遠／輕重緩急／差若天壤／天淵之別。
【義反】大同小異／半斤八兩／等量齊觀。

泰然自若

【釋義】泰然：鎮定的樣子。自若：像平常一樣。
【出處】范潑・心箴：「天君泰然，百體從全。」司馬遷・史記・樗里子甘茂列傳：「其母織自若也。」
【用法】形容在嚴重、緊急情況下沉著鎮定，不慌不忙。
【例句】強敵壓境，他仍**泰然自若**，沉著應戰，眞不愧是一代名將。
【義近】神色自若／處之泰然／

陽陽如常／談笑自若。
【義反】驚慌失措／心驚膽戰／坐立不安／忐忑不安／如坐針氈。

泰極而否

【釋義】意謂好的到了盡頭，壞的就來了。泰、否：六十四卦中的兩卦名，泰是好的卦，否是壞的卦。
【出處】易經・本義：「泰極而否。」唐・劉禹錫・史公神道碑：「侍中以帳下生變聞，泰極而否，當歌而哭。」
【用法】說明事物發展到一定程度，就要轉化到它的對立面，好事會變成壞事。
【例句】**泰極而否**，得意時應多加修身自省，失意時的衝擊就不會太大。
【義近】樂極生悲／福過災生／利深禍速。
【義反】否極泰來／苦盡甘來／否終則泰。

沸反盈天

【釋義】指聲音像水開了鍋似地沸騰翻滾，充滿了空間。反：翻轉。盈：充滿。
【出處】李寶嘉・活地獄三四回：「裏面聽見沸反盈天的聲響，許多家人小子都趕將出來。」

【用法】形容人聲喧囂，亂成一片。
【例句】最近因爲公共工程的弊案，議會中鬧得**沸反盈天**。
【義近】如沸如羹／人聲鼎沸／吵吵嚷嚷。
【義反】鴉雀無聲／啞然無聲／寂靜無聲。

沸沸揚揚

【釋義】像沸騰的水面上的氣泡那樣翻滾。沸沸：騰湧的樣子。揚：掀起。
【出處】施耐庵・水滸傳一七回：「後來聽得沸沸揚揚地說道：『黃泥崗上一夥販棗子的客人，把蒙汗藥麻翻了人，劫了生辰綱去。』」
【用法】形容人聲喧嚷，議論紛紛；也形容某種活動人多花樣多，異常鬧熱。
【例句】一走進會場，就聽到人們在**沸沸揚揚**地議論著今天的議題。
【義近】七嘴八舌／眾說紛紜／議論紛紛。
【義反】鴉雀無聲／啞然無聲／寂靜無聲。

沸沸騰騰

【釋義】沸沸：騰湧的樣子。
【出處】說唐七回：「不料這樁事沸沸騰騰，傳說山東差人做了響馬，今在皂角林拿了，收在監內。」
【用法】形容議論紛紛的樣子。
【例句】這件醜聞早已傳得**沸沸騰騰**，當事人卻渾然不知，還自以爲祕而不宣。
【義近】沸沸揚揚／眾說紛紜／議論紛紛／七嘴八舌。
【義反】鴉雀無聲／闃無人聲。

沸騰澎湃

【釋義】指波浪的洶湧激盪。
【出處】七俠五義八四回：「上了山頭，但見一片白茫茫，沸騰澎湃，由赤堤灣浩浩蕩蕩漫至赤堤墩。」
【用法】形容波浪洶湧，激起浪花。
【例句】颱風來襲，鄰近海邊一帶**沸騰澎湃**的海水，隨時有倒灌的危險，住戶們還是趁早遷離，以策安全。
【義近】波濤洶湧／洶湧澎湃／白浪滔天／江翻海沸／波瀾壯闊。
【義反】風平浪靜／波平如鏡／水波不興。

泥牛入海

【釋義】泥塑的牛掉到海裏。
【出處】道原・景德傳燈錄八：「洞山又問和尚：『見個什麼道理，便住此山？』師云：『我見兩個泥牛鬭入海，直至如今無消息。』」
【用法】比喻一去不返，杳無消息。
【例句】大哥離家後，便如**泥牛入海**，杳無音信。
【義近】石沉大海／杳如黃鶴／杳無音信。

泥古不化

【釋義】泥：拘泥，固執。化：變化，變通。
【出處】宋史・劉幾傳：「儒者泥古，致詳於形名度數間，而不知清濁輕重之用。」
【用法】指拘泥於古代陳規、言論而不知變通。
【例句】任何因循守舊、**泥古不化**的思想都是錯誤的，應堅決予以摒棄。
【義近】食古不化／因循守舊／冥頑不靈。
【義反】推陳出新。

泥古非今

【釋義】意謂拘泥於陳舊的，而否定時新的。
【出處】宋・劉恕・自訟：「泥古非今，不達時變，疑滯少斷，勞而無功。」
【用法】指崇尚陳規舊矩而不知變通。
【例句】社會進步飛速，倘若一味地**泥古非今**，不思改進，遲早是會被淘汰的。
【義近】墨守陳規／蹈常襲故／因循守舊。
【義反】革故鼎新／棄舊圖新／回船轉舵／翻然改圖。

泥多佛大

【釋義】佛像爲泥土所塑，泥土多則佛像大。
【出處】續傳燈錄三一：「十五日已（以）前，水長船高；十五日已後，泥多佛大。」
【用法】比喻根基深厚，或比喻附益者眾多則成就巨大。
【例句】**泥多佛大**，現在投靠你的人很多，你可藉此成就一番事業。
【義近】根深葉茂／人多勢眾／柴多焰高。
【義反】勢單力薄／人少勢弱／孤掌難鳴。

泥沙俱下

【釋義】指在江河的急流中，泥土和沙子隨著水一起沖下。俱：都。
【出處】袁枚・隨園詩話卷一：「人稱才大者，如萬里黃河，與泥沙俱下。余以爲此粗才，非大才也。」
【用法】比喻好壞不同的人或事物混雜在一起。

【例句】任何一個團體，只要人一多，就難免會有魚龍混雜、**泥沙俱下**的現象。
【義近】魚龍混雜／龍蛇混雜／良莠不齊／牛驥同皁。
【義反】涇渭分明／良莠分明／涇濁渭清。

泥首面縛（ㄋㄧˊ ㄕㄡˇ ㄇㄧㄢˋ ㄈㄨˋ）

【釋義】用泥塗臉，縛雙手於背，表示自辱服罪。
【出處】干寶・晉紀：「吳王孫皓將其子瑾等，泥首面縛輿櫬于濬。」
【用法】用以指戰敗被虜。
【例句】叛軍自知理虧，且逃脫無門，只好**泥首面縛**，棄械投降。
【義近】束手就擒／泥首銜玉／俛首係頸／泥首謝罪。
【義反】負嵎頑抗／作殊死戰／困獸猶鬥／決一死戰。

泥船渡河（ㄋㄧˊ ㄔㄨㄢˊ ㄉㄨˋ ㄏㄜˊ）

【釋義】乘著泥土船過河。
【出處】三慧經：「人在世間，譬如乘泥船渡河，當浮渡船且壞，人身如泥船不可久，當疾行道。」
【用法】比喻世路艱險，人身如泥船之不能持久，隨時都有沉沒的可能，須步步留心。
【例句】人心不古，世路多艱，活在這世上，有如**泥船渡河**，不可不加倍小心。
【義近】世路多艱／荊天棘地。
【義反】世道坦坦。

泥菩薩過江自身難保（ㄋㄧˊ ㄆㄨˊ ㄙㄚˋ ㄍㄨㄛˋ ㄐㄧㄤ ㄗˋ ㄕㄣ ㄋㄢˊ ㄅㄠˇ）

【釋義】此為歇後語，泥菩薩過河即自身難保之意。過江：原作「落水」，一作「渡江」、「過河」。
【出處】馮夢龍・警世通言・旌陽宮鐵樹鎮妖：「我想江西不沉卻好，若沉了時節，正是泥菩薩落水，自身難保。」
【用法】比喻處境危困，自顧不暇，無力去保護照顧別人。
【例句】我現在是**泥菩薩過江自身難保**，哪還有力量照顧你呢？
【義近】自顧不暇。
【義反】實力雄厚。

泥塗軒冕（ㄋㄧˊ ㄊㄨˊ ㄒㄩㄢ ㄇㄧㄢˇ）

【釋義】軒冕：古代士大夫的車服，在此指顯貴。全意為把顯貴看作是泥塗污濁之物。
【出處】范仲淹・桐廬郡嚴先生祠堂記：「惟先生以節高之，既而動星象，歸江湖，得聖人之清，泥塗軒冕，天下孰加焉？」
【用法】指隱逸不仕的賢者淡泊之志。
【例句】一個人若能真正做到澹泊名利，**泥塗軒冕**的時候，也就不在乎榮辱得失了。
【義近】浮雲富貴／超然物外。
【義反】熱中功名／患得患失。

泥塑木雕（ㄋㄧˊ ㄙㄨˋ ㄇㄨˋ ㄉㄧㄠ）

【釋義】泥土做的和木頭刻的偶像。塑：塑造。
【出處】元・無名氏・冤家債主四折：「有人說道，城隍也是泥塑木雕的，有什麼靈感在那裏。」
【用法】形容人的表情和舉動呆板。
【例句】她又不是**泥塑木雕**的人，你這樣對待她，她當然會有反應！
【義近】呆若木雞／呆頭呆腦／笨頭笨腦。
【義反】百伶百俐／歡蹦亂跳／靈活敏捷。

泥塑巨人（ㄋㄧˊ ㄙㄨˋ ㄐㄩˋ ㄖㄣˊ）

【釋義】是指用泥土塑造而成的巨人。
【出處】朱熹・近思錄一四・觀聖賢：「明道先生（程顥）坐如泥塑人，接人則渾是一團和氣。」
【用法】比喻表面強大而實際虛弱的勢力或事物。
【例句】別看他外表粗壯魁梧，很有力量的樣子，其實不過是**泥塑巨人**罷了，才走幾步路就氣喘吁吁了。
【義近】紙紮巨人／紙糊老虎。
【義反】鋼鐵巨人／下山猛虎。

泥豬瓦狗（ㄋㄧˊ ㄓㄨ ㄨㄚˇ ㄍㄡˇ）

【釋義】泥塑的豬，土揑的狗。
【出處】文康・兒女英雄傳五回：「見個敗類，縱然勢焰薰天，她看著也同泥豬瓦狗。」
【用法】比喻不中用的人或物。
【例句】這些沒有紀律的土匪不過是**泥豬瓦狗**罷了，哪裏是正規軍隊的對手，才一開戰，便如獸奔鳥竄了。
【義近】泥車瓦狗／泥牛木馬／紙人紙馬。
【義反】棟梁之才／秀出班行／不羈之才／出類拔萃。

河目海口（ㄏㄜˊ ㄇㄨˋ ㄏㄞˇ ㄎㄡˇ）

【釋義】像河流一樣細長的眼睛，如海水一樣深廣的嘴巴。
【出處】詩經・大雅・生民・鳥乃去矣后稷呱矣・疏：「異之於人，謂有奇表異相，若孔子之河目海口，文王之四乳龍顏之類。」
【用法】意指不凡的相貌，乃聖賢之相。
【例句】此人長得**河目海口**，相貌不凡，將來必非池中物。
【義近】方面大耳／珠衡犀角／淵角山庭／龍眉鳳目。
【義反】小頭銳面／牛頭馬面／尖嘴猴腮／獐頭鼠目。

河東獅吼（ㄏㄜˊ ㄉㄨㄥ ㄕ ㄏㄡˇ）

【釋義】河東：古郡名，柳姓為河東望族，此暗指陳慥之妻柳氏。獅吼：喻柳氏大吼大叫。
【出處】蘇軾・寄吳德仁兼簡陳季常：「龍丘居士亦可憐，談空說有夜不眠，忽聞河東獅子吼，拄杖落手心茫然。」
【用法】比喻妻子厲害，也比喻男人畏妻。
【例句】他因事深夜才回家，唯恐**河東獅吼**，便輕手輕腳地走進客廳，在沙發上睡了一夜。
【義近】季常之懼／母夜叉／母老虎。
【義反】體貼入微／溫柔嫻淑。

河清海晏（ㄏㄜˊ ㄑㄧㄥ ㄏㄞˇ ㄧㄢˋ）

【釋義】河清：指黃河澄清。海晏：指東海平靜無波。晏：平靜。一作「海晏河清」。
【出處】鄭嵎・津陽門詩：「河清海晏不難睹，我皇已上升平基。」
【用法】用以形容天下太平，人民安居樂業的盛世。

【例句】我國現況繁榮昌盛，社會安定，可算得上**河清海晏**的盛世了。
【義近】太平盛世／天下太平／國泰民安。
【義反】兵連禍結／兵荒馬亂／動盪不安。

河清難俟 ㄏㄜˊ ㄑㄧㄥ ㄋㄢˊ ㄙˋ

【釋義】河清：相傳黃河千年一清，河清則聖賢出、盛世來。俟：等待。
【出處】左傳・襄公八年：「子駟曰：周詩有之曰：『俟河之清，人壽幾何？』」
【用法】比喻盛世難以期待。
【例句】君子道消，小人道長，天下紛擾不安，**河清難俟**，徒呼奈何。
【義近】河清難期。

河魚之疾 ㄏㄜˊ ㄩˊ ㄓ ㄐㄧˊ

【釋義】因魚腐爛始自腹內，故用以比喻腹疾。
【出處】左傳・宣公十三年：「河魚腹疾，奈何？」蘇軾・與馮祖仁書三首之二：「到詔累月，疲於人事，又苦河魚之疾。」
【用法】用作腹瀉的隱辭。
【例句】很對不起，我近來深爲**河魚之疾**所苦，故不克前往參加你們的婚禮。
【義近】河魚腹疾。
【義反】疥癬之疾。

河落海乾 ㄏㄜˊ ㄌㄨㄛˋ ㄏㄞˇ ㄍㄢ

【釋義】河水落盡，海水乾枯。
【出處】曹雪芹・紅樓夢四五回：「這會子你怕花錢挑唆他們來鬧我，我樂得去吃個河落海乾，我還不知道呢！」
【用法】比喻清除淨盡，一點也不剩。
【例句】今天老同學聚會，大家都很高興，開懷暢飲，非得吃到**河落海乾**才肯散會。
【義近】一掃而光／蕩然無存／掃地以盡／空空如也。
【義反】車載斗量／酒池肉林／綽有餘裕／取之不盡，用之不竭。

河漢之言 ㄏㄜˊ ㄏㄢˋ ㄓ ㄧㄢˊ

【釋義】河漢：指天上的銀河，漫遠空闊，略無邊際。
【出處】莊子・逍遙遊：「吾聞言於接輿，大而無當，往而不返；吾驚怖其言，猶河漢而無極也。」
【用法】比喻言論迂闊，不切實際。
【例句】他所說的話全是**河漢之言**，根本解決不了任何實際問題，不值一信。
【義近】浮泛之論／空闊之談。
【義反】切實之論／中肯之言。

法力無邊 ㄈㄚˇ ㄌㄧˋ ㄨˊ ㄅㄧㄢ

【釋義】法力：原指佛法的力量，後泛指神奇的力量。
【出處】明・無名氏・八仙過海三折：「小聖我法力無邊，通天達地，指山山崩，指水水跑。」
【用法】用以形容力量大得不可估量。
【例句】如來佛的**法力無邊**，即使是孫悟空有七十二變，也逃不出他的手掌心。
【義近】神通廣大／呼風喚雨／騰雲駕霧／架海擎天。
【義反】黔驢之技／雕蟲小技／一無所能／梧鼠之技。

法出多門 ㄈㄚˇ ㄔㄨ ㄉㄨㄛ ㄇㄣˊ

【釋義】意謂各個部門都自立禁令，致使法制繁苛。
【出處】新唐書・劉蕡傳：「今又分外官、中官之員，立南司、北司之局……法出多門，人無所措，繇兵農勢異，而中法殊也。」
【用法】形容政令不一，使民眾無所適從。
【例句】在天然災害頻傳的台灣，中央應有一個統籌的救災中心，否則**法出多門**，遇事時互踢皮球，會喪失許多救災的良機。
【義近】政出多門／各自爲政。
【義反】寡頭政治／法令一統。

法外施仁 ㄈㄚˇ ㄨㄞˋ ㄕ ㄖㄣˊ

【釋義】意謂在法紀之外，施行仁愛。
【出處】李汝珍・鏡花緣四五回：「他既有這功勞，自應法外施仁，免其一死。」
【用法】用以指對有罪之人給予寬大處理。
【例句】看在他是初犯且已有悔意，是否可以**法外施仁**，讓他有個改過自新的機會？
【義近】網開三面／法外施恩。
【義反】格殺勿論。

法家拂士 ㄈㄚˇ ㄐㄧㄚ ㄅㄧˋ ㄕˋ

【釋義】謹守法度、禮教的大臣和輔弼君主的賢人。拂：同「弼」，輔助。
【出處】孟子・告子下：「入則無法家拂士，出則無敵國外患者，國恆亡。」
【用法】指賢才忠臣。
【例句】國家積弊已久，就算是**法家拂士**亦不足以挽其狂瀾，乃因其大勢已去。

沽名釣譽 ㄍㄨ ㄇㄧㄥˊ ㄉㄧㄠˋ ㄩˋ

【釋義】沽名：獵取名譽。釣：用餌引魚上鉤，引申爲用手段騙取。
【出處】張建・高陵縣張公去思碑：「非若沽名釣譽之徒，內有所不足，……以祈當世之知。」
【用法】指用不正當的手段騙取名譽。
【例句】**沽名釣譽**的人，即使能欺人於一時，但最後還是會原形畢露的。
【義近】盜名竊譽／欺世盜名／沽名干譽／矯俗干名。
【義反】不求聞達／不務空名／實至名歸／有口皆碑。

泄漏天機 ㄒㄧㄝˋ ㄌㄡˋ ㄊㄧㄢ ㄐㄧ

【釋義】泄漏：一作「洩漏」，指泄密。天機：造化的奧祕，神祕的天意，此指機密。
【出處】吳承恩・西遊記四四回：「吃東西事小，泄漏天機事大。」湯顯祖・與門人陳仲宣書：「不止洩漏天機，並亦唐突人意。」
【用法】比喻泄露機密。
【例句】這件事我只向你說過，其他人都不知道，請你千萬不要**泄漏天機**，否則我會吃不完兜著走。
【義近】天機外洩／走露風聲。
【義反】守口如瓶。

油然而生（ㄧㄡˊ ㄖㄢˊ ㄦˊ ㄕㄥ）

【釋義】油然：自然而然。生：產生，滋生。

【出處】禮記・祭義：「則易直子諒之心油然生矣。」朱子語類卷二十：「孝子之心，油然而生，發見於外。」

【用法】形容某種感情或事物自然而然地產生出來。

【例句】回大陸見到了闊別整整四十年的母親，悲傷激動之情**油然而生**。

油腔滑調（ㄧㄡˊ ㄑㄧㄤ ㄏㄨㄚˊ ㄉㄧㄠˋ）

【釋義】油、滑：不嚴肅。腔、調：指說話的聲調、語氣。

【出處】王士禛・師友詩傳錄：「若不多讀書多貫穿，而遽言性情，則開後學油腔滑調、信口成章之惡習矣。」

【用法】指說話或為文輕浮油滑，不誠懇、不踏實。

【例句】你剛踏入社會，就學得**油腔滑調**，這對你沒有任何好處。

【義近】油嘴滑舌／輕浮淺露／華而不實。

【義反】一本正經／穩重踏實／踏踏實實／誠誠懇懇。

油嘴滑舌（ㄧㄡˊ ㄗㄨㄟˇ ㄏㄨㄚˊ ㄕㄜˊ）

【釋義】油、滑：不嚴肅、不老實。嘴、舌：指說話。

【出處】李汝珍・鏡花緣二一回：「俺看他油嘴滑舌，南腔北調，到底算個什麼。」

【用法】形容說話油滑，耍嘴皮子。

【例句】他本是個單純少年，想不到入社會還不到兩年的時間，竟學得**油嘴滑舌**。

【義近】油腔滑調／耍嘴皮子／油頭滑腦。

【義反】正正經經／誠誠懇懇／嚴肅認真。

油頭粉面（ㄧㄡˊ ㄊㄡˊ ㄈㄣˇ ㄇㄧㄢˋ）

【釋義】頭髮上塗油，臉面上敷粉。

【出處】石子章・竹塢聽琴：「改換了油頭粉面，再不將蛾眉淡掃鬢堆蟬。」

【用法】形容人打扮得妖冶輕浮之狀。

【例句】這種**油頭粉面**的男人，我敢肯定他肚子裏也必然是一包草，你怎能嫁給他呢？

【義近】塗脂抹粉／華而不實。

【義反】脂粉不施／穩重踏實／一本正經。

泱泱大國（ㄧㄤ ㄧㄤ ㄉㄚˋ ㄍㄨㄛˊ）

【釋義】泱泱：弘大的樣子。

【出處】左傳・襄公二十九年：「為之歌齊，曰：『美哉，泱泱乎，大風也哉！』」

【用法】指氣魄宏大的國家。

【例句】作為一個**泱泱大國**的國民，出國旅遊時要多注意自己的行為舉止，以免貽笑大方。

【義近】堂堂大國。

【義反】蕞爾小國。

沾沾自喜（ㄓㄢ ㄓㄢ ㄗˋ ㄒㄧˇ）

【釋義】沾沾：自得的樣子。

【出處】司馬遷・史記・魏其武安侯列傳：「魏其者，沾沾自喜耳，多易。難以為相，持重。」

【用法】形容自以為不錯而洋洋得意的樣子。

【例句】那種在事業上稍有成績就**沾沾自喜**的人，將來是不會有多大出息的。

【義近】洋洋得意／詡詡自得／自鳴得意／洋洋自得。

【義反】妄自菲薄／自輕自賤。

沾親帶故（ㄓㄢ ㄑㄧㄣ ㄉㄞˋ ㄍㄨˋ）

【釋義】沾、帶：指相互間有一定的關係。親、故：親戚、舊交。

【出處】夏敬渠・野叟曝言一一回：「將來便與他沾親帶故，你往我來。」

【用法】指攀上親友的關係。

【例句】不管怎麼說，你和他總有**沾親帶故**的關係，應有責任幫助他。

【義近】沾親帶友／沾親搭故。

【義反】素不相干／素不相識／非親非故／陌路之人。

沾體塗足（ㄓㄢ ㄊㄧˇ ㄊㄨˊ ㄗㄨˊ）

【釋義】沾：浸濕、浸染。塗：泥。

【出處】國語・齊語：「沾體塗足，暴其髮膚，盡其四支之敏，以從事於田野。」

【用法】形容耕作時身體被沾濕，腳沾上了泥土，顯得非常勞苦的樣子。

【例句】過去農民**沾體塗足**的耕作，非常辛苦，現在機械的發明代替農夫不少工作，農作物的生產也增加了許多。

【義近】日曬雨淋／寒耕熱耘／日出而作，日入而息。

【義反】不勞而獲／坐享其成／四體不勤，五穀不分。

泛泛之交（ㄈㄢˋ ㄈㄢˋ ㄓ ㄐㄧㄠ）

【釋義】泛泛：廣大無邊際的樣子，引申為普通、尋常、浮淺等意。交：交情。

【出處】莊子・秋水：「泛泛乎其若四方之無窮，其無所畛域。」黃六鴻・福惠全書・筮仕部：「其餘泛交，無庸混托。」

【用法】用以說明交情不深。

【例句】我與他只是**泛泛之交**，怎麼可能替他作經濟擔保人呢？

【義近】點頭之交／一面之交／非親非故。

【義反】莫逆之交／生死之交／患難知己。

泛萍浮梗（ㄈㄢˋ ㄆㄧㄥˊ ㄈㄨˊ ㄍㄥˇ）

【釋義】浮動在水面的萍草和樹梗。泛：漂浮。

【出處】徐賁・別詩：「酒盡歌終問後期，泛萍浮梗不勝悲。」

【用法】比喻飄蕩無主或沒有著落。

【例句】**泛萍浮梗**地在異鄉生活了二十多年，如今真想返鄉安定了。

【義近】東飄西蕩／飄蕩無依／斷線風箏／流離失所。

【義反】有室有家／有依有靠／安居樂業。

治病尋源（ㄓˋ ㄅㄧㄥˋ ㄒㄩㄣˊ ㄩㄢˊ）

【釋義】治病要尋找根源。病：

指疾病或弊端。

【出處】文康・兒女英雄傳二五回：「治病尋源，他這病源，全在痛親而不知慰親，守志而不知繼志，所以才把個見識弄左了。」

【用法】用以說明醫治疾病或治理社會弊端，一定要找出其根源之所在，方可對症下藥和採取恰當措施。

【例句】**治病尋源**，病因尚未弄清楚就亂開處方，這是缺乏醫德以及不負責任的表現！

【義近】窮原竟委／尋根究柢。

【義反】頭痛醫頭，腳痛醫腳。

治國安民（ㄓˋ ㄍㄨㄛˊ ㄢ ㄇㄧㄣˊ）

【釋義】治理國家，安定民心。

【出處】漢書・食貨志上：「財者，帝王所以聚人守位，養成羣生，奉順天德，治國安民之本也。」

【用法】用以說明當政者最根本的任務與職責。

【例句】從政的人每日要處理各式各樣的事情，但最基本的是**治國安民**，否則便毫無意義。

【義近】治國安邦／治國經邦／安邦定國／保國安民。

【義反】蠹國害民／禍國殃民。

治絲而棼（ㄓˋ ㄙ ㄦˊ ㄈㄣˊ）

【釋義】意謂整理蠶絲不先找出頭緒，結果是越理越亂。棼：紛亂。

【出處】左傳・隱公四年：「猶治絲而棼之也。」唐・馮用之・權論下：「不可威而威，則刑名如治絲而棼矣。」

【用法】比喻做事不得要領，茫無頭緒，便會越做越糟。

【例句】做事情要有計畫，按部就班的進行，否則**治絲而棼**，事倍功半，白白浪費時間和精力。

【義近】治絲益棼／眉毛鬍子一把抓／經緯萬端。

【義反】提綱挈領／一了百了／一了百當。

治亂存亡（ㄓˋ ㄌㄨㄢˋ ㄘㄨㄣˊ ㄨㄤˊ）

【釋義】安定、禍亂、存續、滅亡。

【出處】呂氏春秋・察微：「治亂存亡，則不然，如可知，如可不知；如可見，如可不見。故智士賢者，相與積心愁慮以求之。」

【用法】用以指國家命運的各種情況。

【例句】國家在**治亂存亡**之際，若能得一賢臣相扶，或許便能扭轉劣勢，轉危爲安。

【義近】治亂興亡／生死存亡／禍福興衰。

沿才授職（ㄧㄢˊ ㄘㄞˊ ㄕㄡˋ ㄓˊ）

【釋義】沿：依據。授：授與、分派。

【出處】王融・永明十一年策秀才文：「必待天爵具脩，人紀咸事，然後沿才授職，揆務分司。」

【用法】比喻根據各人的才能分派相稱的官位或職務。

【例句】國家考試的目的就是希望能**沿才授職**，爲政府挑選優秀的人才爲民服務。

【義近】知人善任／量材錄用。

【義反】任人唯親／大材小用。

沿波討源（ㄧㄢˊ ㄅㄛ ㄊㄠˇ ㄩㄢˊ）

【釋義】順著水流尋找源頭。

【出處】晉・陸機・文賦：「或因枝以振葉，或沿波而討源。」劉勰・文心雕龍・知音：「沿波討源，雖幽必顯。」

【用法】本比喻爲文漸入中心，點出主題。後用以比喻根據線索探討事物的根源。

【例句】研究學問要有**沿波討源**的精神，若馬馬虎虎，只求一知半解的話，是永遠得不到真正的學問。

【義近】沿流溯源／窮源溯流／順藤摸瓜。

【義反】尋枝摘葉／一知半解／不求甚解。

沿門托鉢（ㄧㄢˊ ㄇㄣˊ ㄊㄨㄛ ㄅㄛ）

【釋義】托鉢：僧尼用手托鉢到齋堂吃飯或向施主求布施。鉢：僧尼所用之食器。

【出處】文康・兒女英雄傳一二回：「你若借了這事，向親友各家，不問交誼，一概的沿門托鉢，搖尾乞憐起來，就大不是我的意思了。」

【用法】多用以比喻挨家乞討。也指因窮困而求助於別人。

【例句】他年輕時揮霍無度，萬貫家產消耗殆盡，老來過著**沿門托鉢**、三餐不繼的生活，晚景淒涼。

【義近】吳市吹簫／乞哀告憐／沿街行乞／挨戶乞食。

【義反】腰纏萬貫／豐衣足食／飽食暖衣／吃著不盡。

波及無辜（ㄅㄛ ㄐㄧˊ ㄨˊ ㄍㄨ）

【釋義】波及：本謂波浪所及，引申爲播散、影響、擴大範圍之義。

【出處】左傳・僖公二三年：「其波及晉國者，君之餘也。」詩經・小雅・巧言：「無罪無辜。」

【用法】用以指災禍牽連到無罪的人。

【例句】審理案子，務必要實事求是，慎重處理，決不能擴大範圍，**波及無辜**。

【義近】殃及池魚／株連九族／禍及全家。

波臣爲虐（ㄅㄛ ㄔㄣˊ ㄨㄟˊ ㄋㄩㄝˋ）

【釋義】波臣：指水神。

【出處】莊子・外物：「我，東海之波臣也，君豈有斗升之水而活我哉？」秋水軒尺牘：「復自家鄉來者，道波臣爲虐，年穀不登。」

【用法】喻水災嚴重。

【例句】象神颱風帶來大量雨水，汐止地區**波臣爲虐**，造成當地民衆莫大的損失。

【義近】河伯爲患。

【義反】旱魃爲虐／亢旱不雨。

波詭雲譎（ㄅㄛ ㄍㄨㄟˇ ㄩㄣˊ ㄐㄩㄝˊ）

【釋義】好像水波和雲彩那樣，千態萬狀，不可捉摸。詭：欺詐，奸滑。譎：欺詐。

【出處】揚雄・甘泉賦：「於是大廈雲譎波詭，摧嗺而成觀。」劉勰・文心雕龍・體性：「筆區雲譎，文苑波詭者矣。」

【用法】形容事物變幻莫測。

【例句】在**波詭雲譎**的國際環境中，我國敢於迎逆風、戰惡浪，以求立於不敗之地。

【義近】風雲多變／變幻莫測／變動無常。
【義反】靜如死水／一成不變／固定不變。

波濤洶湧

【釋義】波濤：指波浪。洶湧：盛大的樣子。
【出處】三國志・吳書・孫權傳・魏文帝出廣陵望大江・注：「時大寒冰，舟不得入江。帝見波濤洶湧，歎曰：『嗟乎！固天所以隔南北也。』遂歸。」
【用法】形容水勢盛大。
【例句】即使海岸**波濤洶湧**，依然吸引不少釣客。
【義近】白浪濤天／江翻海沸／波瀾壯闊／沸騰澎湃。
【義反】風平浪靜／水波不興／波平如鏡。

波瀾老成

【釋義】波瀾：波濤。喻文章氣勢浩瀚有起伏。老成：老練、成熟。
【出處】杜甫・敬贈鄭諫議十韻：「毫髮無遺恨，波瀾獨老成。」清・王晫・今世說・品藻：「情辭斐亹，波瀾老成。」
【用法】形容文章氣勢雄壯，功力深厚。
【例句】蘇轍的文章**波瀾老成**，汪洋宏肆，讀來令人回味無窮。
【義近】一瀉千里／石破天驚／閎中肆外。
【義反】官樣文章／月露風雲。

波瀾壯闊

【釋義】水的波濤浩渺廣闊。瀾：大的波浪。
【出處】鮑照・登大雷岸與妹書：「旅客貧辛，波路壯闊。」梁啓超・近世之學術：「專憑西漢博士說以釋經義者間出，逮廖氏而波瀾壯闊極矣。」
【用法】比喻聲勢雄壯或規模巨大，也用以形容文章氣勢雄偉。
【例句】①雄偉的南京長江大橋，橫跨在**波瀾壯闊**、水勢浩瀚的大江上。②《三國演義》是一部**波瀾壯闊**、冠絕古今的優秀歷史小說。
【義近】洶湧澎湃／波浪起伏／萬馬奔騰／浩浩蕩蕩。
【義反】風平浪靜／波平如鏡。

波瀾起伏

【釋義】指水波起落。
【出處】梁啓超・各國憲法異同論：「由專制之政體，漸變爲立憲之政體，……又殆將轉而爲共和，然波瀾起伏，幾歷年載，卒能無恙，以至今日。」
【用法】比喻有起有落地向前發展演變。
【例句】電影或小說的情節要有**波瀾起伏**，才能吸引住觀衆或讀者。
【義近】波濤起伏。
【義反】平坦無波。

泉石膏肓

【釋義】愛好山水已成癡，有如病入膏肓。膏：心臟下部。肓：隔膜。
【出處】舊唐書・隱逸傳・田遊巖傳：「高宗幸嵩山……遊巖山衣田冠出拜，帝令左右扶止之，謂曰：『先生養道山中，比得佳否？』遊巖曰：『臣泉石膏肓，煙霞痼疾……。』」
【用法】形容人愛好山水成癡的樣子。
【例句】他退隱多年，遊山玩水，有人請他出仕，他笑說他已經**泉石膏肓**，離不開大自然了。
【義近】煙霞痼疾。

六　畫

洋洋大觀

【釋義】洋洋：盛大或衆多貌。大觀：豐富多彩的景象。
【出處】莊子・天地：「夫道，覆載萬物者也，洋洋乎大哉！」沈復・浮生六記：「眞洋洋大觀也。」
【用法】形容美好的事物衆多豐盛。
【例句】展覽會場，各式各樣的藝術品陳列，眞是**洋洋大觀**，令人嘆爲觀止。
【義近】蔚爲壯觀／琳琅滿目／景象萬千。
【義反】花樣單調／一成不變／如出一轍。

洋洋自得

【釋義】洋洋：即得意喜樂的樣子。
【出處】漢・班固・十八侯銘五：「洋洋丞相。」司馬遷・史記・晏嬰傳：「意氣揚揚，甚自得也。」
【用法】形容自我欣賞，非常得意的樣子。
【例句】半桶水，響叮噹，此人因自己升了個小官，便**洋洋自得**起來，像極了小丑。
【義近】洋洋得意／忘乎所以／沾沾自喜／躊躇滿志。
【義反】垂頭喪氣／悶悶不樂／灰心喪氣／心灰意懶。

洋洋盈耳

【釋義】洋洋：美盛的樣子。盈：充滿。
【出處】論語・泰伯：「師摯之始，關雎之亂，洋洋乎盈耳哉！」
【用法】形容美好的音樂聲或其他聲音悅耳動聽。
【例句】音樂會上，歌聲和樂音**洋洋盈耳**，予人無限美好的藝術享受。
【義近】繞梁不絕／悅耳動聽。
【義反】嘔啞嘲哳／嗚嗚刺耳。

洋洋得意

【釋義】洋洋：原爲「揚揚」，得意的樣子。一作「得意洋洋」。
【出處】蒲松齡・醒世姻緣四二回：「臨去時秋波也不轉一轉，洋洋得意，上了轎子，鼓樂喧天的導引而去。」
【用法】形容得意時神氣十足的姿態。
【例句】上回考試他拿到第一之後，便**洋洋得意**，不知再接再厲，這回便退步許多了。
【義近】意氣揚揚／自鳴得意／沾沾自喜。
【義反】垂頭喪氣／灰心喪氣／神氣沮喪／落落寡歡／悶悶不樂。

洋洋灑灑

【釋義】洋洋：盛美壯大或廣遠無涯的樣子。灑灑：連綿不絕的樣子。

【出處】韓非子・難言：「所以難言者，言順比滑澤，洋洋纚纚然，則見以爲華而不實。」

【用法】形容寫作揮灑自如，有時也形容文章篇幅很長。

【例句】他的文思敏捷，大筆一揮，便**洋洋灑灑**地寫了上千字文章，且文筆流暢，一氣呵成，令人折服。

【義近】揮灑自如／一揮而就／運筆如飛／文思泉湧。

【義反】文思枯竭／撚斷莖鬚／索盡枯腸／江郎才盡／心如枯井。

津津有味

【釋義】津津：形容有滋味，有趣味。津：口液。

【出處】頤瑣・黃綉球四回：「一直說到那日出門看會以後的情形，張先生聽來，覺得津津有味。」

【用法】形容事物趣味深長或食物美味，令人品味無窮。

【例句】①這桌菜色香味俱佳，大夥都吃得**津津有味**。②這部電影拍得很好，故事情節引人入勝，大家看得**津津有味**。

【義近】興味盎然／興致勃勃／津津樂道。

【義反】味同嚼蠟／索然寡味／興趣缺缺。

津津樂道

【釋義】津津：指興趣濃厚。樂道：喜歡談論。

【出處】頤瑣・黃綉球七回：「他才學固然卓越，但他也只從口講指畫入手，每遇鄉愚，津津樂道。」

【用法】形容很有興趣地說個不停。

【例句】唐明皇與楊貴妃的風流韻事，至今仍爲人們所**津津樂道**。

【義近】交口稱讚／嘖嘖稱讚／掛在嘴上。

【義反】不屑一顧／絕口不談／三緘其口。

洪水猛獸

【釋義】洪水：暴漲的大水。猛獸：凶猛的野獸。

【出處】孟子・滕文公下：「昔者禹抑洪水，而天下平；周公兼夷狄，驅猛獸，而百姓寧。」

【用法】比喻禍害極大的事物，也比喻凶惡的人。

【例句】①你到處惹事生非，被人視爲**洪水猛獸**，像這樣活在世上還有什麼意思？②貪官污吏肆意草菅人命，其爲害之烈甚於**洪水猛獸**。

【義近】天災人禍／滔天大禍／凶惡非常。

洪福齊天

【釋義】洪福：大福。齊天：與天一樣大。

【出處】鄭德輝・老君堂四折：「皆因是聖天子洪福齊天，文武每保社稷，皆豐稔之世也。」

【用法】用以頌揚人福分大。有時含有諷刺意味。

【例句】你在這次空難中得以生還，眞可算是三生有幸，**洪福齊天**啊！

【義近】福與天齊／福大命大／吉人天相。

【義反】時乖運蹇／時運不濟／命運多蹇。

洪爐燎髮

【釋義】用冶鍊金屬的鑪子燒頭髮。爐：亦作「鑪」。

【出處】三國志・魏書・王粲傳：「今將軍總皇威，握兵要，龍驤虎步，高下在心，以此行事，無異於鼓洪爐以燎毛髮。」

【義近】比喻以強除弱，極爲容易。

【例句】以我方強而有力的大軍，要對付一蕞爾小國，簡直是**洪爐燎髮**，太容易了。

流水不腐

【釋義】流動的水不會發臭。腐：臭。

【出處】呂氏春秋・盡數：「流水不腐，戶樞不螻，動也，形氣亦然。」

【用法】比喻經常運動的東西不易受侵蝕，也用以說明經常運動的人身體必然康健。

【例句】①**流水不腐**，物體在不停的運動中，能抵抗微生物或其他生物的侵蝕。②**流水不腐**，一個人經常運動，就可減少生病，以達到延年益壽的目的。

【義近】戶樞不蠹。

【義反】肉腐出蟲／魚枯生蠹。

流水無情

【釋義】流水一去不回，毫無情意。

【出處】白居易・過元家履信宅詩：「落花不語空辭樹，流水無情自入池。」

【用法】常用以比喻對人沒有感情。

【例句】張小姐每次見到李先生總是眉目傳情，可是李先生卻毫無反應，眞是落花有意，**流水無情**。

【義近】無動於衷／東風不解。

【義反】落花有意／情深意濃。

流血成渠

【釋義】意謂血流成了小河。渠：水渠。

【出處】馮夢龍・東周列國志九五回：「樂毅身先士卒，四國兵將無不賈勇爭奮，殺得齊兵屍橫原野，流血成渠。」

【用法】形容在作戰中或在飛災橫禍中死傷者甚多。

【例句】在一場激烈的戰爭中，敵我雙方展開肉搏戰，結果殺得屍橫遍野，**流血成渠**。

【義近】血流成河／流血千里／伏屍百萬／屍橫遍野／流血漂櫓。

【義反】無一傷亡／兵不血刃。

流血浮屍

【釋義】血流成河，屍體漂浮。

【出處】越絕書・外傳記吳王占夢：「晉知其兵革之罷倦，糧食盡索，興師擊之，大敗吳師。涉江，流血浮屍者不可勝數。」

【用法】形容被殺死的人很多。

【例句】南京大屠殺中，日軍殺我同胞無數，**流血浮屍**的景象，令人怵目驚心。
【義近】屍橫遍野／殺人盈城／殺人盈野。

流血漂鹵（ㄌㄧㄡˊ ㄒㄧㄝˇ ㄆㄧㄠ ㄌㄨˇ）

【釋義】意謂血流得足以把櫓浮起來。鹵：通「櫓」，大盾牌。
【出處】戰國策·中山策：「此戰之於伊闕，大破二國之軍，流血漂鹵，斬首二十四萬。」
【用法】形容戰場上死傷的人很多。
【例句】一場戰爭下來，**流血漂鹵**，屍橫遍野，聰明的人類卻從未因此而得到教訓。
【義近】血流漂杵／血流成河／血流千里。

流行坎止（ㄌㄧㄡˊ ㄒㄧㄥˊ ㄎㄢˇ ㄓˇ）

【釋義】通順時就走，有險阻時就停。
【出處】漢書·賈誼傳：「乘流則逝，得坎則止。」注：「孟康曰：『易坎爲險，遇險難而止也。』張晏曰：『遇夷易則仕，險難則隱也。』」黃庭堅·贈李輔聖詩：「舊管新收幾粧鏡，流行坎止一虛舟。」
【用法】比喻去留動靜全視情況而定。
【例句】立身行事要懂得**流行坎止**的道理，才不會把自己陷入無路可走的困境。
【義近】用行舍藏／因地制宜。
【義反】刻舟求劍／墨守成規。

流言蜚語（ㄌㄧㄡˊ ㄧㄢˊ ㄈㄟ ㄩˇ）

【釋義】指毫無根據的話。蜚：同「飛」。一作「流言飛語」。
【出處】禮記·儒行：「久不相見，聞流言不信。」司馬遷·史記·魏其武安侯列傳：「乃有蜚語爲惡言聞上。」
【用法】多指背後散佈的誹謗性惡言。
【例句】這些人吃飽飯沒事做，一味地散佈**流言蜚語**，眞令人討厭。
【義近】風言風語／閒言閒語／蜚短流長／無稽之談。
【義反】讜言正論。

流芳百世（ㄌㄧㄡˊ ㄈㄤ ㄅㄞˇ ㄕˋ）

【釋義】流：流傳。芳：香，此指好名聲。百世：極言時間久遠，古以三十年爲一世。
【出處】劉義慶·世說新語·尤悔：「（桓溫）既而屈起坐曰：『既不能流芳後世，亦不足復遺臭萬載邪！』」
【用法】用以表示美名永久流傳於後世。
【例句】黃花崗七十二烈士的精神將**流芳百世**，永遠爲後人所敬仰。
【義近】萬古留芳／彪炳千古／名垂青史／永垂不朽。
【義反】遺臭萬年／萬代唾罵／穢史留名。

流金焦土（ㄌㄧㄡˊ ㄐㄧㄣ ㄐㄧㄠ ㄊㄨˇ）

【釋義】鎔化金屬，燒焦土石。
【出處】莊子·逍遙遊：「大旱金石流，土山焦，而不熱。」
【用法】喻天旱酷熱的樣子。
【例句】像這種**流金焦土**的天氣，還是躲在冷氣房裏的好。
【義近】流金爍石／焦金流石／焦沙爛石。
【義反】天寒地凍／寒風砭骨／寒氣逼人。

流金鑠石（ㄌㄧㄡˊ ㄐㄧㄣ ㄕㄨㄛˋ ㄕˊ）

【釋義】流、鑠：均爲熔化意。
【出處】楚辭·宋玉·招魂：「十日代出，流金鑠石兮。」
【用法】極言天氣酷熱，連金石也被銷熔。
【例句】非洲一些地區的天氣太熱，赤日當空之時，幾乎可以**流金鑠石**。
【義近】焦金爍石／驕陽似火／烈日當空／火傘高張。
【義反】天寒地凍／冰天雪地／滴水成冰。

流星掣雷（ㄌㄧㄡˊ ㄒㄧㄥ ㄔㄜˋ ㄌㄟˊ）

【釋義】指流星和閃電的快速。又作「流星掣電」。掣：牽拉。
【出處】琵琶記·春宴杏園：「頃刻間，走遍神州，直趕上，流星掣雷。」
【用法】喻極爲迅速。
【例句】時光的飛逝，有如**流星掣雷**，昨日的少年郎，今日已成一白髮老翁，令人心驚，卻又無可奈何。
【義近】風馳電掣／流星趕月／星奔電邁／疾風迅雷。
【義反】鵝行鴨步／老牛拖車。

流星趕月（ㄌㄧㄡˊ ㄒㄧㄥ ㄍㄢˇ ㄩㄝˋ）

【釋義】流星：飛掠過天空的發光星體，又稱奔星、飛星、賊星。
【出處】新編五代史平話·漢史：「走馬似逐電追風，放箭若流星趕月。」
【用法】比喻速度飛一般的快。
【例句】火箭疾速衝入太空，有如**流星趕月**，甚爲壯觀。
【義近】風馳電掣／兔起鳧舉／逐電追風。
【義反】蝸行牛步／鵝行鴨步／老牛拖破車。

流風餘韻（ㄌㄧㄡˊ ㄈㄥ ㄩˊ ㄩㄣˋ）

【釋義】指流傳於後世的風尚韻事。
【出處】歐陽修·峴山亭記：「至於流風餘韻，藹然被於江漢之間者，至今人猶思之。」
【用法】指前代流傳下來的美好風尚和風雅韻致。
【例句】前人的**流風餘韻**，實乃後人的一大資產，值得好好珍惜並傳續給下一代。
【義近】遺風餘韻／流風遺澤。
【義反】陳規陋習／世態炎涼。

流風遺俗（ㄌㄧㄡˊ ㄈㄥ ㄧˊ ㄙㄨˊ）

【釋義】意即遺風遺俗。流風：猶遺風。
【出處】宋·蘇軾·鳧繹先生詩集敍：「世之君子長者日以遠矣，後生不復見其流風遺俗。」
【用法】指先代流傳下來的好風氣、好風俗。
【例句】老祖宗留下來的**流風遺俗**，尙有許多値得我們效法的地方。
【義近】流風遺韻／流風餘韻／遺風遺俗／美善風俗／淳風善俗。
【義反】頹風惡俗／頹靡習俗。

流風遺迹

【釋義】迹：同「跡」、「蹟」，指過去的事蹟。

【出處】蘇轍・黃州快哉亭記：「至於長洲之濱，故城之墟；曹孟德、孫仲謀之所睥睨，周瑜、陸遜之所馳騖；其流風遺迹，亦足以稱快世俗。」

【用法】指前人流傳於後世的事蹟。

【例句】過去這裏是著名的茶樓酒館聚集處，現在蓋起高樓大廈，已不復見到從前的**流風遺迹**。

流涎咽唾

【釋義】流出饞涎，吞咽口水。唾：指口水。

【出處】魏文帝・羣臣詔：「中國珍果甚多，……道之固已流涎咽唾，況親食之邪！」

【用法】喻欣羨美食的樣子。

【例句】走進美食街，光是聞到那香噴噴的味道，就已令人**流涎咽唾**，飢腸轆轆了。

【義近】食指大動／垂涎三尺／饞涎欲滴。

【義反】味同嚼蠟／味同雞肋／索然無味。

流連忘返

【釋義】流連：依戀不捨。

【出處】孟子・梁惠王下：「從流下而忘反，謂之流；從流上而忘反，謂之連。」馮夢龍・東周列國志八一回：「夫差自得西施，以姑蘇臺為家，四時隨意出遊，弦管相逐，流連忘返。」

【用法】形容眷戀或迷戀某一事物而不願離去。

【例句】杭州西湖景色秀麗宜人，讓人**流連忘返**。

【義近】依依不捨／戀戀不捨／樂而忘返／樂不思蜀。

流落天涯

【釋義】流落：留居他鄉，窮困潦倒。天涯：天邊，指遠離家鄉的地方。

【出處】德佑太學生・祝英臺近：「歎離阻！有恨流落天涯，誰念泣孤旅？」

【用法】形容滯留遠地，生活無著。

【例句】每逢佳節倍思親，**流落天涯**的遊子大概都有相同的感慨。

【義近】淪落天涯／流落他鄉／羈留他鄉／飄零湖海。

【義反】安居樂業／安居故里／安享天倫。

流觴曲水

【釋義】古人每年農曆三月上旬的巳日聚集水邊飲酒，以祓除不祥。後世沿用，在環曲的水邊聚飲，置酒杯於上游，順水而下，杯停人前，就取杯飲酒，稱為流觴曲水。觴：酒杯。又作「流杯曲水」。

【出處】晉・王羲之・蘭亭集序：「此地有崇山峻嶺，茂林修竹，又有清流激湍，映帶左右，引以為流觴曲水。」

【用法】原指去除不祥的修禊活動。後來又演變成文人作詩飲酒的風雅活動。

【例句】今日的河川污染嚴重，不禁羨慕古人有潔淨的河流可供他們從事**流觴曲水**的雅事。

【義近】羽觴隨波。

流離失所

【釋義】流離：流轉、離散。失所：失掉安身的地方。

【出處】金史・完彥匡傳：「今已四月，農事已晚，邊民連歲流離失所，扶攜道路……。」

【用法】用以說明無處安身，到處流浪。

【例句】抗戰時期，烽火連天，許多人被迫遠走他鄉，**流離失所**。

【義近】流離顛沛／流離轉徙。

【義反】安居故土／安居樂業。

洞中肯綮

【釋義】洞：透徹、深入。中：正對上，恰好合上。肯綮：筋骨結合的地方，比喻要害、最重要的關鍵。

【出處】元史・韓性傳：「郡之良二千石政事有所未達，輒往咨訪，性從容開導，洞中肯綮，裨益者多。」

【用法】形容觀察銳利，能抓住問題的要害。

【例句】他的頭腦很清楚，對事情的看法往往能**洞中肯綮**，有問題不妨向他請益。

【義近】一語中的／一針見血／深中肯綮／火眼金睛。

【義反】有眼無珠／皮相之見／眼內無珠／凡夫肉眼。

洞天福地

【釋義】指名山勝境，神仙所居之所。

【出處】北宋・張君房・雲笈七籤，中有十大洞天、七十二地福地。

【用法】今用以形容風景優美秀麗的地方。

【例句】《西遊記》中的「花果山福地，水濂洞洞天」是**洞天福地**的神仙之境，難怪能孕育出孫悟空這樣的仙猴。

【義近】世外桃源／名山勝境／瑤池樂土／人間仙境／人間天堂。

【義反】人間地獄／窮鄉僻壤／龍潭虎穴。

洞見癥結

【釋義】洞見：看得很清楚。癥結：肚子裏結塊的病。

【出處】司馬遷・史記・扁鵲倉公列傳：「以此視病，盡見五臟癥結。」清・紀昀・閱微草堂筆記・如是我聞四：「斯言洞見癥結矣。」

【用法】比喻觀察銳利，能看到問題的關鍵。

【例句】王教授就當前教育問題發表意見，話雖不多，卻句句都是**洞見癥結**之言。

【義近】心明眼亮／洞察端倪／水晶燈籠。

【義反】肉眼愚眉／鼠目寸光／囿於成見。

洞房花燭

【釋義】洞房：深邃的內室，指新房。花燭：彩燭。

【出處】庾信・和詠舞詩：「洞房花燭明，燕餘雙舞輕，頓履隨疎節，低鬟逐上聲。」

【用法】指新婚之夜。
【例句】人生最美好之事，莫過於**洞房花燭**夜，有如花美眷相伴。
【義近】燕爾新婚／花好月圓／鶼鰈情濃／春宵一刻。

洞若觀火

【釋義】清楚得就像看火一樣。洞：透徹。
【出處】張岱・公祭張噩仍文：「噩仍謙和柔婉，未嘗以一語忤人，而胸中月旦，洞若觀火。」
【用法】形容觀察事物非常清楚透徹。
【例句】智者對事情的眞相皆能**洞若觀火**，故能不憂不懼。
【義近】明察秋毫／瞭如指掌／一目了然／明若觀火。
【義反】不見輿薪／霧裏看花／管窺蠡測／稀裏糊塗。

洗心革面

【釋義】洗心：清除不好的思想。革面：改變舊面貌。
【出處】葛洪・抱朴子・用刑：「洗心而革面者，必若清波之滌輕塵。」
【用法】比喩徹底悔改，走上自新之路。
【例句】雖說他過去做了不少壞事，但現在**洗心革面**重新作人，仍應予以肯定。
【義近】改邪歸正／痛改前非／脫胎換骨／改過自新。
【義反】怙惡不悛／不知悔改／死不悔改。

洗心滌慮

【釋義】洗心：清除邪惡的心思。滌慮：除去種種不好的思慮。滌：除去，洗。
【出處】蘇軾・策略二：「蓋自近歲始柄用二三大臣，而天下皆洗心滌慮，以聽朝廷之所爲。」
【用法】比喩拋棄一切不好的念頭，徹底改變思想。
【例句】此人已壞得無藥可救了，冀望他**洗心滌慮**，改變自己，實在是不太可能的事。
【義近】刮腸洗胃／脫胎換骨／洗心革面／呑刀刮腸。
【義反】死不悔改／至死不悟／破罐破摔／頑梗不化。

洗手不幹

【釋義】把手洗乾淨不再做骯髒的事。
【出處】文康・兒女英雄傳一一回：「小人從前原也作些小道兒上的買賣，後來洗手不幹。」
【用法】用以說明改邪歸正，不再爲非。有時也用以說明不再做某事。
【例句】那個慣竊每做一次案，便發誓**洗手不幹**，無奈貪婪之心勝過良心的譴責，他還是一再的犯案，最後終於被捕。
【義近】洗心改過／改邪歸正／悔過自新／洗心革面／另謀他業。
【義反】執意不改／無可救藥／執迷不悟。

洗手奉職

【釋義】潔淨自己的身手，奉行所擔負的職事。
【出處】韓愈・胡良公墓神道碑：「薦公爲監察御史，主餽給渭橋以東軍，洗手奉職，不以一錢假人。」
【用法】用以指廉潔奉公。
【例句】李部長從政數十年，一直**洗手奉職**，兩袖清風，令人敬佩。
【義近】廉潔奉公／涓滴歸公／一介不取／一毫莫取／廉潔可風。
【義反】貪污行賄／損公肥私／長袖善舞／中飽私囊。

洗耳恭聽

【釋義】洗乾淨耳朵恭恭敬敬聽別人講話。
【出處】關漢卿・單刀會：「請君侯試說一徧（遍），下官洗耳恭聽。」
【用法】用以表示恭敬地專心傾聽。有時含有諷刺或詼諧意味。
【例句】閣下有何見教，請直說吧，我**洗耳恭聽**。
【義近】傾耳細聽／張耳拱聽／專心傾聽／奉命維謹。
【義反】充耳不聞／秋風過耳／掩耳而走／馬耳東風／聽若罔聞。

洗泥接風

【釋義】洗泥：即洗塵。接風：歡迎到來。
【出處】施耐庵・水滸傳二五回：「小人們都不曾與都頭洗泥接風，如今倒來反擾。」
【用法】指宴請遠來的人，表示歡迎之意。
【例句】今天大哥一家人從美國回來，我們準備到餐廳訂席位，給他們**洗泥接風**。

洗垢求瘢

【釋義】洗去污垢，尋找疤痕。瘢：瘡痕。
【出處】趙壹・刺世疾邪賦：「所好則鑽皮出其毛羽，所惡則洗垢求其瘢痕。」
【用法】用以比喩苛求他人，想方設法找其過錯。
【例句】此人相當小氣，對屬下要求極其苛刻，對人更是**洗垢求瘢**的挑剔，故終其一生，無一朋友可言。
【義近】洗垢索瘢／吹毛求疵／雞蛋裏挑骨頭。
【義反】鑽皮出其毛羽／大過不較，小過不問／大事化小，小事化無。

活龍活現

【釋義】龍：傳說中的神異動物，一作「活靈活現」。
【出處】馮夢龍・警世通言・呂大郎還金完骨肉：「王氏聞丈夫凶信，初時也疑惑，被呂寶說得活龍活現，也信了。」
【用法】形容敍述神情逼眞，使人感到好像親眼看到一樣。
【例句】張老師講武松打虎的故事講得**活龍活現**，學生們個個聽得入迷。
【義近】栩栩如生／呼之欲出／生動逼眞／神態活現／入木三分／絲絲入扣。
【義反】呆板單調／枯燥無味／生硬刻板／半生半熟／假不亂眞。

洶湧澎湃

【釋義】洶湧：水勢騰湧的樣子。澎湃：波浪撞擊。

【出處】司馬相如・上林賦：「沸乎暴怒，洶湧澎湃。」
【用法】形容波浪滔天的水勢，也指不可阻擋的浩大聲勢。
【例句】萬里長江，流水滔滔，日復一日，**洶湧澎湃**地奔向大海。
【義近】浩浩蕩蕩／波瀾壯闊／萬馬奔騰。
【義反】風平浪靜／水波不興／波瀾不驚。

洛陽才子

【釋義】指漢人賈誼，因他極富文名，故有此稱。
【出處】晉・潘岳・西征賦：「終童山東之英妙，賈生洛陽之才子。」明・無心子・金雀記・定婚：「洛陽才子，名下無虛，細玩佳章，自生健羨。」
【用法】用以泛稱才華出眾的文士。
【例句】此人雖有**洛陽才子**的頭銜，無奈仕途不順，抑鬱以終，眞是可惜啊！
【義近】才高八斗／才比子建／不羈之才／一代文宗。
【義反】胸無點墨／略識之無／繡花枕頭／金漆馬桶。

洛陽紙貴

【釋義】洛陽：在今河南省，西晉等朝代的國都。紙貴：紙因需要增多而價貴。
【出處】晉代左思作三都賦成，不爲時人所重，皇甫謐爲之作序後，「豪貴之家競相傳寫，洛陽爲之紙貴。」
【用法】形容文章優美，風行一時，人以先睹爲快。
【例句】瓊瑤的言情小說在大陸印行後，一時**洛陽紙貴**，大家爭相閱讀。
【義近】人手一冊／家喻戶誦。

洽聞博見

【釋義】意謂見聞廣博。洽：廣博。
【出處】北魏・楊衒之・洛陽伽藍記・景明寺：「子才洽聞博見，無所不通，軍國制度，罔不訪及。」
【用法】形容知識豐富，所見所聞廣博。
【例句】讀書除了要達到**洽聞博見**的境界，更重要的是能夠靈活運用。
【義近】博物洽聞／洽聞強記／博古通今／博學多才。
【義反】一無所知／愚昧無知／不辨菽麥／五穀不分。

七 畫

浪子回頭

【釋義】浪子：不務正業的遊蕩子弟。回頭：指改邪歸正。
【出處】張恨水・八十一夢：「有道是浪子回頭金不換。」
【用法】用以指浪蕩青年改邪歸正，也比喻作惡爲非者改過自新。
【例句】**浪子回頭**金不換，只要你有心改過，大家依然會接受你的。
【義近】迷途知返／懸崖勒馬。
【義反】執迷不悟／屢教不改／無可救藥。

浪跡江湖

【釋義】浪跡：流浪，行蹤無定。江湖：泛指五湖四海。
【出處】陸游・自述詩：「浪跡江湖遂終老，此身何啻一浮萍。」
【用法】形容人遠遊四方，居無定所。
【例句】從小他就**浪跡江湖**、居無定所，故沒有所謂鄉土的觀念。
【義近】浪跡天涯／四海爲家／周遊各地。
【義反】行不出村／遊不出鄉／足不出戶。

浪跡萍蹤

【釋義】浪花和浮萍的蹤跡。
【出處】明・吾丘瑞・運甓記：「遠途勞頓，浪跡萍蹤，何年音信相聞。」
【用法】形容到處漂泊，行蹤不定。
【例句】他一生**浪跡萍蹤**，居無定所，老了總想回到故鄉安定下來，卻又近鄉情怯，害怕故鄉已成異鄉。
【義近】梗泛萍漂／泛萍浮梗／萍飄蓬轉。
【義反】安居樂業／安土重遷。

涕泗滂沱

【釋義】涕泗：眼淚和鼻涕。滂沱：本形容大雨的樣子，此指流淚之多。
【出處】詩經・陳風・澤陂：「有美一人，傷如之何！寤寐無爲，涕泗滂沱。」
【用法】形容哭得厲害，眼淚鼻涕流淌如雨。
【例句】什麼事讓你這麼傷心，哭得如此**涕泗滂沱**？
【義近】涕零如雨／淚流滿面／涕泗縱橫。
【義反】喜上眉梢／眉開眼笑／笑不攏嘴。

浹髓淪肌

【釋義】淪：浸入。浹：通「澈」，滲透。滲透骨髓，浸入皮膚。同「淪肌浹髓」。
【出處】清文獻通考・刑考十六：「特恩寬大之詔，歲輒屢下，或間歲而一下。湛濡汪濊，浹髓淪肌。」
【用法】比喻對事物的感受深刻或對人的感恩心情非常深重。
【例句】這部描寫親情的文藝電影感人至深，**浹髓淪肌**，看過的人都爲之感動不已。
【義近】沁入肺腑／迴腸盪氣／沁入心脾。
【義反】無動於衷／如風過耳／馬耳東風／秋風過耳。

涇渭分明

【釋義】涇河水清、渭河水濁，兩條河水清濁不混。涇、渭：二水均源於甘肅，流入陝西。
【出處】詩經・邶風・谷風：「涇以渭濁，湜湜其沚。」
【用法】比喻界限清楚，是非分明。
【例句】誰好誰歹現已**涇渭分明**，你該趕快清醒過來，不要再輕信僞君子的花言巧語了。
【義近】涇清渭濁／黑白分明／是非清楚／清一白二。
【義反】涇渭不分／魚龍混雜／皂白不分／是非不分。

消聲匿跡

【釋義】聲音消失了，行蹤隱匿了。亦作「銷聲匿跡」。
【出處】吳沃堯・官場現形記二

九回：「他平生最是趨炎附勢的，如何肯銷聲匿跡，如今接連把他悶了幾個月，直把他急得要死。」

【用法】古代多指人隱居不出仕，今則多指人沒有音訊或事物消失了。

【例句】演藝圈的汰舊率高得驚人，許多過去紅極一時的藝人，如今都**消聲匿跡**了。

涅而不緇

【釋義】意謂用黑色染料也染不黑。涅：可用作黑色染料的礬石。緇：黑色。

【出處】論語・陽貨：「不曰堅乎，磨而不磷；不曰白乎，涅而不緇。」

【用法】比喻能潔身自好，不受惡劣環境的影響。

【例句】「後人評論范鰍兒在逆黨中**涅而不緇**，好行方便，救了許多人性命，今日死裏逃生，夫妻再合，乃陰德積善之報也。」（京本通俗小說・馮玉梅團圓）

【義近】泥蟠不滓／潔身自好／出污泥而不染。

【義反】同流合污／隨波逐流／與世偃仰。

涓埃之功

【釋義】涓：細小的流水。埃：塵埃。

【出處】杜甫・野望：「未有涓埃答聖朝。」羅貫中・三國演義三回：「恨無涓埃之功，以爲進見之禮。」

【用法】用以比喻微小的功勞。

【例句】**涓埃之功**，不足掛齒，何況你給我的幫忙更多更大，我都還來不及回報呢！

【義近】涓滴之功／一得之功／區區之功。

【義反】丘山之功／豐功偉績／勞苦功高。

涓滴歸公

【釋義】涓滴：小水珠，比喻極微小或極少之物。

【出處】楊宜治・懲齋日記・光緒十五年正月初二：「涓滴歸公，毫無侵蝕。」

【用法】形容很廉潔，非己之物即使極微小，也要繳歸公家。

【例句】公司裏，能眞正做到**涓滴歸公**的，只有席先生，所以大家都敬重他。

【義近】一介不取／一絲不苟／洗手奉公。

【義反】上下其手／損公肥私／假公濟私。

涉世未深

【釋義】涉世：經歷世事。

【出處】司馬遷・史記・韓非列傳：「故此二子（伊尹、百里奚）者，皆聖人也，猶不能無役身而涉世如此其汙也。」

【用法】常用以指年輕人經歷世事不多，缺乏經驗。

【例句】小王很有才華，也很能幹，這次沒有把事情辦好，是由於**涉世未深**所致。

【義近】少不更事／閱歷甚淺。

【義反】老於世故／通達老練／斲輪老手。

涉筆成趣

【釋義】涉筆：動筆，筆觸所及。趣：意趣，意味。

【出處】李汝珍・鏡花緣百回：「心有餘閒，涉筆成趣……年復一年，編出這鏡花緣一百回。」

【用法】形容大筆一揮，就可以創作出很有意味的作品。

【例句】梁實秋才思敏捷，**涉筆成趣**，其散文平實有致。

【義近】妙筆生花／筆頭生花／咳唾成珠。

【義反】枯燥無味／索然寡味／了無意趣。

浴血奮戰

【釋義】意謂混身是血還在奮力的戰鬥著。浴血：混身被血浸透。

【出處】唐・段成式・酉陽雜俎一二語資：「敬業……浴血而立，英公大奇之。」

【用法】形容頑強地堅持戰鬥，勇敢無畏，艱苦卓絕。

【例句】爲了保衛家園，老百姓拿起簡單的武器和配備精良的敵軍**浴血奮戰**，誓死也不讓敵人侵占他們的土地。

【義近】衝鋒陷陣／血戰到底。

【義反】臨陣脫逃／望風而逃／倒戈卸甲。

海不揚波

【釋義】海面不揚起波浪，意即風平浪靜。也作「海不波溢」。

【出處】韓詩外傳五回：「成王之時，越裳氏重九譯而至，獻白雉於周公。周公曰：『吾何以見賜也？』譯曰：『吾受命國之黃髮，曰：「久矣，天之不迅風疾雨也，海不波溢也，三年於茲矣，意者中國殆有聖人，盍往朝之？」於是來也。』」

【用法】比喻聖人治世，天下太平。

【例句】國家政治清明，**海不揚波**，老百姓得以安居樂業，文化藝術也才得以興盛。

【義近】海晏河清／堯天舜日／四海晏然／刑錯不用。

【義反】海水羣飛／滄海橫流／揭竿而起／民怨沸騰。

海內存知己

【釋義】海內：四海之內，指全國，現也指全世界。

【出處】王勃・送杜少府之任蜀州：「海內存知己，天涯若比鄰。」

【用法】表示天下雖廣，卻有知己存在，算是人生如意事。

【例句】你雖然遠在美國，但古人說得好：「**海內存知己**，天涯若比鄰。」我們的心是緊緊連在一起的。

【義近】天涯若比鄰／四海之內皆兄弟。

海內無雙

【釋義】海內：四海之內，指全國。

【出處】漢・東方朔・答客難：「好學樂道之效明白甚矣，自以爲智能海內無雙，則可謂博聞辯智矣。」

【用法】用以稱四海之內獨一無二的人才。

【例句】才得了一個小獎，便以爲自己的才華**海內無雙**，眞是井底之蛙。

【義近】舉世無雙／天下無雙／蓋世無雙／國士無雙。

【義反】大有人在／平庸無能／凡夫俗子／朽木糞土。

海水不可斗量

【釋義】意謂汪洋大海之水用升斗來計量，則根本無法知道海之深之大。

【出處】馮夢龍・喻世明言二七：「有人稱我八字，到五十歲上，必然發跡。常言海水不可斗量，你休料我。」

【用法】比喻人的才幹不能憑其外表或現在的狀況就能分析判斷出來。

【例句】俗話說：「人不可貌相，**海水不可斗量**。」沒想到那位看來一點都不起眼的人，竟然是大公司的老闆。

【義近】海水難量／人不可貌相／失之子羽。

【義反】以蠡測海／以貌取人。

海水羣飛

【釋義】意謂海水狂亂地湧起。

【出處】漢・揚雄・劇秦美新：「神歇靈繹，海水羣飛，二世而亡，何其劇與。」

【用法】用以比喻四處作亂，國家不安寧。

【例句】民國初年，袁世凱復辟稱帝，導致**海水羣飛**，幸虧孫中山先生團結革命黨人討袁成功，局勢才得以平定下來。

【義近】干戈四起／國無寧日／滄海橫流。

【義反】四海波靜／河清海晏／國泰民安／海不揚波。

海外奇談

【釋義】海外：指國外、異國。奇談：令人奇怪的談論，稀奇古怪的說法。

【用法】指有關國外的奇聞奇論，常用以比喻沒有根據的荒唐言論或傳聞。

【例句】他所說的這些，在我看來，不過是**海外奇談**，根本不可信。

【義近】齊東野語／無稽之談／天方夜譚／奇談怪論。

【義反】實言實語／言之鑿鑿／有案可稽／言必有據。

海市蜃樓

【釋義】指大氣中由於光線的折射，遠處景物顯示在空中或地面上的奇異幻景。古人誤以爲蜃吐氣而成。

【出處】隋唐遺事：「張昌儀恃寵，請託如市。李湛曰：『此海市蜃樓比耳，豈長久耶？』」

【用法】常用以比喻虛幻不可靠的事物。

【例句】人生的榮華富貴就如**海市蜃樓**一樣，虛幻不足恃。

【義近】鏡花水月／虛無縹緲／空中樓閣。

海底撈月

【釋義】到海底去撈月亮。

【出處】凌濛初・初刻拍案驚奇卷二十：「一面點起民壯，分頭追捕，多應是海底撈月，那尋一個。」

【用法】比喻去做根本做不到的事，只是白費力氣。

【例句】我的金筆不知什麼時候被人偷走了，想尋回有如**海底撈月**，還是算了吧！

【義近】海中撈月／水中撈月／大海撈針／登天攬月。

【義反】易如反掌／輕而易舉／信手拈來／唾手可得。

海底撈針

【釋義】到海底去撈一根針。

【出處】文康・兒女英雄傳一一回：「書辦搖著頭說道：『太老爺要拿這個人，只怕比海底撈針還難。』」

【用法】比喻很難找到或希望極爲渺茫。

【例句】在這深山老林裏找人，那可是**海底撈針**啊！

【義近】大海撈針／水底撈針／登天攬月。

【義反】易如反掌／輕而易舉／信手拈來／唾手可得。

海客無心

【釋義】航海的人，毫無心機。

【出處】列子・黃帝：「海上之人有好漚鳥者，每旦之海上，從漚鳥游，漚鳥之至者，百住而不止。其父曰：『吾聞漚鳥皆從汝遊，汝取來，吾玩之。』明日之海上，漚鳥舞而不下也。」李白・江上吟：「仙人有待乘黃鶴，海客無心隨白鷗。」

【用法】比喻不慕榮利，逍遙自適的赤子之心。也喻無貪求之心，則無往而不利。

【例句】人要掙脫名韁利鎖，眞正達到**海客無心**的境界，是需要極大的智慧和勇氣的。

【義近】曳尾塗中／鷗鷺忘機／閒雲野鶴／閒鷗忘海。

【義反】利慾薰心／利令智昏／名韁利鎖／利深名切。

海屋添籌

【釋義】籌：算籌，古代計算數字的小木棒。添籌：增添壽年。

【出處】蘇軾・三老人語：「嘗有三老人相遇，或問之年。一人曰：吾年不可記，但憶少年時與盤古有舊。一人曰：海水變桑田時，吾輒下一籌，爾來吾籌已滿十間屋。一人曰：吾所食蟠桃，棄其核於崑崙山下，今已與崑崙山齊矣。」

【用法】祝男人長壽的賀詞。

【例句】仙苑春長，北堂景暮，欣逢日吉時良，**海屋添籌**，南山壽祝無疆。（李開先・林沖寶劍記傳奇）

【義近】慶溢懸弧／樽開北海／椿樹長榮／南山同壽。

【義反】天不假年／行將就木。

海枯石爛

【釋義】直到大海枯乾，巖石化成土。石爛：指石頭風化成土。

【出處】王實甫・西廂記五本二折：「這天高地厚情，直到海枯石爛時。」

【用法】形容經歷的時間極長，多用於發誓時表示意志堅定，永不變心。

【例句】你們曾經發誓**海枯石爛**永不變心，怎麼結婚還不到兩年就要離婚呢？

【義近】地老天荒／之死靡它／矢志不渝。

【義反】喜新厭舊／逢場作戲／朝秦暮楚。

海誓山盟

【釋義】指著山、海發誓。盟：盟約。一作「山盟海誓」。

【出處】辛棄疾・南鄉子・贈妓：「別淚沒些些，海誓山盟總是賒。」
【用法】指男女相愛時立下誓言，表示愛情要像山和海一樣，永恆不變。
【例句】不要太相信**海誓山盟**，現實生活中能實踐的人眞是微乎其微。
【義近】信誓旦旦／天長地久／地老天荒／海枯石爛。
【義反】朝誓夕棄／背信棄義／虛言假語／朝秦暮楚。

海闊天空

【釋義】像海一樣的遼闊，像天空一樣的高遠。
【出處】劉氏瑤・暗別離：「靑鸞脉脉西飛去，海闊天高不知處。」一周夢顏・質孔說：「學到無我境界，便有海闊天空、登泰山而小天下的氣象。」
【用法】形容大自然的廣闊，也比喩說話或想像無拘束限制、漫無邊際。
【例句】①當你登上泰山頂，向四面遠眺時，便會有**海闊天空**的感受。②他們幾個老同學久別重逢，**海闊天空**地聊了一晚。
【義近】天南海北／漫無邊際／海闊天高。
【義反】畫地爲牢。

浩如煙海

【釋義】浩：廣闊，眾多。煙海：雲海，茫茫大海，比喩廣大繁多。
【出處】司馬光・進資治通鑑表：「遍閱舊史，旁采小說，簡牘盈積，浩如煙海。」
【用法】形容多得無法計量，也形容文獻資料等非常豐富。
【例句】整理、研究我國**浩如煙海**的歷史文獻，是一項極爲艱鉅的任務。
【義近】汗牛充棟／多如牛毛／數以萬計／恆河沙數／多如繁星。
【義反】寥若晨星／屈指可數／寥寥無幾。

浩浩蕩蕩

【釋義】浩浩：形容水勢盛大。蕩蕩：廣大的樣子。
【出處】尚書・堯典：「湯湯洪水方割，蕩蕩懷山襄陵，浩浩滔天。」
【用法】原形容水勢洶湧浩瀚，今用以形容聲勢廣闊壯大。
【例句】每逢國慶大典，遊行隊伍**浩浩蕩蕩**，十分壯觀。
【義近】波瀾壯闊／洶湧澎湃／萬馬奔騰／排山倒海。
【義反】風平浪靜／微波不興／冷冷清清。

浩然之氣

【釋義】浩然：盛大的樣子。氣：氣質，精神。
【出處】孟子・公孫丑上：「『我知言，我善養吾浩然之氣。』『敢問何謂浩然之氣？』曰：『難言也。其爲氣也，至大至剛，以直養而無害，則塞於天地之間。』」
【用法】形容正大剛正之氣。
【例句】文天祥在正氣歌中所歌頌的正氣，跟孟子所說的**浩然之氣**一脈相承。
【義近】浩然正氣／凜然正氣／剛正豪氣／至大至剛。

涎皮賴臉

【釋義】嘻皮笑臉的意思。
【出處】明・李開先・林沖寶劍記：「你在這靑堂屋舍裏坐的，倒也自在，你這等涎皮賴臉的，俺管監的吃風。」
【用法】指厚著臉皮跟人糾纏，惹人厭煩。
【例句】這個人的纏功一流，爲了讓你點頭答應，他可以**涎皮賴臉**地天天拜訪你，再難看的臉色給他看，他也視而不見。
【義近】死皮賴臉／死求白賴／胡攪蠻纏／不依不饒。
【義反】規規矩矩／自尊自重／適可而止／安分自重。

浮一大白

【釋義】浮：罰。浮、罰二字爲一聲之轉，可通假。白：指酒杯。
【出處】說苑・善說：「魏文侯與大夫飲酒，使公乘不仁爲觴政，曰：『飲不釂者，浮以大白。』文侯飮而不盡釂，公乘不仁舉白浮君。」
【用法】原指罰飲一大杯酒，今亦泛指滿飲一大杯酒。
【例句】我們同窗四載，明將各自東西，不免有幾分惆悵，今晚大家一起**浮一大白**，不醉不歸。
【義近】浮以大白／舉杯一飮／暢飲乾杯。
【義反】滴酒不沾／淺嘗即止／淺斟低酌。

浮瓜沉李

【釋義】瓜李在水中沉浮。
【出處】魏文帝・與吳質書：「浮甘瓜於淸泉，沉朱李於寒水。」
【用法】比喩夏日消遣遊樂的景象。
【例句】都人最重三伏，蓋六月中別無時節，往往風亭水榭，峻宇高樓，雪檻冰盤，**浮瓜沉李**。（東京夢華錄八回）

浮生半日閒

【釋義】半日：短暫的時光。
【出處】李涉・題鶴林寺詩：「終日昏昏醉夢間，忽聞春盡強登山，因過竹院逢僧話，又得浮生半日閒。」
【用法】指在忙碌中偶然得到的些許淸閒時光。
【例句】今日偷得**浮生半日閒**，上陽明山賞花去，希望把平日的緊張一掃而空。

浮生若寄

【釋義】浮生：虛浮的人生。
【出處】唐・楊炯・原州百泉縣令李君神道碑：「浮生若寄，大漸彌留，遺誨子孫，庶幾薄葬。」
【用法】形容人生命虛浮短暫，如同暫時寄居在人世間。
【例句】**浮生若寄**，人生不過數十年光景，生不帶來，死不帶去，你實在用不著如此斤斤計較。
【義近】浮生如寄／人生如寄。
【義反】長生不老／壽山福海。

浮生若夢

【釋義】浮生：飄浮不定的人生。
【出處】李白・春夜宴桃李園序：「光陰者百代之過客也，

而浮生若夢，爲歡幾何。」

【用法】感歎人生短促，虛浮無定，有如夢幻一般。

【例句】人一上了年紀，回首往事，便會有**浮生若夢**的深沉感慨。

【義近】人生如夢／人生如寄／人生如朝露／黃粱一夢／寄蜉蝣於天地。

浮光掠影 ㄈㄨˊ ㄍㄨㄤ ㄌㄩㄝˋ ㄧㄥˇ

【釋義】浮光：水面上的反光。掠影：一閃而過的影子。掠：閃過。

【出處】馮班・滄浪詩話糾謬：「滄浪論詩，只是浮光掠影，如有所見，其實腳跟未曾點地。」

【用法】比喻觀察不細緻，學習不深入，印象不深刻。

【例句】他的那篇論文我確實看過，但當時只是**浮光掠影**，所以現在也說不出好壞來。

【義近】蜻蜓點水／走馬觀花／淺嘗輒止／不求甚解。

【義反】明察細觀／深稽博考／觀察入微。

浮光躍金 ㄈㄨˊ ㄍㄨㄤ ㄩㄝˋ ㄐㄧㄣ

【釋義】浮動的月光，像金光似的閃爍跳躍。

【出處】范仲淹・岳陽樓記：「而或長煙一空，皓月千里，浮光躍金，靜影沉璧。」

【用法】形容夜晚水面的景色。

【例句】中秋節的夜晚，到日月潭泛舟，但見**浮光躍金**，波光粼粼的美景，令人有物我兩忘的感受。

【義近】靜影沉璧。

浮家泛宅 ㄈㄨˊ ㄐㄧㄚ ㄈㄢˋ ㄓㄞˊ

【釋義】以船隻作房屋，每日生活在舟中。

【出處】新唐書・隱逸傳・張志和：「顏眞卿爲湖州刺史，志和來謁，眞卿以舟敝漏，請更之，志和曰：『願爲浮家泛宅，往來苕霅間。』」

【用法】指長年住在船上，生活漂泊不定的樣子。

【例句】水都威尼斯，**浮家泛宅**的景象處處可見，形成當地特殊的藝術文化，吸引不少觀光客流連駐足。

浮雲富貴 ㄈㄨˊ ㄩㄣˊ ㄈㄨˋ ㄍㄨㄟˋ

【釋義】意謂把富貴看得像浮雲一樣。

【出處】論語・述而：「不義而富且貴，於我如浮雲。」劉鶚・老殘遊記六回：「今日竟遇著一個鐵君，眞是浮雲富貴。」

【用法】用以比喻把金錢、地位看得很輕。

【例句】人只要眞的能夠做到**浮雲富貴**，與世無爭，就必然能得到心靈的純淨，無掛礙的生活著。

【義近】無意富貴／不以物喜／寵辱不驚／超然物外。

【義反】愛財如命／見利忘義／患得患失。

浮雲朝露 ㄈㄨˊ ㄩㄣˊ ㄓㄠ ㄌㄨˋ

【釋義】飄浮的雲彩，早晨的露水。

【出處】周書・蕭大圜傳：「嗟呼！人生若浮雲朝露，寧俟長繩繫景，實不願之。執燭夜遊，驚其迅邁。」

【用法】用以比喻韶光易逝，人生短促。

【例句】和無始無終的宇宙相比，人生只不過百年歲月，眞是**浮雲朝露**，永遠也留不住啊！

【義近】人生易逝／人生如夢／人生幾何／人生如朝露。

【義反】壽比南山。

浮雲蔽日 ㄈㄨˊ ㄩㄣˊ ㄅㄧˋ ㄖˋ

【釋義】浮雲遮住了太陽。蔽：遮蔽。

【出處】孔融・臨終詩：「讒邪害公正，浮雲翳白日。」李白・登金陵鳳凰臺詩：「總爲浮雲能蔽日，長安不見使人愁。」

【用法】比喻奸人當道，一手遮天，讒害忠良。

【例句】**浮雲蔽日**，這幾個奸賊把持政權，國家現已危殆不安，隨時有亡國之虞！

【義近】浮雲翳日／烏雲擋日／小人當道。

【義反】陽光普照／皓日當空。

浮想聯翩 ㄈㄨˊ ㄒㄧㄤˇ ㄌㄧㄢˊ ㄆㄧㄢ

【釋義】浮想：飄浮不定的想像。聯翩：鳥飛的樣子，比喻連續不斷。

【出處】陸機・文賦：「浮藻聯翩。」

【用法】指種種思緒不斷在腦中湧現。

【例句】初返大陸省親，見了年邁慈祥的母親，頓時**浮想聯翩**，淚如泉湧。

【義近】思如潮湧／百感交集／思潮澎湃／思緒萬千／心潮起伏。

【義反】渾渾噩噩／昏頭昏腦。

浮語虛辭 ㄈㄨˊ ㄩˇ ㄒㄩ ㄘˊ

【釋義】浮誇的語言，虛飾的詞句。

【出處】東觀漢記・隗囂傳：「吾年已三十餘，在兵中十歲，所更非一，厭浮語虛辭。」

【用法】用以指大話、空話。

【例句】他在這裏口若懸河地說了半天，我看**浮語虛辭**居多，根本不可信。

【義近】誇大其辭／過甚其辭／言過其實／大吹法螺／大吹大擂。

【義反】有一說一／實話實說／言必有據／口無虛言。

八畫

淡而無味 ㄉㄢˋ ㄦˊ ㄨˊ ㄨㄟˋ

【釋義】一作「淡然無味」，毫無味道之意。

【出處】老子・三五章：「道之出口，淡乎其無味。」梁書・陸倕傳：「又淡然而無味。」

【用法】指食品沒有味道，也比喻說話、寫文章內容空洞乏味。

【例句】他那篇小說本來寫得平淡無奇，讀之**淡而無味**，經編輯先生斧刪後，變得結構緊湊，引人入勝。

【義近】平淡無味／枯躁無味／索然無味。

【義反】津津有味／饒有興味／其味無窮／引人入勝。

淡妝濃抹 ㄉㄢˋ ㄓㄨㄤ ㄋㄨㄥˊ ㄇㄛˇ

【釋義】妝：妝飾。抹：塗抹。

【出處】蘇軾・飲湖上初晴後雨：「若把西湖比西子，淡妝濃抹總相宜。」

【用法】形容淡雅和濃豔的兩種不同妝飾。

【例句】蘇小姐天生麗質，無論是**淡妝濃抹**皆可展現她迷人的風韻。

【義近】傅粉施朱／粉白黛黑。

【義反】披頭散髮／蓬頭垢面。

淡泊明志

【釋義】淡泊：恬淡，不追求名利。也作「澹泊」。明志：心志高雅。

【出處】諸葛亮・戒子書：「非淡泊無以明志，非寧靜無以致遠。」清・無名氏・杜詩言志卷三：「而淡泊明志，寧靜致遠。」

【用法】指人品高潔，既不追名逐譽，也不貪圖財利。

【例句】他一生爲官清廉，**淡泊明志**，所憂心的是百姓的福祉，而不是一己之私，故所到之處，皆受人愛戴。

【義近】高風亮節／高山景行／潔身自好／澡身浴德。

【義反】蠅營狗苟／鑽頭覓縫／鑽天打洞／求名圖利。

淡掃蛾眉

【釋義】蛾眉：蠶蛾的觸鬚，彎曲而細長，常用以比喻女子長而美的眉毛。

【出處】張祜・集靈臺詩：「虢國夫人承主恩，平明騎馬入宮門，卻嫌脂粉污顏色，淡掃蛾眉朝至尊。」

【用法】用以形容女子淡雅的化妝。

【例句】張小姐無需濃妝，只要**淡掃蛾眉**，便顯得十分美麗動人。

【義近】淡淡妝梳／薄施脂粉。

【義反】濃妝豔抹／濃抹嚴妝。

清心寡欲

【釋義】清心：心地清淨。寡欲：少有私欲。

【出處】鄭廷玉・忍字記三折：「我奉師父法旨，著你清心寡欲，受戒持齋。」

【用法】形容人保持心地清淨，排除種種私心雜念。

【例句】一個人若能**清心寡欲**，無憂無慮，便可心平氣和，健康長壽。

【義近】清靜無爲／看破紅塵／與世無爭／修身養性。

【義反】欲壑難塡／滿心私欲／利欲薰心。

清官難斷家務事

【釋義】清官：公正廉潔的官吏。斷：判斷，斷案。家務事：家庭內部的矛盾糾紛。

【出處】古今小說・滕大尹鬼斷家私：「常言道：清官難斷家務事，我如今管你母子：……。」

【用法】用以說明家庭內部的事別人難以作出公正的判斷。

【例句】俗話說得好：**清官難斷家務事**，他小倆口吵架的事，誰也無法弄清誰是誰非。

清風明月

【釋義】清爽宜人的風，皎潔明亮的月。清：清涼，清爽。

【出處】劉義慶・世說新語・言語：「劉尹云：『清風明月，輒思玄度。』」

【用法】用以形容優美的夜色和舒適的環境。

【例句】在**清風明月**的夜晚，與三兩知己把酒暢飲，促膝談心，也是人生的一大樂事。

【義近】風清月朗／月白風清。

【義反】月黑風高／暗夜沉沉。

清淨無爲

【釋義】清淨：沒有事物打擾。無爲：意謂順其自然，不必有所作爲。這是道家的一種處世態度和政治思想。

【出處】宋・范仲淹・答趙元昊書：「眞宗皇帝奉天體道，清淨無爲。」

【用法】現用以泛指一切聽其自然，不必用人力強行爲之。

【例句】「這位制臺素講黃老之學，是以**清淨無爲**爲宗旨的。」（李寶嘉・文明小史五七回）

【義近】無爲而治／清心寡欲。

【義反】爭權奪利／追名逐譽。

清規戒律

【釋義】原指佛教徒所遵守的規則和戒條。

【出處】宗鑑・釋門正統：「百丈山懷海禪師始立禪林規式，謂之清規。」

【用法】亦泛指束縛人的煩瑣條文和不合理的規章制度。

【例句】魯智深喝酒吃肉，違犯了佛門的**清規戒律**，被住持逐出了五台山文殊院。

【義近】佛門禁律。

清貧如洗

【釋義】清貧：貧窮。如洗：像水洗過的一樣。

【出處】清・李心衡・金川瑣記・示夢託生：「清貧如洗，無以爲殮，龔爲經理其喪，復資助旅費，其家始得扶櫬而歸。」

【用法】形容窮得一無所有。

【例句】因投資股票失利，他一夕之間**清貧如洗**，親友們又紛紛走避，讓他嚐盡人情冷暖。

【義近】一貧如洗／家貧如洗／家道清貧／家徒四壁。

【義反】萬貫家財／金玉滿堂／腰纏萬貫／家道從容。

清詞麗句

【釋義】清新的辭章，華麗的文句。

【出處】宋・胡仔・苕溪漁隱叢話前集・楚漢魏六朝：「若唐之李杜韓柳、本朝之歐王蘇黃，清詞麗句，不可悉數。」

【用法】形容詩文優美。

【例句】我國古代詩文中，**清詞麗句**的佳作不可勝數，是一筆寶貴而豐富的文學遺產。

【義近】膾炙人口／扣人心弦／朝華夕秀／引人入勝。

【義反】空洞無物／廢話連篇／冗詞贅句／尋章摘句。

清閒自在

【釋義】清閒：清靜閒暇。自在：安閒舒適。

【出處】元・王實甫・麗堂春四折：「老夫自謫濟南歇馬，倒也清閒自在。」

【用法】形容人過著優哉游哉、自得其樂的生活。

【例句】他退休後，便在家含飴弄孫，生活過得相當**清閒自在**。

【義近】優遊自在／逍遙自在／悠然自得。
【義反】廢寢忘餐／奮發圖強／刻苦自勵。

清新俊逸

【釋義】清新：流利而新穎，不落俗套。俊逸：俊美灑脫，不同凡俗。
【出處】杜甫・春日憶李白：「清新庾開府，俊逸鮑參軍。」明・梅鼎祚・玉合記・參成：「清新俊逸，庾子山、鮑明遠也只如此。」
【用法】用以形容詩文清麗新奇，俊美飄逸。
【例句】李白的詩作**清新俊逸**，渾然天成，詩仙之喻，當之無愧。
【義近】清麗俊逸／不同凡響／清音雅韻。
【義反】艱深晦澀／陳腔濫調／鉤章棘句。

清聖濁賢

【釋義】漢朝末年禁酒，喝酒的人便稱清酒爲聖人，濁酒爲賢人。
【出處】三國志・魏書・徐邈傳：「平日醉客謂酒清者爲聖人，濁者爲賢人。」
【用法】指清酒和濁酒。
【例句】閑攜**清聖濁賢**酒，重試朝南暮北風。（陸游・溯溪詩）

清濁同流

【釋義】清水與濁水一渠同流。
【出處】晉書・劉毅傳：「今之九品，所下不彰其罪，所上不列其善，廢褒貶之義，任愛憎之斷，清濁同流，以植其私。」
【用法】比喻美惡混雜，良莠不分。
【例句】在此資訊發達的時代裏，知識的傳遞快速，可是**清濁同流**，不得不小心取捨，以免吸收太多負面的知識。
【義近】良莠不齊／龍蛇混雜／牛驥同皁／薰蕕同器。
【義反】黑白分明／涇渭分明。

淋漓盡致

【釋義】淋漓：濕淋淋地往下滴水的樣子，形容盡情暢快。盡致：達到極點。
【出處】文康・兒女英雄傳三十回：「再就讓我說，我也沒姐姐說的這等透徹，這等淋漓盡致。」
【用法】形容表現得充分、透徹而痛快。
【例句】成功的人物對話，能把人物複雜的心理活動和精神面貌揭示得**淋漓盡致**。
【義近】淋漓酣暢／痛快淋漓。
【義反】輕描淡寫／蜻蜓點水。

淺斟低唱

【釋義】淺斟：淺淺地倒酒。低唱：低聲地哼著歌曲。
【出處】柳永・鶴沖天詞：「青春都一餉，忍把浮名，換了淺斟低唱。」
【用法】形容人閒散享樂情狀。
【例句】這幾個花花公子，在歌妓的陪伴下，日日**淺斟低唱**，那知人間疾苦。
【義近】淺斟低酌／低唱慢斟。
【義反】痛飲高歌／酣飲起舞。

淺嘗輒止

【釋義】稍稍嘗試一下就停止了。淺：不深，此爲稍微意。輒：就。
【用法】比喻學習、研究或做其他事情，不願深入下去，以嘗試一下爲滿足。
【例句】在學習上務必要持之以恆，不斷地深入鑽研，若**淺嘗輒止**，那就什麼也學不成了。
【義近】蜻蜓點水／不求甚解／走馬看花／浮光掠影。
【義反】尋根究柢／深稽博考／鍥而不舍／深入鑽研。

混世魔王

【釋義】混世：在人世上胡混、鬼混。魔王：佛教指專做破壞活動的惡鬼，用以比喻非常凶暴的惡人。
【出處】曹雪芹・紅樓夢三回：「我有一個孽根禍胎，是家裏的混世魔王。」
【用法】用以比喻擾亂世界，給人們帶來災難或煩惱的人；也比喻到處胡作非爲的豪門子弟。
【例句】我深信這幾個**混世魔王**，終有一天會受到法律的制裁！
【義近】妖魔鬼怪／魑魅魍魎／公子哥兒。
【義反】正人君子／志士仁人／善男信女。

混爲一談

【釋義】把不同的事物混在一起，說成是同樣的事物。
【出處】梁啓超・談宣統二年十月三日上諭感言：「西方學者有恆言，法律現象與政治現象，不可混爲一談也。」
【用法】用以說明是非不分，混淆黑白。
【例句】這根本是兩碼子事，你怎能將它們**混爲一談**？
【義近】相提並論／一概而論。
【義反】是非分明。

混淆是非

【釋義】混淆：弄混亂。是：對，正確。非：錯誤，不對。
【出處】陶曾佑・論文學之勢力及其關係：「錮蔽見聞，混淆是非。」
【用法】指故意把正確說成錯誤，把錯誤說成正確，以製造混亂。
【例句】你剛才所發表的言論，似乎是在**混淆是非**，聳人聽聞，請問你的眞正用意是什麼？
【義近】指鹿爲馬／皂白不分。
【義反】是非分明／黑白分明。

混淆視聽

【釋義】混淆：混雜。
【出處】晉・葛洪・抱朴子・尚博：「眞僞顚倒，玉石混淆。」
【用法】指以假相或謊言惑人，使人難辨是非，引起思想混亂。
【例句】他編造這些謠言，目的在於**混淆視聽**，以便轉移媒體的注意力，掩飾自己的過失。
【義近】混淆是非／謊言惑眾／亂人視聽。
【義反】正言相告／以正視聽。

混淆黑白

【釋義】把黑的說成白的，把白的說成黑的。混淆：使界線模糊。

【出處】後漢書・楊震傳：「白黑溷淆，清濁同源。」明史・聊讓傳：「君子見斥，小人驟遷，章奏多決中旨，黑白混淆。」

【用法】比喻故意顛倒是非，製造混亂。

【例句】黨派之間的爭論應實事求是，決不能**混淆黑白**，以亂視聽。

【義近】顛倒是非／混淆視聽。

【義反】涇渭分明／是非分明。

涸澤而漁

【釋義】一作「竭澤而漁」。涸：水乾枯。澤：湖泊。漁：捕魚。

【出處】淮南子・主術訓：「不涸澤而漁，不焚林而獵。」

【用法】比喻取之不留餘地。

【例句】在非洲的一些專制統治國家裏，對農民的敲榨勒索，已到了**涸澤而漁**的地步。

【義近】焚林而獵／殺雞取卵／不留餘地。

涸轍之鮒

【釋義】乾涸的車轍中的鯽魚。涸：水乾竭。轍：車轍。鮒：鯽魚。

【出處】莊子・外物：「周（莊周）昨來，有中道而呼者，周顧視車轍中，有鮒魚焉。……」

【用法】比喻身陷絕境，急待相救的人。

【例句】他的處境已如**涸轍之鮒**，你作爲他的知己，怎能待在家中無動於衷呢？

【義近】危如累卵／熱鍋螞蟻／燕巢飛幕／魚游沸鼎／斷潢絕壁。

深入不毛

【釋義】不毛：蠻荒之地，未開化的地方。

【出處】諸葛亮・出師表：「五月渡瀘，深入不毛。」

【用法】指進到荒涼未開化的地方。

【例句】許多探險家冒著生命危險**深入不毛**，搜尋大自然的神奇奧秘。

深入淺出

【釋義】深入：指道理深刻。淺出：指用淺顯的語言道出。

【出處】俞樾・湖樓筆談六：「蓋詩人用意之妙，在乎深入而顯出。」

【用法】用以表示道理深刻而表達得明顯易懂。

【例句】李老師上課既能**深入淺出**，並且詼諧生動，所以大家都非常愛聽他講課。

【義近】深入顯出／精深易曉。

【義反】高深莫測／隱晦曲折。

深山窮谷

【釋義】山的深處，山谷的盡頭。窮：盡。

【出處】朱熹・乞將衢州義倉米糴濟狀：「但緣連遭荒旱，民情嗷嗷，艱得錢物，深山窮谷，僻遠小民，委是無錢糴米。」

【用法】指荒遠偏僻的山野。

【例句】在這個**深山窮谷**裏，人們還過著相當原始的生活，連最基本的水電都沒有，彷彿被遺忘了似的。

【義近】不毛之地／人跡罕至／不食之地／窮鄉僻壤。

【義反】沃野千里／魚米之鄉／一馬平川／天府之國。

深不可測

【釋義】深得無法測量。測：測量，測度。

【出處】淮南子・主術訓：「天道玄默，無容無則，大不可極，深不可測。」

【用法】形容人心機很深，難以測度。有時也用以形容對事物的情況捉摸不透。

【例句】你別看他平時爲人隨和，好像很直爽，其實他是個**深不可測**的人。

【義近】莫測高深／城府甚深。

【義反】平易近人／一目了然／淺露易曉。

深仇大恨

【釋義】意謂仇恨又深又大。

【出處】楊顯之・酷寒亭四折：「從今後深仇積恨都消解。」

【用法】表示仇恨極大極深。

【例句】這**深仇大恨**一直存在我的心裏，現在該是算總賬的時候了！

【義近】血海深仇／不共戴天／深仇重怨。

【義反】深情厚誼／恩重如山／恩深似海／大恩大德。

深文巧詆

【釋義】深文：苛刻地援用法律條文。巧詆：用巧妙的手段攻擊詆毀別人。詆：詆毀，說人壞話。

【出處】司馬遷・史記・汲鄭列傳：「刀筆吏專深文巧詆，陷人於罪，使不得反其眞，以勝爲功。」

【用法】指用巧妙的手段，羅織罪名，陷人於罪。

【例句】民主國家的司法制度力求公開公平的原則，就是爲了避免**深文巧詆**的事情發生，以免喪失了民主的眞義。

【義近】深文巧劾／微文深詆。

【義反】網漏吞舟。

深文周納

【釋義】周：周密，不放鬆。納：使陷入。

【出處】司馬遷・史記・酷吏列傳：「（張湯）與趙禹共定諸律令，務在深文。」漢書・路溫舒傳：「上奏畏卻，則鍛練而周內之。」

【用法】指苛刻而周密地援用法律條文，陷人於罪。也用以說明「迫害人民」的手段。

【例句】古代一些貪官污吏，視民如土，**深文周納**，爲所欲爲，弄得政治敗壞，民不聊生。

【義近】抱蔓摘瓜／蔓引誅求／鍛鍊周內／微文深詆。

【義反】寬大爲懷／從寬處理／賞一勸百。

深宅大院

【釋義】意謂房屋眾多，庭院深廣。

【出處】元・關漢卿・救風塵二折：「他每待強巴劫深宅大院，便待折摧了舞榭歌樓。」
【用法】多用以指豪門富戶。
【例句】高官們住在**深宅大院**裏，吃得好，穿得好，那裏知道民間疾苦，百姓的心聲。
【義近】美輪美奐／高樓大廈／雕梁畫棟。
【義反】蓬門篳戶／蓬戶甕牖／土階茅屋。

深谷爲陵

【釋義】深谷被填塞成山陵。
【出處】水經注・沔水：「百年之後，何知不深谷爲陵也！」
【用法】喻世事的變化無常。
【例句】國際局勢變化快速，令人有**深谷爲陵**之嘆。
【義近】白衣蒼狗／東海揚塵／滄海桑田／高岸爲谷。
【義反】一成不變／依然如故。

深居簡出

【釋義】原指野獸藏在深山密林，不常出現。簡：少。
【出處】韓愈・送浮屠文暢師序：「夫獸深居而簡出，懼物之爲害也，猶且不脫焉。」
【用法】多形容人待在家裏很少外出。
【例句】他對應酬已深感厭煩，所以退休後便**深居簡出**，待在家中享受天倫之樂。
【義近】足不出戶／杜門不出。
【義反】拋頭露面／風塵僕僕／東奔西走。

深明大義

【釋義】明：明白，清楚。大義：正義，公理。
【出處】荀子・儒效：「無置錐之地，而明於持社稷之大義。」清史稿・宣宗紀三：「諭嘉獎粵人深明大義。」
【用法】用以說明一個人識大體，能爲大局著想。
【例句】她是個**深明大義**的女子，對我的工作，一直採取積極幫助、鼓勵的態度。
【義近】深明事理／通情達理。
【義反】不明事理／胡攪蠻纏。

深思遠慮

【釋義】深思：深刻地思考。遠慮：長遠考慮。
【出處】漢書・師丹傳：「發憤懣，奏封事，不及深思遠慮，使主簿書，漏洩之過不在丹。」
【用法】形容對事情或問題想得很深，考慮得很遠。
【例句】做任何事情之前，都應**深思遠慮**一番，以免鑄成大錯。
【義近】深謀遠慮／深思熟慮／從長計議／三思而行。
【義反】漫不經心／大大咧咧／輕舉妄動。

深思熟慮

【釋義】深：深入，周詳。熟：仔細，反覆。
【出處】班固・白虎通・禮樂：「聞羽聲莫不深思而遠慮者。」蘇軾・策別第九：「其人亦得深思熟慮，周旋於其間，不過十年，將必有卓然可觀者也。」
【用法】用以表示遇事深入思索，仔細考慮，態度極其嚴肅認眞。
【例句】經過一番**深思熟慮**後，她決定放棄原有的工作，出國深造。
【義近】深思遠慮／深謀遠慮／殫精竭慮。
【義反】不假思索／輕舉妄動／心血來潮。

深根固柢

【釋義】柢：樹根。
【出處】老子・五九章：「有國之母，可以長久，是謂深根固柢，長生久視之道。」
【用法】比喻基礎穩固，不可動搖。
【例句】事業的基礎最爲重要，有了穩固的基礎，業績就會蒸蒸日上，所謂**深根固柢**，就是這個道理。
【義近】根深蒂固／樹大根深／根深葉茂。
【義反】根基淺薄／基礎薄弱／樹小根淺。

深耕易耨

【釋義】耨：除草。從事耕作除草的工作。
【出處】孟子・梁惠王上：「省刑罰，薄稅斂，深耕易耨，壯者以暇日修其孝悌忠信。」
【用法】用以形容農夫勤於墾植耕種。
【例句】農夫努力的**深耕易耨**，才有豐盛的收穫，所以我們要珍惜食物，因爲這些都是他們的血汗換來的。
【義近】刀耕火耨／寒耕熱耘／耒耜之勤。

深情厚意

【釋義】意即情意很深厚。一作「深情厚誼」。誼：友誼，交情。
【出處】明・無名氏・好逑傳一二回：「鐵公子本不欲留，因見過公子深情厚意，懇懇款留，只得坐下。」
【用法】形容人感情眞摯深厚。
【例句】在我落難的時候，嬸嬸對我的**深情厚意**，我將沒齒不忘。
【義近】隆情厚誼／隆情盛意／高情厚意。
【義反】虛情假意／薄情寡義／刻薄寡恩。

深淵薄冰

【釋義】意謂面對著深邃的泉流，腳踩著薄薄的冰層。
【出處】詩經・小雅・小旻：「戰戰兢兢，如臨深淵，如履薄冰。」王安石・乞退表第三：「私義未安，有深淵薄冰之懼。」
【用法】比喻謹愼小心，惟恐有失。或比喻處境危險，心存戒懼。
【例句】爲了達成任務，全體工作人員均抱著**深淵薄冰**的態度，唯恐無法完成使命。
【義近】臨深履薄／小心謹愼／小心翼翼／戰戰兢兢。
【義反】膽大妄爲／大而化之／麻痹大意／粗心大意。

深閉固拒

【釋義】意謂嚴謹閉關，堅決抵拒。
【出處】漢書・楚元王傳：「今則不然，深閉固距（拒），而不肯試，猥以不誦絕之，欲以杜塞餘道，絕滅微學。」
【用法】形容堅決不接受別人的

意見或新事物，顯得非常頑固。

【例句】老先生非常的頑固，對於新潮的事物，他一律都**深閉固拒**，認為那些會腐化人心。

【義近】孤行己見／一意孤行／固執己見／頑固不化／故步自封／冥頑不靈。

【義反】從善如流／內視反聽／聞過則喜／集思廣益／虛懷若谷。

深惡痛絕

【釋義】深惡：十分厭惡。深：很、十分。痛絕：痛恨到了極點。絕：極點。

【出處】孟子．盡心下．朱熹集注：「過門不入而不恨之，以其不見親切為幸，深惡而痛絕之也。」

【用法】形容厭惡、痛恨到了極點。

【例句】他為人誠實、正直，對社會上的醜惡現象向來都**深惡痛絕**。

【義近】深惡痛疾／切齒痛恨／切齒腐心。

【義反】感激涕零／感恩戴德。

深溝高壘

【釋義】深挖壕溝，高築壁壘。

【出處】司馬遷．史記．淮陰侯列傳：「足下深溝高壘，堅營勿與戰。」

【用法】用以指堅固防禦工事，嚴守陣地。

【例句】得人者昌，失人者亡。不得人心的君王，任憑怎樣的**深溝高壘**也無濟於事，注定還是要失敗的。

【義近】固若金湯／踐華為城／因河為池／億載金城。

深厲淺揭

【釋義】水深便脫下衣裳渡水，水淺則提起衣裳渡水。厲：脫衣渡水。揭：提衣渡水。

【出處】詩經．邶風．匏有苦葉：「匏有苦葉，濟有深涉。深則厲，淺則揭。」

【用法】用以比喻做事要因時因地制宜。

【例句】為人處事要懂得**深厲淺揭**的道理，才不會白花工夫，又得不到預期的結果。

【義近】隨機應變／因時制宜／因地制宜／伺機行事。

【義反】墨守成規／膠柱鼓瑟／刻舟求劍／一成不變。

深謀遠慮

【釋義】謀：策畫，考慮。一作「深謀遠圖」。

【出處】賈誼．過秦論上：「深謀遠慮，行軍用兵之道，非及曩時之士也。」

【用法】用以指計謀深遠，考慮周密。

【例句】這是件關係到千萬人性命的大事，當然須要**深謀遠慮**，認真面對。

【義近】深思熟慮／殫精竭慮／深思遠慮。

【義反】輕舉妄動／魯莽從事／不假思索／心血來潮。

深藏若虛

【釋義】原指精於賣貨的人隱藏寶貨，不輕易令人見。深藏：隱藏很深。虛：空，無。

【出處】司馬遷．史記．老莊申韓列傳：「吾聞之：良賈深藏若虛，君子盛德，容貌若愚。」

【用法】比喻有真才實學的人不露鋒芒。

【例句】這位飽學之士**深藏若虛**，從來不炫耀自己的學問。

【義近】大智若愚／盛德若愚／深藏不露／被褐懷玉。

【義反】炫耀於人／自吹自擂／招搖過市／鋒芒畢露。

添枝加葉

【釋義】在樹枝上再添加些枝葉。

【出處】朱熹．答黃子耕書之五：「今人反為名字所惑，生出重重障礙，添枝接葉，無有了期。」

【用法】比喻誇大事實，或添上原來沒有的內容。

【例句】他回到鄉下，把在臺北的所見所聞**添枝加葉**一說，臺北便成了人間天堂了。

【義近】添枝接葉／添油加醋。

【義反】原原本本。

添油加醋

【釋義】意謂在現成的菜上再增添一些油和醋。

【用法】比喻為了誇大事實或達到挑撥離間的目的，而故意增加原來沒有的內容。

【例句】事情已經鬧得夠僵了，你又何苦再**添油加醋**，搞得大家兩敗俱傷。

【義近】加油添醋／添枝加葉／添枝接葉／有枝添葉。

【義反】息事寧人。

淵渟嶽峙

【釋義】水很深，山很高。意謂人的品格深沉如淵，高峙如山。

【出處】石崇．楚妃歎：「矯矯莊王，淵渟岳峙。」岳：通「嶽」。

【用法】喻人品性高潔的樣子。

【例句】王經理雖然年輕，但其品性高潔，**淵渟嶽峙**，因此頗獲眾人的敬重。

【義近】松風水月／光風霽月／冰壺秋月／一片冰心。

【義反】居心叵測／老奸巨猾。

淚如雨下

【釋義】眼淚像雨水一樣直往下流。

【出處】陸游．聞虜亂有感詩：「悲歌仰天淚如雨。」施耐庵．水滸傳八回：「林沖見說，淚下如雨。」

【用法】形容眼淚流得很多。

【例句】她聽說丈夫為了醫好自己的病，不惜去醫院賣血，頓時感動得**淚如雨下**。

【義近】淚如泉湧／淚下霑襟／泫然淚下／以淚洗面／聲淚俱下。

【義反】笑逐顏開／笑不攏嘴／喜上眉梢／眉開眼笑。

淚如泉湧

【釋義】眼淚像泉水一般湧出。

【出處】羅貫中．三國演義八回：「允曰：『汝可憐漢天下生靈！』言訖，淚如泉湧。」

【用法】形容悲傷已極，淚水直往外湧。

【例句】一想到我在大陸與母親生離死別的苦難時刻，便**淚如泉湧**，心如刀割。

【義近】涕零如雨／淚流滿面／涕泗縱橫。

【義反】喜上眉梢／眉開眼笑／笑不攏嘴。

九　畫

游刃有餘

【釋義】游：移動。刃：刀刃。有餘：有餘地。

【出處】莊子·養生主：「彼節者有間，而刀刃者無厚，以無厚入有間，恢恢乎其於游刃必有餘地矣。」

【用法】比喻能力優異，處理事情從容而有餘裕。也形容技藝嫻熟，做事輕鬆俐落。

【例句】他曾擔任過區運會的總裁判，現在當個校運總裁判，當然是**游刃有餘**。

【義近】庖丁解牛／綽綽有餘／應付裕如。

【義反】力有未逮／左支右絀。

游手好閒

【釋義】游手：指閒著手不幹事。好閒：喜歡安逸。

【出處】元·無名氏·殺狗勸夫·楔子：「我打你個游手好閒，不務生理的弟子孩兒。」

【用法】形容游蕩懶散，什麼事也不做。

【例句】二十來歲的人了，還不知設法成家立業，整天**游手好閒**的，將來怎麼辦？

【義近】無所事事／不務正業／好吃懶做／好逸惡勞。

【義反】埋頭苦幹／一饋十起／勤勤懇懇／朝乾夕惕／夙興夜寐。

游目騁懷

【釋義】游目：縱目四望。騁懷：任情放開胸懷。

【出處】晉·王羲之·蘭亭集序：「仰觀宇宙之大，俯察品類之盛，所以游目騁懷，亦足以極視聽之娛，信可樂也。」

【用法】用以指縱眼放覽景物，舒展胸懷。

【例句】登上泰山山頂，**游目騁懷**，頓感心曠神怡，榮辱皆忘，有遺世獨立之感。

【義近】賞心悅目／游心騁目。

游魚出聽

【釋義】水中的魚都出來傾聽。

【出處】荀子·勸學：「瓠巴鼓瑟而游魚出聽；伯牙鼓琴而六馬仰秣。」

【用法】形容音樂美妙動聽。

【例句】這位女琴師所演奏的琵琶樂曲，美妙得能令六馬仰秣，**游魚出聽**。

【義近】六馬仰秣／餘音繞梁。

游雲驚龍

【釋義】遊動飄逸的雲彩，驚飛矯舞的神龍。

【出處】晉書·王羲之傳載：王羲之善草書，論者稱其筆曰飄若浮雲，矯若驚龍。

【用法】形容書法遒勁奔放，矯健有力，而又連綿多變。

【例句】在這次書法展覽中，最引人注目的是那幅書寫范仲淹〈岳陽樓記〉的作品，其字體有如**游雲驚龍**，氣勢非凡，令人嘆為觀止。

【義近】龍蛇飛動／矯若游龍／龍飛鳳舞。

【義反】信手塗鴉／春蚓秋蛇。

游談無根

【釋義】游談：交游敍談。根：根基，根底。

【出處】後漢書·周舉傳：「開門延賓，游談宴樂。」蘇軾·李氏山房藏書記：「皆束書不觀，游談無根。」

【用法】形容人學問淺薄，說話為文均顯浮泛而無根基。

【例句】此人胸無點墨，**游談無根**，卻又自命不凡，實在是一無可取。

【義近】不學無術／胸無點墨。

【義反】滿腹經綸。

游戲人間

【釋義】游戲：遊樂嬉戲。人間：人類社會。

【出處】明·何良俊·世說新語補·排調下：「世傳端明（蘇軾）已歸道山，今尚爾游戲人間邪？」

【用法】指玩世不恭，把人生作為游戲的一種生活態度。

【例句】你這樣年輕，就抱著**游戲人間**的態度做事，對你的未來只有百害而無一利，應趕快改正！

【義近】遊戲塵寰／玩世不恭／戲弄人生。

【義反】建功立業／為國為民／兢兢業業。

湮沒無聞

【釋義】湮沒：埋沒。無聞：沒人知道。一作「湮滅無聞」。

【出處】晉書·羊祜傳：「由來賢達勝士，登此遠望，如我與卿者多矣，皆湮滅無聞，使人悲傷。」

【用法】形容名聲事跡被埋沒，不為世人所知曉。

【例句】為了不讓烈士事跡**湮沒無聞**，所以廣求博搜而寫出《黃花崗七十二烈士事略》一書。

【義近】沒沒無聞／無聲無臭／無人知曉／不見經傳。

【義反】盡人皆知／名揚四海／婦孺皆知／史不絕書。

湖光山色

【釋義】湖的風光，山的景色。

【出處】吳敬梓·儒林外史·一五回：「南渡年來此地游，而今不比舊風流。湖光山色渾無恙，揮手清吟過十州。」

【用法】用以形容風景秀美。

【例句】杭州西湖的裏湖固然很美，但外湖因為有山林倒映，**湖光山色**，景色同樣宜人。

【義近】平湖秋色／山明水秀。

【義反】荒山濁水／窮山惡水。

渾水摸魚

【釋義】渾水：混濁不清的水。又作「混水摸魚」，在混濁的水裏摸魚。

【用法】比喻利用混亂的環境或形勢，撈取好處，滿足私慾。

【例句】別人有難，你不幫忙就算了，還**渾水摸魚**，大發其財，你良心上過得去嗎？

【義近】趁火打劫／趁災謀利。

渾身是膽

【釋義】渾身：全身。

【出處】宋·陳著·寶鼎現·壽京尹曾留遠侍郎淵子：「最

是滿腹精神，擔負處，渾身是膽。」
【用法】形容人膽量極大，無所畏懼。
【例句】這年輕人**渾身是膽**，天不怕地不怕的，越是危險的挑戰他越有興趣，很適合做特技演員。
【義近】一身是膽／熊心豹膽／膽大如天。
【義反】膽小如鼠／畏首畏尾。

渾俗和光

【釋義】渾俗：與世俗混同。和光：混和所有光彩。
【出處】王實甫．西廂記第一本二折：「俺先人甚的是渾俗和光，眞一味風淸月朗。」
【用法】指不露鋒芒，與世無爭，與世俗渾然相處。舊時一種明哲保身的處世態度。
【例句】人生短暫，何苦把名利看得那麼重！還是像康先生那樣**渾俗和光**，快快樂樂過日子的好。
【義近】和光同塵／超然物外／與世無爭／淡泊名利。
【義反】爭名奪利／追名逐譽／你爭我鬥／鋒芒畢露。

渾渾噩噩

【釋義】原形容渾樸天眞，沒有機詐。渾渾：深大貌。噩噩：嚴肅貌。
【出處】揚雄．法言．問神：「虞夏之書渾渾爾，商書灝灝爾，周書噩噩爾。」
【用法】今多形容糊里糊塗，愚昧無知。也形容混濁不淸或昏昏沉沉。
【例句】一個人只要活得有意義，時間再短，也勝似**渾渾噩噩**地過一百年。
【義近】愚昧無知／混混沌沌／懵懵懂懂／糊里糊塗。
【義反】耳聰目明／聰明伶俐。

渾然一體

【釋義】渾然：完整不可分的樣子。又作「混然一體」。
【出處】李贄．焚書．耿楚倥先生傳：「兩舍則兩忘，兩忘則渾然一體，無復事矣。」
【用法】表示成爲完整而不可分割的統一體。也形容詩文結構謹嚴。
【例句】這座大禮堂設計得眞妙，從屋頂到地面，上下**渾然一體**，極具整體感。
【義近】水乳交融／完整一體／天衣無縫。
【義反】東併西湊／支離破碎。

渾然天成

【釋義】渾然：形容完整不可分割。天成：天然而成，自然形成。
【出處】韓愈．上于襄陽書：「閣下負超卓之奇才，蓄雄剛之俊德，渾然天成，無有畔岸。」
【用法】形容才德、文章等完美自然。
【例句】儘管有人說《紅樓夢》後四十回違背了作者原意，毛病較多，但從整個作品來看，還是可以算是**渾然天成**的偉大作品。
【義近】天衣無縫／金相玉質／巧奪天工。
【義反】斧鑿痕跡／破綻百出／屋下架屋。

渙然冰釋

【釋義】像冰融解。渙然：消散貌。冰釋：冰塊溶解。
【出處】老子．十五章：「渙兮若冰之將釋。」杜預．春秋左傳序：「若江海之浸，膏澤之潤，渙然冰釋，怡然理順，然後爲得也。」
【用法】多用以指疑慮、誤解等消除。
【例句】經你這樣一說，心中的疑團**渙然冰釋**，我再也不會疑神疑鬼了。
【義近】冰消瓦解／冰消凍釋／雲消霧散／煙消雲散。
【義反】疑慮重重／疑上加疑／滿腹疑團／滿腹狐疑。

十畫

溯本求源

【釋義】尋求根本，探求起源。溯：逆水而行，引申爲追索。求：探索。也作「追本求源」。
【出處】黃小配．洪秀全演義二回：「追本求源，於是想查禁鴉片，禁止入口。」
【用法】用以形容尋根究柢，追索事情的根源。
【例句】研究學問、探討問題，應該**溯本求源**，多多發問。
【義近】刨根問柢／追根究柢／追本溯源。
【義反】淺嘗輒止／不求甚解／一知半解。

溢於言表

【釋義】溢：滿而外流。言表：言語之外。表：外。
【出處】漢書．東方朔傳：「徐樂、司馬遷之倫，皆辯知閎達，溢於文辭。」
【用法】多用以形容感情眞摯深厚，洋溢於言語之外。
【例句】他的感激之情眞是**溢於言表**，這從他的臉部表情及舉止上可明顯看出。
【義近】激情滿懷／情露意表。
【義反】情藏於中／深藏不露。

溢美之辭

【釋義】溢美：過分誇獎。溢：本爲水滿而外流，引申爲過度之意。
【出處】莊子．人間世：「夫兩喜必多溢美之言。」
【用法】形容言辭不實，誇獎過分。
【例句】我知道，他的這些**溢美之辭**鼓勵成分多，我哪裏會有這麼多優點啊！
【義近】盛飾之言。

滅此朝食

【釋義】先讓我把這股敵人消滅掉再吃早飯吧。此：指敵人。朝食：吃早飯。
【出處】左傳．成公二年：「齊侯曰：『余姑翦滅此而朝食。』不介馬而馳之。」
【用法】常用以形容鬥志堅決，要立即消滅敵人，且具有必勝的信心。
【例句】海軍對海盜窮追不捨，發誓要**滅此朝食**，後來果然將全數盜賊一網成擒。
【義近】破釜沉舟／渡江擊楫。

滅自己志氣，長別人威風

【釋義】滅：磨滅，抹煞。長：助長。

【出處】元・無名氏・小尉遲一折：「你怎麼滅自己志氣，長別人雄風？」

【用法】指看不見或抹煞己方的力量和決心，而助長對方的聲勢。

【例句】你老是誇耀別的公司多好，我們公司多差，其實是各有千秋，何苦要**滅自己志氣，長別人威風**。

【義近】長他人志氣，滅自己威風。

滅門之禍

【釋義】滅門：滅絕全家。

【出處】周書・王軌傳：「皇太子，國之儲副，豈易攸言。事有蹉跌，便至滅門之禍。」

【用法】指全家遭受株連以致毀滅的禍害。

【例句】古代文人思想常被箝制，因一字而慘遭**滅門之禍**的事，時有所聞。

【義近】滅門之災／覆巢無完卵／誅及九族。

滅門絕戶

【釋義】門、戶：均指家庭，家中的人。絕：盡，完。

【出處】王實甫・西廂記三本一折：「若不是剪草除根半萬賊，險些兒滅門絕戶了俺一家兒。」

【用法】指全家受害而死或因其他不幸而死。

【例句】抗戰期間，中國人慘遭日軍殺害，**滅門絕戶**的不在少數。

【義近】斬盡殺絕／滿門抄斬。

【義反】人丁興旺。

滅頂之災

【釋義】水淹過頭頂的災禍。指淹死。

【出處】周易・大過：「上六，過涉滅頂，凶，無咎。」

【用法】也用來比喻致命的災禍或毀滅性的災難。

【例句】長江水患，每年夏季都有不少生靈遭受**滅頂之災**，人命無價，執政者實應展現魄力，加以解決。

滅絕人性

【釋義】完全喪失了人所具有的理性。滅絕：喪盡。

【用法】形容其行為極端殘忍，像禽獸一樣。

【例句】這幫**滅絕人性**的匪徒，竟連襁褓中的嬰兒也不放過，統統加以殺害！

【義近】傷天害理／喪心病狂／禽獸不如／喪盡天良。

源泉萬斛

【釋義】意指如萬斛的泉水洶湧而出。又作「萬斛泉源」。

【出處】蘇軾・自評文：「吾文如萬斛泉源，不擇地皆可出。」

【用法】喻文思充沛。

【例句】蘇軾的文思如**源泉萬斛**，不可抑遏，這種奇才恐怕是空前絕後。

【義近】文思泉湧／筆翰如流／援筆立就／倚馬可待。

【義反】腸枯思竭。

源清流潔

【釋義】水源清，則水流潔。源：本源。流：水流。

【出處】荀子・君道：「源清則流清，源濁則流濁。」班固・泗水亭碑銘：「源清流潔，本盛末榮。」

【用法】比喻因果相關：在上位者正則在下者也正，開頭好則結果也會好。

【例句】古人說得好：**源清流潔**，上梁不正下梁歪，你做為一縣之長如不能廉潔奉公，怎能要求他人秉公辦事呢？

【義近】本盛末榮／風行草偃／上行下效／正身黜惡。

【義反】源濁流濁／上梁不正下梁歪。

源源不絕

【釋義】源源：形容水流不斷，也形容其他人和事連續不斷。一作「源源而來」。

【出處】孟子・萬章上：「雖然欲常常而見之，故源源而來。」朱熹注：「源源，若水之相繼也。」

【用法】形容接連不斷。

【例句】前些年這裏遭受大水災，各地送來的救災物資**源源不絕**。

【義近】綿綿不斷／紛至沓來／絡繹不絕／接二連三。

【義反】斷斷續續／三三兩兩／稀稀落落／後無來者。

源源而來

【釋義】源源：是說繼續不斷的樣子。

【出處】孟子・萬章上：「雖然欲常常而見之，故源源而來。」

【用法】用以形容接連不斷地到來。

【例句】只要我們的貨品貨真價實，服務態度親切，誠懇待人，顧客自會**源源而來**的。

【義近】聯翩而至／源源不竭／滾滾而來／魚貫而至。

【義反】杳如黃鶴／泥牛入海／一去不復返。

源遠流長

【釋義】源頭很遠，水流很長。

【出處】清・無名氏・杜詩言志卷一：「『齊魯青未了』者，言其所學之正，源遠而流長也。」

【用法】比喻歷史悠久。

【例句】我國歷史**源遠流長**，老祖宗給我們留下了許許多多珍貴豐富的文化遺產。

【義近】源深流長／源廣流長／淵遠流長／有本有源。

【義反】源淺流短。

滑泥揚波

【釋義】攪和污泥，助揚濁波。滑：本作「淈」。

【出處】屈原・漁父：「世人皆濁，何不淈其泥而揚其波？」後漢書・周燮傳：「斯固以滑泥揚波，同其流矣。」後漢書・袁紹傳：「若使苟欲滑泥揚波，偷榮求利，則進可以享竊祿位，退無門戶之患。」

【用法】比喻隨世俗沉浮，不自

立異。

【例句】現實的社會裏，你不得不滑泥揚波，否則很難生存，除非你超然遠遁，才能做眞正的自己。

【義近】和光同塵／委蛇隨眾／與世偃仰／隨波逐流。

【義反】標新立異／鋒芒畢露。

溫文爾雅（ㄨㄣ ㄨㄣˊ ㄦˇ ㄧㄚˇ）

【釋義】溫文：溫和而有禮貌。爾雅：文雅。一作「溫文儒雅」。

【出處】蒲松齡・聊齋誌異・陳錫九：「此名士之子，溫文爾雅，烏能作賊？」

【用法】形容人態度溫和，舉止文雅。

【例句】他與他爸爸一樣，非常**溫文爾雅**，是個很有教養的孩子。

【義近】雍容爾雅／文質彬彬／斯斯文文。

【義反】粗俗不堪／俗不可耐／粗野蠻橫。

溫良恭儉讓（ㄨㄣ ㄌㄧㄤˊ ㄍㄨㄥ ㄐㄧㄢˇ ㄖㄤˋ）

【釋義】溫：溫和。良：善良。恭：恭敬，謙遜。儉：節制。讓：忍讓。

【出處】論語・學而：「子貢曰：『夫子溫良恭儉讓以得之。夫子之求之也，其諸異乎人之求之與？』」

【用法】用以泛指態度謙恭，舉止文雅。

【例句】這位政治家言談舉止彬彬有禮，風度翩翩，有古人所說的**溫良恭儉讓**的氣質。

【義近】溫文爾雅／溫良恭儉／溫良儉讓／文質彬彬。

【義反】趾高氣揚／心高氣傲／粗魯蠻橫／盛氣凌人。

溫故知新（ㄨㄣ ㄍㄨˋ ㄓ ㄒㄧㄣ）

【釋義】溫：溫習。故：舊的。

【出處】論語・爲政：「溫故而知新，可以爲師矣。」

【用法】多指溫習舊的知識，得到新的理解和體會。有時也指回憶過去，認識現在。

【例句】他抱著學而不厭、**溫故知新**的學習態度，所以學業進步神速。

溫柔敦厚（ㄨㄣ ㄖㄡˊ ㄉㄨㄣ ㄏㄡˋ）

【釋義】溫：溫和。柔：柔和。敦：誠懇。厚：厚道。

【出處】禮記・經解：「溫柔敦厚，詩教也。」

【用法】原指詩經的教義，今泛指待人溫和寬厚。有時也指文章柔和誠實之風。

【例句】薛寶釵爲人**溫柔敦厚**，莊重文雅，故深得賈母等人的喜愛。

【義近】溫文爾雅／雍容嫻雅。

【義反】刻薄寡恩。

溫柔鄉（ㄨㄣ ㄖㄡˊ ㄒㄧㄤ）

【釋義】溫柔舒適之地。

【出處】飛燕外傳：「是夜進合德，帝大悅，以輔屬體，無所不靡，謂爲溫柔鄉。」

【用法】用以比喻美色迷人之境。後因稱沉溺女色爲眷戀溫柔鄉。

【例句】自古英雄難過美人關，**溫柔鄉**裏壯志消。

【義近】安樂窩。

溫清定省（ㄨㄣ ㄑㄧㄥˋ ㄉㄧㄥˋ ㄒㄧㄥˇ）

【釋義】溫：冬天使被子溫暖。清：夏天讓室內清涼。定：晚間侍父母安睡。省：晨起問候父母。

【出處】禮記・曲禮上：「凡爲人子之禮，冬溫而夏清，昏定而晨省。」太平廣記卷一六二引蜀・孟熙：「溫清定省，出告反面，不憚苦辛。」

【用法】形容盡心侍奉父母。

【例句】今天我們對父母雖然不必**溫清定省**，但最基本的養親、孝心之道，卻是不能減少。

【義近】冬溫夏清／昏定晨省／扇枕溫被。

【義反】忤逆不孝／置親不顧／大逆不道。

溫情脈脈（ㄨㄣ ㄑㄧㄥˊ ㄇㄛˋ ㄇㄛˋ）

【釋義】溫情：溫柔的感情。脈脈：默默地用眼神表達情意。

【出處】劉禹錫・視刀環詩：「今朝兩相視，脈脈萬重心。」

【用法】形容感情默默流露的樣子。

【例句】看到她**溫情脈脈**的眸子，很少男人逃得過這份深情的吸引。

【義近】含情脈脈／溫情依依／柔情暗露。

溫潤如玉（ㄨㄣ ㄖㄨㄣˋ ㄖㄨˊ ㄩˋ）

【釋義】溫潤：指玉色和潤富光澤。

【出處】宋玉・神女賦：「貌豐盈以莊姝兮，苞溫潤之玉顏。」禮記・聘義：「昔者君子比德於玉焉，溫潤而澤，仁也。」

【用法】喻人品、容色、言語，溫和柔順。

【例句】他眞是位君子，行爲舉止**溫潤如玉**，與他相處，有如沐春風的感受。

溜之大吉（ㄌㄧㄡ ㄓ ㄉㄚˋ ㄐㄧˊ）

【釋義】溜：趁人不注意悄悄地走掉。

【出處】曾樸・孽海花二四回：「稚燕趁著他們擾亂的時候，也就溜之大吉。」

【用法】用以說明不聲不響地走掉爲妙。

【例句】我忙得團團轉，正需要你幫忙的時候，你卻**溜之大吉**，夠朋友嗎？

【義近】溜之乎也／一走了之／走爲上策。

【義反】既來之則安之。

滔天大罪（ㄊㄠ ㄊㄧㄢ ㄉㄚˋ ㄗㄨㄟˋ）

【釋義】滔天：漫天，極言其大。又作「滔天之罪」。

【出處】蘇軾・呂惠卿……簽書公事：「稍正滔天之罪，永爲垂世之規。」

【用法】形容罪惡極大。

【例句】我只不過說了幾句實話，又不是犯了什麼**滔天大罪**，難道他要殺了我不成！

【義近】彌天大罪／不赦之罪／罪大惡極。

【義反】無罪開釋。

滔滔不絕（ㄊㄠ ㄊㄠ ㄅㄨˋ ㄐㄩㄝˊ）

【釋義】滔滔：本形容水流，此爲連續不斷的樣子。絕：止息，完結。

【出處】王仁裕・開元天寶遺事：「張九齡善談論，每與賓客議論經旨，滔滔不絕。」

【用法】比喻口才出眾，說話流利順暢。也形容話多或事物連續不斷地出現。
【例句】碰到他所熟悉的問題，他便**滔滔不絕**地說個沒完，煩死人了。
【義近】口若懸河／侃侃而談。
【義反】拙口鈍辭／訥言少語／默默無言。

滄海一粟 ㄘㄤ ㄏㄞˇ ㄧ ㄙㄨˋ
【釋義】大海中的一粒小米。滄海：大海。粟：小米。
【出處】蘇軾・前赤壁賦：「寄蜉蝣於天地，渺滄海之一粟。」
【用法】比喻非常渺小。
【例句】個人的生命與浩瀚的宇宙相比，實在是渺小得如**滄海一粟**。
【義近】九牛一毛／太倉一粟。
【義反】龐然大物／碩大無朋。

滄海桑田 ㄘㄤ ㄏㄞˇ ㄙㄤ ㄊㄧㄢˊ
【釋義】大海變成農田，農田變成大海。桑田：農田。
【出處】葛洪・神仙傳・王遠：「麻姑自說云：『接待以來，已見東海三為桑田。』」
【用法】比喻世事變化很大。
【例句】這個地區過去是一片荒地，現在高樓大廈林立，使人頓生**滄海桑田**之感。
【義近】東海揚塵／白雲蒼狗／滄桑陵谷。
【義反】依然如故／一成不變／老生常態。

滄海橫流 ㄘㄤ ㄏㄞˇ ㄏㄥˊ ㄌㄧㄡˊ
【釋義】大海的水四處泛流。橫流：水往四處奔流。
【出處】晉書・王尼傳：「滄海橫流，處處不安也。」
【用法】比喻時世動亂。
【例句】辛亥革命後，袁世凱篡權，軍閥混戰，整個中國陷入**滄海橫流**的境地。
【義近】風雲突變／滄桑巨變／天下滔滔。
【義反】國泰民安／四海昇平／天下太平。

滄海遺珠 ㄘㄤ ㄏㄞˇ ㄧˊ ㄓㄨ
【釋義】大海中的珍珠被採珠者所遺。
【出處】新唐書・狄仁傑傳：「仲尼稱觀過知仁，君可謂滄海遺珠矣。」
【用法】比喻被埋沒的人才。
【例句】在專制政府統治的國家，**滄海遺珠**之事所在多有。
【義近】野有遺賢／空谷幽蘭。
【義反】野無遺賢／人盡其才。

十一畫

滴水不漏 ㄉㄧ ㄕㄨㄟˇ ㄅㄨˋ ㄌㄡˋ
【釋義】一點一滴的水也不會泄漏。
【出處】馮夢龍・東周列國志八九回：「公子少宮率領軍士，拘獲車仗人等，真個是滴水不漏。」
【用法】比喻說話做事非常嚴密周到，別人無隙可乘。
【例句】你休想找他的岔子，他可是**滴水不漏**的！
【義近】點水不漏／嚴密周到／無隙可乘／天衣無縫／無懈可擊。
【義反】漏洞百出／處處紕漏／破綻百出。

滴水成冰 ㄉㄧ ㄕㄨㄟˇ ㄔㄥˊ ㄅㄧㄥ
【釋義】水滴下去就結成冰。
【出處】錢易・南部新書・丁：「嚴冬沍寒，滴水成冰。」
【用法】形容天氣十分寒冷。
【例句】地球的南北極常年冰天雪地，這種**滴水成冰**的日子，沒有幾個人能夠忍受。
【義近】冰天雪地／天寒地凍。
【義反】火傘高張／流金爍石／揮汗成雨。

滾瓜爛熟 ㄍㄨㄣˇ ㄍㄨㄚ ㄌㄢˋ ㄕㄨˊ
【釋義】像從瓜藤上滾落下來的熟透了的瓜一樣。滾瓜：瓜熟自落，比喻純熟。
【出處】吳敬梓・儒林外史二一回：「魯編修因無公子，就把女兒當作兒子……先把一部王守溪的稿子讀的滾瓜爛熟。」
【用法】形容極為純熟。
【例句】這小孩真聰明，還不到十歲就把唐詩三百首背得**滾瓜爛熟**。
【義近】倒背如流／滾瓜溜油／順口成章。
【義反】疙疙瘩瘩／顛顛倒倒／結結巴巴。

漏洞百出 ㄌㄡˋ ㄉㄨㄥˋ ㄅㄞˇ ㄔㄨ
【釋義】漏洞：喻說話做事不周密處。百出：極言其出現的次數之多。
【用法】形容說話、寫文章不嚴密，錯誤很多。也用以指行事或計畫很不周密。
【例句】他那篇文章不仔細研究也罷，若細加琢磨，就會發現**漏洞百出**。
【義近】破綻百出／千瘡百孔／八花九裂。
【義反】天衣無縫／滴水不漏／盡善盡美／無懈可擊／細針密縷／慮無不周。

漏洩春光 ㄌㄡˋ ㄒㄧㄝˋ ㄔㄨㄣ ㄍㄨㄤ
【釋義】意謂透露春天到來的信息。漏洩：走漏、洩露。春光：春天的景色。
【出處】杜甫・臘日：「侵陵雪色還萱草，漏洩春光有柳條。」
【用法】用以比喻洩露祕密或男女私情外洩。
【例句】儘管在拍寫真集的時候，模特兒拚命遮遮掩掩，還是不免**漏洩春光**，令工作人員看了眼熱。
【義近】春光外洩。
【義反】守口如瓶。

漏脯充飢 ㄌㄡˋ ㄈㄨˇ ㄔㄨㄥ ㄐㄧ
【釋義】漏脯：掛在屋檐下的乾肉，古人認為它被露水沾濕過，有毒，吃了會使人致於死地。
【出處】晉・葛洪・抱朴子・嘉遁：「咀漏脯以充飢，酣鴆酒以止渴也。」
【用法】用以比喻只顧眼前，不顧後患。
【例句】像你這樣今朝有酒今朝醉，一點也不考慮未來的行為，無異是**漏脯充飢**，不顧後患！
【義近】飲鴆止渴／殺雞取卵／

挖肉補瘡。

【義反】深謀遠慮／思前想後／深思熟慮。

漏盡更闌

【釋義】漏：漏壺，古代滴水計時的儀器。更：夜間計時單位。闌：將盡。

【出處】元・高文秀・襄陽會一折：「直等的漏盡更闌，街衢盡悄。」

【用法】用以喻指深夜之時。

【例句】王先生爲了公司的事，近月來幾乎每晚都要工作到**漏盡更闌**，確實辛苦，也令人佩服。

【義近】夜闌人靜／漏盡鐘鳴／深更半夜／更深人靜。

【義反】大天白日／光天化日／日上三竿／旭日東升。

漏網之魚

【釋義】從網眼裏漏出去的魚。

【出處】司馬遷・史記・酷吏傳序：「網漏於吞舟之魚。」鄭廷玉・後庭花二折：「急急似漏網之魚。」

【用法】用以比喻僥倖逃脫的敵人和罪犯。也比喻驚慌逃竄的人。

【例句】①這傢伙眞狡猾，這次又靠欺騙手段逃掉，成了**漏網之魚**。②他急急如**漏網之魚**，打著去大陸探親的名目逃跑了。

【義近】喪家之犬／驚弓之鳥／在逃要犯。

【義反】網中之魚／甕中之鼈／階下之囚。

漸入佳境

【釋義】佳：好，美。又作「漸至佳境」。

【出處】晉書・顧愷之傳：「愷之每食甘蔗，恆自尾至本，人或怪之。云：『漸入佳境。』」

【用法】比喻境況漸好或興趣漸濃。

【例句】他倆窮困了大半輩子，現在兒女已長大成人，全家的生活也**漸入佳境**了。

【義近】柳暗花明／芝麻開花節節高／倒吃甘蔗。

【義反】每下愈況。

漸仁摩義

【釋義】以仁浸潤，以義磨礪。漸：浸漬。

【出處】漢書・董仲舒傳：「漸民以仁，摩民以誼。」注：「漸謂浸潤之，摩謂砥礪之。」

【用法】喻以仁義陶冶人民。

【例句】賢君治國，必用**漸仁摩義**的方法，將人民導向正道，自然就刑錯不用了。

漠不關心

【釋義】漠：冷淡，冷漠。

【出處】李綠園・歧路燈九五回：「人家競相傳抄，什襲以藏，而子孫漠不關心。」

【用法】形容對人對事態度冷淡，毫不關心。

【例句】你對下屬的疾苦**漠不關心**，怎能獲得他們的擁護和全力配合呢？

【義近】不聞不問／漠然置之。

【義反】噓寒問暖／關懷備至。

漠然置之

【釋義】漠然：冷淡而不關心。置之：把它放在一邊。

【出處】莊子・天道：「老子漠然不應。」梁啓超・少年中國說：「彼而漠然置之，猶可言也；我而漠然置之，不可言也。」

【用法】指對人對事非常冷淡，放在一邊不理。

【例句】你對工人所提出的加強安全生產的要求，怎能這樣**漠然置之**呢？

【義近】淡然置之／漫不經心／置之不理／漠不關心。

【義反】關懷備至／噓寒問暖／問長問短。

漢賊不兩立

【釋義】意謂蜀漢與曹魏不能同時並立。漢：指蜀漢。賊：指曹魏。

【出處】諸葛亮・後出師表：「先帝慮漢賊不兩立，王業不偏安，故託臣以討賊也。」

【用法】用以比喻有我無你，誓不兩立。

【例句】海峽兩岸都是中華民族，應及早結束**漢賊不兩立**的狀態，互諒互讓，以和平方式解決兩岸問題。

【義近】不共戴天／誓不兩立。

【義反】和睦相處／精誠團結／志同道合／同心協力。

滿不在乎

【釋義】滿：完全。在乎：介意，放在心上。

【出處】朱自清・談抽煙：「總之，別別扭扭的，其實也還是個『滿不在乎』罷了。」

【用法】形容對人對事絲毫不放在心上，若無其事。

【例句】這孩子任憑你怎麼說他勸他，他都是那副**滿不在乎**的樣子。

【義近】不以爲然／毫不在意。

【義反】一絲不苟／鄭重其事。

滿坑滿谷

【釋義】坑：地洞，地坑。谷：兩山之間的峽谷。

【出處】莊子・天運：「在谷滿谷，在坑滿坑。」吳沃堯・二十年目睹之怪現狀五四回：「……各種的藥水，一瓶一瓶的都上了架，登時滿坑滿谷起來。」

【用法】形容數量極多，遍地皆是。

【例句】這種商品，市面上早已**滿坑滿谷**，不設法推陳出新，如何提高競爭力？

【義近】比比皆是／車載斗量／恆河沙數／不可勝數。

【義反】寥若晨星／寥寥無幾／寥寥可數／屈指可數。

滿招損，謙受益

【釋義】滿：自滿，驕傲。謙：謙虛。

【出處】尚書・大禹謨：「益讚於禹曰：『惟德動天，無遠弗屆。滿招損，謙受益，時乃天道。』」

【用法】用以說明自滿會招來損害，謙虛能得到好處。多用作勉勵人。

【例句】古人說得好：**滿招損，謙受益**，我們不可因爲取得了一點成功就驕傲自滿。

【義近】謙則進步，驕則落後／謙者事成，驕者必敗。

滿城風雨

【釋義】滿城颳風下雨。

【出處】潘大臨・寄謝無逸書：「秋來景物，件件是佳句；昨日閒臥，聞攪林風雨聲，欣然起，題壁曰：『滿城風雨近重陽。』」

【用法】比喻某事傳揚極廣，引起轟動，人們議論紛紛。

【例句】誰知這麼一件小事竟然會引起這樣大的震撼，鬧得**滿城風雨**。

【義近】議論紛紛／風言風語／街談巷議。

滿面春風

【釋義】春風：春天時溫暖的風，比喻人喜悅舒暢的表情。也作「春風滿面」。

【出處】王實甫・麗堂春一折：「氣昂昂志捲長虹，飲千鍾滿面春風。」

【用法】指人神情和悅、愉快。

【例句】今年又是一個豐收年，農村裏男女老少個個都顯得**滿面春風**。

【義近】喜氣洋洋／春風得意／喜形於色／笑容滿面。

【義反】滿面憂愁／愁眉苦臉／愁眉不展／愁眉鎖眼。

滿園春色

【釋義】整個園子裏一片春天的景色。又作「春色滿園」。

【出處】葉紹翁・遊小園不值詩：「春色滿園關不住，一枝紅杏出牆來。」

【用法】用以形容欣欣向榮的景象。

【例句】殘冬已盡，**滿園春色**的季節又再度重現，令人心花怒放。

【義近】萬紫千紅／姹紫嫣紅／生機勃勃／欣欣向榮。

【義反】百花凋殘／無可奈何花落去／滿目淒涼／落紅滿地。

滿腹經綸

【釋義】經綸：整理絲縷，這裏比喻才幹、學識、謀略。也作「經綸滿腹」。

【出處】周易・屯卦：「雲雷屯，君子以經綸。」石玉崑・三俠五義三回：「包公已長成十四歲，學得滿腹經綸。」

【用法】形容人學識豐富，並具有經世治國的謀略和才幹。

【例句】有的人自以爲**滿腹經綸**，但一遇到實際問題時，卻又束手無策。

【義近】滿腹珠璣／滿腹才學／學富五車。

【義反】才疏學淺／不學無術／不識一丁／胸無點墨。

滿腹疑團

【釋義】滿肚子積聚著疑問、懷疑。

【出處】曹雪芹・紅樓夢八七回：「弄得寶玉滿腹疑團，沒精打彩地歸至怡紅院中。」

【用法】用以說明心裏有許多弄不清的問題。

【例句】警方說要公佈出事的詳細經過，結果漏洞百出，弄得大家**滿腹疑團**。

【義近】滿腹狐疑／疑問滿腹／疑慮重重。

【義反】毫無疑問／堅信不疑。

滿載而歸

【釋義】裝得滿滿地回來。載：裝載。

【出處】李贄・又與焦若侯：「彼無一任不往，往必滿載而歸。」

【用法】比喻收穫很大。

【例句】今天出去釣魚**滿載而歸**，家人都高高興興地飽餐一頓。

【義近】收穫甚豐／所獲甚多／碩果累累。

【義反】一無所得／空手而歸／寶山空回。

漆身吞炭

【釋義】漆身：以漆塗身。

【出處】戰國策・趙策一載：豫讓爲了替智伯報仇，漆身爲厲（癩），吞炭爲啞，使人不識，而謀刺趙襄子。

【用法】形容改變面貌聲音，使人不能辨認。今也指改裝易形。

【例句】我對他太熟悉了，即使他**漆身吞炭**，我也認得出來。

【義近】整形易容／男妝女扮／改頭換面／喬裝打扮。

【義反】本來面目／廬山眞貌／原貌原樣。

漆黑一團

【釋義】漆黑：深黑，黑暗無光。也作「一團漆黑」。

【出處】唐・孫樵・祭梓潼神君文：「滿眼漆黑，索途不得。」

【用法】形容一片黑暗不見光明，也形容對事情一無所知或糊里糊塗。

【例句】①抗戰時期，淪陷區眞是**漆黑一團**，簡直沒有我們中國人的活路。②他對這事心裏**漆黑一團**，弄不清誰是誰非。

【義近】暗無天日／昏天黑地／不見天日。

【義反】日月重光／重見天日／開雲見日。

漫山遍野

【釋義】山上和田野裏到處都是。漫：滿。遍：到處。也作「滿山遍野」。

【出處】羅貫中・三國演義五八回：「西涼州前部先鋒馬岱，引軍一萬五千，浩浩蕩蕩，漫山遍野而來。」

【用法】形容數量很多，範圍很廣，到處可見。

【例句】每到嚴冬臘月，**漫山遍野**的白雪紛飛，形成一幅特殊的景觀。

【義近】滿山滿谷／比比皆是／鋪天蓋地／漫天蓋地／無邊無際／瀰山遍野。

【義反】屋前房後／一處一地／屈指可數／寥寥可數。

漫不經心

【釋義】漫：隨便。經心：在意，留心。

【出處】任三宅・覆耆民汪源論設塘長書：「連年修西北二塘……漫不經心，以至漸成大患。」

【用法】形容對事隨隨便便，不放在心上。

【例句】他做事經常**漫不經心**的，別巴望他能把你交代的事辨好。

【義近】掉以輕心／心不在焉／毫不在意／粗心大意。

【義反】聚精會神／專心致志／全神貫注。

漫天要價 ㄇㄢˋ ㄊㄧㄢ ㄧㄠˋ ㄐㄧㄚˋ

【釋義】漫天：本爲大水漫過天，此指不實事求是地亂說。要：索取。

【出處】李汝珍・鏡花緣一一回：「唐敖道：『漫天要價，就地還錢。』原是買物之人向來俗談。」

【用法】泛指亂要大價錢，想以此謀利。

【例句】現在的小商小販**漫天要價**，嚴重地危害了消費者的利益。

【義近】漫天索價／漫天討價／獅子大開口。

【義反】童叟無欺／公平交易／按質索價。

漁人得利 ㄩˊ ㄖㄣˊ ㄉㄜˊ ㄌㄧˋ

【釋義】漁人：捕魚的人。

【出處】故事出自戰國策・燕策二。古今小說・滕大尹鬼斷家私：「這正叫做『鷸蚌相持，漁人得利。』」

【用法】比喻兩方相爭，而第三者得利。

【例句】你們這樣爭來爭去，各不相讓，最後必然是**漁人得利**。

【義近】漁翁獲利／坐收漁利／鷸蚌相爭。

【義反】互利互讓／互愛互助。

滌瑕蕩穢 ㄉㄧˊ ㄒㄧㄚˊ ㄉㄤˋ ㄏㄨㄟˋ

【釋義】意謂洗滌、蕩除污穢。瑕：玉上的斑點。

【出處】漢・班固・東都賦：「於是百姓滌瑕蕩穢，而鏡至清。」舊唐書・五行志：「端本澄源，滌瑕蕩穢。」

【用法】多用以比喻清除人的缺點過失。

【例句】人總會有這樣或那樣的毛病，我們應自覺地**滌瑕蕩穢**，做到少犯或不犯錯誤。

【義近】滌垢洗瑕／滌瑕蕩垢／伐毛洗髓。

【義反】拒諫飾非／執迷不悟／釘嘴鐵舌。

漿酒霍肉 ㄐㄧㄤ ㄐㄧㄡˇ ㄏㄨㄛˋ ㄖㄡˋ

【釋義】視酒如漿水，視肉如豆菜。

【出處】漢書・鮑宣傳：「使奴從賓客漿酒霍肉，蒼頭廬兒皆用致富，非天意也。」注：「劉德曰：『視酒如漿，視肉如霍也。』霍，豆菜也。貧人茹之。」

【用法】比喻宴飲的豪華奢侈。

【例句】出身富貴的他，**漿酒霍肉**天天吃，哪裏了解貧窮人家三餐不繼的窘境。

【義近】炊金饌玉／炮鳳烹龍／肉山脯林／列鼎而食。

【義反】粗茶淡飯／三旬九食／飲冰茹蘗／朝齏暮鹽。

十二畫

澄清天下 ㄔㄥˊ ㄑㄧㄥ ㄊㄧㄢ ㄒㄧㄚˋ

【釋義】澄清：意謂使混濁變爲清明。

【出處】後漢書・范滂傳：「乃以滂爲清詔使，案察之，滂登車攬轡，慨然有澄清天下之志。」

【用法】指整肅政治，廓清奸佞，使天下復歸於清平。

【例句】祖逖聞雞起舞，慨然有**澄清天下**之志，立誓收復中原。

【義近】撥亂改正／揮戈反日／力挽狂瀾。

【義反】擾亂天下／興風作浪／唯恐天下不亂。

潔身自好 ㄐㄧㄝˊ ㄕㄣ ㄗˋ ㄏㄠˋ

【釋義】潔身：保持自身純潔。自好：自愛。

【出處】孟子・萬章上：「聖人之行不同也，或遠或近，或去或不去，歸潔其身而已矣。」

【用法】用以指在惡濁的社會裏，不與世俗同流合污而保持自身的高潔。

【例句】她是個**潔身自好**的女子，不管在多惡劣的環境下，她始終如蓮花出污泥而不染。

【義近】潔身自愛／明哲保身／獨善其身。

【義反】同流合污／隨波逐流。

澆風薄俗 ㄐㄧㄠ ㄈㄥ ㄅㄛˊ ㄙㄨˊ

【釋義】意即風俗不夠淳厚。澆：輕薄的。

【出處】唐・陳黯・辯謀：「得之則逸身豐家，不得則嫉時怨命，此眞澆風薄俗者之心也。」

【用法】指社會風尚浮淺庸俗。

【例句】現在眞是**澆風薄俗**，人心不古的時代，人們普遍看重財富和地位，而眞正講情義的人簡直少之又少。

【義近】澆薄之風。

【義反】淳風厚俗。

潛移默化 ㄑㄧㄢˊ ㄧˊ ㄇㄛˋ ㄏㄨㄚˋ

【釋義】潛：暗地裏。默：無聲地。又作「潛移暗化」。

【出處】顏氏家訓・慕賢：「潛移暗化，自然似之。」

【用法】指人的思想、性格和習慣，因受各種影響，無形之中發生變化。

【例句】①文藝作品能對人產生**潛移默化**的作用。②教師以身作則的行爲，能給學生帶來**潛移默化**的影響。

【義近】耳濡目染／潛移默運。

【義反】立竿見影／立即見效。

潸然淚下 ㄕㄢ ㄖㄢˊ ㄌㄟˋ ㄒㄧㄚˋ

【釋義】潸然：流淚的樣子。

【出處】詩經・小雅・大東：「潸然出涕。」李賀・金銅仙人辭漢歌序：「宮官既拆盤，仙人臨載，乃潸然淚下。」

【用法】形容悲傷得淚流不止。

【例句】看到這一幕幕感人的場面，任何人都會忍不住**潸然淚下**。

【義近】淚如雨下／淚如泉湧／愴然涕下／涕泣如雨。

【義反】談笑風生／笑逐顏開／心花怒放。

潰不成軍 ㄎㄨㄟˋ ㄅㄨˋ ㄔㄥˊ ㄐㄩㄣ

【釋義】被打得七零八落，不成隊伍。潰：潰敗，散亂。

【用法】形容軍隊慘敗，四處逃竄。也形容競賽中失敗的一方，星散零落，不成隊伍。

【例句】在我軍炮火的猛烈襲擊之下，敵軍**潰不成軍**，紛紛抱頭鼠竄。

【義近】落花流水／一敗塗地／轍亂旗靡。

【義反】旗開得勝／克敵制勝／凱旋班師。

十三畫

澡身浴德

【釋義】潔身自好，沐浴在道德之中。澡：動詞，清潔。

【出處】禮記・儒行：「儒有澡身而浴德，陳言而伏，靜而正之，上弗知之。」

【用法】比喻磨鍊意志，修養品德，使身心純潔。

【例句】古代一些聖賢志士很注重**澡身浴德**，故能成就其豐功偉績而名垂千古。

【義近】修身潔行／修身養性／潔身自好。

【義反】同流合污／隨波逐流。

濃妝艷抹

【釋義】意謂妝飾華美，打扮艷麗。

【出處】施耐庵・水滸傳二五回：「又見他濃妝艷抹了出去，歸來時便面顏紅色。」

【用法】形容女子刻意妝扮。

【例句】女人的年紀寫在臉上，即使是**濃妝艷抹**，也掩藏不了歲月的刻痕。

【義近】濃妝艷服／濃妝艷裹／滴粉搓酥。

【義反】披頭散髮／蓬頭垢面／風鬟霧鬢。

濃桃艷李

【釋義】濃麗的桃花，鮮艷的李花。

【出處】明・高濂・玉簪記・詞媾：「誰承望今宵牛女，銀河咫尺間，巧一似穿針會，兩下裏青春濃桃艷李。」

【用法】比喻青年容貌俊美，神采煥發。多用於女性。

【例句】年輕女孩在一起，就像**濃桃艷李**似的，藏不住美麗的青春。

【義近】出水芙蓉／秀色可餐／美如冠玉。

【義反】其貌不揚／無鹽之貌／其醜無比。

澤及枯骨

【釋義】恩澤施及於已經死去的人。

【出處】隋書・煬帝紀下：「恩加泉壤，庶弭窮魂之冤，澤及枯骨，用弘仁者之惠。」

【用法】形容恩德深厚。

【例句】國君施行仁政，**澤及枯骨**，蒼生百姓感念其德，也會以死效忠國家的。

【義近】昊天罔極／恩重如山。

【義反】血海深仇／深仇大恨／新仇舊恨／不共戴天。

澤梁無禁

【釋義】河川、沼澤皆和人民一起共用，不設禁。

【出處】孟子・梁惠王下：「澤梁無禁，罪人不孥。」注：「陂池魚梁不設禁，與民共之也。」

【用法】喻為政者的寬厚仁慈。

【例句】仁者治國，與民同甘共苦，**澤梁無禁**，人民自然會歸附順從。暴君則反其道而行，被推翻也是想當然耳。

濁骨凡胎

【釋義】意謂人本質混濁、俗氣平凡。

【出處】元・馬致遠・岳陽樓二折：「怎奈濁骨凡胎，無人點化，常言道玉不琢不成器，人不磨不成道。」

【用法】用以泛指凡夫俗子，平庸之人。

【例句】這不過是些**濁骨凡胎**，除了胡鬧，絕不可能幹出什麼風雅的事來的。

【義近】肉眼凡胎／常鱗凡介／肉眼凡夫。

【義反】英雄豪傑／超羣絕倫／人中騏驥。

激濁揚清

【釋義】沖去污水，揚起清波。激：沖刷。揚：揚起，泛起。又作「揚清激濁」。

【出處】晉書・武帝紀：「揚清激濁，舉善彈違。」舊唐書・王珪傳：「至如激濁揚清，嫉惡好善。」

【用法】比喻除惡揚善。

【例句】劉縣長為官清正，一向**激濁揚清**，親賢士，遠小人，民眾無不愛戴他。

【義近】揚清激濁／懲惡揚善／貶惡褒善／抑濁揚清。

【義反】蔽美揚惡／欺善怕惡／助紂為虐。

十四畫

濟世之才

【釋義】濟世：指拯救社會、人世。

【出處】杜甫・待嚴大夫詩：「殊方又喜故人來，重鎮還須濟世才。」宋・岳河・程史：「咨爾劉豫夙擅直言之譽，素懷濟世之才。」

【用法】指具有拯濟國家於困難、匡救世人的才能。

【例句】文天祥、史可法等人均有**濟世之才**，惜生不逢時，最後皆以身殉國，結束其悲壯的一生。

【義近】棟梁之才／補天之才／擎天之才。

【義反】才疏學淺／平庸之才／碌碌無能。

濟世匡時

【釋義】匡：救，幫助。

【出處】清・黃宗羲・黎眉郭公傳：「錯綜今古，嘗懷濟世匡時之略，運會不偶。」

【用法】是指拯濟世人，匡救時弊。

【例句】清朝末年，若不是孫中山先生出來**濟世匡時**，中國可能早已被世界各國蠶食鯨吞了。

【義近】濟世拯時／救亡圖存／扭轉乾坤。

【義反】置身世外／清淨無為／超然物外。

濟世安民

【釋義】濟世：指拯濟時世、人世。

【出處】舊唐書・太宗本紀上：「有書生自言善相……見太宗，曰：『龍鳳之姿，天日之表，年將二十，必能濟世安民矣。』」

【用法】用以指拯救社會，安定人民。

【例句】既然身為一國之君，就有**濟世安民**的使命，為國家民族謀更大的福利。
【義近】濟世愛民／濟世安邦／濟世救人。
【義反】禍國殃民／亂世擾民／喪權辱國。

濟河焚舟
【釋義】渡過河後即把船燒掉。濟：渡。
【出處】左傳・文公三年：「秦伯伐晉，濟河焚舟。」
【用法】表示決心死戰，有進無退。
【例句】現在不要談什麼待時而動了，擺在我們面前的唯一道路，就是**濟河焚舟**，與對方決一死戰。
【義近】破釜沉舟／背水一戰。
【義反】退避三舍／堅壁自守。

濟弱鋤強
【釋義】救助弱小，鏟除強暴。
【出處】隋唐演義一八回：「這不平之氣，個個有的。若沒有濟弱鋤強的手段，也只乾著惱一番。」
【用法】形容人有正義感，敢於挺身而出，為維護弱者而與強者鬥爭。
【例句】他從小就愛打抱不平，**濟弱鋤強**，為人伸張正義，長大後果然從事警察的工作，成為人民的保姆。
【義近】扶弱鋤強／按強助弱／除暴安良。
【義反】助強凌弱／助紂為虐／助惡欺善。

濟濟一堂
【釋義】濟濟：形容人很多的樣子。堂：大廳。
【出處】尚書・大禹謨：「濟濟有眾，咸聽朕命。」詩經・大雅・旱麓：「瞻彼旱麓，榛楛濟濟。」
【用法】用以形容很多人聚集在一起。
【例句】在這次研討會上，各界人物**濟濟一堂**，暢所欲言，共商國事。
【義近】聚集一堂／坐無虛席。
【義反】天各一方／如鳥獸散／七零八散。

濫竽充數
【釋義】濫：不合標準。竽：古時候的簧管樂器。充數：湊數。
【出處】典出韓非子・內儲說上。梁簡文帝・答湘東王和受試詩書：「使夫懷鼠知慙，濫竽自恥。」
【用法】表示無其才而居其位，徒然充數而已。有時用以表自謙。
【例句】我才疏學淺，在大學裏任教，只可說是**濫竽充數**罷了。
【義近】備位充數／尸位素餐／魚目混珠。
【義反】名副其實／才德稱位／貨真價實。

濯污揚清
【釋義】洗滌污濁，揚起清水。濯：洗。
【出處】南史・范泰傳：「臣昔謬得待罪選曹，誠無以濯污揚清。然君子之有智能……何患不出雲霞之上。」
【用法】用以比喻除惡揚善，是非分明。
【例句】作為一個主管，應當力求**濯污揚清**，以提高員工士氣。
【義近】激濁揚清／懲惡勸善／彰善癉惡。
【義反】清濁不分／扭直為曲／顛倒是非。

濯纓洗耳
【釋義】濯纓：洗滌冠纓。纓：古代帽子上繫在頷下的帶子。洗耳：指不願聽到世事。
【出處】孟子・離婁上：「滄浪之水清兮，可以濯我纓。」魏書・劉獻之傳：「吾常謂濯纓洗耳，有異人之跡。」
【用法】用以比喻避世守志，操行高潔。
【例句】生於亂世的有志之士，無法施展自己的才能抱負，只好**濯纓洗耳**，過著隱居的生活。
【義近】濯纓滄浪／避世絕俗／潔身自好／澹泊明志。
【義反】濯纓彈冠／鑽頭覓縫／蠅營苟且／爭名奪利。

濯纓濯足
【釋義】意謂水清時洗帽纓，水濁時就洗腳。
【出處】孟子・離婁上：「有孺子歌曰：『滄浪之水清兮，可以濯我纓；滄浪之水濁兮，可以濯我足。』」
【用法】多用以比喻隨遇而安，欣然自樂。有時也用以比喻好壞皆由自定。
【例句】①人生在世，用不著過分的憂慮利害得失，**濯纓濯足**，聽其自然的好。②命運掌握在自己手裏，**濯纓濯足**，全在自己，所以遇事務必三思而後行。
【義近】隨遇而安／樂天知命／咎由自取。
【義反】不甘雌伏／不甘寂寞／富貴在天。

二十一畫

灞橋折柳
【釋義】灞橋：在今西安市東，又名銷魂橋。漢人送別至灞陵橋時，便折柳贈別，後人乃以此為送別之意。
【出處】李白・樂府：「年年柳色，霸陵傷別。」羅鄴・鶯詩：「何事離人不堪聽，灞橋斜日更垂楊。」羅隱・送溪州使君詩：「灞橋酒餞黔巫月，從此江心兩所思。」
【用法】形容送別。
【例句】離情愁緒，最是難堪，**灞橋折柳**的場景，卻是人人都得親身經歷的一幕。
【義近】長亭送別／霸陵折柳。

火部

火上澆油 ㄏㄨㄛˇ ㄕㄤˋ ㄐㄧㄠ ㄧㄡˊ

【釋義】往火上倒油。
【出處】關漢卿・金線池二折：「不見他思量舊，倒有些兩意兒投，我見了他撲鄧鄧火上澆油。」
【用法】比喻使人忿怒的情緒更激烈，或使事態更加嚴重。
【例句】他心裏正煩著呢，你何必還要去**火上澆油**呢。
【義近】火上加油／雪上加霜／煽風點火／推波助瀾。
【義反】大事化小／消災滅禍。

火中取栗 ㄏㄨㄛˇ ㄓㄨㄥ ㄑㄩˇ ㄌㄧˋ

【釋義】偷取火中烤熟的栗子。
【出處】法國拉・封登的寓言《猴子與貓》：貓為猴子去偷取爐火中的栗子，結果自己不但沒吃著栗子，還燒掉了腳上的毛。
【用法】比喻被人利用，冒了風險，付出了代價，自己卻一無所獲。
【例句】他明明是在利用你，你卻心甘情願為他**火中取栗**，未免太傻了吧！
【義近】為人作嫁／徒勞無功。
【義反】坐享其成／不勞而獲。

火眼金睛 ㄏㄨㄛˇ ㄧㄢˇ ㄐㄧㄣ ㄐㄧㄥ

【釋義】舊戲曲、小說中指經過修練的眼睛。
【出處】吳承恩・西遊記一九回：「又被那太上老君拿了我去，放在八卦爐中，將神火鍛鍊，鍊做個火眼金睛，銅頭鐵臂。」
【用法】指眼光敏銳過人，能洞察一切，或面目猙獰可怕。
【例句】他彷彿是有一對**火眼金睛**，一眼便能看穿對方詐騙人的巧妙手法。
【義近】水晶燈籠／目光如炬／洞見癥結／洞見肺腑。
【義反】鼠目寸光／目光如豆／有眼無珠／凡夫肉眼。

火傘高張 ㄏㄨㄛˇ ㄙㄢˇ ㄍㄠ ㄓㄤ

【釋義】火傘：喻酷烈的太陽。
【出處】韓愈・遊青龍寺贈崔大補闕：「光華閃壁見神鬼，赫赫炎官張火傘。」
【用法】形容烈日當空，高高地酷照大地。
【例句】在**火傘高張**的炎炎夏日，躲在房間吹冷氣吃冰是最大的享受了。
【義近】流金鑠石／焦金鑠石。
【義反】滴水成冰／冰天雪地。

火樹銀花 ㄏㄨㄛˇ ㄕㄨˋ ㄧㄣˊ ㄏㄨㄚ

【釋義】樹上掛燈結彩，燈光猶如銀白色的花。
【出處】蘇味道・正月十五夜詩：「火樹銀花合，星橋鐵鎖開。」
【用法】形容燈光煙火絢麗燦爛的景象。多用在節日喜慶之夜。
【例句】元宵節的夜晚，到處張燈結彩，把天空都照亮了，真是**火樹銀花**不夜天。
【義近】燈火輝煌／五光十色／燈光燦爛。
【義反】暗淡無光／一燈熒然／燈火熒熒。

火燒眉毛 ㄏㄨㄛˇ ㄕㄠ ㄇㄟˊ ㄇㄠˊ

【釋義】火燒到了自己的眉毛。
【出處】普濟・五燈會元卷一六：「僧問蔣山佛慧，如何是急切一句。慧曰：『火燒眉毛。』」
【用法】比喻極其緊迫。
【例句】在這**火燒眉毛**的時刻，我怎麼能丟下你不管呢？
【義近】火燒眉睫／迫在眉睫／刻不容緩／十萬火急。
【義反】從容不迫／慢條斯理／不慌不忙。

二—三畫

灰心喪氣 ㄏㄨㄟ ㄒㄧㄣ ㄙㄤˋ ㄑㄧˋ

【釋義】灰心：心如死灰。喪氣：情緒低落。
【出處】曹雪芹・紅樓夢一〇回：「鳳姐因方才一段話已經灰心喪氣，恨娘家不給爭氣。」
【用法】形容因遭受失敗、挫折而失去信心，意志消沉、頹喪。
【例句】成功只能靠勤奮去爭取，遇到失敗就怨天尤人、**灰心喪氣**的人，永遠是弱者。
【義近】垂頭喪氣／心灰意懶／一蹶不振。
【義反】意氣風發／精神抖擻／重振旗鼓／鬥志高昂。

灰飛煙滅 ㄏㄨㄟ ㄈㄟ ㄧㄢ ㄇㄧㄝˋ

【釋義】飛、滅：消逝，泯滅無跡。
【出處】蘇軾・念奴嬌・赤壁懷古：「羽扇綸巾，談笑間，強虜灰飛煙滅。」
【用法】形容事物像灰煙一般地消逝，化為烏有。
【例句】抗戰時期，上海一淪陷，昔日的繁華便**灰飛煙滅**。
【義近】煙消雲散／灰滅無餘／無影無踪。
【義反】景物依舊／繁華如故／方興未艾／紛至沓來。

灰頭土面 ㄏㄨㄟ ㄊㄡˊ ㄊㄨˇ ㄇㄧㄢˋ

【釋義】意謂滿頭滿臉沾滿塵土。為佛教用語，指修行者為了普度眾生，不事修飾，不現真相。
【出處】普濟・五燈會元・黃龍新禪師法嗣：「眾門人嘗繪其像，讚為書曰：『個漢灰頭土面，尋常不欲露現。』」
【用法】形容人頭臉污穢不潔。也比喻沒面子。
【例句】每次大掃除，都弄得**灰頭土面**的，不淋浴一番，如何見人？
【義近】灰頭土臉／灰頭草面／蓬頭垢面／邋裏邋遢。
【義反】儀容整潔／西裝革履／頭光面潔／乾乾淨淨。

灼艾分痛 ㄓㄨㄛˊ ㄞˋ ㄈㄣ ㄊㄨㄥˋ

【釋義】灼艾：用艾炷按穴位燒灼以治病。用艾自灸，以示分擔他人痛苦。
【出處】宋史・太祖紀三：「太宗嘗病亟，帝往視之，親為灼艾，太宗覺痛，帝亦取艾自灸。」
【用法】喻兄弟友愛情深。
【例句】同樣是親兄弟，**灼艾分痛**有之，手足相殘的卻也不少。

【義近】棣華增映／兄友弟恭／如壎如篪／推棗讓梨。
【義反】兄弟鬩牆／手足相殘／蕭牆之禍／同室操戈。

四—五畫

炎附寒棄

【釋義】趨附權貴，棄離貧寒。
【出處】柳宗元・宋清傳：「吾觀今之交乎人者，炎而附，寒而棄，鮮有類清之爲者。」
【用法】喻人現實勢利。
【例句】我最看不起的便是那些**炎附寒棄**，有利可圖便趨之若鶩的小人。
【義近】欺貧重富。
【義反】劫富濟貧。

炎黃子孫

【釋義】炎帝和黃帝的子孫。
【出處】漢書・魏豹田儋韓信傳贊：「周室既壞，至春秋末，諸侯耗盡，而炎黃唐虞之苗裔尚猶頗有存者。」
【用法】中國人自稱。
【例句】清朝末年，政府喪權辱國，使中國人的民族自信心殆盡。如何恢復中國人的自信和中國的富強，是每個**炎黃子孫**的責任。
【義近】炎黃世胄。

炙手可熱

【釋義】氣焰之熱可以燙手。炙手：熱得燙手。炙：烤。
【出處】杜甫・麗人行：「炙手可熱勢絕倫，愼莫近前丞相嗔。」
【用法】比喻權勢大、氣焰盛，使人不敢接近。
【例句】他現在深得總經理的信任，正**炙手可熱**，你何苦硬要和他過不去呢？
【義近】權勢絕倫／氣焰熏天／勢焰可畏／紅得發紫。
【義反】無權無勢／勢單力薄／仰人鼻息／任人左右。

炊臼之夢

【釋義】是說夢見以舂米器炊煮做飯。
【出處】酉陽雜俎前集・夢：「江淮有王生者，善卜，榜言解夢。賈客張瞻將歸，夢炊於臼中。問王生。生曰：『君歸不見妻矣，臼中炊，固無釜也。』賈客至家，妻果卒已數月。」
【用法】指男子喪妻。
【例句】他與妻子感情篤厚，夫唱婦隨，不料卻遭**炊臼之夢**，從此天人永隔，聞者莫不爲他掬一把同情淚。
【義近】炊臼之痛／炊臼之戚。
【義反】柏舟之痛／琴斷朱絃。

炊沙作飯

【釋義】意謂煮沙子作飯。
【出處】唐・顧況・行路難：「君不見擔雪塞井空用力，炊沙作飯豈堪吃？」
【用法】比喻白費力氣，勞而無功。
【例句】孩子病成這樣，不去看醫生，卻在這裏求神拜佛，這根本是**炊沙作飯**之舉！
【義近】蒸沙成飯／擔雪填井／畫脂鏤冰／敲冰求火。
【義反】掘井得水／種瓜得瓜／種豆得豆／一分耕耘，一分收穫。

炊金饌玉

【釋義】炊：指燒火做飯。饌：食用。
【出處】唐・駱賓王・帝京篇：「平臺戚里帶崇墉，炊金饌玉待鳴鐘。」
【用法】形容宴飲的奢侈豪華。
【例句】有錢人家**炊金饌玉**，哪裏能夠體會粗茶淡飯的眞滋味。
【義近】水陸雜陳／肉山脯林／山珍海錯／炙鳳烹龍／漿酒霍肉。
【義反】粗茶淡飯／家常便飯／清湯寡水／殘羹剩飯。

炯炯有神

【釋義】炯炯：明亮的樣子。
【出處】廣雅・釋訓：「炯炯，光也。」石玉琨・三俠五義：「目光如電，炯炯有神，聲音洪亮，另有一番別樣的精神。」
【用法】形容人的眼睛明亮很有精神。
【例句】他雖已年過七十，但仍很健旺，眼睛**炯炯有神**，四肢依然矯健。
【義近】目光炯炯／目光如炬／目光如電／目如明星／顧盼暐如／視瞻不凡／目有紫稜／眼光犀利。
【義反】兩眼呆滯／雙目無神／兩眼皆濁／眼神無力／目光呆滯。

炮鳳烹龍

【釋義】一作「烹龍炮鳳」。龍、鳳：指代最精美最珍貴的食物。
【出處】劉若愚・酌中志一六：「有所謂炮鳳烹龍者，鳳乃雄雉，龍則宰白馬代之耳。」
【用法】形容豪華珍貴的食物。
【例句】有些富商大賈，餐餐**炮鳳烹龍**，夜夜尋歡作樂，醉生夢死，那知窮人疾苦？
【義近】山珍海味／水陸雜陳／美味佳肴／漿酒霍肉／羊羔美酒／珍饈美味。
【義反】粗茶淡飯／家常便飯／簞食瓢飲／布帛菽粟／朝齏暮鹽。

六畫

烜赫一時

【釋義】烜赫：聲威盛大。
【出處】李白・俠客行：「千秋二壯士，烜赫大梁城。」阮葵生・茶餘客話：「珠簾甲帳，烜赫一時。」
【用法】指在一個時期內名聲威勢很盛。
【例句】蘇聯曾經在世界上**烜赫一時**，現在還不是土崩瓦解了。
【義近】名重一時／名噪一時／威風一時。
【義反】消聲匿跡／無聲無息／沒沒無聞。

烘雲托月

【釋義】指畫月時渲染周圍的雲彩，襯托出中間的月亮。烘：渲染。托：襯托。
【出處】梁紹壬・兩般秋雨庵隨筆：「此所謂烘雲托月法也。」
【用法】指在文學、藝術上不是從正面描繪，而是從側面襯托出主要人物或事物的一種手法。

【例句】《三國演義》在諸葛亮出場之前先描寫了幾個隱士，愈顯出諸葛亮的不同凡響，眞有**烘雲托月**之妙。

【義近】眾星捧月／綠葉襯花／眾星拱月。

烈女不更二夫

【釋義】烈女：貞烈女子。更：改變，改換，這裏指改嫁。

【出處】王實甫・西廂記第五本四折：「夫人怒欲悔親，依舊要將鶯鶯與鄭恆，焉有此理？道不得個烈女不更二夫。」

【用法】舊時指貞烈的婦女不嫁第二個丈夫。

【例句】所謂**烈女不更二夫**，完全是扼殺婦女、違背人性的傳統束縛，早就該根除了。

【義近】忠臣不事二君／從一而終。

【義反】三心二意／琵琶別抱。

烈火辨玉

【釋義】在烈火中，才能辨出玉的好壞。

【出處】海錄碎事・聖賢人事部・志節・全節門：「烈火辨玉，疾風知草。」

【用法】形容在艱困的環境中，才知人的節操。

【例句】所謂**烈火辨玉**，越是艱困的環境，越能表現出忠臣烈士的堅貞志節。

【義近】疾風勁草／嚴霜識木／時窮節現／松柏後凋。

【義反】苟且偷生／靦顏借命。

烏七八糟

【釋義】又作「污七八糟」，爲約定俗成之口語，意同亂七八糟。

【用法】形容十分雜亂、骯髒，毫無次序、條理。

【例句】他太太才離家幾天，他便把家裏弄得**烏七八糟**，到處盡是未洗衣物和堆積如山的垃圾。

【義近】亂七八糟／一塌糊塗／雜亂無章。

【義反】秩序井然／井然有序／井井有條／有條不紊。

烏之雌雄

【釋義】烏鴉的雄雌不易辨別。

【出處】詩經・小雅・正月：「具曰予聖，誰知烏之雌雄？」孔叢子・抗志：「誰知烏之雌雄，抑亦以衛之君臣乎？」

【用法】形容事物相似而難判別異同。

【例句】現代年輕人喜歡中性的打扮，正如**烏之雌雄**，若不注意看，還眞難辨別是男是女。

烏天黑地

【釋義】烏：黑色。

【出處】明・陶宗儀・輟耕錄・闌駕上書：「奉使來時驚天動地，奉使去時烏天黑地，官吏都歡天喜地，百姓卻啼天哭地。」

【用法】形容一片黑暗。

【例句】在這偏僻的鄉村，三更半夜，到處都**烏天黑地**的，教我到哪裏去找醫生爲你看病呢？

【義近】昏天黑地／天昏地暗／伸手不見五指。

【義反】晴空萬里／光天化日／陽光普照／大天白日。

烏合之眾

【釋義】像一羣暫時聚合在一起的烏鴉一樣。

【出處】後漢書・耿弇傳：「歸發突騎以轔烏合之眾，如摧枯折腐耳。」

【用法】比喻臨時雜湊的、毫無組織紀律的一羣人。

【例句】這幫土匪看來只是**烏合之眾**，我們有充分的信心把他們一舉消滅。

【義近】一盤散沙／瓦合之卒／烏合之師。

【義反】紀律嚴明／訓練有素／正規之軍。

烏托邦

【釋義】一理想中的島國。此島國行社會主義，所有一切無不盡善盡美。

【出處】出自英國湯瑪斯・摩爾所著小說，書中敘述一個理想島國烏托邦，島上一切政教及社會制度，均依理性設置處理，毫無缺失。

【用法】爲「空想」的同義語，用以形容渺茫不實、根本不可能實現的理想。

【例句】你所談的這些主張，完全是**烏托邦**式的幻想，決不可能實現。

【義近】桃花源／理想國。

烏衣子弟

【釋義】烏衣：指烏衣巷，在今南京市東南。東晉時，王、謝諸望族居住於此。

【出處】清・孔尚任・桃花扇・拒媒：「水閣含春，便有那烏衣子弟伴紅裙。」

【用法】用以泛指富貴人家的子弟。

【例句】這些**烏衣子弟**除了吃喝嫖賭，能幹出什麼正經事來？不擾亂社會就算是謝天謝地了。

【義近】豪門子弟／膏粱子弟／紈袴子弟／花花公子／公子王孫。

【義反】寒門子弟／農家子弟。

烏面鵠形

【釋義】意謂臉黑如烏鴉，身瘦如鵠。鵠：天鵝。

【出處】南史・侯景傳：「百姓流亡，死者塗地，……其絕粒久者，烏面鵠形。」

【用法】形容人因爲飢餓而造成身體瘦弱，面容枯槁。

【例句】在新聞中看到非洲地區一些**烏面鵠形**的災民，不免令人頓生惻隱之心。

【義近】鳩形鵠面／面黃肌瘦／骨瘦如柴／瘦骨嶙峋／形銷骨立／雞骨支床。

【義反】肥頭大耳／腦滿腸肥／紅光滿面。

烏飛兔走

【釋義】烏：金烏，太陽中有三足烏，故用以稱太陽。兔：玉兔，月中有玉兔搗藥，故用以稱月亮。

【出處】韓琮・春愁詩：「金烏長飛玉兔走，青鬢長青古無有。」

【用法】用以形容時光飛逝。

【例句】**烏飛兔走**，歲月匆匆，轉眼之間，竟已過了二十個寒暑。

【義近】兔走烏飛／日月如梭／光陰似箭／白駒過隙。

【義反】度日如年／一日三秋。

烏焉成馬

【釋義】把烏、焉寫成馬字。

【出處】董逌・除正字謝啓：「烏焉混淆，魚魯雜揉。」按：古諺：「書經三寫，烏焉成馬。」

【用法】喻字形相似而傳寫錯誤的意思。

【例句】現今各個版本的古書常有不同的地方，這都是因年代久遠，傳寫時**烏焉成馬**所造成的結果。

【義近】三豕涉河／魯魚亥豕／魯魚帝虎／別風淮雨／郭公夏五。

烏鳥私情

【釋義】像小烏鴉啣食反哺老烏鴉那樣，以報養育之恩。烏鳥：烏鴉。

【出處】李密・陳情表：「烏鳥私情，願乞終養。」

【用法】用以比喻奉養父母長輩的至情。

【例句】我之所以不能應聘來貴校任教，實因老母重病垂危，想在家中略盡**烏鳥私情**。

【義近】慈烏反哺／羔羊跪乳。

【義反】忤逆不孝／母沒不臨。

烏集之交

【釋義】結交朋友就如烏鴉般的聚合。

【出處】管子・形勢：「烏鳥之狡，雖善不親。」狡：交也。一作「佼」。

【用法】形容以利益相交的朋友，沒有眞正的情感。

【例句】他倆根本就是**烏集之交**，才會爲了一些小利益就鬧翻了。

【義近】勢利之交／市道之交。

【義反】莫逆之交／患難之交／刎頸之交／杵臼之交／車笠之交。

烏煙瘴氣

【釋義】烏：黑色。瘴氣：南方山林中的濕熱空氣。

【出處】文康・兒女英雄傳二一回：「何況問話的又正是海馬周三，烏煙瘴氣這班人。」

【用法】比喻環境嘈雜、秩序混亂或社會黑暗。

【例句】這幾個政客爲了爭權奪利，竟把好好的一個議會鬧得**烏煙瘴氣**。

【義近】烏七八糟／暗無天日／昏天黑地。

【義反】井然有序／水木清華／弊絕風清。

烏舅金奴

【釋義】指烏舅子油和油燈。

【出處】陶穀・清異錄下・器具：「江南烈祖素儉，寢殿不用脂燭，灌以烏舅子油，但呼烏舅。案上捧燭鐵人，高尺五，云是楊氏時馬廄中物。一日黃昏急須燭，喚小黃門：『掇過我金奴來。』左右竊相謂曰：『烏舅金奴正好作對。』」

【用法】用以譏刺吝嗇的人。

【例句】那位大財主眞是個標準的**烏舅金奴**，要從他那裏佈施一些恩惠，簡直比登天還難。

【義近】一毛不拔／視錢如命。

【義反】輕財重施／仗義疏財。

烏頭白，馬生角

【釋義】烏鴉的頭變白，馬的頭上長出角來。

【出處】司馬遷・史記・刺客列傳贊・司馬貞索隱載：秦王囚燕太子丹，丹求歸，秦王曰：「烏頭白，馬生角，乃許耳。」

【用法】比喻根本不可能的事。

【例句】這位張大富是本鎭出名的「鐵公雞」，你要他平白捐個十萬、八萬救濟震災，除非**烏頭白，馬生角**，否則門都沒有。

【義近】太陽從西邊出來／山無陵，江水竭／冬雷震震，夏雨雪／黃河水清／公羊產子／癡人說夢／公雞下蛋／癡心妄想。

【義反】東昇西落／春秋代序／日昇月落／天經地義。

七畫

烹犬藏弓

【釋義】烹殺獵狗，收藏良弓。

【出處】司馬遷・史記・淮陰侯列傳：「狡兔死，良狗烹，高鳥盡，良弓藏；敵國破，謀臣亡。」南齊書・垣崇祖張敬兒傳贊：「烹犬藏弓，同歸異緒。」

【用法】比喻在事成之後，殺害或廢棄昔日的功臣良將。

【例句】中國歷史上許多開國皇帝，如劉邦、朱元璋，幾乎都要**烹犬藏弓**，以免良臣名將有礙於他的權力地位。

【義近】兔死狗烹／鳥盡弓藏／卸磨殺驢／過河拆橋／得魚忘筌／忘恩負義。

【義反】論功行賞／飲水思源／貴不易妻／故舊不遺／一飯千金／結草銜環。

烽火相連

【釋義】烽火：古時邊防報警的煙火。

【出處】漢・荀悅・漢紀・宣帝紀三：「部曲相保，塹壘木樵，便兵飾弩，烽火相連，勢足並力，以逸待勞，兵之大利。」

【用法】本指邊防警惕性很高，常備不懈。後引申指戰禍頻起。

【例句】近二十年來，中東地區**烽火相連**，動亂從未休止，害得老百姓東奔西逃，妻離子散，眞是可憐！

【義近】狼煙四起／烽火連天／兵連禍結／兵馬倥傯／干戈落落／戰禍連年。

【義反】四海波靜／海不揚波／海晏河清／歌舞昇平。

烽火連天

【釋義】烽火：古時邊防報警時點的煙火，也用以指戰爭、戰亂。

【出處】杜甫・春望詩：「烽火連三月，家書抵萬金。」

【用法】形容戰火紛飛，遍及各地。

【例句】抗戰時期，**烽火連天**，狼煙四起，無數同胞過著流離失所的日子。

【義近】烽煙四起／戰鼓不息／戰火紛飛／兵連禍結／兵馬倥傯／干戈落落。

【義反】天下太平／河清海晏／

四海昇平。

八畫

焚如之禍

【釋義】焚如：本形容火焰熾盛，後用以指火災。

【出處】易經・離：「突如其來如，焚如，死如，棄如。」三國志・明帝紀三：「人神福祐，而非罪師丹忠正之諫，用致丁、傅焚如之禍。」

【用法】指遭受火燒的災禍。

【例句】你們這樣粗心大意，在柴草堆旁燃放鞭炮，難道不怕招來**焚如之禍**嗎？

【義近】祝融之災／回祿之災／丙丁之禍。（編按：祝融、回祿、丙丁均為火神，借代指火災。）

焚舟破釜

【釋義】燒毀船隻，打破鍋子。釜：古時炊事用具，相當於現在的鍋子。

【出處】南朝宋・顏竣・為世祖檄京邑：「支軍別統，或焚舟破釜，步自姑熟，或迅楫蕪湖，入據雲陽。」

【用法】比喻一旦下定決心，便堅不可搖。

【例句】這項工程確實有相當大的難度，但只要我們能**焚舟破釜**，齊心協力，就一定可以如期完工。

【義近】破釜沉舟／濟河焚舟／百折不撓／背水一戰／背城借一。

【義反】三心二意／沉吟不決／優柔寡斷／朝三暮四／朝秦暮楚。

焚林而獵

【釋義】焚燒山林，獵取野獸。獵：打獵。又作「焚林而田」、「焚林而畋」。

【出處】淮南子・主術訓：「故先王之法……不涸澤而漁，不焚林而獵。」

【用法】比喻只圖眼前利益而不顧將來，也比喻無止境地索取而不留餘地。

【例句】對於自然資源，必須有計畫的開採，決不能**焚林而獵**，造成日後資源匱乏。

【義近】竭澤而魚／殺雞取卵／不留餘地。

【義反】網開三面／留有餘地／適可而止。

焚芝鋤蕙

【釋義】焚毀靈芝，鋤掉蕙草。芝、蕙：香草，喻賢人。

【出處】明・袁中道・李溫陵傳：「斯所由焚芝鋤蕙，銜刀若盧者也。」

【用法】用以比喻賢能之士遭災受禍。

【例句】真沒想到在西歐某些民主國家，竟也有**焚芝鋤蕙**、排除異己的情事發生，看來天下烏鴉一般黑，好鬥大概是人類的本性吧！

【義近】嫉賢妒能／妒才害能／誣陷忠良。

【義反】野無遺賢／吐哺握髮／三顧茅廬／招賢納士。

焚香頂禮

【釋義】焚香：燒香敬奉。頂禮：佛教徒最尊敬的禮節，頭、手、足俯伏在神佛足下叩拜。

【出處】元・無名氏・玩江亭一折：「人生在世長安樂了那，焚香頂禮則個謝皇天呵，嚕嚕。」

【用法】比喻虔誠的崇拜。

【例句】那次因為孩子病了，他到這裏來求神拜佛，後來果真不藥而癒，從此他對這裏的神佛便**焚香頂禮**了起來。

【義近】頂禮膜拜／五體投地／奉若神明。

【義反】視如敝屣／不屑一顧／視如草芥／視如糞土。

焚書坑儒

【釋義】焚燒典籍，坑殺儒生。坑：挖坑活埋，也作「阬」。

【出處】事見司馬遷・史記・秦始皇本紀。孔安國・古文尚書序：「焚書坑儒，天下學士逃難解散。」

【用法】今多用以指摧殘文化、學術和知識分子。

【例句】大陸在十年文革期間，又導演了一場新的**焚書坑儒**的悲劇。

【義近】坑儒焚典。

焚琴煮鶴

【釋義】把琴劈了當柴燒，煮鶴來吃。

【出處】李商隱・雜纂・殺風景：「花間喝道，背山起樓，煮鶴焚琴，清泉濯足。」

【用法】指不解風雅、大殺風景的行為。

【例句】即使是花前月下，你也淨說些**焚琴煮鶴**的事，難怪到現在仍是老光棍一個。

焚膏繼晷

【釋義】點著油燈來替代陽光。膏：油脂，指燈燭。晷：日光。

【出處】韓愈・進學解：「焚膏油以繼晷，恆兀兀以窮年。」

【用法】形容夜以繼日地勤奮學習。

【例句】古今中外的傑出學者，他們不僅僅天資聰穎，而且還有**焚膏繼晷**、孜孜不倦的向學精神。

【義近】孜孜不倦／夜以繼日。

【義反】玩歲愒時／蹉跎歲月／虛度時日。

無一不備

【釋義】無一樣不具備。

【出處】清・陸次雲・湖壖雜記・珠寶巷：「中藏碧草一本，上有生就小龍，其大如指，長逾三寸，光似淡金，鱗角爪牙，無一不備。」

【用法】形容樣樣都有，十分完備。

【例句】香港一些高級花園樓房有如一個小社會，人們生活所需，幾乎**無一不備**。

【義近】無一不有／樣樣齊全／萬事具備／一應俱全／應有盡有。

【義反】無一不缺／左支右絀／捉襟見肘。

無了無休

【釋義】了：了結。休：止。

【出處】王實甫・西廂記第五本一折：「忘了時依然還又，惡思量無了無休。」

【用法】用以指沒有結束之時，常含有厭惡之意。

【例句】在工作上意見不同，就應趕快溝通，若再這樣**無了**

無休地爭執下去，對誰都沒有好處。

【義近】沒完沒了／無盡無休／了無止境／拖泥帶水／漫無止境／永無止境。

【義反】快刀斬亂麻／乾脆俐落／直截了當／適可而止／一了百了。

無人問津

【釋義】沒有人來詢問渡口。津：渡口。

【出處】陶淵明・桃花源記：「南陽劉子驥……欣然規往。未果，尋病終。後遂無人問津者。」

【用法】比喻沒有人前來拜訪詢問或探索嘗試。

【例句】這項產品雖然新穎，但價格高得驚人，難怪**無人問津**了。

【義近】無人過問／乏人問津。

【義反】門庭若市／戶限爲穿／絡繹不絕。

無下筆處

【釋義】文章很優美，沒有地方可以下筆更改。

【出處】文士傳：「阮瑀舐筆操檄立成，曹公索筆求改，卒無下筆處。」

【用法】讚許文章精美凝鍊，字字可貴。

【例句】讀過他文章的人都有**無下筆處**的感受，覺得這文章眞是渾然天成。

【義近】一字一珠／一字千金／一字不易／字字珠璣。

【義反】蛙鳴蟬噪／三紙無驢／連篇累牘／詰屈聱牙／不著邊際／博士買驢。

無下筯處

【釋義】沒有下筷子的地方。筯：也寫作「箸」，筷子。

【出處】晉書・何曾傳：「（曾）性奢豪，務在華侈。帷帳車服，窮極綺麗，廚膳滋味，過於王者。……日食萬錢，猶曰無下箸處。」

【用法】形容飲食的奢侈無度。

【例句】這世上的貧富懸殊實在太大了，貧者食不裹腹，富者食前方丈，還覺得**無下筯處**。

【義近】日食萬錢／食前方丈／炊金饌玉／肉山脯林／烹龍煮鳳／鐘鳴鼎食。

【義反】啜菽飲水／朝齏暮鹽／數米而炊／殘羹剩飯／節衣縮食／簞食瓢飲／粗茶淡飯／饔飧不繼。

無不散的筵席

【釋義】筵席：指酒宴。

【出處】魏子安・花月痕三八回：「自古無不散的筵席，百年豈有不拆的鸞鳳！」

【用法】比喻聚散無常，既有相聚，就必然會有分離。

【例句】天下**無不散的筵席**，我們就此告別，望你一路保重！

【義近】月有陰晴圓缺／人有悲歡離合。

無中生有

【釋義】把沒有說成有。

【出處】侯善淵・益善美金花詞：「無中生有，有裏還無難啓口。」

【用法】用以指本無其事，憑空捏造。

【例句】你究竟爲什麼要**無中生有**地編造謊言來誣陷我？

【義近】憑空捏造／捕風捉影。

【義反】實事求是／實話實說。

無孔不入

【釋義】意謂沒有什麼空隙不鑽。孔：小洞。

【出處】李寶嘉・官場現形記三五回：「況且上海辦捐的人，鑽頭覓縫，無孔不入。」

【用法】比喻不放過一切機會去謀取名利。多用於貶義。

【例句】這個犯罪集團眞是**無孔不入**，社會上各個階層都有其犯案足跡。

【義近】無孔不鑽／鑽頭覓縫／無所不至。

無以復加

【釋義】沒有辦法再增加了。復：再。

【出處】漢書・王莽傳下：「宜崇其制度，宣視海內，且令萬世之後無以復加也。」

【用法】指程度達到了頂點，再也不能超過了。多用於貶義。

【例句】那人品德之壞已到了**無以復加**的地步，你還願意和他來往？

無出其右

【釋義】出：超過。右：古時以右爲上位。

【出處】漢書・高帝紀下：「召見與語，漢廷臣無能出其右者。」

【用法】形容人或事物極佳，沒有能超過他（它）的。

【例句】他的畫技，在當代堪稱一絕，**無出其右**者。

【義近】獨步當世／獨占鰲頭／冠絕古今／首屈一指／無與倫比。

【義反】不相上下／旗鼓相當／不分軒輊／功力悉敵／伯仲之間／勢均力敵／並駕齊驅／足相頡頏／一時瑜亮。

無功受祿

【釋義】祿：古時官吏的薪俸。

【出處】詩經・魏風・伐檀・序：「在位貪鄙，無功而受祿，君子不得進仕爾。」

【用法】指沒有功勞而受到優厚的待遇。常用作謙詞。

【例句】你平白無故送我厚禮，我**無功受祿**，實在是不好意思。

【義近】不勞而獲／坐享其成。

【義反】其來有自／實至名歸。

無可比擬

【釋義】沒有可相比的。比擬：相比。

【出處】續傳燈錄卷一三：「窮外無方窮內非裏，應用萬般，無可比擬。」

【用法】用以形容獨一無二，極其珍貴。

【例句】《紅樓夢》一書，無論就小說的結構，人物的描寫，場面的盛大，在同時代的作品中，幾都**無可比擬**，堪列世界文學名著之林。

【義近】無與倫比／獨一無二／無出其右／絕無僅有。

【義反】無獨有偶／比比皆是／平淡無奇／不足稱道。

無可奈何

【釋義】奈何：如何，怎麼辦。

【出處】戰國策・燕策三：「既已無可奈何，乃遂收盛樊於期之首，函封之。」

【用法】用以指沒有辦法，無能為力。

【例句】事已至此，**無可奈何**，只有面對現實，找出一個妥善的解決方法來。

【義近】萬般無奈／徒呼奈何／無計可施／無能為力／望洋興歎。

【義反】計出萬全／千方百計／想方設法。

無可奈何花落去

【釋義】意謂無法挽回花兒的凋謝。

【出處】宋・晏殊・浣溪沙：「無可奈何花落去，似曾相識燕歸來，小園香徑獨徘徊。」

【用法】形容惋惜大好春光的消逝，也泛指苦於對事情沒有辦法。

【例句】印尼總統蘇哈托苦心經營了三十年的政權，沒想到被一九九八年的政治和經濟危機所摧毀，他本人只好抱著**無可奈何花落去**的憾恨心情離開總統寶座了。

【義近】夕陽無限好，只是近黃昏／日暮西山／日暮途窮。

【義反】柳暗花明又一村／絕處逢生／峰迴路轉。

無可非議

【釋義】非議：批評，指責。

【出處】論語・季氏：「天下有道，則庶人不議。」何晏注引孔安國曰：「無所非議也。」

【用法】用以說明妥當、正確、合情合理，沒有什麼可以指責的。

【例句】人民繳了稅，要求公共工程品質良善，也是**無可非議**的事。

【義近】無可厚非／無可指摘／無庸非議。

【義反】一無是處／一塌糊塗。

無可厚非

【釋義】意謂不可以過分責難。厚：重，過分。非：責備。

【出處】茅盾・一九六〇年短篇小說漫評：「作者的動機無可厚非，但客觀效果則不盡符合作者的動機。」

【用法】用以表示他人說話做事有一定的道理，不宜過度指責非難。

【例句】他們做這件事的出發點是**無可厚非**的，但結果卻弄得一團糟，還是應給予一定的處分才是。

【義近】未可厚非／情有可原／不咎之失／事出有因。

【義反】百無是處／罪不可赦／罪有攸歸／咎由自取／罪不容貸／罪有應得。

無可無不可

【釋義】意謂怎樣做都行，沒有什麼可以不可以的。

【出處】論語・微子：「我則異於是，無可無不可。」蘇軾・勝相院藏經記：「一切世事，無取無捨，無憎無愛，無可無不可。」

【用法】泛指人不明確表態，或遇事沒有主見。

【例句】學校校長說，是否組團到國外考察旅遊，我是**無可無不可**，隨你們幾位主任去研究決定吧！

【義近】無所不可／不置可否／悉聽尊便。

【義反】斬釘截鐵／毫不含糊／堅持己見。

無可置疑

【釋義】置疑：懷疑。置：放。

【出處】韓愈・答楊子書：「而今而後，不置疑於其間可也。」

【用法】表示事實明顯或理由充足，再沒有什麼可以值得懷疑。

【例句】現在人證、物證俱在，人是他殺的，已**無可置疑**。

【義近】毋庸置疑／無可爭辯／無可置辯／毫無疑義。

【義反】滿腹疑團／半信半疑／令人懷疑。

無可置辯

【釋義】置辯：辯論，申辯。

【出處】清・錢泳・履園叢話・面貌冊：「無可置辯，廢然而出。」

【用法】說明事實或問題很清楚，沒有什麼可以辯論的。

【例句】這道理是再清楚不過，**無可置辯**的了，何必還在這裏和他們浪費唇舌呢？

【義近】不容置辯／無庸置疑／昭然若揭／毫無疑義／著無庸義／不言可喻。

【義反】有待商榷／啓人疑竇／疑雲重重。

無可諱言

【釋義】諱言：有顧忌，不敢說或不願意說。

【出處】漢書・元帝紀：「直言盡意，無有所諱。」

【用法】指可以無顧忌地坦率直說。

【例句】**無可諱言**，現在的政治確實比以前民主了，但社會風氣卻仍不見好轉。

【義近】無庸諱言／直言不諱／坦誠直言。

【義反】諱莫如深／閃爍其詞／隱約其詞／噤若寒蟬。

無巧不成書

【釋義】意謂沒有奇巧的事就不足以寫成小說。

【出處】清・洪楝園・後南柯・招駙：「東宮巧於捉弄，公主巧於動人，田生巧於委禽，宮女巧於假冒，所謂無巧不成書也。」

【用法】比喻事情非常湊巧。

【例句】「赤雲一壁看，一壁笑著道：『**無巧不成書**。說到曹操，曹操就到。』」（曾樸・孽海花二九回）

【義近】無巧不成話／不期而遇／不約而同。

【義反】陰錯陽差／擦槍走火。

無任之祿

【釋義】無任：意謂沒有任事。

【出處】孔叢子・陳士義：「子順相魏，改嬖寵之官，以事賢才；奪無任之祿，以賜有功。」

【用法】指不做事所拿的俸祿。

【例句】您弄錯人了。這件事不是我做的，我不能受此**無任之祿**，請您將獎金給予那應得的人吧。

【義近】無功受祿／功不當爵／坐享其成／不勞而獲／坐收漁利。

【義反】計功行賞／論功行賞／賞當其功／功爵相當／實至名歸。

無名小卒

【釋義】不出名的小兵。卒：士兵。

【出處】羅貫中・三國演義四一回：「只見城內一將飛馬引兵而出，大喝：『魏延無名小卒，安敢造亂！』」

【用法】常用以比喻沒有名氣、不受重視的人。

【例句】我們雖然是**無名小卒**，但也爲社會的發展做出不少貢獻。

【義近】市井小民／匹夫匹婦／無名之輩。

【義反】將相名臣。

無名英雄

【釋義】無名：姓名不爲世人所知。

【出處】梁啓超・新中國未來記・緒言：「誠以他日救此一方民者，必當賴將來無名之英雄也。」

【用法】指獻身於偉大事業卻名不彰顯，或不求聞達而隱姓埋名的人。

【例句】我國發展到今天這樣繁榮昌盛的境地，除了許多工商大老的傑出貢獻之外，還得歸功於眾多**無名英雄**的辛勤付出。

【義近】埋名英雄。

【義反】將相名臣／一世之雄／一代豪傑／一代風流／名垂千古。

無名孽火

【釋義】指說不出來由的火氣。

【出處】文康・兒女英雄傳一五回：「那時我一把無名孽火，從腳跟下直透頂門，只是礙著眾親友不好動粗。」

【用法】形容怒氣從內心深處湧起。

【例句】他在這裏胡攪蠻纏，惹得我一把**無名孽火**在心裏直湧，只是礙於大家情面不好發作罷了。

【義近】火冒三丈／三尸暴跳／怒火中燒／怒氣衝天／氣湧如山／怒髮衝冠。

【義反】平心靜氣／心平氣和。

無地自容

【釋義】沒有地方可以讓自己容身。容：容納。

【出處】敦煌變文集・降魔變文：「外道無地自容，四眾一時唱快處。」李寶嘉・官場現形記一九回：「這幾句，更把那幾個捐班道臺，羞得無地自容了。」

【用法】形容羞愧到了極點。

【例句】沒能把任務辦好，面對平日厚愛我的長官，我感到**無地自容**。

【義近】汗顏無地／愧惶無地／羞於見人／羞愧無地。

【義反】理直氣壯／硬著頭皮／心安理得／問心無愧。

無妄之災

【釋義】無妄：出其不意，不能預料。

【出處】周易・無妄：「六三，無妄之災。」

【用法】指意外的災禍。

【例句】唐山大地震，一場**無妄之災**的降臨，奪去了上百萬人的生命。

【義近】禍從天降／飛來橫禍。

無妄之福

【釋義】無妄：無所望，出人意料之外。

【出處】戰國策・楚策四：「世有無妄之福，又有無妄之禍，今君處無妄之世，以事無妄之主，安不有無妄之人乎？」

【用法】指不期望獲得而得到的幸福。

【例句】李先生突然從國外伯父那裏得到一筆可觀的遺產，這**無妄之福**使他頓時改變了貧困的處境。

【義近】意外之財／儻來之福／天外飛來一筆。

【義反】無妄之災／橫殃飛禍／池魚之殃／一朝之患。

無佛處稱尊

【釋義】在沒有佛的地方，自己就算是最尊貴的了。

【出處】宋・黃庭堅・跋東坡書寒食詩：「使蘇子瞻見此，應笑我於無佛處稱尊。」

【用法】比喻在無人才處逞強，在沒有高手的地方逞能。

【例句】像他這樣的才學，哪裏算得上什麼人才，他之所以在你們這裏自吹自擂，不過是**無佛處稱尊**罷了。

【義近】山中無老虎，猴子稱霸王／無佛處作佛／蜀中無大將，廖化做先鋒。

【義反】卓爾不羣／飛軒絕跡／出類拔萃／超羣絕倫／超凡入聖。

無何有之鄉

【釋義】什麼都沒有的地方。

【出處】莊子・逍遙遊：「今子有大樹，患其無用，何不樹之於無何有之鄉，廣莫之野。」

【用法】用以泛指虛無之處。

【例句】他說他看破了紅塵，什麼富貴榮華，兄弟朋友，妻子兒女，這一切的一切，都應付之**無何有之鄉**。

【義近】虛無縹緲處／海市蜃樓／鏡花水月／空中樓閣。

【義反】人間仙境／世外桃源。

無形無影

【釋義】既沒有形狀，也沒有影子。

【出處】吳承恩・西遊記一九回：「說聲去，就無形無影的，跳到他那山上。」

【用法】指空虛無物，什麼跡象也沒有。

【例句】我剛剛還看見這小傢伙在這裏活蹦亂跳的，怎麼轉眼之間他就跑得**無形無影**了呢？

【義近】無影無蹤／杳如黃鶴／空空如也／灰飛煙滅。

【義反】昭昭在目／歷歷在目／有跡可尋。

無足輕重

【釋義】沒有它並不輕些，有它也並不重些。足：足以。

【出處】文康・兒女英雄傳一八回：「你切莫絮絮叨叨的，

問這些無足輕重的閒事。」
【用法】形容價值不大，無關緊要，不值得重視。
【例句】他在這裏本是個**無足輕重**的人物，沒想到身手一展露，便令人刮目相看。
【義近】無關緊要／無關宏旨／無傷大雅。
【義反】舉足輕重／非同小可／非同兒戲。

無事不登三寶殿（ㄨˊ ㄕˋ ㄅㄨˋ ㄉㄥ ㄙㄢ ㄅㄠˇ ㄉㄧㄢˋ）

【釋義】三寶殿：泛指佛殿。此用以尊稱對方的住家。
【用法】比喻沒事不上門，既來相訪則必有緣故。
【例句】我是**無事不登三寶殿**，今天登門拜訪，是想請你主持賑災義演晚會，不知你是否能幫這個忙？
【義近】無事不登門。

無事生非（ㄨˊ ㄕˋ ㄕㄥ ㄈㄟ）

【釋義】生非：指製造事端。
【出處】李汝珍・鏡花緣八回：「有不安本分的強盜，有無事生非的強盜。」
【用法】指本來沒有事，卻要故意找岔子，製造事端。
【例句】這幾個**無事生非**的浪蕩子弟，已到了無可救藥的地步，眞令人頭疼。
【義近】尋事生非／惹是生非／招是惹非／好爲事端／招風攬火。
【義反】息事寧人／排難解紛／安分守紀／規行矩步／奉公守法／循規蹈矩。

無咎無譽（ㄨˊ ㄐㄧㄡˋ ㄨˊ ㄩˋ）

【釋義】咎：過錯。譽：榮譽，讚譽。
【出處】周易・坤：「括囊，無咎無譽。」後漢書・鄧彪張禹等傳讚：「鄧張作傅，無咎無譽。」
【用法】形容人工作平平常常，既無過錯，也無可表揚。
【例句】他在這裏擔任了兩屆縣長，政績平平，**無咎無譽**。
【義近】無功無過／無毀無譽／表現平平／差強人意。
【義反】功績顯赫／有口皆碑／功勳卓著／口碑載道。

無奇不有（ㄨˊ ㄑㄧˊ ㄅㄨˋ ㄧㄡˇ）

【釋義】奇：指離奇、稀奇的事物。
【出處】吳沃堯・二十年目睹之怪現狀九回：「上海地方，無奇不有，倘能在那裏多盤桓些日子，新聞還多著呢？」
【用法】指各種奇奇怪怪的事物都有。
【例句】世界上的確是**無奇不有**，所以你不能說他全然都是胡扯亂謅，至少有一部分是眞的！
【義反】屢見不鮮／見怪不怪／太陽底下沒有新鮮事／數見不鮮。

無官一身輕（ㄨˊ ㄍㄨㄢ ㄧ ㄕㄣ ㄑㄧㄥ）

【釋義】不做官了，感到一身輕鬆。
【出處】蘇軾・賀子由生第四孫斗老：「無官一身輕，有子萬事足。」
【用法】形容無官職羈絆而清閒自在。常作爲卸任後的寬慰話。
【例句】我已退休，現在是**無官一身輕**，可以在家悠閒自在地享受天倫之樂了。

無往不利（ㄨˊ ㄨㄤˇ ㄅㄨˋ ㄌㄧˋ）

【釋義】所到之處，沒有不順利的。往：到、去。
【用法】形容行事順利，不論所做何事，所至何處，都沒有阻礙。
【例句】做事只要合乎天理，順乎人情，便會**無往不利**。
【義近】無往不宜／無往不順／無往不勝。
【義反】寸步難行／動輒得咎／搖手觸禁。

無忝所生（ㄨˊ ㄊㄧㄢˇ ㄙㄨㄛˇ ㄕㄥ）

【釋義】忝：侮辱。所生：指父母。
【出處】詩經・小雅・小宛：「夙興夜寐，無忝爾所生。」
【用法】喻爲人子女，應時時警惕自己，不要做壞事而侮辱了父母。
【例句】自古以來，中國人以揚名後世，**無忝所生**爲盡孝道的最高境界。
【義近】不負所生／光前裕後／揚名顯親／光宗耀祖／榮宗耀祖。
【義反】敗壞門風。

無所不及（ㄨˊ ㄙㄨㄛˇ ㄅㄨˋ ㄐㄧˊ）

【釋義】沒有什麼不能達到的。「所不及」爲一所字結構，相當於一個名詞，作動詞「無」的賓語。
【出處】鶡冠子・環流五：「故命無所不在，無所不施，無所不及，時或後而得之命也。」
【用法】指一切地方都能達到。
【例句】現在的通訊技術非常發達，有什麼新的政策或信息隨時可以傳達，而且**無所不及**。
【義近】力所能及／力所能逮／遊刃有餘／綽綽有餘。
【義反】鞭長莫及／力所不及／力不從心／力猶未逮／心有餘而力不足。

無所不包（ㄨˊ ㄙㄨㄛˇ ㄅㄨˋ ㄅㄠ）

【釋義】沒有什麼不能包括進去的。
【出處】朱子語類・論語・詩三百章：「『思無邪』，卻凡事無所不包也。」
【用法】形容某種道理或某事物的內容非常深廣，能把一切都包括進去。
【例句】這部成語辭典編得相當完備，收集的辭條十分廣泛，幾乎已達到**無所不包**的地步。
【義近】包羅萬象／概莫能外／森羅萬象／無所不有／應有盡有／一應俱全。
【義反】缺東漏西／殘缺不全／掛一漏萬／空空如也。

無所不用其極（ㄨˊ ㄙㄨㄛˇ ㄅㄨˋ ㄩㄥˋ ㄑㄧˊ ㄐㄧˊ）

【釋義】無處不用盡心力。極：盡頭，頂點。
【出處】禮記・大學：「詩曰：『周雖舊邦其命惟新。』是故君子無所不用其極。」
【用法】形容人爲了達到目的，任何極端的手段都使得出來。
【例句】他爲了達到升官發財的目的，眞是**無所不用其極**，良心拿去餵狗了。
【義近】不擇手段。

無所不在

【釋義】沒有什麼地方不存在。
【出處】莊子·知北遊：「東郭子問於莊子曰：『所謂道，惡乎在？』莊子曰：『無所不在。』」
【用法】形容某種事物或東西非常普遍，到處都是。
【例句】三葉鬼針草在我們那裏可說是**無所不在**，只是不知道它能治高血壓等疾病，有的農民甚至砍去當柴燒，眞是可惜呀！
【義近】比比皆是／滿山遍野／遍地皆是／唾手可得／俯拾即是／觸目皆是。
【義反】絕無僅有／巋然獨存／獨一無二／屈指可數／寥若晨星／寥寥無幾。

無所不有

【釋義】沒有哪樣沒有。
【出處】李朝威·柳毅傳：「始見台閣相向，門戶千萬，奇草珍木，無所不有。」
【用法】說明什麼都有，一應俱全。
【例句】展覽館中所陳列的商品**無所不有**，令參觀的民眾眼花撩亂。
【義近】無奇不有／一應俱全／應有盡有。
【義反】一無所有／空無所有／空空如也。

無所不至

【釋義】至：到。
【出處】論語·陽貨：「苟患失之，無所不至矣。」禮記·大學：「小人閒居為不善，無所不至。」
【用法】指沒有到不了的地方。也指什麼事都做得出來。
【例句】①細菌活動的地方極廣，**無所不至**。②今日會酒，明日觀花，甚至聚賭嫖娼，**無所不至**。（曹雪芹·紅樓夢四回）
【義近】無孔不入／無所不為／無所不用其極。
【義反】安常守分／安分守己／循規蹈矩。

無所不知

【釋義】沒有哪樣不知道。
【出處】晉·葛洪·抱朴子·祛惑：「凡人見其小驗，便呼為神人，謂之必無所不知。」
【用法】形容人見識極其廣博，世間事什麼都知道。
【例句】世界上的事情如此紛繁複雜，知識廣闊有如海洋一般，一個人即便窮其一生也不可能**無所不知**。
【義近】無所不曉／無一不知／無所不通／博古通今。
【義反】愚昧無知／一無所知／一竅不通／蒙昧無知／一問三不知。

無所不為

【釋義】沒有什麼不做的事。為：做。
【出處】陳壽·三國志·吳書·張溫傳：「挾其奸心，無所不為。」
【用法】形容什麼壞事醜事都做得出來。
【例句】這幾個小傢伙整天廝混，吃喝玩樂，偷搶吸毒，**無所不為**。
【義近】為所欲為／無法無天／胡作非為。
【義反】謹小愼微／非禮勿動／規規矩矩。

無所不容

【釋義】沒有哪樣不能容納。
【出處】三國志·魏書·曹植傳·裴松之注引魏書：「朕於天下無所不容，而況植乎？」
【用法】多形容人心胸寬闊，能容納一切。
【例句】王校長是個**無所不容**的人，即使學生惡意頂撞，他也不會生氣，反而更誠懇委婉的開導他們。
【義近】豁達大度／寬宏大量／宰相肚裏能撐船。
【義反】氣量狹窄／小肚雞腸／鼠腹雞腸／斗筲器量。

無所不能

【釋義】沒有哪樣不能做的。
【出處】雲笈七籤卷七五：「服之六斤，身飛行，手摩日月。服七斤，無所不能，出沒自在，在處隨形，入道教化。」
【用法】形容人本事大，能力強，沒有做不到的事。
【例句】李先生樣樣精通，簡直是個**無所不能**的人。
【義近】神通廣大／移山倒海／三頭六臂／拘神遣將／駕海擎天。
【義反】黔驢技窮／一無所長／半籌不納／一無所能／一竅不通。

無所不通

【釋義】沒有不精通的。通：通曉，明白。
【出處】公羊傳·僖公三一年：「天子有方望之事，無所不通。」
【用法】指什麼都懂、都精通。
【例句】許多小說所描寫的人物皆**無所不通**，但眞正現實生活中哪有這樣的人？
【義近】無所不知／無所不曉／萬事通。
【義反】一無所知／一竅不通／一問三不知。

無所用心

【釋義】用心：動腦筋。常與「飽食終日」連用。
【出處】論語·陽貨：「飽食終日，無所用心，難矣哉！」
【用法】指不動腦筋，對什麼事情都不關心。
【例句】你這樣飽食終日，**無所用心**地過日子，畢竟不是辦法，萬一父母不能讓你依靠了，你怎麼辦？
【義近】飽食終日／漠不關心／萬事不管。
【義反】深謀遠慮／絞盡腦汁／殫精竭慮。

無所作為

【釋義】作為：做出成績。
【出處】朱子語類卷二五：「然黃帝亦曾用兵戰鬥，亦不是全然無所作為也。」
【用法】指安於現狀，缺乏進取心和創造性。
【例句】青年人應該勇於進取、敢於創新，豈能**無所作為**地混日子？
【義近】游手好閒／飽食終日／

安於現狀／無所事事。
【義反】奮發進取／努力向上／大有作為。

無所忌憚

【釋義】忌：顧慮。憚：懼怕。
【出處】漢書．諸候王表：「是故王莽知中外殫微，本末俱弱，亡（無）所忌憚，生其奸心。」
【用法】形容什麼都不怕，任意胡為。
【例句】許多王公貴族憑恃著自己的身分，到處胡作非為，**無所忌憚**，眞不是東西。
【義近】無所顧忌／肆無忌憚／為所欲為。
【義反】畏首畏尾／投鼠忌器／顧慮重重／躊躇審顧。

無所忌諱

【釋義】忌諱：顧慮，禁忌。
【出處】陸游．老學庵筆記卷一：「（毛德昭）喜大罵劇談，紹興初，招徠，直諫無所忌諱。」
【用法】形容人敢作敢為，敢言敢行，沒有什麼顧慮。
【例句】這個糖尿病患者，醫師警告他忌吃酒肉，他偏不信邪，不但**無所忌諱**，還大吃大喝，不久便百病併發，一命嗚呼了。
【義近】無所顧忌／無所畏忌／百無禁忌／毫無忌憚／肆無忌憚。
【義反】縮頭縮腦／畏縮不前／前怕狼，後怕虎／瞻前顧後／畏首畏尾／投鼠忌器。

無所事事

【釋義】事事：從事某種事情，做事情。上「事」字為動詞，下「事」字為名詞。
【出處】黃宗羲．萬貞一詩序：「其人之為詩者，亦必閒散放蕩，……無所事事而後可。」
【用法】形容人閒著什麼事都不做或無事可做。
【例句】趁年少應立志有為，倘若**無所事事**，不求上進，等老大徒傷悲也枉然了。
【義近】無所作為／游手好閒。
【義反】有所作為／勤奮自勵。

無所畏懼

【釋義】沒有什麼可以懼怕的。畏懼：害怕。
【出處】魏書．董紹傳：「此是紹之壯辭，云巴人勁勇，見敵無所畏懼，非實睹也。」
【用法】形容十分勇敢，不怕任何的挫折和挑戰。
【例句】革命黨人有愛國熱情和**無所畏懼**的心，故能成就偉大的革命事業。
【義近】渾身是膽／一往無前／臨危不懼。
【義反】畏首畏尾／貪生怕死。

無所措手足

【釋義】手腳不知放在哪裏好。措：安放。
【出處】論語．子路：「刑罰不中，則民無所措手足。」
【用法】原指法令不當，百姓無從遵循，今亦用以形容沒有辦法，不知如何是好。
【例句】事情發生得太突然，令在場的人**無所措手足**，方寸大亂。
【義近】無所適從／不知所措／手足失措／莫知所措。
【義反】有所依循／於法有據／措置裕如／應付自如。

無所適從

【釋義】不知聽從哪一個好。適：往。從：跟隨。
【出處】北齊書．魏蘭根傳：「此縣界於強虜，皇威未接，無所適從，故成背叛。」
【用法】用以形容不知怎麼辦才好。
【例句】公司主管的意見南轅北轍，誰都不肯讓步，弄得屬下**無所適從**。
【義近】舉棋不定／徬徨無主。
【義反】依樣葫蘆／率由舊章／蕭規曹隨。

無拘無束

【釋義】意即不受任何拘束。拘束：指對人的言語行動做不必要的限制。
【出處】吳承恩．西遊記四四回：「出家人無拘無束，自由自在，有甚公事？」
【用法】形容非常自由自在。
【例句】我太太退休後，上午跳舞鍛鍊身體，下午打麻將，**無拘無束**，過的是神仙般的生活。
【義近】自由自在／逍遙自在／優遊自在／安閒自得／悠然自得／優哉游哉。
【義反】搖手觸禁／檻猿籠鳥／池魚籠鳥／身不由己／俯仰由人。

無法無天

【釋義】不顧國法和天理。法：法紀。天：天理。
【出處】曹雪芹．紅樓夢三三回：「你不讀書也罷了，怎麼又做出這些無法無天的事來！」
【用法】形容違法亂紀，不受管束，任意橫行。或毫無顧忌地胡作非為。
【例句】對那些**無法無天**的歹徒，務必要繩之以法，決不能姑息寬宥。
【義近】肆無忌憚／胡作非為／目無法紀。
【義反】安分守己／遵紀守法／循規蹈矩。

無的放矢

【釋義】沒有目標地亂射箭。的：箭靶的中心，此指靶子。矢：箭。
【出處】梁啓超．中日交涉滙評：「如是，則吾本篇所論純為無的放矢，直拉雜摧燒之可耳。」
【用法】原指說話做事沒有明確目的，或不切合實際。今多指毫無憑據的批評謾罵。
【例句】①我們說話、做事都應該有個明確的目的，不能**無的放矢**。②既然大家都知道他是**無的放矢**，你又何必跟他計較？
【義近】盲目行事／蜚短流長／惡意攻訐。
【義反】忠告善道。

無幽不燭

【釋義】無一幽暗處不被光明照耀。燭：用作動詞，照亮。
【出處】周書．達奚武傳：「但神道聰明，無幽不燭，感公至誠，甘澤斯應。」

【用法】比喻德澤施及各方。
【例句】孫中山先生的偉大學說及其豐功偉績，在中國這片土地上**無幽不燭**，至今仍是引導我們前進的燈塔。
【義近】德被四方／光被四表／有腳陽春／四海承風／澤被四方／春風風人。
【義反】禍國殃民／昏天黑地／暗無天日／擾民亂俗。

無毒不丈夫（ㄨˊ ㄉㄨˊ ㄅㄨˋ ㄓㄤˋ ㄈㄨ）

【釋義】丈夫：這裏指男子漢；敢作敢爲的人。
【出處】王實甫・西廂記第五本四折：「他不識親疏，啜賺良人婦；你不辨賢愚，無毒不丈夫。」
【用法】指在必要的時候就要心狠手辣，否則就不能成爲大丈夫。
【例句】所謂**無毒不丈夫**，不趕快下手，可就來不及了！
【義近】量小非君子／心狠手辣／蛇蠍心腸。
【義反】心慈手軟／伸手不打笑臉人／菩薩心腸。

無爲而治（ㄨˊ ㄨㄟˊ ㄦˊ ㄓˋ）

【釋義】無爲：順其自然，不必有所作爲，即不去作人爲的干涉。
【出處】論語・衛靈公：「無爲而治者，其舜也與。夫何爲哉，恭己正南面而已矣。」
【用法】本指用德政治民，不施刑罰；後指寓治於教化之中。今多用以指放任自流，不加約束的治理方法。
【例句】「若政府官吏能**無爲而治**，不倒行逆施，不積極作惡，以害國害民，則中國之強盛已自然可致。」（孫中山・建國方略之一・心理建設）
【義近】鳴琴垂拱／不言而化／清靜無爲／垂拱之化。
【義反】事必躬親／案牘勞形／宵衣旰食／勞民傷財。

無計可施（ㄨˊ ㄐㄧˋ ㄎㄜˇ ㄕ）

【釋義】計：計謀，策略。施：施展。
【出處】羅貫中・三國演義八回：「賊臣董卓將欲篡位，朝中文武無計可施。」
【用法】指想不出一點辦法來。
【例句】公司破產已成必然之勢，連董事長都**無計可施**。
【義近】黔驢技窮／無可奈何／一籌莫展。
【義反】急中生智，計上心來／計謀多端。

無面目見江東父老（ㄨˊ ㄇㄧㄢˋ ㄇㄨˋ ㄐㄧㄢˋ ㄐㄧㄤ ㄉㄨㄥ ㄈㄨˋ ㄌㄠˇ）

【釋義】江東：指今江蘇南部和浙江北部一帶，爲項羽的故鄉。
【出處】司馬遷・史記・項羽本紀：「且籍與江東子弟八千人渡江而西，今無一人還，縱江東父兄憐而王我，我何面目見之？」
【用法】形容自愧無顏面見故鄉的父老鄉親。
【例句】想當初來美國時，意氣風發，故鄉親友皆對我寄以厚望，如今年行已老，卻落魄潦倒，已**無面目見江東父老**，看來只能埋骨異域了。
【義近】無地自容／汗顏無地／愧惶無地／羞於見人／羞愧無地。
【義反】衣錦還鄉／榮歸故里／俯仰無愧／無忝所生。

無風不起浪（ㄨˊ ㄈㄥ ㄅㄨˋ ㄑㄧˇ ㄌㄤˋ）

【釋義】意謂沒有風就不會掀起波浪。
【用法】比喻事情的發生總有其原因。
【例句】你不要把事情撇得一乾二淨，所謂**無風不起浪**，你若與此事毫無關連，又怎會有此傳聞呢？
【義近】事出有因／其來有自／空穴不來風。
【義反】無風三尺浪／無緣無故／空穴來風／捕風捉影／師出無名。

無風起浪（ㄨˊ ㄈㄥ ㄑㄧˇ ㄌㄤˋ）

【釋義】沒有風卻掀起波浪。
【出處】建中靖國續燈錄十五：「揚子江心，無風起浪；石公山畔，平地骨堆。」
【用法】指平白無故地生出事來，含有故意製造事端之意。
【例句】事出必有因，**無風起浪**之事決不可能發生，最好還是詳細調查出事原因。
【義近】無事生非／無端生事／空穴來風。
【義反】風平浪靜。

無恥之尤（ㄨˊ ㄔˇ ㄓ ㄧㄡˊ）

【釋義】無恥之中最無恥的。尤：突出的，特異的。
【出處】吳沃堯・二十年目睹之怪現狀三六回：「這班人可以算得無恥之尤了。」
【用法】形容人無恥到了極點。
【例句】這個大男人不但靠老婆吃飯，還整天沉湎酒色，稍不如意即拳打腳踢，打得老婆遍體鱗傷，眞是卑污苟賤、**無恥之尤**。
【義近】寡廉鮮恥／厚顏無恥／卑鄙無恥／恬不知恥／卑污苟賤。
【義反】潔身自好／有爲有守／潔身自愛／行己有恥。

無根無蒂（ㄨˊ ㄍㄣ ㄨˊ ㄉㄧˋ）

【釋義】根：根據。蒂：果實和枝莖相連處。引申爲「憑藉」。
【出處】漢書・敘傳：「徒樂枕籍書，紆體衡門，上無所蒂，下無所根，獨攄意虖宇宙之外，銳思於豪芒之內。」
【用法】比喻無所依憑、牽絆的樣子。
【例句】你說得這麼多，**無根無蒂**的，教人如何相信你？
【義近】無憑無據。
【義反】眞憑實據／指證歷歷。

無病自灸（ㄨˊ ㄅㄧㄥˋ ㄗˋ ㄐㄧㄡˇ）

【釋義】沒有病卻用火艾燒灼。灸：用燃燒的艾絨薰烤一定的穴位，爲中醫的一種治療方法。
【出處】莊子・盜跖：「柳下季曰：『跖得無逆汝意若前乎？』孔子曰：『然。丘所謂無病而自灸也。』」
【用法】比喻人自找痛苦或自尋煩惱。
【例句】你這人就是太愛管閒事，常常吃力不討好，甚至遭人唾罵，這樣**無病自灸**，何苦來哉？
【義近】庸人自擾／自尋煩惱／自貽伊戚／杞人憂天／作繭

自縛／畫地自限。

【義反】樂得輕鬆／自得其樂／達觀知命／安常守分／怡然自得。

無病呻吟

【釋義】沒有病也要瞎哼哼。呻吟：病痛之聲。

【出處】辛棄疾・臨江仙詞：「百年光景百年心，更歡須歎息，無病也呻吟。」

【用法】比喻沒有眞情實感而故意做作或裝腔作勢。

【例句】文藝作品若是**無病呻吟**，無論其形式怎樣優美，都只會令人生厭。

【義近】矯揉造作／裝腔作勢。

【義反】眞情實感。

無能爲力

【釋義】對某事沒有力量予以完成。爲力：使勁。

【出處】紀昀・閱微草堂筆記卷一四：「此罪至重，微我解脫，即釋迦牟尼亦無能爲力也。」

【用法】指沒有力量去做好某件事或解決某個問題。

【例句】對不起，這件事不是我不幫忙，實在是**無能爲力**。

【義近】力不從心／心有餘而力不足／力不能支／力不勝任／無計可施。

【義反】力所能及／力有餘裕。

無偏無頗

【釋義】偏頗：偏於一方面，不公平。

【出處】呂氏春秋・貴公：「無偏無頗，遵王之義。」

【用法】形容爲人正直公正。

【例句】當法官最重要的是能做到**無偏無頗**，公正廉明，這樣才能服人心。

【義近】無偏無陂／無偏無黨／無反無側／中立不倚／大公無私／公正不阿。

【義反】失之偏頗／厚此薄彼／有失公允。

無偏無黨

【釋義】黨：偏倚。

【出處】尙書・洪範：「無偏無黨，王道蕩蕩；無黨無偏，王道平平；無反無側，王道正直。」

【用法】形容人處事公正，不偏袒。

【例句】你身爲長輩，處理兒孫們的糾紛理應**無偏無黨**，怎能以自己的愛憎偏袒任何一方呢？

【義近】無偏無頗／無反無側／中立不倚／大公無私／公正不阿。

【義反】失之偏頗／厚此薄彼／有失公允。

無動於衷

【釋義】心裏一點也沒有觸動。衷：內心。

【出處】蒲松齡・聊齋誌異・附各本序跋題辭：「聞之默然良久，若不能無動於中者。」

【用法】指對應該關心、注意的事情，採取毫不關心、置之不理的態度。

【例句】對於社會的不良風氣，我們不能視若無睹，**無動於衷**。

【義近】漠不關心／麻木不仁。

【義反】關懷備至／牽腸掛肚。

無堅不摧

【釋義】沒有什麼堅固的東西不能摧毀。

【出處】舊唐書・孔巢父傳：「（田）悅酒酣……因曰：『若蒙見用，無堅不摧。』」

【用法】形容力量非常強大。也比喻任何困難都能克服。

【例句】民眾團結一致的心就是一股**無堅不摧**的大力量，不容上位者忽視。

【義近】無攻不克／所向披靡／所向無敵。

【義反】不堪一擊／一觸即潰／一打就逃。

無情無緒

【釋義】情、緒：這裏指不愉快的心理狀態或情感。

【出處】永樂大典戲文・小孫屠・小孫屠捉奸：「知它是爭名奪利？知它是戀酒迷花？使奴無情無緒，因倚繡床，如何消遣！」

【用法】形容人惆悵無聊，心情不快，精神不佳。

【例句】他老愛多管他人閒事，結果反而把自己弄得**無情無緒**，悶悶不樂的，眞是自討苦吃。

【義近】無精打采／情緒不佳／怏怏不樂／心情抑鬱／鬱鬱寡歡／垂頭喪氣。

【義反】興高采烈／興致勃勃／心曠神怡／人逢喜事精神爽／春風滿面／春風得意／神采奕奕／容光煥發。

無掛無礙

【釋義】掛礙：也作「罣礙」，牽掛，牽掣。

【出處】明・無名氏・拔宅飛升二折：「想俺這出家兒的，要無罣無礙，無是無非。」

【用法】指毫無牽掛。

【例句】現在我孤家寡人一個，**無掛無礙**，輕鬆自在，想去哪兒就去哪兒，眞是自由！

【義近】了無牽掛／無牽無掛／無事一身輕。

【義反】牽腸掛肚／割肚掛腸／日夜牽掛／念念不忘／日思夜想／魂牽夢繫。

無欲則剛

【釋義】欲：欲望。剛：剛強正直。

【出處】論語・公冶長：「子曰：『吾未見剛者。』或對曰：『申棖。』子曰：『棖也慾，焉得剛？』」

【用法】指人若沒有貪念欲望，氣質自然就剛強正直，守正不阿。

【例句】所謂**無欲則剛**，只要你行事光明磊落，不忮不求，心胸自然坦蕩踏實。

【義近】君子坦蕩蕩。

【義反】吃人嘴軟／拿人手短／爲五斗米折腰。

無理取鬧

【釋義】毫無理由地跟人吵鬧。

【出處】韓愈・答柳柳州食蝦蟆詩：「鳴聲相呼和，無理祇取鬧。」

【用法】指故意搗亂。

【例句】像他這種**無理取鬧**的人，最好不要理他。

【義近】興風作浪／招風攬火。

【義反】以理服人／理直氣壯。

無脛而行

【釋義】沒有小腿而能遠走。脛：小腿。

【出處】劉晝・劉子新論・薦賢：「玉無翼而飛，珠無脛而行。」

【用法】比喻事物自然而迅速傳播，根本不用推行、張揚。

【例句】他中了大獎的消息**無脛而行**，許多好事者皆登門道賀。

【義近】不脛而走。

無復孑遺

【釋義】孑遺：遺留，剩餘。多指遭受兵災等大變故後所遺留下來的少數人。

【出處】唐・牛嶠・靈怪錄・居延部落主：「周歲無復孑遺……」雲笈七籤卷五一：「山林草木，人民屋宅……盡令消滅，無復孑遺，四道豁然。」

【用法】指沒有再留下什麼。

【例句】唐山大地震，使整個唐山毀於一旦，**無復孑遺**。

【義近】靡有孑遺／蕩然無存／無噍類。

【義反】人丁興旺／欣欣向榮／生意盎然／生機勃勃。

無惡不作

【釋義】沒有哪樣壞事不做的。惡：壞事。

【出處】李寶嘉・官場現形記一二回：「平時魚肉鄉愚，無惡不作，到這時候有了護符，更是任所欲為的了。」

【用法】形容人的品性惡劣到了極點。

【例句】他是個惡棍，在這一帶橫行霸道，**無惡不作**，善良百姓皆對他莫可奈何。

【義近】作惡多端／無所不為／橫行不法／胡作非為。

【義反】遵法守紀／安分守己／奉公守法。

無傷大雅

【釋義】傷：妨害。大雅：大方雅正。

【出處】吳沃堯・二十年目睹之怪現狀三五回：「像這種當個頑意兒，不必問他真的假的，倒也無傷大雅。」

【用法】指雖有小瑕疵，但對整體沒有妨害。

【例句】小孩在典禮中鬧鬧也**無傷大雅**，你用不著那麼生氣嘛！

【義近】無傷大體／大醇小疵／於事無礙。

【義反】璧玉蒙瑕／有損大局。

無微不至

【釋義】沒有一處細微的地方不照顧到。微：細微。至：到。

【出處】采蘅子・蟲鳴漫錄：「女從容白母曰：『父為我製厚奩，無微不至，感且不朽。』」

【用法】形容關懷照顧得非常細心周到。

【例句】你儘管放心工作，我向你保證，孩子在我們這兒將會受到**無微不至**的照顧。

【義近】體貼入微／關懷備至／知心著意。

【義反】漠不關心／不聞不問。

無源之水

【釋義】沒有源頭的水。源：水源。

【出處】左傳・昭公九年：「猶衣服之有冠冕，木水之有本原（源）。」

【用法】比喻沒有基礎的事物。

【例句】離開活生生的現實社會，文藝創作就會成為**無源之水**。

【義近】無根之木／死水一潭。

【義反】源頭活水／有本之木。

無補於事

【釋義】無補：沒有益處。補：利益。

【出處】朱子語類・論語・泰伯・曾子曰可以託六尺之孤章：「因言今世人，多道東漢名節無補於事。」

【用法】意謂對事情沒有什麼幫助。

【例句】家裏的東西被盜，應該儘速報案，而不是在那裏互相指責，相互推諉，那是**無補於事**的。

【義近】無濟於事／杯水車薪／於事無補。

【義反】不無小補／聊勝於無／聊以充數／大有裨益。

無補於時

【釋義】時：時局。

【出處】宋・蘇舜欽・答社公書：「處雖為難，退亦未易。今雖能幸然引去，無補於時，亦安足以為嘉事。」

【用法】指對時事及形勢沒有什麼幫助。

【例句】一味的反核四、反水庫，做出過度激進的行為，實在**無補於時**，說不定還會使府會關係更加對立惡化。

【義近】無濟於事／杯水車薪／於事無補。

【義反】不無小補／聊勝於無／聊以充數／大有裨益。

無精打采

【釋義】精：精神。打：打消。采：興致，神采。又作「沒精打彩」。

【出處】曹雪芹・紅樓夢二五回：「（小紅）取了噴壺而回，無精打彩，自向房中倒著。」

【用法】形容情緒低落，鼓不起勁，提不起精神。

【例句】你這樣一天到晚**無精打采**，究竟是為了什麼，能告訴我嗎？

【義近】懶精無神／萎靡不振／垂頭喪氣／灰心喪氣。

【義反】精神煥發／神彩奕奕／容光煥發／精神抖擻。

無與倫比

【釋義】倫比：類比。倫：類。

【出處】盧氏逸史・華陽李尉：「置於州，張寵敬無與倫比。」

【用法】形容事物非常完美，沒有能跟它相比的。也形容人的聰明才智非常出眾。

【例句】李白在唐詩領域中**無與倫比**的地位，是沒有人可以替代的。

【義近】無可比擬／獨一無二／蓋世無雙／奮身獨步。

【義反】不相上下／天外有天／

山外有山。

無價之寶

【釋義】無論花多少錢也買不到的寶物。

【出處】武王伐紂平話卷上：「臣知西伯侯姬昌有一對瓊瑤玉釧，此釧無價之寶也。」

【用法】形容極爲貴重的東西。

【例句】藺相如說和氏璧是**無價之寶**，一定要舉行隆重的典禮，方能交出來。

【義近】奇珍異寶／稀世珍寶。

【義反】布帛菽粟／牛溲馬勃／不足爲奇。

無噍類

【釋義】噍類：能咬東西的動物，特指活人。

【出處】漢書．高帝紀上：「項羽爲人慓悍禍賊，嘗攻襄城，襄城無噍類，所過無不殘滅。」

【用法】形容沒有一個人生存下來。

【例句】現在若發生世界大戰，各國競相使用具有毀滅性的核子武器的話，恐怕地球上好多地方都會出現**無噍類**的慘景。

【義近】無孑遺／無活口／片甲不留。

【義反】生生不息／欣欣向榮／綿延不絕／生意盎然／生氣勃勃。

無影無蹤

【釋義】一點影子、一點蹤迹也沒有。

【出處】吳昌齡．東坡夢三折：「你那裏挨挨拶拶，閃閃藏藏，無影無蹤。」

【用法】形容完全消失或不知去向。

【例句】盧生夢裏富貴榮華，怎奈夢一醒便消失得**無影無蹤**，徒留惋嘆。

【義近】蹤影全無／無影無形／杳如黃鶴。

【義反】有跡可尋／蛛絲馬跡／近在咫尺。

無徵不信

【釋義】徵：證據，驗證。

【出處】禮記．中庸：「上焉者，雖善無徵，無徵不信，不信民弗從；下焉者，雖善不尊，不尊不信，不信民弗從。」

【用法】指對於沒有證據的事不能相信。

【例句】你所說的這些即使是眞的，但沒有證據還是不能令人信服，所謂**無徵不信**，希望你能提出證據。

【義近】言而無據／空口白話／空口無憑／口說無憑。

【義反】確鑿可信／言之有據／信而有徵／眞憑實據。

無憂無慮

【釋義】沒有一點憂愁顧慮。

【出處】李文蔚．圮橋進履一折：「道我是個淸閒眞道本，說我是個無憂無憂的散神仙。」

【用法】形容生活舒適，無任何煩心惱事。

【例句】自退休後，他一直過著**無憂無慮**的隱居生活，不再過問政治。

【義近】無牽無掛／逍遙自在／悠哉游哉。

【義反】牽腸掛肚／愁腸百結／憂天憫人。

無稽之言

【釋義】無稽：無法查考。一作「無稽之談」。

【出處】尚書．大禹謨：「無稽之言勿聽。」荀子．正名：「無稽之言，不見之行，不聞之謀，君子愼之。」

【用法】指毫無根據的荒唐話。

【例句】有人說經理捲款潛逃國外，根本是**無稽之言**，他不正在辦公室辦公嗎？

【義近】不經之談／齊東野語／道聽塗說／流言蜚語／無稽讕言。

【義反】鑿鑿之論／確鑿之言／鑿鑿有據。

無窮無盡

【釋義】窮：完了。盡：盡頭。

【出處】晏殊．踏莎行詞：「無窮無盡是離愁，天涯地角尋思遍。」

【用法】形容沒有止境，沒有限度。多指數量之多或時間上沒有盡頭。

【例句】我國地大物博，蘊藏著**無窮無盡**的天然資源。

【義近】沒完沒了／無邊無際／無盡無休。

【義反】一覽無餘／盡收眼底／屈指可數。

無隙可乘

【釋義】隙：漏洞。乘：趁，利用機會。

【出處】宋書．律歷志下：「臣其曆七曜，咸始上元，無隙可乘。」

【用法】比喻人行爲謹嚴，處事愼密，無可攻擊之弱點。也說明事情無機會可利用。

【例句】只要法制健全，那些不法分子便**無隙可乘**了。

【義近】無機可乘／無懈可擊。

【義反】有機可乘／有隙可乘／乘虛而入。

無適無莫

【釋義】適：音ㄉㄧˊ，專主，即「絕對如此」。莫：不肯，即「絕不如此」之意。

【出處】論語．里仁：「君子之於天下也，無適也，無莫也，義之與比。」

【用法】喻對人對事不固執成見，不偏頗，公正客觀，沒有厚薄之分。

【例句】心平志論，**無適無莫**，期於得道而已。（三國．魏．劉邵．人物志上材理）

【義近】無偏無頗／無偏無黨。

【義反】失之偏頗／厚此薄彼。

無懈可擊

【釋義】沒有絲毫弱點可以讓人攻擊。懈：鬆懈，引申爲漏洞、破綻。

【出處】梁啓超．續論市民與銀行：「銀行自身若是無懈可擊，何至一牽動便牽動到這樣。」

【用法】形容十分嚴密，找不到一點漏洞。

【例句】這篇文章論點正確，舉證嚴密，邏輯性強，可以說是**無懈可擊**。

【義近】無隙可乘／完美無瑕。

【義反】破綻百出／漏洞百出。

無獨有偶

【釋義】獨：一個。偶：一對。意謂不只一個，而且還有配對的。

【出處】壯者掃迷帚一三回：「聞簡某是蜀人，而此女亦是蜀人，可謂無獨有偶。」

【用法】表示難得一見的事物本不可能同時出現，卻意外地又出現了。

【例句】這位東晉皇帝所鬧的笑話，和西晉惠帝問蝦蟆的叫聲是為公還是為私，眞是**無獨有偶**。（郭沫若・驢豬鹿馬）

【義近】成雙配對。

【義反】獨一無二／絕無僅有／空前絕後。

無濟於事

【釋義】對事情沒有什麼益處。濟：補益。

【出處】錢彩・說岳全傳一三回：「我豈不知賊兵眾盛，就帶你們同去，亦無濟於事。」

【用法】形容對事情沒有任何幫助，解決不了問題。

【例句】對敵人作無原則的讓步、妥協，絕對**無濟於事**。

【義近】無補於事／杯水車薪。

【義反】不無小補／聊勝於無。

無翼而飛

【釋義】沒有翅膀卻飛走了。翼：翅膀。

【出處】管子・戒：「無翼而飛者，聲也。」

【用法】比喻事物不須推行就很快傳播或流傳。也指東西突然丟失。

【例句】眞是活見鬼！我的公文包明明放在家裏，怎麼**無翼而飛**了呢？

【義近】不翼而飛／不脛而走。

【義反】珠還合浦／還珠返璧。

無聲無息

【釋義】沒有聲音，沒有信息。

【出處】魯迅・書信集・致胡風：「一到裏面去，即醬在無聊的糾紛中，無聲無息。」

【用法】比喻沒沒無聞或對事情不發生影響。

【例句】他這個人儘管有才幹，卻不願出來工作，寧願在家裏過著貧困的生活，**無聲無息**地了此一生。

【義近】沒沒無聞／不求聞達／隱姓埋名。

【義反】矯俗干名／驚天動地／石破天驚。

無聲無臭

【釋義】沒有聲音，沒有氣味。臭：氣味。

【出處】詩經・大雅・文王：「上天之載，無聲無臭。」

【用法】比喻沒有名聲，不被人知道，對外沒有影響。

【例句】人類文明的進步，是許多**無聲無臭**的小人物默默犧牲奉獻的結果。

【義近】無聲無息／沒沒無聞。

【義反】聞名遐邇／家喻戶曉／人人皆知。

無疆之休

【釋義】疆：邊界。休：美好。

【出處】魏徵・諫太宗十思疏：「人君當神器之重，居域中之大，將崇極天之峻，永保無疆之休。」

【用法】形容無窮無盡的幸福美滿。

【例句】一國的領導者最重要的職責便是保障人民生活的**無疆之休**。

無邊風月

【釋義】無邊：無限。風月：清風明月。

【出處】周密・武林舊事卷五：「又有初陽精舍、警室、熙然臺、無邊風月……。」

【用法】比喻風景極為佳勝。

【例句】漫步西湖，那**無邊風月**使人感到怡然自得。

【義近】水木清華／湖光山色／清風明月。

無邊無際

【釋義】際：邊。又作「無邊無涯」、「無邊無垠」。涯、垠：均為邊際之意。

【出處】蔡文姬・胡笳十八拍九：「天無涯兮地無邊，我心愁兮亦復然。」

【用法】形容廣闊無邊。

【例句】遠遠望去，田野裏的麥浪此起彼伏，**無邊無際**。

【義近】漫無邊際／一望無際／茫無際涯／冥冥漠漠／橫無際涯。

無關大體

【釋義】大體：大局，全局。又作「無關大局」。

【出處】文康・兒女英雄傳三九回：「這正叫作事出偶然，無關大體。」

【用法】用以指不影響全局或大的方面。

【例句】國語說得不好自然是件憾事，但畢竟**無關大體**，不能據此否定一個人的教學成就。

【義近】無傷大雅／無關宏旨。

【義反】事關重大／非同小可。

無關宏旨

【釋義】意謂和主要的意見無關。宏：大。旨：意旨，意思。

【用法】用以指意義不大或關係不大，影響不到整體。

【例句】生活習性不是**無關宏旨**的小事，它常常是一個人人格發展的表現。

【義近】無關緊要／無關大體／無傷大雅。

【義反】生死攸關／舉足輕重／事關全局。

無關痛癢

【釋義】痛癢：比喻切身相關的事。

【出處】梁啓超・新中國未來記三回：「任憑這些民族把他的祖傳世產怎麼割，怎麼賣，怎麼送，都當作無關痛癢的麼。」

【用法】指跟事情本身沒有什麼利害關係。

【例句】這些**無關痛癢**的事，你又何必攬到自己的身上來？可知多一事不如少一事呀！

【義近】事不關己／渺不相涉／風馬牛不相及／毫無瓜葛／干卿底事。

【義反】息息相關／休戚與共／

休戚相關／脣齒相依／切膚之痛。

無鹽之貌 ㄨˊ ㄧㄢˊ ㄓ ㄇㄠˋ

【釋義】無鹽：戰國齊宣王后。

【出處】戰國時無鹽邑有女鍾離春，貌極醜，四十未嫁，自謁齊宣王，陳四殆之義，宣王納為后。故事見劉向．列女傳六，新序．雜事二。

【用法】形容醜陋的女人。

【例句】不要看她生得**無鹽之貌**，她可是聰明智慧高人一等的才女。

【義近】醜陋不堪／其貌不揚。

【義反】沉魚落雁／傾國傾城。

焦心勞思 ㄐㄧㄠ ㄒㄧㄣ ㄌㄠˊ ㄙ

【釋義】焦心：感到焦急。勞思：憂勞。

【出處】宋．司馬光．進五規狀．遠謀：「臣竊見國家每邊境有急，或一方飢饉餓莩盈野，則廟堂之上，焦心勞思，忘寢廢食以憂之。」

【用法】形容心情憂慮焦急。

【例句】做父母的只要兒女略有不適，便**焦心勞思**，坐臥不安，這大概就是天下父母心吧！

【義近】憂心如焚／憂心忡忡／心急如焚／心焦如火。

【義反】恬然自適／悠然自得。

焦沙爛石 ㄐㄧㄠ ㄕㄚ ㄌㄢˋ ㄕˊ

【釋義】燒焦的沙子和燒爛的石頭。

【出處】漢．董仲舒．春秋繁露十六循天之道：「為寒則凝冰裂地，為熱則焦沙爛石。」

【用法】比喻非常熱的樣子。

【例句】非洲地區，每到盛夏時節便**焦沙爛石**，赤地千里，所以能夠存活下來的動植物並不多。

【義近】燋金爍石／焦金流石／流金爍石／流金焦土。

【義反】天寒地凍／凝冰裂地／寒風砭骨／寒氣逼人。

焦熬投石 ㄐㄧㄠ ㄠˊ ㄊㄡˊ ㄕˊ

【釋義】焦熬：煎熬得非常熱的物品。用焦熬之物，投在石頭上。

【出處】荀子．議兵：「桓文之節制，不可以敵湯武之仁義，有遇之者，若以焦熬投石焉。」

【用法】比喻自取滅亡。

【例句】明知飆車是項危險的行為，可是就是有許多年輕人愛飆車，這簡直就是**焦熬投石**，害己又害人。

【義近】自取滅亡／自掘墳墓／飛蛾撲火／自食惡果。

【義反】自求多福／全身遠害。

焦頭爛額 ㄐㄧㄠ ㄊㄡˊ ㄌㄢˋ ㄜˊ

【釋義】本形容救火時燒焦頭部，灼傷額頭。

【出處】漢書．霍光傳：「今論功而請賓，曲突徙薪無恩澤，焦頭爛額為上客耶？」

【用法】今多用以比喻處境十分狼狽窘迫。

【例句】他最近為公司裏種種不順利的事忙得**焦頭爛額**。

【義近】狼狽不堪／進退兩難。

【義反】一帆風順／左右皆宜／進退自如。

九畫

煢煢孑立 ㄑㄩㄥˊ ㄑㄩㄥˊ ㄐㄧㄝˊ ㄌㄧˋ

【釋義】煢煢：孤零的樣子。孑：單獨。

【出處】晉．李密．陳情表：「外無期功強近之親，內無應門五尺之僮，煢煢獨立，形影相弔。」

【用法】形容無依無靠，非常孤獨。

【例句】她無兒無女，無親無故，丈夫死後就**煢煢孑立**，實在令人同情。

【義近】形單影隻／孤苦零丁／煢獨無依／形影相弔。

【義反】兒孫滿堂／夫妻廝守／高朋滿座／親友相伴。

煙波釣徒 ㄧㄢ ㄅㄛ ㄉㄧㄠˋ ㄊㄨˊ

【釋義】煙波：指被霧氣籠罩的江湖。釣徒：釣魚的人。

【出處】新唐書．張志和傳：「以親既喪，不復仕，居江湖，自稱煙波釣徒。」

【用法】用以指稱隱居於江邊湖邊或山野間的人。

【例句】這位老翁常在江邊垂釣，但從其言談舉止來看，絕對是位飽讀詩書，歷經大風大浪的**煙波釣徒**。

【義近】煙波簑翁／煙波釣叟／巖穴之士／方外之士／山林隱逸／高人隱士。

【義反】達官顯宦／簪纓之士／方面大員／冠蓋之士。

煙飛星散 ㄧㄢ ㄈㄟ ㄒㄧㄥ ㄙㄢˋ

【釋義】像煙霧飛散，像星星散佈天空。

【出處】凌濛初．初刻拍案驚奇卷八：「有一等做舉人、秀才的，呼朋引類，把持官府，起滅詞訟，每有將良善人家拆得煙飛星散的，難道不是大盜？」

【用法】形容一家人或一羣人四處分散的情狀。

【例句】古代專制政府為了壓制民眾以鞏固政權，動輒以莫須有罪名加害善良百姓，逼得一些人家**煙飛星散**的，好不淒慘。

【義近】煙飛雲散／妻離子散。

【義反】齊聚一堂／闔家團圓。

煙消雲散 ㄧㄢ ㄒㄧㄠ ㄩㄣˊ ㄙㄢˋ

【釋義】像煙雲消散一樣。

【出處】張養浩．越調天淨沙曲：「更著十年試看，煙消雲散，一杯誰共歌歡。」

【用法】比喻事物消失，不見蹤跡。

【例句】經過他這一番解釋，他太太的疑慮頓時**煙消雲散**，破涕為笑了。

【義近】煙消火滅／雲消霧散／風流雲散／雨過天青。

【義反】煙塵滾滾／烏雲密布／雲霧重重。

煙視媚行 ㄧㄢ ㄕˋ ㄇㄟˋ ㄒㄧㄥˊ

【釋義】煙視：瞇著眼微微地看。媚行：慢慢地走。

【出處】呂氏春秋．不屈：「人有新取（娶）婦者，婦至，宜安矜，煙視媚行。」

【用法】多形容女子靦腆害羞、低垂著眼慢慢行走的樣子。

【例句】這位小姐長得相當漂亮，再加上在人前**煙視媚行**的樣子，更顯得楚楚動人，怪不得大家目不轉睛地看著她呢！

煙霞痼疾

【釋義】煙霞：指山水勝景。痼疾：經久難治癒的病。

【出處】新唐書・隱逸傳載：高宗幸嵩山，親至田游巖門，游巖野服出拜。帝問其佳否？答曰：「臣所謂泉石膏肓，煙霞痼疾者也。」

【用法】指人酷愛山水成癖。

【例句】魏先生把生意上的事全都交給兩個兒子去管，自己則長年遍遊名山大川，戲稱自己已有**煙霞痼疾**，不可改變了。

【義近】煙霞之癖／煙霞痼癖／山水之癖／泉石膏肓。

煩天惱地

【釋義】煩：煩悶。惱：苦惱。

【出處】元・關漢卿・竇娥冤一折：「哭哭啼啼，煩天惱地。」

【用法】形容人的心情極度煩悶苦惱。

【例句】好漢做事好漢當，做錯了事就該勇於認錯，何苦獨自在這裏**煩天惱地**的呢？

【義近】心煩意亂／搓手頓腳／五內如焚／心亂如麻／煩躁不安／鬱鬱寡歡。

【義反】歡天喜地／手舞足蹈／心花怒放／心曠神怡／眉飛色舞／心神俱暢。

煩言碎辭

【釋義】煩言：煩瑣的話。碎辭：瑣碎的言辭。

【出處】漢書・劉歆傳：「往者綴學之士不思廢絕之闕，苟因陋就寡，分文析字，煩言碎辭，學者罷老且不能究其一藝。」

【用法】指煩雜細碎的言辭。

【例句】有什麼事就直截了當的說吧，何必要拐彎抹角呢？至於這些**煩言碎辭**就更不必嘮叨了。

【義近】煩言碎語／繁瑣之言／嘮嘮叨叨／拖泥帶水。

【義反】簡明扼要／要言不煩／刪繁就簡／言簡意賅／言簡意深／言近旨遠。

煨乾避濕

【釋義】煨乾：把孩子尿濕的地方用身體的熱氣去弄乾。避濕：讓孩子避開尿濕之處。

【出處】元・李行道・灰闌記四折：「生下這孩兒，十月懷胎，三年乳哺，咽苦吐甜，煨乾避濕，不知受了多少辛苦。」

【用法】形容父母哺育、養護兒女的辛勤勞苦。

【例句】父母養育兒女，單從**煨乾避濕**的作爲，就可體會其辛勞與偉大，爲人子女怎可不孝順呢？

【義近】偎乾就濕／推燥居濕／老牛舐犢／拊畜顧腹／噓寒問暖。

煥然一新

【釋義】鮮明光亮，氣象一新。煥然：鮮明光亮的樣子。

【出處】丘崇・重修羅池廟記：「堂堂門序，卑高如儀，煥然一新，觀者嗟異。」

【用法】形容非常明顯地呈現出新的面貌。

【例句】王校長走馬上任雖只有兩年，但經過他的大力整頓，學校面貌已**煥然一新**。

【義近】面目一新／耳目一新／萬象更新。

【義反】依然故我／依然如故。

煮字療飢

【釋義】煮字：喻以文字謀生。

【出處】黃庚・雜咏詩：「耽書自笑已成癖，煮字原來不療飢。」

【用法】用以形容窮書生以賣文爲生，或意指寫作的生涯。

【例句】他放棄高薪的醫生工作而從事寫作，雖然過著**煮字療飢**的貧困生活，卻樂在其中，旁邊的親友是無法了解他的。

【義近】心織筆耕／傭書自資。

煮豆燃萁

【釋義】焚燒豆莖來煮煮豆子。萁：豆莖。

【出處】劉義慶・世說新語・文學載：曹丕令曹植七步爲詩，不成者行大法。植即爲詩一首，其中有「萁在釜下燃，豆在釜中泣。」

【用法】用以比喻骨肉相殘，也比喻內部鬥爭。

【例句】同室操戈，**煮豆燃萁**，只是讓外人撿了便宜，爲何還要如此不智呢？

【義近】同室操戈／禍起蕭牆／變生肘腋／尺布斗粟／兄弟鬩牆／骨肉相殘。

【義反】讓棗推梨／兄友弟恭／如壎如篪／灼艾分痛／風雨對床／棣華增映／大衾長枕／兄弟孔懷／同氣連枝。

煮粥焚鬚

【釋義】姊姊生病，弟弟焚燒自己的鬍鬚煮粥給姊姊吃。

【出處】新唐書・李勣傳：「性友愛，其姊病，嘗自爲粥而燎其須。姊戒止。答曰：『姊多疾，而勣且老，雖欲數進粥，尙幾何？』」

【用法】用以比喻手足之情。

【例句】工商社會縮短了人與人之間的距離，卻拉長了人和人之間的感情。**煮粥焚鬚**的手足之情本是天性，現今卻成了罕見的奇蹟。

【義近】鴒原之情／棣華增映／灼艾分痛／如壎如篪。

【義反】骨肉相殘／變生肘腋。

照本宣科

【釋義】指道士照著本子念經。照本：依照本子。宣科：誦念。

【出處】關漢卿・西蜀夢三折：「也不用僧人持咒，道士宣科。」

【用法】形容只知死板地照本子念，不作闡述和發揮。

【例句】李教授上課只知**照本宣科**地念課本，學生們聽得都快睡著了。

【義近】原原本本／一字不漏。

【義反】斷章取義／添油加醋／引申發揮。

照螢映雪

【釋義】或作「囊螢映雪」。照螢：指車胤夏天用「練囊盛數十螢火以照書」。映雪：指孫康冬天「常映雪（用雪光照著）讀書」。

【出處】梁書・王僧孺傳：「至乃照螢映雪，編蒲緝柳，先言往行，人物雅俗，甘泉遺儀，南宮故事，畫地成圖，抵掌可述。」

【用法】形容勤奮學習，刻苦攻讀。

【例句】古人讀書有**照螢映雪**的苦讀精神，今人讀書有冷氣、檯燈，學業若無成就，實在愧對古人。

【義近】囊螢映雪／穿壁引光／燃糠自照／焚膏繼晷／懸梁刺股／鑿壁偷光／十年寒窗／燃藜夜讀。

【義反】飽食終日／玩歲愒時／好逸惡勞。

照貓畫虎（ㄓㄠˋ ㄇㄠ ㄏㄨㄚˋ ㄏㄨˇ）

【釋義】照著貓的樣子畫老虎。

【出處】李綠園・歧路燈一一回：「這大相公聰明得很，他是照貓畫虎，一見即會套的人。」

【用法】比喻從形式上照樣子模仿。

【例句】初學繪畫倒還可以**照貓畫虎**，但若要深究就必須大膽創新，才能自成一家。

【義近】依樣畫葫蘆／亦步亦趨／如法炮製／蹈人舊轍／陳陳相因。

【義反】別出心裁／自出機杼／獨樹一幟／另闢蹊徑／推陳出新／自立門戶。

煞有介事（ㄕㄚˋ ㄧㄡˇ ㄐㄧㄝˋ ㄕˋ）

【釋義】煞：極，極像。介事：那樣的事。

【出處】本爲上海、蘇州一帶的方言。

【用法】用以指裝模作樣，活像眞有那麼一回事似的。

【例句】你**煞有介事**地，好像眞的是受害者，其實誰都知道你也是整人的幫凶之一。

【義近】似有其事。

【義反】實無其事／子虛烏有。

煞費苦心（ㄕㄚˋ ㄈㄟˋ ㄎㄨˇ ㄒㄧㄣ）

【釋義】意即用盡了苦心。煞：很。苦心：辛苦地思考。

【出處】彭養鷗・黑籍冤魂三折：「這煎煙方法，我是煞費苦心……方才研究得精密。」

【用法】用以形容人爲了辦成某事而費盡心思，絞盡腦汁。

【例句】要編寫出一部好的工具書，實在不是一件容易的事，精編細校，**煞費苦心**，方得有成。

【義近】挖空心思／費盡心思／絞盡腦汁。

【義反】不假思索／無所用心。

十畫

煽風點火（ㄕㄢ ㄈㄥ ㄉㄧㄢˇ ㄏㄨㄛˇ）

【釋義】煽起風使點燃的火旺盛起來。

【出處】舊五代史・唐明宗紀四：「在途聞李嚴爲孟知祥所害，以爲劍南阻絕，互相煽動。」

【用法】比喻唆使、煽動別人去幹壞事。

【例句】這些野心家到處**煽風點火**，鼓動民眾，以便乘機奪取權勢。

【義近】造謠生事／鼓吹煽動。

熙熙融融（ㄒㄧ ㄒㄧ ㄖㄨㄥˊ ㄖㄨㄥˊ）

【釋義】熙熙：溫和歡樂的樣子。融融：和諧親睦的樣子。

【出處】梁啓超・劫灰夢・獨嘯：「今値大難已平，回鑾已達，滿目熙熙融融，又是一番新氣象了。」

【用法】形容親愛和睦的情狀。

【例句】我現在別無所求，只要我們一家人能**熙熙融融**的過日子就非常心滿意足了。

【義近】和樂融融／歡歡喜喜／如樂洩洩。

【義反】吵吵嚷嚷／打打鬧鬧／擾擾嚷嚷。

熙熙攘攘（ㄒㄧ ㄒㄧ ㄖㄤˇ ㄖㄤˇ）

【釋義】熙熙：和樂的樣子。攘攘：喧鬧紛亂的樣子，同「壤」。

【出處】司馬遷・史記・貨殖列傳：「天下熙熙，皆爲利來；天下壤壤，皆爲利往。」

【用法】形容人來人往，非常熱鬧。

【例句】街上的行人**熙熙攘攘**，呈現出一片繁華的景象。

【義近】熙來攘往／人來人往／川流不息。

【義反】稀稀落落／踽踽獨行／冷冷清清。

熊心豹膽（ㄒㄩㄥˊ ㄒㄧㄣ ㄅㄠˋ ㄉㄢˇ）

【釋義】熊的心思，豹的膽量。

【出處】元・紀君祥・趙氏孤兒三折：「老元帥，我有熊心豹膽，怎敢掩藏著趙氏孤兒？」

【用法】形容人的膽量極大。

【例句】他是個欺善怕惡之徒，量他也沒**熊心豹膽**去招惹那個高頭大馬的人。

【義近】渾身是膽／膽大包天／捋虎鬚／老虎嘴上拔毛／太歲頭上動土。

【義反】膽小如鼠／畏首畏尾。

熊夢徵祥（ㄒㄩㄥˊ ㄇㄥˋ ㄓㄥ ㄒㄧㄤˊ）

【釋義】古時認爲在夢中見到熊，爲生男的徵兆。

【出處】詩經・小雅・斯干：「吉夢維何？維熊維羆。」又：「大人占之，維熊維羆，男子之祥。」

【用法】賀生男孩之辭。

【例句】古人以**熊夢徵祥**爲生男的賀詞，其源出自於《詩經》，非常具有神話的色彩。

【義近】玉燕投懷／天賜石麟。

【義反】玉勝徵祥／明珠入掌。

熊據虎跱（ㄒㄩㄥˊ ㄐㄩˋ ㄏㄨˇ ㄓˋ）

【釋義】意謂像熊和虎一樣的盤據著。跱：蹲坐其上。

【出處】漢・陳琳・檄吳將校部曲文：「其間豪傑縱橫，熊據虎跱……跨州連郡，有威有名，十有餘輩。」

【用法】比喻雄據一方。

【例句】民國初年，軍閥割據，局勢有如**熊據虎跱**，經中央政府多年的征討柔化，全國才得以統一。

【義近】佔地爲王／稱霸一方／各據一方。

十一畫

熟能生巧

【釋義】熟：熟練。巧：巧妙，技巧。
【出處】李汝珍・鏡花緣二一回：「俗話說的『熟能生巧』。」
【用法】指熟練了就能產生高超的技巧。
【例句】無論做什麼事，開始總不免顯得生疏，但時間久了，做得多，便可**熟能生巧**。
【義近】庖丁解牛／運斤成風。
【義反】笨手笨腳／畫虎類犬。

熟視無睹

【釋義】熟視：經常看，細看。無睹：沒有看見。也作「熟視不睹」。
【出處】劉伶・酒德頌：「靜聽不聞雷霆之聲，熟視不睹泰山之形。」
【用法】形容對某事或某種現象漠不關心，不予重視。
【例句】孩子到處招惹是非，你怎能**熟視無睹**呢？
【義近】視若無睹／視而不見／聽而不聞。
【義反】噓寒問暖／關心備至。

熟路輕轍

【釋義】意謂輕快的車行駛在熟悉的路上。轍：車輪碾過的痕跡。
【出處】宋・張榘・摸魚兒詞：「君看奴，世道羊腸屈折。依然熟路輕轍。」
【用法】比喻對事情很熟悉，有經驗，做起來輕而易舉。
【例句】對徐經理來說，投資設廠不過是**熟路輕轍**，相信他一定能夠勝任。
【義近】輕車熟路／如運諸掌／駕輕就熟／得心應手／易如反掌。
【義反】無從下手／困難重重／力不從心／心餘力絀。

熟魏生張

【釋義】意謂互不相熟的兩方。又作「生張熟魏」。
【出處】宋元懷・拊掌錄：「北都有妓女美色，而舉止生梗，士人謂之生張八。因府會，寇忠愍令乞詩于魏處士野。野贈之詩曰：『君爲北道生張八，我是西州熟魏三。莫怪尊前無笑語，半生半熟未相諳。』」
【用法】形容妓女所過的生活。
【例句】別以爲妓女天天過著**熟魏生張**的生活便沒有感情，事實上，因她們看盡人情冷暖，更能了解什麼才叫做感情。
【義近】半生不熟／半生半熟。

熟讀精思

【釋義】熟讀：讀得很熟。精思：深思。精：專一，深入。
【出處】宋史・徐中行傳：「得（胡）瑗所授經，精讀深思，攻苦食淡。」
【用法】說明讀書、治學要下苦功夫，多讀多思考。
【例句】他是位治學嚴謹、**熟讀精思**的學者，故在學術上有高深的造詣。
【義近】百讀百思／熟讀深思／慢讀細思。
【義反】學而不思／不求甚解／囫圇吞棗。

熯天熾地

【釋義】燃燒著天和地。熯、熾：燃燒。
【出處】吳承恩・西遊記四一回：「只見那紅焰焰大火燒空，把一座火雲洞，被那煙火迷漫，眞個是熯天熾地。」
【用法】形容火勢猛烈旺盛。
【例句】那場森林大火**熯天熾地**，把幾十平方公里的林木全都燒掉了，一時煙火漫天，幸好附近居民早已疏散，沒有人員傷亡。
【義近】火光燭天／烈焰衝天。
【義反】燈光燭火／熒熒之火。

熱火朝天

【釋義】熾熱的火焰照著天空燃燒。朝天：向著天空。
【用法】形容情緒熱烈，氣氛高漲。
【例句】世界各地**熱火朝天**的民主運動，正猛烈地衝擊著專制政府的統治。
【義近】熱氣騰騰／轟轟烈烈。
【義反】死氣沉沉／冷冷清清。

熱地蚰蜒

【釋義】蚰蜒：與蜈蚣同類的動物，體略小，生活在陰暗潮濕的地方。
【出處】元・無名氏・合同文字一折：「兩條腿滴羞篤速戰，恰便似熱地上蚰蜒。」
【用法】比喻人惶恐急躁，焦慮不安。
【例句】她得知丈夫所搭乘的飛機被人劫持後，便急得有如**熱地蚰蜒**，坐也不是，站也不是，眞不知如何是好。
【義近】熱鍋上螞蟻／如坐針氈／惴惴不安／坐立不安／寢食難安／忐忑不安。
【義反】無動於衷／若無其事／泰然自若／氣定神閒。

熱血沸騰

【釋義】意謂身上的血被激動得沸騰起來。
【出處】巴金・春二二：「書裏面敘述的全是俄國革命黨人的故事，讀了眞使人熱血沸騰。」
【用法】形容人情緒激動。
【例句】對日抗戰期間，許多**熱血沸騰**的青年皆毅然決然奔赴前線，與日寇決一死戰。
【義近】熱血澎湃／滿腔熱血／義憤塡膺。
【義反】心如止水／無動於衷／貪生怕死。

熱氣騰騰

【釋義】熱氣向上升騰。騰：升，上。
【出處】南亭亭長・中國現在記一一回：「小和尚用一個托盤托了幾碗蓋碗茶，熱氣騰騰的端過來。」
【用法】今多形容氣氛熱烈。
【例句】在這次會議上，大家爭著發表意見，討論得**熱氣騰騰**。
【義近】熱火朝天／人歡馬叫。
【義反】情緒低落／有氣無力。

熱熬翻餅

【釋義】意謂把在熱鍋上煎熬的餅翻動一下。

【出處】唐宋遺史：「太宗北征，咸云：『取幽、薊如熱熬翻餅爾！』呼延贊曰：『此餅難翻。』果無功。」

【用法】比喻處事輕而易舉。

【例句】處理這樣的事，對你來說正有如**熱熬翻餅**，何必推辭呢？

【義近】甕中捉鱉／洪爐燎髮／摧枯拉朽／排山壓卵／反掌折枝／探囊取物。

【義反】挾山超海／大海撈針／上天攬月／下海捉鼈／移山塡海。

熱鍋上螞蟻

【釋義】螞蟻在熱鍋上無法忍受，爬來爬去，卻仍舊無法離開。

【出處】曹雪芹・紅樓夢三九回：「那茗煙去後，寶玉左等也不來，右等也不來，急得熱鍋上螞蟻一般。」

【用法】比喻人惶恐焦急，坐立不安，走投無路。

【例句】他太太快要生產，極須即刻趕往醫院，但偏偏車子又拋錨了，把他急得就像**熱鍋上螞蟻**一般。

十二畫

燈火輝煌

【釋義】煇煌：光彩奪目。又作「燈燭輝煌」。

【出處】曹雪芹・紅樓夢五三回：「裏邊燈燭輝煌，錦帳繡幕，雖列著些神主，卻看不眞。」

【用法】形容四周燈燭光輝明亮，一片熱鬧情景。

【例句】每到春節，街市上到處**燈火輝煌**，一片繁華熱鬧的景象。

【義近】燈火通明／燈燭熒煌／笙歌不夜。

【義反】燈火熒熒／燈光明滅。

燈花之喜

【釋義】燈花：燈心的餘燼，爆成花形。

【出處】本草・燈花：「時珍曰：『昔陸賈言：燈花爆而百事喜。』」杜甫・獨酌成詩：「燈花何太喜，酒綠正相親。」

【用法】古人以燈花爲喜兆，故用以表示有喜事即將來臨。

【例句】昨夜又見**燈花之喜**，我與梅妹的婚事，應該不會有變化了。

【義近】鵲叫之喜。

【義反】鴉聲之憂。

燈紅酒綠

【釋義】晚間宴飲作樂的情景。

【出處】李寶嘉・官場現形記一四回：「十二隻船統通可以望見，燈紅酒綠，甚是好看。」

【用法】多用以形容尋歡作樂的奢侈生活，有時也用以形容娛樂場所的繁華景象。

【例句】滿清末年，廣大百姓啼飢號寒，而那些政府大員卻過著**燈紅酒綠**、荒誕無度的生活。

【義近】醉生夢死／花天酒地／紙醉金迷。

【義反】節衣縮食／勤儉度日。

燎原烈火

【釋義】燃燒在原野上的大火。燎：蔓延燃燒。烈火：熊熊大火。

【出處】尙書・盤庚：「若火之燎于原，不可嚮邇。」

【用法】比喻勢盛，不可阻擋。

【例句】國父於滿清末年所領導的革命運動，有如**燎原烈火**，令清政府驚慌恐懼。

【義近】燎原大火。

【義反】星星之火。

燃眉之急

【釋義】像火燒眉毛那樣緊急。燃：火燒。

【出處】文獻通考・市糴考二：「元祐初，溫公入相，諸賢並進用，革新法之病民者，如救眉燃，青苗、助役其尤也。」

【用法】比喻情況十分緊急，情勢十分急迫。

【例句】人在**燃眉之急**時，常常能激發出潛能，做出平常做不到的事。

【義近】迫在眉睫／火燒眉毛／刻不容緩／十萬火急／急如星火。

【義反】從容不迫／委委佗佗／晏然自若。

燃犀之見

【釋義】燃燒犀角以照明。一作「燬犀之見」。

【出處】晉書・溫嶠傳：「至牛渚磯，水深不可測，世云其下多怪物。嶠遂燬犀角而照之。須臾，見水族覆火，奇形異狀，或乘馬車著赤衣者。」

【用法】比喻人能明識眞理。

【例句】聽了學者的一番**燃犀之見**，令我有勝讀十年書的感受，對事物的看法也不再那麼偏頗了。

【義近】眞知灼見／洞若觀火。

【義反】盲人摸象／管窺蠡測。

燃糠自照

【釋義】燒著糠來照明。

【出處】南史・顧歡傳：「鄉中有學舍，歡貧無以受業，於舍壁後倚聽，無遺忘者。夕則然（燃）松節讀書，或然（燃）糠自照。」

【用法】比喻勤奮好學。

【例句】他有**燃糠自照**的求學精神，將來一定會有卓越的成就。

【義近】囊螢映雪／懸梁刺股／鑿壁偷光／孜孜不倦。

【義反】飽食終日／玩歲愒時／好逸惡勞／一暴十寒。

燃藜夜讀

【釋義】藜：一年生草，莖高五六尺，老莖可以作枴杖。

【出處】三輔黃圖六：「劉向于成帝之末，校書天祿閣，專精覃思。夜有老人著黃衣，植青藜杖，叩閣而進見。向暗中獨坐誦書，老人乃吹杖端烟然，因以見向，授五行洪範之文。……至曙而去。」

【用法】比喻勤奮讀書。

【例句】他有今日的學術地位絕非偶然，因爲他在求學階段就常**燃藜夜讀**，努力研究，所以才能嶄露頭角，成爲舉世聞名的學者。

【義近】囊螢映雪／懸梁刺股／鑿壁偷光／孜孜不倦。

【義反】飽食終日／玩歲愒時／好逸惡勞／一暴十寒。

燕妒鶯慚

【釋義】使燕子嫉妒，令黃鶯羞慚。

【出處】曹雪芹・紅樓夢二七回：「滿園裏綉帶飄飄，花枝招展，更兼這些人打扮的桃羞杏讓，燕妒鶯慚。」

【用法】多用以形容女子的姿態容貌十分美麗動人。

【例句】她的姿容美得**燕妒鶯慚**，性情又極溫柔，許多男士都深深地被她吸引。

【義近】閉月羞花／沉魚落雁／天姿國色。

【義反】其貌不揚／身肥腦大／無鹽醜女。

燕侶鶯儔

【釋義】儔：與「侶」同義，伴侶之意。

【出處】元・徐琰・青樓十詠・小酌：「結夙世鸞交鳳友，盡今生燕侶鶯儔。」

【用法】多形容男女歡愛如鶯燕一般的和諧。

【例句】他已年過五十，卻依然是孤家寡人，始終未能成就一段**燕侶鶯儔**的美滿姻緣。

【義近】鳳凰于飛／鸞鳳和鳴／鴛儔鳳侶／琴瑟調和／夫唱婦隨／比翼雙飛。

【義反】別鶴離鸞／單鵠寡鳧／鸞孤鳳隻。

燕婉之歡

【釋義】燕婉：和諧恩愛。

【出處】錢彩・說岳全傳五一回：「秦晉同盟，成兩姓綢繆之好；朱陳媲美，締百年燕婉之歡。」

【用法】比喻夫妻和諧歡樂。

【例句】這對夫妻雖是奉父母之命結合，卻一輩子恩愛逾恆，相濡以沫，生活中充滿了**燕婉之歡**。

【義近】綢繆之好／如膠似漆／琴瑟和鳴／畫眉之樂／魚水和諧。

【義反】琴瑟失調／分釵破鏡／別鶴離鸞。

燕巢幕上

【釋義】巢：用作動詞，築巢。幕：帷帳。

【出處】左傳・襄公二九年：「夫子之在此也，猶燕之巢於幕上，君又在殯，而可以樂乎？」

【用法】比喻處境極其危險。

【例句】他現在的處境有如**燕巢幕上**，要不了多久就會垮臺的，不知他還得意什麼？

【義近】危如累卵／積薪厝火／搖搖欲墜／燕巢飛幕。

【義反】穩如泰山／巋然不動／風雨不動安如山。

燕雀安知鴻鵠志

【釋義】燕雀：小鳥，喻志向短淺者。鴻鵠：大鳥，喻志向高遠者。

【出處】司馬遷・史記・陳涉世家：「陳涉太息曰：『嗟呼，燕雀安知鴻鵠志哉！』」

【用法】用以說明凡庸之人不能認識英雄的豪情壯志。

【例句】蘇秦之拓落也，父不以其爲子，妻不以其爲夫。嗟呼，**燕雀安知鴻鵠志**哉！當其佩六國相印而歸也，又何其壯哉！直愧煞斯人也。

【義近】井蛙不可語於海／夏蟲不可語冰。

【義反】通士可與語大道。

燕雀處堂

【釋義】處堂：又作「處屋」，在房屋的燕窩裏。

【出處】孔叢子・論勢：「燕雀處屋，子母相哺，呴呴然其相樂也，自以爲安矣。竈突炎上，棟宇將焚，燕雀顏不變，不知禍之及己也。」

【用法】用以比喻居安而忘禍。

【例句】在太平盛世，許多人便如**燕雀處堂**，完全忘了敵人或許正伺機入侵。

【義近】居安忘危／豫逸亡身。

【義反】居安思危／憂勞興國。

燕然勒石

【釋義】燕然：即燕然山，在今蒙古境內，今稱杭愛山。勒：雕刻。

【出處】後漢書・竇憲傳載：漢和帝時匈奴內亂，南匈奴單于歸附漢，北匈奴仍時常犯邊。永和元年，應南匈奴單于之請出兵北伐。破北匈奴於稽落山，登燕然山，封土刻石，令班固作銘記功，表彰漢朝的威德。

【用法】用於表彰威德功勳。

【例句】老王期望有光復山河之日，屆時重登燕然山，效法古人**燕然勒石**，以記功德。

【義近】威震八方／威名遠播／功業彪炳。

燕舞鶯啼

【釋義】燕子在飛舞，黃鶯在歌唱。

【出處】蘇軾・錦被亭：「煙紅露綠曉風香，燕舞鶯啼春日長。」

【用法】形容春光明媚，鳥語花香的宜人景象。

【例句】每到春天，台北市民喜歡到陽明山春遊，去感受那**燕舞鶯啼**的明媚風光。

【義近】鶯歌燕舞／春色滿園／鳥語花香／草長鶯飛／春光明媚／春暖花開。

【義反】淒風苦雨／風刀霜劍／冰天雪地。

燕語鶯聲

【釋義】燕、鶯：燕子和黃鸝。

【出處】關漢卿・金綫池楔子：「語若流鶯聲似燕。丹青，燕語鶯聲怎畫成？」

【用法】原形容美麗的春色，今用以形容女子聲音之嬌細柔美。

【例句】公園的竹林邊，一羣女孩在嘻笑玩耍，**燕語鶯聲**，悅耳動聽。

【義近】鶯啼燕語／鶯歌燕喃／嬌聲滴滴。

【義反】老鴉呱呱／粗聲粗氣／吼聲如雷。

燕頷虎頸

【釋義】頷：下巴頦。

【出處】後漢書・班超傳：「超問其狀。相者指曰：『生燕頷虎頸，飛而食肉，此萬里侯相也。』」

【用法】形容相貌威猛。

【例句】這位年輕人不僅身材魁梧，而且相貌堂堂，**燕頷虎頸**，將來應是個將相之材。

【義近】燕頷虎鬚／虎頭燕頷／魁梧奇偉。

【義反】尖嘴猴腮／獐頭鼠目／沉腰潘鬢／弱不禁風／骨瘦如柴／貌不驚人。

十三畫

營私舞弊 (ㄧㄥˊ ㄙ ㄨˇ ㄅㄧˋ)

【釋義】營私：謀求私利。舞弊：以欺騙的手段弄虛作假。

【出處】吳沃堯・二十年目睹之怪現狀一四回：「怎奈管帶的一味知道營私舞弊，那裏還有公事在他身上。」

【用法】指以欺騙手段做違法亂紀、謀求私利的事。

【例句】這些貪官污吏只知**營私舞弊**，中飽私囊，哪裏還管什麼大眾的利益！

【義近】徇私舞弊／徇私廢公。

【義反】廉潔奉公／奉公守法。

燭照數計 (ㄓㄨˊ ㄓㄠˋ ㄕㄨˋ ㄐㄧˋ)

【釋義】用燭光照明，用數理計算。

【出處】韓愈・昌黎集二一・送石處士序：「辨古今事當否，論人高下，事後當成敗：…，若燭照數計而龜卜也。」

【用法】形容人料事準確。

【例句】有大智慧的人**燭照數計**，看事物的觀點與眾不同，所以能立大業，成大功。

【義近】明察秋毫／洞見癥結／目光如炬／洞燭幽微。

【義反】目光如豆／眼眶子淺。

燦爛輝煌 (ㄘㄢˋ ㄌㄢˋ ㄏㄨㄟ ㄏㄨㄤˊ)

【釋義】燦爛：光彩耀眼。輝煌：明亮。

【出處】李汝珍・鏡花緣四八回：「只覺金光萬道，瑞氣千條，燦爛輝煌，華彩奪目。」

【用法】常用以形容前途美好或成就顯著。

【例句】只要肯努力，任何人都會有**燦爛輝煌**的未來。

【義近】光輝燦爛／錦繡前程／成就輝煌。

【義反】窮途末路／走投無路／日暮途窮。

十六—十七畫

爐火純青 (ㄌㄨˊ ㄏㄨㄛˇ ㄔㄨㄣˊ ㄑㄧㄥ)

【釋義】道家認爲煉丹成功時，爐火便發出純青的火焰。

【出處】曾樸・孽海花二五回：「到了現在，可已到了爐火純青的氣候，正是兄弟們各顯身手的時期。」

【用法】比喻人的品德修養、學問或技藝達到了精粹完美的地步。

【例句】這位作家後期的作品生動活潑、明練簡潔，已經到了**爐火純青**的地步。

【義近】出神入化／鬼斧神工。

【義反】半青半黃／半生不熟。

爛若披錦 (ㄌㄢˋ ㄖㄨㄛˋ ㄆㄧ ㄐㄧㄣˇ)

【釋義】意謂燦爛得就像披上了錦緞似的。爛：燦爛。錦：有彩色花紋的絲織品。

【出處】劉義慶・世說新語・文學：「孫興公曰：『潘文爛若披錦，無處不善；陸文若排沙簡金，往往見寶。』」

【用法】形容作品的文辭華美。

【例句】這篇散文眞可謂珠圓玉潤，**爛若披錦**，令人百讀不厭。

【義近】雲錦天章／錯彩鏤金／天機雲錦／珠圓玉潤／字字珠璣。

【義反】言之無物／索然無味／艱深晦澀／味同嚼蠟。

爛醉如泥 (ㄌㄢˋ ㄗㄨㄟˋ ㄖㄨˊ ㄋㄧˊ)

【釋義】爛醉：大醉。如泥：癱軟得像泥巴一樣。

【出處】馮夢龍・醒世恆言卷一五：「直飲至三鼓，把赫大卿灌得爛醉如泥，不省人事。」

【用法】形容人飲酒大醉，糊塗無知。

【例句】王先生什麼都好，就是過分貪杯，經常喝得**爛醉如泥**，因而壞了許多大事。

【義近】酩酊大醉／醉眼朦朧／頹然就醉。

【義反】滴酒不沾／酒酣耳熱／三分酒意。

二十五畫

爨桂炊玉 (ㄘㄨㄢˋ ㄍㄨㄟˋ ㄔㄨㄟ ㄩˋ)

【釋義】指柴薪像桂一般難得，米價也和寶玉一樣昂貴。

【出處】司馬光・溫國公集答劉蒙書：「光雖竊託迹於侍從之臣，月俸不及數萬，爨桂炊玉，晦朔不相續。」

【用法】形容物價過高，生活困難。

【例句】台北的生活物價指數高，對一般小老百姓的收入而言，根本是**爨桂炊玉**，能夠收支平衡就不錯了。

【義近】米珠薪桂／食玉炊桂／玉粒桂薪／米貴如珠。

【義反】物美價廉。

爪部

爪牙之士 (ㄓㄠˇ ㄧㄚˊ ㄓ ㄕˋ)

【釋義】爪牙：爲猛禽、猛獸用於攻擊和防衛的武器。常用作比喻善戰的勇士。

【出處】國語・越語上：「夫雖無四方之憂，然謀臣與爪牙之士，不可不養而擇也。」

【用法】用以指勇武的衛士或得力的助手。

【例句】你們想捕獲這個恐怖分子的頭目恐怕很難，因爲他身邊的**爪牙之士**太多，而且神出鬼沒，很難發現他的形蹤。

【義近】信臣精卒。

【義反】雞鳴狗盜／狐鼠之輩／牛鬼蛇神／穿窬之盜。

四畫

爭分奪秒 (ㄓㄥ ㄈㄣ ㄉㄨㄛˊ ㄇㄧㄠˇ)

【釋義】指一分一秒也要爭取。

【用法】形容充分把握和利用時間，一分一秒也不浪費。

【例句】總經理工作時那種**爭分奪秒**的幹勁，眞令人佩服。

【義近】分秒必爭／只爭朝夕／夙夜匪懈。

【義反】歲月蹉跎／玩歲愒日／

卜晝卜夜／虛度年華／居諸坐誤／曠廢隳隋。

爭功諉過 ㄓㄥ ㄍㄨㄥ ㄨㄟˇ ㄍㄨㄛˋ

【釋義】諉：推托、推卸。
【出處】尚書・大禹謨：「天下莫與女（汝）爭能，女惟不伐，天下莫與女爭功。」
【用法】說明在利害相關時，爭奪功勞，推卸罪過。
【例句】他是一個喜歡**爭功諉過**的人，和他合作，可得多注意一點。
【義近】爭名奪利／諉過他人／推卸罪責。
【義反】引咎自責／承擔罪責。

爭先恐後 ㄓㄥ ㄒㄧㄢ ㄎㄨㄥˇ ㄏㄡˋ

【釋義】搶著向前，唯恐落後。
【出處】吳沃堯・二十年目睹之怪現狀五二回：「便都爭先恐後地去了，督辦要阻止也來不及。」
【用法】形容許多人在搶佔機會時積極爭先。
【例句】外面忽然鑼鼓喧天，孩子們都**爭先恐後**地跑出去看熱鬧。
【義近】不甘示弱／不甘後人。
【義反】甘心示弱／甘居人後。

爭名於朝，爭利於市 ㄓㄥ ㄇㄧㄥˊ ㄩˊ ㄔㄠˊ，ㄓㄥ ㄌㄧˋ ㄩˊ ㄕˋ

【釋義】意謂在官府之中爭奪名譽地位，在市場之中爭奪錢財利益。
【出處】戰國策・秦策一：「臣聞爭名者於朝，爭利者於市，今三川、周室，天下之市朝，而王不爭焉，顧爭於戎狄，去王業遠矣。」
【用法】今用以形容人的名利觀念極重，一有機會就拚命地追名逐利。
【例句】魏先生是個愛名利的人，一生以**爭名於朝，爭利於市**為其追逐努力的準則。
【義近】爭權奪利／沽名釣譽。
【義反】淡泊名利／清心寡欲／不慕名利。

爭名奪利 ㄓㄥ ㄇㄧㄥˊ ㄉㄨㄛˊ ㄌㄧˋ

【釋義】爭奪名位和利益。
【出處】戰國策・秦策：「爭名者於朝，爭利者於市。」馬致遠・黃粱夢一折：「想世人爭名奪利。」
【用法】用以說明人與人之間為名利而爭鬥。
【例句】立法院的問政表現，常常淪為立委們**爭名奪利**的工具。
【義近】爭權奪利／邀名射利／邀名求賞／求名奪利。
【義反】無意名利／不為名不為利／清心寡欲／視名利如浮雲。

爭奇鬥異 ㄓㄥ ㄑㄧˊ ㄉㄡˋ ㄧˋ

【釋義】奇、異：此指詩文等的奇特優異。
【出處】凌濛初・拍案驚奇卷二五：「吟壇才子，爭奇鬥異，各獻所長。」
【用法】形容詩人、藝人等標新立異，以求勝過他人。
【例句】在慶祝晚會上，影歌星們**爭奇鬥異**，大展身手，節目非常精彩。
【義近】爭奇鬥豔／百花競豔／百藝競奇／各顯神通。
【義反】自我吟賞／自斟自酌／自唱自賞。

爭奇鬥豔 ㄓㄥ ㄑㄧˊ ㄉㄡˋ ㄧㄢˋ

【釋義】奇：獨特。豔：鮮豔，豔麗。一作「爭妍鬥奇」。妍：美好。
【出處】吳曾龍・沒齋漫錄・芍藥譜：「名品相壓，爭妍鬥奇，故者未厭，而新者已盛。」
【用法】形容百花盛開，競相比美。用法亦同「爭奇鬥異」。
【例句】一到春天，公園裏的花卉**爭奇鬥豔**，給遊客增添了無限的樂趣。
【義近】爭紅鬥紫／百花齊放／百花競豔／桃李爭芳／姹紫嫣紅／萬紫千紅。
【義反】俏不爭春／一枝獨秀／獨顯芬芳／孤芳自賞。

爭長論短 ㄓㄥ ㄔㄤˊ ㄌㄨㄣˋ ㄉㄨㄢˇ

【釋義】長、短：指是和非、正確和錯誤。
【出處】黃庭堅文：「爭長競短，漸漬日聞，以至背戾。」
【用法】多指在不太重要的事情上過於計較。
【例句】我看至於這些細小問題，各位就不要**爭長論短**了。
【義近】爭長競短／錙銖必較／爭個高低。
【義反】不置可否／不予計較／與人無爭／裝聾作啞。

爭風吃醋 ㄓㄥ ㄈㄥ ㄔ ㄘㄨˋ

【釋義】指因嫉妒而爭執。風：風情，風流。
【出處】吳敬梓・儒林外史四五回：「凌家這兩個婆娘彼此疑惑。……爭風吃醋，打吵起來。」
【用法】指因男女關係而嫉妒、爭吵。
【例句】他這人到處拈花惹草，弄得幾個女孩為他**爭風吃醋**，他卻在旁邊自鳴得意。

爭強好勝 ㄓㄥ ㄑㄧㄤˊ ㄏㄠˋ ㄕㄥˋ

【釋義】爭做強者，喜歡勝過他人。
【出處】文康・兒女英雄傳三五回：「只看世界上那班分明造極登峰的，也會變生不測；任是爭強好勝的，偏逢用違所長。」
【用法】指人好逞能，總喜歡壓倒、勝過他人。
【例句】他是一個最愛**爭強好勝**的人，從不讓人一步，你又何必在一些小事上與他斤斤計較呢？
【義近】爭強鬥勝／抓尖要強／好強鬥狠。
【義反】甘居人後／與世無爭／裝聾作啞。

爭權奪利 ㄓㄥ ㄑㄩㄢˊ ㄉㄨㄛˊ ㄌㄧˋ

【釋義】爭奪權力和利益。
【用法】用以說明官場上勾心鬥角、爾虞我詐的黑暗面，以及官府的腐敗。
【例句】改朝換代之際，朝臣為了**爭權奪利**，不惜兵戎相見，使無辜百姓遭受災殃。
【義近】爭權攘利／爭名奪利／爭權逐位。
【義反】清心寡欲／淡然自處。

爬羅剔抉

【釋義】爬：爬梳。羅：搜羅。剔：剔除。抉：選擇。
【出處】韓愈・進學解：「爬羅剔抉，刮垢磨光。蓋有幸而獲選，孰云多而不揚。」
【用法】本指選拔錄取人才，今多指搜羅廣博，選擇精純。
【例句】他爲了寫好這部學術論著，在浩如煙海的古籍中，整整**爬羅剔抉**十五年。
【義近】廣搜精選／博采細求／精挑細選／去粗取精／去僞存眞。
【義反】良莠不分／精粗不論／眞僞不辨／魚目混珠。

八畫

爲人作嫁

【釋義】替他人縫製嫁衣。
【出處】秦韜玉・貧女詩：「苦恨年年壓金線，爲他人作嫁衣裳。」
【用法】形容徒然爲他人辛勞而於己無益。
【例句】他這樣辛辛苦苦**爲人作嫁**了一輩子，結果還是落得衣食無著的可悲下場。
【義近】依人作嫁／火中取栗／爲人抬轎。
【義反】不勞而獲／坐享其成。

爲人爲徹

【釋義】爲人：幫助人。徹：徹底。
【出處】吳承恩・西遊記二四回：「八戒道：『哥啊，爲人爲徹，已經調動我這饞蟲，再去尋個兒來，老豬細細的吃吃』。」
【用法】指幫助人要幫到底，不可半途撒手不管。
【例句】古人說：**爲人爲徹**，我既然把這個深夜遭搶的女子給救了，乾脆就護送她回家吧！
【義近】好人做到底，送佛送到西。
【義反】爲德不卒／爲善不終。

爲人師表

【釋義】爲：做。師表：值得學習的榜樣。
【出處】張說・洛州張司馬集序：「言爲代之軌物，行爲人之師表。」
【用法】常用以比喻老師或在某些方面可作爲榜樣的人。
【例句】他的行爲如此不檢點，眞是枉費**爲人師表**。
【義近】爲人表率／爲人楷模／忝爲人師。

爲山九仞，功虧一簣

【釋義】仞：古人以爲七尺或八尺爲一仞。簣：指盛土的竹器。
【出處】尚書，旅獒：「爲山九仞，功虧一簣。」
【用法】用以形容事情將要成功時，卻遭到失敗。
【例句】做事要有始有終，堅持到底，不可虎頭蛇尾，否則**爲山九仞，功虧一簣**，還不如不做的好。
【義近】功敗垂成／中箭落馬／前功盡棄。
【義反】一舉成功／大功告成／功德圓滿。

爲民除患

【釋義】患：指禍患，災難。也指爲害於民的惡人。
【出處】南朝宋・明帝・與諸方鎭及諸大臣詔：「爲民除患，兄弟無復多人，彌應思弔不咸，益相輕信。」
【用法】用以指能勇於擔負起責任，替人民消除禍患。
【例句】身爲政府官員，應盡心盡力**爲民除患**，怎麼能讓同樣的災禍一再重演呢？
【義近】爲民除害／除暴安良／鋤暴抑強／解民倒懸／鏟奸鋤惡。
【義反】草菅人命／禍國殃民／橫徵暴斂／魚肉鄉民。

爲民請命

【釋義】請命：代人請求保全生命或解除困苦。
【出處】司馬遷・史記・淮陰侯列傳：「因民之欲，西向爲百姓請命，則天下風走而響應矣。」
【用法】指向政府表達民意。
【例句】汪老先生爲人正直敢言，遇到不合理的事，總要**爲民請命**，因而在這一帶享有很高的威望。
【義近】爲民作主／爲民喉舌。

爲所欲爲

【釋義】做自己所想做的。爲：做。
【出處】司馬光・資治通鑑卷一：「以子之才，臣事趙孟，必得近幸。子乃爲所欲爲，顧不易邪？」
【用法】多指專橫跋扈，想做什麼就做什麼，毫無顧忌。
【例句】你以爲你有靠山，就能夠**爲所欲爲**，目中無人了。
【義近】隨心所欲／肆無忌憚／無所顧忌。
【義反】謹言愼行／照章行事／規行矩步。

爲虎作倀

【釋義】倀：人被虎咬死後的鬼魂，專替老虎引誘別人來讓老虎吃。
【出處】太平廣記馬拯：「倀鬼，被虎所食之人，爲虎前呵耳。」
【用法】比喻充當惡人的幫凶。
【例句】你已經是年近花甲快退休的人了，爲何不行善積德，還要**爲虎作倀**，幫經理整人呢？
【義近】爲虎添翼／助紂爲虐。
【義反】義不帝秦／鋤強扶弱。

爲虎添翼

【釋義】替老虎加上翅膀。添：增加，加上。一作「爲虎傅翼」。傅：添加。
【出處】韓非子・難勢：「故周書曰：『毋爲虎傅翼，將飛入邑，擇人而食之。』」
【用法】比喻幫助惡人，增加惡人的勢力。
【例句】那批軍械彈藥竟流到了恐怖分子手中，豈不是**爲虎添翼**嗎？
【義近】與虎添翼／爲虎作倀。
【義反】義不帝秦／鋤強扶弱。

爲非作歹

【釋義】爲、作：做。非、歹：在此均指壞事。

【出處】白樸・牆頭馬上二折：「不是我敢爲非敢作歹，他也有風情有手策。」

【用法】用以指做壞事。

【例句】**爲非作歹**的人終究是逃不過法律的制裁。

【義近】爲所欲爲／無法無天／胡作非爲。

【義反】安分守己／循規蹈矩。

爲政以德

【釋義】以：用。意謂用道德來治理政事。

【出處】論語・爲政：「爲政以德，譬如北辰，居其所而眾星共之。」

【用法】常用以祝賀政治人物競選當選後的賀詞。

【例句】孔子主張執政者應**爲政以德**，要本著良心爲人民謀福利才對。

爲虺弗摧，爲蛇若何

【釋義】意謂小蛇不打死，長大後則難以壓制。虺：傳說中的一種小毒蛇。摧：摧毀。若何：怎麼辦。

【出處】國語・吳語：「吳王將許越成，申胥諫曰：『爲虺弗摧，爲蛇將若何？』」

【用法】比喻敵人在弱小時若不清除，則必然會有後患。

【例句】這批以推翻政府爲目的的武裝分子，雖然現在對我們還不構成威脅，但**爲虺弗摧，爲蛇若何**，還是及早把他們消滅的好。

【義近】除惡務盡／斬草除根／扼殺於搖籃／趕盡殺絕。

【義反】姑息養奸／養癰遺患／養虎遺患／縱虎歸山。

爲鬼爲蜮

【釋義】爲：做。蜮：傳說中一種能含沙射人的動物。

【出處】詩經・小雅・何人斯：「爲鬼爲蜮，則不可得。有靦面目，視人罔極。作此好歌，以極反側。」

【用法】比喻使用陰謀詭計，暗地害人。

【例句】明朝末年，逆閹魏忠賢主持東廠，**爲鬼爲域**殘害忠良，朝中正義之士幾乎被趕盡殺絕。

【義近】爲鬼爲魅／瞞心昧己／鬼蜮伎倆／鬼魅伎倆／暗箭傷人。

【義反】襟懷坦白／光明磊落／明火執仗。

爲國捐軀

【釋義】捐：獻。軀：身體，這裏指生命。

【出處】錢彩・說岳全傳三九回：「爲國捐軀赴戰場，丹心可並日爭光。」

【用法】指人愛國心極強，甘心爲國家獻出自己的生命。

【例句】圓山忠烈祠所奉祀的，大都是**爲國捐軀**的英勇將士，他們的英靈長存，永遠受後人敬仰。

【義近】以身殉國／盡忠報國／成仁取義。

【義反】貪生怕死／賣國求榮／苟且偷生／靦顏事敵／投敵求榮。

爲淵毆魚

【釋義】替深水坑趕來了魚羣。淵：深水。毆：同「驅」。

【出處】孟子・離婁上：「故，爲淵毆魚者，獺也；爲叢毆爵（雀）者，鸇也；爲湯武毆民者，桀與紂也。」

【用法】比喻暴政驅民，使民外逃。今也比喻執行錯誤的政策，使人才外流。

【例句】東歐一些國家輕視人才，連大學教授也難餬口，結果**爲淵毆魚**，許多有眞才實學的人都紛紛奔向美、英、法等國。

【義近】爲叢驅雀。

【義反】近悅遠來。

爲富不仁

【釋義】全力於致富，卻對別人不安好心。不仁：不仁慈；心腸壞。

【出處】孟子・滕文公上：「陽虎曰：『爲富不仁矣，爲仁不富矣。』」

【用法】常用以斥責有錢人爲了蓄積財富而不施仁德。

【例句】像他這種**爲富不仁**的傢伙，只希望老天有眼，讓他不得好死！

【義近】見利忘義／視錢如命／錙銖必較。

【義反】爲仁不富／見利思義／樂善好施。

爲惡不悛

【釋義】悛：改過。

【出處】晉・干寶・搜神記卷七：「賈后爲惡不悛。」魏書・高閭傳：「蠕蠕子孫，襲其凶業，頻爲寇擾，爲惡不悛。」

【用法】指人不斷作惡，不加悔改。

【例句】這個幫派分子一再聚眾滋事，仗勢欺壓善良，包賭包娼包工程，無惡不做，**爲惡不悛**。

【義近】怙惡不悛／屢教不改／執迷不悟／冥頑不靈／不知悔改。

【義反】朝聞夕改／痛改前非／放下屠刀／改邪歸正／翻然悔悟／洗心革面。

爲善最樂

【釋義】爲善：行善，做好事。

【出處】後漢書・東平憲王蒼傳：「日者問東平王，處家何等最樂？王言爲善最樂。」

【用法】說明行善是人生最快樂的事。常用以勉人爲善。

【例句】她深信**爲善最樂**，有錢便捐出來做善事，所以身心愉快，快九十歲了，仍很健康。

【義近】樂善好施／助人爲樂。

爲德不卒

【釋義】爲德：做好事。德：善。卒：到底。

【出處】司馬遷・史記・淮陰侯列傳：「公，小人也，爲德不卒。」

【用法】指不能把好事做到底。

【例句】你把這兩個孩子從人口販子手中救出來，這確實是件好事，遺憾的是你**爲德不卒**，沒能及時把他們送回父母身邊，結果又被人拐騙走了。
【義近】為善不終／半途而廢。
【義反】為人為徹／善始善終／好人做到底，送佛送到西。

父部

父母之邦 ㄈㄨˋ ㄇㄨˇ ㄓ ㄅㄤ

【釋義】邦：國家。
【出處】論語・微子：「枉道而事人，何必去父母之邦。」
【用法】指自己出生的國家，即自己的祖國。
【例句】儘管我們避難來到美國，但我們絕不會做出有損**父母之邦**的事情。
【義近】父母之國。
【義反】異國他鄉。

父母劬勞 ㄈㄨˋ ㄇㄨˇ ㄑㄩˊ ㄌㄠˊ

【釋義】劬勞：辛勤，勞苦。
【出處】詩經・小雅・蓼莪：「蓼蓼者莪，匪莪伊蒿。哀哀父母，生我劬勞。」
【用法】是指父母養育子女的辛勞。
【例句】許多人到了自己養兒育女時，才體會到**父母劬勞**的深意，而懂得孝養之道。
【義近】父母勞瘁。

父嚴子孝 ㄈㄨˋ ㄧㄢˊ ㄗˇ ㄒㄧㄠˋ

【釋義】父親管教子女雖然嚴格，但用心良苦，子女仍應孝順父親。
【出處】唐・呂溫・廣陵陳先生墓表：「始見一鄉之人，父嚴子孝，長惠幼敬，見乎詞氣，發乎顏色。」
【用法】用以說明父子之間所應持的態度。
【例句】**父嚴子孝**在中國傳統倫理中是相當重要的一環，即使是現代化的社會，仍有發揚光大之必要。
【義近】父慈子孝／父子有親。
【義反】養不教，父之過／父不父，子不子。

爻部

七畫

爽心悅目 ㄕㄨㄤˇ ㄒㄧㄣ ㄩㄝˋ ㄇㄨˋ

【釋義】爽心：心情舒暢。悅目：看了使人喜歡。
【用法】形容人看到眼前的優美景物，心情感到非常的舒暢、愉快。
【例句】大自然的容顏永遠是最**爽心悅目**的景色，所以我們要好好保護它。
【義近】賞心悅目／爽心豁目。
【義反】怵目驚心／令人掃興。

爽然若失 ㄕㄨㄤˇ ㄖㄢˊ ㄖㄨㄛˋ ㄕ

【釋義】爽然：默然，失意的樣子。
【出處】司馬遷・史記・屈原賈生傳：「讀服鳥賦，同死生，輕去就，又爽然自失矣。」
【用法】形容人神態恍忽、悵然若失的情狀。
【例句】他與太太離婚後，心情一直不佳，今日忽見她與另一男子挽手同行，更覺**爽然若失**。
【義近】悵然若失／默然自失／如有所失／孤危託落。
【義反】志得意滿／心滿意足。

十畫

爾汝之交 ㄦˇ ㄖㄨˇ ㄓ ㄐㄧㄠ

【釋義】意謂親密之交。爾汝：古人彼此以「爾汝」相稱，表示親暱。
【出處】劉義慶・世說新語・言語：「禰衡被魏武謫為鼓吏」劉孝標注引文士傳：「（衡）少與孔融作爾汝之交，時衡未滿二十，融已五十。」
【用法】指交情很深，彼此親暱，不拘小節。
【例句】張廠長是我的**爾汝之交**，他見了我這封信，一定會設法幫你安排工作的。
【義近】忘年之交／莫逆之交／忘形之交／金石之交／金蘭契友。
【義反】冤家對頭／泛泛之交／點頭之交。

爾虞我詐 ㄦˇ ㄩˊ ㄨㄛˇ ㄓㄚˋ

【釋義】爾：你。虞、詐：指欺騙。
【出處】左傳・宣公一五年：「宋及楚平，華元為質，盟曰：『我無爾詐，爾無我虞。』」
【用法】形容互不信任，彼此欺騙。
【例句】這家公司內部明爭暗鬥

，爾虞我詐，互相傾軋，難怪營運一直無法好轉。
【義近】鉤心鬥角／互相算計／色藏禍心。
【義反】推心置腹／開誠布公。

爿部

四畫

牀上施牀（ㄔㄨㄤˊ ㄕㄤˋ ㄕ ㄔㄨㄤˊ）
【釋義】在牀上又放一張牀。施：放。
【出處】顏氏家訓・序致：「魏晉以來，所著諸子，理重事複，遞相模斅，猶屋下架屋，牀上施牀耳。」
【用法】比喻事物重複、累贅。
【例句】現在有些電影、電視劇等文藝作品，內容大同小異，互相模仿，大有**牀上施牀**的毛病。
【義近】疊牀架屋／屋上架屋／頭上安頭／冠上加冠。
【義反】革故鼎新／破舊立新／推陳出新。

牀笫之私（ㄔㄨㄤˊ ㄗˇ ㄓ ㄙ）
【釋義】笫：竹蓆編的席子，也作爲牀的代稱。
【出處】孔叢子・答問：「凡若晉侯驪姬牀笫之私，房中之事，不得捨焉！」
【用法】用以指夫婦間的私話、私事。
【例句】性生活的和諧與否，是我和老婆之間的**牀笫之私**，不足與外人道。
【義近】牀笫之言／枕邊細語／閨房之樂。

牀頭金盡（ㄔㄨㄤˊ ㄊㄡˊ ㄐㄧㄣ ㄐㄧㄣˋ）
【釋義】意謂藏在牀頭邊的錢財都耗盡了。
【出處】唐・張籍・行路難：「君不見牀頭黃金盡，壯士無顏色。」陸游・夜從父老飲酒村店作：「牀頭金盡何足道，肝膽輪囷橫九區。」
【用法】指已陷入極端貧困的境地。
【例句】這個舞國的火山孝子在胭脂堆裏打腫臉充胖子，其實他早已**牀頭金盡**，現在所花的錢全部是借來的。
【義近】囊空如洗／一文不名／窮愁潦倒／阮囊羞澀／千金散盡／一貧如洗。
【義反】腰纏萬貫／萬貫家財／堆金積玉／金玉滿堂。

十三畫

牆上泥皮（ㄑㄧㄤˊ ㄕㄤˋ ㄋㄧˊ ㄆㄧˊ）
【釋義】牆壁上所塗的一層泥醬，乾後就像一層皮似的。
【出處】元・無名氏・劉弘嫁婢二折：「你可休覷的微賤看的容易，莫把這堂中珍寶，你可休看承做牆上泥皮。」
【用法】比喻無用之物或微賤之人。
【例句】雖然你是老闆，他是工人，但都應有各自的人格自尊，你怎麼能把他當作**牆上泥皮**看待呢？
【義近】土牛木馬／土雞瓦犬／虛舟飄瓦／蟲臂鼠肝／酒囊飯袋／衣架飯囊／草包飯桶／朽木糞土。
【義反】奇珍異寶／和璧隋珠／金玉錦繡／無價之寶。

牆有縫，壁有耳（ㄑㄧㄤˊ ㄧㄡˇ ㄈㄥˋ ㄅㄧˋ ㄧㄡˇ ㄦˇ）
【釋義】意謂牆外有人偷聽。
【出處】金瓶梅詞話八六回：「你打罵他不打緊，牆有縫，壁有耳。」
【用法】指洩露祕密。
【例句】**牆有縫，壁有耳**，像你這樣敞開嘴亂說的人，家裏還有什麼事瞞得過別人？
【義近】隔牆有耳／屬垣有耳／窗外有耳。
【義反】守口如瓶／涓滴不漏。

牆花路柳（ㄑㄧㄤˊ ㄏㄨㄚ ㄌㄨˋ ㄌㄧㄡˇ）
【釋義】牆邊的花，路邊的柳，人人都可採摘。
【出處】元・高明・二郎神・秋懷曲：「風流，恩情怎比，牆花路柳？記待月西廂，和你攜素手。」
【用法】多用以指娼妓。
【例句】我妹妹既非**牆花路柳**，嫁給你爲妻，理應互敬互重才是呀！
【義近】牆花路草／煙花風月／野草閒花／風塵中人／煙花女子／殘花敗柳。
【義反】大家閨秀／小家碧玉／貞烈之女／名門閨秀／三貞九烈／名媛淑女。

牆倒眾人推（ㄑㄧㄤˊ ㄉㄠˇ ㄓㄨㄥˋ ㄖㄣˊ ㄊㄨㄟ）
【釋義】牆快要倒了，大家競相前去推倒。
【出處】曹雪芹・紅樓夢五五回：「罷了！好奶奶們，『牆倒眾人推』，那趙姨娘原有些顛倒，『著三不著兩』，有了事兒都賴他。」
【用法】比喻人一旦失勢，就遭到眾人的非議和攻擊。
【例句】他們在別人得意的時候，是那樣的奉承巴結，等到別人落魄了，就**牆倒眾人推**，人情眞是薄如紙啊！
【義近】落井下石／打落水狗。
【義反】攀龍附鳳／趨炎附勢。

牆壞於隙（ㄑㄧㄤˊ ㄏㄨㄞˋ ㄩˊ ㄒㄧˋ）
【釋義】牆壁毀壞，開始於小洞隙。
【出處】淮南子・人間訓：「牆之壞也於隙，劍之折也必有齧。」

【用法】形容禍患起於細微之處，小失可以致大禍。

【例句】不要輕忽一個小小的錯誤，所謂**牆壞於隙**，禍患的根源往往起於細微之處。

【義近】尺蚓穿堤／螻孔崩城。

片部

片甲不回

【釋義】甲：鎧甲，古時軍人打仗時穿的護身衣服，此處用以指士兵。

【出處】三國志平話卷中：「張飛笑曰：『吾用一計，使曹公片甲不回。』」

【用法】形容慘遭失敗。

【例句】我軍已有萬全的準備，不怕敵人來襲，如果敵軍來犯，必能殺他個**片甲不回**。

【義近】片甲不留／丟盔卸甲／棄甲曳兵。

【義反】全身而退／未折一矢。

片甲無存

【釋義】一片鎧甲都沒有留存。甲：鎧甲，古時軍隊打仗時穿的護身衣服。

【出處】明・梁辰魚・浣紗記・交戰：「殺得他隻輪不返，片甲無存。」

【用法】指軍隊全部消滅。

【例句】我軍有如猛虎下山，殺得敵人**片甲無存**，從此聲威大振，敵人聞風喪膽。

【義近】全軍覆沒／片甲不留／丟盔卸甲／棄甲曳兵。

【義反】未折一兵／未損一將／全身而退／未折一矢。

片言折獄

【釋義】幾句話就決斷一個案件。片言：半句話，極言其少。折：斷。獄：訴訟案件。

【出處】論語・顏淵：「子曰：『片言可以折獄者，其由也與？』」

【用法】今多指用簡要的話就能判斷是非曲直，也用以比喻法官精明能幹。

【例句】他話雖然不多，但只要一開口便能**片言折獄**，使人信服。

【義近】聽訟神明。

片言隻字

【釋義】很少的幾句話，幾個字。片言：半言。隻字：一個字。均極言其少。

【出處】陸機・謝平原內史表：「片言隻字，不關其間；事蹤筆跡，皆可推校。」

【用法】指語言文字數量極少，也指零散的語言文字資料。

【例句】好久沒收到她的**片言隻字**了，也不知她現在生活得好不好？

【義近】隻字片語／三言兩語。

【義反】長篇大論／洋洋萬言。

片長薄技

【釋義】片長、薄技：二者義近，指才能、技藝微薄。

【出處】清・鄭觀應・盛世危言・技藝：「乃後世概以工匠輕之，以輿隸概之，以片長薄技鄙數之。」

【用法】泛指不高超的技能。

【例句】你雖然會修理一些家用電器，但畢竟不過是**片長薄技**，在大城市裏可是難以謀生。

【義近】片長末技／雕蟲小技／黔驢之技／詞賦末藝／雕蟲篆刻／鼯鼠之技。

【義反】運斤成風／出神入化／技藝超羣／鬼斧神工／神乎其技／庖丁解牛。

片善小才

【釋義】片善：小善，微小的優點或長處。

【出處】陳書・陸瑜傳：「吾識覽雖局，未曾以言議假人，至于片善小才，特用嗟賞。」

【用法】指小有才能的人。

【例句】根據我們的考察和測試，你所介紹的這位年輕人只能算是**片善小才**，絕非如你所說是位難得的人才。

【義近】庸中佼佼／能勝一官。

【義反】天下奇才／棟梁之才／中流砥柱／國之棟梁。

片雲遮頂

【釋義】有一片雲遮著頭頂。

【出處】元・張國賓・合汗衫一折：「那生那世，做驢做馬，填還這債；若不死呵，但得片雲遮頂，此恩必當重報也。」

【用法】比喻獲得別人的恩澤。

【例句】不管怎麼說，這些年全虧有您**片雲遮頂**，我們一家四口才有今天。此恩此德必當銘記於心，並盡力回報。

【義近】柳下借陰／大樹底下好乘涼／庇護之恩。

片箋片玉

【釋義】箋：華貴的紙張。

【出處】唐詩紀事：「李嶠善文，作少室記，富贍華美，人謂片箋片玉。」

【用法】形容作品的美妙可貴。

【例句】這位作家的作品雖不多，但可都是**片箋片玉**的好作品。

【義近】千古絕唱／絕妙好辭／無上上品。

【義反】蛙鳴蟬噪／驢鳴犬吠。

四畫

版版六十四

【釋義】版：指宋代鑄錢的模子，每版定數為六十四文。

【出處】清．翟灝．通俗編．數目：「版版六十四，見豹隱紀談。」清．范寅．越諺．數目之諺：「板板（版版）六十四，鑄錢定例也，喻不活。」

【用法】比喻人的性格固執呆板，不知變通。

【例句】他這個人太死板，遇事都是以**版版六十四**的態度來對待，打醬油的錢不能拿去買醋，你看我怎麼能和他合作共事呢？

【義近】固執己見／執而不化／劃一不二／九牛拉不轉／抱殘守缺／食古不化／故步自封。

【義反】靈活機動／機靈善變／看菜吃飯／量體裁衣／見招拆招／古為今用／通權達變／兵來將擋，水來土掩。

版築飯牛

【釋義】版築：造土牆。因築牆時用兩版相夾，以泥置其中，用杵舂實，故名曰「版築」。指傅說為人築牆事。飯牛：餵牛，指寧戚為人餵牛事。

【出處】孟子．告子：「傅說舉於版築之間。」司馬遷．史記．平津侯主父列傳：「卜式試於芻牧，弘羊擢於賈豎，衛青奮於奴僕，日磾出於降虜，斯亦曩時版築飯牛之朋矣。」

【用法】用以指出身低微。

【例句】古今中外的傑出人士來自**版築飯牛**者比比皆是，因此你不應該因為出身卑微而妄自菲薄，放棄自己特有的才能。

【義近】出身寒門／出身農家／發於畎畝／出身寒微。

【義反】出身豪門／將門之後／名門之後。

十一畫

牖中窺日

【釋義】意謂從窗戶縫裏看太陽。牖：窗戶。

【出處】劉義慶．世說新語．文學：「北人看書，如顯處視月；南人學問，如牖中窺日。」

【用法】比喻人眼光狹小，見識短淺。

【例句】要真正做一個博學多聞的學者，最好能讀破萬卷書，行走萬里路，否則只是**牖中窺日**，見識始終有限。

【義近】坐井觀天／井中視星／管窺蠡測／管中窺豹／窺豹一斑／鼠目寸光／目光如豆／目不見睫。

【義反】見多識廣／博古通今／高瞻遠矚／廣聞博見。

牙部

牙牙學語

【釋義】牙牙：發音不清楚的樣子。

【出處】元好問．贈德華小女詩：「牙牙嬌語總堪誇，學念新詩似小茶。」

【用法】形容小孩子初學說話的模樣。

【例句】孩子在**牙牙學語**的階段，幼兒教育就非常重要，為人父母者不可輕忽。

牙白口清

【釋義】意謂牙齒白、口齒清。

【出處】文康．兒女英雄傳九回：「怎當得十三妹定要問她個牙白口清，急得無法。」

【用法】比喻講得一清二楚，或答案明確清楚。

【例句】這孩子不過六、七歲，但不論問她什麼問題，她都能答得**牙白口清**，這等聰明伶俐，真討人喜愛。

【義近】有板有眼／有條有理／井井有條／有條不紊／頭頭是道。

【義反】顛三倒四／漫無條理／漫無章法／顛來倒去。

牙籤萬軸

【釋義】牙籤：象牙製的簽牌，繫在書函上作標誌。軸：書畫卷軸。

【出處】五代．李煜．題金縷子後：「牙籤萬軸裏紅綃，王粲書同付火燒。」

【用法】形容藏書精美而豐富。

【例句】李教授不僅學識豐富，而且是一位藏書家，家有**牙籤萬軸**，實在令讀書人十分羨慕。

【義近】萬籤插架／左圖右史／汗牛充棟。

【義反】斷墨殘楮／斷簡殘編／斷爛朝報。

牛　部

牛刀小試

【釋義】牛刀：宰牛的刀。小試：稍微用一下。
【出處】蘇軾・送歐陽主簿赴官韋城詩：「讀遍牙籤三萬軸，卻來小邑試牛刀。」
【用法】比喻有大的才幹，先在小事情上顯示一下身手。
【例句】這位太極拳師父來到本校指導武術，他先**牛刀小試**，讓同學二、三十人包圍著他，只見他略動手足，一個個都被推得東倒西歪。
【義近】小試鋒芒／略施小技／小試身手。

牛刀割雞

【釋義】用宰牛的大刀來宰殺小小的雞。
【出處】宋・朱熹・答蔡季通：「旋運只是勞心之所致，小試參同之萬一，當如牛刀割雞也。」
【用法】用以比喻大材小用。
【例句】你是師範大學的教授，跑來我們這鄉下小學教書，未免有些**牛刀割雞**吧？
【義近】牛鼎烹雞／大材小用／長材短用／殺雞用牛刀。
【義反】量材錄用／人盡其才／因材器使／適才適所。

牛山濯濯

【釋義】牛山：在山東省淄博市東。濯濯：光禿的樣子。
【出處】孟子・告子上：「牛山之木嘗美矣，以其郊於大國也，斧斤伐之……牛羊又從而牧之，是以若彼濯濯也。」
【用法】用來比喻人的頭頂光禿無髮，或用以形容老人。
【例句】他的年紀不大，卻已是**牛山濯濯**，老相畢露，可能是操煩的事太多了吧！
【義近】牛山童童／老態龍鍾／齒危髮禿／頭童齒豁。
【義反】年富力強／春秋鼎盛。

牛不喝水強按頭

【釋義】牛不想喝水卻要強按其頭於水中。
【出處】曹雪芹・紅樓夢四六回：「鴛鴦道：『家生女兒怎麼樣？牛不喝水強按頭嗎？我不願意，難道殺我老子娘不成？』」
【用法】用以比喻強迫人行事。
【例句】婚姻大事要出於自願，她既然不樂意就算，怎麼能**牛不喝水強按頭**，逼她同意呢？
【義近】生拉活扯／趕鴨上架。
【義反】自覺自願／心甘情願／兩廂情願。

牛之一毛

【釋義】牛身上的一根毛。
【出處】三國志・魏書・明帝・裴松之注引魏略：「臣知言出必死，而臣自比於牛之一毛，生既無益，死亦何損？」
【用法】比喻微不足道。
【例句】你損失這點錢財，不過**牛之一毛**，只要大家平安無事，又何必為此而傷心難過呢？
【義近】九牛一毛／滄海一粟／太倉稊米／微乎其微／微不足道。
【義反】舉足輕重／不可或缺／多如牛毛／盈千累萬／恆河沙數／指不勝屈。

牛衣對泣

【釋義】一起睡在牛衣裏相對哭泣。牛衣：用草編的給牛禦寒遮雨的覆蓋物。
【出處】漢書・王章傳：「初，章為諸生學長安，獨與妻居。章疾病，無被，臥牛衣中，與妻決，涕泣。」明・葉憲祖・鸞鎞記・京晤：「也只為牛衣對泣憐同病。」
【用法】形容貧賤夫妻同過艱苦生活。
【例句】這對年老夫妻，幾十年來儘管**牛衣對泣**，但一直恩恩愛愛，從未發生過口角。
【義近】苦命鴛鴦／柴米夫妻。

牛角掛書

【釋義】在牛的角上掛著書。
【出處】新唐書・李密傳：「聞包愷在緱山，往從之。以蒲韉乘牛，掛漢書一帙角上，行且讀。」
【用法】比喻勤奮刻苦地讀書。
【例句】年輕人只要能有**牛角掛書**的讀書精神，自然能學有所成，又何愁找不到好的工作？
【義近】晝耕夜誦／焚膏繼晷／手不釋卷／孜孜不倦／韋編三絕／枕經藉書。
【義反】鴻鵠將至／玩歲愒時／游手好閒／蹉跎歲月／束書不觀。

牛郎織女

【釋義】牛郎、織女：均為神話中人物，由牽牛星和織女星衍化而來。他們長期分離，只能在每年七夕相會一次。
【出處】羣音類選・南西廂記・鶯鶯憶念：「你影隻形單，羞睹牛郎織女星。」
【用法】用以比喻情人或夫妻長期分離。
【例句】這對夫妻自結褵以來，一直過著**牛郎織女**式的生活，因為先生到美國念博士學位，只好忍受這種別離的痛苦。
【義近】形單影隻／分釵斷帶／被冷枕單。
【義反】形影不離／雙宿雙飛／同衾共枕／出雙入對／如膠似漆。

牛鬼蛇神

【釋義】即妖魔鬼怪。牛鬼：佛教傳說中的牛頭鬼。蛇神：蛇精，蛇身神。
【出處】杜牧・李賀歌詩集序：「鯨呿鼇擲，牛鬼蛇神，不足為其虛荒幻誕也。」
【用法】比喻各種醜物或各種壞人。
【例句】這一區的治安很不好，到了半夜，什麼**牛鬼蛇神**都會出現，你最好小心一點。
【義近】牛頭馬面／魑魅魍魎／妖魔鬼怪。
【義反】麒麟鳳凰／神龜祥龍／神兵天將。

牛溲馬勃

【釋義】牛溲：牛尿，一說車前草，可治水腫。馬勃：即馬屁勃，一種菌類植物，可作爲止血藥。二者皆爲極普通的中藥。

【出處】韓愈・進學解：「牛溲馬勃，敗鼓之皮，俱收並蓄，待用無遺者，醫師之良也。」

【用法】比喻極微賤而有用的東西。

【例句】中醫藥材可入藥者多，如**牛溲馬勃，敗鼓之皮**等，俱收並蓄，皆可入藥用以治病。

【義近】敗鼓之皮／竹頭木屑／米麩糟糠。

【義反】玉札丹砂／赤箭青芝／金精玉液。

牛鼎烹雞

【釋義】用很大的鼎烹煮雞。牛鼎：體大可容牛之鼎。

【出處】後漢書・邊讓傳：「傳曰：函牛之鼎以烹雞，多汁則淡而不可食，少汁則熬而不可熟。」

【用法】比喻大材小用。

【例句】一位美國名校的博士，卻在餐廳洗盤子，眞是**牛鼎烹雞**，枉費了他的才學。

【義近】牛刀割雞／大材小用。

牛蹄中魚

【釋義】蹄：獸蹄。牛蹄：指牛蹄踩在地面時陷入地面的小坑。

【出處】魏應璩・與韋仲將書：「方今體寒心飢，憂在旦夕，而欲東希誅昌治生之物，西望陝西廚食之祿，誠恐將爲牛蹄中魚，卒鮑氏之肆矣。」

【用法】比喻逼近死期。

【例句】老先生臥病在床已久，猶如**牛蹄中魚**，命在旦夕，家人早已心裏有數了。

【義近】風中之燭／行將就木。

【義反】年富力強／春秋鼎盛。

牛頭不對馬嘴

【釋義】意謂牛頭與馬頭、牛嘴與馬嘴不合，對不上。

【出處】李寶嘉・官場現形記一六回：「只要人家拿了他一派臭恭維，就是牛頭不對馬嘴，他亦快樂。」

【用法】比喻所答非所問；或說明兩件事情不相符合，根本不能湊在一起。

【例句】我問你昨晚沒有回來是去哪裏，你卻說今晚你一定在家，眞是**牛頭不對馬嘴**。

【義近】答非所問。

牛頭馬面

【釋義】佛教用語，指陰間裏的凶惡鬼卒。

【出處】楞嚴經卷八：「牛頭獄卒，馬頭羅剎，手執槍矟，驅入城門。」

【用法】比喻各種凶惡的人。

【例句】他這人交遊廣闊，白道黑道上的朋友眾多，什麼**牛頭馬面**的人都見過了，那會在乎你這小角色。

【義近】牛鬼蛇神／牛頭阿旁／凶神惡鬼／陰司鬼卒。

牛驥同皁

【釋義】牛和良馬同槽。驥：駿馬，千里馬。皁：通「槽」，牛馬的食槽。

【出處】鄒陽・獄中上梁王書：「使不羈之士與牛驥同皁，此鮑焦所以忿於世而不留富貴之樂也。」

【用法】比喻賢愚不分，讓賢愚同處，給以同等待遇。

【例句】經理這樣的人事安排，**牛驥同皁**，令眞正有才幹的人心生不滿而紛紛求去。

【義近】牛驥共牢／龍蛇雜處／賢愚同堂／優劣不分／雞棲鳳凰食。

【義反】涇渭分明／優勝劣汰／賢愚有別／良莠分處。

二—三畫

牝雞司晨

【釋義】母雞代替雄雞啼明。牝：雌性的禽獸。

【出處】尚書・牧誓：「牝雞無晨，牝晨之晨，惟家之索。」新唐書・長孫皇后傳：「牝雞司晨，家之窮也，可乎？」

【用法】指女性掌權，也比喻越職行事。

【例句】滿清末年，慈禧太后獨攬大權，**牝雞司晨**，顛倒朝政。

【義近】牝雞牡鳴／陰陽顛倒／混淆綱常／越俎代庖。

【義反】牝雞無晨。

牢不可破

【釋義】牢固得不可能破壞。

【出處】韓愈・平淮西碑：「大官臆決唱聲，萬口和附，幷爲一談，牢不可破。」

【用法】引申爲成見太深，很難改變。或形容積習難改。

【例句】儒家思想在中國文人心中的地位**牢不可破**。

【義近】根深蒂固／堅如磐石。

【義反】不攻自破／不堪一擊。

牡丹雖好，還須綠葉扶持

【釋義】意謂牡丹花雖然好看，但還須有綠葉映襯才更見豔麗。

【出處】蘭陵笑笑生・金瓶梅七六回：「就是俺這姑娘，一時間一言半語，聒聒的，你每人家廝擡廝敬，儘讓一句兒就罷了。常言牡丹花兒雖好，還要綠葉兒扶持。」

【用法】比喻一個人再能幹，也需要眾人支持。

【例句】俗話說得好：**牡丹雖好，還須綠葉扶持**，一個人的成功，除了個人的資質與努力外，若無眾人的支持、提攜，就算有天大的本事，也難成大業。

【義近】一座籬笆三根樁／一個好漢三個幫／孤掌難鳴／單絲不成線／獨木不成林／獨木難支。

【義反】獨當一面／一夫當關。

四畫

物力維艱

【釋義】物力：物產。維：助詞。艱：艱辛。

【出處】李寶嘉・官場現形記二〇回：「知縣道：『卑職深知物力維艱，每逢穿到身上，格外愛惜當心。』」

【用法】意指物資得來十分艱苦不易。

【例句】早年衣食缺乏，**物力維艱**的困苦生活，我們應時刻銘記於心，且教育下一代愛惜物力，珍惜資源。

【義近】得來不易／來處不易／

粒粒皆辛苦。

【義反】得來全不費功夫／輕而易舉／不費吹灰之力。

物以稀爲貴

【釋義】稀：少，罕見。貴：珍貴，貴重。

【出處】白居易・小歲日喜談氏外孫女孩滿月詩：「物以稀爲貴，情因老更慈。」

【用法】用以說明物因爲稀少而顯得特別珍貴。

【例句】**物以稀爲貴**，藝術作品以其創作的獨特性爲其珍貴處。

物以類聚

【釋義】同類的東西聚在一起。常與「人以羣分」連用。

【出處】周易・繫辭上：「方以類聚，物以羣分，吉凶生矣。」普濟・五燈會元三：「活捉生擒，捷書露布；如藤倚樹，物以類聚。」

【用法】形容人志氣相同或臭味相投，而各自聚集在一起。

【例句】這幾個亡命之徒天天在一起鬼混，做不了幾件好事，眞是**物以類聚**，人以羣分啊！

【義近】物從其類／草木儔生，禽獸羣焉／人以羣分。

物阜民康

【釋義】物阜：物產豐足。阜：豐。民康：人民康樂。

【出處】羅貫中・三國演義四四回：「因恩化及乎四海兮，嘉物阜而民康。」

【用法】用以頌揚政治清平，社會富足，人民安居樂業。

【例句】臺灣地區經過幾十年的辛勤建設，現在可算是**物阜民康**了。

【義近】國富民強／人給家足／國泰民安。

【義反】民窮財盡／民生凋敝。

物是人非

【釋義】是：此，這樣。非：不，指發生了變化。

【出處】曹丕・與吳質書：「節同時異，物是人非，我勞如何！」

【用法】用以說明景物依舊，而人事已非。

【例句】回到闊別了四十多年的故鄉，撫今追昔，不免有**物是人非**的悵歎。

【義近】人面不知何處去，桃花依舊笑春風。

【義反】依然如故／一成不變。

物盛則衰

【釋義】意謂事物繁盛以後則將衰萎。

【出處】司馬遷・史記・田叔列傳：「夫月滿則虧，物盛則衰，天地之常也。」

【用法】指事物發展到一定程度，便會向相反的方向轉化。

【例句】我們既然明白**物盛則衰**的道理，就該在爲人處事上適可而止，若過分了就會走向反面，無異於搬石頭砸自己的腳。

【義近】盛極則衰／物極則衰／月滿則虧／日中則昃／物極必反。

【義反】否極泰來／苦盡甘來／柳暗花明／絕處逢生／撥亂反正／撥雲見日。

物換星移

【釋義】物換：指景物隨四季而改變。星移：星辰變換位置，指時間的變化。

【出處】王勃・滕王閣詩：「閒雲潭影日悠悠，物換星移幾度秋。」

【用法】用以說明時序變遷，景物變更。

【例句】離開臺北十多年了，這次回來到處走走，深感**物換星移**，景象全然不同了。

【義近】時移世易／星移斗轉／春秋代序。

【義反】依然如故／一成不變／一切如常／亙古不移。

物華天寶

【釋義】萬物中的精華，天地間的珍寶。

【出處】王勃・滕王閣序：「物華天寶，龍光射牛斗之墟；人傑地靈，徐孺下陳蕃之榻。」

【用法】比喻難得的奇珍異寶。

【例句】這只翡翠色澤青綠，質地完美，簡直是世間罕有的**物華天寶**，價值不凡。

【義近】荊山之玉／和隋之珍。

【義反】竹頭木屑／牛溲馬勃。

物傷其類

【釋義】見到同類死亡，聯想到自己將來的下場而感到悲傷。物：動物。傷：悲傷，感傷。

【出處】馮夢龍・警世通言卷四十：「兔死狐悲，物傷其類。」

【用法】比喻見到情況與自己相似的遭遇而感傷。（今多用於貶義）

【例句】那幾個不良少年，看到同夥的悲慘下場，不免**物傷其類**，欲洗心革面，重新做人。

【義近】兔死狐悲／芝焚蕙歎。

【義反】幸災樂禍／落井下石。

物極必反

【釋義】極：極限，頂點。反：走向反面。

【出處】呂氏春秋・博志：「全則必缺，極則必反。」近思錄卷一：「陽已復生，物極必返（反）。」

【用法】說明事物發展到極點，就會往相反的方面轉化。

【例句】對待小孩子不要太嚴苛，以免**物極必反**，而收到反效果。

物盡其用

【釋義】各種東西凡有可用之處，都要盡量利用。盡：全，充分發揮利用。用：用處。

【出處】孫中山・上李鴻章書：「所謂物盡其用者，在窮理日精，機器日巧，不作無益以害有益也。」

【用法】用以說明要充分利用物資，一點也不浪費。

【例句】現在的工廠大多採用先進技術實行綜合利用，務必做到**物盡其用**，節省資源。

【義近】人盡其才／地盡其利／變廢爲寶。

【義反】暴殄天物／肆意浪費／

視寶爲廢。

物腐蟲生

【釋義】物必先腐爛才會生蟲。

【出處】荀子・勸學：「肉腐生蟲，魚枯生蠹，怠慢忘身，禍災乃作。」蘇軾・范增論：「物必先腐也，而後蟲生之。」

【用法】比喻禍患之來必有其內因。

【例句】**物腐蟲生**，若不是你長年在外面風流，你的老婆怎會和人私奔呢？

【義近】亂自己始／禍由己出／魚枯生蠹。

物歸原主

【釋義】歸：還。一作「物還原主」。

【出處】凌濛初・拍案驚奇卷三五：「物歸原主，豈非天意。……原來不是他的東西，只當此替你家看守罷了。」

【用法】指把東西歸還給原來的主人。

【例句】這件珠寶本來就是你的，現在回到你手裏，也算是**物歸原主**了。

【義近】完璧歸趙。

物離鄉貴

【釋義】鄉：指物品的出產地。

【出處】王惲・番禺杖詩：「物眇離鄉貴，材稀審實訛。」

【用法】說明物品離開產地越遠，價格就越貴。

【例句】**物離鄉貴**，這話眞不假，貴州的茅臺酒到了臺灣，其價格竟比產地高出好幾倍！

物議沸騰

【釋義】物議：眾人的議論。物：眾人。沸騰：形容氣氛熱烈，情緒高漲。

【出處】蘇軾・再論時政書：「然猶不免一言其非者，豈非物議沸騰，事勢迫切而不可止歟？」

【用法】用以指人們議論紛紜，輿論強烈。

【例句】公眾人物的婚外情一旦曝光，就會引起一陣**物議沸騰**。

【義近】議論紛紛／人言嘖嘖／人言籍籍／沸反盈天／民意沸騰。

【義反】噤若寒蟬／三緘其口。

六—七畫

特立獨行

【釋義】特別的立身原則，獨到的行爲方式。

【出處】禮記・儒行：「儒有澡身而浴德，……其特立獨行有如此者。」

【用法】形容行爲獨特，不苟且隨俗。

【例句】在亂世中，有一些**特立獨行**的人寧願隱居也不願出仕隨波逐流。

【義近】超塵拔俗／卓爾不羣／卓犖不羈。

【義反】和光同塵／委蛇隨眾／隨波逐流。

牽一髮動全身

【釋義】只動一根頭髮卻牽動了全身。

【出處】龔自珍・自春徂秋……得十五首之一：「黔首本骨肉，天地本比鄰。一髮不可牽，牽之動全身。」

【用法】用以說明局部與整體的關係，所觸及的雖只是局部，卻會影響到整體。

【例句】這件事非同小可，**牽一髮動全身**，你們不要太大意了。

【義近】一著錯滿盤輸／一著下錯，全盤皆輸。

牽衣頓足

【釋義】手牽著衣，腳頓著地。

【出處】杜甫・兵車行：「牽衣頓足攔道哭，哭聲直上干雲霄。」

【用法】形容悲傷痛哭的狀態。

【例句】這場令人意想不到的大水災，竟奪走了幾千個人的生命，死者親屬無不**牽衣頓足**，悲痛欲絕。

【義近】哭天喊地／捶胸頓足／呼天搶地／撫膺頓足／椎心泣血／拊膺大慟。

【義反】捧腹大笑／歡天喜地／撫掌而笑／欣喜若狂。

牽強附會

【釋義】牽強：把沒有關係的事物勉強扯在一起。附會：把不相關的事物硬聯繫起來。

【出處】鄭樵・通志・總序：「董仲舒以陰陽之學，倡爲此說，本於春秋，牽合附會。」

【用法】指勉強把不相關的事物扯在一起。

【例句】你所說的這個理由，也未免太**牽強附會**了吧？

【義近】穿鑿附會／郢書燕說／生拉活扯。

【義反】理所當然／順理成章／合情合理。

牽腸掛肚

【釋義】牽、掛：牽掛，掛念。

【出處】鄭廷玉・冤家債主四折：「張善友牽腸掛肚，怎下的眼睜睜生死別路。」

【用法】形容十分惦念，放不下心。

【例句】我女兒隻身在異國謀生，你教我怎能不**牽腸掛肚**？

【義近】牽腸割肚／牽心掛肚。

【義反】無牽無掛／一刀兩斷。

牽蘿補屋

【釋義】牽拉蘿藤來補房屋的漏洞。

【出處】杜甫・佳人：「侍婢賣珠回，牽蘿補茅屋。」蒲松齡・聊齋誌異・紅日：「牽蘿補屋，日以爲常。」

【用法】形容人生活困難，挪東補西。

【例句】多年不見，眞沒想到你會弄到**牽蘿補屋**的地步，我一定盡力幫助你擺脫困境。

【義近】青黃不接／寅吃卯糧／饔飧不繼／捉襟見肘／納履踵決／左支右絀。

【義反】家道從容／豐衣足食／飽食暖衣／游有餘裕。

八—十畫

犀角偃月

【釋義】犀角：是指額角骨。偃月：半弦月。額角骨成半月形。

【出處】戰國策・中山：「若乃其眉目准頞權衡、犀角偃月，彼乃帝王之后，非諸侯之姬也。」

【用法】用以形容賢人或富貴的相貌。

【例句】相命的人常說某人長得**犀角偃月**，爲富貴一生之命。但若此人好吃懶做，就算空有一張好面相恐怕也是枉然。

【義近】方面大耳／珠衡犀角／龍眉鳳目／淵角山庭。

【義反】小頭銳面／獐頭鼠目／尖嘴猴腮／蛇頭鼠眼。

犂庭掃閭（ㄌㄧˊ ㄊㄧㄥˊ ㄙㄠˇ ㄌㄩˊ）

【釋義】除掉庭院，掃蕩鄉里。閭：鄉里。一作「犂庭掃穴」。

【出處】漢書．匈奴傳：「近不過旬月之役，遠不離二時之勞，固已犂其庭，掃其閭，郡縣而置之。」

【用法】比喻徹底加以消滅。

【例句】治安單位大規模掃毒，以**犂庭掃閭**之勢，將毒販的巢穴徹底鏟除。

【義近】斬草除根／斬盡殺絕。

【義反】坐視壯大／養癰遺患。

犖犖大端（ㄌㄨㄛˋ ㄌㄨㄛˋ ㄉㄚˋ ㄉㄨㄢ）

【釋義】犖犖：明顯，顯著。端：項目，方面，部分。又作「犖犖大者」。

【出處】司馬遷．史記．天官書：「此其犖犖大者，若至委曲小變，不可勝道。」

【用法】用以指在眾多的事件或內容中，那些明顯的事項或要點。

【例句】今年的建設項目甚多，其**犖犖大端**者就有十來個。

【義近】犖犖諸端／卓然昭著。

【義反】細微末節／微不足道。

犬部

犬不夜吠（ㄑㄩㄢˇ ㄅㄨˋ ㄧㄝˋ ㄈㄟˋ）

【釋義】意謂晚上沒有狗叫聲。吠：狗叫。

【出處】劉鶚．老殘遊記一二回：「起初也還有一兩起盜案，一月之後，竟到了犬不夜吠的境界了。」

【用法】形容社會治安良好，沒有盜賊。

【例句】農村地區的治安較城市確實要好得多，但也還沒有到**犬不夜吠**的境界。

【義近】夜不閉戶／路不拾遺／門不設關／草滿囹圄／囹圄一空。

【義反】鼠輩橫行／偷盜不斷。

犬牙交錯（ㄑㄩㄢˇ ㄧㄚˊ ㄐㄧㄠ ㄘㄨㄛˋ）

【釋義】像狗牙一樣上下錯落不齊。錯：交雜，交叉。一作「犬牙相制」。

【出處】司馬遷．史記．孝文帝本紀：「高帝封王子弟，地犬牙相制。」漢書．中山靖王勝傳：「先帝所以廣封連城，犬牙相錯者。」

【用法】形容地界交錯，形勢如犬牙般不齊；也比喻錯綜複雜的情勢或局面。

【例句】國與國之間的疆界，多是**犬牙交錯**的形勢，決不可能像刀切般地筆直。

【義近】犬牙相制／犬牙錯立／參差不齊／錯落不齊。

【義反】整整齊齊／整齊畫一／一綫筆直／齊如刀切。

犬牙鷹爪（ㄑㄩㄢˇ ㄧㄚˊ ㄧㄥ ㄓㄠˇ）

【釋義】狗的銳牙，鷹的利爪。

【出處】清．李漁．比目魚．征利：「我這生財妙手，從來會抓。豈仗你犬牙鷹爪，才能做家？」

【用法】喻凶猛的手下或打手。

【例句】這個人據傳是某幫派的幫主，其**犬牙鷹爪**甚多，難以對付，你最好不要隨便招惹他。

【義近】爪牙鷹犬。

【義反】草包飯桶／酒囊飯袋。

犬兔俱斃（ㄑㄩㄢˇ ㄊㄨˋ ㄐㄩˋ ㄅㄧˋ）

【釋義】俱斃：都死了。斃：死亡。

【出處】戰國策．齊策三：「兔極於前，犬廢於後，犬兔俱罷，各死其處。」新五代史．四夷附錄一：「若玩寇要君，但恐犬兔俱斃。」

【用法】喻相爭雙方同歸於盡。

【例句】只不過因些許小事而引起誤會，何必要苦苦相鬥，難道非爭到**犬兔俱斃**才肯罷休嗎？

【義近】同歸於盡／玉石俱焚／蘭艾同焚／金石俱碎。

【義反】你死我活／敵亡我存／勢不兩立／不共戴天。

犬馬之年（ㄑㄩㄢˇ ㄇㄚˇ ㄓ ㄋㄧㄢˊ）

【釋義】犬馬：舊時臣下對君主自比爲犬馬，表示願供驅使。後用作謙稱。

【出處】曹植．黃初五年令：「將以全陛下厚德，究孤犬馬之年，此難能也。」

【用法】謙稱自己的年齡，多對尊上而言。

【例句】謝謝董事長的關心垂詢，敝職**犬馬之年**已逾不惑，對公司沒什麼貢獻，自覺汗顏。

【義近】犬馬之齒／犬馬之齡。

犬馬之疾（ㄑㄩㄢˇ ㄇㄚˇ ㄓ ㄐㄧˊ）

【釋義】犬馬：古時臣子對君王自比爲犬馬，表示願供驅使，後用作謙稱。疾：病。

【出處】孔叢子．論勢：「臣有犬馬之疾，不任國事。」

【用法】謙稱自己的疾病。

【例句】我最近身體狀況欠佳，常有**犬馬之疾**，只好請假在家療養。

【義近】區區小病。

犬馬之勞

【釋義】古時臣子對君主效勞，常自比為奔走的犬馬，以表示忠誠。

【出處】羅貫中・三國演義二一回：「公既奉詔討賊，備敢不效犬馬之勞？」

【用法】表示心甘情願受人驅使，為人效勞。

【例句】您對我的賞識提拔，我沒齒難忘，願盡**犬馬之勞**以報答您。

【義近】任憑驅遣／樂意效勞／竭誠奔走／做牛做馬。

【義反】不受差遣／不聽使喚／不甘驅使。

犬馬之報

【釋義】像犬馬那樣的忠心報答主人。

【出處】元・鄭德輝・㑳梅香二折：「小娘子可憐見，成就了這門親事，小生必有犬馬之報。」

【用法】表示非常誠心的報答恩人。

【例句】若閣下肯幫我這個大忙，成全此事，今後定效**犬馬之報**，以謝此恩德。

【義近】銜環結草／生死以報／泉湧以報。

【義反】恩將仇報／忘恩負義／以怨報德。

犬馬之誠

【釋義】犬馬：舊時臣子對君王的謙稱。

【出處】三國志・魏書・陳思王植傳：「臣伏以為犬馬之誠不能動人，譬人之誠不能動天。」

【用法】用以謙稱自己的誠意。

【例句】十多年來總經理一直這樣器重我、提拔我，我豈能不盡**犬馬之誠**，綿薄之力，好好為公司效力呢？

【義近】一片忠誠／一瓣心香／犬馬之情／犬馬之勞。

【義反】虛與委蛇／陽奉陰違／裝模作樣／假仁假義。

犬馬齒窮

【釋義】齒窮：牙齒沒有了。窮：盡。

【出處】後漢書・皇甫規傳：「臣素有固疾，恐犬馬齒窮，不報大恩。」

【用法】謙稱自己年老體衰。

【例句】老兄正值春秋鼎盛，仕途稍有不順，何必灰心喪氣。老朽已是**犬馬齒窮**之齡，才應該準備退休頤養天年。

【義近】風燭殘年／行將就木／日薄西山／垂暮之年。

【義反】年輕力壯／春秋鼎盛／年富力強／如日中天／風華正茂。

二畫

犯上作亂

【釋義】犯上：冒犯尊長或上級。

【出處】論語・學而：「有子曰：『其為人也孝弟，而好犯上者，鮮矣；不好犯上，而好作亂者，未之有也。』」

【用法】指冒犯君上尊長，做叛逆之事。

【例句】無論是古代還是現在，一個奉公守法的人，是決不會做出**犯上作亂**的事情。

【義近】違法亂紀。

【義反】奉公守法／克盡臣道／忠貞不二。

犯而不校

【釋義】犯：冒犯，侵犯。校：計較。

【出處】論語・泰伯：「以能問於不能，以多問於寡；有若無，實若虛，犯而不校。」

【用法】形容人能克制情緒，別人冒犯了也不計較。

【例句】修養達到虛懷若谷，**犯而不校**的境界，才能算是真正的君子。

【義近】逆來順受／唾面自乾。

【義反】以眼還眼／以牙還牙／針鋒相對。

犯顏極諫

【釋義】犯顏：冒犯尊長的威嚴。極諫：強諫，盡力直諫。

【出處】韓非子・外儲左下：「桓公問置吏於管仲，管仲曰：『……犯顏極諫，臣不如東郭牙，請立以為諫臣。』」

【用法】用以表示忠心耿耿，不惜冒犯尊長，強行諫諍。

【例句】作為國家的公職人員，對於上司的錯誤，就是要敢於**犯顏極諫**。

【義近】忠言直諫。

【義反】微言幾諫。

四畫

狂犬吠日

【釋義】瘋狗對著太陽汪汪叫。狂犬：瘋狗。吠：狗叫。

【用法】比喻壞人不自量力地叫囂，含有蔑視的意味。

【例句】這幾個傢伙真不知天高地厚，竟然要推翻政府，真是**狂犬吠日**。

【義近】蚍蜉撼樹。

【義反】自知之明。

狂妄自大

【釋義】狂妄：放肆妄為。自大：自以為非常了不起。

【出處】後漢書・馬援傳：「子陽井底蛙耳，而妄自尊大。」舊唐書・皇甫鎛傳：「何狂妄之甚也！」

【用法】形容非常地自以為是。

【例句】那些人的**狂妄自大**，只能說明他們的無知淺薄，決不意味著他們真的有什麼本領或才能。

【義近】妄自尊大／夜郎自大／目空一切。

【義反】謙卑自牧／謙虛謹慎／虛懷若谷。

狂風暴雨

【釋義】指迅猛的大風大雨。

【出處】宋・梅堯臣・惜春三首之二：「前日看花心未足，狂風暴雨忽無憑。」

【用法】比喻險惡動蕩的處境。

【例句】像這樣**狂風暴雨**的場面我經歷多了，雖然非常險惡，但卻是很好的磨練機會。

【義近】風狂雨驟／疾風勁雨／狂風巨浪。

【義反】風平浪靜／和風細雨／雨過天晴。

狂悖之言

【釋義】狂悖：狂妄而違背常理。

【出處】國語・周語下：「氣佚則不和，於是乎有狂悖之言，有眩惑之明，有轉易之名，有過慝之度。」

【用法】指狂妄而違背常理人情的言論。

【例句】這年輕人有點小成就，就自以爲了不起，目空一切，經常口出**狂悖之言**，眞是不知天高地厚。

【義近】狂妄之言／逆理之論／無狀之言。

【義反】謙遜之言／藥石之言／言謙語遜。

狂蜂浪蝶

【釋義】輕狂的蜜蜂與蝴蝶。狂、浪：有盡情施展，不加拘束的意思。

【出處】凌濛初・初刻拍案驚奇卷一一：「紫燕黃鶯，綠柳叢中尋對偶；狂蜂浪蝶，夭桃隊裏覓相知。」

【用法】形容春天百花盛開、蝶亂蜂飛的美麗景象。或喻態度輕佻，蹂躪女人的男子，含貶義。

【例句】①春遊陽明山，只見百花盛開，萬紫千紅，**狂蜂浪蝶**飛舞其間，美麗極了。②這幾個不良少年，拐騙了離家出走的少女，**狂蜂浪蝶**般地加以蹂躪，被法院判處五年有期徒刑，還算便宜了他們。

【義近】蝶亂蜂飛／浪蝶遊蜂／浪蕩子弟。

五畫

狗仗人勢

【釋義】仗：依仗。勢：權勢，威勢。

【出處】曹雪芹・紅樓夢七四回：「你就狗仗人勢，天天作耗，在我們跟前逞臉。」

【用法】用以比喻一個人依仗別人的勢力而欺侮人。

【例句】他的舅舅是縣議員，以致他在鄉里間**狗仗人勢**橫行無忌，而無人敢阻攔。

【義近】狐假虎威／仗勢欺人。

狗皮膏藥

【釋義】中藥外用膏藥，能消痺止痛，走江湖的人常假造以騙取錢財。

【出處】劉半農・半農雜文・自序：「再往下說，那就是信口開河，不如到廟會去賣狗皮膏藥了。」

【用法】比喻騙人的貨色。

【例句】你別在這裏賣**狗皮膏藥**了！這套把戲或許可以騙過村夫愚婦，卻騙不了我們，趕快滾吧！

【義近】騙人把戲／弄虛作假／掛羊頭賣狗肉。

【義反】貨眞價實／如假包換／童叟無欺。

狗血噴頭

【釋義】意謂有如狗血噴灑在頭上，令人難堪。一作「狗血淋頭」。

【出處】吳敬梓・儒林外史三回：「范進因沒有盤費，走去同丈人商議，被胡屠戶一口啐在臉上，罵了一個狗血噴頭。」

【用法】比喻被人用粗語痛罵。

【例句】他才一進門，就被太太罵得**狗血噴頭**，原來是因爲他一夜沒回家。

【義近】淋漓痛罵／臭罵一頓／咒天罵地。

狗行狼心

【釋義】狗的行爲，狼的心腸。

【出處】元・無名氏・雲窗夢四折：「你狗行狼心，短命相識，恨惹情牽，魂勞夢斷。」

【用法】比喻行爲卑鄙，心地狠毒。

【例句】我現在總算是把他徹底看清楚了，原來他眞的是個**狗行狼心**的騙子！還好，我沒上當嫁給他。

【義近】狼心狗肺／豬卑狗險／狼子野心／蛇蠍心腸／心狠手辣。

【義反】面善心慈／菩薩心腸。

狗吠非主

【釋義】吠：狗叫。主：主人。

【出處】戰國策・齊策六：「跖之狗吠堯，非貴跖而賤堯也，狗固吠非其主也。」

【用法】原比喻人臣各忠於其主，今也用以比喻下屬忠於其長上。

【例句】你傷害了他的直屬長官，他當然要這樣無禮地對待你，**狗吠非主**的道理難道你還不懂？

【義近】各爲其主／各忠其主／桀犬吠堯／跖狗吠堯。

狗尾續貂

【釋義】指貂皮不夠用時，用狗尾巴來補充。續：連接，補充。貂：一種毛皮珍貴的鼠類動物。

【出處】晉書・趙王倫傳：「貂不足，狗尾續。」孫光憲・北夢瑣言一八：「亂離以來，官爵過濫，封王作輔，狗尾續貂之嫌。」

【用法】比喻拿不好的東西補接在好的東西後面，前後兩部分非常不相稱。

【例句】你的文章寫得這麼好，我可不敢**狗尾續貂**的替你續寫。

【義近】濫竽充數。

狗咬呂洞賓

【釋義】意謂狗咬好人。呂洞賓：傳說中人物，相傳爲唐代京兆人，名巖，元明以來稱爲八仙之一。

【出處】曹雪芹・紅樓夢二五回：「彩霞咬著牙，向他頭上戳了一指頭，道：『沒良心的，狗咬呂洞賓，不識好歹。』」

【用法】指人不知好歹。多與「不識好人心」連用。

【例句】你這傢伙眞是**狗咬呂洞賓**，我是在極力爲你求情，你卻反說我是落井下石。

【義近】不識好人心／善惡莫辨／不明是非／不知好歹。

【義反】善惡分明。

狗急跳牆

【釋義】狗在被逼急了之後會跳牆亂闖亂竄。

【出處】敦煌變文集・燕子賦：「人急燒香，狗急驀（跳）牆。」

【用法】比喻人在走投無路時，不顧一切地蠻幹搗亂。

【例句】你們不要把他逼上了絕路，以免**狗急跳牆**，造成更大的危害。

【義近】人急造反／窮鼠嚙狸／急不暇擇。

【義反】束手待斃／俯首就擒。

狗眼看人低

【釋義】家狗看到衣衫襤褸的人，吠叫得特別厲害。

【用法】一般用來責罵人的現實、勢利。

【例句】今天我登門拜候，你卻**狗眼看人低**似的愛理不理，想當年，我曾是你頂頭上司，那你卻百般奉承，曲意巴結，這大概就是人情的冷暖吧！

【義近】門縫裏看人。

狗彘不若

【釋義】意即豬狗不如。彘：豬。不若：不如。

【出處】荀子・榮辱：「人也，憂忘其身，內忘其親，上忘其君，則是人也，而曾狗彘之不若也。」

【用法】比喻一個人的品行惡劣到了極點，連豬狗都不如。

【例句】他爲了早點得到遺產，竟想方設法氣死他父親，眞是**狗彘不若**的東西！

【義近】豬狗不如／形同狗彘／禽獸不如。

狗嘴吐不出象牙

【釋義】狗嘴：罵人語，意爲嘴巴不乾淨。象牙：比喻優美的言語。

【出處】魏秀仁・花月痕一七回：「采秋道：『呸！狗口無象牙，你不怕穢了口！』」

【用法】用以指責人說不出好話來。

【例句】不要把他的話放在心上，他這人就是**狗嘴吐不出象牙**。

狗豬不食其餘

【釋義】不食其餘：不吃他所剩的東西。

【出處】漢書・元后傳：「受人孤寄，乘便利時，奪取其國，不復顧恩義。人如此者，狗豬不食其餘。」

【用法】用以比喻其人極端可鄙，連豬狗也不肯吃他吃剩的東西。

【例句】他是個**狗豬不食其餘**的東西，爲了賭博把一家老小都害死了，至今卻仍執迷不悟。

【義近】狗彘不若／豬狗不如。

狗頭軍師

【釋義】狗頭：罵人語，不像人樣之意。軍師：官名，爲軍中度量事宜、訂定策略之參謀員。

【出處】焦延壽・易林：「王喬無病，狗頭不痛。」後漢書・岑彭傳：「乃貰（韓）歆，以爲鄧禹軍師。」

【用法】用以稱好爲謀略、愛獻小計的人。含貶義。

【例句】這個**狗頭軍師**出的點子，永遠是成事不足敗事有餘，採納不得。

【義反】諸葛再生。

狗顛屁股

【釋義】狗搖尾乞憐的樣子。

【出處】曹雪芹・紅樓夢六一回：「你忙著就說自己『發昏』，趕著洗手炒了，『狗顛屁股兒』似的，親自捧了去。」

【用法】比喻對人逢迎獻媚的醜態。

【例句】他爲了討好頂頭上司，甚至**狗顛屁股**似的巴結奉承，完全喪失了自我的尊嚴。

【義近】奴顏婢膝／卑躬屈膝／曲意逢迎／吮癰舐痔／脅肩諂笑／如蟻附羶。

【義反】堂堂正正／有稜有角／正氣昂揚／剛正不阿／抱誠守眞。

狐死兔泣

【釋義】狐與兔子都是獵人捕捉的對象。狐狸死了，兔子悲傷哭泣。

【出處】宋史・李全傳下：「狐死兔泣，李氏滅，夏氏寧獨存？願將軍垂盼。」

【用法】比喻因同類的死亡或失敗而感到悲傷。

【例句】看到跟自己同輩分的人一個個相繼逝世，王老先生不免有**狐死兔泣**的感傷。

【義近】兔死狐悲／物傷其類／芝焚蕙歎／狐兔之悲。

【義反】麻木不仁／無動於衷。

狐死首丘

【釋義】狐狸將死時，頭朝向牠出生的山丘。首：作動詞，頭枕著。

【出處】禮記・檀弓上：「古之人有言曰：『狐死，正丘首，仁也。』」屈原・九章・哀郢：「鳥飛反故鄉兮，狐死必首丘。」

【用法】比喻不忘本，也比喻對故鄉的思念。

【例句】**狐死首丘**，儘管我在國外定居了幾十年，我仍想回故鄉安度我的晚年。

【義近】胡馬依北風／越鳥巢南枝／落葉歸根。

【義反】四海爲家／處處黃土可埋人。

狐朋狗友

【釋義】狐、狗：比喻不三不四的人。

【出處】曹雪芹・紅樓夢十回：「聽見有人欺負了他的兄弟，又是惱，又是氣，惱的是那狐朋狗友，搬弄是非。」

【用法】用以稱不正經的朋友。

【例句】這少年整天不務正業，和一些**狐朋狗友**鬼混，父母也不管，眞令人擔心。

【義近】一丘之貉／狐羣狗黨／難兄難弟／酒肉朋友。

【義反】患難之交／刎頸之交／良朋益友／莫逆之交。

狐埋狐搰

【釋義】意謂狐性多疑，才剛把物埋於地下，馬上又掘出來查看。搰：挖掘。

【出處】國語・吳語：「夫諺曰：『狐埋之而狐搰之，是以無成功。』」民國通俗演義自序：「而不意狐埋狐搰迄未有成。」

【用法】比喻人疑慮太多，不能成事。

【例句】像他這樣**狐埋狐搰**，絕不可能成就什麼事業，更不可能找到人和他合作共事。

【義近】疑行無成／疑事無功／委決不下／猶豫不決／裹足不前／優柔寡斷。

【義反】斬釘截鐵／當機立斷／慎謀能斷／慮周行果。

狐狸尾巴（ㄏㄨˊ ㄌㄧˊ ㄨㄟˇ ㄅㄚ）

【釋義】意謂狐狸雖能幻化人形以迷惑人，但尾巴卻無法隱藏，終要被人識破。

【出處】洛陽伽藍記・法雲寺：「孫巖娶妻五年，不脫衣而臥。巖私怪之，伺其睡，陰解其衣，有尾長三尺似狐尾。」

【用法】比喻奸惡之人，雖善於僞善，但最終總會有把柄被揭發出來。

【例句】這位仁兄白天一副正人君子的模樣，一到夜晚卻蒙起面罩，持刀搶劫超商，自以爲做得天衣無縫，但經刑警比對錄影帶後，終於露出了**狐狸尾巴**。

【義近】露出馬腳／東窗事發。

【義反】天衣無縫／不著痕跡／神不知，鬼不覺。

狐假虎威（ㄏㄨˊ ㄐㄧㄚˇ ㄏㄨˇ ㄨㄟ）

【釋義】狐狸藉助老虎的威力。假：藉，憑藉。

【出處】戰國策・楚策一載：老虎與狐狸偕行，「獸見之皆走。虎不知獸畏己而走也，以爲畏狐也。」

【用法】比喻假藉在上有權者的威勢以恐嚇、欺壓他人。

【例句】他沒任何本事，只因爲父親是縣長，便**狐假虎威**，在這一帶爲非作歹。

【義近】狗仗人勢／仗勢欺人／狐假鴟張／假虎張威。

狐媚猿攀（ㄏㄨˊ ㄇㄟˋ ㄩㄢˊ ㄆㄢ）

【釋義】像狐狸那樣善迷人，像猿猴那樣善攀登。

【出處】明・劉體乾・財用詘乏懇乞聖明節省疏：「其間狐媚猿攀，途轍不一；蠅營狗竊，窠臼且多，臣不能悉奉。」

【用法】比喻不擇手段地追逐名利。

【例句】這小子眞沒骨氣，剛進入公司，便展現他那**狐媚猿攀**的伎倆，這難道就是他的生存之道嗎？

【義近】蠅營狗苟／鑽天打洞／鑽頭覓縫／如蟻附羶／沽名釣譽。

【義反】不求聞達／高亢不屈／懷瑾握瑜。

狐羣狗黨（ㄏㄨˊ ㄑㄩㄣˊ ㄍㄡˇ ㄉㄤˇ）

【釋義】狐、狗：比喻無賴爲惡之徒。

【出處】姚子翼・上林春傳奇一四：「不如聽我老人家的說話，自今已後，把那些狐羣狗黨別，……。」

【用法】指一夥結黨作惡的無賴惡棍，也用以稱不正經的朋友。

【例句】只要你不再和那些**狐羣狗黨**攪在一起，正正經經地做點事，前途還是一片光明的。

【義近】狐朋狗黨／狐朋狗友／爲非之徒／無賴之輩。

【義反】志士仁人／有志之士／正人君子／守法良民。

狐鼠之徒（ㄏㄨˊ ㄕㄨˇ ㄓ ㄊㄨˊ）

【釋義】狐狸老鼠的同類。徒：同輩，同類。

【出處】隋唐演義七三回：「朝廷之紀綱尚在，但可恨這班狐鼠之徒耳。」

【用法】用以比喻奸佞小人。

【例句】千萬不要小看這些**狐鼠之徒**，他們壞起事來可會動搖國本，還是要特別提防才是。

【義近】跳梁小丑／狐羣狗黨／么麼小丑／阿諛小人。

【義反】正人君子／志士仁人。

狐疑不決（ㄏㄨˊ ㄧˊ ㄅㄨˋ ㄐㄩㄝˊ）

【釋義】狐疑：像狐狸一樣的多疑。決：決斷。

【出處】東觀漢紀・來歙傳：「時山東略定，帝謀西收（隗）囂兵，與俱伐蜀，囂將王元說囂，故狐疑不決。」

【用法】形容遇事猶豫不決。

【例句】當斷不斷，反受其亂，不要再**狐疑不決**了，趕快做個了斷吧！

【義近】猶豫不決／躑躅不前／躊躇審顧／遲疑不決／舉棋不定／優柔寡斷。

【義反】快刀斬亂麻／當機立斷／斬釘截鐵／直截了當。

狐潛鼠伏（ㄏㄨˊ ㄑㄧㄢˊ ㄕㄨˇ ㄈㄨˊ）

【釋義】像狐狸老鼠那樣的暗中潛伏。

【出處】明・張景・飛九記・公館言情：「山居草宿，狐潛鼠伏，將略勝孫吳，軍勢振頗牧。」

【用法】形容藏匿得非常隱蔽。

【例句】黑社會的人確實很難對付，只要警方稍有鬆懈，他們便出來爲非作歹；警察一出擊，他們卻又迅速**狐潛鼠伏**，不見蹤影。

【義近】神出鬼沒。

六　畫

狡兔三窟（ㄐㄧㄠˇ ㄊㄨˋ ㄙㄢ ㄎㄨ）

【釋義】狡猾的兔子準備好幾個藏身的窩。窟：窩，洞穴。

【出處】戰國策・齊策四：「狡兔有三窟，僅得免其死耳。今君有一窟，未得高枕而臥也；請爲君復鑿二窟。」

【用法】比喻隱藏的地方多，便於逃避災禍。也比喻人刁滑，詭計多端。

【例句】①**狡兔三窟**原是馮諼爲孟嘗君所設計用來避禍的謀策。②這幫傢伙**狡兔三窟**很難對付，他們的鬼點子多，藏身的地方也不少。

【義近】狡兔三穴／詭計多端。

【義反】走投無路。

狡兔死，走狗烹（ㄐㄧㄠˇ ㄊㄨˋ ㄙˇ ㄗㄡˇ ㄍㄡˇ ㄆㄥ）

【釋義】意謂兔子死了，獵狗再也用不著，就殺了煮來吃。

【出處】司馬遷・史記・越王勾踐世家：「飛鳥盡，良弓藏；狡兔死，走狗烹。」

【用法】比喻事成後殺害有功之臣。

【例句】范蠡是個聰明人，他意識到**狡兔死，走狗烹**的下場是不可避免的，所以在輔佐越王勾踐滅吳後，便立即功成身退，做生意去了。

【義近】兔死狗烹／鳥盡弓藏／烹犬藏弓／卸磨殺驢／過河拆橋／得魚忘筌。

【義反】論功行賞／故舊不遺／結草銜環／分茅列土。

狧穅及米（ㄊㄚˋ ㄎㄤ ㄐㄧˊ ㄇㄧˇ）

【釋義】狧：即舐也，用舌頭舐物。指像狗一樣，開始時用舔的，到後來便用吃的。

【出處】漢書・吳王濞傳：「語有之曰：『狧穅及米。』」注：「狧，古䑛字，用舌食也。蓋以犬爲喻，言初䑛穅，遂至食米也。」

【用法】比喻人貪得無厭，得寸進尺。

【例句】你不要像**狧穅及米**似的貪得無厭，小心惹禍上身，後悔就來不及了。

【義近】貪得無厭／得寸進尺／得隴望蜀／欲壑難填。

【義反】一介不取／偃鼠飲河。

七畫

狼子野心（ㄌㄤˊ ㄗˇ ㄧㄝˇ ㄒㄧㄣ）

【釋義】狼子：指幼狼。野心：野獸凶殘的本性。

【出處】左傳・宣公四年：「諺曰：『狼子野心。』是乃狼也，其可畜乎？」

【用法】原指凶殘者本性難改。今用以比喻貪暴之人有險惡之心。

【例句】這傢伙的**狼子野心**已暴露無遺，不採取行動的話，後果不堪設想。

【義近】豺狼獸心／狼心狗肺／蛇蠍心腸。

【義反】菩薩心腸／心性寬厚／仁愛慈祥。

狼心狗肺（ㄌㄤˊ ㄒㄧㄣ ㄍㄡˇ ㄈㄟˋ）

【釋義】像狼、狗畜牲一樣的凶惡心腸。

【出處】馮夢龍・醒世恆言・李公窮邸遇俠客：「那知道這賊子，恁般狼心狗肺，負義忘恩。」

【用法】形容人凶狠惡毒，行事殘暴。

【例句】這種**狼心狗肺**的東西，還有什麼可留戀的，早就該和他一刀兩斷了！

【義近】狼心狗行／狼子野心／蛇蠍心腸。

【義反】心慈面軟／心地善良／菩薩心腸。

狼吞虎嚥（ㄌㄤˊ ㄊㄨㄣ ㄏㄨˇ ㄧㄢˋ）

【釋義】像狼虎吃東西樣的急吃猛吞。又作「狼餐虎嚥」。

【出處】施耐庵・水滸傳一五回：「阮家三兄弟讓吳用吃好了幾塊，便吃不得了；那三個狼餐虎嚥，吃了一回。」

【用法】比喻大口吞食的貪饞模樣。

【例句】他今天好像從餓牢裏放出來似的，吃起東西來**狼吞虎嚥**。

【義近】大口猛吃／張口大嚼／飢不擇食。

【義反】細嚼慢嚥／小口品嚐／挑食揀食。

狼奔豕突（ㄌㄤˊ ㄅㄣ ㄕˇ ㄊㄨˊ）

【釋義】像狼那樣奔跑，像豬那樣衝撞。豕：豬。突：衝撞。

【出處】歸莊・萬古愁：「有幾個狼奔豕突的燕和趙，有幾個狗屠驢販的奴和盜。」

【用法】形容搗亂的人亂衝亂闖，到處騷擾。也比喻逃奔時驚慌的情態。

【例句】這幫強盜見大軍一到，便**狼奔豕突**，頃刻間就逃得無影無蹤。

【義近】抱頭鼠竄／獸奔鳥散／魚潰鳥散。

狼奔鼠竄（ㄌㄤˊ ㄅㄣ ㄕㄨˇ ㄘㄨㄢˋ）

【釋義】意謂像狼、鼠那樣到處逃竄。

【出處】明・沈鯨・雙珠記・協謀誣訟：「忽聞訪察怕如雷，狼奔鼠竄，無由懺悔。」

【用法】形容四處奔逃。

【例句】那些無所事事的青少年，經常聚眾鬥毆，見警察來了便**狼奔鼠竄**，逃之夭夭。

【義近】狼奔豕突／獸奔鳥竄／抱頭鼠竄／魚潰鳥散／逃之夭夭。

【義反】安步當車／鎮靜如恆／從容自若／安之若素。

狼狽不堪（ㄌㄤˊ ㄅㄟˋ ㄅㄨˋ ㄎㄢ）

【釋義】狼狽：困苦窘迫的樣子。狽：與狼相似的野獸，前腿短，後腿長。

【出處】李密・陳情表：「臣欲奉詔奔馳，則劉病日篤；欲苟順私情，則告訴不許，臣之進退，實爲狼狽。」

【用法】比喻處境艱難窘迫、左右爲難的樣子。也形容物體破損得不成樣子。

【例句】最近他家裏不斷出事，自己又被炒了魷魚，弄得他精神萎靡，**狼狽不堪**。

【義近】焦頭爛額／跋前躓後／進退維谷／左右兩難。

狼狽爲奸（ㄌㄤˊ ㄅㄟˋ ㄨㄟˊ ㄐㄧㄢ）

【釋義】狼狽：傳說狼前腿長，狽前腿短，兩者背負而行，出來傷人。爲奸：作惡。

【出處】段成式・酉陽雜俎・廣動植・毛篇：「或言狼狽是兩物，狽前足絕短，每行，常駕兩狼，失狼則不能動，故世言事乖者稱狼狽。」

【用法】比喻互相勾結，聯合作惡。

【例句】他們倆**狼狽爲奸**，偷走了公司的巨款，潛逃國外，現正被通緝在案。

【義近】朋比爲奸／狽因狼突／上下其手。

【義反】君子相友／同善相濟／志同道合。

狼猛蜂毒（ㄌㄤˊ ㄇㄥˇ ㄈㄥ ㄉㄨˊ）

【釋義】像狼一樣凶猛，像蜂一樣的用毒刺螫人。

【出處】南朝齊・王融・上疏請給虜書：「夫虜人面獸心，狼猛蜂毒，暴悖天經，虧違地義。」

【用法】比喻人凶狠毒辣。

【例句】他們幾個是地方上有名的惡棍，比起**狼猛蜂毒**還要凶殘，民眾恨之入骨，殷望政府能大力加以掃蕩。

【義近】如狼似虎／豺狼心性／蛇口蜂針／心狠手辣／喪心病狂。

【義反】任俠好義／樂善好施。

狼貪鼠竊（ㄌㄤˊ ㄊㄢ ㄕㄨˇ ㄑㄧㄝˋ）

【釋義】意謂狼性貪婪，鼠性好竊。

【出處】明・于謙・出塞詩：「瓦剌窮胡眞犬豕，敢向邊疆撓赤子。狼貪鼠竊。」

【用法】形容貪得無厭，手段卑劣。

【例句】他憑著不法手段發了大財，卻依然**狼貪鼠竊**，從事違法買賣，總有一天他會得到報應的。

【義近】貪得無厭／巴蛇吞象／欲深谿壑／欲壑難填。
【義反】知足知止／知足不辱／知止不殆／知足免禍。

狼煙四起
【釋義】狼煙：狼糞的煙，古代邊防報警的信號。
【出處】明．沈采．千金記．宵征：「如今狼煙四起，虎鬥龍爭，我到街坊上打聽楚國招兵文榜消息。」
【用法】指四處警報，社會動蕩不安。
【例句】民國初年，清王朝的餘孽不甘心退出歷史舞臺，加之軍閥割據，導致**狼煙四起**，中央政府爲之深感憂慮。
【義近】烽火相連／兵連禍結／兵馬倥傯／干戈落落。
【義反】四海波靜／海不揚波／海晏河清／歌舞昇平。

狼號鬼哭
【釋義】像野狼一樣的嘶號，像鬼魅似的哭喊。
【出處】曹雪芹．紅樓夢五八回：「況且寶玉才好了些，連我們也不敢說話，你反打的人狼號鬼哭的。」
【用法】形容哭叫聲很淒慘。
【例句】這對夫婦三更半夜吵鬧打架，直打得**狼號鬼哭**似的，吵得整棟大樓的人都不得安寧！
【義近】鬼哭狼嚎／哭天喊地／號啕大哭／呼天搶地／鬼哭神號。
【義反】捧腹大笑／歡天喜地／欣喜若狂／手舞足蹈。

狹路相逢
【釋義】在狹窄的路上相遇，不容易退避。一作「相逢狹路」、「狹路相遇」。
【出處】玉臺新詠．古樂府詩：「相逢狹路間，道隘不容車。」
【用法】多用以比喻仇人相見，無法避免衝突。
【例句】那兩人是世仇，今天**狹路相逢**，一場爭鬥是免不了了。
【義近】路逢狹道／冤家路窄。
【義反】大路朝天各走半邊／繞道迴避。

狷介之士
【釋義】狷介：拘謹自守。
【出處】三國魏．劉邵．人物志．體別：「狷介之人，砭清激濁，……是故可與守節，難以變通。」
【用法】指廉潔自守，不同流合污的人。
【例句】社會的變遷太大，物慾橫流，能夠守身自愛的**狷介之士**也不多見了。
【義近】潔身自好。
【義反】同流合污／隨波逐流／狼狽爲奸／沆瀣一氣。

八—十一畫

猝不及防
【釋義】猝：突然，出乎意外。防：防備。
【出處】紀昀．閱微草堂筆記一五：「既不炳燭，又不揚聲，猝不及防，突然相遇。」
【用法】指事情突然發生，來不及防備。
【例句】我們可以給對方一個**猝不及防**的打擊，粉碎他們整垮我們的計畫。
【義近】措手不及／冷不防／迅雷不及掩耳。
【義反】應付裕如／從容應付。

猶豫不決
【釋義】猶豫：雙聲字，以聲取義，舊以爲二獸名，非是。意爲遲疑不決。
【出處】屈原．離騷：「心猶豫而狐疑兮，欲自適而不可。」司馬遷．史記．楚世家：「見齊王書，猶豫不決。」
【用法】比喻拿不定主意，無法下決心。
【例句】這個假期，是去美國遊覽，還是返大陸探親，他一直**猶豫不決**。
【義近】遲疑不決／狐疑不決／舉棋不定。
【義反】當機立斷／快刀斬亂麻／毅然決然。

猢猻入布袋
【釋義】猢猻被裝進布袋裏。猢猻：獼猴的一種。
【出處】道原．景德傳燈錄．眞寂禪師：「僧曰：『恁麼即學人歸堂去也。』師曰：『猢猻入布袋。』」
【用法】比喻野性受到約束。
【例句】這孩子太調皮，幾乎沒有片刻安靜，明天被送進學校，眞有些像**猢猻入布袋**，希望能有所改變。
【義反】放牛吃草。

猿鶴沙蟲
【釋義】指死於戰亂的人化爲異物。又作「蟲沙猿鶴」。
【出處】藝文類聚九〇引抱朴子：「周穆王南征，一軍盡化，君子爲猿爲鶴，小人爲蟲爲沙。」
【用法】後人借指死於戰亂的將士和人民。
【例句】爲了一己的私利而發動戰爭，獨裁者滿足了自己的欲望，可憐那些**猿鶴沙蟲**無處討回公道。

獐頭鼠目
【釋義】獐頭：獐子頭小而尖。鼠目：老鼠眼睛圓而小。
【出處】舊唐書．李揆傳：「龍章鳳姿之士不見用，麞（獐）頭鼠目之子乃求官。」
【用法】形容人面目可憎，神情奸邪。
【例句】看他**獐頭鼠目**的樣子，準不是好東西！你可別再和他鬼混了！
【義近】賊眉鼠眼／蛇頭鼠眼／賊頭賊腦。
【義反】龍章鳳姿／相貌堂堂／眉清目秀。

十三畫

獨一無二
【釋義】只此一個，並無第二。又作「唯一無二」。
【出處】金瓶梅詞話六二回：「我的家財豪富，清河縣內是獨一無二的。」
【用法】表示這是唯一的。
【例句】萬里長城工程浩大壯觀，歷史悠久，在世界上是**獨一無二**的。
【義近】蓋世無雙／絕無僅有／捨此無它。
【義反】無獨有偶／比比皆是／不知凡幾。

獨夫民賊

【釋義】獨夫：猶言「一夫」。指眾叛親離的暴君。民賊：殘害民眾的人。賊：害。

【出處】尚書・泰誓下：「獨夫受(商紂名)，洪惟作威。」孟子・告子下：「今之所謂良臣，古之所謂民賊。」

【用法】指眾叛親離、殘害民眾的罪魁禍首。

【例句】像袁世凱這樣的**獨夫民賊**，眞是死有餘辜。

【義近】罪魁禍首／元惡大奸。

【義反】民族救星／革命領袖。

獨木不成林

【釋義】一棵樹成不了森林。木：樹。

【出處】後漢書・崔駰傳：「高樹靡陰，獨木不林。」梁簡文帝・紫騮馬歌：「獨柯不成樹，獨樹不成林。」

【用法】比喻一個人力量有限，辦不成大事。

【例句】**獨木不成林**，這樣規模龐大的工程，只有大家齊心合力，才能早日完成。

【義近】孤掌難鳴／獨木難支／單絲不成線。

獨木難支

【釋義】不是一根木頭所能支撐得住的。

【出處】王通・文中子・事君：「大廈將顚，非一木所支也。」

【用法】比喻一個人的力量單薄，維持不住全局。

【例句】局勢已發展到這樣的地步，你力量再大，也是**獨木難支**啊！

【義近】獨木難撐大廈／一人難補天／孤掌難鳴。

獨出心裁

【釋義】獨：單獨。心裁：指個人心中的設計或籌畫。又作「別具心裁」、「自出心裁」。

【出處】李汝珍・鏡花緣八十回：「此格在廣陵十二格之外，卻是獨出心裁，日後姐姐會意過來，才知其妙哩。」

【用法】原指詩文的構思有獨到的地方，今指有獨特的見解或想出的辦法與眾不同。

【例句】你說的這個辦法倒是**獨出心裁**，我們不妨試試看。

【義近】別出心裁／別出機杼／獨具匠心。

【義反】亦步亦趨／人云亦云／襲人故技／步人後塵／拾人牙慧。

獨占鼇頭

【釋義】舊時用以稱考取狀元。科舉時代進士中狀元後，要站在殿階中的浮雕巨鼇頭上迎榜，故有此稱。鼇：傳說中海裏的大龜或大鼈。

【出處】元・無名氏・陳州糶米・楔子：「殿前曾獻昇平策，獨占鼇頭第一名。」

【用法】用以泛稱在競爭中奪得首位。

【例句】蔡先生台大法律系第一名畢業，又用功苦讀了三年，此次參加司法官高考，**獨占鼇頭**想必是意料中事。

【義近】一舉奪魁／名列前茅／名居榜首／冠絕羣倫／脫穎而出。

【義反】榜上無名／名落孫山。

獨立自主

【釋義】不依外力而自立自主。

【出處】周易・大過：「君子以獨立不懼。」

【用法】指不倚賴他人而自立，自己做自己的主宰。

【例句】一個國家務必要致力於發展經濟，加強國防，做到**獨立自主**。

【義近】自力更生／莊敬自強。

【義反】仰人鼻息／傍人門戶／寄人籬下。

獨守空閨

【釋義】本作「獨守空房」。指獨自守著空蕩蕩的房間。

【出處】古詩十九首之二：「蕩子行不歸，空牀難獨守。」李汝珍・鏡花緣八一回：「那玉英姐姐即使逃得過，也不免一生獨守空房。」

【用法】指婦女婚後丈夫遠離，獨自一人寂寞無奈。

【例句】李太太婚後不到半年，丈夫便遠赴異國，一去年餘，留下她夜夜**獨守空閨**，眞是太難爲她了。

【義近】室邇人遠／孤身獨處／望穿秋水。

【義反】形影不離／比翼雙飛／出雙入對／形影相依。

獨行其是

【釋義】獨自去做自以爲對的事。行：做。是：對的，正確的。

【出處】曾樸・孽海花二七回：「言和是全國臣民所恥；中堂冒不韙而獨行其是。」

【用法】形容人固執己見，不肯聽從別人的忠告。

【例句】他就是如此地**獨行其是**，屢勸不聽，所以沒有人願意和他合作。

【義近】一意孤行／固執己見／自行其是。

【義反】集思廣益／廣聽博採／眾志成城／羣策羣力。

獨行其道

【釋義】道：這裏是指眞理、正道。

【出處】孟子・滕文公下：「得志，與民由之；不得志，獨行其道。」

【用法】指不管客觀情況如何，都要束身自好，堅守正道。

【例句】古代儒者，得志則澤加於民，不得志則束身自好，**獨行其道**，風骨凜然。

【義近】獨善其身／耿介絕俗／和而不流。

【義反】同流合污／隨波逐流／和光同塵／與世偃仰。

獨步一時

【釋義】獨步：獨一無二，一時無兩。又作「獨步當時」。

【出處】愼子・外篇：「先生天下之獨步也。」晉書・陸喜傳：「文藻宏麗，獨步當時；言論慷慨，冠乎終古。」

【用法】形容非常突出，同時期內沒有能比得上的對手。常用以稱讚傑出的人才。

【例句】學習任何技藝，只要深入精通，都可以超羣出眾，獨步一時。

【義近】獨步天下／蓋世無雙／雄冠一時／一時無兩。

【義反】比比皆是。

獨步天下 ㄉㄨˊ ㄅㄨˋ ㄊㄧㄢ ㄒㄧㄚˋ

【釋義】獨步：獨一無二，舉世無雙。也作「天下獨步」。

【出處】愼子・外篇：「先生天下之獨步也。」後漢書・戴良傳：「我若仲尼長東魯，大禹出西羌，獨步天下，誰與爲偶！」

【用法】形容超羣出眾，在天下沒有可以相抗的對手。

【例句】李教授在物理學界**獨步天下**，爲同行所公認，獲得諾貝爾物理獎乃實至名歸。

【義近】難望項背／天下無雙／舉世無雙／無與倫比。

【義反】小有成就／碌碌無奇／不過爾爾／不足掛齒。

獨具匠心 ㄉㄨˊ ㄐㄩˋ ㄐㄧㄤˋ ㄒㄧㄣ

【釋義】匠心：精巧的心思，獨特的構想。

【出處】王士源・孟浩然集序：「文不按古，匠心獨妙。」

【用法】具有獨到靈巧的心思。多指在技術和藝術上有創造性。

【例句】展覽會上，有一種水晶瓶，把人物花鳥精細地雕在瓶子內壁，眞是**獨具匠心**。

【義近】別開生面／匠心獨運。

【義反】千篇一律／照貓畫虎／老生常談／依樣畫葫蘆／步人後塵／襲人故智／拾人牙慧。

獨具隻眼 ㄉㄨˊ ㄐㄩˋ ㄓ ㄧㄢˇ

【釋義】意謂具有獨到的眼力。又作「別具隻眼」。

【出處】道原・景德傳燈錄卷八：「許你具一隻眼。」楊萬里・送彭元忠縣丞北歸：「近來別具一隻眼，要踏唐人最上關。」

【用法】用以稱人見識高超。

【例句】張先生對近來時局的分析可謂**獨具隻眼**，發人深省。

【義近】獨具慧眼／見解非凡。

【義反】依樣畫瓢／人云亦云。

獨弦哀歌 ㄉㄨˊ ㄒㄧㄢˊ ㄞ ㄍㄜ

【釋義】獨自拉琴，唱著悲歌。

【出處】莊子・天地：「子非夫博學以擬聖，於于以蓋眾，獨弦哀歌，以賣名聲於天下者乎？」

【用法】指故意不與世俗相同，以示孤傲。

【例句】此人根本就無任何藝術涵養，卻喜愛**獨弦哀歌**，引起旁人側目，結果反而成爲笑柄。

【義近】干名采譽／沽名釣譽／逆情干譽／矯俗干名。

【義反】實至名歸／名副其實。

獨往獨來 ㄉㄨˊ ㄨㄤˇ ㄉㄨˊ ㄌㄞˊ

【釋義】又作「獨來獨往」，指獨自來往。

【出處】莊子・在宥：「出入六合，游乎九州，獨往獨來，是謂獨有。獨有之人，是謂至貴。」

【用法】形容無拘無束，或指全靠自己不仰仗別人。

【例句】她的性格就是喜歡**獨往獨來**，最討厭別人干涉她的自由。

【義反】成羣結隊／相伴而行。

獨清獨醒 ㄉㄨˊ ㄑㄧㄥ ㄉㄨˊ ㄒㄧㄥˇ

【釋義】獨自一人清醒著。

【出處】屈原・漁父：「舉世混濁我獨清，眾人皆醉我獨醒，是以見放。」

【用法】喻人格清高特出，不隨眾合流。

【例句】屈原因不願苟合於世，隨波逐流，堅守**獨清獨醒**的操守，所以難容於當世，最後投江而死。

【義近】特立獨行／超塵拔俗／深思高舉／倜儻不羣。

【義反】滑泥揚波／與世偃仰／隨波逐流／和光同塵。

獨善其身 ㄉㄨˊ ㄕㄢˋ ㄑㄧˊ ㄕㄣ

【釋義】獨善：保持個人節操。

【出處】孟子・盡心上：「窮則獨善其身，達則兼善天下。」

【用法】原指自己修身養性，現也指只顧自己不管別人的處世哲學。

【例句】現在的社會日趨複雜，能夠**獨善其身**就不錯了，那能再談兼善天下？

【義近】潔身自好／明哲保身。

【義反】奮不顧身／兼善天下。

獨當一面 ㄉㄨˊ ㄉㄤ ㄧˊ ㄇㄧㄢˋ

【釋義】當：承擔，擔當。一面：一個方面。

【出處】司馬遷・史記・留侯世家：「良進曰：『漢王之將，獨韓信可屬大事，當一面。』」

【用法】指才力可以擔當一方面的重任。

【例句】他最近兩年在公司邊做邊學，成長許多，現在已經能**獨當一面**了！

【義近】獨負重任／獨當大任。

【義反】才力不稱／無力獨任。

獨學寡聞 ㄉㄨˊ ㄒㄩㄝˊ ㄍㄨㄚˇ ㄨㄣˊ

【釋義】獨學：獨自學習。寡聞：見聞少。

【出處】禮記・學記：「獨學而無友，則孤陋而寡聞。」宋・張孝祥・與池州守周尙書：「某獨學寡聞，涉道甚淺。」

【用法】說明若只是獨自學習而不與人切磋，則見聞必然不廣。

【例句】所謂**獨學寡聞**，你整天把自己關在房子裏閉門造車，不去結交朋友，增廣見聞，學問怎會有長進呢？

【義近】獨學無友／閉門造車。

【義反】以友輔仁。

獨擅勝場 ㄉㄨˊ ㄕㄢˋ ㄕㄥˋ ㄔㄤˇ

【釋義】獨自壓倒取勝的場地。擅：善於，獨攬；在某方面超過一般人。

【出處】曾樸・孽海花二五回：「金石書畫，固是他的生平嗜好，也是他的獨擅勝場。」

【用法】形容技藝高超。

【例句】今天裴小姐在歌唱比賽會場上，**獨擅勝場**，一舉奪魁。

【義近】藝林高手／運斤成風／出神入化／神乎其技／技驚四座。

【義反】黔驢技窮／學藝不精／雕蟲之技／鼯鼠技窮／技止此耳。

獨樹一幟

【釋義】單獨樹立一面旗幟。樹：樹立。也作「獨豎一幟」。
【出處】袁枚・隨園詩話：「所以能獨豎一幟者，正爲其不襲盛唐窠臼也。」
【用法】比喻獨闢新路，自成一家。
【例句】這種唱腔與眾不同，在平劇界算得上是**獨樹一幟**。
【義近】自樹一幟／獨闢蹊徑／自成一家。
【義反】亦步亦趨／拾人牙慧／襲人故技。

獨斷專行

【釋義】獨斷：一個人作決定。專行：憑個人的意思行事。又作「獨斷獨行」。
【出處】韓非子・孤憤：「今大臣執柄獨斷，而上弗知收，是人主不明也。」
【用法】形容作風不民主，行事專斷，不考慮別人的意見。
【例句】你這樣**獨斷專行**，弄得大家都不愉快，怎能把工作做好？
【義近】獨行其是／一意孤行／剛愎自用。
【義反】集思廣益／羣策羣力／眾志成城。

獨霸一方

【釋義】獨自稱霸於一個地方或某一方面。
【出處】古今小說・臨安里錢婆留發跡：「錢王（鏐）生於亂世，獨霸一方，做了十四州之主。」
【用法】指在一個地方或某一方面最具有影響力。
【例句】戰國七雄、三國鼎立，總是羣雄割據，**獨霸一方**的局面，但是你兼我併，戰亂不息，卻給人民帶來了莫大的災難。
【義近】熊據虎跱／佔地爲王／各據一方。

獨攬大權

【釋義】攬：把持。大權：原指國家統治權，後泛指重大的權力。
【出處】賈誼・新書・大都：「親者或無分地以安天下，疏者或專大權以逼天子。」
【用法】指個人把持處理重大事情的權柄。
【例句】中華民國剛建立不久，袁世凱就乘機**獨攬大權**，一心想要做皇帝。
【義近】一手遮天／一手包辦／太阿在握。
【義反】大權旁落／太阿倒持。

十五畫

獸奔鳥散

【釋義】像鳥獸一樣四散逃竄。
【出處】蘇軾・教戰守策：「四方之民，獸奔鳥散。」
【用法】形容戰敗潰散的樣子。
【例句】平常訓練不夠的軍隊，遇到敵軍壓境便**獸奔鳥散**，不戰即敗了。
【義近】魚潰鳥散／豕突狼奔／轍亂旗靡／望風披靡。
【義反】銳不可當／所向披靡／追亡逐北／斬將搴旗。

獸聚鳥散

【釋義】意謂像鳥獸那樣的時聚時散。
【出處】司馬遷・史記・平津侯主父列傳：「夫匈奴之性，獸聚而鳥散，從之如搏影。」
【用法】形容羣眾聚合，沒有組織或紀律。
【例句】你們不要看他們人多，實際上只不過是一些**獸聚鳥散**的烏合之眾，根本沒有什麼可怕之處。
【義近】烏合之眾／一盤散沙／瓦合之卒。
【義反】旅進旅退／令行禁止／紀律嚴明。

獸蹄鳥跡

【釋義】鳥獸的足跡。
【出處】孟子・滕文公上：「當堯之時，天下猶未平，……禽獸繁殖，五穀不登，禽獸逼人，獸蹄鳥跡之道，交於中國。」
【用法】用以指鳥獸羣居的荒涼之地。
【例句】這一帶曾經是**獸蹄鳥跡**之地，經過三十多年的經營開發，現在已成爲富庶繁榮之鄉了。
【義近】不毛之地／不食之地／寸草不生／人跡罕至／荒煙蔓草／人煙絕跡。
【義反】沃野千里／良田沃土／魚米之鄉／市聲鼎沸。

獵豔能手

【釋義】獵豔：本指搜求豔麗的辭藻，後用以稱追逐美色。能手：對某事特別擅長、熟練的人。
【出處】明・楊慎・秋風引：「鴻裁誰獵豔，空自拾江蘺。」
【用法】指善於獵取女色的人。
【例句】莊同學長得英俊挺拔，一張嘴又能言善道，無怪乎女朋友一個換一個，是大家公認的**獵豔能手**，只不知那天會玩火自焚。
【義近】情場老手／獵豔高手。
【義反】正人君子／大雅君子／道學先生。

十六畫

獻可替否

【釋義】進獻可行的，廢除不可行的。獻：進用。替：撤換，廢棄。
【出處】左傳・昭公二十年：「君所謂可，而有否焉，臣獻其否，以成其可。君所謂否，而有可焉，臣獻其可，以去其否。」三國志・蜀書・董和傳：「獻可替否，共爲歡交。」
【用法】今用以泛指勸善改過，建議興革。
【例句】下級對上級、晚輩對長輩，都應抱著認眞負責的態度，**獻可替否**，以補萬一。
【義近】獻替可否／興利除弊／黜邪進善／拾遺補闕／補錄缺漏。
【義反】袖手旁觀。

玄部

玄之又玄

【釋義】奧妙而又奧妙，人們難以捉摸。玄：奧妙，微妙。

【出處】老子·一章：「玄之又玄，眾妙之門。」

【用法】多用以形容故弄玄虛，不可捉摸的言談、理論。

【例句】他這番高論實在是**玄之又玄**，誰也無法理解，說不定他自己也不完全清楚。

【義近】深奧莫測／玄虛詭譎／神秘高深。

【義反】深入淺出。

玄妙入神

【釋義】玄：本意是黑色，黑則視之不明，故凡幽深難明，微妙莫測者，都稱之為「玄」。

【出處】元·明善·張淳傳：「(張淳)名貫京師，凡為調曲，盡聲韻，玄妙入神，成一家藝。」

【用法】形容技藝學問已進入高超而神奇的境界。

【例句】①王教授講課，眞的是**玄妙入神**，令人佩服。②這位小女子的雜技表演已**玄妙入神**，觀者無不嘖嘖稱奇。

【義近】出神入化／爐火純青／運斤成風／神工鬼斧／登峰造極／精妙絕倫。

【義反】初識之無／黔驢之技／平淡無奇。

玄酒瓠脯

【釋義】飲食只有清水和乾瓠。玄酒：指清水。瓠脯：指曬乾的瓠。

【出處】程曉·贈傅休奕詩：「厥客伊何，許由巢父，厥醴伊何，玄酒瓠脯。」晉書·祖逖傳：「嘗置酒大會，耆老中坐流涕歌曰：『幸哉遺黎免俘虜，三辰既朗遇慈父，玄酒忘勞甘瓠脯，何以詠恩歌且舞。』其得人心如此。」

【用法】喻生活淡薄無欲。

【例句】他曾經大富大貴過，如今卻過著**玄酒瓠脯**的淡泊生活，也許是眞正參透人生的道理了吧。

【義近】粗茶淡飯。

【義反】肉山脯林／酒池肉林。

六畫

率由舊章

【釋義】率由：遵循。舊章：舊有之規章制度。

【出處】詩經·大雅·假樂：「不愆不忘，率由舊章。」

【用法】比喻一切依照舊規，不知變通。

【例句】時代進步、社會發展，一切情況皆不同了，怎能還一味地**率由舊章**呢？

【義近】墨守成規／因循守舊／蹈常襲故。

【義反】棄舊圖新／不主故常／不法常可／推陳出新。

率爾操觚

【釋義】率爾：輕遽、漫不經心的樣子。操觚：執簡為文。觚：通「觚」，木簡，古時的書寫工具。

【出處】陸機·文賦：「或操觚以率爾，或含毫而邈然。」

【用法】比喻人寫作不嚴謹，輕率執筆為文。

【例句】寫作並非兒戲，豈能**率爾操觚**？

【義近】草率執筆／率爾為文。

【義反】惜墨如金／精思巧構。

率獸食人

【釋義】率領禽獸來吃人。

【出處】孟子·梁惠王上：「庖有肥肉，廄有肥馬，民有飢色，野有餓莩，此率獸而食人也。」

【用法】比喻施行暴政，殘害人民。

【例句】在專制社會裏，當政者任意榨取人民血汗，以滿足自己的欲望，其所作所為無異於**率獸食人**。

【義近】苛政猛於虎／荼毒生靈／魚肉百姓。

【義反】施仁政於民／仁民愛物／治國安民／愛民如子／救民水火／雲行雨施。

玉部

王子犯法，庶民同罪

【釋義】意謂王子犯了法，要與百姓一樣處以罪刑。庶民：老百姓。

【出處】夏敬渠·野叟曝言六七回：「眾人都道說那裏話，王子犯法，庶民同罪，這件因奸殺命案的事，既犯到宮，還有活命的嗎？」

【用法】用以說明法律對於任何人都是一樣的，誰犯了法都應受到法律的制裁。

【例句】古人尚且知道**王子犯法，庶民同罪**，難道今天部長的兒子犯了法，就可以逍遙法外嗎？

【義近】法律之前人人平等。

【義反】刑不上大夫。

王公大人

【釋義】王公：指王侯公卿。大人：舊時稱地位高的官長。

【出處】司馬遷·史記·孟子荀卿列傳：「王公大人初見其術，懼然顧化，其後不能行之。」

【用法】用以泛指達官貴人。

【例句】李先生為人很有骨氣，

儘管近二十年來一直不得志，但在**王公大人**面前從不低聲下氣。

【義近】達官顯要／王公大臣。

【義反】布衣之士／黎民百姓／布衣黔首。

王侯將相 (ㄨㄤˊ ㄏㄡˊ ㄐㄧㄤˋ ㄒㄧㄤˋ)

【釋義】王侯：王爵和侯爵。將相：武將和文相。

【出處】司馬遷・史記・陳涉世家：「且壯士不死即已，死即舉大名耳，王侯將相寧有種乎！」

【用法】用以泛指高官。

【例句】我既然走上政界，就要混出個名堂來，**王侯將相**並不是天生的，我何不朝這方面努力呢？

【義近】高官厚爵／紆青拖紫／王公大臣／達官顯要。

【義反】衙門小吏／芝麻小官／書辦小吏。

玉山將崩 (ㄩˋ ㄕㄢ ㄐㄧㄤ ㄅㄥ)

【釋義】玉山：喻品德儀容美好的人，通常指人的身軀。

【出處】劉義慶・世說新語・容止：「嵇叔夜之為人也，巖巖若孤松之獨立；其醉也，傀俄若玉山之將崩。」

【用法】形容人喝醉酒後東倒西歪的樣子。

【例句】這兩親家今日不期而遇，在店內縱飲歡談，各飲數十杯後，不覺**玉山將崩**，幸虧店老闆心腸好，把他們扶入自己房中歇息。

【義近】玉山傾倒／玉山傾頹／頹然就醉／酩酊大醉。

【義反】挺如松柏／聳然而立。

玉不琢不成器 (ㄩˋ ㄅㄨˋ ㄓㄨㄛˊ ㄅㄨˋ ㄔㄥˊ ㄑㄧˋ)

【釋義】玉石不經加工就不能成為器物。琢：磨。比喻人不經過教育就不能成材。

【出處】禮記・學記：「玉不琢不成器；人不學，不知道。」

【用法】說明人必須經過良好的教育，才能成為有用之材。常用作勉勵之言。

【例句】**玉不琢不成器**，對學生必須嚴格要求，才能使他們成為有用之材。

【義近】人不學不知義。

玉石不分 (ㄩˋ ㄕˊ ㄅㄨˋ ㄈㄣ)

【釋義】美玉和石頭混在一起無法分辨。

【出處】五代・王定保・唐摭言・進士歸禮部：「洎乎近代，厥道寖微，玉石不分，薰蕕錯雜。」

【用法】比喻好壞不分。也比喻賢者和愚人混在一起。

【例句】你們這樣**玉石不分**，把遊行示威的人全數逮捕，到底還論不論是非，講不講民主？

【義近】薰蕕不分／善惡不分／玉石混淆／是非不分／牛驥同皁／雞棲鳳凰食。

【義反】一薰一蕕／勸善懲惡／激濁揚清／褒善貶惡／陟罰臧否。

玉石俱焚 (ㄩˋ ㄕˊ ㄐㄩˋ ㄈㄣˊ)

【釋義】美玉和石頭一起燒毀。俱：都，全。

【出處】尚書・胤征：「欽承天子威命，火炎崑岡，玉石俱焚。」

【用法】常用以比喻善惡、美醜、好壞，一同毀滅。

【例句】請勿頑強抵抗，否則大軍一至，**玉石俱焚**。

【義近】玉石同碎／玉石同沉／蘭艾同焚／同歸於盡。

【義反】存優汰劣／去偽存眞／去粗取精／去惡揚善。

玉成其事 (ㄩˋ ㄔㄥˊ ㄑㄧˊ ㄕˋ)

【釋義】玉成：成全。

【出處】明・胡文煥・繡襦記・阱陷金禪：「此日正宜匹配，吾當贊襄，吾當贊襄，玉成其事，成人之美。」

【用法】指成全人的好事。多指成全男女婚事。

【例句】汪先生已年近不惑之年，卻尚未成家，現正與湯小姐拍拖，我們應從旁多多美言幾句，**玉成其事**。

【義近】成人之美／玉成其美／成全其事／鼎力玉成／樂觀其成。

【義反】落井下石／從中作梗／成人之惡。

玉卮無當 (ㄩˋ ㄓ ㄨˊ ㄉㄤ)

【釋義】卮：酒杯。玉卮：用玉做的酒器。當：底。指沒有底部的玉杯。

【出處】韓非子・外儲說右上：「堂谿公見昭侯曰：『今有白玉之卮而無當，有瓦卮而有當。君渴，將何以飲？』君曰：『以瓦卮。』堂谿公曰：『白玉之卮美，而君不以飲者，以其無當耶？』君曰：『然。』」

【用法】比喻貴重而無用處的物品。

【例句】在逃難的時候最能體會出**玉卮無當**的道理，能果腹解渴的並非金盤玉杯，而是眞實的食物和水。

【義近】大而無當／華而不實／中看不中用。

玉昆金友 (ㄩˋ ㄎㄨㄣ ㄐㄧㄣ ㄧㄡˇ)

【釋義】玉昆：即「昆玉」，用以稱人兄弟。

【出處】南史・王銓傳：「銓雖學業不及弟錫，而孝行齊焉，時人以為銓錫二王可謂玉昆金友。」

【用法】對人兄弟的雅稱。

【例句】曹丕、曹植本是**玉昆金友**，卻因奪權而相殘，眞是令人遺憾。

【義近】孔懷兄弟／同氣連枝。

玉液瓊漿 (ㄩˋ ㄧㄝˋ ㄑㄩㄥˊ ㄐㄧㄤ)

【釋義】瓊：美玉。

【出處】吳承恩・西遊記一回：「香桃爛杏，美甘甘似玉液瓊漿。」又五回：「見那長廊之下，有許多瓶罐，都是那玉液瓊漿。」

【用法】形容非常甘美的飲料、美酒等。

【例句】這茅臺酒果眞名不虛傳，確實有如**玉液瓊漿**，喝過的人無不讚賞。

【義近】瓊漿金液／玉液金波。

【義反】寡味玄酒／殘杯冷炙／味如嚼蠟／味同雞肋。

玉粒桂薪 (ㄩˋ ㄌㄧˋ ㄍㄨㄟˋ ㄒㄧㄣ)

【釋義】米粒像玉一般難得，柴薪如桂一般昂貴。

【出處】王禹偁・小畜集陳情表：「望雲就日，非無戀闕之心；玉粒桂薪，未有住京之計。」

【用法】極言生活費用的昂貴。

【例句】日本東京的物價有如**玉粒桂薪**，高的令人咋舌。

【義近】爨桂炊玉／米珠薪桂／米貴如珠。

【義反】物美價廉。

玉盞流霞

【釋義】玉盞：玉杯子。流霞：喻美酒或美茶。

【出處】李商隱・武夷山詩：「只得流霞酒一杯，空中簫鼓幾時迴？」

【用法】賀茶葉店或茶藝館的開幕祝詞。

【例句】朋友的茶館新開張，我們合送了一塊**玉盞流霞**的匾額給他，他高興得請大家坐下來喝茶。

【義近】金甌泛雪／武夷九曲／北苑春芽／盧陸遺風。

玉碎珠沉

【釋義】美玉破碎，珠寶沉沒。

【出處】明・徐復祚・投梭記・折齒：「拚得個玉碎珠沉，休思量意轉心反。」

【用法】比喻美麗的女子死亡。

【例句】一位如花似玉的女子，慘遭歹徒施暴，終至**玉碎珠沉**，令人扼腕。

【義近】香消玉殞／玉碎花銷／蘭摧玉折。

玉樓金殿

【釋義】用美玉砌成的樓房，用黃金搭成的宮殿。

【出處】李白・宮中行樂詞：「玉樓巢翡翠，金殿鎖鴛鴦。」明・無名氏・慶千秋四折：「你看這玉樓金殿，巍巍錦繡簇雕檐。」

【用法】多用來形容樓閣宮室的精緻優美。有時也用來指仙人所居之處。

【例句】這一棟棟別墅，有如**玉樓金殿**，座落在山清水秀的風景區，與周圍的破舊房舍形成了鮮明的對比。

【義近】瓊樓玉宇／雕闌玉砌／仙山瓊閣／雕梁畫棟／朱門繡戶／朱甍碧瓦／山楶藻棁／峻宇雕牆。

【義反】蓬戶甕牖／蓬門篳戶／土階茅屋／屋如七星／蓬戶柴門。

玉樹臨風

【釋義】玉樹：傳說中的仙樹，用來比喻人的外貌或才幹不俗。又作「臨風玉樹」。

【出處】杜甫・飲中八仙歌：「舉觴白眼望青天，皎如玉樹臨風前。」

【用法】形容人才幹特出，氣宇非凡。

【例句】寶玉一見那人，面如傅粉，脣若塗硃；鮮潤如出水芙渠，飄揚似**玉樹臨風**。（曹雪芹・紅樓夢九三回）

【義近】氣宇軒昂／道骨仙風。

【義反】小家子氣／小頭小臉。

四畫

玩火自焚

【釋義】放火的人反把自己燒死。玩：玩弄。

【出處】左傳・隱公四年：「夫兵，猶火也，弗戢，將自焚也。」

【用法】比喻人做冒險或害人的事，反使自己受害。

【例句】色字頭上一把刀，用情不專，可別落到**玩火自焚**的下場呀！

【義近】自取其咎／作繭自縛／自食惡果／作法自斃。

玩世不恭

【釋義】玩世：輕蔑世事。玩：戲弄。不恭：不嚴肅。

【出處】漢書・東方朔傳・贊：「依隱玩世，詭時不逢。」蒲松齡・聊齋誌異・顛道人：「為人玩世不恭。」

【用法】形容人不滿世俗禮法，而以戲謔放縱的態度處世。

【例句】把世事看得太透的人，往往容易流於**玩世不恭**，用冷眼旁觀一切。

【義近】遊戲人生／遊戲塵寰／逢場作戲／睥睨人世／戲弄人生。

【義反】一本正經。

玩忽職守

【釋義】玩忽：忽視，輕慢、不認真。職守：指職位，工作崗位。

【用法】用以指對本職工作不認真從事，敷衍了事，毫無責任感。

【例句】身為公務人員，應勤勤懇懇工作，決不能**玩忽職守**，尸位素餐。

【義近】怠忽職守／馬虎應付。

【義反】克盡厥職／負責盡職。

玩於股掌之上

【釋義】玩：玩弄，玩耍。股掌：大腿和手掌。

【出處】左丘明・國語・吳語：「大夫種勇而善謀，將還玩吾國於股掌之上，以得其志。」

【用法】比喻把握操縱、任意擺布他人。

【例句】這人詭計多端，你最好不要和他合作，否則，他今後會將你**玩於股掌之上**。

【義近】生死予奪。

玩物喪志

【釋義】玩物：賞玩所愛之物。喪志：喪失志氣。

【出處】尚書・旅獒：「玩人喪德，玩物喪志。」

【用法】形容迷戀於所玩賞的事物，而消磨了積極進取的志氣。

【例句】工作之餘，種花養鳥，確實可以怡情養性，但如果一味迷戀，就是**玩物喪志**。

【義近】玩人喪德。

玩歲愒日

【釋義】玩：玩弄，輕慢，也寫作「翫」。愒日：曠廢時日。愒：曠廢。亦作「玩歲愒時」。

【出處】左傳・昭公元年：「后子出而告人曰：『趙孟將死矣！主民，翫歲而愒日，其與幾何？』」

【用法】形容人貪圖安逸，虛度歲月。

【例句】年少時**玩歲愒日**，不知及時努力，等年華老去，一事無成，後悔也來不及了。

【義近】虛度年華／游手好閒／居諸坐誤／曠廢隳惰。

【義反】勤勤懇懇／夙夜匪懈／日夜孜孜。

五　畫

玲瓏剔透 ㄌㄧㄥˊ ㄌㄨㄥˊ ㄊㄧ ㄊㄡˋ

【釋義】玲瓏：精巧細緻。剔透：鏤空，孔穴明晰。

【出處】元・史九敬・莊周夢二折：「萬竅千穴花木主，玲瓏剔透人皆評，風流可喜太湖石，曾伴投江浣紗女。」

【用法】形容鏤空的手工藝品或供玩賞的玉、石等明晰精美，結構奇巧。也比喻人聰明伶俐。

【例句】①這個展覽室所陳列的手工藝品，無一不雕鏤精細，**玲瓏剔透**。②「及至見了褚大娘子，又是一對**玲瓏剔透**的新媳婦。」（文康・兒女英雄傳二三回）

【義近】精巧細緻／小巧玲瓏／玲瓏有緻。

【義反】笨重粗糙／粗俗低劣。

六　畫

珪璋特達 ㄍㄨㄟ ㄓㄤ ㄊㄜˋ ㄉㄚˊ

【釋義】珪璋：珍貴的玉，比喻美德。特達：特別出眾。

【出處】曹丕・與鍾大理書：「良玉比德君子，珪璋見美詩人。」劉義慶・世說新語・言語：「丞相因覺，謂顧和曰：『此子珪璋特達，機警有鋒，不徒有東南之美，實為海內之俊。』」

【用法】形容人的品格高潔。

【例句】明末文人顧炎武**珪璋特達**，不願事異姓，臣子忠貞之心感天動地。

【義近】高風亮節／玉潔冰清／松風水月／光風霽月。

【義反】寡廉鮮恥／卑鄙下流。

班功行賞 ㄅㄢ ㄍㄨㄥ ㄒㄧㄥˊ ㄕㄤˇ

【釋義】班：排列等級，引申為依次。

【出處】後漢書・李雲列傳：「不可令此人居太尉、太傅典兵之官，舉厝至重，不可不慎。班功行賞，宜應其實。」

【用法】指按照功勞大小，依次給予賞賜。

【例句】我們公司每到年終都要**班功行賞**，所以平日大家都要積極爭取業績，以獲取較高的獎金。

【義近】論功行賞。

班衣戲彩 ㄅㄢ ㄧ ㄒㄧˋ ㄘㄞˇ

【釋義】指老萊子孝親之事。傳說春秋時的老萊子年已七十，有時還穿著彩色衣作嬰兒戲，以娛其親。班：通「斑」，雜色。

【出處】吳沃堯・二十年目睹之怪現狀二三回：「不過老人家歡喜，我們也應該湊個趣，實……古人『班衣戲彩』尚且要做，何況這個呢？」

【用法】指孝順父母。

【例句】古人**班衣戲彩**所體現的精神，是要後代子孫保持孝順的優良傳統，以盡人子之道。

【義近】綵衣娛親／菽水承歡／扇枕溫被／臥冰求鯉／先意承志／冬溫夏凊。

【義反】置親不顧／迕逆不孝。

班門弄斧 ㄅㄢ ㄇㄣˊ ㄋㄨㄥˋ ㄈㄨˇ

【釋義】在魯班門前耍弄刀斧。班：魯班，我國古代著名的木匠。

【出處】歐陽修・與梅聖俞書：「昨在真定，有詩七八首，今錄去，班門弄斧，可笑可笑。」

【用法】比喻不自量力，在行家面前賣弄本領。

【例句】人家已出版了十多部小說，你卻在他面前**班門弄斧**，大談什麼小說創作方法，未免太可笑了吧？

【義近】布鼓雷門／操斧班門／與日爭輝。

【義反】程門立雪／量力而行／深藏不露。

班班可考 ㄅㄢ ㄅㄢ ㄎㄜˇ ㄎㄠˇ

【釋義】班班：明顯，明白。

【出處】後漢書・趙壹傳・與友人書：「余畏禁，不敢班班顯言，竊為窮鳥賦一篇。」

【用法】說明事理明顯，完全可以透過考證取得充足的資料來驗證。

【例句】台北士林的芝山岩，在幾千年前是原住民平埔族定居的地方，從出土的文物加以印證，**班班可考**，毋庸置疑。

【義近】有根有據／鑿鑿有據／有憑有據／確鑿不移。

【義反】無憑無據／鑿空立論／捕風捉影／齊東野語／查無實據。

班荊道故 ㄅㄢ ㄐㄧㄥ ㄉㄠˋ ㄍㄨˋ

【釋義】在地面鋪上荊柴，坐在上面談論舊時情。班：分布。

【出處】左傳・襄公二六年：「伍舉奔鄭，將遂奔晉；聲子將如晉，遇之於鄭郊，班荊相與食，而言復故。」陶淵明・戒子書：「歸生伍舉，班荊道舊。」

【用法】形容朋友途中相遇，不講客套禮節，相談甚歡。

【例句】昨日在街上與國中同學不期而遇，便**班荊道故**，相談甚歡。

【義近】班荊道舊／西窗翦燭。

【義反】灞橋折柳。

珠玉之論 ㄓㄨ ㄩˋ ㄓ ㄌㄨㄣˋ

【釋義】珠玉：珠和玉，比喻談吐或詩文精美。

【出處】書言故事・談論類：「不聆珠玉之論。」

【用法】形容言論精當，見解卓越。

【例句】你今天在大會上的發言，實屬**珠玉之論**，若當政者予以採納，必定對社會大有裨益。

【義近】至理名言／金玉良言／崇論閎議／不易之論／不刊之論／字字珠璣。

【義反】鑿空之論／無稽之談／信口雌黃／不經之談。

珠玉在側 ㄓㄨ ㄩˋ ㄗㄞˋ ㄘㄜˋ

【釋義】珍珠和寶玉在身旁。側：旁邊。

【出處】晉書・衛玠傳：「玠……風神秀異……驃騎將軍王濟，玠之舅也……每見玠輒歎曰：『珠玉在側，覺我形穢。』」

【用法】比喻儀態俊秀，才識超羣的人在身旁，相形之下，自愧不如。

【例句】徐小姐一向以美人自居，誰知這次去了香港，見著亞洲小姐，便有**珠玉在側**的喟嘆。

【義近】相顧失色／相形失色／相形見絀。
【義反】掩映生姿／各有千秋／互爲頡頏／旗鼓相當／各擅勝場／不分軒輊。

珠光寶氣 ㄓㄨ ㄍㄨㄤ ㄅㄠˇ ㄑㄧˋ

【釋義】珠：珍珠。寶：寶石。二者均爲貴重裝飾物。
【用法】形容婦女服飾華貴富麗，閃耀著珍寶的光色。含有諷刺之意。
【例句】在晚宴上，有一位把自己打扮得**珠光寶氣**的闊太太，特別受人矚目。
【義近】穿金戴銀／混身綾羅／珠圍翠繞。
【義反】布裙荊釵／素衣淡裳。

珠沉滄海 ㄓㄨ ㄔㄣˊ ㄘㄤ ㄏㄞˇ

【釋義】珠：喻人才。滄海：大海。滄：青綠色。大海因水深而呈青綠色，所以稱爲「滄海」。
【出處】明・吾丘瑞・運甓記・師閫賓賢：「珠沉滄海，玉韞荊山，劍穢黃埃，奇韜遠略運靈臺，長狐封豕誰無賴。」
【用法】用以比喻人才被埋沒而不聞於世。
【例句】這位老先生滿腹經綸，特別是對《楚辭》深有研究，只因性情古怪，不爲世所容，以致**珠沉滄海**，被埋沒至今。
【義近】湮沒無聞／懷才不遇／龍困淺灘。
【義反】脫穎而出／嶄露頭角／人盡其才／蛟龍得雲雨／如魚得水。

珠胎暗結 ㄓㄨ ㄊㄞ ㄢˋ ㄐㄧㄝˊ

【釋義】珠胎：指珠在蚌殼中，比喻懷孕。
【出處】漢書・揚雄傳・羽獵賦：「方椎夜光之流離，剖明月之珠胎。」宋史・通俗演義二四回：「（劉氏）熊羆不夢，禱祈無靈，只好想了一條以李代桃的計策，暗中授意李侍兒……春風一度，暗結珠胎。」
【用法】形容女子因和人私通而懷孕。
【例句】這對戀人不顧家人反對，早已**珠胎暗結**，等家人發現，想拆散他們也難了。

珠宮貝闕 ㄓㄨ ㄍㄨㄥ ㄅㄟˋ ㄑㄩㄝˋ

【釋義】以珠和貝爲宮闕。
【出處】楚辭・九歌・河伯：「魚鱗屋兮龍堂，紫貝闕兮朱宮。」張埜・古山樂府・玉漏遲和人中秋韻詞：「空對珠宮貝闕，恍夜色，明於晴晝。」
【用法】指水神所居住的宮殿。
【例句】童話故事中，海龍王所居住的**珠宮貝闕**，是許多人童年最嚮往的夢土。

珠淚偷彈 ㄓㄨ ㄌㄟˋ ㄊㄡ ㄊㄢˊ

【釋義】珠淚：淚滴如珠，多用以形容女子流淚。
【出處】蒲松齡・醒世姻緣五九回：「調羹平日也還算有涵養，被人趕到這極頭田地：……也不免珠淚偷彈。」
【用法】用以形容女子因悲傷而暗中流淚。
【例句】她不幸被人拐騙賣到煙花巷，平日強作歡笑，背地裏常常**珠淚偷彈**。
【義近】珠淚暗彈／吞聲飲泣。
【義反】號啕大哭／悲天慟地／痛哭不已。

珠圍翠繞 ㄓㄨ ㄨㄟˊ ㄘㄨㄟˋ ㄖㄠˋ

【釋義】珍珠、翡翠圍繞。
【出處】元・施惠・幽閨記・太平家宴：「依舊珠圍翠繞，依舊雕鞍繡轂，列侍妾丫鬟使女，送金杯聽歌觀舞也。」
【用法】形容婦女妝飾華麗，也用以形容富貴人家的妻妾侍女眾多。
【例句】①十分鐘以後，陳太太打扮得**珠圍翠繞**的出來。（冰心・兩個家庭）②劉姥姥進去，只見滿屋裏**珠圍翠繞**、花枝招展的，並不知都係何人。（曹雪芹・紅樓夢三九回）
【義近】玉冠華服／羅綺珠翠／廣袖高髻／珠圍翠擁／珠繞翠圍。
【義反】荊釵布裙／首若飛蓬／衣不完采／素衣淡裳。

珠殘玉碎 ㄓㄨ ㄘㄢˊ ㄩˋ ㄙㄨㄟˋ

【釋義】珠玉被弄得殘缺細碎。
【出處】唐・王穉登・李翰林分體全集序：「前此非無合刻者，然……猶疥厲蟣虱，使二先生之作不免珠殘玉碎。」
【用法】喻珍貴之物殘破損壞。
【例句】這位藏書家畢生所藏古經典著作之繕本，可謂價值連城，可惜在他死後，兒孫不知愛惜，鼠嚙蟲蠹，現大多已**珠殘玉碎**了。
【義近】斷墨殘楮／斷簡殘篇。
【義反】完好無恙／白璧無瑕。

珠圓玉潤 ㄓㄨ ㄩㄢˊ ㄩˋ ㄖㄨㄣˋ

【釋義】像珠子一樣圓，像玉石一樣光潤。
【出處】周濟・詞辯：「北宋詞多就景敘情，故珠圓玉潤，四照玲瓏。」
【用法】比喻歌聲婉轉優美或文詞流暢明快。
【例句】①她有一副**珠圓玉潤**的嗓子，唱歌極其婉轉動人。②他這篇借景抒情的散文，**珠圓玉潤**的文筆擄獲了廣大讀者的心，評價頗高。
【義近】一串驪珠／珠走玉盤／酣暢自如。
【義反】嘔啞嘲哳／荒腔走板／驢鳴犬吠。

珠落玉盤 ㄓㄨ ㄌㄨㄛˋ ㄩˋ ㄆㄢˊ

【釋義】珠子灑落玉盤後所發出的清脆之音。
【出處】白居易・琵琶行：「嘈嘈切切錯雜彈，大珠小珠落玉盤。」
【用法】形容音樂的清脆悅耳。
【例句】鄧麗君的歌聲如**珠落玉盤**，清脆圓潤，聽過她歌聲的人永遠也忘不了。
【義近】珠圓玉潤／新鶯出谷／乳燕歸巢。
【義反】嘔啞嘲哳／荒腔走板。

珠翠羅綺 ㄓㄨ ㄘㄨㄟˋ ㄌㄨㄛˊ ㄑㄧˇ

【釋義】珠翠：珍珠翡翠。羅綺：華麗的絲織品。
【出處】宋・周密・武林舊事・觀潮：「江干上下十餘里間，珠翠羅綺溢目，車馬塞途。」
【用法】用以指婦女華麗的衣飾

或盛妝的婦女。

【例句】每年三、四月間，陽明山上櫻花、杜鵑、茶花……盛開，賞花的仕女，**珠翠羅綺**，濃妝豔抹在花樹下穿梭徘徊，熱鬧非凡。

【義近】玉冠華服／羅綺珠翠／廣袖高髻／珠圍翠擁／珠繞翠圍。

【義反】荊釵布裙／首若飛蓬／衣不完采／素衣淡裳。

珠輝玉麗 ㄓㄨ ㄏㄨㄟ ㄩˋ ㄌㄧˋ

【釋義】意謂像珠玉一般地晶瑩美麗。

【出處】清・洪昇・長生殿・窺浴：「只見你款解雲衣，早現出珠輝玉麗，不由我對你、愛你、扶你、覷你、憐你。」

【用法】比喻美女膚色潔白而有光澤。

【例句】我原以為自己的未婚妻只是容貌豔美，婚後才知她渾身**珠輝玉麗**，不由得更加疼愛憐惜。

【義近】冰肌玉骨／軟香溫玉／膚如凝脂／冰肌玉膚／冰姿玉骨。

【義反】黝黑粗糙。

珠衡犀角 ㄓㄨ ㄏㄥˊ ㄒㄧ ㄐㄧㄠˇ

【釋義】珠衡：指眉間有骨隆起像連珠。犀角：額角骨。

【出處】除陵・徐孝穆集・勸進梁元帝表：「握圖執鉞，將在御天，玉縢珠衡，先彰元后。」海錄碎事・人事：「顏淵山庭日角，曾子珠衡犀角。」

【用法】用以形容聖賢或富貴的相貌。

【例句】相術曾說他有**珠衡犀角**之相，沒想到後來果眞發達顯要了起來。

【義近】犀角偃月／淵角山庭／方面大耳。

【義反】小頭銳面／獐頭鼠目／尖嘴猴腮。

珠聯璧合 ㄓㄨ ㄌㄧㄢˊ ㄅㄧˋ ㄏㄜˊ

【釋義】珍珠聯串在一起，美玉結合在一起。璧：古代一種玉器，扁圓形，中間有孔。

【出處】庾信・周兗州刺史廣饒公宇文公神道碑：「發源纂胄，葉派枝分；開國成家，珠聯璧合。」

【用法】比喻美好的事物或人物相配合，也比喻眾美畢集、完美無缺。今多用以賀人新婚。

【例句】你倆一個美貌出眾，一個才高八斗，今日聯姻，眞是**珠聯璧合**，天生一對。

【義近】璧合珠聯／珠璧交輝。

七畫

琅琅上口 ㄌㄤˊ ㄌㄤˊ ㄕㄤˋ ㄎㄡˇ

【釋義】琅琅：清朗、響亮的聲音。上口：順口。

【出處】李昭玘・上眉揚先生書：「每相過者，論先生德義，誦先生文章，堂上琅琅，終日不絕。」

【用法】指誦讀詩文熟練、順口。也指文辭淺顯通暢，便於口誦。

【例句】她熟讀不少唐人絕句，隨便選一首教她背誦，都能**琅琅上口**。

【義近】纚纚如珠。

【義反】佶屈聱牙／結結巴巴。

理不忘亂 ㄌㄧˇ ㄅㄨˋ ㄨㄤˋ ㄌㄨㄢˋ

【釋義】理：治理，引申指治理得當，社會太平。亂：動亂，混亂。

【出處】宋・王禹偁・進端拱箴表：「然而安不忘危，理不忘亂，靡不有初，鮮克有終，古聖賢之深旨也。」

【用法】說明國家在平安的時候，絕不能忘記混亂之時。

【例句】一個有遠見的政治家，總是**理不忘亂**，時刻注意採取措施，防患於未然。

【義近】居安思危／未雨綢繆／防微杜漸／防範未然。

【義反】居安忘危／燕雀處堂／逸豫亡身。

理不勝辭 ㄌㄧˇ ㄅㄨˋ ㄕㄥ ㄘˊ

【釋義】意謂所說的道理不能勝過文辭。

【出處】曹丕・典論・論文：「孔融體氣高妙，有過人者，然不能持論，理不勝辭。」

【用法】說明文章遣詞造句優美，但說理不夠圓融。

【例句】這幾位同學的作文，都有**理不勝辭**的毛病，議論文重在說理，理氣不足，文辭再美也不能服人。

【義近】華而不實／言之無物。

【義反】理過其辭。

理屈詞窮 ㄌㄧˇ ㄑㄩ ㄘˊ ㄑㄩㄥˊ

【釋義】理屈：理虧。窮：盡。也作「詞窮理屈」。

【出處】論語・先進：「是故惡夫佞者。」朱熹注：「子路之言，非其本意，但理屈詞窮……。」

【用法】用以說明理由站不住腳，被反駁得無話可說。

【例句】他在**理屈詞窮**之餘，只好說些敷衍搪塞的話，顯得很狼狽。

【義近】詞窮理絕。

【義反】理直氣壯／義正詞嚴／振振有詞。

理所當然 ㄌㄧˇ ㄙㄨㄛˇ ㄉㄤ ㄖㄢˊ

【釋義】當然：應當這樣。

【出處】趙弼・續東窗事犯傳：「善者福而惡者禍，理所當然。」

【用法】用以表示從道理上說，應當是這樣。

【例句】父母養育我們，我們有能力時應該回報，這是**理所當然**的。

【義近】理當如此／天經地義／理有固然。

【義反】莫名其妙／豈有此理。

理直氣壯 ㄌㄧˇ ㄓˊ ㄑㄧˋ ㄓㄨㄤˋ

【釋義】直：正確，合理。氣壯：氣勢旺盛。

【出處】古今小說・鬧陰司司馬貌斷獄：「便提我到閻羅殿前，我也理直氣壯，不怕甚的。」

【用法】用以說明理由充足，則說話也就有氣勢。

【例句】在任何地方任何人面前，我都可以**理直氣壯**地說明我的立場。

【義近】義正詞嚴／振振有詞。

【義反】理屈詞窮／強詞奪理／張口結舌。

現世現報 (ㄒㄧㄢˋ ㄕˋ ㄒㄧㄢˋ ㄅㄠˋ)

【釋義】現報：佛教語，指今生做的惡事，今生便得到報應。

【出處】道世・法苑珠林九三：「所言雖實，人不信受，眾皆憎惡，不喜見之，是名現世惡業之報。」

【用法】用以勸人爲善棄惡，以免遭到報應。

【例句】他是個上了年紀的人，卻做這種缺德事，小心**現世現報**！

【義近】現世報應／今生今報／善惡到頭終有報。

【義反】來生報應／不報今生報來生。

現身說法 (ㄒㄧㄢˋ ㄕㄣ ㄕㄨㄛ ㄈㄚˇ)

【釋義】意謂佛力廣大，能現種種身形，向眾生說法。

【出處】道原・景德傳燈錄・釋迦牟尼佛：「亦於十方界中現身說法。」

【用法】比喻以自身爲例來說明道理或勸說別人。

【例句】那位現已戒毒的青年出來**現身說法**，勸告其他青少年不要步他的後塵。

八畫

琵琶別抱 (ㄆㄧˊ ㄆㄚˊ ㄅㄧㄝˊ ㄅㄠˋ)

【釋義】琵琶：本爲樂器，引申爲彈琵琶的女子。別抱：爲另外的人所抱。別：另外。

【出處】孟稱舜・貞文記哭墓：「拚把紅顏埋綠蕪，怎把琵琶別抱歸南浦，負卻當年鸞錦書。」

【用法】指婦女改嫁，或女子另結新歡。

【例句】①那種要婦女從一而終，不准**琵琶別抱**的時代已經過去了。②他辛辛苦苦攢了一筆錢回來，準備娶她爲妻，誰知她已**琵琶別抱**了。

【義近】改嫁易夫／另結新歡。

【義反】從一而終／三貞九烈／終身廝守／白頭偕老。

琴心相挑 (ㄑㄧㄣˊ ㄒㄧㄣ ㄒㄧㄤ ㄊㄧㄠˇ)

【釋義】琴心：寄心思於琴聲。

【出處】司馬遷・史記・司馬相如列傳：「是時卓王孫有女文君新寡，好音，故相如繆與令相重，而以琴心挑之。」

【用法】指以琴聲傳達心意，表示愛慕之情。

【例句】貴州的苗族青年每年四月二十八日，都要聚集於貴陽城談情說愛，男的若看中某位女孩，即走到她面前搖晃著身子吹蘆笙，這正是古人所說的**琴心相挑**吧！

【義近】眉目傳情／眉挑目語／暗送秋波。

琴心劍膽 (ㄑㄧㄣˊ ㄒㄧㄣ ㄐㄧㄢˋ ㄉㄢˇ)

【釋義】琴心：托意於琴聲，指人的風雅。劍膽：指人的英勇膽氣。

【出處】吳萊・寄董與兒詩：「小榻琴心展，長纓劍膽舒。」

【用法】比喻人能剛柔相濟，既有情致又有膽識。

【例句】她深深地愛上了這個**琴心劍膽**、勤奮好學的青年。

【義近】剛柔相濟／允文允武。

【義反】粗鄙無文。

琴棋書畫 (ㄑㄧㄣˊ ㄑㄧˊ ㄕㄨ ㄏㄨㄚˋ)

【釋義】彈琴、下棋、寫字、繪畫。

【出處】何延之・蘭亭始末記：「辯才博學工文，琴棋書畫皆臻其妙。」

【用法】常用以稱人多才多藝，富於風雅。

【例句】張小姐眞了不得，博學多藝，**琴棋書畫**無所不通。

【義近】詩酒歌賦／歌舞書畫。

琴瑟之好 (ㄑㄧㄣˊ ㄙㄜˋ ㄓ ㄏㄠˇ)

【釋義】琴瑟：兩種弦樂器，同時彈奏，其音諧和。瑟：古弦樂器，有二十五弦。

【出處】詩經・周南・關雎：「窈窕淑女，琴瑟友之。」又小雅・棠棣：「妻子好合，如鼓琴瑟。」

【用法】多比喻夫妻感情和諧。

【例句】這對夫妻雖已年近古稀，然其**琴瑟之好**令人羨慕。

【義近】伉儷情深／比翼連理／鴛鴦雙棲／畫眉之樂。

【義反】琴瑟不調／別鳳離鸞／鏡破釵分。

琴瑟失調 (ㄑㄧㄣˊ ㄙㄜˋ ㄕ ㄊㄧㄠˊ)

【釋義】琴瑟：兩種弦樂器，同時演奏，其音和諧。調：調和，和諧。

【出處】李綠園・歧路燈九九回：「所可惜者，塤篪和鳴，卻又琴瑟失調。」

【用法】比喻夫婦失和。

【例句】早有耳聞他們夫妻**琴瑟失調**，最近竟雙雙鬧到法院，判准離婚，眞令人惋惜。

【義近】夫妻反目／琴瑟不調／分釵破鏡／別鳳離鸞／鐘鼓失調。

【義反】琴瑟相調／鐘鼓樂之／魚水和諧／琴瑟和鳴／鶼鰈情深。

琴劍飄零 (ㄑㄧㄣˊ ㄐㄧㄢˋ ㄆㄧㄠ ㄌㄧㄥˊ)

【釋義】琴、劍：二者爲古代文人隨身攜帶之物。飄零：墜落，飄落。喻失去依靠，生活不安定。

【出處】羣音類選・南西廂記・紅娘請生：「可憐我琴劍飄零無厚聘，感不盡姻親事有成。」

【用法】比喻文人流落江湖，飄流四方。

【例句】一代詩俠李白，因不懂爲官之道，落得**琴劍飄零**，浪跡天涯，讓人爲之叫屈。

【義近】落拓江湖／浪跡江湖／萍蹤浪跡／斷梗飄蓬／萍飄蓬轉／浪萍風梗。

【義反】飛黃騰達／青雲直上。

琴斷朱弦 (ㄑㄧㄣˊ ㄉㄨㄢˋ ㄓㄨ ㄒㄧㄢˊ)

【釋義】意謂琴上的朱弦斷了，不能再演奏了。朱弦：紅色的絲弦。

【出處】清・洪昇・長生殿・幸恩：「奴家楊氏，幼適裴門，琴斷朱弦，不幸文君早寡；香含青瑣，肯容韓掾輕偷？」

【用法】比喻喪偶。多比喻婦女死了丈夫。

【例句】萬女士心地善良，待人和順，是位典型的賢妻良母，誰知前不久丈夫竟車禍死亡，遽逢此**琴斷朱弦**之痛，使她傷心欲絕，終日以淚洗面。

【義近】文君新寡／喪偶之痛／柏舟之痛。

琳瑯滿目（ㄌㄧㄣˊ ㄌㄤˊ ㄇㄢˇ ㄇㄨˋ）

【釋義】滿眼都是精美的玉石。琳瑯：美玉。

【出處】劉義慶・世說新語・容止：「今日之行，觸目見琳瑯珠玉。」

【用法】形容映入眼簾的美好東西很多。

【例句】展覽館中所陳列的珍珠、寶石、美玉等，眞是**琳瑯滿目**，美不勝收。

【義近】美不勝收／目不暇接。

【義反】乏善可陳／平凡無奇。

琥珀拾芥（ㄏㄨˇ ㄆㄛˋ ㄕˊ ㄐㄧㄝˋ）

【釋義】琥珀摩擦後生電，可以吸引輕微的物品。

【出處】易經・乾卦：「同聲相應，同氣相求……則各從其類也。」唐・孔穎達・疏：「亦有異類相感者，若磁石引針，琥珀拾芥。」漢・王充・論衡・亂龍：「頓牟拾芥，磁石引針。」頓牟：即琥珀。

【用法】形容相互感應的樣子。

【例句】天地間有許多看不到的力量深深影響著人類的生活，如**琥珀拾芥**，力量雖小，卻不可輕忽。

【義近】磁石引針／異性相吸。

【義反】同性相斥。

九　畫

瑕不掩瑜（ㄒㄧㄚˊ ㄅㄨˋ ㄧㄢˇ ㄩˊ）

【釋義】玉上的斑點掩蓋不了玉的光輝。瑕：玉上斑點。瑜：玉的光彩。

【出處】禮記・聘義：「瑕不揜瑜，瑜不揜瑕，忠也」。

【用法】比喻小的缺點掩蓋不了整體之美。

【例句】這部小說儘管有些不盡情理之處，但**瑕不掩瑜**，仍不失爲一部好作品。

【義近】白璧微瑕／無傷大雅。

瑕瑜互見（ㄒㄧㄚˊ ㄩˊ ㄏㄨˋ ㄐㄧㄢˋ）

【釋義】玉的斑點和玉的光彩互有所見，同時出現。見：通「現」。

【出處】管子・水地：「夫玉瑕瑜皆見，精也。」平步青・霞外捃屑七：「升庵論文，瑕瑜互見。」

【用法】比喻人或事物既有不足之處，也有其優長之處。

【例句】①這本小說集，**瑕瑜互見**，缺點和長處都很明顯。②這是一部**瑕瑜互見**的古代散文選，精華和糟粕揉雜。

【義近】瑕瑜不掩／美惡並陳。

【義反】白璧無瑕／完美無缺／十全十美。

瑞雪兆豐年（ㄖㄨㄟˋ ㄒㄩㄝˇ ㄓㄠˋ ㄈㄥ ㄋㄧㄢˊ）

【釋義】瑞雪：冬雪能滅蟲保溫，有利農作物生長，故稱爲瑞雪。瑞：吉祥。兆：預兆。

【出處】張正見・玄都觀春雪詩：「同雲遙映嶺，瑞雪近浮空。」

【用法】指冬天下大雪預示著明年莊稼豐收。

【例句】今年入冬以來，北方連降大雪，**瑞雪兆豐年**，看來明年會是個豐收年。

十—十三畫

瑯嬛福地（ㄌㄤˊ ㄏㄨㄢˊ ㄈㄨˊ ㄉㄧˋ）

【釋義】傳說中神仙所居住的地方。

【出處】伊世珍・瑯嬛記載：晉張華遊洞宮，遇一人引至一處，大石中開，別有天地，宮室嵯峩，每室各陳奇書，有歷代史、萬國志等秘籍。華歷觀其書，皆漢以前事，多所未聞者。問其地，曰「瑯嬛福地也。」華甫出，門自閉。

【用法】用來比喻景色優美，風水極佳的地方。

【例句】在城市鳥籠住久的人，心中應有一個嚮往的**瑯嬛福地**，可惜世間不知眞否有此世外桃源。

【義近】福地洞天／靈山秀水。

【義反】窮山惡水。

瑤池玉液（ㄧㄠˊ ㄔˊ ㄩˋ ㄧㄝˋ）

【釋義】瑤池：傳說中西王母居住的地方。玉液：指美酒。

【出處】明・無名氏・獻蟠桃頭折：「俺仙家景物奇絕，更有瑤池玉液，紫府瓊漿。」

【用法】形容酒極其名貴醇美，有如仙家所釀造。

【例句】汪先生是有名的品酒家，看來他所送你的這瓶紅葡萄酒必定是**瑤池玉液**，價格不菲。

【義近】玉液瓊漿／玉液金波。

【義反】寡味玄酒。

瑰意琦行（ㄍㄨㄟ ㄧˋ ㄑㄧˊ ㄒㄧㄥˊ）

【釋義】瑰：美石。琦：美玉。

【出處】宋玉・對楚王問：「夫聖人瑰意琦行，超然獨處，夫世俗之民，又安知臣之所爲哉。」

【用法】指卓異高貴的思想和行爲。

【例句】他是一位相當卓越的政治家和思想家，其**瑰意琦行**不是我們一般人所能理解仿效的。

【義近】眞知灼見／遠見卓識。

【義反】一孔之見／凡俗之見／井蛙之見。

璞玉渾金（ㄆㄨˊ ㄩˋ ㄏㄨㄣˊ ㄐㄧㄣ）

【釋義】璞玉：未經琢磨的玉。渾金：未經冶煉的金。

【出處】劉義慶・世說新語・賞譽上：「王戎目山巨源如璞玉渾金，人皆欽其寶，莫知名其器。」

【用法】用以比喻人純樸眞誠。

【例句】梁老師雖已年過半百，但其德行仍如**璞玉渾金**，眞不愧爲人師表。

【義近】古貌古心／樸實純正。

【義反】人心不古／狡猾險惡。

環肥燕瘦（ㄏㄨㄢˊ ㄈㄟˊ ㄧㄢˋ ㄕㄡˋ）

【釋義】環肥：指唐明皇的妃子楊玉環，以體態豐滿爲美。燕瘦：指漢成帝的皇后趙飛燕，以體態瘦削輕盈爲美。也作「燕瘦環肥」。

【出處】蘇軾・孫莘老求墨妙亭詩：「短長肥瘦各有態，玉環飛燕誰敢憎！」

【用法】形容女人體態雖然不同，但肥瘦都各有美麗動人之處。

【例句】選美小姐在伸展台上一

字排開，**環肥燕瘦**各具丰采，實在很難評定高下。

【義近】各有千秋／互爲頡頏／平分秋色／不相上下／無分軒輊。

【義反】大相逕庭／判若雲泥／天壤之別／天淵之別。

環堵蕭然（ㄏㄨㄢˊ ㄉㄨˇ ㄒㄧㄠ ㄖㄢˊ）

【釋義】環堵：房間四面的牆壁。堵：牆壁。蕭然：空蕩蕭條的樣子。

【出處】陶淵明．五柳先生傳：「環堵蕭然，不蔽風日，短褐穿結，簞瓢屢空。」

【用法】形容人居室簡陋，家境極爲貧寒。

【例句】他就像古代的顏回一樣，儘管住處**環堵蕭然**，缺衣少食，卻能安樂好學。

【義近】家徒四壁／四壁蕭然／家無長物／室如懸罄。

【義反】廣廈紅牆／堆金積玉／金玉滿堂。

十五畫

瓊枝玉葉（ㄑㄩㄥˊ ㄓ ㄩˋ ㄧㄝˋ）

【釋義】金枝玉葉。瓊：美玉。

【出處】唐．蕭穎士．爲揚州李長史賀立皇太子表：「況瓊枝挺秀，玉葉資神，允釐監撫，儀形稚頌。」

【用法】用以比喻王室或顯宦的子孫。

【例句】在阿拉伯、約旦等國，那些**瓊枝玉葉**大多受過良好的教育，但在事業上卻很少有所成就。

【義近】金枝玉葉／千金之子／公子王孫／千金之軀。

【義反】農家子弟／寒門子弟／貧賤之子／微賤之軀／凡夫俗子。

瓊林玉質（ㄑㄩㄥˊ ㄌㄧㄣˊ ㄩˋ ㄓˊ）

【釋義】瓊：美好的。

【出處】明．康海．王蘭卿三折：「他小哩怎的便知……胎胞兒是瓊林玉質，胚團兒是俊才英氣。」

【用法】喻人的資質潔淨純美。

【例句】王校長的掌上明珠不僅長得如花似玉，更重要的是品格溫雅，**瓊林玉質**，與你這位年輕才子可眞是天生的一對呀！

【義近】秀外慧中／蕙質蘭心。

【義反】狼心狗肺／心術不正。

瓊廚金穴（ㄑㄩㄥˊ ㄔㄨˊ ㄐㄧㄣ ㄒㄩㄝˊ）

【釋義】以玉器盛食，以黃金爲器具。

【出處】王嘉．拾遺記．後漢：「郭況，光武皇后之弟也，累金數億，家僮四百餘人，以黃金爲器……里語曰：『洛陽多錢郭氏室，夜月晝星富無匹。』其寵者皆以玉器盛食，故東京謂郭家爲瓊廚金穴。」

【用法】形容富貴人家的豪奢。

【例句】林家鼎盛時，**瓊廚金穴**，僕人上千，過著宛如皇家的生活；如今家道中落，後人還能從林家花園一窺其當年盛況。

【義近】象箸玉杯／炊金饌玉／錦衣玉食／炮鳳烹龍。

【義反】環堵蕭然／牽蘿補屋／蓬門篳戶／家徒四壁。

瓊樓玉宇（ㄑㄩㄥˊ ㄌㄡˊ ㄩˋ ㄩˇ）

【釋義】用美玉建築的樓臺房室。瓊：美玉。宇：房室。

【出處】蘇軾．水調歌頭．中秋：「我欲乘風歸去，又恐瓊樓玉宇，高處不勝寒。」

【用法】指仙界樓臺或月中宮殿。今也用以形容瑰麗堂皇的建築物。

【例句】這些光艷奪目的建築物，就好像是把月宮裏的**瓊樓玉宇**移到了人間。

【義近】雕闌玉砌／雕梁畫棟。

【義反】荆室蓬戶／蓬戶柴門／土階茅屋。

瓜部

瓜田李下（ㄍㄨㄚ ㄊㄧㄢˊ ㄌㄧˇ ㄒㄧㄚˋ）

【釋義】爲「瓜田不納履，李下不正冠」之省，意謂走在瓜田裏不彎腰納鞋，路過李樹下不抬手扶帽。

【出處】古樂府．君子行：「君子防未然，不處嫌疑間，瓜田不納履，李下不正冠。」

【用法】指避免嫌疑，也比喻容易引起嫌疑的場合或地方。

【例句】這對男女住在同一間公寓裏，**瓜田李下**，要說他們沒有曖昧關係，實在令人難以相信。

【義近】是非之地／瓜李之嫌。

瓜字初分（ㄍㄨㄚ ㄗˋ ㄔㄨ ㄈㄣ）

【釋義】瓜字可分成二個「八」字，二個八等於十六。

【出處】李羣玉．醉後贈馮姬：「桂形淺拂梁家黛，瓜字初分碧玉年。」

【用法】稱十六歲的女孩。

【例句】正值**瓜字初分**的女孩子，正是人生中最美的年紀，不用化妝也漂亮。

【義近】破瓜之年／二八年華／碧玉年華／及笄之年。

瓜剖豆分（ㄍㄨㄚ ㄆㄡˇ ㄉㄡˋ ㄈㄣ）

【釋義】如瓜之剖開，爲人分食；如豆之出筴，滿地分散。

【出處】鮑照．蕪城賦：「出入三代，五百餘載，竟瓜剖而豆分。」

【用法】形容國土、財產、物品等被分割。

【例句】自一八四〇年鴉片戰爭到中華民國建立的七十年間，列強紛紛入侵，我國國土幾乎被**瓜剖豆分**。

【義近】豆剖瓜分／四分五裂／土崩瓦解／分崩離析／蠶食鯨吞。

【義反】金甌無缺／完整無缺。

瓜瓞緜緜（ㄍㄨㄚ ㄉㄧㄝˊ ㄇㄧㄢˊ ㄇㄧㄢˊ）

【釋義】瓜一代接一代生長。瓜瓞：大者曰瓜，小者曰瓞。緜緜：連續不斷的樣子。

【出處】詩經．大雅．緜：「緜緜瓜瓞，民之初生，自土沮漆。」

【用法】比喻子孫一代代繁衍昌盛。

【例句】中國人傳宗接代的觀念很深，總希望自己的後代能**瓜瓞緜緜**，香火不斷。

【義近】綠葉成蔭／百子千孫／子孫滿堂。

【義反】一世而亡／三世告絕／

斷子絕孫／兩世一身。

瓜熟蒂落

【釋義】瓜熟了，瓜蒂自然脫落。蒂：瓜、果跟枝莖相連的部分。

【出處】雲笈七籤·元氣論：「瓜熟蒂落，啐啄同時。」

【用法】比喻條件具備，時機成熟，事情自然會成功，不必急於去催促使成。

【例句】看來，他們倆的婚事已經到了**瓜熟蒂落**的時候了。

【義近】水到渠成。

瓦部

瓦合之卒

【釋義】像破碎的瓦片一樣湊合在一起的兵卒。

【出處】漢書·酈食其傳：「食其曰：『足下起瓦合之卒，收散亂之兵，不滿萬人，欲以徑入強秦，此所謂探虎口者也。』」

【用法】比喻沒有組織紀律的軍隊。

【例句】恕我直言，你招來的這些人不過是**瓦合之卒**，眞正要上陣打仗，還須加強組織紀律性的教育。

【義近】烏合之眾／獸聚鳥散／蝦兵蟹將／烏合之師。

【義反】正規之師／堅甲利兵。

瓦釜雷鳴

【釋義】瓦釜：比喻低下的小人。雷鳴：驚動眾人，喻位高權大。

【出處】屈原·卜居：「蟬翼爲重，千鈞爲輕；黃鐘毀棄，瓦釜雷鳴。」

【用法】比喻小人得志。

【例句】在暴君專制的時代裏，許多有志之士皆懷才不遇，含恨以終，徒見小人得志，**瓦釜雷鳴**而已。

【義近】浮雲翳日／小人得志／小人道長／鴟鴞翱翔。

瓦解星散

【釋義】像瓦片那樣破裂，像星星那樣飛散。

【出處】宋·司馬光·義勇第五札子：「殊不知彼皆隊舞聚戲之類，若聞胡寇之來，則瓦解星散不知所之矣。」

【用法】比喻人羣離散，各奔東西。

【例句】這些來鬧事的人都是臨時湊合起來的，一見警車到來，便迅即**瓦解星散**了。

【義近】瓦解雲散／作鳥獸散／瓦解星飛／一哄而散／抱頭鼠竄／狼奔豕突。

【義反】巖然不動／穩如泰山／雷打不散。

六畫

瓶沉簪折

【釋義】瓶子沉入水中便不見踪跡，簪子折斷便難以復合。

【出處】白居易·井底引銀瓶：「瓶沉簪折知奈何，似妾今朝與君別。」

【用法】比喻人離散後便難以重逢。

【例句】在戰亂中，他和妻子離散後，從此**瓶沉簪折**，音信全無，要相見恐怕只有在夢中了。

【義近】魚沉雁杳／一別如雨／杳如黃鶴。

【義反】來鴻去雁／雁足傳書／書疏往返／雁字魚書。

瓶罄罍恥

【釋義】罍：酒樽。瓶子空了，是酒樽的恥辱。

【出處】詩經·小雅·蓼莪：「瓶之罄也，維罍之恥。」

【用法】形容父母不得終養，是爲人子女的責任。

【例句】古人說**瓶罄罍恥**，就是告訴爲人子女者應善盡反哺之恩。

十二畫

甑塵釜魚

【釋義】甑：炊具。釜：烹飪器具。炊具生了灰塵，釜中的水生出小魚。

【出處】後漢書·范冉傳：「范冉，字史雲……桓帝時以冉爲萊蕪長……窮居自若，言貌無改，閭里歌之曰：『甑中生塵范史雲，釜中生魚范萊蕪。』」

【用法】比喻非常貧窮，時常斷炊，沒有食物可以烹煮。

【例句】在今天豐衣足食的日子裏，我們很難體會戰亂期間，人們那段**甑塵釜魚**的艱辛歲月。

【義近】釜中生魚／甑中生塵／室如懸磬。

【義反】列鼎而食／食前方丈／炊金撰玉／炮鳳烹龍／日食萬錢。

十三畫

甕中之鼈

【釋義】罎子裏的甲魚。甕：大罎子。鼈：甲魚。

【出處】馮夢龍·警世通言·杜十娘怒沉百寶箱：「孫福視十娘已爲甕中之鼈。」

【用法】比喻已在掌握之中，絕對逃脫不了。

【例句】等我軍控制了全部制高點和山口，敵人就成了**甕中之鼈**。

【義近】網中之魚／囊中之物。

甕中捉鼈

【釋義】從大罎子裏捉甲魚。常與「手到擒來」連用。

【出處】康進之·李逵負荊四折：「這是揉著我山兒的癢處，管教他甕中捉鼈，手到拿來。」

【用法】比喻所欲得之物已在掌握之中，能輕易有把握地拿到手。

【例句】我們不妨打鐵趁熱，先觀察好敵情，晚上摸黑，來個**甕中捉鼈**。

【義近】探囊取物／易如反掌／十拿九穩／穩操勝劵。

【義反】難於上青天／挾山超海／大海撈針。

甕天蠡海

【釋義】從甕中窺天，用蠡來測海。甕：一種盛東西的陶器，腹部較大。蠡：貝殼做的瓢。

【出處】明・胡應麟・少室山房筆叢・丹鉛新錄引：「輒於占畢之暇，稍爲是正，甕天蠡海，亡當大方。」

【用法】比喻見識短淺。

【例句】像他這樣**甕天蠡海**的人，你同他說天談地，議論世界大事，我看是對牛彈琴！

【義近】牖中窺日／坐井觀天／管窺蠡測／目光如豆／鼠目寸光／眼眶子淺。

【義反】登高望遠／見多識廣／高瞻遠矚／博見多聞。

甕裏醯雞

【釋義】瓶子裏的小蟲。醯雞：小蟲名。

【出處】莊子・田子方：「孔子見老聃，……孔子出，以告顏回曰：『丘之於道也，其猶醯雞與？微夫子之發吾覆也，吾不知天地之大全也。』」幼學故事瓊林・鳥獸：「甕裏醯雞，安有廣見？」

【用法】喻人見識短淺。

【例句】眞是不可思議，他好歹也讀到了碩士，卻像**甕裏醯雞**那樣，毫無廣見！

【義近】牖中窺日／坐井觀天／管窺蠡測／目光如豆／鼠目寸光／眼眶子淺。

【義反】登高望遠／見多識廣／高瞻遠矚／博見多聞。

甕盡杯乾

【釋義】意謂甕中的酒已盡，杯中的酒已喝乾。

【出處】凌濛初・初刻拍案驚奇卷一五：「陳秀才那時已弄得甕盡杯乾，只得收了心，在家讀書。」

【用法】比喻財物用盡，囊空如洗。

【例句】這個人原本是本地數一數二的富翁，因不學好，吃喝嫖賭樣樣都來，不到十年，便**甕盡杯乾**，現在全靠乞討爲生了。

【義近】牀頭金盡／窮愁潦倒／千金散盡／一貧如洗。

【義反】腰纏萬貫／萬貫家財／堆金積玉／金玉滿堂。

甕牖繩樞

【釋義】用破甕口作窗戶，用繩作門戶樞紐。牖：窗戶。

【出處】賈誼・過秦論：「陳涉甕牖繩樞之子，甿隸之人，而遷徙之徒也。」

【用法】比喻貧窮人家。

【例句】**甕牖繩樞**的生活正可以磨鍊一個人的志節，所以自古以來，成功者的背後總藏有一段困苦的經歷。

【義近】家徒四壁／室如懸罄／環堵蕭然。

【義反】高樓大廈／朱門深院／金玉滿堂。

甘部

甘之如飴

【釋義】覺得它甜得像糖。甘：甜。飴：麥芽糖。

【出處】詩經・大雅・緜：「堇荼如飴。」鄭玄箋：「其所生菜，雖有性苦者，甘如飴也。」文天祥・正氣歌：「鼎鑊甘如飴，求之不可得。」

【用法】常用在心甘情願忍受痛苦，沒有怨言。

【例句】儘管這種日子過得很艱辛，但覺得很有意義，故仍**甘之如飴**。

【義近】甘之若飴／心甘情願／不以爲苦。

【義反】不堪忍受。

甘瓜苦蒂

【釋義】蒂：同「蔕」，花或瓜果與枝莖相連的部分。

【出處】翟灝・通俗編・草木：「埤雅引墨子：甘瓜苦蔕，天下物無全美也。」

【用法】比喻天下無絕對完美的人和事物。

【例句】**甘瓜苦蔕**，天下哪有十全十美的事，你就將就一點吧！

【義近】人無完人／金無足赤／玉有瑕疵。

【義反】完美無缺／白璧無瑕／白玉無瑕／十全十美。

甘旨之養

【釋義】甘旨：美味。以美味奉養父母。

【出處】汪中・先母鄒孺人靈表：「迄中入學宮，游藝四方，稍致甘旨之養。」

【用法】用以形容爲人子女供養父母。

【例句】年輕時收入不豐，到了中年經濟狀況較佳時，便想把父母接來同住，以盡**甘旨之養**，一償宿願。

【義近】口腹之養／口體之養／菽水承歡。

甘言好辭

【釋義】甘言：甜蜜之言。好辭：討好之辭。

【出處】戰國策・韓策：「諸侯不料兵之弱，食之寡，而聽從人之甘言好辭，比周以相飾也。」

【用法】指甜美動聽、巴結奉承的言辭。

【例句】這位新來的局長，非常愛聽**甘言好辭**，看來那幾個喜歡拍馬屁的小人又要得志了。

【義近】甘言巧辭／花言巧語／甘言美語／巧言如簧／糖舌蜜口／溢美之詞。

【義反】逆耳忠言／藥石之言／金玉良言／肺腑之言／言訥詞直／拙口鈍腮。

甘言厚禮（ㄍㄢ　ㄧㄢˊ　ㄏㄡˋ　ㄌㄧˇ）

【釋義】甜蜜的言辭，厚重的禮品。

【出處】三國志・魏書・公孫度傳・裴松之注引魏略：「臣前遣校尉宿舒、郎中令孫綜，甘言厚禮，以誘吳賊。」

【用法】指以諂媚奉承的話和厚重的禮物討好對方，以達到自己不可告人的目的。

【例句】他忽然對你**甘言厚禮**相待，恐有所求，你可要小心謹愼才好！

【義近】甘言厚幣／曲意逢迎／曲意取容。

【義反】剛直不阿／守正不撓／守正不阿／寧折不彎。

甘雨隨車（ㄍㄢ　ㄩˇ　ㄙㄨㄟˊ　ㄔㄜ）

【釋義】甘雨：及時雨。隨車：隨著公車到來。

【出處】太平御覽一〇・謝承・後漢書：「百里嵩字景山，爲徐州刺史，境旱，嵩出巡，遽甘雨輒澍。東海、祝其、合鄉等三縣父老訴曰：『人等是公百姓，獨不迂降？』迴赴，雨隨車而下。」

【用法】用以稱頌地方長官的德政。

【例句】有德的父母官對百姓而言就如**甘雨隨車**一般，所到之處均能受其恩澤的庇護。

甘冒虎口（ㄍㄢ　ㄇㄠˋ　ㄏㄨˇ　ㄎㄡˇ）

【釋義】意謂甘心進入最危險之地。虎口：喻險境。

【出處】三國志・魏書・袁紹傳・裴松之注引孫盛曰：「韋知紹將敗，敗則己必死，甘冒虎口以盡忠規，烈士之於所事，慮不存己。」

【用法】用以表示甘心不顧危險，忠於職守。

【例句】在這緊急而關鍵的時刻，只要能保住國土的完整，我絕對**甘冒虎口**，與敵人談判。

【義近】鞠躬盡瘁，死而後已／見危授命／肝腦塗地／萬死不辭／赴湯蹈火／成仁取義／兩肋插刀。

【義反】奸同鬼蜮，行若狐鼠／見危而逃／明哲保身／貪生怕死／袖手旁觀。

甘拜下風（ㄍㄢ　ㄅㄞˋ　ㄒㄧㄚˋ　ㄈㄥ）

【釋義】甘：心甘情願。下風：風向的下方，喻下位。古代發令者在上風，聽令者在下風。

【出處】左傳・僖公一五年：「羣臣敢在下風。」李汝珍・鏡花緣五二回：「眞是家學淵源，妹子甘拜下風。」

【用法】比喻別人的能力、才幹都在自己之上，自甘認輸，不與競爭。

【例句】他的才華確實比我高，我自愧不如，**甘拜下風**。

【義近】眞心佩服／五體投地／心悅誠服／首肯心折／甘居下游。

【義反】不甘雌伏／不甘示弱。

甘泉必竭（ㄍㄢ　ㄑㄩㄢˊ　ㄅㄧˋ　ㄐㄧㄝˊ）

【釋義】甘美的泉水必致枯竭。

【出處】逸周書・周祝解：「肥豕必烹，甘泉必竭，直木必伐。」

【用法】比喻有才能的人往往早衰。

【例句】年輕的知識分子應該特別愛惜身體，加強鍛鍊，不要重蹈**甘泉必竭**的覆轍。

【義近】甘井先竭／英年早逝／天妒英才。

甘處下流（ㄍㄢ　ㄔㄨˇ　ㄒㄧㄚˋ　ㄌㄧㄡˊ）

【釋義】心甘情願處於河流的下游。

【出處】清・愈樾・右臺仙館筆記・無錫楊氏女：「爾爲爾之官，我爲我之匄，此子甘處下流，眞別有肺腸者，何預爾事邪？不顧而去，……」

【用法】比喻人沒有進取精神，甘心處於落後狀態。

【例句】你年紀輕輕的，頭腦又聰明，將來必然可以成就一番事業，怎麼會喪失鬥志，**甘處下流**呢？

【義近】甘居下游／自甘墮落／不求上進／甘居人後／得過且過／玩物喪志。

【義反】力爭上游／奮發圖強／奮勇爭先／振振有爲。

甘貧守分（ㄍㄢ　ㄆㄧㄣˊ　ㄕㄡˇ　ㄈㄣˋ）

【釋義】守分：守住本分，意即不作非分之想，不做分外之事。

【出處】明・無名氏・吳起敵秦：「止不過閉戶讀書，甘貧守分，中心無愧。」

【用法】用以表示甘心處於貧困的境地，守住本分。

【例句】王先生近二十年來一直勤懇工作，但始終不見重用，且家庭經濟深感拮据。等到年過半百，便決心抱著**甘貧守分**的原則過日子了。

【義近】安貧守分／甘貧守志／安貧樂道／安之若素。

【義反】見異思遷／不安本分／棄舊圖新／另作他謀／見風轉舵。

甘露法雨（ㄍㄢ　ㄌㄨˋ　ㄈㄚˇ　ㄩˇ）

【釋義】佛教用語。佛教徒稱如來的教化如降甘雨。

【出處】涅槃經・壽命品：「世尊，我今身有調牛良田，除去株杌，唯悕如來甘露法雨。」

【用法】形容佛祖的德惠似雨露般的滋潤大地蒼生。

【例句】只要誠心念佛，相信如來的**甘露法雨**必將降臨在你身上。

四—六畫

甚囂塵上（ㄕㄣˋ　ㄒㄧㄠ　ㄔㄣˊ　ㄕㄤˋ）

【釋義】喧嘩擾攘，塵土飛揚。

【出處】左傳・成公一六年：「王曰：『……將發命也，甚囂，且塵上矣。』」

【用法】用以比喻議論紛紛，眾口喧騰。

【例句】最近國外熱錢介入股市的傳言**甚囂塵上**，股市因而連續三天收紅盤。

【義近】喧囂一時／滿城風雨／人聲鼎沸。

【義反】消聲匿跡／偃旗息鼓／沉寂一時／與時俱滅。

甜言軟語

【釋義】甜蜜溫柔的言語。

【出處】宋・趙長卿・柳梢青：「甜言軟語，長記那時，蕭娘叮囑。」

【用法】多形容感情深厚親密的人之間，所說的溫存體貼的話語。

【例句】他們是恩愛夫妻，現在要離別一段時間，自然有說不盡的**甜言軟語**。

【義近】甜言媚言／溫言柔語／甜言蜜語。

【義反】冷言冷語／冷言諷語。

甜言蜜語

【釋義】話語有如蜜糖一樣地甜美。

【出處】徐復祚・宵光記・戕兄：「甜言蜜語甘如飴，怎知我就裏。」

【用法】指爲誘騙人而說的甜蜜動人的話。

【例句】這種只會**甜言蜜語**、一無是處的男人，犯不著爲他心碎。

【義近】甜嘴蜜舌／甘言美辭／花言巧語。

【義反】逆耳忠言／由衷之言／直言直語。

甜嘴蜜舌

【釋義】意即「甜言蜜語」。嘴、舌：說話器官，用以指語言。

【出處】曹雪芹・紅樓夢三五回：「玉釧兒道：『吃罷，吃罷，你不用和我甜嘴蜜舌的了，我可不信這樣話。』」

【用法】形容說話甜美動聽，討好他人。

【例句】你少在這裏**甜嘴蜜舌**的！我都幾十歲的人了，難道會受你的騙、上你的當？

【義近】甜言蜜語／花言巧語／巧言如簧／甘言美辭。

【義反】良藥苦口／逆耳之言／危言正語／藥石之言／金玉良言／由衷之言／直言直語／直言骨鯁。

生部

生不逢時

【釋義】意謂生下來沒有遇上好時候。

【出處】新唐書・魏元忠傳：「昔漢文帝不知魏尚賢而囚之，知李廣才而不用，乃歎其生不逢時。」

【用法】慨歎時運不濟，此生碰不到好時機。

【例句】你老是悶在家裏感嘆**生不逢時**是沒有用的，還不如出去闖一闖，或許會碰上機遇也不一定。

【義近】生不遇時／生不逢辰／時運不濟／時乖命蹇／懷才不遇／命乖運蹇／命運多舛

【義反】生當其時／躬逢其盛／時運亨通／福星高照／一帆風順／時來運轉。

生公說法，頑石點頭

【釋義】生公：晉末高僧竺道生，世稱生公。

【出處】晉・無名氏・蓮社高賢傳・道生法師：「竺道生入虎丘山，聚石爲徒，講涅槃經……羣石皆爲點頭。」

【用法】喻指說辭精妙，感人至深。

【例句】他倆的誤會雖深，但畢竟無殺父之仇，奪妻之恨，只要請這位具有**生公說法，頑石點頭**本領的翟先生去排解，保證可以化解歧見，言歸於好。

【義近】噓枯吹生／三寸不爛之舌／能言善道／舌燦蓮花。

【義反】拙口鈍腮／澀於言論／笨口拙舌／笨口鈍辭。

生同衾，死同穴

【釋義】活著時共蓋一條被，死後同葬一個墳。衾：被子。穴：指墓穴。

【出處】清平山堂話本・風月瑞仙亭：「我既委身於你，樂則同樂，憂則同憂；生同衾，死同穴。」

【用法】形容夫妻恩愛。

【例句】我現在雖然被人陷害而成爲階下囚，但我太太是絕不會離我而去的，因爲我們曾發誓要**生同衾，死同穴**，永不分離。

【義近】生死與共／白頭偕老／生死相許／鶼鰈情深／故劍情深／伉儷情深。

【義反】秋扇見捐／露水姻緣／鏡破釵分／勞燕分飛／琵琶別抱。

生死不渝

【釋義】不論是活著還是死了都不改變。渝：改變。

【出處】嚴復・論中國之阻力與離心力：「然其先必有數十人或數百人，同一心志，生死不渝。」

【用法】形容對情誼、理想等忠貞不移。

【例句】革命烈士秋瑾至死既不屈服，也毫不後悔，她對自己所堅持的理想，眞是**生死不渝**。

【義近】堅貞不移／始終不渝／之死靡它／矢志不渝／始終如一／始末不渝。

【義反】反覆無常／有始無終／朝三暮四／朝秦暮楚／見異思遷。

生死之交

【釋義】同生共死的好朋友。

【出處】任昉・哭范僕射詩：「結歡三十載，生死一交情。」羅貫中・三國演義六八回：「結爲生死之交，再不爲惡。」

【用法】形容朋友之間有特別深厚誠摯的友誼。

【例句】他和我患難與共近四十年，情眞意深，是眞正的**生死之交**。

【義近】刎頸之交。
【義反】點頭之交／市道之交／泛泛之交。

生死以之

【釋義】以：赴。不顧生死，全力以赴。
【出處】黃少谷・何以慰總統蔣公在天之靈：「義之所在，生死以之。」
【用法】形容臣子部下的盡心效命。
【例句】爲了一報老闆的知遇之恩，他**生死以之**，將畢生最大的心力全都貢獻出去。
【義近】鞠躬盡瘁／赴湯蹈火／肝腦塗地／披肝瀝膽。
【義反】敷衍塞責／畏勞怕苦。

生死有命

【釋義】意謂人的生死等一切遭遇都由天命決定。
【出處】晉・葛洪・抱朴子・對俗：「生死有命，修短素定，非彼藥物，所能損益。」
【用法】常用以表示事勢既已注定如此，人力難以挽回的一種歎息。
【例句】他年紀輕輕的就得了這樣的絕症，多方醫治都毫無起色，看來眞的是**生死有命**，不是人力可以挽回的了！
【義近】富貴在天／聽天由命／命中註定／順天應命／成事在天。
【義反】事在人爲／人定勝天／成事在人／有志竟成。

生死肉骨

【釋義】使死人復生，使枯骨長肉。生、肉：均作動詞用。
【出處】左傳・襄公二二年：「吾見申叔夫子所謂生死而肉骨也。」
【用法】比喻恩惠極大，或形容感恩至極。
【例句】在我處於絕境的時候，他鼎力相助，使我得有今天，這種**生死肉骨**之情，實令我沒齒難忘。
【義近】恩同再造／恩重如山。
【義反】仇深似海／不共戴天。

生死攸關

【釋義】與生死存亡相關連的。攸：所。
【用法】形容非常緊要的關鍵所在。
【例句】保護森林資源，已是人類**生死攸關**的大事，因而引起各國政府的重視。
【義近】非同小可／生死關頭／事關生死／性命攸關。
【義反】無關大局／無關大體／無關宏旨／無傷大雅／無關緊要。

生米做成熟飯

【釋義】亦作「生米煮成飯」。
【出處】沈受先・三元記・遣妾：「如今生米做成熟飯了，又何必如此推阻。」
【用法】比喻已成事實，無法改變、挽回。
【例句】這件事已經**生米做成熟飯**，還有什麼辦法，只好將就算了。
【義近】木已成舟／鐵已鑄成鍋／已成定局。
【義反】黃瓜剛起蒂／八字沒一撇／言之過早。

生而知之

【釋義】意謂不用學習，生來就知道。
【出處】論語・季氏：「生而知之者，上也，學而知之者，次也。」
【用法】說明人的天資聰穎。
【例句】這女孩三歲就認識近三百個字，以後讀書年年越級，十三歲就考取了知名大學，眞是個**生而知之**的奇才！
【義近】冰雪聰明／一目十行／過目不忘／敎一識百／天賦異稟／出類拔萃。
【義反】其笨如牛／愚不可耐／生性遲鈍／愚鈍不堪。

生吞活剝

【釋義】原指生硬地引用別人詩文的詞句。
【出處】劉肅・大唐新語・戲謔：「人謂之諺曰：『活剝王昌齡，生吞郭正一。』」徐渭・奉師季先生書：「生吞活剝之弊亦有。」
【用法】比喻生硬地接受或套用別人的東西，也比喻囫圇吞棗，食而不化。
【例句】學習外國的科學工業是很必要的，但不經消化，只一味地**生吞活剝**，那就很不智了。
【義近】生搬硬套／囫圇吞棗／依樣畫瓢／全盤接受／不求甚解。
【義反】融會貫通／消化吸收／取其精華，去其糟粕／取長補短。

生事擾民

【釋義】製造事端，擾亂民眾。
【出處】隋唐演義七八回：「那班倚勢作威的小人，都要生事擾民。」
【用法】指故意尋釁鬧事，侵害人民。
【例句】最可恨的是少數微官小吏，自己**生事擾民**後，反而倒打一釘耙，聲稱是刁民鬧事，並以此爲由，來勒索百姓。
【義近】興風作浪／好爲事端／遇事生風／無事生非／簸是揚非／惹是生非。
【義反】爲民除害／視民如傷／愛民如子／除暴安良／鋤強扶弱／推衣解食。

生於憂患，死於安樂

【釋義】處在憂愁患難之中能使人生存，處在歡樂安逸之中能使人致死。
【出處】孟子・告子下：「然後知生於憂患，而死於安樂也。」
【用法】用以說明憂患能磨鍊人、令人勤奮，安樂易使人怠惰、喪志，故人不可不愼。
【例句】以色列雖爲小國寡民，唯其民均具**生於憂患，死於安樂**的憂患意識，故能屹立於阿拉伯世界而不墜。
【義近】憂勞興國，逸豫亡身。

生花妙筆

【釋義】一作「夢筆生花」、「妙筆生花」。傳說李白少年時夢見筆頭生花後，從此才華橫溢。
【出處】王仁裕・開元天寶遺事・夢筆頭生花：「李太白少時，夢所用之筆頭上生花，後天才贍逸，名聞天下。」

【用法】比喻具有傑出的寫作才能，所寫作品生動優美。

【例句】這原本就是一則動人的故事，透過作者**生花妙筆**的描述，更是精彩可讀。

【義近】生花之筆／神來之筆／下筆如有神。

【義反】平淡無奇／平鋪直敘／索然無味。

生氣勃勃 ㄕㄥ ㄑㄧˋ ㄅㄛˊ ㄅㄛˊ

【釋義】生氣：萬物生長發育之氣，也指生命力、活力。勃勃：精神旺盛的樣子。

【出處】劉義慶・世說新語・品藻：「懍懍恆如有生氣。」揚雄・法言・淵騫：「勃勃乎其不可及也。」

【用法】形容人或社會富有朝氣，充滿活力。

【例句】①處在這羣**生氣勃勃**的年輕人當中，老年人也似乎變得年輕了。②這是一個繁榮富強的社會，到處呈現出一片**生氣勃勃**的景象。

【義近】生氣蓬勃／朝氣蓬勃／生意盎然／生機勃勃／生龍活虎。

【義反】死氣沉沉／奄奄一息／萎靡不振／暮氣沉沉／尸居餘氣。

生寄死歸 ㄕㄥ ㄐㄧˋ ㄙˇ ㄍㄨㄟ

【釋義】活著如暫寄，死了如歸去，不值得爲生而欣喜，爲死而悲戚。

【出處】淮南子・精神訓：「生寄也，死歸也，何足以滑和。」注：「滑，亂也。和，適也。」

【用法】形容一種豁達的人生觀，於生死毫無所謂。

【例句】他雖患了絕症，卻毫不傷感，因爲在他看來，人生本來就是**生寄死歸**這麼一回事。

【義近】置生死於度外／生不足樂，死不足畏。

【義反】貪生怕死／生亦我所欲，死亦我所惡。

生殺予奪 ㄕㄥ ㄕㄚ ㄩˇ ㄉㄨㄛˊ

【釋義】生：讓人活。殺：處人死。予：給予。奪：剝奪。

【出處】荀子・王制：「貴賤殺生與奪，一也。」徐度・卻掃編上：「唐之方鎭，得專制一方，甲兵錢穀，生殺予奪皆屬焉。」

【用法】指掌握著生死賞罰之權，對人的生命財產可以任意處置。

【例句】古代國君貴族掌握**生殺予奪**的大權，一般平民百姓毫無人權律法的保障。

生棟覆屋 ㄕㄥ ㄉㄨㄥˋ ㄈㄨˋ ㄨ

【釋義】用新伐的木頭蓋屋子，新木頭容易變形，屋子就易於倒塌。

【出處】管子・形勢：「生棟覆屋，怨怒不及；弱子下瓦，慈母操箠。」

【用法】用以形容禍害是自己造成的。

【例句】現代人濫墾山坡地而造成山崩和淹水的天然災害，無異是**生棟覆屋**的作法，倒楣的還是自己。

【義近】咎由自取／自作自受。

【義反】非戰之罪／禍從天降。

生意盎然 ㄕㄥ ㄧˋ ㄤˋ ㄖㄢˊ

【釋義】生意：生機，富有生命力的氣象。盎然：濃厚、洋溢的樣子。

【出處】劉義慶・世說新語・黜免：「此樹婆娑，無復生意。」

【用法】形容自然界蓬勃興旺的景象，多形容花草樹木之旺盛。

【例句】春天的腳步近了，花園裏、田野間，到處都呈現出**生意盎然**的景象。

【義近】生機勃勃／枝葉茂盛／生氣勃勃。

【義反】死氣沉沉／奄奄一息／落葉蕭蕭。

生奪硬搶 ㄕㄥ ㄉㄨㄛˊ ㄧㄥˋ ㄑㄧㄤˇ

【釋義】生、硬：這裏都是強行的意思。

【出處】文康・兒女英雄傳二八回：「還虧褚一官力大，把個公子生奪硬搶的救護下來，出了房門，一溜煙跑了。」

【用法】形容強行搶奪。

【例句】你們的膽子眞大，竟敢在光天化日之下**生奪硬搶**別人的皮包！

【義近】殺人越貨／巧取豪奪／打家劫舍／鳩佔鵲巢／詐取硬奪。

【義反】安分守己／遵紀守法／臨財不苟／一介不取／奉公守法／安常守分。

生榮死哀 ㄕㄥ ㄖㄨㄥˊ ㄙˇ ㄞ

【釋義】意謂生時榮顯，死後使人哀痛。

【出處】論語・子張：「其生也榮，其死也哀。」曹植・王仲宣誄：「人誰不沒，達士徇名。生榮死哀，亦孔之榮。」

【用法】形容一個人貢獻很大，功績卓越，於國於民都很重要。

【例句】「人生自古誰無死，留取丹心照汗青」，文天祥可說是**生榮死哀**的民族英雄！

【義近】萬民敬仰。

【義反】萬人唾棄／千夫所指／名隨時滅。

生聚教訓 ㄕㄥ ㄐㄩˋ ㄐㄧㄠˋ ㄒㄩㄣˋ

【釋義】生聚：指生產積聚。教訓：指教育訓練。

【出處】左傳・哀公元年：「越十年生聚，而十年教訓，二十年之外，吳其爲沼乎！」梁書・賀琛傳：「今北邊稽服，戈甲解息，政是生聚教訓之時。」

【用法】指失敗後刻苦積蓄力量，力求富國強兵之道。

【例句】第二次世界大戰後，那些戰敗國經過幾十年的**生聚教訓**，終於又轉弱爲強，立足於世界富國之林了。

【義近】休養生息／奮發圖強／自強不息／十年生聚／蓄勢待發。

【義反】一蹶不振／抱殘守缺／因循苟且。

生齒日繁 ㄕㄥ ㄔˇ ㄖˋ ㄈㄢˊ

【釋義】生齒：人口。繁：多。

【出處】清・阮葵生・茶餘客話・僧道藉以養游民：「況叢林紺宇，分養無告之民。生齒日繁，豈可泥腐儒之陳言哉！」

【用法】人口日益增多。

【例句】無論是中國還是整個世界，都面臨著**生齒日繁**的沉重壓力，若不實行節育計畫，後果將不堪設想。

【義近】人口日增。

【義反】人口銳減。

生擒活拿（ㄕㄥ ㄑㄧㄣˊ ㄏㄨㄛˊ ㄋㄚˊ）

【釋義】生擒、活拿：二者同義。指活生生的捉拿。

【出處】元・鄭德輝・老君堂一折：「我追趕著一人，往這老君堂來，今在此務要生擒活拿。」

【用法】指活捉對手。

【例句】對那販毒頭子，務必要**生擒活拿**，不可傷他性命，以便追查更多的毒販。

【義近】生擒活捉。

生龍活虎（ㄕㄥ ㄌㄨㄥˊ ㄏㄨㄛˊ ㄏㄨˇ）

【釋義】充滿生氣的蛟龍和富有活力的猛虎。

【出處】朱子語類・程子之書：「只見得他如生龍活虎相似，更是把捉不得。」

【用法】比喻活潑矯健，富有生氣。

【例句】大廳裏來了一羣**生龍活虎**的年輕人，頓時充滿了歡聲笑語。

【義近】生氣勃勃／朝氣蓬勃。

【義反】死氣沉沉／暮氣沉沉／老氣橫秋／氣息奄奄。

生離死別（ㄕㄥ ㄌㄧˊ ㄙˇ ㄅㄧㄝˊ）

【釋義】活人分離如同人死永別那樣。死別：永別。

【出處】庾信：「蓋聞死別長城，生離函谷。」馮夢龍・警世通言・計押番金鰻產禍：「正自生離死別。」

【用法】形容很難再會的離別或永久的離別。

【例句】我們都曾遇過**生離死別**的場面，在車站，在機場，在茫茫大海的岸邊，這是人類永遠也逃不了的定數。

【義近】動如參商／天人永隔／生死契闊／生死兩隔。

【義反】久別重逢／朝夕相會／日夜共處。

生靈塗炭（ㄕㄥ ㄌㄧㄥˊ ㄊㄨˊ ㄊㄢˋ）

【釋義】人民如陷入泥沼、火坑之中。生靈：生民，百姓。塗炭：泥沼和炭火。

【出處】晉書・苻丕載記：「先帝晏駕賊庭，京師鞠爲戎穴，神州蕭條，生靈塗炭。」

【用法】形容民眾處於極端困苦的境地中。

【例句】有戰爭，就免不了**生靈塗炭**，血雨腥風；滿足了領導者的野心，也賠上了無數百姓的生命。

【義近】民不聊生／水深火熱／赤地千里／哀鴻遍野／道殣相望／餓莩遍野。

【義反】安居樂業／豐衣足食／人富家足／國泰民安。

用部

用行舍藏（ㄩㄥˋ ㄒㄧㄥˊ ㄕㄜˇ ㄘㄤˊ）

【釋義】用：任用。舍：不被任用。

【出處】論語・述而：「子謂顏淵曰：『用之則行，舍之則藏，唯我與爾有是夫！』」漢・蔡邕・陳太丘碑文序：「其爲道也，用行舍藏，進退可度。」

【用法】表示被任用就行其道，不被任用則退而隱居。

【例句】在這紛亂的社會，一些有識之士都抱著**用行舍藏**的態度，絕不肯與無恥之徒同流合污。

【義近】用舍行藏／有道則仕，無道則隱。

【義反】沆瀣一氣／朋比爲奸／結黨營私／同流合污／隨波逐流／滑泥揚波。

用兵如神（ㄩㄥˋ ㄅㄧㄥ ㄖㄨˊ ㄕㄣˊ）

【釋義】意謂指揮軍隊作戰，就像神靈一般。

【出處】三國志・吳書・虞翻傳・裴松之注引吳書：「討逆將軍智略超世，用兵如神。」

【用法】形容非常善於用兵，指揮作戰變幻莫測。

【例句】在現實社會，要像小說中所寫的諸葛亮那樣**用兵如神**的將領，可就難找了！

【義近】料敵如神／神機妙算／神機妙策／神術妙算／愼謀能斷。

【義反】常敗將軍／屢戰屢敗。

用其所長（ㄩㄥˋ ㄑㄧˊ ㄙㄨㄛˇ ㄔㄤˊ）

【釋義】其：人稱代詞，泛指人。所長：長處。

【出處】宋・胡仔・苕溪漁隱叢話・六一居士：「凡人材性不一，各有長短，用其所長，事無不舉；強其所短，政必不逮。」

【用法】用人要用他的長處。

【例句】人無完人，各有長短，這就表示用人要**用其所長**，避其所短，如此才能適才適所，善用人力。

【義近】量才錄用／知人善任／因材器使／人盡其才／適才適所／唯才是用。

【義反】使羊將狼／唯親是用／任人唯親／大材小用。

用非其人（ㄩㄥˋ ㄈㄟ ㄑㄧˊ ㄖㄣˊ）

【釋義】意謂使用了不適當的人才。

【出處】三國志・魏書・賈詡傳・裴松之注引魏略曰：「三

公具屬所歸，不可用非其人。昔魏文帝用賈詡爲三公，孫權笑之。」

【用法】用以指用人不當。

【例句】這次在商場上的失敗，究其原因，**用非其人**實乃最重要的因素。

【義近】用人失策／所託非人。

【義反】用人得當／惟才是用／玉尺量才／量材錄用／舉善薦賢／知人善任。

用盡心機

【釋義】心機：心思，計謀。

【出處】元・賈仲明・昇仙夢：「呂純陽用盡心機，向瑤池參星禮斗。」

【用法】形容對某事用盡了心思機巧。

【例句】她不愛你，你再怎麼**用盡心機**也無濟於事，我看還是算了，反正天涯何處無芳草！

【義近】費盡心機／機關算盡／絞盡腦汁／煞費苦心／挖空心思／苦心孤詣／千方百計／用心良苦。

【義反】無所用心／不假思索／胸無城府。

用賢任能

【釋義】意謂任用賢能的人。

【出處】宋・邵伯溫・聞見前錄卷四：「陛下益養民愛力，用賢任能，疏遠奸諛，進用忠鯁，天下悅服，邊備日充。」

【用法】指在用人問題上能貫徹任人唯賢的政策。

【例句】**用賢任能**是我們公司日益興旺發達的重要原因，也是我們該堅持的政策。

【義近】任賢使能／因任授官／招賢納士／任人唯賢／知人善任／唯才是舉。

【義反】任人唯親／以貌取人／招降納叛／嫉賢妒能。

用錢如水

【釋義】花錢就像淌水一樣。

【出處】宋・梅堯臣・觀拽龍舟懷裴宋韓李詩：「用錢如水贈舞兒，卻入上苑看鬥雞。」

【用法】形容人揮霍無度，毫不愛惜錢財。

【例句】這位公子哥兒**用錢如水**，又整日游手好閒，怎能不坐吃山空？

【義近】一擲千金／揮金如土／揮霍無度／日食萬錢／窮奢極侈。

【義反】視財如命／一毛不拔／鐵公雞／克勤克儉／節衣縮食／守財奴。

田部

田夫野老

【釋義】田夫：鄉間農夫。野老：山野父老。

【出處】北齊書・王琳傳：「當時田夫野老，知與不知，莫不爲之歔欷流泣。」

【用法】用以泛指民間百姓。

【例句】這位小說家寫農村生活之所以能如此生動逼眞，與他常至鄉間和**田夫野老**生活在一起有極密切的關係。

【義近】平民百姓／匹夫匹婦／常鱗凡介／布衣黔首／升斗小民／市井小民。

【義反】冠蓋之士／金枝玉葉／王公貴人／達官顯宦／達官貴人／搢紳之士。

田月桑時

【釋義】指耕田的月份，採桑的時節。

【出處】南齊書・竟陵文宣王子良傳諫射雉啓：「且田月向登，桑時告至，士女呼嗟，易生噂議，棄民從欲，理未可安。」

【用法】形容農忙時期。

【例句】每逢**田月桑時**，農家便出動一家老小，忙於農事，雖然辛苦，卻也見到豐收的喜悅和笑容。

田父之獲

【釋義】田父：老農。父：老年人。

【出處】戰國策・齊策三：「犬兔俱罷，各死其處。田父見之，無勞倦之苦，而擅其功。」羅貫中・三國演義三三回：「若迷而不返，則是韓盧、東郭自困於前，而遺田父之獲也。」

【用法】形容不費氣力而輕易得益。

【例句】這位小姐運氣眞好，花一百元買彩券，結果刮中三百萬，但她決定將這**田父之獲**全部捐獻給慈善機關。

【義近】坐收漁利／漁翁之利／不勞而獲／不勞而食。

【義反】自食其力／自力更生／徒勞無功。

田連阡陌

【釋義】阡陌：田地中縱橫交錯的小道。

【出處】漢・荀悅・漢紀・武帝紀四：「富者田連阡陌，貧者無立錐之地。」

【用法】形容田地廣闊，極其富有。

【例句】林家**田連阡陌**，家財萬貫，是本地屬一屬二的大財主。

【義近】良田萬頃／沃野千里／富甲一方／富可敵國。

【義反】家徒四壁／室如懸磬／家徒壁立。

由此及彼

【釋義】從這一邊到達那一邊。及：到。

【出處】夏敬渠・野叟曝言六六回：「遇著通曉之人，就虛心請問，由此及彼，銖積寸累，自然日有進益。」

【用法】指工作、學習等能先後有序，循序前進。

【例句】無論是工作還是學習，都應**由此及彼**，一步一腳印地前進，這樣才顯得井然有序且牢固踏實。

【義近】由表及裏／由近及遠／由淺入深／循序漸近／按部就班／按圖索驥／腳踏實地／由簡而繁。

【義反】一步登天／躐等躁進／越次超倫／盲目躁進／好高騖遠。

由剝而復

【釋義】剝：剝落。復：回復。由剝落而回復。

【出處】蔣中正・報國與思親：

「由剝而復，事在人爲；察往知來，理有可信。」

【用法】形容由壞轉好，漸至佳境。

【例句】十年風水輪流轉，只要能堅持理想，終有**由剝而復**的一天。

【義近】否極泰來／撥雲見日／黍谷生春／枯樹逢春。

【義反】窮途末路／日暮途窮。

由衷之言

【釋義】出自內心的話。衷：內心。

【出處】左傳．隱公三年：「信不由衷，質無益也。」周濟．介存齋論詞雜著：「莫不有由衷之言。」

【用法】指人的言談出自眞心，無任何虛僞掩飾。

【例句】你剛剛所說的這些，都是你的**由衷之言**嗎？

【義近】坦誠之言／肺腑之言／心腹之言。

【義反】言不由衷／搪塞之言／欺人之談。

由淺入深

【釋義】由淺顯到深奧。

【出處】夏敬渠．野叟曝言八〇回：「素臣把經史傳記，有益於日用之事，從粗至精，由淺入深，逐漸開示。」

【用法】指授受學問技能等，應從易到難，循序前進。

【例句】黃教授講課最大的優點就是能**由淺入深**，加之語言生動有趣，時帶詼諧，因而深受學生歡迎。

【義近】由近及遠／循序漸近／按部就班／按圖索驥／腳踏實地／由簡而繁。

【義反】一步登天／躐等躁進／越次超倫／盲目躁進／好高騖遠。

甲第星羅

【釋義】意謂富麗堂皇的住宅像繁星那樣羅列。甲第：甲等大房，指富貴人家的房屋。

【出處】宋．楊侃．皇畿賦：「甲第星羅，比屋鱗次，坊無廣巷，市不通騎。」

【用法】形容美好華麗的房屋眾多。

【例句】這一帶土地肥沃，物產豐富，大戶人家甚多，因此四處可見**甲第星羅**。

【義近】甲第連雲／瓊樓櫛比／玉宇如雲／櫛比鱗次。

【義反】蓬門篳戶／村舍茅房／土階茅屋／茅舍鱗次／荊室蓬戶／蓬戶甕牖。

申旦不寐

【釋義】申旦：直到天亮。申：至。

【出處】宋玉．九辯：「獨申旦而不寐兮，哀蟋蟀之宵征。」漢書．袁宏傳：「談論申旦不寐。」

【用法】用以表示通宵達旦不曾睡覺。

【例句】我初次赴大陸探親，與家人促膝談心，興奮不已，以致**申旦不寐**。

【義近】通宵未寐／徹夜不眠／通宵達旦／夜以繼日。

【義反】通夜酣睡／一覺天明。

申旦達夕

【釋義】自夜到晨，自晨至夕。申：與「達」同義，到。

【出處】梁書．張纘傳：「簡憲之爲人也，不事王侯，負才任氣，見余則申旦達夕，不能已已。」

【用法】形容日夜不停，晝夜不止。

【例句】哪怕是部機器也得停下來歇息歇息，你這樣連續三天**申旦達夕**地工作，若再不停下來休息，不累垮身子才怪呢！

【義近】日日夜夜／夜以繼日／通宵達旦／焚膏繼晷／窮日落月／夙夜匪懈。

【義反】勞逸結合／有勞有逸／作息有時。

二畫

男大當婚，女大當嫁

【釋義】男人長大該結婚，女子長大應當出嫁。

【出處】清．翟灝．通俗編．倫常：「《五燈會元》：楊次公傑判有男不婚，有女不嫁之偈曰：『男大須婚，女大須嫁，討甚閒工夫，更說無生話，寄天衣懷懷稱善。』」

【用法】指男女長大應各有歸宿成家。

【例句】**男大當婚，女大當嫁**，本是天經地義之事，可是隨著社會價值觀念的改變，出現了許多所謂的「單身貴族」。

【義近】男婚女聘／男婚女嫁。

【義反】爲僧爲尼／獨身主義。

男女授受不親

【釋義】意謂男女之間不能親手傳遞和接受物件。

【出處】孟子．離婁上：「男女授受不親，禮也。嫂溺，援之以手者，權也。」

【用法】指舊時代限制男女社交的戒規。

【例句】「那女子聽了，才要伸出去攙，一想**男女授受不親**，到底不便。」（文康．兒女英雄傳六回）

【義近】男女不同椸架／男女有別。

【義反】男女相偎／不顧禮法／不拘小節。

男耕女織

【釋義】男的耕田，女的織布。

【出處】元．薩都剌．過居庸關詩：「男耕女織天下平，千古萬古無戰爭。」

【用法】形容辛勤勞動或形容闔家生產，怡然自樂。

【例句】儘管我在大城市裏工作已近半個世紀，但我來自農村，對農村**男耕女織**的生活仍非常嚮往。

【義近】各司其職／盡忠職守。

【義反】男盜女娼／好逸惡勞／好吃懶做／不務正業／不事生產。

男婚女聘

【釋義】男的結婚，女的受聘禮。聘：指接受男方的定禮而出嫁。

【出處】元．關漢卿．金線池三折：「沒來由強風情，剛可喜男婚女聘。」

【用法】指男女嫁娶成家。

【例句】俗話說：男大當婚，女大當嫁，你家既有**男婚女聘**之事，總經理又豈有不准假的道理？

【義近】男婚女嫁／男室女家。
【義反】爲僧爲尼／獨身主義／單身貴族。

男媒女妁（ㄋㄢˊ ㄇㄟˊ ㄋㄩˇ ㄕㄨㄛˋ）

【釋義】妁：媒人。
【出處】馮夢龍・醒世恆言卷七：「除非他女兒不要嫁人便罷休，不然少不得男媒女妁。」
【用法】用以泛指男女媒人。
【例句】在過去，男女的婚姻全靠**男媒女妁**的撮合，即使在今天，有的婚姻也得靠他們牽線搭橋。
【義近】三媒六證／月下老人／紅娘月老。
【義反】私訂終身。

男尊女卑（ㄋㄢˊ ㄗㄨㄣ ㄋㄩˇ ㄅㄟ）

【釋義】男的地位尊貴，女的地位卑下。
【出處】列子・天瑞：「男女之別，男尊女卑，故以男爲貴。」
【用法】說明重男輕女的錯誤觀念。
【例句】中國幾千年來一直存在著**男尊女卑**的思想，直到今天，這種觀念仍存在於一部分人的腦海中，實不足取。
【義近】男貴女賤／重男輕女。
【義反】男女平等／女權至上。

男盜女娼（ㄋㄢˊ ㄉㄠˋ ㄋㄩˇ ㄔㄤ）

【釋義】男的偷盜，女的賣淫。
【出處】明・謝讜・四喜記・天佑陰功：「男盜女娼，滅門絕戶，日後之報。」
【用法】形容世風敗壞，男女言行都很卑劣。今多用作罵人之語。
【例句】我原來以爲他是個正人君子，誰知接觸多了，便發覺他是個滿口仁義道德，實際上一肚子**男盜女娼**的僞君子！

男歡女愛（ㄋㄢˊ ㄏㄨㄢ ㄋㄩˇ ㄞˋ）

【釋義】意即男女歡愛。
【出處】晉・陸機・塘上行：「男歡智傾愚，女愛衰避妍。」馮夢龍・警世通言卷三五：「這般會合，那些個男歡女愛，是偶然一念之差。」
【用法】形容男女之間的親密情狀。
【例句】未婚青年男女，朝夕相處，時間久了，**男歡女愛**在所難免，有什麼可驚訝的！
【義近】男愛女慕／男女相悅／相戀相慕／兩情相悅。

四畫

畏之如虎（ㄨㄟˋ ㄓ ㄖㄨˊ ㄏㄨˇ）

【釋義】像怕老虎一樣的怕他。之：人稱代詞，他。
【出處】宋・龔明之・中吳紀聞・朱氏盛衰：「有在仕途者，稍拂其意，則以違上命文致其罪，浙人畏之如虎。」
【用法】形容非常害怕。
【例句】就算妳老公再凶惡，妳也不用**畏之如虎**，至少還有法律可以保障妳的安全呀！
【義近】膽戰心驚／魂不附體／惶惶不安／惴惴不安／心驚肉跳／忐忑不安。
【義反】渾身是膽／熊心豹膽／天不怕地不怕／無所畏懼／鎮定自若／心安意穩。

畏天知命（ㄨㄟˋ ㄊㄧㄢ ㄓ ㄇㄧㄥˋ）

【釋義】意謂知天命，識時務。
【出處】後漢書・馮異傳：「彼皆畏天知命，睹存亡之符，見廢興之事，故能成功於一時，垂業於萬世也。」
【用法】多用以說明從政者應奉公守法，有所戒懼，萬不可胡作非爲。
【例句】每個公務員都應**畏天知命**，克盡職守，爲民表率。
【義近】天視民視／天聽民聽。
【義反】以權謀私／貪贓枉法／胡作非爲／瞞神弄鬼。

畏首畏尾（ㄨㄟˋ ㄕㄡˇ ㄨㄟˋ ㄨㄟˇ）

【釋義】前也怕，後也怕。畏：畏懼、害怕。
【出處】左傳・文公一七年：「古人有言曰：『畏首畏尾，身其餘幾？』」
【用法】比喻做事膽小，顧忌過多。
【例句】青年人應該敢於創新，勇於嘗試，不可**畏首畏尾**，故步自封。
【義近】畏葸不前／瞻前顧後／猶豫不決／縮手縮腳／畏縮不前。
【義反】勇往直前／敢作敢爲／勇猛向前／一往直前。

畏影惡跡（ㄨㄟˋ ㄧㄥˇ ㄨˋ ㄐㄧ）

【釋義】害怕自己的影子，討厭自己的足跡。惡：討厭，憎恨。
【出處】莊子・漁父：「人有畏影惡跡而去之走者，舉足愈數而跡愈多，走愈疾而影不離身，自以爲尚遲，疾走不休，絕力而死。」
【用法】形容人愚蠢的舉動。
【例句】你與這樁搶劫案毫無關係，只是認識那些搶匪，有什麼好慌張的呢？眞是**畏影惡跡**！
【義近】擔雪填井／敲冰求火／緣木求魚／升山採珠／刻舟求劍／削足適履。
【義反】因地制宜／見機行事／臨機處置／臨危不亂／處變不驚／愼謀能斷。

畏縮不前（ㄨㄟˋ ㄙㄨㄛ ㄅㄨˋ ㄑㄧㄢˊ）

【釋義】畏縮：害怕退縮。
【出處】金史・章宗紀二：「（提刑司）蓋多不識本職之體，而徒事細碎，以致州縣例皆畏縮而不敢行事。」
【用法】形容膽小怕事，遇事畏懼退縮，不敢前進。
【例句】遇到挫折便**畏縮不前**的人，很難有成功的機會。
【義近】畏葸不前／瞻前顧後／猶豫不決／縮手縮腳／畏首畏尾。
【義反】勇往直前／敢作敢爲／勇猛向前／一往直前／挺身而出。

畏難苟安（ㄨㄟˋ ㄋㄢˊ ㄍㄡˇ ㄢ）

【釋義】害怕困難，苟且偷安。
【出處】清史稿・食貨志二：「大學士倭仁疏陳黑地升科，州縣畏難苟安，請申明賞罰。」
【用法】指人在困難面前畏懼退縮，得過且過，只顧眼前的安逸。

【例句】你的房屋已東倒西歪、破爛不堪了，若不趕快修理，**畏難苟安**，總有一天會倒塌的。

【義近】苟且度日／貪生怕死／苟且偷安／苟安旦夕／得過且過。

【義反】挺身而出／奮不顧身／銳意進取／勵精圖治／奮發圖強／自強不息／勇往直前／鋌而走險。

畎畝下才（ㄑㄩㄢˇ ㄇㄨˇ ㄒㄧㄚˋ ㄘㄞˊ）

【釋義】鄉下的下等人才。畎畝：田間，田地；指鄉下、農村。

【出處】舊唐書・楊收傳：「臣畎畝下才，謬當委任。」

【用法】用以比喻平庸之才。

【例句】你不要聽他吹牛，他所推薦的這個人，據我所知，是個道地的**畎畝下才**，哪裡談得上出類拔萃！

【義近】凡夫俗子／泛泛之輩／村夫愚婦／凡庸之才／樗櫟庸才。

【義反】棟梁之才／人中騏驥／八斗之才／人中之龍／中流砥柱／國之棟梁。

畎畝之中（ㄑㄩㄢˇ ㄇㄨˇ ㄓ ㄓㄨㄥ）

【釋義】畎畝：田地，田野。畎：田間小溝。畝：田畝。

【出處】孟子・告子下：「舜發於畎畝之中，傅說舉於版築之間。」

【用法】用以泛指民間。

【例句】你千萬不要看不起鄉下人，要知古今中外有不少來自**畎畝之中**的英才，為社會的發展做出了卓越的貢獻。

【義近】民間田野／鄉間農村。

【義反】通都大邑／首善之區。

五　畫

留有餘地（ㄌㄧㄡˊ ㄧㄡˇ ㄩˊ ㄉㄧˋ）

【釋義】餘地：餘出的地方，有迴旋的地步。

【出處】杜甫・奉送魏六丈佑少府之交廣：「議論有餘地，公侯來未遲。」

【用法】用以說明說話、做事不可走極端，要留下迴旋的地步。

【例句】在談判中，說話務必要**留有餘地**，好讓人迴旋，這樣才不至於輕易關上談判之門。

【義近】寬打窄用／得饒人處且饒人。

【義反】做事做絕／說話說絕／不留餘地。

留得青山在，不怕沒柴燒（ㄌㄧㄡˊ ㄉㄜˊ ㄑㄧㄥ ㄕㄢ ㄗㄞˋ ㄅㄨˋ ㄆㄚˋ ㄇㄟˊ ㄔㄞˊ ㄕㄠ）

【釋義】留：留下，保留。不怕：一作「不愁」。

【出處】凌濛初・初刻拍案驚奇：「七獨身勸母親道：留得青山在，不怕沒柴燒。」

【用法】比喻只要保住老本或基本力量，不愁沒有前途。常用作勸勉人的話。

【例句】俗話說：**留得青山在，不怕沒柴燒**。你還這樣年輕，只要把病根治了，不愁沒有前途。

六　畫

畢力同心（ㄅㄧˋ ㄌㄧˋ ㄊㄨㄥˊ ㄒㄧㄣ）

【釋義】畢力：盡力，竭力。

【出處】唐・陸贄・初收城論詔渾瑊取裏頭內人等狀：「畢力同心，共平多難。止土崩於絕岸，收版蕩於橫流。」

【用法】指思想認知一致，共同致力於某事。

【例句】只要全公司的職員**畢力同心**，就一定可以度過目前的難關。

【義近】同心協力／戮力同心／通力合作／齊心協力／和衷共濟／同舟共濟。

【義反】各行其是／各從其志／各自為政／鑼齊鼓不齊／離心離德／各懷鬼胎／一人一把號，各吹各的調。

畢其功於一役（ㄅㄧˋ ㄑㄧˊ ㄍㄨㄥ ㄩˊ ㄧˊ ㄧˋ）

【釋義】意謂一次行動便完成全部事情。畢：完成。一役：一次行動。

【用法】形容一舉而全功告成。也比喻急於求成。

【例句】①兩岸的和平統一，需要有長期的打算，不可能**畢其功於一役**，奢望一次會談就可大功告成。②你太性急了！發財只能慢慢來，哪能**畢其功於一役**呢？

【義近】速戰速決／一蹴而就。

【義反】水到渠成／瓜熟蒂落／盈科後進／循序漸進。

異口同聲（ㄧˋ ㄎㄡˇ ㄊㄨㄥˊ ㄕㄥ）

【釋義】不同的嘴說出同樣的話。異：不同的。一作「異口同音」。

【出處】葛洪・抱朴子・道意：「左右小人，並云不可，阻之者眾，本無至心，而諫怖者，異口同聲。」

【用法】形容意見相同，大家說的都一樣。

【例句】一說到減稅、免稅，大家都**異口同聲**地贊成，可見眾人追求個人利益的心態都是一樣的。

【義近】眾口一辭／萬口一談／如出一口。

【義反】言人人殊／眾說紛紜／各執一詞／七嘴八舌。

異乎尋常（ㄧˋ ㄏㄨ ㄒㄩㄣˊ ㄔㄤˊ）

【釋義】異：不同。乎：於。尋常：平常。

【出處】吳沃堯・二十年目睹之怪現狀七十回：「耽誤了點年紀，還沒有什麼要緊。還把他的脾氣慣得異乎尋常的出奇。」

【用法】指非同一般，跟平常的很不一樣。

【例句】今年雨水之多**異乎尋常**，一定要提前做好防汛的準備工作。

【義近】非比尋常／與眾不同／不同凡響。

【義反】不足為奇／多見不怪／習以為常／一如往常。

異地相逢（ㄧˋ ㄉㄧˋ ㄒㄧㄤ ㄈㄥˊ）

【釋義】異地：他鄉，外鄉。

【出處】唐・李咸用・春日喜逢鄉人劉松：「故人不見五春風，異地相逢岳影中。」

【用法】指在他鄉相遇。

【例句】想不到我在美國竟碰上了小學同學，這種**異地相逢**的喜悅，使我們情不自禁地擁抱在一起。

【義近】他鄉遇故知。

異曲同工

【釋義】不同的曲調卻同樣的精巧、美妙。工：工巧，精緻。一作「同工異曲」。

【出處】韓愈・進學解：「子雲、相如，同工異曲。」

【用法】比喻不同的言論、作品，同樣的精彩。也比喻做法雖不同而效果一樣。

【例句】這兩篇作品在取材和表現手法上，有著**異曲同工**之妙。

【義近】殊途同歸／江河同歸。

【義反】同師異路。

異政殊俗

【釋義】異政：不同的政教。殊俗：指不同的風俗。殊：不同。

【出處】詩經・大序：「至于王道衰，禮義廢，政教失，國異政，家殊俗，而變風變雅作矣。」宋・呂祖謙・東萊博議・成風請封須句：「異政殊俗，各私其私。」

【用法】今用以指各國都有不同於他國的政治教化、風俗習慣等。

【例句】各國都有自己的歷史傳統，**異政殊俗**乃是理所當然的道理，這是任何人都不可能改變的。

【義近】國異政／地異俗異。

異派同源

【釋義】異派：不同的派別。

【出處】唐・賈餗・揚州華林寺大悲禪師碑銘：「慈悲廣大兮妙力無邊，八萬度門兮異派同源。」

【用法】指派別雖不同，卻都來自同一本源。

【例句】在中國學術史上，儒家的派別甚多，而且曾多次發生爭論，但只要稍加研究，就會發現各派並無實質性的差別，其原因就在於它們其實是**異派同源**。

【義近】同宗共祖／萬變不離其宗／萬流歸宗。

【義反】離經叛道／變離其宗／自成一家。

異苔同岑

【釋義】岑：小而高的山。又作「苔岑之契」。

【出處】郭璞・贈溫嶠詩：「人亦有言，松竹有林；及爾臭味，異苔同岑。」

【用法】比喻朋友之間志趣相投，感情篤厚。

【例句】他們兩人從小一起長大，感情很好，**異苔同岑**，比親兄弟還親，沒想到連婚後都還保持融洽的感情，真是可貴。

【義近】志同道合／沆瀣相投／水乳交融／相視莫逆。

【義反】扞格不入／方枘圓鑿／南轅北轍。

異軍突起

【釋義】異軍：另一支軍隊。突起：突然興起。

【出處】司馬遷・史記・項羽本紀：「異軍蒼頭特起。」

【用法】比喻一支新生力量突然興起。

【例句】在文壇上，今年有一位甫自學校畢業的社會新鮮人**異軍突起**，令人刮目相看。

異想天開

【釋義】異：奇異。天開：天裂開。

【出處】吳沃堯・二十年目睹之怪現狀二回：「想著這個人扮了官去做賊，卻是異想天開，只是未免玷辱了官場了。」

【用法】指想法非常離奇，不切實際。

【例句】他窮得身無分文又好吃懶做，卻**異想天開**，希望自己能成為億萬富翁，享盡人間的榮華富貴。

【義近】想入非非／胡思亂想／妙想天開／突發奇想。

異端邪說

【釋義】異端：和正統思想不同的主張或教義。邪說：有害的學說。

【出處】宋史・道學傳序：「兩漢而下，儒者之論大道，察焉而弗精，語焉而弗詳，異端邪說起而乘之，幾至大壞。」

【用法】用以指非正統的、有害的各種思想、學說或主張。

【例句】哥白尼的太陽系學說，曾被當時的宗教勢力看成是**異端邪說**，因而受到壓抑。

【義近】離經叛道／旁門左道。

【義反】正統之道。

異聞傳說

【釋義】異聞：奇異的傳聞。傳說：輾轉述說且帶有奇異性的事情。

【出處】蒲松齡・醒世姻緣傳二六回：「詫異得那合學生員，街上的百姓，通國的鄉紳，面面相覷，當做件異聞傳說！」

【用法】用以指不同凡常的奇怪消息。

【例句】我把人類登陸月球的事告訴親友，誰知在這偏遠山區，竟將此事當做**異聞傳說**，迅速的傳播開來。

【義近】奇聞怪談／天方夜譚／海外奇談／奇聞異說／奇聞軼事。

【義反】俗談眾議／兒女家常／油鹽柴米／家常便飯。

略見一斑

【釋義】略：大概。斑：指豹身上的斑紋。一斑：非全貌。

【出處】劉義慶・世說新語・方正：「此郎亦管中窺豹，時見一斑。」李汝珍・鏡花緣五八回：「諸如此類，雖未得其皮毛，也就略一斑了。」

【用法】看見事物的大概情形。喻指從看到的一部分，進而可以推想到整體。

【例句】我們透過林覺民所遺留下來的些許詩文，便可對這位革命烈士的人格志節**略見一斑**。

【義近】管中窺豹／未見全豹／牖中窺日／管窺筐舉／略窺一二／窺豹一斑。

【義反】洞若觀火／洞察全貌／洞見癥結／一目了然／明若觀火／瞭若指掌。

略知皮毛

【釋義】皮毛：比喻表面，形容淺顯。

【出處】李汝珍・鏡花緣一七回：「才女纔說學士大夫論及反切尙且瞪目無語，何況我們不過略知皮毛，豈敢亂談，貽笑大方！」
【用法】用以表示見識淺薄，所知甚少。
【例句】我雖寫過一些文章，但對文學藝術創作仍然只能說是**略知皮毛**。
【義近】略窺門徑／初學入門／略知一二。
【義反】入其堂奧／登堂入室。

略勝一籌 ㄌㄩㄝˋ ㄕㄥˋ ㄧ ㄔㄡˊ

【釋義】略：稍微。勝：超過。籌：籌碼，計數的用具。一作「稍勝一籌」。
【出處】蒲松齡・聊齋誌異・辛十四娘：「小生所以忝出君上者，以此處略高一籌耳。」
【用法】用以說明比較起來，稍微強一些、好一些。
【例句】這場籃球賽雖然打成平手，但從兩隊的球技水準來看，客隊還是**略勝一籌**。
【義近】高出一籌／棋高一著。
【義反】稍遜一籌／略低一著。

略識之無 ㄌㄩㄝˋ ㄕˋ ㄓ ㄨˊ

【釋義】之、無：用以代表最簡單的字。
【出處】典出白居易與元九（稹）書。吳沃堯・二十年目睹之怪現狀九回：「還有一班市儈，不過略識之無。」
【用法】表示粗通文墨，並無高深學識。也用作自謙之辭。
【例句】這個青年不過**略識之無**，卻裝出一副大學問家的模樣，眞令人噁心。
【義近】粗通文墨／略知皮毛。
【義反】學問高深／學識淵博。

七畫

畫地而趨 ㄏㄨㄚˋ ㄉㄧˋ ㄦˊ ㄑㄩ

【釋義】意謂在地上畫定軌跡，讓人沿著軌跡而走。趨：急走。
【出處】莊子・人間世：「已乎已乎，臨人以德；殆乎殆乎，畫地而趨。」
【用法】喩被禮法拘束而自苦。
【例句】現在都什麼時代了，你又何須**畫地而趨**，堅持絕不改嫁呢？
【義近】拘守禮法／囿於禮教／畫地自守／畫地自限。
【義反】倜儻不羣／風流倜儻／落拓不羈／不拘小節／不拘形跡／大而化之。

畫地爲牢 ㄏㄨㄚˋ ㄉㄧˋ ㄨㄟˊ ㄌㄠˊ

【釋義】在地上畫個圈做爲監獄。牢：監獄。
【出處】司馬遷・報任少卿書：「故士有畫地爲牢，勢不可入，削木爲吏，議不可對，定計於鮮也。」
【用法】比喩只許在限定的範圍內活動。
【例句】你這樣**畫地爲牢**，把女兒限制在家中，怎能解決問題呢？
【義近】畫地自限。
【義反】無拘無束／衝破樊籠／打破樊籬。

畫虎不成反類犬 ㄏㄨㄚˋ ㄏㄨˇ ㄅㄨˋ ㄔㄥˊ ㄈㄢˇ ㄌㄟˋ ㄑㄩㄢˇ

【釋義】畫老虎畫不像，反而像條狗。類：類似，好像。
【出處】後漢書・馬援傳：「效季良不得，陷爲天下輕薄子，所謂畫虎不成反類狗者也。」
【用法】比喩好高騖遠而無所成，反而成爲笑柄。
【例句】就怕海軍提督膽小如鼠，倒弄得**畫虎不成反類犬**。（曾樸・孽海花）
【義近】刻鵠類鶩／畫虎成狗／弄巧反拙。
【義反】腳踏實地／一絲不苟。

畫虎畫皮難畫骨 ㄏㄨㄚˋ ㄏㄨˇ ㄏㄨㄚˋ ㄆㄧˊ ㄋㄢˊ ㄏㄨㄚˋ ㄍㄨˇ

【釋義】意謂外表易畫，骨相難於描摹。
【出處】孟漢卿・魔合羅一折：「你知道我是甚麼人？便好道畫虎畫皮難畫骨，知人知面不知心。」
【用法】此爲歇後語，表示人心難測。
【例句】俗話說：**畫虎畫皮難畫骨**，知人知面不知心。你和他交往並不深，怎麼就把這樣一大筆錢交給他去大陸投資呢？
【義近】知人知面不知心／人心難測水難量。

畫眉舉案 ㄏㄨㄚˋ ㄇㄟˊ ㄐㄩˇ ㄢˋ

【釋義】畫眉：指漢人張敞爲妻子畫眉毛的故事。舉案：指漢代女子孟光爲丈夫送飯的故事。
【出處】明・楊珽・龍膏記・錯媾：「秦晉交歡，喜蘭閨芳質，玉堂明彥，看瑟調琴弄，畫眉舉案。」
【用法】比喩夫婦互敬互愛。
【例句】像魏先生和他太太這樣**畫眉舉案**的夫妻，在現在的社會裏並不多見，眞可算是模範夫妻。
【義近】夫唱婦隨／相敬如賓／舉案齊眉／鴻案相莊／魚水和諧／畫眉之樂。
【義反】河東獅吼／反目成仇／分釵破鏡／永斷葛藤。

畫脂鏤冰 ㄏㄨㄚˋ ㄓ ㄌㄡˋ ㄅㄧㄥ

【釋義】在油脂上作畫，在冰上雕刻。二者一旦融化，便什麼都沒有了。
【出處】漢・桓寬・鹽鐵論・殊路：「故內無其質而外學其文，雖有賢師良友，若畫脂鏤冰，費日損功。」
【用法】比喩白費氣力，徒勞無功。
【例句】你的小孩根本沒有音樂天賦，你硬要煞費苦心把他栽培成音樂家，我看這無異是件**畫脂鏤冰**的事。
【義近】挑雪塡井／鑽冰求酥／水中撈月／炊沙作飯／竹籃打水／以冰致蠅／磨甎成鏡／抱薪救火。
【義反】一分耕耘，一分收穫／積沙成塔／滴水穿石／探囊取物／甕中捉鼈。

畫蛇添足 ㄏㄨㄚˋ ㄕㄜˊ ㄊㄧㄢ ㄗㄨˊ

【釋義】把蛇畫好了，再給蛇添上根本沒有的腳。一作「畫蛇著足」。
【出處】典出自戰國策・齊策二。韓愈・感春詩：「畫蛇著足無處用，兩鬢雪白趨埃塵。」
【用法】比喩多此一舉，不但無益，反而害事。

【例句】做事最好適可而止，若刻意求工，反而會**畫蛇添足**，弄巧成拙。

【義近】多此一舉／弄巧成拙。

【義反】適可而止／恰如其分／恰到好處。

畫棟雕梁（ㄏㄨㄚˋ ㄉㄨㄥˋ ㄉㄧㄠ ㄌㄧㄤˊ）

【釋義】棟：房屋的正梁。雕：彩畫裝飾。

【出處】吳承恩．西遊記一七回：「入門裏，往前又進，到於三層門裏，都是些畫棟雕梁，明窗彩戶。」

【用法】用以形容建築物的高雅華貴。

【例句】一走進故宮，就可見一座座**畫棟雕梁**的建築物，十分的莊嚴肅穆。

【義近】畫閣朱樓／雕闌玉砌／雕闌畫棟。

【義反】茅茨土階／頹垣破屋。

畫餅充飢（ㄏㄨㄚˋ ㄅㄧㄥˇ ㄔㄨㄥ ㄐㄧ）

【釋義】畫個餅來解餓。充飢：解餓。又作「畫地作餅」。

【出處】陳壽．三國志．魏書．盧毓傳：「選舉莫取有名，名如畫地作餅，不可啖也。」

【用法】指徒有虛名而無補於實用。也比喻聊以空想自慰。

【例句】**畫餅充飢**是解決不了問題的，還是想出一點實際的辦法好。

【義近】望梅止渴／指雁爲羹。

【義反】實事求是。

畫龍點睛（ㄏㄨㄚˋ ㄌㄨㄥˊ ㄉㄧㄢˇ ㄐㄧㄥ）

【釋義】把龍畫好後再點上眼睛，使之有神。

【出處】張彥遠．歷代名畫記卷七載：梁代畫家張僧繇在佛寺牆上畫了四條龍，有兩條點上眼睛之後即騰飛上天。

【用法】比喻在詩文中用幾句精闢的詞句點明要旨，使全篇生動傳神。

【例句】這篇散文寫景狀物，栩栩如生，而末了兩句則**畫龍點睛**，道出了本文的主題。

【義近】傳神之筆。

【義反】畫蛇添足。

八　畫

當之無愧（ㄉㄤ ㄓ ㄨˊ ㄎㄨㄟˋ）

【釋義】當：承當，承受。

【出處】李寶嘉．官場現形記三回：「這幾句考語著實當之無愧。」

【用法】指當得起某種稱號或榮譽，一點也用不著慚愧。

【例句】他在學術上造詣甚高，這次晉升爲一級教授，可謂**當之無愧**。

【義近】實至名歸／受之無愧。

【義反】受之有愧。

當仁不讓（ㄉㄤ ㄖㄣˊ ㄅㄨˋ ㄖㄤˋ）

【釋義】當：面對著。仁：此指正義之事，引申爲應該做的事。

【出處】論語．衛靈公：「當仁，不讓於師。」

【用法】指遇到應該做的事就勇於承擔，主動去做，不謙讓、不推託。

【例句】既然大家推舉我來主持這次會議，那我就**當仁不讓**了。

【義近】義不容辭。

當行出色（ㄉㄤ ㄏㄤˊ ㄔㄨ ㄙㄜˋ）

【釋義】意謂做本行的事，成績特別顯著。出色：格外好，超出一般的。

【出處】文康．兒女英雄傳三七回：「（師老爺）越發談得高興了，道是今年的會墨，那篇逼眞大家，那篇當行出色。」

【用法】形容精通本行。

【例句】包女士是藥材公司的檢驗員，這大麻是眞是假，她自然最爲**當行出色**，請她來鑑別準沒錯。

【義近】學有專精／學有所長。

【義反】樣樣精通／一竅不通。

當局者迷，旁觀者清（ㄉㄤ ㄐㄩˊ ㄓㄜˇ ㄇㄧˊ ㄆㄤˊ ㄍㄨㄢ ㄓㄜˇ ㄑㄧㄥ）

【釋義】當局者：原指下棋的人，現泛指當事人。迷：糊塗。

【出處】辛棄疾．戀繡衾詞：「我自是笑別人底，卻元來，當局者迷。」新唐書．元行沖傳：「當局稱迷，傍觀必審。」

【用法】指當事人被碰到的問題弄糊塗了，或難以察覺自身的錯誤，旁邊觀看的人卻看得很清楚。

【例句】**當局者迷，旁觀者清**，我看得很清楚，這件事確實是你做得不對，你就不要再固執了。

【義近】不識廬山眞面目，只緣身在此山中。

當面鼓，對面鑼（ㄉㄤ ㄇㄧㄢˋ ㄍㄨˇ ㄉㄨㄟˋ ㄇㄧㄢˋ ㄌㄨㄛˊ）

【釋義】面對面地打鼓敲鑼。

【出處】金瓶梅詞話五一回：「要著我和你兩個當面鼓對面鑼的對不是。」文康．兒女英雄傳九回：「就說媳婦兒也罷，也有這樣當面鼓對面鑼的說親的嗎？」

【用法】比喻面對面地把話說清楚。

【例句】我看你倆的誤會太深，教人傳話很難把話說清楚，不妨找個機會，**當面鼓，對面鑼**的說個明白。

【義近】當面對質。

【義反】避不見面／避重就輕。

當務之急（ㄉㄤ ㄨˋ ㄓ ㄐㄧˊ）

【釋義】當：當前，目前。務：事務，事情。

【出處】孟子．盡心上：「知者無不知也，當務之爲急。」

【用法】指當前應辦的最急切的事情。

【例句】雨季來臨，防洪措施的準備已成**當務之急**。

【義近】當前急務／當今之務／先務之急。

【義反】不急之務／可緩之事。

當場出醜（ㄉㄤ ㄔㄤˇ ㄔㄨ ㄔㄡˇ）

【釋義】出醜：露出醜相，丟人之意。

【出處】明．徐霖．繡襦記．教唱蓮花：「自古道寧分數斗，莫增一口，你今休怪，當場出醜。」

【用法】指在大庭廣眾顯露疏失之處，出洋相，失體面。

【例句】他根本不會唱歌，你如果硬要拉他上臺去唱，也只會**當場出醜**，這又何苦呢？

【義近】當場出彩／當場獻醜／出乖露醜／當眾出醜／丟人現眼。

【義反】當場喝彩／當場叫好／

滿堂彩。

當機立斷（ㄉㄤ ㄐㄧ ㄌㄧˋ ㄉㄨㄢˋ）

【釋義】當機：面臨關鍵時刻。立斷：立即作出決斷。
【出處】陳琳・答東阿王箋：「拂鐘無聲，應即立斷。」
【用法】說明在緊要關頭，毫不猶豫地作出決斷。
【例句】他考慮好後，**當機立斷**，決定去大陸投資，興辦電子公司。
【義近】毅然決然／果斷決定。
【義反】猶豫不決／優柔寡斷／舉棋不定。

當頭棒喝（ㄉㄤ ㄊㄡˊ ㄅㄤˋ ㄏㄜˋ）

【釋義】用棍棒當頭一擊，猛地朝他叫喝一聲。本為佛教禪宗和尚接待初學者的態度，使之領悟。
【出處】王安石・答張奉議詩：「思量何物堪酬對，棒喝如今揔不親。」百一居士・壺天錄卷下：「片時失足，後悔何及，願以爲當頭棒喝可也。」
【用法】比喻給人嚴重警告，促使他猛醒。或比喻某事給人嚴重教訓，使人醒悟。
【例句】這次失敗無異於**當頭棒喝**，促使他猛然覺悟。
【義近】醍醐灌頂／暮鼓晨鐘／當頭一棒。

當斷不斷（ㄉㄤ ㄉㄨㄢˋ ㄅㄨˋ ㄉㄨㄢˋ）

【釋義】應當作出決斷的卻不立即決斷。
【出處】司馬遷・史記・齊悼惠王世家：「當斷不斷，反受其亂。」
【用法】指遇事猶豫不決，不能當機立斷。
【例句】**當斷不斷**，反受其亂。他的野心已暴露，再不處理將會一發不可收拾。
【義近】優柔寡斷／猶豫不決。
【義反】當機立斷／毅然決然。

畸輕畸重（ㄐㄧ ㄑㄧㄥ ㄐㄧ ㄓㄨㄥˋ）

【釋義】意謂有時偏輕，有時偏重。畸：偏頗。
【出處】李綠園・歧路燈五二回：「董公也覺惻然，但王法已定，勢難畸輕畸重。」
【用法】形容事物發展不均衡，或對人、對事的態度有所偏倚。
【例句】作爲公司的領導人，對員工應一視同仁，若**畸輕畸重**，必然會影響到員工的向心力，甚至阻礙公司的整體發展。
【義近】重此輕彼／厚此薄彼／揚此抑彼／揀佛燒香。
【義反】不偏不倚／不偏不黨／一視同仁／不分彼此／等量齊觀。

十七畫

疊牀架屋（ㄉㄧㄝˊ ㄔㄨㄤˊ ㄐㄧㄚˋ ㄨ）

【釋義】意謂在牀上放牀，在屋上蓋屋。
【出處】顏氏家訓・序致：「魏晉已來所著諸子，理重事複，遞相模斅，猶屋下架屋，牀上施牀耳。」
【用法】用以比喻重複累贅。
【例句】這篇文章重複的形容詞太多，給人**疊牀架屋**之感。
【義近】頭上安頭／冠上加冠／重規疊矩／畫蛇添足／繁冗蕪雜／三紙無驢。
【義反】簡明扼要／要言不煩／簡潔明瞭／言簡意賅。

疋部

七畫

疏不間親（ㄕㄨ ㄅㄨˋ ㄐㄧㄢˋ ㄑㄧㄣ）

【釋義】間：參與。
【出處】韓詩外傳・三：「李克避席而辭曰：『臣聞之，卑不謀尊，疏不間親，臣外居者也，不敢當命。』」
【用法】指關係疏遠者不參與關係親近者之間的事。
【例句】**疏不間親**，這遺產怎樣分配是他們兄弟之間的事，我才不管呢！
【義近】遠不間親／疏不謀親。

疏而不漏（ㄕㄨ ㄦˊ ㄅㄨˋ ㄌㄡˋ）

【釋義】疏：稀疏，不嚴密。
【出處】老子・七三章：「天網恢恢，疏而不失。」北史・高麗等傳論：「疏而不漏，簡而可久，化之所感，千載不絕。」
【用法】喻指法網雖寬大，然而絕不會遺漏任何一個作惡之人。
【例句】我們的法律若想要真正做到**疏而不漏**，還須繼續努力，不斷地修改，以求趨於完善才是。
【義近】天網恢恢／法網有度／法網恢恢／除惡務盡／勿枉勿縱。
【義反】網漏呑舟／秋荼密網／搖手觸禁／偶語棄市。

疏宕不拘（ㄕㄨ ㄉㄤˋ ㄅㄨˋ ㄐㄩ）

【釋義】疏宕：指放縱，不拘小節。
【出處】北史・薛憕傳：「憕早喪父，家貧，躬耕以養祖母，有暇則覽文籍。疏宕不拘，時人未之奇也。」
【用法】形容人意氣灑脫，放縱自如。
【例句】彭先生是個**疏宕不拘**的人，言行都比較隨便，而張先生則沉默寡言，遇事不苟，因此這兩人向來不合。
【義近】放蕩不羈／揮灑自如／放浪形骸／不拘小節／不顧細謹／不拘形跡。
【義反】循規蹈矩／拘禮守法／不越雷池／規行矩步。

疏財尚氣（ㄕㄨ ㄘㄞˊ ㄕㄤˋ ㄑㄧˋ）

【釋義】意謂散財給人，崇尚義氣。
【出處】宋・沈俶・諧史・戴獻可僕：「四明戴獻可者，疏財尚氣，喜從賢、士大夫遊處，而家世雄於財。」
【用法】形容人慷慨解囊，扶危

濟困。

【例句】他雖然是本地的大財主，但是待人和藹，且能**疏財尚氣**，因而鄉親們都很敬重他。

【義近】仗義疏財／慷慨解囊／輕財仗義／樂善好施／輕財好施。

【義反】一毛不拔／視財如命／爲富不仁／見利忘義／拔一毛利天下不爲也。

疏謀少略

【釋義】意謂少有計謀、策略。

【出處】曹雪芹・紅樓夢三六回：「那武將要是疏謀少略的，他自己無能，白送了性命，這難道也是不得已嗎？」

【用法】形容拙於謀畫。

【例句】在戰場上若**疏謀少略**，只知用人海戰術硬拚硬打，那是很難取勝的。

【義近】一介莽夫／疏於計謀／強攻硬拚／暴虎馮河／有勇無謀／匹夫之勇。

【義反】神機妙算／料事如神／運籌帷幄／智勇雙全／足智多謀／老謀深算。

九畫

疑人勿使，使人勿疑

【釋義】懷疑一個人就不要用他，用他就不要懷疑。

【出處】金史・熙宗紀：「諺不云乎：『疑人勿使，使人勿疑。』」

【用法】說明對所用的人應充分相信。

【例句】**疑人勿使，使人勿疑**，你既然把任務交給了他，就不要老懷疑他是否能完成。

【義近】用人勿疑，疑人勿用。

疑心生暗鬼

【釋義】心中疑懼，就覺得暗地眞有鬼。

【出處】呂本中・師友雜志：「嘗聞人說鬼怪者，以爲必無此理，以爲疑心生暗鬼，最是要切議論。」

【用法】說明由於心中懷疑而多有猜測，便會無中生有。

【例句】別人根本沒有議論你，而你卻**疑心生暗鬼**，老覺得別人在說你，這樣下去，總有一天會鬧出事來的。

【義近】疑神疑鬼／胡亂猜疑／滿腹狐疑／捕風捉影。

疑行無成，疑事無功

【釋義】疑行：行動猶豫。疑事：做事猶豫。疑：懷疑，猶豫不決。

【出處】商君書・更法：「臣聞之：疑行無成，疑事無功。君亟定變法之慮，殆無顧天下之議之也。」

【用法】用以說明行動猶豫不決就不會有成就，做事猶豫不決就不會有功效。

【例句】**疑行無成，疑事無功**，像你這樣反反覆覆，猶豫不決的，能做什麼大事？

【義近】疑事無功，疑行無名。

【義反】雷厲風行／慮周行果／愼謀能斷。

疑神疑鬼

【釋義】一會兒懷疑是神，一會兒又懷疑有鬼。

【出處】錢彩・說岳全傳六一回：「正是：邪正請從心內判，疑神疑鬼莫疑人。」

【用法】形容人神經過敏，疑心極重。

【例句】她最愛**疑神疑鬼**，你們這些年輕小姐千萬不要和她的先生走在一起，以免招來麻煩。

【義近】疑慮重重／滿腹狐疑／捕風捉影／無中生有。

【義反】堅信不疑／自信不疑／事證俱在。

疑難雜症

【釋義】泛指難以診斷、治療的各種病症。

【出處】漢書・翟方進傳：「問大義疑難，因記其說。」魯迅・二心集・風馬牛：「然而那下面的一個名詞，卻不寫尙可，一寫倒成了疑難雜症。」

【用法】用以比喻難以理解或難以解決的問題。

【例句】這都是一些多年累積下來的**疑難雜症**，連董事長和總經理都感到很棘手。

【義近】盤根錯節／百思難解／羣醫束手。

【義反】迎刃而解／刃迎縷解／疥癬之疾。

疒部

四畫

疥癬之疾

【釋義】疥、癬：兩種輕度的皮膚病。

【出處】元・關漢卿・山神廟裴度還帶二折：「我雖在人間閻之下，眉睫之間，又不比斗筲之器，疥癬之疾。」

【用法】比喻爲害尙淺的禍患或無關緊要的小毛病。

【例句】這**疥癬之疾**雖用不著過慮，也不能掉以輕心，需要多加注意，設法解決，才能避免它發展成大的禍患。

【義近】疥癩之患／霜露之病／頭疼腦熱。

【義反】心腹大病／不治之症／病入膏肓／無可救藥／羣醫束手。

五畫

病入膏肓

【釋義】膏肓：心臟與橫膈膜中間的部位，爲藥力所達不到的地方。

【出處】左傳・成公十年：「疾不可爲也，在肓之上，膏之下，攻之不可，達之不及，藥不至焉，不可爲也。」

【用法】形容病情嚴重，無法醫治；也比喻事情惡化，已到無法挽救的地步。

【例句】①老太太已**病入膏肓**，將不久於人世，可準備後事了。②這個國家的腐敗已到了**病入膏肓**的地步，誰也無法挽救它將滅亡的命運。

【義近】命在旦夕／無可救藥／暈醫束手／奄奄一息。

【義反】疥癬之恙／不藥可癒／起死回生。

病急亂投醫（ㄅㄧㄥˋ ㄐㄧˊ ㄌㄨㄢˋ ㄊㄡˊ ㄧ）

【釋義】意謂病急了就亂找醫生，不管其醫術是否高明。

【出處】曹雪芹・紅樓夢五七回：「寶玉笑道：所謂病急亂投醫了。」

【用法】形容人病急不擇醫生，也比喻人遇到事態危急時，不擇救助者。

【例句】他雖病重，但也不能**病急亂投醫**，還是得找一個專科醫師，對症下藥才好。

【義近】飢不擇食／慌不擇路／寒不擇衣。

【義反】寧缺勿濫。

疾之如仇（ㄐㄧˊ ㄓ ㄖㄨˊ ㄔㄡˊ）

【釋義】疾：痛恨。之：第三人稱代詞。

【出處】晉書・秦秀傳：「秀性忌讒佞，疾之如仇。」

【用法】嫉恨他人就像仇敵一樣。極言痛恨之深。

【例句】大家都是好同事，又何必爲了一句話就對他**疾之如仇**呢？

【義近】疾惡如仇／恨之入骨／深惡痛絕／恨入骨髓／咬牙切齒／切齒腐心／痛心疾首／視如寇讎。

【義反】視如珍寶／愛屋及烏／愛之如子／情深似海／感恩戴德／視如己出。

疾如旋踵（ㄐㄧˊ ㄖㄨˊ ㄒㄩㄢˊ ㄓㄨㄥˇ）

【釋義】快得就像轉一轉腳跟。旋踵：旋轉腳跟。

【出處】唐・馮用之・機論上：「一得一失，易如反掌，一興一亡，疾如旋踵，爲國家者可不務乎？」

【用法】形容變化極爲快速。

【例句】現代社會的發展眞是**疾如旋踵**，當政者應時刻注意把握時機，調整政策，才能使國家立於不敗之地。

【義近】瞬息萬變／白雲蒼狗／日新月異／千變萬化／變化多端／變幻莫測。

【義反】一成不變／潛移默化／時移俗易／一如既往／始終如一。

疾言厲色（ㄐㄧˊ ㄧㄢˊ ㄌㄧˋ ㄙㄜˋ）

【釋義】疾言：言語急躁。厲色：神色嚴厲。一作「疾言遽色」。

【出處】後漢書・劉寬傳：「典歷三郡，溫仁多恕，雖在倉卒，未嘗疾言遽色。」

【用法】指言語神色嚴厲急躁。

【例句】他對人總是謙恭溫和，從不**疾言厲色**。

【義近】冷語冰人／惡言惡語／聲色俱厲。

【義反】和顏悅色／溫文爾雅。

疾風知勁草（ㄐㄧˊ ㄈㄥ ㄓ ㄐㄧㄥˋ ㄘㄠˇ）

【釋義】疾風：大而急的風。勁草：堅韌的草。

【出處】後漢書・王霸傳：「光武謂霸曰：『潁川從我者皆逝，而子獨留。努力！疾風知勁草。』」

【用法】比喻只有經過嚴峻考驗，才知道誰才是眞正堅強而不改節操。

【例句】俗語說：**疾風知勁草**，經過這段不平凡的日子，誰是英雄，誰是狗熊，已一清二楚了。

【義近】路遙知馬力／日久見人心／歲寒知松柏之後凋／亂世見忠貞／板蕩識忠臣／時窮節乃見。

疾風掃秋葉（ㄐㄧˊ ㄈㄥ ㄙㄠˇ ㄑㄧㄡ ㄧㄝˋ）

【釋義】猛烈的風掃除秋天的黃葉。

【出處】資治通鑑・晉孝武帝太元七年：「以吾擊晉，校其強弱之勢，猶疾風之掃秋葉。」

【用法】比喻力量強大，行動迅猛，能輕易地摧毀對方。

【例句】二十世紀九十年代初，以美軍爲首的聯合國軍隊，有如**疾風掃秋葉**般的把伊拉克軍隊從科威特趕了出去。

【義近】狂風掃落葉／秋風掃落葉／勢如破竹／所向披靡／勢不可當／銳不可當。

【義反】節節敗退／望風而逃／落荒而逃。

疾風暴雨（ㄐㄧˊ ㄈㄥ ㄅㄠˋ ㄩˇ）

【釋義】迅猛的暴風雨。

【出處】淮南子・兵略訓：「大寒甚暑，疾風暴雨，大霧冥晦，因此而爲變者也。」

【用法】常用以形容聲勢浩大，來勢凶猛。

【例句】二十世紀九十年代初期，一場力求擺脫極權統治的民主運動，有如**疾風暴雨**，席捲前蘇聯和東歐各國，造成極大的震撼及改變。

疾首蹙額（ㄐㄧˊ ㄕㄡˇ ㄘㄨˋ ㄜˊ）

【釋義】疾首：頭痛。蹙額：皺眉頭。又作「疾首蹙頞」。頞：鼻梁。

【出處】孟子・梁惠王下：「舉疾首蹙頞而相告，曰：『吾王之好鼓樂，夫何使我至於此極也。』」

【用法】形容厭惡痛恨的樣子。

【例句】提到日本侵華史實，大多數中國人皆**疾首蹙額**，寧願它只是一場惡夢。

【義近】痛心疾首／深惡痛絕／切齒腐心。

【義反】喜形於色／得意洋洋。

疾惡好善（ㄐㄧˊ ㄜˋ ㄏㄠˋ ㄕㄢˋ）

【釋義】痛恨邪惡，喜好善良。

【出處】新唐書・王珪傳：「至潔濁揚清，疾惡好善，臣於數子有一日之長。」

【用法】形容人愛憎分明，是非觀念很強。

【例句】這位年輕人雖沒讀什麼書，但卻很明事理，**疾惡好善**，在所不顧，因此就算是那些王孫公子，也對他敬畏三分。

【義近】除惡揚善／懲惡彰善／激濁揚清／善善惡惡／賞善罰惡。

【義反】善惡不分／助紂爲虐／

爲虎作倀／認賊作父／同流合污／滑泥揚波。

疾惡如仇 ㄐㄧˊ ㄜˋ ㄖㄨˊ ㄔㄡˊ

【釋義】疾：也作「嫉」，憎恨。惡：指惡人惡事。

【出處】晉書・傅咸傳：「風格峻整，識性明悟，疾惡如仇。」

【用法】常用以形容一個人極富正義感，憎恨惡人惡事就像憎恨仇人一樣。

【例句】他一向**疾惡如仇**，對於社會上不公平的現象深惡痛絕。

【義近】善善惡惡。

【義反】認賊作父／助紂爲虐／同流合污。

疾痛慘怛 ㄐㄧˊ ㄊㄨㄥˋ ㄘㄢˇ ㄉㄚˊ

【釋義】疾痛：病痛。慘怛：憂傷。

【出處】司馬遷・史記・屈原列傳：「人窮則反本，故勞苦倦極，未嘗不呼天也；疾痛慘怛，未嘗不呼父母也。」

【用法】泛指病痛憂傷、痛苦悲慘等各種不利的情狀。

【例句】在人的一生中，誰都會有**疾痛慘怛**，你現在待人這樣無情無義，到時看你怎麼辦？

【義近】病魔纏身／慘痛悽惻／悽悽慘慘。

【義反】一帆風順／洪福齊天／萬事亨通／無往不利／萬事如意／稱心快意。

疲於奔命 ㄆㄧˊ ㄩˊ ㄅㄣ ㄇㄧㄥˋ

【釋義】疲：疲乏，勞累。奔命：奉命奔走。又作「罷於奔命」。

【出處】左傳・成公七年：「余必使爾罷（疲）於奔命以死。」

【用法】形容忙於奔走而疲累不堪，也形容事務繁忙得應付不過來。

【例句】他爲了養家餬口，身兼數職，一天到晚**疲於奔命**，實在太辛苦了。

【義近】精疲力竭／勞累不堪／身心勞瘁。

【義反】坐享其成／逍遙自在／坐享清福。

七畫

痛入骨髓 ㄊㄨㄥˋ ㄖㄨˋ ㄍㄨˇ ㄙㄨㄟˇ

【釋義】痛到了骨髓裏面。

【出處】戰國策・燕策三：「吾每念常痛於骨髓，顧計不知所出耳。」司馬遷・史記・淮陰侯列傳：「秦父兄怨此三人，痛入骨髓。」

【用法】形容悲傷或痛恨到了極點。

【例句】他苦苦奮鬥了幾十年，才有現在這樣的房舍商店，結果被一場大火燒得乾乾淨淨，教他怎能不**痛入骨髓**！

【義近】痛徹心扉／恨之入骨／痛心疾首／疾首蹙額／切齒腐心／視如寇讎。

【義反】興高采烈／歡欣鼓舞／欣喜若狂／喜形於色／喜上眉梢／視如己出。

痛不欲生 ㄊㄨㄥˋ ㄅㄨˋ ㄩˋ ㄕㄥ

【釋義】欲：想。生：活。

【出處】紀昀・閱微草堂筆記：「有王震升者，暮年喪愛子，痛不欲生。」

【用法】形容悲痛至極，以致不想再活下去。

【例句】丈夫死後，她想起日後漫長無依的歲月，有時**痛不欲生**，幾乎要自殺。

【義近】悲痛欲絕／悲不自勝。

【義反】欣喜若狂／樂不可支。

痛心入骨 ㄊㄨㄥˋ ㄒㄧㄣ ㄖㄨˋ ㄍㄨˇ

【釋義】意謂傷痛深入於骨髓。

【出處】後漢書・袁紹傳：「是以智達之士，莫不痛心入骨，傷時人不能相忍也。」

【用法】形容傷心到了極點。

【例句】父親剛死，子女就爲分家產的事而爭吵不休，你教我怎麼不**痛心入骨**呢？

【義近】痛之入骨／痛心疾首。

【義反】喜悅自得／其喜洋洋。

痛心泣血 ㄊㄨㄥˋ ㄒㄧㄣ ㄑㄧˋ ㄒㄧㄝˇ

【釋義】痛入心田，哭出血淚

【出處】漢・荀悅・漢紀・孝元皇帝紀下：「若夫石顯可以痛心泣血矣，豈不疾之哉！」

【用法】形容哀傷極深，悲痛已極。

【例句】丈夫和兒子同時死於空難，她悲傷得**痛心泣血**，往後還須仰賴你們多加寬慰和照顧了。

【義近】哀痛欲絕／剖肝泣血／椎心泣血／肝心若裂／柔腸寸斷／肝腸寸斷／萬箭穿心／心如刀割。

【義反】手舞足蹈／談笑風生／喜氣洋洋／春風滿面／喜上眉梢／笑逐顏開。

痛心疾首 ㄊㄨㄥˋ ㄒㄧㄣ ㄐㄧˊ ㄕㄡˇ

【釋義】心傷而頭痛。疾：痛。

【出處】左傳・成公一三年：「諸侯備聞此言，斯是用痛心疾首，暱就寡人。」

【用法】指傷心痛恨到了極點。

【例句】清末的國恥家恨，是每個中國人都**痛心疾首**的往事。

【義近】恨之入骨／深惡痛絕／悲憤填膺／疚心疾首。

【義反】樂不可支／大喜過望／喜形於色／喜上加喜。

痛快淋漓 ㄊㄨㄥˋ ㄎㄨㄞˋ ㄌㄧㄣˊ ㄌㄧˊ

【釋義】淋漓：酣暢的樣子。

【出處】文康・兒女英雄傳：「趁著一時高興要作一個痛快淋漓，要出我自己心中那口不平之氣。」

【用法】形容盡興盡情，極其暢快。

【例句】她**痛快淋漓**地把經理罵了一頓，一吐心中被性騷擾所帶來的不快，就辭職走了。

【義近】酣暢淋漓。

【義反】不痛不癢／興意未盡。

痛改前非 ㄊㄨㄥˋ ㄍㄞˇ ㄑㄧㄢˊ ㄈㄟ

【釋義】痛：徹底。非：過錯。

【出處】新刊大字宣和遺事・亨集：「陛下倘信微臣之言，痛改前非……宗社之幸也。」李汝珍・鏡花緣一四回：「只要痛改前非，一心向善，雲的顏色也就隨心變換。」

【用法】表示下決心改掉以往的過錯。

【例句】他下定決心**痛改前非**，不再賭博了。

【義近】改過自新／洗心革面／重新做人。

【義反】怙惡不悛／死不悔改／執迷不悟。

痛定思痛

【釋義】痛：痛苦。定：安定，平靜。
【出處】文天祥・指南錄後序：「境界危惡，層見錯生，非人世所堪。痛定思痛，痛何如哉！」
【用法】指悲痛的心情平靜之後，再追想當時所受的痛苦，含有警惕未來之意。有時含有倍增苦楚之意。
【例句】事故已經造成，**痛定思痛**，應該認眞找出原因，讓類似的悲劇不再發生。

痛抱西河

【釋義】西河：在今陝西省韓城至華陰一帶，因在黃河之西，故稱西河。
【出處】司馬遷・史記・仲尼弟子列傳：「子夏居西河教授，爲魏文侯師，其子死，哭之失明。」
【用法】哀悼他人喪子。
【例句】王先生中年喪妻，晚年又**痛抱西河**，這些打擊使他意志消沉，自嘆命運乖謬。
【義近】喪子之痛／喪明之痛／西河之痛／喪明之悲。
【義反】子孫滿堂／瓜瓞綿綿。

痛哭流涕

【釋義】痛：極，盡情地。涕：眼淚。
【出處】賈誼・陳政事疏：「臣竊惟事勢，可爲痛哭者一，可爲流涕者二，可爲長太息者六。」
【用法】形容極爲傷心而縱情大哭。
【例句】小王出車禍死了，她母親**痛哭流涕**，在場的人見了也跟著傷心鼻酸。
【義近】聲淚俱下／號啕大哭／涕泗滂沱／涕泗縱橫。
【義反】縱情大笑／歡天喜地／哈哈大笑。

痛飲黃龍

【釋義】意謂直搗敵人巢穴後，盡情歡飲慶功。痛飲：痛快飲酒。黃龍：即黃龍府，轄地在今吉林一帶，爲金人腹地。
【出處】宋史・岳飛傳：「金將軍韓常欲以五萬眾內附。飛大喜，語其下曰：『直抵黃龍府，與諸君痛飲爾。』」
【用法】指勝利後的喜悅心情。
【例句】敵軍宣布無條件投降後，我軍民同胞無不奔走相告，共享**痛飲黃龍**的快慰。
【義近】大快人心／拍手稱快／人人稱慶／額手稱慶。
【義反】痛失江山。

痛楚徹骨

【釋義】痛楚：悲痛，苦楚。徹骨：透到骨頭裏，比喻程度極深。
【出處】宋・洪邁・夷堅甲志・神告方：「庖人揮刀誤傷指……手若爲人所掣，入鑊內，痛楚徹骨，號呼欲死。」
【用法】形容痛苦萬分。
【例句】抗戰時期，醫藥奇缺，有時開刀動手術，無麻醉針可打，只好讓傷者**痛楚徹骨**的呼號叫喊。
【義近】痛心入骨／心如刀割／痛心刻骨／痛徹肺腑／痛徹心扉／肝腸寸斷。
【義反】樂不可支／其樂無窮／樂不思蜀／心花怒放／心胸舒坦／心曠神怡。

痛毀極詆

【釋義】詆：責罵。
【出處】王守仁・教條示龍場諸生：「先暴白其過惡，痛毀極詆，使無所容。」
【用法】用以形容竭盡全力痛罵詆毀。
【例句】對於歹徒綁架撕票的凶殘手段，社會大眾莫不一致**痛毀極詆**，要求警方儘速將其繩之以法，以維護社會安寧。
【義近】痛心疾首／深惡痛絕／大加撻伐。
【義反】讚不絕口／有口皆碑／口碑載道。

痛癢相關

【釋義】病痛、發癢都與身體密切相關。
【出處】楊士聰・玉堂薈記下：「張居正秉柄，外而督撫，內而各部，無一刻不痛癢相關。」
【用法】比喻彼此利害相關。
【例句】我們是合夥人，**痛癢相關**，我怎能撒手不管呢？
【義近】休戚相關／利害相關／生死相關。
【義反】無關痛癢／互不相關／兩不相涉。

八—十一畫

痰迷心竅

【釋義】意謂神志昏迷。心竅：古時以爲心臟有竅，能運思，因而以心竅指人的認知和思維能力。
【出處】吳敬梓・儒林外史四回：「老太太見這些家夥什物都是自己的，不覺歡喜，痰迷心竅，昏絕於地。」
【用法】形容精神迷亂或癡呆。也比喻因一心貪圖某事而失去理智。
【例句】老人家這病不過是一時**痰迷心竅**，並無大礙，吃幾帖藥應該就會好的。
【義近】昏迷不醒／不省人事／神志不清／鬼迷心竅／心蕩神迷／利欲薰心。
【義反】頭疼腦熱／霜露之病／心安神定／神安氣定／魂安魄定。

瘞玉埋香

【釋義】瘞：埋葬。玉、香：比喻美女。
【出處】明・高啓・聽教坊舊妓郭芳卿弟子陳氏歌：「回頭樂事浮雲改，瘞玉埋香今幾載。」
【用法】比喻美女死亡。
【例句】他太太是位百裏挑一的美人，現在突然撒手西歸，你叫他怎能承受這**瘞玉埋香**的痛苦呢？
【義近】香消玉殞／珠沉玉碎／蘭摧玉折／月殘花缺／玉碎珠死。
【義反】青春常駐／徐娘半老／長命百歲。

瘦死的駱駝比馬大

【釋義】意謂再瘦的駱駝還是比馬大。

【出處】曹雪芹・紅樓夢六回：「但只俗語說的：『瘦死的駱駝比馬還大呢。』憑他怎樣，你老拔一根毫毛，比我們的腰還壯哩。」

【用法】比喻富人即使不如以前富有，也比窮人有錢。

【例句】俗話說得好：**瘦死的駱駝比馬大**，你姨娘是位闊商，現在雖因經濟蕭條不如以往，但比起你這個災民還是要富有千萬倍，你或許可以找她接濟一二。

【義反】牀頭金盡。

瘦骨嶙峋

【釋義】嶙峋：山崖突兀的樣子，此形容骨頭聳出突起。

【出處】長生殿・彈詞：「江南哭殺了瘦骨窮骸。」韓愈・送惠師詩：「眾峯皆嶙峋。」

【用法】形容人消瘦得皮包骨。

【例句】這位老人衣食無著，加上身患重病，被折磨得**瘦骨嶙峋**，實在可憐。

【義近】骨瘦如柴／瘦骨伶仃／形銷骨立。

【義反】心廣體胖／大腹便便。

瘡痍滿目

【釋義】瘡痍：創傷。比喻人民疾苦或江山殘破景象。滿目：滿眼都是。又作「滿目瘡痍」。

【出處】漢書・季布傳：「今瘡痍未瘳，(樊)噲又面諛，欲搖動天下。」

【用法】形容社會在戰亂或災荒後殘破淒涼的景象。

【例句】臺灣剛從日軍手中收回時，眞可謂**瘡痍滿目**，民不聊生。

【義近】千瘡百孔／滿目淒涼／百廢待舉／瘡痍彌目。

【義反】物阜民安／繁榮昌盛／欣欣向榮。

瘴雨蠻烟

【釋義】指南方有瘴氣的烟雨。

【出處】辛棄疾・滿江紅送湯朝美自便歸：「瘴雨蠻烟，十年夢，尊前休說。」嚴羽・答友人詩：「湘江南去少人行，瘴雨蠻烟白草生，誰念梁園舊詞客？桄榔樹下獨聞鶯。」

【用法】形容蠻荒之地。

【例句】貴州、雲南一帶，森林茂密，高山起伏，一直是**瘴雨蠻烟**的窮荒之地，但在今日看來，卻是風景優美的好地方。

【義近】蛇虺魍魎／榛莽荒厲。

【義近】世外桃源／人間仙境。

十四—十六畫

癡人說夢

【釋義】原指對傻子說夢話，而傻子信以爲眞。癡人：傻子。

【出處】惠洪・冷齋夜話卷九：「此正所謂對癡人說夢耳，渠信以爲眞。」

【用法】今用以譏諷人憑著自己荒唐的想像而胡言亂語。

【例句】你不要**癡人說夢**了，這輩子能衣食無缺就不錯了，還妄想成億萬富翁。

【義近】癡兒說夢／做白日夢。

【義反】言必有據／實言實語。

癡心女子負心漢

【釋義】癡心：沉迷於某人或某種事物的心思。負心：背棄情誼，多指轉移愛情。

【出處】王實甫・西廂記第三本四折：「自古人云：癡心女子負心漢，今日反其事了。」

【用法】指癡迷於愛情的女子碰上了無情無義的男子。

【例句】這位小姐未免也太癡情了，他身邊早有紅粉知己，她卻還苦戀著他，怪不得古人說**癡心女子負心漢**呢！

【義近】癡心婦人無情漢／落花有意，流水無情。

【義反】癡男怨女／兩情相悅／兩相情願／情投意合。

癡心妄想

【釋義】癡心：想得入了迷的心思。妄想：荒唐的想法。

【出處】古今小說・蔣興哥重會珍珠衫：「大凡人不做指望，倒也不在心上，一做指望，便癡心妄想。」

【用法】指脫離實際，一心想著不可能實現的事。

【例句】人家張小姐長得如花似玉，你長相醜陋，無才無能，卻老想打她的主意，眞是**癡心妄想**。

【義近】異想天開／癩蛤蟆想吃天鵝肉／想入非非／不自量力。

【義反】自知之明／心若止水。

癡男怨女

【釋義】意即癡情的男女。

【出處】魏秀仁・花月痕四三回：「因數十年前，誤辦一宗公案，害許多癡男怨女，都湮埋在這恨水愁山，泉淚冤海。」

【用法】用以指迷戀於情愛的男女。

【例句】每到天氣晴朗、氣候宜人的夜晚，總有許多**癡男怨女**在這公園裏談情說愛，直到深夜方歸。

【義近】癡男曠女／曠男怨女。

癡兒騃女

【釋義】癡：指癲狂。騃：傻、笨。

【出處】秦觀・草堂詩餘・賀新郎七夕詞：「巧拙豈關今夕事，奈癡兒騃女流傳謬。」

【用法】形容天眞無知的少男少女。

【例句】《紅樓夢》裏的**癡兒騃女**雖冰雪聰明，卻是情關難過。

癩蝦蟆想吃天鵝肉

【釋義】癩蝦蟆：蟾蜍，借喻醜陋的人。

【出處】水滸傳一〇一回：「啐！我恁地這般獃！癩蝦蟆怎想吃天鵝肉！」

【用法】比喻人不自量力，而作癡心妄想。

【例句】憑你的長相，一無是處，也想去追那位貌若天仙的美人，眞是**癩蝦蟆想吃天鵝**肉。

【義近】異想天開／癩蛤蟆想吃天鵝肉／想入非非／不自量力。

癶部

七畫

發人深省 ㄈㄚ ㄖㄣˊ ㄕㄣ ㄒㄧㄥˇ

【釋義】發：啓發。省：醒悟。又作「發人深醒」。
【出處】杜甫．遊龍門奉先寺詩：「欲覺聞晨鐘，令人發深省。」
【用法】指能啓發人深刻思考而有所醒悟。
【例句】老校長的臨別贈言簡明扼要，語重心長，**發人深省**。
【義近】發人深思／令人深省。
【義反】執迷不悟／不知自省。

發凡舉要 ㄈㄚ ㄈㄢˊ ㄐㄩˇ ㄧㄠˋ

【釋義】闡發意旨，列舉大要。又作「撮要舉凡」。
【出處】漢．荀悅．漢紀．高祖紀：「撮要舉凡，存其大體。」
【用法】比喻探尋作品眞正的內涵。
【例句】讀書最要緊的是要能**發凡舉要**，眞正去了解它的內涵，否則便和未讀過一樣。
【義近】含英咀華／鉤玄提要／尋幽入微／探賾索隱。
【義反】走馬看花／囫圇吞棗。

發言盈庭 ㄈㄚ ㄧㄢˊ ㄧㄥˊ ㄊㄧㄥˊ

【釋義】盈庭：充滿大廳，喻眾多。
【出處】詩經．小雅．小旻：「謀夫孔多，是用不聚。發言盈庭，誰敢執其咎。」
【用法】喻眾人聚議，人多口雜，難下定論。
【例句】爲了建不建核四廠，朝野各界**發言盈庭**，爭執不下，弄得經濟衰退，人民就業困難，這實在是很不值得的事。
【義近】莫衷一是／眾說紛紜／各執一詞／無所適從。
【義反】異口同聲／如出一口。

發姦擿伏 ㄈㄚ ㄐㄧㄢ ㄊㄧˋ ㄈㄨˊ

【釋義】擿伏：挑出隱情。擿：挑取。意謂揭發隱藏的奸人惡事。
【出處】漢書．趙廣漢傳：「尤善爲鉤距以得事情……其發姦擿伏如神，皆此類也。」
【用法】用以形容官吏辦案精明公平。
【例句】包青天**發姦擿伏**如神，小人聞之喪膽，可是他一生樹立的敵人也不少。
【義近】折獄斷案／擿奸發伏／片言折獄／斷事如神。
【義反】知而不舉。

發政施仁 ㄈㄚ ㄓㄥˋ ㄕ ㄖㄣˊ

【釋義】發布政令，實施仁政。
【出處】蘇軾．論賞罰及修河事：「方是時，二聖在位，發政施仁，唯恐不及。」
【用法】用以指當政者實行開明政治。
【例句】前蘇聯和東歐自結束一黨專制統治後，各國政府紛紛**發政施仁**，以獲取民眾的擁護和支持。
【義近】廣開言路／與民更始／興利除弊／應天順人／順乎民心／順時趨勢。
【義反】誅鋤異己／草菅人命／倒行逆施／隻手遮天／暗無天日／長夜難明。

發揚光大 ㄈㄚ ㄧㄤˊ ㄍㄨㄤ ㄉㄚˋ

【釋義】光大：照明盛大。
【出處】禮記．禮器：「德發揚，詡萬物。」周易．坤卦：「含弘光大，品物咸亨。」
【用法】說明好的作風、傳統等均能加以提昇發展。
【例句】在逐漸西化的潮流中，我們萬不可忘記同時將自己優美的傳統文化**發揚光大**。
【義近】踵事增華／宏揚光大。
【義反】棄之不顧／視爲累贅。

發揚蹈厲 ㄈㄚ ㄧㄤˊ ㄉㄠˋ ㄌㄧˋ

【釋義】發揚：奮發昂揚。蹈厲：猛烈地頓足踏地。
【出處】禮記．樂記：「發揚蹈厲，大（太）公之志也。」
【用法】原指舞蹈時動作的威武，今用以比喻精神振奮，意氣風發。
【例句】公司面臨危機時，幸賴全體員工**發揚蹈厲**挽回劣勢，才有今天嶄新的局面。
【義近】鬥志昂揚／踔厲風發／發奮圖強／奮發向上。
【義反】萎靡不振／灰心喪氣／死氣沉沉／暮氣沉沉。

發號施令 ㄈㄚ ㄏㄠˋ ㄕ ㄌㄧㄥˋ

【釋義】號：號令。施：發布。
【出處】尚書．冏命：「發號施令，罔有不臧。」
【用法】用以指發布命令，下達指示。
【例句】總經理從不滿足於坐在辦公室裏**發號施令**，而是深入到各個部門了解情況，掌握全局。
【義近】發蹤指示／運籌帷幄。
【義反】俯首聽命／聽命於人／受人差遣。

發蒙振落 ㄈㄚ ㄇㄥˊ ㄓㄣˋ ㄌㄨㄛˋ

【釋義】發蒙：揭去蒙蓋在眼睛上的障礙。振落：抖落樹上的枯葉。
【出處】司馬遷．史記．汲黯傳：「好直諫，守節死義，難惑以非。至如說丞相弘，如發蒙振落耳。」
【用法】比喻輕而易舉，不費氣力。
【例句】這件事對你來說不過是**發蒙振落**而已，爲何還要如此推三阻四呢？
【義近】摧枯拉朽／俯拾地芥／甕中捉鱉／易如反掌／探囊取物／唾手可得。
【義反】上天攬月／下海捉鱉／大海撈針／挾山超海／牽牛下井／水中撈月。

發蒙振聵 ㄈㄚ ㄇㄥˊ ㄓㄣˋ ㄎㄨㄟˋ

【釋義】使瞎子見到光明，使聾子聽到聲音。蒙：同「矇」，眼睛失明。聵：耳聾。
【出處】吳敬梓．儒林外史四四回：「先生，你這一番議論，眞可謂之發蒙振聵。」
【用法】比喻見解高明，使人大開眼界。
【例句】在今天關於兩岸和平統一的討論會上，辜先生的發言起了**發蒙振聵**的作用，值得認眞思考。
【義近】發聾振聵／振聾發聵。
【義反】泛泛之論／平庸之見／井蛙之見／拘墟之見／一孔之見／一偏之見。

發憤忘食 ㄈㄚ ㄈㄣˋ ㄨㄤˋ ㄕˊ

【釋義】努力學習或工作，連吃飯都忘了。發憤：決心努力。
【出處】論語・述而：「發憤忘食，樂以忘憂，不知老之將至云爾。」
【用法】形容人十分勤奮。
【例句】像你兒子這樣**發憤忘食**，刻苦學習，將來一定大有所爲。
【義近】自強不息／夜以繼日／夙夜匪懈／孜孜不倦。
【義反】飽食終日／得過且過／自暴自棄。

發奮圖強 ㄈㄚ ㄈㄣˋ ㄊㄨˊ ㄑㄧㄤˊ

【釋義】發奮：努力振作。圖：謀求。又作「發憤圖強」或「奮發圖強」。
【出處】王充・論衡・初稟：「勇氣奮發，性自然也。」
【用法】用以指振奮精神，努力謀求富強。
【例句】只要有**發奮圖強**的精神，無論做什麼事，都一定可以獲得成功。
【義近】奮發蹈厲／勵精圖治／發揚蹈厲。
【義反】苟且偷安／得過且過／自暴自棄。

發蹤指示 ㄈㄚ ㄗㄨㄥ ㄓˇ ㄕˋ

【釋義】意謂發現野獸蹤跡，指示獵狗追逐。
【出處】司馬遷・史記・蕭相國世家：「夫獵，追殺獸兔者狗也，而發蹤指示獸處者人也。」
【用法】比喻指揮操縱。
【例句】你不要小看這位嬌小年輕的女子，在公司裏，她的地位甚高，可是個**發蹤指示**的人物。
【義近】搖鵝毛扇／運籌帷幄／運籌決策／發號施令。
【義反】任人操縱／聽人穿鼻／任人擺佈／悉聽尊便。

登山陟嶺 ㄉㄥ ㄕㄢ ㄓˋ ㄌㄧㄥˇ

【釋義】陟，由低處向上登高。
【出處】吳承恩・西遊記六八回：「我那頑徒，俱是山野庸才，只會挑包背馬，轉澗尋波，帶領貧僧登山陟嶺。」
【用法】形容長途跋涉，旅途艱辛。
【例句】這次去大陸旅遊，有的風景區景色極爲秀麗，但交通不便，爲了一飽眼福，我們只好**登山陟嶺**了。
【義近】翻山越嶺／梯山航海／跋山涉水／長途跋涉。
【義反】深居簡出／安居家中／足不出戶。

登山臨水 ㄉㄥ ㄕㄢ ㄌㄧㄣˊ ㄕㄨㄟˇ

【釋義】登上山頭，來到水邊。
【出處】宋玉・九辯：「蕭瑟兮草木搖落而變衰，憭慄兮若在遠行，登山臨水兮送將歸。」
【用法】形容遊覽山水名勝。也指長途跋涉。
【例句】我現在需要夜以繼日地工作，才能完成自己所擔負的任務，哪還有閒暇陪你去**登山臨水**？
【義近】登山涉水／遊山玩水／經丘尋壑／跋山涉水／尋幽訪勝／翻山越嶺／航海梯山／登山陟嶺。
【義反】安坐家中／足不出戶／坐享清福。

登東山而小魯 ㄉㄥ ㄉㄨㄥ ㄕㄢ ㄦˊ ㄒㄧㄠˇ ㄌㄨˇ

【釋義】意謂登高望遠而以足下之處爲小。小：用作意動詞，以之爲小。魯：周朝國名，在今山東省境內。
【出處】孟子・盡心上：「孔子登東山而小魯，登泰山而小天下。」
【用法】比喻做學問達到了高深的境界，便能融會貫通，眼光遠大。
【例句】你現在還年輕，學術上的爭論自然難以領會，若干年後，等你有了相當的造詣，便會**登東山而小魯**的。
【義近】登泰山而小天下／曾經滄海難爲水／閱盡人情眼界寬。

登峰造極 ㄉㄥ ㄈㄥ ㄗㄠˋ ㄐㄧˊ

【釋義】攀登到山峰的頂點。造：至。極：最高點。
【出處】劉義慶・世說新語・文學：「簡文云：『不知便可登峰造極不？』」
【用法】比喻學問、技能等達到最高的境界或成就。也比喻做事達到了頂點。
【例句】①張大千的畫，眞可以說是達到了**登峰造極**的境地。②這個人爲人陰險毒辣可謂**登峰造極**，而其卑劣無恥也不是一般人想像得到的。
【義近】無以復加／爐火純青／出神入化／盡善盡美。
【義反】天外有天／山外有山／人外有人／強中自有強中手。

登徒子 ㄉㄥ ㄊㄨˊ ㄗˇ

【釋義】爲一虛構人物。登徒：複姓。子：男子的通稱。
【出處】戰國時楚國宋玉作登徒子好色賦，言登徒子之妻醜陋，而登徒子悅之，生有五子。
【用法】用以指稱好色者。
【例句】他眞是個**登徒子**，見了有點姿色的女人就色瞇瞇的，窮追不已。
【義近】好色之徒。
【義反】魯男子／柳下惠／正人君子。

登高自卑 ㄉㄥ ㄍㄠ ㄗˋ ㄅㄟ

【釋義】意謂登高山要從底下開始。卑：低下的位置。
【出處】禮記・中庸：「君子之道，辟(譬)如行遠必自邇，辟(譬)如登高必自卑。」
【用法】比喻做事要循序漸進，由淺入深。
【例句】**登高自卑**，學習任何事都要腳踏實地，先打好基礎，一步步前進，好高騖遠可是行不通的。
【義近】升高自下／陟遐自邇／萬丈高樓平地起／行遠自邇／按部就班／腳踏實地。
【義反】好高騖遠／一步登天／眼高手低。

登高望遠 ㄉㄥ ㄍㄠ ㄨㄤˋ ㄩㄢˇ

【釋義】登上高處，望得更遠。
【出處】鄭德輝・王粲登樓三折：「登高望遠，人人懷故國之悲。」

【用法】比喻高瞻遠矚。

【例句】重陽佳節，約三五好友**登高望遠**，實在是一件賞心悅目的事。

【義近】高瞻遠矚／欲窮千里目，更上一層樓。

【義反】井中視星／以管窺天。

登堂入室 ㄉㄥ ㄊㄤˊ ㄖㄨˋ ㄕˋ

【釋義】登上廳堂，深入內室。

【出處】漢書・藝文志・詩賦：「詩人之賦麗以則，辭人之賦麗以淫。如孔氏門人用賦也，則賈誼登堂，相如入室矣。」

【用法】喻學藝造詣精深。

【例句】他精研魔術多年，如今已達**登堂入室**的境界，任何人要在他面前耍弄伎倆，恐怕一眼便會被他看穿。

【義近】升堂入室／登峰造極／爐火純青。

【義反】末學膚受／淺嘗輒止。

登壇拜將 ㄉㄥ ㄊㄢˊ ㄅㄞˋ ㄐㄧㄤˋ

【釋義】壇：古代舉行祭祀、誓師等大典用的臺，多用土石等建成。拜：任命。

【出處】司馬遷・史記・淮陰侯列傳：「王必欲拜之，擇良日，齋戒，設壇場，具禮，乃可耳。」唐・楊炯・昭武校尉曹君神道碑：「登壇拜將，授鉞行師。」

【用法】比喻任命將帥以及其他主持工作的首腦人物。

【例句】近兩年來，俄國總理像走馬燈似的換來換去，現在又要換人了，看葉爾欽總統又選擇何時來**登壇拜將**吧！

【義近】分封諸侯。

白部

白刃可蹈 ㄅㄞˊ ㄖㄣˋ ㄎㄜˇ ㄉㄠˋ

【釋義】即使是鋒利的刀也可踩。白刃：鋒利的刀。蹈：踩踏。

【出處】禮記・中庸：「子曰：『天下國家可均也，爵祿可辭也，白刃可蹈也，中庸不可能也。』」

【用法】形容人爲了某種目的，敢於勇往直前，毫無所懼。

【例句】眞正的勇士，**白刃可蹈**，沒有任何艱險能阻擋他去爭取勝利。

【義近】敢上刀山／敢下火海／赴湯蹈火／不顧一切／死不足懼。

【義反】平途可畏／前怕狼後怕虎／畏首畏尾／畏懾不前。

白手成家 ㄅㄞˊ ㄕㄡˇ ㄔㄥˊ ㄐㄧㄚ

【釋義】白手：空手，指沒有根基。

【出處】馮夢龍・喻世明言卷一〇：「多少白手成家的，如今有屋住，有田種，不算沒根基了，只要自去掙持。」

【用法】喻指在沒有基礎或條件很差的情況下，創立起一番事業。

【例句】這位老華僑抗戰時隻身前往南洋，無依無靠，後來**白手成家**，現在已擁有上億美元的資產。

【義近】空手成家／赤手起家／平地樓臺／白手起家。

【義反】子承父業／克紹箕裘／席豐履厚／克家令子／封樹不保／敗家喪身。

白日見鬼 ㄅㄞˊ ㄖˋ ㄐㄧㄢˋ ㄍㄨㄟˇ

【釋義】鬼只有在夜間出現，大白天見鬼便顯得離奇。

【出處】陸游・老學庵筆記卷六：「白日見鬼。」吳承恩・西遊記二一回：「八戒道：『哥啊，我們連日造化低了。這兩日白日裏見鬼！』」

【用法】形容遇見離奇古怪或出乎意料的事物。也比喻無中生有，胡說八道。

【例句】我看你眞是**白日見鬼**！他老早就已離開人世，你怎麼可能在香港遇見他呢？

【義近】荒誕不經／荒誕無稽／胡言亂語／荒謬絕倫／怪誕無稽／光怪陸離。

【義反】不足爲奇／意料之中／千眞萬確／其來有自／言之有據／信而有徵。

白圭之玷 ㄅㄞˊ ㄍㄨㄟ ㄓ ㄉㄧㄢˋ

【釋義】白圭：白玉。玷：白玉上面的斑點。

【出處】詩經・大雅・抑：「白圭之玷，尚可磨也；斯言之玷，不可爲也。」

【用法】比喻人或物大體上很好，只是有些小毛病。

【例句】人無完人，金無足赤，哪有絕對完美的人？李小姐確實曾受人誘騙過，但與她高尚的人格、奇特的才華相比，那不過是**白圭之玷**。

【義近】白璧微瑕／大醇小疵／美中不足／瑕不掩瑜／蠅糞點玉。

【義反】白璧無瑕／完美無疵／十全十美／完美無瑕／完美無缺／盡善盡美。

白衣秀士 ㄅㄞˊ ㄧ ㄒㄧㄡˋ ㄕˋ

【釋義】白衣：古時候稱無官職的人。秀士：秀才，指讀書人。

【出處】馬致遠・岳陽樓二：「至如呂巖，當初是個白衣秀士，未遇書生，上朝求官，在邯鄲道王化店遇著鍾離師父，再三點化，纔得成仙了道。」

【用法】指沒有功名的讀書人。

【例句】村裏私塾的老師科舉屢

不中第，村中人都稱他**白衣秀士**，算是對他的一種尊敬。

白衣卿相

ㄅㄞˊ ㄧ ㄑㄧㄥ ㄒㄧㄤˋ

【釋義】白衣：平民。身為白衣之士，而有卿相之資。

【出處】五代・王定保・唐摭言・散序進士：「進士科始於隋大業中，盛於貞觀永徽之際，縉紳雖位極人臣，不由進士者，終不為美。以至歲貢常不減八九百人，其推重謂之『白衣公卿』。」

【用法】舊時對進士的敬稱。

【例句】古代平民躍升為**白衣卿相**的唯一途徑便是科舉考試，這就是為什麼這麼多士子熱中功名科考的原因。

【義近】一品白衫／白衣公卿。

白沙在涅，與之俱黑

ㄅㄞˊ ㄕㄚ ㄗㄞˋ ㄋㄧㄝˋ ㄩˇ ㄓ ㄐㄩˋ ㄏㄟ

【釋義】白沙混在污泥中，就會變成和污泥一樣的黑。

【出處】荀子・勸學：「蓬生麻中，不扶自直，白沙在涅，與之俱黑。」

【用法】用以形容人易受環境的影響。

【例句】**白沙在涅，與之俱黑**，所以我們不得不為孩子慎選理想的教育環境。

【義近】蓬生麻中，不扶自直／近朱者赤，近墨者黑。

【義反】出污泥而不染。

白屋寒門

ㄅㄞˊ ㄨ ㄏㄢˊ ㄇㄣˊ

【釋義】白屋：用白茅草蓋的屋子，泛指貧士的住屋。寒門：貧寒或微賤的家庭。

【出處】元・無名氏・誶范叔三折：「未亨通，遭窮困，身居在白屋寒門。」

【用法】形容出身貧窮。

【例句】這位小姐雖生長於**白屋寒門**，卻姿容豔麗，氣質高雅，相較於某些富貴豪門的小姐一點也不遜色。

【義近】出身寒門／蓬門篳戶／茅茨土階／蓬戶甕牖。

【義反】出身豪門／鐘鳴鼎食／朱門繡戶／雕闌玉砌／富貴人家／瓊樓玉宇。

白虹貫日

ㄅㄞˊ ㄏㄨㄥˊ ㄍㄨㄢˋ ㄖˋ

【釋義】白色長虹穿日而過。本為古人附會為君王遇害的天象異兆。

【出處】司馬遷・史記・鄒陽列傳：「昔者荊軻慕燕丹之義，白虹貫日，太子畏之。」

【用法】引申為精誠足以感動天地。

【例句】臺灣同胞數十年來胼手胝足，團結一致，其精誠所至，直可使**白虹貫日**，創造出傲人的經濟奇蹟。

【義近】精誠所至，金石為開／有志竟成。

白面書生

ㄅㄞˊ ㄇㄧㄢˋ ㄕㄨ ㄕㄥ

【釋義】意即少年文士。

【出處】宋書・沈慶之傳：「陛下今欲伐國，而與白面書生輩謀之，事何由濟！」

【用法】用以指稱年輕識淺，只懂得書本知識而缺乏實際閱歷經驗的讀書人。

【例句】「他少年科第出身，在京裏不過上了幾個條陳，就鬧紅了，放了這個缺。其實是一個**白面書生**，幹得了甚麼事！」（吳沃堯・二十年目睹之怪現狀二一回）

【義近】少不更事／少年不識愁滋味。

【義反】身經百戰／見多識廣。

白首北面

ㄅㄞˊ ㄕㄡˇ ㄅㄟˇ ㄇㄧㄢˋ

【釋義】白首：白髮，喻老年。北面：拜人為師。

【出處】文中子・立命：「夫子十五為人師焉。陳留王孝逸先達之傲者矣；然白首北面，豈以年乎？」

【用法】形容向人討教請益。

【例句】學問是永無止盡的，因此求學當有**白首北面**，活到老學到老的精神。

【義近】北面執經／執經問字／援疑質理／程門立雪。

白首同歸

ㄅㄞˊ ㄕㄡˇ ㄊㄨㄥˊ ㄍㄨㄟ

【釋義】白首：頭髮白，指年老。同歸：一同回歸，指死亡。

【出處】潘岳・金谷集作詩：「投分寄石友，白首同所歸。」劉義慶・世說新語・仇隙載：潘岳與石崇同時被害，潘說：「可謂白首同所歸。」

【用法】用以指年歲俱老而同時命終，或形容友誼堅貞，白首不渝。

【例句】我與他是莫逆之交，友好往來幾十年，但願將來能**白首同歸**，也算不枉相知一生了。

【義近】莫逆之交／同生死共存亡／一同歸西。

【義反】半路分手／分道揚鑣。

白首黃童

ㄅㄞˊ ㄕㄡˇ ㄏㄨㄤˊ ㄊㄨㄥˊ

【釋義】白首：指老人。黃童：指小孩。

【出處】韓愈・元和聖德詩：「白首黃童，躍躍歡呼。」

【用法】用以形容老人和小孩。

【例句】社會上最需要保護的族羣便是**白首黃童**，因為我們曾經當過兒童，將來也會變老，因此關心他們就是關心自己。

【義近】紅顏白髮／黃髮垂髫。

白首窮經

ㄅㄞˊ ㄕㄡˇ ㄑㄩㄥˊ ㄐㄧㄥ

【釋義】白首：頭髮花白，指老年。窮：極盡。

【出處】蘇轍・苑鎮侍讀太乙宮詔：「白首窮經之樂，尚可推以與人。」

【用法】比喻研究經書，到老了也不中斷。

【例句】古人研究學問，往往耗費其畢生之精力，**白首窮經**，因此他們的貢獻也是今人所不及的。

【義近】活到老，學到老。

白紙黑字

ㄅㄞˊ ㄓˇ ㄏㄟ ㄗˋ

【釋義】在白紙上留下了黑色的字。

【出處】元・鄭廷玉・冤家債主二折：「不要閑說，白紙上寫著黑字兒哩。若有反悔之人，罰寶鈔一千貫與不反悔之人使用。」

【用法】指留下了文字憑據，不容抵賴或悔改。

【例句】**白紙黑字**寫得明明白白，你怎能如此要賴呢？

【義近】有憑有據／立此存照／真憑實據／鐵證如山／鐵案如山／罪證確鑿。

【義反】口說無憑／無憑無據／不足為據／無中生有／向壁虛造／羅織構陷。

白雪難和

【釋義】白雪：是高難度的樂曲名。和：應和。
【出處】岑參．和祠部王員外雪後早朝即事詩：「聞道仙郎歌白雪，由來此曲和人稀。」
【用法】喻曲調太高妙，應和的人太少。
【例句】在熱鬧的夜市裏演奏交響樂，就不免**白雪難和**，引不起共鳴了。
【義近】曲高和寡／知音難遇。

白雲蒼狗

【釋義】白雲變成黑狗的形狀。蒼：黑色。
【出處】杜甫．可歎詩：「天上浮雲如白衣，斯須改變如蒼狗，古往今來共一時，人生萬事無不有。」
【用法】比喻世事變幻無常。
【例句】近幾年來，世界局勢的變遷實在太難捉摸，不禁使人有**白雲蒼狗**之歎。
【義近】滄海桑田／風雲莫測／白衣蒼狗／東海揚塵／高岸爲谷／深谷爲陵。
【義反】一成不變／風平浪靜／依然如故。

白駒過隙

【釋義】像少壯的馬在細細的縫前飛快地馳過。駒：少壯的馬。過：越過。隙：縫隙。
【出處】莊子．知北遊：「人生天地之間，若白駒之過郤（隙），忽然而已。」
【用法】比喻光陰流逝迅速，形容人生短暫。
【例句】光陰眞有如**白駒過隙**，一轉眼，一年又過去了。
【義近】歲月如流／光陰似箭／日月如梭／時光飛逝／日居月諸／月駛星馳／兔走烏飛／石火電光。
【義反】日光冉冉／羲和停馳／長繩繫日／以日爲年／漫漫人生路。

白髮紅顏

【釋義】頭髮雖白了，但臉色紅潤。
【出處】宣和畫譜．道釋四：徐知常「舊嘗有痼疾，遇異人得修煉之術，卻藥謝醫，以至引年，白髮紅顏，眞有所得。」
【用法】形容老年人容光煥發的樣子。
【例句】這位老先生已年過古稀，卻**白髮紅顏**，耳不聾，眼不花，連續兩年被評爲健康老人。
【義近】童顏鶴髮／松身鶴骨／老當益壯／老而彌堅。
【義反】頭童齒豁／未老先衰／暮氣沉沉／老態龍鍾／雞皮鶴髮／尸居餘氣。

白頭之歎

【釋義】白頭：頭髮白，意謂年老。
【出處】楊家將四七回：「他日毋以妾爲醜陋，使妾有白頭之歎可也。」
【用法】指年老時的哀傷歎息。
【例句】像他這樣吊兒郎當，不務正業，現在年輕時倒過得痛快，只恐怕今後難免會有**白頭之歎**！
【義近】白髮之歎／老大徒傷悲／老大無成空自嗟／白首無成。
【義反】少年有成／老當益壯／人老心不老／老驥伏櫪，志在千里。

白頭偕老

【釋義】偕：一起，一塊兒。一作「白頭到老」。
【出處】馮夢龍．醒世恆言．賣油郎獨佔花魁：「兩下志同道合……白頭到老。」沈復．浮生六記：「非如是，焉得白頭偕老哉！」
【用法】形容夫妻相親相愛，一直相伴到老。
【例句】今天是這對老夫妻的金婚之日，像他們這樣恩恩愛愛，**白頭偕老**，確實令人稱羨。
【義近】伉儷情深／百年好合／白頭相守／鶼鰈情深／百年偕老。
【義反】露水夫妻／文君新寡／停妻再娶／鏡破釵分／琵琶別抱／勞燕分飛／柴米夫妻。

白璧無瑕

【釋義】美玉潔淨無瑕。白璧：扁而圓，中心有孔的玉器。瑕：玉上的小斑點。一作「白玉無瑕」。
【出處】敦煌變文集．伍子胥變文：「彼見此物，美女輕盈，明珠照灼，黃金燦爛，白玉無瑕。」
【用法】比喻人或事物沒有缺點，十分地完好。
【例句】她是一個美麗活潑、**白璧無瑕**的少女，難怪有那麼多年輕男士圍著她轉了。
【義近】美玉無瑕／盡善盡美／十全十美／完美無缺。
【義反】疵瑕可見／醜惡不堪／無一可取／瑜不掩瑕。

白璧微瑕

【釋義】潔白的玉上有小斑點。
【出處】蕭統．陶淵明集序：「故更加搜求，粗爲區目，白璧微瑕者，惟在閒情一賦。」
【用法】比喻好的人或事物還有小缺點，即美中不足。多用來表示惋惜，有時帶有申辯之意。
【例句】不錯，他的確有些小毛病，但這只不過是**白璧微瑕**而已，無傷大雅的。
【義近】美中不足／瑕不掩瑜／白圭之玷／蠅糞點玉。
【義反】完美無缺／白璧無瑕／美玉無瑕／十全十美。

一畫

百口莫辯

【釋義】一百張嘴也沒有辦法辯白。百口：泛言其多。
【用法】用以說明誤會很深，無論怎樣費盡口舌，也無法辯解清楚。
【例句】當時我確實不在現場，你們硬要說我是這幫歹徒的共犯，我眞是**百口莫辯**了。
【義近】投進黃河洗不清／百口難分／有口難辯。
【義反】沉冤昭雪／眞相大白。

百子千孫

【釋義】百、千：皆言眾多。
【出處】詩經・大雅・思齊：「思媚周姜，京室之婦，大姒嗣徽音，則百斯男。」
【用法】比喻子孫繁多。
【例句】老太太年過九十，**百子千孫**多福壽，旁人都說她好福氣。
【義近】瓜瓞綿綿／螽斯衍慶／祚胤繁昌／蘭桂騰芳。
【義反】一男半女／孑然一身。

百川歸海

【釋義】所有的江河最後都流入大海。川：指江河。
【出處】淮南子・氾論訓：「百川異源，而皆歸于海。」左思・吳都賦：「百川派別，歸海而會。」
【用法】比喻人心所向，眾望所歸。也比喻許多分散的事物最後都匯集到同一個地方。
【例句】這篇文章先分舉例證，最後做一總結，正如**百川歸海**，結構甚佳。
【義近】百川會海／百川灌河／百川匯宗／百鳥朝鳳／眾望所歸／人心所向。
【義反】洪水橫流／各奔東西／眾叛親離／舟中敵國。

百不一遇

【釋義】一百次裏碰不上一次。
【出處】漢・荀悅・漢紀・哀帝紀：「若此之事，百不一遇。」
【用法】形容極其稀有。
【例句】像這樣的機會眞的是**百不一遇**，你一定要抓緊，千萬不可失掉啊！
【義近】千載難逢／千載一遇／百年不遇／千載一時／萬世一時／不可多得。
【義反】時逢時遇／家常便飯／司空見慣／屢見不鮮／數見不鮮。

百不失一

【釋義】一百次也不會失誤一次。指射箭或射擊的命中率很高。
【出處】漢・王充・論衡・須頌：「從門應庭，聽堂室之言，什而失九，如登堂窺室，百不失一。」
【用法】形容很有把握，絕不會出差錯。
【例句】你儘管放心吧，他做這樣的事已經好多年了，熟練得很，眞可謂是**百不失一**。
【義近】百無一失／萬無一失／百發百中／十拿九穩／百戰百勝／萬不失一。
【義反】十而失九／漏洞百出／百不中一／百不得一／成事不足，敗事有餘／一錯再錯／錯誤百出。

百不當一

【釋義】意謂一百個也抵不上一個。當：抵得上。
【出處】漢・荀悅・漢紀・文帝紀下：「短兵百不當一，兩陣相近，平地淺草，可前可後，此長戟之地也。」
【用法】形容人或物優異出眾。
【例句】這個人雖說在學術上的造詣並不深，但在教學上卻很有一套，深受學生歡迎，是個**百不當一**的優良教師。
【義近】一以當十／出類拔萃／超羣絕倫／鶴立雞羣／飛軒絕跡／超塵絕俗。
【義反】庸庸碌碌／一無所長／碌碌無能。

百孔千瘡

【釋義】一作「千瘡百孔」。孔：窟窿，小洞。
【出處】韓愈・與孟尙書書：「漢代以來，羣儒區區，修補百孔千瘡，隨亂隨失」。
【用法】形容漏洞、弊病很多，或破壞的程度嚴重。
【例句】這條馬路已被超載的卡車壓得**百孔千瘡**，來往的車輛務必要格外小心。
【義近】漏洞百出／瘡痍滿目／體無完膚／百弊叢生。
【義反】完美無缺／十全十美／天衣無縫／無懈可擊。

百尺竿頭，更進一步

【釋義】百尺竿頭：百尺高的竹竿子，指極高的境界。原爲佛教用語。一作「百丈竿頭」。
【出處】道原・景德傳燈錄卷十：「百尺竿頭須進步，十方世界現全身。」
【用法】比喻學問成就等達到很高程度後，還應繼續努力，進一步提昇。一般用作勉勵語。
【例句】每一位傑出的運動員都希望能**百尺竿頭，更進一步**，向人類體能的極限挑戰。
【義近】欲窮千里目，更上一層樓／再接再厲／精益求精。
【義反】不求進取／滿足現狀／功成懈志／功成德衰。

百犬吠聲

【釋義】一條狗叫，其他的狗聽到聲音後也跟著叫。百：泛言其多。吠：狗叫。
【出處】王符・潛夫論・賢難：「諺曰：『一犬吠形，百犬吠聲。』世之疾此，固久矣哉。」
【用法】比喻沒有主見，隨聲附和。
【例句】社會上常可見**百犬吠聲**的有趣景象：只要哪一個行業賺錢，立刻就有許多人一窩蜂地跟進。
【義近】人云亦云／亦步亦趨。
【義反】眞知灼見／別出心裁／獨樹一幟。

百世不易

【釋義】百世：百代，世世代代。易：改變。
【出處】漢・枚乘・上書諫吳王：「臣願王孰計而身行之，此百世不易之道也。」
【用法】指千載萬代永不改易。多就正確的學說、理論等而言。
【例句】國父孫中山先生所倡導的三民主義，是**百世不易**的偉大學說，我們應該認眞學習並發揚光大。
【義近】永世不易／不可移易／永世不移／千秋不易。
【義反】時移道易／時移勢遷／時移俗易／時過境遷／事過境遷。

百世不磨

【釋義】百世：百代，指時間久遠。磨：磨滅。

【出處】後漢書・南匈奴傳論：「千里之差，興自毫端。失得之源，百世不磨矣。」
【用法】用以說明名垂久遠，永不磨滅。
【例句】國父孫中山先生推翻帝制，建立民國，其美名與功業將**百世不磨**。
【義近】名垂千古／名垂後世／名垂竹帛／萬古流芳／萬古長青／流芳百世／永垂不朽／名垂青史。
【義反】曇花一現／過眼雲煙／煙消雲散／沒沒無聞／灰飛煙滅／遺臭萬年。

百世之利 ㄅㄞˇ ㄕˋ ㄓ ㄌㄧˋ

【釋義】百世：百代。百：泛言其多，非實數。
【出處】呂氏春秋・首時：「雍季之言，百世之利也。」
【用法】是指世世代代的長遠利益。
【例句】有人說修建三峽水庫乃**百世之利**，有人則認爲利少弊多，究竟誰是誰非，只有待今後的實情再做論斷了。
【義近】千年之利／利在千秋。
【義反】一時之利／功在當代／眼前之利／短視近利／一時之便／禍延子孫。

百世之師 ㄅㄞˇ ㄕˋ ㄓ ㄕ

【釋義】百世：猶言百代，歷時長久之意。師：師表。
【出處】孟子・盡心下：「聖人，百世之師也，伯夷、柳下惠是也。」
【用法】形容或讚譽足以爲後世師表的人。
【例句】儒家思想對我國的影響既深且遠，其領袖孔子實堪稱爲**百世之師**。
【義近】萬世師表／堪稱楷模。

百代過客 ㄅㄞˇ ㄉㄞˋ ㄍㄨㄛˋ ㄎㄜˋ

【釋義】過客：路過的客人。
【出處】李白・春夜宴桃李園序：「夫天地者，萬物之逆旅；光陰者，百代之過客。」
【用法】比喻人生短暫，也用來比喻光陰。
【例句】生命就如**百代過客**，稍縱即逝，因此我們應確立目標，把握時間，創造美好的人生。

百年大計 ㄅㄞˇ ㄋㄧㄢˊ ㄉㄚˋ ㄐㄧˋ

【釋義】百年：很多年，很長的時間，非實數。計：策略，計畫。大計：長遠的、重要的計畫。
【出處】梁啓超・論民族競爭之大勢：「數月之間，而其權力已深入鞏固，而百年大計於已定矣！」
【用法】指關係到長遠利益的計畫或措施。
【例句】教育是國家的**百年大計**，人民知識啓迪的開端，所以一定要特別重視，不可隨便、馬虎。
【義近】長遠之計／深謀遠慮／百年之計／百年大業／長久之計。
【義反】權宜之計／輕慮淺謀／應急之策／一時之計／緩兵之計／朝夕之策。

百年不遇 ㄅㄞˇ ㄋㄧㄢˊ ㄅㄨˋ ㄩˋ

【釋義】百年：泛指時間長久。遇：碰上，遇到。
【用法】形容非常罕見，很難遇到。
【例句】現在社會安定繁榮，是**百年不遇**的大好環境，有志者應充分把握，以成就一番事業。
【義近】千載難逢／千載一遇／千載一時。
【義反】屢見不鮮／司空見慣／習以爲常。

百年之好 ㄅㄞˇ ㄋㄧㄢˊ ㄓ ㄏㄠˇ

【釋義】意謂永久的好合。百年：泛言時間長久。
【出處】李汝珍・鏡花緣九四回：「忙了幾時，到了重陽吉期，小峰同紅蕖成了百年之好。」
【用法】指男女結爲夫婦。
【例句】張先生和李小姐拍拖了幾年，最近終於要結爲**百年之好**了，我們眞爲他們感到高興。
【義近】百年好合／永結同心／秦晉之好／共結連理／珠聯璧合／赤繩繫足。
【義反】中饋猶虛／小姑獨處／待字閨中／孤家寡人／孤身隻影／中饋失助。

百年樹人 ㄅㄞˇ ㄋㄧㄢˊ ㄕㄨˋ ㄖㄣˊ

【釋義】百年：指時間長遠。樹人：培植人才。
【出處】管子・權修：「一年之計，莫如樹穀；十年之計，莫如樹木；終身之計，莫如樹人。」
【用法】形容教育工作的重要性和影響深遠。
【例句】十年樹木，**百年樹人**，教育工作的成敗關係著國家的興衰存亡，絕對不可等閒視之。
【義近】任重道遠。

百舌之聲 ㄅㄞˇ ㄕㄜˊ ㄓ ㄕㄥ

【釋義】百舌：鳥名，黃嘴黑身，善鳴，聲音多變化。
【出處】准南子・說山訓：「人有多言者，猶百舌之聲；人有少言者，猶不脂之戶也。」
【用法】用以比喻人愛亂說話，多嘴饒舌。
【例句】她總是東家長西家短的說個不停，沒一個人不討厭她那**百舌之聲**的。
【義近】巧舌如簧／貧嘴賤舌／輕嘴薄舌／油嘴滑舌／鹹嘴淡舌／貧嘴惡舌。
【義反】寡言少語／剛毅木訥／不論人過／不道是非／言中意肯／言語溫和。

百折不撓 ㄅㄞˇ ㄓㄜˊ ㄅㄨˋ ㄋㄠˊ

【釋義】不管經受多少挫折，決不屈服。折：挫折。撓：彎曲。
【出處】蔡邕・太尉橋公廟碑：「有百折而不撓，臨大節而不可奪之風。」
【用法】形容人意志堅強、剛毅，決不屈服。
【例句】想攀登世界第一高峰，須要有堅定不移的決心、**百折不撓**的毅力，才能克服攀爬途中的種種困難。
【義近】堅韌不拔／不屈不撓／百折不回／再接再厲。
【義反】知難而退／打退堂鼓／半途而廢／一蹶不振／喪志沉淪／畏首畏尾。

百步穿楊 ㄅㄞˇ ㄅㄨˋ ㄔㄨㄢ ㄧㄤˊ

【釋義】能射穿一百步遠的某一片楊柳的葉子。
【出處】司馬遷・史記・周紀：「楚有養由基者，善射者也，去柳葉百步而射之，百發而百中之。」
【用法】形容射箭或射擊技術非常高超。
【例句】他的射箭技術相當高明，確實有**百步穿楊**的本領。
【義近】百發百中／箭無虛發／一發中的。
【義反】百發中一。

百步無輕擔 ㄅㄞˇ ㄅㄨˋ ㄨˊ ㄑㄧㄥ ㄉㄢˋ

【釋義】意謂走長路，再輕的擔子也不會感到輕鬆。百步：指長路。
【出處】明・張景・飛丸記・交投設械：「早起跑到日頭晏，方知百步無輕擔。」
【用法】用以說明無論做什麼事都要量力而行，看來輕鬆的事，若要長期堅持下去也不容易。
【例句】**百步無輕擔**，這項任務你能否承擔下來，務必要考慮清楚，到時候如果無法完成，可是要追究責任的。
【義近】遠路無輕擔。

百足之蟲，死而不僵 ㄅㄞˇ ㄗㄨˊ ㄓ ㄔㄨㄥˊ ㄙˇ ㄦˊ ㄅㄨˋ ㄐㄧㄤ

【釋義】百足：毒蟲名，又名「蜈蚣」，腹部赤褐色，背部暗黑色，有足二十對。僵：僵硬。
【出處】曹元首・六代論：「故語曰：百足之蟲，至死不僵，扶之者眾也。」
【用法】形容權勢大、財富多的人，雖日漸衰微，但餘力尚在，仍非一般人可比。
【例句】古人有言**百足之蟲，死而不僵**。如今雖說不似先年那樣興盛，較之平常仕宦人家，到底氣象不同。（曹雪芹・紅樓夢二回）
【義反】如日天中。

百依百順 ㄅㄞˇ ㄧ ㄅㄞˇ ㄕㄨㄣˋ

【釋義】依、順：均為順從意。百：在此含一切、所有意。
【出處】凌濛初・初刻拍案驚奇：「做爺娘的百依百順，沒一事違拗了他。」
【用法】形容凡事順從別人。
【例句】他在上司面前，向來都是**百依百順**，從不敢違抗。
【義近】百依百隨／百順千隨／言聽計從／唯命是從／俯首帖耳。
【義反】桀驁不馴／傲視一切／剛愎自用／我行我素。

百念俱灰 ㄅㄞˇ ㄋㄧㄢˋ ㄐㄩˋ ㄏㄨㄟ

【釋義】所有的想法和打算都破滅了。俱：都。灰：消沉，破滅。一作「百念皆灰」。
【出處】魏秀仁・花月痕三八回：「我與你總是無緣，故此枝枝節節，生出許多變故，我如今百念皆灰，只求歸見老母。」
【用法】形容極端灰心失望，對一切都失去了興趣。
【例句】她自從丈夫去世後，**百念俱灰**，人也日漸消瘦，真令人擔心。
【義近】萬念俱灰／灰心喪氣／心灰意懶／意志消沉／萎靡不振／槁木死灰。
【義反】重振旗鼓／精神飽滿／奮戰不息／鬥志昂揚。

百舍重繭 ㄅㄞˇ ㄕㄜˋ ㄔㄨㄥˊ ㄐㄧㄢˇ

【釋義】百舍：旅宿百夜，宿一夜為一舍。重繭：腳底的老皮上又長了新繭。繭：手腳因久受摩擦而生的硬皮。
【出處】戰國策・宋策：「公輸般為楚設機，將以攻宋，墨子聞之，百舍重繭，往見公輸般。」
【用法】形容長途奔走，十分辛勞。
【例句】古代交通極不發達，出遠門動輒就**百舍重繭**，且沿途又不安全，所以常令家人十分擔心。
【義近】風塵僕僕／曉行夜宿／櫛風沐雨／鞍馬勞頓／餐風宿露／披星戴月。
【義反】優遊自在／優哉游哉／養尊處優／偃息在牀／安享清福。

百花齊放 ㄅㄞˇ ㄏㄨㄚ ㄑㄧˊ ㄈㄤˋ

【釋義】意謂成百種花一齊盛開，萬紫千紅，姿態各異。
【出處】隋唐演義二八回：「陛下要不寂寞，有何難哉！妾等今夜虔禱天宮，管取明早百花齊放。」
【用法】現常用以比喻文藝界或社會上的一切繁榮景象，也指各行各業獲得蓬勃的自由發展。
【例句】走在臺北的大街上，各行各業的產品繁多，有如**百花齊放**，呈現出一片欣欣向榮的景象。
【義近】百花爭豔／萬紫千紅／奼紫嫣紅／春色滿園／花團錦簇／百家爭鳴。
【義反】秋風蕭瑟／風刀霜劍／冰天雪地／淒風苦雨／百花凋殘／繁花落盡。

百思不解 ㄅㄞˇ ㄙ ㄅㄨˋ ㄐㄧㄝˇ

【釋義】百思：反覆思考。思：思索。不解：一作「莫解」。
【出處】清・無名氏・葛仙翁全傳：「百思不解，五夜躊躕，故乘隙邀君一面，以決中疑。」
【用法】說明無論怎樣想也不能理解。
【例句】我和他向來情同手足，近來他突然不理睬我，實在令人**百思不解**。
【義近】百思莫得其故／大惑不解／難明究竟。
【義反】一望而知／恍然大悟／豁然貫通／如夢方醒／茅塞頓開。

百家爭鳴 ㄅㄞˇ ㄐㄧㄚ ㄓㄥ ㄇㄧㄥˊ

【釋義】原指戰國時期各種思想流派紛紛著書講學的繁榮景像。百家：指學術上的各種派別。
【出處】漢書・藝文志載：凡諸子百八十九家，「蜂出並作，各引一端，崇其所善，以此馳說，取合諸侯。」
【用法】比喻學術上不同派別的自由爭論。
【例句】春秋戰國時代，各種學術流派雜然並陳，**百家爭鳴**，是我國學術思想史上一個輝煌的時期。
【義近】百花齊放。
【義反】萬馬齊喑／一支獨秀。

百無一用

【釋義】意謂百樣當中沒一樣有用的。
【出處】清・黃景仁・雜感詩：「十有九人堪白眼，百無一用是書生。」
【用法】形容一點用處也沒有。
【例句】這種人文不能文，武不能武，**百無一用**，你把他安排在公司裏，到底有什麼用處？
【義近】一無所用／一無長物／碌碌無能／一無是處。
【義反】能工巧匠／精明能幹／樣樣精通／精明幹練。

百無聊賴

【釋義】聊賴：依賴，寄託。
【出處】焦延壽・易林：「身無寥賴，困窮乏糧。」梁啓超・讀陸放翁詩：「百無聊賴以詩鳴。」
【用法】形容精神上無所寄託，感到什麼都沒意思。
【例句】上個禮拜天我都待在家裏沒出門，無所事事地，眞是**百無聊賴**。
【義近】無所事事／無所寄託／無以自遣。
【義反】興致勃勃／興會淋漓／精神振奮。

百無禁忌

【釋義】禁忌：犯忌諱的話和行動。
【出處】李綠園・歧路燈六一回：「若是遇見個正經朋友，山向利與不利，穴口開與不開，選擇日子，便周章的百無禁忌。」
【用法】用以表示什麼都不忌諱或什麼忌諱也沒有。
【例句】在我們家眞的是**百無禁忌**，什麼話都可以說，什麼事都可以做，大家就盡興的玩吧！
【義近】一無禁忌／無一禁忌／不拘形跡／大而化之／不拘小節。
【義反】清規戒律／一本正經／繁文縟節／投鼠忌器。

百發百中

【釋義】射一百次，一百次都射中目標。發：射。
【出處】司馬遷・史記・周紀：「楚有養由基者，善射者也，去柳葉百步而射之，百發而百中之。」
【用法】形容射箭或射槍非常準確。也比喻料事有充分把握，從不落空（此意爲「百步穿楊」所無）。
【例句】①他是個**百發百中**的神槍手。②這回又讓你給說中了。你眞有料事如神、**百發百中**的本領啊！
【義近】百步穿楊／彈無虛發／萬無一失／料事如神／十拿九穩。
【義反】百不中一／十而失九。

百感交集

【釋義】各種感觸交織在一起。百：形容多。感：感觸，感想。交：一齊，交織。
【出處】江淹・別賦：「是以行子腸斷，百感悽惻。」陳亮・祭喩夏卿文：「百感交集，微我有咎。」
【用法】形容感觸很多，心情複雜。
【例句】她緊緊摟住久別重逢的女兒，**百感交集**地哭了起來。
【義近】百端交集／百感叢生／悲喜交集／百慮攢心。
【義反】麻木不仁／萬念俱灰／心如木石／無動於衷。

百歲之後

【釋義】意即死後。因人的壽命大多不過百歲，故稱。
【出處】詩經・唐風・葛生：「夏之日，冬之夜。百歲之後，歸于其居。」
【用法】用以婉言人死之後。
【例句】你現在還健在，這些兒女就已經不把我這後母放在眼裏，倘若你**百歲之後**，他們不把我趕出家門才怪！
【義近】千秋之後／百年之後／宮車晏駕／山頹木壞。
【義反】健在人世／血氣方剛／年輕力壯／年富力強／春秋鼎盛／正當茂齡。

百萬買宅，千萬買鄰

【釋義】用一百萬買住宅，用一千萬買鄰居。
【出處】南史・呂僧珍傳：「一百萬買宅，千萬買鄰。」辛棄疾・新居上梁文：「百萬買宅，千萬買鄰，人生孰若，安居之樂？」
【用法】用以說明好鄰居之可貴和難得。
【例句】**百萬買宅，千萬買鄰**，確有道理。以前我們家深爲惡鄰所困擾，因此這次換新房，首先考慮的就是選擇好鄰居。
【義近】擇鄰而居／遠親不如近鄰／里仁爲美。

百萬雄師

【釋義】百萬：極言人數之多。雄師：雄兵，強而有力的軍隊。
【出處】宋・張載・慶州大順城記：「百萬雄師，莫可以前。」
【用法】指人數眾多、威武雄壯的軍隊。
【例句】九一一恐怖事件後，美國的**百萬雄師**指向阿富汗，要他們交出接受其庇護、潛藏在境內的恐怖主義頭子賓拉登。
【義近】雄兵百萬／百萬大軍／千軍萬馬／十萬貔貅／十萬貔虎。
【義反】殘兵敗將／散兵游勇／蝦兵蟹將／兵微將寡／單槍匹馬／老弱殘兵。

百裏挑一

【釋義】意謂在一百個當中才能挑出一個。
【出處】曹雪芹・紅樓夢一二〇回：「姑爺年紀略大幾歲，並沒有娶過的，況且人物兒長的是百裏挑一的。」
【用法】形容極爲優秀、難得的人或物。
【例句】我所介紹的這位小姐，不論在人品、才貌各方面都是**百裏挑一**的，與令公子眞可說是天生一對！
【義近】數一數二／難能可貴／秀出班行／千挑萬選／昆山片玉／出類拔萃／絕無僅有／獨一無二／一時之選。

【義反】比比皆是／俯拾即是／常鱗凡介／凡夫俗子／朽木糞土／不知凡幾。

百福俱臻

【釋義】百福：極言福之多。俱：都，一齊。臻：至。
【出處】舊唐書・李藩傳：「伏望陛下每以漢文孔子之意爲準，則百福俱臻。」
【用法】用以形容各種福運一齊來到。
【例句】雷老太太一生廣濟博施，老來**百福俱臻**，人丁興旺、財源滾滾自不必說，更可喜的是兒孫們個個出人頭地，事業有成，對雷老太太也極盡孝心。
【義近】福運雙至／吉祥止止／洪福齊天／福與天齊／雙喜臨門／千祥雲集。
【義反】禍不單行／雪上加霜／屋漏偏逢連夜雨。

百端待舉

【釋義】端：事情，項目。舉：做，興辦。
【用法】用以說明有很多被擱置的事情等著要興辦。
【例句】政府遷台之初，**百端待舉**，經過四十年來的努力建設，終於有了今日的規模。
【義近】百廢待舉／百廢待興。
【義反】百廢俱舉／百廢俱興。

百聞不如一見

【釋義】聽到人家說百次，不如親眼見一次。百：形容多。
【出處】漢書・趙充國傳：「百聞不如一見，兵難隃度，臣願馳至金城，圖上方略。」
【用法】說明親眼所見確實可靠，或者印象更深刻。
【例句】**百聞不如一見**，這次到大陸旅遊，才眞正體會到我國疆土之遼闊。
【義近】眼見爲實，耳聽爲虛。
【義反】貴耳賤目／以耳爲目。

百廢俱興

【釋義】所有被廢置的事都興辦起來。廢：被廢置的事情。俱：都。
【出處】范仲淹・岳陽樓記：「越明年，政通人和，百廢具（俱）興。」
【用法】形容事業恢復和發展的興旺景象。
【例句】王市長盡心公事，在其任內**百廢俱興**，市民稱頌不已。
【義近】興滅繼絕／百廢俱舉／百廢興旺／庶績咸熙。
【義反】百廢待興／百業凋零／百業蕭條／一無建樹／百弊叢生。

百戰不殆

【釋義】打仗上百次都不失敗。殆：危險，引申爲失敗。
【出處】孫子・謀攻：「知彼知己者，百戰不殆。不知彼而知己，一勝一負。不知彼不知己，每戰必殆。」
【用法】形容每戰必勝，從不打敗仗。
【例句】**百戰不殆**只是一種理想，事實上既沒有常勝將軍，也沒有不失敗的戰爭，能勝多敗少也就很不錯了。
【義近】百戰百勝／戰無不勝／戰則必勝／攻無不克／所向披靡／無堅不摧。
【義反】屢戰屢敗／棄甲曳兵／損兵折將／一觸即潰／無戰不敗／三戰三北／望風披靡／不堪一擊。

百戰百勝

【釋義】戰一百次勝一百次。百：形容其多。
【出處】鄧析子・無厚：「廟算千里，帷幄之奇；百戰百勝，黃帝之師。」
【用法】形容所向無敵，每戰必勝。
【例句】世界上並沒有常勝將軍，所謂的**百戰百勝**，實際上是不存在的。
【義近】無戰不勝／無攻不克／百戰不殆。
【義反】屢戰屢敗／無戰不敗／三戰三北／一敗塗地。

百舉百捷

【釋義】意謂做一百件事，成功一百件。舉：舉辦，做事。
【出處】三國志・吳書・周魴傳：「魴生在江、淮，長於時事，見其便利，百舉百捷，時不再來，敢布腹心。」
【用法】形容做事有充分的成功把握。
【例句】不是我吹牛，這些事如果讓我去做，保證**百舉百捷**，不信我可以立下軍令狀！
【義近】百舉百全／百不失一／萬無一失／百戰百勝／穩操勝算／十拿九穩。
【義反】錯誤百出／一錯再錯／百不得一／百不中一／漏洞百出。

百鍊成鋼

【釋義】經過反覆錘鍊而成鋼。百：形容多。
【出處】應邵・漢宮儀：「今取堅鋼百煉而不耗。」
【用法】比喻經過長期多次的鍛鍊，變得堅強。
【例句】青年人只有在艱難的環境中打拚，才能**百鍊成鋼**。
【義近】精金百鍊。

百鍛千鍊

【釋義】意謂反覆錘鍊。百、千：言其次數之多。鍛鍊：鍛造、冶鍊，這裏是錘鍊、提鍊的意思。
【出處】唐・皮日休・劉棗強碑：「百鍛爲字，千鍊成句，雖不追躅太白，亦後來之佳作也。」
【用法】比喻文字經過再三推敲，從而達到十分準確精鍊的程度。
【例句】文章要寫得精練，唯一的辦法就是要肯下苦工，**百鍛千鍊**，盡量將可有可無的冗詞贅字刪去。
【義近】千錘百鍊／雕肝琢腎／雕章鏤句／字斟句酌／反覆推敲。
【義反】粗製濫造／率爾爲文／煩言碎辭／冗詞贅句／率爾操觚／草率成篇。

百獸率舞

【釋義】意謂眾獸受音樂感動而相率起舞。
【出處】尙書・舜典：「於予擊石拊石，百獸率舞。」
【用法】比喻天下昇平。
【例句】「世續退後，大禮告成，伺候各官，循例三呼，國

樂之外，雜以軍樂，彷彿有鳳凰來儀、**百獸率舞**景象。」（民國通俗演義三四回）
【義近】堯天舜日／地上天宮／國泰民安／河清海晏／天下太平／太平盛世。
【義反】兵荒馬亂／滄海橫流／兵連禍結／烽火連天／暗無天日／旱潦兵燹。

百讀不厭

【釋義】讀過一百遍也不感到厭倦。百：形容多。厭：厭倦，滿足。
【出處】蘇軾・送安惇秀才失解西歸詩：「舊書不厭百回讀，熟讀深思子自知。」
【用法】極言作品之優美。
【例句】《三國演義》這部小說，不僅人物形象鮮明，情節曲折，而且能給人以智慧，確實**百讀不厭**。
【義近】韻味無窮／饒有情趣。
【義反】索然無味／味同嚼蠟／了無情趣。

四畫

皆大歡喜

【釋義】大家都高興。皆：都。
【出處】法華經・普賢菩薩勸發品：「佛說是經時……一切大會，皆大歡喜。」
【用法】形容人人得其所欲，無不滿意。
【例句】沒有一個政策可以做到**皆大歡喜**，總是無法滿足所有人的需求。
【義近】面面俱到。
【義反】怨聲載道。

皇天后土

【釋義】皇天：即天。后土：即地。一作「后土皇天」。
【出處】尚書・武成：「告於皇天后土，所過名山大川。」李密・陳情表：「皇天后土，實所共鑒。」
【用法】用以指稱天地的神靈。
【例句】我這番話完全出自內心，**皇天后土**，實所共鑒，若有反悔，雷殛火焚！
【義近】天神地祇／天地神靈。

皇親國戚

【釋義】皇：皇帝。國：朝廷。
【出處】元・無名氏・謝金吾三折：「刀斧手且住者，不知是哪個皇親國戚來了也，等他過去了才好殺人哪！」
【用法】指皇族或皇帝的親戚，今泛指擁有很大權勢的人。
【例句】這個冤案我一定要翻，就是**皇親國戚**來了也壓服不了我！
【義近】王公貴戚／權貴勢要／皇子王孫。
【義反】平民百姓／黎民百姓。

七畫

皓月千里

【釋義】皓月：明月。皓：潔白，明亮。
【出處】范仲淹・岳陽樓記：「長煙一空，皓月千里。」
【用法】意指明月高掛，照耀千里。
【例句】每逢月圓之際，長空澄靜，**皓月千里**，徜徉其中，心中有說不出的暢快。
【義近】明月當空／皓月當空。
【義反】月黑風高。

皓首蒼顏

【釋義】雪白的頭髮，灰暗的面容。
【出處】明・無名氏・午時牌一折：「想當初太公垂釣，伊尹耕鋤，垂釣的皓首蒼顏安社稷，耕鋤的盡心竭力定寰區。」
【用法】形容老年人的面貌。
【例句】你我近五十年不見，想當初我們是何等英姿煥發，而現在卻都已**皓首蒼顏**，頹然老矣！
【義近】皓髮龐眉／白髮蒼顏／雞皮鶴髮／白髮蒼蒼／老態龍鍾／垂垂老矣／頭童齒豁／蓬頭歷齒。
【義反】黑首紅顏／脣紅齒白／髮黑膚潤。

皮部

皮之不存，毛將焉附

【釋義】皮都沒有了，毛還能依附在哪裏。焉：何。附：依附。原以皮喻事之大者，毛喻事之次者。
【出處】左傳・僖公一四年：「虢射曰：『皮之不存，毛將安傅？』」安：何。傅：同「附」。
【用法】比喻事物失去了存在的基礎，就無所著落。
【例句】古人說：「**皮之不存，毛將焉附**。」國家與個人的關係亦是如此，所以我們應時刻關心國家的進步富強。
【義近】唇亡則齒寒／覆巢之下無完卵。

皮相之士

【釋義】指外表還可以，但內在卻不行的人。皮相：表面。
【出處】韓詩外傳卷一〇：「延陵季子知其為賢者，請問姓字。牧者曰：『子乃皮相之士也，何足語姓字哉！』」
【用法】用以指知識淺薄的人。
【例句】初次見到那位先生，深為他的堂堂儀表所吸引，不料一接觸交談，便發覺他不過是個**皮相之士**罷了。

【義近】肉眼愚眉／目光短淺／鼠目寸光／目光如豆。

【義反】明見萬里／洞見癥結／火眼金睛／高瞻遠矚／深謀遠慮／目光如炬。

皮笑肉不笑（ㄆㄧˊ ㄒㄧㄠˋ ㄖㄡˋ ㄅㄨˋ ㄒㄧㄠˋ）

【釋義】意謂外表佯露笑容，內心卻另懷主意。

【出處】巴金·秋一九：「王氏看見陳姨太的粉臉上皮笑肉不笑的神情，知道陳姨太在挖苦她。」

【用法】形容表裏不一，心懷惡意的神貌。

【例句】看他那副**皮笑肉不笑**的樣子，就令人望而生畏！我敢肯定他又在打什麼壞主意，我們可得小心點才好。

【義近】心懷鬼胎／明是一盆火，暗是一把刀／笑裏藏刀／口蜜腹劍／居心叵測。

【義反】心口如一／表裏一致／拳頭上立得人，胳膊上走得馬／表裏如一。

皮開肉綻（ㄆㄧˊ ㄎㄞ ㄖㄡˋ ㄓㄢˋ）

【釋義】皮肉都裂開了。綻：裂開。

【出處】京本通俗小說·菩薩蠻：「左右將可常拖倒，打得皮開肉綻，鮮血迸流。」

【用法】形容傷勢慘重。多指受殘酷拷打。

【例句】女革命家秋瑾忍受著**皮開肉綻**的苦刑，始終不願出賣其他同志。

【義近】體無完膚／遍體鱗傷／傷痕累累。

【義反】體膚完好／身無傷痕／皮毛輕傷。

皮裏陽秋（ㄆㄧˊ ㄌㄧˇ ㄧㄤˊ ㄑㄧㄡ）

【釋義】皮裏：指內心。陽秋：原作「春秋」，晉時避諱改「春」爲「陽」。春秋一書，隱含褒貶。

【出處】晉書·褚裒傳：「譙國桓彝見而目之曰：『季野（裒）有皮裏陽秋。』」

【用法】指人表面不作評論，內心有所褒貶。

【例句】你不要看他寡言少語，遇事不吭氣，實際上他是**皮裏陽秋**，對人對事都有他獨自的看法。

【義近】心中有數／是非在心／心如明鏡／皮裏春秋。

【義反】不明事理／不知起倒／心無是非。

皮膚之見（ㄆㄧˊ ㄈㄨ ㄓ ㄐㄧㄢˋ）

【釋義】意即表面之見。皮膚：表面。

【出處】宋·阮逸·文中子序：「或謂執文昧理以模範論語爲病，此皮膚之見，非心解也。」

【用法】指膚淺的見識。

【例句】他今天就當前政治所發表的談話，純屬**皮膚之見**，毫無任何價值可言。

【義近】皮相之見／皮相之談／區聞陬見／芻蕘之見／一孔之見／凡俗之見／井蛙之見／拘墟之見。

【義反】深邃之見／卓越之見／遠見卓識／眞知灼見／高瞻遠矚。

皿部

三—四畫

盂方水方（ㄩˊ ㄈㄤ ㄕㄨㄟˇ ㄈㄤ）

【釋義】盂：盛湯或食物的器具。指水因容器形狀而成形。

【出處】荀子·君道：「君者槃也，槃圓而水圓；君者盂也，盂方而水方。」

【用法】喻上面的人怎麼做，下面的人就跟著仿效。

【例句】爲政者應以身作則，引導子民向善，因爲**盂方水方**，人民常以君王的行爲爲準則，故不可不愼。

【義近】上行下效／上好下甚／風行草偃／草偃風從。

【義反】作亂犯上。

盈千纍萬（ㄧㄥˊ ㄑㄧㄢ ㄌㄟˇ ㄨㄢˋ）

【釋義】盈：充滿。纍：連綴。

【出處】後漢書通俗演義五十九回：「靈帝見逐日得錢，盈千纍萬，自然喜歡。」

【用法】極言數目之多。

【例句】銀河系中有**盈千纍萬**的星球，而地球只不過是其中的一顆。

【義近】不可勝數／成千上萬／恆河沙數。

【義反】屈指可數／寥若晨星／箋箋之數。

盈尺之地（ㄧㄥˊ ㄔˇ ㄓ ㄉㄧˋ）

【釋義】形容一尺大的地方。盈：滿。

【出處】唐·李白·與韓荊州書：「而君侯何惜階前盈尺之地，不使白揚眉吐氣，激昂青雲耶！」

【用法】指很小的一塊地方。

【例句】我連塊**盈尺之地**都沒有，到哪兒去蓋房子？再說也沒有錢呀！

【義近】彈丸之地／容身之地／立足之地／立錐之地／蕞爾之地。

【義反】沃野千里／良田萬頃／土地廣袤／曠野千里／地大無邊／一望無垠。

盈盈一水（ㄧㄥˊ ㄧㄥˊ ㄧ ㄕㄨㄟˇ）

【釋義】盈盈：形容水淸而淺的樣子。

【出處】古詩十九首·迢迢牽牛星：「盈盈一水間，脈脈不得語。」

【用法】指彼此相隔並不遠，卻可望而不可及。

【例句】他倆情投意合，但由於雙方家長極力反對，弄得**盈盈一水**，徒然悵望歎息。

【義近】一水之隔／咫尺千里／

咫尺天涯。
【義反】天涯若比鄰／萬里階前／千里共嬋娟／千里相會。

盈盈在目 ㄧㄥˊ ㄧㄥˊ ㄗㄞˋ ㄇㄨˋ

【釋義】盈盈：美好。
【出處】清・俞樾・右臺仙館筆記・楚士呂鳳梧：「楚士呂鳳梧遊於姑蘇，於舟中見一女子，美而豔，來橈去楫，一瞬即過，然思之盈盈在目也。」
【用法】形容美好的樣子如在眼前。
【例句】她從睡夢中醒來，不停地呼喚著已失散多年的女兒，弄得丈夫莫名其妙，她才說出剛才夢見女兒回來了，現在想來依然**盈盈在目**。
【義近】歷歷在目／憬然赴目／如影歷歷／昭昭在目／歷歷如繪／記憶猶新。
【義反】模模糊糊／影影綽綽／霧裏看花／若隱若現。

盈盈秋水 ㄧㄥˊ ㄧㄥˊ ㄑㄧㄡ ㄕㄨㄟˇ

【釋義】盈盈：滿溢的樣子。秋水：秋天的水清澈，故用以比喻清澈的眼波。
【出處】明・張鳳翼・紅拂記・華夷一統：「一般情況，幾回斷腸，只落得盈盈秋水淚汪汪。」
【用法】形容女子含著淚水悲傷的眼神。
【例句】那位女士坐在海邊哭了好一會，接著便向無邊的大海眺望，**盈盈秋水**裏深藏著對丈夫的刻骨相思。
【義近】梨花帶淚／盈盈熱淚。
【義反】巧笑倩兮／顧盼生姿。

盈科後進 ㄧㄥˊ ㄎㄜ ㄏㄡˋ ㄐㄧㄣˋ

【釋義】科：坑洞，指低窪處。河水流滿低窪的地方，而後繼續前進。
【出處】孟子・離婁下：「原泉混混，不舍晝夜，盈科而後進，放乎四海。」
【用法】比喻依序而行，漸進不已。
【例句】學習要下紮實的工夫，**盈科後進**，才有可能將學問做好。
【義近】按部就班／循序漸進。
【義反】一步登天／一蹴可幾。

盈滿之咎 ㄧㄥˊ ㄇㄢˇ ㄓ ㄐㄧㄡˋ

【釋義】盈滿：至滿。盈：滿。咎：凶，禍患。
【出處】後漢書・折象傳：「吾門戶殖財日久，盈滿之咎，道家所忌。」
【用法】用以說明財富充盈會招致禍害。
【例句】這位財主平日一毛不拔，既捨不得吃，又捨不得穿，積攢得金銀滿箱，不料昨晚卻遭人謀財害命，足以見證了**盈滿之咎**，實非虛言。
【義近】盈餘之患／盈滿之災／象齒焚身。
【義反】富可通神／有錢能使鬼推磨／錢可通神／錢可使鬼／金錢萬能。

五—六畫

益上損下 ㄧˋ ㄕㄤˋ ㄙㄨㄣˇ ㄒㄧㄚˋ

【釋義】意謂使上面得益，使下面受損。
【出處】清史稿・世祖本紀：「厚己薄人，益上損下，是朕之罪一也。」
【用法】現多用以說明制定的政策不當，有損民眾的利益。
【例句】近幾年東南亞有些國家之所以政治動蕩，其重要原因之一就是該國政府多年來採取了**益上損下**的政策，致使貧富懸殊日益擴大。
【義近】益富損貧／助強凌弱。
【義反】鋤強扶弱／濟弱扶傾／扶危濟困／扶弱抑強／拯危扶溺／劫富濟貧。

盛不忘衰 ㄕㄥˋ ㄅㄨˋ ㄨㄤˋ ㄕㄨㄞ

【釋義】興盛時不要忘記衰敗的時候。
【出處】漢書・匈奴傳：「及孝元時，議罷守塞之備，侯應以為不可，可謂盛不忘衰，安必思危，遠見識微之明矣。」
【用法】形容能深謀遠慮，安不忘危。
【例句】幸虧我太太有**盛不忘衰**的深慮，在我們家境好時悄悄積攢了一筆錢財，要不現在落難了，一家人還不知如何是好呢！
【義近】盛必慮衰／安必思危／居安思危／樂不忘憂／防微杜漸／未雨綢繆。
【義反】今朝有酒今日醉／人無遠慮必有近憂／居安忘危／燕雀處堂／得過且過／逸豫亡身。

盛名之下，其實難副 ㄕㄥˋ ㄇㄧㄥˊ ㄓ ㄒㄧㄚˋ ㄑㄧˊ ㄕˊ ㄋㄢˊ ㄈㄨˋ

【釋義】盛名：很大的名聲。實：實際，事實。副：符合。又簡作「盛名難副」。
【出處】後漢書・黃瓊傳：「陽春之曲，和者必寡；盛名之下，其實難副。」
【用法】指名聲常常可能大於實際。多用以表示謙虛或自我警戒。
【例句】我們的產品雖已暢銷中外，但決不可夜郎自大，故步自封，要知道**盛名之下，其實難副**啊！
【義近】有名無實／名不副實／徒有虛名／聲聞過情。
【義反】實至名歸／名副其實／名不虛傳。

盛氣凌人 ㄕㄥˋ ㄑㄧˋ ㄌㄧㄥˊ ㄖㄣˊ

【釋義】以驕橫的氣勢壓人。盛氣：態度傲慢。凌：欺壓。
【出處】朱子全書・教人：「凡事謙恭，不得尚氣凌人，自取恥辱。」
【用法】形容傲慢自大，氣勢逼人。
【例句】我們應謙虛謹慎，戒驕戒躁，決不可自以為是，**盛氣凌人**。
【義近】咄咄逼人／不可一世／驕傲非凡／趾高氣昂。
【義反】平易近人／和藹可親／謙虛謹慎。

盛衰榮辱 ㄕㄥˋ ㄕㄨㄞ ㄖㄨㄥˊ ㄖㄨˋ

【釋義】興盛，衰敗，榮耀，恥辱。
【出處】明・方孝孺・文會疏：「雖盛衰榮辱，所遇難齊，而道德文章，俱垂不朽。」
【用法】概指人事發展變化的各種情況。
【例句】這位中年男子已有妻室兒女，家境也不錯，只因看透了**盛衰榮辱**，便毅然決然出家當和尚去了。
【義近】盛衰利害／盛衰得失／

盛衰興廢／利弊得失。

盛暑祁寒

【釋義】炎熱的夏天，嚴寒的冬季。祁：大。

【出處】舊五代史・晉書・崔棁傳：「指命僕役，亦用禮節，盛暑祁寒，不使冒犯。」

【用法】形容氣候條件惡劣的時節。

【例句】**盛暑祁寒**時節本就不適宜外出旅遊，你老人家已八十多了，更不能在這時候出遊，還是另選寒暑適宜的時節吧。

【義近】酷暑嚴寒／炎夏隆冬／盛夏嚴冬。

【義反】秋高氣爽／氣候宜人／惠風和暢／薰風習習／吹面不寒楊柳風／風和日麗／天朗氣清。

盛極一時

【釋義】盛：盛行。極：達到極點。

【出處】歸有光・滄浪亭記：「極一時之盛。」東方樹・劉涕堂詩集序：「其說盛行一時。」

【用法】形容一時特別興盛或流行。有時也形容一時盛況空前。

【例句】人們總是追求新鮮，曾經**盛極一時**的事物若不求新求變，很容易就被忘記了。

【義近】方興未艾／風行一時／風靡一時。

【義反】無人問津／一落千丈。

盛筵難再

【釋義】盛大的宴會難以再次碰上。

【出處】唐・王勃・秋日登洪府滕王閣餞別序：「嗚呼！勝地不常，盛筵難再；蘭亭已矣，梓澤丘墟。」

【用法】說明聚會之不易重逢；或喻美好的光景不可多得。

【例句】我們老同學均已年過花甲，今天在此聚會，又適逢重陽佳節，**盛筵難再**，大家務必開懷暢飲，盡歡方散才是。

【義近】好花不常開／好景不常在。

【義反】再結良緣／久別重逢／重續前緣／好事成雙／春去春又回。

盛德不泯

【釋義】盛德：盛大的德行。泯：滅。

【出處】南朝宋・傅亮・為宋公修張良廟教：「夫盛德不泯，義存祀典。」

【用法】意謂有盛大德行的人，曾將永遠受人崇敬。

【例句】孔子離我們近三千年，在這漫長的歲月裏，儘管有人大加貶抑，但畢竟**盛德不泯**，其學說更是持續地發射出萬丈光芒。

【義近】大德不泯／德厚流光／與日月爭輝／與日月同光／大道不死。

【義反】壞事傳千里／遺臭萬年／惡名昭彰／萬古羞名。

七畫

盜亦有道

【釋義】盜：盜賊。道：規矩，辦法。

【出處】莊子・胠篋：「故跖之徒問於跖曰：『盜亦有道乎？』跖曰：『何適而无有道邪！』」

【用法】本是抒說道無所不在的道理，後泛指即使是作惡的盜賊，也有固定的規矩和法則。

【例句】那個小混混不懂**盜亦有道**的法則，在黑社會中橫行霸道，最後怎麼死的都不知道。

盜名竊譽

【釋義】盜、竊：用不正當的手段去取得。

【出處】荀子・不苟：「是非仁人之情也，是奸人將以盜名於晻世者也，險莫大焉。」

【用法】指用不正當的手段盜取名譽，以謀私利。

【例句】有的人為了名利，竟偷取別人的手稿去發表，這種**盜名竊譽**的可恥行為，理應繩之以法。

【義近】沽名釣譽／欺世盜名／矯俗干名。

【義反】實至名歸／真才實學／名不虛傳。

九畫

盡人皆知

【釋義】盡：所有的。皆：都。

【用法】指所有的人都知道。

【例句】吸煙對健康有害，現已**盡人皆知**，遺憾的是有許多人照吸不誤。

【義近】世人皆知／人所共知／眾所周知／家喻戶曉。

【義反】鮮為人知／知者寥寥／無人知曉。

盡入彀中

【釋義】全部都進入了牢籠、圈套之中。彀中：箭能射及的範圍，喻牢籠、圈套。彀：使勁張弓。

【出處】五代・王定保・唐摭言・述進士：「天下英雄入吾彀中矣。」民國通俗演義二二回：「在老袁的意思，無非是籠絡人才，欲使天下英雄，盡入彀中，可以任所欲為。」

【用法】用以說明網羅到了全數人才，盡入掌握之中。

【例句】在民主時代，要想將人才**盡入彀中**，是根本不可能的，任誰也沒有這麼大的本事。

【義近】入吾彀中／珊瑚在網／材為我用。

【義反】楚材晉用／人才外流。

盡力而為

【釋義】盡：用盡。為：做。

【出處】孟子・梁惠王上：「以若所為，求若所欲，盡心力而為之，後必有災。」

【用法】指用盡全部力量去做。

【例句】凡事**盡力而為**，就不會有太多遺憾。

【義近】竭盡全力／全力以赴。

【義反】敷衍了事／投機取巧／避重就輕／拈輕怕重。

盡心竭力

【釋義】用盡心思，使出全力。

【出處】宋書・宗越傳：「莫不盡心竭力，故帝憑其爪牙，無所忌憚。」

【用法】形容做事十分認真，竭盡心力地去做。

【例句】凡是交給他的任務，不論難易，他總是**盡心竭力**地去完成。
【義近】全力以赴／竭盡心力／不遺餘力。
【義反】敷衍了事／敷衍塞責／應付差事。

盡心竭誠 ㄐㄧㄣˋ ㄒㄧㄣ ㄐㄧㄝˊ ㄔㄥˊ

【釋義】竭誠：竭盡誠意。
【出處】漢・張禹・奏事：「以臣下各得盡心竭誠，而事公明。」
【用法】表示做事極其認真負責，能竭盡心中的誠意。
【例句】假若公司所有員工都能像張先生這樣**盡心竭誠**，那麼公司的業績必然能蒸蒸日上，穩定發展。
【義近】克盡厥職／全力以赴／盡心竭力／鞠躬盡瘁／竭盡心力／不遺餘力。
【義反】敷衍搪塞／草草了事／敷衍塞責／虛應故事／得過且過／敷衍了事。

盡忠報國 ㄐㄧㄣˋ ㄓㄨㄥ ㄅㄠˋ ㄍㄨㄛˊ

【釋義】忠：忠誠，忠實。報：報答，報效。
【出處】北史・顏之儀傳：「公等備受朝恩，當盡忠報國，奈何一旦欲以神器假人！」
【用法】用以表示竭盡忠貞，報效國家。
【例句】岳飛一生**盡忠報國**，光照史冊，名垂千古。
【義近】以身許國／精忠報國／竭誠衛國。
【義反】叛主賣國／禍國殃民／賣國求榮。

盡信書不如無書 ㄐㄧㄣˋ ㄒㄧㄣˋ ㄕㄨ ㄅㄨˋ ㄖㄨˊ ㄨˊ ㄕㄨ

【釋義】完全相信書倒還不如沒有書的好。書：原指尚書，後泛指書籍。
【出處】孟子・盡心下：「盡信書，則不如無書。吾於武成，取二三策而已矣。」
【用法】指讀書要融會貫通，不可拘泥於書本。
【例句】古人說得好：**盡信書不如無書**，讀書就是要懂得融會貫通，否則便不如不讀。

盡善盡美 ㄐㄧㄣˋ ㄕㄢˋ ㄐㄧㄣˋ ㄇㄟˇ

【釋義】盡：盡頭，此指達到極點。善：完善。
【出處】論語・八佾：「子謂韶，盡美矣，又盡善也；謂武，盡美矣，未盡善也。」
【用法】形容完美到了極點。
【例句】要想把我們的工作做得**盡善盡美**，得要付出更多的努力。
【義近】十全十美／完美無缺／白璧無瑕。
【義反】一無可取／一無是處／毛病百出。

盡瘁事國 ㄐㄧㄣˋ ㄘㄨㄟˋ ㄕˋ ㄍㄨㄛˊ

【釋義】瘁：勞累，辛勞。事：從事，做事。
【出處】詩經・小雅・北山：「或燕燕居息，或盡瘁事國。或息偃在牀，或不已於行。」
【用法】形容竭盡勞苦，報效國家。
【例句】在軍政各界都有越來越多的人**盡瘁事國**，齊心為國效力。
【義近】鞠躬盡瘁／盡忠報國／毀家紓難／精忠報國／以身許國。
【義反】賣國求榮／投降事敵／禍國殃民／叛主賣國／媚外求榮／靦顏事敵。

盡態極妍 ㄐㄧㄣˋ ㄊㄞˋ ㄐㄧˊ ㄧㄢˊ

【釋義】意謂使儀態豔質儘量地顯示出來。妍：美麗。
【出處】唐・杜牧・阿房宮賦：「一肌一容，盡態極妍，縵立遠視而望幸焉。」
【用法】形容容貌姿態嬌豔美麗到了極點。
【例句】在選美競賽中，眾嘉麗無不**盡態極妍**，以爭取冠軍寶座。
【義近】姸姿豔質／婀娜多姿／千嬌百媚／儀態萬千／爭妍鬥豔／風情萬種。
【義反】醜態百出／醜陋不堪／奇醜無鹽。

監守自盜 ㄐㄧㄢ ㄕㄡˇ ㄗˋ ㄉㄠˋ

【釋義】監守：看管。
【出處】明律・刑律：「凡監臨自守，自盜倉庫錢糧等物，不分首從，併贓論罪。」
【用法】指盜竊自己監管的公共財物。
【例句】他身為行庫經理，卻**監守自盜**，不依法治罪，怎向眾人交代？
【義近】中飽私囊／貪贓枉法。
【義反】奉公守法／居官清廉／洗手奉職。

十—十一畫

盤根問底 ㄆㄢˊ ㄍㄣ ㄨㄣˋ ㄉㄧˇ

【釋義】盤：盤問，仔細查問。
【出處】李汝珍・鏡花緣四四回：「無如林之洋雖在海外走過幾次，諸事並不留心，究竟見聞不廣，被小山盤根問底……。」
【用法】指盤問、追究事情的根由、底細。
【例句】年輕人的事，他們不肯說就算了，何必要**盤根問底**呢？又不是什麼了不起的大事。
【義近】刨根問底／打破砂鍋問到底／追根究柢／追本窮源／探本究源／窮源竟委。
【義反】淺嘗輒止／不求甚解／一知半解／適可而止。

盤根錯節 ㄆㄢˊ ㄍㄣ ㄘㄨㄛˋ ㄐㄧㄝˊ

【釋義】樹根彎曲盤繞，枝節錯綜交叉。
【出處】後漢書・虞詡傳：「志不求易，事不避難，臣之職也；不遇槃（盤）根錯節，何以別利器乎？」
【用法】比喻事情極其複雜棘手，難以處理。
【例句】這件案子錯綜複雜，其**盤根錯節**又豈是三言兩語就可道盡的？
【義近】犬牙交錯／錯綜複雜／盤曲交錯。
【義反】簡單明瞭／簡而易行。

盥耳山棲 ㄍㄨㄢˋ ㄦˇ ㄕㄢ ㄑㄧ

【釋義】盥耳：洗耳朵。相傳堯想讓位給許由，許由聞之以為污，乃用清流洗耳朵。
【出處】後漢書・崔駰傳：「故士或掩目而淵潛，或盥耳而山棲。」
【用法】形容人不願出仕，隱居山林。
【例句】國家有難，有才能的人卻**盥耳山棲**，讓小人得志，實非百姓之福。

【義近】山棲谷飲／東山高臥／委身草莽／枕流漱石。

【義反】走馬上任。

目部

目不交睫（ㄇㄨˋ ㄅㄨˋ ㄐㄧㄠ ㄐㄧㄝˊ）

【釋義】沒有合眼，指沒有睡覺。交睫：上下睫毛相合。

【出處】司馬遷・史記・袁盎鼂錯列傳：「陛下不交睫，不解衣。」白行簡・李娃傳：「生恚怒方甚，自昏達旦，目不交睫。」

【用法】形容人忙碌憂慮，夜不成眠。

【例句】為了按時交貨，公司上上下下的員工兩天來都**目不交睫**地在趕工。

【義近】夜不成眠／夜不能寐／徹夜未眠。

【義反】高枕而臥／高枕無憂。

目不忍視（ㄇㄨˋ ㄅㄨˋ ㄖㄣˇ ㄕˋ）

【釋義】眼睛不忍去看。也作「目不忍睹」。

【出處】明・朱國禎・湧幢小品・丹臺記：「又導觀諸獄，景象甚慘，目不忍視，狼狽而走。」

【用法】形容情狀極其悲慘。

【例句】恐怖主義者這次製造的美國世貿雙塔自殺式攻擊，死傷人數多達上萬人，其慘狀令人**目不忍視**。

【義近】目不忍睹／慘不忍睹／慘絕人寰／慘不忍聞／不忍卒睹。

【義反】一睹為快／先睹為快／賞心悅目／百看不厭／愉心悅目／動心娛目。

目不見睫（ㄇㄨˋ ㄅㄨˋ ㄐㄧㄢˋ ㄐㄧㄝˊ）

【釋義】眼睛看不見自己的睫毛。

【出處】司馬遷・史記・越王句踐世家：「見豪毛而不見其睫也。」王安石・再用前韻寄蔡天啓：「遠求而近遺，如目不見睫。」

【用法】比喻眼光短淺，無自知之明。

【例句】你總是把自己看成十項全能，對別人則嗤之以鼻，這種**目不見睫**的作為，實在可笑至極。

【義近】闇於自見／謂己為賢／自醜不知／坐井觀天。

【義反】放眼天下／自知之明。

目不邪視（ㄇㄨˋ ㄅㄨˋ ㄒㄧㄝˊ ㄕˋ）

【釋義】意謂眼睛不隨便亂看。邪：不正當，不正常。

【出處】顏氏家訓・教子：「古者聖王有胎教之法，懷子三月，出居別宮，目不邪視，耳不妄聽，音聲滋味，以禮節之。」

【用法】形容品行端正，遵守禮制，不看不該看的事物。

【例句】現代的青年男女，見了自己心儀的異性，常目不轉睛地看，哪管什麼**目不邪視**之理！

【義近】目不斜視／目不妄視／非禮勿視。

【義反】東張西望／左顧右盼／斜眼偷覷／左顧右眄／左右張望。

目不暇給（ㄇㄨˋ ㄅㄨˋ ㄒㄧㄚˊ ㄐㄧˇ）

【釋義】眼睛看不過來。暇：空閒。給：供應。

【出處】劉義慶・世說新語・言語：「從山陰道上行，山川自相印發，使人應接不暇。」鄭燮・濰縣署中與舍弟墨：「目不暇給。」

【用法】形容優美之物很多或景物很美，來不及觀看欣賞。

【例句】①沿途景物，氣象萬千，使人**目不暇給**。②展覽會上展出的新產品豐富多樣，令人**目不暇給**。

【義近】應接不暇／美不勝收／目不暇視／目不勝收。

【義反】一目了然／一覽無餘／盡收眼底。

目不窺園（ㄇㄨˋ ㄅㄨˋ ㄎㄨㄟ ㄩㄢˊ）

【釋義】不去花園裏觀賞景色。窺：觀看。

【出處】漢書・董仲舒傳：「下帷講誦，弟子傳以久次相授業，或莫見其面。蓋三年不窺園，其精如此。」

【用法】用以形容專心攻讀。

【例句】他之所以能在學術上有如此高深的造詣，乃是因有**目不窺園**的好學精神。

【義近】專心致志／刻苦攻讀／足不出門／十年寒窗。

【義反】心馳神騖／東張西望／三天打魚，兩天曬網。

目不轉睛（ㄇㄨˋ ㄅㄨˋ ㄓㄨㄢˇ ㄐㄧㄥ）

【釋義】眼珠不轉動盯著看。睛：眼珠。

【出處】京本通俗小說・馮玉梅團圓：「那肆光中有個漢子坐下，……偷看那婦人，目不轉睛。」

【用法】形容注意力非常集中，看得出神。

【例句】模特兒身上穿了一件亮麗高雅的晚禮服，全場觀眾都**目不轉睛**地注視著她。

【義近】目不斜視／目不旁視／聚精會神／全神貫注／專心致志。

【義反】左顧右盼／東張西望／心不在焉／心猿意馬／魂不守舍。

目不識丁 ㄇㄨˋ ㄅㄨˋ ㄕˋ ㄉㄧㄥ

【釋義】認不得「丁」字。丁：指簡單的漢字。
【出處】舊唐書・張弘靖傳：「今天下無事，汝輩挽得兩石力弓，不如識一丁字。」明臣奏議三七：「誥敕之館，目不識丁。」
【用法】常用以譏誚人一字不識或沒有學問。
【例句】他明明**目不識丁**，卻要裝做一副有學問的樣子，實在令人作嘔。
【義近】不識一丁／不識之無／不知丁董／胸無點墨／末學膚受／腹笥甚儉。
【義反】知書識禮／識文斷字／學富五車／滿腹經綸。

目中無人 ㄇㄨˋ ㄓㄨㄥ ㄨˊ ㄖㄣˊ

【釋義】眼裏沒有任何人，也就是不把別人放在眼裏。
【出處】馮夢龍・東周列國志九六回載：趙括嘗與父趙奢論兵，「指天畫地，目中無人，雖奢亦不能難他。」
【用法】形容高傲自大，看不起人。
【例句】他是個**目中無人**的狂妄之徒，所以周圍的親友都不願與他往來。
【義近】目空一切／唯我獨尊／旁若無人／目無餘子／驕傲非凡。
【義反】虛懷若谷／平易近人／屈己待人／謙卑自牧。

目光如豆 ㄇㄨˋ ㄍㄨㄤ ㄖㄨˊ ㄉㄡˋ

【釋義】眼光像豆子那麼小。
【用法】形容人見識短淺，胸襟狹窄，想事情、看問題都不能從全局著眼，缺乏遠見。
【例句】我們不能**目光如豆**，只看見眼皮子底下的事，遇事要考慮得深遠一些。
【義近】鼠目寸光／見小不見大／見物不見人／揀芝麻丟西瓜／眼眶子淺。
【義反】目光如炬／放眼天下／高瞻遠矚／目光深邃／目光遠大。

目光如炬 ㄇㄨˋ ㄍㄨㄤ ㄖㄨˊ ㄐㄩˋ

【釋義】眼光像火炬般發亮。炬：火把。原形容憤怒之極。
【出處】南史・檀道濟傳：「道濟見收，憤怒氣盛，目光如炬，俄爾間引飲一斛。」
【用法】形容眼睛有神或見識遠大。
【例句】公辨其聲，而目不可開，乃奮臂以指撥眥，**目光如炬**。（方苞・左忠毅公軼事）
【義近】目光炯炯／目有紫稜／顧盼暐如／洞燭機先。
【義反】目光如豆／目光短淺／兩眼無神。

目光炯炯 ㄇㄨˋ ㄍㄨㄤ ㄐㄩㄥˇ ㄐㄩㄥˇ

【釋義】兩眼明亮有神。炯炯：明亮的樣子。
【出處】潘岳・寡婦賦：「目炯炯而不寢。」
【用法】形容人精神飽滿，眼睛明亮有神。
【例句】雙十節慶典上，三軍健兒**目光炯炯**地踏著正步，走過閱兵台前。
【義近】炯炯有神／目光如炬／精神飽滿／目有紫稜。
【義反】目光呆滯／兩眼無神／懶精無神。

目成心許 ㄇㄨˋ ㄔㄥˊ ㄒㄧㄣ ㄒㄩˇ

【釋義】目成：用眼光通情達意。許：許可，同意。
【出處】明・梅鼎祚・玉合記・緣合：「羅敷知他有夫，不著緊目成心許，雖多夢見，此生應見稀。」
【用法】指男女相慕，目光傳情，兩心相許。
【例句】他倆眞有緣分，初次見面，攀談不多，便已**目成心許**了。
【義近】眉目傳情／目挑心與／兩心相悅／眉挑目語／目挑心招／暗送秋波。
【義反】落花有意，流水無情／一廂情願。

目使頤令 ㄇㄨˋ ㄕˇ ㄧˊ ㄌㄧㄥˋ

【釋義】意謂用眼光和下巴示意來指揮別人。頤：面頰。
【出處】新唐書・王翰傳：「家畜聲伎，目使頤令，自視王侯，人莫不惡之。」
【用法】形容權勢者隨意指揮別人的傲慢態度。
【例句】他因爲實在受不了總經理的**目使頤令**，故決定辭職另謀他就。
【義近】目指氣使／頤指氣使／呼來喚去／倨傲鮮腆。
【義反】和顏悅色／下氣怡聲／低聲下氣／降心相從／俯心相就／俯首聽命。

目所未睹 ㄇㄨˋ ㄙㄨㄛˇ ㄨㄟˋ ㄉㄨˇ

【釋義】意謂眼睛從來沒有看見過。
【出處】宋・洪邁・夷堅乙志・楊戩二怪：「小童入報有女子往來室中，妻遽出視之，韶顏麗態，目所未睹。」
【用法】形容極爲罕見。
【例句】過去我只聽說過飛碟的事，今天見天空有三個圓形發光體飛奔而去，**目所未睹**，人們都說這就是飛碟。
【義近】見所未見／前所未見。
【義反】屢見不鮮／觸目皆是／數見不鮮／司空見慣／層出不窮。

目披手抄 ㄇㄨˋ ㄆㄧ ㄕㄡˇ ㄔㄠ

【釋義】意謂邊看書邊抄錄。披：打開，這裏指打開書看。
【出處】宋・胡仔・苕溪漁隱叢話後集序：「終日明窗淨几，目披手抄，誠心好之，遂忘其勞。」
【用法】形容勤奮好學，刻苦攻讀。
【例句】鄒教授幾十年來孜孜不倦，**目披手抄**，現在成爲有名的學者，可謂理所當然。
【義近】手不釋卷／目不窺園／發憤忘食／韋編三絕／孜孜不倦／囊螢映雪／懸梁刺股／廢寢忘餐。
【義反】日夜嬉遊／尋歡作樂／蹉跎歲月／飽食終日／玩歲愒日／一暴十寒。

目空一切 ㄇㄨˋ ㄎㄨㄥ ㄧˊ ㄑㄧㄝˋ

【釋義】一切都不放在眼裏。空：用作動詞。
【出處】李汝珍・鏡花緣五二回：「但他恃著自己學問，目空一切，每每不把人放在眼內。」
【用法】形容極端驕傲自大。
【例句】別以爲你對公司有一些

貢獻就能**目空一切**，沒有幾個人會服你的。

【義近】目中無人／不可一世／妄自尊大／目無餘子／驕傲非凡。

【義反】虛懷若谷／謙卑自牧／卑以自牧。

目指氣使

【釋義】意謂用目光和神色來表示對別人的差遣。氣：神氣，神色。

【出處】漢．劉向．說苑．君道：「今王將東面，目指氣使以求臣，則廝役之材至矣。」

【用法】形容任意指揮別人的傲慢態度。

【例句】你我是夫妻，地位平等，請你今後不要擺出一副大男人主義的樣子，對我**目指氣使**的！

【義近】目使頤令／頤指氣使／呼來喚去／倨傲鮮腆。

【義反】和顏悅色／卑以下人／低聲下氣／俯首聽命。

目挑心招

【釋義】用眉眼挑逗，用心神招引。

【出處】司馬遷．史記．貨殖列傳：「今夫趙女鄭姬，設形容，揳鳴琴，揄長袂，躡利屣，目挑心招，出不遠千里，不擇老少者，奔富厚也。」

【用法】多形容女子所做出的誘人的媚態。

【例句】萬先生本來就是個色鬼，見那女子有幾分姿色，又對他**目挑心招**，便迅速與她勾搭上了。

【義近】暗送秋波／含情脈脈／眉目傳情／送眼流眉／眉挑目語。

【義反】正顏厲色／目不妄視／不苟言笑／冷若冰霜／冷如霜雪／冷眉冷眼。

目盼心思

【釋義】雙眼盼望，內心思念。

【出處】羣音類選．餘慶記．深閨幽思：「你那裏好風光，目盼心思，時刻何曾放。」

【用法】形容深切的企盼思念。

【例句】他倆是十分恩愛的夫妻，一日不見，便有如隔三秋之感，因此這次丈夫雖出門才三天，她即日夜**目盼心思**不已。

【義近】倚門倚閭／朝思暮想／夢縈魂牽／日思夜想／望穿秋水／跂予望之。

【義反】置之腦後／置之度外／拋往九霄雲外／無動於衷／漠不關心。

目若懸珠

【釋義】兩隻眼睛就像兩顆懸掛著的明珠。

【出處】漢書．東方朔傳：「臣朔年二十二，長九尺三寸，目若懸珠，齒若編貝。」

【用法】形容目光明亮有神。

【例句】這位少年不僅長得白淨，更難得的是**目若懸珠**，今後肯定是個美男子。

【義近】目光炯炯／明眸皓齒／炯炯有神／目如明星／顧盼暐如。

【義反】兩眼昏花／雙目如豆／雙目無神／目光呆滯。

目食耳視

【釋義】用眼睛吃東西，用耳朵看東西。

【出處】宋．司馬光．溫國文正公集．迂書．官失：「世之人不以耳視而目食者，鮮矣。……衣冠所以為容觀也，稱禮斯美矣。世人捨其所稱，聞人所尚而慕之，豈非以耳視者乎？飲食之物所以為味也，適口斯善矣。世人取果餌而刻鏤之、朱綠之，以為盤案之玩，豈非以目食者乎？」

【用法】喻人忘了事物眞正的本質功用，而顛倒錯亂使用物品。

【例句】求學的目的是為了提昇自己的境界，但許多讀書人一味追求科考，這根本是**目食耳視**的顛倒行為，將學問用來牟取功名利祿，忘了學問的本義。

目眩神搖

【釋義】意謂眼花撩亂，心神搖蕩。眩：眼睛昏花。

【出處】英烈傳四〇回：「今來寶劍，得睹人間未見之珍，天下罕有之物，令人目眩神搖，不知身在何世。」

【用法】多形容所見情景令人驚異。

【例句】當那些穿著各色各樣摩登時裝的模特兒在臺上走來走去時，張先生直看得**目眩神搖**。

【義近】目眩神迷／目眩魂搖／目眩心花／目瞪口呆／瞠目結舌／張口結舌。

【義反】眼明神定。

目迷五色

【釋義】目迷：看花了眼。五色：指各種顏色。原指色彩雜陳，令人看了眼花。

【出處】老子．一二章：「五色令人目盲。」蘇軾．送李方叔詩：「平生漫說古戰場，過眼終迷目五色。」

【用法】現也比喻事物的錯綜複雜，使人難以分辨清楚。

【例句】百貨公司大肆展開折扣活動，各類服飾百貨令人**目迷五色**，不知如何選購。

【義近】眼花撩亂／花樣百出／目眩神迷／撲朔迷離。

【義反】一目了然／良莠分明／一清二楚。

目眥盡裂

【釋義】眼眶裂開。目眥：眼角，眼眶。

【出處】司馬遷．史記．項羽本紀：「（樊）噲遂入，披帷西嚮立，瞋目視項王，頭髮上指，目眥盡裂。」

【用法】形容憤怒到了極點。

【例句】看到自己的妻子遇害，他**目眥盡裂**，揮拳就要打那個行凶的歹徒。

【義近】眥裂膽橫／怒髮衝冠／怒目圓睜。

【義反】眉開眼笑／歡天喜地／手舞足蹈／欣喜若狂。

目無下塵

【釋義】下塵：猶下風，比喻地位低下者。

【出處】曹雪芹．紅樓夢五回：「那寶釵卻又行為豁達，隨分從時，不比黛玉孤高自許，目無下塵，故深得下人之心。」

【用法】形容態度驕傲，看不起地位低下的人。

【例句】這位主管一向**目無下塵**，對我們工人的態度極為惡劣，但在廠長的面前卻總是一副低聲下氣的模樣。

【義近】孤高自傲／心高氣傲／傲世輕物／睥睨一切／唯我獨尊／目無餘子／妄自尊大／目空一切。

【義反】平易近人／和藹可親／謙沖自牧／虛懷若谷／卑以下人／大盈若沖。

目無全牛 ㄇㄨˋ ㄨˊ ㄑㄩㄢˊ ㄋㄧㄡˊ

【釋義】宰牛時，眼中沒有完整的牛。

【出處】莊子・養生主：「始臣之解牛之時，所見無非牛者，三年之後，未嘗見全牛也。」

【用法】比喻技藝精湛純熟。

【例句】她邊看電視邊織毛衣，純熟的技巧已到了**目無全牛**的境地。

【義近】庖丁解牛／游刃有餘／熟能生巧／運用自如／運斤成風／斲輪老手／神工鬼斧／爐火純青。

【義反】所見皆牛／生手生腳／笨手笨腳／技止此耳。

目無法紀 ㄇㄨˋ ㄨˊ ㄈㄚˇ ㄐㄧˋ

【釋義】眼睛裏沒有法令紀律。

【出處】李寶嘉・官場現形記四八回：「蔣中丞因該匪等膽敢抗拒官軍，異常兇悍，實屬目無法紀。」

【用法】形容人膽大妄為，全不把法令紀律放在心上。

【例句】這傢伙一向**目無法紀**，胡作非為，現在被關進監獄正是他應得的下場。

【義近】無法無天／膽大妄為／違法亂紀。

【義反】奉公守法／循規蹈矩／安常守分。

目無餘子 ㄇㄨˋ ㄨˊ ㄩˊ ㄗˇ

【釋義】眼睛裏沒有旁人。餘子：其餘的人。

【出處】後漢書・禰衡傳：「常稱曰：『大兒孔文舉，小兒楊德祖。餘子碌碌，莫足數也。』」民國通俗演義八回：「聽他口氣，已是目無餘子。」

【用法】形容驕傲自大，看不起人。

【例句】古人說得好：滿招損，謙受益。你現在在學術上有了點成就，就自以為了不得，**目無餘子**，這對你可說是毫無益處呀！

【義近】目中無人／目空一切／目空四海／旁若無人／自命不凡／不可一世／自高自大／妄自尊大。

【義反】屈高就下／不恥下問／虛懷若谷／謙謙君子／屈己待人／謙卑自牧。

目瞪口呆 ㄇㄨˋ ㄉㄥˋ ㄎㄡˇ ㄉㄞ

【釋義】兩眼瞪著不動，口裏說不出話來。呆：愣。

【出處】施耐庵・水滸傳一九回：「林沖把桌子只一腳，踢在一邊。……諕得小嘍囉們目瞪口呆。」

【用法】用以形容驚恐或受窘的樣子。

【例句】親眼目睹一場血淋淋的車禍，那孩子嚇得**目瞪口呆**，一句話也答不出來了。

【義近】瞠目結舌／張口結舌／呆若木雞／兩眼發直／瞪目無言／啞口無言。

【義反】神色自若／鎮定自如／神情如故／神態如常。

目瞪舌僵 ㄇㄨˋ ㄉㄥˋ ㄕㄜˊ ㄐㄧㄤ

【釋義】睜大眼睛，口舌僵滯。僵：僵硬，活動不便。

【出處】宋・陳亮・眾祭潘用和文：「俄而於朋輩中奪其一人而去，使其徒回皇四望而目瞪舌僵，不知所以為策。」

【用法】形容極度驚愕恐慌。

【例句】她雖為一介弱女子，處事卻極鎮定，那天山洪爆發，好多人都被嚇得**目瞪舌僵**，而她卻能從容不迫地指揮人們疏散。

【義近】目瞠口哆／目睜口呆／目定舌僵／大眼望小眼／目瞪口呆／瞠目結舌／驚慌失措。

【義反】鎮定自若／處之泰然／若無其事／神色自如／穩如泰山／談笑自若。

目斷魂銷 ㄇㄨˋ ㄉㄨㄢˋ ㄏㄨㄣˊ ㄒㄧㄠ

【釋義】目斷：極目遠望卻看不到。魂銷：也作「魂消」，魂魄消散，形容內心悲痛已極。

【出處】唐・元稹・同州刺史謝上表：「臣自離京國，目斷魂消，每至五更朝謁之時，臣實制淚不得。」

【用法】用以形容因別離或其他事而傷心不已。

【例句】這年輕人從小喪父，二十年來一直與母親相依為命，如今遠離慈母，赴美留學，不免使他**目斷魂銷**。

【義近】黯然銷魂／黯然神傷／銷魂奪魄／腸斷魂銷／悲傷之至。

【義反】其樂無窮／樂不可支／心花怒放／興高采烈／歡欣鼓舞／喜不自勝。

目斷鱗鴻 ㄇㄨˋ ㄉㄨㄢˋ ㄌㄧㄣˊ ㄏㄨㄥˊ

【釋義】目斷：竭盡目力卻看不到。鱗鴻：魚和雁，比喻書信。

【出處】明・張景・飛丸記・誓盟牛女：「小姐，看你背裏沉吟，想是心中明白，何不口傳信息，免他目斷鱗鴻。」

【用法】指望眼欲穿，迫切盼望書信。

【例句】你怎麼還沒有寫信回家？可知你母親在那偏僻的山區可是日日**目斷鱗鴻**啊！

三畫

盲人摸象 ㄇㄤˊ ㄖㄣˊ ㄇㄛ ㄒㄧㄤˋ

【釋義】傳說幾個盲人各自摸大象的身軀，每人都以為大象的形狀就像自己所摸到的那部分一樣，因此各人所說不一。

【出處】涅槃經：「眾盲摸象，觸其耳者言象如箕，觸其腹者言象如甕。」道原・景德傳燈錄・洪進禪師：「有僧問：『眾盲摸象，各說異端，忽遇明眼人又作麼生？』」

【用法】比喻以一點代替全面，用主觀臆測做出判斷。

【例句】自《紅樓夢》問世以來，研究者層出不窮，然而諸家所言，幾乎都是**盲人摸象**，很難令所有人苟同。
【義近】各執一詞／扣槃捫燭／瞎子摸象／管中窺豹。
【義反】所見略同／洞見全貌／洞若觀火／明察秋毫／觀察入微／明見萬里。

盲人騎瞎馬 ㄇㄤˊ ㄖㄣˊ ㄑㄧˊ ㄒㄧㄚ ㄇㄚˇ

【釋義】是說瞎眼的人騎著瞎眼的馬。
【出處】劉義慶・世說新語・排調：「桓南郡與殷荊州……作危語……殷有一參軍在坐云：『盲人騎瞎馬，夜半臨深池。』」
【用法】形容瞎上添瞎，險上加險。
【例句】炒股票本來就有相當的風險，而你是個做學問的人，於此道可謂一竅不通，現在竟然心血來潮，要去投資，我看這可是道地的**盲人騎瞎馬**！
【義近】瞎碰瞎闖／盲目冒進／虎尾春冰。
【義反】知難而退／穩紮穩打／穩步前進／步步為營。

直內方外 ㄓˊ ㄋㄟˋ ㄈㄤ ㄨㄞˋ

【釋義】意即內直外方，指人的內心正直，行為方正。
【出處】三國魏・明帝・贈諡徐宣詔：「宣體履至實，直內方外，歷在三朝，公亮正色。」
【用法】形容人忠誠耿直，行事公正。
【例句】郭先生因脾氣不好，得罪了不少人，但他為人**直內方外**，沒有任何壞心眼，所以諸位應多多諒解，支持他的計畫才是。
【義近】廉明公正／堂堂正正／有稜有角／鐵面無私／公正無私／守正不阿。
【義反】外圓內滑／諂上欺下／詭計多端／營私舞弊／假公濟私／公私不分。

直木必伐 ㄓˊ ㄇㄨˋ ㄅㄧˋ ㄈㄚˊ

【釋義】意謂筆直成材的樹木必遭砍伐。
【出處】逸周書・周祝：「甘泉必竭，直木必伐。」
【用法】比喻正直而有才能的人必會遭到打擊。
【例句】你難道不知道**直木必伐**的道理嗎？你的才能早已引起眾人的嫉妒，進讒言者甚多，你還是要多注意一些才好。
【義近】直木先伐／甘泉先竭／出頭椽兒先朽爛／槍打出頭鳥／人怕出名豬怕肥／天妒英才。
【義反】傻人有傻福／瓦釜雷鳴／晦跡韜光／不露圭角／大智若愚。

直言不諱 ㄓˊ ㄧㄢˊ ㄅㄨˋ ㄏㄨㄟˋ

【釋義】直：直率。諱：隱，隱諱。
【出處】戰國策・齊策四：「聞先生直言正諫不諱。」晉書・劉隗傳：「是以敢肆狂瞽，直言無諱。」
【用法】形容說話坦率，毫無顧忌。
【例句】魏徵**直言不諱**，勇於諫上，深得太宗的信任。
【義近】直言無隱／心直口快／直抒己見。
【義反】隱晦曲折／旁敲側擊／拐彎抹角。

直言正色 ㄓˊ ㄧㄢˊ ㄓㄥˋ ㄙㄜˋ

【釋義】正色：嚴肅或嚴厲的神色。
【出處】三國志・魏書・國淵傳：「太祖辟為司空掾屬，每於公朝論議，常直言正色，退無私焉。」
【用法】形容人言辭正直，表情嚴肅。
【例句】校長昨天已**直言正色**地批評了你體罰學生的行為，而你今天卻依然如故，小心受處分啊！
【義近】正言厲色／聲色俱厲／疾言厲色／盱衡厲色／義正辭嚴。
【義反】和顏悅色／溫文爾雅／和藹可親／笑容可掬。

直言極諫 ㄓˊ ㄧㄢˊ ㄐㄧˊ ㄐㄧㄢˋ

【釋義】極諫：極力規勸。諫：規勸使其改正錯誤。
【出處】司馬遷・史記・梁孝王世家：「汲黯、韓長孺等，敢直言極諫，安得有患害！」
【用法】是指用正直的話盡力規諫。
【例句】你們既然明知他這樣做是錯誤的，為什麼不**直言極諫**，而讓他的錯誤發展到如此嚴重的地步呢？
【義近】直言正諫／直言敢諫／直言諫諍／直言不諱／面折廷爭／犯顏相諫。
【義反】逢迎拍馬／口蜜腹劍／口是心非／笑裏藏刀。

直言賈禍 ㄓˊ ㄧㄢˊ ㄍㄨˇ ㄏㄨㄛˋ

【釋義】賈禍：自招禍害。賈：買，引申為招致。
【出處】夏敬渠・野叟曝言四一回：「文太夫人早知文郎必以直言賈禍，潛避至此。」
【用法】用以指說話爽直而招來災禍。
【例句】他這個人剛愎自用，現在又正值有權有勢之時，你千萬要記住**直言賈禍**的道理，不要說他的長短是非。
【義近】直言取禍／嶢嶢易缺／禍從口出／言出患入／言出禍從／言多必失。
【義反】謹言慎行。

直言讜議 ㄓˊ ㄧㄢˊ ㄉㄤˇ ㄧˋ

【釋義】讜：正直。
【出處】宋・錢易・南部新書甲：「每侍臣賜對，則左右悉去，故直言讜議，盡得上達。」
【用法】意謂說話正直，議論公正。
【例句】江先生今天就當前政治形勢的發言，實屬**直言讜議**，但當局恐怕會不以為然，而不採納他的意見。
【義近】持平之論／崇論閎議／持論公允／秉心公正／中肯之論／直言骨鯁。
【義反】違心之論／欺人之談／浮語虛詞／花言巧語／不經之談／信口雌黃。

直眉瞪眼 ㄓˊ ㄇㄟˊ ㄉㄥˋ ㄧㄢˇ

【釋義】豎起眉毛，睜大眼睛。
【出處】曹雪芹・紅樓夢六二回：「連司棋都氣了個直眉瞪眼，無計挽回，只得罷了。」
【用法】形容人生氣或吃驚的樣子。

【例句】夫妻爭吵中，他口出惡言，直把太太氣得**直眉瞪眼**的。
【義近】橫眉豎眼／橫眉怒目／怒目而視／驚慌失措／怒火中燒／火冒三丈。
【義反】舒眉展眼／眉開眼笑／喜眉笑眼／眉飛色舞／笑逐顏開。

直情徑行

【釋義】直、徑：徑直，直接。
【出處】禮記・檀弓下：「禮：有微情者，有以故興物者，有直情而徑行者，戎狄之道也，禮道則不然。」
【用法】用以形容任憑自己的意志而徑直行事，全然不受禮教節制。
【例句】你這樣**直情徑行**，完全置社會禮教於不顧，將來總有一天要吃虧的。
【義近】直肆己情／任意而行／放任而行／放任曠達。
【義反】遵循禮教／依禮而行／不越規矩／循規蹈矩。

直搗黃龍

【釋義】搗：搗毀。黃龍：府名，今吉林省農安縣，宋時為金人京城。
【出處】宋史・岳飛傳：「直抵黃龍府，與諸君痛飲爾！」
【用法】用以表示徹底摧毀敵人的老巢。
【例句】一不做，二不休，既然已打到這裏，乾脆**直搗黃龍**，把敵人一舉殲滅。
【義近】長驅直入／直搗虎穴／連根拔除／斬草除根。
【義反】養癰遺患／窮寇莫追／鳴金收兵／放虎歸山。

直道不容

【釋義】直道：公正的道理。不容：不被容納。
【出處】淩濛初・二刻拍案驚奇卷四：「公祖大人直道不容，以致忤時。敝鄉士民迄今廑想明德。」
【用法】指沒有偏私，按公正的道理行事，卻反而不被社會所容。
【例句】現在臺灣已進入民主時代，過去那種**直道不容**的事，已經不可能再發生了。
【義近】好人受氣／正氣不張／顛倒是非／倒行逆施／違天逆理。
【義反】順天應人／順應天理。

直道而行

【釋義】直道：正直而無偏私。
【出處】論語・衛靈公：「斯民也，三代之所以直道而行也。」漢・荀悅・漢紀・平帝紀：「勤勞國家，直道而行，動見稱述。」
【用法】指行事正直公道，毫無偏私。
【例句】不論哪個國家，如果當政者能**直道而行**，就必然能獲得民眾的擁護和支持，從而使國家一步步走向繁榮富強。
【義近】無私無我／鐵面無私／行不由徑／無偏無黨／不偏不倚／行不踰方。
【義反】見人說話／營私舞弊／矇上欺下／徇情枉法／徇私舞弊／貪贓枉法。

直截了當

【釋義】直截：徑直。了當：了結妥當。
【出處】文康・兒女英雄傳八回：「害我性命的話，直截了當的告訴了我，豈不省了你一番大事。」
【用法】形容說話做事乾脆爽快，不繞彎子。
【例句】他是個爽快人，說話做事**直截了當**，乾脆俐落。
【義近】單刀直入／開門見山／斬釘截鐵。
【義反】隱晦曲折／拐彎抹角。

直諒多聞

【釋義】指正直、誠實而且見多識廣的朋友。
【出處】論語・季氏：「益者三友，……友直、友諒、友多聞，益矣。」漢書・楚元王傳贊：「指明梓柱以推廢興，昭矣！豈非直諒多聞，古之益友與！」
【用法】形容品德智慧勝於自己的好朋友。
【例句】結交**直諒多聞**的好朋友，你會發現人生又多了一個境界，好朋友就像是一本又一本的好書，跟著他們開拓自己的視野。
【義近】益者三友。
【義反】狐羣狗黨。

盱衡厲色

【釋義】盱衡：揚眉舉目。厲色：容色嚴正。
【出處】漢書・王莽傳・陳崇奏：「當此之時，公運獨見之明，奮亡前之威，盱衡厲色，振揚武怒。」
【用法】說明人的臉色嚴正，令人敬畏。
【例句】董事長**盱衡厲色**地訓了所有員工一頓，大家都低頭不語，唯恐一不小心又觸怒了他。
【義近】正言厲色／聲色俱厲。
【義反】和顏悅色／和藹可親。

四畫

眉目不清

【釋義】眉目：眉毛和眼睛，比喻事情的條理、狀況。
【出處】漢書・霍光傳：「（光）疏眉目。」三國志・魏書・崔琰傳：「琰聲姿高暢，眉目疏朗。」
【用法】喻事情的狀況不清楚。
【例句】這場地震把災區的對外交通全都阻斷了，因此有關目前的災情一概**眉目不清**。
【義近】情況不明／不見輿薪／霧裏看花／混沌不明／一問三不知。
【義反】一清二楚／清清楚楚／瞭若指掌／明察秋毫／明若觀火／洞若觀火。

眉目如畫

【釋義】形容面容俊美。眉目：眉毛眼睛，此代稱整個面容。如畫：就像畫中的人物。
【出處】後漢書・馬援傳：「援自還京師，數被進見。為人明須髮，眉目如畫。」
【用法】今多用以稱美女子。
【例句】李太太**眉目如畫**，的確長得漂亮，怪不得她丈夫引以為榮。
【義近】花容月貌／姿貌端華／容貌端麗／眉黛青顰。

【義反】貌似無鹽／鳩形鵠面／其貌不揚。

眉目傳情 (ㄇㄟˊ ㄇㄨˋ ㄔㄨㄢˊ ㄑㄧㄥˊ)

【釋義】意謂用眼色傳遞情意。

【出處】曹雪芹・紅樓夢六四回：「因而乘機百般撩撥，眉目傳情。」

【用法】多用於男女之間私下傳達情意。

【例句】看他倆**眉目傳情**的樣子，可能兩人的關係最近又有了明顯的進展，我們等著喝喜酒吧！

【義近】眉來眼去／眉來語去／目挑心招／擠眉弄眼／眉挑目語／暗送秋波。

【義反】目不斜視／非禮勿視／目不妄視／不瞅不睬／互不理睬。

眉來眼去 (ㄇㄟˊ ㄌㄞˊ ㄧㄢˇ ㄑㄩˋ)

【釋義】一作「眼來眉去」，指以眉目傳情。

【出處】關漢卿・魯齋郎三折：「他兩個眉來眼去，不由我不暗暗躊躇。」

【用法】形容以眉目示意或傳情，多用於男女情愛。

【例句】①他們兩人**眉來眼去**的，不知在搞什麼名堂。②他與她正在熱戀之中，連上班時也是**眉來眼去**的。

【義近】眉挑目語／目挑心招／眉目傳情／暗送秋波／送眼流眉。

【義反】目不斜視／不瞅不睬／互不理睬。

眉飛色舞 (ㄇㄟˊ ㄈㄟ ㄙㄜˋ ㄨˇ)

【釋義】色：臉色，神色。一作「色飛眉舞」。

【出處】李寶嘉・官場現形記一回：「王鄉紳一聽此言，不禁眉飛色舞。」

【用法】形容人得意興奮、非常喜悅的樣子。

【例句】你看他那**眉飛色舞**的樣子，一定是有什麼稱心如意的事。

【義近】神色飛舞／眉開眼笑／喜笑顏開。

【義反】愁眉苦臉／愁眉鎖眼／愁眉不展。

眉高眼低 (ㄇㄟˊ ㄍㄠ ㄧㄢˇ ㄉㄧ)

【釋義】指臉上的表情、神色。

【出處】明・張四淮・雙烈記・計遣：「大丈夫……怎肯受你家眉高眼低，乾言濕語。」石玉琨・三俠五義三二回：「什麼處兒的風俗，遇事眉高眼低，那算瞞不過小人的了。」

【用法】形容不愉快的臉色；或指待人處世的方法。

【例句】①你欠她多少錢？早點還她算了，實在受不了她那**眉高眼低**的樣子。②你還年輕，又剛踏進社會，若不學些**眉高眼低**之道，今後恐怕難以應付那些複雜的人事關係。

【義近】眉眼高低／人情世故。

【義反】眉開眼笑／眉飛色舞。

眉清目秀 (ㄇㄟˊ ㄑㄧㄥ ㄇㄨˋ ㄒㄧㄡˋ)

【釋義】眉、目：借指面容。清、秀：俊美。

【出處】元明雜劇・無名氏・張于湖誤宿女貞觀二折：「我見他眉清目秀，動靜語默，是個非常的人。」

【用法】形容人容貌俊美秀氣。

【例句】令郎不僅學業成績優秀，且長得**眉清目秀**，一派福相，今後一定大有前途。

【義近】明眉大眼／眉目疏朗／劍眉星眼。

【義反】小頭銳面／賊眉賊眼／獐頭鼠目。

眉開眼笑 (ㄇㄟˊ ㄎㄞ ㄧㄢˇ ㄒㄧㄠˋ)

【釋義】又作「眉花眼笑」。形容滿臉笑容的樣子。

【出處】鄭之文・旗亭記二一：「見你終日眉頭不展，面帶憂色，不曾有一日眉開眼笑，端的為著甚事？」

【用法】形容人十分愉快高興的樣子。

【例句】這一陣子他**眉開眼笑**的，一定是賺了不少錢。

【義近】眉飛色舞／喜眉笑眼／開眉展眼。

【義反】愁眉不展／眉頭不展／愁眉苦臉。

眉睫之內 (ㄇㄟˊ ㄐㄧㄝˊ ㄓ ㄋㄟˋ)

【釋義】眉睫：眉毛和眼睫毛，比喻近在眼前。

【出處】列子・仲尼：「雖遠在八荒之外，近在眉睫之內，來干我者，我必知之。」

【用法】比喻極近的距離。

【例句】我家和他家雖近在**眉睫之內**，但因性格不合，根本談不來，所以很少來往。

【義近】近在眉睫／一箭之遙／近在眼前／近在咫尺／一街之隔。

【義反】遙不可及／天南地北／遠在天邊／十萬八千里／天涯海角／天各一方／天懸地隔。

眉睫之利 (ㄇㄟˊ ㄐㄧㄝˊ ㄓ ㄌㄧˋ)

【釋義】眉睫：眉毛和眼睫毛，比喻近在眼前。

【出處】清・龔自珍・乙卯之際塾議第二十：「圖眉睫之利，不顧衝要。」

【用法】指眼前微小的利益。

【例句】做生意要把眼光放遠，做長遠的考慮，不要只顧**眉睫之利**而坐失大好良機。

【義近】蠅頭微利／微薄之利／蠅頭小利。

【義反】萬貫之利／一本萬利。

眉睫之禍 (ㄇㄟˊ ㄐㄧㄝˊ ㄓ ㄏㄨㄛˋ)

【釋義】眉睫：眉毛和睫毛，比喻近在眼前。

【出處】韓非子・用人：「不去眉睫之禍，而慕（孟）賁、（夏）育之死。」

【用法】指近在眼前的禍患。

【例句】**眉睫之禍**即至，你還不趕快逃跑，想等死嗎？

【義近】大難臨頭／禍在眉睫。

【義反】吉星高照／全身遠害／轉危為安。

眉頭一皺，計上心來 (ㄇㄟˊ ㄊㄡˊ ㄧ ㄓㄡˋ，ㄐㄧˋ ㄕㄤˋ ㄒㄧㄣ ㄌㄞˊ)

【釋義】一皺：又作「一縱」、「一展」等。計：辦法，謀略。

【出處】紀君祥・趙氏孤兒三折：「韓厥為何自刎了，……眉頭一皺，計上心來！」

【用法】形容一經思索，馬上就想出辦法。

【例句】她被朋友騙了錢，不知如何是好，忽然**眉頭一皺**，**計上心來**，想出了討債的法子。
【義近】靈機一動／靈光乍現。
【義反】計無所出／一籌莫展／無計可施／束手無策。

相反相成

【釋義】相反：指兩個事物相排斥、相對立。相成：指對立之事相互依賴、相互促成。
【出處】漢書・藝文志：「仁之與義，敬之與和，相反而皆相成也。」
【用法】指相反的東西有同一性，即事物在一個方面互相排斥，而在另一個方面則又互相補充促進。
【例句】戰爭與和平是**相反相成**，戰爭在一定條件下可以轉化成和平，和平在一定條件下也可轉化成戰爭。
【義近】相滅相生／相生相剋。
【義反】水火不容／針鋒相對／無同可求。

相去天淵

【釋義】相去：相離，相隔。天淵：高天和深淵。
【出處】夏敬渠・野叟曝言五九回：「一敬一肆，相去天淵；一聖一狂，亦判若黑白矣。」
【用法】比喻二者相隔極遠，差別極大。
【例句】這兩人的文化素養及性格等各方面都**相去天淵**，可說根本沒有共通點，又怎麼能在他們之間牽線搭橋呢？
【義近】天懸地隔／天淵之別／雲泥之別／天壤之別／大相逕庭／判若雲泥。
【義反】相去咫尺／相差無幾／毫無二致／不相上下／大同小異／半斤八兩／不分軒輊／互為頡頏。

相去咫尺

【釋義】相去：相離，相隔。咫尺：極言距離很近。咫：古稱八寸為「咫」。
【出處】宋・洪邁・夷堅丙志・饒氏婦：「有物語於空中，與人酬酢往來，……相去咫尺，而莫見其形貌。」
【用法】比喻二者相隔很近或相差很少。
【例句】我與他的住處雖然只**相去咫尺**，但在為人處世各方面都大異其趣，所以幾乎沒有什麼來往。
【義近】相去無幾／咫尺之隔／近在咫尺／近在眼前／一箭之遙。
【義反】天淵之別／大相逕庭／天壤之別／天差地遠／判若雲泥。

相去無幾

【釋義】相去：相距。無幾：沒有多少。
【出處】老子・二十章：「唯之與阿，相去幾何？美之與惡，相去若何？」
【用法】指二者距離不遠或差別不大。
【例句】這兩種錦緞的價格**相去無幾**，但品質懸殊很大。
【義近】大同小異／不相上下／難分高低。
【義反】天壤之別／天差地遠。

相安無事

【釋義】相安：平安相處。安：安定，平安。
【出處】鄭牧・伯牙琴・吏道：「古者軍民間相安無事者，固不得無吏，而為員不多。」
【用法】形容彼此和睦相處，沒有什麼爭執或衝突。
【例句】這兩家雖是世仇，但在無利益衝突下，這幾年倒也過得**相安無事**。
【義近】和平共處／和睦相處／平安無事。
【義反】你爭我奪／爾虞我詐／明爭暗鬥。

相形失色

【釋義】形：對照，比較。失色：失去光彩。
【用法】指跟同類事物相比，顯得大大不如，相差得太遠。
【例句】仙人掌有著一種使普通植物為之**相形失色**的獨特風貌。
【義近】相形見絀。
【義反】相差無幾／懸殊不大。

相形見絀

【釋義】相形：相互對照、比較。絀：不夠，不足。
【出處】李綠園・歧路燈一四回：「又見婁樸，同窗共硯，今日相形見絀。」
【用法】形容跟同類的事物相比較，顯出自身的不足。
【例句】張小姐長得已經夠美了，但跟王小姐相比，又不免顯得**相形見絀**了。
【義近】相形失色。
【義反】各有千秋／互為頡頏／旗鼓相當。

相忍為國

【釋義】忍：容忍，忍讓。
【出處】左傳・昭公元年：「曾夭謂曾阜曰：『……魯以相忍為國也，忍其外，不忍其內，焉用之？』」
【用法】指為了國家的利益而相互作一定的讓步。
【例句】各黨各派，只要能**相忍為國**，再大的問題也不難解決。
【義近】顧全大局。
【義反】自私自利／不識大體。

相見恨晚

【釋義】意謂遺憾的是彼此相見太晚了。恨：遺憾。
【出處】司馬遷・史記・平津侯主父列傳：「天子召見三人，謂曰：『公等皆安在？何相見之晚也！』」宋・方千里・六么令：「當時相見恨晚，彼此縈心目。」
【用法】形容意氣極其相投，可惜認識得太晚了。
【例句】張太太和李太太初次相見，便談得如此投機，以致彼此都有**相見恨晚**的感慨。
【義近】相知恨晚／相逢恨晚／恨相知晚／相識何遲／恨不相逢未嫁時。
【義反】白頭如新／舊怨宿敵／青梅竹馬／總角之交／總角相交／竹馬之好。

相見無日

【釋義】意謂互相再沒有見面的日子了。

【出處】宋・洪邁・夷堅甲志・倪輝方技：「紹興二年多，虞之子並甫過輝，輝曰：『與君相見無日矣。』」
【用法】用以表示今後再沒有見面的機會了。
【例句】衛老先生已九十三歲了，而且近年病魔纏身，見孫子要去美國留學特來告辭，頓生**相見無日**的感歎。
【義近】永無會期／生離死別／後會無日／後會無期／別時容易見時難／生死契闊／遙遙無期。
【義反】朝夕相見／後會有期／人生何處不相逢／久別重逢／指日可待。

相依爲命（ㄒㄧㄤ ㄧ ㄨㄟˊ ㄇㄧㄥˋ）

【釋義】相互依靠度日。爲命：維持生命。
【出處】李密・陳情表：「母孫二人，更相爲命。」蒲松齡・聊齋誌異・王成：「小人無恆產，與（鶉）相依爲命。」
【用法】形容互相依靠，誰也離不開誰。
【例句】她們母女二人**相依爲命**，過著艱辛的日子，直到女兒學業有成，找到好工作後才改善。
【義近】唇齒相依／休戚與共／共生死同存亡／休戚相關。

相持不下（ㄒㄧㄤ ㄔˊ ㄅㄨˋ ㄒㄧㄚˋ）

【釋義】相持：兩方堅持對立，互不相讓。
【出處】司馬遷・史記・淮陰侯列傳：「燕、齊相持而不下，則劉、項之權未有所分也。」
【用法】形容雙方僵持，各不相讓，一時難分高下。
【例句】他倆公說公有理，婆說婆有理，意見**相持不下**，我看誰也無法調解。
【義近】爭持不下／勢均力敵／旗鼓相當／棋逢敵手／棋逢對手／互不相讓。
【義反】你退我讓／相互謙讓／天差地遠／眾寡懸殊／眾寡不敵。

相映成趣（ㄒㄧㄤ ㄧㄥˋ ㄔㄥˊ ㄑㄩˋ）

【釋義】相映：對照，襯托。趣：興味，趣味。
【用法】形容兩者在相襯或對照之下，顯得很有趣味，很有意思。
【例句】草木濃綠一片，點綴著三兩朵紅花，**相映成趣**。
【義近】相得益彰／掩映生姿／相互輝映。
【義反】相形見絀／相形失色。

相風使帆（ㄒㄧㄤ ㄈㄥ ㄕˇ ㄈㄢˊ）

【釋義】意即看風使帆。相：視，觀察。
【出處】陸游・醉歌：「相風使帆第一籌，隨風倒柁更何憂。」
【用法】比喻爲人處世，隨情勢轉變而有所改變。
【例句】這種**相風使帆**的人，你何必還要和他講什麼原則、是非？
【義近】相機行事／見風使舵／隨機應變／牆頭草兩邊倒。
【義反】一成不變／堅守原則／至死不變／威武不屈。

相倚爲強（ㄒㄧㄤ ㄧˇ ㄨㄟˊ ㄑㄧㄤˊ）

【釋義】意謂互相倚靠幫助便會顯得強大。
【出處】南朝宋・明帝・宣旨永嘉王子仁：「正賴汝輩兄弟，相倚爲強，庶使天下不敢闚覘王室。」
【用法】用以說明只有團結一致，力量才會強大。
【例句】**相倚爲強**，你們把分散的力量聚集在一起，或許還可以鬥得過這些人。
【義近】萬眾一心／眾志成城／羣策羣力／人心齊，泰山移／眾人拾柴火焰高／眾擎易舉／眾人同心，其利斷金／一箸易折，十箸難斷。
【義反】孤掌難鳴／獨木不成林／單絲不成線／一不壓眾／獨木難支／一盤散沙。

相時而動（ㄒㄧㄤ ㄕˊ ㄦˊ ㄉㄨㄥˋ）

【釋義】相：視，觀察。時：時機。
【出處】周書・宇文神舉傳：「（宇文）顯和具陳宜杜門晦跡。相時而動，孝武深納焉。」
【用法】說明爲人靈活機敏，善於選擇時機採取行動。
【例句】今日的世界千變萬化，日新月異，我們必須提高警覺，**相時而動**，以免坐失良機。
【義近】相機而動／見機行事／相機行事。
【義反】守株待兔／刻舟求劍／坐等時機。

相馬失之瘦，相士失之貧（ㄒㄧㄤˋ ㄇㄚˇ ㄕ ㄓ ㄕㄡˋ，ㄒㄧㄤˋ ㄕˋ ㄕ ㄓ ㄆㄧㄣˊ）

【釋義】意謂相馬者忽視瘦馬，相人者忽視窮人。之：代詞，上句「之」代馬，下句「之」代士。
【出處】司馬遷・史記・滑稽列傳：「當其貧困時，人莫省視……諺曰：『相馬失之瘦，相士失之貧。』其此之謂邪？」
【用法】說明以貧富論人或以貌取人，必然要失掉許多眞正的人材。
【例句】古人說：「**相馬失之瘦，相士失之貧**。」選拔人才應依據其才德，不要去管貧富貴賤，資歷深淺。
【義近】以貌取人，失之子羽。

相得甚歡（ㄒㄧㄤ ㄉㄜˊ ㄕㄣˋ ㄏㄨㄢ）

【釋義】相得：相互幫助、補充；引申指相處。
【出處】舊五代史・張全義傳：「二人初相得甚歡，而至是求取無厭，動加凌轢，全義苦之。」
【用法】用以形容彼此相處甚爲歡悅。
【例句】汪董事長的兒子最近剛從大陸結婚歸來，夫妻**相得甚歡**，全家人都十分高興。
【義近】相處甚歡／如魚得水／意氣相投／相談甚歡。
【義反】互不相容／反目成仇／如魚失水／如鳥傷翅／格格不入／扞格不入／水火不容／劍拔弩張／一觸即發。

相得益彰（ㄒㄧㄤ ㄉㄜˊ ㄧˋ ㄓㄤ）

【釋義】相得：相互配合、映襯。益：更加。彰：明顯。

【出處】王褒・聖主得賢臣頌：「明明在朝，穆穆列布，聚精會神，相得益章(彰)。」
【用法】指兩個人或兩件事物互相配合，雙方的能力和作用更能顯示出來。
【例句】小劉的男中音和柳先生的手風琴伴奏**相得益彰**，更富有藝術感染力。
【義近】相輔相成／相互輝映。
【義反】相形見絀／相形見拙／相形失色。

相提並論 (ㄒㄧㄤ ㄊㄧˊ ㄅㄧㄥˋ ㄌㄨㄣˋ)

【釋義】並：並列在一起。一作「相提而論」。
【出處】司馬遷・史記・魏其武安侯列傳：「相提而論，是自明揚主上之過。」文康・兒女英雄傳二七回：「如今把他兩個相提並論起來。」
【用法】把兩個人或兩件事放在一起談論或看待。
【例句】這兩個人無論是品德修養還是學術造詣，都相差很遠，怎能**相提並論**呢？
【義近】等量齊觀／混為一談／同日而語。
【義反】不倫不類／擬於不倫／不可同日而語。

相視莫逆 (ㄒㄧㄤ ㄕˋ ㄇㄛˋ ㄋㄧˋ)

【釋義】莫逆：沒有牴觸，互不違背。
【出處】莊子・大宗師：「子祀、子輿、子犁、子來……四人相視而笑，莫逆於心，遂相與為友。」
【用法】形容互相情深意篤，無所違逆於心。
【例句】我們這幾個人既是同事，又是鄰居，多年來**相視莫逆**，有如親兄弟一般。
【義近】莫逆之交／契若金蘭／情投意合／親密無間／生死之交／刎頸之交／管鮑之交／八拜之交。
【義反】水火不容／視同路人／漠不相關／泛泛之交／點頭之交／酒肉朋友。

相敬如賓 (ㄒㄧㄤ ㄐㄧㄥˋ ㄖㄨˊ ㄅㄧㄣ)

【釋義】彼此尊敬，有如對待賓客。一作「相待如賓」。
【出處】左傳・僖公三三年：「初，臼季使，過冀，見冀缺耨，其妻饁之，敬，相待如賓。」
【用法】今用以形容夫妻關係和睦，相敬相愛。
【例句】這對老夫婦幾十年來一直恩恩愛愛，**相敬如賓**。
【義近】琴瑟相和／舉案齊眉／相親相愛。
【義反】瑟瑟不和／蕭郎陌路／反目成仇。

相煎太急 (ㄒㄧㄤ ㄐㄧㄢ ㄊㄞˋ ㄐㄧˊ)

【釋義】意謂煎熬得太急切了。
【出處】劉義慶・世說新語・文學：曹植「應聲便為詩曰：『煮豆持作羹，漉菽以為汁。萁在釜下燃，豆在釜中泣。本是同根生，相煎何太急。』」
【用法】比喻兄弟之間或其他人之間一方對另一方的迫害。
【例句】你我兄弟之間有話好商量，彼此應和睦相處，用不著為財產而**相煎太急**啊！
【義近】相煎何急／同室操戈／尺布斗粟／兄弟鬩牆／煮豆燃萁／變生肘腋／禍起蕭牆／自相殘殺。
【義反】兄友弟恭／讓棗推梨／對牀夜雨／同氣連枝／兄弟孔懷。

相貌堂堂 (ㄒㄧㄤˋ ㄇㄠˋ ㄊㄤˊ ㄊㄤˊ)

【釋義】堂堂：形容容貌莊嚴大方。
【出處】錢彩・說岳全傳五一回：「但見伍尚志威風凜凜，相貌堂堂。」
【用法】形容人的儀表壯偉。
【例句】新來的這位大學生**相貌堂堂**，有好幾位小姐都在向他頻送秋波呢！
【義近】儀表堂堂／一表人材／一表非凡／器宇軒昂／器宇不凡／玉樹臨風／雄姿英發／英姿煥發。
【義反】骨瘦如柴／其貌不揚／尖嘴猴腮／聳肩縮背／猥瑣不堪／獐頭鼠目／小頭銳面／貌不驚人。

相輔相成 (ㄒㄧㄤ ㄈㄨˇ ㄒㄧㄤ ㄔㄥˊ)

【釋義】相互輔助，相互促進。輔：輔助，幫助。一作「相輔而成」。
【出處】頤瑣・黃繡球七回：「有你的勇猛進取，就不能無我的審慎周詳，這就叫做相輔而成。」
【用法】指兩件事物相互依賴對方而存在，缺一不可。
【例句】以中國的舊文化融合西方的科學精神，正可以**相輔相成**，相得益彰。
【義近】互助互補／相得益彰／適以相成。
【義反】相互對立／水火不容／適得其反。

相機行事 (ㄒㄧㄤ ㄐㄧ ㄒㄧㄥˊ ㄕˋ)

【釋義】相機：看準機會。
【出處】施耐庵・水滸傳九二回：「如此依計，往花榮軍前，密傳將令，相機行事。」
【用法】觀察時機而採取行動。
【例句】這次派你去大陸洽談投資設廠，可**相機行事**，用不著一一向董事長請示了。
【義近】伺機而動／隨機應變／見機而行／聞風而動／見機行事。
【義反】輕舉妄動／刻舟求劍／膠柱鼓瑟／守株待兔／墨守成規／因循守舊。

相濡以沫 (ㄒㄧㄤ ㄖㄨˊ ㄧˇ ㄇㄛˋ)

【釋義】用口沫相互濕潤。濡：濕潤。沫：唾液。
【出處】莊子・大宗師：「泉涸，魚相與處於陸，相呴以濕，相濡以沫，不如相忘於江湖！」
【用法】比喻在窮困時，彼此互助互濟。
【例句】他倆結識以來，家境一直很貧寒，但感情真摯深厚，彼此**相濡以沫**。
【義近】共度患難／相呴以濕／同甘共苦。

相顧失色 (ㄒㄧㄤ ㄍㄨˋ ㄕ ㄙㄜˋ)

【釋義】相顧：相互看視。失色：因受驚或害怕而臉色變得蒼白。
【出處】舊五代史・周書・段希堯傳：「使於吳越，及乘舟泛海，風濤暴起，楫師僕從，皆相顧失色。」
【用法】形容幾個人一起驚恐之

狀。
【例句】這小孩剛才還好好的，不知怎麼突然昏倒在地，不省人事，大家見了無不**相顧失色**。
【義近】大驚失色／面面相覷／面無人色／面如土色／面面相覷／目瞪口呆。
【義反】神色自如／面不改色／若無其事／泰然處之／氣定神閒。

省刑薄斂

【釋義】減省刑法，薄收賦稅。
【出處】馮夢龍・東周列國志七七回：「勤於國政，省刑薄斂，養士訓武，修復關隘。」
【用法】指實行開明政治，以利於國強民富。
【例句】臺灣自實行民主政治以來，一直注意**省刑薄斂**，故經濟日益繁榮，國力一天天增強。
【義近】節用裕民／政簡刑清／免租減稅／輕徭薄役／減租減息／輕徭薄賦。
【義反】橫征暴斂／巧立名目／苛捐雜稅／敲骨吸髓／肆意搜括。

省吃儉用

【釋義】儉：節約。一作「省使儉用」。
【出處】凌濛初・二刻拍案驚奇卷二二：「雖不及得富盛之時，卻是省吃儉用，勤心苦胝，衣食盡不缺了。」
【用法】指生活儉樸節省，毫不浪費。
【例句】她的收入不豐，但是在**省吃儉用**下倒還過得去。
【義近】節衣縮食／簡樸度日／勤儉持家。
【義反】鋪張浪費／揮霍無度／肆意揮霍。

省欲去奢

【釋義】減省欲望，除去奢侈。
【出處】漢・襄楷・復上書：「又聞宮中立黃老浮屠之祠，此道清虛，貴尚無爲，好生惡死，省欲去奢。」
【用法】用以表示崇尚節儉，力求恬靜寡欲。
【例句】酈老闆在年輕時縱情享樂，生活奢侈豪華，進入老年後便毅然決然一改舊習，過著**省欲去奢**的生活。
【義近】減欲去奢／勤儉度日／清心寡欲／克勤克儉。
【義反】欲壑難填／窮奢極侈／驕奢淫逸／欲深谿壑／窮坑難滿／利欲薰心。

省煩從簡

【釋義】省煩：省去煩瑣。從簡：依從簡單。從：指採取某種方法或態度。
【出處】晉書・虞預傳：「窮奢竭費謂之忠義，省煩從簡呼爲薄俗。」
【用法】現用以指省去煩瑣的手續而採取簡單的方法。
【例句】過去到歐美投資，手續太繁瑣，現在可好，一切都**省煩從簡**，因而願意去投資的人也跟著與日俱增。
【義近】去煩就簡／簡明扼要／刪繁就簡／刪蕪就簡／撮要刪繁。
【義反】畫蛇添足／多此一舉。

看人眉睫

【釋義】意謂看人眼色。眉睫：眉毛和眼睫毛。
【出處】北史・崔亮傳：「亮曰：『弟妹飢寒，豈容獨飽？自可觀書於市，安能看人眉睫乎！』」
【用法】形容不能自主，要看人臉色行事。
【例句】替人做事，不免要**看人眉睫**，所以我準備明年便自立門戶，自己開一間店。
【義近】承顏候色／鑒貌辨色／察言觀色／仰人鼻息。
【義反】自行其是／自力更生／自立門戶／獨立自主。

看文巨眼

【釋義】巨眼：大眼。
【出處】李汝珍・鏡花緣五六回：「現在看文巨眼，應推印伯伯當代第一。」
【用法】用以稱呼評論文章的高手。
【例句】我的國文造詣較差，看不出文章的好壞，夏老先生是有名的**看文巨眼**，你的文章還是請他指導吧！
【義近】看文老眼／評文巨擘。
【義反】一竅不通／初通文墨／略識之無／略知皮毛。

看朱成碧

【釋義】把朱紅色看成碧綠色。
【出處】王僧孺・夜愁示諸賓詩：「誰知心眼亂，看朱忽成碧。」
【用法】形容人心亂目眩，連五色都分辨不清。
【例句】由於她太思念因車禍身亡的兒子，精神狀態極不穩定到**看朱成碧**的地步，令人同情。

看風使帆

【釋義】看風向來轉動風帆。
【出處】普濟・五燈會元・圓通禪師：「看風使帆，正是隨波逐浪。」
【用法】比喻做事能隨機應變，跟著情勢轉變方向。
【例句】無論做什麼事都不可能有固定的程序和格式，要善於**看風使帆**，絕不能固執己見。
【義近】看風駛篷／看風使船／見機行事／知機識變／隨機應變／伺機而動。
【義反】畫地自限／膠柱鼓瑟／故步自封／墨守成規／刻舟求劍／鄭人買履。

看破紅塵

【釋義】紅塵：泛指人世間。
【出處】李汝珍・鏡花緣四三回：「看這話頭，他明明看破紅塵，貪圖仙景，任俺尋找，總不出來。」
【用法】用以表示看破人生，不留戀世間的一切。
【例句】想不到這位香港名演員也因**看破紅塵**而執意要出家，那麼多人去勸說，他也不肯回心轉意。
【義近】遺世獨立／避世絕俗／超然物外／遺世絕俗。
【義反】光宗耀祖／爭名逐利／揚名聲，顯父母／營求富貴／蠅營狗苟／汲汲於富貴。

看殺衛玠

【釋義】羣眾爭看美男衛玠，衛玠不堪其勞而早死。
【出處】劉義慶・世說新語・容止：「衛玠從豫章至下都，人久聞其名，觀者如堵牆。玠先有羸疾，體不堪勞，遂成病而死。時人謂看殺衛玠。」
【用法】用以形容美男子，或受人愛慕的男人。
【例句】日本偶像男星來台宣傳，影迷爭睹其風采，幾乎到了**看殺衛玠**的地步，最後不得不請警方開道，才從幾乎瘋了的人羣裏脫困。

五　畫

眞才實學

【釋義】眞正的才能學問。
【出處】曹彥約・辭免兵部侍郎兼修史恩命申省狀：「更須眞才實學，乃入茲選。」
【用法】形容人具有眞實的才幹學識，非徒有虛名者可比。
【例句】有**眞才實學**的人經得起考驗，不怕沒有出頭天。
【義近】滿腹經綸／腹笥便便。
【義反】徒有虛名／不學無術／根柢浮淺。

眞知灼見

【釋義】眞：眞實，正確。灼：明白，透徹。
【出處】朱元弼・猶及編引：「所載俱盛德事，非眞知灼見不與也。」
【用法】指正確而透徹的認識和見解。
【例句】這是一篇具有**眞知灼見**的論文，立論精闢，闡述清楚，值得人深思。
【義近】遠見卓識／洞若觀火。
【義反】一孔之見／凡俗之見／井蛙之見。

眞金不怕火煉

【釋義】眞金雖經火煉，本色不變。
【出處】徐渭・四聲猿・雌木蘭替父從軍二折：「非自獎眞金烈火，儻好比濁水紅蓮。」
【用法】比喻有眞才實學的人，或品質優良的物品，能經得起任何考驗。
【例句】俗話說：「**眞金不怕火煉**。」有本事的人不用怕找不到發揮長才的機會。
【義近】眞金烈火／百煉成鋼。

眞金不鍍

【釋義】眞金自有其美色，用不著再去鍍金。
【出處】李紳・答章孝標詩：「假金方用眞金鍍，若是眞金不鍍金。」
【用法】用以比喻有眞才實學的人，用不著借名聲來裝點或靠其他的人來捧場。
【例句】**眞金不鍍**，他在科學研究領域碩果纍纍，還用得著你們來寫文章捧場嗎？

眞相大白

【釋義】眞相：原爲佛家用語，指本來面目。大白：完全明白。
【出處】楊衒之・洛陽伽藍記・修梵寺：「菩提達摩云：『得其眞相也。』」
【用法】說明眞實情況完全弄明白了。
【例句】這個案件經過多方面調查，現已**眞相大白**，確實與你無關，你可以回去了。
【義近】水落石出／昭然若揭／眞相畢露。
【義反】眞相不明／沉冤莫白／冤沉海底。

眞僞莫辨

【釋義】僞：假。莫辨：不能分辨。莫：不。
【出處】隋書・經籍志一：「戰國縱橫，眞僞莫辨，諸子之言，紛然淆亂。」
【用法】指眞的與假的混雜在一起，無法分辨清楚。
【例句】那位扮演總統的演員，有天與眞總統站在一起，竟令下屬感到**眞僞莫辨**。
【義近】魚目混珠／眞假難辨／眞僞難分／以假亂眞／魚目似珠。
【義反】昭然若揭／彰明較著／昭昭若揭／昭然在目／黑白分明。

眞憑實據

【釋義】意即眞實的憑據。
【出處】李寶嘉・官場現形記九回：「雖未查出他縱團仇教的眞憑實據……。」
【用法】用以說明憑據確鑿，毫無虛假，不可抵賴。
【例句】現在**眞憑實據**擺在你面前，你還有什麼話說？
【義近】鐵證如山／眞贓實犯。
【義反】無憑無據／無中生有／向壁虛造。

眞贓實犯

【釋義】意謂贓物是眞的，罪犯是確實的。
【出處】明・無名氏・開詔救忠三折：「你今眞贓實犯，有何理說。」
【用法】泛指犯罪的證據確鑿無疑。
【例句】你現在已是**眞贓實犯**，還有什麼可狡辯的？趕快老實交代清楚，以爭取從寬處置吧！
【義近】眞凶實犯／眞贓實據／人贓俱在／人贓俱獲／罪證確鑿。
【義反】栽贓誣陷／僞贓假證／無中生有／羅織構陷／向壁虛造／無憑無據。

眠花臥柳

【釋義】花、柳：比喻妓女。
【出處】元・無名氏・玩江亭三折：「你則待玩水遊山，怎知俺眠花臥柳。」
【用法】指男子在外嫖宿妓女。
【例句】我們董事長的兒子平日總是游手好閒，除了**眠花臥柳**，一樣正經事也不會做。
【義近】眠花宿柳／拈花惹草／嫖娼宿妓／尋花問柳／招風惹草／招風引蝶。
【義反】不戀女色／坐懷不亂／正人君子／目不斜視／不欺暗室／道學先生。

眠思夢想

【釋義】意謂睡夢裏也在想念。
【出處】元・王元和・小桃紅・題情：「眠思夢想如花貌，這愁煩誰人知道。」

【用法】形容思念深切。

【例句】他自從太太去世後，可說無一日不**眠思夢想**，哪還有心情管商場上的事！

【義近】魂牽夢縈／朝思暮想／牽腸掛肚／日思夜想／念念不忘／日夜思念。

【義反】置之腦後／拋往九霄雲外／拋諸腦後／置之不理。

眠霜臥雪

【釋義】意謂睡在霜雪之中。

【出處】元・關漢卿・哭存孝二折：「我也曾苦征惡戰，眠霜臥雪，多有功勳。」

【用法】形容在外勞苦。

【例句】阿爾巴尼亞等國的民眾，為了躲避戰火，紛紛外逃，**眠霜臥雪**，受盡折磨，眞是可憐。

【義近】沐雨櫛風／風鬟雨鬢／餐風宿露／餐風飲露／餐風沐雨。

【義反】安居樂業／安家落戶／養尊處優／安富尊榮／飽食終日／乘車御蓋。

六畫

眼不見心不煩

【釋義】意謂不看煩惱事，則可避免煩惱。

【出處】曹雪芹・紅樓夢二九回：「幾時我閉了眼，斷了這口氣，任憑你們兩個冤家鬧上天去，我眼不見，心不煩，也就罷了。」

【用法】表示在無可奈何之時逃避煩惱的心情。

【例句】我兒子天天和媳婦吵架，鬧得人不得安寧，**眼不見心不煩**，明天我搬走算了。

【義近】眼不見為淨。

眼不見為淨

【釋義】意謂眼睛沒有看到，就以為乾淨。

【出處】宋・趙希鵠・調燮類編・蟲魚：「凡販賣鰕米及甘蔗者，每用人溺灑之，則鮮美可愛，所謂眼不見為淨也。」

【用法】本指飲食雖髒，因不曾看到便以為乾淨。現泛指諸事只要不見便覺清淨，含有不想見到、不想理會之意。

【例句】你們年輕夫妻失和，我是抱著**眼不見為淨**的態度，只要不在家裏吵吵鬧鬧，我就謝天謝地了。

【義近】眼不見心不煩／置身事外／置之度外／睜一隻眼，閉一隻眼。

【義反】耿耿於懷。

眼中人

【釋義】眼睛裏的人。

【出處】陸士龍・答張士然詩：「感念桑梓域，髣髴眼中人。」

【用法】指舊相識的人，或心中所想念的人。

【例句】不見**眼中人**，空想山南寺。（何遜・霖雨不晴懷郡中遊聚詩）

眼中釘

【釋義】又作「眼中疔」，均指眼中決不能容納的異物。常與「肉中刺」連用。

【出處】馮贄・雲仙雜記卷九：「趙在禮在宋州，所為不法，百姓苦之。一日制下，移鎮永興，百姓相賀曰：『眼中拔卻釘矣，可不快哉！』」

【用法】用以比喻心中所最憎惡的人。

【例句】這兄弟倆眞不是東西，為了獨佔父親留下的家產，竟然都把對方看作**眼中釘**。

【義近】眼中刺／肉中刺。

【義反】心頭肉／心肝寶貝。

眼內出火

【釋義】眼中冒出火花。

【出處】馮夢龍・醒世恆言三卷：「金珠寶玉算價，足勾千金之數，把個劉四媽驚得眼中出火。」

【用法】形容人非常生氣，或驚懼之甚。

【例句】這點小事就把你氣得**眼內出火**，看來你的脾氣也太壞了一些。

【義近】暴跳如雷／七竅生煙／三尸暴跳／眼冒星光。

【義反】心平氣和／平心靜氣。

眼巴巴

【釋義】巴巴：形容迫切盼望的樣子。

【出處】賈仲名・呂洞賓桃柳昇仙夢三：「一帶雲山似圖畫，眼巴巴幾時得到京華。」張伯起・解語一枝花：「懸望眼巴巴，悄無言裝聾作啞。」

【用法】形容人的盼望急切。

【例句】她天天**眼巴巴**地望著先生歸來，最後歸來的卻是一堆白骨，教她如何不傷心欲絕。

【義近】望眼欲穿／望穿秋水。

眼似刀

【釋義】眼睛像刀一樣鋒利。

【出處】李宣古・杜司空席上賦：「能歌姹女顏如玉，解飲蕭郎眼似刀。」

【用法】喻人眼光犀利明亮。

【例句】此人**眼似刀**，在他面前想玩把戲，門都沒有，他一眼就能看穿你的花樣，所以還是老實一點的好。

眼明手快

【釋義】眼睛明亮，手腳快速。

【出處】施耐庵・水滸傳一七回：「你有許多眼明手快的公人，管下三二百個，何不與哥出些氣力。」

【用法】指看得準，動作敏捷。

【例句】他打起球來**眼明手快**，是個很有發展潛力的籃球運動員。

【義近】眼明手捷／眼疾手快。

【義反】笨手笨腳／眼昏手顫／眼花手軟。

眼花耳熱

【釋義】眼睛發花，耳朵發燒。

【出處】李白・俠客行：「眼花耳熱後，意氣素霓生。」陸游・野飲：「眼花耳熱言語多，霍然已醒如過燒。」

【用法】形容人飲酒微醉、精神興奮的神態。

【例句】幾杯黃湯下肚後，他就**眼花耳熱**了起來，話也特別多，你就多陪他一下吧。

【義近】醉眼朦朧／酒酣耳熱／酒意正濃／三分酒意。

【義反】酩酊大醉／爛醉如泥。

眼花撩亂

【釋義】撩亂：紛亂。又作「眼花繚亂」。

【出處】王實甫・西廂記一本一折：「似這般可喜娘的龐兒罕曾見，則著人眼花繚亂口難言。」

【用法】形容看到繽紛的色彩、紛繁複雜的事物，或因爲驚恐、病弱，而感到眼睛發花，心意迷亂。

【例句】①一進入合作社展覽大廳，就被琳琅滿目的美術作品吸引住了，不覺**眼花撩亂**，應接不暇。②她最近身體有些虛弱，蹲下去久了，一站起來便覺得**眼花撩亂**。

【義近】目迷五色／如墮五里霧中／頭昏眼花。

【義反】心明眼亮／眼明神清。

眼穿腸斷

【釋義】眼睛望穿了，腸子思念斷了。

【出處】宋・柳永・安公子（詞）：「當初不合輕分散，及至厭厭獨自個，卻眼穿腸斷。」

【用法】形容盼望、相思到了極點。

【例句】平日在一起不知珍惜，誰知一分手，心裏就不是滋味，過了半個月就令我**眼穿腸斷**了。

【義近】朝思暮想／魂牽夢縈／輾轉反側／牽腸掛肚／望眼欲穿／眠思夢想。

【義反】置之度外／拋往九霄雲外／無牽無掛／無動於衷。

眼高手低

【釋義】眼高：眼界、眼光高。手低：指辦事的能力低。

【出處】王衡・鬱輪袍：「他直恁的手藝低口氣高，教人暗笑。」

【用法】指要求的標準很高，甚至不切實際，但工作能力低下，根本做不到。

【例句】這種人最大的毛病就是**眼高手低**，不量自己的才能就一味地想做大事。

【義近】志大才疏／智小謀大／才疏意廣。

【義反】腳踏實地。

眼淚洗面

【釋義】用眼淚洗臉，極言所流淚水之多。

【出處】陸游・避暑漫抄：「又韓玉汝家，有李國主歸朝後與金陵舊宮人書云：『此中日夕，只以眼淚洗面。』」

【用法】形容憂愁悲傷，淚流滿面。

【例句】王太太自從心愛的女兒被綁匪殺害後，近十多天來無日不以**眼淚洗面**，眞是可憐。

【義近】以淚洗面／哀痛欲絕／淚如泉湧／淚如雨下／泣下如雨。

【義反】手舞足蹈／眉開眼笑／喜笑顏開／談笑風生／笑逐顏開。

眼眶子淺

【釋義】眼眶短淺。

【出處】吳沃堯・官場現形記一三回：「江山船上的女人眼眶子淺，聽了他話，當他是眞正好戶頭了。」

【用法】喻人見識淺，眼光狹隘。或喻人不見自己的過失。

【例句】公司主管若是**眼眶子淺**，看不到未來的商機，那麼這個公司的前途就堪慮。

【義近】目光如豆／鼠目寸光／目不見睫／闇於自見。

【義反】目光如炬／識多見廣。

眼裏揉不下沙子

【釋義】揉不下：意即容不下。

【出處】曹雪芹・紅樓夢六八回：「奶奶寬洪大量，我卻眼裏揉不下沙子去。」

【用法】比喻對不公平、不合理的人和事看不順眼，一點都容不得。

【例句】他是個**眼裏揉不下沙子**的人，你們這樣無法無天，做出如此見不得人的勾當，他當然要檢舉揭發了。

【義近】嫉惡如仇／眼裏容不得沙子／善善惡惡／好惡分明／賢賢賤惡／愛憎分明。

【義反】得過且過／睜隻眼閉隻眼／不念舊惡／認賊作父／同流合污／仇善親惡／嫉賢養奸。

眼觀四處，耳聽八方

【釋義】四處、八方：均指多方面。

【出處】許仲琳・封神演義五三回：「爲將之道，身臨戰場，務要眼觀四處，耳聽八方。」

【用法】形容機智靈活，對各方面的事都能留心觀察和分析研究。

【例句】張校長爲人非常機靈，我曾與他共事多年，他在工作中眞的能**眼觀四處，耳聽八方**，是個相當精明能幹的人。

【義近】眼觀六路，耳聽八方／面面俱到／耳聰目明。

【義反】視而不見，聽而不聞／聽若罔聞／兩眼昏花／蒙昧無知。

眼饞肚飽

【釋義】意謂肚皮飽飽的，可是看見了好的食物仍想吃。

【出處】曹雪芹・紅樓夢一六回：「往蘇杭走了一趟回來，也該見點世面了，還是這樣眼饞肚飽的。」

【用法】形容人貪得無厭。

【例句】別這樣**眼饞肚飽**的，家裏已有那麼多奇珍異品，你還要花一大筆錢去買這塊古玩！

【義近】貪得無厭／巴蛇吞象／欲壑難塡／狼貪鼠竊。

【義反】知足知止／知足不辱／知止不殆／知足免禍。

眾人拾柴火焰高

【釋義】意謂許多人去揀柴，柴就多，柴多火就燃得旺，火焰也就高。

【用法】比喻大家一齊出力，作用就會很大。

【例句】**眾人拾柴火焰高**，只要大家齊心協力，這項工程保證能如期完工。

【義近】眾喣漂山／眾志成城／萬眾一心／人心齊，泰山移／眾人同心，其利斷金。

【義反】獨木不成林／單絲不成線／獨木難支／孤掌難鳴／一盤散沙。

眾口一詞

【釋義】眾人說的話完全一樣。

【出處】歐陽修・論議濮安懿王典禮劄子：「眾口一辭，紛然不正。」

【用法】用以形容看法、意見等一致，毫無分歧。

【例句】在會議中，大家**眾口一詞**，無異議通過減稅法案。

【義近】異口同聲。

【義反】眾說紛紜。

眾口交攻

【釋義】許多人一齊用話語攻擊。交：一齊，同時發生。

【出處】明史・王應熊傳：「陛下召應熊，必因其秉國之日，眾口交攻，以爲孤立無黨，孰知其同年密契，肺腑深聯。」

【用法】形容大家的意見或民憤極大。

【例句】這個人在本地無惡不作，**眾口交攻**，現又在你們那裏爲非作歹，當然應該從嚴懲處。

【義近】眾矢之的／眾人不齒／羣起而攻之／千夫所指／千目所視／過街老鼠。

【義反】眾口交薦／讚不絕口／頌聲盈耳／膾炙人口／口碑載道／家傳戶誦。

眾口交薦

【釋義】意謂許多人一致推薦。交：一齊。

【出處】隋唐演義八二回：「玄宗見眾口交薦李白之才，便傳旨賜李白以五品冠帶朝見。」

【用法】形容某人深受大家的擁護與推崇。

【例句】現在總經理的位置缺人，最好由經理李先生攝行其事，他可是全公司**眾口交薦**的人物呢！

【義近】讚不絕口／頌聲盈耳／膾炙人口／口碑載道／家傳戶誦。

【義反】眾矢之的／眾人不齒／羣起而攻之／千夫所指／千目所視／過街老鼠。

眾口薰天

【釋義】意謂許多人的言論，其勢可以上達於天。

【出處】呂氏春秋・離謂：「亂國之俗，甚多流言，而不顧其實，務以相毀，務以相譽。毀譽成黨，眾口薰天。」

【用法】形容輿論力量之大。

【例句】這桃色新聞完全是別有用心的人編造出來的，但**眾口薰天**，現在弄得沸沸揚揚，我迫於無奈，只好退出市長選舉了。

【義近】眾呴漂山／沸沸揚揚／人言可畏／眾口鑠金／三人成虎／眾議成林。

【義反】是非難混／事實勝於雄辯／眞金不怕火。

眾口難調

【釋義】意謂一人一種口味，人多了做出的食物無法適合每個人的口味。調：調配。

【出處】鄧玉賓・中呂粉蝶兒曲：「羊羹雖美，眾口難調。」

【用法】比喻人多意見多，不易做到使人人滿意。

【例句】**眾口難調**，執政者要使羣眾都滿意是不可能的，只要做到多數人滿意就行了。

【義近】一人一心／你是我非。

【義反】萬眾一心／眾人同心／是非公認。

眾口鑠金

【釋義】眾人的話能使金屬熔化。鑠：熔化。

【出處】左丘明・國語・周語下：「故諺曰：『眾心成城，眾口鑠金。』」

【用法】形容輿論的力量大。也指眾多的流言，足以顛倒是非，混淆黑白。

【例句】**眾口鑠金**，造謠言和傳播謠言的人那裏眞正知道謠言的巨大威力。

【義近】人言可畏／三人成虎／眾呴漂山／積毀銷骨。

【義反】事實勝於雄辯／是非難混。

眾川赴海

【釋義】眾多的河水流歸大海。川：指江河。

【出處】隋書・音樂志中：「羣星拱極，眾川赴海。」

【用法】比喻各種力量匯聚於一處。

【例句】我們的資金太分散了，現在只有採取**眾川赴海**的辦法，把各地的資金匯集起來，這樣或許可以度過目前的難關。

【義近】百川歸海／眾川會海／百川匯宗／萬流歸宗／百川灌河。

【義反】各自爲政／各行其是／一盤散沙／四分五裂／各奔東西／分崩離析。

眾毛攢裘

【釋義】意謂將許多碎片毛皮積聚起來，可以縫製成皮衣。攢：積聚。裘：皮衣。

【出處】吳承恩・西遊記六九回：「常言道：『眾毛攢裘。』要與本國之王治病哩。醫得好時，大家光輝。」

【用法】比喻積少成多。

【例句】兩百萬臺幣，對我們薪水階層來說，自然是一筆不小的數字，但**眾毛攢裘**，慢慢積攢，還是可以達到的。

【義近】集腋成裘／積沙成塔／積水成淵／聚水爲川／積土成山／積羽沉舟。

【義反】毀於一旦／冰消瓦解／灰飛煙滅／化整爲零／煙消雲散。

眾目共視

【釋義】意謂所有人的眼睛都看見了。

【出處】歐陽修・論臺諫官唐介等宜早牽復札子：「言一出則萬口爭傳，眾目共視，雖欲爲私，其勢不可。」

【用法】形容極其顯明。

【例句】你所做的這樁醜事，已是**眾目共視**，根本無法抵賴，還是老實承認的好。

【義近】眾目昭彰／有目共睹／昭昭在目／昭然若揭／眾所周知／眾目睽睽。

【義反】無人知曉／鮮爲人知／諱莫若深。

眾目所歸

【釋義】眾人目光所一致集中之處。歸：趨向或集中於一個地方。

【出處】宣和畫譜・道釋二・辛澄：「澄嘗於蜀中大聖寺畫僧伽及諸變相，士女傾城邑往觀焉，……茲乃眾目所歸，不待較而可得矣。」
【用法】形容一致讚賞。
【例句】張大千、齊白石等大師的畫作，**眾目所歸**，在拍賣會上自然要成爲搶手貨了。
【義近】有目共賞／眾目俱瞻／交相稱譽／口碑載道／有口皆碑／膾炙人口。
【義反】無人賞識／嗤之以鼻。

眾目睽睽

【釋義】許多人睜著眼睛看。睽睽：睜大眼睛注視著。一作「萬目睽睽」。
【出處】韓愈・鄆州谿堂詩序：「新舊不相保，萬目睽睽，公於此時，能安以治之。」
【用法】形容許多人都睜大眼睛注視著。
【例句】她初登上講壇，在**眾目睽睽**之下，不免有些心慌。
【義近】眾目昭彰／大庭廣眾／萬人矚目。
【義反】無人注視／無人理睬。

眾矢之的

【釋義】眾：許多。矢：箭。的：箭靶的中心，此指箭靶。
【用法】比喻大眾攻擊的對象、目標。
【例句】你這人太倔強，從不給人方便，又愛損人，所以現在成了**眾矢之的**。
【義近】眾口交攻／過街老鼠／千夫所指／眾毀所歸。
【義反】人人愛戴／交口稱譽／萬民景仰／眾星捧月。

眾志成城

【釋義】萬眾同心，便會像堅固的城牆般不可摧毀。一作「眾心成城」。
【出處】左丘明・國語・周語下：「故諺曰：『眾心成城，眾口鑠金。』」
【用法】比喻眾人同心，便會有無比強大的力量，能成就任何事情。
【例句】**眾志成城**，只要我們齊心協力，這點困難一定能克服。
【義近】眾擎易舉／眾人同心，其利斷金。
【義反】一盤散沙／孤掌難鳴／獨木難支／單絲不成線。

眾呴漂山

【釋義】意謂眾人一齊吹氣，能使山移動。呴：吹氣。
【出處】漢書・中山靖王勝傳：「夫眾呴漂山，聚蚊成雷。」
【用法】比喻人多力量大。
【例句】有什麼可擔心的？**眾呴漂山**，我們這麼多人，我就不信不能完成這項任務！
【義近】萬眾一心／眾志成城／羣策羣力／眾人拾柴火焰高／眾人同心，其利斷金。
【義反】孤掌難鳴／獨木不成林／單絲不成線／一盤散沙／獨木難支。

眾所周知

【釋義】周：全，普遍。一作「眾所共知」、「人所共知」。
【出處】朱子語類卷一六：「雖十目視十手指，眾所共知之處，亦自七顛八倒了，更如何地愼獨。」
【用法】形容大眾全都知道。
【例句】這早已是**眾所周知**的事了，你還在這裏當做頭號新聞來傳播！
【義近】盡人皆知／婦孺皆知／家喻戶曉／世人皆知。
【義反】人所不知／鮮爲人知／諱莫如深／無人知曉。

眾所瞻望

【釋義】眾人所仰望的。瞻望：抬著頭往遠處看。
【出處】宋・蔡襄・荅趙內翰書：「足下語論，眾所瞻望。」
【用法】形容人德高望重，爲大家所景仰。
【例句】辜先生是當代元老，爲**眾所瞻望**的人物，希望他能爲國家的和平統一做出卓越的貢獻。
【義近】眾望所歸／資深望重／泰山北斗／德高望重／眾心所歸／人心所向／眾望所屬。
【義反】獨夫民賊／過街老鼠／眾矢之的／眾口交攻／千夫所指。

眾叛親離

【釋義】眾人反對，親人背離。叛：背叛。離：離開。
【出處】左傳・隱公四年：「眾叛親離，難以濟矣。」
【用法】形容十分不得人心而孤立。
【例句】你再這麼固執己見下去，恐怕遲早會**眾叛親離**。
【義近】土崩瓦解／孤家寡人／世人不齒。
【義反】眾望所歸／眾心歸附／歸之若水／眾星拱月。

眾怒如水火

【釋義】如水火：就像洪水烈火一樣的凶猛厲害。
【出處】左傳・昭公十三年：「眾怒如水火焉，不可爲謀。」
【用法】形容大眾的憤怒非常厲害，根本無法抵擋。
【例句】你不要自以爲有權有勢就可以爲非作歹，可知**眾怒如水火**，一旦羣眾起來造反，我看你這烏紗帽也不見得保得住。
【義近】眾怒難任／眾怒難犯／專欲難成。
【義反】冒天下之大不韙／與世人爲敵。

眾怒難犯

【釋義】眾人的憤怒不可觸犯。犯：觸犯。
【出處】左傳・襄公十年：「眾怒難犯，專欲難成。」
【用法】用以指眾人的意願不可違背，否則便會自食惡果。
【例句】民國八年爲反對巴黎和約，全國到處集會遊行，罷工、罷市、罷課，軍政府見**眾怒難犯**，只好拒絕在和約上簽字。
【義近】專欲難成／眾怒難任。

眾怒難任

【釋義】眾人的憤怒難以抵擋。任：抵擋。
【出處】唐・陸贄・請不置瓊林大盈二庫狀：「眾怒難任，蓄怨終洩，其患豈徒人散而已。」
【用法】指行事要有理有節，不要觸怒眾人。
【例句】工人對剋扣工資之事頗

有意見，宜迅速查處相關人員，並補發所剋扣的工資，否則**眾怒難任**，事情如果鬧大就不好收拾了。
【義近】眾怒如水火／眾怒難犯／專欲難成。
【義反】冒天下之大不韙／與世人爲敵。

眾星捧月

【釋義】天上的羣星捧著月亮。捧：雙手托著。
【出處】普濟．五燈會元卷五二：「喻若眾星拱明月。」
【用法】比喻眾人擁戴著一個共同敬仰的人，或比喻許多東西環繞著一個中心。
【例句】這幾個男人像**眾星捧月**似地，圍著張小姐轉，卻未見芳心誰屬。
【義近】眾望所歸／眾星拱月／眾星拱北／眾星拱辰。
【義反】眾叛親離／孤家寡人／隻身孤影。

眾望所歸

【釋義】眾望：眾人所仰望的。歸：歸向，歸附。
【出處】舊唐書．睿宗紀：「咸以國家多難，宜立長君，以帝眾望所歸，請即尊位。」
【用法】形容爲眾人所仰望的德高望重的人。
【例句】證嚴法師已是**眾望所歸**的大師，而她卻仍舊一貫地默默奉獻，不計名利。
【義近】眾望所屬／眾所瞻望／眾心歸附／人心所向。
【義反】千夫所指／眾叛親離／民賊獨夫／眾矢之的。

眾毀所歸

【釋義】意謂眾人的毀謗歸於一處。
【出處】漢．楊惲．報孫會宗書：「羅賤販貴，逐什一之利，此賈豎之事，污辱之處，惲親行之，下流之人，眾毀所歸，不寒而栗。」
【用法】形容被大家所不齒。
【例句】他在染上毒癮之後，幾年內就把家產敗光了，接著就去偷去搶，成了一個**眾毀所歸**的人。
【義近】過街老鼠／眾口交攻／眾矢之的／千夫所指。
【義反】眾望所歸／德高望重／人心所向／眾所瞻望。

眾寡不敵

【釋義】眾：多。寡：少。敵：對抗，抵擋。
【出處】三國志．魏書．郭淮傳：「諸將議眾寡不敵，備便乘勝，欲依水爲陣以拒之。」
【用法】指人數少的敵不過人數多的。
【例句】我軍在**眾寡不敵**的形勢下，頑強拚搏，最後終於取得了勝利。
【義近】眾寡莫敵／眾寡難敵／眾少不敵／寡不敵眾。
【義反】以少勝多／以弱勝強／以寡擊眾／以一當十。

眾寡勢殊

【釋義】勢殊：力量懸殊。
【出處】晉．桓沖．上言吉挹忠節：「襄陽失守，邊情沮喪，加眾寡勢殊，以至陷沒。」
【用法】形容一方人多，一方人少，在力量上相差很大。
【例句】歷史上以少勝多的事例並不少見，雙方雖然**眾寡勢殊**，但鹿死誰手還很難說。
【義近】眾寡懸殊。
【義反】勢均力敵／旗鼓相當／不相上下／難分軒輊／互爲頡頏。

眾擎易舉

【釋義】許多人一齊用力，容易把東西舉起來。擎：往上托。
【出處】張岱．募修岳鄂王祠墓疏：「蓋眾擎易舉，獨力難支。」
【用法】形容人合力做事，很容易辦成。
【例句】**眾擎易舉**，只要大家同心協力，再困難的事也可以解決。
【義近】人多勢眾／眾志成城／眾人拾柴火焰高。
【義反】孤掌難鳴／獨木難支／獨力難支。

眾議成林

【釋義】意謂議論之多，可以把無樹林的平地說成有樹林。
【出處】淮南子．說山訓：「眾議成林，無翼而飛，三人爲市虎，一里能橈椎。」
【用法】形容眾口交論，不眞實之事也會使人信以爲眞。
【例句】根本就沒有的事，卻因**眾議成林**，搞得人心惶惶。
【義近】三人成虎／人言可畏／眾口鑠金／一里橈椎。
【義反】眞金不怕火／事實勝於雄辯／黑白難混。

八—九畫

睚眥之怨

【釋義】意謂就像瞪眼看人這樣的小怨。睚眥：生氣時瞪眼而視，比喻小怨。
【出處】司馬遷．史記．范雎蔡澤列傳：「睢既相秦，於是散家財物盡以報所嘗困厄者，一飯之德必償，睚眥之怨必報。」
【用法】形容非常小的怨恨。
【例句】你的心胸未免也太狹窄了，不過只是**睚眥之怨**，又何苦要置他於死地呢？
【義近】睚眥之私／睚眥之隙／睚眥之嫌。
【義反】奪妻之恨／深仇大恨／殺父之仇／切齒仇怨／血海深仇／不共戴天。

睚眥必報

【釋義】睚眥：發怒時瞪眼睛，借指極小的仇恨。
【出處】後漢書．公孫瓚傳：「瓚恃其才力，不恤百姓，記過忘善，睚眥必報，州里善士，名在其右者，必以法害之。」
【用法】指爲了一點小事也要斤斤計較，予以報復。
【例句】你這樣做實在太不應該了！爲了圖一時的痛快，竟然**睚眥必報**，這不招來禍患才怪呢！
【義近】斤斤計較／錙銖必較／寸步不讓。
【義反】寬宏大量／豁達大度／大度包容／寬大爲懷。

睥睨一世

【釋義】睥睨：斜視，引申爲高傲。
【出處】後漢書．仲長統傳：「逍遙一世之上，睥睨天地之間。」

【用法】形容自負自大的樣子。

【例句】他早年在商場上雖然叱吒風雲，**睥睨一世**，但是晚年卻眾叛親離，生活極爲孤寂淒涼。

【義近】妄自尊大／目空一切／崖岸自高／剛愎自用。

【義反】虛懷若谷／謙沖自牧／大盈若沖／深藏若虛。

睹物思人

【釋義】意謂看到死者或離去的人所留下的東西，便會引起對他的思念。

【出處】太平廣記卷三五〇引唐・裴鉶・傳奇・顏濬：「貴妃贈辟(避)塵犀簪一枚，曰：『異日睹物思人。』」

【用法】用於對死者或離去的人的思念。

【例句】秦太太與丈夫的感情甚篤，自從丈夫死後，幾乎無時無刻不沉浸在**睹物思人**的悲傷情緒中。

【義近】睹物傷情／室邇人遠／睹物懷人／睹物興情／觸景傷情。

【義反】無動於衷／漠然置之／視若無睹／淡然處之。

睹物傷情

【釋義】意謂見到與故人有關的東西，便觸發起感傷之情。

【出處】明・柯丹邱・荆釵記・時祀：「紙錢飄，蝴蝶飛。血淚染，杜鵑啼，睹物傷情，越慘淒。」

【用法】用於悼念、追思死者。

【例句】「文隱看了，不覺**睹物傷情**，一時觸動自己心事，更是淒慘不已。」（李汝珍・鏡花緣五七回）

【義近】睹物興情／見鞍思馬／睹物興悲／睹物思人／觸景傷情。

【義反】無動於衷／視若無睹／漠然置之／淡然處之。

睡臥不寧

【釋義】意謂睡覺也睡不安穩。寧：安寧。

【出處】王實甫・西廂記第五本二折：「這幾日睡臥不寧，飲食少進，給假在驛亭中將息。」

【用法】形容心緒煩亂，不能安定。

【例句】最近爲了孩子吸毒的事，弄得我**睡臥不寧**，哪還有心思去觀光旅遊！

【義近】坐立不安／寢食難安／心神不寧／心煩意亂／失魂落魄／心神恍惚。

【義反】心安神定／鎮靜自如／心曠神怡／神閒氣定／心如止水／好整以暇。

睡眼惺忪

【釋義】惺忪：剛睡醒的樣子。

【出處】魯迅・故事新編・采薇：「所遇見的不過睡眼惺忪的女人，在井邊打水。」

【用法】形容剛剛睡醒，眼神尚遲頓模糊。

【例句】你看她**睡眼惺忪**的樣子，肯定是昨晚沒睡好覺。

【義近】睡眼矇矓／睡眼迷矇。

【義反】神采奕奕／神采煥發／容光煥發／精神抖擻／神清氣爽。

十畫

瞎字不識

【釋義】指不識字的人。

【出處】馬永卿・嬾眞子四：「魯臧武仲名紇，孔子之父，鄹人，紇乃叔梁紇也，皆音恨發反，而世人多呼爲核。有一說，唐蕭穎士輕薄，有同人誤呼武仲名，因曰：『汝紇字也不識。』或以爲瞎字也不識，誤矣。」

【用法】譏人不學無術或拙筆。

【例句】現在工作難求，若是**瞎字不識**，籌碼又比人更低，要找一份工作恐怕是難上加難。

【義近】胸無點墨／目不識丁／腹笥甚儉。

【義反】學富五車／滿腹經綸／腹笥便便／學貫天人。

瞋目切齒

【釋義】瞪大眼睛，咬牙切齒。

【出處】司馬遷・史記・張儀列傳：「天下之游談士莫不日夜搤腕瞋目切齒以言從（縱）之便，以說人主。」

【用法】形容極端憤怒的樣子。

【例句】這不過是小事一樁，損失也極有限，犯不著**瞋目切齒**地氣成這個樣子！

【義近】咬牙切齒／髮指眥裂／怒髮衝冠／怒不可遏／怒氣衝天／怒眼圓睜。

【義反】心平氣和／平心靜氣／和顏悅色／笑容可掬。

十一畫

瞞上不瞞下

【釋義】欺瞞上層，不瞞下層。

【出處】古今雜劇・梁山七虎鬧銅臺一：「升斗上面剋除糧，一心瞞上不瞞下。」

【用法】指一同作弊，不讓消息傳到上面去。

【例句】方才有幾個教親共備了五十斤牛肉，請一位老師求我，說是要斷盡了，他們就沒有飯喫，求我略寬鬆些，叫做**瞞上不瞞下**。（吳敬梓・儒林外史四）

瞞天昧地

【釋義】隱藏矇騙天地。

【出處】古今雜劇・鬧銅臺：「我那日離山營，到銅城，見倉官壞法胡行徑，專瞞天昧地不公平。」

【用法】指人昧著良心，欺騙他人。

【例句】他以爲他做了**瞞天昧地**的事沒有人會發現，其實早就東窗事發，警察已經注意、調查他很久了。

【義近】瞞心昧己。

【義反】光明磊落／正大光明。

瞞天過海

【釋義】隱瞞蒼天，渡過海去。

【出處】明・阮大鋮・燕子箋・購幸：「我做提控最有名，瞞天過海無人問，今年大比期又臨，嗏，要賺幾貫銅錢養阿正。」

【用法】比喻用欺騙的手段，暗中行動。爲三十六計之一。

【例句】既然經理不同意，我們三個就以**瞞天過海**之術來促成此事。再說這又不是什麼大不了的事，就是經理知道了也不會怎麼樣。

【義近】瞞上騙下／欺上瞞下。

【義反】光明正大／光明磊落／光風霽月／胸懷坦蕩。

瞞心昧己

【釋義】瞞：隱藏實情。昧：蒙蔽。

【出處】岳伯川・鐵拐李三：「我想這做屠戶的，雖是殺生害命，還強似俺做吏人的瞞心昧己、欺天害人也。」

【用法】指人違背良心，做出奸詐害人的事情。

【例句】平日看他爲人處事光明磊落，怎知他竟會做出**瞞心昧己**的壞事，眞是人不可貌相。

【義近】瞞天昧地。

【義反】光明磊落／正大光明。

瞞神弄鬼

【釋義】意即欺神騙鬼。

【出處】曹雪芹・紅樓夢二〇回：「晴雯也笑道：『你又護著他了，你們瞞神弄鬼的，打諒我都不知道呢？』」

【用法】形容玩弄花招。

【例句】你們少在這裏**瞞神弄鬼**的，你們做的事瞞得了別人，可瞞不過我！

【義近】瞞神唬鬼／瞞神嚇鬼／銜玉賈石／欺上瞞下／偷天換日／裝神弄鬼。

【義反】老老實實／說一不二／老實巴交／實實在在。

瞠乎其後

【釋義】在別人後面乾瞪眼而趕不上。瞠：直瞪著眼。乎：介詞「於」，在。

【出處】莊子・田子方：「夫子言道，回乃言道也，及奔逸絕塵，而回瞠若乎後矣。」

【用法】形容遠遠落在後面趕不上。

【例句】那位教授在社會心理學方面造詣很深，我們只能**瞠乎其後**了！

【義近】望塵莫及／甘居下游／難步後塵。

【義反】一馬當先／迎頭趕上。

瞠目結舌

【釋義】瞪著眼睛說不出話來。瞠：瞪著眼。結舌：舌頭轉不動，指說不出話來。

【出處】陸游・醉歌詩：「醉倒村路兒扶歸，瞠目不識問是誰。」齊園主人・夜談隨錄：「公子大駭，入艙隱叩細君，細君結舌瞠目。」

【用法】形容窘迫驚呆的樣子。

【例句】他小小年紀竟有如此優異的表現，令在場人士**瞠目結舌**，自嘆弗如。

【義近】張口結舌／目瞪口呆。

【義反】應對如流／神情自若／氣定神閒。

十二—十三畫

瞭若指掌

【釋義】指著自己的手掌給別人看。

【出處】宋史・道學傳序：「作太極圖說、通書，推明陰陽五行之理，命於天而性於人者，瞭若指掌。」

【用法】形容十分明白清楚的樣子。

【例句】對於這本書的內容，我是**瞭若指掌**，因爲我前後看了至少十遍以上。

【義近】知之甚稔／一清二楚。

瞬息即逝

【釋義】瞬：一眨眼。息：一次呼吸。即逝：就消逝。

【出處】白居易・自詠詩：「榮華瞬息間，求得將何用。」

【用法】用以說明消逝之快。

【例句】她坐在火車上，望著車窗外**瞬息即逝**、一掠而過的景物，傷心往事一幕幕再度浮現腦海。

【義近】稍縱即逝／轉眼即逝。

【義反】萬古長存／永不消逝。

瞬息萬變

【釋義】瞬息：一眨眼一呼吸的短暫時間。萬變：極言變化之多。也作「瞬息千變」。

【出處】吳沃堯・痛史一六回：「軍情瞬息千變。」

【用法】形容在短暫的時間內，變化很多、很快。

【例句】高山上的氣候**瞬息萬變**，你們要去登山，就得要有充分的裝備，以應付突發的狀況。

【義近】一息萬變／變幻莫測／千變萬化。

【義反】一成不變。

瞽言妄舉

【釋義】瞽言：猶瞎說。瞽：眼睛瞎。妄舉：猶妄自行動。

【出處】晉書・摯虞傳：「臣生長華門，不逮異物，雖有賢才，所未接識，不敢瞽言妄舉，無以疇答聖問。」

【用法】是指隨便亂說，輕率行動。

【例句】這件事我既不了解詳情，上面也沒有委派我去辦，我豈敢**瞽言妄舉**？你還是請別人去處理吧！

【義近】妄言妄行／輕舉妄動／胡言亂語／恣意妄爲／魯莽從事／輕率妄爲。

【義反】謹言愼行／危言危行／言必有據／謹小愼微／深思熟慮／臨深履薄。

瞽言芻議

【釋義】芻議：草野之人的議論。芻：指割草打柴的人。

【出處】南齊書・劉善明傳：「不識忌諱，謹陳愚管，瞽言芻議，伏待斧鉞。」

【用法】指盲人和草野平民的議論。常用作自謙之詞。

【例句】我今天在這裏所發表的意見，僅能算作**瞽言芻議**，權且當作拋磚引玉吧！

【義近】淺言粗語／膚淺之見／皮毛之論／凡俗之見／一孔之見。

【義反】暮鼓晨鐘／振聾發聵／至理名言／微言大義／微言精義／微言大旨／眞知灼見／遠見卓識。

瞻前顧後

【釋義】看看前面，又看看後面。瞻：向前看。顧：往後看。

【出處】屈原・離騷：「瞻前而顧後兮，相觀民之計極。」朱子語類八：「若瞻前顧後，便做不成。」

【用法】形容做事之前考慮周密，前後兼顧。今多形容顧慮太多，猶豫不決。

【例句】①做事要有計畫，**瞻前顧後**，留有餘地。②做事要把握時機，大膽果斷，不要瞻前顧後，猶豫不決。

【義近】躊躇審顧／謹小慎微／謹慎周詳／猶豫不決／舉棋不定。

【義反】輕舉妄動／當機立斷／堅決果斷。

矛部

四畫

矜才使氣（ㄐㄧㄣ ㄘㄞˊ ㄕˇ ㄑㄧˋ）

【釋義】矜才：自負才能。使氣：意氣用事。

【出處】夏敬渠．野叟曝言一五回：「奇情奇事，偏於空虛處點綴，令讀者目迷五色，極口讚文章之妙。似作者有意矜才使氣。」

【用法】用以形容人依仗自己有點才氣，就自高自大，意氣用事。

【例句】萬小姐一向品學兼優，性情敦厚，儘管深受上司信任，但絕不**矜才使氣**，傲物凌人。

【義近】恃才傲物／矜己任智／矜功負氣／妄自尊大／才高氣傲／崖岸自高／目空一切／剛愎自用。

【義反】深藏若虛／虛懷若谷／謙沖自牧／謙默自持／大盈若沖。

矜功伐善（ㄐㄧㄣ ㄍㄨㄥ ㄈㄚˊ ㄕㄢˋ）

【釋義】矜功：自誇其功。伐善：誇耀自己的長處。伐：誇耀。

【出處】晉書．段灼傳：「（鄧）艾性剛急，矜功伐善，而不能協同朋類，輕犯雅俗，失君子之心。」

【用法】形容人驕傲自大，毫不虛心。

【例句】他確實爲本公司的發展立下了許多汗馬功勞，但也不能因此就**矜功伐善**，目空一切呀！

【義近】矜功自伐／矜能負才／傲世輕物／崖岸自高／妄自尊大／自高自大／心高氣傲／目中無人／不可一世。

【義反】不矜不伐／屈高就下／虛以下人／虛懷若谷／謙沖自牧／謙沖爲懷。

矜功恃寵（ㄐㄧㄣ ㄍㄨㄥ ㄕˋ ㄔㄨㄥˇ）

【釋義】恃：倚仗，依賴。

【出處】魏書．衛王儀傳：「太祖以儀器望，待之尤重，數幸其第，如家人禮。儀矜功恃寵，遂與宜都公穆崇謀爲亂。」

【用法】是指自誇功高，依仗恩寵。

【例句】陳將軍曾救過國防部長一命，他即以此**矜功恃寵**，目空一切，眞是不應該。

【義近】居功自傲／恃寵爲惡／恃寵而驕。

【義反】功成不居／紆尊降貴／無伐善，無施勞／勞不矜功／功成身退。

矜名嫉能（ㄐㄧㄣ ㄇㄧㄥˊ ㄐㄧˊ ㄋㄥˊ）

【釋義】矜名：自誇其名。嫉：嫉妒。

【出處】漢．崔寔．政論：「其達者或矜名嫉能，恥善策不從己出，則舞筆奮辭，以破其義。」

【用法】指誇耀顯揚自己的名聲，而嫉妒賢能之士。

【例句】這位新來的博士確實有些才華，在學術界也已經小有名氣，遺憾的是他平日總**矜名嫉能**的，因而深爲同事們所厭惡。

【義近】矜名妒能／嫉賢妒能／妨功害能／妒功忌能／妒能害賢。

【義反】禮賢下士／謙遜尊賢／謙恭下士／親賢禮士／握髮吐哺。

矜貧恤獨（ㄐㄧㄣ ㄆㄧㄣˊ ㄒㄩˋ ㄉㄨˊ）

【釋義】矜：憐憫。恤：周濟。獨：老年無子。

【出處】魏書．高閭傳：「甄忠明孝，矜貧恤獨，開納讜言，抑絕讒佞。」

【用法】指憐憫、救助貧苦和孤獨的人。

【例句】這位慈善家數十年如一日地**矜貧恤獨**，眞是難得，值得我們學習。

【義近】矜貧救危／濟困扶危／恤老憐貧／惜孤念寡／濟貧恤老。

【義反】嫌貧愛富／欺老凌貧／見死不救／嫌老欺窮／欺老罵少。

矢 部

矢下如雨

【釋義】意謂箭像雨一樣的射下。矢：箭。
【出處】後漢書・光武帝紀上：「積弩亂發，矢下如雨。」
【用法】形容箭射得非常密。
【例句】諸葛亮的草船借箭之計，人皆懷疑，等到草船行至指定地點，果然**矢下如雨**，眾將士無不讚歎不已。
【義近】矢如雨集／槍林彈雨。
【義反】不發一兵一卒。

矢不虛發

【釋義】即箭不虛發。虛：徒然，白白地。
【出處】魏書・明元六王傳：「車駕還，詔健（永昌王健）殿後，蠕蠕萬騎追之，健與數十騎擊之，矢不虛發，所中皆應弦而斃。」
【用法】形容射箭本領極高。
【例句】他眞不愧為射擊高手，到比賽時果然**矢不虛發**，一舉奪魁。
【義近】矢無虛發／百發百中／百不失一／箭無虛發／一發中的／百步穿楊。
【義反】箭箭虛發／百不中一／百發中一。

矢盡兵窮

【釋義】箭已用完，兵也全部戰死。窮：盡。
【出處】唐・孫揆・靈應傳：「申胥乃衰楚之大夫，而以矢盡兵窮，委身折節，肝腦塗地，感動於強秦。」
【用法】形容戰鬥到兵力喪盡。
【例句】抗戰時期，我軍即使有時失利到**矢盡兵窮**的地步，也絕不屈服，充分表現了中華兒女高尚的愛國情操。
【義近】弓折刀盡／彈盡糧絕／片甲不留／全軍覆沒／彈盡援絕／矢盡援絕。
【義反】兵不血刃／無往不勝／百戰不殆／百戰百勝／所向無敵／所向披靡。

三 畫

知人之明

【釋義】知人：能識別人的賢愚善惡。
【出處】後漢書・吳祐傳：「功曹以祐倨，請黜之，太守曰：『吳季英有知人之明，卿且勿言。』」
【用法】形容一個人有鑑察別人品德才能的明識。
【例句】老闆確實有**知人之明**，在他手下工作的人無不具有德識才華，這是他事業之所以成功的一個重要原因。
【義近】伯樂之明／知人善任。
【義反】知表不知裏／失於察人／有眼無珠。

知人知面不知心

【釋義】只知道其人的外表而不知道其人的內心。
【出處】關漢卿・魔合羅一折：「你知道我是什麼人？便好道畫虎畫皮難畫骨，知人知面不知心。」
【用法】用以說明認識人、了解人的困難。
【例句】我同他已算是老朋友了，想不到這回他竟把我害得這麼慘，眞是**知人知面不知心**。
【義近】畫虎畫皮難畫骨／人心難測／擒虎容易知人難。
【義反】洞人肺腑。

知人料事

【釋義】知人：指能識別人的賢愚善惡。料事：猜度事情。
【出處】宋・胡仔・苕溪漁隱叢話前集・李謫仙：「『知人料事，尤其所難。』」
【用法】指能識別人才，預料事情的發展變化。
【例句】誰也不可能識別所有的人，預料所有的事，就算是**知人料事**、神機妙算的諸葛亮，也有錯用馬謖而造成失敗的事情發生。
【義近】知人善任／料事如神／知人善察／斷事如神／神機妙算。
【義反】以貌取人／昏昧無能／有眼無珠。

知人善任

【釋義】任：任用，使用。
【出處】班彪・王命論：「蓋在高祖，其興也有王……四曰寬明而仁恕，五曰知人善任使。」
【用法】形容執政者或主管擅長任用人才，使得在下位者能發揮所長。
【例句】總經理**知人善任**，故人事的安排恰如其分，公司業務蒸蒸日上。
【義近】任人唯賢／量材錄用／優劣得所／人盡其才。
【義反】任人唯親／大材小用／小材大用／長材短用。

知人論世

【釋義】要眞正了解一個人就要研究討論他所處的時代。世：時代，社會。
【出處】孟子・萬章下：「頌其詩，讀其書，不知其人可乎？是以論其世也。」清・王昶・湖海詩傳序：「以詩證史，有裨於知人論世。」
【用法】現常用以指鑑別人物的好壞，議論世事的得失。也指只有討論作者所處的時代才能了解作者。
【例句】①多讀人物傳記、歷史、哲理等方面的書，對**知人論世**是大有裨益的。②如果要全面評論一位作家，最好的方法是先閱讀他按年代編排的文集，這樣才能**知人論世**。
【義近】蓋棺論定。

知子莫若父

【釋義】對兒子的了解沒有誰能同父親相比。一作「知子莫如兄」。
【出處】管子・大匡：「知子莫若父，知臣莫若君。」
【用法】說明最了解兒子的是父親。
【例句】**知子莫若父**，我兒子幾斤幾兩，有何本事，我怎會不清楚？
【義近】優劣父最知。
【義反】莫知子惡／父不察子。

知小謀大

【釋義】知：通「智」，指智能，智慧。

【出處】易經・繫辭下：「子曰：『德薄而位尊，知小而謀大，力小而任重，鮮不及矣。』」
【用法】指人智慧小而欲計謀大事，則必不能勝任。
【例句】你可不要聽他說得那麼好聽，實際上他只是一個**知小謀大**的人，眞正做起事來可是不行的呢！
【義近】志大才疏／褚小懷大／志大才庸／眼高手低／吳下阿蒙。
【義反】才德相孚／才德兼備。

知己知彼

【釋義】彼：他，指對方。
【出處】孫子・謀攻：「知彼知己，百戰不殆。不知彼而知己，一勝一負；不知彼，不知己，每戰必殆。」
【用法】指作戰要弄清楚敵我雙方情況，也泛指要了解當事者的雙方。
【例句】在競賽當中，能**知己知彼**，才能立於不敗之地。

知不詐愚

【釋義】知：通「智」，智慧，這裏指聰明人。
【出處】無名氏・武都太守李翕西狹頌：「政約令行，強不暴寡，知不詐愚。」
【用法】用以指聰明人不欺老實愚昧的人。
【例句】古人說：**知不詐愚**。你飽讀詩書，怎麼可以爲財而欺騙這個可憐的老太婆呢？
【義近】強不暴寡。
【義反】恃強凌弱／倚貴欺賤。

知之爲知之，不知爲不知

【釋義】意謂知道的就說是知道，不知道的就說是不知道。
【出處】論語・爲政：「由！誨女（汝）知之乎。知之爲知之，不知爲不知，是知也。」
【用法】說明做學問或做事要實實在在，不可虛假，不懂卻裝懂。
【例句】陳先生做學問一向秉持著**知之爲知之，不知爲不知**的嚴肅態度，其實事求是的精神，令人敬佩。
【義近】實事求是。
【義反】強不知以爲知。

知今博古

【釋義】意謂通曉古今。
【出處】元・趙彥暉・點絳脣・席上詠妓：「知今博古通三教，鐵石人一見了也魂消。」
【用法】形容知識淵博，貫通古今。
【例句】陳小姐不僅人品好，貌若天仙，而且**知今博古**，琴棋書畫樣樣精通，今後誰娶了她，可眞是天大的福分。
【義近】博古通今／學貫中西／學富五車。
【義反】胸無點墨／略識之無／目不識丁／不學無術。

知白守黑

【釋義】知道什麼是潔白，卻守住陰黑。意即不求有知，不爭勝逞強。爲道家消極的處世態度。
【出處】老子・二八章：「知其白，守其黑，爲天下式。」式：法則。
【用法】原指守住恆德，回歸眞理。今多用以勸人謙虛自守，不強出鋒頭。
【例句】待人處世，固然該積極進取，但也該懂得**知白守黑**的道理，否則樹大招風，容易招致別人的攻擊。
【義近】知雄守雌／知榮守辱／大智若愚／謙沖自牧／和光同塵。
【義反】好勝逞強／恃才傲物／倨傲鮮腆。

知名當世

【釋義】知名：著名，有名。當世：當代。
【出處】漢・荀悅・漢紀・宣帝紀四：「圖畫相次於未央宮，……皆有功德，知名當世。」
【用法】指在當代極有名聲。
【例句】梁啓超、胡適等人，都是磊落奇才，曾**知名當世**，爲世人所敬重。
【義近】名聞遐邇／名震一時／名滿天下／名揚四海／名播海內／世人皆知。
【義反】沒沒無聞／無名小卒／埋名草野／無聲無臭／名不見經傳。

知安忘危

【釋義】只知過太平日子而忘記危險的時候。
【出處】晉・潘岳・秋興賦：「彼知安而忘危兮，故出生而入死。」
【用法】指人一旦處於安定的環境，便喪失警惕心，忘了危險的存在。
【例句】他才過了幾個月好日子，便**知安忘危**，沉迷酒色，看來窮困很快又會降臨在他身上。
【義近】居安忘危／燕雀處堂。
【義反】居安思危／朝乾夕惕／未雨綢繆／防患未然。

知而不言

【釋義】意謂明明知道而不說。
【出處】莊子・列禦寇：「知道易，勿言難。知而不言，所以之天也；知而言之，所以之人也。」
【用法】形容有顧忌或其他原因，而不肯把所知道的事實說出來。
【例句】她**知而不言**，其中必有緣故，讓我慢慢來開導，教她把知道的全說出來。
【義近】噤口不言／三緘其口／絕口不道／吞吞吐吐／言不盡意／祕而不宣。
【義反】知無不言／言無不盡／一吐爲快／直言不諱／心直口快／直言無隱。

知足不辱

【釋義】知道滿足，就不會遭受侮辱。
【出處】老子・四四章：「知足不辱，知止不殆，可以長久。」
【用法】用以說明自知滿足則辱不及其身，若貪得無厭則必然要受侮遭災。
【例句】他夫婦倆都深明**知足不辱**的道理，因而生活雖然過得清淡，卻也自得其樂。
【義近】知止不殆／知足常樂／

知足免禍／知止消災。

【義反】貪夫殉財／枉道速禍／逐利亡身。

知足常足

【釋義】意謂一個人只要知足就會常感滿足。

【出處】老子・四六章：「禍莫大於不知足，咎莫大於欲得。故知足之足常足矣。」

【用法】指人在生活中沒有過多的要求，就能時常覺得滿足而感到幸福。

【例句】常言道：**知足常足**。你到了這把年紀，還看不破名利，怎能不失眠，又怎能快樂得起來？

【義近】知足常樂／知足不辱／知足免禍／知止不殆／知止知足。

【義反】欲壑難填／得隴望蜀／貪得無厭／貪夫殉財／逐利亡身／誅求無已。

知其一不知其二

【釋義】意謂只知道一方面的情況，而不知道另一方面的情形。

【出處】司馬遷・史記・高祖本紀：「高祖曰：『公知其一，未知其二。』」蘇軾・上文侍中論強盜賞錢書：「比來士大夫好輕議舊法，皆未習事之人，知其一不知其二也。」

【用法】用以說明對事物的了解只是片面的，並不明瞭其全貌。

【例句】我們對這件事是**知其一不知其二**，根本不可能下結論，還是等待全面了解後再說吧！

【義近】瞎子摸象／霧裏看花／管窺蠡測。

【義反】洞若觀火／瞭若指掌／明察秋毫／毫末必辨。

知其然而不知其所以然

【釋義】意謂只知道這樣卻不知道爲什麼會這樣。然：這樣，如此。

【出處】梁啓超・論小說與羣治之關係：「無論爲哀爲樂，爲怨爲怒，爲戀爲駭，爲憂爲慚，常若知其然而不知其所以然。」

【用法】用以表示只知道表面，卻不知其內在原因。

【例句】做學問要懂得窮根究柢，若只是**知其然而不知其所以然**，那就失去了讀書的眞義。

【義近】一知半解／不求甚解／囫圇吞棗／淺嘗輒止。

【義反】窮根究柢／窮本溯源／追本溯源／尋根究柢／窮源竟委／探賾索隱。

知命之年

【釋義】知命：認識天命。

【出處】論語・爲政：「子曰：『吾十有五而志於學，三十而立，四十而不惑，五十而知天命。』」

【用法】五十歲的代稱。

【例句】歲月匆匆，想不到我已到了**知命之年**，過去才高志大的心也淡了許多。

【義近】年已半百／半百之年。

知命安身

【釋義】服從命運，安於自身所處的地位。

【出處】明・無名氏・誶范叔一折：「量范雎是一愚瞽之夫，則可待時守分，知命安身，未敢希望功名也。」

【用法】指人要安於自己的命運，不要存非分之想。

【例句】古人說：「死生有命，富貴在天。」我已年近半百，仍然是個窮教師，還能有什麼大志？只求**知命安身**，不誤人子弟罷了。

【義近】樂天知命／安分守常／達觀知命。

【義反】爭名逐利／貪慕榮華／爭權奪利／爭權攘利。

知往鑑今

【釋義】往：指以前的、過去的事。鑑：借鑑。

【出處】明・無名氏・太平宴一折：「知往鑑今，驅曹蕩吳，非同小可也。」

【用法】指把過去的事情用來作爲現今的借鑑。

【例句】閱讀史籍，只要善於融會貫通，就可以**知往鑑今**，避免重蹈覆轍。

【義近】以古鑑今／以往鑑來／鑑往知來。

【義反】以今量古／重蹈覆轍。

知易行難

【釋義】知易：了解容易。行難：做起來難。

【出處】尙書・說命中：「非知之艱，行之惟艱。」注：「言知之易，行之難。」

【用法】用以強調行事的艱難。

【例句】**知易行難**，任何人都知道爲國爲民的重要性，但眞正能做到的並不多。

【義反】知難行易。

知法犯法

【釋義】知道法律，又違反法律。法：法律、法制。

【出處】吳敬梓・儒林外史：「好僧官老爺！知法犯法！」

【用法】明知自己的作爲觸犯法律，卻仍要執意去做。

【例句】想不到那個法官竟然**知法犯法**，弄得身敗名裂。

【義近】明知故犯／以身試法。

【義反】遵守法紀／依法循法。

知恩報恩

【釋義】意謂知道受了人家的恩惠，就懂得報答。

【出處】王實甫・西廂記第五本三折：「俺家裏有信行，知恩報恩。」

【用法】指對別人的恩惠應牢記於心，並尋找報答的機會。

【例句】你對我曾有一飯之恩，現在你有困難，我義不容辭全力幫助你。所謂**知恩報恩**，也了卻我一筆人情債。

【義近】以德報德／結草銜環／感恩圖報／感恩戴德／知恩圖報／知恩必報。

【義反】恩將仇報／忘恩負義／以怨報德／背槽拋糞。

知時識務

【釋義】時：時勢。務：事，世事。

【出處】凌濛初・二刻拍案驚奇卷三六：「這是佛天面上好看的事，況我每知時識務，正該如此。」

【用法】指能看清當時的大勢和了解世事，不去違背。
【例句】生活在當今複雜的社會，若不**知時識務**，辨事就會處處碰壁。
【義近】人情練達／識時達務／隨機應變／通權達變。
【義反】不識時務／不知權變／固執不通／了不知趣／不知進退。

知書達禮（ㄓ ㄕㄨ ㄉㄚˊ ㄌㄧˇ）
【釋義】意即讀書明禮。一作「知書知禮」。
【出處】高則誠・琵琶記・牛氏規奴：「更美他知書知禮，是一個不趨蹌的秀才。」
【用法】形容一個人有學識教養，爲人處事通情達理。
【例句】她是一個**知書達禮**的女孩，決不會爲了這點小事和你計較的。
【義近】知書明理／知書識禮／識書曉禮／通情達理。
【義反】無知無識／粗俗無禮／愚昧無知／蠻不講理。

知情識趣（ㄓ ㄑㄧㄥˊ ㄕˋ ㄑㄩˋ）
【釋義】意謂相互了解彼此的情趣。
【出處】馮夢龍・醒世恆言卷三：「美娘哀哭之際，聽得聲音廝熟，止啼而看，原來正是知情識趣的秦小官。」
【用法】形容朋友間十分了解，意趣相投。
【例句】我和你父親是幾十年的老朋友，**知情識趣**，可比親兄弟還親呢！
【義近】臭氣相投／情投意合／意氣相投／莫逆之交／志同道合。
【義反】泛泛之交／一日之雅／格格不入／扞格不入。

知無不言（ㄓ ㄨˊ ㄅㄨˋ ㄧㄢˊ）
【釋義】凡是知道的，沒有不說的。
【出處】晉書・劉聰傳：「當念爲知無不言，勿恨往日言不用也。」
【用法】用以說明凡有所知，能毫無保留地說出來。常與「言無不盡」連用。
【例句】我們是莫逆之交，我有什麼不對之處，請你一定要**知無不言**，言無不盡。
【義近】言無不盡／知必言，言必盡／知之必言／暢所欲言／直抒胸臆。
【義反】言不盡意／隱忍不言／知而不言／祕而不宣／三緘其口／守口如瓶。

知遇之恩（ㄓ ㄩˋ ㄓ ㄣ）
【釋義】知遇：指得到賞識或重用。
【出處】元史・劉因傳：「因尙敢偃蹇不出，貪高尙之名以自媚，以負我國家知遇之恩。」
【用法】指受到別人的賞識和重用的恩惠。
【例句】董事長對我的**知遇之恩**，讓我銘感五內，今後定當力求表現，以不辜負您深切的期望。
【義近】三顧茅廬／殊遇之恩／過蒙拔擢／過蒙錯愛。
【義反】不遇於時／懷才不遇／蛟龍失水／英雄無用武之地。

知過必改（ㄓ ㄍㄨㄛˋ ㄅㄧˋ ㄍㄞˇ）
【釋義】知道了過錯一定改正。
【出處】南朝梁・周興嗣・千字文：「知過必改，得能莫忘。」
【用法】說明對於過錯所應持的正確態度。
【例句】王先生爲人儘管有不少毛病，但他**知過必改**的態度，很值得我們學習。
【義近】放下屠刀，立地成佛／迷途知返／朝聞夕改／過而能改，善莫大焉。
【義反】執迷不悟／至死不悟／怙惡不悛／桀驁不馴／麻木不仁。

知機識變（ㄓ ㄐㄧ ㄕˋ ㄅㄧㄢˋ）
【釋義】機：時機。變：變化。
【出處】舊唐書・尉遲敬德等傳：「皆所謂猛將謀臣，知機識變，有唐之盛，斯實賴焉。」
【用法】形容人具有遠見卓識，既能了解、掌握時機，又能識別、適應時局的變化。
【例句】各級政府的主管，應該具有**知機識變**的能力，才能把政事處理得圓融。
【義近】見機行事／相時而動／見風使舵／通權達變／隨機應變。
【義反】有勇無謀／目光如豆／鼠目寸光／拘泥不變。

知難而行（ㄓ ㄋㄢˊ ㄦˊ ㄒㄧㄥˊ）
【釋義】明知困難卻仍然去做。行：做、辦。
【出處】左傳・定公六年：「陳寅曰：『子立後而行，吾室亦不亡，唯君亦以我爲知難而行也。』」
【用法】形容不怕困難，勇敢果斷。
【例句】他明知到荒無人煙的地方去追尋野人的蹤跡，既困難又危險，但他還是去了，這種**知難而行**的精神，眞令人佩服。
【義近】明知山有虎，偏向虎山行／知不可爲而爲之。
【義反】知難而退／裹足不前／畏葸不前。

知難而退（ㄓ ㄋㄢˊ ㄦˊ ㄊㄨㄟˋ）
【釋義】原指軍事上要靈活機動，既知不能取勝，則主動撤退。
【出處】左傳・宣公一二年：「見可而進，知難而退，軍之善政也。」
【用法】今泛指知其事難爲，則主動放棄。
【例句】人要有自知之明，既然能力有限，就該**知難而退**，何苦硬著頭皮撐呢？
【義近】當退則退。
【義反】義無返顧／勇往直前。

七—八畫

短小精悍（ㄉㄨㄢˇ ㄒㄧㄠˇ ㄐㄧㄥ ㄏㄢˋ）
【釋義】身材短小而精明強悍。精悍：精明強悍。
【出處】司馬遷・史記・游俠列傳：「（郭）解爲人短小精悍。」
【用法】本形容人，今也用以形容文章、言論簡短而有力。
【例句】這篇文章寫得很不錯，**短小精悍**，所論述的問題值得深思。
【義近】精明強幹／簡明扼要／

言簡意賅。

【義反】彪形大漢／長篇大論／大塊文章／連篇累牘。

短兵相接 ㄉㄨㄢˇ ㄅㄧㄥ ㄒㄧㄤ ㄐㄧㄝ

【釋義】短兵：指刀劍之類的短兵器。接：交戰。

【出處】屈原・九歌・國殤：「操吳戈兮被（披）犀甲，車錯轂兮短兵接。」

【用法】指作戰時近距離廝殺，也比喻雙方面對面地進行交鋒。

【例句】在國會中，不少代表就國家的統一問題作了**短兵相接**的辯論。

【義近】短兵接戰／短兵相搏。

【義反】鳴金收兵／偃旗息鼓／偃兵息甲。

短綆汲深 ㄉㄨㄢˇ ㄍㄥˇ ㄐㄧˊ ㄕㄣ

【釋義】短繩子打不著深井裏的水。綆：提水用的繩。汲：從井裏提水。

【出處】莊子・至樂：「綆短者不可以汲深。」嚴挺之・大智禪師碑銘：「顧才不稱物，短綆汲深。」

【用法】比喻能力有限，很難勝任大事。

【例句】**短綆汲深**，你把如此重大的事情交給他一個人負責，恐怕不甚妥當，望慎重考慮。

【義近】力不勝任／力不能支／力不從心。

【義反】力所能及／勝任自如／綽有餘力。

短褐不完 ㄉㄨㄢˇ ㄏㄜˊ ㄅㄨˋ ㄨㄢˊ

【釋義】意謂短衣破損不完整。短褐：粗布短衣。完：完好，完整。

【出處】韓非子・五蠹：「糟糠不飽者不務粱肉，短褐不完者不待文繡。」

【用法】用以形容人窮苦，衣服破爛。

【例句】即使在領導流行的法國巴黎，仍有些窮困地區的民眾依然過著食不裹腹，**短褐不完**的貧苦生活。

【義近】鶉衣百結／短褐穿結／衣衫襤褸／衣不蔽體／衣破冠敝。

【義反】衣冠楚楚／錦衣綢服／峨冠博帶／西裝革履／衣著光鮮。

矮子看戲 ㄞˇ ㄗˇ ㄎㄢˋ ㄒㄧˋ

【釋義】意謂矮子在人羣裏根本看不清戲的演出，只能人云亦云。

【出處】朱子語類一一六卷：「亦只是見已前人如此說，便承虛接響說取去，如矮子看戲相似，見人道好，他也道好。」

【用法】比喻隨聲附和，沒有自己的主見。

【例句】他所寫的這篇論文，只不過是**矮子看戲**，毫無自己獨到的見解。

【義近】矮人觀場／侏儒看戲／人云亦云／拾人牙慧／鸚鵡學舌／拾人餘唾。

【義反】推陳出新／獨具匠心／不落窠臼／獨樹一幟／別開生面／另闢蹊徑／別出心裁／自出機杼。

十二畫

矯世勵俗 ㄐㄧㄠˇ ㄕˋ ㄌㄧˋ ㄙㄨˊ

【釋義】矯世：糾正世風。矯：矯正，糾正。

【出處】宋・王禹偁・四皓廟碑：「遠害全身，矯世勵俗。清泉洗耳，紫芝充腹。」

【用法】指糾正頹廢的世風，勉勵淳厚的民俗。

【例句】想要端正世風，**矯世勵俗**，往往會欲速則不達，只有慢慢來，在潛移默化中逐漸移風變俗，淨化人心。

【義近】矯世變俗／移風易俗／改俗遷風／正風變格。

【義反】守舊不變／因循守舊／故步自封。

矯邪歸正 ㄐㄧㄠˇ ㄒㄧㄝˊ ㄍㄨㄟ ㄓㄥˋ

【釋義】矯：矯正，糾正。歸：返回，回到。

【出處】晉書・呂光等載記論：「向使矯邪歸正，革僞爲忠，……則燕秦之地可定，桓文之功可立。」

【用法】把錯誤和邪惡的人或事糾正過來，使之歸於正道。

【例句】現在社會風氣和治安都不盡人意，政府務必要痛下決心以**矯邪歸正**。

【義近】撥亂反正／正本清源／力挽狂瀾。

【義反】姑息養奸。

矯枉過正 ㄐㄧㄠˇ ㄨㄤˇ ㄍㄨㄛˋ ㄓㄥˋ

【釋義】把彎的東西扳正，又歪到了另一邊。矯：糾正。枉：彎曲。過正：過了頭。

【出處】後漢書・仲長統傳：「逮至清世，則復入於矯枉過正之檢。」

【用法】比喻糾正錯誤超過了應有的限度。

【例句】糾正錯誤是應該的，但**矯枉過正**對事情的危害可能更大。

【義近】枉直必過／過猶不及。

【義反】恰如其分／恰到好處。

矯若游龍 ㄐㄧㄠˇ ㄖㄨㄛˋ ㄧㄡˊ ㄌㄨㄥˊ

【釋義】也作「矯若驚龍」。矯：矯健，強壯有力。用以形容姿態像游動的龍一樣靈活矯健。

【出處】晉書・王羲之傳：「尤善隸書，爲古今之冠，論者稱其筆勢，以爲飄若浮雲，矯若驚龍。」

【用法】常用於稱讚書法家的筆勢或舞姿的靈活矯健。

【例句】①在這次書法展覽中，我最欣賞的是那幅**矯若游龍**的草書作品。②今天那位俄羅斯小姐的舞姿，眞的是**矯若游龍**，令人讚賞不已。

【義近】游雲驚龍／筆走龍蛇／龍飛鳳舞／龍蛇飛舞。

【義反】春蚓秋蛇。

矯情干譽 ㄐㄧㄠˇ ㄑㄧㄥˊ ㄍㄢ ㄩˋ

【釋義】矯情：故意違反常情，以表示高超或與眾不同。干：求。

【出處】凌濛初・二刻拍案驚奇卷二四：「其餘凡貪官、污吏、富室、豪民及矯情干譽、欺世盜名種種之人，無不隨業得報，一一不爽。」

【用法】指故意違背人情，希求好的名聲。

【例句】此人名利欲望甚高，卻

又裝出一副與世無爭的清高模樣，是典型的**矯情干譽**之徒。

【義近】干名采譽／沽名釣譽／盜名竊譽／矯俗干名／欺世盜名。

【義反】不忮不求／斂屣功名／淡泊名利／不求聞達。

矯情飾詐

【釋義】矯情：掩飾眞情。飾詐：遮掩虛僞、欺詐的行爲。

【出處】朱熹・與宰執札子：「伏念熹昨以蒙恩進職，輒具辭免，非敢矯情飾詐，罔上盜名。」

【用法】指掩飾眞情而以詐術騙人。

【例句】我行將七十，見的事情可多著呢！你這套**矯情飾詐**的把戲，哪裏騙得了我！

【義近】故弄玄虛／賣弄玄虛／裝神弄鬼。

【義反】堂堂正正／光明磊落／問心無愧／不愧不怍。

矯揉造作

【釋義】矯：把彎的變成直的。揉：把直的變成彎的。造作：做作。

【出處】周易・說卦：「坎爲矯輮。」李汝珍・鏡花緣・二回：「若唐花不過矯揉造作，更何足道？」

【用法】比喻故意做作，顯得不自然。

【例句】這個小歌星**矯揉造作**的模樣，令觀眾們哭笑不得。

【義近】裝模作樣／裝腔作勢／故作姿態。

【義反】天眞爛漫／純樸自然／風行水止。

石部

石心木腸

【釋義】意謂心腸就像石頭和木頭一樣硬。

【出處】蘇軾・謝失察妖賊表：「布衣蔬食，或未死於飢寒；石心木腸，誓不忘於忠義。」

【用法】比喻意志堅定不爲外物所動搖；也形容心腸很硬。

【例句】滿清末造，黃花岡上那些革命烈士們，個個幾乎都是**石心木腸**，他們捨棄小我私利，拋頭顱、灑熱血的革命精神，永遠值得我們後人學習。

【義近】鐵石心腸／木石心腸／心如鐵石。

【義反】牆上草，風吹兩邊倒／心慈腸軟／菩薩心腸。

石火電光

【釋義】燧石的火，閃電的光。

【出處】清・嶷如居士・西遊補序：「夫心外心，鏡中鏡，奚啻石火電光，轉眼已盡。」

【用法】形容極爲短促地一閃而過。

【例句】人生在世短短百年，猶如蜉蝣寄生於天地，朝生而暮死；更如**石火電光**一閃即逝，古人思秉燭夜遊，實在是有原因的。

【義近】白駒過隙／瞬息即逝／流星趕月／月駛星馳／兔走烏飛。

【義反】漫漫長年／蝸行牛步／鵝行鴨步。

石沉大海

【釋義】石頭落在大海裏。

【出處】王實甫・西廂記四本一折：「他若是不來，似石沉大海。」

【用法】比喻杳無信息，或事情一點下文也沒有。

【例句】他這一去有如**石沉大海**，一點消息也沒有。

【義近】斷線風箏／無根蓬草／鐵墜江濤／泥牛入海／杳無音信。

【義反】前度劉郎／合浦珠還／鳳還舊巢／完璧歸趙。

石城湯池

【釋義】石城：石頭壘起來的城牆。湯池：指護城河。湯：開水，喻沸熱不可近。

【出處】三國志・魏書・辛毗傳：「兵法稱有石城湯池帶甲百萬而無粟者，不能守也。」

【用法】比喻有堅固防守攻勢的城市。

【例句】春遊黃岡赤壁，遙想當年**石城湯池**的故壘西邊，似有千軍萬馬在搏命廝殺。

【義近】金城湯池／銅牆鐵壁／固若金湯／高城深池／堅如磐石。

【義反】四戰之地／不堪一擊／一觸即潰。

石枯松老

【釋義】石頭乾裂，松樹老朽。形容時間的久遠。

【出處】金・丘處機・水龍吟・道運：「海移山變，石枯松老。」

【用法】可用在堅定的誓言，不變的心志。

【例句】這對戀人許下山盟海誓，即使**石枯松老**也願長相廝守。

【義近】天荒地老／海移山變／天長地久／海枯石爛。

【義反】彈指之間／俯仰之間／一時半刻／一朝一夕。

石破天驚

【釋義】巨石破裂，蒼天震驚。極言震動之甚。

【出處】李賀・李憑箜篌引：「女媧鍊石補天處，石破天驚逗秋雨。」

【用法】常用以形容文章、議論

的出人意表，或事件奇異驚人。

【例句】武昌起義一聲砲響，**石破天驚**，宣告滿清政府的垮臺。

【義近】驚天動地／不同凡響／出人意表。

【義反】語不驚人／言不動眾／平淡無奇／平淡乏味／巋然不動。

四畫

砍瓜切菜

【釋義】就像用刀砍瓜切菜一樣的俐落。

【出處】錢彩・說岳全傳四三回：「落後番兵，無船可渡，岳元帥追至江口，猶如砍瓜切菜一般。」

【用法】形容操刀爽快無比，砍殺非常容易。也形容做事快速俐落。

【例句】①在刀光中閃出一將，手舞大刀，正在那裏殺賊，猶如**砍瓜切菜**。（魏秀仁・花月痕四回）②他處理事情乾淨俐落，如**砍瓜切菜**，不拖泥帶水。

【義近】手起刀落／庖丁解牛／乾淨俐落／飛針走線。

【義反】拖泥帶水／鈍刀割肉／老牛破車。

五畫

破口大罵

【釋義】意謂一開口就大罵。破口：張口。

【出處】李寶嘉・官場現形記一〇回：「茶房未及開口，那女人已經破口大罵起來。」

【用法】指用惡語大聲地罵人。

【例句】有話好好說，你又不是潑婦，怎麼爲了一點小事就**破口大罵**呢？

【義近】咒天罵地／潑婦罵街。

【義反】輕聲細語／柔聲細語／讚不絕口。

破天荒

【釋義】天荒：從未開墾過的土地。

【出處】孫光憲・北夢瑣言・荊州：「每歲解送舉人，多不成名，號爲天荒。劉蛻舍人以荊解及第，人號爲破天荒。」

【用法】用以泛指前所未有、第一次出現的新事物。

【例句】我們做人總要有一件專門職業。這職業也並不是我一個人**破天荒**去做，從前已經有許多人做過。（梁啓超・爲學與做人）

【義近】史無前例／破題兒第一遭／首開先例。

【義反】史不絕書／不乏其例／屢見不鮮。

破瓜之年

【釋義】破瓜：將「瓜」字破開則成爲兩個「八」字，兩「八」字相加則爲「十六」。

【出處】孫綽・情人歌：「碧玉破瓜時，郎爲情顛倒。」

【用法】用以稱女子十六歲的年齡。

【例句】少女到了**破瓜之年**，更顯得亭亭玉立，楚楚動人。

【義近】二八佳齡／及笄之年／荳蔻年華。

【義反】花甲之年／古稀之年／人老珠黃／徐娘半老。

破瓦頹垣

【釋義】意謂屋瓦破敗，牆垣倒塌。垣：矮牆。

【出處】蘇軾・凌虛臺記：「計其一時之盛……然而數世之後，欲求其仿佛而破瓦頹垣無復存者。」

【用法】形容蕭條破落的景象。

【例句】這裏曾經是個繁華的市鎮，但是自從那次大地震後就一直沒有再復建，現在到處是一片**破瓦頹垣**的景象。

【義近】碎瓦頹垣／斷井頹垣／斷垣殘壁。

【義反】屋舍儼然／高樓林立／鱗次櫛比。

破竹建瓴

【釋義】破竹：破竹之勢，比喻順利無阻。建瓴：把瓶水向下傾倒，表示不可阻擋。瓴：盛水瓶。

【出處】清史稿・傅恆傳：「我兵且戰且前，自昔嶺中峰直抵噶拉依，破竹建瓴，功在垂成。」

【用法】比喻極其順利，不可阻遏的形勢。

【例句】武昌一役，革命軍以**破竹建瓴**之勢，橫掃清政府的殘兵敗將，中華民國於焉誕生。

【義近】節節勝利／勢如破竹／所向披靡／勢不可當。

【義反】節節敗退／望風披靡／障礙重重。

破格錄用

【釋義】破格：打破資格規章之限制，即破例。

【出處】趙翼・陔餘叢考：「古來破格用人，或一言契合，立擢卿相。」

【用法】打破學、經歷等等限制，特予通融錄用，有用人唯才之意。

【例句】小陳具有繪畫、設計方面的專才，雖然沒有大專畢業的學歷，還是被這家公司**破格錄用**了。

【義近】不次拔擢／布衣卿相／用人唯才。

破涕爲笑

【釋義】破涕：意謂止住淚水。涕：眼淚。

【出處】晉・劉琨・答盧諶書：「時復相與舉觴對膝，破涕爲笑，排終身之積慘，求數刻之暫歡。」

【用法】指人一下子停止了哭泣，轉而笑了起來。

【例句】畢竟還是個孩子，剛剛才哭得那麼傷心，經人一哄，又送了一包糖果，便很快地**破涕爲笑**了。

【義近】轉惱爲喜／回嗔作喜／回嗔作笑／雨過天晴／展眼舒眉。

【義反】悲不可遏／以淚洗面／泫然涕下。

破釜沉舟

【釋義】把鍋打破，把船鑿沉。釜：鍋。舟：船。

【出處】司馬遷・史記・項羽本紀：「項羽乃悉引兵渡河，皆沉船，破釜甑，燒廬舍，持三日糧……無一還心。」

【用法】比喻下定決心戰鬥到底，義無反顧。

【例句】天下無難事，只要有**破釜沉舟**的決心，沒有不成功的道理。
【義近】背水一戰／焚舟破釜／濟河焚舟／背城借一。
【義反】棄甲曳兵／望風而逃。

破琴絕弦

【釋義】打破琴、毀掉琴絃。
【出處】呂氏春秋・本味：「鍾子期死，伯牙破琴絕弦，終身不復鼓琴，以為世無足復為鼓琴者。」
【用法】比喻失去知音。
【例句】自古為知己死的例子頗多，伯牙為鍾子期**破琴絕弦**更是大家耳熟能詳的故事。
【義近】痛失知音。

破綻百出

【釋義】破綻：漏洞，毛病。
【出處】朱子語類一〇四：「覺得聖賢言語漸漸有味，卻回頭看釋氏之說，漸漸破綻罅漏百出。」
【用法】比喻說話做事很不周密，漏洞非常多。
【例句】他這篇小說情節極不合理，**破綻百出**，沒有發表的價值。
【義近】漏洞百出／處處破綻／八花九裂。
【義反】滴水不漏／天衣無縫／無一缺漏。

破甑生塵

【釋義】破甑子裏積滿了灰塵，表示很久沒有開伙作飯。甑：蒸食器。
【出處】明・無名氏・鳴鳳記・林公避兵：「若有此變，未免漂流別境。那時呵，餐風宿水鄉，恐破甑生塵愁范丹。」
【用法】形容極其窮困，斷炊已久。
【例句】眞想不到這位昔日的富商，到了晚年竟然窮到了**破甑生塵**的地步！
【義近】甑塵釜魚／饔飧不繼／數米而炊／三餐不繼／朝齏暮鹽。
【義反】炊金饌玉／烹龍炮鳳／山珍海味／食前方丈／鐘鳴鼎食。

破膽寒心

【釋義】嚇破了膽，心為之寒。
【出處】漢・荀悅・漢紀・成帝紀四：「內則有深宮後庭……之敗，外則有諸夏下士……之禍，此臣所以為陛下破膽寒心也。」
【用法】形容極其擔心害怕。
【例句】王太太，你丈夫是因為誤會而遭拘留的，你根本用不著如此**破膽寒心**，過不了幾天，弄清楚眞相後，就會被放出來的。
【義近】膽戰心驚／提心吊膽／心膽俱裂／不寒而慄／心驚肉跳。
【義反】鎮靜如常／泰然自若／從容不迫／高枕無憂／不憂不懼。

破璧毀珪

【釋義】把璧和珪都毀壞掉。璧、珪：均為玉。
【出處】北魏・溫鵬舉・寒陵山寺碑：「銅馬競馳，金虎亂噬，九嬰暴起，十日並出，破璧毀珪，人物既盡。」
【用法】比喻破壞美好的東西。
【例句】大陸在文革期間，那些紅衛兵把寺廟、名勝古蹟等當作封建殘渣，大肆掃蕩，**破璧毀珪**，因此許多文化珍寶蕩然一空。
【義近】暴殄天物／焚琴煮鶴／擿玉毀珠。
【義反】憐花惜玉／憐香惜玉。

破鏡分釵

【釋義】破鏡：將銅鏡一分為二，夫婦各執一半。事見唐・孟棨・本事詩・情感。釵：婦女首飾，由兩股合成。
【出處】羣音類選・清腔類・好事近：「豈料如今，翻成做破鏡分釵，剩雨殘雲。」
【用法】比喻夫婦仳離或失散。
【例句】想不到這對恩愛夫妻婚後不到五年，便因性格不合而**破鏡分釵**了。
【義近】分釵斷帶／鸞飄鳳泊／秋扇見捐／鸞孤鳳隻／離鸞別鳳／勞燕分飛。
【義反】雙宿雙飛／鳳凰于飛／鸞鳳和鳴／夫唱婦隨／比翼雙飛／破鏡重圓。

破鏡重圓

【釋義】破裂的鏡子重新圓合。
【出處】孟棨・本事詩載：陳代滅亡，徐德言與妻子分離，各執半面銅鏡，後來兩半銅鏡相合，夫妻團圓。
【用法】比喻夫妻失散或失和後重新團聚。
【例句】那位老先生尋找他多年失散的妻子已很久，如今聽說其妻早已亡故，**破鏡重圓**的希望破滅，人就日益衰頹了。
【義近】斷釵重合／缺月再圓／重拾舊歡／言歸於好。
【義反】分釵破鏡／分釵斷帶／覆水難收／一刀兩斷。

砥節奉公

【釋義】砥：細的磨刀石，引申為磨練意志。
【出處】明史・周延傳：「延顏面寒峭，砥節奉公，權臣用事，政以賄成，延未嘗有染。」
【用法】是指磨礪名節，奉行公事。
【例句】政府官員若能**砥節奉公**，政治必然清明，國力自然能日益強盛。
【義近】砥節守公／廉潔奉公／克己奉公／潔己奉公。
【義反】中飽私囊／損公肥私／自私自利／以權謀私／假公濟私／一心為私。

砥礪切磋

【釋義】砥礪：磨刀石，細的叫「砥」，粗的叫「礪」，作為琢玉之用。磋：琢磨玉、石、骨、角，使其光滑。
【出處】言志錄：「凡所遭患難、變故、屈辱、讒謗、拂逆之事，皆天之所以老吾才，莫非砥礪切磋之地。」
【用法】指在才能學問、品德修養方面，互相督促、提醒，以利精進。
【例句】同學們一塊兒讀書，應該彼此**砥礪切磋**，提昇人格修養，使學業更為精進。
【義近】如切如磋／如琢如磨／切磋琢磨／精益求精。

砥礪名節

【釋義】「砥」「礪」都是磨刀石，引申為磨練之義。
【出處】晉書・夏侯湛傳：「論者謂湛雖生不砥礪名節，死則儉約令終，是深達存亡之理。」
【用法】指修養高尚的節操與好的名聲。
【例句】古代儒士，達則兼善天下，窮則**砥礪名節**，修身養性，這點在今天仍然值得發揚光大。
【義近】砥節礪行。
【義反】苟合取容／趨炎附勢／曲意逢迎／脅肩諂笑／趨權奉勢。

七—八畫

硝煙彈雨

【釋義】硝煙：炸藥爆炸後產生的煙霧。彈雨：子彈密集如雨。
【出處】曾樸・孽海花三三回：「那些日軍官剛離了硝煙彈雨之中，倏進了酒綠燈紅之境，沒一個不興高采烈。」
【用法】用以形容戰場砲火十分激烈。
【例句】他在**硝煙彈雨**中仍然奮勇殺敵，雖然壯烈成仁，精神卻永存人間。
【義近】槍林彈雨／戰火紛飛／彈如飛蝗。

碎屍萬段

【釋義】意謂將人的屍體剁碎成萬段。萬：極言其多，非實數。
【出處】文康・兒女英雄傳八回：「把這大膽的狗男女，碎屍萬段，消我心中之恨！兩個的心肝取了去了。」
【用法】形容對某人痛恨已極。常用作罵人語。
【例句】這個十惡不赦之徒，我若抓到了他，非把他**碎屍萬段**不可！
【義近】粉身碎骨／千刀萬剮／五馬分屍／剁成肉泥。
【義反】從寬發落／寬宏大量／息事寧人。

碌碌庸才

【釋義】碌碌：平庸的樣子。
【出處】馮夢龍・東周列國志五四回：「汝碌碌庸才，非經濟之具，不可濫則冠裳也。」
【用法】指才能平庸的人。
【例句】你不要聽他吹牛，他哪有什麼飛天的本領，只不過是個**碌碌庸才**罷了。
【義近】凡夫俗子／凡胎俗骨／碌碌之輩／凡庸之才／樗櫟庸才／販夫走卒。
【義反】八斗之才／棟梁之才／蓋世奇才／國之棟梁／中流砥柱。

碌碌無能

【釋義】碌碌：平庸。無能：沒有才能。
【出處】司馬遷・史記・平原君虞卿列傳：「公等碌碌，所謂因人成事者也。」
【用法】形容人智力平庸，沒有什麼特殊的才能。
【例句】他這人雖說**碌碌無能**，但還算老實，姑且留下來做點庶務工作吧。
【義近】平平庸庸／平庸無能／碌碌無為。
【義反】多才多藝／出類拔萃／能文能武。

碌碌無為

【釋義】碌碌：平庸的樣子。無為：沒有作為。
【出處】新五代史・鄭珏傳：「在相位既碌碌無所為，又病聾……亟以疾求去職。」
【用法】形容才能平常，無所作為。也形容辛苦繁忙，卻什麼事也沒有做成。
【例句】他決定結束這種**碌碌無為**的生活，振作起來，做一番事業。
【義近】無所作為／庸庸碌碌／碌碌無能。
【義反】有所作為／大有作為／大有可為。

碌碌無聞

【釋義】碌碌：平庸。無聞：沒有名聲。
【出處】宋・秦觀・李狀元墓志銘：「君以諸生崛興，名動海內，其視碌碌無聞而歿者，亦可以無憾。」
【用法】指平庸而不為人所知。
【例句】像我們這些平民百姓，自然是**碌碌無聞**，哪能和你們這些政界紅人相比呢？
【義近】沒沒無聞／無聲無臭／昧昧無聞／平平庸庸。
【義反】赫赫有名／名聞遐邇／遠近馳名／大名鼎鼎／名揚四海。

九畫

碧瓦朱甍

【釋義】碧綠色的瓦，紅色的屋脊。甍：屋脊。
【出處】杜甫・越王樓歌：「孤城西北起高樓，碧瓦朱甍照城郭。」
【用法】用以形容建築物的華麗美觀。
【例句】大溪政要名人所居住的別墅，稱得上**碧瓦朱甍**，和窮居陋巷的貧苦人家相較，形成了鮮明的對比。
【義近】雕梁畫棟／金碧輝煌／雕闌玉砌／富麗堂皇／美輪美奐／瓊樓玉宇／峻宇雕牆／朱門繡戶。
【義反】蓬門篳戶／茅茨土階／土階茅屋／甕牖繩樞／荊室蓬戶／瓦灶繩床。

碧血丹心

【釋義】碧血：血凝化而為碧玉，後用以指稱為正義而流的血。丹心：忠心。也作「丹心碧血」。
【出處】元・鄭元祐・張御史死節歌：「孤忠既足明丹心，三年猶須化碧血。」許仲琳・封神演義九五回：「這一個丹心碧血扶周主，那一個赤膽忠肝助紂王。」
【用法】形容滿腔熱血、無限忠誠之心。
【例句】國父孫中山先生經過十次革命，追隨他的革命黨人拋頭顱、灑熱血，**碧血丹心**，終於推翻滿清，建立了中華民國。
【義近】赤膽忠心／忠心耿耿／肝腦塗地／忠肝義膽／忠貞不渝。
【義反】見風使舵／心懷異志／居心叵測／心懷不軌。

碧海青天

【釋義】碧海：深海。此處用碧海形容天空。

【出處】李商隱・嫦娥詩：「嫦娥應悔偷靈藥，碧海青天夜夜心。」

【用法】形容天空的廣大無邊，像碧海般的深沉。

【例句】在天氣清朗的午後，遙望**碧海青天**，不禁想念起遠隔重洋的親人。

碩大無朋

【釋義】大得沒有可以與它相比的。碩：大。朋：比。

【出處】詩經・唐風・椒聊：「彼其之子，碩大無朋。」

【用法】形容極大。

【例句】我們可以把地球想像為一塊**碩大無朋**的磁石。

【義近】其大無比。

【義反】小巧玲瓏／嬌小玲瓏。

碩果僅存

【釋義】樹上唯一留存下來的大果子。碩：大。僅：唯一。

【出處】周易・剝卦：「上九，碩果不食。」

【用法】比喻隨著時間的推移，留存下來的人或物極其稀少可貴。

【例句】北京城內的大茶館已先後相繼關了門，「裕豐」是**碩果僅存**的一家了。（老舍・茶館）

【義近】魯殿靈光／巋然獨存。

碩師名人

【釋義】碩師：大師，名師。

【出處】明・宋濂・送東陽馬生序：「既加冠，益慕聖賢之道，又患無碩師名人與游，嘗趨百里外，從鄉之先達執經扣問。」

【用法】用以泛指學識淵博的名流學者。

【例句】你兒子既聰明又好學，還是應該讓他考大學的好，因為那裏**碩師名人**較多，能讓他得到更完善的教育。

【義近】碩學通儒／碩學鴻儒／學界泰斗／博學鴻儒／一代學人。

【義反】胸無點墨／不學無術／目不識丁。

碩學鴻儒

【釋義】碩學即學識廣博。鴻：大，通「洪」。儒：指儒士，今泛稱學者。

【出處】後漢書・儒林傳論：「夫書理無二，義歸有宗；而碩學之徒，莫之或徒，故通人鄙其固焉。」

【用法】用以稱讚讀書人學識廣博，令人敬佩。

【例句】陳教授學貫中西，上通天文，下知地理，不愧為**碩學鴻儒**，令人欽敬。

【義近】碩學通儒／碩師名人／學界泰斗／博學鴻儒／一代學人。

【義反】胸無點墨／不學無術／目不識丁。

十—十一畫

磊落不凡

【釋義】磊落：心地正大光明。

【出處】宋・陸游・孫君墓表：「君之所為，大概類此，觀者可知其磊落不凡矣。」

【用法】指人心胸坦白，不同一般。

【例句】李先生為人一向**磊落不凡**，絕不可能做出欺世盜名的事來！

【義近】嶔崎磊落／光明磊落／胸無城府／胸懷坦蕩／正大光明。

【義反】矯揉造作／弄虛作假／乖僞行詐／詭計多端／自反不縮／心懷不軌。

磊落軼蕩

【釋義】磊落：心地正大光明。軼蕩：曠達。

【出處】宋・呂祖謙・東萊博議卷一：「英雄豪悍之士，磊落軼蕩，出於法度之外，為君者亦當以度外待之。」

【用法】指人心胸坦白，行無所拘忌。

【例句】詩仙李白是唐代的浪漫詩人，為人**磊落軼蕩**，不善逢迎，因而仕途多艱，不容於權貴。

【義近】磊落不羈／飄逸不羣／落拓不羈／放浪形骸／任達不拘／放達不羈。

【義反】循規蹈矩／規行矩步／遵禮守教／謹小慎微／性格拘謹。

磨刀霍霍

【釋義】霍霍：急促的聲音，磨刀時發出的聲音。

【出處】北朝樂府・木蘭詩：「小弟聞姐來，磨刀霍霍向豬羊。」

【用法】原指把刀磨快宰殺牲口，今多用以指對方（敵人）積極作好準備，蠢蠢欲動。

【例句】面對敵方**磨刀霍霍**的備戰，我們能掉以輕心嗎？

【義近】磨拳擦掌／厲兵秣馬／披堅執銳。

【義反】偃旗息鼓／偃武修文／解甲歸田。

磨杵成針

【釋義】把鐵棒磨成針。杵：棒槌。

【出處】潛確類書卷六十：「李白少讀書，未成，棄去。道逢老嫗磨杵以作針，白感其言，遂卒業。」

【用法】比喻只要有毅力，下苦功，再難的事也能辦成。

【例句】只要有**磨杵成針**的毅力，就沒有什麼克服不了的困難。

【義近】有志竟成／滴水穿石。

【義反】鍥而舍之，朽木不折／三天打魚，兩天曬網。

磨穿鐵硯

【釋義】把鐵鑄的硯臺都磨穿了。硯：寫毛筆字用的硯臺。

【出處】范子安・竹葉舟一折：「坐破寒氈，磨穿鐵硯。」

【用法】形容讀書能刻苦用功，堅持不懈。

【例句】讀書做學問就是要有**磨穿鐵硯**的精神，才有可能取得成就。

【義近】持之以恆／鍥而不舍。

【義反】半途而廢／一暴十寒。

十三—十四畫

礎潤而雨

【釋義】柱下石基潮潤，為將要下雨的徵兆。礎：柱子下面的基石。

【出處】淮南子・說林訓：「山雲蒸，柱礎潤。」蘇洵・辨姦論：「月暈而風，礎潤而雨，人人知之。」

【用法】喻事情發生前的徵兆。

【例句】**礎潤而雨**，凡事之發生皆應有兆頭，平時多注意便可察覺。

【義近】月暈而風／蟻封穴雨。

【義反】毫無跡象／徵兆全無。

礙手礙腳

【釋義】意謂有礙於別人手腳的活動。

【出處】曹雪芹・紅樓夢一八回：「寶釵因說道：『咱們別在這裏礙手礙腳。』說著和寶玉等便往迎春房中來。」

【用法】指使人說話行事受到妨礙，不能順利進行。

【例句】我正在收拾東西，你們兩個出去玩，別在這裏**礙手礙腳**的！

【義近】形禁勢格／絆手絆腳。

【義反】任情馳騁／無遮無礙／徑情直遂。

示　部

三—四畫

社稷之臣

【釋義】社：土神；稷：指穀神。後用「社稷」代表國家。

【出處】論語・季氏：「夫顓臾，昔者先王以為東蒙主，且在邦域之中矣，是社稷之臣也，何以伐為？」

【用法】原指附庸於大國的小國，後用以泛稱身負國家重任的大臣。

【例句】身為**社稷之臣**，理應盡忠職守，為民眾謀福祉。

【義近】社稷之器／朝廷命官／國之棟梁／國之輔宰。

社稷為墟

【釋義】是說國家破亡而變成了廢墟。

【出處】淮南子・人間訓：「重耳反國，起師而伐曹，遂滅之。身死人手，社稷為墟。」

【用法】指國家被滅亡。

【例句】抗戰時期，我國億萬軍民為了不使**社稷為墟**，不惜拋頭顱，灑熱血，與敵人展開了殊死搏鬥。

【義近】宗廟毀棄／河山變色／國破家亡／神州陸沉。

祇聞樓梯響，不見人下來

【釋義】意謂只說不做。祇：俗寫作「只」。

【用法】形容人盡說空話而不付諸行動，使聽者大失所望。

【例句】總經理幾次說要給我們加薪，但**祇聞樓梯響，不見人下來**，直到現在還不見動靜。

【義近】言語的巨人，行動的矮子／光說不做／光說不練／空口說白話。

【義反】言必行，行必果／言出必行／說到做到。

五　畫

祕而不宣

【釋義】祕：祕密。宣：宣揚，公開。一作「祕而不露」。

【出處】陳壽・三國志・魏書・董昭傳：「祕而不露，使（孫）權得志，非計之上。」

【用法】用以表示嚴守祕密，不宣揚出去。

【例句】對不起，此事奉上級指示，務必暫且**祕而不宣**，敝人實無可奉告。

【義近】守口如瓶／諱莫如深／隱忍不言／密不透風／祕不示人。

【義反】走露風聲／直言不諱／知無不言／公諸同好。

神人共悅

【釋義】天神和凡人都感到非常高興。

【出處】明・無名氏・羣仙朝聖三折：「第一來聖主更仁慈，第二來羣仙添壽考，因此上神人共悅賀皇朝。」

【用法】多用以形容太平景象。

【例句】近年來經濟起飛，民眾安和樂利，社會治安也日見好轉，可以說達到了**神人共悅**的境地。

【義近】河清海晏／時和年豐／海不揚波／順天應人／四海昇平。

【義反】神人共憤／天怒人怨／民怨沸騰／怨聲載道。

神人共憤

【釋義】意謂神靈與人都極為憤怒。

【出處】舊唐書・于頔傳：「肆行暴虐，人神共憤，法令不容。」魏秀仁・花月痕四回：「天地不容，神人共憤。」

【用法】形容某人罪大惡極或其作為違背天理常情，絕對無法寬恕容忍。

【例句】他比畜牲還不如，竟毒死自己的親生母親！真是**神人共憤**，天地不容！

【義近】世人唾罵／為世人所不齒／天地不容。

【義反】世人擁戴／順乎天理。

神人鑑知

【釋義】天神和凡人都察知。鑑：審察。

【出處】明・朱鼎・玉鏡台記・新亭流涕：「一點丹衷，神人鑑知。」

【用法】多用做起誓時的表白之辭。

【例句】我所講的完全是事實，若有半點虛假，**神人鑑知**！

【義近】蒼天可鑑／皇天后土／天地為證／蒼天在上。

神工妙力

【釋義】神工：神的工巧。妙力：奇妙的力量。

【出處】宋・李清臣・欽聖憲肅皇后哀冊文：「譬如媧皇，神工妙力，煉石補天。」

【用法】形容技藝極其精巧高超，似非人力所能為。

【例句】這座寺廟建造得如此精妙絕倫，若非**神工妙力**，絕不能達到這樣美輪美奐的境地。

【義近】鬼斧神工／巧奪天工／神施鬼設／鏤月裁雲／維妙

維肖。

【義反】雕蟲小技／黔驢之技／瑕疵易見。

神不守舍（ㄕㄣˊ ㄅㄨˋ ㄕㄡˇ ㄕㄜˋ）

【釋義】意謂神魂離開了軀殼。神：指人的靈魂。舍：房舍，此指人的軀體。

【用法】形容人心意不安，精神恍惚。今多作「魂不守舍」。

【例句】一次失戀就把他弄得**神不守舍**，眞是太沒出息了。

【義近】失魂落魄／心神恍惚／喪魂失魄／心蕩神迷／心不在焉。

【義反】心安神定／神安氣定／魂安魄定／泰然自若／專心致志／聚精會神／全神貫注。

神不知鬼不覺（ㄕㄣˊ ㄅㄨˋ ㄓ ㄍㄨㄟˇ ㄅㄨˋ ㄐㄩㄝˊ）

【釋義】意謂所做的事神鬼都不知曉。

【出處】清平山堂話本・錯認屍：「我今與你只得沒奈何害了這蠻子性命，神不知鬼不覺。」

【用法】比喻做事非常隱祕，絲毫沒有被人察覺。

【例句】俗話說：「若要人不知，除非己莫爲。」你以爲你做的事**神不知鬼不覺**，殊不知紙包不住火，人家早已把你的事張揚出去了！

【義近】人不知鬼不覺／神鬼莫測／密不透風／滴水不漏。

【義反】昭然若揭／破綻百出／漏洞百出。

神乎其神（ㄕㄣˊ ㄏㄨ ㄑㄧˊ ㄕㄣˊ）

【釋義】神：神妙，神祕。乎：古漢語助詞。

【出處】莊子・天地：「深之又深而能物焉，神之又神而能精焉。」

【用法】形容非常奇妙神祕。

【例句】這人眞會說話，平平常常一件事，他都有本事把它說得**神乎其神**的。

【義近】神妙莫測／神祕奧妙／玄而又玄。

【義反】平平常常／合情合理／易知易曉／平淡無奇。

神仙眷屬（ㄕㄣˊ ㄒㄧㄢ ㄐㄩㄢˋ ㄕㄨˇ）

【釋義】眷屬：通常指家庭成員，在此專指夫妻而言。

【用法】形容夫妻生活恩愛幸福，猶如神仙般，令人羨慕。

【例句】這對夫妻恩愛逾恆，幸福美滿，猶如**神仙眷屬**，令人羨慕不已。

【義近】神仙美眷。

【義反】歡喜冤家。

神出鬼沒（ㄕㄣˊ ㄔㄨ ㄍㄨㄟˇ ㄇㄛˋ）

【釋義】像鬼神那樣出沒無定。出：出現。沒：隱沒。

【出處】淮南子・兵略訓：「善者之動也，神出而鬼行。」

【用法】原指用兵神速不可捉摸，今多用以形容出沒無常、變化莫測。

【例句】抗戰時期，我游擊隊常利用山林湖泊的複雜地形，**神出鬼沒**地打擊敵人。

【義近】鬼出神入／神祕莫測／出沒無常／變幻無常。

【義反】意料之中／出沒有常／一成不變。

神色不驚（ㄕㄣˊ ㄙㄜˋ ㄅㄨˋ ㄐㄧㄥ）

【釋義】意謂神態臉色不露驚慌之狀。

【出處】道原・景德傳燈錄・荊南白馬曇照禪師：「和尙當時被節度使拋向水中，神色不驚，如今何得恁麼地？」

【用法】形容遇事極爲鎭靜。

【例句】飛機在高空遇到亂流，上下顛簸得很厲害，旅客們個個嚇得面無人色，只有空姐**神色不驚**，一再請大家繫好安全帶。

【義近】神色不動／面不改色／若無其事／泰然自若／談笑自若／從容不迫／穩如泰山／安若磐石／鎭定自如／安之若素。

【義反】神不主體／魂不附體／面如死灰／六神無主／魂飛魄散／面無人色／魂飛天外／驚惶失措／張皇失措／倉皇失措／驚恐萬狀／心驚膽戰。

神色自若（ㄕㄣˊ ㄙㄜˋ ㄗˋ ㄖㄨㄛˋ）

【釋義】神色：神情容色。自若：自如，跟平常一樣。

【出處】晉書・王戎傳：「猛獸在檻中，虓吼震地，眾皆奔走，戎獨立不動，神色自若。」

【用法】形容人態度沉著冷靜，遇非常之事也能鎭定自如。

【例句】乘客得知飛機有可能出事時，大家頓時驚恐萬狀，唯有小蔡是**神色自若**，毫無所懼的樣子。

【義近】神色如常／鎭定自若／安之若素。

【義反】神色慌張／驚恐萬狀／張皇失措。

神色怡然（ㄕㄣˊ ㄙㄜˋ ㄧˊ ㄖㄢˊ）

【釋義】神色：神情面容。怡然：喜悅的樣子。

【出處】新五代史・死事傳・孫晟：「晟臨死，世宗猶遣近臣問之，晟終不對，神色怡然，正其衣冠南望而拜。」

【用法】指人臉上露出愉快、心安的神色。

【例句】我太太是個樂天派，無論遇到多大的困難、多惱人的事，她始終**神色怡然**，不慌不忙地應付處理。

【義近】和顏悅色／神色自若／氣定神閒／從容自在／不慌不忙。

【義反】神色慌張／容顏驟變／張皇失措／驚恐萬狀。

神完氣足（ㄕㄣˊ ㄨㄢˊ ㄑㄧˋ ㄗㄨˊ）

【釋義】意謂神氣十分舒暢。

【出處】夏敬渠・野叟曝言九回：「文字不相上下，神完氣足，俱是作家。」

【用法】常用以形容文章首尾貫穿，一氣呵成。也用以形容人精神飽滿，氣力充沛。

【例句】①這篇文章確實寫得不錯，**神完氣足**，眞想不到它是出自一位高中生之手！②你不要看他已步入中年，他可是**神完氣足**，好像總有用不完的精力似的。

【義近】神采飛揚／酣暢淋漓／精神煥發。

【義反】蛙鳴蟬噪／了無生氣／暮氣沉沉／有氣無力／槁木死灰／心如槁木。

神來之筆（ㄕㄣˊ ㄌㄞˊ ㄓ ㄅㄧˇ）

【釋義】意謂筆墨特別精妙，有如神靈所爲。
【出處】吳沃堯・二十年目睹之怪現狀三七回：「雪漁又道……這三張東西……眞是神來之筆。」
【用法】形容人的書畫文章極爲生動出色，且純爲自然表露，非刻意雕琢而成。
【例句】這篇文章前面寫得普通，但後面幾段卻是**神來之筆**，頓使全文大爲增色生輝。
【義近】生花妙筆／點睛之筆／鬼斧神工。
【義反】塗鴉筆墨／信筆塗鴉。

神怡心醉（ㄕㄣˊ ㄧˊ ㄒㄧㄣ ㄗㄨㄟˋ）

【釋義】精神愉快，內心陶醉。
【出處】隋唐演義四七回：「聽到後邊，一回兒像盡是歌聲，一回兒像盡是笛聲，眞聽得神怡心醉。」
【用法】形容人陶醉於某一美景或事物之中，心神非常愉悅的情狀。
【例句】這場音樂晚會都是一些著名歌手的演唱，精妙絕倫，聽者無不**神怡心醉**。
【義近】神悅心醉／心醉神馳／如醉如癡／目酣神醉／心神俱暢。
【義反】心煩意亂／心亂如麻／煩躁不安／心意煩擾／悶悶不樂。

神昏意亂（ㄕㄣˊ ㄏㄨㄣ ㄧˋ ㄌㄨㄢˋ）

【釋義】神志昏沉，心意煩亂。
【出處】清・李心衡・金川瑣記・陳生：「生有事他適，旬餘始返……。問所往，俱無知者。神昏意亂，本立不復能動。」
【用法】形容人神志不清，昏昏沉沉的樣子。
【例句】最近要處理的事情又多又雜，弄得我**神昏意亂**，眞想好好休息幾天。
【義近】神志昏迷／神情恍惚／精神恍惚／神思恍惚／昏頭昏腦。
【義反】神志清爽／神清氣爽／神清氣朗／神清氣正。

神采奕奕（ㄕㄣˊ ㄘㄞˇ ㄧˋ ㄧˋ）

【釋義】神采：指人面部的神情和光采。奕奕：精神煥發的樣子。
【出處】吳沃堯・二十年目睹之怪現狀三七回：「我在底下看看，果然神采奕奕，談笑風生。」
【用法】形容精神旺盛，容光煥發。
【例句】總經理雖已年過古稀，但仍然那樣**神采奕奕**，談笑風生。
【義近】精神煥發／神采煥發／容光煥發／精神抖擻。
【義反】無精打采／萎靡不振／垂頭喪氣。

神采英拔（ㄕㄣˊ ㄘㄞˇ ㄧㄥ ㄅㄚˊ）

【釋義】英拔：英俊挺拔，意即超羣出眾。
【出處】陳書・江總傳：「舅吳平光侯蕭勱，名重當時，特所鍾愛。嘗謂總曰：『爾操行殊異，神采英拔，後之知名，當出吾右。』」
【用法】指人的精神氣質英偉，超羣出眾。
【例句】此人儀表堂堂，**神采英拔**，看來絕非池中物，今後或當身居要職，成就非凡。
【義近】神采非凡／氣質高雅／才氣英邁／英姿勃發／雄姿英發／氣宇軒昂／氣宇不凡／卓爾不羣。
【義反】縮頭縮腦／猥猥瑣瑣／愁眉苦臉／灰頭土臉。

神采煥發（ㄕㄣˊ ㄘㄞˇ ㄏㄨㄢˋ ㄈㄚ）

【釋義】神采：人面部的表情和光采。煥發：光彩四射。
【出處】元史・趙孟頫傳：「孟頫才氣英邁，神采煥發，如神仙中人。」
【用法】形容人精神旺盛，臉上的神色顯得很有光彩。
【例句】這位老教授雖然已年逾七十，卻依然**神采煥發**，步伐穩健，有如中年人一般。
【義近】容光煥發／神采飛揚／神采奕奕／滿面紅光／精神煥發／精神抖擻。
【義反】無精打采／萎靡不振／形容枯槁／垂頭喪氣／要死不活。

神怒人怨（ㄕㄣˊ ㄋㄨˋ ㄖㄣˊ ㄩㄢˋ）

【釋義】天神憤怒，民眾怨恨。
【出處】晉書・殷浩傳：「神怒人怨，眾之所棄。傾危之憂，將及社稷。」
【用法】形容作惡多端，引起極大憤怒。
【例句】這個獨裁統治者胡作非爲，任意蹂躪百姓，自然要激起**神怒人怨**，最後果然被迫下臺，逃亡國外了。
【義近】天怒人怨／神人共憤／天人共憤／百口交謗／萬目睚眥。
【義反】普天同慶／眾望所歸／人心所向。

神施鬼設（ㄕㄣˊ ㄕ ㄍㄨㄟˇ ㄕㄜˋ）

【釋義】意謂就像鬼神所做的一般。施：實行。設：設計。
【出處】韓愈・貞曜先生墓志銘：「及其爲詩，……神施鬼設，間見層出。」
【用法】形容極其高超精妙。常用以形容詩文技巧精湛。
【例句】①俄羅斯作家列夫・托爾斯泰的《戰爭與和平》這部巨作，眞有如**神施鬼設**，令人讚嘆不已。②埃及的金字塔眞有如**神施鬼設**，在幾千年前竟能建造出這樣的建築，簡直是不可思議！
【義近】妙手偶得／神來之筆／妙筆生花／神思妙筆／神工妙力／鬼斧神工。

神飛色動（ㄕㄣˊ ㄈㄟ ㄙㄜˋ ㄉㄨㄥˋ）

【釋義】意即神色飛動。神色：神情面容。
【出處】夏敬渠・野叟曝言一〇九回：「素臣細說在外之事，說到危險處，三人魄戰心驚；說到爽快處，三人神飛色動。」
【用法】形容人臉上的表情很生動。
【例句】這幾個女孩不知聊些什麼，個個**神飛色動**，有時還笑得前仰後翻。
【義近】神動色飛／神飛色舞／神采飛揚／眉飛色舞／滿面春風。
【義反】神色呆滯／泥塑木雕／呆若木雞／木立若偶。

神氣活現

【釋義】神氣：此指精神氣魄。活現：逼眞地顯現出來。

【用法】形容人態度傲慢，洋洋得意的樣子。有時也形容人或物生氣勃勃的狀態。

【例句】①這人在生意場上一得手，便**神氣活現**，誰也不放在眼裏。②這幅肖像畫，把人畫得**神氣活現**，畫家的畫藝眞是高超。

【義近】威風凜凜／盛氣凌人／神氣十足／趾高氣揚。

【義反】不矜不伐／謙卑自牧。

神氣揚揚

【釋義】神氣：指人的精神、氣魄。揚揚：得意的樣子。

【出處】唐・杜光庭・虬髯客傳：「但見太宗不衫不屨，褐衣裘而來，神氣揚揚，貌與常異。」

【用法】形容人充滿自信，神采飛揚的樣子。

【例句】我初次見到那位年輕人**神氣揚揚**的樣子，就深感他與眾不同，果不其然，才短短五年，就以三十來歲的年紀當上了部長。

【義近】英姿煥發／神采煥發／英姿勃勃／發揚蹈厲／神采奕奕／意氣風發。

【義反】萎靡不振／愁眉苦臉／暮氣沉沉／死氣沉沉／意志衰頹。

神鬼莫測

【釋義】神鬼也無法預料。莫測：不能預測。

【出處】凌濛初・初刻拍案驚奇卷二四：「那僧徒收拾淨盡……自道神鬼莫測，豈知天理難容。」

【用法】形容事情詭祕到了極點，誰也無法測知。

【例句】他自以爲這樁事做得**神鬼莫測**，誰知不出兩天，就被人發覺了。

【義近】神妙莫測／玄妙莫測／神奇莫測／神不知，鬼不覺／人不知，鬼不覺。

【義反】昭然若揭／破綻百出。

神情恍惚

【釋義】神情：指人的精神意態。恍惚：指人神志不清或精神不集中。

【出處】魏書・侯莫陳悅傳：「悅自殺岳後，神情恍惚，不復如常。」

【用法】形容人神志不清，心神不定。

【例句】王太太見女兒臥病不起，**神情恍惚**，忽睡忽醒，心中憂愁不已。

【義近】神思恍惚／精神恍惚／心神恍惚／失魂落魄／迷迷糊糊。

【義反】神清氣爽／心安神定／意遠神清／心曠神怡。

神清氣爽

【釋義】神情清秀，氣質爽朗。

【出處】唐・杜光庭・虬髯客傳：「長揖而坐，神清氣爽，滿坐風生，顧盼煒如也。」

【用法】形容人的神情和氣質不同一般，顯得特別的優異突出。

【例句】董事長的小兒子長得眉清目秀，**神清氣爽**，站在人羣中，眞的有如鶴立雞羣一般。

【義近】神清氣朗／神清氣正／器宇不凡／一表堂堂／神采飛揚。

【義反】萎靡不振／垂頭喪氣／猥猥瑣瑣／氣息奄奄／尸居餘氣。

神通廣大

【釋義】神通：神奇靈通。原爲佛教用語，指無所不能的力量，今指特別高明的本領。

【出處】孤本元明雜劇・無名氏・四聖鎖白猿二折：「倚仗他神通廣大，欺負我軟弱囊揣。」

【用法】形容本領高超，無所不能。多含有詼諧諷刺意味。

【例句】你眞是**神通廣大**，竟能一天之內，借到這麼大一筆錢。

【義近】法力無邊／三頭六臂／拘神遣將／架海擎天。

【義反】黔驢之技／一無能耐／一無所長／一無所能／半籌不納。

神勞形瘁

【釋義】瘁：勞累；過度勞累。

【出處】許仲琳・封神演義三一回：「治諸侯，練士卒，神勞形瘁，有所不恤。」

【用法】指人的精神和身體都極度疲勞。

【例句】最近爲了整修房子，既傷神，又費力，弄得我**神勞形瘁**，苦不堪言。

【義近】心力交瘁／精疲力盡／身心俱疲／心力俱殫／心勞力絀。

【義反】精力旺盛／精力充沛／精神抖擻／精神煥發。

神會心契

【釋義】心契：指心中領會，默契。

【出處】宣和書譜・行書六・王安石：「京從兄襄深悟厥旨，其書爲本朝第一。而京獨神會心契，得之於心，應之於手，可與方駕。」

【用法】形容相互之間，內心能彼此理解並且投合。

【例句】這對老夫妻不僅恩愛無比，而且在許多事情上都能**神會心契**，因此生活過得非常和諧美滿。

【義近】心領神會／心有靈犀一點通／心心相印／心照神交／心融神悟。

【義反】格格不入／扞格不入／方枘圓鑿。

神魂顛倒

【釋義】意謂精神恍惚，顛三倒四，失去常態。神魂：精神，神志。

【出處】康熙樂府卷二：「磣磕磕腹內生松，悶懨懨懷中失筆，光輝輝梁上懸刀，都是些神魂顛倒。」

【用法】多用以形容對某人某事入了迷，心神不定的樣子。

【例句】你用不著去找他了，他最近被一個女人弄得**神魂顛倒**，還有什麼心思做生意！

【義近】失魂落魄／心神不定／神魂失據／神不守舍／神思恍惚。

【義反】專心致志／心無二用／全神貫注／聚精會神。

神機妙算（ㄕㄣˊ ㄐㄧ ㄇㄧㄠˋ ㄙㄨㄢˋ）

【釋義】神機：心思靈巧到了神奇的地步。機：心機。算：指策畫計謀。
【出處】淮南子・齊俗訓：「神機陰閉，剞劂無迹，人巧之妙也。」元・無名氏・隔江鬥智二折：「俺孔明軍師委實有神機妙算……。」
【用法】形容預料準確，善於估計形勢，決定策略。
【例句】曹操的奸，周瑜的詐，終究敵不過諸葛孔明的**神機妙算**。
【義近】神機妙策／錦囊妙計／神術妙算。
【義反】無計可施／計無所出／一籌莫展／束手無策。

神機莫測（ㄕㄣˊ ㄐㄧ ㄇㄛˋ ㄘㄜˋ）

【釋義】神機：神妙的機謀。莫測：不可預測。
【出處】金・丘處機・漢宮春・苦志：「出入銳光八表，算神機莫測，天網難籠。」
【用法】指計謀神妙得使人難以預測。
【例句】三國蜀相諸葛亮精通兵法，運籌帷幄，**神機莫測**，是位曠古奇才。
【義近】神機妙算／算無遺策／神鬼莫測／高深莫測／神機妙策／玄妙莫測。
【義反】計無所出／無計可施／一籌莫展／束手無策。

神龍失勢（ㄕㄣˊ ㄌㄨㄥˊ ㄕ ㄕˋ）

【釋義】意謂龍失卻了憑藉的優勢，便不再神奇，而同於一般之物。神龍：龍，古以龍爲神物，故稱神龍。
【出處】後漢書・隗囂傳：「要之，魚不可脫於淵，神龍失勢，即還與蚯蚓同。」
【用法】比喻大人物失去了權位或所依憑之勢，便無能爲力，不成其爲大人物了。
【例句】想不到這位昔日不可一世的總統，因迫於羣眾壓力而辭職後，只好蜷縮在鄉間別墅，眞是**神龍失勢**，與蚯蚓無異啊！
【義近】蛟龍失水／虎落平陽／涸轍之魚／龍困淺灘／鳳凰落毛不如雞。
【義反】蛟龍得水／如虎添翼／如魚得水／鳶飛戾天。

神龍見首不見尾（ㄕㄣˊ ㄌㄨㄥˊ ㄐㄧㄢˋ ㄕㄡˇ ㄅㄨˊ ㄐㄧㄢˋ ㄨㄟˇ）

【釋義】指見到神龍的頭便見不到牠的尾巴。
【出處】清・趙執信・談龍錄：「詩如神龍，見其首不見其尾，或雲中露一爪一鱗而已，安得全體是雕塑繪畫者耳。」
【用法】今多用以比喻有本事的人行踪神祕，不露眞相。
【例句】據說俠盜廖添丁能飛簷走壁，善於易容，**神龍見首不見尾**，讓日本警方大感頭痛。

祚胤繁昌（ㄗㄨㄛˋ ㄧㄣˋ ㄈㄢˊ ㄔㄤ）

【釋義】祚：福氣。胤：後嗣。全句是說：子孫眾多，繁衍不絕。
【出處】司馬遷・史記・三皇本紀：「聖人德澤廣大，故其祚胤繁昌。」
【用法】用來形容一個家族或某人子孫滿堂，福祚綿綿。
【例句】張老爹三代同堂，**祚胤繁昌**，子孫繞膝，享盡天倫之樂，眞令人欣慕。
【義近】百子千孫／瓜瓞綿綿／孫曾繞膝／綠葉成蔭／蘭薰桂馥。
【義反】門衰祚薄／形單影隻／孤苦伶仃。

八畫

祿無常家，福無定門（ㄌㄨˋ ㄨˊ ㄔㄤˊ ㄐㄧㄚ ㄈㄨˊ ㄨˊ ㄉㄧㄥˋ ㄇㄣˊ）

【釋義】常家、定門：均指固定的人家。
【出處】藝文類聚卷六三引晉・摯虞・門銘：「祿無常家，福無定門，人謀鬼謀，道在其尊。」
【用法】指福祿並沒有不變的定數，視人的作爲而移易。
【例句】你老人家現在是福祿壽齊全，但**祿無常家，福無定門**，務必要告誡兒孫奉公守法，萬萬不可爲非作歹，否則你幾十年積累起來的福祿，終將毀於一旦。
【義近】福祿無常／禍福無門／福禍相倚／因果循環。

禁網疏闊（ㄐㄧㄣˋ ㄨㄤˇ ㄕㄨ ㄎㄨㄛˋ）

【釋義】禁網：法網。疏闊：不周密。
【出處】漢・荀悅・漢紀・哀帝紀上：「及漢興，禁網疏闊，未之匡正。」
【用法】指法律過於寬疏而不能禁止犯罪作惡。
【例句】治亂世用重典，當今法令**禁網疏闊**，難怪作奸犯科之徒會肆無忌憚。
【義近】網漏吞舟／法網寬疏／吞舟是漏／網開三面。
【義反】嚴刑峻法／偶語棄市／深文周內／執法如山。

禁暴誅亂（ㄐㄧㄣˋ ㄅㄠˋ ㄓㄨ ㄌㄨㄢˋ）

【釋義】誅：殺（有罪的人）。
【出處】漢・賈誼・過秦論：「其強也，禁暴誅亂而天下服；其弱也，五伯征而諸侯從亂。」
【用法】意謂禁除暴行，誅殺叛亂。
【例句】美國常以世界警察自居而主持正義，**禁暴誅亂**，濟危扶顛，因此贏得許多第三世界的信服。
【義近】弔民伐罪／除暴安良／爲民除害。
【義反】助紂爲虐／爲虎添翼／恃強凌弱。

九畫

福不徒來（ㄈㄨˊ ㄅㄨˋ ㄊㄨˊ ㄌㄞˊ）

【釋義】徒：白白地，無緣無故地。
【出處】司馬遷・史記・龜策列傳：「諫者福也，諛者賊也。人主聽諛，是愚惑也。雖然，禍不妄至，福不徒來。」
【用法】說明幸福不會無緣無故地到來。勉勵人要努力去創造幸福。
【例句】你想擁有幸福美滿的家庭，光只是想是不行的，所謂**福不徒來**，要努力去營造爭取呀！
【義反】喜從天降／天賜洪福／福事臨門／天官賜福。

福生於微（ㄈㄨˊ ㄕㄥ ㄩˊ ㄨㄟˊ）

【釋義】微：古代極小的長度單位，爲一寸的百萬分之一。

【出處】劉向・說苑・談叢：「福生於微，禍生於忽。日夜恐懼，唯恐不卒。」
【用法】說明福祚生於極微小因素的積累。
【例句】你不要只欣慕他福祿雙全，要知道**福生於微**，這也是他數十年來積小善所得的善報。

福如東海（ㄈㄨˊ ㄖㄨˊ ㄉㄨㄥ ㄏㄞˇ）

【釋義】福像東海的水那樣浩瀚無邊。
【出處】敦煌變文集・長興四年中興殿應聖節講經文：「壽等松椿宜閏益，福如東海要添陪。」
【用法】用作祝壽的題辭。常與「壽比南山」連用。
【例句】恩師姜先生今年九十大壽，弟子們齊聚一堂，祝賀他老人家**福如東海**，壽比南山。
【義近】壽比南山／松鶴延年／天保九如／天賜遐齡／南山並壽／松柏長青。

福至心靈（ㄈㄨˊ ㄓˋ ㄒㄧㄣ ㄌㄧㄥˊ）

【釋義】福：福氣，好運氣。靈：靈巧。
【出處】畢仲詢・幙府燕閒錄：「（吳參政）當草制以示歐陽文忠，稱之，因戲曰：『君福至心靈。』」
【用法】指人走好運時，心靈也變得靈巧，做起事來也得心應手了。
【例句】她本來有些遲鈍，可是結婚以後卻變得活潑俐落多了，這眞是**福至心靈**啊！
【義近】福至神明／福至性靈。
【義反】禍來神昧。

福星高照（ㄈㄨˊ ㄒㄧㄥ ㄍㄠ ㄓㄠˋ）

【釋義】福星：古稱木星爲歲星，謂其所在有福，故又名福星。
【出處】李商隱・無愁果有愁曲北齊歌：「東有青龍西白虎，中含福星包世度。」
【用法】形容好運氣當頭，好事落到自己身上。
【例句】他眞是**福星高照**，竟能大難不死，一定是福報應驗在他身上了。
【義近】吉星高照／時來運轉／吉人天相。
【義反】帚星當空／時乖運蹇／命遘陽九。

福無雙至（ㄈㄨˊ ㄨˊ ㄕㄨㄤ ㄓˋ）

【釋義】意謂福事不重來。常與「禍不單行」連用。
【出處】劉向・說苑・權謀：「此所謂福不重至，禍必重來者也。」
【用法】用以說明幸運的事不會常有，應珍惜和把握機遇。
【例句】人生太無常，**福無雙至**，該知福惜福，平安就是最大的幸福了。
【義近】福不重至／福運不再／福無雙降。
【義反】禍不單行／雙喜臨門。

福祿雙全（ㄈㄨˊ ㄌㄨˋ ㄕㄨㄤ ㄑㄩㄢˊ）

【釋義】祿：指做官的俸祿。
【出處】元・賈仲明・對玉梳四折：「俺如今福祿雙全，穩拍拍的綠窗下做針線。」
【用法】指人既有福氣，又做高官享有豐厚的俸祿。
【例句】魏局長兒孫滿堂，且個個都很孝順，退休後享受的終身俸祿又高，眞可說是**福祿雙全**了。
【義近】福祿壽喜／福祿雙至／福祿無雙。
【義反】門衰祚薄／天不假年。

福過災生（ㄈㄨˊ ㄍㄨㄛˋ ㄗㄞ ㄕㄥ）

【釋義】意謂享福過度則生災禍。又作「福過禍至」。
【出處】晉書・庾亮傳：「小人祿薄，福過災生，止足之分，臣所宜守。」
【用法】常用以勸勉人不要貪心於名利地位、富貴榮華。
【例句】人在走運時，務必要保持冷靜頭腦，時刻防止**福過災生**。
【義近】樂極生悲／福極必反／盈極必損。
【義反】否極泰來／禍極福來／楣極運來。

福壽無疆（ㄈㄨˊ ㄕㄡˋ ㄨˊ ㄐㄧㄤ）

【釋義】無疆：沒有止境，沒有窮盡。
【出處】雲笈七籤六九卷：「至誠君子，得而寶之，即福壽無疆。」
【用法】用作祝頌之辭，願人福分與年壽都無止境。
【例句】今天是您百歲華誕，我代表全家兒孫祝您老人家**福壽無疆**。
【義近】南山並壽／福壽綿長／福壽延年／萬壽無疆／德壽年高。

福與天齊（ㄈㄨˊ ㄩˇ ㄊㄧㄢ ㄑㄧˊ）

【釋義】天齊：即齊天，同天一樣的高。
【出處】明・無名氏・羣仙朝聖一折：「因當今福與天齊，行仁孝神聖皆知。」
【用法】極言福氣之好。用在讚美別人命好。
【例句】像你這樣多子多孫又身居高位，可謂**福與天齊**了，還有什麼不滿足的？
【義近】洪福齊天／福祿雙全／福星高照。
【義反】勞祿終身／福薄命淺／時乖運蹇／命遘陽九。

禍不妄至（ㄏㄨㄛˋ ㄅㄨˋ ㄨㄤˋ ㄓˋ）

【釋義】妄：非分，超出常規。這裏是無緣無故的意思。
【出處】司馬遷・史記・龜策列傳：「諫者福也，諛者賊也。人主聽諛，是愚惑也。雖然，禍不妄至，福不徒來。」
【用法】指禍患不會無緣無故地來到。
【例句】常言道：**禍不妄至**，你只要謹言慎行，善自檢點，哪會招來災禍呢？
【義近】禍出有因／其來有自／咎由自取。
【義反】禍從天降／飛來橫禍／人在家中坐，禍從天上來／禍出不測／無妄之災。

禍不旋踵（ㄏㄨㄛˋ ㄅㄨˋ ㄒㄩㄢˊ ㄓㄨㄥˇ）

【釋義】旋踵：轉動腳後跟，形容迅速。
【出處】漢・陳蕃・上竇太后疏：「臣聞：言不直而行不正，則爲欺乎天而負乎人；危言極意，則羣凶側目，禍不旋踵。」
【用法】指禍事很快就要來臨。
【例句】主政者倒行逆施，殘民

以逞，則民怨沸騰，**禍不旋踵**，滅亡無日矣。」

【義近】禍之將至／大禍臨頭／禍在旦夕／大禍臨門。

【義反】吉星高照／時來運轉／福事連至。

禍不單行

【釋義】災禍不止一次發生。常與「福無雙至」連用。

【出處】道原．景德傳燈錄．紫桐和尚：「師曰：『禍不單行。』」

【用法】用以指不幸的事往往接二連三地發生。

【例句】這眞是福無雙至，**禍不單行**，他太太去世沒多久，女兒今天又因車禍喪生！

【義近】雪上加霜／屋漏逢雨／避坑落井。

【義反】雙喜臨門／福星永照／福事連至。

禍中有福

【釋義】意謂禍害之中包含著產生福的因素。

【出處】淮南子．說林訓：「失火而遇雨，失火則不幸，遇雨則幸也，故禍中有福也。」

【用法】說明在遇到禍害時也應看到潛伏的有利因素，設法變禍為福。

【例句】颱風過後，土石流接踵而來，造成一場大災難，但若能因此體認造成土石流的人為因素，重視水土保持，則未嘗不是**禍中有福**。

【義近】因禍為福／禍兮福所倚／塞翁失馬，焉知非福。

【義反】福兮禍所伏。

禍兮福所倚

【釋義】災禍之中倚存著福。兮：古漢語助詞。倚：依靠，依存。常與「福兮禍所伏」連用。

【出處】老子．五八章：「禍兮福兮之所倚，福兮禍兮之所伏。」

【用法】說明在某一情況下，禍可轉變為福，壞可變為好。

【例句】**禍兮福所倚**，不要因困阨而喪志，也許是禍非禍，是福非福，絕處可逢生啊！

【義近】塞翁失馬，焉知非福。

【義反】福兮禍所伏。

禍出不測

【釋義】出：產生，發生。

【出處】宋．胡仔．苕溪漁隱叢話前集．梅聖俞：「仁宗大怒，玉音甚厲，眾恐禍出不測。」

【用法】是指災禍的發生不可揣測。

【例句】剛剛大家還又唱又跳，玩得很開心，誰知吊燈突然掉了下來，把小張的頭砸破了，眞是**禍出不測**啊！

【義近】禍生不測／禍從天降／飛來橫禍／人有旦夕禍福。

【義反】事出有因／其來有自／咎由自取。

禍生於忽

【釋義】忽：古代極小的長度單位，一分的萬分之一。

【出處】劉向．說苑．談叢：「福生於微，禍生於忽。日夜恐懼，唯恐不卒。」

【用法】指災禍產生於極微小因素的積累。

【例句】劉備臨終誡其子云：「毋以惡小而為之。」要知道**禍生於忽**，千萬不可忽視小的惡行，累積小惡也會釀成大的災禍啊！

【義近】禍起隱微／千里之堤，潰於蟻穴／星火燎原／蟻穴潰堤。

【義反】福生於微／積善成德。

禍因惡積

【釋義】意謂災禍是由小惡積累而成的。

【出處】明．湯顯祖．還魂記．道覡：「看修行似福緣善慶，論因果是禍因惡積。」

【用法】指壞事做多了便會招致災禍。

【例句】佛家有因果輪迴之說，他壞事做絕，深信**禍因惡積**，一定會得到報應的。

【義近】積惡成禍／惡有惡果／多行不義必自斃／惡有惡報／惡積禍盈。

【義反】積善成德／善有善報／行善獲福／積善餘慶。

禍在旦夕

【釋義】旦夕：早晚，形容時間極短。

【出處】唐．段成式．諾皋記．長鬚國：「吾國有難，禍在旦夕，非駙馬不能救。」

【用法】指災禍在很短的時間內就要來臨。

【例句】你已經是大難臨頭，**禍在旦夕**了，怎麼還這樣若無其事，不想辦法挽救或迴避呢？

【義近】禍在朝夕／禍不旋踵／大禍臨頭／危在旦夕。

【義反】平安無事／平靜無波。

禍起飛語

【釋義】飛語：也作「蜚語」，沒有根據的話。

【出處】唐．劉禹錫．中上書李相公啟：「禍起飛語，刑極淪胥。心因病怯，氣以愁耗。」

【用法】是指禍患產生於流言蜚語。

【例句】古人說：**禍起飛語**。因此我們立身處世應著重謹言慎行，小心禍從口出。

【義近】禍從口出／人言可畏／眾口鑠金／三人成虎。

【義反】謹言慎行／三緘其口／緘默無言。

禍起蕭牆

【釋義】蕭牆：門屏，古代宮室用以分隔內外的當門小牆。比喻內部。

【出處】論語．季氏：「吾恐季孫之憂，不在顓臾，而在蕭牆之內也。」

【用法】指禍亂從內部發生。

【例句】自古以來，許多戰爭皆因**禍起蕭牆**，名利眞可使人倫喪盡。

【義近】蕭牆之變／蕭牆之禍／變生肘腋／同室操戈／骨肉相殘／自相殘殺。

【義反】兵臨城下／禍從天降／外敵入侵／外寇為患／四郊多壘。

禍國殃民

【釋義】禍、殃：為害，損害。

【出處】左傳．襄公三十年：「王子相楚國，將善是封殖而虐之，是禍國也。」章炳麟

・正學報緣起例言：「謂其禍國殃民，肉不足以啖狗彘。」

【用法】指使國家受害，人民遭殃。

【例句】百姓對那些倒行逆施、禍國殃民的社會敗類，無不切齒痛恨。

【義近】蠹國害民／賣國殘民／害國傷民。

【義反】治國安民／保國衛民／富國裕民／益國利民。

禍從口出 ㄏㄨㄛˋ ㄘㄨㄥˊ ㄎㄡˇ ㄔㄨ

【釋義】意謂言語不慎會招來災禍。

【出處】傅玄口銘：「病從口入，禍從口出。」

【用法】常用以勸勉人說話要謹慎，以免招來災禍。

【例句】**禍從口出**，你再不收斂你的嘴巴，那天大禍臨頭可不要後悔。

【義近】言多必失／言出患入／言出禍從。

禍從天降 ㄏㄨㄛˋ ㄘㄨㄥˊ ㄊㄧㄢ ㄐㄧㄤˋ

【釋義】災禍好像從天上降下來的一樣。

【出處】李好古・張生煮海三折：「則爲那窈窕娘，不招你個俊俏郎，弄出這一番禍從天降。」

【用法】比喻災禍突然而至，未曾想到，亦無法防備。

【例句】這眞是**禍從天降**，他倆在馬路邊走得好好的，忽然一輛卡車開過來，把他們撞成重傷。

【義近】人在家中坐，禍從天上來／飛來橫禍／禍出不測／無妄之災／飛災橫禍。

【義反】閉門家中坐，好事天外來／喜從天降／福事臨門／天官賜福／福星高照。

禍絕福連 ㄏㄨㄛˋ ㄐㄩㄝˊ ㄈㄨˊ ㄌㄧㄢˊ

【釋義】絕：完全沒有了、消失了。

【出處】雲笈七籤卷四二：「萬神即時到，會合瓊羽門。使令散禍，禍絕福連。上寢玉堂，世受名仙。」

【用法】是指災禍消失，好運降臨。

【例句】現在好了，接踵而至的災難都已過去，媳婦生了個胖小子，生意也日見興隆，算是**禍絕福連**了。

【義近】否極泰來／時來運轉／柳暗花明／由剝而復。

【義反】福過災生／福深禍速／盈極必損／福極必反／樂極生悲。

禍亂交興 ㄏㄨㄛˋ ㄌㄨㄢˋ ㄐㄧㄠ ㄒㄧㄥ

【釋義】災禍與戰亂交相興起。

【出處】周書・蘇綽傳：「衰弊則禍亂交興，淳和則天下自治。治亂興亡，無不皆由所化也。」

【用法】形容社會動蕩，天下不安。

【例句】中東地區，以阿交惡，**禍亂交興**，弄得老百姓流離失所，眞是可憐。

【義近】兵連禍結／禍亂相尋／烽火連天／干戈落落／兵荒馬亂。

【義反】河清海晏／海不揚波／太平盛世／天下太平／政通人和／四海昇平。

禍福由人 ㄏㄨㄛˋ ㄈㄨˊ ㄧㄡˊ ㄖㄣˊ

【釋義】意謂禍與福都是由人自己決定的。

【出處】明・王錂・春蕪記・反目：「天網恢恢眞可信，須知禍福由人。」

【用法】用以說明禍福之所以來到，都取決於人自身的所作所爲。

【例句】想當年，他倆系出同門，如今一個作奸犯科成了階下囚，一個力爭上游當了校長，可見**禍福由人**，確非虛言。

【義近】禍福自取／禍福無門／滄浪之水／濯纓濯足。

【義反】生死有命，富貴在天。

禍福無門 ㄏㄨㄛˋ ㄈㄨˊ ㄨˊ ㄇㄣˊ

【釋義】災禍、幸福的到來並無一定。無門：指無定數。

【出處】左傳・襄公二三年：「禍福無門，唯人所召。」

【用法】喻禍福都是人所自取。

【例句】常言道：**禍福無門**。他平日爲人自私，待人苛刻，眾叛親離是遲早的事。

【義近】滄浪之水／濯纓濯足／咎由自取。

【義反】禍福有常／善有善報，惡有惡報。

禍福無常 ㄏㄨㄛˋ ㄈㄨˊ ㄨˊ ㄔㄤˊ

【釋義】常：常規，定規。

【出處】明・孫梅錫・琴心記・長門望月：「禍福無常，憂喜難定，聖上一日心悔，娘娘即便榮還，何苦悲淒。」

【用法】說明禍與福並沒有固定不變的常規。

【例句】前陣子才升任校長，賀客盈門，日昨卻聽說他中風，躺在加護病房，奄奄一息，眞所謂**禍福無常**，天道寧論。

【義近】禍兮福所倚，福兮禍所伏／生死有命／天道無常／禍福倚伏。

【義反】天理昭彰／善有善報，惡有惡報／因果輪迴。

十三畫

禮士親賢 ㄌㄧˇ ㄕˋ ㄑㄧㄣ ㄒㄧㄢˊ

【釋義】禮：以禮相待。親：親近。

【出處】明・無名氏・東籬賞菊三折：「禮士親賢急訪求，卑職枉駕會儒流。」

【用法】指尊重有知識的人，親近有才德的人。

【例句】諸葛亮率軍北伐前，上表劉後主，要他**禮士親賢**，察納雅言，老臣謀國，光昭日月。

【義近】禮賢下士／吐哺握髮／親賢禮士。

【義反】妒賢嫉能／獨行其是／我行我素／唯我獨尊。

禮多人不怪 ㄌㄧˇ ㄉㄨㄛ ㄖㄣˊ ㄅㄨˋ ㄍㄨㄞˋ

【釋義】意謂多行禮儀，人不會怪罪。

【出處】李寶嘉・官場現形記三一回：「橫豎『禮多人不怪』，多作兩個揖算得什麼！」

【用法】用以說明對人寧可多講一些禮節，以免疏忽被人責怪。

【例句】他若聲明不來赴宴，我們就會去多請幾次，反正**禮**

多人不怪，或許會被我們的誠心感動，而欣然答應也說不定。

禮尚往來

【釋義】尚：注重，重視。

【出處】禮記・曲禮上：「禮尚往來。往而不來，非禮也；來而不往，亦非禮也。」

【用法】指禮節上應該有來有往。現也指以同樣的態度和做法回答對方。

【例句】人與人之間，**禮尚往來**是不成文的法則，大家皆遵行不悖。

【義近】投桃報李／有來有往／禮無不答。

禮輕人意重

【釋義】人意：指人的心意、情義。

【出處】馮夢龍・喻世明言卷一：「就是這個冤家，雖然不值甚錢，是一個北京客人送我的，卻不道禮輕人意重。」

【用法】用以說明禮物雖輕薄，但情意很深重。

【例句】我知道這點東西確實不像樣，連自己也覺得慚愧，但**禮輕人意重**，請您老人家笑納。

【義近】禮輕情義重／千里送鵝毛／物薄情厚。

禮賢下士

【釋義】禮賢：以禮相待有德有才的人。下：居於其下，屈己待人。

【出處】宋書・江夏王義恭傳：「禮賢下士，聖人垂訓；驕侈矜尚，先哲所去。」

【用法】用以稱揚能屈身尊重禮待賢人，交納有才能的人。

【例句】像他這樣身居高位，而能眞誠地**禮賢下士**，的確值得稱頌。

【義近】親賢禮士／敬賢下士／握髮吐哺。

【義反】妒功忌能／嫉賢妒能／妒能害賢／唯我獨尊／高高在上／頤指氣使。

禮賢遠佞

【釋義】禮：以禮相待。遠：遠離，疏遠。佞：慣於用花言巧語諂媚人的小人。

【出處】馮夢龍・東周列國志五〇回：「趙盾等屢屢進諫，勸靈公禮賢遠佞，勤政親民。」

【用法】指敬重有才德的人，遠離巧言獻媚的人。

【例句】身爲主管，要能**禮賢遠佞**，下屬才會心悅誠服，樂於効命。

【義近】親賢臣，遠小人／親賢遠佞／陟罰臧否／去惡揚善／激濁揚清／進賢退惡。

【義反】親小人，遠賢臣／黃鐘毀棄，瓦釜雷鳴。

内部

四畫

禹惜寸陰

【釋義】指像夏禹這樣的聖人，尚且珍惜寶貴的光陰。

【出處】晉書・陶侃傳：「常語人曰：『大禹聖者，乃惜寸陰；至於眾人，當惜分陰。』」

【用法】借喻光陰的可貴，應善加把握、珍惜時間。

【例句】常言道：「少壯不努力，老大徒傷悲。」吾人應效**禹惜寸陰**之精神，及時努力，老來才不致懊悔不已。

【義近】寸金寸陰／寸陰尺璧／寸陰是競／秉燭夜遊。

【義反】玩歲愒時／荒廢歲月／游手好閒／韶華虛度／曠廢隳惰。

八畫

禽奔獸遁

【釋義】意謂像禽獸一樣的奔跑躲避。遁：逃避。

【出處】宋・蘇洵・審勢：「及其後世失德，而諸侯禽奔獸遁，各固其國，以相侵擾，而其上之人卒不悟。」

【用法】比喻四散奔逃躲避。

【例句】在那兵荒馬亂的歲月裏，手無寸鐵的老百姓，只要一聽說土匪來了，無不**禽奔獸遁**的忙著逃命。

【義近】獸奔鳥竄／作鳥獸散／東躲西藏。

【義反】高枕無憂／高枕而臥／無憂無慮／高枕爲樂。

禽息鳥視

【釋義】意謂像禽獸一樣的活著。息、視：指生存。息：呼吸。

【出處】曹植・求自試表：「生無益於事，死無損於數，虛荷上位而忝重祿，禽息鳥視，終於白首，此徒圈牢之養物，非臣之所志也。」

【用法】比喻養尊處優，無益於世。

【例句】他是位有志之士，一心想成就一番事業，現在卻無人賞識，閒居在家，**禽息鳥視**，怎能不長吁短嘆！

【義近】醉生夢死／虛度年華／渾渾噩噩。

【義反】建功立業／奮發有爲。

禾部

二畫

私相授受（ㄙ ㄒㄧㄤ ㄕㄡˋ ㄕㄡˋ）

【釋義】授：給與，交付。受：接受，收受。

【出處】李寶嘉・官場現形記五二回：「雖然是一個願賣，一個願買，然而內地非租界可比，華商同洋商，斷不能私相授受。」

【用法】指暗地裏交付與接受。

【例句】公務員是國家名器，必須經由高普考取得任用資格，不得憑主管的喜好而**私相授受**。

私相傳授（ㄙ ㄒㄧㄤ ㄔㄨㄢˊ ㄕㄡˋ）

【釋義】傳授：把學問、技藝教給別人。

【出處】李汝珍・鏡花緣二八回：「他恐鄰國再把音韻學去，更難出人頭地，因此禁止國人，毋許私相傳授。」

【用法】指私下裏傳授本領。

【例句】這位年過九旬的老中醫在治療疑難雜症上確有絕招，但不肯外傳，只**私相傳授**給兒孫而已。

【義反】開門授徒。

私淑弟子（ㄙ ㄕㄨˊ ㄉㄧˋ ㄗˇ）

【釋義】私淑：是指未能親自受教，但敬仰其學術並尊之爲師。

【出處】孟子・離婁下：「予未得爲孔子徒也，予私淑諸人也。」

【用法】指私下裏向所仰慕者學習的學生。

【例句】這位畫家自稱是一代大師張大千的**私淑弟子**，怪不得他的畫作與張大師的畫風很類似。

【義反】受業弟子／及門弟子。

秀才人情（ㄒㄧㄡˋ ㄘㄞˊ ㄖㄣˊ ㄑㄧㄥˊ）

【釋義】讀書人所能表達的人情。秀才：意謂才能優秀。從漢代開始爲舉士的科目，後用以通稱讀書人。

【出處】玩花主人・粧樓記：「自古道，秀才人情紙半張，聊備一杯水酒和你作別。」

【用法】秀才大多貧窮，故常用以稱交際來往，饋贈禮物菲薄者。

【例句】我這兩瓶薄酒不過是**秀才人情**罷了，實在不成敬意，敬請笑納。

秀才遇到兵，有理說不清（ㄒㄧㄡˋ ㄘㄞˊ ㄩˋ ㄉㄠˋ ㄅㄧㄥ，ㄧㄡˇ ㄌㄧˇ ㄕㄨㄛ ㄅㄨˋ ㄑㄧㄥ）

【釋義】秀才：泛指讀書人。一作「相公遇到兵，有理說不清」。相公：對男子的尊稱。

【用法】用以說明講理的讀書人同蠻橫不講理的人發生爭執，無法用言語來說理、講是非。

【例句】明明是他大搖大擺地走路撞了我，卻反說是我故意撞他，拉著我不放，眞是**秀才遇到兵，有理說不清**。

【義近】蠻不講理／強詞奪理／胡攪蠻纏／倒打一釘耙。

【義反】依理而行／講理明理／有理走遍天下。

秀出班行（ㄒㄧㄡˋ ㄔㄨ ㄅㄢ ㄏㄤˊ）

【釋義】秀：優秀。出：超出。班行：班次行列，指同輩。

【出處】韓愈・唐故江南西道觀察使洪州刺史太原公神道碑銘：「秀出班行，乃動帝目。」

【用法】用以說明才能優異，超出同輩。

【例句】這位博士研究生德才兼優，年輕有爲，是很難得的**秀出班行**的人才。

【義近】卓爾不羣／出類拔萃／鶴立雞羣。

【義反】等閒之輩／碌碌庸才／凡夫俗子。

秀外慧中（ㄒㄧㄡˋ ㄨㄞˋ ㄏㄨㄟˋ ㄓㄨㄥ）

【釋義】秀：秀美。慧：一作「惠」，聰明之意。

【出處】韓愈・送李愿歸盤谷序：「曲眉豐頰，淸聲而便體，秀外而慧中。」

【用法】形容人外貌淸秀，內心聰慧。多指女性。

【例句】張小姐**秀外慧中**，一定能找到個好夫婿。

【義近】賢淑恬靜。

秀而不實（ㄒㄧㄡˋ ㄦˊ ㄅㄨˋ ㄕˊ）

【釋義】吐穗開花而不結果實。秀：穀類抽穗開花。

【出處】論語・子罕：「苗而不秀者有矣夫，秀而不實者有矣夫。」

【用法】常用以比喻人有優異的資質而終無結果，也用以比喻好事沒有好結果。

【例句】①他以資優生身分出國，誰知**秀而不實**，念完大學後並未再繼續深造。②他倆是天生的一對，誰都羨慕稱讚，不料**秀而不實**，最後竟分道揚鑣了。

【義近】華而不實。

【義反】開花結果。

秀色可餐（ㄒㄧㄡˋ ㄙㄜˋ ㄎㄜˇ ㄘㄢ）

【釋義】秀色：美麗的容貌，有時也指景色。餐：吃。

【出處】陸機・日出東南隅行：「鮮膚一何潤，秀色若可餐。」辛棄疾・臨江仙・探梅：「膹向青山餐秀色。」

【用法】極讚婦女容色之美，也用以形容山川秀麗。

【例句】雖非國色天香，卻是斌斌儒雅。古人云：「**秀色可餐**。」觀之眞可忘飢。（李汝珍・鏡花緣六六回）

【義近】花容月貌／沉魚落雁／閉月羞花／我見猶憐。

【義反】容貌奇醜／貌似無鹽。

三畫

秉公無私（ㄅㄧㄥˇ ㄍㄨㄥ ㄨˊ ㄙ）

【釋義】秉公：依照公認的道理或公平的標準。秉：掌握，主持。

【出處】錢彩・說岳全傳七三回：「故特請諸公到此三曹對案，以明天地鬼神，秉公無私，但有報應輕重遠近之別耳。」

【用法】用以說明做事公道不摻雜私念。

【例句】他自擔任法官以來，一向**秉公無私**，毋枉毋縱，因而贏得包公再世的美譽。

【義近】鐵面無私／公正廉明／大公無私／守正不阿／廓然大公。

【義反】徇情枉法／貪贓枉法／徇私舞弊。

秉筆直書 ㄅㄧㄥˇ ㄅㄧˇ ㄓˊ ㄕㄨ

【釋義】秉筆：拿著筆，握著筆。直書：意謂依據事實眞相書寫。

【出處】曾樸・孽海花三五回：「我是秉筆直書，懸之國門，不能增損一字。」

【用法】指書寫史實毫不隱晦。

【例句】古代有不少不畏權勢，**秉筆直書**，因而殉難的史官，爲後世文人留下了典範。

【義近】直書其事／董狐史魚／直書民瘼／振筆疾書。

【義反】承旨曲書／曲筆取媚／阿意奉承。

秉燭夜遊 ㄅㄧㄥˇ ㄓㄨˊ ㄧㄝˋ ㄧㄡˊ

【釋義】手持蠟燭，夜間遊樂。秉：拿。

【出處】古詩十九首：「晝短苦夜長，何不秉燭遊？」曹丕・與吳質書：「少壯眞當努力，年一過往，何可攀援！古人思炳燭夜遊，實在是不無道理的啊！」

【用法】珍惜光陰，當及時努力或行樂。

【例句】人生苦短，當及時努力，古人思**秉燭夜遊**，實在是不無道理的啊！

四畫

科頭跣足 ㄎㄜ ㄊㄡˊ ㄒㄧㄢˇ ㄗㄨˊ

【釋義】科頭：不戴帽子。跣足：赤足。

【出處】馮夢龍・醒世恆言卷二九：「去那亭中看時，只見藤牀湘簟，石榻竹几……盧柟科頭跣足，斜據石榻。面前放一帙古書，手中執著酒杯。」

【用法】形容人光頭赤足，非常瀟灑隨便。

【例句】這位將軍穿上戎裝，在辦公室時顯得威風凜凜，但一回到家，便輕裝便服**科頭跣足**，顯得平易近人。

【義近】袒胸露臂／不衫不履／不修邊幅／放浪形骸。

【義反】衣冠楚楚／峨冠博帶／西裝革履。

科頭箕踞 ㄎㄜ ㄊㄡˊ ㄐㄧ ㄐㄩˋ

【釋義】箕踞：兩腿分開而坐。

【出處】唐・王維・與盧員外象過崔處士興宗林亭詩：「科頭箕踞長松下，白眼看他世上人。」

【用法】比喻過著無拘無束、自由自在的舒坦生活。

【例句】董事長把生意上的事全交給兩個兒子去管，自己則在家**科頭箕踞**，含飴弄孫，過著逍遙自在的日子。

【義近】清閒度日／逍遙自在／優哉游哉／安閒自得。

【義反】夙興夜寐／勞神苦思／汲汲營營／孜孜矻矻。

秋月春風 ㄑㄧㄡ ㄩㄝˋ ㄔㄨㄣ ㄈㄥ

【釋義】秋天的明月，春天的和風。

【出處】白居易・琵琶行：「今年歡笑復明年，秋月春風等閒度。」

【用法】比喻良辰佳景、美好歲月。

【例句】年紀一大把了，凡事看開點吧！不要辜負了**秋月春風**，我看還是輕鬆愉快地過日子吧！

【義近】春花秋月／春江花朝秋夜月／花朝月夕／良辰美景／花晨月夜。

【義反】淒風苦雨／花殘月缺／秋風秋雨。

秋水伊人 ㄑㄧㄡ ㄕㄨㄟˇ ㄧ ㄖㄣˊ

【釋義】伊人：這個人，那個人，指女性的第三人稱，即「她」。全句是說：在水的一方，有我思念的人兒。

【出處】詩經・蒹葭：「蒹葭蒼蒼，白露爲霜。所謂伊人，在水一方。」

【用法】意謂思念遠方的情人或故友。

【例句】在這中秋月圓之夜，每憶及**秋水伊人**，心情總是無法平靜，不知她是否安好？

秋收冬藏 ㄑㄧㄡ ㄕㄡ ㄉㄨㄥ ㄘㄤˊ

【釋義】秋季收穫農作物，冬季貯藏果實。

【出處】司馬遷・史記・太史公自序：「春生夏長，秋收冬藏，此天道之大經也。」

【用法】用以表示一年的農事。

【例句】農民春耕夏耘，**秋收冬藏**，一年忙到頭，只期待豐收的快樂。

【義近】春耕夏耨／春耕夏耘。

秋風掃落葉 ㄑㄧㄡ ㄈㄥ ㄙㄠˇ ㄌㄨㄛˋ ㄧㄝˋ

【釋義】秋天的大風把落葉一掃而光。也作「秋風落葉」。

【出處】洪邁・夷堅志乙志卷六：「人言秋風落葉，此眞是也，哀哉！」

【用法】比喻強大的力量迅速而輕易地把腐朽衰敗的事物掃光。

【例句】武昌起義勝利後，革命軍即以**秋風掃落葉**之勢，消滅了清政府的殘餘部隊。

【義近】狂風掃落葉／疾風落葉／風捲殘雲／一掃而光。

秋風過耳 ㄑㄧㄡ ㄈㄥ ㄍㄨㄛˋ ㄦˇ

【釋義】好像秋風從耳邊吹過。

【出處】吳越春秋・吳王壽夢傳：「季札讓逃去，曰：『……富貴之於我，如秋風之過耳。』」

【用法】表示漠不關心。

【例句】他根本把眾人的勸誡當**秋風過耳**，固執己見地要去做那件事。

【義近】風吹馬耳／無動於衷／漠不關心／馬耳東風／聽若罔聞／置若罔聞。

【義反】洗耳恭聽／言聽計從／唯命是從／奉爲圭臬。

秋扇見捐 ㄑㄧㄡ ㄕㄢˋ ㄐㄧㄢˋ ㄐㄩㄢ

【釋義】見捐：被捐棄。

【出處】班婕妤・怨歌行：「新裂齊紈素，皎潔如霜雪，裁成合歡扇，團圓似明月。出入君懷袖，動搖微風發。常恐秋節至，涼飇奪炎熱，棄捐篋笥中，恩情中道絕。」

【用法】扇子到秋天就無用而被棄置，比喻婦人因年老色衰而見棄。

【例句】他是個花花公子，不知玩弄過多少女人，你嫁給他，難道就不擔心將來**秋扇見捐**嗎？

【義近】打入冷宮／色衰見棄／色衰愛弛。

【義反】情有獨鍾／恩深情長。

秋草人情

【釋義】人情像秋草日漸枯萎。

【出處】元・關漢卿・魯齊郎三折：「浮雲世態紛紛變，秋草人情日日疏。」

【用法】喻人情日益冷落疏遠。

【例句】小張是我小學的同學，曾情同手足，但三十多年的離闊，如今他飛黃騰達，有事求助於他，愛理不理的，令人有**秋草人情**的感慨。

【義近】人情淡薄／情薄如紙。

【義反】情義深重／情深似海。

秋高氣爽

【釋義】秋高：指秋天的碧空高朗，萬里無雲。氣爽：氣候清新涼爽。

【出處】杜甫・崔氏東山草堂：「受汝玉山草堂靜，高秋爽氣相鮮新。」

【用法】形容秋天天空晴朗，氣候清爽宜人。

【例句】值此**秋高氣爽**之際，當出外郊遊踏青，一睹大自然的美好風光。

【義近】天高氣爽／天朗氣清。

【義反】赤日炎炎／驕陽似火／天寒地凍／冰天雪地。

秋毫之末

【釋義】秋毫：鳥獸到秋天新長出來的絨毛。末：頂梢。

【出處】孟子・梁惠王上：「明足以察秋毫之末，而不見輿薪，則王許之乎？」

【用法】常用以比喻事物之極微細者。

【例句】這東西小得如**秋毫之末**，我看得很吃力，你幫我看一下吧！

【義近】微不足道／微乎其微。

【義反】大如泰山／碩大無朋。

秋毫無犯

【釋義】秋毫：鳥獸秋後新長的細毛，比喻微細的東西。

【出處】後漢書・岑彭傳：「彭首破荆門，長驅武陽。持軍整肅，秋毫無犯。」

【用法】指不取民一點一滴。常用以形容行軍紀律嚴明。

【例句】革命軍所到之處，**秋毫無犯**，因而受到人民的歡迎和衷心擁護。

【義近】秋毫無取／一毫莫取／秋毫不取。

【義反】燒殺搶奪／姦淫擄掠／雞犬不留／洗劫一空。

秋荼密網

【釋義】秋天枝葉繁茂的苦菜，網眼細密的魚網。荼：古書上說的一種苦菜。

【出處】漢・桓寬・鹽鐵論・刑德：「昔秦法繁如秋荼，網密如凝脂。」南朝齊・王融・永明九年策秀才文：「傷秋荼之密網，惻夏日之嚴威。」

【用法】比喻刑法繁苛。

【例句】專制時代的貪官污吏草菅人命，**秋荼密網**，不知有多少善良百姓冤死黑牢。

【義近】微文深詆／深文周納／偶語棄市。

【義反】網漏吞舟／草滿囹圄／政簡刑輕／吞舟是漏／網開三面。

五畫

秦庭之哭

【釋義】在秦國朝廷裏痛哭。庭：朝廷。

【出處】左傳・定公四年載：楚臣申包胥至秦乞師，依牆而哭七日七夜。庾信・哀江南賦：「鬼同曹社之謀，人有秦庭之哭。」

【用法】用以說明向他處乞師或求救。

【例句】當年申包胥**秦庭之哭**的愛國情懷，眞可驚天泣地，流芳後世。

【義近】包胥之哭／四處求援。

【義反】自立自強。

秦晉之好

【釋義】春秋時，秦、晉兩國世世通婚。

【出處】羅貫中・三國演義七六回：「吳侯欲與君侯結秦晉之好，同力破曹，共扶漢室，別無他意。」

【用法】指兩姓聯姻結爲親家。

【例句】你們兩家原是故交，現在又結**秦晉之好**，友情加親情，眞是可喜可賀。

【義近】朱陳之好／兒女親家／聯姻結親／二姓之好／赤繩繫足。

【義反】世世爲仇／冤家對頭。

秦鏡高懸

【釋義】秦鏡：據《西京雜記》卷三載，秦宮有方鏡，廣四尺，高五尺九寸，能照見人的內體、疾病、心的善惡等。也作「秦庭朗鏡」。

【出處】凌濛初・初刻拍案驚奇卷一一：「負屈寒儒，得遇秦庭朗鏡，行兇詭計，難逃蕭相明條。」

【用法】用以稱頌官吏清明、斷獄公正。

【例句】在舊社會的衙門裏，公堂上幾乎都高掛著**秦鏡高懸**的匾額，但那只不過是擺設而已，實際上還不是衙門八字開，有理無錢莫進來。

【義近】明鏡高懸／虛堂懸鏡／公正廉明／勿枉勿縱。

【義反】六月飛霜／含冤莫白／貪贓枉法／不白之冤。

六畫

移山倒海

【釋義】搬動大山，翻倒大海。移：移動。

【出處】吳承恩・西遊記三三回：「就使一個移山倒海的法術……劈頭來壓行者。」

【用法】比喻人類改造自然的巨大力量和雄偉氣魄。

【例句】人類擁有無限的潛能，**移山倒海**在過去是神話，但未來卻可能實踐在日常生活中。

【義近】翻江倒海／改天換地／排山倒海。

【義反】望洋興歎／無能爲力／徒呼奈何。

移山塡海

【釋義】把山移走，把海塡平，比喻困難至極的事業。

【出處】孫文・心理建設自序：「則移山塡海之難，終有成功之日。」

【用法】喻不畏艱難，其決心毅力，精誠感人。

【例句】一個人只要有決心毅力，即使**移山塡海**之難，也有成功的一天。

【義近】愚公移山／精衛塡海／千難萬難／水滴穿石／南山可移。

【義反】反掌折技／輕而易舉／唾手可得／一蹴而幾／游刃有餘／得心應手。

移天易日

【釋義】意謂能轉移天日。

【出處】晉書・齊王冏傳：「趙庶人聽任孫秀，移天易日，當時喋喋，莫敢先唱。」

【用法】比喻玩弄手法，顚倒眞相，欺上瞞下。

【例句】秦檜自以爲有**移天易日**的本領而陷害忠良，不料東窗事發，遺臭萬年。

【義近】偷天換日／偷龍轉鳳。

【義反】守正不阿／光明磊落。

移孝作忠

【釋義】把孝順父母的心，轉而盡忠君主。

【出處】孝經・廣揚名：「君子之事親孝，故忠可移於君。」李商隱・爲濮陽公陳許謝上表：「貴忠孝之兩全，則忠因移孝，正文武之二道，則武可輔文。」

【用法】喻以君國爲重。

【例句】在忠於國事與盡孝父母之間，難以兩全的情況下，只好**移孝作忠**，以國事爲重，這也是人子事親之道。

【義近】精忠報國。

移東補西

【釋義】挪移東邊的錢財挹注西邊的虧損。東、西：這裏泛指財物、錢財。

【出處】朱熹・乞蠲減漳州上供經總制額等錢狀：「向來州郡費出有經縣道，亦有寬餘可以椿辦，以故移東補西，未覺敗缺。」

【用法】指經濟情況的困窘。

【例句】受東南亞經濟不景氣的影響，公司的財務狀況很不好，爲了避免倒閉，只好**移東補西**了。

【義近】拆東牆補西牆／移東就西／左支右絀／東挪西借。

【義反】綽有餘裕／綽綽有餘／沛然有餘／應付裕如。

移花接木

【釋義】把一種花木的枝葉或嫩芽嫁接在另一種花木上。

【出處】凌濛初・初刻拍案驚奇三五卷：「豈知暗地移花接木，已自雙手把人家交還他。」

【用法】比喻暗中使用手段以假換眞，以甲代乙，欺騙他人。

【例句】這婦人大概想兒子想瘋了，竟採用**移花接木**的手法，把自己剛生下來的女孩換了別人的男嬰。

【義近】偷天換日／偷梁換柱／偷龍轉鳳。

【義反】貨眞價實／眞實無妄。

移星換斗

【釋義】意謂使天空的星斗移換位置。

【出處】四遊記・南遊記・玉帝起賽通明會：「臣此罩可能罩日月無光，擺動可以移星換斗，坐入其中，水火不入。」

【用法】比喻手法高超。

【例句】這次他兒子犯了搶劫殺人罪，已關進死囚牢中，我看即便他有**移星換斗**的本領，也是無可奈何了。

【義近】呼風喚雨／旋乾轉坤／通天本領／興雲致雨／補天浴日。

移風易俗

【釋義】移：改變，變動。易：更換。

【出處】荀子・樂論：「故樂行而志清，禮修而行成，耳目聰明，血氣和平，移風易俗。」

【用法】意謂改良社會風氣與習俗。

【例句】想要**移風易俗**，單方面的禁止是不夠的，必須從基礎教育做起。

【義近】風移俗易／改俗遷風／破舊立新／正風變格／隨俗雅化。

【義反】安於現狀／守舊不變／墨守陳法／墨守成規。

移情別戀

【釋義】移情：在感情上變心。別戀：另結新歡。

【用法】指情侶之間，一方變心，另結新愛。

【例句】這對情侶最近好像分手了，聽說是女方另結新歡，**移情別戀**，才宣告分手的。

【義近】另結新歡／勞燕分飛／琵琶別抱／紅杏出牆。

【義反】舊情復燃／破鏡重圓／言歸於好。

移船就岸

【釋義】意謂把船划到岸邊停靠。移：挪動。

【出處】曹雪芹・紅樓夢九一回：「只看薛蝌的神情，自己反倒裝出惱意，索性不理他；那薛蝌若有悔心，自然移船就岸，不愁不先到手。」

【用法】喻主動向人遷就靠攏。

【例句】我才不理會他呢！到了他需要我的時候，不**移船就岸**才怪！

【義近】移樽就教／猥自枉屈。

移樽就教

【釋義】端起酒杯移坐到別人席上，以便請教。樽：酒杯。

【出處】李汝珍・鏡花緣二四回：「老者道：『雖承雅愛，但初次見面，如何就要叨擾！』多九公道：『也罷！我們移樽就教罷！』」

【用法】比喻主動求教於人。

【例句】初執教鞭，特來**移樽就教**，希吾兄不吝指導。

【義近】載酒問字／耕當問奴／織當訪婢／不恥下問。

七—八畫

稍縱即逝

【釋義】稍微一放鬆就消失了。縱：放。逝：過去，消失。一作「少縱即逝」。

【出處】蘇軾・篔簹谷偃竹記：「振筆直遂，以追其所見，如兔起鶻落，少縱即逝矣。」

【用法】形容時間、機會很容易消失，應及時把握。

【例句】時間**稍縱即逝**，我們務

必要分秒必爭，努力朝自己的目標邁進。
【義近】瞬息即逝／旋踵即逝。
【義反】萬古長存／歷久不變。

稀世之寶（ㄒㄧ ㄕˋ ㄓ ㄅㄠˇ）
【釋義】稀世：世上少有。稀：少。一作「希世之寶」。希同「稀」。
【出處】曹丕・與鍾大理書：「猥以蒙鄙之姿，得睹希世之寶。」
【用法】形容很少見到的珍寶。
【例句】故宮博物院珍藏許多**稀世之寶**，件件作品都是世間獨一無二的絕作。
【義近】稀世奇寶／和氏之璧／隋侯之珠／崑山片玉／宛珠之簪／吉光片羽。
【義反】破衣敝屣／蟲臂鼠肝／竹頭木屑。

稠人廣眾（ㄔㄡˊ ㄖㄣˊ ㄍㄨㄤˇ ㄓㄨㄥˋ）
【釋義】稠人：指人很多。稠：密，多。
【出處】漢書・灌夫傳：「稠人廣眾，薦寵下輩。士亦以此多之。」
【用法】形容人很多或人很多的場合。
【例句】他性格內向，不愛拋頭露面，更不愛在**稠人廣眾**之中講話。
【義近】稠人廣座／人山人海／萬頭攢動／大庭廣眾。
【義反】稀稀落落／寥寥無幾。

稗官野史（ㄅㄞˋ ㄍㄨㄢ ㄧㄝˇ ㄕˇ）
【釋義】稗官：古代小官，專搜集街談巷議、風俗故事，供皇帝省覽。野史：私人的記載，多軼聞瑣事之作。
【出處】漢書・藝文志：「小說家者流，蓋出於稗官……。」清・袁枚・祭妹文：「汝來牀前，為說稗官野史，可喜可愕之事，聊資一歡。」
【用法】用以稱小說野史之類。
【例句】人們之所以愛看**稗官野史**，是因為這類作品大多生動有趣，其中史實自然不能與正史相比，但其可讀性卻強得多。
【義近】筆記小說／野史雜記／逸聞軼事。
【義反】四書五經／高文典冊／三墳五典／八索九丘。

九畫

種瓜得瓜，種豆得豆（ㄓㄨㄥˋ ㄍㄨㄚ ㄉㄜˊ ㄍㄨㄚ，ㄓㄨㄥˋ ㄉㄡˋ ㄉㄜˊ ㄉㄡˋ）
【釋義】意謂種什麼收穫什麼。
【出處】古今小說・月明和尚度翠柳：「假如種瓜得瓜，種豆得豆。種是因，得是果。」
【用法】說明有其因必得其果。也比喻做了什麼事就會得到什麼樣的結果。
【例句】俗話說：**種瓜得瓜，種豆得豆**。你兒子會有今天這樣的下場，還不是你太寵溺愛的結果。
【義近】種麥得麥／因果循環／善有善報／惡有惡報。

稱心如意（ㄔㄣˋ ㄒㄧㄣ ㄖㄨˊ ㄧˋ）
【釋義】稱：適合，符合。
【出處】朱敦儒・樵歌感皇恩：「稱心如意，賸活人間幾歲？」
【用法】說明完全符合人的心意。
【例句】人生短暫，能夠**稱心如意**的時刻更短，何不及時行樂、秉燭夜遊？
【義近】心滿意足／稱心滿意／如願以償／夙願得償。
【義反】事與願違／好事多磨／夙願難償。

稱王稱霸（ㄔㄥ ㄨㄤˊ ㄔㄥ ㄅㄚˋ）
【釋義】王：君主，帝王。霸：諸侯聯盟的首領。
【出處】吳沃堯・痛史十回：「在下雖說是落草在此，卻並不稱王稱霸，也並不騷擾中國人，專門與韃子為難。」
【用法】比喻獨斷專行、欺侮別人，憑藉權勢橫行一方，或狂妄地以首腦自居。
【例句】他在家裏**稱王稱霸**慣了，出外若不能收斂一點，鐵定會吃虧的。
【義近】橫行霸道／飛揚跋扈／專橫跋扈／狂妄自大／以力服人。
【義反】有禮有儀／謙虛自處／平等待人／以德服人。

稱兄道弟（ㄔㄥ ㄒㄩㄥ ㄉㄠˋ ㄉㄧˋ）
【釋義】稱、道：均為稱呼之意。又作「你兄我弟」。
【出處】李綠園・歧路燈五四回：「你兄我弟稱呼，大嚼滿酣的享用。」
【用法】形容關係密切到彼此以兄弟相稱。
【例句】你們平常都是**稱兄道弟**的好朋友，怎麼連這麼一點小忙都不肯幫他呢？
【義近】兄弟相稱／親如兄弟／情同手足。
【義反】泛泛之交／點頭之交／一面之交。

稱孤道寡（ㄔㄥ ㄍㄨ ㄉㄠˋ ㄍㄨㄚˇ）
【釋義】指稱王稱帝。孤、寡：古代帝王自稱「孤」、「孤家」、「寡人」。
【出處】關漢卿・單刀會三折：「俺哥哥稱孤道寡世無雙，我關某匹馬單刀鎮荊襄。」
【用法】指居帝王之位或以首腦自居。
【例句】李自成一攻入北京，便**稱孤道寡**做起皇帝來，不料最後卻落得個身首異處的下場。
【義近】稱王稱帝／稱王稱霸／南面而王／南面稱孤／佔山為王。
【義反】北面稱臣／俯首稱臣。

稱賢薦能（ㄔㄥ ㄒㄧㄢˊ ㄐㄧㄢˋ ㄋㄥˊ）
【釋義】稱：稱揚。薦：推薦。
【出處】白居易・有唐善人墓碑：「接士，多可而有別，稱賢薦能，未嘗倦。」
【用法】意指重視人才，推舉賢能。
【例句】為政者若能摒棄私心，**稱賢薦能**，用人唯才，則政治必然清明，百姓則可蒙受福祉。
【義近】推賢舉能／選賢與能／舉賢授能。
【義反】嫉賢妒能／妒功忌能／唯我獨尊／頤指氣使。

稱薪而爨（ㄔㄥ ㄒㄧㄣ ㄦˊ ㄘㄨㄢˋ）
【釋義】意謂稱了柴草的重量後，再用來煮飯。薪：柴。爨：燒火煮飯。
【出處】淮南子・泰族訓：「稱薪而爨，數米而炊，可以治小，而未可以治大也。」
【用法】比喻只計算細小的事情

，卻不從大處著眼，往往徒勞無功。也形容生活貧困或吝嗇。

【例句】①男子漢大丈夫，做事豈能如此**稱薪而爨**！②家中累遭不幸，弄得室如懸罄，自然只有**稱薪而爨**了。③他是個**稱薪而爨**的吝嗇鬼，你想要他掏出錢來，沒那麼容易！

【義近】數米而炊／錙銖必較／斤斤計較／寸量銖稱。

【義反】瀟灑大方／慷慨解囊。

稱錘落井 ㄔㄥ ㄔㄨㄟˊ ㄌㄨㄛˋ ㄐㄧㄥˇ

【釋義】稱錘：俗稱秤砣，稱物品時用來使秤平衡的金屬錘。稱：也作「秤」。

【出處】宋・釋曉瑩・羅湖野錄卷一：「福州資福善禪師：自此一別，稱錘落井。」

【用法】比喻不見蹤影，不知消息。

【例句】她在兒子走失後，四處尋覓，事隔多年，卻仍如**稱錘落井**，杳無音訊。

【義近】泥牛入海／石沉大海／杳如黃鶴／無影無蹤／斷線風箏／無根蓬草／鐵墜江濤／杳無音信。

【義反】蛛絲馬跡／有跡可尋／鴻雁傳書／魚雁往返。

十一畫

積土成山 ㄐㄧ ㄊㄨˇ ㄔㄥˊ ㄕㄢ

【釋義】不停地堆積土堆，日久也能成為高山。

【出處】荀子・勸學：「積土成山，風雨興焉，積水成淵，蛟龍生焉。」

【用法】比喻積少成多，聚小成大。

【例句】買房子的錢，數目雖不小，但**積土成山**，只要不停地累積，還是可以湊足的。

【義近】積沙成塔／集腋成裘／積水成淵／跬步千里。

【義反】功虧一簣／半途而廢／功敗垂成／毀於一旦。

積少成多 ㄐㄧ ㄕㄠˇ ㄔㄥˊ ㄉㄨㄛ

【釋義】少的積累起來就可以變成多的。

【出處】漢書・董仲舒傳：「聚少成多，積少致鉅。」

【用法】說明於事於物不要嫌其少，只要肯積累便會日益增多。

【例句】不要小看一粒沙的力量，要知道**積少成多**，一座高山也是由無數個小沙粒聚集而成的。

【義近】積土成山／積水成淵／聚沙成塔／集腋成裘／聚少成多。

【義反】坐吃山空／化整為零。

積水成淵 ㄐㄧ ㄕㄨㄟˇ ㄔㄥˊ ㄩㄢ

【釋義】意謂一點一滴的水積聚成深淵。

【出處】荀子・勸學：「積土成山，風雨興焉；積水成淵，蛟龍生焉。」

【用法】今多用以比喻事業或學業的成功是由點滴累積而來的。

【例句】學問是靠日積月累，不斷研究而獲致的。所謂**積水成淵**，其理甚明，妄想一蹴而幾是絕不可能的。

【義近】積沙成塔／集腋成裘／積土成山／跬步千里。

【義反】功虧一簣／半途而廢／功敗垂成／毀於一旦。

積年累月 ㄐㄧ ㄋㄧㄢˊ ㄌㄟˇ ㄩㄝˋ

【釋義】意謂一年又一年，一月又一月地過下去。

【出處】顏氏家訓・後娶：「況夫婦之義，曉夕移之，……積年累月，安有孝子乎？」

【用法】形容經過很長的時間。

【例句】人類之所以有如此輝煌的文明，全靠先民們一代接一代**積年累月**努力所創造出來的。

【義近】經年累月／窮年累月。

【義反】一時半刻／三天兩頭。

積羽沉舟 ㄐㄧ ㄩˇ ㄔㄣˊ ㄓㄡ

【釋義】羽毛雖輕，但積聚多了照樣有壓沉船的重量。

【出處】戰國策・魏策一：「臣聞積羽沉舟，羣輕折軸，眾口鑠金，故願大王之熟計也。」

【用法】比喻積輕可成重，積小患可致大災。

【例句】許多人都認為丟個垃圾無傷大雅，卻不知**積羽沉舟**，全世界這麼多人所丟的垃圾足以淹沒整個地球。

【義近】聚蚊成雷／羣輕折軸。

積金至斗 ㄐㄧ ㄐㄧㄣ ㄓˋ ㄉㄡˇ

【釋義】意即堆積金玉高與北斗星齊。斗：指北斗星。

【出處】新唐書・尉遲敬德傳：「公之心如山岳然，雖積金至斗，豈能移之？然恐非自安計！」

【用法】比喻財富極多。

【例句】他家儘管**積金至斗**，但生活過得並不幸福，幾個兒子為了財產爭吵不休，甚至打得頭破血流，告向法院。

【義近】積金累玉／堆金積玉／金玉滿堂／家財萬貫。

【義反】家徒四壁／室如懸罄／環堵蕭然／一貧如洗。

積重難返 ㄐㄧ ㄓㄨㄥˋ ㄋㄢˊ ㄈㄢˇ

【釋義】積：長時期積累下來的。重：指程度深。難返：難以返回。

【出處】趙翼・二十二史劄記二十：「假之以權，掌禁兵，筦樞要，遂致積重難返，以至此極也哉。」

【用法】指積習深久，不易改變。多指陋習和弊端，已達到難以革除的地步。

【例句】清朝末年，政治腐敗，**積重難返**，愛國志士遂循革命一途拯救中國。

【義近】積習難改／極重難返／積弊不振。

【義反】宿弊一清／痛改前非。

積草屯糧 ㄐㄧ ㄘㄠˇ ㄊㄨㄣˊ ㄌㄧㄤˊ

【釋義】意謂儲存糧草。屯：聚集，儲存。

【出處】元・鄭德輝・三戰呂布一折：「如今且收兵回營，操軍練士，積草屯糧，整溯人馬，慢慢的再與孫堅交戰。」

【用法】指做好戰爭的準備。

【例句】現在雖沒有戰事，但風雲多變，我們仍要隨時**積草屯糧**，以備不時之需。

【義近】聚草屯糧／秣馬厲兵／枕戈待旦／生聚教訓／招兵

買馬。

【義反】苟且偷安／苟安旦夕／得過且過／醉生夢死。

積財千萬，不如薄技在身

【釋義】意謂即使積累了很多財富，還不如學得一技之長，終生受用。

【出處】顏氏家訓・勉學：「諺曰：『積財千萬，不如薄技在身。』技之易習而可貴者，無過讀書也。」

【用法】用以表示學得技藝的可貴。

【例句】諺語說：「**積財千萬，不如薄技在身**。」與其留下萬貫家財給兒孫，不如教他們好好讀書，學得一技之長，終生受用不盡。

積習成俗

【釋義】習：習慣。俗：風俗。

【出處】晉・申紹・上疏陳時務：「宰相侯王，迭以侈麗相尚，風靡之化，積習成俗，臥薪之諭，未足甚焉。」

【用法】指一種習慣的時間長了，就成爲風俗。

【例句】六龜茂林的原住民認爲龜殼花蛇是神物，慢慢**積習成俗**，這種蛇在當地竟成了膜拜的對象。

【義近】相沿成習／約定俗成／習以爲常。

【義反】明文規定。

積習難改

【釋義】積習：長期形成的舊習慣（多指不良的）。

【出處】巴金・談自己的創作・小序：「眞是積習難改，拿起筆，就像扭開了龍頭，水荷荷地流個不停。」

【用法】指某種習慣時間久了很難更改。

【例句】抽煙嚼檳榔已二、三十年，如今，**積習難改**，來世再戒吧！

【義近】積重難返／習以爲常／積弊不振。

【義反】面目一新／改頭換面／洗心革面／回心轉意／迷途知返。

積勞成疾

【釋義】積勞：長期經受勞累。又作「積勞成病」。

【出處】馮夢龍・東周列國志六九回：「公孫歸生，積勞成病，臥不能起。」

【用法】指一個人因長期工作，勞累過度而致病。

【例句】諸葛亮受劉備之託，欲中興漢業，不料**積勞成疾**，出師未捷身先死。

【義近】鞠躬盡瘁／積疾喪身。

【義反】養尊處優。

積惡餘殃

【釋義】積惡：積累罪惡。餘殃：意謂留給後人禍患。殃：禍害。

【出處】南朝宋・釋法明・答李交州難佛不見形：「積善餘慶，積惡餘殃。」

【用法】指人作惡過多，必禍延子孫。

【例句】你成天偷騙搶詐，壞事作盡，就不怕**積惡餘殃**，禍及子孫嗎？

【義近】積惡延禍／惡有惡報／禍延子孫。

【義反】積善餘慶／善有善報／積善多福。

積善餘慶

【釋義】積善：積累善事。餘慶：餘福。慶：福。

【出處】周易・坤卦・文言：「積善之家，必有餘慶；積不善之家，必有餘殃。」

【用法】說明爲善的人不僅自身多福，且有餘福庇及子孫後代。多用以勸人爲善。

【例句】**積善餘慶**，你的兒孫們這樣有出息，正是你們家一慣行善的結果。

【義近】積善多福／積陰德／善有善報。

【義反】積惡餘殃／惡有惡報／禍延子孫。

積微成著

【釋義】微：微小。著：顯著，彰明。

【出處】荀子・大略：「夫盡小者大，積微者箸，德至者色澤洽，行盡而聲問遠。」宋書・曆志中：「連日累歲，積微成著。」

【用法】指事物雖然微小，累積多而持久，自然彰明顯著。

【例句】你千萬不要輕視小的功績，**積微成著**，無數小的功績累積起來，便可成爲豐功偉業呢！

【義近】積小成大／積善成德／積水成淵／聚沙成塔／集腋成裘。

【義反】一鳴驚人／一飛衝天／一舉成名。

積毀銷骨

【釋義】毀：毀謗。銷：銷毀。

【出處】鄒陽・於獄上書自明：「眾口鑠金，積毀銷骨。」

【用法】說明毀謗之言多，可使受毀者骨骸爲之銷融。形容毀謗之可怕。

【例句】**積毀銷骨**，一次又一次的造謠毀謗，有時的確可以置人於死地。

【義近】眾口鑠金／人言可畏／積非成是／曾子殺人。

【義反】眞金不怕火鍊／身正不怕影子斜。

積漸爲雄

【釋義】積漸：慢慢累積而成。

【出處】詩序疏：「雅見積漸之義，故小雅先於大雅。」

【用法】形容人慢慢累積實力，逐漸嶄露頭角，而成爲傑出人物。

【例句】林先生是一位腳踏實地的年輕人，由於平日的努力，**積漸爲雄**，終於成爲聞名全台的大企業家。

積穀防飢

【釋義】積貯糧食以防飢荒。

【出處】敦煌變文集・父母恩重經講經文：「書云：『積穀防飢，養子防老。』」

【用法】說明平日食物多時應注意積存，以防匱乏時之用。

【例句】古老社會「**積穀防飢**，養兒防老」的觀念深入人們心中，勤勞節儉的美德於焉養成。

【義近】養兒防老／有備無患／未雨綢繆／防患未然。

【義反】臨渴掘井／臨陣磨槍／

江心補漏／臨時抱佛腳／老鼠不留隔夜糧。

積薪厝火 ㄐㄧ ㄒㄧㄣ ㄘㄨㄛˋ ㄏㄨㄛˇ

【釋義】在積薪下面放著火。厝：同「措」，放。
【出處】漢書・賈誼傳：「夫抱火厝之積薪之下而寢其上，火未及燃，因謂之安，方今之勢，何以異此？」
【用法】比喻處於極其危險的境地。
【例句】這些貪官污吏只知醉生夢死地過日子，根本不知道當前的形勢有如**積薪厝火**，該想辦法解決困境。
【義近】危如累卵／千鈞一髮／危如朝露。
【義反】安如泰山／安如磐石。

十四畫

穩如泰山 ㄨㄣˇ ㄖㄨˊ ㄊㄞˋ ㄕㄢ

【釋義】泰山：我國著名的高山，在今山東省泰安縣境。
【出處】李汝珍・鏡花緣三回：「武后恃有高關，又仗武氏兄弟驍勇，自謂穩如泰山，十分得意。」
【用法】形容穩固得不可動搖。
【例句】他在公司的地位可說是**穩如泰山**，想要動他恐非易事。
【義近】安如磐石／堅如磐石／固若金湯。
【義反】危如累卵／風雨飄搖／燕巢飛幕。

穩紮穩打 ㄨㄣˇ ㄓㄚ ㄨㄣˇ ㄉㄚˇ

【釋義】原指步步爲營，用最穩妥的辦法打擊敵人。紮：紮營。
【用法】今用以形容一個人有步驟、有把握地進行工作，踏踏實實，不急躁，不冒險。
【例句】不管是學習或工作，都要本著**穩紮穩打**的態度，循序漸進。
【義近】踏踏實實／循序漸進／按部就班／步步爲營／一步一腳印。
【義反】貿然行事／輕舉妄動／操之過急。

穩操左券 ㄨㄣˇ ㄘㄠ ㄗㄨㄛˇ ㄑㄩㄢˋ

【釋義】穩操：穩當地拿著。左券：古代契約有左右兩片，左券用作索償的憑據。又作「穩操勝券」。
【出處】陸游・禽言詩：「人生爲農最可願，得飽正如持左券。」
【用法】比喻有充分的把握可以成功或獲勝。
【例句】我們的隊伍掌握天時、地利、人和的優勢，**穩操左券**。
【義近】穩操勝算／勝券在握／十拿九穩。
【義反】未定之天／勝負未卜。

穩操勝算 ㄨㄣˇ ㄘㄠ ㄕㄥˋ ㄙㄨㄢˋ

【釋義】穩當地把握著取勝的條件。
【出處】姚雪垠・李自成二卷二六章：「以逸待勞，以眾禦寡，可以穩操勝算。」
【用法】喻有充分的把握可以成功或獲勝。
【例句】這場拳擊比賽，雙方無論就體型、技巧等各方面懸殊都太大了，那強的一方可說是**穩操勝算**，勝券在握。
【義近】穩操左券／穩操勝券／勝券在握／十拿九穩／成竹在胸。
【義反】勝負難卜／未定之天。

穴部

穴見小儒 ㄒㄩㄝˋ ㄐㄧㄢˋ ㄒㄧㄠˇ ㄖㄨˊ

【釋義】穴見：一孔之見。穴：洞穴。
【出處】清・江藩・漢學師承記卷六：「耳聽下士，穴見小儒，不知五五之開方。」
【用法】喻見識淺陋狹小之士。
【例句】你兒子成天把自己關在家裏讀古書，既不接觸現代科技，也不閱讀報章雜誌，只怕會成爲**穴見小儒**。
【義近】規規小儒／穴處之徒／斗筲之徒／坎井之蛙。
【義反】一代文宗／當代巨擘／碩學鴻儒。

穴居野處 ㄒㄩㄝˋ ㄐㄩ ㄧㄝˇ ㄔㄨˇ

【釋義】在洞中居住，在野外生活。穴：洞。
【出處】易經・繫辭下：「上古穴居而野處，後世聖人易之以宮室。」漢・班固・白虎通・崩薨：「太古之時，穴居野處。」
【用法】形容原始人類的生活。
【例句】現在某些地方仍有少數民族過著**穴居野處**的生活，爲我們了解古代人類提供了活生生的材料。
【義近】構木爲巢／鑽木取火。
【義反】瓊樓玉宇／朱門繡戶。

三畫

空口無憑 ㄎㄨㄥ ㄎㄡˇ ㄨˊ ㄆㄧㄥˊ

【釋義】憑：憑證，根據。
【出處】李寶嘉・官場現形記二七回：「王博高道：空口無憑的話，門生也不敢朝著老師來說。」
【用法】指僅憑口說，不能作爲根據而下結論，作判斷。
【例句】金錢來往之事，不可大意，恐**空口無憑**，請你寫好收據，我再把錢給你。
【義近】口說無憑／空口說白話／無憑無據。
【義反】眞憑實據／白紙黑字／立字爲據／立約爲證／鑿鑿有據。

空口說白話 ㄎㄨㄥ ㄎㄡˇ ㄕㄨㄛ ㄅㄞˊ ㄏㄨㄚˋ

【釋義】白話：指不能實現或沒有根據的話。
【出處】馮夢龍・醒世恆言卷三五：「我只道本利已在手了，原來還是空口說白話，眼飽肚中飢。」
【用法】形容光說卻不行動，或口說而沒有事實證明。
【例句】請你不要在這裏**空口說**

白話，還是拿出實際行動來吧！

【義近】言行不一／行不顧言／空口白話／鑿空之論／信口開河／游談無根。

【義反】言必信，行必果／實話實說／言而有信／說一不二／一諾千金。

空中樓閣 ㄎㄨㄥ ㄓㄨㄥ ㄌㄡˊ ㄍㄜˊ

【釋義】空中所見的樓臺觀閣。

【出處】二程全書・遺書：「邵堯夫猶空中樓閣。」李漁・閑情偶記：「虛者，空中樓閣……無影無形之謂也。」

【用法】今多比喻幻想或虛構的事物。

【例句】他一再碰壁後，終於明白自己過去想追求的東西，及一心一意想走的道路，只不過是**空中樓閣**，根本不可能實現。

【義近】海市蜃樓／夢中蝴蝶／鏡中之花／水中之月／相中之色／鏡花水月。

空心大老倌 ㄎㄨㄥ ㄒㄧㄣ ㄉㄚˋ ㄌㄠˇ ㄍㄨㄢ

【釋義】空心：東西的內部是空的。倌：本指茶室或酒館的跑堂，此指官模官樣的人。

【出處】吳沃堯・二十年目睹之怪現狀一回：「那些本是手頭空乏的，雖是空著心兒，也要充作大老官模樣，去逐隊嬉遊。……所以空心大老倌，居然成爲上海的土產物。」

【用法】是指虛有其表，草包一個，卻裝闊充派頭，不務實際。

【例句】你別看他方面大耳，西裝革履的模樣，其實他是不折不扣的**空心大老倌**，整天招搖撞騙，白吃白喝，令人生厭。

【義近】空心架子／空心湯圓／虛有其表／金玉其外，敗絮其中／徒具虛名。

【義反】眞金不鍍／如假包換／眞才實料。

空穴來風 ㄎㄨㄥ ㄒㄩㄝˋ ㄌㄞˊ ㄈㄥ

【釋義】有了洞穴才進風。穴：孔，洞。

【出處】宋玉・風賦：「枳句來巢，空穴來風。」

【用法】比喻事情憑空發生或流言之乘隙而入。

【例句】外面有人這樣批評你，絕非**空穴來風**，一定是你的做法有錯誤。

【義近】無中生有／捕風捉影／無稽之談。

【義反】有根有據／有案可稽／其來有自／就事敷陳。

空谷足音 ㄎㄨㄥ ㄍㄨˇ ㄗㄨˊ ㄧㄣ

【釋義】在空曠的山谷中聽到腳步聲。

【出處】詩經・小雅・白駒：「皎皎白駒，在彼空谷。」莊子・徐无鬼：「夫逃虛空者……聞人足音跫然而喜矣。」顧炎武・日知錄七：「在宋已爲空谷之足音，今時則絕響矣。」

【用法】比喻極難得的事物、人物、音信或言行。

【例句】聽說這部電視劇風格清新，有如**空谷足音**，一播出就引起了強烈的迴響。

【義近】空前未有／世所罕見／絕無僅有。

【義反】屢見不鮮／隨處可見／多如牛毛。

空谷幽蘭 ㄎㄨㄥ ㄍㄨˇ ㄧㄡ ㄌㄢˊ

【釋義】空谷：空曠的山谷。幽蘭：俗稱草蘭，蘭花。

【出處】劉鶚・老殘遊記五回：「空谷幽蘭，眞想不到這種地方，會有這樣高人。」

【用法】比喻人的品格高雅。

【例句】在當今社會上，像阮先生這樣淡泊名利，曠達自處，有如**空谷幽蘭**的人，實在很少見了。

【義近】冰壺秋月／懷瑾握瑜／冰清玉潔／光風霽月／冰心玉壺／冰壺玉鑑。

【義反】逐臭之夫／追名逐利／見風轉舵／唯利是圖／閹然媚世／偷雞摸狗。

空谷傳聲 ㄎㄨㄥ ㄍㄨˇ ㄔㄨㄢˊ ㄕㄥ

【釋義】指山谷中的回聲。空谷：空曠的山谷。

【出處】南朝梁・周興嗣・千字文：「空谷傳聲，虛堂習聽。」

【用法】形容反應迅速敏捷。

【例句】你不要看他年紀小，可聰明得很，回答問題有如**空谷傳聲**，故在當地素有神童之稱。

【義近】如響斯應／空谷傳音／應對如響／應對如流。

【義反】拙口鈍腮／辭窮口拙／期期艾艾。

空空如也 ㄎㄨㄥ ㄎㄨㄥ ㄖㄨˊ ㄧㄝˇ

【釋義】空空的，什麼也沒有。如：然，表示「……的樣子」。

【出處】論語・子罕：「有鄙夫問於我，空空如也，我叩其兩端而竭焉。」

【用法】形容一無所有。

【例句】昨晚吃飯看電影，把這個月的零錢花完了，現在口袋裏**空空如也**。

【義近】空空蕩蕩／一無所有。

【義反】一應俱全／應有盡有。

空前絕後 ㄎㄨㄥ ㄑㄧㄢˊ ㄐㄩㄝˊ ㄏㄡˋ

【釋義】以前未曾有過，今後也不會再見。亦作「光前絕後」。

【出處】俞樾・俞樓雜纂三六：「南華又法淮陰戰，都是空前絕後來。」

【用法】形容非常傑出，獨一無二的人、事、物。

【例句】國父在中國，像美國的華盛頓、法國的拿破侖，是歷史上**空前絕後**的人物。

【義近】前無古人，後無來者／舉世無雙／絕無僅有／獨一無二／無與倫比。

【義反】司空見慣／屢見不鮮／史不絕書／多如牛毛／俯拾即是。

空城計 ㄎㄨㄥ ㄔㄥˊ ㄐㄧˋ

【釋義】指本身力量空虛，爲迷惑、蒙騙對方而設的計謀。

【出處】羅貫中・三國演義九五回：「諸葛亮無兵迎戰，反大開城門，沉著鎮定，在城樓上飲酒彈琴。」

【用法】今多用以說明本身沒有實力，卻設法虛張聲勢嚇人，想以此僥倖取勝。

【例句】他早就入不敷出、負債

累了，現在只不過是在玩**空城計**的把戲，不要上了他的當。

【義近】虛張聲勢／蒙混過關。

空洞無物 ㄎㄨㄥ ㄉㄨㄥˋ ㄨˊ ㄨˋ

【釋義】空空洞洞，沒有什麼內容。

【出處】劉義慶・世說新語・排調：「王丞相枕周伯仁鄰，指其腹曰：『卿此中何所有？』答曰：『此中空洞無物，然容卿輩數百人。』」

【用法】多用以形容言談、文章極其空泛。

【例句】花時間看這種**空洞無物**的文章，實在是划不來。

【義近】言之無物／虛比浮詞／滿紙廢言／空話連篇。

【義反】言之有物／字字褒貶／有血有肉。

空腹便便 ㄎㄨㄥ ㄈㄨˋ ㄆㄧㄢˊ ㄆㄧㄢˊ

【釋義】空腹：肚子裏是空的。便便：肥滿的樣子。

【出處】宋・廖行之・青玉案詞：「崢嶸歲月還秋暮，空腹便便無好句。」

【用法】比喻外表看來好像很有學問，但實際上並沒有真才實學。

【例句】你看他外表裝得好像博學多聞的樣子，實際上是**空腹便便**，肚子裏根本沒有多少墨水。

【義近】腹笥甚窘／腹笥甚儉／胸無點墨／不學無術。

【義反】腹笥便便／立地書櫥／學富五車／才高八斗／滿腹經綸。

空話連篇 ㄎㄨㄥ ㄏㄨㄚˋ ㄌㄧㄢˊ ㄆㄧㄢ

【釋義】空話：毫無內容的話。連篇：全篇。

【用法】指從頭到尾都是空泛而毫無意義的廢話。

【例句】他這篇文章根本是**空話連篇**，怎麼上得了檯面？

【義近】廢話連篇／空洞無物／言之無物。

【義反】字字珠璣／字字褒貶／言之有物／有血有肉。

空頭支票 ㄎㄨㄥ ㄊㄡˊ ㄓ ㄆㄧㄠˋ

【釋義】不能兌現、取不到錢的支票。空頭：有名無實的。支票：向銀行取款或撥款的票據。

【用法】常用以形容口頭上說得好聽，而實際上難以兌現或不準備實現的諾言。

【例句】他不知向我說了多少好聽的話，可是有那一句兌現了？全是些**空頭支票**。

【義近】空口說白話／一紙空文／鑿空之論。

【義反】一諾千金／言而有信／說一不二。

四　畫

穿房入戶 ㄔㄨㄢ ㄈㄤˊ ㄖㄨˋ ㄏㄨˋ

【釋義】意謂熟悉門徑，可以隨意出入門戶。

【出處】元・關漢卿・四春園二折：「兩隻腳穿房入戶，一雙手偷東摸西。」

【用法】多用以比喻彼此交情很深，在對方家中也能隨意進出。有時也比喻行動機靈。

【例句】①俗話說：疏不間親。他倆已經親密到了**穿房入戶**的程度，你又何必從中挑撥呢？②這個小偷**穿房入戶**，如入無人之境，據說還能飛簷走壁呢！

【義近】穿房過屋／穿房入室／登堂入室。

穿花蛺蝶 ㄔㄨㄢ ㄏㄨㄚ ㄐㄧㄚˊ ㄉㄧㄝˊ

【釋義】意謂往來於花叢中的蝴蝶。蛺蝶：蝴蝶的一類，成蟲赤黃色，幼蟲灰黑色，身上有很多刺。

【出處】明・陳太乙・紅蓮債二折：「只為師兄五戒，暗淫女子紅蓮，……穿花蛺蝶，暫奪座右鸚哥；戲水鴛鴦，權當了佛前獅子。」

【用法】比喻迷戀女色的人。

【例句】這個**穿花蛺蝶**，見了稍有姿色的女人，總是千方百計去勾引。夜路走多了，果然吃上了官司。

【義近】好色之徒／獵豔能手／色中餓鬼／花花大少／登徒子。

【義反】正人君子／坐懷不亂／不欺暗室／柳下惠。

穿紅著綠 ㄔㄨㄢ ㄏㄨㄥˊ ㄓㄨㄛˊ ㄌㄩˋ

【釋義】著：穿。形容穿著豔麗的女人。

【出處】曹雪芹・紅樓夢三回：「臺階上坐著幾個穿紅著綠的丫頭。」

【用法】形容女人打扮得光鮮亮麗的模樣。

【例句】你是個鄉下種田的人，城裏的小姐只知**穿紅著綠**，吃喝玩樂，你養得起嗎？

【義近】紅妝綠裏／穿金戴銀／花枝招展／玉冠華服／羅綺珠翠／濃妝豔抹。

【義反】荊釵布裙／衣不重采／素衣淡裳／椎髻布衣。

穿針引線 ㄔㄨㄢ ㄓㄣ ㄧㄣˇ ㄒㄧㄢˋ

【釋義】把線穿到針上。一作「引線穿針」。

【出處】周楫・西湖二集：「望乞二娘怎生做個方便，到黃府親見小姐詢其下落，做個穿針引線之人。」

【用法】比喻從中撮合拉攏。

【例句】那對男女青年都生性內向害羞，最好有熱心人從中**穿針引線**，較易成姻緣。

【義近】搭橋引線／從中說合／牽線搭橋。

【義反】挑撥離間／暗中搗鬼。

穿雲裂石 ㄔㄨㄢ ㄩㄣˊ ㄌㄧㄝˋ ㄕˊ

【釋義】穿破雲天，震裂石頭。

【出處】蘇軾・李委吹笛詩序：「既奏新曲，又快奏數弄，嘹然有穿雲裂石之聲。」

【用法】形容聲音高亢嘹亮。

【例句】大草原上，隨著牧民們**穿雲裂石**的歌聲，羊羣正緩緩地向前移動。

【義近】歌聲嘹亮／響徹雲霄／石破天驚／羽聲慷慨／聲動梁塵／聲振林木／響遏行雲／高唱入雲。

【義反】嘔啞嘲哳。

穿窬之盜 ㄔㄨㄢ ㄩˊ ㄓ ㄉㄠˋ

【釋義】穿窬：穿壁翻牆。窬：門旁小洞，壁洞。

【出處】論語・陽貨：「色厲而內荏，譬諸小人，其猶穿窬之盜也與？」

【用法】指偷竊的人。

【例句】現在**穿窬之盜**橫行，家家戶戶均應採取措施，加強提防。

【義近】梁上君子／宵小之輩／狐鼠之輩。

【義反】江洋大盜／綠林好漢。

穿壁引光

【釋義】穿破牆壁，引來亮光。

【出處】劉歆・西京雜記二：「匡衡字稚圭，勤學而無燭，鄰舍有燭而不逮，衡乃穿壁引其光，以書映光而讀。」

【用法】形容刻苦勤學。

【例句】何小姐雖然家境貧寒，卻有**穿壁引光**的好學精神，終於一步一步獲得了博士學位。

【義近】口舌成瘡／懸梁刺股／囊螢映雪／牛角掛書／韋編三絕。

【義反】虛度年華／居諸坐誤／得過且過／醉生夢死／玩歲愒時。

穿鑿附會

【釋義】穿鑿：很牽強地解釋，無此意卻說有此意。附會：把無關連的事說成有關連。

【出處】洪邁・容齋續筆卷二：「用是知好奇者欲穿鑿附會，故各有說云。」

【用法】比喻生拉硬扯，力圖自圓其說。

【例句】我總覺得你對這個問題的解釋，顯得**穿鑿附會**。

【義近】牽強附會／強作解人／生拉活扯／郢書燕說。

【義反】言之有理／言之有據／言之鑿鑿。

突如其來

【釋義】突如：突然。其：而。

【出處】周易・離卦：「突如其來如。」疏：「突然而至，忽然而來，故曰突如其來如也。」

【用法】形容事情出其不意地突然出現或發生。

【例句】面對這**突如其來**的大水災，農民個個叫苦連天，卻也莫可奈何。

【義近】始料不及／天外飛來／出其不意。

【義反】有備而來／不出所料／其來有自／意料中事。

突飛猛進

【釋義】意謂迅猛地前進。突：猛衝。

【出處】茅盾・我們這文壇：「時代的大步突飛猛進，我們這文壇落後了。」

【用法】形容事業、學問等發展迅速，進步很快。

【例句】現代科學技術正以**突飛猛進**之勢向前發展，我們必須緊抓住當前的大好時機，迎頭趕上才是。

【義近】一日千里／日新月異／扶搖直上／與日俱進／蒸蒸日上。

【義反】老牛破車／鵝行鴨步／蝸行牛步／每下愈況／江河日下。

五—七畫

窈窕淑女

【釋義】窈窕：指女子儀容文靜而美好。淑：溫和善良。

【出處】詩經・周南・關雎：「關關雎鳩，在河之洲。窈窕淑女，君子好逑。」

【用法】形容美麗而又有德行的女子。

【例句】我們公司的艾小姐確實是位**窈窕淑女**，不僅才貌出眾，而且家教又好，看誰有福氣能娶到她！

【義近】德貌雙全／溫柔賢慧。

【義反】水性楊花／人盡可夫。

窒礙難行

【釋義】窒：阻塞。窒礙猶言障礙。

【用法】在施行上困難重重。

【例句】你的計畫大致不錯，但稍微忽略現實的考量，在施行的時候，會不會**窒礙難行**？請你再深入研究，重擬一份計畫。

【義近】困難重重。

【義反】暢行無阻。

窗明几淨

【釋義】几：原指又小又矮的桌子，今泛指桌椅板凳。一作「明窗几淨」。

【出處】歐陽修・試筆：「蘇子美嘗言，明窗淨几，筆硯紙墨皆極精良，亦自是人生一樂。」

【用法】形容居室乾淨明亮。

【例句】王太太確實勤快，她總是把家裏打掃得**窗明几淨**，令人見了十分舒服。

【義近】乾淨明亮／一塵不染。

【義反】藏垢納污／灰塵滿佈。

十畫

窮山惡水

【釋義】窮山：荒山。惡水：經常氾濫成災的河流。

【出處】司馬遷・史記・主父偃傳：「窮山通谷，豪士並起。」唐書・韓愈傳：「過海口，下惡水。」

【用法】形容地勢險惡，自然條件非常壞。

【例句】這裏曾是一片**窮山惡水**的瘠壙，經人們的墾植之後，現已成為山明水秀的好地方了。

【義近】窮山險水／不毛之地／窮鄉僻壤。

【義反】山青水秀／山明水秀／魚米之鄉。

窮工極巧

【釋義】窮：極端。工、巧：細緻，精巧。

【出處】說唐六五回：「正因昇仙閣造得窮工極巧，十分齊整，那些百姓，都去看昇仙閣。」

【用法】形容工藝品或亭臺樓閣極其精巧。

【例句】北京的那些古代宮殿，亭臺樓閣，真是雕闌玉砌，**窮工極巧**，遊覽者無不嘖嘖讚嘆。

【義近】巧奪天工／神工鬼斧／神施鬼設／精雕細琢／鏤月裁雲。

【義反】粗製濫造／平淡無奇。

窮凶極惡

【釋義】窮、極：均為「極端」之意。

【出處】漢書・王莽傳贊：「滔天虐民，窮凶極惡，毒流諸夏，亂延蠻貉。」

【用法】形容一個人凶惡到了極點。

【例句】你看他那**窮凶極惡**的樣子，好像恨不得把人吃掉！

【義近】窮凶極暴／凶神惡煞。

【義反】大慈大悲／慈眉善目／心善面慈。

窮年累世（ㄑㄩㄥˊ ㄋㄧㄢˊ ㄌㄟˇ ㄕˋ）

【釋義】窮年：一年又一年。累世：歷代。

【出處】荀子・榮辱：「然而窮年累世，不知不足，是人之情也。」

【用法】指時間持續長久。

【例句】今日科學的進步，是無數學者**窮年累世**研究的成果所匯集而來的。

【義近】窮年累月／天長日久／日久年深／代遠年湮。

【義反】一朝一夕／轉瞬之間／眨眼之間／一盞茶時／撚指之間。

窮而後工（ㄑㄩㄥˊ ㄦˊ ㄏㄡˋ ㄍㄨㄥ）

【釋義】窮：困厄，處境不好。工：精細，精巧。

【出處】歐陽修・梅聖俞詩集序：「蓋愈窮則愈工。然則非詩之能窮人，殆窮者而後工也。」

【用法】是指文人處境愈困窘，寫出的詩文便越發精妙、美好。

【例句】文章大抵是**窮而後工**，像蒲松齡、曹雪芹……這些偉大的作家，大都在困厄的生活環境下，寫出了傳世不朽的佳作。

窮兵黷武（ㄑㄩㄥˊ ㄅㄧㄥ ㄉㄨˊ ㄨˇ）

【釋義】窮兵：用盡全部兵力。黷武：濫用武力，任意發動戰爭。黷：輕率。

【出處】陳壽・三國志・吳書・陸抗傳：「而聽諸將徇名，窮兵黷武，動費萬計，士卒彫瘁。」

【用法】形容好戰不止。

【例句】自古以來，**窮兵黷武**的國家或君王終沒好下場。

【義近】窮兵極武／好戰嗜殺。

【義反】偃武修文／化干戈為玉帛／解甲釋兵／歸馬放牛。

窮形盡相（ㄑㄩㄥˊ ㄒㄧㄥˊ ㄐㄧㄣˋ ㄒㄧㄤˋ）

【釋義】窮：盡。形、相：形狀，形象。

【出處】陸機・文賦：「雖離方而遯圓，期窮形而盡相。」

【用法】形容摹擬逼真。有時也形容人怪樣百出。

【例句】他這幅山水畫雖然是仿效別人之作，卻也**窮形盡相**，讓人難辨真偽。

【義近】窮形盡致／維妙維肖。

窮則思變（ㄑㄩㄥˊ ㄗㄜˊ ㄙ ㄅㄧㄢˋ）

【釋義】窮：意為盡頭、貧乏、窮苦。

【出處】周易・繫辭下：「窮則變，變則通。」資治通鑑・唐紀：「凡人之情，窮則思變。」

【用法】本指事物到了盡頭便會發生變化，現指在窮困艱難時，設法改變現狀。

【例句】**窮則思變**，任何人到了貧困時自會想辦法的，你也不必過分為他操心。

【義近】窮極則變／窮極思變。

【義反】一成不變／生死有命，富貴在天／聽天由命。

窮根尋葉（ㄑㄩㄥˊ ㄍㄣ ㄒㄩㄣˊ ㄧㄝˋ）

【釋義】意謂尋根究柢。窮：盡，這裏是追究到底的意思。

【出處】杜牧・上李太尉論江賊書：「凡是平人，多被恐脅……，追逮證驗，窮根尋葉，狼虎滿路，狴牢充塞。」

【用法】說明弄清事實真相。

【例句】這件事務必要追查到底，**窮根尋葉**，絕不能這樣馬馬虎虎，不了了之。

【義近】窮源竟委／窮源推本／追根究柢／刨根問柢／拔樹尋根／盤根究柢／追本窮源／沿波討源／追根溯源／推本究源。

【義反】尋枝摘葉／不了了之／草草了事／敷衍了事／淺嘗輒止。

窮奢極欲（ㄑㄩㄥˊ ㄕㄜ ㄐㄧˊ ㄩˋ）

【釋義】窮、極：極端。奢：奢侈。欲：欲望。

【出處】漢書・谷永傳：「窮奢極欲，湛湎荒淫。」

【用法】形容人在生活上極盡奢侈，貪欲到了極點。

【例句】有的人一有了錢，便**窮奢極欲**，縱情享受，一點上進心也沒有了。

【義近】窮奢極侈／驕奢淫逸／縱情揮霍。

【義反】節衣縮食／克勤克儉／勤儉度日。

窮寇勿追（ㄑㄩㄥˊ ㄎㄡˋ ㄨˋ ㄓㄨㄟ）

【釋義】窮寇：被逼迫得無路可走的敵寇。勿追：又作「莫追」，不要追逼。

【出處】後漢書・皇甫嵩傳：「嵩進兵擊之，（董）卓曰：『不可。兵法：窮寇勿追。』」

【用法】用以警告不要去追逼無路可走的敵人，以免敵人情急反撲，造成自己的損失。

【例句】自古道：**窮寇勿追**。姑且放他們一條生路，以免狗急跳牆，做出對我們更不利的事來。

【義近】窮寇勿迫。

【義反】打落水狗／追亡逐北。

窮途末路（ㄑㄩㄥˊ ㄊㄨˊ ㄇㄛˋ ㄌㄨˋ）

【釋義】窮途：絕路。末路：路的盡頭。

【出處】文康・兒女英雄傳五回：「你如今是窮途末路，舉目無依。」

【用法】指處於極為困窘之地，已到無路可走的地步。

【例句】他生意失敗傾家蕩產又背了一身債，已到了**窮途末路**的地步，我們應適時伸出援手，助他逃過一劫。

【義近】道盡途窮／走投無路／山窮水盡／日暮途窮／坐困愁城。

【義反】前程萬里／天無絕人之路／柳暗花明／前途坦蕩。

窮途落魄（ㄑㄩㄥˊ ㄊㄨˊ ㄌㄨㄛˋ ㄆㄛˋ）

【釋義】窮途：絕路。落魄：潦倒失意。

【出處】清・陳熙晉・臨海集序：「臨海窮途落魄，幕府草檄，非必出於本心。」

【用法】形容人處境困窘，潦倒失意。

【例句】人的命運真是很難逆料，劉老先生確實有真才實學，卻始終懷才不遇，不見重用，一輩子**窮途落魄**。

【義近】窮愁潦倒／窮困潦倒／山窮水盡／日暮途窮／羅掘

俱窮／窮途末路。

【義反】飛黃騰達／大展鴻圖／平步青雲／一帆風順／撥雲見日／前程萬里。

窮鄉僻壤（ㄑㄩㄥˊ ㄒㄧㄤ ㄆㄧˋ ㄖㄤˇ）

【釋義】窮鄉：邊遠地區。僻壤：偏僻之地。

【出處】吳敬梓・儒林外史九回：「窮鄉僻壤，有這樣讀書君子，卻被守錢奴如此凌虐。」

【用法】指荒遠偏僻的地方。

【例句】昔日的**窮鄉僻壤**，現已是新興大城，眞的是滄海桑田，變化神速。

【義近】窮山邊陲／不毛之地。

【義反】通都大邑／天府之國。

窮愁潦倒（ㄑㄩㄥˊ ㄔㄡˊ ㄌㄠˇ ㄉㄠˇ）

【釋義】窮愁：窮困而憂傷。潦倒：蹉跎失意。

【出處】曾樸・孽海花三五回：「我從此認得笑庵，不是飯顆山頭、窮愁潦倒的詩人。」

【用法】形容境遇貧困，極不得志，心情頹喪。

【例句】他是個**窮愁潦倒**的讀書人，但很有才幹，拉拔他一下，他日後定會很有作爲。

【義近】窮困潦倒／窮途潦倒／窮途末路。

【義反】志得意滿／飛黃騰達／前程萬里。

窮極無聊（ㄑㄩㄥˊ ㄐㄧˊ ㄨˊ ㄌㄧㄠˊ）

【釋義】窮極：極端。窮：盡，極。無聊：精神空虛，無所寄託。

【出處】王逸・九思逢尤：「心煩憒兮意無聊，嚴載駕兮出戲遊。」

【用法】形容精神空虛，極端無聊。

【例句】這位仁兄只因失業，在**窮極無聊**之下，竟然異想天開，幹起「千面人」的勾當，結果被逮，判了重刑。

【義近】百無聊賴。

【義反】孜孜不倦。

窮源推本（ㄑㄩㄥˊ ㄩㄢˊ ㄊㄨㄟ ㄅㄣˇ）

【釋義】窮：盡力推究。源、本：指事情的源頭、根本。

【出處】明・沈鯨・雙珠記・賣兒繫珠：「明珠懸項，窮源推本應根究。圖功業志氣從新，思骨肉宗支尋舊。」

【用法】指推究事情的本源。

【例句】做學問要有**窮源推本**的精神，若只停留於表面，或滿足於一知半解，那是斷然不會有什麼成就的。

【義近】追根究柢／刨根問柢／拔樹尋根／盤根究柢／追本窮源／沿波討源／追根溯源／推本究源。

【義反】尋枝摘葉／不了了之／草草了事／敷衍了事／淺嘗輒止。

窮源竟委（ㄑㄩㄥˊ ㄩㄢˊ ㄐㄧㄥˋ ㄨㄟˇ）

【釋義】窮：推究，探求。源：水源。竟：徹底追求。委：水流末尾。

【出處】明史・徐貞明傳：「又遍歷諸河，窮源竟委，將大行疏濬。」

【用法】指查探河道的源流。現多用以指弄清事情的前因後果和整個過程。

【例句】這件事關係重大，不能這樣草草了事，要增派人力**窮源竟委**，徹底查個水落石出。

【義近】追根究柢／刨根問柢／追本窮源／拔樹尋根／盤根究柢／沿波討源／追根溯源／推本究源。

【義反】尋枝摘葉／不了了之／草草了事／敷衍了事／淺嘗輒止。

窮猿失木（ㄑㄩㄥˊ ㄩㄢˊ ㄕ ㄇㄨˋ）

【釋義】窮猿：喻指處於窮困境地的猿猴。窮：困窘。木：樹林。

【出處】杜甫・寄杜位：「寒日經檐短，窮猿失木悲。」

【用法】比喻流離失所，無家可歸。

【例句】現在世界上那些內戰不休的國家，其人民有如**窮猿失木**，飄泊無依，全靠聯合國的救濟度日。

【義近】窮猿奔林／顛沛流離／斷梗浮萍／斷梗飄蓬／流離失所／流離轉徙／蕩析離居／浮萍南北。

【義反】安居樂業／安家守土／安居故園／安土重遷。

窮猿奔林（ㄑㄩㄥˊ ㄩㄢˊ ㄅㄣ ㄌㄧㄣˊ）

【釋義】窮猿：遭受到危難的猿猴。窮：困厄。

【出處】劉義慶・世說新語・言語：「（李充）答曰：『北門之歎，久已上聞；窮猿奔林，豈暇擇木。』」

【用法】比喻人窮困急覓棲身之地，無暇選擇優劣好壞。

【例句】**窮猿奔林**，我失業太久，兒女嗷嗷待哺，有工作就不錯了，那還有選擇餘地！

【義近】飢不擇食／寒不擇衣／慌不擇路。

窮當益堅（ㄑㄩㄥˊ ㄉㄤ ㄧˋ ㄐㄧㄢ）

【釋義】窮：窮困，不得志。益堅：更加堅定。

【出處】後漢書・馬援傳：「轉游隴漢閒，常謂賓客曰：『丈夫爲志，窮當益堅，老當益壯。』」

【用法】說明處境愈窮困，志節愈應堅定，愈應奮發圖強。

【例句】有志之士一定能**窮當益堅**，與逆境搏鬥，奮發向上，去爭取勝利。

【義近】人窮志不窮。

【義反】人窮志短／自怨自艾／徒呼奈何。

窮達有命（ㄑㄩㄥˊ ㄉㄚˊ ㄧㄡˇ ㄇㄧㄥˋ）

【釋義】窮達：困厄與顯達。窮：困頓不得志。

【出處】班彪・王命論：「窮達有命，吉凶由人。」

【用法】說明窮困和顯達都是由命運決定的，對富貴榮華應看開一些。

【例句】汲汲營營，庸庸碌碌過了大半輩子，才明白**窮達有命**，不可強求啊！

【義近】生死有命／富貴在天。

【義反】吉凶由人／事在人爲。

窮鼠齧貍（ㄑㄩㄥˊ ㄕㄨˇ ㄋㄧㄝˋ ㄌㄧˊ）

【釋義】窮鼠：被追逼得走投無路的老鼠。齧：咬。貍：貍貓，貓屬之一。

【出處】漢・桓寬・鹽鐵論・詔聖：「死不再生，窮鼠齧貍。」

【用法】比喻弱勢者被過分的欺

壓，也會起而反抗。
【例句】你不要有了點權勢就爲所欲爲，逼人太甚，可知**窮鼠齧貍**，到時候你也會嘗到苦頭的。
【義近】狗急跳牆／鳥窮則啄／困獸猶鬥／人急造反／乳狗噬虎。
【義反】窮寇勿追／適可而止。

十一畫

窺牖小兒
【釋義】窺牖：從窗上向屋裏窺視。牖：窗戶。
【出處】晉・張華・博物志三：「母（西王母）顧之，謂帝曰：『此窺牖小兒，嘗三來，盜吾此桃。』」
【用法】用以指小偷。
【例句】小心！這幾個剛出獄的**窺牖小兒**又回到我們這社區來了，大家應加強戒備，發揮守望相助的精神，以防止他們再作案。
【義近】鼠竊狗盜／雞鳴狗盜／梁上君子／穿窬之盜／妙手空空。
【義反】正人君子。

十七畫

竊位素餐
【釋義】竊位：指居其位而不勤其事。素餐：白吃飯。
【出處】後漢書・梁竦傳：「孔子著春秋而亂臣賊子懼，梁竦作七序而竊位素餐者慚。」
【用法】指空居高位，享有厚祿，卻無所作爲。
【例句】當今政府組織龐大，官員太多，其中有不少**竊位素餐**者，且看這次精省後，能否改變這種局面。
【義近】尸位素餐／伴食宰相／伴食中書／袞袞諸公／三旨宰相／徒取充位。
【義反】不尸其位／宵衣旰食。

竊鉤者誅，竊國者侯
【釋義】意謂偷衣帶鉤的人要殺頭，篡奪國家政權的人倒成了諸侯。
【出處】莊子・胠篋：「彼竊鉤者誅，竊國者爲諸侯，諸侯之門而仁義存焉。」
【用法】用以譏刺舊時代法律的虛僞和不合理。
【例句】古代那種**竊鉤者誅，竊國者侯**的惡風早已經不復存在，「法律之前人人平等」才是當今法治社會的普遍觀念。
【義近】刑不上大夫，禮不下庶人／官官相護／只許州官放火，不許百姓點燈。
【義反】王子犯法，與庶民同罪／法律之前，人人平等。

竊鐘掩耳
【釋義】指掩著耳朵偷盜鐘，只要自己聽不見鐘聲就行了。
【出處】呂氏春秋・自知：「百姓有得鐘者，……鐘況然有音，恐人聞之而奪己，遽揜其耳。」晉書・宣帝紀：「亦猶竊鐘掩耳，以衆人爲不聞。」
【用法】比喻自欺欺人。
【例句】他冒名簽寫文件，僞造文書，像這種**竊鐘掩耳**、欲蓋彌彰的事，只有這種蠢才才做得出來！
【義近】掩耳盜鈴／掩目捕雀／掩鼻偷香／自欺欺人。
【義反】明目張膽／光天化日／堂而皇之。

竊竊私語
【釋義】竊竊：形容聲音細微。
【出處】歸有光・宣節婦墓碣：「其後三年，父母謀嫁之。節婦見其家竊竊私語……。」
【用法】形容背地裏小聲說話。
【例句】他們躲在角落裏**竊竊私語**，好像是在商量什麼事。
【義近】切切細語／喃喃細語／交頭接耳。
【義反】大聲疾呼／高聲急語／明言明語。

竊竊私議
【釋義】私議：私下議論。
【出處】吳沃堯・痛史一三回：「宗、胡兩人正在竊竊私議。」
【用法】形容人偷偷地或背地裏小聲議論。
【例句】他在臺上演講，臺下的人卻三五成羣地**竊竊私議**著他的風流韻事。
【義近】低聲私議／悄悄論議。
【義反】當衆議論／公開談論。

立部

立功自效
【釋義】效：報效，獻出。
【出處】隋唐演義八三回：「只將郭子儀手下僕人失愼的，就地正法，赦郭子儀之罪，許其自後立功自效。」
【用法】指以功補過之意。
【例句】你這次的失誤給公司造成的損失確實不小，我希望你能記取教訓，以便今後能**立功自效**。
【義近】立功贖罪／將功贖罪／戴罪立功。

立地金剛
【釋義】好像站在地上的金剛。金剛：佛教稱佛的侍從力士，因手拿金剛杵（古印度兵器）而得名。
【出處】錢彩・說岳全傳一四回：「馬似掀天獅子，人如立地金剛。」
【用法】比喻人體壯力大，威武異常。
【例句】這位西班牙的鬥牛士有如**立地金剛**，看來今天定可穩操勝券。
【義近】彪形大漢／虎背熊腰／

銅筋鐵骨／虎頸燕頷。

【義反】 形銷骨立／骨瘦如柴／弱不禁風。

立地書廚

【釋義】 豎立在地上的書櫃，裏面裝滿了書籍。

【出處】 宋史・吳時傳：「時敏於爲文，未嘗屬稿，落筆已就，兩學目之曰：『立地書廚。』」

【用法】 比喻學問淵博。

【例句】 他上知天文，下知地理，且文筆極好，眞可算是**立地書廚**。

【義近】 滿腹經綸／學問淵博／廣見博聞／博古通今／學富五車／才高八斗。

【義反】 腹笥甚窘／學識淺薄／井底之蛙／孤陋寡聞／胸無點墨／不學無術。

立此存照

【釋義】 意謂寫下字據保存下來，以作爲將來的憑證。也作「在此存照」。

【出處】 施耐庵・水滸傳二二回：「在前官手裏告了，執憑文帖，在此存照。」

【用法】 此爲文書字據（契約、照會、布告等）中的習慣用語。

【例句】 茲向陳○○先生借到新台幣拾萬元正，口說無憑，特**立此存照**。

【義近】 以此爲據／特立此據／立字爲據。

【義反】 口說無憑／空口無憑／無憑無據。

立身處世

【釋義】 立身：做人。處世：指在社會上活動，與人往來。

【用法】 指自身的品學修養，以及在社會上與人交往的種種活動。

【例句】 生活在紛繁複雜的社會裏，**立身處世**的本領是非具備不可，否則便難以生存。

【義近】 立身行事／爲人處世。

【義反】 閉門不出／兩耳不聞窗外事。

立身揚名

【釋義】 建立功業，美名顯揚於世。

【出處】 孝經・開宗明義章：「立身行道，揚名於後世。」

【用法】 意謂修養自己的學業品德，以求顯達於世。

【例句】 歷史上人才備出，而眞正能夠**立身揚名**，千年不衰者卻不多。

【義近】 飛聲騰實／蜚英騰茂／名實俱佳。

【義反】 惡名昭彰／聲名狼藉／聲聞過情。

立身無負

【釋義】 生活在社會上，無愧於人。

【出處】 清・張爾岐・辨志：「業未大光，立身無負者，一國一鄉之人也。」

【用法】 用以形容人之行事光明坦蕩。

【例句】 只要依照正義與公理，操持堅定，自可以**立身無負**，不憂不懼。

【義近】 不愧不怍／心安理得／問心無愧／內省不疚／安然無愧／俯仰無愧／衾影無愧。

【義反】 愧惶無地／無地自容／愧怍無地／俛首包羞。

立定腳跟

【釋義】 意即站穩腳跟。

【出處】 文康・兒女英雄傳二一回：「從此各人立定腳跟，安分守己，作一個清白良民。」

【用法】 指腳踏實地，老老實實做事。

【例句】 你不能再這樣游手好閒，惹是生非了！還是找個穩當的職業，**立定腳跟**，才會有前途。

【義近】 站穩腳跟／穩紮穩打／腳踏實地／步步爲營／一步一腳印。

【義反】 飄飄浮浮／投機取巧／好高騖遠／不著實地／弄虛作假／好大喜功。

立竿見影

【釋義】 竹竿立在日光下，馬上可以見到影子。

【出處】 魏伯陽・參同契中：「立竿見影，呼谷傳響。」

【用法】 比喻收效迅速，做一件事能立刻見到功效。

【例句】 這一重罰有**立竿見影**的效果，畢竟人都有怕罰的心理。

【義近】 其應若響／如響而應／收效神速／馬到成功。

【義反】 久無成效／冰凍三尺，非一日之寒。

立掃千言

【釋義】 意謂可以很快寫出上千字的文章。掃：書，寫。言：字。

【出處】 明・湯顯祖・還魂記・耽試：「呀！風簷寸晷，立掃千言，可敬可敬！」

【用法】 形容才思敏捷，文章寫得快。

【例句】 這位校長一提起筆來，文思便如泉湧，手不停揮，**立掃千言**，眞是個難得的人才。

【義近】 下筆成章／七步成詩／揮筆疾書／援筆立就／下筆千言／倚馬可詩。

【義反】 江郎才盡／搜索枯腸／冥思苦想／絞盡腦汁／嘔心瀝血／才竭智窮。

立談之間

【釋義】 站立談話的時間。

【出處】 南史・王僧孺傳：「古人或開一說而致卿相，立談間而降白璧。」

【用法】 比喻很短暫的時間。

【例句】 時間過得眞快，似乎**立談之間**，昨日的小女孩今天已亭亭玉立了。

【義近】 俛仰之間／一盞茶時／終食之間／彈指之間／剎那之間。

【義反】 長年累月／時遠年湮／天長地久／漫長歲月。

立錐之地

【釋義】 插立錐子尖的地面。

【出處】 莊子・盜跖：「堯舜有天下，子孫無置錐之地。」司馬遷・史記・留侯世家：「滅六國之後，使無立錐之地。」

【用法】 形容地方極小，難於容身。

【例句】 在我窮困潦倒的歲月裏，我常常這樣想：天下如此之大，難道就沒有我**立錐之地**嗎？

【義近】立足之地／容身之地／安家之所／片瓦寸土。

【義反】遼闊天地／無際草原／廣闊天地。

七畫

童心未泯

【釋義】童心：小孩子天真純樸的心。泯：滅。

【出處】左傳・襄公三十一年：「於是昭公十九年矣，猶有童心，君子是以知其不能終也。」

【用法】用以說明年歲雖大而猶存天真之心。

【例句】我父親雖已年過古稀，但**童心未泯**，說話行事都非常率直純真，還特別愛看故事書呢！

【義近】赤子之心／老頑童／老天眞。

【義反】老奸巨猾／老氣橫秋／老成持重／老謀深算／倚老賣老。

童言無忌

【釋義】意謂小孩子說話，想說什麼就說什麼，沒有什麼顧忌。

【出處】成語典：「童言無忌，舊俗新正，人家聽堂，多張貼此四字，以免冲忌，求吉利也。」

【用法】指對孩子說的話不必忌諱，即使所言不吉利，也無妨礙。

【例句】今天是新春佳節，你客廳牆上不是貼有**童言無忌**四個字嗎？孩子只是說了句不怎麼好聽的話，無傷大雅，不必如此生氣！

【義近】百無禁忌。

童叟無欺

【釋義】意謂對老人或小孩都一樣對待，不會欺騙。

【出處】吳沃堯・二十年目睹之怪現狀五回：「他這是招徠生意之一道呢。但不知可有『貨眞價實，童叟無欺』的字樣沒有？」

【用法】多用來形容買賣公平誠實。

【例句】經過我二十多年的觀察與體驗，這一帶只有這家商店眞的做到了**童叟無欺**的地步。

【義近】老少無欺。

【義反】欺老霸少。

九畫

竭智盡忠

【釋義】竭盡自己的智慧和忠誠之心。

【出處】楚辭・卜居：「屈原既放，三年不得復見，竭智盡忠。」

【用法】指毫無保留地獻出自己的才華，表現出無限的忠誠。

【例句】爲國**竭智盡忠**，貢獻了自己的一切，不料卻遭奸人構陷，含恨以終。

【義近】竭忠盡智／竭力盡忠／竭智盡力。

【義反】不忠不誠／不仁不義／三心二意。

竭誠盡節

【釋義】竭：盡。誠：忠誠。節：氣節。

【出處】漢・劉向・極諫用外戚封事：「呂產呂祿席太后之寵，……欲危劉氏，賴忠正大臣絳侯、朱虛侯等竭誠盡節以誅滅之。」

【用法】指竭盡忠誠和氣節。

【例句】孫中山先生所領導的民主革命深得人心，許多有志之士均爲之**竭誠盡節**。

【義近】竭智盡忠／碧血丹心／肝腦塗地／鞠躬盡瘁／忠肝義膽。

【義反】心懷鬼胎／圖謀不軌／居心叵測／懷有二心。

竭盡全力

【釋義】竭盡：用盡。

【出處】禮記・祭儀：「竭力從事，以報其親，不敢弗盡也。」

【用法】指用盡全部力量。

【例句】我們一定要**竭盡全力**支持國家重大建設，以利經濟發展。

【義近】不遺餘力／全力以赴／盡心盡力。

【義反】敷衍了事／好逸惡勞／留有餘力。

竭澤而漁

【釋義】竭澤：排盡池水、湖水。漁：捕魚。

【出處】呂氏春秋・義賞：「竭澤而漁，豈不獲得，而明年無魚。」

【用法】比喻做事太絕，不留餘地；也用以說明只顧眼前利益，不作長遠打算。

【例句】對於地球的資源應取用有節，若一味地**竭澤而漁**，則害人害己，遺禍子孫。

【義近】焚林而獵／殺雞取卵／不留餘地。

【義反】網開三面／適可而止。

端本正源

【釋義】端：正，端正。本、源：指事物的根本。

【出處】晉書・殷仲堪傳：「端本正源者，雖不能無危，其危易持。」

【用法】指從根本上清理整頓。

【例句】股票狂瀉，政府應採取**端本正源**的政策，才能穩定政局，使經濟復甦。

【義近】正本清源／撥亂反正／拔本塞源／斬草除根／扶正治本／釜底抽薪。

【義反】捨本逐末／頭痛醫頭，腳痛醫腳。

端莊俏麗

【釋義】端莊：指人的相貌、神情端正莊重。俏麗：俊俏美麗。

【出處】文康・兒女英雄傳首回：「一個是裙布釵荊，端莊俏麗。」

【用法】用以形容女子儀容莊重美麗。

【例句】你太太既年輕又**端莊俏麗**，你應該心滿意足了，爲何還要在外拈花惹草呢？

【義近】儀態萬千／花容月貌／端莊秀麗／如花似玉／沉魚落雁／人面桃花。

【義反】水性楊花／舉止輕佻／擠眉弄眼／目挑心招／秋波頻送。

竹部

竹馬之好

【釋義】竹馬：兒時遊戲當馬騎的竹竿。指幼時同騎竹馬遊戲的好友。

【出處】劉義慶・世說新語・方正：「諸葛靚與武帝有舊，……帝曰：『卿故復憶竹馬之好不？』」

【用法】形容以眞情相交往的朋友。

【例句】我與他是**竹馬之好**，雖然時空差距甚大，我們之間的感情依舊。

【義近】爾汝之交／管鮑之交／總角之交。

【義反】市道之交／烏集之交。

四畫

笑比河清

【釋義】黃河水泥沙混濁，千年一清之說，比喻不易遇到的事。

【出處】宋史・包拯傳：「立朝剛毅，貴戚宦官爲之斂手，聞者皆憚之，人以包拯笑比黃河清。」

【用法】指一個人態度極嚴肅，難見笑容。

【例句】他一向態度嚴肅，**笑比河清**，所以同事都不敢隨便和他開玩笑。

【義近】望之儼然／態度嚴肅／道貌岸然。

【義反】平易近人／和熙親切／煦煦如也。

笑面夜叉

【釋義】夜叉：佛經中一種吃人的惡鬼，常用以比喻相貌醜陋，性格凶惡的人。

【出處】宋・陳次升・彈蔡京第三狀：「毒流天下，實不忍聞，主行雖在章惇，卞實啓之，時人曰之爲笑面夜叉。」

【用法】指面帶笑容而心腸狠毒的人。

【例句】你可千萬不要上他的當，他是個典型的**笑面夜叉**，臉上笑著，心裏卻完全不是這麼回事！

【義近】笑面虎／口蜜腹劍／嘴甜心狠／鶚心鸝舌／虎掛佛珠。

【義反】菩薩低眉／面軟心慈／心口如一／表裏如一。

笑面虎

【釋義】意謂臉上笑著，心裏卻像虎一樣的凶狠。

【出處】談藪：「王公袞，字吉老，……公袞性甚和，平居常若嬉笑，人謂之笑面虎。」

【用法】比喻外貌裝得善良，可心地卻是凶狠的人。

【例句】你別看他平日待人總是笑容滿臉的，心裏頭可狠著呢！他可是我們這裏有名的**笑面虎**。

【義近】笑面夜叉／笑裏藏刀／口蜜腹劍／綿裏藏針。

【義反】面惡心慈／貌善心慈／面慈心軟。

笑容可掬

【釋義】容：臉面。掬：捧取。

【出處】羅貫中・三國演義九五回：「果見孔明坐於城樓之上，笑容可掬，焚香操琴。」

【用法】形容滿面笑容的樣子。

【例句】這位空中小姐，無論對哪位乘客，都是**笑容可掬**，十分的和藹親切。

【義近】眉開眼笑／笑逐顏開／喜形於色。

【義反】滿面愁容／淚流滿面／悲不自勝。

笑逐顏開

【釋義】逐：隨著。顏：面孔。

【出處】京本通俗小說・西山一窟鬼：「教授聽得說罷，喜從天降，笑逐顏開道：……。」

【用法】形容喜見於色，滿臉高興。

【例句】人逢喜事精神爽，他最近找到了一位如意的女友，所以一見熟人就**笑逐顏開**。

【義近】喜笑顏開／笑容可掬／喜形於色。

【義反】愁眉苦臉／愁眉不展／愁眉鎖眼。

笑裏藏刀

【釋義】笑臉後面藏著刀。

【出處】關漢卿・單刀會一折：「那時間相看的是好，他可便喜孜孜笑裏藏刀。」

【用法】比喻人外貌和善，內心狠毒陰險。

【例句】他是個**笑裏藏刀**的人，你千萬別得罪他，否則會讓你吃不了兜著走。

【義近】口蜜腹劍／笑面夜叉／綿裏藏針。

【義反】心口如一／貌善心慈。

五畫

笨鳥先飛

【釋義】笨鳥：愚笨的鳥。一作「笨雀先飛」。

【出處】關漢卿・陳母教子一折：「我似那靈禽在後，你這等坌（笨）鳥先飛。」

【用法】用以指才力不如人而趕先一步。多用作自謙之詞。

【例句】對不起，你們個個身強力壯，我跑不過你們，只好**笨鳥先飛**，先走一步了。

【義近】駑馬十駕／跛鼈千里。

【義反】靈禽後飛／甘居人後。

笙歌鼎沸

【釋義】笙歌：泛指奏樂唱歌。笙：一種管樂器。鼎沸：鍋裏的水在沸騰。鼎：鍋。

【出處】宋・吳自牧・夢粱錄・清明節：「此日又有龍舟可觀，都人不論貧富，傾城而出，笙歌鼎沸，鼓吹喧天。」

【用法】用以形容樂聲歌聲熱鬧非凡。

【例句】每年春節，無論是城市還是鄉村，到處都是**笙歌鼎沸**，一派歡樂的景象。

【義近】鑼鼓喧天／人聲鼎沸／繁弦急管／鼓樂喧天／敲鑼打鼓。

【義反】鴉雀無聲／萬籟俱寂／悄無聲息／闃無人聲。

六畫

筆下超生

【釋義】超生：佛家語，死後靈魂超度投生，比喻寬容或開脫。

【出處】凌濛初・初刻拍案驚奇卷一一：「實是不忍他含冤負屈，故此來到臺前控訴，乞老爺筆下超生。」

【用法】指請求書寫時用詞從輕，給予開脫。

【例句】這次事故確實是因我一時疏忽所造成的，請總經理在向董事長作書面報告時，能夠**筆下超生**，從輕發落。

【義近】筆下留情／網開一面。

【義反】口誅筆伐／深文周納／羅織入罪。

筆大如椽 ㄅㄧˇ ㄉㄚˋ ㄖㄨˊ ㄔㄨㄢˊ

【釋義】椽：房屋上架屋瓦的圓木。指手中握著像屋椽那樣的粗筆。

【出處】晉書・王珣傳：「珣夢人以大筆如椽與之，既覺，語人云：『此當有大手筆事。』」

【用法】形容文才過人，可作宏篇鉅製的文章。

【例句】此人學識過人，**筆大如椽**，著書無數，且本本都是曠世逸作。

【義近】才高八斗／才華蓋世／天才橫逸。

【義反】飯囊衣架／酒囊飯袋。

筆走龍蛇 ㄅㄧˇ ㄗㄡˇ ㄌㄨㄥˊ ㄕㄜˊ

【釋義】運筆寫字像龍蛇一樣靈活。

【出處】晉書・王羲之傳：「論者稱其筆勢，矯若驚龍。」笑笑生・金瓶梅三一回：「聞公博學廣記，筆走龍蛇，眞才子也。」

【用法】用以稱讚書法家運筆靈活有力。

【例句】他學習書法三十餘年，其**筆走龍蛇**的神技，讓每一位親眼目睹的都嘆爲觀止。

【義近】龍飛鳳舞。

【義反】春蚓秋蛇。

筆耕墨耘 ㄅㄧˇ ㄍㄥ ㄇㄛˋ ㄩㄣˊ

【釋義】文人用筆墨寫字，像農夫用耒耜耕耘一樣。

【出處】後漢書・班超傳：「安能久事筆耕乎？」蒲松齡・聊齋誌異：「門庭之淒寂，則會淡如僧；筆墨之耕耘，則蕭條似鉢。」

【用法】比喻人以寫作爲生。

【例句】他一生從事**筆耕墨耘**，著作等身，對文壇的貢獻頗豐。

【義近】筆耕硯田／筆墨耕耘／心織筆耕／煮字療飢／傭書自資。

筆墨官司 ㄅㄧˇ ㄇㄛˋ ㄍㄨㄢ ㄙ

【釋義】筆墨：是指文字或文章。官司：指訴訟，引申爲爭辯。

【出處】魯迅・華蓋集續編，不是信：「但又即刻掩了起來，關上大門，據說『大約不再打這樣的筆墨官司了。』」

【用法】意謂以文章在報章雜誌上爭辯事實的眞相。

【例句】建不建核四電廠，**筆墨官司**打了這麼多年，還是沒有形成共識。

筆翰如流 ㄅㄧˇ ㄏㄢˋ ㄖㄨˊ ㄌㄧㄡˊ

【釋義】翰：古人以羽翰爲筆，故凡用筆寫的，都叫做翰。指用筆像流水一樣快。

【出處】晉書・陶侃傳：「千緒萬端，罔有遺漏；遠近書疏，莫不手答，筆翰如流，未嘗壅滯。」

【用法】形容下筆快捷，不假思索便揮筆立就。

【例句】曹植才高八斗，**筆翰如流**，更有七步成詩之才。

【義近】走筆疾書／倚馬成文／援筆立就／意到筆隨。

【義反】嘔心瀝血／搜索枯腸。

筐篋中物 ㄎㄨㄤ ㄑㄧㄝˋ ㄓㄨㄥ ㄨˋ

【釋義】意謂竹箱中所藏的布帛、書籍等物。筐、篋：用竹篾等編製的盛物器具。

【出處】三國志・吳書・韋曜傳：「孫皓即位，封高陵亭侯……時所在承旨，數言瑞應，皓以問曜，曜答曰：『此人家筐篋中物耳。』」

【用法】比喻十分平常的事物。

【例句】颱風地震，日蝕月蝕，這本是**筐篋中物**，古人因知識貧乏，與迷信扯在一起，尚情有可原，今人竟以此造謠惑眾，那就是神棍別有用心了。

【義近】竹頭木屑／毛髮絲粟／油鹽柴米。

【義反】龍肝鳳髓／金玉錦繡／吉光片羽／稀世珍寶／崑山片玉／隋侯之珠。

等而下之 ㄉㄥˇ ㄦˊ ㄒㄧㄚˋ ㄓ

【釋義】意謂比這一等更差的。

【出處】宋・劉昌詩・蘆浦筆記・六：「是天童（寺）收穀三萬五千斛，育王（寺）三萬斛，且分佈諸庫，以罔民利。等而下之，要皆有足食之道。」

【用法】是說最差勁的。

【例句】把古典名著搬上銀幕的，大多不忠於原著，像《三國演義》、《水滸傳》、《西遊記》、《紅樓夢》等，還差強人意，其他如《封神演義》等，相形之下就**等而下之**了。

【義近】相形失色／相形見絀／相顧失色／略遜一籌。

【義反】略勝一籌／棋高一著。

等量齊觀 ㄉㄥˇ ㄌㄧㄤˋ ㄑㄧˊ ㄍㄨㄢ

【釋義】等：同等。量：估計，衡量。齊：一齊，同樣。

【用法】指對有差別的事物同等看待。

【例句】眞正的民主與專制統治者標榜的假民主，有本質上的不同，決不能**等量齊觀**。

【義近】同日而語／相提並論／一視同仁／一概而論。

【義反】厚此薄彼／按質論價／另眼相看／青眼相加。

等閒之輩 ㄉㄥˇ ㄒㄧㄢˊ ㄓ ㄅㄟˋ

【釋義】等閒：也作「等閑」，平常、普通之意。輩：類。

【出處】朱熹・春日詩：「等閒識得東風面，萬紫千紅總是春。」

【用法】指才智平凡沒什麼特出的人物。

【例句】這人雙目炯炯有神，雖然沉默寡言，可我看他絕非**等閒之輩**。

等閒視之 ㄉㄥˇ ㄒㄧㄢˊ ㄕˋ ㄓ

【釋義】等閒：尋常，平常。之：它。

【出處】羅貫中・三國演義九五回：「今令汝接應街亭……汝勿以等閒視之，失吾大事。」
【用法】把它看成平常的事，不予重視。
【例句】如何教育青少年健全發展，這是一個十分重要的問題，決不能**等閒視之**。
【義近】滿不在乎／一笑置之／漠然視之。
【義反】非同小可／非同等閒。

筋疲力盡 ㄐㄧㄣ ㄆㄧˊ ㄌㄧˋ ㄐㄧㄣˋ

【釋義】筋：筋骨。盡：完。又作「精疲力盡」。
【出處】韓愈・論淮西事宜狀：「雖時侵掠，小有所得，力盡筋疲，不償其費。」
【用法】形容非常疲勞，力氣已經用盡。
【例句】他跑完全程馬拉松，已經**筋疲力盡**了，只好由人扶著走回休息室休息。
【義近】精疲力竭／力困筋乏／少氣無力。
【義反】精神抖擻／生機勃勃／生龍活虎。

答非所問 ㄉㄚˊ ㄈㄟ ㄙㄨㄛˇ ㄨㄣˋ

【釋義】回答的不是所問的內容。又作「所答非所問」。
【出處】曹雪芹・紅樓夢八五回：「襲人見他所答非所問，便微微的笑著問：『到底是什麼事？』」
【用法】形容人有意避開或未能正確了解別人所提問題，而做出的文不對題的回答。
【例句】你究竟是怎麼回事，今天老是**答非所問**，是不是有什麼心事？
【義近】文不對題／驢脣不對馬嘴／顧左右而言他。
【義反】對答如流／切合題旨。

七畫

節外生枝 ㄐㄧㄝˊ ㄨㄞˋ ㄕㄥ ㄓ

【釋義】在竹節以外生出枝杈。節：植物主幹上旁生枝條的地方。
【出處】楊顯之・瀟湘雨二折：「兀的是閒言語，甚意思，他怎肯道節外生枝？」
【用法】比喻問題旁出，事外復生事端，原有問題之外又出現新問題之意。
【例句】這件事已基本上得到解決，諒必不會**節外生枝**吧！
【義近】橫生枝節／別生枝節／節上生枝。
【義反】一帆風順。

節用裕民 ㄐㄧㄝˊ ㄩㄥˋ ㄩˋ ㄇㄧㄣˊ

【釋義】裕：用作使動詞，使富裕。
【出處】荀子・富國：「足國之道，節用裕民，而善臧（藏）其餘。」
【用法】指當政者要注意採取措施，節約用度，使人民富裕起來。
【例句】若各級政府都能**節用裕民**，那我們的國家就一定會更加興盛，政府的威望也一定會更高。
【義近】節用愛民。
【義反】誅求無已／勞民傷財／師疲財竭／橫徵暴斂。

節衣縮食 ㄐㄧㄝˊ ㄧ ㄙㄨㄛ ㄕˊ

【釋義】意謂省吃省穿。節、縮：節省。又作「縮衣節食」。
【出處】陸游・秋荻歌：「我願鄰曲謹蓋藏，縮衣節食勤耕桑。」
【用法】形容省吃儉用，非常節儉樸素。
【例句】自從丈夫死後，她就**節衣縮食**地將四個兒女帶大，現在總算苦盡甘來。
【義近】節食縮衣／省吃儉用。
【義反】鋪張浪費／花天酒地／窮奢極侈。

節哀順變 ㄐㄧㄝˊ ㄞ ㄕㄨㄣˋ ㄅㄧㄢˋ

【釋義】節制悲哀，順應變故。
【出處】禮記・檀弓下：「喪禮，哀戚之至也，節哀，順變也。」
【用法】常用作弔唁喪家的安慰之詞。
【例句】人死不能復生，既然伯母已經去世，仁兄還是**節哀順變**的好。

節儉力行 ㄐㄧㄝˊ ㄐㄧㄢˇ ㄌㄧˋ ㄒㄧㄥˊ

【釋義】節儉：儉省，用錢財等有節制。力行：努力實踐。
【出處】司馬遷・史記・管晏列傳：「以節儉力行重於齊，既相齊，食不重肉，妾不衣帛。」
【用法】指人生活儉約，又肯努力躬行。
【例句】董事長儘管家境富裕，上班時仍然安步當車，凡事勤儉而不請人代勞，一直**節儉力行**，這在崇尚奢侈浮靡的今天，確實難能可貴。
【義近】節儉躬行／克勤克儉／節衣縮食／簡單樸素。
【義反】奢侈浪費／奢靡無度／窮奢極侈／紙醉金迷／揮金如土／鋪張浪費。

八畫

管中窺豹 ㄍㄨㄢˇ ㄓㄨㄥ ㄎㄨㄟ ㄅㄠˋ

【釋義】從竹管中看豹。管：竹管。窺：從孔隙中看。
【出處】劉義慶・世說新語・方正：「此郎亦管中窺豹，時見一斑。」
【用法】比喻看到的只是局部而不是整體，也比喻用所看到的局部而推測到全貌。
【例句】以本國的立場來看世界局勢就如**管中窺豹**，缺乏整體的客觀性。
【義近】以管窺天／一孔之見／坐井觀天／以蠡測海／井中視星／牖中窺日。
【義反】明察秋毫／毫末必辨／洞見癥結／洞燭幽微。

管見所及 ㄍㄨㄢˇ ㄐㄧㄢˋ ㄙㄨㄛˇ ㄐㄧˊ

【釋義】管見：通過管子看東西。所及：所看到的。
【出處】晉書・陸雲傳：「苟有管見，敢不盡規。」
【用法】比喻見解的狹窄、膚淺。多用作自謙之辭。
【例句】關於核四電廠存廢的議題，眾說紛紜，現在就我**管見所及**，發表一點淺見。
【義近】管窺之見／管窺筐舉／一孔之見／愚見所及／井蛙之見／甕天之見。

管窺之見 ㄍㄨㄢˇ ㄎㄨㄟ ㄓ ㄐㄧㄢˋ

【釋義】管窺：從小孔、縫隙中看事物。
【出處】魏書・魏收傳：「仰恃皇造宿眷之隆，敢陳愚昧管窺之見。」
【用法】用以表示所見狹淺不夠高明。多用作自謙之詞。
【例句】以上所談不過是我的**管**

窺之見，不當之處，望在座的各位賢達不吝賜教。

【義近】管窺筐舉／一孔之見／愚見所及／井蛙之見／甕天之見。

管窺蠡測

【釋義】從竹管裏看天，用瓢測量海。蠡：用瓠做的瓢。

【出處】漢書・東方朔傳：「以筦(管)窺天，以蠡測海。」

【用法】比喻所見甚小，對事物的觀察和了解都受到局限。

【例句】這篇評論時世的文章，只是作者**管窺蠡測**之見，不足採信。

【義近】管中窺豹／管窺蛙見／甕天之見／以錐指地。

【義反】洞若觀火／高瞻遠矚／目光遠大／深謀遠慮。

管鮑之交

【釋義】管鮑：指春秋時齊國的管仲與鮑叔牙。

【出處】列子・力命：「管仲嘗歎曰：『……生我者父母，知我者鮑叔也。』此世稱管鮑善交者。」

【用法】用以指朋友相知相惜，交誼深厚。

【例句】陳先生與我有數十年的交情，深知彼此個性脾氣，相知相惜，勝若**管鮑之交**。

【義近】管鮑分金／生死之交／刎頸之交／莫逆之交／金蘭之友／患難之交／羊左之誼／陳雷之契。

【義反】酒肉之交／泛泛之交／點頭之交／一面之雅／酒肉朋友／狐朋狗友。

箕山之志

【釋義】箕山，在今河南省登封縣東南。昔許由隱居於此。

【出處】曹丕・與吳質書：「偉長獨懷文抱質，恬淡寡欲，有箕山之志。」

【用法】指隱居的心願。

【例句】他生性淡泊名利，早有**箕山之志**，若非爲養家活口，也不會出仕爲官。

【義近】妻梅子鶴／濠濮間想／盥耳山棲／曳尾塗中。

【義反】豪情萬丈／壯志凌雲／鴻鵠之志／青雲之志。

箕踞而遨

【釋義】指蹲坐著四面看看。箕踞：兩腿彎曲而坐如箕。

【出處】柳宗元・始得西山宴遊記：「攀援而登，箕踞而遨。」

【用法】形容四面八方觀看。

【例句】登上高山之顛，**箕踞而遨**，羣山萬壑盡數眼底，眞是美不勝收。

【義近】遊目四顧／極目四望／騁目四望。

算無遺策

【釋義】算：謀畫，籌畫。遺策：失策，失計。

【出處】曹植・王仲宣誄：「與君行止，算無遺策，畫無失理。」

【用法】形容謀算精確，從來沒有出過差錯。

【例句】我們老闆精明幹練，即使遇到股票大崩盤，經濟大風暴，他仍然**算無遺策**，安然度過危機。

【義近】神機妙算／料事如神／神機妙策／神術妙算／斷事如神。

【義反】運籌失策／無計可施／束手無策／一籌莫展／計無所出。

九—十一畫

箭在弦上

【釋義】箭已安放在弦上。常與「勢在必發」或「不得不發」連用。

【出處】陳琳・爲袁紹檄豫州，李善注引魏志：「琳謝罪曰：『矢在弦上，不可不發。』」

【用法】比喻爲形勢所迫，不得不採取某種行動。

【例句】現在已是**箭在弦上**，還有什麼可研究的，趕快行動，絕不能再遲疑了！

【義近】如箭在弦／一觸即發。

【義反】引而不發。

築室道謀

【釋義】意謂在路邊蓋房子，向路過的人求謀。

【出處】詩經・小雅・小旻：「如彼築室於道謀，是用不潰於成。」李綠園・歧路燈五回：「這宗事，若教門生們議將起來，只成築室道謀，不如二老師斷以己見。」

【用法】比喻辦事沒有主見，東問西問，終成不了事情。

【例句】如果遇事都要**築室道謀**，反而會延誤時機而什麼事也辦不成的。

【義近】作舍道邊／猶豫不決／優柔寡斷／委決不下／遲疑不決／舉棋不定。

【義反】當機立斷／斬釘截鐵／英明果斷／毅然決然／慮周行果。

篳門蓬戶

【釋義】指用荊條、竹子和草等做成的門戶。

【出處】明・于謙・村舍桃花：「野水縈紆石徑斜，篳門蓬戶兩三家。」

【用法】形容窮苦人家所住的房屋非常簡陋。

【例句】你只要走進雲貴高原的邊遠山區，**篳門蓬戶**即處處可見。

【義近】蓬戶甕牖／甕牖繩樞／土階茅屋／瓦竈繩床／環堵蕭然／室如懸磬。

【義反】瓊樓玉宇／高樓大廈／深宅大院／雕闌玉砌／朱門繡戶／峻宇雕牆。

篳路藍縷

【釋義】駕著柴車，穿著破舊衣裳去開闢山林。篳路：用荊棘編的車；亦稱柴車。路：古代車之通名。藍縷：即襤褸，破舊衣服。

【出處】左傳・宣公一二年：「篳路藍縷，以啓山林。」

【用法】形容創業的艱難。

【例句】人類文明的發展，皆賴無數先民**篳路藍縷**，辛勤耕耘而來。

【義近】披荆斬棘／敝衣柴車／大輅椎輪／胼手胝足／披星戴月／櫛風沐雨／霑體塗足／創業維艱。

【義反】坐享其成／茶來伸手，飯來張口／飽衣暖食／養尊處優。

十二畫

簪纓世冑

【釋義】簪纓：指做官的人。簪：古人用來插髮的一種長針。纓：帽帶。世冑：世家。
【出處】元・鄭德輝・王粲登樓二折：「賢士乃簪纓世冑，堪爲元戎帥首也。」
【用法】指世代做官的人家。
【例句】李公子出身**簪纓世冑**，我乃農家寒門之女，門不當，戶不對，恕不敢高攀。
【義近】簪纓世族／簪纓門第／官宦人家。
【義反】寒門之家／寒素之家／小戶人家。

簡明扼要

【釋義】簡明：簡要明了。扼要：抓住要點。
【出處】洪邁・容齋隨筆・解釋經旨：「解釋經旨，貴於簡明。」新唐書・高崇文傳：「扼二川之要。」
【用法】指說話、寫文章要抓住要點，簡單明瞭。
【例句】我們無論是說話還是寫文章，都要**簡明扼要**，把握重點。
【義近】簡要不煩／言簡意賅／要言不煩／短小精悍。
【義反】拖泥帶水／繁冗蕪雜／連篇累牘／三紙無驢。

簞食壺漿

【釋義】簞食：用竹器裝飯。簞：古代盛飯的圓形竹器。漿：湯水。
【出處】孟子・梁惠王下：「簞食壺漿，以迎王師。」
【用法】喻人民歡迎和慰勞兵士的情景。
【例句】國軍每到一處，當地百姓皆**簞食壺漿**，迎於道旁，酬謝兵士保國衛民的辛勞。
【義近】壺漿盈路／壺漿犒師。
【義反】無人犒勞／怨聲載道。

簞食瓢飲

【釋義】一竹筐飯，一瓢湯水。簞：盛飯的圓形竹器。瓢：裝水器具，剖瓠瓜而爲之。
【出處】論語・雍也：「一簞食，一瓢飲，在陋巷，人不堪其憂，回也不改其樂。」
【用法】形容貧寒之士生活清苦。
【例句】他雖過著**簞食瓢飲**的日子，但卻壯志凌雲，有朝一日定會青雲直上的。
【義近】簞食陋巷／簞食瓢漿／豆飯藜羹／飯糗茹草。
【義反】錦衣玉食／日食萬錢／食前方丈／炊金饌玉／肉山脯林。

簞瓢屢空

【釋義】簞：盛飯竹器。瓢：舀水器。屢：屢次，常常。
【出處】陶淵明・五柳先生傳：「環堵蕭然，不蔽風日，短褐穿結，簞瓢屢空。」
【用法】形容極爲貧窮，缺少飲食。
【例句】災區民眾生活困苦，**簞瓢屢空**，亟待善心人士的救助。
【義近】啜菽飲水／食不果腹／朝齏暮鹽／樵蘇不爨／飢腸轆轆／簞食瓢飲／幷日而食／飯糗茹草／饔飧不繼／三餐不繼。
【義反】烹龍炮鳳／山珍海味／三牲五鼎／酒醉飯飽／炊金饌玉／鐘鳴鼎食／日食萬錢／食前方丈。

十六畫

籠中之鳥

【釋義】關在籠子裏的鳥。
【出處】鶡冠子・世兵十二：「一日之羅，不可以得雀；籠中之鳥，空窺不出。」
【用法】比喻喪失自由。
【例句】古代帝王的嬪妃，雖然是使婢喚奴、豐衣美食，但一入侯門深似海，她們猶如**籠中之鳥**、檻中之猿，精神生活其實是痛苦不堪的。
【義近】籠中窮鳥／池魚籠鳥／籠鳥檻猿。
【義反】高空雄鷹／水中游魚／鳶飛魚躍／閒雲野鶴。

米部

米珠薪桂

【釋義】米貴得像珍珠，柴貴得像桂木。珠：珍珠。薪：柴火。
【出處】戰國策・楚策三：「楚國之食貴於玉，薪貴於桂。」錢子正・有弟久不見詩：「有弟久不見，米珠薪桂秋。」
【用法】形容物價昂貴。
【例句】抗戰時期**米珠薪桂**，物價有時一天連漲幾次，人民很難得到溫飽。
【義近】米貴如珠／食玉炊桂。
【義反】價廉物美／物價低廉。

四畫

粉白黛黑

【釋義】粉：搽臉的脂粉。黛：女子畫眉的青黑色顏料。
【出處】楚辭・大招：「粉白黛黑，施芳澤只。」
【用法】泛指女子的妝飾。也用以指女子。
【例句】這些**粉白黛黑**的舞女，在舞池中向男人大展媚態，目挑心招，目的還不是想掏光火山孝子的荷包。

【義近】粉白黛綠／傅粉施朱／塗脂抹粉／描眉畫眼／濃妝艷抹。
【義反】蓬頭垢面／披頭散髮／風鬟霧鬢／荊釵布裙。

粉身碎骨（ㄈㄣˇ ㄕㄣ ㄙㄨㄟˋ ㄍㄨˇ）

【釋義】全身粉碎而死。一作「粉骨碎身」。
【出處】顏眞卿・馮翊太守上表謝：「誓當粉身碎骨，少酬萬一。」
【用法】多用以比喻爲了某種事不惜犧牲生命。
【例句】爲了達成你交代的任務，我就是**粉身碎骨**，也在所不惜。
【義近】殺身成仁／肝腦塗地／碎首裂身。
【義反】苟且偷生／貪生怕死／明哲保身。

粉粧玉琢（ㄈㄣˇ ㄓㄨㄤ ㄩˋ ㄓㄨㄛˊ）

【釋義】像用白粉粧飾、白玉雕琢的一樣。
【出處】曹雪芹・紅樓夢一回：「士隱見女兒越發生得粉粧玉琢，乖覺可愛，便伸手接來，把在懷中。」
【用法】多用以形容人皮膚白嫩，面目清秀。也用以形容雪景之美。
【例句】①這小孩幾年不見，越發**粉粧玉琢**，可愛極了。②我國北方一到冬天，便會罩上一層厚厚的雪，萬里江山變成了**粉粧玉琢**的世界。
【義近】粉粧玉砌／粉雕玉琢。
【義反】青面獠牙／暴眼赤腮。

粉飾太平（ㄈㄣˇ ㄕˋ ㄊㄞˋ ㄆㄧㄥˊ）

【釋義】粉飾：塗飾表面，掩蓋眞相。太平：指社會平安無事。
【出處】王栐・燕翼貽謀錄二：「咸平景德以後，粉飾太平，服用寖侈。」
【用法】說明把本來黑暗混亂的社會，想方設法裝飾成太平景象。
【例句】朝中佞臣爲了討皇上歡心，遂**粉飾太平**，結果問題越來越多，積重難返。
【義近】虛飾繁榮／文飾太平。
【義反】太平盛世／河清海宴／繁榮昌盛。

粉墨登場（ㄈㄣˇ ㄇㄛˋ ㄉㄥ ㄔㄤˇ）

【釋義】指化妝後登上舞臺演戲。粉、墨：化妝品，這裏指化妝。
【出處】梁紹王・兩般秋雨庵隨筆卷五：「粉墨登場，所費不貲……殊乏恬適之趣。」
【用法】比喻壞人登上政治舞臺。也比喻在生活中扮演某種角色而立足於大千世界中的人。
【例句】她息影已久，日前應好友力邀**粉墨登場**客串一角，其風采依然不減當年。
【義近】粉墨登台／優孟衣冠／袍笏登場。

五畫

粒米束薪（ㄌㄧˋ ㄇㄧˇ ㄕㄨˋ ㄒㄧㄣ）

【釋義】一粒米一束柴。
【出處】淩濛初・二刻拍案驚奇卷二四：「粒米束薪家裏無備，妻子只是怨恨啼哭。」
【用法】極言糧食柴薪之少，生活貧困到了極點。
【例句】他家連**粒米束薪**也沒有，吃了上頓愁下頓，哪個女人敢嫁給他。
【義近】數米而炊／簞食瓢飲／三旬九食。
【義反】酒池肉林／炊金饌玉／列鼎而食／肉山脯林。

粗中有細（ㄘㄨ ㄓㄨㄥ ㄧㄡˇ ㄒㄧˋ）

【釋義】意謂在粗疏之中有細心之處。
【出處】吳承恩・西遊記五五回：「沙僧聽說，大喜道：『好！好！好！正是粗中有細，果然急處從寬。』」
【用法】形容人說話行事，表面上粗魯隨便，實際上也有細膩的一面。
【例句】你不要看他是個赳赳武夫，看來很粗魯，但說話行事卻往往**粗中有細**，且頗有分寸。
【義近】粗中帶細。
【義反】鹵莽滅裂。

粗心大意（ㄘㄨ ㄒㄧㄣ ㄉㄚˋ ㄧˋ）

【釋義】粗心：不細心。大意：疏忽，不謹慎。
【出處】朱子語類・學四：「去盡皮，方見肉，去盡肉，方見骨，去盡骨，方見髓，使粗心大意不得。」
【用法】指做事馬虎，不細心。
【例句】由於他**粗心大意**，將火車時刻表看錯了，結果沒趕上回家的末班車。
【義近】粗枝大葉／粗心浮氣／徒宅忘妻／心不在焉／掉以輕心。
【義反】小心謹慎／小心翼翼／謹小愼微。

粗心浮氣（ㄘㄨ ㄒㄧㄣ ㄈㄨˊ ㄑㄧˋ）

【釋義】粗心：疏忽，不細心。浮：浮躁。
【出處】李汝珍・鏡花緣七〇回：「幸虧姐姐未在場裏閱卷，若是這樣粗心浮氣，那裏屈不死人。」
【用法】指人辦事浮躁，不細心，不沉著。
【例句】做事可不能這樣**粗心浮氣**的，今天幸好遇著了我，若是給老闆撞見了，說不定要炒你的魷魚呢！
【義近】心浮氣躁／粗枝大葉／粗心大意／心不在焉／掉以輕心。
【義反】兢兢業業／小心翼翼／臨深履薄。

粗衣糲食（ㄘㄨ ㄧ ㄌㄧˋ ㄕˊ）

【釋義】粗布衣服，粗劣飯食。糲：粗米。
【出處】雲笈七籤卷二五：「（梁母）粗衣糲食之外，所得施諸貧病。」
【用法】形容生活清苦。
【例句】這位老太太幾十年來一直**粗衣糲食**，把節省下來的錢完全用在慈善事業上，眞令人敬佩。
【義近】粗茶淡飯／布衣蔬食／惡衣惡食。
【義反】錦衣玉食／侯服玉食／華衣美食／山珍海味／食前方丈。

粗服亂頭（ㄘㄨ ㄈㄨˊ ㄌㄨㄢˋ ㄊㄡˊ）

【釋義】穿著粗布衣服，蓬亂著頭髮。
【出處】劉義慶・世說新語・容止：「裴令公有俊容儀，脫冠冕，粗服亂頭皆好。時人以為玉人。」

【用法】多用以形容不事修飾。

【例句】身為教師，應該注意自己的形象，穿著要整潔，也要適當講究儀容，像你這樣**粗服亂頭**地進教室上課，確有不當之處。

【義近】不修邊幅／首如飛蓬／蓬頭垢面／披頭散髮。

【義反】衣冠楚楚／峨冠博帶／西裝革履／西裝筆挺。

粗枝大葉 ㄘㄨ ㄓ ㄉㄚˋ ㄧㄝˋ

【釋義】粗大的枝葉，比喻文章寫得簡略不具體。

【出處】朱子語類卷七八：「〈書序〉恐不是孔安國做，漢文粗枝大葉，今〈書序〉細膩，只似六朝時文字。」

【用法】今形容人做事不細緻，不周密，草率而為。

【例句】你做事總是**粗枝大葉**的，如不檢討改進，今後將會出大問題。

【義近】馬馬虎虎／草草了事／粗心大意／鹵莽滅裂。

【義反】精益求精／一絲不苟／細針密縷。

粗風暴雨 ㄘㄨ ㄈㄥ ㄅㄠˋ ㄩˇ

【釋義】粗風：大風。粗：大。

【出處】李汝珍．鏡花緣八八回：「莫講粗風暴雨，不能招架，就是小小一陣涼颼，只怕也難支持了。」

【用法】形容風雨極為猛烈。

【例句】這天氣變得真快，剛剛還風和日麗，一會兒就**粗風暴雨**，令人躲避都來不及。

【義近】狂風驟雨／狂風暴雨／疾風雷雨。

【義反】和風細雨／雨絲風片／斜風細雨。

粗茶淡飯 ㄘㄨ ㄔㄚˊ ㄉㄢˋ ㄈㄢˋ

【釋義】指粗糙簡單的飯食。粗：不精，劣的。淡：味薄。

【出處】楊萬里．得小兒壽俊家書詩：「粗茶淡飯終殘年。」

【用法】形容生活儉樸，飲食簡單。

【例句】平日**粗茶淡飯**慣了，今日面對山珍海味的美食，真不知如何下箸。

【義近】家常便飯。

【義反】山珍海味／珍饈美饌／龍肝鳳髓。

粗製濫造 ㄘㄨ ㄓˋ ㄌㄢˋ ㄗㄠˋ

【釋義】濫：不加選擇，不加節制。

【用法】多用以形容製作馬虎潦草，只求數量，不顧品質。有時也指為文或工作不認真細緻。

【例句】商品務必要講究品質，**粗製濫造**的東西若賣不出去，損失更慘重。

【義近】貪多求快／潦草塞責／草率從事。

【義反】精雕細琢／一絲不苟／精益求精／水磨工夫。

六畫

粵犬吠雪 ㄩㄝˋ ㄑㄩㄢˇ ㄈㄟˋ ㄒㄩㄝˇ

【釋義】廣東的土狗，見到北方的雪就狂吠不止，因為從沒見過。

【出處】柳宗元．答韋中立論師道書：「僕來南，二年冬，幸大雪，踰嶺被南越中數州；數州之犬，皆蒼黃吠噬，狂走者累日。至無雪乃已。」

【用法】比喻事物少見多怪。

【例句】小惠沒見識過英法建築、繪畫之美，第一次出國觀光，到了凡爾賽宮，就好像**粵犬吠雪**一樣，對每一件事物都大驚小怪的。

【義近】蜀犬吠日／少見多怪。

【義反】司空見慣／不足為奇。

八畫

精力過人 ㄐㄧㄥ ㄌㄧˋ ㄍㄨㄛˋ ㄖㄣˊ

【釋義】精力：精神和體力。

【出處】漢書．匡衡傳：「父世農夫，至衡好學，家貧，庸作以供資用，尤精力過絕人。」

【用法】形容人精力充沛，超過一般人。

【例句】他**精力過人**且很勤奮，除在兩處工作外，晚上還孜孜不倦地刻苦攻讀。

【義近】精力旺盛／精力充沛。

【義反】精疲力盡／無精打彩。

精打細算 ㄐㄧㄥ ㄉㄚˇ ㄒㄧˋ ㄙㄨㄢˋ

【釋義】精細地計算籌畫。打：規畫，打算。

【用法】多用以形容在國計民生或家庭計畫、個人生活安排等方面，厲行節約，不使浪費。

【例句】他太太治家有方，善於**精打細算**，所以他收入雖不多，卻生活得很好。

【義近】增收節支／開源節流／勤儉持家。

【義反】鋪張浪費／大手大腳／揮霍浪費。

精兵猛將 ㄐㄧㄥ ㄅㄧㄥ ㄇㄥˇ ㄐㄧㄤˋ

【釋義】意謂士兵精良，將領勇猛。

【出處】晉書．郗鑒傳：「使君若顧二帝，自可不行，宜急下檄文，速遣精兵猛將。」

【用法】用以形容精銳而善戰的軍隊。

【例句】我三軍將士全為**精兵猛將**，若有敵人膽敢來侵犯，定把他們全數殲滅。

【義近】信臣精卒／良將勁弩／士飽馬騰／兵強將勇。

【義反】殘兵敗將／蝦兵蟹將／兵微將寡。

精妙入神 ㄐㄧㄥ ㄇㄧㄠˋ ㄖㄨˋ ㄕㄣˊ

【釋義】精妙：精緻巧妙。入神：達到絕妙的境地。

【出處】宋．吳曾．能改齋漫錄．黃庭博鵝：「埽素寫道經，筆精妙入神。」

【用法】形容字畫、技藝等極其精采美妙。

【例句】吳道子的畫確實達到**精妙入神**的境界，在蘇士比的拍賣會上賣價最高，也是理所當然的事。

【義近】出神入化／精妙絕倫／鬼斧神工／巧奪天工／登峰造極／爐火純青。

【義反】雕蟲小技／粗製濫造／破綻百出／平淡無奇／粗俗低劣／瑕疵易見。

精妙絕倫 ㄐㄧㄥ ㄇㄧㄠˋ ㄐㄩㄝˊ ㄌㄨㄣˊ

【釋義】精妙：精緻巧妙。絕倫：獨一無二，沒有可以相比的。

【出處】宋．周密．武林舊事．燈品：「燈隻至多，蘇、福為冠，新安晚出，精妙絕倫。」
【用法】形容工藝品等精細美妙，無與倫比。
【例句】這次展出的工藝品無不**精妙絕倫**，令人讚賞不已。
【義近】出神入化／精妙入神／鬼斧神工／巧奪天工／登峰造極／爐火純青。
【義反】雕蟲小技／粗製濫造／破綻百出／平淡無奇／粗俗低劣／瑕疵易見。

精明強幹 ㄐㄧㄥ ㄇㄧㄥˊ ㄑㄧㄤˊ ㄍㄢˋ

【釋義】精明：精細明察。
【出處】文康·兒女英雄傳一三回：「況且隨帶的那些司員，又都是些精明強幹……的能員。」
【用法】形容人機靈聰明，辦事能力強。
【例句】在他手下工作的人員，個個**精明強幹**，辦事效率很高。
【義近】精警幹練／精明老練／精明能幹。
【義反】碌碌無能／尸位素餐／庸庸碌碌。

精金良玉 ㄐㄧㄥ ㄐㄧㄣ ㄌㄧㄤˊ ㄩˋ

【釋義】精金：精煉之金屬。良玉：美好之玉。
【出處】程頤·程明道先生行狀：「純粹如精金，溫潤如良玉。」
【用法】比喻人品純潔或物品精良。
【例句】張先生**精金良玉**、高風亮潔的高尚人品，極少有人能與之相比。
【義近】精金美玉。
【義反】樗櫟庸材。

精金美玉 ㄐㄧㄥ ㄐㄧㄣ ㄇㄟˇ ㄩˋ

【釋義】精金：精鍊的金。美玉：美好的玉。
【出處】蘇軾·答謝民師書：「歐陽文忠公言文章如精金美玉，市有定價，非人所能以口舌定貴賤也。」
【用法】比喻事物的精粹美好和貴重。也比喻人品的純良溫和。
【例句】①這批骨董比**精金美玉**還珍貴，裝卸時務必小心注意，不可有絲毫碰撞。②安公子的夫人賢淑溫良，有如**精金美玉**，熟識的人沒有不稱讚的。
【義近】良金美玉／龍肝鳳髓／冰清玉潔／水潔冰清／冰壺秋月／精金良玉。
【義反】破銅爛鐵／雞腸狗肺／狗彘不若／惡濁不堪／樗櫟庸才。

精益求精 ㄐㄧㄥ ㄧˋ ㄑㄧㄡˊ ㄐㄧㄥ

【釋義】精：好，完美。益：更加。
【出處】論語·學而：「詩云：如切如磋，如琢如磨。」朱熹注：「治之已精，而益求其精也。」
【用法】形容好上求好，美上求美，力求精善而不止息。
【例句】老教授那種一絲不苟、**精益求精**的治學精神，值得大家學習。
【義近】切磋琢磨／刮垢磨光。
【義反】得過且過／敷衍應付／粗製濫造。

精神抖擻 ㄐㄧㄥ ㄕㄣˊ ㄉㄡˇ ㄙㄡˇ

【釋義】抖擻：奮起，振作。
【出處】尚仲賢·單鞭奪槊二折：「你道是精神抖擻，又道是機謀通透。」
【用法】形容人精神振奮，精力充沛。
【例句】雙方隊員**精神抖擻**地上陣，一場龍爭虎鬥的球賽即將開始。
【義近】精神煥發／朝氣蓬勃／鬥志昂揚。
【義反】無精打彩／萎靡不振／暮氣沉沉。

精神恍惚 ㄐㄧㄥ ㄕㄣˊ ㄏㄨㄤˇ ㄏㄨ

【釋義】恍惚：也寫作恍忽、慌忽等，此為神志不清之意。
【出處】魏書·爾朱榮傳：「榮亦精神恍惚，不自支持。」
【用法】形容人神思不定或神志不清。
【例句】這個年輕人大概吸了毒品，一整天都**精神恍惚**，語無倫次的。
【義近】心神不定／神思恍惚。
【義反】神志清醒／心明神定。

精神煥發 ㄐㄧㄥ ㄕㄣˊ ㄏㄨㄢˋ ㄈㄚ

【釋義】煥發：光彩四射貌。
【出處】蒲松齡·聊齋誌異·蓮香：「生覺丹田大熱，精神煥發。」
【用法】形容人精神飽滿，心情歡快。
【例句】工作之餘，適當的休閒和運動是保持**精神煥發**的不二法門。
【義近】神采奕奕／精神振奮／精神抖擻／豐神異彩。
【義反】沒精打彩／精神萎靡／垂頭喪氣／精神恍惚。

精貫白日 ㄐㄧㄥ ㄍㄨㄢˋ ㄅㄞˊ ㄖˋ

【釋義】意謂精誠貫通天日。
【出處】三國志·魏書·武帝紀：「君執大節，精貫白日，奮其武怒，運其神笑，致屆官渡，大殲醜類。」
【用法】形容極盡忠誠之意。
【例句】讀諸葛孔明的〈出師表〉，可深切體會孔明對蜀帝劉備的忠誠，其**精貫白日**，鞠躬盡瘁的精神，實在令人感佩！
【義近】精誠貫日／赤膽忠心／披肝瀝膽／一片丹心／鞠躬盡瘁，死而後已。
【義反】心懷鬼胎／包藏禍心／心懷叵測。

精誠所至 ㄐㄧㄥ ㄔㄥˊ ㄙㄨㄛˇ ㄓˋ

【釋義】精誠：真誠，真心誠意。至：到。常與「金石為開」連用。
【出處】莊子·漁父：「真者，精誠之至也，不精不誠，不能動人。」後漢書·廣陵思王荊傳：「精誠所加，金石為開。」
【用法】指待人處事十分真誠。
【例句】**精誠所至**，金石為開，這個犯罪邊緣的學生，在老師愛心開導之下，終於改過自新，奮發求學了。
【義近】精誠所加／至誠一片。
【義反】虛心假意／欺蒙哄騙。

精誠團結

【釋義】精誠：眞誠。

【出處】茅盾・雜感二題之二：「唯有盟國的精誠團結，才能贏得和平。」

【用法】指眞心誠意地團結在一起。

【例句】只要全國軍民上下一心，**精誠團結**，我們就能無往而不勝。

【義近】和衷共濟／一心一德／眾志成城／萬眾一心／戮力同心／同心同德。

【義反】一盤散沙／各行其是／各自爲謀／各自爲政／離心離德。

精衛塡海

【釋義】精衛：鳥名。塡海：銜木石以塡海。

【出處】山海經・北山經：「發鳩之山，其上多柘木，有鳥焉，其狀如烏，文首白喙赤足，名曰精衛。其鳴自詨，是炎帝之少女，名曰女娃。女娃遊於東海，溺而不返，故爲精衛，常銜西山之木石，以堙於東海。」

【用法】用以形容人之不畏艱難，堅定不移地從事某種工作，終能獲致效果。

【例句】世界上許多浩大的工程都是工程人員本著**精衛塡海**的精神共同完成的。

【義近】水滴石穿／心堅石穿／南山可移／愚公移山／移山塡海／磨杵作針。

精雕細刻

【釋義】意謂精心細緻地雕刻。

【用法】常用來比喻寫文章或做其他事精心細緻，不斷加工得更完善、更美好。

【例句】俗語說：「慢工出細活。」精美的藝術品，必須經過**精雕細刻**才能完成。

【義近】精雕細鏤／細針密線／一絲不苟／精雕細琢／水磨工夫／精益求精。

【義反】粗枝大葉／馬馬虎虎／草草了事／草率從事／粗製濫造。

十—十二畫

糖舌蜜口

【釋義】意謂嘴巴和舌頭上好像有糖和蜜一樣的。

【出處】羣音類選・海神記・王訴神：「起初時爲閒遊，到後來被啜哄，糖舌蜜口隨他弄。」

【用法】指善於說動聽、討人喜歡的話。

【例句】王先生可謂八面玲瓏，**糖舌蜜口**，笑臉迎人，現在全公司的人幾乎沒有一個不說他好的。

【義近】甜言蜜語／甜嘴蜜舌。

糟糠不厭

【釋義】糟糠：酒糟和米糠。厭：同「饜」，飽足。

【出處】司馬遷・史記・伯夷列傳：「仲尼獨薦顏淵爲好學。然回也屢空，糟糠不厭，而卒蚤夭。」

【用法】形容人十分貧困，連最粗劣的食品也吃不飽。

【例句】顏回因爲**糟糠不厭**而英年早逝，實是中國儒家的一大損失。

【義近】食不果腹／飢寒交迫。

【義反】日食萬錢／錦衣玉食／炊金饌玉。

糟糠之妻

【釋義】糟糠：酒糟米糠等極爲粗劣的食物，此用以泛指貧困生活。

【出處】後漢書・宋弘傳：「弘曰：『臣聞貧賤之知不可忘，糟糠之妻不下堂。』」

【用法】指同艱苦共患難的妻子，也用以謙稱自己的妻子。

【例句】那位成功的企業家說他之所以會有今天，是**糟糠之妻**的全力支持所致。

【義近】患難夫妻／生死夫妻。

【義反】柴米夫妻／露水夫妻。

糧盡援絕

【釋義】糧食用完，援兵斷絕。

【出處】宋・楊萬里・鈐轄趙公墓志銘：「公挺身與戰，屢捷。七年，糧盡援絕，勢不能復支，遂率所部數千人南歸。」

【用法】喻戰鬥處於困難境地。

【例句】抗戰時期，面對日本軍國主義者的入侵，我國軍將士奮起抵抗，即使戰鬥失利，**糧盡援絕**，也絕不屈服投降。

【義近】彈盡援絕／矢盡援絕／師老兵疲／人困馬乏。

【義反】後援不斷／士飽馬騰／兵強馬壯。

糸部

二畫

糾合之眾

【釋義】糾合：集合，聯合。多用於貶義。

【出處】司馬遷・史記・酈生陸賈列傳：「足下起糾合之眾，收散亂之兵，不滿萬人。」

【用法】指糾集起來的老百姓。

【例句】他統率的所謂軍隊，不過是些**糾合之眾**罷了，根本不堪一擊，派一個團的兵力就足以解決他們了。

【義近】烏合之眾／烏合獸聚／瓦合之卒／蜂屯蟻聚／一盤散沙／魚龍雜遝。

【義反】百萬雄師／訓練有素／正規之師。

糾纏不清

【釋義】糾纏：繞在一起，交相纏繞。

【出處】魏秀仁・花月痕一回：「今日到這裏，明日到那裏，說說笑笑，都無妨礙，只不要拖泥帶水，糾纏不清才好呢！」

【用法】用以形容紛亂，理不出頭緒。

【例句】這幾個**糾纏不清**的老問題，最近一定要設法解決，不能再拖延了。
【義近】紛亂如絲／千頭萬緒／頭緒紛繁／千絲萬縷／錯綜複雜／百緒繁生。
【義反】綱舉目張／有條不紊／井然有序／有條有理。

三畫

紆尊降貴 ㄩ ㄗㄨㄣ ㄐㄧㄤˋ ㄍㄨㄟˋ
【釋義】紆：屈抑。
【出處】梁・簡文帝・昭明太子集序：「降貴紆尊，躬刊手掇。」文康・兒女英雄傳四〇回：「禮制所在，也不便過於和他兩個紆尊降貴，只含笑拱了拱手。」
【用法】指謙虛自處，降抑尊貴的地位。或指地位高的人降低身分，從事不應由自己做的事。
【例句】三國蜀帝劉備為了求才，不惜**紆尊降貴**，猥自枉屈，三顧諸葛亮於南陽臥龍岡草廬，終於獲得名相輔宰，打下半壁江山。
【義近】屈高就下／謙恭下士／握髮吐哺／禮賢下士／親賢下士。
【義反】昂首天外／高視闊步／目空一切／目中無人／狂妄自大。

紀綱人倫 ㄐㄧˋ ㄍㄤ ㄖㄣˊ ㄌㄨㄣˊ
【釋義】紀綱：法律，制度。人倫：指人與人之間的關係、行為準則。
【出處】尚書・五子之歌：「亂其紀綱，乃底滅亡。」孟子・滕文公上：「使契為司徒，教以人倫。」漢書・武帝紀：「二千石官長紀綱人倫，……。」
【用法】泛指社會中人人都應遵守的法度倫常。
【例句】舊時代所提倡的那套**紀綱人倫**，並不能一味的全盤否定，其中仍有不少應當予以繼承和發揚。
【義近】四維八德／三綱五常／人倫綱常／仁義道德。

紅白喜事 ㄏㄨㄥˊ ㄅㄞˊ ㄒㄧˇ ㄕˋ
【釋義】紅：吉事用紅色，指結婚做壽。白：喪事用白色，指老年人仙逝。
【出處】郭沫若・新繆司九神禮讚：「我可能也還要為紅白喜事奔走，只要是和人民大眾有關的紅白喜事也就是我的現實。」
【用法】泛指婚喪之事。
【例句】農村風俗最重視**紅白喜事**，到時都要請客送禮，大家熱鬧一番。
【義近】婚喪喜慶／婚喪嫁娶。

紅杏出牆 ㄏㄨㄥˊ ㄒㄧㄥˋ ㄔㄨ ㄑㄧㄤˊ
【釋義】杏樹上粉紅色的花枝伸出牆外。
【出處】宋・葉紹翁・遊園不值詩：「春色滿園關不住，一枝紅杏出牆來。」
【用法】本意是形容春意盎然，今多轉喻為婦人有外遇。
【例句】①每到**紅杏出牆**的時節，陽明山賞花的人潮便絡繹不絕，使大地顯得生氣勃勃。②他的老婆**紅杏出牆**了，平日怕老婆的他，不敢吭一聲，只能借酒澆愁，徒呼奈何。
【義近】花紅柳綠／萬紫千紅／春暖花開／移情別戀／琵琶別抱。
【義反】花殘葉落／秋意蕭條／花草飄零／三貞九烈。

紅男綠女 ㄏㄨㄥˊ ㄋㄢˊ ㄌㄩˋ ㄋㄩˇ
【釋義】指男男女女所穿的服裝的鮮艷顏色。
【出處】舒位・修簫譜傳奇・擁髻：「紅男綠女，到今朝野草荒田。」
【用法】指盛服出遊的男女，也泛指衣著華麗的男女人羣。
【例句】大地回春，公園裏處處是**紅男綠女**在嬉遊玩樂，一片欣欣向榮的景象。

紅豆相思 ㄏㄨㄥˊ ㄉㄡˋ ㄒㄧㄤ ㄙ
【釋義】紅豆：植物名，又叫相思子，秋天開花，冬春間結實如豌豆而微扁，色鮮紅奪目。古代文學作品中常用來象徵愛情。
【出處】唐・王維・相思：「紅豆生南國，春來發幾枝。願君多採擷，此物最相思。」
【用法】比喻男女相思。
【例句】這一對情侶，一個在屏東，一個在台北，飽受**紅豆相思**之苦，恨不得早日結婚，以效于飛之樂。
【義近】朝思暮想。
【義反】勞燕分飛。

紅粉知己 ㄏㄨㄥˊ ㄈㄣˇ ㄓ ㄐㄧˇ
【釋義】紅粉：婦女化粧用的胭脂與白粉，此用以指婦女。
【用法】指稱男子的異性知心朋友。
【例句】男人若能得一**紅粉知己**為妻，那才真是人間美事。
【義近】異性知己。

紅粉青蛾 ㄏㄨㄥˊ ㄈㄣˇ ㄑㄧㄥ ㄜˊ
【釋義】紅粉：紅色的鉛粉。青蛾：青色的蛾眉。
【出處】唐・杜審言・戲贈趙使君美人：「紅粉青蛾映楚雲，桃花馬上石榴裙，羅敷獨向東方去，謾學他家作使君。」
【用法】用以借稱美人。
【例句】在今天的舞會上，有幾個**紅粉青蛾**打扮得花枝招展，惹得幾位未婚男士神魂顛倒。
【義近】天生尤物／杏眼桃腮／螓首蛾眉／明眸皓齒。
【義反】稀牙露齒／五短肥婆／長頸鳥喙／鳩形鵠面。

紅粉青樓 ㄏㄨㄥˊ ㄈㄣˇ ㄑㄧㄥ ㄌㄡˊ
【釋義】紅粉：紅色的鉛粉，代指美女。青樓：妓院。
【出處】魏秀仁・花月痕一回：「若舞衫歌扇，轉瞬皆非，紅粉青樓，當場即幻，還講甚麼情呢？」
【用法】用以泛稱有女色的歡樂場合。
【例句】這個不學好的紈袴子弟，一點正經事也不做，只知流連於**紅粉青樓**，尋歡作樂，真沒出息。
【義近】酒吧舞廳／煙花柳巷／花街柳巷／秦樓楚館／歌樓酒館。

紅衰綠減 ㄏㄨㄥˊ ㄕㄨㄞ ㄌㄩˋ ㄐㄧㄢˇ
【釋義】紅：紅花。綠：綠葉。

【出處】宋・柳永・八聲甘州：「漸霜風淒緊，關河冷落，殘照當樓，是處紅衰綠減，苒苒物華休。」
【用法】形容秋天的肅殺景象。
【例句】轉眼之間，又到了**紅衰綠減**的季節，此時氣候多變，老年人尤其應該注意保重身體。
【義近】秋風蕭瑟／草木零落／花殘葉落／衰敗凋零／草木黃落／秋意蕭條。
【義反】春光明媚／滿園春色／紅杏出牆／花光柳影／萬紫千紅／花團錦簇。

紅得發紫 ㄏㄨㄥˊ ˙ㄉㄜ ㄈㄚ ㄗˇ
【釋義】紫：爲紅和藍合成的顏色。
【出處】郭沫若・洪波曲二：「陳誠本人那時是紅得發紫的，他曾經到太和街來訪問我三次。」
【用法】形容人的名聲或權勢盛極一時。
【例句】他近兩年深得我們董事長的寵信，是全公司**紅得發紫**的人物，你最好忍耐點，不要與他發生衝突。
【義近】紅極一時／寵信有加／烜赫一時／聲威顯赫／權傾一朝／權勢赫奕。
【義反】坐冷板凳／投閒置散／不遇於時／打落冷宮。

紅絲繫足 ㄏㄨㄥˊ ㄙ ㄒㄧˋ ㄗㄨˊ
【釋義】紅絲：紅色的絲繩。繫足：把腳拴住。一作「赤繩繫足」。
【出處】續幽怪錄・定婚店：「因問囊中赤繩子，云此以繫夫妻之足，雖仇家異域，繩一繫之，終不可易。」
【用法】用以指男女締結姻緣。
【例句】雖說**紅絲繫足**乃天註定，但是好壞卻全由男女雙方去經營。
【義近】千里姻緣一線牽／紅絲暗繫。
【義反】咫尺無緣。

紅顏薄命 ㄏㄨㄥˊ ㄧㄢˊ ㄅㄛˊ ㄇㄧㄥˋ
【釋義】紅顏：指漂亮女子。薄命：命運不好。
【出處】元・無名氏・鴛鴦被三折：「總則我紅顏薄命，眞心兒待嫁劉彥明，偶然間卻遇張舜卿。」
【用法】常用以稱美貌女子早死或所嫁之人不善。
【例句】這眞是**紅顏薄命**，一個如花似玉的女子，竟嫁給一個窮凶極惡的賭徒。
【義近】紅顏無命／佳人薄命／桃花薄命。

紅霧綠煙 ㄏㄨㄥˊ ㄨˋ ㄌㄩˋ ㄧㄢ
【釋義】原作「綠煙紅霧」，形容春天花木繁盛穠麗，葉綠如煙，花紅似霧。
【出處】明・袁宏道・晚遊六橋待月記：「由斷橋至蘇堤一帶，綠煙紅霧，瀰漫二十餘里。」
【用法】用以指鮮明美麗的春天景色。
【例句】杭州西湖有蘇公堤與白公堤，堤旁栽種了許多桃花與柳樹，春天遊湖時，放眼望去一片**紅霧綠煙**，瀰漫二十餘里，美麗極了。
【義近】桃紅柳綠／鳥語花香／姹紫嫣紅／柳暗花明／鶯歌燕舞／草長鶯飛。
【義反】淒風苦雨／冰天雪地／紛紛揚揚／滴水成冰／草木凋零／百花凋殘。

約定俗成 ㄩㄝ ㄉㄧㄥˋ ㄙㄨˊ ㄔㄥˊ
【釋義】約定：共同議定。俗成：根據習俗自然地形成。
【出處】荀子・正名：「名無固宜，約之以命。約定俗成謂之宜，異於約則謂之不宜。」
【用法】指事物的名稱或風俗習慣等，爲人們長期遵守運用而確定形成。
【例句】我國的一些節日以及節日的活動內容，都是千百年來**約定俗成**的，並沒有誰作出明文規定。
【義近】相沿成習。
【義反】明文規定。

約法三章 ㄩㄝ ㄈㄚˇ ㄙㄢ ㄓㄤ
【釋義】約定法律三條。約：協商，議定。章：條目。
【出處】司馬遷・史紀・高祖本紀：「與父老約，法三章耳：殺人者死，傷人及盜抵罪。」
【用法】今用以泛稱訂立簡明的條約，使人共同遵守。
【例句】既然我們已**約法三章**，一切就應依法行事，怎可出爾反爾，蠻橫不講理呢？
【義近】依法行事。
【義反】違法亂紀。

紈袴子弟 ㄨㄢˊ ㄎㄨˋ ㄗˇ ㄉㄧˋ
【釋義】紈袴：細絹製成的褲子，爲古時貴戚子弟之服。
【出處】宋史・魯宗道傳：「館閣育天下英才，豈紈袴子弟得以恩澤處耶？」
【用法】泛指富貴人家的子弟，含有鄙薄之意。
【例句】那個**紈袴子弟**是標準的繡花枕頭，外表衣著光鮮，腦子裏裝的全是廢物。
【義近】花花公子／膏粱子弟／富家浪子／五陵少年。
【義反】繩樞之子／貧窮之士。

四畫

素不相識 ㄙㄨˋ ㄅㄨˋ ㄒㄧㄤ ㄕˊ
【釋義】素：一向，向來。
【出處】三國志・吳書・陸瑁傳：「及同郡徐原，爰居會稽，素不相識，臨死遺書，託以孤弱。」
【用法】指相互間向來不認識和不熟悉。
【例句】我與你**素不相識**，無冤無仇，爲什麼要這樣誣陷我呢？
【義近】素昧平生／素未謀面／素無交往／非親非故。
【義反】八拜之交／金蘭之友／過從甚密／形影相隨。

素昧平生 ㄙㄨˋ ㄇㄟˋ ㄆㄧㄥˊ ㄕㄥ
【釋義】一向不了解。素：平素，向來。昧：不明白。平生：往常。
【出處】曉瑩・羅湖野錄卷二：「況吾與之素昧平生。」
【用法】指彼此從來不認識，毫無了解。
【例句】我與你**素昧平生**，這次在旅途中承蒙照顧，實在感謝之至。
【義近】素不相識／素未謀面／素不識荆。

【義反】心腹之交／刎頸之交／莫逆之交／同堂故友。

索垢尋疵（ㄙㄨㄛˇ ㄍㄡˋ ㄒㄩㄣˊ ㄘ）

【釋義】垢：污垢，污穢。疵：缺點，毛病。

【出處】元・蕭德祥・殺狗勸夫四折：「每日家哄的去花街酒肆，品竹彈絲，被咱家說破他行止，因此上索垢尋疵……。」

【用法】比喻無事生非，故意挑剔毛病。

【例句】你身為主管，心胸應寬大些，不要因為部屬頂撞了你幾句，便**索垢尋疵**，要炒他的魷魚！

【義近】吹毛求疵／披毛索黶／洗垢求瘢／搜根剔齒／尋瑕索瘢／雞蛋裏挑骨頭。

【義反】寬洪大量／不計小過／豁達大度。

索然無味（ㄙㄨㄛˇ ㄖㄢˊ ㄨˊ ㄨㄟˋ）

【釋義】索然：完盡、沒興致的樣子。一作「索然寡味」。

【出處】錢玄同・隨感錄四十：「我們引來當典故用，不是膚泛不切，就索然寡味。」

【用法】說明毫無興致和意味。

【例句】這電視劇開頭幾集看起來還有點意思，往後的劇情就**索然無味**了。

【義近】枯燥無味／意興闌珊／興味索然。

【義反】津津有味／情趣橫生／興味無窮。

索盡枯腸（ㄙㄨㄛˇ ㄐㄧㄣˋ ㄎㄨ ㄔㄤˊ）

【釋義】索：搜尋，尋找。枯腸：空腸，比喻才思貧乏。

【出處】魏秀仁・花月痕三〇回：「小岑道：『采秋的令煩難得很，令人索盡枯腸。』」

【用法】比喻費盡心思。多形容寫文章時的冥思苦想。

【例句】他一看題目，就覺得這篇文章難做，故而經過近兩個小時的**索盡枯腸**，勉強成篇後便交卷了。

【義近】索斷枯腸／絞盡腦汁／嘔心瀝血／搜腸刮肚／殫精竭慮／苦思冥想。

【義反】下筆成章／一揮而就／文思泉湧／下筆千言／援筆立就／不假思索／倚馬可待／下筆如流。

紋絲不動（ㄨㄣˊ ㄙ ㄅㄨˋ ㄉㄨㄥˋ）

【釋義】一點兒也不動。一作「文風不動」。紋、絲：均為些微之意。

【出處】曹雪芹・紅樓夢二九回：「偏生那玉堅硬非常，摔了一下，竟文風不動。」

【用法】形容絲毫沒有改變或完好無損。

【例句】真奇怪，這棟房子在地震中竟然能**紋絲不動**，真該好好研究其中的奧祕。

【義近】紋風不動／安然無恙／穩如泰山。

【義反】搖搖晃晃／搖搖欲墜。

納貢稱臣（ㄋㄚˋ ㄍㄨㄥˋ ㄔㄥ ㄔㄣˊ）

【釋義】納貢：是指諸侯或藩屬向天子貢獻帶有地方特色的財物。

【出處】清史稿・太宗本紀二：「明寇盜日起，……守遼將帥喪失八九，今不得已乞和，計必南遷，宜要其納貢稱臣，以黃河為界。」

【用法】指繳納貢品，自稱臣下，以示臣服。

【例句】抗戰時期，汪精衛等人面對日本的步步進逼，居然主張**納貢稱臣**，被政府嚴詞拒絕後，又成立偽政府，淪落為遺臭萬年的大漢奸。

【義近】俯首稱臣／入朝稱臣／厥角受化。

【義反】南面稱孤／寧死不屈。

納諫如流（ㄋㄚˋ ㄐㄧㄢˋ ㄖㄨˊ ㄌㄧㄡˊ）

【釋義】意謂接受別人的意見就像流水一樣的順暢。諫：規勸。

【出處】元・金仁傑・追韓信一折：「為我王納諫如流，因此上丞相奏准。」

【用法】形容虛心聽取諫諍。

【例句】在眾多的縣市長中，像我們縣長這樣**納諫如流**的首長並不多見。

【義近】從善如流／聞過則喜／虛懷若谷／從諫如流／廣開言路。

【義反】我行我素／固執己見／剛愎自用／一意孤行／拒諫飾非。

紙上談兵（ㄓˇ ㄕㄤˋ ㄊㄢˊ ㄅㄧㄥ）

【釋義】在紙上談論作戰用兵的事。

【出處】司馬遷・史記・廉頗藺相如列傳：「趙括自少時學兵法談兵事，卻不知通變，為秦將白起所敗。」

【用法】指稱空談而不切實際。

【例句】這些大官天天開會，完全是**紙上談兵**，也不見開出什麼結果來。

【義近】說嘴郎中／坐而論道／空發議論／空口白話。

【義反】坐言起行。

紙短情長（ㄓˇ ㄉㄨㄢˇ ㄑㄧㄥˊ ㄔㄤˊ）

【釋義】意謂有許多思念之情，不是幾張信紙可以盡述的。紙：指信箋。

【出處】七俠五義九九回：「原係自己太過，不覺兒女情長起來。」

【用法】書信用語，常放在信尾，以表示意猶未盡。

【例句】你我一別經年，有許多心中的話想向你傾吐，但**紙短情長**，只有期待見面時再敘了。

【義近】書不盡言／言不盡意。

紙醉金迷（ㄓˇ ㄗㄨㄟˋ ㄐㄧㄣ ㄇㄧˊ）

【釋義】金迷：金子的色彩奪目迷人。也作「金迷紙醉」。

【出處】陶穀・清異錄・居室：「此室暫憩，令人紙醉金迷。」

【用法】比喻驕奢豪華地享樂生活。

【例句】他仗著先祖的遺產甚豐，天天過著**紙醉金迷**的日子，結果不出幾年，家財用盡，就淪為乞丐，貧病以終。

【義近】醉生夢死／花天酒地／燈紅酒綠。

【義反】粗茶淡飯／布衣麻裳／節衣縮食。

紛至沓來（ㄈㄣ ㄓˋ ㄊㄚˋ ㄌㄞˊ）

【釋義】紛：眾多而雜亂。沓：多次重複。

【出處】樓鑰・洪文安公小隱集序：「禪位之詔，登極之赦，尊號改元等文，皆出公手，紛至沓來。」

【用法】形容接二連三地到來，事情多而頻繁。

【例句】最近不如意的事**紛至沓來**，弄得我暈頭轉向，窮於應付。

【義近】接踵而至／絡繹不絕／接二連三。

【義反】絕無僅有／唯此一事。

紛紜雜沓

【釋義】紛紜：盛多或雜亂的樣子。沓：重複。

【出處】凌濛初・二刻拍案驚奇卷三七：「雖然紛紜雜沓，仍自嚴肅整齊，只此一室之中，隨從何止數百！」

【用法】形容多而雜亂。

【例句】你家裏的家具什物等**紛紜雜沓**，所以顯得亂糟糟的，最好把那些不必要的雜物統統處理掉，自然就會清爽多了。

【義近】雜亂無章／亂七八糟／橫三豎四。

【義反】井井有條／井然有序／有條不紊。

紛紛揚揚

【釋義】紛紛：下落的東西多而雜亂。揚揚：這裏指到處飛揚。

【出處】元・無名氏・漁樵記一折：「今日遇著暮冬天道，紛紛揚揚，下著如此般大雪。」

【用法】形容雪、花、葉等飄灑得多而雜亂。

【例句】還沒有進入隆冬季節，玉山山頂便彤雲密佈，狂風怒吼，雪**紛紛揚揚**地下了起來。

紛紛擾擾

【釋義】紛紛：雜亂的樣子。擾擾：紛亂的樣子。

【出處】宋玉・神女賦：「精神悅（恍）忽，若有所喜，紛紛擾擾，未知何意。」

【用法】形容雜亂、混亂，或社會動亂不安。

【例句】①街上今天特別喧鬧，到處都是人，**紛紛擾擾**，令人心煩極了！②近幾年來，東歐各國大亂，**紛紛擾擾**，炮火連天，老百姓連基本的溫飽都成了問題。

【義近】混亂不堪／動盪不安。

【義反】有條不紊／天下太平。

五　畫

累土成山

【釋義】積累土塊可以堆成山。

【出處】雲笈七籤卷九〇：「累絲至疋，累土至山，累業至聖，累靈至眞，故萬里之涉累足乃達。」

【用法】比喻由小至大，由少到多，積少成多。

【例句】一塊磚頭可說是微不足道，但**累土成山**，萬丈高樓正是靠無數磚塊堆砌成的。

【義近】積沙成塔／積水成淵／積銖累寸／集腋成裘／九層之臺，起於累土。

累月經年

【釋義】意謂經歷了很多年月。也作「經年累月」。

【出處】敦煌變文集・大目乾連冥間救母變文：「頭似太山，三江難滿。無聞漿水之名，累月經年，受飢羸之苦。」

【用法】泛指經歷的時間很長。

【例句】這些墓碑都已**累月經年**，上面的文字大多模糊不清，因而具體年月和內容都已不可考了。

【義近】年深日久／窮年累月／萬古千秋／日久天長／千年萬載。

【義反】頃刻之間／一時半刻／一朝一夕／須彌之間／轉瞬之間／彈指之間。

累卵之危

【釋義】累卵：蛋上堆蛋。累：堆積。又作「壘卵之危」。

【出處】後漢書・陳寔傳：「若欲徙萬乘以自安，將有累卵之危，峥嶸之險也。」

【用法】比喻危險到了極點。

【例句】你現在的處境有如**累卵之危**，若不趕快懸崖勒馬，勢必要家破人亡。

【義近】危如累卵／千鈞一髮／危在旦夕／燕巢飛幕。

【義反】穩如磐石／安如泰山／穩如泰山。

累足成步

【釋義】意謂累積一步一步的路程，便可致遠。

【出處】雲笈七籤卷九〇：「故累足成步，著備成德。」

【用法】比喻不斷積累，便能成功。

【例句】不要性急，慢慢來，**累足成步**，只要你堅持不懈的向既定的目標奮勇前進，一定可以成功的。

【義近】跬步千里／積水成淵／積土成山。

【義反】一蹴而就／一步登天／一蹴可幾。

細大不捐

【釋義】細：小。捐：捨棄。

【出處】韓愈・進學解：「貪多務得，細大不捐；焚膏油以繼晷，恆兀兀以窮年。」

【用法】指不論大的小的，都兼收並蓄。

【例句】這傢伙貪婪成性，**細大不捐**，貧富不論，只要有點油水便儘量敲詐勒索，以飽私囊。

【義近】細大無遺／纖毫無遺／巨細靡遺／兼容並蓄。

【義反】揀大棄小／挑肥棄瘦／取優汰劣／掛一漏萬／披沙揀金。

細水長流

【釋義】意謂細小的水，長期涓涓而流，從不斷絕。

【出處】翟灝・通俗編・地理：「汝等常勤精進，譬如小水常流，則能穿石。」

【用法】比喻節約使用財物，使經常不缺用；也比喻一點一滴不間斷地做某事。

【例句】①家庭開支要有計畫，**細水長流**才能過好日子。②感情要靠**細水長流**的付出，才能眞摯深刻。

【義近】細水常流／源源不斷。

細枝末節

【釋義】細枝：細小的樹枝。末節：末，小。一作「細微末節」。

【出處】禮記・樂記：「以升降為禮者，禮之末節也。」

【用法】比喻事情或問題細小而

無關緊要。
【例句】我勸你省點精力，用不著為這些**細枝末節**的事傷腦筋。
【義近】微不足道／些微小事／雞毛蒜皮。
【義反】犖犖大端／茲事體大。

細針密縷

【釋義】衣物縫製得很細密。縷：線。
【出處】文康．兒女英雄傳二六回：「這位姑娘雖是細針密縷的一個心思，卻是海闊的一個性氣，平日在一切瑣屑小節上本就不大經心。」
【用法】比喻做事或處理問題謹慎周到。
【例句】他做事向來都是**細針密縷**的，你大可放心，應當不會有什麼差錯。
【義近】小心謹慎／一絲不苟／毫不含糊。
【義反】粗枝大葉／馬馬虎虎／敷衍了事。

細聲細氣

【釋義】意即小聲小氣。
【出處】老舍．小坡的生日：「南星細聲細氣，學著貓的腔調。」
【用法】形容聲音柔軟輕細。
【例句】他太太不僅長得漂亮，性情溫和，而且說起話來也是**細聲細氣**的，讓人聽了有一種舒服的感覺。
【義近】柔聲和氣／吳儂軟語／輕言細語／輕聲細語。
【義反】粗聲粗氣／噪音聒耳。

終天之恨

【釋義】終天：終身。恨：遺憾。
【出處】明．高明．琵琶記．一門旌獎：「卑人空懷罔極之思，徒抱終天之恨。」
【用法】指至死也不能消除的憾恨。
【例句】母親在世時，我只顧賺錢，極少返鄉看望她老人家，現在想看望也不可能了，令我徒抱**終天之恨**。
【義近】抱恨終天／遺憾終生／抱憾終生／悔恨莫及。
【義反】死而無憾。

終身大事

【釋義】關係一生的大事。終身：一輩子，一生。
【出處】曹雪芹．紅樓夢五四回：「只見了一個清俊男人，不管是親是友，想起他的終身大事來……。」
【用法】多用以指男女婚姻。
【例句】**終身大事**，一半隨緣，一半卻得要由自己去努力爭取。
【義近】婚姻大事／男婚女嫁。

終其天年

【釋義】天年：自然的壽數。
【出處】莊子．山木：「此木以不材得終其天年。」
【用法】形容人年老壽終。
【例句】這位老先生年輕時為非作歹，後來改邪歸正，一生以行善為念，現在得以**終其天年**，也算是他的福報。
【義近】壽終正寢／享盡天年／福壽全歸。
【義反】死於非命／英年早逝／天年不遂。

終南捷徑

【釋義】終南：山名，在今陝西省西安市西南。捷徑：近路。
【出處】新唐書．盧藏用傳載：藏用舉進士，居終南山，尋被召入仕，累居要職。司馬承禎曰：此「仕宦之捷徑耳。」
【用法】原比喻謀求官職或名利的捷徑，今泛指達到目的的最方便途徑。
【例句】研究學問、從事創作，都須要穩紮穩打地下苦功，在這方面並沒有什麼**終南捷徑**。
【義近】方便之門。
【義反】陽關大道。

六畫

紫綬金章

【釋義】指身上佩帶著紫綬金章。紫綬：繫在印章上的紫色絲帶。
【出處】元．關漢卿．陳母教子三折：「俺這裏都是些紫綬金章官位。」
【用法】比喻地位尊貴，官職顯赫。
【例句】古代那些佩帶**紫綬金章**的官員，總有許多是金玉其外，敗絮其中的酒囊飯袋。
【義近】佩紫懷黃／紫袍玉帶／紆青拖紫／位極人臣。
【義反】衙門小吏／市井小民／匹夫匹婦／平頭百姓。

絮絮叨叨

【釋義】絮絮：絮聒，嘮叨不休。叨叨：話多而囉嗦。
【出處】元．無名氏．貨郎旦二折：「你聽他絮絮叨叨到幾時也。」
【用法】形容說話囉囉嗦嗦，極不乾脆。
【例句】你看他那**絮絮叨叨**的樣子，簡直像個老太婆，那還有男子漢的氣概！
【義近】嘮嘮叨叨／喋喋不休／絮聒不休。
【義反】寡言少語／沉默寡言／言簡意賅。

絞盡腦汁

【釋義】絞盡：擠盡，用盡。腦汁：猶言腦子或腦筋。
【用法】形容費盡腦筋，想盡了一切辦法。
【例句】總經理為了把公司辦得興旺發達，常常**絞盡腦汁**，苦思冥想。
【義近】費盡心機／挖空心思／殫精竭慮。
【義反】無所用心／清靜無為。

結舌杜口

【釋義】或作「杜口結舌」，指閉口不言。杜：阻塞，閉。
【出處】漢書．杜周傳：「天下莫不望風而靡，自尚書近臣皆結舌杜口，骨肉親屬莫不股栗。」
【用法】形容恐懼震驚的心理狀態。
【例句】我們不必害怕，更不用**結舌杜口**，大夥兒只要口徑一致，看公司能拿我們怎麼樣！
【義近】噤若寒蟬／杜口吞聲／鉗口結舌／忍氣吞聲。
【義反】仗義執言／直言不諱／敢說敢作。

結草銜環 ㄐㄧㄝˊ ㄘㄠˇ ㄒㄧㄢˊ ㄏㄨㄢˊ

【釋義】爲兩個報恩故事。結草：糾結野草，絆人的腳。銜環：又作「啣環」，用嘴叼著玉環。

【出處】故事見左傳·宣公十五年及續齊諧記。李行道·灰闌記一折：「小人結草銜環，此恩必當重報。」

【用法】表示感恩戴德，至死不忘。

【例句】老先生的再造之恩，晚生誓當**結草銜環**以報。

【義近】生死以報／知恩必報／恩有重報。

【義反】忘恩負義／恩將仇報／以怨報德。

結駟連騎 ㄐㄧㄝˊ ㄙˋ ㄌㄧㄢˊ ㄐㄧˋ

【釋義】意謂車馬接連不斷。駟：套四匹馬的車。騎：一人一馬。

【出處】司馬遷·史記·仲尼弟子列傳：「子貢相衛，而結駟連騎，排藜藿，入窮閭，過謝原憲。」

【用法】形容出行時車馬眾多，氣勢顯赫。

【例句】古代的達官貴人，爲了顯示自己的威風，一出行便**結駟連騎**，害得老百姓避之唯恐不及。

【義近】冠蓋相望／鳴鑼開道／前遮後擁。

【義反】踽踽獨行／輕車簡從。

結髮夫妻 ㄐㄧㄝˊ ㄈㄚˇ ㄈㄨ ㄑㄧ

【釋義】結髮：束髮，此指男女成婚梳結頭髮。

【出處】蘇武·詩四首：「結髮爲夫妻，恩愛兩不疑。」

【用法】指年輕時結合的原配夫妻。

【例句】這對**結髮夫妻**，恩恩愛愛地過了六十多年，眞令人羨慕。

【義近】原配夫妻／正式夫妻／頭婚夫妻。

【義反】露水夫妻／苟合同居／二婚夫妻。

結繩而治 ㄐㄧㄝˊ ㄕㄥˊ ㄦˊ ㄓˋ

【釋義】結繩：文字產生前的一種記事方法。用繩打結，以不同形狀和數量的繩結標記不同事件。

【出處】易經·繫辭下：「上古結繩而治，後世聖人易之以書法。」劉義慶·世說新語·品藻：「人皆如此，便可結繩而治。」

【用法】比喻用最古老簡約的辦法治國。

【例句】社會發展到今天，人心不古，違法亂紀之事不斷發生，**結繩而治**之道根本行不通。

【義近】無爲而治／鳴琴垂拱／政簡刑輕。

結黨聚羣 ㄐㄧㄝˊ ㄉㄤˇ ㄐㄩˋ ㄑㄩㄣˊ

【釋義】結黨：結成黨派集團。聚羣：聚集同夥。

【出處】南齊書·王敬則傳：「乃嫌跡愈興，禍圖茲構，收合亡命，結黨聚羣。」

【用法】是指成羣結黨去爲非作歹。

【例句】那些不務正業的年輕人，成天只知**結黨聚羣**，尋釁鬧事，這次被逮捕判刑，眞是大快人心。

【義近】結黨連羣／成羣結黨／拉幫結派。

【義反】不偏不黨／羣而不黨／周而不比。

結黨營私 ㄐㄧㄝˊ ㄉㄤˇ ㄧㄥˊ ㄙ

【釋義】黨：此指在私人利害關係的基礎上而結成的集團。營私：經營私利。

【出處】李汝珍·鏡花緣七回：「今名登黃榜，將來出仕，恐不免結黨營私。」

【用法】指不正派的人勾結成一夥，以謀求私利。

【例句】這些小人另組一黨，嘴裡喊著愛國愛民，私底下還不是因爲利益所趨，**結黨營私**。

【義近】朋比爲奸／小人比而不周。

【義反】君子不黨／君子周而不比。

絕口不道 ㄐㄩㄝˊ ㄎㄡˇ ㄅㄨˋ ㄉㄠˋ

【釋義】絕口：閉口。

【出處】漢書·丙吉傳：「吉爲人深厚，不伐善。自曾孫遭遇，吉絕口不道前恩，故朝廷莫能明其功也。」

【用法】指閉口不談。

【例句】有關她過去的事，無論別人怎麼問，她都**絕口不道**，只是顧左右而言他。

【義近】隱忍不言／絕口不提／閉口不談／三緘其口／諱莫如深。

【義反】口無遮攔／和盤托出／快言快語／直言不諱。

絕世超倫 ㄐㄩㄝˊ ㄕˋ ㄔㄠ ㄌㄨㄣˊ

【釋義】冠絕當世，超過同輩的人。

【出處】漢·蔡邕·陳寔碑：「潁川陳君，絕世超倫，大位未躋，慚於臧文竊位之負，故時人高其德，重乎公相之位也。」

【用法】形容人的才德非凡，在其同時代中沒有人能與之比擬。

【例句】在歷代詩作中，李白的詩可謂**絕世超倫**，無人可與匹敵。

【義近】超羣絕倫／出類拔萃／超凡入聖／超倫逸羣／超塵拔俗／超世逸羣。

【義反】碌碌之才／平平庸庸／泛泛之輩。

絕世獨立 ㄐㄩㄝˊ ㄕˋ ㄉㄨˊ ㄌㄧˋ

【釋義】絕世：冠絕當代，並世無雙。

【出處】漢·李延年·歌一首：「北方有佳人，絕世而獨立。一顧傾人城，再顧傾人國。」

【用法】本形容美人姿色不凡，後多用以形容孤高而不同凡俗。

【例句】東晉詩人陶潛是一位熱愛田園，**絕世獨立**的偉大詩人。從他的〈歸去來辭〉詩作中，可以感受到他不慕榮利、任眞自得的天性。

【義近】遺世獨立／超然物外／孤高自許／卓爾不羣。

【義反】和俗同塵／追名逐利／蠅營狗苟／隨波逐流。

絕代佳人 ㄐㄩㄝˊ ㄉㄞˋ ㄐㄧㄚ ㄖㄣˊ

【釋義】絕代：冠出當代。佳人：美女。

【出處】漢書・孝武李夫人傳：「北方有佳人，絕世而獨立。」杜甫・佳人：「絕代有佳人，幽居在空谷。」

【用法】形容女子美麗到了極點，當代再沒有第二個可與之相比。

【例句】你娶到這麼一個**絕代佳人**為妻，該心滿意足了吧？

【義近】當代西施／絕代紅顏。

【義反】無鹽醜女。

絕甘分少（ㄐㄩㄝˊ ㄍㄢ ㄈㄣ ㄕㄠˇ）

【釋義】絕甘：自絕美食。是說有美食不獨享。分少：東西雖少，但肯與人分享。

【出處】司馬遷・報任少卿書：「愚以為李陵素與士大夫絕甘分少，能得人之死力，雖古名將不過也。」

【用法】比喻和眾人同甘共苦。

【例句】猶記得慈母生前，無論對待子女或親友，一向都是**絕甘分少**，寬以待人，因此贏得親友鄰里的敬重。

【義近】同甘共苦／絕少分甘。

【義反】挑肥揀瘦／數白論黃／錙銖必較。

絕妙好辭（ㄐㄩㄝˊ ㄇㄧㄠˋ ㄏㄠˇ ㄘˊ）

【釋義】絕妙：極為美妙。好辭：美好的文辭。

【出處】劉義慶・世說新語・捷悟：「魏武嘗過曹娥碑下，楊修從。碑背上見題作『黃絹幼婦，外孫韲臼』八字，……修曰：『於字為辭，所謂絕妙好辭也。』」

【用法】指極為佳妙的文辭。

【例句】這次的徵文比賽揭曉了，第一名竟是個國三的女學生，想不到小小年紀能寫出這麼動人的**絕妙好辭**，真可算是當代才女了。

【義近】妙語如珠／妙語連篇／錯彩鏤金／咳唾成珠／妙筆生花。

【義反】蛙鳴蟬噪／味同嚼蠟。

絕後光前（ㄐㄩㄝˊ ㄏㄡˋ ㄍㄨㄤ ㄑㄧㄢˊ）

【釋義】意謂前人所無，後人所難。絕後：今後不會再有。

【出處】文選・沈約・齊故安陸昭王碑文：「應期誕德，絕後光前。」

【用法】用以稱頌別人的成就超越古今。

【例句】李白和杜甫這兩位偉大詩人，在中國古代詩歌史上，真可謂是**絕後光前**。

【義近】空前絕後／前無古人，後無來者／舉世無雙／絕無僅有／無與倫比。

【義反】屢見不鮮／平淡無奇／多如牛毛／俯拾即是。

絕域殊方（ㄐㄩㄝˊ ㄩˋ ㄕㄨ ㄈㄤ）

【釋義】絕域：極遠之地，多指國外。殊方：異域，他鄉。

【出處】晉書・裴秀傳：「故雖有峻山巨海之隔，絕域殊方之迴，登降詭曲之因，皆可得舉而定者。」

【用法】泛指邊遠異地。

【例句】到了西藏的邊陲，使人頓有**絕域殊方**之感，讓人耳目一新。

【義近】絕域異方／異國他鄉／山陬海澨／海角天涯／天涯地角。

絕處逢生（ㄐㄩㄝˊ ㄔㄨˇ ㄈㄥˊ ㄕㄥ）

【釋義】已經到了絕境，又有了生路。絕處：死路，毫無出路的境地。

【出處】凌濛初・二刻拍案驚奇：「誰想絕處逢生，遇著這等好人。」

【用法】比喻在絕望的處境下又碰到了生路。

【例句】在我窮途末路之時，你及時伸出援手，讓我**絕處逢生**，此恩此德，沒齒難忘。

【義近】九死一生／死裏逃生／天無絕人之路。

【義反】窮途末路／日暮途窮／走投無路／山窮水盡。

絕渡逢舟（ㄐㄩㄝˊ ㄉㄨˋ ㄈㄥˊ ㄓㄡ）

【釋義】絕渡：荒廢而無船隻的渡口。

【出處】夏敬渠・野叟曝言一〇回：「天幸遇著相公，如暗室逢燈，絕渡逢舟，從此讀書作文，俱可望有門徑矣。」

【用法】比喻在絕路上有了出路或辦法。

【例句】我不幸掉進了山谷深處，自以為這次是死定了，誰知**絕渡逢舟**，為一位採藥老人所搭救。

【義近】絕處逢生／逢凶化吉／撥雲見日／暗室逢燈／柳暗花明／否極泰來。

【義反】走投無路／進退失據／山窮水盡／窮途末路／日暮途窮。

絕無僅有（ㄐㄩㄝˊ ㄨˊ ㄐㄧㄣˇ ㄧㄡˇ）

【釋義】只有一個，再無別個。

【出處】蘇軾・上神宗皇帝書：「改過不吝，從善如流，此堯舜禹湯之所勉強而力行，秦漢以來之所絕無而僅有。」

【用法】形容非常少有，僅得一見而已。

【例句】這樣大的鑽石，在這個世界上是**絕無僅有**的。

【義近】獨一無二／舉世無雙／絕世無雙。

【義反】無獨有偶／屢見不鮮／司空見慣。

絕聖棄智（ㄐㄩㄝˊ ㄕㄥˋ ㄑㄧˋ ㄓˋ）

【釋義】聖、智：智慧和聰明。

【出處】老子・一九章：「絕聖棄智，民利百倍；絕仁棄義，民復孝慈；絕巧棄利，盜賊無有。」

【用法】道家主張，不求聰慧才智，使人返璞歸真，而後太平始能實現。

【例句】自從人類進入文明社會以來，時代在發展，社會需要許許多多有才智的人，因此**絕聖棄智**的思想與社會發展的需求是格格不入的。

【義近】絕仁棄義／絕巧棄利／泯規棄矩／摘玉毀珠。

絕裾而去（ㄐㄩㄝˊ ㄐㄩ ㄦˊ ㄑㄩˋ）

【釋義】絕裾：扯斷衣襟。裾：衣服的大襟。

【出處】劉義慶・世說新語・尤悔：「溫公初受，劉司空使勸進，母崔氏固駐之，嶠絕裾而去。」

【用法】形容毫不猶豫，毅然決然地離去。

【例句】我與先生結婚二十餘年，共患難、同打拚，現在發跡了，他竟另結新歡，**絕裾而去**，真讓人寒心呀！

【義近】斷然而去／拂袖而去／揚長而去。
【義反】依依不捨／難分難捨／一步三回顧。

絡繹不絕

【釋義】絡繹：往來不絕，接連不斷。絕：斷。
【出處】後漢書・東海恭王彊傳：「數遣使者太醫令丞方伎道術，絡繹不絕。」
【用法】形容行人車馬來來往往，接連不斷。
【例句】這條街位居要衝，從早到晚行人、車輛**絡繹不絕**。
【義近】川流不息／源源不斷／紛至沓來。
【義反】稀稀落落／斷斷續續／三三兩兩。

絲竹管弦

【釋義】琴瑟簫笛等等樂器的總稱。絲：弦樂器。竹：管樂器。
【出處】晉・王羲之・蘭亭集序：「雖無絲竹管弦之盛，一觴一詠，亦足以暢叙幽情。」
【用法】用以泛指音樂。
【例句】①無論是什麼時代、什麼社會，**絲竹管弦**是少不了的，否則人類的生活將會過於單調乏味。②在日常生活中，**絲竹管弦**悠揚的樂音足以美化人生，提昇心靈美的境界。
【義近】品竹彈絲／急管繁弦／引商刻羽／黃鐘大呂。

絲恩髮怨

【釋義】絲、髮：極言其細微。
【出處】資治通鑑・唐太和九年：「是時李訓、鄭注連逐三相，威震天下，於是平生絲恩髮怨，無不報者。」
【用法】形容細微的恩怨。
【例句】爲人應心胸寬闊，若時時把**絲恩髮怨**放在心上，那是很難和別人相處的。
【義近】微恩細怨／睚眦之怨。

絲絲入扣

【釋義】織布時每條經線都要從扣齒間通過。扣：通「筘」，織布機上的機件。
【出處】趙翼・甌北詩話：「而體物之工，抒詞之雅，絲絲入扣，幾無一字虛設。」
【用法】比喻寫文章、藝術表演、處理事情等，能一環扣一環，很有條理。
【例句】這篇文章段與段、句與句之間，邏輯性極強，眞可謂**絲絲入扣**。
【義近】環環緊扣／環環相扣。
【義反】鬆散無序／前後脫節／漫無條理。

七畫

綆短汲深

【釋義】意謂用短繩到深的井裏去汲水。綆：汲水用的繩子。汲：從井裏打水。
【出處】莊子・至樂：「褚小者不可以懷大，綆短者不可以汲深。」唐・顏魯公・干祿字書序：「綆短汲深，誠未達於涯涘。」
【用法】喻力量小而不能勝任。
【例句】你竟然將這麼重要的事交給他來處理，**綆短汲深**，後果可能不堪設想！
【義近】力不勝任／力不能支／力不從心。
【義反】力所能及／勝任自如／游刃有餘。

經一事，長一智

【釋義】意謂親身經歷一事，就能增長一分智慧或知識。
【出處】宋・趙長卿・賀新郎：「不是我多疑你，被旁人……。經一事，長一智。」
【用法】用以說明閱歷之重要。
【例句】吃虧上當雖然不好，但**經一事，長一智**，今後若遇到類似的狀況，就不會再受騙了。
【義近】吃一次虧，學一次乖／經一蹶者，長一智／三折肱而成良醫。

經久不息

【釋義】經久：長久。息：止，停止。
【出處】陳壽・三國志・魏書・鄭渾傳：「終有魚稻經久之利，此豐民之本也。」經法・國次：「天地無私，四時不息。」
【用法】多用以指掌聲和歡呼聲長時間停息不下來。
【例句】這位世界級的聲樂家才一結束演唱，臺下便響起熱烈掌聲，**經久不息**。
【義近】連續不斷／連緜不絕。
【義反】嘎然而止。

經天緯地

【釋義】經、緯：南北爲經，東西爲緯；喻治理。
【出處】左丘明・國語・周語下：「經之以天，緯之以地，經緯不爽，文之象也。」
【用法】本指以天地爲法度，今用以指有傑出的治理天下的才能。
【例句】國父具有**經天緯地**之才，可惜英年早逝。
【義近】經營天下／撥亂反正／扭轉乾坤。
【義反】才薄能鮮／無德少才。

經文緯武

【釋義】以文爲經，以武爲緯，文事武功兼備。或作「緯武經文」、「經武緯文」。
【出處】新唐書・劉蕡傳：「有藏奸觀釁之心，無伏節死難之誼。豈先王經文緯武之旨哉！」
【用法】比喻允文允武，文武雙全。
【例句】三國諸葛亮、南宋岳武穆，俱爲**經文緯武**的將相之才，深受後人的崇敬。
【義近】緯武經文／經武緯文／經緯天下／允文允武／文武雙全。
【義反】不文不武／碌碌無能／才薄能鮮。

經世濟民

【釋義】經世：治理世事。濟民：富裕百姓。
【出處】清・鄭燮・寄弟墨書：「夫束身自好者，豈無其人？經濟自期，抗懷千古者，亦所在多有。……」經濟：指經世濟民。
【用法】治理國家，造福人民。
【例句】讀書人應有**經世濟民**的抱負，努力修養品德，高尚心志，充實學識，才能爲人類帶來福祉。

【義近】治國安邦。
【義反】禍國殃民。

經師人師

【釋義】經師：學問精深廣博的人。人師：立身處世可爲他人表率的人。
【出處】太平御覽・布帛部・絲：「經師易獲，人師難遭。欲以素絲之質，附近朱藍。」
【用法】今多用以讚頌老師品德高尚，學問淵博，堪爲弟子表率。
【例句】陳教授不但學識淵博，待人處世更是虛懷若谷，不愧爲一位**經師人師**。
【義近】齒德俱尊。

經國之才

【釋義】經國：治理國家。經：治理。
【出處】晉・葛洪・抱朴子・外篇自序：「一時英倫，經國之才。」
【用法】意指具有治理國家的才幹。
【例句】經過民主選舉出來的縣市首長，均爲社會菁英，具有**經國之才**，應該能帶給民眾福祉。
【義近】經世之才／經濟之才／經文緯武／經天緯地。
【義反】泛泛之輩／庸碌之才／吳下阿蒙。

經綸濟世

【釋義】經綸：整理絲縷，引申爲治理國事。
【出處】元・鄭德輝・伊尹耕莘二折：「哥哥，想你學成經綸濟世之策，立國安邦之謀，若列朝綱……可不強如耕種爲活也。」
【用法】是指處理國事，挽救時局。
【例句】在一個瀕於崩潰的國家裏，若沒有具有雄才大略的人才出來**經綸濟世**，其後果實在不堪設想。
【義近】撥亂反正／力挽狂瀾／安邦定國／拯危扶溺／濟危扶傾／扭轉乾坤。

八 畫

緊行無好步

【釋義】意謂走得太急了，就沒有好步態。
【出處】羅貫中・三國演義七四回：「緊行無好步，當緩圖之。」
【用法】比喻過於倉促，事情就辦不好。
【例句】慢慢來吧，**緊行無好步**，反正我會幫你把事情辦好的，何必性急呢？
【義近】欲速不達／揠苗助長。
【義反】速戰速決。

緊箍咒

【釋義】指《西遊記》中觀音菩薩傳授給唐僧用來制伏孫悟空的咒語。
【出處】吳承恩・西遊記一四回：「我那裏遇有一篇咒兒，喚做『定心眞言』；又名做『緊箍兒咒』，你可暗暗的念熟，牢記心頭，再莫洩漏一人知道。」
【用法】原指聽後會使人頭痛的咒語，後引申爲束縛人的法令規章。
【例句】這裏的**緊箍咒**太多了，實在讓人受不了，根本無法一展長才，所以我決定辭職，另謀他就。
【義近】陳規陋矩。
【義反】護身符／金鑰匙。

緊鑼密鼓

【釋義】意謂鑼鼓點敲得急而密。也作「密鑼緊鼓」。
【出處】郭沫若・天地玄黃・關於非正式五人小組：「在政府未還都以前，也曾密鑼緊鼓地醞釀過一番改組的聲浪……。」
【用法】喻熱烈而緊張的氣氛。
【例句】各級政府精簡人事的工作正在**緊鑼密鼓**地展開，但效果如何，還得拭目以待。
【義近】揚鑼打鼓／大張旗鼓／鑼鼓喧天／如火如荼／方興未艾。
【義反】默不作聲／無聲無息／偃旗息鼓／鳴金收兵。

綜覈名實

【釋義】綜覈：把事情總合起來，加以考核。覈：通「核」。名實：指名聲或名稱與實際。
【出處】漢書・宣帝紀贊：「孝宣之治，信賞必罰，綜覈名實。」
【用法】總合其名位，而考核其實際。比喻辦事一絲不苟，絕不含糊。
【例句】這家公司組織非常健全，每歲末年終便撥出大筆紅利，重賞重罰，**綜覈名實**，員工無不戰戰兢兢，力求突破業績。
【義近】名副其實／優劣得所／名實相當。
【義反】名不副實／聲聞過情／虛有其表。

綺羅粉黛

【釋義】綺羅：有花紋或圖案，高貴華麗的絲織品。粉黛：婦女搽臉用的白粉和畫眉的黛墨。
【出處】明・徐復祚・紅梨記・訴衷：「不減少君德耀，絕無綺羅粉黛之態。」
【用法】泛指穿著華麗高貴，打扮入時的仕女。
【例句】假日的公園，遊人如織，**綺羅粉黛**的女子如穿花蝴蝶，惹得男士們怦然心動。
【義近】穿紅著綠／濃妝豔抹。

綺襦紈袴

【釋義】指顯貴豪門的服飾。綺襦：用絲綢做的短衣。綺：有花紋或圖案的絲織品。襦：短衣，短襖。紈袴：用細絹做的褲子。
【出處】漢書・敘傳上：「出與王、許子弟爲羣，在於綺襦紈袴之間。」
【用法】用以泛稱富貴子弟。
【例句】台北著名舞廳裏那些充當火山孝子的人，儘是些**綺襦紈袴**之流。
【義近】紈袴子弟／膏粱子弟／花花大少／公子王孫／千金之子／五陵年少。
【義反】農家子弟／布衣韋帶／白面書生／繩樞之子。

網開三面

【釋義】把捕捉禽獸的網打開三面。
【出處】語出史記・殷本紀。李

世民・班師詔：「王者之師曰義，是以網開三面。」

【用法】原指寬容仁慈，今用以比喻法令之寬大。

【例句】對於犯了罪的人，還是應該**網開三面**，給他們一個自新的機會。

【義近】寬大為懷／從寬發落／手下留情。

【義反】嚴懲不貸／從嚴懲處／偶語棄市／搖手觸禁／深文周內。

網漏吞舟（ㄨㄤˇ ㄌㄡˋ ㄊㄨㄣ ㄓㄡ）

【釋義】魚網稀得把能夠吞掉船的大魚都漏走了。網：魚網，喻法網。吞舟：借指巨奸大惡之人。

【出處】司馬遷・史記・酷吏列傳：「網漏於吞舟之魚。」宋書・沈攸之傳：「泰始開闢，網漏吞舟。」

【用法】比喻法令過寬，連大奸大惡的人都可獲得寬恕。

【例句】執法太鬆，**網漏吞舟**的後果，是讓巨奸大惡的人逍遙法外，這並不顯示政府的仁愛寬大。

【義近】法網寬疏／吞舟是漏／網開三面／政簡刑輕。

【義反】秋荼密網／法網恢恢，疏而不漏。

綱紀廢弛（ㄍㄤ ㄐㄧˋ ㄈㄟˋ ㄔˊ）

【釋義】綱紀：社會的秩序和國家的法紀。廢弛：因不執行或不被重視而失去了約束作用。

【出處】漢書・王莽傳上：「朝政崩壞，綱紀廢弛，危亡之禍，……。」

【用法】指國家社會的紀律、規章鬆弛。

【例句】國之將亡，先是**綱紀廢弛**，社會動蕩，繼之以經濟崩潰，大亂由是而起。

【義近】倫常喪盡。

【義反】法紀嚴明。

綱舉目張（ㄍㄤ ㄐㄩˇ ㄇㄨˋ ㄓㄤ）

【釋義】綱：網上的繩，比喻事理的重要部分。目：網眼，比喻事理的細小部分。

【出處】鄭玄・詩譜序：「舉一綱而萬目張。」

【用法】比喻抓住事理的要領即可帶動全部。也比喻文章條理分明。

【例句】不論事情怎樣紛繁複雜，只要抓住了關鍵，便可收到**綱舉目張**的效果。

【義近】提綱挈領／綱挈目張。

【義反】千頭萬緒／經緯萬端／百緒繁生／盤根錯節。

綽約多姿（ㄔㄨㄛˋ ㄩㄝ ㄉㄨㄛ ㄗ）

【釋義】綽約：也寫作「淖約」，柔美的樣子。

【出處】莊子・逍遙遊：「綽約若處子。」蔣防・霍小玉傳：「綽約多姿，談笑甚媚。」

【用法】形容女子姿態優美。

【例句】這位芭蕾舞蹈家，不僅舞技純熟，而且**綽約多姿**，丰采迷人。

【義近】嫋嫋婷婷／婀娜嫵媚／楚楚動人。

【義反】怪模怪樣／妖裏妖氣。

綽綽有餘（ㄔㄨㄛˋ ㄔㄨㄛˋ ㄧㄡˇ ㄩˊ）

【釋義】綽綽：寬裕。

【出處】孟子・公孫丑下：「我無官守，我無言責也，則吾進退，豈不綽綽然有餘裕哉！」

【用法】形容非常寬裕，多指財力物力等足以應付所需而有多餘。

【例句】憑他的能力，做好這件事可說是**綽綽有餘**，用不著花多少力氣的。

【義近】綽有餘裕／綽有餘力。

【義反】捉襟見肘／寅支卯糧／入不敷出／綆短汲深。

綠水青山（ㄌㄩˋ ㄕㄨㄟˇ ㄑㄧㄥ ㄕㄢ）

【釋義】綠顏色的水，青顏色的山。或作「青山綠水」。

【出處】宋・葛長慶・永遇樂：「綠水青山，清風明月，自有人間仙島。」

【用法】形容山水景色秀美，自然環境幽雅。

【例句】日月潭一帶的風景秀麗，處處是**綠水青山**，眞是令人流連忘返。

【義近】山明水秀／江山如畫／湖光山色／靈山秀水／水木明瑟。

【義反】窮山惡水／殘山剩水／荒山濁水／荒山野嶺／黑山惡水。

綠林好漢（ㄌㄩˋ ㄌㄧㄣˊ ㄏㄠˇ ㄏㄢˋ）

【釋義】綠林：古山名，在今湖北大洪山一帶，西漢末為強人出沒之所。

【出處】文康・兒女英雄傳二一回：「收了無數的綠林好漢，查拿海寇。」

【用法】泛指聚集山林反抗貪官污吏的武裝力量，或搶劫財物為害民眾的盜匪。

【例句】羅賓漢是中古時代劫富濟貧的**綠林好漢**，是孩子們心目中的英雄。

【義近】江洋大盜／草莽英雄。

【義反】江湖俠士／平民百姓。

綠肥紅瘦（ㄌㄩˋ ㄈㄟˊ ㄏㄨㄥˊ ㄕㄡˋ）

【釋義】綠肥：指草木綠葉茂盛。紅瘦：指花朵的凋殘。

【出處】李清照・如夢令・春晚詞：「試問捲簾人，卻道海棠依舊。知否？知否？應是綠肥紅瘦。」

【用法】形容暮春時節花稀而葉盛的景象。

【例句】這個地方四季分明，各有景致可賞，如果暮春時節，便是一片**綠肥紅瘦**。

【義近】葉茂花殘。

【義反】花盛葉細。

綠葉成陰子滿枝（ㄌㄩˋ ㄧㄝˋ ㄔㄥˊ ㄧㄣ ㄗˇ ㄇㄢˇ ㄓ）

【釋義】樹已長大，葉茂枝繁，結實纍纍。

【出處】唐詩紀事・杜牧詩：「自是尋春去較遲，不須惆悵怨芳時。狂風落盡深紅色，綠葉成陰子滿枝。」

【用法】形容女子結婚生子，兒女已成羣的樣子。

【例句】你中學時代的戀人早已嫁人了，如今是**綠葉成陰子滿枝**，你就不要再去打擾人家了。俗話說：天涯何處無芳草，何必單戀一枝花。

【義近】兒女成行／兒女成羣／兒孫滿堂。

【義反】單鸞隻鳳／孤家寡人／形單影隻／獨身一人。

綠鬢朱顏（ㄌㄩˋ ㄅㄧㄣˋ ㄓㄨ ㄧㄢˊ）

【釋義】綠鬢：黑色的鬢髮。朱顏：紅潤的面顏。
【出處】明・無名氏・東籬賞菊一折：「方才個綠鬢朱顏青春子，不覺的暗中白了少年頭。」
【用法】形容年輕時的容貌。
【例句】你們不要嫌我雞皮鶴髮，容顏蒼老，我也有**綠鬢朱顏**之時，難道你們就眞的可以青春永駐！
【義近】青絲紅顏／脣紅齒白／髮黑膚潤。
【義反】龐眉皓髮／頭童齒豁／雞皮鶴髮／耳聾眼花／蒼顏皓首／牛山濯濯／老態龍鍾／頹然老矣。

綿延起伏（ㄇㄧㄢˊ ㄧㄢˊ ㄑㄧˇ ㄈㄨˊ）

【釋義】綿延：連續不斷。
【出處】朱自清・燕知草序：「加上綿延起伏的羣山，錯落隱現的勝跡，足夠教你流連忘返。」
【用法】形容山勢高高低低，連續不斷。
【例句】雲貴高原那**綿延起伏**的山脈，就像是無窮無盡的長龍，盤踞在蒼茫的草原上。
【義近】重巒疊嶂。

綿惙之際（ㄇㄧㄢˊ ㄔㄨㄛˋ ㄓ ㄐㄧˋ）

【釋義】綿惙：病勢垂危。
【出處】劉禹錫・代裴相公讓官第二表：「臣束髮以來，號爲強力，及其晚節，亦未甚衰，一朝被病，遂至綿惙。」
【用法】用以形容人病重，即將死亡。
【例句】這位老太太在病重**綿惙之際**，找來了律師見證，立下遺囑，把全部財產捐給慈善機構。
【義近】迴光返照／氣息奄奄／人命危淺／朝不慮夕。
【義反】朝氣蓬勃／生龍活虎／起死回生。

綿裏藏針（ㄇㄧㄢˊ ㄌㄧˇ ㄘㄤˊ ㄓㄣ）

【釋義】綿絮中藏著針。綿：字又寫作「緜」，綿絮。
【出處】蒲松齡・醒世姻緣傳一五回：「當日說知心，綿裏藏針，險過遠水與遙岑。」
【用法】比喻人外表親和而內心險惡。
【例句】他倆都是**綿裏藏針**的小人，別看他們稱兄道弟，好像很要好的樣子，等遇到有利害衝突時，便會原形畢露的。
【義近】笑裏藏刀／笑面虎／口蜜腹劍。
【義反】表裏如一／心口如一／面善心善。

綿薄之力（ㄇㄧㄢˊ ㄅㄛˊ ㄓ ㄌㄧˋ）

【釋義】綿薄：薄弱。又作「綿力薄材」。
【出處】漢書・嚴助傳・淮南王安上書：「且越人緜（綿）力薄材，不能陸戰，又無車騎弓弩之用。」
【用法】形容才力薄弱。多用作謙詞。
【例句】我雖談不上有什麼本事，但對你的事我一定會竭盡**綿薄之力**。
【義近】微薄之力。
【義反】神通廣大。

綵衣娛親（ㄘㄞˇ ㄧ ㄩˊ ㄑㄧㄣ）

【釋義】綵衣：有色彩的絲織衣服。娛親：討父母歡心。
【出處】晉・皇甫謐・高士傳：「老萊子孝養親，年七十，父母猶存。身著五色褊衣，爲嬰兒戲，欲親之喜。」
【用法】比喻侍奉父母，甚爲孝順，不惜做任何打扮，以使父母開心。
【例句】對父母的養育之恩，羔羊有跪乳之義，古人有**綵衣娛親**之報，爲人子女者怎可不孝順父母？
【義近】晨昏定省／扇枕溫被／先意承志／下氣怡聲／繞膝承歡／問安視膳。

九畫

緘口不言（ㄐㄧㄢ ㄎㄡˇ ㄅㄨˋ ㄧㄢˊ）

【釋義】緘口：閉著嘴。緘：封閉。
【出處】明史・何遵傳：「正德間，給事、御史挾勢淩人，趨權擇便，凡朝廷大闕失，羣臣大奸惡，緘口不言。」
【用法】形容人閉著嘴，一句話也不說。
【例句】枉費你堂堂七尺之軀，卻膽小如鼠，在大是大非的關鍵時刻竟**緘口不言**，眞令我失望！
【義近】緘舌閉口／杜口吞聲／緘口結舌／三緘其口／沉默不語／默不作聲。
【義反】滔滔不絕／喋喋不休／刺刺不休／大放厥辭／夸夸其談。

緣木求魚（ㄩㄢˊ ㄇㄨˋ ㄑㄧㄡˊ ㄩˊ）

【釋義】爬到樹上去找魚。緣木：爬樹。
【出處】孟子・梁惠王上：「以若所爲，求若所欲，猶緣木而求魚也。」
【用法】比喻方向或辦法不對頭，不可能達到目的。
【例句】你想發財致富，卻又天天待在家裏睡大覺，這和**緣木求魚**有何區別？
【義近】竹籃打水／水中撈月／以冰致蠅／炊沙作飯／畫脂鏤冰／磨甎成鏡／鏤塵吹影。
【義反】探囊取物／甕中捉鱉。

緣慳命蹇（ㄩㄢˊ ㄑㄧㄢ ㄇㄧㄥˋ ㄐㄧㄢˇ）

【釋義】慳：吝嗇。蹇：不順利。
【出處】羣音類選・餘慶記・深閨幽思：「何時得見郎，恨緣慳命蹇。」
【用法】指人的緣分和命運都不好。
【例句】前不久她的丈夫車禍喪生，最近她又身罹絕症，一對兒女嗷嗷待哺，午夜夢迴，每想到自己的**緣慳命蹇**，不禁淚流滿臉。
【義近】命乖運蹇／時乖命蹇／命邅陽九／緣薄分淺。
【義反】福星高照／萬事亨通／時來運轉。

緣薄分淺（ㄩㄢˊ ㄅㄛˊ ㄈㄣˋ ㄑㄧㄢˇ）

【釋義】緣分：命中注定的機遇，即人與人之間由命中注定的遇合機會。
【出處】羣音類選・無名氏・點絳唇・相思：「想的人心似刀割，肉似錘剜，也是我緣薄分淺，不能夠永久團圓。」
【用法】指人緣分淺薄。
【例句】梁山伯對祝英台說：「我倆『**緣薄分淺**』，今生結不了夫妻，指望來生再結連理！」
【義近】緣慳分淺。

緩不濟急 ㄏㄨㄢˇ ㄅㄨˋ ㄐㄧˋ ㄐㄧˊ
【釋義】緩：緩慢。濟：救濟。
【出處】文康・兒女英雄傳：「正愁緩不濟急，恰好有……托門生帶來一萬兩銀子。」
【用法】說明事態緊急，若救援措施遲緩，則於事無補。
【例句】他提出了幾個辦法，但都**緩不濟急**，最後還是太太向娘家求援，才度過難關。
【義近】遠水救不了近火／急驚風遇上慢郎中。
【義反】立竿見影／吹糠見米。

緩兵之計 ㄏㄨㄢˇ ㄅㄧㄥ ㄓ ㄐㄧˋ
【釋義】延緩對方進攻的計策。緩：延緩。
【出處】羅貫中・三國演義九九回：「孔明用緩兵之計，暫退漢中，都督何故懷疑，不早追之？」
【用法】指拖延時間，使對方失去進攻的有利時機，然後自己再設法應付的一種策略。
【例句】敵人向我們求和，看來只是**緩兵之計**，我們千萬不能上當，應乘勝追擊。
【義近】拖延之策／懈敵之計。
【義反】兵貴神速／速戰速決。

緩步代車 ㄏㄨㄢˇ ㄅㄨˋ ㄉㄞˋ ㄐㄩ
【釋義】慢步行走以代乘車。
【出處】北史・劉炫傳：「玩文史以怡神，閱魚鳥以散慮，觀省野物，登臨園沼，緩步代車，無事爲貴。」
【用法】今多指徒步行走，以延年益壽。
【例句】你想要強健身體，最好**緩步代車**，每天走路上下班，若能持之以恆，保證身強體健。
【義近】安步當車／信步而行／徐徐而行。
【義反】以車代步／駟馬高車。

緩急相濟 ㄏㄨㄢˇ ㄐㄧˊ ㄒㄧㄤ ㄐㄧˋ
【釋義】緩：舒緩。急：急迫。
【出處】吳沃堯・二十年目睹之怪現狀六五回：「朋友本來有通財之義，何況我們世交，這緩急相濟，更是平常的事了。」
【用法】指在平時和緊急之時都給予幫助。
【例句】你我相交幾十年，朋友本有通財之義，**緩急相濟**理所當然，這些錢你就收下吧，何必見外呢！
【義近】解衣推食／急難扶持／解囊相助。
【義反】落井下石／見死不救／一毛不拔。

緩歌縵舞 ㄏㄨㄢˇ ㄍㄜ ㄇㄢˋ ㄨˇ
【釋義】意謂輕輕地唱歌，慢慢地起舞。縵：通「慢」。
【出處】白居易・長恨歌：「緩歌縵舞凝絲竹，盡日君王看不足。」
【用法】指柔美的歌聲和舞姿。
【例句】今天這場歌舞晚會，在柔和的燈光下，大夥兒一起**緩歌縵舞**直到凌晨，才依依不捨地離去。
【義近】輕歌曼舞／婆娑起舞／翩翩起舞／清歌妙舞。
【義反】彈箏搏髀／歌呼嗚嗚／急管繁弦／擊甕叩缶。

十一畫

縮手縮腳 ㄙㄨㄛ ㄕㄡˇ ㄙㄨㄛ ㄐㄧㄠˇ
【釋義】因寒冷而緊縮四肢。
【出處】劉鶚・老殘遊記六回：「喊了許久，店家方拿了一盞燈，縮手縮腳的進來，嘴裏還喊道：『好冷呀！』」
【用法】常用來形容膽小而不敢放手辦事。
【例句】這件事你們放手去做，不必**縮手縮腳**的，有問題我全部承擔。
【義近】縮頭縮腦／畏首畏尾／裹足不前／瞻前顧後／畏縮不前／猶豫不決。
【義反】放手一搏／全力以赴／大刀闊斧／勇往直前。

繁文縟節 ㄈㄢˊ ㄨㄣˊ ㄖㄨˋ ㄐㄧㄝˊ
【釋義】文：指禮節、儀式。縟：繁多。又作「繁文縟禮」。
【出處】元稹・王永太常博士：「謁清官，朝太廟，繁文縟禮，予心懵然。」
【用法】指煩瑣而不合實際的儀式禮節，也比喻瑣碎多餘的手續。
【例句】古代宮廷裏**繁文縟節**之多，恐怕不是一般升斗小民可以想像的。
【義近】虛文縟節／繁禮多儀。
【義反】刪繁就簡／省繁從簡。

繁刑重賦 ㄈㄢˊ ㄒㄧㄥˊ ㄓㄨㄥˋ ㄈㄨˋ
【釋義】刑：刑罰。賦：賦稅，爲田賦和各種捐稅的總稱。
【出處】蘇軾・東坡志林卷五：「齊景公不繁刑重賦，雖有田氏，齊不可取。」
【用法】泛指苛重的刑罰以及賦稅。
【例句】在專制暴君的統治下，**繁刑重賦**已使得民不聊生，卻還巧立名目，誅求無饜，怪不得百姓起而抗暴。
【義近】苛捐雜稅／橫徵暴斂／敲骨吸髓。
【義反】輕徭薄賦／減租減息／政通人和。

繁華損枝 ㄈㄢˊ ㄏㄨㄚˊ ㄙㄨㄣˇ ㄓ
【釋義】華：花，喻文采。枝：花枝，喻內容。
【出處】劉勰・文心雕龍・詮賦：「然逐末之儔，蔑棄其本，……遂使繁華損枝，膏腴害骨，無貴風軌，莫益勸戒。」
【用法】比喻文采過於華麗，將損及文章的內容。
【例句】文章固然要重文采，但過於講求華麗，便會**繁華損枝**，弄巧成拙了。
【義近】理不勝辭／華而無實／繡花枕頭。

繁榮昌盛 ㄈㄢˊ ㄖㄨㄥˊ ㄔㄤ ㄕㄥˋ
【釋義】繁榮：原指草木枝葉花朵茂盛，現引申爲事業的蓬勃發展。昌盛：昌明興盛。
【用法】形容國家、民族或事業生氣勃勃，興旺發達。
【例句】臺灣已經被建設成一個**繁榮昌盛**、民生富裕、民主自由的地區。
【義近】繁榮富強／興旺發達／欣欣向榮。

【義反】百業蕭條／每下愈況／死氣沉沉。

總而言之（ㄗㄨㄥˇ ㄦˊ ㄧㄢˊ ㄓ）

【釋義】總：概括。言：說。
【出處】漢書·貨殖傳：「商相與語財利於市井。」顏師古注：「市，交易之處；井，井汲之所，故總而言之也。」
【用法】表示概括起來說，合起來說、總之等意。
【例句】**總而言之**，你的問題不是不聰明，而是太懶散、太依賴別人的幫忙。
【義近】一言以蔽之／合而言之／概而言之。
【義反】推而廣之／分而言之。

總角之好（ㄗㄨㄥˇ ㄐㄧㄠˇ ㄓ ㄏㄠˇ）

【釋義】總角：古代男女未成年前束髮為兩結，形狀如角，故稱「總角」。用以泛指童年時代。
【出處】晉書·何劭傳：「劭字敬祖，少與武帝同年，有總角之好。」
【用法】用以表示小時候很要好的朋友。
【例句】當今總統是我的**總角之好**，本人深感與有榮焉。

縱曲枉直（ㄗㄨㄥˋ ㄑㄩ ㄨㄤˇ ㄓˊ）

【釋義】意謂放縱有錯的人而冤枉正直的人。曲：理虧，有錯。
【出處】晉·葛洪·抱朴子·微旨：「縱曲枉直，廢公為私，刑加無辜。」
【用法】表示不顧是非曲直。
【例句】那位縣太爺有錢判生，無錢判死，**縱曲枉直**，賄賂公行，終被包青天用虎頭鍘給處死了。
【義近】顛倒是非／顛倒黑白／皂白不分／是非不分／指鹿為馬。
【義反】公正廉明／涇渭分明／黑白分明。

縱風止燎（ㄗㄨㄥˋ ㄈㄥ ㄓˇ ㄌㄧㄠˇ）

【釋義】放風熄火。燎：火。
【出處】隋·王通·文宗子·問易：「真君、建德之事，適足推波助瀾，縱風止燎爾。」
【用法】比喻方法不當，反而助長事態的惡化。
【例句】這孩子本來就愛惹是生非，家長竟還教他什麼「人善受人欺，馬善被人騎」，簡直是**縱風止燎**！
【義近】推波助瀾／火上加油／揚湯止沸／抱薪救火。
【義反】釜底抽薪。

縱馬橫刀（ㄗㄨㄥˋ ㄇㄚˇ ㄏㄥˊ ㄉㄠ）

【釋義】縱馬：任馬奔馳。橫刀：橫拿著武器。
【出處】元·鄭德輝·老君堂二折：「我與你縱馬橫刀去戰敵，殺氣騰騰映日起，助陣鼓凱春雷。」
【用法】形容人勇敢、驃悍。
【例句】北國燕趙兒女，歷來就有**縱馬橫刀**的氣概，當地民風驃悍，名聞四海。
【義近】耀馬揚鞭／馳騁沙場。
【義反】膽小怯懦／畏首畏尾／縮頭縮腦。

縱情酒色（ㄗㄨㄥˋ ㄑㄧㄥˊ ㄐㄧㄡˇ ㄙㄜˋ）

【釋義】縱情：盡情放縱自己的感情。酒色：酒和女色。
【出處】翦燈餘話·秋夕訪琵琶亭記：「武弁則縱情酒色，文吏則惟事空言。」
【用法】指沉迷在花天酒地中。
【例句】這位花花大少整日**縱情酒色**，吃喝嫖賭，無所不來。結果不出一年，萬貫家財竟被他敗得一乾二淨。
【義近】貪杯好色／耽於酒色／尋花問柳。

縱橫天下（ㄗㄨㄥˋ ㄏㄥˊ ㄊㄧㄢ ㄒㄧㄚˋ）

【釋義】縱橫：奔馳無阻。
【出處】元·陳以仁·存孝打虎一折：「黃巢縱橫天下，朝中文武並不以社稷為重。」
【用法】比喻無敵於世。
【例句】想當年，西楚霸王項羽攻城略地，**縱橫天下**，所向披靡，最後卻落得烏江自刎，令人感慨世事無常。
【義近】天下無敵／縱橫馳騁／所向披靡／銳不可擋。
【義反】一敗塗地。

縱橫交錯（ㄗㄨㄥˋ ㄏㄥˊ ㄐㄧㄠ ㄘㄨㄛˋ）

【釋義】橫一條豎一條的互相交叉。
【出處】呂祖謙·東萊博議卷一：「陪洙泗之席者入耳皆德音，縱橫交錯。」
【用法】形容事物或情況極其複雜。
【例句】江南水鄉的溝渠**縱橫交錯**，形成一個十分便利有效的灌溉系統。
【義近】犬牙交錯／錯綜複雜／盤根錯節。
【義反】一目了然／簡單明瞭／主次分明。

縱橫捭闔（ㄗㄨㄥˋ ㄏㄥˊ ㄅㄞˇ ㄏㄜˊ）

【釋義】縱橫：合縱和連橫的簡稱。捭闔：指戰國時謀士游說使用的手段。捭：分開。闔：關閉。
【出處】李文叔·書戰國策後：「戰國策所載，大抵皆縱橫、捭闔、譎誑、相輕、傾奪之說也。」
【用法】今用以指在政治或外交上，運用手段進行分化或拉攏。
【例句】過去在外交舞臺上常常應用的**縱橫捭闔**的策略，現已漸漸被淘汰了。
【義近】分化拉攏。
【義反】友好相商。

縱橫馳騁（ㄗㄨㄥˋ ㄏㄥˊ ㄔˊ ㄔㄥˇ）

【釋義】縱：南北方向。橫：東西方向。馳騁：騎馬奔馳。
【出處】杜甫·戲為六絕句：「庾信文章老更成，凌雲健筆意縱橫。」楚辭·離騷：「乘騏驥以馳騁兮。」
【用法】意指不受阻擋地往來奔馳；形容轉戰各地，所向無敵。亦可用來形容思路的奔放。
【例句】這位漫畫家常常可以**縱橫馳騁**於他所想像的世界中，故其作品超凡絕俗，很受大眾的歡迎。
【義近】天馬行空／神思萬里。
【義反】搜索枯腸／思路呆滯。

十二畫

繡花枕頭（ㄒㄧㄡˋ ㄏㄨㄚ ㄓㄣˇ ㄊㄡˊ）

【釋義】意謂枕套上繡有花紋的枕頭。

【出處】清・彭養鷗・黑籍冤魂六回：「頂官束帶，居然官宦人家，誰敢說他是個繡花枕頭，外面繡得五色燦爛，裏面卻包著一包稻草。」

【用法】比喻外表好看，內無眞才實學。

【例句】起初見他儀表堂堂，有玉樹臨風之姿，以爲他是個人才，誰知一經接觸，才發現他只是個**繡花枕頭**罷了。

【義近】金漆馬桶／銀樣鑞槍頭／金玉其外，敗絮其中／華而不實。

【義反】被褐懷玉／弸中彪外／深藏若虛／大智若愚。

繞指柔腸（ㄖㄠˋ ㄓˇ ㄖㄡˊ ㄔㄤˊ）

【釋義】繞指：柔軟得可以纏繞手指。

【出處】明・張鳳翼・灌園記，後識法章：「終須打疊明河望，壯志由來百鍊鋼，沒來由揉做繞指柔腸。」

【用法】比喻柔弱無助，悲痛至極。

【例句】項羽受困於垓下，在眾叛親離下，面對愛妾虞姬，鐵石硬漢也有**繞指柔腸**的一面，令人一掬同情之淚。

【義近】繞指柔。

【義反】百鍊鋼／鐵石心腸。

繞梁之音（ㄖㄠˋ ㄌㄧㄤˊ ㄓ ㄧㄣ）

【釋義】意謂美妙歌聲彷彿還迴繞著屋梁，久久不散去。

【出處】晉・陸機・演連珠：「是以充堂之芳，非幽蘭所難，繞梁之音，實縈弦所思。」

【用法】形容音樂高亢廻旋，美妙動聽，感人至深。

【例句】距離上次那場音樂會的時間已經快一個月了，但那**繞梁之音**，還常常在耳際廻旋。

【義近】餘音繞梁／餘音繚繞／百轉千回／餘音裊裊。

【義反】歌呼嗚嗚／蛙鳴蟬噪／噪耳之音／嘔啞嘲哳／犬吠雞鳴／擊甕叩缶。

十三畫

繫風捕影（ㄒㄧˋ ㄈㄥ ㄅㄨˇ ㄧㄥˇ）

【釋義】拴住風，捕捉影子。風、影：喻虛空不實之事。

【出處】北魏・酈道元・水經注・贛水：「此乃繫風捕影之論。據實，本所未辨，聊記奇聞以廣井魚之聽矣。」

【用法】形容事物虛無飄緲，沒有根據或憑空捏造。

【例句】飛碟之事，根據科學家調查，純屬**繫風捕影**之談。

【義近】捕風捉影／捕影拿風／無稽之談／無中生有／向壁虛構。

【義反】信而有徵／有憑有據／鑿鑿有據。

繩之以法（ㄕㄥˊ ㄓ ㄧˇ ㄈㄚˇ）

【釋義】即「以法繩之」。繩：木工用的墨線，爲校正曲直的工具，引申爲制裁。

【出處】後漢書・馮衍傳：「以文帝之明，而魏尙之忠，繩之以法則爲罪，施之以德則爲功。」

【用法】指用法律或法令制裁犯罪的人。

【例句】對於爲非作歹之徒，必須**繩之以法**，才能維護社會的秩序。

【義近】逮捕歸案／依法制裁。

【義反】逍遙法外／網漏吞舟。

繩其祖武（ㄕㄥˊ ㄑㄧˊ ㄗㄨˇ ㄨˇ）

【釋義】意謂依祖先的足跡繼續走下去。繩：繼承。武：足跡。

【出處】詩經・大雅・下武：「昭茲來許，繩其祖武。於萬斯年，受天之祜。」

【用法】比喻繼承祖輩事業。

【例句】陳先生出身於教育世家，所以他大學畢業後，便決定**繩其祖武**，到學校執教鞭去了。

【義近】繩厥祖武／克紹箕裘／踵事增華／繼志述事。

【義反】後繼無人。

繩牀瓦竈（ㄕㄥˊ ㄔㄨㄤˊ ㄨㄚˇ ㄗㄠˋ）

【釋義】意謂用繩結牀，用瓦當竈。

【出處】曹雪芹・紅樓夢一回：「今風塵碌碌，一事無成……所以蓬牖茅椽，繩牀瓦竈，並不足妨我襟懷。」

【用法】形容生活十分貧困。

【例句】在落後國家，貧富懸殊甚大，富者堆金積玉，貧者**繩牀瓦竈**，這種現象恐怕一時之間難以改善。

【義近】家徒四壁／室如懸罄／蓬門篳戶／繩樞甕牖。

【義反】金碧輝煌／雕梁畫棟／雕闌玉砌／美輪美奐／玉宇瓊樓。

繩愆糾謬（ㄕㄥˊ ㄑㄧㄢ ㄐㄧㄡ ㄇㄧㄡˋ）

【釋義】繩：糾正。愆：過失。謬：錯誤。

【出處】尙書・冏命：「惟予一人無良，實賴左右前後有位之士，匡其不及，繩愆糾謬，格其非心，俾克紹先烈。」

【用法】指糾正過錯謬誤。

【例句】我們董事長最大的優點就是能虛心接受他人的**繩愆糾謬**，這是他在事業上成功的重要原因。

【義近】糾謬繩違／遷善改過／聞過則喜。

【義反】拒諫飾非／深閉固拒／師心自用。

繩墨之言（ㄕㄥˊ ㄇㄛˋ ㄓ ㄧㄢˊ）

【釋義】繩墨：木工打直線的工具，比喻規矩或法度。

【出處】莊子・人間世：「未達人心，而強以仁義繩墨之言，術暴人之前者，是以人惡有其美也。」

【用法】指可作爲規範、合乎道德的言論。

【例句】總統所發表的新年祝辭，可謂**繩墨之言**，我們應認眞學習領會。

【義近】金玉良言／至理名言／讜言正論。

【義反】鑿空之論／無稽之談／欺人之談／信口雌黃。

繩鋸木斷（ㄕㄥˊ ㄐㄩˋ ㄇㄨˋ ㄉㄨㄢˋ）

【釋義】意謂用繩當鋸子，也能把木頭鋸斷。

【出處】宋・羅大經・鶴林玉露卷一〇：「一日一錢，千日千錢，繩鋸木斷，水滴石穿。」

【用法】比喻力量雖小，只要堅持不懈，就能把難以辦到的事情做成。
【例句】編一部卷帙浩瀚的圖書，工作確實艱巨，但只要秉持**繩鋸木斷**的精神，持之以恆，還是可以完成的。
【義近】滴水穿石／鐵杵成針／跛鼈千里／積土成山／聚沙成塔。
【義反】半途而廢／一暴十寒／鍥而舍之／功虧一簣／掘井九仞／淺嘗輒止。

繩趨尺步（ㄕㄥˊ ㄑㄩ ㄔˇ ㄅㄨˋ）

【釋義】繩：木工畫直線用的墨線。尺：角尺，木工定曲直的工具。趨、步：走動，此指舉動。
【出處】宋・蘇洵・廣士：「是以盜賊下人……往往登之朝廷，坐之郡國，而不以怍。而繩趨尺步，華言華服者，往往反擯棄不用。」
【用法】指舉止行動合乎法度，毫不隨便。
【例句】他的為人一向**繩趨尺步**，恐怕不會做這種違法亂紀的事，是不是有人誣陷他，實有待進一步查證。
【義近】規行矩步／循規蹈矩／安分守己／安常守分／奉公守法。
【義反】胡作非為／為非作歹／違法亂紀。

繪聲繪色（ㄏㄨㄟˋ ㄕㄥ ㄏㄨㄟˋ ㄙㄜˋ）

【釋義】把人物的聲音、神色都描繪出來了。又作「繪聲繪影」。
【出處】蕭山湘靈子・軒亭冤題詞：「繪聲繪影樣翻新，描寫秋娘事事真。」
【用法】形容描寫或敘述生動逼真。
【例句】他把上次撞到鬼的故事**繪聲繪色**地講給大家聽，嚇得在座女性花容失色。
【義近】繪影繪聲／栩栩如生／有聲有色／躍然紙上／活靈活現／唯妙唯肖。
【義反】平淡無奇／味同嚼蠟／枯燥乏味。

十四—十五畫

繼往開來（ㄐㄧˋ ㄨㄤˇ ㄎㄞ ㄌㄞˊ）

【釋義】往：過去。來：未來。
【出處】王守仁・傳習錄：「文公精神氣魄大，是他早年合下，便要繼往開來。」
【用法】指繼承前人的事業，開闢未來的道路。
【例句】青年人肩負著國家和民族的期許，要有**繼往開來**的遠大志向。
【義近】承先啓後／承上啓下。
【義反】後繼無人。

繼絕扶傾（ㄐㄧˋ ㄐㄩㄝˊ ㄈㄨˊ ㄑㄧㄥ）

【釋義】繼絕：恢復已滅絕的。扶傾：扶持快要傾覆的。
【出處】新唐書・徐曠傳：「將軍若欲為伊、霍，繼絕扶傾，吾雖老，猶願盡力。」
【用法】指挽救處於絕境與傾覆之中的弱小國家。
【例句】在當今世界上，真正能擔負起**繼絕扶傾**任務的，恐怕只有美國這超級大國了。
【義近】繼絕存亡／興亡繼絕／扶衰救亡／救亡圖存。
【義反】見死不救／落井下石／漠然視之／袖手旁觀。

纏綿悱惻（ㄔㄢˊ ㄇㄧㄢˊ ㄈㄟˇ ㄘㄜˋ）

【釋義】纏綿：形容兩情糾結，情意深濃。悱惻：悲苦，淒切。
【出處】薑齋詩話下：「長言永歎，以寫纏綿悱惻之情。」
【用法】形容文詞、情景或故事情節哀婉動人。
【例句】一九九七年囊括十一項奧斯卡金像獎的電影《鐵達尼號》，憑藉著男主角的魅力與**纏綿悱惻**的愛情故事，打動了全球無數影迷的心。
【義近】纏綿愴惻／難分難捨／生離死別。

十七畫

纖介之禍（ㄒㄧㄢ ㄐㄧㄝˋ ㄓ ㄏㄨㄛˋ）

【釋義】纖：細。介：通「芥」，小草。纖介：猶言「細微」。
【出處】戰國策・齊策：「孟嘗君為相數十年，無纖介之禍者，馮諼之計也。」
【用法】喻細微的過失或災難。
【例句】老和尚圓寂前對沙門說：「貧僧一生遠離紅塵，行事待人一本至誠，年逾九十，平生無**纖介之禍**，此乃足堪告慰者也。」
【義近】纖介之災／毫末之災／秋毫之災。
【義反】殺身之禍／滔天大禍／生死攸關。

纖毫無爽（ㄒㄧㄢ ㄏㄠˊ ㄨˊ ㄕㄨㄤˇ）

【釋義】纖毫：非常細微。爽：差錯。
【出處】魏書・律曆志下：李興業論曆法：「至於夕伏晨見，纖毫無爽。」
【用法】形容非常準確，絲毫差錯也沒有。
【例句】經過反覆核查，帳目**纖毫無爽**，足以證明他在公司財務管理方面是清白的，絕無外傳業務侵佔之事。
【義近】毫髮不爽／分毫不爽／毫釐不爽／絲毫不差／不差累黍。
【義反】天差地遠／逕庭之別／相差十萬八千里。

纖塵不染（ㄒㄧㄢ ㄔㄣˊ ㄅㄨˋ ㄖㄢˇ）

【釋義】纖塵：細小的灰塵。染：沾染。
【出處】清・洪昇・長生殿・聞樂：「清光獨把良宵佔，經萬古纖塵不染。」
【用法】形容非常潔淨，一點灰塵也沒沾上。
【例句】你這房間收拾得真乾淨，可算是**纖塵不染**了。
【義近】一塵不染／窗明几淨／乾淨明亮。
【義反】骯髒污濁／藏汙納垢／灰塵滿佈。

缶部

四畫

缺月再圓

【釋義】殘缺的月亮又圓了。再：又。
【出處】明・無名氏・南牢記一折：「他旣斷弦再續，俺也缺月再圓。」
【用法】比喻夫妻離散後又團圓，或離異後又復合。
【例句】這對恩愛夫妻經過十多年離散後，現在又**缺月再圓**了，大家都爲他們高興。
【義近】破鏡重圓／重續舊好／斷釵重合／重拾舊歡／再續前緣。
【義反】覆水難收／分釵斷帶／分釵破鏡／勞燕分飛。

十一畫

罄竹難書

【釋義】砍盡竹林做竹簡也難寫完。罄：盡，完。竹：竹簡，古時書寫文字的竹片。書：寫。
【出處】舊唐書・李密傳：「罄南山之竹，書罪未窮；決東海之波，流惡難盡。」
【用法】形容所犯的罪行多得寫不完。
【例句】日軍在八年抗戰中所犯下的罪行眞是**罄竹難書**，令人不忍卒睹。
【義近】擢髮難數／罪惡多端。

网部

三畫

罕譬而喻

【釋義】罕譬：少用比喻。罕：少。喻：明白。
【出處】禮記・學記：「其言也，約而達，微向臧，罕譬而喻，可謂繼志矣。」
【用法】指用的譬喻雖少，卻說得明白易解。
【例句】李教授對物理學的講解，**罕譬而喻**又能深入淺出，使人立即心領神會。
【義近】言簡意賅／深入淺出／深入顯出／精深易曉。
【義反】艱深晦澀／隱晦曲折／拖泥帶水。

罔知所措

【釋義】罔：不，無。措：安置，處理。
【出處】唐・白行簡・李娃傳：「生惶惑發狂，罔知所措。」
【用法】表示不知道該怎麼辦才好。
【例句】這件事來得太突然，弄得她**罔知所措**，只好顧左右而言他。
【義近】不知所措／手足無措／驚慌失措／張皇失措／手忙腳亂。
【義反】從容自如／計上心來／應付裕如／不慌不忙／優裕自如／鎭靜沉著。

八畫

置之不理

【釋義】置：放置。理：理睬，過問。
【出處】明・焦竑：「頃年垂八十……不啻韓子所言者，業一切置之不理矣。」
【用法】指放在一邊，不理睬。
【例句】貪官污吏只關心自己的利益，對百姓的死活則**置之不理**。
【義近】置若罔聞／漠然置之／置之不顧／不聞不問。
【義反】三復斯言／關懷備至。

置之不顧

【釋義】顧：照管，關心。
【出處】李寶嘉・文明小史四四回：「如果聽其自然，置之不顧，各家只好把學生領回去。」
【用法】指放在那裏不管。
【例句】教育當局對於老師的切身利益不能**置之不顧**，而應時刻考慮照顧。
【義近】漠然置之／不聞不問／置若罔聞。
【義反】關懷備至／銘記於心。

置之死地

【釋義】把人推向絕路。死地：指絕路。
【出處】費唐臣・貶黃州：「置之死地，亦何難哉！」
【用法】形容心狠手辣有意使人處於無法生存下去的境地。
【例句】你和他有那麼深的仇恨，非得**置之死地**不可嗎？
【義近】除而後快。
【義反】救死扶傷／適可而止／助人爲樂。

置之死地而後生

【釋義】兵法中指把兵士置於極危險的境地，使之殊死戰鬥，以取得勝利，求得生存。
【出處】孫子・九地篇：「投之亡地然後存，陷之死地然後生。」
【用法】比喻做事斷絕退路，以示下定決心去奪取勝利。
【例句】他對好吃懶做的兒子實在忍無可忍，於是採用**置之死地而後生**的辦法，宣布不再給他一分錢，要他自食其力。

置之死地而後快

【釋義】意謂必欲把人逼到死地

才痛快。置：放。

【出處】清・浴日生・海國英雄記卷下：「且以朕爲難兒，遇事掣肘，故在朝如黃道周之忠純，何楷之梗直，莫不欲置之死地而後快。」

【用法】形容人心腸凶狠毒辣。

【例句】你與他往日無冤，近日無仇，只是最近因一樁小事爭吵了幾句，就欲**置之死地而後快**，未免太過分了吧！

置之度外

ㄓˋ ㄓ ㄉㄨˋ ㄨㄞˋ

【釋義】把它放在考慮之外。度：思慮，考慮。

【出處】南齊書・竟陵王子良傳：「自青德啓運，款關受職，置之度外，不足紆言。」

【用法】指不放在心上。

【例句】一個把生死都已**置之度外**的人，是無所畏懼的。

【義近】付之度外／不以爲意／置之腦後。

【義反】耿耿於懷／中心藏之／無時忘懷。

置之腦後

ㄓˋ ㄓ ㄋㄠˇ ㄏㄡˋ

【釋義】意謂把它放在腦後。

【出處】清・李寶嘉・文明小史六回：「孔黃二人自問無愧，遂亦置之腦後。」

【用法】比喻不放在心上。

【例句】貴人多忘事，你所託付的這件事恐怕他早已**置之腦後**了，你最好不要再抱什麼希望。

【義近】漫不經心／淡然置之／漠然處之／束之高閣。

【義反】刻骨銘心／念念不忘／念茲在茲。

置而不問

ㄓˋ ㄦˊ ㄅㄨˋ ㄨㄣˋ

【釋義】放在一邊不予過問。

【出處】蘇軾・漢文帝之行事有可疑者三：「而虎圈嗇夫，才之過人者也，才者遺而不錄，不才者置而不問，則事之不廢壞者有幾？」

【用法】指對事情漠不關心，不加過問。

【例句】你們畢竟是親兄弟，他現在遭人陷害，身繫牢獄，你怎能**置而不問**呢？

【義近】不聞不問／置若罔聞／不理不睬／置之不理／束之高閣／拋諸腦後。

【義反】問長問短／噓寒問暖／關懷備至／無微不至。

置身事外

ㄓˋ ㄕㄣ ㄕˋ ㄨㄞˋ

【釋義】把自己放在事端之外。身：自身，自己。

【出處】文康・兒女英雄傳二三回：「你我且置身事外，袖手旁觀。」

【用法】表示對事情不聞不問，漠不關心。

【例句】對於黨派之間無意義的爭論，我們最好是**置身事外**，不要去理會它！

【義近】超然物外／置之度外。

【義反】身臨其境／置身事端。

置若罔聞

ㄓˋ ㄖㄨㄛˋ ㄨㄤˇ ㄨㄣˊ

【釋義】放在一邊，好像沒有聽到似的。置：放。罔：無。

【出處】曹雪芹・紅樓夢一六回：「寧榮兩處上下內外人等，莫不歡天喜地，獨有寶玉置若罔聞。」

【用法】形容對事情或別人所說的話毫不關心，不予理睬。

【例句】你對別人提出的意見**置若罔聞**，這樣怎能集思廣益把學校辦好呢？

【義近】置之不理／置之不問／不予理睬。

【義反】言聽計從／銘記在心。

罪上加罪

ㄗㄨㄟˋ ㄕㄤˋ ㄐㄧㄚ ㄗㄨㄟˋ

【釋義】意謂在罪惡上面再加上罪惡。

【出處】李寶嘉・官場現形記一六回：「家裏還有八十三歲的老娘，曉得我做了賊，丟掉官是小事，他老人家一定要氣死的，豈不是罪上加罪。」

【用法】指罪惡更爲深重。

【例句】你犯了法入獄服刑，補贖前愆，若越獄潛逃，那就是**罪上加罪**了。

【義近】罪加一等。

罪大惡極

ㄗㄨㄟˋ ㄉㄚˋ ㄜˋ ㄐㄧˊ

【釋義】極：極點，無可復加。

【出處】歐陽修・縱囚論：「刑人於死者，乃罪大惡極。」

【用法】指罪惡之大已到極點。

【例句】對於**罪大惡極**的歹徒，必須依法嚴懲，才足以服民心。

【義近】罪惡滔天／罪莫大焉／罪孽深重。

【義反】勞苦功高／名標青史／功德無量。

罪不可逭

ㄗㄨㄟˋ ㄅㄨˋ ㄎㄜˇ ㄏㄨㄢˋ

【釋義】逭：逃避。

【出處】施耐庵・水滸傳九七回：「某等不能速來歸順，罪不可逭。」

【用法】用以表示確有不可逃避的罪責。

【例句】那幾個綁匪不但綁票而且還立即撕票，**罪不可逭**，最高法院已判決死刑確定，不日槍決。

【義近】罪不可卸／罪惡昭著／罪惡昭然／情理難容。

【義反】情有可原／無可厚非／情非得已／輕罪不舉。

罪不容誅

ㄗㄨㄟˋ ㄅㄨˋ ㄖㄨㄥˊ ㄓㄨ

【釋義】處死也不足以抵補他的罪過。誅：處死。

【出處】漢書・王莽傳：「興兵動眾，欲危宗廟，惡不忍聞，罪不容誅。」

【用法】形容罪大惡極，死有餘辜。

【例句】明代宦官魏忠賢殘害忠良，妄殺無辜，實在是**罪不容誅**。

【義近】罪在不赦／罪該萬死／死有餘辜／惡積禍盈／人神共憤／罄竹難書。

【義反】迷途不遠／不咎之失。

罪以功除

ㄗㄨㄟˋ ㄧˇ ㄍㄨㄥ ㄔㄨˊ

【釋義】意謂所犯的罪行可以用功勞來抵除。

【出處】後漢書・馬援傳：「臣聞春秋之義，罪以功除；聖王之祀，臣有五義。」

【用法】指可以將功贖罪。

【例句】春秋之義，**罪以功除**。這位年輕戰士既已深悔違法抗命的罪過，並自動請求調赴前線殺敵，那就給他將功折罪的機會吧！

【義近】將功折罪／戴罪立功／報罪責功。

【義反】罪上加罪／一錯再錯／死不認錯。

罪加一等

【釋義】等：等級。
【出處】彭養鷗．黑籍冤魂五回：「我們來拿你，倒來吃你的煙，本官知道，辦起來罪加一等。」
【用法】指在量刑定罪時，對罪犯加重處罰。
【例句】你害人不淺，又隱瞞事實，如今再不說出實情，**罪加一等**。
【義近】罪上加罪。
【義反】酌量減刑。

罪有應得

【釋義】犯了罪得到應有的懲罰。罪：罪過。應得：應該得到的。
【出處】李汝珍．鏡花緣六回：「小仙身獲重譴，今被參謫，固罪所應得。」
【用法】形容罰當其罪。
【例句】這夥流氓搗亂社會秩序，如今受到法律的制裁，可謂**罪有應得**。
【義近】罪有攸歸／咎由自取。
【義反】情有可原／罰不當罪。

罪逆深重

【釋義】罪逆：罪惡。或作「罪孽深重」。
【出處】歐陽修．與十四弟書：「某罪逆深重，不自死滅。」
【用法】指罪惡極爲嚴重。
【例句】他太太是個典型的賢妻良母，他卻還經常欺負、折磨她，眞是**罪逆深重**啊！
【義近】罪業深重／罪大惡極／罪惡滔天。

罪惡如山

【釋義】罪惡像山一樣的大。
【出處】新唐書．吉頊傳：「俊臣誣殺忠良，罪惡如山，國蟊賊也，尙何惜？」
【用法】形容罪惡多而重。
【例句】這位軍事獨裁者自從政變上臺以來，暴虐妄行，濫殺無辜，**罪惡如山**，現在被羣眾推翻，眞是大快人心。
【義近】擢髮難數／罄竹難書／惡貫滿盈／罪不容誅／罪惡滔天。
【義反】功業彪炳／功德無量／丘山之功。

罪惡昭著

【釋義】昭著：明顯。又作「罪惡昭彰」。
【出處】羅貫中．三國演義四回：「汝罪惡盈天。」南齊書．高帝紀上：「驗往揆今，若斯昭著。」
【用法】形容其罪惡非常明顯，人所共見。
【例句】對那些**罪惡昭著**的分子，理應依法懲處，否則便難以平民怨。
【義近】罪惡昭然。

罪惡滔天

【釋義】滔天：滿天，形容波浪極大，或比喻罪惡、災禍極大。滔：漫，充滿。
【出處】宋．周密．齊東野語．景定慧星：「今開慶誤國之人，罪惡滔天，有一時風聞劾逐者，則乞酌寬貸施行，以昭聖主寬仁之量。」
【用法】形容罪惡極大。
【例句】這夥搶劫殺人犯**罪惡滔天**，若不處以重刑，實難以洩民憤。
【義近】擢髮難數／罄竹難書／惡貫滿盈／罪不容誅／罪惡如山。
【義反】功業彪炳／功德無量／丘山之功。

罪該萬死

【釋義】其罪惡應處死一萬次。
【出處】施耐庵．水滸傳：「孫安納頭便拜道『孫某抗拒大兵，罪該萬死。』」
【用法】極言其罪惡之大。常用以自責或請別人寬恕。
【例句】這個喪心病狂的歹徒，犯下無數殺人案件，早就**罪該萬死**了，還讓他逍遙法外這麼多年。
【義近】罪當萬死／罪不容誅／死有餘辜。
【義反】罪不當死／不咎之失。

罪魁禍首

【釋義】魁、首：頭目，爲首的。
【出處】鄭若康．玉玦記．索命：「雖是虔婆殺我，娟奴是禍首罪魁。」
【用法】指作惡犯罪的首領或源頭。
【例句】名與利是人類社會中一切罪惡的**罪魁禍首**。
【義近】元凶巨惡／元惡大奸／始作俑者。
【義反】脅從分子。

九畫

罰不當罪

【釋義】懲罰與所犯的罪行不相當。當：相當，相稱。
【出處】荀子．正論：「夫德不稱位，能不稱官，賞不當功，罰不當罪，不祥莫大焉。」
【用法】多用以指懲罰過重。
【例句】他確實有過錯，但**罰不當罪**，五年徒刑似乎太重了一些。
【義近】罰不當誅／懲罰失當。
【義反】罪有應得／罪罰相當。

罰弗及嗣

【釋義】弗：不。嗣：指子孫後代。
【出處】尙書．大禹謨：「皐陶曰：帝德罔愆，臨下以簡，御眾以寬，罰弗及嗣，賞延於世。」
【用法】指處罰犯罪者只限於其本人，不可延及其子孫。
【例句】古代律法動輒罪連九族，現代法律則重視人權，**罰弗及嗣**，甚至父債不子還。
【義近】罪人不孥／罪不及嗣。
【義反】株連九族／巢毀卵破／禍及子孫。

十四畫

羅雀掘鼠

【釋義】張網捕捉麻雀，掘洞捕捉老鼠。羅：用作動詞，張網。
【出處】新唐書．張巡傳：「至是食盡……至羅雀掘鼠，煮鎧弩以食。」
【用法】比喻在極端匱乏中盡力籌集物質，以度過難關。
【例句】非洲災荒地區，糧食罄盡，即使**羅雀掘鼠**也難求得生存。
【義近】東挪西湊／煮弩充飢／以草爲糧／挖根裹腹。
【義反】吃用不盡／物阜民豐／

炊金饌玉。

羅敷有夫

【釋義】羅敷：姓秦，戰國時代邯鄲人，貌美。嫁趙王家令王仁爲妻，趙王見而悅之，欲奪。羅敷彈箏作「陌上桑」，以自明有夫而拒趙王。

【出處】陌上桑（樂府詩）：「羅敷前置辭：『使君一何愚！使君自有婦，羅敷自有夫。』」

【用法】用以稱女子已有丈夫。

【例句】我對她一見傾心，可惜**羅敷有夫**，自嘆無緣，只能在夢裏相思了。

【義近】名花有主。

【義反】小姑獨處／待字閨中／黃花閨女。

羅織入罪

【釋義】羅織：捏造罪狀，陷害沒有罪過的人。

【出處】舊唐書，來俊臣傳：「同惡相濟，招集亡賴數百人，令其告事，共爲羅織。」

【用法】比喻捏造罪狀，陷人入罪。

【例句】古代酷吏動輒對人犯**羅織入罪**，判以死刑。公正廉明的法官當引以爲戒，爲子孫積點陰德。

羊部

羊公之鶴

【釋義】羊公：晉朝羊祜，字叔子。羊公鶴：指羊祜所養，不善飛舞的鶴。

【出處】劉義慶．世說新語．排調：「昔羊叔子有鶴善舞，嘗向客稱之，客試使驅來，氃氋而不敢舞，故稱比之。」氃氋：毛散狀。

【用法】比喻名不副實。

【例句】這個年輕人說話喜歡誇大，雖曾被人稱爲青年才俊，實際上卻不過是**羊公之鶴**而已。

【義近】虛有其表／羊質虎皮／色厲內荏／外強中乾。

【義反】名副其實／金相玉質／名不虛傳。

羊毛出在羊身上

【釋義】羊毛是從羊身上剪下來的。出：來自。

【出處】清．西周生．醒世姻緣傳一回：「媒人打夾帳，家人落背弓，陪堂講謝禮，那羊毛出在羊身上，做了八百銀子。」

【用法】比喻所獲之利，其實是出在自己身上。

【例句】有些百貨公司舉辦抽獎活動來吸引顧客，但是**羊毛出在羊身上**，那獎金還是來自於顧客的荷包。

羊肉不曾吃，空惹一身羶

【釋義】羊肉不曾吃到，卻先沾一身羶味。空：枉自，白白地。

【出處】吳敬梓．儒林外史五二回：「我就是羊肉不曾吃，空惹一身羶，倒不如不幹這把刀兒了。」

【用法】比喻還未曾受益，卻先惹來閒言閒語。

【例句】本以爲投資這家公司可以獲得暴利，不料連本錢都收不回來，還遭到親友的譏諷指責，眞是**羊肉不曾吃，空惹一身羶**。

【義近】偷雞不著蝕把米。

【義反】名利雙收。

羊狠狼貪

【釋義】意謂像羊和狼那樣貪婪凶狠。

【出處】司馬遷．史記．項羽本紀：「猛如虎，狠如羊，貪如狼。」韓愈．鄆州溪堂詩序：「羊狠狼貪，以口覆城。」

【用法】原形容人凶狠、貪婪，後也用以比喻貪官污吏的殘暴。

【例句】有些國家的官員，幾乎無一不**羊狠狼貪**，弄得民不聊生，怨聲載道。

【義近】如狼似虎／豺狼心性／喪心病狂／梟獍其心／蛇口蜂針。

【義反】面慈心善／視民如傷／宅心仁厚／仁愛寬厚。

羊腸鳥道

【釋義】羊腸：形容道路彎曲而狹窄。鳥道：形容道路狹險，只有飛鳥能過。

【出處】唐玄宗．早登太行山中言志詩：「火龍明鳥道，鐵騎繞羊腸。」

【用法】形容狹險曲折的山路。

【例句】那個山村非常的偏僻，只有一條**羊腸鳥道**與外界相通。

【義近】羊腸小道／羊腸小徑。

【義反】陽關大道／康莊大道。

羊落虎口

【釋義】意謂羊已被老虎咬在嘴裏了。

【出處】明．單本．蕉帕記．陷差：「太師爺就教龍驤領兵前去策應，定然送死，這是羊落虎口之計，伏乞太師爺尊裁。」

【用法】比喻落入險境，情況非常危急。

【例句】這幾個綁架犯作案手法相當殘忍狠毒，那個被綁架的人質有如**羊落虎口**，生還機會非常渺茫。

【義近】羊入虎口／枯魚之肆／涸轍之鮒／插翅難飛／釜中游魚／燕巢危幕。

【義反】蛟龍得水／絕處逢生／死裏逃生。

羊質虎皮

【釋義】羊披上了虎皮，但怯弱的本性並沒有改變。質：本質，本性。比喻虛有其表。

【出處】揚雄．法言．吾子：「羊質虎皮，見草而說（悅），見豺而戰，忘其皮之虎矣。」

【用法】形容貌似強大，實則爲怯懦脆弱的人或集團。

【例句】別看他氣勢洶洶，其實是**羊質虎皮**，虛弱得不堪一擊。

【義近】鳳毛雞膽／外強中乾／色厲內荏。

【義反】名副其實／金相玉質。

三畫

美人遲暮

【釋義】美人到了晚年。美人：亦指有才德有作爲的人。遲暮：比喻晚年。

【出處】屈原・離騷：「惟草木之零落兮，恐美人之遲暮。」王國維・人間詞話卷上：「大有眾芳蕪穢，美人遲暮之感。」

【用法】比喻時光易逝，盛年難再。

【例句】李太太每憶及少女時代時，面頰緋紅，身材苗條；而如今卻兩鬢如霜，體態臃腫，不免有**美人遲暮**之感。

【義近】盛年不再／白首之嘆／遲暮之嘆。

【義反】青春永駐。

美女簪花

【釋義】美女的頭上插著花。簪：插在頭髮上。

【出處】湯顯祖・牡丹亭・閨塾：「是衛夫人傳下美女簪花之格。」毛晉・汲古閣書跋・南村詩集：「嘗述虞伯論一代詩，……揭曼碩如美女簪花。」金石萃編・楊震碑跋：「昔人謂褚登善書，如美女簪花。」

【用法】形容書法娟秀多姿或形容詩文秀麗。

【例句】這幅書法作品字體娟秀有如**美女簪花**，原以爲是出自才女之手，誰知竟是一位老先生所寫，眞是難得！

【義近】仙露明珠／鸞翔鳳翥／朝華夕秀。

【義反】信手塗鴉／春蚓秋蛇。

美不勝收

【釋義】勝：盡。收：接受。

【出處】錢泳・履園叢話・藝能：「惟魚之物，美不勝收。北地以黃河鯉爲佳，江南以螺螄青爲佳。」

【用法】形容美好的東西很多，一時看不過來。

【例句】初春時節，杭州西湖的景致眞是**美不勝收**，慕名而至的遊人絡繹不絕。

【義近】琳瑯滿目／應接不暇／眼花撩亂。

美中不足

【釋義】不足：不夠。

【出處】曹雪芹・紅樓夢五回：「歎人間，美中不足今方信，縱然是齊眉舉案，到底意難平。」

【用法】指人或事物雖好，但還有不夠的地方。

【例句】此人美是甚美，可惜**美中不足**的是她的心眼太小，好妒善疑。

【義近】白璧微瑕／小有疵瑕。

【義反】白璧無瑕／完美無缺／十全十美／盡善盡美。

美玉無瑕

【釋義】瑕：玉上的斑點。

【出處】王實甫・西廂記第三本二折：「他是箇嬌滴滴美玉無瑕，粉臉生春，雲鬢堆鴉。」

【用法】比喻完美無缺。

【例句】這位小姐無論品德、才華等各方面，都無可挑剔，稱得上是**美玉無瑕**了。

【義近】白璧無瑕／完美無疵／十全十美／盡善盡美。

【義反】白圭之玷／瑕瑜互見／美中不足／蠅糞點玉／甘瓜苦蒂／白璧微瑕。

美目盼兮

【釋義】目：眼睛。盼：眼睛黑白分明的樣子。兮：語助詞，無義。

【出處】詩經・衛風・碩人：「巧笑倩兮，美目盼兮。」

【用法】比喻女子貌美動人。

【例句】公司的李小姐風姿綽約，**美目盼兮**，巧笑倩兮，不知有多少俊男拜倒在她的石榴裙下。

【義近】花容月貌／出水芙蓉／仙姿玉質／妍姿豔質。

美如冠玉

【釋義】冠玉：古代裝飾在帽上的玉。

【出處】司馬遷・史記・陳丞相世家：「絳侯灌嬰等咸讒陳平曰：『平雖美丈夫，如冠玉耳，其中未必有也。』」

【用法】今多用以稱譽美男子。

【例句】那位男影星脣紅齒白，**美如冠玉**，風度翩翩，不知迷死多少純情少女。

【義近】擲果潘郎／儀表堂堂／城北徐公／朗目舒眉／傅粉何郎／白面書生／貌似潘安。

【義反】貌不出眾／其醜無比／粗俗不堪。

美衣玉食

【釋義】華麗的衣著，珍貴的食品。

【出處】馮夢龍・東周列國志六五回：「所謂君者，受尊號，享榮名，美衣玉食，崇階華宮，乘高車，駕上駟，府庫充盈，使令滿前。」

【用法】形容衣食奢侈豪華。

【例句】這些闊少每天**美衣玉食**，尋歡作樂，哪有時間和精神用在功課上，成績當然就不好了。

【義近】侯服玉食／錦衣玉食／鮮衣美食／豐衣足食。

【義反】惡衣惡食／布衣疏食／粗茶淡飯／啼飢號寒。

美言不信

【釋義】美言：浮華之詞。信：眞實。

【出處】老子：「信言不美，美言不信。」清・劉熙載・藝概・賦概：「若美言不信，玩物喪志，其賦亦不可已乎！」

【用法】說明詞藻華美的言辭或文章，內容往往不眞實。

【例句】這篇小說詞藻雖然華美，只可惜**美言不信**，其內容編造得太荒唐，使人難以苟同。

【義近】華而不實／夸夸其談／繁華損枝。

【義反】金相玉質／銜花佩實／言辭樸實。

美味佳餚

【釋義】餚：魚肉等葷菜。

【出處】蘭陵笑笑生・金瓶梅六九回：「須臾，大盤大碗，就是十六碗美味佳餚，銀燭高燒，下邊金爐添火，交杯換盞，行令猜枚。」

【用法】泛指珍貴美好的食品。

【例句】那些富商大賈，經常享用**美味佳餚**，但身體狀況並不佳，看來粗茶淡飯反而比較健康呢！

【義近】龍肝豹胎／龍肝鳳髓／山珍海味／炊金饌玉／珍饈美味／佳餚美饌。

【義反】家常便飯／粗茶淡飯／殘羹剩飯／殘湯剩水。

美意延年（ㄇㄟˇ ㄧˋ ㄧㄢˊ ㄋㄧㄢˊ）

【釋義】美意：樂觀無憂。延年：延長壽命。

【出處】荀子・致士：「得眾動天，美意延年，誠信如神。」

【用法】用以說明開心舒暢，可以延年益壽。

【例句】人生不如意事十恆八九，用不著煩惱，只要忘懷得失，自然可以舒暢自在，**美意延年**。

【義近】延年益壽／心寬體胖／養怡永年。

【義反】未老先衰／望秋先零／憂鬱促壽。

美輪美奐（ㄇㄟˇ ㄌㄨㄣˊ ㄇㄟˇ ㄏㄨㄢˋ）

【釋義】輪：高大。奐：華美。形容房屋高大而華美。

【出處】禮記・檀弓下：「晉獻文子成室，晉大夫發焉。張老曰：『美哉輪焉，美哉奐矣。』」

【用法】今多用以祝賀新居落成之題辭。

【例句】朋友新居落成，我們合資送了一塊扁額，上刻**美輪美奐**四字頌辭，以示祝賀。

【義近】瓊樓玉宇／富麗堂皇／金碧輝煌。

【義反】蓬門篳戶／甕牖繩樞／竹籬茅舍／牽蘿補屋／茅茨土階。

五畫

羞人答答（ㄒㄧㄡ ㄖㄣˊ ㄉㄚ ㄉㄚ）

【釋義】答答：害羞的樣子。

【出處】王實甫・西廂記第四本楔子：「這小賤人倒會放刁，羞人答答的，怎生去。」

【用法】形容難爲情，不好意思，爲少女矜持的情態。

【例句】白居易〈琵琶行〉的名句：「千呼萬喚始出來，猶抱琵琶半遮面。」描繪出少婦**羞人答答**的情態，眞是入木三分。

【義近】面紅耳赤／臉紅心跳。

【義反】落落大方／雍容大方。

羞爲牛後（ㄒㄧㄡ ㄨㄟˊ ㄋㄧㄡˊ ㄏㄡˋ）

【釋義】本作「羞以牛後」。牛後：比喻從屬的地位。

【出處】漢・阮瑀・爲曹公作書與孫權：「昔蘇秦說韓，羞以牛後，韓王按劍，作色而怒。」

【用法】表示不願處在從屬的地位，受人牽制。

【例句】我情願在這當個小主管，獨當一面，卻**羞爲牛後**去當什麼副處長之類的職位。

【義近】寧爲雞首，不爲牛後。

【義反】甘處下風／甘居下游／屈居於下／知雄守雌。

羞與爲伍（ㄒㄧㄡ ㄩˇ ㄨㄟˊ ㄨˇ）

【釋義】爲伍：做伙伴。

【出處】後漢書・黨錮傳：「逮桓靈之閒，主荒政謬，國命委於閹寺，士子羞與爲伍。」

【用法】表示以跟某人在一起爲可恥之事。

【例句】他這個人吃喝嫖賭，無所不爲，要我和他一起合作共事，實在**羞與爲伍**。

【義近】羞與噲伍／羞與爲鄰／道不同不相爲謀。

【義反】同流合污／沆瀣一氣／滑泥揚波／狼狽爲奸／同聲相應／同氣相求／同惡相濟／同類相從。

羚羊掛角（ㄌㄧㄥˊ ㄧㄤˊ ㄍㄨㄚˋ ㄐㄧㄠˇ）

【釋義】羚羊：似羊而大，細角。傳說羚羊夜宿，掛角於樹上，腳不著地，獵者無跡可尋，可防獵人殺害。

【出處】陸佃・埤雅・釋獸：「羚羊……夜則懸角木上以防患，語曰『羚羊掛角』，此之謂也。」

【用法】常用以比喻詩文的意境高超玄妙，不落痕跡。

【例句】他的詩作寫得如**羚羊掛角**，透徹玲瓏，毫無雕琢痕跡。

【義近】無跡可尋／天衣無縫。

【義反】時露破綻／拖泥帶水。

羝羊觸藩（ㄉㄧ ㄧㄤˊ ㄔㄨˋ ㄈㄢˊ）

【釋義】公羊角鉤在籬笆上。羝羊：公羊。藩：籬笆。

【出處】周易・大壯：「羝羊觸藩，不能退，不能遂。」

【用法】比喻處境窘迫，進退兩難。

【例句】他現在的處境已如**羝羊觸藩**，相當狼狽，很需要我們的援助。

【義近】進退兩難／進退維谷／前龍後虎。

【義反】可進可退／進退自如／前後無礙。

七畫

義不容辭（ㄧˋ ㄅㄨˋ ㄖㄨㄥˊ ㄘˊ）

【釋義】義：道義。容：允許。辭：推托，拒絕。

【出處】馮夢龍・醒世恆言卷一七：「張孝基道：『承姑丈高誼，小婿義不容辭。』」

【用法】表示對正義之事或自己應盡的職責，在道義上不允許推辭。

【例句】支援災區同胞，是我們**義不容辭**的責任。

【義近】責無旁貸／當仁不讓／不容辭讓。

【義反】躊躇不前／推三阻四／婉言謝絕。

義正辭嚴（ㄧˋ ㄓㄥˋ ㄘˊ ㄧㄢˊ）

【釋義】理由正當充足，措辭嚴正有力。義：道理。一作「辭嚴義正」。

【出處】趙弼・繁邑古祠對：「辭嚴義正，吾何敢贅片言以文哉！」

【用法】常用以表明立場或對不義之事進行申辯時，持論合乎義理，言詞嚴肅有力。

【例句】這篇文章駁斥對方的謬論確實稱得上**義正辭嚴**，但似乎氣魄還有些不夠。

【義近】理直氣壯／滔滔陳辭。

【義反】理屈詞窮／張口結舌。

義形於色（ㄧˋ ㄒㄧㄥˊ ㄩˊ ㄙㄜˋ）

【釋義】義：正義。形：表現。色：臉容表情。

【出處】公羊傳・桓公二年：「孔父正色而立於朝，則人莫敢過而致難於其君者。孔父可謂義形於色矣。」

【用法】形容仗義持正的神情流露在臉上。

【例句】他爲人正直敢言，遇有什麼不平之事就**義形於色**，所以雖贏得朋友的推崇，也樹立了不少敵人。
【義近】義現乎辭／憤發於辭。
【義反】不動聲色／無動於衷。

義無反顧

【釋義】義：道義。反顧：回頭看。又作「義不反顧」。
【出處】司馬相如・喻巴蜀檄：「觸白刃，冒流矢，議（義）不反顧，計不旋踵。」
【用法】說明在道義上只有勇往直前，不能猶豫回顧。
【例句】我們身受國家大恩，遇到敵人侵略，自然**義無反顧**，以死圖報。
【義近】勇往直前／一往無前／奮勇向前。
【義反】瞻前顧後／畏縮不前／貪生怕死。

義憤填膺

【釋義】義憤：對違反正義的事情所產生的憤怒。填膺：充滿了胸膛。膺：胸。
【出處】舊唐書・文宗本紀下：「上曰：『我每思貞觀、開元之時，觀今日之事，往往憤氣填膺耳。』」
【用法】指滿腔義憤。
【例句】對於法院的判決不公，被害者家屬都**義憤填膺**，立誓抗爭到底。
【義近】悲憤填膺／義憤滿腔。
【義反】無動於衷。

義薄雲天

【釋義】正義之氣直上高空。義：正義。薄：迫近。雲天：指高空。
【出處】宋書・謝靈運傳論：「高義薄雲天。」
【用法】形容一個人重視道義，爲道義而奮鬥的精神非常崇高。
【例句】古代英雄豪傑個個**義薄雲天**，雖已大江東去浪淘盡，但其精神卻活生生地印在人們心中。
【義近】義重如山／氣壯山河。
【義反】無情無義。

羣而不黨

【釋義】羣：指與人和睦相處。黨：指結黨作惡。
【出處】論語・衛靈公：「子曰：『君子矜而不爭，羣而不黨。』」
【用法】指君子與人相處和洽，卻不結黨營私。
【例句】我們這些好朋友雖然往來親密，相互幫助，卻是**羣而不黨**的，不信就請你去調查吧。
【義近】周而不比／矜而不爭／和而不同。
【義反】比而不周／結黨營私／朋比爲奸。

羣居穴處

【釋義】指上古時代的人聚羣而居，歇宿於山洞之中。
【出處】後漢書・隗囂傳：「王之將吏，羣居穴處之徒，人人抵掌，欲爲不善之計。」
【用法】用以比喻粗野無知，見聞不廣。
【例句】這些人猶如井底之蛙，爲**羣居穴處**之徒，你既然多讀了點書，用得著爲這麼點事和他們計較嗎？
【義近】市井之徒／凡夫俗子／村夫愚婦／鄉姑村婦／井底之蛙。
【義反】志士仁人／泰山北斗／傑出人才／搢紳之士／在位通人。

羣居終日，言不及義

【釋義】終日：整天。及義：涉及到正義的、合理的。
【出處】論語・衛靈公：「羣居終日，言不及義，好行小慧，難矣哉！」
【用法】是指整天相處，所談的都不是正道，盡說些無聊的事。
【例句】有些年輕人**羣居終日，言不及義**，狐羣狗黨聚在一起，盡說些不正經、毫無營養的話，眞讓人看不慣。
【義近】言不及義／游談無根／謬悠之言。
【義反】言必及義／言必有中／一語中的／一針見血。

羣威羣膽

【釋義】威：威力，力量。膽：膽識。
【用法】形容羣體團結一致、英勇戰鬥時，所表現出來的力量和勇敢精神。
【例句】我軍出動兵力，與當地民眾緊密配合，**羣威羣膽**，迅速地剷除了搶匪的據點。
【義近】羣策羣力。
【義反】匹夫之勇。

羣起而攻之

【釋義】羣：眾人，大家。攻：攻擊，反對。又作「羣起攻之」、「羣起而攻」。
【出處】吳沃堯・糊塗世界卷一：「務要探聽明白，羣起攻之。」
【用法】指眾人都起來攻擊、反對。
【例句】他話音剛停，人們便對他的荒謬主張**羣起而攻之**。
【義近】鳴鼓而攻之／眾口交攻／眾矢之的。
【義反】傾城而迎之／眾星捧月／眾星拱北。

羣策羣力

【釋義】羣：眾人。策：計策，主意。
【出處】揚雄・法言・重黎：「漢屈羣策，羣策屈羣力。」注：「屈，盡也。」
【用法】指集合眾人的力量和智慧。
【例句】只要我們**羣策羣力**，就一定能度過當前的難關，走向康莊大道。
【義近】同心協力／齊心協力／集思廣益。
【義反】獨斷專行／單打獨鬥／單槍匹馬。

羣龍無首

【釋義】一羣龍沒有領頭。首：領頭的。
【出處】周易・乾卦：「用九，見羣龍无首，吉。」
【用法】說明做事沒有領導者，無法統一行動。
【例句】這個組織**羣龍無首**，組成分子各行其是，很難有發展的可能。
【義近】一盤散沙／烏合之眾。
【義反】眾星拱月／團結一致。

羣魔亂舞

【釋義】成羣的魔鬼亂蹦亂跳。舞：喻其爲非作歹。

【用法】形容一羣壞人聚合在一起肆意橫行，或在政治舞臺上猖狂活動。

【例句】現在有些國家和地區**羣魔亂舞**，使得百姓們生活困苦不堪。

【義近】豺狼當道。

【義反】弊絕風清／政簡刑清／海晏河清。

羽 部

羽毛未豐

【釋義】小鳥的羽毛還未長滿。

【出處】戰國策・秦策一：「秦王曰：『寡人聞之，羽毛不豐滿者不可以高飛。』」

【用法】比喻尙未成熟或力量不夠充實。

【例句】這小子**羽毛未豐**就頤指氣使的，將來等他翅膀長硬了，還會把你放在眼裏嗎？

【義近】少不更事／初生之犢／乳臭未乾。

【義反】羽翼豐滿／羽翼已成。

羽扇綸巾

【釋義】羽扇：鳥羽所製的扇。綸巾：絲帶做的頭巾。羽扇和綸巾，漢末名士扮相。

【出處】蘇軾・念奴嬌・赤壁懷古：「遙想公瑾當年，小喬初嫁了，雄姿英發，羽扇綸巾，談笑間，強虜灰飛煙滅。」

【用法】形容人英姿煥發，瀟灑閒適的樣子。

【例句】他頭戴草帽，手持鵝毛扇，一搖一搖的，活像三國諸葛孔明**羽扇綸巾**的裝扮，好瀟灑啊！

【義近】風流倜儻／意氣軒昂／英姿煥發／神采飛揚。

【義反】猥猥瑣瑣／扭扭捏捏／萎靡頹唐。

羽檄交馳

【釋義】羽檄：插上鳥羽的緊急文書。交馳：交相奔馳，紛至沓來。

【出處】宋・張孝祥・衡州新學記：「於羽檄交馳之際，不敢忘學，學成而兵有功，治有績。」

【用法】形容軍情緊急。

【例句】現在正當**羽檄交馳**之際，你們卻還在這裏花天酒地，絲毫沒有一點危機意識。

【義近】狼煙四起／羽檄飛馳／烽火連天／烽煙四起／兵馬倥傯／戰火紛飛／兵連禍結／干戈落落。

【義反】捷報頻傳／凱旋而歸／天下太平／四海昇平／河清海晏。

羽翼已成

【釋義】指鳥的羽毛業已長成。

【出處】漢・荀悅・漢紀・高祖帝紀四：「上召戚夫人指示曰：『吾欲易太子，彼四人者爲之輔，羽翼已成，難動搖也。』」

【用法】比喻得到輔佐的人，勢力已壯大。

【例句】他苦心積慮地佈局，現在**羽翼已成**，野心勃勃，想一舉奪下縣長的寶座。

【義近】羽翮已就／羽毛已豐／羽翼豐滿。

【義反】羽毛未豐／時機未到／乳臭未乾。

羽蹈烈火

【釋義】羽：這裏指鳥。蹈：踐踏，踩；這裏是「撲」或「赴」的意思。

【出處】漢・劉向・新序・雜事三：「譬之若以卵投石，若以指繞沸，若羽蹈烈火，入則焦沒耳。」

【用法】比喻不自量力而自取災禍。

【例句】你這樣獨自一人闖入匪窩去救你太太，我看不過是**羽蹈烈火**，還是報警或另謀良策吧！

【義近】飛蛾撲火／以卵投石／以指繞沸／以卵擊石／螳臂當車／蚍蜉撼樹。

【義反】全身遠害／明哲保身／獨善其身。

五 畫

習以成俗

【釋義】俗：習慣。

【出處】魏書・高允傳：「雖條旨久頒，而俗不革變。將由居上者未能悛改，爲下者習以成俗，教化陵遲，一至於斯。」

【用法】用以說明長期沿用，便成了習俗。

【例句】他們那一帶即便是再貧窮的人家，男婚女嫁都要大肆鋪張地舉辦，這已**習以成俗**，想要改變是很困難的。

【義近】習以成風／習以爲常／相沿成習／習慣成自然。

【義反】移風易俗／革除陋習／激薄停澆／風移俗易／改俗遷風／正風變格。

習以爲常

【釋義】習：習慣。以爲：而成爲。

【出處】魏書・太武王傳：「將相多尙公主，王侯亦娶后族，故無妾媵，習以爲常。」

【用法】指無論什麼，只要習慣了，便覺得很平常。

【例句】對於她這種翻來覆去的毛病，我早**習以爲常**，不以爲怪了。

【義近】習慣成自然／司空見慣／見怪不怪。

【義反】少見多怪。

習焉不察

【釋義】焉：代詞「之」，泛指一切事情。察：察看，明白。
【出處】孟子・盡心上：「行之而不著焉，習矣而不察焉，終身由之，而不知其道者，眾也。」
【用法】指對於某種事情習慣了，反而察不出其中的問題。
【例句】許多陳規陋習的缺點本是顯而易見的，但代代相傳，久而久之便**習焉不察**了。
【義近】習而不察／習以爲常。
【義反】見微知著／穴處知雨。

習慣成自然

【釋義】成自然：變成自然的事。一作「習慣如自然」。
【出處】漢書・賈誼傳：「少成若天性，習貫（慣）如自然。」
【用法】指事情或行爲一經習慣，便以爲理應如此，毫無不適之感。
【例句】不要忽略了小孩子的壞毛病，要知道**習慣成自然**，等大了，便難以糾正了。
【義近】習以爲常／司空見慣／見怪不怪。
【義反】少見多怪。

八—九畫

翠消紅減

【釋義】翠、紅：均指女子的姿色。
【出處】元・李子昌・梁州令：「翠消紅減亂如麻，隔妝臺慵梳掠，掩菱花。」
【用法】形容女子姿容減退。
【例句】青春易逝，這位當年名聞遐邇的一代名伶，剛過不惑之年，便已**翠消紅減**，失去了昔日的風采。
【義近】美人遲暮／徐娘半老／妖韶女老。
【義反】婀娜多姿／人面桃花／桃羞杏讓。

翩翩君子

【釋義】翩翩：本用以形容鳥兒飛行輕快，後引申形容人的瀟灑舉止。
【出處】司馬遷・史記・平原君列傳：「平原君，翩翩濁世之佳公子也。」
【用法】形容人風度飄逸優美，文質彬彬。
【例句】風度飄逸優美的**翩翩君子**，是許多少女們心目中的白馬王子。
【義近】文質彬彬／風度翩翩／英俊瀟灑。
【義反】粗鄙小人／鄉愚村夫／市井粗人。

十二畫

翹足引領

【釋義】翹足：踮起腳跟。引領：伸長脖子。
【出處】漢・陳琳・檄吳將校部曲文：「是以立功之士，莫不翹足引領，望風響應。」
【用法】形容盼望之殷切。
【例句】那些被洪水圍困的災民，無不**翹足引領**，焦急地等待救援。
【義近】翹首引領／翹首企足／延頸舉踵／延頸企踵／望眼欲穿。

翹足而待

【釋義】一舉足的短時間內即可到來。翹足：一提腳後跟。待：等待。
【出處】司馬遷・史記・商君傳：「秦王一旦捐賓客而不立朝，秦國之所以收君者，豈其微哉？亡可翹足而待。」
【用法】形容在極短的時間內即可實現。
【例句】高鐵的通車是**翹足而待**的事情，我們就平心靜氣地等吧！
【義近】指日可待／翹足可期。
【義反】日久無望／遙遙無期／永無指望。

翻山越嶺

【釋義】爬過一座座山嶺。越：過。又作「爬山越嶺」。
【出處】李汝珍・鏡花緣六四回：「意欲趕些針線，可以多賣幾文錢，省得你爬山越嶺，又去砍柴。」
【用法】形容旅途或野外工作的辛苦。
【例句】古時交通不發達，從一地到另一地往往得**翻山越嶺**，所以許多人一輩子都沒有離開過他所住的村莊。
【義近】跋山涉水／長途跋涉／航海梯山／登山陟嶺。
【義反】深居簡出／信馬由韁。

翻天覆地

【釋義】天地都翻倒過來了。翻：反轉。覆：轉向。
【出處】劉商・胡笳十八拍：「天翻地覆誰得知，如今正南看北斗。」
【用法】形容因巨大的變化而產生劇烈的震撼、壯盛的聲勢。多指社會制度和目前的狀況。
【例句】中國近百年來產生了**翻天覆地**、史無前例的大變革。
【義近】地覆天翻／驚天動地／撼天搖地／掀天斡地／震天駭地。
【義反】依然如故／一如既往。

翻江倒海

【釋義】使江海翻騰。又作「翻江攪海」。
【出處】元・無名氏・梧桐葉二折：「翻江攪海驚濤怒，搖脫秋林木。」
【用法】形容力量強大，或聲勢非常壯大。
【例句】滿清末年，因清廷喪權辱國，革命怒潮如**翻江倒海**般湧起，人民紛紛響應。
【義近】排山倒海／山倒江翻／江翻海沸／怒濤排壑／攪海翻江。
【義反】風平浪靜。

翻來覆去

【釋義】覆：翻，又作「復」，重複。
【出處】朱子全書・性理五：「橫說也如此，豎說也如此，翻來覆去說也如此。」
【用法】形容說話多次重複，囉囉嗦嗦。也形容睡不著覺，來回翻轉身體。
【例句】①你**翻來覆去**所說的，不就是這麼幾句嗎？有沒有別的新內容？②她在床上**翻來覆去**，一點睡意也沒有。
【義近】顛三倒四／輾轉反側／輾轉不寐。

【義反】言簡意賅／要言不煩／簡明扼要／倒頭便睡。

翻脣弄舌（ㄈㄢ ㄔㄨㄣˊ ㄋㄨㄥˋ ㄕㄜˊ）

【釋義】意即翻弄脣舌，張嘴亂說。
【出處】蘭陵笑笑生・金瓶梅五七回：「第一要才學，第二就要人品了，又要多相處，沒些說是說非，翻脣弄舌，這就好了。」
【用法】比喻搬弄是非。
【例句】這位太太最愛**翻脣弄舌**了，她的話千萬不可隨意相信，還是先去了解眞相再說吧。
【義近】搖脣鼓舌／搬脣遞舌／調嘴弄舌／枉口拔舌／搬弄是非／鼓舌如簧／挑撥離間／說長道短／爭嘴學舌／調三斡四。
【義反】謹言愼行／剛毅木訥／沉默寡言／三緘其口。

翻然改圖（ㄈㄢ ㄖㄢˊ ㄍㄞˇ ㄊㄨˊ）

【釋義】翻然：很快地變過來。圖：打算，謀畫。
【出處】漢・審配・獻書袁譚：「何圖兇險讒慝之人，……至今將軍翻然改圖，忘孝友之仁，聽豺狼之謀，誣先公廢立之言。」
【用法】比喻一下子改變主意，另作打算。
【例句】我們明明商量好要去泰國投資的，不知他怎麼**翻然改圖**，這樣我只好另外找合夥人了。
【義近】翻然易轍／翻然圖新／幡然改圖／改弦易轍／改弦更張。
【義反】堅定不移／堅守不渝／矢志不移／貫徹始終／堅如磐石。

翻然悔悟（ㄈㄢ ㄖㄢˊ ㄏㄨㄟˇ ㄨˋ）

【釋義】翻然：形容轉變得快。翻，又作「幡」。悔悟：悔恨醒悟。
【出處】韓愈・與陳給事書：「今則釋然悟，翻然悔曰：『其邈也，乃所以怒其來之不繼也。』」
【用法】形容在行動或思想上皆徹底悔改醒悟。
【例句】受到恩師的愛心感化，那位不良少年**翻然悔悟**，一舉考上理想大學。
【義近】翻然改進／翻然改圖／迷途知返／痛改前非。
【義反】執迷不悟／至死不悟／死不改悔／冥頑不靈。

翻雲覆雨（ㄈㄢ ㄩㄣˊ ㄈㄨˋ ㄩˇ）

【釋義】翻過手來是雲，覆過手來是雨。又作「翻手爲雲，覆手爲雨」。
【出處】杜甫・貧交行詩：「翻手作雲覆手雨，紛紛輕薄何須數！」
【用法】形容人反覆無常或慣於施弄手段。有時也用來比喻人事易變或男女行房之事。
【例句】①他在商場上常常言行不一，**翻雲覆雨**的，故少有人願意和他來往。②**翻雲覆雨**的情愛固然美麗，亦短暫虛幻得如鏡花水月。
【義近】一手遮天／巫山雲雨／雲情雨意。
【義反】始終如一／堅貞不渝。

翻箱倒櫃（ㄈㄢ ㄒㄧㄤ ㄉㄠˇ ㄍㄨㄟˋ）

【釋義】把箱子都翻倒過來。又作「翻箱倒篋」。篋：竹箱子。
【出處】吳沃堯・二十年目睹之怪現狀四回：「船上買辦又仗著洋人勢力，便來翻箱倒篋的搜了一遍。」
【用法】形容徹底翻檢、搜查。
【例句】強盜闖進屋裏，把人綑綁後，便**翻箱倒櫃**地搜尋財物，洗劫一空後才離去。
【義近】傾筐倒篋／翻罈倒罐。
【義反】原封不動／一瞟而過。

翻覆無常（ㄈㄢ ㄈㄨˋ ㄨˊ ㄔㄤˊ）

【釋義】翻覆：顚過來倒過去。無常：時常變化，變化不定。
【出處】南朝梁・吳均・行路難：「當年翻覆無常定，薄命爲女何必粗。」
【用法】是指變化不定，說變就變。
【例句】男子漢大丈夫，怎麼說話行事這樣**翻覆無常**？今後誰敢和你合作共事！
【義近】反覆無常／翻來覆去／出爾反爾／朝三暮四。
【義反】始終不渝／守常不變／始終如一／全始全終。

十四畫

耀武揚威（ㄧㄠˋ ㄨˇ ㄧㄤˊ ㄨㄟ）

【釋義】耀：炫耀。揚：顯揚。指炫耀武力，顯示威風。
【出處】元・無名氏・宋太祖龍虎風雲會三折：「有那等，霸王業，抗王師，耀武揚威盡滅亡。」
【用法】形容自視權勢或武力的強大，遂加以張揚顯示以壓住對方。多用於描寫軍人或一些有權有勢的人，貶義較多。
【例句】那個小官在地方上**耀武揚威**，但在大官面前卻唯唯諾諾。
【義近】橫行霸道／飛揚跋扈／作威作福／趾高氣昂／威風八面／不可一世。
【義反】依禮而行／謙卑自牧。

老部

老大徒傷悲（ㄌㄠˇ ㄉㄚˋ ㄊㄨˊ ㄕㄤ ㄅㄟ）

【釋義】老大：年老歲數大。徒：空，枉自。
【出處】古樂府・長歌行：「少壯不努力，老大徒傷悲。」
【用法】說明少壯不及時不努力，等到年事已長，力不從心，只有悔恨悲傷。多用作勉勵語。
【例句】年輕人應把握時間，成就一番事業，否則以後便會有**老大徒傷悲**的歎息。
【義近】老大無成空自嗟／白髮青衫淚滿襟。
【義反】老驥伏櫪，志在千里／烈士暮年，壯心不已。

老大無成（ㄌㄠˇ ㄉㄚˋ ㄨˊ ㄔㄥˊ）

【釋義】老大：年老歲數大。成：成就，功績。
【出處】李綠園・歧路燈三十回：「到如此老大無成，甚負老先生期望之意。」
【用法】說明年老而無所成就，含有慨嘆語氣，有時也作客氣話。
【例句】李老先生年輕時就愛好書畫，但由於多方面的原因，到現在仍沒有畫出一幅爲人肯定的畫，所以常常歎息自己**老大無成**。

【義近】一事無成／馬齒徒增／白首空歸。

【義反】大器晚成／功隨日增／少年有成／功成名遂。

老牛拉破車（ㄌㄠˇ ㄋㄧㄡˊ ㄌㄚ ㄆㄛˋ ㄔㄜ）

【釋義】老牛拉著破車，速度很慢。

【用法】形容條件太差或做事效率太低。

【例句】做事一定要雷厲風行，那種**老牛拉破車**的作風，是很難做出成績來的。

【義近】慢條斯理／疲疲踏踏／有氣無力／敝車羸馬。

【義反】香車寶馬／突飛猛進／快馬加鞭。

老牛舐犢（ㄌㄠˇ ㄋㄧㄡˊ ㄕˋ ㄉㄨˊ）

【釋義】老牛用舌頭舔小牛。舐：舔。犢：小牛。

【出處】後漢書・楊彪傳：「後子脩爲曹操所殺。操見彪問曰：『公何瘦之甚？』對曰：『愧無日磾先見之明，猶懷老牛舐犢之愛。』」

【用法】比喻年老的父母愛憐子女。

【例句】王老太太噙著眼淚，像**老牛舐犢**般地撫摩著失散多年的兒子。

老生常談（ㄌㄠˇ ㄕㄥ ㄔㄤˊ ㄊㄢˊ）

【釋義】老書生平常之談。老生：舊指年老的書生。常談：經常談及的事理。

【出處】陳壽・三國志・魏書・管輅傳：「（鄧）颺曰：『此老生之常譚（談）。』」

【用法】比喻人們聽慣了的沒有新意的言論。也作謙詞用。

【例句】我說這四件事，雖然像是**老生常談**，但恐怕大多數人都不曾這樣做。（梁啓超・學問之趣味）

【義近】陳詞濫調／老調重彈／舊調重彈／老生常譚／陳腔濫調。

【義反】真知灼見／聞所未聞。

老奸巨猾（ㄌㄠˇ ㄐㄧㄢ ㄐㄩˋ ㄏㄨㄚˊ）

【釋義】老：有經驗，老練。奸：奸詐。巨：大，引申爲非常。猾：狡猾。

【出處】宋史・食貨志上：「老奸巨猾，匿身州縣，舞法擾民，蓋甚前日。」

【用法】形容世故而手段極其奸詐狡猾的人，含貶義。

【例句】他是個飽經世故、**老奸巨猾**的人，與他共事，你務必要謹慎小心。

【義近】詭計多端／姦人之雄／神姦巨蠹。

【義反】年高德劭／德高望重／面慈心善／正人君子／狷介之士。

老成持重（ㄌㄠˇ ㄔㄥˊ ㄔˊ ㄓㄨㄥˋ）

【釋義】老成：老練成熟。持重：辦事謹慎。

【出處】詩經・大雅・蕩：「雖無老成人，尚有典刑。」魏善伯・留侯論：「而老成持重，坐靡歲月。」

【用法】形容人閱歷豐富，辦事老練成熟，謹慎穩重。多用於人物評價，有稱道意味。

【例句】他爲人**老成持重**，大家對他都很敬重。

【義近】老成練達／老於世故／老成見到。

【義反】少不更事／乳臭未乾／血氣方剛。

老成練達（ㄌㄠˇ ㄔㄥˊ ㄌㄧㄢˋ ㄉㄚˊ）

【釋義】老成：經歷多，做事穩重。練達：閱歷多而通達人情世故。

【出處】羅貫中・三國演義一二〇回：「社預爲人，老成練達。」

【用法】形容人老練持重並通達事理。

【例句】這件事有些棘手，務必要找一個**老成練達**的人來處理，以免出問題。

【義近】老成持重／老於世故／飽經世故／老成見到。

【義反】幼不更事／少不更事／涉世未深／乳臭未乾。

老有所終（ㄌㄠˇ ㄧㄡˇ ㄙㄨㄛˇ ㄓㄨㄥ）

【釋義】所終：歸宿之處。

【出處】禮記・禮運：「故人不獨親其親，不獨子其子，使老有所終，壯有所用，幼有所長，矜寡孤獨廢疾者，皆有所養。」

【用法】指人到老年有個安養晚年的地方。

【例句】政府設立老人年金的目的，就是要貫徹《禮記》思想中**老有所終**的精神。

【義近】頤養天年。

老死不相往來（ㄌㄠˇ ㄙˇ ㄅㄨˋ ㄒㄧㄤ ㄨㄤˇ ㄌㄞˊ）

【釋義】意謂直到老死，互相沒有往來。

【出處】老子・八〇章：「鄰國相望，雞犬之聲相聞，民至老死不相往來。」

【用法】指彼此關係非常疏遠，從不來往。

【例句】在香港，同住一幢大廈的左鄰右舍，往往相見不相識，**老死不相往來**，甚至形同陌路。

【義近】大路朝天，各走半邊／渺不相涉／不相往來。

【義反】你來我往／投桃報李／情同手足。

老死溝壑（ㄌㄠˇ ㄙˇ ㄍㄡ ㄏㄨㄛˋ）

【釋義】意謂老死於山溝之中。溝壑：溪谷。

【出處】宋・蘇軾・代張方平諫用兵書：「爲社稷長久之計，上以安二宮朝夕之養，下以濟四方億兆之命，則臣雖老死溝壑，暝目於地下矣！」

【用法】多用在老年不得善終。

【例句】我已活了大把年紀，這殘生餘年既然還有機會替國家効命，即使**老死溝壑**亦了無遺憾，必然全力以赴。

【義近】死於非命／天年不遂。

【義反】壽終正寢／終其天年。

老死牖下（ㄌㄠˇ ㄙˇ ㄧㄡˇ ㄒㄧㄚˋ）

【釋義】牖下：猶言家中。牖：窗戶。

【出處】凌濛初・初刻拍案驚奇卷二：「假若誤出誤入，那有罪的老死牖下，無罪的卻命絕了囹圄刀鋸之間，難道頭頂上這個老翁，是沒有眼睛的麼？」

【用法】用以形容終其天年。

【例句】這個獨夫生前殘民以逞，殺人無數，竟能**老死牖下**，也算是有造化的了。

【義近】壽終正寢／終其天年。
【義反】死於非命／夭年不遂。

老於世故

【釋義】老：深，有經驗。世故：處世的經驗。
【出處】韓愈．石鼓歌：「大廈深檐與蓋覆，經歷久遠期無佗。中朝大夫老於事，詎肯感激徒媕婀。」
【用法】形容熟悉社會人情，富有處世經驗。多用於人物品評。
【例句】他是一個**老於世故**的人，不論在什麼場合，都能自如地應付。
【義近】老成持重／飽經世故／面面俱到／八面玲瓏。
【義反】初生之犢／涉世未深／乳臭未乾／少不更事。

老虎頭上拍蒼蠅

【釋義】拍：一作「撲」，打。
【出處】吳敬梓．儒林外史六回：「今日爲他得罪嚴老大，老虎頭上拍蒼蠅怎的，落得做好好先生。」
【用法】比喻冒失、冒險。
【例句】他是個殺人不眨眼的魔王，你和他作對，簡直就像是在**老虎頭上拍蒼蠅**。
【義近】太歲頭上動土／餓狗口裏奪脆骨／與虎謀皮／老虎口裏拔牙／捋虎鬚。
【義反】成竹在胸／勝算在握。

老師宿儒

【釋義】宿儒：老成博學的讀書人。
【出處】宋．陸九淵．語錄：「三百篇之詩，有出於婦人女子，而後世老師宿儒，且不能注解得分明，豈其智有所不若？」
【用法】用以稱年老而學問淵博的人。
【例句】這部新出版的《史記》，是經過多位**老師宿儒**標點、校勘、注釋過的，所以極少訛誤，且易讀易懂。
【義近】飽學宿儒／博學鴻儒／碩學通儒。
【義反】年輕學子／青青子衿／晚生後進／莘莘學子。

老弱殘兵

【釋義】指年老體衰，喪失作戰能力的士兵。
【出處】羅貫中．三國演義三二回：「城中無糧，可發老弱殘兵並婦人出降。」
【用法】泛指年老體弱的人。
【例句】由於連年饑荒，加上戰爭不斷，這個城市只剩下**老弱殘兵**，景況淒涼。
【義近】老弱殘疾。
【義反】虎賁之士／梟猛之士。

老氣橫秋

【釋義】老氣：老年人的意氣。橫秋：充滿於秋季的天空。橫：縱橫雜亂，引申爲充滿之意。
【出處】孔稚珪．北山移文：「風情張日，霜氣橫秋。」杜甫．送韋十六評事：「子雖軀幹小，老氣橫九州。」
【用法】形容老練而自負的神氣，也用以形容暮氣沉沉、缺乏朝氣。含貶義。
【例句】你看他**老氣橫秋**的樣子，彷彿別人的言行都一無可取，眞是令人不敢恭維。
【義近】倚老賣老／暮氣沉沉／老練自負。
【義反】朝氣蓬勃／童心未泯／生氣勃勃／生龍活虎／謙卑自牧。

老蚌生珠

【釋義】蚌：產自淡水的貝殼，殼內有珍珠層，有的可以產珍珠。
【出處】漢．孔融．與韋休甫書：「不意雙珠，近出老蚌。」蘇軾．虎兒：「舊聞老蚌生明珠，未省老兔生於菟。」
【用法】比喻人老年得子。
【例句】王老太太已年過花甲，今年還生了個胖小子，大家都取笑說這可眞是**老蚌生珠**啊！
【義近】枯楊生稊／老兔生菟／老年得子。

老馬嘶風

【釋義】嘶風：對風長叫，表示要有所爲。嘶：馬鳴叫。
【出處】文康．兒女英雄傳二七回：「說著，眼圈兒便有些紅紅兒的。這位舅太太也就算得個老馬嘶風，英心未退！」
【用法】喻年雖老而雄心未衰。
【例句】王先生年近九十，還到處投資事業，擴展企業版圖，眞可謂**老馬嘶風**，寶刀未老。
【義近】老驥伏櫪／老當益壯／虎瘦雄心在／人老心不老／壯士暮年，壯心不已／壯心未已。
【義反】暮氣沉沉／一絲兩氣／倚老賣老／未老先衰／少年暮氣／少無大志／老邁無能／尸居餘氣。

老馬識途

【釋義】老馬認識路途。老：原來的，舊有的。
【出處】韓非子．說林載：桓公伐孤竹，迷惑失道。管仲曰：「老馬之智可用也。」乃放老馬而隨之，遂得道。
【用法】比喻有經驗的人對事情比較熟悉。
【例句】我們這一羣人中，只有小張來過此地，所謂「**老馬識途**」，他自然義不容辭地權充我們的嚮導了。
【義近】老馬之智。
【義反】迷途羔羊／人地生疏。

老當益壯

【釋義】當：應該。益：更加。壯：豪壯，壯烈。
【出處】後漢書．馬援傳：「丈夫爲志，窮當益堅，老當益壯。」
【用法】表示年紀雖老而志氣更爲旺盛壯烈。常用於稱頌老年人。
【例句】我見到王將軍時，他已有七十歲，但卻精神矍鑠，聲音洪亮，那**老當益壯**的風采，讓我留下了極爲深刻的印象。
【義近】人老心不老／老驥伏櫪，志在千里／烈士暮年，壯心不已。
【義反】未老先衰／少年暮氣／少無大志／老邁無能／尸居餘氣。

老僧入定

【釋義】僧：和尚。定：靜而不動。入定：佛家打坐用語，意即心靜如止水，已達忘我境界。

【出處】方于詩：「獵者聞疏磬，知師入定回。」磬：樂器名。

【用法】形容心如止水，胸中毫無雜念，已達渾然忘我的境界。

【例句】小林近來修禪打坐，只見他盤腿坐在床上，一副**老僧入定**的樣子，我們喊他，他竟渾然不覺。

【義近】心如止水／渾然忘我／心凝形釋。

【義反】坐立不安／心浮氣躁／七上八下。

老嫗能解

【釋義】老太婆都能明白。嫗：老婦人。解：明白，理解。

【出處】彭乘・墨客揮犀：「白樂天每作詩，令一老嫗解之。問曰：『解否?』嫗曰解則錄之，不解則又復易之。」

【用法】形容詩文通俗易懂。

【例句】白居易的作品，特別是新樂府詩，通俗易懂，**老嫗能解**。

【義近】婦孺能解／雅俗共賞／淺顯易讀。

【義反】隱晦曲折／曲高和寡／陽春白雪。

老態龍鍾

【釋義】龍鍾：行動不靈活的樣子。

【出處】陸游・聽雨詩：「老態龍鍾疾未平，更堪俗事敗幽情！」

【用法】形容年老體衰，行動不靈活。

【例句】他已年近古稀，加之近來身體不好，更顯得**老態龍鍾**了。

【義近】拱肩縮背／步履維艱／頭童齒豁／齒危髮禿／蓬頭歷齒。

【義反】年富力強／健步如飛／春秋鼎盛／老而彌堅／生氣勃勃。

老調重彈

【釋義】一再重彈舊的曲調，使人聽了生厭。

【出處】鄒韜奮・無政府與民主政治：「如今不過是略搬花樣，實際是老調重彈罷了。」

【用法】比喻見解、主張、言論等仍然是老的那一套，沒有新的見解。

【例句】算了吧！你所說的全屬**老調重彈**，一點新意都沒有，在代表大會上根本不可能通過。

【義近】老生常談／陳腔濫調／陳詞濫調。

【義反】眞知灼見／聞所未聞／遠見卓識。

老謀深算

【釋義】周密的籌畫，深遠的打算。

【出處】國語・晉語一：「既無老謀，又無壯事，何以事君？」後漢書・郭禹傳：「深慮遠圖。」

【用法】形容精明老練，謀慮周詳。用在深思熟慮時爲褒義；用在善於算計時爲貶義。

【例句】他這人**老謀深算**，你想佔他的便宜，是絕對不可能的。

【義近】足智多謀／深謀遠慮／老奸巨猾。

【義反】鼠目寸光／胸無城府／目光短淺。

老鴰窩裏出鳳凰

【釋義】老鴰：烏鴉的俗稱。鳳凰：傳說中的鳥王。

【出處】元・楊文奎・兒女團圓四折：「敢則是鴉窩裏出鳳凰。」

【用法】比喻在平庸低劣的環境裏出了個了不起的人物。

【例句】在這偏僻的山野鄉村，連一所中學也沒有，居然有人成了美國哈佛大學的博士研究生，眞是**老鴰窩裏出鳳凰**啊！

【義近】糞堆上長出靈芝。

【義反】官宦人家出賊子。

老蠶作繭

【釋義】老了的蠶仍要將最後的一點絲吐完。

【出處】蘇軾・石芝詩：「老蠶作繭何時脫，夢想至人空激烈。」

【用法】比喻人年老仍勉力辛勞，至死方休。

【例句】他是勤勞慣了的人，所以儘管晚年不愁衣食，卻仍如**老蠶作繭**那樣，繼續從事他力所能及的工作。

【義近】鞠躬盡瘁，死而後已／老而彌堅。

【義反】含飴弄孫／安享晚年。

老驥伏櫪

【釋義】伏在馬槽上吃草的老馬。驥：千里馬。櫪：馬槽。

【出處】曹操・步出夏門行詩：「老驥伏櫪，志在千里；烈士暮年，壯心不已。」

【用法】比喻年老而有壯志。

【例句】劉工程師雖已年過古稀，但仍常以「**老驥伏櫪**，志在千里」來勉勵自己，繼續發揮所長以服務人羣。

【義近】老馬嘶風／虎老雄心在／老當益壯／壯心未已／人老心不老。

【義反】尸居餘氣／日薄西山。

而部

而立之年

【釋義】指三十歲。立：站立，這裏是站得住的意思。
【出處】論語・為政：「吾十有五而志於學，三十而立，四十而不惑……。」
【用法】用作三十歲的代稱。
【例句】陳先生已過**而立之年**，卻仍然尚未娶妻生子，他父母急得四處託人作謀。

三畫

耐人尋味

【釋義】耐：經得起。尋味：仔細體味。
【出處】劉義慶・世說新語・文學：「標新理於二家之表，立異義於眾賢之外，皆是諸名賢尋味之所不得。」
【用法】說明意味深長，值得人仔細體會琢磨。
【例句】這篇文章雖然短小，但涵義深刻，頗**耐人尋味**。
【義近】意味深長／津津有味／餘味無窮。
【義反】索然寡味／枯燥無味／味同嚼蠟／淡然無味。

耳部

耳不忍聞

【釋義】耳朵不忍聽下去。
【出處】康有為・大同書・乙部：「當無人不惻動其心，哀矜涕泗，目不忍視，耳不忍聞矣。」
【用法】指殘酷、悽慘的景象。
【例句】抗戰時期日軍屠殺我國同胞的殘酷史實，令人目不忍睹、**耳不忍聞**。
【義近】目不忍視／不忍目睹／慘不忍聞／慘不忍睹／慘絕人寰。
【義反】目視心悅／耳聞心怡／心曠神怡／賞心悅目。

耳目一新

【釋義】所見所聞都是新的。一：全，都。新：新鮮。
【出處】吳沃堯・二十年目睹之怪現狀一六回：「雖不是什麼心曠神怡的事情，也可以算得耳目一新的了。」
【用法】形容情況改變後，所見所聞跟以前完全不同，使人感到新鮮。
【例句】今天晚上的演出確實不同凡響，給人**耳目一新**的感覺。
【義近】面目一新／煥然一新／萬象更新。
【義反】陳詞濫調／依然如故／老調重彈／了無新意。

耳目眾多

【釋義】耳目：指刺探、竊聽消息的人。
【出處】李汝珍・鏡花緣三七回：「此時耳目眾多，不能同去。」
【用法】指密探、間諜之類的人很多。
【例句】事關國家最高機密，此處**耳目眾多**，不宜多談，改天我們再闢室密談吧！

耳紅面赤

【釋義】或作「面紅耳赤」，面部和耳朵都紅了。赤：紅。
【出處】錢彩・說岳全傳六一回：「忽見禁子走來，輕輕的向倪完耳邊說了幾句，倪完吃了一驚，不覺耳紅面赤。」
【用法】形容羞愧，也形容著急發怒的樣子。
【例句】①又不是農村姑娘，怎麼一提起說親的事，就**耳紅面赤**呢？②身體要緊，何必為了孩子的事情氣得**耳紅面赤**？
【義近】面紅耳赤／羞愧難當／面紅耳熱／臉紅心跳。
【義反】面不改色／平心靜氣／心平氣和／神色自若。

耳食之言

【釋義】耳食：以耳吞食，指不動腦筋，輕信傳聞。
【出處】清・袁枚・隨園詩話：「今人論詩，動言貴厚而賤薄，此亦耳食之言。」
【用法】指聽來的沒有確鑿根據的話。
【例句】他說的這些話完全是**耳食之言**，大家可千萬不要相信！
【義近】耳食之談／無稽之談／不經之談／齊東野語／子虛烏有／虛妄之言。
【義反】言之有據／確鑿有據／鑿鑿之論。

耳根清靜

【釋義】耳根：耳朵眼。清靜：佛教用語，指遠離人世間的煩惱。
【出處】李文蔚・燕青博魚一折：「我出的這門來，燕順也離了家中，可也耳根清靜。」
【用法】今用以指無人在耳邊絮聒。
【例句】喜歡搬弄是非的小李離職後，大家都覺得**耳根清靜**，輕鬆無比。
【義近】六根清淨／心地清淨／一無煩惱。
【義反】心煩意亂／絮絮叨叨／耳邊聒噪。

耳軟心活

【釋義】耳根軟，心眼活。
【出處】曹雪芹・紅樓夢七七回：「那司棋也曾求了迎春，實指望能救，只是迎春語言遲慢，耳軟心活，是不能作主的。」
【用法】形容自己沒有主見，凡事輕信別人。
【例句】他是個**耳軟心活**的人，家裏的事全由他老婆作主，你找他不如找他老婆更靠得住。
【義近】人云亦云／飛蓬隨風／聽人穿鼻。
【義反】說一不二／自行其是／獨斷獨行。

耳提面命

【釋義】提著耳朵叮囑，當面指點教導。
【出處】詩經・大雅・抑：「匪面命之，言提其耳。」疏：「我又非但對面命語之，我又親提撕其耳，庶其志而不忘。」
【用法】形容教導熱心懇切。
【例句】學習要自動自發，否則

光靠師長成天在旁**耳提面命**，也無濟於事。

【義近】諄諄教誨／三復斯言／千叮萬囑／提撕其耳／口講指畫。

【義反】聽其自然／不教而誅／苛責謾罵／痛毀極詆。

耳順之年

【釋義】指六十歲。耳順：意謂聽到別人言語後便可辨別眞假是非。

【出處】論語・爲政：「……五十而知天命，六十而耳順，七十而從心所欲不逾矩。」

【用法】用作六十歲的代稱。

【例句】**耳順之年**一過，自感精力和體力都在逐漸下降，看來是不服老也不行了！

【義近】花甲之年。

耳聞不如目見

【釋義】聽到的不如看見的。

【出處】劉向・說苑・政理：「夫耳聞之不如目見之，目見之不如足踐之，足踐之不如手辨之。」

【用法】強調眼見比耳聞更爲眞實確切。

【例句】**耳聞不如目見**，你只是聽說歐洲怎樣，而我是親歷其境，所以比你體會的要深刻些。

【義近】百聞不如一見／耳聽是虛，眼見是實／眼見爲憑／耳聞不如親見。

【義反】道聽塗說／耳食之言。

耳聞目睹

【釋義】耳朵聽到，眼睛看到。

【出處】劉向・說苑：「夫耳聞之，不如目見之。」秦簡夫・東堂老：「老夫耳聞眼睹，非止一端。」

【用法】說明親耳聽見，親眼看見的事實，確鑿無疑。

【例句】這次赴南美洲探險，**耳聞目睹**了許多新奇的事，眞是不虛此行。

【義近】親身經歷／親眼所見／親耳所聞／身歷其境。

【義反】道聽塗說／轉相傳述／口耳相傳／以訛傳訛。

耳熟能詳

【釋義】耳熟：聽熟了，聽多了。詳：說明，細說。

【出處】歐陽修・瀧岡阡表：「其平居教他子弟，常用此語，吾耳熟焉，故能詳也。」

【用法】指聽得多了，能夠說得很清楚，很詳細，或用以形容爲人所熟知。

【例句】這件事我聽他說過多遍了，**耳熟能詳**，現在我能一字不漏地複述出來。

【義近】知之甚稔／眾所周知／家喻戶曉。

【義反】罕爲人知／莫知其詳／全然不知。

耳濡目染

【釋義】濡：浸潤，沾濕。染：沾染，感染。

【出處】朱熹・與汪尙書書：「耳濡目染，以陷溺其良心而不自知。」

【用法】形容經常聽到看到，無形中受到影響。多指好的影響，其時間較長。

【例句】這孩子的父母都是聲樂家，從小**耳濡目染**，所以她的音樂造詣頗高。

【義近】耳聞目睹／潛移默化／日日陶冶。

【義反】依然故我／冥頑不化。

耳聰目明

【釋義】耳聰：聽覺靈敏。目明：視覺敏銳。

【出處】周易・鼎：「耳目聰明。」朱子語類卷三五：「譬如人人服藥，……服之既久，則耳聰目明。」

【用法】形容聽覺和視覺都機靈敏捷，有誇讚的意思。

【例句】徐老太太雖已年近九十，卻仍然身子硬朗，**耳聰目明**。

【義近】眼觀四面，耳聽八方／聰明伶俐。

【義反】兩眼昏花／蒙昧無知。

耳邊風

【釋義】如風從耳邊過去。

【出處】杜荀鶴・贈題兜率寺閑上人院：「百歲有涯頭上雪，萬般無染耳邊風。」

【用法】指不經意、不重視，根本不把別人的話放在心上。

【例句】你這次吃虧上當眞是活該！誰教你把我的話全當作**耳邊風**呢？

【義近】左耳進右耳出／風吹馬耳／秋風過耳／馬耳東風。

【義反】洗耳恭聽／言聽計從／銘記在心／拳拳服膺／永矢弗諼。

耳鬢廝磨

【釋義】兩人之耳與鬢髮互相接觸。鬢：面頰兩旁的頭髮。廝：互相。

【出處】曹雪芹・紅樓夢七二回：「偺們從小兒耳鬢廝磨，你不曾拿我當外人待，我也不敢怠慢了你。」

【用法】比喻親密，多指男女之間依戀相愛的情景。

【例句】每至夜暮低垂時，公園內常可見到儷影雙雙，**耳鬢廝磨**、情話綿綿的景象。

【義近】形影不離／如膠似漆／秤不離鉈／形影相隨。

【義反】形孤影單／貌合神離／同床異夢／勢同水火。

四畫

耿耿忠心

【釋義】耿耿：誠信的樣子。

【出處】黃宗羲・感舊詩：「塞江才把一書開，耿耿忠心不易灰。」

【用法】形容爲人極爲忠誠，多用於下對上者。

【例句】古代的家僕對於自家主人都是**耿耿忠心**，任勞任怨的。

【義近】赤膽忠心／忠肝義膽／心虔志誠／忠貞不二。

【義反】忘恩負義／心懷叵測／虛情假意／心懷異志。

耿耿於懷

【釋義】耿耿：形容內心不安，有心事。

【出處】袁枚・小倉山房尺牘：「所耿耿於懷者，枚年屆八旬，……不免有望美人兮天一方之歎。」

【用法】指有心事掛在心上，不能忘懷。

【例句】男子漢大丈夫，心胸應該寬闊一些，區區小事，何必**耿耿於懷**呢？

【義近】念念不忘／耿耿於心／牽腸掛肚。

【義反】無介於懷／置之腦後／一無牽掛／置之度外。

五畫

聊以自慰（ㄌㄧㄠˊ ㄧˇ ㄗˋ ㄨㄟˋ）

【釋義】聊：姑且，暫且。自慰：自我寬慰、安慰。

【出處】張衡・鴻賦序：「慨然其多緒，乃為之賦，聊以自慰。」

【用法】形容一個人在迫不得已或無可奈何的情況下，姑且自己寬慰自己。

【例句】他一人隻身在國外求學，每回思鄉情切時，便捧起家人照片，算算歸期，**聊以自慰**。

【義近】聊以自遣／畫餅充飢／推雁為羹。

聊以卒歲（ㄌㄧㄠˊ ㄧˇ ㄗㄨˊ ㄙㄨㄟˋ）

【釋義】聊：姑且，勉強。卒：完畢，終結。

【出處】左傳・襄公二十年：「優哉游哉，聊以卒歲。」

【用法】說明勉強地過完了這一年。多形容生活的艱難。

【例句】為了養家活口，我日夜兼差才能**聊以卒歲**，那還能奢望出國觀光。

【義近】聊以度日／聊以為生。

【義反】富有餘裕／年年有餘。

聊以塞責（ㄌㄧㄠˊ ㄧˇ ㄙㄜˋ ㄗㄜˊ）

【釋義】聊：藉、賴。塞：搪塞，應付。

【出處】曹雪芹・紅樓夢一八回：「我素乏捷才，且不長於吟咏，姐妹輩素所深知；今夜聊以塞責，不負斯景而已。」

【用法】藉以用來應付一下，算是盡了責任。常用作自謙之詞。

【例句】張先生要我寫的條幅，今已寫好，但連自己也覺得書法拙劣，不過是**聊以塞責**而已。

【義近】虛應故事／敷衍塞責／得過且過。

聊以解嘲（ㄌㄧㄠˊ ㄧˇ ㄐㄧㄝˇ ㄔㄠˊ）

【釋義】聊：藉以。解嘲：受人嘲笑而自己辯解。

【出處】宋・胡仔・苕溪漁隱叢話前集・五柳先生：「故聊解嘲耳。」吳沃堯・二十年目睹之怪現狀六一回：「這只可算是聊以解嘲的舉動。」

【用法】藉以辯解別人對於自己的嘲笑。含有自我安慰的意思。

【例句】他被老婆罵得狗血淋頭，但又不願別人說他怕老婆，只好用「好男不與女鬥」來**聊以解嘲**。

【義近】自我解嘲／自找台階。

聊勝於無（ㄌㄧㄠˊ ㄕㄥˋ ㄩˊ ㄨˊ）

【釋義】聊：權且，姑且。

【出處】陶淵明・和劉柴桑詩：「弱女雖非男，慰情聊勝無。」

【用法】說明總比沒有好一些。常作為解嘲或告慰語。

【例句】這些文稿費雖說微不足道，但畢竟**聊勝於無**，還是收下吧！

【義近】有勝於無／聊以充數。

【義反】一無所有。

聊復爾耳（ㄌㄧㄠˊ ㄈㄨˋ ㄦˇ ㄦˇ）

【釋義】聊：姑且。爾：如此。指姑且還是如此吧！

【出處】劉義慶・世說新語・任誕：「（阮）仲容以竿挂大布犢鼻褌於中庭。人或怪之，答曰：『未能免俗，聊復爾耳。』」

【用法】表示姑且如此，有迫不得已的意思。

【例句】他才智過人，可惜無處發揮，只好**聊復爾耳**，在一間小公司當職員混口飯吃。

【義近】姑且如此／暫且如此。

【義反】不甘示弱。

八畫

聚沙成塔（ㄐㄩˋ ㄕㄚ ㄔㄥˊ ㄊㄚˇ）

【釋義】把細沙聚成寶塔。也作「積沙成塔」。原指兒童玩耍而見其佛性。

【出處】法華經・方便品：「乃至童子戲，聚沙為佛塔，如是諸人等，皆已成佛道。」

【用法】形容集合少數便能成為多數，產生更大的力量。

【例句】如果平常注意節約，日子久了便會**聚沙成塔**，積水成淵，也能小有一筆儲蓄。

【義近】積土成山／集腋成裘／聚川成海／聚少成多／積水成淵。

【義反】一盤散沙。

聚蚊成雷（ㄐㄩˋ ㄨㄣˊ ㄔㄥˊ ㄌㄟˊ）

【釋義】把許多蚊子聚在一起，其聲音會像打雷一樣嚇人。

【出處】漢書・中山靖王傳：「夫眾煦漂山，聚蚊成雷。」

【用法】比喻眾口鑠金，謠言的可怕。

【例句】謠言止於智者，人人都明白**聚蚊成雷**的後果，所以應防止謠言的散播。

【義近】一里撓椎／眾口鑠金／曾參殺人／三人成虎／市虎杯弓／眾議成林。

聚訟紛紜（ㄐㄩˋ ㄙㄨㄥˋ ㄈㄣ ㄩㄣˊ）

【釋義】聚訟：眾口爭辯。紛紜：多而雜亂。也作「聚訟紛然」。

【出處】張元濟・水經注跋：「聚訟紛紜，幾為士林一大疑案。」

【用法】形容意見分歧很大，是非無從決定。

【例句】對這部電視劇各方有不同的看法，**聚訟紛紜**，好壞難判。

【義近】眾說紛紜／議論紛紛／爭長論短／人言籍籍。

【義反】眾口一辭／異口同聲／千部一腔／千腔一調。

聚精會神（ㄐㄩˋ ㄐㄧㄥ ㄏㄨㄟˋ ㄕㄣˊ）

【釋義】集中全部精神。聚：聚集。會：集中。

【出處】王褒・聖主得賢臣頌：「聚精會神，相得益章（彰）。」

【用法】今多用以形容專心致志，精神高度集中。

【例句】圖書館裏非常安靜，學生們都**聚精會神**地讀書準備聯考。

【義近】全神貫注／專心致志／目不轉睛。

【義反】心不在焉／心猿意馬／神不守舍。

聞一知十

【釋義】意謂聽到一點就能推知很多。

【出處】論語・公冶長：「回也聞一以知十，賜也聞一以知二。」朱熹・答胡伯逢書：「聞一知十者皆適，所以重得罪於聖人矣。」

【用法】用以形容人聰明，善於類推。

【例句】你兒子才小學一年級，卻能**聞一知十**，將來一定前途無量。

【義近】舉一反三／一隅三反／觸類旁通／告往知來／融會貫通。

【義反】呆若木雞／不知變通／拘泥不通。

聞名不如見面

【釋義】意謂聽到他的名聲不如見到他本人。

【出處】北史・房愛親妻崔氏傳：「母曰：吾聞『聞名不如見面』，小人未見禮教，何足責哉！」

【用法】說明只有親眼目睹才能有深切的了解。

【例句】「岫煙聽了寶玉這話，且只管用眼上下細細打量了半日，方笑道：怪道俗語說的**聞名不如見面**。」（曹雪芹・紅樓夢六三回）

【義近】百聞不如一見／耳聞不如目見／耳聽爲虛，眼見爲實。

聞所未聞

【釋義】聽到從來沒有聽到過的事。未：沒有。又作「聞所不聞」。

【出處】司馬遷・史記・酈生陸賈列傳：「越中無足與語，至生來，令我日聞所不聞。」

【用法】形容事物新奇罕見。

【例句】你今天所談的這些，都是我**聞所未聞**的，使我增長了不少知識。

【義近】前所未聞／見所未見。

【義反】不足爲奇／習以爲常／司空見慣。

聞風而逃

【釋義】風：風聲，消息。

【出處】李寶嘉・官場現形記一二回：「雖是烏合之眾，無奈官兵見了，不要說是打仗，只要望見土匪的影子，早已聞風而逃。」

【用法】形容非常膽小害怕，只要聽到一點風聲，就立即逃跑。

【例句】這些走私船隻只要聽見緝私巡邏艇來了，便**聞風而逃**。

【義近】望風而逃／聞風遠揚／聞風喪膽／望風披靡／談虎色變。

【義反】膽大包天／明目張膽／肆無忌憚。

聞風而動

【釋義】風：風聲，指消息。又作「聞風而起」。

【出處】陳亮・祭趙尉母夫人文：「登堂莫及，聞風而起。」

【用法】形容動作迅速，一聽到消息便立即行動。

【例句】做生意就是要**聞風而動**，否則便會坐失大好的賺錢機會。

【義近】聞風而起／聞風而至。

【義反】無動於衷／雷打不動。

聞風喪膽

【釋義】一聽到風聲就嚇得失去了勇氣。喪膽：嚇破了膽。

【出處】李商隱・爲李貽孫上李相公德裕啓：「互絕漠以消魂，委窮沙而喪膽。」

【用法】形容恐懼到了極點。

【例句】這支訓練精良的掃黑小組，打擊犯罪成效卓著，令歹徒們**聞風喪膽**。

【義近】談虎色變／望風而逃／聞風而逃。

【義反】臨危不懼／無所畏懼／鎮靜自若／面不改色。

聞過則喜

【釋義】聽到別人指出自己的錯誤就感到高興。過：過錯。則：就。

【出處】韓愈・答馮宿書：「然子路聞其過則喜，禹聞昌言則下車拜。」

【用法】形容人能虛心接受意見，從善如流。

【例句】他爲人很不錯，對己嚴、待人寬，**聞過則喜**，從善如流。

【義近】見賢思齊／見不賢而內自省／虛懷若谷。

【義反】諱疾忌醫／文過飾非／拒諫飾非／聞過則怒。

聞雞起舞

【釋義】聽到雞叫就起床舞劍練武。

【出處】晉書・祖逖傳：「中夜聞荒雞鳴，蹴（謝）琨覺曰：『此非惡聲也。』」

【用法】喻志士奮發自勵之情。

【例句】讀書做事若有**聞雞起舞**的精神，則前途將會不可限量。

【義近】奮發圖強／自強不息。

【義反】朽木不雕／宰予晝寢。

十一畫

聲名狼藉

【釋義】聲名：聲望、名譽。狼藉：相傳狼羣睡醒後，會將睡過的草堆踏亂，以湮滅痕跡。指聲名像狼窩裏的草堆一樣亂。

【出處】司馬遷・史記・蒙恬列傳：「以是藉於諸侯。」司馬貞・索隱：「惡聲狼藉，佈於諸國。」

【用法】形容名聲敗壞到了極點。可用於個人或團體，含貶義。

【例句】他爲官期間，貪污納賄，侵佔公款，弄得**聲名狼藉**，最後才被人硬逼下台。

【義近】身敗名裂／臭名遠揚／臭名昭著／聲名掃地。

【義反】聞名遐邇／名揚四海／名滿天下。

聲名鵲起

【釋義】聲名：名聲。鵲起：如鵲驚起，比喻乘時崛起。

【出處】清・李年・揚州畫舫錄・新城北錄下：「先在徐班，以年未五十，故無所表現。至洪班則聲名鵲起。」

【用法】用以形容人的名聲迅速提高。

【例句】這位物理學家自從獲得

諾貝爾物理獎後，**聲名鵲起**，為世人所矚目。

【義近】聲譽鵲起／名聲大震／聲名大噪。

【義反】聲名狼藉／聲名掃地／臭名昭著／身敗名裂。

聲色犬馬 ㄕㄥ ㄙㄜˋ ㄑㄩㄢˇ ㄇㄚˇ

【釋義】聲色：指歌舞和美色。犬馬：指養狗和騎馬，以及其他供玩好之物。

【出處】隋書．齊王楊暕傳：「暕頗驕恣，昵近小人，所行多不法……求聲色狗馬。」

【用法】形容一個人生活非常糜爛，只知一味地尋歡作樂。含貶義。

【例句】這傢伙終日追逐著**聲色犬馬**，全不顧妻小的生活。

【義近】尋歡作樂／荒淫無道／燈紅酒綠／紙醉金迷／聲色貨利。

【義反】兢兢業業／旰食宵衣／埋頭苦幹／盡瘁國事／憂國憂民。

聲色俱厲 ㄕㄥ ㄙㄜˋ ㄐㄩˋ ㄌㄧˋ

【釋義】聲色：說話的聲音和臉色。俱：都。厲：嚴厲。

【出處】晉書．明帝紀：「聲色俱厲，必欲使有言。」

【用法】形容責備人時言詞語調、臉部表情都很嚴厲。

【例句】孩子是犯了什麼滔天大罪，會讓你這麼**聲色俱厲**地責罵。

【義近】正言厲色／疾言厲色。

【義反】和顏悅色／言語溫和。

聲東擊西 ㄕㄥ ㄉㄨㄥ ㄐㄧˊ ㄒㄧ

【釋義】表面聲揚去攻打東邊，實際上卻是去攻打西邊。聲：揚言，宣稱。

【出處】杜佑．通典．兵六：「聲言擊東，其實擊西。」

【用法】原指軍事上設計造成對方錯覺，而突襲其所不備之處。今泛指以一實一虛的方法轉移對方的注意。

【例句】警方採用**聲東擊西**的方法破了毒販的大本營，真是大快人心。

【義近】指東打西。

【義反】直搗黃龍。

聲威大震 ㄕㄥ ㄨㄟ ㄉㄚˋ ㄓㄣˋ

【釋義】聲威：名聲和威望。

【出處】羅貫中．三國演義一一四回：「將軍功績已成，聲威大震。」

【用法】形容名聲和威望廣為傳播，使人們大為震動。

【例句】抗戰時期，平型關大捷後，我軍**聲威大震**，大大增強了全國軍民戰勝日寇的信心。

【義近】聲勢煊赫／聲威遠揚／聲威顯赫／聲威遠播。

聲音笑貌 ㄕㄥ ㄧㄣ ㄒㄧㄠˋ ㄇㄠˋ

【釋義】聲音：指談吐。笑貌：指表情。

【出處】孟子．離婁上：「侮奪人之君，惟恐不順焉，惡得為恭儉？恭儉豈可以聲音笑貌為哉？」

【用法】用以泛指一個人的外貌情態。

【例句】儘管爺爺去世已快十年了，但他的**聲音笑貌**仍常浮現在我腦海。

【義近】音容笑貌。

聲振林木 ㄕㄥ ㄓㄣˋ ㄌㄧㄣˊ ㄇㄨˋ

【釋義】意謂聲浪振動了樹林。

【出處】列子．湯問：「撫節悲歌，聲振林木，響遏行雲。」

【用法】形容歌聲或樂曲聲宏亮高亢。

【例句】這位男高音的嗓子很好，唱起歌來**聲振林木**，令人讚賞不已。

【義近】穿雲裂石／聲動梁塵／響遏行雲／響徹雲霄／羽聲慷慨。

【義反】靡靡之音／裊裊餘音／嘔啞嘲哳。

聲情並茂 ㄕㄥ ㄑㄧㄥˊ ㄅㄧㄥˋ ㄇㄠˋ

【釋義】聲色感情都很美好。並：都。茂：盛，此指美好。

【出處】珠泉居士．續板橋雜記：「聲情並茂，不亞梨園能手。」

【用法】形容唱腔優美，感情動人。

【例句】她真不愧為平劇名演員，所演各劇無不**聲情並茂**，博得觀眾的喝采。

【義近】哀感頑豔／曲盡其妙／動人心弦／感人肺腑。

【義反】索然無味／不忍卒聽。

聲淚俱下 ㄕㄥ ㄌㄟˋ ㄐㄩˋ ㄒㄧㄚˋ

【釋義】邊訴說邊哭泣。俱：都，同時。

【出處】晉書．王廙傳附王彬：「音辭慷慨，聲淚俱下。」

【用法】形容極端悲慟或悲憤。

【例句】她在法庭上**聲淚俱下**地陳述自己含冤受屈的經過情況。

【義近】痛哭流涕／泣不成聲／淚如雨下／哭天抹淚。

【義反】喜笑顏開／眉開眼笑／手舞足蹈／歡天喜地。

聲勢浩大 ㄕㄥ ㄕˋ ㄏㄠˋ ㄉㄚˋ

【釋義】聲勢：聲威和氣勢。浩：廣大。

【出處】施耐庵．水滸傳六三回：「如今宋江領兵圍城，聲勢浩大，不可抵敵。」

【用法】形容聲威和氣勢非常盛大。

【例句】**聲勢浩大**的遊行隊伍，高喊著抗日救國的口號，從北平的大街上走過。

【義近】大張旗鼓／浩浩蕩蕩／萬馬奔騰。

【義反】消聲匿跡／冷冷清清／三三兩兩。

聲聞過情 ㄕㄥ ㄨㄣˋ ㄍㄨㄛˋ ㄑㄧㄥˊ

【釋義】聲聞：名聲，名譽。情：實情。

【出處】孟子．離婁下：「聲聞過情，君子恥之。」

【用法】是指名聲超過了實際情況。

【例句】此人自詡為國學泰斗，別人也以為他有滿腹經綸，實際上卻是**聲聞過情**，名不副實。

【義近】名不副實／名過其實／有名無實／徒具虛名。

【義反】名實相副／名不虛傳／名副其實／有名有實。

聲價十倍 ㄕㄥ ㄐㄧㄚˋ ㄕˊ ㄅㄟˋ

【釋義】聲價：聲望以及社會地位。

【出處】李白・與韓荊州書：「一登龍門，則聲譽十倍。」李綠園・歧路燈九五回：「這大人們伯樂一顧，便聲價十倍，何愁那州縣不極力奉承。」
【用法】形容人的聲譽和地位大大地提高。
【例句】這位農村青年考取了大學，一下子就**聲價十倍**，左鄰右舍無不刮目相看，以至上門說親的人絡繹不絕。
【義近】聲價百倍／聲譽十倍／聲譽鵲起／聲名大噪／聲名鵲起。
【義反】一落千丈／惡名昭彰／身敗名裂／辱身敗名。

聲嘶力竭 ㄕㄥ ㄙ ㄌㄧˋ ㄐㄧㄝˊ
【釋義】意謂嗓子啞，氣力用盡。嘶：聲音沙啞。竭：盡。
【出處】北史・高允傳：「聲嘶股戰，不能一言。」
【用法】形容使盡全力大聲呼喊或哭叫。多用於宣傳、求救、爭吵等場合。
【例句】爲了爭取更多選票，許多候選人**聲嘶力竭**地到處拜票。
【義近】聲啞力盡／力盡聲嘶／大聲疾呼。
【義反】無聲無息／鴉雀無聲／聲如洪鐘。

聳人聽聞 ㄙㄨㄥˇ ㄖㄣˊ ㄊㄧㄥ ㄨㄣˊ
【釋義】聳：驚動。聽聞：所聽到的。
【出處】方苞・讀大誥：「蓋紂之罪，可列數以聳人聽。」
【用法】指誇大或捏造事實，使人聽了感到驚異或震動，以達到嚇人或激人的目的。
【例句】一些報章雜誌爲了推廣銷路，不時刊登一些**聳人聽聞**的消息，以吸引讀者。
【義近】駭人聽聞／危言聳聽／聳動視聽。
【義反】平淡無奇／實言實說。

聳入雲霄 ㄙㄨㄥˇ ㄖㄨˋ ㄩㄣˊ ㄒㄧㄠ
【釋義】聳：高而直立。雲霄：極高的天空。
【用法】形容山或建築物等很高，進入了雲端。
【例句】從浙江杭州的錢塘江邊望去，六和塔巍然屹立，**聳入雲霄**。
【義近】高聳雲天／高聳入雲。
【義反】低同地平。

十六畫

聽人穿鼻 ㄊㄧㄥ ㄖㄣˊ ㄔㄨㄢ ㄅㄧˊ
【釋義】聽：聽憑，任憑。穿鼻：指把牛馬的鼻子穿起，用繮繩控制。
【出處】南史・張弘策傳：「才非柱石，聽人穿鼻。」
【用法】譏刺人沒有主見，任人支配。含貶義。
【例句】這人沒有一點男子氣概，無論是在家中還是在外面，都**聽人穿鼻**，唯唯諾諾。
【義近】任人擺佈。
【義反】獨持己見／性格倔強。

聽之任之 ㄊㄧㄥ ㄓ ㄖㄣˋ ㄓ
【釋義】聽：聽憑。任：任憑。
【出處】端木蕻良・曹雪芹二〇章：「此等逆跡種種，豈可聽之任之。」
【用法】指聽任它自由發展，不加關心或過問。
【例句】中學生在兩性觀念上仍然相當懵懂無知，因此對他們談戀愛的事要多留意，絕不能**聽之任之**。
【義近】聽其自然／不聞不問／漠然視之／順其自然。
【義反】諄諄告誡／耳提面命／因勢利導／循循善誘。

聽天由命 ㄊㄧㄥ ㄊㄧㄢ ㄧㄡˊ ㄇㄧㄥˋ
【釋義】任憑天意和命運。聽、由：均爲「任憑」意。又作「聽天任命」。
【出處】孔鮒・孔叢子卷七：「聽天任命，慎厥所修。」
【用法】比喻任憑事態發展，不作主觀努力，或主觀上無能爲力。含貶義。
【例句】無論什麼事，都應盡最大的努力去做，決不能**聽天由命**而喪失鬥志。
【義近】生死有命，富貴在天／長短有命／順天應命／成事在天。
【義反】人定勝天／事在人爲／成事在人。

聽而不聞 ㄊㄧㄥ ㄦˊ ㄅㄨˋ ㄨㄣˊ
【釋義】雖然聽著，卻沒有聽進去。聞：聽見。
【出處】禮記・大學：「心不在焉，視而不見，聽而不聞，食而不知其味。」
【用法】常用以形容不重視，不關心。
【例句】兩個孩子都在學你抽煙、喝酒，你竟視而不見，**聽而不聞**，我看用不了多久，他們不成爲煙槍、酒鬼才怪呢！
【義近】視而不見／置若罔聞／秋風過耳／視若無睹／置之不理／等閒視之。
【義反】關心備至／關懷備至／三復斯言／耿耿於懷。

聽見風就是雨 ㄊㄧㄥ ㄐㄧㄢˋ ㄈㄥ ㄐㄧㄡˋ ㄕˋ ㄩˇ
【釋義】意謂剛聽見一點風聲，就以爲要下雨了。
【出處】曹雪芹・紅樓夢五七回：「也沒見我們這位呆爺，聽見風兒就是雨，往後怎麼是好！」
【用法】比喻聽到一點什麼消息，就竭力附和、渲染。
【例句】你不要**聽見風就是雨**，人家才剛拍拖，哪裡就要結婚了！八字都還沒一撇呢！
【義近】空穴來風。
【義反】言之鑿鑿。

聽其自然 ㄊㄧㄥ ㄑㄧˊ ㄗˋ ㄖㄢˊ
【釋義】聽：聽憑，任憑。聽任它自然發展，而不過問。
【出處】論語・里仁・君子之於天下也章，朱熹注：「佛老是聽其自然。」
【用法】形容對於人事採取不干預的態度。
【例句】對孩子的教育不能採**聽其自然**的態度，否則壞習慣一旦養成便難以糾正了。
【義近】聽之任之／任其自然／放任自流／任其自便。
【義反】因勢利導／循循善誘。

聽其言而觀其行 ㄊㄧㄥ ㄑㄧˊ ㄧㄢˊ ㄦˊ ㄍㄨㄢ ㄑㄧˊ ㄒㄧㄥˋ
【釋義】觀：觀察，反覆看。
【出處】論語・公冶長：「子曰：『始吾於人也，聽其言而信其行，今吾於人也，聽其言而觀其行。』」

【用法】說明聽了一個人的言語還不能作評論，尚須觀察他的行為。

【例句】對一個人不能單聽他說得怎麼樣，還得要看他做得怎麼樣，孔子教導我們要**聽其言而觀其行**，這是很有道理的。

聿　部

聿修厥德

【釋義】聿：一作發語詞，無義，一作「述」解。厥：其。

【出處】詩經・大雅・文王之什：「無念爾祖，聿修厥德。」無：發語詞，無義。

【用法】感念先人，修養才德，繼承祖先的事業和心志。

【例句】洪惟我祖先，渡大海，入荒陬，以拓殖台灣斯土，後人應毋忘先祖之拓荒精神，**聿修厥德**，發揚而光大之。

【義近】繼志述事／飲水思源／無念爾祖。

【義反】數典忘祖。

七　畫

肅然起敬

【釋義】肅然：恭敬的樣子。起敬：產生尊敬的心情。

【出處】劉義慶・世說新語・箴規：「執經登坐，諷誦朗暢，詞色甚苦。高足之徒，皆肅然增敬。」

【用法】形容對於人、事物的行為舉止產生嚴肅敬仰的感情。多用於稱頌有德之人。

【例句】站在廣州黃花崗七十二烈士紀念碑前，想起革命先烈的英雄事跡，不禁令人**肅然起敬**。

【義近】竦然起敬／敬仰之至。

【義反】嗤之以鼻／不屑一顧／深惡痛絕。

肆言詈辱

【釋義】肆言：任意胡言。詈：責罵。

【出處】宋・洪邁・夷堅丙志・奉闍梨：「宜黃縣疏山寺僧奉闍梨者……或得酬謝不滿意，輒肆言詈辱。」

【用法】是指毫無顧忌地辱罵。

【例句】她簡直是個潑婦，誰要是不小心得罪了她，她便指著別人的鼻子**肆言詈辱**。

【義近】肆意謾罵／肆言無憚／惡言相向。

肆無忌憚

【釋義】肆：放肆。忌憚：顧忌和懼怕。

【出處】禮記・中庸：「小人之中庸也，小人而無忌憚也。」朱熹注：「小人不知有此，則肆欲妄行而無所忌憚也。」

【用法】形容人行為放肆，毫無顧忌害怕之心。

【例句】清末腐敗的政局，使得外國人**肆無忌憚**地在中國土地上胡搞，實乃奇恥大辱。

【義近】為所欲為／毫無所懼／肆行無忌。

【義反】謹言慎行／安分守己／循規蹈矩／謹小慎微。

肆意妄為

【釋義】肆意：不顧一切地由著自己的性子。妄為：胡作非為。

【出處】夏敬渠・野叟曝言六〇回：「故令大娘管束，督做女工之事，非縱之使毫無忌憚，肆意妄為也。」

【用法】是指毫無顧忌地胡作非為。

【例句】這幾個年輕人總不學好，一定要嚴加管教，如果任其**肆意妄為**，勢必會嚴重危害社會治安。

【義近】膽大妄為／恣意妄為／為所欲為／無法無天／橫行無忌／肆無忌憚。

【義反】謹小慎微／循規蹈矩／規行矩步／克己為人。

肉　部

肉山酒海

【釋義】肉堆積如山，酒多得像海。

【出處】施耐庵・水滸傳六七回：「連日殺牛宰馬，大排筵宴……，雖無炮鳳烹龍，端的是肉山酒海。」

【用法】形容豐盛的酒席。

【例句】身為人民的公僕，食國家的俸祿，可是某些不肖官員民代卻以各種名義拿公款大吃大喝，經常**肉山酒海**，夜夜笙歌，這是民之不幸、國之將頹的肇端。

【義近】肉山脯林／肉林酒池／山珍海味／珍饈美饌／食前方丈。

【義反】家常便飯／粗茶淡飯／殘羹剩飯／餘杯冷炙。

肉食者鄙

【釋義】肉食者：吃肉的人，引申指做官的人。鄙：淺薄，淺陋。

【出處】左傳・莊公十年・曹劌論戰：「肉食者鄙，未能遠謀。」

【用法】指身居高位、享受厚祿

的人見識鄙陋淺薄。

【例句】執政者謀國應有遠見，只可惜**肉食者鄙**，他們往往只顧眼前近利，而未能長遠謀畫。

【義近】伴食宰相／尸位素餐／三旨相公／伴食中書。

【義反】中流砥柱／國之棟梁／良相輔國。

肉眼凡胎

【釋義】肉眼：俗眼，佛經所說的五眼之一。凡胎：凡人。

【出處】吳承恩・西遊記八回：「我把你個肉眼凡胎的潑物！我是南海菩薩的徒弟。這是我師父拋來的蓮花，你也不認得哩！」

【用法】泛指普通人。也用以譏刺目光短淺的庸俗之人。

【例句】他只不過是個**肉眼凡胎**，你卻把他奉若活神仙，眞是有眼無珠。

【義近】肉眼凡夫／常鱗凡介／凡夫俗子。

肉袒負荊

【釋義】肉袒：袒衣露體。負荊：背負著鞭條願受鞭打責罰的意思。

【出處】司馬遷・史記・廉頗藺相如列傳：「廉頗聞之，肉袒負荊，因賓客至藺相如門謝罪。」索隱：「負荊者，荊，楚也，可以爲鞭也。」

【用法】表示認錯知罪，心甘情願接受處罰。

【例句】廉頗知過即改，且**肉袒負荊**親到藺家謝罪，此種作爲，不愧是血性漢子，令人欽敬。

【義近】肉袒牽羊／負荊請罪／負荊謝罪。

【義反】死不認錯／至死不悟／死不悔改。

肉腐出蟲

【釋義】肉類腐臭就會生蛆。

【出處】荀子・勸學：「物類之起，必有所始。榮辱之來，必象其德。肉腐出蟲，魚枯生蠹。」

【用法】比喻事情之所以會發生，必定有其原因。

【例句】事情的發生必有其來由，所謂**肉腐出蟲**，就是說明這個道理。

【義近】魚枯生蠹／禍福自取／濯纓濯足／其來有自。

三　畫

肝腸寸斷

【釋義】肝腸一寸寸斷裂。

【出處】戰國策・燕策三：「魯要且死，子腸亦且寸斷。」古樂府・隴頭歌辭：「遙望秦川，肝腸斷絕。」

【用法】形容傷心、悲痛到了極點。多用於親喪、離別等不順遂的事上。

【例句】他生前對我寵愛有加，從沒有說過一句重話，現在突然離我而去，怎不教我**肝腸寸斷**呢？

【義近】肝腸斷裂／萬箭穿心／心如刀割。

【義反】欣喜若狂／心花怒放／大喜過望。

肝腦塗地

【釋義】肝腦流了一地。又作「肝腸塗地」。塗地：流在地上。

【出處】司馬遷・史記・劉敬列傳：「大戰七十，小戰四十，使天下之民肝腦塗地，父子暴骨中野，不可勝數。」

【用法】形容慘死。也用以形容竭盡忠誠，任何犧牲都在所不惜。

【例句】①南斯拉夫內戰，使無辜民眾**肝腦塗地**。②今得相隨，大稱平生之願，即令**肝腦塗地**，也無遺憾。

【義近】粉身碎骨／頸血濺敵／赴湯蹈火。

【義反】貪生怕死。

肝膽相照

【釋義】肝膽：喻眞心誠意。相照：互相照見。

【出處】文天祥・與陳察院文龍書：「所恃知己，肝膽相照，臨書不憚傾倒。」

【用法】比喻朋友間眞誠相待。多用於稱讚朋友或團體之間的情誼。

【例句】他待人坦誠，從不作假，所以有許多**肝膽相照**的至交。

【義近】坦誠相待／披肝瀝膽／推誠相與／推心置腹。

【義反】各懷鬼胎／鉤心鬥角／爾虞我詐／虛情假義。

肘腋之憂

【釋義】肘腋：胳膊肘和夾肢窩，指貼身之處。憂：憂患。

【出處】明・沈德符・萬曆野獲編・內臣兼掌印廠：「世宗神聖，以至今上，俱太阿在握，無可過慮。倘此例他日踵行，亦肘腋之憂。」

【用法】喻隱藏在身邊的禍患。

【例句】此人野心勃勃，且掌握軍權，實是**肘腋之憂**，若不及早根除，恐怕後悔莫及！

【義近】肘腋之患／心腹之患。

【義反】安枕無憂／喜從天降。

四　畫

肺腑之言

【釋義】意謂出自內心的眞話。肺腑：比喻內心。

【出處】鄭德輝・㑳梅香二折：「小生別無所告，只索將這肺腑之言，實訴於小娘子。」

【用法】形容言語眞誠。多用在向人傾吐眞話或勸人向善。

【例句】我這番**肺腑之言**，希望你能認眞聽取，銘記於心。

【義近】心腹之言／由衷之言／逆耳忠言。

【義反】言不由衷／違心之論。

肥馬輕裘

【釋義】肥馬：肥壯的馬。輕裘：輕暖的皮毛衣。

【出處】論語・雍也：「（公西）赤之適齊也，乘肥馬，衣輕裘。」白居易・閒適詩：「肥馬輕裘還且有。」

【用法】指服御華麗，生活豪奢，排場闊綽。

【例句】像他這樣舞場進、酒館出，**肥馬輕裘**，揮金如土的，再多的家產也不夠他花。

【義近】貂裘駿馬／輕裘緩帶／鮮衣怒馬／衣輕乘肥／寶馬香車／乘堅策肥。

【義反】皂衣駑馬／敝車羸馬／粗衣糲食／輕車簡從。

肥頭大耳

【釋義】肥胖的頭顱，碩大的耳朵。
【出處】李寶嘉・官場現形記二二回：「看上去有七八歲光景，倒生的肥頭大耳。」
【用法】說明人的相貌有福氣，也形容人臃腫的形態。
【例句】①這孩子生來**肥頭大耳**的，是個福相，將來必有出息。②他長得**肥頭大耳**，一身贅肉，臃腫不堪，走路都很困難。
【義近】方頭大耳／肥頭肥腦。
【義反】尖嘴猴腮／鳩形鵠面。

股掌之上

【釋義】股：大腿。掌：手掌。
【出處】國語・吳語：「申胥諫曰：『……大夫種勇而善謀，將還玩吳國於股掌之上，以得其志。』」
【用法】比喻完全操縱掌握在手中。
【例句】怕什麼？孫悟空是跳不出如來佛手掌心的，他現在已在我**股掌之上**，我不相信泥鰍還能翻得起浪！
【義近】掌握之中／手掌之上。

五　畫

背井離鄉

【釋義】背、離：離開。井、鄉：家鄉。井：古代八家爲一井，引申爲舊居。也作「離鄉背井」。
【出處】馬致遠・漢宮秋三折：「假若俺高皇差你個梅香背井離鄉，臥雪眠霜。」
【用法】指遠離家鄉到外地。多用於迫於無奈的情況下。
【例句】許多大陸偷渡客爲了尋求更好的未來，因而**背井離鄉**，過著不見天日的生活。
【義近】離鄉輕家／去國離鄉／遠走他鄉。
【義反】安土重遷／安家落戶／落葉歸根。

背水一戰

【釋義】背水：背面著水，表示沒有退路。
【出處】司馬遷・史記・淮陰侯列傳：「（韓）信乃使萬人先行，出，背水陳（陣）：…軍皆殊死戰，不可敗。」
【用法】比喻與敵人（或對方）決一死戰，用於困難危急或決心堅定的情況中。
【例句】看來，事到如今，已無其他的選擇，只有**背水一戰**了。
【義近】破釜沉舟／背水結陣／背城一戰／背城借一。
【義反】臨陣脫逃／退避三舍／無意決戰／無心戀戰。

背本趨末

【釋義】背本：背離根本。趨末：追求末枝末節。
【出處】漢書・食貨志上：「時民近戰國，皆背本趨末。」
【用法】形容背離基本的、重要的部分，反而去追求細微末節。
【例句】我看你是昏頭了，爲了幾文錢竟可置生命於不顧，這種**背本趨末**的事，我才不做呢！
【義近】本末倒置／買履信度／捨本逐末／輕重倒置。

背信棄義

【釋義】背信：違背信用。義：道義。一作「棄信忘義」。
【出處】李延壽・北史・周本紀：「背惠怒鄰，棄信忘義。」
【用法】指人違背諾言，不守信用，不講道義。多用於批評、斥責個人或團體。
【例句】這種**背信棄義**的人，豬狗不如，你還想和他們打交道！
【義近】言而無信／忘恩負義／輕諾寡信／辜恩負義。
【義反】堅守不渝／信守不渝／一諾千金。

背城借一

【釋義】在城下再憑藉一次戰役來決勝負。借：憑藉。
【出處】左傳・成公二年：「請收合餘燼，背城借一。」注：「欲於城下復借一戰。」
【用法】說明在毫無辦法的環境下，作最後的決戰。形容堅定的決心。
【例句】在此危急存亡之秋，城中所有軍民皆有**背城借一**的決心，誓死護城。
【義近】背水一戰／破釜沉舟／決一死戰。
【義反】臨陣脫逃／退避三舍。

背恩忘義

【釋義】背：違背，違反。
【出處】漢書・張敞傳：「背恩忘義，傷化薄俗。」
【用法】指辜負別人對自己的恩義。
【例句】先生對我的活命之恩，在下報答猶恐不及，怎會做出這等**背恩忘義**，賣主求榮之事呢！
【義近】忘恩負義／恩將仇報／以怨報德／過河拆橋。
【義反】銜環結草／感恩戴德／知恩圖報／飲水思源。

背暗投明

【釋義】或作「棄暗投明」。背棄黑暗，投奔光明。
【出處】元・尚仲賢・單鞭奪槊・楔子：「高鳥相良木而棲，賢臣擇明主而佐。背暗投明，古之常理。」
【用法】指認清是非，走向光明正道。
【例句】匪徒們聽著：你們現已陷入警方的重重包圍之中，你們的唯一出路就是**背暗投明**，棄械投降，或許還有減免刑責的機會。
【義近】棄暗投明／回頭是岸／改邪歸正／自拔來歸。
【義反】怙惡不悛／執迷不悟／死不悔改。

背道而馳

【釋義】朝著相反的方向跑。道：道路，方向。馳：快跑。
【出處】柳宗元・楊評事文集後序：「其餘各探一隅，相與背馳於道者，其去彌遠。」
【用法】比喻兩者方向或目標完全相反。
【例句】迫於現實環境的影響，許多的想法和做法根本就**背道而馳**，難以實踐眞正的理想。
【義近】南轅北轍／分道揚鑣。

【義反】齊頭並進／並行不悖／並駕齊驅／殊途同歸。

背槽拋糞（ㄅㄟˋ ㄘㄠˊ ㄆㄠ ㄈㄣˋ）

【釋義】意謂牲口剛吃完槽裏的食物，就背過身來向槽裏拉屎。

【出處】元・關漢卿・調風月一折：「一個個背槽拋糞，一個個負義忘恩。」

【用法】比喻忘恩負義，以怨報德。

【例句】我把他從鬼門關裏救出來，可說恩重如山，但他反而**背槽拋糞**，翻臉不認人，千方百計地誣陷我！

【義近】過河拆橋／忘恩負義／得魚忘筌／鳥盡弓藏／卸磨殺驢／兔死狗烹。

【義反】感恩戴德／結草銜環／知恩圖報／飲水思源。

胡作非為（ㄏㄨˊ ㄗㄨㄛˋ ㄈㄟ ㄨㄟˊ）

【釋義】非為：幹壞事。非：不合理的，不對的。

【出處】文康・兒女英雄傳二三回：「你我既然要成全這個女孩兒，豈有由她胡作非為……。」

【用法】指無視社會道德和國家法紀，毫無顧忌地做壞事。多用來斥責或控訴不守法度的人。

【例句】你還是個學生，就敢在學校裏**胡作非為**，將來什麼事做不出來？

【義近】為所欲為／為非作歹／無法無天／作威作福／膽大妄為。

【義反】循規蹈矩／安分守紀／奉公守法／不越雷池／依禮而行。

胡言亂語（ㄏㄨˊ ㄧㄢˊ ㄌㄨㄢˋ ㄩˇ）

【釋義】意即瞎說瞎話，信口亂說。

【出處】張鳴善・水子不識時：「胡言亂語成時用，大綱來都是烘。」

【用法】指沒有根據、不符事實的說法，或指亂說話。多用於指責、警告、揭發人。

【例句】你再這樣**胡言亂語**的，我決不饒你！

【義近】信口雌黃／妄言妄語／胡說八道／信口開河。

【義反】言之鑿鑿／言之有據／言之有理。

胡思亂想（ㄏㄨˊ ㄙ ㄌㄨㄢˋ ㄒㄧㄤˇ）

【釋義】胡：隨意亂來。

【出處】朱子語類一一三：「操存只是教你收斂，教那心莫胡思亂想，幾曾捉定有一個物事在裏？」

【用法】指不切實際，毫無根據地瞎想。常用於不切實際的企求或多餘的擔心。

【例句】你不要再**胡思亂想**了，成功不會平白無故地降臨在你身上的。

【義近】想入非非／癡心妄想。

【義反】清心寡欲／思不出位。

胡說八道（ㄏㄨˊ ㄕㄨㄛ ㄅㄚ ㄉㄠˋ）

【釋義】又作「胡說白道」、「胡說亂道」。意為胡亂瞎說。

【出處】吳承恩・西遊記六八回：「你……就這等胡說亂道，會甚麼懸絲診脈！」

【用法】形容亂說亂扯，或不符事實，毫無道理的瞎說。用於指責、警告等。

【例句】你這完全是**胡說八道**，沒有人會相信你的。

【義近】妄口巴舌／胡言亂語／信口胡謅／信口開河。

【義反】言之鑿鑿／言必有據。

六畫

脅肩諂笑（ㄒㄧㄝˊ ㄐㄧㄢ ㄔㄢˇ ㄒㄧㄠˋ）

【釋義】聳起肩膀，裝出笑臉。脅肩：聳肩。

【出處】孟子・滕文公下：「曾子曰：『脅肩諂笑，病于夏畦。』」

【用法】形容阿諛諂媚，拍馬奉承的醜態。

【例句】你看他在總經理面前那副**脅肩諂笑**的醜態，實在令人作嘔。

【義近】阿諛奉承／曲意逢迎／逢迎拍馬。

【義反】剛正不阿／守正不阿／不卑不亢。

能工巧匠（ㄋㄥˊ ㄍㄨㄥ ㄑㄧㄠˇ ㄐㄧㄤˋ）

【釋義】能、巧：均為手靈心巧之意。

【出處】許仲琳・封神演義三回：「能工巧匠費經營，老君爐裏煉成兵……定邦定國正乾坤。」

【用法】指技術高明的工匠。

【例句】他真是一位**能工巧匠**，竟可雕出這些精緻逼真、神態各異的神像。

【義近】能人巧匠／良工巧匠。

【義反】飯囊衣架／酒囊飯袋。

能言快語（ㄋㄥˊ ㄧㄢˊ ㄎㄨㄞˋ ㄩˇ）

【釋義】善於言辭，說話很快。

【出處】元・無名氏・誶范叔・楔子：「欲遣一文武全備能言快語之士，往聘齊國。」

【用法】形容人的口才很好。

【例句】像他這樣**能言快語**、辯論犀利的外交家，不僅在台灣難覓，就是在全世界也不多見。

【義近】懸河瀉水／口若懸河／口齒伶俐／辯才無礙／能言善道。

【義反】澀於言論／拙口鈍腮／口拙木訥／笨口拙舌。

能言善辯（ㄋㄥˊ ㄧㄢˊ ㄕㄢˋ ㄅㄧㄢˋ）

【釋義】善：擅長。辯：辯論，爭辯。一作「能言巧辯」。

【出處】元・無名氏・氣英布一折：「若得能言巧辯之士，說他歸降，縱項王馳還，我有韓信拒之於前。」

【用法】形容腦子靈敏，反應很快，善於抓住對方弱點進行辯論。

【例句】王先生的**能言善辯**，在我們這裏是出了名的。

【義近】舌粲蓮花／能言善道／伶牙俐齒。

【義反】笨嘴拙舌／結結巴巴。

能屈能伸（ㄋㄥˊ ㄑㄩ ㄋㄥˊ ㄕㄣ）

【釋義】能彎曲也能伸直。屈：彎曲。

【出處】邵雍・代書寄前洛陽簿陸剛叔秘校詩：「知行知止唯賢者，能屈能伸是丈夫。」

【用法】指人在失意時能忍耐，在得志時能施展抱負。

【例句】大丈夫**能屈能伸**，何必為了一時的挫折而垂頭喪氣呢？

【義近】能伸能縮／能進能退／可行可藏。

能者多勞

【釋義】能者：能幹的人。勞：勞苦，勞累。原意是說有才幹的人做的事多。

【出處】莊子・列禦寇：「巧者勞而知者憂，無能者無所求，飽食而遨遊。」

【用法】說明能幹的人多辛苦。多用以恭維，稱讚別人。

【例句】**能者多勞**，這樁事你就用不著推了，只有你可以擔此重責大任啊！

能近取譬

【釋義】能夠就近以自身來打比方。

【出處】論語・雍也：「能近取譬，可謂仁之方也矣。」

【用法】說明能將心比心，為他人著想。

【例句】待人處事，最好是**能近取譬**，多為他人著想，則世界的紛爭便可減少許多。

【義近】將心比心／設身處地／推己及人。

能將手下無弱兵

【釋義】能幹的將領手下，沒有軟弱的士兵。

【出處】俞樾・七俠五義一〇〇回：「信道能將手下無弱兵。」

【用法】說明在能人教育培養之下的人，當無庸才。

【例句】**能將手下無弱兵**，有其父必有其子，他父親是世界象棋冠軍，他的象棋水準自然非一般人所能及。

【義近】強將手下無弱兵／虎父無犬子／名師出高徒。

胼手胝足

【釋義】手掌和腳底因長期摩擦而長起厚繭，在手是胼，在腳是胝。

【出處】荀子・子道：「手足胼胝，以養其親。」區大相・贈憲府王公治水歌：「胼手胝足不言瘁，烈風淫雨有時休。」

【用法】形容辛勤勞苦。

【例句】這點土地是父母親幾十年**胼手胝足**掙來的，我再窮也不會出售。

【義近】手足重繭／奚膚皸足／篳路藍縷／面目黧黑。

【義反】游手好閒／四體不勤／養尊處優／好逸惡勞。

胯下之辱

【釋義】指韓信年輕時有大志，寧忍一時之氣，從別人胯下爬過而不願逞血氣之勇的故事。

【出處】司馬遷・史記・淮陰侯傳：「淮陰屠中少年，有侮信者曰：『若雖長大，好帶刀劍，中情怯耳。』眾辱之曰：『信能死，刺我；不能死，出我胯下。』於是信孰視之，俛出胯下蒲伏，一市人皆笑信，以為怯。」若：你。蒲伏：同「匍匐」。信：指韓信。

【用法】喻胸懷大志的人，能忍一時之氣，不逞血氣之勇。

【例句】韓信能忍**胯下之辱**，因此幫漢高祖建立了不世的偉業。世事能讓三分則海闊天空，年輕人當謹記。

【義近】知雄守雌／知白守黑／容忍是福。

【義反】血氣之勇／匹夫之勇／血氣方剛。

脆而不堅

【釋義】鬆脆而不堅實。脆：易斷易碎。

【用法】形容徒有其表而無其實，中看而不中用。

【例句】這根玉簪碧綠晶瑩，非常好看，可惜**脆而不堅**，一掉到地上就斷了。

【義近】繡花枕頭／華而不實／銀樣鑞槍頭／外強中乾。

胸有甲兵

【釋義】甲兵：鎧甲和兵器，泛指武備。

【出處】明・沈采・千金記・遇仙：「才兼文武，慚非伊呂之儔；胸有甲兵，頗誤孫吳之術。」

【用法】喻具有軍事上的才略，足智多謀，勝過無數甲兵。

【例句】北宋范仲淹鎮守西陲，西夏聞之喪膽曰：「小范老子，胸中自有百萬甲兵。」此**胸有甲兵**正足以顯示其人的威望。

【義近】胸中自有百萬甲兵／足智多謀／文韜武略。

【義反】胸無韜略／庸碌無能。

胸有成竹

【釋義】畫竹之前，已有竹形在胸。

【出處】宋・蘇軾・篔簹谷偃竹記：「畫竹，必先得成竹於胸中。」

【用法】比喻行事之前，已有一定的看法和打算。

【例句】看他**胸有成竹**的樣子，好像一定能把大獎贏回來。

【義近】成竹在胸／心中有數。

【義反】猶豫不決／舉棋不定。

胸有城府

【釋義】城府：城牆和倉庫，喻隱祕的心機。

【出處】晉書・帝紀第五：「昔高祖宣皇帝以雄才碩量，……性深阻有若城府，而能寬綽以容納。」

【用法】形容人富有心機，深沉難測。

【例句】李先生是位**胸有城府**的人，若論鬥智，我看所有在座的人都不是他的對手。

【義近】城府甚深／心機莫測／心機深沉／居心叵測。

【義反】胸無城府／胸懷坦然／胸無宿物／坦蕩磊落。

胸無城府

【釋義】城府：城市與官府，比喻待人處事的心機。

【出處】清・昭槤・嘯亭續錄卷五：「勿庵貌豐偉，胸無城府，待下最寬。」

【用法】比喻人心地坦白，無所隱晦，待人接物極為真誠。多用於稱頌人。

【例句】王先生**胸無城府**，光風霽月，純真如孩提，實屬難得。

【義近】胸無宿物／光明磊落／襟懷坦白。

【義反】居心叵測／心懷叵測／

居心不良。

胸無宿物

【釋義】心中不會積存任何東西。宿物：隔夜之物。

【出處】南朝宋・世說新語・賞譽下：「簡文目庾赤玉省率治除。謝仁祖云：『庾赤玉胸中無宿物。』」

【用法】形容人胸懷坦蕩，沒有成見。多用於稱頌人。

【例句】我這表弟爲人最豪爽，**胸無宿物**，你與他交往，大可放心。

【義近】胸無成見／坦蕩直率／胸無城府。

【義反】心懷鬼胎／心存不軌／心機莫測。

胸無點墨

【釋義】肚子裏沒有一點墨水。

【出處】清・褚人獲・隋唐演義一七回：「惠及是他最小的兒子，倚著門蔭……。目不識丁，胸無點墨。」

【用法】比喻人沒有眞才實學。

【例句】他西裝革履，好像很有學問的樣子，實則**胸無點墨**，大草包一個。

【義近】目不識丁／不識之無／腹笥甚窘／不學無術。

【義反】博學多才／學貫古今／滿腹經綸／學富五車。

七畫

脣亡齒寒

【釋義】嘴脣沒有了，牙齒就會感到寒冷。亡：失去。

【出處】左傳・僖公五年：「虢亡，虞必從之。……諺所謂『輔車相依，脣亡齒寒』者，其虞、虢之謂也。」

【用法】比喻雙方關係極爲密切，禍福與共，休戚相關。

【例句】這兩家公司有著**脣亡齒寒**的關係，若這家公司倒閉了，那家也會跟著倒閉。

【義近】輔車相依／脣齒相依／巢毀卵破／覆巢之下無完卵。

【義反】相互傾軋／了不相干／渺不相涉／風馬不接／風馬牛不相及。

脣槍舌劍

【釋義】嘴脣如槍，舌頭似劍。

【出處】高文秀・澠池會一折：「憑著我脣槍舌劍定江山，見如今河清海晏，黎庶寬安。」

【用法】形容辯論激烈，各不相讓，或形容人能說會道，言辭鋒利。

【例句】黨團之間的鬥爭實在太厲害了，每次開會都免不了一番**脣槍舌劍**的爭論。

【義近】針鋒相對／舌劍脣槍／辯才無礙。

【義反】拙口結舌／張口結舌。

脣齒相依

【釋義】嘴脣和牙齒相互依存。

【出處】陳壽・三國志・魏書・鮑勛傳：「王師屢征而未有所克者，蓋以吳、蜀脣齒相依……有難拔之勢故也。」

【用法】形容關係密切，利害與共。用於國家、地區之間，或人、事物之間。

【例句】台灣地區人民是生命共同體，**脣齒相依**，理應團結合作，一致對外。

【義近】脣亡齒寒／相依爲命／巢毀卵破。

【義反】漠不相關。

脫口而出

【釋義】一張嘴就說了出來。脫口：話離開口。

【出處】李寶嘉・文明小史八回：「大約一部之中，至少亦有一半看熟在肚裏，不然怎麼能夠脫口而出呢？」

【用法】形容不加思索，隨口說出；有時也形容才思敏捷，能對答如流。

【例句】他唐詩宋詞背得滾瓜爛熟，不管考他那一首，他皆能不經思索就**脫口而出**。

【義近】倒背如流／滾瓜爛熟／纚纚如貫珠。

【義反】吞吞吐吐／顛三倒四。

脫胎換骨

【釋義】道家用語。道教認爲經過修煉，可脫去凡胎換聖胎，脫去俗骨換仙骨。

【出處】盧象昇・答陸筠修方伯：「此佛既未能脫胎換骨，尚在人世間，……其苦可名狀乎？」

【用法】比喻有錯誤者徹底變化，重新做人。也比喻師法前人作品，推陳出新。

【例句】①這孩子經過兩年的調教，居然**脫胎換骨**，變成另一個人了。②這兩首情詩寫得很風趣，是從南朝樂府中的情歌**脫胎換骨**而來。

【義近】洗心革面／改邪歸正／幡然悔悟。

【義反】執迷不悟／頑固不化／冥頑不靈。

脫然無累

【釋義】脫然：舒暢的樣子。無累：毫無牽累。

【出處】淮南子・精神訓：「脫然而喜矣！」高誘注：「脫，舒也。」

【用法】指人無牽無掛，精神舒暢自適的樣子。

【例句】一月考剛過，又逢春假，三五好友相約遊溪頭，漫步在翠林綠竹中，感受那**脫然無累**的精神境界。

【義近】無牽無掛／遺世獨立。

脫穎而出

【釋義】整個椎子尖穿出布袋來。穎：指椎尖。又作「穎脫而出」。

【出處】司馬遷・史記・平原君虞卿列傳：「使（毛）遂蚤得處囊中，乃穎脫而出，非特其末見而已。」

【用法】比喻才能或本領全部顯露出來。或比喻有才能的人終究會爲人所知。

【例句】他在許多強勁對手中**脫穎而出**，顯示其能力的確不弱。

【義近】鋒芒畢露／嶄露頭角／頭角崢嶸。

【義反】不露鋒芒／不見圭角／沒沒無聞／不見經傳。

八畫

腐心切齒

【釋義】腐心：恨到極點，心欲腐爛。

【出處】司馬遷・史記・荊軻列傳：「此臣之日夜切齒腐心也。」索隱：「腐，爛也，猶今人事不可忍，云腐爛然，憤怒之意。」

【用法】指憤恨至極，咬牙切齒的樣子。
【例句】那泯滅人性的綁匪，將肉票剁下手指後，又加以姦殺，手段之殘忍，實令人腐心切齒，大嘆社會上怎會有此敗類？

九畫

腰金拖紫（ㄧㄠ ㄐㄧㄣ ㄊㄨㄛ ㄗˇ）

【釋義】意謂腰上佩有拖著紫綬的金印。紫：紫綬，即繫佩印章的紫色絲帶。
【出處】宋書・沈攸之傳：「沈攸之少長庸賤，擢自閭伍，邀百戰之運，乘一捷之功，鐫山裂地，腰金拖紫。」
【用法】形容人做了地位尊貴的大官。
【例句】你現在貴爲部會首長，**腰金拖紫**，位極人臣，應盡力國事，爲人民謀取福祉。
【義近】佩紫懷黃／紆青拖紫／服冕乘軒／垂紳插笏／乘軺建節／位極人臣。
【義反】芝麻小官／衙門小吏／五里亭長。

腰纏萬貫（ㄧㄠ ㄔㄢˊ ㄨㄢˋ ㄍㄨㄢˋ）

【釋義】腰纏：指隨身攜帶。萬貫：泛指很多錢。貫：古代的錢用繩穿上，一千個爲一貫。
【出處】商藝小說：「有客相從，各言所志……其一人曰：『願腰纏十萬貫，騎鶴上揚州。』」
【用法】形容十分富有。
【例句】今非昔比，他現在**腰纏萬貫**，衣錦還鄉，哪裏還記得我們這些窮哥兒們。
【義近】堆金積玉／家財萬貫／金玉滿堂。
【義反】一貧如洗／身無分文／一文莫名。

腳踏兩條船（ㄐㄧㄠˇ ㄊㄚˋ ㄌㄧㄤˇ ㄊㄧㄠˊ ㄔㄨㄢˊ）

【釋義】一個人的腳踏在兩條船上。
【出處】李卓吾・藏書：「世間道學，好騎兩頭馬，喜踹兩腳船。」
【用法】比喻搖擺不定，拿不定主意。形容想從對立的兩方撈取好處或有意討好兩方。
【例句】待人接物應誠信專一，**腳踏兩條船**的結果，可能會全盤皆失。
【義近】牆頭草兩面倒。
【義反】堅定不移／矢志不移／忠貞不二。

腳踏實地（ㄐㄧㄠˇ ㄊㄚˋ ㄕˊ ㄉㄧˋ）

【釋義】雙腳實實在在地踏在地上。
【出處】續傳燈錄五：「僧云：『學人還有安身立命處也無？』師曰：『腳踏實地。』」
【用法】用以比喻做事穩健切實，決不冒險僥倖。
【例句】我們做人做事不可誇大，華而不實，而應**腳踏實地**。
【義近】穩紮穩打／一步一腳印／足履實地。
【義反】好大喜功／好高騖遠／弄虛作假／急功近利。

腹心之疾（ㄈㄨˋ ㄒㄧㄣ ㄓ ㄐㄧˊ）

【釋義】腹心：內心，喻要害。疾：病，喻禍患。
【出處】左丘明・國語・吳語：「越之在吳，猶人之有腹心之疾也。」
【用法】比喻危害極大的禍患。
【例句】他是個口蜜腹劍的僞君子，你把他安插在你身邊，實屬**腹心之疾**。
【義近】心腹之患／心腹大患。

腹有鱗甲（ㄈㄨˋ ㄧㄡˇ ㄌㄧㄣˊ ㄐㄧㄚˇ）

【釋義】鱗甲：魚身上的鱗片，動物身上的硬殼，能傷人。
【出處】三國志・蜀書・陳震傳：「諸葛亮與長史蔣琬、侍中董允書曰：『孝起前臨至吳，爲吾說正方腹中有鱗甲，鄉黨以爲不可近。』」
【用法】比喻居心險惡。
【例句】你不要看他外表和和氣氣，他可是**腹有鱗甲**，你與他共事，千萬要小心防範。
【義近】居心叵測／心懷叵測／包藏禍心／心懷鬼胎。
【義反】光明磊落／襟懷坦白／胸無宿物／如見肺肝。

腹背之毛（ㄈㄨˋ ㄅㄟˋ ㄓ ㄇㄠˊ）

【釋義】肚皮上和背上的羽毛。
【出處】韓詩外傳卷六：「夫鴻鵠一舉千里，所恃者六翮爾。背上之毛，腹下之毳，益一把，飛不爲加高；損一把，飛不爲加下。」後漢書・孟嘗傳：「實羽翮之美用，非徒腹背之毛也。」
【用法】比喻無足輕重的事物。
【例句】像他這樣一無所長的人，有如**腹背之毛**，要走，我求之不得，難道還要我挽留他不成！
【義近】不足輕重／雞毛蒜皮／微不足道。
【義反】一柱擎天／舉足輕重／旋乾轉坤。

腹背受敵（ㄈㄨˋ ㄅㄟˋ ㄕㄡˋ ㄉㄧˊ）

【釋義】腹背：喻前後。
【出處】魏書・崔浩傳：「（劉）裕西入函谷，則進退路窮，腹背受敵。」
【用法】指前後都受到敵方的攻擊。
【例句】守城的將領在**腹背受敵**的情況下，決定背水一戰，殺出一條血路來。
【義近】四面楚歌／危機四伏／前堵後進／前後夾擊／四面受敵。
【義反】勢如破竹／衝鋒陷陣／所向披靡／橫掃千軍。

腹笥甚儉（ㄈㄨˋ ㄙˋ ㄕㄣˋ ㄐㄧㄢˇ）

【釋義】笥：竹箱子。腹笥：以笥喻腹，用以指人的內涵、學識。儉：很少。
【出處】楊億・受詔修書曰：「講學情田埆，談經腹笥空。」田埆：貧脊的土地。
【用法】比喻書讀得不多，腹中空空。
【例句】梁實秋先生學貫中西，桃李滿天下，但生前爲人謙虛自牧，自謂：**腹笥甚儉**。
【義近】腹笥甚窘／目不識丁／不學無術。
【義反】腹笥便便／學富五車／滿腹經綸。

腦滿腸肥（ㄋㄠˇ ㄇㄢˇ ㄔㄤˊ ㄈㄟˊ）

【釋義】指身體養得肥胖。腦滿：肥頭大耳。腸肥：體胖腹大。又作「腸肥腦滿」。
【出處】北齊書・琅邪王儼傳：「琅邪王年少，腸肥腦滿，輕爲舉措。」

【用法】形容人大腹便便的肥胖體態。有時用於譏諷人只耽於享樂而無所用心。
【例句】他一副**腦滿腸肥**，呆頭呆腦的樣子，很難令人相信竟有一妻如花似玉。
【義近】大腹便便／肥頭肥腦。
【義反】面黃肌瘦／骨瘦如柴／形銷骨立。

十一畫

膏肓之疾（ㄍㄠ ㄏㄨㄤ ㄓ ㄐㄧˊ）

【釋義】膏肓：古代醫學稱心臟下部爲膏，隔膜爲肓，並認爲那裏是藥力所不及之處。
【出處】晉書・孫楚傳：「夫療膏肓之疾者，必進苦口之藥。」
【用法】指重危的病症，無藥可救。喻致命的缺點或毛病。
【例句】現在有些國家其政治腐敗已成爲**膏肓之疾**，只懲處幾個人根本就行不通，一定要從制度上做徹底的改革。
【義近】病入膏肓／不可救藥／不治之症／藥石罔效／羣醫束手。
【義反】頭疼腦熱／疥癬之疾／霜露之病。

膏粱子弟（ㄍㄠ ㄌㄧㄤˊ ㄗˇ ㄉㄧˋ）

【釋義】膏粱：肥肉和細糧。
【出處】資治通鑑・齊明帝建武三年：「未審上古以來，張官列位，爲膏粱子弟乎？爲致治乎？」
【用法】指飽食終日，無所事事的富貴人家子弟。含貶義。
【例句】許多富貴人家的**膏粱子弟**不知上進，只知尋歡作樂，醉生夢死終其一生。
【義近】公子王孫／紈袴子弟／五陵少年。
【義反】繩樞之子／貧寒子弟／藜藿子弟。

膏粱錦繡（ㄍㄠ ㄌㄧㄤˊ ㄐㄧㄣˇ ㄒㄧㄡˋ）

【釋義】膏：肥肉。粱：細糧。錦繡：精緻華麗的絲織品。
【出處】曹雪芹・紅樓夢四回：「居處於膏粱錦繡之中。」
【用法】形容富貴人家衣食精美的奢華生活。
【例句】這些富貴人家的子弟自小生活在**膏粱錦繡**、衣食優渥的家庭中，一旦奉召入伍當兵，緊張規律的軍中生活常令他們頓感吃不消。
【義近】鐘鳴鼎食／侯服玉食／錦衣玉食。
【義反】布衣疏食／惡衣惡食／飢寒交迫。

膝行肘步（ㄒㄧ ㄒㄧㄥˊ ㄓㄡˇ ㄅㄨˋ）

【釋義】意謂趴在地上匍匐前進。肘：指胳膊肘。
【出處】唐・王勃・山亭思友人序：「陸平原、曹子建，足可以車載斗量；謝靈運、潘安仁，足可以膝行肘步。」
【用法】形容極其畏服的模樣。
【例句】男子漢大丈夫，竟在這些小人面前**膝行肘步**，未免也太沒出息了吧！你把膽子放大點，有我在，看他們敢把你怎麼樣！
【義近】蛇行匍伏／俯首稱臣／俯首聽命／俯首貼耳／搖頭擺尾／奴顏卑膝。
【義反】傲然屹立／吾膝如鐵／威武不屈／犯顏抗爭／桀驁不馴。

膝癢搔背（ㄒㄧ ㄧㄤˇ ㄙㄠ ㄅㄟˋ）

【釋義】意謂膝蓋上發癢卻去抓背部。
【出處】漢・桓寬・鹽鐵論・利議：「不知趨捨之宜，時世之變。議論無所依，如膝癢而搔背。」
【用法】比喻言論不中肯，做事抓不到重點。
【例句】你說的這些，究竟與我們所討論的問題有什麼關係？再這樣**膝癢搔背**，除了浪費時間，還有什麼意義？
【義近】頭癢搔跟／拉三扯四／隔靴搔癢／腳癢搔背。
【義反】搔到癢處／切中肯綮／一針見血／一語道破／一語中的。

膠柱鼓瑟（ㄐㄧㄠ ㄓㄨˋ ㄍㄨˇ ㄙㄜˋ）

【釋義】將柱用膠黏住固定，然後彈瑟。柱：瑟上調弦音的短木，可自由移動以調音之高低。鼓：彈。
【出處】司馬遷・史記・廉頗藺相如列傳：「藺相如曰：『王以名使括，若膠柱而鼓瑟耳。』」
【用法】比喻墨守成規，拘泥固執而不知變通。
【例句】像他這樣**膠柱鼓瑟**，不通情理的人，我看再也找不出第二個了！
【義近】守株待兔／刻舟求劍／鄭人買履。
【義反】隨機應變／見機行事／見風使舵。

十三畫

膽大心細（ㄉㄢˇ ㄉㄚˋ ㄒㄧㄣ ㄒㄧˋ）

【釋義】又作「膽大心小」。小：指精細。
【出處】舊唐書・孫思邈傳：「膽欲大而心欲小，智欲圓而行欲方。」
【用法】形容人有勇有謀，勇於任事而又縝密謹慎。
【例句】他是個**膽大心細**的人，你有什麼事儘管放心交給他去辦就行了。
【義近】有膽有識／智勇雙全。
【義反】有勇無謀／勇而無謀。

膽大包天（ㄉㄢˇ ㄉㄚˋ ㄅㄠ ㄊㄧㄢ）

【釋義】膽子大得可以涵蓋天。包：涵蓋。
【出處】周紫芝・竹坡詩話：「想君吟揮毫日，四顧無人膽似天。」
【用法】形容人膽子極大，無所畏懼。
【例句】他嗜賭如命，這次輸急了，竟然**膽大包天**，在光天化日之下搶人錢包。
【義近】膽大如斗／一身是膽／渾身是膽。
【義反】膽小如鼠／膽小怕事。

膽大妄爲（ㄉㄢˇ ㄉㄚˋ ㄨㄤˋ ㄨㄟˊ）

【釋義】妄爲：胡亂的行爲。
【出處】清・吳沃堯・痛史二回：「如此膽大妄爲，還了得嗎？」
【用法】指毫無顧忌胡作非爲。
【例句】國際上有許多**膽大妄爲**的販毒集團，根本就無視於軍警的存在，依然猖狂地進行走私毒品的勾當。
【義近】胡作非爲／恣意妄爲／橫行無忌／肆無忌憚。
【義反】循規蹈矩／安分守己／奉公守法。

膽大如斗

【釋義】斗：一種量器，容量爲十升。
【出處】三國志・蜀書・姜維傳・裴松之注引世語：「維死時見剖，膽如斗大。」元・關漢卿・單刀會二折：「有一個趙子龍膽大如斗。」
【用法】形容人的膽量極大。
【例句】這種危險場合最好派嚴先生去，他**膽大如斗**，就是炸彈落在身邊，他也面不改色。
【義近】渾身是膽／熊心豹膽／膽大包天。
【義反】膽小如鼠／賊人膽虛／膽小怕事／畏影怕蹤／畏首畏尾。

膽小如鼠

【釋義】膽子小得像老鼠一樣。
【出處】魏書・景穆十二王傳：「言同百舌，膽若鼷鼠。」曾樸・孽海花二四回：「就怕海軍提督膽小如鼠，到弄得畫虎不成反類狗耳！」
【用法】形容非常膽小。
【例句】別看他個子高大，卻**膽小如鼠**，一有風吹草動便嚇得面無血色。
【義近】膽小怕事／畏影怕蹤。
【義反】膽大包天／渾身是膽。

膽戰心驚

【釋義】膽戰：恐懼而顫慄。戰：發抖。
【出處】敦煌變文集・維摩詰經講經文：「聞說便膽戰心驚，豈得交吾曹爲使。」
【用法】形容十分恐懼的樣子。
【例句】九彎十八拐公路險象環生，有時揚起的冥紙更令人**膽戰心驚**，在此處開車一定得小心一點。
【義近】膽戰心寒／提心弔膽／心驚肉跳。
【義反】鎮定自若／無所畏懼。

膾炙人口

【釋義】肉的味道鮮美，使人愛吃。膾：切細的肉。炙：烤熟的肉。
【出處】王定保・唐摭言十：「李濤，長沙人也，篇詠甚著……皆膾炙人口。」
【用法】比喻詩文或事物優美，受到人們的稱讚和傳頌。
【例句】李白和杜甫的詩作**膾炙人口**，流傳至今依然受到人們的喜愛。
【義近】口碑載道／家喻戶曉／家至人說。
【義反】平庸乏味／索然無味／味如嚼蠟／乏善可陳。

臣部

臣心如水

【釋義】心地純潔如水。臣：臣下，舊時官員用以自稱。
【出處】漢書・鄭崇傳：「上責崇曰：『君門如市人，何以欲禁切主上？』崇對曰：『臣門如市，臣心如水。』」
【用法】比喻廉潔奉公，清白如水。
【例句】別人怎樣說，我自然管不著，至於我自己，可以用**臣心如水**四字來表白。
【義近】冰心玉壺／冰壺秋月／俯仰無愧／不愧不怍。

臣門如市

【釋義】臣：臣下，舊時官員用以自稱。市：集市。
【出處】漢書・鄭崇傳：「上責崇曰：『君門如市人，何以欲禁切主上？』崇對曰：『臣門如市，臣心如水。』」
【用法】形容官員之家門庭若市，賓客甚多。
【例句】過去他家門可羅雀，自從他當上局長後，現在已是**臣門如市**了。
【義近】門庭若市／車馬盈門／冠蓋雲集／戶限爲穿。
【義反】門庭冷落／門可羅雀／門無蹄轍。

二畫

臥不安席

【釋義】意謂睡覺不安於枕席，也就是睡不安穩。
【出處】司馬遷・史記・蘇秦列傳：「寡人臥不安席，食不甘味，心搖搖然如懸旌而無所終薄。」
【用法】形容人心神不寧。
【例句】是不是癌症，醫生也只是懷疑，並沒有下結論，你何苦就把自己弄得這樣**臥不安席**呢？
【義近】臥不安枕／寢食難安／坐立不安／坐臥不寧／轉輾難眠／轉輾反側／食不甘味／如坐針氈／心神不寧。
【義反】高枕無憂／泰然置之／安之若素／氣定神閒／高枕而臥／好整以暇。

臥狼當道

【釋義】意謂當路躺著惡狼。
【出處】清・筱波山人・愛國魂・國憂：「那任他臥狼當道，暴虎逼人，掃盡江河影。」
【用法】形容前途險惡。
【例句】我現在已淪爲災民，爲了求生存，哪裏顧得了這麼多，即使前面有**臥狼當道**，也只有往前闖了。
【義近】惡狼當道／荊棘載途／艱難險阻／荊天棘地。
【義反】一路順風／一路福星／海闊天空／任情馳騁／康莊大道。

臥榻鼾睡

【釋義】爲「臥榻之側豈容他人鼾睡」之縮語。鼾睡：睡得香甜，發出鼾聲。
【出處】續通鑑長編・宋太祖紀：「江南亦有何罪，但天下一家，臥榻之側，豈容他人鼾睡乎？」
【用法】說明屬於自己分內之物，不容許他人涉足佔有。
【例句】這一帶是我的地盤，他竟來此擺地攤，**臥榻鼾睡**，非把他趕走不可。
【義反】利益均沾／有福同享。

臥薪嘗膽

【釋義】身睡在柴草上，口嘗著苦膽。
【出處】司馬遷・史記・越王句踐世家：句踐爲吳國所敗，被俘，後遣歸，「置膽於坐，坐臥即仰膽，飲食亦嘗膽。」蘇軾・擬孫權答曹操書：「僕受遣以來，臥薪嘗膽。」

【用法】比喻立志圖強或決心報仇雪恨。

【例句】以色列人嘗盡亡國之苦，所以人民普遍有**臥薪嘗膽**的精神，矢志復國。

【義近】生聚教訓／奮發圖強／勵精圖治。

【義反】醉生夢死／苟且偷生。

八畫

臧否人物（ㄗㄤ ㄆㄧˇ ㄖㄣˊ ㄨˋ）

【釋義】臧否：褒貶，評論。臧：善，好。否：壞，惡。

【出處】劉義慶．世說新語．德行：「晉文王稱阮嗣宗至慎，每與之言，未嘗臧否人物。」

【用法】指對人物做出好壞的評議。

【例句】我剛到任，對員工都不怎麼了解，不宜隨便**臧否人物**，實在不便參與你們的人評會議，請見諒！

【義近】月旦春秋／舌端月旦／說長道短／品頭論足／說三道四。

十一畫

臨去秋波（ㄌㄧㄣˊ ㄑㄩˋ ㄑㄧㄡ ㄅㄛ）

【釋義】意謂臨去時的回眸一盼。秋波：秋天的水波，比喻眼睛的明亮清澈。

【出處】王實甫．西廂記第一本一折：「怎當他臨去秋波那一轉！便是鐵石人也意惹情牽。」

【用法】用以形容別離時的依依不捨。

【例句】汪先生！這位小姐看來對你很有意思，你看她那**臨去秋波**的樣子，可知她好捨不得離開你呢！

【義近】別情依依／回眸一笑／含情脈脈／戀戀不捨／一步三回顧。

【義反】絕塵而去／拂袖而去／絕裾而去／一去不回頭。

臨危下石（ㄌㄧㄣˊ ㄨㄟˊ ㄒㄧㄚˋ ㄕˊ）

【釋義】到了危急之時，還要丟擲石塊。臨：面臨，到。

【出處】夏敬渠．野叟曝言五九回：「即衣冠名教中，講說道學，誇談經濟者，少甚麼看風使柁、臨危下石之人。」

【用法】比喻乘人之危，加以陷害或打擊。

【例句】王先生在朋友落難時，不但不去扶助，反而**臨危下石**，眞是太不應該了。

【義近】落井下石／乘人之危／趁火打劫。

【義反】扶危濟困／雪中送炭／急人之難。

臨危不撓（ㄌㄧㄣˊ ㄨㄟˊ ㄅㄨˋ ㄋㄠˊ）

【釋義】或作「臨危不屈」。臨到危難時並不屈服。撓：屈、折。

【出處】周書．李棠．柳檜傳論：「李棠、柳檜並臨危不撓，視死如歸，其壯志貞情，可與青松白玉比質也。」

【用法】形容英勇堅強。

【例句】滿清末造，革命黨人身陷囹圄，受盡酷刑，但始終**臨危不撓**，充分表現出革命黨人堅貞不屈的氣節。

【義近】寧死不屈／堅貞不屈／不屈不撓／傲然屹立／威武不屈。

【義反】卑躬屈膝／苟且偷生／屈節辱命／奴顏婢膝。

臨危不懼（ㄌㄧㄣˊ ㄨㄟˊ ㄅㄨˋ ㄐㄩˋ）

【釋義】臨：碰到，遭遇。懼：害怕。

【出處】陸贄．李澄贈司空制：「臨危不懼，見義必危。」

【用法】形容遇到危難的時候，一點也不害怕。

【例句】他很有膽略，遇事沉著，**臨危不懼**，這是他能成功的重要原因。

【義近】無所畏懼／臨危蹈難／臨危致命。

【義反】臨事而懼／貪生怕死／臨危無措。

臨危不顧（ㄌㄧㄣˊ ㄨㄟˊ ㄅㄨˋ ㄍㄨˋ）

【釋義】遇到危難時並不顧惜自己。

【出處】三國志．魏書．陳留王傳：「和、琇、撫皆抗不撓，拒（鍾）會兇言，臨危不顧，詞指正烈。」

【用法】形容人沒有私心，十分英勇。

【例句】白先生面對劫匪的嚴刑拷打，始終**臨危不顧**，沒有說出公司保險櫃的密碼。

【義近】臨危效命／臨危赴義／臨危蹈難／臨危授命。

【義反】臨危自計／惶恐不安／貪生怕死／臨危無措／臨難苟免。

臨危自計（ㄌㄧㄣˊ ㄨㄟˊ ㄗˋ ㄐㄧˋ）

【釋義】意謂臨到危難時只爲自己設想。

【出處】舊唐書．吳溆傳：「溆退而謂人曰：『人臣食君之祿，死君之難，臨危自計，非忠也。』」

【用法】指人到了緊要關頭，便私心畢露。

【例句】劉經理爲人雖有不少毛病，工作能力也不怎麼樣，但他絕不會**臨危自計**，這是我經過多年觀察而得出的結論。

【義近】貪生怕死／臨危無措／臨難苟免／惶恐不安。

【義反】臨危不顧／臨危授命／臨危赴義／臨危蹈難。

臨危效命（ㄌㄧㄣˊ ㄨㄟˊ ㄒㄧㄠˋ ㄇㄧㄥˋ）

【釋義】臨到危急時，獻出自己的生命。效：獻出。

【出處】歐陽修．謝覆龍圖閣直學士表：「苟臨危效命，尚當不顧以奮身，況爲善無傷，何憚竭忠而報國。」

【用法】指到了關鍵時刻，敢於站出來擔當重任。

【例句】文天祥於宋室將亡之際，**臨危效命**，毀家勤王，雖失敗被俘，慷慨赴義，然不愧爲一代民族英雄，永遠受人崇敬。

【義近】臨危授命／毀家紓難／捨生取義／成仁取義。

【義反】臨危自計／臨難苟免／臨危無措／貪生怕死。

臨危授命（ㄌㄧㄣˊ ㄨㄟˊ ㄕㄡˋ ㄇㄧㄥˋ）

【釋義】臨危：面臨危難。授命：獻出生命。

【出處】論語．憲問：「今之成人者，何必然？見利思義，見危授命，久要不忘平生之言，亦可以爲成人矣。」

【用法】表示不畏生死，勇於赴

義。

【例句】抗戰爆發，有志之士**臨危授命**，紛紛奔赴前線，和敵人浴血奮戰。

【義近】臨難赴義／勇赴國難。

【義反】臨陣脫逃／貪生怕死。

臨池學書

【釋義】在池邊練書法。

【出處】王羲之・與人書：「張芝臨池學書，池水盡黑。」

【用法】喻學習書法很有恆心、毅力。

【例句】在今江西省臨川縣的東邊，有個地方叫新城，新城之上有「墨池」，據說就是當年王羲之**臨池學書**的所在。因池水盡被墨汁染黑，所以稱「墨池」。

臨時抱佛腳

【釋義】臨時：到事情發生之時。抱佛腳：意謂求佛保佑。

【出處】陳壽・三國志・吳書・呂蒙傳：「臨時施宜。」孟郊・讀經：「垂老抱佛腳，教妻讀黃經。」

【用法】指事先不做準備，及至臨時才設法張羅。

【例句】你平時不燒香，現在有事才**臨時抱佛腳**，這種做法我很不以爲然。

【義近】臨陣磨槍／臨渴掘井／江心補漏／見兔顧犬。

【義反】有備無患／礪兵以待／未雨綢繆。

臨財不苟

【釋義】面對錢財不隨隨便便去取得。苟：苟且，隨便。

【出處】五代・王定保・唐摭言・氣義：「孰以顯廉？臨財不苟。」

【用法】形容人廉潔自好，不義之財一介不取。

【例句】王小姐在公司擔任會計秉出納，數十年如一日。因她一介不取，**臨財不苟**，操守清廉，因此總經理對她信任有加。

【義近】攏袖卻金／涓滴歸公／一清如水／纖介不取／一介不取。

【義反】見錢眼開／臨財苟得／見財起意／利令智昏。

臨財苟得

【釋義】意謂見到錢財就隨便求取。苟：苟且，隨便。

【出處】凌濛初・二刻拍案驚奇卷三九：「似這等人，也算做穿窬中小人大俠了。反比那面是背非，臨財苟得，見利忘義一班峨冠博帶的不同。」

【用法】形容人貪婪自私，見利忘義。

【例句】他是個**臨財苟得**、財迷心竅的人，和他講義氣、說道理，簡直是白費心機。

【義近】利欲薰心／見利忘義／見錢眼開／利令智昏／財迷心竅。

【義反】臨財不苟／拾金不昧／脂膏不潤／一介不取／見利思義／輕財重義。

臨陣脫逃

【釋義】臨到上陣作戰時卻逃跑了。

【出處】清・無名氏・官場維新記四回：「你們中國的兵勇，一到有起事來，不是半途潰散，便是臨陣脫逃。」

【用法】比喻事到臨頭卻抽身躲避。

【例句】你這個人太沒有擔當了，一聽說有危險任務就**臨陣脫逃**，眞是太不像話！

【義近】臨陣而逃／望風逃竄／聞風而逃／聞風喪膽。

【義反】勇往直前／挺身而出／一往無前／一馬當先。

臨陣磨槍

【釋義】到了快要上陣打仗時才磨刀擦槍。臨：到。槍：指長矛一類武器。

【出處】曹雪芹・紅樓夢七十回：「臨陣磨槍也不中用！有這會子著急，天天寫寫念念，有多少完不了的？」

【用法】比喻事到臨頭，才做準備。

【例句】讀書要靠平時努力，不要**臨陣磨槍**，到考試前才用功。

【義近】臨渴掘井／臨時抱佛腳／臨難鑄兵／江心補漏／見兔顧犬。

【義反】有備無患／常備不懈／曲突徙薪／未雨綢繆。

臨淵結網

【釋義】臨到河邊才編織魚網。

【出處】明・楊珽・龍膏記・遊仙：「早辦個鳳想仙緣，休等待臨淵結網，只落得月落花殘。」

【用法】比喻事先不做好準備，就辦不成事。

【例句】你明天就要上台報告了，卻連資料都還沒準備齊全，如此**臨淵結網**，怎麼會有好的表現！

【義近】臨渴掘井／臨陣磨槍／臨時抱佛腳／見兔顧犬／鬪而鑄錐／江心補漏／臨難鑄兵。

【義反】未雨綢繆／曲突徙薪／厲兵以待／有備無患／防患未然。

臨淵羨魚

【釋義】站在水邊看見魚就想捉來吃，卻無行動。淵：深水潭。羨：羨慕，想得到。

【出處】漢書・董仲舒傳：「古人有言曰：『臨淵羨魚，不如退而結網。』」

【用法】比喻凡事徒有良好的願望，而不知採取行動去努力爭取。

【例句】你與其**臨淵羨魚**，看著別人成大功，不如下定決心，也好好開創一番事業。

【義近】憑空妄想／臨淵之羨，指雁爲羹。

【義反】腳踏實地／退而結網。

臨深履冰

【釋義】或作「臨淵履薄」。面對深淵，腳踩薄冰。

【出處】詩經・小雅・小旻：「戰戰兢兢，如臨深淵，如履薄冰。」

【用法】比喻十分謹愼小心，唯恐有失。

【例句】他剛拿到駕駛執照，技術還不純熟，駕起車來**臨深履冰**，小心翼翼的，唯恐有所閃失。

【義近】謹小愼微／小心翼翼／瞻前顧後／兢兢業業／戰戰兢兢。

【義反】大而化之／漫不經心／滿不在乎／心不在焉。

臨期失誤

【釋義】到了預先約定的時間卻耽誤失約了。

【出處】明・李昌祺・剪燈餘話・泰山御史傳：「卻乃連日酗酣，臨期失誤，使百辟倉皇駭愕以失色，聚眾人捏合掇拾以成文。」

【用法】指不守諾言。

【例句】你和我們約在中山公園會面，說好不見不散，怎麼又**臨期失誤**了呢？

【義近】言而無信／自食其言／出爾反爾／食言而肥。

【義反】言而有信／一諾千金／說話算話／尾生之信／抱柱之信／一言九鼎。

臨渴掘井

【釋義】到了口渴時，才去挖井。臨：到。

【出處】素問・四氣調神大論：「夫病已成而後藥之，亂已成而後治之，譬猶渴而穿井，鬭而鑄錐，不亦晚乎。」

【用法】比喻事到臨頭才想辦法，已無濟於事。

【例句】乾旱期到來之前就應做好防範準備，不要**臨渴掘井**，一旦造成損失，就難以彌補了。

【義近】江心補漏／鬭而鑄錐／臨陣磨槍／臨時抱佛腳。

【義反】防患未然／曲突徙薪／未雨綢繆／有備無患。

臨潼鬥寶

【釋義】傳說春秋時代秦穆公約諸侯比賽寶物定輸贏，以威服各國。臨潼：今陝西臨潼縣。

【出處】曹雪芹・紅樓夢七五回：「每日輪流做晚飯之主，天天宰豬割羊，屠鵝殺鴨，好似『臨潼鬥寶』的一般，都要賣弄……。」

【用法】比喻誇耀財富，爭強鬥勝。

【例句】這幾個年輕人有了錢就輪流請客，酒席一個比一個更豐盛，就好像**臨潼鬥寶**一般。

臨機制勝

【釋義】面臨關鍵的時機，能以謀略取勝。

【出處】馮夢龍・東周列國志一六回：「兵事臨機制勝，非可預言，願假臣一乘，使得預謀於行間。」

【用法】形容人能隨機應變，以謀略取勝。

【例句】你不要看他平日沉默寡言，只要機會一來，他總能**臨機制勝**，立即採取行動，奪得勝利。

【義近】隨機應變／見機行事／見機而作／伺機而動。

【義反】膠柱鼓瑟／鄭人買履／刻舟求劍／食古不化／削足適履／守株待兔。

臨機應變

【釋義】臨機：掌握時機。應變：應付突然發生的情況。

【出處】宋史・蕭資傳：「資性和厚，臨機應變，輯穆將士，總攝細務。」

【用法】指憑藉機智應付變化莫測之事。

【例句】這個人非常機智聰明，遇事都能**臨機應變**，從不慌亂。

【義近】隨機應變／見機而作／見風使舵。

【義反】驚慌失措／六神無主。

臨難不屈

【釋義】臨到危難，絕不屈服。

【出處】舊唐書・劉弘基傳：「高祖嘉其臨難不屈，賜其家粟帛甚厚。」

【用法】形容人意志堅決，不屈不撓地向困難挑戰。

【例句】這批去雅魯藏布江考察的研究人員，在艱難危險的條件下，仍堅持走完無人區，可謂**臨難不屈**的好漢了。

【義近】臨難不避／臨難無懾／臨難毋苟／臨難不懼／臨危蹈難。

【義反】臨難苟免／貪生怕死／畏葸不前。

臨難不避

【釋義】意謂到了急難之時並不躲避。

【出處】馮夢龍・東周列國志四四回：「夫料事能中，智也；盡心報國，忠也；臨難不避，勇也；殺身救國，仁也。」

【用法】形容人勇敢膽大，無所畏懼。

【例句】我同鄭先生雖談不上深交，但對他的為人還是略有所知的，他最大的長處就是**臨難不避**，所以才特別向你推薦。

【義近】臨難不屈／臨難無懾／臨難毋苟／臨難不懼／臨危蹈難。

【義反】臨難苟免／貪生怕死／畏葸不前。

臨難無懾

【釋義】到了危難之時無所恐懼。懾：恐懼。

【出處】唐・張說・齊黃門侍郎盧公神道碑：「公處屯安貞，賦詩頹飲，視得失蔑如也，臨難無懾，……。」

【用法】形容人勇敢堅定，對危難毫無所懼。

【例句】我們搭乘的遊艇在洞庭湖中，因遇天氣突變，狂風大作，頓時波浪洶湧，眾人莫不驚恐，只有陳先生**臨難無懾**，泰然自若。

【義近】臨難不驚／臨難無懼／臨危不亂／泰然自若／處變不驚。

【義反】臨難而懼／手足無措／驚慌失措。

臨難鑄兵

【釋義】臨到急難之時才去鑄造武器。兵：武器。

【出處】晏子春秋・內篇雜上：「譬之猶臨難而遽鑄兵。」梁書・韋叡傳：「賊已至城下，方復求軍，臨難鑄兵，豈及馬腹。」

【用法】比喻事先不作準備，根本無法辦好事情。

【例句】你做事總愛**臨難鑄兵**，實在有些荒唐，可得改一改才好！

【義近】臨淵結網／臨渴掘井／臨陣磨槍／江心補漏／見兔顧犬／臨時抱佛腳。

【義反】未雨綢繆／防患未然／有備無患／曲突徙薪。

自部

自力更生（ㄗˋ ㄌㄧˋ ㄍㄥ ㄕㄥ）

【釋義】自力：勉力，盡自己的力量。更生：再次獲得生命，比喻重新興旺起來。

【出處】後漢書・和熹鄧皇后紀：「自力上原陵。」司馬遷・史記・主父偃傳：「逢明天子，人人自以爲更生。」

【用法】指不依賴外力，靠自己的力量重新振作起來，把事情辦好。

【例句】年輕人當**自力更生**，不要有依賴先人庇蔭的想法。

【義近】自食其力／白手成家／自立自強。

【義反】傍人門戶／倚人成事／依草附木／傍人籬壁／俯仰由人。

自以爲是（ㄗˋ ㄧˇ ㄨㄟˊ ㄕˋ）

【釋義】總以爲自己是對的。以爲：認爲。是：對的。

【出處】孟子・盡心下：「自以爲是，而不可入堯舜之道，故曰德之賊也。」

【用法】形容人主觀，不虛心。指作風、態度，用於批評，貶義。

【例句】他一向**自以爲是**，你再怎麼苦口婆心勸導，也是無濟於事。

【義近】剛愎自用／我行我素／自以爲然／自視甚高／自矜自是／師心自用。

【義反】虛懷若谷／捨己從人／謙卑自牧／虛懷樂取。

自以爲得計（ㄗˋ ㄧˇ ㄨㄟˊ ㄉㄜˊ ㄐㄧˋ）

【釋義】得計：計謀得逞。

【出處】韓愈・柳子厚墓誌銘：「而其人自視以爲得計。」馮夢龍・警世通言卷三：「他見別人懼怕，沒奈何他，意氣揚揚，自以爲得計。」

【用法】指自己以爲自己做得不錯。多含貶義。

【例句】「卻說魏延燒斷棧道，屯兵南谷，把住隘口，**自以爲得計**。」（羅貫中・三國演義一〇五回）

【義近】自鳴得意／沾沾自喜／躊躇滿志／揚揚自得／得意洋洋。

自出心裁（ㄗˋ ㄔㄨ ㄒㄧㄣ ㄘㄞˊ）

【釋義】心裁：心中的籌畫、構思。

【出處】曹雪芹・紅樓夢八四回：「那些童生都讀過前人這篇，不能自出心裁，每多抄襲。」

【用法】指出於自己的構思。含有創新的意思。

【例句】鄭教授所寫的這部章回體小說，雖是深受《紅樓夢》的影響，卻是**自出心裁**之作。

【義近】獨創新意／別出心裁／別具匠心／自出胸臆／獨出機杼／匠心獨運。

【義反】步人後塵／亦步亦趨／蹈人舊轍／如法炮製／拾人涕唾。

自出機杼（ㄗˋ ㄔㄨ ㄐㄧ ㄓㄨˋ）

【釋義】機杼：織布機的梭子，用以持緯紡織。

【出處】魏書・祖瑩傳：「瑩以文學見重，常語人云：『文章須自出機杼，成一家風骨，何能共人同生活也。』」

【用法】比喻詩文的立意構思能別出心裁，獨創新意。多用於稱讚詩、文、書、畫等創作方面。

【例句】曹雪芹**自出機杼**，創作了世界名著《紅樓夢》。

【義近】別具匠心／自出胸臆／獨樹一幟／另闢蹊徑／別出心裁／別開生面。

【義反】依樣畫葫蘆／照貓畫虎／如法炮製／襲人故智／人云亦云。

自生自滅（ㄗˋ ㄕㄥ ㄗˋ ㄇㄧㄝˋ）

【釋義】自然地發生、生長，又自然地消滅或死亡。

【出處】白居易・山中五絕句嶺上雲詩：「自生自滅成何事，能逐東風作雨無。」

【用法】形容任其自然發展，無人過問。

【例句】對於日漸增多的流動攤販，政府不應任其**自生自滅**，宜設立專責部門加以妥善管理。

【義近】任其自然／聽之任之／置之不理／漠不關心。

【義反】循循善誘／因勢利導。

自由自在（ㄗˋ ㄧㄡˊ ㄗˋ ㄗㄞˋ）

【釋義】自由：能按己意行動，不受限制。自在：任意，舒適。

【出處】道原・景德傳燈錄卷二十：「問：『牛頭未見四祖時如何？』師曰：『自由自在。』曰：『見後如何？』師曰：『自由自在。』」

【用法】形容毫無拘束，安閒舒適。

【例句】人生最大的幸福，莫過於**自由自在**地生活，否則便失去了人生的樂趣。

【義近】無拘無束／安閒自在／逍遙自在／悠遊自得。

【義反】檻猿籠鳥／俯仰由人／身不由己。

自立門戶（ㄗˋ ㄌㄧˋ ㄇㄣˊ ㄏㄨˋ）

【釋義】自己另立一戶人家。門戶：人家。

【出處】清・李斗・揚州畫舫錄・新城北錄下：「郡城自江鶴亭徵本地亂彈，名春臺，爲外江班，不能自立門戶。」

【用法】指自行創業，或指學術方面自成一家一派。

【例句】去年我離開公司**自立門戶**，開了一家「南北和餐廳」，請多來捧場！

【義近】自成一家／自創一格。

【義反】倚門傍戶／寄人籬下／仰人鼻息。

自同寒蟬（ㄗˋ ㄊㄨㄥˊ ㄏㄢˊ ㄔㄢˊ）

【釋義】自己和寒天的蟬一樣不鳴不叫。寒蟬：冬天的蟬。

【出處】後漢書・杜密傳：「劉勝位爲大夫，見禮上賓，而知善不薦，聞惡無言，隱情惜己，自同寒蟬，此罪人也。」

【用法】比喻緘默不語。

【例句】他爲了保住自己的飯碗，一遇到有爭議的問題，便**自同寒蟬**，唯恐得罪上級。

【義近】噤若寒蟬／杜口吞聲／三緘其口／緘口結舌。

【義反】喋喋不休／嘵嘵不休／夸夸其談／滔滔不絕。

自成一家

【釋義】指在某種學問或技藝上有所創新，能自成體系。

【出處】唐·劉知幾·史通·載言：「又詩人之什，自成一家；故風雅比興，非三傳所取。」

【用法】用以稱讚人在藝術、學術方面能自立特色或派別，而與他人不同。

【例句】司馬遷以《史記》一書流傳千古，**自成一家**，成爲史學界的泰斗。

【義近】自出一家／獨創新意／一家之言／獨樹一幟／自出心裁。

【義反】依樣畫葫蘆／照貓畫虎／襲人故智／人云亦云／如法炮製。

自有公論

【釋義】公論：公眾的評論。

【出處】劉義慶·世說新語·品藻：「王大將軍下。庾公問：『聞卿有四友，何者居其右？』……王曰：『噫！其自有公論。』」

【用法】是指自然會有公正的評論。

【例句】這件事我們不要再爭論了，究竟誰是誰非，**自有公論**，我們何苦在這裏多費脣舌呢？

【義近】持平之論／平心而論／自有公斷／持論公允／中肯之論。

【義反】爭長論短／口舌之爭／片面之詞／一面之詞。

自有肺腸

【釋義】肺腸：此指心思。

【出處】詩經·大雅·桑柔：「自有肺腸，俾民卒狂。」鄭玄箋：「自有肺腸，行其心中之所欲，乃使民盡迷惑也。」

【用法】指人做事私心自用，爲個人私利而考量。

【例句】這件事大家都爭著要做，實際上是人人皆**自有肺腸**，想從中謀取利益。

【義近】私心自用／各懷鬼胎／別有用心。

【義反】大公無私／克己奉公／公而忘私。

自作主張

【釋義】擅自按自己的意見行事。又作「自作主意」。

【出處】元·無名氏·謝金吾三折：「但那楊景是一個郡馬，怎好就是這等自作主張，將他只一刀哈喇了。」

【用法】多指不經上級或別人同意，就擅自處置。

【例句】這股票是我倆合夥買的，你怎能不經我同意，就**自作主張**拋售出去了呢？

【義近】獨斷專行／自行其是／我行我素。

【義反】先意承旨／奉旨行事／唯命是從。

自作自受

【釋義】自己做錯事，自己承受不良後果。受：承受。

【出處】道原·景德傳燈錄卷一五：「諸人變現千般，終是汝生解自擔帶將來，自作自受，遮裏無可與汝。」

【用法】說明自己作惡，自受惡果，有責怪、埋怨的意思。

【例句】他不聽人勸，吃喝嫖賭無所不爲，導致今天落魄潦倒，眞是**自作自受**。

【義近】咎由自取／自食其果／自討苦吃／自取其咎。

【義反】善有善報。

自作聰明

【釋義】意謂自以爲很聰敏。

【出處】尚書·蔡仲之命：「無作聰敏，亂舊章。」淸·南亭亭長·中國現在記九回：「難保不是經手家人自作聰明，所以弄出這樣笑話來。」

【用法】指人不懂裝懂，自以爲是。

【例句】當初我們就說他這樣做是非法的，而他卻不以爲然，**自作聰明**，現在身陷囹圄，怪得了誰！

【義近】自命不凡／自鳴得意／自以爲是／自矜自是／師心自用。

【義反】自知之明／不矜不伐／不恥下問／虛懷若谷／捨己從人／謙沖自牧。

自吹自擂

【釋義】吹：吹喇叭。擂：打鼓。

【用法】形容自我吹噓。

【例句】無論何時何地，碰到困難挫折不氣餒，有了成績不**自吹自擂**，這才是正確的態度。

【義近】自賣自誇／伐善施勞／矜功自伐，予智自雄／露才揚己。

【義反】不伐己長／深藏若虛／謙默自持／卑以自牧。

自告奮勇

【釋義】告：表明。奮勇：鼓起勇氣。

【出處】李寶嘉·官場現形記五三回：「因爲上頭提倡游學，所以他自告奮勇，情願……叫兒子出洋。」

【用法】說明主動要求擔任某項艱鉅的任務。

【例句】看見那位老人家行動不便，又提著沈重的行李，他立刻**自告奮勇**地前去幫忙。

【義近】挺身而出／毛遂自薦／請自隗始。

【義反】輾轉推託／婉言謝絕／推三阻四／畏縮不前。

自我作故

【釋義】意謂從我開始作爲成例。故：本作「古」，指成例、典故。

【出處】唐·劉知幾·史通·稱謂：「唯魏收遠不師古，近非因俗，自我作故，無所憲章。」

【用法】指不因襲前人舊例，而由自己始創。

【例句】錢先生的作品往往能**自我作故**，不因襲他人，所以頗受好評。

【義近】拔新領異／推陳出新／別出心裁／革故鼎新／獨闢蹊徑／獨樹一幟。

【義反】步人後塵／亦步亦趨／拾人牙慧／拾人涕唾／抱殘守缺／因循守舊。

自我陶醉

【釋義】陶醉：滿意地沉浸在某種情緒或境界中。

【出處】崔曙・九日登望仙臺：「且欲近尋彭澤宰，陶然共醉菊花杯。」
【用法】形容盲目地自我欣賞。
【例句】如果一個人在事業上稍有點成就，便**自我陶醉**，那就必然會停滯不前。
【義近】孤芳自賞／自鳴得意／顧盼自雄。
【義反】自慚形穢／自慚鳩拙／自暴自棄／妄自菲薄。

自我解嘲

【釋義】嘲：嘲笑。
【出處】漢書・揚雄傳下：「時雄方草太玄，有以自守，泊如也。或嘲雄以玄尚白，而雄解之，號曰解嘲。」
【用法】說明自己受到別人嘲笑時，設法辯解並加以掩飾。含貶義。
【例句】在研討會上，當他的論點受到眾人的譏笑時，他便**自我解嘲**地說：「誰也不見得比誰高明。」

自投羅網

【釋義】自己投入羅網裏去。投：進入。羅：捕鳥的網。網：用以捕魚。
【出處】曹植・野田黃雀行：「不見籬間雀，見鷂自投羅。」
【用法】比喻自己投入絕境送死，或自上其當。用於別人有活該的意思，用於自己則在否定句中。
【例句】人家佈下圈套在等著他，他卻像個無頭蒼蠅，**自投羅網**，怪得了誰呢？
【義近】自掘墳墓／飛蛾撲火／自取滅亡。
【義反】全身遠害／敬而遠之。

自求多福

【釋義】意謂自己去求取更多的福祿。
【出處】詩經・大雅・文王：「無念爾祖，聿脩厥德，永言配命，自求多福。」
【用法】今多用以勉勵人自己去爭取光明美好的前途。
【例句】找人幫忙，只能幫得一時，歸根究柢還是要**自求多福**，光仰賴別人是不行的。
【義近】禍福自取／禍福無門／滄浪之水／濯纓濯足。
【義反】喜從天降／福星永照／吉星高照／吉人天相。

自私自利

【釋義】私心很重，只知為個人利益打算。
【出處】朱子語類五五：「墨氏見世間人自私自利，不能及人，故欲兼天下之人人而盡愛之。」
【用法】形容私心太重，為了有利於自己，不惜損害他人。用於批評、斥責他人。
【例句】這個人最**自私自利**，為了滿足自己的欲望，竟可置別人的死活於不顧。
【義近】徇私廢公／損公肥私／損人利己。
【義反】大公無私／公而忘私／克己奉公／捨己為人。

自言自語

【釋義】意謂自己對自己說話。
【出處】京本通俗小說・碾玉觀音：「一個婦女搖搖擺擺從府堂裏出來，自言自語，與崔寧打個胸廝撞。」
【用法】形容人在異常心情下所表現出來的一種情態。
【例句】王太太自從得知丈夫有了外遇後，便常常**自言自語**，也不知在說些什麼，真是可憐。
【義近】自說自話／自怨自艾／長吁短嘆／哀聲嘆氣。
【義反】談笑風生／應對如流／談笑自若。

自取其咎

【釋義】禍患全由自己造成。也作「咎由自取」。
【出處】馮夢龍・警世通言卷三：「想當時因得罪於荊公，自取其咎。」
【用法】指自己招來禍患。
【例句】這件事純然是**自取其咎**，怪不得別人，只怪我自己一時鬼迷心竅，上了人家的當。
【義近】自詒伊戚／咎由自取／自作自受。
【義反】禍從天降／飛來橫禍／無妄之災。

自取滅亡

【釋義】意謂自己找死。
【出處】陰符經下：「沉水入火，自取滅亡。」
【用法】指將自己引上絕路或自己採取導致滅亡的措施。
【例句】他已誤入歧途，仍不知悔改，最後將**自取滅亡**。
【義近】自取其咎／自食惡果／自掘墳墓／自投羅網／飛蛾撲火。
【義反】自求多福／全身遠害。

自命不凡

【釋義】自命：自己認為。不凡：不平常。
【出處】蒲松齡・聊齋誌異・楊大洪：「天洪楊先生漣，微時為楚名儒，自命不凡。」
【用法】指自以為不平凡，比別人高明。
【例句】**自命不凡**的人，往往根柢淺薄，一知半解，其言其行顯得十分荒唐可笑。
【義近】自負不淺／自視甚高／自視不凡／不可一世／自鳴得意。
【義反】自知輕重／自慚形穢／自暴自棄／妄自菲薄。

自拔來歸

【釋義】自拔：自己主動脫離惡劣的環境。來歸：歸向正道。歸：歸順、投降。
【出處】新唐書・李勣傳：「俄為竇建德所陷，質其父，使復守黎陽，三年，自拔來歸。」
【用法】說明棄暗投明，歸向正義。
【例句】滿清末年，清兵見革命軍聲勢浩大，深得民眾擁護，**自拔來歸**者日益增多。
【義近】棄暗投明／改邪歸正。
【義反】執迷不悟。

自知之明

【釋義】自知：自己了解自己。明：看清事物的能力。
【出處】老子・三三章：「知人者智，自知者明。」
【用法】指了解自己，對自己有正確的認知。
【例句】他畢竟是個有**自知之明**的人，所以求職失敗後，沒有怨天尤人，反而更努力地充實自己。
【義近】自知輕重。
【義反】自不量力／自命不凡／目不見睫／自高自大／闇於自見／昧於審己。

自怨自艾（ㄗˋ ㄩㄢˋ ㄗˋ ㄧˋ）

【釋義】自怨：悔恨自己的錯誤。自艾：改正自己的錯誤。艾：通「刈」，割草，喻糾正。
【出處】孟子・萬章上：「太甲悔過，自怨自艾，於桐處仁遷義。」
【用法】原指懊悔自己的錯誤並加以改正，現在僅指悔恨自己的錯誤，無改正的意思。
【例句】犯了錯誤改正就好，用不著老是**自怨自艾**。
【義近】自嗟自歎／悔恨交加／自譴自責。
【義反】怨天尤人／委過他人。

自相矛盾（ㄗˋ ㄒㄧㄤ ㄇㄠˊ ㄉㄨㄣˋ）

【釋義】矛：長矛，古代進攻用的武器。盾：盾牌，古代防禦用的武器。為一寓言故事，見韓非子・難一。
【出處】劉知幾・史通・雜說上：「觀孟堅(班固)紀、志所言，前後自相矛盾者矣。」
【用法】比喻言行不一或互相牴觸。
【例句】他剛說他最近發了一筆大財，等到別人找他借錢時，又說窮得身無分文，簡直是**自相矛盾**。
【義近】自相牴牾／漏洞百出／前後矛盾。
【義反】表裏如一／言行一致／無懈可擊。

自相魚肉（ㄗˋ ㄒㄧㄤ ㄩˊ ㄖㄡˋ）

【釋義】魚肉：像對魚肉那樣隨便宰割。
【出處】晉・殷仲堪・奏請巴西等三郡不戍漢中：「關中餘燼，自相魚肉。」
【用法】指自己內部互相殘殺。
【例句】盜匪集團多為烏合之眾，常因分贓不均而**自相魚肉**，給予官兵以可乘之機。
【義近】自相水火／自相殘殺／變生肘腋／同室操戈／自相夷戮。
【義反】患難與共／和衷共濟／羣策羣力／休戚與共。

自相殘殺（ㄗˋ ㄒㄧㄤ ㄘㄢˊ ㄕㄚ）

【釋義】自己人互相殺害。殘：傷害。
【出處】孟子・離婁上：「國必自伐，而後人伐之。」晉書・石季龍載記下：「八人自相殘害。」
【用法】說明內部不團結，互相為爭權奪利而攻伐。
【例句】在我國歷史上，為了爭奪皇位，父子兄弟**自相殘殺**的事屢見不鮮。
【義近】同室操戈／兄弟鬩牆／煮豆燃萁。
【義反】同仇敵愾／團結禦侮／同舟共濟。

自食其力（ㄗˋ ㄕˊ ㄑㄧˊ ㄌㄧˋ）

【釋義】憑自己的勞力來養活自己。
【出處】漢書・食貨志：「今毆(驅)民而歸之農，皆著於本，使天下各食其力。」
【用法】說明依靠自己的力量以謀求生存，既不抱幻想，也不仰賴他人。多用於個人生活方面，含褒義。
【例句】美國的教育方式是讓孩子們學會**自食其力**，獨立自主。
【義近】自力更生／自給自足／自立自強。
【義反】坐享其成／不勞而獲／坐收漁利／傍人籬壁。

自食其言（ㄗˋ ㄕˊ ㄑㄧˊ ㄧㄢˊ）

【釋義】自己把說出來的話吞下去了。食：吞，吃。其：他的。
【出處】尚書・湯誓：「爾無不信，朕不食言。」
【用法】指說了話不算數，不守信用。
【例句】要做一個負責的人，就應該說話算話，決不能**自食其言**。
【義近】食言而肥／言而無信。
【義反】一諾千金／言必行，行必果／一言既出，駟馬難追／言而有信。

自食其果（ㄗˋ ㄕˊ ㄑㄧˊ ㄍㄨㄛˇ）

【釋義】自己吞下自己所造成的惡果。果：後果，指惡果。
【用法】指自己做了壞事，自己受到損害或懲罰。
【例句】他嗜賭如命，家中財物輸得精光，弄得妻離子散，**自食其果**。
【義近】自作自受／自取其咎／自食惡果／惡有惡報／罪有應得。
【義反】自珍自重／善有善報。

自討沒趣（ㄗˋ ㄊㄠˇ ㄇㄟˊ ㄑㄩˋ）

【釋義】討：招惹。沒趣：沒有面子；難堪。
【出處】葉聖陶・孤獨：「他立刻覺得剛才對於孩子的要求沒有意思，只不過自討沒趣罷了。」
【用法】指做事不得當，反使自己難堪窘迫。
【例句】天涯何處無芳草，小姐不理你就算了，何必苦苦糾纏，**自討沒趣**呢？
【義近】自尋難堪／一鼻子灰／自討苦吃。

自討苦吃（ㄗˋ ㄊㄠˇ ㄎㄨˇ ㄔ）

【釋義】自己找苦受。討：找，求。
【出處】張岱・陶庵夢憶・朱云崍女戲：「殷殷防護，日夜為勞，是無知老賤自討苦吃者也。」
【用法】比喻自己找來麻煩或煩惱，也用以形容因自己思慮不周或處理不當而導致不良後果。可用於他人或自己，含有責備後悔的意思。
【例句】我熱心地幫助他，他不但不領情，反而怪我多事，看來我真是**自討苦吃**。
【義近】自尋煩惱／自詒伊戚／作繭自縛／自作自受。
【義反】全身遠害。

自高自大（ㄗˋ ㄍㄠ ㄗˋ ㄉㄚˋ）

【釋義】自覺形象高大。
【出處】顏之推・顏氏家訓・勉學：「見人讀數十卷書，便自高大，凌忽長者，輕慢同列。」
【用法】形容人驕傲狂妄，自以為了不起。

【例句】 他一向認爲**自高自大**的心態將使人窒礙不前，所以爲人處事十分謙虛謹慎。
【義近】 妄自尊大／夜郎自大／自命不凡／驕傲自滿。
【義反】 妄自菲薄／謙卑自牧／自暴自棄／自慚形穢／自輕自賤。

自強不息

【釋義】 意謂不斷努力。自強：自己努力圖強。息：停息。
【出處】 周易・乾卦：「天行健，君子以自強不息。」
【用法】 形容人自覺向上，努力進取，永不鬆懈。多爲勉勵、鞭策用語。
【例句】 春秋時越王句踐臥薪嘗膽，**自強不息**，終於轉弱爲強，一舉打敗了吳王夫差。
【義近】 奮發向上／夙夜匪懈／力爭上游／聞雞起舞／發憤圖強／孜孜矻矻。
【義反】 得過且過／游手好閒／甘居下游／畏難苟安／自暴自棄。

自得其樂

【釋義】 得：得到，體會到。其樂：其中的樂趣。
【出處】 朱子全書一七：「如曾點浴沂風雩，自得其樂。」
【用法】 說明自己能從中得到樂趣。形容主觀上的滿足，不受外界影響。
【例句】 他的工作在別人看來是很枯燥的，但他不僅沒有這樣的感覺，反而**自得其樂**。
【義近】 悠然自得／怡然自得／樂在其中。
【義反】 自尋煩惱／作繭自縛／自詒伊戚。

自掘墳墓

【釋義】 自己給自己挖掘墳墓。掘：挖，刨。
【出處】 陳壽・三國志・蜀書・先主傳・裴松之注引葛洪・神仙傳：「又作畫一大人，拙地埋之，便逕去。」
【用法】 比喻自己的所作所爲，正在斷送自己的前途，爲自己的失敗或滅亡預作準備。
【例句】 爲政者若倒行逆施，忽視民意，無異是**自掘墳墓**，自取滅亡。
【義近】 自尋死路／自取滅亡。
【義反】 全身遠害／自求多福。

自欺欺人

【釋義】 欺騙自己也欺騙別人。
【出處】 朱子語類・大學五：「因說自欺欺人曰：欺人亦是自欺，此又是自欺之甚者。」
【用法】 指爲人狡猾，用自己不相信的話去騙人，既欺人，也自欺。
【例句】 有些國家高喊裁軍，銷毀核子武器，暗地裏卻忙著擴充軍備，簡直是**自欺欺人**。
【義近】 掩耳盜鈴／掩目捕雀。
【義反】 至誠無昧。

自然而然

【釋義】 自然：指不受外力影響，自由發展。然：如此，這樣。
【出處】 雲笈七籤卷一〇二：「夫莫能使之然，莫能使之不然，亦不知其所以然，不知其所以不然。故曰：自然而然者也。」
【用法】 指自然如此，非強行所致。
【例句】 感情的事很難說，當初我們只是大學同班同學，後來不知怎的**自然而然**爆出了愛情的火花，畢業後就結爲夫妻了。
【義近】 聽其自然／順其自然／不知不覺／莫名所以。
【義反】 矯揉造作。

自給自足

【釋義】 自己所生產的，足夠自己所需要的。給：供給，供應。
【出處】 陳壽・三國志・吳書・步騭傳：「種瓜自給。」列子・黃帝：「不施不惠，而物自足。」
【用法】 指依靠自己的生產滿足自己的需要。
【例句】 中國固有的**自給自足**經濟形態，支持了滿清政府的閉關自守政策，也造成了滿清政府的昏瞶無能。
【義近】 家給戶足／自食其力。
【義反】 入不敷出／捉襟見肘／寅吃卯糧。

自視甚高

【釋義】 自己看待自己很高，認爲自己最了不起。
【出處】 吳沃堯・二十年目睹之怪現狀三六回：「我暗想這個人自視甚高，看來文字總也是好的，便不相強。」
【用法】 指人缺乏自知之明，把自己看得過高。
【例句】 他這個人向來**自視甚高**，總給人一種不可一世的感覺。
【義近】 自高自大／妄自尊大／自命不凡／夜郎自大／驕傲自滿／狂妄自大。
【義反】 不矜不伐／謙沖自牧／屈己待人／虛懷若谷。

自詒伊戚

【釋義】 詒：遺留。伊：是，此。戚：憂患。
【出處】 詩經・小雅・小明：「心之憂矣，自詒伊戚。」
【用法】 是指自己給自己招致禍患。
【例句】 我們誠摯地希望你要記取過去的教訓，凡事三思而行，不要再**自詒伊戚**了。
【義近】 咎由自取／自取其咎／自作自受。
【義反】 禍從天降／飛來橫禍／無妄之災。

自圓其說

【釋義】 圓：圓滿，周全。其說：他的說法。
【出處】 李寶嘉・官場現形記五五回：「自圓其說道：『職道的話原是一時愚昧之談，作不得準的。』」
【用法】 指說話的人能使自己的論點站得住腳，沒有漏洞。
【例句】 他那番話乍聽之下似乎能**自圓其說**，但仔細推敲，就可以發現漏洞百出。
【義近】 自找台階。
【義反】 自相矛盾／破綻百出／自相牴牾。

自愧不如

【釋義】 自覺慚愧不如別人。
【出處】 戰國策・齊策一：「明日齊公來，熟視之，自以爲不如。」

【用法】指人能客觀地評估自己，不自以爲是或自以爲強。
【例句】她雖一向以歌喉好而自負，但剛剛聽到新來的歌手演唱後，馬上就有**自愧不如**的感覺。
【義近】自慚形穢／自歎不如／自慚鳩拙／相形見絀。
【義反】自命不凡／自鳴得意／自以爲是／自高自大。

自毀長城（ㄗˋ ㄏㄨㄟˇ ㄔㄤˊ ㄔㄥˊ）

【釋義】以長城借稱大將，意指君王自己毀棄保衛江山的大將。
【出處】南史・檀道濟傳載：檀道濟原爲宋武帝劉裕之大將，才高功大。武帝崩，文帝即位，因猜忌而殺道濟。道濟臨刑前曰：「乃壞汝萬里長城。」自後魏伐宋，宋終於亡國。
【用法】喻自己毀壞立國的根基，或喻自己一手毀掉自己的前途、事業。
【例句】①兩軍對峙的關鍵時刻，卻突然陣前換將，簡直是**自毀長城**，不智之舉。②眼見高老闆經營的事業蒸蒸日上，財源廣進，卻不幸染上了吸毒與賭博的惡習，結果**自毀長城**，不到半年就破產倒閉了。
【義近】咎由自取／自作自受／自取其咎。
【義反】禍從天降／飛來橫禍／無妄之災。

自慚形穢（ㄗˋ ㄘㄢˊ ㄒㄧㄥˊ ㄏㄨㄟˋ）

【釋義】慚：慚愧。形穢：模樣醜陋。穢：骯髒。
【出處】劉義慶・世說新語・容止：「珠玉在側，覺我形穢。」蒲松齡・聊齋誌異・褚遂良：「某自慚形穢。」
【用法】原用以指自己因容貌風度不如別人而感到慚愧，今多泛指自愧不如別人。自卑用語。
【例句】他因爲遭受挫折而**自慚形穢**，做事躑躅不前，我們應當多鼓勵他，使他恢復信心。
【義近】自覺形穢／自愧不如／自感汗顏／相形見絀。
【義反】妄自尊大／自命不凡／唯我獨尊／唯我至上。

自輕自賤（ㄗˋ ㄑㄧㄥ ㄗˋ ㄐㄧㄢˋ）

【釋義】賤：與「輕」同義，輕視。
【出處】馮夢龍・喻世明言卷二：「又且他家差老園公請你，有憑有據，須不是你自輕自賤。」
【用法】指自己看不起自己。
【例句】人生不如意事十恆八九，怎可稍遇挫折就**自輕自賤**，不圖東山再起呢？
【義近】自我作賤／妄自菲薄／自暴自棄／自怨自艾。
【義反】自命不凡／妄自尊大／自視甚高／自以爲是。

自鳴得意（ㄗˋ ㄇㄧㄥˊ ㄉㄜˊ ㄧˋ）

【釋義】鳴：表示，以爲。
【出處】沈德符・萬歷野獲篇卷二五：「揮策四顧，如辛幼安之歌千古江山，自鳴得意。」
【用法】表示自以爲了不起，很得意。多用於言談，貶義。
【例句】發表一篇小說有什麼稀奇的！看他那**自鳴得意**的樣子，實在令人好笑。
【義近】沾沾自喜／自命不凡／得意洋洋／躊躇滿志／揚揚自得。
【義反】怏怏不樂／自怨自艾／灰心喪氣／自愧不如。

自暴自棄（ㄗˋ ㄅㄠˋ ㄗˋ ㄑㄧˋ）

【釋義】暴：糟蹋，損害。棄：拋棄，鄙棄。
【出處】孟子・離婁上：「自暴者，不可與有言也；自棄者，不可與有爲也。」
【用法】由於某種原因，思想上、行動上自己輕視自己，甘於落後或墮落，不求進取。貶義。
【例句】她是個聰明善良的女子，只因爲得不到家庭的溫暖，才變得**自暴自棄**。
【義近】妄自菲薄／自甘墮落／甘居下游／自輕自賤／
【義反】自高自大／奮發有爲／力爭上游／迎頭趕上／妄自尊大／自強不息。

自顧不暇（ㄗˋ ㄍㄨˋ ㄅㄨˋ ㄒㄧㄚˊ）

【釋義】自顧：自己顧自己。不暇：沒有時間，忙不過來。暇：空閒。
【出處】馮夢龍・東周列國志五回：「州吁自顧不暇，安能害我乎？」
【用法】說明只顧自己還來不及，更沒有力量照顧他人了。
【例句】很抱歉，我最近實在是忙得**自顧不暇**，你託付的事只有過幾天再說吧。
【義近】自身難保／自救不暇。
【義反】捨己爲人／先人後己。

四畫

臭名遠揚（ㄔㄡˋ ㄇㄧㄥˊ ㄩㄢˇ ㄧㄤˊ）

【釋義】臭名：壞名聲。揚：飛揚、傳播。
【用法】形容令人厭惡的壞名聲傳播得很遠。
【例句】袁世凱當了還不到兩個月的皇帝，便弄得**臭名遠揚**，一命嗚呼了。
【義近】臭名昭著／臭名昭彰／臭名遠播／遺臭萬年。
【義反】名滿天下／揚名四海／遐邇聞名／名垂千古。

臭味相投（ㄔㄡˋ ㄨㄟˋ ㄒㄧㄤ ㄊㄡˊ）

【釋義】臭：原指氣味，現爲惡臭之意。投：投合。
【出處】馮夢龍・醒世恆言・薛錄事魚服征仙：「這二位官人，爲官也都清正，因此臭味相投。」
【用法】原指雙方性格愛好相同，合得來。今多指惡人或作風不正者，結合在一起。
【例句】這兩個人**臭味相投**，幾乎天天膩在一起，到了形影不離的地步。
【義近】氣味相投／沆瀣一氣／同惡相求。
【義反】格格不入／方枘圓鑿／水火不容／薰蕕異器／同牀異夢。

至部

至大至剛 ㄓˋ ㄉㄚˋ ㄓˋ ㄍㄤ

【釋義】至大：指廣大無限量。至剛：指剛健不可屈撓。
【出處】孟子・公孫丑上：「吾善養吾浩然之氣……其爲氣也，至大至剛，以直養而無害，則塞於天地之間。」
【用法】指天地間的正氣，最爲廣大，最爲剛健。
【例句】南宋末年，文天祥作〈正氣歌〉以明志，表現其**至大至剛**的浩然正氣，不愧爲名垂千古的民族英雄。
【義近】至尊至貴／凜然正氣。

至公無私 ㄓˋ ㄍㄨㄥ ㄨˊ ㄙ

【釋義】至公：最公正。
【出處】藝文類聚卷三六引三國魏・嵇康・高士傳：「子高曰：昔堯治天下，至公無私，不賞而民勸，不罰而民畏。」
【用法】用以說明爲人處世非常公正，絲毫不存私心。
【例句】我們校長確實是**至公無私**的，從不馬虎，也絕不偏袒任何人。
【義近】大公無私／公正廉明／至公至正／守正不阿。
【義反】自私自利／假公濟私／因公行私。

至交契友 ㄓˋ ㄐㄧㄠ ㄑㄧˋ ㄧㄡˇ

【釋義】至交：最要好的朋友。契友：情意相投的朋友。契：投合。
【出處】元・馬致遠・青衫淚三折：「我想此處司馬白樂天，及某至交契友，不免上岸探望他一遭。」
【用法】指交誼最深而又情投意合的好友。
【例句】他與我既是同鄉，又是**至交契友**，他的事就是我的事，這個忙是非幫不可的。
【義近】契若金蘭／金蘭之友／莫逆之交／八拜之交／金石之友。
【義反】酒肉朋友／一面之雅／狐朋狗黨／點頭之交。

至死不屈 ㄓˋ ㄙˇ ㄅㄨˋ ㄑㄩ

【釋義】到死也不屈服。
【出處】宋・周密・齊東野語・二張授襄：「貴身被數十創，力不支，遂爲生得，至死不屈。」
【用法】形容英勇頑強。
【例句】無數革命先烈面對著敵人的嚴刑拷打，依然不改初衷，**至死不屈**。
【義近】寧死不屈／威武不屈／寧折不彎／寧爲玉碎。
【義反】屈膝求饒／跪地求饒／降志辱身／苟且偷生。

至死不悟 ㄓˋ ㄙˇ ㄅㄨˋ ㄨˋ

【釋義】到死也不醒悟。
【出處】晉・葛洪・抱朴子・道意：「求乞福願，冀其必得，至死不悟，不亦哀哉？」
【用法】形容頑固到了極點。
【例句】他既然如此**至死不悟**，再怎麼勸說也是枉然，乾脆就讓他自生自滅算了。
【義近】執迷不悟／頑固不化／冥頑不靈。
【義反】迷途知返／朝聞夕改／懸崖勒馬。

至矣盡矣 ㄓˋ ㄧˇ ㄐㄧㄣˋ ㄧˇ

【釋義】至、盡：都是到了極限、極點的意思。矣：語氣詞。
【出處】莊子・庚桑楚：「古之人其知有所至矣。惡乎至？有以爲未始有物者，至矣盡矣，弗可以加矣。」
【用法】指已達到頂點和極限。
【例句】今天的慈善義演都由一流的明星出場，整個比賽充滿了熱情與歡笑，可算是**至矣盡矣**。
【義近】止於至善／盡善盡美／十全十美／歎爲觀止／無以復加／出神入化。
【義反】等而下之／不過爾爾／聊勝於無／一無可取／一無是處。

至高無上 ㄓˋ ㄍㄠ ㄨˊ ㄕㄤˋ

【釋義】至高：最高。至：最。無上：上面沒有再高的了。
【出處】淮南子・繆稱訓：「道，至高無上，至深無下，平乎準，直乎繩，圓乎規，方乎矩，包裹宇宙而無表裏，洞同覆載而無所礙。」
【用法】是指最高；沒有更高的了。
【例句】某些國家元首就像我國古代的帝王一般，擁有**至高無上**的權力，仍然是不折不扣的專制政體。
【義近】登峰造極／無與倫比／獨一無二／至尊至貴。

至理名言 ㄓˋ ㄌㄧˇ ㄇㄧㄥˊ ㄧㄢˊ

【釋義】至理：最根本的道理。名言：著名的話。
【出處】李綠園・歧路燈四〇回：「俗語云：『揭債要忍，還債要狠。』這兩句話雖不是聖經賢傳，卻是至理名言。」
【用法】指最有道理，最有價值的話。
【例句】母親的告誡句句都是**至理名言**，希望你牢記在心。
【義近】金玉良言／金石之言／嘉言懿語。
【義反】陳腔濫調／老生常談／浮語虛詞。

至尊至貴 ㄓˋ ㄗㄨㄣ ㄓˋ ㄍㄨㄟˋ

【釋義】最尊崇，最貴重。至：最。
【出處】漢・荀悅・漢紀・宣帝紀三：「出門則乘軿輜，下堂則從傅母，進退則鳴佩玉，內飾則結紉綢繆。此則至尊至貴所以自斂。」
【用法】指最爲崇高、尊貴。
【例句】他現在官拜上將參謀長，身處**至尊至貴**的地位，那裏會記得我們這些兒時的玩伴？
【義近】尊貴無比／至高無上／位高權重。
【義反】至輕至賤／至微至陋／官微權輕。

至聖先師 ㄓˋ ㄕㄥˋ ㄒㄧㄢ ㄕ

【釋義】明朝嘉靖九年，進謚孔子爲「至聖先師」，故此爲孔子之謚號。
【出處】唐，開元二十七年追謚孔子爲「文宣王」。宋，大中祥符五年追謚「至聖文宣王」。元，大德十一年封「大成至聖文宣王」。明，嘉靖九年，改正祭典，題「至聖先師孔子」神位。見宋史・眞宗紀二、三，明・呂元善・聖門志・四卷。

【用法】孔子爲萬世師表，故尊謚爲「至聖先師」，以示尊崇。

【例句】孔子首開平民教育，有教無類；始創儒術，中國歷朝歷代深受影響，故後人尊他爲**至聖先師**，乃實至而名歸。

至誠無昧 (ㄓˋ ㄔㄥˊ ㄨˊ ㄇㄟˋ)

【釋義】至誠：誠心誠意。昧：隱藏，蒙蔽。

【出處】唐・賈曾・唐祭汾陰樂章・雍和：「至誠無昧，精意惟芳。神其醉止，欣欣樂康。」

【用法】形容人極其誠實，不存有任何欺瞞之心。

【例句】徐先生是個**至誠無昧**的君子，他說的話你可以完全相信，用不著有任何懷疑。

【義近】誠懇直率／開心見誠／胸無城府／胸無宿物／光明磊落／光風霽月。

【義反】狡猾多端／油頭滑腦／老奸巨猾／心懷鬼胎／心存不軌／居心叵測。

至親骨肉 (ㄓˋ ㄑㄧㄣ ㄍㄨˇ ㄖㄡˋ)

【釋義】至親：最親。骨肉：指直系血親。

【出處】許仲琳・封神演義五六回：「依臣愚見，必用至親骨肉之臣征伐，庶無二者之愚。」

【用法】指關係最密切的親人，一般指父母子女兄弟姊妹。

【例句】他們都是我的**至親骨肉**，我怎能不關心呢？希望他們能平安歸來。

八畫

臺榭樓閣 (ㄊㄞˊ ㄒㄧㄝˋ ㄌㄡˊ ㄍㄜˊ)

【釋義】臺榭：累土高起的平地叫臺，臺上的涼亭叫榭。樓閣：指重屋，即樓房。

【出處】劉向・說苑・反質：「宮室臺閣，連屬增累，珠玉重寶，積襲成山。」

【用法】形容住居的華麗。

【例句】曹雪芹筆下的大觀園，其**臺榭樓閣**不計其數，眞是美輪美奐，令人嚮往。

【義近】瓊樓玉宇／雕闌玉砌／雕梁畫棟。

【義反】土階茅屋／蓬戶柴門／甕牖繩樞。

臺閣生風 (ㄊㄞˊ ㄍㄜˊ ㄕㄥ ㄈㄥ)

【釋義】臺閣：此指尚書，官名。東漢以尚書輔佐皇帝，在宮中辦事，故稱尚書爲「臺閣」。生風：指盡忠職守，令人懍然敬畏。

【出處】晉書・傅玄傳：「每有奏劾，或値日暮，捧白簡，整簪帶，竦踊不寐，坐而待旦，于是貴游懾伏，臺閣生風。」

【用法】指朝廷大臣盡忠職守，奸小懾伏，朝政一新。

【例句】行政院長新官上任，大刀闊斧掃除黑金，整頓治安，使奸邪遁形，一時之間**臺閣生風**，輿論大加讚揚，百姓則拍手叫好。

臼部

臼頭花鈿 (ㄐㄧㄡˋ ㄊㄡˊ ㄏㄨㄚ ㄉㄧㄢˋ)

【釋義】臼頭：頭部凹陷的醜陋相貌。花鈿：女子首飾，此代稱女子。

【出處】海錄碎事・文學部・賦門：「蔣凝應宏詞爲賦，止四韻，遂出，頃刻傳播，時謂臼頭花鈿滿面，不若徐妃半粧。」

【用法】喻醜女濃妝豔抹地打扮，仍顯醜陋。

【例句】東施眼見西施貌美，就拚命化妝打扮，**臼頭花鈿**以示人，結果反而引來旁人竊笑不已。

臼頭深目 (ㄐㄧㄡˋ ㄊㄡˊ ㄕㄣ ㄇㄨˋ)

【釋義】深目：眼眶深陷，頭頂凹下，形容相貌很醜。

【出處】新序・雜事二：「齊有婦人，極醜無雙，號曰『無鹽女』。其爲人也，臼頭深目，長壯大節，昂鼻結喉，肥項少髮，折腰出胸，皮膚若漆。」

【用法】形容人的相貌醜陋。

【例句】隔壁的大姊年近四十還沒出嫁，只因長相**臼頭深目**，以致錯過幾段姻緣。

【義近】長壯大節／昂鼻結喉／肥項少髮／折腰出胸／皮膚若漆／駝背吐胸。

【義反】芙蓉出水／嫦娥下凡／牡丹顯豔／人面桃花／閉月羞花／沉魚落雁。

六畫

舄烏虎帝 (ㄒㄧˋ ㄨ ㄏㄨˇ ㄉㄧˋ)

【釋義】把「舄」字寫成「烏」，把「虎」字寫成「帝」。

【出處】埤雅・釋鳥・鵲：「舄九寫而爲烏，虎三寫而爲帝，言書之轉易如此。」

【用法】喻文字因形似而容易傳寫錯誤。

【例句】古籍因時代久遠，往往因傳抄錯誤而有**舄烏虎帝**的現象，所以有版本學的研究出現。

【義近】魯魚亥豕／三豕渡河／魯魚帝虎／烏焉亥豕。

七畫

與人方便，自己方便 (ㄩˇ ㄖㄣˊ ㄈㄤ ㄅㄧㄢˋ，ㄗˋ ㄐㄧˇ ㄈㄤ ㄅㄧㄢˋ)

【釋義】與：給。人：別人。

【出處】施惠・幽閨記・皇華悲遇：「自古道：與人方便，自己方便。」

【用法】說明樂於助人者亦得人助。

【例句】俗話說：**與人方便，自**

己方便，又用不著你費什麼力氣，不過一句話而已，你就答應了吧！
【義近】助人助己／善有善報。
【義反】損人利己／惡有惡報。

與人為善

【釋義】贊助別人做好事。與：贊助。
【出處】孟子・公孫丑上：「取諸人以為善，是與人為善者也，故君子莫大乎與人為善。」
【用法】今用以指善意地幫助別人。
【例句】他一向喜歡**與人為善**，故有急難時，大家都會主動地向他伸出援手。
【義近】成人之美／助人為樂／為善最樂。
【義反】袖手旁觀／漠不關心／吝於助人／膜外概置。

與日俱新

【釋義】俱：都。新：指新的面貌。
【出處】雲笈七籤卷七八：「耳目惟有聰察，神彩彌加精明。顏與日而俱新，智將年而共遠。」
【用法】指隨著時間一同更新。
【例句】時代在轉變，社會在前進，尤其是科技方面的發展更是**與日俱新**，一日千里。
【義近】日新又新／日新月異／與時俱進／一日千里。
【義反】停滯不前／一成不變／原地踏步。

與日俱增

【釋義】隨著時間一同增長。日：時日，時間。俱：一起。
【用法】形容不斷地增加或增長很快。
【例句】環境的污染程度**與日俱增**，各國政府皆應設法解決這刻不容緩的大問題。
【義近】日甚一日／有增無減／有加無已／日增月益。
【義反】日削月朘／每下愈況。

與世長辭

【釋義】辭：告別。和世間永別，即死亡。
【出處】蒲松齡・聊齋誌異・賈奉雉：「行將遁跡出林，與世長辭矣。」
【用法】對於人死去的一種婉轉說法。
【例句】江小姐正值二八年華，竟因罹患癌症而**與世長辭**，聞者無不歎惋。
【義近】撒手人寰／一命嗚呼／駕鶴西歸／天不假年／英年早逝。

與世浮沉

【釋義】世：世俗，世人。浮沉：上下浮動。
【出處】司馬遷・史記・游俠列傳：「豈若卑倫儕俗，與世浮沉，而取榮名哉。」
【用法】形容隨俗應付，沒有己見或不願堅持己見。
【例句】他做事向來都是**與世浮沉**，根本沒有什麼主見。
【義近】與世偃仰／隨俗浮沉／隨波逐流。
【義反】不隨流俗／不同流俗／獨行其是。

與世偃仰

【釋義】偃仰：俯仰。偃：倒下。仰：抬頭。
【出處】荀子・非相：「與時遷徙，與世偃仰。」
【用法】形容隨波逐流，隨俗浮沉，沒有主見。
【例句】青少年理當築夢踏實，完成自己的理想，豈可**與世偃仰**而庸碌一生。
【義近】與世俯仰／與時俯仰／隨俗浮沉／隨波逐流／與世浮沉／與世推移。
【義反】特立獨行／超塵拔俗／卓爾不羣／剛正不阿。

與世推移

【釋義】推移：變遷、轉移。隨著世俗而變遷、轉移。
【出處】楚辭・屈原・漁父：「聖人者不凝滯於物，而與世推移。」
【用法】指隨著世俗而進退。
【例句】屈原被放逐，行吟於洞庭湖畔，只因堅貞效忠於楚王，不願**與世推移**，最後竟自沉於汨羅江。
【義近】與時俯仰／隨俗浮沉／隨波逐流／與世偃仰。
【義反】特立獨行／中流砥柱／忠貞不屈／剛正不阿。

與世無爭

【釋義】與世人毫無爭執。
【出處】文康・兒女英雄傳一回：「卻倒過得親親熱熱，安安靜靜，與人無患，與世無爭了。」
【用法】形容人已看破紅塵，不與人爭，恬靜自處，安然度日了。
【例句】他早已把名利看透，**與世無爭**，退休後便回鄉與兒孫們住在一起。
【義近】與人無爭／看破紅塵／富貴浮雲。
【義反】鉤心鬥角／追名逐利／明爭暗鬥。

與民休息

【釋義】與：給予，幫助。休息：休養生息。
【出處】漢書・昭帝紀：「海內虛耗，戶口減半，光知時務之要，輕徭薄賦，與民休息。」
【用法】是指在長期動亂後，採取措施，保養民力，復興經濟。
【例句】二次世界大戰後，百業蕭條，政府採取**與民休息**的政策，讓戰士們解甲歸田，輕徭薄賦，休養生息，使國力逐漸恢復起來。
【義近】休養生息／輕徭薄賦／養精蓄銳。
【義反】勞民傷財／窮兵黷武／大興土木。

與民同樂

【釋義】與百姓一同娛樂。
【出處】孟子・梁惠王下：「此無他，與民同樂也。」
【用法】今用以指在上位者能與部屬民眾一同歡樂。
【例句】一個好的領導者，不僅要想到**與民同樂**，還要有真正為民服務的精神。
【義近】與民同慶。
【義反】作威作福／高高在上。

與民更始 ㄩˇ ㄇㄧㄣˊ ㄍㄥ ㄕˇ

【釋義】更：更新。始：開始。
【出處】漢書・武帝紀：「朕嘉唐虞而樂殷周，據舊以鑒新。其赦天下，與民更始。」
【用法】指與人民一起改革舊狀，革新政治。
【例句】眞正有作爲的當政者，總是在社會發展的過程中注意**與民更始**，力求改革、創新。
【義近】革故鼎新／興利除弊／推陳出新。
【義反】故步自封／抱殘守缺／墨守成規／蕭規曹隨。

與民爭利 ㄩˇ ㄇㄧㄣˊ ㄓㄥ ㄌㄧˋ

【釋義】是指政府機關或官員經營工商企業，和民間爭奪利益。
【出處】魏書・高允傳：「今殿下國之儲貳，四海屬心，言行舉動，萬方所則，而營立私田，畜養雞犬，乃至販酤市廛，與民爭利。議聲流布，不可追掩。」
【用法】指官方或官員憑其豐厚資源與百姓爭財奪利。含貶義。
【例句】政府的設立旨在服務人民，替百姓謀福祉，怎可**與民爭利**呢！

與君一席談，勝讀十年書 ㄩˇ ㄐㄩㄣ ㄧ ㄒㄧˊ ㄊㄢˊ ㄕㄥˋ ㄉㄨˊ ㄕˊ ㄋㄧㄢˊ ㄕㄨ

【釋義】諺語。原作「共君一面話，勝讀十年書」。今多作「與君一席話」，又作「共君一夜話」，意義均同。
【出處】二程全書・遺書・二二上：「古人有言曰：『共君一夜話，勝讀十年書。』」朱子語類・朱子十四：「所謂共君一面話，勝讀十年書，若說到透徹處，何止十年之功也。」
【用法】跟人談了一席話，比讀十年的書收穫更大。喻當面請教，獲益良多，有恭維人家的意思。
【例句】陳先生學富五車，昨天**與君一席談，勝讀十年書**，非常感激您的教言，希望以後還有機會向您請益。
【義近】共君一面話，勝讀十年書／共君一夜話，勝讀十年書。

與虎謀皮 ㄩˇ ㄏㄨˇ ㄇㄡˊ ㄆㄧˊ

【釋義】同老虎商量，要牠身上的皮。謀：商量。又作「與狐謀皮」。
【出處】太平御覽・符子：「欲爲千金之裘，而與狐謀其皮……狐相率逃於重丘之下。」
【用法】比喻所商量的事若危害對方的切身利益，則決無成功的可能。
【例句】想要讓專制統治者放棄他們的特權，這無異是**與虎謀皮**。
【義近】緣木求魚。
【義反】輕而易舉／反掌折枝。

與眾不同 ㄩˇ ㄓㄨㄥˋ ㄅㄨˋ ㄊㄨㄥˊ

【釋義】眾：眾人，常人。又作「比眾不同」。
【出處】王充・論衡・骨相：「故富貴之家，役使奴僮，育養牛馬，必有與眾不同者矣。」
【用法】形容獨樹一幟，跟常人不一樣。
【例句】常小姐的穿著打扮**與眾不同**，喜愛標新立異。
【義近】出類拔萃／鶴立雞羣／不同凡響／超羣絕倫。
【義反】不足爲奇／平平凡凡／不過爾爾。

九畫

興文偃武 ㄒㄧㄥ ㄨㄣˊ ㄧㄢˇ ㄨˇ

【釋義】偃：停息。
【出處】漢書・禮樂志二：「清和六合，制數以五。海內安寧，興文匽（偃）武。」
【用法】指振興文化經濟，停息軍事戰備。
【例句】現正處於戰火不息的國家的人民，無不希望有強人出來，撥亂反正，**興文偃武**，讓他們能過和平安定的生活。
【義近】偃武修文。
【義反】窮兵黷武。

興利除弊 ㄒㄧㄥ ㄌㄧˋ ㄔㄨˊ ㄅㄧˋ

【釋義】除：革除。弊：弊端。或作「興利除害」。
【出處】宋・王安石・答司馬諫議書：「舉先王之政，以興利除弊，不爲生事。」
【用法】指興辦有利的事業，革除有害的事物。
【例句】執政者首要在**興利除弊**，掃除黑金，健全股市，振興經濟，以提昇人民的生活水準。
【義近】興利除害／補偏救弊。
【義反】抱殘守缺／因循苟且／將錯就錯。

興妖作怪 ㄒㄧㄥ ㄧㄠ ㄗㄨㄛˋ ㄍㄨㄞˋ

【釋義】意謂鼓動妖魔鬼怪鬧事作亂。
【出處】馮夢龍・醒世恆言卷一三：「（府尹）大怒喝道：『叵耐這廝，帝輦之下，輒敢大膽，興妖作怪……。』」
【用法】比喻壞人挑起事端，破壞搗亂。
【例句】我們要時刻提高警覺，嚴防別具用心者**興妖作怪**，破壞社會的治安。
【義近】興風作浪／惹是生非／掀風鼓浪。
【義反】安分守己／循規蹈矩／安常守分／遵法守紀。

興味索然 ㄒㄧㄥˋ ㄨㄟˋ ㄙㄨㄛˇ ㄖㄢˊ

【釋義】興味：興致，趣味。索然：毫無興趣的樣子。
【出處】李中・思九江舊居詩：「門前煙水似瀟湘，放曠優遊興味長。」舊五代史・郭崇韜傳：「牙門索然。」
【用法】形容一點興趣也沒有。
【例句】這篇文章內容空洞，語言枯燥，讀來令人**興味索然**。
【義近】索然無味／興致索然／興致全無。
【義反】津津有味／興致盎然／欲罷不能。

興致勃勃 ㄒㄧㄥˋ ㄓˋ ㄅㄛˊ ㄅㄛˊ

【釋義】興致：情趣。勃勃：精神旺盛的樣子。
【出處】李汝珍・鏡花緣五六回：「誰知他還是興致勃勃……又進去考了一場。」
【用法】形容人興趣很高，興頭很足。
【例句】全家人都**興致勃勃**地聽

他講述從大陸探親回來的家鄉見聞。

【義近】興致盎然／津津有味。

【義反】興味闌珊／意興闌珊／意興索然。

興風作浪

【釋義】意即掀起風浪。作：興起。

【出處】明・無名氏・二郎神鎖齊天大聖二折：「聞知此妖魔有昇霄入地之變化，興風作浪之雄威。」

【用法】比喻藉機生事，挑起是非。

【例句】他們現在已經吵得不可開交了，你還在此**興風作浪**，難道是唯恐天下不亂嗎？

【義近】掀風鼓浪／興妖作怪／興波作浪／橫生枝節。

【義反】息事寧人／排難解紛／安分守己。

興家立業

【釋義】興建家庭，創立事業。

【出處】李寶嘉・官場現形記二八回：「營盤裏的錢比別處賺的容易，他就此興家立業，手內著實有錢。」

【用法】指組建家庭，成就一番事業。

【例句】他一心一意地想**興家立業**，但命乖運蹇，直到現在仍一事無成。

【義近】成家立業／家成業就／安家立業。

【義反】靡室靡家／孑然一身／一事無成。

興師動眾

【釋義】興：發動。師：軍隊。眾：指大隊人馬。

【出處】吳子・勵士：「夫發號布令，而人樂聞；興師動眾，而人樂戰；交兵接刃，而人樂死。」

【用法】原指大規模士兵，現多指動用很多人力。

【例句】這件事只要三、五個人去就可以了，不必這麼**興師動眾**，會把事情搞砸的。

【義近】勞師動眾／小題大作。

【義反】偃旗息鼓。

興師問罪

【釋義】興師：出動大規模的軍隊。問罪：聲討其罪。

【出處】沈括・夢溪筆談：「元昊乃改元，……自稱大夏。朝廷興師問罪。」

【用法】原指發兵聲討有罪之人，今則指率眾責問或羣起質問。

【例句】這件事錯不在我，你們卻來向我**興師問罪**，也未免太不公平了吧！

【義近】興兵伐罪／問罪秦中／弔民伐罪／聲罪致討。

【義反】握手言和。

興高采烈

【釋義】興：興致。采：精神。烈：強烈，旺盛。

【出處】劉勰・文心雕龍・體性：「叔夜（嵇康字）儁俠，故興高而采烈。」

【用法】本指文章旨趣高超，富於辭采。今多指興致高昂，情緒熱烈。

【例句】從球場回來的路上，大家**興高采烈**地談論著球隊獲勝的情況。

【義近】興致勃勃／歡天喜地／歡欣鼓舞／手舞足蹈。

【義反】悶悶不樂／鬱鬱寡歡／意興闌珊／長吁短歎／興味索然。

興雲佈雨

【釋義】興起雲霧，下起雨來。佈：施。

【出處】明・無名氏・南極登山二折：「小聖東海龍神是也，奉上帝敕令……興雲佈雨，降福消災，濟度眾生。」

【用法】比喻神聖法術高明。

【例句】《西遊記》、《封神演義》等神話小說裏，常有天神**興雲佈雨**的描寫，但科學發展至今，這樣的神話已非神話，人類真的可以興風造雨了。

【義近】興雲作雨／興雲致雨／興雲吐霧／成雲致雨／神出鬼沒。

興會淋漓

【釋義】興會：興致。淋漓：酣暢盡興。

【出處】文康・兒女英雄傳三〇回：「一個人到了成丁授室，離開父母左右……有時到了興會淋漓的時節，就難免有些小德出入。」

【用法】形容興致很高，且能盡興。

【例句】這次園遊會辦得很成功，不但內容豐富，節目也很精彩，讓每個遊園的人都**興會淋漓**，大呼過癮。

【義近】興致盎然／興會酣暢／興致勃勃。

【義反】興味索然／意興闌珊／興致全無。

興滅繼絕

【釋義】使滅亡的國家再復興，斷絕的世族再接續。興、繼：均用作動詞。

【出處】論語・堯曰：「興滅國，繼絕世，舉逸民。」司馬遷・史記・三王世家：「尊賢顯功，興滅繼絕。」

【用法】原指復興衰敗滅亡的諸侯國和世族，今泛指使滅亡的事物重新興起。

【例句】對於自己民族的文化，每個人都有**興滅繼絕**的重責大任。

【義近】興亡繼絕／扶衰救亡／救亡圖存。

興盡悲來

【釋義】意謂高興到了極點，悲哀就來了。

【出處】王勃・滕王閣序：「天高地迴，覺宇宙之無窮，興盡悲來，識盈虛之有數。」

【用法】用以說明萬事都不能過分。

【例句】吃喝玩樂應知節制，否則**興盡悲來**，實在是得不償失。

【義近】樂極生悲／喜極悲來／泰極而否。

【義反】適可而止／不爲已甚／否極泰來。

十畫

舉一反三

【釋義】舉一例能推知其他。反：類推。

【出處】論語・述而：「舉一隅，不以三隅反，則不復也。」劉知幾・史通・斷限：「舉一反三，豈宜若是。」
【用法】比喻一個人善於思考和推理，能從一件事類推而知道其他許多事情。
【例句】這學生很聰明，善於掌握重點，**舉一反三**，所以學業成績很好。
【義近】告往知來／觸類旁通／聞一知十／融會貫通／舉隅反三。
【義反】笨頭笨腦／似懂非懂／不知變通。

舉十知九（ㄐㄩˇ ㄕˊ ㄓ ㄐㄧㄡˇ）
【釋義】舉出十件事情，知曉的就有九件。
【出處】唐・張說・唐故豫州刺史魏君神道碑：「聖人之所志，聞一而反三；君子之所能，舉十而知九。」
【用法】形容學識淵博，所知甚多。
【例句】劉教授學問淵博，見多識廣，學生提問，他都能**舉十知九**，眞令人佩服。
【義近】聞一知十／舉一反三／博學多識。
【義反】孤陋寡聞／蒙昧無知／不學無術。

舉不勝舉（ㄐㄩˇ ㄅㄨˋ ㄕㄥ ㄐㄩˇ）
【釋義】舉：稱引，提出，舉例。勝：盡。
【用法】形容數量很多，舉例也舉不完。
【例句】他的一生戰果輝煌，其英雄事跡與戰功成千上萬，**舉不勝舉**。
【義近】數不勝數／不勝枚舉／不一而足／多如牛毛。
【義反】寥寥無幾／屈指可數／寥若晨星。

舉手加額（ㄐㄩˇ ㄕㄡˇ ㄐㄧㄚ ㄜˊ）
【釋義】意謂拱手與額相齊，並靠攏額頭。
【出處】馮夢龍・醒世恆言卷三一：「張員外看罷，舉手加額道：『鄭家果然發跡變泰，又不忘故舊，遠送禮物，眞乃有德有行之人也。』」
【用法】用以表示慶幸、歡欣之意。
【例句】王先生在河邊苦苦垂釣了一整天，終於在向晚時分釣上了一條大鯉魚，不禁**舉手加額**，高興地說道：「皇天終不負苦心人。」
【義近】舉手歡呼／額手稱慶／拍手稱快。
【義反】垂頭喪氣／長吁短歎／愁眉苦臉。

舉止大方（ㄐㄩˇ ㄓˇ ㄉㄚˋ ㄈㄤ）
【釋義】舉止：指姿態和風度舉動。
【出處】吳沃堯・二十年目睹之怪現狀二一回：「若是正經的女子，見了人一樣，不見人也是一樣，舉止大方，不輕言笑的。」
【用法】指人的言行舉止端莊自然，不俗氣。
【例句】我看這姑娘**舉止大方**，根本不像你所說的那樣土裏土氣，我認爲配得上你，你不妨再考慮一下。
【義近】大大方方／舉止不凡／怡然大方／落落大方。
【義反】舉止輕浮／言行拘謹／土裏土氣／俗不可耐。

舉止不凡（ㄐㄩˇ ㄓˇ ㄅㄨˋ ㄈㄢˊ）
【釋義】不凡：不平凡。
【出處】清・壯者・掃迷帚五回：「昨見二君舉止不凡，詢及棧主，始知兄即吳江卞某，此弟生平最敬佩的人，敢問此位名姓？」
【用法】指人的言行舉止不同於眾。
【例句】此人**舉止不凡**，必非等閒之輩。
【義近】儀表不凡／器宇軒昂／超然脫俗／風度翩翩／風流瀟灑／楚楚不凡。
【義反】俗不可耐／鄙陋粗俗／庸俗不堪。

舉止失措（ㄐㄩˇ ㄓˇ ㄕ ㄘㄨㄛˋ）
【釋義】意謂舉動失常，不知如何才好。措：安置。
【出處】宋・莊季裕・雞肋編卷下：「今人以舉止失措者，謂之失章失契，蓋謂此也。」
【用法】形容人舉動慌張，不知如何是好。
【例句】他第一次來我家作客，見到我的父母時，竟然**舉止失措**，眞令我感到好笑。
【義近】不知所措／驚慌失措／慌手慌腳／失張失智／張皇失措／倉皇失措／驚慌失色／六神無主／慌亂無主。
【義反】鎮靜自如／從容不迫／泰然自若／應付自如／措置裕如／處之泰然。

舉止風流（ㄐㄩˇ ㄓˇ ㄈㄥ ㄌㄧㄡˊ）
【釋義】舉止：猶舉動，指言談行動。風流：此指儀表、風度。
【出處】魏書・賀狄干傳：「舉止風流，有似儒者。」
【用法】形容人的言談舉止瀟灑有風度。
【例句】他年輕而富於才華，加上**舉止風流**，善於交際，所以在公司裏頗受女士青睞。
【義近】風度翩翩／風流倜儻／溫文儒雅。
【義反】土裏土氣／呆頭呆腦／舉止輕浮。

舉止闊綽（ㄐㄩˇ ㄓˇ ㄎㄨㄛˋ ㄔㄨㄛˋ）
【釋義】行事很闊氣、豪奢的樣子。
【用法】通常指人很豪氣，出手大方的樣子。
【例句】張先生**舉止闊綽**，出手大方，原來他是某家知名上市公司的董事長。
【義近】出手大方／大模大樣／出手闊綽。
【義反】小裏小氣／斤斤計較／錙銖必較。

舉世混濁（ㄐㄩˇ ㄕˋ ㄏㄨㄣˋ ㄓㄨㄛˊ）
【釋義】舉世：整個世上。舉：全。混濁：不清明。
【出處】司馬遷・史記・屈原賈生列傳：「舉世混濁而我獨清，眾人皆醉而我獨醒。」
【用法】說明世道昏昧不明。
【例句】在**舉世混濁**之際，許多有志之士依然不改初衷，爲改變整個世局而奮戰不息。
【義近】舉世滔滔／眾人皆醉。
【義反】堯天舜日／撥雲見日。

舉世無倫（ㄐㄩˇ ㄕˋ ㄨˊ ㄌㄨㄣˊ）
【釋義】整個人世間沒有可以類比的。倫：倫比，類比。

【出處】白居易・畫竹歌序：「協律郎蕭悅善畫竹，舉世無倫，蕭亦甚自秘重，有終歲求其一竿一枝而不得者。」
【用法】形容極其稀有少見。
【例句】今天的雜技表演節目非常精彩，其中的空中飛人、單輪走鋼絲等項目，更是**舉世無倫**。
【義近】舉世無雙／蓋世無倫／並世無兩／無與倫比。
【義反】比比皆是／車載斗量／俯拾皆是／觸目皆是。

舉世無雙 ㄐㄩˇ ㄕˋ ㄨˊ ㄕㄨㄤ

【釋義】全世界找不到第二個。舉：整、全。
【出處】郭勛・英烈傳七十回：「歷年積久何曾老，舉世無雙英漫誇。」
【用法】說明極其珍貴稀有，世上無可與之比擬。
【例句】這位女雜技演員的特技表演，已到爐火純青，**舉世無雙**的地步。
【義近】蓋世無雙／獨一無二／無與倫比／並世無兩。
【義反】無獨有偶。

舉世聞名 ㄐㄩˇ ㄕˋ ㄨㄣˊ ㄇㄧㄥˊ

【釋義】舉世：全世界。聞名：著名，著稱。
【出處】顏之推・顏氏家訓・雜藝：「王逸少風流才士，蕭散名人，舉世唯知其書，翻以能自蔽也。」
【用法】形容非常著名，全世界都知道。
【例句】中國的象牙雕刻、絲綢綾羅等許多產品，**舉世聞名**，暢銷世界各地。
【義近】聞名遐邇／名揚中外／蜚聲國際／譽滿全球。
【義反】沒沒無聞／無聲無臭／名不出村。

舉世矚目 ㄐㄩˇ ㄕˋ ㄓㄨˇ ㄇㄨˋ

【釋義】全世界都注視著。矚目：同「屬目」，注視。
【出處】宋書・張暢傳：「舉哀畢，改服著黃袴褶，出射堂簡人，音儀容止，眾皆矚目。」
【用法】形容某一事件受到世人的普遍關注。
【例句】我國經濟近四十年來的飛速發展奇蹟，成了**舉世矚目**的焦點。
【義近】世人關注／世人側目。
【義反】無足輕重。

舉目千里 ㄐㄩˇ ㄇㄨˋ ㄑㄧㄢ ㄌㄧˇ

【釋義】張開眼睛可以看到很遠的地方。千里：極言其遠，非實數。
【出處】宋・劉學箕・松江哨遍：「松江太湖，舉目千里，風濤不作，水面砥平。」
【用法】形容視野廣闊遼遠。
【例句】登上泰山之巔，周圍羣山環繞，泰安城等地也盡收眼底，使人大有**舉目千里**之感。
【義近】尺寸千里／極目千里／天地悠悠／蒼茫浩翰。
【義反】隱天蔽日／不見天日。

舉目無親 ㄐㄩˇ ㄇㄨˋ ㄨˊ ㄑㄧㄣ

【釋義】擡起眼睛看不到一個親人。舉：擡。
【出處】蘇軾・與康公操都官書：「鄉人至此者絕少，舉目無親故。」
【用法】多用以形容人身處異鄉、人地生疏，無親無友。
【例句】他從大陸偷渡到了美國，**舉目無親**，一年多來，工作不順遂，生活無著，只好自首接受遣返。
【義近】飄零他鄉／流落異鄉／無依無靠／孤苦伶仃／無親無故／煢煢孑立。
【義反】高朋滿座／六親相助／三親六眷／骨肉團聚。

舉步生風 ㄐㄩˇ ㄅㄨˋ ㄕㄥ ㄈㄥ

【釋義】意謂邁開腳步，走起路來好像生風一樣的快。舉步：邁步。
【出處】凌濛初・二刻拍案驚奇卷二二：「相見了，便覺得分外高興，說話處，脾胃多燥，行事時，舉步生飛。」
【用法】比喻辦事很快。
【例句】最近請了一位女傭，做起事來**舉步生風**，但動作粗魯，打壞了不少東西。
【義近】身手矯健／虎虎生風。
【義反】慢條斯理／老牛拖車／慢騰騰。

舉足輕重 ㄐㄩˇ ㄗㄨˊ ㄑㄧㄥ ㄓㄨㄥˋ

【釋義】一舉足就影響兩邊的分量輕重。舉足：擡腳。
【出處】後漢書・竇融傳：「蜀漢相攻，權在將軍，舉足左右，便有輕重。」
【用法】比喻所處地位重要，一舉一動都關係到全局。
【例句】在野黨這次得的選票不少，在組建新政府的過程中有**舉足輕重**的地位。
【義近】一柱擎天／旋乾轉坤。
【義反】微不足道／無足輕重／無關大局。

舉例發凡 ㄐㄩˇ ㄌㄧˋ ㄈㄚ ㄈㄢˊ

【釋義】發凡：揭示全書的通例及旨趣。也作「發凡舉例」。
【出處】晉・杜預・春秋序：「其發凡以言例，皆經國之常制。」劉勰・文心雕龍・史傳：「按春秋經傳，舉例發凡。」
【用法】泛指分類並予舉例，以說明全書的要旨。
【例句】你所編寫的這部《成語辭典》，應該簡明扼要地寫個**舉例發凡**，以便讀者查閱。

舉直錯枉 ㄐㄩˇ ㄓˊ ㄘㄨㄛˋ ㄨㄤˇ

【釋義】舉用正直而罷黜邪曲的人。
【出處】論語・爲政：「舉直錯諸枉，則民服。」
【用法】形容居上位者能舉用賢才，捨棄小人。
【例句】由於主管**舉直錯枉**，整個公司建立了良好的風氣。
【義近】惟才是用／玉尺量才／選賢與能／優劣得所／量材錄用／舉善薦賢／知人善任／因任授官。
【義反】大材小用／任人唯親／賣官鬻爵。

舉要刪蕪 ㄐㄩˇ ㄧㄠˋ ㄕㄢ ㄨˊ

【釋義】意謂選取其重要的，刪除雜亂沒有條理的。要：要領。蕪：雜亂。
【出處】宋・王讜・唐語林・政事上：「吾見馬周論事多矣，援引事例，揚搉古今，舉要刪蕪，會文切理。」
【用法】多指寫文章時應把握要

旨，言簡意賅。

【例句】作文以言簡意賅爲尚，**舉要刪蕪**，使人一目瞭然是最重要的。

【義近】簡明扼要／不蔓不枝／言簡意賅／去蕪存菁。

【義反】冗詞贅句／廢話連篇／三紙無驢。

舉案齊眉

【釋義】把托盤舉得和眉毛齊高。案：盛食品的有腳托盤。

【出處】後漢書・梁鴻傳：「每歸，妻爲具食，不敢於鴻前仰視，舉案齊眉。」

【用法】原指妻子對丈夫的尊敬，現多用以形容夫妻相敬有禮。

【例句】他們夫妻**舉案齊眉**，恩恩愛愛地過了二十多年，眞是令人羨慕。

【義近】琴瑟和鳴／相敬如賓／鴻案相莊／魚水和諧。

【義反】分釵破鏡／永斷葛藤。

舉棋不定

【釋義】拿起棋子不知下哪一著才好。舉：古作「與」。

【出處】左傳・襄公二五年：「弈者舉棋不定，不勝其耦。」

【用法】比喻做事猶豫不決，拿不定主意。

【例句】性格果斷的人，即使遇到再麻煩的事，也不會**舉棋不定**，左右爲難。

【義近】遲疑不決／優柔寡斷／游移不定／猶豫不決。

【義反】當機立斷／堅決果斷／愼謀能斷。

舉鼎拔山

【釋義】舉得起重鼎，拔得動高山。鼎：古青銅器，大而且重。

【出處】明・無名氏・衣錦還鄉一折：「執銳披堅領大兵，排兵布陣任非輕，身懷舉鼎拔山力，獨佔東吳數百城。」

【用法】形容力大氣壯。

【例句】這位舉重能手人高馬大，看樣子好像眞能**舉鼎拔山**呢！

【義近】力舉千鈞／力能扛鼎／力大如牛。

【義反】手無縛雞之力／弱不禁風／舉鼎絕臏。

舉鼎絕臏

【釋義】因舉鼎而折斷了脛骨。臏：指脛骨。

【出處】司馬遷・史記・秦本記：「武王有力，好戲，力士任鄙，烏獲、孟說皆至大官。(武)王與孟說舉鼎絕臏。」

【用法】喻力小而不能勝任。

【例句】人要有自知之明，千萬不可爲了逞強而**舉鼎絕臏**，想做英雄反而成了狗熊。

舉賢任能

【釋義】薦舉賢人，任用能者。

【出處】羅貫中・三國演義二九回：「舉賢任能，使各盡力以保江東，我不如卿。」

【用法】是指用人唯才，大公無私。

【例句】執政者若能摒棄私情，一秉大公，**舉賢任能**，則國家興盛，人民得享福澤。反之，小人當道，國家焉能不亡？

【義近】選賢舉能／惟才是用／優劣得所／玉尺量才。

【義反】鬻官賣爵／浮雲蔽日／瓦釜雷鳴。

舉觴稱慶

【釋義】意謂舉杯慶賀。觴：古代盛酒器。

【出處】明・無名氏・三化邯鄲三折：「我所生五子，皆有國器，並膺寵爵，每與夫人崔氏，言及於此，未嘗不舉觴稱慶。」

【用法】用以表示喜悅慶賀。

【例句】李先生、王小姐相戀多年，今日終於步入紅毯，讓我們一起爲他倆**舉觴稱慶**。

【義近】舉杯相慶。

十二畫

舊念復萌

【釋義】舊時的念頭又重新產生。萌：發生。

【出處】明・江廷訥・獅吼記・攝對：「此婦今雖放回，恐其舊念復萌，爲害不小。」

【用法】指人犯老毛病。

【例句】他出獄不到一個月就**舊念復萌**，又因竊盜罪被捕入獄，眞是本性難移。

【義近】故態復萌／重施故技／舊習復發。

【義反】洗心革面／改頭換面／脫胎換骨。

舊雨新知

【釋義】舊雨：指故人、老友。新知：新交的朋友。

【出處】杜甫・秋述：「臥病長安旅次，多雨生魚，青苔及榻，常時車馬之客，舊，雨來，今，雨不來。」

【用法】泛指一般新舊朋友，或商家用來泛指一般顧客。

【例句】①今日本人五十壽辰，承**舊雨新知**登門致賀，令本人銘感五內。②本店已遷移至××路×號，歡迎**舊雨新知**繼續光臨指教。

【義近】舊識新交／親朋好友／遠親近鄰／左鄰右舍。

舊恨新愁

【釋義】原有的遺憾，新增的愁苦。恨：遺恨。

【出處】王實甫・西廂記四本折：「斜月殘燈，半明不滅。舊恨新愁，連綿鬱結。」

【用法】指不愉快的事接連發生，聚合在一起。形容積累的愁怨很多。

【例句】她剛才與丈夫吵架後，**舊恨新愁**一起湧上心頭，不覺傷心得大哭起來。

【義近】今愁古恨／舊愁新恨。

舊病復發

【釋義】老病又發了。舊病：老毛病。復：又。

【出處】晉書・郭舒傳：「平子以卿病狂，故搯鼻灸眉頭，舊疢復發邪？」

【用法】指老毛病又發作了。也比喻原有的錯誤或壞習氣又重新衍生。

【例句】他今天**舊病復發**，調戲婦女，被人狠狠揍了一頓。

【義近】故態復萌／故技重施／舊念復萌。

【義反】棄舊圖新／棄惡向善／病根痊癒。

舊病難醫

【釋義】老毛病難以醫治。

【出處】明・無名氏・三化邯鄲三折：「急回頭待悔來應遲，又不將心猿意馬牢拴繫，也不是你本性難移，舊病難醫。」

【用法】比喻過去的缺點、錯誤難以改正。

【例句】張同學經常遲到，最近剛被學校處分，不到三天，又故態復萌，眞是**舊病難醫**啊！

【義近】病入膏肓／藥石罔效／本性難移／積習難改／積重難返／積弊不振。

【義反】藥到病除／妙手回春／宿弊一清／朝聞夕改／痛改前非。

舊瓶新酒

【釋義】在舊瓶子裏裝入新釀的酒。又作「舊瓶裝新酒」。

【用法】比喻用舊的形式表現新的內容，多指文藝方面。

【例句】在平劇界有人試用**舊瓶新酒**的方式，以故有的唱腔和形式來表演當前的現實生活。

【義近】舊曲新詞。

舊燕歸巢

【釋義】從前的燕子又飛回老巢了。

【出處】明・顧大典・青衫記・裴興歸衙：「似舊燕歸巢，雙語檐前。」

【用法】比喻客居在外的遊子喜歸故里。

【例句】他在美國已有好幾年的時間了，現在**舊燕歸巢**回到家鄉，父母兄弟無不爲之高興。

【義近】燕歸舊巢／倦鳥歸巢／倦鳥知還。

【義反】離鄉背井／作客他鄉／流離失所。

舌部

舌敝耳聾

【釋義】說話的人舌頭都說破了，聽話的人耳朵都聽聾了。

【出處】戰國策・秦策一：「天下不治，舌敝耳聾，不見成功。」

【用法】形容辯論時，言辭激烈，紛雜而囉嗦，讓聽眾爲之耳聾。

【例句】總統大選，三黨的政見辯論會，無論台上的候選人或台下的聽眾，大家都弄得**舌敝耳聾**，眞是何苦。

舌敝脣焦

【釋義】說話說得舌頭都破了，嘴脣都乾了。敝：破損。焦：乾。

【出處】戰國策・秦策一：「舌敝耳聾，不見成功。」司馬遷・史記・仲尼弟子列傳：「痛入於骨髓，日夜焦脣乾舌。」

【用法】形容費盡脣舌，不厭其煩地勸說教導。

【例句】她年紀輕輕的，卻要嫁給一個年老富商，大家勸得**舌敝脣焦**，還是阻擋不了。

【義近】脣焦口燥／口燥喉乾／費盡口舌。

【義反】一言不發。

舌粲蓮花

【釋義】粲：鮮豔。舌頭像璀璨的蓮花。

【出處】五代・後周・王仁裕・開元天寶遺事：「（李白）每與人談論，皆成句讀，如春葩麗藻，粲於齒牙下。」

【用法】形容人的口才好，能言善道。

【例句】他是本公司的超級業務員，**舌粲蓮花**的功夫，無人能及。

【義近】能言善道／妙語如珠／妙舌連環。

【義反】剛毅木訥／沉默寡言／結結巴巴。

舌撟不下

【釋義】舌頭抬起後放不下來。撟：舉起，抬起。

【出處】莊子・秋水：「公孫龍口呿而不合，舌舉而不下。」司馬遷・史記・扁鵲倉公列傳：「目眩然而不瞚，舌撟然而不下。」

【用法】形容驚訝的神態。

【例句】現在是什麼年代了，你看到男女擁抱接吻，還**舌撟不下**，眞是太老古板了。

【義近】舌舉不下／目瞪口呆／瞪目結舌／呆若木雞。

【義反】見怪不怪／視若無睹／神色自若。

二畫

舍己成人

【釋義】舍：通「捨」，放棄，捨棄。

【出處】石玉琨・三俠五義三八回：「仁兄知恩報恩，舍己成人，原是大丈夫所爲。」

【用法】指人品德高尚，能犧牲自己，成全他人。

【例句】夏老先生這種慷慨解囊、**舍己成人**的美德，實在值得我們學習效法。

【義近】舍己爲人／成人之美／助人爲樂／與人爲善。

【義反】從中作梗／損人利己／自私自利。

舍己芸人

【釋義】謂捨棄自己的田地不顧，而幫別人的田地芸草。

【出處】孟子・盡心：「人病舍其田而芸人之田；所求於人者重，而所以自任者輕。」

【用法】用以形容不自修而責求於人。

【例句】君子躬自厚而薄責於人，小人**舍己芸人**，是以成就迥異。

【義近】待己也廉，責人也詳。
【義反】躬自厚而薄責於人／嚴以律己，寬以待人。

舍己爲人 ㄕㄜˇ ㄐㄧˇ ㄨㄟˋ ㄖㄣˊ

【釋義】舍：放棄。爲：幫助。
【出處】論語・先進：「吾與點也。」朱熹注：「曾點之學……初無舍己爲人之意。」
【用法】形容人品德高尚，捨棄自己的利益而去幫助別人。
【例句】他能**舍己爲人**，經常利用休息時間，爲其他同學補習功課。
【義近】舍己救人／舍生救人／爲人忘己。
【義反】損人利己／損公肥私／虧人益己。

舍己從人 ㄕㄜˇ ㄐㄧˇ ㄘㄨㄥˊ ㄖㄣˊ

【釋義】舍：放棄。從：依從、服從。
【出處】尚書・大禹謨：「稽於眾，舍己從人。」疏：「考於眾言，觀其是非。舍己之非，從人之是。」
【用法】形容人能放棄己見，服從公論。
【例句】在意見不一致時，應虛心聽取別人的意見，若自己有錯，則應**舍己從人**，不能固執己見。
【義近】舍非從是／從善如流。
【義反】固執己見／頑固自守。

舍本逐末 ㄕㄜˇ ㄅㄣˇ ㄓㄨˊ ㄇㄛˋ

【釋義】拋棄根本的、主要的，追求枝節的、次要的。本：根本。逐：追求。末：枝節。
【出處】賈思勰・齊民要術序：「舍本逐末，賢者所非。」
【用法】比喻輕重主次顛倒，不去抓根本，卻在枝節問題上下功夫。
【例句】如果寫文章只追求形式而不注重內容，那是**舍本逐末**的愚蠢做法。
【義近】舍本事末／背本趨末／買櫝還珠／本末倒置。

舍生忘死 ㄕㄜˇ ㄕㄥ ㄨㄤˋ ㄙˇ

【釋義】意即不把個人的生死放在心上。
【出處】周文質・鬥鵪鶉自悞：「想爵羣高，性命危，一個個舍生忘死，爭宣競敕。」
【用法】多用以形容人爲了某種事業，置生死於度外。
【例句】滿清末年，革命黨人爲了推翻專制政府，**舍生忘死**，前仆後繼。
【義近】奮不顧身／視死如歸。
【義反】苟且偷生／貪生怕死／苟全性命。

舍生取義 ㄕㄜˇ ㄕㄥ ㄑㄩˇ ㄧˋ

【釋義】舍生：犧牲生命。取義：求取正義。
【出處】孟子・告子上：「生，亦我所欲也，義，亦我所欲也，二者不可得兼，舍生而取義者也。」
【用法】稱揚人輕生重義，爲了正義而不惜犧牲。
【例句】無數先烈爲了國家民族利益而**舍生取義**的崇高道德，永遠值得我們學習。
【義近】殺身成仁／舍身爲國／殉義忘生／爲國捐軀。
【義反】貪生舍義／賣國求榮／苟且偷生／貪生怕死。

舍我其誰 ㄕㄜˇ ㄨㄛˇ ㄑㄧˊ ㄕㄟˊ

【釋義】意謂除我之外，沒有誰能擔此大任。
【出處】孟子・公孫丑下：「如欲平治天下，當今之世，舍我其誰也？」
【用法】用以形容人對自我的期許很高，認爲除了自己，無人可勝任。有時也用以表示自告奮勇承擔任務。
【例句】老實說，要做這種冒險的事，**舍我其誰**，你們這些畏事怕死的人行嗎？
【義近】責無旁貸／非我莫屬。

舍身圖報 ㄕㄜˇ ㄕㄣ ㄊㄨˊ ㄅㄠˋ

【釋義】捨棄生命，圖謀報答。舍：同「捨」。
【出處】明・無名氏・鳴鳳記・楊公劾奸：「剩此微軀，皆賴天恩庇，舍身圖報，如何敢逡巡迴避。」
【用法】說明受人大恩，捨棄生命也要給以報答。
【例句】他救了我全家，今後他若有難，我必當**舍身圖報**。
【義近】感恩圖報／結草銜環／結草以報／知恩必報／生死以報／吐珠銜環。
【義反】忘恩負義／背槽拋糞／恩將仇報／以怨報德。

舍近謀遠 ㄕㄜˇ ㄐㄧㄣˋ ㄇㄡˊ ㄩㄢˇ

【釋義】舍近：忽略切近的。謀遠：謀求高遠的。
【出處】後漢書・臧宮傳：「舍近謀遠者，勞而無功；舍遠謀近者，逸而有終。」
【用法】說明所求不切合實際，顯得迂拙。
【例句】你攻讀漢學，不去大陸、日本，而去美國，這實在是**舍近謀遠**的笨拙之舉。
【義近】舍近求遠／舍親謀疏。

舍短取長 ㄕㄜˇ ㄉㄨㄢˇ ㄑㄩˇ ㄔㄤˊ

【釋義】舍：同「捨」，放棄，拋棄。
【出處】漢書・藝文志：「若能修六藝之術，而觀此九家之言，舍短取長，則可以通萬方之略矣。」
【用法】泛指棄其短處，取其長處。
【例句】在工作和學習的過程中，都應**舍短取長**，如此才能力求進步，事業也才會蒸蒸日上。
【義近】舍短從長／舍短錄長／舍短用長。

舍實求虛 ㄕㄜˇ ㄕˊ ㄑㄧㄡˊ ㄒㄩ

【釋義】舍：同「捨」，放棄。實、虛：實在、虛空。
【出處】李汝珍・鏡花緣三九回：「王兄本有養命金丹，今不反本求源，倒去求那服食養生之術，……豈非舍實求虛麼？」
【用法】泛指放棄實在的，反而去追求虛幻的。
【例句】孩子病了，不趕快帶去看醫生，反而去求神問卜，如此**舍實求虛**，一旦延誤了病情，豈不冤枉？
【義近】捨本逐末／本末倒置／買櫝還珠／不切實際。

【義反】舍虛求實／實事求是／對症下藥。

舍舊謀新 ㄕㄜˇ ㄐㄧㄡˋ ㄇㄡˊ ㄒㄧㄣ

【釋義】意謂放棄舊的，一心一意去謀求新的。

【出處】左傳・僖公二八年：「楚師背酅而舍，晉侯患之。聽輿人之誦曰：『原田每每，舍其舊而新是謀。』」

【用法】指放棄舊的一套，另謀新法以求發展。

【例句】你既然對教書毫無興趣，那就及早**舍舊謀新**，另尋職業吧！

【義近】除舊布新／棄舊圖新。

【義反】故步自封／食古不化／抱殘守缺。

四畫

舐犢情深 ㄕˋ ㄉㄨˊ ㄑㄧㄥˊ ㄕㄣ

【釋義】本作「舐犢之愛」。指老牛用舌頭舔舐小牛，表現疼愛之情。犢：小牛。

【出處】後漢書・楊彪傳：「後子脩為曹操所殺。操見彪問曰：『公何瘦之甚？』對曰：『愧無日磾先見之明，猶懷老牛舐犢之愛。』操為之動容。」

【用法】喻天下做父母的愛兒女的深情。

【例句】父母對子女的**舐犢情深**，有些子女往往體會不到，反而常常嫌父母囉嗦，並且做出一些讓父母傷心、煩惱的事來。

【義近】舐犢之愛／骨肉情深／血肉之愛。

舛部

八畫

舞刀躍馬 ㄨˇ ㄉㄠ ㄩㄝˋ ㄇㄚˇ

【釋義】揮舞刀槍，縱躍戰馬。

【出處】楊家府演義一五回：「岳勝怒曰：『好賊奴，敢如此大言！』舞刀躍馬，直取天佑。」

【用法】形容奮勇作戰的雄姿。

【例句】在古典小說中，一寫到戰爭場面，就是一員猛將**舞刀躍馬**殺上陣來，這總令人有套公式的感覺。

【義近】揮刀馳馬／一馬當先／披堅執銳／奮勇當先／衝鋒陷陣。

【義反】落荒而逃／棄甲曳兵／丟盔棄甲／抱頭鼠竄／望風披靡／臨陣脫逃。

舞文巧詆 ㄨˇ ㄨㄣˊ ㄑㄧㄠˇ ㄉㄧˇ

【釋義】舞文：玩弄文辭。巧：虛偽。詆：誣謗。

【出處】漢書・張湯傳：「所治即豪，必舞文巧詆。」

【用法】指故意玩弄文字來誣謗別人。

【例句】為人要老實公正，莫像那年輕人那樣**舞文巧詆**，自以為得意，不料現在被一一查出，受害者最後以誣告罪把他送上了法庭。

【義近】舞文深詆／為文深詆／舞文弄墨。

【義反】正直公允／直道而行／行不由徑／行不踰方。

舞文弄法 ㄨˇ ㄨㄣˊ ㄋㄨㄥˋ ㄈㄚˇ

【釋義】戲弄法令條文。舞、弄：玩弄。文、法：法令條文。

【出處】司馬遷・史記・貨殖列傳：「吏士舞文弄法，刻章偽書，不避刀鋸之誅者，沒於賂遺也。」

【用法】指利用法令條文為奸作弊。

【例句】他身為法官，卻常常**舞文弄法**，最後終為法律所制裁。

【義近】舞文玩法／枉法循私。

【義反】執法如山／奉公守法。

舞文弄墨 ㄨˇ ㄨㄣˊ ㄋㄨㄥˋ ㄇㄛˋ

【釋義】舞、弄：玩弄，耍弄。文、墨：指文筆。

【出處】隋書・王充傳：「明習法律，而舞弄文墨，高下其心。」

【用法】今多用以指玩弄文字技巧，有時也指以文詞歪曲事實。

【例句】①寫作要嚴肅認真，不能**舞文弄墨**，盡寫浮豔文章。②他這人吃飽了沒事幹，盡搞些**舞文弄墨**的事害人。

【義近】咬文嚼字／吟風弄月／雕章琢句。

【義反】鋪錦列繡／揚葩振藻／錯彩鏤金。

舟部

舟中敵國

【釋義】意謂同船的人都成了敵人。

【出處】司馬遷・史記・孫子吳起列傳：「武侯……顧而謂吳起曰：『美哉乎山河之固，此魏國之寶也！』起對曰：『……在德不在險若君不修德，舟中之人盡爲敵國也。』」

【用法】比喻眾叛親離，處於十分孤立的境地。

【例句】民主時代，縣市長均由民選產生，若上台後過於固執，師心自用，遲早會淪於**舟中敵國**的地步，終致眾叛親離，鞠躬下台。

【義近】眾叛親離／四面楚歌／孤立無援／土崩瓦解。

【義反】同舟共濟／眾星拱月／眾望所歸。

五畫

舳艫千里

【釋義】形容戰船很多，首尾相接，千里不絕。舳：船後舵。艫：船頭。千里：極言其長，非實數。

【出處】漢書・武帝紀：「舳艫千里，薄樅陽而出，作盛唐樅陽之歌。」宋・蘇軾・前赤壁賦：「舳艫千里，旌旗蔽空……固一世之雄也。」

【用法】形容軍容的盛大。

【例句】曹操當年率百萬大軍，水陸並進，江面上**舳艫千里**，自以爲勝券在握，橫槊賦詩，不料在赤壁遭火攻，大小船隻頓時灰飛煙滅。

【義近】舳艫相屬／旌旗蔽空／投鞭斷流。

【義反】孤帆點點。

船到橋門自會直

【釋義】意謂船雖橫著，但到了橋門自然會轉直，因爲橫著是過不了橋門的。

【出處】茅盾・賽會二：「算了罷！船到橋門自會直！忘八才去趕他媽媽的夜市！打碎了吃飯傢伙可不是玩的！」

【用法】比喻事先不必多慮，到時自有解決的辦法。

【例句】別急，先把心定下來，**船到橋門自會直**，總有辦法解決的。

【義近】船到橋頭自然直／山窮水盡疑無路，柳暗花明又一村。

艮部

一畫

良工心苦

【釋義】良工：技藝精良的工匠。心苦：苦心經營。

【出處】杜甫・題李尊師松樹障子歌：「已知仙客意相親，更覺良工心獨苦。」

【用法】意指優良的製作，都是由苦心經營而成的。

【例句】這裏展覽的工藝品，無一不精妙絕倫，也無一不體現創作者的**良工心苦**，故售價高昂是可以理解的。

【義近】精雕細刻／嘔心瀝血／嘔盡心血／挖空心思／苦心孤詣／精雕細琢。

【義反】率爾而爲／粗製濫造／率爾操觚／無所用心／潦草塞責／草率從事。

良辰吉日

【釋義】良辰：美好的時辰。吉日：吉祥的日子。

【出處】屈原・九歌：「吉日兮良辰。」明・謝讜・四喜記・大宋畢姻：「今日乃是良辰吉日，方可畢姻。」

【用法】用以泛指美好而吉利的時日。

【例句】你們兩人既已戀愛多年，何不挑個**良辰吉日**，早結連理，讓老人家也能放下心來。

【義近】黃道吉日／吉日良辰。

【義反】太歲凶日／帚星當空。

良辰美景

【釋義】良辰：美好的時光。美景：優美的風景。

【出處】謝靈運・擬魏太子鄴中集詩序：「天下良辰美景，賞心樂事，四者難並。」

【用法】形容時光美好，景色宜人。

【例句】又到了春暖花開的時節，想要旅遊就趁早，千萬別辜負了這**良辰美景**。

【義近】春暖花開／花好月圓／春花秋月／花朝月夕／月滿花香。

【義反】滿目荊榛／花殘月缺。

良知良能

【釋義】指人天賦的道德觀念和能力。良：善。

【出處】孟子・盡心上：「人之所不學而能者，其良能也；所不慮而知者，其良知也。」

【用法】今多用以表示人已具備的知識水準和實際能力。

【例句】每個人若都能發揮自己的**良知良能**，社會將更加和諧進步。

良金美玉

【釋義】像金、玉一樣的美好。良：美好。

【出處】新唐書・王勃傳：「李嶠、崔融、薛稷、宋之問之文，如良金美玉，無施不可。」

【用法】比喻文章的盡善盡美，也用以比喻美好的事物。

【例句】李白、杜甫的詩歌，首首佳作，眞可以說是**良金美玉**。

【義近】良金璞玉／白璧無瑕／金相玉質。

【義反】糞土泥沙／破銅爛鐵。

良師益友

【釋義】良：好。益：有益，有幫助。

【出處】彭養鷗・黑籍冤魂二十回：「雖然有那良師益友，苦心婆心的規勸，卻總是耳邊風。」

【用法】使人得到教益和幫助的好老師和好朋友。用於對人的評價，有稱頌之意。

【例句】有讀者來信說，這本辭典是他生活中的**良師益友**。

【義近】良朋益友／嚴師諍友。

【義反】酒肉朋友／狐羣狗黨。

良莠不齊

【釋義】良：善良，比喻好的。莠：狗尾草，一種混和禾苗中的野草，樣子很像穀子，比喻壞的。

【出處】詩經・小雅・大田：「不稂不莠。」文康・兒女英雄傳四十回：「無如眾生賢愚不等，也就如五谷良莠不齊。」

【用法】指一羣人中有好的強的，也有壞的或差的。用於人或事物。

【例句】人總是有好有壞，有強有弱，**良莠不齊**是正常現象，怎能用同一尺度去衡量人呢？

【義近】參差不齊／蘭艾難分／魚龍混雜／牛驥同皁／清濁同流。

【義反】整齊畫一。

良莠淆雜

【釋義】意謂好苗和野草混雜在一起。莠：類似穀子的野草。淆：混淆。雜：混雜。

【出處】清史稿・蕭永藻傳：「開山發礦，多人羣聚，良莠淆雜，臣通飭嚴禁。」

【用法】比喻好人和壞人混雜在一起，難以區分。

【例句】這個班級的學生，素質**良莠淆雜**，有的聰明絕頂，有的呆若木雞，導師要多費心了。

【義近】牛驥同皁／雞棲鳳凰／龍蛇雜處／薰蕕同器／蘭艾難分。

【義反】涇渭分明／黑白分明／優勝劣汰／良莠分處／賢愚有別。

良禽擇木

【釋義】像鳳凰鳥非梧桐樹則不棲息一樣，比喻賢才非明主則不出仕。

【出處】左傳・哀公十一年：「孔文子之將攻大叔也，訪於仲尼。仲尼曰：『胡簋之事，則嘗學之矣；甲兵之事，未之聞也。』退，命駕而行曰：『鳥則擇木，木豈能擇鳥？』」

【用法】喻賢德之人，擇明主而效忠。

【例句】鳳凰非梧不棲，**良禽擇木**而止，賢才亦知擇明主而事之。

良賈深藏若虛

【釋義】良賈：好的商人。賈：坐商，此泛指商人。深藏若虛：深藏不露，好像很空虛的樣子。

【出處】司馬遷・史記・老莊申韓列傳：「老子曰：『吾聞之，良賈深藏若虛，君子盛德容貌若愚。』」

【用法】比喻賢者深藏其才華，不炫耀於外。

【例句】**良賈深藏若虛**，一個眞正有才華的賢人，是決不會自吹自擂，到處炫耀的。

【義近】賢者藏才／大智若愚／大巧若拙／深藏不露。

【義反】露才揚己／鋒芒畢露／英華外發。

良藥苦口

【釋義】好的藥味苦難飲。

【出處】孔子家語・六本：「孔子曰：『良藥苦口而利於病，忠言逆耳而利於行。』」

【用法】比喻忠告的言語雖難聽，卻大有益處。用於規勸他人。

【例句】我這番話雖然尖銳了些，但**良藥苦口**，對你是有幫助的，望認眞思考。

【義近】忠言逆耳。

十一畫

艱苦卓絕

【釋義】艱苦：艱難辛苦。卓絕：超過一切，達到了極點。

【出處】清・方苞・刁贈君墓表：「習齋遭人倫之變，其艱苦卓絕之行，實眾人所難能。」

【用法】是指在艱難困苦中，努力奮鬥，卓然超越，成就不凡。

【例句】這位電子公司老闆當年只是個鄉下孩子，他那**艱苦卓絕**的奮鬥精神，實在令人敬佩。

【義近】艱苦奮鬥／艱難困苦／艱苦卓越。

【義反】養尊處優／游手好閒／飽食終日。

艱苦奮鬥

【釋義】艱苦：艱難困苦。奮鬥：盡力戰鬥，奮勇爭鬥。

【出處】宋史・吳璘傳・附吳挺：「金人捨騎，操短兵奮鬥。」

【用法】形容不怕艱難困苦，奮發向前，堅持理想。

【例句】臺灣經過全體人民幾十年的**艱苦奮鬥**，才有今天的繁榮昌盛。

【義近】奮發圖強／勵精圖治／辛勤努力。

【義反】苟且度日／飽食終日／得過且過。

艱難竭蹶

【釋義】艱難：艱苦困難。竭蹶：力盡顛仆，此指貲財缺乏。

【出處】詩經・小雅・白華：「天步艱難，之子不猶。」荀子・儒效：「故近者歌謳而樂之，遠者竭蹶而趨之。」

【用法】形容收入少，生活非常艱難困苦。

【例句】他在**艱難竭蹶**之中，決心奮發圖強，擺脫貧困的命運。

【義近】飢寒交迫／饔飧不繼／惡衣惡食。

【義反】錦衣玉食／飽食暖衣／豐衣足食。

艱難險阻

【釋義】險阻：險惡和阻礙。

【出處】左傳・僖公二八年：「晉侯在外，十九年矣，而果得晉國，險阻艱難，備嘗之矣。」

【用法】指前進道路上的困難、危險和阻礙。

【例句】任何一種創新的工作，在前進中一定會有**艱難險阻**，但只要有毅力，肯動腦筋想辦法，總是可以克服的。

【義近】千迴百折／荆棘塞途／荆天棘地。

【義反】一帆風順／暢通無阻。

色部

色色俱全

【釋義】色色：猶言各種各樣。色：品類，種類。

【出處】新唐書・選舉志一：「文宗曰：敦厚浮薄，色色有之，進士科取人，二百年矣，不可遽廢。」

【用法】用以說明各式品種都很齊全。

【例句】這酒席實在太豐盛了，水陸雜陳，葷素兼備，眞是**色色俱全**，讓人大飽口福。

【義近】色色俱備／樣樣俱全／一應俱全。

色即是空

【釋義】佛家語。指世間一切色法（物質）的本性（內在眞實性）都是空無所有。簡言之，指人世間一切形的萬物都是空的。

【出處】般若波羅蜜多心經：「舍利子！色不異空，空不異色；色即是空，空即是色；受想行識，亦復如此。」

【用法】指人世間的形形色色，萬事萬物都是因緣所生，不必過分的執著。

【例句】捧著一顆心來，不帶走半根草去，世人若能領悟空不異色，**色即是空**的佛理，那麼眾生即能自在。

【義近】色不異空／空不異色／空即是色／四大皆空／六根清淨。

【義反】紅塵欲念／兒女情長／情繫紅塵。

色若死灰

【釋義】臉色慘白得像死灰。

【出處】莊子・盜跖：「目芒然無見，色若死灰。」

【用法】形容驚恐失常的情貌。

【例句】這位小姐的膽子也未免太小了，只不過是一隻蟑螂，竟嚇得**色若死灰**，大聲尖叫。

【義近】面如死灰／面無人色／面如土色／六神無主／大驚失色。

【義反】神色自如／面不改色／神態自若／洋洋如常／神色不驚。

色衰愛弛

【釋義】色衰：美貌衰減。愛弛：寵愛減弱。弛：減弱。

【出處】司馬遷・史記・呂不韋傳：「以色事人者，色衰而愛弛。」

【用法】指女子因容顏衰減而失寵。

【例句】古代宮廷裏，有多少女子因**色衰愛弛**而被冷落，眞是可憐。

【義近】色衰見棄／秋扇見捐／打落冷宮。

【義反】寵愛有加。

色授魂與

【釋義】看到姣好容貌，心神即被吸引。

【出處】司馬相如・上林賦：「長媚連娟，微睇緜藐，色授魂與，心愉於側。」

【用法】多指好色者見到美女而動情，心馳神往。

【例句】那年輕人見到他心儀的女明星，竟然**色授魂與**，顛顛倒倒，大失常態。

【義近】神魂顛倒／鉤魂攝魄／心搖神蕩／心蕩神馳／魂不守舍／失魂落魄。

【義反】無動於衷／心靜神定／神安氣定／魂安魄定／神色如常。

色厲內荏

【釋義】色：神色。厲：猛烈，凶猛。荏：軟弱。

【出處】論語・陽貨：「色厲而內荏，譬諸小人，其猶穿窬之盜也與！」

【用法】形容外表強硬，內心軟弱；貌似強硬，實則怯懦。多用於人、團體、國家，有揭發、輕視的意思。

【例句】你不要看他氣勢洶洶的樣子，其實他**色厲內荏**，沒有什麼好怕的！

【義近】外強中乾／虎皮羊質／魚質龍文／麋蒙虎皮。

【義反】外柔內剛／外圓內方。

色膽如天

【釋義】意謂貪戀女色的膽量大如天。

【出處】錢彩・說岳全傳七九回：「看那瑞仙郡主，猶如酒醉楊妃……按不住心頭欲火，一時色膽如天。」

【用法】形容人爲了滿足色慾，貪戀女色，膽大如天。

【例句】這位年輕人眞是**色膽如天**，竟敢在眾目睽睽下調戲過往的女子，怪不得被揍得鼻青臉腫。

【義近】色膽包天。

色藝無雙

【釋義】色藝：姿色和技藝。無雙：沒有第二個。

【出處】淸・李斗・揚州畫舫錄卷五：「小旦馬大保，爲美臣子，色藝無雙。」

【用法】指人的姿色和技藝都絕無僅有，無人可比。

【例句】陳小姐人漂亮，書也念得好，堪稱**色藝無雙**，無怪乎那麼多俊男拜倒在她的石榴裙下。

【義近】才貌無雙／色藝出眾／色藝絕倫／才貌雙全／色藝雙全。

【義反】庸脂俗粉／色藝平平／有才無貌。

色豔桃李

【釋義】臉色豔麗如桃花李花。

【出處】南史・鄧郁傳：「神仙魏夫人忽來臨降，……年皆可十七八許，色豔桃李，質勝瓊瑤。」

【用法】形容女子的容顏就像桃花、李花一樣豔麗。

【例句】這幾個女子眞的是**色豔桃李**，怪不得那些未婚男子窮追不捨呢！

【義近】豔若桃李／如花似玉／花容月貌／杏眼桃腮／沉魚落雁／仙姿玉貌／閉月羞花／螓首娥眉。

【義反】臉歪嘴斜／無鹽之貌／臼頭深目。

艸部

三畫

芒刺在背（ㄇㄤˊ ㄘˋ ㄗㄞˋ ㄅㄟˋ）

【釋義】像有芒和刺扎在背上一樣。芒：穀類種子殼上的細刺。
【出處】漢書．霍光傳：「宣帝始立，謁見高廟，大將軍（霍）光從驂乘，上內嚴憚之，若有芒刺在背。」
【用法】比喻惶恐不安。
【例句】他只要和師長在一起，就顯得非常拘謹，如**芒刺在背**，坐立不安。
【義近】如坐針氈／坐立不安。
【義反】泰然自若／行若無事／氣定神閒。

芒寒色正（ㄇㄤˊ ㄏㄢˊ ㄙㄜˋ ㄓㄥˋ）

【釋義】光芒清冷，臉色嚴正。芒：指光芒，人的眼神炯炯有光的樣子。
【出處】書言故事．顏貌類：「不接芒寒色正之輝。」
【用法】比喻人的品德高潔，行為端正，令人肅然起敬。
【例句】包青天那股**芒寒色正**的神態，為正義的化身，常令歹徒望而生畏。
【義近】凜然正氣／莊嚴肅穆／正氣磅礴。

芊芊鬱鬱（ㄑㄧㄢ ㄑㄧㄢ ㄩˋ ㄩˋ）

【釋義】或作「鬱鬱芊芊」。「鬱鬱」和「芊芊」均指草木茂盛的樣子。
【出處】列子．力命：「美哉國乎！鬱鬱芊芊。」韋莊．長安清明詩：「早是傷春夢雨天，可堪芳草更芊芊。」
【用法】形容草木茂盛的樣子。
【例句】春遊陽明山，只見百花盛開，綠樹成蔭，**芊芊鬱鬱**，好一副春光明媚的景象。
【義近】離離蔚蔚／蓊蓊鬱鬱／鬱鬱蒼蒼／鬱鬱菁菁。
【義反】童山濯濯／牛山濯濯／蕭瑟凋零。

四畫

芳草蕭艾（ㄈㄤ ㄘㄠˇ ㄒㄧㄠ ㄞˋ）

【釋義】芳草變成蕭艾。意謂原為君子，後來卻淪落為小人。芳草：即香草，喻君子。蕭艾：即雜草，喻小人。
【出處】屈原．離騷：「蘭芷變而不芳兮，荃蕙化而為茅。何昔日之芳草兮，今直為此蕭艾也。」
【用法】喻原為正人君子，卻因環境的影響而淪落為小人。
【例句】在面臨國家危難時，有些人能夠矢志不二，板蕩忠貞，可是有的卻**芳草蕭艾**，臨危變節，成了不折不扣的小人。
【義近】蘭芷不芳／荃蕙為茅／降志辱身。
【義反】疾風勁草／歲寒松柏／板蕩忠臣／時窮節見。

芳蘭竟體（ㄈㄤ ㄌㄢˊ ㄐㄧㄥˋ ㄊㄧˇ）

【釋義】意謂遍體芳香。竟：充滿，周遍。
【出處】南史．謝覽傳：「（覽）意氣閒雅，視瞻聰明，武帝目送良久，謂徐勉曰：『覺此生芳蘭竟體。』」
【用法】比喻高雅絕俗的儀態。
【例句】「這兩人，面如傅粉，脣若塗朱；舉止風流，**芳蘭竟體**。」（吳敬梓．儒林外史三四回）
【義近】名士風流／文質彬彬／溫文爾雅／雍容文雅／超凡脫俗／玉樹臨風。
【義反】粗俗土氣／俗不可耐／俗裏俗氣／腹空形陋／粗俗不堪／鄙陋庸俗。

芝艾俱焚（ㄓ ㄞˋ ㄐㄩˋ ㄈㄣˊ）

【釋義】芝：靈芝，古人視為瑞草。艾：一種多年生草本植物，可供藥用，古人視為賤草。
【出處】三國志．魏書．公孫度傳．裴松之注引魏略曰：「若苗穢害田，隨風烈火，芝艾俱焚，安能白別乎？」
【用法】比喻好壞同歸於盡。
【例句】這個女人個性剛烈，在得知丈夫有外遇後，竟採取**芝艾俱焚**的激烈手段，把情婦殺了之後，自己也服毒身亡。
【義近】玉石俱焚／芝艾同盡／玉石同沉。

芝草無根（ㄓ ㄘㄠˇ ㄨˊ ㄍㄣ）

【釋義】芝草沒有根柢。
【出處】三國吳．虞翻．與弟書：「揚雄之才，非出孔氏之門，芝草無根，醴泉無源。」
【用法】比喻豪傑才智之士無所憑藉，其成就完全出於自己的努力。
【例句】這位華裔諾貝爾物理學獎得主係出身寒素，艱苦卓絕，奮鬥有成，證明了**芝草無根**，男兒當自強的道理。
【義近】靈芝無根／醴泉無源／將相本無種，男兒當自強。
【義反】世代書香／名門後裔／家世顯赫。

芝焚蕙歎（ㄓ ㄈㄣˊ ㄏㄨㄟˋ ㄊㄢˋ）

【釋義】芝草被焚，蕙草傷歎。喻同類相憐。
【出處】晉．陸機．歎逝賦：「信松茂而柏悅，嗟芝焚而蕙歎。」北周．庾信．思舊銘序：「瓶罄罍恥，芝焚蕙歎。」
【用法】比喻為同類的傷亡而感歎。
【例句】兔死狐悲，**芝焚蕙歎**，蓋物傷其類也。禽獸草木猶有情，人為血肉之軀，萬物之靈，孰能無情。
【義近】兔死狐悲／物傷其類／狐兔之悲。
【義反】幸災樂禍／落井下石／寡情薄義。

芝蘭之室（ㄓ ㄌㄢˊ ㄓ ㄕˋ）

【釋義】種有芝蘭香草的房子。
【出處】孔子家語．六本：「與善人居，如入芝蘭之室，久而不聞其香，即與之化矣。」顏氏家訓．慕賢：「是以與善人居，如入芝蘭之室，久而自芳也。」
【用法】比喻環境良好的居所。也指君子、賢士所居住的地方。
【例句】孔子說：「里仁為美。」得與賢士為鄰，猶如進出**芝蘭之室**，久久而自芬芳。

芝蘭玉樹（ㄓ ㄌㄢˊ ㄩˋ ㄕㄨˋ）

【釋義】芝蘭：香草，喻美好的

素質和才能。玉樹：喻才貌的美好。

【出處】晉書・謝安傳：「（安）因曰：『子弟亦何豫人事，而正欲使其佳？』……玄答曰：『譬如芝蘭玉樹，欲使其生於庭階耳。』」

【用法】喻有出息的美好子弟。也用作對別人子弟的美稱。

【例句】王經理家的四位公子，個個才華出眾，成就優異，是**芝蘭玉樹**之才。

【義近】驥子龍文／人中騏驥／人中之龍／蓋世之才／鶴立雞羣／玉樹臨風。

【義反】牛犢犬子／朽木糞土／酒囊飯袋／吳下阿蒙。

芸芸眾生

【釋義】佛教指一切有生命的東西。芸芸：眾多的樣子。眾生：泛指有生命者。

【出處】老子・一六章：「夫物芸芸，各復歸其根。」秋瑾・光復軍起義檄稿：「芸芸眾生，孰不愛生。」

【用法】多用以指平凡大眾

【例句】在**芸芸眾生**中，要找一個真心相繫的伴侶，豈是容易的事。

【義近】一切眾生／茫茫人海。

芙蓉出水

【釋義】芙蓉：荷花的別名。

【出處】鍾嶸・詩品・中：「謝（靈運）詩如芙蓉出水，顏（延之）詩如錯采鏤金。」

【用法】比喻清新秀麗。形容文章不凡或美女清新脫俗。

【例句】①他這篇文章確實寫得好，有如**芙蓉出水**，玲瓏清新。②張小姐長得有如**芙蓉出水**，十分秀麗可愛。

【義近】桃李吐芳／牡丹顯豔。

芙蓉如面

【釋義】意即面如芙蓉。芙蓉：荷花。

【出處】白居易・長恨歌：「芙蓉如面柳如眉，對此如何不淚垂。」

【用法】女子面容嬌豔美麗。

【例句】那位演員扮起楊貴妃來，的確是**芙蓉如面**，美麗極了。

【義近】豔如桃李／面容如玉／仙姿玉貌。

【義反】其貌不揚／貌似無鹽。

花中君子

【釋義】花中最具才德者，指蓮花。

【出處】周敦頤・愛蓮說：「菊，花之隱逸者也；牡丹，花之富貴者也；蓮，花之君子者也。」

【用法】蓮花的別名。

【例句】陶淵明愛菊；周敦頤愛蓮。前者認爲菊花是花之隱逸者；後者則以爲蓮乃**花中君子**，其實菊花、蓮花都各具特色。

【義近】花中神仙（海棠）／花中富貴（牡丹）／花中隱逸（菊花）。

花天酒地

【釋義】花天、酒地：皆指聲色逸樂場所。花：比喻美女，也指妓女。

【出處】李寶嘉・官場現形記二七回：「到京之後，又復花天酒地，任意招搖。」

【用法】多用以形容吃喝玩樂的奢侈糜爛生活。

【例句】他成天和狐羣狗黨聚集在一起，**花天酒地**鬼混，怎麼會有長進？

【義近】醉生夢死／燈紅酒綠／紙醉金迷／縱情聲色／聲色犬馬／窮奢極欲。

【義反】克勤克儉／奮發圖強／布衣疏食／節衣縮食。

花甲之年

【釋義】花甲：即一甲子。古人紀年，以十天干，十二地支相組合，每六十年爲一週期。天干之首爲「甲」，地支之首爲「子」，干支名號錯綜參互，故稱花甲子，簡稱「花甲」。花甲之年：即指六十歲的年齡。

【出處】趙牧・對酒詩：「手挼六十花甲子，循環落落如弄珠。」

【用法】指年滿六十歲。

【例句】我已屆**花甲之年**，行將退休，家事就交給兒女去處理了。

花好月圓

【釋義】指花正盛開，月正圓。

【出處】晁端禮・行香子別恨詞：「莫思身外，且鬬尊前，願花長好，人長健，月長圓。」

【用法】常用作祝人生活幸福，婚姻美滿之詞。

【例句】今天來參加王先生的婚禮，特祝你們夫妻恩愛，**花好月圓**。

【義近】鸞鳳和鳴／鴛鴦雙飛。

【義反】花殘月缺／勞燕分飛／琴瑟不調。

花有重開日，人無再少年

【釋義】花兒凋謝後還有再開之時；而人老了卻不可能返老還童。

【出處】岳伯川・鐵拐李：「花有重開日，人無再少年，休道黃金貴，安樂最值錢。」

【用法】說明青春寶貴，不可等閒虛度。

【例句】**花有重開日，人無再少年**，我們應把握青春年華奮發圖強，努力上進。

【義近】花無百日紅，人無百日好。

花言巧語

【釋義】花言：鋪張不實之言。巧語：討好人的巧妙言語。

【出處】朱子語類論語二：「據某所見，巧言即所謂花言巧語，如今世舉子弄筆端，做文字者便是。」

【用法】指用來騙人的虛假而動聽的言語。

【例句】他最擅長以**花言巧語**騙取女孩子的愛情，你可要千萬小心啊！

【義近】甜言蜜語／虛情假意／巧言如簧／糖舌蜜口。

【義反】逆耳忠言／笨嘴拙舌／

言訥詞直／拙口鈍腮／由衷之言。

花枝招展 ㄏㄨㄚ ㄓ ㄓㄠ ㄓㄢˇ

【釋義】招展：形容迎風擺動的樣子。

【出處】笑笑生・金瓶梅四五回：「銀兒連忙花枝招颭（展），繡帶飄飄，插燭也是與李瓶兒磕了四個頭。」

【用法】本形容花兒美麗，也用以形容婦女打扮得十分艷麗。「招展」二字，特用來形容走路姿態。

【例句】她打扮得**花枝招展**，到處招蜂惹蝶，大概不是什麼正經女人。

【義近】巧扮濃抹／粉粧玉琢／花紅柳綠／珠圍翠繞／濃妝豔抹。

【義反】荊釵布裙／衣著樸素。

花花公子 ㄏㄨㄚ ㄏㄨㄚ ㄍㄨㄥ ㄗˇ

【釋義】意謂衣著華麗，只知遊樂的富家子弟。

【出處】清・翟灝・通俗編・俚語對句：「好好先生，花花公子。」

【用法】是指衣著華麗，不務正業，只知吃喝玩樂的富家子弟。

【例句】方老闆的兒子是個典型的**花花公子**，你又何必為他做媒說親，害了人家的女兒呢？

【義近】花花太歲／紈袴子弟／公子哥兒／五陵年少／公子王孫。

【義反】農家子弟／書香子弟／白衣秀才／寒門子弟／繩樞之子／藜藿子弟。

花花太歲 ㄏㄨㄚ ㄏㄨㄚ ㄊㄞˋ ㄙㄨㄟˋ

【釋義】花花：此有華而不實之意。太歲：木星，所經行的方向為凶方。

【出處】關漢卿・望江亭二折：「花花太歲為第一，浪子喪門世無對，街下下民聞我怕，只我是勢力並行楊衙內。」

【用法】橫行霸道的紈袴子弟。

【例句】你父親雖然有權有勢，但決不會容許你像**花花太歲**似地胡作非為！

【義近】花花公子／紈袴子弟。

【義反】貧寒子弟／窮巷之士。

花花世界 ㄏㄨㄚ ㄏㄨㄚ ㄕˋ ㄐㄧㄝˋ

【釋義】花花：此有繁華鬧熱之意。

【出處】華嚴經：「一花一世界，一葉一如來。」李汝珍・鏡花緣四回：「眞正錦繡乾坤，花花世界。」

【用法】指繁華世界或尋歡作樂的場所。

【例句】他與我自小在一起長大，感情十分融洽，誰知他到了臺北這個**花花世界**後就變了！

【義近】錦繡乾坤／大千世界／三街六巷。

【義反】世外桃源。

花花綠綠 ㄏㄨㄚ ㄏㄨㄚ ㄌㄩˋ ㄌㄩˋ

【釋義】意謂各種各樣好看的顏色。

【出處】葉聖陶・多收了三五斗：「陳列在櫥窗裏的花花綠綠的洋布，聽說只要八分半一尺。」

【用法】形容顏色鮮豔多彩。

【例句】這些農村來的姑娘，穿得**花花綠綠**的，在繁華的街上東看看、西望望，樣樣都感到新奇。

【義近】五顏六色／五光十色／五彩繽紛／花團錦簇／五光十色／色彩繽紛／萬紫千紅。

【義反】黑白相間／灰不溜秋／清一色。

花門柳戶 ㄏㄨㄚ ㄇㄣˊ ㄌㄧㄡˇ ㄏㄨˋ

【釋義】指妓女戶，綠燈戶。花、柳：喻妓女。

【出處】元・無名氏・小孫屠・謀殺孫必達：「奴家當脫得花門柳戶，與孫官人為夫妻。」

【用法】舊時用以指妓院。

【例句】你已經是有妻室的人了，卻還常常出入**花門柳戶**，這也未免太不應該了吧！

【義近】花街柳巷／秦樓楚館／枇杷門巷／花街柳陌。

【義反】閨房繡戶／尋常人家。

花信年華 ㄏㄨㄚ ㄒㄧㄣˋ ㄋㄧㄢˊ ㄏㄨㄚˊ

【釋義】花信：指花卉開放的信息。此稱女子二十四歲。年華：指美好的歲月。

【出處】范成大・元夕後連陰詩：「誰能腰鼓催花信，快打涼州百面雷。」葉適・靈巖詩：「豪風增春憂，雷雪損花信。」

【用法】形容女子正值青春美好的年歲。

【例句】像這樣**花信年華**的女子，正值青春洋溢，生命最充滿活力的時刻，往往最能吸引眾人的目光。

【義近】荳蔻年華（十三、四歲）／及笄之年（十五歲）／二八年華／破瓜之年／碧玉年華／黛綠年華（以上四句指十六歲）／桃李年華（十七、八歲）／風信年華（二十四歲）。

【義反】徐娘半老／人老珠黃／美人遲暮／妖韶女老。

花前月下 ㄏㄨㄚ ㄑㄧㄢˊ ㄩㄝˋ ㄒㄧㄚˋ

【釋義】在鮮花之前，在月光之下。

【出處】許碏・醉吟詩：「閬苑花前是醉鄉。」李白・清平調：「若非羣玉山頭見，會向瑤臺月下逢。」

【用法】男女談情說愛的場所。

【例句】人生匆匆，苦日良多，能擁有**花前月下**的美麗片刻，也足以成為永恆的回憶。

花紅柳綠 ㄏㄨㄚ ㄏㄨㄥˊ ㄌㄧㄡˇ ㄌㄩˋ

【釋義】像花一樣的紅，像柳一樣的綠。

【出處】承班・生查子：「花紅柳綠間晴空。」

【用法】指明媚的春色，也用以形容色彩鮮艷紛繁。

【例句】①一到春天，公園裏**花紅柳綠**，像一幅畫一樣。②大街上到處**花紅柳綠**，顯得既熱鬧又美觀。

【義近】花團錦簇／花光柳影／萬紫千紅。

【義反】花殘葉落／枯枝敗葉／衰敗凋零／草木黃落。

花容月貌 ㄏㄨㄚ ㄖㄨㄥˊ ㄩㄝˋ ㄇㄠˋ

【釋義】如鮮花一般的容色，像媚月一樣的面貌。

【出處】吳承恩．西遊記六二回：「那公主花容月貌，有二十分人才。」
【用法】形容女子貌美。
【例句】這個**花容月貌**的女子，有著一顆菩薩心腸，彷彿是天上仙女下凡來。
【義近】仙姿玉貌／閉月羞花／沉魚落雁／艷如桃李。
【義反】貌似無鹽／其貌不揚／嫫母倭傀。

花拳繡腿（ㄏㄨㄚ ㄑㄩㄢˊ ㄒㄧㄡˋ ㄊㄨㄟˇ）

【釋義】像刺花繡錦般的拳腳工夫，只能比劃，不切實用。
【出處】西湖二集．三四：「都是花拳繡腿，好剛使氣，三十六天罡，七十二地煞之人。」
【用法】比喻中看卻不中用的武術。
【例句】憑你那幾招**花拳繡腿**就想當老大，差得遠呢！
【義近】粉拳繡腿／三腳貓工夫。
【義反】眞才實學／蓋世武功。

花朝月夕（ㄏㄨㄚ ㄓㄠ ㄩㄝˋ ㄒㄧ）

【釋義】有花的早晨，有月的夜晚。
【出處】舊唐書．羅弘信傳附羅威：「每花朝月夕，與賓佐賦詠，甚有情致。」
【用法】比喻良辰美景。形容美好的時光和景物，又特指農曆二月十五日（花朝）及八月十五日（月夕）。
【例句】人生**花朝月夕**的時刻不多，若不及時把握、行樂，錯過就難尋了。
【義近】花晨月夜／花好月圓／春花秋月／良辰美景。
【義反】黑天暗地／花殘月缺／蔓草寒煙。

花無百日紅（ㄏㄨㄚ ㄨˊ ㄅㄞˇ ㄖˋ ㄏㄨㄥˊ）

【釋義】意謂花不能常開不敗。
【出處】元．谷子敬．城南柳二折：「幾曾見柳有千年綠，都說花無百日紅。枉費春工。」
【用法】比喻青春易逝，好景不常。
【例句】古人說：「人無千日好，**花無百日紅**。」懂得惜福、惜緣，才是最重要的。
【義近】人無千日好／柳無千年綠／好景不常在／好花不常開。

花裏胡哨（ㄏㄨㄚ ㄌㄧˇ ㄏㄨˊ ㄕㄠˋ）

【釋義】又作「花狸狐哨」、「花麗狐哨」、「花藜胡哨」。
【出處】吳承恩．西遊記一二回：「我家是清涼瓦屋，不像這個害黃病的房子，花狸狐哨的門扇。」
【用法】形容色彩鮮艷雜亂不協調，也比喻講究浮華、不務實際。貶義。
【例句】她經常穿得**花裏胡哨**的，自以爲很美，其實是俗不可耐。
【義近】花團錦簇／色彩繽紛／濃妝豔抹。
【義反】樸素無華／色調單一。

花團錦簇（ㄏㄨㄚ ㄊㄨㄢˊ ㄐㄧㄣˇ ㄘㄨˋ）

【釋義】錦：有彩色花紋的絲織品。簇：聚集成團。
【出處】吳敬梓．儒林外史三回：「自古道：『人逢喜事精神爽。』那七篇文字，做的花團錦簇一樣。」
【用法】形容色彩繽紛、鮮艷華麗的景象。
【例句】那一大片海棠到三四月間，形成一片花海，眞是**花團錦簇**，美不勝收。
【義近】繁花似錦／萬紫千紅／姹紫嫣紅。
【義反】百花凋零／樸素無華／綠肥紅瘦。

花燭夫妻（ㄏㄨㄚ ㄓㄨˊ ㄈㄨ ㄑㄧ）

【釋義】花燭：畫有紋飾的蠟燭，多在喜慶時點用。古時結婚或洞房皆點花燭，後遂用爲正式結婚的代辭。
【出處】徐陵．走筆戲書應令詩：「今宵花燭淚，非是夜迎人。」
【用法】指拜堂的正式夫妻。
【例句】我和老婆可是明媒正娶的**花燭夫妻**，絕不是隨便同居的露水鴛鴦。
【義近】明媒正娶／拜堂夫妻／三媒六聘。
【義反】露水鴛鴦。

花鬚蝶芒（ㄏㄨㄚ ㄒㄩ ㄉㄧㄝˊ ㄇㄤˊ）

【釋義】花鬚：指花蕊。蝶芒：蝴蝶觸角的尖端。形容書法之美有如花之蕊，蝶之端。
【出處】春雨雜述．書學詳說：「昔右軍之敘蘭亭，字既盡美，尤善布置，所謂增一分太長，虧一分太短，魚鬣鳥翅，花鬚蝶芒，油然粲然，各止其所，縱橫曲折，無不如意，毫髮之間直無遺憾。」
【用法】形容草書的筆法之美。
【例句】王羲之的〈蘭亭集序〉，書寫得筆走龍蛇，**花鬚蝶芒**，眞不愧是一代書法大師。
【義近】游雲驚龍／龍蛇飛舞／龍飛鳳舞。
【義反】春蚓秋蛇。

芥子須彌（ㄐㄧㄝˋ ㄗˇ ㄒㄩ ㄇㄧˊ）

【釋義】芥子：指芥菜的種子，顆粒很小，磨成粉末可作辛味食料；比喻極小。須彌：大山；比喻極大。
【出處】維摩詰經．不可思議品：「須彌山至大至高，芥子至微至小，言至小中可以容納至大也。」李羣玉．文殊詩：「但用須彌藏芥子，安知牛跡笑東溟。」
【用法】比喻在至小之中，可以容納至大。
【例句】毫刻工夫往往令人讚嘆，在小小的米粒或核桃上，即能刻畫山水天地於其間，眞可謂是**芥子須彌**。

五畫

茅茨土階（ㄇㄠˊ ㄘˊ ㄊㄨˇ ㄐㄧㄝ）

【釋義】茅茨：指用茅草蓋的屋頂。土階：泥土砌的臺階。
【出處】後漢書．班固傳：「客居杜陵，茅室土階。」白居易．效陶潛詩之九：「榆柳百餘樹，茅茨十數間。」
【用法】形容居住簡陋，生活儉樸。
【例句】他原來是位高官顯要，後因受排擠而自請離職，隱居鄉野，以**茅茨土階**爲居，以粗茶淡飯爲食，過著逍遙自在的生活。
【義近】茅室土階／蓬門篳戶／累塊積蘇／甕牖繩樞／荊室蓬戶／土牆茅室。
【義反】高樓大廈／深宅大院／

雕梁畫棟／朱門繡戶／雕闌玉砌／瓊樓玉宇。

茅塞頓開

【釋義】茅塞：知識不足，思想不明，好像心裏被茅草堵塞一樣。頓：立刻，一下子。一作「頓開茅塞」。

【出處】孟子・盡心下：「今茅塞子之心矣。」吳承恩・西遊記六四回：「我腹無才，得三分之教，茅塞頓開。」

【用法】形容思路豁然大開，立刻理解、領悟了。

【例句】你這番話使我**茅塞頓開**，過去的憂愁似乎一下子全沒了。

【義近】如夢初醒／豁然開朗／豁然貫通／恍然大悟。

【義反】百思不解／莫名其妙／大惑不解／如坐雲霧。

苛政猛於虎

【釋義】苛政：繁碎、殘酷的政令。一說「政」通「徵」，指繁重的雜稅及勞役。於：介詞，比。

【出處】禮記・檀弓下：「夫子曰：『小子識之，苛政猛於虎也。』」

【用法】比喻暴政苛稅比老虎還凶猛，使百姓痛苦不堪。

【例句】所有執政的人，都應牢記**苛政猛於虎**這句話，以免爲政不仁。

【義近】橫征暴斂／苛捐雜稅／洪水猛獸／賦斂之毒甚於蛇。

【義反】輕徭薄賦／仁者無敵。

苛捐雜稅

【釋義】苛：苛刻。雜：繁雜。

【用法】指專制政府統治下巧立名目，向百姓收取苛刻繁重的捐稅。

【例句】滿清末年，老百姓實在無法承受名目繁多的**苛捐雜稅**，只好鋌而走險。

【義近】橫征暴斂／急征重斂。

【義反】輕徭薄賦。

苦口逆耳

【釋義】苦口：引起苦味的感覺；這裏指苦口之言。逆耳：聽起來使人感到不舒服。

【出處】後漢書・陳寵傳：「如其管穴，妄有譏刺，雖苦口逆耳，不得事實，且優遊寬容，以示聖朝無諱之美。」

【用法】指眞誠的規勸。

【例句】對於這位長輩的**苦口逆耳**之言，你應該仔細認眞的考慮，千萬不要把它當作耳邊風。

【義近】良藥苦口／逆耳之言／藥石之言／忠言逆耳／金玉良言／苦口婆心／苦語針砭／語重心長。

【義反】花言巧語／甜言蜜語／巧言遊辭／口蜜腹劍／阿諛奉承／巧言令色。

苦口婆心

【釋義】苦口：不辭辛苦地反覆勸說。婆心：老婆婆的心腸，指善意。

【出處】文康・兒女英雄傳一六回：「這等人若不得個賢父兄，良師友，苦口婆心的成全他……。」

【用法】形容善意而誠懇地再三勸說。

【例句】老師這樣**苦口婆心**地勸導你，你應該趕快醒悟，好好認眞學習才對。

【義近】語重心長／耳提面命／懇切叮嚀。

苦不聊生

【釋義】聊生：賴以維持生活。

【出處】漢書・嚴安傳：「丁男被甲，丁女轉輸，苦不聊生，自經於道樹，死者相望。」

【用法】形容備受苦痛，無法生存。

【例句】世界上仍有些地區戰火連續不斷，且水旱災頻仍，弄得民眾**苦不聊生**。

【義近】民不聊生／苦不堪命／生靈塗炭／水深火熱／赤地千里／哀鴻遍野／道殣相望／餓莩遍野。

【義反】安居樂業／家給人足／民康物阜／豐衣足食／國泰民安。

苦中作樂

【釋義】苦：困苦。作樂：尋求快樂。

【出處】陳造・同陳宰黃簿遊靈山詩：「宰云：『吾輩可謂忙裏偷閒，苦中作樂』。」

【用法】用以形容人在困苦中強自歡娛。

【例句】你以爲他在這裏和你們說笑便眞的沒事，其實他是在**苦中作樂**，他的公司營運發生困難，快破產了。

【義近】忙裏偷閒。

【義反】坐困愁城。

苦心孤詣

【釋義】苦心：費盡心思。孤詣：別人所達不到的，即獨到。詣：到。

【出處】翁方綱・格調論・下：「今且勿以意匠之獨運者言之，且勿以苦心孤詣戛戛獨造者言之……。」

【用法】指用心深苦，終獲得了獨有的成就。用於研究、創作，有稱頌之意。另用於爲某事費心機時則含貶義。

【例句】他一直**苦心孤詣**地研究最新型的飛機，力求在國防方面做出貢獻。

【義近】煞費苦心／不遺餘力。

【義反】無所用心／馬虎從事。

苦心經營

【釋義】苦心：用心勞苦。經營：泛指籌畫、組織、管理。

【出處】梁啓超・新中國未來記四回：「專制政體不除，任憑你君相恁地苦心經營，民力是斷不能發達的。」

【用法】形容用盡心思去作籌畫安排。

【例句】王老先生**苦心經營**的這家公司，竟被他那不長進的兒子毀於一旦。

【義近】慘淡經營。

【義反】聽之任之。

苦心竭力

【釋義】苦心：費盡心思。竭力：盡力。竭：盡。

【出處】漢・賈誼・新書・權重：「夫秦日夜深惟，苦心竭力，以除六國之憂。」

【用法】指爲某事而費盡心機，使出了全部力量。

【例句】近兩年來東南亞一些國家的領導人，爲了擺脫經濟危機，日夜操勞，**苦心竭力**，終於使形勢有了轉機。

【義近】費盡心力／竭盡心力／不遺餘力／全力以赴／盡心盡力／苦心孤詣。
【義反】優哉游哉／無所用心／漠不關心／不聞不問。

苦征惡戰（ㄎㄨˇ ㄓㄥ ㄜˋ ㄓㄢˋ）

【釋義】辛苦地出征，勇猛地戰鬥。惡：勇猛。
【出處】明・無名氏・慶賞端陽一折：「某姓秦名瓊字叔寶，立唐以來，苦征惡戰，累建功勳。」
【用法】指艱苦的征伐、激戰。
【例句】韓信爲劉邦出謀畫策，**苦征惡戰**，對於漢王朝的建立可謂勞苦功高。可是最後卻落個「狡兔死，走狗烹」的下場，徒令後人唏噓。
【義近】苦爭惡鬥／西除東蕩／浴血奮戰／南征北討／轉戰千里。
【義反】按甲寢兵／鳴金收兵／歸馬放牛／偃兵息甲。

苦雨淒風（ㄎㄨˇ ㄩˇ ㄑㄧ ㄈㄥ）

【釋義】苦雨：久下成災的雨。淒風：淒寒之風。
【出處】左傳・昭公四年：「春無淒風，秋無苦雨。」
【用法】指引起人傷感苦惱的風雨。
【例句】在這**苦雨淒風**的夜晚，想起自己孤苦無依的身世，不免倍增傷感，淚如泉湧。
【義近】風雨淒淒／風淒雨慘／霪雨霏霏。
【義反】春風細雨／和風細雨／暖風微雨。

苦海無邊，回頭是岸（ㄎㄨˇ ㄏㄞˇ ㄨˊ ㄅㄧㄢ，ㄏㄨㄟˊ ㄊㄡˊ ㄕˋ ㄢˋ）

【釋義】苦難有如大海無邊無際，只要回頭皈依佛法便是樂園。苦海：指人世。岸：彼岸，指樂園。
【出處】楞嚴經四：「引諸沉冥，出於苦海。」朱子語類卷五九：「適見道人題壁云：『苦海無邊，回頭是岸。』」
【用法】多用以勸人改過自新、棄惡從善。
【例句】俗語說：**苦海無邊，回頭是岸**。你不要再往錯誤的道路上走了，趕快懸崖勒馬吧！
【義近】迷途知返／改過自新／棄惡從善／放下屠刀，立地成佛。
【義反】執迷不悟／至死不悟／不知悔改／怙惡不悛。

苦盡甘來（ㄎㄨˇ ㄐㄧㄣˋ ㄍㄢ ㄌㄞˊ）

【釋義】苦、甘：比喻困難和幸福。甘：甜，美好。
【出處】鄭德輝・王粲登樓二折：「今日見荆王呵，便是我苦盡甘來。」
【用法】艱難的日子過完，美好的日子來到了。
【例句】台灣人民經過幾十年的艱苦努力，終於**苦盡甘來**，可以過富足美滿的日子了。
【義近】否極泰來／時來運轉／否終則泰。
【義反】樂極生悲／福過災生。

若合符節（ㄖㄨㄛˋ ㄏㄜˊ ㄈㄨˊ ㄐㄧㄝˊ）

【釋義】符節：古代朝廷傳達命令、調兵遣將的憑證，用竹、木製成，雙方各執一半，合之以驗眞假。
【出處】孟子・離婁下：「（舜和文王）得志行乎中國，若合符節。先聖後聖，其揆一也。」
【用法】比喻兩件事物好像符節一樣的吻合，絲毫不差。
【例句】你所盜竊的古董已全部繳獲，買方付給你的現金和你所寫的收據**若合符節**，你還有什麼可抵賴的？
【義近】雷同一致／行合趨同／別無異樣／渾然一體。
【義反】方枘圓鑿／圓孔方木／方底圓蓋／南轅北轍／扞格不入。

若有似無（ㄖㄨㄛˋ ㄧㄡˇ ㄙˋ ㄨˊ）

【釋義】好像有，又好像沒有。
【用法】形容模糊不清或難以捉摸。
【例句】這件事情又沒有拿到眞憑實據，根本是**若有似無**，你何必就信以爲眞呢？
【義近】若存若亡／若隱若現／隱隱約約／霧裏看花。
【義反】黑白分明／一清二楚／歷歷可見／清晰可辨。

若有所失（ㄖㄨㄛˋ ㄧㄡˇ ㄙㄨㄛˇ ㄕ）

【釋義】好像丟了什麼似的。
【出處】劉義慶・世說新語・德行篇・劉孝標注：「悵然若有所失。」
【用法】形容心神不定的樣子，也形容心中感到空虛或心情惆悵。
【例句】他最近不知怎麼了，老是一副**若有所失**的樣子，會不會是和女友分手了？
【義近】茫然若失／悵然若失／惘然若失。
【義反】若無其事／神閒氣定／談笑自若。

若即若離（ㄖㄨㄛˋ ㄐㄧˊ ㄖㄨㄛˋ ㄌㄧˊ）

【釋義】好像接近，又好像不接近。即：湊近。
【出處】文康・兒女英雄傳二八回：「這邊兩個新人在新房裏乍來乍去，如蛺蝶穿花，若即若離，似蜻蜓點水。」
【用法】形容對人保持一定的距離，既不熱烈親近，也不冷淡疏遠。也可形容事物。
【例句】他倆的關係就這樣**若即若離**地維持了一段時間，最後終於分手了。
【義近】不即不離／時近時遠／時冷時熱。
【義反】形影不離／如膠似漆。

若明若暗（ㄖㄨㄛˋ ㄇㄧㄥˊ ㄖㄨㄛˋ ㄢˋ）

【釋義】像明亮，又像昏暗。
【用法】形容對情況的了解或對問題的認識不清楚，也形容態度曖昧不明。
【例句】他只是掛名的董事長，對公司實際情況的了解根本就**若明若暗**。
【義近】若隱若現／旋蟄旋動／眞僞莫辨。
【義反】一目了然／旗幟鮮明／毫髮可辨／一清二楚。

若要人不知，除非己莫爲（ㄖㄨㄛˋ ㄧㄠˋ ㄖㄣˊ ㄅㄨˋ ㄓ，ㄔㄨˊ ㄈㄟ ㄐㄧˇ ㄇㄛˋ ㄨㄟˊ）

【釋義】要想人家不知道，除非自己不去做。若：如果。莫：不。爲：做。
【出處】馮夢龍・醒世恆言・勘皮靴單證二郎神：「卻不道是，若要人不知，除非己莫爲。」

【用法】比喻做了壞事或昧良心的事，終究要敗露。
【例句】常言道：**若要人不知，除非己莫為**。這種醜事要瞞過他人，可能嗎？
【義近】欲人勿知，莫若勿為／欲人勿聞，莫若勿言／紙包不住火／莫有不透風的牆。

若無其事

【釋義】像沒有那回事一樣。又作「如無其事」。
【出處】晚清文學叢鈔．雪巖外傳：「雪巖若無其事，說不妨事。」
【用法】形容人遇事沉著鎮定，不動聲色；或對事毫不在意，根本不把它放在心上。
【例句】我被他氣得半死，而他自己卻**若無其事**地在旁喝茶嗑瓜子。
【義近】泰然自若／行若無事／滿不在乎／談笑自若。
【義反】驚慌失措／煞有介事／心慌意亂／坐立不安。

若隱若現

【釋義】隱：隱蔽，不明顯。現：顯現，明顯。
【出處】唐太宗．大唐三藏聖教序：「無滅無生，歷千劫而不古；若隱若現，運百福而長今。」
【用法】形容若有若無看不眞切，或說明事態發展不明朗。
【例句】從黃山頂上遠遠望去，周圍的大小山峰在雲霧中**若隱若現**。
【義近】似有若無／若明若暗／隱隱約約。
【義反】毫髮可見／一淸二楚／一目了然／原形畢露／如影歷歷。

茂林修竹

【釋義】茂密的森林，長長的綠竹。修：長。
【出處】王羲之．蘭亭集序：「此地有崇山峻嶺，茂林修竹，又有淸流激湍，映帶左右。」
【用法】形容樹木綠竹茂盛，環境優美。
【例句】森林公園裏，到處都是**茂林修竹**，空氣特別新鮮，置身其間，令人心曠神怡，勞累全消。
【義近】綠林蒼柏／林木茂盛／蒼松翠柏。
【義反】枯藤老樹／枯木朽株／枯木寒林。

茂實英聲

【釋義】茂實：盛大美好的事蹟。英聲：美好的名聲。
【出處】梁書．徐勉傳：「洪規盛範，冠絕百王；茂實英聲，方垂千載。」
【用法】形容人的事跡與聲譽都非常盛美昭著。
【例句】在中國近現代史上，眞正算得上**茂實英聲**的，恐怕只有孫中山先生了。
【義近】萬古流芳／名聞遐邇／功業彪炳／盛名遠揚／名滿天下。
【義反】無聲無息／沒沒無聞／庸庸碌碌／遺臭萬年。

苗而不秀

【釋義】秀：出穗揚花。指莊稼出了苗而沒有抽穗揚花。
【出處】論語．子罕：「苗而不秀者，有矣夫！秀而不實者，有矣夫！」
【用法】比喻人未成長而早夭，也比喻人有好的資質卻沒有成就。
【例句】他從小便被認為是天才兒童，可惜**苗而不秀**，他因自負而沒有認眞向學，長大後其成就並不出色。
【義近】秀而不實／有名無實／徒有虛名。
【義反】秀外慧中／名實相副／名不虛傳。

英姿颯爽

【釋義】英姿：英俊的風姿。颯爽：豪邁，矯健，很有精神。
【出處】杜甫．丹青引贈曹將軍霸：「褒公、鄂公毛髮動，英姿颯爽來酣戰。」
【用法】形容英俊威武、精神煥發的樣子。用於青少年。
【例句】那些女警察正邁著整齊的步伐，**英姿颯爽**地走向射擊場。
【義近】英姿煥發／英姿勃勃／氣宇軒昂。
【義反】萎靡不振／懶精無神／老態龍鍾／形容枯槁。

英雄所見略同

【釋義】英雄人物的見解大致相同。
【出處】三國志．蜀書．龐統傳．裴松之注引江表傳：「天下智謀之士所見略同耳。」曾樸．孽海花一一回：「英雄所見略同，可見這裏頭是有這麼一個道理。」
【用法】用來肯定雙方的意見相同。
【例句】想不到你我的看法竟然如此一致，眞是**英雄所見略同**啊！
【義近】不謀而合／若合符節／異口同聲。
【義反】見仁見智／迥然不同。

英雄氣短

【釋義】氣短：指豪壯之氣受挫或消失。一作「英雄志短」。
【出處】文康．兒女英雄傳一回：「所以一開口便道是某某英雄志短，兒女情長。」
【用法】形容雄心豪氣為柔情所摧損消失。
【例句】眞想不到王將軍昔日馳騁沙場，英姿勃發，今日竟**英雄氣短**，栽倒在風月場上。
【義近】英氣耗盡／英雄難過美人關。
【義反】揮刀斷情絲／豪氣干雲／壯志凌雲。

英雄無用武之地

【釋義】用武之地：指施展才能的地方。
【出處】資治通鑑．漢紀．建安一三年：「英雄無用武之地，故豫州遁逃至此。將軍量力而處之。」
【用法】比喻有才能卻沒有地方或機會施展。
【例句】他留學歸來，卻在一家小公司當個小職員，眞是**英雄無用武之地**。
【義近】蛟龍失水／鳳凰在笯／龍困淺灘／懷才不遇。
【義反】英雄得志／大展長才／大顯身手。

苞苴公行 ㄅㄠ ㄐㄩ ㄍㄨㄥ ㄒㄧㄥˊ

【釋義】苞苴：本指包裹魚肉的茅草袋，後用以喻餽贈的禮物，也指餽贈。在此指賄賂的財物，或指賄賂。公行：指「公輔」，即官府衙門。
【出處】後漢書・隗囂傳：「苞苴流行，財入公輔。」北史・宋繇傳：「欺公賣法，受納苞苴，產隨官厚，財與位積。」
【用法】比喻用財物買通官府的人。
【例句】新政府大力掃黑，尤其致力於遏止貪污的歪風。那些**苞苴公行**的商人應知警惕，別再用不法的手段獲取非法之利益。
【義近】苞苴賄賂／賄賂公行／苞苴竿牘。
【義反】奉公守法／一介不取／弊絕風清。

苟且偷生 ㄍㄡˇ ㄑㄧㄝˇ ㄊㄡ ㄕㄥ

【釋義】苟且：得過且過。偷生：馬虎活著。
【出處】漢書・宣帝紀：「上下相安，莫有苟且之意也。」杜甫・石壕吏詩：「存者且偷生，死者長已矣。」
【用法】形容馬虎度日。勉強存活，意志消沉，不思進取，用於渾噩或忍辱活命的人。貶義。
【例句】你未來的日子還長得很，不能再這樣**苟且偷生**，應立即振作精神，奮發向上。
【義近】得過且過／苟延殘喘／因循苟且／苟且偷安。
【義反】銳意進取／勵精圖治／奮發圖強。

苟且偷安 ㄍㄡˇ ㄑㄧㄝˇ ㄊㄡ ㄢ

【釋義】苟且：得過且過。偷安：只顧目前的安逸，不顧將來。又作「偷安苟取」。
【出處】朱熹・乞蠲減星子縣稅錢第二狀：「其幸存者，亦皆苟且偷安，不為子孫長久之慮。」
【用法】指不圖振作，只求眼前的安寧。用於個人或政權。貶義。
【例句】我們決不能**苟且偷安**，一定要自強不息，實現統一祖國的大業。
【義近】得過且過／苟安旦夕／苟且度日／玩歲愒日。
【義反】日進月長／奮發向上／自強不息。

苟全性命 ㄍㄡˇ ㄑㄩㄢˊ ㄒㄧㄥˋ ㄇㄧㄥˋ

【釋義】姑且保全性命。
【出處】諸葛亮・前出師表：「臣本布衣，躬耕於南陽，苟全性命於亂世，不求聞達於諸侯。」
【用法】說明生活於亂世保全性命之不易。
【例句】在政局動盪的國家裏，一般民眾能**苟全性命**就算是大幸特幸了。
【義近】苟延殘喘／苟延日月。
【義反】不苟倖生／臨難不苟。

苟合取容 ㄍㄡˇ ㄏㄜˊ ㄑㄩˇ ㄖㄨㄥˊ

【釋義】苟合：隨便附和。取容：求得容身。
【出處】司馬遷・報任少卿書：「四者無一遂，苟合取容，無所短長之效，可見於此矣。」
【用法】形容苟且迎合時勢以求容身，不想或無法有所作為。用於個人或國家。貶義。
【例句】在專制政府的統治下，有志之士也只能**苟合取容**，根本無法施展自己的才華。
【義近】阿世苟合／阿黨相容／與世浮沉。
【義反】剛正不阿／鷙鳥不羣。

苟安一隅 ㄍㄡˇ ㄢ ㄧ ㄩˊ

【釋義】苟安：只顧眼前，暫且偷安。一隅：一個角落，引申為一個狹小區域。
【出處】錢彩・說岳全傳五九回：「方今奸臣弄權，專主和議；朝廷聽信奸言，希圖苟安一隅，無用兵之志。」
【用法】指當權者對外來的侵略並不抵抗，偏據一地以求自安。
【例句】南宋王朝建都臨安後，便**苟安一隅**，對金人屈膝求和，最後卻仍遭受亡國的命運。以史為鏡，後人應知殷鑑。
【義近】偏安一隅／苟且偷安／苟且偏安。
【義反】莊敬自強／雪恥復國／匡復河山。

苟延殘喘 ㄍㄡˇ ㄧㄢˊ ㄘㄢˊ ㄔㄨㄢˇ

【釋義】苟延：勉強延續。殘喘：臨死前的喘息。
【出處】俞琰・席上腐談：「愚少也多病，羸不勝衣，所以苟延殘喘而至今不死，亦參同契之力也。」
【用法】用於人表示暫時勉強維持生存，用於組織、軍隊、政權時，比喻勉強維持即將崩潰的殘局。貶義。
【例句】這幾個歹徒已被警察緊緊包圍，卻仍不肯投降，還在**苟延殘喘**地作絕望掙扎。
【義近】垂死掙扎／苟延日月／苟且偷生。
【義反】不苟幸生／臨難不苟／不苟倖生。

六畫

茫茫苦海 ㄇㄤˊ ㄇㄤˊ ㄎㄨˇ ㄏㄞˇ

【釋義】茫茫：遼闊曠遠的樣子。苦海：佛教語，意謂苦難深重如海。
【出處】雲笈七籤卷六六：「嗟見南山塵，積年為丘山。茫茫苦海中，生死成波瀾。」
【用法】比喻苦難無窮無盡。
【例句】非洲部分地區戰亂不息，饑荒連年，百姓置身於**茫茫苦海**中，不知何時才能解脫。
【義近】苦海茫茫／苦海無邊／長夜難明／昏天暗日。
【義反】苦盡甘來／重見天日／否極泰來／柳暗花明／時來運轉／否極則泰。

茫茫蕩蕩 ㄇㄤˊ ㄇㄤˊ ㄉㄤˋ ㄉㄤˋ

【釋義】茫茫：模糊不清楚。蕩蕩：廣大的樣子。
【出處】羅貫中・平妖傳九回：「時常跑在山巔上打個探望，只見茫茫蕩蕩的一片白，正不知中間是怎樣光景。」
【用法】形容廣大遼闊而又模糊不清的樣子。
【例句】想在**茫茫蕩蕩**的奇萊山裏搜救一位山難青年，簡直就如大海撈針。

茫無頭緒 ㄇㄤˊ ㄨˊ ㄊㄡˊ ㄒㄩˋ

【釋義】沒有一點頭緒。茫：廣遠遼闊，模糊不清。頭緒：紛亂複雜事物中的條理。

【出處】吳沃堯・二十年目睹之怪現狀七九回：「到底是那一件事？這樣茫無頭緒的，叫我從何說起！」

【用法】形容事情模糊不清，使人摸不著頭緒，不知從何著手。

【例句】我剛接任，各項事務都還**茫無頭緒**，須等一段時間才能與你討論工作調配的問題。

【義近】摸門不著／漫無章法／雜亂無章／亂七八糟／錯綜複雜。

【義反】有條不紊／井井有條／井然有序／條目分明／條分縷析。

茫然若失 ㄇㄤˊ ㄖㄢˊ ㄖㄨㄛˋ ㄕ

【釋義】茫然：落寞失意的樣子，同「惘然」，或作「茫然自失」。

【出處】列子・仲尼：「子貢茫然自失，歸家淫思七日。」

【用法】指心中落寞，像是失去了什麼東西似地。

【例句】我和老婆三天兩頭鬧離婚，沒想到現在眞的辦好了離婚手續，卻又感到**茫然若失**。感情這東西實在說不清啊！

【義近】嗒然若失／茫然自失／若有所失／惘然若失／悵然若失。

【義反】得其所哉／心滿意足／志得意滿／躊躇滿志。

茫然費解 ㄇㄤˊ ㄖㄢˊ ㄈㄟˋ ㄐㄧㄝˇ

【釋義】茫然：無所知的樣子。費解：難以理解。

【出處】李汝珍・鏡花緣八二回：「只圖講究古音，總是轉彎磨祿，令人茫然費解。」

【用法】形容對某事全然不知，無從理解。

【例句】哲學本來就是一門高深的學問，而教授講課又太不通俗，弄得大家學了半年，在哲學方面還是有許多概念仍然**茫然費解**。

【義近】茫然不解／如墮雲霧／五里霧中／百思不解／難明所以／莫名所以。

【義反】茅塞頓開／豁然開朗／恍然大悟。

荒郊野外 ㄏㄨㄤ ㄐㄧㄠ ㄧㄝˇ ㄨㄞˋ

【釋義】荒郊：荒涼的郊野。

【出處】明・崔時佩等・西廂記・草橋驚夢：「走荒郊曠野，把不住心嬌怯，喘吁吁難將兩氣接。」

【用法】形容地方偏僻荒涼。

【例句】我們迷了路，在**荒郊野外**走來走去，始終找不到歸途，幸虧遇上一位好心的牧羊人，帶著我們走了出來。

【義近】荒漠廣野／偏僻荒野／窮鄉僻壤／荒山野嶺。

【義反】通都大邑／首善之區／大街小巷／繁華之地／京畿重鎮。

荒唐謬悠 ㄏㄨㄤ ㄊㄤˊ ㄇㄧㄡˋ ㄧㄡ

【釋義】荒唐：廣大而無邊際。謬悠：虛空悠遠。

【出處】莊子・天下：「以謬悠之說，荒唐之言，無端崖之辭，時恣縱而不儻，不以觭見之也。」

【用法】指稱內容浮誇不實際、乖謬。

【例句】目前的電視劇常有**荒唐謬悠**的劇情出現，對觀眾產生不良的影響。

【義近】怪誕不經／荒誕不經／荒謬絕倫。

【義反】天經地義／合情合理。

荒淫無度 ㄏㄨㄤ ㄧㄣˊ ㄨˊ ㄉㄨˋ

【釋義】荒淫：荒廢事務，貪戀酒色。今多指迷於女色。

【出處】漢書・楊惲傳：「是日也，拂衣而喜，奮褎低卬，頓足起舞，誠荒淫無度，不知其不可也。」

【用法】形容迷於酒色，放蕩淫亂，毫無節制。貶義。

【例句】歷史上有許多**荒淫無度**的君主，大都慘遭亡國之命運，爲政者應引以爲戒。

【義近】沉湎酒色／瞀亂荒遺。

【義反】勵精圖治／奮發圖強。

荒淫無恥 ㄏㄨㄤ ㄧㄣˊ ㄨˊ ㄔˇ

【釋義】荒淫：貪戀酒色。無恥：不知羞恥。

【出處】巴金・丹東的悲哀：「整天跟不三不四的貴族女人在一起喝酒打牌，眞是荒淫無恥。」

【用法】形容人生活糜爛淫亂，不知羞恥。

【例句】王先生都快五十歲了，卻仍一事無成，只憑著祖先的遺產，成天在女人堆裏鬼混，過著**荒淫無恥**的生活。

【義近】荒淫亂倫／放蕩淫亂／腐朽糜爛／荒誕不經／荒淫無度。

【義反】恪守倫理／遵禮守常／明是非，知廉恥／規行矩步／中規中矩。

荒淫無道 ㄏㄨㄤ ㄧㄣˊ ㄨˊ ㄉㄠˋ

【釋義】荒淫：貪戀酒色。無道：不守正道。

【出處】晉書・段灼傳：「不能屬任賢相，用婦人之言，荒淫無道。」

【用法】多用以指執掌權柄的人貪酒好色、生活糜爛而不守道義。

【例句】隋煬帝楊廣因極端的**荒淫無道**，激得天下豪傑羣起反抗，最後導致隋朝的徹底覆亡。

【義近】沉迷酒色／荒淫無度／置國事不顧／耽溺酒色／沉湎酒色／瞀亂荒遺。

【義反】勵精圖治／體國經野／宵衣旰食／奮發圖強／勵精更始。

荒誕不經 ㄏㄨㄤ ㄉㄢˋ ㄅㄨˋ ㄐㄧㄥ

【釋義】荒誕：荒唐離奇。經：正常。

【出處】王楙・野客叢書卷五：「相如上林賦……固無荒誕不經之說，後世學者，往往讀之不通。」

【用法】形容荒唐虛妄，不合情理。多用於言論、文章方面。貶義。

【例句】說地球以外還有比人類更進化的生物存在，看來並非**荒誕不經**之言。

【義近】怪誕不經／荒誕無稽／奇談怪論／不經之談。

【義反】入情入理／合情合理／正言正理。

荒誕無稽

【釋義】荒誕：荒唐不可信。無稽：沒有根據。稽：查考。

【出處】嶺南羽衣女士・東歐女豪傑三回：「這些荒誕無稽的謬說，哪裏還能立足呢？」

【用法】說明十分荒唐，不可憑信。貶義。

【例句】電視公司為了賺錢，不惜拍一些**荒誕無稽**的電視劇來取悅觀眾。

【義近】荒謬絕倫／荒誕不經／怪誕無稽。

【義反】信而有徵。

荒謬絕倫

【釋義】荒謬：非常不合情理。絕倫：沒有可以類比的。

【出處】清・無名氏・掃迷帚二回：「其說荒謬絕倫，更可付諸一笑。」

【用法】指荒唐錯誤到了無可復加的地步。用於言論、行為。貶義。

【例句】翻開報紙的社會版，常可發現一些**荒謬絕倫**的新聞，眞令人慨歎世風日下，人心不古。

【義近】大謬不然／荒誕無稽／荒誕不經。

【義反】天經地義／理所當然／入情入理。

荊山之玉

【釋義】荊山：山名，在今湖北省南漳縣西，楚國人卞和在此得美玉，號「和氏璧」，又稱「荊山之玉」。

【出處】曹植・與楊德祖書：「人人自謂握靈蛇之珠，家家自謂抱荊山之玉。」注：「言人皆自以其才如玉也。」

【用法】喻珍貴的東西或傑出的人才。

【例句】①張大千的畫作，有人比之為**荊山之玉**，大家爭相收藏。②林大偉先生不到三十歲就取得了耶魯大學數學博士學位，獲聘為台大教授，其才華可比之為**荊山之玉**。

【義近】荊南杞梓／隋侯之珠／靈蛇之珠／和氏之璧。

荊天棘地

【釋義】天地間荊棘叢生。荊棘：帶刺的灌木。

【出處】黃小配・二十載繁華夢三六回：「周庸裕這時在上海正如荊天棘地……這樣如何逃得出。」

【用法】比喻處境艱險，使人行動不得。

【例句】滿清末年，革命黨人不顧**荊天棘地**的險惡環境，積極開展革命工作，表現出了大無畏的精神。

【義近】荊棘滿途／千難萬險／艱難險阻／前途多艱／遍地荊棘。

【義反】海闊天空／任情馳騁／暢通無阻／康莊大道。

荊南杞梓

【釋義】荊南：地名，在今湖北省西部。杞梓：指枸杞和梓木。在荊南所種植的枸杞和梓木，是品質最好的木材，因此用以比喻優異的人才。

【出處】南史・庾域傳：「少沉靜，有名鄉曲。梁文帝為郢州，辟為主簿，歎美其才，曰：『荊南杞梓，其在斯乎！』」

【用法】用以讚美優異的人才。

【例句】高雄美濃鎮為傳統的客家莊，當地文風鼎盛，擁有博士學位之青年才俊數以百計，**荊南杞梓**盡在於斯矣。

【義近】隋侯之珠／靈蛇之珠／和氏之璧。

荊釵布裙

【釋義】以荊枝當髻釵，用粗布製衣裙。釵：婦女頭上的飾物。

【出處】皇甫謐・列女傳載：後漢梁鴻之妻孟光「常荊釵布裙，每進食，舉案齊眉。」

【用法】形容女子衣著儉樸，不尚奢華。也用以指貧家婦女的裝束。

【例句】那位姑娘雖然是**荊釵布裙**裝束，卻照樣顯得美麗動人。

【義近】衣不重彩／衣不完采／素衣淡裳／椎髻布衣。

【義反】玉冠華服／羅綺珠翠／廣袖高髻／珠圍翠繞／濃妝艷裹。

荊棘銅駝

【釋義】又作「銅駝荊棘」。意指宮殿荒廢，荊棘叢生，掩埋了殿前銅鑄的駱駝。形容殘破的景象。

【出處】晉書・索靖傳：「靖有先識遠量，知天下將亂，指洛陽宮門銅駝，歎曰：『會見汝在荊棘中耳！』」陸游・醉題詩：「只愁又踏關河路，荊棘銅駝使我悲。」

【用法】形容變亂之後一片殘破荒涼的景象。

【例句】古洛陽城在史上固有**荊棘銅駝**的殘破景象，唐朝長安城亦有城春草木深的荒涼場景，足見戰爭使人類的文明倒退一大步。

【義近】碎瓦頹垣／斷垣殘壁／荒榛蔓草。

【義反】雕闌玉砌／金碧輝煌／玉宇瓊樓。

荊榛滿目

【釋義】意謂一眼望去，遍地都是荊榛。荊、榛：均為灌木名。

【出處】舊五代史・盧文進傳：「燕趙諸州，荊榛滿目。」

【用法】形容荒涼景象或指荒涼之地。

【例句】只要一踏上阿富汗的國土，就令人感受到長年累月的戰爭，已使過去一些繁華之地變得**荊榛滿目**了。

【義近】荒榛斷梗／荒煙蔓草／荒榛蔓草／荒山野地／杳無人煙。

【義反】千村萬落／千門萬戶／六街三市／大廈林立／江山如畫／人煙稠密。

草木皆兵

【釋義】把草木都當成敵兵。

【出處】晉書・苻堅載記：「北望八公山上草木，皆類人形。」曾樸・孽海花二五回：「大有風聲鶴唳，草木皆兵之感。」

【用法】形容心懷恐懼，疑神疑鬼。多用於戰爭，常與「風聲鶴唳」連用。

【例句】吃了虧小心一點就是，何苦要這樣驚疑不定，**草木皆兵**呢！

【義近】風聲鶴唳／杯弓蛇影。
【義反】安然自若／處變不驚／處之泰然／神閒氣定。

草行露宿

【釋義】草行：在草野中行走。露宿：在露野裏歇宿。
【出處】晉書・謝玄傳：「皆以爲王師已至，草行露宿，重以飢凍，死者十七八。」
【用法】形容在野外艱苦跋涉，不顧一切地工作。
【例句】地質探勘人員，爲了達成尋找礦藏的任務，經常跋山涉水，**草行露宿**。
【義近】披星戴月／櫛風沐雨／風餐露宿。
【義反】飽食終日／養尊處優。

草衣木食

【釋義】意謂用草聯綴爲衣，以野果作食。木：指樹上的果實。
【出處】元・不忽木・點絳脣・辭朝：「草衣木食，勝如肥馬輕裘。」
【用法】穿草衣，吃蔬果，表示生活儉樸。多指隱者的生活，也用以指隱士。
【例句】古代隱士寧願在山林間過**草衣木食**的日子，也不願意在紅塵俗世中過錦衣玉食的生活。

【義近】布衣疏食／惡衣惡食／粗衣粗食／粗茶淡飯／糲食粗餐。
【義反】錦衣玉食／侯服玉食／華衣美食／鮮食美衣。

草長鶯飛

【釋義】意謂花草繁茂，羣鶯飛舞。鶯：黃鸝鳥。
【出處】丘遲・與陳伯之書：「暮春三月，江南草長，雜花生樹，羣鶯亂飛。」
【用法】形容江南春天三月的美麗景色。也泛指春天萬物復甦，萬象更新的繁榮景色。
【例句】春天三月的江南，花香鳥語，**草長鶯飛**，那宜人的美麗景色，實令人神往。
【義近】花香鳥語／鶯歌燕舞／春暖花開。
【義反】花殘月缺／秋風落葉。

草草了事

【釋義】草草：形容馬虎、草率。了事：將事了結。又作「草草完事」。
【出處】張居正・答山東巡撫何來山：「務爲一了百當，若但草草了事，可惜此時，徒爲虛文耳。」
【用法】指做事馬虎苟且，草率了結。貶義。
【例句】無論做什麼事都要認眞負責，若只圖快，**草草了事**，最終吃虧的還是自己。
【義近】敷衍了事／草率從事／敷衍塞責。
【義反】精益求精／一絲不苟／精雕細刻。

草率將事

【釋義】草率：粗枝大葉，敷衍了事。將：做。
【出處】葉聖陶・文集自序：「雖說不願意十分撤爛污，然而『半生不遂』『草率將事』的毛病總不能免。」
【用法】用以形容人辦事馬虎不認眞。
【例句】無論什麼事，要麼不做，只要開始去做就得認認眞眞地，絕不能**草率將事**。
【義近】草率從事／草率苟且／草草了事／敷衍了事／敷衍塞責／馬虎從事。
【義反】一絲不苟／兢兢業業／勤勤懇懇／兢兢翼翼／盡心盡力。

草菅人命

【釋義】把人命看得像野草一樣輕賤。菅：一種野草。
【出處】漢書・賈誼傳：「其視殺人，若艾(刈)草菅然。」
【用法】形容當政者殘酷橫暴，任意殺戮。貶義。
【例句】在專制社會裏，**草菅人命**的事屢見不鮮。
【義近】魚肉鄉民／率獸食人／殘民以逞／生殺予奪／荼毒生靈。
【義反】爲民請命／爲民除害／視民如子／視民如傷／悲天憫人／愛民如子。

草間求活

【釋義】草間：鄉野之間，指民間。求活：苟全性命。
【出處】宋書・武帝紀上：「今兵士雖少，自足以一戰。若其克濟，則臣主同休，苟厄運必至，我當以死衛社稷，橫尸廟門，遂其由來以身許國之志，不能遠竄於草間求活也。」
【用法】指隱於世而忍辱偷生。
【例句】歷史上有許多忠臣義士，在面臨國家危難時，寧願以死保衛社稷，也絕不**草間求活**，忍辱偷生。
【義近】忍辱偷生／苟且偷生／苟全性命／苟延殘喘。
【義反】以身許國／以身殉國／爲國捐軀／捨身取義／不苟倖生。

草滿囹圄

【釋義】意謂監獄裏久不關人犯，因此長滿了草。囹圄：監獄。又作囹圉。
【出處】隋書・劉曠傳：「在職七年，風教大洽，獄中無繫囚，爭訟絕息，囹圄盡皆生草，庭可張羅。」
【用法】比喻政治清明，犯罪者很少。
【例句】唐太宗貞觀之治，史書記載是「夜不閉戶，路不拾遺」，弊絕風清。因此，**草滿囹圄**，天下太平。
【義近】弊絕風清／盜賊不作／謀閉不興／夜不閉戶／路不拾遺／囹圄一空。
【義反】盜賊蠭起／謀用是作／綱紀廢弛／法理不張。

草澤羣雄

【釋義】草澤：草莽水澤，就是鄉野民間。羣雄：指各路英雄好漢。
【出處】連橫・臺灣通史序：「草澤羣雄，後先崛起，朱、林以下，輒啓兵戎，喋血山河。」
【用法】指鄉野民間崛起的英雄好漢。
【例句】秦王暴虐，陳勝吳廣揭竿而起，**草澤羣雄**先後響應，不旋踵即覆滅了秦帝國。

草頭天子

【釋義】草頭：猶草野之間的頭

目。天子：指國王或皇帝。
【出處】京本通俗小說・馮玉梅團圓：「蛇無頭而不行，就有個草頭天子出來。此人姓范名汝為，仗義執言，救民水火。」
【用法】舊稱出沒於草澤中，強盜的首領。
【例句】舊時代的**草頭天子**之所以能獲得民眾的擁護，組織起一批人馬，根本原因就在於政治太黑暗，而導致官逼民反的結果。
【義近】山頭大王／綠林首領。
【義反】眞命天子／天下共主。

茲事體大

【釋義】這事體關係重大。茲：此，這。
【出處】文選・班固・典引：「茲事體大，而允寤寐次於聖心，瞻前顧後。」金石萃編・趙雄韓蘄王碑：「臣雄以謂聖主褒崇元臣，茲事體大。」
【用法】指事情牽連甚廣，關係重大。
【例句】臺灣的第四核能發電廠建與不建，攸關國計民生，**茲事體大**，朝野應該審慎評估。
【義近】人命關天／事關重大／非同小可／斯事體大。
【義反】微不足道／無關痛癢／不足掛齒。

茹毛飲血

【釋義】連毛帶血地吃著禽獸。茹：吃。指不經烹飪，生食禽獸。
【出處】禮記・禮運：「未有火化，食草木之實、鳥獸之肉，飲其血，茹其毛。」
【用法】形容困苦艱難的環境，用於人或物。
【例句】生長在進步的現代社會中，眞令人難以想像古人**茹毛飲血**的生活。
【義近】生吞活剝。

茹古涵今

【釋義】意謂包容古今。茹：吃。涵：包容，容納。
【出處】唐・皇甫湜・韓文公墓銘：「茹古涵今，無有端涯；渾渾灝灝，不可窺校。」
【用法】形容人學識廣博，通曉古今。
【例句】康有為、梁啓超二人，不僅在政治上力主變法維新，在學術上也是**茹古涵今**的學者。
【義近】學富五車／滿腹經綸／立地書櫥／博古通今／腹笥便便。
【義反】胸無點墨／識文斷字／口耳之學／不學無術／孤陋寡聞／腹笥甚窘。

茹泣吞悲

【釋義】茹泣：猶飲泣。
【出處】南朝齊・王融・畫漢武北伐圖上疏：「北地殘氓，東部遺老，莫不茹泣吞悲，傾耳側目，翹心仁政，延首王風。」
【用法】形容極其悲痛。
【例句】王老太太已經七十多歲了，卻不幸在這次地震中家人全部遇難，唯獨她一人存活下來，自然只有**茹泣吞悲**，聊度餘生了。
【義近】剖肝泣血／椎心泣血／痛不欲生／哀痛欲絕／撫膺頓足。
【義反】喜笑顏開／眉開眼笑／喜氣洋洋／興高采烈／手舞足蹈／歡欣鼓舞。

茹苦含辛

【釋義】茹：吃。
【出處】蘇軾・中和勝相院記：「無所不至，茹苦含辛，更百千萬億生而後成。」
【用法】比喻忍受各種各樣的辛苦：用於撫育子女、創業或學習上。
【例句】父母**茹苦含辛**地將我們養大成人，為人子女者怎能忘卻這份恩德？
【義近】千辛萬苦。
【義反】輕而易舉。

茶餘飯後

【釋義】飲茶的餘暇，吃飯以後的空閒。
【用法】泛指閒暇休息的時間。
【例句】看小說、電視並不能單純看做是**茶餘飯後**的消遣，還可以從中學到知識、受到啓迪。
【義近】茶餘酒後。

七畫

莘莘學子

【釋義】莘莘：眾多的樣子，多用以指人，此指學生們。
【出處】國語・晉語四：「周詩曰：『莘莘征夫，每懷靡及。』」潘尼・釋奠頌：「莘莘胄子，祁祁學生。」
【用法】用以指眾多的學子們。
【例句】希望這本書能幫助**莘莘學子**，解答在學習中國語文方面所遇到的困難。

荳蔻年華

【釋義】荳蔻：多年生草本植物，種子有香味，其狀嬌嫩美麗，因此用以喻年輕少女。
【出處】唐・杜牧・贈別詩：「娉娉嫋嫋十三餘，荳蔻梢頭二月初。」後世因此詩而稱女子十三、四歲的年紀為荳蔻年華。
【用法】用以比喻妙齡少女。
【例句】你們倆老有個當醫生的兒子，又有**荳蔻年華**的可愛孫女兒，眞是好福氣啊。
【義近】及笄之年（十五歲）／二八年華／破瓜之年／碧玉年華／黛綠年華（以上四句均指十六歲）／桃李年華（十七、八歲）／花信年華（二十四歲）。
【義反】徐娘半老／人老珠黃／美人遲暮／妖韶女老。

莫可奈何

【釋義】意即無可奈何，無計可施。
【出處】吳承恩・西遊記一三回：「苦得個法師襯身無地，眞個有萬方悽楚，已自分必死，莫可奈何。」
【用法】是說毫無辦法可行。
【例句】儘管孫悟空能七十二變，武力高強，但對唐僧的緊箍咒也是**莫可奈何**。
【義近】束手無措／無計可施／無可奈何。
【義反】鬼計多端／層出不窮／應付裕如。

莫名其妙

【釋義】說不出其中的奧妙。名：說出。

【出處】吳沃堯・二十年目睹之怪現狀四八回：「大家看見，莫名其妙，只得把他退回去。」

【用法】指事情稀奇古怪，說不出個道理來。有時用以指某些奇妙的事，或諷刺事情的荒唐。

【例句】她突然二話不說，跪在地上拚命祈禱，大家都感到**莫名其妙**，不知她這個舉動是爲了什麼。

【義近】大惑不解／摸門不著／莫可名狀。

【義反】恍然大悟／瞭如指掌。

莫此爲甚

【釋義】莫：沒有。甚：極，超過。

【出處】陳琳・檄吳將校部曲文：「賊義殘仁，莫此爲甚。」

【用法】沒有比這個更嚴重、更厲害的了。多指不良傾向或形勢嚴重。

【例句】這傢伙爲了另尋新歡，竟犯下殺妻滅子，**莫此爲甚**的罪大惡行，眞是禽獸不如。

【義近】無以復加／唯此爲甚。

莫知所爲

【釋義】不知怎麼辦。莫：否定副詞，不。

【出處】晉書・王廙傳：「是時(桓)溫將廢海西公，百僚震慄，溫亦色動，莫知所爲。」

【用法】形容感情激動、恐慌時的情狀。

【例句】這位總統在其國內擁有絕對的權力，只消一聲叱叫，就會令許多人**莫知所爲**。

【義近】莫知所謂／莫知所措／無措手足／手足無措／手足失措／不知所措。

【義反】不動聲色／泰然自若／鎮定自如／從容不迫／從容自持／措置裕如。

莫衷一是

【釋義】不能決定哪個是對的。莫衷：不能做出適中的決斷。衷：折中。是：對的，正確的。

【出處】吳沃堯・痛史三回：「議論紛紛，莫衷一是。」

【用法】形容意見分歧，難有定論。用於說法、主張。

【例句】究竟如何擺脫目前的困境，扭虧爲盈，大家意見紛紛，**莫衷一是**。

【義近】眾說紛紜／無所適從／各執一詞。

【義反】意見一致／所見略同／當機立斷。

莫逆之交

【釋義】莫逆：沒有牴觸，指彼此思想感情完全一致。交：交往，指朋友。

【出處】北史・司馬膺之傳：「所與遊集，盡一時名流，與刑子才、王元景等並爲莫逆之交。」

【用法】指情投意合，彼此毫無疑忌的朋友。

【例句】我與他是**莫逆之交**，誰也無法破壞我們之間的眞誠友誼。

【義近】管鮑之交／刎頸之交／患難之交／羊左之交。

【義反】點頭之交／一面之交／酒肉朋友／狐朋狗友。

莫逆之契

【釋義】莫逆：指彼此心意相通無所阻逆。契：相合，情意相投。

【出處】莊子・大宗師：「三人相視而笑，莫逆於心，遂相與爲友。」晉・范弘之・與王珣書：「與先帝隆布衣之好，著莫逆之契。」

【用法】指朋友間心心相印、至好無嫌的深厚情誼。

【例句】我與鄭先生已是幾十年的**莫逆之契**，情同手足，絕不是隨便任人挑撥得了的。

【義近】莫逆之交／契若金蘭／金石之交／管鮑之交／八拜之交／刎頸之交。

【義反】酒肉朋友／狐朋狗友／泛泛之交／市道之交。

莫敢誰何

【釋義】沒有誰敢對他怎麼樣。

【出處】元・無名氏・連環計一折：「爭耐董卓弄權，將危漢室，羣臣畏懼，莫敢誰何。」

【用法】形容壞人胡作非爲而無人敢干預。

【例句】這個大流氓以民意代表的身分作掩護，有恃無恐，包賭包娼包工程，無惡不作，民眾雖恨之入骨，卻又**莫敢誰何**。

【義近】徒乎奈何／無計可施／無能爲力。

莫測高深

【釋義】沒有辦法測量有多高、多深。莫：無。又作「高深莫測」。

【出處】左思・吳都賦：「莫測其深。」李寶嘉・文明小史二四回：「姬公看了，莫測高深。」

【用法】形容某人的用心或行事深密，無法理解。有時用於諷人故弄玄虛。

【例句】我看他是故弄玄虛，好使人**莫測高深**。

【義近】莫測深淺／深不可測／神乎其神／不可思議。

【義反】一目瞭然／一覽無餘。

莫須有

【釋義】意謂也許有，不定之詞。

【出處】李心傳・建炎以來繫年要錄・紹興十一年：「世宗怫然曰：『相公，莫須有三字何以服天下乎？』」

【用法】指憑空羅織罪名或以不實之詞誣陷他人。

【例句】一代奸臣秦檜以**莫須有**的罪名害死岳飛，成爲後人唾棄的歷史罪人。

【義近】欲加之罪，何患無辭。

【義反】眞贓實犯／對簿公堂。

莊敬自強

【釋義】莊敬：謹愼。自強：自健其身心。

【出處】禮記・樂記：「中正無邪，禮之質也。莊敬恭順，禮之制也。」易經・乾卦：「天行健，君子以自強不息。」

【用法】形容個人或國家能夠謹言愼行，自強不息。

【例句】愈在困境中，愈當**莊敬自強**，處變不驚，才能克服重重難關。
【義近】自強不息／自立自強／力爭上游／發憤圖強。
【義反】得過且過／畏難苟安／自暴自棄。

荷花雖好，也要綠葉扶持

【釋義】也作「牡丹花兒雖好，還要綠葉扶持」。
【出處】蘭陵笑笑生・金瓶梅詞話：「常言：『牡丹花兒雖好，還要綠葉扶持。』」
【用法】比喻無論怎樣聰明能幹的人，也得需要有人幫助與支持。
【例句】**荷花雖好，也要綠葉扶持**，這話很有道理，人總是需要他人援助支持的。
【義近】一節籬笆三個樁／一條好漢三個幫。

荷槍實彈

【釋義】背著槍枝，裝上子彈。荷：背著。一作「持槍實彈」。
【用法】形容全副武裝，準備戰鬥。用於警方、軍方或一組織團體。
【例句】面對**荷槍實彈**的武警，這些手無寸鐵的示威羣眾仍舊毫無畏懼地向既定的目標前進。
【義近】嚴陣以待／全副武裝。
【義反】手無寸鐵／赤手空拳。

荼毒生靈

【釋義】荼毒：殘害。生靈：指百姓。
【出處】李華・弔古戰場文：「荼毒生靈，萬里朱殷。」
【用法】指殘酷地毒害人民。
【例句】自古以來，許多貪官污吏視人民如草芥，**荼毒生靈**，爲所欲爲，眞是到達了人神共憤的地步。
【義近】草菅人命／殘民以逞／魚肉百姓。
【義反】解民倒懸／救民水火／民胞物與／視民如傷。

八　畫

萍水相逢

【釋義】浮萍在水裏偶然相遇。萍：爲一種隨水漂浮、聚散不定的草本植物。
【出處】王勃・滕王閣序：「關山難越，誰悲失路之人；萍水相逢，盡是他鄉之客。」
【用法】比喻素不相識的人偶然相遇。
【例句】你我雖是**萍水相逢**，卻有似曾相識的感覺，可能前生便認識了。
【義近】邂逅相遇／不期而遇／萍水相值。
【義反】青梅竹馬。

萍蹤浪跡

【釋義】像漂泊的浮萍行踪不定。蹤：也寫作「踪」。
【出處】湯顯祖・牡丹亭・鬧殤：「恨匆匆，萍踪浪影，風剪了玉芙蓉。」施耐庵・水滸傳六回：「萍蹤浪跡入東京。」
【用法】比喻人行踪不定，到處漂泊。
【例句】他在國外**萍蹤浪跡**了好多年，現欲返鄉安定下來，無奈卻人事全非了。
【義近】萍飄蓬轉／浪萍風梗／飄蓬斷梗。
【義反】安身立命／遊必有方／安家落戶。

萍飄蓬轉

【釋義】像浮萍隨水漂蕩，如蓬草隨風飛轉。
【出處】清・紀昀・閱微草堂筆記・灤陽續錄五：「甚或金盡裘敝，恥還鄉里，萍飄蓬轉，不通音問者，亦往往有之。」
【用法】比喻飄泊不定的生活。
【例句】他離開家鄉近十年，一直**萍飄蓬轉**，今年總算在臺北成家立業了。
【義近】萍踪浪跡／泛萍浮梗／斷梗飄蓬／浪跡天涯／浮萍南北／居無定所。
【義反】安居樂業／安家落戶／安身立命／落地生根。

菩薩心腸

【釋義】菩薩：梵語，泛稱求佛果的人。
【出處】西湖佳話・放生善蹟：「吾弟以恩報讎，實是菩薩心腸。」
【用法】形容人心地善良，以慈愛爲本。
【例句】她有一副**菩薩心腸**，從來不說人壞話，只知揚人之善，成人之美。
【義反】狼心狗肺。

菩薩低眉

【釋義】像菩薩那樣低眉看人。菩薩：求得佛果，而施大慈悲於眾生的人，例如觀音菩薩。
【出處】太平廣記卷一七四引談藪：「小僧答曰：『金剛怒目，所以降服四魔；菩薩低眉，所以慈悲六道。』」
【用法】用以形容人慈祥和氣的樣子。
【例句】隔壁的劉老太太平日待人總一副**菩薩低眉**、和藹可親的樣子，街坊鄰居都非常喜愛、尊敬她。
【義近】慈眉善目／面目慈祥／面善心慈／和藹可親／平易近人。
【義反】金剛怒目／面目可憎／面目猙獰。

菁菁者莪

【釋義】詩經・小雅的篇名，詩旨在讚美培育眾多之人材。菁菁：指草木茂盛的樣子，此指眾多的學子。莪：喻美材。
【出處】詩經・小雅・菁菁者莪序：「菁菁者莪，樂育材也，君子能長育人才，則天下喜樂之矣。」朱熹・白鹿洞賦：「樂菁莪之長育，拔雋髦而登進。」
【用法】比喻樂育英才。
【例句】陳老師服務杏壇三十年，**菁菁者莪**，如今屆齡榮退，全校師生舉辦盛大歡送會，大家依依惜別，氣氛溫馨感人。
【義近】樂育英才／誨人不倦／作育英才。

華而不實

【釋義】光開花不結果。華：古「花」字，開花。

【出處】國語・晉語五：「陽子（處父）華而不實，主言而無謀，是以難及其身。」

【用法】比喻人有名無實，言過其實。也指文辭浮華而無內容。

【例句】①他這樣**華而不實**，誰敢把重要的任務交給他？②這類**華而不實**的文章，一概不予發表。

【義近】虛有其表／秀而不實／繡花枕頭。

【義反】表裏一致／秀外慧中／真才實學。

華亭鶴唳

【釋義】華亭是晉朝陸機在故鄉吳地的別墅，陸機常與其弟陸雲共遊於該地。其後陸機往洛陽為官，被奸小陷害，遭致殺身之禍。臨刑前嘆道：「欲聞華亭鶴唳，可復得乎！」事見晉書・陸機傳。

【出處】庾信・哀江南賦：「釣臺移柳，非玉關之可望；華亭鶴唳，豈河橋之可聞。」

【用法】遇害的人，在死前感慨生平之詞。

【例句】陸機不悟明哲保身之道，臨死始有**華亭鶴唳**之嘆，惜為時已晚矣。

華封三祝

【釋義】華：地名。封：指封人，古代擁有官爵的人。傳說唐堯到華地，當地的封人祝賀他多子、多壽、多財富。

【出處】莊子・天地：「堯觀乎華，華封人曰：『嘻！聖人，請祝聖人，使聖人壽……使聖人富……使聖人多男子。』」後人謂「三多九如」，「三多」即指此。

【用法】祝頌之辭。

【例句】古代的達官貴人大壽，親友下屬多有**華封三祝**之祝辭。

【義近】三多九如／福祿壽喜／洪福齊天／福壽雙全。

華屋山丘

【釋義】華屋：指人生前富有，住的是華屋。山丘：指人死後，再富有的人亦將埋葬於荒山。

【出處】文選・曹植・箜篌引：「盛時不可再，百年忽我道。生在華屋處，零落歸山丘。」

【用法】喻人生無常，興亡盛衰變化很快。

【例句】曹丕在〈典論論文〉中認為「文章乃經國之大業，不朽之盛事。榮樂止乎其身，年壽有時而盡，未若文章之無窮。」這正是**華屋山丘**的最佳詮釋，只有文章才能留名千古。

【義近】世事無常／蜉蝣人生／衣冠成古丘。

菽水承歡

【釋義】菽水：指豆類和清水，借喻粗茶淡飯，形容生活的清苦。承歡：指孝養父母。

【出處】禮記・檀弓下：「孔子曰：『啜菽飲水盡其歡，斯之謂孝。』」

【用法】指生活雖然貧苦，但粗茶淡飯也能孝養父母。

【例句】因老母年逾九十，今提早退休，以返鄉聊盡**菽水承歡**，為人子女的孝道。

【義近】菽水之歡／菽水之養／口體之奉。

【義反】甘旨之養。

菊老荷枯

【釋義】菊花衰殘，荷花枯萎。

【出處】明・沈采・千金記・通報：「辜負卻桃嬌柳嫩三春景，捱盡了菊老荷枯幾度秋。」

【用法】比喻女子容顏衰老。

【例句】當年她與丈夫分別時，正值花信年華，三十年後，丈夫歸來，她卻早已**菊老荷枯**，幾乎不敢相認了。

【義近】人老珠黃／年華老去／妖韶女老／徐娘半老。

【義反】風信年華／花信年華／花樣年華／青春玉女。

菲食薄衣

【釋義】意謂簡單粗劣的衣食。菲：微，薄。

【出處】梁書・武帝紀上：「其中有可以率先卿士，准的甿庶，菲食薄衣，請自孤始。」

【用法】形容生活儉樸。

【例句】李董事長家財萬貫，但生活用度卻一直是**菲食薄衣**，子女繼承家風，也從不奢侈浪費。

【義近】菲衣惡食／惡衣惡食／布衣疏食。

【義反】錦衣玉食／侯服玉食／華衣美食。

九畫

落井下石

【釋義】看見別人已經掉到井裏，還往下扔石頭。

【出處】韓愈・柳子厚墓誌銘：「落陷穽，不一引手救，反擠之，又下石焉者，皆是也。」

【用法】比喻乘人之危，加以打擊陷害。

【例句】這幫狐朋狗友，平時稱兄道弟，可是一旦誰倒了楣，大家就**落井下石**。

【義近】乘人之危／趁火打劫。

【義反】濟困扶危／雪中送炭。

落拓不羈

【釋義】落拓：行為放任，不拘禮節。羈：馬籠頭，比喻束縛。

【出處】石點頭六回：「倚才狂放，落拓不羈。」

【用法】形容人行為豪放，不受拘束。

【例句】他這個人就像他父親一樣，**落拓不羈**，我行我素。

【義近】放浪形骸／放達不羈／任達不拘。

【義反】中規中矩／謹小慎微／遵禮守教。

落花有意，流水無情

【釋義】落花、流水：用以比喻雙方。

【出處】普濟・五燈會元・士珪禪師：「落花有意隨流水，流水無情戀落花。」

【用法】常用以比喻男女愛情發生波折，一方有意，一方無情。

【例句】他一再向她表示好感，然而**落花有意**，**流水無情**，她始終沒有任何回應。

【義近】一廂情願。

【義反】兩相情願／兩情相悅。

落花流水（ㄌㄨㄛˋ ㄏㄨㄚ ㄌㄧㄡˊ ㄕㄨㄟˇ）

【釋義】落下的花隨流水漂去。
【出處】李後主・浪淘沙：「落花流水春去也，天上人間。」
【用法】原形容暮春的殘敗景色，現多比喻零落殘敗或狼狽不堪的樣子。
【例句】我軍英勇善戰，把敵人打得**落花流水**，潰不成軍。
【義近】七零八落／潰不成軍／一敗塗地。
【義反】百花盛開／凱旋班師／節節勝利。

落英繽紛（ㄌㄨㄛˋ ㄧㄥ ㄅㄧㄣ ㄈㄣ）

【釋義】落英：落花。英：指花。繽紛：意謂眾多而雜亂的樣子。
【出處】晉・陶潛・桃花源記：「忽逢桃花林，夾岸數百步，中無雜樹，芳草鮮美，落英繽紛。」
【用法】形容落花飄零的樣子。
【例句】暮春時節，陽明山上**落英繽紛**，煞是美麗。
【義近】百卉爭妍／花團錦簇／萬紫千紅／姹紫嫣紅。
【義反】慘綠愁紅／枯木朽株／枯枝敗葉。

落荒而走（ㄌㄨㄛˋ ㄏㄨㄤ ㄦˊ ㄗㄡˇ）

【釋義】落荒：離開大路，走向荒野。走：跑。又作「落荒而逃」。
【出處】元・無名氏・馬陵道：「你自慢慢的從大路上行，我便落荒而走。」
【用法】形容吃了敗仗而慌張逃跑。也用以比喻狼狽逃竄。
【例句】這幫土匪在大軍猛烈的砲火攻擊下，只得**落荒而走**，不知去向。
【義近】逃之夭夭／抱頭鼠竄／狼奔豕突。
【義反】得勝回朝／凱旋而歸／勝利班師。

落湯螃蟹（ㄌㄨㄛˋ ㄊㄤ ㄆㄤˊ ㄒㄧㄝˋ）

【釋義】掉落湯裏的螃蟹，手忙腳亂，不知所措。
【出處】道原・景德傳燈錄一九・韶州文偃禪師：「忽然有一日眼光落地，到來前頭將什麼抵擬，莫一似落湯螃蟹，手忙腳亂。」
【用法】比喻手足無措，情態狼狽之狀。
【例句】雨中撐傘，忽一陣狂風襲來，雨傘被颳翻了，大夥兒手忙腳亂，猶如**落湯螃蟹**，亂成一團。
【義近】手忙腳亂／手足無措／張皇失措。
【義反】應付裕如／從容不迫／不慌不忙。

落湯雞（ㄌㄨㄛˋ ㄊㄤ ㄐㄧ）

【釋義】是指渾身溼透，像落水的雞。
【出處】吳承恩・西遊記六七回：「出來尋道士，渰死在山溪，撈得上來大家看，卻如一個落湯雞。」明・梁辰魚・浣紗行・行成：「誰料被越追趕，既敗于囿，復敗于役，又敗于郊，猶如喪家狗，好像落湯雞。」
【用法】喻人掉落水裏，或全身被水淋得溼透；或比喻人處境為難，十分狼狽。
【例句】①他出門忘了帶傘，一陣傾盆大雨，淋得他像隻**落湯雞**。②這些殘兵敗將，個個像喪家狗，**落湯雞**，狼狽不堪。
【義近】喪家狗。

落落大方（ㄌㄨㄛˋ ㄌㄨㄛˋ ㄉㄚˋ ㄈㄤ）

【釋義】落落：坦率，開朗。大方：不拘謹。
【出處】柳宗元・柳常侍行狀：「終身坦蕩，而細故不入，其達生知足，落落如此。」石玉琨・七俠五義六九回：「杜雍卻不推辭，將通身換了，更覺落落大方。」
【用法】形容人性格開朗，言談舉止自然大方。
【例句】她**落落大方**地伸出手來，跟我們一一握手，然後請我們就坐。
【義近】雍容大方／自然大方。
【義反】扭扭捏捏／縮手縮腳／畏畏縮縮。

落落寡合（ㄌㄨㄛˋ ㄌㄨㄛˋ ㄍㄨㄚˇ ㄏㄜˊ）

【釋義】落落：不隨和的樣子，或解為孤獨的樣子。寡：少。又作「落落難合」。
【出處】後漢書・耿弇傳：「將軍前在南陽，建此大策，常以為落落難合；有志者事竟成也。」
【用法】原指見解高超不被一般人理解，今多形容不願與人苟合。
【例句】他個性既然是這樣遺世絕俗，其為人自然是**落落寡合**。
【義近】曲高和寡／我行我素／踽踽涼涼。
【義反】下里巴人／隨和合羣／善與人交。

著手成春（ㄓㄨㄛˊ ㄕㄡˇ ㄔㄥˊ ㄔㄨㄣ）

【釋義】意謂一動手便成春意。
【出處】唐・司空圖・二十四詩品・自然：「俯拾即是，不取諸鄰，俱道適往，著手成春。如逢花開，如瞻歲新。」
【用法】原指寫詩清新自然。後常用以稱讚醫生醫術高明。
【例句】①劉醫師是位專治疑難雜症的能手，凡是經他看過的病人，幾乎都**著手成春**，藥到而病除。②劉醫師開業，我們合送了一塊**著手成春**的匾額祝賀他。
【義近】妙手回春／華佗再世／起死回生／藥到病除。
【義反】蒙古大夫／庸醫誤人／江湖郎中。

著有成效（ㄓㄨˋ ㄧㄡˇ ㄔㄥˊ ㄒㄧㄠˋ）

【釋義】著：顯著，顯出。成效：功效，效果。
【出處】清史稿・粟毓美傳：「自試拋磚壩，或用以杜新工，或用以護舊工，無不著有成效。」
【用法】用以說明獲得了顯著的效果。
【例句】這位科學家在航太科學方面的研究**著有成效**，已為太空科學界所公認。
【義近】卓有成效／成效卓著／功勳卓著。
【義反】成效不彰／徒勞無功／枉費心力。

著述等身 ㄓㄨˋ ㄕㄨˋ ㄉㄥˇ ㄕㄣ

【釋義】著作之多有如身體一樣的高。或作「著作等身」。
【出處】清．紀昀．閱微草堂筆記．灤陽消夏錄一：「自是以外，雖著述等身，聲華蓋代，總聽其自貯名山，不得入此門一步焉，先聖之志也。」
【用法】形容作品極爲豐富。
【例句】像他這樣輕易改動古籍，妄加評點，錯誤時見，即使**著述等身**，也沒有多少價值。

著書立說 ㄓㄨˋ ㄕㄨ ㄌㄧˋ ㄕㄨㄛ

【釋義】意謂寫成著作，建立學說。說：學說，主張。
【出處】吳敬梓．儒林外史三五回：「將南京元武湖賜與莊尙志著書立說，鼓吹休明。」
【用法】泛指從事能成一家之言的著述。
【例句】**著書立說**本是嘔心瀝血的難事，非要有堅定毅力和高人一等的才情，否則很難有所成就。

葉公好龍 ㄕㄜˋ ㄍㄨㄥ ㄏㄠˋ ㄌㄨㄥˊ

【釋義】一個姓葉的人喜愛龍。好：愛好，喜愛。
【出處】劉向．新序．雜事五：「葉公子高好龍……於是天龍聞而下之，窺頭於牖，施尾於堂。葉公見之，棄而還走，失其魂魄，五色無主。是葉公非好龍也，好夫似龍而非龍者也。」
【用法】比喻口頭上說愛好某事物，實際上並不是眞愛。形容人虛浮無實，或說話似是而非。
【例句】總經理天天要大家提意見，等到眞的有人提了意見，卻又板起面孔訓人，這與**葉公好龍**有什麼區別！
【義近】心口不一／說說而已／言過其實／浮慕無實。
【義反】言行一致。

葉落知秋 ㄧㄝˋ ㄌㄨㄛˋ ㄓ ㄑㄧㄡ

【釋義】見樹葉凋落，便知秋天來臨。
【出處】普濟．五燈會元．天童華禪師法嗣：「動弦別曲，葉落知秋，舉一明三。」
【用法】比喻從某種微小的變化可以預測事物未來的發展。
【例句】「**葉落知秋**」，你是個聰明人，董事長現在情緒低落，獨自唉聲歎氣，難道你就眞的不知道公司將面臨倒閉的危險嗎？
【義近】一葉知秋／見微知著／礎潤而雨／月暈而風／即近知遠／蟻封穴雨。
【義反】習焉不察／習以爲常／習而不察。

葉落歸根 ㄧㄝˋ ㄌㄨㄛˋ ㄍㄨㄟ ㄍㄣ

【釋義】樹葉從樹根生發出來，凋落後最終還是回到樹根。
【出處】道原．景德傳燈錄五：「師曰：『葉落歸根，來時無日。』」
【用法】比喻人或事總有一定的歸宿，不能忘其本源。多指作客他鄉的人最終要回到本鄉。
【例句】**葉落歸根**，這位老華僑在國外居住了幾十年，最近還是和老伴一起回故鄉了。
【義近】回歸故土／廉頗思趙／胡馬依北風／狐死首丘／反本歸宗／溯本歸原。
【義反】背井離鄉／四海爲家／天下爲家／老死他鄉／漂泊異鄉／數典忘祖。

葬玉埋香 ㄗㄤˋ ㄩˋ ㄇㄞˊ ㄒㄧㄤ

【釋義】謂埋葬美女。
【出處】宋．周越．法書苑．玉谿編事：「秦州節度使王承儉築城，獲瓦棺，中有石刻，曰：『隋，開皇二年，渭州刺史張崇妻王氏銘。』銘上云：『深深葬玉，鬱鬱埋香。』」
【用法】指長埋地下者爲美女。
【例句】澎湖離島有「七美人塚」，當年**葬玉埋香**，如今已成觀光勝地。

萬人空巷 ㄨㄢˋ ㄖㄣˊ ㄎㄨㄥ ㄒㄧㄤˋ

【釋義】空巷：指大街小巷的人全部走空。
【出處】蘇軾．八月十七日復登望海樓……之四：「賴有明朝看潮在，萬人空巷鬥新妝。」
【用法】形容羣眾參與某種活動的盛況。或形容新奇的事物轟動一時，羣情激動的情景。
【例句】國慶日當天，幾乎**萬人空巷**，大家都爭相參加各種慶祝活動。
【義近】人山人海／盛況空前／觀者如堵／萬頭攢動／人潮洶湧。
【義反】人煙罕至／門可羅雀／杳無人跡／寂無行旅。

萬不失一 ㄨㄢˋ ㄅㄨˋ ㄕ ㄧ

【釋義】一萬次中不會有一次失誤。
【出處】司馬遷．史記．淮陰侯列傳：「貴賤在於骨法，憂喜在於容色，成敗在於決斷，以此參之，萬不失一。」
【用法】形容辦事極有把握，也形容射技高超。
【例句】這人辦事極爲謹愼穩妥，可謂**萬不失一**，你放心把任務交給他好了！
【義近】十拿九穩／百不失一／百發百中／百戰百勝／萬無一失。
【義反】常敗將軍／百不得一／百不中一／成事不足，敗事有餘。

萬不得已 ㄨㄢˋ ㄅㄨˋ ㄉㄜˊ ㄧˇ

【釋義】已：止。
【出處】焦竑．玉堂叢語：「汝父欲保全身家，萬不得已，始借我以免禍耳。」
【用法】指實在沒有辦法，不得不如此。用於個人或團體。
【例句】我所以宣布公司倒閉，實在是**萬不得已**，請諸位務必諒解。
【義近】迫不得已／無可奈何／萬般無奈。
【義反】計出萬全／算無遺策。

萬夫不當 ㄨㄢˋ ㄈㄨ ㄅㄨˋ ㄉㄤ

【釋義】一萬個人也抵擋不住。當：抵擋。
【出處】元．無名氏．連環計二折：「他權勢重大，況兼呂布有萬夫不當之勇。」
【用法】形容勇猛已極，無人可以抵擋。
【例句】項羽雖有**萬夫不當**之勇

，可惜不能知人善任，有勇無謀，結果敗給了劉邦。
【義近】勇冠三軍／天下無敵／叱咤風雲。
【義反】殘兵敗將／碌碌懦夫／畏畏縮縮。

萬世一時

【釋義】意謂很多世代才有這麼一個時機。
【出處】後漢書・隗囂傳：「元請以一丸泥為大王東封函谷關，此萬世一時也。」
【用法】極言機會之難得。
【例句】這次選派你去美國公費留學，此**萬世一時**，機不可失，千萬要好好把握啊！
【義近】萬代一時／百年不遇／難逢難遇／千載難逢／千載一遇／千載一時。
【義反】家常便飯／司空見慣／不足為奇／屢見不鮮／數見不鮮。

萬世師表

【釋義】萬世：萬代，極言其久遠。師表：表率。
【出處】葛洪・神仙傳：「老子豈非乾坤所定，萬世之師表哉！」
【用法】指在道德學問上永遠值得學習的榜樣。
【例句】孔子德業高深，學而不厭，誨人不倦，故被尊為**萬世師表**。
【義近】一代宗匠／萬世宗師。

萬代千秋

【釋義】一萬代，一千年。秋：年。
【出處】晉・無名氏・平西將軍周處碑：「書方易折，家揭難留，鐫茲幽石，萬代千秋。」
【用法】形容經歷的年代非常久遠。
【例句】這些恐龍化石，深埋地下已有**萬代千秋**的時間了，如今被挖掘發現，令考古學家大為振奮。
【義近】萬載千秋／萬古千秋／千年萬載／億萬斯年。
【義反】俯仰之間／一時半刻／一朝一夕／一年半載。

萬古不磨

【釋義】萬古：千年萬代。
【出處】魯迅・華蓋集續編・古書與白話：「便是文章，也未必獨有萬古不磨的典則。」
【用法】是指永遠不會磨滅、消失。
【例句】只有歷史上偉人們的豐功偉績，志士仁人的忠心正氣，可以**萬古不磨**，其他的都會隨時間的推移而消亡。
【義近】千古不磨／永垂不朽／永不磨滅／萬古彌新／永世長存。
【義反】曇花一現／瞬息即逝／幻如泡影／轉眼無蹤／彈指即過／灰飛煙滅。

萬古長青

【釋義】千秋萬代都像松柏一樣永遠蒼翠。萬古：萬年，永久。青：綠色。一作「萬古長春」。
【出處】元・無名氏・謝金吾四折：「論功增封食邑，共皇家萬古長春。」
【用法】多比喻崇高的精神或深厚的友誼永遠不會消失。
【例句】哲人雖仙逝，但其精神卻**萬古長青**，永遠深植在世世代代的子孫心中。
【義近】萬古長新／萬古流芳。
【義反】曇花一現／瞬息即逝。

萬古流芳

【釋義】流：流傳。芳：香，此指美名。
【出處】元・無名氏・延安府四折：「見如今千載名揚，萬古流芳。」
【用法】指好名聲永遠流傳。
【例句】革命先烈為革命獻出了寶貴的生命，他們的名聲將**萬古流芳**，永遠為後人所景仰。
【義近】千載流芳／流芳百世／永垂不朽。
【義反】遺臭萬年／千古罪人。

萬全之策

【釋義】策：計謀，辦法。
【出處】陳壽・三國志・魏書・劉表傳：「曹公必重德將軍，長享福祚，垂之後嗣，此萬全之策也。」
【用法】形容計謀、辦法極其周到妥貼。用於計策、戰爭等方面。
【例句】諸位所獻之計甚好，但均非**萬全之策**，此事因關係重大，容後再進一步商量。
【義近】萬無一失／計出萬全／算無遺策。
【義反】權宜之計。

萬死一生

【釋義】意謂隨時都有可能死去，只有一線生存的希望。
【出處】司馬遷・報任少卿書：「夫人臣出萬死不顧一生之計，赴公家之難，斯已奇矣。」宋・黃庭堅・代宜州黨皇城遺表：「至于萬死一生，不敢瞻前顧後。」
【用法】形容冒著很大的生命危險，或比喻處境極度危險。
【例句】他被綁匪綁走後，於**萬死一生**中逃了出來，可真是萬幸！
【義近】九死一生／千鈞一髮／出生入死。
【義反】安然無恙／高枕無憂／安如泰山。

萬死不辭

【釋義】即使是死一萬次也不推辭。
【出處】羅貫中・三國演義八回：「貂蟬曰：『適問賤妾曾言，但有使令，萬死不辭。』」
【用法】極言其願意拚死效勞。
【例句】保衛國家和人民的安全是軍人**萬死不辭**的天職。
【義近】義不容辭／當仁不讓。
【義反】推三阻四／畏首畏尾／裹足不前。

萬死猶輕

【釋義】處死一萬次也嫌懲罰太輕。猶：還。
【出處】韓愈・潮州刺史謝上表：「臣……上表陳佛骨事，言涉不敬，正名定罪，萬死猶輕。」
【用法】極言罪惡之大。多用以自責。
【例句】(趙)雲喘息而言曰：「趙雲之罪，**萬死猶輕**！」(羅貫中・三國演義)

【義近】罪該萬死／死有餘辜。
【義反】功蓋萬世／功勳蓋世。

萬劫不復

【釋義】萬劫：萬世。佛家認為世界一成一毀為一劫。
【出處】梵網經・菩薩戒序：「一失人身，萬劫不復。」
【用法】指永遠不能恢復。用於個人行為、組織政策等。
【例句】你若再執迷不悟下去，一旦鑄成大錯，那就真是**萬劫不復**了。
【義近】萬劫沉淪／無可挽回。
【義反】死裏逃生／九死一生。

萬里長征

【釋義】征：遠行。
【出處】王昌齡・出塞詩：「秦時明月漢時關，萬里長征人未還。」
【用法】形容非常遠的路程，也比喻偉大事業的艱鉅性。
【例句】①這對老夫妻退休後，為了飽覽祖國山河，決心騎自行車進行**萬里長征**。②辜汪會談，在統一祖國的偉大事業中，不過是**萬里長征**的一小步。
【義近】萬里遠征／長途跋涉。
【義反】一箭之遙／咫尺之間。

萬里長城

【釋義】原指我國北部的長城。也作「長城萬里」。
【出處】南史・檀道濟傳：「道濟見收，憤怒氣盛……乃脫幘投地曰：『乃壞汝萬里長城。』」
【用法】比喻守衛疆土的將領或軍隊。或比喻難以越過的屏障。
【例句】海、陸、空三軍是保障我們不受侵犯的**萬里長城**。
【義近】銅牆鐵壁／金城湯池。

萬事大吉

【釋義】大吉：很吉利。
【出處】續傳燈錄一一：「拈拄杖曰：『歲朝把筆，萬事大吉，急急如律令。』」
【用法】指什麼事都很圓滿、順利。常作為歲初祝頌之語。
【例句】新的一年即將來臨，祝諸君**萬事大吉**。
【義近】萬事如意／萬事亨通。
【義反】一波三折／困難重重／禍不單行。

萬事亨通

【釋義】亨：順利。通：通暢。
【出處】李綠園・歧路燈六五回：「那孔方兄運出萬事亨通的本領，先治了關格之症。」
【用法】形容一切事情都很順利暢達。
【例句】他近幾年的運氣很不錯，遇事都順順當當的，可算是**萬事亨通**了。
【義近】萬事如意／一帆風順／萬事大吉。
【義反】節外生枝／動輒得咎／平地起風波／屋漏逢雨。

萬事俱休

【釋義】俱：皆，全。休：停止，完了。
【出處】關漢卿・救風塵二折：「我到那裏，三言兩句，肯寫休書，萬事俱休。」
【用法】說明一切事都完結了。
【例句】他要是肯答應我的要求，好說好散，**萬事俱休**，否則我決不饒他！
【義近】一了百了。
【義反】絕處逢生。

萬事俱備，只欠東風

【釋義】俱：都，全。欠：缺。東風：在此比喻條件。
【出處】羅貫中・三國演義四九回：「欲破曹公，宜用火攻；萬事俱備，只欠東風。」
【用法】比喻什麼都已準備好了，只差最後一個重要條件。
【例句】**萬事俱備，只欠東風**。就等妳點頭，我們就可以開始拍戲了。

萬念俱灰

【釋義】意謂所有的念頭都破滅了。
【出處】清・李寶嘉・中國現在記三回：「官場上的人情，最是勢利不過的。大家見撫臺不理，誰還來理我呢？想到這裏，萬念俱灰。」
【用法】用以形容灰心絕望到了極點。
【例句】你不要受了點挫折就**萬念俱灰**，應該鼓起勇氣，重新振作才是！
【義近】灰心喪志／心灰意懶／萎靡不振／一蹶不振。
【義反】精神抖擻／意氣風發／生龍活虎／生氣勃勃。

萬家燈火

【釋義】指家家戶戶都燃起了燈燭。又作「燈火萬家」。
【出處】白居易・江樓夕望招客：「燈火萬家城四畔，星河一道水中央。」
【用法】指千家萬戶上燈的時候，也形容城鎮燈火輝煌的景象。
【例句】在空中飛行了十幾個鐘頭，一下飛機，見到**萬家燈火**便有重回人間的親切感。
【義近】燈火輝煌／燈火通明。
【義反】一片漆黑。

萬馬奔騰

【釋義】像無數匹馬奔騰跳躍。
【出處】凌濛初・初刻拍案驚奇卷二二：「須臾之間，天昏地黑，風雨大作。……空中如萬馬奔騰。」
【用法】形容浩大的聲勢或熱烈的場面。用於風雨、波濤、思想、聲音等。
【例句】那江水**萬馬奔騰**，流到這裏突然變成千萬個漩渦，使人感到特別的驚險奇特。
【義近】洶湧澎湃／聲勢浩大／浩浩蕩蕩。
【義反】萬馬齊喑／死氣沉沉／無聲無息。

萬馬齊喑

【釋義】羣馬沉寂無聲。喑：啞。
【出處】龔自珍・己亥雜詩：「九州生氣恃風雷，萬馬齊喑究可哀。」
【用法】比喻死氣沉沉、令人窒息的局面。常用以喻人們沉默不言，一片死寂的樣子。
【例句】大陸在十年文革期間，**萬馬齊喑**，氣氛沉悶，人們既不敢言，也不敢怒。
【義近】死氣沉沉／死水一潭。
【義反】萬馬奔騰／百家爭鳴／

暢所欲言。

萬眾一心（ㄨㄢˋ ㄓㄨㄥˋ ㄧ ㄒㄧㄣ）

【釋義】千萬人一條心。又作「萬人一心」。

【出處】後漢書・朱儁傳：「萬人一心，猶不可當，況十萬乎？」

【用法】形容眾人精誠團結，齊心協力。

【例句】只要我們**萬眾一心**，就沒有做不到、辦不成的事。

【義近】眾志成城／團結一致／同心協力／同心同德。

【義反】離心離德／四分五裂／一盤散沙／同牀異夢。

萬貫家財（ㄨㄢˋ ㄍㄨㄢˋ ㄐㄧㄚ ㄘㄞˊ）

【釋義】家中有上萬貫的財富。萬：極言其多，非實數。貫：古時銅錢用繩穿，一千銅錢為一貫。

【出處】關漢卿・望江亭一折：「牛璘有萬貫家財，在趙江梅家作贅。」

【用法】形容極其富有。

【例句】古代**萬貫家財**就算大財主，今天擁有上億財富的人家，還算不上財主呢！

【義近】萬貫家私／腰纏萬貫／富埒王侯／金玉滿堂／富埒陶朱。

【義反】身無分文／一文不名／債臺高築／身無長物／囊空如洗。

萬無一失（ㄨㄢˋ ㄨˊ ㄧ ㄕ）

【釋義】又作「百無一失」。萬：極言其多。失：失誤，差錯。

【出處】白樸・牆頭馬上一折：「年當弱冠，未曾娶妻，不親酒色，如今差他出去公幹，萬無一失。」

【用法】形容很有把握，絕對不會出差錯。

【例句】為使飛行**萬無一失**，機械師對飛機的每個機件都作了詳細的檢查。

【義近】算無遺策／穩操勝券／十拿九穩。

【義反】瞎子摸象／漏洞百出。

萬紫千紅（ㄨㄢˋ ㄗˇ ㄑㄧㄢ ㄏㄨㄥˊ）

【釋義】萬、千：泛言其多。紫、紅：代表各種色彩。

【出處】朱熹・春日詩：「等閒識得東風面，萬紫千紅總是春。」

【用法】形容百花齊放，春色豔麗。也比喻事物豐富多彩或景象繁榮。

【例句】①每到春天，公園裏百花盛開，**萬紫千紅**。②每到節日，大街小巷都張燈結彩，呈現出**萬紫千紅**的繁榮景象。

【義近】百花齊放／姹紫嫣紅／花紅柳綠／花團錦簇。

【義反】百花凋殘／枯藤老樹。

萬象更新（ㄨㄢˋ ㄒㄧㄤˋ ㄍㄥ ㄒㄧㄣ）

【釋義】萬象：宇宙間的一切景象。更：改變，更換。又作「萬物更新」。

【出處】曹雪芹・紅樓夢七四回：「如今正是清明時節，萬物更新，正該鼓舞另立起來才好。」

【用法】原形容春回大地的初春景色，現形容事物、景象改換了樣子，出現了一番新氣象，顯得生氣勃勃。

【例句】國家建設事業蓬勃發展，到處都呈現出**萬象更新**的興旺景象。

【義近】煥然一新／面目一新。

【義反】一成不變／始終如一。

萬壽無疆（ㄨㄢˋ ㄕㄡˋ ㄨˊ ㄐㄧㄤ）

【釋義】萬壽：萬年長壽。疆：界限，止境。

【出處】詩經・小雅・南山有臺：「樂只君子，萬壽無疆。」

【用法】祝頌別人永遠健康長壽。多用作祝頌皇帝之詞。

【例句】無論臣民們怎樣高喊**萬壽無疆**，可是古代那麼多皇帝卻沒有幾個長壽的！

【義近】長生不老／長命不衰／無疆之壽／壽比南山／天保九如。

【義反】天不假年／行將就木。

萬箭攢心（ㄨㄢˋ ㄐㄧㄢˋ ㄘㄨㄢˊ ㄒㄧㄣ）

【釋義】好像有一萬支箭齊集射到心中。攢：聚集。

【出處】施耐庵・水滸傳九八回：「瓊英知了這個消息，如萬箭攢心，日夜吞聲飲泣，珠淚偷彈，思報父母之仇。」

【用法】比喻內心痛苦至極。

【例句】她得知慈母去世的噩耗後，頓時有如**萬箭攢心**，不禁嚎啕大哭了起來。

【義近】萬箭穿心／撕肝裂肺／心如刀割／肝腸寸斷／痛徹心肺。

【義反】樂不可支／心花怒放／喜不自勝／欣喜若狂。

萬頭攢動（ㄨㄢˋ ㄊㄡˊ ㄘㄨㄢˊ ㄉㄨㄥˋ）

【釋義】萬頭：極言人頭之多。攢：聚攏。

【出處】李寶嘉・二十年目睹之怪現狀四三回：「時候雖早，那看榜的人，卻也萬頭攢動。」

【用法】形容許多人紛紛聚攏在一起，爭著看熱鬧或看某人某事。

【例句】工地秀場上，人們為了爭相觀看明星表演，呈現出**萬頭攢動**的熱鬧場面。

【義近】觀者如堵／觀者如山。

【義反】觀者寥寥。

萬籟俱寂（ㄨㄢˋ ㄌㄞˋ ㄐㄩˋ ㄐㄧˊ）

【釋義】萬籟：自然界萬物所發出的種種聲響。籟：古代的一種簫，用以泛指聲音。

【出處】常建・題破山寺後禪院詩：「萬籟此俱寂，但餘鐘磬音。」

【用法】形容周圍環境非常安靜，沒有一點聲響。多用於自然環境。

【例句】在**萬籟俱寂**的深夜裏，大街上只有清潔工人在辛勤地工作著。

【義近】萬籟無聲／鴉雀無聲／寂靜無聲／闃無人聲／靜肅無譁。

【義反】人聲鼎沸／沸反盈天／市聲鼎沸／車馬喧囂。

萬籤插架（ㄨㄢˋ ㄑㄧㄢ ㄔㄚ ㄐㄧㄚˋ）

【釋義】形容藏書非常豐富。

【出處】韓愈・送諸葛覺往隨州讀書詩：「鄴侯家書多，插架三萬軸，一一懸牙籤，新若手未觸。」陸游・寄題徐戴叔秀才東莊：「萬籤插架號東莊，多稼連雲亦何有。」

【用法】用以形容藏書之多。

【例句】陳老師的「硯農精舍」裏藏書之多，以**萬籤插架**來形容並不為過。

【義近】汗牛充棟／牙籤萬軸／左圖右史。

【義反】屈指可數／寥寥無幾／寥寥可數。

萬變不離其宗

【釋義】萬變：極言其變化之多。宗：宗旨，目的。

【出處】老子·四章：「道，淵兮似萬物之宗。」

【用法】說明儘管形式上變化多端，但其本質或目的不變。

【例句】他們公司一會兒大減價，一會兒買一送一，花樣繁多，但**萬變不離其宗**，都是為了賺錢。

【義近】宗旨如一。

【義反】離經叛道／變離其宗。

董狐之筆

【釋義】董狐：春秋時代晉國史官，他秉持良知，以正義之筆記載史實。

【出處】西元前六〇七年，晉靈公無道，欲殺正卿趙盾，盾逃亡未出國境，其族人趙穿殺靈公，趙盾復正卿位，卻未舉發趙穿之罪行。董狐不畏權勢，秉筆直書曰：「趙盾弒其君。」孔子讚美他是「古之良史。」文天祥正氣歌云：「在齊太史簡，在晉董狐筆。」典出於此。

【用法】為文立論，不畏權貴，能仗義執言，不隱諱事實真相者，均可用董狐之筆加以讚美。

【例句】身為文化人，為文立論應秉持良知，效「**董狐之筆**」，仗義執言，公正無私，才能獲得讀者的敬佩。

【義近】仗義執言／齊太史簡／公正無私／不偏不黨。

【義反】歌功頌德／畏首畏尾／貪生怕死。

十畫

蒲柳之姿

【釋義】蒲柳：蒲和柳，二者均早落葉，所以用來比喻人的早衰。

【出處】劉義慶·世說新語·言語：「蒲柳之姿，望秋而落；松柏之質，經霜彌茂。」

【用法】比喻人的體質衰弱。

【例句】王小姐雖說是**蒲柳之姿**，醫藥不斷，但就像林黛玉一樣，仍有其美麗動人處。

【義近】弱不禁風／弱不勝衣／身單體弱。

【義反】松柏之姿／身強力壯。

蒿目時艱

【釋義】蒿目：舉目遠望。時艱：時局的艱辛。

【出處】莊子·駢拇：「今世之仁人，蒿目而憂世之患。」曾樸·孽海花三〇回：「先本是臺灣的臬臺，因蒿目時艱，急流勇退。」

【用法】形容志士仁人對世事憂慮不安。

【例句】滿清末年，西方列強圖謀瓜分中國，愛國志士無不**蒿目時艱**，奮起呼號，救亡圖存，譜寫了一曲又一曲的愛國凱歌。

【義近】憂國憂民／憂時憂民／共體時艱。

【義反】置之事外／不聞不問／漠然置之／作壁上觀。

蒹葭玉樹

【釋義】蒹葭倚著玉樹。蒹葭：沒有長穗的蘆葦，比喻微賤。玉樹：喻高貴。意喻兩人對比，美惡不相稱。

【出處】劉義慶·世說新語·容止：「魏明帝使后弟毛曾與夏侯玄共坐，時人謂『蒹葭倚玉樹』。」

【用法】比喻兩個品貌極不相稱的人在一起，差別很大，無法相比。

【例句】「太太如此見愛，妾非木石，哪有不感激的哩？只是同太太並肩拍照，**蒹葭玉樹**，恐折薄福。」（曾樸·孽海花一二回）

【義近】雞棲鳳凰／牛驥同皁／烏鴉配鳳凰／判若雲泥。

【義反】天造地設／旗鼓相當／不分軒輊。

蒹葭伊人

【釋義】指站在長滿蘆葦的水邊，懸念別後的故人。伊：同「他」，代名詞，指故友。

【出處】詩經·秦風·蒹葭：「蒹葭蒼蒼，白露為霜，所謂伊人，在水一方。」

【用法】泛指思慕、想念異地的友人。

【例句】墾丁一別，不覺三年，**蒹葭伊人**，何日再相逢。

蓋世無雙

【釋義】蓋世：超過當代所有的人。蓋：超蓋，壓倒。

【出處】司馬遷·史記·項羽本紀：「力拔山兮氣蓋世。」錢彩·說岳全傳九回：「那岳飛人間少有，蓋世無雙。」

【用法】用以形容才能、技藝、學識等為當代第一，無人可比。

【例句】梅蘭芳先生的平劇表演技藝，真可說是**蓋世無雙**。

【義近】獨一無二／天下無雙／舉世無敵。

【義反】無獨有偶／比比皆是。

蓋棺論定

【釋義】蓋棺：蓋上棺材蓋，指人死後。論定：也作「定論」，定下結論。

【出處】李曾伯·可齋續藁後卷十：「蓋棺公論定，不泯是人心。」趙翼·甌北詩鈔·七言律六：「蓋棺論定無翻案，當軸權移有轉輪。」

【用法】指人的一生是非功過，只有在其死後才有公平的結論。

【例句】他生前做過錯事，但也做了不少好事，**蓋棺論定**，他應當是功大於過。

蒸沙成飯

【釋義】想把沙子蒸成飯來吃。

【出處】楞嚴經卷六：「若不斷淫，修禪定者，如蒸沙石欲其成飯，經千百劫，祇名熱沙何以故？此非飯，本沙石成故。」

【用法】喻事情絕不可能成功。

【例句】你不好好努力用功，天天花天酒地，卻想成為大學問家，看來這不過是**蒸沙成飯**的幻想罷了。

【義近】 炊沙作飯／擔雪塞井／以冰致蠅／緣木求魚。
【義反】 探囊取物／甕中捉鼈／十拿九穩／易如反掌。

蒸蒸日上

【釋義】 蒸蒸：熱氣上升或萬物興盛的樣子。
【出處】 李寶嘉・官場現形記五二回：「你世兄又是犖犖大才，調度有方，還怕不蒸蒸日上嗎？」
【用法】 比喻日益興旺發達。
【例句】 在大家齊心協力下，我們的事業必將**蒸蒸日上**。
【義近】 欣欣向榮／日新月異／如日方升。
【義反】 每下愈況／江河日下。

蒙昧無知

【釋義】 蒙昧：昏昧，愚昧。
【出處】 陸機・弔魏武帝文：「迄在茲而蒙昧，慮噤閉而無端。」
【用法】 形容人愚昧糊塗，不明事理。
【例句】 他既是一個**蒙昧無知**的人，你又何必和他計較呢？
【義近】 愚妄無知／愚昧無知／糊里糊塗。
【義反】 知書達禮／深明事理／心明眼亮／通情達禮。

蒼生塗炭

【釋義】 蒼生：指老百姓。塗：泥淖。炭：炭火。
【出處】 羅貫中・三國演義九三回：「狼心狗行之輩，滾滾當道。奴顏婢膝之徒，紛紛秉政。以致社稷丘墟，蒼生塗炭。」
【用法】 用以形容老百姓像陷入泥坑、掉進火坑那樣的痛苦境遇。
【例句】 那些內戰頻仍的國家，只因爲少數政客爭權奪利，害得**蒼生塗炭**，民不聊生，眞是罪過。
【義近】 生靈塗炭／水深火熱／民不聊生／哀鴻遍野／道殣相望。
【義反】 家給人足／民康物阜／安居樂業／安和樂利／國泰民安。

蒼黃翻覆

【釋義】 蒼黃：青色和黃色。翻覆：反覆。
【出處】 墨子・所染：「染於蒼則蒼，染於黃則黃。」南朝齊・孔稚圭・北山移文：「豈期終始參差，蒼黃翻覆。」
【用法】 比喻變化無常。
【例句】 做生意也和做其他事一樣，說定了就必須堅持下去。像你這樣**蒼黃翻覆**，誰願意與你合夥？
【義近】 三翻四覆／翻覆無常／顚三倒四／反覆無常／風雲莫測／變幻莫測／變化無常／風雲變幻。
【義反】 始終不移／堅守不渝／守常不變／一成不變／依然如故／始終如一／始終不渝／依然故我。

蒼蠅見血

【釋義】 意謂蒼蠅一見到血就拚命吮吸。
【出處】 馮夢龍・醒世恆言・張廷秀逃生救父：「自古道：『公人見錢，猶如蒼蠅見血。』」
【用法】 比喻極端貪婪。
【例句】 他哪有知足的時候？儘管已經腰纏萬貫，只要一見到錢，他馬上就像**蒼蠅見血**一樣，拚命去攢取。
【義近】 見錢眼開／狼貪虎視／貪得無饜。
【義反】 臨財毋苟／先義後利／知足知止。

蓊蓊鬱鬱

【釋義】 即「蓊鬱」，草木茂盛的樣子。
【出處】 左思・蜀都賦：「楩柟幽藹於谷底，松柏蓊鬱於山峰。」
【用法】 形容草木蓬勃茂盛的樣子。
【例句】 一走進溪頭杉林溪，舉目望去皆是**蓊蓊鬱鬱**的高大林木，令人俗憂盡忘，心曠神怡。
【義近】 鬱鬱葱葱／芊芊鬱鬱／鬱鬱蒼蒼／離離蔚蔚。
【義反】 牛山濯濯／童山濯濯／蕭瑟凋零。

十一畫

蔚爲大觀

【釋義】 蔚：草木茂盛。大觀：盛大的景象。
【出處】 范仲淹・岳陽樓記：「朝暉夕陰，氣象萬千，此則岳陽樓之大觀也。」
【用法】 形容事物美好繁多，給人一種盛大的印象。
【例句】 本屆國際博覽會所陳列商品琳瑯滿目，**蔚爲大觀**。
【義近】 盛大壯觀／蔚爲奇觀。

蔚然成風

【釋義】 蔚然：草木茂盛的樣子，引申爲薈萃、聚集。風：風氣。
【用法】 形容某件事逐漸發展，廣泛流行，形成一種風氣。
【例句】 時下一般青年人先成就一番事業，然後再結婚成家，業已**蔚然成風**。
【義近】 蔚成風氣／靡然成風。
【義反】 一哄而散。

蓴鱸之思

【釋義】 蓴菜、鱸魚是江南秋天的特產。晉江南人張翰到洛陽做官，見秋風起，想到故鄉江南的特產，竟然辭官回家，寧嚐故鄉美味，不願客居他鄉。
【出處】 晉書・文苑傳・張翰：「翰因見秋風起，乃思吳中菰菜、蓴羹、鱸魚膾。曰：『人生貴得適志，何能羈宦數千里以要名爵乎？』遂命駕而歸。」
【用法】 形容厭倦客居異地，思歸故鄉。
【例句】 今人千方百計移民國外，客居異邦，古人卻有**蓴鱸之思**，寧願辭官，回到故鄉享受濃濃的人情味。
【義近】 狐死首丘／胡馬依北風／越鳥巢南枝／吳子泣西河。

蓼莪廢讀

【釋義】 蓼莪：爲詩經小雅篇名，是孝子感念父母養育之恩，並哀悼父母早逝不得終養的憾恨詩。
【出處】 晉書・孝友傳・王裒：「及讀詩經至『哀哀父母，

生我劬勞」，未嘗不三復流涕，門人受業者並廢『蓼莪』之篇。」

【用法】原為孝子追念父母，後世則用以對亡親的悼念。

【例句】丁老師事親至孝，不久前雙親相繼亡故，自後每讀《詩經·蓼莪》篇，就常執書痛哭。同學們於是**蓼莪廢讀**，不敢再在老師面前朗讀此篇。

【義近】風木哀思。

蓬戶甕牖（ㄆㄥˊ ㄏㄨˋ ㄨㄥˋ ㄧㄡˇ）

【釋義】蓬戶：用蓬草編的門。甕牖：用破陶器作的窗。牖：窗。

【出處】禮記·儒行：「篳門圭窬，蓬戶甕牖。」

【用法】指窮戶人家的簡陋房屋，用以形容窮困。

【例句】劉老先生幾十年來**蓬戶甕牖**，粗茶淡飯，卻一直樂天知命，安於貧素。

【義近】荊室蓬戶／蓬門篳戶／土牆茅室／室如懸磬／瓦灶繩牀／環堵蕭然。

【義反】朱門繡戶／朱甍碧瓦／深宅大院／畫棟雕梁／瓊樓玉宇／峻宇彫牆。

蓬生麻中，不扶自直（ㄆㄥˊ ㄕㄥ ㄇㄚˊ ㄓㄨㄥ ㄅㄨˋ ㄈㄨˊ ㄗˋ ㄓˊ）

【釋義】蓬草生長在麻中，用不著扶持，會自然地順著挺直的麻向上生長。

【出處】荀子·勸學：「蓬生麻中，不扶而直；白沙在涅，與之俱黑。」

【用法】比喻環境的好壞，必會影響個人人格的發展。

【例句】**蓬生麻中，不扶自直**，替孩子選擇良好的學習環境是父母的責任。

【義近】蓬賴麻直／近朱者赤，近墨者黑／染蒼則蒼，染黃則黃／白沙在涅，與之俱黑。

【義反】涅而不緇／出污泥而不染／歹竹出好筍。

蓬門今始為君開（ㄆㄥˊ ㄇㄣˊ ㄐㄧㄣ ㄕˇ ㄨㄟˋ ㄐㄩㄣ ㄎㄞ）

【釋義】蓬門：猶言柴門，謂貧寒之家。全句謂：柴門今日才為你的到訪而打開，表示平日少有訪客。

【出處】杜甫·客至：「舍南舍北皆春水，但見羣鷗日日來。花徑不曾緣客掃，蓬門今始為君開。」

【用法】今多引用為女性被真情所感動，開始欣賞並接納中意她的人。

【例句】杜甫詩：「花徑不曾緣客掃，**蓬門今始為君開**。」作者是為母舅的到訪而掃花徑、開蓬門，今人卻對這二句詩產生了綺念遐想。

蓬門篳戶（ㄆㄥˊ ㄇㄣˊ ㄅㄧˋ ㄏㄨˋ）

【釋義】用蓬草荊條等編製的門、戶。篳：竹子、荊條之類。門、戶：雙扇門曰門，單扇門曰戶。

【出處】于謙·村社桃花詩：「野水縈紆石徑斜，篳門蓬戶兩三家。」

【用法】形容居室簡陋，家境貧寒。

【例句】他雖出自**蓬門篳戶**，可是卻一身傲骨，令人敬佩。

【義近】蓬戶甕牖／蓬門柴戶／茅椽柴門。

【義反】朱門繡戶／瓊樓玉宇／雕梁畫棟。

蓬蓬勃勃（ㄆㄥˊ ㄆㄥˊ ㄅㄛˊ ㄅㄛˊ）

【釋義】蓬蓬、勃勃：均用以形容興盛。勃勃，又寫作「孛孛」。

【出處】漢書·文帝紀：「有長星出于東方。」注引後漢文穎曰：「其光四出蓬蓬孛孛也。」

【用法】多用以形容興旺發達的景象。

【例句】臺灣地區隨著經濟的快速發展，到處呈現出一片**蓬蓬勃勃**的景象。

【義近】欣欣向榮／蒸蒸日上／生機盎然。

【義反】槁木死灰／江河日下／死氣沉沉。

蓬蓽生輝（ㄆㄥˊ ㄅㄧˋ ㄕㄥ ㄏㄨㄟ）

【釋義】蓬蓽：即蓬門蓽戶。生輝：增生光輝。又作「蓬蓽增輝」。蓽通「篳」。

【出處】王之道·和富公權宗丞詩：「門外傳來一軸詩，爛然蓬蓽增光輝。」

【用法】意謂使寒家增生光輝，多用作感謝別人過訪或贈送字畫等禮品的客套語。

【例句】您的光臨，頓使**蓬蓽生輝**，令我倍感榮幸之至。

【義近】蓬屋增光／寒舍增輝。

蓬頭垢面（ㄆㄥˊ ㄊㄡˊ ㄍㄡˋ ㄇㄧㄢˋ）

【釋義】蓬頭：頭髮散亂如蓬草。垢面：面孔骯髒。垢：污穢不潔。

【出處】魏書·封軌傳：「君子整其衣冠，尊其瞻視，何必蓬頭垢面，然後為賢。」

【用法】形容人不事修飾。

【例句】你又不是沒有錢，何苦要**蓬頭垢面**的，難道是想以此來顯示自己的豪放不羈？

【義近】不修邊幅／邋里邋遢／首如飛蓬／滿腮苔蘚。

【義反】衣冠整潔／衣冠楚楚／油光可鑑／容光煥發。

蓬頭跣足（ㄆㄥˊ ㄊㄡˊ ㄒㄧㄢˇ ㄗㄨˊ）

【釋義】頭髮蓬亂，雙腳赤裸。跣：光著腳。

【出處】馮夢龍·喻世明言卷二七：「買臣妻的後夫亦在役中，其妻蓬頭跣足，隨伴送飯。」

【用法】用以形容人衣冠不整的樣子。

【例句】那個瘋女人又**蓬頭跣足**地出現在大街上，幸而家人及時將她帶回，才免除了一場鬧劇。

【義近】鶉衣赤足／蓬頭垢面／衣衫不整。

【義反】衣冠楚楚／西裝革履／衣著光鮮。

蓬頭歷齒（ㄆㄥˊ ㄊㄡˊ ㄌㄧˋ ㄔˇ）

【釋義】頭髮蓬亂，牙齒缺落。歷：稀疏。

【出處】宋玉·登徒子好色賦：「其妻蓬頭攣耳，齞脣歷齒。」北周·庾信·竹木賦：「噫！子老矣，鶴髮雞皮，蓬頭歷齒。」

【用法】形容人醜陋不整潔的樣子，或形容老態。

【例句】①即便是科技發達的二十一世紀，非洲仍有很多地區的人民**蓬頭歷齒**，生活艱辛，令人看了深感同情。②

這位老先生儘管年逾八十，依然精神奕奕，絲毫沒有**蓬頭歷齒**的模樣。

【義近】蓬頭垢面／雞皮鶴髮／滿腮苔蘚／老態龍鍾。

【義反】平頭正臉／艷如桃李／脣紅齒白／髮黑膚潤。

蓬飄萍轉（ㄆㄥˊ ㄆㄧㄠ ㄆㄧㄥˊ ㄓㄨㄢˇ）

【釋義】蓬草隨風飄徙，浮萍逐水流轉，比喻漂泊不定。

【出處】文苑英華・郎士元・別房士清詩：「平楚看蓬轉，連山望鳥飛。」文選・潘岳・西征賦：「陋吾人之拘攣，飄萍浮而蓬轉。」

【用法】比喻生活飄泊不定。

【例句】「年年難過年年過，處處無家處處家」這副對聯，充分道盡了**蓬飄萍轉**生活的苦楚。

【義近】萍飄蓬轉／斷梗飄蓬／萍蹤浪跡／浪跡天涯／居無定所。

【義反】安居樂業／安家落戶／安身立命／安享榮華／落地生根。

十二畫

蕩氣迴腸（ㄉㄤˋ ㄑㄧˋ ㄏㄨㄟˊ ㄔㄤˊ）

【釋義】蕩氣：心氣動蕩。迴腸：即回腸，中腸迴轉。又作「迴腸蕩氣」。

【出處】魏文帝・大牆上蒿行：「女娥長歌，聲協宮商，感心動耳，蕩氣迴腸。」宋玉・高唐賦：「感心動耳，迴腸傷氣。」

【用法】文章或戲劇的情節生動，纏綿悱惻，感人至深的樣子。

【例句】囊括十一項奧斯卡金像獎的電影《鐵達尼號》，劇中男女主角纏綿悱惻的愛情故事，令多少觀眾**蕩氣迴腸**，為之唏噓不已。

【義近】感人肺腑／賺人熱淚／沁人心脾／迴腸蕩氣。

【義反】平淡無奇／嚼之無味／味如嚼蠟。

蕩然無存（ㄉㄤˋ ㄖㄢˊ ㄨˊ ㄘㄨㄣˊ）

【釋義】蕩然：形容毀壞、廢壞。又作「蕩然一空」。

【出處】宋史・楊偕傳：「且州之四面，屬羌遭賊驅脅，蕩然一空，止存孤壘。」

【用法】形容被破壞得一無所有。

【例句】這場颱風，把臨近海邊的一個村莊「洗劫」得**蕩然無存**。

【義近】一掃而光／靡有孑遺。

【義反】安然無恙／原封不動。

蕭規曹隨（ㄒㄧㄠ ㄍㄨㄟ ㄘㄠˊ ㄙㄨㄟˊ）

【釋義】蕭規：指漢初相國蕭何所製定的律令制度。曹隨：指曹參繼為相國後一切遵循「蕭規」。

【出處】漢書・揚雄傳：「夫蕭規曹隨，留侯（張良）畫策，陳平出奇，功若泰山，響若阺隤。」

【用法】一切按前人成規辦事。

【例句】執政者只知**蕭規曹隨**，不從社會發展的實際需要出發，制定新的政策，那必然會處處碰壁，毫無成就。

【義近】陳陳相因／墨守成規／率由舊章／蹈常襲故。

【義反】鼎新革故／廢舊立新／改弦更張／推陳出新。

蕭牆之患（ㄒㄧㄠ ㄑㄧㄤˊ ㄓ ㄏㄨㄢˋ）

【釋義】蕭牆：指宮室內的門屏，喻指宮廷內部。

【出處】論語・季氏：「吾恐季孫之憂，不在顓臾，而在蕭牆之內也。」韓非子・用人：「不謹蕭牆之患，而固金城於遠境；不用近賢之謀，而外結萬乘之交於千里。」

【用法】意指宮室內亂，或指兄弟失和相鬥。

【例句】行政、立法兩院中，執政黨與在野聯盟最近為了核四電廠興建與否，鬧得不可開交，吾恐**蕭牆之患**，招致國家覆滅，政治人物豈能不三思？

【義近】變生肘腋／禍起蕭牆／同室操戈／骨肉相殘。

【義反】兵臨城下／禍從天降／外寇為患／四郊多壘。

蕙心紈質（ㄏㄨㄟˋ ㄒㄧㄣ ㄨㄢˊ ㄓˋ）

【釋義】蕙心：喻女子純美的心性。紈質：喻女子像白絹似的純潔。

【出處】文選・鮑照・蕪城賦：「東都妙姬，南國麗人，蕙心紈質，玉貌絳脣。」

【用法】喻女子的慧美、純潔。

【例句】金小姐不僅漂亮，而且**蕙心紈質**，待人和氣誠懇，深得同仁的讚美。

【義近】蘭質蕙心／蘭心蕙質／蕙質蘭心／秀外慧中／容德如玉。

【義反】庸脂俗粉／粗俗不堪／俗不可耐。

蕙質蘭心（ㄏㄨㄟˋ ㄓˋ ㄌㄢˊ ㄒㄧㄣ）

【釋義】蕙、蘭皆香草，用以比喻女人賢美善良。亦作「蘭質蕙心」或「蕙心蘭質」。

【出處】王勃・七夕賦：「金聲玉韻，蕙心蘭質。」楊虞卿・過小妓英英墓詩：「蘭質蕙心何所在？焉知過者是狂夫！」

【用法】形容女子美麗聰慧，溫柔善良。

【例句】中國傳統女性，大都具有**蕙質蘭心**的美德，宜室宜家。

【義近】蘭心蕙質／蕙質蘭心／秀外慧中／容德如玉。

【義反】庸脂俗粉／粗俗不堪／俗不可耐。

蕞爾小國（ㄗㄨㄟˋ ㄦˇ ㄒㄧㄠˇ ㄍㄨㄛˊ）

【釋義】蕞爾：微小的樣子。

【出處】三國志・魏書・陳留王奐傳：「蜀，蕞爾小國，土狹民寡。」

【用法】形容土地與人民都很稀少的小國家。

【例句】新加坡、以色列雖都是**蕞爾小國**，但在某些方面的表現，卻不輸給泱泱大國。

【義近】小國寡民／彈丸之國／百乘之家。

【義反】泱泱大國／萬乘之國／地大物博。

十三畫

薄物細故（ㄅㄛˊ ㄨˋ ㄒㄧˋ ㄍㄨˋ）

【釋義】輕微瑣碎的事故。

【出處】司馬遷・史記・匈奴列傳：「朕追念前事，薄物細故，謀臣計失，皆不足以離兄弟之驩。」

【用法】指微不足道的事故。

【例句】你我已是幾十年的老朋友了，何必為這些**薄物細故**

而傷害彼此的感情呢？

【義近】枝微末節／錐刀之末／雞毛蒜皮／微不足道／些微小事。

【義反】大是大非／犖犖大端／茲事體大。

薄祚寒門

【釋義】祚：福。寒門：指貧寒或微賤的家庭。

【出處】曹雪芹・紅樓夢二回：「縱然生於薄祚寒門，甚至為奇優，為名娼，亦斷不至為走卒健僕，甘遭庸夫驅制。」

【用法】指貧賤低微的門第。

【例句】他雖然出生於**薄祚寒門**，但由於自己的刻苦奮鬥，終於也在政界嶄露頭角，並一步步登上了總統寶座。

【義近】貧寒之家／貧戶陋室／茅茨土階／蓬戶甕牖／環堵蕭然／室如懸罄。

【義反】豪門貴族／朱門繡戶／豪門巨室／富貴之家／權要門第／畫棟雕梁。

薪火相傳

【釋義】木柴燒盡，火種卻傳衍不息。又作「薪盡火傳」。

【出處】莊子・養生主：「指窮於為薪，火傳也，不知其盡也。」吳敬梓・儒林外史五四回：「風流雲散，賢豪才色總成空；薪盡火傳，工匠市廛都有韻。」

【用法】原比喻形骸有盡而精神不滅。後用以比喻師徒間學問和技藝代代相傳，衍續不絕；或種族血統及文化精神之綿延無盡。

【例句】中醫醫技歷經千百年**薪火相傳**，如今已揚名國際，備受肯定。

【義近】薪盡火傳／衣鉢相傳／口耳相授／生生不息。

【義反】後繼無人／廣陵絕響／難乎為繼。

薪盡火滅

【釋義】木柴燒盡，火種亦熄滅，比喻人絕了氣息。

【出處】法華經・序品：「佛此夜滅度，如薪盡火滅，分布諸舍利，而起無量塔。」

【用法】比喻人的死亡。

【例句】老先生昨晚**薪盡火滅**，往生去了，子孫圍繞病榻，悲痛不已。

【義近】得道歸天／駕鶴西歸／圓寂證果。

【義反】起死回生。

十四畫

藍田生玉

【釋義】藍田：山谷，在今陝西省藍田縣東，產美玉。

【出處】陳壽・三國志・吳書・諸葛恪傳注・引江表傳：「恪少有才名……（孫）權見而奇之，謂（其父）瑾曰：『藍田生玉，真不虛也。』」

【用法】稱譽名門出賢子弟，或父親生了好兒子。

【例句】王先生！恭喜幸得貴子，真是**藍田生玉**啊！

【義近】將門虎子／虎父虎子。

【義反】虎父犬子。

藏之名山，傳之其人

【釋義】藏之名山：又作「藏諸名山」，意謂把它藏在名山裏。

【出處】司馬遷・報任少卿書：「僕誠以著此書，藏諸名山，傳之其人。」

【用法】指把有價值的著作藏在名山深處，留傳給後代。

【例句】這是一部純學術著作，找了幾家出版社都不肯出版，看來只好**藏之名山，傳之其人**。

藏形匿影

【釋義】匿：隱藏。也作「匿影藏形」。

【出處】鄧析子・無厚：「君者，藏形匿影，羣下無私。」

【用法】用以指隱藏形跡，不露真相。

【例句】男子漢，大丈夫，做事要光明正大，敢作敢當，何必**藏形匿影**，鬼鬼祟祟呢？

【義近】藏形匿跡／藏頭躲尾／遮遮掩掩／鬼鬼祟祟／隱姓埋名。

【義反】光明正大／堂堂正正／不憂不懼。

藏垢納污

【釋義】垢、污：骯髒之物。又作「藏污納垢」。

【出處】左傳・宣公十五年：「川澤納汙，山藪藏疾，瑾瑜匿瑕，國君含垢，天之道也。」全祖望・移詰寧守魏某帖子：「蓋監生者，固藏垢納污之一途也。」

【用法】指包容壞人壞事。

【例句】台北的華西街原是個**藏垢納污**的地方，犯罪事件層出不窮。

【義近】含垢納污／包藏禍心／藏疾匿瑕。

【義反】發奸擿伏／激濁揚清。

藏鋒斂鍔

【釋義】斂：收斂。鍔：劍刃。

【出處】夏敬渠・野叟曝言一三回：「大智若愚，大勇若怯，不是要埋冤他，正深愛著他，要他藏鋒斂鍔，以成大器。」

【用法】比喻人不露鋒芒。

【例句】你以為他真的沒有本事？其實他今天在這裏不過是**藏鋒斂鍔**，他的武術絕不亞於你手下的這些人！

【義近】深藏不露／韜光養晦／韜光晦跡／深藏若虛／被褐懷玉／盛德若愚。

【義反】鋒芒畢露／嶄露頭角／大顯身手／炫耀於人／英華外發／頭角崢嶸。

藏器待時

【釋義】藏：隱藏。器：器具，引申為才能。

【出處】周易・繫辭下：「君子藏器於身，待時而動。」

【用法】比喻身懷才能，以等待施展的時機。

【例句】他**藏器待時**已久，卻苦無識才者任用，恐將含恨以終了。

【義近】韜光養晦／披褐懷玉／待價而沽。

【義反】露才揚己／脫穎而出／嶄露頭角。

藏頭露尾

【釋義】藏住了頭，卻露出了尾巴。

【出處】楊顯之・桃花女二折：「不爭我藏頭露尾，可甚的知恩報恩。」

【用法】形容人說話做事躲躲閃閃，不光明正大，多有隱藏。

【例句】這人行動鬼鬼祟祟，說話**藏頭露尾**的，好像有什麼不可告人的祕密。

【義近】遮遮掩掩／東鱗西爪。

【義反】原形畢露／和盤托出／露出馬腳。

藏龍臥虎

【釋義】隱藏著的龍，睡臥著的虎。龍、虎：比喻不平凡的人物。

【出處】庾信．同會河陽公新造山地聊得寓目詩：「暗石疑藏虎，盤根似臥龍。」

【用法】指隱藏著未被發現的人才，也指隱藏不露的人才。

【例句】你們公司人才濟濟，眞可算得上是**藏龍臥虎**之地。

【義近】潛龍伏虎。

薰香自燒

【釋義】原句是「薰以香自燒」，薰草因有香氣而招致焚燒之禍。

【出處】漢書．龔勝傳：「嗟乎！薰以香自燒，膏以明自銷，龔生竟夭天年，非吾徒也。」

【用法】比喻人因懷才而招致災禍。

【例句】曹操主簿楊修（德祖）慘死在曹孟德刀下，**薰香自燒**，令人惋惜。

【義近】直木先伐／象齒焚身／山木自寇／膏火自煎。

薰蕕同器

【釋義】薰：香草。蕕：臭草。器：器皿。「薰蕕」用以喻「美醜」、「善惡」、「君子與小人」等。

【出處】孔子家語．致思：「薰蕕不同器而藏，堯桀不共國而治，以其類異也。」

【用法】比喻善惡相混，好壞不分。

【例句】你們公司的運作之所以效率不彰，癥結在於**薰蕕同器**，無法適當的運用人力資源。

【義近】魚龍混雜／雞棲鳳凰／牛驥同皁／良莠不齊。

【義反】優劣得所／涇渭分明／賢愚有別。

十五畫

藩籬之鷃

【釋義】棲息於籬笆間的鷃鳥，只會走，不會飛，活動範圍有限。

【出處】宋玉．對楚王問：「鳥有鳳而魚有鯤，鳳凰上擊九千里，絕雲霓，負蒼天，翱翔乎蒼冥之上。夫藩籬之鷃，豈能與之料天地之高哉？」

【用法】喻人見識淺陋。

【例句】人除了要讀萬卷書之外，更要行萬里路，才不致如**藩籬之鷃**，只侷限一隅，見識淺陋。

【義近】井中之蛙／蜀犬吠日／野人獻曝。

【義反】見多識廣／博學多聞／鳳凰高舉。

藝高膽大

【釋義】原句是「藝高人膽大」。指技藝高超，人的膽量就大。

【出處】明．戚繼光．練兵實紀．練營陣：「便學一日有一日受用，學一件有一件助膽，所謂藝高人膽大也。」

【用法】指人有眞實本領，才能不懼險阻，勇往直前。

【例句】馬戲團演員個個**藝高膽大**，走鋼索，穿火圈，直看得人毛骨悚然，他們卻視爲家常便飯。

藕斷絲連

【釋義】藕已折斷，但還有許多絲連接著未斷開。

【出處】孟郊．去婦詩：「妾心藕中絲，是斷猶牽連。」

【用法】比喻表面上斷了關係，實際上仍有牽連。

【例句】他倆雖然離了婚，但實際上還是**藕斷絲連**，互有往來的。

【義近】意惹情牽／絲連線牽。

【義反】一刀兩斷／恩盡義絕。

藥石之言

【釋義】藥石：指藥物治病的石針，泛指藥劑。

【出處】左傳．襄公二十三年：「臧孫曰：『季孫之愛我，疾疢也；孟孫之惡我，藥石也。』」五代．王定保．唐摭言．怨怒：「是將投公藥石之言。療公膏肓之疾，未知雅意欲聞之乎？」

【用法】喻教誨和勸人改過遷善的良言。

【例句】剛剛王老先生勸你力戒貪財好色的一席話，實在是**藥石之言**，希望你牢記在心，別讓父母操心。

【義近】金玉良言／良藥苦口／逆耳忠言／苦口婆心。

【義反】順耳之言／花言巧語／欺人之談。

藥石無功

【釋義】意謂藥石已無功效，對病已起不了作用。石：用以砭刺治病的石針。

【出處】唐宣宗．命皇太子即位冊文：「惟天示譴，降疚於躬，藥石無功，彌留斯迫。」

【用法】指所患之病極其嚴重，已無藥可治。

【例句】黃先生，你母親年事已高，加上所患之病屬於絕症，現在已是**藥石無功**了，請及早準備料理後事吧！

【義近】藥石罔效／沉痾難起／回天乏術。

【義反】藥到病除／起死回生／一線生機。

藥籠中物

【釋義】藥籠中備用的藥物。

【出處】新唐書．元行衝傳：「（狄）仁傑笑曰：『君（元行衝）正吾藥籠中物，不可一日無也。』」

【用法】比喻備用的人才。

【例句】你們幾位目前雖然不見重用，但卻是我們公司的**藥籠中物**，日後必定會有所借重。

十六畫

蘇海韓潮

【釋義】也作「韓潮蘇海」，指韓愈、蘇軾的文章像海潮一般，波瀾壯闊。

【出處】孔尚任．桃花扇．聽稗：「早歲清詞，吐出班香宋艷，中年浩氣，流成蘇海韓潮。」

【用法】形容文章筆力雄健，波瀾壯闊。

【例句】他年紀輕輕，文筆卻氣勢豪邁，筆力萬鈞，猶如**蘇海韓潮**，實為難得。

十七畫

蘭心蕙性 ㄌㄢˊ ㄒㄧㄣ ㄏㄨㄟˋ ㄒㄧㄥˋ

【釋義】蘭、蕙：指蘭草與蕙草，均為香草，花開則香氣清淡。

【出處】元．馬致遠．青杏子．姻緣曲：「標格江梅清秀，腰肢宮柳輕柔，宜止蘭心蕙性。」

【用法】比喻女子幽靜高雅的品格。

【例句】「況且她雖說是個鄉村女子，外面生得一幅好姿容，心裏藏著一幅**蘭心蕙性**。」（文康．兒女英雄傳八回）

【義近】蘭質蕙心／秀雅端莊／蕙心紈質／蕙質蘭心／秀外慧中／容德如玉。

【義反】潑辣村婦／粗俗凶惡／粗俗不堪／粗野蠻橫／俗不可耐。

蘭因絮果 ㄌㄢˊ ㄧㄣ ㄒㄩˋ ㄍㄨㄛˇ

【釋義】蘭因：美好的前因，指男女美滿的結合。絮果：以飛絮飄泊的後果來比喻離散的結局。

【出處】虞初新志．小青傳：「蘭因絮果，現業誰深。」

【用法】男女結合後卻離散，比喻婚姻結局不好。

【例句】當初我總以為你們兩個是最美滿的一對，誰知到了今天，兒女都這麼大了，竟以**蘭因絮果**而告終。

【義近】分釵破鏡／鏡破釵分／勞燕分飛。

【義反】白頭偕老／破鏡重圓／故劍情深。

蘭艾同焚 ㄌㄢˊ ㄞˋ ㄊㄨㄥˊ ㄈㄣˊ

【釋義】蘭：香草。艾：臭草。

【出處】晉．庾闡．檄李勢：「檄到，勉思良圖，自求多福，無使蘭艾同焚。」

【用法】比喻美惡、賢愚、好壞同歸於盡。

【例句】他的個性過於偏激，往往在處理事情時，寧可**蘭艾同焚**，也不願為彼此預留退路。

【義近】玉石俱焚／玉石同碎／玉石同沉／芝艾俱焚／芝艾俱盡／同歸於盡。

【義反】存優汰劣／去偽存眞／隱惡揚善／去惡揚善／去粗取精／玉碎瓦全。

蘭芷蕭艾 ㄌㄢˊ ㄓˇ ㄒㄧㄠ ㄞˋ

【釋義】蘭、芷：皆香草，喻君子。蕭、艾：皆雜草，喻小人。喻君子變為小人。

【出處】屈原．離騷：「蘭芷變而不芳兮，荃蕙化而為茅。何昔日之芳草兮，今直為此蕭艾也。」書言故事．花木類：「士節改化曰蘭芷蕭艾。」

【用法】喻君子淪為小人，或士人之改變氣節。

【例句】好端端的青年一踏入社會就變成了幫派分子，打、殺、偷、搶無惡不作，就如**蘭芷蕭艾**，我們的社會大概病了。

【義近】芳草蕭艾／蘭芷不芳／荃蕙為茅／降志辱身。

【義反】疾風勁草／歲寒松柏／板蕩忠臣／時窮節見。

蘭桂齊芳 ㄌㄢˊ ㄍㄨㄟˋ ㄑㄧˊ ㄈㄤ

【釋義】蘭花與桂花一起吐露芬芳。

【出處】羣音類選．百順記．王曾祝壽：「與階前蘭桂齊芳，應堂上椿萱同茂。」

【用法】比喻子孫昌盛而且成就顯達。

【例句】陳老先生九十大壽，兒孫齊聚一堂，滿門俊秀，**蘭桂齊芳**，眞令人羨慕。

【義近】蘭桂騰芳／桃李競秀／蘭桂飄香／蘭薰桂馥。

【義反】形單影隻／形影相弔／門衰祚薄。

蘭摧玉折 ㄌㄢˊ ㄘㄨㄟ ㄩˋ ㄓㄜˊ

【釋義】蘭草被摧殘，美玉被折斷。亦作「玉折蘭摧」。

【出處】劉義慶．世說新語．言語：「毛伯成（玄）既負其才氣，常稱寧為蘭摧玉折，不作蕭敷艾榮。」

【用法】原意為寧肯潔身自好而死，不願為享受榮華富貴而作齷齪之人。後用以比喻人之早亡，或用以悼亡。

【例句】焦副教授三十出頭，頂著美國耶魯大學數學博士的光環，正當意氣風發，準備一展長才之際，不幸罹患肝癌，**蘭摧玉折**，學界無不痛惜其英年早逝。

【義近】痛失英才／哲人其萎／英年早逝／梁木其頹。

虍部

二畫

虎入羊羣 ㄏㄨˇ ㄖㄨˋ ㄧㄤˊ ㄑㄩㄣˊ

【釋義】老虎撲進羊羣裏來了。

【出處】吳承恩．西遊記三一回：「一路打將去，好似虎入羊羣，鷹來雞柵。」

【用法】比喻聲勢威猛，為所欲為，無人敢抵擋。

【例句】這幫持槍歹徒，衝進手無寸鐵的人羣中，便以**虎入羊羣**之勢，肆意行凶搶劫。

【義近】倚強凌弱／橫衝直闖／橫行無忌／如入無人之境。

【義反】羊入虎穴／任人宰割。

虎口之厄 ㄏㄨˇ ㄎㄡˇ ㄓ ㄜˋ

【釋義】形容從老虎口中脫困的災厄。

【出處】文選．潘岳．馬汧督誄：「久之西安之救至，竟免虎口之厄。」

【用法】比喻被吞噬的災禍。

【例句】張老闆遭綁架，幸而刑警破案破得快，才免除了**虎口之厄**。

【義近】死裏逃生／虎口逃生／劫後餘生。

【義反】死於非命／在劫難逃／

滅頂之災。

虎口拔牙

【釋義】在老虎嘴裏拔牙齒。

【出處】司馬遷・史記・酈食其列傳：「足下起糾合之眾，收散亂之兵，不滿萬人，欲以徑入強秦，此所謂探虎口者也。」

【用法】比喻冒極大的危險去奪取、制伏某一目標或對象。

【例句】這些黑社會的人心狠手辣，什麼事都做得出來，他們打了你兒子幾巴掌，你就執意要去找他們算帳，我看這無異於是**虎口拔牙**！

【義近】虎頭搔癢／捋虎鬚／批逆鱗／虎尾春冰／太歲頭上動土。

【義反】手到擒來／易如反掌／甕中捉鼈。

虎口餘生

【釋義】餘生：指倖存的生命。一作「虎口殘生」。

【出處】元・無名氏・硃砂擔一折：「我如今在虎口逃生，急騰騰再不消停。」

【用法】比喻經受極大危險，卻能僥倖地保存生命。多用於戰亂、災禍或重大事故。

【例句】老實說，我在**虎口餘生**之後，早就看破紅塵，對名利地位已毫無興趣了。

【義近】劫後餘生／死裏逃生／九死一生／虎口逃生。

【義反】在劫難逃／死於非命／粉身碎骨／斷脰決腹。

虎穴龍潭

【釋義】虎所居的洞穴，龍所處的深潭。

【出處】施耐庵・水滸傳四十回：「感謝眾位豪傑不避凶險，來虎穴龍潭，力救殘生。」

【用法】比喻極凶險的地方。

【例句】怕什麼！不管那是怎樣的地方，哪怕是**虎穴龍潭**，我也要去把大哥救出來！

【義近】虎窟龍潭／刀山火海／萬丈深淵。

【義反】一馬平川／康莊大道。

虎尾春冰

【釋義】意謂踩著老虎的尾巴，走在春天被薄冰覆蓋的江面上。

【出處】尚書・君牙：「心之憂危，若蹈虎尾，涉於春冰。」

【用法】比喻極其危險。

【例句】想藉搶劫銀行而一夕致富，就如**虎尾春冰**，一旦東窗事發，是會被槍斃的。

【義近】臨深履薄／燕巢幕上／握蛇騎虎／魚游沸鼎／鳥棲烈火／幕燕鼎魚。

【義反】安如泰山／安如磐石／高枕無憂／養尊處優。

虎兕出柙

【釋義】意謂虎、兕從木籠中逃了出來，是看守者的失職。兕：犀牛一類的野獸。柙：關獸的木籠。

【出處】論語・季氏：「虎兕出於柙，龜玉毀於櫝中，是誰之過與？」

【用法】比喻做事不盡職，有虧職守。

【例句】這裏關的都是一些罪大惡極、殺人不眨眼的死刑犯，而你們這些看守人員竟讓他們集體越獄逃跑，這種**虎兕出柙**之事，一定要追究嚴懲。

【義近】玩忽職守／怠忽職守／有虧職守。

【義反】負責盡職／盡忠職守／克盡厥職。

虎虎有生氣

【釋義】一作「虎虎生氣」。虎虎：形容威武勇猛。生氣：指意氣風發。

【用法】形容人威武雄壯、生動活潑的精神狀態。

【例句】年輕人**虎虎有生氣**，和他們在一起，我們這些老年人似乎也變得年輕了。

【義近】生氣勃勃／朝氣蓬勃／生龍活虎。

【義反】暮氣沉沉／死氣沉沉／有氣無力／尸居餘氣。

虎毒不食子

【釋義】虎雖凶暴，但不吃親生的虎子。

【出處】明・楊珽・龍膏記・藏春：「你爹爹既往洛陽，一時未歸，待異日我自慢慢勸他，虎毒不食兒，孩兒切莫短見。」聶夷中・過比干詩：「餓虎不吃子，人無骨肉恩。」

【用法】喻人皆有愛子之心；或指再凶暴的人，也仍存有惻隱之心。

【例句】俗話說：**虎毒不食子**，你父親這樣痛打你，是恨鐵不成鋼，要你早日改邪歸正，哪裏是要置你於死地呢？

【義近】餓虎不食子／兒不嫌母醜。

【義反】泯滅天良／喪心病狂／喪盡天良。

虎背熊腰

【釋義】像老虎之背、像熊之腰那樣強壯結實。

【出處】元・無名氏・飛刀對箭二折：「這廝到是一條好漢……哦，是虎背熊腰。」

【用法】形容人身體魁梧健壯。多用於讚美青年男子。

【例句】這些足球隊員都長得很結實，個個**虎背熊腰**，踢起球來有如猛虎下山，氣勢非凡。

【義近】虎體熊腰／虎頸燕頷／魁梧奇偉／身強體壯／銅筋鐵骨。

【義反】嬌小玲瓏／沉腰潘鬢／弱不禁風／骨瘦如柴。

虎狼之國

【釋義】像老虎一樣凶暴，像狼一樣貪婪的國家。

【出處】司馬遷・史記・蘇秦列傳：「夫秦，虎狼之國也，有吞天下之心。」

【用法】比喻貪暴凶狠的國家。

【例句】歷史上的秦國，可謂**虎狼之國**，對內嚴刑峻法，對外遠交近攻，逐步蠶食鯨吞諸侯各國。

虎視眈眈

【釋義】像老虎要撲食那樣惡狠狠地注視著。眈眈：注視的樣子。亦作「虎視耽耽」。

【出處】周易・頤卦：「虎視眈眈，其欲逐逐，无咎。」

【用法】比喻貪婪地注視著想要攫取的對象或物品。

【例句】老先生命若游絲，所有

的親友都對他的龐大遺產**虎視眈眈**，沒有幾個是眞正關心他死活的。

【義近】虎視鷹瞵／鷹瞵鶚視／鴟視狼顧／鷹視狼步。

【義反】脈脈注視／含情睨視／佛眼相看／菩薩低眉。

虎視鷹瞵

【釋義】像虎和鷹那樣凶狠狠地注視著。瞵：眼光閃閃地看著。

【出處】清・洪棟園・後南柯・伐檀：「虎視鷹瞵萃列強，競稱兵要犯封疆。」

【用法】比喻強敵窺伺。

【例句】晚清末年，西方列強對我國**虎視鷹瞵**，有識之士無不爲此大聲疾呼，竭力主張革故鼎新、奮發圖強。

【義近】虎視眈眈／鷹瞵鶚視／鴟視狼顧。

虎賁之士

【釋義】虎賁：指勇士。賁：同「奔」，言勇士如虎之奔走逐獸，凶猛無比。

【出處】書經・牧誓序：「武王戎車三百輛，虎賁三百人。」疏：「虎賁爲勇士稱也，若虎之賁（奔）走逐獸，言其猛也。」

【用法】比喻勇猛的戰士。

【例句】內有謀臣獻計於朝廷，外有**虎賁之士**效命於沙場，國家則固若金湯矣。

【義近】信臣精卒。

【義反】散兵游勇。

虎落平陽被犬欺

【釋義】平陽：本爲地名，今山西、浙江皆有平陽縣。此則泛指平原地帶。

【用法】以老虎離山失去依恃爲狗所欺，比喻有權勢之人一旦失勢爲常人所欺。

【例句】他當初身爲一縣之長，威風凜凜，現在因犯法免職，便處於**虎落平陽被犬欺**的可悲境地了。

【義近】龍困淺水遭蝦戲／牆倒眾人推。

【義反】惺惺惜惺惺／好漢惜好漢／患難見知音。

虎飽鴟咽

【釋義】像老虎那樣殘暴，像鴟鳥那樣貪得無厭。

【出處】桓寬・鹽鐵論・褒賢：「當世囂囂，非患儒之雞廉，患在位者之虎飽鷀（鴟）咽。」

【用法】比喻貪官污吏之凶狠無饜。

【例句】在專制社會裏，貪官污吏**虎飽鴟咽**地敲詐人民，根本不顧人民死活。

【義近】貪得無厭／求索無饜／敲骨吸髓。

【義反】大公無私／勤政愛民／廉潔奉公。

虎嘯風生

【釋義】老虎一聲怒吼，風起寒生。嘯：長聲鳴叫。

【出處】北史・張定和傳論：「虎嘯風生，龍騰雲起，英賢奮發，亦各因時。」

【用法】比喻豪傑因時而起，奮發有爲。

【例句】滿清末年，革命黨人**虎嘯風生**，追隨國父致力於國民革命，終於推翻滿清政府，建立了中華民國。

【義近】風起雲湧／風虎雲龍／龍騰虎躍／龍吟雲萃。

【義反】息交絕遊／韜聲匿跡。

虎瘦雄心在

【釋義】雄心：指具有遠大理想和抱負的壯志。

【出處】元・無名氏・小尉遲二折：「我老則老，殺場上有些氣概，豈不聞虎瘦雄心在。」

【用法】比喻人窮有志氣，也比喻人老而壯志不減。

【例句】難道你不曾聽說**虎瘦雄心在**這句成語嗎？我人雖窮，也決不會低聲下氣去求人！

【義近】人窮志不窮／人貧志氣存／烈士暮年，壯心不已／老驥伏櫪，志在千里。

【義反】人窮志亦窮／人窮志短／人老萬事休。

虎踞龍盤

【釋義】像老虎蹲著，如龍盤著。踞：蹲。盤：又寫作「蟠」，回旋環繞。

【出處】庾信・哀江南賦：「昔之虎踞龍盤，加以黃旗紫氣，莫不隨狐兔而窟穴，與風塵而殄瘁。」

【用法】形容地勢雄壯險要。常指帝都，也特指南京。

【例句】南京背負鍾山，面臨大江，形勢險要，自古被稱爲**虎踞龍盤**之地。

【義近】龍蟠虎踞／表裏山河。

【義反】一馬平川。

虎頭虎腦

【釋義】虎頭：舊時相家以爲貴相，今指相貌端莊有氣派。

【出處】東觀漢記・班超：「相者曰：生燕頷虎頭，飛而食肉，此萬里侯相也。」

【用法】今多用以指少年兒童健壯而憨厚的樣子。

【例句】好小子！長得**虎頭虎腦**的，多結實，長大一定有出息。

【義近】相貌堂堂。

【義反】獐頭鼠目／尖嘴猴腮／相貌單薄。

虎頭蛇尾

【釋義】老虎的頭部很大，蛇的尾部很細。

【出處】康敬之・李逵負荊二折：「轉背言詞說是非，這廝敢狗行狼心，虎頭蛇尾！」

【用法】比喻開始時聲勢很大，後來勁頭很小；也比喻做事有始無終。也可指文章收尾不好。

【例句】他這人有很多優點，但有一個嚴重的毛病，就是做事往往**虎頭蛇尾**。

【義近】有頭無尾／有始無終／雷聲大雨點小。

【義反】有頭有尾／有始有終／貫徹始終／始終如一。

五畫

處之泰然

【釋義】處在困難之中也能安然自得，毫不介意。

【出處】朱熹・四書章句集注・論語・雍也篇・賢哉回也注：「顏子之貧如此，而處之泰然，不以害其樂。」

【用法】形容應付緊急狀況或困難時，心情安定，態度從容。或形容適應力強。

【例句】這種緊急狀況他不是第一次碰上，所以他可以**處之泰然**，平穩地處理一切。

【義近】從容不迫／處之有素／安之若素。

【義反】驚惶失措／措手不及。

處心積慮 ㄔㄨˇ ㄒㄧㄣ ㄐㄧ ㄌㄩˋ

【釋義】處心：存心，居心。積慮：思慮了很久。

【出處】穀梁傳・隱公元年：「何甚乎鄭伯？甚鄭伯之處心積慮成於殺也。」

【用法】說明蓄意已久，早就有某種打算。

【例句】老大時時刻刻想把老二那份財產拿到手，**處心積慮**地暗算他。

【義近】費盡心機／挖空心思／絞盡腦汁。

【義反】無所用心。

處變不驚 ㄔㄨˇ ㄅㄧㄢˋ ㄅㄨˋ ㄐㄧㄥ

【釋義】處在詭譎多變的情勢中，而不驚惶失措。

【用法】指在危難中要鎮靜，不可自亂陣腳。

【例句】總統文告：「儘管世局多變，吾人應莊敬自強，**處變不驚**。」

【義近】以靜制動／從容應付／不慌不忙。

【義反】驚惶失措／不知所措／手足無措。

六畫

虛左以待 ㄒㄩ ㄗㄨㄛˇ ㄧˇ ㄉㄞˋ

【釋義】虛：空。左：左位，古時以左為尊。

【出處】司馬遷・史記・魏公子列傳：「公子從車騎，虛左，自迎夷門侯生。」

【用法】指空出尊位以待賢者。也指留著上首坐位等候客人，以示尊敬。

【例句】承蒙光臨，我早就久仰大名，**虛左以待**了。

【義近】虛位以待／招賢納士／禮賢下士。

【義反】拒之門外／輕賢慢士。

虛生浪死 ㄒㄩ ㄕㄥ ㄌㄤˋ ㄙˇ

【釋義】虛：徒然。浪：隨便。

【出處】舊唐書・越王貞傳：「不可虛生浪死，取笑於後代。」

【用法】用以說明活得沒有意義，死得沒有價值。

【例句】我們既然來到這個世界，就應該為社會、為人類做出力所能及的貢獻，否則就**虛生浪死**，枉生為人了。

【義近】行屍走肉／輕如鴻毛／一文不值。

【義反】遺芳百世／名垂千古／萬古流芳。

虛有其表 ㄒㄩ ㄧㄡˇ ㄑㄧˊ ㄅㄧㄠˇ

【釋義】虛有：空有。表：表面，外貌。

【出處】鄭處誨・明皇雜錄：「(蕭)嵩既退，上擲其草於地，曰：『虛有其表耳！』」

【用法】形容人只有華麗的外表而無實際的內涵。

【例句】別看他長得清清秀秀的，舉止也很斯文，其實根本胸無點墨，**虛有其表**而已。

【義近】虎皮羊質／華而不實。

【義反】名副其實／表裏如一。

虛舟飄瓦 ㄒㄩ ㄓㄡ ㄆㄧㄠ ㄨㄚˇ

【釋義】意謂沒有人乘的船，從屋頂上飄落的瓦。

【出處】宋・蘇溱・與朱元晦書：「回視其身，不啻如虛舟飄瓦，尚何覺知此體此用為如何哉！」

【用法】比喻沒有實用價值的東西。

【例句】在荒島上雖有珍珠、金銀等首飾，卻飢不可食，寒不可衣，無異於**虛舟飄瓦**。

【義近】土牛木馬／土雞瓦犬／陶犬瓦雞。

【義反】油鹽柴米／布帛菽粟／布被瓦器。

虛位以待 ㄒㄩ ㄨㄟˋ ㄧˇ ㄉㄞˋ

【釋義】虛：空著。待：等待。

【出處】馮夢龍・東周列國志六一回：「寧可虛位以待人，不可以人而濫位。」

【用法】指空著位子等候有才德的人。

【例句】董事長說這總經理的位子暫時空著，意在**虛位以待**，你們幾位經理應好好把握這個難得的好機會才是。

【義近】虛席以待／虛左以待／掃榻以待／招賢納士／禮賢下士。

【義反】傲賢慢士／輕賢慢士／偏位充數。

虛堂懸鏡 ㄒㄩ ㄊㄤˊ ㄒㄩㄢˊ ㄐㄧㄥˋ

【釋義】虛堂：寬大而設備很少的廳堂。懸鏡：高懸明鏡，隨時對鏡自照。喻心地坦然，如鏡鑑物。

【出處】宋史・陳良翰傳：「聽訟咸得其情。或問何術，良翰曰：『無術，第公此心，如虛堂懸鏡耳。』」

【用法】喻心存公正，自能明察是非。

【例句】北宋開封府尹包拯以**虛堂懸鏡**、鐵面無私的執法，贏得「包青天」的雅號而留名千古。

【義近】明鏡高懸／大公無私／正大光明／秦鏡高懸。

【義反】貪贓枉法／沉冤莫白／六月飛霜。

虛張聲勢 ㄒㄩ ㄓㄤ ㄕㄥ ㄕˋ

【釋義】虛：虛假。張：聲張，張揚。聲勢：聲威氣勢。

【出處】韓愈・論淮西事宜狀：「人情必有救助之意，然皆闇弱，自保無暇，虛張聲勢，則必有之。」

【用法】指假裝出強大的氣勢，藉以嚇唬對方。

【例句】你不要看對方張牙舞爪的樣子，其實他們是**虛張聲勢**，根本不堪一擊。

【義近】裝腔作勢。

【義反】不動聲色。

虛情假意 ㄒㄩ ㄑㄧㄥˊ ㄐㄧㄚˇ ㄧˋ

【釋義】虛假的情意。

【出處】吳承恩・西遊記三三回：「那怪巧語花言，虛情假意。」

【用法】形容人虛偽做作，不以誠心相待。

【例句】今天這一切使我明白了，過去他待我那麼好，完全是**虛情假意**。

【義近】惺惺作態／裝模作樣／假仁假義。

【義反】真心實意／誠心誠意。

虛無縹緲（ㄒㄩ ㄨˊ ㄆㄧㄠ ㄇㄧㄠˇ）

【釋義】虛無：虛幻不實。縹緲：隱隱約約、若有似無的樣子。
【出處】白居易・長恨歌：「忽聞海上有仙山，山在虛無縹緲間。」
【用法】形容虛幻渺茫，不可捉摸。
【例句】所謂海枯石爛、天長地久的愛情，常常是人們心中**虛無縹緲**的幻想。
【義近】空中樓閣／鏡花水月／海市蜃樓。
【義反】言之有物／言之鑿鑿。

虛虛實實（ㄒㄩ ㄒㄩ ㄕˊ ㄕˊ）

【釋義】意謂或虛或實，虛實不定。
【出處】羅貫中・三國演義四九回：「豈不聞兵法虛虛實實之論。」
【用法】多指在軍事上以實爲虛，以虛爲實，變化莫測，讓人捉摸不定。
【例句】軍事上爲了迷惑對方，採取**虛虛實實**的策略，可謂理所當然，無可厚非。
【義近】眞眞假假／假假眞眞／變幻莫測／雲譎波詭／變幻無常。
【義反】實實在在／眞眞實實／眞槍實彈。

虛與委蛇（ㄒㄩ ㄩˇ ㄨㄟ ㄧˊ）

【釋義】虛：不眞實，假意。與：跟，同。委蛇：敷衍。
【出處】莊子・應帝王：「鄉吾示之以未始出吾宗，吾與之虛而委蛇，不知其誰何。」
【用法】指對人虛情假意，敷衍應酬。
【例句】蔣幹到東吳勸說周瑜投降曹操，周瑜**虛與委蛇**，反教蔣幹中了他借刀殺人之計。
【義近】言不由衷／虛情假意／虛應故事。
【義反】開誠布公／赤誠相見／坦誠相見。

虛應故事（ㄒㄩ ㄧㄥˋ ㄍㄨˋ ㄕˋ）

【釋義】虛：不眞實，假意。應：應付。故事：舊的成例。
【出處】馮夢龍・醒世恆言・一文錢小隙造奇冤：「到底老人家，只好虛應故事。」
【用法】指做事按照往例敷衍應付，走走過場。
【例句】你去找他辦事，他只會**虛應故事**而已，決不會替你認眞辦的。
【義近】敷衍塞責／得過且過。
【義反】一絲不苟。

虛懷若谷（ㄒㄩ ㄏㄨㄞˊ ㄖㄨㄛˋ ㄍㄨˇ）

【釋義】虛懷：謙虛的胸懷。若谷：像山谷。
【出處】老子：「尙德若谷。」沈約・齊故安陸昭王碑文：「虛懷博約，幽關洞開。」
【用法】形容人十分謙虛，其胸懷像山谷一樣深廣，能容納各種不同的意見。
【例句】國父爲人誠懇熱情，**虛懷若谷**，使每個見過他的人都深受感動。
【義近】謙沖自牧／卑以下人／卑以自牧／大盈若沖／謙卑爲懷。
【義反】妄自尊大／夜郎自大／拒諫飾非／目空一切／坐井觀天。

七畫

號天頓地（ㄏㄠˊ ㄊㄧㄢ ㄉㄨㄣˋ ㄉㄧˋ）

【釋義】號：大聲號哭。頓地：頓作扣、叩，即「撞地」。
【出處】晉書・孝武帝紀：「朕以不造，奄丁閔凶，號天扣地，靡知所訴。」
【用法】形容十分悲痛的樣子。
【例句】他在得知獨子在美國慘遭歹徒殺害後，頓時**號天頓地**，不能自持。
【義近】哭天喊地／嚎啕大哭／哀痛欲絕／痛不欲生／哭天搶地。
【義反】喜不自勝／喜笑顏開／欣喜若狂／歡天喜地／樂不可支。

號令如山（ㄏㄠˋ ㄌㄧㄥˋ ㄖㄨˊ ㄕㄢ）

【釋義】如山：像山一樣的巋然不動。號令：召喚，命令，發布命令。
【出處】宋史・岳飛傳：「賊黨黃佐曰：『岳節使號令如山，若與之敵，萬無生理，不如往降。』」
【用法】形容命令之不可更易、動搖。
【例句】在軍隊中講求的是團隊精神，長官的**號令如山**，任何人都不可有異議。
【義近】軍令如山。
【義反】朝令夕改。

號咷大哭（ㄏㄠˊ ㄊㄠˊ ㄉㄚˋ ㄎㄨ）

【釋義】號咷：也作「嚎啕」，大哭之聲。
【出處】周易・同人：「同人，先號咷而後笑。」曹雪芹・紅樓夢一一七回：「襲人、紫鵑聽了這話，不禁嚎啕大哭起來。」
【用法】形容人放聲大哭。
【例句】她一聽到兒子遇難的噩耗，便坐倒在地，**號咷大哭**起來。
【義近】號啕痛哭／呼天搶地／捶胸頓足。
【義反】哄堂大笑／破涕爲笑／拊掌大笑。

虫　部

四　畫

蚍蜉撼樹（ㄆㄧˊ ㄈㄨˊ ㄏㄢˋ ㄕㄨˋ）

【釋義】蚍蜉：一種大螞蟻。撼：搖動。又作「蚍蜉撼大樹」。
【出處】韓愈・調張籍詩：「蚍蜉撼大樹，可笑不自量。」
【用法】比喻自不量力。
【例句】社會風氣已如此，你企圖寫幾篇文章便要扭轉它，根本是**蚍蜉撼樹**，起不了作用的。
【義近】螳臂當車／不自量力／與天競高／與日爭輝／夸父逐日。
【義反】量力而行／自知之明／安分守己。

蚍蜉戴盆（ㄆㄧˊ ㄈㄨˊ ㄉㄞˋ ㄆㄣˊ）

【釋義】蚍蜉：大螞蟻。
【出處】漢・焦贛・易林卷一三：「蚍蜉戴盆，不能上山。」
【用法】喻能力小而擔負的任務卻很重。也喻自不量力。
【例句】憑你那三腳貓功夫，就想要挑戰這位國術高手，簡直是**蚍蜉戴盆**，太自不量力了。
【義近】蚊力負山／蚍蜉撼樹／蜻蜓撼石／螳臂當車。
【義反】綽有餘力／自知之明／量力而行。

六　畫

蛟龍得水（ㄐㄧㄠ ㄌㄨㄥˊ ㄉㄜˊ ㄕㄨㄟˇ）

【釋義】蛟龍：傳說中的一種無角的龍，傳說此龍得水，能興雲作雨，飛騰升天。
【出處】管子・形勢：「蛟龍得水，而神可立也。」
【用法】比喻人有施展才能的機會。多指英雄得志。
【例句】他調到國防科研部門，有如**蛟龍得水**，可以大展其才了。
【義近】鳶飛戾天／春風得意。
【義反】蛟龍失水／涸轍之魚／龍困淺灘。

蛙鳴蟬噪（ㄨㄚ ㄇㄧㄥˊ ㄔㄢˊ ㄗㄠˋ）

【釋義】青蛙亂鳴，蟬兒亂叫。蟬：類似知了而個兒較大的昆蟲。噪：蟲、鳥鳴叫。
【出處】蘇軾・出都來陳所乘船上有題：「蛙鳴青草泊，蟬噪垂楊浦。」
【用法】形容噪音喧囂，擾人不安。有時也用以比喻拙劣的談話。
【例句】①在現代都市叢林裏，能夠聽到**蛙鳴蟬噪**倒成了一種享受。②他的報告又長又臭，有如**蛙鳴蟬噪**，眞是煩死人了！
【義近】蠅鳴蚓唱／驢鳴犬吠。
【義反】寂靜無聲／萬籟俱寂。

蛛絲馬跡（ㄓㄨ ㄙ ㄇㄚˇ ㄐㄧ）

【釋義】意謂從掛著的蜘蛛絲可以找到蜘蛛的所在，從馬蹄的印跡可以查出馬的去向。
【出處】王家賁・別雅序：「而實則蛛絲馬跡，原原本本，具在古書。」
【用法】比喻事情有隱約可尋的線索和痕跡。
【例句】警察根據現場的一些**蛛絲馬跡**，進行分析追蹤，終於抓到了搶劫銀行的罪犯。
【義近】一鱗半爪／蛛絲鼠跡。
【義反】不落痕跡。

蛛網塵封（ㄓㄨ ㄨㄤˇ ㄔㄣˊ ㄈㄥ）

【釋義】被蛛網纏繞，被塵土封蓋。形容房屋或器物長期無人居住或使用。
【出處】清・袁枚・隨園詩話補遺卷三：「余錄其浪淘沙云：『……記得當時心醉處，蛛網塵封。』」
【用法】形容蕭條破落的景象；或比喻荒廢已久。
【例句】這間古厝早已人去樓空，**蛛網塵封**了，據說還曾鬧鬼呢！
【義近】人去樓空／雜草叢生／門庭冷落。
【義反】窗明几淨／車馬盈門／門庭若市。

七　畫

蜀犬吠日（ㄕㄨˇ ㄑㄩㄢˇ ㄈㄟˋ ㄖˋ）

【釋義】四川盆地是多霧的地方，一旦太陽出來，狗都驚訝地狂叫起來。
【出處】韓愈・與韋中立論師道書：「蜀中山高霧重，見日時少；每至日出，則羣犬疑而吠之也。」幼學瓊林卷一：「蜀犬吠日，比人所見甚稀。」
【用法】比喻人少見多怪。
【例句】現在的老年人一聽說男女未婚同居，就像**蜀犬吠日**似的，大驚小怪。
【義近】粵犬吠雪／少見多怪／大驚小怪。
【義反】司空見慣／見怪不怪／習以爲常。

蛾眉皓齒（ㄜˊ ㄇㄟˊ ㄏㄠˋ ㄔˇ）

【釋義】蛾眉：也作「娥眉」，細長而彎的眉毛。皓齒：潔白的牙齒。
【出處】漢・司馬相如・美人賦：「有一女子，雲髮豐豔，蛾眉皓齒，顏盛色茂。」
【用法】形容女子的美貌。
【例句】這位小姐身材修長，面如桃花，**蛾眉皓齒**，儀態端莊，不愧爲亞洲選美的冠軍得主。
【義近】明眸皓齒／螓首蛾眉／花容月貌／沉魚落雁／仙姿玉貌／閉月羞花。
【義反】鼻眼歪邪／粗眉細眼／尖嘴猴腮／脣翻齒稀／貌似無鹽／其貌不揚。

蜂屯蟻聚（ㄈㄥ ㄊㄨㄣˊ ㄧˇ ㄐㄩˋ）

【釋義】是指像蜜蜂和螞蟻那樣聚集。屯：與「聚」同義，聚集。
【出處】南朝宋・劉義欣・檄司兗二州：「控弦熠滅，首尾逼畏，蜂屯蟻聚，假息旦夕。」
【用法】比喻很多人聚集在一起，紛亂錯雜。
【例句】這些中輟生游手好閒，整天**蜂屯蟻聚**，爲非作歹，給社會帶來了極大的危害。
【義近】攢三聚五／成羣結隊／人山人海／熙熙攘攘。
【義反】稀稀落落／三三兩兩／寥寥無幾／屈指可數／單槍匹馬／形單影隻／孑然一身／煢煢獨立。

蜂目豺聲

【釋義】眼睛凸起像蜜蜂，聲音殘暴似豺狼。

【出處】左傳・文公元年：「蜂目而豺聲，忍人也。」清・洪昇・長生殿・疑讖：「見了這野心雜種牧羊的奴，料蜂目豺聲定是狡徒。」

【用法】形容人的面目凶惡，聲音恐怖。

【例句】此人**蜂目豺聲**，不可深交，就是平日與他來往，也一定要小心謹慎，千萬不可大意。

【義近】鷹嘴鷂目／鴟目虎吻／青面獠牙／巨口獠牙／面目猙獰。

【義反】慈眉善目／菩薩低眉／面善心慈／和藹可親。

蜂擁而至

【釋義】像蜜蜂一般地擁至。

【出處】清・李汝珍・鏡花緣二六回：「個個頭戴浩然巾，手執器械，蜂擁而至。」

【用法】形容一羣人一下子擠到某個地方。

【例句】這家商場所有的貨物從今天起減價三天，所以今天一開門，顧客便**蜂擁而至**。

【義反】一哄而散／如鳥獸散。

蜂蠆有毒

【釋義】意謂蜂蠆之類的小動物，其毒也可以傷人。蠆：蠍子一類的毒蟲，尾部有刺。

【出處】左傳・僖公二十二年：「君其無謂蛛小，蜂蠆有毒，而況國乎？」

【用法】喻有些人或事物，地位雖低，東西雖小，但也能害人，因此不可忽略和輕視。

【例句】「雯青到此眞有些耐不得了，待要發作，又怕**蜂蠆有毒**，惹出禍來，只好納著頭，生生的咽了下來。」（曾樸・孽海花二四回）

【義近】蟻穴潰堤／猿穴壞山／積羽沉舟／蠹眾木折／星火燎原／聚蚊成雷。

八畫

蜻蜓點水

【釋義】蜻蜓飛行水面，尾部觸水即起。

【出處】晏殊・漁家傲：「嫩綠堪裁紅欲綻，蜻蜓點水魚遊畔。」

【用法】比喻治學不深入，淺嘗輒止。也比喻做事輕浮應付，不深入仔細。

【例句】**蜻蜓點水**式的工作態度，既了解不到實際情況，也解決不了實際問題。

【義近】淺嘗輒止／浮光掠影／走馬觀花。

【義反】拔樹尋根／追本溯源／實事求是。

蜩螗沸羹

【釋義】如蟬之鳴叫，如沸滾之羹，比喻喧鬧。蜩螗：蟬的別稱。

【出處】詩經・大雅・蕩：「如蜩如螗，如沸如羹。」元稹・春蟬詩：「風松不成韻，蜩螗沸如羹。」

【用法】喻指世局喧囂、紛擾不寧。

【例句】有志之士，眼見世局**蜩螗沸羹**，憂心不已，無奈報國無門，徒呼奈何。

【義近】干戈落落／紛紛擾擾／烽火連天。

【義反】海晏河清／四海昇平／天下太平。

蜚短流長

【釋義】同「飛短流長」。蜚：通「飛」，作散佈、流傳解。流：意同「蜚」。

【出處】吳沃堯・二十年目睹之怪現狀四九回：「月卿道：『我已是久厭風塵，看著這等事，絕不因之動心，只是外間的飛短流長，未免令人聞而生厭罷了。』」

【用法】流傳於眾人之間的閒言閒語；或指無中生有，造謠中傷。

【例句】她整天吃飽沒事幹，四處串門子，**蜚短流長**，造謠生事，是個標準的長舌婦。

【義近】流言蜚語／無事生非／造謠生事。

【義反】謹言愼行。

九—十畫

蝦兵蟹將

【釋義】古代神怪小說裏海龍王手下的兵將。蝦、蟹：均為「身披堅甲，頭戴利箱」的小動物。

【出處】吳承恩・西遊記三回：「東海敖廣即忙起身，與龍子龍孫，蝦兵蟹將出宮迎道……。」

【用法】比喻供惡勢力驅使的爪牙、走卒。

【例句】平劇《打漁殺家》裏，漁霸家的教師爺被蕭恩打倒在地，他手下的**蝦兵蟹將**見勢不妙，一哄而散。

【義近】嘍囉幫凶／爪牙走卒。

【義反】天兵天將／神兵神將。

蝦荒蟹亂

【釋義】蝦蟹成災，稻穀皆遭蕩盡，比喻戰亂的前兆。

【出處】傅肱・解譜・兵證：「吳俗有蝦荒蟹亂之語，蓋取其披堅執銳，歲或暴至，則鄉人用以為兵證也。」

【用法】古人指戰爭的預兆。

【例句】看海濱**蝦荒蟹亂**的景象，和平共存的假象恐又將幻滅，烽火再起只是時間的早晚罷了。

蝸角虛名

【釋義】蝸角：蝸牛的角，喻微小。虛名：與實際不符的名聲。

【出處】蘇軾・滿庭芳：「蝸角虛名，蠅頭微利，算來著甚乾忙。」

【用法】用以指所爭者只不過是微不足道的虛名。

【例句】人生在世，最重要的是健康與人格，沒提拔你為局長有什麼了不得，何苦為這**蝸角虛名**而悶悶不樂呢？

【義近】微名薄利／蠅利蝸名／小小名氣。

【義反】名滿天下／名聲鼎盛／名揚四海／名震中外／舉世聞名／大名鼎鼎／赫赫有名／飲譽國際。

融會貫通

【釋義】研究學問，能將各種義理融合貫串起來。

【出處】宋史・道學傳：「於是

上自帝王傳心之奧，下至初學入德之門，融會貫通，無復餘蘊。」
【用法】用以形容能將多種義理融化會合成一種學問。
【例句】做學問最重要的是能**融會貫通**，千萬不可死記。
【義近】心領神會／窺得竅門／讀書得間。
【義反】囫圇吞棗。

螓首蛾眉（ㄑㄧㄣˊ ㄕㄡˇ ㄜˊ ㄇㄟˊ）

【釋義】意謂寬闊的額頭，彎彎的眉毛。螓：蟬的一種，其額廣而方。
【出處】詩經．衛風．碩人：「手如柔荑，膚如凝脂，領如蝤蠐，齒如瓠犀，螓首蛾眉，巧笑倩兮，美目盼兮。」
【用法】形容女子的容貌美麗。
【例句】你看孫家那新進門的媳婦，**螓首蛾眉**，明眸皓齒，好漂亮啊！
【義近】蛾眉皓齒／仙姿玉貌／花容月貌／閉月羞花。
【義反】其貌不揚／臼頭深目／貌似無鹽／嫫母倭鬼。

螞蝗見血（ㄇㄚˇ ㄏㄨㄤˊ ㄐㄧㄢˋ ㄒㄧㄝˇ）

【釋義】螞蝗：是水蛭的一種，本作「馬蟥」。生長於沼澤或水田中，專吸人畜的血液，見血即緊緊吸住，不易分離。
【出處】蒲松齡．醒世姻緣六六回：「誰知狄希陳的流和心性，一見個油頭木梳紅裙粉面的東西，就如螞蝗見血相似，甚麼是肯開交。」
【用法】比喻見到心愛的東西就不肯離開。
【例句】當我帶著小外孫逛街時，他只要一看到麥當勞速食店，就如同**螞蝗見血**般不肯離去，非要買個玩具才肯罷休。

十一畫

螳螂捕蟬（ㄊㄤˊ ㄌㄤˊ ㄅㄨˇ ㄔㄢˊ）

【釋義】螳螂捕捉蟬。又作「螳螂捕蟬，黃雀在後」。
【出處】莊子．山木：「覩一蟬，方得美蔭而忘其身；螳螂執翳而搏之，見得而忘其形；異鵲從而利之，見利而忘其眞。」趙曄．吳越春秋：「螳螂捕蟬，志在有利，不知黃雀在後啄之。」
【用法】比喻目光短淺，只想到算計別人，沒想到有人在算計自己。
【例句】他這個人一心只想暗算別人，沒想到這次竟**螳螂捕蟬**，被人在背後暗算了。
【義近】見得忘形。
【義反】瞻前顧後。

螳臂當車（ㄊㄤˊ ㄅㄧˋ ㄉㄤ ㄐㄩ）

【釋義】螳臂：螳螂的前腿。當車：阻擋車輪前進。
【出處】莊子．人間世：「汝不知夫螳螂乎，怒其臂以當車轍，不知其不勝任也。」
【用法】今多用以譏刺人自不量力。
【例句】東歐各地的民主運動洶湧澎湃，專制主義者妄想**螳臂當車**，自然要落得粉身碎骨的下場。
【義近】蚍蜉撼樹／以卵擊石／自不量力。
【義反】泰山壓卵／量力而行。

螻蟻尚且貪生（ㄌㄡˊ ㄧˇ ㄕㄤˋ ㄑㄧㄝˇ ㄊㄢ ㄕㄥ）

【釋義】螻蟻蚍蜉雖爲微小的蟲類，尚且努力求生存。
【出處】元曲．馬致遠．薦福碑劇三：「螻蟻尚且貪生，爲人何不惜命。」
【用法】勸人要珍惜生命，不可輕生。
【例句】近來經濟不景氣，常有人鬧自殺，殊不知上天有好生之德，**螻蟻尚且貪生**，怎可不珍惜生命呢？

螽斯衍慶（ㄓㄨㄥ ㄙ ㄧㄢˇ ㄑㄧㄥˋ）

【釋義】螽斯：蝗蟲類，翅膀飛翔時會發出聲音，繁殖力強，一次能生九十九子。衍慶：綿延不絕。
【出處】詩經．周南．螽斯：「螽斯羽，詵詵兮，宜爾子孫振振兮。」
【用法】今多用來祝福他人子孫繁昌，綿延不絕的讚辭。
【例句】陳老先生九十大壽，八子七婿齊聚一堂，兒孫繞膝，好不熱鬧，我們祝福他**螽斯衍慶**，壽比南山。
【義近】瓜瓞綿綿／百子千孫／子孫滿堂。

十二畫

蟪蛄不知春秋（ㄏㄨㄟˋ ㄍㄨ ㄅㄨˋ ㄓ ㄔㄨㄣ ㄑㄧㄡ）

【釋義】蟪蛄：屬蟬科的昆蟲，夏生而秋死，故不知有春秋二季。
【出處】莊子．逍遙遊：「朝菌不知晦朔，蟪蛄不知春秋，此小年也。」
【用法】比喻生命短暫或見識淺陋。
【例句】人在天地間，猶如百代之過客。古人說：「**蟪蛄不知春秋**。」生命是何其短促啊，古人思秉燭夜遊，實在是有原因的。
【義近】夏蟲不可語冰／夏蟬不知雪堅／蜉蝣朝生暮死。

蟬衫麟帶（ㄔㄢˊ ㄕㄢ ㄌㄧㄣˊ ㄉㄞˋ）

【釋義】像蟬翼輕薄的衣衫，有麟紋裝飾的腰帶，形容衣服的華麗。
【出處】溫庭筠．舞衣曲：「夜向蘭堂思楚舞，蟬衫麟帶壓愁香。」
【用法】形容服裝的華麗。
【例句】黎小姐的新娘禮服，**蟬衫麟帶**，履絲曳縞，既華麗又高雅，眞讓人羨慕。
【義近】阿縞之衣／血色羅裙／履絲曳縞。
【義反】布衣粗服／短褐穿結／鶉衣百結。

十三畫

蠅頭微利（ㄧㄥˊ ㄊㄡˊ ㄨㄟ ㄌㄧˋ）

【釋義】蠅頭：蒼蠅頭，喻微小。微利：小利。
【出處】蘇軾．滿庭芳詞：「蝸角虛名，蠅頭微利，算來著甚乾忙。」
【用法】形容極其微小的利潤或好處。
【例句】人生在世，何必要爲**蠅頭微利**而奔波煩擾，還是快快活活地過日子吧！
【義近】蠅頭小利／毫末之利／錐刀之利。
【義反】利市三倍／一本萬利。

蠅營狗苟

【釋義】像蒼蠅一般地飛來飛去到處鑽營，像狗一般地苟且偷生不講節操。

【出處】韓愈・送窮文：「朝悔其行，暮已復然，蠅營狗苟，驅去復還。」

【用法】比喻為追名逐利而不顧廉恥。多用於人的言行舉止方面。

【例句】逢迎拍馬本是**蠅營狗苟**之輩的一貫伎倆，你又何必為此大動肝火呢？

【義近】沽名釣譽／卑躬屈膝／搖尾乞憐／如蟻附羶／寡廉鮮恥。

【義反】傲視名利／高亢不屈／守節不移／懷瑾握瑜。

蠅糞點玉

【釋義】意謂蒼蠅的糞能使白玉沾有污點。點：玷污。

【出處】唐・陳子昂・宴胡楚真禁所詩：「青蠅一相點，白璧遂成冤。」宋・陸佃・埤雅・釋蟲：「青蠅糞猶能敗物，雖玉猶不免，所謂蠅糞點玉是也。」

【用法】比喻細小的過錯也能使好人玷污。或比喻完美的事物遭受損壞。

【例句】身為政府高級官員，一言一行都應小心檢點，若稍有差錯，其形象便會大受影響，所謂**蠅糞點玉**，豈可不慎？

【義近】佛頭著糞／白圭之玷／白璧蒙瑕／一顆老鼠屎壞了一鍋粥。

【義反】白璧無瑕／美玉無瑕／完美無缺／盡善盡美／十全十美。

蟾宮折桂

【釋義】折取月宮的桂花。蟾宮：月宮，傳說月中有蟾（癩蝦蟆），故名。

【出處】鄭德輝・王粲登樓二折：「寒窗書劍十年苦，指望蟾宮折桂枝。」

【用法】舊指科舉應試得中，今也泛指應試較高級的考試而得中。

【例句】彼時黛玉在窗下對鏡理裝，聽寶玉說上學去，因笑道：「好！這一去，可是要**蟾宮折桂**了！」（曹雪芹・紅樓夢九回）

【義近】金榜題名／青雲直上／雁塔題名。

【義反】榜上無名／名落孫山／暴鰓龍門。

蟾宮展志

【釋義】同「蟾宮折桂」。蟾宮：本指月宮，古人稱科舉及第為「登蟾宮」。

【出處】李中・送秀才書：「蟾宮須展志，漁艇莫牽心。」

【用法】祝賀人金榜題名，鴻圖大展。

【例句】十年寒窗苦讀，今朝**蟾宮展志**，真是可喜可賀。

【義近】蟾宮折桂／名標金甲／雁塔題名／金榜題名。

【義反】名落孫山／暴鰓龍門／榜上無名。

十五畫

蠢蠢欲動

【釋義】蠢蠢：蟲類拱著爬動的樣子。欲：將要。又作「蠢蠢而動」。

【出處】劉敬叔・異苑：「掘得一黑物，無有首尾，形如數百斛舡，長數十丈，蠢蠢而動。」

【用法】形容敵方、歹徒將有所行動，準備搗亂破壞。

【例句】根據情報，敵人亡我之心未死，現又**蠢蠢欲動**，應下令三軍處於戰備狀態。

【義近】蠢蠢思動。

【義反】隱伏未動／龜縮不動。

十七—十九畫

蠱惑人心

【釋義】蠱惑：迷惑。蠱：傳說中的毒蟲。

【出處】劉勰・滅惑論：「而濫求租稅，糜費產業，蠱惑士女。」

【用法】比喻製造輿論或散布謠言來迷惑、欺騙群眾。

【例句】你在人心惶惶的時候又散布這種**蠱惑人心**的言論，是唯恐天下不亂嗎？

【義近】妖言惑眾／亂人耳目。

【義反】信而有徵／讜言正論／言之鑿鑿。

蠹國害民

【釋義】蠹：木中的蛀蟲。此喻禍國害民的人物。

【出處】京本通俗小說・拗相公：「陰司以兒父久居高位，不思行善，專一任性執拗，蠹國害民，怨氣騰天。」

【用法】指危害國家和民眾。

【例句】那些貪污腐化的政府官員，為所欲為，**蠹國害民**。新政府上臺後，徹底查辦，革職的革職，法辦的法辦，真是大快人心。

【義近】禍國殃民／賣國殘民／蠹國嚼民。

【義反】保國衛民／忠志之士／富國裕民。

蠶食鯨吞

【釋義】喻掠奪他人財物或土地，像蠶吃桑葉那樣逐步侵佔，或像鯨魚吞食那樣大口吞併。

【出處】清・紀昀・閱微草堂筆記・灤陽消夏錄六：「汝兄遺二孤侄，汝蠶食鯨吞，幾無餘瀝。」

【用法】比喻用各種方式進行侵佔和掠奪他人土地或財物。

【例句】戰國時代由於六國之間各懷鬼胎，不能團結一致，才給予秦國**蠶食鯨吞**的機會，逐一被消滅。

【義近】巧取豪奪／遠交近攻／鯨吞虎據。

蠻不講理

【釋義】蠻橫而不講道理。蠻：蠻橫，野蠻。

【用法】形容人態度粗暴惡劣，遇事橫蠻逞強，根本不講道理。

【例句】你犯了錯還如此**蠻不講理**，那我們到警察局解決好了。

【義近】蠻橫無理／撒潑放刁／強詞奪理。

【義反】以理服人／理直氣壯。

蠻貊之邦

【釋義】在古代以漢族（居中原）為中心，稱四方異族為東夷、西戎、南蠻、北貊（北狄）。

【出處】論語・衛靈公：「言忠信，行篤敬，雖蠻貊之邦，行矣。」

【用法】泛指落後地區的異邦、異族。

【例句】置身於非洲**蠻貊之邦**，語言不通，飲食不便，生活非常不習慣。

血部

血口噴人 ㄒㄧㄝˇ ㄎㄡˇ ㄆㄣ ㄖㄣˊ

【釋義】噴：辱罵，誣蔑，攻擊。一作「含血噴人」。

【出處】僧曉瑩・羅湖野錄：「含血噀人，先污其口。」李綠園・歧路燈六四回：「只要你的良心，休血口噴人。」

【用法】比喻用惡毒的話誣蔑或辱罵別人。

【例句】這件事不是我做的，你不要**血口噴人**，胡說八道。

【義近】含沙射影／惡語傷人／造謠中傷／出言不遜。

血化爲碧 ㄒㄧㄝˇ ㄏㄨㄚˋ ㄨㄟˊ ㄅㄧˋ

【釋義】忠臣烈士的鮮血，成仁後凝化而成爲碧玉。

【出處】莊子・外物：「伍員流於江，萇弘死於蜀，藏其血三年，化而爲碧。」疏：「萇弘放歸蜀，自恨忠而遭譖，刳腸而死。蜀人感之，以匱盛其血，三年而化爲碧玉。」

【用法】比喻忠貞不二，精誠之至。

【例句】滿清末年，革命黨人爲推翻腐敗專制，前仆後繼，壯烈犧牲，他們**血化爲碧**，不旋踵而革命成功，創建了民國。

血肉相連 ㄒㄧㄝˇ ㄖㄡˋ ㄒㄧㄤ ㄌㄧㄢˊ

【釋義】像血和肉一樣互相緊密地連在一起。

【用法】比喻關係非常密切，不可分離。

【例句】臺灣與大陸在各方面都有著**血肉相連**的關係，應該互相提攜，和平共處。

【義近】情同手足／情同骨肉／脣齒相依。

【義反】風馬牛不相及／渺不相涉／涇渭分明／毫無瓜葛。

血肉淋漓 ㄒㄧㄝˇ ㄖㄡˋ ㄌㄧㄣˊ ㄌㄧˊ

【釋義】淋漓：沾濕，流滴。

【出處】宋・洪邁・夷堅甲志・高俊入冥：「獄卒割剔其股文，血肉淋漓，形容枯瘠不類人。」

【用法】形容血肉連在一起流滴的慘狀。

【例句】這三位女士在翻車事件中受傷最爲嚴重，全身**血肉淋漓**，得趕快送往醫院搶救才是！

【義近】血肉流淌／血肉模糊／體無完膚。

【義反】皮外之傷／皮毛之傷／皮肉之傷。

血肉橫飛 ㄒㄧㄝˇ ㄖㄡˋ ㄏㄥˊ ㄈㄟ

【釋義】意謂血肉四散亂濺。

【出處】陳天華・獅子吼八回：「即有八個如狼似虎的獄卒，各執竹條，縱橫亂擊，打得血肉橫飛，足足打了四個小時，方才喪命。」

【用法】形容在爆炸或其他意外災禍中，死傷者的慘狀。

【例句】在這場意外爆炸中，一位路過民眾首當其衝，被炸得**血肉橫飛**，慘不忍睹。

【義近】血肉淋漓／血肉四濺／血肉模糊／殘肢斷臂／體無完膚／傷亡枕藉。

【義反】皮肉之傷／皮毛之傷／毫髮無損。

血雨腥風 ㄒㄧㄝˇ ㄩˇ ㄒㄧㄥ ㄈㄥ

【釋義】雨點帶著鮮血，風裏夾著腥味。

【出處】韓愈・叉魚招張功曹詩：「血浪凝猶沸，腥風遠更飄。」

【用法】形容瘋狂殺戮的凶險氣氛或環境，也形容戰鬥的慘烈。

【例句】日軍攻佔南京後，實行大屠殺，全城人民都生活在**血雨腥風**的恐怖氣氛之中。

【義近】尸橫遍野／血流漂杵／流血伏尸／血浪腥風。

【義反】不擒二毛／兵不血刃。

血流如注 ㄒㄧㄝˇ ㄌㄧㄡˊ ㄖㄨˊ ㄓㄨˋ

【釋義】是說血流得就像射出來那樣。

【出處】太平廣記卷三七・引唐・段成式・酉陽雜俎・姚司馬：「瞻乃匿劍，蹈步大言，極力刺之，其物匣刃而步，血流如注。」

【用法】形容血流得多而急。

【例句】這個可憐的婦人，頭頂被她丈夫用碗砸破，頓時**血流如注**，幸虧好心的鄰居及時送往醫院搶救，否則就性命難保了。

【義近】血如潮湧／鮮血噴流／鮮血直流／血流不止。

【義反】滴血未見／毫髮未傷／毫髮無損。

血流成河 ㄒㄧㄝˇ ㄌㄧㄡˊ ㄔㄥˊ ㄏㄜˊ

【釋義】鮮血流成了河流。

【出處】隋・祖君彥・檄洛州文：「屍骸蔽野，血流成河，積怨滿於山川，號哭動於天地。」

【用法】形容死傷的人極多。

【例句】抗日戰爭時期的平型關戰役，我軍殺得日軍屍橫遍野，**血流成河**，終於扭轉了戰局。

【義近】血流殷地／血流成渠／

血流漂杵／屍橫遍野／血海屍山。

【義反】兵不血刃／不戰而屈人之兵／止戈為武。

血流漂杵（ㄒㄧㄝˇ ㄌㄧㄡˊ ㄆㄧㄠ ㄔㄨˇ）

【釋義】血流成河，連棒槌也漂起來了。杵：舂米的短木棰。

【出處】尚書・武成：「前徒倒戈，攻于後以北，血流漂杵。」

【用法】形容殺人之多。

【例句】戰國時代常有大規模的戰爭發生，有時戰況慘烈，死傷無數，**血流漂杵**。

【義近】血流成渠／血流成河／殺人如麻／尸橫遍野／流血浮尸。

【義反】兵不血刃／滴血未見／未損一兵／未傷一將。

血盆大口（ㄒㄧㄝˇ ㄆㄣˊ ㄉㄚˋ ㄎㄡˇ）

【釋義】血淋淋的像盆子那樣大的嘴。

【出處】李汝珍・鏡花緣四九回：「原來身後有個山羊在那裏吃草，卻被大蟲看見，撲了過去，抱住山羊，張開血盆大口。」

【用法】用以形容猛獸或妖魔的大嘴。

【例句】那獅子不知怎地從籠子裏跑了出來，張開**血盆大口**吼叫，幸虧馴獸師及時趕到，把牠吆喝回籠子裏去關了起來，要不然還不知道會惹出什麼大事呢！

【義近】口若血盆。

【義反】櫻桃小口。

血氣之勇（ㄒㄧㄝˇ ㄑㄧˋ ㄓ ㄩㄥˇ）

【釋義】血氣：猶言元氣，此處作剛猛之氣。

【出處】孟子・公孫丑上：「若是則夫子過孟賁遠矣。」朱熹集注：「孟賁血氣之勇，丑蓋借之以贊孟子不動心之難。」

【用法】比喻有勇無謀，憑著一時的衝動，做出極為魯莽的行為。

【例句】年輕人往往血氣方剛，憑著**血氣之勇**，做出傷天害理的事。

【義近】好勇鬥狠／年輕氣盛／血氣方剛／匹夫之勇。

【義反】少年老成／老成持重／老於世故。

血氣方剛（ㄒㄧㄝˇ ㄑㄧˋ ㄈㄤ ㄍㄤ）

【釋義】血氣：指精力。方：正。剛：旺盛，強勁。

【出處】論語・季氏：「及其壯也，血氣方剛，戒之在鬭。」

【用法】形容年輕人精力正旺盛，容易衝動。

【例句】青少年處於**血氣方剛**的時期，師長們應多加教育和引導，以免他們在外惹事生非。

【義近】年輕氣盛／血氣之勇。

【義反】少年老成／老成持重。

血海屍山（ㄒㄧㄝˇ ㄏㄞˇ ㄕ ㄕㄢ）

【釋義】血流成海，屍體堆積如山。

【出處】明・無名氏・王馬破曹二折：「殺的他血海屍山人馬亡，似敗葉，狂風蕩。」

【用法】形容傷亡十分嚴重。

【例句】那些內戰的國家，很難說誰是贏家，因為每一仗打下來，雙方都**血海屍山**，死傷的無一不是自己的同胞。

【義近】傷亡枕藉／血流成河／血流漂杵／屍橫遍野。

【義反】兵不血刃／止戈為武／未損一兵／未傷一將。

血海深仇（ㄒㄧㄝˇ ㄏㄞˇ ㄕㄣ ㄔㄡˊ）

【釋義】像血流成海那樣的深仇大恨。

【出處】毘奈耶雜事三七：「今我今昔，枯竭血海。」

【用法】形容仇恨極大極深。

【例句】他槍殺我父母，搶走我愛妻，這**血海深仇**若是不報，我誓不為人。

【義近】深仇大恨／食肉寢皮／不共戴天／深仇舊怨／殺父之仇／奪妻之恨。

【義反】再造之恩／再生父母／生死肉骨／恩重如山／深情厚誼。

行部

行尸走肉（ㄒㄧㄥˊ ㄕ ㄗㄡˇ ㄖㄡˋ）

【釋義】行尸：會走動的屍體。尸：同「屍」。走肉：會走動而沒有靈魂的肉體。

【出處】王嘉・拾遺記・後漢：「夫人好學，雖死若存；不學者雖存，謂之行尸走肉耳。」

【用法】比喻人碌碌無為、渾渾噩噩，雖具形體卻毫無生活意義。

【例句】這些人正經事不做，一天到晚只知吃喝玩樂，宛如一羣**行尸走肉**。

【義近】酒囊飯袋／飯囊衣架。

【義反】雖死猶生／自強不息。

行不由徑（ㄒㄧㄥˊ ㄅㄨˋ ㄧㄡˊ ㄐㄧㄥˋ）

【釋義】走路不抄捷徑小道。徑：小道，引申為邪路。

【出處】論語・雍也：「有澹臺滅明者，行不由徑；非公事，未嘗至於偃之室也。」

【用法】比喻行動光明正大。

【例句】他為人一向**行不由徑**，是個值得信賴的人。

【義近】行不踰方／行不苟且／道而不徑／光明正大／堂堂

正正／直道而行。

【義反】投機取巧。

行不更名，坐不改姓

【釋義】意謂無論在家還是外出，都不改名變姓。更名：改變名字。

【出處】元・張國賓・合汗衫二折：「行不更名，坐不改姓，自家陳虎的便是！」

【用法】形容為人處世光明磊落，敢作敢當。

【例句】洒家**行不更名，坐不改姓**，青面獸楊志的便是。

【義近】堂堂正正／光明磊落／敢作敢當／不欺暗室。

【義反】隱姓埋名／改名換姓／亡命天涯。

行不苟合

【釋義】苟：不正當，隨隨便便。意謂行事正直，不苟同附合。

【出處】漢・荀悅・漢紀・高后紀：「建為人口辯，初名廉直，行不苟合。」司馬遷・史記・酈生陸賈傳：「行不苟合，義不取容。」

【用法】指人行為光明正大，不與人同流合污。

【例句】程先生為人非常正直，一向光明磊落，**行不苟合**，因而深受大家的尊敬。

【義近】行不苟容／剛直不阿／守正不撓／方正亮直／守正不阿。

【義反】苟合取容／同流合污／隨波逐流／趨炎附勢／滑泥揚波／與世浮沉。

行不得也哥哥

【釋義】鷓鴣鳥的啼叫聲，聽來似乎警示人世途艱險。

【出處】丘濬・禽言・行不得也哥哥：「行不得也哥哥，十八灘頭亂石多。東去入閩南去廣，溪流湍駛嶺嵯峨。行不得也哥哥。」本草綱目・鷓鴣：「鷓鴣性畏霜露，早晚稀出，夜棲以木葉蔽身，多對啼。今俗謂其鳴曰：『行不得也哥哥。』」

【用法】比喻人事、世路等的艱險。或喻身處異地，聞鷓鴣鳥啼聲而觸動鄉愁。

【例句】今晚獨宿鄉間，深夜鷓鴣鳥**行不得也哥哥**一聲聲的啼叫，頓時勾起了我的無限鄉愁。

【義近】世路崎嶇／世途艱險／思鄉情切。

行不逾方

【釋義】逾：越過。方：正。

【出處】後漢書・班彪傳：「班彪以通儒上才，傾側危亂之間，行不逾方，言不失正。」

【用法】指行為不逾越正道。

【例句】賀先生為人處世非常小心謹慎，是個**行不逾方**的志誠君子，你這件事就放心交給他去辦吧！

【義近】行不逾矩／循規蹈矩／行不由徑／行不苟且／道而不徑／直道而行。

【義反】違法亂紀／偭規越矩／投機取巧／偷雞摸狗。

行不顧言

【釋義】顧言：顧慮到已經說過的話。

【出處】孟子・盡心下：「言不顧行，行不顧言。」

【用法】指人做事不講信用，不遵守諾言。

【例句】你這個人怎麼如此**行不顧言**，昨天明明說好了，契約也簽了，哪有事隔一天又要反悔的！

【義近】言而無信／自食其言／出爾反爾／言不顧行／食言而肥／輕諾寡信。

【義反】信守諾言／一諾千金／言行一致／一言九鼎／言而有信。

行之有效

【釋義】實行起來有成效。行：推行，實施。之：代詞，指措施、辦法。

【用法】指某種方法或措施已經實行過，證明很有效用。

【例句】針灸療法在中國已有千餘年歷史，**行之有效**，現在西方醫學界也開始重視。

【義近】卓有成效／立竿見影。

【義反】徒勞無功／無濟於事。

行凶撒潑

【釋義】撒潑：耍無賴，用蠻橫無理的行為待人。

【出處】明・無名氏・打董達二折：「我平日之間，行凶撒潑，倚強凌弱，欺負平人。」

【用法】形容待人凶惡，蠻橫無理。

【例句】他是個無賴惡少，動不動就**行凶撒潑**，你千萬不要隨便去招惹他，以免惹禍上身。

【義近】行凶撒野／蠻橫無禮／蠻不講理／撒潑放刁。

【義反】溫文爾雅／溫柔敦厚／文質彬彬／雍容爾雅。

行合趨同

【釋義】行：行為。趨：趨向，旨趣。

【出處】淮南子・說山訓：「行合趨同，千里相從；行不合，趨不同，對門不通。」

【用法】指彼此的行為和志趣都一樣。

【例句】我與他**行合趨同**，故能成為莫逆之交，情同手足。

【義近】志同道合／呼吸相通／笙磬同音／志趣相投／意氣相投。

【義反】大異其趣／不相為謀／扞格不入／貌合神離。

行成於思

【釋義】意謂做事情成功是由於多思考。行：行事，做事。思：思考。

【出處】韓愈・進學解：「招諸生立館下，誨之曰：『業精於勤，荒於嬉；行成於思，毀於隨。』」

【用法】說明做事情要多思考、多分析。

【例句】韓愈說**行成於思**，現代的事情比古代要複雜得多，更要多思，才有可能取得成就。

【義近】三思而行／慮而後得。

【義反】行毀於隨／率爾從事。

行有餘力

【釋義】一件事做完，還有精力再做另外一件事。

【出處】論語・學而：「弟子入則孝，出則弟，謹而信，汎愛眾，而親仁，行有餘力，則以學文。」

【用法】意指做事有先後緩急的次序。

【例句】孔子教人為學要從孝、弟、謹、信著手，再及於愛眾、親仁，**行有餘力**才去學習文章六藝。

行百里者半九十

【釋義】行百里路，走了九十里才算是一半。

【出處】戰國策・秦策五：「詩云：『行百里者半於九十。』此言末路之難。」

【用法】比喻做事愈接近完成愈困難。

【例句】**行百里者半九十**，無論做什麼事越往後越困難，所以務必要有恆心和毅力。

行色匆匆

【釋義】行色：出行的神態。匆匆：急遽的樣子。

【出處】莊子・盜跖：「今者闕然數日不見，車馬有行色，得微往見跖邪？」司馬遷・史記・龜策傳：「悤悤疾疾。」

【用法】多用以形容有急事在身，旅途匆忙的情景。

【例句】為了趕回家料理母親的喪事，他一路上**行色匆匆**，只希望能儘快到家。

【義近】馬不停蹄／日夜兼程。

【義反】從容不迫／不慌不忙／慢條斯理。

行行出狀元

【釋義】行行：每一個行業。狀元：科舉時代稱廷試第一名者。

【用法】說明各行各業都大有作為，只要用心從事便可成為特出的人才。多作勉勵語。

【例句】現在已是**行行出狀元**的時代，那種「萬般皆下品，唯有讀書高」的觀點，應該拋往九霄雲外了。

行行鄙夫志

【釋義】行行：形容剛強勇武的樣子；論語：「子路行行如也。」鄙夫：指見識淺薄的人。

【出處】崔瑗・座右銘：「行行鄙夫志，悠悠故難量。」意謂見識淺薄的人，只知逞強好勝，但寧靜才能致遠，獲致成功。

【用法】指血氣之勇不足取。

【例句】見識淺薄的人，只知逞勇鬥狠，所謂**行行鄙夫志**，那是不足取的，以靜制動才是成功的要道。

【義近】血氣之勇／血氣方剛／暴虎馮河。

【義反】寧靜致遠／深謀遠慮／慮周行果。

行吟坐詠

【釋義】走著唸，坐著唱。吟、詠：聲調抑揚地唸、唱，為舊時讀書之聲。

【出處】南史・郭祖深傳：「陛下昔歲尚學，置立五館，行吟坐詠，誦聲溢境。」

【用法】形容無論是走路或坐著都在讀書，十分勤奮好學。

【例句】這年輕人自小就特別愛讀書，**行吟坐詠**，手不釋卷，今天在學術上有這麼高的成就，實非偶然。

【義近】手不釋卷／書讀夜誦／牛角掛書／韋編三絕／引錐刺骨／鑿壁引光。

【義反】荒廢時日／鴻鵠將至／一暴十寒／曠廢隳惰／玩歲愒時／囊螢映雪。

行思坐想

【釋義】意謂不論走路或坐著都在想。

【出處】元・鄭德輝・㑳梅香二折：「如今著小生行思坐想，廢寢忘餐，我有甚麼心腸看這經書。」

【用法】用以形容無時無刻不在想念。

【例句】良人一別三載，教我怎能不**行思坐想**？這冤家莫非另結新歡了？

【義近】朝思暮想／日夜牽掛／左思右想／牽腸掛肚。

【義反】拋諸腦後／漠不關心／不聞不問／心如死灰。

行若狗彘

【釋義】行：行為。若：好像。彘：豬。

【出處】賈誼・新書二：「故此一豫讓也，反君事讎，行若狗彘，已而折節致忠，行出乎烈士，人主使然也。」

【用法】指人的行為卑鄙無恥，像豬狗一樣。

【例句】他是個表裏不一的人，說起話來滿口仁義道德，做起事來則**行若狗彘**。

【義近】行同狗彘／行同梟獍／衣冠禽獸／行同盜娼。

【義反】行則思義／循規蹈矩／腳踏繩墨。

行若無事

【釋義】像沒有這麼一回事。行：行動。若：好像。

【出處】孟子・離婁下：「禹之行水也，行其所無事也。」

【用法】指人在緊急關頭，態度鎮靜，毫不慌亂。有時也形容不聞不問，滿不在乎。

【例句】他父親得了絕症，他竟**行若無事**，照樣尋歡作樂，真是禽獸不如。

【義近】若無其事／泰然處之／漠不關心／不聞不問／滿不在乎。

【義反】驚慌失措／倉皇失措／坐立不安／如坐針氈。

行將就木

【釋義】快要進棺材了。行將：即將，就要。就木：進入棺材。

【出處】左傳・僖公二三年：「(季隗)對曰：『我二十五年矣，又如是而嫁，則就木焉。』」吳沃堯・痛史二五回：「老夫行將就木。」

【用法】指人壽命已經不長。

【例句】我已年近八十，**行將就木**，希望能在有生之年多為社會貢獻心力。

【義近】命在旦夕／半截入土／風中殘燭／風燭殘年／日薄西山。

【義反】來日方長／如日方中／旭日東升／老當益壯。

行雲流水

【釋義】像飄浮著的雲，如流動著的水。

【出處】蘇軾・與謝民師推官書：「大約如行雲流水，初無定質，但常行於所當行，止於所不可不止。」

【用法】比喻純任自然，毫無拘束。多用以形容文章、藝術創作等。

【例句】他創造出來的作品，有如**行雲流水**，具有渾然天成的美感。

【義近】揮灑自如／筆翰如流／鋒發韻流／酣暢自如／一瀉千里。

【義反】佶屈聱牙／鉤章棘句。

行遠自邇（ㄒㄧㄥˊ ㄩㄢˇ ㄗˋ ㄦˇ）

【釋義】意謂走遠路必從最近處起步。邇：近。

【出處】禮記・中庸：「君子之道，辟（譬）如行遠必自邇，辟如登高必自卑。」

【用法】比喻學習辦事要由淺入深，一步步循序漸進。

【例句】古人說：「登高自卑，**行遠自邇**。」因此為學做事一定要循序漸進，方能有所成就。

【義近】登高自卑／萬丈高樓平地起／千里之行，始於足下／合抱之木，生於毫末／萬事起頭難。

【義反】急於求成／急於事功／欲速則不達／一步登天／一蹴而就／一蹴可幾／躐等躁進。

行濁言清（ㄒㄧㄥˊ ㄓㄨㄛˊ ㄧㄢˊ ㄑㄧㄥ）

【釋義】行為污濁，言語清高。

【出處】元・喬孟符・揚州夢四折：「杜牧之難折證，牛僧孺不志誠，都一般行濁言清。」

【用法】形容人言行不一，說的與做的完全是兩碼子事。

【例句】他一向**行濁言清**，說一套，做一套，並不光是對你，對任何人都是如此！

【義近】表裏不一／說一套做一套／行不顧言／言而無信／自食其言／食言而肥。

【義反】表裏一致／言行一致／言必信，行必果／言信行果。

五—六畫

衒玉求售（ㄒㄩㄢˋ ㄩˋ ㄑㄧㄡˊ ㄕㄡˋ）

【釋義】衒：矜誇，炫耀。意謂誇耀寶玉之美，尋求識貨的人賣個好價錢。

【出處】論語・子罕：「子貢曰：『有美玉於斯，韞匵而藏諸？求善賈（價）而沽（賣）諸？』子曰：『沽之哉！沽之哉！我待賈者也。』」

【用法】比喻矜誇自己的才能，想求得賢君任用。

【例句】孔夫子汲汲奔走諸侯各國，**衒玉求售**，只可惜未有賢君賞識，遺憾終身。

【義近】待價而沽。

【義反】懷才不遇。

街號巷哭（ㄐㄧㄝ ㄏㄠˊ ㄒㄧㄤˋ ㄎㄨ）

【釋義】意謂大街小巷的人都在哭泣。號：大聲哭。

【出處】晉・潘岳・馬汧督誄一首：「扶老攜幼，街號巷哭，嗚呼哀哉。」

【用法】形容人們極度悲苦。

【例句】孫中山先生去世的惡耗一傳開，**街號巷哭**，全國各地皆處於極其沉痛的氣氛之中。

【義近】舉國哀號／舉國哀悼／行號巷哭／哀痛逾恆／哀毀骨立。

【義反】舉國歡慶／大快人心／普天同慶／舉國歡騰。

街談巷議（ㄐㄧㄝ ㄊㄢˊ ㄒㄧㄤˋ ㄧˋ）

【釋義】議：議論。

【出處】張衡・西京賦：「街談巷議，彈射臧否。」

【用法】指大街小巷裏人們的談論。引申為毫無依據的傳聞。

【例句】這類**街談巷議**聽聽就罷了，大可不必信以為真。

【義近】街談巷語／道聽塗說／說短道長。

【義反】讜言正論／金言玉語／至理名言。

街頭巷尾（ㄐㄧㄝ ㄊㄡˊ ㄒㄧㄤˋ ㄨㄟˇ）

【釋義】又作「巷尾街頭」、「街頭市尾」。意即街市之間。

【出處】普濟・五燈會元卷三十：「曰：『如何是學人轉身處。』師曰：『街頭巷尾』。」

【用法】泛指大街小巷。

【例句】這些做生意的人，為了推銷商品，竟把流動售貨車開到**街頭巷尾**叫賣。

【義近】大街小巷／三街六市。

九—十畫

衝口而出（ㄔㄨㄥ ㄎㄡˇ ㄦˊ ㄔㄨ）

【釋義】話一下子就從嘴裏說出來。

【出處】蘇軾・跋歐陽公書：「此數十紙皆文忠公（歐陽修）衝口而出，縱手而成，初不加意者也。」

【用法】形容說話不加思索，隨口而出。

【例句】他是一個大老粗，說話向來都是**衝口而出**，你根本用不著為他的話生氣。

【義近】口無擇言／信口開河。

【義反】慮周行果／謹言慎行。

衝州撞府（ㄔㄨㄥ ㄓㄡ ㄓㄨㄤˋ ㄈㄨˇ）

【釋義】衝到州裏，撞到府裏。

【出處】宋・古杭才人・宦門子弟錯立身・題目：「衝州撞府妝旦色，走南投北俏郎君。」

【用法】指在外到處奔走謀生。

【例句】你以為外面遍地是黃金，錢好賺嗎？他可是**衝州撞府**近三十年，才有現在這樣的家產。

【義近】撞府穿州／走南闖北／東奔西走。

【義反】安居樂業／安家落戶／安土重遷。

衝鋒陷陣（ㄔㄨㄥ ㄈㄥ ㄒㄧㄢˋ ㄓㄣˋ）

【釋義】衝鋒：衝擊敵人陣地。陷：攻破。

【出處】北齊書・崔暹傳：「高祖握暹手而勞之，曰：『……衝鋒陷陣，大有其人，當官正色，今始見之。』」

【用法】多用以歌頌戰士能勇敢作戰，也形容人在工作中能一馬當先，披荊斬棘。

【例句】只要一遇到困難，他都能挺身而出，**衝鋒陷陣**，毫無所懼。

【義近】一馬當先／勇往直前／無所畏懼。

【義反】望風而逃／臨陣脫逃／畏首畏尾／貪生怕死。

衡陽雁斷（ㄏㄥˊ ㄧㄤˊ ㄧㄢˋ ㄉㄨㄢˋ）

【釋義】相傳雁鳥飛到湖南衡陽縣南之「回雁峰」，即飛不過山峰而停留下來，次年春來再飛回北方，故稱「衡陽雁斷」。

【出處】琵琶記・官邸憂思：「湘浦魚沉，衡陽雁斷，音書要寄無方便。」

【用法】比喻音訊斷絕，書信不通。

【例句】自君之別矣，**衡陽雁斷**，相思欲寄無從寄，日日盼君君不返，夫君啊！你可是負心郎？

【義近】湘浦魚沉／杳無音信／鴻稀鱗絕／瓶沉簪折。

【義反】魚雁往返／雁足傳書／傳書寄簡／來鴻去雁。

衣部

衣不曳地（ㄧ ㄅㄨˋ ㄧˋ ㄉㄧˋ）

【釋義】衣著不拖拉到地面，形容衣衫短小，穿著樸素。

【出處】漢書・文帝紀贊：「所幸慎夫人衣不曳地，帷帳無文繡，以示敦樸，為天下先。」

【用法】形容生活儉約。

【例句】顏回生活儉樸，平日簞食瓢飲，**衣不曳地**，安貧樂道，孔子因而賢之。

【義近】衣不遮體／布衣蔽裳／衣不重帛／椎髻布衣／衣不重采／衣衫襤褸。

【義反】錦衣玉食／穿綾著緞／羅綺珠翠／侯服玉食／珠圍翠繞。

衣不完采（ㄧ ㄅㄨˋ ㄨㄢˊ ㄘㄞˇ）

【釋義】意謂衣著不求色彩鮮豔。采：通「彩」。

【出處】司馬遷・史記・游俠列傳：「（朱家）家無餘財，衣不完采，食不重味，乘不過軥牛。」

【用法】指衣著樸素，不求彩飾。比喻生活儉樸。

【例句】他家的生活一向儉樸，食不重味，**衣不完采**，卻拿大量的錢財救窮恤貧，這種精神實在值得世人效法。

【義近】荊釵布裙／布衣蔽裳／衣不曳地／衣不重帛／椎髻布衣。

【義反】玉冠華服／穿綾著緞／羅綺珠翠／穿金戴銀／濃妝豔抹／珠圍翠繞。

衣不重帛（ㄧ ㄅㄨˋ ㄓㄨㄥˋ ㄅㄛˊ）

【釋義】衣著樸素，不求絲綢類的高級布料。

【出處】尹文子・大道上：「昔晉國苦奢，文公以儉矯之，乃衣不重帛，食不異肉，無幾時，人皆大布之衣，脫粟之飯。」晉書・劉超傳：「衣不重帛，家無儋石之儲。」

【用法】喻生活儉樸。

【例句】他雖出生於富貴人家，但自小家風嚴謹，生活儉樸，**衣不重帛**，食不重味，故毫無奢靡的習性。

【義近】惡衣惡食／家無儋食／衣不曳地／椎髻布衣／衣不重采／衣不擇采。

【義反】玉冠華服／肥馬輕裘／羅綺珠翠／濃妝豔抹／飽食暖衣／衣繡著錦。

衣不解帶（ㄧ ㄅㄨˋ ㄐㄧㄝˇ ㄉㄞˋ）

【釋義】顧不得解開衣帶睡覺、休息。

【出處】晉書・殷仲堪傳：「父病積年，仲堪衣不解帶。」

【用法】形容勤苦侍奉別人或過度辛苦。

【例句】她在丈夫病重期間，一直**衣不解帶**地守護在病牀前，一步也沒離開。

【義近】日夜操勞。

衣不蔽體（ㄧ ㄅㄨˋ ㄅㄧˋ ㄊㄧˇ）

【釋義】衣服破爛得遮蓋不住身體。蔽：遮蓋。

【出處】宋・洪邁・夷堅丁志・奢侈報：「妻子衣不蔽體，每日求丐得百錢，僅能菜粥度日。」

【用法】形容生活貧困。

【例句】非洲的一些國家本來就貧窮落後，加之近幾年連續旱災，那些窮人個個**衣不蔽體**，餓得骨瘦如柴。

【義近】腫決肘見／衣敝履穿／鶉衣百結／衣衫襤褸／破衣爛衫／短褐穿結。

【義反】衣冠楚楚／輕裘緩帶／衣著光鮮／衣裝齊楚／峨冠博帶／廣袖高髻。

衣冠沐猴（ㄧ ㄍㄨㄢ ㄇㄨˋ ㄏㄡˊ）

【釋義】穿戴衣帽的沐猴。沐猴：獼猴。

【出處】元・汪元亨・朝天子・歸隱：「厭襟裾馬牛，笑衣冠沐猴。」

【用法】比喻人虛有儀表而品質低下。

【例句】他雖然號稱帥哥，但其所作所為太下流，是典型的**衣冠沐猴**，可千萬不能和他交往！

【義近】沐猴而冠／向火乞兒／衣冠禽獸／人面獸心／馬牛襟裾／衣冠敗類。

【義反】品學兼優／才貌雙全／正人君子／翩翩君子／方良之士／志誠君子。

衣冠甚偉（ㄧ ㄍㄨㄢ ㄕㄣˋ ㄨㄟˇ）

【釋義】甚偉：很壯美。偉：壯美。

【出處】漢書・張良傳：「四人者從太子，年皆八十有餘，鬚眉皓白，衣冠甚偉。」

【用法】形容人的儀表神態端莊美好。

【例句】這場宴會非常正式，參加的來賓個個**衣冠甚偉**，盛裝而來。

【義近】器宇軒昂／峨冠博帶／衣冠楚楚／衣冠濟濟／西裝革履。

【義反】衣冠不整／不衫不履／不修邊幅／衣衫襤褸／布衣草履。

衣冠掃地 ㄧ ㄍㄨㄢ ㄙㄠˇ ㄉㄧˋ

【釋義】衣冠：士大夫的穿戴，用以指士大夫、官紳，或文明禮教。掃地：比喻破壞無餘。
【出處】舊五代史・薛廷珪等傳：「史臣曰：『自唐祚橫流，衣冠掃地，苟無端士，孰恢素風。』」
【用法】指士大夫不顧名節，喪盡廉恥。
【例句】五代時期，士大夫尚且不顧廉恥，**衣冠掃地**，社會風俗怎能淳美？
【義近】斯文掃地／廉恥喪盡／恬不知恥／寡廉鮮恥。
【義反】砥礪名節／公正廉潔／冰清玉潔。

衣冠梟獍 ㄧ ㄍㄨㄢ ㄒㄧㄠ ㄐㄧㄥˋ

【釋義】意謂穿戴衣帽的禽獸。梟、獍：相傳是食母的惡鳥、惡獸。
【出處】宋・孫光憲・北夢瑣言卷一七：「楷人才寢陋，兼無德行。河朔士人，目蘇楷爲衣冠梟獍。」
【用法】比喻凶惡忘恩之人。
【例句】這樣的**衣冠梟獍**被人唾棄，又有什麼值得同情的？
【義近】衣冠土梟／衣冠禽獸／人面獸心／衣冠敗類／牛馬襟裾。
【義反】仁人君子／有德之士／方良之士／正人君子。

衣冠楚楚 ㄧ ㄍㄨㄢ ㄔㄨˇ ㄔㄨˇ

【釋義】冠：帽子。楚楚：鮮明整潔的樣子。
【出處】元・無名氏・凍蘇秦四折：「想當初風塵落落誰憐憫，到今日衣冠楚楚爭親近。」
【用法】形容衣帽穿戴得很整齊、很漂亮。有時含有詼諧、諷刺的意味。
【例句】別看他**衣冠楚楚**，彬彬有禮的樣子，其實他是個心狠手辣的小人。
【義近】衣冠華麗／西裝筆挺／西裝革履／衣著光鮮／峨冠博帶。
【義反】衣冠不整／衣破冠敝／布衣敝裳／衣衫襤褸／不修邊幅。

衣冠禽獸 ㄧ ㄍㄨㄢ ㄑㄧㄣˊ ㄕㄡˋ

【釋義】穿衣戴帽的禽獸。天上飛的曰禽，地下走的曰獸。
【出處】凌濛初・二刻拍案驚奇卷四：「不但衣冠中禽獸，乃禽獸中豺狼。」
【用法】指品德極壞，行爲像禽獸一樣卑劣的人。
【例句】這幾個都是壞事做盡、六親不認的**衣冠禽獸**。
【義近】衣冠梟獍／衣冠敗類／馬牛襟裾／人面獸心。
【義反】正人君子／有德之士／仁人志士。

衣冠緒餘 ㄧ ㄍㄨㄢ ㄒㄩˋ ㄩˊ

【釋義】衣冠：舊時士大夫的穿戴，用以指士大夫、官紳。緒餘：殘餘。
【出處】周書・薛善傳：「與兄忝是衣冠緒餘，荷國榮寵。今大軍已臨，而兄尚欲爲高氏盡力。」
【用法】比喻名門之家的後裔。
【例句】聽說這幾個青年還是**衣冠緒餘**，想不到竟然會結夥搶劫銀行，眞是玷污門庭，辱沒祖先。
【義近】名門後裔／豪門之後／世家子孫／故家子弟。
【義反】凡夫俗子／寒門子弟／市井之徒／升斗小民。

衣架飯囊 ㄧ ㄐㄧㄚˋ ㄈㄢˋ ㄋㄤˊ

【釋義】掛衣服的架子，盛飯的口袋。
【出處】羅貫中・三國演義二三回：「曹子孝呼爲『要錢太守』。其餘皆是衣架、飯囊、酒桶、肉袋耳！」
【用法】形容人無能無用，只是白白穿衣吃飯。
【例句】這幾個富家子弟，成天遊手好閒，吃吃喝喝，玩玩樂樂，純屬**衣架飯囊**之輩。
【義近】酒囊飯桶／朽木糞土／酒囊飯袋／尸位素餐／草包飯桶。
【義反】眞才實學／出類拔萃／精明能幹／才氣縱橫／卓爾不羣。

衣衫襤褸 ㄧ ㄕㄢ ㄌㄢˊ ㄌㄩˇ

【釋義】襤褸：破爛。
【出處】吳承恩・西遊記四四回：「雖是天色和暖，那些人卻也衣衫襤褸，看此像十分窘迫。」
【用法】形容衣服破爛不堪。
【例句】那個**衣衫襤褸**的流浪漢以地下道爲家，每天都睡在那裏。
【義近】衣不蔽體／破衣爛衫／鶉衣百結。
【義反】西裝革履／衣冠楚楚／衣裝齊楚。

衣食之謀 ㄧ ㄕˊ ㄓ ㄇㄡˊ

【釋義】衣食：泛指生活所需。謀：謀畫。
【出處】陸游・謝參政啓：「比坐啼號之迫，浪爲衣食之謀。投檄無緣，強顏可笑。」
【用法】指維持生活的謀畫。
【例句】我年輕時也和你們一樣，是個壯志凌雲、敢說敢爲的血性漢子，但現在有了妻室兒女，不能不作**衣食之謀**，請恕我不能參加你們的遊行抗爭行動。
【義近】稻粱之謀／生計之謀／養家活口／身衣口食。

衣食父母 ㄧ ㄕˊ ㄈㄨˋ ㄇㄨˇ

【釋義】指供給衣食的人。父母：比喻其恩德之重。
【出處】關漢卿・竇娥冤二折：「你不知道，但來告狀的，就是我衣食父母。」
【用法】通常泛指生活所依賴的對象。
【例句】對做生意的人來說，顧客就是**衣食父母**，所以服務態度務必要好。

衣香鬢影 ㄧ ㄒㄧㄤ ㄅㄧㄣˋ ㄧㄥˇ

【釋義】衣服的香氣四散，似雲的髮鬢如影隨形。
【出處】庾信・春賦：「池中水影懸勝境，屋裏衣香不如花。」李賀・詠懷詩：「彈琴看文君，春風吹鬢影。」
【用法】形容富家女華麗的服飾，或形容在盛會中，打扮入時的仕女穿梭其間，熱鬧非凡。
【例句】董事長在夜總會爲他的兒子舉行結婚舞會，高賓貴客都盛裝與會，**衣香鬢影**，熱鬧非凡。

衣莫若新，人莫若故

【釋義】意謂衣服以新的好，人則以舊的好。莫若：不如。故：舊，指故友舊交。

【出處】晏子春秋·雜上：「景公與晏子立於曲潢之上，晏子稱曰：『衣莫若新，人莫若故。』」

【用法】說明故友舊交之可貴，應予以珍惜重視。

【例句】**衣莫若新，人莫若故**，老朋友之間應友好相待，千萬不要為一些小事而翻臉。

【義近】新交不如故舊。

【義反】喜新厭舊／重新輕舊。

衣鉢相傳

【釋義】衣：指僧尼穿的袈裟。鉢：僧尼盛食物的用具。佛教禪宗師徒間道法的授受，常付衣鉢為信，故稱「衣鉢相傳」。

【出處】舊唐書·神秀傳：「云自釋迦相傳，有衣鉢為記，世相付授。」李汝珍·鏡花緣六〇回：「這是衣鉢相傳，亦非偶然。」

【用法】泛指師父傳法於徒弟，以及思想、學術、技能等方面的傳授與繼承。

【例句】《紅樓夢》的研究領域有好多派別，各派**衣鉢相傳**，彼此間很難溝通，故常可見到觀點互異的議論。

【義近】薪盡火傳／一脈相傳／薪火相傳／薪火相承。

【義反】自立門戶／自成一家／自出機杼／獨立門戶／自出一家。

衣褐懷寶

【釋義】外穿布衣，內藏珍寶。褐：粗毛或粗麻織的短衣，泛指貧苦人的衣服。

【出處】司馬遷·史記·滑稽列傳·褚少孫補：「東郭先生久待詔公車，貧困飢寒，衣敝，履不完。……此所謂衣褐懷寶者也。」

【用法】比喻有才能的貧士聲名未顯。

【例句】他是個**衣褐懷寶**的人才，現在雖然寄人籬下，沒沒無聞，將來一定會聲名顯赫，成就一番事業。

【義近】懷才不遇／草內藏珠。

【義反】脫穎而出／青雲直上／步步高升／飛黃騰達。

衣錦夜行

【釋義】夜間穿著錦繡的衣服出行。衣：用作動詞，穿。錦：有彩色花紋的絲織品。一作「衣繡夜行」。

【出處】漢書·項籍傳：「富貴不歸故鄉，如衣錦夜行。」

【用法】比喻榮顯而未為眾人所知。

【例句】他在美國獲得博士學位後，特地回國請了好幾桌酒席，以示慶賀，唯恐**衣錦夜行**。

【義反】衣錦晝遊／衣繡晝行／衣錦榮歸。

衣錦食肉

【釋義】穿的是錦衣，吃的是肉食。衣：穿著。

【出處】周書·突厥：「突厥在京師者，又待以優禮，衣錦食肉者，常以千數。」

【用法】形容生活富有。

【例句】臺灣的生活水準近些年來大為提高，因此**衣錦食肉**之家比比皆是。

【義近】衣帛食肉／錦衣玉食／侯服玉食／鮮衣美食／豐衣足食／食前方丈。

【義反】惡衣惡食／布衣疏食／粗衣粗食／糲食粗餐／粗茶淡飯。

衣錦還鄉

【釋義】穿著錦繡的衣服榮歸故鄉。

【出處】南史·劉遴之傳：「卿母年德並高，故令卿衣錦還鄉，盡榮養之理。」

【用法】形容得志回歸，炫耀於鄉里。

【例句】**衣錦還鄉**雖是人生得意事，卻畢竟不能作為有志之士的崇高理想。

【義近】衣錦榮歸／錦衣還鄉／衣錦之榮／光宗耀祖。

【義反】無顏見江東父老／愧對鄉親／辱祖羞宗。

衣繡晝行

【釋義】意謂白天穿著錦繡衣服行走。衣：穿著。繡：指五彩刺繡的官服。

【出處】三國志·魏書·張既傳：「出為雍州刺史，太祖謂既曰：『還君本州，可謂衣繡晝行矣。』」

【用法】比喻在本鄉做官或榮歸故里。

【例句】富貴歸故鄉，猶如**衣繡晝行**，大丈夫當如是也。

【義近】衣錦晝遊／衣錦返鄉／衣錦榮歸。

【義反】衣繡夜行／衣錦夜行。

二畫

初出茅廬

【釋義】指剛離開家門，出外做事。

【出處】三國蜀·諸葛亮·出師表：「臣本布衣，躬耕於南陽，……三顧臣於草廬之中，諮臣以當世之事。」

【用法】用以表示自謙。或比喻初入社會，缺乏歷練。或譏諷人不知天高地厚。

【例句】①本人年輕識淺，**初出茅廬**就此重任，尚望各位先進有以教之。②年輕人**初出茅廬**踏入社會，要懂得謙抑自牧，才能自助人助。③這小子**初出茅廬**就一副趾高氣昂、不可一世的樣子，總有一天會得到教訓的。

【義近】涉世未深／閱歷甚淺／少不更事／乳臭未乾。

【義反】飽經世故／老於世故／面面俱到／八面玲瓏。

初生之犢不懼虎

【釋義】剛出生的小牛不知老虎凶猛，因此不害怕。為一俗諺，或作「初生之犢猛於虎」。

【出處】羅貫中·三國演義七四回：「俗云『初生之犢不懼虎』。」

【用法】喻年輕不懂事，不知人心的凶險、世事的可怕。

【例句】俗話說：**初生之犢不懼虎**。年輕人的可貴就是純真、熱忱，所以打擊黑金的執法者往往選用年輕的幹員。

【義近】初生之犢猛於虎。

初寫黃庭

【釋義】黃庭：是指晉人所寫的「黃庭經」，此後學寫小楷毛筆字的人多用此「黃庭經」作爲臨摹的範本。因書論有「初寫黃庭，恰到好處」的評語，後人遂引用「凡事恰到好處」來稱「初寫黃庭」。

【用法】比喻做事恰到好處。

【例句】他做事一向有分寸，拿捏事情如**初寫黃庭**，恰到好處，事情交給他準沒錯。

【義近】恰如其分／千妥萬當／穩妥恰當。

【義反】過猶不及。

三畫

表壯不如裏壯

【釋義】表：外，此指丈夫。裏：內，此指妻子。

【出處】羅貫中・風雲會三折：「常言道表壯不如裏壯，妻賢夫免災殃。」

【用法】形容妻子善持家，可爲內助。

【例句】俗話說：**表壯不如裏壯**。我若不是家有賢妻，怎能安下心來從事研究工作，取得今天這樣的成就呢！

表裏山河

【釋義】意即外河而內山。表：外。裏：內。

【出處】左傳・僖公二八年：「戰而捷，必得諸侯；若其不捷，表裏山河，必無害也。」

【用法】形容地勢險要，有山河爲屏障，可自守無虞。

【例句】陝西的潼關**表裏山河**，地勢極爲險要，歷來爲兵家必爭之地。

【義近】出入襟帶／天塹之險／地勢形便／崤函之固。

【義反】一馬平川／坦蕩無阻／一無屏障。

表裏如一

【釋義】一作「表裏一致」，指外表與內心一個樣。

【出處】朱子語類・大學三：「誠意只是表裏如一，若外面白，裏面黑，便非誠意。」

【用法】形容人言行一致，誠實篤厚，信用可靠。

【例句】他向來都是說話算話，**表裏如一**，言行一致。

【義近】言行一致／心口如一／秀外慧中。

【義反】言行不一／表裏不一／口是心非／行濁言清。

五畫

袒裼裸裎

【釋義】脫去衣服，裸露身體。袒裼：露臂。裸裎：露身。

【出處】孟子・公孫丑上：「雖袒裼裸裎於我側，爾焉能浼我哉！」

【用法】形容粗野沒有禮貌的樣子。

【例句】在裸體營或公共澡堂中，大家**袒裼裸裎**相見，也就見怪不怪了。

【義近】袒胸露臂／一絲不掛／赤條條／赤裸裸。

袖手旁觀

【釋義】縮手袖中，在旁觀看。

【出處】蘇軾・朝辭赴定州論事狀：「弈棋者，勝負之形雖國工有所不盡，而袖手旁觀者常盡之。」

【用法】指置身事外，不加過問，不予幫助。

【例句】請放心！你的事就是我的事，我決不會**袖手旁觀**的。

【義近】作壁上觀／冷眼旁觀／坐視不救。

【義反】見義勇爲／打抱不平／拔刀相助。

袍笏登場

【釋義】意謂官服打扮，登台演戲。袍：古代官服。笏：古代官員上朝時手裏拿著用來記事的板。

【出處】清・趙翼・甌北詩鈔絕句一：「袍笏登場也等閒，惹他動色到紫關。」

【用法】指新官上任，含有諷刺之意。也用以諷刺某種醜行開始進行。

【例句】眼看他**袍笏登場**，也眼看他身繫牢獄，人生的起伏眞是很難預料。

【義近】粉墨登場／走馬上任／下車伊始／新官上任。

【義反】鞠躬下台／辭官下野。

被山帶河

【釋義】意謂緊靠著山，圍繞著河。被：通「披」，披著。帶：衣帶。

【出處】戰國策・楚策一：「秦地半天下，兵敵四國，被山帶河，四塞以爲固。」

【用法】形容地區或城市所處地勢險要。

【例句】南京緊靠鍾山，又有長江經流其間，是個**被山帶河**、地勢險要的城市。

【義近】被山帶渭／表裏山河／外山內河。

【義反】一馬平川／一無屏障／沃野千里。

被甲枕戈

【釋義】身穿堅甲，頭枕兵器。甲：古代作戰時穿的護身衣。戈：泛指兵器。被：通「披」，穿著。

【出處】新五代史・劉詞傳：「詞居暇日，常被甲枕戈而臥。」

【用法】形容軍隊處於高度戒備狀態。

【例句】總統一聲令下，我海陸空三軍戰士全都**被甲枕戈**，令敵人聞之莫敢冒然入侵。

【義近】枕戈以待／枕戈待旦／枕戈待命／嚴陣以待／枕戈寢甲。

【義反】倒置干戈／按甲寢兵／高枕無憂／安然寢處。

被甲執兵

【釋義】身穿護身衣，手拿著武器。甲：作戰時穿的護身衣。兵：武器。

【出處】漢・荀悅・漢紀・高祖紀：「臣等被甲執兵，多者百餘戰。」

【用法】形容軍人全副武裝。

【例句】你不要看這年輕人平日顯得有些怯懦，等到**被甲執兵**，倒又顯出幾分英姿來！

【義近】被堅執銳／擐甲執兵／荷槍實彈／全副武裝。

【義反】輕裘緩帶／便衣便服／輕裝簡從／赤手空拳。

被災蒙禍

【釋義】被、蒙：均是遭受的意思。

【出處】漢・王充・論衡・命義：「人命有長短，時有盛衰，衰則疾病，被災蒙禍之驗也。」

【用法】指遭受災禍。

【例句】生老病死就是人生，**被災蒙禍**更是難免，唯有勇敢面對，才能度過難關。

【義近】蒙災受禍／命遭陽九／命途多舛。

【義反】福事雙至／雙喜臨門／福星高照／吉星高照／時來運轉。

被褐懷玉

【釋義】穿著粗布衣，懷著美玉。被：通「披」，穿著。褐：粗毛或粗麻織的短衣。

【出處】老子・七十章：「知我者希，則我者貴，是以聖人被褐懷玉。」

【用法】比喻人有美德而深藏不露，也比喻貧寒而懷有眞才實學的人。

【例句】這次去大陸參加學術討論會，深感那裏**被褐懷玉**的學者甚多。

【義近】深藏若虛／懷才不露／懷瑜握瑾。

【義反】鋒芒畢露。

被髮文身

【釋義】爲夷狄的風俗。被髮：披散頭髮。被：通「披」。文身：身上刺花紋。

【出處】禮記・王制：「東方曰夷，被髮文身，有不火食者矣。」

【用法】泛指未開化地帶人們披散頭髮、身刺花紋的風俗。

【例句】世界上仍有極少數地方的人**被髮文身**，刀耕火種，打魚獵獸，過著原始人的生活。

【義近】被髮左衽／斷髮文身／茹毛飲血。

被髮左衽

【釋義】披著頭髮，衣襟向左邊掩。被：通「披」。衽：衣襟。

【出處】論語・憲問：「微管仲，吾其被髮左衽矣。」

【用法】原指古代東方某些少數民族的服裝，也用來指被異族統治。

【例句】日軍入侵中國，我們若不奮起反抗，趕走侵略者，則我中華民族都要**被髮左衽**了。

【義近】被髮文身／祝髮文身。

被髮拊膺

【釋義】意謂披散頭髮，捶拍胸脯。拊膺：拍胸。

【出處】唐・楊炯・靈武受命宮頌序：「臣等若不克所請，與億兆之眾將被髮拊膺號於天而訴於帝矣。」

【用法】形容悲憤、痛心到了極點。

【例句】也難怪她**被髮拊膺**、呼天號地的，一家人都葬身火海，唯獨她逃了出來，怎不令她傷心欲絕呢？

【義近】被髮徒跣／捶胸頓足／呼天搶地／拊膺嚎啕／撫膺頓足／椎心泣血。

【義反】喜不自勝／欣喜若狂／歡天喜地／撫掌而笑／歡欣鼓舞／笑逐顏開。

被髮纓冠

【釋義】披散著頭髮，來不及繫上帽帶，匆忙急迫地跑去幫人排難解紛。纓：帽帶。

【出處】孟子・離婁下：「今有同室之人鬥者，救之，雖被髮纓冠而救之，可也；鄉鄰有鬥者，被髮纓冠而往救之，則惑也，雖閉戶可也。」

【用法】形容倉促的樣子。

【例句】人家夫妻吵嘴，你**被髮纓冠**前去排解，結果遭人白眼，何苦來哉！

【義近】汲汲遑遑／孜孜矻矻／匆匆忙忙。

【義反】優哉游哉／慢條斯理／從容不迫。

衮衮諸公

【釋義】衮衮：相繼不絕。諸公：眾公卿。

【出處】杜甫・醉時歌：「諸公衮衮登臺省，廣文先生官獨冷。」

【用法】舊指眾多的官僚，今用以指稱有勢力、握政權的當局。

【例句】教育是千秋萬世的大事業，盼教育界**衮衮諸公**務必要有長遠的計畫，好好經營它。

【義近】三公九卿／當權勢要／當政要人／達官顯宦。

【義反】在野之士／布衣之士／平頭百姓／芸芸眾生。

六畫

裂冕掛冠

【釋義】碎裂官服，掛起官帽，比喻絕意仕途。或作「掛冠裂冕」。

【出處】駱賓王・疇昔篇：「年來歲去成銷鑠，懷抱心期漸寥落，掛冠裂冕已辭榮，南畝東皋事耕鑿。」

【用法】比喻不再爲官，歸隱田園。

【例句】陶淵明不願爲五斗米折腰，向鄉里小人**裂冕掛冠**，歸隱田園。

【義近】裂冠毀冕／泥塗軒冕／掛冠求去／辭官下野／絕意仕進。

七畫

裏勾外連

【釋義】勾連：勾搭連合。同「裏應外合」。

【出處】施耐庵・水滸傳六一回：「你這廝是北京本處百姓良民，如何卻去投降梁山泊落草，坐了第二把交椅，如今倒來，裏勾外連，要打北京。」

【用法】是指內外勾結，串通一氣。

【例句】他是敵方混進我軍的特務，**裏勾外連**，準備策畫暴動，顛覆政府，自應從嚴究辦。

【義近】裏應外合／裏勾外結／外神通內鬼／內外勾結。

裏裏外外

【釋義】裏外：內外，重疊以強

化詞意。
【出處】文康・兒女英雄傳三六回：「（安太太）一面叫人預備車馬，打點衣裳，正上上下下、裏裏外外忙成一處。」
【用法】泛指內外各處。
【例句】眞是窮人的孩子早當家，她才十五歲，就成了全家**裏裏外外**的支柱，既忙於照顧癱瘓在牀的母親，還要招呼弟妹上學讀書。
【義近】上上下下／前前後後／四面八方。

裏應外合

【釋義】應：接應。合：融合。
【出處】施耐庵・水滸傳五九回：「華州城郭廣闊，濠溝深遠，急切難打，只除非裏應外合，方可取得。」
【用法】指外面進攻和裏面接應相配合。
【例句】要想打倒那個獨裁者，單靠外力不行，必須採取**裏應外合**的辦法。
【義近】裏勾外連／內外勾結／裏外夾攻。
【義反】單打獨鬥／孤軍深入／坐困圍城。

裙屐少年

【釋義】裙：婦人的下裳。屐：木屐。
【出處】北史・邢巒傳：「巒表曰：『蕭深藻是裙屐少年，未洽政務。』」
【用法】指只重外表衣飾的華美，浮華而沒有眞才實學，難以擔當重任的權貴子弟。
【例句】有些權貴家庭出身的**裙屐少年**，不知惜福，只圖享樂，到頭來一事無成。
【義近】紈袴子弟／五陵年少／公子哥兒。
【義反】寒門子弟。

裙帶關係

【釋義】由於姻親關係，使男方或女方得到發達。
【用法】譏誚人由於妻室的牽引才有官做或事情做。隱含嘲諷之意。
【例句】這位新到任的局長，何德何能當我們上司？還不是靠著**裙帶關係**空降而來的，眞讓人不平！
【義近】夫人裙帶。

補天浴日

【釋義】指古代神話女媧補天，羲和浴日。前者見淮南子・覽冥；後者見山海經・大荒南經。
【出處】宋史・趙鼎傳：「浚有補天浴日之功，陛下有礪山帶河之勢，君臣相信，古今無二。」
【用法】比喻偉大的事業功勳。
【例句】國父孫中山先生十次革命，終於推翻帝制，建立民主共和政府，其**補天浴日**之功，永遠受後人推崇。
【義近】補天柱地。

補苴罅漏

【釋義】意謂補好裂縫，堵住漏洞。補苴：補綴，引申爲彌縫。罅：縫隙。
【出處】韓愈・進學解：「觝排異端，攘斥佛老；補苴罅漏，張皇幽眇。」
【用法】比喻彌補事物的缺陷和漏洞。
【例句】你這人做事就是大而化之，經常出差錯，又總是丟三忘四的，幸虧有個賢內助來爲你**補苴罅漏**。
【義近】補闕拾遺／補漏拾遺／裨補闕漏。
【義反】丟三忘四／徙宅忘妻／大而化之。

補偏救弊

【釋義】偏：偏差。弊：弊病。
【出處】漢書・董仲舒傳：「舉其偏者以補其弊而已矣。」元史・世祖本紀：「仍以興利除害之事，補偏救弊之方，隨詔以頒。」
【用法】是指矯正偏差，補救弊病。
【例句】我們公司有近三萬名員工，工作中難免出現偏差，存在弊端，我建議成立一個監督性的機構，以**補偏救弊**，革故鼎新。

補闕拾遺

【釋義】闕：通「缺」，缺失。拾遺：補錄遺漏。
【出處】晉書・張軌傳：「聖王將舉大事，必崇三訊之法，朝置諫官以匡大理，疑承輔弼以補闕拾遺。」
【用法】指補錄缺失和遺漏的內容。
【例句】董事長室新進的秘書小姐，心思細密，**補闕拾遺**，鉅細靡遺，因此深受同仁的敬服。
【義近】補苴罅漏／補漏拾遺／裨補闕漏。
【義反】丟三忘四／徙宅忘妻／大而化之。

裒多益寡

【釋義】裒：減少。益：增加，增多。
【出處】周易・謙卦：「君子以裒多益寡，稱物平施。」
【用法】說明削減有餘以補不足。也比喻取人之長，以補己之短。
【例句】採取適當措施**裒多益寡**，以免貧富懸殊過大，這是符合三民主義精神的作法。
【義近】損餘補虧／取富濟貧／取長補短。
【義反】錦上添花／截短續長。

裝神弄鬼

【釋義】裝、弄：均爲裝扮意。
【出處】古杭才人・宦門子弟錯立身一二：「折莫大裝神弄鬼，折莫特調當撲旗。」
【用法】指裝鬼神騙人，也比喻故意搗亂。
【例句】你少在我們面前**裝神弄鬼**的，誰不知道你的底細？
【義近】故弄玄虛。
【義反】一本正經／光明正大。

裝腔作勢

【釋義】故意裝出一種腔調，作出一種姿態。勢：姿態。
【出處】悞薦・鬱輪袍一二：「窮秀才裝腔作勢，賢王子隆禮邀賓。」
【用法】形容人故意做作，拿腔拿調，以引人注意或唬人。
【例句】你這樣**裝腔作勢**，除了令人噁心之外，還能有什麼作用？
【義近】矯揉造作／拿班作勢／

故作姿態。

【義反】純眞自然／天眞爛漫。

裝瘋賣傻

【釋義】意謂僞裝瘋癲呆傻。賣：賣弄。

【用法】假作瘋癲癡傻的模樣，用以騙人。

【例句】金光黨徒大都**裝瘋賣傻**向人行騙，因此如果有陌生人向你示好，要給你意外錢財時，可千萬不能貪小便宜，以免吃虧上當。

【義近】裝憨打呆／裝傻充愣／裝聾作癡。

裝模作樣

【釋義】模、樣：均爲姿態意。

【出處】參相・荊釵記：「裝模作樣，惱吾氣滿胸膛。」

【用法】指故意做出種種姿態。

【例句】你要想說什麼就趕快說吧，何必要這樣**裝模作樣**的呢？

【義近】裝腔作勢／喬模喬樣／矯揉造作／惺惺作態。

【義反】坦誠相對。

裝聾作啞

【釋義】假裝聾啞。

【出處】馬致遠・青衫淚四折：「可怎生裝聾作啞？」

【用法】指故意不理睬，只當不知道。

【例句】你別以爲他什麼都不知道，其實他是**裝聾作啞**，這事他可是心知肚明得很。

【義近】裝瘋賣傻／裝聾作癡。

【義反】心知肚明。

八—十六畫

裹足不前

【釋義】裹足：腳好像被包纏著。裹：包，纏束。

【出處】李斯・諫逐客書：「使天下之士退而不敢西向，裹足不入秦。」羅貫中・三國演義一六回：「聞而自疑，將裹足不前。」

【用法】形容有所顧慮或畏懼而停止前進。

【例句】這人太沒出息，一遇到困難就**裹足不前**。

【義近】停滯不前／畏縮不前／躊躇不前。

【義反】勇往直前／奮勇向前／一往無前。

褒善貶惡

【釋義】褒：讚揚。貶：批評。

【出處】宋・邵博・聞見後錄：「惟有三四寸竹管子，向口角頭褒善貶惡，使善人貴、惡人賤，善人生、惡人死。」

【用法】是指表揚好的，批評壞的。

【例句】**褒善貶惡**是我們公司一貫的原則，你如果認爲今天總經理在年度總結會上，不應該點名批評你，那就請你另謀高就吧！

【義近】勸善懲惡／褒貶與奪／賞善罰惡／陟罰臧否／陟臧罰否。

【義反】抑善揚惡／善惡不分／善惡顛倒／棄善取惡／賞罰不明／黑白不分。

襁負而至

【釋義】背負著兒女到來。指民心歸向。

【出處】論語・子路：「上好禮，則民莫敢不敬；上好義，則民莫敢不服；上好信，則民莫敢不用情。夫如是，則四方之民襁負其子而至矣。」後漢書・劉表傳：「使君誅其無道，施其才用，威德既行，襁負而至矣。」

【用法】指在位者行仁政，則四方之民攜老扶幼爭相歸化。

【例句】「民之所欲欲之，民之所惡惡之」，果如是，則四方之民**襁負而至**矣。

【義近】襁褓提攜／簞食壺漿以迎王師／贏糧影從。

襟懷坦白

【釋義】襟懷：胸懷。坦白：開朗，沒有隱瞞。

【出處】白居易・冬至夜詩：「老去襟懷常濩落，病來鬚鬢轉蒼浪。」

【用法】形容心地純潔，光明正大。

【例句】他爲人**襟懷坦白**，從不說假話，更不會去做傷天害理的事。

【義近】光明磊落／胸懷坦蕩／心懷坦然／胸無城府／正大光明。

【義反】心懷叵測／居心不良／居心叵測／城府甚深／詭計多端。

襲人故智

【釋義】襲：因襲，承受，模仿。故智：過去的智慧，老舊的辦法。

【出處】陸機・文賦：「或襲故而彌新。」

【用法】譏諷人沒有創新，只一味仿效別人的老辦法，沒有新意。

【例句】有不少流行歌曲甚至電視節目，往往是**襲人故智**，從日本歌曲或電視節目中轉化或仿效而來，缺乏創意，沒有聆聽和觀賞的價值。

【義近】蹈常襲故／拾人牙慧／拾人涕唾／陳陳相因。

【義反】革故鼎新／獨出心裁／獨樹一幟／別具匠心／推陳出新。

襾部

西方淨土

【釋義】淨土：佛教指佛、菩薩等居住的地方，因那裏沒有塵世的污染，故稱爲「淨土」。
【出處】明・湯顯祖・紫簫記・皈依：「至期身心歡喜，吉祥而逝，還生西方淨土。」
【用法】佛教用以指西方極樂世界。
【例句】人生在極不得意時，不免嚮往**西方淨土**，然而這如同桃花源一樣，是根本不存在的虛無縹緲之地。
【義近】極樂世界／世外桃源／福地洞天。
【義反】紅塵俗世。

西州之痛

【釋義】也作「西門痛哭」。指謝安死後，殯葬時經過西州門，他的外甥因悲痛萬分，從此不走西州門。故悼念母舅的死亡稱「西州之痛」。
【出處】謝安生前特別愛其外甥羊曇。謝安死後棺木行經西州門出城殯葬，從此羊曇出城不再走西州門，怕觸景傷情。見晉書・謝安傳。
【用法】形容痛念母舅死亡的悲傷。
【例句】羊曇因**西州之痛**而不再往返西州門。一日因酒醉誤入，便突然慟哭高呼：「生存華屋處，零落歸山邱。」

西河之痛

【釋義】子夏住西河，兒子死了，竟痛心得哭瞎了眼睛。後因稱喪子爲「西河之痛」。
【出處】司馬遷・史記・仲尼弟子傳：「孔子既沒，子夏居西河教授，爲魏文侯師。其子死，哭之失明。」
【用法】喻喪子之痛。
【例句】老先生的獨子最近不幸故世，遽遭**西河之痛**，白髮人送黑髮人，令人唏噓。
【義近】抱痛西河。

西眉南臉

【釋義】西指西施，南指南威，皆爲春秋時的大美人。西施之美在眉毛，南威之美在臉蛋。
【出處】李咸用・巫山高詩：「西眉南臉人中美，或者皆聞無所利。」
【用法】用以形容美人。
【例句】他的女朋友生來就一副**西眉南臉**，美極了，怪不得令他神魂顛倒。
【義近】南威之容／捧心西施／沉魚落雁／傾國傾城。
【義反】無鹽之貌／東施醜女／臼頭深目／尖嘴猴腮。

三畫

要而言之

【釋義】意謂簡要說來。要：簡要。
【出處】晉・陸機・五等論：「且要而言之，五等之君爲己思治，郡縣之君爲利圖物。」
【用法】指對某事或道理概括起來做簡要說明。
【例句】**要而言之**，我之所以不喜歡這個女傭，是因爲她太粗魯，說話又無理。
【義近】總而言之／概而言之／簡而言之／一言以蔽之／要言不煩。
【義反】一言難盡／推而廣之／分而言之。

要言不煩

【釋義】要：簡要。煩：煩瑣。
【出處】陳壽・三國志・魏書・管輅傳・注引管輅別傳：「晏含笑而讚之：『可謂要言不煩也。』」
【用法】指說話行文簡明扼要。
【例句】古代許多好文章都寫得**要言不煩**，令人百讀不厭。
【義近】言簡意賅／簡明扼要。
【義反】絮絮叨叨／拖泥帶水／連篇累牘／長篇大論。

要害之地

【釋義】要害：比喻軍事上的險要之地。
【出處】隋唐演義八三回：「凡東北一帶要害之地，皆其統轄，聲勢強盛，日益驕姿。」
【用法】指形勢險要的地方。
【例句】秦始皇以華山爲城牆，黃河爲護城河，又派良將勁弓守著**要害之地**，以爲替子孫立下萬年基業，殊不知一夫作難，羣起響應，一舉就覆滅了秦王朝。
【義近】崤函之固／天塹之險／被山帶河／踐華爲城／因河爲池。
【義反】一馬平川／四戰之地／一無屏障。

要寵召禍

【釋義】要：通「邀」，求取。召：招致。
【出處】明史・劉吉傳：「倖門一開，爭言祈禱，要寵召禍，實基於此，祝文不敢奉詔。」
【用法】說明希求得到過分的寵愛，就會招致禍患。
【例句】太熱中於官場，往往會**要寵召禍**，所謂樹大招風，不得不愼。

十二畫

覆水難收

【釋義】倒在地上的水再也收不回來。覆：傾倒。
【出處】世傳姜太公妻馬氏，不堪其貧而去，及太公既貴，再來，太公取一壺水傾於地，令妻收之。乃語之曰：「若言離更合，覆水定難收。」後漢書・何進傳：「國家之事，亦何容易？覆水不可收。宜深思之。」
【用法】原多比喻夫婦離異之難復合。今多用以比喻事已成定局，無法挽回。
【例句】雖說是**覆水難收**，難道我這件事就眞的沒有挽回的餘地了嗎？
【義近】木已成舟／生米煮成熟飯／悔之晚矣／無可挽回。
【義反】尚可回旋／可容商議／尚有餘地。

覆車之鑑

【釋義】前人翻車的教訓可以引爲借鑑。覆：翻。鑑：銅鏡子，引申爲鑒戒、教訓。又作「覆車之戒」。
【出處】漢書・賈誼傳：「前車覆，後車誡。」

【用法】比喻將遭受挫折或失敗的事作爲教訓。

【例句】學習歷史就是讓我們從史實中去了解**覆車之鑑**，以避免犯下同樣的錯誤。

【義近】前車可鑑／前事之鑑／前事不忘，後事之師。

【義反】重蹈覆轍／一錯再錯。

覆車繼軌

【釋義】意謂前車翻倒了，後面的車子仍按舊車轍行進。軌：車轍。

【出處】三國魏·李康·運命論：「故木秀於林，風必摧之；堆出於岸，流必湍之；行高於人，眾必非之。前鑑不遠，覆車繼軌。」

【用法】比喻繼續沿著錯誤的道路行事。

【例句】前車之覆，後車之鑑，這是一般人都明白的道理。你是一位有見識的長者，怎能固執己見而做出**覆車繼軌**的事來呢？

【義近】明知故犯／重蹈覆轍／孤行己見／依然故我／一錯再錯。

【義反】覆車之鑑／覆舟之戒／前車之鑑／殷鑑不遠／懲前毖後。

覆宗滅祀

【釋義】宗：祖廟。滅祀：滅了香火，引申爲絕了後代。祀：繼祀。

【出處】漢·張超·誚青衣賦：「晉獲驪戎，艷懷恭子，有夏取仍覆宗滅祀。」

【用法】是指毀滅宗廟，斷絕後代。

【例句】在專制統治制度下，誰要是起來反抗政權，就會立即招來**覆宗滅祀**的大災禍。

【義近】覆宗絕嗣／抄家滅門／誅連九族。

【義反】五世其昌。

覆盆之冤

【釋義】覆盆：翻過來扣著的盆，比喻黑暗。

【出處】葛洪·抱朴子·辨問：「豈可以聖人所不爲，便云天下無仙，是責三光不照覆盆之內也。」

【用法】比喻無法申訴的冤屈。

【例句】當年大陸文化革命期間，許多知識分子遭受**覆盆之冤**，輕者入獄，重者慘死，眞是一場大浩劫。

【義近】不白之冤／冤沉海底／沉冤莫白。

【義反】沉冤昭雪／沉冤得雪。

覆海移山

【釋義】翻轉大海，移動山嶺。

【出處】敦煌變文集·維摩詰經講經文：「阿修羅眾聖偏殊，覆海移山功力大，上住須彌福德強，平扶日月感神煞。」

【用法】形容力量巨大無比。

【例句】只要國人放棄前嫌，團結一致，就可形成**覆海移山**的力量，再強大的敵人也無奈我何！

【義近】移山倒海／倒海翻江／排山倒海／翻江倒海／改天換地／翻天覆地。

【義反】涓埃之力／強弩之末／縛雞之力／有氣無力／獨木難支／一木難支。

覆巢之下無完卵

【釋義】在傾覆的鳥巢裏不會有完好的鳥蛋。覆巢：傾覆的鳥窩。完：完好。

【出處】劉義慶·世說新語·言語：「孔融被收……融謂使者曰：『冀罪止於身，二兒可得全不？』兒徐進曰：『大人，豈見覆巢之下，復有完卵乎？』」

【用法】比喻滅門之災無人可倖免，或比喻整體覆滅局部亦不能倖存。

【例句】**覆巢之下無完卵**，等這些敗類把國家搞垮了，我們誰都沒有好結果，所以應該起來制止他們的胡作非爲。

【義近】脣亡齒寒／皮之不存，毛將焉附。

【義反】死裏逃生／終得倖存。

見部

見仁見智

【釋義】即仁者見仁，智者見智。一作「見智見仁」。

【出處】周易·繫辭上：「仁者見之謂之仁，知（智）者見之謂之知（智）。」

【用法】表示對事物的看法，隨各人的經歷、愛好、觀察角度的不同而不同。

【例句】一部文學作品，有人說好，也有人不以爲然，反正**見仁見智**，並沒有什麼好奇怪的。

【義反】不謀而合。

見危授命

【釋義】授命：獻出生命。

【出處】論語·憲問：「今之成人者，何必然？見利思義，見危授命，久要不忘平生之言，亦可以爲成人矣！」

【用法】說明在危難關頭，不惜犧牲生命。

【例句】國難當頭，無數愛國志士**見危授命**，勇敢地承擔救亡圖存的大任。

【義近】挺身而出／爲國捐軀／以命相許／赴湯蹈火／成仁

取義。
【義反】貪生怕死／袖手旁觀／漠不關心／坐視不救。

見多識廣

【釋義】見的多，知道的就廣。識：知道。
【出處】古今小說・蔣興哥重會珍珠衫：「還是大家寶眷，見多識廣，比男子漢眼力到勝十倍。」
【用法】形容閱歷深，學識經驗就豐富。
【例句】你不要將他的話當耳邊風，他**見多識廣**，對事情的看法絕對不比你差。
【義近】博聞多見／博古通今／博學多聞／殫見洽聞。
【義反】坐井觀天／鄉閭之見／才疏學淺／孤陋寡聞。

見死不救

【釋義】看見人快要死了也不去救助。
【出處】關漢卿・救風塵二折：「你做的個見死不救，可不羞殺桃園中殺白馬，宰烏牛。」
【用法】說明人品格低下，見別人有急難大禍也不救助。
【例句】大家朋友一場，現在他有急難，你怎能無動於衷，**見死不救**呢？
【義近】坐視不救／溺不援手／袖手旁觀／冷眼旁觀／作壁上觀。
【義反】拔刀相助／舍己爲人／救死扶傷。

見利忘義

【釋義】意謂只圖一己之利，而不顧道義。
【出處】東觀漢紀・高后紀：「當孝文時，天下以酈寄爲賣友。夫賣友者，謂見利而忘義也。」
【用法】指斥人見到有利可圖就不顧道義。利乃指錢財、物質方面的利益，用於對人物的鄙視、斥責。貶義。
【例句】詐欺犯往往以錢財做誘餌，使貪財者**見利忘義**，而上其圈套。
【義近】利令智昏／見財起意／見錢眼開／利欲薰心／財迷心竅。
【義反】見利思義／輕財重義／臨財不苟。

見利思義

【釋義】看見利益便想想該得不該得，看是否合乎道義。
【出處】論語・憲問：「今之成人者，何必然？見利思義，見危授命，久要不忘平生之言，亦可以爲成人矣！」
【用法】說明人不求苟得，見到好處，首先要考慮於道義上合不合理。
【例句】一個品德高尚的人，必然會**見利思義**，若是不義之財，他是決不會要的。
【義近】臨財不苟／輕財重義。
【義反】見利忘義／見錢眼開／臨財苟得／利令智昏／利欲薰心／財迷心竅。

見事風生

【釋義】風生：快速如風起。
【出處】漢書・趙廣漢傳：「見事風生，無所回避。」
【用法】形容遇到事情，行動極爲迅速。
【例句】**見事風生**是董事長的一貫作風，他平日最不喜歡疲疲踏踏，拖泥帶水的。
【義近】遇事風生／動如脫兔／星馳電掣／矯捷如猴。
【義反】蝸行牛步／老牛破車／慢條斯理／拖泥帶水／拖拖沓沓／行動遲緩。

見兔放鷹

【釋義】見到兔子就立即放出獵鷹。
【出處】明・天然癡叟・石點頭卷一二：「當今世情，何人不趨炎附勢，見兔放鷹，誰肯結交窮秀才。」
【用法】比喻看準時機，及時採取行動，以獲取實利。
【例句】現在股票已漲到相當高了，所謂**見兔放鷹**，你怎麼還不賣出呢？要是錯過了時機，可是會後悔莫及的。
【義近】聞風而動／伺機而動／見機行事／見風使舵／看風轉篷／隨機應變。
【義反】坐失良機／猶豫遲疑／守株待兔。

見兔顧犬

【釋義】見到兔子而喚狗。
【出處】戰國策・楚策四：「臣聞鄙語曰：見兔而顧犬，未爲晚也；亡羊而補牢，未爲遲也。」
【用法】比喻及時設法補救。
【例句】錯過了時機，確實值得惋惜，但古人說得好：「**見兔顧犬**，未爲晚也。」你還是趕緊採取緊急補救措施。
【義近】見兔喚犬／亡羊補牢。
【義反】聽之任之／江心補漏。

見怪不怪

【釋義】看見怪異的事物，並不以爲怪。
【出處】續傳燈錄一八：「纛召大眾曰：見怪不怪，其怪自壞。」
【用法】指遇到怪異現象而不受驚擾。
【例句】**見怪不怪**，他那古怪的性格我早已領教過了，所以並不以爲奇。
【義近】習以爲常／屢見不鮮／不以爲奇。
【義反】大驚小怪／少見多怪。

見所未見

【釋義】見到了從未見過的事物。一作「見所不見」。
【出處】揚雄・法言・淵騫：「七十子之於仲尼也，日聞所不聞，見所不見。」
【用法】形容所見之物十分稀罕少有。
【例句】這是一樁很奇特的事，是我有生以來**見所未見**、聞所未聞的。
【義近】世所罕有／聞所未聞／前所未有。
【義反】司空見慣／屢見不鮮／習以爲常。

見風使舵

【釋義】看風向轉動舵柄。一作「隨風轉舵」、「看風使舵」等。
【出處】施耐庵・水滸傳九八回：「眼見得城池也不濟事了，各人自思隨風轉舵。」
【用法】比喻看勢頭或看別人眼色行事。

【例句】他這種人最會**見風使舵**，很吃得開，什麼好處都有他的份。
【義近】看風轉篷／見機行事／隨機應變／八面玲瓏。
【義反】表裏如一／說一不二／至死不變。

見神見鬼 ㄐㄧㄢˋ ㄕㄣˊ ㄐㄧㄢˋ ㄍㄨㄟˇ

【釋義】看見本不存在的神鬼。
【出處】續傳燈錄三十：「及造門，典牛獨指師曰：『甚處見神見鬼來？』」施耐庵・水滸傳三九回：「那廝見神見鬼。」
【用法】形容多疑，無中生有。
【例句】退休之後他整天**見神見鬼**的，懷疑別人要圖謀他的退休金。
【義近】疑神疑鬼／無中生有／疑心生暗鬼。
【義反】自信不疑。

見笑大方 ㄐㄧㄢˋ ㄒㄧㄠˋ ㄉㄚˋ ㄈㄤ

【釋義】大方：有道者，泛指見多識廣或具某種專長的人。
【出處】莊子・秋水：「今我睹子之難窮也，吾非至於子之門，則殆矣！吾長見笑於大方之家。」
【用法】表示讓內行人見笑。多用作自謙之辭。
【例句】校長要我就這一理論發表意見，但是我的見解非常膚淺，說出來恐怕會**見笑大方**。
【義近】貽笑大方／班門弄斧／貽笑後人／布鼓雷門。

見財起意 ㄐㄧㄢˋ ㄘㄞˊ ㄑㄧˇ ㄧˋ

【釋義】起意：指產生貪財的惡念。
【出處】元・無名氏・朱砂擔四折：「剛道個一聲兒惡人回避，早激的惡狠狠鬧是非，那裏也見財起意。」
【用法】指見到別人的錢財後，突然產生歹毒念頭。
【例句】一個人若是利欲薰心，**見財起意**，就很容易因此得禍。
【義近】利令智昏／利欲薰心／財迷心竅／見錢眼紅。
【義反】臨財不苟／見利思義。

見異思遷 ㄐㄧㄢˋ ㄧˋ ㄙ ㄑㄧㄢ

【釋義】看到另一個事物就想改變原來的主意。異：不同的。遷：改變。
【出處】左丘明・國語・齊語：「少而習焉，其心安焉，不見異物而遷焉。」
【用法】形容人毫無定見，意志不堅，容易受影響而改變原來的主意。
【例句】行行出狀元，要是**見異思遷**，老想換工作，反而會一事無成。
【義近】棄舊圖新／喜新厭舊／這山望著那山高／得隴望蜀／心猿意馬／朝三暮四。
【義反】矢志不移／堅定不移／一心一意。

見幾而作 ㄐㄧㄢˋ ㄐㄧ ㄦˊ ㄗㄨㄛˋ

【釋義】看到事物細微的前兆就行動。幾：細微，苗頭。作：興起。一作「見機而作」。
【出處】周易・繫辭下：「知幾其神乎？幾者，動之微，吉之先見者也。君子見幾而作，不俟終日。」
【用法】說明一發現事物的徵兆，就立即奮起行動。
【例句】遇事都應把握時機，**見幾而作**，千萬不可疏忽大意，以免錯過良機。
【義近】見機而行／聞風而動／隨機應變。
【義反】坐失良機／守株待兔。

見景生情 ㄐㄧㄢˋ ㄐㄧㄥˇ ㄕㄥ ㄑㄧㄥˊ

【釋義】看到景物而生感觸之情。一作「觸景生情」。
【出處】宮大用・嚴子陵垂釣七里灘：「不由我見景生情，睹物傷懷。」
【用法】說明因眼前景物的觸動，而引起某種聯想或感慨。
【例句】他一看到太太的遺物，便**見景生情**，懷念起她生前的萬般柔情。
【義近】睹物思人／睹物傷懷／見鞍思馬／撫今追昔。
【義反】無動於衷／情同木石／冷酷無情。

見善則遷 ㄐㄧㄢˋ ㄕㄢˋ ㄗㄜˊ ㄑㄧㄢ

【釋義】看到善人善事就嚮往。遷：移，遷徙慕尚。
【出處】周易・益卦：「風雷，益，君子以見善則遷，有過則改。」
【用法】稱讚人一心向善，力求使自己完美。
【例句】他之所以能成爲一個人稱讚的人，最重要的原因就在於他能**見善則遷**，逐步改進自己。
【義近】見賢思齊／從善如流。
【義反】知過不改。

見微知著 ㄐㄧㄢˋ ㄨㄟˊ ㄓ ㄓㄨˋ

【釋義】微：隱約，微小的跡象。著：明顯。
【出處】意林・范子：「計然者，葵邱濮上人，姓辛，字文子。……少而明學陰陽，見微而知著。」
【用法】說明從事物的細微徵兆，即可認識到它的實質和發展趨勢。
【例句】他善於觀察和分析問題，往往能**見微知著**，因此在工作中很少出差錯。
【義近】一葉知秋／葉落知秋／即近知遠。
【義反】習焉不察。

見微知萌 ㄐㄧㄢˋ ㄨㄟˊ ㄓ ㄇㄥˊ

【釋義】微：微小的跡象。萌：開始發生。
【出處】韓非子・說林上：「聖人見微以知萌，見端以知末，故見象箸而怖，知天下不足也。」
【用法】是指看到事情的一點苗頭，就能知道將要發生什麼事。
【例句】身爲國家和政府的領導人，必須要時刻注意觀察和分析國內外的形勢，**見微知萌**，及時採取相應的政策和措施，以立於不敗之地。
【義近】見微知著／葉落知秋／一葉知秋／即近知遠／礎潤而雨／月暈而風。
【義反】見木不見林／一葉障目，不見泰山／不知所以／只見秋毫，未見輿薪。

見義勇爲 ㄐㄧㄢˋ ㄧˋ ㄩㄥˇ ㄨㄟˊ

【釋義】義：正義。爲：做。
【出處】論語・爲政：「見義不爲，無勇也。」宋史・歐陽修傳：「天資剛勁，見義勇爲，雖機阱在前，觸發之，不顧。」

【用法】稱讚人見到合乎正義的事，就勇敢地去做。

【例句】他奮不顧身地跳進水裏，把一個快溺死的孩子救起來，這種**見義勇爲**的精神，實在令人欽佩。

【義近】急公好義／拔刀相助／義不容辭。

【義反】袖手旁觀／見死不救／各人自掃門前雪，莫管他人瓦上霜。

見慣不驚 ㄐㄧㄢˋ ㄍㄨㄢˋ ㄅㄨˋ ㄐㄧㄥ

【釋義】驚：驚奇，驚恐。

【出處】宋・邵雍・首尾吟一三五首之六二：「見慣不驚新物盛，話長難說故人稀。」

【用法】表示看慣了，也就不覺得奇怪了。

【例句】何嫂初來我家幫傭時，我看到她那副醜樣子，確實吃了一驚，但久而久之，也就**見慣不驚**了。

【義近】司空見慣／見怪不怪／習以爲常／屢見不鮮／不以爲奇。

【義反】少見多怪／蜀犬吠日／粵犬吠雪／大驚小怪。

見貌辨色 ㄐㄧㄢˋ ㄇㄠˋ ㄅㄧㄢˋ ㄙㄜˋ

【釋義】觀察面部表情，辨別臉色。

【出處】馮夢龍・醒世恆言卷九：「朱世遠終是男子之輩，見貌辨色，已知女孩兒心事。」

【用法】指根據對方的面部表情，揣摩其心理而決定採取相應的行動。

【例句】他是一個善於**見貌辨色**的人，本來今晚想去舞廳樂一樂的，但一看太太的臉色不對，馬上就改變了主意。

【義近】鑑貌辨色／察言觀色／見風使舵／見人說話。

【義反】直來直往／呆頭呆腦／呆頭鵝／不識相。

見彈求鴞炙 ㄐㄧㄢˋ ㄉㄢˋ ㄑㄧㄡˊ ㄒㄧㄠ ㄓˋ

【釋義】看到彈丸就想到要吃燒烤的鴞肉。鴞：鵰鴞，鳥名。炙：烤肉。

【出處】莊子・齊物論：「且女(汝)亦大早計，見卵而求時夜，見彈而求鴞炙。」時夜：指雞。

【用法】喻謀求得過早或過遠。

【例句】你孩子剛開始學畫，就想讓他有張大千、齊白石等國畫大師的程度，簡直是**見彈求鴞炙**，那是絕對不可能的。

【義近】一步登天／一蹴而幾／異想天開／非非冥想。

【義反】腳踏實地／穩紮穩打／登高自卑／行遠自邇。

見賢思齊 ㄐㄧㄢˋ ㄒㄧㄢˊ ㄙ ㄑㄧˊ

【釋義】賢：指有才德的人。齊：看齊。

【出處】論語・里仁：「子曰：『見賢思齊焉，見不賢而內自省也。』」

【用法】指見到賢人就應該向他看齊。多用作勉勵語。

【例句】一個人若有**見賢思齊**的精神，就一定能日有所進，月有所長。

【義近】見善則遷／見德思同／從善如流。

【義反】知過不改／妒賢害能／同流合污。

見鞍思馬 ㄐㄧㄢˋ ㄢ ㄙ ㄇㄚˇ

【釋義】見到馬鞍就想起馬。

【出處】明・湯顯祖・紫釵記・哭收釵燕：「休喳！俺見鞍思馬，難道他是野草閒花?」

【用法】比喻見物思情。

【例句】她見了丈夫生前所穿的衣物，不免**見鞍思馬**，眼淚就像斷了線的珍珠，不停的往下掉。

【義近】睹物思人／睹物傷情／睹物興情／睹物興悲／睹物懷人。

【義反】行若無事／無動於衷／漠不關心／視若無睹／漠然置之／淡然處之。

見機行事 ㄐㄧㄢˋ ㄐㄧ ㄒㄧㄥˊ ㄕˋ

【釋義】機：時機，機會。行：做，辦。一作「相機行事」。

【出處】錢彩・說岳全傳五六回：「元帥發令著曹寧出營，吩咐道：『須要見機行事。』」

【用法】視實際情況靈活辦事。多用於囑咐語。

【例句】你這次去美國談生意，任務艱鉅，望能獨當一面，**見機行事**。

【義近】見機而行／隨機應變／通權達變。

【義反】因循守舊／墨守成規／膠柱鼓瑟／不知變通／守株待兔。

見錢眼開 ㄐㄧㄢˋ ㄑㄧㄢˊ ㄧㄢˇ ㄎㄞ

【釋義】看見錢財，眼睛睜得特別大。

【出處】孔尚任・桃花扇一七齣：「令堂回家，不要見錢眼開。」

【用法】說人極爲貪財。

【例句】他是**見錢眼開**的人，不足以託付談判大任，一旦利欲薰心，便無法公正行事。

【義近】視錢如命／見財起意。

【義反】輕財重義／臨財不苟。

見縫插針 ㄐㄧㄢˋ ㄈㄥˋ ㄔㄚ ㄓㄣ

【釋義】看到有縫隙馬上就把針插進去。

【出處】魏巍・東方三部七章：「陳三又見縫插針地鼓勵他。」

【用法】比喻善於利用一切可供利用的時間和空間。也比喻利用一切時機。

【例句】我現在工作很忙，你送來要我看的文稿我只能**見縫插針**，找時間來拜讀，不能如期看完，只好請你多多見諒了。

見獵心喜 ㄐㄧㄢˋ ㄌㄧㄝˋ ㄒㄧㄣ ㄒㄧˇ

【釋義】意謂看見別人打獵，正是自己原來的愛好，心裏感到很高興，也想試一試。

【出處】宋・周敦頤・周子遺事：「吾十六七時，好田獵。……後既而自謂已無此好。……十二年，暮歸，在田間見獵者，不覺有喜心。」

【用法】比喻舊習難忘，觸其所好便躍躍欲試。

【例句】他年輕時是國家籃球隊隊員，現已年過古稀，早就在家含飴弄孫了，可是每逢看到籃球賽仍不免見獵心喜，但畢竟已經力不從心。
【義近】蠢蠢欲動／躍躍欲試／摩拳擦掌。

見驥一毛 ㄐㄧㄢˋ ㄐㄧˋ ㄧ ㄇㄠˊ

【釋義】只看到了良馬身上的一根毛。
【出處】尸子卷下：「見驥一毛，不知其狀；見畫一色，不知其美。」
【用法】比喻只看到、了解到事物的局部，而不知其全貌。
【例句】你剛來我們這裏不久，不過是**見驥一毛**，就這也批評，那也指責，未免有失偏頗吧？
【義近】見虎一文／見豹一斑／不見輿薪／見樹不見林／盲人摸象。
【義反】洞察全貌／明若觀火／明察秋毫／觀察入微／明見萬里。

四畫

規行矩步 ㄍㄨㄟ ㄒㄧㄥˊ ㄐㄩˇ ㄅㄨˋ

【釋義】規：圓規。矩：曲尺。二者引申為準則、法度。步：走路。
【出處】晉・潘尼・釋奠頌：「二學儒官，搢紳先生之徒，垂纓佩玉，規行矩步者。」晉書・張載傳：「今士循常習故，規行矩步。」
【用法】用以比喻舉動合乎法度；或比喻墨守成規，不知變通。
【例句】①這位老先生生性拘謹，無論做什麼都**規行矩步**，唯恐得咎。②做生意也像做其他事一樣，要隨機應變，順乎潮流，不可**規行矩步**。
【義近】繩趨尺步／循規蹈矩／蹈常習故／蹈襲故轍。
【義反】偭規越矩／違規亂矩／因時制宜／革故鼎新。

規言矩步 ㄍㄨㄟ ㄧㄢˊ ㄐㄩˇ ㄅㄨˋ

【釋義】指言行舉動中規中矩。
【出處】清・紀昀・閱微草堂筆記・如是我聞四：「曩以汝為古君子……汝近乃作負心事，知從前規言矩步，皆貌是心非。」
【用法】比喻言行謹慎，不逾法度。
【例句】張先生是個極守本分的人，幾十年來一直**規言矩步**，雖然在事業上談不上有什麼成就，生活卻過得安定踏實。
【義近】繩趨尺步／循規蹈矩／蹈常習故／蹈襲故轍。
【義反】偭規越矩／違規亂矩／因時制宜／革故鼎新。

規矩繩墨 ㄍㄨㄟ ㄐㄩˇ ㄕㄥˊ ㄇㄛˋ

【釋義】規：畫圓的工具。矩：畫方的工具。繩墨：木匠畫直線所用的工具。
【出處】管子・七臣七主：「法律政令者，吏民規矩繩墨也。」
【用法】引申為應當遵守的規矩或法度。
【例句】國家的法令政策是我們每個人都應遵守的**規矩繩墨**，怎麼能亂加解釋、蓄意違反呢？
【義近】規矩準繩／規章律令。

五畫

視民如子 ㄕˋ ㄇㄧㄣˊ ㄖㄨˊ ㄗˇ

【釋義】把老百姓看得就像自己的兒子一樣。
【出處】左傳・昭公三年：「吳光新得國，而親其民，視民如子，辛苦同之，將用之也。」
【用法】形容為政者非常親民愛民。
【例句】**視民如子**是老百姓對為政者的期望，實際上，古往今來的為政者，極少有人能做到這一點。
【義近】解民倒懸／救民水火／勤政愛民／仁民愛物／己飢己溺／除暴安良。
【義反】視如寇仇／草菅人命／荼毒生靈／棄若敝屣／殘民以逞／魚肉百姓。

視民如傷 ㄕˋ ㄇㄧㄣˊ ㄖㄨˊ ㄕㄤ

【釋義】看待百姓，有如對待受了傷的人那樣，倍加愛惜。
【出處】左傳・哀公元年：「臣聞國之興也，視民如傷，是其福也。」
【用法】形容對老百姓的愛惜和關懷。
【例句】這位縣長自從上任以來，興利除弊，**視民如傷**，真可算是標準的父母官。
【義近】視民如子／愛民如子／勤政愛民／仁民愛物／己飢己溺／解衣推食。
【義反】水深火熱／民怨沸騰／荼毒生靈／民不聊生／殘民以逞／魚肉百姓。

視同兒戲 ㄕˋ ㄊㄨㄥˊ ㄦˊ ㄒㄧˋ

【釋義】意謂把事情看得和孩子玩遊戲一樣。
【出處】司馬遷・史記・絳侯周勃世家：「曩者霸上、棘門軍，若兒戲耳。」馮夢龍・初刻拍案驚奇卷一一：「所以說為官做吏的人，千萬不要草菅人命，視同兒戲。」
【用法】形容做事極不嚴肅，極不認真。
【例句】董事長把這麼重要的事委派你去辦，你卻**視同兒戲**，辦成這樣，我看你要怎麼交差！
【義近】視若兒戲／草率從事／草草了事／敷衍了事／潦草從事。
【義反】一絲不苟／兢兢業業／精雕細琢／懃懃懇懇／兢兢翼翼。

視同路人 ㄕˋ ㄊㄨㄥˊ ㄌㄨˋ ㄖㄣˊ

【釋義】看做是路上的陌生人。
【出處】孟子・離婁下：「君之視臣如犬馬，則臣視君如國人。」注：「國人，猶言路人。」
【用法】指對親人或熟人非常疏遠，態度極為冷淡。
【例句】不管怎麼說，他是你的親哥哥，即使是真的對你不好，你也不能**視同路人**呀！
【義近】視如生人／視同草芥。
【義反】視若親人／視如上賓。

視如土芥 ㄕˋ ㄖㄨˊ ㄊㄨˇ ㄐㄧㄝˋ

【釋義】看得像泥土、小草一樣。芥：小草。
【出處】孟子・離婁下：「君之視臣如土芥，則臣視君如寇仇。」
【用法】比喻極其輕視。
【例句】民主時代，官員是民選

的，若執政者罔顧民意，甚至**視如土芥**，人民可行使罷免權而將他罷免掉。

【義近】視如草芥／視如敝屣／視如糞土／棄若敝屣。

【義反】視若珍寶／視爲至寶／視如拱璧／如獲至寶。

視如寇仇（ㄕˋ ㄖㄨˊ ㄎㄡˋ ㄔㄡˊ）

【釋義】看成像仇敵一樣。寇仇：仇敵。

【出處】孟子・離婁下：「君之視臣如土芥，則臣視君如寇仇。」

【用法】形容極其仇視。

【例句】不管怎麼說，你們是親兄弟，怎能爲了爭財產而弄得彼此**視如寇仇**，大打出手呢？

【義近】視爲仇敵／不共戴天／誓不兩立／水火不容／冰炭不容／薰蕕異器。

【義反】相依爲命／同生共死／脣齒相依／親密無間／互利共存／水乳交融。

視如敝屣（ㄕˋ ㄖㄨˊ ㄅㄧˋ ㄒㄧˇ）

【釋義】看得像破爛鞋子一樣。敝屣：破鞋。

【出處】孟子・盡心上：「舜視棄天下，猶棄敝蹝（屣）也。」

【用法】比喻非常輕視。

【例句】他隱居山林已有數年，早將功名利祿**視如敝屣**，拿這些引他出仕恐不可能。

【義近】視如草芥／視如糞土。

【義反】視如拱璧／視若珍寶。

視如糞土（ㄕˋ ㄖㄨˊ ㄈㄣˋ ㄊㄨˇ）

【釋義】看得像污穢的糞土那樣惡劣、下賤。

【出處】李汝珍・鏡花緣三八回：「今舅兒把他視如糞土，又是王衍一流人物了。」

【用法】形容極爲蔑視或視爲賤物。

【例句】有些人把錢財當作身外之物，**視如糞土**；有些人卻視財如命，貪心不足。唉！一粒米養的是百樣人。

【義近】視如土芥／視如敝屣／棄若敝屣。

【義反】視若珍寶／視如拱璧／如獲至寶。

視死如飴（ㄕˋ ㄙˇ ㄖㄨˊ ㄧˊ）

【釋義】把死去看得像吃糖一樣。飴：糖。

【出處】元・無名氏・賺蒯通四折：「蒯徹本以口舌從事，與武涉同時，爲主其心，吠堯何罪，甘赴鼎鑊，視死如飴，誠壯士也。」

【用法】形容人甘心爲某種事業而死。

【例句】那些革命志士，爲了推翻滿清王朝的專制統治，建立中華民國，**視死如飴**，這種精神一直激勵著我們。

【義近】視死如歸／舍生取義／舍生忘死／萬死不辭／寧死不屈／不恤生死。

【義反】貪生怕死／苟全性命／苟且偷生／忍辱偷生。

視死如歸（ㄕˋ ㄙˇ ㄖㄨˊ ㄍㄨㄟ）

【釋義】把死看得像回家一樣平常。視：看待。歸：回家。

【出處】管子・小匡：「平原廣牧，車不結轍，士不旋踵，鼓之而三軍之士視死如歸。」

【用法】形容爲了正義事業，不怕犧牲生命。

【例句】面對敵人的逼迫，他**視死如歸**，充分表現了忠貞不渝的英雄氣概。

【義近】寧死不屈／萬死不辭／舍生忘死。

【義反】貪生怕死／偷生懼死／戀生惡死。

視而不見（ㄕˋ ㄦˊ ㄅㄨˊ ㄐㄧㄢˋ）

【釋義】睜著眼睛看著，卻什麼也沒有看見。常與「聽而不聞」連用。

【出處】禮記・大學：「心不在焉，視而不見，聽而不聞，食而不知其味。」

【用法】表示不關心，不注意，不重視。也指不理睬，看見了當做沒看見。

【例句】孩子一天到晚在外遊蕩，不愛讀書，你怎麼總是**視而不見**，聽而不聞呢？

【義近】視若無睹／視有若無／不聞不問／漠不關心。

視若無睹（ㄕˋ ㄖㄨㄛˋ ㄨˊ ㄉㄨˇ）

【釋義】看見了卻像沒有看見一樣。睹：看。

【出處】韓愈・應科目時與人書：「是以有力者遇之，熟視之若無睹也。」

【用法】形容對眼前的事物漠不關心。

【例句】你身爲警察，實在是太失職了！這兩個小偷在你的眼前犯案，你竟然還**視若無睹**！

【義近】熟視無睹／視而不見／不聞不問／視有若無／心不在焉／漠不關心。

【義反】問長問短／關懷備至／無微不至／牽腸掛肚／牽心掛肚／三復斯言。

視爲畏途（ㄕˋ ㄨㄟˊ ㄨㄟˋ ㄊㄨˊ）

【釋義】看成是可怕而危險的道路。

【出處】秋瑾・彈詞精衞石第一回：「產難，婦人視爲畏途，生死只爭一刻。」

【用法】比喻把某事情看成很困難、可怕，望而生畏。

【例句】要獲取博士學位確實比較困難，但也無須**視爲畏途**，只要狠下功夫還是可以得到的。

【義近】望而生畏／望而卻步。

【義反】奮不顧身／勇往直前。

九畫

親上加親（ㄑㄧㄣ ㄕㄤˋ ㄐㄧㄚ ㄑㄧㄣ）

【釋義】意謂原是親戚，又再結姻親。本作「親上成親」或「親上做親」。

【出處】元・關漢卿・調風月一折：「兼上親上成親好對門，覷了他兀的模樣。」王實甫・西廂記・爭豔：「縱教你官上加官，誰許你親上做親。」

【用法】說明彼此的關係又加深了一層，比以前更親了。

【例句】姨表兄妹結婚，固然是**親上加親**，但近親結婚血統太近，對子孫後代較不利。

親如骨肉（ㄑㄧㄣ ㄖㄨˊ ㄍㄨˇ ㄖㄡˋ）

【釋義】骨肉：喻至親，如父母、子女等。

【出處】墨子・尚賢下：「豈以爲骨肉之親，無故富貴，面目美好者哉？」

【用法】形容關係十分親密，如同一家人。

【例句】我們之間**親如骨肉**的感情，是誰也破壞不了的。

【義近】親如手足／情同骨肉／情同手足。

【義反】勢如水火／誓不兩立／如寇如仇。

親密無間

【釋義】間：縫隙。又作「親昵無間」。

【出處】漢書・蕭望之傳贊：「蕭望之歷位將相，借師傅之恩，可謂親昵亡(無)間。」

【用法】形容非常親密，沒有任何隔閡。

【例句】她們倆**親密無間**的感情，簡直像親姊妹一樣。

【義近】親如手足／親如骨肉／情同手足。

【義反】視如寇仇／視如路人／渺不相涉。

親痛仇快

【釋義】親近的人感到痛心，敵對者感到痛快。親：指自己人。仇：指敵人。

【出處】朱浮・與彭寵書：「凡舉事無為親厚者所痛，而為見仇者所快。」

【用法】指某種行為只有利於敵人，而不利於自己。

【例句】既然我們是生命共同體，就一定要團結友愛，千萬不要做出那種**親痛仇快**的事來。

【義近】親者痛仇者快／利敵損己／長敵人志氣，滅自己威風。

【義反】仇者痛親者快／益己損敵。

親愛精誠

【釋義】親愛：相親相愛。精誠：至誠相對。

【出處】孝經・廣要道章：「子曰：『教民親愛，莫善於孝。』」淮南子・泰族訓：「精誠感於內，形氣動於天。」

【用法】指大家相親相愛，赤誠相待，團結一致。

【例句】我們的校訓是**親愛精誠**，目的是在培養我們的團隊精神，希望同學之間能夠赤誠相待，如兄如弟，團結一致。

親操井臼

【釋義】井臼：提水、舂米，代指家務勞動。

【出處】漢・劉向・列女傳・周南之妻：「家貧親老，不擇官而仕；親操井臼，不擇妻而娶。」

【用法】用以指親自料理家務。

【例句】母親雖是大戶人家的千金小姐，嫁給父親後在家事方面卻是**親操井臼**，未嘗假手他人。

【義近】親持中饋／親理家務／躬治家事。

【義反】養尊處優／呼婢喝奴／使婢喚奴。

親親為大

【釋義】親親：上「親」字為動詞，作「親愛」解；下「親」字為名詞，指親人。為大：最重要。

【出處】孔子家語・哀公問：「親親為大，義之宜也。」禮記・中庸：「仁者人也，親親為大。」

【用法】和自己的親人相親相愛是最重要的事。指人應親愛自己的親人。

【例句】前世修得福分，今生才能成為一家人，因此理當**親親為大**，互敬互諒，珍惜情緣。

【義近】父慈子孝／兄友弟恭／尊卑有序。

【義反】兄弟鬩牆／手足相殘／夫妻反目。

十八畫

觀往知來

【釋義】觀往：觀察過去。知來：推知未來。

【出處】列子・說符：「是故聖人見出以知入，觀往以知來，此其所以先知之理也。」

【用法】指根據以往的情形可以推斷今後的發展和變化。

【例句】政治家的高明之處，就在於能**觀往知來**，透過歷史的經驗與教訓，預知社會的發展趨勢。

【義近】鑑往知來／先見之明／鑑古知今／葉落知秋。

觀於海者難為水

【釋義】意謂見過大海的人，對於一般的河流、湖泊就覺得沒有什麼可看的了。

【出處】孟子・盡心上：「孔子登東山而小魯，登泰山而小天下，故觀於海者難為水，遊於聖人之門者難為言。」

【用法】喻見過世面的人眼界高，對於一般的情景、人物往往看不上眼或不感興趣。

【例句】友人相邀赴烏來看瀑布，我說尼加拉瓜、黃果樹大瀑布都遊遍了，**觀於海者難為水**，烏來瀑布哪能算瀑布呢!?實在沒興趣再遊了。

【義近】登東山而小魯／登泰山而小天下／遊聖人之門而難為言／除卻巫山不是雲。

【義反】鴟得腐鼠／目光如鼠／目光如豆／井底之蛙／坐井觀天。

觀者如堵

【釋義】觀者：看的人。堵：牆壁。

【出處】禮記・射義：「孔子射於矍相之圃，蓋觀者如堵牆。」

【用法】形容觀看的人多而擁擠，竟至形成了一道人牆。

【例句】有個人要跳樓自殺，警察正在採取措施制止，一時之間大街上**觀者如堵**。

【義近】觀者如山／萬頭攢動／觀者如市／人山人海。

【義反】觀者寥寥／三三兩兩。

觀者如雲

【釋義】觀看的人像行雲那樣密集。

【出處】唐・劉禹錫・監祠夕月壇書事：「鏗鏘揖讓秋光裏，觀者如雲出鳳城。」

【用法】形容觀看的人很多。

【例句】鄉下很難看到像樣的藝術表演，所以這次大城市裏來的戲劇演出，剛一開始，便出現了**觀者如雲**的場面。

【義近】觀者如堵／觀者如織／觀者雲集／人山人海／駢肩雜遝／萬頭攢動。

【義反】觀者寥寥／寥若晨星／屈指可數／三三兩兩／門可

羅雀。

觀望不前 ㄍㄨㄢ ㄨㄤˋ ㄅㄨˋ ㄑㄧㄢˊ

【釋義】觀望：流連徘徊。前：用作動詞，走上前。

【出處】司馬遷・史記・魏公子列傳：「魏王恐，使人止晉鄙，留軍壁鄴，名為救趙，實持兩端以觀望。」

【用法】指不敢貿然採取行動，姑且觀望等待，見機行事。

【例句】大陸政策不太穩定，常常朝令夕改，所以一些商人**觀望不前**，不敢貿然投資。

【義近】猶豫不前／遲疑徘徊／首鼠兩端／躊躇不決／瞻前顧後。

【義反】毫不猶豫／堅決果斷／當機立斷。

觀過知仁 ㄍㄨㄢ ㄍㄨㄛˋ ㄓ ㄖㄣˊ

【釋義】每個人的個性不同，所犯的過失也各有類別，但只要看他所犯的過失，就可知道其個性。也作「觀過知人」。

【出處】論語・里仁：「人之過也，各於其黨，觀過，斯知仁矣。」

【用法】觀察他人所犯的過錯，就可知道他有沒有仁心。

【例句】孔子說：**觀過知仁**。那個惡徒既綁票又撕票，還毀屍滅跡，簡直泯滅了人性。

觀釁伺隙 ㄍㄨㄢ ㄒㄧㄣˋ ㄙˋ ㄒㄧˋ

【釋義】釁、隙：破綻、漏洞。

【出處】三國志・吳書・陸遜傳：「且阻兵無眾，古之明鑑，誠宜暫息進取小規，以蓄士民之力，觀釁伺隙，庶無悔吝。」

【用法】指探察對方的破綻或漏洞，以待時機。

【例句】在商場上與戰場上一樣，當處於不利的地位時，應保存實力，**觀釁伺隙**，然後再一舉戰勝對方。

【義近】觀釁待時／伺機而動／相機而動／攻其不備。

【義反】盲目從事／硬拚硬闖／魯莽從事／盲目而行／鹵莽滅裂。

角部

六畫

解民倒懸 ㄐㄧㄝˇ ㄇㄧㄣˊ ㄉㄠˋ ㄒㄩㄢˊ

【釋義】解：解救。倒懸：人被倒掛著。

【出處】孟子・公孫丑上：「民之悅之，猶解倒懸也。」

【用法】比喻救民於極端困苦危難之中。

【例句】國父領導國民革命，推翻滿清政府，**解民倒懸**，故深得民眾的擁護愛戴。

【義近】救民水火／救焚拯溺／救苦救難。

【義反】禍國殃民／魚肉百姓／草菅人命。

解甲歸田 ㄐㄧㄝˇ ㄐㄧㄚˇ ㄍㄨㄟ ㄊㄧㄢˊ

【釋義】解：脫下。甲：古代將士打仗時穿的護身衣。歸田：回歸田園。

【出處】吳子・料敵：「士眾勞懼，倦而未食解甲而息。」夏敬渠・野叟曝言一一八回：「欲解組歸田而意不得。」

【用法】指將士解除軍職，回鄉種田或居住。

【例句】他曾是身經百戰的將官，現已**解甲歸田**，安享晚年了。

【義近】解甲歸農／賣劍買牛／告老還家。

【義反】投筆從戎／磨刀上陣／馳騁沙場／戎馬倥傯／南征北討。

解衣卸甲 ㄐㄧㄝˇ ㄧ ㄒㄧㄝˋ ㄐㄧㄚˇ

【釋義】脫去軍衣，卸下盔甲。

【出處】明・無名氏・杏林莊一折：「他若是解衣卸甲順天朝，班中封位爵。」

【用法】用以表示不再戰鬥。

【例句】中東地區以阿之間的戰爭，雙方在聯合國大力調解下，終於**解衣卸甲**，露出了和平的曙光。

【義近】解甲投戈／倒置干戈／解甲釋兵／歸馬放牛。

【義反】枕戈待旦／披堅執銳／窮兵黷武。

解衣推食 ㄐㄧㄝˇ ㄧ ㄊㄨㄟ ㄕˊ

【釋義】把穿著的衣服脫下給人穿，把正在吃的食物讓給人吃。推：讓。

【出處】司馬遷・史記・淮陰侯列傳：「漢王授我上將軍印，予我數萬眾，解衣衣我，推食食我。」

【用法】形容在人窮困時施恩濟助，熱情關懷。

【例句】承蒙您**解衣推食**，使我得有今日，此恩此德，在下沒齒不忘。

【義近】施恩濟助／雪中送炭。

【義反】不聞不問／落井下石／幸災樂禍／錦上添花。

解鈴還須繫鈴人 ㄐㄧㄝˇ ㄌㄧㄥˊ ㄏㄞˊ ㄒㄩ ㄒㄧˋ ㄌㄧㄥˊ ㄖㄣˊ

【釋義】本佛教禪宗語，意謂老虎脖子上的鈴是誰繫上去的，誰才能把它解下來。

【出處】語出瞿汝稷・指月錄卷二三。曹雪芹・紅樓夢九十回：「心病終須心藥治，解鈴還是繫鈴人。」

【用法】比喻誰惹出來的問題，仍由誰去解決。

【例句】**解鈴還須繫鈴人**，你把你太太氣成這樣，還是得要你去勸慰才行。

【義近】心病還須心藥醫。

解髮佯狂 ㄐㄧㄝˇ ㄈㄚˇ ㄧㄤˊ ㄎㄨㄤˊ

【釋義】解髮：把束縛好的頭髮解開。佯：假裝。

【出處】韓詩外傳卷六：「箕子曰：『知不用而言，愚也；殺身以彰君之惡，不忠也。二者不可然且為之，不祥莫大焉！』遂解髮佯狂而去。」

【用法】是指披頭散髮，假裝瘋癲。

【例句】大陸在文革期間，不少有識之士為了保全性命，迫不得已，只好**解髮佯狂**，以逃厄運。
【義近】被髮佯狂／裝瘋賣傻／裝憨打呆。

觥籌交錯 ㄍㄨㄥ ㄔㄡˊ ㄐㄧㄠ ㄘㄨㄛˋ

【釋義】觥：古時酒器。籌：飲酒時用以行令的籌碼。交錯：互相錯雜。
【出處】歐陽修・醉翁亭記：「觥籌交錯，起坐而諠譁者，眾賓懽也。」
【用法】形容聚宴歡飲的情景。
【例句】今天晚宴上，來賓們**觥籌交錯**，說笑暢飲，可說是辦得十分成功的宴會。
【義近】歡聚痛飲。
【義反】獨酌獨飲。

十三畫

觸目皆是 ㄔㄨˋ ㄇㄨˋ ㄐㄧㄝ ㄕˋ

【釋義】眼睛所看到的地方，到處都是。觸目：目光所及。
【出處】朱敬則・五等論：「故魏太祖曰：『若使無孤，天下幾人稱帝……！』明竊號議者觸目皆是。」
【用法】形容很多。
【例句】一進入非洲災區，那些被飢餓和疾病折磨得骨瘦如柴的孩子，**觸目皆是**。
【義近】比比皆是／俯拾即是／處處可見／遍地皆是。
【義反】屈指可數／寥寥無幾／寥若晨星。

觸目慟心 ㄔㄨˋ ㄇㄨˋ ㄊㄨㄥˋ ㄒㄧㄣ

【釋義】觸目：眼睛接觸、看到。慟：極為悲哀。
【出處】南朝・梁武帝・追贈張弘籍詔：「朕少離苦辛，情地彌切，雖宅相克誠，輅車靡贈，興言永往，觸目慟心。」
【用法】意指一看到有關的物件或情景就哀痛不已。
【例句】她因獨子慘死已哭得死去活來，你們得趕緊把她兒子的衣物藏起來，以免她**觸目慟心**才是。
【義近】觸目大慟／觸目淚下／觸景傷情／觸景感懷。
【義反】冷眼旁觀／漠然置之／無動於衷／視若無睹／漫不經心。

觸目驚心 ㄔㄨˋ ㄇㄨˋ ㄐㄧㄥ ㄒㄧㄣ

【釋義】觸目：眼睛接觸。驚：震驚。又作「怵目驚心」、「觸目慟心」。
【出處】梁書・太祖張皇后傳：「興言永往，觸目慟心。」
【用法】形容情況嚴重，眼睛一看到就引起內心震動。
【例句】一個又一個令人**觸目驚心**的鏡頭，充分揭露了日軍殘忍無恥的罪行。
【義近】驚心動魄／觸目神傷／觸目傷懷。
【義反】司空見慣／視若無睹／無動於衷。

觸景生情 ㄔㄨˋ ㄐㄧㄥˇ ㄕㄥ ㄑㄧㄥˊ

【釋義】觸：觸及，看見。景：景物。
【出處】趙翼・甌北詩話卷四：「元、白尚坦易，多觸景生情，因事起意。」
【用法】指看到眼前景物而產生某種感情。
【例句】面對那詩情畫意的廬山，古往今來的詩人作家，**觸景生情**，寫下了許多清新優美的詩文。
【義近】顧景生懷／即景生情／觸景興歎／見景生情／觸景傷情。
【義反】無動於衷／麻木不仁。

觸景傷情 ㄔㄨˋ ㄐㄧㄥˇ ㄕㄤ ㄑㄧㄥˊ

【釋義】看到有關的景物而引起傷感的情緒。
【出處】馮夢龍・喻世明言卷一：「三巧兒觸景傷情，思想丈夫，這一夜好生淒楚。」
【用法】用以形容人心懷悲痛，一遇到有關的情景就會產生傷感。
【例句】她每次到公園看見那棵高大的柳樹，都會**觸景傷情**，懷念起初戀的情人。
【義近】觸景傷懷／及景傷情／觸景生情。
【義反】無動於衷／淡然處之／漠不關心／置之不理／麻木不仁。

觸禁犯忌 ㄔㄨˋ ㄐㄧㄣˋ ㄈㄢˋ ㄐㄧˋ

【釋義】禁：禁令。忌：忌諱。
【出處】雲笈七籤卷四〇：「夫立功德者，不得觸禁犯忌，當與身神相和。」
【用法】指觸犯了禁令或忌諱。
【例句】你為公司立下了大功，這是誰也不能否認的事實，但你也不能因此而居功自傲，**觸禁犯忌**呀！
【義近】違法亂紀／偭規越矩／徇情枉法。
【義反】安分守己／循規蹈矩／安常守分／規行矩步／奉公守法／克己奉公。

觸類旁通 ㄔㄨˋ ㄌㄟˋ ㄆㄤˊ ㄊㄨㄥ

【釋義】觸類：接觸到某一類事物。旁通：互相貫通，廣為知曉。
【出處】周易・繫辭上：「引而申之，觸類而長之。」章學誠・文史通義・詩話：「觸類旁通，啓發實多。」
【用法】指掌握了某一事物的知識或規律，從而類推了解到同類的其他事物。
【例句】做學問光靠死記硬背是不行的，最重要的是理解，並能舉一反三，**觸類旁通**，才能獲得多方面的知識。
【義近】舉一反三／融會貫通／聞一知十。
【義反】食古不化／刻舟求劍。

言部

言人人殊（ㄧㄢˊ ㄖㄣˊ ㄖㄣˊ ㄕㄨ）
【釋義】各人所說不同。殊：不同。
【出處】漢書・曹參傳：「齊故諸儒以百數，言人人殊，參未知所定。」
【用法】多用於眾人意見各異，聽者難以適從。
【例句】關於修建高速公路的問題，當地民眾**言人人殊**，意見分歧。
【義近】一人一詞／眾說紛紜／各執一詞。
【義反】眾口一詞／如出一口／萬口一談／異口同聲。

言十妄九（ㄧㄢˊ ㄕˊ ㄨㄤˋ ㄐㄧㄡˇ）
【釋義】意謂說十句話，九句是虛妄的。
【出處】元・無名氏・氣英布三折：「咱則道舌剌剌言十妄九，村棒棒呼么喝六。」
【用法】指人說話虛誇不實。
【例句】他這人一向**言十妄九**，可千萬不能相信他的話，把錢交給他去開什麼公司。
【義近】信口雌黃／胡說八道／信口開河／大吹法螺／言過其實／夸夸其談。
【義反】言之有據／信而有徵／言之鑿鑿／其言可考／謹言慎行。

言不及義（ㄧㄢˊ ㄅㄨˋ ㄐㄧˊ ㄧˋ）
【釋義】話沒有說到義理上。及：涉及，到。義：道理，正經事。
【出處】論語・衛靈公：「羣居終日，言不及義，好行小慧，難矣哉！」
【用法】指話沒有說到正理正事上，或指淨說些無聊話，沒有一句正經的言語。
【例句】他在這裏滔滔不絕地說了半天，卻**言不及義**，眞是莫名其妙！
【義近】胡言亂語／妄言妄語／胡說八道／信口開河。
【義反】讜言正論。

言不由衷（ㄧㄢˊ ㄅㄨˋ ㄧㄡˊ ㄓㄨㄥ）
【釋義】話不是從心眼裏說出來的。由：從。衷：一作「中」，內心。
【出處】左傳・隱公三年：「信不由中，質無益也。」宋史何鑄傳：「言不由中而首尾鄉(向)背。」
【用法】形容心口不一致，口裏說的與心裏想的相違背。
【例句】他很少與人交談，即使交談，也不過是**言不由衷**的客套話而已。
【義近】口是心非／心口不一／心口相違。
【義反】心口如一／由衷之言／肺腑之言。

言不盡意（ㄧㄢˊ ㄅㄨˋ ㄐㄧㄣˋ ㄧˋ）
【釋義】言語未能表達全部意思。盡：全。
【出處】周易・繫辭上：「書不盡言，言不盡意，然則聖人之意其不見乎？」
【用法】多作書信結尾客套語，表示情意未盡。
【例句】信就寫到這裏吧，**言不盡意**，盼常來信，以免懸念。
【義近】紙短情長／書不盡意／文不盡意。
【義反】情盡乎詞／心手相應／情溢於詞／淋漓盡致／言過其實。

言之不渝（ㄧㄢˊ ㄓ ㄅㄨˋ ㄩˊ）
【釋義】渝：改變，違背。
【出處】晉・陸機・遂志賦：「任窮達以逝止，亦進仕而退耕；庶斯言之不渝，抱耿介以成名。」
【用法】指說出來的話絕對不改變。
【例句】我向來說話算話，絕對是**言之不渝**，難道你還不相信我嗎？放心好了！
【義近】一言駟馬／說話算話／一言九鼎／一諾千金／說一不二。
【義反】自食其言／出爾反爾／言而無信／食言而肥。

言之不盡（ㄧㄢˊ ㄓ ㄅㄨˋ ㄐㄧㄣˋ）
【釋義】不盡：說不盡，說不完。
【出處】羣音類選・玉簪記・陳母投親：「欲說交頤淚兩行，言之不盡，他們親自到門牆。」
【用法】指想表達的意思說也說不完。
【例句】你我夫妻離散多年，現在終獲團圓，太多的往事**言之不盡**，就留待日後慢慢傾訴吧！

言之成理（ㄧㄢˊ ㄓ ㄔㄥˊ ㄌㄧˇ）
【釋義】話說得有道理。之：指所論所說之事。
【出處】荀子・非十二子：「然而其持之有故，其言之成理，足以欺惑愚眾。」
【用法】說明所論能成文理，自圓其說。
【例句】這篇論文雖論據不夠充分，結構也比較鬆散，但從總體看，所論還是持之有故，**言之成理**的。
【義近】持之有故／言之有理。
【義反】強詞奪理／夸誕不經／無稽之言。

言之有物（ㄧㄢˊ ㄓ ㄧㄡˇ ㄨˋ）
【釋義】之：指所論所說的事情。物：內容。
【出處】周易・家人：「君子以言有物而行有恆。」
【用法】指文章或言論的內容充實具體，有根有據。
【例句】寫文章最重要的是要**言之有物**，切忌空話連篇。
【義近】言必有中／鞭辟入裏。
【義反】游談無根／謬悠之言／蛙鳴蟬噪／滿紙空言。

言之有據（ㄧㄢˊ ㄓ ㄧㄡˇ ㄐㄩˋ）
【釋義】據：依據，根據。
【出處】魯迅・故事新編・序言：「對於歷史小說，則以為博考文獻，言之有據者。」
【用法】指所說的話一定要有根據，不可隨便亂說。
【例句】身為國家元首，動見觀瞻，說話必須**言之有據**，否則可能會掀起社會的動盪不安。
【義近】言之鑿鑿／信而有徵／其言可考。
【義反】言十妄九／信口雌黃／言過其實／夸夸其談。

言之無物 ㄧㄢˊ ㄓ ㄨˊ ㄨˋ

【釋義】之：代詞，指所論之事物。物：內容。
【出處】梁啓超・書籍跋・劉蛻集：「言之無物，務尖險，晚唐之極敝也。」
【用法】指文章或言論沒有實際內容。
【例句】這幾篇文章可謂**言之無物**，內容空洞，怎麼能採用呢？還是退稿好了。
【義近】理不勝辭／空洞無物／廢話連篇／不知所云。
【義反】言簡意賅／言近旨遠／義正辭嚴／深入淺出。

言之過甚 ㄧㄢˊ ㄓ ㄍㄨㄛˋ ㄕㄣˋ

【釋義】過甚：過分，過頭。
【出處】茅盾・蝕・追求：「新聞是新聞，不是我們憑空捏造的，自然外邊人是言之過甚。」
【用法】指說話說得太過頭了。
【例句】他才不過十來歲的小孩，說錯了幾句話就要重罰，也未免**言之過甚**了。
【義近】過甚其辭／誇大其辭／言過其實。
【義反】恰如其分／恰到好處／持平之論。

言之鑿鑿 ㄧㄢˊ ㄓ ㄗㄠˊ ㄗㄠˊ

【釋義】鑿鑿：確實。
【出處】蒲松齡・聊齋誌異・段氏：「言之鑿鑿，確可信據。」
【用法】形容持論確實，有事實可爲依據。
【例句】此事張先生**言之鑿鑿**，還有什麼可以懷疑的呢？
【義近】言之有據。
【義反】鑿空之論／無稽之談／信口雌黃／憑空杜撰／架捏虛詞。

言方行圓 ㄧㄢˊ ㄈㄤ ㄒㄧㄥˊ ㄩㄢˊ

【釋義】言、行：言論行爲。方、圓：比喻兩者相反，對不起來。
【出處】王符・潛夫論・交際：「嗚呼哀哉，凡今之人，言方行圓，口正心邪，行與言謬，心與口違。」
【用法】形容人心口不一，言行異致。
【例句】社會上有許多人說的是一套，做的是另一套，像這樣**言方行圓**，怎能教人相信呢？
【義近】言行不一／口是心非／言行相謬／心口不一。
【義反】言行一致／心口如一／言行相合／心口相符。

言出法隨 ㄧㄢˊ ㄔㄨ ㄈㄚˇ ㄙㄨㄟˊ

【釋義】言：這裏指法令或命令。法：法律。隨：跟隨，指照辦。
【用法】指法令一經公布就嚴格執行，如有違犯就依法處置。多用於文告中。
【例句】政府一貫獎善罰惡，**言出法隨**，特頒此令，以示知照，勿謂言之不預。
【義近】執法如山／言出如山／令出如山。
【義反】朝令夕改／反覆無常。

言外之意 ㄧㄢˊ ㄨㄞˋ ㄓ ㄧˋ

【釋義】有這個意思，但沒有明說。
【出處】葉夢得・石林詩話：「七言難於氣象雄渾，句中有力而纖餘，不失言外之意。」
【用法】指話裏沒有明白說出來，但能使人覺察到的意思。
【例句】他來我這裏說了半天，**言外之意**，無非是要我爲他兒子安排一個好工作。
【義近】弦外之音／弦外有音／意在言外／話中有話。
【義反】意在言中／實話實說／直言不諱／直言無隱。

言必有中 ㄧㄢˊ ㄅㄧˋ ㄧㄡˇ ㄓㄨㄥˋ

【釋義】中：中肯，對得上。
【出處】論語・先進：「魯人爲長府。閔子騫曰：『仍舊貫，如之何，何必改作？』子曰：『夫人不言，言必有中。』」
【用法】指出言得當，能說到重點上。
【例句】他能根據實際情況進行分析，因而**言必有中**，提出的意見往往切實可行。
【義近】言而當法／一語中的／一針見血。
【義反】離題萬里／言不及義／三紙無驢／不知所云／不著邊際。

言必信，行必果 ㄧㄢˊ ㄅㄧˋ ㄒㄧㄣˋ ㄒㄧㄥˊ ㄅㄧˋ ㄍㄨㄛˇ

【釋義】信：守信用。果：成事實。
【出處】論語・子路：「言必信，行必果，硜硜然，小人哉！」
【用法】今多表示說話一定要守信用，做事一定要辦到。
【例句】我們在說話做事的時候，都要記住**言必信，行必果**，決不能說話不守信用，做事要有始無終。
【義近】言信行果／言行一致。
【義反】言而無信／自食其言。

言多必失 ㄧㄢˊ ㄉㄨㄛ ㄅㄧˋ ㄕ

【釋義】話說得太多，容易產生差錯。
【出處】朱用純・治家格言：「居家戒爭訟，訟則終凶；處世戒多言，言多必失。」
【用法】勸誡人說話要謹慎，以免招來禍患。
【例句】他太愛講話了，結果**言多必失**，得罪上司，被炒了魷魚。
【義近】多言賈禍／言多生亂／多言多敗／禍從口出／多言數窮／惟口起羞。
【義反】言慎多福／言少免災／謹言慎行。

言而有信 ㄧㄢˊ ㄦˊ ㄧㄡˇ ㄒㄧㄣˋ

【釋義】言：說話，有時亦引申爲辦事。信：信用。
【出處】論語・學而：「事父母能竭其力；事君能致其身；與朋友交言而有信。」
【用法】指稱人說話誠實守信，不爽言失約。
【例句】他是一個**言而有信**的人，你盡可放心，他不會騙你的。
【義近】一言爲定／一諾千金／一言九鼎。
【義反】言而無信／自食其言／行不顧言／出爾反爾。

言而無信

【釋義】無：同「毋」，不。信：信用。
【出處】穀梁傳・僖公二二年：「言之所以爲言也，信也。言而不信，何以爲言？」
【用法】指稱人說話不講信用。
【例句】他一向**言而無信**，因此大家都不願與他交往。
【義近】自食其言／食言而肥／行不顧言／輕諾寡信。
【義反】言而有信／一言既出，駟馬難追／一言爲定／一諾千金。

言行一致

【釋義】說的和做的一個樣。
【用法】指稱人品德良好，說話行事都很可靠。
【例句】他這個人很可靠，向來都是**言行一致**，怎麼說就怎麼做。
【義近】言行相符／表裏如一／表裏一致／坐言起行。
【義反】言行不符／表裏不一／言行不一／言行相詭／言清行濁／言行相悖。

言事若神

【釋義】言事：談論事情。若神：像神仙。
【出處】唐・皇甫氏・原化記・鄱鑒：「老先生又歸室，閉其門，貂習易（經）逾年，而日曉占候布卦，言事若神。」
【用法】指預測事情就像神仙一樣靈驗。
【例句】孔明神機妙算，**言事若神**，令周瑜、魯肅不得不甘拜下風。
【義近】料事如神／未卜先知／神機妙算。
【義反】百不料一／事後諸葛／言十妄九。

言者無罪，聞者足戒

【釋義】言者：說話的人。聞者：聽話的人。足：值得。戒：警戒。
【出處】毛詩・序：「上以風化下，下以風刺上，主文而譎諫，言之者無罪，聞之者足以戒，故曰風。」
【用法】指提意見的人只要出於善意，即使不正確，也無罪；聽取意見的人，即使沒有錯，也應引以爲戒。
【例句】我們對待別人所提意見的正確態度，應該是**言者無罪，聞者足戒**，有則改之，無則引以爲戒。
【義近】言者無罪，聞過則喜。
【義反】言者諄諄，聽者藐藐。

言近旨遠

【釋義】言近：言語淺近。旨：旨意，意見。亦作「言近指遠」。
【出處】孟子・盡心下：「言近而指遠者，善言也。」李汝珍・鏡花緣一八回：「言近旨遠，文簡義明。」
【用法】說明語言雖淺近，而意旨卻深遠。
【例句】張老先生的這番話，**言近旨遠**，值得在座的各位深思。
【義近】言約旨遠／言簡意賅／言簡意深／深入淺出。
【義反】空話連篇／不知所云／不著邊際／泛泛而談／皮相之談。

言笑自若

【釋義】自若：猶自如，像原來的樣子，沒有什麼變化。
【出處】陳壽・三國志・蜀書・關羽傳：「割炙引酒，言笑自若。」歐陽修・瀧岡阡表：「其後修貶夷陵，太夫人言笑自若。」
【用法】形容臨事鎮定，如同平常一般地談笑自得。
【例句】儘管被人誣陷，遭受冤屈，他仍然**言笑自若**，毫不在乎。
【義近】談笑自如／泰然自若／陽陽如常。
【義反】手足無措／心慌意亂／面紅耳赤。

言笑晏晏

【釋義】晏晏：和悅的樣子。
【出處】詩經・衛風・氓：「總角之宴，言笑晏晏。信誓旦旦，不思其反。反是不思，亦已焉哉。」
【用法】形容神態和顏悅色。
【例句】這位小姐整天**言笑晏晏**，所以大家都願意與她接觸交談。
【義近】和顏悅色／和藹可親／和風細雨／怡顏悅色／平易近人／笑容可掬。
【義反】凶神惡煞／凶相畢露／森嚴可畏／疾言厲色／聲色俱厲／氣勢洶洶。

言無不盡

【釋義】意謂說話時把內心的話全部說完。
【出處】北齊書・高德政傳：「德政與帝舊相昵愛，言無不盡。」
【用法】形容坦率地、毫無保留地發表自己的看法和意見。
【例句】現在是民主時代，和以前截然不同了，不論是誰，隨時都可以知無不言，**言無不盡**。
【義近】知無不言／直抒己見／暢所欲言／直抒胸臆／直言無隱。
【義反】呑呑吐吐／話留半句／半呑半吐／借題發揮／隱晦曲折。

言爲心聲

【釋義】爲：是。
【出處】揚雄・法言・問神：「故言，心聲也。書，心畫也。聲畫形，君子小人見矣。」
【用法】說明言語是表達心意的聲音，透過一個人的言語可以知道他的思想感情。
【例句】**言爲心聲**，這句話一點也不假，從他的言談舉止中，可以知道他是一位愛國愛鄉的人。
【義近】書爲心畫。

言猶在耳

【釋義】說過的話似乎還在耳邊響。猶：還。
【出處】左傳・文公七年：「穆嬴日抱太子以啼於朝曰：『……今君雖終，言猶在耳，而棄之，若何？』」
【用法】形容說過的話還記得很清楚。
【例句】我母親雖已去世十年，但她生前對我的諄諄教導，仍然**言猶在耳**。
【義近】記憶猶新。
【義反】置諸腦後／如風過耳。

言傳身教

【釋義】言傳：用言語教人。身教：親身示範。一作「言教身傳」。
【出處】莊子・天道：「意之所隨者，不可以言傳也。」後漢書・第五倫傳：「以身教而從，以言教者訟。」
【用法】既用言語教導，又用行動示範。
【例句】王老師爲人正直，學識淵博，受過他**言傳身教**的學生中，有許多傑出人才。
【義近】以身作則／爲人師表／現身說法。
【義反】己不正而正人／枉己正人。

言微旨遠

【釋義】微：微妙，精妙。旨：旨意，意義。
【出處】唐・白居易・禮部試策王道三：「聖旨垂訓，言微旨遠。」
【用法】意指言辭精妙，意義深遠。
【例句】總統所發表的元旦祝辭，**言微旨遠**，國人應該謹記於心，深刻體會，並貫徹到各項工作中才是。
【義近】言淺旨深／言近旨遠／言約旨遠／言簡意深。
【義反】言之無物／廢話連篇／不知所云／泛泛之談／皮相之談／不著邊際。

言過其實

【釋義】說話超過實際情況。
【出處】陳壽・三國志・蜀書・馬良傳：「先主臨薨謂亮曰：『馬謖言過其實，不可大用，君其察之！』」
【用法】說明言語誇張，不符合實際。
【例句】他的確頗有見地，但如果說他是個大哲學家，那就未免**言過其實**了。
【義近】誇大其詞／過甚其詞／溢美之詞。
【義反】恰如其分／愜當之論／持平之論。

言寡尤，行寡悔

【釋義】言語的錯誤少，行動的懊惱少。寡：少。尤：過錯。
【出處】論語・爲政：「子曰『多聞闕疑，慎言其餘，則寡尤；多見闕殆，慎行其餘，則寡悔。言寡尤，行寡悔，祿在其中矣。』」
【用法】告誡人言行要謹慎，以免發生錯誤而後悔。
【例句】要眞正做到**言寡尤，行寡悔**，就必須遇事三思而行，說其當說，行其所當行。
【義近】謹言愼行／三思而行。
【義反】妄言妄行／輕舉妄動。

言語妙天下

【釋義】意謂言語精妙，冠於天下。
【出處】漢書・賈捐之傳：「君房（捐之字）下筆，言語妙天下，使君房爲尚書令，勝五鹿充宗遠甚。」
【用法】形容人的言語精妙到了極點。
【例句】我國文學史上的大作家，無一不是**言語妙天下**的大師。
【義近】語妙天下／語驚四座／語不驚人誓不休。
【義反】贅語廢言／言之無物／語不驚人／廢話連篇。

言談舉止

【釋義】言談：言語，說話。舉止：舉動行爲。
【出處】明・黃宗羲・陳母沈孺人墓誌銘：「其言談舉止，不問可知爲胡先生弟子也。」
【用法】泛指每個人所特有的談吐、動作等。
【例句】從他的**言談舉止**中，可以感受到他修養的深厚，學問的淵博。
【義近】一言一行／言行笑貌／待人接物／言行舉止。

言歸正傳

【釋義】歸：回到。正傳：指本題。
【出處】文康・兒女英雄傳十回：「話休絮煩，言歸正傳。」
【用法】說明把話題轉回到正題上來。
【例句】好了，我們現在閒話少說，**言歸正傳**，開始討論實際的問題吧！
【義近】書歸正傳／轉入正題。
【義反】東拉西扯／拉三扯四。

言歸於好

【釋義】言：古漢語助詞。歸於：回到。好：和好。
【出處】左傳・僖公九年：「凡我同盟之人，既盟之後，言歸於好。」
【用法】指彼此重新和好。
【例句】小夫妻倆吵嘴是常有的事，現在他們不是又誤會全消，**言歸於好**了嗎？
【義近】重歸於好／重修舊好／重拾舊歡／握手言歡。
【義反】分道揚鑣。

言簡意賅

【釋義】語言簡練而意思完備。賅：也作「該」，完備。
【出處】王韜・淞隱漫錄・消夏灣：「余初來語言文字亦不相通，承其指授，由漸精曉，深嘆古人言簡而意賅，爲不可及也。」
【用法】形容說話、寫文章簡明扼要。
【例句】您的這番話，眞可以說是**言簡意賅**，要言不煩。
【義近】言簡意深／要言不煩／言簡理深／言近旨遠。
【義反】廢話連篇／拖泥帶水／連篇累牘／長篇大論。

言顚語倒

【釋義】意即言語顚顚倒倒。
【出處】羣音類選・繡襦記・蠍蛇熾惡：「他是老年人，言顚語倒，不可認爲聞言心旆搖。」
【用法】形容老年人或重病患者，說話顚三倒四。
【例句】老先生年已逾百，雖然說話有些**言顚語倒**，但是身體硬朗，聲音宏亮，實爲難得。
【義近】顚顚倒倒／胡言亂語／顚三倒四／語無倫次／翻來覆去。

【義反】談吐清晰／牙白口清／頭頭是道。

言聽計從

【釋義】說的話都聽從，出的主意都採納。從：聽從，引申為採納。
【出處】魏書・崔浩傳：「（崔浩）政事籌策，時莫之二，……值世祖經營之日，言聽計從，寧廓區夏。」
【用法】表示對人極為信任。
【例句】王先生在太太面前，一向是**言聽計從**的。
【義近】百依百順／言從計納／唯命是聽／唯命是從／言聽諫行。
【義反】言不入耳／一意孤行／師心自用／如風過耳／馬耳東風／我行我素／聽而不聞／置若罔聞。

二畫

計上心來

【釋義】心中忽然出現了美妙計策。
【出處】曹雪芹・紅樓夢二五回：「因一沉思，計上心來。」
【用法】形容人腦袋靈活，能隨時想出計策應付事態。
【例句】她是個很有能力的女子，往往可以眉頭一皺，**計上心來**，優裕自如地處理各種事情。
【義近】靈機一動。
【義反】計無所出／計窮力竭／一籌莫展／無計可施／束手無策。

計日可待

【釋義】計：計算。計算日子，有所期待。
【出處】諸葛亮・出師表：「願陛下親之信之，則漢室之隆，可計日而待也。」
【用法】喻不久即可獲得成功，或預期的結果將很快應驗。
【例句】憑他過人的耐力，堅持向學的精神，相信他的成功是**計日可待**的。
【義近】計日而待／指日可待／指顧間事／翹足以待。
【義反】遙遙無期／俟河之清／終成泡影。

計日奏功

【釋義】意謂可以按日子來看到成功。奏：呈現、做出。功：成效。
【出處】許仲琳・封神演義八九回：「此乃陛下洪福齊天，得此大帥，可計日奏功，以安社稷者也。」
【用法】形容進度快，事情成功可按日計算。
【例句】這項大型水利工程，從目前的進度看來，已接近完成階段，可**計日奏功**了。
【義近】計日程功／指日可待／計日而俟／如期完工。
【義反】遙遙無期／河清無日／終成泡影。

計出萬全

【釋義】萬全：非常安全周到。
【出處】劉鶚・老殘遊記一六回：「不過這種事情，其勢已迫，不能計出萬全的。」
【用法】形容計策謀畫極為周密穩當。
【例句】生意場上變幻莫測，往往自認為是**計出萬全**的，結果卻出乎意料，大蝕其本。
【義近】萬全之策／算無遺策／萬無一失。
【義反】權宜之計／無計可施／漏洞百出。

計功受賞

【釋義】計：計量。功：功勞，功績。
【出處】淮南子・人間訓：「是故忠臣事君也，計功而受賞，不為苟得。」
【用法】表示要根據功勞的大小，來確定其受賞的輕重。
【例句】這一巨大的工程完成後，公司一定**計功受賞**，決不食言。
【義近】論功行賞。
【義反】無功受祿／賞罰不明。

計功補過

【釋義】計功：指考定功績的大小。
【出處】漢・荀悅・漢紀・元帝紀：「齊桓先有匡周之功，後有滅項之罪，君子計功補過。」
【用法】指考定其功績以彌補其過失。
【例句】這樣吧，我們還是給他一個改過自新的機會，過段時間再來**計功補過**吧！
【義近】將功補過／立功贖罪／將功折罪／將功贖罪／以功折罪／戴罪立功。
【義反】一錯再錯／罪上加罪／居功自恃／死不認罪／罪加一等。

計深慮遠

【釋義】意即計謀深遠。
【出處】漢・司馬相如・喻巴蜀檄：「計深慮遠，急國家之難，而樂盡人臣之道也。」
【用法】指能高瞻遠矚，考慮問題又深又遠。
【例句】惠先生一向**計深慮遠**，是我們市長最得力的機要秘書。
【義近】深謀遠慮／老謀深算／深思熟慮／高瞻遠矚／深思遠慮／眼光遠大。
【義反】輕慮淺謀／計無所出／短視近利／鼠目寸光／目光如豆。

計無所出

【釋義】意謂想不出計謀。
【出處】陳壽・三國志・吳書・注引會稽典錄載：魏騰「以迕意見譴，將殺之，士大夫憂恐，計無所出。」
【用法】形容毫無辦法，無計可施。
【例句】車子在半路上拋錨了，眾人**計無所出**，只好徒步回家。
【義近】無計可施／束手無策／一籌莫展。
【義反】計上心來／靈機一動／詭計多端／足智多謀。

計窮力竭

【釋義】窮、竭：盡。
【出處】周楫・西湖二集：「（方）國珍計窮力竭，甚是惶恐，乃遣子明善奉表乞降。」
【用法】形容計謀和力量都已用盡。
【例句】人在**計窮力竭**的時侯，往往會狗急跳牆，做出違背常理的事來。
【義近】機關算盡／智盡能索／

無計可施／束手無策／半籌莫展／錦囊計空。

【義反】智有餘裕／得心應手／應付裕如／詭計多端／足智多謀。

計窮途拙

【釋義】窮：盡。拙：拙劣。這裏指艱難不順。

【出處】明・孫梅錫・琴心記・相如倦遊：「相公，休怯。你病入凋梧，貧依衰草，一時計窮途拙，且自藏珍。」

【用法】意指無計可施，道路坎坷。

【例句】識時務者為俊傑，你現在已到了**計窮途拙**的地步，還不改弦易轍，莫非要自取滅亡？

【義近】日暮途窮／計窮力竭／無計可施／一籌莫展／束手無策。

【義反】得心應手／左右逢源／應付裕如。

三畫

記憶猶新

【釋義】記憶：記住，對舊事的印象。猶：還。

【出處】關尹子・五鑑：「昔游再到，記憶宛然。」

【用法】指對往事印象很深，就好像剛發生的一樣。

【例句】四十年前我離開家鄉的悲慘情景，至今仍然**記憶猶新**。

【義近】如影歷歷／憬然赴目／歷歷在目。

【義反】不復記憶。

討是尋非

【釋義】意謂挑剔、尋找是非。

【出處】明・無名氏・白兔記・訴錯：「哥嫂每夜裏巡更不睡，討是尋非。哥嫂他那裏昧亡瞞心，料想蒼天不負虧。」

【用法】用以指存心找人岔子，挑剔毛病。

【例句】你一大清早就說三道四，**討是尋非**，究竟是什麼意思呢？不如乾脆把話說清楚吧！

【義近】挑毛揀刺／搜根剔齒／雞蛋裏挑骨頭／橫挑鼻子豎挑眼。

【義反】寬宏大量／睜隻眼閉隻眼／得饒人處且饒人／寬以待人／豁達大度。

討價還價

【釋義】意謂買賣雙方就物價的高低反覆爭議。討：索求。

【出處】古今小說・蔣興哥重會珍珠衫：「三巧兒問了他討價還價，便道：『真個虧你些兒。』」

【用法】本指做生意時講價錢，現常用以比喻雙方談判時反覆爭議，或接受任務時講條件。

【例句】身為公務員，接受任務是不應該**討價還價**的。

【義近】斤斤計較／論斤較兩／錙銖必較／漫天要價，就地還錢。

【義反】說一不二／言無二價。

訓練有素

【釋義】訓練：指教練兵士，今泛指培訓鍛練。素：平時，素來。

【出處】趙翼・廿二史札記卷三四：「顯亦為當時名將，所至有功，故知訓練有素。」

【用法】指平時一直有嚴格的訓練。

【例句】從這次演習可以看出，我們的軍隊裝備精良，**訓練有素**。

四畫

設言託意

【釋義】設：這裏是「借」的意思。託：寄託。

【出處】曹雪芹・紅樓夢九回：「每日一入學中，……或設言託意，或詠桑寓柳遙以心照，卻外面自為避人耳目。」

【用法】意指用言語寄寓心意。

【例句】你看他倆經常眉目傳情，**設言託意**的，應該很快就要成為佳偶了。

【義近】借言寓意／楓葉傳情／魚雁寄情。

設身處地

【釋義】設想自己處在他人所處的境地。設：設想。身：自身。

【出處】禮記・中庸：「體羣臣也。」朱熹注：「體謂設以身處其地而察以心也。」

【用法】說明客觀地替別人想一想。

【例句】一個有正義感的人，遇到為難的事，總會**設身處地**為別人著想。

【義近】將心比心／易地而處／身臨其境／推己及人。

【義反】主觀武斷／唯我是慮。

訛言惑眾

【釋義】訛言：指謠言，偽詐之言。

【出處】元史・世祖五：「癸丑，初建東宮，甲寅，誅西京訛言惑眾者。」

【用法】指用謠言迷惑羣眾。

【例句】這些人**訛言惑眾**的目的，就在攪亂人心，弄得大家惶惶不安，以便混水摸魚。

【義近】謠言惑眾／妖言惑眾／欺世謊言／蠱惑人心／巧言亂德／惑人耳目。

【義反】教人以方／以正視聽／讜言正論。

訛言謊語

【釋義】訛言：偽詐的話。謊語：不真實的話。

【出處】元・無名氏・冤家債主三折：「俺孩兒又不曾訛言謊語，又不曾方頭不律。」

【用法】指人造謠說謊。

【例句】他的為人我可是瞭若指掌，說他是騙子一點也不為過，所以你們務必要提高警覺，千萬不要相信他的**訛言謊語**。

【義近】彌天大謊／妖言魔語／漫天大謊。

【義反】藥石之言／讜言正論／金玉良言。

五畫

詠絮之才

【釋義】詠絮：歌詠雪花紛飛的情狀像柳絮之飄飛，意境高遠。

【出處】劉義慶・世說新語・言語：「謝太傅（安）寒雪日內集，與兒女論文義。俄而雪驟，公欣然曰：『白雪紛紛何所似？』兄子胡兒曰：

「撒鹽空中差可擬。」兄女曰：『未若柳絮因風起。』」公大笑樂。」

【用法】稱讚女子具有才華。

【例句】我們班上一位女同學每學期都被選派參加作文比賽，而且每次都得獎，因此國文老師盛讚她是**詠絮之才**，全班無不欽服。

【義近】柳絮之才／詠雪之才。

評頭品足

【釋義】原指評論婦女的容貌。品：評論。

【出處】黃小配・大馬扁四回：「那全副精神又注在各妓……評頭品足，少不免要亂哦幾句話出來了。」

【用法】今泛指對人對事多方挑剔。

【例句】她沒事就愛對人**評頭品足**，街頭巷尾的人無不怕她的刻薄言詞，敬而遠之。

【義近】品頭論足／說長道短／說三道四。

詞不達意

【釋義】達：表達。又作「辭不達意」。

【出處】吳沃堯・二十年目睹之怪現狀三十回：「還要中西文字兼通的才行，不然，必有個詞不達意的毛病。」

【用法】指用詞造句不能充分確切地表達意思。

【例句】初學寫作的人，自然會有**詞不達意**的毛病。

【義近】辭不逮意／難抒胸臆。

【義反】情盡乎辭／心手相應／意到筆隨／情文並茂／辭達意暢。

詞無枝葉

【釋義】枝葉：樹幹上所生發出來的枝枝葉葉。

【出處】白居易・有唐善人墓碑：「善理王氏易、左氏春秋，前後著文凡一百五十二首，皆詣理撮要，詞無枝葉。」

【用法】形容文字簡鍊，無枝蔓之辭。

【例句】這篇文章的文筆簡潔，清清爽爽，**詞無枝葉**。

【義近】言簡意賅／不蔓不枝／要言不煩／簡潔扼要。

【義反】拖泥帶水／冗詞贅言／蕪蔓龐雜／廢話連篇。

詞華典贍

【釋義】典：典故。贍：充裕，豐富。

【出處】宋・周密・武林舊事・敘錄：「今所考載，體例雖仿孟書，而詞華典贍，南宋人遺篇剩句，頗賴以存。」

【用法】指文章遣詞華麗，用典充裕。

【例句】《紅樓夢》中的詩詞歌賦**詞華典贍**，可惜的是不少年輕人沒有耐心看，欣賞不了。

【義近】引經據典／旁徵博引／詞藻華贍／鋪錦列繡／揚葩振藻／錯彩鏤金。

【義反】羌無故實／老嫗能解／深入淺出／淺顯易懂／淺顯易讀／婦孺能解。

詞窮理絕

【釋義】窮、絕：均為「盡」的意思。

【出處】普濟・五燈會元・羅漢琛禪師法嗣：「近一月餘日呈見解說道理，藏語之曰：『佛法不恁麼。』師曰：『某甲詞窮理絕也。』」

【用法】形容無話可說，無理可對。

【例句】他這個人最愛狡辯，今天算是棋逢對手，在辯論中被年輕的王小姐詰問駁斥得**詞窮理絕**。

【義近】詞窮理屈／詞窮理虧／無言以對。

【義反】理直氣壯／振振有詞／義正詞嚴。

詐啞佯聾

【釋義】詐、佯：假裝。

【出處】羣音類選・鄧忠記・睢陽陷守：「在伍倫中，怎做得詐啞佯聾，為官食祿。」

【用法】指假裝啞巴和聾子。

【例句】你少在這裏**詐啞佯聾**的，你所做的醜事我全都清楚，還是老實認錯吧！

【義近】裝聾作啞／裝瘋賣傻／不理不睬／裝聾作癡。

【義反】直言不諱／正大光明／有問必答／光明磊落／一本正經。

詐敗佯輸

【釋義】詐、佯：均為假裝的意思。

【出處】元・無名氏・誶范叔楔子：「孫子……詐敗佯輸，添丘減竈，在馬陵山下，削木為號，眾弩俱發，射死大將龐涓。」

【用法】假裝敗陣，引人上當。

【例句】小心！暫時不要再追了，原地待命，因為敵人有可能是**詐敗佯輸**，待弄清楚虛實後再說吧！

【義近】增兵減竈／以退為進。

【義反】轍亂旗靡／棄甲曳兵／丟盔棄甲。

詐謀奇計

【釋義】詐：欺騙，狡詐。奇：出人意料。

【出處】宋・王楙・野客叢書・韓信之幸：「有報成安君不用詐謀奇計，而廣武君之說不行，信於是欣然大喜。」

【用法】指謀畫狡詐，計策出人意料。

【例句】日本和韓國商人，愛《孫子兵法》和《三國演義》等書，因為這些書的**詐謀奇計**，有助於他們在生意上角逐取勝。

【義近】奇謀詭計／錦囊妙計／奇計異謀／出其不意／囊中奇計／奇策妙計。

【義反】無計可施／計窮謀盡／一籌莫展／束手無策。

六畫

誆言詐語

【釋義】誆：欺騙。詐：騙人。

【出處】明・無名氏・李雲卿二折：「有那等先生，自誇自會，盜聽偷學，誆言詐語，騙口張舌，世俗人。」

【用法】指欺騙人的話。

【例句】你這番**誆言詐語**也許哄得了別人，可騙不了我，我對你的為人太了解了。

【義近】狂言胡語／欺人之談／鬼話連篇／誑言亂語／信口雌黃／胡言亂語。

【義反】至理名言／金玉良言／金石良言／由衷之言／肺腑之言。

詩中有畫，畫中有詩

【釋義】指詩中描寫的景物有如圖畫；畫中的意境則有如詩。這是蘇軾對王維詩畫的讚辭。
【出處】蘇軾・東坡志林：「味摩詰之詩，詩中有畫；觀摩詰之畫，畫中有詩。」摩詰：王維之字。王維的詩工於描寫景物，其畫則擅於抒寫情意。
【用法】用以讚美詩人或畫家的作品如詩如畫，意境高超。
【例句】已故攝影大師郎靜山先生的「集錦照相」，其作品意境高遠，如詩如畫，可謂**詩中有畫，畫中有詩**，美極了。

詩朋酒侶

【釋義】侶：同伴。
【出處】明・無名氏・小孫屠二齣：「且開懷，共詩朋酒侶歡宴。」
【用法】指在一起寫詩喝酒的朋友。
【例句】阮老先生退休後，為避免寂寞，讓生活過得更充實，他又結交了一批**詩朋酒侶**，每天一起喝酒吟詩，日子過得很愜意。
【義近】詩朋酒友／詩酒朋儕／

文朋酒友。
【義反】狐朋狗友／狐羣狗黨／酒肉朋友。

詩情畫意

【釋義】意謂有詩和畫的情景意境。
【用法】形容景色有詩畫的意境，也形容文藝作品情景交融、優美動人。
【例句】在月色溶溶、柳絲拂拂的池塘旁邊，傾聽一支優美動聽的小夜曲時，情不自禁地激起一種洋溢著**詩情畫意**的恬靜而又近於陶醉的感情。（峻青・海娘娘）
【義近】詩中有畫／畫中有詩。

詩禮之家

【釋義】詩：詩經。禮：周禮、儀禮、禮記。
【出處】明・郎瑛・七修類稿卷一六：「因仍苟且，多為惜財之小而忘大義，奈何詩禮之家亦如是耶！」
【用法】用以泛指世代讀書講究禮教的人家。
【例句】葉太太出身於**詩禮之家**，對於規矩禮法十分了解，故人緣極佳。
【義近】書香世家／書香門第／文人之家。
【義反】豪門之家／官宦人家／

農家子弟。

誠心敬意

【釋義】誠心：誠懇。敬意：待人恭敬有禮。
【出處】明・無名氏・下西洋三折：「你道是誠心敬意親呈進，俺那裏知重知輕在您行。」
【用法】形容對人十分真誠和有禮貌。
【例句】這位新來的同仁待人**誠心敬意**，因而深受大家的歡迎和喜愛。
【義近】誠摯有禮／真心誠意／誠心誠意／彬彬有禮。
【義反】傲慢無理／城府甚深／虛情假意。

誠心誠意

【釋義】真誠的心意。
【出處】西遊記九十回：「正是：無慮無憂來佛界，誠心誠意上雷音。」
【用法】形容十分真摯誠懇，沒有絲毫虛偽。
【例句】你**誠心誠意**對待別人，別人也會真心實意對待你。
【義近】真心誠意／誠心正意／開誠布公。
【義反】假心假意／虛情假意／虛假待人／陽奉陰違。

誠惶誠恐

【釋義】誠：實在，的確。惶：恐懼。
【出處】後漢書・杜詩傳：「奉職無效，久竊祿位，令功臣懷慍，誠惶誠恐。」
【用法】多用以形容惶恐不安。
【例句】面臨明天的總決賽，她實在是**誠惶誠恐**，一整天都坐立不安的樣子。
【義近】惴惴不安／戰戰兢兢／惶惶不可終日。
【義反】泰然處之／泰然自若／安之若素。

誅一警百

【釋義】誅：殺，處罰。警：警戒。
【出處】蘇軾・論河北京東盜賊狀：「其間兇殘之黨，樂禍不悛，則須敕法以峻刑，誅一以警百。」
【用法】指處罰或殺掉一個，以便警戒眾人。
【例句】罰不責眾，現在犯偷盜罪的人甚多，只有採取**誅一警百**的辦法，才能收嚇阻的作用。
【義近】殺一警百／懲一警百／殺雞儆猴／罰一戒百。
【義反】賞一勸百／教一勵百／獎一勵百／罰不責眾。

誅求無已

【釋義】誅求：徵索，勒索。無已：不止。
【出處】董仲舒・春秋繁露・王道：「誅求無已，天下空虛。」
【用法】形容敲榨勒索，沒完沒了。
【例句】滿清政府的各級官吏**誅求無已**，苛捐雜稅多如牛毛，使老百姓無法生活。
【義近】誅求無時／誅求無度／求索無厭。
【義反】一無所取／一介不取／秋毫無犯。

誅求無厭

【釋義】誅求：需索。無厭：不滿足。同「誅求無已」。
【出處】元史・烏古孫澤傳：「湖廣平章政事要束木貪縱淫虐，誅求無厭。」
【用法】指勒索、榨取沒有滿足的時候。
【例句】這些貪官污吏**誅求無厭**，弄得老百姓叫苦連天，欲羣起而反抗之，他們卻還不知收斂。
【義近】誅求無已／敲骨吸髓／求取無厭／誅求無度。
【義反】節用裕民／徵斂有度／一介不取／秋毫無犯。

誅盡殺絕 ㄓㄨ ㄐㄧㄣˋ ㄕㄚ ㄐㄩㄝˊ

【釋義】誅盡、殺絕：二者同義，殺盡。誅：殺。
【出處】明．無名氏．單刀劈四寇頭折：「將董卓滿門良賤，誅盡殺絕。」
【用法】指全部消滅乾淨。
【例句】現在是民主時代，對所抓獲的海盜能教育的要儘量給予機會，絕不能像昔日那樣**誅盡殺絕**。
【義近】趕盡殺絕／斬草除根／不留活口。
【義反】網開三面／手下留情／寬大爲懷。

誅鋤異己 ㄓㄨ ㄔㄨˊ ㄧˋ ㄐㄧˇ

【釋義】誅：殺。鋤：鏟除。異己：與自己有嚴重分歧或利害衝突的人。
【出處】梁書．陶季直傳：「齊武帝崩，明帝作相，誅鋤異己，季直不能阿意，明帝頗忌之，乃出爲輔國長史、北海太守。」
【用法】指消滅和清除與自己意見不合或反對自己的人。
【例句】對待不同意見的人，特別是持不同政見的人，應虛心聽取他們的意見，絕對不能像專制統治者那樣**誅鋤異己**。
【義近】鏟除異己。
【義反】從善如流／察納雅言／聞過則喜。

詭形怪狀 ㄍㄨㄟˇ ㄒㄧㄥˊ ㄍㄨㄞˋ ㄓㄨㄤˋ

【釋義】詭：怪異。
【出處】宋．胡仔．山谷下：「戴叔倫詩云：『詭形怪狀翻合宜。』」
【用法】指奇怪怪的形狀。
【例句】泰山山石**詭形怪狀**，登山者無不爲之驚嘆叫絕。
【義近】奇形異構／詭狀異形／奇形怪狀。
【義反】方方正正／平凡無奇／屢見不鮮。

詭計多端 ㄍㄨㄟˇ ㄐㄧˋ ㄉㄨㄛ ㄉㄨㄢ

【釋義】詭：狡詐。端：項目。
【出處】羅貫中．三國演義一一七回：「(姜)維詭計多端，詐取雍州。」
【用法】形容人陰險狡詐，壞主意很多。
【例句】這人**詭計多端**，生相又凶惡，所以大家見了他都躲開。
【義近】詭計莫測／譎詐多端／詭變難料。
【義反】忠厚老實／光明磊落。

詭譎怪誕 ㄍㄨㄟˇ ㄐㄩㄝˊ ㄍㄨㄞˋ ㄉㄢˋ

【釋義】詭譎：怪異。怪誕：離奇古怪。
【出處】宋．陸九淵．書與包洋道：「一旦駭於荒唐繆悠之說，驚於詭譎怪誕之辭，則其顛頓狼狽之狀，可勝言哉？」
【用法】形容十分離奇古怪。
【例句】這位姓魏的作家，是四川的「鬼才」，他所寫的小說、劇本無不**詭譎怪誕**，卻因此而擁有廣大的讀者。
【義近】詭譎怪異／稀奇古怪／離奇古怪／光怪陸離。
【義反】平淡無奇／平鋪直敍／平淡乏味。

詭譎無行 ㄍㄨㄟˇ ㄐㄩㄝˊ ㄨˊ ㄒㄧㄥˋ

【釋義】詭譎：欺詐。無行：沒有德行。
【出處】洪邁．夷堅丙志．河北道士：「而宋(善長)詭譎無行，且懶惰，不肯竟其學。」
【用法】指人欺詐成性，品行不端。
【例句】這幫金光黨徒一向**詭譎無行**，專對老弱婦孺下手，一旦就逮，理當依法從嚴究辦。
【義近】詭譎多詐／鬼計多端／無恥之尤／寡廉鮮恥。
【義反】潔身自好／正人君子／方良之士。

話不投機 ㄏㄨㄚˋ ㄅㄨˋ ㄊㄡˊ ㄐㄧ

【釋義】投機：指意見相合。
【出處】王子一．誤入桃源三折：「吃緊的理不服人，言不諳典，話不投機。」
【用法】指彼此心意不同，無法相談。
【例句】算了！我倆既然**話不投機**，就不要再談下去了。
【義近】言語不合／話不相投／格格不入。
【義反】酒逢知己／言語相投／一拍即合。

話不虛傳 ㄏㄨㄚˋ ㄅㄨˋ ㄒㄩ ㄔㄨㄢˊ

【釋義】虛：假。傳：流傳。
【出處】錢彩．說岳全傳三〇回：「話不虛傳，果然岳家兵厲害。」
【用法】指所流傳的話一點也不假，完全眞實。
【例句】經過我在他家當司機半年的經驗，男女主人對人的親切隨和的確是**話不虛傳**。
【義近】名不虛傳／所言非虛／名副其實。
【義反】名不副實／徒具虛名／名過其實。

話中有話 ㄏㄨㄚˋ ㄓㄨㄥ ㄧㄡˇ ㄏㄨㄚˋ

【釋義】指話的當中還含有話。
【出處】曹雪芹．紅樓夢一一〇回：「刑夫人等聽了話中有話，不想到自己不令鳳姐便宜行事，反說：『鳳丫頭果然有些不用心？』」
【用法】指言語中含有未曾明講的內容。
【例句】你可要小心一點，老闆今天**話中有話**，你若再這樣吊兒郎當的，肯定會被炒魷魚。
【義近】言外之意／弦外之音／語帶玄機。
【義反】單刀直入／打開天窗說亮話。

詢於芻蕘 ㄒㄩㄣˊ ㄩˊ ㄔㄨˊ ㄖㄠˊ

【釋義】詢：問。芻：割草。蕘：打柴。意指向割草、打柴的鄉人徵詢意見。
【出處】詩經．大雅．板：「我言微服，勿以爲笑。先民有言，詢於芻蕘。」
【用法】是指不恥下問，虛心求教。
【例句】他貴爲名大學教授，且爲留美農學博士，到農村考察時尚且虛心地**詢於芻蕘**，而你這初出茅廬的年輕小伙子卻目空一切，唯我獨尊，實在太不像話了。

【義近】不恥下問／移樽就教／虛心求學／謙卑自牧。

【義反】恥學於師／崖岸自高／師心自用／目空一切。

七畫

語不驚人

【釋義】驚人：令人感到驚奇。

【出處】杜甫・江上值水如海勢聊短述：「為人性僻耽佳句，語不驚人誓不休。」明・劉基・蘇平仲文集序：「語不驚人，而意自至，由其理明而氣足以攄人。」

【用法】指作品的語句平淡，沒有特別引人注目的地方。

【例句】這篇文章的結構、內容都不錯，就是**語不驚人**，讀來顯得平淡無味。

【義近】平鋪直敘／潺潺溪流／平淡無奇／索然乏味／娓娓道來。

【義反】石破天驚／高潮迭起／擲地有聲／語言鏗鏘。

語言無味

【釋義】意謂語言乾巴巴的沒有味道。

【出處】韓愈・送窮文：「凡所以使吾面目可憎，語言無味者，皆子之志也，其名曰智窮。」

【用法】是指言辭、文句枯燥無味。

【例句】文章的內容再好，若**語言無味**，還是吸引不了讀者的。

【義近】驢鳴犬吠／索然乏味／枯燥乏味／味同嚼蠟。

【義反】妙語如珠／妙趣橫生／幽默風趣／高潮迭起／生動活潑。

語重心長

【釋義】重：鄭重，有分量。心：心意。

【出處】洛日生・海國英雄記・回唐：「嘆別離苦況，轉忘了母親的語重心長。」

【用法】意指話語懇切，情意深長。

【例句】老一輩的過來人，都會**語重心長**的教誨年輕人切莫辜負青春歲月。

【義近】苦口婆心／諄諄告誡／耳提面命。

【義反】冷嘲熱諷／冷言冷語／冷語冰人。

語焉不詳

【釋義】語：說話。焉：此為代詞「之」。

【出處】韓愈・原道：「擇焉而不精，語焉而不詳。」

【用法】指對某事雖然已經提到，但欠周詳。

【例句】這件事他在來信中雖已提及，但**語焉不詳**，請你再詳說一下。

【義近】言之不詳／含糊其辭。

【義反】言語周詳／巨細靡遺。

語無倫次

【釋義】倫次：條理，次序。

【出處】蘇軾・僧惠誠游吳中代書一二：「信筆書紙，語無倫次，又當尚有漏落者，方醉不能詳也。」

【用法】指說話、為文顛三倒四，沒有條理。

【例句】這篇文章寫得文不對題、**語無倫次**，看得真是令人倒盡胃口。

【義近】胡言亂語／不知所云／顛三倒四／紊亂不堪。

【義反】頭頭是道／井井有條／井然有序／有條不紊。

認賊作父

【釋義】把仇人認作父親。賊：仇敵，敵人。又作「認敵作父」。

【用法】比喻甘心賣身求榮，投靠敵人或壞人。

【例句】那些漢奸**認賊作父**，甘心為日軍賣命，殘害自己的同胞，簡直是豬狗不如的東西。

【義近】認敵為友／賣身投靠／賣身求榮。

【義反】敵我分明／嫉惡如仇／不共戴天／誓不兩立。

認賊為子

【釋義】佛教禪宗語，比喻以妄見為真覺。

【出處】楞嚴經一：「惑汝真性，由汝無始，至於今生，認賊為子，失汝元常，故受輪轉。」

【用法】今用以泛指顛倒是非，混淆黑白。

【例句】這種**認賊為子**的人，那還有什麼是非曲直可言？

【義近】人妖顛倒／指鹿為馬／指鐵為金。

【義反】是非分明／涇渭分明／是則是，非則非。

誤人子弟

【釋義】誤：耽誤。子弟：泛指後輩。

【出處】趙翼・答友：「誤人子弟由輕獎。」

【用法】常用以指不稱職的教師耽誤了人家的孩子。

【例句】他口齒不清，腦筋不靈光，還擔任國文教職，根本是**誤人子弟**。

【義近】枉為人師／貽誤子弟。

【義反】作育英才。

誤入歧途

【釋義】誤：迷惑。歧途：岔路，此指錯誤的道路。

【出處】荀子・正論：「是特姦人之誤於亂說，以欺愚者。」

【用法】說明因迷惑而走上了錯誤的道路。

【例句】在五光十色的花花世界裏，青少年稍一不慎便很容易**誤入歧途**。

【義近】誤入險途／誤入迷途／誤陷泥淖。

【義反】迷途知返／浪子回頭／懸崖勒馬。

誤國殄民

【釋義】殄：滅絕。

【出處】宋・周密・齊東野語・洪君疇：「貪繆之相，誤國殄民，逐之已晚。」

【用法】指使國家大受其害，使人民慘遭禍殃。

【例句】對日抗戰期間，汪精衛在南京成立了偽政權，**誤國殄民**，成為千古罪人。

【義近】誤國殃民／誤國害民／禍國殃民／害國傷民／蠹國害民／賣國殘民。

【義反】救國愛民／強國富民／富國安民／治國安民／益國利民／富國裕民。

誨人不倦

【釋義】誨：教導。倦：厭倦。
【出處】論語·述而：「學而不厭，誨人不倦，何有於我哉？」
【用法】指教導人特別耐心，從不厭倦。
【例句】每個老師都應有孔夫子那種學而不厭，**誨人不倦**的精神。
【義近】不厭其煩／反覆教誨／苦口婆心／諄諄善誘。

誨淫誨盜

【釋義】誨：誘導。原指女人打扮妖艷，等於引誘別人來調戲；財物不保管好，等於招引別人來偷盜。
【出處】周易·繫辭上：「慢藏誨盜，冶容誨淫。」
【用法】今用以指引誘人犯奸淫盜竊之罪。
【例句】對於那些**誨淫誨盜**的書刊和電影電視，必須嚴加查禁。
【義近】誘人為非／教唆淫盜。
【義反】導人為善／誨人以道／循循善誘。

誕妄不經

【釋義】誕妄：怪誕，虛妄。不經：不合常理，沒有根據。
【出處】太平廣記三五二卷·談異類·支機石：「支機之說，本誕妄不經，此石不知何據。」
【用法】是指事物虛妄而不合常理。
【例句】人死後屍解成仙成佛的說法，是**誕妄不經**的傳言，毫無科學論證。
【義近】荒誕無稽／怪誕不經／奇談怪論／荒謬絕倫。
【義反】言之有據／言之鑿鑿／信而有徵／合情合理／入情入理。

說一不二

【釋義】意謂說什麼就是什麼。
【出處】文康·兒女英雄傳四十回：「到了在他娘子跟前，卻是從來說一不二。」
【用法】形容說話算數，決不變更。有時也形容辦事痛快、乾脆。
【例句】他很講信用，向來都是**說一不二**的，你儘管放心好了。
【義近】說話算話／乘駟之言。
【義反】出爾反爾／言而無信／食言而肥。

說三道四

【釋義】意謂搬弄是非。
【出處】翟灝·通俗編·言笑：「女論語：『莫學他人不知朝暮，走徧鄉邨說三道四。』」
【用法】今多用以形容隨便談論別人。有時也表示接受任務時不乾脆。
【例句】那傢伙最喜歡**說三道四**，到處搬弄是非。
【義近】說長道短／說東道西／張長李短／弄嘴掉舌／張家長李家短。
【義反】沉默寡言／寡言少語／謹言慎行。

說東談西

【釋義】意謂說這談那，隨便聊天。
【出處】曹雪芹·紅樓夢六回：「劉姥姥……溜到角門前，只見幾個挺胸疊肚指手畫腳的人，坐在大門上說東談西的。」
【用法】指沒有中心，隨意談論各種事情。
【例句】大家在忙，你們幾個卻經常躲在這兒**說東談西**的，明天起不用上班了！
【義近】談天說地／說三道四／調嘴弄舌。

說長道短

【釋義】又作「說短論長」，指隨意評論。長：優點。短：缺點。
【出處】崔瑗·座右銘：「無道人之短，無說己之長。」元·無名氏·神奴兒一折：「他倒說長道短的。」
【用法】比喻喜歡議論別人的是非優劣。
【例句】我現在是自顧不暇，哪還有時間和你一起**說長道短**去管別人的是非呢？
【義近】說三道四／評頭品足／數短論長／張長李短。
【義反】沈默寡言／閉口藏舌／不道黑白。

說是談非

【釋義】是、非：正確、錯誤。
【出處】元·無名氏·贈妓：「不問生熟辦酒食，他便要弄盞傳杯，說是談非，斜眼相窺。」
【用法】指評說是與非。「說東談西」偏於閒聊；本句有評論是非的意味。
【例句】他是我們公司有名的老實人，從不**說是談非**，只知老老實實地工作，你問他一句，他才答一句。
【義近】論列是非／論長論短／說是論非／品頭論足／張長李短／說黑道白。
【義反】不論人非／不道黑白／不言長短／閉口藏舌／謹言慎行。

說時遲，那時快

【釋義】為章回小說或講故事時常用的套語，意謂迅速敏捷。
【出處】施耐庵·水滸傳九一回：「說時遲，那時快，魯智深、李逵早已搶入城來。」
【用法】形容敏捷、迅速的動作。
【例句】**說時遲，那時快**，他見一條餓狼向他撲來，便一個箭步閃開，舉起獵槍射擊。
【義近】迅雷不及掩耳。
【義反】慢條斯理／慢騰騰。

說黑道白

【釋義】黑、白：喻是非、曲直。又作「說黃道黑」、「說白道綠」、「數黃道黑」。
【出處】蘭陵笑笑生·金瓶梅六〇回：「你這丫頭，也跟著他恁張眉眨眼，說黑道白的，將就些兒罷了。」
【用法】指亂加議論。
【例句】當你在**說黑道白**，議論別人是非之前，自己先照照鏡子吧！
【義近】論列是非／論長論短／說是論非／品頭論足／張長李短。
【義反】不論人非／不道黑白／不言長短／閉口藏舌／謹言

慎行。

說嘴打嘴

【釋義】說嘴：自誇，吹牛。打嘴：事實眞相立即戳穿了所說之虛言。此句爲方言。

【出處】曹雪芹・紅樓夢七四回：「老不死的娼婦，怎麼造下孽了？說嘴打嘴，現世現報！」

【用法】指誇海口的人偏偏當場出了醜。

【例句】他正在這裏誇耀自己如何廉潔公正，不料剛剛送到的報紙上卻刊登了他貪污犯罪的事證，這可眞的是**說嘴打嘴**啊！

【義近】現世現報／出乖露醜／自打嘴巴。

誓不兩立

【釋義】發誓不與對方並存。兩立：指雙方並存於天地間。

【出處】羅貫中・三國演義四四回：「孤與老賊，誓不兩立！卿言當伐，甚合孤意。」

【用法】表示矛盾、仇恨很深，無法調和。

【例句】他倆竟會鬧到**誓不兩立**的地步，這是誰都萬萬沒有想到的。

【義近】不共戴天／你死我活／勢如水火。

【義反】並存共處／相與友好／和平相處。

誓同生死

【釋義】發誓要同生共死。

【出處】馮夢龍・醒世恆言卷三八：「兒與吳衙內誓同生死，各不更改。望母親好言勸爹曲允，尚可挽回前失。」

【用法】形容關係十分密切，不可拆散。

【例句】你女兒既已表明願與情郎**誓同生死**，那就讓他們結婚去吧！爲人父母，何必那麼固執呢？

【義近】生死不渝／生死與共／同生共死／同塵與灰。

【義反】視同陌路／各奔東西／分道揚鑣／渺不相涉。

誓死不二

【釋義】發誓至死也不變心。不二：沒有二心。

【出處】詩經・鄘風・柏舟：「之死矢（誓）靡它，母也天只，不諒人只！」

【用法】形容堅定專一。

【例句】對愛情堅貞，**誓死不二**的人，在現代社會中似乎越來越難尋了。

【義近】矢志不渝／死生不二／之死靡它。

【義反】反覆無常／朝秦暮楚／三心二意。

誓死不屈

【釋義】發誓死也不屈服。

【出處】朱熹・跋王樞密答司馬忠潔公帖：「司馬忠潔公仗節虜廷，誓死不屈。」

【用法】形容人意志堅定，很有氣節。

【例句】革命先烈在滿清政府的嚴刑拷打下，**誓死不屈**，以身殉義，其精神眞是感天動地。

【義近】至死不屈／寧死不屈／殺身成仁／寧折不彎／九死無悔／成仁取義。

【義反】貪生怕死／屈膝投降／苟全性命／卑躬屈膝／委曲求全／苟且偷生。

誓無二志

【釋義】意謂立下誓言，絕不變心。二志：二心。

【出處】馮夢龍・東周列國志五五回：「倘蒙矜厄之仁，退師三十里，寡君願以國從，誓無二志。」

【用法】形容意志堅定專一，絕無二心。

【例句】身爲軍人，應忠誠愛國，**誓無二志**效忠領袖，保國衛民。

【義近】忠貞不移／誓無二心／之死靡它／矢志不渝／生死不二。

【義反】心懷異志。

八畫

談天說地

【釋義】意謂天上地下，無所不談。或作「說地談天」。

【出處】元・楊梓・豫讓吞炭四折：「此時人物也是個英雄，豪氣貫長虹，往常時談天說地語如鐘，我只爲咱主公做啞裝聾。」

【用法】形容閒聊的話題非常廣泛。

【例句】老朋友聚在一起，自然是暢所欲言，**談天說地**，道古論今，無所不談了。

【義近】說東談西／說三道四／道古論今。

談古論今

【釋義】談論古往今來之事，又作「談今論古」。

【出處】羅貫中・西遊記一九回：「卻說三藏與那諸老談今論古，一夜無眠。」

【用法】泛指聊天，縱情地談說古往今來之事。

【例句】他們幾個老朋友只要聚在一起，便**談古論今**地說個沒完。

【義近】講古說今／評古品今／談天說地／縱論古今。

談吐如流

【釋義】意謂說起話來就像流水一樣的暢快。談吐：指談話時的措詞和態度。

【出處】凌濛初・二刻拍案驚奇卷一一：「是日焦大郎安晚飯與滿生吃，滿生……談吐如流，更加酒興豪邁，痛飲不醉。」

【用法】形容說話滔滔不絕。

【例句】張小姐的口才極好，恐怕在一百個人當中也很難找到一個像她這樣**談吐如流**的人。

【義近】口若懸河／懸河瀉水／對答如流／能言善道／應答如流／滔滔不絕／舌粲蓮花／語如貫珠。

【義反】拙於言辭／澀於言論／期期艾艾／拙口鈍辭／結結巴巴。

談何容易

【釋義】意謂談說論議並不是容易的事。

【出處】漢書・東方朔傳：「（非有）先生曰：『於戲！可乎哉？可乎哉？談何容易！』」

【用法】本指人臣進諫之難，今泛指說起來容易做起來難。

【例句】人不自私，天誅地滅，要大眾不顧一己的利益而以大局為重**談何容易**。
【義近】困難重重／難於上青天／實非易事。
【義反】輕而易舉／易如反掌／手到擒來。

談言微中

【釋義】微中：精微奧妙而又切中要害。
【出處】司馬遷・史記・滑稽列傳：「談言微中，亦可以解紛。」
【用法】形容言談精微而切中事理。
【例句】此人**談言微中**，做事乾淨俐落，是個不錯的合作對象。
【義近】言必有中／鞭辟入裏。
【義反】信口開河／不著邊際。

談空說有

【釋義】佛教有「空宗」、「有宗」兩派別，門徒各執義理，相互爭辯。此句原意為談論佛法；後人加以引申，閒居聊天亦稱「談空說有」。
【出處】蘇軾・寄吳德仁兼簡陳季常詩：「龍丘居士亦可憐，談空說有夜不眠。」
【用法】形容羣居閒聊。
【例句】中秋端午，四散的家人回鄉團圓，大家聚在一起**談空說有**，好不熱鬧。
【義近】說東談西／談天說地／說三道四。

談虎色變

【釋義】被虎咬傷過的人一聽到虎就臉色大變。
【出處】二程語錄一一：「向親見一人曾為虎所傷。言及虎，神色便變。」
【用法】比喻談及可怕之事即畏懼變色。
【例句】她自從玩股票輸了一大筆錢後，每每有人提及股票，她都**談虎色變**似地叫人閉嘴。
【義近】一朝被蛇咬，十年怕草繩／心有餘悸／聞風喪膽。
【義反】明知山有虎，偏向虎山行／無所畏懼／泰然自若。

談笑自若

【釋義】自若：自如，不變常態。又作「言笑自若」。
【出處】俞樾・七俠五義五四回：「他明知展爺已到，故意的談笑自若。」
【用法】指能平靜地對待所發生的情況，說說笑笑，不改常態。
【例句】別看他一副**談笑自若**的樣子，其實最近才剛被解僱，他只是在苦中作樂啊！
【義近】意氣自如／神色自如／說笑如常。
【義反】驚恐萬狀／神色慌張／一反常態。

談笑風生

【釋義】意謂有說有笑，興致很高。風生：風趣洋溢。
【出處】辛棄疾・念奴嬌贈夏成玉：「遐想後日蛾眉，兩山橫黛，談笑風生頰。」
【用法】形容人很健談，說話動聽。
【例句】他口才很好，又有人緣，不管在那裏都**談笑風生**，頗受歡迎。
【義近】議論風生／談笑自若／妙語如珠。
【義反】語不驚人／默默無言／言語乏味。

諄諄告誡

【釋義】諄諄：教導不倦的樣子。告誡：勸告。又作「諄諄告戒」。
【出處】費袞・梁溪漫志：「命諸子子婦皆坐，置酒，諄諄告戒。」
【用法】形容懇切不倦地進行教導、規勸。
【例句】父親生前的**諄諄告誡**，直到今天仍在我們的耳邊迴響。
【義近】諄諄教誨／語重心長／苦口婆心／耳提面命。
【義反】冷嘲熱諷／冷言冷語。

諄諄善誘

【釋義】諄諄：教誨懇切，耐心的樣子。
【出處】宋・劉摯・請重修太學條例：「昔之設學校，教養之法，師生問對，憤悱開發，相與曲折反復，諄諄善誘。」
【用法】形容耐心懇切地引導、教育他人。
【例句】李老師執教鞭已有三十多年，對學生**諄諄善誘**，以身作則，身教言教之下，學生個個成就非凡，亦不忘恩師的教誨。
【義近】循循善誘／諄諄教誨／誨人不倦／有教無類。

請自隗始

【釋義】請從我郭隗開始。自：從。隗：郭隗，戰國時燕國的賢士，又作「先從隗始」。
【出處】戰國策・燕策一：「郭隗曰：『王必欲致士，先從隗始。況賢於隗者，豈遠千里哉。』」
【用法】多用以比喻自告奮勇，推薦自己。
【例句】古人有句話叫**請自隗始**，總經理既然要招攬和重用人才，那就從我開始吧！
【義近】毛遂自薦／自告奮勇／捨我其誰。
【義反】婉言謝絕／力辭不就／善為我辭。

請君入甕

【釋義】請您進入甕中去吧。甕：大陶器，口小腹大。
【出處】典出新唐書・周興傳。又曹雪芹・紅樓夢六二回：「寶琴笑道：『請君入甕。』」
【用法】說明以其人之道，還治其人之身。
【例句】小王說今天玩「繞口令」，誰錯了誰鑽桌子，不一會他就說錯了，於是大家笑著喊「**請君入甕**」。
【義近】自作自受／作法自斃／以其人之道，還治其人之身。

諸如此類

【釋義】許多與此相類似的東西。諸：眾多。
【出處】晉書・劉頌傳：「諸如此類，亦不得已已。」
【用法】用作概括、總結之詞。
【例句】**諸如此類**的事情甚多，在此不一一列舉，望各位千萬注意，不要受騙上當。
【義近】不一而足／不乏其例。
【義反】僅此而已／捨此無他。

諸惡莫作

【釋義】各種惡事都不要去做。諸：眾多。莫：不。
【出處】大般涅槃經・梵行品：「諸惡莫作，眾善奉行，自淨其意，是諸佛教。」
【用法】用以勸人行善積福，不可為非作歹。
【例句】為人只要**諸惡莫作**，便可問心無愧，生活得踏實舒坦。

調三斡四

【釋義】調：挑撥。斡：旋轉。三、四：借指事端、是非。
【出處】元・無名氏・貨郎旦四折：「他正是節外生枝，調三斡四，只教你大渾家吐不得、咽不得這一個心頭刺。」
【用法】指用言語挑撥離間，搬弄是非。
【例句】張先生是一位正人君子，哪會去管這些閒事，更不會**調三斡四**，你大概是弄錯了人！
【義近】挑撥離間／搬弄是非／乘間投隙。
【義反】排難解紛。

調兵遣將

【釋義】意即調動和派遣兵將。
【出處】施耐庵・水滸傳六七回：「寫書教太師知道，早早調兵遣將，剿除賊寇報仇。」
【用法】原指調動軍隊派遣將領。現泛指調動和安排人力。
【例句】為了及時完成這項工程，總經理徹夜**調兵遣將**，把所有的人力物力集中在此任務上，務求盡善盡美。
【義近】發兵調將／運籌帷幄。
【義反】按兵不動／坐觀成敗。

調虎離山

【釋義】意謂設法使老虎離開山頭。調：調動。
【出處】羅貫中・西遊記五三回：「我是個調虎離山計，哄你出來爭戰。」
【用法】比喻用計使對方離開原來所憑藉的有利地勢，以便乘機行事。
【例句】要想消滅這幫土匪，最好是採用**調虎離山**之計，以免誤傷老百姓。
【義近】引蛇出洞／誘敵深入。
【義反】放虎歸山／縱敵歸營。

調風弄月

【釋義】風月：喻男女情愛。
【出處】元・無名氏・秋懷：「我也曾絮叨叨講口舌，實丕丕傾肺腑，下了些調風弄月死工夫。」
【用法】喻指談情說愛。
【例句】未婚男女談情說愛，**調風弄月**是很平常的事，何必大驚小怪？
【義近】花前月下／桑中之約／迎風待月／談情說愛／待月西廂／吟風弄月。

調脂弄粉

【釋義】調脂：調勻胭脂。弄粉：撲粉、抹粉。
【出處】明・楊柔勝・玉環記・玉簫歎懷：「怕的是歌金縷，調脂弄粉，將人眼迷。」
【用法】指婦女塗脂抹粉，梳妝打扮。
【例句】這位小姐可真囉嗦，去郊遊踏青也要**調脂弄粉**一兩個小時才要出門！
【義近】傅粉施朱／淡妝濃抹／濃妝淡抹／塗脂抹粉／描眉畫眼。
【義反】天然本色／蓬頭垢面／脂粉未施。

調嘴弄舌

【釋義】調嘴：耍嘴皮子。弄舌：翻弄脣舌。
【出處】清平山堂話本・快嘴李翠蓮記：「這早晚，東方將亮了，還不梳妝完，尚兀子調嘴弄舌。」
【用法】指人愛說短道長，搬弄是非。
【例句】這女人最愛**調嘴弄舌**，東家長西家短，令人生厭。
【義近】調三斡四／搬弄是非／乘間投隙／挑撥離間。
【義反】排難解紛／不道人短，不說己長。

諂上抑下

【釋義】諂：討好，奉承。
【出處】北史・安同傳：「（安同）性平正柔和，未嘗有喜怒色，忠篤愛厚，不諂上抑下。」
【用法】是指討好上司，壓制下級。
【例句】我們科長在局長面前簡直有如哈巴狗一樣的溫馴，而對下屬卻不是吼就是叫的，這種**諂上抑下**的卑劣行徑，引起員工極大的不滿。
【義近】諂上欺下／諂上傲下／諂上驕下／奉上瞞下。
【義反】傲上憐下／直道而行／一視同仁／不分彼此／貴賤無二／遐邇一體。

諂上欺下

【釋義】諂：奉承，獻媚。欺：欺壓。又作「諂上驕下」。
【出處】李綠園・歧路燈五一回：「凡是這一號鄉紳，一定是諂上驕下，剝下奉上的。」
【用法】形容討好巴結上司，欺騙壓榨下屬。
【例句】他能升上去，全靠他有一套**諂上欺下**的本事，說到才能，根本一無可取。
【義近】奉上瞞下／剝下奉上／敲下悅上。

諂詞令色

【釋義】諂詞：巴結、奉承之詞。令色：討好的表情。
【出處】馮夢龍・東周列國志八〇回：「句踐為人機險，今為釜中之魚，命制庖人，故諂詞令色，以求免刑誅。」
【用法】說奉承人家的話，扮作討好人家的表情。
【例句】我實在很看不慣他在上司面前**諂詞令色**的樣子，所以只好和他分手，各奔前程了。
【義近】巧言令色／阿諛逢迎／曲意逢迎／奴顏媚骨／奴顏婢膝。
【義反】正言厲色／危言危行／剛正不阿／守正不阿／一身傲骨／不卑不亢。

諂諛取容

【釋義】諂諛：諂媚奉承。取容：討好別人以求得歡喜。

【出處】司馬遷・史記・平準書八：「自是之後，有腹誹之法比，而公卿大夫多諂諛取容矣。」

【用法】指以奉承拍馬來獲取別人的歡喜。

【例句】人生在世還是要講求廉恥，若一味地**諂諛取容**，那還有什麼人格可言？再怎樣飛黃騰達，依然是個無恥之徒。

【義近】苟合取容／偷合苟容／搖尾乞憐／點頭哈腰／阿世苟合／阿黨相容／阿諛奉承／如脂如韋／阿諛曲從。

【義反】堂堂正正／守正不阿／嫉惡如仇／直道而行／剛正不阿／守正不屈。

論功行賞

【釋義】論功：評論功勞。行賞：施行獎賞。

【出處】三國志・吳書・顧譚傳：「時論功行賞，以為駐敵之功大，退敵之功小。」

【用法】指評定功勳，給予相應的獎賞。

【例句】古時初登基的帝王，總是要對一起打天下的臣子們**論功行賞**一番。

【義近】論功定賞／論功行封／依功行賞／計功受賞。

【義反】卸磨殺驢／兔死狗烹／過河拆橋。

論列是非

【釋義】論列：羅列評論。是非：正確與錯誤。

【出處】漢書・司馬遷傳：「乃欲卬首信眉，論列是非，不亦輕朝廷，羞當世之士邪。」

【用法】指羅列事實，評論是與非。

【例句】我只知道教書，不懂政治，你們要就黨派之爭**論列是非**，請恕我不能參與。

【義近】說是談非。

【義反】不論人非／閉口藏舌／謹言慎行。

論黃數黑

【釋義】數：數落，批評。

【出處】元・劉時中・上高監司：「不是我論黃數黑，怎禁他惡紫奪朱。」

【用法】是指亂加評論，誹謗別人。

【例句】有意見就應該當面提出，不要在人背後**論黃數黑**，這樣可是會破壞團結，影響整體工作的。

論議風生

【釋義】風生：指談話時興致高，氣氛活躍。

【出處】宋史・陳亮傳：「為人才氣超邁，喜談兵，論議風生，下筆數千言立就。」

【用法】形容人談論時既生動又風趣。

【例句】劉老先生不愧為政論家，他只要一談到政治，便**論議風生**，即使是那些對政治不感興趣的人也聽得津津有味。

【義近】議論風生／談議風生／談笑風生／妙語如珠。

【義反】枯燥無味／索然無味／語不驚人／言語乏味／言辭枯燥／味同嚼蠟。

九　畫

諮諏善道

【釋義】詢問謀畫好的治國之道。諮諏：同「咨諏」，詢問謀畫。

【出處】諸葛亮・前出師表：「陛下亦宜自謀，以諮諏善道，察納雅言，深追先帝遺詔。」

【用法】用以勸諫為政者應虛心訪求好的治國之道。

【例句】執政者若能察納雅言，**諮諏善道**，則國家有幸，人民有福。

【義近】虛心納下／廣開言路／廣聽博納。

【義反】閉目塞聽／拒諫飾非／剛愎自用。

諺言俗語

【釋義】諺：是流傳的俗語。諺言：指在民間流傳，簡練通俗而富有意義的俗語。

【出處】戰國策・韓策一：「聽者聽國，非必聽實也。故先王聽諺言於市，願公之聽臣言也。」諺言：指俗語。

【用法】諺語往往反映先民生活的經驗，也是民間文學的一種形式。在散文、小說及戲劇中常被引用。本書亦酌加搜集，供讀者查考。

【例句】「貧居鬧市無人問，富在深山有遠親。」這句**諺言俗語**道盡了人世的冷暖和現實。

諱疾忌醫

【釋義】不肯說自己有病，怕去治療。諱：隱藏不言。忌：怕，畏懼。又作「護疾忌醫」。

【出處】周子・通書・過：「今人有過，不喜人規，如護疾而忌醫，寧滅其身而無悟也，噫！」

【用法】比喻隱瞞自己的缺點過失，不願接受別人的規勸幫助。

【例句】有了過失，千萬不要**諱疾忌醫**，應虛心聽取別人的規勸，並予以改正。

【義近】文過飾非／拒諫飾非／掩過飾非。

【義反】聞過則喜／知過必改／退思補過。

諱莫如深

【釋義】隱瞞得沒有比這更深的了。莫：沒有。

【出處】穀梁傳・莊公三二年：「諱莫如深，深則隱，苟有所見，莫如深也。」

【用法】指將事情隱瞞得很嚴，力求不使人知道。

【例句】她對自己幾十年前的醜事**諱莫如深**，想方設法儘量隱瞞。

【義近】祕而不宣／絕口不談／守口如瓶。

【義反】直言不諱／直言無隱／和盤托出。

諱惡不悛

【釋義】諱：隱諱。悛：改過，悔改。

【出處】後漢書・朱暉傳：「昔秦政煩苛，百姓土崩，陳勝奮臂一呼，天下鼎沸，而面諛之臣，猶言安耳。諱惡不悛，卒至亡滅。」

【用法】意指隱瞞罪惡，不肯悔改。

【例句】像他這樣**諱惡不悛**的人隨他去算了，只等看他見了棺材會不會掉淚！

【義近】至死不悟／怙惡不悛／執迷不悟／冥頑不靈。

【義反】痛改前非／朝聞夕改／改邪歸正／翻然悔悟。

謀臣武將（ㄇㄡˊ ㄔㄣˊ ㄨˇ ㄐㄧㄤˋ）

【釋義】謀臣：出謀畫策之臣。武將：作戰勇猛之將。

【出處】漢·張衡·南都賦：「爾其則有謀臣武將，皆能攫戾執猛，破堅摧鋼。」

【用法】指善於計謀的文臣和勇敢的將帥。引申指公司的企畫和業務人才。

【例句】我們公司的人才濟濟，**謀臣武將**甚多，這是我們的事業得以興旺發達的重要原因。

謀事在人，成事在天（ㄇㄡˊ ㄕˋ ㄗㄞˋ ㄖㄣˊ ㄔㄥˊ ㄕˋ ㄗㄞˋ ㄊㄧㄢ）

【釋義】謀事：營求某種事情。成事：使事情成功。

【出處】羅貫中·三國演義一〇三回：「孔明嘆曰：『謀事在人，成事在天』，不可強也。」

【用法】說明謀求把事情做好在於人為，而能否成功則在於天意。意在強調不可勉強。

【例句】這倒也不然：「**謀事在人，成事在天**。」咱們謀到了，靠菩薩的保佑，有些機會，也未可知。（曹雪芹·紅樓夢）

【義近】事由天定／富貴在天／謀畫在人，成敗由天。

【義反】人定勝天／人眾勝天。

謀定後動（ㄇㄡˊ ㄉㄧㄥˋ ㄏㄡˋ ㄉㄨㄥˋ）

【釋義】謀：謀畫，計畫。定：確定，穩當。

【出處】新唐書·李光弼傳：「光弼用兵，謀定而後戰。」

【用法】指遇事不要魯莽，務必要考慮周到、謀畫穩妥之後再採取行動。

【例句】凡事要**謀定後動**，決不可憑一時的衝動亂來，以免造成不必要的損失。

【義近】三思而行／深謀遠慮／計出萬全。

【義反】魯莽行事／輕舉妄動。

謀為不軌（ㄇㄡˊ ㄨㄟˊ ㄅㄨˋ ㄍㄨㄟˇ）

【釋義】不軌：指違法亂紀或從事叛亂活動。也作「圖謀不軌」。

【出處】魏書·任城王澄傳：「高祖召澄入見凝閒堂，曰：『適得陽平表曰，穆泰謀為不軌，招誘宗室。』」

【用法】是指計畫做叛逆不法的事。

【例句】當年國父革命推翻滿清，清廷視革命黨員為大逆不道，**謀為不軌**的亂黨，只要被逮，即予處決，黨員為此犧牲慘烈。

【義近】圖謀不軌／謀道不軌／犯上作亂／違法亂紀。

【義反】安分守己／循規蹈矩／奉公守法／忠貞不貳。

謀財害命（ㄇㄡˊ ㄘㄞˊ ㄏㄞˋ ㄇㄧㄥˋ）

【釋義】謀：圖謀。又作「圖財害命」。

【出處】吳承恩·西遊記一一回：「脫皮露骨，折臂斷筋，也只為謀財害命。」

【用法】指人心狠手辣，為了謀取錢財，不惜害人性命。

【例句】真不敢相信這麼一個纖弱女子，竟是**謀財害命**的元凶，真是人不可貌相啊！

【義近】殺人越貨／劫財殺人。

【義反】見利思義／一介不取。

謀無遺策（ㄇㄡˊ ㄨˊ ㄧˊ ㄘㄜˋ）

【釋義】謀：計謀。遺策：指失策。

【出處】三國魏·曹奐·以鍾會為司徒詔：「蜀之豪帥，面縛歸命，謀無遺策，舉無廢功。」

【用法】形容計謀十分周密穩妥，從來沒有出過差錯。

【例句】諸葛亮神機妙算，**謀無遺策**，可謂軍事奇才。

【義近】謀無遺謀／算無遺策／神機妙算／料事如神／計出萬全。

【義反】謀不中一／大為失策／破綻百出／漏洞百出／百密一疏。

謀謨帷幄（ㄇㄡˊ ㄇㄛˊ ㄨㄟˊ ㄨㄛˋ）

【釋義】謀謨：計謀、計策。帷幄：軍中帳幕。

【出處】後漢書·鄧禹傳：「制詔前將軍禹，深執忠孝，與朕謀謨帷幄，決勝千里。」

【用法】指在軍帳中籌畫軍事，後也泛指策畫機密而重要的事。

【例句】最近兩天董事長召集各部門經理**謀謨帷幄**，恐怕公司將有重大變化，我們應該要有充分的心理準備才好！

【義近】運籌帷幄／運籌決策／決勝千里。

諤諤以昌（ㄜˋ ㄜˋ ㄧˇ ㄔㄤ）

【釋義】意謂若百官敢於直言爭辯，那國家就會興盛。諤諤：直言爭辯的樣子。

【出處】司馬遷·史記·商君列傳：「千人之諾諾，不如一士之諤諤。武王諤諤以昌，殷紂墨墨以亡。」

【用法】指當政者應察納雅言，廣開言路，國家才會興盛。

【例句】殷紂王暴虐無道，羣臣敢怒不敢言，國家因而覆亡；周武王廣開言路，文武大臣爭相獻策，國家因而興盛。所謂「墨（默）墨以亡，**諤諤以昌**」，其言信然。

【義近】廣開言路／博採眾議／從善如流／察納雅言。

【義反】默默以亡／拒諫飾非／師心自用／剛愎自用。

諷一勸百（ㄈㄥˋ ㄧ ㄑㄩㄢˋ ㄅㄞˇ）

【釋義】諷：用含蓄的話勸告。

【出處】劉勰·文心雕龍·雜文：「雖始之以淫侈，而終之以居正。然諷一勸百，勢不自反。」

【用法】指用一事諷諫而收勸戒多事的功效。或指諷諫一人而能勸戒其餘眾人。

【例句】羅董事長確實善於言辭，今天的發言絕對能產生**諷一勸百**的效用，我們深表佩服！

【義近】殺雞儆猴。

十畫

謗議洶洶 ㄅㄤˋ ㄧˋ ㄒㄩㄥ ㄒㄩㄥ

【釋義】謗議：毀謗、非議。洶洶：同「訩訩」，喧擾。
【出處】胡詮・戊午上高宗封事：「今內而百官，外而軍民，萬口一談，皆欲食倫之肉，謗議洶洶，陛下不聞。」
【用法】非議之聲喧擾不止。
【例句】柯林頓總統與白宮女職員間的緋聞案**謗議洶洶**，實有加以澄清的必要。
【義近】議論紛紛／交相批評／謗議沸騰／謗議紛紜。

謙沖自牧 ㄑㄧㄢ ㄔㄨㄥ ㄗˋ ㄇㄨˋ

【釋義】謙沖：謙虛。自牧：自養。
【出處】周易・謙卦・初六象辭：「謙謙君子，卑以自牧也。」魏徵・諫太宗十思疏：「念高危，則思謙沖而自牧。」
【用法】勉人要用謙虛來修養道德。
【例句】日中則昃，月盈則虧，是以為人處世，當思**謙沖自牧**，勿驕惰矜慢。
【義近】無能自處／處以下人／卑以自牧／謙默自持。
【義反】縱情傲物／倨傲鮮腆／自矜自是／自命不凡。

謙恭下士 ㄑㄧㄢ ㄍㄨㄥ ㄒㄧㄚˋ ㄕˋ

【釋義】謙恭：謙遜，恭敬。下士：降低身分以禮對待讀書人。又作「謙遜下士」。
【出處】漢書・韋玄成傳：「少好學，修父業，尤謙遜下士。」
【用法】指待人謙遜有禮，能尊重比自己地位低的人或有才學的人。
【例句】他雖貴為院長，但能**謙恭下士**，一點也沒有官僚的架子。
【義近】禮賢下士／推賢下士／尊賢愛才。
【義反】嫉能害賢／嫉賢妒能／嫉賢害能。

謙虛謹慎 ㄑㄧㄢ ㄒㄩ ㄐㄧㄣˇ ㄕㄣˋ

【釋義】謙虛：不自滿，謙遜自抑。謹慎：細心慎重。
【出處】後漢書・明德馬皇后紀：「太后誠存謙虛。」漢書・霍光傳：「小心謹慎，未嘗有過。」
【用法】指待人虛心，做事慎重不浮躁。
【例句】這個年輕人，才華橫溢，更重要的是做人**謙虛謹慎**，眞是難得。
【義近】不驕不躁／不矜不伐。
【義反】驕傲自大／盛氣凌人／夜郎自大。

謙謙君子 ㄑㄧㄢ ㄑㄧㄢ ㄐㄩㄣ ㄗˇ

【釋義】謙謙：謙遜的樣子。
【出處】周易・謙卦：「謙謙君子，卑以自牧也。」
【用法】指待人謙遜而又嚴於律己的人。
【例句】他是個不卑不亢的**謙謙君子**，待人有禮，行事合宜，和他說話有如沐春風的感覺。
【義近】正人君子／翩翩君子。
【義反】區區小人／無恥小人／斗筲鼠輩。

謙讓未皇 ㄑㄧㄢ ㄖㄤˋ ㄨㄟˋ ㄏㄨㄤˊ

【釋義】謙讓：謙虛退讓。皇：暇，閒暇。
【出處】漢書・賈誼傳：「誼以為漢興二十餘年，天下和洽，宜當改正朔，易服色制度……文帝謙讓未皇也。」注：「皇，暇也。自以為不當政制。」
【用法】本指漢文帝初即位，因謙虛而未輕易改制。引申有謙虛收斂的意思。
【例句】新君嗣位，往往**謙讓未皇**，先行犒賞文武百官，以收攬臣民之心。

講信修睦 ㄐㄧㄤˇ ㄒㄧㄣˋ ㄒㄧㄡ ㄇㄨˋ

【釋義】講求誠信，修習親睦。
【出處】禮記・禮運：「講信修睦，謂之人利；爭奪相殺，謂之人患。」
【用法】指相互講求誠信，建立和睦關係。
【例句】無論是國與國之間，或是人與人之間，都應**講信修睦**，平等相待，和平共處才是。
【義近】開誠相見／和平共處／開心見誠／坦懷相待／開誠布公。
【義反】爾虞我詐／兵戎相見／勾心鬥角／虛情假意／互相算計。

謠諑紛紜 ㄧㄠˊ ㄓㄨㄛˊ ㄈㄣ ㄩㄣˊ

【釋義】謠諑：憑空虛構的言詞，指毀謗、非議。紛紜：眾多雜亂的樣子。
【出處】屈原・離騷：「眾女嫉余之蛾眉兮，謠諑謂余以善淫。」宋・洪興祖補注：「言眾女競為謠言，以譖愬我。」
【用法】喻毀謗之聲四面而來。
【例句】李陵詐降匈奴，準備伺機破敵，但朝廷**謠諑紛紜**，謂陵降敵，漢武帝竟然下令誅滅李家九族，耿耿孤忠蒙此深冤，怎能不反？
【義近】流言蜚語／謠言紛飛／謗議洶洶。

謝天謝地 ㄒㄧㄝˋ ㄊㄧㄢ ㄒㄧㄝˋ ㄉㄧˋ

【釋義】意謂感謝天地神靈的保佑。
【出處】通俗編・天文：「邵子擊壤集：『每日清晨一炷香，謝天謝地謝三光。』」
【用法】今多用作辦事順利或消災泯禍的口頭語。
【例句】**謝天謝地**！我兒子今年終於考上大學，總算沒辜負我們全家人的期待。
【義近】感恩戴德／蒼天有眼／好心好報。
【義反】怨天尤人／天道寧論／天道不公。

十一畫

謹小慎微 ㄐㄧㄣˇ ㄒㄧㄠˇ ㄕㄣˋ ㄨㄟ

【釋義】謹、慎：小心，慎重。微：小。又作「敬小慎微」。
【出處】惲敬・卓忠毅公遺稿書後：「其生平無不謹小慎微，事事得其所處。」
【用法】原指一舉一動都十分小心，今多用以形容辦事過於謹慎而縮手縮腳。
【例句】做事謹慎固然重要，但過分的**謹小慎微**就會妨礙行事的時機了。

【義近】小心翼翼／如臨深淵／如履薄冰／臨淵履薄。
【義反】輕舉妄動／恣意妄爲／膽大妄爲／魯莽滅裂。

謹言慎行 ㄐㄧㄣˇ ㄧㄢˊ ㄕㄣˋ ㄒㄧㄥˊ

【釋義】謹：小心。慎：慎重。
【出處】禮記・緇衣：「故言必慮其所終，而行必稽其所敝，則民謹於言而慎於行。」
【用法】形容人言語行動都很小心謹慎。
【例句】他是個**謹言慎行**的人，從不信口開河，也不草率行事。
【義近】謹小慎微／小心謹慎。
【義反】言行魯莽／任性而爲／放蕩不羈。

謬悠之說 ㄇㄧㄡˋ ㄧㄡ ㄓ ㄕㄨㄛ

【釋義】荒誕無稽的言辭。謬悠：也作「繆悠」。謬：荒誕。悠：虛空，無稽。
【出處】莊子・天下：「以謬悠之說，荒唐之言，無端崖之辭，時恣縱而不儻，不以觭見之也。」曾鞏・和貢甫送元考不至詩：「學問本閎博，言談悲謬悠。」
【用法】意指荒誕、不切實際的說法。
【例句】「隔空抓藥」純屬**謬悠之說**，臺灣媒體竟然大肆報導，讓人不可思議。
【義近】荒謬之言／奇談怪論／不經之談／無稽之談／無根之言／無據之事。
【義反】千眞萬確／不爭之論／不刊之論／不易之論。

謬種流傳 ㄇㄧㄡˋ ㄓㄨㄥˇ ㄌㄧㄡˊ ㄔㄨㄢˊ

【釋義】謬種：又作「繆種」，荒謬、錯誤的種子。
【出處】宋史・選舉志：「所取之士既不精，數年之後，復俾之主文，是非顚倒逾甚，時謂之繆種流傳。」
【用法】今泛指荒謬的東西一代代傳下去。
【例句】誨淫誨盜的書刊必須禁止，否則，**謬種流傳**，會給社會帶來嚴重的危害。
【義近】以訛傳訛／謬誤相傳。
【義反】名傳千古／流芳百世。

十二—十三畫

識時務者爲俊傑 ㄕˋ ㄕˊ ㄨˋ ㄓㄜˇ ㄨㄟˊ ㄐㄩㄣˋ ㄐㄧㄝˊ

【釋義】時務：形勢發展的趨勢。俊傑：英雄豪傑。
【出處】陳壽・三國志・蜀書・諸葛亮傳・注引襄陽記：「識時務者，在乎俊傑。」
【用法】說明只有能夠認清情勢發展方向的人，才是俊傑。多用以勸人歸附依從。
【例句】**識時務者爲俊傑**，你不要再固執了，還是按總經理的意思去辦吧！
【義近】識時達務／通曉時務。
【義反】不識時務／不明形勢／不知權變。

證龜成鼈 ㄓㄥˋ ㄍㄨㄟ ㄔㄥˊ ㄅㄧㄝ

【釋義】把烏龜當作鼈魚（甲魚），比喻顚倒是非。是爲俚語。
【出處】蘇軾・東坡志林三：「然至其惑於眾口，則顚倒錯繆如此。俚語曰：『證龜成鼈』，此未足怪也。以此觀之，當云：『證龜成蛇』，小人之移人也，使龜蛇易位。」
【用法】喻爲眾口所迷惑，顚倒黑白。
【例句】科學的可貴，在於有幾分證據說幾分話，絕不至於**證龜成鼈**，以訛傳訛。
【義近】證龜成蛇／以訛傳訛／三人成虎。

譁眾取寵 ㄏㄨㄚˊ ㄓㄨㄥˋ ㄑㄩˇ ㄔㄨㄥˇ

【釋義】譁眾：使眾人興奮激動。譁：喧鬧。寵：喜愛。
【出處】漢書・藝文志：「苟以譁眾取寵，後進循之，是以五經乖析，儒學寖衰。」
【用法】指用言論或行動迎合大眾，以取得人們的喜悅和稱讚。
【例句】這種人就是憑那三寸不爛之舌**譁眾取寵**，何嘗能做幾件像樣的事情來？
【義近】招搖過市／夸夸其談／驚世駭俗／矯俗干名。
【義反】腳踏實地／實事求是。

議論紛紛 ㄧˋ ㄌㄨㄣˋ ㄈㄣ ㄈㄣ

【釋義】紛紛：多而雜亂的樣子。又作「紛紛議論」。
【出處】羅貫中・三國演義四三回：「時武將或有要戰的，文官都是要降的，議論紛紛不一。」
【用法】形容許多人七嘴八舌談論的情景。
【例句】昨晚他家又傳出打鬧的聲音，街坊鄰居今晨起來皆**議論紛紛**，大概那嗜賭的先生又回來打老婆要錢了。
【義近】眾說紛紜／七嘴八舌／人言籍籍／沸沸揚揚。
【義反】眾口一詞／如出一口／異口同聲／絕口不談。

十四—十五畫

譽過其實 ㄩˋ ㄍㄨㄛˋ ㄑㄧˊ ㄕˊ

【釋義】譽：名譽，名聲。
【出處】晉書・王羲之傳：「此數子者，皆譽過其實。」
【用法】是指名聲超過了眞實本領。
【例句】透過這段時間的接觸和了解，這位學者並不像人們所說的那樣有學問，總給人**譽過其實**之感。
【義近】聲聞過情／名不副實／名實難副／名過其實／名與實違／虛有其名。
【義反】名實相副／名副其實／名不虛傳／名不虛立／名實不違。

譽滿天下 ㄩˋ ㄇㄢˇ ㄊㄧㄢ ㄒㄧㄚˋ

【釋義】譽：名譽，名聲。
【出處】唐・李華・唐揚州功曹蕭穎士文集序：「君七歲，能誦數經，背碑覆局；十歲以文章知名；十五歲譽滿天下。」
【用法】指人的好名聲到處傳播，世人皆知。
【例句】孫中山先生獻身革命事業，從不追求個人功利，因而**譽滿天下**。
【義近】譽滿全國／譽滿寰中／飲譽天下／名滿天下／名聞遐邇／天下聞名／名震天下／大名鼎鼎／赫赫有名／遠近馳名／名揚四海。
【義反】無人知曉／無聲無臭／沒沒無聞／湮沒無聞。

讀書三到 ㄉㄨˊ ㄕㄨ ㄙㄢ ㄉㄠˋ

【釋義】指讀書的三個方法，即

心到、眼到、口到。

【出處】朱熹・訓學齋規：「余嘗謂讀書有三到，謂心到、眼到、口到。……三到之中，心到最急，既到矣，眼、口豈不到乎？」

【用法】指讀書須專心致志。

【例句】古人講求**讀書三到**，我認爲在科技資訊時代，要加一到，即「手到」。

讀書百遍，其義自見

【釋義】百遍：極言其遍數之多。見：同「現」，顯露。

【出處】三國志・魏書・王肅傳・裴松之注引魏略：「人有從學者，遇不肯教，而云『必當先讀百遍』。言『讀書百遍，而義自見』。」

【用法】說明讀書只要反覆多讀，其義自知。

【例句】古人說：「**讀書百遍，其義自見**。」你才讀了一遍就想了解其中的深刻涵義，這怎麼可能呢？

讀書破萬卷

【釋義】萬卷：極言其書本之多。卷：指書本或篇章。

【出處】杜甫・奉贈韋左丞丈二十二韻：「讀書破萬卷，下筆如有神。」

【用法】形容讀書很多，學識淵博。

【例句】一個人如能下功夫，**讀書破萬卷**，那必然可成爲一個很有學問的人。

【義近】學富五車／滿腹經綸／學識淵博。

【義反】胸無點墨／不學無術／初識之無。

十六畫

變化多端

【釋義】多端：指樣子、花樣很多。端：頭緒。

【出處】吳承恩・西遊記七回：「他變化多端，虧老君抛金鋼琢打中，二郎方得拿住。」

【用法】形容變化很多。

【例句】這人神通廣大，**變化多端**，你可不是他的對手，何必自討苦吃呢！

【義近】變化萬端／變化無常／變幻莫測。

【義反】一成不變／依然如故。

變化百出

【釋義】也作「變態百出」。意同「變化多端」。改變舊形稱「變」。自無而有稱「化」。

【出處】新唐書・藝文志一：「歷代盛衰，文章與時高下。然其變化百出，不可窮極，何其多也。」

【用法】形容變化很多。

【例句】電腦科技進步神速，各類資訊產品**變化百出**，讓人目不暇給。

【義近】變化多端／變化無窮／變化莫測／千變萬化。

【義反】一成不變／依然如故／變化有常／永恆不變。

變化無常

【釋義】無常：沒有常態、規律。常：法則，規律。又作「變幻無常」。

【出處】莊子・天下：「芴（忽）漠無形，變化無常。」

【用法】指事物經常變化，沒有規律性可言。

【例句】人世的**變化無常**，沒有永遠的春風得意，當然也不可能會永遠失敗落拓。

【義近】千變萬化／白雲蒼狗。

【義反】變幻有則／偶爾一變／風雲可測。

變化無窮

【釋義】窮：盡，結束。

【出處】宋玉・高唐賦序：「須臾之間，變化無窮。」

【用法】形容變化很多，沒有窮盡。

【例句】中國的武術動作看來似乎很簡單，實際上卻是**變化無窮**，不說精通，就是入門也不容易。

【義近】風雲變幻／變幻無常／千變萬化。

【義反】墨守成規／因循守舊／變化有常／永恆不變。

變幻莫測

【釋義】變幻：經常不規則地變化。莫測：不能預料。

【出處】許仲琳・封神演義四四回：「吾紅水陣內奪壬癸之精，藏天乙之妙，變幻莫測。」

【用法】指事物變化迅速而多樣，難以捉摸。

【例句】政治局勢儘管**變幻莫測**，但只要認眞分析研究，還是有規律可循的。

【義近】變幻無常／雲譎波詭。

【義反】一成不變／一牢永定。

變本加厲

【釋義】本：事物的原樣。加厲：更甚，更加厲害。

【出處】蕭統・文選序：「蓋踵其事而增華，變其本而加厲。」

【用法】指人或事物變得比原來更加嚴重（多指缺點、錯誤等）。

【例句】他不但不改正錯誤，反而**變本加厲**，與竊盜集團來往更密，逐步走向不歸路。

【義近】日甚一日／有增無減。

【義反】日益好轉。

變生肘腋

【釋義】肘腋：胳膊肘與胳肢窩，喻密切接近。

【出處】陳壽・三國志・蜀書・法正傳：「北畏曹公之強，東憚孫權之逼，近則懼孫夫人生變於肘腋之下。」

【用法】說明事變發生於極近之處。

【例句】歷史上許許多多的戰亂都是**變生肘腋**，人家說內賊難防，就是這個道理。

【義近】禍起蕭牆／兄弟鬩牆。

變名易姓

【釋義】變：改。易：換。同「改名換姓」。

【出處】司馬遷・史記・貨殖列傳：「范蠡既雪會稽之恥，……乃乘扁舟浮於江湖，變名易姓，適齊爲鴟夷子皮，之陶爲朱公。」

【用法】指人改換姓名。

【例句】明代亡後，不少遺臣**變名易姓**，或隱遁佛門，或野居山林，不再現身朝廷。

【義近】隱姓埋名／隱遁江湖／改名換姓／變跡埋名。

【義反】行不更名，坐不改姓／堂而皇之／揚名顯姓／抛頭露面。

變故易常（ㄅㄧㄢˋ ㄍㄨˋ ㄧˋ ㄔㄤˊ）

【釋義】故：老的，過去的。常：平常的。

【出處】韓非子・南面：「不知治者，必曰無變古，毋易常。」周書・顏之儀傳：「變故易常，乃為政之大忌。」

【用法】指改變過去的和平常的習慣規則。

【例句】時代在日新月異地向前發展，**變故易常**乃社會所需，民眾所望，誰能阻擋？

【義近】變古亂常／除舊布新／時移世改／革故鼎新／去故就新／推陳出新。

【義反】蕭規曹隨／故步自封／以不變應萬變／陳陳相因／因循守舊／抱殘守缺。

變風易俗（ㄅㄧㄢˋ ㄈㄥ ㄧˋ ㄙㄨˊ）

【釋義】意即改變風俗。

【出處】司馬遷・史記・平津侯主父列傳：「貴仁義，賤權利，上篤厚，下智巧，變風易俗，化於海內，則世世必安矣。」

【用法】指改變舊的、不良的風俗習慣。

【例句】這邊遠地區的風俗太野蠻落後，若不**變風易俗**，民眾根本無法適應時代潮流和社會文明。

【義近】變風改俗／移風易俗／改俗遷風／風移俗易／正風變格／隨俗雅化。

【義反】固守舊俗／陳規陋習／安於現狀／墨守成規／守舊不變。

十七—二十畫

讒言佞語（ㄔㄢˊ ㄧㄢˊ ㄋㄧㄥˋ ㄩˇ）

【釋義】讒言：攻訐別人的壞話。佞語：指諂媚取悅於人的話。

【出處】元・關漢卿・哭存孝三折：「一個李存信，兩頭蛇讒言佞語。」

【用法】指中傷他人和奉承討好的言語。

【例句】請校長千萬不要相信這小人的**讒言佞語**，我敢擔保老師絕不會做這種調戲女學生的事。

【義近】花言巧語／甜言蜜語／巧言令色／糖舌蜜口／巧言如簧。

【義反】逆耳之言／藥石之言／讜言嘉論／直言骨鯁／金玉良言／金石之言／逆耳忠言／言訥詞直／肺腑之言。

讒慝之口（ㄔㄢˊ ㄊㄜˋ ㄓ ㄎㄡˇ）

【釋義】讒慝：惡言惡意：也用以指邪惡的人。慝：邪惡，罪惡。

【出處】左傳・僖公二十八年：「子玉使伯棼請戰，曰：『非敢必有功也，願以間執讒慝之口。』」

【用法】意指專進讒言的惡人的嘴。

【例句】他那**讒慝之口**不知道害了多少人，現在終於以誹謗罪被判刑三年，眞是大快人心。

【義近】蛇口蜂針。

【義反】慈心佛口／佛口佛心／面善心慈。

讚不絕口（ㄗㄢˋ ㄅㄨˋ ㄐㄩㄝˊ ㄎㄡˇ）

【釋義】讚：稱讚。絕：停止。

【出處】馮夢龍・警世通言卷二七：「宇勢飛舞，魏生讚不絕口。」

【用法】形容人不住口地稱讚。

【例句】凡是去過大陸黃山、廬山等名山旅遊的人，對那裏的秀麗景色都**讚不絕口**。

【義近】交口稱譽／譽不絕口／稱不容舌。

【義反】交口責罵／罵不絕口。

讜言嘉論（ㄉㄤˇ ㄧㄢˊ ㄐㄧㄚ ㄌㄨㄣˋ）

【釋義】讜言：正直的言論。嘉論：猶如美言、善論。

【出處】元史・張孔孫傳：「孔孫素以文學名，……及其立廟，讜言嘉論，有可觀者，士論服之。」

【用法】指正直而有說服力的言論。

【例句】看來方先生的這番**讜言嘉論**，對我們的局長已發生作用，他今天態度已有了明顯的改變。

【義近】讜論嘉言／讜言侃侃／至理名言／讜言正論／不易之論／不刊之論。

【義反】天花亂墜／老生常談／陳腔濫調／偏頗之論／誇誕之言。

谷部

十畫

豁然貫通（ㄏㄨㄛˋ ㄖㄢˊ ㄍㄨㄢˋ ㄊㄨㄥ）

【釋義】豁然：開通的樣子。貫：貫穿。通：通暢明白。

【出處】朱熹・大學章句：「至于用力之久，而一旦豁然貫通焉。」

【用法】形容人一下子透徹明白或完全領悟了某個道理。

【例句】這個道理多少天來我都沒有想清楚，經他一啓發，便**豁然貫通**了。

【義近】恍然大悟／豁然而諭／頓開茅塞。

【義反】百思不解／大惑不解。

豁然開朗（ㄏㄨㄛˋ ㄖㄢˊ ㄎㄞ ㄌㄤˇ）

【釋義】豁然：開闊明亮的樣子。開朗：地方開闊，光線明亮。

【出處】陶淵明・桃花源記：「初極狹，才通人。復行數十步，豁然開朗。」

【用法】形容由狹窄昏暗一下子變為開闊明亮。也形容心境忽然變為開闊暢朗或突然明白了某個道理。

【例句】小船划行了一千多米，

轉個彎，便**豁然開朗**，使人有「山窮水盡疑無路，柳暗花明又一村」的感覺。

【義近】豁然貫通／頓開茅塞／豁然大悟。

【義反】幽暗不明／心境抑鬱／百思不解／大惑不解。

豁達大度

【釋義】豁達：性格開朗。大度：氣量大。

【出處】潘岳・西征賦：「觀夫漢高之興也，非徒聰明神武，豁達大度而已也。」

【用法】形容人胸懷曠達，為人豪爽，度量寬宏。

【例句】他為人**豁達大度**，待人如己，因而有不少才能之士對他忠心不貳。

【義近】寬宏大量／寬以待人／胸襟開闊／豪放曠達。

【義反】偏狹小器／鼠肚雞腸／斗筲器量。

豆部

豆剖瓜分

【釋義】像豆被剖開，像瓜被分開。剖：分割。

【出處】晉書・地理志上・總敍：「平王東遷，星離豆剖，當塗馭寓，瓜分鼎立。」

【用法】形容國土分裂，支離破碎。

【例句】辛亥革命勝利後，袁世凱倒行逆施，各地軍閥乘機割據，廣大國土**豆剖瓜分**。

【義近】四分五裂／分崩離析／支離破碎。

【義反】金甌無缺／河山一統／天下一統。

豆蔻年華

【釋義】豆蔻：植物名，多年生常綠草木，初夏開淡黃色花，種子有香氣。年華：年歲，時光。

【出處】杜牧・贈別詩：「娉娉裊裊十三餘，豆蔻梢頭二月初。」

【用法】比喻未嫁少女，言其少而美。

【例句】她正值**豆蔻年華**，生氣勃勃，對未來充滿了憧憬。

【義近】二八佳人／妙齡少女／桃李年華／二八年華／碧玉年華。

【義反】人老珠黃／徐娘半老／妖韶女老／美人遲暮。

三畫

豈有他哉

【釋義】難道還有其他的原因嗎？豈：反詰副詞，難道。哉：疑問語詞。

【出處】孟子・告子上：「人之於身也……，無尺寸之膚不愛焉，則無尺寸之膚不養也。所以考其善不善者，豈有他哉！」

【用法】用以表示除此之外，並無其他原因。

【例句】我們這些碼頭工人發動抗爭，只不過要求工作保障，維護基本工作權益而已，**豈有他哉**！

【義近】別無他意／直截了當。

【義反】別有用心／話中有話。

豈有此理

【釋義】哪有這樣的道理。豈：反詰副詞，難道、怎麼、哪裏。

【出處】南齊書・虞悰傳：「鬱林（王）廢，悰竊歎曰：『王（晏）、徐（孝嗣）遂縛袴廢天子，天下豈有此理邪！』」

【用法】用以表示極其荒謬，很不合理。常含憤慨意。

【例句】天底下哪有像你這樣的男人，已有如花美眷，還見一個愛一個，到處拈花惹草，置妻小於不顧，眞是**豈有此理**！

【義近】焉有此理／有違情理／荒謬無理。

【義反】合情合理／入情入理／理所當然。

豈其然乎

【釋義】難道是這樣的嗎？表疑問不定之詞。

【出處】論語・憲問：「子曰：『其然，豈其然乎？』」

【用法】用以表示對事情的眞相不敢置信。

【例句】他兒子在國外車禍死亡的消息傳來後，老先生整日口中喃喃自語：「其然，**豈其然乎**？」簡直讓他不敢置信。

八畫

豎起脊梁

【釋義】意謂把脊梁骨挺直。

【出處】宋・陳亮・癸卯秋答朱元晦秘書書：「然正大之體，挺特之氣，豎起脊梁，當時輕重有無，獨於門下歸心而已。」

【用法】比喻振作精神，有所為。

【例句】不要一遇到挫折就灰心喪氣，要鼓起勇氣，**豎起脊梁**，重新開始戰鬥。

【義近】挺起胸膛／昂首闊步／仰首伸眉／揚眉瞬目／高視闊步／仰首邁步。

【義反】暮氣沉沉／萎靡不振／半死不活／懶精無神／意志消沉／萎靡不振。

十一畫

豐功偉績

【釋義】豐：盛大。又作「豐功偉業」、「豐功偉烈」。

【出處】朱希顏・題金總管……長江萬里圖詩：「豐功偉績想餘風，霸略雄圖見遺趾。」

【用法】用以指偉大的功勞。

【例句】前人締造許多**豐功偉績**，後人享用不盡，我們應懂得飲水思源。

【義近】勞苦功高／豐功盛烈／丘山之功／不世之功。

【義反】尺寸之功／涓埃之功／毛髮之功／除草之功。

豐衣足食

【釋義】豐：豐富，富有。足：夠，滿。

【出處】齊己・病中勉送小師往

清涼山禮大聖詩：「豐衣足食處莫住，聖迹靈蹤好遍尋。」

【用法】指衣食充足，生活富裕。

【例句】在**豐衣足食**的同時，我們更該貢獻一己之力，回饋社會，幫助需要我們幫助的人。

【義近】綽有餘裕／家給人足／鐘鳴鼎食／鮮衣美食／錦衣玉食。

【義反】啼飢號寒／飢寒交迫／饔飧不繼／鶉衣百結／簞瓢屢空／短褐不完／囊空如洗／三旬九食。

豐亨豫大

【釋義】豐、亨：均為周易卦名，為富饒、安樂之象。

【出處】周易・豐卦：「豐，亨，王假之，勿憂，宜日中。」豫・彖卦：「聖人以順動，則刑罰清而民服，豫之時義大矣哉。」

【用法】比喻承平盛世，人民安和樂利。

【例句】唐太宗貞觀之治，**豐亨豫大**，路不拾遺，夜不閉戶，民生富裕，天下太平。

【義近】河清海晏／國泰民安／民康物阜。

【義反】烽火連天／民不聊生／生靈塗炭。

豐取刻與

【釋義】貪多務得，吝嗇給與。豐：厚、多。刻：刻薄、吝嗇。

【出處】荀子・君道：「上好貪利，則臣下百吏乘是而後豐取刻與，以無度取於民。」

【用法】形容貪財吝嗇。

【例句】所謂上行下效，執政者如果貪財好利，則屬下無不**豐取刻與**，壓榨百姓。

豐姿冶麗

【釋義】豐姿：也作「風姿」，優美的風韻姿態。冶麗：嬌艷美麗。

【出處】凌濛初・初刻拍案驚奇卷五：「因請眾親戚都到房門前，叫女兒出來拜見，……眾人抬頭一看，果然豐姿冶麗，絕世無雙。」

【用法】形容美人風姿綽約，容貌嬌美。

【例句】在結婚的喜宴上，只見新郎是豐標不凡，新娘則是**豐姿冶麗**，郎才女貌，天作之合。

【義近】妍姿艷質／盡態極妍／仙姿玉貌／風姿綽約／綽約多姿。

【義反】無鹽之貌／臼頭深目／鳩形鵠面／稀牙露齒／紅粉庸姿。

豐容靚飾

【釋義】靚飾：以脂粉妝飾。

【出處】後漢書・南匈奴傳：「昭君豐容靚飾，光明漢宮，顧景裴回，竦動左右。」

【用法】形容女子面容豐潤，妝飾美麗。

【例句】王小姐**豐容靚飾**，在全公司再也找不出第二個，惹得公司男職員一有空便繞著她打轉。

【義近】艷如桃李／粉白黛黑／粉妝玉琢／國色天香／豔冠羣芳。

【義反】聳肩縮背／骨瘦如柴／青面獠牙／暴眼赤腮／面目猙獰／面如鬼蜮。

豐神異彩

【釋義】豐神：精神飽滿。異彩：光彩特異。

【出處】羣音類選・金貂記・鄂公慶壽：「尤妙，晚景逍遙，豐神異彩，德類傳伊周召。」

【用法】形容人容光煥發，神采奕奕。

【例句】這位老先生堅持每天鍛鍊身體，雖然快八十歲了，卻依然**豐神異彩**，耳聰目明，好令人羨慕！

【義近】神采飛揚／神采奕奕／容光煥發／精神抖擻／紅光滿面。

【義反】病魔纏身／有氣無力／面黃肌瘦／無精打采／氣若游絲／萎靡不振。

豐筋多力

【釋義】豐富的筋絡，強大的力量。

【出處】宣和書譜・正書二：「三國鼎立之初……字學闕然不講。繇於是時不溺流俗，傑然追古為一家法，而議者謂其豐筋多力，有雲遊雨驟之勢。」

【用法】用以形容書法筆力剛勁矯健。

【例句】王羲之的〈蘭亭集序〉，筆勢猶如龍飛鳳舞，**豐筋多力**，不愧為一代大師。

【義近】游雲驚龍／入木三分／龍飛鳳舞。

豐標不凡

【釋義】豐標：風度儀態。不凡：不平凡，不同一般。

【出處】凌濛初・二刻拍案驚奇卷一七：「昨日對老漢說：『有個聞舍人，下在本店，豐標不凡，願執箕帚。』」

【用法】形容人風度出眾。

【例句】這位帥哥不僅長得一表人才，而且**豐標不凡**，加之經濟條件又好，是少女心目中的白馬王子。

【義近】豐標超羣／風度翩翩／風度不凡／風流逸宕／器宇軒昂／氣宇不凡。

【義反】猥瑣不堪／委委瑣瑣／縮頭縮腦／畏畏瑣瑣。

二十一畫

豔如桃李

【釋義】嬌豔得就像桃花李花一樣。

【出處】蒲松齡・聊齋誌異・俠女：「女子得非嫌吾貧乎？為人不言亦不笑，豔如桃李，而冷如霜雪，奇人也！」

【用法】形容女子的容貌非常豔麗。

【例句】姚家有女初長成，美若天仙，**豔如桃李**，找個機會介紹你們認識如何？

【義近】杏眼桃腮／花容月貌／如花似玉／沉魚落雁／閉月羞花／仙姿玉貌。

【義反】醜如無鹽／紅粉庸姿／鳩形鵠面。

豔曲淫詞

【釋義】香艷的樂曲和淫穢的文辭。

【出處】夏敬渠・野叟曝言一二回：「至樂，則盡放鄭聲，以復雅樂，琵琶弦索，豔曲淫詞，付之祖龍一炬。」

【用法】泛指不健康的、黃色的詩歌和詞曲等。

【例句】**豔曲淫詞**對青少年毒害極大，所以掃黃工作還要大力加強，絕不能有絲毫的鬆懈。

【義近】靡靡之音／頹廢之音／鄭衛之音／濮上之音。

【義反】雅音正樂／高山流水／莊嚴佳作／陽春白雪／雅頌之聲。

豔色絕世

【釋義】豔色：美色。絕世：在當代獨一無二。世：代。

【出處】唐・段成式・酉陽雜俎・雀汾：「良久，妓女十餘，排大門而入，輕綃翠翹，豔色絕世。」

【用法】形容女子姿色美麗，冠絕當代。

【例句】怪不得余先生被這女子弄得神魂顛倒，寢食不安，原來是位**豔色絕世**的佳人！

【義近】豔美出眾／豔冠羣芳／豔美超羣／絕代紅顏／國色天香／傾國傾城。

【義反】醜如無鹽／反脣突齒／臼頭深目／鳩形鵠面／稀牙露齒／嫫母倭傀。

豕 部

豕交獸畜

【釋義】待人接物像對待豬狗家畜一般，只是餵養牠，缺少眞正的愛心和敬意。

【出處】孟子・盡心上：「食而弗愛，豕交之也；愛而不敬，獸畜之也。」注：「人之交接，但食（ㄙ）之而不愛，若養豕也。愛而不敬，若人畜禽獸，但愛而不能敬也。」

【用法】喻待人接物缺乏誠心敬意，沒有禮貌。

【例句】待人接物如果缺乏眞正的愛心和敬意，那和**豕交獸畜**有什麼差別呢？

豕突狼奔

【釋義】像豬一樣亂竄，像狼一樣奔跑。豕：豬。突：猛衝。

【出處】歸莊・擊築餘音・重調：「有幾個狼奔豕突的燕和趙，和幾個狗屠驢販的奴和盜。」

【用法】比喻壞人到處亂闖，肆意破壞；也比喻敵人倉皇逃跑。

【例句】那羣烏合之眾受到官兵圍剿後，一時**豕突狼奔**，潰不成軍。

【義近】橫衝直闖／抱頭鼠竄／獸奔鳥散／魚潰鳥散。

【義反】鎮靜自若／穩紮穩打／巍然不動。

五 畫

象牙之塔

【釋義】喻各類藝術的創作，脫離了現實社會和人羣，只追求純藝術的孤立境界。

【出處】語出法國文藝批評家聖佩甫（Saint-Beuve, 1804-1869）和批評浪漫詩人維尼（Vigny, 1797-1863）。

【用法】今泛指不顧現實狀況的人，均稱躲在象牙之塔裏。

【例句】「讀萬卷書，行萬里路」，多讀、多看、多聽、多問，才能獲得眞知實學，一味躲在**象牙之塔**裏苦讀，求得的學問也是有限的。

象箸玉杯

【釋義】象箸：象牙筷子。玉杯：玉製酒杯。

【出處】韓非子・喻老：「象箸玉杯，必不羹菽藿，則必旄象豹胎。」

【用法】形容極度豪華、奢侈的生活。

【例句】像他這樣**象箸玉杯**，奢侈豪華的揮霍，再大的家產也會有用盡的時候，到時看他拿什麼度日！

【義近】鼎鐺玉石／錦衣玉食／炊金饌玉／鐘鳴鼎食／日食萬錢／食前方丈。

【義反】布衣疏食／粗茶淡飯／食不果腹／糲食粗餐／惡衣惡食。

象齒焚身

【釋義】意謂大象因爲具有珍貴的牙齒而招來殺身之禍。

【出處】左傳・襄公二十四年：「象有齒以焚其身，賄也。」民國通俗演義一二回：「正是：山木自寇，象齒焚身。」

【用法】用以比喻財多會招來禍患。

【例句】所謂**象齒焚身**，財不露白，你這樣穿金戴玉，名牌滿身，難道不怕引起歹徒的非分之想嗎？

【義近】木直必伐／財多賈禍／樹大招風／懷璧其罪／人怕出名豬怕肥。

【義反】財去人安／蝕財免災／花錢消災。

七 畫

豪言壯語

【釋義】豪：豪邁。壯：雄壯，有力。

【出處】茅盾・老兵的希望：「作家如果不能全面看問題，即使他的作品有革命樂觀主義的豪言壯語……。」

【用法】指氣魄很大，充滿了英雄氣概的話語。

【例句】這位仁兄在競選議員時，**豪言壯語**許下了很多承諾，當選後沒有一項兌現，眞是一個卑鄙的投機政客。

【義近】豪語壯言／豪氣干雲／壯志凌雲／誇下海口。

【義反】花言巧語／甜言蜜語／巧言如簧。

豪放不羈

【釋義】羈：馬籠頭，引申爲拘束，束縛。又作「豪邁不羈」。

【出處】清史稿・文苑傳・侯方域：「（方域）性豪邁不羈，爲文有奇氣。」

【用法】形容人性情狂放，不受拘束。

【例句】李白生性**豪放不羈**，是個天才型的詩人，在詩史中是獨一無二的奇才。

【義近】豪放曠達／倜儻不羈／曠達不拘。

【義反】束手束腳／縮手縮腳／謹小慎微。

豪門貴宅（ㄏㄠˊ ㄇㄣˊ ㄍㄨㄟˋ ㄓㄞˊ）

【釋義】豪門：富豪的門庭，指權貴之家。宅：宅院，指大戶人家。

【出處】王實甫・西廂記二本三折：「先生揀豪門貴宅之女，別爲之求。」

【用法】比喻有權有勢的富貴人家。

【例句】人皆生而平等，就算是出身**豪門貴宅**，也沒有看不起人的權利。

【義近】豪門巨室／富貴之家／權要門第。

【義反】小康之家／茅茨土階／貧寒陋室。

豪門貴胄（ㄏㄠˊ ㄇㄣˊ ㄍㄨㄟˋ ㄓㄡˋ）

【釋義】豪門：權勢盛大的家族。胄：後代。

【出處】梁啓超・新羅馬・黨獄：「況且你們那豪門貴胄做官讀書的上等人物，個個都做了我家吮癰舐痔一呼百諾的孝順孫兒。」

【用法】泛指權門貴族的子孫。

【例句】古往今來，**豪門貴胄**有幾個有出息的？倒是那些窮人家的孩子能奮發上進，成就一番事業！

【義近】公子王孫／膏粱子弟／公子哥兒／五陵年少／紈袴子弟。

【義反】農家子弟／書香後裔／寒門子孫／繩樞之子／貧寒之士／寒門子弟。

豪橫跋扈（ㄏㄠˊ ㄏㄥˊ ㄅㄚˊ ㄏㄨˋ）

【釋義】豪橫：恃強橫暴。跋扈：專橫暴戾。

【出處】唐・鄭處誨・明皇雜錄・李遐周：「祿山豪橫跋扈，遠近憂之，而上意未寤，一日遐周隱去，不知所之。」

【用法】形容橫行無忌，專橫暴虐。

【例句】他自以爲後臺硬，行事便**豪橫跋扈**，誰知後臺一倒，立即成了階下囚，眞是大快人心。

【義近】專橫跋扈／飛揚跋扈／橫行霸道／驕橫妄爲／專擅跋扈／無法無天。

【義反】安分守己／遵紀守法／循規蹈矩。

豪邁不羣（ㄏㄠˊ ㄇㄞˋ ㄅㄨˋ ㄑㄩㄣˊ）

【釋義】豪邁：氣魄宏大，豪放不羈。不羣：高出同輩，意即不平凡。

【出處】明史・莊昶傳：「莊昶，字孔暘，江浦人。自幼豪邁不羣，嗜古博學。」

【用法】形容人氣度寬廣，灑脫豪放，很不平凡。

【例句】這位年輕人氣宇軒昂，**豪邁不羣**，是人中之龍，將來必成大器。

【義近】豪放不羈／風流倜儻／曠達不拘。

豸部

三畫

豺狼成性（ㄔㄞˊ ㄌㄤˊ ㄔㄥˊ ㄒㄧㄥˋ）

【釋義】成性：成爲習性。

【出處】唐・駱賓王・代李敬業傳檄天下文：「加以虺蜴爲人，豺狼成性。」

【用法】比喻壞人像豺狼那樣凶殘，已成爲一種習性，必然改變不了。

【例句】那些綁匪**豺狼成性**，你不報警卻想拿贖金去贖回孩子，我敢說這樣一定是有去無回的！

【義近】喪盡天良／凶殘成性／喪心病狂。

【義反】古道熱腸／助人爲樂／天良未泯。

豺狼野心（ㄔㄞˊ ㄌㄤˊ ㄧㄝˇ ㄒㄧㄣ）

【釋義】野心：狠毒的用心。

【出處】漢・陳琳・爲袁紹檄豫州：「而操豺狼野心，潛包禍謀。」

【用法】比喻壞人竊取權力、佔有名利等的巨大欲望。

【例句】這些軍閥各佔一方，無一不想竊取中央權力，其**豺狼野心**，昭然若揭。

【義近】狼子野心／野心勃勃／竊國弄權。

【義反】知止知足／不忮不求／奉公守法。

豺狼當道（ㄔㄞˊ ㄌㄤˊ ㄉㄤ ㄉㄠˋ）

【釋義】豺狼：貪殘的獸類，喻凶惡之人。當道：在道路之中，喻掌權。

【出處】陳壽・三國志・魏書・杜襲傳：「方今豺狼當道，而狐狸是先，人將謂殿下避強攻弱。」

【用法】喻奸邪之人當權執政。

【例句】在**豺狼當道**的國家裏，賢人隱居，苦的是平民百姓，只有任人宰割的分了。

【義近】豺狼橫行／惡人當道／奸邪當朝。

【義反】賢人當朝／賢人執政／明君掌政。

豹死留皮（ㄅㄠˋ ㄙˇ ㄌㄧㄡˊ ㄆㄧˊ）

【釋義】虎豹雖死，卻留下美麗的皮革。

【出處】新五代史・周書・王彥章傳：「彥章，武人，不知書。常爲俚語，謂人曰：『豹死留皮，人死留名。』其於忠義，蓋天性也。」

【用法】喻人死後，留下美名於後世。

【例句】俚語云：「**豹死留皮**，

人死留名。」我已下定決心要編撰幾部好書留傳後世，希望能留下千秋美名。

【義近】人死留名，虎死留皮／萬古流芳／名垂青史。

【義反】遺臭萬年／草木同朽／臭名昭著。

五　畫

貂裘換酒（ㄉㄧㄠ ㄑㄧㄡˊ ㄏㄨㄢˋ ㄐㄧㄡˇ）

【釋義】用名貴的貂皮所縫製的皮衣來換取美酒。

【出處】李白．將進酒詩：「五花馬，千金裘，呼兒將出換美酒，與爾同消萬古愁。」

【用法】形容富貴人家或名士的曠放不羈，視金錢如糞土。

【例句】爭什麼權，奪什麼利，倒不如**貂裘換酒**，與爾同消萬古愁。

【義近】今朝有酒今朝醉，明日愁來明日當／醉裏乾坤大，壺中日月長。

七　畫

貌合神離（ㄇㄠˋ ㄏㄜˊ ㄕㄣˊ ㄌㄧˊ）

【釋義】貌合：外表相合。神離：又作「心離」，內心不一致。

【出處】黃石公．素書遵義：「貌合心離者孤，親讒遠忠者亡。」

【用法】指人與人之間外表雖然親密，而實際卻各自內懷二心。

【例句】這對夫妻表面上親熱恩愛，其實早就**貌合神離**，只差沒離婚了。

【義近】貌合行離／同牀異夢／離心離德／貌是心非。

【義反】同心同德／情投意合／志同道合／心心相印。

九　畫

貓哭老鼠（ㄇㄠ ㄎㄨ ㄌㄠˇ ㄕㄨˇ）

【釋義】老鼠被貓咬死後，貓卻假裝慈悲地哭泣。

【出處】為俚語，全句應為：「貓哭耗子假慈悲。」

【用法】形容人假裝慈悲。

【例句】你別在那邊**貓哭老鼠**假慈悲了，誰不知道你早就覬覦他的職位。

【義近】虛情假意／裝模作樣／假惺惺／惺惺作態／假仁假義。

【義反】誠心誠意／實心實意／悲痛欲絕。

貓鼠同眠（ㄇㄠ ㄕㄨˇ ㄊㄨㄥˊ ㄇㄧㄢˊ）

【釋義】貓和老鼠一起睡。

【出處】新唐書．五行志：「洛州貓鼠同處。鼠隱伏，象盜竊，貓職捕嚙，而反與鼠同。」

【用法】本比喻廢棄職守，縱容奸人。今用以指上下朋比為奸，彼此容忍隱瞞。

【例句】若是上下和睦，叫我與他們**貓鼠同眠**嗎？（曹雪芹．紅樓夢九九回）

【義近】朋比為奸／同流合污。

【義反】潔身自好／束身自愛。

貝　部

二　畫

貞女烈婦（ㄓㄣ ㄋㄩˇ ㄌㄧㄝˋ ㄈㄨˋ）

【釋義】貞：堅定不移的意志或情操。烈：剛毅的。

【出處】司馬遷．史記．田單傳：「忠臣不事二君，貞女不更二夫。」

【用法】是指從一而終的節烈婦女。

【例句】古老的中國社會，對於**貞女烈婦**給予崇高的敬意，為她們樹立「貞節牌坊」，以資表揚。

【義近】三貞九烈／從一而終／烈女不嫁二夫。

貞亮死節（ㄓㄣ ㄌㄧㄤˋ ㄙˇ ㄐㄧㄝˊ）

【釋義】貞：正。亮：同「諒」，信實。死節：為節義而犧牲生命。

【出處】諸葛亮．出師表：「侍中、尚書、長史、參軍，此悉貞亮死節之臣也，願陛下親之信之。」

【用法】指忠貞信實，能為節義而死的文臣武將。

【例句】用人得當，則**貞亮死節**之文武官員，必能爭先效命於朝廷。

負才任氣（ㄈㄨˋ ㄘㄞˊ ㄖㄣˋ ㄑㄧˋ）

【釋義】負才：以有才能而自負。任氣：使氣。

【出處】梁書．張纘傳：「簡憲之為人也，不事王侯，負才任氣。」

【用法】說明人自恃有才能而縱任意氣。

【例句】我勸你收斂一點，再這樣**負才任氣**，董事長不炒你魷魚才怪呢！

【義近】負才使氣／恃才傲物／崖岸自高。

【義反】不矜不伐／虛懷若谷／謙沖自牧。

負日之暄（ㄈㄨˋ ㄖˋ ㄓ ㄒㄩㄢ）

【釋義】形容背部向著太陽曝曬，用以取暖。意同「野人獻曝」。

【出處】典出《列子．楊朱篇》。大意是說宋國有位農夫，所穿的棉襖單薄，不足禦寒。有天下田作工，發現背向太陽可以取暖，很高興的對他老婆說：「負日之暄，人莫知者，以獻吾君，將有重賞。」這就是所謂的「野人獻曝」。

【用法】曬太陽可取暖，人盡皆知。用以比喻平凡人所能貢獻的平凡事。

【例句】我所報告的意見，只不過是**負日之暄**，請各位多多指教。

【義近】野人獻曝／老生常談／不足爲奇。

【義反】彌足珍貴／金玉良言／先見之明。

負石赴河 ㄈㄨˋ ㄕˊ ㄈㄨˋ ㄏㄜˊ

【釋義】背負大石，自投於河。也作「負石赴淵」。

【出處】荀子・不苟：「故懷負石而赴河，是行之難爲者也。」注：「恨道不行，發憤而負石自沉於河。」

【用法】意喻自殺，抱必死的決心。

【例句】屈原忠而被讒，乃**負石赴河**，自沉於汨羅江，光昭日月。

負羽從軍 ㄈㄨˋ ㄩˇ ㄘㄨㄥˊ ㄐㄩㄣ

【釋義】背負著弓箭，從軍報國。羽：指箭羽，弓箭。

【出處】文選・江淹・別賦：「或乃邊郡未和，負羽從軍。遼水無極，雁山參雲。」

【用法】指從軍報國。

【例句】廖先生的兩個兒子都投考陸軍官校，**負羽從軍**，其志可嘉。

【義近】請纓報國／投效軍旅／投筆從戎。

負老攜幼 ㄈㄨˋ ㄌㄠˇ ㄒㄧ ㄧㄡˋ

【釋義】背負老人，手攙孩兒。

【出處】漢・趙曄・吳越春秋・吳太伯傳：「邠人父子兄弟相帥負老攜幼揭釜甑而歸。」

【用法】形容全體百姓出動的情景，或形容老幼流離失所的慘狀。

【例句】①聽說這位貴人衣錦還鄉，鄉人**負老攜幼**來看熱鬧的絡繹不絕。②戰爭一爆發，可憐的是平民百姓**負老攜幼**，倉皇逃命，甚至妻離子散，流離失所。

【義近】扶老攜幼／褓抱提攜／攜家帶眷／負老提幼。

負屈含冤 ㄈㄨˋ ㄑㄩ ㄏㄢˊ ㄩㄢ

【釋義】負屈：遭受委屈。又作「負屈銜冤」或「含冤負屈」。

【出處】武漢臣・生金閣四折：「說無休，訴不盡的含冤負屈情。」

【用法】形容蒙受冤枉和委屈。

【例句】大陸在文化大革命期間，不知有多少人**負屈含冤**而死！

【義近】懷冤抱屈／銜恨蒙冤／銜冤抱恨。

【義反】伸雪冤屈／沉冤昭雪。

負重致遠 ㄈㄨˋ ㄓㄨㄥˋ ㄓˋ ㄩㄢˇ

【釋義】擔負重擔去到遠地。

【出處】劉義慶・世說新語・品藻載：龐統至吳評顧劭曰：「顧子可謂駑牛能負重致遠也。」

【用法】比喻能肩負重大責任。

【例句】此人能**負重致遠**，你大可放心把這項艱鉅任務交給他去辦。

【義近】引重致遠／負重涉遠／任重道遠。

【義反】推三阻四／臨難卻步／力不勝任／打退堂鼓／拈輕怕重。

負笈從師 ㄈㄨˋ ㄐㄧˊ ㄘㄨㄥˊ ㄕ

【釋義】背負書箱，拜師求學。

【出處】晉・葛洪・抱朴子・祛惑：「書者，聖人之所作而非聖也，而儒者萬里負笈以尋其師。」

【用法】喻勤苦拜師以求學。

【例句】古代教育不普及，有志之士往往萬里**負笈從師**，備極艱辛。

【義近】負笈遊學／負笈進師。

【義反】恥學於師／玩歲愒時／曠廢隳惰。

負荊請罪 ㄈㄨˋ ㄐㄧㄥ ㄑㄧㄥˇ ㄗㄨㄟˋ

【釋義】背著荊條請求別人責罰。荊：荊條，打人之物。

【出處】司馬遷・史記・廉頗藺相如列傳：「廉頗聞之，肉袒負荊，因賓客至藺相如門謝罪。」

【用法】表示向人認錯謝罪。

【例句】王經理，昨天我喝醉了，多有冒犯，今天特來**負荊請罪**，望多包涵。

【義近】負荊謝罪／肉袒負荊／肉袒牽羊。

【義反】興師問罪／登門問罪／西鄰責言。

負嵎頑抗 ㄈㄨˋ ㄩˊ ㄨㄢˊ ㄎㄤˋ

【釋義】負：仗恃，憑藉。嵎：山灣，引申指險要的地方。

【出處】孟子・盡心下：「野有眾逐虎，虎負嵎，莫之敢攖。」

【用法】指依仗險要的地勢，頑固抵抗。多用以形容敵軍、暴徒的垂死掙扎。

【例句】這羣強盜雖已被警方重重包圍，卻仍**負嵎頑抗**，作垂死的掙扎。

【義近】負險固守／困獸猶鬥／負固頑抗。

【義反】束手就擒／棄械投降／引頸就戮。

負薪之憂 ㄈㄨˋ ㄒㄧㄣ ㄓ ㄧㄡ

【釋義】意謂背負柴草很勞累，體力還未恢復。

【出處】禮記・曲禮上：「君使士射，不能，則辭以疾，言曰：『某有負薪之憂。』」

【用法】用以表示自己有病的謙詞。

【例句】近來因有**負薪之憂**，不能來校講課，請代我向校方請假。

【義近】採薪之憂／負薪之病／負薪之疾／身體微恙。

【義反】身強體壯／精力旺盛／生龍活虎／活力充沛。

負薪救火 ㄈㄨˋ ㄒㄧㄣ ㄐㄧㄡˋ ㄏㄨㄛˇ

【釋義】負：背。薪：柴木。

【出處】韓非子・有度：「其國亂弱矣，又皆釋國法而私其外，則是負薪而救火也，亂弱甚矣。」

【用法】說明想消滅災害，因不得法反而使災害擴大。

【例句】裏面已經吵得不可開交了，你還進去幫著吵，這不是**負薪救火**嗎？還說要去勸架。

【義近】抱薪救火／以火救火／揚湯止沸／火上加油。

【義反】釜底抽薪／徙薪止沸。

三畫

財大氣粗（ㄘㄞˊ ㄉㄚˋ ㄑㄧˋ ㄘㄨ）

【釋義】比喻人仗恃財多而盛氣凌人。
【用法】貶義，批評富貴者仗勢欺人。
【例句】那位刁老大不久前炒地皮發了橫財，從此**財大氣粗**，完全變了人樣，眞的是小人得志。
【義近】仗勢欺人／頤指氣使／倚勢欺人。

財多命殆（ㄘㄞˊ ㄉㄨㄛ ㄇㄧㄥˋ ㄉㄞˋ）

【釋義】殆：危險。
【出處】後漢書．馮衍傳：「況今位尊身危，財多命殆，鄙人知之，何疑君子？」
【用法】說明錢財多了，易招來盜賊，生命就有危險。
【例句】古人說：**財多命殆**，這話一點也不假。何老闆中了千萬元彩券，不料昨晚卻遭搶劫，還身受重傷，生命垂危。
【義近】財多召禍／福多禍作／象齒焚身。
【義反】蝕財免災／財去人安／花錢消災。

財運亨通（ㄘㄞˊ ㄩㄣˋ ㄏㄥ ㄊㄨㄥ）

【釋義】亨通：順利。
【出處】李汝珍．鏡花緣七〇回：「誰知財運亨通，飄到長人國，那酒壜便大獲其利。」
【用法】指發財的運氣好，賺錢很順利。
【例句】小李最近**財運亨通**，手中股票一再漲停板，投資事業也一帆風順，讓他笑不攏嘴。
【義近】財源廣進／財源滾滾／財源茂盛／利市百倍。
【義反】財運不濟／時乖運蹇／時運不濟。

四畫

責有攸歸（ㄗㄜˊ ㄧㄡˇ ㄧㄡ ㄍㄨㄟ）

【釋義】意謂是誰的責任就該誰承擔。攸：所。歸：歸屬。
【用法】指分內責任不容推卸逃避，應勇於面對、承擔。
【例句】**責有攸歸**，社會風氣會如此敗壞，社會、學校和家庭都該負一些責任。
【義近】責無旁貸／義不容辭／匹夫有責。
【義反】推卸責任／推三阻四。

責躬省過（ㄗㄜˊ ㄍㄨㄥ ㄒㄧㄥˇ ㄍㄨㄛˋ）

【釋義】躬：自身。省：檢查自己的思想行爲。
【出處】孔叢子．連叢子：「雨雹如棬杯，大者如斗，殺禽畜雉兔，折樹木，秋苗盡，於是天子責躬省過。」
【用法】指檢查自身的所作所爲，反省過失。
【例句】人非聖賢，孰能無過，要在**責躬省過**方面多下功夫修養，才是正道。
【義近】反求諸己／反躬自省／捫心自問／內視反聽／內省不疚。
【義反】怨天尤人／自怨自艾／委過他人。

責無旁貸（ㄗㄜˊ ㄨˊ ㄆㄤˊ ㄉㄞˋ）

【釋義】責：責任。貸：推卸，推讓給別人。
【出處】文康．兒女英雄傳十回：「講到護送，除了自己一身之外，責無旁貸者再無一人。」
【用法】表示勇於負責，自己應盡的責任決不推卸。
【例句】教育和保護兒童是社會上每個人**責無旁貸**的任務。
【義近】責有攸歸／義不容辭／當仁不讓。
【義反】推三阻四／極力推卸。

販夫走卒（ㄈㄢˋ ㄈㄨ ㄗㄡˇ ㄗㄨˊ）

【釋義】販夫：出賣貨物的小商人。走卒：供人奔走的隸卒、差役。
【出處】曾樸．孽海花一八回：「通國無不識字的百姓，即販夫走卒也都通曉天下大勢。」
【用法】泛指以販賣爲業和替人當差的下層人。
【例句】人應知福、惜福，目前生活在寶島台灣的居民，即使是**販夫走卒**的每月所得，都比在大陸的公教人員爲高，所以我們要好好珍惜這得來不易的富裕。
【義近】小商小販／衙門小吏／三班六房／升斗小民／市井之徒／市井小民。
【義反】富商大賈／達官顯宦／達官貴人／達官顯要／簪笏之士／搢紳之士。

貨眞價實（ㄏㄨㄛˋ ㄓㄣ ㄐㄧㄚˋ ㄕˊ）

【釋義】貨物眞，價錢實在。
【出處】文康．兒女英雄傳一七回：「這喜怒哀樂四個字，是貨眞價實的生意，斷假不來。」
【用法】比喻眞實可靠，毫無虛假。
【例句】這家超市賣的商品**貨眞價實**，所以生意一直很興旺，連鎖店越開越多。
【義近】價廉物美。
【義反】弄虛作假／掛羊頭賣狗肉。

貨賂公行（ㄏㄨㄛˋ ㄌㄨˋ ㄍㄨㄥ ㄒㄧㄥˊ）

【釋義】貨賂：用財物進行賄賂。公行：公開做。
【出處】三國志．魏書．武帝紀．裴松之注引魏書曰：「貨賂並行。」晉書．齊王冏傳：「操弄王爵，貨賂公行。」
【用法】是指公開以財貨行賄受賄。
【例句】貪官污吏竟如此明目張膽，**貨賂公行**，若再不徹底整治，眞不知會演變成什麼局面？
【義近】苞苴公行／賄賂公行。
【義反】奉公守法／涓滴歸公／廉正無私。

貪小失大（ㄊㄢ ㄒㄧㄠˇ ㄕ ㄉㄚˋ）

【釋義】貪圖小利而失大利。
【出處】呂氏春秋．權勳：「燕人逐北入國，相與爭金於美唐甚多。此貪於小利以失大利者也。」
【用法】形容眼光短淺，因小失大。
【例句】他爲了錢財竟和親友反目，弄得晚景淒涼，這種**貪小失大**的做人態度實在是不足取。
【義近】明珠彈雀／欲益反損／惜指失掌／貪金失國／貪食

傷身／貪財致命／揀芝麻丟西瓜。
【義反】吃小虧佔大便宜／棄車保帥／捨小求大／捨財保命。

貪天之功 ㄊㄢ ㄊㄧㄢ ㄓ ㄍㄨㄥ

【釋義】貪圖上天的功績。
【出處】左傳·僖公二四年：「竊人之財，猶謂之盜，況貪天之功，以為己力乎？」
【用法】形容抹殺別人的辛勤勞動，把功勞全歸於自己。
【例句】成果是大家共同努力而來的，你怎能**貪天之功**，硬說是自己獨立完成的呢？
【義近】竊人之功／貪人之力。
【義反】功成不居／歸功他人／推人之功／得天之功。

貪夫殉財 ㄊㄢ ㄈㄨ ㄒㄩㄣˋ ㄘㄞˊ

【釋義】殉財：為財而死。殉：為某事而犧牲性命，亦作「徇」。
【出處】賈誼·鵩鳥賦：「貪夫殉財兮，烈士殉名。夸者死權兮，品庶每生。」
【用法】指貪財者不知滿足，為求取財物而喪生。
【例句】**貪夫殉財**，許多人會走上犯罪的不歸路，全都是錢財作祟。
【義近】人為財死，鳥為食亡／求財忘身／見利忘命。

【義反】安貧樂道／見財不貪／見利思義。

貪心不足 ㄊㄢ ㄒㄧㄣ ㄅㄨˋ ㄗㄨˊ

【釋義】貪婪而不知滿足。
【出處】羅貫中·三國演義一五回：「汝貪心不足！既得吳郡，而又強併吾界！今日特與嚴氏雪仇！」
【用法】形容貪得無厭。
【例句】這位助理編輯實在是**貪心不足**，薪水加了又加卻還是不滿意，再這樣下去只好另請高就，我這小池塘可養不了大魚。
【義近】貪心無厭／得隴望蜀／得寸進尺／吃著碗裏望著鍋裏／貪得無厭／欲壑難填。
【義反】知止知足／心滿意足／不忮不求／知足不辱／偃鼠飲河／知足無求。

貪生舍義 ㄊㄢ ㄕㄥ ㄕㄜˇ ㄧˋ

【釋義】舍：同「捨」，捨棄，拋棄。
【出處】夏敬渠·野叟曝言六四回：「臨難苟免，貪生舍義，在國為亂臣，即在家為逆子，此知孝而不知忠之弊也。」
【用法】指人為了活命，可以置道義於不顧。
【例句】人沒有不愛惜生命的，

但若只為了活命而**貪生舍義**，就將會受到他人的唾棄，即使能繼續存活，也是無顏面對世人。
【義近】貪生害義／貪生棄義／賣國求榮／苟且偷生。
【義反】舍生取義／成仁取義／殺身成仁／殉義忘生。

貪生惡死 ㄊㄢ ㄕㄥ ㄨˋ ㄙˇ

【釋義】惡：憎恨，厭惡。
【出處】漢書·司馬遷傳：「夫人情莫不貪生惡死，念親戚，顧妻子，至激於義理者不然，乃有不得已也。」
【用法】意指念戀生存，憎恨死亡。
【例句】革命軍人理應以國家興亡為己任，豈能**貪生惡死**，臨危而懼？
【義近】貪生畏死／貪生厭死／貪生怕死／苟且偷生。
【義反】視死如歸／殺身成仁／舍身取義。

貪名逐利 ㄊㄢ ㄇㄧㄥˊ ㄓㄨˊ ㄌㄧˋ

【釋義】貪：貪圖。逐：追逐。
【出處】明·高則誠·琵琶記·旌表：「老夫當初也只道你貪名逐利，撇了父母妻室，不肯還家。」
【用法】指貪圖美好名聲，追求個人私利。

【例句】他的名利心很重，為了**貪名逐利**可以六親不認，難道還會顧及你這個小時候的朋友？
【義近】貪名圖利／追名逐利／爭名奪利。
【義反】淡泊名利／看破紅塵／清心寡欲／淡然自處／浮雲富貴。

貪多務得 ㄊㄢ ㄉㄨㄛ ㄨˋ ㄉㄜˊ

【釋義】務得：務必要得到。
【出處】韓愈·進學解：「貪多務得，細大不捐。」
【用法】原指學習、鑽研時務求盡量獲得更多的知識。後用以泛指無滿足地追求，而且必定要取得。
【例句】這個民意代表一上任就**貪多務得**，不擇手段地攫取財富，來滿足個人私欲，完全忘了選民的託付。
【義近】貪得無厭／欲壑難填／貪心不足／得隴望蜀／欲深谿壑／得寸進尺。
【義反】知足無求／知止知足／偃鼠飲河／鷦鷯巢林／一介不取／一枝自足。

貪多嚼不爛 ㄊㄢ ㄉㄨㄛ ㄐㄧㄠˊ ㄅㄨˋ ㄌㄢˋ

【釋義】意謂貪婪多吃卻不能消化。
【出處】凌濛初·二刻拍案驚奇

卷五：「此人道：『……就是四五歲一個小孩好歹也值兩貫錢，怎捨得輕放了？』眾賊道：『而今孩子何在？正是貪多嚼不爛了。』」
【用法】比喻貪求多得卻做不了或吸收不了。
【例句】讀書學習必須腳踏實地，循序漸進，才能學有所成。如果貪快求多，往往會**貪多嚼不爛**，許多東西一知半解的，反而不好。

貪而無信 ㄊㄢ ㄦˊ ㄨˊ ㄒㄧㄣˋ

【釋義】貪：貪婪。無：同「毋」，不。
【出處】漢·應劭·鮮卑胡市議：「以為鮮卑隔在漠北，犬羊為羣，無君長帥廬落之居，又其天性，貪而無信。」
【用法】意指既貪婪而又不守信用。
【例句】對於**貪而無信**的人，千萬不要深交，也不要聽信他的花言巧言，以免自己吃虧上當。
【義近】見利忘義／貪得無厭／貪心不足蛇吞象。
【義反】不忮不求／言而有信／見利思義／知止知足。

貪位慕祿 ㄊㄢ ㄨㄟˋ ㄇㄨˋ ㄌㄨˋ

【釋義】貪戀權位，羨慕俸祿。

【出處】元・施惠・幽閨記・洛珠雙合：「兵部尚書王鎭，保邦致治，有撥亂反正之才；解組歸印，無貪位慕祿之行。」
【用法】指在官場上一味追求高官厚祿。
【例句】他從踏進官場就逢迎拍馬、**貪位慕祿**，一直爬到現在這個職位，還不知滿足，我看總有一天會有報應的。
【義近】貪權慕祿／貪位取祿。
【義反】安位知足／急流勇退／見好就收／適可而止。

貪花戀酒（ㄊㄢ ㄏㄨㄚ ㄌㄧㄢˋ ㄐㄧㄡˇ）

【釋義】花：喻指女色。
【出處】元・喬孟符・揚州夢四折：「某奉聖人的命，因牧之貪花戀酒，本當謫罰，姑念他才識過人，不拘細行，赦其罪責。」
【用法】指貪戀女色和美酒。
【例句】王老闆雖然事業經營得不錯，但是**貪花戀酒**，賺的錢大多在這方面花掉了，要不早就成爲大富翁了。
【義近】貪杯好色／好酒戀色／耽於酒色／沉迷酒色。
【義反】滴酒不沾／坐懷不亂／不戀女色。

貪財好賄（ㄊㄢ ㄘㄞˊ ㄏㄠˋ ㄏㄨㄟˋ）

【釋義】貪圖財物和賄賂。
【出處】元・關漢卿・裴度還帶四折：「差小官體察民情，因付彬貪財好賄，犯刑憲負累忠臣。」
【用法】指官吏貪圖財物，大肆收取賄賂。
【例句】這幾個官員長期**貪財好賄**，不知檢點，現在東窗事發，被撤職查辦，眞是罪有應得！
【義近】賄賂公行／政以賄成／貪贓枉法／中飽私囊。
【義反】擺袖卻金／一清如水／兩袖清風／廉正自守／奉公守法。

貪得無厭（ㄊㄢ ㄉㄜˊ ㄨˊ ㄧㄢˋ）

【釋義】厭：通「饜」，滿足。
【出處】左傳・昭公二八年：「貪婪無厭，忿類無期。」
【用法】形容貪心永遠沒有滿足的時候。
【例句】你的資產數以億計了，怎還如此**貪得無厭**？
【義近】欲壑難塡／得寸進尺／得隴望蜀／貪心不足。
【義反】一枝自足／偃鼠飲河／知足無求／知止知足／一介不取。

貪賄無藝（ㄊㄢ ㄏㄨㄟˋ ㄨˊ ㄧˋ）

【釋義】賄：財物。藝：限度，法度。
【出處】左丘明・國語・晉語八：「及桓子，驕泰奢侈，貪欲無藝，略則行志，假貸居賄，宜及於難。」
【用法】形容貪求財物沒有止境。多指政府官員無限制地搜括民財。
【例句】公共建設常因一些官員的**貪賄無藝**而偷工減料、粗糙不堪，甚至危及人民生命安全。
【義近】貪得無厭／巴蛇吞象／欲壑難塡。
【義反】鼴腹易盈／徵斂有度／一介不取。

貪榮慕利（ㄊㄢ ㄖㄨㄥˊ ㄇㄨˋ ㄌㄧˋ）

【釋義】貪圖榮耀，羨慕財利。
【出處】周書・柳帶韋傳：「夫顧親戚，懼誅夷，貪榮慕利，此生人常也。」
【用法】泛指貪慕榮華富貴。
【例句】雖然**貪榮慕利**是人之常情，但也不能違背良心、不顧廉恥，連基本的人格也不顧了。
【義近】貪財慕勢／貪榮慕寵／貪名慕利／貪慕榮華／追名逐利。
【義反】浮雲富貴／安貧若素／寵辱皆忘／寵辱不驚／安貧樂道／甘貧樂道。

貪墨之風（ㄊㄢ ㄇㄛˋ ㄓ ㄈㄥ）

【釋義】貪墨：貪圖。
【出處】明史・趙錦傳：「羣臣憚陰中之禍，而忠言不敢直陳；四方習貪墨之風，而閭閻日以愁困。」
【用法】是指官員貪圖財利的風氣。
【例句】政府官員的**貪墨之風**向來爲民眾所詬病，難怪掃黑金的行動，民眾總是支持叫好。
【義近】貪墨敗度／貪財成風／貪賄成習。
【義反】純樸之風／廉潔成風／弊絕風清／宿弊一清。

貪聲逐色（ㄊㄢ ㄕㄥ ㄓㄨˊ ㄙㄜˋ）

【釋義】貪愛歌舞，追逐女色。
【出處】敦煌變文集・父母恩重經講經文：「始從懷妊至嬰孩，長得身軀六尺才；棄德背恩行不孝，貪聲逐色縱心懷。」
【用法】形容生活放蕩。
【例句】現在年輕人很少不**貪聲逐色**的，你的孩子只要能正常地學習和工作，不違法亂紀，那可就得謝天謝地了。
【義近】貪聲好色／戀酒好色／燈紅酒綠／花天酒地／紙醉金迷／醉生夢死。
【義反】不戀聲色／不戀女色。

貪贓枉法（ㄊㄢ ㄗㄤ ㄨㄤˇ ㄈㄚˇ）

【釋義】贓：盜贓或貪污得來的財物。枉：歪曲，破壞。一作「貪贓壞法」。
【出處】元・無名氏・陳州糶米二折：「誰想到那兩個到的陳州，貪贓壞法飲酒非爲。」
【用法】指貪污受賄，違犯法紀。
【例句】社會上**貪贓枉法**的事件層出不窮，問題的根源乃在於道德教育不彰。
【義近】貪墨不法／受賕枉法／貪贓敗度。
【義反】廉潔奉公／清廉自守／洗手奉職。

貧而無諂（ㄆㄧㄣˊ ㄦˊ ㄨˊ ㄔㄢˇ）

【釋義】意謂雖然貧窮卻不去巴結奉承人。
【出處】論語・學而：「子貢曰：『貧而無諂，富而無驕，何如？』」
【用法】形容人雖窮卻有人格和志氣。
【例句】陶淵明生活雖然窮困，卻能做到**貧而無諂**，不願爲五斗米折腰去迎合小人，品德非常高尚。

【義近】貧賤驕人／人窮志不窮／窮當益堅／貧傲王侯。
【義反】乞哀告憐／人窮志短／人在屋簷下，不得不低頭／英雄落難沒本色／虎豹入檻少威風。

貧病交迫

【釋義】交：一齊，同時。迫：逼迫。
【用法】形容貧窮和疾病一齊壓在身上，難以度日。
【例句】那個孤苦無依的老人，在**貧病交迫**下去世，而遠在美國飛黃騰達的子女們，卻在一個月之後才由警局通知認屍。
【義近】飢寒交迫／貧病交加。
【義反】飽食暖衣／身強體健。

貧富不均

【釋義】不均：不平均，有懸殊之意。
【出處】魏書．世祖紀上：「故頻年屢征，有事西北，……致使生民貧富不均，未得家給人足。」
【用法】指社會財富分配不合理的現象。
【例句】近年來工商業快速發展的結果，導致社會上資本和財富的集中，使得高低收入差距越來越大，**貧富不均**的問題更形嚴重，值得政府相關部門注意和設法改善。
【義近】貧富懸殊／苦樂不均。

貧無立錐

【釋義】錐：錐子。又作「貧無立錐之地」。
【出處】漢書．食貨志：「富者田連阡陌，貧者亡（無）立錐之地。」
【用法】形容貧窮到了極點，連插錐子的地方也沒有。
【例句】我現在還有什麼？穿的在身上，吃的在口裏，真的是**貧無立錐**之地了。
【義近】無置錐之地／無立足之地／無容身之地／一貧如洗。
【義反】富可敵國／家財萬貫／富甲一方。

貧嘴賤舌

【釋義】貧：絮煩。賤：低廉，輕賤。
【出處】曹雪芹．紅樓夢二五回：「你們都不是好人！再不跟著好人學，只跟著鳳丫頭學的貧嘴賤舌的。」
【用法】指說話輕薄、話多而刻薄。
【例句】這個傢伙成天**貧嘴賤舌**地搬弄是非，引起不少無謂的風波，真令人討厭。
【義近】貧嘴薄舌／輕嘴薄舌／貧嘴惡舌。
【義反】沈默寡言／寡言少語／言中意肯。

貧賤不能移

【釋義】一作「貧賤不移」。移：改變。
【出處】孟子．滕文公下：「富貴不能淫，貧賤不能移，威武不能屈，此之謂大丈夫。」
【用法】指決不會因爲身處窮困和地位低賤而改變自己的志向。
【例句】他因有**貧賤不能移**的心志，所以能成就大事業。
【義近】富貴不能淫／威武不能屈／矢志不渝。
【義反】卑躬以求貴／屈膝以求富／有奶便是娘。

貧賤之交不可忘

【釋義】貧賤之交：指貧困微賤時結交的朋友。
【出處】後漢書．宋弘傳：「（光武帝）因謂弘曰：『諺言貴易交？富易妻，人情乎？』弘曰：『臣聞貧賤之知不可忘，糟糠之妻不下堂。』」
【用法】用以表示富貴時不可忘記貧賤時的朋友。
【例句】不要說我現在還沒富貴，就是將來飛黃騰達了，也會記得**貧賤之交不可忘**，絕不會忘記諸位患難之交的。
【義近】乘車戴笠。
【義反】貴則易交。

貧賤糟糠

【釋義】糟糠：粗劣的糧食，本爲窮人所食之物，因指貧窮時的妻子。
【出處】明．王玉峰．焚香記．辭婚：「呀，下官已有早年結髮，乃貧賤糟糠。」
【用法】指在貧窮低賤時一起過患難生活的妻子。
【例句】她雖已年華老去，畢竟是我的**貧賤糟糠**，怎能拋棄而另尋新歡？
【義近】糟糠之妻／患難夫妻／生死夫妻／柴米夫妻。

貧賤驕人

【釋義】意謂以自己的貧賤爲驕傲，對權貴者持蔑視態度。
【出處】司馬遷．史記．魏世家：「子擊因問曰：『富貴者驕人乎？且貧賤者驕人乎？』子方曰：『亦貧賤者驕人耳！』」
【用法】說明身雖貧困，卻不屈身於富貴之人。
【例句】此人雖窮，卻有一股**貧賤驕人**的傲氣，從不逢迎拍馬於達官顯貴。
【義近】人窮志不窮／貧傲王侯／窮當益堅。
【義反】富貴驕人／權勢驕人。

五畫

費財勞民

【釋義】耗費錢財，勞苦百姓。
【出處】晏子春秋．內篇諫下：「誠費財勞民以爲無功，又從而怨之，是寡人之罪也。」
【用法】是指當政者濫用人力物力。
【例句】這樣大興土木，建造亭臺樓閣，於國無益，於民無補，實是**費財勞民**，應立即停止。
【義近】勞民傷財／勞師動眾／師病財竭／民不堪命。
【義反】節用裕民／興利節用／強本節用／開源節流。

費盡心機

【釋義】心機：心計，心思。又作「費盡心計」、「費盡心思」等。
【出處】戴復古．論詩絕句：「有時忽得驚人句，費盡心機做不成。」
【用法】形容煞費苦心，想方設法算計。
【例句】我們經理正經事不認真辦，卻在算計他人的問題上**費盡心機**，真是差勁。
【義近】煞費苦心／絞盡腦汁／

挖空心思。
【義反】無所用心／胸無城府。

貽人口實

【釋義】貽：給。口實：話柄，可讓人利用的藉口。
【出處】尚書・仲虺之誥：「予恐來世以貽爲口實。」清・錢牧齋・與遵王：「庶可不遺人口實耳。」
【用法】指說話做事不小心，給人留下指責的話柄。
【例句】你今後要注意自己的言行，千萬不要**貽人口實**，落得個臭名聲。
【義近】予人口實／落人口實／落人話柄。
【義反】無懈可擊。

貽害無窮

【釋義】留下的禍患沒有窮盡。貽：遺留，留下。窮：盡。
【出處】清・紀昀・閱微草堂筆記・如是我聞：「方士轉向附會，遂貽害無窮。」
【用法】形容後果極壞，影響深遠。
【例句】這些歹徒只顧私利，誘使青少年購用毒品、禁藥，不僅造成青少年身心的傷害，對社會更是**貽害無窮**。
【義近】貽禍無窮／後患無窮／養癰貽患／遺害無窮。
【義反】前人栽樹後人涼。

貽笑大方

【釋義】貽笑：見笑，留笑。貽：遺留。大方：大方之家，指有某種專長的人。一作「見笑大方」。
【出處】莊子・秋水：「吾長見笑於大方之家。」李汝珍・鏡花緣五二回：「誠恐貽笑大方，所以不敢冒昧進謁。」
【用法】指讓內行人笑話。常用以表自謙。
【例句】要我把一些雕蟲小技搬出來在各位面前獻醜，恐會**貽笑大方**，還是免了吧！
【義近】貽笑後人。
【義反】垂範後人。

貽笑萬世

【釋義】貽笑：見笑。萬世：萬代。
【出處】宋・劉敞・論溫成立忌：「豈可以一時之寵，獨決聖心，義有僭失，貽笑萬世，虧損盛明，悔不可追。」
【用法】說明會讓千秋萬代的人見笑。
【例句】秦始皇統一全國後，焚書坑儒，自以爲從此可以使其統治千萬代延續下去，不料二世即亡，結果只落得個**貽笑萬世**罷了。
【義近】貽笑萬古／貽笑千秋／貽笑後人／貽笑後世。
【義反】貽範古今／垂範後世／垂範後人／貽範後世。

貽誤軍機

【釋義】貽誤：這裏是耽誤的意思。軍機：軍事機宜。
【出處】清史稿・高宗本紀三：「二十一年春正月庚午，以額駙科爾沁親王色布騰巴勒珠爾貽誤軍機，褫爵禁錮。」
【用法】是指耽誤了作戰機要大事。
【例句】軍人的天職就是保國衛民，隨時都要盡忠職守，警覺積極，誰要是**貽誤軍機**，必受軍法嚴懲。
【義近】洩露軍機。
【義反】嚴守軍機。

貽誚多方

【釋義】貽誚：給人留下的指責。誚：責備。
【出處】宋・蘇舜欽・杜公謝官表：「塵污近輔，貽誚多方，績效不揚，譏議上徹。」
【用法】指受到各方面的責備。
【例句】我當初就勸你不要去做這種吃力不討好的事，你偏不聽，現在不僅事情沒有辦成，反而**貽誚多方**，這又是何苦呢？
【義近】千夫所指／千人所指。
【義反】有口皆碑／口碑載道／眾望所歸。

貽範古今

【釋義】貽：遺留，留下。範：模範，榜樣。
【出處】唐・孫揆・靈應傳：「今則公之教可以精通顯晦，貽範古今。」
【用法】指給世世代代的人留下榜樣。
【例句】孫中山先生大公無私的革命精神和博愛的胸懷，足以**貽範古今**，永遠爲後代子孫所景仰。
【義近】垂範古今／貽範後世／垂範後世／垂範後人。
【義反】貽笑千古／貽笑萬代／貽笑萬世／貽笑千秋。

貴人多忘

【釋義】貴人：居高位的人。多忘：指容易忘記。
【出處】王定保・唐摭言卷二：「君之此恩，頂上相戴，儻也貴人多忘，國士難期。」
【用法】今多用以形容人善忘。往往含有諷刺的意味。
【例句】眞是**貴人多忘**，這件事我昨天明明已向局長呈報過了，可是他卻一再否認。
【義近】貴人善忘。
【義反】記憶猶新／銘記在心。

貴不可言

【釋義】意謂富貴得無法用言語來表達。
【出處】宋・王讜・唐語林・補遺一：「后之在襁褓也，……使道士句規占之，規驚起曰：『此女貴不可言。』」
【用法】形容富貴到了極點。
【例句】他現在身居高位，自然是**貴不可言**，但政治風雲多變，說不定哪一天丟官棄職，還不如你我呢！
【義近】貴極人臣／位極人臣／貴不可加／佩紫懷黃。
【義反】道旁苦李／販夫走卒。

貴不凌賤

【釋義】凌：欺侮；侵犯。
【出處】晏子春秋・內篇問上：「昔吾先君桓公能任用賢，……貴不凌賤，富不傲貧，功不遺罷，佞不吐愚。」
【用法】指富貴的人不欺壓地位卑微的人。
【例句】古有明訓，**貴不凌賤**，他才剛當上總經理，就對我們這些下屬頤指氣使，呼來喚去的，眞是不應該。
【義近】富不傲貧／紆尊降貴／富而無驕／富而有禮。
【義反】富貴驕人／以貴凌賤／

以貴凌人／仗勢欺人。

貴古賤今

【釋義】看重古代，輕視現在。

【出處】南朝宋・范曄・獄中與諸甥侄書以自序：「自古體大而思今，未有此也，恐世人不能盡之，多貴古賤今，所以稱情狂言耳。」

【用法】指對古代的事物看得很貴重，而對當代的事物則看不起。

【例句】在當前的史學、文學等研究領域，明顯有**貴古賤今**的傾向，應當加以調整。

【義近】重古輕今／厚古薄今／貴遠賤近／是古非今／以古非今。

【義反】重今輕古／厚今薄古。

貴耳賤目

【釋義】重視耳朵聽到的，輕視眼睛看見的。

【出處】漢・張衡・東京賦：「若客所謂末學膚受，貴耳而賤目者也。」顏氏家訓・慕賢：「世人多蔽，貴耳賤目，重遙輕近。」

【用法】指相信傳聞，而不相信親眼看到的事實。

【例句】俗話說：百聞不如一見，但是你卻**貴耳賤目**，聽信人家的各種傳言，難怪會有這麼多誤解，使事情越弄越糟。

【義近】信耳輕目／耳聞爲眞。

【義反】百聞不如一見／耳聞不如目見／耳聽爲虛，眼見爲實／眼見爲憑。

貴冠履輕頭足

【釋義】看重帽子和鞋子，輕視頭和腳。

【出處】淮南子・泰族訓：「今重法而棄義，是貴其冠履而忘其頭足也。」

【用法】比喻主次、輕重顚倒。

【例句】做事決不能含糊籠統，更不能**貴冠履輕頭足**，應該理出頭緒，分淸輕重緩急，一一處理。

【義近】舍本逐末／背本趨末／本末倒置／主客顚倒／買櫝還珠。

【義反】重本輕末／主次分明／輕重有序／按部就班／循序漸進／崇本抑末。

貴遠賤近

【釋義】看重遠的，輕視近的。

【出處】文選・曹丕・典論論文：「楊、班儔也，常人貴遠賤近，向聲背實，又患闇於自見。」

【用法】以爲與當世相隔久遠的就珍貴，相隔近的就低賤。

【例句】遠來的和尚並不一定就會唸經，若是**貴遠賤近**，反而會失去許多珍貴的東西。

【義近】貴古賤今／是古非今／厚古薄今／重古輕今。

【義反】重今輕古／厚今薄古。

貴賤無二

【釋義】無二：沒有兩樣。

【出處】周・呂尙・金匱：「敬遇賓客，貴賤無二。」

【用法】指對待高貴和卑賤的人，態度完全一樣。

【例句】像西歐某些國家的元首那樣**貴賤無二**，在等級森嚴的國家裏簡直是不可思議的事。

【義近】平等相待／貴賤不分／一視同仁／等量齊觀。

【義反】看人說話／重貴輕賤／厚此薄彼／揀佛燒香。

貴賤無常

【釋義】無常：時常變化；變化不定。

【出處】宋・王楙・野客叢書・鶡冠子：「前漢・藝文志有鶡冠子一篇，今所行四卷十五篇，如所謂……『貴賤無常，物使之然』皆出於是。」

【用法】用以指富貴卑賤並不是永恆不變的。

【例句】你不要一當官就目中無人，要知**貴賤無常**，沒有人會永遠順利的，哪一天你遇到麻煩，看還有誰會理你。

【義近】富貴無常／富貴浮雲。

【義反】萬古不變／一成不變／福壽綿延／富貴無邊。

買空賣空

【釋義】買賣雙方都沒有貨款進出，只就進出之間的差價結算盈虧。

【出處】宣宗聖訓：「奸商開設太和字號，邀羣結夥，買空賣空，縣擬價值……。」

【用法】指商業中的投機活動。也比喻有的人根本空無所有，進行招搖撞騙。

【例句】不肯堅持勞動紀律，而只掛著作家的招牌，**買空賣空**，個個的前途當然也就不堪設想。（老舍・論才子）

【義近】投機倒把／招搖撞騙。

【義反】貨眞價實／實力雄厚。

買櫝還珠

【釋義】櫝：木匣子。

【出處】韓非子・外儲說左上：「楚人有賣其珠於鄭者，……鄭人買其櫝而還其珠。」

【用法】比喻沒有眼力，取捨不當。

【例句】不善讀書者，昧菁英而矜糟粕。**買櫝還珠**，雖多奚益？改用白話，決無此病。（裘遷梁・論白話爲維新之本）

【義近】捨本逐末／揀芝麻丟西瓜。

【義反】取精用宏／伯樂相馬。

六畫

賊人心虛

【釋義】做賊的人心裏總是空虛的。虛：空虛；因怕人知道而不踏實。

【出處】馮夢龍・醒世恆言卷二〇：「自古道：賊人心虛。那趙昂因有舊事在心上，比王員外更是不同，嚇得魂魄俱無。」

【用法】說明做了壞事的人害怕別人察覺，內心膽怯。

【例句】他偷了錢，神色十分不自然！怪不得人們常說**賊人心虛**，眞是一點也沒錯。

【義近】做賊心虛／賊人膽虛／心中有鬼。

【義反】賊人膽大／膽大包天。

賊去關門

【釋義】盜賊走了才來關門。

【出處】普濟・五燈會元・長慶棱禪師法嗣：「賊去後關門。」曹雪芹・紅樓夢一一二回：「這裏賊去關門，眾人更加小心，不敢睡覺。」

【用法】比喻出了事故後才知道防範，不免爲時已晚。

【例句】你女兒正當妙齡之年，又長得如花似玉，最近有些不三不四的少年常盯著她看，你們得及早提防，千萬不可大意，**賊去關門**就後悔莫及了。

【義近】掉以輕心／等閒視之／秋風過耳／見兔顧犬／江心補漏。

【義反】防患未然／未雨綢繆／有備無患／曲突徙薪。

賊眉鼠眼（ㄗㄟˊ ㄇㄟˊ ㄕㄨˇ ㄧㄢˇ）

【釋義】意謂像盜賊、老鼠的眼睛那樣東張西望。

【出處】老舍・四世同堂：「他生平沒有走得這麼快。像有一羣惡鬼趕著，……他賊眉鼠眼的疾走。」

【用法】形容人鬼鬼祟祟不老實的樣子。

【例句】一看他**賊眉鼠眼**的樣子，就知道不是個好東西，警察一查問，果然是越獄的逃犯。

【義近】賊眉賊眼／賊頭賊腦／鬼頭鬼腦／鬼鬼祟祟／偷偷摸摸。

【義反】光明磊落／堂堂正正／正大光明／坦坦蕩蕩／胸懷坦蕩。

賊喊捉賊（ㄗㄟˊ ㄏㄢˇ ㄓㄨㄛ ㄗㄟˊ）

【釋義】做賊的人喊捉賊。

【出處】陳登科・赤龍與丹鳳第一部一九：「賊喊捉賊，明明自己是匪，還扛著剿匪的旗號，到處剿匪。」

【用法】比喻壞人爲了逃避罪責，轉移目標，故意混淆視聽，掩人耳目。

【例句】他眞是典型的**賊喊捉賊**，錢包明明是他拿走的，他卻一下說是張三，一下又說是李四，想要推卸責任。

【義近】裝神弄鬼／譸張爲幻／弄神弄鬼／故弄玄虛。

【義反】好漢做事好漢當／正大光明／光明磊落。

賊頭賊腦（ㄗㄟˊ ㄊㄡˊ ㄗㄟˊ ㄋㄠˇ）

【釋義】又作「賊頭鼠腦」、「賊頭鬼腦」。

【出處】吳承恩・西遊記二五回：「賊頭鼠腦，臭短臊長，沒好氣的胡嚷。」

【用法】形容人舉動鬼鬼祟祟，爲人不正派或形容人長相氣質不正派。

【例句】這人**賊頭賊腦**的在這裏東張西望，肯定不是什麼好東西。

【義近】鬼頭鬼腦／鬼鬼祟祟／賊眉賊眼／獐頭鼠目。

【義反】堂堂正正／光明正大／相貌堂堂。

賄賂公行（ㄏㄨㄟˋ ㄌㄨˋ ㄍㄨㄥ ㄒㄧㄥˊ）

【釋義】賄賂：私贈禮物以請託於人。

【出處】晉書・前趙載記：「劉聰朝廷內外，無復綱紀，阿諛日進，賄賂公行。」

【用法】形容貪官污吏公開受人財物的醜惡行爲。

【例句】一個**賄賂公行**的政治機構，怎麼可能眞正爲大眾做事呢？

【義近】貨賂公行／貪污受賄。

【義反】弊絕風清／宿弊一清／廉潔成風。

七畫

賓主盡歡（ㄅㄧㄣ ㄓㄨˇ ㄐㄧㄣˋ ㄏㄨㄢ）

【釋義】客人和主人都很歡快。

【出處】曾樸・孽海花六回：「須臾席散，賓主盡歡。」

【用法】指在宴會中或其他場合，主客雙方都極爲歡洽。

【例句】王先生今天請客不但菜色豐盛，餘興節目也安排得恰到好處，眞是**賓主盡歡**，愉快極了。

【義近】主客盡歡。

【義反】不歡而散／絕裾而去。

賓至如歸（ㄅㄧㄣ ㄓˋ ㄖㄨˊ ㄍㄨㄟ）

【釋義】客人來訪，就像回到自己家裏一樣。賓：客人。歸：回，此指回家。

【出處】左傳・襄公三一年：「賓至如歸，無寧菑患，不畏寇盜，而亦不患燥濕。」

【用法】形容待客熱情周到，使客人感到親切。

【例句】由於女主人殷勤誠懇，熱情大方，大家都有**賓至如歸**之感。

【義近】親如家人／熱情誠懇。

【義反】冷若冰霜／橫眉冷眼。

賓客盈門（ㄅㄧㄣ ㄎㄜˋ ㄧㄥˊ ㄇㄣˊ）

【釋義】是指客人充滿門庭。盈：滿。

【出處】梁書・王暕傳：「時文憲作宰，賓客盈門，見暕相謂曰：『公才公望，復在此矣。』」

【用法】形容來的客人很多。

【例句】陳部長現正走紅，經常**賓客盈門**，但是政治總是現實的，說不定卸任以後，門前還可羅雀呢！

【義近】賓客如雲／高朋滿座／勝友如雲／薈萃一堂。

【義反】門可羅雀／賓客寥寥／門庭冷落／柴門蕭條。

賑窮濟乏（ㄓㄣˋ ㄑㄩㄥˊ ㄐㄧˋ ㄈㄚˊ）

【釋義】賑：賑濟，用錢和物品救濟人。乏：缺乏。

【出處】舊唐書・李軌傳：「李軌字處則，武威姑臧人也。有機辯，頗窺書籍，家富於財，賑窮濟乏，人亦稱之。」

【用法】是指賑救和幫助窮困的人。

【例句】台灣民眾很有同情心，只要哪裏發生了大的災害，便會慷慨解囊，**賑窮濟乏**。

【義近】濟困扶危／解衣推食／仗義疏財／濟危扶困／雪中送炭。

【義反】見死不救／袖手旁觀／坐視不救／隔岸觀火。

八畫

賢良方正（ㄒㄧㄢˊ ㄌㄧㄤˊ ㄈㄤ ㄓㄥˋ）

【釋義】賢良：品行才能俱佳。方正：品行端莊正直。

【出處】司馬遷・史記・孝文本紀：「上曰：『……及舉賢良方正能直言極諫者，以匡朕之不逮。』」按漢制：郡國舉士，其科目大別有二，即孝廉與賢良方正。

【用法】本爲漢時之科舉名目，後世則用以稱呼才德俱佳聰明正直的人。

【例句】不管世道如何衰微，總

有賢良方正之士能夠潔身自愛，不會隨波逐流，與世浮沉。

賢妻良母

【釋義】賢慧的妻子，善良的母親。
【出處】陶淵明・告子儼等疏：「余嘗感孺仲賢妻之言，敗絮自擁。」
【用法】稱美能相夫教子的賢良婦女。
【例句】這個女孩蕙質蘭心，善解人意，將來一定是個**賢妻良母**。
【義近】賢母良妻／賢內助／賢德夫人。
【義反】河東獅吼／母夜叉／淫娃蕩婦。

賢賢易色

【釋義】賢賢：前「賢」字用作動詞，後「賢」字用作名詞。易色：看輕女色。易：輕視。
【出處】論語・學而：「子夏曰：『賢賢易色；事父母，能竭其力；事君，能致其身；……雖曰未學，吾必謂之學矣。』」
【用法】是指愛護賢者而輕於女色。
【例句】一個人若是能**賢賢易色**，德業一定能夠日有進展，受人尊重效法。
【義近】求賢若渴／思賢如渴／握髮吐哺。
【義反】逐色獵豔／耽於酒色／沉迷酒色。

賣公營私

【釋義】營：謀求，謀取。
【出處】魏書・趙黑傳：「黑曰：『高官祿厚，足以自給，賣公營私，本非情願。』」
【用法】意謂指出賣國家或公眾的利益以謀求私利。
【例句】公務員**賣公營私**，謀求私人的不法利益，導致公共建設品質普遍不佳。
【義近】損公肥私／損公利己／以公爲私／假公濟私。
【義反】一心爲公／奉公守法／枵腹從公／捨己爲公／公正無私／大公無私／公而忘私／公私分明。

賣主求榮

【釋義】出賣主人的利益以換取個人的榮華富貴。
【出處】夏敬渠・野叟曝言五九回：「得勢則聚若蠅蚊，失勢則散若鳥獸，甚至賣主求榮者頗多。」
【用法】指人無情無義，爲了個人的私利，什麼事都可做得出來。
【例句】這些年來我這樣重用他、信任他，想不到公司發生危機時，他竟**賣主求榮**，落井下石，眞令人寒心。
【義近】害主求榮／賣國求榮／投敵求榮／媚外求榮。
【義反】捨身救主／捨身爲國／成仁取義／毀家紓難。

賣身投靠

【釋義】意謂出賣自己，投靠有權有勢的人或集團。
【出處】魯迅・淮風月談・後記：「我見這富家兒的鷹犬，更深知明季的向權門賣身投靠之輩是怎樣的陰險了。」
【用法】用以形容人喪失人格，去充當惡勢力的工具。
【例句】選舉時他替王先生助選，頻頻出招攻擊對手，好像是仇敵一樣，沒想到對方一當選，他就**賣身投靠**，置落選的王先生於不顧，這種人眞是令人不齒。
【義近】賣身求榮／媚外求榮／靦顏事敵。
【義反】錚錚鐵骨／誓死不屈／守正不撓。

賣兒鬻女

【釋義】賣掉兒女。鬻：賣。又作「鬻兒賣女」。
【出處】李寶嘉・官場現形記四七回：「破家蕩產，鬻兒賣女，時有所聞。」
【用法】形容專制統治下的民眾被逼得走投無路的悲慘情景。也指民眾遇到天災人禍時的慘景。
【例句】連年天災人禍，百姓難以維生，只得**賣兒鬻女**，而地方官吏卻粉飾太平，置百姓的生死於不顧，實在可惡。
【義近】賣兒賣女／質妻鬻子。

賣妻鬻子

【釋義】意謂出賣妻子兒女。鬻：賣。
【出處】明史・鄒縡傳：「老幼流移，顚踣道路，賣妻鬻子以求苟活。」
【用法】形容人生活極端貧困。
【例句】我這次去非洲旅遊，眞正見到了**賣妻鬻子**的慘狀，那哀傷場景令我終生難忘，我萬萬沒有想到人世間竟還眞有這種事啊！
【義近】賣兒鬻女／質妻鬻子。
【義反】花天酒地／窮奢極侈／揮金如土／一擲千金／日食萬錢／揮霍無度。

賣官鬻爵

【釋義】鬻：賣。爵：爵位。
【出處】李百樂・贊道賦：「直言正諫，以忠信而獲罪：賣官鬻爵，以貨賄而見親。」
【用法】指出賣官職、爵位以斂取錢財。
【例句】這羣貪官污吏**賣官鬻爵**，行迹可惡，早該入獄，卻任他們爲所欲爲了好幾年。
【義近】貪贓枉法／賣官受賄。
【義反】居官清廉／廉潔奉公。

賣俏行奸

【釋義】賣俏：賣弄嬌俏的樣子。行奸：進行奸詐欺騙。
【出處】元・無名氏・連環計二折：「俺好意的張筵置酒，你走將來賣俏行奸，暢好是廝踏踏，廝踏踏也。」
【用法】形容故作嬌態欺騙人，以便施展其陰謀詭計。
【例句】王老闆雖然已年過五十，卻仍戀酒好色，見來談生意的喬小姐長得如花似玉，便有些色迷迷的，喬小姐乘機**賣俏行奸**，狠狠的敲了他一筆。
【義近】賣俏營奸／賣俏迎奸。
【義反】光明磊落／襟懷坦白／行不由徑／正大光明／直道而行／行不踰矩。

賣笑追歡

【釋義】賣弄姿色，追求歡樂。笑：笑容。

【出處】元・李行道・灰闌記一折：「再不去賣笑追歡風月館，再不去迎新送舊翠紅鄉。」
【用法】指娼妓以色媚人。
【例句】你我都是有妻室兒女的人了，怎能再去那**賣笑追歡**的場所尋歡作樂呢？
【義近】倚門賣笑／賣弄色相。
【義反】織布紡紗／相夫教子。

賣國求榮 ㄇㄞˋ ㄍㄨㄛˊ ㄑㄧㄡˊ ㄖㄨㄥˊ

【釋義】賣國：爲了私利而叛賣國家。又作「賣國求利」。
【出處】洪邁・容齋續筆卷六：朱溫「薄其爲人，以其爲唐鴟梟，賣國求利，勒循致仕。」
【用法】指爲謀求榮華富貴而出賣祖國利益。
【例句】他的祖父**賣國求榮**，鄉里之人難以容他，所以他只好出外求發展，能否歸回故里就難說了。
【義近】投敵求榮／媚外求榮／靦顏事敵。
【義反】盡忠報國／捨身救國／毀家紓難。

賣劍買牛 ㄇㄞˋ ㄐㄧㄢˋ ㄇㄞˇ ㄋㄧㄡˊ

【釋義】賣去刀劍，買來耕牛。
【出處】漢書・龔遂傳：「民有帶持刀劍者，使賣劍買牛，賣刀買犢。」
【用法】比喻解業歸農，多指棄武就農。
【例句】他前半輩子馳騁沙場，如今打算**賣劍買牛**，回鄉安居樂業了。
【義近】賣刀買犢／解甲歸田／賣刀買牛。
【義反】賣牛買劍／棄文就武／投筆從戎。

賞一勸百 ㄕㄤˇ ㄧ ㄑㄩㄢˋ ㄅㄞˇ

【釋義】賞：獎賞。勸：勉勵。百：泛言其多，非實數。
【出處】王通・立命：「賞一以勸百，罰一以懲眾。」
【用法】說明獎賞的重要，獎賞一人可以勉勵許多人。
【例句】超產獎勵的合同兌現以後，工人的幹勁大增，眞正達到了**賞一勸百**的效果。
【義近】獎一勉百／爵一勵百。
【義反】懲一儆百／罰一懲百／殺雞儆猴／殺一儆百。

賞不當功 ㄕㄤˇ ㄅㄨˋ ㄉㄤ ㄍㄨㄥ

【釋義】獎賞與其功勞不相當。當：相當。
【出處】荀子・正論：「夫德不稱位，能不稱官，賞不當功，罰不當罪，不祥莫大焉。」
【用法】說明獎賞不當，有害無益。
【例句】這次公司頒發的獎金，沒有**賞不當功**的，所以大家皆心悅誠服。
【義近】無功受祿／功不當爵。
【義反】計功行賞／論功行賞／賞當其功／功爵相當。

賞不逾時 ㄕㄤˇ ㄅㄨˋ ㄩˊ ㄕˊ

【釋義】逾時：超過時間。逾：越過，超過。
【出處】漢・王粲・爵論：「司馬法曰：賞不逾時，欲民速得爲善之利也。」
【用法】指行賞及時，不拖延時日。
【例句】有功必賞，而且**賞不逾時**，那就必然能提升員工的工作士氣，提前完成生產目標。
【義近】賞不逾日／賞不逾期／行賞及時。
【義反】賞不及時／賞不依時。

賞不遺賤 ㄕㄤˇ ㄅㄨˋ ㄧˊ ㄐㄧㄢˋ

【釋義】遺賤：漏掉卑賤的人。
【出處】晏子春秋・內篇問上：「誅不避貴，賞不遺賤，不淫於樂，不遁於哀，盡智導民而不伐焉。」
【用法】指獎賞力求公正，不可遺漏地位低下而有功的人。
【例句】古有明訓，**賞不遺賤**。一家公司的成功，上自董事長、總經理，下至工讀生、清潔人員都是有貢獻的，怎麼可以因他們的職位較低而不加獎賞呢？
【義近】賞不論賤。
【義反】罰不避貴。

賞心悅目 ㄕㄤˇ ㄒㄧㄣ ㄩㄝˋ ㄇㄨˋ

【釋義】賞心：心情歡暢。悅目：看了舒服。
【出處】吳沃堯・二十年目睹之怪現狀一九回：「果然湖光山色，令人賞心悅目。」
【用法】形容景物美好，使人看了心情愉快。
【例句】在灑滿金色陽光的午後，與好友相聚於露天咖啡座喝下午茶聊天，實在是件**賞心悅目**的享受。
【義近】心曠神怡／愉心悅目／動心娛目。
【義反】觸目驚心／傷心慘目。

賞心樂事 ㄕㄤˇ ㄒㄧㄣ ㄌㄜˋ ㄕˋ

【釋義】賞心：歡暢的心情。樂事：愉快的事。
【出處】謝靈運・擬魏太子鄴中詩序：「天下良辰、美景、賞心、樂事，四者難并。」
【用法】指心情歡悅，如意稱快之事。
【例句】人生道上，雖說痛苦煩憂很多，但其中也不乏許多**賞心樂事**。
【義近】良辰美景／稱心如意／春江花朝。
【義反】倒楣之事／屋漏逢雨。

賞功罰罪 ㄕㄤˇ ㄍㄨㄥ ㄈㄚˊ ㄗㄨㄟˋ

【釋義】獎賞有功的人，懲罰犯罪的人。
【出處】宋・司馬光・應詔論體要：「王者之職，在於量材任人，賞功伐罪而已。」
【用法】是指有賞有罰，賞罰嚴明。
【例句】無論什麼地方、什麼單位，只有公正地實行**賞功罰罪**，才有可能激發民眾的熱情，把工作做好。
【義近】論功行賞／有罪必罰／賞善罰惡／賞罰分明／信賞必罰／陟罰臧否。
【義反】有功不賞／有罪不罰／賞罰不明。

賞善罰惡 ㄕㄤˇ ㄕㄢˋ ㄈㄚˊ ㄜˋ

【釋義】獎賞善良的，懲罰凶惡的。
【出處】漢・貢禹・贖罪：「賞善罰惡，不阿親戚。」
【用法】指獎勵好人好事，處罰壞人壞事。
【例句】要整頓好社會治安，一個重要的方向就是要時刻注意**賞善罰惡**，使民眾及時認清是非善惡。

【義近】勸善懲惡／彰善癉惡／獎善罰惡／獎善懲惡。

【義反】欺善怕惡／助惡抑善／助惡損善／善惡不分／是非不明／是非顛倒。

賞罰不明（ㄕㄤˇ ㄈㄚˊ ㄅㄨˋ ㄇㄧㄥˊ）

【釋義】賞罰不清楚、不明白。

【出處】諸葛亮・便宜十六策・賞罰：「夫將專恃生殺之威，必生可殺，必殺可生，忿怒不詳，賞罰不明，……此國之五危也。」

【用法】指該獎賞的不賞，該懲罰的不罰。

【例句】你這樣**賞罰不明**，怎能讓下屬信服？又怎能激發出大家的工作熱情，提升效率呢？

【義近】賞罰不當／有功不賞／有罪不罰／賞罰無章。

【義反】賞罰嚴明／賞罰分明／信賞必罰。

賞罰不當（ㄕㄤˇ ㄈㄚˊ ㄅㄨˋ ㄉㄤˋ）

【釋義】不當：不相當，即過頭了，或者還不及。

【出處】漢・賈誼・新書・過秦中：「繁刑嚴誅，吏治深刻，賞罰不當，賦斂無度。」

【用法】指獎賞與功勞、懲罰與罪過之間有失偏頗。

【例句】為人父母對待子女要注意公平性，不能**賞罰不當**，有所偏頗，否則對孩子會有不良的心理影響。

【義近】有功不賞／有罪不罰／賞罰無章。

【義反】賞罰嚴明／賞罰分明／信賞必罰。

賞罰無章（ㄕㄤˇ ㄈㄚˊ ㄨˊ ㄓㄤ）

【釋義】無章：沒有章法。

【出處】左傳・襄公二十七年：「子鮮曰：逐我者出，納我者死，賞罰無章，何以沮勸，君失其信，而國無刑，不亦難乎？」

【用法】是指獎賞和懲罰沒有章法作為依據，便難免失之偏頗。

【例句】我們公司務必要改變目前**賞罰無章**的狀態，使賞罰日趨合理化。

【義近】賞罰無度／賞罰不明。

【義反】賞罰有章／賞罰分明／賞善罰惡／陟罰臧否。

賞罰嚴明（ㄕㄤˇ ㄈㄚˊ ㄧㄢˊ ㄇㄧㄥˊ）

【釋義】嚴明：嚴正分明。

【出處】王符・潛夫論・實貢：「賞罰嚴明，治之材也。」

【用法】說明獎賞和懲罰很嚴格，一絲不苟。

【例句】要想把公司管理好，使人口服心服，就必須**賞罰嚴明**。

【義近】賞功罰罪／賞善罰惡／獎勤罰懶／賞罰分明。

【義反】賞罰不公／賞罰不明／賞罰無章。

賠了夫人又折兵（ㄆㄟˊ ˙ㄌㄜ ㄈㄨ ㄖㄣˊ ㄧㄡˋ ㄓㄜˊ ㄅㄧㄥ）

【釋義】意謂損失了夫人，又折損了兵將。賠、折：均為「折損」之意。

【出處】羅貫中・三國演義五五回：「周瑜急急下得船時，岸上軍士大叫曰：『周郎妙計安天下，賠了夫人又折兵。』」

【用法】比喻遭受雙重損失。

【例句】他將女兒嫁給這位青年才俊，同時又升他做經理，沒想到過不了多久，這個年輕人竟捲走公司巨款和祕書私奔。他真是**賠了夫人又折兵**，只得焦頭爛額地收拾殘局。

【義近】偷雞不成蝕把米。

賤斂貴出（ㄐㄧㄢˋ ㄌㄧㄢˋ ㄍㄨㄟˋ ㄔㄨ）

【釋義】斂：收集，徵收。

【出處】韓愈・曹成王碑：「王始政於溫，終政於襄，恆平物估，賤斂貴出。」

【用法】是指廉價買進，高價賣出。

【例句】今年稻穀豐收，穀價低落，那些投機糧商正準備**賤斂貴出**，政府應該要採取對策，維護農民利益才對。

【義近】賤斂貴發／賤買貴賣／奇貨可居／囤積居奇／待價而沽。

【義反】貴買賤賣／平買平賣。

質而不俚（ㄓˊ ㄦˊ ㄅㄨˋ ㄌㄧˇ）

【釋義】質：質樸。俚：俚俗。

【出處】漢書・司馬遷傳贊：「然自劉向、揚雄博極羣書，皆稱遷有良史之材，服其善序事理，辨而不華，質而不俚。」

【用法】形容作品的語言質樸而不粗俗。

【例句】在元代雜劇作家中，號稱本色派的關漢卿的作品，**質而不俚**，與文采派王實甫的作品有著明顯的不同。

【義近】質樸無華／雅俗共賞。

【義反】錯彩鏤金／文采斐然／珠圓玉潤／爛若披錦。

質疑問難（ㄓˊ ㄧˊ ㄨㄣˋ ㄋㄢˋ）

【釋義】質疑：心中有疑問而向他人請教。質：問。問難：請教疑難。又作「質疑問事」。

【出處】漢書・陳遵傳：「竦居貧，無賓客，時時好事者從之質疑問事，論道經書而已。」

【用法】指就疑難問題求教於人或彼此切磋討論。

【例句】**質疑問難**，是讀書做學問的重要途徑與方法。

【義近】執經問難／移樽就教／虛心請益／不恥下問。

【義反】羞於問人／恥於下問。

赤部

赤口毒舌

【釋義】用狠毒的語言罵人。赤口：讒言，口舌是非。

【出處】盧仝・月蝕詩：「鳥爲居停主人不覺察，貪向何人家，行赤口毒舌。」

【用法】形容人凶狠、歹毒、潑辣。

【例句】他生性苛刻，與人吵架時更是**赤口毒舌**，毫不客氣。

【義近】惡言惡語／惡語傷人／尖嘴薄舌。

【義反】好言好語／溫言細語／甜嘴蜜舌。

赤子之心

【釋義】赤子：初生的嬰兒。

【出處】孟子・離婁下：「大人者，不失其赤子之心者也。」

【用法】形容人心地純潔善良、純正無僞。

【例句】他最可貴的，是有一顆**赤子之心**，從不騙人、害人、吹牛說謊。

【義近】一片至誠／純正之心／純眞無邪。

【義反】狼心狗肺／蛇蠍心腸／居心叵測／用心歹毒。

赤心報國

【釋義】赤心：眞誠的心。報國：報效祖國。

【出處】劉長卿・疲兵篇：「赤心報國無片賞，白首還家有幾人？」

【用法】形容人竭盡忠心，爲國效勞。

【例句】岳飛小時侯，他母親就諄諄教誨他要**赤心報國**，這是他能成爲著名民族英雄的重要原因之一。

【義近】忠心報國／赤膽忠心／忠肝義膽／忠貞不貳。

【義反】賣國求榮／貪生怕死／叛國投敵。

赤手空拳

【釋義】赤手：即徒手，空手。赤：空淨無物。

【出處】白樸・董秀英花月東牆記・楔子：「我如今赤手空拳百事無，父喪家貧不似初，囊篋不如初。」

【用法】形容手裏沒有任何武器或工具，也比喻空無所有，毫無憑藉。

【例句】①我們老闆當初是**赤手空拳**，飄洋過海來到這裏創業的。②他武功高強，**赤手空拳**地擊敗十幾個惡漢。

【義近】隻手空拳／手無寸鐵／一無所有／身無長物／白手起家。

【義反】披堅執銳／荷槍實彈／家底豐厚。

赤手起家

【釋義】赤手：空手，指無財產、無依傍。赤：空。起家：使家業發達。

【出處】宋・文天祥・鄒仲翔墓誌銘：「君雖亦赤手起家，而好施出其性。歲饑，發粟給其比鄰二百戶，能損殖以自損。」

【用法】原指空手發家，後也泛指在條件很差的情況下，艱苦奮鬥創立起一番事業。

【例句】香港的富豪李嘉誠等人，都是**赤手起家**的，直到現在依然奮鬥不息，可見在事業上要有所成就得靠自己不斷地努力。

【義近】白手起家／赤手成家。

【義反】祖業豐厚／繼承祖業。

赤地千里

【釋義】赤地：空地，不生五穀之地。赤：空、光。千里：極言面積之大、範圍之廣。

【出處】漢書・夏侯勝傳：「百姓流離，物故者半，蝗蟲大起，赤地數千里。」

【用法】形容旱蟲災害嚴重，廣大土地寸草不生；也形容戰亂所造成的荒涼景象。

【例句】非洲一些地區，旱災極其嚴重，**赤地千里**，災民無數。

【義近】寸草不生／一片荒涼／旱魃爲虐／哀鴻遍野。

【義反】五谷豐登／沃野千里／風調雨順。

赤舌燒城

【釋義】赤舌：毒舌頭，用以指惡毒的語言。

【出處】太玄・干：「次八，赤舌燒城，吐水于瓶。」

【用法】比喻讒言爲害之烈。

【例句】你不要小看這女人在總經理面前說三道四起不了什麼作用，可知**赤舌燒城**，我們還是當著總經理的面把話說清楚的好。

【義近】赤口毒舌／讒言傷人。

【義反】良藥苦口／忠言逆耳／甜言軟語／春風風人。

赤條精光

【釋義】赤：光著，露著。條：一條身子。精光：一無所有。

【出處】曹雪芹・紅樓夢八十回：「他赤條精光趕著秋菱，踢打了兩下。」

【用法】指稱全身裸露，一絲不掛。

【例句】小河裏有幾個脫得**赤條精光**的牧童在戲水，嬉笑聲此起彼落。

【義近】赤身露體／赤身裸體／一絲不掛。

【義反】衣裝齊整／西裝革履／衣冠楚楚／穿綢著緞。

赤貧如洗

【釋義】赤：空淨無物。如洗：好像大水洗過的樣子。

【出處】南史・臨汝侯坦之傳：「（黃文濟）檢（坦之從兄翼宗）家赤貧，惟有質錢帖子數百。」

【用法】說明極其貧窮，家空物盡。

【例句】他從政多年，但極爲清廉，到告老回鄉後，竟然**赤貧如洗**。

【義近】家徒四壁／一貧如洗／一無所有。

【義反】富可敵國／富埒王侯／家道殷富／家財萬貫。

赤膊上陣

【釋義】光著上身上陣。赤：光，露。

【出處】羅貫中・三國演義五九回：「許褚性起，飛回陣中，卸下盔甲，渾身筋突，赤體提刀翻身上馬……。」

【用法】比喻不顧一切地上陣衝

打，含有急迫的意味。

【例句】王太太與鄰居發生口角，她先生一回來也不問靑紅皂白，**赤膊上陣**幫著大吵大鬧。

【義近】奮不顧身／披髮纓冠／勇往直前。

【義反】披堅執銳／逡巡遁逃。

赤膽忠心

【釋義】一作「忠心赤膽」。赤：赤誠，忠誠。

【出處】許仲琳・封神演義五二回：「臣空有赤膽忠心，無能回其萬一。」

【用法】形容非常忠誠。

【例句】文天祥的一片**赤膽忠心**，令後世人深爲感動。

【義近】忠心耿耿／忠肝義膽。

【義反】狼子野心／心懷異志。

赤繩繫足

【釋義】用紅色的繩子把男女雙方的腳繫上。

【出處】續幽怪錄・定婚店：「……因問囊中赤繩子，（月下老人）答曰：『此以繫夫妻之足，雖仇家異域，此繩一繫之，終不可易。』」

【用法】比喻結夫婦之緣。

【例句】他倆相隔千里，能結爲伉儷，只好說是月下老人**赤繩繫足**的結果。

【義近】秦晉之好／二姓之好／緣定三生。

【義反】棒打鴛鴦／勞燕分飛。

四畫

赧顏汗下

【釋義】意謂臉發紅，額頭流汗。赧：羞愧臉紅。

【出處】好逑傳七回：「公子譽過之情，令人赧顏汗下。」

【用法】形容羞愧到了極點。

【例句】她做了對不起你的事，一說起就**赧顏汗下**。人非聖賢，孰能無過，你就原諒她這一次吧！

【義近】無地自容／自慚形穢／羞愧難當。

【義反】內省不疚／俯仰無愧／面無慚色／理直氣壯／心安理得／問心無愧。

赦過宥罪

【釋義】赦：赦免。宥：寬容，饒恕。

【出處】易經・解：「君子以赦過宥罪。」

【用法】指實行寬大政策，赦免人過錯，寬恕人罪行。

【例句】這些靑年人只是初犯，又能知錯悔悟，可以考慮**赦過宥罪**，不予起訴。

【義近】從寬發落／網開三面／寬大爲懷／手下留情。

【義反】從嚴懲處／繩之以法／嚴懲不貸／依法嚴懲。

七畫

赫然有聲

【釋義】赫然：顯赫盛大。

【出處】韓愈・與祠部陸員外書：「其後一二年，所與及第者，皆赫然有聲。」

【用法】形容名聲卓著。

【例句】這位物理學家自獲得諾貝爾獎後，便**赫然有聲**，爲世人所敬仰。

【義近】赫赫有名／名聞遐邇／名滿天下／名聲籍甚／名揚四海／名震天下。

【義反】湮沒無聞／無聲無息／無名小卒／沒沒無聞／無聲無臭。

赫赫之功

【釋義】赫赫：顯耀盛大狀。

【出處】荀子・勸學：「無惛惛之事者，無赫赫之功。」

【用法】形容人功勞卓越顯著。

【例句】將軍一生爲國爲民辛勞奔波，建立了許多**赫赫之功**，死後以國禮葬之，也是理所當然。

【義近】豐功偉業／不世之功／汗馬功勞。

【義反】一無建樹／無所建樹／尺寸之功。

赫赫有名

【釋義】赫赫：盛大而顯著的樣子。名：名聲，名氣。

【出處】名教中人・好逑傳三回：「歷官兵部侍郎，爲人任氣敢爲，倒也赫赫有名。」

【用法】形容人名氣很大。

【例句】胡適之先生是中國近代一位**赫赫有名**的大學者。

【義近】大名鼎鼎／舉世聞名／名聞遐邇／名標靑史。

【義反】沒沒無聞／無名之輩／無聲無臭／名不出村。

赫赫揚揚

【釋義】赫赫：光明盛大的樣子。揚揚：本形容得意，這裏與「赫赫」義近。

【出處】明・湯顯祖・牡丹亭・診祟：「赫赫揚揚，日出東方。」

【用法】本形容光明盛大，後多用以形容興旺顯赫。

【例句】「如今我們家**赫赫揚揚**，已將百載。」（曹雪芹・紅樓夢一三回）

【義近】赫赫昌昌／興旺顯赫。

【義反】衰敗破落／江河日下／日陵月替／每下愈況。

走部

走及奔馬

【釋義】意謂跑的速度可以追得上馬的奔馳。走：跑。及：趕上。

【出處】周書・達奚武傳：「震字猛略，少驍勇，便騎射，走及奔馬，膂力過人。」

【用法】形容走路飛快。

【例句】他**走及奔馬**，連我走得這麼快的人都趕不上他，何況是你呢？

【義近】健步如飛／流星趕月／快步流星／舉步如飛／風馳電掣／逐電追風。

【義反】蝸行牛步／鵝行鴨步／老牛破車／舉步維艱／步履維艱。

走伏無地

【釋義】伏：隱藏。

【出處】三國志・魏書・鍾會傳：「蹊路斷絕，走伏無地。」

【用法】指沒有躲藏和容身的地方。

【例句】你犯了法是逃不了的，現在通緝令遍佈各地，已經是**走伏無地**了，還是趕快去投案吧！

【義近】插翅難飛／插翅難逃／走投無路／上天無路，入地無門。
【義反】逃之夭夭／溜之大吉／死裏逃生／絕處逢生。

走投無路（ㄗㄡˇ ㄊㄡˊ ㄨˊ ㄌㄨˋ）

【釋義】沒有路可投奔。投：投奔。
【出處】楊顯之．瀟湘雨三折：「淋的我走投無路，知他這沙門島是何酆都？」
【用法】比喻處境極端困窘，找不到任何出路。
【例句】正當我**走投無路**之時，幸賴你慷慨解囊，幫我度過危機。
【義近】窮途末路／山窮水盡／日暮途窮／道盡途窮。
【義反】柳暗花明／絕處逢生。

走南闖北（ㄗㄡˇ ㄋㄢˊ ㄔㄨㄤˇ ㄅㄟˇ）

【釋義】意謂往來於南方北方。
【出處】俞樾．七俠五義九二回：「那知小俠指東打西，躥南躍北。」
【用法】形容人往來各方，所到之處甚多，所見甚廣。
【例句】他曾經**走南闖北**，什麼世面沒見過，你怎能同他相比呢？
【義近】漂泊四方／浪迹天涯／四海爲家／浪蕩江湖。
【義反】井底之蛙／行不出鄉／步不出村／足不出戶。

走馬上任（ㄗㄡˇ ㄇㄚˇ ㄕㄤˋ ㄖㄣˋ）

【釋義】原指官吏上任就職。走馬：驅馬疾馳。走：跑。任：任所。又作「走馬赴任」。
【出處】孫光憲．北夢瑣言卷四：「先以陳公走馬赴任，乃樹一魁妖，共翼佐之。」
【用法】比喻接受、擔任一項新的職務或工作任務。
【例句】李先生最後由臺北調往高雄擔任要職，他一接到委任書，便**走馬上任**去了。
【義近】新官上任／下車伊始／宣誓就職。
【義反】告老還鄉／辭官歸里／退歸林下／削職爲民／撤職查辦。

走馬看花（ㄗㄡˇ ㄇㄚˇ ㄎㄢˋ ㄏㄨㄚ）

【釋義】騎在奔跑的馬背上賞花。一作「走馬觀花」。
【出處】孟郊．登科後詩：「春風得意馬蹄疾，一日看盡長安花。」楊萬里．和同年李子四通判：「走馬看花拂綠楊，曲江同賞牡丹香。」
【用法】今用以形容大略地觀察一下，未深入了解。
【例句】我雖去美洲大陸旅遊觀光了幾次，但每次都只是**走馬看花**，並未作深入了解。
【義近】浮光掠影／蜻蜓點水／跑馬觀花。
【義反】明察暗訪／觀察入微／燭照數計。

走筆成章（ㄗㄡˇ ㄅㄧˇ ㄔㄥˊ ㄓㄤ）

【釋義】意謂一動筆就能寫好文章。
【出處】元．無名氏．凍蘇秦三折：「止不過腕懸著灰罐，手執著筆椎，指萬物走筆成章。」
【用法】形容人富有才華，文思敏捷。
【例句】這位女祕書的確是個人才，無論要她寫什麼，都能**走筆成章**，眞令人佩服。
【義近】下筆成章／一揮而就／倚馬可待／七步成詩／援筆立就／筆翰如流。
【義反】江郎才盡／搜索枯腸／絞盡腦汁／嘔心瀝血。

走筆疾書（ㄗㄡˇ ㄅㄧˇ ㄐㄧˊ ㄕㄨ）

【釋義】走筆：運筆書寫。疾：敏捷。
【出處】白居易．北窗三友詩：「興酣不疊紙，走筆操狂詞。」
【用法】形容文思敏捷，運筆快速。
【例句】張太太不僅是位賢妻良母，同時也是一位才女，能**走筆疾書**，頃刻千言。
【義近】揮灑自如／意到筆隨／一揮而就／援筆立就。
【義反】文思枯竭／文思滯塞／搜索枯腸。

走漏天機（ㄗㄡˇ ㄌㄡˋ ㄊㄧㄢ ㄐㄧ）

【釋義】走漏：洩漏。天機：指祕密。
【出處】元．曾瑞卿．留鞋記一折：「這件事，天知地知。……口裏言，心中計，休得便走漏天機。」
【用法】指祕密被洩漏出去。
【例句】這件事只有我倆知道，你若不愼**走漏天機**，我絕不饒你！
【義近】走漏風聲／機密外洩／洩漏天機。
【義反】天機不可洩漏／守口如瓶／滴水不漏／三緘其口。

走漏風聲（ㄗㄡˇ ㄌㄡˋ ㄈㄥ ㄕㄥ）

【釋義】走漏：洩漏。風聲：指傳播出來的消息。
【出處】錢彩．說岳全傳六五回：「諸葛錦道：『原來是一家人，絕不走漏風聲的。』」
【用法】指消息被透漏出去。
【例句】這一次行動務必要絕對保密，誰要是**走漏風聲**，將受到嚴厲懲處！
【義近】洩漏天機。
【義反】一字不漏／隻字未提／祕而不宣。

二畫

赴火蹈刃（ㄈㄨˋ ㄏㄨㄛˇ ㄉㄠˋ ㄖㄣˋ）

【釋義】衝進火海，踏上尖刃。
【出處】淮南子．泰族訓：「墨子服役者百八十人，皆可使赴火蹈刃，死不還踵，化之所致也。」
【用法】形容不避艱險，奮勇向前。
【例句】王老先生對我恩重如山，不要說在醫院照顧他，就是要我**赴火蹈刃**，也在所不辭。
【義近】赴湯蹈火／上刀山下火海／蹈赴湯火／兩肋插刀／出生入死／奮不顧身。
【義反】望而生畏／望而卻步／畏葸不前／貪生怕死。

赴湯蹈火（ㄈㄨˋ ㄊㄤ ㄉㄠˋ ㄏㄨㄛˇ）

【釋義】敢於走向沸水，踩著烈火。湯：滾水。蹈：踩。
【出處】嵇康．與山巨源絕交書：「長而見羈，則狂顧頓纓，赴湯蹈火。」
【用法】比喻不畏危難，不避艱險。
【例句】只要國家民族需要，即使要我**赴湯蹈火**，粉身碎骨，也在所不辭。
【義近】不避水火／奮不顧身／上刀山下火海／出生入死。
【義反】畏縮不前／貪生怕死／偷生惜死。

赴險如夷

【釋義】走向危險的道路，看做像平坦的大道。夷：平，平坦。
【出處】魏書．于什門等傳論：「史臣曰：『于什門等或臨危不撓，視死如歸，或赴險如夷，惟義所在。』」
【用法】形容不避艱難，知難而前。
【例句】他在人生旅途中，一向**赴險如夷**，因而能成就這樣大的一番事業，但他卻從不以此自傲。
【義近】履險如夷／明知山有虎，偏向虎山行。
【義反】視爲畏途／知難而退／畏首畏尾／裹足不前。

赳赳武夫

【釋義】赳赳：雄壯勇敢的樣子。武夫：軍人。
【出處】詩經．周南．兔罝：「肅肅兔罝，椓之丁丁。赳赳武夫，公侯干城。」
【用法】形容雄壯勇武的人。
【例句】想不到這樣一個**赳赳武夫**，竟是一個溫柔多情的男子，懂得惜香憐玉，對妻子寵愛有加。
【義近】彪形大漢。
【義反】文弱書生。

三　畫

起死人而肉白骨

【釋義】把死人救活，讓枯骨上再長出肉來。起、肉：均用作動詞。
【出處】左丘明．國語．吳語：「君王之於越也，繄起死人而肉白骨也。」
【用法】比喻重回生機，亦可用在恩德之至厚。
【例句】聽說那位醫生的醫術高超，所開的藥，帖帖都有**起死人而肉白骨**的功效，故有許多病人遠來求醫。
【義近】生死人肉白骨／起死回生／藥到病除。

起死回生

【釋義】把快要死的人救活。死：用作使動詞。
【出處】元．無名氏．博望燒屯一折：「論醫起死回生，論卜知凶定吉。」
【用法】形容醫術高明，或比喻將已經沒有希望的事物挽救過來。
【例句】他已病入膏肓了，任憑醫師的醫技再高明，恐怕也無法**起死回生**。
【義近】起死肉骨／妙手回春／手到病除／救亡圖存／挽狂瀾於既倒。
【義反】見死不救／回天乏術／一命嗚呼／回天無力。

起承轉合

【釋義】爲古時寫作詩文的程序、章法。起：開頭。承：接上文加以申述。轉：轉折。合：結束全文。
【出處】元．范梈．詩法：「作詩有四法：起要平直，承要春容，轉要變化，合要淵永。」
【用法】泛指文章的作法。有時也用來說明文章呆板、公式化。
【例句】古人作詩文都要講究**起承轉合**，我們今天雖然不必死守這種規矩，但謀篇布局還是要講究的。
【義近】章法結構／布局謀篇。
【義反】章法紊亂／毫無章法。

五　畫

越俎代庖

【釋義】越：逾越。俎：古代祭祀時盛牛羊祭品的器具。庖：廚師。
【出處】莊子．逍遙遊：「庖人雖不治庖，尸祝不越樽俎而代之也。」
【用法】比喻超出自己職務範圍去處理別人所管的事。
【例句】教師要引導學生去分析問題、解決問題，只要學生自己能做得到的事，就不要**越俎代庖**。
【義近】牝雞司晨／逾權行事／逾越權限／逾越本分。
【義反】思不出位／不在其位，不謀其政。

越鳥南棲

【釋義】越鳥：南方越地的鳥。南棲：築巢宿於南枝。
【出處】古詩十九首：「胡馬依北風，越鳥巢南枝。」馮夢龍．醒世恆言卷一九：「但聞越鳥南棲。」
【用法】比喻不忘根本，或比喻懷念故土。
【例句】人家說**越鳥南棲**，禽鳥尚且如此，我們身爲萬物之靈，豈有不懷念故鄉之理！
【義近】反本歸宗／落葉歸根／胡馬依北風／狐死首丘。
【義反】四海爲家／有奶便是娘／數典忘祖。

越禮犯分

【釋義】越：超出。犯：牴觸。
【出處】晉．葛洪．西京雜記：「故悅長卿之才而越禮焉。」
【用法】指人不守禮法。
【例句】王小姐一向端莊守禮，循規蹈矩，怎麼會做出這種**越禮犯分**的事呢？你還是再求證清楚吧！
【義近】離經叛道／背禮犯義。
【義反】循規蹈矩／安分守己。

超凡入聖

【釋義】超越平常，進入聖域。凡：平凡，凡人。
【出處】朱子語類．學二：「而今緊要，且看聖人是如何，……就此理會得透，自可超凡入聖。」
【用法】用途較多，舊指超脫凡世入道成仙。後多用以指人的品德修養、學問造詣已達到極高的境界。有時也指超脫現實。
【例句】這個人太缺乏自知之明，總自以爲**超凡入聖**，高人一等，眞是可笑！
【義近】超軼絕塵／超羣絕倫／超塵拔俗／登峰造極。
【義反】凡夫俗子／平庸之輩／碌碌無爲。

超今冠古

【釋義】意謂超越古今。冠：超出眾人。
【出處】韓愈．賀冊尊號表：「

眾美具備，名實相當，赫赫巍巍，超今冠古。」

【用法】形容特別優異卓越，古今所無。

【例句】像孫中山先生這樣偉大的人物，可謂**超今冠古**，我國從古至今還找不出能與之相比的人物。

【義近】空前絕後／超今絕古／舉世無雙／無與倫比。

【義反】比比皆是／俯拾即是／數見不鮮／屢見不鮮／無獨有偶。

超世之才（ㄔㄠ ㄕˋ ㄓ ㄘㄞˊ）

【釋義】超越世人的才能。

【出處】蘇軾・鼂錯論：「古之立大事者，不唯有超世之才，亦必有堅忍不拔之志。」

【用法】形容才能卓越出眾。

【例句】像他這樣身處亂世，而能躲過厄運，然後乘機撥亂反正，使國家轉危爲安，若無**超世之才**，是絕不可能做到的。

【義近】超羣出眾／超類絕倫／超邁絕倫／超羣拔類／曠世奇才／天下奇才。

【義反】平平凡凡／平庸無奇／凡夫俗子／肉眼凡胎／泛泛之輩／碌碌庸才。

超前絕後（ㄔㄠ ㄑㄧㄢˊ ㄐㄩㄝˊ ㄏㄡˋ）

【釋義】超前：超越前人。絕後：今後不會再有。

【出處】南朝梁・沈約・齊故安陸昭王碑文：「絕後光前。」李善注引晉起居注・安帝詔：「元功盛德，超前絕後。」

【用法】說明優秀奇特，以前從沒有過，以後也不會有。

【例句】我國有些文學家和史學家，如屈原、司馬遷、李白、杜甫、曹雪芹等，都是**超前絕後**的人物。

【義近】空前絕後／前無古人，後無來者／絕無僅有／獨一無二。

【義反】司空見慣／史不絕書。

超然自得（ㄔㄠ ㄖㄢˊ ㄗˋ ㄉㄜˊ）

【釋義】超然：離世脫俗的樣子。自得：自己感到得意或舒適。

【出處】普濟・五燈會元・東土祖師：「光自幼志氣不羣，博涉詩書，尤精玄理，而不事家產，好遊山水，後覽佛書，超然自得。」

【用法】形容人超脫世事，自覺快樂和滿足。

【例句】他在官場混了將近半個世紀，現在終於得以賦閒在家，含飴弄孫，遊山玩水，**超然自得**。

【義近】超然自逸／超然自適／超然自在／超然物外／與世無爭。

【義反】追名逐利／蝸角之爭／名韁利鎖／明爭暗鬥／汲汲營營。

超然物外（ㄔㄠ ㄖㄢˊ ㄨˋ ㄨㄞˋ）

【釋義】超脫於世事之外。超然：離世脫俗的樣子。物：世事，世俗生活。

【出處】葉夢得・石林詩話：「淵明正以脫略世故，超然物外爲適，顧區區在位者，何足概其心哉？」

【用法】形容人胸襟澹泊，能曠達自處，與世無爭。

【例句】陶淵明不爲五斗米折腰，回歸田園，**超然物外**，是位值得敬佩的大詩人。

【義近】超然象外／與世無爭。

【義反】畫地自限／蠅營狗苟／追名逐利／明爭暗鬥。

超然獨處（ㄔㄠ ㄖㄢˊ ㄉㄨˊ ㄔㄨˇ）

【釋義】超然：高超的樣子。獨處：獨身自處。

【出處】宋玉・對楚王問：「宋玉曰：『夫聖人瑰意琦行，超然獨處，世俗之民又安知臣之所爲哉！』」

【用法】指超脫於世事之外而離羣獨居。

【例句】他在政界一再失意，於是乾脆離職，在市郊買了一間公寓，讀書寫字，**超然獨處**。

【義近】超然獨立／遺世獨立／離羣索居／與世隔絕。

【義反】你來我往／高朋滿座／送往迎來／門庭若市。

超羣絕倫（ㄔㄠ ㄑㄩㄣˊ ㄐㄩㄝˊ ㄌㄨㄣˊ）

【釋義】超羣：超出眾人。絕倫：同輩中沒有可比擬的。絕：沒有。倫：同輩。一作「絕倫逸羣」。

【出處】三國志・蜀書・關羽傳：「當與翼德並驅爭光，猶未及髯之絕倫逸羣也。」

【用法】多用以形容人有非凡的智慧、品德和才能。

【例句】李白、杜甫是我國古代詩歌史上兩位**超羣絕倫**的偉大詩人。

【義近】超凡入聖／超塵拔俗／超類絕倫／超世逸羣。

【義反】平平庸庸／碌碌無能。

超塵拔俗（ㄔㄠ ㄔㄣˊ ㄅㄚˊ ㄙㄨˊ）

【釋義】原爲佛教用語，指佛教徒功夫深，已超出塵世。塵、俗：佛教指塵世、人間。拔：高出。

【出處】孔稚珪・北山移文：「夫以耿介拔俗之標，瀟灑出塵之想。」

【用法】形容一個人不同凡響，其才德遠遠超過平常人。

【例句】漢代的王昭君主動去和親，爲朝廷排難解憂，是位**超塵拔俗**的女子。

【義近】超羣拔類／出類拔萃／超塵出眾。

【義反】庸庸碌碌／泛泛之輩／平庸之輩。

趁火打劫（ㄔㄣˋ ㄏㄨㄛˇ ㄉㄚˇ ㄐㄧㄝˊ）

【釋義】趁人家失火一片混亂時去搶東西。打劫：搶劫。一作「趁哄打劫」。

【出處】吳承恩・西遊記一六回：「正是財動人心，他也不救火，他也不叫水，拿著那架裟，趁鬨打劫。」

【用法】比喻趁別人危急或困難的時候去撈一筆。

【例句】人家有危難，你不但不去幫助，反而**趁火打劫**，眞是不應該。

【義近】趁人之危／混水摸魚。

【義反】雪中送炭／濟困扶危／急人之難。

趁波逐浪（ㄔㄣˋ ㄅㄛ ㄓㄨˊ ㄌㄤˋ）

【釋義】意謂隨著波浪漂流。

【出處】元・尚仲賢・柳毅傳書

四折：「誰想並頭蓮情斷藕絲長，搬調的俺趁波逐浪，正是相逢沒話說，不見卻思量。」

【用法】比喻沒有一定的主見，隨大流而行。

【例句】俗話說：人在屋簷下，怎敢不低頭。現在我們的上司根本聽不進任何不同的意見，我們為了保住飯碗，自然只有**趁波逐浪**了。

【義近】隨波逐流／隨聲附和／隨俗浮沉／聽人穿鼻／與世浮沉／人云亦云。

【義反】我行我素／獨來獨往／自行其是／自有主見／特立獨行／獨樹一格。

趁熱打鐵

【釋義】趁鐵燒紅的時候趕緊錘打。熱：指高溫發熱之時。

【用法】比喻趁有利的時機或利用有利的條件，趕緊去辦。

【例句】修建工廠的方案已定，現在應該**趁熱打鐵**，採取具體措施，馬上動工。

【義近】把握時機／乘時乘勢／因勢利導／一鼓作氣／一氣呵成。

【義反】坐失良機／失之交臂／拖拖沓沓／延誤時機／因循坐誤。

七—八畫

趕盡殺絕

【釋義】殺絕：殺得精光，不留一人。絕：盡。又作「斬盡殺絕」。

【出處】許仲琳．封神演義三三回：「匹夫趕盡殺絕，但不知你可有造化受其功祿。」

【用法】形容手段狠毒，必欲徹底毀滅對方而後已。

【例句】他只不過一時得罪了你，你就這樣**趕盡殺絕**，不給人留餘地，未免也太過分了吧！

【義近】誅盡殺絕／斬草除根／不留活口。

【義反】網開一面／預留餘地／好生之德。

趣舍有時

【釋義】趣舍：趨向或捨棄，進取或退讓。趣：趨向。

【出處】司馬遷．史記．伯夷列傳：「伯夷、叔齊雖賢，得夫子而名益彰。顏淵雖篤學，附驥尾而行益顯。巖穴之士，趣舍有時若此，類名堙滅而不稱，悲夫！」

【用法】說明人的得失、進退有一定時機。

【例句】**趣舍有時**，你用不著性急，現在不得志只是暫時的，姑且多充實自己，耐心等待時機，時候一到，自然能一展宏圖！

【義近】得失有時／窮達有命。

十　畫

趨之若鶩

【釋義】像鴨子一樣成羣跑過去。趨：奔赴，歸赴。鶩：鴨子。

【出處】明史．蕭如薰傳：「如薰亦能詩，士趨之若鶩，賓座常滿。」

【用法】形容有很多人爭著趕過去。

【例句】聽說做生意能賺錢，大陸的知識分子便**趨之若鶩**，紛紛改行經商了。

【義近】競相奔赴／如蠅逐臭。

【義反】無意趨附／無動於衷／守正不阿。

趨吉避凶

【釋義】趨向吉利，避開凶險。

【出處】明．沈鯨．雙珠記．母子分珠：「趨吉避凶，儒者之事。」

【用法】指能認清形勢或事物發展的趨勢，採取有利於己的措施。

【例句】他這人非常機靈，頭腦又很清醒，在危難時刻總能神出鬼沒，**趨吉避凶**。

【義近】逢凶化吉／轉危為安／化險為夷。

【義反】難逃厄運／在劫難逃。

趨利避害

【釋義】趨向有利的，避開有害的。

【出處】漢．霍諝．奏記大將軍梁商：「至於趨利避害，畏死樂生，亦復均也。」

【用法】形容人機警敏銳，善於揣摩、判斷利害之所在，而迅速採取有利於己的措施。

【例句】**趨利避害**雖說是人之常情，但一般人並不容易做得到，只有智者能巧妙地達到這一目的。

【義近】蝕財免災／趨利遠害。

【義反】舍生求死。

趨炎附勢

【釋義】趨：奔向。炎：炎熱，比喻有權勢的人。附：依附，歸附。

【出處】陳善．捫虱新話：「蓋趨炎附勢，自古然矣。」

【用法】形容勢利小人奉承和依附有權勢的人。

【例句】他是個**趨炎附勢**的小人，誰發達就拍誰的馬屁，在窮人與富人之前是完全不同的兩張嘴臉。

【義近】如蟻附羶／攀龍附鳳／趨權奉勢／趨赴權貴。

【義反】剛正不阿／中立不倚／鐵骨錚錚。

趨舍異路

【釋義】趨舍：趨向或捨棄；進取或退讓。舍：同「捨」。

【出處】漢．荀悅．漢紀．武帝紀：「僕與李陵趨舍異路，素非相善也。」

【用法】指遵循和捨棄的道路不同。

【例句】我與他雖是親兄弟，但個性、想法都不同，向來**趨舍異路**，以致彼此幾乎視同路人。

【義近】道異趣異／道不同不相為謀。

【義反】志同道合／同心同德／有志一同／志趣相投／意氣相投。

趨前退後

【釋義】想向前又想後退。

【出處】元．曾瑞卿．留鞋記．楔子：「我見他趨前退後，待言語卻又早緊低頭。」

【用法】形容猶豫害怕、欲進又退的樣子。

【例句】像你這樣**趨前退後**，怕這又怕那的，一點也不果斷，我看是很難成什麼大事業的。

【義近】進進退退／畏首畏尾／畏縮不前／畏葸不前／猶豫不決／瞻前顧後。
【義反】斬釘截鐵／當機立斷／一往直前／勇往直前／敢做敢當。

足部

足不踰戶 ㄗㄨˊ ㄅㄨˋ ㄩˊ ㄏㄨˋ

【釋義】腳不出門一步。踰：越過。
【出處】南齊書・何求傳：「（何求）居波若寺，足不踰戶，人莫見其面。」
【用法】形容閉門自守。
【例句】他自從去年考大學名落孫山後，便發誓**足不踰戶**，目不窺園，果然日就月將，成績大有進步。
【義近】足不出戶／足不窺戶／目不窺園／閉門不出／深居簡出。
【義反】及時行樂／秉燭夜遊／遊山玩水。

足食足兵 ㄗㄨˊ ㄕˊ ㄗㄨˊ ㄅㄧㄥ

【釋義】兵：武器，此指軍備。
【出處】論語・顏淵：「子貢問政。子曰：『足食足兵，民信之矣。』」
【用法】意指糧食、軍備都很充足。
【例句】我國歷來人民總難免戰亂流離之苦，像現在這樣**足食足兵**的局面，眞是十分難得的。
【義近】糧多將廣／堅甲利兵／人強馬壯／士飽馬騰。
【義反】彈盡糧絕。

足智多謀 ㄗㄨˊ ㄓˋ ㄉㄨㄛ ㄇㄡˊ

【釋義】才識豐富，謀略高人一等。
【出處】關漢卿・單刀會三折：「那魯子敬是個足智多謀的人，他又兵多將廣，人強馬壯。」
【用法】稱讚人富有智慧，善於謀畫。
【例句】《三國演義》中，諸葛亮是個**足智多謀**的人物。
【義近】老謀深算／詭計多端。
【義反】一籌莫展／計無所出。

四畫

趾高氣揚 ㄓˇ ㄍㄠ ㄑㄧˋ ㄧㄤˊ

【釋義】走路時腳抬得很高，神氣十足。趾：腳趾，代指腳。揚：飛揚。
【出處】孔尙任・桃花扇・設朝：「舊黃扉，新丞相，喜一旦趾高氣揚，廿四考中書模樣。」
【用法】形容人驕傲自大，得意忘形的樣子。
【例句】老實說，我看到某些外國人**趾高氣揚**的樣子，心裏就感到很不舒服。
【義近】耀武揚威／不可一世／目中無人。
【義反】垂頭喪氣／縮頭縮腦／低聲下氣。

五畫

跖狗吠堯 ㄓˊ ㄍㄡˇ ㄈㄟˋ ㄧㄠˊ

【釋義】跖：傳說中的人名，世稱盜跖。吠：狗叫。堯：唐堯，傳說中的聖君。
【出處】戰國策・齊策六：「跖之狗吠堯，非貴跖而賤堯也，狗固吠非其主也。」
【用法】比喻各爲其主。
【例句】他之所以對我們惡言相向，那也是由於護主心切，所謂**跖狗吠堯**就是這個道理，你也就不要再爲難他了。
【義近】犬吠非主／桀犬吠堯。
【義反】有奶便是娘／有錢能使鬼推磨。

跋山涉水 ㄅㄚˊ ㄕㄢ ㄕㄜˋ ㄕㄨㄟˇ

【釋義】跋山：翻山越嶺。涉水：蹚水過河。
【出處】左傳・襄公二八年：「跋涉山川，蒙犯霜露。」
【用法】形容走遠路的艱辛。
【例句】地質探勘隊員，爲尋找地下資源，**跋山涉水**，不畏艱辛，值得敬佩。
【義近】翻山越嶺／長途跋涉／航海梯山。
【義反】安坐家中／坐享清福／悠遊林園。

跋前躓後 ㄅㄚˊ ㄑㄧㄢˊ ㄓˋ ㄏㄡˋ

【釋義】跋：踩，踐踏。躓：跌倒。
【出處】韓愈・進學解：「然而公不見信於人，私不見助於友，跋前躓後，動輒得咎。」
【用法】比喻進退兩難，左右不是。
【例句】他個人的興趣是文學，但他的父母卻期望他學醫，令他**跋前躓後**，不知如何是好？
【義近】進退維谷／趑趄不前／左右爲難。
【義反】進退自由／邁步向前／左右逢源。

跋扈自恣 ㄅㄚˊ ㄏㄨˋ ㄗˋ ㄗˋ

【釋義】跋扈：專橫粗暴。自恣：自己隨心所欲。
【出處】明史・朵顏傳：「於是長昂益跋扈自恣，東勾土蠻，西結婚白洪大，以擾諸邊。」
【用法】形容爲所欲爲，無所忌憚。
【例句】他家就這麼一個獨子，從小就嬌生慣養，放縱寵愛，以致弄到現在**跋扈自恣**，誰也管不了！
【義近】專橫跋扈／恣意妄爲／

恣行無忌／飛揚跋扈／橫行霸道／無法無天。
【義反】老老實實／規規矩矩／安分守己／循規蹈矩／謙遜有禮。

跌宕不羈

【釋義】跌宕：放縱不拘。
【出處】宋・周密・齊東野語・王邁潘牥：「庭堅……夢有持方牛首與之，遂易名爲牥，殿試第三人，跌宕不羈，傲侮一世。」
【用法】是指人心志放逸而不拘束。
【例句】季先生的爲人一直就是這樣**跌宕不羈**的，性格如此，是很難改變的，你應該諒解他才是。
【義近】放蕩不羈／放浪形骸／桀驁不馴／不拘小節。
【義反】循規蹈矩／中規中矩／謹言慎行／規行矩步。

跌腳搥胸

【釋義】邊跺腳邊敲打胸脯。
【出處】元・關漢卿・劉夫人慶賞五侯宴：「我這裏牽腸割肚把你個孩兒舍，跌腳搥胸自歎嗟。」
【用法】形容人傷心或惱恨到了極點的情狀。
【例句】過去了的事就讓它過去，生意上失利是常有的事，你這樣**跌腳搥胸**又有什麼用呢？
【義近】搥胸頓足／呼天搶地／搥首頓腳。
【義反】心花怒放／拍手稱快／手舞足蹈。

六畫

跬步千里

【釋義】意謂雖然走得慢，只要不停頓，也能遠行千里。跬步：半步。
【出處】荀子・勸學：「故不積蹞步，無以致千里；不積小流，無以成江海。」蹞：同跬。
【用法】比喻做事只要努力不懈，總可以獲得成功，達到目的。
【例句】編這樣大型的工具書，自然要花許多的時間和精力，但**跬步千里**，若能持之以恆，一定可以完成。
【義近】水滴石穿／滴水穿石／鐵杵成針／愚公移山／鍥而不舍／有志竟成。
【義反】淺嘗輒止／半途而廢／三天打魚，兩天曬網／一暴十寒／知難而退。

跬步不離

【釋義】半步也不離開。跬步：半步。
【出處】清・紀昀・閱微草堂筆記・姑妄聽之・董家莊佃戶：「三寶四寶又甚相愛，稍長即跬步不離，小家不知別嫌疑。」
【用法】形容關係非常密切。
【例句】這兩口子結婚已有好幾年了，但一直**跬步不離**，如膠似漆，好令人羨慕！
【義近】形影不離／如影隨形／親密無間／寸步不離／如膠似漆／形影相隨。
【義反】羞與爲伍／你東我西／視如仇敵／勢如水火／勢如冰炭／扞格不入。

跳梁小醜

【釋義】跳梁：即「跳踉」，跳來跳去，形容搗亂的樣子。小醜：小人之類。
【出處】莊子・逍遙遊：「子獨不見狸狌乎？……東西跳梁，不辟高下。」左丘明・國語・周語上：「況系小醜乎？」
【用法】形容上竄下跳，到處搗亂的小人或壞人。
【例句】這個**跳梁小醜**，靠著阿諛奉承升官發財，但終有一天會跌得一無所有。
【義近】么么小醜／阿諛小人。
【義反】正人君子／有德之士。

路人皆知

【釋義】路上的人都知道。
【出處】明・黃宗羲・御史余公墓誌銘：「尾大末強，路人皆知，不敢聲揚，公獨奮筆。」
【用法】用以說明人所共知。
【例句】你的野心可以說是**路人皆知**，人家早已做好防備，我勸你還是打消這個念頭，否則只會自討苦吃，自投羅網！
【義近】世人皆知／司馬昭之心／無人不知，無人不曉／眾所周知／人盡皆知／婦孺皆知。
【義反】無人知曉／人不知，鬼不覺／諱莫如深。

路見不平，拔刀相助

【釋義】路上遇到不平之事，拔出刀來幫助被欺侮者。亦簡作「拔刀相助」。
【出處】張國賓・合汗衫四折：「道我是個路見不平，拔刀相助。」
【用法】形容見義勇爲的俠義氣概。
【例句】他很有俠義精神，常常**路見不平，拔刀相助**，故得罪不少人。
【義近】見義勇爲／打抱不平／伸張正義。
【義反】袖手旁觀／坐視不救／見死不救。

路絕人稀

【釋義】道路阻絕，人煙稀少。
【出處】元・無名氏・盆兒鬼三折：「眼見的路絕人稀，不由俺唬的魄散魂飛。」
【用法】形容荒涼險惡的地方。
【例句】他在山路中轉來轉去，結果迷失了方向，走到一個**路絕人稀**的地方，只好用手機呼救，直到深夜才被警察救回。
【義近】荒無人煙／不牧之地／人跡罕至。
【義反】人煙稠密／平原沃野／通都大邑。

路遙知馬力，日久見人心

【釋義】遙：遠。馬力：馬的力氣。又作「路遙知馬力，事久見人心」。
【出處】元・無名氏・爭報恩一折：「可不道路遙知馬力，日久見人心。」
【用法】說明須經過長期的實際考驗，始能識別人心地的善惡好歹。
【例句】**路遙知馬力，日久見人**

心，從前他拿你當老大，現在你落難了，根本就不把你放在眼裏，眞是人心難測！
【義近】歲寒知松柏／疾風知勁草／板蕩識忠臣。
【義反】白頭如新，傾蓋如故／一見傾心／一見如故。

七—八畫

踉踉蹌蹌 (ㄌㄧㄤˋ ㄌㄧㄤˋ ㄑㄧㄤˋ ㄑㄧㄤˋ)
【釋義】踉蹌：走路歪斜不正的樣子，重疊以加強語意。
【出處】隋唐演義八〇回：「當下國幀出得門來，已是傍晚的時候，踉踉蹌蹌，走上街坊。」
【用法】形容走路不穩，東倒西歪的情狀。
【例句】一見他那**踉踉蹌蹌**的樣子，就知道他又喝多了酒，眞是本性難改，怎麼勸也沒用！
【義近】跌跌撞撞／東歪西斜／東倒西歪／東搖西晃／搖搖晃晃。
【義反】昂首闊步／步伐穩健／健步如飛。

跼蹐不安 (ㄐㄩˊ ㄐㄧˊ ㄅㄨˋ ㄢ)
【釋義】跼：曲身，彎腰。蹐：小步走路。
【出處】馮夢龍・東周列國志一二回：「祭足亦覺跼蹐不安
，每每稱疾不朝。」
【用法】形容行動小心戒懼，心中很不安穩。
【例句】他被人檢舉受賄後，坐也不是，站也不是，**跼蹐不安**，深怕事態嚴重，難以收拾。
【義近】惴惴不安／忐忑不安。
【義反】神閒氣定／心安理得。

踧踖不安 (ㄘㄨˋ ㄐㄧˊ ㄅㄨˋ ㄢ)
【釋義】踧踖：局促不安貌。
【出處】後漢書・東平憲王蒼傳：「每會見，踧踖無所措置。」
【用法】形容人膽怯或遇到尷尬之事而手足無措的樣子。
【例句】你見了人應大方一點，用不著這樣**踧踖不安**，像個鄉巴佬似的。
【義近】靦腆心慌／局促不安。
【義反】舉止從容／落落大方。

踔厲風發 (ㄓㄨㄛˊ ㄌㄧˋ ㄈㄥ ㄈㄚ)
【釋義】踔：躍起。厲：奮起。風發：如風之迅猛，喻奮發。原指議論淩厲振奮。
【出處】韓愈・柳子厚墓志銘：「議論證據今古，出入精史百子，踔厲風發，率常屈其座人。」
【用法】今多用以形容人精神振奮，意氣昂揚。
【例句】這幾個青年人很有事業心，**踔厲風發**，一往無前，不達目的，決不罷休。
【義近】蹈厲奮發／鬥志昂揚／踔厲駿發。
【義反】萎靡不振／瘟神倒氣／懶精無神。

踏破鐵鞋無覓處 (ㄊㄚˋ ㄆㄛˋ ㄊㄧㄝˇ ㄒㄧㄝˊ ㄨˊ ㄇㄧˋ ㄔㄨˋ)
【釋義】覓：尋找。又作「踏破芒鞋無覓處」，常與「得來全不費工夫」連用。
【出處】夏之鼎・絕句：「踏破鐵鞋無覓處，得來全不費工夫。」
【用法】比喻花很大氣力到處尋找，非常艱辛的樣子。也用以說明有心求之而不得。
【例句】這部《孤本元明雜劇》繕本，尋覓了多年均未找到，不料這次在北京的舊書攤上買到了，眞是**踏破鐵鞋無覓處**，得來全不費工夫。
【義近】走遍天涯無尋處／上窮碧落下黃泉。
【義反】得來全不費工夫。

踟躕不前 (ㄔˊ ㄔㄨˊ ㄅㄨˋ ㄑㄧㄢˊ)
【釋義】踟躕：徘徊。又作「躑躅」。
【出處】詩經・邶風・靜女：「愛而不見，搔首踟躕。」
【用法】意指徘徊遲疑不前。
【例句】夜已經深了，你還在這裏**踟躕不前**不想回家，莫非有什麼心事嗎？
【義近】逡巡不前／趑趄不前／躊躇不前。
【義反】快馬加鞭。

九—十畫

踵決肘見 (ㄓㄨㄥˇ ㄐㄩㄝˊ ㄓㄡˇ ㄒㄧㄢˋ)
【釋義】指鞋跟破裂，臂肘外露。踵：腳後跟，借指鞋後跟。決：裂開。肘：上臂與前臂相接處。見：通「現」。
【出處】莊子・讓王：「正冠而纓絕，捉衿而肘見，納履而踵決。」
【用法】形容人衣衫破爛，窮困不堪。
【例句】想當初他是那樣富貴驕人，不可一世，而現在一場大火把家產燒得殆盡，只好過著**踵決肘見**的日子了。
【義近】捉襟見肘／履穿踵決／鶉衣百結／衣不蔽體／衣衫襤褸。
【義反】衣冠楚楚／西裝革履／綾羅綢緞／衣著光鮮。

踵事增華 (ㄓㄨㄥˇ ㄕˋ ㄗㄥ ㄏㄨㄚˊ)
【釋義】踵：腳跟，引申爲繼承。華：光彩。
【出處】蕭統・文選序：「蓋踵其事而增華，變其本而加厲
。」
【用法】指繼承前人之所爲，而使它更加完善美好。
【例句】王教授的這本《說文解字詳注》，就許愼、段玉裁等人對漢字的解釋**踵事增華**，很有見解。
【義近】發揚光大。
【義反】墨守成規。

踽踽獨行 (ㄐㄩˇ ㄐㄩˇ ㄉㄨˊ ㄒㄧㄥˊ)
【釋義】踽踽：孤獨的樣子。獨行：獨自行走。
【出處】詩經・唐風・杕杜：「獨行踽踽，豈無他人，不如我同父。」傳：「踽踽，無所親也。」
【用法】形容孤獨無親，或獨自行走。
【例句】①他個性孤僻，又不喜交友，寧願在人生道路上**踽踽獨行**。②這幾天晚飯以後，他總會到學校的操場上**踽踽獨行**，好像有什麼心事似的。
【義近】形單影隻／孑然一身／獨自漫步。
【義反】三親六眷／三朋四友／三五成羣／成羣結隊／儷影雙雙。

踰牆鑽穴 (ㄩˊ ㄑㄧㄤˊ ㄗㄨㄢ ㄒㄩㄝˋ)
【釋義】踰：越。穴：洞隙。

【出處】詩經·鄭風·將仲子：「將仲子兮，無踰我牆。」孟子·滕文公下：「丈夫生而願為之有室，女子生而願為之有家，父母之心，人皆有之，不待父母之命，媒妁之言，鑽穴隙相窺，踰牆相從，則父母國人皆賤之。」

【用法】指男女私情相愛的行為，有貶斥之意。後世也常用以指竊盜行為。

【例句】①余先生相貌堂堂，事業又有成就，妻子也很賢慧，卻盡做些**踰牆鑽穴**的勾當，眞是令人不解。②旅行回來才發現，家裏遭**踰牆鑽穴**之徒侵入，財物雖損失不大，但精神損失卻難以回復。

【義近】偷雞摸狗／偷香竊玉／暗渡陳倉／拈花惹草。

【義反】光明磊落／明媒正娶。

蹉跎歲月 ㄘㄨㄛ ㄊㄨㄛˊ ㄙㄨㄟˋ ㄩㄝˋ

【釋義】光陰白白地過去。也作「歲月蹉跎」。

【出處】三國魏·阮籍·詠懷詩：「白日忽蹉跎。」明·張鳳翼·灌園記·君后授衣：「倘我不能報復而死，埋沒了龍家豹韜，枉蹉跎歲月，一死鴻毛。」

【用法】指虛度光陰。

【例句】人生有限，你們尚年輕，更要把握時間奮發圖強，千萬不可**蹉跎歲月**，以免老大徒傷悲。

【義近】玩歲愒日／虛擲光陰／虛度韶光／虛度年華／居諸坐誤／曠廢隳惰。

【義反】爭分搶秒／分秒必爭／尺璧寸陰／夙夜匪懈。

蹈常習故 ㄉㄠˋ ㄔㄤˊ ㄒㄧˊ ㄍㄨˋ

【釋義】蹈：踩，引申為遵循。常：普通的，平常的。習：又作「襲」，沿襲。故：舊的。

【出處】蘇軾·伊尹論：「後之君子，蹈常而習故，惴惴焉懼不免於天下。」

【用法】形容人思想陳舊，一切按照常規，沿用舊法。

【例句】社會在飛速發展，因而我們應隨時調整思想和策略，決不可**蹈常習故**，使自己陷於被動的地位。

【義近】墨守成規／抱殘守缺／蹈襲故轍／蕭規曹隨。

【義反】別出新裁／推陳出新／革故鼎新。

蹈厲之志 ㄉㄠˋ ㄌㄧˋ ㄓ ㄓˋ

【釋義】蹈厲：踏地猛烈。原用以形容舞蹈時的動作威武。

【出處】明·劉基·齊侯襲莒：「發揚蹈厲之志，以成從簡尚功之俗。」

【用法】比喻奮發前進的志向。

【例句】我們公司現在市場雖已打開，但千萬不可自滿，應繼續發揚**蹈厲之志**，更上一層樓才是。

【義近】凌雲壯志／豪情壯志／雄心壯志／鴻鵠之志。

【義反】灰心喪氣／心灰意懶／萎靡不振／胸無大志／灰心喪志／燕雀之志／做一天和尚，撞一天鐘。

十二畫

蹺足而待 ㄑㄧㄠ ㄗㄨˊ ㄦˊ ㄉㄞˋ

【釋義】抬起腳來等待。蹺足：舉起腳。

【出處】諸葛亮·勸將士勤攻己闕教：「自今已後，諸有忠慮於國，但勤攻吾之闕，則事可定，賊可死，功可蹺足而待矣。」

【用法】形容事情在短時間內即可成功。

【例句】這項工程經過全體人員的日夜奮鬥，完工之日已可**蹺足而待**了。

【義近】指日可待／為期不遠／不日告成／計日可待。

【義反】遙遙無期／河清難俟／曠日持久／曠日經年。

蹺蹊作怪 ㄑㄧㄠ ㄒㄧ ㄗㄨㄛˋ ㄍㄨㄞˋ

【釋義】蹺蹊：奇怪；可疑。

【出處】清平山堂話本·簡帖和尚：「只因這封簡帖兒，變出一本蹺蹊作怪的小說來。」

【用法】用以指怪異多變。

【例句】這種**蹺蹊作怪**的事，三言兩語哪能說得清楚？你們如果想聽，就讓我慢慢道來吧！

【義近】變幻莫測／稀奇古怪／變幻無常／詭譎多變。

【義反】一成不變／一牢永定。

十四畫

躊躇不決 ㄔㄡˊ ㄔㄨˊ ㄅㄨˋ ㄐㄩㄝˊ

【釋義】躊躇：猶豫。

【出處】馮夢龍·東周列國志七一回：「景公口雖唯唯，終以田陳同族為嫌，躊躇不決。」

【用法】形容猶豫而不能做出決定。

【例句】這筆生意要趕快做出決定，若再**躊躇不決**，恐怕人家早就搶走了！

【義近】躊躇未決／狐疑不決／沉吟未決／猶豫不決／遲疑不決／舉棋不定。

【義反】一錘定音／當機立斷／斬釘截鐵／快刀斬亂麻／毅然決然。

躊躇滿志 ㄔㄡˊ ㄔㄨˊ ㄇㄢˇ ㄓˋ

【釋義】躊躇：從容自得的樣子。滿：滿足。志：心意。

【出處】莊子·養生主：「提刀而立，為之四顧，為之躊躇滿志。」

【用法】形容人因謀事成功而心滿意足，從容自得的樣子。

【例句】他夜以繼日地撰寫這部著作，脫稿後不免**躊躇滿志**，而且深感輕鬆愉快。

【義近】志得意滿／自鳴得意／揚揚得意／心滿意足。

【義反】灰心喪氣／垂頭喪氣／心灰意冷。

躍馬揚鞭 ㄩㄝˋ ㄇㄚˇ ㄧㄤˊ ㄅㄧㄢ

【釋義】跳上馬背，揚起馬鞭。

【出處】元·王實甫·麗春堂一折：「一個個躍馬揚鞭，插箭彎弓。」

【用法】形容飛快前進。

【例句】現在的社會不斷飛速發展，我們只有**躍馬揚鞭**，才能跟得上時代，而不致落後於他人。

【義近】縱馬疾馳／快馬加鞭／馬不停蹄／急如星火／風馳電掣／輕車快馬。

【義反】老牛破車／蝸行牛步／拖泥帶水／慢條斯理。

躍然紙上 ㄩㄝˋ ㄖㄢˊ ㄓˇ ㄕㄤˋ

【釋義】活躍地呈現在紙上。躍然：活躍的樣子。

【出處】薛雪・一瓢詩話三三：「如此體會，則詩神詩旨，躍然紙上。」
【用法】形容刻畫、描繪得非常逼眞生動。
【例句】這篇描寫兒童生活的小說，情節曲折，刻畫生動，幾個天眞爛漫的少年形象**躍然紙上**。
【義近】栩栩如生／活靈活現／呼之欲出。
【義反】枯燥無味／平淡乏味／毫無生氣。

躍躍欲試

【釋義】躍躍：迫切想要動作的樣子。欲：要。
【出處】李寶嘉・官場現形記三五回：「一席話說得唐二亂子心癢難抓，躍躍欲試。」
【用法】形容心情急切想要試一試。
【例句】這位老先生大概是出於愛美心切，一聽說何首烏能根治白髮，竟也**躍躍欲試**。
【義近】摩拳擦掌。
【義反】無動於衷。

十八畫

躡手躡腳

【釋義】意即輕手輕腳。躡：放輕腳步。
【出處】曹雪芹・紅樓夢二七回：「只見那一雙蝴蝶，忽起忽落，來來往往，將欲過河去了。引的寶釵躡手躡腳。」
【用法】形容行動小心謹愼，連走路時腳步也放得很輕。
【例句】王老師病重住院，來看望他的學生都**躡手躡腳**的走進病房，深怕打擾到他。
【義近】捏手捏腳／輕手輕腳。
【義反】粗手粗腳／歡蹦亂跳／大肆喧嘩／活蹦亂跳。

身部

身不由己

【釋義】身體不由自己作主。由：聽從，順從。一作「身不由主」。
【出處】宋・無名氏・張協狀元：「張協本意無心娶你，在窮途身自不由己。」
【用法】形容不由自主。
【例句】不是我硬逼著你還淸這筆債，實在是受老闆差遣，**身不由己**。
【義近】不由自主／俯仰由人。
【義反】自行作主／自行其是／獨立自主。

身心交病

【釋義】身體和精神都疲倦了。交：一齊。病：疲憊。
【用法】指人身心疲憊不堪，有時也用以指身體有病、精神苦悶。
【例句】幾十年來，我一直爲生活而奔波，早已**身心交病**，現在兒女都已長大成人，應該退休養老了。
【義近】心力交瘁／身勞心瘁／身心疲憊。
【義反】心寬體胖／身閒心適／身心俱泰。

身外之物

【釋義】個人身體以外的東西。
【出處】吳敬梓・儒林外史一回：「不過說人生富貴功名，是身外之物。」
【用法】用以指名譽、地位、財產等。
【例句】人生最重要的是身體的健康，其他都是**身外之物**，大可不必太計較。
【義近】功名利祿／榮華富貴。
【義反】五臟六腑／頭顱手足。

身先士卒

【釋義】身：親身。先：走在前面。士、卒：古代在戰車上的兵叫士，步兵叫卒。
【出處】陳壽・三國志・吳書・孫輔傳：「（孫）策西襲廬江太守劉勳，輔隨從，身先士卒，有功。」
【用法】指作戰時將領衝在士兵之前，今多用以比喻當好帶頭人，做事走在前頭。
【例句】李工程師爲了按時完成施工任務，他在工地總是**身先士卒**，親自加班操作。
【義近】一馬當先／率先垂範／躬先表率／以身作則。
【義反】畏縮不前／臨陣脫逃。

身名俱滅

【釋義】身名：身軀和聲譽。
【出處】晉・桓玄・與劉牢之書：「孰若翻然改圖，保其富貴，則身與金石等固，名與天壤無窮，孰與頭足異處，身名俱滅，爲天下笑哉！」
【用法】指名譽、地位、性命等一齊毀滅。
【例句】有錯誤就得認錯、改過，不能老是這樣頑固不化，否則難保不會弄得**身名俱滅**，到時就後悔莫及了。
【義近】身敗名裂／辱身敗名／名譽掃地／聲名狼藉。
【義反】身名俱泰／名揚四海／名揚天下／功成名就／流芳百世。

身在江湖，心存魏闕

【釋義】江湖：江河湖海，此泛指民間。魏闕：宮門外的闕門，懸布法令之處，用以代稱朝廷。
【出處】莊子・讓王：「身在江海之上，心居乎魏闕之下，奈何？」
【用法】說明人雖在草莽，而心卻在朝廷，時刻關心著國家大事。
【例句】杜甫是位**身在江湖，心存魏闕**的偉大詩人，他雖離開了朝廷，卻無時不憂國憂民。

【義近】處江湖之遠則憂其君／憂以天下。

身非木石 ㄕㄣ ㄈㄟ ㄇㄨˋ ㄕˊ

【釋義】身體並不是樹木石頭。

【出處】司馬遷・報任少卿書：「身非木石，獨與法吏為伍，深幽囹圄之中，誰可告愬者。」

【用法】用以說明人是有感情的，決不是無知覺的木石。

【例句】**身非木石**，豈能無情？他雖對不起我，但畢竟夫妻一場，他現在死於車禍，我當然深感悲痛！

【義近】人非草木／人非土木／人非木石／人非禽獸／血肉之軀。

【義反】泥塑木雕／木偶泥人／冷血動物／冷酷無情／鐵石心腸／鐵石肺肝。

身首異處 ㄕㄣ ㄕㄡˇ ㄧˋ ㄔㄨˋ

【釋義】身與頭分置兩地。異處：不同的地方。

【出處】後漢書・陳蕃傳：「使身首分裂，異門而出，所不恨也。」

【用法】形容慘遭殺身之禍。

【例句】他自以為權高勢眾，便結黨營私為所欲為，結果落得個**身首異處**。

【義近】身首異地／身首分離。

【義反】壽終正寢／安享天年。

身家性命 ㄕㄣ ㄐㄧㄚ ㄒㄧㄥˋ ㄇㄧㄥˋ

【釋義】身家：指自身和全家的人。

【出處】施耐庵・水滸傳一○八回：「倘舉事一有不當，那些全軀保妻子的，隨而媒孽其短，身家性命，都在權奸掌握之中。」

【用法】用以指自己和全家人的性命。

【例句】我可以用**身家性命**來擔保，他絕不是殺人犯！請你們再做仔細的偵查和鑑定！

身做身當 ㄕㄣ ㄗㄨㄛˋ ㄕㄣ ㄉㄤ

【釋義】身：自身，自己。

【出處】元・劉唐卿・降桑椹一折：「哥哥，小人身做身當，豈敢帶累你也。」

【用法】形容人不推卸責任，自己做事自己承當。

【例句】你們放心，我**身做身當**，有天大的罪過都與你們無關！

【義近】好漢做事好漢當／一人做事一人當／敢做敢當。

【義反】推諉其責／委過他人／推卸責任。

身寄虎吻 ㄕㄣ ㄐㄧˋ ㄏㄨˇ ㄨㄣˇ

【釋義】意謂把身子置於老虎的嘴邊。

【出處】晉・桓彝・薦譙元彥表：「凶命屢招，奸威仍逼，身寄虎吻，危同朝露。」

【用法】比喻處境極其危險。

【例句】現在派你混進敵人內部做情報工作，可謂是**身寄虎吻**，千萬不可有絲毫的大意啊！

【義近】委身虎蹊／燕巢於幕／岌岌可危／羊入虎口／虎尾春冰／魚游沸鼎。

【義反】安如泰山／安如磐石／安然無恙／高枕無憂。

身敗名裂 ㄕㄣ ㄅㄞˋ ㄇㄧㄥˊ ㄌㄧㄝˋ

【釋義】身：身分，地位。敗：敗壞，毀壞。裂：破裂，破損。

【出處】杜甫・戲為六絕句：「爾曹身與名俱裂，不廢江河萬古流。」

【用法】指做壞事而遭到徹底失敗，地位喪失，名譽掃地。

【例句】他身為政府要員，竟然一而再、再而三地貪贓枉法，自然要**身敗名裂**了。

【義近】聲名狼藉／辱身敗名／名譽掃地。

【義反】流芳百世／功成名就／名揚天下。

身無寸縷 ㄕㄣ ㄨˊ ㄘㄨㄣˋ ㄌㄩˇ

【釋義】身上沒有一寸線。縷：線。

【出處】宋・無名氏・張協狀元四三齣：「大雪下身無寸縷，投古廟淚珠漣漣。」

【用法】形容人極為窮困，無衣服可穿。

【例句】在非洲，看到那些**身無寸縷**的孩子個個面黃飢瘦，枯骨如柴，令人心酸不忍。

【義近】身無股紗／鶉衣百結／踵決肘見／短褐穿結。

【義反】衣冠楚楚／穿綾著緞／西裝革履／肥馬輕裘。

身無長物 ㄕㄣ ㄨˊ ㄓㄤˋ ㄨˋ

【釋義】長物：多餘的東西。

【出處】劉義慶・世說新語・德行：「(王恭)對曰：『丈人不悉恭，恭作人無長物。』」清・華偉生・開國奇冤・贖義：「好在我身無長物。」

【用法】形容人生活簡樸或家境貧寒，除自身外，沒有什麼值錢的東西。

【例句】到李先生家一看，屋裏空蕩蕩的，只有幾件舊家具，果如他所說的**身無長物**。

【義近】別無長物／一無長物／更無長物／家徒四壁／囊空如洗／一貧如洗。

【義反】堆金疊玉／千倉萬箱／填坑滿谷／金玉滿堂／家財萬貫／乘堅策肥。

身當矢石 ㄕㄣ ㄉㄤ ㄕˇ ㄕˊ

【釋義】當：冒著，擋著。矢石：箭和石子，古時之作戰武器。

【出處】晉書・王鑒傳：「昔漢高、光武二帝，征無遠近，敵無大小，必手振金鼓，身當矢石……。」

【用法】指親自抵擋著敵人的進攻。

【例句】這位將軍帶兵打仗，總是以身作則，**身當矢石**，戰士見此便奮勇殺敵，故每戰必勝。

【義近】身先士卒／一馬當先／躬蹈矢石／以身作則。

【義反】貪生怕死／臨陣脫逃／望風而逃／聞風逃竄。

身經百戰 ㄕㄣ ㄐㄧㄥ ㄅㄞˇ ㄓㄢˋ

【釋義】親身經歷過許多戰鬥。百：泛言其多，非實數。

【出處】郎士元・塞下曲：「寶刀塞上兒，身經百戰曾百勝。」

【用法】常用以說明久經磨練，經驗豐富。

【例句】民意代表都不愧是**身經百戰**的說客，講起話來極有分寸，既能充分表達己意，又能不刺激任何人。
【義近】南征北戰／走南闖北。
【義反】初出茅廬。

身輕言微（ㄕㄣ ㄑㄧㄥ ㄧㄢˊ ㄨㄟˊ）

【釋義】身輕：身分卑下。言微：言論主張不爲人所重視。
【出處】後漢書・孟嘗傳：「臣前後七表，言故合浦太守孟嘗，而身輕言微，終不蒙察。」
【用法】說明由於人身卑位輕，即令所言所論正確，也不被重視、聽取。
【例句】像我們這樣**身輕言微**的人，最好什麼也不要說，否則會惹上麻煩。
【義近】人微言輕／官微權輕。
【義反】人貴言重／一言九鼎。

身輕體健（ㄕㄣ ㄑㄧㄥ ㄊㄧˇ ㄐㄧㄢˋ）

【釋義】身子輕巧，體格健壯。
【出處】元・無名氏・貨郎旦三折：「沿路上身輕體健，這搭兒筋乏力軟。」
【用法】是指身體健壯，行動靈敏。
【例句】老太太雖已年過八十，但仍**身輕體健**，我們全家人都爲此而感到十分欣慰。
【義近】身輕體強／身強體健／舉步如飛／健步如飛。
【義反】老態龍鍾／老天拔地／弱不禁風／舉步維艱。

身遠心近（ㄕㄣ ㄩㄢˇ ㄒㄧㄣ ㄐㄧㄣˋ）

【釋義】雙方的身子雖然隔得遠，但心卻貼得很近。
【出處】晉・干寶・搜神記・紫玉：「一日失雄，三年感傷。雖有眾鳥，不爲匹雙。故見鄙姿，逢君輝光，身遠心近，何當暫忘。」
【用法】說明感情真摯深厚的男女或情投意合的朋友，不論遠近，心靈都是相通的。
【例句】這對恩愛夫妻儘管天各一方，但**身遠心近**，兩人的感情反而越來越深厚。
【義近】身遙心邇。
【義反】同牀異夢／同室操戈。

身價百倍（ㄕㄣ ㄐㄧㄚˋ ㄅㄞˇ ㄅㄟˋ）

【釋義】身價：一個人在社會上的地位。百倍：高漲。
【出處】李白・與韓荊州書：「一登龍門，則聲價十倍。」
【用法】指人的名譽地位等，一下子大大提高。
【例句】大陸的農村青年，只要考取大學，便立即**身價百倍**，賀喜的、送財物的、說親的竟絡繹不絕。
【義近】聲譽鵲起／水漲船高。
【義反】身敗名裂／辱身敗名／聲名狼藉／名譽掃地。

身臨其境（ㄕㄣ ㄌㄧㄣˊ ㄑㄧˊ ㄐㄧㄥˋ）

【釋義】身：親身。臨：到。其：那，那個。境：境地，地方。
【出處】石玉琨・三俠五義六五回：「及至身臨其境，只落得『原來如此』四個大字。」
【用法】指親身到了那個境地，或感覺到了那個境地。
【例句】他這篇小說寫得具體生動，讓讀者讀來如同**身臨其境**。
【義近】如臨其境／置身其中。
【義反】未臨其境／無動於衷／一無所感。

身懷六甲（ㄕㄣ ㄏㄨㄞˊ ㄌㄧㄡˋ ㄐㄧㄚˇ）

【釋義】六甲：傳說爲天帝造物的日子，後用以借指懷育胎兒。
【出處】李汝珍・鏡花緣一〇回：「偏偏媳婦身懷六甲，好容易逃至海外，生下紅蕖孫女，就在此敷衍度日。」
【用法】用以指婦女懷有身孕。
【例句】我太太**身懷六甲**，現在不方便出門，更談不上去遠地旅遊了。
【義近】有喜在身／有孕在身。

身顯名揚（ㄕㄣ ㄒㄧㄢˇ ㄇㄧㄥˊ ㄧㄤˊ）

【釋義】身世顯赫，聲名遠揚。
【出處】元・施惠・幽閨記・推就紅絲：「兄弟，所喜者志得意滿，身顯名揚；所悲者家園蕩廢，琴瑟淒涼。」
【用法】指人功成名就，地位顯赫，美名遠揚。
【例句】自從他獲得諾貝爾文學獎之後，便**身顯名揚**，連他的故鄉也因而聞名起來。
【義近】顯身揚名／聲譽鵲起。
【義反】無聲無息／沒沒無聞。

身體力行（ㄕㄣ ㄊㄧˇ ㄌㄧˋ ㄒㄧㄥˊ）

【釋義】身：親身。體：體驗。力：努力。
【出處】淮南子・氾論訓：「故聖人以身體之。」章懋・答東陽徐子仁書：「但不能身體力行，則雖有所見，亦無所用。」
【用法】泛指親身體驗，努力實行。
【例句】身教重於言教，做父母的要求孩子怎樣，首先自己就要**身體力行**。
【義近】以身作則。
【義反】紙上談兵。

三畫

躬先表率（ㄍㄨㄥ ㄒㄧㄢ ㄅㄧㄠˇ ㄕㄨㄞˋ）

【釋義】躬：親身。表率：指榜樣。
【出處】清史稿・劉師恕傳：「爾等不能端本澂源，躬先表率，而望秉鐸司教之官，家喻戶曉，易俗移風。」
【用法】指自身先做出榜樣。
【例句】人家說言教不如身教，你若能**躬先表率**，保證大家會立即仿效，奮起直追，比你在這裏指手劃腳要有用得多。
【義近】自爲表率／言教不如身教／以身作則／身先士卒。
【義反】紙上談兵／光說不練／上梁不正下梁歪。

躬行節儉（ㄍㄨㄥ ㄒㄧㄥˊ ㄐㄧㄝˊ ㄐㄧㄢˇ）

【釋義】躬行：親自實行。節儉：儉省。
【出處】漢書・霍光傳：「師受詩、論語、孝經，躬行節儉，慈仁愛人。」
【用法】指親身做到節約儉省。
【例句】董事長不但在員工餐廳跟大家一起用餐，且從不浪費飯菜，他這樣**躬行節儉**，對員工的教育和影響很大。
【義近】省吃儉用／節用裕民／克勤克儉／節衣縮食／勤儉

持家。

【義反】暴殄天物／窮奢極侈／揮霍無度。

躬行實踐

【釋義】躬行：親自實行。實踐：實行，履行。

【出處】清史稿・陳璸傳：「詔嘉勉，諭以躬行實踐，勿騖虛名。」

【用法】指親自去做或親身去體驗。

【例句】要當一位成功的主管，許多事都必須**躬行實踐**，取得實際經驗，才能讓屬下信服效力。

【義近】身體力行／事必躬親／以身作則。

【義反】指手劃腳／紙上談兵／坐而論道／空口白話。

躬耕樂道

【釋義】親自耕種，樂守聖賢之道。

【出處】三國志・魏書・袁張涼國田王邴管傳：「（胡）昭乃轉居樂渾山中，躬耕樂道，以經籍自娛。」

【用法】指不願與世俗同流合污，而隱居田園，自得其樂。

【例句】古代有志節的讀書人常爲了保持自己的節操而**躬耕樂道**，這種風氣一直影響到現在，只是形式有所不同罷了。

【義近】安貧樂道／甘貧樂道。

【義反】蠅營狗苟／汲汲營營／利欲薰心。

躬逢其盛

【釋義】躬：親自。逢：遇上，引申爲參加。盛：盛會或盛況。

【出處】唐・王勃・滕王閣序：「童子何知，躬逢勝餞。」吳敬梓・儒林外史四一回：「這樣盛典，可惜來遲了，不得躬逢其盛。」

【用法】指親自參加了那個盛會或親自經歷了那種盛況。

【例句】「但是這事情你們中國人也很少知道的。我能夠**躬逢其盛**也就足以自豪了。」（巴金・死去的太陽）

【義近】恭逢其盛／躬逢其時。

【義反】錯失良機／坐失良機。

六畫

躲得和尚躲不得寺

【釋義】寺：寺廟，廟宇。

【出處】吳敬梓・儒林外史五四回：「你不要慌，躲得和尚躲不得寺。我自然有個料理。」

【用法】用以說明縱然能一時躲避，但終究不能根本脫身。

【例句】雖然他避不見面，但是俗話說**躲得和尚躲不得寺**，他家在這裏，我才不怕他不還錢呢！

【義近】躲得了和尚躲不了廟。

【義反】人去樓空。

車部

車水馬龍

【釋義】意即車如流水，馬如遊龍。

【出處】後漢書・明德馬皇后紀：「前過濯龍門上，見外家問起居者，車如流水，馬如遊龍。」

【用法】形容車馬眾多，來往不絕，非常熱鬧。

【例句】臺北市的大街上，**車水馬龍**，繁華熱鬧，是個不夜城。

【義近】熙來攘往／絡繹不絕／川流不息。

【義反】門庭冷落車馬稀／門可羅雀。

車馬盈門

【釋義】車馬充滿了門庭。

【出處】明・謝讜・四喜記・鄉薦榮歡：「看連翩車馬盈門，總不比舊時庭院。」

【用法】比喻賓客很多。

【例句】選舉結果一揭曉，當選者**車馬盈門**，賀客不斷，與落選者冷清的場面，眞是天壤之別。

【義近】賓客盈門／高朋滿座／門庭若市／戶限爲穿／賓客如雲。

【義反】門可羅雀／柴門蕭條。

車馬喧闐

【釋義】意謂車與馬的聲音吵擾。喧闐：鬨鬧聲。

【出處】蘇軾・賜御書詩：「歸來車馬已喧闐，爭看銀鉤墨色鮮。」

【用法】形容街道熱鬧的情景。

【例句】臺北東區一帶，**車馬喧闐**，比其他各區顯得更加繁華。

【義近】車水馬龍／人聲鼎沸／摩肩接踵。

【義反】車馬冷落／寂靜無聲／荒涼蕭條／人戶稀疏。

車馬輻輳

【釋義】輻輳：也作「輻湊」，車輻集中於軸心。比喻人或物聚集一處。

【出處】文康・兒女英雄傳首回：「兩旁歧途曲巷中，有無數的車馬輻輳，冠蓋飛揚，人往人來，十分熱鬧。」

【用法】形容車馬聚集，非常擁擠。

【例句】你不要看這些僻靜的街道平時顯得有些冷清，一到過節放假，照樣**車馬輻輳**，熱鬧得很。

【義近】車馬駢闐／車水馬龍。
【義反】車少馬稀／車馬冷落。

車笠之盟

【釋義】笠：斗笠。
【出處】古越歌謠：「君乘車，我戴笠，他日相逢下車揖；君擔簦，我跨馬，他日相逢爲君下。」
【用法】指友誼深厚。
【例句】我和令尊素有**車笠之盟**，你有任何困難或需要，儘管開口，我會盡力幫忙。
【義近】莫逆之交／管鮑之交。
【義反】市道之交／泛泛之交。

車載斗量

【釋義】多得可用車運載，可用斗計量。
【出處】陳壽・三國志・吳書・吳主傳・注引吳書：「（趙）咨曰：『聰明特達者八九十人，如臣之比，車載斗量，不可勝數。』」
【用法】形容數量很多，不足爲奇。
【例句】像他這樣的人才，**車載斗量**，有什麼值得驕傲的？
【義近】多如牛毛／恆河沙數／比比皆是／汗牛充棟。
【義反】鳳毛麟角／寥寥可數／僅此一人／無與倫比。

二—四畫

軍令如山

【釋義】軍令就像山一樣不可動搖。也作「號令如山」。
【出處】宋史・岳飛傳：「岳節使號令如山，若與之敵，萬無生理。」
【用法】說明軍事命令極爲嚴肅，必須堅決貫徹執行。
【例句】服從命令乃軍人的天職，**軍令如山**，誰若敢不聽從命令，必依軍法嚴懲。
【義近】從令如流／有令必行／令出必行。
【義反】貽誤軍機／抗令違旨／違法亂紀／朝令夕改／視同兒戲。

軍法從事

【釋義】軍法：治軍的法律。從事：辦事，處理。
【出處】陳壽・三國志・魏書・曹爽傳・司馬懿奏：「……不得逗留以稽車駕；敢有稽留，便以軍法從事。」
【用法】指按軍法治罪。
【例句】我軍紀律嚴明，所到之處，秋毫無犯，如有違者，**軍法從事**。
【義近】軍法發落／軍法步勒。

軒昂自若

【釋義】軒昂：形容精神飽滿，氣度不凡。自若：如常，像原來的樣子。
【出處】唐・李濬・松窗雜錄・裴林：「中有黃衣半席，軒昂自若，指諸人笑語輕脫。」
【用法】形容人的氣度不凡，神態如常。
【例句】這位年輕人非同小可，這麼多人圍攻他，他卻仍然**軒昂自若**，侃侃而談，對答如流。
【義近】氣宇軒昂／踔厲風發／英姿煥發／雄姿英發／氣宇不凡／意氣風發。
【義反】無精打采／萎靡不振／暮氣沉沉／死氣沉沉。

軒然大波

【釋義】高高湧起的巨大濤浪。軒然：高高的樣子。
【出處】韓愈・岳陽樓別竇司直詩：「軒然大波起，宇宙隘而妨。」
【用法】比喻大的糾紛或亂子。
【例句】眞沒想到這麼一點小事，竟然會引起這樣一場**軒然大波**。
【義近】驚濤駭浪／滔天巨浪。
【義反】風平浪靜／波瀾不驚。

軟玉溫香

【釋義】軟：柔和。玉、香：指女子。
【出處】王實甫・西廂記第二本二折：「看鶯鶯強如做道場。軟玉溫香，休道是相親傍。」
【用法】形容女子的溫柔之態。
【例句】花街柳巷的女子個個皆**軟玉溫香**的，難怪引得男人流連忘返。
【義近】軟香溫玉／軟玉嬌香／溫香豔玉。
【義反】罵街潑婦／河東獅吼／凶神惡煞／季常之懼／母夜叉／母老虎。

軟紅十丈

【釋義】軟紅：溫和華美。十丈：比喻盛大、眾多。
【出處】蘇軾・次韻蔣穎叔、錢穆父從駕景靈宮：「半白不羞垂領髮，軟紅猶戀屬車塵。」自注：「西湖風月，不如東華軟紅香土。」亦作「軟紅十丈」。
【用法】形容都市的繁華。
【例句】住在花蓮的鍾先生，原本勤勞樸實，作息正常，沒想到一到**軟紅十丈**的台北，便迷失了自我。
【義近】軟紅香土。
【義反】窮鄉僻壤／窮荒不文。

軟硬兼施

【釋義】兼：同時涉及或具有幾個方面。施：施展，用。
【用法】軟的手段和硬的手段都用上了。
【例句】這個小孩眞難纏，每次吃飯都要大人**軟硬兼施**，才吃得完一碗飯。
【義近】威逼利誘／文武兼使。

六畫

較武論文

【釋義】較：比較，評量。
【出處】夏敬渠・野叟曝言四七回：「此書講道學，籌經濟，談天測地，較武論文，無不原原本本，窮極要妙。」
【用法】指評論武藝和文章。
【例句】這幾個年輕人興趣十分高雅，相聚在一起時總是**較武論文**，令師長們感到非常欣慰。
【義近】較文論武／評文論武。
【義反】言不及義／言之無物。

較時量力

【釋義】較：比較，評量。量：衡量。
【出處】朱熹・答張敬夫書：「又須審度彼此，較時量力，定爲幾年之規，若孟子，大國五年，小國七年之說。」

【用法】意謂要審時度勢，衡量時機和實力。

【例句】無論做什麼事，都要學會**較時量力**，不可盲目行動，一意孤行。

【義近】權時量力／審時度勢／識時通變。

【義反】不識時務／不自量力／不知權變／逆潮而動。

載舟覆舟

【釋義】水能浮運船隻，也能使船隻沉沒。載：承托。覆：覆滅，沉沒。

【出處】孔子家語・五儀解：「君者，舟也；庶人者，水也。水所以載舟，亦所以覆舟。」

【用法】比喻人心能決定朝廷、國家的興衰存亡。

【例句】一個國家或地區的當政者，要想取得政績，就必須懂得**載舟覆舟**的道理，充分順應人心，獲得民眾的擁護。

【義近】水能載舟，亦能覆舟／奔車朽索。

載笑載言

【釋義】載：古漢語助詞。也可解釋爲「又」、「邊」。

【出處】詩經・衛風・氓：「乘彼垝垣，以望復關。不見復關，泣涕漣漣；既見復關，載笑載言。」

【用法】指人邊笑邊說話。

【例句】看她那**載笑載言**的樣子，就知道她一定有什麼得意的事，所以心情特別好。

【義近】有說有笑／談笑風生／說說笑笑／談笑自若。

【義反】涕泗交流／眉眼緊蹙／愁眉苦臉／愁眉不展／愁容滿面。

載歌載舞

【釋義】一邊唱歌，一邊跳舞。又歌又舞。載：語助詞，則、乃。

【用法】形容眾人盡情歡樂的熱鬧情景。

【例句】豐年祭上，山地同胞**載歌載舞**的狂歡，慶祝一年來辛勤工作的大豐收。

【義近】手舞足蹈。

七　畫

輔車相依

【釋義】頰骨和牙床骨互相依靠。輔：嘴旁頰骨。車：牙車，即牙床骨。

【出處】左傳・僖公五年：「諺所謂『輔車相依，脣亡齒寒』者，其虞、虢之謂也。」

【用法】比喻兩者互相依存，關係極爲密切。

【例句】他倆共事，**輔車相依**，辦起事來極爲協調，自然成效良好，早已是公司的最佳拍檔了。

【義近】脣齒相依／脣亡齒寒／休戚與共／休戚相關／覆巢無完卵。

【義反】漠不相關／井水不犯河水／渺不相涉／各自爲政。

輕口薄舌

【釋義】意謂嘴巴說話輕薄。也作「輕嘴薄舌」。

【出處】馮夢龍・喻世明言卷五：「耐鄰里有一班浮薄子弟，平日見王媼是個俏麗孤孀，閒常時倚門靠壁，不三不四，輕嘴薄舌的狂言挑撥。」

【用法】形容說話輕率、刻薄。

【例句】請你說話放尊重一點，再這樣**輕口薄舌**的，我可要生氣了！

【義近】尖嘴薄舌／貧嘴賤舌／貧嘴薄舌。

【義反】金玉良言／苦口良藥／正言正語／言中意肯／讜言正論。

輕手輕腳

【釋義】意即手腳的動作很輕。

【出處】馮夢龍・醒世恆言卷二七：「一日，正在檻上悶坐，忽見那禁子輕手輕腳走來，低聲啞氣，笑嘻嘻的說道。」

【用法】形容動作很輕，響聲非常小。

【例句】我**輕手輕腳**的走到她後面大喝一聲，害她嚇了一跳，生氣地罵道：「你這短命鬼，就是愛嚇人！」

【義近】躡手躡腳。

【義反】粗手粗腳。

輕世傲物

【釋義】輕視世俗，傲視他人。物：指人。

【出處】明・屠隆・彩毫記・宮禁生讒：「此人自恃文才，輕世傲物。」

【用法】指對世俗的一切人和事都不放在眼裏。

【例句】他究竟有多大的能耐，竟敢如此**輕世傲物**，眞是太猖狂了。

【義近】傲世輕物／恃才傲物／目空一切／不可一世／妄自尊大／目無餘子。

【義反】虛心待人／謙恭下士／不矜不伐／虛懷若谷／謙卑自牧／謙沖自牧。

輕生重義

【釋義】輕視生命，重視正義。

【出處】晉書・周訪傳：「周子隱以跅弛之材……朝聞夕改，輕生重義，徇國亡軀，可謂志節之士也。」

【用法】形容人爲了正義而置生死於度外。

【例句】古往今來仁人志士那種**輕生重義**的精神，永遠值得我們學習。

【義近】舍生取義／輕身重義／義無反顧／視死如歸。

【義反】舍義求生／苟全性命／苟且偷生／貪生怕死／賣身求榮／苟全性命。

輕而易舉

【釋義】舉：向上托。

【出處】孟子・梁惠王上：「然則一羽之不舉，爲不用力焉。」朱熹注：「一羽，至輕易舉也。」

【用法】形容事情容易做，不費氣力。

【例句】他當過二十年的會計，算你這筆小帳可說是**輕而易舉**，你還有什麼不放心的？

【義近】易如反掌／唾手可得／舉手之勞／探囊取物。

【義反】難如登天／海底撈針／九牛二虎之力。

輕吞慢吐

【釋義】吞吐：吞進，吐出。

【出處】隋唐演義三〇回：「妥

娘唱畢，大家又稱贊了一會，朱貴兒方在輕吞慢吐，嘹嘹嚦嚦，唱將起來。」
【用法】形容歌唱時輕聲緩慢地吐詞。
【例句】這位女聲樂家在臺上**輕吞慢吐**，還伴著動人的表情，讓聽眾都沉浸在浪漫的氣氛中。
【義近】輕歌曼唱／引吭而歌／輕聲低唱／輕聲淺唱。
【義反】穿雲裂石／石破天驚／響遏行雲／高唱入雲。

輕車熟路（ㄑㄧㄥ ㄔㄜ ㄕㄨˊ ㄌㄨˋ）
【釋義】趕著裝載很輕的車子走熟悉的路。
【出處】韓愈．送石處士序：「若駟馬駕輕車就熟路，而王良造父爲之先後也。」
【用法】比喻對事情熟悉，做起來很容易。
【例句】他本來就是學醫的，現在退役從醫，正是**輕車熟路**，再好不過了。
【義近】駕輕就熟／熟路輕車／重操舊業／游刃有餘。
【義反】獨闢新徑／重車新路／去故就新／力有未殆。

輕車簡從（ㄑㄧㄥ ㄔㄜ ㄐㄧㄢˇ ㄘㄨㄥˊ）
【釋義】意謂外出時僅帶少數的行裝與侍從。
【出處】曾樸．孽海花一九回：「帶著老僕金升及兩個俊童，輕車簡從，先從旱路進京。」
【用法】多指官員廉潔，外出時行裝簡單，隨從不多。
【例句】民主國家的官員，出訪時大都是**輕車簡從**，像古代那種前呼後擁的排場，早已成爲過去式了。
【義近】輕騎簡從。
【義反】前呼後擁／前呼後應。

輕於鴻毛（ㄑㄧㄥ ㄩˊ ㄏㄨㄥˊ ㄇㄠˊ）
【釋義】比大雁的羽毛還要輕。於：比。鴻：大雁。
【出處】司馬遷．報任少卿書：「人固有一死，或重於泰山，或輕於鴻毛。」
【用法】形容輕微不足惜，毫無價值可言。
【例句】他爲了賺錢把命都丟了，實在是**輕於鴻毛**。
【義近】微不足道／一文不值。
【義反】重於泰山／重若丘山。

輕重失宜（ㄑㄧㄥ ㄓㄨㄥˋ ㄕ ㄧˊ）
【釋義】失宜：不得當。
【出處】宋．蘇舜欽．論宣借宅事：「若死行陳之家與伎術之輩，均用此賞，臣竊恐輕重失宜矣。」
【用法】用以說明重要的與不重要的處置失當。
【例句】公司不管在賞罰、用人上都有些**輕重失宜**，這次董事會上應提出來認眞討論，設法解決才是。
【義近】輕重不當／處置失宜。
【義反】輕重得當／輕重適宜。

輕重倒置（ㄑㄧㄥ ㄓㄨㄥˋ ㄉㄠˋ ㄓˋ）
【釋義】置：放，擺。
【出處】明史．孫磐傳：「夫女誣母僅擬杖，哲等無罪反加以徒，輕重倒置如此。」
【用法】指把輕重、主次的位置放顚倒了。
【例句】無論做什麼事都要善於掌握重點，否則**輕重倒置**，那是絕對辦不好事情的。
【義近】本末倒置／主次不分／捨本逐末。
【義反】重本輕末／主次分明／先重後輕。

輕重緩急（ㄑㄧㄥ ㄓㄨㄥˋ ㄏㄨㄢˇ ㄐㄧˊ）
【釋義】輕重：指事情的主次。緩急：緊急緩慢。
【出處】朱熹．答胡伯逢：「大抵讀書須是虛心平氣，優遊玩味……然後隨其遠近淺深、輕重緩急而爲之說。」
【用法】是指各種事情中主要、次要、緊急、緩慢等各種狀況。
【例句】你做事怎能不分**輕重緩急**，隨心所欲，東一榔頭，西一斧頭的亂來呢？
【義近】本末先後／先後順序。
【義反】本末倒置／捨本逐末。

輕財好施（ㄑㄧㄥ ㄘㄞˊ ㄏㄠˋ ㄕ）
【釋義】輕財：把財錢看得很輕。好施：喜歡施捨，指愛接濟別人。
【出處】李白．上安州裴長史書：「有落魄公子，悉皆濟之，此則是白之輕財好施也。」
【用法】指人慷慨好義，不以錢財爲意。
【例句】他官高祿厚，爲人古道熱腸又**輕財好施**，頗受地方人士的敬重。
【義近】仗義疏財／廣施博濟／慷慨解囊。
【義反】小器吝嗇／一毛不拔／視錢如命。

輕財重士（ㄑㄧㄥ ㄘㄞˊ ㄓㄨㄥˋ ㄕˋ）
【釋義】意謂輕視錢財，重視讀書人。
【出處】三國志．吳書．張溫傳：「父允，輕財重士，名顯州郡，爲孫權東曹掾。」
【用法】指重視人才。
【例句】你不要小看他是個粗人，他可是十分**輕財重士**，不管誰家子弟讀書有困難，他知道後一定鼎力相助。
【義近】輕財敬士／輕財好士。
【義反】重財賤士／唯財是視／視錢如命／利欲薰心。

輕財重義（ㄑㄧㄥ ㄘㄞˊ ㄓㄨㄥˋ ㄧˋ）
【釋義】輕視錢財，看重道義。
【出處】漢．元王皇后．賜公孫弘子孫……詔：「股肱宰臣，身行儉約，輕財重義，較然著明。」
【用法】指爲人重視道義，講究義氣。
【例句】褚先生性情豪爽，**輕財重義**，所以學校裏的教職員都喜歡與他交往。
【義近】輕財好義／輕財貴義／仗義疏財／見利思義。
【義反】見利忘義／見錢眼開／一毛不拔／重利輕義／視錢如命／利欲薰心。

輕偎低傍（ㄑㄧㄥ ㄨㄟ ㄉㄧ ㄅㄤˋ）
【釋義】指兩人輕輕地相依偎。
【出處】清．洪昇．長生殿．定情：「庭花不及嬌模樣，輕偎低傍，這鬢影衣光，掩映出豐姿千狀。」
【用法】形容親密的狀態。
【例句】這些年輕人在公園的僻靜處談情說愛，**輕偎低傍**，與這春天的美景相映成趣。
【義近】相依相偎／耳鬢廝磨／

卿卿我我／你儂我儂。
【義反】視如寇仇／誓不兩立／不共戴天／貌合神離／勢同水火／冰炭不容。

輕描淡寫

【釋義】指繪畫時用淺淡的顏色輕輕地著筆。
【出處】文康・兒女英雄傳一七回：「不想這位尹先生是話不說，單單的輕描淡寫的。」
【用法】今多用以指說話或寫文章時把重要問題輕輕帶過。有時也指做事迴避要害。
【例句】對於這樣重要的問題要向大家如實說明，決不能**輕描淡寫**一筆帶過。
【義近】不痛不癢／蜻蜓點水／避重就輕。
【義反】濃墨重彩／詳詳細細／入木三分／刻畫入微。

輕徭薄賦

【釋義】徭：徭役。賦：稅收。
【出處】漢書・昭帝紀：「海內虛耗，戶口減半，光知時務之要，輕徭薄賦，與民休息。」
【用法】指當政者採取減輕徭役、降低賦稅的辦法，讓民眾休養生息。
【例句】古代每個朝代在建立之初，總要**輕徭薄賦**，以減輕民眾的負擔，讓生產得以迅速的恢復和發展。
【義近】輕徭薄稅。
【義反】橫徵暴斂／敲骨吸髓／巧立名目／巧取豪奪。

輕歌曼舞

【釋義】輕：輕快。曼：柔和，柔美。又作「清歌曼舞」。
【出處】楊萬里・謝建州茶使吳德送東坡新集：「黃金白璧明月珠，清歌曼舞傾城姝。」
【用法】形容歌聲輕快，舞姿柔美。
【例句】每逢佳節，高山族青年總會在屋外場地上**輕歌曼舞**，直到深夜。
【義近】清歌妙舞。
【義反】急管繁弦／喑啞狂舞。

輕慮淺謀

【釋義】意即謀慮輕淺。
【出處】司馬遷・史記・越世家：「夫小人有欲，輕慮淺謀，徒見其利，而不顧其害。」
【用法】指謀略淺薄，不深遠。
【例句】像他這樣**輕慮淺謀**的人，想要成就一番大事業，純屬癡人說夢，根本是不可能的。
【義近】有勇無謀／輕舉妄動／魯莽從事。
【義反】深謀遠慮／謀慮深遠／足智多謀／深思熟慮。

輕諾寡信

【釋義】諾：答應。寡：少。信：信用。
【出處】老子・六三章：「夫輕諾必寡信，多易必多難。」
【用法】指輕易應允別人卻不守信用。
【例句】你放心好了，他不是那種**輕諾寡信**的人，既然答應了你，就一定能辦到。
【義近】言而無信／信口開河／食言而肥／出爾反爾。
【義反】一諾千金／言必有信／說一不二／重然諾。

輕舉妄動

【釋義】輕：輕率，不慎重。妄：胡亂，任意。
【出處】李心傳・建炎以來繫年要錄卷三七：「固不可輕舉妄動，重貽朝廷之憂。」
【用法】指不經慎重考慮，便輕率採取行動。
【例句】此事關係重大，不可**輕舉妄動**，須徹底查明情況後，再採取行動。
【義近】恣意妄為／魯莽從事／輕率妄為／魯莽滅裂。
【義反】三思而行／謹小慎微／深思熟慮／謹言慎行。

輕薄少年

【釋義】輕薄：放蕩。少年：青年。
【出處】漢書・尹賞傳：「雜舉長安中輕薄少年惡子，無市籍商販作務，……得數百人。」
【用法】指輕浮放蕩的青年。
【例句】這羣**輕薄少年**，整天在街上逛來逛去的，若不嚴加管教，必將危害社會治安。
【義近】輕薄浪子／無賴惡少／花花公子。
【義反】有為青年／莘莘學子／翩翩公子。

輕薄無行

【釋義】輕薄：言語舉動帶有輕佻和玩弄的意味。無行：品行不好。
【出處】晉書・華表傳：「初，恆為州大中正，鄉人任讓輕薄無行，為恆所黜。」
【用法】指人態度輕佻，道德敗壞。
【例句】這傢伙一向**輕薄無行**，特別愛調戲婦女，這次被人打成重傷，也是罪有應得！
【義近】寡廉鮮恥／厚顏無恥／恬不知恥／斯文掃地。
【義反】高風亮節／澡身浴德／光風霽月／高山仰止。

輕薄無知

【釋義】輕薄：輕浮淺薄。
【出處】雲笈七籤卷七○：「即輕薄無知泛濫之徒，豈可見天地之心乎？」
【用法】指人輕佻淺薄而又沒有知識。
【例句】他這樣信口開河，胡說八道，除了說明他的**輕薄無知**外，還能說明什麼呢？真是好笑！
【義近】淺薄無知。
【義反】才德兼備／品學兼優／才德雙全。

八畫

輪扁斲輪

【釋義】輪扁：春秋時齊國有名的造車高手，名扁。斲輪：用刀斧砍木製造車輪。
【出處】莊子・天道：「桓公讀書於堂上，輪扁斲輪於堂下。」
【用法】比喻技術高超，手法精妙。
【例句】你的木工技術已精妙得到了**輪扁斲輪**的地步，還愁找不到工作嗎？
【義近】運斤成風／神工鬼斧／得心應手／目無全牛／神乎其技／爐火純青。
【義反】黔驢之技／雕蟲小技／

手不應心／力不從心／生手生腳／笨手笨腳。

十畫

輾轉反側

【釋義】輾轉：翻來覆去。反側：反覆。

【出處】詩經・周南・關雎：「求之不得，寤寐思服。悠哉悠哉，輾轉反側。」

【用法】形容有事在心，翻來覆去睡不著。

【例句】丈夫深夜未歸，她擔心出了什麼事，在床上**輾轉反側**睡不著覺。

【義近】輾轉不寐／轉側不安／輾轉伏枕／翻來覆去。

【義反】酣然入夢／鼾聲如雷／高枕安眠。

輾轉相傳

【釋義】輾轉：指經過許多人的手或經過許多地方。

【出處】巴金・懷念・憶施居甫：「影響不論大小，輾轉相傳，永遠有人受益，而且生命永在，撒佈生命的人，也可以不朽。」

【用法】指多次轉移傳佈。

【例句】這件事的眞相，經過**輾轉相傳**，已經完全變了樣，你還叫我說什麼？隨他們去說好了！

【義近】輾轉流傳／口耳相傳。

【義反】親眼所見／親耳所聞／耳聞目睹。

十一畫

轉日回天

【釋義】意謂可以把天日調轉過來。轉、回：掉轉。

【出處】明・高明・琵琶記・官媒議婚：「他勢壓領班，威傾京國，你卻與他相別。只怕他轉日回天，那時節須有個決裂。」

【用法】形容力量極大。

【例句】現在局勢已發展到如此不可收拾的地步，他再有**轉日回天**的本事，看來也只能徒呼奈何了。

【義近】回天之力／揮戈反日／挽狂瀾於既倒／排山倒海。

【義反】縛雞之力／強弩之末／吹灰之力。

轉危爲安

【釋義】由危險轉爲平安。

【出處】劉向・戰國策序：「出奇策異者，轉危爲安，運亡爲存，亦可喜，亦可觀。」

【用法】形容病情或局勢由危險轉爲平安。

【例句】經醫生們近四個小時的搶救，終於使這個病人**轉危爲安**。

【義近】化險爲夷／轉禍爲福／逢凶化吉／起死回生。

【義反】福過災生／樂極生悲。

轉鬥千里

【釋義】意謂到處戰鬥，經歷了許多地方。

【出處】漢・荀悅・漢紀・武帝紀：「轉鬥千里，矢盡道窮，救兵不至，士兵死傷如積。」

【用法】指長途輾轉作戰。

【例句】這位老將軍曾**轉鬥千里**，出生入死，立下了卓越的功勳，所以深受國人敬重。

【義近】轉戰千里／南征北戰／南征北討／東征西討／轉戰南北。

【義反】短兵相接／紙上談兵／不習行伍。

轉敗爲勝

【釋義】轉敗：使失敗轉變。又作「反敗爲勝」。

【出處】羅貫中・三國演義一六回：「將軍在匆忙之中，……反敗爲勝，雖古之名將，何以加茲！」

【用法】形容由失敗轉爲勝利。

【例句】失敗了不要緊，最重要的是不能就此心灰意懶，而應克服困境，**轉敗爲勝**，才不失人生的意義。

【義近】反敗爲勝。

【義反】一蹶不振。

轉眼之間

【釋義】一轉眼的功夫。

【出處】羣音類選・葛衣記・薦之知信：「無端平地起波濤，轉眼之間忘久要。」

【用法】形容極短暫的時間內。

【例句】眞怪！我的手提包剛剛明明放在這兒，怎麼**轉眼之間**就不見了呢？

【義近】轉瞬之間／眨眼之間／彈指之間／須臾之間／倏忽之間／終食之間。

【義反】一年半載／成年累月／窮年累月／長年累月／日久天長／窮年累世。

轉愁爲喜

【釋義】轉憂愁爲喜悅。

【出處】明・陸采・懷香記・池塘晤語：「解雙眉轉愁爲喜，訂芳期歡聲和氣。」

【用法】形容人在感情上的顯著變化。

【例句】謝天謝地，你母親經過我們反覆的勸慰開導，終於**轉愁爲喜**，不會再爲你的婚事發愁了。

【義近】轉憂爲喜／回嗔作喜／轉悲爲喜／破涕爲笑。

【義反】樂極生悲／喜極而悲。

轉禍爲福

【釋義】把災禍變爲幸福。

【出處】戰國策・燕策一：「所謂轉禍爲福，因敗成功者也。」

【用法】用以泛指把壞事變成好事。

【例句】汪先生確實有一套，眼看著就快被革職了，但他卻憑三寸不爛之舌，向董事長說明事情的原委，陳明利害，立即**轉禍爲福**，反而提拔他擔任要職。

【義近】轉災爲福／因禍爲福／轉危爲安／化險爲夷／逢凶化吉。

【義反】福過災生／福兮禍伏／樂極生悲。

轉彎抹角

【釋義】沿著彎彎曲曲的路走。轉彎：拐彎。抹角：緊挨著犄角兒繞過。又作「拐彎抹角」。

【出處】吳昌齡・東坡夢一折：「轉彎抹角，此間就是溪河楊柳邊。」

【用法】比喻說話做事繞彎子，不直截了當。

【例句】他這個人說話做事都喜歡**轉彎抹角**，和他共事談話實在辛苦。

【義近】隱晦曲折／拐彎抹角／迂迴曲折。
【義反】直截了當／開門見山／心直口快／直言不諱／直言無隱。

十二畫

轍亂旗靡（ㄔㄜˋ ㄌㄨㄢˋ ㄑㄧˊ ㄇㄧˇ）
【釋義】車轍錯亂，旗幟倒地。轍：車輪輾地的軌跡。靡：倒下。
【出處】左傳・莊公十年：「夫大國難測也，懼有伏焉。吾視其轍亂，望其旗靡，故逐之。」
【用法】形容軍隊潰敗散亂的情景。
【例句】經過幾個小時的激戰，敵軍終於**轍亂旗靡**，逃之夭夭。
【義近】丟盔棄甲／潰不成軍／棄甲曳兵／望風披靡。
【義反】旗開得勝／揮師挺進／捷報頻傳／追亡逐北。

轍鮒之急（ㄔㄜˋ ㄈㄨˋ ㄓ ㄐㄧˊ）
【釋義】車轍中鯽魚的危急。轍：車輪壓出的痕跡。鮒：鯽魚。
【出處】莊子・外物篇：「車轍中有鮒魚焉，曰：『我東海之波臣也，君豈有斗升之水而活我哉！』」
【用法】比喻處於困境而急待援救。
【例句】這些被戰火趕出家園的災民，飢寒交迫，有如**轍鮒之急**，正等待聯合國救援物資的到來。
【義近】涸轍之鮒／釜中游魚／魚游沸鼎／熱鍋螞蟻／危如累卵。
【義反】枯木逢春／蛟龍得水／柳暗花明／絕路逢生／枯樹生花。

十四畫

轟雷貫耳（ㄏㄨㄥ ㄌㄟˊ ㄍㄨㄢˋ ㄦˇ）
【釋義】意謂打雷的聲音貫滿耳邊。
【出處】元・鄭德輝・王粲登樓一折：「久聞賢士大名，如轟雷貫耳。」
【用法】形容人的名聲很大。多用以表示對人仰慕已久。
【例句】學生久聞先生大名，如**轟雷貫耳**，今日有幸拜識，大慰平生之願！
【義近】如雷貫耳／名滿天下／名聲藉甚／大名鼎鼎／名聞遐邇／赫赫有名。
【義反】沒沒無聞／湮沒無聞／名不見經傳／無聲無臭。

轟轟烈烈（ㄏㄨㄥ ㄏㄨㄥ ㄌㄧㄝˋ ㄌㄧㄝˋ）
【釋義】轟轟：狀聲詞。烈烈：火焰熾盛的樣子。又作「烈烈轟轟」。
【出處】文天祥・沁園春題張許雙廟詞：「人生欻翕云亡，好烈烈轟轟做一場。」
【用法】形容聲勢浩大或事業興旺。
【例句】我們要趁著年輕力壯時，**轟轟烈烈**做一番大事業。
【義近】雷厲風行／如火如荼／大張旗鼓。
【義反】衰殘蕭條／悄無聲息。

辛部

十二畫

辭不意逮（ㄘˊ ㄅㄨˋ ㄧˋ ㄉㄞˋ）
【釋義】逮：達到。
【出處】宋・劉學箕・松江哨遍詞序：「至欲作數語以狀風景勝概，辭不意逮，筆隨句閣，良可慨歎。」
【用法】指言辭不能確切地把意思表達出來。
【例句】那些大文豪涉筆成趣，辭源滾滾，手不停揮，從來沒有**辭不意逮**之感。
【義近】辭不達意／辭不逮意／辭不盡意／情溢乎辭。
【義反】曲盡其妙／情盡乎辭／意到筆隨／淋漓盡致／文情並茂／辭達意暢。

辭巧理拙（ㄘˊ ㄑㄧㄠˇ ㄌㄧˇ ㄓㄨㄛˊ）
【釋義】巧：浮華。拙：拙劣，晦澀。
【出處】劉勰・文心雕龍・諸子：「公孫之白馬孤犢，辭巧理拙，魏牟比之鴞鳥，非妄貶也。」
【用法】用以說明文章的文辭浮華，而道理不通。
【例句】這篇論說文在修辭上確實下了一番功夫，但所論前後矛盾，不能自圓其說，可謂是**辭巧理拙**。
【義近】辭巧理屈／理不勝辭。
【義反】辭順理達。

辭尊居卑（ㄘˊ ㄗㄨㄣ ㄐㄩ ㄅㄟ）
【釋義】尊、卑：尊位和卑位。
【出處】孟子・萬章下：「為貧者辭尊居卑，辭富居貧。」
【用法】指人自願辭讓高位而甘居卑下地位。
【例句】由於與長官的見解不同而不願屈從，何主任心甘情願到基層工作，大家對他這種**辭尊居卑**的行為，深表敬佩。
【義近】辭富居貧／辭高居下。
【義反】攀龍附鳳／趨炎附勢／趨附權貴。

辭微旨遠（ㄘˊ ㄨㄟˊ ㄓˇ ㄩㄢˇ）
【釋義】微：隱微。旨：意旨。
【出處】梁書・劉之遴傳：「省所撰春秋義，此事論書，辭微旨遠。」
【用法】指文章或著作用辭隱微，而所表達的意思很深遠。
【例句】我仔細且認真地研究了這位受害者的遺作後，深感作者用心良苦，**辭微旨遠**，不說流芳百世，至少具有深刻的現實意義。

【義近】言簡意賅／言近旨遠／微言大義／言約旨遠／深入淺出。
【義反】辭淺意近／空話連篇／泛泛而談／不著邊際／不知所云／皮相之談。

十四畫

辯口利舌
【釋義】意謂能說善道。
【出處】漢・王充・論衡・物勢：「亦或辯口利舌，辭喻橫出爲勝；或詘弱綴跆，蹥蹇下比者爲負。」
【用法】形容人善於言辭，擅長辯論。
【例句】他**辯口利舌**，幾乎沒人能辯得過他，以你的口才和學識，想和他一較高低，這不是自討苦吃嗎？
【義近】辯口利辭／伶牙俐齒／辯才無礙／舌粲蓮花／口若懸河／能言善道。
【義反】澀於言論／結結巴巴／拙口鈍腮／笨口拙舌／辭不達意。

辰部

三畫

辱身敗名
【釋義】意即身辱名敗。
【出處】錢彩・說岳全傳三一回：「一旦失手，辱身敗名，是爲不智。」
【用法】指人行爲不檢點，使身受辱，名聲被破壞。
【例句】正決定要提拔你的關鍵時刻，你竟做出這種**辱身敗名**的事來，眞是太令人失望了！
【義近】身敗名裂／身辱名隳／名譽掃地。
【義反】身價百倍／聲譽鵲起。

辱門敗戶
【釋義】辱、敗：羞辱、敗壞。門、戶：指家庭或家族。
【出處】元・李文蔚・燕青博魚一折：「哥哥，俺是甚等樣人家，著他辱門敗戶。」
【用法】用以說明其所作所爲敗壞了門風，使家庭及家族受到了羞辱。
【例句】你兒子在外面做出了**辱門敗戶**的事，你們卻還睜隻眼閉隻眼，所謂「愛之適足以害之」，這樣放縱不管，只會斷送他的將來。
【義近】傷風敗俗／玷辱門庭／敗壞門風。
【義反】光宗耀祖／榮耀門庭／光耀門楣／耀祖榮宗／顯祖揚宗。

辱國喪師
【釋義】辱、喪：二字均用作使動詞。
【出處】明史・彭澤傳：「瓊遂劾澤妄增金幣，遺書議和，失信啓釁，辱國喪師，昆、九疇俱宜罪。」
【用法】指使國家蒙受恥辱，軍士喪失生命。
【例句】抗戰時期，有的將領貪生怕死，**辱國喪師**，結果受到軍事法庭的嚴厲懲處。
【義近】喪權辱國。
【義反】富國強兵。

辵部

三畫

迂怪不經
【釋義】意謂怪誕、荒唐而不合常理。
【出處】隋書・王劭傳：「劭在著作，將二十年，專典國史，撰隋書八十卷。多錄口勅，又採迂怪不經之語及委巷之言。」
【用法】指迂曲妄誕不合常理。
【例句】他今天所談的這些事，幾乎全是**迂怪不經**的鬼話，誰會相信？
【義近】荒唐不經／荒誕無稽／怪誕不經／荒誕不經。
【義反】言之鑿鑿／言之有據／千眞萬確／合情合理／言之成理／鑿鑿有據。

迂談闊論
【釋義】迂談：迂腐之談。闊論：漫無邊際的談論。
【出處】馮夢龍・東周列國志八九回：「騶衍等迂談闊論，虛而無實。」
【用法】指迂闊而不切實際的談論。
【例句】幾個朋友集會，只是聽到他那些**迂談闊論**，沒完沒了的，眞是掃興。
【義近】迂談虛論／迂腐之論／高談闊論／鑿空之論／迂談怪論／夸夸其談。
【義反】實言實語／平心而論／不刊之論／不刊之典／崇論閎議／不易之論。

迅雷不及掩耳
【釋義】迅雷：急猛的炸雷。一作「疾雷不及掩耳。」疾：速。
【出處】晉書・石勒載記上：「候賊列守未定，出其不意，直衝（段）末杯帳，……所謂迅雷不及掩耳。」
【用法】比喻事起突然，不及防備。用以形容使敵人或對手措手不及的戰略。
【例句】這些盜賊雖是烏合之眾，卻也不好對付，最好能採取**迅雷不及掩耳**的措施，給以出其不意的打擊。
【義近】出其不意／突如其來／猝不及防。

迄未成功
【釋義】迄：畢竟，終究。
【出處】後漢書・孔融傳：「融負其高氣，志在靖難。而才疏意廣，迄未成功。」
【用法】用以說明做某事終究未

能成功。

【例句】這部大型工具書，編寫已近五年，因人員多有流動，**迄未成功**。

【義近】迄未完成／終未成功。

【義反】馬到成功／終以成功／旗開得勝。

四　畫

迎刃而解

【釋義】刃：刀口。解：分開。

【出處】晉書．杜預傳：「今兵威已振，譬如破竹，數節之後，皆迎刃而解。」

【用法】比喻事情容易解決，也比喻主要問題解決了，其他問題就好辦理了。

【例句】只要想辦法弄到一筆錢，其他問題都可**迎刃而解**。

【義近】一了百了／刀過竹解／一解百解／探囊取物／唾手可得／手到擒來／囊中取物。

【義反】萬事俱備，只欠東風／百思難解。

迎意承旨

【釋義】承旨：指承受別人的旨意。

【出處】新五代史．唐莊宗神閔敬皇后劉氏傳：「劉氏多智，善迎意承旨，其他嬪御莫得進見。」

【用法】指迎合、承接別人的意思。

【例句】裴先生非常善於**迎意承旨**，所以深得局長的信任，近幾年更是寵信有加，已成為局長的得力助手。

【義近】善於逢迎／希旨承顏／望風希旨／曲意逢迎／曲意取容／阿諛奉承。

【義反】憨厚老實／直道而行／剛正不阿／正直不阿／剛正不撓。

迎頭痛擊

【釋義】意謂正對著面給以狠狠打擊。

【出處】清．吳沃堯．發財秘訣：「倘使此輩都是識時務熟兵機之員，外人擾我海疆時，迎頭痛擊，殺他個片甲不回。」

【用法】指對敵人或壞人態度要堅決狠猛，絕不留情。

【例句】對於來犯之敵，我們要**迎頭痛擊**，絕不能有絲毫的軟弱，給敵人可乘之機。

【義近】迎頭猛擊／窮追猛打／扼喉拊背。

【義反】放他一馬／手下留情／縱虎歸山。

迎頭趕上

【釋義】加緊追過最前面的。迎頭：迎上前去。

【用法】表示不甘居人後，決心急起直追，以求趕上、超過。常用以鼓勵他人或自勵。

【例句】他因病休學，為了**迎頭趕上**落後的課業，日夜不休地苦讀，令父母十分心疼。

【義近】急起直追／力爭先進／力爭上游。

【義反】望洋興歎／得過且過／甘居人後。

近水樓臺

【釋義】為「近水樓臺先得月」之省，意謂靠近水邊的樓臺先得到月光。

【出處】俞文豹．清夜錄：「范文正公鎮錢塘，兵官皆被薦，獨巡檢蘇麟不見錄，乃獻詩云：『近水樓臺先得月，向陽花木易為春。』」

【用法】比喻由於接近某些人或事，而優先得到某種好處。

【例句】他為了追女友，把家搬到女友家附近，這樣**近水樓臺**，追起來就方便多了。

【義近】得天獨厚／捷足先登／向陽花木。

近在咫尺

【釋義】咫：古代長度單位，周朝時以八寸為「咫」，合今市尺六寸二分二釐。

【出處】蘇軾．杭州謝上表：「凜然威光，近在咫尺。」

【用法】形容距離極近。

【例句】你我兩家**近在咫尺**，今後做了親家，來往是很方便的。

【義近】近在眉睫／近在眼前／一街之隔／一箭之遙。

【義反】遠在天邊／天涯海角／天南海北。

近在眉睫

【釋義】眉睫：眉毛和眼睫毛。

【出處】列子．仲尼：「雖遠在八荒之外，近在眉睫之內，來干我者，我必知之。」

【用法】形容距離非常近，就在眼前。

【例句】兒子的婚事已**近在眉睫**，但卻有好多事還沒有辦妥，看來需要多找個人來幫忙才行。

【義近】近在眼前／近在咫尺／迫在眉睫／迫在眼前／燃眉之急／急如星火。

【義反】遠在天邊／遠在天外／相隔十萬八千里／天涯海角。

近朱者赤，近墨者黑

【釋義】靠近朱砂的變紅，靠近黑墨的變黑。朱：朱砂，紅色。

【出處】傅玄．太子少傅箴：「故近朱者赤，近墨者黑；聲和則響清，形正則影直。」

【用法】比喻環境對人影響極大，可以移易其性情。

【例句】**近朱者赤，近墨者黑**，我們千萬不能讓孩子跟那些不三不四的人交往，以免受到不良影響。

【義近】蓬生麻中，不扶而直／潛移默化／入蒼則蒼，入黃則黃。

【義反】出淤泥而不染／磨而不磷，涅而不緇。

近悅遠來

【釋義】意謂近居之民，因政治清明而歡悅，遠居之民聞風而來附。

【出處】論語．子路：「葉公問政，子曰：『近者說（悅），遠者來。』」

【用法】指政治清明。

【例句】王縣長居官清廉，把這個縣治理得民風淳樸，道不拾遺，**近悅遠來**。

【義近】政通人和／眾望所歸／遠近稱頌。

【義反】怨聲載道／萬民唾棄。

近鄉情怯

【釋義】接近家鄉，心情反而有畏怯之感。

【出處】李頻．渡漢江詩：「嶺外音書絕，經冬復立春；近鄉情更怯，不敢問來人。」

【用法】形容回鄉者矛盾而複雜的心情，日夜思念家鄉，及至接近家鄉卻又膽怯起來。

【例句】近四十年來，日夜夢想回故鄉省親，然而當夢想即將成眞時，卻又有**近鄉情怯**之感。

五　畫

述而不作（ㄕㄨˋ ㄦˊ ㄅㄨˋ ㄗㄨㄛˋ）

【釋義】闡述而不創作。述：傳述，傳承。作：創新。

【出處】論語・述而：「子曰：『述而不作，信而好古，竊比於我老彭。』」

【用法】說明只是傳述成說，而不自立新義。

【例句】季教授講課確實講得很好，但他總是謙稱自己是**述而不作**，因而很受學生的敬重。

【義近】述古解古／信而好古。

【義反】自立新義。

迥然不同（ㄐㄩㄥˇ ㄖㄢˊ ㄅㄨˋ ㄊㄨㄥˊ）

【釋義】迥然：形容相差很遠。迥：遠。

【出處】張戒・歲寒堂詩話：「文章古今迥然不同。」

【用法】表示差別極大，很明顯的不一樣。

【例句】他們兩人一起採訪，所採訪的對象、內容一樣，但寫出來的稿子卻**迥然不同**。

【義近】判然有別／截然不同／判若天淵／天壤之別。

【義反】如出一轍／毫無二致／一模一樣。

迫不及待（ㄆㄛˋ ㄅㄨˋ ㄐㄧˊ ㄉㄞˋ）

【釋義】急迫得不能再等待。迫：緊迫，緊急。

【出處】王夫之・讀通鑑論：「顧處此迫不及待之勢，許不許兩言而判。」

【用法】形容心情十分急切。

【例句】她是那樣**迫不及待**地想向丈夫一吐自己的苦衷。

【義近】急不可待／火燒眉毛／迫在眉睫／急如星火。

【義反】從容不迫／待時而動。

迫不得已（ㄆㄛˋ ㄅㄨˋ ㄉㄜˊ ㄧˇ）

【釋義】迫：逼迫。已：止，停止。

【出處】漢書・王莽傳：「迫不得已然後受詔。」

【用法】指出於逼迫，不得不如此。

【例句】我之所以出外打工，實在是**迫不得已**，誰又願意遠離妻兒呢？

【義近】無可奈何／百般無奈／萬不得已。

【義反】自覺自願／心甘情願／甘之如飴。

迫在眉睫（ㄆㄛˋ ㄗㄞˋ ㄇㄟˊ ㄐㄧㄝˊ）

【釋義】迫：接近。眉睫：眉毛和眼睫毛，指眼前。

【出處】列子・仲尼：「雖遠在八荒之外，近在眉睫之內，來干我者，我必知之。」

【用法】比喻事情已到眼前，非常緊迫。

【例句】老頭子！兒子的婚期已**迫在眉睫**，你怎麼一點也不著急呢？

【義近】燃眉之急／迫在眼前／急如星火／火燒眉毛。

【義反】遠在天外／不慌不忙。

六　畫

送故迎新（ㄙㄨㄥˋ ㄍㄨˋ ㄧㄥˊ ㄒㄧㄣ）

【釋義】送走舊的，迎接新的。故：舊。

【出處】漢書・王嘉傳：「吏或居官數月而退，送故迎新，交錯道路。」

【用法】原指送走舊官，迎接新官。後用於一般的送舊迎新或同事往來。

【例句】他的朋友和同事甚多，每逢過節、假日便忙著**送故迎新**，但他卻樂此不疲。

【義近】送舊迎新／送往迎來。

【義反】下驅逐令／杜門卻掃／杜門謝客／杜門不出／息交絕遊。

送眼流眉（ㄙㄨㄥˋ ㄧㄢˇ ㄌㄧㄡˊ ㄇㄟˊ）

【釋義】意即眉來眼去。

【出處】蒲松齡・聊齋誌異・段氏：「濟南蔣稼，其妻毛氏，不育而妒。嫂每勸諫，不聽，曰：『寧絕嗣，不令送眼流眉者忿氣人也。』」

【用法】形容男女之間以眉目傳情。

【例句】這對男女在辦公室裏常常**送眼流眉**的，關係肯定非比尋常。

【義近】暗送秋波／眉來眼去／目送心招／眉目傳情／眉挑目語／目挑心招。

【義反】目不斜視／正襟危坐／非禮勿視／不瞅不睬。

逆天違理（ㄋㄧˋ ㄊㄧㄢ ㄨㄟˊ ㄌㄧˇ）

【釋義】逆天：違逆天道天理。

【出處】漢・荀悅・漢紀・孝武帝紀：「身滅祀絕，爲天下笑，天以吳眾不能成功者何？誠逆天違理而不見時也。」

【用法】指違背天道常理。

【例句】如果國家的當政者盡做些**逆天違理**的事，自然會受到民眾的唾棄，失去人民的擁護。

【義近】逆天背理／逆理違天／逆天悖理／違時逆勢／傷天害理／背天違民。

【義反】順天應理／應天順理／順應天理／順天應人／順時趨勢。

逆水行舟（ㄋㄧˋ ㄕㄨㄟˇ ㄒㄧㄥˊ ㄓㄡ）

【釋義】迎著水流行船。逆：迎。常與「不進則退」連用。

【用法】比喻不努力前進就會後退，也比喻工作不順利。

【例句】學習有如**逆水行舟**，不進則退，這雖是老生常談，但仍應銘記於心。

【義近】不進則退／力爭上游。

【義反】順流而下／順水推舟。

逆耳之言（ㄋㄧˋ ㄦˇ ㄓ ㄧㄢˊ）

【釋義】逆耳：刺耳，不順耳。

【出處】晉書・王沈傳：「逆耳之言，不求而自至。」

【用法】指忠心耿直的勸諫、有益之言。

【例句】要把公司辦好，就得多方面聽取意見，尤其要耐心傾聽**逆耳之言**。

【義近】逆耳忠言／苦口良藥／刺耳益言。

【義反】順耳之言／甜言蜜語／花言巧語。

逆耳利行（ㄋㄧˋ ㄦˇ ㄌㄧˋ ㄒㄧㄥˊ）

【釋義】爲「忠言逆耳利於行」

的簡縮。逆耳：令人聽了感到不舒服。

【出處】司馬遷・史記・留侯世家：「忠言逆耳利於行，毒藥苦口利於病。」舊唐書・王晙傳：「臣蒙天澤，叨居重鎮，逆耳利行，敢不盡言。」

【用法】指忠誠正直的話聽起來不舒服，但有益於行動。

【例句】**逆耳利行**，你不要一聽到批評的話就大發雷霆，應認眞想想，這些話有沒有道理。

【義近】逆耳忠言／良藥苦口／忠言逆耳／刺耳益言。

【義反】歌功頌德／花言巧語／甜言蜜語／巧言美語。

逆來順受（ㄋㄧˋ ㄌㄞˊ ㄕㄨㄣˋ ㄕㄡˋ）

【釋義】逆：不順。

【出處】高則誠・琵琶記：「事當逆來順受。」

【用法】形容人對外來的欺負、逼迫或粗暴的待遇採取順從忍受的態度。

【例句】你不能老這樣**逆來順受**，一味地遷就你先生！

【義近】委曲求全／一再忍讓／唾面自乾／犯而不校。

【義反】針鋒相對／寸步不讓／以眼還眼／以牙還牙／錙銖必較。

逆流而上（ㄋㄧˋ ㄌㄧㄡˊ ㄦˊ ㄕㄤˋ）

【釋義】逆著水勢向前行。

【出處】李汝珍・鏡花緣八一回：「『過山龍，打爾雅一句。』陽墨香笑道：『可是逆流而上？』錦風道：『正是。』」

【用法】比喻前進的道路艱難。

【例句】在漫長的人生道路上，難免也有**逆流而上**的情況，只要不灰心喪志，肯定可以度過難關，成就一番事業。

【義近】荊棘載途／荊棘滿途／荊天棘地／前途多艱／遍地荊棘。

【義反】順流而下／海闊天空／康莊大道／一路順風。

逆風撐船（ㄋㄧˋ ㄈㄥ ㄔㄥ ㄔㄨㄢˊ）

【釋義】逆風：跟車船等行進方向相反的風。撐船：用竹竿等伸進水底用力撐，使船前進。

【出處】陸游・與何蜀州啓：「老驥伏櫪，雖未歇於壯心；逆風撐船，終不離於舊處。」

【用法】比喻身處逆境。

【例句】學習正如**逆風撐船**，越是困難就越要堅持下去，才能嚐到豐收的果實。

【義近】逆水行舟／驚濤駭浪。

【義反】順風使帆／順水推舟／一帆風順／無往不利。

迷而不返（ㄇㄧˊ ㄦˊ ㄅㄨˋ ㄈㄢˇ）

【釋義】意謂迷失了道路不知回來。

【出處】漢・王粲・爲劉表與袁尙書：「若使迷而不返，遂而不改，則戎狄蠻夷將有誚讓之言。」

【用法】喻犯了錯誤不知改正。

【例句】像他這樣**迷而不返**的人，我還很少見到，眞是頑固到了極點！

【義近】迷不知返／執迷不悟／死不悔改／怙惡不悛／至死不悟。

【義反】迷而知返／回心轉意／朝過夕改／悔過自新／迷途知返／懸崖勒馬／浪子回頭／過而能改／改過自新／知過能改。

迷花眼笑（ㄇㄧˊ ㄏㄨㄚ ㄧㄢˇ ㄒㄧㄠˋ）

【釋義】意謂笑瞇瞇的。

【出處】夏敬渠・野叟曝言二五回：「那太監喜得迷花眼笑，也不更數，把袋裡的錢都倒出來，給與翠蓮。」

【用法】形容歡樂的神情。

【例句】小李快結婚了，把女友帶到家中，他媽媽見了喜得**迷花眼笑**的！

【義近】喜眉笑眼／眉開眼笑／喜笑顏開／舒眉展眼／笑逐顏開／眉花眼笑／眉飛色舞／開眉展眼。

【義反】愁眉不展／愁眉鎖眼／愁眉苦臉／緊蹙雙眉／眉頭不展。

迷途知反（ㄇㄧˊ ㄊㄨˊ ㄓ ㄈㄢˇ）

【釋義】迷了路再回頭走正路。迷途：迷失了道路。反：同「返」，回。

【出處】丘遲・與陳伯之書：「夫迷途知反，往哲是與！」

【用法】比喻發覺自己有了過失而能知道改正。

【例句】對於**迷途知反**的人，社會大眾應伸出溫暖的手接納他們，給他們自新的機會。

【義近】浪子回頭／改過自新／懸崖勒馬／知過能改。

【義反】死不悔改／知過不改／執迷不悟／迷不知反。

迷魂湯（ㄇㄧˊ ㄏㄨㄣˊ ㄊㄤ）

【釋義】傳說地獄中使靈魂忘卻過去和迷失本性的湯藥。

【出處】蘭陵笑笑生・金瓶梅詞話二六回：「賊強人他吃了迷魂湯了，俺每說話不中聽。」

【用法】比喻迷惑人的話語或行爲。

【例句】我看你是喝了**迷魂湯**了，竟想嫁給這種男人！你再好好想清楚，世界上可沒有後悔藥可以吃喲！

【義近】花言巧語／甜言蜜語。

【義反】苦口良藥／藥石之言／逆耳忠言。

迷離惝恍（ㄇㄧˊ ㄌㄧˊ ㄊㄤˇ ㄏㄨㄤˇ）

【釋義】迷離：模糊不明。惝恍：迷糊不清。

【出處】清・紀昀・閱微草堂筆記・槐西雜誌三：「惟留二百餘金，恰足兩月餘酒食費，一家迷離惝恍，如夢乍回。」

【用法】是指迷迷糊糊，弄不清楚。

【例句】我聽了你們的說明，對這件事仍然感到**迷離惝恍**，等明天我親自去調查了解後再說吧。

【義近】迷離恍惚／恍如夢境／迷迷糊糊／撲朔迷離／模糊不清／霧裏看花。

【義反】清清楚楚／一清二楚／洞若觀火／明若觀火／一目了然／瞭若指掌。

退有後言（ㄊㄨㄟˋ ㄧㄡˇ ㄏㄡˋ ㄧㄢˊ）

【釋義】退下來之後又有異議。

【出處】尙書・益稷：「予違汝弼，汝無面從，退有後言。」

【用法】說明當面順從，背後有

異議。

【例句】你怎麼能這樣呢？會議中一再表示同意，卻又**退有後言**，到底用心何在？

【義近】面從後言／首肯心違／口是心非。

【義反】前後一致／表裏一致／心口如一。

退避三舍

【釋義】後退九十里。舍：三十里。

【出處】左傳．僖公二三年：「晉楚治兵，遇於中原，其辟（避）君三舍。」

【用法】表示對人讓步或迴避，不與相爭。

【例句】面對這樣火爆的場面，我只好**退避三舍**，待大夥氣消了再提出我的看法。

【義近】知雄守雌。

【義反】當仁不讓／周旋到底。

追亡逐北

【釋義】追、逐：追趕。亡：逃亡。北：敗，指失敗者。

【出處】史記．田單列傳：「燕軍擾亂奔走，齊人追亡逐北，所過城邑皆畔（叛）燕而歸田單。」

【用法】說明追擊敗逃之敵。

【例句】趁敵軍抱頭鼠竄時，我軍應**追亡逐北**，把其勢力徹底消滅，以免後患無窮。

【義近】追奔逐北／窮追猛打。

【義反】網開三面／窮寇勿追。

追本窮源

【釋義】追：追究。本：根本。窮：盡，追究到底。源：源頭。

【用法】說明對事物發生的根源一定要弄清楚。

【例句】學習最可貴的是要有**追本窮源**的精神，若滿足於一知半解，便不能深入鑽研，突破前人的研究成果。

【義近】追本溯源／刨根問底／窮源竟委／探本究源。

【義反】淺嘗輒止／不求甚解／一知半解。

追風覓影

【釋義】追：追趕。覓：尋覓。風、影：喻虛空不實之事。

【出處】明．無名氏．三化邯鄲四折：「跋涉滄溟，才度蓬瀛，眞乃是追風覓影。」

【用法】用以比喻說話做事虛空無據。

【例句】狗仔隊之所以令當事者深惡痛絕，乃因其所報導之事十有八九是**追風覓影**，根本不是事實。

【義近】追風捕影／追風躡影／捕風繫影／捕風捉影／無中生有／憑空捏造。

【義反】鑿鑿有據／言之有據／信而有徵／證據確鑿／信然有徵。

追悔何及

【釋義】追悔：追溯以往，感到悔恨。何及：猶不及。

【出處】雲笈七籤卷六〇：「訣曰：世上之人，多嗜欲傷生伐命，今古共焉，不早自防，追悔何及。」

【用法】說明悔恨過去的往事，卻已無法挽回了。

【例句】當初只怕女兒所適非人，所以不同意這樁婚事，誰知道她竟以身殉情，眞是**追悔何及**啊！

【義近】追悔不及／悔愧無及／後悔莫及／追悔莫及／悔之晚矣。

【義反】亡羊補牢。

追魂攝魄

【釋義】是指鬼追趕攝取人的魂魄。

【出處】平妖傳二回：「兩壁雖鐫著一百單八條變化之法，仔細參求，都是偷天換日，追魂攝魄的伎倆。」

【用法】形容使人極端驚駭。

【例句】一場驚悚電影看下來，她好像被**追魂攝魄**似的，連著幾天睡覺都被惡夢嚇醒。

【義近】追魂奪魄／失魂落魄。

【義反】安神定魄／安定魂魄。

追歡買笑

【釋義】歡、笑：意指聲色的快樂。

【出處】凌濛初．初刻拍案驚奇卷二五：「然不過是侍酒陪飲，追歡買笑，遣興陶情，解悶破寂，實是少不得的。」

【用法】指人胸無大志，一味追求聲色的歡娛。

【例句】李先生的大兒子不務正業，只知**追歡買笑**，快到而立之年了，還無法自力更生，只會花父母的血汗錢。

【義近】追歡取樂／沉溺酒色／聲色犬馬／尋歡作樂／紙醉金迷／燈紅酒綠。

【義反】奮發圖強／披星戴月／廢寢忘食／宵衣旰食／夙興夜寐／夙夜匪懈。

七　畫

通人達才

【釋義】通人：學識淵博、貫通古今的人。達才：通達事理的人才。

【出處】司馬遷．史記．田敬仲完世家：「易之爲術，幽明遠矣，非通人達才，孰能注意焉！」

【用法】指知識極淵博而通達古今的人才。

【例句】郭老先生確實是位**通人達才**，古往今來之事凡有不知的，只要去問他，他都能詳加解釋、說明。

【義近】博古通今／立地書櫥／博學多才／知今博古。

【義反】蒙昧無知／愚昧無知／一竅不通／一無所知／口耳之學／不學無術／胸無點墨／才疏學淺／菲才寡學。

通力合作

【釋義】通力：全力，共同出力。原意謂不分田界，共同耕作經營。

【出處】論語．顏淵：「盍徹乎？」朱熹注：「一夫受田百畝，而與同溝共井之人通力合作，計畝均收。」

【用法】今用以指稱團結，形容大家不分彼此，共同出力來做。

【例句】只要公司的全體人員**通力合作**，我們一定就可以轉敗爲勝，扭虧爲盈。

【義近】同心協力／戮力同心／團結一致。

【義反】各行其是／各自爲謀／一盤散沙。

通同一氣

【釋義】通同：串通。一氣：聲氣相通；同一夥。

【出處】曹雪芹・紅樓夢一一一回：「那些上夜的人管做什麼的？況且打死的賊是周瑞的乾兒子，必是他們通同一氣的！」

【用法】指互相串通勾結起來幹不好的事。

【例句】這件搶案，他絕對脫離不了關係，因爲他和主嫌常常混在一起，根本和他是**通同一氣**的。

【義近】串通一氣／沆瀣一氣／狼狽爲奸。

【義反】周而不比／和而不同／羣而不黨。

通同作弊

【釋義】通同：串通。作弊：指用欺騙的手段做違法亂紀或不合規定的事情。

【出處】宋・陳元靚・事林廣記卷八：「及有曉者又與之通同作弊。」元・白樸・牆頭馬上三折：「你與孩兒通同作弊，亂我家法。」

【用法】指一起串通幹騙人的勾當。

【例句】這幾個貪官污吏**通同作弊**，以爲別人無法查出，不料幾個調查員不出三天，就把問題弄得水落石出了。

【義近】同惡相濟／朋比爲奸／狼狽爲奸／狽因狼突。

【義反】羣而不黨／光明正大／君子相友／同善相濟。

通風報信

【釋義】風：風聲，消息。

【出處】清・頤瑣・黃繡球二〇回：「那掌櫃的說他惡毒，跟手叫送棺材到陳府上去的通風報信，一面地保就在內看守了這掌櫃的。」

【用法】指暗中告知他人消息。

【例句】此事只有我們內部幾個人知道，如果沒有人給他們**通風報信**，是絕對不會走漏風聲的。

【義近】暗通消息／暗通聲息。

【義反】守口如瓶／三緘其口／祕而不宣／隻字不提。

通家之好

【釋義】通家：指兩家交誼深厚，如同一家。

【出處】元・秦簡夫・東堂老四折：「有西鄰趙國器，是這揚州奴父親，與老夫三十載通家之好。」

【用法】指兩家世代友善相交。

【例句】我與你們校長是**通家之好**，他看了我這封介紹信，一定會照顧你的。

【義近】通家世好／通家之誼／累世相好／累世之交。

【義反】世代冤仇／舊仇宿怨／累世仇家／舊敵宿怨。

通宵達旦

【釋義】通宵：整夜。通：整。達旦：到達天亮。

【出處】馮夢龍・醒世恆言・獨孤生歸途鬧夢：「獅蠻社火，鼓樂笙簫，通宵達旦。」

【用法】指整整一個夜晚，也指日夜不停地工作。

【例句】他爲了及時完成寫作任務，最近幾天幾乎都是**通宵達旦**地工作。

【義近】徹夜不眠／不寐達旦／夜以繼日。

【義反】一朝一夕／一時半刻。

通情達理

【釋義】通、達：對事理認識得透徹明瞭。

【出處】李綠園・歧路燈八五回：「只因民間有萬不通情達理者，遂爾家有殊俗。」

【用法】用以指說話、做事很講情理。

【例句】他太太是個**通情達理**的賢妻良母，哪會像你們所說的忤逆公婆！

【義近】知情達理／入情達理／合情合理。

【義反】不近情理／不通人情／不講情理。

通脫不拘

【釋義】通達脫俗，不拘小節。

【出處】晉書・袁耽傳：「其通脫若此。」葉聖陶・微波：「你從前那麼通脫不拘，大家都稱讚。」

【用法】指人曠達而不受禮法和世俗偏見的束縛。

【例句】他一向都是**通脫不拘**的，不知爲什麼這次在女兒的婚事上竟還要這樣講究禮儀和禮節！

【義近】狂放不羈／曠達不拘／曠達不羈／豪放不羈／豪放曠達／倜儻不羈。

【義反】禮法之士／規規小儒／謹小慎微／束手束腳／縮手縮腳。

通都大邑

【釋義】通：四通八達。邑：都市，城市。

【出處】韓愈・守戒：「今之通都大邑介於倔強之間，而不知爲之備。」

【用法】指四通八達的大都會、大城市。

【例句】台北和高雄是台灣的**通都大邑**，自然是人口稠密，街道繁華。

【義近】首善之區／通邑大都／首善之都／京畿重鎮。

【義反】荒村僻壤／窮鄉僻壤／窮山邊陲／不毛之地。

通權達變

【釋義】通、達：通曉、明白。權、變：權宜和變化。

【出處】文康・兒女英雄傳二八回：「只好通權達變，放在手下備用罷！」

【用法】指做事能適應客觀情況的變化，隨機應變，不死守常規。

【例句】男子漢大丈夫，理應**通權達變**，建不世之功，何苦如此不識時務，死板守舊？

【義近】隨機應變／通時達變／見機行事。

【義反】墨守成規／守株待兔／固執守舊。

通觀全局

【釋義】通觀：總的來看，全面地。全局：整個的局面。

【出處】清・錢泳・履園叢話・水學・三江：「大凡治事必需通觀全局，不可執一而論。」

【用法】全面考慮，通盤籌畫。

【例句】不管是考慮問題或擬定計畫，都要**通觀全局**，不能顧此失彼，貽誤工作。
【義近】全面觀察／通盤考慮／通盤考量。
【義反】片面之見／見樹不見林／目光如豆。

連城之璧（ㄌㄧㄢˊ ㄔㄥˊ ㄓ ㄅㄧˋ）
【釋義】價值連城的璧玉。
【出處】司馬遷・史記・廉頗藺相如列傳：「趙惠文王時，得楚和氏璧。秦昭王聞之。……願以十五城請易璧。」蒲松齡・聊齋誌異・王成：「大王不以爲寶，臣以爲連城之璧不過也。」
【用法】比喻極珍貴的東西，價值很高。
【例句】這些古董，眞可算是**連城之璧**，屬於國寶，豈可擅自拿來拍賣！
【義近】連城之珍／無價之寶／稀世珍寶／荆山之玉／靈蛇之珠／牛黃狗寶。
【義反】牛溲馬勃／隔年曆本／竹頭木屑／蟲臂鼠肝／陶犬瓦雞／布帛菽粟。

連袵成帷（ㄌㄧㄢˊ ㄖㄣˋ ㄔㄥˊ ㄨㄟˊ）
【釋義】指衣襟相接而成帷幕。
【出處】司馬遷・史記・蘇秦列傳：「車轂擊，人肩摩，連袵成帷，舉袂成幕，揮汗成雨。」
【用法】形容人很多。
【例句】每年春節，大街小巷**連袵成帷**，好一片熱鬧繁華的景象。
【義近】舉袂成幕／掎裳連袂／比肩接踵／摩肩擦踵／摩肩接踵／揮汗成雨。
【義反】寥寥數人／三三兩兩／屈指可數／稀稀落落。

連朝接夕（ㄌㄧㄢˊ ㄓㄠ ㄐㄧㄝ ㄒㄧ）
【釋義】早晨接著晚上。
【出處】白居易・與元九書：「勞心靈，役聲氣，連朝接夕，不自知其苦，非魔而何？」
【用法】指不分白天黑夜連續學習、勞動、工作。
【例句】爲了按時完成這項重要工程，全體工人無日無夜地加班，**連朝接夕**地趕工。
【義近】焚膏繼晷／夜以繼日／朝斯夕斯／夙夜匪懈。
【義反】玩歲愒日／優遊自在／優哉游哉／蹉跎歲月。

連篇累牘（ㄌㄧㄢˊ ㄆㄧㄢ ㄌㄟˇ ㄉㄨˊ）
【釋義】連篇：一篇接著一篇。累：積累，重重疊疊。牘：古代寫字用的木片。
【出處】隋書・李諤傳：「連篇累牘，不出月露之形；積案盈箱，唯是風雲之狀。」
【用法】形容文詞累贅，篇幅冗長。
【例句】他所發表的文章**連篇累牘**，看似篇篇大道理，其實是廢話一堆。
【義近】長篇大論／洋洋萬言／冗詞贅句。
【義反】言簡意賅／三言兩語／片語隻字。

連緜不斷（ㄌㄧㄢˊ ㄇㄧㄢˊ ㄅㄨˋ ㄉㄨㄢˋ）
【釋義】連緜：接連不斷。
【出處】謝靈運・過始寧墅詩：「巖峭嶺稠疊，洲縈渚連緜。」
【用法】形容連續不斷。
【例句】這一帶景色非常特別，**連緜不斷**的秀山麗水交錯，令人有進入桃花源之感。
【義近】緜緜不絕／源源不斷／接二連三。
【義反】斷斷續續／青黃不接。

逝者如斯（ㄕˋ ㄓㄜˇ ㄖㄨˊ ㄙ）
【釋義】逝者：流去的，過去的。斯：此，這，指河水。
【出處】論語・子罕：「子在川上曰：『逝者如斯夫，不舍晝夜。』」
【用法】感慨時光像河水一樣，日夜不停地流逝而去。
【例句】年復一年地過去，不覺已是花甲之年了，怎不令人產生**逝者如斯**的感慨呢？
【義近】光陰似箭／歲月如梭／時光如流／白駒過隙／歲月不居／電光石火。
【義反】度日如年／漫漫歲月／長纓繫日。

逐臭之夫（ㄓㄨˊ ㄔㄡˋ ㄓ ㄈㄨ）
【釋義】逐臭：追逐臭味。
【出處】呂氏春秋・遇合：「人有大臭者，……自苦而居海上。海上人有說（悅）其臭者，晝夜隨之而弗能去。」
【用法】比喻嗜好之怪癖。
【例句】這位小姐有狐臭的毛病，別人見了避之猶恐不及，而小李卻說這味道不錯，尾隨著向她求愛，眞是個地地道道的**逐臭之夫**。
【義近】臭味相投。

逐鹿中原（ㄓㄨˊ ㄌㄨˋ ㄓㄨㄥ ㄩㄢˊ）
【釋義】逐鹿：爭奪天下。逐：追逐。鹿：指代政權。中原：指中國中部的黃河流域。
【出處】司馬遷・史記・淮陰侯列傳：「秦失其鹿，天下共逐之，於是高材疾足者先得焉。」
【用法】比喻國家分裂動亂之時，羣雄並起，競爭天下。
【例句】漢代末年，豪傑蜂起，**逐鹿中原**，歷時十多年，最後形成三國鼎立的局面。
【義近】羣雄逐鹿／豪傑爭權。

逍遙自在（ㄒㄧㄠ ㄧㄠˊ ㄗˋ ㄗㄞˋ）
【釋義】自在：安閒得意。
【出處】普濟・五燈會元・卷一八：「四十二臘，逍遙自在，逢人則喜，見佛不拜。」
【用法】形容無拘無束，自由自在。
【例句】他退休之後，無憂無慮，**逍遙自在**，眞舒服！
【義近】安閒自得／自由自在／悠然自得／悠哉游哉。
【義反】身不由己／俯仰由人／仰人鼻息／寄人籬下。

逍遙自娛（ㄒㄧㄠ ㄧㄠˊ ㄗˋ ㄩˊ）
【釋義】逍遙：沒有什麼約束，自由自在。
【出處】唐・李珏・唐丞相太子少師贈太尉牛公神道碑銘：「池臺琴酒，逍遙自娛，賢士大夫，尙其軌躅。」
【用法】形容人毫無拘束，自得其樂。
【例句】我太太上午跳跳舞，下午打打麻將，晚上看看電視，生活過得是既充實又**逍遙自娛**。
【義近】逍遙自得／逍遙自在／優遊自在／無拘無束。
【義反】籠中之鳥／池中之魚／俯仰由人／籠鳥檻猿。

逍遙法外

【釋義】逍遙：安閒自在，不受拘束。法外：法網之外。

【用法】指犯法的人沒有受到法律制裁，仍然自由自在。

【例句】這流氓不知糟蹋了多少女子，早就應當嚴厲懲處，但直到現在仍**逍遙法外**。

【義近】漏網之魚／逃之夭夭。

【義反】天網恢恢／繩之以法。

逞己失眾

【釋義】逞己：放任自己。逞：放縱，放任。

【出處】隋唐演義五六回：「蓋驕則恃己輕人，驕則逞己失眾，失眾無以禦人，那得不敗。」

【用法】說明由著性子胡來會失去眾人的支持。

【例句】有道是：**逞己失眾**，像你這樣驕傲自大，看不起任何人，有誰會願意支持你、幫助你呢？

【義近】驕縱失人／失人者亡／失道寡助／失民者亡。

【義反】一謙四益／得人者昌／得道多助／近悅遠來。

逞異誇能

【釋義】逞：顯示，誇耀。

【出處】許仲琳・封神演義九二回：「梅山七怪阻周兵，逞異誇能苦戰爭。」

【用法】指施展奇異本事，誇耀能力高強。

【例句】俗話說：強中自有強中手。你用不著在這裏**逞異誇能**，比你厲害的人多得是，人家只是深藏不露罷了。

【義近】逞強稱能／鋒芒畢露／大顯身手／露才揚己。

【義反】深藏若虛／鋒芒不露／韜光隱晦／善刀而藏。

造化弄人

【釋義】造化：這裏指幸運，運氣。

【出處】李汝珍・鏡花緣六七回：「我們在坐四十五人，似乎並無一人落第，那知今日竟有八人之多，可見天道不測，造化弄人，你又從何捉摸。」

【用法】指命運作弄人。

【例句】本想改行做生意，讓生活過得寬鬆一點，誰知**造化弄人**，一再虧本，弄得現在連生活都過不下去了。

【義近】天不作美／時乖運蹇／時運不濟／命邅陽九。

【義反】蒼天佑人／時運亨通／吉星高照／時來運轉。

造次顛沛

【釋義】造次：匆忙。顛沛：跌倒在地，引申爲流離不定。

【出處】論語・里仁：「君子無終食之間違仁，造次必於是，顛沛必於是。」宋・王禹偁・答鄭褒書：「士君子立身行道是是而非非，造次顛沛不易其心。」

【用法】用以指倉卒不定之際。

【例句】即使在**造次顛沛**的時刻，我也絕不改變初衷，一定要完成我既定的目標。

【義近】造次之間／匆忙之際／倉卒之間。

【義反】優遊從容／從容不迫／從容裕如／不慌不忙。

造言生事

【釋義】造言：製造不實之言。

【出處】孟子・萬章上：「好事者爲之也。」朱熹注：「好事，謂喜造言生事之人。」

【用法】形容人製造謠言，挑起事端。

【例句】你這樣**造言生事**，東家長西家短地胡說，有一天大家會找你算帳的！

【義近】造謠生事／造謠惑眾／蠱惑人心。

【義反】息事寧人／隱惡揚善。

造謠中傷

【釋義】中傷：誣陷別人。

【出處】漢書・翟方進傳：「峻文深詆，中傷者尤多。」

【用法】喻人製造謠言，傷害別人。

【例句】心中無冷病，哪怕吃西瓜？你儘管**造謠中傷**吧，我毫無所謂。

【義近】蜚短流長／惡語中傷／造謠誹謗。

【義反】逢人說項／一力吹噓／隱惡揚善。

逢人說項

【釋義】碰到人就說項斯好。項：項斯，唐代人。一作「爲人說項」。

【出處】楊敬之・贈項斯詩：「平生不解藏人善，到處逢人說項斯。」

【用法】表示到處讚揚別人或替人說情。

【例句】你這樣**逢人說項**，使我很尷尬，我哪有什麼超人的本領啊！

【義近】善爲說辭／極意捧場／一力吹噓。

【義反】洗垢求瘢／抵瑕蹈隙／自吹自擂。

逢山開路

【釋義】碰到了山就開出道路前進。指在旅途中克服重重困難。

【出處】紀君祥・趙氏孤兒・楔子：「傍邊轉過一個壯士，……逢山開路，救出趙盾去了。」

【用法】今用以指衝破前進中的障礙。

【例句】他是我們公司的一員猛將，擅於**逢山開路**，遇水搭橋。

【義近】逢山開道／遇水搭橋。

【義反】知難而退／畏首畏尾。

逢凶化吉

【釋義】碰到了凶運卻又轉化爲吉運。

【出處】施耐庵・水滸傳四二回：「豪傑交遊滿天下，逢凶化吉天生成。」

【用法】指遇到凶險、危難，卻能轉變爲吉祥、順利。

【例句】他眞是吉人天相，幾次遇到災禍皆能**逢凶化吉**，可能是福報所致吧！

【義近】化險爲夷／遇難呈祥／轉危爲安。

【義反】禍過災生／樂極生悲／甘去苦來。

逢場作戲 ㄈㄥˊ ㄔㄤˇ ㄗㄨㄛˋ ㄒㄧˋ

【釋義】指藝人遇到適當的場所就能表演合宜的技巧。逢：碰到。場：場合。
【出處】道原・景德傳燈錄・道一禪師：「竿木隨身，逢場作戲。」
【用法】比喻隨事應景，偶一爲之。也比喻不把事情當眞，玩玩而已。
【例句】①我下象棋不過是**逢場作戲**，並沒有特別愛好。②你這殺千刀的！我還以爲你是眞心實意地愛我，原來也不過是**逢場作戲**。
【義近】逢場作樂／偶一爲之。
【義反】一本正經。

八畫

進退存亡 ㄐㄧㄣˋ ㄊㄨㄟˋ ㄘㄨㄣˊ ㄨㄤˊ

【釋義】前進、退卻、生存、死亡。
【出處】易經・乾卦：「知進退存亡，而不失其正者，其唯聖人乎。」
【用法】泛指各種處境。
【例句】人生的道路漫長而曲折，若不能正確面對和處理**進退存亡**，很容易就會做錯事或迷失自我。
【義近】生死存亡／去留進退／出處進退。

進退兩難 ㄐㄧㄣˋ ㄊㄨㄟˋ ㄌㄧㄤˇ ㄋㄢˊ

【釋義】既不能前進，又不能後退。
【出處】羅貫中・三國演義六三回：「既主公在涪關進退兩難之際，亮不得不去。」
【用法】形容處境十分困難。
【例句】公司目前正處在裁員及增資**進退兩難**的窘況下，董事們意見又不合，員工都急得如熱鍋上的螞蟻。
【義近】進退維谷／跋前躓後／騎虎難下。
【義反】進退自如／得心應手／左右逢源。

進退首鼠 ㄐㄧㄣˋ ㄊㄨㄟˋ ㄕㄡˇ ㄕㄨˇ

【釋義】首鼠：形容躊躇，進退不定。
【出處】宋・陳亮・與應仲實書：「又思此別相見定何時，進退首鼠，卒以其所欲求正於仲實者而寓之書。」
【用法】指前進還是後退，猶豫而拿不定主意。
【例句】我們的去留問題，希望你及早做出決定，若再這樣**進退首鼠**，對大家都不利。
【義近】猶豫不決／徘徊不定／優柔寡斷／舉棋不定／遲疑不決／委決不下。
【義反】斬釘截鐵／當機立斷／一錘定音／毅然決然。

進退無門 ㄐㄧㄣˋ ㄊㄨㄟˋ ㄨˊ ㄇㄣˊ

【釋義】前進後退都沒有路了。
【出處】朱熹・答劉季章：「吾道不幸遽失，此人餘子紛紛，才有毛髮利害，便張皇失措，進退無門，亦何足爲軒輊耶。」
【用法】形容處境困難，無處容身。
【例句】「奴家此時，**進退無門**，竟不知所往，望姐姐有以教之。」（夏敬渠・野叟曝言三四回）
【義近】進退維谷／進退失據／跋前躓後／走投無路／前狼後虎。
【義反】可進可退／進退自如／左右逢源／進退裕如。

進退無據 ㄐㄧㄣˋ ㄊㄨㄟˋ ㄨˊ ㄐㄩˋ

【釋義】據：憑藉。
【出處】後漢書・樊英傳：「進退無所據矣。」晉書・周處傳：「邪正失所，進退無據，誠國體所宜深惜。」
【用法】指前進與後退都無所憑依。
【例句】他現在是上不著天，下不著地，**進退無據**，因而日夜惶惶不安，一籌莫展。
【義近】進退維谷／進退失據／跋前躓後／走投無路／前狼後虎。
【義反】可進可退／進退自如／左右逢源／進退裕如。

進退維谷 ㄐㄧㄣˋ ㄊㄨㄟˋ ㄨㄟˊ ㄍㄨˇ

【釋義】維：語助詞。谷：山溝，喻困境。
【出處】詩經・大雅・桑柔：「人亦有言，進退維谷。」
【用法】形容處境艱險，前進後退都困難。
【例句】前有大河擋路，後有追兵襲擊，**進退維谷**，只有和敵人拚到底了。
【義近】前狼後虎／進退失據／進退兩難。
【義反】前後通暢／左右逢源／進退自如。

九畫

運斤成風 ㄩㄣˋ ㄐㄧㄣ ㄔㄥˊ ㄈㄥ

【釋義】運：揮動。斤：斧頭。揮動斧頭，呼呼生風。
【出處】莊子・徐无鬼：「匠石運斤成風，聽而斲之，盡堊而鼻不傷。」
【用法】形容技藝熟練入神。
【例句】他的雕刻技藝已經到了**運斤成風**的程度，無論雕刻什麼都能悠然自如地進行。
【義近】鬼斧神工／神乎其技／庖丁解牛。
【義反】技止此耳／黔驢之技。

運用之妙，存乎一心 ㄩㄣˋ ㄩㄥˋ ㄓ ㄇㄧㄠˋ，ㄘㄨㄣˊ ㄏㄨ ㄧ ㄒㄧㄣ

【釋義】妙：巧妙，指靈活性。存乎：在於。
【出處】宋史・岳飛傳：「陣而後戰，兵法之常，運用之妙，存乎一心。」
【用法】本指高超的指揮作戰藝術。今泛指如何巧妙靈活的運用，全在於善於思考。
【例句】辦事固然要遵守原則，但**運用之妙，存乎一心**，如何依據原則具體辦理，則取決於是否善於思考。

運用自如 ㄩㄣˋ ㄩㄥˋ ㄗˋ ㄖㄨˊ

【釋義】自如：不拘束，活動不受阻礙。
【出處】袁宏・三國名臣序贊：「運用無方，動攝羣會。」劉向・說苑・雜言：「改服而入，蓋自如也。」
【用法】形容運用得非常熟練自然。
【例句】學習外語，只有在聽、說、讀、寫各方面，配合實際，不斷練習，才能**運用自如**。
【義近】得心應手／高下任心／心手相應。
【義反】手不從心／口不應心／手忙腳亂。

運籌決勝

【釋義】運籌：籌畫；制定策略。決勝：決定最後的勝負。
【出處】漢書．高帝紀：「夫運籌帷幄之中，決勝千里之外，吾不如子房。」晉書．張華傳：「運籌決勝，有謀謨之勳。」
【用法】用以說明擬訂作戰策略，獲取戰鬥勝利。
【例句】我軍現在擁有一批**運籌決勝**的將領，若敵人膽敢來犯，必定予以迎頭痛擊。
【義近】運籌千里／運籌帷幄。
【義反】披堅執銳／衝鋒陷陣。

運籌帷幄

【釋義】運籌：籌謀策畫。帷幄：古時軍中帳幕。
【出處】漢書．高帝紀下：「夫運籌帷幄之中，決勝千里之外，吾不如子房。」
【用法】原指擬訂作戰策略，今泛指善於策畫、指揮。
【例句】公司多虧有總經理的**運籌帷幄**，才得以安渡難關，故公司上下都很敬重他。
【義近】運籌決策／決勝千里。
【義反】一籌莫展／半籌莫納／馳騁疆場。

道三不著兩

【釋義】說話說不到點子上。
【出處】羣音類選．蘇王文．桂枝香：「道三不著兩，四下亂倡揚，取得經來唐三藏，再莫管他人瓦上霜。」
【用法】形容人說話不著邊際，不明事理。
【例句】她老人家年輕時說話可一句是一句的，現在年紀大了難免**道三不著兩**，這是人生的自然規律，不必大驚小怪。
【義近】顛顛倒倒／顛三倒四／七顛八倒／顛倒錯亂／語無倫次／翻來覆去。
【義反】牙清口白／出口成章／井然有序／有條有理／條理分明／言之成理。

道不同不相爲謀

【釋義】道：道路，此指觀點、信仰等。謀：謀畫，商量。
【出處】論語．衛靈公：「道不同，不相爲謀。」
【用法】說明觀點、主張不同，根本不可能在一起商量、共事。
【例句】**道不同不相爲謀**，他的思想太守舊，一開口就是今不如昔，我和他是怎樣也談不來的。
【義近】格格不入／方枘圓鑿。
【義反】志同道合／情投意合。

道不拾遺

【釋義】東西丟在路上沒人去拾取並佔爲己有。遺：丟失之物。也作「路不拾遺」。
【出處】韓非子．外儲說左上：「國無盜賊，道不拾遺。」
【用法】原指社會政治清平，今多指社會風氣和道德良好。
【例句】**道不拾遺**是大同社會的理想，在現實社會中難以達到。
【義近】夜不閉戶／弊絕風清／盜賊匿跡。
【義反】攔路搶劫／破門而入／偷盜不絕。

道高一尺，魔高一丈

【釋義】爲佛家告誡修行者，要警惕外界誘惑的一種說法。道指正氣，魔指邪氣。
【出處】吳承恩．西遊記：「道高一尺魔高一丈，性亂情昏錯認家。」
【用法】比喻正義的力量加強了，而邪惡的力量也隨之而更強，邪惡壓倒了正義。
【例句】國際販毒集團活動非常猖獗，雖然各國政府都加強防範了，但**道高一尺，魔高一丈**，目前還是無法完全消滅這類犯罪行爲。
【義近】西風壓倒東風。
【義反】魔高一尺，道高一丈。

道傍苦李

【釋義】道傍的李子因爲味苦而沒人摘食。
【出處】晉書．王戎傳：「戎幼而穎悟，嘗與羣兒戲於道側，見李樹多實，等輩競趣之，戎獨不往，或問其故，戎曰：『樹在道傍而多子，必苦李也。』取之信然。」
【用法】指被人遺棄的東西。
【例句】**道傍苦李**，因爲味苦而沒有人要；同樣的，人若是沒有眞才實學，也會被人輕視的。
【義近】道傍李／乏人問津。
【義反】趨之若鶩。

道路以目

【釋義】熟人在路上相遇，只能以眼睛相互示意。
【出處】左丘明．國語．周語上：「王怒，得衛巫，使監謗者，以告，則殺之。國人莫敢言，道路以目。」
【用法】形容統治者極端暴虐無道，使百姓敢怒而不敢言。
【例句】獨裁者統治的國家，百姓**道路以目**，人人自危，誰也不會眞心誠意爲國貢獻。
【義近】敢怒不敢言／苛政猛於虎。
【義反】廣開言路／仁政愛民。

道盡途窮

【釋義】意謂道路已走到盡頭。
【出處】新五代史．唐莊宗五子傳：「繼岌徘徊泣下，謂李環曰：『吾道盡途窮，子當殺我。』」
【用法】形容無路可走，面臨末日。
【例句】經過歷史的證明，共產主義已是**道盡途窮**，所剩殘餘勢力不久終將被民主潮流所淹沒。
【義近】道盡塗殫／山窮水盡／日暮途窮／窮途末路／走投無路／進退失所。
【義反】前途無量／柳暗花明／絕處逢生／化險爲夷／否極泰來。

道貌岸然

【釋義】道貌：嚴肅的外貌。岸然：高傲的樣子。
【出處】蒲松齡．聊齋誌異．成仙：「又八九年，成忽自至，黃巾氅服，道貌岸然。」
【用法】形容人面貌莊嚴，神態高傲。含有諷刺意味。
【例句】他表面上**道貌岸然**，一副君子之風的樣子，事實上，他是道地的風流色鬼。
【義近】道貌凜然／一本正經。
【義反】嬉皮笑臉。

道遠知驥 ㄉㄠˋ ㄩㄢˇ ㄓ ㄐㄧˋ

【釋義】意謂行走遠路始知馬力。驥：良馬。
【出處】曹植．矯志詩：「道遠知驥，世僞知賢。」
【用法】常用以比喻日子久才能見到眞正的人心。
【例句】他現在對我確實很好，但**道遠知驥**，時間久了以後情況究竟會怎樣，還很難說呢！
【義近】路遙知馬力，日久見人心／歲寒知松柏／疾風知勁草／板蕩識忠臣。
【義反】先見之明／未卜先知。

道頭會尾 ㄉㄠˋ ㄊㄡˊ ㄏㄨㄟˋ ㄨㄟˇ

【釋義】只要說個頭，就可知道尾。
【出處】普濟．五燈會元．芭蕉清禪師法寺：「問師：『唱誰家曲宗，風嗣阿誰？』師曰：『道頭會尾，舉意知心。』」
【用法】形容人非常聰明，領會能力很強。
【例句】這女孩子有**道頭會尾**的天分，自然能連連越級，才十七歲就大學畢業了。
【義近】冰雪聰明／道頭知尾／舉一反三／觸類旁通／聞一知十／告往知來。
【義反】其笨如牛／呆頭呆腦／十不知一／笨頭笨腦。

道聽塗說 ㄉㄠˋ ㄊㄧㄥ ㄊㄨˊ ㄕㄨㄛ

【釋義】在路上聽到的話未經證實，又在路上傳播。塗：同「途」。
【出處】論語．陽貨：「道聽而塗說，德之棄也。」
【用法】指沒有根據的傳聞。
【例句】我剛剛說的這消息非常可靠，並不是**道聽塗說**，請你務必相信我。
【義近】街談巷語／齊東野語／耳食之誤／無稽之言。
【義反】目擊耳聞／耳聞目睹／言之鑿鑿／鑿鑿有據。

遂心如意 ㄙㄨㄟˋ ㄒㄧㄣ ㄖㄨˊ ㄧˋ

【釋義】遂心：合自己的心意；滿意。如意：符合心意。
【出處】曹雪芹．紅樓夢四六回：「有什麼不稱心的地方兒，只管說；我管保你遂心如意就是了。」
【用法】指稱心滿意，事情的發展符合心意。
【例句】他這個人巴不得事事**遂心如意**，稍不順心，就老大不高興的，也不想想哪有人能夠事事順利呢？
【義近】稱心如意／心滿意足／順心如意／事事如意／一帆風順／天從人願。
【義反】不如人意／事與願違／事與心違／天違人願／無一稱心／大失所望。

遐方絕域 ㄒㄧㄚˊ ㄈㄤ ㄐㄩㄝˊ ㄩˋ

【釋義】遐：遠。絕域：極其遙遠的地方。
【出處】宋．李易安．金石錄後序：「後二年，出任宦，便有飯蔬衣綀，窮遐方絕域，盡天下古文奇字之志，日就月將，漸益堆積。」
【用法】用以泛指邊遠地方。
【例句】現在交通發達，就是**遐方絕域**，也可朝發夕至，還談什麼遠不遠的！
【義近】遐方異域／遐方絕壤／窮鄉僻壤／窮山邊陲／邊陲之地。
【義反】本鄉本土／本街本巷。

遐邇一體 ㄒㄧㄚˊ ㄦˇ ㄧ ㄊㄧˇ

【釋義】遐邇：遠近。一體：一個整體；一致。
【出處】漢．司馬相如．難蜀父老：「以偃甲兵於此，而息討伐於彼，遐邇一體，中外禔福，不亦康乎。」
【用法】形容全國遠近，團結一致。
【例句】九二一大地震之後，全國同胞有錢出錢，有力出力，**遐邇一體**，馬上展開救災工作。
【義近】遐邇一心／上下一體／上下一心／上下齊心／上下同心／萬眾一心。
【義反】四分五裂／各自爲政／各行其是／離心離德／一盤散沙。

遐邇聞名 ㄒㄧㄚˊ ㄦˇ ㄨㄣˊ ㄇㄧㄥˊ

【釋義】遐：遠。邇：近。又作「名聞遐邇」。
【出處】魏書．崔浩傳：「奚斤辯捷智謀，名聞遐邇。」
【用法】形容名聲很大，遠近都知道。
【例句】江西景德鎮的瓷器質地優良，工藝精美，一向**遐邇聞名**。
【義近】名滿天下／名震中外／舉世聞名。
【義反】沒沒無聞／名不見經傳／無人知曉。

達士通人 ㄉㄚˊ ㄕˋ ㄊㄨㄥ ㄖㄣˊ

【釋義】達士：心胸豁達的人。通人：學識淵博貫通古今的人。
【出處】陸游．雍熙請機老疏：「伏望尊官長者，達士通人，共燃續慧命燈，不惜判虛空筆，起難遭想，結最勝緣。」
【用法】指心胸曠達、學識淵博的人。
【例句】工商業越發達，人們越功利，像梁先生這樣的**達士通人**，現在已經不多見了。
【義近】曠達之士。
【義反】規規小儒。

達官顯宦 ㄉㄚˊ ㄍㄨㄢ ㄒㄧㄢˇ ㄏㄨㄢˋ

【釋義】達：顯赫。宦：官吏。也作「達官顯吏」。
【出處】禮記．檀弓下：「公之喪，諸達官之長，杖。」
【用法】古代用以指顯赫的大官僚。今用以貶稱那些高高在上的掌權者。
【例句】古代那些高高在上的**達官顯宦**，沒有幾個是眞正替國家和老百姓著想辦事的。
【義近】達官貴人／王公大人／高官顯宦。
【義反】布衣黔首／平民百姓／鄉愚村夫／市井小民。

達權知變 ㄉㄚˊ ㄑㄩㄢˊ ㄓ ㄅㄧㄢˋ

【釋義】達：懂得透徹，通達事理。權：權變，隨機應變。
【出處】馮夢龍．醒世恆言卷二：「主四方之事的，頂冠束帶，謂之丈夫；出將入相，無所不爲；須要博古通今，達權知變。」
【用法】意謂不死守常規，根據實際情勢，隨機應變。
【例句】遵循傳統固然好，但隨著時勢變遷也該懂得**達權知變**，以符合社會的現況。
【義近】通權達變／達權通變／通時達變／見機行事／隨機應變。
【義反】故步自封／不識時務／墨守成規／膠柱鼓瑟／不知變通。

逼上梁山 ㄅㄧ ㄕㄤˋ ㄌㄧㄤˊ ㄕㄢ

【釋義】梁山：梁山泊，在今山東省梁山縣南，是宋江一夥人造反的根據地。
【出處】《水滸傳》中寫宋江、林沖等人爲官府所逼，而上梁山造反的故事。
【用法】比喻被迫起來造反或迫不得已而採取某種行動。
【例句】在政治腐敗，貪官污吏當道的時候，許多人被**逼上梁山**，做起盜匪，其實也是迫於無奈。
【義近】鋌而走險／官逼民反／揭竿而起。

違天逆理 ㄨㄟˊ ㄊㄧㄢ ㄋㄧˋ ㄌㄧˇ

【釋義】意謂違背天道倫理。
【出處】周書・文帝紀上：「侯莫陳悅違天逆理，酷害良臣，自以專戮罪重，不恭詔命，阻兵水洛，強梁秦隴。」
【用法】指人做事凶狠殘忍，滅絕人性，違逆天道倫理。
【例句】日本帝國主義者，**違天逆理**，佔領南京後，竟然極其凶惡地殺害了我三十多萬同胞。
【義近】違天害理／違天悖理／傷天害理。
【義反】心慈手軟／心地善良／大慈大悲。

違心之論 ㄨㄟˊ ㄒㄧㄣ ㄓ ㄌㄨㄣˋ

【釋義】違心：違背本心。
【出處】李汝珍・鏡花緣一一回：「其實小弟所付業已刻減。若說過多，不獨太偏，竟是違心之論了。」
【用法】指與內心相違背的話。
【例句】姬先生，你剛才的這番談話，恐怕是**違心之論**吧？難道你真的願意拿出這麼多錢來挽救我們公司？
【義近】違心之言／言不由衷。
【義反】肺腑之言／由衷之言／心腹之言。

違法亂紀 ㄨㄟˊ ㄈㄚˇ ㄌㄨㄢˋ ㄐㄧˋ

【釋義】違背法令，擾亂紀律。也作「敗法亂紀」。
【出處】後漢書・袁紹劉表列傳上：「（曹操）而便放志專行，威劫省禁，卑侮王僚，敗法亂紀，坐召三臺，專制朝政。」
【用法】是指踐踏法紀，爲所欲爲。
【例句】他自以爲有靠山，肆意**違法亂紀**，誰知這次碰上了對手，吃了大虧不說，還要受到法律的制裁。
【義近】壞法亂紀／目無法紀／無法無天。
【義反】中規中矩／遵法守紀／安分守己／安常守分／奉公守法。

違信背約 ㄨㄟˊ ㄒㄧㄣˋ ㄅㄟˋ ㄩㄝ

【釋義】意即違背應該遵守的條約。
【出處】周書・武帝紀下：「僞齊違信背約，惡稔禍盈，是以親總六師，問罪汾、晉。」
【用法】指不守信用，違背共同制訂的條約。
【例句】那些打內戰的國家，敵對雙方簽訂的停戰協定，往往是墨漬未乾，便**違信背約**，干戈再起。
【義近】違信棄約／陽奉陰違／自食其言／出爾反爾／食言而肥／言而無信／背信棄義／背信忘義。
【義反】信守諾言／言信行果／言而有信／一諾千金／季布一諾／信守不渝。

違時絕俗 ㄨㄟˊ ㄕˊ ㄐㄩㄝˊ ㄙㄨˊ

【釋義】意即違背時俗。
【出處】後漢書・獨行傳：「好違時絕俗，爲激詭之行。」
【用法】指人有叛逆精神，敢於違背時俗而顯得與眾不同。
【例句】劉先生說話行事，在任何場合都敢於**違時絕俗**，雖招來不少非議，但他依然我行我素。
【義近】違世異俗／違時抗俗／逆時絕俗／特立獨行。
【義反】循規蹈矩／不越雷池／委蛇隨眾／規行矩步。

遏密八音 ㄜˋ ㄇㄧˋ ㄅㄚ ㄧㄣ

【釋義】遏：止。密：安靜。八音：音樂的總稱。
【出處】尚書・舜典：「帝乃殂落，百姓如喪考妣；三載，四海遏密八音。」
【用法】指國家元首崩逝，百姓傷慟。
【例句】先總統　蔣公逝世時，舉國哀慟，**遏密八音**，民眾都沉浸在悲傷的氣氛之中。
【義近】如喪考妣。

遏惡揚善 ㄜˋ ㄜˋ ㄧㄤˊ ㄕㄢˋ

【釋義】遏：阻止，制止。
【出處】易經・大有：「君子以遏惡揚善，順天休命。」
【用法】指阻止和隱匿缺點，宣揚長處。
【例句】一些勸善的作品雖然大多有說教成分，有損作品的藝術性，但確實能起**遏惡揚善**的作用。
【義近】抑惡揚善／懲惡勸善／掩惡揚善／棄短揚長／陟罰臧否。
【義反】獎惡懲善／善惡不分／彰惡抑善／揚善隱惡／棄長揚短／棄善取惡。

遏漸防萌 ㄜˋ ㄐㄧㄢˋ ㄈㄤˊ ㄇㄥˊ

【釋義】遏：阻止。漸、萌：事物發展的開始。
【出處】漢・無名氏・冀州從事張表碑：「貢眞絀僞，遏漸防萌，後臧其勳。」
【用法】說明在事物（多指壞事或錯誤）剛露頭時就加以阻止。
【例句】據說你那小兒子有偏差行爲，希望你趕快採取措施，**遏漸防萌**，否則他會走上不歸路的。
【義近】杜漸防萌／防微杜漸／防患未然／防範未然。
【義反】掉以輕心／等閒視之／養癰遺患／江心補漏／臨陣磨槍。

遇人不淑 ㄩˋ ㄖㄣˊ ㄅㄨˋ ㄕㄨˊ

【釋義】淑：善良，美好。

【出處】詩經·王風·中谷有蓷：「有女仳離，條其嘯矣。條其嘯矣，遇人之不淑矣。」

【用法】用以說明女子嫁了不好的丈夫。

【例句】漂亮的李小姐一時被騙，和一個吃喝嫖賭成性的花花公子結婚，婚後不久就常常感嘆自己**遇人不淑**。

【義近】所適非人／所遇非人／彩鳳隨鴉／一朵鮮花插在牛糞上。

【義反】天賜良緣／天作之合／佳偶天成／天造地設。

遇事生風 ㄩˋ ㄕˋ ㄕㄥ ㄈㄥ

【釋義】意謂一遇到機會就挑起事端。生風：颳風，用作比喻惹事情。

【出處】夏敬渠·野叟曝言六回：「你們這班光棍，專一遇事生風，恐嚇索詐，本該送到縣府去重處，因詐尚未成，姑不深究。」

【用法】比喻好事者藉端興風作浪。

【例句】這幾個都是此地不安本分、**遇事生風**的傢伙，現在觸犯法律被抓，自然大快人心。

【義近】引風吹火／尋事生非／招是惹非／煽風點火／無事生風／惹是生非／好爲事端／招風攬火。

【義反】息事寧人／與人爲善／消災解禍／排難解紛。

遇物持平 ㄩˋ ㄨˋ ㄔˊ ㄆㄧㄥˊ

【釋義】物：指人和事。持平：公正，公平。

【出處】宋·蘇舜欽·開國男食邑三百戶上護軍賜紫金魚袋：「苟遇物持平，輕重判然於中矣。」

【用法】指對待人和事持公正的態度。

【例句】領導者只要能**遇物持平**，部屬自然心悅誠服，積極工作。

【義近】公平待物／公正無私／大公無私。

【義反】見人說話／揀佛燒香。

過了這個村兒，沒這個店兒 ㄍㄨㄛˋ ˙ㄌㄜ ㄓㄜˋ ˙ㄍㄜ ㄘㄨㄣ ㄦˊ，ㄇㄟˊ ㄓㄜˋ ˙ㄍㄜ ㄉㄧㄢˋ ㄦˊ

【釋義】也作「過了這個村，就沒這個店」。

【出處】文康·兒女英雄傳九回：「況且俗話說的：『過了這個村兒，沒這個店兒。』你要再找我妹妹這麼一個人兒，只怕你走遍天下打著燈籠也沒處找去。」

【用法】喻錯過了這個機會，就再也找不到另外的機會了。

【例句】女兒！你已經三十多歲了，小趙各方面的條件都不錯，就是個頭矮了點，你就將就一些吧，否則**過了這個村兒，沒這個店兒**了，恐怕再難有好的對象。

【義近】機不可失／時不再來／時不可逢。

【義反】正月十五貼門神，晚了半月／坐失良機／失之交臂。

過五關斬六將 ㄍㄨㄛˋ ㄨˇ ㄍㄨㄢ ㄓㄢˇ ㄌㄧㄡˋ ㄐㄧㄤˋ

【釋義】過了五道關卡，斬了六位將領。

【出處】見《三國演義》二七回所描寫的關羽的故事。

【用法】比喻闖過重重難關。

【例句】你要完成這件事的確不容易，需要有**過五關斬六將**的精神方可做到！

過目不忘 ㄍㄨㄛˋ ㄇㄨˋ ㄅㄨˋ ㄨㄤˋ

【釋義】一經閱覽即長記不忘。

【出處】晉書·苻融載記：「融聰辯明慧，下筆成章，……耳聞則誦，過目不忘。」

【用法】形容記憶力極強。

【例句】胡先生之所以能有今天這樣的成就，與他**過目不忘**的驚人記憶力有著密切的關係。

【義近】過目成誦／目即成誦。

【義反】過目即忘／隨讀隨忘。

過目成誦 ㄍㄨㄛˋ ㄇㄨˋ ㄔㄥˊ ㄙㄨㄥˋ

【釋義】看過一遍即能背誦。

【出處】宋史·劉恕傳：「恕少穎悟，過目即成誦。」

【用法】形容聰明過人，記憶力極強。

【例句】你說你會**過目成誦**，難道我就不能一目十行了？（曹雪芹·紅樓夢二三回）

【義近】過目不忘／一目十行。

【義反】天性愚鈍／讀後忘前／今讀明忘。

過而能改 ㄍㄨㄛˋ ㄦˊ ㄋㄥˊ ㄍㄞˇ

【釋義】有了過錯能改正。

【出處】左傳·宣公二年：「吾知所過矣，將改之。稽首而對曰：『人誰無過，過而能改，善莫大焉。』」

【用法】稱讚人對錯誤能採取正確的態度。

【例句】科長有個很大的優點，就是**過而能改**，不管對人或對事只要發現有錯，就立即改正。

【義近】過則勿憚改／知過必改／朝過夕改／知過能改。

【義反】怙過不改／頑固不化／至死不悟／執迷不悟／拒諫飾非／怙惡不悛。

過來人 ㄍㄨㄛˋ ㄌㄞˊ ㄖㄣˊ

【釋義】指對某件事曾經歷過的人。

【出處】平山堂話本·梅嶺失妻記：「要知山下事，請問過來人。這事我也曾經來。」

【用法】形容於某事有所經歷，有切身體驗的人。

【例句】他在這件事上是**過來人**，你去請他給你指點指點，我實在幫不上你的忙。

【義近】久經沙場／老於世故／親歷身行。

【義反】涉世未深／少不更事。

過河拆橋 ㄍㄨㄛˋ ㄏㄜˊ ㄔㄞ ㄑㄧㄠˊ

【釋義】過了河就把橋拆撤不要了。一作「過橋拆橋」。

【出處】元史·徹里帖木兒傳：「治書侍御史普化誚（許）有王曰：『參政可謂過河拆橋者矣。』」

【用法】比喻事成之前藉助於人，事成以後即置之不理。

【例句】像他這種**過河拆橋**、忘恩負義的人，早就該丟進海裏餵鯊魚了。

【義近】過橋抽板／卸磨殺驢／兔死狗烹。

【義反】綈袍戀戀／知恩報恩／銜環結草／投桃報李。

過甚其詞 ㄍㄨㄛˋ ㄕㄣˋ ㄑㄧˊ ㄘˊ

【釋義】過甚：過分。詞：言詞，話。又作「過甚其辭」。
【用法】說話過分誇張，不符合實際情況。
【例句】你今天的演講完全符合實際情況，沒有**過甚其詞**的毛病。
【義近】誇大其詞／言過其實／夸夸其談。
【義反】實事求是／言副其實／言可復也。

過從甚密 ㄍㄨㄛˋ ㄘㄨㄥˊ ㄕㄣˋ ㄇㄧˋ

【釋義】過從：互相往來。甚密：很密切。
【出處】黃庭堅・次韻德孺五丈新居病起詩：「稍喜過從近，扶笻不駕車。」
【用法】形容彼此往來頻繁。
【例句】你倆一向**過從甚密**，你怎能說對他的所作所為一無所知呢？
【義近】你來我往／來往密切／來往不斷。
【義反】不相聞問／泛泛之交／老死不相往來。

過盛必衰 ㄍㄨㄛˋ ㄕㄥˋ ㄅㄧˋ ㄕㄨㄞ

【釋義】過分的興盛必定會轉向衰弱。
【出處】辛棄疾・論荊襄上流為東南重地：「厥今夷狄，物伙地大，德不足，力有餘，過盛必衰……。」
【用法】說明興盛到了極點，就會向相反的方面轉變。
【例句】你現在的事業興旺發達，但**過盛必衰**，應時刻注意自我警惕，以免出現走下坡的情況。
【義近】泰極而否／盛極則衰／盛極必衰。
【義反】否極泰來／否極反泰／否終則泰／苦盡甘來。

過眼雲煙 ㄍㄨㄛˋ ㄧㄢˇ ㄩㄣˊ ㄧㄢ

【釋義】從眼前飄過的雲煙。雲煙：雲霧和煙氣。一作「雲煙過眼」、「過眼煙雲」。
【出處】洪亮吉・北江詩話六：「蓋勝地園林，亦如名人書畫，過眼雲煙，未有百年不易主者。」
【用法】比喻身外之物無須掛懷。也指很快就消失的事物。
【例句】名利地位、榮華富貴，到頭來不過是**過眼雲煙**，大可不必太計較。
【義近】身外之物／空中浮雲／曇花一現／過耳之風。

過猶不及 ㄍㄨㄛˋ ㄧㄡˊ ㄅㄨˋ ㄐㄧˊ

【釋義】過：過頭。猶：如，同。不及：不夠，沒有達到。
【出處】論語・先進：「子曰：『過猶不及』。」
【用法】說明事情做得過頭，就跟做得不夠一樣，都不適合。強調做事要恰如其分。
【例句】**過猶不及**，你有時白天黑夜苦讀不息，有時幾天不拿書本，這都不是正確的方式。
【義近】不左就右／不前就後。
【義反】恰如其分／恰到好處。

過橋抽板 ㄍㄨㄛˋ ㄑㄧㄠˊ ㄔㄡ ㄅㄢˇ

【釋義】過了河就把橋上的板抽掉。
【出處】曾樸・孽海花三一回：「只要你不要過橋抽板，我馬上去找他們，一定有個辦法，明天來回復你。」
【用法】比喻目的達到後，就把曾經幫助過自己的人一腳踢開。
【例句】你這樣忘恩負義，**過橋抽板**，可知老天有眼，是要遭報應的呀！
【義近】過河拆橋／得魚忘筌／卸磨殺驢。
【義反】有恩必報／有功不忘／沒世不忘。

遍體鱗傷 ㄅㄧㄢˋ ㄊㄧˇ ㄌㄧㄣˊ ㄕㄤ

【釋義】遍體：全身。鱗傷：傷痕如魚鱗一樣密列。
【出處】吳沃堯・痛史六回：「打的遍體鱗傷，實在走不動了。」
【用法】形容全身受傷，傷勢很重。
【例句】她自幼便被人收為童養媳，常因細故而被準婆婆打得**遍體鱗傷**，長大後又要嫁給那個不成材的丈夫，真是命運多蹇。
【義近】皮開肉綻／體無完膚／千瘡百孔。
【義反】安然無恙／通體完好／身無傷痕。

遁世離羣 ㄉㄨㄣˋ ㄕˋ ㄌㄧˊ ㄑㄩㄣˊ

【釋義】遁世：避世。
【出處】元史・隱逸列傳序：「當邦有道之時，且遁世離羣，謂之隱士，世主亦苟取其名而強起之……。」
【用法】指避開現實而遠離眾人，過著隱居式的生活。
【例句】若真有才華就該貢獻出來，服務人羣。不要稍不如意就**遁世離羣**，逃避責任。
【義近】遁世避俗／離羣索居／避世絕俗／棄世絕俗／絕塵棄世／遺世獨立。
【義反】高朋滿座／送往迎來。

遁名匿跡 ㄉㄨㄣˋ ㄇㄧㄥˊ ㄋㄧˋ ㄐㄧ

【釋義】遁名：猶埋名。匿跡：隱藏蹤跡。
【出處】宋・蘇舜欽・粹隱堂記：「一不與細合，則颯然遠舉，遁名匿跡，惟恐有聞於人也。」
【用法】指隱姓埋名，不讓人聞知。
【例句】人各有志，余先生只想**遁名匿跡**，我們再怎麼勸也沒有用，就聽其自便吧！
【義近】遁世隱居／遁入深山。
【義反】身顯名揚／眾人皆知。

十畫

遠引深潛 ㄩㄢˇ ㄧㄣˇ ㄕㄣ ㄑㄧㄢˊ

【釋義】意謂像鳥兒一樣遠遠飛走，像魚兒一樣潛入深水。
【出處】宋・蘇舜欽・答范資政書：「某昨得罪後，都下沸騰未已，……自念非遠引深潛，則不能快仇者之意。」
【用法】比喻為逃避困境而遠走他處。
【例句】許多有志之士，居亂世而不願出仕，紛紛**遠引深潛**，靜待展現才華的機會，或從此沒沒以終。
【義近】遠舉高飛／遠走高飛／遠走他鄉／遠走異鄉／高蹈遠舉／高舉遠引。

【義反】寸步不離／足不出戶／身不離村／安土重遷。

遠水不救近火

【釋義】遠處的水救不了近處的火。不救：不能救，救不了。

【出處】韓非子・說林上：「失火而取水於海，海水雖多，火必不滅矣，遠水不救近火也。」

【用法】比喻緩不濟急。

【例句】正在澆灌稻田時抽水機壞了，城裏雖有修理站，但**遠水不救近火**，還是自己動手來修理吧！

【義近】遠水難救近火／遠水不解近渴／緩不濟急。

遠水救不得近渴

【釋義】遠處的水救不了眼前的乾渴。

【出處】明・張四維・雙烈記・代役：「你說千金報我，遠水救不得近渴。見鐘不打何須鑄，算還咱免淘閒氣。」

【用法】比喻費時的辦法救不了眼前之急。

【例句】王老先生心臟病突發，病況嚴重，他雖有兒子在美國，但**遠水救不得近渴**，幸好有鄰居送往醫院治療並照顧，才撿回一條命。

【義近】遠水不解近渴／遠水不救近火／緩不救急／緩不濟急。

【義反】及時雨。

遠交近攻

【釋義】與距離遠的國家交好，而進攻近鄰的國家。

【出處】戰國策・秦策三：「王不如遠交而近攻，得寸則王之寸，得尺亦王之尺也。」

【用法】本為戰國時秦國採用的一種外交策略，今也用以指待人處世的一種手段。

【例句】秦國採用**遠交近攻**的策略，利用東方六國的矛盾，各個擊破，統一全國。

【義反】近交遠攻。

遠在天邊，近在眼前

【釋義】天邊：極言其遠。眼前：極言其近。

【出處】李汝珍・鏡花緣四六回：「『請問仙姑，此去小蓬萊，還有若干路程？』道姑道：『遠在天邊，近在眼前，女菩薩自去問心，休來問我。』」

【用法】說明事物就在眼前，卻故意以「天邊」來加以襯托，使詞語顯得鮮明生動。

【例句】你問夏小姐來了沒？我只能說她**遠在天邊，近在眼前**，你面前這個不就是了！

【義近】遠在千里，近在目前／近在咫尺／近在眉睫／近在眼前。

【義反】天涯海角／遠隔重洋／天南地北／海北天南／天懸地隔。

遠見卓識

【釋義】卓：卓越，高超。識：見識，見解。又作「高見遠識」。

【出處】羅貫中・三國演義四八回：「元眞如此高見遠識，諒此有何難哉！」

【用法】指有遠大的眼光和高明的見解。

【例句】國政掌握在一批具有**遠見卓識**的人手裏，我們就有太平盛世可享了。

【義近】高識遠見／眞知灼見／精誠高見。

【義反】見識短淺／管窺之見／狹隘之見。

遠走高飛

【釋義】像野獸那樣遠遠跑掉，像鳥兒那樣高高飛走。走：跑。又作「高飛遠走」。

【出處】後漢書・卓茂傳：「汝獨不欲修之，寧能高飛遠走，不在人間邪？」

【用法】比喻人跑到很遠的地方去。多指擺脫困境去找出路，有時也含有「逃避」之意。

【例句】他負債累累，早已關門閉戶，**遠走高飛**，你到哪裏去找他？

【義近】高蹈遠舉／高舉遠引／遠走他鄉。

【義反】足不出戶／身不離村／寸步不離。

遠愁近慮

【釋義】意謂眼前和將來的可慮之事，都想到了。

【出處】曹雪芹・紅樓夢五六回：「他這遠愁近慮，不亢不卑，他們奶奶就不是和咱們好，聽他這一番話，也必要自愧的變好了。」

【用法】用以形容人考慮問題很周到。

【例句】他倆決定復合，並不是一時的衝動，而是在**遠愁近慮**、反覆權衡之後才作出的決定。

【義近】深思熟慮／思深憂遠／憂深思遠／深謀遠慮／深思遠慮。

【義反】輕舉妄動／草率從事／輕慮淺謀／不加思索／心血來潮。

遠親不如近鄰

【釋義】遠方的親戚不如近處的鄰居。

【出處】秦簡夫・東堂老四折：「豈不聞道遠親呵不如近鄰，我可便說的話言忠信。」

【用法】比喻遠親不能救急，而近鄰則隨時可以依恃。常用以說明近鄰之可貴。

【例句】俗話說：**遠親不如近鄰**，何苦為了一點小事和鄰居鬧翻呢？

遠親近鄰

【釋義】遠的親戚，近的鄰居。

【出處】元・無名氏・凍蘇秦四折：「你便待佯推佯遜，我怎肯不瞅不問，常言道遠親近鄰，不如你這對門。」

【用法】泛指遠近的親戚朋友。

【例句】人是離不開社會的，誰沒有**遠親近鄰**？既然如此，就應彼此來往，互相幫助。

【義近】遠親近友／親朋戚友／親朋好友／東鄰西舍。

【義反】非親非故／水米無交／素昧平生／素未謀面／素不相識／素不識荆。

遣辭措意

【釋義】遣：使用。措：安排。

【出處】宋・吳曾・能改齋漫錄・細數落花因坐久緩尋芳草得歸處：「前輩讀詩與作詩既多，則遣辭措意，皆相緣以起，有不自知其然者。」

【用法】指寫文章或說話時的用辭立意。

【例句】胡先生寫文章非常認眞，**遣辭措意**，一絲不苟，文章自然條理通暢，文情並茂了。

【義近】遣辭立意／遣辭造句／遣詞用句。

遙相應和

【釋義】和：指和諧地配合。

【出處】清史稿．許友信傳：「且鄭成功出沒閩、浙，奉其僞號，遙相應和，聲勢頗張。」

【用法】指在遠處互相照應、配合。

【例句】海外的民運組織和大陸的民運人士**遙相應和**，向大陸當局施加壓力，爭取釋放所有的政治犯。

【義近】遙相呼應。

【義反】遙相窺伺。

遙遙相對

【釋義】遙遙：形容距離遠。

【出處】李寶嘉．文明小史五六回：「兩邊行軍隊伍，已分爲甲乙二壘，大家佔著一塊地面，作遙遙相對之勢。」

【用法】指兩者相距甚遠，彼此只能遠遠相望。

【例句】我和她的家，一個在這座山的南面，一個在那座山的北面，可以算是**遙遙相對**呢！

【義近】遙遙相望／隔海相望／遙相對望。

【義反】咫尺之隔／對門對戶／一街之隔。

遙遙無期

【釋義】遙遙：形容時間長久。

【出處】李寶嘉．官場現形記二七回：「看看前頭存在黃胖姑娘那裏的銀子漸漸花完，只剩得千把兩銀子，而放缺又遙遙無期。」

【用法】形容離達到目的的時間還很遠。

【例句】你欠我的錢，究竟什麼時候還，總該說個確切的日期吧，不能讓我這樣**遙遙無期**的等下去呀！

【義近】河清難俟／曠日持久／曠日彌久／曠日經久／日久天長。

【義反】指日可待／計日可待／爲期不遠／一時半刻／一朝一夕。

十一畫

適可而止

【釋義】到了適當的程度就停止。適：正始，恰好。

【出處】論語．鄉黨：「不多食」。朱熹注：「適可而止，無貪心也。」

【用法】說明凡事要有分寸，不可過分。

【例句】你先生傷害了你，你採取報復行爲倒也無可厚非，但要**適可而止**。

【義近】恰如其分／恰到好處／不偏不倚。

【義反】過猶不及／得隴望蜀／貪心不足。

適得其反

【釋義】正好得到相反的結果。適：恰好，正好。

【用法】表示事情的發展剛好與自己所想的相反。

【例句】婚姻只能由女兒自己作主，她不願意，你強行逼迫只會**適得其反**。

【義近】事與願違／不如人願／欲益反損。

【義反】如願以償／天從人願／稱心如意。

遮人耳目

【釋義】遮蓋住人們的耳朵和眼睛。

【出處】李汝珍．鏡花緣七三回：「如把草帽草鞋放在粗衣淡服之人身上，又何嘗有什麼醜處！可見裝點造作總難遮人耳目。」

【用法】比喻掩蓋事實眞相。

【例句】他弟弟做了這樣的醜事，自然只有將他革職，但這也不過是**遮人耳目**罷了，其實早就爲他在外地安排了工作。

【義近】遮人眼目／遮人視聽／掩人耳目。

【義反】水落石出／大白於天下／眞相大白／照然若揭／昭昭若揭／昭然在目。

遮天蓋地

【釋義】遮住天空，覆蓋大地。

【出處】宋．釋惟白．建中靖國續燈錄：「問：『如何是和尚家風？』師曰：『遮天蓋地。』」

【用法】形容來勢很猛，數量多，到處都是。

【例句】「遜方欲出陣，忽然狂風大作，一霎時，飛沙走石，**遮天蓋地**。」（羅貫中．三國演義八四回）

【義近】鋪天蓋地／遮天映日／遮天覆地／彌天蓋地。

【義反】稀稀落落／零零落落／三三兩兩／零零星星／屈指可數。

遮前掩後

【釋義】意即前後遮掩。

【出處】宋．朱熹．答葉正則：「……分明去取，直截剖判，不須得如此遮前掩後，似說不說，做三日新婦子模樣，不亦快哉。」

【用法】形容對事情的眞相設法加以掩蓋。

【例句】不要再這樣**遮前掩後**了，只要你肯把事情的眞相老實地講出來，大家會原諒你的。

【義近】前遮後掩／遮遮掩掩。

【義反】眞情實狀／原原本本。

遷客騷人

【釋義】遷客：被貶謫到外地的官員。騷人：詩人。

【出處】宋．范仲淹．岳陽樓記：「遷客騷人，多會於此，覽物之情，得無異乎？」

【用法】用以泛指失意的文人。

【例句】文學作品的創作，往往是窮而後工，現在我們所見到古代那些**遷客騷人**的作品，許多都是被貶失意時的創作。

【義近】墨客騷人／騷人墨客。

【義反】達官顯宦／達官貴人。

遷善改過

【釋義】遷善：向善的方面轉變。遷：轉變。

【出處】朱熹．白鹿洞書院揭示：「是其乎所以操存省察，而致其懲忿窒欲，遷善改過之功者，固無一念之間斷。」
【用法】指人能改正過失，向好的方面轉化。
【例句】謝天謝地！我們的兒子經過老師不斷地開導教育，現在終於**遷善改過**，開始從事正當的職業了。
【義近】改惡從善／改過自新／改邪歸正／改過遷善／悔過自新／洗心革面。
【義反】執迷不悟／死不悔改／至死不悟／怙惡不悛。

十二畫

選賢與能

【釋義】與：同「舉」。
【出處】禮記．禮運：「大道之行也，天下為公；選賢與能，講信脩睦。」
【用法】是指選舉賢能者出來做事。
【例句】投票時，應該**選賢與能**，讓能真正為民眾做事的候選人出頭，千萬不要貪圖買票錢，以免因小失大。
【義近】掄舉良才／簡拔人才。
【義反】小人得志／豺狼當道／徒取充位。

遲回觀望

【釋義】遲回：遲疑，徘徊。觀望：懷著猶豫的心情觀看事物的發展變化。
【出處】清史稿．李森先傳：「而諸臣遲回觀望者，皆以從前言事諸臣，一經懲創，則流徙永錮，相率以言為戒耳。」
【用法】用以說明遲疑等待，不做決定。
【例句】股票行情變化無常，現在正是拋售的好時機，不要再**遲回觀望**了，趕快做出決定吧！
【義近】徘徊觀望／遲疑徘徊／徘徊不前／游疑不定／舉棋不定／猶豫不決。
【義反】斬釘截鐵／當機立斷。

遲疑不決

【釋義】遲疑：猶豫。
【出處】朱子語類卷五十：「此吝字說得來又廣，只是戒人遲疑不決的意思。」
【用法】形容拿不定主意。
【例句】究竟是與前夫復婚，還是與現在的新識結婚，她一直**遲疑不決**。
【義近】舉棋不定／游移不定／猶豫不決。
【義反】毅然決然／當機立斷／堅決果斷。

遺世獨立

【釋義】遺世：脫離人世。獨立：獨自站立，比喻突出、超羣。
【出處】蘇軾．赤壁賦：「浩浩乎如馮虛御風，而不知其所止；飄飄乎如遺世獨立，羽化而登仙。」
【用法】是指超然獨立於世俗之外。
【例句】爬上山頂，眼前面對著羣山起伏，煙嵐繚繞的景象，心中不由得生出**遺世獨立**的感懷。
【義近】遺世絕俗／避世絕俗／離羣索居／舉輕絕俗／超塵絕俗／高舉遠引／塵外孤標／隱居山林。
【義反】追名逐利／邀功求名／蠅營狗苟／趨炎附勢／營求富貴／汲汲營營。

遺老遺少

【釋義】遺老：前朝的舊臣。遺少：留戀以往時代的年輕人。
【出處】晉書．徐廣傳：「君為宋朝佐命，吾乃晉室遺老。」
【用法】指改朝換代後仍然效忠前朝，或思想陳腐頑固守舊的老人和年輕人。
【例句】民國初年，許多**遺老遺少**仍然穿著清式服裝，梳著長辮，與時代格格不入。
【義近】前代舊臣。

遺恨千古

【釋義】千古：長遠的年代。
【出處】清．徐瑤．太恨生傳：「且生與女相愛憐若此，而卒不相遇，眞堪遺恨千古。」
【用法】指留下的怨恨將永遠存在。
【例句】他終其一生都在尋覓因戰亂而分散的妻兒，結果天不從人願，令他**遺恨千古**。
【義近】遺恨終身／遺憾終身／抱恨終天／死不瞑目。
【義反】如願以償／了無遺憾／死而無憾／死而無怨／死亦瞑目。

遺風餘烈

【釋義】遺風：留傳下來的風氣。餘烈：餘業。
【出處】漢書．禮樂志：「夫樂本情性，浹肌膚而臧骨髓，雖經乎千載，其遺風餘烈尚猶不絕。」
【用法】指前人留下來的美好風尚和功業。
【例句】我們看到革命前輩的這些照片，深感其**遺風餘烈**之偉大，永遠值得我們學習和效法。
【義近】遺芳餘烈／遺風餘韻／遺風遺澤／餘風遺事／流風遺跡。
【義反】萬古羞名／遺臭千年。

遺臭萬年

【釋義】留下萬年的臭名。遺：留下。臭：壞名聲。又作「遺臭萬載」。
【出處】劉義慶．世說新語．尤悔：「（桓溫）既而屈起坐曰：『既不能流芳後世，亦不足復遺臭萬載邪！』」
【用法】指惡名永傳後世，為世人所唾罵。
【例句】做人還是要對得起良心，不要做出**遺臭萬年**的事來，讓子孫蒙羞。
【義近】臭名昭著／萬古羞名。
【義反】流芳後世／萬古流芳／名垂青史。

十三畫

避世絕俗

【釋義】避世：躲避現實。絕俗：脫離世俗。又作「避世離俗」。
【出處】王充．論衡．定賢：「以避世離俗，清身潔行為賢乎？是則委國去位之類也。」
【用法】指躲避現實，斷絕與人來往的處世態度。
【例句】香港一位名演員，不知出於什麼原因，竟然**避世絕俗**而遁入佛門。
【義近】超塵絕俗／隱居山林／

遁入空門。

【義反】追名逐利／營求富貴／蠅營狗苟。

避坑落井

【釋義】意謂避過了坑，卻掉進了井。

【出處】晉書・褚翜傳：「今宜共戮力以備賊，幸無外難，而內自相擊，是避坑落井也。」

【用法】比喻避去一害，卻又受到另一害。

【例句】今年運氣不佳，做生意虧本，炒股票又大跌，這樣**避坑落井**，眞是太令人痛心失望了。

【義近】避坎落井／禍不單行。

【義反】萬事亨通／萬事如意／福事連至。

避重就輕

【釋義】就：湊近，趨往。

【出處】唐六典・工部尚書：「皆取材力強壯，技能工巧者，不得隱巧補拙，避重就輕。」

【用法】指迴避艱難繁重的任務，而揀選輕的來承擔。也指迴避要害而只談無關緊要的事。

【例句】①他這人很沒有擔當，做起事來總是**避重就輕**。②一說到和太太離婚的事，他就顧左右而言他，不然就**避重就輕**。

【義近】避難就易／拈輕怕重／畏難圖易。

【義反】敢挑重擔／知難而止／避輕就重／任勞任怨。

避實就虛

【釋義】實：實作，堅實部分。虛：空虛，虛弱部分。

【出處】淮南子・要略訓：「避實就虛，若驅羣羊，此所以言兵也。」

【用法】指避開敵人的主力，找敵人的弱點進攻。也比喻言論或處事回避要害。

【例句】在敵眾我寡的情況下，最好採取**避實就虛**的策略，逐步削弱敵人的實力。

【義近】避實擊虛／避實攻虛／捨實求虛／避重就輕／隔靴搔癢。

【義反】搔著癢處／一語破的／一針見血。

避難就易

【釋義】就：湊近，走向。

【出處】元史・文宗本紀四：「大都總管劉原仁稱疾，久不視事，及遷同知儲政院事，即就職，僥倖巧宦，避難就易。」

【用法】指人投機取巧，避開困難的，揀容易的做。

【例句】他這個人做事時總是**避難就易**，但是有好處時卻總搶在別人前頭，所以大家都鄙視他。

【義近】避重就輕／拈輕怕重／挑肥揀瘦／畏難圖易。

【義反】勇挑重擔／不辭勞苦／見難而上／避輕就重／不辭辛勞／任勞任怨。

還其本來面目

【釋義】返回他原來的模樣。

【出處】道原・景德傳燈錄：「莫思善，莫思惡，還我明上座本來面目。」

【用法】說明讓某人的眞正面目顯露出來。多用於貶義。

【例句】這人說自己是某部要員，到處招搖撞騙，昨天警方把他抓去，**還其本來面目**。

【義近】原形畢露／露出狐狸尾巴。

【義反】不識廬山眞面目。

還珠返璧

【釋義】意謂珠寶又回來了。璧：古代的一種玉器，扁平，圓形，中間有孔。

【出處】石玉琨・三俠五義一八回：「若非耿耿包卿一腔忠赤，焉得有還珠返璧之期。」

【用法】指寶物失而復得。

【例句】眞想不到，這樣貴重的名畫，竟然能再從國外找回來，眞可算是**還珠返璧**了。

【義近】珠還合浦／合浦珠還／完璧歸趙。

【義反】有去無回／石沉大海／一去不返。

邂逅相遇

【釋義】邂逅：指不期而遇。

【出處】詩經・鄭風・野有蔓草：「邂逅相遇，適我願兮。」

【用法】表示偶然相逢。

【例句】我和我太太一年前在飛機上**邂逅相遇**，一年後就結爲夫妻，眞是有緣千里來相會。

【義近】萍水相逢／不期而遇。

邀功求賞

【釋義】邀功：把別人的功勞搶過來當作自己的。

【出處】韓愈・黃家賊事宜狀：「本無遠慮深謀，意在邀功求賞。」

【用法】指用不正當的手段截取別人的功勞以求獎賞。

【例句】這件事全是張先生盡的力，你這樣偷梁換柱，**邀功求賞**，也未免太厚顏無恥了吧！

【義近】邀功請賞／邀功圖賞。

【義反】名副其實／實至名歸。

十四畫

邈若山河

【釋義】邈：遙遠。

【出處】劉義慶・世說新語・傷逝：「自嵇生夭，阮公亡以來，便爲時所羈紲，今日視此雖近，邈若山河。」

【用法】形容遙遠得就像隔著山河一樣。

【例句】眼看著妻子的遺物、遺照，令他頓生懷念，不免興起人亡物在，**邈若山河**的感慨。

【義近】邈若天涯／遠隔重洋／海天遙隔／天涯海角／天南地北／天各一方。

【義反】近在咫尺／近在眼前／近在眉睫。

邑　部

邑犬羣吠（一ˋ ㄑㄩㄢˇ ㄑㄩㄣˊ ㄈㄟˋ）

【釋義】邑里的狗成羣吠叫。
【出處】屈原・九章・懷沙：「邑犬羣吠兮，吠所怪也。非俊疑傑兮，固庸態也。」
【用法】比喻小人聚眾誹謗以攻擊賢者。
【例句】先知通常是孤獨的，他們提倡眾人所未預見的進步主張，但往往都遭到**邑犬羣吠**的命運，要事後才能證明他們的眞知灼見。
【義近】聚蚊成雷。
【義反】逢人說項／極意捧場。

四—十畫

邪不干正（ㄒㄧㄝˊ ㄅㄨˋ ㄍㄢ ㄓㄥˋ）

【釋義】干：冒犯，侵擾。
【出處】宋・王讜・唐語林卷三：「此邪法也。臣聞邪不干正，若使咒臣，必不能行。」
【用法】指邪術或邪氣不能壓倒正氣。
【例句】現在社會上邪魔歪道橫行猖獗，但我深信**邪不干正**，民眾一旦認清其危害，這些勢力自會不攻而破。
【義近】邪不勝正／邪不壓正。
【義反】正不勝邪／正不壓邪。

邪魔外道（ㄒㄧㄝˊ ㄇㄛˊ ㄨㄞˋ ㄉㄠˋ）

【釋義】佛書以妄見爲邪魔，佛教以外的教派爲外道。一作「邪門外道」。
【出處】藥師經下：「又信世間邪魔外道，妖孽之師，妄說禍福，便生恐動，心不自正。」
【用法】今用以指雜書邪說、不正派的人或妖魔鬼怪。
【例句】正經的書他看不進去，**邪魔外道**的書卻看得津津有味。
【義近】異端邪說／旁門左道／天魔外道／歪門邪道。
【義反】三墳五典／八索九丘／六藝經傳／正人君子。

邯鄲學步（ㄏㄢˊ ㄉㄢ ㄒㄩㄝˊ ㄅㄨˋ）

【釋義】到邯鄲學習人家走路的優美姿態。邯鄲：戰國時趙國的都城。
【出處】莊子・秋水：「且子獨不聞夫壽陵餘子之學行於邯鄲與？未得國能，又失其故行矣，直匍匐而歸耳。」
【用法】比喻仿效別人不成，反喪失原有的本領。也比喻照搬別人的一套，出乖露醜。
【例句】每個人都有自己的特色，在追求流行的同時也應保有自己的本色，以免**邯鄲學步**，弄得自己滑稽可笑。
【義近】東施效顰／壽陵失步／生搬硬套。
【義反】不失故常／靈活運用。

郎才女貌（ㄌㄤˊ ㄘㄞˊ ㄋㄩˇ ㄇㄠˋ）

【釋義】郎：年輕男子。貌：指容貌美麗。
【出處】王實甫・西廂記一本二折：「郎才女貌合相配。」
【用法】指理想的配偶對象。
【例句】蔡先生和胡小姐原是青梅竹馬，而且**郎才女貌**，結爲夫妻實是再好不過之事。
【義近】才子佳人／天生一對。
【義反】彩鳳隨鴉／蒹葭倚玉／鮮花插在牛糞上。

郢書燕說（ㄧㄥˇ ㄕㄨ ㄧㄢ ㄕㄨㄛ）

【釋義】郢：楚國都城。燕：北方國名。說：解說。
【出處】韓非子・外儲說左上載：郢人給燕相國作書，誤寫「舉燭」二字，燕相國則說：「舉燭者，尚明也。」
【用法】比喻穿鑿附會，曲解原意。
【例句】世人常常不明眞理，以至**郢書燕說**，歪曲眞相，這是很可悲的現象。
【義近】牽強附會／望文生義／緣文作解／穿鑿附會。
【義反】實事求是／探求原義／據義爲說。

鄉曲之譽（ㄒㄧㄤ ㄑㄩ ㄓ ㄩˋ）

【釋義】鄉曲：猶鄉下，引申指鄉里。
【出處】司馬遷・報任少卿書：「僕少負不羈之行，長無鄉里之譽。」
【用法】指本鄉本土的稱譽。
【例句】梁先生是當代的大學問家，他自小就聰明好學，且品行優良，故素來有**鄉曲之譽**。
【義近】鄉土之譽。
【義反】鄉曲之毀。

十二畫

鄭人爭年（ㄓㄥˋ ㄖㄣˊ ㄓㄥ ㄋㄧㄢˊ）

【釋義】年：年歲，年齡。
【出處】韓非子・外儲說左上：「鄭人有相與爭年者，一人曰：『吾與堯同年。』其一人曰：『我與黃帝之兄同年。』訟此而不決，以後息者爲勝耳。」
【用法】比喻毫無意義、毫無根據的爭論。
【例句】你們眞是**鄭人爭年**，有必要弄得臉紅脖子粗嗎？都是幾十歲的人了，又不是小孩！爲這種風言風語也在爭論。
【義近】鑿空之論。
【義反】是非之爭。

鄭人買履（ㄓㄥˋ ㄖㄣˊ ㄇㄞˇ ㄌㄩˇ）

【釋義】鄭國人買鞋子。鄭：春秋時國名。履：鞋子。
【出處】韓非子・外儲說左上：「鄭人有且置履者，先自度其足，而置之其坐，至之市而忘操之，已得履，乃曰：『吾忘持度。』反歸取之。……人曰：『何不試之以足？』曰：『寧信度，無自信也。』」
【用法】諷刺人機械死板，不顧實際狀況，只相信教條。
【例句】我看你眞是書呆子，盡做這種**鄭人買履**的傻事！上街買衣服要帶這麼多衣服去做樣品嗎？
【義近】削足適履／截趾適履／刖趾適履／削頭便冠。
【義反】看菜吃飯／量體裁衣／因地制宜／因時制宜／隨機應變。

鄭重其事（ㄓㄥˋ ㄓㄨㄥˋ ㄑㄧˊ ㄕˋ）

【釋義】鄭重：嚴肅認眞。
【出處】曹雪芹・紅樓夢四回：「所以鄭重其事，必得三日後方進門。」
【用法】形容於事抱認眞態度，決不馬虎苟且。

【例句】她在男女關係上一向很嚴肅，希望你也**鄭重其事**，千萬不能逢場作戲啊！
【義近】一本正經／正兒八經／嚴肅認眞。
【義反】馬而虎之／應付了事／虛應故事。

鄭重其辭（ㄓㄥˋ ㄓㄨㄥˋ ㄑㄧˊ ㄘˊ）
【釋義】鄭重：嚴肅認眞。
【出處】文康・兒女英雄傳三六回：「他才恭肅其貌，鄭重其辭說道：『年兄……你這舉人不是我薦中的，並且不是主司取中的，竟是天中的！』」
【用法】用以形容說話十分嚴肅認眞。
【例句】早上，總經理**鄭重其辭**的宣布，因爲與董事會理念不合，他已提出辭呈。
【義近】言之再三／三思而言／鄭重其事。
【義反】信口開河／姑妄言之／信口雌黃／胡說八道／胡言亂語。

鄭衛之音（ㄓㄥˋ ㄨㄟˋ ㄓ ㄧㄣ）
【釋義】春秋戰國時期鄭國和衛國的音樂。
【出處】禮記・樂記：「鄭衛之音，亂世之音也。」
【用法】多用以指淫蕩的樂歌，有時也指淫蕩的文學作品。
【例句】酒樓茶館常靠**鄭衛之音**來招攬生意，很容易敗壞良風美俗，有關部門應重視督導這些商店。
【義近】靡靡之音／亂世之音／亡國之音／濮上之音。
【義反】羽聲慷慨／韶虞雅樂／悲壯之樂／高昂之歌／雅頌之聲。

酉部

三畫

酒入舌出（ㄐㄧㄡˇ ㄖㄨˋ ㄕㄜˊ ㄔㄨ）
【釋義】意謂酒一入口話就多。
【出處】韓詩外傳卷一〇：「臣聞之酒入口者舌出。」漢・劉向・說苑・敬慎：「臣聞酒入舌出，舌出者言失。」
【用法】形容人喝酒之後，喜歡多說話。
【例句】你在家無論怎樣喝酒，問題都不大，但是**酒入舌出**，在外可就要儘量不喝酒，以免惹出是非。
【義近】酒多失言。
【義反】斗酒百篇。

酒池肉林（ㄐㄧㄡˇ ㄔˊ ㄖㄡˋ ㄌㄧㄣˊ）
【釋義】意謂酒肉極多。
【出處】司馬遷・史記・大宛列傳：「行賞賜，酒池肉林。」
【用法】形容窮奢極欲。也形容酒食之多。
【例句】這些暴發戶，日日**酒池肉林**，生活又極無規律，弄得身體一天不如一天，卻還不知節制。
【義近】肉山脯林／漿酒霍肉／食前方丈／日食萬錢。
【義反】節衣縮食／勤儉度日／饘粥餬口／釜中生魚／克勤克儉／簞食瓢飲。

酒肉朋友（ㄐㄧㄡˇ ㄖㄡˋ ㄆㄥˊ ㄧㄡˇ）
【釋義】在一起喝酒吃肉的朋友。
【出處】關漢卿・單刀會二折：「關雲長是我酒肉朋友，我交他兩隻手送與你那荆州來。」
【用法】指在一起吃喝玩樂、不務正業、並無深交的朋友。
【例句】和**酒肉朋友**在一起吃吃喝喝倒還可以，但眞遇到事情時，這些朋友便一哄而散，有的甚至落井下石。
【義近】狐朋狗友／狐羣狗黨／利益之交。
【義反】莫逆之交／刎頸之交／患難知己。

酒色之徒（ㄐㄧㄡˇ ㄙㄜˋ ㄓ ㄊㄨˊ）
【釋義】酒色：貪酒好色。徒：人（含貶義）。
【出處】馮夢龍・醒世恆言卷三：「以後相處的雖多，都是豪華之輩，酒色之徒，但知買笑追歡的樂意，那有憐香惜玉的眞心。」
【用法】用以稱沉迷於吃喝與女色之中的人。
【例句】他們都是一些**酒色之徒**，你既是爲人師表，怎麼能和他們稱兄道弟，廝混在一起呢？
【義近】好色之徒／嗜酒之徒／花花公子。
【義反】正人君子／志士仁人／仁人君子／仁人莊士／方良之士／大雅君子。

酒色財氣（ㄐㄧㄡˇ ㄙㄜˋ ㄘㄞˊ ㄑㄧˋ）
【釋義】嗜酒，好色，貪財，逞氣。
【出處】王喆・西江月・四害詞：「堪歎酒色財氣，塵寰彼此長迷。」
【用法】泛指最容易致禍害人的惡習。
【例句】年輕人應時刻提高警覺，千萬不要染上**酒色財氣**四種惡習，斷送自己的前程。
【義近】聲色犬馬／吃喝嫖賭。
【義反】詩書禮樂。

酒酣耳熱（ㄐㄧㄡˇ ㄏㄢ ㄦˇ ㄖㄜˋ）
【釋義】酣：喝酒喝得正酣暢。耳熱：耳根發熱。
【出處】曹丕・與吳質書：「每至觴酌流行，絲竹並奏，酒酣耳熱，仰而賦詩。」
【用法】形容酒興正濃之情狀。
【例句】每逢假日，與三五知己聚集一處，於**酒酣耳熱**之後盡情高歌，乃人生一大樂事。
【義近】酒醉飯飽／酒興正濃。

【義反】　酩酊大醉。

酒醉飯飽

【釋義】　酒喝夠了，飯吃飽了。
【出處】　元・楊顯之・酷寒亭二折：「我如今且不打你，等我吃的酒醉飯飽了，慢慢的打你。」
【用法】　說明飲食得到了極大的滿足。
【例句】　謝謝您的熱情款待，我現在已是**酒醉飯飽**，該告辭了。
【義近】　酒足飯飽／酒足飯足。
【義反】　飢腸轆轆／又飢又渴。

酒囊飯袋

【釋義】　像盛酒裝飯的袋子一樣。囊：袋。
【出處】　陶岳・荊湘近事：「馬氏奢僭，諸院王子，僕從烜赫，文武之道，未嘗留意，時謂之酒囊飯袋。」
【用法】　比喻只會吃喝不會做事的無用之輩。
【例句】　他是個**酒囊飯袋**，成天只知吃喝玩樂，什麼本領也沒有，什麼事也做不成。
【義近】　行尸走肉／衣架飯囊／草包飯桶／尸位素餐。
【義反】　精明能幹／多才多藝／滿腹經綸／滿腹文章。

五—八畫

酣嬉淋漓

【釋義】　酣嬉：意同「酣暢」。淋漓：飽滿完盡。
【出處】　歐陽修・釋秘演詩集序：「曼卿亦不屈以求合，無所放其意，則往往從布衣野老，酣嬉淋漓，顛倒而不厭。」
【用法】　形容極其暢快的樣子。後也用以形容書畫文章等作品的筆調暢達。
【例句】　她退休後，經常和一幫好友旅行、郊遊，玩得**酣嬉淋漓**，精神愉快，身體也比以前好多了！
【義近】　酣暢淋漓／痛快淋漓／暢快淋漓／淋漓盡致。
【義反】　憂思綿綿／窒悶不通。

酩酊大醉

【釋義】　酩酊：醉得迷迷糊糊的樣子。
【出處】　施耐庵・水滸傳四三回：「不到兩個時辰，把李逵灌得酩酊大醉，立腳不住。」
【用法】　形容酒喝得過多，醉得十分厲害。
【例句】　昨天晚上，他喝得**酩酊大醉**，跟跟蹌蹌地回到家中，倒在床上就呼呼大睡了。
【義近】　醉眼朦朧／爛醉如泥。
【義反】　酒酣耳熱／三分酒意。

酸文假醋

【釋義】　意即俗語所說的「酸不溜秋」。
【出處】　明・無名氏・東籬賞菊一折：「則是聽不上他那酸文假醋，動不動便是『詩云子曰』兒，那個奈煩那。」
【用法】　形容讀書人的假正經和迂腐。
【例句】　「這有什麼？大凡一個人，總別**酸文假醋**的才好。」（曹雪芹・紅樓夢一〇九回）
【義近】　強文假醋／喬文假醋／矯揉造作。
【義反】　誠懇待人／爲人懇切。

酸甜苦辣

【釋義】　本爲食品的四種味道，常用以比喻人生的憂愁、美滿、苦難和刺激。
【出處】　李綠園・歧路燈四九回：「圖挣幾文錢，那酸甜苦辣也就講說不起。」
【用法】　泛指各種人情事態的滋味。
【例句】　你還年輕，涉世未深，人世間的**酸甜苦辣**你還沒有嚐遍呢！
【義近】　五味俱全／人情冷暖／世態炎涼。

醇酒婦人

【釋義】　美酒和美女。醇酒：味道濃烈的酒。
【出處】　司馬遷・史記・魏公子列傳：「公子……飲醇酒，多近婦女。日夜爲樂飲者四歲，竟病酒而卒。」
【用法】　形容沉湎於酒色之中。
【例句】　有的人把**醇酒婦人**當做「溫柔鄉」，成天吃喝玩樂，結果葬送了自己的大好前程。
【義近】　美酒佳人／好酒貪色／花天酒地。
【義反】　滴酒不沾／不戀女色／自強不息。

醉生夢死

【釋義】　像喝醉酒和做夢那樣昏昏沉沉過日子。
【出處】　濂洛關閩書・君子：「雖高才明智，膠於見聞，醉生夢死，不自覺也。」
【用法】　形容人生活頹廢，如醉如夢。
【例句】　人都應該有上進心，不能**醉生夢死**，渾渾噩噩地虛度年華。
【義近】　紙醉金迷／花天酒地／渾渾噩噩。
【義反】　朝氣蓬勃／生氣勃勃／奮發圖強。

醉翁之意不在酒

【釋義】　醉翁的意趣並不在於喝酒。翁：老頭。又簡作「醉翁之意」。
【出處】　歐陽修・醉翁亭記：「醉翁之意不在酒，在乎山水之間也。」
【用法】　比喻本意不在此而在別的方面。
【例句】　**醉翁之意不在酒**，他對你這樣殷勤孝敬，恐怕是想打你女兒的主意吧？
【義近】　項莊舞劍，意在沛公／別有心意／別有用心／另有居心。

九—十畫

醍醐灌頂

【釋義】　醍醐：從牛乳中提煉出來的酪酥。灌頂：澆在頭頂上。
【出處】　顧況・行路難詩：「豈知灌頂有醍醐，能使清涼頭不熱。」
【用法】　本爲佛教語，比喻灌輸智慧使人徹底醒悟。今多用以比喻從別人的話中受到很大的啓發。
【例句】　你的這番話，對我來說的確有如**醍醐灌頂**，令我受益良多。
【義近】　如飲醍醐／甘露灑心／

頓開茅塞。

【義反】執迷不悟／死不開竅／愚不可啓。

醜態百出

【釋義】醜態：醜惡的樣子。百：泛言其多。

【出處】李汝珍・鏡花緣六六回：「不過因明日就要發榜，得失心未免過重，以致弄得忽哭忽笑，醜態百出。」

【用法】指各種醜惡的樣子全都表現出來。

【例句】名利富貴不過是身外之物，何必要爲此到處求人，弄得**醜態百出**呢？

【義近】醜態畢露／出盡洋相。

醜聲遠播

【釋義】醜聲：不好的名聲。醜：令人厭惡或看不起。

【出處】宋書・盧陵孝獻王義眞傳：「車騎將軍義眞，凶忍之性……醜聲遠播。」

【用法】指人的壞名聲傳播得很遠。

【例句】經過這幾次惡形惡狀的事件，他已是**醜聲遠播**了，虧他還有臉在這裏大搖大擺的！

【義近】醜名遠播／臭名遠揚／臭名遠播／臭名昭著／惡名昭彰。

【義反】美名遠揚／遐邇聞名／遠近馳名／名揚天下／名滿天下／名揚四海。

醜類惡物

【釋義】醜類：指惡人，壞人。惡物：義同「醜類」。

【出處】左傳・文公十八年：「醜類惡物，頑嚚不友。」

【用法】泛指行凶作惡的壞人。

【例句】只有把這批**醜類惡物**鏟除乾淨，社會治安才會有好轉的一天。

【義近】妖魔鬼怪／魑魅魍魎／牛鬼蛇神／牛頭馬面。

【義反】善男信女／菩薩神仙。

釆部

采薪之憂

【釋義】有病不能采薪。采薪：打柴。

【出處】孟子・公孫丑下：「昔者有王命，有采薪之憂，不能造朝。」朱熹・四書集注：「采薪之憂，言病不能采薪，謙辭也。」

【用法】自稱有病的婉辭。

【例句】人老病出頭，近年來**采薪之憂**不斷，精神欠佳，無法在工作上衝刺了。

【義近】負薪之疾／犬馬之疾／河魚之疾。

【義反】健步如飛／生龍活虎／朝氣蓬勃。

采蘭贈芍

【釋義】蘭：蘭花。芍：芍藥，香草名。

【出處】詩經・鄭風・溱洧：「維士與女，伊其相謔，贈之以勺藥。」吳敬梓・儒林外史三四回：「這就是你彈琴飲酒，采蘭贈芍的風流了。」

【用法】指男女間相互饋贈以示相愛。

【例句】古往今來，**采蘭贈芍**之事從未間斷，這是人類愛情的自然流露和必然表現。

【義近】投桃報李。

【義反】有來無往／來而不往。

里部

二畫

重生父母

【釋義】重生：再一次獲得生命。重：再、又。

【出處】楊顯之・酷寒亭・楔子：「你是我重生父母，再生爹娘。」

【用法】指救命恩人。

【例句】我這次大難不死，全虧你把我救上岸來，你眞是我的**重生父母**。

【義近】再生父母／再造爹娘。

重見天日

【釋義】重新看到了天和太陽。重：再。天日：在此比喻光明。

【出處】羅貫中・三國演義二八回：「倉乃一粗莽之夫，失身爲盜，今遇將軍，如重見天日。」

【用法】比喻擺脫黑暗，重見光明。

【例句】國父領導革命黨人一舉推翻了滿清政府，使國人得以**重見天日**。

【義近】重睹青天／再見白日／重見光明。

【義反】又入狼窩／重陷地獄／不見天日。

重足而立，側目而視

【釋義】意謂不敢邁步走路，不敢正眼看人。重足：腳靠著腳。側目：斜著眼睛看。又作「重足側目」。

【出處】司馬遷・史記・汲鄭列傳：「必湯也，令天下重足而立，側目而視矣！」

【用法】形容非常害怕或又怕又憤恨。

【例句】大陸在「四人幫」橫行期間，逼得許多人**重足而立，側目而視**。

【義近】脅肩累步／敢怒而不敢言／道路以目。

【義反】昂首闊步／知無不言，言無不盡／放言無忌。

重於泰山

【釋義】意謂比泰山還重。泰山：為五嶽之一，位於山東省境。

【出處】司馬遷・報任少卿書：「人固有一死，或重於泰山，或輕於鴻毛，用之所趨異也。」

【用法】用以比喻意義重大。

【例句】你不要看他是個無足輕重的人物，但有時講的話卻是**重於泰山**，極有價值。

【義近】重於江山／舉足輕重。

【義反】輕於鴻毛／無足輕重／無關緊要／無關大局／微不足道。

重修舊好

【釋義】重：再次。

【出處】左傳・桓公二年：「公及戎盟於唐，脩舊好也。」管子・大匡：「不敢寧居，來脩舊好。」

【用法】意指與他人恢復往日的情誼。

【例句】幾年前他們夫妻因誤會而分離，如今盡釋前嫌，**重修舊好**，感情比以前更加親密。

【義近】重溫舊夢／握手言歡。

【義反】一刀兩斷。

重溫舊業

【釋義】重溫：重新溫習，重做。舊業：以往的事。

【出處】宋・陳亮・謝留丞相啓：「亮青年立志，白首奮身，敢不益勵初心，期在重溫舊業。」

【用法】是指重做以前曾做過的事。

【例句】他原嫌教書收入不佳，便改行去做生意，誰知連連蝕本，沒辦法，只好回過頭來**重溫舊業**。

【義近】重理故業／重操舊業／重作馮婦。

【義反】重新開始／另起爐灶／棄舊圖新／改弦易轍／改弦更張。

重溫舊夢

【釋義】溫：復習。舊夢：比喻過去想過的或做過的。

【出處】巴金・說第四病室：「開始寫第四病室的時候，因為『記憶猶新』，我的確有了『重溫舊夢』的感覺。」

【用法】比喻重新經歷或回憶往日想過、做過的事。

【例句】這對離婚近十年的夫妻，最近在親朋好友的撮合下復合，又**重溫舊夢**了。

【義近】重修舊好。

【義反】好馬不吃回頭草／覆水難收。

重賞之下，必有勇夫

【釋義】重賞：指懸賞高，代價出得大。

【出處】三略・上略：「香餌之下，必有死魚；重賞之下，必有勇夫。」

【用法】說明只要代價出得高，必有前來響應效力的人。

【例句】這種工作確實又髒又累，但**重賞之下，必有勇夫**，只要你肯多花錢，難道還愁找不到人嗎？

【義近】重賞甘餌，自有來人／香餌之下，必有死魚／重賞之下，必有死夫。

重整旗鼓

【釋義】重：再。旗鼓：古代作戰時以搖旗擊鼓指揮進軍。

【用法】比喻在失敗之後，重新組織力量，準備再出發。

【例句】臺北足球隊在比賽失利後，決心**重整旗鼓**，加強訓練，準備下次再戰。

【義近】東山再起／捲土重來。

【義反】一蹶不振／偃旗息鼓／就此罷休。

重蹈覆轍

【釋義】又走上翻過車的老路。蹈：踩，踏上。覆：翻。轍：車輪輾的印子。

【出處】後漢書・竇武傳：「今不慮前事之失，復循覆車之軌。」

【用法】比喻沒有吸取失敗的教訓，重犯過去的錯誤。

【例句】你這次務必要從失敗中吸取教訓，千萬不能**重蹈覆轍**！

【義近】復蹈前車／覆車繼軌／重走敗路。

【義反】前車可鑑／改弦更張／改道易轍。

四畫

野人獻芹

【釋義】野：山野、鄙陋。芹：菜名，美味但平常，不特別珍貴。

【出處】故事成語考：「捐貲濟貧，當效堯夫之助麥，以物申敬，聊效野人之獻芹。」

【用法】謙稱贈人的物品極微薄或比喻平凡人所能貢獻平凡的事物。

【例句】恭賀你喜獲麟兒，這份薄禮就當作**野人獻芹**，禮輕義重，還請笑納。

【義近】野人獻曝。

野心勃勃

【釋義】野心：指人心懷異志或不安本分的意思。勃勃：盛大的樣子。

【出處】左傳・宣公四年：「狼子野心。」揚雄・法言・淵騫：「勃勃乎其不可及。」

【用法】指人懷狂妄的野心或遠大的企圖。

【例句】他雖只是個小職員，卻**野心勃勃**，將來想要做總統呢！

【義近】雄心壯志／狼子野心。

【義反】謙沖自牧／安分守己。

野火燒不盡

【釋義】野火：焚燒原野宿草之火。
【出處】白居易・賦得古原草送別詩：「離離原上草，一歲一枯榮，野火燒不盡，春風吹又生。」
【用法】多用以比喻新生的、革命的力量不會被壓抑下去，更不可能被消滅。
【例句】滿清政府對革命黨人採取屠殺政策，但**野火燒不盡**，春風吹又生，到了適當時機，革命事業又蓬勃發展起來了。
【義近】殺不盡，斬不絕／春風吹又生。
【義反】趕盡殺絕／斬草除根。

野無遺賢

【釋義】野：指民間，與「朝」相對。遺賢：遺漏未用的賢才。
【出處】尚書・大禹謨：「嘉言罔攸伏，野無遺賢，萬邦咸寧。」
【用法】指政治清明，賢能之人都能受到重用以發揮才能。
【例句】我國現在實行民主政治，真正做到了人盡其才，**野無遺賢**。
【義近】優劣得所／人盡其才。
【義反】野有遺賢／草裏藏珠／明珠暗投。

五　畫

量入爲出

【釋義】量：估計，衡量。
【出處】禮記・王制：「以三十年之通，制國用，量入以爲出。」
【用法】指根據收入計畫支出。
【例句】**量入爲出**，既是治家的根本，也是治國的原則。
【義近】精打細算／開源節流。
【義反】量出制入／寅吃卯糧／捉襟見肘。

量力而行

【釋義】量：估量，審度。行：做，辦事。又作「量力而爲」。
【出處】左傳・昭公一五年：「力能則進，否則退，量力而行。」
【用法】指估計自己力量的大小去做事，不要勉強。
【例句】無論做什麼事情，都要**量力而行**，否則吃虧的還是自己。
【義近】力所能及／度德量力／適量而爲。
【義反】自不量力／好高騖遠／蚍蜉撼樹。

量才錄用

【釋義】量：衡量。錄用：錄取使用。
【出處】舊五代史・周書・世宗紀：「親的子孫，並量才錄用，傷夷殘廢者，別賜救接。」
【用法】指按照不同的才能安排適當的職務或工作。
【例句】用人應**量才錄用**，讓工作與人的能力密切配合，達到最好的工作效率。
【義近】人盡其才／量才稱職／量能授官。
【義反】大材小用／小材大用／長材短用。

量如江海

【釋義】意謂度量就像江海一樣寬廣。
【出處】元・董君瑞・般涉調・哨遍：「你是多少人稱讚，道你量如江海，器若丘山。」
【用法】形容人的度量很大。
【例句】作爲領導人，應該**量如江海**，多聽取各方面的意見，團結一切可以團結的人，以達到應有的效能。
【義近】寬宏大量／豁達大度／宰相肚裏好撐船／胸襟開闊／肚大能容。
【義反】小肚雞腸／鼠腹雞腸／斗筲之器／斗筲器量／鼠肚雞腸／雞腸雀肚／褊狹小器／斤斤計較／錙銖必較。

量時度力

【釋義】量：估量，衡量。度：推測，估計。
【出處】元史・太宗本紀：「帝有寬弘之量，忠恕之心，量時度力，舉無過事。」
【用法】是指人行事要衡量時勢，估計力量，絕不能盲目妄爲。
【例句】做事不能盲目亂闖，務必要**量時度力**，根據實際情況，能辦則辦，不能辦的不可勉強。
【義近】審時奪勢／審時定勢／兼權熟計／識時通變。
【義反】不識時務／自不量力／魯莽從事／盲目妄爲／逆潮而動。

量體裁衣

【釋義】按照身材裁剪衣服。量：計量。
【出處】南齊書・張融傳：「今送一通故衣，意謂雖故乃勝新也。是吾所著，已令裁減稱卿之體。」
【用法】比喻要從實際出發，按照實際情況辦事。
【例句】無論做什麼事，都應該要**量體裁衣**，不能不顧客觀的條件。
【義近】因人制宜／因地制宜／因事制宜。
【義反】削足適履。

金部

金戈鐵馬

【釋義】金戈：金屬製的戈。鐵馬：披有鐵甲的戰馬。

【出處】新五代史·李襲吉傳·李克用與朱溫書：「金戈鐵馬，蹂踐於明時。」

【用法】用以指戰爭，也形容戰士持槍馳馬的雄姿。

【例句】他自幼生活在**金戈鐵馬**之中，長大後對軍隊仍有一種特別親切的感情。

【義近】氣吞萬里／披堅執銳／英姿颯爽。

金玉良言

【釋義】像黃金和美玉一樣美好而珍貴的話。良：好。

【出處】馮夢龍·醒世恆言卷三十：「恩相金玉良言，某當終身佩銘。」

【用法】比喻可貴而有價值的勸告，不可多得的忠言。

【例句】老哥教導我的話，句句是**金玉良言**，小弟一定銘記於心，終身不忘。

【義近】由衷之言／金石良言／逆耳忠言／肺腑之言。

【義反】花言巧語／欺人之談／冷言冷語／風言風語。

金玉其外，敗絮其中

【釋義】金玉：比喻華美。敗絮：爛棉花。

【出處】劉基·賣柑者言：「……又何往而不金玉其外，敗絮其中也哉？」

【用法】比喻外表很華美，而裏面卻一團糟。亦即虛有其表而無其實，名實不副。

【例句】他那副樣子好像很有學問，誰知是**金玉其外，敗絮其中**，一開口就露出馬腳。

【義近】中看不中用／華而不實／銀樣鑞槍頭／繡花枕頭。

【義反】名實相副／弸中彪外。

金玉滿堂

【釋義】金玉：金銀珠寶。

【出處】老子·九章：「金玉滿堂，莫之能守。」

【用法】形容極爲富有。或作頌辭，稱讚他人才學豐富。

【例句】①他的子女們長年在國外居住，雖然家中裝潢得**金玉滿堂**，卻總覺得冷冷清清的。②昨天演講的那位教授，眞是學養俱佳，**金玉滿堂**，不論才學和風範都令人佩服。

【義近】堆金堆玉／家財萬貫／金聲玉振。

【義反】環堵蕭然／家徒四壁／不識一丁／不學無術。

金石不渝

【釋義】像金石那樣不可改變。渝：變化，改變。

【出處】歐陽修·除許懷德制：「於獻！享爵祿之崇高，荷寵靈之優渥，挺金石不渝之操。」

【用法】用以形容堅守盟約、節操等。

【例句】像他倆這樣**金石不渝**，白頭到老，是天下恩愛夫妻最大的心願。

【義近】恪守不渝／矢志不渝／之死靡它／堅貞不渝／堅貞不移／始終不渝。

【義反】反覆無常／變化多端／見異思遷／有始無終／朝三暮四。

金石之交

【釋義】金石：金屬和石頭，喻堅固。

【出處】漢書·淮陰侯傳：「今足下雖自以爲與漢王爲金石交。」續故苑·梁遣使聘蜀書：「今專馳卿列，備違衷懷，重論金石之交，別卜塤篪之分。」

【用法】比喻堅貞不渝的友情。

【例句】我與鄭先生是**金石之交**，來往幾十年了，任何人也破壞不了我們的感情。

【義近】金石交情／金石至交／莫逆之交／刎頸之交／金蘭之交／管鮑之交。

【義反】泛泛之交／點頭之交／市道之交／烏集之交／勢利之交／酒肉朋友。

金石可鏤

【釋義】鏤：雕刻。

【出處】荀子·勸學：「鍥而舍之，朽木不折；鍥而不舍，金石可鏤。」

【用法】比喻只要奮力不懈，再艱難的事也可以完成。

【例句】既然你覺得黃小姐不論人品才學都令你傾心，那就努力去追求，俗話說：鍥而不舍，**金石可鏤**，也許能打動芳心，贏得美人歸呢！

【義近】鍥而不舍／孜孜不倦／孳孳不息。

【義反】半途而廢／有始無終／虎頭蛇尾。

金石爲開

【釋義】金石都被打開。金石：金屬與石頭，指堅硬之物。

【出處】漢·劉向·新序·雜事四：「熊渠子見其誠心而金石爲開，況人心乎？」

【用法】喻指誠心誠意足以打動萬物。

【例句】精誠所至，**金石爲開**，你這樣誠心待她，我深信她一定會回心轉意的，你耐心等著吧！

【義近】精誠所至，金石爲開。

金字招牌

【釋義】意指商店用金粉塗字的招牌。

【出處】曾樸·孽海花二五回：「珏齋卻只出使了一次朝鮮，……總算一帆風順，文武全才的金字招牌，還高高掛著。」

【用法】比喻用來向人炫耀的名義或稱號。

【例句】他在戰場上立過功，獲得了英雄稱號，戰後還封了官，便自以爲有了**金字招牌**，目空一切，也未免太自大了吧！

【義近】百年老店。

金枝玉葉

【釋義】金的枝，玉的葉，形容花木枝葉美好。

【出處】崔豹·古今注·輿服：「黃帝……與蚩尤戰於涿鹿之野，常有五色雲聲，金枝玉葉，止於帝上，有花葩之象。」王建·宮中調笑詞：「蝴蝶，蝴蝶，飛上金枝玉葉。」
【用法】用作皇族子孫的貴稱，今多用以比喻身分尊貴。
【例句】她是達官貴人的小姐，**金枝玉葉**，你配得上她嗎？
【義近】瓊枝玉葉／千金小姐／千金之子／千金之軀。
【義反】朽枝爛葉／貧賤之子／微賤之軀。

金城湯池（ㄐㄧㄣ ㄔㄥˊ ㄊㄤ ㄔˊ）

【釋義】金城：銅鐵打造的城牆。湯池：內有沸水的護城河。湯：沸水。
【出處】漢書・蒯通傳：「必將嬰城固守，皆為金城湯池，不可攻也。」
【用法】比喻堅固無比、防守嚴密的城邑或工事。
【例句】像我們這樣精良的軍隊，即使是**金城湯池**，也可以一鼓作氣把它攻下來。
【義近】固若金湯／銅牆鐵壁。

金屋藏嬌（ㄐㄧㄣ ㄨ ㄘㄤˊ ㄐㄧㄠ）

【釋義】金屋：華貴富麗的房屋。嬌：阿嬌。一作「金屋貯嬌」。
【出處】班固・漢武故事：「（漢武帝）帝笑對曰：『若得阿嬌，當以金屋貯之。』」
【用法】指建造華屋讓所愛女子居住；也指男子另有所愛，並與之同居。
【例句】王先生老來風流，年過半百，還**金屋藏嬌**，把太太氣個半死。

金科玉律（ㄐㄧㄣ ㄎㄜ ㄩˋ ㄌㄩˋ）

【釋義】金、玉：比喻珍貴。科：指法律條文。律：法律，規則。
【出處】尺牘新鈔一二：「惟以秦漢為師，非以秦漢為金科玉律也。」
【用法】原指完美重要的法令，今泛指完美不可移易的章程、規則或被奉為圭臬的言語。
【例句】你不要太高傲了，難道你的話是**金科玉律**，誰都非遵奉不可嗎？
【義近】清規戒律／金科玉條。

金剛努目（ㄐㄧㄣ ㄍㄤ ㄋㄨˇ ㄇㄨˋ）

【釋義】金剛：佛教指佛寺山門內所塑手拿金剛杵的四天王像，稱四大金剛。努目：也作「怒目」，眼睛張大，眼珠突出。
【出處】太平廣記・俊辯・薛道衡：「小僧答曰：『金剛努目，所以降伏四魔；菩薩低眉，所以慈悲六道。』」
【用法】形容面目凶惡，威猛可怕。
【例句】你常常對人**金剛努目**，難怪大家不敢和你接近。其實只要能多面帶笑容，相信人際關係一定能改善。
【義近】面目可憎／凶神惡煞。
【義反】慈眉善目／菩薩低眉。

金烏玉兔（ㄐㄧㄣ ㄨ ㄩˋ ㄊㄨˋ）

【釋義】金烏：太陽；相傳太陽中有三隻腳的烏鳥，故又稱金烏。玉兔：月亮；相傳月中有兔，故又稱玉兔。
【出處】楊萬里詩：「鎖卻心猿意馬，縛住金烏玉兔。」
【用法】指日月。
【例句】我對妳情真意切，深情不渝，**金烏玉兔**可以為證。
【義近】白兔赤烏。

金童玉女（ㄐㄧㄣ ㄊㄨㄥˊ ㄩˋ ㄋㄩˇ）

【釋義】道家稱供仙人役使的童男童女。
【出處】徐彥伯・幸白鹿觀應制：「金童擎紫藥，玉女獻青蓮。」
【用法】今多用以指非常匹配的一對年輕、清純的男女。
【例句】那兩位是我們單位的**金童玉女**，出雙入對，羨煞多少人。
【義近】一對璧人。
【義反】黃髮垂髫。

金鼓連天（ㄐㄧㄣ ㄍㄨˇ ㄌㄧㄢˊ ㄊㄧㄢ）

【釋義】金鉦和戰鼓響徹雲霄。金鼓：古代作戰時用以發號令，助軍威。
【出處】明・陳汝元・金蓮記・焚券：「金鼓連天，喊聲震地，不是赤眉嘯聚，定為碧眼橫行。」
【用法】形容軍威盛大或戰鬥激烈。
【例句】古代戰場上**金鼓連天**的場面，今天雖已無法見到，但仍可想見其激昂悲壯的情景。
【義近】金鼓喧天／金鼓齊鳴／張旗擊鼓／鳴鼓進軍。
【義反】鳴金收兵／偃旗息鼓／偃兵息甲／倒置干戈。

金榜題名（ㄐㄧㄣ ㄅㄤˇ ㄊㄧˊ ㄇㄧㄥˊ）

【釋義】金榜：科舉制度中最高一級考試公布的黃榜。題名：寫上了名字。
【出處】王定保・唐摭言：「金榜題名墨上新，今年依舊去年春。」
【用法】指科舉得中，今也借指考中入選。
【例句】十年寒窗苦讀無人知，一朝**金榜題名**天下聞，這是從前讀書人的辛酸與榮耀。
【義近】蟾宮折桂／魚躍龍門／雁塔題名／連登黃甲／長安登科／長安及第／披宮錦袍。
【義反】榜上無名／名落孫山／暴腮龍門／龍門點額。

金漆馬桶（ㄐㄧㄣ ㄑㄧ ㄇㄚˇ ㄊㄨㄥˇ）

【釋義】用金粉漆刷過的馬桶。
【出處】文康・兒女英雄傳三四回：「一個個不管肚子裏一團糞草，只顧外面打扮得美服華冠，可不像個金漆馬桶。」
【用法】用以諷刺服飾華麗而實際上一無所能的人。
【例句】這樣的花花公子，純屬**金漆馬桶**，妳想嫁給他，可要三思啊！
【義近】繡花枕頭／銀樣鑞槍頭／中看不中用／華而不實／金玉其外，敗絮其中。
【義反】被褐懷玉／外愚內智／弸中彪外／深藏若虛／真才實學。

金碧輝煌（ㄐㄧㄣ ㄅㄧˋ ㄏㄨㄟ ㄏㄨㄤˊ）

【釋義】金：金黃色。碧：翠綠色。輝煌：彩色照人眼目。
【出處】羅貫中・西遊記四回：「絳紗衣，星辰燦爛；芙蓉冠，金碧輝煌。」
【用法】形容陳設或建築物華麗，光彩奪目。
【例句】那座佛寺沐浴著朝陽，

更顯得**金碧輝煌**。

【義近】光輝燦爛／富麗堂皇／金翠輝煌／光彩奪目。

【義反】黯然失色／黯淡無光。

金甌無缺

【釋義】甌：深盌茶杯，小盆之具，專作俎豆之用，此處黃金之甌，比喻國土。

【出處】南史・朱异傳：「武帝言：『我國家猶若金甌，無一傷缺。』」

【用法】比喻領土完整。

【例句】儘管鄰國對我領土虎視眈眈，但由於我們有強大國防，故現在依然**金甌無缺**。

【義近】江山一統／天下太平。

【義反】半壁江山／殘山剩水。

金聲玉振

【釋義】作樂先撞鐘，以發眾聲；樂將止，擊磬以收眾音。金：指鐘。玉：指磬。聲：發聲。振：收韻。

【出處】孟子・萬章下：「集大成也者，金聲而玉振之也。金聲也者，始條理也；玉振之也者，終條理也。」

【用法】比喻人知識淵博，才華出眾，聲名洋溢廣布。

【例句】胡適先生在文化研究領域，成績卓著，**金聲玉振**。

【義近】龍躍鳳鳴／聖智兼備／揚名四海／聲名遠播。

【義反】才疏學淺／不學無術／胸無點墨／陋劣堪嗤。

金蟬脫殼

【釋義】蟬蛹變為成蟲時要脫去一層殼。

【出處】馬致遠・三度任風子四折：「天也我幾時能勾金蟬脫殼，可不道家有老敬老，有小敬小。」

【用法】比喻用計脫身，使人不能及時發覺。

【例句】那傢伙死皮賴臉向我借錢，我朋友終於使用**金蟬脫殼**之計，幫我把他甩掉了。

【義近】溜之大吉／逃之夭夭／一走了之。

【義反】作繭自縛／作法自斃／吐絲自縛。

金雞獨立

【釋義】金雞：羽澤金黃的雄雞。獨立：單足豎立。

【出處】西湖遊覽志：「觀中有雀竿之戲，……有鷂子翻身、金雞獨立、鍾馗抹額、玉兔搗藥之類。」

【用法】指一種武術之姿態，如雞用一腳豎立。

【例句】別以為潘師父的**金雞獨立**式好像只是很輕鬆的舉起一腳來站立，那可是他幾年苦練的功力呀！

金蘭之友

【釋義】金：金屬，喻堅固。蘭：蘭花，喻芳香。

【出處】劉峻・廣絕交論：「自昔把臂之英，金蘭之友，曾無羊舌下泣之仁，寧慕郈成分宅之德。」

【用法】指交情十分要好的朋友，也指結拜兄弟。

【例句】他倆是**金蘭之友**，一時間不講話，不過是賭氣，你何必要插進去說三道四呢？

【義近】契若金蘭／金石之交／金蘭契友／莫逆之交。

【義反】酒肉朋友／狐朋狗友／點頭之交／一面之交。

二畫

針鋒相對

【釋義】針尖對針尖。針鋒：針尖。

【出處】文康・兒女英雄傳九回：「這十三妹本是個玲瓏剔透的人，他那聰明正合張金鳳針鋒相對。」

【用法】比喻尖銳對立，也說明針對對方的論點、方法進行反擊。

【例句】他們大概是世仇，對任何事皆**針鋒相對**，從未和平一致，好言好語相待過。

【義近】針鋒對麥芒／以眼還眼，以牙還牙／以其人之道，還治其人之身。

【義反】犯而不校／逆來順受／唾面自乾／一再忍讓。

釜底抽薪

【釋義】抽掉鍋底下的柴薪。釜：鍋子。

【出處】俞汝楫・禮部志稿四九：「諺云：揚湯止沸，不如釜底抽薪。」

【用法】比喻應當從根本上解決問題。

【例句】你要想挽救你的兒子，就得採用**釜底抽薪**的辦法，不許他再與那些不三不四的人來往。

【義近】抽薪止沸／斬草除根／趕盡殺絕／拔本塞源。

【義反】揚湯止沸／抱薪救火／火上澆油。

釜底游魚

【釋義】在鍋子裏游動的魚。釜：鍋子。一作「魚游釜中」、「釜中之魚」。

【出處】後漢書・張綱傳：「若魚游釜中，喘息須臾間耳。」

【用法】比喻身處絕境，有時也用以說明事物即將滅亡。

【例句】這幫海盜，已被我海軍重重包圍，成了**釜底游魚**，或降或死，別無他途。

【義近】燕巢危幕／涸轍之鮒／甕中之鱉。

【義反】漏網之魚／死裏逃生／絕處逢生。

五畫

鉗口結舌

【釋義】鉗口：夾住口，閉口。結舌：不敢說話。

【出處】王符・潛夫論・賢難：「此智士所以鉗口結舌，括囊共默而已者也。」

【用法】指閉口不言。

【例句】在專制政府的統治下，人們都**鉗口結舌**，社會氣氛使人窒息。

【義近】三緘其口／噤若寒蟬／金舌蔽口。

【義反】暢所欲言／滔滔不絕／侃侃而談。

鉗口撟舌

【釋義】鉗口：閉口。撟舌：翹起舌頭。

【出處】清史稿・朱琦傳：「一旦遇大利害，搶攘無措，鉗口撟舌而莫敢言。」

【用法】形容因驚訝或害怕而閉嘴翹舌說不出話來的樣子。

【例句】男子漢，大丈夫，要死便死，我絕不會在這些凶惡的官吏面前**鉗口撟舌**！

【義近】張口結舌／鉗口吞舌／緘口結舌／瞠目結舌／啞口無言。

【義反】無所畏懼／直言不諱／無所忌憚。

鉤心鬥角

【釋義】原指宮殿建築的結構交錯精緻。心：中心。鬥：結合。角：檐角。

【出處】杜牧・阿房宮賦：「廊腰縵廻？簷牙高啄。各抱地勢，鉤心鬥角。」

【用法】現比喻各用心機，明爭暗鬥，互相傾軋。

【例句】這幫人為了爭權奪利，總是**鉤心鬥角**，討厭極了。

【義近】爾虞我詐／明槍暗箭／明爭暗鬥。

【義反】披肝瀝膽／開誠布公／同心協力／肝膽相照。

鉤玄提要

【釋義】鉤：探索。玄：精微。要：要義。

【出處】韓愈・進學解：「紀事者必提其要，纂言者必鉤其玄。」

【用法】形容讀書能探求精微，舉出要義。

【例句】讀書要能夠**鉤玄提要**，才能增進自己閱讀鑑賞的能力，和增強自己寫作運用的技巧。

鉤深致遠

【釋義】意謂鉤取深處之物和招致遠處之物。鉤：探取。致：招致。

【出處】易經・繫辭上：「聖人探賾索隱，鉤深致遠以定天下之吉凶。」

【用法】用以比喻探求深奧的道理。

【例句】陳教授做學問一向主張**鉤深致遠**，不但要知其然，還要知其所以然，因而能發前人之所未發，解前人之所未解。

【義近】鉤深索隱／鉤隱抉微。

【義反】一知半解／不求甚解／囫圇吞棗。

鉤章棘句

【釋義】鉤：探索。棘：艱苦。

【出處】韓愈・貞曜先生墓誌銘：「鉤章棘句，掐擢胃腎。」

【用法】形容作文章非常艱苦的樣子。或形容文辭極艱澀難解。

【例句】①這篇報導經他日夜苦思，**鉤章棘句**，終於完成，發表以後，果然佳評如潮，引起大家的共鳴。②作文重在表情達意，一味去堆砌辭藻，強調修辭，讀來**鉤章棘句**，反而不能感動讀者。

【義近】詰屈聱牙／連篇累牘。

【義反】絕妙好辭／錦心繡口。

鉛刀一割

【釋義】意謂鉛質的刀雖鈍，但總可以割一次。

【出處】文選・左思・詠史八首：「鉛刀貴一割，夢想騁良圖。」後漢書・班超傳：「況臣奉大漢之威，而無鉛刀一割之用乎？」

【用法】比喻才能雖弱，但未嘗不可一用。多用於自謙。

【例句】我自知才能有限，但仍希望老闆給我機會，以便**鉛刀一割**，或許能施展我的抱負。

【義近】小試鋒芒／新硎初試。

【義反】牛刀小試／略施小技。

六畫

銜恨蒙枉

【釋義】銜：含著。蒙：受著。

【出處】漢・孔僖・上書自訟：「恐有司卒然見構，銜恨蒙枉，不得自敍，使後世論者，擅以陛下有所方比，寧可復使子孫追掩之乎！」

【用法】指人含著怨恨，蒙受冤枉。

【例句】台灣自實行民主政治以來，過去那些**銜恨蒙枉**的政治犯，都一一得到了平反，這是件很得人心的事。

【義近】銜冤負屈／不白之冤／沉冤莫白／含冤深久／冤沉海底／六月飛霜。

【義反】揚眉吐氣／舒眉展眼／沉冤得雪／昭雪冤屈。

銜悲茹恨

【釋義】銜：含。茹：吃。

【出處】太平廣記・還冤記：「元祟母陳氏夢元祟還，具敍父亡及身被殺委曲，……銜悲茹恨，如何可說，歔欷不能自勝。」

【用法】是指胸中藏有悲痛和仇恨。

【例句】她自從被丈夫拋棄後，一直**銜悲茹恨**，發誓要尋找時機報復。

【義近】銜悲蓄恨／怨氣滿腹／怨氣滿腔／怨情滿腹／怨氣衝天。

【義反】感恩圖報／感恩戴德／銘感五內／感恩懷德／感激涕零。

銀樣鑞槍頭

【釋義】外表像銀子一樣晃眼，而實際是錫鑞製的槍頭。鑞：也作「蠟」。

【出處】王實甫・西廂記四本二折：「我棄了部署不收，你原來苗而不秀。呸！你是個銀樣鑞槍頭。」

【用法】用以比喻虛有其表，中看不中用。

【例句】你不要看他個兒高大魁梧，實際不過是**銀樣鑞槍頭**，體質虛弱得很。

【義近】繡花枕頭／華而不實。

【義反】表裏如一／名實相副。

銅筋鐵骨

【釋義】意謂筋如銅，骨似鐵。

【出處】元・楊景賢・西遊記・神佛降孫：「我盜了太上老君鍊就金丹，九轉鍊得銅筋鐵骨，火眼金睛。」

【用法】用以形容人的身體非常健壯。

【例句】他生來就一副**銅筋鐵骨**，所以在運動場上連連獲勝，奪得冠軍。

【義近】銅筋鐵肋／虎背熊腰／五大三粗／身強力壯。

【義反】弱不禁風／行不勝衣／骨瘦如柴／病病歪歪。

銅牆鐵壁

【釋義】銅鐵一樣的牆壁。

【出處】元・無名氏・謝金吾・楔子：「隨他銅牆鐵壁，也不怕不拆倒了他的。」

【用法】形容防禦工事十分堅固，不可摧毀。也比喻眾志成城、堅不可摧的力量。

【例句】我國邊防線上所駐紮的精銳部隊，有如一道**銅牆鐵壁**，任何敵人都無法逾越。

【義近】金城湯池／眾志成城／堅不可摧。

【義反】不堪一擊／一摧即垮／土崩瓦解。

銘心鏤骨（ㄇㄧㄥˊ ㄒㄧㄣ ㄌㄡˋ ㄍㄨˇ）

【釋義】銘心：銘記在心，不忘記。鏤骨：銘刻於骨，永不遺忘。又作「刻骨銘心」。

【出處】李白·上安州李長史書：「深荷王公之德，銘刻心骨。」柳宗元·謝除柳州刺史表：「銘心鏤骨，無報上天。」

【用法】形容牢記於心，永不遺忘。

【例句】人一生中，若無**銘心鏤骨**的愛情，實在有枉此生。

【義近】銘肌鏤骨／銘諸肺腑／銘諸五內。

【義反】置之腦後／拋往九霄雲外／轉身即忘。

銘感五內（ㄇㄧㄥˊ ㄍㄢˇ ㄨˇ ㄋㄟˋ）

【釋義】銘：銘心。感：感德。五內：五中，即五臟，即心、肝、脾、肺、腎。

【出處】夏敬渠·野叟曝言六回：「二哥大德，幾番救援，無可仰報，唯有銘刻五中而已。」

【用法】形容感念非常的深刻。

【例句】你對我的恩惠，我真是**銘感五內**，永遠都會牢記、感激的。

【義近】銘心鏤骨／刻骨銘心／銘刻五中。

【義反】以怨報德／恩將仇報／忘恩負義。

銖兩悉稱（ㄓㄨ ㄌㄧㄤˇ ㄒㄧ ㄔㄥˋ）

【釋義】銖：我國古代極小的重量單位，二十四銖爲一兩。悉：都，全。稱：相當。

【出處】清·王應奎·柳南隨筆二：「律詩對偶，固須銖兩悉稱，然必看了上句，使人想不出下句，方見變化不測。」

【用法】形容雙方分量、對稱不相上下。

【例句】他才思敏捷，善作詩文，春節將至，親友紛紛請他寫對聯，只見他大筆一揮，上下聯**銖兩悉稱**，觀者無不嘖嘖稱讚。

【義近】半斤八兩／工力悉敵／旗鼓相當／勢均力敵／並駕齊驅／連鑣並軫。

【義反】泰山鴻毛／判若雲泥／大相逕庭／天差地遠／天壤之別／天淵之別。

銖積寸累（ㄓㄨ ㄐㄧ ㄘㄨㄣˋ ㄌㄟˇ）

【釋義】意謂一銖一寸地積累起來。銖：二十四銖爲一兩。

【出處】蘇軾·東坡集續集十·裙靴銘：「寒女之絲，銖積寸累。」

【用法】形容積少成多，也說明事物完成之不易。

【例句】無論是學習或做什麼事，都要**銖積寸累**，絕不可能一蹴而就。

【義近】積銖累寸／積水成淵／集腋成裘／積沙成塔／積土成山／聚川成海。

【義反】一蹴而就／一蹴可幾／一步登天／一口吃成個胖子／畢其功於一役。

七畫

鋪張揚厲（ㄆㄨ ㄓㄤ ㄧㄤˊ ㄌㄧˋ）

【釋義】鋪張：鋪陳渲染。揚厲：宣揚擴大。

【出處】韓愈·潮州刺史謝上表：「鋪張對天之閎休，揚厲無前之偉迹。」

【用法】形容過分鋪張和講究排場。也指做文章大肆渲染。

【例句】爲了節省財力、物力，辦事應該力求節儉，千萬不可**鋪張揚厲**。

【義近】鋪張浪費／揮霍無度／窮奢極侈。

【義反】勤儉節約／節衣縮食。

銷聲匿迹（ㄒㄧㄠ ㄕㄥ ㄋㄧˋ ㄐㄧ）

【釋義】銷聲：不公開講話。銷：去掉。匿迹：不露行踪。匿：隱藏。又作「銷聲斂迹」。

【出處】孫光憲·北窗瑣言卷一一：「銷聲斂迹，唯恐人知。」

【用法】指隱藏起來或不公開露面。

【例句】目前販毒集團雖已**銷聲匿迹**，但我們仍要時刻提防，不能讓他們再危害社會。

【義近】無影無踪／聲銷迹滅／匿影藏形。

【義反】拋頭露面／出頭露面／時隱時現。

鋤強扶弱（ㄔㄨˊ ㄑㄧㄤˊ ㄈㄨˊ ㄖㄨㄛˋ）

【釋義】鏟除強暴，扶助弱者。

【出處】曾冏·六代論：「誅鋤宗室。」漢書·嚴延年傳：「其治務在摧折豪強，扶助貧弱。」

【用法】讚美人的俠義行爲。

【例句】魯智深**鋤強扶弱**，三拳打死鎭關西，救出了金老父女。

【義近】除暴安良／鋤奸扶忠／路見不平，拔刀相助。

【義反】倚強欺弱／助桀爲虐／見死不救。

鋌而走險（ㄊㄧㄥˇ ㄦˊ ㄗㄡˇ ㄒㄧㄢˇ）

【釋義】鋌：快走的樣子。走險：向險處跑去。

【出處】左傳·文公一七年：「小國之事大國也，德則其人也，不德則其鹿也，鋌而走險，急何能擇。」

【用法】指爲環境所迫而做出冒險或越軌之事。

【例句】在連年饑荒，衣食無著下，許多老百姓爲了活命，不得不**鋌而走險**，當起強盜，故社會秩序大亂。

【義近】逼上梁山／狗急跳牆。

【義反】安守貧困／安分守己／安貧樂道。

鋒芒畢露（ㄈㄥ ㄇㄤˊ ㄅㄧˋ ㄌㄨˋ）

【釋義】鋒芒：刀劍的刃口和尖端，比喻人的銳氣和才華。畢：盡，完全。

【出處】後漢書·袁紹傳：「（公孫）瓚亦梟夷，故使鋒芒挫縮，厥圖不果。」

【用法】形容人的銳氣和才華全部都顯露出來。多指人好表現自己。

【例句】他年紀輕輕就**鋒芒畢露**，故養成驕傲自大的個性。

【義近】嶄露頭角／英華外發／頭角崢嶸／脫穎而出。

鋒芒逼人（ㄈㄥ ㄇㄤˊ ㄅㄧ ㄖㄣˊ）

【釋義】鋒芒：指刀劍等武器的刃口和尖端。芒：也作「鋩」。
【出處】漢・蔡邕・勸學：「必須砥礪，就其鋒鋩。」劉義慶・世說新語・排調：「殷（仲堪）曰：『咄咄逼人。』」
【用法】形容言詞尖銳或文辭犀利，使人感到威脅。
【例句】這位反對黨黨魁講話**鋒芒逼人**，使得執政的官員不得不召集會議，商量對策，予以回應。
【義近】鋒芒畢露。
【義反】大智若愚／深藏若虛／深藏不露／不露圭角。

銳不可當（ㄖㄨㄟˋ ㄅㄨˋ ㄎㄜˇ ㄉㄤ）

【釋義】銳：銳利，比喻銳氣。當：抵擋。
【出處】後漢書・吳漢傳：「其鋒不可當。」凌濛初・初刻拍案驚奇：「侯元領了千餘人……，銳不可當。」
【用法】形容勇往直前的氣勢，不可阻擋。
【例句】這支訓練精良的球隊有**銳不可當**的實力，很有奪魁的希望。
【義近】勢不可當／所向無敵。
【義反】望風披靡／聞風喪膽。

八畫

錯落有致（ㄘㄨㄛˋ ㄌㄨㄛˋ ㄧㄡˇ ㄓˋ）

【釋義】錯落：參差交錯。有致：有情趣。致：別致。
【出處】班固・西都賦：「隨侯明月，錯落其間。」
【用法】形容事物交錯繽紛，別具一格。
【例句】一座座精巧的別墅，**錯落有致**地分布在山腳下，整個布局顯得既新鮮又別致。
【義近】交錯有致／參差交錯／縱橫交錯。
【義反】千篇一律／整齊畫一／井然有序。

錯綜複雜（ㄘㄨㄛˋ ㄗㄨㄥ ㄈㄨˋ ㄗㄚˊ）

【釋義】錯綜：縱橫交叉。
【出處】周易・繫辭上：「參伍以變，錯綜其數。」
【用法】形容頭緒繁多，情況複雜。
【例句】這樁殺人案非常曲折離奇，**錯綜複雜**，但經過各方面的配合追查，終於弄清了眞相。
【義近】錯綜變化／千頭萬緒／盤根錯節。
【義反】簡單明瞭／線索單一／一目了然。

錢可通神（ㄑㄧㄢˊ ㄎㄜˇ ㄊㄨㄥ ㄕㄣˊ）

【釋義】金錢可以買通鬼神。
【出處】張固・幽閑鼓吹：「錢至十萬，可通神矣，無不可回之事，吾懼及禍，不得不止。」
【用法】形容金錢萬能，可買通一切。
【例句】雖然說**錢可通神**，但是眞正的愛情、友誼和名譽，卻不是金錢所能換得到的。
【義近】錢可使鬼／有錢買得鬼推磨／金錢萬能。

錐處囊中（ㄓㄨㄟ ㄔㄨˇ ㄋㄤˊ ㄓㄨㄥ）

【釋義】錐子放在口袋裏，錐尖會立刻顯露出來。
【出處】司馬遷・史記・平原君虞卿列傳：「夫賢士之處世也，譬若錐之處囊中，其末立見。」
【用法】比喻有才智的人不會長久被埋沒。
【例句】他是個才子，現在不見重用不過是**錐處囊中**罷了，不久自會有人賞識重用的。
【義近】匣裏龍吟／非池中物／懷瑾握瑜。
【義反】一無所長／碌碌無爲／吳下阿蒙／酒囊飯袋／飯囊衣架／腹負將軍。

錦上添花（ㄐㄧㄣˇ ㄕㄤˋ ㄊㄧㄢ ㄏㄨㄚ）

【釋義】在美麗的錦上繡上花。錦：有彩色花紋的絲織品。
【出處】黃庭堅・了了庵頌：「又要涪翁作頌，且圖錦上添花。」
【用法】比喻美上加美，好上加好。
【例句】他已經夠有錢了，這次又得了頭獎，眞是**錦上添花**，老天爺也太不公平了！
【義近】爲虎添翼。
【義反】雪上加霜／投井下石。

錦心繡口（ㄐㄧㄣˇ ㄒㄧㄣ ㄒㄧㄡˋ ㄎㄡˇ）

【釋義】錦、繡：均爲精美艷麗的絲織品，常用以比喻美好的事物。心、口：指文思與辭藻。
【出處】柳宗元・乞巧文：「駢四儷六，錦心繡口。宮沉羽振，笙簧觸手。」
【用法】形容構思精巧，措詞華麗。
【例句】她的文章雖然以吟風弄月之作居多，但是篇篇**錦心繡口**，措詞華麗，其文學修養並不差。
【義近】字字珠璣／詞情典贍／鋪錦列繡／銜華佩實。
【義反】文辭粗俗／語言鄙陋／驢鳴狗吠／蛙噪蟬鳴。

錦衣玉食（ㄐㄧㄣˇ ㄧ ㄩˋ ㄕˊ）

【釋義】錦衣：華麗的衣服。玉食：珍貴的食品。
【出處】魏書・常景傳：「夫如是故，綺閣金門，可安其宅；錦衣玉食，可頤其形。」
【用法】形容衣食精美，生活奢侈豪華。貶義。
【例句】那位富家千金平日**錦衣玉食**慣了，居然會下嫁給那窮小子，眞是不可思議。
【義近】鮮衣美食／豐衣足食／食前方丈／日食萬前。
【義反】粗茶淡飯／布衣疏食／糲食粗餐／惡衣惡食。

錦瑟年華（ㄐㄧㄣˇ ㄙㄜˋ ㄋㄧㄢˊ ㄏㄨㄚˊ）

【釋義】錦瑟：上面繪有文彩如錦的瑟。瑟：樂器名。
【出處】李商隱・錦瑟詩：「錦瑟無端五十弦，一弦一柱思華年。」宋・賀鑄・青玉案：「錦瑟年華誰與度。」
【用法】用以比喻青春時代。
【例句】正處於**錦瑟年華**的女子，大多是具有青春活力和動人之處的。
【義近】青春年華／荳蔻年華／二八年華／碧玉年華。
【義反】年逾古稀／七老八十／耄耋之年。

錦繡河山

【釋義】錦繡：織綵爲文曰「錦」，刺綵爲文曰「繡」。用以喻美好。河山：國土。
【出處】劉唐卿・降桑椹一折：「俺漢國乃建都之地，錦繡山河。」
【用法】形容祖國山河像錦繡那樣美麗。
【例句】祖國的一片**錦繡河山**，是所有在外遊子朝思暮想的地方。
【義近】大好河山／錦繡乾坤／江山如畫。
【義反】山河破碎／殘山剩水。

錦繡前程

【釋義】錦繡：精緻華麗的絲織品，喻美好。前程：前途。又作「錦片前程」。
【出處】賈仲明・對玉梳四折：「想著咱錦片前程，十分恩愛。」
【用法】比喻前途光輝燦爛，無限美好。
【例句】在今天這樣空前民主的時代中，青年只要肯勤奮刻苦，都一定會有**錦繡前程**。
【義近】前程似錦／前程萬里／鵬程萬里。
【義反】前途渺茫／窮途末路／日暮途窮。

錦囊妙計

【釋義】錦囊裏裝的神機妙算。錦囊：用錦做成的袋子。
【出處】李白・潁陽別元丹之淮陽：「我有錦囊訣，可以持吾身。」羅貫中・三國演義五四回：「汝保主公入吳，當領此三個錦囊，囊中有三條妙計，依次而行。」
【用法】比喻能及時解救危難的好計策。
【例句】各位儘管放心，這條**錦囊妙計**一定會使你們轉危爲安，化險爲夷的。
【義近】神機妙算／囊中奇計／奇策妙計。
【義反】一籌莫展／計無所出／無計可施。

錙銖必較

【釋義】錙、銖：均爲古代極小的重量單位，六銖爲一錙，四錙爲一兩。較：計較。
【出處】凌濛初・二刻拍案驚奇卷三一：「就是族中支派，不論親疏，但與他財利交關，錙銖必較。」
【用法】多形容人吝嗇，一小點錢財也要計較。也比喻氣量狹小，很小的事也要計較。
【例句】他爲富不仁，而且對事對人皆**錙銖必較**，故晚景甚爲淒涼，連親生子女都不願理他。
【義近】斤斤計較／一毛不拔／心胸狹窄／鐵公雞。
【義反】慷慨解囊／仗義疏財／寬宏大量。

九—十二畫

鍥而不捨

【釋義】一直雕刻下去不放手。鍥：雕刻。捨：古字作「舍」，停止。
【出處】荀子・勸學：「鍥而舍之，朽木不折；鍥而不舍，金石可鏤。」
【用法】比喻人做事有恆心、有毅力，能堅持不懈。
【例句】幾十年來，他**鍥而不捨**，堅持從事學術研究，終於成爲一位著名的學者。
【義近】堅持不懈／持之以恆／駑馬十駕。
【義反】半途而廢／一暴十寒／淺嘗輒止。

鏡花水月

【釋義】鏡中的花，水中的月。
【出處】李汝珍・鏡花緣一回：「小仙看來，即使所載竟是巾幗，設或無緣不能一見，豈非鏡花水月，終虛所望麼？」
【用法】喻指一切虛幻的影像。
【例句】你所說的這些，倒是頗吸引人，不過仔細想想，全是**鏡花水月**，一樣也不能實現。
【義近】水月鏡像／海市蜃樓／空中樓閣／夢中蝴蝶。
【義反】日月星辰／名山大川／高樓大廈。

鐘鳴鼎食

【釋義】列鼎而食，食時擊鐘爲號。鐘：古樂器。鼎：古代三足兩耳的鍋。
【出處】王勃・滕王閣詩序：「閭閻撲地，鐘鳴鼎食之家。」
【用法】用以形容富貴之家或官宦之家的豪華生活。
【例句】誰知這樣**鐘鳴鼎食**的人家兒，如今養的子孫竟一代不如一代了。（曹雪芹・紅樓夢二回）
【義近】擊鐘鼎食／鳴鐘列鼎／錦衣玉食。
【義反】簞食瓢飲／粗茶淡飯／朝齏暮鹽。

鐘鳴漏盡

【釋義】鐘已鳴響，漏已滴盡。漏：滴漏，古代計時器。
【出處】漢・崔寔・政論：「鐘鳴漏盡，洛陽城中，不得有行者。」魏書・游明根傳：「臣桑榆之年，鐘鳴漏盡。」
【用法】用以指深夜或喻殘年。
【例句】①現在已是**鐘鳴漏盡**，怎麼還不睡覺呢？②我已年過七十，有如**鐘鳴漏盡**，還談什麼事業！
【義近】深更半夜／半夜三更／更深人靜／桑榆暮景／風燭殘年／日薄西山／風中之燭／垂暮之年／秋風殘葉。
【義反】旭日東升／日上三竿／大天白日／風華正茂／如日中天／如日當中／春秋鼎盛／年富力強。

十三—十四畫

鐵中錚錚

【釋義】錚錚：金屬器皿相碰的聲音。
【出處】後漢書・劉盆子傳：「卿所謂鐵中錚錚，傭中佼佼者也。」
【用法】喻才能較爲出眾的人。
【例句】就他的才華而言，雖然不能說是蓋世無雙，但至少也是**鐵中錚錚**，在我們這裡算是難得的人才了！
【義近】秀出班行／庸中佼佼。
【義反】才疏學淺／德薄能鮮／平平庸庸／庸庸碌碌／碌碌無能／平庸之輩／凡夫俗子／吳下阿蒙。

鐵石心腸

【釋義】像鐵和石一樣堅硬的心腸。

【出處】張鎡・尋梅詩：「要知愁結吹香晚，鐵石心腸欠我詩。」

【用法】比喻人心硬，不爲感情所動。

【例句】他眞是**鐵石心腸**，無論你怎樣動之以情、曉之以理，都不能感化說服他。

【義近】鐵腸石心／心如鐵石／冷血動物。

【義反】菩薩心腸／心慈腸軟／易爲情動。

鐵杵磨針

【釋義】杵：舂米或捶衣用的棒。又作「鐵杵磨成針」、「磨杵成針」。

【出處】傳說李白少讀書，未成棄去。道逢一老嫗，方磨鐵杵，白問之，曰欲作針。白感其意，因還卒業。鄭之珍・目連救母傳奇：「只在自家警省，好似鐵杵磨針，心堅杵有磨針日。」

【用法】比喻只要有毅力，肯下功夫，事情就一定能成功。多用以勉勵人刻苦進取。

【例句】你人聰明又肯動腦筋，只要功夫下得深，**鐵杵磨針**，將來一定可以實現你的宿願，成爲一名科學家。

【義近】滴水穿石／有志竟成／心專石穿／介然成路。

【義反】淺嘗輒止／半途而廢／功虧一簣／一暴十寒。

鐵面無私

【釋義】鐵面：比喻剛直，不講情面。

【出處】曹雪芹・紅樓夢一六回：「都是鐵面無私的，不比你們陽間瞻前顧意，有許多的關礙處。」

【用法】形容人公正嚴明，不畏權勢，不徇私情。

【例句】他的確是位好法官，辦案**鐵面無私**，誰來說情都不通融。

【義近】大公無私／公正嚴明／廉正無私。

【義反】徇情枉法／徇私舞弊／貪贓枉法。

鐵案如山

【釋義】鐵案：證據確鑿，不能推翻的定案。案，犯罪的記錄或結論。

【出處】孟稱舜・鄭節度殘唐再創：「一任你口瀾舌翻……道不的鐵案如山。」

【用法】指罪證確鑿，定的案像山那樣不能推翻。

【例句】他所說的這些可謂**鐵案如山**，誰能駁得倒？

【義近】鐵證如山／白紙黑字。

【義反】莫須有／屈打成招。

鐵硯磨穿

【釋義】把鐵做的硯磨破了。

【出處】新五代史・桑維翰傳：「初舉進士，主司惡其姓，以爲『桑』、『喪』同音。人有勸其不必舉進士，可以從佗求仕者。維翰慨然……，又鑄鐵硯以示人曰：『硯弊，則改而佗仕。』卒以進士及第。」佗：同「他」。佗仕：意指另尋做官的途徑。

【用法】形容致力於學，堅定不移，終能有所成就。

【例句】如果覺得資質不如人，更應該要有**鐵硯磨穿**的精神，只要努力不懈，辛苦是不會白費的。

【義近】夙夜匪懈／鍥而不舍／兀兀窮年／矻矻歲月。

【義反】半途而廢／有始無終／虎頭蛇尾。

鐵樹開花

【釋義】鐵樹：鐵製之樹，根本不可能開花。一說即蘇鐵樹，常綠喬木，好多年才開一次花。

【出處】碧巖錄四十則四：「垂示休去歇去，鐵樹開花。」

【用法】比喻事情決不能成功。

【例句】你趁早收起癩蝦蟆想吃天鵝肉的想法吧！你要是能娶到那位電影明星爲妻，那才眞是**鐵樹開花**。

【義近】枯樹生花／烏鴉白頭／羝羊生子。

【義反】甕中捉鼈／手到擒來。

鐵證如山

【釋義】鐵證：確鑿的證據。

【用法】形容證據確鑿，像山一樣不能動搖，無法推翻。

【例句】被告律師想盡辦法要幫他脫罪，但**鐵證如山**，恐怕難有回天之力。

【義近】鐵案如山／證據確鑿／眞贓實犯。

【義反】查無實據／栽贓陷害／羅織編造。

鑄成大錯

【釋義】鑄：鑄造。錯：錯刀，我國古代錢幣名，借指錯誤。

【出處】蘇軾・贈錢道人詩：「不知幾州鐵，鑄此一大錯。」

【用法】形容造成嚴重錯誤。

【例句】你再這樣一意孤行下去，只怕要**鑄成大錯**，後悔也來不及了。

【義近】鑄此大錯。

【義反】不世之功／無咎無譽。

十九—二十畫

鑼鼓喧天

【釋義】喧天：響聲震天。喧：喧鬧。

【出處】尙仲賢・單鞭奪槊四折：「早來到北邙前面，猛聽的鑼鼓喧天。」

【用法】形容喜慶的歡鬧景象，或形容聲勢震人。

【例句】昨晚這附近有個廟會，整夜**鑼鼓喧天**的，吵得我徹夜難眠。

【義近】敲鑼打鼓／歡聲震天／鼓樂喧天。

【義反】鴉雀無聲／萬籟俱寂／悄無聲息。

鑽牛角尖

【釋義】鑽：此爲推究事理之意。牛角尖：牛角的尖端，又硬又窄。

【用法】比喻人不通情理，思想固執，好在毫無意義的問題上作文章，徒爲無益之舉。

【例句】她個性內向，愛**鑽牛角尖**，你若不喜歡她，就千萬不要去招惹她，以免造成不必要的困擾。

【義近】走死胡同。

【義反】胸襟開闊／通情達理。

鑽皮出羽 ㄗㄨㄢ ㄆㄧˊ ㄔㄨ ㄩˇ

【釋義】意謂把皮鑽破，讓美麗的羽毛顯露出來。

【出處】漢・趙壹・刺世嫉邪賦：「所好則鑽皮出其毛羽，所惡則洗垢求其瘢痕。」

【用法】比喻竭力幫助所喜愛的人顯露出優點。

【例句】他是院長的乘龍快婿，那些愛吹捧的人，自然要想方法，找機會爲他**鑽皮出羽**，以博取院長的歡心了。

【義反】洗垢求瘢／尋瑕索瘢／吹毛求疵／橫挑鼻子豎挑眼／雞蛋裏挑骨頭。

鑽穴逾牆 ㄗㄨㄢ ㄒㄩㄝˋ ㄩˊ ㄑㄧㄤˊ

【釋義】鑽洞穴，翻圍牆。逾：越。

【出處】孟子・滕文公下：「鑽穴隙相窺，逾牆相從。」清・紀昀・閱微草堂筆記・槐西雜誌四：「然則鑽穴逾牆，即地下亦尙有禍患矣。」

【用法】原喻指違背父母之命、媒妁之言的青年男女自由相戀。後指男女偷情或偷竊的行爲。

【例句】你們還這樣古板，都什麼時代了，反對兒子自由戀愛，他自然只有**鑽穴逾牆**，去與女友相會了。

【義近】鑽穴逾垣／鑽隙逾牆／密約偷期／待月西廂。

【義反】父母之命／媒妁之言／執柯作伐／明媒正娶／三媒六聘／三媒六證。

鑽頭覓縫 ㄗㄨㄢ ㄊㄡˊ ㄇㄧˋ ㄈㄥˋ

【釋義】覓縫：尋找縫隙。覓：尋覓，尋找。

【出處】蘭陵笑笑生・金瓶梅詞話二〇回：「不知怎的，聽見幹貓兒頭差事，鑽頭覓縫，幹辦了要去，去的那快。」

【用法】形容人到處鑽營，尋找門路。

【例句】他一登上仕途便**鑽頭覓縫**，到處找靠山往上爬，不出幾年，便升爲副局長了。

【義近】鑽天打洞／蠅營狗苟。

【義反】行不由徑／直道而行／道而不徑／行不踰方／行不苟且／正大光明。

鑿枘不入 ㄗㄨㄛˊ ㄖㄨㄟˋ ㄅㄨˋ ㄖㄨˋ

【釋義】鑿：穿木的工具。枘：受鑿的孔，即榫頭。

【出處】楚辭・九辯：「圜鑿而方枘兮，吾固知其鉏鋙而難入。」

【用法】比喻彼此意見不一，個性不合。

【例句】他們兩人的意見一向是**鑿枘不入**，你要他們合作做這件事，無異是找自己的麻煩。

【義近】方枘圓鑿／方底圓蓋。

【義反】志同道合／氣味相投／相視莫逆／如兄如弟。

鑿空立論 ㄗㄨㄛˊ ㄎㄨㄥ ㄌㄧˋ ㄌㄨㄣˋ

【釋義】憑空立論。鑿空：缺乏根據，牽強附會。

【出處】朱子語類・學五：「固不可鑿空立論，然讀書有疑有所見，自不容不立論。」

【用法】指缺乏根據，強自爲說。

【例句】一般人總愛**鑿空立論**，散播無根據的事情，造成謬論邪說滿天飛。

【義近】穿鑿附會／牽強附會／郢書燕說。

【義反】鑿鑿有據／有理有據。

鑿壁偷光 ㄗㄨㄛˊ ㄅㄧˋ ㄊㄡ ㄍㄨㄤ

【釋義】鑿穿牆壁，借鄰居的燈光苦讀。

【出處】葛洪・西京雜記：「匡衡勤學而無燭……乃穿壁引其(鄰居)光，以書映光而讀之。」

【用法】形容勤學苦讀。

【例句】古人**鑿壁偷光**的苦讀故事，在今天對我們仍有深遠的啓發和教育意義。

【義近】囊螢映雪／懸梁刺股。

【義反】心不在焉／鴻鵠將至。

鑿鑿有據 ㄗㄨㄛˊ ㄗㄨㄛˊ ㄧㄡˇ ㄐㄩˋ

【釋義】鑿鑿：確實。據：依據，根據。

【出處】桃花扇・辭院：「小弟之言鑿鑿有據。」名教中人・好逑傳：「因訪問合郡人役，眾口一詞。鑿鑿有據，只得據實申詳。」

【用法】指確實可靠，可以作爲根據。

【例句】經過反覆調查核實，張先生所反映的問題**鑿鑿有據**，我們將及時處理。

【義近】鑿鑿可據／確鑿無疑／有憑有據／確鑿不移。

【義反】鑿空立論／捕風捉影／無根無據／耳食之談／齊東野語。

長部

長生久視 ㄔㄤˊ ㄕㄥ ㄐㄧㄡˇ ㄕˋ

【釋義】久視：不老之意。

【出處】老子・五九章：「有國之母，可以長久，是謂深根固柢，長生久視之道。」晉・葛洪・抱朴子・對俗：「得其深者，則能長生久視。」

【用法】是指生命長存，永不衰老。

【例句】**長生久視**只是人類的一種幻想，不說過去現在不可能，就是將來也做不到。

【義近】長生不老／長生不死／長生不滅／青春永駐／壽比南山／萬壽無疆。

【義反】壽終正寢／蘭摧玉折／瘞玉埋香／天不假年／行將就木／日薄西山。

長生不老 ㄔㄤˊ ㄕㄥ ㄅㄨˋ ㄌㄠˇ

【釋義】永保生存不衰老。

【出處】太上純陽眞經・了三得一經：「天一生水，人自同然，腎爲北極之樞，精食萬化，滋養百骸，賴以永年而長生不老。」

【用法】指經由修養，使身軀長存而不衰老。

【例句】不管科技、醫藥如何進步，**長生不老**仍只是不可能實現的幻夢。
【義近】長生不滅／青春永駐／壽比南山／萬壽無疆。
【義反】蘭摧玉折／瘞玉埋香／天不假年／行將就木／日薄西山。

長吁短歎

【釋義】長一聲短一聲地歎氣不止。吁：歎息。
【出處】王實甫・西廂記・張君瑞鬧道場：「睡不著如翻掌，少可有一萬聲長吁短歎。」
【用法】形容發愁的神情。
【例句】太太生病、孩子上學，處處要錢用，而自己又剛好失業在家，弄得他整天**長吁短歎**。
【義近】唉聲歎氣／喟然歎息。
【義反】眉飛色舞／說說笑笑／有說有笑／歡天喜地。

長年累月

【釋義】長年：整年。累月：很多個月。
【出處】巴金・短篇・給一個孩子：「一件重大的事情要經過長年累月的努力才能夠有成就。」
【用法】用以形容經歷了很長的時間。
【例句】這樣**長年累月**爲人做工，畢竟不是個辦法，還是設法借點錢自己做生意吧！
【義近】成年累月／經年累月／窮年累月／日久天長／年深日久。
【義反】頃刻之間／一時半刻／一朝一夕／須臾之間／終食之間／剎那之間。

長此以往

【釋義】長期這樣下去。長：長久。此：這樣。往：去。
【用法】說明於事應設法及早解決，不能採取疏散懶惰的態度一拖再拖。
【例句】你這病已到了非看醫生不可的地步，若再拖延，**長此以往**，恐怕就不好醫了。
【義近】久而久之／長年累月。
【義反】一朝一夕／一時半刻／剎那之間。

長江後浪推前浪

【釋義】長江後面的波浪推動著前面的波浪，滾滾東流。
【出處】劉斧・青瑣高議前集・孫氏記：「我聞古人之詩曰：『長江後浪催前浪，浮世新人換舊人。』」
【用法】說明世界生息不已，如江水之前後相接。
【例句】**長江後浪推前浪**，這是自然法則，任何再成功的人也有被取代的一日。
【義近】一代新人換舊人／沉舟側畔千帆過。
【義反】一代不如一代／每下愈況。

長命富貴

【釋義】長命：長壽。
【出處】舊唐書・姚崇傳：「比求緣精進，得富貴長命者爲誰？」元・鄭庭玉・後庭花四折：「原來一根桃符，上寫著長命富貴，這殺人賊有了也。」
【用法】用以祝福人既長壽又富貴。
【例句】魏先生中年得子，高興得什麼似的，今天辦滿月酒，大家都祝福他兒子**長命富貴**。
【義近】長命百歲／福壽延年／福壽無疆／福如東海，壽比南山。
【義反】短命而亡／暴病而卒／天不假年。

長枕大被

【釋義】枕：枕頭。被：被子。
【出處】新唐書・三宗諸子傳：「玄宗爲太子，嘗製大衾長枕，將與諸王共之。」北堂書鈔引蔡邕・協初賦：「長被橫施，大被竟牀。」
【用法】喻兄弟之間情感濃厚。
【例句】張家兄弟五人從小一起在艱困的環境成長，彼此鼓勵、扶持，其**長枕大被**的情感，到現在仍然沒有稍減。
【義近】兄友弟恭／大衾長枕／姜家大被。
【義反】形同陌路／兄弟鬩牆。

長林豐草

【釋義】長林：幽深的樹林。豐草：茂盛的野草。
【出處】晉・嵇康・與山巨源絕交書：「此猶禽鹿，……雖飾以金鑣，饗以嘉肴，愈思長林而志在豐草也。」金史・趙質傳：「臣僻性野逸，志在長林豐草。」
【用法】原指禽獸棲止的山林草野，後借指隱者居住之地。
【例句】「所以在風塵勞攘的時候，每懷**長林豐草**之思，而今卻可賦遂初了。」（吳敬梓・儒林外史八回）
【義近】枕石漱流／巖穴長林。
【義反】六街三市／通都大邑／首善之區／首善之都。

長治久安

【釋義】國家長期太平，民眾長期安樂。治：太平。
【出處】漢書・賈誼傳・上疏陳政事：「建久安之勢，成長治之業，以承祖廟。」
【用法】說明當政者要從根本上治理國家，使國家長期繁榮昌盛。用於希望、祝頌、讚美等。
【例句】要想政治**長治久安**，人民安居樂業，爲政者必須有遠大的眼光，仁愛的胸懷。
【義近】承平盛世／海晏河清／天下太平。
【義反】兵馬倥傯／戰禍連年／民生凋敝／滿目瘡痍。

長亭短亭

【釋義】古時於城外五里處設短亭，十里處設長亭，作爲行人休息、餞別之地。
【出處】庾信・哀江南賦：「十里五里，長亭短亭。」
【用法】送別的習慣用語。
【例句】千里送君，終須一別，不必再這樣**長亭短亭**，依依不捨，還是請回吧！
【義近】長亭送別／灞橋折柳。

長袖善舞

【釋義】袖子長好跳舞。指舞者可利用長袖表現出各種美妙的姿態。
【出處】韓非子・五蠹：「鄙諺曰：『長袖善舞，多錢善賈。』此言多資之易爲工也。」

【用法】比喻做事有憑藉，則容易有成績、顯功效。後常用以形容善於社交應付的人。
【例句】①古人說得好：多錢善賈，**長袖善舞**，做生意本錢越多越好，可以大展宏圖賺大錢。②他靠那**長袖善舞**的本領，馳騁商場二十餘年。
【義近】多錢善賈／多資易工。
【義反】無本經營／無米之炊／本小利薄／剛毅木訥。

長途跋涉（ㄔㄤˊ ㄊㄨˊ ㄅㄚˊ ㄕㄜˋ）

【釋義】跋涉：翻山和渡水。
【出處】錢彩・說岳全傳六六回：「妾身犯國法，理所當然，怎敢勞賢姐長途跋涉？決難從命。」
【用法】形容走路的艱辛。
【例句】為了尋找失散已久的親人，他**長途跋涉**走了許多地方，最後皇天不負苦心人，終於讓他找到了。
【義近】攀山越嶺／梯山航海。
【義反】朝發夕至／漫步坦途。

長惡不悛（ㄔㄤˊ ㄜˋ ㄅㄨˋ ㄑㄩㄢ）

【釋義】悛：悔改。
【出處】晉・石勒・下令絕劉曜：「故復推崇今主，修好如初，何圖長惡不悛，殺奉誠之使。」
【用法】指人長期作惡，不肯悔改。
【例句】他這樣**長惡不悛**，大膽妄為，民怨滔天，當然要從嚴懲處。
【義近】怙惡不悛／死不悔改／至死不悟／執迷不悟。
【義反】改邪歸正／改過自新／痛改前非／洗心革面／迷途知返／改過遷善。

長歌當哭（ㄔㄤˊ ㄍㄜ ㄉㄤˋ ㄎㄨ）

【釋義】以長聲歌詠當作痛哭。當：當作。
【出處】曹雪芹・紅樓夢八七回：「感懷觸緒，聊賦四章。匪曰無故呻吟，亦長歌當哭之意耳。」
【用法】指以長聲歌詠或撰寫詩文當作痛哭，來抒發心中的悲憤。
【例句】屈原一生懷才不遇，以詞賦抒發自己的悲憤，**長歌當哭**，令人讀來深受感動。

長慮顧後（ㄔㄤˊ ㄌㄩˋ ㄍㄨˋ ㄏㄡˋ）

【釋義】慮：思考。顧：回頭看。
【出處】荀子・榮辱：「彼固天下之大慮也，將為天下生民之屬，長慮顧後而保萬世也。」
【用法】說明為人處事要從長遠處考慮問題。
【例句】這件事關係重大，千萬不能輕率處理，要**長慮顧後**，三思而行。
【義近】思前想後／慮前顧後／瞻前顧後／從長計議。
【義反】人無遠慮，必有近憂／得過且過／今朝有酒今朝醉／顧前不顧後。

長篇大論（ㄔㄤˊ ㄆㄧㄢ ㄉㄚˋ ㄌㄨㄣˋ）

【釋義】指長篇的文章或發言。
【出處】曹雪芹・紅樓夢七九回：「長篇大論，不知說的是什麼。」
【用法】指內容繁瑣、詞句重複的長篇發言或文章。多含貶義。
【例句】寫文章或說話都要簡明扼要，不要**長篇大論**，空話連篇。
【義近】洋洋灑灑／連篇累牘／洋洋萬言／虛論高議。
【義反】言簡意賅／三言兩語／要言不煩。

長篇累牘（ㄔㄤˊ ㄆㄧㄢ ㄌㄟˇ ㄉㄨˊ）

【釋義】累：堆積，重疊。牘：木簡，古代書寫工具，此指文章。
【出處】吳敬梓・儒林外史五一回：「祈太爺道：『本府親自看過，長篇累牘，後面還有你的名姓圖書。』」
【用法】指文章篇幅長，內容空洞，不切實際。有時亦指詳細闡述。多含貶義。
【例句】他這份**長篇累牘**的論文，翻來覆去，說的都是同一個舊論，根本搬不上檯面。
【義近】連篇累牘／長篇大論／廢話連篇／拖泥帶水。
【義反】簡明扼要／短小精悍／言簡意賅／要言不煩。

長頸鳥喙（ㄔㄤˊ ㄐㄧㄥˇ ㄋㄧㄠˇ ㄏㄨㄟˋ）

【釋義】喙：嘴。
【出處】司馬遷・史記・越世家：「越王為人，長頸鳥喙，可與共患難，不可與共樂。」
【用法】形容相貌尖刻的人，可共患難，不可同享樂。
【例句】傳說**長頸鳥喙**的人心胸狹窄，容易記恨，所以跟這種人打交道，說話要十分小心。
【義近】鷹目虎吻。
【義反】龍眉鳳目／燕頷虎頸。

長驅直入（ㄔㄤˊ ㄑㄩ ㄓˊ ㄖㄨˋ）

【釋義】長驅：不停地策馬快跑。驅：快跑。直入：一直往前。一作「長驅徑入」。
【出處】曹操・勞徐晃令：「吾用兵三十餘年，及所聞古之善於兵者，未有長驅徑入敵圍者也。」
【用法】形容部隊以不可阻擋之勢快速前進，進攻順利。
【例句】我軍**長驅直入**賊巢，把一羣無法無天的盜賊打得落花流水，大快人心。
【義近】勢如破竹／銳不可當／摧枯拉朽／所向披靡／直搗黃龍。
【義反】節節敗退／豕突狼奔。

門部

門不夜關 ㄇㄣˊ ㄅㄨˋ ㄧㄝˋ ㄍㄨㄢ

【釋義】意謂夜間不需關門防竊賊。
【出處】司馬遷・史記・循吏列傳：「二年市不豫賈。三年門不夜關，道不拾遺。」
【用法】形容社會安寧。
【例句】台灣地區雖然經濟發達，社會治安也不壞，但離**門不夜關**還很遙遠。
【義近】夜不閉戶／路不拾遺／道不拾遺／盜賊匿跡。
【義反】鎖上加鎖／門外加門。

門不停賓 ㄇㄣˊ ㄅㄨˋ ㄊㄧㄥˊ ㄅㄧㄣ

【釋義】不讓賓客在門前停留。
【出處】顏之推・顏氏家訓・風操：「門不停賓，古所貴也。」
【用法】表示賓至即納，熱情待客。
【例句】他雖身居高位，卻虛心納下，從善如流，其**門不停賓**的作風贏得眾人的愛戴。
【義近】虛懷迎納／廣結良緣。
【義反】拒之門外／拒人於千里之外／傲然不納。

門戶之見 ㄇㄣˊ ㄏㄨˋ ㄓ ㄐㄧㄢˋ

【釋義】門戶：比喻宗派、流派。見：成見。
【出處】錢大昕・宋儒議論之偏：「朱文公意尊洛學，故於蘇氏門人有意貶抑，此門戶之見。」
【用法】比喻因派別不同而產生的成見，或所持的偏見。多用於學術、藝術方面。
【例句】他這篇論文寫得很好，觀點新穎，你爲何要因**門戶之見**而予以否定呢？
【義近】一孔之見／一家之說。
【義反】公論公議／就事論事／持平之論。

門戶之爭 ㄇㄣˊ ㄏㄨˋ ㄓ ㄓㄥ

【釋義】門戶：宗派，派別。
【出處】清史稿・翁同龢傳：「然以政見異同，門戶之爭，牽及朝局，至數十年而未已。」
【用法】指宗派之間的爭論。
【例句】學術研究，重在廣開思路，分享成果，然而文人相輕，以致出現**門戶之爭**，眞是令人遺憾。
【義近】黨派之爭／宗派之爭。
【義反】是非之爭／正義之爭。

門可羅雀 ㄇㄣˊ ㄎㄜˇ ㄌㄨㄛˊ ㄑㄩㄝˋ

【釋義】大門前面可以張起網來捕雀。羅：網，作動詞用。
【出處】司馬遷・史記・汲鄭傳贊：「翟公爲廷尉，賓客闐門；及廢，門外可設雀羅。」梁書・到溉傳：「性又不好交游，……及臥疾家園，門可羅雀。」
【用法】形容門庭十分冷落，來客絕少。用於失意、窮困的時候。
【例句】別看他家今日**門可羅雀**，過去的繁華景象決不是你所能想像得到的。
【義近】門無蹄轍／門庭冷落／門前冷落／柴門蕭條。
【義反】車馬盈門／門庭若市／賓客闐門／戶限爲穿／賓客如雲／臣門如市／賓客盈門／門庭喧囂。

門外漢 ㄇㄣˊ ㄨㄞˋ ㄏㄢˋ

【釋義】在行門外的男子。
【出處】普濟・五燈會元卷六：「師曰：『若不到此田地，如何有這個消息！』庵曰：『是門外漢耳。』」
【用法】指外行的人。常用作謙詞。
【例句】在文學創作上，我是十足的**門外漢**，剛剛所提的意見僅供參考。
【義近】尚未入門／一竅不通／半路出家／略識之無。
【義反】輕車熟路／登堂入室／科班出身。

門庭若市 ㄇㄣˊ ㄊㄧㄥˊ ㄖㄨㄛˋ ㄕˋ

【釋義】門前和院子裏人很多，像市場一樣。庭：院子。市：集市。
【出處】戰國策・齊策一：「令初下，羣臣進諫，門庭若市。」
【用法】形容來的人很多，非常熱鬧。多指富貴得意之時，也用以形容生意興隆，顧客很多。
【例句】自從他升了部長後，**門庭若市**，但恐怕還是趨炎附勢者多。
【義近】門庭喧囂／戶限爲穿／霧合雲集／絡繹不絕。
【義反】門可羅雀／門庭冷落／冷冷清清。

門無雜賓 ㄇㄣˊ ㄨˊ ㄗㄚˊ ㄅㄧㄣ

【釋義】意謂家中沒有雜亂的客人。雜：不純。
【出處】晉書・劉惔傳：「累遷丹陽尹，爲政清整，門無雜賓。」
【用法】指人不胡亂結交朋友。
【例句】王先生和他太太都非常好客，家中經常客人來往不斷，但卻**門無雜賓**。
【義近】高朋滿座／勝友如雲／薈萃一堂。
【義反】狐朋狗友／狐羣狗黨。

門當戶對 ㄇㄣˊ ㄉㄤ ㄏㄨˋ ㄉㄨㄟˋ

【釋義】門：雙扇門。戶：單扇門。二者皆用以指家庭的門第等級。當、對：相當，合適。
【出處】敦煌變文集卷六：「彼此赤身相奉侍，門當戶對恰相當。」
【用法】指通婚雙方門第相當，適宜匹配。
【例句】劉先生和席小姐不僅郎才女貌，也是**門當戶對**，結爲夫妻是最恰當不過的了。
【義近】秦晉之匹／門第相當／檀郎謝女。
【義反】門不當戶不對／門第懸殊／齊大非耦。

門禁森嚴 ㄇㄣˊ ㄐㄧㄣˋ ㄙㄣ ㄧㄢˊ

【釋義】門禁：宮門的禁令，即對出入宮門的限制。也指守衛，警戒。森嚴：整飭而嚴肅。
【出處】宋史・輿服志六：「時神宗以京城門禁不嚴……。」唐・杜牧・朱坡詩：「偃蹇松公老，森嚴竹陣齊。」

【用法】形容門前戒備很嚴格。
【例句】這裏是軍事重要機關，自然是**門禁森嚴**，有什麼好大驚小怪的呢？
【義近】禁衛森嚴／戒備森嚴／壁壘森嚴／銅牆鐵壁。
【義反】門禁鬆弛／疏於戒備。

門牆桃李 ㄇㄣˊ ㄑㄧㄤˊ ㄊㄠˊ ㄌㄧˇ

【釋義】門牆：指師長之門。桃李：比喻後輩、學生。
【出處】論語・子張：「夫子之牆數仞，不得其門而入。」韓詩外傳卷七：「夫春樹桃李，夏得陰其下，秋得食其實。」吳敬梓・儒林外史七回：「像你做出這樣文章，豈不有玷門牆桃李？」
【用法】比喻他人所栽培的後輩或所教的學生。
【例句】萬教授幾十年的春風化雨，卓然有成，現在**門牆桃李**遍佈天下，且有許多已成個中翹楚。
【義近】門生故吏／桃李滿天下／河汾門下／弟子三千。
【義反】門前無桃李。

二畫

閃爍其辭 ㄕㄢˇ ㄕㄨㄛˋ ㄑㄧˊ ㄘˊ

【釋義】閃爍：光一閃一閃的樣子，比喻說話躲躲閃閃。辭：一作「詞」。
【出處】陸游・出塞曲：「鈴聲南來金閃爍，赦書已報經沙漠。」
【用法】形容說話吞吞吐吐，不肯透露眞相或迴避重點。
【例句】你老是這樣**閃爍其辭**，使人摸頭不著腦，究竟是怎麼回事？
【義近】支吾其辭／含糊其辭／模稜兩可。
【義反】是則是非則非／毫不含糊／斬釘截鐵／直言無隱／直言不諱。

三畫

閉月羞花 ㄅㄧˋ ㄩㄝˋ ㄒㄧㄡ ㄏㄨㄚ

【釋義】閉月：明月藏匿不出去。羞花：花自慚不如。
【出處】古杭才人・宦門子弟錯立身：「看了這婦人，……有沉魚落雁之容，閉月羞花之貌。」
【用法】形容女子貌美已極。
【例句】王小姐眞的有**閉月羞花**之貌，怪不得那些登徒子見了便垂涎三尺！
【義近】沉魚落雁／月羞花慚／傾城傾國。
【義反】粗俗醜陋／其醜無比／貌似無鹽／其貌不揚。

閉目塞聽 ㄅㄧˋ ㄇㄨˋ ㄙㄜˋ ㄊㄧㄥ

【釋義】閉上眼睛不看，塞住耳朵不聽。一作「閉明塞聰」。
【出處】王充・論衡・自紀：「閉明塞聰，愛精自保。」
【用法】形容與外界隔絕，脫離實際。
【例句】像他這樣一天到晚待在家裏，**閉目塞聽**，外面即使是發生了天大的事也不會知道。
【義近】不聞不問／不看不聽／置身事外／與世隔絕／不問世事。
【義反】耳聞目睹／目擊耳聞／參與其事／廣開言路。

閉門卻掃 ㄅㄧˋ ㄇㄣˊ ㄑㄩㄝˋ ㄙㄠˇ

【釋義】意謂關閉大門，不再打掃庭院路徑。
【出處】漢・應劭・風俗通義・十反：「蜀郡太守劉勝季陵去官在家，閉門卻掃。」
【用法】用以表示謝絕應酬，不與親友往來。
【例句】他自從在官場失意退職之後，一直**閉門卻掃**，待在家中讀書寫字，研究佛理。
【義近】閉關卻掃／杜門卻掃／杜門謝客／杜門不出／息交絕遊。
【義反】賓客滿門／賓朋滿座／門庭若市／送往迎來。

閉門思過 ㄅㄧˋ ㄇㄣˊ ㄙ ㄍㄨㄛˋ

【釋義】關起門想自己的過錯。
【出處】徐鉉・亞元舍人詩：「閉門思過謝來客，知恩省分寬離憂。」
【用法】表示有過失自作反省。
【例句】不管怎麼說，他能**閉門思過**，勇於承擔責任，這就很不錯了。
【義近】閉門思愆／面壁思過／反躬自責。
【義反】責怪他人／委過他人／不知自省。

閉門造車 ㄅㄧˋ ㄇㄣˊ ㄗㄠˋ ㄐㄩ

【釋義】關起門來造車子。
【出處】朱熹・中庸或問卷三：「古語所謂閉門造車，出門合轍，蓋言其法之同也。」
【用法】比喻脫離實際，只憑主觀想像辦事。
【例句】做事不從實際出發，**閉門造車**，一定會出問題。
【義近】向壁虛造／主觀妄爲／盲目行事。
【義反】實地考察／集思廣益。

閉塞眼睛捉麻雀 ㄅㄧˋ ㄙㄜˋ ㄧㄢˇ ㄐㄧㄥ ㄓㄨㄛ ㄇㄚˊ ㄑㄩㄝˋ

【釋義】又作「掩目捕雀」。均謂把眼睛蒙住去捉雀。
【出處】魏書・陳琳傳：「諺有『掩目捕雀』，夫微物尙不可欺以得志，況國之大事……乎？」
【用法】比喻盲目地去做某事，也比喻自己欺騙自己。
【例句】你這樣**閉塞眼睛捉麻雀**，一件事也別想做成。
【義近】瞎子摸魚／掩目捕雀。
【義反】胸有成竹／心中有數。

閉關自守 ㄅㄧˋ ㄍㄨㄢ ㄗˋ ㄕㄡˇ

【釋義】關閉關口，不和外人來往。關：關口，門戶。
【出處】新編五代史平話・周史卷上：「閉關自守，又何憂乎？」
【用法】今多比喻因循保守，不願接觸外界事物。
【例句】滿清末年的當政者，總想**閉關自守**，但時代不同了，外國人終究還是撞開了中國的大門。
【義近】閉關鎖國。
【義反】門戶開放。

四畫

開山祖師 ㄎㄞ ㄕㄢ ㄗㄨˇ ㄕ

【釋義】佛教用語，指最初在某座名山創建寺院的人。
【出處】宋・劉克莊・詩話：「歐公詩如昌黎，不當以詩論，本朝詩惟宛陵爲開山祖師。」

【用法】比喻某一學術流派、某一事業的創始人。

【例句】屈原是《楚辭》的**開山祖師**之一，其代表作〈離騷〉是我國文學史上重要的作品，後代學者無一能企及。

【義近】開山老祖／開山鼻祖／不祧之祖。

【義反】晚生後學／後繼門生／門牆桃李／後生晚輩／河汾門下。

開天闢地 ㄎㄞ ㄊㄧㄢ ㄆㄧˋ ㄉㄧˋ

【釋義】神話認為盤古氏開天闢地，是人類歷史的開始。闢：開。

【出處】隋書・音樂志中：「開天闢地，峻岳夷海。」

【用法】常用以比喻開創某種事業，或某單位某事業開創以來。

【例句】公司自**開天闢地**以來都是他一手經營的，所以他對公司感情特別深厚，怎忍心出讓呢？

【義近】有史以來／混沌初開。

【義反】史前時代／混沌未鑿。

開心見誠 ㄎㄞ ㄒㄧㄣ ㄐㄧㄢˋ ㄔㄥˊ

【釋義】意謂敞開胸懷，顯示誠意。

【出處】後漢書・馬援傳：「且開心見誠，無所隱伏。」

【用法】指坦白直率，真心實意地與人接觸。

【例句】你們雙方不妨**開心見誠**地談一談，把誤會說清楚，問題講明白，看是不是能攜手合作共創一番事業。

【義近】開誠相見／推誠相見／開誠布公／以誠相見／推心置腹。

【義反】心懷鬼胎／暗中算計／明爭暗鬥／笑裏藏刀／口蜜腹劍／假意敷衍。

開卷有益 ㄎㄞ ㄐㄩㄢˋ ㄧㄡˇ ㄧˋ

【釋義】打開書本閱讀，便會有好處。

【出處】王闢之・澠水燕談錄・文儒：「(宋太宗)嘗曰：開卷有益，朕不以為勞也。」

【用法】強調讀書的重要，鼓勵人多讀書。

【例句】古人說**開卷有益**，這話一點也不假，讀書總比不讀書好。

【義近】開卷有得／讀書破萬卷，下筆如有神。

【義反】讀書無用／自古秀才多寒酸。

開宗明義 ㄎㄞ ㄗㄨㄥ ㄇㄧㄥˊ ㄧˋ

【釋義】開：闡發。宗：宗旨。明：說明。義：意思。

【出處】為孝經第一章標題，說明全書的宗旨和意義。

【用法】指說話、寫文章一開始就點明主旨。

【例句】會議一開始，主持人就**開宗明義**地說明了會議的目的和所要討論的問題。

【義近】直截了當／開門見山／直言不諱／單刀直入。

【義反】隱晦曲折／轉彎抹角／隱約其詞／閃爍其詞。

開花結果 ㄎㄞ ㄏㄨㄚ ㄐㄧㄝˊ ㄍㄨㄛˇ

【釋義】意謂莊稼經播種耕耘後有了收穫。

【出處】普濟・五燈會元・漣水軍萬壽夢庵普信禪師：「開花結果自馨聲。」馮夢龍・喻世明言卷一：「如今方下種，還沒有發芽哩，再隔五六年，開花結果，才到你口。」

【用法】比喻所做的事情有了結果，收到了效果。

【例句】培養人才哪能立竿見影？只要辛勤耕耘，我深信十年八年後，總是會**開花結果**的。

【義近】開花結實／大功告成／卓有成效。

【義反】開花不結果／功虧一簣／功敗垂成／前功盡棄／毀於一旦。

開門七件事 ㄎㄞ ㄇㄣˊ ㄑㄧ ㄐㄧㄢˋ ㄕˋ

【釋義】七件事：柴、米、油、鹽、醬、醋、茶。

【出處】元・楊景賢・劉行首二折：「早起開門七件事，柴、米、油、鹽、醬、醋、茶。」

【用法】指人們日常生活中必不可少的東西。

【例句】林老闆做的生意，是家家戶戶**開門七件事**，少不了的，只論賺錢的多少，哪會虧本！

【義近】吃穿用度／衣食住行。

【義反】金銀珠寶／古董文物。

開門見山 ㄎㄞ ㄇㄣˊ ㄐㄧㄢˋ ㄕㄢ

【釋義】一推開門就見到了山。

【出處】嚴羽・滄浪詩話・詩評：「太白發句，謂之開門見山。」

【用法】比喻說話或寫文章直截了當談本題，不轉彎抹角。

【例句】你有什麼話就**開門見山**說吧，何必要轉彎抹角弄得人心癢癢的？

【義近】開宗明義／單刀直入。

【義反】繞來繞去／囉囉嗦嗦。

開門揖盜 ㄎㄞ ㄇㄣˊ ㄧ ㄉㄠˋ

【釋義】打開門請強盜進來。揖：作揖，拱手行禮。

【出處】陳壽・三國志・吳書・吳主傳：「乃欲哀親戚，顧禮制，是猶開門而揖盜，未可以為仁也。」

【用法】比喻引進壞人，招來禍患。

【例句】她是個壞透了的女人，你如果請她做女傭，那無異於**開門揖盜**。

【義近】引狼入室／引賊過門。

【義反】關門拒狼／閉門拒虎。

開雲見日 ㄎㄞ ㄩㄣˊ ㄐㄧㄢˋ ㄖˋ

【釋義】撥開雲霧，見到太陽。

【出處】後漢書・袁紹傳：「曠若開雲見日，何喜如之！」

【用法】比喻誤會消除；或比喻黑暗過去，光明到來。

【例句】我不相信全球經濟不景氣沒有好轉的時候，總有一天會**開雲見日**的，我們都應有這樣的信心。

【義近】雲開日出／撥雲見天／撥雲見日／雲開見天／重見天日／撥雲霧睹青天。

【義反】不見天日／昏天黑地／烏雲滾滾／烏雲密佈。

開源節流 ㄎㄞ ㄩㄢˊ ㄐㄧㄝˊ ㄌㄧㄡˊ

【釋義】開闢源泉，節制水流。

【出處】荀子・富國：「故明主必謹養其和，節其流，開其源，而時斟酌焉。」
【用法】指開闢財源，節省開支。
【例句】在家庭收支中應該經常注意**開源節流**，才能使財用充足。
【義近】強本節用／興利節用／增收節支。
【義反】鋪張浪費／任意揮霍／坐吃山空。

開誠布公 ㄎㄞ ㄔㄥˊ ㄅㄨˋ ㄍㄨㄥ
【釋義】開誠：敞開誠心。布：顯示。一作「推誠布公」。
【出處】陳壽・三國志・蜀書・諸葛亮傳：「諸葛亮之爲相國也，……開誠心，布公道。」
【用法】形容人待人處事能推誠相見，坦白無私。
【例句】夫妻之間要有**開誠布公**的溝通，才能維繫美滿的婚姻。
【義近】以誠相見／推心置腹／開誠相見。
【義反】假意敷衍／明爭暗鬥／蒙騙欺詐／兩面三刀／笑裏藏刀／口蜜腹劍。

開誠相見 ㄎㄞ ㄔㄥˊ ㄒㄧㄤ ㄐㄧㄢˋ
【釋義】開誠：敞開胸懷，顯示誠意。
【出處】後漢書・馬援傳：「開心見誠，無所隱伏。」
【用法】指對人坦白直率，眞誠相見。
【例句】兩家公司老闆**開誠相見**，共商公司合作的事宜並交換彼此的意見。
【義近】開心見誠／坦懷相待／開誠布公。
【義反】爾虞我詐／鉤心鬥角／虛情假意。

開路先鋒 ㄎㄞ ㄌㄨˋ ㄒㄧㄢ ㄈㄥ
【釋義】古代軍隊中先行開路和打頭陣的將領。開路：在前引路。
【用法】現用以比喻進行某項工作、開發某項事業的先遣人員，或帶頭前進的人。
【例句】在這一偉大的水利工程建設中，王工程師不僅是**開路先鋒**，而且一直是大家的精神支柱，其功勞應列居榜首。
【義近】開路先導／身先士卒。

開懷暢飲 ㄎㄞ ㄏㄨㄞˊ ㄔㄤˋ ㄧㄣˇ
【釋義】開懷：敞開胸懷，意謂不考慮其他。暢飲：痛快地飲酒。
【出處】馮夢龍・警世通言・呂大郎還金完骨肉：「當日開懷暢飲，至晚而散。」
【用法】表示心情舒暢，盡情歡飲。
【例句】老朋友今日得以相見，是幸事，也是樂事，務必**開懷暢飲**，不醉不歸。
【義近】盡情酣飲／一醉方休。
【義反】聊飲半杯／滴酒不沾／淺斟低酌。

閎中肆外 ㄏㄨㄥˊ ㄓㄨㄥ ㄙˋ ㄨㄞˋ
【釋義】閎：大，豐富。肆：豪放。中：指文章之內容。外：指文筆。
【出處】韓愈・進學解：「先生之於文，可謂閎其中而肆其外矣。」
【用法】形容文章內容豐富，文筆暢達。
【例句】這篇討論兩岸問題的文章，立論嚴謹，說理井然，**閎中肆外**，極有見地又極深入。
【義近】文情生色／文理昭暢／情文並妙／錦心繡口。
【義反】鉤章棘句／詰屈聱牙。

間不容息 ㄐㄧㄢ ㄅㄨˋ ㄖㄨㄥˊ ㄒㄧ
【釋義】時間急迫，不容片刻停息。
【出處】淮南子・原道訓：「時之反側，間不容息。先之則太過，後之則不逮。」
【用法】比喻事情很緊迫，時間很短促。
【例句】這件事已是**間不容息**，到底做或不做，你快拿定主意。
【義近】急如星火／不容喘息／間不容瞬／刻不容緩。
【義反】來日方長。

間不容髮 ㄐㄧㄢ ㄅㄨˋ ㄖㄨㄥˊ ㄈㄚˇ
【釋義】兩物之間的空隙容不下一根頭髮。間：空隙，距離。
【出處】枚乘・上書諫吳王：「繫絕於天，不可復結；墜入深淵，難以復出。其出不出，間不容髮。」
【用法】比喻事態萬分危急。
【例句】在此**間不容髮**的時刻裏，你還有閒情逸致說笑，難道不知事情的後果嗎？
【義近】千鈞一髮／刻不容緩／火燒眉睫。
【義反】安如泰山／容後辦理。

閒言閒語 ㄒㄧㄢˊ ㄧㄢˊ ㄒㄧㄢˊ ㄩˇ
【釋義】不當人面講的私言私語。閒言、閒語：二者意同，私語。
【出處】司馬遷・史記・信陵君列傳：「公子再拜，因問，侯生乃屏人閒語。」
【用法】指在別人背後所作的議論。
【例句】有的人吃飽了沒事做，一味地道人長短，你要是在意那些**閒言閒語**，會有嘔不完的氣呢！
【義近】說長道短／說三道四／說白道綠／蜚短流長。

閒花野草 ㄒㄧㄢˊ ㄏㄨㄚ ㄧㄝˇ ㄘㄠˇ
【釋義】野生的花草。
【出處】金・山主・臨江仙詞：「因向山前墳畔過，途荒荊棘仍溝，閒花野草遣人愁。」
【用法】比喻妓女和生活作風不好的女子。
【例句】她只是個性大方隨和，與異性相處融洽，但決不是**閒花野草**，你若能娶到她還算是你的福氣呢！
【義近】路柳牆花／殘花敗柳／風塵中人／風塵女郎／妓女娼婦。
【義反】貞烈之女／大家閨秀／小家碧玉／正經女子／黃花閨女／名門閨秀。

閒神野鬼 ㄒㄧㄢˊ ㄕㄣˊ ㄧㄝˇ ㄍㄨㄟˇ
【釋義】意謂閒散的鬼神。
【出處】馮夢龍・喻世明言・汪信之一死救全家：「有我們這樣老無知老禽獸，不守本分，慣一招引閒神野鬼，上門鬧吵！」
【用法】比喻不務正業、尋釁鬧事的人。
【例句】這都是些**閒神野鬼**，最好不要惹他們，免得自尋煩惱。

【義近】浮浪子弟／跳梁小丑／亡命之徒／狐羣狗黨／市井無賴／不法之徒。

【義反】仁人志士／無名英雄／一代楷模／有志之士／有德之士／狷介之士。

閒情逸致

【釋義】閒適的心情，安逸的情趣。致：情趣。一作「閒情逸志」。

【出處】李汝珍・鏡花緣一百回：「我勉強作了一部舊唐書，那裏還有閒情逸志弄這筆墨！」

【用法】形容無事物之累的輕鬆超脫心境。

【例句】我現在從早忙到晚，吃飯都來不及了，哪還有**閒情逸致**去逛公園賞花！

【義近】閒情雅致／悠哉游哉。

【義反】心煩意亂／心煩氣燥。

閒雲野鶴

【釋義】隨風飄來飄去的雲，自由自在的山野白鶴。

【出處】全唐詩話・僧貫休：「閒雲孤鶴，何天而不可飛。」張居正・與棘卿劉小魯言止剏山勝事：「與閒雲野鶴，徜徉於烟霞水石間。」

【用法】比喻超然脫俗，來去自由，無所羈絆。

【例句】陶淵明不甘為五斗米折腰，毅然告別官場，回歸田園，過著**閒雲野鶴**的生活。

【義近】閒雲孤鶴／悠然自得。

【義反】池中游魚／籠中飛鳥。

八畫

闇然媚世

【釋義】闇：隱藏掩飾。媚：博人歡心。

【出處】孟子・盡心下：「闇然媚於世也者，是鄉愿也。」

【用法】指掩藏己心，來討好他人。

【例句】他一看到上級長官就逢迎拍馬，一副**闇然媚世**的小人模樣，全不管別人的觀感，難怪人人討厭。

【義近】曲意逢迎／承歡獻媚／承顏順旨。

【義反】光風霽月／淵渟嶽峙。

十一畫

關山迢遞

【釋義】關：城關。山：山嶽。關山：比喻路遙。迢遞：遙遠的樣子。

【出處】李郢・送人之嶺南詩：「關山迢遞古交州，歲晏憐君走馬遊。」

【用法】形容路途非常遙遠。

【例句】方先生即將移民到加拿大定居，今後**關山迢遞**，千里相隔，要想再碰面恐怕是很不容易了。

【義近】翻山越嶺／跋山涉水。

【義反】一箭之地／咫尺之間／近在咫尺／近在眉睫。

關心民瘼

【釋義】瘼：病；引申為疾苦。

【出處】後漢書・循吏傳序：「廣求民瘼，觀納風謠。」

【用法】為政者關心民間疾苦。

【例句】身為民選市長，理應**關心民瘼**，多替民眾解決問題，並為民眾謀福利，才能得到民眾的支持。

【義近】視民如子。

【義反】草菅人命。

阜部

四畫

防不勝防

【釋義】防：提防，防備。勝：盡。

【出處】吳沃堯・二十年目睹之怪現狀二七回：「這種小人，眞是防不勝防。」

【用法】說明須要防備的過多，簡直無法防備。

【例句】這幾個籃球隊員配合得好，球路多變，使對方**防不勝防**。

【義近】窮於應付／不勝其防。

【義反】應付自如／兵來將敵，水來土堰／固若金湯。

防民之口，甚於防川

【釋義】堵住人民的嘴，比堵住決堤的河水還困難。防：堵。甚：超過。

【出處】左丘明・國語・周語上：「邵公曰：『是障之也。防民之口，甚於防川。川壅而潰，傷人必多；民亦如之。』」

【用法】當政者避免民怨比防止河水決堤更重要。作為警惕當權者之詞。

【例句】**防民之口，甚於防川**。歷史上那些不讓民眾講話的當權者，最終都沒好下場。

【義近】拒不納諫／拒諫飾非。

【義反】廣開言路／從諫如流／懸賞納諫。

防患於未然

【釋義】患：災禍。未然：未成為事實。然：如此，這樣。一作「防患未然」。

【出處】漢書・外戚傳下：「事不當時固爭，防禍於未然。」

【用法】指在災害或事故發生以前就採取預防措施。

【例句】家家戶戶都應主動加強防火措施，以**防患於未然**。

【義近】未雨綢繆／曲突徙薪。

【義反】麻痹大意／江心補漏。

防微杜漸

【釋義】微：微小，指事物的苗頭。杜：堵塞。漸：事物的開端或發展。

【出處】宋書・吳喜傳：「且欲防微杜漸，憂在未萌，不欲方幅露其罪惡，明當嚴詔切之，令自為其所。」

【用法】指於事物出現不良跡象之初，即加以制限，不使擴大發展。

【例句】孩子在家裏犯了小錯，確實是小事，但如果不**防微**

杜漸，加強教育，將來就會鑄成大過。
【義近】杜漸防萌。
【義反】養癰遺患。

防意如城

【釋義】意：慾念。城：用作動詞，守城。
【出處】唐・釋道世・諸經要集・擇交部・懲過卷九引維摩經：「防意如城，守口如瓶。」
【用法】說明嚴格遏止自己的私欲，猶如守城防敵一樣。
【例句】你對酒色財氣這四者務必要時刻注意克制，**防意如城**，千萬不要讓它們埋葬了自己。
【義反】恣意妄爲／任意而行／恣行無忌／肆無忌憚／縱情聲色。

阮囊羞澀

【釋義】阮：晉人阮孚。囊：錢袋。羞澀：難爲情。
【出處】陰時夫・韻府羣玉・一錢囊：「阮孚持一皂囊遊會稽。客問囊中何物，曰：『但有一錢看囊，恐其羞澀。』」
【用法】形容錢財窘乏。
【例句】不接濟你並非我吝嗇，實在是目前**阮囊羞澀**，尙請見諒。
【義近】囊空羞澀／囊空如洗／身無分文。
【義反】家財萬貫／堆金積玉／腰纏萬貫。

阪上走丸

【釋義】在斜坡上滾泥丸。阪：同「坂」，斜坡。
【出處】漢書・蒯通傳：「爲君計者，莫若以黃屋朱輪迎范陽令，……范陽令先下而身富貴，必相率而降，猶如阪上走丸也。」
【用法】比喻事勢發展迅速或工作順利。
【例句】我眞沒想到這件事辦起來竟如此順利，眞的有如**阪上走丸**一般。
【義近】下阪走丸／勢如破竹。
【義反】老牛破車／蝸行牛步／拖泥帶水／疲疲踏踏。

五畫

阿其所好

【釋義】阿：曲從，袒護。好：喜愛。
【出處】孟子・公孫丑上：「宰我、子貢、有若，智足以知聖人，污不至阿其所好。」
【用法】指爲了取得某人的好感而投其所好。
【例句】他雖有才華，但人品低下，對當權者總是盡量**阿其所好**，因而深爲同事們所鄙棄。
【義近】投其所好／曲意逢迎／曲意奉承／阿諛奉承／曲意取容／搖尾乞憐。
【義反】傲岸不屈／守正不阿／正直不阿／剛正不撓。

阿尊事貴

【釋義】尊、貴：指地位、官爵高的權貴。
【出處】漢書・楚元王傳：「以不能阿尊事貴，孤特寡助，抑厭遂退，卒不克明。」
【用法】指迎合和侍奉權貴。
【例句】他一輩子就靠**阿尊事貴**而在社會上廝混，其實一點眞本事也沒有，所以連他家人也看不起他。
【義近】攀龍附鳳／諂尊諛貴／攀高結貴／攀龍附驥／趨權奉勢／依附權貴。
【義反】傲視權貴／鐵骨錚錚／剛正不阿／安貧樂道。

阿意順旨

【釋義】阿意：曲從、迎合別人的意思。
【出處】宋・王楙・野客叢書・漢人規戒：「漢人於交友故舊，動存規戒，其不肯阿意順旨，以陷於非義，此風凜然可喜。」
【用法】指曲意逢迎，順從他人的意旨。
【例句】他是個非常剛強正直的人，你要他在權貴面前**阿意順旨**，那絕對辦不到。
【義近】阿諛苟合／阿諛順旨／阿諛奉承／阿諛逢迎／阿諛區從／望風希旨。
【義反】剛正不阿／守正不阿／直道而行／不卑不亢。

阿諛取容

【釋義】阿諛：奉承諂媚。取容：取得別人的喜歡。
【出處】漢・楊秉・奏劾侯覽：「而今猥受過寵，執政操權，其阿諛取容者，則因公褒舉，以報私惠。」
【用法】指曲意逢迎以取得他人的喜悅。
【例句】爲人要有點骨氣，怎能爲了一官半職，就如此低聲下氣，**阿諛取容**呢？
【義近】阿諛奉承／阿諛逢迎／阿諛區從／望風希旨。
【義反】剛正不阿／守正不阿／直道而行／不卑不亢。

阿諛逢迎

【釋義】阿諛：奉承諂媚。逢迎：迎合別人的心意。
【出處】朱熹・近思錄卷八：「用之與否，在君而已，不可阿諛逢迎，求其比己也。」
【用法】形容人吹牛拍馬，討好奉承。
【例句】你不要看徐先生那道貌岸然的樣子，其實在上司面前最會**阿諛逢迎**。
【義近】阿諛奉承／阿諛曲從／阿諛取容／如脂如韋／趨炎附勢。
【義反】剛正不阿／上交不諂／不卑不亢。

阿彌陀佛

【釋義】佛家語。佛教淨土宗以其爲西方「極樂世界」的教主。阿彌陀：梵語譯音，意爲「無量」。
【出處】張國賓・合汗衫四折：「阿彌陀佛，這個是誰？」
【用法】本爲信佛人口頭誦念的佛號，今用作感歎用語，含有「萬幸」、「謝天謝地」之意。
【例句】**阿彌陀佛**，終於結束了在大陸半個月的旅遊生活，回到了臺北安樂的家。
【義近】善哉善哉／謝天謝地。
【義反】冤哉枉哉／糟糕之極。

附庸風雅

【釋義】附庸：附屬於諸侯的小國，此爲依附意。風雅：詩經中的風詩雅詩，此爲風流儒雅意。

【出處】李寶嘉・官場現形記四二回：「歡喜便宜，暗中上當；附庸風雅，忙裏偷閒。」

【用法】譏笑庸俗之輩追隨文雅，或裝成文雅而有風度的樣子。

【例句】那麼一個粗俗不堪的傢伙竟也矯揉造作，**附庸風雅**，眞令人笑掉大牙！

【義近】攀附風雅。

附贅縣疣

【釋義】贅、疣：指皮膚上附生的肉瘤和隆起的疙瘩。縣：同「懸」。也作「附贅縣肬」。

【出處】莊子・大宗師：「彼以生爲附贅縣疣。」劉勰・文心雕龍・鎔裁：「附贅縣肬，實侈於形。」

【用法】比喩多餘無用的東西。

【例句】這些東西有如**附贅縣疣**，不趕快處理掉，還留著幹什麼？

【義近】駢拇枝指／餘食贅行。

【義反】山珍海味／金銀首飾／奇珍異寶。

附羶逐穢

【釋義】羶：羊臊氣。

【出處】明史・董傳策傳：「干進無恥之徒，附羶逐穢，麕集其門。」

【用法】比喩依附和追隨有權有勢的奸佞。

【例句】人生在世，還是應該講點廉恥，我寧願窮困潦倒，也決不會像他那樣去**附羶逐穢**。

【義近】附羶逐臭／如蟻附羶／羣蟻附羶／如蟻慕羶／如蠅逐臭／趨炎附勢。

【義反】高風亮節／高山景行／光風霽月／抗節不附／守正不阿。

附驥攀鴻

【釋義】附、攀：二者均爲依附意。驥：駿馬。鴻：鴻鵠，天鵝。

【出處】王褒・四子講德論：「夫蚊蝱終日經營，不能越階序，附驥尾則涉千里，攀鴻翮則翔四海。」

【用法】比喩依附他人而成名。多用作謙詞。

【例句】我今天能小有名氣，全在**附驥攀鴻**，得力於在座各位的栽培攜扶。

【義近】攀附驥尾／攀龍附鳳／攀高附貴。

【義反】安貧樂道／安貧守賤／恬然自處。

六畫

陌路相逢

【釋義】陌路：田間道路。多與人連用，指乍見而素不相識者。

【出處】隋唐演義五二回：「叔寶先年與朕陌路相逢，全家虧他救護。」

【用法】表示素不相識的人相遇在一起。

【例句】我與你**陌路相逢**，你竟能解囊相助，實令我感激不已，往後有機會定當報答。

【義近】萍水相逢。

【義反】千里逢故人／他鄉遇故知。

降心相從

【釋義】降心：屈己。從：順從，服從。

【出處】左傳・僖公二十八年：「今天誘其衷，使皆降心以自從也。」羅貫中・三國演義三三回：「若冀州不弟，當降心相從。」

【用法】指委屈自己的心意而去服從別人。

【例句】我有自己的人格和尊嚴，決不會爲了依附權貴而**降心相從**，屈己求人。

【義近】降心相隨／低首下心／低聲下氣／低心下氣／低眉折腰／屈己求存／忍氣吞聲／俯首聽命／唯唯諾諾。

【義反】傲岸不屈／吾膝如鐵／寧死不屈／寧折不彎／不卑不亢。

降志辱身

【釋義】降低志向，辱沒身分。

【出處】論語・微子：「子曰：『不降其志，不辱其身，伯夷、叔齊與！』謂：『柳下惠、少連，降志辱身矣。』」

【用法】指與世俗同流合污。

【例句】姬先生平日爲人處事很有分寸，也頗知進退，眞沒想到這次竟**降志辱身**，和他們合夥貪污公款。

【義近】朋比爲奸／朋黨比周／沆瀣一氣／同流合污／隨波逐流／隨波逐浪。

【義反】守身如玉／潔身自好／冰清玉潔／潔身自愛／明哲保身／水清冰清／冰壺秋月／耿介絕俗。

降格以求

【釋義】格：標準，條件。

【出處】皎然・詩式：「凡此盡是詩家妙手，假使曹劉降格來作律詩，二子並驅，未知孰勝。」

【用法】表示降低標準去尋找。

【例句】看來現在很難找到適合的人選，迫不得已，只好**降格以求**了。

【義近】降格相求／退而求其次／棄瑕錄用／河裏無魚蝦也貴。

【義反】寧缺勿濫。

降龍伏虎

【釋義】原爲佛教故事，指用佛法降伏龍虎。

【出處】馬致遠・黃粱夢一折：「出家人長生不老，煉藥修眞，降龍伏虎，到大來悠哉也呵。」

【用法】今比喩法力高大或力量強大。

【例句】這個人看去似乎有**降龍伏虎**之力，做爲你的貼身保鏢的確很稱職。

【義近】神通廣大／三頭六臂／法力無邊。

七畫

除患興利

【釋義】消除禍患，興辦有利的事業。

【出處】三國志・魏書・陳思王植傳：「夫君之寵臣，欲以除患興利；臣之事君，必以殺身靖亂，以功報主也。」

【用法】指採取有利於社會和民眾的實際措施。

【例句】新當選的市長上任不久

，就想大力**除患興利**，爲民眾做事謀福，今後一定政績卓著。

【義近】除害興利／興利除弊／興利除害。

【義反】勞民傷財／爲患作惡／無惡不作／倒行逆施／禍國殃民。

除惡務本

【釋義】務本：務必從根本上解決問題。

【出處】尚書・泰誓：「樹德務滋，除惡務本。」

【用法】指從根本上消除邪惡。

【例句】俗話說**除惡務本**，像目前這樣找幾個小走私犯嚴懲，不過是做做樣子，搪塞搪塞民眾，能解決什麼問題！

【義近】拔樹拔根／拔本塞源／截源塞流／釜底抽薪／斬草除根／除惡務盡。

【義反】尋枝摘葉／捨本逐末／揚湯止沸／頭痛醫頭，腳痛醫腳。

除惡務盡

【釋義】惡：指邪惡之人或事。務：必須，力求。

【出處】尚書・泰誓下：「樹德務滋，除惡務本。」左傳・哀公元年：「去疾莫如盡。」

【用法】說明除掉邪惡務必要乾淨、徹底。

【例句】**除惡務盡**，對貪污行賄的人和事一定要徹底鏟除，決不能手軟。

【義近】斬草除根／掃地以盡／窮追猛打。

【義反】放虎歸山／養癰遺患／心慈手軟。

除暴安良

【釋義】暴：凶惡殘暴者。良：善良民眾。

【出處】李汝珍・鏡花緣六〇回：「俺聞劍客行爲莫不至公無私，倘心存偏袒，未有不遭惡報；至除暴安良，尤爲切要。」

【用法】指鏟除暴虐之徒，使善良的人民得以安居樂業。

【例句】那些打內戰的人，幾乎無一不稱自己是爲了**除暴安良**，實際想想，難道沒有爲了爭權奪利，以滿足自己私欲的念頭嗎？

【義近】鋤暴安良／鋤強安民／鋤強扶弱／鋤奸扶忠／扶弱懲強／扶弱鋤奸。

【義反】助紂爲虐／助桀爲虐／爲虎作倀／爲虎傅翼／倚強欺弱／恃強凌弱。

除舊布新

【釋義】清除舊的，安排新的。布：安排。

【出處】左傳・昭公一七年：「彗，所以除舊布新也。」

【用法】表示除去舊法，而以新的取而代之。

【例句】新陳代謝，**除舊布新**，這是事物發展的必然規律，誰也阻擋不了。

【義近】去故就新／革故鼎新／推陳出新。

【義反】陳陳相因／因循守舊／抱殘守缺。

八　畫

陳力就列

【釋義】陳：施展。就列：就位，施展才力，各任其職。

【出處】論語・季氏：「陳力就列，不能者止。」

【用法】指一個人在職位上盡力貢獻才能。

【例句】社會是由許多人組成的，每個人都該**陳力就列**，才能帶動整體社會的健全和進步發展。

【義近】克盡職責／力疾從公。

【義反】草率從事／馬馬虎虎／虛應故事／敷衍塞責。

陳言務去

【釋義】陳舊的言詞一定要去掉。務：必須。

【出處】韓愈・答李翊書：「惟陳言之務去，戛戛乎其難哉！」

【用法】指寫文章不要人云亦云，要排除俗套，努力創新。

【例句】你這篇文章的立意不錯，就是用語太俗套、陳舊些，你拿回去好好修改一番，如果能**陳言務去**，我們就發表。

【義近】別出心裁／自出心裁／別具灼見／獨闢蹊徑。

【義反】廢話連篇／陳言滿紙／拾人牙慧／拾人涕唾／拾人餘唾／人云亦云。

陳陳相因

【釋義】陳：舊的。因：沿襲，積壓。原指陳糧上壓陳糧。

【出處】司馬遷・史記・平準書：「太倉之粟，陳陳相因，充溢露積於外，至腐敗不可食。」

【用法】比喻依照老一套，毫無改變創新。

【例句】**陳陳相因**，依樣畫葫蘆，一點創新也沒有，這樣的文藝作品是沒有生命的。

【義近】因循守舊／墨守成規／蕭規曹隨。

【義反】推陳出新／除舊布新／革故鼎新。

陳詞濫調

【釋義】陳：陳腐，陳舊。濫：浮泛，空泛不切實際。

【用法】指人們聽厭了的陳舊的言詞，不切合實際的論調。

【例句】①寶玉所提的對額，和他那反對**陳詞濫調**的藝術見解，賈政聽了不得不心服。（王朝聞・論鳳姐）②他那套**陳詞濫調**，誰願意聽！

【義近】老生常談／官樣文章／陳腔濫調。

【義反】自出機杼／驚人之語／奇文瑰句。

陳穀子，爛芝麻

【釋義】陳舊的穀子，腐爛的芝麻。

【出處】曹雪芹・紅樓夢四五回：「可是我糊塗了！正經說的都沒說，且說些陳穀子，爛芝麻的。」

【用法】比喻陳舊而無關緊要的話題或事物。

【例句】你老人家盡說這些**陳穀子，爛芝麻**的話幹什麼？還是讓大哥說說城裏的新鮮事兒吧！

【義近】老生常談／陳腔濫調／陳腔俗套／陳詞濫調。

【義反】驚人之語／奇文瑰句／自出機杼。

陶犬瓦雞

【釋義】泥土製的雞狗。

【出處】南朝梁・蕭繹・金樓子・立言上：「夫陶犬無守夜之警，瓦雞無司晨之益，塗車不能代勞，木馬不中馳逐。」

【用法】比喻徒具其形而無能耐的動物，或比喻有名而無實用價值的東西。

【例句】犬守夜，雞司晨，你家的狗晚上待在家裏，快天亮時雞也不叫，簡直與**陶犬瓦雞**無異嘛！

【義近】土雞瓦犬／土牛木馬。

陶然自得

【釋義】陶然：形容舒暢快樂的樣子。自得：自己感到滿意或舒適。

【出處】蘇軾・楊繪可知徐州：「坐廢十年，陶然自得。」

【用法】形容人自己覺得舒暢快意。

【例句】鄭老先生退休後，無憂無慮，性之所之，**陶然自得**，過著神仙般的生活。

【義近】陶陶自得／怡然自得／恬然自得／悠然自得／悠閒自在／自得其樂。

【義反】黯然神傷／潸然淚下／鬱鬱不樂／鬱鬱寡歡／悵然若失／嗒然自喪。

陰陽怪氣

【釋義】陰陽：此指表和裏，隱和顯。

【出處】大戴禮・文王官人：「考其陰陽以觀其誠，覆其微言以觀其信。」

【用法】形容人怪里怪氣，時陰時陽，令人難以捉摸。

【例句】這兩口子一個樣，**陰陽怪氣**的，誰要和他們合夥辦事，誰就倒楣！

【義近】古里古怪／怪里怪氣／難以捉摸。

【義反】平易近人／光明磊落／心地坦白／和藹可親。

陰魂不散

【釋義】陰魂：指人死後的靈魂。也作「陰靈不散」。

【出處】李綠園・歧路燈五九回：「想是他的陰靈不散，你們到前廳燒張紙兒。」

【用法】比喻壞人、壞事雖已不存在，但其惡劣的影響仍然存在。

【例句】帝王專制統治在台灣雖然早已結束，但仍**陰魂不散**，許多人依然存著聖君賢相的想法，而不思建立民主制度可長可久的運行規範和制度。

【義近】陰靈不散。

【義反】消聲絕跡／銷聲匿跡／銷聲滅跡／匿影藏形／無影無蹤。

陰謀不軌

【釋義】不軌：不遵守法度。

【出處】漢・陳球・答袁術書：「以爲足下當戮力同心，匡翼漢室，而陰謀不軌，以身試禍，豈不痛哉！」

【用法】指暗地裏謀畫叛亂的行爲。

【例句】總統這樣相信他，委他擔任談判代表，想不到他竟**陰謀不軌**，賣國求榮，眞是人心難測啊！

【義近】圖謀不軌／密謀不軌／謀爲不軌／犯上作亂。

【義反】忠心耿耿／赤膽忠心／盡忠報國。

陰謀詭計

【釋義】陰謀：暗中計謀。詭計：狡詐的計策。

【出處】傳習錄上：「所以要知得許多陰謀詭計，純是一片功利的心……。」

【用法】暗中策畫的狡詐計謀。

【例句】只要我們本身的力量強大，敵人的任何**陰謀詭計**都不會得逞。

【義近】鬼蜮伎倆／暗中計算。

【義反】明人不作暗事／光明正大／明裏來明裏去。

陰錯陽差

【釋義】星命家語。

【出處】明・王逵・蠡海集・歷數類：「甲子、甲午爲陽辰，故有陰錯；己卯、己酉爲陰辰，故有陽差也。」明・湯顯祖・還魂記・圓駕：「哎喲，淒惶煞！這底是前亡後化，抵多少陰錯陽差。」

【用法】比喻各種偶然的因素湊在一起而造成的差錯。

【例句】我與他結爲夫妻，是我一時鬼迷心竅，**陰錯陽差**所造下的苦果，不能怪誰，只怪我自己。

【義近】陰差陽錯／陰陽交錯。

【義反】前因後果／勢所必然／大勢所趨／理所當然／理有固然／天經地義。

九畫

隋珠彈雀

【釋義】意謂用明珠去彈打麻雀。隋珠：即隋侯之珠，古代傳說中的明珠。隋：也作「隨」。

【出處】莊子・讓王：「今且有人於此，以隨侯之珠，彈千仞之雀，世必笑之。是何也？則其所用者重，而所要者輕也。」

【用法】比喻做事不知權衡輕重，因而得不償失。

【例句】這孩子爲了撈幾隻小蝌蚪，竟將新買的絲巾拿去做網，眞是**隋珠彈雀**，得不償失啊！

【義近】以珠彈雀／明珠彈雀／得不償失／賠了夫人又折兵。

【義反】一舉數得／一石二鳥／一箭雙鵰／一舉兩得／一舉兩獲。

陽奉陰違

【釋義】陽奉：明裏表示奉行。陰違：暗裏違背。

【出處】范景文・革大戶行召募疏：「如有日與胥徒比而陽奉陰違、名去實存者，斷以白簡隨其後。」

【用法】形容表面順從，暗中違反；當面一套，背後一套。

【例句】那種口是心非、**陽奉陰違**的人，最好不要和他們交往。

【義近】口是心非／兩面三刀／言行不一／口蜜腹劍。

【義反】心口如一／表裏如一／言行一致。

陽春白雪

【釋義】春秋戰國時期楚國的一種高雅歌曲。常與「下里巴人」對舉。

【出處】戰國策・宋玉・對楚王問：「其始曰下里巴人，國中屬而和者數千人……其為陽春白雪，國中屬而和者數十人。」

【用法】今多泛指高深的文學藝術作品。

【例句】文藝要在普及的基礎上提高，因為廣大讀者既需要「下里巴人」，也需要「**陽春白雪**」。

【義近】曲高和寡／華麗典雅。

【義反】下里巴人／雅俗共賞。

陽關三疊 ㄧㄤˊ ㄍㄨㄢ ㄙㄢ ㄉㄧㄝˊ

【釋義】陽關：關名，在今甘肅省敦煌縣西南。陽關三疊為曲調名，又名渭城曲，為送別時所唱的歌。

【出處】王維・送元二使安西詩：「渭城朝雨浥輕塵，客舍青青柳色新，勸君更盡一杯酒，西出陽關無故人。」

【用法】送別的習慣用語。

【例句】**陽關三疊**，無限離恨，希望你別後能多多保重，早日完成任務，平安歸來。

【義近】送君千里。

陽關大道 ㄧㄤˊ ㄍㄨㄢ ㄉㄚˋ ㄉㄠˋ

【釋義】指經過陽關往古西域的大道。陽關：古關名，在今甘肅敦煌縣西南。

【出處】王維・送劉司直赴安西詩：「絕域陽關道，胡沙與塞塵。」

【用法】今泛指寬闊的交通大道。也比喻光明的道路。

【例句】從此以後，你走你的**陽關大道**，我走我的獨木橋，就此分手吧！

【義近】康莊大道／周道如砥。

【義反】羊腸小道／羊腸鳥徑。

十畫

隔皮斷貨 ㄍㄜˊ ㄆㄧˊ ㄉㄨㄢˋ ㄏㄨㄛˋ

【釋義】隔著封皮判斷貨物的好壞。

【出處】李綠園・歧路燈八回：「不是為他中了舉，便說深遠。只是那光景兒，我就估出來六七分。兄弟隔皮斷貨，是最有眼色的。」

【用法】比喻憑見到的外部現象推知內部底細。

【例句】徐太太東西買多了，不僅深知行情，而且學到了一套**隔皮斷貨**的本事，誰也騙不了她。

【義近】一葉知秋／見微知著／見一知百／即近知遠。

【義反】不明所以。

隔岸觀火 ㄍㄜˊ ㄢˋ ㄍㄨㄢ ㄏㄨㄛˇ

【釋義】站在河這邊觀看對岸失火。

【用法】比喻對別人的危難不去救助，採取在旁邊看熱鬧的態度。也比喻事不干己而不關心。

【例句】你們是鄰居，他家出了事理應多加幫助，怎能採取**隔岸觀火**的態度呢？

【義近】作壁上觀／袖手旁觀／坐視不救。

【義反】見義勇為／拔刀相助／排難解紛。

隔靴搔癢 ㄍㄜˊ ㄒㄩㄝ ㄙㄠ ㄧㄤˇ

【釋義】隔著靴子抓癢。搔：抓。靴：長筒鞋。

【出處】阮閱・詩話總龜：「詩不著題，如隔靴搔癢。」

【用法】比喻做事沒有掌握關鍵，解決不了問題。也比喻說話或寫文章不中肯貼切。

【例句】這篇文章洋洋萬言，沒有抓住要點，只是**隔靴搔癢**罷了。

【義近】隔鞋搔癢／腳癢搔背／徒勞無益。

【義反】搔著癢處／一針見血／一語破的。

隔牆有耳 ㄍㄜˊ ㄑㄧㄤˊ ㄧㄡˇ ㄦˇ

【釋義】意謂隔著牆有人貼耳偷聽。

【出處】管子・君臣下：「牆有耳，令寇在側。牆有耳者，微謀外泄之謂也。」

【用法】比喻雖然很祕密，但仍有可能會洩露出去。常用以警戒人說話小心。

【例句】**隔牆有耳**，說話還是小心點的好。

【義近】窗外有耳／沒有不透風的牆／屬垣有耳。

【義反】滴水不漏／天機不可洩露／風雨不透。

十三畫

隨心所欲 ㄙㄨㄟˊ ㄒㄧㄣ ㄙㄨㄛˇ ㄩˋ

【釋義】隨：隨意，聽任。欲：想要，希望。

【出處】論語・為政：「七十而從心所欲，不逾矩。」曹雪芹・紅樓夢九回：「寶玉……一味的隨心所欲。」

【用法】表示放任性情，隨著自己的意思，想做什麼就做什麼。

【例句】做家長的要嚴格管教孩子，不能讓他們**隨心所欲**，否則長大了會變壞的。

【義近】為所欲為／任性而行。

【義反】謹言慎行／規行矩步。

隨波逐流 ㄙㄨㄟˊ ㄅㄛ ㄓㄨˊ ㄌㄧㄡˊ

【釋義】跟著波浪起伏，隨著流水漂蕩。逐：追逐，追趕。

【出處】孫奕・履齋示兒編・鄉原：「所謂鄉原，即推原人之情意，隨波逐流，佞偽馳騁，苟合求媚於世。」

【用法】比喻毫無主見，易受外界左右，跟著別人走。

【例句】他雖然平素待人隨和，卻決不**隨波逐流**，遇事總是是非分明。

【義近】與世浮沉／趁波逐浪／與世偃仰。

【義反】特立獨行／中流砥柱／自有主見。

隨俗沉浮 ㄙㄨㄟˊ ㄙㄨˊ ㄔㄣˊ ㄈㄨˊ

【釋義】俗：世俗，社會上一般人的見識。

【出處】晉書・文苑傳：「少有俊才，出於寒素，不能隨俗沉浮，為時豪所抑。」

【用法】形容人不拘己見，順從世俗的立場和觀點。

【例句】他這個人性格很倔強，你要他遇事隨和一點，**隨俗沉浮**，我看根本是不可能的事。

【義近】隨世沉浮／從俗浮沉／與時浮沉／與世偃仰／隨波逐流／趁波逐浪。

【義反】違時抗俗／特立獨行／力持己見／自執一詞／自有主見／和而不流。

隨俗爲變 ㄙㄨㄟˊ ㄙㄨˊ ㄨㄟˊ ㄅㄧㄢˋ

【釋義】俗：風俗，世俗。爲變：作改變。
【出處】司馬遷・史記・扁鵲列傳：「聞秦人愛小兒，即爲小兒醫，隨俗爲變。」
【用法】指隨著世情的不同而改變自己的作爲。
【例句】到了一個新的地方應該**隨俗爲變**，才能與當地民眾打成一片。
【義近】入鄉隨俗／隨俗浮沉／與世浮沉／趁波逐浪／與世偃仰。
【義反】我行我素／特立獨行／中流砥柱。

隨風轉舵 ㄙㄨㄟˊ ㄈㄥ ㄓㄨㄢˇ ㄉㄨㄛˋ

【釋義】順著風向轉動舵。隨：順。舵：安置在船尾，用以控制行船方向。又作「隨風倒舵」。
【出處】陸游・醉歌：「相風使帆第一籌，隨風倒舵更何憂。」
【用法】比喻隨著情勢的變化而隨時改變自己的處世態度或立場。貶義。
【例句】他爲人靈活，很善於**隨風轉舵**，故能立足政界，步步高升。
【義近】見風使舵／看風轉舵／隨機應變。
【義反】特立獨行／自有定見／守正不阿。

隨時制宜 ㄙㄨㄟˊ ㄕˊ ㄓˋ ㄧˊ

【釋義】意謂根據當時的情況，採取適宜的措施。
【出處】晉書・周崎傳：「州將使求援於外，本無定指，隨時制宜耳。」
【用法】指作事善於變通，不拘泥於常法。
【例句】事情總是不斷的發展和變化，因此處理事情應**隨時制宜**，不可過於死板，以免錯失良機。
【義近】因時制宜／因事制宜／因地制宜／因地而異／見機行事／隨機應變。
【義反】固執己見／執而不化／膠柱鼓瑟／因循守舊／墨守成規／刻舟求劍。

隨時度勢 ㄙㄨㄟˊ ㄕˊ ㄉㄨㄛˋ ㄕˋ

【釋義】度：估計，估量。
【出處】隋唐演義九四回：「以此推之，可見凡事須隨時度勢，敢作敢爲，方可轉禍爲福。」
【用法】指根據當時的情況審度時勢的發展趨向。
【例句】時代飛躍發展，世勢瞬息萬變，執政者只有**隨時度勢**，採取相應的方針政策，才有可能立於不敗之地。
【義近】審時度勢／因時權勢／通權達變。
【義反】不識時務／盲目行事／盲目從事／刻舟求劍／守株待兔／膠柱鼓瑟。

隨遇而安 ㄙㄨㄟˊ ㄩˋ ㄦˊ ㄢ

【釋義】隨：順應。遇：境遇。
【出處】呂頤浩・與姚庭輝書：「衣食之分，各有厚薄，隨所遇而安可也。」
【用法】指一個人能順應環境，在任何境遇中都能自安。
【例句】他爲人達觀，生活儉樸，無論處於何種環境中都能**隨遇而安**。
【義近】隨寓而安／安之若素／安於現狀。
【義反】見異思遷／得隴望蜀。

隨機應變 ㄙㄨㄟˊ ㄐㄧ ㄧㄥˋ ㄅㄧㄢˋ

【釋義】順應情況，應付變化。機：時機，情況。
【出處】舊唐書・郭孝恪傳：「請固武牢，屯軍汜水，隨機應變，則易爲克殄。」
【用法】指隨著情況的變化，靈活機動地採取措施應付。
【例句】不拘泥，不古板，**隨機應變**，是商場上取勝的必要條件。
【義近】見機行事／相時而動／見風使舵。
【義反】墨守成規／膠柱鼓瑟／一成不變。

隨聲附和 ㄙㄨㄟˊ ㄕㄥ ㄈㄨˋ ㄏㄜˋ

【釋義】隨：追隨。附和：跟著別人說。
【出處】許仲琳・封神演義一一回：「崇侯虎不過隨聲附和，實非本心。」
【用法】指自己沒有主見，別人怎麼說就跟著怎麼做。
【例句】他對每一個問題都要作認眞反覆的思考，從不人云亦云，**隨聲附和**。
【義近】人云亦云／鸚鵡學舌／應聲蟲。
【義反】自行其是／堅持己見／獨樹一幟。

隨聲是非 ㄙㄨㄟˊ ㄕㄥ ㄕˋ ㄈㄟ

【釋義】隨著別人說是道非。
【出處】漢・荀悅・漢紀・哀帝紀下：「或懷妒嫉不考情實，雷同相從，隨聲是非，豈不哀哉。」
【用法】說明人沒有獨立的是非觀念，別人怎麼說，自己就跟著怎麼說。
【例句】你究竟是個人，還是個應聲蟲？遇事沒有主見，只知**隨聲是非**，你的男子氣概到哪裏去了！
【義近】隨聲附和／人云亦云／矮子看戲／鸚鵡學舌／應聲蟲。
【義反】仗義執言／堅持己見／不隨人熱／自有定見。

十四畫

隱忍不言 ㄧㄣˇ ㄖㄣˇ ㄅㄨˋ ㄧㄢˊ

【釋義】隱忍：不得已而隱藏於心。忍：忍耐，忍受。
【出處】曹雪芹・紅樓夢一〇六回：「只是鳳姐現在病重，況他所有的什物，盡被抄搶，心內自然難受，一時也未被說破，暫且隱忍不言。」
【用法】指由於某種原因而把事情藏在心裏忍著不說。
【例句】我敢肯定，汪先生對這個計畫是有意見的，他今天之所以**隱忍不言**，其中必有原因。
【義近】隱藏於心／有口難言／有口難開。
【義反】和盤托出／全盤托出／衝口而出／脫口而出／知無不言／言無不盡。

隱姓埋名 ㄧㄣˇ ㄒㄧㄥˋ ㄇㄞˊ ㄇㄧㄥˊ

【釋義】隱瞞自己的眞實姓名。
【出處】王子一・誤入桃源一折：「因此上不事王侯，不求聞達，隱姓埋名，做莊稼，學耕種。」

【用法】指隱匿自己的行踪，不讓別人知道。

【例句】他被人陷害，只好**隱姓埋名**，居於邊遠的鄉村，與親友斷絕來往。

【義近】改名換姓／深藏不露。

【義反】行不改名，坐不更姓／公開露面／露才揚己。

隱約其詞

【釋義】隱約：依稀不明的樣子。詞：又作「辭」，指言詞、文詞。

【出處】平步青・霞外捃屑卷四：「無功爲親者諱，故隱約其辭不盡也。」

【用法】形容含糊其詞，不敢直說。

【例句】你來這裏的用意我早就明白了，何必還要**隱約其詞**呢？

【義近】含糊其辭／閃爍其辭／支吾其辭。

【義反】直言不諱／直截了當／單刀直入／開門見山。

隱晦曲折

【釋義】隱晦：不清楚，不明顯。曲折：轉彎抹角。

【用法】指寫文章或說話時用隱隱約約、轉彎抹角的方式來表達某種思想。

【例句】諸位在討論這個問題時，務必要直陳己見，把話說明白，萬萬不可**隱晦曲折**，以免有失結論的公平性。

【義近】轉彎抹角／隱約其詞。

【義反】開門見山／直言不諱／單刀直入／開宗明義。

隱惡揚善

【釋義】隱藏別人的過失，宣揚別人的善行。

【出處】禮記・中庸：「舜好問而好察邇言，隱惡而揚善。」

【用法】形容對人寬厚有涵養，能隱匿其惡，褒揚其善。

【例句】我們凡事應寬宏大度，做一個襟懷坦白，**隱惡揚善**的人。

【義近】遏惡揚善／掩惡揚善／棄短揚長。

【義反】揚惡隱善／吹毛求疵／棄長揚短。

隱跡埋名

【釋義】隱藏蹤跡，隱瞞眞實姓名。

【出處】元・關漢卿・裴度還帶二折：「或有山間林下，懷才抱德，隱跡埋名。屈於下流，著某隨處體察采訪。」

【用法】指人設法隱藏起來，不讓別人知道。

【例句】你只是在事業上暫時受了點挫折，又沒有做什麼丟臉的事，何必就要從此**隱跡埋名**呢？

【義近】隱跡藏名／隱姓埋名／隱姓藏名／隱居不出。

【義反】顯親揚名／揚名四海／大出風頭／露才揚己。

隹部

三—四畫

雀屏中選

【釋義】雀屏：是說畫孔雀於屏間，使射二箭，能射中孔雀二眼的人，便將女兒嫁他。

【出處】新唐書・太穆竇皇后傳：「唐竇皇后父毅……畫二孔雀屏間，請婚者使射二矢，陰約中目則許之……高祖最後射，中各一目，遂歸於帝。」

【用法】賀人被選爲女婿之辭。

【例句】在眾多追求者中，他能**雀屏中選**成爲部長的女婿，其才能相貌自然不凡。

【義近】乘龍新吉／嘉耦日配。

雅俗共賞

【釋義】雅俗：高雅之士和流俗之人。

【出處】孫人儒・東郭記・綿駒：「聞得有綿駒善歌，雅俗共賞。」

【用法】多形容藝術，尤其是文學作品通俗生動，能爲各種人所接受欣賞。

【例句】《三國演義》是部**雅俗共賞**的優秀歷史小說。

【義近】老少咸宜。

【義反】陽春白雪／下里巴人

雄才大略

【釋義】雄：特出，傑出。略：謀略。

【出處】唐・王勃・三國論：「高貴鄉公名決有餘，而深沉不足。其雄才大略，經緯遠圖，求之數君，並無取焉。」

【用法】形容人有非凡的才能和謀略。

【例句】別看他年紀雖輕，卻有**雄才大略**，非常受長官的賞識和重用。

【義近】胸中自有雄兵百萬／足智多謀。

【義反】庸碌無能／勇而無謀。

雄心壯志

【釋義】雄心：求勝之心，與「壯志」意相似。

【出處】宋・歐陽修・蘇才翁輓詩二首：「柳岸撫柩送歸船，雄心壯志兩崢嶸。」

【用法】形容人有遠大的理想和宏偉的抱負。

【例句】他雖有**雄心壯志**，卻懶散不堪，恐也一事無成。

【義近】豪情壯志／胸懷大志／壯志滿懷。

【義反】胸無大志／得過且過／做一天和尚撞一天鐘／心灰

意懶／灰心喪氣。

雄心勃勃

【釋義】雄心：求勝之心；猶壯志。勃勃：精神旺盛或欲望強烈的樣子。

【出處】三國魏・阮瑀・爲曹公作書與孫權：「大丈夫雄心能無憤發？」漢・揚雄・法言・淵騫：「勃勃乎其不可及也。」

【用法】形容人的理想和抱負非常遠大。

【例句】他開始動筆時就**雄心勃勃**，決定把這部小說寫成類似《紅樓夢》的長篇巨著，經過近五年的努力，現在終於完成了。

【義近】雄心壯志／壯志凌雲／凌雲之志／鴻鵠之志／青雲之志／豪情萬丈。

【義反】求田問舍／生平無大志／胸無大志／燕雀之志。

雄視一世

【釋義】意謂稱雄於一代。

【出處】清・邵長蘅・侯方域魏禧傳：「朝宗始倡韓歐之學於舉世不爲之日，遂以古文雄視一世。」

【用法】說明人在某些方面有著突出的成就和深遠的影響，爲世人所推崇。

【例句】他曾是**雄視一世**的人物，到了晚年竟然落得孤苦伶仃，晚景凄涼的地步，人生的機遇眞是很難逆料呀！

【義近】一代風流／一代文宗／一世之雄／一代名流／當代豪傑。

【義反】市井之徒／常鱗凡介／無名小卒／平庸士子／駑鈍之才／碌碌庸才。

雁行折翼

【釋義】雁行：飛雁的行列，喻兄弟。折：斷。翼：翅膀。

【出處】禮記・王制：「父之齒隨行，兄之齒鴈行。」阮元・校勘記：「毛本鴈作雁。」故事成語考・兄弟：「手足分離，如雁行之折翼。」

【用法】表示喪兄或喪弟。

【例句】這次的飛航意外，他二哥不幸罹難，**雁行折翼**，令人無限傷感。

【義近】痛失手足。

雁杳魚沉

【釋義】雁、魚：古代用以代指書信。杳：遠得不見蹤影。

【出處】元・劉庭信・折桂令・憶別：「想人生最苦離別，雁杳魚沉。」

【用法】比喻音信斷絕。

【例句】她去美國已快兩個月了，不知爲什麼依然**雁杳魚沉**，家人無不爲之望眼欲穿。

【義近】衡陽雁斷／音信全無／杳無音信／石沉大海／斷線風箏／無根蓬草／泥牛入海／鐵墜江濤。

【義反】雁去魚來／竹報平安／前度劉郎。

雁過拔毛

【釋義】意謂大雁飛過去也要拔根毛下來。

【出處】文康・兒女英雄傳三一回：「話雖如此，他既沒那雁過拔毛的本事，就該悄悄的來，悄悄的走。」

【用法】比喻人愛佔便宜，不放過任何機會攫取好處。

【例句】他是一個愛佔小便宜的人，只要一跟他打交道，就有**雁過拔毛**之慮。

【義近】狼貪虎視／食親財黑／見錢眼開／見錢起意／攫金不見人。

【義反】浮雲富貴／淡泊名利／解囊相助／慷慨解囊／仗義疏財／輕財重義。

雁過留聲

【釋義】大雁飛過留下鳴叫聲。

【出處】文康・兒女英雄傳三二回：「我也鬧了一輩子，人過留名，雁過留聲，算是這麼件事，老弟，你瞧著行得行不得？」

【用法】比喻留名於身後。

【例句】他決心編幾部有價值的書留傳後世，讓自己**雁過留聲**，精神能萬古流芳。

【義近】人死留名／豹死留皮／名垂後世／名垂青史／萬古流芳／流芳百世。

【義反】湮沒無聞／沒沒無聞／無聲無臭／不見經傳。

集思廣益

【釋義】思：想法，意見。益：好處。

【出處】諸葛亮・教興軍師長史參軍掾屬：「夫參署者，集眾思，廣忠益也。」

【用法】指集中眾人的智慧，廣泛吸收有益的意見。

【例句】在現代社會中，閉門造車是不可能了，要得到好的成果非得靠大家**集思廣益**不可。

【義近】羣策羣力／三個臭皮匠，賽過諸葛亮／羣言多益。

【義反】固執己見／一意孤行／獨斷專行／剛愎自用／師心自用。

集腋成裘

【釋義】把狐狸腋下的皮聚集起來縫成皮衣。腋：狐腋下的一小塊皮。裘：皮袍。

【出處】慎到・慎子・知忠：「狐白之裘，蓋非一狐之腋也。」蒲松齡・聊齋誌異・自志：「集腋成裘。」

【用法】比喻積少成多，或說明集眾力以成一事。

【例句】**集腋成裘**，每月儲蓄一點，用不了多久就可累積一筆可觀的數字。

【義近】積土成山／積少成多／聚沙成塔／眾志成城。

【義反】功虧一簣／廢於一旦／獨木難支。

五—六畫

雍容大方

【釋義】文雅大方，從容不迫。

【出處】漢書・薛宣傳：「宣爲人好威儀，進止雍容，甚可觀也。」

【用法】形容態度從容，舉止大方。

【例句】你太太**雍容大方**的言談舉止，給人留下極爲深刻的印象。

【義近】落落大方／從容不迫／高雅大方／瀟灑自然。

【義反】扭扭捏捏／急急躁躁／搔首弄姿／矯揉造作。

雍容閒雅

【釋義】雍容：溫和貌。閒雅：

文雅。也作「雍容爾雅」。

【出處】司馬遷・史記・司馬相如傳：「相如之臨邛，從車騎，雍容閒雅甚都。」

【用法】形容人儀容溫和，文雅而有禮貌。

【例句】他的談吐舉止**雍容閒雅**，很有學者的風度。

【義近】溫文爾雅／溫文儒雅／文質彬彬。

【義反】刁鑽蠻橫／粗俗不堪／粗野凶橫。

雍容雅步 ㄩㄥ ㄖㄨㄥˊ ㄧㄚˇ ㄅㄨˋ

【釋義】雍容：溫和大方的樣子。雅步：行步閑雅。

【出處】魏書・世祖紀：「古之君子，養志衡門，德成業就，才為世使。或雍容雅步，三命而後至……。」

【用法】形容儀態從容大方，舉止高雅。

【例句】胡太太不僅人長得漂亮，性情溫和，更難得的是她那**雍容雅步**的風度，令人讚賞不已。

【義近】雍容爾雅／雍容文雅／雍容閑雅／雍容典雅／溫文爾雅／溫文儒雅。

【義反】舉止粗俗／粗野魯莽／凶神惡煞／刁鑽蠻橫／粗俗不堪。

雌雄未決 ㄘˊ ㄒㄩㄥˊ ㄨㄟˋ ㄐㄩㄝˊ

【釋義】是雌是雄還沒有決定。

【出處】後漢書・竇融傳：「今豪傑競逐，雌雄未決，當各據其土宇，與隴蜀合縱，高可為六國，下不失尉陀。」

【用法】比喻勝負、高下未定。

【例句】球賽變幻莫測，在這**雌雄未決**之際，不要輕易下結論，最後鹿死誰手還不一定呢！

【義近】勝負未定／勝負未決／高下未定／未定之天。

【義反】勝負已決／高下已定。

八—九畫

雕肝琢腎 ㄉㄧㄠ ㄍㄢ ㄓㄨㄛˊ ㄕㄣˋ

【釋義】雕、琢：指文字的修飾加工。

【出處】韓愈・贈崔立之評事詩：「勸君韜養待徵招，不用雕琢愁肝腎。」歐陽修・答聖俞莫飲酒詩：「朝吟搖頭暮蹙眉，雕肝琢腎聞退之。」

【用法】比喻寫文章費盡心思搜索詞句極其辛苦。

【例句】為了把這部辭典編好，他們**雕肝琢腎**，著實花了好一番功夫，推出之後，果然佳評如潮，備受讚賞。

【義近】嘔心瀝血／窮思極想／殫精竭慮／索盡枯腸／摳心挖肚。

【義反】率爾操觚／率爾為文。

雕章琢句 ㄉㄧㄠ ㄓㄤ ㄓㄨㄛˊ ㄐㄩˋ

【釋義】仔細雕琢章節和語句。雕：雕刻。琢：琢磨。

【出處】趙翼・甌北詩話：「詩之不可及處，在乎神識超邁，飄然而來，忽然而去，不屬於雕章琢句。」

【用法】形容刻意求工，對文章的詞語字句著意修飾。

【例句】寫文章最重要的是要有新意，也要講究篇章結構，不應一味地**雕章琢句**。

【義近】踵事增華／雕章鏤句／字斟句酌。

【義反】粗製濫造／隨意直書／信手拈來／信筆揮灑。

雕蟲小技 ㄉㄧㄠ ㄔㄨㄥˊ ㄒㄧㄠˇ ㄐㄧˋ

【釋義】雕：雕刻。蟲：指鳥蟲書，我國古代篆字的一種，筆畫形狀像蟲鳥。

【出處】揚雄・法言・吾子：「或問：『吾子少而好賦？』曰：『然。童子彫蟲篆刻。』俄而曰：『壯夫不為也。』」北史・李渾傳：「嘗謂魏收曰：『雕蟲小技，我不如卿。』」

【用法】比喻小技或微不足道的技能。多就文字技巧而言。也用作自謙之詞。

【例句】這種**雕蟲小技**，你也敢拿出來炫耀，且還自以為了不起，別笑死人了。

【義近】詞賦末藝／雕蟲篆刻／鼯鼠之技。

【義反】國典朝章／奇才異能／天下絕技。

雖死猶生 ㄙㄨㄟ ㄙˇ ㄧㄡˊ ㄕㄥ

【釋義】意謂死了跟活著一樣。

【出處】魏書・咸陽王禧傳：「今屬危難，恨無遠計，匡濟聖躬，若與殿下同命，雖死猶生。」

【用法】指人死得有意義、有價值，就如同活著一般。

【例句】那些為建立中華民國而犧牲的革命先烈，**雖死猶生**，他們的英雄事蹟，將永遠活在人們的心中。

【義近】雖死猶存／雖死之日，猶生之年／重於泰山。

【義反】雖生猶死／輕於鴻毛／行屍走肉。

十畫

雜亂無章 ㄗㄚˊ ㄌㄨㄢˋ ㄨˊ ㄓㄤ

【釋義】章：章法、條理。

【出處】韓愈・送孟東野序：「其為言也，雜亂而無章。」

【用法】形容事物或文章雜亂而無條理。

【例句】這樣**雜亂無章**的房間，眞難想像會是她住的地方。

【義近】亂七八糟／顛來倒去／橫三豎四。

【義反】井然有序／井井有條／有條有理。

雙宿雙飛 ㄕㄨㄤ ㄙㄨˋ ㄕㄨㄤ ㄈㄟ

【釋義】指鳥成雙成對的歇宿和飛行。

【出處】元好問・鴛鴦扇頭詩：「雙宿雙飛有百自繇，人間無物比風流。」

【用法】比喻男女同處，形影不離。

【例句】他倆恩恩愛愛，幾十年來都是**雙宿雙飛**，羨煞天下怨偶。（常用於情侶，不適用於夫妻。）

【義近】並蒂之蓮／連理之枝／比翼雙飛。

【義反】同牀異夢／琴瑟不調。

雙喜臨門 ㄕㄨㄤ ㄒㄧˇ ㄌㄧㄣˊ ㄇㄣˊ

【釋義】臨門：來到家門。臨：來到，到達。

【出處】李綠園・歧路燈二七回：「你屋裏恭喜了，大相公也喜了，一天生的，眞正雙喜臨門。」

【用法】指有兩件喜事一起降臨家門。

【例句】今天鄺科長高升為副局

長，而他的太太又爲他生下了一對龍鳳胎，眞是**雙喜臨門**！

【義近】喜事連連／福事雙至。

【義反】禍患不斷／禍不單行／雪上加霜／避坑落井／屋漏逢雨。

雙管齊下

【釋義】管：指筆管，毛筆。齊下：同時落筆。

【出處】張彥遠・歷代名畫記：「（張璪）能握雙筆，一時齊下，一爲生枝……，一爲枯幹……。」

【用法】比喻做一件事從兩個方面同時進行，或兩種方法同時使用。

【例句】要提前完成這項工程得採取**雙管齊下**的方式，一方面要增加工人，另方面要從技術上進行革新。

【義近】齊頭並進／左右開弓。

【義反】一先一後／先後有予。

雙瞳剪水

【釋義】雙瞳：猶雙眼。瞳：瞳仁，眼珠的中心。剪水：猶言清澈動蕩的水。

【出處】唐・李賀・唐兒歌：「一雙瞳人剪秋水。」明・周履靖・錦箋記・初晤：「你看他雙瞳剪水迎人豔，風流萬種談笑間。」

【用法】形容兩眼像秋水一樣清澈明亮。

【例句】李小姐身材苗條，三圍標準，肌膚柔潤，特別是那**雙瞳剪水**，眞有勾魂攝魄的魅力。

【義近】眼如秋水／明眸善睞／眸如秋波／眼如秋波／秋波流轉／剪水雙瞳。

【義反】兩眼呆滯／眼神呆滯／雙眼昏濁／兩眸無神／兩眼無神。

雞毛蒜皮

【釋義】雞身上的毛，蒜上的皮，均爲微不足道之物。

【用法】比喻無關緊要的輕微瑣碎之事，或無價值可言的東西。

【例句】這些**雞毛蒜皮**的小事，你就自己處理就好了，何必要再三請示呢？

【義近】雞零狗碎／無足輕重／無關緊要。

【義反】至關重要／舉足輕重／事關重大。

雞犬不留

【釋義】連雞狗也不留下。

【出處】吳沃堯・痛史六回：「探馬報說沿江上下全是元兵，常州城內雞犬不留。」

【用法】形容斬盡殺絕，多用以指殺戮暴行。

【例句】海盜常趁漁民熟睡時闖入漁村，燒殺擄掠，**雞犬不留**。

【義近】寸草不留／斬盡殺絕。

【義反】雞犬不驚／秋毫無犯。

雞犬不寧

【釋義】連雞狗也不得安寧。

【出處】柳宗元・捕蛇者說：「譁然而駭者，雖雞狗不得寧焉。」

【用法】形容騷擾得十分厲害。

【例句】他一而再、再而三地在外闖禍，搞得全家**雞犬不寧**，一個好好的家眼看就要破碎了。

【義近】雞飛狗跳／人心惶惶。

【義反】雞犬不驚／清吉太平。

雞犬不驚

【釋義】雞和狗都不曾驚動。

【出處】許仲琳・封神演義二八回：「文王與子牙放炮起兵，一路上父老相迎，雞犬不驚，民間伐崇，人人大悅，個個歡忻。」

【用法】形容軍紀嚴明，秋毫無犯。也指彼此相安無事。

【例句】嚴格訓練出來的優良軍隊，其所到之處**雞犬不驚**，眞正做到不擾民的境界，故深得民眾的信賴。

【義近】秋毫無犯／軍民一家。

【義反】雞犬不寧／雞犬不留／雞飛狗跳／擾民生事／燒殺搶奪。

雞犬相聞

【釋義】聞：聽。

【出處】老子・八十五章：「鄰國相望，雞犬之聲相聞。」

【用法】用以比喻土地窄小，人口聚集的樣子。

【例句】這個小鎮人口不多，**雞犬相聞**，人們還過著早期純樸安閒的農村生活。

【義近】小國寡民／機杼相聞。

【義反】千乘之國。

雞皮鶴髮

【釋義】皮膚皺如雞皮，頭髮白如鶴羽。

【出處】計有功・唐詩紀事二九：「刻木牽絲作老翁，雞皮鶴髮與眞同。」

【用法】形容老年人髮膚的衰老情態。

【例句】張教授年過八十，雖已**雞皮鶴髮**，但仍頭腦清醒，精神矍爍。

【義近】雞膚鶴髮／皓首童顏／龍眉皓首／蓬頭歷齒。

【義反】唇紅齒白／髮黑膚潤。

雞飛狗走

【釋義】雞狗亂飛亂跳。走：跑。又作「雞飛狗跳」。

【出處】吳沃堯・痛史一三回：「我們歇宿的那一家客寓，已經是鬧得雞飛狗走，鬼哭神號。」

【用法】形容氣氛恐怖，人們驚慌不安的混亂景象。

【例句】戰爭即將爆發，城市中一片**雞飛狗走**的緊張氣氛，人民也無心工作了。

【義近】雞犬不寧／兵荒馬亂／人心惶惶。

【義反】雞犬不驚／國泰民安／人心安定。

雞飛蛋打

【釋義】雞飛走了，蛋打破了。

【出處】老舍・駱駝祥子：「自己的計劃是沒有多大用處了，急不如快，得趕緊抓住樣子，別雞也飛蛋也打了。」

【用法】比喻兩頭落空，一無所得。

【例句】我勸你不要腳踏兩條船，否則到時**雞飛蛋打**，可就悔之晚矣！

【義近】肩擔兩頭脫／賠了夫人又折兵／兩頭落空／魚死網破。

【義反】一舉兩得／一石二鳥／

一箭雙鵰／一舉雙擒。

雞鳴而起

【釋義】雞一叫就起床。

【出處】孟子・盡心上：「雞鳴而起，孳孳爲善者，舜之徒也。」

【用法】形容勤奮不怠。

【例句】他們夫妻倆**雞鳴而起**，勤苦創業，發誓要擺脫貧困，走向富裕，這種精神值得讚賞。

【義近】孜孜不倦／聞雞而起／聞雞起舞／夙興夜寐／夙夜匪懈／自強不息。

【義反】玩歲愒日／蹉跎歲月／好逸惡勞／游手好閒／飽食終日／無所用心。

雞鳴狗盜

【釋義】學雞叫哄人，裝狗進行偷盜。

【出處】語出司馬遷・史記・孟嘗君列傳。漢書・游俠傳：「皆藉王公之勢，競爲游俠，雞鳴狗盜，無不賓禮。」

【用法】指卑微不足道的本領或具有這種本領的人。

【例句】這點**雞鳴狗盜**的本事也敢在黑道大哥面前炫耀，眞是太沒有自知之明了。

【義近】鼠竊狗偷／雕蟲小技。

【義反】安邦定國／蓋世英雄。

雞鶩爭食

【釋義】雞鴨爭奪食物。鶩：鴨子。

【出處】楚辭・卜居：「寧與黃鵠比翼乎？將與雞鶩爭食乎？」

【用法】喻平庸小人爭名奪利。

【例句】我算是看破了紅塵，現在清心寡欲，與世無爭，就讓那些人去**雞鶩爭食**吧！

【義近】雞鶩相爭／蝸角之爭／明爭暗鬥／爭名奪利／追名逐利。

【義反】浮雲富貴／淡泊名利／互讓互諒／互相謙讓。

十一畫

離心離德

【釋義】思想不統一，信念也不一致。心：思想。德：信念。

【出處】尚書・泰誓中：「受有億兆夷人，離心離德。」

【用法】形容人心不一，不能團結一致。

【例句】任何一個團體，如果大家**離心離德**，達不成共識，那就什麼事情都難以辦成。

【義近】貌合神離／同牀異夢／各懷鬼胎。

【義反】同心同德／一心一德／同心協力。

離婁之明

【釋義】離婁：古時眼力極佳之人，相傳能在百步外，看見羊身上新長出來毛的末端。

【出處】孟子・離婁上：「離婁之明，公輸子之巧，不以規矩，不能成方圓。」

【用法】形容視力極佳。

【例句】雖然你有**離婁之明**，但是要賞鳥、觀星，仍然需要借助現代發明的望遠鏡來幫忙，光靠肉眼還是不足的。

【義近】明察秋毫。

【義反】睜眼瞎子。

離鄉背井

【釋義】鄉、井：指家鄉。背：離開。

【出處】王實甫・西廂記二本四折：「可憐刺骨懸梁志，險作離鄉背井魂。」

【用法】指離開家鄉到外地。

【例句】許多人**離鄉背井**，遠渡重洋，客居異鄉，實乃情非得已。

【義近】顚沛流離／作客他鄉／流離失所。

【義反】安居故里／安土重遷／葉落歸根。

離經叛道

【釋義】離、叛：背離，不遵守。經、道：儒家的經典和教旨。

【出處】費唐臣・蘇子瞻風雪貶黃州二折：「且本官志大言浮，離經叛道。」

【用法】指違背正統的言論和行動。

【例句】她作風大膽開放，一般衛道人士難以接受，指責她**離經叛道**，敗壞風俗。

【義近】不主故常。

【義反】不越雷池／循規蹈矩。

離羣索居

【釋義】索：孤單，單獨。

【出處】禮記・檀弓上：「吾離羣而索居，亦已久矣。」

【用法】指離開集體或羣眾，過孤獨的生活。

【例句】他深感城市嘈雜紛爭不斷，便打算**離羣索居**，到鄉野間去過不問世事的生活。

【義反】聚首一堂／親朋滿座。

離題萬里

【釋義】題：指說話或文章的中心。萬里：極言甚遠。常與「下筆千言」連用。

【用法】形容寫文章或說話與要講的主題距離很遠，毫不相關。

【例句】我們寫文章務必要緊緊扣住主題，決不能下筆千言，**離題萬里**。

【義近】文不對題／離弦走板／荒腔走板／三紙無驢。

【義反】文不離題／腔不離調／切中題旨。

難乎爲繼

【釋義】乎：介詞「於」。繼：繼續，接下去。又作「難以爲繼」。

【用法】表示或因無人，或因有人卻又無力承擔，而難以繼續下去。

【例句】大陸十年文革，耽誤了一代人受教育和接受新知的機會，因此現在有些科學領域深感人才**難乎爲繼**。

【義近】後繼無人／後繼無力／人力缺乏。

【義反】後繼有人／後繼有力／傳承不絕。

難兄難弟

【釋義】原指兩人難分優劣高下。兄、弟：比喻優劣、高下。此時「難」讀ㄋㄢˊ。

【出處】劉義慶・世說新語・德行：「元方難爲兄，季方難爲弟。」舊唐書・穆寧傳贊

：「薛氏三門，難兄難弟。」

【用法】今多用以指共患難或處於困境的朋友，或比喻兩者情況差不多。難讀ㄋㄢˋ。

【例句】他們倆是**難兄難弟**，感情非常的好，你得罪其中一個，另外那位也會找你算帳的。

【義近】患難與共／患難之交／不分軒輊／不相上下。

【義反】酒肉朋友／狐朋狗友／大相徑庭／判若雲泥。

難言之隱 ㄋㄢˊ ㄧㄢˊ ㄓ ㄧㄣˇ

【釋義】隱：隱情，藏在內心深處的事。

【出處】錢謙益・跋留庵：「錢氏少爲黨魁，晚托禪悅，生平頗多壹鬱難言之隱。」

【用法】指難以說出或不願說出的事情、原因。

【例句】這女人無論如何不肯說出她要離婚的理由，看來是有**難言之隱**。

【義近】難於啓齒／難對人言／諱莫如深。

【義反】無有隱衷／無不可言／毋庸諱言。

難能可貴 ㄋㄢˊ ㄋㄥˊ ㄎㄜˇ ㄍㄨㄟˋ

【釋義】難能：難以做到。可貴：值得寶貴。

【出處】蘇軾・荀卿論：「此三者，皆天下之所謂難能而可貴者也。」

【用法】指難做的事居然能做到，是很可貴的。

【例句】這次畫展中，有些作品竟然出於八、九歲孩童之手，眞是太**難能可貴**了。

【義近】非比尋常／非同小可。

【義反】不足爲奇／平淡無奇。

難解難分 ㄋㄢˊ ㄐㄧㄝˇ ㄋㄢˊ ㄈㄣ

【釋義】解、分：分解開。又作「難分難解」。

【出處】吳承恩・西遊記二二回：「原來那怪與八戒正戰到好處，難解難分。」

【用法】指雙方對抗得很厲害，相持不下，難以分開。有時也形容雙方關係十分密切，分不開。

【例句】①舞臺上兩員武將殺得**難解難分**，觀眾都被他們的精彩表演吸引住了。②這對冤家要麼吵架，幾天不說話，要麼好得如膠似漆，**難解難分**。

【義近】相持不下／勢均力敵／難捨難分／依依不捨／如膠似漆。

【義反】力量懸殊／相差懸殊／動如參商／忍痛割愛／絕裾而去。

雨部

雨打梨花 ㄩˇ ㄉㄚˇ ㄌㄧˊ ㄏㄨㄚ

【釋義】梨樹之花色白而美，借喻爲美人。

【出處】李煜・憶王孫：「欲黃昏，雨打梨花深閉門。」

【用法】本指暮春的景觀，引申爲形容美人遲暮之詞。

【例句】嬌美如花的高小姐嫁給大企業老闆之後，雖然生活優裕，但先生常出國洽商，一去經月，每到黃昏只能獨坐窗前，**雨打梨花**，無限冷清。

雨後春筍 ㄩˇ ㄏㄡˋ ㄔㄨㄣ ㄙㄨㄣˇ

【釋義】春天雨後，竹筍長得又多又快。筍：又作「笋」。

【出處】郭沫若・學生時代・創造十年：「上海天津的紗廠，有一個時期如像雨後春笋一樣簇生了起來。」

【用法】比喻新生事物大量湧現和蓬勃發展。

【例句】大陸自從改革開放以來，鄉鎮企業有如**雨後春筍**般的建立起來，成爲社會經濟中一支最活躍的力量。

【義近】方興未艾／蒸蒸日上／風起雲湧／風起水湧。

【義反】風止雲散／煙消雲散。

雨露之恩 ㄩˇ ㄌㄨˋ ㄓ ㄣ

【釋義】像雨露滋潤植物一樣的恩澤。

【出處】唐・劉禹錫・蘇州謝上：「江海遠地，孤危小臣。雖雨露之恩，幽遐必被。」

【用法】比喻廣泛施與的恩澤。

【例句】孫中山先生領導國人推翻滿清，建立民國的偉大功績，即使是地處邊陲的少數民族，也能享受到他的**雨露之恩**。

【義近】陽光普照／時雨之恩。

三畫

雪上加霜 ㄒㄩㄝˇ ㄕㄤˋ ㄐㄧㄚ ㄕㄨㄤ

【釋義】在雪上面加上一層霜。

【出處】元・無名氏・誶范叔二折：「淚雹子，腮邊落；血多凌，滿脊梁；凍剝剝，雪上加霜。」

【用法】比喻接連遭受災難，使本已困窘的處境更爲困窘。

【例句】這個地區才剛受過颱風肆虐，現又發生大地震，眞是**雪上加霜**，太不幸了！

【義近】屋漏逢雨／禍不單行／夏旱秋澇／火上加油。

【義反】雙喜臨門／喜上加喜。

雪中松柏 ㄒㄩㄝˇ ㄓㄨㄥ ㄙㄨㄥ ㄅㄛˊ

【釋義】松柏挺立風雪中，用以象徵君子堅貞不移的節操。

【出處】論語・子罕：「子曰：『歲寒，然後知松柏之後凋也。』」謝枋得・初到建寧賦詩：「雪中松柏愈青青，扶植綱常在此行。」

【用法】指君子雖處亂世，節操仍堅貞不改。

【例句】不管局勢再亂，社會再黑暗，總有一些**雪中松柏**的讀書人能潔身自愛，堅持理想，令人敬佩。

【義近】高風亮潔／清操厲冰雪／傲霜之枝／疾風勁草。

【義反】隨波逐流／隨方就圓／與世偃仰。

雪中送炭 ㄒㄩㄝˇ ㄓㄨㄥ ㄙㄨㄥˋ ㄊㄢˋ

【釋義】在雪天給人送炭取暖。

【出處】范成大・大雪送炭與芥隱詩：「不是雪中須送炭，聊裝風景要詩來。」

【用法】比喻濟人之急。

【例句】社會的富足並不代表道德的提昇，大多數人皆知錦上添花，卻不知**雪中送炭**才是富足社會最缺乏的善意。

【義近】急人之難／雨中送傘／寒中送衣。

【義反】錦上添花／雪上加霜／

落井下石。

雪虐風饕

【釋義】虐：殘暴。饕：貪婪。

【出處】韓愈．祭河南張員外文：「歲弊寒凶，雪虐風饕。」

【用法】形容風雪交作，天氣十分寒冷。

【例句】他在這**雪虐風饕**的日子裏，仍然要外出做工，以養活家人，見了眞令人同情。

【義近】雪窖冰天／冰天雪地／冰天雪窖／風雪交加／風雪交作／雪海冰山／天寒地凍／冰封千里。

【義反】春暖花開／春風和煦／風和日麗／和風細雨／風清月朗／風恬月白。

雪壓霜欺

【釋義】雪、霜：比喻惡勢力。

【出處】元曲．岳陽樓：「若不是我把長條自挽，則你在洞庭湖上，揚子江邊，受了些風吹日炙，雪壓霜欺。」

【用法】比喻迫害接連而來。

【例句】滿清末年，各國見到中國政府昏庸怯弱，國勢衰微，於是**雪壓霜欺**，紛紛來謀奪自身的利益。

【義近】雪上加霜。

【義反】一帆風順／一路福星。

四畫

雲出無心

【釋義】無心：不是故意這樣。

【出處】陶淵明．歸去來辭：「雲無心以出岫，鳥倦飛而知還。」

【用法】意指事出於無意。

【例句】這個玩笑原來只是**雲出無心**，沒想到竟然造成這麼大的風波，眞是讓我學到教訓了。

【義近】始料未及／出人意料。

【義反】處心積慮／設身處地。

雲合霧集

【釋義】像雲霧那樣會合聚集。

【出處】司馬遷．史記．淮陰侯列傳：「天下初發難也，俊雄豪桀（傑）建號壹呼，天下之士雲合霧集。」

【用法】比喻聚集非常迅速。

【例句】在專制政權統治下的民眾，怨氣沸騰，因而只要有人振臂一呼，便會**雲合霧集**，羣起反抗。

【義近】雲屯霧集／風起雲湧／風起水湧／風起雲蒸。

【義反】如鳥獸散／作鳥獸散／魚潰鳥散／獸奔鳥散／狼奔豕突。

雲泥異路

【釋義】意謂相差極大，就像天上的雲和地上的泥一樣。

【出處】宋．陳亮．與辛幼安殿撰：「亮空閒沒可做時，每念臨安相聚之適，而一別遽如許，雲泥異路又如許。」

【用法】比喻地位懸殊甚大。

【例句】我們過去雖是同班同學，但現在人家貴爲部長，我只是平民一個，**雲泥異路**，怎能和他交往？

【義近】雲泥之別／天壤之別／判若雲泥／泰山鴻毛／天差地遠／以鎰稱銖／相差十萬八千里。

【義反】毫無二致／相去無幾／半斤八兩／平起平坐／不相上下／未分軒輊／旗鼓相當／勢均力敵／銖兩悉稱。

雲從龍，風從虎

【釋義】龍起雲生，虎嘯風生。

【出處】易經．乾卦．文言：「同聲相應，同氣相求，水流溼，火就燥，雲從龍，風從虎，聖人作而萬物睹。」

【用法】比喻同類的事物，相互感應而起。

【例句】甲午戰後列強割據，政治腐敗，革命救國運動**雲從龍，風從虎**，紛紛在中國各地開展起來。

雲蒸霞蔚

【釋義】蒸：興起，上升。蔚：聚集。一作「雲興霞蔚」。

【出處】劉義慶．世說新語．言語：「千巖競秀，萬壑爭流，草木蒙籠其上，若雲興霞蔚。」

【用法】形容景物絢爛美麗。有時也比喻人才之盛。

【例句】輪船已到巫山，只見陽光垂照下來，濃霧滾湧上去，**雲蒸霞蔚**，頗爲壯觀。

【義近】景物絢麗／雲蔚霞起／氣象萬千。

【義反】日月無光／彤雲密佈／煙雨濛濛。

雲霓之望

【釋義】久旱盼望雲霓出現。霓：與虹相近的一種自然景觀，雨過後彩虹才會出現。

【出處】孟子．梁惠王：「民望之，若大旱之望雲霓也。」

【用法】形容盼望之殷切。

【例句】對於癌症病童的父母而言，孩子能夠健康的活下去，就是他們的**雲霓之望**。

【義近】望眼欲穿。

【義反】萬念俱灰／槁木死灰。

五畫

雷掣風馳

【釋義】掣：疾速狀。

【出處】元稹．馬射賦：「揮弓雷掣，激矢風進。」李寶嘉．官場現形記二五回：「仍舊坐了車，雷掣風馳的一直出城。」

【用法】形容速度非常快。

【例句】一些青少年爲了追求**雷掣風馳**的快感，每愛在街頭飆車，呼嘯而過，常造成自己和他人的傷害，眞是太不應該了。

【義近】風馳電掣。

雷厲風行

【釋義】像雷那樣猛烈，像風那樣快。厲：猛烈。

【出處】曾鞏．亳州謝到任表：「運獨斷之明，則天清水止，昭不殺之武，則雷厲風行。」

【用法】形容辦事聲勢猛烈，行動迅速。多用以指推行法令之徹底而積極。

【例句】霹靂小組**雷厲風行**的作風，令歹徒們聞之喪膽。

【義近】大刀闊斧／大張旗鼓／令行禁止／雷厲風飛。

【義反】拖拖拉拉／慢慢騰騰／拖泥帶水／推三阻四／雷大

雨小。

雷霆之怒

【釋義】霆：暴雷，霹雷。

【出處】三國志・吳書・陸遜傳：「今不忍小忿，而發雷霆之怒，違垂堂之戒，輕萬乘之重，此臣之所惑也。」

【用法】形容憤怒到了極點。

【例句】有事好商量呀！為什麼要發**雷霆之怒**呢？坐下來慢慢談吧！

【義近】咆哮如雷／暴跳如雷／髮指眥裂／眥裂髮指／怒不可遏／怒髮衝冠／勃然大怒／怒火萬丈。

【義反】心平氣和／心平氣定／平心靜氣／和顏悅色／和藹可親／鎮靜如常。

雷霆萬鈞

【釋義】霆：暴雷，霹雷。鈞：古代重量單位，一鈞合三十斤。

【出處】賈山・至言：「雷霆之所擊，無不摧折者；萬鈞之所壓，無不糜滅者。」

【用法】形容威力極大，無法阻擋。

【例句】國父所領導的辛亥革命，以**雷霆萬鈞**之勢，一舉攻克了武漢三鎮。

【義近】泰山壓頂／排山倒海／氣勢磅礡／翻天覆地／拔山蓋世。

【義反】縛雞之力／強弩之末／虛張聲勢／蚍蜉之力。

雷聲大，雨點小

【釋義】打雷的聲音很大，而下的雨卻很小。

【出處】笑笑生・金瓶梅二十回：「頭裏那等雷聲大，雨點小，打哩亂哩，及到其間，也不怎麼的。」

【用法】比喻聲勢大，實際行動小。

【例句】我們的總經理做起事來向來**雷聲大，雨點小**，我看這次也不會例外。

【義近】虛張聲勢／雷大雨小／光打雷，不下雨／虎頭蛇尾／天橋把式。

【義反】雷厲風行／大張旗鼓／大刀闊斧。

零丁孤苦

【釋義】零丁：孤單的樣子。又作「孤苦零丁」。

【出處】李密・陳情表：「臣少多疾病，九歲不行，零丁孤苦，至於成立。」

【用法】形容孤獨困苦，無依無靠。

【例句】他自幼失去父母，又無兄弟姊妹，**零丁孤苦**，孑然一身。

【義近】形影相弔／孤身隻影／孑然一身／舉目無親／形單影隻／孤危託落／煢煢獨立／無依無靠／煢孑無依。

【義反】兒孫滿堂／高朋滿座／勢豪族繁／人多勢眾／三親六眷／人丁興旺。

零零碎碎

【釋義】意即零碎不整。

【出處】朱子語類・尚書二：「這個若理會不通，又去理會甚麼零零碎碎。」

【用法】形容瑣細、零星，不全面、沒系統。

【例句】你做事不能這樣**零零碎碎**的，要有個計畫，做全面、系統的安排才好。

【義近】零零星星／零敲碎打／時斷時續／斷斷續續。

【義反】一鼓作氣／一氣呵成。

零零落落

【釋義】零：零星、凋零。落：凋謝，作動詞。

【出處】羅貫中・三國演義二四回：「且說張飛自以為得計，領輕騎在前，突入操寨，但見零零落落，無多人馬。」

【用法】形容事物三三兩兩，零亂而不整齊。

【例句】近來因經濟不景氣，連一向十分熱絡的百貨公司週年慶活動，居然也出現**零零落落**的場面，真是讓人想不到。

【義近】三三兩兩／零零星星。

【義反】井然有序。

七畫

震天動地

【釋義】震動了天地。

【出處】酈道元・水經注・河水：「河流激盪濤湧波襄雷渀電洩，震天動地。」

【用法】形容聲勢浩大或聲音巨大，使人震驚。

【例句】登山隊員剛入山，便聽見剛剛攀越而過的峭壁間，發出一聲**震天動地**的巨響，原來是一塊巖石崩塌而下。

【義近】震天駭地／驚天動地／撼天搖地。

【義反】無聲無息。

震古鑠今

【釋義】震驚古代，光耀當世。鑠：發光。

【出處】梁啓超・變法通議・論變法不知本原之害：「欲以震古鑠今之事，責成於肉食官吏之手。」

【用法】用以形容事業或功績的偉大。

【例句】孫中山先生領導人民推翻帝制，建立中華民國，是一件**震古鑠今**的大事！

【義近】豐功偉績／丘山之功／功蓋千秋／名震千古／名震古今／名爍古今。

【義反】一得之功／功不足道／微不足道／渺不足道／不足掛齒。

震耳欲聾

【釋義】耳朵都快震聾了。欲：快要。

【用法】形容聲音非常巨大而響亮。

【例句】一聲**震耳欲聾**的巨響過後，只見前面的山頭被炸藥炸開了一個缺口。

【義近】震天動地／震天驚雷／響徹雲霄。

【義反】靜寂無聲／悄無聲息／鴉雀無聲。

震撼人心

【釋義】對人心有很大的震動。震：震動。撼：搖動。

【用法】形容某件事或某種藝術有很大的魅力，對人內心震動很大。

【例句】她那聲情並茂的歌唱和精湛的舞蹈表演，具有**震撼人心**的藝術魅力。

【義近】感人至深／感人肺腑／扣人心弦。

【義反】平淡無奇／無動人處。

震聾發聵

【釋義】使聾子震動，使瞎子張目。聵：眼疾，此指眼瞎。

【用法】比喻大聲疾呼，使人驚醒警覺。多指精深卓越的見解具有巨大作用。

【例句】在這一切向錢看的時代裏，王先生所作的《國人之神聖使命》一書，確實具有**震聾發聵**的作用。

【義近】醒人鐸木／亂世警鐘／震撼人心／暮鼓晨鐘。

霄壤之殊

【釋義】意謂像天和地那樣的不同。霄：雲霄，也指天。壤：土地。殊：不同。

【出處】宋・胡仔・苕溪漁隱叢話後集・醉吟先生：「善惡智愚，相背絕遠，何啻霄壤之殊。」

【用法】形容差別極大。

【例句】這兩兄弟同父同母，想不到在身材、長相和智力各方面，卻有**霄壤之殊**，眞是奇怪啊！

【義近】雲泥異路／判若雲泥／天壤之別／泰山鴻毛／相差十萬八千里。

【義反】半斤八兩／不相上下／末分軒輊／勢均力敵／銖兩悉稱／旗鼓相當。

十一—十三畫

霧裏看花

【釋義】在霧中看花，模模糊糊的看不清楚。又作「霧中看花」。

【出處】杜甫・小寒食舟中作：「春水船如天上坐，老年花似霧中看。」

【用法】比喻老眼昏花，也用以說明對事物看不清楚。

【例句】離戲臺太遠，加上又有近視，看那些演員表演，簡直像**霧裏看花**一樣。

【義近】隔霧看花／若明若暗。

【義反】洞若觀火／一清二楚。

露才揚己

【釋義】露才：顯露才能。揚己：炫耀自己。

【出處】班固・離騷序：「今若屈原，露才揚己，競乎危國羣小之間，以離讒賊。」

【用法】批評人好出鋒頭，有才能而不知收斂。

【例句】這個人特別愛**露才揚己**，看來今後也成不了什麼大器。

【義近】鋒芒畢露／英華外發／嶄露頭角。

【義反】韜光養晦／深藏不露／深藏若虛／虛懷若谷。

露水夫妻

【釋義】露水：見日易乾，故用以比喻短暫。

【出處】笑笑生・金瓶梅一二回：「我的哥哥，這一家都是誰疼你的，都是露水夫妻，再醮貨兒。」

【用法】指暫時結合的非正式或不能公開的夫妻關係。

【例句】他倆在飛機上相識，一拍即合，很快便做了**露水夫妻**。

【義近】桑中之約／逢場作戲。

【義反】結髮夫妻／花燭夫妻。

露出馬腳

【釋義】意謂把馬腳露出來了。又作「露馬腳」。

【出處】元・無名氏・陳州糶米三折：「這老兒不好惹，動不動就先斬後聞，這一來則怕我們露出馬腳來了。」

【用法】比喻露出了眞相。

【例句】你們這樣胡作非爲，自以爲人不知鬼不覺，遲早有一天會**露出馬腳**來的。

【義近】原形畢露／東窗事發／露出狐狸尾巴。

【義反】不露形迹／不露眞相／隱而不露／瞞天過海。

十六畫

靈丹妙藥

【釋義】能醫治百病的藥。靈丹：靈驗的藥。丹：一種中醫成藥。又作「靈丹聖藥」。

【出處】元・無名氏・玩江亭二折：「靈丹妙藥都不用，吃的是生薑辣蒜大蘿葱。」

【用法】比喻某種能解決一切問題的有效方法。

【例句】世界上的事物是紛繁複雜的，不可能有解決一切問題的**靈丹妙藥**，所以我們遇事都應多動腦筋，想出具體的解決辦法。

【義近】靈丹聖藥／萬應靈丹／萬全之策。

靈蛇之珠

【釋義】即隋和之珠。隋和見大蛇傷斷，爲之敷藥，後蛇於江中銜大珠以相報。靈蛇珠珍貴難得。

【出處】晉書・文苑傳序：「西都賈馬，耀靈蛇於掌握；東漢班張，發雕龍於綈槧。」文選・曹植・與楊德祖書：「人人自謂握靈蛇之珠。」

【用法】比喻才華的美好。

【例句】陳先生懷抱**靈蛇之珠**，想要尋找可以發揮才能的公司，一展長才。

【義近】隋和之珍／荊山之玉／隋珠和璧／渾金璞玉。

【義反】竹頭木屑／牛溲馬勃／蟲臂鼠肝／陶犬瓦雞。

靈機一動

【釋義】靈機：靈巧的心思。

【出處】文康・兒女英雄傳四回：「我延了半晌，忽然靈機一動，心中悟將過來。」

【用法】形容人機靈敏捷，突然想出了解決難題的方法。

【例句】大家正在一籌莫展的時候，他**靈機一動**，想出了解救那個被綁架孩童的辦法。

【義近】眉頭一皺，計上心來／急中生智／情急智生／靈光乍現。

【義反】一籌莫展／束手無策。

青部

青天白日

【釋義】青天：晴朗的天空；也喻稱清官。白日：明亮的太陽；也指白天。

【出處】李白・上留田行詩：「田氏倉卒骨肉分，青天白日摧紫荊。」

【用法】指晴朗的天空，或比喻清明、明白，有鮮明、公開的意思。

【例句】①今天天氣眞好，**青天白日**，萬里無雲。②諸葛亮「爲漢復讐之志，如**青天白日**，人人得而知之。」（朱熹・答魏元履書）

【義近】晴空萬里／大天白日／光天化日／朗朗乾坤／光明正大。

【義反】烏雲密布／深更半夜／天昏地暗／鬼鬼祟祟。

青出於藍

【釋義】又作「青出於藍而勝於藍」，意謂靛青色從蓼藍中提煉出來，卻比蓼藍的顏色更深。藍：蓼藍。

【出處】荀子・勸學：「青，取之於藍，而青於藍。冰，水爲之，而寒於水。」

【用法】比喻弟子超過老師或後人超過前人。多爲勉勵語。

【例句】**青出於藍**而勝於藍，不到二十年，他的成就已經超過了老師。

【義近】後來居上／青勝於藍／冰寒於水／後生可畏／後起之秀。

【義反】每下愈況／江河日下／後繼無人／狗尾續貂。

青史流芳

【釋義】青史：史書。

【出處】元・沈禧・一枝花・題張思恭望雲思親卷：「看古來孝諸賢俊，到如今青史流芳世不湮。」

【用法】是指在歷史上留下好名聲。

【例句】古往今來，能**青史流芳**的人畢竟是少數，像我們這些人即使有些小成就，又算得了什麼？豈敢妄想留名後世！

【義近】青史留名／青史傳名／名垂青史／名垂竹帛／永垂不朽／流芳百世。

【義反】遺臭萬年／身敗名裂／臭名昭著。

青史傳名

【釋義】青史：古代以竹簡記事，故後代稱史籍爲青史。

【出處】大戴禮・保傅：「青史氏之記。」李白・過四皓墓詩：「紫芝高詠罷，青史舊名傳。」

【用法】形容人有功德，在歷史上留下記載。

【例句】劉銘傳對建設台灣所付出的心血和貢獻，將**青史傳名**，永爲後人懷念。

【義近】青史留名／名垂青史／名垂竹帛／永垂不朽／流芳百世。

【義反】遺臭萬年／身敗名裂／臭名昭著。

青州從事

【釋義】青州有齊郡，平原有鬲縣。因爲喝酒以後，好酒下臍（齊），惡酒凝膈（鬲），所以後人以青州從事指美酒，以平原督郵指惡酒。從事、督郵：都是小官。

【出處】劉義慶・世說新語・術解：「桓公有主簿，善別酒，有酒輒令先嘗，好者謂青州從事，惡者謂平原督郵。」

【用法】指美酒。

【例句】今宵良辰美景，好友在此聚首，小弟特帶來**青州從事**助興，請大家開懷暢飲。

【義反】平原督郵。

青春兩敵

【釋義】敵：匹敵，相當。

【出處】馮夢龍・東周列國志七一回：「妾承兄命，適事君王，妾自以爲秦楚相當，青春兩敵。」

【用法】指兩人都處在青年時期，在年齡上相當。

【例句】這一對新人，郎才女貌，**青春兩敵**，非常匹配。

【義近】天造地設／天生一對。

【義反】老夫少妻。

青紅皂白

【釋義】皂：黑色。

【出處】古今雜劇・梁山七虎鬧銅臺三折：「也不管他青紅皂白，左右！……把他枷著送在牢中再做計較。」

【用法】比喻事情的是非曲直、情由始末。多與「不問、不分、不管」連用。

【例句】他這樣不分**青紅皂白**來我家打人，我一定要追究到底，決不會善罷甘休！

【義近】清渾皂白／來龍去脈／是非曲直／緣由始末／眞假虛實。

【義反】撲朔迷離／混沌未開／模模糊糊。

青面獠牙

【釋義】原形容凶神惡鬼的面貌。青面：藍色的臉。獠牙：露在嘴外面的長牙。

【出處】石玉琨・三俠五義二回：「猛然紅光一閃，而落下一個怪物來，頭生雙角，青面紅髮，巨口獠牙。」

【用法】形容人的面貌極其凶惡可憎。

【例句】我的天！他是馬戲團裏的丑角，長得**青面獠牙**，只不過有幾文錢，你就想嫁給他？

【義近】巨口獠牙／獐頭鼠目／面如鬼蜮／面目猙獰／面目可憎。

【義反】眉清目秀／俊美端莊／唇紅齒白／貌似潘安。

青梅竹馬

【釋義】青梅：青色梅子，爲小兒女所玩弄。竹馬：以竹桿當馬，爲小兒女所騎。

【出處】李白・長干行：「郎騎竹馬來，遶牀弄青梅，同居長干里，兩小無嫌猜。」

【用法】指小兒女嬉戲天眞爛漫的情狀。後用於指小時結識的伴侶。

【例句】他倆**青梅竹馬**自小一塊兒長大，現結爲夫妻，感情自然更加深厚。

【義近】兩小無猜／竹馬之好／總角之交。

【義反】舊怨宿敵／白頭如新。

青眼相看

【釋義】意謂正眼相看。眼睛青色，其旁白色。正視則見青處，邪視則見白處。

【出處】晉書・阮籍傳：「阮籍不拘禮教，能爲青白眼，見禮俗之士，以白眼對之……康聞之，乃齎酒挾琴造焉，籍大悅，乃見青眼。」

【用法】表示對人重視。

【例句】他爲人高傲，很看不起人，但對幾位才德兼優的學生，則一直**青眼相看**。

【義近】正眼視之／另眼相看／備加青睞。

【義反】白眼相加／冷眼視之／不屑一顧。

青雲之志

【釋義】青雲：指官位高。

【出處】王勃・滕王閣序：「窮且益堅，不墜青雲之志。」

【用法】指想要擔任高官，在仕途上求發展的志向。

【例句】古代寒窗苦讀的學子們，無一不想中舉，一展他們的**青雲之志**。

【義近】鴻鵠之志。

【義反】燕雀之志。

青雲直上

【釋義】青雲：青天，高空，意指高位。直上：直線上升。

【出處】司馬遷・史記・范雎蔡澤列傳：「不意君能自致於青雲之上。」孔稚珪・北山移文：「干青雲而直上。」

【用法】以向高空飛騰直上，比喻仕途得意，連登高位。常帶有諷刺意謂。

【例句】他從政以來，一直春風得意，**青雲直上**，現在已經當上副部長了。

【義近】飛黃騰達／平步青雲／步步高升／一日九遷／青雲萬里／扶搖直上。

【義反】一落千丈／仕途坎坷／官場失意／連遭斥謫／每下愈況。

青黃不接

【釋義】舊糧已經吃完，新糧尚未接上。青：指田裏的青苗。黃：指黃熟的莊稼。

【出處】歐陽修・言青苗第二劄子：「若夏料錢於春中俵散，猶是青黃不相接之時。」

【用法】比喻人才或物力一時缺乏，前後連接不上。

【例句】現在老百姓的生活物資正處於**青黃不接**之時，須要貸糧貸款。

【義近】財力匱乏／人才斷層／後繼無人／等米下鍋。

【義反】財力充裕／後繼有人／游有餘裕／源源不絕。

青樓薄命

【釋義】青樓：本指顯貴人家的閨閣，後專指妓院。

【出處】孔尚任・桃花扇・守樓：「堪悲青樓薄命，一霎時楊花亂吹。」

【用法】指妓女之命運多舛。

【例句】在歡場中打滾過的女子，不管是被逼還是自願，想要找個好對象都是不容易的事，常常只能自嘆**青樓薄命**了。

【義近】殘花敗柳。

青燈黃卷

【釋義】黃卷：指書籍。

【出處】葉顒・冬景十絕書舍寒燈：「青燈黃卷伴更長，花落銀釭午夜香。」

【用法】比喻夜半攻讀的辛苦。

【例句】高中三年**青燈黃卷**的日子，他從未倦怠過，還沒畢業就申請上第一志願的大學，辛苦總算有了代價。

【義近】牛角掛書／口舌成瘡／手不釋卷／焚膏繼晷／刺股懸梁。

【義反】束書不觀／曠廢隳惰。

青錢萬選

【釋義】青錢：青銅錢。萬選：多次挑選。

【出處】新唐書・張薦傳：「（張）鷟文辭猶青銅錢，萬選萬中，時號鷟青錢學士。」

【用法】比喻文才超眾，如青銅錢萬選萬中。

【例句】下官曾應過制科，**青錢萬選**，莫說三個題目，就是三百個，我何懼哉！（馮夢龍・醒世恆言・蘇小妹三難新郎）

【義近】七步詩才／才高八斗／學富五車／大才槃槃。

【義反】江郎才盡／才疏學淺／腹笥空空／不學無術。

非部

非人不傳

【釋義】意謂不是適當的人就不傳授。

【出處】宣和書譜・行書・蔡京：「大抵學者用筆有法，自古祕之，必口口親授，非人不傳。」

【用法】說明對自己所掌握的才能、技藝等，出於各種原因，不肯輕易傳授。

【例句】這位老中醫有一套專治疑難雜症的祕方，但**非人不傳**，除了他兩個兒子之外，其他人誰也不知道。

【義近】祕而不傳／祕不示人。

【義反】口傳親授／招徒傳藝。

非分之想

【釋義】非分：不是自己分內的，不該自己得到的。

【用法】說明人想入非非，總妄想不勞而獲或以不正當手段而獲取好處。

【例句】爲人應該本分踏實，該自己得的就得，不該自己得的就不要有**非分之想**。

【義近】非分之念／癡心妄想／想入非非／癩蛤蟆想吃天鵝

肉／貪多務得。

【義反】思不出位／安分守己／心若止水／不忮不求。

非同小可

【釋義】不同於尋常的小事。小可：微小，輕微。

【出處】白樸・牆頭馬上一折：「慚愧！這一場喜事，非同小可，只等的天晚，卻來赴約也。」

【用法】說明事關重大，不可輕視，且含驚詫意。

【例句】此事**非同小可**，待我仔細斟酌之後，再作處理。

【義近】事關重大／舉足輕重／非同等閒／非同兒戲。

【義反】無關大體／無關緊要／小事一樁／雞毛蒜皮。

非我族類

【釋義】族類：指同族，同類。

【出處】左傳・成公四年：「史佚之志有之，曰；『非我族類，其心必異。』楚雖大，非吾族也。」

【用法】說明與我不是同族同類，多用以強調民族意識。

【例句】外國人無論怎樣好怎樣強，畢竟**非我族類**，何必要過分擡高他們，而貶低自己的同胞呢？

【義近】非我同種／非我同胞／異類外族。

【義反】同宗共祖／骨肉同胞／同一血緣。

非常之事

【釋義】非常：不同尋常。

【出處】司馬相如・喻巴蜀父老檄：「蓋世必有非常之人，然後有非常之事。」

【用法】指世間重要的不尋常事業。

【例句】革命事業是**非常之事**，需要抛頭顱灑熱血，若沒有一批勇於為國為民犧牲的人，是決不可能完成的。

【義近】非常之舉／宏圖大業／壯烈之事／非常壯舉。

【義反】平凡之事／尋常之舉／區區小事。

非異人任

【釋義】不是別人的責任。異人：他人。任：責任。

【出處】左傳・襄公二年：「楚君以鄭故，親集矢於其目，非異人任，寡人也。」

【用法】今用以表示責任在於自己，與他人無關。

【例句】這次商場上的失敗，**非異人任**，是我錯誤的判斷所造成的。

【義近】當仁不讓／責無旁貸。

【義反】推卸其責／委過他人。

非愚則誣

【釋義】若不是愚昧就是誣罔。誣：誣罔，以不實之辭欺騙人。

【出處】莊子・秋水：「然且語而不舍，非愚則誣也。」

【用法】說明某種說法、學說等根本站不住腳，決無可以成立的道理。

【例句】那個邪門歪道的教義**非愚則誣**，可是卻有不少人奉為圭臬。

非親非故

【釋義】既不是親戚也不是老朋友。故：舊友，老朋友。

【出處】馬戴・寄賈島詩：「佩玉與鏘金，非親亦非故。」

【用法】指彼此之間根本談不上有任何親友關係。形容毫不相關，用於人與人之間。

【例句】你我**非親非故**，怎麼硬要和我攀上關係，讓我做你的經濟擔保人呢？

【義近】非兄非弟／非親非眷／非故非友／素昧平生。

【義反】骨肉之親／故友舊交／疏親遠戚／沾親帶故／通家之好。

非驢非馬

【釋義】既不像驢也不像馬。指驢、馬交配所生的騾。

【出處】漢書・龜茲傳：「外國胡人皆曰：『驢非驢，馬非馬，若龜茲王，所謂騾也。』」

【用法】比喻不倫不類，什麼也不像。

【例句】有的人寫文章愛搬弄外國語法，弄得句子**非驢非馬**，似通不通的。

【義近】不倫不類／不三不四。

【義反】入木三分／維妙維肖。

十一畫

靡不有初，鮮克有終

【釋義】事情都有開頭，卻很少能到終了。靡：無。鮮：少。克：能。

【出處】詩經・大雅・蕩：「疾威上帝，其命多辟。天生烝民，其命匪諶。靡不有初，鮮克有終。」

【用法】告誡人們做事要有始有終、善始善終。

【例句】古人說：**靡不有初，鮮克有終**，你現在能勇敢地承擔此一任務，希望能堅持到底。

【義近】虎頭蛇尾／有始無終／有頭無尾／半途而廢。

【義反】善始善終／有始有終／有頭有尾／貫徹始終。

靡有孑遺

【釋義】靡：無。孑遺：遺留，剩餘。

【出處】詩經・大雅・雲漢：「周餘黎民，靡有孑遺。昊天上帝，則不我遺。胡不相畏？先祖于摧。」

【用法】指沒有任何遺留。

【例句】柬埔寨的赤色高棉慘無人道，在其執政期間，殺害了近兩百萬人，以致有的村莊竟已**靡有孑遺**。

【義近】蕩然無存／無有孑遺／雞犬不留／洗劫一空。

【義反】人丁興旺／雞鳴狗吠。

靡衣玉食

【釋義】意謂穿華麗的衣服，吃精美的食物。靡：華麗。玉食：美食。

【出處】梁書・王亮傳：「亮協固凶黨，作威作福，靡衣玉食，女樂盈房。」

【用法】形容奢侈豪華的生活。

【例句】這些闊老闊少，老是花天酒地，**靡衣玉食**的，生活毫無規律，卻又想延年益壽，這怎麼可能呢？

【義近】錦衣玉食／侯服玉食／靡衣媮食／炊金饌玉／食前

方丈／日食萬錢／炮龍煮鳳／列鼎而食／酒池肉林／鮮衣美食。

【義反】啼飢號寒／惡衣惡食／布衣疏食／糲衣粗食／節衣縮食／粗茶淡飯。

靡知所措

【釋義】靡：無，不。措：安置，處理。

【出處】晉元帝・改元赦令：「惠懷多難，帝主不造，夷狄豺狼，肆其暴亂，京都傾覆，宗廟爲墟，孤悼心失圖，靡知所措。」

【用法】表示不知處理的辦法，不知如何是好。

【例句】你們把這件事情弄得越來越複雜，現在連總經理也**靡知所措**，看你們怎麼收拾善後？

【義近】莫知所措／無從措手／不知所措／手足無措／束手無策／一籌莫展。

【義反】計上心來／計謀多端／措置裕如／應付裕如／悠游自如／應付自如。

靡然向風

【釋義】靡然：一邊倒的樣子。靡：倒。向：趨向，向著。

【出處】南朝梁・陸佐公・石闕銘：「興建庠序，啓設郊丘，一介之士必記，無文之典咸秩，於是天下學士靡然向風。」

【用法】形容紛紛趨附、效尤而成風氣。

【例句】電腦網路發展至今，其方便快速、無遠弗屆的溝通方式以及五花八門、無所不包的資訊內容，令全世界青少年無不**靡然向風**，趨之若鶩。

【義近】靡然成風／蔚然成風／靡然鄉風／靡然從之。

【義反】我行我素／自行其是／獨行其是／特立獨行。

靡靡之音

【釋義】靡靡：柔弱，萎靡不振。也作「靡靡之樂」。

【出處】司馬遷・史記・殷本紀：「（紂）使師涓作新淫聲，北里之舞，靡靡之樂。」

【用法】稱頹廢淫蕩的樂曲。貶義。

【例句】社會上普遍流行的通俗歌曲，老一輩的人聽不慣，說是**靡靡之音**。

【義近】亡國之音／鄭衛之音／濮上之音／色情樂歌／淫詞豔曲。

【義反】悲壯之樂／高昂之歌／陽春白雪／雅頌之聲／純美之音。

面部

面不改色

【釋義】又作「面不更色」。改、更：均爲變的意思。

【出處】秦簡夫・趙禮讓肥二折：「今朝拿住這廝，面不改色。」

【用法】形容臨危鎮靜自若，毫無所懼。

【例句】她受到歹徒襲擊，能**面不改色**地以平日所學的功夫制服對方。

【義近】泰然自若／神色自如／神色不驚。

【義反】愀然變色／面紅耳赤／面無人色／大驚失色。

面申謝悃

【釋義】悃：至誠。

【出處】秋水軒尺牘・謝滄州刺史周書：「不及再到槐廳，面申謝悃，歉甚，歉甚。」

【用法】親臨致謝，以表誠意。多用於書信中。

【例句】公司這次的危機，多虧您的幫忙才能度過，過幾天我將率全體幹部到府上**面申謝悃**，以表達我們最誠摯的謝意。

面目一新

【釋義】面目：面貌。一新：全部變成了新的。一：全、整個。

【用法】指樣子完全改變，有了嶄新的面貌。含正面意義。

【例句】想不到出國不過十多年，現在家鄉已**面目一新**，變化可眞快啊！

【義近】煥然一新／氣象一新／面目全新。

【義反】依然如故／一如既往／一成不變。

面目可憎

【釋義】可憎：令人憎惡。

【出處】韓愈・送窮文：「凡所以使吾面目可憎，語言無味者，皆子之志也。」

【用法】形容面貌醜惡，令人厭惡。

【例句】我見了他不僅沒有好感，反覺得**面目可憎**，怎能談情說愛呢？

【義近】怪模怪樣／面如鬼蜮／面目奇醜／面目猙獰／猙獰可畏。

【義反】面如冠玉／眉淸目秀／美如冠玉。

面目全非

【釋義】樣子跟以前完全不同。

【出處】蒲松齡・聊齋誌異・陸判：「舉首則面目全非，又駭極。夫人引鏡自照，錯愕不能自解。」

【用法】形容變化很大。用於作品、環境等。含負面意義。

【例句】蘭嶼本是個世外桃源，經過所謂的規畫開發，反而弄得**面目全非**，令人哭笑不得。

【義近】滿目瘡痍／千瘡百孔。

【義反】本來面目／一成不變／依然如故。

面如土色

【釋義】臉色變得灰黃。土色：灰黃色。

【出處】敦煌變文集・捉季布變文：「歸到壁前看季布，面如土色結眉頻。」

【用法】形容受到極大的驚嚇、意外或生氣的神色。

【例句】這幾個小流氓被警察一聲槍響，頓時嚇得**面如土色**，渾身發抖。

【義近】面如死灰／面如槁木／面無人色／大驚失色／愀然變色。

【義反】面不改色／泰然自若／神色自如。

面如冠玉 ㄇㄧㄢˋ ㄖㄨˊ ㄍㄨㄢ ㄩˋ

【釋義】面貌就像裝飾在帽子上的美玉。
【出處】南史・鮑泉傳：「面如冠玉，還疑木偶；鬚似蝟毛，徒勞繞喙。」
【用法】原指虛有其表，後用以形容貌美的青年男子。
【例句】小屠長得**面如冠玉**，可惜身材略矮了一點，不然就可算是美男子了。
【義近】美如冠玉／傅粉何郎／城北徐公／貌似潘安。
【義反】醜如八戒／其醜無比／面目可憎。

面有菜色 ㄇㄧㄢˋ ㄧㄡˇ ㄘㄞˋ ㄙㄜˋ

【釋義】菜色：飢餓的臉色。一作「面有饑色」。
【出處】韓非子・外儲說左下：「多羔裘，夏葛衣，面有饑色。」漢書・元帝紀：「歲比災害，民有菜色。」
【用法】形容饑民常以野菜充飢，營養不良，面色青黃。多用於自然災害或戰亂場合。
【例句】我們從電視上看到非洲災區的百姓，枯瘦如柴，**面有菜色**，實在太可憐了。
【義近】面黃肌瘦／面有饑色／面色青黃。
【義反】紅光滿面／容光煥發。

面有難色 ㄇㄧㄢˋ ㄧㄡˇ ㄋㄢˊ ㄙㄜˋ

【釋義】難色：為難的神色。
【出處】李寶嘉・官場現形記二五回：「賈大少爺因為奎官之事，面有難色，尚未回答得出。」
【用法】表示人對某事感到為難時所顯露出的情態。
【例句】小王想向張太太借點錢，見她**面有難色**，也就不再說什麼了。
【義近】面有難態。
【義反】欣然同意／樂意效勞。

面折廷爭 ㄇㄧㄢˋ ㄓㄜˊ ㄊㄧㄥˊ ㄓㄥ

【釋義】面折：當面批評、指責。廷爭：在朝廷上爭辯。
【出處】司馬遷・史記・呂太后本紀：「於今面折廷爭，臣不如君；夫全社稷，定劉氏之後，君亦不如臣。」
【用法】形容敢於犯顏直諫。
【例句】王先生敢在總經理那邊**面折廷爭**的精神，確實難能可貴，為公司減少了許多不必要的損失。
【義近】直言進諫／犯顏直諫／直言極諫。
【義反】敢怒不敢言／明哲保身／三緘其口。

面紅耳赤 ㄇㄧㄢˋ ㄏㄨㄥˊ ㄦˇ ㄔˋ

【釋義】赤：紅。又作「臉紅耳赤」。
【出處】凌濛初・初刻拍案驚奇卷三：「那少年的方約有二十斤重，東山用盡平生之力，面紅耳赤……。」
【用法】形容因激動、羞慚或過分用力而臉色漲紅的樣子。多用於高燒、羞愧、生氣、酒醉等場合。
【例句】①你們何必為了一點小事而爭得**面紅耳赤**，大動肝火？②既然要醫治不孕症，怎能一提起房中事就**面紅耳赤**呢？
【義近】面紅耳熱／臉紅心跳。
【義反】面不改色／臉不紅心不跳／恬不知恥／嬉皮笑臉。

面面相覷 ㄇㄧㄢˋ ㄇㄧㄢˋ ㄒㄧㄤ ㄑㄩˋ

【釋義】你看我，我看你，不知如何是好。面面：面對著面。覷：看。
【出處】續傳燈錄・海鵬禪師：「僧問：如何是大疑底人？師回：畢缽巖中面面相覷。」
【用法】形容緊張驚懼、束手無策之狀。多指突然發生，出乎意料之外的事。
【例句】總經理在會議上，突然宣布公司倒閉，大家**面面相覷**，都愣住了。
【義近】面面相視／大眼瞪小眼／目瞪口呆／相顧失色。
【義反】鎮靜自若／泰然處之／心定神閒。

面面俱到 ㄇㄧㄢˋ ㄇㄧㄢˋ ㄐㄩˋ ㄉㄠˋ

【釋義】面面：各個方面。俱：都。一作「面面俱全」。
【出處】李寶嘉・官場現形記五五回：「但是據你剛才所說，究竟不能夠面面俱到，總得斟酌一個兩全的法子才好。」
【用法】形容各方面都照顧到，沒有遺漏疏忽。有時也指說話、行文重點不突出，一般化。
【例句】①此人能力很強，辦起事來總是**面面俱到**，大家都很滿意。②作公司的年終總結，應當突出一兩個主要問題，不要**面面俱到**。
【義近】包羅萬象／無所不包／八面玲瓏／八面見光。
【義反】顧此失彼／掛一漏萬／說東忘西／左支右絀。

面容失色 ㄇㄧㄢˋ ㄖㄨㄥˊ ㄕ ㄙㄜˋ

【釋義】面容：臉容。
【出處】蘭陵笑笑生・金瓶梅七一回：「夏提刑見他陞指揮管鹵簿，大半日無言，面容失色。」
【用法】形容驚懼過度。
【例句】一個醉漢衝入學生的路隊中大聲喊叫並抓人，使行進中的孩子嚇得**面容失色**，趕緊逃避。
【義近】花容失色／大驚失色。
【義反】鎮定神怡／老神在在／陽陽如常。

面從後言 ㄇㄧㄢˋ ㄘㄨㄥˊ ㄏㄡˋ ㄧㄢˊ

【釋義】當面阿諛順從，背後則有誹謗之言。
【出處】尚書・益稷：「汝無面從，退有後言。」
【用法】形容人耍兩面派手法，當面唯唯諾諾，背後又對抗搗鬼。
【例句】他對上司一向**面從後言**，最近終於露出馬腳，所以被革職了。
【義近】表裏不一／首肯心違／陽奉陰違／口是心非。
【義反】表裏一致／前後一致／心口如一。

面授機宜 ㄇㄧㄢˋ ㄕㄡˋ ㄐㄧ ㄧˊ

【釋義】機宜：機密事項、計謀，隨機應變的方法。
【出處】李寶嘉・官場現形記一八回：「請了拉達過來，面授機宜，如此如此，這般這般的吩咐了一番。」

【用法】表示當面授予妙計，交代機密之事。
【例句】董事長把我們喊去**面授機宜**，以免我們到大陸後出現許多不必要的問題。

面無人色

【釋義】臉上沒有正常的血色。人色：指血色。
【出處】司馬遷・史記・李將軍列傳：「會日暮，吏士皆無人色。」
【用法】形容極度驚懼或憔悴虛弱。
【例句】馬戲團的老虎突然大吼一聲，好像要從表演場地奔騰而出似的，嚇得觀眾**面無人色**。
【義近】面如土色／面如死灰／面無血色／大驚失色。
【義反】面不改色／神色自如／鎮定如恆／泰然自若。

面黃肌瘦

【釋義】臉色發黃，肌肉消瘦。
【出處】楊梓・霍光鬼諫一折：「覷著他狠似豺狼，蠢似豬羊，眼欺縮腮模樣，面黃肌瘦形相。」
【用法】形容身體消瘦有病的樣子。
【例句】你生活這樣沒有規律，怪不得**面黃肌瘦**的！
【義近】枯瘦如柴／面有菜色／面有病容。
【義反】紅光滿面／容光煥發／身強力壯。

面牆而立

【釋義】面：對著。
【出處】論語・陽貨：「人而不為周南、召南，其猶正牆面而立也與。」
【用法】指人若不好好學習，便如面向牆而立，終將一無所得。
【例句】到學校就該努力求學，認真學習，才會有所收穫，否則就像**面牆而立**一樣，只是虛度光陰。

面譽背毀

【釋義】當面稱譽，背後毀謗。
【出處】中說・關朗：「面譽背毀，吾不忍也，羣居縱言，未嘗及人之短，常有不可犯之色，故小人遠焉。」
【用法】形容待人虛偽，玩兩面手法。
【例句】他是個**面譽背毀**的人，你在與他交往時，務必要加倍小心，以免吃虧上當啊！
【義近】陽奉陰違／口是心非／口是心違／外合裏非／言行不一／口不應心。
【義反】心口如一／言行一致／表裏如一／人前人後一個樣。

七畫

靦顏事仇

【釋義】靦顏：厚著臉皮。事：侍奉。
【出處】丘遲・與陳伯之書：「將軍猶靦顏借命，驅馳氈裘之長，寧不哀哉！」
【用法】形容人不知羞恥，不能辨別是非，反而去為仇敵服務。
【例句】雖然不必要求自己要成聖成賢，但總要有點羞恥心，這種**靦顏事仇**的事怎能做呢？
【義近】靦顏借命／厚顏寡恥／寡廉鮮恥。

革部

革故鼎新

【釋義】革：革除。故：舊。鼎：立。
【出處】周易・序卦・革物者莫若鼎。注：「革，去故也；鼎，取新也。」施耐庵・水滸傳八〇回：「毋犯雷霆，當效革故鼎新之意。」
【用法】用以表示除舊從新、破舊立新。多用以指施政有所變革。
【例句】近幾年來，政府不斷**革故鼎新**，使社會經濟、政治等都出現更為可喜的變化。
【義近】革舊從新／破舊立新／推陳出新。
【義反】抱殘守缺／率由舊章／因循守舊。

八—九畫

鞠躬盡瘁

【釋義】鞠躬：彎曲身體，表示恭敬、謹慎。盡瘁：竭盡勞苦。瘁：辛勞。
【出處】諸葛亮・後出師表：「臣鞠躬盡力，死而後已。」
【用法】比喻盡心盡力，不辭勞苦地貢獻自己的一切。常用以稱頌人，與「死而後已」連用。
【例句】王教授為國家的教育事業**鞠躬盡瘁**，作出了重大的貢獻。
【義近】竭忠盡智／摩頂放踵／殫精竭慮／死而後已。
【義反】敷衍塞責／畏勞怕苦／聊以塞責。

鞭長莫及

【釋義】鞭子雖長，但不能打到馬肚子，因為那不是鞭所能及的地方。莫：不。及：夠得上。
【出處】左傳・宣公一五年：「古人有言曰：『雖鞭之長，不及馬腹。』」
【用法】比喻有心卻做不到，多指相距遙遠，力量達不到，無法影響。
【例句】我與他是最要好的朋友，他有困難我理應相助，但實在是**鞭長莫及**，力不從心啊！
【義近】愛莫能助／力不從心／力所不及／心有餘力不足。
【義反】力所能及／舉手可得／力有餘裕／手到擒來。

鞭笞天下

【釋義】笞：鞭打。天下：這裏指天下的人。

【出處】賈誼・過秦論：「執捶拊以鞭笞天下，威震四海。」
【用法】是指驅使和統治天下的人。
【例句】漢高祖劉邦因善於用人，在與項羽的爭戰中，終於轉敗爲勝，平定海內，**鞭笞天下**，建立了漢朝。
【義近】駕馭天下／統御天下／鞭笞四海／包舉宇內。
【義反】受制於人／仰人鼻息／寄人籬下／傍人門戶／依草附木。

鞭辟入裏

【釋義】辟：透徹。裏：裏頭。又作「鞭辟近裏」。
【出處】論語・衛靈公：「子張書諸紳。」程顥注：「學只要鞭辟近裏，著己而已。」
【用法】形容分析透徹，深中要害，也形容學習領會深刻，表程度之深。
【例句】胡適先生的論文，對社會的剖析眞是**鞭辟入裏**。
【義近】入木三分／切中肯綮／一針見血。
【義反】輕描淡寫／隔靴搔癢／淺露浮泛。

韋部

韋編三絕

【釋義】韋：熟牛皮。古時以竹爲簡，以韋貫穿成書，故稱韋編。指人用功讀書，以致裝書的牛皮繩多次斷掉。
【出處】司馬遷・史記・孔子世家：「孔子晚而喜易，序、象、繫、象、說卦、文言，讀易，韋編三絕。」
【用法】用以形容勤學用功的深入。
【例句】他讀書至勤，甚至到了**韋編三絕**的地步，所以享有「學術泰斗」的美譽，絕非浪得虛名。
【義近】牛角掛書／引錐刺骨／刺骨懸梁／穿壁引光／囊螢映雪。
【義反】玩歲愒時／末學膚受／曠廢隳惰。

十畫

韞匱而藏

【釋義】韞：通「藏」。匱：通「櫝」，箱子。
【出處】論語・子罕：「有美玉於斯，韞匱而藏諸？求善賈而沽諸？」
【用法】比喻懷才不遇而孤芳自賞。
【例句】既然你有眞才實學何必怕沒有機會表現呢？不妨暫時**韞匱而藏**，相信機會不久就會來了。
【義近】韞玉待價／韞匱藏珠／韞櫝待價／待價而沽／善價而沽／藏珠待價／握瑾懷瑜／蘊奇待沽。
【義反】鑽頭覓縫／鑽穴打洞／蠅營狗苟／沽名釣譽／如蟻附羶。

韞櫝待價

【釋義】把玉藏在匣子裏，等待高價出售。韞：蘊藏。櫝：木匣子。
【出處】後漢書・張衡傳：「且韞櫝以待價，踵顏氏以行止。」
【用法】比喻懷才待用或懷才隱退。
【例句】他是一位有眞才實學的學者，但由於各種原因而不見賞識重用，只好**韞櫝待價**了。
【義近】韞玉待價／韞匱藏珠／待價而沽／善價而沽／握瑾懷瑜／蘊奇待沽。
【義反】鑽頭覓縫／鑽穴打洞／蠅營狗苟／沽名釣譽／如蟻附羶。

韜戈偃武

【釋義】韜戈：收藏兵器。韜：藏。偃：停止。
【出處】隋書・煬帝紀上：「譯靡絕時，書無虛月，韜戈偃武，天下晏如。」
【用法】是指停止武備，以修文治。
【例句】鄰國長期的內戰終於停止下來，各派一致同意**韜戈偃武**，重建家園。
【義近】韜戈卷甲／偃武修文／寢兵修文。
【義反】訴諸武力／大動干戈／烽火連天／窮兵黷武／廢文任武／窮兵極武。

韜光養晦

【釋義】韜光：藏匿光彩。韜：掩藏。養晦：意謂退隱待時。養：隱。
【出處】孔融・離合作郡姓名字詩：「玟琁隱曜，美玉韜光。」宋史・邢恕傳：「使韜晦以待用。」
【用法】指懷才不露，隱居待時。
【例句】在動亂不已的政局裏，有志之士只好**韜光養晦**，不問世事了。
【義近】深藏不露／養晦待時／全身葆眞／被褐懷玉／善刀而藏／遵時養晦。
【義反】鋒芒畢露／露才揚己／英華外發／嶄露頭角。

韜聲匿跡

【釋義】意謂隱匿自己的行蹤。韜：隱藏。匿：隱。
【出處】孔稚珪・北山移文・投簪逸海岸・善注：「投簪卷帶，韜聲匿跡。」
【用法】指人退隱自匿，不爲人所見聞。
【例句】自從他在官場上被人誣陷而革職後，便**韜聲匿跡**，不知其下落。
【義近】隱姓埋名／遁跡深山／退歸林下／消聲匿跡。
【義反】揚姓顯名／身居高位／追名逐利／露才揚己。

音部

音容宛在

【釋義】聲音、容貌彷彿就在眼前。宛：彷如。
【出處】李翺・祭吏部韓侍郎文：「遺使奠單，百酸攪腸，音容宛在，曷日而忘？」
【用法】形容對人印象深、交往密切，難以忘卻。多用於悼念已逝去的人。
【例句】祖父雖逝世多年，但每次看到他的遺照，便有一種**音容宛在**的強烈感受。
【義近】音容如在／如影歷歷。

音容笑貌

【釋義】指人的聲音、容貌和神態。
【出處】魯迅・關於太炎先生二三事：「……直到現在，先生的音容笑貌，還在目前，而所講的說文解字卻一句也記不得了。」
【用法】多用於回憶已去世的人和表示對友人的懷念。
【例句】胡教授是我最要好的朋友，不幸於前年去世，但直到現在，他的**音容笑貌**仍歷歷在目。
【義近】音容宛在／音容如在／儀容談吐／如影歷歷。
【義反】音容淡然。

音耗不絕

【釋義】音耗：音信，消息。
【出處】唐・張讀・宣室志・計眞：「生留旬月，乃挈妻孥歸青齊，自是李君音耗不絕。」
【用法】指彼此保持聯繫，音信不斷。
【例句】他倆雖遠隔重洋，卻藉電子郵件**音耗不絕**，一點也沒有離別的感受。
【義近】音問相繼／書信不斷／音訊不絕／魚雁往返。
【義反】音問兩絕／音問杳然／杳無音訊／音訊杳然／石沉大海／風箏斷線。

音稀信杳

【釋義】杳：遠得不見蹤影。
【出處】元・無名氏・字字錦：「想殺人也天，盼殺人也天，短命冤家，音稀信杳，莫不誤約盟言。」
【用法】指沒有音訊和消息。
【例句】我與他分別已有多年，且**音稀信杳**，教我到哪裡去找他！
【義近】音信杳然／音信杳無／杳無音信／石沉大海／風箏斷線。
【義反】音耗不絕／音訊不絕／音問相繼。

五畫

韶華如駛

【釋義】韶華：美好的時光，常指春光。
【出處】無名氏・紅葉記・御溝得葉：「看過眼韶華如駛，長日件飛絮遊絲。恨無能身生雙翅，到人間盡傾心事。」
【用法】指美好的時光如馬飛馳而過。
【例句】**韶華如駛**，我們現在要積極努力，成就一番事業，以免將來老大徒傷悲。
【義近】流光易逝／歲月如流／兔走烏飛／白駒過隙／日月如梭／光陰似箭。
【義反】度日如年／日月難捱／一日三秋／來日方長。

韶顏稚齒

【釋義】韶顏：美好的容貌。稚齒：指年少。
【出處】唐・蔣防・霍小玉傳：「我爲女子，薄命如斯。君是丈夫，負心若此。韶顏稚齒，飲恨而終。」
【用法】比喻青春年少。
【例句】她是王校長的獨生女，一直被視爲掌上明珠，想不到在她**韶顏稚齒**之時，竟然一病而亡，眞是太令人心痛了！
【義近】血氣方剛／綺紈之歲／年輕力壯／旭日東昇／風華正茂／富於年華。
【義反】七老八十／年逾古稀／桑榆暮景／桑榆之年／風中殘燭／日薄西山／風燭殘年／夕陽年華。

十三畫

響遏行雲

【釋義】遏：阻止。行雲：飄動的雲。
【出處】列子・湯問：「(秦青)撫節悲歌，聲振林木，響遏行雲。」
【用法】形容歌曲美妙而嘹亮，其聲音能遏止行雲。
【例句】別看這位聲樂家個子不高，他那天生的嗓音唱起歌來可是**響遏行雲**。
【義近】高唱入雲／響徹雲霄／聲振林木／聲動梁塵／穿雲裂石。
【義反】聲如蚊鳴／低聲細氣／嘔啞嘲哳。

響徹雲霄

【釋義】徹：透過。雲霄：指高空。又作「響徹雲際」。
【出處】古今小說・閒雲庵阮三償冤債：「忽聽得街上樂聲縹緲，響徹雲際。」
【用法】形容聲音高亢響亮，激蕩天宇。
【例句】廣場上的歡呼聲和口號聲**響徹雲霄**，節慶的氣氛濃厚。
【義近】穿雲裂石／響遏行雲。
【義反】萬籟俱寂／無聲無息。

頁　部

二　畫

頂天立地

【釋義】頭頂天，腳立地。一作「立地頂天」。

【出處】元・無名氏・凍蘇秦三折：「男子漢頂天立地，幾曾受這般恥辱來。」

【用法】形容人氣宇軒昂，氣概豪邁。有時也形容爲人光明磊落。

【例句】他是個**頂天立地**的男子漢，決不會做出這種下三濫的無恥勾當。

【義近】氣宇軒昂／光明磊落／超羣絕倫／堂堂正正。

【義反】猥猥瑣瑣／陰陽怪氣／碌碌無能。

頂禮膜拜

【釋義】佛教最崇高的禮節。頂禮：跪下兩手按地，頭頂碰著佛的腳。膜拜：跪在地上舉兩手虔誠地行禮。

【出處】吳沃堯・痛史二十回：「一時哄動了吉州百姓，扶老攜幼，都來頂禮膜拜。」

【用法】原是佛教的最高禮節。今多用以比喻對人崇拜到了極點。

【例句】每年都有許多善男信女到泰國向四面佛**頂禮膜拜**。

【義近】五體投地／焚香禮拜／敬若神明。

【義反】敬而遠之／白眼視之／嗤之以鼻／不屑一顧。

三　畫

項莊舞劍，意在沛公

【釋義】項莊：項羽手下的武士。沛公：劉邦。

【出處】司馬遷・史記・項羽本紀：「今者項莊拔劍舞，其意常在沛公也。」

【用法】用以說明表面上是這樣，而實際意思卻是那樣。

【例句】他當眾稱讚小王如何如何好，其實這是**項莊舞劍，意在沛公**，目的在於貶低李先生。

【義近】醉翁之意不在酒／別有用心／藉此圖彼。

【義反】襟懷坦然。

順人者昌，逆人者亡

【釋義】意謂順應民眾的就能興旺，違逆民眾的定要衰亡。

【出處】後漢書・申屠剛傳：「夫聖人不以獨見爲明，而以萬物爲心。順人者昌，逆人者亡，此古今之所共也。」

【用法】用以說明民眾和人心向背的重要性。

【例句】秦始皇統一全國後，大興土木，勞民傷財，結果應了**順人者昌，逆人者亡**的俗諺，僅傳到二世就滅亡了。

【義近】順民者成，逆民者敗／順民者昌，逆民者亡。

【義反】順我者昌，逆我者亡／順我者生，逆我則亡。

順天應人

【釋義】上順天命，下應人心。

【出處】易經・革卦：「湯武革命，順乎天而應乎人。」

【用法】表示做事情能順應自然趨勢，符合民眾的願望，便可成功。

【例句】國父所領導的革命，完全是**順天應人**，故無論清政府怎樣扼殺，終會成功。

【義近】順乎民心／順時趨勢。

【義反】背天違民／違時逆勢。

順天應時

【釋義】順：順從。應：適應。

【出處】晉書・羊祜傳：「先帝順天應時，西平巴蜀，南和吳會，海內得以休息，兆庶有樂安之心。」

【用法】是指上遵天命，下合時機。

【例句】台灣實行民主政治，可謂是**順天應時**，既符合時代潮流，又深得天理人心。

【義近】應天順民／順天應人／順時趨勢／順乎民心。

【義反】違天背時／背天違時／背天違民／違時逆勢／逆天背理／逆天悖理。

順手牽羊

【釋義】順手牽走人家的羊。

【出處】關漢卿・單鞭奪槊二折：「被我把右手帶住他馬……順手牽羊一般拈了他來了。」

【用法】比喻順便竊走別人的財物。也比喻順便行事，不費力氣。貶義。

【例句】我的單車擺在門口，轉眼之間就被人**順手牽羊**騎走了。

順水人情

【釋義】意謂順帶的人情。

【出處】馮夢龍・東周列國志九九回：「守將和軍卒都受了賄賂，落得做個順水人情。」

【用法】指乘便給人好處，而自己卻並無破費。

【例句】他這種人最會精打細算，這件事，不要他拿出一分一文，又能做個**順水人情**，哪有不樂意的？

【義近】借花獻佛／慷人之慨。

【義反】落井下石／趁火打劫／趁人之危。

順水推舟

【釋義】順著流水行船。舟：船。也作「順水行舟」、「順水推船」。

【出處】康進之・李逵負荊三折：「你休得順水推舟，偏不許我過河拆橋。」

【用法】比喻看形勢行事，既合時機，又不費力。有時指處理問題無主見，隨聲附和，含貶義。

【例句】賈雨村見薛蟠是榮國府的親戚，便想**順水推舟**，做個人情，將那人命案了結（曹雪芹・紅樓夢）。

【義近】因風吹火／因利乘便／因勢利導。

【義反】逆水行舟／逆天背理／逆風撐船。

順我者昌

【釋義】順著我的就使他昌盛。順：順從。常與「逆我者亡」連用。

【出處】司馬遷・史記・太史公自序：「順之者昌，逆之者不死則亡。」

【用法】比喻專制統治者橫行霸道，蠻不講理。

【例句】世界已步入民主時代，那種**順我者昌**，逆我者亡的恐怖政治已被淘汰了。

【義近】順我者生／順之者成。

【義反】逆我者亡／逆之者敗。

順理成章

【釋義】理：條理。章：篇章。

【出處】朱子全書・論語：「文者，順理而成章之謂。」

【用法】說明寫作順著條理，自然能構成篇章。也比喻辦事有條不紊，合情合理。

【例句】他倆由認識到談戀愛，由戀愛到結婚，這完全是**順理成章**的事，你再不滿意也不能從中作梗呀！

【義近】水到渠成／瓜熟蒂落／理所當然。

【義反】雜亂無章／揠苗助長／逆天悖理。

順德者昌，逆德者亡

【釋義】意謂符合道德的就可以昌盛，違逆道德的就遭到毀滅。

【出處】漢書・高帝紀：「臣聞『順德者昌，逆德者亡』，『兵出無名，事故不成。』」

【用法】用以說明道德和按道德行事的重要性。

【例句】**順德者昌，逆德者亡**，他為人行事如此不講道德，竟然蒙騙老弱病殘，不失敗才怪呢！

【義近】順道者昌，逆道者亡／順天者昌，逆天者亡／順德者吉，逆天者凶。

【義反】順我者生，逆我者死／順我者吉，逆我者衰。

四畫

頑石點頭

【釋義】頑石：無知覺的石頭。頑：愚昧，無知。

【出處】晉・無名氏・蓮社高賢傳・道生法師：「入虎丘山，聚石為徒……，羣石皆為點頭。」續傳燈錄・圓璣禪師：「直饒說得天花亂墜，頑石點頭。」

【用法】形容道理講得透徹，使人心服。

【例句】「文相公這一番議論，眞可使**頑石點頭**，勝如藥餌百倍，了緣師之病，大約可以霍然矣。」（夏敬渠・野叟曝言一一回）

【義反】不知所云／胡言亂語／語無倫次。

頑固不化

【釋義】頑固：思想保守，不願接受新鮮事物。

【出處】李寶嘉・文明小史六回：「卑府從前在那府裏，也做過一任知縣，地方上的百姓，極其頑固不化。」

【用法】指人堅持錯誤，不肯悔改；或指人昏昧保守，不知變通。

【例句】我還眞沒有見過這麼**頑固不化**的人，明明是錯得不能再錯的了，他就是不肯改正。

【義近】頑梗不化／冥頑不靈／故步自封／墨守成規／泥古守舊／食古不化／刻舟求劍／膠柱鼓瑟。

【義反】知過必改／朝聞夕改／通權達變／見機行事／因時制宜／守經達權。

頑廉懦立

【釋義】使貪婪的人廉潔，使懦弱的人立志。

【出處】孟子・萬章下：「故聞伯夷之風者，頑夫廉，懦夫有立志。」梁啓超・新史學・論書法：「使百世之下，聞其風者，讚歎舞蹈，頑廉懦立。」

【用法】形容仁德之人對社會的感化力量之大。

【例句】革命烈士的壯烈行為，使我們**頑廉懦立**，決心為建立一個民主自由的國家而奮鬥不懈。

【義近】廉頑立懦／風行草偃／風行草靡／草應風偃／化民成俗。

【義反】冥頑不靈／冥頑不化／頑固不化／麻木不仁。

七畫

頭上安頭

【釋義】是說在頭頂上再安放一個頭。

【出處】道原・景德傳燈錄・元安禪師：「今有一事問汝等，若道這個是，即頭上安頭；若道這個不是，即斬頭求活。」

【用法】比喻多餘重複。

【例句】做事要簡單明瞭，而你卻**頭上安頭**，重疊累贅，費時費力，以後一定要多加改進。

【義近】牀上安牀／屋上架屋／冠上加冠／疊牀架屋／畫蛇添足。

【義反】恰如其分／恰到好處。

頭角崢嶸

【釋義】頭角：頭頂左右突出處。常用以比喻青少年的氣概或才華。崢嶸：高峻，喻超越尋常。

【出處】韓愈・柳子厚墓誌銘：「時雖少年，已自成人，能取進士第，嶄然見頭角。」

【用法】比喻年少而才氣出眾。

【例句】張先生年輕時就已**頭角崢嶸**，現在有這樣高的成就，可謂理所當然。

【義近】嶄露頭角／脫穎而出／才氣橫溢／頭角嶄然／英華外發。

【義反】吳下阿蒙／酒囊飯袋／飯囊衣架／腹負將軍。

頭重腳輕

【釋義】頭腦沉重，腳下軟弱。

【出處】施耐庵・水滸傳一二二回：「用得力猛，頭重腳輕，翻筋斗倒撞下溪裏去，卻起不來。」

【用法】多用以形容站立不穩或基礎不牢固。

【例句】他突然感到**頭重腳輕**，一頭栽了下去，便再也爬不起來，腦溢血死了。

【義近】頭昏眼花／頭重尾輕。

【義反】根深柢固／根深葉茂。

頭疼腦熱

【釋義】也作「頭痛腦熱」。

【出處】元・孫仲章・勘頭巾一折：「一百日以內，但有頭疼腦熱，都是你。」

【用法】用以指一般的小病。

【例句】人是吃五穀雜糧的，誰會沒有個**頭疼腦熱**。千萬不要疑神疑鬼，哪裡會是什麼大病呢？

【義近】霜露之病／偶感風寒／偶染風寒／疥癬之疾。

【義反】不治之症／膏肓之疾／

半身不遂／病入膏肓／無藥可救／羣醫束手。

頭破血流

【釋義】頭被打破，血流滿面。

【出處】吳承恩·西遊記四四回：「照道士臉上一刮，可憐就打得頭破血流身倒地，皮開頸折腦漿傾。」

【用法】多用以比喻慘敗或遭受嚴重挫折。也用以形容傷勢嚴重。

【例句】①年輕人創業，若未事先謹慎規畫，到最後沒有不落得**頭破血流**的。②他被人打得**頭破血流**，得趕快送往醫院急救。

【義近】焦頭爛額／鼻青臉腫／體無完膚。

【義反】鬚髮未損／毫髮無傷。

頭痛醫頭

【釋義】又作「頭痛灸頭」。常與「腳痛醫腳」連用。

【出處】朱子語類·訓門人：「頭痛灸頭，腳痛灸腳，病在這上，只治這上便了。」

【用法】比喻被動應付，對問題不做根本徹底的解決。

【例句】你這樣**頭痛醫頭**，腳痛醫腳，怎麼也不能從根本上解決問題！

【義近】腳痛醫腳／鋸箭療法。

【義反】拔本塞源。

頭童齒豁

【釋義】頭禿齒落。童：頭髮禿頂。齒豁：牙齒掉光。也作「齒豁頭童」。

【出處】韓愈·進學解：「頭童齒豁，竟死何裨？」

【用法】形容人已經衰老，齒髮脫落。

【例句】他年紀才剛過半百，就已**頭童齒豁**，實在衰老得太快了。

【義近】頹然老矣／耳聾眼花／老態龍鍾／牛山濯濯／蒼顏皓首。

【義反】年老身健／耳聰目明／松柏之姿／年富力強／春秋鼎盛。

頭暈目眩

【釋義】暈：旋轉。眩：眼花。又作「頭眩目昏」。

【出處】袁宏道·錦帆集·尺牘：「連日頭眩目昏，嘔血數斗，恐遂不能起，未免以墓文累大筆也。」

【用法】形容人頭昏眼花，只覺得天旋地轉。或遇事氣壞了的現象。

【例句】在大太陽底下站了兩個多鐘頭，只覺得**頭暈目眩**，就快昏倒了。

【義近】頭昏眼暈／頭眩眼黑／眼冒金星／頭昏眼花。

【義反】神清目明／身強力壯／神清氣爽／神志清醒。

頭髮上指

【釋義】人非常生氣時，頭髮往上直立。

【出處】司馬遷·史記·項羽本紀：「頭髮上指，目眥盡裂。」

【用法】形容人極度憤怒。

【例句】強盜竟然下手殺害小孩，讓社會大眾無不**頭髮上指**，紛紛要求法官判處極刑。

【義近】怒髮衝冠。

【義反】心平氣和。

頭頭是道

【釋義】道：道路，道理。指條條都是走得通的道理。

【出處】嚴羽·滄浪詩話·詩法：「及其透徹，則七縱八橫，信手拈來，頭頭是道矣。」

【用法】形容說話、為文、做事很有條理。

【例句】別看他還是個十二、三歲的孩子，可是說起話來卻**頭頭是道**，不輸給大人。

【義近】有條有理／井然有序／井井有條。

【義反】顛三倒四／語無倫次／雜亂無章。

頤指如意

【釋義】頤：頰；腮。如意：符合心意。

【出處】漢書·賈誼傳：「今陛下力制天下，頤指如意。」

【用法】指用面部表情指揮人，而且非常符合自己的心意。

【例句】他現在當了老闆，對員工**頤指如意**，神氣得很，哪還像以前幫人做工時那可憐兮兮的樣子喲！

【義近】頤指進退／頤指自如／頤指氣使／頤氣指使／目使頤令。

【義反】俯首貼耳／俯首聽命／伏低做小／搖頭擺尾／唯命是從／俯仰由人。

頤指氣使

【釋義】意謂不說話而用面部表情來示意。頤指：用腮幫子指使人。氣使：用神氣支使人。

【出處】舊唐書·楊國忠傳：「自公卿以下，皆頤指氣使，無不讋憚。」

【用法】形容以傲慢的態度支使別人。

【例句】她平時對人**頤指氣使**慣了，要她聽你的指揮，恐怕不太可能。

【義近】目指氣使／發號施令／倨傲鮮腆。

【義反】俯心相就／降心相從／謙沖自牧／卑以下人／俯首聽命／低聲下氣。

九—十畫

額手稱慶

【釋義】額手：把手放在額前。

【出處】宋史·司馬光傳：「衛士望見，皆以手加額。」馮夢龍·東周列國志三七回：「國人無不額手稱慶。」

【用法】今多用以表示慶幸、慶賀。

【例句】不恤民生疾苦的專制政府垮臺以後，民眾無不歡欣鼓舞，**額手稱慶**。

【義近】以手加額／大快人心／拍手稱快／彈冠相慶。

【義反】疾首蹙額／愁眉苦臉／拊掌痛哭／銜哀致誠。

顛三倒四

【釋義】把三弄成四，把四說成三。三、四：泛指次序。

【出處】許仲琳·封神演義四四回：「一日拜三次，連拜了三四日，就把子牙拜的顛三倒四，坐臥不安。」

【用法】指人精神錯亂、思路不清，也形容人做事混亂而無次序。

【例句】他這人的思維有些錯亂

，說起話來**顛三倒四**，不知所云。

【義近】七顛八倒／顛倒錯亂／語無倫次／翻來覆去。

【義反】井然有序／有條有理／條理分明。

顛沛流離

【釋義】顛沛：指遭受挫折，生活窮困。流離：到處流浪。又作「流離顛沛」。

【出處】歸有光・顧隱君傳：「雖流離顛沛之際，孜孜以濟人爲務。」

【用法】形容人民迫於戰亂災荒而不得不輾轉流離的慘狀。

【例句】民國初年，連年不斷的軍閥混戰，使人民受盡了**顛沛流離**之苦。

【義近】流離轉徙／流離失所／離鄉背井／蕩析離居／斷梗飄蓬／萍浮南北。

【義反】安居樂業／安居故園／安家守土／安土重遷。

顛來倒去

【釋義】意謂翻過來，倒過去。

【出處】王實甫・西廂記第三本二折：「將簡帖兒拈，把妝盒兒按，開拆封皮孜孜看，顛來倒去不害心煩。」

【用法】形容來回重複。

【例句】你這故事**顛來倒去**不知講了多少次，你不嫌煩我還嫌煩呢！

【義近】翻來覆去／說來說去／反反覆覆。

【義反】好話不說二遍／說一不再／言簡意賅／要言不煩／簡明扼要。

顛倒是非

【釋義】是非：對與錯、正確與錯誤。

【出處】韓愈・唐太學博士施先生墓誌銘：「古聖人言，其旨密微，箋注紛羅，顛倒是非。」

【用法】指把對的說成錯的，把錯的說成對的。

【例句】你常這樣**顛倒是非**，血口噴人，眞是豈有此理！今天非跟你好好說清楚，講明白不可。

【義近】顛倒黑白／扭直作曲／顛倒陰陽／指鹿爲馬／混淆是非／信口雌黃。

【義反】是非分明／黑白分明／涇渭分明。

顛倒黑白

【釋義】把黑的說成白的，把白的說成黑的。

【出處】屈原・九章・懷沙：「變白以爲黑兮，倒上以爲下。」王國維・人間詞話：「可謂顛倒黑白矣。」

【用法】比喻故意歪曲事實，混淆是非。

【例句】這傢伙做盡壞事，卻還惡人先告狀，竭盡其**顛倒黑白**、信口雌黃之能事。

【義近】顛倒是非／指鹿爲馬／混淆黑白／信口雌黃。

【義反】是非分明／涇渭分明／黑白分明。

顛撲不破

【釋義】無論怎樣摔打都不會破。顛：跌。撲：拍打。

【出處】朱子語類・性理二：「伊川性即理也，橫渠心統性情二句，顛撲不破。」

【用法】比喻言論或學說正確，永遠不會被推翻。大多用於道理、學說、法則、事例等方面。

【例句】中華民族曾經創造人類奇蹟，是一個偉大而勤勞的民族，這是一個**顛撲不破**的結論。

【義近】牢不可破／完美無缺／無懈可擊／堅不可摧。

【義反】不堪一擊／漏洞百出／不攻自破／一觸即潰。

顛顛倒倒

【釋義】意謂顛過來，倒過去。

【出處】凌濛初・初刻拍案驚奇卷二三：「此老奴顛顛倒倒，是個愚懵之人，其夢何足憑準？」

【用法】多形容人的言行沒有條理，不可置信。有時也形容事情不順。

【例句】①她老人家年紀大了，說起話來自然會**顛顛倒倒**的，你該多體諒。②今天不知怎麼搞的，做起事來總是**顛顛倒倒**的，令人心煩。

【義近】語無倫次／顛三倒四／磕磕絆絆／七顛八倒／顛倒錯亂／翻來覆去。

【義反】條理井然／條理分明／條分縷析／井然有序／有條有理／有條不紊。

顛鸞倒鳳

【釋義】鸞鳳：鸞鳥與鳳凰，這裏喻男女。

【出處】元・賈仲名・金童玉女一折：「可正是歌盡桃花扇底風，人面映和花紅，雨下春心應自懂，憐香惜玉，顛鸞倒鳳，人在錦胡同。」

【用法】多用以比喻男女交歡。

【例句】時下年輕人性觀念開放，許多男女才見面不到一小時便發生**顛鸞倒鳳**的情事，故安全的性教育才是當前最重要的課題。

【義近】巫山雲雨／尤雲殢雨。

【義反】不行雲雨／坐懷不亂。

十二畫

顧三不顧四

【釋義】意謂顧到了這裏卻又顧不到那裏。

【出處】曹雪芹・紅樓夢六八回：「以後可還再顧三不顧四的不了？以後還單聽叔叔的話、不聽嬸娘的話不了？嬸娘是怎麼待你？你這麼沒天理，沒良心的！」

【用法】形容頭緒紛繁，無法全面照顧。

【例句】你不要看我們單位小，但事情可多著呢！平常忙得不得了，自然會有**顧三不顧四**的事情發生，只好請你原諒了。

【義近】顧此失彼／顧東不顧西／左支右絀／二者不可兼得／顧得了三，顧不了四／葫蘆按倒瓢起來。

【義反】瞻前顧後／面面兼顧／面面俱到／八面玲瓏／遠近兼顧／兩全其美。

顧小失大

【釋義】顧及小的而失掉大的。

【出處】焦延壽・易林・賁之蒙：「顧小失大，福逃牆外。」

【用法】指人眼光短淺，迷惑於小利而有損於長遠利益。

【例句】你這人怎麼老是**顧小失**

大，為了幾文錢，竟如此捨身拚命！」

【義近】目光短淺／見小忘大／貪小失大／隋珠彈雀／揀芝麻丟西瓜。

【義反】目光遠大／深謀遠慮／棄小圖大／放長線釣大魚。

顧左右而言他

【釋義】意謂避開本題，看看兩旁的人而談別的事情。

【出處】孟子・梁惠王下：「曰：『四境之內不治，則如之何？』王顧左右而言他。」

【用法】用以形容無言對答，支吾其詞，或指岔開話題而說他事。

【例句】我看你還是面對現實把話說清楚，這樣**顧左右而言他**畢竟不是個辦法啊！

【義近】左顧而言他／閃爍其辭／支吾其辭／含糊其辭／吞吞吐吐／模稜兩可。

【義反】打開天窗說亮話／單刀直入／暢所欲言／直言無隱／直言不諱／是則是，非則非。

顧名思義

【釋義】顧：看。義：意義，涵義。

【出處】陳壽・三國志・魏書・王昶傳：「故以玄默沖虛為名，欲使汝曹顧名思義，不敢違越。」

【用法】看到名稱就可以想到它的涵義。多用於形容名實相副的事物。

【例句】基礎科學，**顧名思義**，是科學技術的基礎。

【義近】見名知義／顧名見義／緣文生義／由辭達意。

【義反】言不及義／辭不達義。

顧曲周郎

【釋義】周瑜精通音律，聽人彈琴有誤必顧。

【出處】三國志・吳書・周瑜傳：「瑜少精意於音樂，雖三爵之後，其有闕誤，瑜必知之，知之必顧。時人謠曰：『曲有誤，周郎顧。』」後省稱為顧曲周郎。

【用法】指精曉音律之人。

【例句】世界首席男高音將前來演唱的消息一傳出，**顧曲周郎**無不爭相打聽，屆時想要一飽耳福。

顧此失彼

【釋義】顧得了這個，顧不了那個。

【出處】馮夢龍・東周列國志七六回：「大王率大軍直搗郢都，彼迅雷不及掩耳，顧此失彼。」

【用法】形容忙亂，不能兩者兼顧。或因能力不足，問題多變、難以兼顧。

【例句】我軍採兩面夾擊的策略，使敵人**顧此失彼**，疲於奔命，狼狽不堪。

【義近】葫蘆按倒瓢起來／顧得了三，顧不了四／二者不可得兼／左支右絀。

【義反】面面俱到／遠近兼顧／八面玲瓏／兩全齊美／一舉兩得。

顧前不顧後

【釋義】意謂只顧眼前，不顧日後。

【出處】曹雪芹・紅樓夢三一回：「明日你自己當家立業，難道也這麼顧前不顧後的？」

【用法】形容做事或考慮問題不周密，只顧眼前近利而不顧日後禍患，或顧了一方面而忘了另一方面。

【例句】你這麼大年紀了，怎麼做起事來還像小孩一樣，**顧前不顧後**的？

【義近】顧頭不顧尾／顧這不顧那／隋珠彈雀。

【義反】統籌兼顧／瞻前顧後／面面俱到／遠近兼顧／深謀遠慮／目光遠大。

顧盼生姿

【釋義】顧盼：向兩旁或周圍看、望。

【出處】晉・干寶・搜神記卷一八：「華見其總角風流，潔白如玉，舉動容止，顧盼生姿，雅重之。」

【用法】形容一回首、一注目，都有美妙的姿態。

【例句】這位司小姐不愧為亞洲選美賽的冠軍，舉止高雅，**顧盼生姿**，不知令多少男士神魂顛倒。

【義近】顧盼生輝。

【義反】丟人現眼／東施效顰。

顧盼自雄

【釋義】顧盼：向兩旁或周圍看來看去。自雄：自以為了不起。

【出處】嵇康・贈秀才入軍詩：「凌厲中原，顧盼生姿。」紀昀・閱微草堂筆記・姑妄聽之：「恃其強悍，顧盼自雄，視鄉黨如無物。」

【用法】形容得意忘形，鄙視羣倫之狀。

【例句】看來這年輕人今後也不會多有出息，因為他稍有成就便**顧盼自雄**，以為高人一等。

【義近】自鳴得意／神氣活現／趾高氣揚／自命不凡／目指氣使／旁若無人。

【義反】謙抑下人／謙虛謹慎／不驕不躁／大盈若沖／虛懷若谷。

顧影自憐

【釋義】回頭看看自己的影子，不覺憐惜（或欣賞）起來。憐：憐惜，愛。

【出處】陸機・赴洛道中作：「佇立望故鄉，顧影淒自憐。」

【用法】原形容孤獨，現含有自我欣賞之意。

【例句】女兒已經慢慢長大了，瞧她面對鏡子**顧影自憐**的模樣，不禁令人又悲又喜。

【義近】孤芳自賞／山雞舞鏡／顧影促步。

【義反】自慚形穢／自輕自賤／自暴自棄／自視欿然／妄自菲薄。

顧影弄姿

【釋義】顧影：回看身影。弄姿：顯示姿態。

【出處】蒲松齡・聊齋誌異・江城：「二姊葛氏，為人狡黠善辯，顧影弄姿，貌不及江城，而悍妒與埒。」

【用法】形容賣弄形體，裝出各種姿態。

【例句】這位主任夫人已近四十

歲了，相貌很平常，但總愛華麗衣著，又愛**顧影弄姿**，自以為是當代美人。
【義近】賣弄風騷／搔首弄姿／賣弄風情。
【義反】端莊嫻淑／雍容典雅／雍容大方。

十四畫

顯而易見

【釋義】明顯而容易看出來。顯：明顯，明明白白。
【出處】蘇洵・嘉祐集・上皇帝書：「而其近而易行，淺而易見者，謹條為十通。」
【用法】形容事情明擺著，無任何含糊處，一下子就能看清楚、弄明白。
【例句】**顯而易見**，這件事出差錯，責任不在我方，而在於對方的不負責任。
【義近】昭然若揭／彰明昭著／有目共睹／一目了然。
【義反】若明若暗／不明不白／隱晦曲折／莫測高深。

顯祖揚宗

【釋義】顯：顯赫，顯耀。揚：傳揚。
【出處】明・無名氏・魏徵改詔一折：「博得個官高祿重，都則要敬於事上要攄忠，咱人要立身行道，顯祖揚宗。」
【用法】指使祖宗的名聲顯耀傳揚。
【例句】旅法學人高行健榮獲二千年諾貝爾文學獎，一舉成名，**顯祖揚宗**，好不威風！
【義近】顯祖榮宗／榮宗耀祖／光宗耀祖／光耀門楣／耀祖榮宗。
【義反】辱沒先人／辱門敗戶／玷辱祖宗。

顯親揚名

【釋義】顯：顯耀。親：父母。揚：傳揚，遠揚。
【出處】孝經・開宗明義：「立身行道，揚名於後世，以顯父母，孝之終也。」
【用法】指出人頭地，使祖宗、父母顯耀，自己得以揚名於世。也用以形容只為家人和個人名利奮鬥者。
【例句】在古代許多人為了**顯親揚名**而刻苦攻讀，步入仕途，創建出赫赫功勳。
【義近】光宗耀祖／榮親顯名／顯祖榮宗。
【義反】沒沒無聞／隱姓埋名／辱門敗戶。

風部

風刀霜劍

【釋義】寒風像尖刀，嚴霜似利劍。
【出處】曹雪芹・紅樓夢二七回：「一年三百六十日，風刀霜劍嚴相逼；明媚鮮豔能幾時，一朝飄泊難尋覓。」
【用法】形容氣候寒冷。常用以比喻人情險惡。
【例句】現在已是寒冬臘月，大陸大部分地區已是**風刀霜劍**，我們去那裏旅遊一定要多帶些衣服。
【義近】雪虐風饕／冰天雪地／雪窖冰天。
【義反】風和日麗／風光明媚／清風明月。

風土人情

【釋義】風土：風俗習慣和地理環境。
【出處】文康・兒女英雄傳一四回：「又問了問褚一官走過幾省，說了些那省的山川形勝情，論了些那省的風土人。」
【用法】泛指一地的鄉土風俗。
【例句】世界各民族的**風土人情**差異極大，不管到哪個地區，都應先了解並尊重配合才是。
【義近】風俗人情／鄉土風俗／民情風俗。

風平浪靜

【釋義】意即平靜沒有風浪。
【出處】楊萬里・泊光口詩：「風平浪靜不生紋，水面渾如鏡面新。」
【用法】比喻平靜無事。
【例句】臺灣雖說繁榮昌盛，但也並不是**風平浪靜**的，社會秩序等方面都還有問題。
【義近】風微浪隱／風恬浪靜／平安無事／天下太平／風平波息。
【義反】驚濤駭浪／狂風巨浪／盜賊橫行／戰火紛飛／大風大浪／天翻地覆／風雲變幻／風雲變色／雲譎波詭。

風行一時

【釋義】風行：像颳風一樣流行。一時：一個時期。
【出處】曾樸・孽海花三回：「只怕唐兒印行的不息齋稿，雖然風行一時……。」
【用法】形容事物（或思想）在一個時期內非常流行。
【例句】武打片曾**風行一時**，現在已不那麼為人所矚目了。
【義近】風靡一時／一時風尚。
【義反】不合時宜／古調不彈。

風行草偃

【釋義】行：吹。偃：倒下。
【出處】論語・顏淵：「君子之德風，小人之德草，草上之風必偃。」陳壽・三國志・吳書・張紘傳・注引吳書：「平定三郡，風行草偃，加以忠敬款誠，乃心王室。」
【用法】比喻在上位者以德教化民眾。
【例句】為政者如能身為表率，自然能**風行草偃**，民眾也會跟著為善施仁了。
【義近】風行草靡／草應風偃／上行下效／以德化民／化民成俗。
【義反】殘民以逞／齊之以刑／董之以刑。

風吹雨打

【釋義】指花木遭受風雨摧殘。
【出處】陸希聲・李徑詩：「一徑穠芳萬蕊攢，風吹雨打未摧殘。」
【用法】比喻惡勢力對弱小者的迫害，也比喻嚴峻的考驗。
【例句】在人的一生中，難免會有曲折起伏，只有那些經得起**風吹雨打**的人，才能得到最後的勝利。

【義近】雨打風吹／風吹浪打／風吹雨淋。
【義反】風拂雨潤／風平浪靜／風和日麗。

風吹浪打 ㄈㄥ ㄔㄨㄟ ㄌㄤˋ ㄉㄚˇ

【釋義】被風猛吹，被浪猛擊。
【出處】洪昇・長生殿・理玉：「可憐一對鴛鴦，風吹浪打，直恁的遭強霸。」
【用法】比喻險惡的遭遇，或受到嚴峻的考驗。
【例句】沒有經歷過**風吹浪打**的過程，又怎能了解風平浪靜的可貴。
【義近】風吹雨打／風雨交加。
【義反】風平浪靜／風和日麗。

風吹草動 ㄈㄥ ㄔㄨㄟ ㄘㄠˇ ㄉㄨㄥˋ

【釋義】風稍一吹，草就擺動。
【出處】敦煌變文集・伍子胥變文：「偷蹤竊道，飲氣吞聲，風吹草動，即便藏形。」
【用法】喻微小的動盪或變動。
【例句】他自從受到那次打擊後，便有如驚弓之鳥，稍有**風吹草動**，就驚恐萬分。
【義近】風聲鶴唳／草木皆兵。
【義反】悄無聲息／風平浪靜。

風言風語 ㄈㄥ ㄧㄢˊ ㄈㄥ ㄩˇ

【釋義】也作「風語風言」。
【出處】元・無名氏・度柳翠一折：「我那裏聽你那風言風語。」
【用法】指無根據的傳聞或惡意中傷的話，也指私下議論或暗中散布某種流言。貶義。
【例句】她大概是聽信了那些**風言風語**，所以一看見我就躲得遠遠的。
【義近】流言蜚語／華言風語／風影之言／蜚短流長／閒言閒語。
【義反】實言實語／眞言眞語／正言正語／肺腑之言／忠正之言／忠言讜論。

風和日麗 ㄈㄥ ㄏㄜˊ ㄖˋ ㄌㄧˋ

【釋義】風和：指春風和暖。日麗：陽光燦爛。
【出處】吳沃堯・痛史一九回：「是日風和日麗，眾多官員都來祭奠。」
【用法】形容春天天氣美好宜人。
【例句】每到春天我總要挑個**風和日麗**的日子，與家人一起郊遊，玩個痛快。
【義近】春風和煦／春暖花開／風和日暖／風恬日暖。
【義反】風雨交加／淒風苦雨／疾風暴雨／風吹雨打／暴風驟雨。

風花雪月 ㄈㄥ ㄏㄨㄚ ㄒㄩㄝˇ ㄩㄝˋ

【釋義】泛指四季的景色。
【出處】邵雍・伊川擊壤集序：「雖死生榮辱，轉戰于前，曾未入于胸中，則何異四時風花雪月一過乎眼也。」
【用法】今多用以比喻浮華空泛，無關國計民生的詩文，也用以比喻男女風情。
【例句】①近二、三十年來，**風花雪月**之作氾濫於文壇，已多到令人生厭的地步。②世間男女相處在一起，時間長了，自然會發生一些**風花雪月**的事來。
【義近】吟風弄月／男歡女愛。
【義反】歌功頌德／女貞男潔。

風雨不透 ㄈㄥ ㄩˇ ㄅㄨˊ ㄊㄡˋ

【釋義】意謂嚴密得連風雨都不能通過。
【出處】曹雪芹・紅樓夢二九回：「那小道士也不顧拾燭剪，爬起來往外還要跑，正值寶釵等下車，眾婆娘媳婦正圍隨得風雨不透。」
【用法】用以形容四周包圍的人很多很密。也形容防範非常嚴密。
【例句】簽名會場上，歌手一出現就被歌迷圍得**風雨不透**，大家都擠著要親睹其風采。
【義近】水洩不通／滴水不漏／密不通風／戒備森嚴／銅牆鐵壁／壁壘森嚴。
【義反】稀稀疏疏／掉以輕心。

風雨同舟 ㄈㄥ ㄩˇ ㄊㄨㄥˊ ㄓㄡ

【釋義】在狂風暴雨中同乘在一條船上，一起與風雨搏鬥。
【出處】孫子・九地：「夫吳人與越人相惡也，當其同舟而濟，遇風，其相救也，如左右手。」
【用法】比喻患難與共。用於人與人之間。
【例句】這兩位在抗日戰爭時曾**風雨同舟**的摯友，想不到今年又在高雄相會了。
【義近】同舟共濟／和衷共濟／休戚與共／同心協力。
【義反】同牀異夢／鉤心鬥角／過河拆橋／爾虞我詐／明槍暗箭／明爭暗鬥。

風雨如晦 ㄈㄥ ㄩˇ ㄖㄨˊ ㄏㄨㄟˋ

【釋義】颳風下雨，天色暗得像黑夜一樣。晦：夜晚。
【出處】詩經・鄭風・風雨：「風雨如晦，雞鳴不已。」
【用法】形容天色昏暗，比喻政治黑暗、社會不安。
【例句】①這天氣好怪，一颳風下雨就黑成這樣，怪不得古人說**風雨如晦**。②世界上有些國家和地區動亂不已，在**風雨如晦**的環境中，人民飽受災難。
【義近】昏天黑地／暗無天日／風雨飄搖。
【義反】風和日麗／風清月朗／雲開霧散／重見天日／天下太平／海晏河清。

風雨無阻 ㄈㄥ ㄩˇ ㄨˊ ㄗㄨˇ

【釋義】颳風下雨也阻擋不住。
【出處】馮夢龍・醒世恆言・黃秀才徼靈玉馬墜：「黃秀才從陸路短船，風雨無阻，所以趕著了。」
【用法】指事情不受風雨的影響，一定如期進行。用於會議、工作等。
【例句】這位郵差非常敬業，十多年來都**風雨無阻**地把郵件送上門。
【義近】雷打不動／說一不二。
【義反】朝令夕改／朝三暮四。

風雨蕭條 ㄈㄥ ㄩˇ ㄒㄧㄠ ㄊㄧㄠˊ

【釋義】蕭條：寂寞。
【出處】唐・崔融・嵩山啓母廟碑：「訪遺蹤於女峽，風雨蕭條；徵往事於姑泉，弦歌響亮。」
【用法】形容風雨交加，景象冷落。
【例句】想不到今年中秋佳節竟

然**風雨蕭條**，更令我這個外鄉遊子倍加思親。
【義近】風雨淒淒／風雨晦暝／風雨蕭蕭／淒風苦雨。
【義反】風和日暖／雨暘時若／風和日麗／風清月朗／風恬日暖。

風雨飄搖 ㄈㄥ ㄩˇ ㄆㄧㄠ ㄧㄠˊ

【釋義】原指樹上的鳥窩在風雨中搖晃。飄搖：動盪不定。
【出處】詩經．豳風．鴟鴞：「風雨所漂（飄）搖，予維音曉曉。」
【用法】比喻局勢動盪不安，很不穩定。用於時局、政權、地位等。
【例句】袁世凱篡奪政權後，軍閥混戰，西方列強虎視眈眈，中國處在**風雨飄搖**之中。
【義近】動盪不安／搖搖欲墜／杌隉不安／國無寧日。
【義反】安如磐石／穩如泰山／國泰民安／四海昇平。

風姿綽約 ㄈㄥ ㄗ ㄔㄨㄛˋ ㄩㄝ

【釋義】綽約：婉約、美好的樣子。
【出處】莊子．逍遙遊：「肌膚若冰雪，綽約若處子。」
【用法】指女子體態輕盈飄逸。
【例句】王小姐面容姣好，體態曼妙，**風姿綽約**，不知迷死公司多少的單身漢。
【義近】凌波微步／娉婷嫋娜／婀娜多姿／婷婷嫋嫋／婉若游龍。

風流人物 ㄈㄥ ㄌㄧㄡˊ ㄖㄣˊ ㄨˋ

【釋義】風流：英俊，傑出。
【出處】陳叔達．答王績書：「至若梁魏周齊之間，耳目耆舊所棲，風流人物，名實可知。」
【用法】指對一個時代有影響、有貢獻的人物。有時也指舉止瀟灑而行為輕薄的人。
【例句】三國時代湧現出一批**風流人物**，他們在政治、軍事上的鬥智故事，至今仍廣為流傳。
【義近】一代俊傑／風流才子／一代英豪。
【義反】一代梟雄／輕薄少年／流氓地痞。

風流才子 ㄈㄥ ㄌㄧㄡˊ ㄘㄞˊ ㄗˇ

【釋義】風流：指有才學而不拘禮法的氣派。才子：指特別具有才華的人。
【出處】唐．元稹．鶯鶯傳：「清潤潘郎玉不如，中庭蕙草雪銷初。風流才子多春思，腸斷蕭娘一紙書。」
【用法】指風度灑脫、才學深淵的人。
【例句】此人年方二十，生得眉清目秀，豐姿俊雅，舉筆即成文，是我們這裏有名的**風流才子**，若與貴千金結為伉儷，那眞是天生的一對。
【義近】風流人物／翩翩才子／翩翩君子。
【義反】無賴少年／花花公子／粗鄙小人／鄉愚村夫／市井粗人。

風流倜儻 ㄈㄥ ㄌㄧㄡˊ ㄊㄧˋ ㄊㄤˇ

【釋義】風流：有才華，有風度。倜儻：超逸不拘的樣子。
【出處】凌濛初．初刻拍案驚奇卷五：「那盧生生得偉貌長髯，風流倜儻。」
【用法】形容男子風度灑脫，豪邁不羈。
【例句】王先生性格豪放，**風流倜儻**，才華橫溢，故深得李小姐的鍾愛。
【義近】風度翩翩／風流逸宕／風流瀟灑／風流蘊藉。
【義反】縮頭縮腦／土裏土氣／拘謹不安／不修邊幅。

風流雲散 ㄈㄥ ㄌㄧㄡˊ ㄩㄣˊ ㄙㄢˋ

【釋義】像風流動，如雲飄散。
【出處】王粲．贈蔡子篤詩：「悠悠世路，亂離多阻……風流雲散，一別如雨。」
【用法】多用以比喻本來常相聚的人飄零離散。
【例句】近年來，親朋好友為了各自的目標，大都**風流雲散**了，眞不知何時才能重逢。
【義近】星離雲散／煙消雲散／天各一方／四離五散。
【義反】聚首一堂／日見夕會／朝夕相處／歡聚一堂。

風流罪過 ㄈㄥ ㄌㄧㄡˊ ㄗㄨㄟˋ ㄍㄨㄛˋ

【釋義】風流：風韻，風情。也泛指放蕩的男女關係。
【出處】黃庭堅．滿庭芳詞：「又須得，樽前席上成雙，些子風流罪過，都說與，明月空牀。」
【用法】指風情方面的過失，有時也指因風雅之事而招致過錯。
【例句】王先生這次遭革職，並無其他原因，全在於他勾引經理千金所犯的**風流罪過**。
【義近】風流韻事／情場風波。

風流儒雅 ㄈㄥ ㄌㄧㄡˊ ㄖㄨˊ ㄧㄚˇ

【釋義】風流：儀表，風度。儒雅：學問深湛，氣度雍容。
【出處】北周．庾信．枯樹賦：「殷仲文風流儒雅，海內知名，代異時移，出為東山太守。」
【用法】形容人風度美好，溫文爾雅。
【例句】高先生年紀輕，學問好，在社會上頗有地位，而且又**風流儒雅**，是許多人學習效法的對象。
【義近】風流爾雅／風流蘊藉／風度翩翩／風流倜儻／風流瀟灑。
【義反】俗裏俗氣／粗俗鄙陋／粗俗不堪／庸俗不堪／縮頭縮腦／猥瑣不堪。

風流藪澤 ㄈㄥ ㄌㄧㄡˊ ㄙㄡˇ ㄗㄜˊ

【釋義】藪：水草豐盛的大澤。
【出處】開元天寶遺事：「長安有平康坊，妓女所居之地……每年新進士以紅箋名紙，遊謁其中，時人呼此坊為風流藪澤。」
【用法】指歌伎所居之地。
【例句】萬華曾因早期北部地區交通、航運、商業的聚集而興起，其**風流藪澤**全省聞名，如今因重要性不再而褪色多時。
【義近】花街柳巷／溫柔鄉。

風風雨雨 ㄈㄥ ㄈㄥ ㄩˇ ㄩˇ

【釋義】意即又颳風又下雨。
【出處】元．張可久．普天樂．憶鑒湖：「風風雨雨清明，鶯鶯燕燕關情。」
【用法】常用以比喻重重障礙，或比喻議論紛紛。

【例句】①在我的人生旅途上不知經歷了多少**風風雨雨**，怎會受不了這點委屈？②這些小事就算了，若認眞與他們爭執起來，勢必會弄得全公司**風風雨雨**的。
【義近】風言風語／閒言閒語／七嘴八舌／人言藉藉／蜚短流長／眾說紛紜／議論紛紛／沸沸揚揚。
【義反】不道是非／絕口不談。

風起雲湧（ㄈㄥ ㄑㄧˇ ㄩㄣˊ ㄩㄥˇ）

【釋義】大風颳起，浮雲如潮湧。湧：升起，冒出。
【出處】蘇軾・後赤壁賦：「山鳴谷應，風起雲湧。」
【用法】比喻新生事物不斷湧現，聲勢很盛。
【例句】近幾年來，許多共產國家的民主運動**風起雲湧**，勢不可當。
【義近】風起雲蒸／風起水湧／方興未艾／蒸蒸日上。
【義反】風止雲散／煙消雲散／江河日下／風恬浪靜。

風起雲蒸（ㄈㄥ ㄑㄧˇ ㄩㄣˊ ㄓㄥ）

【釋義】大風吹起，烏雲蒸騰。
【出處】司馬遷・史記・太史公自序：「秦失其政，而陳涉發跡，諸侯作難，風起雲蒸，卒亡秦族。」
【用法】比喻事物迅猛興起，聲勢浩大。
【例句】前蘇聯一崩潰，民主勢力即**風起雲蒸**，以摧枯拉朽之勢推翻了許多共產專制政權，建立起了民主國家。
【義近】風興雲蒸／風起雲佈／風起潮湧／風起雲湧／方興未艾。
【義反】紋風不動／死水一潭／風止雲散／煙消雲散／江河日下／風恬浪靜。

風馬牛不相及（ㄈㄥ ㄇㄚˇ ㄋㄧㄡˊ ㄅㄨˋ ㄒㄧㄤ ㄐㄧˊ）

【釋義】風：指雌雄相誘。及：靠近，碰到。馬牛不同類，彼此不會相誘而靠近。
【出處】左傳・僖公四年：「君處北海，寡人處南海，唯是風馬牛不相及也。」
【用法】比喻兩者之間毫無關係，彼此毫不相干。
【例句】這件事和他根本**風馬牛不相及**，你去找他做什麼？
【義近】風馬不接／了不相涉／井水不犯河水／毫無瓜葛／牛馬其風／毫不相干。
【義反】休戚相關／息息相關／密不可分。

風從響應（ㄈㄥ ㄘㄨㄥˊ ㄒㄧㄤˇ ㄧㄥˋ）

【釋義】風從：順從。
【出處】宋・邵博・聞見後錄：「無有遠邇，風從響應，載考載稽，名實相稱。」
【用法】是指紋風而動，呼應迅速。
【例句】電腦網路普及之後，資訊傳播的速度十分快速，許多事一在網路公布，便**風從響應**，不出三天已是人盡皆知了。
【義近】聞風而起／聞風響應／聞風而動。
【義反】慢條斯理／坐等時機／無動於衷／雷打不動。

風捲殘雲（ㄈㄥ ㄐㄩㄢˇ ㄘㄢˊ ㄩㄣˊ）

【釋義】大風把殘雲捲走。
【出處】戎昱・霽雪詩：「風捲殘雲暮雪晴，紅烟洗盡柳條輕。」
【用法】比喻一下子把殘存的東西一掃而光，也比喻貪吃，吃得很快。
【例句】抗戰最後階段，我軍以**風捲殘雲**之勢消滅了殘存在淪陷區的日軍。
【義近】狂風掃秋葉／橫掃千軍／秋風掃落葉／一掃而空／狼吞虎嚥。

風清月朗（ㄈㄥ ㄑㄧㄥ ㄩㄝˋ ㄌㄤˇ）

【釋義】清：涼爽。朗：明亮。
【出處】段成式・酉陽雜俎續集：「時春季夜間，風清月朗，不睡，獨處一院。」
【用法】形容夜晚優美怡人的景色。
【例句】在這**風清月朗**的夜晚，與好友緩斟慢飲，促膝談心，眞有說不出的愉悅。
【義近】風恬月白／風清月皎。
【義反】風狂雨驟／風狂月暗。

風清弊絕（ㄈㄥ ㄑㄧㄥ ㄅㄧˋ ㄐㄩㄝˊ）

【釋義】風：風氣。清：乾淨。弊：指貪污舞弊等。絕：絕迹。
【出處】周敦頤・拙賦：「天下拙，刑政徹，上安下順，風清弊絕。」
【用法】形容政治清明，社會風氣良好，各種弊端都消失。
【例句】在民主國家裏，一切依法行事，較能產生**風清弊絕**的廉能政府。
【義近】風清政廉／政清弊絕。
【義反】徇私舞弊／貪贓枉法。

風華正茂（ㄈㄥ ㄏㄨㄚˊ ㄓㄥˋ ㄇㄠˋ）

【釋義】風：風采。華：才華。茂：旺盛。
【出處】南史・謝晦傳：「時謝混風華爲江左第一。」
【用法】形容人年輕有爲，正當青春煥發、風采動人和才華橫溢之時。
【例句】他現在處於**風華正茂**的得意時期，五子登科，萬事順當，人生得意之境也不過如此啊！
【義近】如日中天／旭日東昇／春秋鼎盛／年富力強。
【義反】老朽無能／行將就木／風燭殘年。

風雲不測（ㄈㄥ ㄩㄣˊ ㄅㄨˋ ㄘㄜˋ）

【釋義】風雲：比喻變幻動蕩的局勢。
【出處】凌濛初・初刻拍案驚奇卷九：「誰知好事多磨，風雲不測……奉聖旨發下西臺御史勘問，免不得收下監中。」
【用法】比喻時勢等像風雲變幻那樣不可預測。
【例句】俗話說：三十年河東，三十年河西，政治上更是**風雲不測**，所以你在政界務必要小心謹慎，隨機應變。
【義近】風雲多變／變化莫測／風雲變幻／風雲莫測／白雲蒼狗／雲譎波詭。
【義反】一成不變／風平浪靜。

風雲際會（ㄈㄥ ㄩㄣˊ ㄐㄧˋ ㄏㄨㄟˋ）

【釋義】風雲：指難以遇到的好日月、好機會。際會：遭遇，遇合。
【出處】耶律楚材・次雲卿見贈詩：「風雲際會千年少，天地恩私四海均。」

【用法】比喻遇到了好時運，也用以比喻各方人才聚集。

【例句】①他這幾年可算是**風雲際會**，在仕途上得意非凡。②只見眾神都到，合會一天，那其間**風雲際會**，甘雨滂沱。（吳承恩・西遊記八七回）

【義近】風雲之會／風雲際遇／風雲會合／羣英畢集。

【義反】時乖運蹇／生不逢時。

風雲變幻 ㄈㄥ ㄩㄣˊ ㄅㄧㄢˋ ㄏㄨㄢˋ

【釋義】像風雲那樣變化莫測。風雲：比喻變化動盪的局勢。變幻：變化不定。

【出處】駱賓王・為徐敬業討武曌檄：「嗚咽則山岳崩頹，叱咤則風雲變色。」

【用法】比喻時局變化迅速，動向難以預料。

【例句】辛亥革命後，軍閥混戰，國內局勢**風雲變幻**，社會動盪不安。

【義近】風雲突變／風雲變色／變幻莫測。

【義反】風雲無變／一成不變／風平浪靜。

風馳雨驟 ㄈㄥ ㄔˊ ㄩˇ ㄗㄡˋ

【釋義】意謂像急風驟雨一樣的。馳：奔跑。

【出處】舊五代史・謝彥章傳：「每敦陣整旅，左旋右抽，雖風馳雨驟，亦無以喻其迅捷也，故當時騎士咸樂為用。」

【用法】形容像急風暴雨一樣的迅速猛烈。

【例句】清朝末年，革命運動有如**風馳雨驟**般的在全國各地興起，終於推翻了清朝，結束了封建帝制。

【義近】狂風驟雨／暴風驟雨／急風暴雨／風狂雨驟。

【義反】和風細雨／雨絲風片／春風化雨／風平浪靜／風恬浪靜／風平波息。

風馳電掣 ㄈㄥ ㄔˊ ㄉㄧㄢˋ ㄔㄜˋ

【釋義】像颷風閃電那樣迅速。馳：奔跑。掣：拉，扯。

【出處】六韜・龍韜・王翼：「論兵革，風馳電掣，不知所由。」

【用法】形容速度極快。用於交通工具或人的行動舉止。

【例句】日本的高速火車，有如**風馳電掣**般地在軌道上疾速奔馳。

【義近】電照風行／風激電駭／星馳電征／追風逐電。

【義反】老牛拖車／蝸行牛步／鵝行鴨步／慢條斯理。

風塵僕僕 ㄈㄥ ㄔㄣˊ ㄆㄨˊ ㄆㄨˊ

【釋義】風塵：冒著風塵，指在旅途上所受的辛苦。僕僕：勞累的樣子。

【出處】吳沃堯・痛史八回：「三人揀了一家客店住下，一路上風塵僕僕，到了此時，不免早些歇息。」

【用法】形容奔波忙碌，旅途勞累。

【例句】他出差至西歐各國將近兩個月，今天才**風塵僕僕**地趕回臺北。

【義近】鞍馬勞頓／櫛風沐雨／日炙風吹／風餐露宿／披星戴月。

【義反】養尊處優／安享清福／逍遙自在／偃息在牀。

風調雨順 ㄈㄥ ㄊㄧㄠˊ ㄩˇ ㄕㄨㄣˋ

【釋義】風雨及時適宜。調：調和，均勻。順：和協。

【出處】舊唐書・禮儀制一・引六韜：「武王伐紂，雪深丈餘……既而克殷，風調雨順。」

【用法】形容風雨適合農時。也比喻天下太平。

【例句】今年**風調雨順**，看來又是個豐收年。

【義近】風雨適時／時和年豐／五風十雨。

【義反】五穀不登／凶年惡歲／兵荒馬亂／荒時暴月／苦雨終風／旱魃為虐／旱澇不均。

風趣橫生 ㄈㄥ ㄑㄩˋ ㄏㄥˊ ㄕㄥ

【釋義】風趣：形容幽默或詼諧的趣味。橫生：層出不窮地表露。

【出處】清史稿・高其佩傳：「尤善指畫，嘗畫黃初平叱石成羊，或已成羊而起立，或將成而未起，或半成而未離為石，風趣橫生。」

【用法】形容十分幽默、詼諧。

【例句】他這人說話行事，無不**風趣橫生**，因而大家都愛與他結交攀談。

【義近】逸趣橫生／情趣橫生／妙趣橫生／妙語如珠／妙語連珠／幽默詼諧。

【義反】一本正經／索然無味／枯燥乏味／呆板單調／味同嚼蠟。

風樹興悲 ㄈㄥ ㄕㄨˋ ㄒㄧㄥ ㄅㄟ

【釋義】又作「風木哀思」。

【出處】韓詩・外傳：「樹欲靜而風不止，子欲養而親不待。」

【用法】用以形容親亡而孝子自歎未盡孝養之道。

【例句】及長，能致菽水之養，而父親則溘然長逝，至今每值佳節，仍不免**風樹興悲**。

【義近】詩廢蓼莪／風木哀思／風木孝思／皋魚之泣。

【義反】膝下承歡／天倫之樂／闔家團聚。

風餐露宿 ㄈㄥ ㄘㄢ ㄌㄨˋ ㄙㄨˋ

【釋義】在風裏吃飯，在露天裏睡覺。

【出處】蘇軾・游山呈通判承議寫寄參寥詩：「遇勝即倘佯，風餐兼露宿。」

【用法】形容旅途或野外工作，冒著風露的困苦情形。

【例句】地質勘探隊員為尋找礦源，長年翻山越嶺，**風餐露宿**，工作十分辛苦。

【義近】餐風宿雨／餐風飲露／餐風沐雨／披星戴月／櫛風沐雨／風塵僕僕。

【義反】養尊處優／飽食終日／乘車御蓋／逍遙自在。

風燭草露 ㄈㄥ ㄓㄨˊ ㄘㄠˇ ㄌㄨˋ

【釋義】意謂風中的燭火易滅，草上的露水易乾。

【出處】明・楊慎・洞天玄記四折：「人生一世，猶如石火電光，壽算百年，恍若風燭草露。」

【用法】比喻人已衰老，臨近死亡。

【例句】劉教授雖已年過九十，

有如風燭草露，卻仍筆耕不輟，這種精神實在是令人佩服。
【義近】風中之燭／風燭殘年／風中殘燭／日暮西山／行將就木／垂暮之年。
【義反】年輕力壯／春秋鼎盛／綺紈之年／旭日東升／如日中天／如日方中／風華正茂／年富力強。

風燭殘年

【釋義】風燭：風中蠟燭，飄搖易滅。殘年：殘餘的歲月，指晚年。
【出處】王羲之．題衛夫人筆陣圖後：「時年五十有三，或恐風燭奄及，聊遺教于子孫耳。」
【用法】比喻衰老的晚年，餘日不多。只用於老年。
【例句】王教授筆耕了一生，現在雖已是**風燭殘年**，仍然手不停筆，實在令人敬佩。
【義近】風中之燭／風中殘燭／行將就木／日薄西山／垂暮之年。
【義反】如日當中／風華正茂／富於春秋／年富力強／春秋鼎盛。

風聲鶴唳

【釋義】風吹物的響聲和鶴的鳴叫聲。唳：鳥叫。常與「草木皆兵」連用。
【出處】晉書．謝玄傳：「（苻堅）餘眾棄甲宵遁，聞風聲鶴唳，皆以為王師已至。」
【用法】形容驚慌疑懼到了極點。用於十分危急的情況中，有時也形容自相驚擾。
【例句】那幾個在逃的囚犯，不免**風聲鶴唳**，只要一見有人看他們，便趕忙躲藏起來。
【義近】杯弓蛇影／草木皆兵／疑神疑鬼／膽戰心驚。
【義反】心安神定／氣定神閒／神色自若。

風靡一世

【釋義】風靡：風吹倒草木。
【出處】梁啟超．生計學學說沿革小史：「十八世紀之下半……所謂民約說，人權論等，漸風靡一世。」
【用法】形容某一事物在一個時期內極為盛行。
【例句】甲午戰後，知識分子已漸覺醒，改革之風漸被接受，特別是在戊戌變法前後，康有為和梁啟超的改良思想，曾**風靡一世**。
【義近】風行一時／盛極一時／風靡一時。
【義反】經久不衰／歷久不衰／歷久彌新。

風韻猶存

【釋義】風韻：風度，韻致。猶存：還存，仍在。
【出處】晉書．王凝之妻謝氏傳：「道韞風韻高邁，敘致清雅。」
【用法】用以讚美風采姿色不減當年。
【例句】王太太雖已年近半百，可是**風韻猶存**，保養得實在太好了。
【義近】風姿依然／風韻不衰／猶具姿色／徐娘半老。
【義反】未老先衰／年老色衰／人老珠黃。

風鬟雨鬢

【釋義】鬟：女子髮髻。鬢：鬢髮。
【出處】李朝威．柳毅傳：「昨下第，間驅涇水右涘，見大王愛女牧羊於野，風鬟雨鬢，所不忍視。」
【用法】形容婦女髮髻散亂。
【例句】那位漂亮的李太太和丈夫吵架後，**風鬟雨鬢**，淚眼汪汪的，別有一番嬌美的情態呢！
【義近】雲鬟霧鬢／花冠不整／雲髻半偏。

十一畫

飄風暴雨

【釋義】飄風：暴風。
【出處】呂氏春秋．慎大覽：「襄子曰：『江河之大也不過三日，飄風暴雨日中不須臾。』」
【用法】指來勢急遽而猛烈的風雨。
【例句】夏天的天氣變化莫測，早上還在出太陽，轉眼間**飄風暴雨**，驟然而至，令人防不勝防。
【義近】狂風暴雨／疾風暴雨／飄風急雨／飄風驟雨／狂風驟雨／暴風驟雨。
【義反】細雨細風／和風細雨／風和日麗／風和日暖／風清月朗／春風和煦。

飛部

飛來橫禍

【釋義】飛來：突然而來。橫：意外。
【出處】後漢書．周榮傳：「若卒（猝）遇飛禍，無得殯斂。」馮夢龍．醒世恆言卷三四：「欲待不去照管他，到天明被做公的看見，卻不是一場飛來橫禍，辨不清的官司。」
【用法】指意外的、突然而來的災禍。
【例句】昨天我還和他一起去卡拉OK唱歌，想不到今天一場**飛來橫禍**就奪去了他的性命。
【義近】飛災橫禍／飛殃走禍／無妄之災／禍從天降。
【義反】雙喜臨門／喜從天降／福事臨門／天官賜福。

飛砂走石

【釋義】沙土飛揚，石子滾動。砂：同「沙」。走：跑。
【出處】干寶．搜神記：「乃有神飛沙走石，雷電霹靂。」
【用法】形容風力迅猛。
【例句】每年一到秋天，我國西

北地區便經常颳起大風，**飛砂走石**，撼天震地。
【義近】飛砂轉石／飛砂走礫／大風飛揚。

飛針走線

【釋義】走：跑。針好像在飛，線好像在跑。
【出處】施耐庵・水滸傳四一回：「這人姓侯名健，祖居洪都人氏。做得第一裁縫，端的是飛針走線。」
【用法】形容針線縫紉敏捷，技術熟練。
【例句】這女子不僅年輕漂亮，更奇的是還能**飛針走線**，做得一手好針線活。
【義近】針線飛梭／心靈手巧／女紅嫻熟。
【義反】粗枝大葉／笨手笨腳／拈不得針，拿不得線。

飛眼傳情

【釋義】飛眼：也作「飛眼兒」，指用眼睛傳情。
【出處】劉鶚・老殘遊記續集遺稿三回：「我們也少不得對人家瞧瞧，朝人家笑笑，人家就說我們飛眼傳情了，少不得更親近點。」
【用法】用以形容藉眼神以傳遞情愫。
【例句】看他倆**飛眼傳情**的樣子，恐怕很快就要談起戀愛來了。
【義近】眉目傳情／眉來眼去／暗送秋波／眉挑目語／目挑心招／送眼流眉。
【義反】打情罵俏／采蘭贈芍／撥雨撩雲。

飛鳥依人

【釋義】依人：與人親近不離。依：依戀。
【出處】舊唐書・長孫無忌傳：「褚遂良學問稍長，性亦堅正，既寫忠誠，甚親附於朕，譬如飛鳥依人，自加憐愛。」
【用法】比喻可親可愛的情態。多用於少女或小孩身上。
【例句】這小女孩偎著父母，有如**飛鳥依人**一般，眞是可愛極了。
【義近】小鳥依人／惹人愛憐／楚楚可憐。
【義反】令人憎惡／惹人嫌／令人作嘔／令人生厭。

飛揚跋扈

【釋義】飛揚：任性放縱。跋扈：蠻橫。
【出處】北史・齊高祖紀：「（侯）景專制河南十四年矣，常有飛揚跋扈志，顧我能養，豈爲汝駕御也。」
【用法】形容驕橫恣肆，蠻不講理。
【例句】他這樣**飛揚跋扈**，自以爲了不得，我敢肯定他將來絕無好下場。
【義近】專橫跋扈／無法無天／橫行霸道／桀驁不馴。
【義反】循規蹈矩／遵法守紀／謙遜有禮／唯命是從／卑躬屈膝。

飛短流長

【釋義】飛、流：均爲散佈、流傳之意。短、長：指是非、好壞等。
【出處】蒲松齡・聊齋誌異・封三娘：「妾來當須祕密，造言生事者，飛短流長，所不堪受。」
【用法】指說長道短、造謠中傷。
【例句】心中無冷病，哪怕吃西瓜，我才不怕他們**飛短流長**呢！
【義近】造遙生事／流言蜚語／說長論短／數黑論黃／閒言閒語。
【義反】肺腑之言／讜言正論。

飛黃騰達

【釋義】神馬飛馳。飛黃：神馬名。騰達：即「騰踏」，騰空飛去。
【出處】韓愈・符讀書城南詩：「飛黃騰踏去，不能顧蟾蜍。」
【用法】比喻驟然得志，官位升遷得很快，多含諷刺意味。
【例句】過去他只是一名小職員時，還會拿我們當朋友，現在**飛黃騰達**了，看到我們時，連點個頭都不屑了。
【義近】青雲直上／平步青雲／一日九遷／扶搖直上／飛黃騰踏。
【義反】一落千丈／時乖運蹇／仕途坎坷／老死牖下／下喬入幽／曝鰓龍門。

飛禽走獸

【釋義】在空中飛翔的禽鳥，在地上奔走的野獸。
【出處】漢・王延壽・魯靈光殿賦：「飛禽走獸，因木生姿。」
【用法】泛指鳥類和獸類。
【例句】在野生動物園裏，各種**飛禽走獸**都儘量以最自然的方式展示。
【義近】披毛戴角。
【義反】圓顱方趾。

飛蛾赴火

【釋義】像蛾子撲火一樣。赴：投奔。一作「飛蛾投火」、「飛蛾撲火」等。
【出處】梁書・到溉傳：「（高祖）因賜溉連珠曰：『……如飛蛾之赴火，豈焚身之可吝。」
【用法】比喻自找死路，自取滅亡。
【例句】青少年染上吸毒的惡習，無疑是**飛蛾赴火**，自取滅亡。
【義近】自投羅網／自取滅亡／自尋死路／作繭自縛。
【義反】全身遠害。

飛燕游龍

【釋義】意謂像飛燕一樣地輕快，像游龍一樣地柔曲。
【出處】清・洪昇・長生殿・舞盤：「逸態橫生，濃姿百出。宛若翾風回雪，恍如飛燕游龍。眞獨擅千秋矣。」
【用法】形容美人體態的輕盈柔美。
【例句】奪得全國女子百米蛙泳賽冠軍的安小姐，其身姿有如**飛燕游龍**，長得也十分嫵媚可愛。
【義近】軟香溫玉／婀娜多姿／裊裊婷婷／嫋娜纖巧／婀娜嫵媚／綽約多姿。
【義反】大腹便便／腦滿腸肥／鴨行鵝步／肥頭肥腦。

飛簷走壁

【釋義】在屋簷上飛越，在牆壁

上奔跑。走：奔跑。

【出處】施耐庵・水滸傳八四回：「卻說時遷，他是個飛簷走壁的人，跳牆越城，如登平地。」

【用法】形容身體輕捷，行動迅疾，武藝高強。

【例句】馬戲團中的每一位演員，都有**飛簷走壁**、空中翻滾的本領。

【義近】跳牆越城／竄房越脊／爬牆攀梁／飛簷走脊／身手輕捷／身手俐落。

【義反】步履蹣跚／舉步維艱。

食部

食不二味

【釋義】指吃飯沒有兩種菜肴。

【出處】左傳・哀公元年：「昔闔廬食不二味，居不重席，室不崇壇，器不彤鏤，宮室不觀，舟車不飾，衣服財用，擇不取費。」

【用法】形容飲食簡樸。

【例句】阮老闆近年雖然發了大財，但卻一直很節儉，**食不二味**，出門也大多是安步當車。

【義近】食不二味／粗茶淡飯／布衣蔬食。

【義反】炊金饌玉／水陸雜陳／肉山脯林／山珍海味／珍饈美饌／龍肝鳳髓／炮龍烹鳳／佳餚美饌。

食不甘味

【釋義】甘：味道甜美。

【出處】戰國策・齊策五：「秦王恐之，寢不安席，食不甘味。」

【用法】形容憂慮不安，飲食無味。

【例句】這幾天為了兒子打傷人的事，弄得我坐立不安，**食不甘味**。

【義近】臥不安席／寢食難安／如坐針氈／憂心如焚／憂心忡忡／食不知味。

【義反】飽食終日／津津有味／無憂無慮／高枕無憂。

食不求甘

【釋義】飲食不求甘美。

【出處】後漢書・明德馬皇后紀：「吾為天下母，而身服大練，食不求甘，左右但著帛布，無香薰之飾者，欲身率下也。」

【用法】形容生活簡樸。

【例句】他家一向很節儉，**食不求甘**，只要能飽腹，夠營養就行了。

【義近】食不二味／粗茶淡飯／布衣蔬食。

【義反】炊金饌玉／肉山脯林／珍饈美饌／龍肝鳳髓／炮龍烹鳳／佳餚美饌。

食不果腹

【釋義】果腹：吃飽肚子。果：飽足。

【出處】唐・段成式・酉陽雜俎・諾皋記下：「和州劉錄事者，大歷中罷官居和州旁縣，食兼數人，尤能食鱠，常言鱠味未嘗果腹。」

【用法】用以說明生活窮困，根本就吃不飽。

【例句】台灣經過近五十多年的發展，**食不果腹**的家庭已經很少見了。

【義近】飢腸轆轆／數米而炊／饔飧不繼／朝齏暮鹽／三餐不繼／簞瓢屢空。

【義反】飽食暖衣／吃著不盡／豐衣足食／吃穿不愁／鮮衣美食／朝飲夜宴。

食不暇飽

【釋義】意謂沒有空好好吃飯。暇：閒暇。

【出處】宋・司馬光・進五規狀：「躬擐甲冑，櫛風沐雨，東征西伐，掃除海內。當是之時，食不暇飽，寢不遑安。」

【用法】形容終日操勞忙碌。

【例句】最近總經理需要處理的事情很多，連續幾天都忙到**食不暇飽**，你何必再拿這些雞毛蒜皮的小事去煩他呢？

【義近】寢不遑安／宵衣旰食／宵旰勤勞／廢寢忘食／席不暇暖／枵腹從公。

【義反】無所事事／飽食終日／游手好閒。

食不厭精

【釋義】厭：同「饜」，滿足。精：精細。

【出處】論語・鄉黨：「食不厭精，膾不厭細。」

【用法】說明食品不嫌其精美，越精美越好。

【例句】**食不厭精**，可說是人之常情，經濟條件好了，誰不想吃得精美一些？

【義近】膾不厭細／食不厭美。

【義反】食不求甘／食不重味。

食之無味，棄之可惜

【釋義】吃起來無滋味，丟掉它又可惜。

【出處】三國志・魏書・武帝紀・裴松之注引司馬彪・九州春秋：「夫雞肋，棄之如可惜，食之無所得，以比漢中，知王欲還也。」

【用法】用以形容東西無大用處，但又捨不得拋棄。

【例句】家裏清理出來的這些東西，丟掉也不對，不丟也不對，眞是**食之無味，棄之可惜**。

【義近】食之無味，棄之不甘。

食少事繁

【釋義】意謂食量減少而任事繁多。

【出處】羅貫中・三國演義一〇三回：「懿顧謂諸將曰：『孔明食少事繁，其能久乎？』」

【用法】指工作辛勞，飲食減少，身體不能長久堅持。
【例句】你老是這樣**食少事繁**，長期下去身體健康不亮紅燈才怪呢！
【義近】食少事多。
【義反】養尊處優／飽食終日／無所用心／好逸惡勞／游手好閒／無所事事。

食古不化

【釋義】意謂學古人讀古書而不會善加運用，如食物之不能消化。
【出處】陳撰・玉几山房畫外錄：「定欲為古人而食古不化，畫虎不成，刻舟求劍之類也。」
【用法】諷喻人死讀古書，不能靈活運用。
【例句】你一天到晚鑽故紙堆，古書倒讀了不少，卻不見有什麼成就，像這樣**食古不化**也太沒意思了。
【義近】食而不化／囫圇吞棗／生吞活剝。
【義反】古為今用／推陳出新／學古知今／融會貫通。

食玉炊桂

【釋義】糧食如珠玉一樣昂貴，燒柴像桂木一樣的貴重。
【出處】戰國策・楚策三：「楚國之食貴於玉，薪貴於桂……今令臣食玉炊桂，因鬼見帝。」
【用法】比喻物價昂貴。
【例句】聽說香港近幾年物價猛漲，以至於收入少的人家有**食玉炊桂**的感歎。
【義近】水貴如油／米貴如珠／米珠薪桂。
【義反】物美價廉。

食而不化

【釋義】意謂吃下去卻不消化。
【出處】朱自清・經典常談序：「況且從幼童時代就開始，學生食而不化，也徒然摧殘了他們的精力和興趣。」
【用法】比喻對所學知識未能真正理解，不能融會貫通予以運用。
【例句】你讀書的方法很有問題，只是求多求快，但貪多嚼不爛，**食而不化**，又有什麼用呢？
【義近】囫圇吞棗／食古不化。
【義反】融會貫通／拔新領異／推陳出新／學古知今／心領神會。

食肉寢皮

【釋義】恨不能割他的肉吃，剝他的皮做褥墊。
【出處】左傳・襄公二一年：「然二子（殖綽、郭最）者，譬於禽獸，臣食其肉而寢處其皮矣。」
【用法】形容有深仇大恨，痛恨已極。用於國仇家恨，如外敵、奸佞、叛逆等。
【例句】對那些殺人放火的強盜、淫人妻女的色狼，不但該殺，還當**食肉寢皮**。
【義近】恨之入骨／怨入骨髓／咬牙切齒／不共戴天／焚骨揚灰。
【義反】無冤無仇／相親相愛。

食言而肥

【釋義】食言：把話吃下去，比喻說話不算數。肥：肥胖。
【出處】左傳・哀公二五年：「孟武伯惡郭重曰：『何肥也？』……公曰：『是食言多矣，能無肥乎！』」
【用法】譏刺人言而無信，只圖自己佔便宜，根本不履行諾言。
【例句】你們千萬不要上他的當，他是個**食言而肥**、騙人成性的流氓。
【義近】自食其言／輕諾寡信／言而無信。
【義反】言而有信／一諾千金／一言九鼎／言必有信。

食前方丈

【釋義】意謂吃飯時食物擺滿一丈見方的地方。
【出處】孟子・盡心下：「食前方丈，侍妾數百人，我得志弗為也。」
【用法】形容飲食奢侈。
【例句】這些闊老闆少每餐**食前方丈**，而那些窮人卻食不果腹，社會上貧富懸殊之大由此可見。
【義近】食味方丈／方丈盈前／日食萬錢／列鼎而食／炊金饌玉／炮龍烹鳳。
【義反】啜菽飲水／簞食瓢飲／粗茶淡飯／節衣縮食／三餐不繼。

二畫

飢不擇食

【釋義】餓急了，不管什麼都吃。擇：選擇，挑揀。
【出處】普濟・五燈會元・丹霞天然禪師：「又一日，訪龐居士，……師乃問：『居士在否？』士曰：『飢不擇食。』」
【用法】比喻需要急迫時，顧不得細加考慮和挑選。
【例句】①他已餓得狼吞虎嚥，**飢不擇食**了。②他已失業半年，家裏等著米下鍋，所以現在是**飢不擇食**，什麼工作都願意做。
【義近】慌不擇路／寒不擇衣／狼吞虎嚥。
【義反】挑肥揀瘦／精挑細選／擇善而從。

飢火燒腸

【釋義】意謂飢不可忍，如火燒肚腸。
【出處】白居易・旱熱二首：「壯者不耐飢，飢火燒其腸。」蘇軾・和李邦直沂山祈雨有應：「飢火燒腸作牛吼，不知待得秋成否？」
【用法】形容飢餓不堪。
【例句】我們登山迷了路，整整找了一天才走回來，早已**飢火燒腸**，口渴難忍了。
【義近】飢腸轆轆／飢不擇食／飢餓難當／飢餓不堪／飢餓難耐。
【義反】酒足飯飽／撐腸拄腹／酒醉飯足。

飢者易為食

【釋義】飢者：飢餓的人。易為食：容易為食物所滿足，能填飽肚皮即可。
【出處】孟子・公孫丑上：「飢者易為食，渴者易為飲。」
【用法】形容人在困難的時候較容易滿足，並感謝別人的恩德。
【例句】飢者易爲食，現在大陸一些地區遭受水災，只要送些物資去救濟，他們便會感激不盡。
【義近】渴者易爲飲。

飢附飽颺

【釋義】飢餓時來依附，吃飽後就飛去。附：歸附。颺：飛揚。
【出處】晉書・慕容垂載記：「且垂猶鷹也，飢則附人，飽便高颺。」凌濛初・二刻拍案驚奇卷一：「滿少卿飢附飽颺，焦文姬生仇死報。」
【用法】比喻爲人貪婪勢利，忘恩負義。
【例句】他眞是一個飢附飽颺的人，還沒當上科長時，對局長極盡巴結奉承之能事，等到當上了科長，局長一退休，對局長便愛理不理的了。
【義近】炎附寒棄／欺貧重富。
【義反】患難與共。

飢寒交迫

【釋義】衣食無著，又寒又冷。交：一齊，同時。迫：逼迫。
【出處】王讜・唐語林卷一：「上謂曰：『汝何爲作賊？』對曰：『飢寒交迫，所以爲盜。』」
【用法】形容生活貧困。
【例句】古代的農民眞可憐，終年辛勤耕作，日曬雨淋，卻仍時常飢寒交迫。
【義近】啼飢號寒／流離困頓／飢寒交切。
【義反】豐衣足食／安和樂利。

飢餐渴飲

【釋義】餓則吃飯，渴則飲水。
【出處】馮夢龍・警世通言卷八：「四更以後，各帶著隨身金銀物件出門，離不得飢餐渴飲，夜住曉行。」
【用法】形容旅途艱苦，飲食無定時。
【例句】爲了實現步行環島的心願，他一路飢餐渴飲、曉行夜宿，最後終於達成目標。
【義近】餐風飲露／風餐露宿／餐風宿雨。
【義反】養尊處優／飽食終日。

四畫

飯蔬飲水

【釋義】吃蔬菜，喝冷水。蔬：也作「疏」。
【出處】論語・述而：「飯疏食飲水，曲肱而枕之，樂亦在其中矣。」辛棄疾・驀山溪詞：「飯蔬飲水，客莫嘲吾拙。」
【用法】形容清心寡欲，安貧樂道的生活。
【例句】劉教授幾十年來，一直飯蔬飲水，加上時時鍛鍊，所以儘管八十好幾了，依然身體硬朗，精神矍鑠。
【義近】飲水曲肱／簞食瓢飲／清心寡欲／粗茶淡飯／布衣疏食。
【義反】花天酒地／紙醉金迷／燈紅酒綠／縱情聲色／聲色犬馬／窮奢極欲。

飲水思源

【釋義】喝水要想到水的來源。
【出處】袁枚・小倉山房尺牘八十一首：「然今日之…飲水思源，皆夫子之所賜也。」
【用法】喻不忘本。
【例句】飲水思源，我們今天能過這樣美好的生活，全是先人血汗累積而來的。
【義近】飲水知源／落實知樹／愼終追遠／無忝爾祖。
【義反】數典忘祖／得魚忘筌／忘恩負義／過河拆橋。

飲泣吞聲

【釋義】眼淚只能往肚裏流，不敢哭出聲來。飲泣：讓眼淚往肚裏咽。吞聲：把哭聲忍住。
【出處】司馬遷・報任少卿書：「沫血飲泣。」江淹・恨賦：「莫不飲恨而吞聲。」
【用法】形容忍受痛苦，不敢公開表露。
【例句】大陸許多人一想起十年文革期間飲泣吞聲過的日子，仍然心有餘悸。
【義近】含垢忍辱／忍氣吞聲。
【義反】揚眉吐氣／意氣洋洋。

飲恨而終

【釋義】飲恨：抱恨含冤。
【出處】唐・蔣防・霍小玉傳：「我爲女子，薄命如斯。君是丈夫，負心若此。韶顏稚齒，飲恨而終。」
【用法】指心懷怨恨而死。
【例句】大陸在文革時期，不知有多少人遭受冤屈，無法昭雪，飲恨而終。
【義近】飲恨而亡／含恨而死／含恨而終／含恨九泉／抱恨終天／死不瞑目。
【義反】含笑而死／慷慨就義／死而無憾／死而無怨／死亦瞑目／含笑九泉。

飲恨吞聲

【釋義】飲恨：把怨愁咽下肚裏。吞聲：咽住哭聲。
【出處】文選・江淹・恨賦：「自古皆有死，莫不飲恨而吞聲。」宋・陸九淵・與徐子宜書二：「良民善士，疾首蹙額，飲恨吞聲，而無所控訴。」
【用法】形容抱愁含怨，不敢表露出來。
【例句】舊社會的媳婦在家裏的地位卑微，就算公婆有不合理的對待，常常只能飲恨吞聲，自嘆命薄。
【義近】飲氣吞聲／吞聲飲泣／忍氣吞聲／飲泣吞聲／委曲求全。
【義反】敢怒敢言／暢所欲言／不平則鳴。

飲食男女

【釋義】飲食：指食欲。男女：指性欲。
【出處】禮記・禮運：「飲食男女，人之大欲存焉；死亡貧苦，人之大惡存焉。故欲、惡者，心之大端也。」
【用法】泛指人的本性。
【例句】飲食男女爲人之大欲，你兒子智商雖低，但有關這方面的欲望還是強烈的，你應當設法爲他疏導、解決才是。
【義近】喜怒哀樂。

飲鴆止渴

【釋義】喝毒酒解渴。鴆：傳說中的毒鳥，用其羽毛泡的酒有劇毒。

【出處】後漢書・霍諝傳：「譬猶療飢於附子，止渴於鴆毒，未入腸胃，已絕咽喉，豈可為哉！」

【用法】比喻只知用有害的辦法來解決眼前的困難，而不顧致命後果。

【例句】你老是靠大量的止痛藥來止痛，而不去看醫生，無異於**飲鴆止渴**。

【義近】挖肉補瘡／抱薪救火／漏脯充飢。

【義反】對症下藥。

五　畫

飽食終日

【釋義】終日：整天。常與「無所用心」連用。

【出處】論語・陽貨：「飽食終日，無所用心，難矣哉！」

【用法】說明整天只知吃喝得飽飽的，無所事事。

【例句】這些公子哥兒**飽食終日**，無所用心，根本是社會上的一批廢物！

【義近】游手好閒／無所事事／無所用心。

【義反】廢寢忘食／宵衣旰食／夙興夜寐。

飽食暖衣

【釋義】吃得飽飽的，穿得暖暖的。

【出處】孟子・滕文公上：「飽食煖（暖）衣，逸居而無教，則近於禽獸。」

【用法】形容衣食充足，生活安樂。

【例句】一個人在**飽食暖衣**之後，應該進一步奮發圖強，成就一番事業。

【義近】豐衣足食／無虞匱乏／衣食無缺。

【義反】缺衣少食／一貧如洗／啼飢號寒。

飽暖思淫欲

【釋義】飽暖：指吃得飽，穿得暖。

【出處】凌濛初・二刻拍案驚奇卷二一：「自古道：『飽暖思淫欲』，王祿手頭饒裕，又見財物易得，便思量淫蕩起來。」

【用法】指人食飽衣暖、安逸無愁之時，便想淫欲之事。

【例句】**飽暖思淫欲**，這話真是一點不假，安老闆現在發跡了，儘管已年過半百，卻還到處拈花惹草，勾搭女人。

【義近】飽食思淫欲／飽暖生淫欲。

【義反】飢寒發善心／飢寒起盜心／飢民成盜。

飽經風霜

【釋義】飽：充分地。風霜：比喻艱難困苦。

【出處】西遊記六四回：「不雜囂塵終冷淡，飽經風霜自風流。」

【用法】形容經歷過長期艱難困苦生活的磨鍊。

【例句】這位老人幾十年來**飽經風霜**，直到近幾年生活才慢慢好轉，可惜身體已大不如前了。

【義近】艱辛備嘗／歷盡艱辛／飽經滄桑。

【義反】養尊處優／未經世故／人事不知。

六　畫

養生送死

【釋義】養生：生前奉養父母。送死：為父母料理喪事。

【出處】禮記・禮運：「禮義也哉……所以養生送死，事鬼神之大端也。」

【用法】指子女對父母生前的供養與死後的殯葬。

【例句】**養生送死**，是子女對父母應盡的義務與職責，絕無推卸之理。

【義近】養老送終。

養兒防老，積穀防饑

【釋義】養育兒女是防備老了有人供養，積蓄穀物是防備有了災荒不受饑餓。

【出處】陳元靚・事林廣記九下：「養兒防老，積穀防饑。」

【用法】說明平日應有所積儲以防不時之需。

【例句】俗話說：「**養兒防老，積穀防饑**。」現在有了錢應該為未來作些打算才好！

【義近】未雨綢繆／有備無患。

養虎傷身

【釋義】飼養老虎，自傷其身。

【出處】明・沈采・千金記・入關：「大王，你只宜乘早擊之，若遲便有養虎傷身之害矣。」

【用法】比喻縱容敵人，自留後患。

【例句】古有明訓：**養虎傷身**，對敵人仁慈，就是對自己殘酷。對於會傷害自身安危的小人，我們怎可輕易饒恕。

【義近】養虎自嚙／養虎留患／養虎遺患／養虺成蛇／養癰遺患。

【義反】斬草除根／斬盡殺絕／除惡務盡／趕盡殺絕／杜絕後患／永絕後患。

養虎遺患

【釋義】留著老虎不除掉，就會成為後患。遺：又作「貽」，留。患：災禍。

【出處】司馬遷・史記・項羽本紀：「此天亡楚之時也，不如因其機而遂取之，今釋弗擊，此所謂養虎自遺患也。」

【用法】說明縱容敵人、惡人，會給自己留下後患。

【例句】對這種作惡多端的人，決不能手下留情，否則**養虎遺患**，後悔就來不及了。

【義近】養虎留患／養癰遺患／縱虎歸山。

【義反】杜絕後患／除惡務盡／斬草除根。

養軍千日，用在一時

【釋義】意謂長期培養軍隊，目的就在於一時急用。

【出處】馬致遠・漢宮秋：「我養軍千日，用軍一時，空有滿朝文武，那個與我退的番兵？」

【用法】本指長期培養軍隊，在於一時禦敵應急之用。今也泛指平日培訓人員是為一時所需。

【例句】**養軍千日，用在一時**，平日看他在公司像個閒人似的，今天他為公司簽下了一筆大生意，再也沒人敢說他吃閒飯了。

【義近】養兵千日，用在一朝。

【義反】平時不燒香，臨時抱佛腳。

養尊處優

【釋義】養：調養，生活。尊：尊貴。優：優裕。

【出處】蘇洵・上韓樞密書：「天子者養尊而處優，樹恩而收名，與天下爲喜樂者也。」

【用法】形容人處於尊貴地位，過著優裕生活。

【例句】他勞累奔波了幾十年，現在家境富裕了，過幾年**養尊處優**的生活有何不可？

【義近】飽食終日／無所用心。

【義反】飽經風霜／含辛茹苦。

養精蓄銳

【釋義】精：精神，銳氣。

【出處】羅貫中・三國演義三四回：「且待半年，養精蓄銳，劉表、孫權可一鼓而下也。」

【用法】用以表示保養精神，積蓄銳氣，以待奮發有爲。

【例句】隊員們在**養精蓄銳**一陣子後，又雄心勃勃地馳騁於比賽場中，立誓非贏回冠軍不可。

【義近】休養生息／生聚教訓／秣馬厲兵。

【義反】勞民傷財／窮兵黷武。

養癰遺患

【釋義】生了毒瘡不醫治，終成大患。癰：毒瘡。

【出處】馮衍・與婦弟任武達書：「養癰長疽，自生禍殃。」

【用法】比喻姑息誤事，終成禍患。

【例句】除惡不盡，**養癰遺患**，小心種下難以彌補的惡果。

【義近】養虎遺患／姑息養奸／縱虎歸山。

【義反】除惡務盡／斬草除根。

七畫

餐風沐雨

【釋義】吃的是風，洗的是雨。

【出處】明・許三階・節俠記・忠忤：「誰知道恁憒雌黃，慣使著猖狂，卻不念餐風沐雨先皇創業多辛苦，到做了個棄正趨邪沒主張。」

【用法】形容旅行或野外生活的艱辛。

【例句】這種**餐風沐雨**的野外生活，對地質勘探隊的隊員而言早就習以爲常了，雖然辛苦，但爲了理想，還是要堅持下去。

【義近】餐風宿雨／露宿風餐／櫛風沐雨／餐風飲露。

【義反】安處家中／養尊處優／逍遙自在／高枕而臥／乘車御蓋。

餓虎飢鷹

【釋義】是說像飢餓的老虎和鷹一樣。

【出處】魏書・宗室暉傳：「餓虎將軍，飢鷹侍中。」清・李寶嘉・活地獄・楔子：「衙門裏的人，一個個是餓虎飢鷹，不叫他們敲詐百姓，敲詐哪個？」

【用法】比喻凶殘貪婪的人。

【例句】這些貪官污吏，沒有一個不是**餓虎飢鷹**，你叫老百姓怎能不怨聲載道，叫苦連天！

【義近】如狼似虎／如豺似狼／封豕長蛇／豺狼心性。

【義反】菩薩心腸／善良長者／慈悲爲懷／菩薩低眉／宅心仁厚。

餓虎撲羊

【釋義】又作「餓虎吞羊」。吞：吃。

【出處】清平山堂話本・五戒禪師私紅蓮記：「一個初侵女色，由(猶)如餓虎吞羊。」

【用法】形容動作迅猛而貪婪。

【例句】這個色鬼，在鄉下僻靜處見了一位女子，便如**餓虎撲羊**般地衝了上去。

【義近】泰山壓頂／猛虎擒羊。

餓莩載道

【釋義】意謂滿路都是餓死的人。餓莩：餓死者。載道：滿路。

【出處】清・錢泳・履園叢話・舊聞・席氏多賢：「迨父歿未幾，適當明季，蝗旱不登，餓莩載道。」

【用法】用以形容飢荒災禍極其嚴重。

【例句】非洲一些地區近年因氣候大旱，加上戰火連綿，時常可見**餓莩載道**，眞是令人同情。

【義近】餓殍枕藉／餓殍滿路／生靈塗炭／哀鴻遍野／餓莩遍野／赤地千里。

【義反】民康物阜／時和年豐／家給人足／安居樂業／豐衣足食／國泰民安。

餘子碌碌

【釋義】餘子：其餘的人。碌碌：平庸無能。

【出處】後漢書・禰衡傳：「衡唯善魯國孔融及弘農楊修。常稱曰：『大兒孔文舉，小兒楊德祖，餘子碌碌，莫足數也。』」

【用法】表示對別人的輕視。

【例句】在我們這裏，除了鄭先生有些眞才實學外，**餘子碌碌**，沒有可以值得稱道的。

【義近】碌碌庸才／不足掛齒／不足齒數／何足掛齒／不値一提／微不足道。

【義反】超羣絕倫／出類拔萃／不可多得／不可小視／不可小覷／鶴立雞羣。

餘味無窮

【釋義】味：味道，此指意味。無窮：無盡頭，無極限。

【出處】尚書・畢命：「建無窮之基，亦有無窮之聞。」

【用法】形容談話、詩文或歌曲耐人回味。

【例句】這首歌頌黃河的長詩寫得有氣勢而不生硬，描繪生動且**餘味無窮**。

【義近】耐人尋味／回味無窮／意味深長／津津有味／饒有風味。

【義反】枯燥無味／索然寡味／味同嚼蠟／興味淡然／索然無味。

餘勇可賈

【釋義】餘勇：剩下的勇力。餘：多餘。賈：賣。

【出處】左傳・成公二年：「欲勇者賈余餘勇。」杜預注：「賈，賣也。言己勇有餘，欲賣之。」
【用法】表示還有力量沒用完。
【例句】這位籃球隊員體質特別好，打了兩場球下來，竟還餘勇可賈。
【義近】精力充沛／勇力有餘。
【義反】筋疲力盡／心餘力絀。

餘音繞梁（ㄩˊ ㄧㄣ ㄖㄠˋ ㄌㄧㄤˊ）
【釋義】餘音：指音樂奏完或歌唱完以後好像還留在耳邊的聲音。梁：屋梁。
【出處】列子・湯問：「昔韓娥東之齊，匱糧，過雍門，鬻歌假食。既去，而餘音繞梁欐，三日不絕。」
【用法】形容歌聲優美，歌罷其聲音仍久久回旋於耳際，給人留下難忘的印象。
【例句】她歌唱得優美動人，眞是**餘音繞梁**，令人難忘。
【義近】餘音裊裊／餘音繚繞／百轉千回。
【義反】嘔啞嘲哳／擊甕叩缶／犬吠雞鳴。

十七畫

饞涎欲滴（ㄔㄢˊ ㄒㄧㄢˊ ㄩˋ ㄉㄧ）
【釋義】饞得口水都要流下來了。涎：口水。欲：將要。
【出處】皮日休・魯望昨以五百言見貽……詩：「將來示時人，猰㺄垂饞涎。」
【用法】形容貪食或貪得的強烈欲望。用於對美食或美色的渴求。
【例句】①他餓極了，見了吃的便**饞涎欲滴**。②他是個老色鬼，見到稍有姿色的女子便**饞涎欲滴**。
【義近】垂涎三尺／垂涎欲滴／口角流涎。
【義反】索然無味／食不知味／無動於衷。

首部

首丘之思（ㄕㄡˇ ㄑㄧㄡ ㄓ ㄙ）
【釋義】首丘：傳說狐將死時，頭會向著牠出生的土丘。
【出處】屈原・九章・哀郢：「鳥飛返故鄉兮，狐死必首丘。」宋・孫光憲・北夢瑣言卷一三：「因有首丘之思，遂移軍於荊州，用法平正，人皆附之。」
【用法】比喻懷念故鄉或歸葬故土之情。
【例句】許多旅居美國的老人，雖寄食異鄉已有幾十年，而**首丘之思**卻未嘗一日忘懷。
【義近】首丘之情／首丘之望／首丘夙願／胡馬依北風／越鳥巢南枝／落葉歸根／廉頗思趙／狐死首丘。
【義反】黃土處處可埋人／四海爲家／天下爲家／離鄉背井／飄泊異鄉／老死他鄉。

首如飛蓬（ㄕㄡˇ ㄖㄨˊ ㄈㄟ ㄆㄥˊ）
【釋義】頭上的亂髮似飛散的蓬草。蓬：一種野生植物，枯後常在近根處折斷，遇風飛旋。
【出處】詩經・衛風・伯兮：「自伯之東，首如飛蓬。豈無膏沐，誰適爲容。」
【用法】多用以形容因心情不佳，無意梳妝打扮。
【例句】失去了她心愛的丈夫後，那女子心如死灰，整天足不出戶，**首如飛蓬**，似乎無意再活下去了。
【義近】髮如雞窩／披頭散髮／蓬首垢面。
【義反】容光煥發／英姿煥發／神采飛揚。

首尾相衛（ㄕㄡˇ ㄨㄟˇ ㄒㄧㄤ ㄨㄟˋ）
【釋義】首尾：起頭的部分和末尾的部分。
【出處】晉書・溫嶠傳：「至于首啓戎行，不敢有辭，僕與仁公當如常山之蛇，首尾相衛，又脣齒之喻也。」
【用法】比喻互相保衛、援救。
【例句】我們部隊是一個整體，在戰鬥過程中一定要**首尾相衛**，絕不可各行其是。
【義近】首尾相援／首尾相救／首尾共濟／羣策羣力／脣齒相依。
【義反】各行其是／各自爲政／各不相謀／不相爲謀／各自爲王／各立山頭／各執其是／各從其志。

首尾狼狽（ㄕㄡˇ ㄨㄟˇ ㄌㄤˊ ㄅㄟˋ）
【釋義】狼狽：形容困苦或受窘的樣子。
【出處】晉書・劉琨傳：「自守則稽聽之誅，進討則勒襲其後，進退維谷，首尾狼狽。」
【用法】形容處境困迫，進退爲難。
【例句】我現在夾在她們婆媳的爭吵之中，左也不是，右也不是，弄得**首尾狼狽**，日子眞不好過。
【義近】首尾受敵／首尾夾攻／羝羊觸藩／跋前躓後／左右爲難／左右兩難／進退維谷／進退失據／進退兩難／前狼後虎。
【義反】如魚得水／進退自如／蛟龍得水／萬事亨通／左右逢源／前後無阻。

首足異處（ㄕㄡˇ ㄗㄨˊ ㄧˋ ㄔㄨˋ）
【釋義】意謂頭和腳分開在不同的地方。
【出處】越王勾踐・屬諸大夫告：「首足異處，四枝布裂，爲天下戮。」唐・權德輿・酷吏傳議：「當太后之怒，身死漢廷，首足異處。」
【用法】指遭受殺戮而死亡。
【例句】當初我勸他不要與這些惡魔來往，他偏不聽，現在落得個**首足異處**的下場，這又怪得了誰呢？

【義近】首身分離／頭足異處／頭足異所／身首異處／身首異地／身首分離。

【義反】壽終正寢／老死窗牖／安享天年。

首屈一指 ㄕㄡˇ ㄑㄩ ㄧˋ ㄓˇ

【釋義】扳著指頭計數，首先彎下大拇指表示第一。首：首先。屈：彎。

【出處】顏光敏・顏氏家藏尺牘卷二：「每論詩輒為首屈一指。」

【用法】比喻居於首位，即名列第一，引申為最好的。可用於人、事、物，但範圍要指明。

【例句】瑞士的手錶至今在世界上仍是**首屈一指**，無人可企及。

【義近】無出其右／名列前茅／秀出班行／無以過之／無與倫比／數一數二／冠絕羣倫／一時之冠／超羣絕倫。

【義反】倒數第一／屈居最末／敬陪末座。

首唱義舉 ㄕㄡˇ ㄔㄤˋ ㄧˋ ㄐㄩˇ

【釋義】首唱：首先提倡，首先發動。唱：同「倡」。義舉：正義的舉動。

【出處】晉書・劉弘傳：「詔惟令臣以散補空缺，然泝鄉令虞潭忠誠烈正，首唱義舉，舉善以教……。」

【用法】是指首先發動正義的行動。

【例句】這次要求民主自由的造勢活動，王先生**首唱義舉**，理應由他擔任負責人。

【義近】首舉義旗／首倡義兵／揭竿起義。

【義反】始作俑者／罪魁禍首／元凶巨惡／元惡大奸。

首善之區 ㄕㄡˇ ㄕㄢˋ ㄓ ㄑㄩ

【釋義】首善：最好的，猶模範。區：地區，地方。

【出處】漢書・儒林傳序・太常孔臧等議：「故教化之行也，建首善自京師始，繇內及外。」

【用法】本用以稱京師，後也用以泛稱人文薈萃，熱鬧繁華的地區。

【例句】台北是中華民國的**首善之區**，各方面都領先於其他城市。

【義近】京畿重鎮／通都大邑。

【義反】窮鄉僻壤／邊陲之地。

首當其衝 ㄕㄡˇ ㄉㄤ ㄑㄧˊ ㄔㄨㄥ

【釋義】首：首先，最早。衝：衝要之地，交通要道。

【出處】漢書・五行志下：「鄭當其衝，不能修德。」

【用法】比喻最先受到攻擊或遭受災難。

【例句】台灣地區每至夏天便有許多颱風，而東部更常**首當其衝**，受害最嚴重。

首鼠兩端 ㄕㄡˇ ㄕㄨˇ ㄌㄧㄤˇ ㄉㄨㄢ

【釋義】首鼠：遲疑不定，躊躇不決。兩端：兩頭。

【出處】司馬遷・史記・魏其武安侯列傳：「（武安）召韓御史大夫載，怒曰：『與長孺共一老禿翁，何為首鼠兩端。』」

【用法】形容在兩者之間猶豫不決或動搖不定。

【例句】該怎樣就怎樣，何必老這樣**首鼠兩端**，自尋煩惱？

【義近】搔首踟躕／狐疑不決／舉棋不定／躊躇觀望／逡巡不前／委決不下／緦緦過慮／畏首畏尾／騎牆觀望。

【義反】快刀斬亂麻／毅然決然／當機立斷。

香部

香火兄弟 ㄒㄧㄤ ㄏㄨㄛˇ ㄒㄩㄥ ㄉㄧˋ

【釋義】香火：供佛敬神時燃點的香和燈火。

【出處】唐・崔令欽・教坊記：「坊中諸女以氣類相似，約為香火兄弟，每多至十四五人，少不下八九輩。」

【用法】指焚香結拜的兄弟。

【例句】他們雖只是**香火兄弟**，卻比親兄弟還親，眞正達到了有福同享，有難同當的境界。

【義近】拜把兄弟／八拜之交。

【義反】親兄親弟／同胞兄弟／同胞手足。

香火姊妹 ㄒㄧㄤ ㄏㄨㄛˇ ㄐㄧㄝˇ ㄇㄟˋ

【釋義】香火：供奉神佛所燃的香燭。

【出處】宋・羅燁・醉翁談錄・潘瓊兒家最繁盛：「潘計其直，才百餘緡，笑與華曰：『兒家凡遇新郎君輩訪蓬舍，曲中香火姊妹則必醵金來賀。』」

【用法】指焚香結拜的姊妹。

【例句】一生中能夠結交幾位**香火姊妹**，陪伴自己同哭同笑，那眞是前世修來的福分。

【義近】手帕姊妹／手帕交／閨中密友。

【義反】同胞姊妹。

香消玉減 ㄒㄧㄤ ㄒㄧㄠ ㄩˋ ㄐㄧㄢˇ

【釋義】香、玉：代指美女。

【出處】王實甫・西廂記第四本四折：「想著你廢寢忘餐，香消玉減，花開花謝，猶自覺爭些。」

【用法】形容美女消瘦憔悴。

【例句】方小姐雖然因母親去世，悲傷過度而**香消玉減**，但風韻卻未減分毫。

【義近】玉容消減／形銷骨立／羸瘠骨立／顏色憔悴。

【義反】腦滿腸肥／大腹便便／心寬體胖／紅光滿面。

香嬌玉嫩 ㄒㄧㄤ ㄐㄧㄠ ㄩˋ ㄋㄣˋ

【釋義】香、玉：代指美女。嬌、嫩：嬌美柔嫩。

【出處】元・劉庭信・美色：「恰便似落雁沉魚，羞花閉月，香嬌玉嫩。」

【用法】形容年輕女子肌體的嬌嫩溫香。

【例句】這些參加選美比賽的女子，穿著泳裝出場，那**香嬌玉嫩**的軀體，令觀眾讚賞不已。

【義近】香潤玉溫／香肌玉體／

香溫玉軟／軟香溫玉／軟玉溫香／冰肌玉骨／冰肌玉膚／冰姿玉骨。

【義反】粗糙皸裂。

香銷玉沉（ㄒㄧㄤ ㄒㄧㄠ ㄩˋ ㄔㄣˊ）

【釋義】香、玉：代指美女。銷：通「消」。

【出處】羣音類選・玉盒記・沙將逼柳：「他怨悠悠香銷玉沉，亂紛紛碎滴珠囊迸，我難主憑，蕭蕭兩鬢星。」

【用法】比喻美麗的女子夭亡。

【例句】想不到這麼一位如花似玉的女子，竟不知害了什麼怪病，不到三個月便**香銷玉沉**了，眞令人惋惜。

【義近】香消玉殞／玉碎珠沉／玉碎珠死／瘞玉埋香／月缺花殘／蘭摧玉折。

馬部

馬不停蹄（ㄇㄚˇ ㄅㄨˋ ㄊㄧㄥˊ ㄊㄧˊ）

【釋義】馬不停地往前走。蹄：牲畜的腳。

【出處】王實甫・麗堂春二折：「贏的他急難措手，打的他馬不停蹄。」

【用法】比喻不停地連續前進，全無休息。

【例句】事務很重，只有**馬不停蹄**地拚趕一陣子，才有可能如期完成。

【義近】快馬加鞭／飛馬揚鞭／乘奔御風。

【義反】慢條斯理／走走停停。

馬到成功（ㄇㄚˇ ㄉㄠˋ ㄔㄥˊ ㄍㄨㄥ）

【釋義】戰馬所至，立即成功。

【出處】鄭廷玉・楚昭公一折：「教場中點就四十萬雄兵，……管取馬到成功，奏凱回來也。」

【用法】比喻或祝賀迅速取勝，也形容事情一開始就獲得成功。

【例句】此事並不難辦，不是我吹牛，讓我去辦，保證**馬到成功**。

【義近】旗開得勝／出手得盧／手到擒來。

【義反】出師不利／一敗塗地／一觸即潰／望風披靡。

馬革裹屍（ㄇㄚˇ ㄍㄜˊ ㄍㄨㄛˇ ㄕ）

【釋義】用馬皮把屍體裹起來。革：皮革。

【出處】後漢書・馬援傳：「男兒要當死於邊野，以馬革裹屍還葬耳，何能臥牀上在兒女子手中邪？」

【用法】表示戰死沙場，形容將士大無畏的英雄氣概。

【例句】男兒立志在沙場，即便是**馬革裹屍**，也無悔無怨。

【義近】以身許國／效死疆場／捐軀報國。

【義反】貪生怕死／臨陣脫逃／俛首係頸／靦顏借命／忍辱苟活。

馬首是瞻（ㄇㄚˇ ㄕㄡˇ ㄕˋ ㄓㄢ）

【釋義】即「瞻馬首」，看著馬頭的方向決定進退。

【出處】左傳・襄公一四年：「荀偃令曰：『雞鳴而駕，塞井夷灶，唯余馬首是瞻。』」

【用法】比喻聽人指揮，或樂於追隨別人。

【例句】他在鄉里中德高望眾，許多族人都以他**馬首是瞻**，將他的訓誡奉爲圭臬。

【義近】唯命是從／唯命是聽。

【義反】各行其是。

馬馬虎虎（ㄇㄚˇ ㄇㄚˇ ㄏㄨˇ ㄏㄨˇ）

【釋義】意謂處理事情態度草率馬虎。

【出處】曾樸・孽海花六回：「馬馬虎虎逼著朝廷簽定，人不知鬼不覺，依然把越南暗送。」

【用法】形容做事不認眞，粗枝大葉；也形容勉強合格，說得過去。

【例句】做事**馬馬虎虎**，不負責任的人是很難成功的。

【義近】粗枝大葉／敷衍了事／草率從事／虛應故事／敷衍塞責／大而化之。

【義反】一絲不苟／鄭重其事／精益求精／丁一確二。

馬齒徒增（ㄇㄚˇ ㄔˇ ㄊㄨˊ ㄗㄥ）

【釋義】馬的牙齒隨著年齡而增長。徒：白白地，徒自。

【出處】穀梁傳・僖公二年：「荀息牽馬操璧而前曰：『璧則猶是也，而馬齒加長矣。』」

【用法】比喻虛度年華，毫無成就。

【例句】年輕人應把握時光及時努力，以免年長時有**馬齒徒增**的悲嘆。

【義近】虛度年華／蹉跎歲月／虛擲時月／老大無成。

【義反】功與日增／功成名就／日就月將／英年有爲／日起有功。

三畫

馳名中外（ㄔˊ ㄇㄧㄥˊ ㄓㄨㄥ ㄨㄞˋ）

【釋義】馳名：名聲遠揚。馳：遠揚。

【出處】孔叢子・陳士義：「貲擬王公，馳名天下。」

【用法】形容美名傳揚國內外。

【例句】貴州茅臺酒一打開便醇香撲鼻，怪不得**馳名中外**。

【義近】名揚四海／名滿天下／名聞遐邇。

【義反】藉藉無名／沒沒無聞。

五畫

駕輕就熟（ㄐㄧㄚˋ ㄑㄧㄥ ㄐㄧㄡˋ ㄕㄨˊ）

【釋義】駕著輕車走熟路。就：走上。

【出處】韓愈・送石處士序：「若駟馬駕輕車，就熟路，而王良、造父爲之先後也。」

【用法】比喻對某事有經驗，熟悉情況，做起來容易。

【例句】他本是師範大學畢業的，也曾教過書，現在回到教育界重操舊業，可說是**駕輕就熟**。

【義近】輕車熟路／得心應手。

【義反】初出茅廬／初試啼聲。

駟不及舌 ㄙˋ ㄅㄨˋ ㄐㄧˊ ㄕㄜˊ

【釋義】駟：即駟馬，同拉一輛車的四匹馬。舌：指說出的話。
【出處】論語・顏淵：「子貢曰：『惜乎！夫子之說君子也，駟不及舌。』」
【用法】說明出言務必要慎重，說話要算話。
【例句】古人說駟不及舌。你是堂堂正正的男子漢，說話可得要算數啊！
【義近】一言既出，駟馬難追／一諾千金／一言九鼎。
【義反】言而無信／食言而肥／輕諾寡信。

駟之過隙 ㄙˋ ㄓ ㄍㄨㄛˋ ㄒㄧˋ

【釋義】駟：一車所駕的四匹馬。過隙：在細小的縫隙前面跑過。
【出處】禮記・三年問：「三年之喪，二十五月而畢，若駟之過隙。」
【用法】比喻光陰飛逝。
【例句】時光真有如駟之過隙，你我不知不覺已年逾耳順，回首前塵往事，不免令人傷感啊！
【義近】白駒過隙／騏驥過隙／烏飛兔走／石火電光／月駛星馳／日居月諸／歲月如流／光陰似箭／日月如梭／時光飛逝。
【義反】度日如年／日月難捱／以日爲年／長繩繫日／羲和停馭／長日漫漫。

駟馬難追 ㄙˋ ㄇㄚˇ ㄋㄢˊ ㄓㄨㄟ

【釋義】駟馬：駕有四匹馬的車子。
【出處】新五代史・晉書・高祖皇后李氏傳：「不幸先帝厭代，嗣子承祧，不能繼好息民，而反虧恩辜義，兵戈屢動，駟馬難追，戚實自貽，咎將誰執！」
【用法】比喻既成事實，不可挽回。有時也用以說明話一說出口就無法收回。
【例句】你女兒已經和她心愛的人去公證結婚了，你再怎麼反對也是駟馬難追了。
【義近】生米煮成熟飯／木已成舟／鐵已鑄成鍋／覆水難收／無力回天／回天乏術。
【義反】揮戈反日／回天之力／回天再造／力挽狂瀾／扭轉乾坤。

駑馬十駕 ㄋㄨˊ ㄇㄚˇ ㄕˊ ㄐㄧㄚˋ

【釋義】劣馬拉車跑十天也能到達目的地。駑馬：劣等馬。駕：馬拉車跑一天的路程。
【出處】荀子・勸學：「騏驥一躍，不能十步；駑馬十駕，功在不舍。」
【用法】比喻能力雖差，若持之以恆，照樣會有所成就。
【例句】古人說：駑馬十駕，這話的確不假，王先生天資平常，但他刻苦攻讀，數十年如一日，現在不是成了名教授嗎？
【義近】鍥而不舍／跛鼈千里。
【義反】一暴十寒／半途而廢。

駑馬鉛刀 ㄋㄨˊ ㄇㄚˇ ㄑㄧㄢ ㄉㄠ

【釋義】駑馬：跑不快的馬。鉛刀：鉛做的不利的刀。
【出處】後漢書・隗囂傳：「昔文王三分，猶服事殷。但駑馬鉛刀，不可強扶。」
【用法】喻才力很弱，不中用。
【例句】這幾個都是駑馬鉛刀式的人物，你再怎麼教導也是枉然，我看你也就不要再白費時間和精力了。
【義近】癩狗扶不上牆／東扶西倒／操刀傷錦／銀樣鑞槍頭／扶不起的阿斗／朽木糞土／枯木朽枝／無用之材／不堪造就。
【義反】豐年玉，荒年穀／卓爾不羣／多才多藝／天賦異稟／可造之材／棟梁之才。

六　畫

駭人聽聞 ㄏㄞˋ ㄖㄣˊ ㄊㄧㄥ ㄨㄣˊ

【釋義】駭：驚嚇，震驚。
【出處】孟元老・東京夢華錄・東角樓街巷：「每一交易，動即千萬，駭人聞見。」
【用法】說明事情超越常理，使人聽了感到震驚。
【例句】昨天晚上街上發生了一件駭人聽聞的殺人分屍案。
【義近】駭人視聽／聳人聽聞／危言聳聽。
【義反】不足爲奇／司空見慣／習以爲常。

駭目驚心 ㄏㄞˋ ㄇㄨˋ ㄐㄧㄥ ㄒㄧㄣ

【釋義】駭：驚嚇。
【出處】揚雄・蜀都賦：「眾物駭目，單不知所禦。」七俠五義八二回：「其中有襄陽王謀爲不軌的話，個個駭目驚心。」
【用法】用以形容事物令人驚懼不已。
【例句】大衛表演的魔術，生動逼真，出神入化，令人們看了駭目驚心，震撼不已。
【義近】怵目驚心／面容失色。
【義反】陽陽如常／神情自若。

駢拇枝指 ㄆㄧㄢˊ ㄇㄨˇ ㄓ ㄓˇ

【釋義】駢拇：腳上的大拇指與第二趾相連。枝指：手上拇指旁多生一指。
【出處】莊子・駢拇：「駢拇枝指，出乎性哉，而侈於德；附贅懸疣，出乎形哉，而侈於性。」
【用法】喻多餘而無用的東西。
【例句】你頸脖上長的這個肉瘤，純屬駢拇枝指，早就應該割掉了，怎麼一直拖到現在呢？
【義近】附贅懸疣／餘食贅行。
【義反】油鹽柴米／布帛菽粟。

八　畫

騏驥一毛 ㄑㄧˊ ㄐㄧˋ ㄧ ㄇㄠˊ

【釋義】良馬身上的一根毛。騏驥：駿馬。
【出處】宋・黃伯思・記石經與今文不同：「此石刻在洛陽，本在洛宮前御史臺中，年久摧散。洛人好事者時時得之，若騏驥一毛，虬龍片甲。」
【用法】用以喻指珍品的極小部分。
【例句】這裏所埋藏的珍貴文物甚多，你們所發掘出來的，恐怕還只是騏驥一毛而已！
【義近】吉光片羽／一狐之腋／

麟鳳一毛／龜龍片甲／鳳毛麟角。
【義反】竹頭木屑／寸絲米粟／雞頭魚刺／針頭線腦。

騎者善墮

【釋義】意謂會騎馬的人容易從馬上掉下來。
【出處】漢・袁康・越絕書・外傳記吳王占夢：「悲哉！夫好船者溺，好騎者墮。」蒲松齡・聊齋誌異・念秧：「旨哉古言！騎者善墮。」
【用法】比喻擅長某一技能的人，往往容易疏忽大意，反而遭致失敗。
【例句】你雖有多年的建築工作經驗，但這樣的高樓大廈務必還是要小心謹慎，你沒聽過**騎者善墮**嗎？千萬疏忽不得。
【義近】善游者溺／好船者溺。
【義反】熟能生巧／得心應手／庖丁解牛／運斤成風。

騎虎難下

【釋義】騎上老虎就難下來。
【出處】隋書・獨孤皇后傳：「后使人謂高祖曰：『大事已然，騎獸之勢必不得下，勉之。』」
【用法】比喻做事遇到困難，但迫於形勢又不能終止，形成進退兩難的局面。
【例句】這件事搞到這種地步倒有些**騎虎難下**了，索性順勢而下，車到山前自有路吧！
【義近】羝羊觸藩／跋前躓後／左右兩難／進退維谷。
【義反】左右逢源／進退有據／全身而退／來去自如。

十—十二畫

騷人墨客

【釋義】騷人：《離騷》為《楚辭》的代表作，故以騷人泛指詩人。墨客：墨為文人所必需，故以墨客稱文人。
【出處】宣和畫譜・宋迪：「性嗜畫，好作山水，或因覽物得意，或因寫物創意，而運思高妙，如騷人墨客登高臨賦。」
【用法】指詩人、作家等風雅的文人。
【例句】這些**騷人墨客**聚集在一起，飲酒賦詩，談今論古，倒也別有一番情趣呢！
【義近】遷客騷人。
【義反】販夫走卒／市井之徒／市井小民／升斗小民／尋常百姓。

騰雲駕霧

【釋義】升上雲端，駕起雲霧，在空中飛行。騰：上升，騰空。
【出處】尚仲賢・柳毅傳書二折：「俺涇河龍呼的風，喚的雨，騰的雲，駕的霧。」
【用法】形容有如神仙般的迅速奔馳和超人能力，也用以形容暈頭轉向、輕飄不穩。
【例句】①八仙過海中的神仙，個個都能**騰雲駕霧**。②她最近病得有些恍惚，總感到整個人有如**騰雲駕霧**般飄了起來。
【義近】風馳電掣／逐日追風／馮虛御風／暈頭轉向。
【義反】蝸行牛步／老牛破車／腳踏實地。

驕兵必敗

【釋義】驕兵：驕傲自負的軍隊。
【出處】漢書・魏相傳：「恃國家之大，矜民人之眾，欲見威於敵者，謂之驕兵。兵驕者滅。」
【用法】指恃強輕敵的軍隊必定打敗仗。也用以警惕人太過自信必遭失敗。
【例句】古人說得好：**驕兵必敗**，你最好謙虛一點，多聽聽別人的意見，否則你在事業上就很可能一敗塗地。
【義近】驕傲必敗。
【義反】哀兵必勝。

驕奢淫逸

【釋義】驕奢：驕縱奢侈。淫逸：又作「淫佚」，放蕩。
【出處】左傳・隱公三年：「驕奢淫佚，所自邪也。」
【用法】原指驕縱、奢侈、淫亂、放蕩四種惡習，今用以形容生活糜爛，荒淫無度。
【例句】封建社會，貴族過著**驕奢淫逸**的生活，而平民則忍飢挨餓，衣不蔽體。
【義近】窮奢極侈／花天酒地／揮霍無度。
【義反】艱苦樸素／勤儉度日／克勤克儉。

驕傲自滿

【釋義】驕傲：自命不凡。自滿：自我滿足。
【出處】王明清・揮麈後錄卷八：「（徐師川）既登宥密，頗驕傲自滿。」
【用法】自以為了不起，滿足於已取得的成績。
【例句】如果在事業上稍有成就就**驕傲自滿**，那必然會停滯不前，甚或倒退。
【義近】自命不凡／居功自傲／夜郎自大。
【義反】謙虛謹慎／不矜不伐。

十三畫

驚弓之鳥

【釋義】曾被箭射傷，一聽到弓聲就害怕的鳥。
【出處】晉書・王鑒傳：「黷武之眾易動，驚弓之鳥難安。」
【用法】比喻受過驚嚇，略有動靜就害怕的人。
【例句】他自從上次歷劫歸來後，就如**驚弓之鳥**，遇事也不敢貿然而行了。
【義近】心有餘悸／驚魂未定／談虎色變／疑神疑鬼。
【義反】初生之犢／鎮定自若／泰然自處。

驚天地，泣鬼神

【釋義】使天地震驚，使鬼神落淚。也作「動天地，泣鬼神」。
【出處】汪琬・烈婦周氏墓表：「然則匹婦雖微，及其精誠所激，往往動天地，泣鬼神。」
【用法】形容事蹟的壯烈感人，也形容詩文極為動人。
【例句】國父認為黃花崗烈士的壯烈犧牲，直可**驚天地，泣鬼神**，與武昌革命之役並壽。
【義近】感天動地／可歌可泣。
【義反】司空見慣／平淡無奇。

驚天動地

【釋義】驚：驚動，震動。動：震撼，搖動。也作「動地驚天」。

【出處】白居易・李白墓詩：「可憐荒壠窮泉骨，曾有驚天動地文。」

【用法】形容聲勢極爲巨大，也形容聲音非常大、變化十分劇烈。

【例句】①這吼聲驚天動地，氣壯山河。②辛亥革命以來，中國發生了驚天動地的大變化。

【義近】震天撼地／撼天動地／驚神泣鬼／感天動地。

【義反】微不足道／寂天寞地／無聲無息。

驚心動魄

【釋義】令人心驚，使人魂魄震動。

【出處】鍾嶸・詩品卷上：「文溫以麗，意悲而遠，驚心動魄，可謂幾乎一字千金。」

【用法】原是形容作品文辭動人，使人感受十分深刻，震撼力大。今形容使人十分驚嚇、緊張。

【例句】這部描寫二次世界大戰的影片，有不少驚心動魄的場面。

【義近】震撼人心／膽戰心驚／毛骨悚然。

【義反】不足爲奇／神閒氣定／無動於衷。

驚世駭俗

【釋義】意謂令世人感到驚慌害怕。

【出處】明・劉基・賈性之市隱齋記：「沉湎於酒，不衣冠而處，隱之亂者也，是皆爲驚世駭俗而有害於道。」

【用法】指人言行出奇而使世人驚駭。

【例句】你這些奇談怪論，除了驚世駭俗之外，還能有什麼作用呢？

【義近】驚世破俗。

【義反】老生常談／陳腔濫調／拾人牙慧／人云亦云／襲人故智。

驚恐萬狀

【釋義】驚恐：驚慌恐懼。萬狀：各種樣子，表示驚恐的程度極深。

【出處】漢書・成帝紀：「京師無故訛言大水至，吏民驚恐，奔走乘城。」

【用法】形容極爲害怕，顯露出各種驚恐的樣子來。

【例句】獵人槍聲一響，不管天上飛的或地上走的，都驚恐萬狀地向四面八方逃竄。

【義近】驚慌萬狀／聞風喪膽／驚慌失措。

【義反】泰然自若／處之泰然／不動聲色／泰山崩於前而色不變。

驚慌失措

【釋義】失措：舉動失去常態。又作「驚惶失措」。

【出處】北齊書・元暉業傳：「孝友臨刑，驚惶失措，暉業神色自若。」

【用法】形容驚慌失態，不知如何是好。

【例句】我們要是遇到了危險情況，應該沉著應付，千萬不要驚慌失措。

【義近】張皇失措／手足無措／方寸大亂。

【義反】若無其事／泰然處之／心穩神定。

驚魂未定

【釋義】驚魂：指驚慌失措的神態。

【出處】蘇軾・謝量移汝州表：「隻影自憐，命寄江湖之上；驚魂未定，夢遊縲絏之中。」

【用法】形容受驚之後，心情尚未平靜下來。

【例句】這小孫子太頑皮，趁我不注意，一下子就爬到窗戶上要往下跳，嚇得我到現在都還驚魂未定呢！

【義近】驚魂不定／神魂未定。

【義反】驚魂甫定／神魂始定／心神初安。

驚魂甫定

【釋義】受驚的心情才安定下來。魂：魂魄，人的心神。甫：開始，初。

【出處】駱賓王・疇昔篇：「驚魂聞葉落，危魄逐輪埋。」

【用法】形容受到大的驚嚇後，心神開始安定下來。

【例句】她被流氓追趕，一路衝回家中，驚魂甫定，便向家人詳說原由，報警備案。

【義近】心神初安／神魂始定。

【義反】驚恐萬分／驚惶失措。

驚濤駭浪

【釋義】使人驚嚇的大波大浪。濤：大波浪。駭：吃驚，害怕。

【出處】陸游・長風沙詩：「江水六月無津涯，驚濤駭浪高吹花。」

【用法】比喻非常險惡的環境或遭遇。

【例句】幾十年來，臺灣歷經不少驚濤駭浪，而生活在此的人民都堅強地走過來了。

【義近】驚風駭浪／狂風惡浪／大風大浪。

【義反】風平浪靜／波瀾不驚／水波不興。

十六畫

驢脣不對馬嘴

【釋義】又作「驢脣馬嘴」、「牛頭不對馬嘴」等。

【出處】道原・景德傳燈錄・文偃禪師：「到處馳騁，驢脣馬嘴。」蒲松齡・醒世姻緣一八回：「一帖藥吃下去，不特驢脣對不著馬嘴，且是無益而反害之。」

【用法】比喻答非所問，或比喻對問題的認識、所發表的見解與事實出入很大。

【例句】你聽清楚我所提的問題沒有？怎麼盡是一些驢脣不對馬嘴的回答呢？

【義近】答非所問／文不對題／風馬牛不相及。

【義反】就問作答／扣題爲文／絲絲入扣／就事論事。

驢鳴狗吠

【釋義】驢鳴、狗吠皆聲大而難聽。

【出處】劉義慶・世說新語・輕詆篇：「唯寒山寺一片石堪共語，餘若驢鳴犬吠耳。」

【用法】指文章或言語低劣。

【例句】你這種**驢鳴狗吠**的文章還敢拿出來獻醜？勸你還是多多充實自己吧！
【義近】驢鳴犬吠／蠅鳴蚓唱／蛙鳴蟬噪。
【義反】拍案叫絕／迴腸盪氣／一倡三歎／千古絕唱。

骨部

骨肉至親

【釋義】至：最。又作「骨肉之親」。
【出處】魏書・邢巒傳：「況淵藻是蕭衍兄子，骨肉至親，若其逃亡，當無死理。」
【用法】指最親近的親屬。
【例句】你們是**骨肉至親**，為了一點家產竟動刀弄斧，不怕讓別人看笑話嗎？
【義近】骨肉相連／血肉之親／骨肉之愛。
【義反】疏遠之親／葭莩之親／遠房疏親。

骨肉相連

【釋義】像骨頭和肉一樣相連接著。
【出處】管子・輕重：「功臣之家兄弟相戚，骨肉相親，國無飢民。」
【用法】比喻關係非常密切，不可分離。
【例句】臺灣同胞和大陸同胞有著**骨肉相連**的關係，任何人也無法否認此一事實。
【義近】骨肉之親／血肉相連。
【義反】毫無瓜葛。

骨肉相殘

【釋義】骨肉：像骨和肉那樣密切相連；喻至親。
【出處】劉義慶・世說新語・政事：「仲弓曰：『盜殺財主，何如骨肉相殘？』」
【用法】用以說明至親之間，自相殘殺。
【例句】你們幾個兄弟為了分家產竟然大打出手，**骨肉相殘**，未免太不像話了吧？
【義近】煮豆燃萁／豆萁相煎／兄弟鬩牆／同室操戈／變生肘腋。
【義反】骨肉相親／兄友弟恭／讓棗推梨／同氣連枝／兄弟孔懷。

骨肉團圓

【釋義】骨肉：骨頭和肉緊相連接；喻至親。
【出處】明・柯丹邱・荊釵記・慶誕：「所喜者家庭溫厚，骨肉團圓。」
【用法】用以指親屬團聚。
【例句】這一家祖孫三代，共十多個人，不幸被洪水沖散，經過幾個月的尋找，現在總算能**骨肉團圓**了。
【義近】骨肉團聚／闔家團圓／闔家團聚。
【義反】骨肉離散／骨肉分離／骨肉分散／家破人亡／妻離子散。

骨肉離散

【釋義】骨肉：指親屬。離散：離別分散。
【出處】詩經・唐風・杕杜小序：「君不能親其宗族，骨肉離散，獨居而無兄弟，將為沃（國）所併耳。」
【用法】比喻家人分別離散，不能相聚。用於戰亂或不可抗拒的天災。
【例句】抗日戰爭爆發後，造成許多家庭**骨肉離散**，甚至天人永隔的悲劇。
【義近】家破人亡／妻離子散。
【義反】骨肉團圓／闔家團聚。

骨軟筋酥

【釋義】意謂筋骨鬆軟，全身無力。
【出處】曹雪芹・紅樓夢一一〇回：「這些家人聽了這話，越發嚇得骨軟筋酥，連跑也跑不動了。」
【用法】形容驚嚇的情狀。有時也用以形容好色之徒見了女色難以自持的神態。
【例句】①她一聽說兒子在外面殺了人，頓時嚇得**骨軟筋酥**，癱倒在地。②他見了仰慕已久的電影明星王小姐，就全身**骨軟筋酥**，色涎直淌。
【義近】骨軟筋麻／全身癱軟／骨騰肉飛。
【義反】鋼筋鐵骨／神穩心定／若無其事／無動於衷／坐懷不亂。

骨瘦如柴

【釋義】又作「骨瘦如豺」。豺：身體細瘦的動物。
【出處】埤雅・釋獸・豺：「瘦如豺。豺，柴也。」敦煌變文集・維摩詰經講經文：「舊日神情威似虎，今來體骨瘦如柴。」
【用法】形容極其瘦弱。
【例句】老人禁不起一病，我母親患病還不到一星期，便**骨瘦如柴**了。
【義近】枯瘦如柴／形銷骨立／瘦骨嶙峋／雞骨支牀。
【義反】大腹便便／腦滿腸肥／肥頭大耳。

骨鯁之臣

【釋義】骨鯁：喻正直，也作「骨骾」、「骨梗」。
【出處】司馬遷・史記・陳丞相世家：「彼項王骨鯁之臣，亞父、鍾離眜、龍且、周殷之屬，不過數人耳。」
【用法】比喻能犯顏進諫的正直之臣，今也比喻敢於直言的正直人士。

【例句】在國家政局動盪不安之時，更需要**骨鯁之臣**的正義之聲、忠膽赤誠。

【義近】忠貞之士／正直之臣／法家拂士。

【義反】巧言奸臣／令色賊子／讒佞之臣。

骨鯁在喉

【釋義】魚骨頭卡在喉嚨口。鯁：被魚骨卡住。

【出處】袁枚・小倉山房尺牘：「……聞不慊心事，如骨鯁在喉，必吐之而後快。」

【用法】比喻心裏有話沒說出來，非常難受。

【例句】劉先生性格直爽，有話憋在肚子裏，總覺得**骨鯁在喉**，不吐不快。

【義近】食骨在喉／塊疊在胸。

【義反】心無窒礙／一吐爲快。

十三畫

體大思精

【釋義】規模宏大，思慮精密。體：此指規模。

【出處】范曄・後漢書序：「自古體大而思精，未有此也，恐俗人不能盡之，多貴古賤今，所以稱情狂言耳。」

【用法】形容學說、道理極爲精確深廣。

【例句】國父遺著**體大思精**，直至今天仍值得我們深入鑽研，並加以實行。

【義近】博大精深／博古通今／鴻篇巨製。

【義反】體微識淺／捃拾幫湊。

體無完膚

【釋義】身上已沒有完好的皮膚。完：完好，完整。

【出處】資治通鑑・後唐紀・莊宗同光三年：「帝怒下貫獄，獄吏榜掠，體無完膚。」

【用法】形容人遍體傷痕，也比喻論點被人徹底駁倒。

【例句】①他被兩個流氓打得**體無完膚**，不醒人事。②他的荒謬論點被學者批駁得**體無完膚**。

【義近】皮開肉綻／遍體鱗傷／傷痕累累／焦頭爛額。

【義反】完好無損／安然無恙。

體貼入微

【釋義】體貼：體察別人的疾苦而給以關照。入微：達到極仔細的地步。

【出處】吳沃堯・二十年目睹之怪現狀三八回：「我笑道：『這可謂體貼入微了。』」

【用法】表示對別人關照得極爲細緻周到。

【例句】他在公司是指揮全局的主管，在家卻是一位**體貼入微**的先生，妳能成爲他的太太眞是有福氣。

【義近】關懷備至／無微不至。

【義反】視若無睹／漠不關心／不聞不問。

高 部

高山仰止

【釋義】崇高如山之品德，令人欽佩。

【出處】詩・小雅・車舝：「高山仰止，景行行止。」

【用法】多用來稱頌人道德崇高，使人仰慕。

【例句】孫先生的學問道德，可謂「**高山仰止**，景行行止」。千百年後，先生的人格修養，還是人類想望的境界。

【義近】高山景行／山斗之望／仰之彌高／鑽之彌堅／景行行止。

【義反】卑鄙下流／人格卑劣／不屑一顧／一無可取。

高山流水

【釋義】意謂其音樂之聲，有如高山流水。

【出處】列子・湯問：「伯牙善鼓琴，鍾子期善聽。伯牙鼓琴，志在登高山……鍾子期必得之。」

【用法】用以比喻知己或知音。也比喻樂曲高妙。

【例句】①古人說：千金易得，知己難求。**高山流水**，得遇知音，於願足矣！②如此**高山流水**之曲，令人耳目一新，終身難忘。

高山景行

【釋義】景：大。

【出處】詩經・小雅・車舝：「高山仰止，景行行止。」

【用法】指有德行者受人仰慕。

【例句】孔子的胸襟懷抱、道德文章，歷代都爲讀書人所佩服讚嘆，**高山景行**，令人無限仰慕。

【義近】高風亮潔／品高德重／德高望重。

【義反】貪名逐利。

高才疾足

【釋義】謂深具才華，辦事效率好。

【出處】史記・淮陰侯傳：「秦失其鹿，天下共逐之，於是高才疾足者先得焉。」

【用法】用以稱讚人處理事務能力夠，不但快而且又好。

【例句】陳主任**高才疾足**，深爲上司所倚重，故常畀予重任。

【義近】高才捷足／高才健足／才思敏捷。

【義反】樗櫟庸才。

高不可攀（ㄍㄠ ㄅㄨˋ ㄎㄜˇ ㄆㄢ）

【釋義】高得手都攀不到。攀：抓住高處的東西向上去。
【出處】李汝珍・鏡花緣九回：「此樹高不可攀，何能摘他？」
【用法】形容難以達到，也形容人高高在上難以交往。
【例句】①尖端科技並非**高不可攀**，只要努力不懈，照樣可以獲得。②他現在已當大官了，一副**高不可攀**的德性，哪可能記得你？
【義近】高不可登／高不可及／高高在上。
【義反】平易近人／和藹可親／紆尊降貴。

高不成，低不就（ㄍㄠ ㄅㄨˋ ㄔㄥˊ ㄉㄧ ㄅㄨˋ ㄐㄧㄡˋ）

【釋義】意謂高的不成，低的又不願湊合。就：接近。
【出處】馮夢龍・醒世恆言卷一七：「過善只因是個愛女，要覓個喒嗻女婿爲配，所以高不成，低不就，揀擇了多少子弟，沒個中意的，蹉跎至今。」
【用法】多指在婚姻上條件好的攀不上，條件差的又看不中。也指大事做不了，小事不願做，結果一事無成。
【例句】她要求的條件太高了，雖也認識不少男人，卻總是**高不成，低不就**，以致現在三十多歲了，依然是名花無主。
【義近】高不湊，低不就／一無所成。
【義反】功成名就／功成名遂／功成名立。

高足弟子（ㄍㄠ ㄗㄨˊ ㄉㄧˋ ㄗˇ）

【釋義】意即高才弟子。弟子：門生。
【出處】劉義慶・世說新語・文學：「鄭玄在馬融門下，三年不得相見，高足弟子傳授而已。」
【用法】指品學兼優的弟子。
【例句】這位研究生是劉教授的**高足弟子**，將來在學術上一定能有一番成就。
【義近】得意門生／高業弟子。
【義反】庸碌之徒／朽木弟子。

高官厚祿（ㄍㄠ ㄍㄨㄢ ㄏㄡˋ ㄌㄨˋ）

【釋義】祿：俸祿，即薪資。
【出處】孔叢子・公儀：「令徒以高官厚祿，釣餌君子，無信用之意。」
【用法】指官位高，俸祿優厚。含有諷刺意味。
【例句】這些人非常糟糕，可說是毫無良知，只要給他們**高官厚祿**，什麼卑鄙無恥的事都做得出來。
【義近】高位厚祿／高爵重祿／尊官豐祿。
【義反】窮猿奔林／人微權輕／官卑俸微。

高朋滿座（ㄍㄠ ㄆㄥˊ ㄇㄢˇ ㄗㄨㄛˋ）

【釋義】高貴的賓朋好友坐滿席位。高：高貴，尊貴。
【出處】王勃・滕王閣序：「十旬休暇，勝友如雲；千里逢迎，高朋滿座。」
【用法】形容賓客滿堂，朋友眾多。
【例句】王先生自從當上局長後，家中經常**高朋滿座**。
【義近】勝友如雲／賓客盈門／賓朋滿堂／薈萃一堂／門庭若市。
【義反】坐無車公／門可羅雀／青蠅弔客／門前冷落／柴門蕭條。

高枕無憂（ㄍㄠ ㄓㄣˇ ㄨˊ ㄧㄡ）

【釋義】把枕頭墊得高高地睡大覺，以爲沒有什麼可以擔心的事。憂：憂慮，發愁。
【出處】舊五代史・高季興傳：「且遊獵旬日不迴，中外之情，其何以堪，吾高枕無憂矣。」
【用法】形容安然而臥，無所顧慮；比喻毫無警惕，盲目樂觀。
【例句】不要以爲目前安居樂業便可**高枕無憂**了，人無遠慮，必有近憂，我們要時時提高警覺啊！
【義近】高枕而臥／無憂無慮／高枕爲樂。
【義反】忐忑不安／憂心忡忡。

高臥東山（ㄍㄠ ㄨㄛˋ ㄉㄨㄥ ㄕㄢ）

【釋義】謂隱居不仕也。
【出處】晉書・謝安傳：「卿累違朝旨，高臥東山，諸人每相與言，安石不肯出，將如蒼生何？蒼生今亦將如卿何？」
【用法】隱士隱居不當官時可用此語。
【例句】他生性恬淡好古，絕意仕進，過著**高臥東山**的逍遙生活。
【義近】高臥松雲／枕石漱流／嘯傲山林／孤山尋梅／巖居穴處。
【義反】狗苟蠅營／追名逐利／汲汲營營／棲棲遑遑／忙忙碌碌。

高城深池（ㄍㄠ ㄔㄥˊ ㄕㄣ ㄔˊ）

【釋義】很高的城牆，很深的護城河。池：護城河。
【出處】荀子・議兵：「故堅甲利兵不足以爲勝，高城深池不足以爲固，嚴令繁刑不足以爲威，由其道則行，不由其道則廢。」
【用法】形容防守堅固。
【例句】現代的作戰形態已經改變，**高城深池**根本無濟於事，再堅固的城牆，只需幾個大炮就轟成平地了。
【義近】高城深塹／堅城深池／銅牆鐵壁／金城湯池／固若金湯／壁壘森嚴。
【義反】四戰之地。

高屋建瓴（ㄍㄠ ㄨ ㄐㄧㄢˋ ㄌㄧㄥˊ）

【釋義】建：通「瀽」，倒水。瓴：仰瓦，瓦溝。
【出處】司馬遷・史記・高祖本紀：「（秦中）地勢便利，其以下兵於諸侯，譬猶居高屋之上建瓴水也。」
【用法】比喻居高臨下，勢不可擋。也比喻居形勢有利。
【例句】我軍已佔領兩座山頭，掌握了優勢，欲克敵致勝，必如**高屋建瓴**一般。
【義近】勢如破竹／居高臨下／坂上走丸／勢不可當。
【義反】腹背受敵／三面臨敵／節節敗退。

高風亮節（ㄍㄠ ㄈㄥ ㄌㄧㄤˋ ㄐㄧㄝˊ）

【釋義】高卓的風範，堅貞的節操。一作「高風峻節」。

【出處】胡仔・苕溪漁隱叢話：「余謂淵明高風峻節，固已無愧於四皓。」
【用法】用以形容人品德高尚，節操不凡。
【例句】國父南北和談後，自動卸去總統職務，**高風亮節**，海內同欽。
【義近】高風偉節／清風亮節／高節清風／高山仰止。
【義反】寡廉鮮恥／卑鄙下流／厚顏無恥／斯文掃地。

高飛遠翔 ㄍㄠ ㄈㄟ ㄩㄢˇ ㄒㄧㄤˊ

【釋義】意謂飛得又高又遠。
【出處】漢・劉向・說苑・尊賢：「鴻鵠高飛遠翔，其所恃者六翮也。」
【用法】比喻前程遠大。
【例句】這個年輕人才高學富又志向遠大，雖然眼前暫時屈居人下，今後勢必**高飛遠翔**，成爲人上人。
【義近】高飛遠舉／高飛遠揚／鵬程萬里／前程萬里／前程似錦／前途無量。
【義反】翱翔蓬蒿間／生平無大志／買田問舍／駑馬戀棧。

高高在上 ㄍㄠ ㄍㄠ ㄗㄞˋ ㄕㄤˋ

【釋義】意謂所處的位置極高。
【出處】詩經・周頌・敬之：「天維顯思，命不易哉。無曰高高在上，陟降厥土，日監在茲。」
【用法】今多形容當權者置身於民眾之上，不深入體察民心的官僚作風。
【例句】當政者應深入民間，了解民間疾苦，決不可**高高在上**，置民眾死活於不顧。
【義近】唯我獨尊／高不可攀／高不可及。
【義反】明察下情／俯首下民／平易近人／紆尊降貴。

高唱入雲 ㄍㄠ ㄔㄤˋ ㄖㄨˋ ㄩㄣˊ

【釋義】高唱：放聲歌唱。雲：雲霄，天空。
【出處】晉・葛洪・西京雜記卷一：「高帝戚夫人善鼓瑟擊筑。……後宮齊首高唱，聲入雲霄。」清・譚嗣同・致劉淞芙書：「拔起千仞，高唱入雲，瑕隙尚不易見。」
【用法】多用以形容歌聲嘹亮，高入雲霄。
【例句】這位男高音歌喉圓潤，**高唱入雲**，聽者無不讚賞叫絕。
【義近】聲振林木／穿雲裂石／響遏行雲／聲動梁塵／響徹雲霄／羽聲慷慨。
【義反】靡靡之音／輕歌曼舞／淺斟低唱／清歌妙舞。

高視闊步 ㄍㄠ ㄕˋ ㄎㄨㄛˋ ㄅㄨˋ

【釋義】高視：眼睛向上看。闊步：邁大步走路。
【出處】隋書・盧思道傳：「向之求官買職，晚謁晨趨……俄而抵掌揚眉，高視闊步。」
【用法】用以形容神氣傲慢或氣概不凡。
【例句】看他那一副**高視闊步**的樣子，想必日後定有一番作爲。
【義近】器宇軒昂／昂首闊步／龍驤虎步／鷹視狼步。
【義反】畏葸不前／畏畏縮縮／低聲下氣／畏首畏尾／縮頭縮腦。

高陽酒徒 ㄍㄠ ㄧㄤˊ ㄐㄧㄡˇ ㄊㄨˊ

【釋義】高陽：古地名，在今河南杞縣西南。
【出處】司馬遷・史記・酈生陸賈列傳：「酈生瞋目按劍叱使者曰：『走！復入言沛公，吾高陽酒徒也，非儒人也。』」
【用法】用以泛指好飲酒而狂放不羈的人。
【例句】他是個**高陽酒徒**，你是個循規蹈矩的文人，我眞無法理解，你們怎麼會結交爲知己。
【義近】高陽狂客／高陽公子。
【義反】志士仁人／泰山北斗。

高樓大廈 ㄍㄠ ㄌㄡˊ ㄉㄚˋ ㄕㄚˋ

【釋義】廈：大屋。
【出處】元・無名氏・九世同居一折：「親戚同高樓大廈，朋友共肥馬輕車。」
【用法】指高大堂皇的房屋。
【例句】一步入香港，映入眼簾的，首先就是無數的**高樓大廈**，充分顯示出大都市的氣派。
【義近】高堂大廈／美輪美奐／富麗堂皇／金碧輝煌／峻宇雕牆／瓊樓玉宇。
【義反】茅茨土階／土階茅屋／蓬門篳戶／蓬戶甕牖／甕牖繩樞／荊室蓬戶。

高談雄辯 ㄍㄠ ㄊㄢˊ ㄒㄩㄥˊ ㄅㄧㄢˋ

【釋義】意謂言詞豪放不羈，辯論充分有力。
【出處】杜甫・飲中八仙歌：「焦遂五斗方卓然，高談雄辯驚四筵。」
【用法】用以形容有口才，能言善辯。
【例句】像他這樣**高談雄辯**的外交家，別說在國內，就是在全世界也是第一流的。
【義近】口若懸河／辯才無礙／侃侃而談／能言善道／舌粲蓮花／語如貫珠／滔滔不絕／懸河飛瀑。
【義反】拙口鈍腮／澀於言論／語無倫次／結結巴巴／笨口拙腮／笨口拙舌／期期艾艾／不知所云／拙口鈍辭。

高談闊步 ㄍㄠ ㄊㄢˊ ㄎㄨㄛˋ ㄅㄨˋ

【釋義】高談：大談，隨意談論。闊步：邁大步走路。一作「闊步高談」。
【出處】三國志・魏文帝紀・注引魏書・太宗論：「欲使曩時累息之民，得闊步高談，無危懼之心。」
【用法】說明言行自由，不受約束。
【例句】讓民眾隨時隨地都可**高談闊步**，這是民主政治所必須遵守的基本原則之一。
【義近】自由自在／身心自由／言行自由。
【義反】偶語棄市／搖手觸禁。

高談闊論 ㄍㄠ ㄊㄢˊ ㄎㄨㄛˋ ㄌㄨㄣˋ

【釋義】大聲地發表議論。高：大。闊：廣闊。
【出處】董解元・西廂記：「高談闊論曉今古，一個是一方長老，一個是一代名儒，俗談沒半句。」
【用法】多指不著邊際地大發議論，也形容談論暢快，毫無拘束。

【例句】①這幾個年輕人只要聚在一起，便飲酒遣興，**高談闊論**，旁若無人。②現在需要的不是**高談闊論**，而是腳踏實地的行動。
【義近】議論風發／侃侃而談／放言高論／夸夸其談。
【義反】緘默無言／三緘其口。

高擡明鏡 ㄍㄠ ㄊㄞˊ ㄇㄧㄥˊ ㄐㄧㄥˋ
【釋義】高擡：高高地擡起，敬辭。明鏡：傳說秦始皇有一面明亮的鏡子，能照見人心的善惡。
【出處】京本通俗小說・錯斬崔寧：「今日天理昭然，——是他親口招承，伏乞相公高擡明鏡，照雪前冤！」
【用法】喻官員判案公正清明。
【例句】她是個非常溫和柔順的女子，儘管丈夫對她不好，她也決不可能把他殺死，這當中必有冤枉，務請法官**高擡明鏡**，找出眞正的凶手。
【義近】明鏡高懸／秦鏡高懸／虛堂懸鏡。
【義反】衙門八字開，有理無錢莫進來／火到豬頭爛，錢到公事辦／昏官污吏／徇私枉法。

高擡貴手 ㄍㄠ ㄊㄞˊ ㄍㄨㄟˋ ㄕㄡˇ
【釋義】高擡：高高地擡起。貴手：尊稱對方的手。
【出處】施耐庵・水滸傳二回：「不想誤觸犯了官人，望乞恕罪，高擡貴手。」
【用法】指請人寬恕或通融。
【例句】小兒年幼無知，冒犯了師長，還望老師**高擡貴手**，原諒他一次。
【義近】手下留情／網開一面／呑舟是漏／法外施恩。
【義反】法不徇私／執法不阿。

高壘深溝 ㄍㄠ ㄌㄟˇ ㄕㄣ ㄍㄡ
【釋義】高築壁壘，深挖壕溝。
【出處】孫子・虛實：「故我欲戰，敵雖高壘深溝，不得不與我戰者，攻其所必救也。」
【用法】形容加強防禦。
【例句】「既爹爹夜夢不祥，且停止不出交兵，**高壘深溝**，坐老其師如何？」（楊家將演義四四回）
【義近】高壘深壁／高壘深塹／高壁深塹。
【義反】四戰之地／毫無防備。

高瞻遠矚 ㄍㄠ ㄓㄢ ㄩㄢˇ ㄓㄨˇ
【釋義】高瞻：站在高處往前看。遠矚：向遠方注視。
【出處】夏敬渠・野叟曝言二回：「一路高瞻遠矚，要領略湖山眞景。」
【用法】今用以比喻眼光遠大，見識深遠。
【例句】智者**高瞻遠矚**，洞察世變，故能決天下之大疑，去天下之大惑。
【義近】見識深遠／高見遠視／見多識廣／目光如炬。
【義反】鼠目寸光／目光如豆／井中視星／目不見睫。

髟部

五畫

髮指眥裂 ㄈㄚˇ ㄓˇ ㄗˋ ㄌㄧㄝˋ
【釋義】髮指：頭髮豎起。眥裂：眼眶裂開。
【出處】史記・項羽本紀：「（樊噲）瞋目視項王，頭髮上指，目眥盡裂。」
【用法】形容憤怒到了極點。
【例句】這個喪心病狂的歹徒做出令人**髮指眥裂**的事，卻仍毫無悔意。
【義近】怒不可遏／怒髮衝冠。
【義反】心平氣和／平心靜氣。

髮短心長 ㄈㄚˇ ㄉㄨㄢˇ ㄒㄧㄣ ㄔㄤˊ
【釋義】髮短：頭髮短少，指人已年老。心長：思慮深長。又作「心長髮短」。
【出處】左傳・昭公三年：「彼其髮短而心甚長，其或寢處我矣。」
【用法】比喻年老而智謀深。
【例句】你父親雖已年過八旬，但仍很有遠見，可謂**髮短心長**，你應該多聽他老人家的教誨才好。

十二畫

鬚眉交白 ㄒㄩ ㄇㄟˊ ㄐㄧㄠ ㄅㄞˊ
【釋義】鬍鬚和眉毛都白了。交：一齊。
【出處】莊子・漁父：「有漁父者，下船而來，鬚眉交白，被髮揄袂。」
【用法】形容老年男子的形狀神態。
【例句】這位老先生雖已**鬚眉交白**，但身體很健康，走路爬山都像年輕人一樣，一點也不感到吃力。
【義近】老態龍鍾／雞皮鶴髮／白髮蒼蒼／尨眉皓首。
【義反】髮黑膚潤／脣紅齒白。

鬚眉男子 ㄒㄩ ㄇㄟˊ ㄋㄢˊ ㄗˇ
【釋義】鬚眉：鬍鬚和眉毛。古代以男子濃眉密鬚爲美。
【出處】明・周楫・西湖二集卷一九：「丫環之中，尙有全忠全孝頂天立地之人，何況鬚眉男子。」
【用法】用以指男子漢大丈夫。
【例句】汪太太允文允武，敢說敢爲，臨危不懼，在許多方面都賽過**鬚眉男子**。
【義近】堂堂男子／男子漢，大丈夫。
【義反】柔弱女子／纖纖女子／纖弱女子。

鬥部

鬥志昂揚

【釋義】鬥志：戰鬥的意思。昂揚：情緒高漲。

【出處】左傳・桓公一一年：「鄖有虞心而恃其城，莫有鬥志。」

【用法】指人的戰鬥意志旺盛。

【例句】王先生幾十年來一直**鬥志昂揚**，所以才能有今天這樣的成就。

【義近】意氣風發／意氣昂揚／精神振奮。

【義反】萎靡不振／有氣無力／尸居餘氣。

鬥雞走狗

【釋義】使公雞相鬥，使狗賽跑。走：跑。又作「鬥雞走犬」。

【出處】戰國策・齊策一：「臨淄甚富而實，其民無不吹竽鼓瑟，擊筑彈琴，鬥雞走犬。」

【用法】形容不務正業，游手好閒之輩的無聊遊戲。

【例句】這個浪蕩子倚仗父兄有錢，不愁吃穿，便以**鬥雞走狗**，吃喝玩樂混日子。

【義近】飛鷹走狗／游手好閒／不務正業。

【義反】日以繼夜／焚膏繼晷／奮發圖強。

鬯部

十九畫

鬱鬱不樂

【釋義】鬱鬱：心裏苦悶。

【出處】唐・蔣防・霍小玉傳：「傷情感物，鬱鬱不樂。」

【用法】形容悶悶不樂。

【例句】生意上失利是常有的事，何必爲了幾文錢而**鬱鬱不樂**，損傷身體呢？

【義近】鬱鬱寡歡／抑鬱寡歡／悶悶不樂／坐困愁城／怏怏不樂。

【義反】舒眉展眼／眉開眼笑／笑逐顏開／心花怒放／歡天喜地／沾沾自喜。

鬱鬱葱葱

【釋義】鬱鬱：草木繁密的樣子。葱葱：草木茂盛的樣子。

【出處】王充・論衡・吉驗：「王莽時，謁者蘇伯阿能望氣……伯阿對曰：『見其鬱鬱葱葱耳。』」

【用法】形容草木蒼翠茂盛，也形容氣象旺盛美好。

【例句】走進森林，到處是**鬱鬱葱葱**的景象，令人心曠神怡。

【義近】鬱乎蒼蒼／離離蔚蔚。

【義反】牛山濯濯／蕭瑟凋零。

鬱鬱寡歡

【釋義】鬱鬱：憂愁苦悶的樣子。寡：少。

【出處】屈原・九章・抽思：「心鬱鬱之憂思兮，獨永嘆乎增傷。」

【用法】形容憂愁神傷、悶悶不樂。

【例句】他最近因爲做生意連連失利，變得**鬱鬱寡歡**，很少和人講話。

【義近】悶悶不樂／坐困愁城。

【義反】神清氣爽／笑逐顏開。

鬼部

鬼使神差

【釋義】好像有鬼神在支使著一樣。使：驅使。差：派遣。

【出處】鄭廷玉・金鳳釵三折：「這一場鬼使神差，替別人濕肉伴乾柴，沒人情官棒方難捱。」

【用法】形容不由自主，不自覺地做了原先沒想要做的事。

【例句】眞好像有**鬼使神差**似的，這麼一個精明人，今天竟被騙走了一筆巨款！

【義近】鬼迷心竅。

鬼斧神工

【釋義】工：工巧，精緻。又作「神工鬼斧」。

【出處】袁枚・隨園詩話卷六：「神工鬼斧，愈出愈奇。」

【用法】形容藝術技巧高超，不是人力所能達到的。

【例句】柬埔寨吳哥寺的建築全部用巨大的石塊砌成，中間沒有任何的黏合物，眞是**鬼斧神工**，人間奇蹟。

【義近】神施鬼設／巧奪天工／天造地設／鏤月裁雲。

【義反】畫虎類犬／粗製濫造。

鬼計多端 ㄍㄨㄟˇ ㄐㄧˋ ㄉㄨㄛ ㄉㄨㄢ

【釋義】鬼計：不可告人的壞計謀。
【出處】余萬春・蕩寇志八九回：「吳學究再三吩咐，說陳希眞那廝鬼計多端，不可輕敵。」
【用法】形容人的壞主意很多。
【例句】他那個人**鬼計多端**，你和他打交道時，可千萬要小心留意啊！
【義近】詭計多端／詭計莫測／譎詐多端／詭變難料／狡猾多詐。
【義反】光明正大／光明磊落／襟懷坦蕩／忠厚老實／老實厚道／寬厚仁慈。

鬼哭神號 ㄍㄨㄟˇ ㄎㄨ ㄕㄣˊ ㄏㄠˊ

【釋義】大哭大叫。號：哭叫。
【出處】施耐庵・水滸傳八九回：「……殺得星移斗轉，日月無光，鬼哭神號，人兵繚亂。」
【用法】形容哭聲淒厲，悲慘恐怖的景象。
【例句】龍捲風把整個村莊全毀了，死傷無數，一片**鬼哭神號**，慘不忍睹的慘景。
【義近】神嚎鬼哭／鬼哭狼嚎／鬼哭神愁。
【義反】歡天喜地／鶯歌燕舞／笑逐顏開。

鬼鬼祟祟 ㄍㄨㄟˇ ㄍㄨㄟˇ ㄙㄨㄟˋ ㄙㄨㄟˋ

【釋義】祟：鬼怪，神鬼暗中害人。
【出處】曹雪芹・紅樓夢二四回：「便是你們的鬼鬼祟祟，幹的那事兒瞞不過我去。」
【用法】指行動偷偷摸摸，不光明正大。
【例句】你看他倆**鬼鬼祟祟**的樣子，一定又是在打什麼壞主意。
【義近】偷偷摸摸／暗中搗鬼／鬼頭鬼腦。
【義反】光明正大／光明磊落／堂堂正正。

鬼話連篇 ㄍㄨㄟˇ ㄏㄨㄚˋ ㄌㄧㄢˊ ㄆㄧㄢ

【釋義】鬼話：胡說，誑話。連篇：言其多。
【出處】明・吳炳・療妬羹・假醋：「三分鬼話他明說，一謎癡腸我獨行。」
【用法】批評人胡說八道，言多而不實。
【例句】你別在這裏**鬼話連篇**，難道我們都是蠢蛋，會相信你嗎？
【義近】信口雌黃／胡說八道／誑言亂語／廢話連篇。
【義反】實言實語／正言正語／言必有中／句句屬實。

鬼蜮伎倆 ㄍㄨㄟˇ ㄩˋ ㄐㄧˋ ㄌㄧㄤˇ

【釋義】鬼蜮：指陰險害人的人。蜮：傳說一種能含沙射人影，使人發病的動物。伎倆：花招，手段。
【出處】詩經・小雅・何人斯：「爲鬼爲蜮，則不可得。」
【用法】比喻陰險毒辣、暗中傷人的卑劣手段。
【例句】他爲了置對方於死地，可是什麼**鬼蜮伎倆**都敢使出來的！
【義近】鬼魅伎倆／卑劣手段。
【義反】明火執仗／明言正搶。

鬼頭鬼腦 ㄍㄨㄟˇ ㄊㄡˊ ㄍㄨㄟˇ ㄋㄠˇ

【釋義】原意謂傻頭傻腦，今多指暗弄機謀。
【出處】凌濛初・二刻拍案驚奇・賈廉訪……攝江巡：「巢氏有兄弟巢六郎，是一個鬼頭鬼腦的人。」
【用法】多形容人狡猾陰險，不光明正大。有時也形容人心思機靈。
【例句】①這傢伙在我們住房周圍**鬼頭鬼腦**地東張西望，說不定是個賊。②這小孩眞是聰明，不管什麼困難的事，他都能**鬼頭鬼腦**地想出辦法來解決。
【義近】賊頭賊腦／偷偷摸摸／鬼鬼祟祟。
【義反】光明正大／堂堂正正／正正當當。

四畫

魂不守舍 ㄏㄨㄣˊ ㄅㄨˋ ㄕㄡˇ ㄕㄜˋ

【釋義】靈魂不在身上了。舍：住宅，此指人的軀體。又作「魂不守宅」。
【出處】陳壽・三國志・魏書・管輅傳・注引輅別傳：「魂不守宅，血不華色，精爽煙浮，容若槁木。」
【用法】形容神志昏亂不清或精神不集中。
【例句】他自從太太去世後，便天天精神恍惚、**魂不守舍**地，連說話都顛三倒四了。
【義近】失魂落魄／心神恍惚／心不在焉。
【義反】神志清醒／心安神定／心神專注。

魂不附體 ㄏㄨㄣˊ ㄅㄨˋ ㄈㄨˋ ㄊㄧˇ

【釋義】靈魂沒有依附在身體上了。附：依附。
【出處】京本通俗小說・西山一窟鬼：「兩個立在墓堆子上，唬得兩個魂不附體。」
【用法】形容受到極大的驚嚇而恐懼萬分，有時也形容受到極大的誘惑而不能自主。
【例句】在一聲巨響下，小女孩被嚇得**魂不附體**，一句話也說不出來。
【義近】魂飛天外／六神無主／失魂落魄。
【義反】毫不在乎／神情安然／毫無所懼／穩如磐石。

魂飛魄散 ㄏㄨㄣˊ ㄈㄟ ㄆㄛˋ ㄙㄢˋ

【釋義】魂魄離開人體飛散了。魂、魄：均指附在人體內的精神靈氣。
【出處】關漢卿・蝴蝶夢二折：「驚的我魂飛魄散，走得我力盡筋舒。」
【用法】形容驚恐萬分，極端害怕。
【例句】小李撂倒了一個盜賊，其他幾個見狀嚇得**魂飛魄散**，一溜煙的四處逃開了。
【義近】魂不附體／心驚膽戰／心驚肉跳。
【義反】泰然自若／鎭定自如／若無其事。

十一畫

魑魅魍魎 ㄔ ㄇㄟˋ ㄨㄤˇ ㄌㄧㄤˇ

【釋義】魑魅：傳說中的山神、鬼怪。魑：同「螭」。魍魎：指水神。又可作「魑魅罔兩」。
【出處】左傳・宣公二年：「螭魅罔兩，莫能逢之。」張衡・西京賦：「螭魅魍魎，莫能逢旃。」

【用法】指形形色色的惡人。

【例句】這羣**魑魅魍魎**，長期以來在這一帶興風作浪，行凶作惡，現在一一落網，眞是大快人心。

【義近】妖魔鬼怪／牛鬼蛇神。

【義反】菩薩神仙／英雄豪傑。

魚　部

魚水和諧（ㄩˊ ㄕㄨㄟˇ ㄏㄜˊ ㄒㄧㄝˊ）

【釋義】就像魚和水那樣和諧。

【出處】元・王子一・誤入桃源四折：「今日也魚水和諧，燕鶯成對，琴瑟相調。」

【用法】形容關係非常和好諧調。常用以指夫婦和諧。

【例句】這對夫妻恩恩愛愛，相處之融洽，眞有如**魚水和諧**，堪稱模範夫妻。

【義近】你恩我愛／相敬如賓／和如琴瑟／琴瑟和鳴／舉案齊眉。

【義反】反目成仇／琴瑟不調／水火不容／冰炭不容／勢同水火／蕭郎陌路。

魚目混珠（ㄩˊ ㄇㄨˋ ㄏㄨㄣˋ ㄓㄨ）

【釋義】拿魚眼睛和珍珠雜在一起。混：混雜其中，冒充。

【出處】魏伯陽・參同契上篇：「魚目豈爲珠，蓬蒿不成檟。」

【用法】比喻用假的冒充眞的。

【例句】他精於鑑定古代書畫法帖，你在他面前休想**魚目混珠**，要什麼花樣。

【義近】魚目混珍／魚目似珠／以假亂眞／濫竽充數。

【義反】貨眞價實／黑白分明。

魚米之鄉（ㄩˊ ㄇㄧˇ ㄓ ㄒㄧㄤ）

【釋義】盛產魚和米的鄉村。

【出處】舊唐書・王晙傳：「昭以繒帛之利，示以麋鹿之饒，說其魚米之鄉，陳其畜牧之業。」

【用法】泛指農產品富庶之地。

【例句】長江中下游平原，土壤肥沃，水利方便，歷來便是有名的**魚米之鄉**。

【義近】肥沃之地／膏腴之地／沃野千里／良田美池／富饒之地。

【義反】窮鄉僻壤／窮山惡水／不毛之地／無用之地／蠻荒之地／磽瘠之地。

魚肉鄉民（ㄩˊ ㄖㄡˋ ㄒㄧㄤ ㄇㄧㄣˊ）

【釋義】魚、肉：欺侮、宰割。作動詞用。

【出處】後漢書・仲長統傳：「魚肉百姓，以盈其欲。」

【用法】指視鄉民如魚肉，任意宰割。

【例句】**魚肉鄉民**的流氓，最近因掃黑被抓走，大家無不歡欣鼓舞，奔相走告。

【義近】魚肉百姓／戕摩剝削。

【義反】仁民愛物／人飢己飢。

魚貫而入（ㄩˊ ㄍㄨㄢˋ ㄦˊ ㄖㄨˋ）

【釋義】像游魚一樣一個接著一個進來。貫：成串，連貫。一作「魚貫而進」。

【出處】李寶嘉・官場現形記四四回：「叫著名字，依著齒序，魚貫而入。」

【用法】形容一個接著一個有次序地進入。

【例句】這些犯人由法警押著，**魚貫而入**，在法庭中接受審訊和宣判。

【義近】魚貫而行／魚貫而前／魚貫成次。

【義反】一擁而上／一哄四散／魚貫而出。

魚游沸鼎（ㄩˊ ㄧㄡˊ ㄈㄟˋ ㄉㄧㄥˇ）

【釋義】鼎：古代烹煮食物的器具。

【出處】丘遲・與陳伯之書：「將軍魚游於沸鼎之中，燕巢於飛幕之上。」

【用法】比喻所處的環境非常危險。

【例句】你現在的處境猶如**魚游沸鼎**，一言一行必須要謹愼小心，否則稍一不愼，恐有生命之危。

【義近】魚游釜中／燕巢飛幕／鳥棲烈火／虎尾春冰。

【義反】春風得意／一帆風順／如魚得水。

魚頭參政（ㄩˊ ㄊㄡˊ ㄘㄢ ㄓㄥˋ）

【釋義】宋魯宗道，立朝剛正，嫉惡如仇，因姓魯，魯字上半爲魚，故被稱爲魚頭參政，形容其骨鯁如魚頭。

【出處】宋史・魯宗道傳載：宗道爲參政，人曰魚頭公，以忠鯁目之。故事成語考・魯又臣：「魚頭參政，魯宗道秉性骨鯁。」

【用法】泛指爲官剛正不阿者。

【例句】趙部長個性擇善固執，寧願做個**魚頭參政**，也不願敷衍偷安。

【義近】剛正不阿。

【義反】尸位素餐。

魚龍混雜（ㄩˊ ㄌㄨㄥˊ ㄏㄨㄣˋ ㄗㄚˊ）

【釋義】混雜：混和間雜在一起。

【出處】羅隱・西塞山詩：「波闊魚龍應混雜，壁危猿狖奈姦頑。」

【用法】比喻良莠不一的人混雜在一起。

【例句】越是**魚龍混雜**的地方，就越有值得觀察的人、事、物。

【義近】牛驥同皁／泥沙俱下／良莠混雜／龍蛇雜處。

【義反】涇渭分明／黑白分明／優劣分明。

魚驚鳥散

【釋義】像魚鳥一樣受驚而四處潰散。
【出處】南朝陳・徐陵・陳公九錫文：「公以國盜邊警，知無不爲，恤是同盟，誅其醜類，莫不魚驚鳥散，面縛頭懸。」
【用法】比喻因受驚擾而紛紛地四下潰散。
【例句】這個抗議隊伍只不過是烏合之眾，想藉機生事，從中牟利，眼見政府態度強硬，目的達不到，便**魚驚鳥散**了。
【義近】魚潰鳥散／鳥驚魚潰／獸奔鳥散／狼奔豕突／抱頭鼠竄／作鳥獸散。
【義反】巋然不動／紋風不動／行若無事／若無其事／處之泰然。

四畫

魯魚亥豕

【釋義】魯和魚、亥和豕因字形相近而易訛誤。
【出處】語出呂氏春秋・察傳。章學誠・校讎通義一：「因取歷朝著錄，略其魚魯亥豕之細，……。」
【用法】指因文字形近而傳寫訛誤。
【例句】有些出版商刊印古書極不負責，**魯魚亥豕**的情形隨處可見。
【義近】魯魚帝虎／烏焉亥豕／三豕涉河。

六—八畫

鮮衣美食

【釋義】鮮豔的衣服，精美的食物。
【出處】舊五代史・漢書・蘇逢吉傳：「逢吉性侈靡，好鮮衣美食，中書公膳，鄙而不食，私庖供饌，務盡甘珍。」
【用法】形容講究吃穿，生活奢華。
【例句】這幾個花花公子，日日**鮮衣美食**，夜夜追歡買笑，什麼正經事也不幹，眞是社會的寄生蟲。
【義近】錦衣玉食／侯服玉食／飽食煖衣。
【義反】布衣疏食／惡衣惡食／粗茶淡飯／糲食粗餐／草衣木食／斷虀畫粥。

鮮車怒馬

【釋義】怒馬：馬匹肥壯，氣概昂揚。
【出處】後漢書・第五倫傳：「蜀地肥饒，掾史家貲多至千萬，皆鮮車怒馬，以財貨自達。」
【用法】形容起居排場極端豪華盛大。
【例句】自從他發了橫財之後，日日**鮮車怒馬**，餐餐山珍海味，早已忘了以前勤儉度日的景況。
【義近】結駟連騎／乘堅策肥／朱輪華轂。
【義反】敝車羸馬。

鯨吞虎噬

【釋義】鯨吞：像鯨魚一樣地吞食。噬：咬。
【出處】宋・范仲淹・上執政書：「前代亂離，鯨吞虎噬，無卜世卜年之意，故斯道久缺，反爲不急之務。」
【用法】用以形容侵佔掠奪，就像猛獸窮凶極惡地吞噬獵物一樣。
【例句】抗戰時期，日本軍國主義者對我國的大好河山**鯨吞虎噬**，因而激起國人的強烈反抗，徹底粉碎了他們吞併中國的夢想。
【義近】狼吞虎嚥／蠶食鯨吞／張口大嚼。

十—十二畫

鰥寡孤獨

【釋義】鰥：年老無妻。寡：年老無夫。孤：年幼無父。獨：年老無子。
【出處】漢書・黃霸傳：「鰥寡孤獨有死無以葬者，鄉部書言，霸具爲區處。」
【用法】指無依無靠的老弱者。
【例句】**鰥寡孤獨**和殘障人士，應該得到社會上每個人的關心和幫助。
【義近】孤苦伶仃／舉目無親／孤兒寡母。
【義反】兒女成行／兒孫滿堂。

鱗次櫛比

【釋義】像魚鱗、梳子齒一般密密麻麻排列著。次：順序。櫛：梳子。比：排列。
【出處】陳貞慧・秋園雜佩・蘭：「每歲正二月之交，自長橋以至大街，鱗次櫛比，春光皆馥也。」
【用法】形容排列得既整齊又緊密。
【例句】台北敦化南路兩旁的高樓大廈，**鱗次櫛比**，氣勢雄偉，整齊美觀。
【義近】魚鱗馬鹵／鱗次相比／星羅棋布／攢蹙累積。
【義反】稀疏錯落／雜亂無章。

鳥部

鳥之將死，其鳴也哀

【釋義】將：接近。鳥將死時，鳴叫聲悲切。
【出處】論語・泰伯：「曾子曰：『鳥之將死，其鳴也哀；人之將死，其言也善。』」
【用法】用以比喻人快要死時，大多會良心發現，講出善良的話。
【例句】**鳥之將死，其鳴也哀**；人之將死，其言也善。死刑犯臨刑前的話語，常是最眞實的悔悟之言，很值得那些好勇鬥狠的青少年所警惕。
【義近】人之將死，其言也善。
【義反】至死不悟。

鳥爲食亡

【釋義】鳥因爲食物而死亡。
【出處】通俗編・禽魚：「吳越春秋：高飛之鳥，亡於美食。」
【用法】比喻人因貪財而死。
【例句】雖說：人爲財死，**鳥爲食亡**。但人是萬物之靈，怎麼可以唯利是圖，貪得無厭，毫無人性呢？那跟禽獸又有什麼不同？

【義近】人爲財死。

【義反】一介不取。

鳥盡弓藏

【釋義】鳥沒有了，弓也就收藏起來不用了。

【出處】司馬遷・史記・越王句踐世家：「飛鳥盡，良弓藏；狡兔死，走狗烹。」

【用法】比喻事情成功以後，把曾經出過力的人一腳踢開或者乾脆置之於死地。

【例句】歷史上眞正講道義的人不多，若爲了名利而不懂急流勇退，則可能招來**鳥盡弓藏**的下場。

【義近】兔死狗烹／過河拆橋／卸磨殺驢／得魚忘筌。

【義反】論功行賞／故舊不遺／分茅列土。

鳥語花香

【釋義】鳥叫得好聽，花開得噴香。鳥語：鳥叫著像說話似的。一作「花香鳥語」。

【出處】李汝珍・鏡花緣九八回：「雲霧漸淡，日色微明，四面也有人煙來往，各處花香鳥語，頗可盤桓。」

【用法】形容春天明媚的景象。

【例句】有人說：**鳥語花香**，草長鶯飛，都是大自然賦予人類的最美麗禮物。

【義近】鶯歌燕舞／草長鶯飛／花香撲鼻／春光明媚。

二—四畫

鳩佔鵲巢

【釋義】意謂鳩鳥笨拙，不善營巢，而去佔取鵲所建之巢。

【出處】詩經・召南・鵲巢：「維鵲有巢，維鳩居之。」清・紀昀・閱微草堂筆記・如是我聞四：「我自出錢租宅，汝何得鳩佔鵲巢？」

【用法】多用以比喻坐享其成，或比喻強佔他人的住房。

【例句】我們幾兄妹花了不少財力、物力，才將祖上的房屋修整一新，想不到父親一過世，小姨太便**鳩佔鵲巢**，一人獨佔了。

【義近】鳩僭鵲巢／掠人之美／巧取豪奪。

【義反】自營巢穴／物歸原主。

鳳毛麟角

【釋義】鳳凰的毛羽，麒麟的頭角。

【出處】何良俊・四友齋叢說・文：「康海之文，天下慕向之如鳳毛麟角，後刻集一出，殊不愜人意。」

【用法】比喻珍貴而罕見的人或物。

【例句】像他這樣的數學家，在世界上算是**鳳毛麟角**，是不可多得的天才。

【義近】世所罕有／寥寥可數／寥若辰星／吉光片羽。

【義反】車載斗量／多如牛毛／恆河沙數／成千上萬。

鳳冠霞帔

【釋義】鳳冠：指古代婦人最尊貴的首飾。霞帔：尊貴的禮服。

【出處】王嘉・拾遺記：「石季倫……使翔鳳調玉以付工人，爲倒龍之珮，縈金，爲鳳冠之釵。」

【用法】今用來形容新娘禮服。

【例句】婚禮時，只見新娘子**鳳冠霞帔**，滿臉喜悅地接受親友的祝福，場面十分熱鬧溫馨。

【義近】披紅掛綵。

鳳凰于飛

【釋義】鳳凰：鳥名，雄的爲「鳳」，雌的爲「凰」。于飛：即「飛」，于爲助詞。

【出處】詩經・大雅・卷阿：「鳳凰于飛，翽翽其羽。」

【用法】比喻夫妻和諧，相親相愛。常用以祝人婚姻美滿。

【例句】在張先生和李小姐的婚宴上，大家頻頻舉杯，祝福他們**鳳凰于飛**，愛河永浴。

【義近】夫唱婦隨／比翼連理／鴻案相敬如賓／舉案齊眉／鴻案相莊／鸞鳳和鳴。

【義反】勞燕分飛／分釵破鏡／琴瑟不調／別鳳離鸞。

鳳凰來儀

【釋義】儀：望。鳳凰是古代吉祥之鳥。

【出處】僞古文尚書・益稷篇：「簫韶九成，鳳凰來儀。」

【用法】比喻有祥瑞之兆，暗示天下太平。

【例句】現今社會繁榮進步，人民安居樂業，**鳳凰來儀**，民富國強。

【義近】鳳集河清／紫雲如蓋／紫氣東來。

【義反】鳳鳥不至／麒麟不至。

鴉飛鵲亂

【釋義】意謂像鴉雀一樣的四處亂飛。

【出處】英烈傳二三回：「廖永忠、趙德勝殺入老營，就將火四散放起，烈焰沖天，吳兵鴉飛鵲亂的逃走。」

【用法】形容紛亂，多指受到驚擾的慌亂之態。

【例句】你們這些人未免太小題大作了吧？只不過是個輕微的地震，你們就如此**鴉飛鵲亂**的，有這個必要嗎？

【義近】鴉亂雀飛／聞風逃遁／聞風遠颺／雞飛狗跳／兵荒馬亂／人心惶惶。

【義反】沉著不亂／不慌不忙／紋風不動／鎮靜自如／穩如泰山／雞犬不驚。

鴉雀無聲

【釋義】連烏鴉麻雀的叫聲也聽不到。又作「烏鵲無聲」。

【出處】曹雪芹・紅樓夢三十回：「寶玉背著手，到一處，一處鴉雀無聲。」

【用法】形容非常寂靜，一點聲響也沒有。

【例句】在熱烈的掌聲之後，突然變得**鴉雀無聲**，所有的人都屏氣凝神等著好戲上演。

【義近】闃無人聲／靜肅無譁／萬籟俱寂／悄然無聲。

【義反】市聲鼎沸／沸反盈天／鑼鼓喧天／轟然雷動。

六畫

鴻飛冥冥

【釋義】鴻：鴻雁。冥冥：玄遠的樣子。

【出處】揚雄・法言・問明：「鴻飛冥冥，弋人何篡焉。」

【用法】喻人遠離，音信全無。

【例句】賴同學一畢業就前往英國留學，五年來**鴻飛冥冥**，沒有人知道他的近況。

【義近】杳如黃鶴／魚沉雁杳／雁逝魚沉／鴻稀鱗絕／瓶沉簪折。
【義反】來鴻去雁／雁足傳書／魚雁往返。

鴻篇巨製
【釋義】鴻大的篇章，巨大的著作。鴻：大。製：著作。
【出處】皮錫瑞・經學歷史・經學復盛時代：「今鴻篇鉅製，照耀寰區。」
【用法】指規模宏大、篇幅很長的著作。
【例句】像《資治通鑑》、《永樂大典》之類的**鴻篇巨製**，流傳下來的不多。
【義近】長篇巨著／曠世鴻文。
【義反】精悍小品／諷刺短篇。

鴻鵠之志
【釋義】鴻鵠：天鵝，鳴聲宏亮，飛翔甚高。
【出處】呂氏春秋・士容：「夫驥驁之氣，鴻鵠之志，有諭乎人心者誠也。」
【用法】比喻遠大的志向。
【例句】大丈夫應有**鴻鵠之志**，並爲此奮鬥不懈，才算不負此生。
【義近】雄心壯志／胸懷大志／千里之志。
【義反】胸無大志／苟且度日／得過且過。

八—九畫

鶉衣百結
【釋義】鶉衣：鵪鶉鳥的羽毛短而有花斑，像許多補丁，喻破舊衣裳。百結：補丁連補丁。
【出處】趙蕃・大雪詩：「鶉衣百結不蔽膝，戀戀誰憐范叔貧。」
【用法】形容衣服破爛不堪。
【例句】在非洲，常可見到街道上擠滿了衣不蔽體、**鶉衣百結**的人羣。
【義近】衣衫襤褸／衣不蔽體／破衣爛衫。
【義反】衣冠楚楚／衣裝齊楚／西裝革履。

鵲橋相會
【釋義】鵲橋：神話傳說，每年七月七日夜，牛郎、織女相會，羣鵲銜接爲橋，以渡銀河。
【出處】李洞・贈龐鍊師詩：「若能攜手隨仙令，皎皎銀河渡鵲橋。」
【用法】比喻夫妻、情人久別重逢。
【例句】由於工作的緣故，小夫妻總是聚少離多，一有**鵲橋相會**的日子就格外地珍惜。
【義近】銀河相會。
【義反】長相廝守。

鵬程萬里
【釋義】鵬：傳說中的大鳥。程：前程。萬里：極言其遠。
【出處】語出莊子・逍遙遊。唐彥謙・留別詩之一：「鵬程三萬里，別酒一千鍾。」
【用法】比喻前程遠大。多用作祝福之詞。
【例句】祝你**鵬程萬里**，將來發達時可別忘了我們這羣患難弟兄！
【義近】前程萬里／前途無量／前程似錦。
【義反】走投無路／窮途末路／日暮途窮。

鶚心鸝舌
【釋義】鶚：一種凶猛的鳥，俗稱貓頭鷹。鸝：黃鸝，鳴聲悅耳。
【出處】李綠園・歧路燈七二回：「這紹聞當不住鶚心鸝舌的話。眞乃是看其形狀，令人能種種不樂；聽其巧言，卻又掛板兒聲聲打入心坎。」
【用法】比喻人說話動聽，而居心卻狠毒。
【例句】這種**鶚心鸝舌**的人，還是儘量少和他來往，以免吃虧上當。
【義近】口蜜腹劍／佛口蛇心／笑裏藏刀／嘴甜心狠／表裏不一／虎掛佛珠。
【義反】心口如一／肝膽相照／胸無城府／光明正大／表裏如一／光明磊落。

十畫

鶯歌燕舞
【釋義】歌：指鳴叫婉轉。舞：指飛得輕捷。又作「鶯吟燕舞」。
【出處】姜夔・杏花天影詞：「金陵路，鶯吟燕舞，算潮水知人最苦。」
【用法】形容春光美好，鶯啼婉轉如歌，燕飛輕捷如舞。有時也用以比喻太平盛世。
【例句】春天的郊野，小溪潺潺的流水聲，野花漫山遍野，到處**鶯歌燕舞**，實令人賞心悅目。
【義近】燕語鶯聲。
【義反】鴉聲慘慘。

鶻入鴉羣
【釋義】意謂就像鶻飛入烏鴉羣中一樣。鶻：鷙鳥，猛禽。
【出處】北史・齊宗室傳：「爾擊賊如鶻入鴉羣，宜思好事。」唐・韓翃・寄哥舒僕射：「左盤右射紅塵中，鶻入鴉羣有誰敵。」
【用法】比喻所向無敵。
【例句】我軍衝進敵營，左砍右殺，有如**鶻入鴉羣**，敵軍不敵只好四散逃命。
【義近】長驅直入／如入無人之境／所向披靡／所向無敵／勢如破竹／銳不可當／摧枯拉朽。
【義反】一觸即潰／望風而逃／望風披靡／節節敗退／潰不成軍／落花流水。

鶴立雞羣
【釋義】鶴站在雞羣中間。鶴：俗稱仙鶴，頸腿細長，比雞高得多。
【出處】晉書・嵇紹傳：「或謂王戎曰：『昨於稠人中始見嵇紹，昂昂然如野鶴之在雞羣。』」
【用法】比喻一個人的儀表或才能在周圍一羣人中顯得很突出。
【例句】他年紀輕，長得帥，天資又聰明，在同輩中可算是**鶴立雞羣**了。
【義近】卓爾不羣／超羣絕倫／飛軒絕跡／出類拔萃。
【義反】吳下阿蒙／酒囊飯袋／腹負將軍／凡夫俗子。

鶴鳴九皋
【釋義】鶴：比喻隱士。九皋：

高陵、高岸。

【出處】詩經・小雅・鶴鳴：「鶴鳴于九皋，聲聞于野。」

【用法】指賢士隱居，不爲當道所用。

【例句】政治清明時，賢士在朝，爲民服務，國泰民安；反之，則小人當道，**鶴鳴九皋**，國勢日衰，民怨載道。

【義近】懷才不遇／滄海遺珠／匏瓜空繫。

【義反】野無遺賢。

鶴髮童顏

【釋義】鶴髮：仙鶴那樣白的頭髮。童顏：臉色像兒童那樣紅潤。

【出處】元好問・念奴嬌：「幕天席地，瑞腦香濃歌沸。白紵衣輕，鶴髮童顏照座明。」

【用法】形容老年人氣色好，身體健康。

【例句】李教授年近七旬，卻**鶴髮童顏**，一點也沒有衰老之象，眞是保養有方。

【義近】松身鶴骨／返老還童／老當益壯。

【義反】老態龍鍾／未老先衰／雞皮鶴髮／頭童齒豁。

十二—十三畫

鷸蚌相爭，漁人得利

【釋義】鷸：一種長嘴的水鳥。漁人：捕魚的人，也作「漁翁」。

【出處】典出戰國策・燕策二。古今小說・滕大尹鬼斷家私：「這正叫做『鷸蚌相持，漁人得利。』」

【用法】比喻雙方爭執不下，兩敗俱傷，而使第三者得利。

【例句】戰國時代，東方六國互相爭戰，結果是**鷸蚌相爭**，**漁人得利**，逐一被秦國攻破而吞併。

【義近】羊頂角，狼得食／螳螂捕蟬，黃雀在後。

鷹揚虎視

【釋義】像鷹一樣的飛揚，像虎一樣的雄視。

【出處】三國魏・應璩・與侍郎曹長思書：「王肅以宿德顯授，何曾以后進見拔，皆鷹揚虎視，有萬里之望。」

【用法】形容十分威武。

【例句】這幾位老將軍年輕時**鷹揚虎視**，敵人見之喪膽，即使現在頹然老矣，仍然英姿煥發，不減當年。

【義近】威風凜凜／龍驤虎步／龍行虎步／叱咤風雲／氣宇軒昂。

【義反】萎萎瑣瑣／萎靡不振／暮氣沉沉／畏瑣不堪／畏畏縮縮。

十七—十九畫

鸚鵡學舌

【釋義】鸚鵡：一種能模仿人說話聲音的鳥。

【出處】道原・景德傳燈錄・慧海和尚：「如鸚鵡學人語話，自語不得，爲無智慧故。」

【用法】比喻人家怎麼說自己也跟著怎麼說，不肯獨立思考，沒有自己的見解。

【例句】你爲什麼要附和他這種平庸的見解，做這種**鸚鵡學舌**的蠢事呢？

【義近】人云亦云／拾人牙慧／拾人涕唾。

【義反】別出心裁／另闢蹊徑／自出胸臆／推陳出新。

鸞翔鳳集

【釋義】鸞鳳都飛來止息。鸞：鳳凰一類的鳥。翔：飛。集：鳥棲息樹上。

【出處】傅咸・申懷賦：「鸞翔鳳集，羽儀上京。」

【用法】比喻賢才聚集。

【例句】在政治清明的民主時代，**鸞翔鳳集**，各施才智，大展宏圖。

【義近】羣龍聚首／英俊畢集／人才濟濟。

【義反】羣魔齊舞／雀飛鴉集／庸才滿朝。

鸞鳳和鳴

【釋義】鸞鳳：喻夫婦。和鳴：共鳴，你叫我鳴。

【出處】語本左傳・莊公二二年。白樸・梧桐雨一折：「夜同寢，晝同行，恰似鸞鳳和鳴。」

【用法】比喻夫妻和諧恩愛。常用以祝賀新婚。

【例句】你倆今日結爲夫妻，我們衷心祝福二位**鸞鳳和鳴**，白頭偕老。

【義近】琴瑟調和／夫唱婦隨／比翼雙飛。

【義反】琴瑟不調／夫妻反目／鸞孤鳳隻。

鹵部

鹵莽滅裂

【釋義】鹵莽：即魯莽，冒失。滅裂：輕率。

【出處】莊子・則陽：「君爲政焉勿鹵莽，治民焉勿滅裂。」

【用法】形容人做事考慮不精細，魯莽從事，草率苟且。

【例句】像你這樣**鹵莽滅裂**的，眞是成事不足，敗事有餘。

【義近】魯莽從事／盲目而行／行事草率。

【義反】謹言愼行／三思而行／見可而進。

鹿部

鹿死誰手

【釋義】鹿：動物名，比喻政權，也用來比喻追逐爭奪的對象。

【出處】晉書・石勒載記下：「脫遇光武，當並驅于中原，未知鹿死誰手。」

【用法】原比喻政權不知會落在誰的手裏，現也泛指在競賽中，不知誰會取得最後的勝利。

【例句】今年球賽競爭相當激烈，最後這兩個球隊的實力不相上下，看來這次的冠軍究竟會**鹿死誰手**，尚難預料。

【義近】勝負難料／難定雌雄。

【義反】勝負早定。

十二畫

麟趾呈祥

【釋義】麟：古之吉祥動物。麟趾多，後人遂用以形容人子孫多且具賢才。

【出處】詩經・周南・麟之趾：「麟之趾，振振公子，于嗟麟兮。」

【用法】祝賀他人生子。

【例句】吳先生的太太最近產下一子，**麟趾呈祥**，同事紛紛向他道賀。

【義近】螽斯衍慶／德門生輝／鳳毛濟美／熊夢徵祥。

麥部

麥秀黍離

【釋義】宮室荒廢後，黍、麥生長茂美。離：黍實下垂。

【出處】詩經・王風・黍離：「彼黍離離，彼稷之苗。」司馬遷・史記・宋微子世家：「箕子朝周過故殷墟，感宮室毀壞生禾黍。箕子傷之……乃作麥秀之詩，以歌詠之。」

【用法】用以比喻哀傷故國的淪亡。

【例句】清朝初年，社會已漸安定繁榮，但許多明朝遺老面對**麥秀黍離**的傷痛，仍然不能釋懷。

【義近】麥秀黍油／華屋山丘／銅駝荊棘。

麥穗兩岐

【釋義】意謂一麥雙穗，古人視爲祥瑞、吉兆。一作「麥秀兩歧」。歧：分岔。

【出處】後漢書・張堪傳：「百姓歌曰：『桑無附枝，麥穗兩岐（歧），張君爲政，樂不可支。』」

【用法】表示國家五穀豐登，年成好。

【例句】**麥穗兩岐**，這是風調雨順、人壽年豐的好兆頭。

【義近】麥秀兩歧／瑞雪兆豐。

麻部

麻木不仁

【釋義】肢體麻痹，失去知覺。麻木：麻痹。不仁：喪失知覺。

【出處】薛己・醫案總論：「一日皮死麻木不仁，二日肉死針刺不痛。」

【用法】比喻對外界事物反應遲鈍或漠不關心。

【例句】她是你的親妹妹，現在遭災受難，急需有人援助，你怎能如此**麻木不仁**、不聞不問呢？

【義近】漠不關心／不聞不問／無動於衷。

【義反】關懷備至／噓寒問暖／切膚之痛。

麻雀雖小，五臟俱全

【釋義】五臟：中醫學上名詞，指心、肝、脾、肺、腎。俱：都。「五臟」也作「肝臟」。

【用法】比喻某事物的體積或規模雖小，而所應有的一切均完備無缺。

【例句】這個不到十坪的套房，舉凡該有的設備，一樣也不缺，眞是**麻雀雖小，五臟俱全**！
【義近】一應俱全／應有盡有／無所不有。

黃部

黃口孺子 ㄏㄨㄤˊ ㄎㄡˇ ㄖㄨˊ ㄗˇ
【釋義】黃口：雛鳥的嘴爲黃色，借指兒童。孺子：小孩。一作「黃口小兒」。
【出處】許仲琳・封神演義八四回：「似你這等黃口孺子，定然不認得，吾是西歧大將南宮適。」
【用法】多以譏稱人幼稚無知。
【例句】這純屬**黃口孺子**之見，哪能當作一回事？
【義近】黃口稚子／乳臭小兒／無知小子。
【義反】老謀深算／熟諳世故／老於世故。

黃花晚節 ㄏㄨㄤˊ ㄏㄨㄚ ㄨㄢˇ ㄐㄧㄝˊ
【釋義】黃花：指菊花。晚節：指菊花傲霜而開。
【出處】韓琦・九日水閣詩：「莫嫌老圃秋容淡，且看黃花晚節香。」
【用法】比喻人老而彌堅。
【例句】王老先生雖已年老力衰，仍筆耕不輟，說要堅持**黃花晚節**，爲社會多做貢獻。
【義近】老當益壯／老驥伏櫪。
【義反】暮氣沉沉。

黃袍加身 ㄏㄨㄤˊ ㄆㄠˊ ㄐㄧㄚ ㄕㄣ
【釋義】黃袍：皇帝的袍服。
【出處】宋史・石守信傳：「人孰不欲富貴，一旦有以黃袍加汝之身，雖欲不爲，其可得乎。」
【用法】指受擁戴而爲天子。也比喻被委任某種職務。
【例句】季局長最近又要**黃袍加身**了，他家裏正忙著準備慶祝呢！
【義近】登祚踐位／龍袍著身。
【義反】杯酒釋權／解職卸任。

黃粱一夢 ㄏㄨㄤˊ ㄌㄧㄤˊ ㄧˊ ㄇㄥˋ
【釋義】黃粱還未煮熟，一場好夢已醒。黃粱：小米。
【出處】典出唐・沈既濟・枕中記。范子安・竹葉舟一折：「點化黃粱一夢，遂成仙道。」
【用法】比喻榮華富貴終歸虛幻，也比喻欲望破滅。
【例句】人生就如**黃粱一夢**，即使高官厚祿，夢醒後也是一無所有。
【義近】一枕黃粱／南柯一夢／邯鄲美夢／過眼雲煙。

黃道吉日 ㄏㄨㄤˊ ㄉㄠˋ ㄐㄧˊ ㄖˋ
【釋義】黃道：古人認爲太陽繞地而行，黃道就是想像中的太陽繞地的軌道。
【出處】元・無名氏・連環計四折：「今日是黃道吉日，滿朝眾公卿都在銀門臺，敦請太師入朝受禪。」
【用法】指宜於行事的好日子。
【例句】宜早不宜遲，後天是**黃道吉日**，我們就決定那天去公證結婚。
【義近】吉日良辰／良辰吉日／吉星高照。
【義反】太歲凶日／帚星當空。

黃鐘毀棄 ㄏㄨㄤˊ ㄓㄨㄥ ㄏㄨㄟˇ ㄑㄧˋ
【釋義】黃鐘：又作「黃鍾」，古樂十二律之一，聲調最洪大響亮。此指樂器。
【出處】楚辭・屈原・卜居：「黃鐘毀棄，瓦釜雷鳴；讒人高張，賢士無名。」
【用法】比喻賢才得不到任用。
【例句】在帝王統治下，**黃鐘毀棄**，瓦釜雷鳴是難以避免的事。
【義近】浮雲蔽日／雅樂棄置／賢士無名。
【義反】瓦釜雷鳴／讒人高張／小人得志。

黑部

黑白不分 ㄏㄟ ㄅㄞˊ ㄅㄨˋ ㄈㄣ
【釋義】又作「不分黑白」、「不分皂白」。
【出處】漢書・楚元王傳：「今賢不肖混淆，黑白不分，邪正雜糅，忠讒並進。」
【用法】比喻不分好壞，不辨是非。
【例句】她因爲上了一個男人的當，就說所有的男人都不是好東西，這樣**黑白不分**，是沒有道理的。
【義近】賢愚不分／以偏概全。
【義反】黑白分明／是非分明／涇渭分明。

黑白分明 ㄏㄟ ㄅㄞˊ ㄈㄣ ㄇㄧㄥˊ
【釋義】黑的白的一清二楚。
【出處】董仲舒・春秋繁露・保位權：「黑白分明，然後民知所去就。」
【用法】比喻是非界限很清楚，處事很公正。
【例句】經過議會上一番激烈的辯論，誰是誰非，已經**黑白分明**了。
【義近】涇渭分明／一清二楚／彰明昭著。

【義反】黑白不分／皂白不分／是非顛倒／混淆是非。

黑雲壓城城欲摧

【釋義】黑雲壓在城上，城好像要垮了。欲：將要。摧：毀壞。

【出處】李賀・雁門太守行：「黑雲壓城城欲摧，甲光向日金鱗開。」

【用法】比喻邪惡勢力一時囂張所造成的緊張局面。

【例句】在那**黑雲壓城城欲摧**的情勢下，他那顆忠貞之心堅如金石，仍然為革命到處奔走。

【義近】山雨欲來風滿樓。

黑漆皮燈

【釋義】用黑漆塗抹過的皮燈籠，一點光亮也不透。

【出處】馮夢龍・醒世恆言卷三五：「這蕭穎士又非黑漆皮燈，泥塞竹管，是那一竅不通的愚物；他須是身登黃甲，位列朝班，讀破萬卷，明理的才人。」

【用法】比喻人不諳事理，一竅不通。

【例句】王先生這樣一個聰明人，竟生出這麼一個**黑漆皮燈**的兒子，眞不可思議。

【義近】愚昧無知／蒙昧無知／懵懂無知／愚不可及／愚昧無比／一竅不通。

【義反】知書達禮／知情達理／深諳事理／通情達理。

三—四畫

墨子回車

【釋義】墨子討厭朝歌城的音樂，馬車經朝歌城時，便回轉，原路回去。

【出處】淮南子・說山訓：「墨子非樂，不入朝歌之邑。」漢書・鄒陽傳：「邑號朝歌，墨子回車。」

【用法】比喻人嫉惡如仇。

【例句】那位檢查官一向都是非分明，如**墨子回車**般，對惡勢力絕不低頭，因而樹敵頗多。

墨名儒行

【釋義】自稱是墨家，卻行儒道的人。

【出處】韓愈・送浮屠文暢師序：「人固有儒名而墨行者，問其名則是，校其行則非，可以與之遊乎？如有墨名而儒行者，問其名則非，校其行則是，可以與之遊乎？」

【用法】形容人表裏不一，言行不一致。

【例句】社會上的陷阱太多，許多人都是**墨名儒行**，初出社會的人交友應對得小心取捨，以免吃虧上當。

【義近】掛羊頭賣狗肉／羊皮虎質／言行不一。

【義反】表裏一致。

墨守成規

【釋義】墨守：原指墨翟善於守城，今指固執保守。成規：現成的規則、方法。

【出處】黃宗羲・錢退山詩文序：「如鍾嶸之詩品，辨體明宗，固未嘗墨守一家以為準也。」

【用法】形容固執己見而不知變通，死板地按老規矩辦事。

【例句】他在學術上從不**墨守成規**，經常能提出一些新見解，引起大家的重視。

【義近】因循守舊／抱殘守缺／一成不變／故步自封。

【義反】推陳出新／不主故常／不法常可。

墨迹未乾

【釋義】字的墨汁還沒有乾。墨迹：字迹。

【出處】古今小說・楊思溫燕山逢故人：「墨迹未乾，題筆人何在？」

【用法】常用以譴責對方剛作出聲明或剛達成協議，很快就背信食言。

【例句】現在那些內戰不息的國家，常常是停戰協議的**墨迹未乾**，而炮火又再升起。

【義近】口血未乾／言猶在耳／墨瀋未乾。

【義反】一言九鼎／信守諾言／堅守盟約／季布一諾。

默不作聲

【釋義】默：沉默，不說話。又作「默默不語」。

【出處】石玉琨・三俠五義：「他見郭安默默不語，如有所思，便知必有心事。」

【用法】形容保持沉默，不說話、不出聲。

【例句】她最近幾天總是無精打采的，遇事**默不作聲**，好像有什麼心事似的。

【義近】默默無言／沉默寡言／寡言少語。

【義反】喋喋不休／夸夸其談／口若懸河。

黔驢技窮

【釋義】黔：地名，今貴州省。窮：盡。又作「黔驢之技」。

【出處】柳宗元・黔之驢載：有人載一驢至黔，虎見其龐然大物而懼之，後見其無特殊本領，曰：「技止此耳。」

【用法】比喻技能拙劣，本領有限，僅有的一點本領已經用完。

【例句】看來他抓耳撓腮，已到了**黔驢技窮**的地步，你就讓他一著，給他留點面子吧！

【義近】鼯鼠技窮／技止此耳。

【義反】餘勇可賈／神通廣大。

八—九畫

黨同伐異

【釋義】黨同：跟自己意見相同的人結成一夥。伐異：打擊跟自己意見不同的人。

【出處】後漢書・黨錮傳序：「至有石渠分爭之論，黨同伐異之說，守文之徒，盛於時矣。」

【用法】比喻存門戶之見，結黨營私，排斥、打擊不同觀點的人。

【例句】這些**黨同伐異**的人，根本不可能做出於國於民有利的事情。

【義近】誅除異己／鳴伐異己。

【義反】無偏無黨／周而不比。

黯然失色

【釋義】黯然：心情沮喪或暗淡的樣子。黯：深黑色。失色：失去原有的色澤與光彩。

【出處】司馬遷・史記・孔子世家：「丘得其為人，黯然而黑。」莊子・天地：「子貢卑陬失色。」

【用法】原形容心情沮喪而無精打采的樣子。今多形容相形之下暗淡無光。
【例句】這幅山水畫太精彩了，展覽館中所有同類題材的繪畫跟它一比較，無不顯得**黯然失色**。
【義近】暗淡無光／相形見絀／黯然神傷。
【義反】神采飛揚／意氣洋溢／光彩奪目／光彩照人。

黯然銷魂（ㄢˋ ㄖㄢˊ ㄒㄧㄠ ㄏㄨㄣˊ）

【釋義】黯然：心神不安或情緒沮喪的樣子。銷魂：丟掉了靈魂。銷：失。
【出處】江淹・別賦：「黯然銷魂者，唯別而已矣。」
【用法】形容人因極度悲傷或憂愁，而導致情緒低落、心神恍惚不寧的樣子。
【例句】他最近因爲失戀而**黯然銷魂**，我們應該好好去安慰安慰他。
【義近】腸斷魂銷／黯然神傷。
【義反】興高采烈／精神抖擻。

鼎部

鼎足之勢（ㄉㄧㄥˇ ㄗㄨˊ ㄓ ㄕˋ）

【釋義】像鼎三足分立的形勢。鼎：古代煮東西用的器皿，多爲銅製，下面有三條腿。
【出處】史記・淮陰侯列傳：「三分天下，鼎足而居。」
【用法】比喻三方並立的局勢。
【例句】三國時期，魏、蜀、吳各據一方，形成**鼎足之勢**。
【義近】鼎足而立／三家鼎立／鼎足三分。
【義反】一統天下／江山一統／金甌無缺。

鼠部

鼠目寸光（ㄕㄨˇ ㄇㄨˋ ㄘㄨㄣˋ ㄍㄨㄤ）

【釋義】老鼠的眼光僅一寸遠。
【出處】元好問・送奉先從軍詩：「虎頭食肉無不可，鼠目求官空自忙。」
【用法】比喻人眼光短淺，沒有遠見。
【例句】這種人**鼠目寸光**，胸無大志，怎能與他們商量大事呢？
【義近】目光如鼠／目光短淺／目光如豆。
【義反】高瞻遠矚／目光深遠／深謀遠慮。

鼠腹雞腸（ㄕㄨˇ ㄈㄨˋ ㄐㄧ ㄔㄤˊ）

【釋義】老鼠的肚子和雞的腸子，二者都小或狹小。
【出處】蘭陵笑笑生・金瓶梅詞話三一回：「不是這等說。賊三寸貨強盜，那鼠腹雞腸的心兒，只好有三寸大一般。」
【用法】比喻人的器量狹小。
【例句】你千萬不要與他開這種玩笑，她老婆可是一個**鼠腹雞腸**的女人，她聽到後如果信以爲眞鬧起來，可是不得了。
【義近】小肚雞腸／斗筲之器／心眼沒針尖大／鼠肚雞腸／雞腸雀肚／心胸狹窄／心胸狹隘。
【義反】豁達大度／寬宏大量／宰相肚裏能撐船／肚大能容／虛懷若谷／寬大爲懷。

鼠竊狗盜（ㄕㄨˇ ㄑㄧㄝˋ ㄍㄡˇ ㄉㄠˋ）

【釋義】像老鼠一樣的小量竊取，像狗鑽洞般地偷盜。
【出處】司馬遷・史記・劉敬叔孫通列傳：「此特羣盜鼠竊狗盜耳，何足置之齒牙間。」
【用法】比喻小竊小盜。
【例句】這個靠吹牛拍馬爬上去的傢伙，表面上裝作正人君子樣，卻難掩其**鼠竊狗盜**的原始面目。
【義近】梁上君子／鼠竊狗偷／穿窬之盜／雞鳴狗盜。
【義反】正人君子。

鼻部

鼻息如雷（ㄅㄧˊ ㄒㄧ ㄖㄨˊ ㄌㄟˊ）

【釋義】鼻息：鼻腔呼吸時的氣息，此指鼾聲。
【出處】韓愈・石鼎聯句詩序：「道士倚牆睡，鼻息如雷鳴。」
【用法】形容鼾聲大。
【例句】他喝得爛醉之後，便橫躺在牀上，不一會就**鼻息如雷**，進入夢鄉了。
【義近】鼾聲如雷。

齊部

齊人攫金（ㄑㄧˊ ㄖㄣˊ ㄐㄩㄝˊ ㄐㄧㄣ）

【釋義】齊：古代國名。攫：奪取。

【出處】呂氏春秋・去宥：「齊人有欲得金者，清旦被衣冠往鬻金者之所，見人操金，攫而奪之。」

【用法】比喻因利欲薰心而不顧一切。

【例句】這個人想發財想瘋了，竟做出這種**齊人攫金**的事情，被判刑十年，也是罪有應得。

【義近】攫金不見人／利欲薰心／利令智昏／財迷心竅／見利忘義／唯利是圖。

【義反】富貴如浮雲／淡泊名利／見利思義／利不虧義。

齊大非耦（ㄑㄧˊ ㄉㄚˋ ㄈㄟ ㄡˇ）

【釋義】春秋時，齊是大國，鄭爲小國，兩國的男女不適合結成配偶。耦：通「偶」，配偶。

【出處】左傳・桓公六年：「齊侯欲以文姜妻鄭太子忽。太子忽辭。人問其故。太子曰：『人各有耦，齊大，非吾耦也。』」

【用法】拒婚者常用以表示門不當、戶不對，不敢高攀。

【例句】我是窮鄉僻壤的窮人之子，她是達官貴人的千金，自知**齊大非耦**，實不敢高攀，這樁婚事請替我謝絕。

【義近】珠石不敵／門第懸殊／門不當戶不對。

【義反】門當戶對／秦晉之匹／門第相當／檀郎謝女。

齊心協力（ㄑㄧˊ ㄒㄧㄣ ㄒㄧㄝˊ ㄌㄧˋ）

【釋義】協力：合力。協：合作。

【出處】吳沃堯・二十年目睹之怪現狀一二一回：「要上下齊心協力的認眞辦起事來。」

【用法】指大家一致努力。

【例句】這項工程任務艱巨，時間緊迫，須要靠大家**齊心協力**，才可以如期完成。

【義近】同心合力／戮力同心／齊心戮力。

【義反】離心離德／一盤散沙。

齊足並馳（ㄑㄧˊ ㄗㄨˊ ㄅㄧㄥˋ ㄔˊ）

【釋義】齊足：意謂前進的速度相同。並馳：共同快跑。

【出處】三國魏・曹丕・典論・論文：「咸自以騁驥騄於千里，仰齊足而並馳。」

【用法】比喻齊頭並進，不分前後。

【例句】這幾個好朋友，在學習上互相鼓勵，彼此切磋，**齊足並馳**，今年都同時考上了大學。

【義近】齊足並驅／齊驅並駕／齊頭並進／並駕齊驅。

【義反】遙遙領先／不可企及／大相逕庭／天差地遠。

齊東野語（ㄑㄧˊ ㄉㄨㄥ ㄧㄝˇ ㄩˇ）

【釋義】齊東：戰國時齊國的東部。野語：指田野鄉下人的話。

【出處】孟子・萬章上：「此非君子之言，齊東野人之語也。」

【用法】今泛指俚俗傳說，不可實信的言語。

【例句】在較落後的鄉村中，人民普遍沒受過教育，**齊東野語**常成爲他們深信不疑的事實。

【義近】道聽塗說／街談巷議／無稽之談。

【義反】至理名言／讜言正論。

七畫

齎志而歿（ㄐㄧ ㄓˋ ㄦˊ ㄇㄛˋ）

【釋義】齎：懷者。歿：死亡。

【出處】江淹・恨賦：「齎志沒地，長懷無已。」許仲琳・封神演義九六回：「豈意陽運告終，齎志而歿。」

【用法】指懷著沒有實現的抱負而與世長辭。

【例句】歷史上有不少英雄人物因生不逢時，**齎志而歿**，實在可惜，不然歷史可能會因爲他們而改寫。

【義近】死不瞑目／含恨而死。

【義反】了無遺憾／死而無憾。

齒部

齒牙爲禍（ㄔˇ ㄧㄚˊ ㄨㄟˊ ㄏㄨㄛˋ）

【釋義】齒牙：指言語。

【出處】司馬遷・史記・晉世家：「初，獻公將伐驪戎，卜曰：『齒牙爲禍。』」

【用法】用以指言語不慎，惹來禍患。

【例句】切記**齒牙爲禍**之訓，你踏上仕途後務必要謹言慎行，特別是不要議論別人的長短是非。

【義近】禍從口出／禍從口生／言多召禍／言多必失。

【義反】三思而言／慎言謹行／沈默是金／言慎多福。

齒牙餘論（ㄔˇ ㄧㄚˊ ㄩˊ ㄌㄨㄣˋ）

【釋義】指不用費力的獎勵話。

【出處】南史・謝朓傳：「士子聲名未立，應共獎成，無惜齒牙餘論。」

【用法】用以指口頭上隨意褒獎的言辭。

【例句】張科長一向善於**齒牙餘論**，你別高興得太早，說不定在獎勵名單中沒有你呢！

【義近】逢人說項。

【義反】血口噴人／洗垢求瘢／

抵瑕蹈隙／口舌殺人。

齒白脣紅

【釋義】牙齒潔白，嘴脣紅潤。又作「脣紅齒白」。
【出處】馮夢龍・古今小說・李公子救蛇獲稱心：「眉清目秀，齒白脣紅，飄飄然有凌雲之氣。」
【用法】形容人容貌俊美。
【例句】他們家真會養孩子，不管是男是女，全都長得**齒白脣紅**，人見人愛。
【義近】明眸皓齒／眉清目秀。
【義反】呲牙咧嘴／口眼歪斜。

齒如瓠犀

【釋義】瓠犀：瓠瓜的籽。因其又白又長，且排列整齊，故用以形容牙齒。
【出處】詩經・衞風・碩人：「齒如瓠犀，螓首蛾眉，巧笑倩兮，美目盼兮。」
【用法】形容牙齒潔白，整齊美觀。
【例句】賴小姐亭亭玉立，目如秋水，**齒如瓠犀**，的確是個標緻的美女。
【義近】齒若編貝／齒如齊貝。
【義反】稀牙露齒／缺牙漏齒。

齒如齊貝

【釋義】貝：水中有貝殼的動物，其色白。
【出處】莊子・盜跖：「身長八尺二寸，面目有光，脣如激丹，齒如齊貝，音中黃鍾，而名曰盜跖。」
【用法】形容牙齒潔白得就像整齊的海貝。
【例句】陳小姐的長相並不出色，但身材苗條，婀娜多姿，**齒如齊貝**，因而仍能吸引不少男士。
【義近】齒如含貝／齒若編貝／齒如瓠犀。
【義反】稀牙露齒／滿口黃牙／突齒交錯／缺牙漏齒。

五畫

齟齬不合

【釋義】齟齬：意指上下齒不相配合。
【出處】陸游・賀吏部陳侍郎啓：「然賢能之進，常齟齬而不合；治安之會，亦稀闊而難遭。」
【用法】比喻彼此意見不合。
【例句】我和他在許多問題上都**齟齬不合**，怎能在一起合作共事呢？
【義近】圓孔方木／方鑿圓枘／方底圓蓋／格格不入／扞格不入／南轅北轍。
【義反】志同道合／同心同德／意氣相投／志趣相投／沆瀣一氣。

龍部

龍生九子

【釋義】傳說一龍生下九條小龍，其形狀和性格各不相同。
【出處】李東陽・懷麓堂集：「龍生九子不成龍，各有所好。」
【用法】比喻同胞兄弟的品德和性情等各不相同。
【例句】眞是**龍生九子**，各異其趣，你看鍾家六弟兄，雖是同母所生，但爲人處世、性情愛好等簡直是天差地別。
【義近】一龍九種。
【義反】如出一轍／一模一樣。

龍行虎步

【釋義】像龍行走，像虎邁步，喻人行動矯健，氣概非凡。
【出處】宋書・武帝紀上：「劉裕龍行虎步，視瞻不凡，恐不爲人下。」
【用法】多用以形容帝王或其他英雄人物的威武儀態。
【例句】此人**龍行虎步**，氣宇不凡，想必非簡單人物。
【義近】龍驤虎步／氣宇非凡／威風凜凜。
【義反】蛇行犬步／猥瑣不堪／低聲下氣。

龍吟虎嘯

【釋義】像龍一般地鳴吟，像虎一般地吼叫。吟：鳴叫聲。嘯：獸吼叫聲。
【出處】易經・乾卦・文言：「雲從龍，風從虎。」孔穎達疏：「龍吟則景雲出，……虎嘯則谷風生。」
【用法】形容吟嘯聲音高亮。也形容人得志。
【例句】過去他在商場上也曾**龍吟虎嘯**過好一陣子，如今竟能安於平淡，眞不容易。

龍肝鳳髓

【釋義】龍的肝和鳳凰的髓。
【出處】羅貫中・三國演義三六回：「（劉）備聞公將去，如失左右手，雖龍肝鳳髓，亦不甘味。」
【用法】比喻極爲珍貴稀罕的食物。
【例句】俗話說的飢不擇食，眞是一點也不假。現在他吃這樣的粗陋飲食，竟覺得比**龍肝鳳髓**還有滋味。
【義近】麟肝鳳髓／龍肝豹胎／山珍海味／珍饈美饌／炮龍烹鳳／炊金饌玉。
【義反】粗茶淡飯／家常便飯／糲食粗餐。

龍爭虎鬥（ㄌㄨㄥˊ ㄓㄥ ㄏㄨˇ ㄉㄡˋ）

【釋義】 如兩龍相爭，兩虎相鬥。也作「虎鬥龍爭」。
【出處】 鄭德輝・王粲登樓四折：「收拾了龍爭虎鬥心。」
【用法】 形容雙方鬥爭或爭奪很激烈。
【例句】 這一場**龍爭虎鬥**的球賽千萬不可錯過，所有的明星球員都將披掛上陣，一定精彩得不得了。
【義近】 龍戰虎爭／你爭我奪／鉤心鬥角。
【義反】 偃旗息鼓／善罷甘休／握手言和。

龍眉鳳目（ㄌㄨㄥˊ ㄇㄟˊ ㄈㄥˋ ㄇㄨˋ）

【釋義】 像龍的眉毛，如鳳凰的眼睛。
【出處】 施耐庵・水滸傳九回：「馬上那人，生得龍眉鳳目，皓齒朱脣。」
【用法】 用以形容人英俊、氣度不凡。
【例句】 這個年輕人生得**龍眉鳳目**，儀表堂堂且才華出眾，所以一到我們公司，便成了未婚女孩們心目中的白馬王子。
【義近】 龍章鳳姿／英姿煥發。
【義反】 泥塑木雕／呆頭呆腦／傻頭傻腦。

龍飛鳳舞（ㄌㄨㄥˊ ㄈㄟ ㄈㄥˋ ㄨˇ）

【釋義】 如龍飛騰，像鳳起舞。又作「鳳舞龍飛」。
【出處】 蘇軾・表忠觀碑：「天目之山，苕水出焉。龍飛鳳舞，萃於臨安。」
【用法】 原形容氣勢奔放而雄偉的山勢，今形容草書的筆勢有力、靈活舒展。有時也用以斥人字跡潦草。
【例句】 ①這個橫幅草書寫得眞是**龍飛鳳舞**。②這種**龍飛鳳舞**的字實在難認，我看退稿算了。
【義近】 字走龍蛇／龍蛇飛舞／游雲驚龍。

龍馬精神（ㄌㄨㄥˊ ㄇㄚˇ ㄐㄧㄥ ㄕㄣˊ）

【釋義】 龍馬：傳說中的駿馬。
【出處】 唐・李郢・上裴晉公詩：「四朝憂國鬢如絲，龍馬精神海鶴姿。」
【用法】 形容健旺非凡的精神。
【例句】 他雖已過不惑之年，卻依然有著**龍馬精神**，經常工作到深夜也不覺得疲倦。
【義近】 精神矍鑠／精力充沛／精神抖擻／精神飽滿／精神煥發／豐神異采。
【義反】 半死不活／死氣沉沉／骨軟筋酥／筋疲力竭／萎靡不振／暮氣沉沉／沒精打采／無精打采。

龍蛇混雜（ㄌㄨㄥˊ ㄕㄜˊ ㄏㄨㄣˋ ㄗㄚˊ）

【釋義】 龍與蛇混雜在一起。又作「龍蛇雜處」。
【出處】 佛印語錄：「凡聖同居，龍蛇混雜。」
【用法】 比喻各種各樣的人物混雜同處。
【例句】 這個公司**龍蛇混雜**，好壞不分，混下去也無出頭的日子，我決定另謀他職。
【義近】 賢愚混雜／牛驥同皁／凡聖同處／魚龍混雜。
【義反】 物以類聚／人以羣分／志異道分。

龍潭虎穴（ㄌㄨㄥˊ ㄊㄢˊ ㄏㄨˇ ㄒㄩㄝˋ）

【釋義】 指龍虎藏身之處。潭：深水坑。穴：地洞。也作「虎穴龍潭」。
【出處】 施君美・幽閨記・逆旅蕭條：「龍潭虎穴愁難數，更染病耽疾羈旅。」
【用法】 比喻極險惡的地方。
【例句】 笑話！別說只是深山老林，就算是**龍潭虎穴**，我也敢去！
【義近】 龍潭虎窟／虎穴鯨波／刀山火海。
【義反】 大街小巷／太平村落／安樂之鄉。

龍駒鳳雛（ㄌㄨㄥˊ ㄐㄩ ㄈㄥˋ ㄔㄨˊ）

【釋義】 駒：小馬。雛：幼鳥。
【出處】 晉書・陸雲傳：「此兒若非龍駒，當是鳳雛。」曹雪芹・紅樓夢一五回：「令郎眞乃龍駒鳳雛。」
【用法】 用以比喻聰明有爲的少年。
【例句】 劉先生的二公子如此聰慧，不到十五歲就讀大學，怪不得那些老師也說他是**龍駒鳳雛**呢！
【義近】 驥子龍文／人中騏驥／鐵中錚錚／人中之龍／人中龍鳳。
【義反】 花花公子／紈袴子弟／膏粱子弟／富家浪子／五陵少年。

龍頭蛇尾（ㄌㄨㄥˊ ㄊㄡˊ ㄕㄜˊ ㄨㄟˇ）

【釋義】 龍的頭大，蛇的尾細。
【出處】 道原・景德傳燈錄・景通禪師：「僧提起坐具，師云：龍頭蛇尾。」
【用法】 比喻事物始盛終衰，或有始無終。
【例句】 他做事常**龍頭蛇尾**，你等著替他收拾爛攤子吧！
【義近】 虎頭蛇尾／有頭無尾／始盛終衰。
【義反】 有始有終／有頭有尾／始終如一。

龍鍾老態（ㄌㄨㄥˊ ㄓㄨㄥ ㄌㄠˇ ㄊㄞˋ）

【釋義】 謂老年人衰憊的樣子。
【出處】 宋・陸游・聽雨：「老態龍鍾疾未平，更堪俗事敗幽情。」
【用法】 用以形容年老體衰的老人。
【例句】 他年紀輕輕，卻因長年力戰病魔，而顯得一副**龍鍾老態**。
【義近】 七老八老／牛山濯濯／牛山童童／蒼顏皓首。
【義反】 年富力強／春秋正當／春秋鼎盛。

龍蟠虎踞（ㄌㄨㄥˊ ㄆㄢˊ ㄏㄨˇ ㄐㄩˋ）

【釋義】 如龍曲伏，如虎蹲踞。
【出處】 宋・李昉・太平御覽卷一五六・引晉張勃吳錄：「鍾山龍蟠，石城虎踞，此帝王之宅。」
【用法】 多形容地勢雄壯險要，也比喻豪傑之士睥睨世態之狀。
【例句】 秦嶺地勢如**龍蟠虎踞**，自古乃兵家常爭之地。
【義近】 山河襟帶／被山帶河／表裏山河／龍盤虎踞。

龍耀鳳鳴（ㄌㄨㄥˊ ㄧㄠˋ ㄈㄥˋ ㄇㄧㄥˊ）

【釋義】 像龍在騰躍，如鳳凰在

高鳴。

【出處】劉義慶・世說新語・賞譽：「張華見褚陶，語陸平原曰：『君兄弟龍躍雲津，顧彥先鳳鳴朝陽，謂東南之寶已盡，不意復見褚生。』」

【用法】比喻才華出眾。

【例句】那些諾貝爾獎的得主，無一不是**龍躍鳳鳴**的人物，因而深為世人所敬重。

【義近】人中獅子／超羣絕倫／蓋世無雙／超塵拔俗／超類絕倫。

【義反】常鱗凡介／凡夫俗子／朽木糞土／枯木朽枝／無用之材／庸庸碌碌。

龍騰虎躍（ㄌㄨㄥˊ ㄊㄥˊ ㄏㄨˇ ㄩㄝˋ）

【釋義】如龍在飛騰，像虎在跳躍。

【出處】馬存・贈蓋邦式序：「龍騰虎躍，千兵萬馬，大弓長戟，交集而齊呼。」

【用法】形容生氣勃勃，非常活躍。

【例句】你正當**龍騰虎躍**的黃金歲月，怎可為了一點挫折就心灰意懶呢？

【義近】生龍活虎／朝氣蓬勃／生氣勃勃。

【義反】死氣沉沉／尸居餘氣／老態龍鍾。

龍驤虎步（ㄌㄨㄥˊ ㄒㄧㄤ ㄏㄨˇ ㄅㄨˋ）

【釋義】龍：此指高頭大馬。驤：馬昂首疾行。

【出處】陳壽・三國志・魏書・陳琳傳：「琳諫進曰：『今將軍總皇威，握兵要，龍驤虎步，高下在心。』」

【用法】形容人昂首闊步，氣勢威武。

【例句】這位青年人身材魁梧，**龍驤虎步**，看來絕非等閒之輩。

【義近】龍行虎步／氣宇軒昂。

【義反】猥瑣不堪／畏畏縮縮。

龍驤虎視（ㄌㄨㄥˊ ㄒㄧㄤ ㄏㄨˇ ㄕˋ）

【釋義】如龍馬般地昂首疾行，像老虎般地瞪視。

【出處】潘勗・冊魏公九錫文：「君龍驤虎視，旁眺八維，掩討逆節，折衝四海。」

【用法】形容人志氣高遠，顧盼自雄。

【例句】三國時代，歷史上出現了一批**龍驤虎視**的人物，彼此角逐爭雄。

【義近】大鵬展翅／鴻鵠衝天。

【義反】蓬間飛雀／處堂燕雀。

龜部

龜年鶴壽（ㄍㄨㄟ ㄋㄧㄢˊ ㄏㄜˋ ㄕㄡˋ）

【釋義】龜、鶴：均為長壽的動物。

【出處】唐・李商隱・祭張書記文：「神道甚微，天理難究，桂蠹蘭敗，龜年鶴壽。」

【用法】比喻人之長壽。

【例句】像他這樣活到一百三十多歲，真可算是**龜年鶴壽**。

【義近】龜齡鶴壽／鶴壽龜齡／壽比南山／海屋添籌。

【義反】蘭摧玉折／短命夭折／英年早逝。

字首注音索引

ㄠˋ 傲……一一〇

ㄡ

ㄡ 歐……五八五

ㄡˇ 偶……一〇七 嘔……二三三 藕……八九六

ㄢ

ㄢ 安……三〇六

ㄢˋ 按……四四三 暗……五三六 案……五五六 黯……一〇八四

ㄣ

ㄣ 恩……四〇〇

ㄤ

ㄤˊ 昂……五一六

ㄦ

ㄦˊ 兒……一二八 而……八二三

ㄦˇ 爾……六七九 耳……八二三

ㄦˋ 二……六八

一

一 一……二 伊……九一 依……九八 衣……九二

一ˊ 一……一 儀……一一三 宜……三一〇 怡……三九二 疑……七三一 移……七六三 貽……九五八 遺……一〇〇〇 頤……一〇四九

一ˇ 以……八四 倚……一〇三 旖……五〇七

一ˋ 一……一 亦……七四 奕……二七八 屹……三四一 弋……三五九 悒……四〇三 意……四〇九 抑……四一一 挹……四六〇 易……五一六 曳……五三三 毅……六〇三 溢……六四四 異……七一六 瘞……七三四 益……七三八 義……八二五 藝……八九六 衣……九一三 議……九四五 邑……一〇〇三

一ㄚ 厭……一八三 鴉……一〇七九

一ㄚˊ 牙……六八二 睚……七五七

一ㄚˇ 啞……二一五 雅……一〇三〇

一ㄚˋ 揠……四七〇

一ㄝˇ 野……一〇〇六

一ㄝˋ 夜……二三三 業……五七四 葉……八八七

一ㄠ 夭……二七四 妖……二九一 腰……八四五 要……九一八 邀……一〇〇一

一ㄠˊ 堯……二四四 姚……二九六 搖……四七五 瑤……七〇四 謠……九四四 遙……九九九

一ㄠˇ 咬……二一四 杳……五六一 窈……七九〇

一ㄠˋ 樂……五七六 耀……八二九 藥……八九六 要……九一八

一ㄡ 優……一一三 幽……三五四 悠……四〇三 憂……四一八

一ㄡˊ 尤……三三一 油……六二六 游……六四三 猶……六九三 由……七一三

一ㄡˇ 有……五三六 牖……六八二

一ㄡˋ 又……一八五

一ㄢ 奄……二七八 嫣……二九八 煙……六六九 燕……六七四 閹……一〇二三

一ㄢˊ 嚴……二二五 妍……二九六 巖……三四二 延……三五七 沿……六二七 炎……六六四 言……九二八

一ㄢˇ 偃……一〇七 掩……四六四 眼……七五三

一ㄢˋ 厭……一八三 宴……三一三 燕……六七四 諺……九四三 豔……九四九 雁……一〇三一

一ㄣ 喑……二二三 因……二三九 殷……五九八 湮……六四三 陰……一〇二七 音……一〇四六

一ㄣˊ 吟……二〇六 夤……二五三 寅……三一四 銀……一〇一一

一ㄣˇ 引……三六〇 隱……一〇三九 飲……一〇六一

一ㄣˋ 印……一八一

一ㄤ 殃……五九六 泱……六二六

一ㄤˊ 揚……四七一 楊……五七四 洋……六二八 羊……八二三 陽……一〇二七

一ㄤˇ 仰……九三 養……一〇六二

一ㄤˋ 怏……三九二 養……一〇六二

一ㄥ 應……四二〇 櫻……五八一 英……八七七 鶯……一〇八〇 鷹……一〇八一 鸚……一〇八一

一ㄥˊ 嬴……二九九 營……六七五 盈……七三七 蠅……九〇四 迎……九八五

一ㄥˇ 影……三六八 郢……一〇〇三

一ㄥˋ 應……四一九 映……五二一

ㄨ

ㄨ 嗚……二三一 屋……三三五 巫……三四六 烏……六六五

ㄨˊ 吾……二〇四 吳……二〇五 梧……五七〇 毋……六〇三 無……六五七

ㄨˇ 五……七〇 忤……三九〇 舞……八六七

ㄨˋ 勿……一五九 惡……四〇七 物……六八四 誤……九三七 霧……一〇三八

ㄨㄚ 挖……四五二 蛙……九〇三

ㄨㄚˇ 瓦……七〇六

ㄨㄛˇ 我……四二六

ㄨㄛˋ 握……四七〇 臥……八四七

ㄨㄞ 歪……五九〇

ㄨㄞˋ 外……二四八

ㄨㄟ 偎……一〇八 威……二九五 煨……六七〇

ㄨㄟˊ 危……一八〇 唯……二一七 帷……三五〇 微……三七七 惟……四〇六 爲……六七七 違……九九五 韋……一〇四五

ㄨㄟˇ 唯……二一七 委……二九二 娓……二九六 尾……三三三

ㄨㄟˋ 位……九三 味……二〇八 未……五四九 爲……六七七 畏……七一五 蔚……八九二

ㄨㄢ 剜……一四八

ㄨㄢˊ 刓……一四〇 完……三〇九 玩……六九九 紈……八〇六 頑……一〇四八

ㄨㄢˇ 婉……二九七 宛……三一〇 晚……五三五

主編簡介

陳鐵君，本名國政，以字行。臺灣省屏東縣內埔鄉人，一九四〇年生。自幼喜愛中國文學，中學時代即開始投稿，作品散見各報副刊及雜誌。一九六五年畢業於臺灣師範大學國文系，先後任教於高雄縣立美濃國中、國立臺南一中、旗美高中及臺北市立建國高中。編著中學生課外輔導讀物近二十餘類，及《遠流活用成語辭典》、《中國歷代作家一〇一》等書，嘉惠學子無數。現已自建中退休，專事編著。

部首索引